黄浦江诗潮

荣誉主编：刘　章

主　　编：黄汉江

副主编：冯恩启　薛海文　恒　虹　曾宪国
江荣清　黄建新　盖清涛　周少华
吴伯贤　朱荣兴　温建设　曹初阳
陈智杰　邱启永　张耀光　徐勇华
杨朝飞　杨　雨　王　砺　张丽敏

上海财经大学出版社
文汇出版社

图书在版编目(CIP)数据

黄浦江诗潮/黄汉江主编. - 上海:
上海财经大学出版社;文汇出版社,2017.11
ISBN 978-7-5642-2842-2/F.2842

Ⅰ.①黄... Ⅱ.①黄... Ⅲ.①诗词-作品集-中国-
当代 Ⅳ.①I227

中国版本图书馆CIP数据核字(2017)第257596号

责任编辑: 袁春玉
封面设计: 张克瑶

HUANGPUJIANG SHICHAO
黄 浦 江 诗 潮

黄汉江 主编

上海财经大学出版社
文汇出版社
出版发行
(上海市中山北一路369号 邮编200083)
网 址:http://www.sufep.com
电子邮箱:webmaster @ sufep.com
全国新华书店经销
常熟市兴达印刷有限公司印刷装订
2017年11月第1版 2017年11月第1次印刷

787×1092 1/16 114.0印张 2916千字
定价:1088.00元

《黄浦江诗潮》主编黄汉江先生简介

笔名:晓翰、扈姬优、撖缰等。1956 年 1 月生,1982 年 1 月毕业于东北财经大学。1987 年破格晋升副教授,1993 年晋升教授(并享高干)。历任上海市财政局副科长、上海基建优化研究所所长、上海理工大学商学院副院长、投资建设学院院长、国民经济学(研究生)学科创始人、立信会计出版社社长、上海立信会计学院工商管理学院院长,历兼任中国基建优化研究会常务理事、《基建优化》副总编、世界杰出华人联合会副主席、世界教科文卫组织专家、国家自然科学基金委员会管理科学专家、中国诗词家协会名誉会长、中国作家协会《诗刊》子曰诗社社员、上海格律诗词社社长、上海市基建优化研究会常务副会长兼秘书长、《基建管理优化》总编辑、上海市社会科学界联合会委员以及经济学与工商管理荣誉博士、博导和政协委员。曾出访欧、美、澳、亚 30 余个国家和城市。曾参加 1984 年"莫干山会议"(全国首届中青年经济学者理论会议)。主编《投资大辞典》《建筑经济大辞典》《投资学概论》等 38 部著作、教材、工具书。20 世纪 70 年代读中学始业余酷爱诗歌,已出版《荷苞集》(散文诗选与散文诗漫谈)、《黄汉江散文诗》专集,2009 年始发表格律诗,2010 年师从全国著名格律诗人周笃文先生,2011 年师从全国著名大诗人刘章先生,2012 年始于《中华诗词》发表诗作,2014 年始于《诗刊》发表格律诗词。其诗词收录于《中华诗词大辞典》《中华诗词家名典》《中华诗词著作家全书》《中华六十年诗人大典》《诗国诗典》《诗海》(10、12、13 卷)《中华国魂诗书画选》《全国诗书画献礼》《情系中华诗词格言选萃》《民族文化复兴中华诗词大系》《第五届新视点全国诗词书画大赛获奖作品集》《天籁之音Ⅷ》《短篇文学精品集》《颂歌献给党》《党旗颂诗词联大观》《崇明颂》等书。在全国 50 多家报刊上公开发表论文 150 余篇,著作、论文总字数约 5000 万字。其中,28 种论文、著作、教材分别获全国社会科学优秀学术成果奖、全国建筑经济优秀论文奖、全国基建优化优秀学术成果奖、上海社会科学优秀学术成果奖和上海高校优秀教材奖,并获国际"20 世纪成功人士"证书和勋章。现正在总主编"沪江商学丛书"和"立信投资与建设丛书"、"立信工商管理精品教材丛书"及"新世纪经济管理博士丛书"(共 150 多部著作、教材)。同时,积德行善,筹集资金,为故乡捐建了 1 个村民活动中心、6 个候车亭、2 个休闲亭、20 条混凝土路和建立老年福利基金。

《黄浦江诗潮》副主编简介

冯恩启　网名神龙。山西汾阳市高级教师。网络著名诗人、作家。中国诗词研究会副秘书长。《中国诗词》月刊编辑。传世典藏诗文出版中心特约副主编。中华神龙文轩作家群群主。

薛海文　笔名半蠢，号东岳石翁，中国平煤神马集团老作家协会主席，平顶山三苏诗社社长。

恒　虹　原名吴永彤，《香港诗人》报总编辑，香港诗人联盟社长，香港文联副理事长。

曾宪国　中华诗词学会会员，湖南省州县诗协会员，龙山县诗协会长。中华《诗词月刊》龙山县工作站站长。

江荣清　（车前草）上海崇明诗词书画学会会刊责编，师从著名大诗人杨金亭。

黄建新　笔名汗竹，网名汗竹楼，武宁诗词执编，诗书人生群主。

盖清涛　网名海浪，中国载人航天工程研制人员，珠海金湾诗书画院常务理事，《中华网络诗刊》常务理事、编委。

周少华　（楚龙吟）湖北仙桃诗雅服装厂副厂长，云龙文苑群主。

吴伯贤　上海格律诗词社副群主，上海新诗苑群主。

朱荣兴　上海格律诗词社副群主兼秘书长，沪港诗人群主。

温建设　笔名馨警，网名温馨洛阳，洛阳市公安局宣传处主任。

曹初阳　赣人居沪。某民企高管，云帆微刊主编。

陈智杰　为爱赋诗群主及主编，作品散见于多种诗歌纸刊，擅长短诗创作。

邱启永　笔名心言，号山川永恒，枣庄市诗词学会常务副会长。

张耀光　网名 sunny man，翰林院诗艺社副社长。

徐勇华　《九江诗歌》主编。

杨朝飞　（杨过）理想学院执行院长。

杨　雨　笔名清风简，广州黄埔区作家协会理事，清风笺文学网总编。

王　砺　笔名砺影，安阳市作家协会副秘书长。

张丽敏　中华诗词学会会员，谷风诗社副秘书长兼学术委员会负责人。

（以上排列不分先后）

《黄浦江诗潮》编辑部

主　　任：尹诗妍，本名刘建平，酷爱诗词，“中国文学论坛”“印象中文网”等网站编辑。

主任助理：薛　迪，网名污迪无敌，酷爱诗词，上海格律诗词社群主代言人。

工作人员：郭文鑫　郭紫晴　何城钢　何盛源　贾　昭　李　竞　林晓芳　林易欣　刘迎冬
吕鸣剑　邱对煌　苏佳男　王佳欢　王　静　杨转丽　占阳红　张柳娇

编审说明

1.《黄浦江诗潮》分上、下编，上编为旧体诗(含古体诗和格律诗词曲)，下编为现代诗。

2.作者目录按英文字母排序，上、下编分列。

3.目录中所列作者名以作者投稿时所写第一作者名为准，故可能是真姓实名，也可能是笔名，或是网名。

4.英文姓名排在该字母段的最后。

5.本诗集录用了2 200多位诗友的作品。年龄最长者93岁，最年幼者10岁(2006年12月出生，诗优词美，不愧为诗词神童)，真乃四代同堂，可庆可贺。

上海格律诗词社社长：黄汉江

2016年10月18日

《黄浦江诗潮》目录

（按英文字母排序）

下编:现代诗

刘章诗选

刘 章

刘章，1939年1月出生于河北兴隆。现任《诗刊》《中华诗词》《诗国》等诗刊编委。有《刘章诗选》《刘章乡情诗》《刘章绝句选》等35部诗文集问世，作品被选入大、中、小学教材。1999年，刘章获中国作协《诗刊》社举办的“新中国成立50年来，你最喜爱的50位诗人”的殊荣。

格律诗词选辑：

山行

秋日寻诗去，山深石径斜。
独行无向导，一路问黄花。

1979年8月22日草
1981年定稿

题泰山斩云剑

——此景在快活三里路西，云降至此化为雨……

一剑横东岳，年年斩乱云。
生成棉与帛，天下少寒人。

（注：此诗蒙贺敬之老师错爱，曾写成条幅寄我。）

1992年1月改定

晚秋山中

山色转苍凉，黄花开未了。
秋风吹客心，落叶乱归鸟。

（注：诗中“归”原为“飞”，乃刘征兄改。改一字而境界出。）

1990年2月27日北京街头

忆家山偶成

花红影有色，山绿石无棱。
鸟语和心语，悠然伴古松。

1994年10月2日成于自行车上

山远夕阳小

山远夕阳小，日低身影长。
不知暝色近，花径觅诗忙。

2004年春

观放风筝

宁做小蜂鸟，羞为大纸鸢。
纵然飞万尺，一线任人牵。

2004年8月31日

棋盘山中

泉流昨夜雨，山酿夏天云。
笔下诗成后，花间酒入唇。

2007年8月5日于棋盘山

城郊夏夜

市声沉里巷，乡韵上楼台。
月色云偷去，麦香风送来。

2009年5月

平湖黄昏

暮色初垂野，平湖余落霞。
云捞水底月，风采镜中花。

2009年5月19日

乔迁过罗文峪口

——罗文峪在遵化与兴隆交界处……

喜庆乔迁又自伤，辞亲路似九回肠。
罗文峪口停车望，从此家乡是故乡。

附记：1979年12月29日全家迁往省城，我让司机停车，含泪写了此诗，蒙读者知音，许多人背诵它，评论家尹贤将它选入《新韵诗词曲》选评，遵化友人出资刻石（刘征、陈茂才书），揭碑式郑伯农、杨金亭、丁国成等老友参加，成为平生快事！

2007年7月23日记

自乐诗

无争无欲自无愁，三世同堂书半楼。
敢向人间夸富贵，知音百友遍神州。

1996年1月18日生日前

贾岛村

贾岛生身地，千秋草木春。
山思清瘦骨，水念苦吟魂。
名是推敲著，诗因平淡新。
三年得二句，今日又何人？

1979年春

赠贺敬之老师

南泥绝唱唤春浓，毛女悲歌鬼魅惊。
人格领标星月灿，诗风开代海山雄。
晓醒起看云邀鹤，午梦犹闻帅点兵。
岭上高松皆仰视，民心原与地心同。

（注一：贺公有句："午梦点兵呼我来！"）
（注二：贺公有句："地心深与人心同。"）

1997年元旦

卜算子·哭安波

把笔忆安波，轻唱伊人调。呜咽声声逝者歌，我哭君应晓。

曾恨识君迟，又恨悲君早，更恨奇才不永年，此恨何时了！

1965年

汉俳·寄臧克家老师（四首）

其一

别后又经春，悠悠竹韵伴君吟，诗笔吐芳芬。

其二

思君又一年，呢喃燕子几时还？清韵入诗笺。

其三

炎炎夏日长，绿叶摇窗花满廊，诗心蜂倍忙。

其四

晚景对黄花，花香诗味共无涯，腾飞五彩霞。

注一：臧老院内有竹一片。
注二：臧老有句："秋来不用登高去，自有黄花俯就人。"

1976年7月2日

燕山歌谣（二首）

燕山谣

燕山山峰高又高，层层梯田入云霄，
种子撒在白云里，银河两岸收金稻。

1958年6月2日上庄村

燕山歌

燕山峰，穿九霄，
燕山水，波浪高，
搬来燕山当大坝，
手提燕水挂山腰。

1958年8月29日上庄村

现代诗选辑：

牧羊曲（二首）

牧场上

花半山，
草半山，
白云半山羊半山，
挤得鸟儿飞上天。

羊儿肥，
草儿鲜，
羊吃青草如雨响，
轻轻移动一团烟……

榛条嫩，
枫叶甜，
春放沟谷夏放坡，
五黄六月山头转；

抓头羊，
带一串，
羊群只在指掌间，

隔山听呼唤……

出山

晨雾轻,
朝露重,
挥鞭赶羊上山路,
哨声身后送。

羊湿毛,
人湿衣,
心头火正熊,
不怕路泥泞。

过大路,
穿小径,
放羊要把草场选,
迈步要把路看正!

花百样,
草千种,
了如指掌辨得清,
苦柳不当野冬青。

爬上坡,
翻上岭,
清风涌来鲜花迎,
锦绣风光一望中。

鞭有声,
人多情,
声声鞭响心花放,
高歌群山应。

1967年夏草于上庄村,1971年冬改于兴隆。

(注:苦柳又名苦梨,乔木,极苦,牛羊皆食;野冬青又名冻青子,冬天不落叶,开白花,味甜,是一种毒草。)

北山恋(七首选四)

序歌

母行千里儿挂心,
儿行千里念母亲……
思乡情,
是此音!

昨日是立春,
思乡情转深。
夜深沉
念亲人。

一曲《北山恋》,
写罢反复吟。
将乡音,
时时温……

乡音

八方语,
乡音亲!

男带泥土味,
女有山石音。
小伙说笑水出山,
姑娘唱歌鸟在林。
大娘的唠嗑,婶子的哄孙,
声声也带好音韵!

思乡音,
忆乡音:

当年被批斗,
骄阳似火盆。
大叔厉声喊打倒,
推我倒入绿树荫。
披二尺树影,享千尺情深,
乡音在耳头不晕。

忆乡音,
试乡音:

乡音常在唇,
说话讲情真。
我以我手写我心,
谱写新歌献人民。

不失泥土味，不丢山石音，
愿似山花吐芬芳！

湖光

蒙蒙雨，淡淡风，
岸横，杨柳依依草色青。

小溪满，小库平，
溶溶，冰瀑落珠下桃峰。

云中鱼，水中鹰，
多情，都在青山倒影中。

新船下水如白鹭，
西东，女娃头巾一点红。

笑一层，网一层，
重重，诗情画意浓……

汲水词

志在千万里，
难忘家乡恋，
泥土香，野花鲜，山水甜，
月也分外圆！

归家日炎炎，
妻子正浇田，
短发飞，辘轳转，水潺潺，
诗情画意添。

挽袖走向前，
置身画中间，
说掘井，忆当年，兴方酣，
辘轳转得欢……

已觉两臂酸，
十畦未浇完，
停汲水，喘声连，思悄然：
现代化何年？

井水涟漪止，
我心波正翻，
辘轳动，井绳落，柳罐翻，
击破井中天！

春歌

寒食雨，
谷雨风，
家乡四月忙春耕。
一川绿柳红旗引，
几只铁牛杏花中，
鸣笛两三声。

草青青，
影撞撞，
歌声唱在白云中：
“开出犁沟撒种子，
流下汗水盼好风……”
乡音是此情！

乡音未改

千里相思，一日归来，
婶子大娘都说人乡音未改。
乡音未改，
乡音难改，
乡音怎改？
家乡的泉水是哺育我的乳汁，
家乡的父老是我永恒的爱！

即使白头，我还是家乡的童孩，
乡音常在，家乡人秉赋常在：
山的坚强，
水的柔情，
树的直率！
乡音不改，我的诗情不衰，
唱高山流水，向五湖四海！

1984年2月6日

附

贺敬之的一封信

刘章同志：

你的名字是和《在延安文艺座谈会上的讲话》发出的光芒分不开的。你是新中国培养的来自农村的人民诗人。数十年来，你走过的生活道路，你创作的大量诗歌、评论和散文等优秀作品，都有力地说明，你是实践毛泽东文艺思想和他关于新诗发展道路的主张，并取得了创造性成就的诗人。在流派纷呈的我国诗歌百花园中，你是有民族特色的社会主义诗歌承前启后的代表者之一。

你的作品是得到人民的承认和褒奖的。你的许多诗篇不仅刻在了你家乡的坚固的山石上，更重要的是刻在了人民心中。正如在群众中流传的新民谚所说："金奖银奖，不如人民的夸奖；这杯那杯，比不上老百姓的口碑。"

作为你作品的忠实读者，我和柯岩经常谈到，在我们所仰慕和学习的老、中、青众多诗人中，你是不可缺少的一位。因此，我们认为：弘扬你所坚守的诗歌精神，研讨你的成功经验，提出更进一步的希望，这不仅对个人或诗友，同时也是对诗坛大有益处的。

请允许我仿效上述民谚，用这样两句话表达我们的祝愿，并请诗友们哂正：

"走向、面向，不偏移坚定的方向。"

"华章、天章，盼望出更多的刘章。"

此致

敬礼！

贺敬之

2004 年 5 月 10 日

杨逸明诗选

杨逸明

1948年生于上海,祖籍江苏无锡,上海师范大学中文系毕业。中华诗词学会第二届和第三届副会长。现为中华诗词学会顾问、中华诗词学会网副总编辑、中国作家协会会员、上海诗词学会副会长、《上海诗词》主编。已出版诗词选集有《飞瀑集》《新风集·杨逸明卷》《古韵新风·杨逸明作品集》《路石集·杨逸明卷》等。

七律·雨夜宿寒山湖度假村

山村犬吠起炊烟,野渡无人系钓船。
烹胖头鱼留客醉,住茅草屋傍湖眠。
两三阵雨来窗外,四五行诗到枕边。
不是繁莺啼晓树,书生好梦已逢仙。

七律·酷暑夜读书

天张炽热网恢恢,我坐危楼卷帙开。
汗向五千年洒去,风从九万里吹来。
哲人思辨飞成瀑,骚客心声响作雷。
谁及书生一瓢饮,纳凉随处是瑶台!

七律·来今雨轩饮茶步诗友原韵

欲避京都燥热侵,偶然相伴坐槐阴。
沏来杯底青峰耸,话到城头赤日沉。
新纪雀鸦声似旧,前朝风雨句传今。
人间有几清闲地,能遣秋花落满襟?

七律·五台山游后步诗友原韵

名山济济遍莲台,袅袅香烟散未开。
举世索求增我虑,私心肿胀遣谁裁?
大千物种频先灭,不二地球难复来。
安得五峰抽巨掌,击醒人类莫添灾。

七律·秋兴

吟翁无奈性情何,岁岁霜天发浩歌。
残照入怀豪气在,秋风吹梦壮游多。
人生丹桂心头绽,历史银河砚底磨。
自信诗笺非落叶,掷江成石不随波。

七律·灯下漫笔

自主头颅不受牵,帝王遥控也无权。
梦中寻觅人三二,灯下穿行岁几千。
万卷书围起丘壑,一支笔扫出云烟。
诗家心比官家大,揽月扪星敢问天。

七律·遣兴

月又东升日又西,南飞乌鹊为谁啼?
人生有味多吟草,梦境留痕是哑谜。
感慨且斟三盏酒,牢骚已闭两唇皮。
时邀千百年间客,肝胆灯前共一披。

七律·话别

小泊今宵一叶船,人生聚宴即离筵。
柔情未减中年后,烈酒还倾老友前。
已惯江湖开笑口,不妨风雨耸吟肩。
相逢时短无须恨,纵是恒星也化烟。

七律·夜读达旦

展卷浑忘夜已深,灯前拍案朗声吟。
爬搔痒背来神爪,揩拭灵台见佛心。
残月忽收千树白,朝晖又送一楼金。
不知窗外今何世,车马倾城起噪音。

七律·读书戏作

风呼云涌赴危楼,助我书斋汗漫游。
访古忽飞千载上,览奇常立万山头。
来回思绪超光速,起伏心情带电流。
能作自由王国主,无须入世觅封侯。

黄汉江诗选

目录

黄汉江诗选

格律诗词曲选辑(中华新韵)

上海长江隧桥吟(七绝)(外二首)

(南隧北桥由浦东相连长兴、崇明两岛)

一条巨隧赛神龙，两岛长桥胜彩虹。
世代潮汐祈坦道，今朝涌浪赞奇工。

海岛出行(1)(七绝)

自古携囊坐木帆，后来行旅挤轮船，
今天桥隧如车水，明早飞机似燕穿?

海岛出行(2)(五绝)

重雾锁河江；狂飙堵桨樯；
隧桥圆梦幻，岛岸豁无疆。

【注:以上三首诗初稿于2009年5月8日,发表于《中华六十年诗人大典》(中国文史出版社2009年版),后载于《诗海》(第十卷)(人民日报出版社2009年版),2010年4月经中华诗词当代著名诗人周笃文先生悉心亲笔评阅、指教,历经半年多,无数次修改,尤遵格律,稿定于2010年12月8日。】

高楼放歌(七绝)(外七首)

万丈高楼耸九霄，千条虹彩绕楼腰。
楼膝大雨楼身雾，楼顶依然红日高。

高楼披彩鸟瞰图(七绝)

万丈高楼耸九霄，千幅霞缎剪楼袍。
汽车误作龟虫甲，四面鸥鸽脚下翱。

高楼顶上遐想曲(1)七绝

万丈高楼耸九霄，偷塞云絮百千包。
援灾援难援寒苦，棉袄棉衣棉被袍。

高楼顶上遐想曲(2)(七绝)

万丈高楼耸九霄，舀来云彩亿千瓢。
调成浓墨频挥洒，万里山河着锦袍。

高楼闻雷祈绝招(七绝)

万丈高楼耸九霄，雷公应诺露绝招。
变压蓄电输天下，闪虎雷狮化鹿羔。

高楼吊车撒鱼钩(七绝)

高楼万丈吊车昂，云海苍莽鱼汛忙。
钓获新城一大桶，饵出喜悦满箩筐。

高楼建筑夜施工(七绝)

高楼万丈夜施工，汗洒银河浪几重。
撕块白云当手帕，湿衣晾挂月钩中。

高楼现代新结构(七绝)

万丈高楼彩幕墙，秦砖汉瓦过时装。
砼桩砼地砼基础，钢柱钢梯钢板梁。

住28层景观楼(七绝)

窗口临摹白渡桥，阳台垂钓浦江潮。
外滩月下游船渡，宝塔楼头星斗摇。

(注:1.白渡桥:上海外滩苏州河入黄浦江第一座古桥,中外闻名。2.宝塔,一指美丽的东方明珠塔,二指漂亮的宝塔形88层金茂大厦,均坐落于外滩对岸的东方曼哈顿、上海华尔街——浦东陆家嘴,系上海地标之一。)

驾车八咏

驾车高架路(七绝)

高架一溪湍水流，砼楼两岸茂林啾。
霓虹溅彩飞千瀑，宝马奔驰竞万舟。

驾车高山路(七绝)

巨蟒缠山越岭巅，轻车峭壁密林间。
飞轮碾碎白云影，笛响惊停鸟语喧。

驾车高速路(七绝)

百马奔腾试弱强，千帆风顺竞疾航。
路遥速快知车力，道阔车豪示盛昌？

驾车城市路(七绝)

人海车潮红绿灯，危楼瘦路大商城。
长桥隧道携高架，盗地偷天妙计丰。

驾车大桥路(七绝)

悬索鸿图挂大河，斜拉琴曲跨江歌。
绵延乐谱虚实线，流彩音符胖瘦车。

(注：悬索桥、斜拉桥均系现代建设超级大桥之新技术。)

驾车隧道路(七绝)

双龙共越浦西东，雾雪风霜永畅通。
车顶船舶涛滚滚，下行地铁客匆匆。

(注：地下越江技术精湛——上建汽车隧道，下筑轨交隧道。)

驾车乡村路(七绝)

春赏桃梨车醉颜，夏摘瓜果路香甜；
秋收稻穗淹车道，冬捡棉花掠路肩。

驾车泥土路(七绝)

平时舢舨弄潮童，烈日尘灰舞巨龙；
雨季泥牛脾性犟，雪天巧饰北极熊。

城市诗歌音乐会(七绝)

平平绿地鸟吟逐，仄仄高楼风咏读。
万路八通摹谱表，千车百态画音符。

六十来年住房谱(七绝)

呱呱坠地挤茅庐，苦苦青春兑瓦屋，
卅载三迁居景厦，双亲两墅享儿福。

恭贺上海理工大学105周年庆(七律)

上游源溯沪江中，海纳千川汇理工。
理管机文八业棒，工经光动百科红。
一流桃李花皆艳，百技园丁艺尽通。
零碳零瑕零傲岸，五洲五彩五方恭。

【注：1. 本诗为藏头诗(上海理工一百零五)。2. 上海理工大学源自20世纪初著名的沪江大学。3. 理(学)、管(理学)(博士点)、机(械学)、文(学)、工(学)、经(济学)、光(学)(博士点)、动(力学)(博士点)等均为该校的专业或学科。4. 作者于1994－2002年在该校历任经贸系主任、商学院副院长、投资建设学院院长、国民经济学(研究生)学科创始人，现兼该校管理学院校友会副会长。】

初稿于2011年4月下旬上海

恭贺立信会计出版社70周年庆(七律)

立校潘宗根系深，信传唐辈叶枝春。
会财贸审同争艳，计税金商互竞芬。
七彩书洋出海味，十全版苑产山珍。
社龄似鹤青春再，庆友如潮共勉尊。

【注：1. 本诗为藏头诗(立信会计七十社庆)。2. 潘宗指中国现代会计之父、立信会计创始人潘序伦宗师。3. 唐辈指以当今上海立信会计学院唐海燕校长为代表的教工们。4. 会(计)、财(务)、(经)贸、审(计)、计(算机)、税(务)、金(融)、(工)商均为专业或学科。5. 以往称出版能生产精神食粮，而今应提倡出产精神的山珍海味。6. 作者2002－2005年任该社社长。】

2011年5月25日定稿于松江立信园

夜上海之灯(七绝)(外五首)

座座高楼座座峰，峦峰瀑布彩霓疯。
条条马路条条涧，溪涧轻舟灯火澎。

夜浦江之灯(1)(七绝)

一江星月一江艇，满艇霓虹满艇星。
游舫是灯灯是舫，星灯艇舫醉难清。

夜浦江之灯(2)(七绝)

芽月弯弯水面泅，繁星闪闪满江丢。
桥灯漏彩淹航道，挤迫游船天上游。

夜桥塔之灯(七绝)

明珠璀璨染江波，惹恼群龙争抢夺。
能怨霓虹灯万种，众桥宝塔被激活?

（注：20世纪末，南浦大桥、杨浦大桥和东方明珠塔称为二龙戏珠，系上海标志性建筑，现又建了卢浦大桥、徐浦大桥，可谓群龙争珠。）

夜高楼之灯(七绝)

灯饰橱窗乱落英，外墙闪烁大荧屏。
楼头广告侵银汉，教会天神生意经。

夜马路之灯(七绝)

路灯盏盏闪航标，渔火匆匆赶晚潮。
广阔人生如大海，珍惜鱼汛竞渔捞。

贺俞冲家业两旺(七绝)

俞冲立业联中澳，赛胜国营藏妙招。
泽惠乡邻慈善路，福圆天赐好洋苗。

（注：1.本诗为藏头诗(俞赛泽福)。2.知识型企业家俞冲不但经营有方，还参与总主编三套丛书(60多部著作)，颇具知名度，也乐做慈善事业，捐建砼路。前几年移居澳大利亚，幸得澳籍儿子俞赛泽，真乃善报。）

2011年10月8日

筹资捐建故乡情(七律)

砼路条条宽又牢，车亭个个巧而姣。
文娱馆内文娱乐，闲话亭中闲话聊。
棋类乒乓凭智勇，纸牌麻将任逍遥。
健身影视民间舞，阅览评弹网上遨。

（注：2003年始筹资为故乡捐建文化娱乐馆和20条混凝土路、6个候车亭、2个休闲亭，并设立老年福利基金。）

高楼绿色风光美(七律)

水复水波青水淼，云推云浪彩云飘。
花香四溅花花艳，鸟语八歌鸟鸟娇。
雨打雨篷哼雨曲，风吹风哨奏风谣。
山重山绿山争绿，楼外楼高楼竞高。

故乡八鸟生态图(七律)

对唱黄莺恋柳情，双飞紫燕剪禾绫。
杜鹃谷谷忙播种，喜鹊喳喳好兆萦。
撞破河云白鹭重，啄伤湖镜海鸥轻。
独鹰武士巡戎阵，群雁书生变字形。

如梦令·崇明岛东滩湿地

潮浪轻摇水草，芦荡笑迎候鸟。镶点点风车，绿岸抱拥长岛。妖娆，妖娆。别墅搬来多好!

天净沙·故乡度暑假

紫藤绿树鸣蝉，轿车别墅花园，菜嫩瓜甜果鲜。鸟吟蛙咏，回乡误入桃源。

一半儿·邻居孩考上大学

儿拥金榜泣红眸，父卖猪羊缺大口，母绣衣衫千缕忧。泪仨流，一半儿欢欣一半儿愁。

摊破浣溪沙·昼夜高架路

高架横穿似涧流，砼楼竞峙若森稠。林声无止亦无休，作啾啾。

两岸霓虹飞万瀑，一溪渔火泛千舟。涛声无止亦无休，乐悠悠。

楼高需凭基础深(七绝)

万丈危楼入九霄，狂飙骤雨莫思摇。
若无百尺深基固，岂有千层大厦牢?!

恭贺上海立信会计学院85周年庆(七律)

立校潘宗根系深，信传新辈叶枝春。
会财金贸同争艳，计税工商互竞芬。
八院园丁花艺巧，五方桃李果香醇。
校坛细作商学谱，庆典遥扬诚信魂。

（注：1.本诗为藏头诗(立信会计八五校庆)。2.潘宗指中国现代会计之父、立信会计创始人潘序伦宗师。3.会(计)、财(务)、金(融)、(经)贸、计(算机)、税(务)、工商均为专业或学科。4.八院指学校现设八大本科二级学院。）

2013年10月28日定稿于立信园

咏梅(五绝)

迎霜傲雪开，倩影暗香来。

莫道春花艳，唯君美满怀。

2014年3月23日

游沙湖（七绝）

——题记：千百个芦苇沙洲浮现于碧波万顷之湖，真乃鬼斧神工，不愧为鸟之天堂、鱼之世界、游人之乐园

何路神仙撒宝珠？千枚翠苇嵌沙湖。
茫茫碧水迎鱼跃，片片丛芦喜鸟逐。

2014年7月下旬

旅英国伦敦（五首）

泰晤士河·黄浦江（七绝）

塔桥巧耸泰河中，水鸟轻摇大本钟；
黄浦斜拉弦乐曲，游船广厦画廊弘。

（注：塔桥、大本钟均是世界闻名的泰晤士河地标古建筑，南浦大桥、杨浦大桥、徐浦大桥均是现代技术的斜拉桥，仿如竖琴在奏。）

羊年春节

牛津街·南京路（七绝）

典雅牛津古色香，摩登物品满橱窗；
刷清旧辱南京路，广厦凌霄谁逞强?!

（注：牛津街是伦敦商业第一街，南京路曾是英租界，现号称中华第一商业街。）

羊年春节

格林威治本初子午线（七绝）

——东西零度经

少小书读子午零，而今脚踩本初经。
格林威治皆神往，鹤发方圆童梦情。

（注：天赐良机，带15位本科生赴英国冬令营，才圆了几十年的伦敦梦。）

草于羊年初八午时，改于2016年7月15日

一跨东西两半球（五绝）

前蹬两美洲，后踩亚非欧。
世界何其大？悠然跨半球。

（注：南北美洲代表西半球，亚非欧代表东半球。）

——2016年7月13日晚

傍晚在东西两半球零度经（七绝）

何来巨手挥神斧，欲把寰球砍两爿？
大不列颠夕照醉，魔痕划破泼诗泉……

（注：1.格林威治位于大不列颠岛，英伦郊野。2.本初子午线处用不锈钢制作成零度经，东、西两侧刻上东西两半球各大城市的经度，吸引着无数游客来参观这魔一样的零度经痕。3.当今世界已向多元化发展，大英帝国“日不落”的一霸世界已成历史，恰似夕照，仅吸引游客游览古迹、摄影、吟诗、作画而已。）

初稿于2016年8月20日，
改定于2016年8月23日上海基建优化办公室

外滩·陆家嘴·黄浦江（五首）

外滩（七绝）

万国建筑展鸿图，十里洋场嵌史书。
黄浦江潮淹旧耻，陆家嘴岸拓新途。

（注：外滩古建筑均为原租界各国所造。）

羊年春节

春节赏陆家嘴仨兄弟峰楼（七绝）

吉羊首日艳阳高，东岸楼林入九霄。
三炷高香祈祷准，浦江常涨万福潮。

（注：上海中心118层632m；环球金融中心101层492m；金茂大厦88层420m。上海地标仨兄弟，似3炷高香，福佑上海。）

羊年初一

黄浦江（1）（七绝）

高桥耸塔琴弦竖，快艇游船音乐符，
百里江河标谱表，波涛放嗓颂洪福。

（注：黄浦江大桥多为现代斜拉桥，仿如竖琴。）

羊年春节

黄浦江（2）（七绝）

浦江两岸竞楼高，隧道长桥显自豪，
万艇千船波浪问：还能被抢水一瓢?!

羊年春节

黄浦江（3）（七绝）

好友临门乐开怀，波涛举起酒千杯；
豺狼入寇激咆怒，骇浪轰天雷万枚。

（注：东北财经大学李五一同学认为《黄浦江(2)》战斗气息浓了点，欠温和包容，提出“江海焉拒水半瓢”。我解释说，黄浦江有段辛酸史、血泪史和耻辱史，即多国开埠瓜分旧上海旧外滩。这几年日美勾结欲抢钓鱼岛，故我字里行间强硬了，也因此吟了爱憎分明的本首诗。）

羊年春节

住江畔大厦（五绝）

窗描百丈楼，门瞰万艘舟。

梦里钟声伴，心中浦水流。

（注：黄浦江外滩著名古建筑海关大钟，逢时鸣奏《东方红》乐曲。海关钟声常鸣，母亲河水长流，国泰民安。）

2015年3月15日

住外滩景观楼（五绝）

小窗裱大船，广厦挤狭天。

近水浮遥月，新颜忆旧滩。

2015年4月28日

三十而立　硕果累累（七绝）

——恭贺上海市基本建设优化研究会成立30周年

优识志士社团缘，化雨春风学术园。

卅载根深枝叶茂，年年花艳果实鲜。

（注：本诗为藏头诗（优化卅年）。）

2015年5月8日

秋冬春夏（四首）

秋（七绝）

——阅美国之友顾军“秋凉添秋装”微信而感

秋雨秋风秋骤凉，秋菊秋雁数秋忙。

秋思秋念秋衣厚，秋谊秋情秋水长。

2015年11月19日于上海松江大学城立信园

冬（七绝）

——冬寒家园暖

冬雪冬霜冬太寒，冬梅冬柏染冬颜，

冬娱冬乐冬冲网，冬酒冬茶冬暖园。

2015年11月25日于上海松江大学城立信园

春（七绝）

——诗情爱意似潮涌

春雨春风春柳摇，春莺春燕剪春苗，

春花春曲春诗画，春恋春情春涌潮。

2015年11月26日于上海松江大学城立信园

夏（七绝）

——夏乃色香味音俱美之季

夏风夏雨夏青苍，夏夏荷花满夏芳，

夏夏蛙声丰夏谷，夏瓜夏果夏菱塘……

2015年11月28日于上海松江大学城立信园

乡桔（七绝）

茶几百果馥而鲜，唯感乡桔美又甜。

父母宅前红遍树，猴年吉兆满家园。

猴年初八于沪家

浦江涨诗潮（五绝）

——恭贺上海格律诗词社成立

浦水涨春潮，江风剪嫩苗。

诗林千鸟啭，词海万鱼遨。

[注：本诗为藏头诗（浦江诗词）。]

草于2016年4月10日深夜，改定于11日，于外滩家

古骚新艳（五绝）

——恭贺上海格律诗词社成立

宋柏添新杈，唐松吐嫩芽。

外滩神韵苑，怒放古骚花。

草于2016年4月12日深夜，改定于20日外滩家

十字回文诗

咏现代生态大城市（七绝）

——题记：新加坡是典范：

高楼、大树、鲜花、百鸟……

楼高树大路花稠翠鸟啾

读作：

楼高树大路花稠，大路花稠翠鸟啾。

啾鸟翠稠花路大，稠花路大树高楼。

2016 年 7 月 31 日于基建优化办公室

顶针回文诗

生态楼

绿　树　高

池　　　　楼

萦　　　　美

啾　　　　路

鸟　　　　花

翠　　稠

七言

树高楼美路花稠，美路花稠翠鸟啾，
稠翠鸟啾萦池绿，啾萦池绿树高楼。

五言：

楼美路花稠，花稠翠鸟啾，
鸟啾萦池绿，池绿树高楼。

四言：

美路花稠，稠翠鸟啾，
啾萦池绿，绿树高楼。

三言：

美，路花稠，翠鸟啾，萦池绿，树高楼。

十六字令：

楼。美路花稠翠鸟啾，萦池绿，池绿树高楼。

倒读：

楼高树绿池萦啾，绿池萦啾鸟翠稠，啾鸟翠稠花路美，楼！

2016 年 7 月 31 日于基建优化办公室

回文诗

清晨散步（七绝）

平平草绿舞蝶群，仄仄楼高涌彩云，
青水湖泊鸳戏戏，亭浮小岛恋深深……

回文（七绝）

深深恋岛小浮亭，戏戏鸳泊湖水青，
云彩涌高楼仄仄，群蝶舞绿草平平……

2016 年 8 月 1 日于基建优化办公室

回文词

渔父引·夜游外滩

楼外滩滩外舟。
秀圆月水长流。
稠灯彩万人游……

回文

夜乘游船

游人万彩灯稠。
流长水月圆秀。
舟外滩滩外楼……

（注：身在游船，船外是滔滔江水、水边是滩、滩上是岸、岸上是楼……所以船外是滩，滩外是楼。）

移首字再成一诗：

外滩夜眺浦江陆家嘴

外滩滩外舟楼。
圆月水长流秀。
灯彩万人游稠……

（注：夜外滩著名景观——万国建筑、七彩游船、滔滔江水，两岸高楼林立、霓虹如瀑……而滚滚人潮更是景中之景，又添圆月秀江，真乃迷人观止。）

2016年8月3日晚于基建优化办公室

回文曲

雁儿落·清晨湖畔

曲牌雁儿落格律(正格):

十 一 十 丨 一 韵
十 丨 一 一 丨 韵
十 一 十 丨 一 韵
十 丨 一 一 丨 韵

(注:要求句句押韵,且平仄韵换押。本曲回文也要符合其格律,难度甚大。)

厦高摩九霄,霞彩涂楼角。
大鹰云顶翱,佳景湖中倒……

回文

雁儿落·湖畔晨景

倒中湖景佳,翱顶云鹰大。
角楼涂彩霞,霄九摩高厦。

2016年8月2日于基建优化办公室

一字诗

故乡海岛东滩吟(七绝)

一海一江一绿洲,一桥一隧数一流。
一滩一引一千鸟,一浪一淤一万秋……

(注:1.长江泥沙和东海潮汐的完美联姻,才诞生出绿色美丽的世界最大的泥沙淤积岛——崇明岛。2.通往崇明的上海长江隧道和上海长江大桥是世界一流的隧桥。3.崇明东滩湿地是万千候鸟的生态乐园,是中国重点鸟类自然保护区,且在江沙和海潮中日长夜大,务须世世代代珍惜她、保护她。)

2016年8月5日于基建优化办公室

半字诗

原生态江海滩涂赞(七绝)

半江半海半微咸,半半河鲜半海鲜。
半草半滩镶半苇,半云半鸟半蓝天……

(注:长江水是淡的,东海水是咸的,江海交汇处的水是微咸的,这里既有淡水产河鲜,又有咸水产海鲜,更有特产河蟹苗、河鳗苗和鲜美的刀鱼、河豚鱼……在漫无边际的青苇绿草丛中,有种类繁多的蟹类、鱼类、虾类、贝类……这江海滩涂天地,更是闻名于世的万鸟王国。)

2016年8月10日于基建优化办公室

数字诗

原生态东滩湿地(五言)

一日二渔潮,三四百亿草,
五六七万蟹,八九十千鸟……

[注:崇明东滩湿地在长江泥沙和东海潮汐的完美哺育下日长夜大,昼夜两次潮汐带来了网捕鱼虾蟹鳗的渔汛,滩涂上绿色苇草一望无际的,苇草中有万千蟹螺鱼虾和各种水生物……给各式鸟类提供了食之不尽的美味……形成了一个天然的、完美无缺的原生态生物链……

本诗是最全数字诗(在20字内唯零无法嵌入)。]

2016年8月6日子夜于基建优化办公室

宝塔诗、五言同头同心诗

崇明岛东滩湿地赞(二首)

宝塔诗:

艳
绿缎
皱成澜
潮退潮满
长江捐沙滩
东海馈赠水产
万鸟衔云裱湛蓝……

五言同头同心诗:

潮涨满浪涛
潮落满绿草
潮来满鱼虾
潮去满蟹鸟……

2016年8月8日于基建优化办公室

夜望塔吊施工(七绝)

吊杆横空甩九霄，银河垂钓太逍遥。
星星渔火穿云浪，芽月扁舟捕夜潮……

（注：上海超高吊车约占全世界20%，许多重点工程如抢渔汛季节一样而昼夜施工。）

2016年6月28日于基建优化办公室

玻璃体＋回文体

中秋游园（七绝）

宗亲笑闹小亭闲，喜品茶间赏月圆。
东面水中舟共爽，兄三两曲亮云天。

回文（七绝）

天云亮曲两三兄，爽共舟中水面东。
圆月赏间茶品喜，闲亭小闹笑亲宗。

2016年9月15日（中秋）22时草于基建优化办公室

玻璃体

赞十六月亮（五绝）

十六月儿圆，吉白亮大全。
无需图首誉，真美显非凡。

（注：十六的月亮无逊于中秋月亮，有时会更圆。）

作于2016年9月16日（猴年八月十六）晚8点，改定于10月3日晚

稻海滔滔（五绝）

岛内稻淹畴，金波惹海鸥。
农伯昂首笑，谷穗尽低头。

（注：岛外是江海，岛内是稻海，海鸥会越岸来稻海翱翔……）

2016年9月29日于基建优化办公室

徜徉在陆家嘴江畔（七绝）

当年恋爱外滩潮，花甲夫妻对岸遨。
卅载情同黄浦水，秋波春浪夏滔滔

（注：1.女儿赠国际会议中心餐券，餐后与夫人在浦东江岸徜徉。2.80年代外滩是上海人恋爱的最佳约会地。3.抚今思昔，一江之隔，30年间，感慨万千……）

草于2016年10月19日夜，定稿于10月23日

校园湖素描（七言）

一湖二桥三凉亭，四滩五鹭六楼影，
七墩八椅九书声，十林百鸟千万情。

2016年11月19日 于松江大学城立信园

故乡海岛八滧之歌

题记：1.八滧河港位于故乡崇明岛陈家镇中兴镇交界处，河水源自长江，其闸外是长江入海口。八滧河兴修之初是陈家镇乡、汲浜乡（中兴镇前称）、裕安乡三乡的母亲河，集饮水、排涝、灌溉、水运、渔业等多种水利功能。作者生在八滧河畔，喝八滧河水长大至二十一岁（1977级考入大学）。2.作者事业初成后，感恩故乡，为崇明招商引资（每年缴税300多万元），积极行慈善，筹资捐建了1个村民活动中心、2个休闲亭、6个候车亭、20条混凝土路（汉江路、汉江南路、汉江南支路、汉江北路、汉江北二路、汉江西路、东汉江路等）和老年福利基金，被崇明县授于“瀛洲好乡贤”荣誉称号和被中兴镇授于“中兴好乡贤”荣誉称号。

乡情（1）（七绝）

汉江路伴八滧港，港水悠长路更长。
水涌怎及情感涌，乡情满满胜河江。

乡情（2）（七绝）

自幼上学泥路泞，每逢雨季苦难行。
勤读立志捐砼道，树大增荫绿叶情。

乡情（3）（七绝）

八滧河畔草平房，廿载生活爱故乡。
善建车亭捐道路，造福村镇谊情长。

故乡八滧母亲河（轱辘体）（四首）

七绝

八滧故里母亲河，源自长江老大哥。
忆想孩提游泳戏，满篮欢笑蟹鱼蛤。

七绝

饮育三乡世代歌，八滧故里母亲河。
排洪可御倾盆雨，灌溉能施万顷泽。

（仄韵）

渔舨渔歌渔小帅，渔杆渔网渔翁派。
八滧故里母亲河，闸外渔轮耕大海。

七绝

阳春百舸输砖瓦，　　盛夏西瓜满艄搁，
秋季千帆装五谷…… 八滧故里母亲河。

儿时八滧河夏夜(七绝)

八滧河畔夜乘凉，戏水孩童捕蟹郎。
万籁群歌蛙领奏，繁星裸泳月钩樯。

回八滧河畔寻觅童年的影像(七绝)

(禁不住捧喝故乡水……)

河水清清昼夜流，捧喝两口爽心头。
悠悠岁月如胶卷，嗜泳童年展眼眸。

八滧河水流过我少年的门口(七绝)

河水潺潺日夜流，情同闺蜜伴春秋。
吟诗欢唱河轻奏，诉怨说忧水化愁。

回八滧河畔寻觅少年的音影(七绝)

母亲河畔乐徜徉，游子寻踪泪脸庞。
钓蟹摸鱼偷戏水？歌声笑语耍迷藏？

八滧河水流过我青年的门口(1)(七绝)

河水哗哗伴奏流，女男老幼战三秋。
杠挥挑起棉山乐，镰舞割平稻海愁。

(注：1、1974年1月我于上海崇明县大公中学毕业后留校教语文，但每逢农忙都要支农。2、三秋指秋收、秋培和秋播的农忙季节，农民们尤其担心丰收在眼的稻谷如遇风雨会霉坏。)

八滧河水流过我青年的门口(2)(七绝)

河水轻轻细语流，岸边泪诉志无酬。
人生雾里寻新路，唯想宅基变小楼。

(注：1977年之前无高考，农村小伙人生如雾、有志难酬，只得选择先造房成家。)

八滧河水流过我青年的门口(3)(七绝)

八滧滚滚奋发流，考上辽财泪满眸。
父母嘱托帆挂顶，乡亲期望顺风舟。

(注：1977年我考上了辽宁财经学院(现东北财经大学)。从此我这叶小舟载着父老们的重托、载着乡亲们的期望从八滧母亲河驶向了波澜壮阔的长江、驶向了波涛汹涌的海洋。)

八滧河水流过我青年的心头(七绝)

八滧滚滚气昂流，岸畔高呼志已酬。
教授光宗荣故里，著书超百汗浮舟。

(注：上大学(22岁)和工作后，八滧母亲河虽不在我门口流，但一直在我心中流。每当我回家探望父母，我总爱在河边徜徉和轻声汇报。我1987年破格晋升副教授，1993年(37岁)晋升教授(上海规定1994年之前的教授享厅局)。我前后独著、主编、总主编180多部著作、教材、工具书。)

八滧河水流过我中年的心头(七绝)

河水滔滔邃广流，感恩故里善行谋。
车亭筑入乡亲梦，砼路疏通致富畴。

(注：步入中年，事业已成，人脉越来越广，我积极为故乡招商引资，广筹资金为老家村镇捐建混凝土道路和候车亭、休闲亭及活动中心等，造福于父老乡亲。)

八滧河水正流过我老年的门口(七绝)

河水幽幽静谧流，氧吧绿树小洋楼。
花鲜鸟啭竹园翠，菜嫩瓜甜鳝蟹优……

(注：退休后，应会回到饮育我长大的母亲河畔，让河水仍流过我的门口……)

八滧河水常在我心中流(1)(七绝)

河水轻轻似梦流，故乡生态又新筹。
千蛙可占池多亩？百鸟分得树几丘？

[注：欣闻崇明岛要规划建设成世界级生态岛，似觉甚远，这确是冰冻三尺之事，因为孩提时小沟边美丽的芦苇没了，动听悦耳的护田青蛙少遇了，吃害虫的蟾蜍(也是蛤蟆)罕见了，可伸手捧喝的小沟小河水没了……]

八滧河水常在我心中流(2)(七绝)

河水清清静谧流，涓涓忧虑淌心头。
耄耋父母难服管，浇菜栽瓜当练球。

(注：老爸老妈80多岁了，老是闲不住，偷着在宅前宅后的院子里种菜种瓜种果树，疑似后辈虐待老人。老人们电话里辩解说：这是活动活动，你们不是也跑步、游泳、打球吗？这叫锻炼身体……)

流水诗(七言)

流大流小流正常，流清流浑流质量，
流快流慢流速度，流左流右流何方？

徜徉在为故乡捐建的砼路上(七绝)

汉江路上自徜徉，树悦花怡鹊瑞祥。
建道捐亭尊老辈，福民耀祖益家乡。

本组21首诗作于2017年2月至3月海岛老家和上海基建优化办公室

新体诗选辑

游青海湖

旭吐彩霞天蓝蓝，
岸铺菜花金灿灿，
山坡绿绿马牛羊，
湖水青青鱼鸟帆。
——身心染斑斓。

2014年7月下旬

游青铜峡108塔

青铜峡，素描画，
微风轻鸟芦苇花，
黄河水，醉青山，
壹零捌塔恋彩霞。

2014年7月下旬

散文诗选辑

潮

教学楼的梯呀，多么像潮起潮落的闸门口。

早晨，一股股喧哗的笑语，向楼梯口涌，往教室里流。笑语里开放着豪情壮志的浪花，脑海间飞翔着一只只渴望知识的鸥。涨潮了，是涨潮的时候。

夜晚，一股股喧哗的笑语，涌出教室门，泻向楼梯口。笑语里翻腾着黄金时代的浪花，心海里行驶着一叶叶载满知识的舟。退潮了，是退潮的时候。

教学楼的梯呀，多么像潮起潮落的闸门口……

稻田

黑板——无垠的稻田；一片字——秧苗的绿毯……

教师，是辛勤的管水员：每一个公式的推导，好像倾情的灌溉，促秧苗分蘖，根须扎入学生的心坎；每一次定理的讲解，宛如精心的施肥，使秧苗抽穗，稻花扬进学生的脑间。

呵，待到金秋，让我们欢快地核定亩产……

海边诗草

(一)

海滩上礁石亮晶晶，礁石外海水蓝滢滢。
礁石上读书格外亲，海水轻轻舔脚跟。
可爱的海常无情，教唆激浪抢我读书声……

(二)

小张常在海滩上读书，却没有留下半点脚印。

岸边的小松树，向海警告："莫要吞窃小张前进的迹痕……"

海浪大笑着说："我已把它保藏好，水晶宫里还储千姿百态的珍珠、金银……"

歌咏会

这是一次无名的歌咏会，激情的鸥扑进了我的心海——"阿拉"的青春在诗里喷焰；"老表"'的理想在歌中闪辉。诗里倔挺出长白山的青松;歌中荡漾起大草原的风味。珠江口的诗潮奔腾急泻;天山上的牧歌展翅横飞……

呵,这不出名的歌咏会,也是大学海洋里一滴珍贵的水!

多彩的路

——题记:同学总爱在校园附近的山坡读书

这是一条美丽的带——轻轻地飘在绿色的山坡,簇拥着无数奇异的小草和花朵。一头系牢山巅上的悬岩,一头牵住校门口的柳树。

这是一条闪光的梯——多少人迎朝霞攀山头,多少人披月光下山坡。松林间的鸟儿偷看我们振笔,山谷里的细流陪伴我们读书。

这是一条时代的脉——今天在野外攻克数理化,明朝去描绘中华的宏图。莫渺视这条无名小路,它跳动着时代的脉博。

这是一条奔腾的瀑——淌着无尽的汗水和知识,瀑源发自我们的胸窝。呵,泻出的是满腔豪情,泻出的是远大抱负……

蛙声呵,我的朋友

咯咯咯、咯咯咯,秧禾绿,蛙一片……

夕阳静静地浮在山间,彩霞轻轻地飘在稻田。我慢慢合上手中书本,无尽的遐思滚滚翻卷。

咯咯咯、咯咯咯,思如潮,蛙一片……

去年的夏天我在海岛,肩上的铁锹我的伙伴。凌晨,在蛙声里巡渠,傍晚,在蛙声里浇灌。

咯咯咯、咯咯咯,情似汐,蛙一片……

我和蛙鼓友爱无限,是它带来稻香的丰年;我和蛙鼓常常谈心,上大学的理想何日方能实现?

咯咯咯、咯咯咯,话胜泉,蛙一片……

今年的夏天我在大学,手中的钢笔我的伙伴。曙光里把英语朗读,明灯下将资料轻翻。

咯咯咯、咯咯咯,喜相逢,蛙一片……

欣闻异乡歌一样的蛙声,好像故友重逢在埂边。请你转告海岛的青蛙,校园的“秧禾”已经丰收在现……

咯咯咯、咯咯咯,思如潮,蛙一片……

血红的夕阳躲进了山谷,绚烂的彩霞慢慢地收敛。我急忙打开手中的书本,理想的风帆正破浪向前。

咯咯咯、咯咯咯,情似汐,蛙一片……

校园布谷声

布谷、布谷……

布谷鸟在欢叫。

你来自遥远的海岛?有什么喜讯欲相告?请在我旁边的树上歇一会,哪怕是一分一秒。

布谷、布谷……

布谷鸟在欢叫。

昨天村长也来函——一幅故乡涂彩的风貌:新的河,新的桥,新厂房,新良种,新农机,新指标……

布谷、布谷……

布谷鸟在欢叫。

老师把知识的谷,撒进我们肥沃的大脑;我们把理想的谷,撒向中华现代化的田坳。

布谷、布谷……

布谷鸟在欢叫。

布谷鸟呵,快飞吧,请你捎向日新月异的宝岛,你的儿女在远方笃志攻书,你的儿女向你致以崇敬的问好!

布谷、布谷……

布谷鸟在欢叫。

校园的美

苍翠的山紧紧地拥抱住校园,湛蓝的海热情地争把校园搂在怀……

我们的校园,柳长青,松长绿,花长开。

我们的校园,歌声常流,笑语常淌,书声常飞。

海鸥披了早霞来玩，山鹰捧了夕阳串门；而白鸽从早到晚地飞去又飞来……

呵，如果大自然是本大辞典，我们的校园一定是这字：美！

神的纸

你是一片小而轻的纸，爬不进文盲的眼帘。

你是一块大而沉的金，是青年勤奋的结晶。

说小，你是很小，仅几寸。我却说你极大，漫无边缘。你摄下了三千昼夜锲而不舍地伏案的雄姿……

说轻，你是很轻，仅几克。我却说你太重，难以称算。你积聚起几万吨改造乾坤的力量……

呵，神一般的纸，大学录取通知单！你是向现代化出征的马鞍！

热泪打湿了她

——"文革"后恢复高考第一年

一张入学通知书，多平凡，多简朴，紧紧儿贴在我滚热发烫的胸脯……

平时喜欢逗乐的我，为什么骤然哑默？双手微微颤抖，眼泪扑簌、扑簌……

我仿佛捧的是声讨书，愤怒的惊雷从心中爆出：谁妄图埋没我们这一辈的青春?！谁梦想葬送我们这一代的抱负?！中学毕业，有志无酬，怀才不遇。

我仿佛捧的是红喜报，欣慰的浪波在动脉里奔突：谁给我们这一代点燃了年华的火焰?！谁替我们这一辈插上了理想的翅羽?！而今终于：实现夙愿，撒开阔步！

我端详的是丰收图：灯光下，埋头攻克数理化；鸡啼时，脚踩露水诵外语；酷暑天，谛听园丁细讲课；大雪夜，请教叩开教师屋，复习迎考呵多艰苦！

我遐想的是怎上路：肩膀上，祖辈期冀大如天；心窝里，村民嘱托重似山；回头看，曲径崎岖千里遥；昂首望，征程漫漫刚迈步。考上大学呵多幸福！

呵，这张入学通知书，闪荣光，溢神采，紧紧儿贴在我千山万壑的胸脯……

插秧小曲

是一匹匹绿绸，才泻出灵活的机织手？是一股股碧波，刚涌出奔腾的闸门口？

绿油油，一棵棵嫩壮的秧，在插秧机下直漏；齐刷刷，一条条翠青的毯，凭姑娘们的巧手铺就。

人人提高了警惕，决不让火急的农时逃走；个个树立了壮志，定要教村里的囤尖冲霄九。

插呀插，插下信心和豪情一片片；插呀插，插下机声和歌声一首首。

呵，一匹匹绿绸急泻出灵活的机织手，一股股碧波扑涌出奔腾的闸门口……

拔秧晨曲

轻轻的歌声在晓月光中流，甜甜的笑语在绿秧波上走。歌声吵醒了小鸟儿的酣梦，笑语扰乱了青蛙们的旋律。

"三抢"的季节被我们揪住，时辰的马车由我们驾驭！拔呀拔，使劲拔，秧儿们快乐地跳进我们的双手；拔呀拔，加速拔，农民们在竞赛中个个精神抖擞；拔呀拔，喝退腰酸背痛三千里，青年们的拉歌声一首高于一首；拔呀拔，让丰收的潮讯涌入心窝窝，男女老幼的笑语一畴胜过一畴……

呵，轻轻的歌声在晓月光中急流，甜甜的笑语在绿秧波上奔走……

脱粒机的口(外一章)

一座座麦山阻云，一舔舌，被你一口吞；一幢幢豆垛如岭，一动齿，被你一口啃。

你仅一抖唇，嚼净了露牙的玉米几千亩；你稍一张嘴，喝枯了金色的稻海数万顷。

小小的脱粒机呀，饭量如此骇人，却食不尽当代农民的干劲；大大的脱粒机呀，胃口如此神通，却吃不完当代农民的雄心……

闸门

抢收季节扑面来，脱粒机呀好似闸门开。

千里万里麦波翻，一进闸，顿然水流澎湃；千顷万顷稻浪涌，一出闸，骤然风卷涛飞……

粮食的潮拍田埂，闸门一开涌向云天外；丰收的汐击堤岸，闸门一开奔往江南北——淹没了国家的大粮仓；涨满了城市的食品柜；淌入了欧亚美的碗；流进了澳洲非洲的胃！

闸门开呵乐开怀，你泻出的点点滴滴是幸福水；闸门开呵思绪飞，你甜蜜的源泉从哪里来——发源于当代农民的壮志，誓为中华多赚外汇？发源于当代农民的干劲，浇灌新农村丰收花的汗水?!

“三秋”机声

如暴风呼啸，似群雷轰鸣。迎着朝阳战“三秋”呵，串串声鸣扑我心。

万里晴空无乌云，哪儿来这风雷声？问苍天，苍天默默不理睬；问太阳，太阳只笑无回音。

越过大堤热血沸呵，好一幅喜人的图景：“卟卟卟”割晒机在稻海里游泳；“嘣嘣嘣”拖拉机翻卷层层泥浪；运输机一路欢笑一路春风；播种机满田奔忙满田歌声……

“卟卟卟”“嘣嘣嘣”远胜千顷风暴，万钧雷霆；“卟卟卟”“嘣嘣嘣”，展示出一幅农村新图景……

船行长江口

——远离海岛，去大连读书

洁净的扬子江水把我哺育。呵，慈母的浓甜的乳汁般的江水。

清新的扬子江风将我锻炼。呵，严父的淳厚的话语似的江风。

话别父母，告辞海岛，置身江口，凭舷眺望，满江的话语在东流——

我恨不能捧起扬子江，开怀畅饮，蓄入我胃的水库；

我恨不能兜住长江风，一吸而尽，储进我肺的氧瓶……

多妙呵，在异乡还能尽情地喝故乡的水，吸故乡的氧！

圆月

圆月，我爱你，你像一面银亮的镜子，把银光赠给我们。夜，因之而神奇又优美；

圆月，我恨你，你不是一面银亮的镜子，把故乡抛在远方。夜，因之而无聊又愁闷。

我目不转睛地望着圆月，但愿你倏然真正化为透明的镜子，让我偷看一下海岛鱼米水乡的风姿；让我观赏一次海岛粮山棉岭的神影……

散步小韵

——故乡在长江口，而今在渤海滩

弯弯的月芽像一个撒进清水的鱼钩，微微激起了几圈云的涟漪。

细细的鱼钩，钓住了渤海滩游子的情思；钓住了长江口璀璨的龙珠；钓住了宝岛上又获丰收的喜讯……

纺纱

可爱的春蚕姑娘，勤勤恳恳，精细地纺，直到生命的最后一息，把珍贵的丝贡献给人类……

春蚕姑娘呵，你的一生多么崇高、多么闪光！

贪婪的蜘蛛女士，忙忙碌碌，悉心地纺，直

至肚子胀成大鼓，仍把美味的俘虏缚捆在纱网……

蜘蛛女士呀，你的一生何其渺小、何其肮脏！

虹

（一）

阳光和云雾结婚后诞生秀丽的女儿——七彩长虹。

她知道，如果唾弃了阳光，就会消除殆尽；她知道，如果离开了云雾，就会无影无踪……

（二）

虹是一条凌空而起的拱桥。美丽而精致，遐远而缥渺。

不作笃志奋斗的理想，纵然涂上各种鲜艳夺目的颜色，将永远像虹一样虚幻遥遥……

井

水井默不作声地钻进很深的地下，从四面八方汲取珍贵难得的琼浆；

水井大公无私地献出辛勤的果实，让人类万物畅饮新鲜可口的玉液；

它，诚心实意，勤恳尽忠；

它，鞠躬尽瘁，永不枯竭。

从而，我悟出了知识的琼浆玉液应源于何处、流向何方……

野草

信步在绿色的小河旁，我心怡神旷……

小鸟在鹅黄的柳枝上做游戏，边追逐，边轻唱；

清香托和煦的微风捎给人，多沁心，多舒畅。

寻不着这迷人的香源，我意乱，我心慌。

呵，我像勘探队员发现了稀有矿藏——密密的芦苇脚边，藏着一片浅绿的野草，紫色的花正暗暗地开放……

我喜欢小鸟的动，天真活泼，灵巧聪明。

我更敬佩野草的静，忠实诚恳，毫不声张！

螺旋桨

轮船在茫茫无际的蓝海上散开了孔雀美丽的画屏。

螺旋桨默默地躲在画屏下，刺绣出新奇的花，献给蔚蓝的大海，献给艳丽的孔雀……

外一首

勤苦的车夫螺旋桨，埋头推着小车在千山万壑的丘陵间飞跑……

花的感受

花从蓓蕾里探出了笑脸，热情地欢迎新交的朋友。

蝴蝶抖起了漂亮的翅膀，舞姿是那样灵巧，那样柔……

蜂儿张开了甜蜜的嘴唇，接吻是那样亲昵，那样久……

花风趣地道出了心声：“蜂是甜的，蝶是美的，美满而幸福的生活之车少不掉两个轮子——物质上优厚的待遇和精神上丰盛的享受！”

中秋情歌（二首）

涛声

月，浮游在皎洁的云浪间；

柳，飘荡在轻盈的秋风里；

潮，奔涌在闪烁的大海边；

我，盘坐在清凉的异乡的海滩上……

舞曲，一支狂欢的舞曲，一群青年男女热烈而钟情的舞曲，翱翔在圆月下，戏逐在柳树间，溶合在潮声里……

但舞曲无法入人我的脑海，只在海边盘

绕。

我爱我故乡的圆月，我爱我故乡的柳树，我爱我故乡的海潮！

我痴情地谛聆大海的心声……

我又听见了和她坐在海岛的杨柳岸金风圆月下的涛声！

我又听见了和她憧憬高等学府深造的涛声！

我真的，真的又听见了和她立志为中华腾飞宏图添彩的涛声……

杨柳圆舞曲

中秋之月，亮又圆；

中秋之夜，美又甜。

兴致浓烈的金风，匆匆赶来，导演一场精彩的杨柳圆舞曲——

英俊的杨，大方地伸出粗大的手，挽住柳柔软的腰；

秀丽的柳，羞怯地伸出细嫩的手，搭在杨高大的肩；

海浪自告奋勇，弹起了珠圆玉润的琴。

杨柳在酣畅的琴韵里舞姿翩翩，多轻，多美……

中秋月呀，明亮又圆润！

中秋夜呀，甜美又醉人！

山水情

海紧紧地把山搂在怀，山热情地伸出手抱住水。

海含羞地说："山哥呵，你多可爱……"山腼腆地答："海妹呵，你多娇美……"

"我爱你！爱你万贯家财——胸储矿藏宝贝，衣飘麦香果味……""我恋你！恋你丰富多彩——怀孕珍珠鱼类，盛养海参紫菜……"

水扑过来亲昵地吻着山，山迎上去大方地接待海……

我情不可遏，喷出了心中的泉："我爱你们呵，祖国的山山水水……"

渔火

渔火，逮住了鱼汛的脾性，喜欢用渔网捕捉海面上的月光，过滤月光下的海水。

渔火，抓住了波涛的马鬃，善于挥木浆鞭抽浪巅上的狂风，劈斩狂风里的浪尖……

我爱你，渔民勤劳的珍影！

我颂你，渔场勇敢的精灵！

渔翁

钓杆伸向奇丽变幻的云端，长线撒进倒海翻江的山峦。

松鼠，缩紧脖子，溜走了；

野兔，竖起耳朵，惊跑了……

哈哈哈，哈哈哈……

又钓来了一大挂追逐嬉闹的鸟语；又钓到了一大群涌如春笋的楼厦……

建筑塔吊哟，你不愧是一位技艺精湛的渔翁！

外一首

港湾仿佛成了丰饶富庶的渔场，不然，哪能引逗数不尽的昼夜垂钓的渔翁?!

钥匙

新友邀我到他家，小房偎倚在山脚下。

唤弟弟掏钥匙，弟弟却把猎枪拿给他。

没待告别，屋里仅留下"弟弟快沏茶！"

问号的闪电亮在我心的窗边；古怪的闷雷轰在我脑的海涯……

茶叶尚未沏开，新友倒背猎枪，手提野兔、野鸟一大挂。

我惊奇地跨出门槛，唯见一条曲径拴进树林葱翠的山峡

噢，仓库真大！

白玉塔

白玉塔，臭名远扬，魔影高耸的塔。端详你，我心中如有千万个炮弹在爆炸。

在错杂的山沟，我寻觅当年豺狼横闯直撞的蹄印；在坎洼的山坡，我细找往日虎豹狂奔疯扑的踪迹；在险要的山巅，我搜捕那群野兽惨无人道的残杀……

我仿佛望见日本帝国主义端枪张牙舞爪地向上蠕爬；我仿佛听到沙俄帝国主义抓手榴弹龇牙咧嘴地向下乱砸；我仿佛怒视两条狂犬为抢叼一块肥肉而厮打……

日帝露出了得利的奸笑，耀武扬威地筑了这座纪念塔。从此，祖国破了又破，山河碎了又碎，人民又压了重重的枷。

呵，白玉塔，你是清朝政府腐败昏庸的耻辱柱；你是中华民族忍受创痛的伤疤！

而今，白玉塔你成了我们熊熊燃烧的火把！

我们的枪刺因之而更亮，我们的炮眼因之而更明，我们的战斗机因之而自豪地在长空翱翔，我们的舰艇因之而扬眉吐气地在领海巡察！

帝国主义岂敢再舀渤海一瓢水，采中华民族的一朵花？！

[注：日俄帝国主义为争霸殖民地，1904－1905年在旅顺险要的山上恶战。日胜后，1909年建白玉塔（也称“表忠塔”）作纪念。]

春歌

多少春色溶进激情澎湃的赞歌；多少春光泻进千古传颂的诗篇。

我不是诗人，不是歌手，但面对飘香逸芳、感情横溢的春天，我思潮如天边流云绮丽变幻，我激情似大江浪涛呼啸翻卷。

（一）

江南，春雷滚动；塞北，东风拂面。

一场春雨，挥起了涂彩的画笔，把祖国大地描绘得万紫千红，春意盎然——倔强的竹笋，冲决了残冬的封锁，一股劲儿往上窜；欢乐的小鸟，穿梭在嫩绿的杨柳，叽叽呀呀荡秋千；

白晶晶的春梅，抖落残雪，张开笑脸；红艳艳的桃花，含情怒放，芬芳四溅；

黄莺仿佛因春天的美景而尽情酣唱；白鸽好像因春天的胜利而起舞盘旋……

呵，春天来到了，她那样容光焕发；春风吹来了，她这般沁人心田！

（二）

我爱这争奇斗艳、教人陶醉的大自然之春，我更爱那祖国建设繁花似锦，五彩斑斓的春天：农村承包的花枝，伸向天南海北，遍地尽燃……

城市改革的红旗，插满长城内外，红透群山……

文艺界，双百方针，大放光辉，艺人们紧握彩笔，精心描画着不平凡的春天……

校园里，阳光普照，雨露遍洒。园丁们焕发青春，精心耕耘，茁壮的幼苗生机无限……

更喜那久旱的科技花园。一棵棵惨遭寒魔摧残的树木，如今绿叶欣欣，青春再现；一颗颗几乎闷死的嫩芽，急起直追，后来居先……

呵，来了，诗一般的春天。

我们的公民们，不！是我们英雄的中华民族欣喜若狂，扑上去，扑上去，热烈拥抱这可爱的春天！

三

我们拥抱住可爱的春天，拥抱住前景明媚的春天。像问久别重逢的故友：春天呵，您从哪里来？路上可遇到险阻艰难？春天呵，你可知我们望眼欲穿？

是的，春天走来的道路真不平坦。

她不是来自诗人们华丽的诗句，她不是来自俏妍的红梅花间。她迎着风雨，穿过硝烟，漫漫征程，激战不断。

——那漫天的飞雪，那刺骨的朔风；那沉沉的坚冰，那厚厚的霜毯……

——怎能忘，那动乱的年代，狂舞的“阶级”棍棒，比冰霜更无情；真可恨，那昏暗的岁月，纷飞的“路线”帽子，比风雪更凶残。豺狼的魔爪，几乎糟塌得万木萧条、百花凋艳……

但！春天是不可战胜的，她一次又一次斗争，她一次又一次呼喊：“冬天不会长久，春天就在眼前！”

这真理的声音，震撼大地，响彻云天！这人民的声音，众望必归，一定实现！

最难忘呵，改革开放，春雷惊天，东风送暖。被压抑的春潮涌出了深渊——涌向工厂、涌向农村、涌向军营、涌向校园……甘露般的春雨洒出了新绿——洒遍山谷、洒遍平原、洒遍海岛、洒遍九百六十万……

呵，没有改革开放震撼环宇的春雷，岂能有风和日丽、繁花盛开的春天?！没有改革开放响彻九州的春雷，岂能迎来万众齐心、向现代化突飞猛进的春天?！呵，春天，你是英武的战士，胜利的旗帜时时将你陪伴……

呵，春天，你将永远居住在日新月异的中华大地，你将永远居住在亿万人民的心田……

作于1980年

泡桐树

崛地而起，顶天而立，撑开了一把苍翠的巨伞。

不吐娇妍飘香的花朵；

也没赏心悦目的色彩；

更无献媚乞爱的艳姿……

泡桐树，高大的泡桐树，只愿勤恳地、默默地给土地带来一大片绿的树荫，一大片美的树荫，一大片清的树荫……

网(外一首)

——为辽财基建经济775班30年而作

1978年的春天，辽财用一张神奇的网，把吐鲁番的葡萄、舟山岛的鱼虾、井冈山的翠竹、长白山的人参网到了渤海湾美丽的大连黑石礁旁。

1982年的春天，辽财把蘸满知识的网，撒向了中南海，撒向了黄浦江，撒向了鼓浪屿海边，撒向了深圳小渔港……

2008年的春天，东财收了一下差点儿撑破的网，网里挤满了西装革履的局长、银发斑斑的教授、金味芳香的行长、轿车奔驰的董事长……网里漏出了同学们的绵绵回忆、漏出了同学们的深深友情……

5年后的春天，10年后的春天，20年后的春天，30年后的春天，当东财一次又一次收网的时候，还能网到辉煌的纱帽多少顶？还能网到传世的著作多少部？还能网到洋味的别墅多少幢？……网里兜满了同学们的涓涓幽思、兜满了同学们的潺潺遐想……

作于2008年5月2日清晨大连博览大酒店

校友网

辽财校友网有多大？

辽财校友网能把地球装下！

不然怎么会：网的纲在大连的渤海，网的目撒落到了中南海、撒落到了扬子江、撒落到了太湖、撒落到了黄河……还撒落到了马六甲海峡、撒落到了泰晤士河、撒落到了自由女神海边、撒落到了好望角的波谷、撒落到了黄金海岸的浪尖……

噢，还撒满了波涛汹涌的商海：公司财务部的报表、证券交易所的K线、税务局的账簿、财政部的国库和世界银行的金库……

(注：当年的辽宁财经学院简称辽财，现今的东北财经大学简称东财。2008年5月1日辽财基建经济775班同学相会于大连博览大酒店和东财校园。)

作于2008年5月8日上海

附录一:2003 年 3 月 10 日上海立信会计学院报《立信报》专题报道

永不停歇的探险者
——访立信会计出版社社长黄汉江教授

(一)

1956 年出生的黄汉江教授很年轻,但他却称得上是“老”教授了。1987 年国家恢复职称评定时,没有中级职称的黄汉江一下子被破格晋升为副教授,这在当时整个上海市只有两名“幸运儿”,而黄汉江就是其中之一。到 1993 年他就已经被评为正教授,那一年他仅仅 37 岁。

黄汉江中学毕业后当了四年的中学语文教师,直到 1977 年全国恢复高考。凭着扎实的功底和四年教学经验,黄汉江顺利地接到了梦寐以求的大学录取通知书。在一首名为《热泪打湿了她》的诗中,黄汉江禁不住抒发了接到录取通知书之后的复杂心情和远大抱负交集的情怀。涌动着青春热血的诗篇中,我们不难看出年轻的黄汉江心中远大的抱负。正是这样一种激情的理想让黄汉江从一名中学语文老师成长为一位知名的经济学教授。多年以后,当黄汉江教授坐在宽敞明亮的社长室里和我谈起这段“激情燃烧的岁月”时,我依然能感受到他的那份激动的心情。

(二)

黄汉江考取了辽宁财经学院(现东北财经大学)基建经济专业。这是全国基建经济学科的三个重点单位之一。1982 年初大学毕业之后分配到上海市财政局。接下来的日子里,黄汉江几乎没有什么娱乐时间可言,所有的精力都花在了研究和论著上。他一边在报刊上连载“基建投资”讲座,一边忙于写作,此外还要应付工作上的各种杂事。短短 4 年后,《投资学概论》问世。这是国内第一部投资学领域的专著。这部著作一出版立即赢得了广泛的声誉。它不但获得上海市社会科学优秀学术成果奖,而且还获得全国基建优化优秀学术成果一等奖。它也奠定了黄汉江教授在这一领域的学术地位。当 10 年后,黄汉江原来读大学时的导师也出版了新的《投资学概论》并寄给他看时,导师坦言“书中有你的著作的影子”。1990 年黄汉江主编的《投资大辞典》汇聚了当时全国投资领域的 100 多位著名专家、教授,可谓一时之盛。此后由他主编的《建筑经济大辞典》则以其理论性和权威性成为这领域的基础工具书。

黄汉江教授的著作和论述如果要全部列出来,恐怕得长长一张纸。单单列出获奖的书目就已经让人够看一阵了。《论建筑经济学与基本建设经济学的关系》获全国建筑经济优秀论文奖;《投资大辞典》《投资生产力经济学》《涉外投资学》《投资学概论》获上海市社会科学优秀学术成果奖;《商品住宅初探》《投资学概论》获全国基建优化优秀学术成果一等奖;《英汉汉英投资词汇》获上海市社会科学学术成果奖;《社会科学争鸣大系》(丛书)获上海市社会科学优秀学术成果特等奖。从列举的这些著作及其获奖情况不难看出黄汉江教授的理论功底和学术实力。

与获奖著作书目繁多相比,黄汉江教授的头衔也不少。仅仅名片上“放得下”的头衔就有中国基建优化研究会常务理事、华东基建优化协会常务副主席兼秘书长、中国管理科学院高级研究员、全国级学术杂志《基建优化》副总编、中国未来研究会《发现》杂志副理事长、《基建管理优化》社长兼总编辑、中国经济科技开发国际交流协会理事、《上海建设动态》主编、上海市基本建设优化研究会常务副会长兼秘书长、上海基建优化研究所所长、上海市社会科学界联合会委员、上海理工大学投资与建设学院院长以及美联邦国际荣誉联合评审委员会委员、世界著名机构联合庆祝1999～2000年活动委员会顾问等。当然，现在还加上立信会计学院教授和立信会计出版社社长。近日，他还当选为上海市松江区政协委员。这些头衔一方面是对黄汉江教授学术贡献的肯定，另一方面也让黄汉江教授继续忙碌在学术工作中，牺牲了许多属于个人的时间和空间。

（三）

我问黄教授为什么会取得这么多令人瞩目的成就，以及对于我们这些后学们有什么建议。黄汉江教授认为自己所取得的成就和所获得的荣誉只能证明过去。黄教授说："我是一个喜欢探险的人，我觉得跟在别人的后面走没有什么新意，一定要敢闯，闯出一条别人所没有走过的路来，那就是一条自己的成功之路。"当年黄汉江教授发起筹建上海市基建优化研究会时，一没有资金，二没有知名度，三没有赞助。黄教授大胆地办了一个上海市建筑工程预算定额培训班，尽管每个学员只收20元，但是一下子来了1 200多人，于是就租了虹口区的解放剧场来讲课，这在20世纪80年代可谓是"出格"。但正是凭借今天看来的"市场化运作"模式，解决了一个学术社团的生存与发展问题。直到今天，这个研究会发展为有1 000多位基本建设领域著名专家、教授为会员并拥有于光远、许毅、项怀诚、钱伟长等为顾问的著名专业学术团体。敢为人先，做第一个吃螃蟹的人，始终坚持一种探险精神，再加上本身具有的吃苦耐劳的实干品质，这就是黄汉江教授成功的"秘诀"。

当问到黄汉江教授为什么会选择立信时，黄教授认真地说："我看好立信的未来。"立信升本以后将在生源、教学和科研方面有很大的发展空间，他希望能够在自己的努力下把立信的投资经济学科带进上海的一流行列。而谈到立信出版社的未来，黄汉江教授认为，立信出版社在我国财经出版界具有很好的口碑和品牌形象。要利用这一优势并继续扩大这一优势。在原有的基础上要考虑扩展出版图书的种类，推出一批"精品图书"和学术品质高的财经图书。另外，黄汉江教授还谈到如何为立信的教学和科研服务。对学校教材的出版、对教师著作的出版都要鼓励和支持，不能只是为了赢利而办出版社，对于不赢利的但是对立信的教学和科研的发展有帮助的事情，出版社也应该去做。这些无疑体现了黄汉江教授的学者本色。

我们有理由相信，有了像黄汉江教授这样的许多教授们的加盟，立信的事业一定会更加兴旺发达！

附录二:2003 年 12 月 18 日全国建筑业名报《建筑时报》专访

从理论家到实践家
——世界教科文卫组织专家黄汉江教授印象

陈小舟 宋世琦

上月,世界教科文卫组织正式发函上海市基本建设优化研究会,聘任该研究会常务副会长黄汉江教授为世界教科文卫组织专家,并盛情邀请他参与国际学术交流与合作。

这位黄教授,是中国基建投资领域的理论权威,以他卓越出众的学术成就,赢得了国际社会的认可和肯定,他的新时期投资经济学理论著述,也成为我国投资经济领域的基础理论之一。

黄汉江的理论建树可以上溯到 20 世纪 80 年代初。1982 年黄汉江以优异的成绩毕业于东北财经大学基建经济专业,回沪后被安排在上海市财政局工作。工作中涉及的许多问题,使他深感当时我国经济理论的严重滞后,为了改变这一状况,黄汉江开始了他的建设投资经济理论研究和专业学术著述。他运用高等学府的丰富理论知识,结合自己的财经工作实践,在报刊上连载“投资学”讲座,将全新的建设投资经济理念传播给社会。鉴于当时基建投资经济领域学术专著的空白,黄汉江又致力于基础理论的研究,经历四年艰苦努力,国内第一部系统论述投资学理论的专著——《投资学概论》——终于宣告问世。全书对投资规律、投资规模、投资体制、投资结构、投资布局、投资经济效益评价等重要投资理论问题进行了全面系统的阐述,在当时我国现代投资理论尚处于一片空白的情况下,为在计划经济体制下的市场化投资运作进行了有益的探索。著作先后荣获了上海市社会科学优秀学术成果奖、全国基建优化优秀学术成果一等奖。

在接下来的日子里,黄汉江又亲任主编,并以他的社会地位和学术影响,汇聚当时全国基建领域的数百位著名专家学者,编撰出版了《投资大辞典》和《建筑经济大辞典》。这两部巨著以理论的深刻性和专业的全面性,成为我国基建经济领域最权威的学术工具书。

成功,并没有使黄汉江沾沾自喜、止步不前,反而让他更清醒地看到我国投资经济理论初创时的薄弱。于是,一发不可收拾的黄汉江,在此后的十年间废寝忘食、笔耕不辍,一部部学术专著、一篇篇学术论文源源不断接连问世:《论建筑经济学与基建经济学的关系》,获全国建筑经济优秀论文奖;《投资结构经济学》《投资生产力经济学》《涉外投资学》,获全国和上海市社会科学优秀学术成果奖;《商品住宅初探》,获全国基建优化优秀学术成果一等奖……短短十多年时间,黄汉江教授在全国 30 多家报刊上发表论文百余篇,论文、著作总字数约 3 000 万字,有 18 项论文、著作、教材分别获得全国社会科学优秀学术成果奖、全国建筑经济优秀论文奖、上海高校优秀教材奖等奖项。

与此同时,黄汉江教授还是一位知名的社会活动家,特别是由他积极创建的上海市基建优化研究会,在这些年上海的大规模城市建设中,发挥了有益的探索参谋作用,作出了可喜的社会贡献。成立于 1985 年的上海市基建优化研究会,囊括了申城一批投资、建设领域的学术专家和业内精英,积极探索适合我国国情的建设经济之路,引导投资行为与世界模式的接轨,有效地充当了政府的参谋和企业的向导。特别是研究会对上海基本建设投资形势的分析和评估,为申城的一些房地产开发企业规避风险、提高效益起到了积极的作用。如今,上海市基建优化研究会已发展成为有 1 000 多名基建、投资经济领域著名专家学者为会员的著名专业学术性社会团体。

与时俱进、奉献社会,是黄汉江教授的事业主旋律。1994 年 6 月,上海理工大学为扩大院系规模,招贤纳才聘请黄汉江教授加盟。黄汉江教授先后担任了经贸系主任、商学院副院长、投资建设学院院长等职务,创建了商学院第一个硕士点——投资经济学硕士研究生培养点。他在亲自任教带好研究生班的同时,继续孜孜不倦地坚持他的开拓和探索,他一面主持做好基建优化研究会工作,一面主持编撰了“上海理工大学沪江商学丛书”,历经 8 年笔耕,一套全新的沪江商学丛书(50 多部著作、教材)基本成型,成为上海理工大学的重要教学研究成果。

去年 10 月,上海立信会计学院请黄教授出任工商管理系教授,并兼任立信会计出版社社长。上任伊始,黄汉江教授立即着手进行投资学科建设,并筹划出版“立信投资与建设丛书”。在这套丛书的编撰过程中,黄汉江更注重著书立说对社会实践的指导作用。今年 7 月 1 日,全国建设工程根据建设部的规定开始实施工程量清单计价新规范。8 月份,由黄汉江教授任主编,针对新规范而编撰的《现代建设工程与造价》一书就在第一时间面市了,为我国的建设经济活动及时送来了“操作指南”。

黄汉江教授的学术成就,受到了国际社会的瞩目。这些年来,先后有中国香港科学界和新西兰大学向黄汉江教授授予荣誉博士称号,马来西亚几所大学聘请黄汉江任兼职教授,前不久国际荣誉机构还向他颁发了“二十世纪成功人士”勋章和证书。

附录三：2007 年 4 月 11 日《崇明报》专题报道

大“江”之爱

——记“草根”慈善家黄汉江

当你乘坐在陈彷路线的公交车上，途经中兴镇红星村时，你会惊讶地发现，沿路的候车亭洋溢着都市气息，宽阔的白色路面直通宅前屋后，沿路而建的“王志林 姚根发文化娱乐活动中心”更是气度不凡……

“让我们农村人享受到城里人的生活。这都是黄教授的功劳啊！”走进红星村，蜂拥而来的村民都念叨着黄教授的好。

村民们挂在嘴边的黄教授叫黄汉江，是本村人，现为上海立信会计学院工商管理学院院长。2003 年以来，这位被村民称为“草根”慈善家的大学教授，用燕子衔泥筑巢般的精神，筹集了几百万元资金，为当地村民做了一件又一件好事。

走近黄汉江，感受大爱无垠的情怀——

今年 51 岁的黄汉江家住红星村 1 队。二十岁出头时，他迎来了生命中的一个春天：1977 年，全国恢复高考。当时，已在崇明大公中学教书的他凭着扎实的功底考上了东北财经大学，从此，这只雏鹰飞离了母亲的怀抱。

二十多年在外拼搏，黄汉江由一个大学生成了一名桃李满天下的教授。他著书无数，还是世界教科文卫组织专家、国家自然科学基金委员会管理科学评审专家、《基建管理优化》总编辑等。随着事业的成功，黄汉江的思乡情结也越来越浓，为家乡做点事、出份力的想法总是在他心里萦绕。

2003 年，一个好政策让黄汉江眼睛一亮，崇明县政府为解决当地百姓就业难等问题，出台了一系列“招商引资”优惠政策。黄汉江获悉后，兴奋得几夜没合上眼。他思忖，自己虽然是一介书生，但是，学生遍布各行各业，何不利用这层关系，呼唤经商的学生到崇明来投资呢?!

恩师的想法，很快得到了学生的响应，2003 年，有学生把自己原来注册在外地的企业“拉”了过来，并很快发展成为中兴镇经济园区最大的纳税大户。

因此，黄汉江有了一笔奖励，有了这笔钱，“日子”就好过了。于是，黄汉江开始为“用钱”而忙开了。

2003 年秋天，红星村 1 队第一条白色水泥路在黄汉江的张罗下开始修筑，村民们把它叫作“汉江路”。从此，“江荟路”、“冲佳路”等一条条白色路面如雨后春笋般冒出。三年中，黄汉江通过不断筹集资金，共为村里修筑了 11 条白色路面，总长达 4000 多米，总投入几百万元。

利用招商引资的回馈造福乡邻已经不能满足黄汉江的“大胃口”了。2004 年，黄汉江决定为村里造个活动中心以丰富村民们的业余文化生活，可是资金短缺怎么办?

学生最理解老师的心。当年夏天，学生王志林和姚根发利用自己学建筑的专业优势，和恩师一起，在村中心位置建造了“文化活动中心”。棋牌室、乒乓室、阅览室、健身苑等一应俱全。活动室负责人黄锦欢告诉记者，现在，每天来活动室看书、阅报、锻炼身体的不下百人，晚上不到十点是关不上门的。村民黄胜斌乐滋滋地说，自从村里有了乒乓室，自己参加了乒乓队，不但身体素质好了，而且还成了中兴镇乒乓团体冠军队成员。

黄汉江是个孝子，不仅体贴父母无微不至，而且对乡邻也关怀备至，看到村里有些老人家境贫困时，黄汉江总不时伸出援助之手帮上一把。2004年春节，黄汉江和妻子商量，决定用自己的名义建立一个老年福利基金，为村里的老人发放过节费，让他们过上一个快乐的节日。汉江的想法很快得到了家人的支持，当年春节始，红星村1－4队80岁以上的老人每年都“有”了另一份过节费。

从白色路面到活动中心，从候车亭到老年福利基金，进而是今年又集资参与陈溦路建设筹善事，黄汉江共筹集了多少资金，恐怕连他自己都无法说得清。在所有父老乡亲的眼里，黄汉江还是当年的“土娃子”，依旧喜欢穿妈妈为他做的布鞋，喝自家酿制的崇明米酒。

面对乡邻们送的8个“造福百姓，功在千秋”的锦旗和锦匾，黄汉江淡淡地说，我是崇明人的儿子，我是红星村的村民，我所做的，是在尽一个儿子的本分！

“儿子的本分”，却让所有人都感受到“草根”慈善家黄汉江的大“江”之爱。

附录四：

瀛洲乡贤黄汉江教授

——一个大写的诗人

朱荣兴

一

阳光灿烂，鸟啼清扬。海上瀛洲风清云淡，廿条汉江路锦缎般展开。响亮的春天唱出崇明乡贤的心声，滚滚的车轮转出江岛畅流的路况。岛欢水笑，风恋青飞。崇明赤诚的儿子，屡屡回眸长江口的故乡。东方明珠对岸的忠厚面容上泛起年少时光依恋乡土的神态。没有什么力量，能拉远赤子与故乡的距离；没有什么巨水，能分割教授与农民的纽带。汉江，农民之子的质地，像东海的碧水，那样地澄亮。晓翰，农村出身的学生，纵使无数次站上学术讲台，也丝毫不忘家乡的源与本；纵使看惯外滩繁华灯火，国外奇光异彩，仍然深爱着曾经走过的田埂、绕过的港汊和翻耕过的宝岛的土壤。乡贤，是这样的本色。教授，是那么地本真。

二

长江长水拍打出你宽广的胸怀，绿岛青色浸染出你朴实无华的底色。东海爽风吹开你豁达的情怀，渔歌乡音激飞出你质朴醇厚的生命韵律。五色沙土上，养育了一位睿智忠诚的崇明儿子。一个执笔丰著的学者、一位擅长建筑管理的专家。可亲可敬的乡人，一个可爱的游子和一叶出海外潮潮收港的锦帆。将家乡的村镇装在脑海里，挥之不去的乡影。把故土的思念缝进衣装，纳入时常出行的车轨和旋转不落的底盘之上。报效之心，瀛岛之子。你加大的油门，轰鸣在故乡的老宅头，热情洋溢在竹园青青的田埂旁，父老乡亲挥着草帽向你打着招呼。芦蒿内外传出的乡音，声声呼唤你的乳名。宅里村外涌出的人群，感从心生，颂扬你的善举。路，由泥泞路晋级为水泥路，升格成宽敞的幸福大道。

三

木乡贤是我们社会变化当中不变的神针，乡贤文化是传统的乡土文化的精粹，乡贤是瞩目未来的引领者。哲学上的回归，回归途中对乡里乡亲的报效，具体的爱国主义表征。乡愁不再仅仅是余光中诗里一枚小小的邮票那么干瘪、苍白，而是游子返乡后化解思乡郁结的集中体现和精神与物质双奉献。你从哲学的边际走进哲学本质的核心地带。黄教授便是这样一位诗人素质的现代好乡贤。修桥铺路，乡贤经典之举。崇明乡贤中，还无人筑路里程高于汉江诗人，还没有人建过舒坦的候车亭，盖过文化活动中心。晓翰做到了，以绵延不尽的劲力，禅精竭虑，赤胆诚心；以眷恋故土而生发的思情，用浓重色泽绘制家乡的大手笔。他做到了，乡情释怀，乡愁排遣，堪称乡贤楷模。他为家乡修的每一条路，都是他的哲念哲思的铺垫，都是哲学上的返程，哲性的意想回归。他是乡贤文化的传承者，是乡贤文化当代价值的践行人。

四

38年执教，讲台已然成了你的人生舞台。粉笔勾画出圆满，布展的理念和学识融化进入学生的血脉。莘莘学子，学士硕博，似青青树林里眺望着北斗的栋梁之材，像暖阳映照下勃发茁长的旺苗。桃香李熟，辛勤的园丁。撞击心灵的一闪念，你掀起灵感的阀门，安装在成年累月的伏案上。敲击心门的哲想，你揿住快门，统摄进砖块般的重重叠叠中，称掂出奉献的分量。你用管理的纹理梳通了为学生为社会服务的脉络。韶华倾负，你把构思的理念、成熟的理论著述成经久的、使人步步登高的阶梯。斗转星移，你的构想已是一片繁星，而你的实践与研究仍未有穷期。

五

上海理工大学首个经济学的研究生培养点——国民经济学学科，你是创始人。催开一朵经济理论研究的玫瑰花，建立一个效力市场经济的优化器。勇立潮头，为建设献策，为管理想方，培养一代经营管理人才。你是"文革"后首届财经本科生，你早在1984年就参加中国现代经济史上丰碑式的"莫干山会议"(全国首届中青年经济学者研讨会)，与王岐山、楼继伟、周小川等一同研讨中国经济的发展大计，展现出中青年经济学家的锋芒，彰显你理论学者的精粹。1986年你主编出版的全国第一本《投资学概论》，填补了中国投资理论界的空白，你的《投资与建筑经济》《货币时间价值学》等专著，是你谱成的一种投资与时间效益的多重协奏曲。1988年你就主编出版了国家财政部的全国统编教材《基本建设预算》，显现出你在全国建设工程造价教育中的位置。1990年，你领衔全国200多名专家、学者、教授出版了《投资大辞典》和《建筑经济大辞典》，开了全国投资建设和建筑经济理论之先河，并由清华大学知网出版电子版，社会效益越发突出。新世纪开始，你就同时总主编"沪江商学丛书""立信投资建设丛书""立信工商管理丛书"和"新世纪经济管理博士丛书"(160多部专著、教材)……上海基建优化研究所所长的优化思路，投资建设学院院长的盘算回路，工商管理学院院长的精明套路，从你宽宕的脑海里钻研辗转飞出。从崇明岛划出的修长弧线，牵着家乡父老的郑重嘱托，带着祖祖辈辈的体温，擦着东海的岸线飞驰。你管理的版图日渐辽阔，你建设的弩机发射高远，你澎湃的激情穿透蒙糊的空域，进入自在的行列，拉出自强的音响，大学毕业五年就破格被评为副教授(31岁)，三十七岁晋升教授。凭借一百五十篇论文和三十多部专著的厚度，才站上去如此稳妥，才升华到这一海拔高度。没有什么密码，全都是明码勤奋，没有什么诀窍，全来自于自我锻造。你排开外滩的喧闹独静著书，你滤清浦江水的浊质然后碾墨展毫。你记住了曾经沧桑的瀛洲，你承继了乡长曾祖父的优秀基因，你才——如长江般丰盈。

六

从高中时代就迷上文学，就依恋缪斯，就以精神食粮弥补生存食粮的贫乏，就在多门功课的隙缝中嵌入诗的信条，就用诗句写下自己的座右铭，就把诗的犀利触角刺入生活，就在东海潮退时滩涂上捡拾绚丽的贝壳，就在潮来浪涌时，划桨一枚诗之舟，泛游在苍茫的诗之海洋，就让生活、学习、工作充溢出诗意，飘逸出诗情，就来描绘憧憬的未来，就以诗的灵敏灵感装饰脑屏，启开诗一样的学之海、研之湖的纵深度和开阔量幅，就从崇明中兴镇的长江渡口，扬帆起航。你从新诗探索起步，从朦胧到清晰，启开世界诗窥，开启自己的心灵之窗，展开生活的哲思。你知道诗比哲学还古老，生活中不能没有诗，生活不可缺失诗的插页，生命应当由诗歌来谱写！用散文诗淋漓尽致地抒发自己奔涌的激情，用新诗追找新时代的鼓点，出版了《黄汉江散文诗》。你的格律诗敲开了《中华诗词》和《诗刊》森严的紫禁城门你戴上了中华诗词家协会名誉会长的桂冠，你再用格律规范人生，让自己涉足的经济论点有根有据有前瞩，让管理的机理发生发达，让明天阳光更敞亮。诗也是一个人的文明程度，诗人也是心之海里划桨的飘逸幅度，也是诗人与我们平等交流的言语频道，也是你弹拨的心之弦音心灵深处释放的天籁般歌声，以及与诗相融的契合度……四十三年，写上一万五千个日出，写上晨露如何被旭日缓缓融解，旋即滴滴渗入树草的根部，一如你逐条铺设的乡道。写出黄昏落日沉江的悲壮，及至午夜钟声的催眠，就在此刻你才掩卷目囫觉，等待下一轮旭日。多筑一条路，多一次向家乡祈告;多捐建一些,就是向父老多尽孝心……

七

你收藏了几十个春天,才有如此的风景;
你收集了一座座花园,才有连绵的袭人花香;
你蓄积了长江的水量,才发出永不回头的动力;
你赏不够故乡的绿色,才如此眷恋故土与老宅后的竹园;
你闯荡了管理的蓝海,才驾轻就熟建设与投资的风帆;
你吸吮了中国诗词的文韵字律,才发酵出醇厚的香韵;
你收容了四季的风光,才有了四季的芳菲。
你的汉江里沉淀了千百年岛的文明,你才从岛的东边飞溅出美丽的弧光;
你常从岛的西端测量到东滩,才有了与家乡律动的心音;
你筑了廿条乡路,家乡的血管才如此畅通,
你才这般地诗情飞扬,才如此诗境开阔……

八

七绝(藏头诗)

黄氏诗词妙又多,汉江论著邃而博。
江边筑路行慈善,福惠乡情似浪波。

附录五：

《诗海》第十三卷　序

黄汉江

今年六月五日，中央电视台《神州风采》特约制片人、世界汉诗协会副会长、国际诗词艺术家联合会副会长、国际诗书画艺术研究院名誉院长、中华诗词文化研究所研究员、著名诗人、大型诗刊集《诗海》总编辑李文广先生专函请我为他主编的即将付梓的《诗海》第十三卷作序。我虽稍犹豫了两天，但还是欣然回电给文广先生表示尽力挤点时间写上几段话。

我和文广先生素未谋面，但他的知名度、他写作的诗词作品、他主编的《诗海》《词林》，我早有所知、早有所闻、早有所阅，也早已钦佩、早已赞叹、早已折服。他是在广东的一个十分不起眼的甚至是许多人都不知道在地图哪一具体方位的阳春市，而不是在首都北京市或国际大都上海市，把全国的千万条小溪似的中华诗词诗人、诗友们的诗词作品汇流到汹涌澎湃、诗浪滔天的《诗海》，这是何等之不易呀！何等之繁难呵！这要付出多少心血？付出多少汗水？这又是多么艰辛！多么困苦！这也确实非常光荣！确实非常伟大！而今他如愿了，他成功了，他默默地成功了。他是为中华的诗词花苑辛勤地耕耘着，他是为中华诗词搭建了一个百家交流的平台，他是为诗人诗友们营造了一个尽兴弄潮的诗海。

近年来，中华诗词的创作，呈井喷似的，诗人诗友队伍蓬勃发展。中华诗词学会会员有15 000余人，各级地方诗词学会会员、诗友约200万人，诗词刊物近600种，诗词组织2 000多家……中华诗词日趋繁荣、日渐兴旺，无愧为泱泱诗国。

诗国源远流长，历史辉煌，积淀着几千年无比渊博的诗文化。我国古诗，包括五言、七言和乐府，《诗经》和《楚辞》是我国最早的古诗诗集。五言诗起源于西汉的民谣，如《古诗九首》；七言诗最早的是汉武帝朝代，第一首完整的七言诗是曹丕的《燕歌行》；乐府起源于汉代配上乐谱的民间歌词，声情并茂，红极一时。到齐梁时代，诗歌开始讲究声律，诗体渐渐成型。到了唐代，诗歌体式趋于划一，规定句数、严格押韵、讲究平仄、要求对仗，正式诞生了规范的格律诗(大致分为律诗和律绝两类)，后世称作近体诗。到了宋代，词谱盛行，发展为数百种，填词水平登峰造极。到了元代，由于宋词创作惯性和民间歌曲有机结合，使元曲(含南曲和北曲)水平发展到了巅峰。泱泱诗之大国，令人无比自豪：我们有万世师法的爱国诗人屈原；我们有双子星座诗仙李白和诗圣杜甫；我们有著名词家苏轼、辛弃疾、柳永、陆游、李清照；我们有曲牌名家马致远、王实甫、关汉卿、张可久……中华诗词之长河，波澜壮阔、漫漫远远，从古到今，从未干涸，从不绝响。即使自20世纪初始，中华诗词在风狂雨酷、鱼龙惨淡、受尽煎熬的半个多世纪里，仍然顽强地坚守着诗词的文脉。毛泽东、柳亚子、鲁迅、郭沫若、闻一多、郁达夫等创作了一批大受推崇的旧体诗词。改革开放以来，“双百”方针真正得以贯彻，久受压抑的传统中华诗词获得了新生，井喷现象必然发生。其实新诗与传统诗词并不矛盾，也不该敌对，更不可你死我活、不共戴天。没有几千年中华诗词的根系，中国新诗不可能诞生和发展，中国新诗也不可能真正有诗味。没有诗味的诗，不管是新诗还是旧体诗词，都不是真正意义上的诗，只能是形式的“诗”。所以，我认为新诗与旧体诗词是同胞兄弟、同胞姐妹，都出自同一祖宗——中国诗歌；或者说新诗与旧体诗词都是中国诗歌之大树上的叶枝和鲜花，可以同时生枝、同时长叶、同时开花、同时结果。新诗的代表刊物《诗刊》专门辟出“诗词版”，以发表交流诗人诗友们的旧体诗词；旧体诗词的代表刊物《中华诗词》也专门设置“新诗之页”，以发表交流诗人诗友们的新诗。中国的诗人诗友们可以同时创作新诗和旧体诗词，继承传统、和谐发展、再创辉煌，才能迎来诗坛生机勃勃、风光无限的明天。

《诗海》主要发表交流旧体诗词，但也辟有“新诗园”栏目，这也符合当今时代新诗与旧体诗词同步发展的潮流。《诗海》也确能海纳百川：诗人诗友中有专业诗人、有专业作家、有教师、有医生、有编辑、有记者、有科技人员、有公务员、有公司职工、有工人、有军人、有学生，也有农民；有著名诗人、有著名专家、有著名教授、有著名学者、有高级干部、有行政官员，也有普通职员；有教授、有副高、有工程师、有助工、有技术员、也有无职称者；有博士后、有博士、有硕士、有学士、有大专文化、有中专毕业，也有无文凭者。诗词作品中有五绝、有五律、有七绝、有七律、有五言长律、有七言长律，也有各种词谱、各种曲牌；有古体诗、有格律诗、有格律词、有格律曲，也有新诗（含散文诗）；有阳春白雪，也有下里巴人。诗词题材中有政治诗、有哲理诗、有抒情诗、有爱情诗、有咏物诗、有旅游诗、有四季诗、有送别诗、有怀旧诗、有凭吊诗，也有讽刺诗；有山水诗、有田园诗，也有城市诗；有颂诗、有和诗、有喜诗、有叹诗、有骂诗、有恨诗，也有悲诗、有哀诗……真如自然界中波澜壮阔的大海：有鲸鲨鱼类、有螃蟹族、有虾米群、有贝壳类、有海参、有海藻、有海草、有海树、有海花、有珍珠，也有珊瑚……光怪陆离、璀璨斑斓、五光十色、七彩艳丽……供人们尽情欣赏。

文广主编寄给我《诗海》（第十三卷）的十几位诗人诗词的清样，确实佳作纷呈，读来顿感构思巧妙、意象生动、意境优美、诗情萦绕、隽咏无穷。欧阳鹤的《浣西沙·东方狮王表演》写得栩栩如生，读来如闻狮吼雷声；而《采桑子·贺州姑婆山》一词把贺州姑婆山的“天生丽质千峰秀”的山水宜人的美景和“情浓恍若姑婆在”的茶酒清醇的世外桃源的情景交融于一体，词味浓浓，感人不浅。而韦荫炎的《仙境都峤山》一诗则是另一种意象，“瀑飞泉舞奏琴弦”，形象生动、比喻恰当；“奇亭杰阁轻烟绕，峭壁悬崖薄雾缠”，对仗工整、惟妙惟肖；“树茂花繁翔翠鸟，洞幽岩险隐高禅”又是佳句，意境幽美，令人遐思。周拥军的《念奴娇·游洞庭湖》又是另一番山水风光，“无限春光浮绿水，醉了满山烟树”，“斜阳之处，犹闻几声欧鹭”，难禁生情，“踏歌行去，来年谁问知否？”教人浮想。何了然的《江城子·虎跳峡》一词，也是描摹美丽山水，“日照浪花腾彩练，飞向宇，化长虹”，形象逼真，但“彩练”与“长虹”似有重复。曹瑞宗的《鹧鸪天·北部湾边是我家》一词表达了游子故乡深深情，“白鸥左右嬉帆幕，红树沉浮笑浪花”，美景如画，景中寓情，而“鱼跳跳，蟹爬爬，儿时曾此捉鱼虾”写得情真意切，乡情浓浓。吴星芬的《老家吟》一诗也是抒发乡情的，“红楼彩阁添佳景，暖日和风少俗尘”则是新农村、新面貌，一派富庶景象，但全诗如能意象生动，则似可更佳。而赖林继的《山村》一诗的意象鲜明，“艳蕊枝梢莺噪闹，新檐宅院燕喁哗”形象具体，“绿盈田野栽瓜稻，碧泛池塘育鲤虾”，好一幅农村真景，颔联、颈联对仗均工整，读来如临其境，但结尾“喜唱樵歌抒心快，今秋谷穗好年华”，尤其最后一句，似稍显直白，故觉如口号一般，若能进一步锤炼，则意境更佳。丁伟超的《咏“嫦娥一号”卫星发射成功》一诗赞颂现代航天技术，想象丰富，形象生动，“欲帮玉兔制丹药，拟让银河养海鲜”，作者把天文知识和水产养殖技术大胆地有机融合起来。如今我国的航天技术世界一流，可以在宇宙自由翱翔。既然银河是“河”，我们为何不去“养海鲜”，大力开发水产养殖资源，如此联想，真乃绝妙动人，诗意盎然。此首七律如能精益求精，将其浓缩为七绝，那就更不愧为诗中精品了。陈道明的《遮鸪天·高呼祖国万岁》一词中“神州七号飞天际，当代华人响鼓锣”和《西江月·杨利伟从天而降》一词中“飞船三次太空航，昨夜从天而降”均是歌颂了我国的航天技术，如能多捕捉和多运用诗的意象，就能使词显出诗意美和意境美，因为无论是诗还是词，都不是豪言壮语或高呼口号所能完成的。李树先的《上海世博会开幕式》一诗尽情歌颂了上海世博会，惟妙惟肖地摹描了开幕式宏伟壮丽的场面，“琴张卢浦激光炫，花绽博园焰火鲜”，上海卢浦大桥悬索如琴，壮观美丽，“琴”喻自然贴切、生动形象，是该诗中的妙句。限于篇幅，故未将以上所涉诗词整体列出，读者作者朋友们可以对照本诗海目录姓名查阅其原作诗词。金无足赤，人无完人，诗词也很难十全十美。本卷《诗海》中也存在着一些不符格律和不用意象的诗词，尤其是个别政治诗，空洞无物，口号堆砌，豪言表述，壮语高呼，而不是运用意象去美化构思，去营造意境，此乃诗词之大忌！没有意象，便没有诗词的绿叶，也没有诗词的红花，更没有诗词的芳香。意象是诗词之鸟的翅羽，光有躯体，鸟怎能扑进读者的心田？鸟怎能飞进读者的脑海？

这里，我把“意象”似乎说得太重了点，但总觉得没有过分。“意象”一词，中西文论中均有，刘勰的《文心雕龙》这样表述:“窥意象而运斤”,即凭着意象来进行创作;德国哲学家康德解释“意象”:“由想象形成的形象显现就叫做意象”;著名台湾诗人余光中说:“所谓意象,即是诗人内在之意诉之于外在之象”。“意象”的英文是 image,也可译作“形象”。当然“形象化”并非是诗词的专利,一般文艺作品都需要,但在诗词中饱含内在之意的外在之象,则更重要、更迫需。温庭筠《商山早行》中“鸡声茅店月,人迹板桥霜”的名句,将六种物象(外在之象)聚合叠加而显示的“意象”中,那种人生孤旅之艰辛和凄凉之感浓不可言,这种意象妙不可喻,真乃名家高手!

无论是本卷《诗海》,还是前十二卷《诗海》,似乎都存在另一个薄弱点,即城市题材的诗词甚少,而田园诗词、山水诗词、旅游诗词、咏物诗词则俯拾皆是。不知何因,诗人们不去多咏城市风光,不去多吟城市风情,不去多画城市风貌,不去多摹城市风景,不去多奏城市风谣。而城市里却挤满了人,筑满了楼,布满了路,架满了桥,堵满了车……城市有城市的文化,城市有城市的亮点,城市有城市的特色,城市有城市的诗情,城市有城市的画意,城市有与山水诗和田园诗相媲美的城市诗!当然,如何去捕捉城市的意象,如何去选择城市的题材,如何去美化城市的意境,则取决于诗人的诗笔。今年 3 月,我写了一首《城市诗歌音乐会》,如何把城市里一块块绿地、一幢幢高楼、一条条马路、一辆辆汽车……联想、渲染、营造成动感的诗歌音乐会呢?在此抛砖引玉,请大家斧正、批评:

平平绿地鸟吟逐,仄仄高楼风咏读。
万路八通摹谱表,千车百态画音符。

上海的高楼大厦满目皆是,高楼风是大都市高楼群所特有的风,平房处若有 3 级风,高楼旁则有 6 级风,呼呼的高楼风在窗外好像在咏读诗词,而高楼又象征着平仄诗律中的仄仄;上海为了绿化城市,这几年建了不少绿地,改善了城市的生态,鸟儿常常边鸣唱边追逐嬉戏,好像在吟诵诗词,绿地又恰如平仄诗律中的平平;城市的条条马路四通八达,尤其是马路的标线犹如音乐的五线谱表,而千姿百态的、多彩的车辆恰似流动的音符……将这些城市特有的物象构成了城市诗歌音乐会的生动意象和美妙意境。如此富有诗情画意的城市环境,可以在东方曼哈顿——浦东陆家嘴——享受到。城市的人们生活、工作在诗歌音乐会的优美环境里,能不幸福?能不快乐?能不安康?能不和谐?能不心满意足?!

今年 4 月我写了《高楼放歌》9 首诗,从不同视角放歌了城市的高楼,这次辑在本卷《诗海》中,也请大家指正。今年 3 月我创作了《驾车八咏》8 首诗,主要写城市高架、城市高速、城市大桥、城市隧道、城市道路等,现试将其中《驾车高架路》献丑如下:

高架一溪湍水流,砼楼两岸茂林啾,
霓虹溅彩飞千瀑,宝马奔驰竞万舟。

诗中把城市高架道路比作一条水流湍急的溪水,而溪水(高架)两岸则是茂密森林般的钢筋混凝土高楼,城市里的喧闹声则喻作鸟儿在树林里的啁啾声,变得十分悦耳。七彩霓虹犹如从高山飞泻而下的万千条瀑布,何等壮观、美丽,宝马轿车在高架之溪中恰似万舟竞发……这里把城市中的高架道路、危楼大厦、七彩霓虹、多姿轿车等物象喻化作溪水、茂林、鸟啾、瀑布、飞舟等活生生的如同郊外优美生态的意象,构成了城市高架道路交通所特有的巧妙的诗的意境。

本人是在尝试创作城市诗词,谨请大家不吝指正。

大型诗词集《诗海》能定期连续出版,能吸引全国的诗词诗人诗友,这在当今的中华诗词界独树一帜,对中华诗词的传承、发展和创新起着不可忽视的作用。《诗海》只要能博采众优、扬长避短,一定能出版得更精、更好、更美。

愿诗海多彩!愿诗海汹涌!愿诗海澎湃!

谨献上一联:

诗隽词优文广博
海渊山峻书精邃

2011 年 7 月 8 日于上海(中国人民出版社 2011 年 7 月版)

附录六：中国建筑业产业报《建筑时报》2016年12月5日专题报道

大爱无疆的赤子情怀
——记上海市基建优化研究会常务副会长兼秘书长黄汉江

记者　张玉明　宋世琦

上海市基本建设优化研究会常务副会长兼秘书长黄汉江教授，有着许多社会职务、荣誉称号，诸如：中国基建优化研究会常务理事、全国《基建优化》副总编、《基建管理优化》总编辑；世界杰出华人联合会副主席、世界教科文卫组织专家；中国诗词家协会名誉会长、中国诗群群主会主席、上海格律诗词社社长、《黄浦江诗潮》主编、中国作家协会《诗刊》子曰诗社社员；国家自然科学基金会管理学部专家、上海市社会科学界联合会委员；上海立信会计金融学院投资建设研究中心主任、上海理工大学管理学院校友会副会长……

在这么多的头衔、称号、荣誉中，黄汉江教授唯独对其故乡上海市崇明区政府给他颁发的“瀛洲好乡贤”和中兴镇政府给他颁发的“中兴好乡贤”荣誉证书情有独钟。这可是家乡人民对他30多年来持之以恒地为振兴家乡公益事业招商引资、捐筑道路、捐建车亭、捐办会所、行善老人善举所给予的认可和褒奖。作为一个社会知名的成功人士，黄汉江教授对家乡的拳拳赤子之心，赢得了当地民众的深深钦佩和崇高敬意。

出类拔萃，中国最年轻的基建投资理论权威

黄汉江1956年1月生，1982年1月毕业于东北财经大学，1987年破格晋升副教授，1993年晋升为研究员。历任上海市财政局副科长，上海基建优化研究所所长，上海理工大学经贸系主任、商学院副院长、投资建设学院院长，立信会计出版社社长，上海立信会计学院工商管理学院院长，上海市松江区政协委员，又是国内外多所大学的经济学和工商管理荣誉博士、博导、教授。

黄汉江是中国基建投资领域的理论权威，他以卓越出众的学术成就，赢得了国际社会的认可和肯定，他的新时期投资经济学理论著述，也成为我国投资经济领域的基础理论之一。

黄汉江的理论建树可上溯到20世纪80年代初。1982年春，黄汉江毕业于东北财经大学基建经济专业，回沪后被分配在上海市财政局工作。工作中涉及的许多问题使他深感当时我国经济理论的严重滞后，为了改变这一状况，黄汉江开始了他的建设投资经济理论研究和专业学术著述。他运用高等学府的丰富理论知识，结合自己的财经工作实践，在报刊上连载“投资学”讲座，将全新的建设投资经济理念传播给社会。鉴于当时基建投资经济领域学术专著的空白，黄汉江又致力于基础理论的研究，经历四年艰苦努力，国内第一部系统论述投资学理论的专著——《投资学概论》——终于宣告问世。全书对投资规模、投资规律、投资体制、投资风险、投资结构、投资经济效益评价等重要投资理论问题进行了全面系统的阐述，在当时我国现代投资理论尚处于一片空白的情况下，为在计划经济体制下的市场化投资运作进行了有益的探索。著作先后荣获了上海市社会科学优秀学术成果奖、全国基建优化优秀学术成果一等奖。

此后，黄汉江每月在报刊上发表专业论文，在全国固定资产投资理论界已颇有知名度，因而参加了现代经济史上著名的1984年"莫干山会议"（全国首届中青年经济学者理论会议），与全国中青年经济学家们共商经济改革大事。该会议受到了中央关注和肯定并采纳。

1987年末，黄汉江以5部著作和教材及60多篇论文的极其突出的学术成果，跳过讲师关而破格晋升为副教授，连涨6级工资，显示出了他出类拔萃的学术水平。之后他又两次主编中国财政经济出版社出版的全国统编教材《基本建设预算》。

1989年，黄汉江又亲任主编，并以他的社会地位和学术影响，汇聚了当时全国基建投资领域和建筑经济领域的数百位著名专家、学者、教授，编撰出版了《投资大辞典》和《建筑经济大辞典》。这两部巨著以理论的深刻性和专业的全面性，成为当时我国投资经济和建筑经济理论界最权威的学术工具书。然而成功并没有使黄汉江沾沾自喜、止步不前，反而让他更清醒地看到我国投资经济理论初创时的薄弱。

一发不可收拾的黄汉江，在此后的十多年间废寝忘食、笔耕不辍，一部部学术专著源源不断接连问世：《论建筑经济学与基本建设经济学的关系》，获全国建筑经济优秀论文奖；《投资结构经济学》《投资生产力经济学》《涉外投资学》，获全国和上海市社会科学优秀学术成果奖；《商品住宅初探》《基建工程与概预算》等，获全国基建优化优秀学术成果一等奖……短短十多年时间，黄汉江教授在全国50多家报刊上发表论文百余篇，还主编出版了《货币时间价值学》《投资与建筑经济》《现代建筑业经营管理》《简明建筑经济手册》《建筑工程招标投标百问百答》《建筑合同词典》《建筑工业经济学》《全国投资与建设研究文集》（5集）《全国房地产研究文集》（2集）《建设工程与最新工程量清单计价原理》《投资建设教训集》等著作和教材……论文、著作总字数约3 000万字，有18项论文、著作、教材分别获得全国社会科学优秀学术成果奖、全国建筑经济优秀论文奖、上海高校优秀教材奖等奖项，可以说是著作等身。

著书立说，为国家建设经济奉献"操作指南"

黄汉江教授还是一位知名的社会活动家，特别是由他积极创建的上海市基建优化研究会，在这些年上海的大规模城市建设中，发挥了有益的探索参谋作用，作出了可喜的社会贡献。

成立于1985年的上海市基建优化研究会，囊括了申城一批投资、建设领域的学术专家和业内精英，积极探索适合我国国情的基建优化理论和实践，引导投资行为与世界模式的接轨，有效地充当了政府的参谋和企业的向导。特别是研究会对上海基本建设投资形势的分析和评估，为申城的一些房地产开发企业规避风险、提高效益起到了积极的作用。如今，上海市基建优化研究会已发展成为有1 200多名基建规划、设计、施工、投资经济领域和房地产领域著名专家、学者、教授们为会员的著名专业学术社会团体。

与时俱进、奉献社会，是黄汉江教授的事业主旋律。1994年6月，上海理工大学为扩大院系规模，招贤纳才聘请黄汉江教授加入。黄教授先后担任了经贸系主任、商学院副院长、投资与建设学院院长等职务，创建了上海理工大学第一个经济硕士点——投资经济学科硕士培养点。他在亲自任教带好研究生班的同时，继续孜孜不倦地坚持他的开拓和探索，他主持编撰了"上海理工大学沪江商学丛书"，至今出版了56部著作和教材，成为上海理工大学商学院的重要科研、教学用书。

2002年10月始，上海立信会计学院请黄教授出任立信会计出版社社长，后任工商管理学院院长。上任伊始，黄汉江教授立即着手进行学科建设，并筹划出版"立信投资与建设丛书"和"立信工商管理精品教材和著作丛书”。在这丛书的编撰过程中，黄汉江更注重著书立说对社会实践的指导作用。2003 年 7 月 1 日，全国建设工程根据建设部的规定开始实施工程量清单计价新规。8 月份，由黄汉江教授任主编、针对新规范而编撰的《现代建设工程与造价》一书就在第一时间面市了，为我国的建设经济活动及时送来了“操作指南”。黄汉江教授的学术成就，受到了国际社会的瞩目。国际荣誉机构向他颁发了“二十世纪成功人士”证书和勋章。

2005 年始，黄汉江总主编“新世纪经济管理博士丛书”，组织了北京大学、清华大学、国务院发展研究中心、中国人民大学、中国社会科学院、复旦大学、中国科技大学、天津大学、南开大学、上海交通大学、同济大学、上海财经大学、中南财经大学等著名大学和研究单位的博士、博士后们撰写著作，至今出版了 70 多部重要著作，传播了经济管理的最深、最新知识，取得了巨大的社会影响和社会效益。

近四十年的教学和科研中，黄教授执笔和直接主编了 38 部著作、教材和工具书，总主编四套丛书共计 180 多部著作、教材和工具书。他的业余爱好是写诗，已出版《黄汉江散文诗》，入录 20 多部大型诗集，在《诗刊》《中华诗词》等全国顶级权威刊物上发表了近百首诗作。最近他主编的全国最巨的诗集《黄浦江诗潮》（汇集 2 200 多位诗友的诗作）将于 2017 年上半年公开出版。

黄汉江常常会伫立于装满他著作、教材、工具书和诗作的 3 个大书柜前，静静地寻找自己的足迹，也悄悄地探寻他新的路径……

不忘初心，反哺家乡竭尽“儿子的本分”

出生于上海崇明区中兴镇的黄教授，吃水不忘挖井人，继承了崇明人返璞归真的美好品质，崇明这片钟灵毓秀的土地也孕育了黄教授这样的杰出人才。

说起黄汉江，村民们个个竖起大拇指，称黄汉江人品好、口碑好，是一个成才感念家乡的有志之士。多年来，他不仅在学术上有了不菲的成就，还多次反哺家乡、回馈家乡。为家乡做了许多公益好事、实事。他不仅自己行善积德，还多方鼓励自己的学生一起筹集资金，先后为家乡捐建了 1 个村民活动中心、6 个候车亭、2 个休憩亭、20 条混凝土道路。中兴镇红星村党支部书记兼村长赵火美介绍说，得到他帮助的每个家乡人都深深地感谢他、崇敬他，而且还以黄汉江为榜样，每每教育家里的晚辈要立大志、读好书、做乡贤，反哺家乡，施惠众人。

黄汉江认为尊老敬老是中华民族的传统美德，是社会文明进步的体现。他积极参与老龄事业建设，投资兴建村民活动中心，热心参与助老公益活动，关心老年人群，向老年人提供经济资助，受到社会的一致好评。黄汉江总想着要回报家乡，为家乡做点善事，为家乡捐建了一个村民活动中心，方便了群众参与各项文化活动。他说捐建村民活动中心是弘扬敬才爱老的社会风尚。从 2005 年开始，学生王志林、姚根发在老师的耳濡目染下，利用自己学建筑的优势，和恩师一起，在村中心位置建造了“文化活动中心”，乒乓室、阅览室等一应俱全。红星村 1 队的朱安国队长和活动室管理员黄冠石告诉记者，现在，每天来活动室看书、阅报、锻炼身体的不下百人，晚上不到十点是关不上门的。村民黄胜斌乐滋滋地说，自从村里有了乒乓室，自己参加了乒乓队，不但身体素质好了，而且还成了中兴镇乒乓团队冠军队成员。

陈家镇人大主任（原中兴镇副镇长）施玉飞、中心镇党委副书记兼纪委书记徐惠能、向化镇人大主任兼中兴镇乡贤办常务副主任何妙祥，纷纷向记者细数黄汉江教授为家乡老人建立福利基金，每年春节对高龄老人给予相当的经济补助，连续多年持之以恒，而且不仅仅是本队老人，还覆盖到邻队老人也受益。对这些耄耋老人而言，后生黄汉江不是亲人胜似亲人，其敬老爱老的赤子之心，天日可昭。

黄汉江教授还为家乡招商引资先后引进十多家大大小小的各类企业，其中最大规模的是他的硕士生俞冲创办的上海冲佳电力安装工程公司。该公司在恩师的家乡不敢懈怠，以优异的质量和周全的服务赢得市场好评，业务越做越大，年营业额上亿元。仅21世纪以来的这短短十多年间，这些企业就为崇明县镇两级财政增加了3 000多万元的营业税收入。若加上所得税收入，其贡献更为可观。

黄汉江教授一直潜心研究，笔耕不辍，反哺家乡，回馈社会，为社会主义建设事业添砖加瓦，贡献自己的一份力量。众人拾柴火焰高，相信通过自己的身体力行，一定可以感染更多的人，为自己的家乡，为社会做一份贡献，在自己的岗位上发光发热。从理论家到实践家，黄汉江自嘲是一名“草根”，面对乡邻们送的“造福百姓、功在千秋”的众多锦匾和锦旗，黄汉江淡淡地说：“我是崇明人的儿子，我是中兴镇的村民，我所做的，只是在尽一个儿子的本分！”“儿子的本分”，却让所有人都感受到“草根”慈善家黄汉江的大“江”之爱。

听说记者来访，正在区开党代会的中兴镇宣传部长宋锦贤，专程抽空赶到黄教授和他学生捐建的红星村活动中心，向记者介绍起这个活动中心的历史变迁和黄教授的无私捐助。谈话间，黄汉江教授又与宋锦贤部长就进一步完善该活动中心的建设进行了现场办公，确定方案、筹划更新。又一笔慈善建设的构思，在黄汉江教授的心中逐渐形成……

上编:旧体诗

A

艾晓东

男,60后,广西南丹人,1980年加入铁道兵,1984年毕业于铁道兵工程学院,参加过1984年国庆大阅兵国旗方队,桥梁高级工程师,现从事路桥建设工作。热爱诗词,以时代生活为背景,工作之余创作诗歌千余首。

七绝·雪芦苇

芦花摇坠雪花飘,天地苍茫鹭影高。
不比蜡梅芳四溢,白翁山野自逍遥。

七绝·夏夜

流星几笔画天痕,细月弯钩也诱魂。
独坐银河拾妙句,好诗多半落凡尘。

七绝·夏午听蝉

午阳似火煮池塘,哪个蛤蟆敢乱嚷。
独有蝉鸣枝叶里,偏说天气好清凉。

七律·北京胡同

京华魅力在胡同,万转千回路路通。
街里邻居他友客,院中窗外自家兄。
城南旧事长亭外,梦里流年古道中。
只见高楼平地起,唯余晓月九门风。

(注:九门——指京城九处古门。)

七律·汉口江滩

两岸闲观巨浪激,千年风雨伴船笛。
满城燕舞今朝喜,遍地狼烟往日虚。
堑越八桥江有隧,衢通九省水独蹊。
鹤翔太慢乘高铁,欲赏梅樱莫要急。

七律·长城

千古盘龙万里长,卧于华夏正中央。
四周山岳钟神秀,上下江河水迴茫。
岁月何须墙草记,春风依旧牧笛扬。
高台哭倒称姜女,沧海回流问始皇。

七律·神秘消失的契丹

家为马背枕风眠,曾统辽疆数百年。
拓土手携峰作剑,射雕腰佩月当弦。
牛羊塞外青青草,花木云中碧碧川。
物换星移秋几度,乾坤遗梦古今悬。

七律·汨罗江怀古

江边青草艾蒿花,竹叶千年恋粽粑。
惟楚有才终醉水,独臣无罪却沉沙。
荒离野浦飞寒雁,旧破残亭聚冷鸦。
自古清忠归浪底,依然舟桨属渔家。

七律·北京摊煎饼

都道京城有烤鸭,谁知煎饼味绝佳。
豆浆小米摊成纸,鸡蛋葱花卷作夹。
抹上糊椒红腐乳,贴平青菜绿沙拉。
烤鸭昂贵囊中涩,煎饼便宜顺手拿。

七律·蜻蜓

蜕皮十次方出世,羽化三年始起飞。
眼复万只观世界,翅摇百里点花眉。
轻轻吻水亲莲叶,默默携春入翠薇。
知我思桑终日苦,拈来乡土倚窗扉。

安宏

山东大学历史系硕士,曾就职于山东政府机构、知名房地产集团公司。现任上海慧正企业管理咨询有限公司总经理。上海浦东手牵手生命关爱发展中心临终关怀志愿者,曾作为志愿者代表接受东方卫视采访。热爱诗歌,热爱生命。

醒春

春雨春风迎春忙,雀鸣鸭戏闹晨光,
墙作影壁柳画景,度却春心留原畅。

作于2016年2月13日

春日游记

黄花浅笑白鹭飞，扁舟低驶游鱼肥。
不问今朝几时许，只待明日燕子回。

作于2016年4月20日

无题

花开花落一意间，随心随愿二度还。
清风不待月前影，白鹭殷勤松间盼。

作于2016年4月1日

春晨

红花配绿叶，黄叶独思量，
不问几时春，笑迎每日晨。

作于2016年2月13日

鱼游

三只小鱼一日游，半壁湖光满面春。
闲来醉钓艳阳照，不问清风只问心。

作于2016年3月16日

道

山水绝佳处，道高人往稀。
层云叠嶂涌，心静自风栖。

5月1日观杜之韦画道展有感。

安井荣

江苏省泰州兴化市人，汉语言文学本科毕业，曾任高级中学语文教师；2006年起弃教打工，先后在深圳、东莞、泰州等地民营企业从集团事企业文化工作；出版诗词集《永远的秋雪湖》，编著《诗词格律入门十五讲》。现为高级企业文化师(国家一级)，深圳市诗词学会会员，中华诗词学会会员。

一、我丑，我坚强

混沌愚顽土一堆，方圆万态色多灰。
不知骨里凝坚质，铁石身心谁敢摧！

二、我贱，房奴爱

本自深山河谷来，高楼大厦我良材。
平凡岂忍庸人睥，多少房奴梦入怀。

三、我痛，我自豪

千调万拌搅如烹，泵压模囚命已倾。
广厦现时寒士笑，长虹卧处海波平。

注：长虹卧波：喻跨海大桥；跨海大桥的混凝土工程极其复杂艰巨。

吴达如校友山水画赠徐成

清流渐满远帆高，二月风光在岭梢；
最是江南春好处，遥看故国数渔樵。

元旦咏秀峰赠诸友

鹏城冬日秀，关外览青峰。
凉帽坡林月，甘坑俎豆踪。
客家三百载，地铁一条龙。
迈步从头越，云霞数万重。

咏梅

暖秋炎夏不趋亲，每到冰封抖擞神。
蕊绽一枝迎腊月，花开五福降红尘。
岂攀园卉妆浓艳？只待雪原抒本真。
万冷严摧成异品，芳华自古出嶙峋。

临江仙·玻璃厂普工

万转钢槽行不厌，嗡嗡电器轻鸣。阅流水线上精兵。臂挥琼板出，目扫璧辉迎。

厚薄方圆长与短，毫微尺校无盈。细调油墨脍晶莹。人家生活美，我手巧经营。

壮岁辞亲赴深圳打工

壮岁辞亲南国游，花花世界稻粱谋。
班前蜂挤摩肩站，关外蜗居握手楼。
肃肃小星征夙夜，遥遥乡绪度春秋。

床头诗箧常慷慨，本色书生何所求！

（注：摩肩站：上班前人潮涌动、摩肩接踵的地铁站。关外：关：深圳经济特区二线检查站又称海关。握手楼：楼房与楼房之间距离太小，两栋楼住户可以隔窗对话或相互握手。“肃肃”：疾行貌。形容深圳忙碌、紧张、快节奏的打工者生活。化用《诗经·国风·召南·小星》：“嘒彼小星，三五在东。肃肃宵征，夙夜在公。寔命不同！”）

少年游·赠书画家欧阳川山

——川山先生赴中央美院进修归来，喜赋一阕，接风也

香山红叶，燕山峻岭，堪作画中游。茂树藤缠，果园声闹，彩墨久凝眸。

吾来矣，向程门立，霜雪拜名猷。壮岁春心，何辞万里，追笔底风流！

安蓝雪儿

本名罗春霞。河北沧州市某高校教师，诗词爱好者。

七绝

冷上罗衣日渐昏，一壶水调引离尊。
消魂不作秋声赋，管领黄花候对门。

七绝

柳未回青却有情，任由春雪抱闻莺。
隋堤已毁苏堤在，一样风流折送行。

七绝

似是春归梦未还，盼春人又夜难眠。
推窗欲探春消息，却领梅花到眼前。

五绝·秋夜两首选一

月白残如镜，钗斜燕子楼。
梦扶梯太窄，秋恐下眉头。

五律·咏絮

出落风烟里，杨花是小名。
有形千朵散，无骨一团轻。
下地先黏草，登天乱趁莺。
纵然春意薄，何处又留情。

五律·重阳

半解琴囊在，登高莫断肠。
露分衣上白，秋响指间黄。
送酒交新友，题糕寄故乡。
一行鸿雁远，知否已天凉。

七律

浮生若梦已经年，一念灰飞半剩烟。
所幸灯明流水上，才教路接断桥边。
相逢莫羡欢于酒，临别惟知浅在缘。
玉笛横吹秋又瘦，晓风残月最缠绵。

浣溪沙

饱蘸秋空一角蓝，湖光描向远山尖。挥毫为我挑珠帘。

篱外黄花稍冷艳，杯中绿蚁渐沉酣。品来滋味苦兼甜。

高阳台（张炎一百字体）

冷雨初停，寒烟淡退，一方秋水蒹葭。知是谁来，依稀两岸人家。灯红似豆风声里，恐风声、惊动巢鸦。让归愁、半下廊桥，半上天涯。

曾经誓刻三生石，奈柔情做泪，绮梦成沙。雁字无凭，楼头玉笛横斜。离歌数叠销魂外，不相留、普洱凉茶。欢流年、错送桃根，误载莲花。

浣溪沙

手捋罗裙上阁楼，项窗高挂月如钩，一帘心事为谁愁？

无那梦深难拔足，不堪天远枉凝眸，断肠人恐雁行秋。

清平乐·秋雨

湿云流散，落叶敲门遍。半挂珠帘风乱卷。扯乡檐铃成串。

立阶听彻秋声，凝眸望断羁程。万里萧然人去，海棠花下无晴。

浣溪沙

白露为霜晓月残，一方秋水蓼花滩，不堪风顺木兰船。

六六鳞追书未递，千千结打梦还牵，数峰青处是眉山。

安启智

女，1960 年生，山东滕州市人，滕州卷烟厂职工。滕州市诗词学会会员。

七绝·游生态园

生态园中花满畦，千娇百艳草萋迷。
来游旅客喜冲浪，激发诗情壁上题。

七绝·海滨游

风和日丽海天间，涌浪拂身心畅然。
天涯快旅欢情动，涛韵雄豪谁弄弦。

七绝·海底游

海底畅游奇景联，鱼群藻阵幻新天。
兴犹未尽身浮岸，荡荡飘飘恍若仙。

安燕梅

笔名安然，网名乘文游心。甘肃兰州人，生于 20 世纪 70 年代。甘肃省诗词学会会员，兰州西固诗词学会理事。先后有作品散见于《中华诗词》《甘肃诗词》《漱玉》《中华女子诗词》《临洮诗词》等诗词刊物。在全国诗词大赛中屡有收获。

诗词观：边修心边学诗，心有境界，诗才有境界！

杏子（新韵）

一遇东风便闹欢，花光焰焰递相燃。
当时太纵春心放，此后才知结果酸。

咏莲（新韵）

袅袅婷婷朵朵莲，一风清气荡云天。
立身泥里持恬淡，披月池中老静闲。
几处守株凭自扰，谁家画饼不相关。
爱她欲近犹收步，生怕尘心被看穿。

卜算子·石榴花

费尽春工裁，仍是呆萌相。心底深藏一抹红，不共浮花放。

转角遇熏风，蓦地情怀涨，沸沸腾腾似火燃，点就林阴亮。

江城子·春住草原

世间何处住青春，少芳芬，却清新。小草无言，铺就绿茵茵。风过平芜风也醉，掀碧浪，见羊群。

谁家脆笛荡乾坤，掠河滨，牧闲云。撩起心情，抖落许多尘。欲泛浮槎天际去，争比那，武陵人？

爱屋及乌

本名郑国宝。农业科技工作者，白天行走田间地头，夜晚热衷堆砌文字。半是自娱自乐，半是却欲疗伤。

重阳节咏怀（两首）

五绝·其一

池阳生胜境，佳日伴君临。
慨叹龙图炳，追寻武穆魂。

七绝·其二

重阳金桂满城香，先烈丰功瞻仰忙。
扶老携雏登胜境，一任风正卷池阳！

（注：重阳佳节，偕同一群志愿者，伴三位百岁抗战老英雄上午先参观池州烈士陵园，瞻仰纪念馆，缅怀先烈们丰功伟绩；后同游齐山。拜谒忠廉堂，叹赏包龙图清风亮节；登临翠微亭，凭吊岳鄂王跃马驰疆！）

七律·徒步凤仪洲

——池州漫步者运动群环凤仪洲

漫步瀛州作伴游，凤嬉凰戏乐稠稠。
田畴路畔英姿走，滩外林间倩影留。
江水滔滔成此色，浮云渺渺触吾愁。
思接千载伤离去，雅韵无穷万古流。

（注：某日，漫步者运动群共19人从昭明渔港出发，横渡长江，到达江对岸的"江心三洲"之一的凤仪洲进行环洲运动。凤仪洲又名凤凰洲，因地形如凤，取"凤之仪表"之意，故名凤仪。凤仪洲素有宝岛之称，岛内地势平坦、土地肥沃，风景秀丽，民风淳朴。因本人身体不适，未能前往，看19位伙伴玩得十分愉快的图片记录，独留淡淡遗憾于心头，因为之记！）

B

白定稳

河南内乡高中数学高级教师，省学术技术带头人，县首届十佳教师，县专业技术拔尖人才，河南老年诗词研究会会员，有近200首（副）诗、词、楹联在《中国楹联报》《躬耕——传媒天下》等知名纸媒和网络平台发表。

七绝·咏梅

凛然伴雪凌寒放，闭杏羞桃艳面扬。
不与群芳争次第，冰姿玉骨自生香。

五绝·赞香蒲（中华新韵）

绿水润清根，骄阳铸圣魂。
挺身成火炬，碎骨为人民。

七绝·送给马弟海涛

一壶老酒思亲爱，八曲回肠壮子行。
戴月披星天下闯，豪情满蘸写人生。

（注：深夜，文友马海涛弟在去北京的高铁上，微信发来一歌《一壶老酒》，听后禁不住热泪盈眶，成诗一首，送给他，祝愿他事业成功！）

沁园春·内乡高中

湍水之滨，傲菊秋黄，老桂吐芳。看沧桑古校，四方礼敬；风华新貌，八面歌扬。修竹杉摇，茂林鸟唱，松柏长青花艳香。众骄子，皆欣欢雀往，意欲翱翔！

开来继往辛尝，状元涌，威声震远方。赞和谐教育，激情校院；贤师为表，慧弟成梁。儒雅中将，中央部长，院士英才耀帝乡。待明日，定高歌猛进，更放光芒！

七律·西峡（中华新韵）

鸟语花香美景呈，山青水秀驻仙灵。
恐龙遗迹惊人世，白羽飞歌漫楚城。
孔子南奔难返鲁，屈原北望喜扬声。
菊乡百业空前盛，好问回眸教许情。

忆江南·甘霖降

甘霖降，美曲满心房。老桂苍松眉笑展，幼兰黄菊韵飞扬。能不喜洋洋？

七绝·寒露

寒露凝霜雾重凉，归鸿哀叫夜漫长。
梦牵亲友倾思语，运动添衣赏菊黄！

沁园春·赞中国女排里约奥运夺冠

里约球场，群雄逐鹿，风倒巨浪。望五洲排手，再拼位次；中华靓女，又出锋芒。众志成城，顽强拼搏，奋武扬威斗志昂。再登顶，似史诗绝唱，荡气回肠！

历经坎坷沧桑，赞赤胆郎平重任当。看朱婷琪子，重锤高唱；心玥云丽，铁臂齐扬。颜妮方娃，常宁秋月，林莉丁霞拼命防。感天地，愿精神永驻，国运辉煌！

白根路

春回
碧水明沙草渐生，东风无处不柔情。
墙阴余雪刻音碟，下载枝头莺唱声。

夜吟
灯下觅清韵，枯搜金石音。
一词三扣颊，十字九锥心。
鱼自阔池跃，瀑从高处吟。
云笺诗欲立，先验五车深。

好家山·彩云撒下一天霞
彩云撒下一天霞，青山远，雁行斜。秋风料理清江岸，遍黄花。柳是人家。

折腰应为江山俏，情寄一痕沙。耕烟锄月，琴心哪肯误年华。好吟玉无瑕。

白洁

七律·五一放歌(中华新韵)
锣鼓威风庆五一，豪情万丈与天齐。
倡廉反腐施新政，打虎拍蝇治旧疾。
习李同心兴伟业，人民合力走高棋。
江山重振宏图绘，圆梦神州志不移。

七律·五四青年节寄语青年(平水韵)
追风逐浪戏潮头，冲破岩礁斗暗流。
先辈拓疆开广宇，后人创业上高楼。
雄鹰振翅通寥汉，猛虎嘶声震沃州。
五四精神延万代，长存浩气固金瓯。

七律·七一感怀(平水韵)
星火燎原遍地红，镰锤赤帜舞东风。
振兴百业开新宇，推倒三山走大同。
扭转乾坤呈盛世，驱除虎豹立奇功。
中华圆梦长城固，国泰民安万事隆。

七律·纪念七七事变78周年感怀(中华新韵)
风萧雾漫月朦胧，日寇猖獗逞暴凶。
剑影刀光驱鬼魅，尸山血海动悲声。
八年烽火惊天地，千载狮桥记业功。
不惧倭贼夺钓岛，吴钩抄起灭东瀛。

七律·暑期游成吉思汗公园遐思(平水韵)
红花绿树画中游，漫步廊桥水自流。
九曲清溪蒲苇秀，千条细柳浪波柔。
凉亭小憩心胸爽，洞里迂回旅客稠。
骁勇天骄征外域，辉煌战绩誉全球。

七律·大暑闲吟(中华新韵)
骄阳似火树荫稀，雀鸟藏身不敢啼。
禾黍低垂期雨露，农夫勤作洒汗滴。
一塘菡萏羞红日，半亩清波映彩衣。
满目山川成美韵，凉茶品饮赋新题。

七律·惊闻河北邢台遭遇洪灾(中华新韵)
邢台洪涝县乡淹，水漫街头泪雨涟。
千顷禾田成北海，百余人口上西天。
桥危路断涛中倒，机毁车亡浪里潜。
急盼救援排困险，降龙伏虎建家园。

七律·夏日晨练遇农家喜吟(平水韵)
漫步乡村小犬汪，几枝红杏越南墙。
门前路畔西瓜大，院外篱边豆角长。
婉转黄莺鸣翠柳，玲珑紫燕绕青杨。
此时骚客多欣喜，一首新诗带墨香。

七律·夜读(平水韵)
月挂高枝树影斜，馨香缕缕透窗纱。

桃源故里温诗梦，五柳门前话黍麻。
共上岳阳怀社稷，相邀陋室品山茶。
宽床独卧书为枕，晨起庭园赏百花。

七律·登集宁百泉山感怀(平水韵)

白泉顶上凤凰楼，万里江河一望收。
霸水清幽飘玉带，虎山雄伟傲芳州。
登高放眼开胸境，泼墨铺笺写骏猷。
极目西峰红日照，天光云影映风流。

七律·八一颂歌(平水韵)

义旗高举在南昌，怒吼雄狮震四方。
万里远征奔陕北，八年鏖战斩豺狼。
长城守护家邦稳，华夏腾飞国力强。
赤县铁军豪气壮，岂容美日逞凶狂!

七律·次韵田多祥老师《贺内蒙古诗词网站运行》(平水韵)

梦绕魂牵大漠情，银屏网页伴君行。
弘扬国粹追苏李，耕种诗田步驿程。
塞曲琴鸣歌盛世，词花笔润讲文明。
挥毫泼墨书新韵，引领风骚朔北城。

七律·寄语五原三中学生诗社(中华新韵)

九曲黄河润五原，三中结社慕诗仙。
校园词赋流清韵，文苑莺声唱雅篇。
荟萃群英鸣大吕，放歌盛世舞新天。
青春年少怀奇志，引领风骚比圣贤。

七律·酷暑喜雨(平水韵)

密布乌云夏雨迟，跳珠落玉润花枝。
山前青李羞红脸，墙外香梨扮翠姿。
摇曳柳条随燕舞，婆娑岸草寄情思。
甘霖遍洒田苗壮，万物生机赋雅词。

七律·凉城风光(平水韵)

白云缭绕秀蓝天，碧水微波倒影悬。
遍野清幽莺戏柳，满川蓊郁树生烟。
青山滴翠田禾壮，丽鸟鸣香果味鲜。
凉爽小城皆美景，风光旖旎入诗笺。

七律·小暑吟(平水韵)

七月骄阳暑气高，莺鸣蛙唱柳丝摇。
萋萋芳草山川秀，郁郁繁枝燕语娇。
塞北炎炎求雨露，江南沥沥遇洪涛。
庭园向晚多清静，伏案吟诗润笔毫。

七律·夏日又登蛮汉山(平水韵)

仰望云天雀鸟游，青山碧树旅人稠。
炎炎红日林间照，冽冽清泉石上流。
野岭登攀留倩影，危巅憩坐眺芳洲。
飕飕凉气心胸爽，无限风光入眼眸。

七律·山村作客(平水韵)

车到山村日影斜，云生之处有人家。
房前翠柳摇香雾。岭上红峰映紫霞。
客至敲诗同煮酒，朋来对弈互斟茶。
清风明月桃源聚，闲话农桑品夏花。

七律·新农村礼赞(中华新韵)

蓬茸杨柳舞翩跹，竞放娇花绽美妍。
宽带荧屏通广宇，水泥马路覆平阡。
苍山滴翠烟图剪，沃野飘香彩练牵。
生态家园芳草地，风光迤逦胜桃源。

七律·夏日郊游(平水韵)

郊外闲游遇碧塘，野花初绽溢幽香。
蛙鸣绿岸涟漪起，鱼戏清池笛韵扬。
秀水青山书画卷，白杨翠柳入诗章。
小桥绮树风光美，醉卧烟林好纳凉。

白兰淑

笔名蓝玉。在河北省保定市满城区任教。现为河北省散文学会会员、保定市作家协会会员、全国孝行天下采访记者等。作品《桃花赋》《小雪花》获全国青少年冰心文学大赛金奖。部分作品被《辉煌满城行》一书收藏，并在诗刊、报刊中发表诸多作品。

七律·木兰溶洞

层林尽染壁崖斜，山瀑飞流帘似纱。
翠叶低垂遮绿野，青莲怒放映红霞。
夺奇溶洞堆佳玉，滴水悬钟生彩霞。
今忆胡笳边寒鼓，萧尘万里木兰花。

七律·桃花赋（新韵）

揽住阳春看翠微，桃花源里赏芳菲。
泉翻水涌绕山转，蜂舞蝶翔结伴追。
树下云集红袖醉，枝头锦簇彩衣飞。
兴高渐入林深处，欲访陶公不忍归。

七绝·教师赞

秦砖汉瓦千年月，秋色春风万卷诗。
热血丹心织锦绣，满园桃李坠青枝。

七绝·女童

嫩娇小手如莲藕，粉面樱唇赛杏红。
腮蕴酒窝含俊俏，好思敏学读书童。

七绝·登陵山

秋重凉风崖上过，闲游山涧遇乡音。
叶黄扫地层层软，水碧摇枝点点森。

北方

本名肖航，黑龙江人，黑龙江省诗词协会会员，子曰诗社社员，五大连池市作家协会会员，偶有作品见诸报纸杂志。

诗观：生命不息，创作不止。

卜算子·重阳

万树叶飘零，一夜西风恶。云淡天高雁字无，又做他乡客。

对月倚栏杆，两地思成各。古往今来多少人，负了如花色。

卜算子·咏菊

九月菊花开，不惧寒秋冷。阵阵香风遍野飞，此季唯君领。

亮节又高风，每日身三省。隐逸何须利与名，世上留清影。

浣溪沙·薛涛

秋夜寒凉梦未消，情思一缕到唐朝。浣花溪畔觅薛涛。

春望词中愁上纸，十离诗后燕归巢。芙蓉空老蜀江潮。

临江仙

月照波心浮淡影，何时洗尽离愁。一江云雾锁清秋，梦随花落去，歌与水东流。

自信人生情义重，几番寒暑难休。栏杆倚遍最高楼，相思尤不减，夜夜在心头。

喝火令·重阳

夜冷寒凝露，天凉冻结霜。暮秋时节又重阳。飞雁一行归去，青草半枯黄。

岭上枫枝老，篱前菊蕊香。有人提笔赋离殇。不见君来，不见凤求凰，不见满帘风月，独自转回廊。

卜算子·冰凌花

绿萼顶黄花，美誉名金盏。傲骨铮铮耐岁寒，一笑先开眼。

冒雪领繁华，静待群芳显。隐退风姿梦又眠，再把春心绾。

卜算子·咏梅

塞外冷寒飞，一树梅花艳。独领风骚傲雪开，世上人多赞。

无欲品则高，有爱行当善。此际春深草木荣，你在丛中看。

卜算子·桃花

桃蕊绽枝头，风雨轻呵护。庭院春深不掩门，只待崔郎顾。

相见恨逢迟，一笑何相诉。最是情迷意乱时，眉眼盈羞处。

北雁

本名王金拴，山西代县人，中共党员，大专学历，中石化干部。爱好文学诗词，作品散见于《雁门关》《黄河》以及多家诗词网站，部分诗作入选《三关新韵》和《岫云诗集》。有《北雁吟月集》问世。

古风·白人岩禅歌

山道弯弯九十九，石蹬嵯峨四千五。
曲径通幽山叠翠，柳暗花明溪泗流。
红花怒放白云边，青松直上天尽头。
白谷羽化白人岩，仰天大佛仰佛祖。
千年信众宏古寺，万丈峰崖嵌明珠。
一代宗师释慧远，潜心斯地辟净土。
禅杖指处凿清泉，江上虔诚请文殊。
东林一梦建神殿，虎溪三笑送故友。
古栈道上惊悲梦，试心石前辨鱼珠。
歌台琴台明镜台，白人岩刻石浮图。
弈棋亭里叹世事，七星泉边论甘苦。
喷云亭作观天候，古南庵出两尚书。
修真洞内佛光照，叠翠楼头灵霞舞。
神雕已随仙师去，空巢依然护法楼。
举世皆浊人皆俗，唯独此地留净土！

古风·胡杨颂

枝如蟠龙叶似桐，英雄只为大漠生。
春来枯木染翠玉，秋至丛林镀黄金。
根入大地伸劲铁，干上蓝天刺青云。
生死早抛九天外，青春岂在五湖中。
腾云卧地皆坦然，弯腰屈背自通神。
千年一滴胡杨泪，惹得诗人哭到今！

古风·赵杲观放歌

君不见，赵杲观，
殿阁凌云天地间，
伸手摘星辰，俯首探深渊，
溪流山涧出，清泉幽洞边。
壁立千仞无鸟道，
松涛万丈呼云幡，
回音飘荡四山旋。
树满坡，花满山，
松榛山桃诱人眼，
金雕紫燕出云天。
步步香阶通天路，
层层栈道横空悬。
回首脱红尘，举步超三界。
梵音洗凡欲，钟声荡俗缘。
惊魂留栈道，香汗洒瑶阶。
晨钟暮鼓步幽径，
卧山听涛数繁星，
意犹未尽踏归程。
汗未消，魂未定，
思绪万千恍如梦，
儒释仙道频相问，
凡尘俗气何日净。
归途闭目深思念，
人生岂会如此恋！
此处何日再攀援。
已惊呼，还赞叹！
千年古刹赵杲观，
魅力永存天地间！

白琼碧

改天换地

沙坪昔日水常淹，雨季农民苦泪含。
谢老身先方向指，改河打洞志犹坚。

龙山城

水绕山环一画城，连云商厦市容新。
长虹飞架通来凤，曲水奔流下洞庭。
银带拖星沿岭灿，华灯伴月耀街明。
歌声四处频频起，顾客来临带笑迎。

白秀萍

网名一帘幽梦，女，蒙古族，1972 年出生，内蒙古锡林郭勒盟二连浩特市人。中华诗词学会会员、内蒙古诗词学会会员。自 2013 年 7 月开始学习近体诗词创作以来，已发表诗词百余首。其作品散见于《中华诗词》《中国诗词》《中华军旅诗词》《中国诗人》《内蒙古诗词》等刊物。2015 年分别获"国粹杯"全国诗词大赛一等奖、"富德生命人寿杯"迎接自治区成立 70 周年诗书画联评展绝句类二等奖。2015 年度锡林郭勒盟诗词家协会"金莲川"诗词奖获得者。诗作《闲翻女儿相册》被评为 2015 年度"中华好诗词"。2016 年获第一届"荣昶杯"新国风诗词大赛三等奖。

闲翻女儿相册

思绪随风一缕馨，时光总在梦中停。
当初那个调皮蛋，出落人前正妙龄。

（注：获 2015 年中华好诗词奖。）

农民工

风雨兼程往复来，楼花朵朵向阳栽。
汗珠撒尽黄昏里，哪处门窗为我开？

（注：获 2015 年"富德生命人寿杯"迎接自治区成立 70 周年诗书画联评展绝句类二等奖。）

二连浩特市"十个全覆盖"工程之圆梦安居

笑靥迎风一朵花，新园自在弄桑麻。
是谁擎起灯千盏，点亮寻常百姓家。

（注：获 2015 年"国粹杯·中国梦"全国诗词大赛一等奖。获内蒙古自治区"十个全覆盖"诗词征稿三等奖。）

清明感怀

往复荒郊第几程，年年烟雨祭清明。
坟头多少冥银币，不及床前一碗羹。

深夜为女儿织毛衣

秋风瑟瑟夜深深，密密缝衣寒不侵。
把爱织成糖果色，一针一线是娘心。

（注 2016 年第一届"荣昶杯"新国风诗词大赛三等奖。）

柏玉玲

曾用笔名郁丹百灵，现笔名柏灵。湖北十堰人，现定居深圳。自幼喜好诗词、歌赋、书画等，曾在好心情原创文学网、红袖添香、秦楚论坛等文学网发文数篇。

梅兰竹菊（组诗）

七绝·梅

冰冻三层魂定伫，清幽腊月绽馨香。
玉身未染迎风展，洁爱霜寒傲骨芳。

七绝·兰

深谷幽兰四季芳，不择良地五湖香。
蜂蝶围绕春常在，未染尘俗傲骨扬。

七绝·竹

高雅情操四季青，风霜雪月暮晨明。
亮光散满人间暖，节韧空心立岸亭。

七绝·菊

秋高气爽幽香漫，菊展山岚遍地黄。
傲骨风吹飘叶落，霜寒萧瑟冷孤芳。

一日亲子活动（组诗八首）

七绝·社区活动

港台慈善万家馨，区社集齐卅者亲。
友爱团结协作乐，午餐丰盛感恩吟。

七绝·赏荷

雨后临池菡萏鲜，初晴近赏翠芳莲。
千层绿叶平央躺，万朵粉花立展颜。

七绝·午餐

分工合作理条清，动手佳肴美味茗。
感慨万千难表谢，清林径聚好心情。

七绝·打高尔夫球

青山环绕气清新，碧水蓝天雨后林。
球馆亲情欢娱影，杆杆抛远不言辛。

七绝·套圈

均分三组比拼欢，高矮排齐下令宣。
气氛紧张肢互动，套圈乐趣友情连。

七绝·亲子问答

父择今日子优新，夸赞昔非誉语亲。
望子成龙培育寄，子回恩长乐家馨。

七绝·爬高

童欢比赛娱爬高，父趣欣慰预试瞧。
悦色喜颜凝视探，平安无险乐逍遥。

七绝·往返

朝行大雨迷蒙影，对面行人未辨清。
一日欢颜皆笑靥，暮返暑热放天晴。

夜半听雨对诗欢(组诗)

七绝·含羞遮面

含羞遮面半丝巾，薄锦缠脖露背心。
难挡风情骚万种，忧思系远语千吟！

七绝·隔屏期待

半巾难倒写诗人，遮面含羞伴舞尘。
听雨闻雷思远影，隔屏期讯未吱声。

七绝·诗画之声

画家含笑挥毫舞，墨子无言老叟歌。
春暖花开心荡漾，秋高气爽赏山河。

七绝·听雨期汛

闻雷音震手机声，闪电风呼骤雨跟。
空泄倾盆街巷密，临窗凝远寡言沉。

七绝·大雁南飞

寻梦他乡未见卿，南飞大雁影声鸣。
蓝空望断本存物，是色非空了愿行。

七绝·村间趣事

老叟无瓶醋半坛，幼童玩耍戏村边。
浣纱姑嫂溪涧笑，路问摇招返道还。

(注：依据与一位画家朋友聊天对话，后整理而成一组诗。)

班云鹏

法号慧空。黑龙江哈尔滨人，22岁，职业歌手，话剧演员兼导演，2014年哈尔滨青年散打冠军赛获得70公斤级金腰带，14战全胜。净龙诗社顾问，慈幽山社社员，中国佛学会哈尔滨分会会员，哈尔滨平房区诗词学会会员。师从杭州骆越堂郁庵先生，习诗一年余不得真谛，师常批不读学，是以计记；偏爱交友，饮茶煮酒，热心助人。

五言排律·古朝降香

神留万世功，百鸟会天鸿。
烟过齐龙殿，云飘兜率宫。
深山钟有洞，古木寂无峒。
老庙藏香运，初苔韵捻空。
东山雷喝石，北海雨浇桐。
夏末囚荒柳，秋来困漠翁。

三千七百炷，福泰一街融。

五言排律·酉末生辰恰逢国庆

一半话乾坤，慧空当腹询。
琼香能醉我，山色可迷人。
婆果分余味，蒲姚醉几樽。
长安灯四捋，洛邑酒三巡。
隐隐花成梦，潇潇雨作姻。
仙风随白鹤，童子化麒麟。
燕过吟秋水，峰回问前神。
烟酌青玉案，柳调画堂春。
半枕愁观外，鸿声更作云。

七绝·过兴隆观

一步飞云观日月，半厥辰句定乾坤。
香烟不走寻常路，竟绕兴隆舞净门。

七律·丙申口号

丙申新正照八侯，一撮桃花满院修。
富贵以能担天下，身贫不再触高谋。
清风难抚曾经地，泊水可搞现世洲。
生死无人惊你我，路遥马死怎回头。

七律·习诗年余感怀

墨雨潇潇易水寒，清秋琢影野孤单。
草堂填罢云龙舞，陋室书成雏凤欢。
笔底词锋惊日月，琴中醉韵喝鸿峦。
呈师一半天宫落，白过廿冬笨鸟叹。

七言排律·题净龙社

净龙舞墨惬意中，敢论天书士气鸿。
净龙舞月闲情叙，四海诗文采入宫。
净龙舞雪鸣冬日，视韵词锋利众同。
净龙几许无极愿，只待东风醉意浓。
文笔昭昭吾示矣，也呈天下第一功。
花间作酒侠义治，宇内闲吟醉梦胧。
境照乾坤八卦韵，风吹世界晓霓红。
春秋冬夏回万象，慧智无为写净龙。

仿太白自渡：谢楼春·愁

君不见雨谢楼春多雪夜，天宫也怨避嫌柔。
秋林打柳驱白鸟，只镜书云解鬼貅。
西部传歌捏月笑，东山赋句却吟愁。
谁人藐论当初事，哪个倾谈筱锘秋。
作韵凭栏观九区，留风把酒问千游。
君不见人心揣出临恤，不免轮回难燎休。
何日再从谋。

莺啼序·敬方便兄

兮兮武林换主，令江湖起舞。死神笑，血雨腥风，四十七战平古。呈天地，金龙丌亦，一腔热血怀星武。纵古今，武者万千，凭谁难滏。

岁月萧然，长天对盏，一挥征战苦。缜惨日，太刃刁之，再挥气有天府。怎涿胸，急千载下，如初醒，那拳何处？莫停身，贯月白虹，手格熊虎。

蹴然不止，醉步惊秦，三挥断金斧。吾好世，银花素果，铁骨铮铮，浪口风间，怎怀天羽？弦激帆驶，夺天敬地，吾存其死杀吾士，妄山刀，毁齿似天弩。死神又笑，生死褚市听得，四挥铁马呵浒。

死神再笑，所断山河，一世峥嵘辅。待商量，以敬鸿宇。复始兮兮，冶梦兮兮，兮兮复数。星辰万两，凭三人矣，邀君醉酒噱来嵝，请月云千古。弓身以立台中，展手收拳，再观星武。

半笺诗

本名宋述真。山东曹州人。中华诗词学会会员。爱好诗词写作、旅游、绘画，诗词文章曾在《近代诗词三百首鉴赏》《历山诗词》《曹州诗词选》《牡丹文学》《五市诗词联赋》《菏泽日报》《牡丹晚报》《青年作家》等发表。

七绝·无题(词韵)

忽来朝雨扣窗扉，小立阶前无燕回。

鱼戏田田荷叶起，微风一转忘低眉。

七律·画菊

蘸取西风画菊妆，红黄两色费思量。
东篱石卧疏疏墨，笔底花开淡淡霜。
许我朝昏同月瘦，知谁清骨伴秋凉。
冷香染指细涂抹，留白还添诗几行。

减字木兰花·春日抒怀

蓓蕾小小，乍暖还寒春尚早。陌上青痕，一抹微微亦动人。

流年忘却，唯记那时曾许诺。携手天涯，一路春风一路花。

菩萨蛮

秋千架上秋光浅，秋风来去无人管。花惹一襟凉，石阶和梦长。

夕阳沉水底，坐待烟云起，醉眼看青山，青山好个闲。

蝶恋花

新雨初晴山浣翠，隔岸蹊云，看去真妩媚。采束野花摇露碎，双飞蝶上花枝最。

湖有荷开清出水，薄粉轻匀，美得游人醉。可否结成今日累，魂儿留在花心睡。

蝶恋花

走一条开花小径，唱支歌儿，翠鸟飞来听。叶上露珠刚睡醒，时光打湿风的静。

拂过了花枝蝶影，提着篮儿，采摘些红杏。溪水中看云倒映，水中我是那青荇。

包正义

笔名水木山人。上海交通大学退休高级工程师，上海枫林诗词社社委。2012年以编写并出历代诗歌名篇选编》(上海文化出版社出版)。现任田林社区学校“古诗词赏析”课老师。

如梦令·别亲

已苦离愁别绪，更著端阳梅雨。千里梦销魂，湘水楚山无语。无语，无语，青鸟恁时飞抵。

七古·蔷薇

篱外横斜出新枝，欲与东风论世事。
怎奈园主不知义，硬拽生拉入花池。

七绝·惜夏完淳

红雨飞花悼小淳，懵然殉道二八春。
低沉日月清风冷，空看灵旗尽泪痕。

[注：夏完淳(1631－1647)，上海松江人。14岁参加抗清复明，16岁被捕，在南京殉难。他的《别云间》诗有“毅魂归来日，灵旗空际看”句。]

鹧鸪天·梦故园

剪却枯枝去劣根，东君催长细无声。鸟喧上下呼晴日，藤越竹篱任纵横。

花亮色，草扬芬。蜂媒蝶使竞飞臻。熙天曜日清风爽，尽敞荆扉迎客人。

七绝·油菜

南陌东阡遍地黄，躬身细看亦清扬。
从来不屑争名妍，籽叶聊添饭菜香。

长相思·悯夫妻分居

月迷迷，星稀稀，劳梦终宵到塞西，牵衣执手唏。

风凄凄，柳依依，谁解人间两隔离，五更黄雀啼。

朝中措·反贪腐

三朝狐鼠现妖形。刮目看新情。旧梦依稀曾见，震风似动寒冰。

汗青热血，天人之道，千古难明。且待春雷霹雳，荡涤暴虐公卿。

浣溪沙·丙辰水灾

烟涌飙狂掠九州，沛然苦雨泻无休。江河溃岸遍湖湫。

万户惶惶湍水漫，千山颤颤乱石流。何人忍泪度中秋？

鲍英洲

1935年10月生，河南新乡人，退休干部。中华诗词学会、河南诗词学会会员，新乡市诗词学会、中华当代文学学会理事。出版有诗词作品《紫藤集》(今韵)。

七绝·荷塘情思三首(今韵)

玉影轻摇蠹水湾，怡情悦目醉天然。
悟得君子周公语，只作公仆不作官。

荷塘月色世人崇，花自幽娴心自澄。
身许黎元福祉事，清风两袖伴平生。

菡萏清绝依水生，花红叶翠映天明。
传书鸿雁排云上，漫漫幽香淳世风。

七绝·老伴(今韵)

彩伞轻拂垂柳枝，清风细雨两相知。
当年三字羞出口，白首新笺补艳诗。

七绝·外甥女生日有寄(今韵)

竹挺菊黄蟹肥时，浦江牧野两相思。
亲情一线系千里，共诵新翻杨柳枝。

七律·八一初度(今韵)

盛世黄钟大吕音，古稀岁月诵阳春。
朝思子美茅屋意，夜赏板桥竹叶心。
淡墨难涂花万朵，痴情欲上岭千寻。
如今忝列八零后，圆梦勇当生力军。

鹧鸪天·贺慈母茶寿(今韵)

夤夜白菊献素心。萱堂袅袅降祥云。儿搀慈母观明月，母抚痴男叹瘦身。

拭喜泪，展愁纹。异花奇木唤阳春。今年茶寿神仙会，他日重逢梦化真。

虞美人·汴梁颂(今韵)

湖光彩影龙亭俏。铁塔花纹妙。城城叠摞认前朝。九曲黄河飞浪过虹桥。

千年古都重圆梦。紫气迎鸾凤。仲秋菊会喜相逢，赏月西湖把盏醉东风。

毕相山

1940年生，河南滑县人，退休前任安阳市人防办副主任。现系中华诗词文化研究所、中国诗书画研究会等多家会员。380首诗词和80幅书法作品被有关专集收录。有《洞天吟草》诗词集出版。韵遵新声。

五律·望月

客寓寄乡情，蟾宫立望中。
年重年龄益，月累月时同。
苏问几时有，杜言故乡明。
天涯辉尽顾，手揽不无盈。

鹧鸪天·书房

大海灯塔可导航，沙漠红柳正消徨。挥毫泼墨抒心志，持卷低吟醉梦长。

书躲架，画息墙。鼠标一点进学堂。晨昏独坐尘心洗，福地琅环送健康。

(注：元伊世珍《琅环记》中，把仙人所居多书的洞府称作“琅环福地也”。)

鹧鸪天·秋意

阵雁从容自北翔，山明水净夜生霜。树围村寨混更透，谷满田畴绿变黄。

蝉噪退，蟀轻扬。天高云淡气清香。丰登

我爱收获季，应悔三春把地荒。

鹧鸪天·晚霞礼赞

云暮轮残现晚霞，走来一路最堪夸。生成东海普天照，染满西山烂艳刷。

披雪首，享荣华。谈天论地懂桑麻。是非功过能觉悟，旧趣新寻再馈花。

鹧鸪天·咏槐花

碧玉妆成一树高，时节谷雨相来约。层层倒挂清雅美，串串洁白香气飘。

绝莉艳，胜梨娇。嗡嗡天使费操劳。银装素裹妖娆献，一视存心当镜瞧。

金缕曲·思军校战友

山下别离久。问当今、青丝几缕，几儿恭守？虽是大学一载史，仓库堂堂课授。操常会、溪流洗手。楼建池挖明月顶，社教中、汉水清腐臭。闹派性，同窗斗。

胸怀梦想各奔走。断音讯、少得机会，怎能聚首。科技花开江南北，事业有成歌奏。丕业创、清风盈袖。开放改革全球惠，策利民、国力天天厚。情旧切，请开口。

最高楼·贺岁七十五

人生赞，路上几多关。回首尚得安。孩时虽苦受关爱，朝更学就不纠天。事从何？鞍卫寨，政从廉。

谈感想、戍边沙拌雪，问能耐、案头心对月。霜飞鬓，赋么闲！诗成五百歌喉润，翰挥十万落云烟。荏光阴，星闪闪，雨绵绵。

江城子·乡情

童年犹记果园香。水坑旁。麦收场。砖瓦灰灰，农舍友情长。四季农活收种管，鸡叫起，趁夕阳。

别离已久话沧桑。手机装，网经商。农药化肥，机械代人忙。巨变故乡情更近，根在此，梦高堂。

秘长青

临江仙·塞柳

渌水桥边空伫立，冷风忒也刁顽。黄昏犹自叹孤寒。楚江无限好，只是隔重峦。

一夕青丝飘落后，谁怜身瘦枝残。团圆梦断续应难。夕阳斜石径，淡月冷空山。

水调歌头·赋菊

叶添凉雨后，蕊绽露凝时。西风还记佳约，寒气著葳蕤。一片嫣红姹紫，万种娇羞妩媚，几度惹相思。有心伴兰竹，无意竞芳菲。

莺声远，蝉声遁，鹜声悲。庭前月下，犹见花影半低垂。还在云楼深处，但对姮娥仙子，更举碧霞卮。酒醉钟声远，夜静梦来迟。

石湖仙·春日感怀(依白石四声)

登临高屿，看千古江涛，三岛烟树。闲步白云间，似轻鸥、流连野渡。山深泉隐，也自念、柏园松圃。凝伫。听幼鹃、比唱鹦鹉。

人生未须叹晚，对斜阳、还添咏絮。暗濯愁怀，且索吟边莺语。拾取宫商，独弹金缕。暖风回处。心已许。筝声更领春雨。

C

蔡柏菁

笔名老白。中华诗词学会会员，从事过宣传、报社记者编辑等工作。在《人民日报》《中华诗词》《香港诗词》、中央电台以及中华散文网、中国诗歌网、诗词月刊等30余家媒体杂志及网络发表新闻、散文、诗歌、诗词近500篇。出版散文随笔集《闲情赋》；曾获“红蜻蜓杯”全国征文一等奖、中华散文网征文二等奖及各类奖项。近年开始发表古诗词，以写底层的人物及生活见长。

五律·闲居溪边

窗对翠屏山，闲云自在旋。
瀼溪波闪闪，夕照橹翩翩。
街上车熙往，林中寺传禅。
锄园闻鸟脆，踱步也怡然。

七绝·移栽古树自白

生在山间浓盖荫，动迁绿岛断根筋。
自私人类专为己，管我开心与痛心。

七绝· 瀼水迎霞

瀼溪两岸栉农家，瓦舍沿河映落霞。
趁郎抢完耕作事，相邀邻里享搓麻。

鹧鸪天·柳湖夜色

踏入公园耳眼忙，广场跳舞最熙攘。大妈大伯采茶戏，就地无台也化妆。

简易屏，瑞昌腔，歌摊二老唱双簧。东边“高铁”呼驰过，湖底霓灯放彩光。

鹧鸪天·窗前即景

独坐窗前漫品茶，苍城渡口浪微花。爷孙树下总争弈，水映晨曦树挂霞。

坪泛绿，树开花。人居美景莫言他，寄情山水溶乡境，对岸姑娘正浣纱。

鹧鸪天·农民运动会

跑步人人似水浇，拔河你我彼相消。村头启动篮球赛，呐喊声声震碧霄。

顶扁担，健身操。乒乓比赛渐高潮。象棋变幻神难测，不断奇人出妙招。

蔡润琴

笔名心淡如水。甘肃省秦安人。甘肃省诗词学会会员。爱好诗词，作品以婉约凄美著称。诗词曾发表于各大网络平台和纸媒，代表作《落叶》发表于天水诗词双年展。

七绝·秋怀

淡看诗书闲赏月，静观落叶品红霞。
谁怜只影思秋韵，始伴风霜共饮茶。

七律·重阳吟

把盏重阳菊酒香，轩亭斜倚品诗章。
朝听流水思琴曲，暮览霞光话夕阳。
细雨霏霏滋草碧，严霜飒飒润花黄。
何人懂我痴情意，羞戴茱萸染鬓苍。

浪淘沙·中国女排

汗水洒芳华，辞暮迎霞。严寒苦练展奇葩。十二载风霜相博，意志堪嘉。

喜讯传天涯，全国皆夸。披靡斩将体坛咤。众志成城圆一梦，报效国家。

鹊桥仙·七夕

月光如水，西窗玉影，银汉星云飞渡。欣逢七夕话缠绵，盼今岁，相思无数。

佳期易逝，良宵太短，惆怅悲伤难诉。依依相惜恨离愁，赋不尽，凄凄楚楚。

卜算子

陌上落红飞，垂柳花残败。乱舞春风恋旧妍，点点愁如海。

无意惹尘埃，确欠红尘债。半世情缘一梦间，只叹朱颜改。

临江仙

夜寄闲情灯一点，梦回碧槛星楼红笺小字忆风流。还思飞絮舞，偏爱鸟啼幽。

问世间情怀似水，花前吟月谁酬。也知离恨尽悠悠。天涯凝目处，烟雨弄扁舟。

浪淘沙

屈指数流年，似梦如烟。一身豪气傲云天。利禄功名全看淡荣辱何干？

翠影照清泉莫道风寒。闲庭漫步醉山颠。落叶飞红均不管。游戏人间。

虞美人·尘缘

层层叠叠行行字，总是伤心事。为吟词赋且徘徊，无数牵肠终究枉凝眉。

也知曲尽终离散，无奈情难断。尘缘如水爱如烟，莫让时光催老旧容颜。

蔡薇

湖北武汉人，医务工作者。

自述：素手捻来花瓣雨，千年穿越任纵横。一直喜欢唐诗宋词的内敛与唯美，却生就了现代人的开朗和豪放，只好在文字里寻找些许安慰。

鹧鸪天·水仙花

几颗鹅英植玉芽，三瓢清水浴奇葩。银盘金盏献明月，明月无心赏碧花。

花弄影，月西斜，书房庭院抚琵琶。平生幸得卿卿宠，伴读诗词慢煮茶。

卜算子·梦醒时分

一夜銮镜悬，一夜花千朵，一夜凝眸盈盈握，一夜心燃火。

梦醒又凭栏，梦醒馨香裹。梦醒遥知月又亏，梦醒谁怜我？

喝火令·擎书醉墨香

刮肚寻佳句，擎书醉墨香。揽云追月履诗行。拼却此生今世，沉溺也无妨。

拟定三千字，难登大雅堂。宋词唐韵慰柔肠。莫道痴迷，莫道性癫狂，莫道学疏才浅，拥你度残阳。

喝火令·情殇

月色清如水，灯残夜未央。一帘幽梦越芸窗，斟起满怀愁绪，抛洒在乌江。

纵有千般恋，冰心已挟藏。一杯清酒祭情殇，怎忘凝眸？怎忘旧时光？怎忘素笺红字？拭泪掩心伤！

蝶恋花·七夕

又见紫薇芳满树，蝶翼翩翩，摇翠黄金缕。美景良辰空自许，伊人可解冰心赋？

河汉茫茫无觅处，只盼卿来，红袖纤纤舞。且把柔情传尺素，轻舟载梦情长驻。

鹧鸪天·织女

罢杼停机下绣楼，与郎相约鹊桥头。轻描黛迹云鬟绾，脂粉微匀醉眼柔。

天易老，梦难酬。生生世世宁为囚。来生还许牵牛汉，云海迢迢泛扁舟。

蔡志民

秋宇

碧透灵霄净透心，鸿行千里迹能寻。
风拂静水乱秋色，揉碎池中一片云。

感秋

雁语忽传北域凉，飘飞一叶引初霜。
独酌遣兴无相和，唯就陶菊品淡香。

雪松

听任冻云匝地倾，高巅兀立一身雄。
半披素甲藏龙骨，尽展虬枝啸虎声。
莫怨青白凭雪洗，绝知英烈藉斯名。
平生不屑充梁栋，免向俗尘龌龊行。

雪魄

不屑苍冥厌玉白，笑抛高位下尘埃。
冰心一展川原亮，浩气长舒天幕开。
岂为梅香怀忐忑，皆因秋凛作徘徊。
功高无意压山岳，愿化春潮万里排。

苍狼

来自名茶铁观音故乡。素喜文字，茶余饭后常提笔撰文，徜徉于唐律宋韵间，领略古人文化情怀，沉醉其间而自得其乐。

诗观：写落平生多少事，于心无愧报苍生。

七律·咏安溪铁观音

莫论春秋与夏冬，立身红壤伴青松。
新芽沐雨枝枝俏，老树餐岚叶叶浓。
壶里乾坤皆幻影，途中岁月不迷踪。
君王赐誉闻天下，从此人间识玉容。

（注：传说铁观音茶为乾隆帝赐名。）

七律·龙湖翠竹

蓝水潺潺绿影柔，劲枝节节写风流。
从容冷对霜和雪，寂寞不言春与秋。
梅骨铮铮身最傲，兰心淡淡韵还幽。
古来圣洁多贤士，对酒高吟黄鹤楼。

七律·桃舟晋江源

桃花岛上桃花艳，舟动风随水漾波。
树茂山深藏燕雀，泉甘草绿乐翁婆。
一泓清水家家饮，百里贤民代代歌。
最喜源头流不尽，从来最美母亲河。

七律·无题

流年似水太匆匆，往事纷纷入梦中。
曾慕江湖游侠义，今倾桃李柞蚕衷。
寻幽写意诗千首，望月吟花酒一盅。
多少繁华成旧梦，莫如原上逗孩童。

七律·长坑崇德书院

自古崇文德自高，百年书院引风骚。
情牵桑梓立黉苑，心系书香舞素毫。
树树新芽经雨茁，莘莘学子向空翱。
达摩岩下群贤聚，共唱欢歌举绿醪。

七律·初夏抒怀

韶华勿悔走红尘，五柳桃源入梦频。
不漾他人家富贵，独怜自已识清贫。
勤耕墨海殷殷意，懒取浮名泛泛身。
径向幽林寻燕雀，折花换取一枝春。

七律·暮春吟

知春渐远众芳嗟，却见蜻蜓伴豆瓜。
陌上蛙声迎澍雨，峦间媪影采新茶。
曦风约柳拂人面，碧水牵舟染夕霞。
莫道春归无觅处，风光依旧入千家。

七律·白濑溪声

两岸青山一涧穿，淙淙晋水泛清涟。
林幽众鸟鸣深谷，崖兀群鱼跳碧泉。
百丈玉流岚绕竹，万株云树鼬呼猿。
斜晖点点溪声里，高峡平湖白鹭翩。

五律·湖中孤树

盈盈居石上，寂寞卧瑶池。
根韧坚岩破，花柔彩蝶追。
唤鸥迎暮霭，饮露读晨曦。
独守寒江里，风霜不改痴。

五律·雨后初晴

淅雨初停后，云开换丽妆。
远峰岚雾绕，近水柳桃香。
花上翩红蝶，池中戏彩鸯。
农家心最乐，新绿满山冈。

曹初阳

赣人，居沪。某民企高管。《云帆》微刊主

编。

题九江星子七夕公园春梅图

浔阳三月与冬同，艳艳梅花映日红。
许是相思情太切，来争桃李嫁春风。

学诗感怀

纸上铺陈趁酒酣，风雷隐隐啸天南。
登楼收取千重翠，觅句描来一抹蓝。
偶遣旷怀抛俗务，频翻古卷作清谈。
人间多少悲欢事，沏入新茶苦化甘。

初秋偶成

孤旅无眠夜气清，披衣沾露踏莎行。
萤飞深树村头聚，竹唤凉风袖里盈。
几处蝉吟游子梦，一池荷写故乡情。
堪怜新月当头挂，恰在梧桐缺处明。

冬夜寄友

一笛迎风万叶飞，晚霞似锦染缁衣。
追云雁过声留韵，倚树歌停月沈晖。
欲显欲藏峰裹雾，又明又暗雪侵枝。
星湖故友如相见，酒蘸梅花共赋诗。

游庐山西海柘林湖

闲花几点鸟初啼，碧黛春烟柳拂堤。
千岛连珠随浪动，一云排雁与天齐。
凉风飒飒青萍末，往事悠悠白日西。
水自多情人却远，诗成无寄付清溪。

赠天山诗友

剔透诗心百脉通，神驰万象晋唐风。
人文视角胸襟阔，家国情怀胆气雄。
一曲歌飞冬雪化，千词韵染腊梅红。
会当煮酒天池上，共驾扁舟碧水东。

曹桂娇

网名物语浮生。江西省九江市庐山区一中教师。学生时代，特爱诵读前人的千古名篇。多年过去，生活的磨砺，岁月的沉淀，诗苑良师诤友的影响，情不自禁也拿笔写起来！

寄语：我愿乘风破浪，踏遍黄沙海洋。

沁园春·李公堤梧桐

翠鸟啁啾，彩蝶盘旋，一片盎然。看湖光山色，峦微水魅，天高云淡，雾渺烟澜。波漾鳞光，鱼潜飞舞，堤岸梧桐多恋缠。相偎倚，盘虬枝干绕，树底瑶仙。

炎炎酷暑熬煎，树下纳凉民众比肩。或高谈阔论，抒怀唱和，骑兵布阵，苦虑寻缘。漫步林荫，徜徉小道，尽享梧桐赐洞天。遥怀想，若别经年后，依旧蹁跹。

行香子·七夕

星斗阑珊，泻玉流丹。看银河、鹊渡桥弯。重逢契阔，缱绻绵缠。诉相思苦，情思重，别思难。

金风玉露，花容月貌。舞蹁跹、鹣鲽狂欢。菩提树下，乞巧拳拳。祷郎如意，姻如愿，巧如兰。

浪淘沙·丙申孟夏石湖听雨步韵寸心词丈

云雾袅如烟，湖畔林边。兰舟天际竟相连，一叶微风幺柳岸，影曳冈峦。

叹轶史迁延，命里机缘。意随性懒度流年。只看潮来潮又去，自在云天。

满庭芳·纪念老舍

暗夜沉沉，悲凉孤寂，太平湖畔乌啼。残荷噙泪，野草曳风凄。一代文豪玉碎，大地震、电掣雷魑。诗词伴，天河狂泣，堪骇世传奇。

贤思，留史册，春秋撰笔，轶事书题。看猫记揪心，茶馆澜漪。四世骆驼警世，倭惨绝，勿忘行畸。烟云渺，国殇数载，共日月名齐。

清平乐·茶

山间茶树，簇簇挨挨驻。少女采茶金蛇舞，客羡掐尖狂步。

定慧寺取山泉，温壶冲泡观颜。玉液春风拂面，品茗醉若神仙。

曹华

网名 CAefnghO。女，山西人，70 后，科研高工。喜好文字，偏爱古诗词，常常点墨书写小心思。

诗观：诗以养心，诗以净魂。

五绝·山菊

山野生黄菊，凌霜自在开。
明知人不见，仍带笑颜来。

五绝·早春

草色初沾履，春风破嫩芽。
初晴霏雨处，新绿满山爬。

七绝·早春随想

幼芽舒蕾托莺啼，雪化冰消见小溪。
但记少年求一梦，春风送我柳亭西。

七绝·清晨絮语

门前绿柳鹊声声，乱我心思梦不成。
燕子双双梁上客，萋萋芳草故乡情。

五律·春声

向午如雨丝，风来一霎晴。
桃花新蕾出，青草嫩芽生。
山远蛾眉渺，云遮半日明。
鹊飞描秀影，谁在动春声。

五律·踏青

春到青城外，阴山唱牧歌。
嫩芽生旷野，斜日暖山坡。
兄弟扬鞭少，牛羊点缀多。
阿婆端好酒，待客在南河。

忆江南·春江夜

春江夜，明月上层楼。碧浪细风吹柳影，红笺锦字唤归舟。天海水悠悠。

鹧鸪天·牧人家

莱地门前长嫩芽，檐头柳眼看朝霞。青山细草牵牛犊，斜日枝头落老鸦。

千里马，土琵琶。清茶奶酒牧童家。春风桃面迎游客，且看敖包那朵花。

曹军

男，66 岁。

七律·《黄浦江诗潮》感赋

汤汤黄埔涌诗潮，万里东风逐浪高。
沪上群英齐献智，寰中硕彦各挥毫。
感情丰富才情美，格律精严韵律娇。
堪作楷模垂后世，承传国粹架金桥。

七律·步和李德身教授《八十生辰抒怀》

真才真理是追求，以德修身处乐忧。
国梦情怀瞻北斗，家乡缘分注西游。
弘扬孝道尊三老，抨击腐风轻五侯。
回首昔年无愧怍，书城坐拥志难休。

清丽双臻·中国梦——步蔡丽双原玉

清丽双臻句，每将心志发于诗。淳厚家风古今未，恢弘国梦美新奇。文化奠根基，复兴多措施。

深潜艇，大飞机。科技领先生产力，人才崛起里程碑。勤廉精进争朝夕，我表情怀动藻思。

七律·洪泽湖湿地公园初览

悬湖湿地画图开，异景天成醉客怀。
牧笛声中红日起，渔歌响处白云徘。
繁花竞艳俱妍矣，众鸟争鸣亦壮哉。
天赐一方风水地，旅游开发倍生财。

七律·步马凯同志《写在中华诗词学会四代会召开之际》原玉

（一）

霾雾重重退去迟，终迎化雨润枯枝。
四人帮子虽除却，十载光阴竟废弛。
拨乱余生舒意酒，伤痕文学断肠诗。
补牢每忆亡羊痛，民族复兴真及时。

（二）

莫道荼蘼花放迟，芃芃朵朵压弯枝。
摄来影像容姿美，采去吟笺思绪驰。
国梦恢宏堪入画，民生幸福好题诗。
频增实力开文运，播火传薪正适时。

曹鸣

男，1957年生，湖南长沙人。插队知青，南宁市第八人民医院主治医师，毕业于广西中医学院。中华诗词学会会员，南宁市诗词学会理事，广西诗词学会会员。业余写诗8年来，共撰写380首各类诗词，出版诗集《诗之乐》。其中有100多首诗词被分别刊登在全国100多家报刊上，如《中华诗词》杂志等。

五绝·赞诗人何鹤老师

华章情意浓，妙笔生春风。
踏韵青山处，诗花遍地红。

七绝·赞核潜艇官兵

风展红旗壮国威，巨鲸万里沐朝晖。
舍生忘死凭肝胆，赢得神州赞誉归。

七绝·贺花山岩画申遗成功

岜莱岩画众人讴，雨打千年图像优。
圆梦成功填空白，壮民瑰宝誉全球。

五律·游凤凰谷

怡然曲径行，太极壮豪情。
水阔真龙隐，山深雏凤生。
寻幽随朗月，索句向啼莺。
竹影松风里，遥听瀑布鸣。

七律·游大明山

万丈明山峻岭膛，层云叆叇势超常。
山清蝶舞斜阳短，水秀鱼欢瀑布长。
百鸟争鸣鸣婉转，千花竞放放芬芳。
流连美景人陶醉，不羡蓬莱羡故乡。

七律·赞国粹中医

岐黄之术远流长，诊病回春保健康。
内服灵丹调脏腑，外敷妙药治筋伤。
杏林春暖千花艳，橘井秋凉万里芳。
博采众长疗效好，中西合璧大文章。

七律·游三清山

叠嶂群峰凌莽苍，层云变幻势超常。
鱼欢蝶舞分明见，月皓风歌破浪狂。
青阁白烟归曲岭，碧楼红树立斜阳。
幽篁垂柳天然氧，醉卧山庄入梦乡。

七律·元宵节舒袖

花灯闪烁庆新年，炫舞瑶池不夜天。
妙曲中三情脉脉，悠歌慢四意绵绵。
阿哥飘逸摩登秀，靓妹娉婷默契翩。
文化惠民连地气，人生圆梦乐陶然。

曹胜炎

号终南山人。湖北人，1961年生，大学教授，现经营生物工程企业。好释道之学，爱山川之妙，喜禅林道观之静，常年游走于各地，偶尔摄影、作诗词；诗词大多为旅途所作，随性而发、随性而弃。

七绝·初夏过山海关

塞月燕歌入客怀，长亭野道信悠哉。
九天风雨回头尽，千里云山画卷开。

五律·迢迢寄翠微

山苍心未倦，野涧浸斜晖。
荒路行人少，尘车逐日稀。
乡音萦故梦，闲绪入柴扉。
暂作天涯客，迢迢寄翠微。

五律·登南太行关山

风生惊叶落，婉约雉声频。
白水缠萦窠，行人缱绻真。
山冷移锦日，雾缈起嶙峋，
千仞危崖叠，衣沾几片云。

七律·题半壁山人潜庐图

烟墨有情几片痴，丹青无意数条驰。
悠悠溪水翻春绪，婉婉闲阶叙旧时。
山舍清茶堪入梦，竹篱素影总关池。
泠泠弦上松风暖，自在虚心好入诗。

七律·夜宿伏牛山向家沟

一径氤氲引婉溪，流云清澈野花低。
紫藤牵户人何处，幽谷飞崖鸟共栖。
九转松阶传梵籁，七弦心曲动霞霓。
临高犹喜玲珑月，共我闲情听锦鸡。

鹧鸪天·冬日寄怀

绮梦烟舟绮梦空，断崖冷树断崖红。野歌唱瘦东溪水，诗韵吟寥北寺钟。

山淡淡，月朦朦。人行千里共云踪。堪从一片寒飞叶，好把尘心托付风。

玉楼春·何处道心堪可系

廊桥碧水闲鸥起，古柳槎牙烟浪细。残阳倒影幻奇峰，何处道心堪可系。

风含玄妙零旖旎，花落花开藏有意。真如岂向法中寻？应在迢迢云雾里。

高阳台·重游淮阳龙湖

云弄轻阴，河穿曲柳，天涯寂渚微风。绿满屏山，瓜瓞绵锦香丛。金沙苇浦销魂处，一声声、鸠乐融融。有兰舟、烟水萦回，篱外征鸿。

芳尊缱绻芰荷碧，隔尘吟旧梦，并蒂朦胧。莲烛啼痕，当时倩影盈盅。闲情谁唱无弦曲？玉人斜、拈带香踪。越如今、孤负楼台，倏首匆匆。

曹树造

湖北大冶人。1936年生，大专文化，高级经济师。中华诗词学会会员，中国楹联学会会员，子曰诗社社员，阳新县诗词学会理事。有诗词作品在《人民日报》《中华诗词》发表。著有《追怀》《创华诗联稿》等。

七绝·夫人为我织毛衣

老镜银丝架鼻梁，横针结线织衣忙。
凭肩五十加三载，大小何须用尺量。

七绝·春日城郊游

争荣万物缀春光，幅幅丹青落眼旁。
迎日红桃描技巧，扶风翠柳画工长。

七律·金婚感赋

一自红绳系足髁，寒温晴雨伴随过。
板床实实承恩重，陋室空空载爱多。
厅内霓虹飞彩影，杯中玉液映霞波。
夫人笑数全家福，恍现当年两酒窝。

七绝·"猴年马月"有感

岁月悠悠十二春，猴年马月幸临身。
人间多少殷期梦，总盼今朝尽变真。

［注：2016年6月5日是古历丙申（猴）年五（午马）月初一日。俗称"猴年马月"，每12年一遇。］

七绝·咏栀子花

清白传家未列侯，却从闺子入红楼。
传青播玉终生志，佳气薰香死不休。

七绝·清风颂

君本无形却有功，常挥玉臂扫长空。
世间多少尘与秽，尽撒流云逝水中。

七律·图书馆藏

文明沉淀五千年，经史诗文聚浩篇。
一馆广藏人道义，万函全揽世箴传。
开箱雅气随孺后，离柜书香落子前。
自付囊萤牛角挂，紫微星灿满中天。

七律·咏月季花

露浥枝头点倩容，春秋夏艳亦馨冬。
携来万亩天天绿，送给千家月月红。
游客偷藏罗绮内，诗家描入画图中。
风华长茂勤供眼，聊献陶情一寸功。

七绝·闺梦思

冷风携雨扰窗台，好梦今宵又未来。
情水东流难再返，思潮落下恼常回。

曹晓林

男，中学教师。中华诗词学会论坛常管，香港诗词学会会员、学会论坛常管，鄱阳诗词学会会员。作品曾获《诗词中国》月度创作二等奖。

七律·丙申端午有寄

丽日端阳宜放歌，近乡偏觉虑思多。
悬菖竞渡农家事，断发图腾百越戈。
抉目谋君伤伍子，沉江救父叹曹娥。
怀沙未泯湘天恨，万古龙门祭汨罗。

卜算子·赠春花烂漫君

（一）

烂漫似春花，娴静如秋水。无限矜骄只淡然，落落谁堪比？

伊本穆公珍，自识风流士。一曲笙箫御凤台，跨凤成仙子。

（二）

皎皎若婵娟，切切如家姊。焉语殷殷寄雁音，岸渚丁兰紫。

二度惹相思，一世无穷已。自此悲忧万古消，倚望江湖里。

（注：春花烂漫君嫁福建名士萧揄，故有云。）

七绝·信天游

高天一曲彻云寰，亘古悲声到雁关。
远处花花兰又起，狂夫铁汉泪潸潸。

鹧鸪天·暮春吟

寐坐深春起感伤，无边底事只凄凉。花年难忆无欢露，天命当知有浅霜。

嗟造化，叹无常，风华意气尽纷扬。未曾酬得三生愿，已是英雄梦一场。

（注：余幼年时，家道式微，王风中断，地主孽帽重扣于首，不堪承受。父母唯谨唯慎，飘零于异地他乡，游走梓场。非常岁月，非常苦难，常衣不遮体，食不果腹，倍受欺凌。年少时，虽课业，已是生产能手，农事无一不涉，无一不精。时日夕随生产队壮汉出工，虽青葱，亦未曾有落于人之后者！隐忍不发，蓄势而上，其鸿鹄之志，岂彼燕雀知之乎？）

七律·心诗一阕为君题

心诗一阙为君题，涉水方知此岸萋。
大泽幽渊龙涧隐，高天肃木凤梧栖。
月明沧海珠生泪，云渺巫山梦点犀。
敲韵回笺浑失语，低眉倦卧漫思迷。

曹晓新

男，1962年生，江西上饶县人，大专文化，中共党员，正团级转业干部。1983年7月毕业于解放军南京炮兵学院指挥专业，1988年7月毕业于厦门大学党政干部基础科专业，1993年6月毕业于解放军南京政治学院刑事侦查专业，2002年6月毕业于解放军西安政治学院军队政治工作(处长)专业。历任排长、干事、教导员、主任、团政委等职。

长相思·七夕怀感

遐也思，迩也思。终到东山浴爱池，幽期像首诗。

醒时痴，梦时痴。挂肚牵肠无了时，但求心感知。

三清山游记(新韵)

少华遗产怪嶙峋，地质三清道长身。
山上奇石山上景，壁中栈道壁中云。
九曲叠嶂擎天柱，五彩山娟映女神。
翠宿秀餐谁愿返？振声来毕再无文。

(注：少华：三清山别名；遗产：世界和国家自然遗产；地质：世界和国家地质公园；振声：徐弘祖的字，号霞客。)

《秋愁》三体

七律·秋愁

驱车古道观塘下，清淡行云飘雪茄。
枝柳枯藤拧豆架，罗裙碧水映荷花。
西风落日晶珠洒，孤影莲蓬地虎爬。
谁与痴心共长话？寂寥偏触旧伤疤。

西江月·秋愁

古道驱车塘下，行云移影篱笆。西风落日映荷花。视镜枝头残架。

翠盖罗裙珠洒，莲蓬碧水归蛙。寂寥偏触旧伤疤。谁与痴心共话？

天净沙[元曲◎越调]·秋愁(中原音韵)

西风落日荷花，白云孤影篱笆，碧水莲蓬雪茄。谁来与话？寂寥偏触伤疤。

曹新频

1957年出生于广东省惠东县，政工师、高级工程师。中华诗词学会会员，左岸风诗社顾问，《松溪诗词》副主编，惠州市诗词楹联学会副会长兼秘书长。

七绝·秋访山居三首

(一) 门前

炊烟袅袅竹林间，紫燕翻飞自往还。
塘背两三凉帽影，门前小狗晒悠闲。

(二) 屋后

青砖红瓦倚山冈，近水楼台月映墙。
屋后花园红间绿，几枝桃李入西房。

(三) 厅堂

朝迎远客夕迎霞，明月清风进汝家。
宾主情豪频举盏，一轮花甲正风华。

七绝·垂钓寄怀

小小渔钩饵不多，钓来往事满筐箩。
儿时放学归来早，常摸河鱼等下锅。

重游担脚坳(三章)

(一)

寒霜未降菊先开，时见清风古道来。
落日溪头犹似昨，奈无凉帽旧身材。

(二)

重阳赴约坳中行，犹记当年气喘声。

为赚脚钱流汗苦，今来觅句听泉鸣。

(三)七律(宽韵:思)

古道盘桓绕碧溪，一花一草令人迷。
层峦叠裹连天远，落日云横与雁齐。
几座危楼藏故事，半弯明月惹新思。
山禽不晓人间变，依旧东来复往西。

曹永刚

七夕话牛郎(新韵)

守望七夕情不老，相思化泪泪沾襟。
天宫若有华为六，赠与牛郎好视频。

七夕话织女(新韵)

满腹相思寄鹊桥，忧伤几许绕云霄。
平生只做相夫梦，守望牵牛情不摇。

参加学校大扫除迎接检查有感(新韵)

挥镰汗如雨，草净路幽深。
校长门前立，谦恭候大人。

长安王勃

七律·踏青

冷落城南又一春，骑行乡道草如茵。
少陵木秀秦王冢，素浐桥空汉古津。
云映桐铃千颊紫，风吹柳絮半川银。
日中思渴敲门户，不见桃花掩面人。

七言·金陵咏怀(新韵)

千古形胜大江寒，潮围石头水拍天。
山青如壁非赤壁，日昏长眠似夜眠!
朱雀胡烟桥上辱，乌衣铁血巷口残。
伤心不为六朝事，明月凄凄满下关。

七律·人在中秋

白鹿原高南雁啾，西风黄叶又中秋。
菊开清夜暗香透，酒醉离人别恨休。
明月怨蟾悲玉兔，银河痴鹊泣牵牛。
古来多少伤心事，渭水东流声自愁。

长风

本名彭航学，亦用笔名长风当歌。陕西礼泉人。作品多发表于《红袖添香》《中国诗歌网》《中华好诗词》《礼泉文艺》《陕西农民报》《西安晚报》及西部文学网等。

破阵子·人生

醉时举杯邀月，感叹人生几何。江湖沧桑何人说，万丈豪情任蹉跎，落日映长河。

镜花水月成空，慎独常思细听，笑对人生百年匆，静观时事水流东，何惧白发生。

阮郎归·聚会

同学相聚在宗江，互诉话离殇，二十三载未相见，执手泪满眶。

来匆匆，去茫茫，情谊似海长。游子四方归故乡，西中忆沧桑!

临江仙·友情

物校两载别离后，十六年来西东。一蓑烟雨话平生，心归长安城，何时再相逢。

沧海逐波多少事，依稀旧时笑容，别来无恙总关情，漫漫风雨路，长风伴君行!

七律·大明宫怀古

荒冢聆听历史声，十尺城墙台痕青。
昔日曾为唐王殿，今朝谁怜大明宫。
浮尘流水太匆匆，烟云泪雨付东风。
是非成败转头空，繁华已逝水流东。

古风·咏槐花

百花香艳不足夸，满树飘香尽槐花。
大江南北已开遍，游子千里思念家。

古风·游瞿坛寺

河湟潺潺罗汉山，乐都古刹寺瞿昙。
青海故宫六百年，飞天绘廊美名传。
藏传佛教宏愿连，象背云鼓值万钱。
钟响马惊成笑谈，隆国佑民保周全。

古风·旗袍

着装还需看旗袍，笑意盈盈赶新潮。
身姿不移醉梅桃，迎风拂柳展妖娆。
锦袍素雅仪态娇，舞步轻盈惹尔曹。
玲珑曲折现苗条，红伞湖边乐醉陶。

常立英

【越调】寨儿令·丙申初夏谒昭余王摩诘衣冠冢

涂水明，麓山青，斑驳树间参差影。石案香茔，碑字留名，酹酒敬仙灵。暗中吟红豆殷情，柳下寻禅意虔诚。衣冠遗此处，诗画永曾经。凝，神往驻足听。

行香子·乡愁

万里乡音，两地愁喑。念家山、影讯无寻。征鸿断目，啼鸟惊心。奈思难束，餐难进，觉难寝。

飘蓬未定，寂寞犹侵。恁痴情、孰托千箴。斜阳远树，何寄怀襟？梦一帘绪，一株豆，一斛琛。

【双调】寿阳曲·赏春景

和风荡，柳絮绵，燕翩翩筑巢村院。迎春渐开人未远，看盈盈粉蝶飞颤。

【双调】寿阳曲·踏春堤

波光闪，碧柳柔，镜湖开翠寒微透。春泥漫迎堤上走，掬一剖野花轻嗅。

【双调】寿阳曲·醉春风

池波皱，竹影斜，万山新美妍如画。桃红李白娇蕊雅，喜不禁纳来香帕。

常胜国

笔名六画。男，河南省洛阳市人。中国诗词协会会员。长期从事司法和新闻采写工作，为多家电台和新闻媒体特约通讯员。

瘦笔风流闯险关·八仙体

(一)井岗苦战

瘦笔风流闯险关，长缨抖擞著新篇。
红旗浩荡天失色，壮士悲歌地换颜。
将帅筹谋防御术，工农奋战井岗山。
哀伤极左无知闹，扼腕神兵处境难。

(二)湘江喋血

湘江染血忆烽烟，瘦笔风流闯险关。
铁壁铜墙拼命过，威胁利诱肉搏还。
枪林冷酷红军叫，弹雨疯狂蒋匪寒。
五万英灵豪气在，征途坎坷比悠闲！

(三)四渡赤水

纠偏斧正挽狂澜，战略研究喜讯传。
瘦笔风流闯险关，狭河四渡创奇谈。
迂回赤水歼追匪，奋进川滇灭列顽。
日月扬辉开道路，人民辅助力无边。

(四)渡嘉陵江金沙江

强渡嘉陵进四川，金沙顺过藏民安。
忠心耿耿行天路，瘦笔风流闯险关。
愤怒船工忙打造，聪明将士巧周旋。
千秋伟业千秋建，克难排坚永向前。

(五)飞夺泸定桥

峭壁悬崖铁索牵，惊涛骇浪火光连。
攀爬雀跃飞奔取，砍刺拼搏虎啸端。
瘦笔风流闯险关，农奴苦战震京寰。
依稀看见先人泪，怎不唉声恨脏官！

(六)过雪山草地

岷山雪野挡神仙，草地淤泥阻鸟欢。
苦力攀登憎雪厚，饥肠跨越恶泽宽。
繁星耀眼驱愁绪，瘦笔风流闯险关。
正义之师无畏惧，高歌猛进彩云间。

(七)激战甘南

群山险要鬼门拦，阻挡围追蒋匪癫。
巧计伏击抓野兽，危崖猛打战甘南。
国涛裂变成空影，上下团结铸铁钳。
瘦笔风流闯险关，坚持信仰九州安。

(八)长征胜利

固守甘宁促进展，边区建设乐活干。
直罗镇上轻松胜，受骗国军正义煎。
鬼冢会谈多痛斥，延安自救大生产。
中华至此昂然起，瘦笔风流闯险关！

畅国良

男。河南省孔子学会会员，河南省作协会员，河南省电影电视家协会会员，《关心下一代》特约记者，开封市作协会员，开封市摄影家协会会员，开封市辞赋协会会员，《民生周刊》记者，尉氏县作协会员，古吹台文学社作家，尉氏县委手机报记者。

孟冬寄情(自度词)

庭前榴枯椿瘦，室内菊香盈袖，静观六出黄昏后，惊闻孤鸿声透。幽怨旧梦难回首，情予酒，击缶和掌歌依旧，又是孟冬时候。

游春不值

梨雪杏雨映云霞，小池媚柳乱群鸭。
邻家小儿追彩蝶，俏皮黄蜂吻面颊。

陈必美

江苏阜宁人，1933年生，退休教师，诗词爱好者。江苏省楹联协会会员。已创诗词曲联近四千首(副)，发表二百多首(副)，获奖于诗词大赛四十余次，有关诗词曲已编入多部诗词大典，并获多种称号。

鹧鸪天·咏上海

黄浦诗潮韵味长，满园春色百花香。中华革命摇篮地，舵手毛公从沪航。

青史著，是雄章，人间正道是沧桑。闻名寰宇大都市，血铸丰碑耸昊苍。

鹧鸪天·黄鹤楼

千古风骚黄鹤楼，龟蛇锁钥栓江流。沉沉一线穿南北，九派茫茫贯九州。

骚客众，放歌讴，大椽翰墨著春秋。登楼吟咏情难尽，崔灏毛公无匹俦。

鹧鸪天·歌圣贤

翰墨大椽歌圣贤，老翁填词鹧鸪天。五湖四海水为墨，万里江山作锦笺。

中国梦，必将圆，天翻地覆舜尧天。尖端科技开新宇，潜海遨天世领先。

鹧鸪天·咏天宫二号

星汉天桥已架成，天宫二号踏征程。航天迈入新阶段，宇宙飞船继载人。

天路广，是纵横，尖端科技定乾坤。地球村里硝烟尽，人类维和无战争。

鹧鸪天·桑梓诗韵

桑梓风光好句夸，高楼别墅小康家。河塘

碧水鱼虾跃，高速穿村驰轿车。

芳草翠，绿桑麻，稻花香里喜听蛙。骚人墨客诗词咏，笔走龙蛇韵味佳。

鹧鸪天·长征颂

万里长征闯险关，千山万水到延安。毛公掌舵正航向，赤帜飘扬宝塔山。

歼日寇，扫顽残，百万雄师下江南。共和缔造庆华诞，快马加鞭未下鞍。

鹧鸪天·咏扬州

自古维扬列九州，得天独厚枕江流。烟花三月春光媚，二十四桥歌不休。

杨柳翠，荡轻舟，亭桥白塔美千秋。瘦西湖美比西子，属对吟诗笔不收。

鹧鸪天·咏徐州

自古彭城列九卅，刀光剑影几千秋。群雄争霸刀兵动，楚汉相争胜者刘。

如锁钥，若咽喉，兵家交战血横流。歼倭驱蒋硝烟尽，缔造共和战事休。

陈波

原名陈文科，湖南浏阳人，现居广东佛山。从事平面设计、印刷。酷爱诗词，喜与大江南北的朋友畅意诗海。工作之余喜欢用文字抒发心境。

鸿雁

卷帘沐晚风，又见夕霞红。
黯黯残春逝，悠悠夏意融。
韶华寻梦里，鸿雁远苍穹。
挥笔成思念，何期又再逢。

武宁杨梅熟了

叠翠丛中点点羞，嫣红欲滴万般柔。
轻摇玉步迎风採，不畏艳阳囊里收。

和挚友游荷花世界

周末清闲挚友邀，郊游携手畅心聊。
骄阳似火当空照，菡萏粼风倩影摇。
翠杆萋芊撑碧伞，红荷散落蕊黄凋。
莲苞尽露棉绒咀，兄弟长牵友谊桥。

夏夜千灯湖

媚柳凌风欲醉卿，稚童湖畔斗鸢筝。
霓虹潋滟微波里，残月幽幽更炫情。

忆起当年一段痴(轱辘体)

忆起当年一段痴，宛如皎月印荷池。
清风拂柳微波漾，撩惹心间倩影移。
花黄叶落剩残枝，忆起当年一段痴，
岁月流离如梦幻，孤灯孑影伴清词。
试问人生情几许，寒风漫舞捋相思。
华年似水与谁共，忆起当年一段痴。

青丘狐传说(平水韵)

蛰居荒野美狐仙，修道青丘八百年。
太璞俊郎心地善，长亭倩女惹人怜。
伤痕累累无所惧，切切情深携手牵。
共苦曲折成正果，同甘平淡蒂姻缘。

(注：太璞是捉妖人，长亭指美狐妖。)

春吟

但看花开落，莫言人是非；
往昔恩与怨，恰似叶纷飞。

游鼎湖山

周末闲来山野行，流云深处寺钟声。
涧溪清水悠然下，茂密林间蛙鸟鸣，
闹市喧嚣不再有，馨香娴静沁心明。
老来若可桃园住，世外耕读渡暮生。

如梦

梦醒天边旭日红，莺飞蝶舞沐晨风。

幽情远系今何在，逝水华年步履匆。

峭壁孤松

神闲气定看云飘，豪气满腔冲九霄。
无畏苍穹风雪啸，峭崖傲立亦逍遥。

陈才明

广东阳江人，1999年入户深圳。阳江漠江诗社社员，岭南诗社理事，深圳、香港诗词学会会员，中华诗词学会、广东中华诗词学会会员，阳江市《诗海》特约编委。诗词参赛作品获奖颇丰，作品在全国各级刊物均有发表。

七绝·阳西县诗词学会成立廿周年志庆

廿年庆典竟风流，荟萃骚朋共唱酬。
旧雨新知同把盏，联诗论赋乐悠悠。

阳西县诗词学会成立二十周年庆典即席赋四季海棠

绿叶红姿笑靥妍，四时风雨貌依然。
任它寒暑狂侵袭，赢得诗人赋锦篇。

七律·阳西县诗词学会成立廿周年感赋

念载耕耘业绩丰，诗花烂漫映天红。
欣逢盛世歌仁政，继创辉煌唱大风。
十辑华刊多绣虎，满堂俊彦尽雕龙。
弘扬国粹传薪火，遐迩闻名赞誉隆。

（注：大风：汉高祖大风歌：风萧萧兮云飞扬。指宏伟的风度和气派。绣虎：曹子建，人称绣虎，指诗文文采华美、风骨遒劲。雕龙：取刘勰《文心雕龙》之义，指善于文辞。）

七绝·康南海古稀受匾

岳峙渊清一匾新，忙陈香案谢皇恩。
谁知天意趋民主，复辟徒劳枉费神！

七律·澍雨

好雨知时喜降临，滋苏万物感恩深。
青蛙洞口扬清韵，黄鸟枝头弄巧音。
忽见平畴争播种，堪从坦道纵游骖。
纤尘涤尽多明媚，草嫩花香乐畅吟。

七律·登云南丽江玉龙雪山即景

西游挈侣探冰川，正是阳和三月天。
海拔五千高缺氧，年将七十敢争先。
崖垂珠玉随风拽，山挂银屏着意怜。
怡目骋怀诗兴发，玲珑世界入吟笺。

七律·深圳福田红树林

红树森森涌海天，扎根咸土亦欣然。
护堤不畏风涛恶，浴浪浑凭体质坚。
激浊扬清情缱绻，迎鸥送鹭意缠绵。
游人络绎争观赏，无限风光在福田。

七律·纪念孙中山先生诞辰150周年

导师革命挽危亡，历尽艰虞志更刚。
盟共联俄驱虎豹，飘洋捐款扫豺狼。
推翻帝制兴民主，成就共和立国纲。
百五诞辰齐缅念，煌煌青史永流芳。

陈昌润

云南昆明人，毕业于北京理工大学，后从事工程、地产、农业。现为云南最大万亩苹果庄园园主，庄园诗社“南耕堂”堂主，云南日润农业集团董事长。

五言排律·与宫兄共迎清华同方烟霞旧友

序：黄山一别，芜湖再聚。旧友新朋，一席共饮。赋诗为记。

云树隔千里，知交久别离。
人生寻寄隙，倦鸟逐栖枝。
倒履逢迎状，披襟浪饮姿。
浇愁知化垒，得意忘相辞。
雨散云能聚，鸿逢何可期？
明年谈笑日，江蟹又肥时。

七律·登黄鹤楼(平水)

序:昨日到江城武汉,两天的签字画押盖章生意,赢了三十分钟的诗意,勉强够登楼写诗,然后打道回府。

他乡客楚游南浦,乘换车行又弃舟。
拂面犹如它日柳,登临可是当年楼。
驰辉掩映晴川阁,岁草枯荣鹦鹉州。
流转依然江上水,烟波卷起古今愁。

七律·步韵《七律·人民解放军占领南京》(平水)

序:本是玩笑之作,今天庄园建成,想要三径农桑的生活却是不可能了。

身栽天地履玄黄,四十余年似一江。
水往东流不可止,浪朝上举唯当慷。
乘舟浮海书文种,放马藏弓笑越王。
过眼烟云龙虎事,投林三径是农桑。

润威庄园赋

序:五千亩庄园已具规模,鸡足山上香许愿完毕,南耕堂诗社正式挂牌,虽写了大赋《南耕堂赋》,还是等诗社动土奠基再发表,仅以此小赋开场,诗社,弃瓢还山,洗耳归林,观天下事,无庙廊忧,鸡犬相望、车马绝迹。烟霞志,江海心,鸥朋鹭友与共。去樊笼,显高迹。望能得五湖之心期。

昔谓夷州,今称曲靖。极近云岑之颠,四野孤临。远垂八表之外,一隅独寄。体蕴川原,烟霞暂驻。咽锁朱垠,关山难度。秦道五尺迂蜀,蟠绕蜿蜒,楚将庄蹻入滇,流风遗俗。武候开疆日,解悬大姓。南诏有国时,安澜再熏。北阙横鲸终纳土,朱鸟失鹿总归流。古今往来之经营,内外上下而相济。云衢通达,中宸洪覆。

岁当丙申,时值初春。逢圣代多灵雨,迎桑田润泽盈。山川发色,草木生情。择良日沐衣冠,去马龙近东山。筑路于通泉,治园之月望。逸兴兮登望,悠然兮俯仰。冈峦起伏,水箭湍而潭深谷浚。翠幕森连,刚风急而绿涌碧翻。虚簌生且披襟,清流叠可濯足。海怀谢氏东山啸,霞想陶潜五柳吟。驾长车兮驭六轮,焕彩飞光。宴鬼神兮揽明月,潜辉争炳。焚鱼求野抱、弃剑有遐心,饮涧枕流、耕岩漱石,囚山从此桃源客,结水往后烟波徒。

七律·上海格律诗词社成立咏贺(平水)

风骚各领今期许,何处文章二百年?
淞沪花枝桃蕊绽,浦江逸浪韵声延。
传薪启瞶知真火,继美承贤辨玉璇。
岸上潮吞吴越水,海中月照六朝烟。

七律·夏游滇池西山(平水)

能闲夏日东山意,欲学苏门啸九皋。
路弃肥乘求野抱,溪挠赤足喜山逃。
松声忽过观云阁,乱石才收拍岸涛。
寂寞前朝垣败寺,鸣蝉蔓草杂周遭。

小重山·浮生

闲日能浮峰上来,山川依旧样,影徘徊。身尤不惑了余怀,容颜改,只是偶登台。

空散尽情才,豪情须纵老,怎能衰。古来万事任谁裁,还不是,暮色掩中埋。

七律·鸟归林(平水)

日浮不做扬州梦,最喜闲听万籁音。
对镜茫茫空照影,举杯切切似倾心。
枫红映水殷相待,松翠迎风黯对吟。
落寞繁华槐国蚁,常常羡慕鸟归林。

陈诚

原名梅贻元,生于动植物王国云岭之南。

自述:当年有傲骨但缺少韵味,当今润韵已见丰盈,重拾拙笔而见景。

七律·踏春忆友

西沟弯月卧西楼，借酒浇愁愁更愁。
消瘦伊人孤影伴，丰腴春燕双飞柔。
醉乡幽梦芳春路，浇醒万花彩艳舟。
上巳娱春芳度影，山斜翠磴暮烟酬。

七绝·两地情潇

和风细雨几多娇，弱水三千曲道遥。
任尔百花朝暮伴，一生唯远两心陶。

七绝·春韵

满眼群鸥畔江楼，逍遥湖里驾轻舟。
半城春色伴丝缕，落絮随风入水流。

七绝·题画

连天碧玉幻云烟，静卧灵龟守万年。
草木丛生禽兽没，孤帆一片载歌还。

七绝·万马奔腾

天蹋地陷尘烟卷，透破九宵烈马歌。
渐近云涛翻浪滚，连绵万里啸山河。

七绝·同窗相聚

卅载弹指一挥间，相逢泪诉忆锦年。
山清水秀情幽远，把盏酒香歌舞连。

七绝·小荷

碧玉清粼霞彩映，云波淘宝露尖角。
翠晶成影惊水鸟，鱼伞未开衍漾涛。

七绝·苍月

顺水闲流烟雾渺，落花微雨燕双飞。
暮潭山色穹苍远，羞月撩纱醉倚梅。

七绝·山野暗香

数屏叠翠乘风行，岚岫璇穹逝鸟吟。
几点清愁涂瘦叶，群芳蝶雨醉花芯。

七绝·执剑天涯

愿行执剑天涯客，踏破硝烟醉暮箫。
荡尽世间枭恶事，柔情马背道逍遥。

七绝·六月天

炎夏柳荫蝉雀噪，地浮热浪碧销魂。
瑶台亭立莲香玉，诱引稻花万里醇。

陈飞

笔名漫步长江。江西都昌人，毕业于江西财经大学，高级工程师。湖北省中华诗词学会会员，江西诗词学会会员，中国词赋家协会会员，中国诗词协会会员，春华秋实诗社首席顾问，浔阳江诗社首席社长。发表作品三百余篇，多次在全国诗词大赛获奖。

五绝·夜登鹳雀楼

瑶空万里收，檐角挂银钩。
欲娶嫦娥姐，加修一尺楼。

七绝·春风

燕舞莺歌百鸟来，三江翠柳引河开。
春风总是多情客，吻罢桃唇吻杏腮。

七绝·咏莲

凌波仙子下瑶台，满腹疑思勿乱猜。
一片苦心何处诉，盈盈珠泪挂芳腮。

七绝·叹李煜

往事何堪梦里来，春花秋月不须哀。
诗书纵有千人羡，国破谁怜八斗才？

五律·千岛湖

凌空出岛湖，秀水普天无。
碧镜镶金带，瑶波托玉珠。
登山烟屿远，步韵翠峰殊。
鱼鸟翔云海，随舟入画图。

七律·乡居感怀

笑把诗情寄酒中，炎凉世俗怎偕同。
扶犁耕破田头月，对句吟摇韵尾风。
曾慕蓝天鹏展翼，却成僻野背弯弓。
平生自叹枉忙碌，谁爱寒斋书几丛？

陈广华

男，1943 年生，江苏洪泽县人，高中文化。曾任江苏省洪泽县三河镇粮管所所长，中共党员，现已退休，诗词爱好者。中华当代文学学会会员。获得《天籁杯》金奖，其作品在《江海诗词》《淮海诗苑》《洪泽诗苑》《洪泽报》等多种诗词刊物上发表。

鹧鸪天·登水釜城楼

喜走滨城塔上游，刚经暴雨是金秋。闲观湖面银花碎，且看烟堤耸翠楼。

泥堰觉，虎昂头。长龙屹立水东流？金鸡高唱千方静，泛起清波逐小舟。

西江月·菊

路道翠园远野，飘香味美银杯。干身进屋有何为？作药康民无悔！

生在东篱恩宠，荣登上苑争辉。高朋还是竹兰梅，颂我花枯不坠。

卜算子·根

花朵荡春风，柳倒游人影。根藏泥中促长忙，孤僻熬煎冷。

日夜蠢低头，这意哪能省？沥血输肝不厌贫，赤胆忠心耿。

渔家傲·洪泽农家乐

一片声中丰收稻，哪愁饥渴全温饱。科学种田开妙窍，争时效，多人巧手天堂造。

艳丽朝霞如喜报，千家子女升高校。心望火车齐赛跑，康庄道，欢跳声里村民笑。

鹧鸪天·颂祖国

燕舞莺歌百卉芳，腾飞经济展辉煌。民舒畅达山川碧，国运方兴日月光。

安社稷，迈康庄，倡廉反腐立新章。跻身世界飞龙跃，十亿神州胜李唐。

游湘西金鞭溪

牧童野外举牛鞭，猿祖金刚尽下山。
豪杰参天余勇在，泉声汩汩凯歌还。

神秘湘西旅游记

湘西旧貌变新装，到处银花映柳行。
秀丽长廊添胜景，生机一片尽辉煌。

神秘湘西旅游圣地金鞭溪

金鞭岩下有名溪，秀景天清水沾泥。
稀雨添怡苔绿石，泉声一路到潭西。

陈好武

男，1944 年生，浙江省丽水市人，大专文化。曾下乡务农 14 年，连任公司总经理 28 年，迄今仍任丽水市映日商业有限公司董事长职务。浙江省诗词楹联学会、莲城诗词楹联学会会员，丽水市诗词楹联学会副秘书长。

七律·中秋雅聚遇雨感赋

野岭烟云锁翠微，秋风拂面雨纷霏。
桥斜古渡迷茫色，灯映新庄隐约辉。
对酒清湖犹恋夜，和诗琼阁盼姮归。
嫦娥自叹孤单苦，后悔偷吞禁药飞。

七律·东岩赤石楼怀英烈

腾云栈道入天门，峭壁灵空野色昏。
绝顶清池浮日月，邻峰薄雾隐山村。
掠鹰惊叹丹霞险，飞鼠戏嬉乔木蹲。

喋血郁葱松柏盛，当年鏖战铸英魂。

七律·九仙湾野餐有记

逆流穿峡灌丛深，路断桥斜碧水浔。
寂静野溪人迹绝，清幽兀壁雀孤吟。
飘香陋灶汤羹沸，鲜美斑鱼土酒斟。
苍莽桃园怡净处，直钩钓著日西沉。

七律·渔寮出海偶悟

为尝海趣泛渔舟，撒网天涯竞逐流。
风撼龙庭惊骇浪，云遮日月寄闲愁。
船摇头晕长空转，浪啸鸥翔游客悠。
坎坷人生君莫馁，阳光彼岸是瀛洲。

七律·雪乡嬉雪

半缕霞光淡淡风，村寮宛若广寒宫。
冰爷威震三千里，民舍均分数尺绒。
眉挂珠花江浙客，桥留屐履鹤童翁。
丽人持撬飞如燕，点缀银峦一线彤。

七律·清风峡的故事

高僧一掌大山开，猴圣腾空跃玉台。
铸炼金睛分善恶，砺磨神棒扫尘埃。
护师万里求经卷，携弟一心消难灾。
功就凯旋回故里，桃园忙碌乐悠哉。

鹧鸪天·有寄竹鸣吟长

坎坷人生淡淡笺，平庸寥落古稀年。酸甜苦辣千羹味，缓急浮沉一曲弦。

情未老，意相连。逢君韵海结诗缘。遐思织就温馨网，捕捉斜阳秀丽篇。

菩萨蛮·深秋南明湖嬉填回文词

暮寒飘雨风云雾，雾云风雨飘寒暮。舟荡水浮鸥，鸥浮水荡舟。

树香盈岸路，路岸盈香树。秋夜月悬楼，楼悬月夜秋。

陈鸿波

1977年生，本科学历，中共党员。中华诗词学会会员，湖北省作家协会会员，高级书画装裱师，人力资源管理师。曾入选参加2015年中华诗词学会山东寿光“青春诗会”，并获得“谭克平杯”青年诗词提名奖。

七律·春游龟峰山

踏遍龟峰笑百川，歌闻此处可延年。
修心养艳三春梦，吐火扬霞四月天。
泣血鸣皋怀远烈，操琴载酒访前贤。
殷红解语时人意，阖户丰盈赋壮篇。

七律·麻城龟峰山赏杜鹃花海

古邑千年生紫气，书声朗朗孕奇才。
山临举水云萦道，地藉龟峰火满台。
霭醒南天春海梦，香吹四月杜鹃开。
可怜每岁馋人眼，惹得明朝旧客来。

五律·望江

（一）

日暮江帆寂，孤灯映浦明。
隔桥寻鬼火，仰面数天衡。
露湿今宵梦，寒温故土情。
随缘终有岸，何处不蓬瀛？

（二）

放眼穷涯际，奔腾岂自由。
星垂孤岸夜，月照一江秋。
线短穿云雁，风高赶翠流。
尘埃常辗转，无主系兰舟。

五律·中秋望乡

往事三千里，江澄一月泠。
长空鸥鹭远，弱水故乡溟。
放棹潜风夜，寻云枕浪亭。
开花由桂子，寄与万家馨。

五律·月夜

井水动风凉，衔愁去问觞。
冰壶分月色，桂子入茶香。
恨死云屏梦，贪杯影断肠。
偏舟无路系，总叹拭秋霜。

七律·贺红安籍老红军周明前辈百岁寿诞

（一）

当年热血赴长征，不顾身边炮火声。
草地茫茫多壮烈，雪山处处有牺牲。
围炉国事思之重，守土浮名看得轻。
百岁常怀千载梦，儿孙万代顶红缨。

（二）

国难频年百姓殃，霜欺弱女竞持枪。
旌旗卷处连天血，大仗来时遍地伤。
万物昭苏朝染鬓，一家衍庆忆征裳。
今秋把盏期颐客，换岁还迎琥珀光。

陈焕君

网名君子。女，1962年生，河北省衡水市桃城区邓庄乡人，现居山东威海。自幼酷爱文学，从2011年开始在网络学校学习诗词，写过一些散文、散文诗、律诗、绝句、词曲、辞赋等，在自己的网络空间发表，自娱自乐。

五律·天山

拔地高千米，延绵西域横。
峰峦寒雪裹，瀑布断崖生。
谷壑留鹤影，天池有雅名。
奇观收入镜，融墨不虚行。

七律·酷热

立秋虽过未飓凉，烈日炎炎似火炀。
才报高温忧上海，又传热浪袭南昌。
入家恰进桑拿室，出外如临蒸烤箱。
环保平时无意识，而今苦果自来尝。

七律·思君

独倚阑干对夜空，牵魂无度泪盈瞳。
方才下过相思雨，转瞬吹来寂寞风。
一片痴心倾意挚，几番幽梦诉情衷。
灯昏漏断愁难尽，借问关山有几重？

五律·思乡

西风吹叶落，霜起满枝头。
雁唳凭空过，云飘无地留。
嗟身为异客，牵故念亲俦。
遥望关山路，孤伶何日休。

五律·牵念

那日分离后，时常入梦中。
交心情亦合，论志意相同。
填曲寻音律，吟诗探古风。
而今难聚首，思念越千重。

陈慧茹

网名海韵雪莲。女。天津市作家协会会员，中华诗词学会会员，天津海韵诗社副秘书长。获2015年度“谭克平杯”青年诗词奖。作品散见于《天津日报》《滨海时报》《中华诗词》《中国诗词选刊》等刊物。

七绝·闻房价又飞涨有感

怅望高楼莫问津，一平方米半年薪。
恨无大圣齐天术，百变新居济苦人。

七律·咏红芍药

不慕繁华不竞春，钟情五月乃花神。
翠腰轻袅依风醉，粉面低攒与蝶亲。
一种温柔堪眷恋，百般妩媚惹娇嗔。
却怜雨打嫣红软，零落阶前痛煞人。

七律·咏梅

点点玲珑入眼新，暗香沉醉个中人。
冰肌覆雪呈姝貌，玉骨临风报早春。
一片痴情何所惧，十分秀色自然亲。
无须暖日频频唤，独傲严寒是本真。

浣溪沙·茉莉花

雪作肌肤玉作胎，南风吹起努香腮，芳心欲动惹人猜。

一面娇羞披月影，十分淡雅上妆台。浓情馥馥醉君怀。

南歌子·寄天津“8·12”遇难消防队员

渤海涛声咽，津沽日色残。屏前静坐泪潸然，痛惜英雄年少去无还。

父母心头肉，妻儿眼底天。几多重任在双肩，只叹古今忠孝两难全。

卜算子·刘采春

深浅画娥眉，浓淡梳妆媚，婉转歌喉动地音，常使离人醉。

南北复东西，谙尽其中味，缕缕愁思赋唱词，守妇长垂泪。

陈嘉鹏

1968年进入上海染料化工一厂工作。先后担任设备科副科长兼支部副书记，厂组织科长、党总支副书记、党委副书记；调任上海染料公司任纪委书记；再调华谊集团企发公司任党委副书记兼染料公司副总经理，直至退休。自幼受父亲影响爱好古诗词，退休后开始学写诗词。已多有作品在各地诗刊、书报杂志发表并获奖。现为上海诗词学会会员。

老同学聚会感赋

（一）

梦卷残云香瓣落，觥筹交错为抒情。
轻风遥送画船去，雾眼迷离彳亍行。

（二）

劳燕分飞忍别离，鳞游中断渺无期。
重逢共话风霜路，尤胜西窗剪烛时。

再游苏州

重往姑苏漫步行，当年胜景走来迎。
秋霜岁染常思忆，那段西窗剪烛情。

菩萨蛮·步周老师《轩窗观春》瑶韵

黄花倒映金波浩。临空鹭鸟嬉湖潦。柳絮满春穹。景幽娇态珑。

唤知骚客捧。玉笛声声踵。细雨柳如烟。腹中音律旋。

菩萨蛮·京剧沙龙

锣饶钹鼓声声脆，弦音优美令人醉。高雅莫须言，神州竟自传。

侬吾迷国粹，票友沙龙会。夕照晚霞丽，人人喜上眉。

七绝·立夏情侣雨中游

鸟雀欢鸣瀑柳条，妙龄少女赛蜂腰。
迷蒙细雨千姿媚，举步轻盈上鹊桥。

虞美人·染化一厂老同事欢聚步李煜《春花秋月何时了》韵

清霜满鬓何曾了，思念知多少。灞桥折柳舞东风，热土深深永久记心中。

当年恋别情犹在，只是容颜改。同欢聚首怎言愁，从此千杯美酒水长流。

步蔡老师《七绝·泛舟》瑶韵

花红草绿柳轻烟，荡漾湖心细雨天。
笑驾扁舟嬉鹭鸟，诗缘论道意延绵。

采桑子·有感国华兄出书

献身三尺无松懈，昼夜栖遑，桃李芬芳，无愧今生返故乡。

词律编撰求真实，学海徜徉，苦苦廊坊，无悔情伤书号昂。

丙申仲春

浣溪沙·步张老师《诗缘重见》瑶韵

细雨濛濛绕篆烟，湖心荡漾鹭鸶旋，岸边翠柳衬花妍。

挚友诗缘情趣雅，游园结伴论诗笺，弘扬国粹展新卷。

陈建忠

笔名。博平峰

武陵春·豪山

苦笋林尖云雾涌，峭壁隐峥嵘。曲径通幽游客踪，崖上立青松。

翠绿篁竹新雨后，茂树意葱茏。峰顶登临观碧穹，四望映山红。

2016年5月14日

七绝·苦笋林尖

苦楝花开伴杜鹃，笋逢春雨翠篁绵。
林深涧瀑飞幽谷，尖顶群峰颂列仙！

丙申年初夏

蝶恋花·寄语豪山

曲径通幽晨雾锁，竹木葱茏，翠鸟鸣声乐，碧水青山添秀色，世俗羡慕仙居舍。

苦笋林尖迎远客，妙造自然，登顶兴游涉，翠影红霞斜日落，层峦叠嶂千山贺！

丙申季春

七绝·白云湖晨韵

白芒岸晓柳丝长，云榭亭台美画廊。
湖水澄浊奔大海，清风明月话沧桑！

七律·忆华山

玉泉明月几回圆？天地道通隐睡仙。
秦女有缘添漏箭，轩臣无计作书笺。
仰高红日披金线，望远白云捧玉盘。
天梯栈道悬险壁，何时驿路再登巅？

2016年7月26日

七绝·题赞广州塔

摩天矗立小蛮腰，敢与冰轮撼地标。
相伴珠江三万里，花城秀色看今朝！

2016年8月26日

陈金如

女，广东陆丰市人。热爱文学，热衷于诗词创作，师从陈少平。汕尾市楹联学会会员，汕尾诗社社员、陆丰诗社社员。作品散见于网媒和诗词类刊物。

五绝·蒲公英

寸草芳春意，绒球絮舞风。
天涯凭尔闯，追梦九天中。

七绝·平湖山大峡谷

百丈云梯峭壁悬，身临峡谷两心牵。
秋声入耳回旋曲，惊叹深幽石洞天！

五律·芦苇

江州秋境好，一片苇花柔。
欲近三叉路，惊飞两岸鸥。
欢情承月起，美梦逐云游。
疑是入仙岛，悠悠解万愁。

七律·秋末游盐洲岛咏怀

最美盐洲小海滨，风光无限醉伊人。

迎眸两岸诗情漫，入画三山气象新。
携友欢游心豁朗，擎杯畅饮品清纯。
繁华富贵云烟过，滚滚红尘莫较真。

眼儿媚·枫

穿上红装更娇柔，羡煞此山头。闲情缱绻，风姿绰约，依旧风流。

非凡媚态风中舞，偶尔亦含羞。绵延千里，风光一片，多少回眸。

喝火令·沙漠

地广连穹宇，风狂啸内蒙，月晖斜日与相逢。惊看老鹰翔过，沙漠现英雄。

万里生灵少，千山草色空，入眸天际晚霞彤。怅望山川，怅望岁匆匆，怅望九州南北，世界不相同。

行香子·感秋

草木知秋，微雨绸缪。卷疏云，碧水兰舟。登临揽胜，抒写心柔。恰菊花灿，心花放，镜花羞。

峥嵘岁月，风流王谢，倏如烟，逝水无留。大千世界，孰主沉浮。品一壶茶，一壶酒，一壶悠。

陈炯岳

男，汉，1967年生，山东潍坊诸城。高中学历，毕业于诸城市第九中学。现为菏泽诗词协会会员。

七绝·葡萄

不老青藤盘错节，多孙多子又多绦。
枝杆接住风霜雪，酿出芳名万劫逃。

七绝·荔枝

因慕君身冰洁质，乃尊天下后宫妃。
而今移驾唐王殿，打马江南信使归。

五绝·偷桃

雨打花身瘦，枝头勒白开。
桃红刚落地，劳蝶恰飞来。

五绝·种桃

来自神仙府，安身百姓家。
扎根天下土，赢得帝王夸。

五绝·献桃

辞别玲珑界，乘时下世来。
猴王求果去，再度上瑶台。

五律·送儿子北上鲁东

取道青天上，晴空万里雷。
功成金榜首，位列九卿魁。
四面风云合，三山洞府开。
龙腾华夏烈，烟雨下楼台。

七绝·为村支书题

樽前盛满亲民酒，政畅人通斗志昂。
招纳英才兄掌舵，聚焦贤士众操浆。
你先我后同温饱，万户千家赶小康。
放眼未来农企兴，乡村建设写篇章。

雨霖铃·江南行(平水韵)

离京时节，柳生新絮，满目飞雪。春风一路携侣，登舟别岸，追踪南粤。此处神仙搁笔，可将俗胎脱。道子府、风月潇潇，画纸层层补天缺。

才情透过丹青发，正当年、剑气冲天阔。江南塞北留足，雁过往，水幽山拔。几度红尘，哪有柔肠寸寸铮骨。圣手出，谁比君高？竟未曾听说！

陈立新

网名鑫鑫，笔名慧风。女，黑龙江省大庆

市人。大庆市诗词协会会员，大庆市楹联协会会员，铁人诗社会员，黑龙江省延寿诗词协会会员，天津当代书画院大庆分院会员，国际瑜伽联盟学院高级导师。酷爱诗词、绘画、游泳、健身等。

丁香

本是寻常草木来，缘何自大腹中怀。
轻薄魂有万千气，不肯收心入骨埋。

玫瑰

披红戴紫尽妖娆，君子投怀屈半腰。
宁可身扎千百次，为何不愿弃春宵。

艾草

田野为家爱绿装。随风唱和赋余香。
无花也有参天志，不悔人间作药方。

茶叶蛋

本是皮白真性情，不堪千滚色添成。
人前一站装模样，身后多嫌唾劣能。
穷困应当节自制，荣华更显气从容。
生来多少功名利，放任天边心目明。

素食

时饮三餐鱼肉流，不知生死命中求。
心应从善敛尊口，当济真情怀所忧。

窗外

三尺天光云影长，玉树无华百叶镶。
谁引啼音晨不落，今昔高我又何妨。

韭菜

一季匆匆非等闲，晨昏喜雨梦如茵。
谁言若草难坚韧，剪罢重生魂不群。

七绝·七月游思(新韵)

曾经烟雨赴东风，水色天边脚下匆。
腹满诗情惊日月，未吟已是韵千声。

七绝·冥想(新韵)

不求富贵不求名，念到无时心自空。
烦恼缘于真小我，心当离界立高峰。

七绝·秋思(新韵)

秋风吹处渐霜浓，要染人间九月枫。
蓦里当年思绪起，遥天俯瞰万山红。

七绝·擦玻璃(新韵)

抹布高低窗上行，清污纳垢自分明。
心中总有千千怨，擦净方能一世赢。

七绝·梯子(新韵)

攀爬高处启新程，愿与勤劳结伴行。
只因梦想还遥远，破雾穿云见月明。

七律·砌墙(新韵)

沙子歌唱水泥忙，横木笔直当尺量。
块块红砖如至宝，只只铁手敢称王。
汗流浃背心中暖，钱入腰包梦里香。
座座高楼平地起，说来成就也辉煌。

七律·赞人民子弟兵(新韵)

一面红旗五角星，颗颗闪亮照前程。
抗洪筑坝身先赴，抢险救人手上擎。
捍卫边防担己任，冲锋陷阵立头功。
军歌如若真需我，不让须眉飒飒风。

七律·夏(新韵)

云绕山前独一村，荷出碧水等闲身。
蝉鸣多处方觉醒，蛙和千声也入神。
诗梦翻云催落雨，冰心入镜更绝尘。
谁言苦夏情消瘦，笔下红肥胜古今。

陈黎云

1987年生，孟门人。系山西诗词学会会员、柳林县作家协会副主席兼秘书长、第九届县政协常委。作品见于《山西晚报》《难老泉声》《陕西诗词》《吕梁文学》《吕梁作家文丛·诗歌卷》《第二届中国百诗百联大赛参赛作品精选》《当代中华诗词库》等。

五律·清明

清明黄土旱，雨自万眸生。
商海高潮寂，煤辙大道空。
归魂羞后裔，祭者愧先宗。
新燕难知恨，楼头和舞声。

2014年4月

满庭芳·柳林盘子会

留誉冰开，孟门波暖，喜迎飞鹊堂前。月明佳节，灯火柳林欢。庙宇谁家街口，繁华处、楼阁轻烟？万人谒，大潮涌动，盘子会神仙。

年年逢此夜，弦弹九曲，鼓荡三川。伞头舞，金龙彩凤狂翻。纵吼秧歌成趣，蟾宫里、一解眉弯。青春在，归时畅饮，莫负紫瓯圆。

2015年2月

七律·应县木塔

浮屠千年褪佛光，辽风宋木两茫茫。
铃声尽与人声躁，燕影还同絮影狂。
真客燃香非悔过，假僧削发为私囊。
何如一览匆匆去，廉洁胜投功德箱。

2015年6月

七绝·广场舞事件

朝歌暮舞醉梦多，搂腰摸股送秋波。
家儿职事全不顾，某处飞来一炒锅。

2015年7月

七绝·七夕叹

一夜星辰购物红，天街灯火鹊桥空。
中华多少千年节，惟借商家炒作功。

2015年8月

五绝·乙未秋雨

家山雨未收，薄雾锁重楼。
执伞西湖梦，清河不渡舟。

2015年9月

五绝·离石枣架村探访高金题碑不得

城缘问村民，坡头小庙新。
碑桥风雨后，不得见高人。

［注：高金：明代山西石州孟门（今柳林孟门）高家塔人，曾任兵科给事中、苏州兵备副使等职，因敢言直谏而被嘉靖帝称为“天下直臣”。］

2016年7月

七律·丙申九月初五自题

卅载韶华空自流，淡然无理怎成由。
扬镳假笑情归物，分道实悲雁幻丘。
一揽秋云涂水乐，几淋夏雨柳林忧。
清河叶落不知处，半是逍遥半是愁。

（注：涂水：山西榆次古称“涂水”。）

2016年10月

陈麟

学名习飞，字春晖，号麒麟。1948年2月生，大学专科学历，中共党员。原《中国市容报》驻湘潭记者站成员，国际中华诗词协会、中华诗词家联谊会、《诗刊》子曰诗社、湖南诗词协会、芙蓉诗社等社团成员。诗词作品散见于中华《诗词月刊》《中华文艺》《诗词百家》《诗词之友》《芙蓉诗辑》《湖南诗词》《岭南诗歌报》等报纸杂志，并在全国华文诗词大赛中多次获奖。

五律·逛广州花都人民公园（平水韵）

清晨雨过涔，绿竹滴甘霖。
雀悦歌喉啭，花羞叶色深。
长廊穿曲径，短栈道风吟。
偶遇红棉落，慈悲湿地寻。

五律·咏上海古猗园（平水韵）

榭阁古桥猗，南翔揽胜迟。
亭楼装饰靓，柳竹绿迷离。

鸟跃惊鳞鲤，荷红展媚姿。
园中花蝶舞，逗乐恋瑶池。

（注：南翔指上海市嘉定区的南翔古镇。该镇有南翔老街、云翔寺和古猗园等，是上海古老胜地之一。）

五律·咏狮岭盘古王公园（平水韵）

伴友景园游，晨曦映庙幽。
云霞烟袅袅，雨霁鸽悠悠。
巉岭祥和聚，炉山草木稠。
狮城香火盛，圣地誉神州。

五律·游北京八达岭长城（平水韵）

烽烟古战场，万里筑城墙。
北嶂连关隘，东峦接海疆。
秦砖凝血泪，雉堞历风霜。
岭挺英雄气，龙飞舞国强。

五律·咏花都湖湿地公园（平水韵）

金秋结伴游，栈道绕芳洲。
两岸琼楼耸，三桥榭阁稠。
天蓝云缈缈，地绿鸟啾啾。
旖旎风光美，千姿入镜头。

五律·谒孙中山故居纪念馆（平水韵）

中山风景美，子树木棉红。
翠岭栖鸿鹄，珠江卧巨龙。
兴邦除帝制，救国共和崇。
伟绩丰功颂，孙文一代雄。

（注：子树指故居前院南侧的酸子树，又称“酸豆树”。）

五律·中元节怀念慈母（平水韵）

今又过中元，哀思念母恩。
焚香先堕泪，祭祖勿忘根。
邈邈家山远，浓浓孝道存。
秋凉天地隔，梦有爱慈温。

五律·清明节缅怀岳父（平水韵）

惜别沪援湘，专家电缆忙。
先贤多敬业，后辈福盈堂。
美德工人赞，功勋国企彰。
清明思父爱，隔世夜悲伤。

（注：援湘指岳父许福堂，中共党员，原中国电工技术学会等学术科协成员、理事，国家级老工程师，于1954年12月惜别上海支援湖南建设，不幸于2002年3月在湘潭积劳成疾病逝，享年76岁。）

陈民福

男，苗族，1940年生，小学文化，中共党员。当过农民、民办教师、解放军战士、干部，荣获广州军区三等功一次，转业后回湖南老家湘西州林运公司任厂长等职。1960年6月光荣地出席了全国文教卫先进工作者代表大会，在人民大会堂受到敬爱的周恩来总理接见。荣获全国劳动模范，享受国模待遇。现已退休。2005年开始学写山歌，已创作3000多首。2010年开始学写诗，多数由苗歌改编而成。2013年8月18日被吉首市东乡民族文化研究中心聘为中心歌手。2013年12月成为中国作协《诗刊》子曰诗社社员。2014年至2015年元月先后加入吉首市、湘西州、湖南省诗词协会。2010年至今，撰写诗3 000多首，加山歌共计6 000多首。在州、省、国家级诗刊发表220多首，投稿选上240多首，合计400多首。

乾州古城

万溶江畔古乾城，历代朝廷驻守兵。
大富人家图快乐，穷人挨冻到天明。

中秋驱车赴乾城

驱车穿洞赴乾城，老汉合家赏月明。
万众游玩开笑语，中秋之夜荡歌声。

秋游万溶江

万溶江畔桂花香，绿柳依依吻水塘。
幢幢琼楼云彩里，人间仙境美名扬。

骚客秋游万溶江

山明水秀万溶江，绿柳毵毵漫岸旁。
鸟语花香村落美，采风骚客撰诗章。

乾城鼓舞

兴高采烈赴乾城，一路欣然笑语声。
鼓舞狂欢名四海，迎来老外恋风情。

乾州观景

碧水蓝天飘彩云，溶江两岸绿茵茵。
奇花异草乾州美，空气清新醉客心。

观九合塔

独特奇观明镜边，鼎珠靓丽彩云间。
九合宝塔漩潭美，胜地风光万口传。

乾州美

水碧山青奇景观，溶江两岸柳毵毵。
琼楼幢幢乾州美，四海宾朋笑语欢。

秋游乾州

兴高采烈赴乾州，碧落金乌照玉楼。
空气清新云树美，宾朋观景漫街游。

游乾州

侁侁学子聚乾州，歌舞喧阗绕玉楼。
四海宾朋台下坐，掌声阵阵喜心头。

余赴乾邑观景

安然放步赴乾州，登上文峰望鹭游。
溶水烟波晨雾美，宾朋陶醉恋风流。

晨游万溶江

独坐兰舟溶水游，俚歌欢唱喜心头。
旭阳照耀漩潭美，晨景奇观一望收。

晨游红枫公园

丽日东升霞满天，健身安步绕峰巅。
口吹木叶声声妙，巧遇神仙两手牵。

红枫见闻

遥岑远目有神仙，陪伴情郎两手牵。
话语甜甜频饮醉，俚歌欢唱喜心间。

红枫奇观

盘盘公路彩云间，云树参天鸟语喧。
四海游人观美景，红枫胜境好名传。

九合塔

九合壮美耸蓝天，四海名扬千古传。
宾客围观开笑语，俚歌欢唱舞翩跹。

乾州春景

春花怒放艳阳天，三月风光四海传。
赏景游人喧笑语，采风骚客撰诗篇。

乾城丰年乐

乾城黎庶庆丰年，父老乡亲笑语喧。
宾客光临堂满坐，骚人动笔撰诗篇。

溶江美

溶江碧水映蓝天，色彩茫茫明镜间。
宝塔神奇传四海，宾朋喜悦坐花船。

峒河风光

画桥烟柳向阳村，鸟语花香空气新。
黎庶安然河岸走，俚歌欢唱喜开心。

乾州三春

黄花绽放染溶江，绿柳飘丝吻水塘。
宝地三春添美景，轿车驰入小康庄。

太平奇观

千山万壑路崎岖，车辆奔驰绕玉溪。
一路欣然观美景，天仙陪伴到阳西。

回首当年在军营

韶光离故赴西沙，海上巡逻护万家。
苗寨兵哥豪壮志，忠诚报效捍中华。

赞颂苗家女

苗家大姐满头花，美貌容颜万口夸。
居住深山名四海，能歌善舞有才华。

观老吉大风光

天蓝地绿鸟啾啾，峒水沄沄绕玉楼。
花径悠悠吉大美，门人喜悦绕坡头。

吕洞山景点

巍巍吕洞飘彩霞，胜地风谣众口夸。
明镜层层幽谷美，宾朋赏景峦苗家。

美丽的峒河公园

画桥烟柳傍公园，胜地风光四海传。
宾客黎民观美景，悠然戏水荡花船。

苗家庆丰年

初秋杲杲照山川，苗寨良人话语甜。
五谷杂粮堆满地，笙歌欢笑庆丰年。

陈明声

参观贺龙纪念馆有感

洪家关秀武陵源，澧水滔滔育哲贤。
驰骋中华身手显，丰功伟绩万年传。

里耶古镇

酉水长河架彩虹，防洪堤坝建奇功。
简书出土光华夏，画栋雕梁复旧容。
秦代文光垂史册，酉河汽艇戏蛟龙。
载歌载舞琴声伴，古镇文明中外崇。

陈默

笔名墨痕点点。1972年生，河北霸州人。谷风诗社社员。抱朴守拙，嗜书、好酒、喜诗歌。习诗三年，偶有作品见于《诗选刊》杂志。

历史人物一组

李白

山海填胸壑，巴陵月入杯。
飘然辞帝阙，白鹿雾云来。

杜甫

渔阳兵火起，草木尽萧森。
家国离愁恨，声声泣古今。

王维

烟雨宜疏笔，云山入画中。
浮生轻若梦，一韵似禅空。

柳公权

心端笔方正，借砚说真言。
间架存风骨，神清是本源。

接陈淑芬老师

思乡一梦残，怨月自团团。
不解春闺里，熬煎烛泪干。

陈默

一枚80后北国女子，恬淡寡言。

创作理念：寄情于古典诗词，方在俗世困顿的世界里寻一原始情怀，在这片无邪的天地里力葆一个清滑净透的灵魂。

七绝·灯下夜读

淡淡月华星也倦，残灯如豆一心安。
且将礼记中庸道，妙作乾坤万象观。

五绝·扫街工

人昏街巷空，日炙火炉蒸。
但见翁颜倦，谁知汗滴凝。

七律·故里拆迁有感

常忆儿时捕蝶忙，归家向晚恨时长，
春来鸿雁梁间闹，冬至池鱼水里藏。
破壁残垣风浪卷，衰花哀柳雾波惶。
等闲风物无从觅，惟寄红笺去梦乡。

五律

已知秋意冷，那更露华惊。
片片红衣尽，萧萧翠盖茕。
泥中藏旧世，云下悟新生。
安得菩提法，清风伴我行。

陈南轩

1947年生于上海，1982年毕业于华东师范大学，2007年退休于华东师大一附中。少时爱上传统诗歌，退休后把学习写诗作为老有所乐之一，偶有习作见于《诗词》《长沙诗词》《郑州诗词》《诗国》《新民晚报》等报刊。

七绝·今日外滩竹枝词（自选二）

外白渡桥

苏州河上大明星，形象常登影视屏。
一自整容迎世博，钢筋铁骨又年轻。

外滩建筑

老厦新楼一水间，后来居上竞摩天。
东边壮丽西边雅，白日争奇夜斗妍。

西江月·弄堂生活印象（自选二）

弄堂之晨

倒马桶时熏气，生炉子处迷烟。竹篮头里菜新鲜，老虎灶前人满。

儿户自鸣钟乐，一家电唱机欢。木拖鞋比哪双坚，踢踏之声果敢。

儿时乐园

滚铁圈嬉弄内，造房子闹门前。男孩叫嚷女孩喧，不怕老人驱赶。

糖纸头添欣喜，弹皮弓惹麻烦。过街楼下小书摊，个个流连忘返。

七律·咏妻

四十年前是厂花，如今一秤便“哎呀”。
试衣纵慕低糖族，　赴宴仍当美食家。
炒股乐于高价买，　游山喜向险峰爬。
突然想补婚纱照，　使我头皮又发麻。

清平乐·山乡办起农家乐

山通大路，山秀摇钱树。见我乐游还乐住，喜煞山间农户。

鲜花鲜果山林，美声美色山禽。我订保康泉水，山添致富资金。

七律·带外孙女游东方明珠广播电视塔

电梯腾达我升空，携幼登高览市容。
楼宇连绵青霭里，江河交集白烟中。
偶观大地尤惊艳，暂别凡尘特放松。
俯视外滩人渺小，不分贫富尽如虫。

菩萨蛮·无题

集邓丽君唱过的歌曲名（自选一）

曾追梦与伊人友，心湖里起涟漪久。猜不透情谜，恐她将别离。

小村之恋短，爱的箴言晚。又见雪花飘，几多愁怎消？

七绝·秋宝岛自由行（自选四）

乘猫空缆车

脚下森林不敢窥，身经转角颤巍巍。

大呼小叫车厢里，体验高科技一回。

（注：转角：缆车在途中变向的站头，有“转角1号”和“转角2号”两个站头。）

游太鲁阁

幽谷清泉陡峭崖，高山顶上起云霞。
有人指点高山说，那是高山族的家。

花莲港出海寻鲸

登上乘风破浪船，一时胸次大为宽。
海豚出没汪洋里，起也开心落也欢。

花莲市访旧书店

进门烟袅一枝香，入室书陈四面墙。
长凳这时空落落，老猫那里懒洋洋。

（注：旧书店：这家叫“时光二手书店”，还有一家叫“旧书铺子”。）

七律·悬疑小说读后所梦(自选一)

梦游凶宅我趑趄，但见伊人独倚闾。
月下朦胧身袅娜，雪中缥缈脸清癯。
欲歌又止真惶惑，想说还休好郁纡。
血泪如花红艳艳，随风飘落到荒墟。

陈嫩英

笔名：净乐。女，汉族，一直从事中医临床工作，业余爱好文学，特别喜欢格律诗词。近年来在网络论坛阅读和学习唐诗宋词并发表，时常受到广大诗词爱好者的好评。兼任多个网络诗词论坛管理员。汝州市晚晴诗词协会副会长。

五律·琴

绿绮横几案，闲居忆旧年。
鸣音曾若凤，调曲亦如泉。
司马余音绕，蔡邕焦尾怜。
于今歌逸韵，月下理心弦。

五律·棋

对弈茶余后，安营咫尺间。
听令行驿道，破阵出玄关。
妙计随君意，奇招御敌顽。
输赢虽有别，局罢共欢颜。

五律·书

前贤留墨迹，徽册柜中盈。
展阅多增智，临摹更遣情。
囊萤助车胤，凿壁伴匡衡。
翻页自当惜，珍存育后生。

五律·画

幅幅展厅挂，丹青谁手描。
鱼虾镌白石，山水出渔樵。
洒墨溪花艳，挥毫赛马骁。
不闻宣纸贵，但看凤仙娇。

陈沁园

网名紫云阁主。中华诗词学会会员，河南省诗词学会会员，平顶山诗词研究会常务理事，平顶山三苏诗社副社长。

五绝·登泰山

云中腾旭日，五彩满苍穹。
一揽千山翠，予为泰顶峰。

七绝·步韵敬和薛海文先生“夜梦荷花仙子”

听雨轩中泛彩霞，逢春苑里隐仙家。
芙蕖笑携金风舞，水漫芳香醉浪花。

五律·月下

溶溶柳烟里，皎皎镜中荷。
倩影清风吻，花红神女播。
叶含明月舞，枝踩彩云泊。
最是神怡处，蝉鸣蛙唱歌。

七律·步韵敬和晨崧老师“祝贺三苏诗社成立十周年”

十载歌吟聚晟光，诗花词语解迷茫。
心驰宋玉绮思舞，神往江郎彩笔翔。
夜永书帷写心梦，古今并入弭情狂。
嵚崎磊落三苏韵，再续风华献梓桑。

青玉案·游花乡水城

花间弄影幽幽路，暗香沁，芳菲吐。庭静斑斓惊客步。竹林流翠，柳梢飞絮，烟草风中妩。

诗情漫漫翾春圃，画意悠悠蕴词赋。笑语痴痴景美处：天光阁绮，方塘朱户，波涌斜阳舞。

摊破南乡子·暮春

雨过暮春妖，留春驻、燕舞莺娇。李桃累累千山翠，落红流水，熏风万里，云也潇潇。

休怪杜鹃邀，望原野、麦浪遥遥。遥见丰收农家乐，晚间小酌，葡萄架下，醉涌心潮。

永遇乐·游大观楼

拔浪千层，近华浦畔，百代鹄立。琅咏时光，静瞻凉暖，画栋凌虚绮。数经兵燹，凭栏依旧， 韡风来雨去。问当年，髯公联处，赋吟几多佳句？

喜观今日，申遗文物，万万粉丝寻迹。仰慕名楼，披襟山水，馆榭亭堂戏。廊桥娟秀，烟波逸彩，景比瑶池旖旎。游人乐：芳菲漫缀，醉心之旅。

（注：“拔浪千层”为咸丰三年咸丰帝为大观楼亲笔题字。）

桂枝香·参加中华诗人踏春行感怀

昆明祝捷，正红繁翠拥，阳暖三月。骚客云华乐聚，放飞欢悦。低吟浅唱熏风里，踏春行、翘楚英杰。奋耕词赋，梦圆多彩，诗山争越。

忆往昔、依依惜别。叹老父白首，泪眼悲说。攀援传承无悔，漫嗟心结。今朝咏句花城颂，展追求喜爱高洁。文坛书苑，寻寻觅觅，我为蜂蝶。

（注：云华，指与会者下榻之昆明云华宾馆；“叹老父”句指接到邀请函，脑海泛起当年老父临走所嘱：延继家风，努力于诗词书画……）

陈庆军

黑龙江省依安县人，爱好广泛。高考落榜后对文学更是情有独钟，从读诗开始爱诗，从爱诗开始写诗。未想成诗人，但爱难舍弃。

七绝·感触

南方细雨北方寒，一处相思两处牵。
极目登高欲千里，我随明月挂归帆。

七绝·即兴

淡淡忧伤淡淡风，柔肠九曲爱中生。
杜康怎解春风意？一醉千年梦未成。

七绝·望江楼

明月玉壶醉解愁，思君夜静望江楼。
倾杯苦酒随波去，一片真心为梦留。

七绝·思乡

千峰万壑笼烟沙，倍感身单问酒家。
谁解孤独游子意，观灯赏月望天涯。

鹧鸪天·抒怀

玉露清凉夜色浓，春风何处吻花红。三千往事无痕迹，多少云烟有影踪。

思再见，盼重逢，问询卿意可相同。我邀明月红尘外，谁许离情绮梦中。

陈三德

1930年生，中专文化，广西永福县三皇乡人，曾任清水小学教师、教导主任、城关小学校长、百寿中学教导主任（主持工作）、百寿中学副校长（主持工作）、永福师范学校副校长（主持工作）、永福县师范学校党支部书记等职。

重阳敬老

重阳敬老不寻常，耄叟耋翁来四方。
相聚广场谈变化，同欢故地话沧桑。
年年岁岁人增寿，岁岁年年福满堂。
市貌新容今胜昔，遐龄宽慰喜兴邦。

咏凤山

仰望南天耸翠峰，城中屹立倍峥嵘。
摩崖福字前人写，树茂亭台霭雾封。
往昔林中留彩凤，今朝岭外过飞鸿。
环山映衬三溪水，似画层峦景色浓。

游永福凤山澄心寺

澄心新寺建峰峦，梦寐多年僧侣欢。
道院钟声惊宿鸟，佛堂梵语满云庵。
尼姑养性勤参拜，和尚修身爱坐禅。
信女憨男求富贵，今生今世保平定。

福寿双全颂

欣逢盛世度流年，喜享遐龄感万千。
国惠党恩深似海，但求福寿两双全。

稀龄重阳节感怀

稀龄过后乐无穷，漫卷诗书意味浓。
岂拾青丝征漫道，常怀白发岁峥嵘。
福如东海长流水，寿比南山不老松。
子敬孙贤心宽慰，夕阳晚景更恢宏。

园丁生涯感怀

四秩生涯站讲台，春蚕作茧至兴衰。
呕心不枉芳龄去，沥血方迎耄耋来。
喜看栽成桃李树，欢欣培养栋梁材。
花枝艳放江南岸，笑傲群葩烂漫开。

陈世成

笔名成全。湖北大冶人，生于 1955 年。中华文学会会员，大冶诗联协会会员。作品散见于《诗词之友》《诗词世界》《诗词报》《诗词百年精选》《吟坛百家》《红旗谱》等刊物。

七律·门楼村采风见闻

八字楼墙系马桩，石头门甲羡人坊。
青砖绣阁出云表，红柱拱堂纳旭光。
古巷老农谈复古，洋装小子计留洋。
归车路窄愁鸣笛，怕震新村危旧房。

七律·无题

桂子悲秋蕊自囚，紫薇还债亦含愁。
小人得手谀高眼，大病缠身苦低头。
玉帝无心旱涝截，丈夫有志稻粱谋。
苍茫天地已成式，不近芸窗不近楼。

七律·自省

深秋何事汗淋淋，菊桂羞花诗里寻。
清昼飞机当雁赋，凉晨颤露作霜吟。
尝闻蚕室废丝茧，唯恐鸭寮操蛋心。
白发纵然垂似柳，于无妄处觅知音。

七律·戏题父亲节

浊流暗渡自西洋，久不拾遗谁设防。
千古文明遭劫难，万民情结付徬徨。
桥归桥去路归路，爹是爹来娘是娘。
分合无端我封主，纳头齐拜待重阳。

七律·战友累囊来访(新韵)

别豫辞寒未得闲，春风一路上江南。
天伦高冠人间乐，知己潜藏君子缘。
陋室铺开小家宴，泥杯酌满大团圆。
漫劳千里疲车马，扶醉何尝解汗颜。

七律·新寺开光有感

宝刹开光惊四邻，择吉元旦奈何因。
隐屏菩萨淡祟古，墅式佛堂闲创新。
平地筑坛图信众，高科结寺枉封神。
蓦然回首相诘问，现代衣袍几许真？

七律·元日自鉴

耆老赋闲情乱怀，迎新乩卦费心猜。
苦吟耽变吉诃德，付梓沦为葛朗台。
无怨无求无所谓，有田有地有干柴。
重阳过后差晴日，风雨时来雪亦来。

七律·题门卫

浮生如梦亦如烟，怅退聊当安保员。
于国不能添片瓦，处家尚可购砣盐。
花无鲜艳红千日，人有精神寿百年。
夕暗月明星未出，霓虹灯火夜难眠。

陈淑芬

霸州市胜芳镇崔庄子村人。从事教育工作多年，热爱文学，新体诗、古诗词爱好者，2010年开始网络学习诗歌创作。

折扇

一波九折竹为骨，水秀山青两面春。
赊借三分清爽气，随风赠与纳凉人。

秋江对饮

秋江浩淼水云天，疏柳纤垂送客船。
竹叶频频吟别调，飞鸿寂寂过晴川。
离情借酒随风长，雅赋凭巾依墨连。
放眼浮名千处好，不如对饮话流年。
（注：竹叶是指名酒竹叶青。）

大漠驼影

黄沙漫卷西风道，颠覆春秋梦几重。
背就双峰驮日月，迁来桑锦务商农。
铃声摇断飞鸿翅，驼影抻长子夜钟。
大漠苍茫无尽路，玉祥门外有遗踪。
（注：西安市玉祥门外巨型石雕丝绸之路。）

五律·贺《晋世唐年》固安在线开版

会友屏前近，诗联渡暖风。
唐年欢诞日，快递赠诗盅。
乐动花无语，心驰墨引弓。
声传千里外，祝笔展飞鸿。
（注：《晋世唐年》系谷风同题限韵组别名，自2010年11月以来一直以同题这种形式在谷风诗友间流行。固安在线是网络平台。）

陈树坤

蜀中人氏，年三十六，清华大学建筑系、中文系双学位毕业，性喜古文，诗词歌赋皆有涉猎，现就职于云南北大资源地产规划设计部，任总经理。

七绝·绣相思

相思欲就一幅纱，描却春枝四五芽。
新绣桃花八九处，百千万朵满君家。

五绝·雄关

匹马踏雄关，西行已万山。
云涛生灭处，孤雁欲横天。

七绝·傍山

日长闲坐傍青山，撷取天真未记年。
插朵野梅斜入鬓，自投孤影碧波间。

七绝·豪饮

小儿牵手过平桥，三两清声起旧谣。
信口无腔难入调，便摘芦管学吹萧。

七绝·坐山

千年闲坐此青山，高枕浮生笑往还。
颠倒流云一场梦，与谁同醉百花间。

七绝·花谈

君为酒圣我诗仙，挥棹凌舟驾雪帆。
春水盈盈烟柳岸，缤纷花影与清谈。

七绝·初雪

茫茫世界玉参差，天地清凉新雪姿。
琼树空苍明欲洗，虬枝孤冷坐题诗。

陈树森

安徽太和人，诗词爱好者。

丙申春日杂感

（一）

归园恨月不消停，遣日相催又远征。
乐享天伦知胜酒，奈何一契限申城。

（二）

约友心期在节中，耽于父病愿成空。
非吾自饮将言食，号码休删有日逢。

（三）

行囊不重两肩沉，举步分携绪绕心。
怕教叮咛酿成泪，斜阳一抹写离魂。

（四）

故里樱红酒里思，追情尚记赠春枝。
蔬园竹掩塘边宅，许嫁幺妮娶入帷。

（五）

日暮郊林影瘦长，无由起念步彷徨。
闻于越鸟啼声处，索句忽知客异乡。

（六）

侵湖柳色度云横，水静鱼吹闹碎平。
厌问江湖波底事，蔬篱拾趣酿吟声。

2016年3月10日于申城

陈素英

女，1963年生，山东省菏泽市成武县人，大专学历，会计师。喜好文学，尤其喜爱古典诗词。在成武县伯乐诗社主编的《古郜新韵》诗集中发表古体诗二十多首。现为菏泽市诗词学会会员、成武县作家协会会员。

七绝·春之花树

千枝万朵灿如霞，溪路林原处处家。
演饰人间无限美，东风拂面乐无涯。

七绝·夏日窗前

独坐窗前夏日长，诗词音韵细思量。
鸟儿啼唱几番顾，欲赏书签品墨香。

七绝·夏日漫步济南大明湖畔

漫步明湖堤岸长，柳阴幽径竹风凉。
山清水淼廊桥韵，画舫穿荷十里香。

七绝·春游蓝湖湖心岛（新声韵）

蓝湖美景仲春天，水映高阁柳似烟。
岛卧波中醉游客，桃花人面共争妍。

七绝·秋叶（新声韵）

红黄灿烂静无声，曾是枝头绿意浓。
借助西风金臂力，了无挂碍一身轻。

七律·蓝湖采风（新声韵）

风吹湖水漾清波，诗友采风登郁阁。
万里晴空翔白鹭，一船烟色映红荷。
鹊桥画栋浮云雾，曲径亭山隐绿萝。
成武古今文脉广，源远风淳孝贤多。

如梦令·故园

幽静农村院落，储满童年欢乐。绿树合房檐，夜看繁星闪烁。麻雀，麻雀，俊鸟常来歇脚。

如梦令·美丽乡村

美丽乡村依旧，槐树花香盈袖。紫燕戏房前，到处风清苗秀。苗秀，苗秀，致富坦途铺就。

陈铁樵

原名陈从友，新浪微博名乐山愚翁、丹霞山人。70后。

自述：余自幼家贫，少年失学，十五六岁便为生计而打工，风风雨雨近三十年。如今为了生活，栖居在小城一角。由于自小喜爱古诗词，虽现在也初心未改。

五绝·萧洞飞虹（沐川竹海景区）【平水韵，下平八庚】

未见飞虹影，先闻碎玉声。
丹霞吸水月，素手抚秦筝。

五绝·乐山乐水【平水韵，上平四支】

九峰微雨后，山寺暮钟迟。
一棹烟波里，渔灯月上时。

（注：九峰，即九峰山，位于乐山城东岸，因有九大峰而出名，凌云山、凌云寺、乐山大佛都在此处。）

七绝·暮色江山【平水韵，上平二冬】

寒浪无边拍瘦峰，苍松屹立自从容。
斜阳不做黄昏梦，点染江山暮色浓。

七绝·春愁【平水韵，下平十一尤】

一池春水一池愁，未见鸳鸯结伴游。
片片杨花轻似梦，丝丝瘦雨作鱼钩。

七绝·边疆【平水韵，上平十三元】

流沙落雁惊鞍马，剑气沉沉夺敌魂。
正是胡天飞白雪，狼烟欲起近黄昏。

西江月·岷江【词林正韵，第八部，二萧，四豪，十九皓，十八啸】

棹破岷江轻浪，风掀淡淡层霄。沙欧惊起小波涛，闲落乌尤仙岛。

总有一弯新月，飞来坠入琼瑶。万杆垂钓玉虹桥，又听几声鸡叫。

渔父词【词林正韵，第二部，三江七阳】

竖起纶杆与梦长，秋风无意过漓江。须似雪，发如霜，白浪声中钓残阳。

渔父词·题图【词林正韵，第二部，三江七阳】

白石冰松俊鸟藏，孤舟独叟钓寒江。蓑满雪，笠盈霜，横杆竖线与梦长。

鹧鸪天·渔翁【词林正韵，第六部，十一真、一二文，十三元（半）】

碧水东流日已昏，芦花飞雪半掩门。烟波浩渺孤帆远，鹭影翩翩乱入云。

山似黛，月如银，疏星零落小渔村。孤灯噙泪迎归客，露湿蓑衣汗落尘。

西江月【词林正韵第四部】

凝望村头野渡，烟云镜里踌躇。波光潋滟鸟声孤，一袭青衣独处。

创业艰难谁诉，而今两袖空无。红笺雁字说糊涂，只道天涯迷路。

陈旺祺

笔名陈湃，以笔名行。原籍广东东莞，生于柬埔寨。后回国升学，“国立华侨大学”中文系毕业。先后两度进入越南，“援越抗美”三年，获越南政府总理范文同颁发两枚勋章。回国，转业后到广东“广雅中学”任级长（连长）。20世纪70年代初，在香港任珠宝金行经理，并开设医务所；20世纪80年代初定居巴黎。创“金荷酒家”，开始业余创作，诗文多次获奖。

著有诗词选集《凯旋门－天安门》、文集《越战亲历记》等近十本。曾任“欧洲龙吟诗社”第三、第四、第五届社长。现任“巴黎中华文学社”社长、《巴黎文学》杂志总编、“五洲诗社”社长、“全球汉诗诗友联盟会”副会长等多个职位。曾获巴黎市一级文化勋章，名字被选入《海外华人名人录》。

七律·G20杭州峰会

二十高峰喜聚头，振兴经济共筹谋。
三秋桂子天中降，九畹荷花水上浮。
上国英明推妙议，嘉宾睿智策新猷。
八仙过海承甘露，为解千家苦与愁。

2016年8月6日于巴黎

五律·祝中国女排里约奥运夺冠

里约传奇迹，沙场似有神。
初征尝败绩，后续克强秦。
玉臂惊南美，榔头耀北辰。
精神滋国梦，尽拥五洲春。

（注：榔头，指郎平主教练。）

2016年8月21日于巴黎

七律·梅花

迎春五福乐和融，驿外桥边觅放翁。
一朵夜开曾获誉，三分雪斗又争雄。
横斜疏影思和靖，烂漫山花忆泽东。
曲调巍巍传宝岛，国花两岸几时同？

（注：巍巍，我国台湾梅花歌词中有“巍巍的大中华”句。）

七律·江山自有人才出(新韵)

四海飘零未觉怜，五洲激荡亦岿然。
青天破裂女娲补，东海沉沦精卫填。
国富国强龙种伟，我愚我笨子孙贤。
江山自有人才出，滚滚长江浪向前。

七律·欢迎中国海军编队首访法兰西

乘风破浪越洋行，中法两军固友情。
船上官兵舷板列，岸边龙裔彩旗迎。
艨艟自造侨胞喜，导弹精研魍魉惊。
昔日北洋蒙耻辱，今朝我舰振华声。

五律·北京中小学生巴黎献艺

小使显威风，花都展绝功。
歌弦清玉殿，翰墨舞蛟龙。
刀剑冲牛斗，丹青贯彩虹。
神州开盛世，宝地育神童。

五律·中国艺术团巴黎演出

红绸丹凤舞，唢呐百禽鸣。
律吕雕梁转，高腔玉殿清。
敖包传爱意，故事寄深情。
忽听俺家好，悠然念小平。

（注：故事指歌曲《春天的故事》）

南歌子·柬埔寨战火

湄水滋民富，高棉享太平，皇宫酒肆遍歌声。暹粒吴哥古迹、世驰名。

战火灰中灭，华人死里生，投奔四海建新庭。奕叶宗枝重茂、夺殊荣。

陈文炳

1938年生，福建安溪人。原中学生导报社总编辑、兰州市教育科学研究所副所长。中国国际文艺家协会会员，世界汉诗协会会员、甘肃省诗词学会会员。退休后，在网络上发表诗词千首(阙)，有些诗被选入《华夏诗典》《中华诗词文库·甘肃诗词卷》等。2010年6月出版诗文集《漫笔集》。

七绝·赏菊

野趣疏篱探秀枝，举杯相敬意痴痴。
老夫偏爱秋菊韵，醉向黄花吟小诗。

七绝·咏芦苇

水边摇曳雾茫茫，无色无香傲雪霜。

不与群芳争艳遇，自甘皓首伴寒塘。

七律·钱塘潮

八月钱塘涌大潮，排天巨浪舞江涛。
惊雷滚动千军吼，怒马奔腾百里嚣。
浩瀚白澜成一线，长空红日映波高。
年年盛览誉天下，讶叫欢声干九霄。

七律·秋韵

红叶秋霜无限思，山岚野趣赋新诗。
黄花馨韵令心醉，碧水清流入梦知。
硕果枝头耀旭日，苍苔树下守孤痴。
韶华易逝何须叹，且忆青春未老时。

七绝·寒梅

冰挂屋檐雪压枝，寒梅探首盼春时。
东风何日遂心愿，绽得粉颊迎故知。

七绝·春笋

破土萌芽出野林，掀翻块垒挺腰身。
莫欺稚嫩山中物，他日凌云一寸心。

七绝·老树

历尽沧桑气势豪，山林傲立树高标。
残躯不屈昂天笑，枯木逢春萌绿条。

七律·咏白海棠

——读林黛玉咏白海棠诗，风流别致，试步其韵，戏和一首。

深闺细步出宅门，掩面娇羞立玉盆。
英发婷婷千堆雪，姣容款款一纸魂。
蟾宫月桂神仙客，尘世秋风拭泪痕。
满腹情怀谁与诉，倚窗低首泣黄昏。

陈文富

工作于中国平煤神马集团，现已退休。平煤神马集团老年作协副会长，中华诗词学会会员。

五律·知青会(新韵)

东风苏万物，固始聚乡人。
皓首谈往事，青丝没乱尘。
大别怀故友，史灌恋知心。
琴瑟拨情语，挥豪赋当今。

七绝·花趣(新韵)

昙花日暮渐相开，宾客家人竞摄拍。
举酒频频花笑饮，朵白径绿溢香来。

七绝·车过鹿邑(新韵)

麦田绿绿畅天涯，水库清清戏野鸭。
李耳仙游迷故地，庄园深处问农家。

七绝·游金牛山(新韵)

金牛雾绕送秋风，红叶菊花意正浓。
翁妪石亭览远景，诗人小径探初冬。

七律·三苏诗社年会有感(新韵)

窗前风烈迎冬至，协会春浓送马年。
半蠡悠悠谈创作，学生切切记心田。
红梅点点含情意，瑞雪纷纷润笔端。
夕日矿山黑脸汉，今朝诗海写新篇。

（注：半蠡，平煤神马集团老年作家协会会长薛海文先生号。）

七律·黄庭坚赞(新韵)

休水千年叹逝波，苏门学士赛东坡。
诗藏奇倔惊元宋，词露清逸孕禅说。
龙观鸡毛书大草，快阁妙手赋心歌。
鲁直才智盈华夏，岁月难居爱故国。

七律·忆(新韵)

春燕迎风掠地飞，黄花遍野麦苗肥。
小儿结伴踏青去，一路歌声笑翠微。
湛湛狮河鱼戏水，徐徐日暮映云绯。

炊烟四起松林晚，巧借灯光趁夜归。

渔家傲·庆祝平煤建矿60周年(新韵)

枯草满山沟壑乱，红旗遍野春雷撼。四面炮声惊夜半，同心干，落凫山下出煤炭。

水悠悠天湛湛，高楼座座灯光灿。今日鹰城风貌换，齐声叹，征途万里霞光漫。

陈孝彩

男，汉族，1976年生，大学文化，中共党员。中华诗词学会会员，滕州市诗词学会理事，作品曾在多家诗词刊物发表。

七绝·闻柳笛感赋

一截柔条脱骨成，弄支小曲诉离情。
残阳不语肝肠断，韵彻长空寄此声。

七律·长江吟

驾鹤昔人犹未返，何时再见凤凰游。
金陵血雨悲千代，赤壁雄风壮万秋。
三峡凌云奔激浪，中流击水遏飞舟。
浮云蔽日难长在，入海冲消满腹愁。

七律·嫦娥盼归

奔月成仙深自悔，琼楼寂冷盼家还。
轻歌曼舞观尘世，桂殿霓裳对愁颜。
火箭腾飞音速跨，飞船发射太空攀。
团圆岂待三十日，酹酒飘香一瞬间。

诉衷情·警嫂

隔窗叶动草蒙霜，支镜特梳妆。手机且自关闭，茶饭冷，夜空长。

朱颊暗，鬓云苍，又何妨，娇儿酣梦，行色匆匆，最惹柔肠。

水龙吟·三峡工程

大江浩浩千年，流走多少英雄泪。帝王将相，悲欢离合，均成旧事。若数风流，当看今日，何时堪比，截巴岷流断，拦洪坝起，看三峡，时时异。

本是百年夙愿，梦成真，湖平峰里，水能利用，发输强电，为民谋利，神女襄王，朝云暮雨，心魂牢记。赞辛劳十载，沧桑巨变，勒碑铭美。

望海潮·滕州红荷湿地

江南风物，移来淮北，红荷誉满中华，幽榭画船，诗廊柳渡，招邀四海名家。鸥鹤憩汀沙，碧波泛鹅鸭，莲苇无涯。馆列珍藏，选材工艺尽豪奢。

人文物候皆嘉，有公输墨子，异兽奇花。帆影锦鳞，琵琶夜月，逍遥大使荷娃。文化展高牙，劲唱招商戏，声贯云霞，生态和谐发展，中外贵宾夸。

水调歌头·南水北调

世界水都缺，华夏位排前，问题逐渐严重，发展水为先，度势中央远瞻，制定千年大计，调水誓言宣，数百亿投入，苦甘廿余年。

通京杭，连淮河，越山关，筑桥建坝，城市乡野水潺潺，尽看迷人图画，到处莺歌燕舞，翠苇荡青烟。共谱和谐曲，黎庶醉心田。

念奴娇·昆仑

——日本核电站泄漏，又与美军演，对东亚乃至世界造成恶劣影响，有感而作。

九天横越，雪崩处，寒让嫦娥嗟叹。夏至春辞，流细汗，化作惊涛激湍。万象瑰奇，风云变幻，胜境年年看。魂牵今古，伟人骚客齐赞。

曾记毛氏豪言，斩三分馈友，今成遗愿。世界而今仍动荡，留下安全忧患。海盗猖狂，核能频泄漏，又成灾难。虔诚祈祷，万邦和睦相见。

陈新元

湖北省团风县但店镇人，喜爱文学、阅读，自学成才，有随笔、散文、诗歌作品，散见于杂志报纸并被电台选播。近年学习格律诗词，亦有诗词发表在《深圳诗词》《关东文苑》及网络上。

七绝·夜吟

夜半三更坐寂寥，谁知四处隐声潮。
空来世上为人子，未把情怀反哺熬。

七绝·哺育

吮乳嘤嘤爱子亲，不知长大感怀恩。
难言父母艰辛苦，总有儿孙叛逆心。

七绝·小草

不知厌倦吐清馨，谁解其中韵味深。
小小心灵存远大，天涯海角遍乾坤。

七绝·夏末秋头

不觉一夏去无声，韵绕千秋岁暮匆。
夜半情怀思苦隐，何知身在福之中。

七绝·夏末

蝉声聒噪更凄凉，一阵清风鼓瑟簧。
无奈生来何日去，高歌引唱到天堂。

七绝·秋蝉

秋蝉切切叫声忙，暮入山边落日藏。
苦短匆匆埋恨骨，谁知岁月断人肠。

七绝·槐花

一树槐花笑老翁，往年蕊朵总摘空。
如今岁月催人笨，望叹不能上树功。

七绝·窗月

一轮明月挂窗前，万里长空寄梦寒。
世上生灵吟苦曲，应知路转有情缘。

七绝·钱奴

满身铜臭任沉浮，世代金陵伴苦奴。
血染风尘含泪笑，飘摇岁月在江湖。

七绝·文狱

愿入深渊探髓穷，难能此贵亦英雄。
为吟天地山河泣，几赋乾坤落泪行。

陈秀杰

微信名玉竹瑶草。1972 年生，毕业于黑龙江工业大学，在大学期间任文学社长。现已定居广东惠州，自由职业。中国诗歌学会会员，中华诗词学会会员，中国楹联学会会员，广东楹联学会会员，惠州作家协会会员，惠州诗词楹联学会会员，香港诗词学会会员，世界汉诗协会会员，中国文艺家协会会员。

莺啼序·中秋

鹰风又吹瘦柳，看蓬窗苜蓿。烟翦雾、绿浸西湖，小桥流水笙筑。青山外、丹枫色舞，丘园取道寻篁竹。引故山庐井，栈云缥渺清穆。

纤草啼莺，悱怨曲度，棹歌应松谷。梧桐影、思忆从头，月笼花朝挹掬。野苍黄、余痕藓驳，回望处、泪如飞瀑。起波澜，兰渚霜天，鲜闻膏馥。

轻荷醉墨，玉露锦笺，天涯同宵夙。自别后、虚度寒暑，萍泊江南，暗遣幽怀，委寄玉牍。更深梦窄，濡沾银缕，焦思成冢听机杼，到如今、人去奈何独。含娇脉脉，纨扇轻掩羞颜，此时不胜漕斛。

玉蟾桂烛，寥索填膺，怅月幸杞菊。别离久、每逢秋节，旅雁堪伤。对影楼台，颦眉愈蹙。移灯阆苑，听霓裳曲，嫦娥起舞雪练曳，惹相思、蒿径空还复。诗愁独白经年，宫冷谁怜，燕笳泫目。

暗香·西湖遗梦

冬游陂淀，看镜浮天野，柳莺清哢。曲岸探幽，竞发南枝引飞燕。玉塔卧湖挺秀，波微澜、留丹霜练。曾记否、千顷苏堤，古迹遗矜眷。

寻遍，绮诗倦。怅圣桥渚烟，文榭闲宴。郁摇鹊扇，疏影怜香瘦吴绢。别去经年辟远，不忍看、风敲寒砚。一声声、青玉案，断琴痴念。

破阵子·枯荷

寒雁云梁低唱，烟波千里天垓。茂苑柳鬟垂倒影，标塔氿澜筑燕台，江梅兀自开。

翠冷芰茄阙落，一朝罄卷莲腮。独有残红妆照水，和泪孤风凝绝埃，相思枉却来。

鹤冲天·问渡

澄江旷霁，翠筱云游曳。鞠径叶砻密，罗天际。绮楼亭闲晏，观鹭羽、飞琼系，遁影闻清唳。藿藜荆棘，剑指从横迤递。

含香弄粉披霞袂，姝丽抛彩缕，盘宫髻。照水风依旧，思凤语、笺孱细。露透空掩蔽，摽题珍篚，问渡自取真谛。

汉宫春·紫溪半岛赏花

古渡桃源，格桑群芳艳，白鹭徊翔。丹枫如锦逸目，十里田洋。楠仁兰渚，荡风车，翠拥云浪。江皎澈，瑶空寥廓，芦花片片胧光。

清野愔愔浅醉，紫溪梳柳黛，蝶羽徜徉。玉箫妙引彩凤，比翼深长。醺风浥露，燕双飞，题画舟梁。春正好，桃腮杏眼，含羞一路浮香。

喝火令·异域风情

大漠千山雪，洸洋万里风，海天连迭界无穷。松竹傲然倬立，奇骨伫苍穹。

复嶂通云路，归霞盼燕鸿，几多离绪棹孤篷。任那梅寒，任那岭烟蒙，任那月栖疏影，不肯负清衷。

春风袅娜·庆元辰

百花争春趣，燕戏阳滨，岩叠嶂，见松筠。菊幽馨、粉靥浥清香泽，惹莺旋舞，丹鹊骈臻。翠幕斑红，晴光晖映，泛滟流霞云影缤。画鹢银鸥跳鱼跃，蓝桥传翼驾麒麟。

游蹋明湖柳陌，烟姿揖客，倚文榭、布谷惊春。临风舞，自怡神，佳思好兴，天籁暄新。万物安生，拜恩尧祖，又迎元旦，日月更巡。千疆如画，看雄威华夏，红旗展翼，祥泰勤民！

定风波·千里烟波云转腾

千里烟波云转腾，溟鸿缥缈越嶒崚。汀渚幽篁山泼黛，逸态，一江碧水渡云鹏。

皋陆蕙兰香绝品，擒锦，棹歌余响伴孤征。多少贤豪谁俅问，鲜闻，经年楚雨砚如冰。

陈秀武

正南大桥

彩虹悬挂银河上，龙接凤来落正南。
情侣凭栏观碧浪，往来游客尽欢颜。

索桥飞渡

索桥脚下白云飘，欲会嫦娥岂畏遥。
也有茫然惊愕态，土家阿妹笑弯腰。

忆娘亲

白发苍苍苦命娘，皱纹道道显慈祥。
无情严父早仙逝，遗下贫穷问上苍。
操劳难得五更寝，身患瘫疾路何方？
每当静夜思慈母，泪洒衣襟欲断肠。

思娘泪

阿妈夜纺五更寒，父逝子幼有谁怜。
一丝一缕一滴泪，几斤几两几文钱。
忍饥只为让儿饱，受冻何曾顾被单。

丝尽春蚕空手去，每思懿德泪成川。

陈绪文

男，生于1948年，湖北省大冶市金山街办人。教师，中教高级职称。爱好诗词，著有诗词集《教余韵语》。现为中华诗词学会、湖北诗联学会、大冶诗联学会会员，西塞山诗社理事。

七绝·春日偶成

几日春风暖气熏，夭桃秾李落英纷。
东邻不悟花期过，犹计南郊赏馥芬。

七绝·题《竹排人》图

一江碧水绿如茵，花伞轻擎凝望神。
问道竹排何处去，此心犹有绿杨阴。

七绝·老圃乐

一畦疏雨滤烟轻，冬菜抽苔春菜生。
采得青葱荷担起，村山绿透杜鹃声。

五律·咏月

无染尘和垢，盈怀白与清。
长从千仞汉，分我十分明。
澹澹澄胸臆，谦谦兴雅情。
且同凭户牖，共奏子期筝。

七律·乘舟大冶湖心垂钓

一棹熏风扑面轻，望中云淡水天清。
几行白鹭翔云表，数艘乌蓬飘苇旌。
美女妆台连近渚，垒山烟树接遥城。
抛杆宛入无为界，不似红尘当世氓。

七律·赏梅

幽香淡月暗浮沉，坐看梅英开雅襟。
一树冰雕融素魄，三轮玉笛返昭君。
微吟唇吻先为爽，轻挹心胸立浣尘。
霜结露寒夜向永，相将怜爱到更深。

长相思·留守妻

针连线，线连针，线线针针寄意深，莫忘家有人。

秋回夏，冬回春，多少风光化作尘，断肠归雁音。

诉衷情·留守妹

村头一别几多天，数断指头尖。今朝重得相见，难忍泪涟涟。

君解否，河堤边，月窗前。叮咛言语，化作相思，最易累愁眠。

陈亚丽

登团山堡

一脚桂塘三省踏，鄂渝鸡犬近相闻。
山林田土迷疆界，万户同宗一脉亲。

猴欢喜(新韵)

大圣不知何处去，此山空剩树猴欢。
他乡远徙追一梦，似海心愁心底缠。

女教师

娉婷倩影站书台，皓齿朱唇笑靥开。
口吐清泉桃李润，春风化雨育良才。

陈亚平

题广州越秀山五羊石像

(一)

跪乳情深动地天，献绵再续好心田。
今观上善仁如水，融入江流惠陌阡。

(二)

衔穗南溟载福归，慈颜白发若神姿。

来年或许为天使，将在环球洒绿枝。

竹

肚内虚心翠叶多，苦风凄雨竞婆娑。
曾为撑篙千帆逐，劲节悠悠进史河。

2016年7月6日

陈艳华

1952年生，女，汉族，黑龙江省肇源县人。肇源诗词协会会员，黑龙江省楹联协会会员。有260多首诗词和楹联作品在国家和省市级刊物上发表，有100多首诗词和楹联作品被编入国内多种诗词专著。与爱人合著《紫燕诗集》一书。

七律·太湖风光（中华新韵）

人间美景聚一湖，山色水光凝画图。
浩渺烟波帆影远，盘旋鸥鹭楚天浮。
风摇碧树云铺絮，鱼戏惊涛浪卷珠。
巧手难描夺造化，痴迷仙境忘归途。

七律·黄山风景（中华新韵）

一品黄山景色殊，光明绝顶日托出。
陡削峭壁怪石立，叠翠重峦薄雾浮。
云海涛翻多幻象，温泉水澈吐晶珠。
奇松迎客挥双臂，继踵游人入画图。

七律·西湖断桥（中华新韵）

烟笼西湖云雾飘，断桥流泪雨潇潇。
许仙借伞逢绝色，蛇女痴情恋似胶。
毒狠凶僧峰塔落，怒发洪水浪涛高。
如昨往事伤心处，爱恨千秋一梦遥。

七律·泰山游（中华新韵）

雄伟巍峨五岳尊，秦皇禅祭驾亲临。
叠峦如黛云霞蔚，大瀑垂岩古木森。
俯瞰黄河渺烟水，高绝玉顶现金轮。
横空出世超然柱，齐鲁岱宗无比邻。

七律·长江吟（中华新韵）

咆哮奔腾天际流，雄奇大写五千秋。
纳川衔岭万山抱，越涧穿峡一水收。
吞吐烟云惊裂岸，揽拥星月送轻舟。
浪淘今古英雄辈，东去滔滔无尽头。

七律·峨眉山（中华新韵）

峨眉金顶甲天下，秀美绝伦一画帘。
陡壁危崖峰染翠，茂林芳草岭相环。
谷深幽暗轻烟缈，花艳斗奇飞瀑悬。
殿宇琼楼万佛像，千秋灵气贯苍山。

七律·咏黄河（中华新韵）

黄河倒挂泻飞川，汹涌奔腾卷巨澜。
浊浪排空鸣万马，穿峡裂岸抱千山。
龙门狮吼金沙滚，壶口湍急瀑布翻。
吐雾喷云烟浩渺，沧桑变化写胸间。

临江仙·雁荡山风光（中华新韵）

雁荡巍峨风景秀，寰中绝胜奇观。危崖峭壁怪石悬。深幽古洞，一线见高天。

叠嶂重峦峰染翠，泉声鸟语频传。灵岩飞渡渺轻烟。林涛怒吼，龙瀑挂珠帘。

陈野

本名陈伟荣。男，生于1964年12月，籍贯广东省兴宁市，现居河源市区，任职于河源市某事业机关。尤喜诗词歌赋、文学艺术、国学及传统文化等，闲暇写诗填词、练习书法，作品偶见于报纸杂志。现为河源市诗词协会常务理事、河源市书法家协会会员。

七绝·登七目嶂

遥观七目嶂连天，雾卷云蒸过百川。
问道寻仙无觅处，蝉鸣蝶舞共蹁跹。

（注：七目嶂，位于广东省五华县内，为粤东第三高峰。）

七绝·丙申端午节感怀

雄黄艾草送安康，老少团圆粽子香。
九曲离骚千古诵，诗魂风骨莫相忘。

七律·甲午清明祭双亲

——双亲已逝多年，隐含伤悲于心，清明省乡祭拜，借母亲节期间赋诗一首，聊表哀思。

慈亲仙逝几经年，笑貌音容若眼前。
句句嘱托明壮志，殷殷期盼步先贤。
承欢膝下情难再，共叙床头意可牵。
遥寄追思随鹤去，天堂有伴赛神仙。

五绝·漓江江畔牧歌

漓江秀水湾，绿草漫山环。
放牧青坡上，流连绽笑颜。

五绝·莲花颂

清莲品自昭，独艳不妖娆。
一任群英妒，凌风沐雨娇。

五绝·清荷

清心不染尘，玉立俏佳人。
映日红云伴，观音度化真。

七绝·竹韵

窗前静赏汝沙沙，玉树临风岂逊花；
自古名人多雅韵，高风亮节气如华！

七律·龟峰古塔

风雨如磐数百秋①，东江潮涌洗千愁。
槎城胜景今犹在②，古刹雄风昨已休③。
妙笔丹青难画骨，　奇文词赋可知忧。
兴衰更替几多事，　我自岿然水自流。

［注：①龟峰塔位于广东河源市区，建于北宋年间，已历风雨800多年。②龟峰夕照是槎城（河源城的旧称）著名八景之一。③古时龟峰塔下有龟峰古刹，构造雄奇，香火鼎盛，今虽重建，然雄风不再。］

陈永生

笔名小香。河北任丘市人，私企主管，酷爱诗词，自谓儒商雅客。作品曾在多次比赛中获奖，并认领荣誉证书。现任《词坛》无锡分社编委，并刊发多篇作品。

寄语：愿以诗交友，诗话人生。

行香子·起程（新韵）

小月孤悬，薄雾拢寒。浮云淡，曙色开天。鹊惊疏柳，霜覆辽原。有平明客，长征路，道别言。

行人寥落，树影后翻。暖风开，自在无端。越笼飞鸟，猛虎归山。那好心情，开心事，泛心间。

少年游·游子（新韵）

孤蓬万里走天涯，世海觅繁华。二亩薄田，三间草舍，思那梦中家。

劳生有限合欢少，逐梦浪淘沙。烟雨江南，风霜塞北，一望泪唰唰。

望高楼（新韵）

危楼耸立入蓝天，宿夜星辰信手拈。
赴宴多来宫阙客，登门更有广寒仙。
往日遥猜生梦想，咂舌仰慕不平凡。
回去勤耕八亩地，集资助买盼延年。

手机（新韵）

海角天涯任意通，手机连网跨时空。
开发智力玩游戏，引领出游导路程。
一键飘忽能购物，千头攒动会诗朋。
把持方寸乾坤大，热点轮番了于胸。

柳梢青·游园记（新韵）

岸柳婆娑，金溶玉镂，雨润风磨。云浣清池，辉腾宝砚，碧水鳞波。

放眸层隐楼阁，欢心处，提喉欲歌。岁在初冬，乍逢美景，却与谁说？

陈友明

网名夕阳红宝庆。湖南邵阳市人，男，66岁，煤矿退休职工，现在广西桂林灵川打工。爱好读诗写诗，从师小杜牧，现有习作三百余首。

美人蕉

曲径美人迎晓日，蛮腰尖蕾笑颜开。
举机欲摄多情影，红叶随风添彩来。

夏日

日晒荔枝颜色好，京城却厌蝉声噪。
若无热浪顾江南，哪有唐时妃子笑。

夏夜

皓月高悬夏夜长，田田荷叶立中央。
蝉鸣蛙鼓啼莺唱，声满池塘溢过墙。

观白云

泼墨不愁无尺素，白云片片任吾裁。
笔如莺燕歌新曲，春满人间诗满斋。

五.自吟

我为诗狂花甲年，蜗居陋室笔耕田，
倚窗对月寻佳句，墨染粗衣胜过仙。

陈智杰

笔名陈老思。毕业于杭州电子科技大学，现任杭州滨江某能源互联网企业生产主管。微刊纸刊发表多篇诗歌作品。对中国汉语言饱有热情，对文学及书法艺术有一定造诣。比较擅长微诗创作，对工作和生活有自己独到的感悟及见解。

七绝·贺女排夺冠(中华新韵)

中华女将尽豪魁，气势如虹塞队摧。
奥运赛场捷报传，辉煌夺冠一轮回。

七绝·纪念国父(平水韵)

治国安邦谱大同，掀翻帝制践兴中。
三民主义联俄共，天下为公贯始终。

沁园春·西子(词林正韵)

峰会云端，鱼翔花港，春满苏堤。曲院飘荷韵，平湖秋月，断桥残雪，心旷神怡。柳漾莺啼，南屏唱晚，斜照雷峰观净慈。摇舟橹，三潭邀瑶镜，今夕何时。

且看斗转星移，将西子人文填作词。万松凭梁祝，翩跹蝶舞，湖心同渡，挥别依依。鹤子梅妻，暗香浮动，疏影横斜留话题。着华服，与环球元首，共度佳期。

陈知俊

70年。少时好诗词，中辍笔二十余年，近年好徒步旅行，并以诗记之。

五绝·竹节吟(新韵)

世事本煎熬，人生锁固牢。
如弯不丧志，出石只争高。

七绝·梦醒(新韵)

懵懂无邪是少年，青春有梦又白天。
当初多少鸿鹄志，只剩沧桑老厚颜。

七绝·追梦(新韵)

十五行囊五十背，青丝常误白丝催。
沧桑岁月随他老，懵懂年华任我回。

西江月·青云

十四里林遮路，四十条瀑成溪；青苔尽裹

上云梯，步步风轻得意。

虫叹余生短苦，雷鸣活水长饴；悲声唱与喜声齐，天籁之音四起。

江城子·大围山下偶得

突然山势两边斜，左歌虫，右鸣蛙；一眼清泉，澈见底中沙。踏步蹒跚仍踏步，前峭壁，后残霞。

又惊铃响信由家，母忧儿，咱忧啥？笑叹身旁，飞过铁旮瘩。我愿人生如是走，心向远，泪何擦？

捣练子·达浒得书

东北望，叠层峦，百道云关百道寒；不负儿时徒万里，敢将长痛遣西南。

捣练子·竹联村偶得

攀美女，赠乌梅，淡淡酸甜细细眉；已距别时三四里，但思佳句报君回。

捣练子·沿溪偶遇

金玉米，美人蕉，昨夜争风日不消；我笑两田相对种，秋来食色一肩挑。

陈自业

男，79岁，中共党员，原任民航总局第一研究所副所长(副司)，退休后任中国民航协会副秘书长、代秘书长。曾参加中国大百科农业卷/航空航天卷/农机卷有关条目编写，有8项科研成果获国家或部级进步奖。著有《农业航空论文集》一书。2016年开始学习试写格律诗词，现已成300余首。参加大奖赛多次获奖并授荣誉称号。

秋韵(两首)

(一)

蓝绿红橙青紫黄，带给大地秋时装。
斑澜色衫挨秋出，神奇秋韵当染缸。

(二)

喜爱秋韵染树林，高粱晒米豆摇铃。
最赏稻谷橙黄色，不似黄金更似金。

蜜蜂

早采朝阳晚采霞，一年四季采鲜花。
成天牵着风雨走，蜜糖献人也饲娃。

搬家

朝阳斜照杂院家，乔迁新厦无余暇。
搬不走邻情谊重，一朝惜别隔天涯。

七绝·秋韵

喜爱秋韵染树林，高粱晒米豆摇铃。
最惜稻谷黄不易，一身汗水一年辛。

七绝·神奇大自然

漓江山水自然雕，美丽神韵分外妖。
烟雨苍茫如仙境，一束飞虹绕半腰。

七绝·沙湖观鸟

沙湖蓄水养沉沙，芦苇垡头鸟当家。
晴夕含来春信息，脚踏水浪开春花。

七绝·渔翁牧鹰

连亘峦峰碧水流，风光趣事靓江洲。
渔翁牧鹰捉虾蟹，鹰叼鱼儿不下喉。

七绝·雪感

雪花飘落像飞鸿，千万叠堆厚羽绒。
麦苗隆冬作被盍，开春梦醒翠青葱。

七绝·黄河曲

折九黄河渤海妆，绕山破土不停留。
瑰丽人生如流水，流到天涯思载舟。

七绝·花港观鱼

风逐晚霞任自翔，花港观鱼喂斜阳。
百十饥鱼狂哄抢，张口若吃万秤粮。

七绝·湘西高脚楼

凡根木脚似钢柔，滂岸临水顶撑楼。
乍望惊诧难置信，千载流芳度春秋。

七绝·京城路网

铁公路网密如丝，轻轨地铁似梭驰。
人流物流如流水，流到天涯思载舟。

陈宗辉

笔名牧云。1956年生，大学文化，副高职称。福建省楹联学会理事，中国楹联学会会员，世界汉诗协会理事，《紫阳诗词》主编，《活水源》执行主编。出版有《牧云诗词》《独处的心》《诗词笔法四十讲》《梦随月儿圆》等18种。在《名作欣赏》《写作》《中华诗词》《诗词月刊》《世界汉诗》《诗词百家》等150多种报刊上发表作品、诗论和创作谈。

闽湖之夜

地标静守闽心中，万顷湖光映太空。
花带镶云水澄澈，轻舟采玉月朦胧。
谁家星岛楼台望，何处边城梦境逢。
多少闲愁多少恨，天仙龙女也相同。

乡思

横山岭下朝阳地，萧飒村中蓬荜生。
一地蛙声云外落，几弯犁镜月边耕。
开窗鸟唱三春画，出户花开九族情。
最是悠悠东去水，重山总向梦中迎。

城市足迹

——观上海世博园城市足迹馆

离开深洞向江边，筑起城池歌管弦。
觑野搜村催快马，巡洋掠市挂帆船。
物流羡妒千商贾，女艳惊心九阙仙。
最是高台长了望，如珠星月落门前。

过三峡

千里波峰日日高，行空弯月竟耕涛。
忽听玉帝呼神女，速置望夫船一艘。

空中梯田

层层叠叠绕云天，织女凭窗看种田。
犁镜翻波蛙跳处，一轮明月顿如弦。

立藤

直立林中一气求，不攀大树假风流。
虽无巨擘云天耸，自有春华自有秋。

江城子·回乡半日

萋萋草木满山冈。蝶蜂狂，野花香。峰回路转，赤鹿更风光。井水稻粱常梦境，寻足迹，老村庄。

茅檐低小绕情长。叩祠堂，问牛羊。昔时嬉戏，稚嫂逗孙郎。执手堂亲皆泪眼，离别意，路茫茫。

念奴娇·记住焦裕禄

古今衙署，问何处，喝令风和沙碧？朱绂峨冠，深院静、唯道花香酒气！冬去春回，江山不老，谁解民生意。车船千里，风池来往如鲫。

兰考翠绿焦桐，一时成屏障，横柯云际。铁掌当空，枝叶舞、赢得满天清丽。更有根须，遍穿地府，恰似星群系。焦公佳梦，百川归海同记！

成朝柱

男，1926年生，湖南宁乡人。大学文化，中共党员，江苏邳州市离休干部。中华诗词学会会员。著作有《二月花集》《啸儒绝句》《绝句写作教程》《解放了的绝句》《成朝柱诗文选》等。另与人合编《青少年学诗写诗入门》《当代绝句三百首》。

七绝·春日秋光

农村三月菜花黄，春雨如油润嫩秧。
四处青山眉黛秀，只今明镜独飞霜。

七绝·观庐山瀑布

九天撕下白毛巾，挂在悬崖浸在盆。
怪底庐山千古秀，原来日日洗心尘。

七绝·登岳阳楼有感

孰先欢乐孰先忧？千古名言付诵讴。
歌管楼台风月夜，玉人吹皱洞庭秋。

七绝·缅怀老师杨朴庵

不见慈颜七十年，幽明相隔几重天。
当时一把传薪火，犹在胸中灼灼燃。

七绝·诗的含蓄

羞涩原来胜似诗，含情脉脉露香思。
任他万语千言好，不及红巾掩面时。

七绝·诗人

人生多少梦如烟，缭绕朦胧到笔尖。
借得东风无限力，轻轻飘上九重天。

七绝·九十抒怀（两首）

（一）

柳作丝纶月作钩，江湖垂钓几时休？
果然钓个鱼肥大，万首歌吟不白头。

（二）

喝令时光且缓流，人生耄耋有豪求。
诗词不走回头路，破浪新开万里舟。

成旭辉

笔名平原。男，1965 年生，甘肃省成县人。中华诗词学会、甘肃省诗词学会、甘肃省作家协会、兰州安宁区桃园诗书画学会会员。作品散见于《诗词月刊》《甘肃诗词》《中华诗词》《中华诗学》《中华词赋》《香港诗词》等报刊。

忆江南·母亲七十诞辰

银丝染，朝暮老娘牵。微信红包开笑脸，裘衣瓜果递床前。千里故园萱。

忆江南·村居

情缱绻，轻咏思乡篇。绿水青山云朵笑，稚童翁媪院前喧。俊嫂舞蹁跹。

忆江南·中秋

关山月，丹桂沐金风。土炕乳名阿妹影，北堂慈母白头翁。老屋梦萦中。

生查子·孟秋

清秋夜未眠，背面荧屏看，情牵梦中人，更漏声声断。

鸿雁渺无音，灯火阑珊炫。相思寄华笺，弦月钩帷幔。

生查子·读李文朝将军《不负党中央加强扶持的厚望》有感

涂鸦部韵声，织梦唐诗里。诗词国粹兴，白叟黄童对。

五湖四海传，万户千门递。文脉中华绵，铁肩担吾辈。

浣溪沙·加入中华诗词学会有感（新韵）

寄意嘤鸣尧舜天，心无旁骛访谪仙。缅怀诗圣草堂前。

华夏神州甘露降，唐风宋韵叶枝繁。骚坛复兴史无前！

卜算子·咏桂花

习习金风吹，抹抹秋阳醉。翠竹红枫南山媚，曲曲东河水。

羞煞粉面桃，争把清香递，桂子盈盈恋人间，月老红绳系。

卜算子·品报刊

开卷每每迷，阅读人生魅。纽带桥梁通世界，还说邮刊美！

遗梦报章中，还把诗情寄。惜别村头鸿雁影，纠结书香味。

诚慧

60后自由撰稿人，自幼喜读诗书，多年来潜心钻研诗词格律，早年创办环球诗社并任社长，现在是桃花堤诗社和海韵诗社会员。原创作品千余篇，多次见诸报刊，也曾多次获奖。2016年7月被“中国诗歌网天津频道”评为“每周诗星”。长篇小说《蓝领白领》正在创作中。

水调歌头·登津塔
【词林正韵，第七部，上平十四寒】

晴夜登津塔，犹似效仙鸾。繁星环绕，仙苑穹顶意超然。旋转影移成舞，幻彩灯红曼妙，缱绻忘回还。试向苍天问，可有羡人间。

望天璨，冲霄汉，嵌云端。凌空俯瞰，南北玉宇任凭栏。饱览津城画卷锦绣风光无限，星月亦缠绵。把盏吟诗句，微醉赋歌还。

踏莎行·中秋趣【中华新韵】

醉眼迷离，冰盘曼妙，偶成佳句中秋笑。月明风袅梦幽幽，枝头颤颤菊花闹。

伏暑渐消，晴光即到，梁间翠鸟欢鸣叫。蛩声缱绻正呢喃，秋千架上红颜俏。

七绝·醉荷塘【下平七阳韵】

佳人扶桨醉荷塘，几瓣莲红浸体香。
惶恐池蛙忙向问：何时仙子景中藏？

鹊桥仙·七夕【词林正韵，去声七遇】

轻云弯月，葡萄翠叶，腾下倾听星诉。凭空仙翼聚天河，两岸渡，翩飞无数。

情眸转转，泪珠簌簌，忍踏鹊桥旧路。几多心事烙成痕，遣恨在，人间何处。

程春芳

字漱六。男，汉族。1928年8月生，山东滕州市人，退休教师。中华诗词学会会员、滕州市诗词学会顾问，著有《漱六诗词》《漱六诗词续编》等，有百余首作品发表并获奖。

七律·垓下

秦宫举火入咸阳，失策鸿门错主张。
逐鹿中原称霸主，途穷垓下叹天亡。
沉舟破釜超人智，扛鼎拔山惊世狂。
耻为胯夫围十面，赠头不肯渡乌江。

惜余春·癸卯三月三日春雨

雨湿花朝，风侵杏粉，浅黛浓云遮断。蜂衙罢闹，柳眼才舒，波碧半篙谁染？归燕依稀故家，稳恋香栖，怯藏双剪。听更阑低语，朦胧如梦，意深情绊。

空见说、离绪销凝，前尘衰谢，怎解猜侬心眼。垅头荠老，岸畔苔滋，拾翠堕钗人懒。拈得飞红苦吟，鲛泪织绡，蚕唾成茧。任长堤泥滑，流莺痴甚，弄簧催暖。

水调歌头·中秋嫦娥怨

空碧流辉远，倩影自蹁跹。一天冷露零落，星汉荡高寒。堪笑髯翁狂想，且听青莲咏唱，奇幻动神观。圆缺等闲过，拭目看尘寰。

倚丹桂，弄玉兔，独长叹。当时奔月，蓄意

逃俗岂修仙。叵耐清虚境界，将会喧嚣扰攘，来往宇航船。打发吴刚去，天外更寻天。

浪淘沙·游荆河公园

湖上泛扁舟，云淡波柔。渔歌唱晚恁风流。可有相思红豆子，种向汀洲？

且莫动闲愁，望远凝眸。芙蓉香里梦悠悠。无赖斜阳偏笑我，霜怎盈头！

浪淘沙·春意

初霁燕低飞，争啄新泥。穿花彩蝶戏相随。料峭薄寒春梦醒，一片迷离。

往事怕重提，风雨凄凄。问天无语但歔欷。长剑一挥旋斗柄，谁演传奇！

金缕曲·七夕雷雨

尽是天孙泪，向今宵、临风一洒，涕零千里。云水江湖俱暗淡，电击银河欲碎。念掣浪鱼龙游戏。休道人间离情苦，纵浮槎泛海行容易。谁识我，恁憔悴。

伊人愁绪歌秋水。织相思、千丝万缕，恨经情纬。梦里投梭知何处，依约牛郎待济。问鹊阵、桥成也未？怎胜红尘而今好，驭飞船星际随心驶。跻北斗，瞬间至。

一剪梅·夜雪

玉屑冰尘何处来，天上瑶台？地上瑶台？罗浮倩影费疑猜，不是春梅，可是寒梅？

无色无香妙韵偕，谢女清才，毛氏雄才。群星辟易独徘徊，画也谁裁？诗也谁裁？

念奴娇·微湖行

贯通南北，泛江淮览尽，烟云风雨。骇浪惊涛吞日月，相伴鱼龙狂舞。微子高风，留侯浩气，潇洒翔鸥鹭。谁来凭吊，此间涵泳今古。

霞拥残照苍茫，返航帆影，都向渔村聚。调藕烹鱼相对饮，畅叙丰收情趣。风送荷香，电传情话，人语迷烟渚。蓬莱何处？教他仙也留住！

程春镒

男，1948 年生，滕州市龙泉街道程堂村人，大专文化，退伍军人。于滕州市工艺美术厂退休。

五绝·梨花

洁净如脂玉，素妆流暗香。
尤怜新雨后，蜂蝶舞痴狂。

五绝·海棠

生就娇妍貌，半开羞欲藏。
暗香凝冷露，明月照红妆。

五绝·石榴花

只因红胜火，争向染罗巾。
传神西绣岭，倾倒几多人。

七绝·槐花

槐花最是动愁思，馥郁芬芳五月时。
妇孺充饥频采撷，个中滋味诉谁知。

七绝·丁香花

幽咽向天吹唢呐，琼英淡紫泛烟霞。
也随杜宇吐清苦，骚客消愁藉此花。

七绝·玉兰花

兰魂玉颊贵夫人，摇曳枝头频望春。
千古风流诗已旧，何如化蝶绕君身。

程功绪

字太贵，网名枭阳倦客。1950 年生，江西都昌人。1970 年参加教育工作，曾先后担任周溪镇枭阳完小及高湾完小校长。中华诗词学会、江西诗词学会会员，诗刊社社员。师从江西著名诗人胡迎建。作品散见于《中华诗词》《诗刊》《江西诗词》及《诗词月刊》等刊物。著有诗词集《疏窗吟稿》。

游上海大观园

谁筑芳园曲径幽，拂堤杨柳弄轻柔。
招蜂引蝶三春早，抱水衔山万木稠。
如醉如痴迷幻境，亦真亦假说红楼。
移花接木堪高术，到此徘徊悟石头。

潇湘馆

石罅泉鸣一径幽，修篁隐约掩红楼。
绿绮虽在弦声断，无语鹦哥为底愁。

怡红院

数椽画栋构幽深，宝黛敲棋几乱真。
木石姻缘终是梦，凄然一曲黯伤魂。

（注：怡红院陈有宝黛对弈之仿真蜡像。）

贺新郎·牛山遣怀

蜷伏长休歇。恨东家，不耕不稼，醉心鱼鳖。一系铁桩酣江渚，虚度几多岁月。风与雨，削平犄角。久梦醒来思旧业。困烟波，无奈空悲切。任滴尽，热心血。

英雄无意甘泯灭。誓挣开，万年桎梏，付之一熠。蠡水潇潇狂飚起，滚滚惊涛似雪。绳桩倒，山崩地裂。铁马金戈雄风在，旧田畴，正待从头越。耕沃野，踏新阕。

鹧鸪天·抗旱

持续高温热浪翻。炎阳炙烤地生烟。禾苗干渴田龟裂，草木枯黄叶火燃。

流大汗，战苍天。保苗抗旱抱成团。车薪杯水难浇火，心悯三农夜不眠。

鹧鸪天·农民工

自驾农车送货忙。木材砖石水泥装。层层楼厦云天耸，级级台阶步履量。尘满襟，汗如浆。弯腰佝背重材扛。身心疲惫归来晚，缺月依然照矮房。

夏夜感怀

如水蟾光透画棂，更深兀自梦难成。
田畦擂鼓声盈耳，促织弹琴韵绕庭。
夜读诗书眸炯炯，风摇月季影婷婷。
骚魔无赖频侵扰，一任吟魂付仄平。

浔桥完小丙子教师节欢聚留诗话别

十载同窗育李桃，一朝分袂语滔滔。
报春沥血心犹壮，继晷焚膏鬓渐凋。
义重情深遗眷念，江长天远任逍遥。
愿君不坠鸿鹄志，再上高楼奏九韶。

程锦

女，80后，贵州修文人。贵阳市作协会员，修文县作协会员，阳明诗社会员。文学作品散见于《贵州日报》《栖霞文艺》《中国城市管理杂志》以及中国军事网、贵州诗联微刊等媒体。

沁园春·酒(词林正韵)

——题记：惊闻两名故人因酒毁肝肠，近日相继离世，悲叹不已，以此记之。

谷物精华，慢性砒霜，癖嗜必伤。看八仙桌上，欢声震海，九神柱下，豪气冲江。兄弟交情，知音智趣，化作金樽入肚肠。君不见，饮醉生梦死，力短心长。

亲人离去哀荒。逝者已、凭添多少凉。愿友朋警惕，远离烈酒，同仁鉴戒，摒弃糟糠。望月烹茶，聆风对弈，信步花园曲径旁。身心健，享天伦乐事，桃李芬芳。

（注："享天伦乐事，桃李芬芳"句语出唐·李白《春夜宴从弟桃花园序》："会桃李之芳园，序天伦之乐事。"）

沁园春·恰同学少年(词林正韵)

夜半星高，愁绪难消，晓梦正残。忆同窗年少，初开情窦，青梅发小，萌动心牵。飒爽英姿，昂扬斗志，欲拽星河落世间。光阴去，似离弦弓箭，境过时迁。

蓦然回首悲咽。廿载已、飘萧意珊珊。叹如烟往事，渐行渐远，尘封岁月，无际无边。两鬓风霜，一行清泪，辗转帷床不肯眠。心相印，共举杯遥对，千里婵娟。

踏莎行·南海争端（词林正韵）

南海渔礁，神州列岛，跳梁小丑频干扰。横行虎豹妄撑腰，野心尽露张牙爪。

既我山河，非他城堡，仲裁谈判皆圈套。雄狮怒吼浪滔滔，磨刀霍霍诛强盗。

蝶恋花·瞻阳明洞（新韵）

一步灵阶一步仰。两柏参天，三道楄门阆。久叩丹扉空荡荡，炊沙作饭添惆怅。

一梦萦回皆过往。两袖清风，三载辛酸忘。君子亭前观月朗，栖霞岭上同吟唱。

江城子·抗洪子弟兵（词林正韵）

黄泥裹体面如霜，水冰凉，汗成行。昼夜奔忙，换父老安康。料想爷娘肠断处，儿跃进，是汪洋。

当兵只为耀戎装，永坚强，慰家乡。步履铿锵，誓救死扶伤。最是人生春盛处，铮铁骨，好儿郎！

破阵子·雾（新韵）

河面腾丝似煮，岸边漫柳如烟。十米檐牙初隐现，百丈高楼已入天。浑然一体间。

细草深含玉泪，繁枝满缀珠帘。待到娇阳红盛火，且看江山美画笺。莺飞蝶舞跹。

忆秦娥·惜缘（词林正韵）

开怀笑，手牵着手心依靠。心依靠，定格此刻，聚时将少。

今朝一别光阴老，愁肠百转如何好？如何好？相逢缘到，去时缘了。

捣练子·哀思（词林正韵）

桑梓水，故乡泥，楚地归来步步西。手把镫锄哀祖父，泪和黄土洒柔荑。

程杉丹

女，1967年生，黑龙江省齐齐哈尔市依安县人。曾为军人，转业后在依安县图书馆工作。中华诗词学会会员，黑龙江省诗词协会会员，齐齐哈尔市诗词协会理事，依安县诗词协会理事。大量诗词作品被《黑龙江女史十三家》收录。

七律·致逝去的青春

尤记当年初入伍，天真烂漫正青春。
军歌烈烈催壮志，号角铮铮炼丹心。
亦有拼搏凭热血，敢争荣誉为军魂。
戎装今日从头试，醉里依稀那个人。

七律·贺李成孝先生七十寿诞

烂漫天真是酒狂，执亲敬友美名扬。
乐享就在儿孙健，福报缘来老母康。
泼墨常如龙虎走，吟诗每把性情张。
古稀仍有拿云志，不老人生势正强。

七律·为中国共产党建党95周年作（新韵）

一丝星火起寒冬，冲破神州雾几重。
九十五年能尽瘁，七千万人敢牺牲。
革新网聚八方力，反腐刀清自体痈。
旗帜缘何多爱戴，所担大义冠青松。

瑞鹤仙·忆母亲

悲哉福恁少，尚年少朦顽，家慈忽缈。长哭送灵道，便喉咙呼破，有谁可晓？音容渐杳，寄梦里、重闻母笑。现如今、岁岁清明，空对满坟荒草。

凭吊，有哀无泪，却又如何，内心刀绞？亲不在，永难报！发斑人将老，痛思尤烈，斯病真无甚药。算只得、自爱珍惜，且当尽孝。

沁园春·荷

仙子凌波，翠盖飘摇，粉靥青群。原是瑶池景色，芝兰为友；普陀妙境，净水霖醇。天降风流，盈盈丽质，占尽人间六月春。暗香起，泄露芳痕影，怎不销魂。

偏生禅性真纯，更练得、纤纤无点尘。恁容妆浅淡，娉婷袅袅。濯污泥履，风骨独存。珍蓄阳华，兼收月彩，玉结清芬持赠君。多情处，待秋风夜雨，静结莲心。

程文冰

男，汉族，江西上饶人，1996年生，现居于南昌。

七律·颂明太祖

和尚布衣六尺高，奉天起义创明朝。
强军漠北击元寇，谋士山南定汉标。
减税扶农怀百姓，剥皮实草斩贪腰。
窗间流水千年过，太祖神威代代豪。

七律·记南昌

薄雾雨微荡锦帆，滕王阁耸赣江边。
瑶湖水浅荷花媚，梅岭山深松柏繁。
同饮三杯情脉脉，高歌一曲意绵绵。
白云万朵飞台过，今日心交岁岁缘。

七律·写留守儿童

家门寥落事悉苍，父母久别少锦裳。
朝落雨压千载泪，暮鸣蝉泣万年凉。
时挑丝野孤身灶，常想亲堂容对光。
归雁穿空临梦在，楚心故故小儿郎。

俞立辉

女，河北霸州人

初春

乡野醉春烟，枝头挂月寒。
霜凝花蕊泪，风起叶青残。

思君

无复旧琴音，思君泪一襟。
闲来空抚曲，何以慰痴心？

楚江闲鹤

七律·忆老屋

寒声几度拨心弦，思绪悠然入旧年。
饥鼠窥人龛有网，蓬门罗雀灶无烟。
曾怜白屋眠枵腹，重读悲歌仰圣贤。
远望豪居兴浩叹，黎民温梦几时圆？

永遇乐·东湖行吟阁

浩淼湖边，孑然屈子，吟向何处？寂寞长桥，萧疏阔岸，引我茫茫绪。紫苏金橘，渐成枯槁，可恼周天风雨。想当年、怀瑜沉梦，鹃啼半夜何苦！

如今只剩，粽香箬叶，夹岸龙舟争渡。霾雾横天，鼠蝇遍地，邦士谁曾惧？九歌绝响，春秋燕子，难剪忧思如缕。望天涯、招魂无计，孤云入暮。

八声甘州·衡阳陆家新屋

正西风吹雨过衡阳，江渚渐清寒。算平沙落雁，惯常到此，怕也难眠。犹记当年鏖战，老屋起硝烟。跃马横戈者，几个生还？

秋节有人赴远，置黄花烈酒，一酹游仙。对苍山碧水，却叹竹斑斑。睹弹洞、油然感慨，望长云、翻卷向天边。谁能道、无穷铁血，无尽悲欢！

（注：陆家新屋现为衡阳抗战保卫战纪念馆。）

楚龙吟

本名周少华。男，40岁，出生于湖北仙桃市。自幼酷爱诗词，尤喜苏、辛。

鹧鸪天

愁遣人来陌上归，关山万里枉凝眉。相思一片红笺诉，冷月三分粉蝶飞。

伤阆苑，叹寒微。中宵风露湿芳菲。分明一枕扬州梦，谁信孤鸿啼未回。

破阵子

拂了衣襟尘落，携来书剑相凭。杨柳初青挥袖去，长路崎岖踏雪行。江山任纵横。

莫笑楚人狂语，应怜振臂多情。南北三千知己在，一脉风流功业成。还余万世名。

七律·偶成

几回冷雨过芭蕉，茵席渠沟思望遥。
千里江南弹指事，一怀绮梦入风消。
流光倏忽惊霜染，壮志满盈任酒浇。
徒唤奈何挥袖去，且余块磊绕中宵。

七律·偶成

此生最羡是苏杭，谁令萍踪寄沔阳。
一马平川唯汉水，十年落拓止风霜。
地拥杨柳飘飞絮，鱼跃清波争未央。
漫卷书笺忽夜雨，又随思绪到潇湘。

诉衷情

开群揽士满堂欢，争赋好河山。取长补短殷鉴，更上一层攀。

须倚剑，莫凭栏。且登坛。放歌吴楚，踏雪昆仑，力挽狂澜。

鹧鸪天·乡愁

风舞蒹葭白露侵，残阳斜照入幽林。寒鸦惊起枯藤下，落叶飘飞流水喑。

舟万里，意千寻。有谁知我泪沾襟。鲈鱼堪脍双亲老，枉把相思和酒斟。

鹧鸪天

莫倚栏杆深夜听，相思两字易成冰。但随寒月移南浦，又见流星向冷萤。

伤远别，悔多情。哪堪短笛起长亭。惘然一片成追忆，只恨当年萧瑟名。

鹊桥仙

春山蹙损，相思人老，一入江湖鸥鸟。风吹雨落自珍惜，便擎伞，天涯渺渺。

望穿秋水，不觉昏晓，要睡如何睡好。中宵有梦最销魂，又恐误，音书渐少。

菩萨蛮

三千里地刘郎瘦，疏篱茅舍黄昏后。沙场纵横人，吴钩霜染痕。

分明耕种事，回首平戎字。笑把玉杯来，拭拂尘满苔。

小重山

又把凌烟曲子讴，纵横三万里，把吴钩。东南名动五十州。诗词续，唐宋挽风流。

萦梦绕千愁，醒来还一虑，上眉头，英雄多少老山丘。谁伴我，谈笑往登楼。

褚毅仁

本名褚建军，网名乡野村夫，号墨竹轩居士。现供职于陕西华秦农牧科技有限公司。甘肃省诗词学会会员，武威市老科技工作者协会会员，武威老科协诗词楹联社会员，武威诗词楹联学会会员，《武威诗词》副主编，曾任《红尘客栈》（网络）古诗词编辑，大学期间创办祁连文学社并任社长兼总编。作品散见于《甘肃诗词》《长江文艺》《荷花》《武威诗词》《西凉晚刊》《天马诗刊》《凉州文艺》等。

七律·花落满地

昨日娇红别绿枝，云愁和雨谢枯池。
蝉前裹树斜阳老，鲤下垂莲闭月迟。
物转盛春萧瑟日，事催寒鬓落潮期。
若临膨胀不思忖，便是人生隐灭时。

五律·游鸠摩罗什寺

云燕横空绕，烟侵烛鼎香。
梵音铺小径，紫阁锁长廊。
道是青莲苦，言尝恶果慌。
从来不结善，却怨鬓添霜。

七律·观花落有感

惨难摧枝叶发愁，病根若断落漂流。
艳期犹感黄泥浊，秋日总嫌绿骨柔。
欲在风中闲鼎脚，还需雨里苦仰头。
霜寒过后花无面，国破之时哪有楼。

五律·月下荷花

暮时晴雨定，向晚到重霄。
波静荷生艳，池幽月带娇。
香风遮不住，倦客远相招。
一抹清凉意，魂随左右飘。

五律·步杜甫《重题郑氏东亭》韵

湖烟散疏微，日落见斜晖。
拂柳驮云影，清风护蝶衣。
移眸观鼎沸，起舞忘当归。
响振鞭声处，惊巢各自飞。

鹊桥仙·七夕寄妻

星云垂暮，月华皎洁，眼里辉然映露。几重烟湿渡桥新，会于此，佳期暂聚。

唏嘘时短，瞬间即逝，无奈相逢噎语。相思说罢泪相同，共心结，情丝永驻。

鹧鸪天·写给文学启蒙杨玲老师

犹似春蚕吐细丝。霜添额鬓正当时。执鞭桃李赢天下，解惑风云输玉肌。

山陡峭，水透迤。人生恩重莫如师。当初浅草无颜色，今日青松竞万枝。

鹧鸪天·赠妹妹生日

柳剪斜风燕渡春。初秋丹菊感清新。枝前寒雨拾阶冷，镜里容颜伴月醇。

风飒飒，露熏熏。欲将浊酒醉红尘。执杯犹觉时光浅，总把耕耘嵌上勤。

川北雄鹰

本名唐大刚。男，大专学历，四川广元人。经商，业余爱好诗词。

五律·致娘亲

岁月染鬓霜，皱纹无处藏。
黎明收牧草，灯下补衣裳。
勤俭人前授，和谐邻里扬。
潜移娘美德，皓月洒慈光。

七绝·赏桃花

其华灼灼粉妆颜，枝叶夭夭布满山。
本是天宫长寿树，谁人妙手植人间。

七绝·戏题桃花

自古梅花抱雪开，今春六出拥桃怀。
谁人借与熊心胆？直与花魁争宠来。

（注：梅花有花魁之称，"六出"为雪花的别名。）

七绝·天鼓山

苍茫青翠势凌天，鬼斧雕成数里圆。
古往今来谁震响？闲云野鹤落峰巅。

七绝·清明祭父

（一）

一杯清酒敬墓前，不必殷殷把子牵。
三十年来慈母爱，当初小树已参天。

（二）

墓陵回望渐苍茫，泪别村头去远方。
拜托清风勤打扫，蝶儿代我送花香。

七律·汉王山怀古

名山久仰梦萦牵，徒步千寻觅史篇。
滚滚东河滔万古，森森汉寨立千年。
穷追项羽犹穿耳，鹿渡刘邦似眼前。
不是波涛拦楚勇，沛公未必踏峰巅。

（注：汉王山地处川北，楚汉战争古战场，有汉王寨。地方志载：“汉王败退，临河无舟，有鹿自山而下渡汉王入山。故山名汉王山，渡口名鹿渡。”）

浣溪沙·忆高中时光

携手花前共摘香，并肩柳下醉斜阳。如烟往事动柔肠。

几许心期轻错过，一丝蜜意细珍藏。流年难掩旧时光。

崔健

中华诗词学会会员，内蒙古作家协会会员，内蒙古巴彦淖尔市诗词学会副会长。磴口县作家协会主席、诗词学会会长。出版《寸草集》《泥径拾辙》《先锋儿女》《生命如花》等诗文集十余部。

草原那达慕“男儿三艺”（新韵三首）

赛马

六月风闲景正深，彩幡飘处鼓声欣。
骝骅飞跨羞云燕，鞭影斜摇没绿茵。
自古草原多壮士，由来马背待奇勋。
酒香乍在金鞍绕，直引长歌绾日轮。

射箭

骚动花痕共雨晴，长弓正怒挽成虹。
临弦箭上沾寒气，盘马坡头借劲风。
拨力千钧庸日乍，穿的一矢过鸿惊。
英姿抖擞腾格里，草碧千秋绝世功。

（注：腾格里，蒙古民族以“苍天”为永恒的最高神，汉语谓“长生天”。）

摔跤

赛场雷发呐喊声，英雄浩气入云空。
狂涛声里双山固，绿草波间二虎凶。
花浸江嘎流异彩，旗掀鼙鼓卷长风。
男儿正奋千钧力，扳倒这峰扳那峰。

（注：江嘎，摔跤手颈上所套五色绸制彩条，且彩条数量代表获胜记录。）

鄂尔多斯郊原拾句（新韵五首）

访杏树叶村

向阳疏草正摇花，峁后闲云绕柳家。
犬吠塘前风卷燕，溪鸣沟底浪推沙。
杏枝半掩村头路，菜垄斜接陌上麻。
更见列车频往返，冲开霾雾送来霞。

渔家乐聚友

夏日鱼庄柳峁西，歌弦杯影共荷池。
故友陶情追过事，新知执酒问寒诗。
一别黉舍遥云鹤，三秩秋霜化鬓丝。
深醉灯帘逢晚雨，几番蛙鼓梦成迟。

垂钓园晨钓

曙色新开柳影苍，鸟声四溅沸平塘。
霞浓情伴星漂绕，风煦丝摇潋滟长。
每让浮心沉静水，时将碧墨染闲章。
长竿挥去金钩闪，钓起天边一艳阳。

铁西公园晨吟

移将细步入园林，花乱双眸鸟悦心。
连匾香风熏肺腑，比肩绿影涨怀襟。
溪前鼓舞红翻浪，柳下剑缨髯挽春。
丽日蒸蒸天正朗，古城依是百分新。

晨游东胜郊原

轻披疏雨上东冈，葵影离离花正黄。
叶动茭林风擂鼓，鸡鸣瓦舍柳藏墙。
缤纷瓜菜收晨色，散漫牛羊逐草香。
丹青入眼何独赏，拂去浓霞邀艳阳。

丛守武

资深媒体人，独立作家。曾获海内外华人喜爱的“中国城市优秀诗人”(文化部下属协会、国际城市文学会等评选)。四川省国学文化促进会执行秘书长，四川省社科院中华儒学研究中心特约研究员，西南MBA俱乐部首席文化顾问，四川省成都市首届文联委员，四川省企业家摄影协会常务理事、副秘书长。

纪实文学感恩丛书之《人说晋茂好风光》获2012年四川省“五个一工程奖”特别奖。《把酒邀明月》获2016中华世纪坛原创诗歌中秋国际朗诵会奖。

误佳期·娶了诗词赋(新韵)

摘句寻章无数，颂遍秦齐越楚，总将美女比新词，仄仄平平苦。

忽见鬓如霜，方晓春情误，佳人如水向东流，娶了诗词赋。

巫山一段云·花颤玉玲珑(正韵)

好梦迷离处，方池桃更红。拨撩春水试东风，云腻溢香浓。

古瑟异端弦动，寸乱三音两弄。琴莺萧凤不堪同。花颤玉玲珑。

江城梅花引·玉兰又落(正韵)

姣姣玉树冷迎春。寂无闻，落无闻。心瓣难收，各自坠纷纷。去日今朝曾又似，前年树，后年花，别个人。

别人，别人，逝如云。是伤神，是伤魂。罢了罢了，罢不了，觉醒惊晨。绿衣白巾，洒泪地无痕。陨落春雷纷乱滚。摇碧柱，撼它身，痛我身。

江城梅花引·菡红梅落(正韵)

清风难去满天尘。却昏昏，又昏昏。独对佳人，将醒却持樽。人际几多烦恼事，不如意，怎由心，谁个闻。

关门，闭门，谢人神。菡如云，红袖跟。落也落也。落雁阵、春复何人。长醉梅乡，好待醒时晨。几度伤悲强忍痛。移席枕，梦觉时、泾渭分。

解花语·玉兰又开(新韵)

西窗映雪，又见兰君，含笑花如故。旧情相诉。别无恙、频举玉杯持住。骄姣哪顾。风尚冷、慢宽衣裤。只为何、相伴无人，似去年孤苦。

梦里晶花碧树。是知佳人到，长夜轻寤。卷帘开户。银光曳、仙子驾春飞度。星云让路。心未竟、去年情愫。相见欢、笑舞熏风，任教行人妒。

春熙美女赋

国有美女，美在春熙。濯锦玉人，拂动一江锦水，江阿扭扭细腰嫩；浣花纤指，弹溅半溪妍绿，曲水漾漾眼波横。文君当垆，酒香不敌诗馨，千古乡醉；薛涛制笺，校书终集洪度，百世铭文。漫道嫘祖武媚为君，还数花蕊良玉临阵。斯美人，魂萦春熙又潜替；适娇娘，神附美媚重现身。

熙来攘往如春登台，流光拽影似萤耀庭。楼迎南北闻香客，路送西东掠艳人。椒兰汇流波潋滟，桃杏簇锦光烁金。裙裾翕动满街君子心脾透，香肩微颤一路行人耳目停。短裙不掩蛮腰留白处意到，小袄偏突襟胸墨酣处情浓。花想霓裳人想容，棠红梨白各不同；行如流水过如风，前看似云后像梦。

口吐嗲音，并非装腔作势，姿摆杨柳，倒是小鸟依人。身不在高，有情则灵，黛不在深，有才则名。柔情似水美食喜欢水煮，性喜麻辣只因处地如盆。宜家宜室嫁鸡随鸡相夫教子，说干就干想唱就唱一晌干云。成都春熙，美女河汉竞飞度，春熙美女，自古蜀都第一锦。

竹节赋

虚心劲节，是以为竹。竹若无节，无以致虚心，人若无德，无以致进取。竹节劲拔不以势居于端，是以节节上升也；君子德高不以恩迫于人，是以日日望重也。

节之初长于尘土，默默不求闻达；德之始养于精魄，谦谦不求彰显。志在凌云，深埋于幽冥，意在冲天，含诟于九泉。食废饮污乱石相撑，曲意为筋鞭；忍辱负重杂无纠缠，破土成春笋。劲节也！

迎朝霞，承玉露，闻晨钟；沐春风，钻新天，听金鼓。婆娑也摇曳，簌簌也歌吟，是劲节环环相加也！

撑晴空，呼风雨，染丘壑；揽白云，招彩虹，靓山河。挺拔也扬眉，舒舒也吐气，是劲节层层相叠也！

今人问，何以为济世之德？竹节也，君子之德也！

崔宝寅

男，汉族，滕州市人，离休警官。中华诗词学会会员，山东书画学会会员。曾任滕州市诗词学会副会长兼秘书长。著有《吟趣轩诗钞》六卷。作品被收入《中华诗词》《中华当代律诗精选》等40余种书刊。

一剪梅·重登崂山

轻驭飞车天地间，重登崂山，飘逸如仙。清风岭上翠禽喧。曲水潺潺，峰峦流泉。

汉柏唐榆虬匝蟠，海天无限，殿阁凌烟，太清宫畔药草原，绛雪枝繁，香玉垂丹。

（注：汉柏、唐榆、绛雪、香玉是崂山名贵花木。）

浪淘沙·夜雨抒怀

风细雨潺潺，吟兴阑珊，翠筠流韵有无间，邻舍灯火明灭处，锦瑟轻弹。

启户觉衣单，破晓生寒，沙堤苔碧柳舍烟。轻拂柔枝沾袖湿，蝶梦谁边？

金缕曲·泉城忆旧

一别沧桑又，再相逢，楼台异昔，翠篁依旧。遥想当年牵卿手，时有暗香浮袖。鹊桥畔，悄谈良久。待践来春红豆约，奈若何，又负知心友。谁共酌，一杯酒。

泉城美景山河秀，倚栏望春花秋月，画桥杨柳。寻觅芳踪浑无处，谁采蘋花同嗅！廿载过，心期记否？海誓山盟今难就。写相思，款款消长昼。啼杜宇，惊春瘦。

望海潮·结伴登泰山观日出

一勾残月，村鸡报晓，长空星斗光华。东岳独尊，登高远眺，明珠点缀人家。轻雾绕天涯。嬉笑观日出，相倚琼崖。遥望瀛洲，红黄绚烂景尤佳。

彩霓绮丽堪夸，海涂金缕动，赤似丹砂。朝日皓然，光芒四射，春晖照彻中华。揽胜意犹赊。小憩评香茗，漫赏奇葩。妙境催余拈韵，莫让日儿斜。

水调歌头·游黄山

傲世任潇洒，携侣上黄山。翠峰拔地摩天，顿觉出尘寰。瑶草琼花绚烂，瑞木珍禽翩跹，峭壁古松蟠。踏上光明顶，心到玉屏前。

赏怪石，探云海，浴温泉。天都峰顶东望，缥缈现桃源。胜景鳌头独占，邀得嫦娥为伴，底事羡神仙。果是风流客，联袂共登攀。

念奴娇·华山游

东方将晓，晴光无限好，趱华阴道。踏上名山，山峻峭，危岫嵯峨奇妙。霞耀苍松，烟漫叠嶂，玉女萧声缈。南峰耸立，笑看红日高照。

攀上铁索云台，心游何似？欲乘春云绕。又为华清池畔客，浪迹莲花评诮。韩愈投书，流传千古，莫叹佳话渺。倚朝阳石，静听游子长啸。

金缕曲·三游骊山

——曾三赴骊山温泉疗养，感受颇深，今撷一鳞半爪成词以志之。

一笑卿知否！想当年骊山道上，漫歌携手。三赏华清楼头月，悄采鲜花共嗅。便富贵何如诗酒。舞罢归来人散去，听鸟鸣，莫负黄昏后，谁共饮，忘年友。

乾坤朗朗山河秀，几多人剑倚西风，笔惊南斗。闲话唐宫风流事，汉武秦皇成就。俱往矣！何堪回首。乘兴吟哦温泉畔，太液池，洗濯凝脂皱。君漫唱，折杨柳。

高阳台·泉城寻梦

烟锁明湖，山留夕照，泉城断梦还寻。柳岸飞莺，依依花港春深。昔时携手谈心地，感人间岁月骎骎。最难忘篱畔呼侬，追逐疏林。

重来已是朱颜换，怅三生石在，往事消沉。小立长堤，怕惊旧日孤禽。关情总是拈花面。倩何人，乞借花阳？望楼前，烟水迷离，谁解予心。

崔峰

女，青岛人，化学分析工程师。业余爱好文学，喜欢创作古诗词。

七绝·迎春三月

骀荡东风竟日忙，催来岸柳弄新黄。
万千欢喜难成句，坐等花开入户香。

七律·童趣

娇娃那日当年幼，乡下随行度暑天。
昂首公鸡欺客小，挥杆大圣斗禽坚。
男儿有志生龙胆，童少无心比剑仙。
今刻回眸双十载，旧情历历弭尘烟。

七律·读《温一壶月光下酒》有感

山似东墙风似水，月华煮酒斗参陪。
佯拼大醉刘伶计，又做深思李白才。
出岫云中寻小隐，落花香里悟轮回。
等闲四季从容度，休问浮槎去与来。

如梦令·夏夜

别忆当年书院，月夜歌珠成串。兴尽倚池亭，莲朵欲张还倦。迟返，迟返，闲等露凉人唤。

一剪梅·夏日风情

有信南风过女墙。捎得槐香，捎得荷香。柳荫影里坐方塘。原是阿长，闲钓杆长。

波动云摇潋滟光。鬓也清凉，心也清凉。不输高阁状元郎。水作诗章，月作词章。

青玉案·冬夜怀故人

连阴冻雨三更透，不成寐、凝思久。鲁北今当新雪骤。问伊安否？春来别后，又见梅花瘦。

诗中最怕江南柳，折做离愁梦中旧。拟作归期当数九。冰花题字，红茶当酒，共聚青溪口。

青玉案·客里仲夏

等闲新雨清凉遇。恰暑日、香醅煮。小脍杯双齐举箸。悠闲味道，呢哝俚语，争似家山住。

依稀已忘君峰路。三载光阴跳溪去。浪里生涯知几许？沙鸥踪迹，东坡情趣，长短阑珊句。

暗香·梅花

无邀遇就，正湘湖波皱，微风摇柳。一脉寒香，拂去还来湿衣袖。凝目林中小径，见粒粒、红苞苏绣。恰故人、雨霁乡关，半盏洗尘酒。

久久。不堪走。恨客里江南，不分昏昼。雪中数九，浑作华胥梦中有。还记长安宴否？折新枝、樱唇轻嗅。漫戏言、输六出，比还清瘦。

崔连民

祖籍山东蓬莱，九三学社社员。中华诗词学会会员，内蒙古作家协会会员，内蒙古书法家学会会员，赤峰市诗词学会理事。

秋夜杂咏

卷帘犹见月飞霜，轻挑瑶琴寸断肠。
夜雨秋风荷影乱，鲛珠纷落绿裙扬。

中秋忆江南

桂魄穹苍洗一新，由来千里共天轮。
匀开宿墨参清影，醉写芙蓉寄尹人。

游外翰第题梅

败瓦颓墙小弄深，含羞粉蒂北庭陈。
无情最是梅阴雨，摇落繁华香履痕。

崔泮功

汉族，1946 年 2 月生，山东省寿光市田柳镇人，政工师。1964 年参加工作，1966 年 3 月加入中国共产党，历任寿光市田柳供销社、田王联社文书、团书记、办公室主任、工会主席等职。退休后系寿光市诗词楹联协会理事、中华诗词家协会理事、中国国学研究会研究员、改革出版社编辑部特约撰稿人。

五绝·荷湖

湖水亮如银，鸣蛙叶内蹲。
荷花凝目望，舟内画中人。

七绝·蝉

洞中修炼暗无光，夏暮出山奋战忙。
蜕变黑身赛歌会，此伏彼起乐声扬。

七绝·螳螂捕蝉

饮露鸣蝉歌正浓，螳螂巧展捕捉功。
机关算尽未曾料，黄雀盯梢后手行。

七绝·夜舞

解下围裙去健身，超俗舞曲醉乡亲。
婆媳恋上群兴事，扭动腰肢笑影频。

七绝·小路

经年小路笔直伸，黎众汗滴三指深。
朝去暮归无穷尽，步移景换笑声频。

五律·赠别

同窗共雨风，岁月伴君行。
毕业今朝泪，话别昔日情。
知音常挂念，电脑代飞鸿。
异地展才华，争先永不停。

五律·感恩

人皆敬圣贤，德孝善为先。
坐享天伦乐，常思父母艰。
余辉临晚境，冷暖挂心间。
后嗣知恩报，终身美誉传。

七律·农家小院

庭院果蔬翠色凝，品多量少景观浓。
房前蜜枣枝头挂，墙后石榴笑脸迎。
盛夏黄瓜芸豆坠，隆冬蒜绿韭黄生。
春秋巧种稀奇菜，四季常青邻里融。

崔寿伟

男，江苏建湖人。中华诗词学会会员，盐城作家协会会员，世界汉诗协会会员，《青年作家》签约作家，建湖艺文社芦沟《蒹葭诗声》副主编。

1989年开始发表作品，20多年来勤奋笔耕，在《人民日报》《阳光》以及广州《诗词》、泰国《中华日报》等报刊发表作品数百篇（首），编著有《挥不去的人生》《古稀唱和集》《秦晋缘》《露雯吟草》《守望家园》等。

答樊兄

久违长念友人情，相晤今朝倍觉亲。
兄问终身何选择，梅妻村妇最知音。

访王君故居

随君拜访故居行，兰室而今气化灵。
解得琴声含惬意，浓情淡叙语津津。

戏赠爱妻

半人时髦脱俗襟，从兹朝暮伴卿行。
瞪圆媚眼秋波漾，咬碎银牙咀嚼情。

新婚偶成

桂枝香溢烛花妍，伉俪交杯胜蜜甜。
对镜双开莲蒂并，临窗一笑月人圆。
恩恩爱爱齐眉案，鲽鲽鹣鹣百世缘。
红叶题诗成过去，相期碧玉出蓝田。

插秧村姑

横看成垄侧成行，巧似天孙织锦裳。
纤手双双裁杼柚，碧波漾漾戏鸳鸯。
怀春姐姐言归宿，打趣姑姑闹洞房。
农事催人婚事到，泥巴俏脸吻情郎。

人情叹

往来礼尚两戕伤，看似殷勤实砒霜。
请柬送临如索债，薪金才领早倾囊。
刚逢嫁娶刘孙杜，又贺乔迁赵李王。
数额年年趋上涨，腰包掏尽脸拉长。

崔杏花

夏夜游荷池

毕竟不成眠，寻凉菡萏边。
萤从草尖亮，月向水心圆。
一片星辉里，几声蛙鼓前。
来生如有幸，许我作青莲。

秋日抒怀

谁遣秋光入画图，红黄点染万千株。
花开烂漫吟金蕊，叶落翩然看井梧。
已共桂香消月夜，还将心事寄晴湖。
而今我若寻幽去，可与西风一醉乎？

（注：金蕊指菊花。）

生查子·中秋夜题

有月淡如霜，有夜凉如水。寂寂小楼边，隐约歌声起。

谁把桂花香，洒入清辉里。皎皎梦之光，照澈心之底。

浣溪沙·纳兰词

应是秋宵月一弯，烟光浅淡水轻寒。清幽恰与倚栏看。

一种深情成雪色，十分惆怅近眉边。于无人处最阑珊。

浣溪沙·夜坐

坐到心怡夜更幽，小窗灯火影双留。红尘深浅一回眸。

笑我诗中无蜜字，知君眼底有温柔。春风又上月边楼。

清平乐·甲午岁末感怀

眉间岁月，翻去如书页。心事年来成一叠，入了晶莹词阙。

梅花香到江南，春风敢不来探。清雪消融时候，吹成一碧天蓝。

浪淘沙·夏日幽怀

又见藕花鲜，稻海波翻。牵牛依旧上围栏。怎奈轻风吹雨过，湿到眉边。

思绪总无端，乱了还缠。流光如水指轻弹。几许天真成世故，不是从前。

临江仙·秋窗填词小记

看雁飞成秋色，听风抚过芸窗。偶将一阙试新凉。笔端三两字，心上万千行。

渐渐已无佳句，闲闲总是时光。小楼人带菊花香。惟思云淡淡，不计雨茫茫。

一剪梅·荷塘月色

叠翠层层映月光，玉影披霜，暗洒幽香。轻风带水舞霓裳，娇也难藏，媚也难藏。

一曲笙箫韵也长，赋了新章，润了柔肠。三分诗意半分凉，淡了红妆，浅了青妆。

崔新玉

男，1952 年生，1982 年毕业于郑州大学中文系，从事新闻工作 30 年，为开封广播电视台主任记者，退休后从事诗歌创作。

鹧鸪天·赠英格兰球迷

折戟沉沙恨未消，欧罗又见战旗飘。英伦已失追风少，世界惊闻圆月刀。

风惨惨，雨潇潇。开山鼻祖缺英豪。今朝师出逢冰化，何日绿茵独占鳌？

（注：球场平仄虽对，不如绿茵有诗意。）

鹧鸪天·赠翦翦风

岳麓楚材休自夸，中原奇女隐长沙。满山红叶诗声远，学院黄衫人胜花。

消醉意，品新茶。华年书剑走天涯。词仙笔下情千种，曲水流觞亦我家。

七绝·中秋赠记者朋友

当年兄弟醉东京，笔走龙蛇名满城。
明月几番升海上，古筝一曲慰平生。

七绝·登滕王阁

滕王阁内尽诗歌，伤世感怀文士多。
时代潮生千迭浪，沉浮谁主万年波？

七绝·赠庐州才女宝茜

三河水碧柳丝青，旧宅虹桥入画屏。
遥望白衣人胜雪，清音一曲绕乌篷。

七律·清明吊比干

大厦将倾乱象临，暴君空负老臣心。
剖胸明志惊天地，取义成仁泣古今。
淇水汤汤化碧血，岩泉汩汩润丰林。
西风落叶河南路，一曲悲歌泪满襟。

（注：比干遗腹子隐身山林，后周武王赐名林泉，也叫林岩，当今闽台林姓，尊比干为始祖。）

七律·象棋与历史

鏖战鸿沟斗项刘，楚河汉界结深仇。
双炮震撼山河动，万马驱驰草木愁。
破釜沉舟将士勇，弃车脱险良相谋。
骁兵悍卒围垓下，韩帅终诛霸王头。

（注：这首诗把各种棋子和历史融于一体，妙趣顿生。）

七律·李师师

磬鼓笙箫漏夜鸣，灯前纤手破新橙。
天生媚骨官家喜，误入青楼俗物争。
亡宋岂关优女事，昏君枉负子民情。
风流遗恨靖康日，怅望狼烟五国城。

崔战胜

男,82岁。

五绝·赞模范法官朱正栩

两袖清风在，一身正气挺。
明察纠怨案，众赞女包公。

五绝·葵花颂

害丑昙花短，茄开往下栽。
独葵盘苑正，烂漫向阳开。

五绝·赞居室梅花图

风雪一枝俏，似觉幽暗香。
东君无助意，翰墨绽馨芳。

五绝·林营桃花林

三春阳气升，诗友采风行。
遥指花开处，醉晕耄龄翁。

七绝·写诗(新韵)

写诗方晓写诗难，几度修编不为篇。
待到登高悬险处，眼前一亮尽青山。

五绝·导航仪（新韵）

万里陌生路，曾多岔道通。
及时提个醒，心有照明灯。

五绝·嫦娥三号奔月

久有飞天梦，嫦娥上大穹。
巡天鹰眼智，探秘外星琼。

D

大废柴

本名何先富,江西星子人,29岁,,钟情创作抒情诗。星子县落星文学社会员。

七律·次韵《星星孤城·自嘲》

孤城巷陌人单影，老树街旁候夕阳。
陈涉尝耕思富贵，仁坤革命满彷徨。
春风有意桃花地，岁月无声葬梦场。
坐把旧时翻覆尽，一江碧水映苍茫。

五律·与青衣

烟云蒙柳絮，午夜起相思。
闭月羞花貌，沉鱼落雁姿。
春风流水去，孤影剪灯迟。
可恨初逢识，青衣覆玉脂。

代云飞

笔名云淡风轻,男。古诗词爱好者,2015年开始学习诗词创作,主要从事自动控制理论及其系统研究,高级工程师,现居咸阳。

七律四首

（一）

梨花带雨赋清词，吟唱红尘那段痴。
犹记当年携手处，何堪今日断肠时。
似歌岁月忽忽去，如网情缘密密织。
独立风前谁念我，难描满纸是相思！

（二）

浮生若梦不言多，岁月沧桑任砺磨。
弹去韶华皆妙曲，携来雅韵尽欢歌。
功名利禄无需论，成败是非莫要说。
挥洒红尘俱大爱，心中常驻一尊佛！

（三）

菡花香处泛轻舟，谁荡碧波忆旧游。
浊酒犹闻萧下曲，清音难寄水边楼。
深情款款思前事，暗恨凄凄捻近愁。
绿瘦红肥终是梦，何如浅墨共春秋？

（四）

鬼使神差走进她，诗歌雅韵伴年华。
佳人逸兴谁堪比，墨客高才我欲夸。
难借脑汁去弄赋，却因作业乱涂鸦。
当惜此苑无俗趣，沉醉只须半盏茶！

戴爱琴

笔名秋颜素心。江西省作家协会会员，江南诗词学会会员。

蝶恋花

缭绕清音情已堕。滴水秋声，脉脉萦江左。薄醉难酬犹似可，柔肠负累真如锁。

暂拟素笺同唱和。且约来年，曲岸荷香卧。聊共疏狂舟上坐，烟波深处沧桑过。

浣溪沙·秋老虎

鸟倦云停草树咽，蝉嘶力竭乱秋弦。芙蕖顾影自轻怜。

望尽长空寻过雁，拈来淡墨写蛮笺。何时天意到人间！

巫山一段云·寄怀

滴雨声声脆，和风念念痴。劳君相赠几回回。欲说已无词。

叠叠兰襟意，层层般若思。莲华出水向菩提。云色涤尘时。

鹧鸪天·女人节寄慨

燕啄新泥柳欲飘，桃红梨白竞妖娆。一帘烟雨江南媚，几朵心花梦里娇。

求正解，去牢骚。聊从片纸得逍遥。流光易逝情难老，且看春山翠袖招。

七律·无题

盈盈莫罢生花笔，待与清禽玉笛长。
雨过落梅应满袖，春来社燕已回梁。
冯唐易老栅栏瘦，流年难安绿绮殇。
只向云边争白昼，闲愁无意赋群芳。

戴朝阳

男，山东金乡县人，现供职于成武县档案局，公务员。国家、省市诗词学会会员，成武县伯乐诗社副社长。作品发表于各级刊物，并在全国诗词大赛中多次获奖。

阮郎归·泉城生日约发小

竹篮草帽绣花襦，盈盈戏浅湖。家家比试巧工夫，斗输神色沮。

星下柳，酒边菰，轻歌绕紫庐。漫将往事用心梳，倾杯点滴无。

过荆轲庙不人

荆轲遇害，高渐离收其遗骨葬于鄄城，今在孙膑旅游城内，四周花树环绕，郁郁葱葱，香风袭人，不得一丝慷慨悲壮之气。余欲奠之，余悖奠之，终从羊左墓前离去。

从来燕赵多悲士，怎认花乡做故乡。
辜负坟前千叠土，清风满野拂空梁。

赠李士新先生

道眼归来长远游，翻然夜去立班头。
千峰圣德飞南海，万里灵符解北流。
把酒鸡鸣三更月，听钟烛尽一孤舟。
澄江冠带留青草，换尽闲愁懒上楼。

贺成武武警中队荣获“基层建设模范中队”称号

小城春日柳初摇，喜报飞来古县骄。
肝胆铁肩担道义，忠诚碑石矗云霄。
丹心共建强军梦，热血传承爱国潮。
二十一年真本色，全营将士尽高标。

贺清风读柳芳辰

驱驰奔大丰，初识玉玲珑。
草褐麋鹿集，天高仙鹤翀。
火云衣袂紫，灯影酒杯红。
读柳清风绿，丝绦舞碧空。

枯枝牡丹芳辰贺犹未迟

殷殷待同道，冽冽候寒风。
忽过莎翁镇，酣游美大丰。
情怀系仙鹤，诗赋会文雄。
期许曹州府，春光迎日红。

和赵统斌老师中秋贺词

春风秋雨自逡巡，景物偏随远路人。
长顾窗前这袭月，清辉早已透层云。

伯乐诗社十周年庆兼贺《古郜新韵》付梓

心胸齐碧旻，笑语漾嘉辰。
云路清风远，簪黄幽院新。
填词酬雅客，煮酒就芳邻。
特特平生志，文亭又一春。

戴理静

男，1920 年生，广西永福县三皇乡人。18 岁考入柳城师训班学习。先后任教师、校长、辅导主任、乡税务所长等职。解放后在百寿县中渡办事处工作。平生爱好诗词，是广西桂林永福县诗词楹联学会会员、柳州诗词社顾问，著有《敝帚》《秋声》诗集。

车过金竹坳

一山高耸向天横，金竹嵯峨久誉名。
叠翠奔腾逐浪急，高天飘渺过云轻。
临绝恍听仙家语，驰骋唯闻风啸声。
回首方知来路险，夜残犹自梦魂惊。

初入桂林

堪笑蛙居井底天，桂林处处焕新颜。
我今恰似刘家姥，境幻尤殊贾氏园。
水秀山明如宝岛，花香鸟语胜桃源。
昔时旧貌随风去，盛世人民恍似仙。

有感繁华

暌违桂郡数旬年，目睹繁华意黯然。
草野三餐犹叹歉，豪门百味尚嫌酸。
豪华奢靡争逐互，漫舞轻歌昼夜连。
同处尧天歌舜日，何其冷暖别天渊。

桂林风光

扶藜柱杖桂林游，绮丽风光醉眼眸。
盏盏华灯明似昼，只只画艇恍如鸥。
千寻瀑布垂楼宇，万座奇峰倚埠头。
好景眼前观不尽，此身已置美非欧。

吊八百壮士三将军

巍巍墓塔雄，千古仰高风。
保土身躯献，心怀一片忠。
彼倭输海隅，我自傲居东。
雪尽百年耻，泉台堪慰衷。

戴万民

女，1953 年出生，江苏省沭阳县工人文化宫退休干部，1986 年加入江南诗词学会，2011 年加入沭阳县诗词协会。

五律·退居乡村乐

尘沙落满头，抖散几多愁。
蛋炒园栽蒜，豆焖煲煮粥。
毫书大地美，琴拨信天游。
有道乡居乐，班中无处求。

临江仙·田园生活

田里红椒绿果，院中药草鲜花。荷锄种豆醉吟家。联欢短笛奏，庆典二胡拉。

墨染楹联字画，襟沾猪粪泥沙。炮车对弈

泛朝霞。读耕堪至老，清白乐无涯。

清丽双臻·作客牧民家

古朴传神韵，风情万种透温馨。下马迎宾银碗酒，烤羊助兴马头琴。作客牧民家，奶香甜入心。

歌婉转，舞精神。岁月含情施善美，人生无悔保纯真。清丽同吟如梦令，双臻共享沁园春。

清丽双臻·草原之吻

遍野牛羊壮，天蓝地绿草如茵。好运云端轻下载，祥和盛世入“微群”。避暑胜山庄，观光红日喷。

人笃厚，水清纯。古道驼铃催意志，燃情篝火暖身心。海角天涯游到爆，草原之吻最精神！

鹧鸪天·同学聚会

三月阳春暖意浓，欣逢聚会友情融。重提助学工农课，难忘伴书语录风。

从年少，到龙钟，几多壮志竟成空。苍苍白发休涂黑，湛湛蓝天夕照红。

西江月·久别情深

久别难知步调，重逢忆起儿腔。有缘姐妹叙衷肠，总惹诗情酝酿。

经历沧桑四季，迎来盛世阳光。勤劳致富奏华章，助兴浅吟低唱。

七律·初玩手机游戏《消灭星星》

睁亮眼睛拣大吞，沸腾过后是形侦。
目标锁定出奇手，挑战通关点匠心。
暗暗几经想作罢，明明反复再三拼。
谁知诱惑已忘我，老少鼾声发止音。

七律·储宁学书法戏作

门面且开攻字关，暑期书法帖临颜。
朝欧暮褚难成就，字散家分轻易搬。
泼墨无形力未到，出锋少劲足蹬闲。
严师指点加勤练，心静手灵步步攀。

戴绪信

男，1937年6月生，湖南省岳阳市人。1961年毕业于中山大学历史系，任教于岳阳市一中，中学历史特级教师。曾任湖南省中学历史教研会副理事长、岳阳市历史教研会理事长等职。现任《洞庭诗社》社委，编著《稼润吟稿》《中国历史诗联导读》《抗战诗联精选》等，曾获第四届全国“民族魂杯”诗词大赛一等奖等。

七绝·外滩之夜

大江入海跃长龙，引领潮头唱大风。
两岸高楼幻瀑彩，万千气象画图中。

七绝·金茂大厦

忽地凌虚放眼宽，银河光灿落人寰。
天风浩荡江摇影，紫气东来壮大观。

七绝·宋庆龄陵园

母爱深深仪态敦，家国忧乐正凝神。
黄花淡雅高节美，翠柏森森护毅灵。

古风·朱家角

地偏远闹市，清境净嚣尘。
古镇名遐迩，景物最宜人。
绿水绕烟霭，扁舟系柳荫。
小街麻石路，游人接踵行。
家居洁素雅，庭院百卉欣。
海产味鲜美，苏杭丝绸珍。
酒肆游客满，茶坊吴语亲。
邮亭传古驿，石桥旧貌新。
港汊似蛛网，天涯若比邻。
黄肤间碧眼，画舫溢友情。

篙师话今昔，荒野变新村。
暖暖日西下，流连意温馨。

古风·南京路漫步

徜徉南京路，中华第一街。
百业千家旺，商贾八方来。
窗橱新款式，楼饰幻霓彩。
名牌货琳琅，土产列满台。
摩肩人流涌，欣然进天堂。
撩眼色香醉，嚼味细品尝。
高档服饰美，靓妹试新妆。
球鞋轻且软，帅哥量短长。
闲步逛书市，淘金掌故多。
百年兴衰史，开埠夷舰泊。
十里洋场恨，万民血泪河。
雄鸡天下白，梦圆当高歌。

戴学文

男，72岁。中华当代文学学会会员、理事，北京华夏博学国际文化交流中心会员、理事，中国国际著作家协会会员，湖南省诗词协会会员，湖南岳麓诗社会员，沩源诗社副社长、主编。创作的诗词已荣获国际大赛金奖、一等奖，荣获全国大赛特等奖、金奖、一等奖。获奖作品已分别载入十七种全国诗词大赛作品集。被授予中华诗词特级著作家、中国当代实力派诗人和中华优秀诗人词家。

七律·岳阳楼赞

洞庭岸耸岳阳楼，劲楷雕屏誉五洲。
彩瓦琉璃檐凤角，金梁翡翠柱龙头。
仙梅阁灿苍松拥，玉醉亭辉古柏稠。
一色水天连雅韵，无边风月锦粼留。

（注：雕屏：清代大书法家张照用楷书所写的《岳阳楼记》。主楼右侧有仙梅阁，左侧有玉醉亭伴。）

七律·苦命打工人

背井离家落远乡，修桥筑路建摩房。
攀危踏险提心胆，宿陋餐残伴相汤。
块票张张凝血汗，单衣件件浸冰霜。
年来但望工钱发，养子陪妻孝老娘。

七律·父亲节，女儿送我一束花

荣儿敬重感情深，赠我鲜花一束金。
苦累耕耘传美德，艰辛养育得佳音。
眠冰鲤跃存仁义，卧枕衾温奉孝心。
孔孟忠魂芳百世，宗恩浩荡泽光明。

（注：眠冰鲤跃：汉朝姜诗孝母，冬天睡冰上，鲤鱼跃出，奉母。卧枕衾温：汉朝黄香孝母，先把床睡热，再让母亲睡。）

七律·水乡情

一片清洋靓丽华，欧翔鹤舞璟无瑕。
峰沉碧水鱼思树，柳影清湖鸭恋霞。
秀暮莲花香百里，蓝天月色照千家。
风帘翠幕波光荡，满载归舟赏美茶。

七律·人情

在世无谁不做长，筵邀宴请酒慌忙。
朋婚友寿均皆顾，北丧南婚尽到堂。
往日斟亏今日账，辰时吃借酉时粮。
人情设法图光彩，打胖脸皮称好强。

鹧鸪天·滴流痕

鉴古观今醒悟中，几人能有百年红。星沉冢墓三更鼓，日落庵堂午夜钟。

朝累累，夕匆匆，平生憾似采花嗡。含辛励苦成泡影，死后何曾梦一空。

青玉案·颂贤妻

姻缘美满人生幸，共船渡、清贫境。苦辣艰辛磨热冷。无休劳累，操持家政，妩媚温情映。

秋余载相依命，育子培孙苦心盛、俭素华年如月靓。荣宗为律，贤妻吾镜，品德人皆敬。

金人捧露盘·《梦情》怀

泪凄旋，曾为爱，断了联。念往事，来去云

烟。痴颠友谊，泪流深痕也奈何天。爱心愚念，纵使伤，情义瞢然。

声声语，涟涟血，慌寂寞，梦悲寒。热蜜冷，苍变容颜。冰山阻隔，你我良缘已断琴弦。不见音复，戏红尘，毁诺衷言。

水调歌头·古稀抒怀

竹马哪时再，花轿几重还。古稀悄悄临别，白发掩红颜。劳碌艰辛痕泪，执教炎寒卌载，薄命似云烟。富贵远离去，笑戴艳阳天。

学子灿，儿孙孝，桂妻贤。荣闲故里，平安度日画诗篇。休探炎凉非是，明月清风依我，人世几悲欢。旧屋残茅宿，好也伴余年。

但福军

字铁目恨，号浮萍。汉族。四川雅安汉源县人，生于1974年9月。初中文化，自学成才。汉源县作家协会会员。中诗会会员、作品在《东方》《现代诗歌》《最汉源》及网刊《大连文学》《伊犁锐角》《诗韵社》发表。现居伊犁，是伊犁哈萨克自治州兰客轩文化传媒有限公司成员。

七绝·重阳拾遗

千万诗情醉月台，一杯浊酒暖胸腮。
秋风含雅重阳至，只盼春晖紫燕栽。

七绝·思乡(压尤韵)

扁舟一叶镜湖游，半月残芽耀九州。
异域别居无酌趣，琼浆满盏已深秋。
边陲辞故成乡客，此际胸襟涌句愁。
湖面不知寒露至，可寻鸭鹭碧方柔。

游西湖(压东韵)

待客西湖疏雨中，游人灵隐紫烟逢。
遗风难说断桥事，笑观莲蓬锁晚风。

邓安国

五律·重阳赋

中秋丹桂香，九九又重阳。
玉露萸枝翠，薄霜菊蕊黄。
清溪求雅趣，登顶赏风光。
爱唱夕阳曲，神怡心体康。

五律·红旗渠颂

红旗渠畔行，碧水起琴声。
营造富民路，山间腾巨龙。
绝崖弄清影，白鹭舞天风。
应是国魂铸，来源黎庶功。

七绝·赞枸杞树

树青叶绿入云宵，细细万条春弄娇。
枝满花羞翠遮面，果红串串坠弯腰。

七绝·踏青

杨柳依依醉暖风，清明节里去踏青。
举头丽日蓝天下，三两纸鸢妆汝城。

七律·乡间叹咏

遥望远山美如画，桃花深处有人家。
潺潺溪水汇江海，郁郁清香入彩霞。
秀美奇峰如墨画，红枫迎客绽芳华。
观光漫步最佳处，景色怡人在顶崖。

邓炳林

2005年毕业于河南师范大学文学院汉语言文学专业，在宝丰县一高任教至今。爱好诗词，写作不辍，多次获奖。

七律·桃花林小憩

停车径向深丛去，苦觅春光惜岁华。
雅韵幽香销世虑，熏风和气孕仙葩。
轻摇簌簌枝飞雨，星散莹莹地笼纱。

最是临行心羡处，桃花林畔有人家。

七律·携稚子踏春有感

绿野繁花皆赏遍，行行携手不知疲。
天高与父同遥望，地阔随儿且戏嬉。
眉眼初开神近似，形容尚小影参差。
一朝稚子鸣于世，不叹清霜染鬓丝。

七律·白龟湖春行

竟日奔忙意索然，偷闲缓步镜湖前。
波平杨柳浮云际，水暖鱼鸥戏浪边。
碧草遥彰春意盛，柔枝近挽客衣单。
沐熏风赖东君主，沉醉生生化育天。

七律·咏东坡居士

落落少年惊蜀地，昂昂魁首震京师。
困居缧绁伤初意，远黜边荒叹鬓丝。
笔健谁知因祸患，性真何必顺时宜。
平生最喜风和月，千古高情尽入诗。

七律·敬怀周总理

少年风采冠尘寰，辗转天涯若等闲。
为护神州怀壮志，岂忧前路矗雄关。
巍巍华夏回颓势，挺挺英躯染鬓斑。
犹抗豺狼安社稷，后人长悼泪潸潸。

五律·问荷

粉瓣晶如透，黄蓬灿胜金。
连绵千叶密，窈窕数枝伸。
香远频徕客，神清不染尘。
淤泥如见弃，玉质可还存？

五律·幽荷

远望息尘念，临观叹玉颜。
身长如贝叶，色润比珠丸。
悟道居福地，参禅入梵天。
欲逐明月去，飘渺御风仙。

邓福海

男，汉族，1943 年 2 月生，山东滕州市人，济南铁路局退休职工。滕州市诗词学会会员。

五律·题文公台

文公颇好善，立德奠仁邦。
圣地风霜老，高台日月长。
观光情喜悦，吊古意凄凉。
旷野荒烟漫，何人立夕阳。

五律·风

巽夫天地气，来去影无踪。
拂柳蹁跹舞，过篁吟啸龙。
商吹风景蔽，熏润物华秾。
向下穿林壑，扶摇上九重。

五律·问村姑溪上

村姑浣石矶，见客赧容绯。
展靥抿唇齿，颦眉抻领衣。
明眸顾秀水，素手指溪圻。
再问抽身走，回头笑语飞。

五律·山中

灵山环秀水，红绿幂千峰。
空谷应人语，深林匿鸟踪。
远天云淡淡，幽涧水淙淙。
野寺知何处，丹霞渡磬钟。

五律·登岳

东方巨镇峙，郁勃枕河隈。
一线空冥上，半山云霭回。
层层凌紫气，步步远尘埃。
待到玉皇顶，天门向我开。

五律·过普昭寺

独行盘古道，老木蔽重阳。
岚气林间绕，泉声石上张。
苔痕延竹径，山色入莲塘。

客至寻幽境，非来沐佛光。

五律·适蜀途中

杳漫关山道，浮云客子情。
愁缘暮云起，思向故园生。
秋树迷巴岭，野烟冥古城。
有情天上月，万里伴孤征。

五律·登峄山

突兀东山矗，崔崔插太虚。
澒濛连海岱，绵邈眺滕徐。
羽客栖岩窦，游人访古墟。
迥临齐鲁小，纵目碧云舒。

邓浩良

广州人，习诗并服务于大中华诗社、蝶恋花诗社等大小诗社团体。岭南诗社花城荟副社长，简爱诗社广东副理事，燕山诗社部长。醉心于回文诗词。

以诗会友

斟茶菊酒桂芳天，发兴高能觅士贤。
琴韵玉烟生楚雨，画屏金叶落香怜。
深情雅赏群酬句，礼尚文恭互惜缘。
音色五湖澄宇碧，心交已久梦驰仙。

以诗会友(回读)

仙驰梦久已交心，碧宇澄湖五色音。
缘惜互恭文尚礼，句酬群赏雅情深。
怜香落叶金屏画，雨楚生烟玉韵琴。
贤士觅能高兴发，天芳桂酒菊茶斟。

邓昊

笔名静止的风。1990年出生，教师。热爱文字，学诗七年，偏好律诗，作诗百余首，作品散见于网络。

五律·秋梦

屋后小枫林，秋来遍地金。
晚风接雁影，流水和琴音。
倦鸟回巢暖，游鱼戏水馨。
蒹葭托玉树，皓月醉归人。

七绝·霜降

残月孤悬秋益冷，玉宫垂泪落成霜。
天高地迥飞鸿断，谁嘱加衣夜半凉。

七律·秋夜

残月秋来透骨凉，何人无梦立高墙。
孤庭院寂寒山远，冷夜风高瘦影长。
胯下淮侯千日雪，古稀渔叟万年扬。
重拾去岁登天志，山里书生望远方。

七律·中秋寄

天降白绫悄入窗，欲眠怎奈影难藏。
玉宫寂冷催人老，旅月独寒映鬓霜。
银汉添杯邀远客，素娥舞袖和孤光。
江州司马琵琶泪，太白乘舟至夜郎。

五律·客宿乌江岸

客宿乌江岸，裘轻点点寒。
苍穹垂细雨，残月挂孤山。
佳赋长门过，沃桑陌上耽。
卷帘风扣问，何日返田园。

七律·倦客临江

倦客临江无酒意，渔家满载放歌回。
舟轻顺水鱼同乐，人贱离乡月共悲。
梦里青丝白翼舞，窗前红泪艳娥飞。
萧萧流水将何处，寸寸相思寄与谁。

七律·归途

北风狂啸寒天地，冰雪添衣冻老松。
口吐云烟拳袖隐，头生华发眼珠朦。

饥肠又遇人歇业，冷夜恰逢电罢工。
不惧花飞无所恃，只忧前路已冰封。

七律·题龙洞

藏龙洞内清风荡，卧虎山中浩气蒸。
漠视苍茫栖凤树，亲连厚土驻猿亭。
龙王井照盈亏月，夹马槽迎老少声。
不羡龙门鱼跃坎，悠然草地戏牛坪。

邓寿康

字莽然，号高阳狂客，醉月轩主人。广东乳源人，中华诗词学会等十几家学会会员。曾任乳源文学戏剧协会副会长兼秘书长、中华风雅颂诗词论坛执行站长兼风雅颂诗词学校校长、《栖居文学》《金土地》副主编、《海天诗声》主编、河北涿州太行诗词学会副会长；现为中华诗词学术研究院终身名誉副院长、中华诗人协会常务理事、中华网络诗社副社长兼主编、微文化联盟顾问、2015 年及 2016 年《乳源年鉴》责任编辑。出版诗集《风笛》、词集《莽然长短句》。

五律·跨湖夜色

千载湘湖月，银光照晚亭。
舟摇三尺桨，水漾一天星。
夜静霓虹美，波清思绪宁。
风高传远古，吹笛过沙汀。

五律·秋夜闻琴

坐对中宵月，琵琶断续闻。
惊鸿何处问，孤酒不禁醺。
人在天涯远，情由底事纷。
星沉音渺渺，露冷渡江云。

五律·无题

闲置栏边酒，萧疏望远天。
心随云水起，野寂朔风旋。
过雁惊无语，孤舟绕淡烟。
怅然来问月，何处梦婵娟。

七律·谒岳麓山蔡公松坡墓

白鹤泉灵叠翠深，潜龙气势柏森森。
枫丹本度英雄色，碑立分明天地心。
慷慨一生唯取义，忠贞两品自成金。
忖今几个思公魄，酹酒陵前雨不禁。

七律·梅花红七军革命烈士纪念牌前感怀

苍苍翠柏猎罡风，碑耸云霄气贯虹。
有道胆肝堪大义，敢轻生死是英雄。
行闻血战声犹烈，欣看长河梦未空。
幸得青山眠壮骨，雨花应不负梅红。

七律·梁园

一入斯园眼界开，奇山秀水妙庭台。
澄湖数百年烟篆，香榭无边月影来。
漏瘦石传今古韵，玲珑风剔利名埃。
廊桥许我依松竹，闲看虚云去复回。

满江红·《莽然长短句》题记

一介书生，天赐我、疏狂傲物。曾为梦、纵横无际，驭风追月。志效鹏飞寒意甚，风干翅折彤云迭。者番情、病酒噬心头，凭谁说？

诗是梦，情难灭；放思绪，翱穹阙。任沉浮冷暖，喜欢悲切。吟剑飘萧豪气壮，临风快意敲壶缺。喜金樽、伴我信天游，心愉悦。

东风第一枝·生辰抒怀

乱发皤然，韶华暗杳，虬须捋似霜草。白青两眼深谙，梦翔梦碎谁道。记忆曾经，难抛却、断肠人恼。叹浮生一梦红尘，酸辣苦甜尝饱。

今幸有，泰然体好。将底事，执箫吹破。虚华宠辱如烟，地天吾之微小。超然携酒，天涯去、吾心何老？自胸怀皓月春风，江海放舟轻棹。

狄薇薇

笔名di公主。美国艺术学院表演系学生，演员。自幼受中国传统文化熏陶，酷爱琴棋书画、赋诗填词。现任大中华联盟诗社副秘书长。两年来，写诗约数千首，并在中外一些诗刊发表，荣获好评！

临江仙·一世情缘

艳艳花儿妩媚，疏疏竹翠莺啼。回眸江柳舞依依。淡云帆点点，天水两栖栖。

袅袅馨香人醉，柔柔风剪相思。愁愁肠断忆君离。遥遥天地远，岁岁盼归期。

行香子·如梦

又倦晨光，懒画梅妆，影单单、谁解悲凉？小园妩媚，飘逸馨香，醉薇花红，荷花粉，桂花黄。

翠翠池塘，竹倚桥廊，水潺潺、嬉戏鸳鸯。寄琴音语，一诉愁肠，梦人儿柔，草儿绿，鸟儿双。

虞美人·似水柔情

风裁小苑花飞舞，蝴蝶翩翩去。竹林翠翠倚红颜，旧景更添思念痛心肝。

嗅香又惹芳魂醉，唯有涟涟泪。一帘幽梦与君行，你我缠绵似水诉柔情。

苏幕遮·今生愿

柳依依，花绚绚。春色浓浓，风软香庭苑。鹂鸟芳丛柔语婉。又惹愁肠，旧景魂儿乱。

梦君颜，情难断。缕缕相思，泪染桃红绢。长发及腰几许盼，爱入心扉，谁解今生愿。

喝火令·梦

绚彩蓝穹媚，柔风曳软枝，陌川秋色醉心扉。千水犹明江月，何处雁儿回。

塞上斑斓色，江南曼妙瑰，郁葱鹂鸟唤音悲。几度桃红，几度柳相随，几度又逢烟雨，梦里旧人归。

钗头凤·盼卿儿

桃花媚，梨花缀。煦风裁柳丝丝翠。长思念，苦难见。旧梦绵绵，寸肠柔断。恋、恋、恋。

春宵醉，心儿碎。烛红偏惹相思泪。依栏看，月芽远。归燕翩翩，几时卿伴。唤、唤、唤。

南乡子(单调)·几许春情

你我情浓，宛如双蝶舞芳丛。绿苑桃红馨香醉，春媚，几许相思粉靥泪。

昭君怨·回眸一笑

细雨缠绵情乱，柔婉莺啼肠断。风吻落花飞，蝶儿追。忆你回眸一笑，迷动香魂飘缈。何处诉芳心，梦中吟。

蝶影花痕

原名程艳。诗歌爱好者，蒲城县中青年作家协会会员，现居蒲城。

诗观：在平淡的日子里，用诗歌告慰灵魂的不安；在繁琐的生活中，借诗歌寻找桃花源。当蝴蝶的翅膀渐渐合上关于春天的童话，唯有诗歌，可以带我在月夜飞翔，抵达梦的国度。

长相思九首

(一)

渭水流，洛水流，丝柳重重系晚舟。暮薄掩小楼。

春心愁，夏心愁，蛙语蝉鸣梦未休，月明醉捧头。

(二)

笔未休，梦未休，摇尽诗词下小楼。红尘

爱恨愁。

怜花柔，恨花柔，葬处何曾祭泪由！半生醉舞秋。

（三）

恨正颦，泪正颦，眉眼盈盈水墨洇，秋窗蝶影深。

云无心，风无心，一朵悠闲自远奔，天涯有甚亲？

（四）

花去枝，果满枝，骤雨冰雹惊梦痴，衰残两鬓知。

诗依依，词依依，敲打平仄日渐西，归途月影迷。

（五）

望远山，忆远山，红叶风流只等闲，蹉跎尘世间。

秋声寒，琴声寒，满把相思寄却难，书中觅玉颜。

（六）

日相思，夜相思，日夜相思无尽时，断肠唯月知！

生相思，死相思，生死相思两处痴，化蝶共舞之！

（七）

风一程，雨一程，散淡贫瘠此世轻，红尘追梦行。

痴心萦，爱心萦，踏遍夕阳未了情，来生再续盟。

（八）

忆三更，恨三更，辗转难眠月正明，忽闻夜鸟惊。

花无声，人无声，侧耳屏息心骤停，谁知过客行！

（九）

苦相思，恨相思，偏要相思夜泪湿，悲啼倚帏痴。

萤虫飞，横箫吹，拍遍胡笳人未归，思君常蹙眉。

丁翠华

网名淡淡香梅。中华诗词学会会员，武汉作家协会会员，香港诗词学会会员，香港诗词学会论坛版主，东坡赤壁诗社会员，湖北诗词、武汉诗词学会会员。作品发表于《中华诗词》《漱玉》《中华女子诗词》《中华女子散曲》《中华女子楹联》《田园诗三百首》《诗词精粹》《东坡赤壁诗词》《九洲诗词》《湖北诗词》《武汉诗词》《孝感诗词》《心潮诗词》《中国当代散曲》《中华饮酒诗词选集》《中华古今词人选集》《中华名山诗画大典》《百年诗词精选》《当代文人》和德国《欧华导报》等。作品在全国诗词比赛中多次获奖。

沁园春·月夜

皓月江天，清风有约，芳陌尽收。恰银辉千里，桂香四溢，闲亭远眺；举酒消愁。鸿雁传书，兰舟吹笛，缕缕幽情寄鹤楼。红尘事，叹时光难驻，别绪难休。

昔时鹦鹉洲头，曾携手、看千舸竞流。记江滩行走，沙鸥翔舞；柳林听鸟，枫叶逢秋。赏菊吟诗，月圆花好，如梦人间往事浮。月圆夜，见阑珊灯火，相遇凝眸。

洞仙歌·春夜

月华如练，看星繁河汉。寂寞桥头冷风伴。水亭旁、明月慰我情怀。花入梦，疏影横池波乱。

光影窥竹阁，亭院空寥，瑟瑟清寒袭人面。试问明月知、人隔天涯，音鸿断、韶华轻叹。思往事、故人几时还。愿携手、春天放舟江畔。

满庭芳·春日

晨雾迷茫，水天寂静，一宵夜雨天晴。抬眸四望，布谷野林鸣。风伴柳花起舞，小桥外，船走波惊。绿阴里，黄莺婉转，紫燕尽双行。

江堤春意盛，鸢筝放远，暖日风清。见云

涌鸿飞，水碧山青。遥想流年旧事，梦已醒，芳草无情。凭春日，桃花树下，载酒赏红英。

沁园春·江南春雨

春雨潇潇，杨柳碧碧，桃花盈盈。望山林寂静，湖波生雾；天空辽阔，林鸟低鸣；田野迷茫，村庄冷寂。原野黄牛田垄耕。云烟起，凭舟舱听雨，鸥鹭翔行。

碧山湖畔风清。恰桥上，情人步履轻，见雨中牵手，伞中低语；流溪清越，野树陈横。曲径通幽，春花带雨，往事悠悠心亦平，目遥望，引清风问候，来结春盟。

行香子·冬日

谷涧流溪，林道无尘。仰飞雪独守柴门。狂风四起，四野无人，望篱前梅，坡前鸟，路前村。

山居无友，闲樽清酒，听松涛鸟语传神。时挥笔墨，霞染清晨，品雾中景，林中果，月中人。

天香·烟雨长江

浪涌洲头，波推船影，江上茫茫迷雾。雨洗林亭，风吹竹径，寂寞云空迟暮。鸟声频顾，蒹葭茂、菊开幽路。满目乌云游荡，归鸟苍穹无数。

岸边涛声如诉，小舟匆、白鸥飞赴。远眺水天一色，冷风凄雨。孤旅江南独处。念故里、天涯别情苦。雨打江楼，销魂汉树。

蝶恋花·寒江秋

寂寂秋山风劲扰，树叶枯黄，水岸人烟少。似雪芦花鸥杳杳。长天一鹤晴空渺。

风中菊花姿艳俏。亭静林幽，野鸟鸣丛草。寒水碧涟云彩袅，夕阳满载渔歌绕。

水调歌头·游晴川阁

重上晴川阁，远眺楚天收，江船来往闲适，寻古铁关游。寂静禹亭听鸟，秀美江滩踏浪，今古意悠悠，品茗话崔李，惬意访鹦洲。

携诗友，觅旧迹，起方遒，诗情画意，胸溢雅韵咏清流。信步龟山高处，再探琴台胜地，快意写春秋。且举樽邀月，乐一醉方休。

（注：铁关，指铁门关。）

丁凡夫

男，汉族，1932年12月生于山东省胶南县，1947年参军，历经淮海、渡江、抗美援朝等战役，后定居滕州。中国书画家协会会员。中华诗词学会会员，滕州市诗词学会副会长。作品入选《中国诗人大辞典》《世界汉诗名家作品精选》《21世纪中华百年诗典》等。

七律·金城归来赠马加仲先生

笔走龙蛇意竞驰，感君结谊不相欺。
有情大漠留鸿影，无意丝途拜佛祠。
嘉峪关前同论艺，兴隆山上共敲诗。
金城难忘中秋夜，邀月擎杯动客思。

七律·泰山天街漫步

万里江山一望中，天街漫步兴冲冲。
苍松倚石探沧海，蜃气横空贯彩虹。
拂拭碧霞忘小我，漫吟岱上溯诗翁。
谁人赐我凌云笔，敢效摩崖斧凿功。

七律·秋夜记梦赠钱明锵

南柯一梦入西溪，竹影花香袭葛衣。
东舫吟哦骚客醉，西窗泼彩画家挥。
星飞银汉金波闪，月落寒塘玉露稀。
何处金鸡忽高唱，醒来衾枕沐晨曦。

七律·登荆州古城

登临凭眺上重楼，滚滚长江万里秋。
千载古城分汉水，当时英杰竞风流。
几曾读史怨皇叔，还应论交敬仲谋。

试看民风今日变，心诚何处觅良俦。

七律·仲秋望月感怀

把酒与谁论逝波，凭栏兀自苦思多。
晴空喜睹嫦娥笑，银汉难寻织女梭。
历劫尘寰成往事，和谐盛世颂群科。
奋蹄老骥争朝夕，抛却闲愁谱壮歌。

蝶恋花·送友赴海南

别绪离愁千古有。独我今朝，含笑看君走。频问几时能聚首？牵衣更有丝丝柳。

自料无缘常相守。珍重春风，莫教朱颜瘦。叮嘱千番牢握手，祝扬鹏翮重霄九。

念奴娇·新春抒怀

平生豪气，历风雨，无减半分潇洒。塞北江南烽火路，风卷红旗如画，岁月东流，年华已逝，白发伤凋谢，何求于我，尚无和璧声价。

犹记逐鹿中原，高歌慷慨，恣意驰戎马。旧梦沉浮皆幻影，谁识当时真假。解甲归来，云翻雨覆，国运常牵挂。老吾何幸，笑谈开放佳话。

鹊桥仙·咏雨中杏花

何须妆点，生来娇俏，闲把胭脂匀注。东皇也替洗春寒，染就了，嫣红一树。

狂蜂浪蝶，桃源曾误，可是天台旧路？冶容原为报春来，哪顾得风风雨雨。

丁焕忠

天津武清人氏，天津老年书法研究会会员，甘肃书画家协会理事，西固诗词协会理事，兰州青少年书画院副院长。

无题

一年易节又中秋，梦魂牵绕大兰州，
明月五泉松间照，白塔鸟瞰黄河流。
工业大都西固城，瓜果飘香不胜收，
我爱金城好景色，日新月异夸不够！
高楼林立拔地起，广厦万间民无忧，
彩虹横跨河两岸，车水马龙桥上走。
兰天白云映都市，空气清新喜心头，
青山绿水道不尽，天道酬勤景色优。
千歌万曲唱金城，人杰地灵诗锦绣，
欣逢盛世添斗志，江山俊美人风流。

甲午中秋写于天津墨缘斋。

一剪梅·秋雨

风雪交加近晚秋，烟雨迷茫，雾锁高楼，两山美景不胜收，九曲黄河，能见几舟？

金城最美秋雨后，枫叶飘零，雪挂枝头，壮丽河山赞不够，层林尽染，人尽风流。

无题

——是日携友金城公园一游，时至晚秋，云淡风轻，公园景色美轮美奂，游人仿佛置身仙境，感叹大美兰州，壮哉金城公园，吟诗一首当记之。

诗曰：

枫叶桥头片片红，游人如织醉花丛，
壮哉园林山水秀，楼台亭榭绿荫中。
慧心风景情如画，更有廊亭画似真，
大好河山金城美，岁岁年年沐春风。

丁龙峰

男，汉族，1947 年 9 月生，山东滕州市人，于滕州市卷烟厂退休。枣庄市诗词学会会员。

五绝·读毛泽东诗词

流韵壮东风，词人毛泽东。
佳品传天下，擎旗日照红。

七绝·重游五阳山

自小看山不厌山，爬山挑担绕山间。
落尽山花岩伟岸，山如佛面笑开颜。

七绝·贺“辽宁号”航母人役

海水碧蓝驰巨舰，载机航母似山峰。
和谐祖国强军事，试看东方腾巨龙。

七绝·参观滕州抗日纪念馆感吟

弥漫硝烟遍鲁南，车轮滚滚勇支前。
头颅换取太平日，鲜血绘成民乐篇。

七绝·荆河美景

一湾绿水郝城小，两岸高楼各不同。
喷泉飞上降甘雨，红日照舟流彩虹。

七绝·游五阳湖

一湾绿水渔村小，万里河山寺庙幽。
楼外八椒亭阁雅，芦家台上乐悠悠。

丁守文

男，1955年生。全国名人书画艺术界联合会书画艺术指导师，中国书画印研究院高级研究员，中国书画名家网艺委会副主席，中华作家协会会员，中国文联协会会员，中国楹联协会会员，肥西县楹联协会会员，中国书画艺术科学院院士，中国毛泽东书法艺术研究院院士，华夏夕阳红书画协会会员，中国炎黄艺术协会会员，中国诗书画交友会会员，艺术中国书画网副总裁，中国华夏万里行书画家协会会员，中华大智库书画艺术专家，国务院国宾礼特供艺术家等。书法作品被全国多家博物馆、纪念馆收藏。

自信

——赋此诗以自勉。

奇材天生古来稀，勤奋深究务坚持。
百岁无志空度日，设身实践探真知。

作于1973年春

获奖

一艺功成何足夸，天资汗水始相连。
还需努力重振奋，蚊叮虫咬忍数年。

作于2006年秋

床缘

养精蓄锐才上床，接触甚少觅新知。
博览群书为快事，卧床方比他人迟。

作于2015年11月7日

练帖

每见佳帖倍欢喜，欣与古人对话时。
腕底烟云原非易，笔走龙蛇奉新诗。

作于2015年12月20日

书桌

起早贪黑伴书桌，书山探宝你最知。
曾经共度多少夜，学海同游苦作舟。

作于2015年11月8日

农家

夕阳微风桂花香，农家收割万般忙。
乡间偶有情歌响，现代农民新时尚。

作于2014年秋

花的海洋

花木基地是三岗，奇花异草满故乡。
赏花游客今又醉，妻扶君归迷方向。

作于2006年秋

庐阳颂

农业革命春雷响，联产承包在庐阳。
沸腾肥两促全国，农民欢笑粮满仓。
物质丰富还学习，妇孺上阵诗歌扬。
家园如画皆美景，幸福不忘感谢党。

作于2006年秋

物业有感

住户上千物业忙，挨家走户何时闲？
和谐共勉宏图展，滨何社区歌满天。

作于 2012 年秋

赠《新安晚报》记者殷平

求真务实皆为民，妙笔写下人间情。
饥夕渴饮迎难上，风雨奔波不计程。

作于 2006 年 9 月 28 日

迎友

柳暗花明艳阳天，巢湖淡水百鸟旋。
喜迎天下众游客，水面鱼翔藕伴莲。
诗人漫少歌声朗，画家展笺舞翩翩。
才子佳人逢恨晚，美景盛世遇群贤。

作于 015 年 5 月 8 日

东方泽华

甘肃天水人，生于 1964 年 6 月。中华诗词学会、中华诗词研究会、中华诗词书画交流协会、海南省诗词学会会员，昌江诗联理事，洋浦乡土文化研究会顾问，《昌江诗联》执行编辑。

贺新郎·赠杨继胜兄

——读《补拙居吟稿》感言

梦断天涯路。但凭栏、十方向晚，落红无数。多少尘嚣迷望眼，此去苍茫何处？正寒霭、垂杨自舞。五十功名成泡影，叹相思、幸结糟糠女。千古恨，奈何许？

江南春月飘零旅。觅芳踪、肥红瘦绿，西湖烟雨。谁道诗家多无奈，块垒三千惜取。悼威远、狂生壮语。岁月蹉跎无人问，学少陵、每念苍生苦。我为汝，唱金缕。

2016 年 11 月 5 日于定西·陇西

浣溪沙·丙申十月一日有吟

雨打秋窗几缕忧，陇山渭水动吟眸。一襟心事任风酬。

沧海一声知寂寞，红尘十里笑风流。青梅煮酒在西楼。

2016 年 10 月 31 日于定西·陇西

卜算子·立冬

梧叶正飘零，已是冬时节。阡陌晨霜渐欲浓，暗转寒风烈。

独立酹红尘，梦里箫声咽。数尽天涯倦客愁，痛与谁人说。

2016 年 11 月 6 日于兰州

西江月·立冬

窗外车鸣阵阵 ，诗中微语绵绵。蹉跎岁月怕凭栏，已是秋冬偷换。

寂寞梧桐带雪，依稀杨柳含烟。凄然凝目向南山，试问红尘谁绾？

2016 年 11 月 7 日于兰州

七律·答杨继胜兄

立冬时节梦萧然，故地重游意未酣。
每忆红尘忧旧事，常吟寂寞染春颜。
白云万亩舷窗后，思念三分下笔前。
流尽天涯行客泪，愿留一滴与君牵。

2016 年 11 月 7 日丙申立冬日于兰州至杭州飞机上有作

七律·七答大道传薪兄

幸有书斋学乐门，率真小女戏言敦。
知音如沈凝香句，故事可曾烙韵痕？
多少多年来云去，一天一字几功存？
难为岁月怜人意，今日偷闲逗幼孙。

2016 年 3 月 25 日子夜于儋州

五律·送别三哥伉俪赴京兼和渔艇丽人大姐

无需刻意寻，理解即知音。
海角留君梦，天涯系我心。
新朋牵玉月，旧好绾青襟。
借问杯中酒，红尘几浅深？

2016 年 3 月 26 日临晨于儋州海航新天地酒店草成

七律·第二次足浴有感暨八答大道传薪兄

——3月31日,三哥夫妇将暂别椰城,回到京都,帮助女儿照看他们的小外孙子。今天中午,椰风海韵的版主聚集到东北小厨为他们送行。实际上是三哥夫妇在请大家客,吃完中午饭,大家一起去KTV唱歌,晚上又是明佣兄请客。大家在一起谈论诗事,把酒言欢,愉悦非常。其间,几位版主还即席朗诵了送三哥夫妇的诗。回到佳元(天上人间,大姐又盛意邀请去老地方"全不换"足浴店足浴。此律乃足浴过程中所作。此次聚会,大道传薪夫妇未参加。他们已于本月21日回沈阳了。此记。

二进佳元足浴门,娴熟手法尽心敦。
堪怜今日生香味,已忘当初隐痛痕。
往事无非疏梦在,红尘不过陋名存。
欲问世路情何解,知否天涯孝与孙?

2016年3月26日晚于佳元·天上人间小区对面"全不换"足浴店

五律·清明

坟土任风吹,清明意自悲。
广寒尘眼看,泉下魄魂知。
情与青云醉,心随细柳垂。
为牵亡故梦,蘸泪写哀思。

2016年3月27日早晨于天上人间草成步竹楼听细雨韵

七律·重游文笔峰谒道教"南宗宗坛"白玉蟾宫兼九答大道传薪兄

二月重登太岁门,蟾宫求得永安敦。
笔峰寂寞添诗骨,书稿馨香带墨痕。
白玉文章王梦在,紫清才气赖思存。
千秋故事沧桑味,丹靖能嘉几代孙?

2016年3月27日晚于海南钓诗台

五律·临屏和浪子兄再寄三哥

到底浅非深,无关楚汉襟。
临席难忍泪,对酒不愁心。
邂逅诗中醉,相知梦里寻。
而今时日短,微信早传音。

2016年3月27日晚于海南钓诗台

风入松·儋州力乍村行吟

竹林隐隐隐风墙,一屋春阳。诗人兴会风流事,酒成吟、力乍藏香。一桌佳肴难尽,填词作赋行行。

笔前谁记梦凄凉?那段愁肠。落花衰柳谁堪记?几多情、谁又能忘?惟愿凤箫吹断,雁声无负兰堂!

2016年3月27日晚于海南钓诗台

董贺轩

网名南窗小轩,笔名千里草。男,1963年8月出生,祖籍河南遂平县。1982年参加工作,中国平煤神马集团八矿运销站职工。现任平顶山市诗词协会副秘书长、《鹰城》杂志格律诗词责任编辑、中国平煤神马集团老年作家协会新秀部会员、平顶山诗词研究会理事、三苏诗社诗歌部副主任。作品被《鹰城》《光源》和《鸭绿江》等杂志刊登。部分作品被《平顶山诗词集锦》《鹰城人的歌》《文人墨客》《2010年度中华诗词华表奖》等书籍收录。

浪淘沙·天龙山传奇

雨过洗苍山,雾锁三仙。蟾宫玉兔窥凡间。东海乌贼衔宝盏,不可偷贪。

碧野百花鲜,黄杏垂涎。天龙化瀑润桑田,玉女吹笙合凤曲,再谱新篇。

采桑子·观天龙山瀑布

天龙直下喷白雾,串串珠玑。细雨迷离,直挂云帘峭壁低。

奔腾飞瀑青潭落,滚滚湍急。怪柳垂敧,浩浩溪流拍岸堤。

蝶恋花·周年祭父

驾鹤西游尘了断,无奈黄泉,缘聚终缘散。慈笑犹存人去远,空留痛泣悲中念。

秋月时节初变换，又是周年，松翠嵖岈伴。焚尽纸钱含泪唤，阴阳两界肝肠断。

（注：嵖岈是指嵖岈山，遂平县界。父葬嵖岈山东。

西江月·贺女儿考上重点大学

磨剑十年出鞘，寒光斩剁坚削。华山论剑判雄枭。洗尽铅华回报。

喜鹊门庭戏闹，登科捷报频捎。寒门学子最辛劳，了却魂牵梦绕。

（注：女儿在2007年高考中以优异成绩考进东北师范大学。为庆贺金榜题名特填词一首，以示祝贺。）

采桑子·利剑锋芒

——纪念钱学森诞辰100周年

先生远渡求学梦，才气锋芒。少壮锋芒，科技兴国自强。

一星两弹惊寰宇，重振东方。雄立东方，四海云天万里疆。

调笑令·紫云书院（新韵）

红叶，红叶，秋月紫云燃烈。书声回荡山俘，万遍千篇尽读。

读尽，读尽，饱览百科学问。

采桑子·望星空

清风明月长空阔，云也稀疏。星也稀疏，遥望牛郎织女逐。

有缘无份多情泪，爱也孤独。恨也孤独，守望真情是大途。

水调歌头·矿山新曲

日照矿山下，人在画中游。楼台绿水相映，人景竞风流。喜看乌龙翻滚，奔向八方四面，燃尽热光留。煤电化兼并，挺进百强优。

矿工愿，最敬业，力争游。安全牢记。科技发展创一流。八百米书长卷，写尽英雄无悔，壮志不言酬。同聚矿山颂，热血谱春秋。

董辉

一脚踏三省

渝鄂湘人一脚连，土苗汉事百年牵。
八方情义如兄妹，三地和谐比月圆。

董惠龙

网名山月松风。男，汉族，教师，九州诗社会员，习作散见于《中国诗词》《九州诗词》《辽海诗词》《中国诗赋》《中华古韵》《诗丛》《陕西诗词》《中华诗人》《中山诗学》《葵花》《湿地》等。

五律·秋萤

腐草孕灵物，天涯迹未稀。
露浓偏举翅，月暗自生辉。
临水亲苹影，乘风照客衣。
夜深犹与伴，怜我不能归。

五律·秋水

依旧秋光好，江岚向晚生。
眠云非别意，托叶乃关情。
浪静冰轮洁，风柔雁影轻。
桃源不须问，人醉小舟横。

七律·秋夜漫成

一弯寒水碧无由，故国风来满地秋。
野树声喧惊乱鹊，江边苇密宿浮鸥。
遥知山里灯犹亮，莫怨阶前雨不休。
已惯天涯霜露重，何须枕上泪长流。

七律·赞妻（新韵八寒）

落魄书生谁挂牵？人间大幸是妻贤。
粗茶淡饭心犹乐，土脸灰头笑亦妍。
不羡城中酒多绿，最珍山里月长圆。
教得儿女真懂事，万苦千辛皆化甜！

七绝·辞家

插罢青禾亦未闲，旅囊一卷别乡关。
鸭儿似晓离人意，村口又歌行路难。

七绝·消夏

炎暑合当山里消，暮溪闲坐数青条。
一轮明月蝉呼出，几缕荷风水上摇。

西江月·夏日情怀

众鸟垄中贪食，乱蝉枝上争骚。炎炎夏日苦操劳。总是自寻烦恼。

月色幽幽似水，蛙声应又通宵。闲吟一盏小花雕，我对清风大笑。

董锦标

胡杨颂

坦将筋骨万年磨，暴虐沙尘又若何？
大漠阳关连广宇，驼舟丝路入星河。
根须但愿深千尺，翠叶毋需绿满柯。
一片丹心昭日月，虬然傲立向天歌。

对联两幅：

一趣园

茂林石壁，琴音响自濂泉出；
修竹山门，墨韵香从一趣来。

为龙门县蓝田瑶族风情园题联

瑶山独秀峰，三曲连廊观绿野；
王庙千秋业，九重叠嶂有蓝田。

董凯

杭州古迹咏怀三首(新韵)

灵隐寺

飞来面对云林寺，慧理和尚法路遥。
五殿门前心普渡，三生石上性轻敲。
修缘佛祖颠狂态，吹响烝民苦乐箫。
罗汉天王齐备了，灵兮隐也没江涛。

济公殿

只认活佛最可亲，空灵过后世俗真。
穿肠酒肉称罗汉，破帽遮颜隐慧根。
与赠饥民糊口米，勾除墨吏昧心金。
张扬叱咤春秋度，耳畔犹闻笑骂频。

白沙堤

几曾桥断续白堤，为有虔心事转迷。
一去孤山成便道，绿杨荫里醉灵犀。
暮春柳絮绵如雪，盛夏暄阳软似泥。
白傅当年应有恨，绕堤误却五更鸡。

董礼

1952年生，霸州煎茶铺镇高村人，农民。谷风诗社艺术指导，中华诗词学会会员，中华诗词文化研究所首批研究员，河北诗协理事，廊坊诗词学会、廊坊楹联诗词协会会员。著有诗、联文集《野摭》三卷待梓。

固安梨花诗会得绝句十二首选三

(一)

软玉凝香料峭春，含情脉脉与骚人。
若邀子建方城会，未必倾心赋洛神。

(二)

何曾借梦上蓬莱，帝子徐徐下九垓。
笑靥春风香万里，凡花羞得错时开。

(三)

明纱玉臂舞樽前，轻转纤腰瑞彩间。
可惜当年无此会，至今犹说谢阿蛮。

董山岭

1945年2月生,河南项城市人。退休高级教师。中华诗词学会会员,河南省老年诗词研究会、河南楹联学会会员。近年来在各省市报刊上发表诗词数百首,并多次获奖。

五绝·咏靖安(新韵)

鸟语花千树,清华美靖安。
江南何处旅,第二小庐山。

七绝·靖安美(新韵)

古县千年美靖安,白云生处袅炊烟。
风光旖旎欣人意,福地人生乐九天。

七绝·乡居(新韵)

东种青椒西种瓜,窗迎娇艳应时花。
芬芳庭院蜂蝶舞,鸟语清风恋我家。

七绝·漓江游(新韵)

乘船直下荡漓江,近水远山着秀妆。
美景几多拍不尽,相机挤满桂花香。

七律·小康村韵(新韵)

声声布谷送阳春,处处庄园气象新。
日丽风和吻杨柳,云白水秀绕林荫。
花坛拥抱楼群笑,街道欣迎宝马临。
春夏之交人意好,和谐生态小康村。

采桑子·郑东美(新韵)

郑东如画新区美,碧水蓝天,草木花鲜。楼宇高擎竞比肩。

绿城广厦冲天立,气度如山。魅力平川。引领中原闯大千。

(注:绿城大厦,俗称"大玉米",五十多层建筑物,中原第一大厦。)

渔家傲·游龙湖(新韵)

盛夏龙湖花烂漫。芙蓉姿色迷人恋。荷叶滚珠鱼乱窜。阳光灿。画中游客神情焕。

惬意惠风拂柳岸。车来船往无间断。丽水一方金不换。啧声赞。包公吼韵冲云汉。

浣溪沙·易安颂(新韵)

红瘦缘肥花喻身,东篱把酒后黄昏。声声慢语醉花阴。

婉约巧抒儿女愿,晶莹独秀艺园春。清香文韵荡乾坤。

董永涵

1941年生,河北霸州人,中共党员,1960年参加工作,从事金融工作40年。喜诗词、精门球,著有《门球战例一百则》。河北省一级社会体育指导员,中国门球冠军推广委员会特约记者,霸州市门球协会副秘书长。

庆祝谷风诗社成立十九周年(新韵)

燕赵多骚客,益津生谷风。
攀登十九载,硕果满枝红。
垅下银锄落,灯前翰墨融。
抒情歌一曲,秉笔颂农工。

祝媛媛新婚志喜(新韵)

——最近老伴的外甥女结婚,赠诗一首,以示祝贺

"神女"枝头歌动听,于归秀女笑披红,
爹娘养育恩难忘,宜室宜家孝乃翁。

(注:神女是喜鹊的别称。)

赠王博光(新韵)

福兮祸兮转瞬间,来之泰若自安然。
惊涛骇浪轻舟过,处世为人毅力坚。
耄耋不曾临病怯,豪情何惧斗魔艰。
祝君春暖花开日,健体康神乐晚年。

赠梁忠厚(新韵)

白衣天使下凡尘，忠厚传家济世人。
妙手回春春有脚，艺精德重贵双馨。

董永峡

豫西山区一古诗词爱好者。偶有诗词作品见诸诗刊杂志。

行香子·二泉映月

如诉清泉，似问苍天。居无所、涕泪潸然。沉迷古乐，醉拉胡弦。唱流星雨，辰星斗，耀星篇。

祈求新月，更盼华年。望桥头、又起炊烟。沧桑欲度，妙韵犹怜。憾愁云淡，浮云荡，水云间。

木兰花·剪秋

林丛醉卧斜阳懒，浊酒迷离凝目看。蝉鸣柳岸夏衣裁，雀跃枝头秋影剪。

晨霜夜露清风断，梦醒方知溪水浅。鸳鸯退隐静湖寒，凤侣思归香阁暖。

钗头凤·情锁

浮云朵，银杉果，暮秋霜染红如火。雷峰塔，青龙峡。起飞松鹤，戏嬉黄鸭。飒！飒！飒！

床头坐，灯前卧，绪愁难解相思锁。无眠榻，情书札。空聊孤枕，泪流残蜡。乏！乏！乏！

南乡子·寒露

促织赋闲游，露重添衣暖阁楼。旅客随吟横笛曲，悠悠，独赏枫林美景留。

鸿雁本无求，列队南迁一字休。鞠有黄花崖壁绽，诗讴，塞外寒潮北国流。

七律·乐在其中

稀疏白发苦为何？敲字伤神费琢磨。
我赋黄花生敬意，奴吟丹桂动情波。
群峰访竹迎霜傲，五岭寻梅踏雪过。
淡泊从容闲处世，心存友善拜弥陀。

七律·话重阳

登高望远话重阳，寒露催开雏菊黄。
有意感恩花信报，无言尽孝曙晖藏。
炊烟袅袅歌鸿雁，硕果盈盈品海棠。
游子思归华夏客，彩云追月梦家乡。

七律·竹外寒星

雏菊争妍意忍迟，花香唯有蝶蜂知。
群峰流翠枯溶野，五岭飞红碧落池。
竹外寒星聊语醉，林中暖阁恋情痴。
诚邀客饮青梅酒，劲舞霜天结露诗。

七律·暮落雄关

暮落雄关赤兔西，鹤鸣鸿鹄恨天低。
新生作画描临摹，雅客挥毫戳印泥。
醉抱金鸾歌榭款，柔怀玉璧绣楼题。
南柯卧榻兰花枕，梦醒时分在九溪。
(注：九溪：传说为范蠡的养鱼池，中有九渚，故称。)

七律·寒露入境

寒流塞外胡杨北，暮落雄关赤兔西。
丹桂重开藤蔓果，碧桃又梦雪花梨。
翩翩乌鹊巡林麓，袅袅炊烟漫柳堤。
雅士挥毫山作画，冰轮入境问谁迷？

董振宇

号法眼。男，1970 年生，河北省霸州市人，谷风诗社会员。

长相思·觅寻一盏灯(新韵)

泣声声，诉声声，遥夜频传别恨声。觉了梦不成。

去匆匆，来匆匆，滚滚红尘迷雾中。觅寻一盏灯。

卜算子·永清万各庄第二届桃花节（新韵）

君唤永清南，我闻夹河渡。万亩桃花始盛开，只是无缘顾。

俗事总缠心，身在飘零处。待到闲了载客船，只恐花期误。

临江仙·少室山怀古（新韵）

未遇行藏①谁肯信，德隆岂在声名。迷情难渡恁形容。九年图破壁②，浩渺一芦轻③。

为乞心安甘断臂④，衣钵一脉相承。清凉甘露润芙蓉⑤。大河经此远，舟小溯流中。

（注：①行藏：《论语·述而》："用之则行，舍之则藏。"② 传达摩祖师于少室山洞中面壁九年，影入石中。③ 达摩祖师和梁武帝对话后，梁武帝深感懊悔，得知达摩离去的消息后，马上派人追赶。达摩正到江边，看见有人赶来，就折了一根芦苇投入江中，化作一叶扁舟，飘然过江。④ 二祖慧可向达摩求法，自断左臂，置于师前。⑤ 芙蓉：少室山状若莲花。明代袁宏道曾有"唯见千叶芙蓉，与天俱翠，摇曳云表而已"。）

独沽残月

忆旧游·秋云

看柔柔婉婉，袅袅闲闲，舒卷娉婷。楚岫淹留意，被西风扰却，刹那魂惊。只堪兀自飘曳，聊赖胜烟轻。恰抱梦高天，投怀远雁，解尽浮生。

盈盈。又遮月，纵欲敛伤心，应也难成。叠落相思处，怕层笺凝泪，如雨深情。晋陶不复归来，谁与赋新停？散一片霞霓，铺将夕色无限晴。

暮秋遣怀

随云出岫牧闲身，一去天涯寄梦真。
涉水临江江浩淼，攀峰望壁壁嶙峋。
抛空又满心胸事，拂尽还生道路尘。
忽见长风吹雁迹，归根叶落自频频。

题翠湖荷花

过雨回眸处，匀香影自娉。
蕖华无那粉，露盏一何青。
暖日醺尖角，微风立小蜓。
依依闲弄语，待我用心听。

杜昌海

中国辞赋网副总编，香港诗词学会诗词精粹编委，中华诗词学会、安徽诗词学会、安徽省诗词学会散曲学会会员，香港诗词、黄山诗友交流平台会员兼理事，作品在《中华诗词》《中华诗人》《诗词世界》《九州诗词》《东坡赤壁诗词》《香港诗词》等刊入选百余首。在《雅安地震诗赋》《中华风雅颂》《梦飞诗钞》《当代诗人作品精选》《当代中国诗词精选》《当代中华诗词库》《烽火集》《诗词精粹》《潮起黄墩》等书录用近两百首。在县、省及国家级诗词比赛中获奖多次。

七绝·中秋

嫦娥后羿两分离，玉兔冰轮捣药痴。
折桂吴刚时左右，朝朝圆缺怨相思。

七绝·山水国画

国宝灵香染织岚，画堂屋里网罗坛。
山川为得知心墨，水道情真不必探。

七绝·文圣孔子

学而时习乐之乎，万世先贤传玉珠。
教育创新论语里，章章句句引征途。

五律·月夜独酌

玉镜今宵亮，佳人昔入京。
琼浆宜几盏，流水好多情。
兴仗三杯起，诗凭独醉生。

诚邀千古月，同享梦中声。

七律·常熟兴福寺

曲径通幽古刹头，禅房陶菊接清秋。
五更入寺香烟绕，万籁无声岭雾愁。
潭映高林融紫竹，海光蓝影伴沙鸥。
回眸难得休闲地，随客风尘荡九州。

鹊桥仙·七夕

聚云洒泪，初弦情趣，王母施威捉弄。千年佳话接乾坤，相思梦、碧波浮动。

轮回季卷，桃源仙洞，谁记回头唐宋。悠悠天意一诗翁，何时约、朝朝相送。

鹧鸪天·霍山文峰塔

拔地凌云河畔生，浮图七级聚城名。巍峨矗立螺蛳秀，蔚启人文东石灵。

青溪曲，广场鸣，神州圆梦话清明。弦歌不缀文峰照，炳焕今朝盛世迎。

水调歌头·中秋(步苏轼韵)

秋色一轮月，影下问苍天。约之云际高雅，圆缺度经年。欲念轻舟来去，远近新潮玉宇，何必又言寒。俊秀丽人聚，今夕水云间。

月明亮，晨显露，夜难眠。画堂泼墨，时报更鼓意中圆。生死轮回离合，季换阴阳归缺，岁月自然全。永久桥头景，精彩梦婵娟。

杜晨晨

河北霸州人。

过益津关二首(新韵)

其一

城上斜阳映水昏，雄关已去六将军。
乡音无改当时曲，说与河间过路人。

其二

霸州城外号三关，辽宋当年一水间。
千古英雄何处也，依然风景旧江山。

(注：端午回家途中，黄昏过益津关。)

凌霄花

六月凌霄落复开，小园未改旧池台。
可怜花下书生事，散作南柯入梦来。

杜传勇

1943年生，四川大学毕业，历任矿工、教师、企业干部、公务员。中华诗词研习会会员，曾出席全国第十七届中华诗词研讨会、第二届当代军旅诗词研讨会。著有《山海听涛——杜传勇诗词选》(中国文联出版社出版)。

论诗绝句(三首)

(一)

寄义留形意象生，中华文字带诗情。
兴观群怨通教化，风雅高悬日月星。

(二)

明堂孔孟辩君臣，屈子犹招毅烈魂。
士运沉沦泉水逝，悲秋宋玉做文人。

(三)

海浪天风无止息，文明碰撞又多时。
三唐两宋参佳句，实感真情出好诗。

五律·鹳雀楼

名楼崇四海，世代热诗肠。
地脉山河胜，人文翰墨香。
园林招鹳雀，洲渚感沧桑。
网上三千界，神游到大唐。

浪淘沙·山海关

陆海涌波澜，日月翩跹。天开华北大平原。牧马耕田分野处，千里燕山。

万代敬黄炎，血脉通连。高秋爽气荡烽烟。俯仰乾坤登胜迹，天下雄关。

鹊桥仙·七夕

荷翻碧叶，谷摇金穗，霁月光风高爽。千秋乞巧望银河，总留下无边梦想。

山村小院，城区工地，电话深宵对讲。何时牵手寄蜗居，鹊桥渡人间天上。

行香子·故友重逢

短棹轻篷，故友重逢。泛平湖，其乐融融。湾湾净水，倒映苍松。钓一天云，一镰月，一竿风。

东岳迎霞，南海腾龙。看新闻，网络群雄。神萦大梦，指点星空。话百年路，百年耻，百年荣。

杜春生

苗儿滩风光

山青水秀苗儿滩，酉水欢波运客忙。
西去里耶看宝简，挥毫泼墨谱华章。

赞黄洋界保卫战

黄洋界上炮声隆，顽敌军中一片哄。
丧胆闻风兵远退，穷追猛打为民忠。

游庐山

碧波绿树美庐山，历代伟人峰顶攀。
中外古今别墅建，乘龙卧虎美名传。

红区旅游感赋

迢迢千里到南昌，八五登临阁顶端。
美好人生来不易，工农起义记心间。

杜诗江

湖南省龙山县原政协副主席。

咏张家界

秀石奇峰天外来，金笙玉笛奏瑶台。
蹁跹摆手游入醉，错把武陵当蓬莱。

漓江游

老夫乘兴漓江眺，万里风光一眼收。
忘却自身凡俗子，八仙敢与论风流。

中国共产党成立九十周年感怀

南湖壮举转乾坤，马列宏文作指针。
星火燎原兼地猛，进军号角震天鸣。
三山推倒妖魔尽，四化迎来日月新。
理论翻新呈特色，中华盛世万年春。

改革开放颂

春天故事情无尽，特色道路指航程。
万民共划图强策，举国同奔小康春。
卅年奇迹中华现，十亿炎黄伟业成。
改革东风吹大地，蓝图宏伟展乾坤。

庆祝新中国成立六十周年书展感怀

龙城书家气宇昂，泼墨挥毫写华章。
满纸烟云弥真气，一腔热血道衷肠。
奋发六旬惊世界，图强百载耀宇寰。
梦圆强国情不已，放声高唱红太阳。

杜兴华

笔名大漠雄鹰。男，新疆乌鲁木齐市人，籍贯陕西咸阳，企业管理工作者。星河文学社社长，曾任中国作家协会等诸多网易博客群管理员。擅长诗词歌赋，先后有数百篇作品在文学网站发表，2008年获得《中华诗词报》“诗词十杰”称号。知名网络写手，诗人。

古风·端阳赋

颛顼帝兮高阳裔，楚王本兮生屈原。
名曰正兮灵均字，言正平兮法于天。
春秋纷兮战国乱，七雄争兮纵旗幡。
操吾戈兮披犀甲，旌蔽日兮士争先。
穿乱石兮行坎坷，为民生兮雪梅寒。
举贤能兮明法度，增国力兮楚国安。
自强奋兮应万变，联抗秦兮再斡旋。
慨词歌兮忠心吐，良药苦兮谁口咽？
性耿直兮遭排挤，被放逐兮王浑残。
能战弃兮不抵抗，黄棘盟兮降秦关。
投骨肉兮以狼喂，楚国亡兮家离欢。
盼明君兮天问地，山河摇兮恨昏蛮。
桀纣猖兮周德治，姜尚鞭兮五神援。
长叹息兮掩涕兮，哀民生兮之多艰。
披风雪兮哀长号，赋离骚兮吟泽兰。
过庙祠兮先贤瞻，尧舜禹兮何时还？
盼花祥兮开盛世，民欣欣兮乐康欢。
朝饮兰兮露珠坠，夕餐菊兮英落垣。
抑壮志兮守节操，独清醒兮众糜酣。
责己错兮心旷达，赏众芳兮神高鸢。
两次贬兮四处漂，心系国兮香木兰。
鸷鸟飞兮不群党，济世先兮而固然。
怀王明兮若从善，岂落泊兮走湘沅。
月难圆兮天狗吞，宁赴湘兮葬龙泉。
投身汨兮君长恨，清白留兮驻人间。
百姓祭兮投糕粽，忠骨沨兮蛟尤残。
黎民哭兮望姊归，端阳煞兮艾叶蔫。
昭昭魂兮梦楚地，光彩耀兮辉湘沅。
路漫漫兮源长远，世世悲兮敬万年。
仁人追兮天地悔，后代效兮祭屈原。
苏武虏兮节不辱，北海牧兮十九年。
心存汉兮擦白发，雁笳声兮痛忠肝。
唐风淳兮总遗憾，杜甫吟兮上泰山。
安得厦兮千万间，忧国哀兮诗精湛。
以天下兮为己任，先忧后兮范仲淹。
处江湖兮忧其君，临岳阳兮爱山川。
领袖出兮乾坤变，击外敌兮反封建。
高瞻远兮蓝图绘，瘁热血兮恩宇寰。
东方红兮天下白，解放世兮巨龙翩，
打败敌兮中华立，百废兴兮歌春天。
嗟夫！
敬仰巍兮史在册，中华璀兮多俊贤。
屈子华兮创楚辞，赋比兴兮艺超前。
精通史兮洞世道，博文学兮溢浪漫。
离骚赋兮香美辞，抒情畅兮淋漓酣。
忧愤思兮谁知我，壮志凌兮心若兰。
濯淖污兮泥不染，不哺糟兮洁清莲。
怀沙赋兮以自沉，就正义兮扑深渊。
五色丝兮练艾叶，汨罗传兮遗怀牵。
新时代兮开先河，端阳节兮立国典。
叹其悲兮推其志，追其流兮心潮澜。
嚼香粽兮向天问，河宴清兮以广安？
明道德兮之世崇，重民生兮站前沿。
江山美兮英才继，改革弊兮严政坛。
反腐倡兮打老虎，灭苍蝇兮除大奸。
遵人道兮倡仁善，唱离骚兮奏和弦。
永遇乐兮稼轩赞，辉煌筑兮成就斓。

卜算子·西湖月

月恋恋西湖，梁祝相思结。缥缈苏堤两嘀莺，波上梧桐叶。

笔洗玉池浑，莲动霞色烈。几度秋风念尔娇，摘下西湖月。

七律·大唐月

青砖碧瓦辅金桥，四海飞鸿舞玉宵。
笛奏彤墀秋色赋，诗韵长安大唐娇。
莲湖月里宫妃渡，血马沙场驿路迢。
乐客城头弹月醉，霓裳绮梦落宸潮。

七律·天山月

明月天山醉美疆，秋风尽染靓胡杨。
葡萄映翠楼兰舞，葱岭联珠万笏航。
箭起阳关追后羿，花开西域眷仙嫦。
天池煮酒歌明月，月媚边疆幸福长。

杜泽泉

字湫清。男,汉族,1932年9月生,滕州市望塚镇陈楼村人,市建委退休干部,滕州市诗词学会常务理事、中华诗词学会会员。

七律·春

寒飈驱散送温暖,万象更新明朗天。
风挽柔枝摇岸柳,雨催新绿溢农田。
桃园放艳花如海,湖上扬帆歌满船。
丹凤朝阳人意爽,细描光景赋诗篇。

七律·游庐山

久仰庐山四百旋,游车曲曲箭飞穿。
将疑飞瀑龙兴雨,惊看极巅湖接天。
翠掩红楼遮望眼,雾迷怪石正参禅。
庐山面目真难识,一片空濛浮荡烟。

七律·莫忘"九·一八"

一支悲壮救亡曲,历史回眸血泪多。
苦难同胞遭浩劫,精忠将士放悲歌。
临风洒血吞倭鬼,拼死挥刀斩恶魔。
牢记八年亡国耻,时时警惕砺长戈。

七律·咏红军长征

万里长征铁水流,龙吟虎啸乐章遒。
雪山跨越闻天下,草地踏平惊九州。
极限苦行凭大道,绝崖险境展宏猷。
安民除暴乾坤变,振翅鲲鹏善壮游。

七律·秋

秋声秋色漫无涯,大漠飞扬万里沙。
枯叶因风聊听雨,暮云拥日幻看花。
雁横银汉角催曙,菊倚东篱霜弄华。
堪笑蜂寻蝴蝶梦,但疑春入别人家。

沁园春·乡思

心系家乡,骨肉亲情,祖宗故邦。动联翩浮想,童歌神话,田园沃土,稻麦飘香。溪水潺潺,后桥岸柳,劳作匆忙来歇凉。金秋到,看高粱晒米,谷豆盈黄。

亦曾灾难桩桩,憾先辈生前遭创伤。值倭奴侵略,匪徒骚扰,瘟神旱魃,一片苍凉。日照红旗,烟消雾散,改革宏猷奔小康。家家富,看住行衣食,难辨城乡。

沁园春·曲阜重游

鲁国都城,至圣家园,礼乐之邦。看宫墙万仞,金声玉振,厅堂殿阁,金碧辉煌。洙泗书香,万民仰圣,华夏文明历史长。曾遭劫,但杏坛花盛,圣道重光。

无情岁月匆忙。叹白首重游梦故乡。恰少年学友,春风浩荡,工形楼内,意气轩昂。联袂登坛,尽忠竭智,跋涉征程献热肠。人调整,别同窗老友,秋爽菊黄。

段俊生

男,1955年出生,河南鲁山人,退休干部。

七律·迎"七一"颂党(新韵)

镰刀锤子打江山,革命中州近百年。
立党为公尊马列,居官理政赖英贤。
方除病树生千木,又过沉舟竞万帆。
喜看同圆中华梦,人民奋发谱新篇。

段迎娟

笔名慧缘。毕业于上海交通大学医学院临床医学系。

自勉:风云变幻同俱进,沧海桑田心不惊;成败得失均看淡,随缘自在一身轻。愿与坚持梦想者同行,希望我的诗是一股清流,能洗涤心灵的麻木,唤起人们对真情的渴望……

悲苦皆因惑

情到深处难取舍，尘世名利不易过；
喧嚣浮尘太多错，人生悲苦皆因惑。

心似莲花开

红尘不老皆因爱，惺惺相惜情常在；
立志修行时不待，唯愿心似莲花开。

光阴已逝

攀峰之梦不可追，光阴已逝始知贵；
发白面皱方知味，一事无成心自悲。

情寄于诗

青春年华转眼逝，书藏胸中不言志；
唯将豪情寄于诗，今日再思恐已迟。

事在人为贵人携

此生相逢娑婆界，知音一曲丹心解；
境由心造秉正觉，事在人为贵人携。

酬勤贵在恒

宝剑锋从磨砺出，梅花香自苦寒来；
天道酬勤贵在恒，厚德载物福慧增。

书人境

岁岁年年人自新，日日夜夜书入境；
长长久久知音情，圆圆甜甜品在心。

墨缘

佳节福音入，兰馨滋雨露；
锦瑟相伴舞，皆因知音顾。

随缘

碧山访高楼，随缘识彩虹；
长吟清歌久，墨香人间留。

致裘法祖前辈

月为精魄花为魂，清风拂袖开混沌；
妙手仁心为人尊，一颗丹心天地存。

心与君共

清湍鸣回溪，欢言得所憩；
痴心无所栖，流水知吾意。

随缘安心

随意随性随心，自爱自由自在；
思量思念思意，不求不贪不问。

喜相知

江山如此多娇，人生几何，兰舟相和，不畏坎坷，对酒当歌，今生莫负良辰盛世，知音贺。

赤心为知己

风飘香袂空中举，赤心用尽为知己；
德高望重世皆识，心随长风赴天池。

知心言

镜湖颖水有清源，同归早晚与君言；
熟山道远不相见，高歌取醉自欢颜。

F

樊徽

1958年10月出生于新疆石河子市，祖籍浙江丽水市，现供职于新疆兵团第九师教育局。本科学历，汉语言文学专业。部分作品曾获全国诗词大赛特等奖、金奖。现为新疆兵团诗词楹联家协会理事，第九师文学工作者协会主席。

五律·大漠胡杨

叶飘梳陌野，虬干似戈坚。
大漠吟丝路，狼烟画日圆。
云叠观暮景，风劲卷沙迁。
雁阵归程阻，关山月夜寒。

五律·学步韵敬和马凯同志《开春感怀》

神州花遍地，新岁映霞晖。
滚滚春雷动，腾腾紫气吹。
山河将翠绿，原野已芳菲。
红日东方跃，九州梦可归。

江城子·咏兵团老战士

军装脱下进荒原，柳条编，睡苇帘。住地窝棚，想娘泪涟涟。屯垦荒原添绿色，听鸟语，朔风寒。

开发农场笑声喧，舞翩跹，庆丰年。谁醉今宵，愿景在人间。此去情牵边塞月，同举酒，梦今圆。

水调歌头·中国梦

璀璨奇葩美，锦绣耀东方。黄河直下披靡，阅两岸风光。南海波涛翻滚，威震当今妖孽，举世再无双。华夏安何在？抽剑把眉扬。

舞红纛，前贤继，号吹响。一带一路，雄伟大略写辉煌。奋臂华年圆梦，除弊民心相向，百舸乘风航。八项规定好，尧舜比翼翔。

霜天晓角·中秋吟

月圆风爽，遥送残荷景。汩汩小溪辉映，消逝尽，孤鸿影。

山秋云气涌，影疏霜露重。落叶慢摇花径，长亭远，婵娟静。

浪淘沙·丰收的田野

八月艳阳天，绿野情牵。田畴金色喜芊绵。机唱诗园追紫燕，色彩斑斓。

溪水润花鲜，鸟恋云欢。小康共创乐如仙。满地画盘摇黛色，楼在桃源。

珍珠令·西域情

天山雪域白莲美，苍松蔚。边塞苦、高原谁累？荒漠有新春，柳红衔玉佩。

月照长沙鸣碧翠，胡杨泣、晚霞妖媚。妖媚。破雾血飞扬，昆仑挥泪。

鹧鸪天·重阳思友人

秋水飞波旭日红，枯花未落叶枝青。行吟素月冷光韵，缱绻相思叹惋零。

杨柳瘦，雁鸿鸣。梦依花草夜无声。流年岁月绵无尽，把酒牵魂情更浓。

樊淑敏

笔名等风吹来，微信名凡书。辽宁省抚顺市人，现居大连市。从小喜欢诗词，更爱古诗词，现原创律诗、绝句、词等有几百余首。

签名："我的灵魂里往着风。"

五律·笔（平水韵，上平十一真）

砚台纤竹卧，玉骨自修身。
管直挥书疾，豪柔饱墨淳。
临宣腾八骏，点翰载三秦。
撰写千铭史，文房第一珍。

五律·墨（平水韵，下平一先）

古窑焚石炭，兰麝凝松烟。
易玉经磨砺，乌金固笔椽。
香微沉帛永，迹重敬儒怜。
展素挥毫起，千秋著史篇。

五律·纸（平水韵，下平七阳）

捶洗灰麻碎，浮纤锻玉浆。
成宣平伏案，载册入文房。
质洁存豪迹，身柔溢墨香。
蔡侯开创术，盛世美名扬。

五律·砚（平水韵，下平八庚）

洮河求绿石，璞玉自然成。
理剔神工琢，台方稳案平。
经年研细墨，阅世伴豪英。

秉德同贤聚，书斋逸骨清。

五律·琴（平水韵，下平一先）

绿绮琢精巧，丝桐细镂镌。
和心调玉珍，妙指落朱弦。
曲婉绕梁澹，声清聆涧湲。
知音随律至，赋圣下云烟。

五律·棋（平水韵，下平八庚）

万象占方气，开盘测岁庚。
分珠闲对座，落子破围城。
筹运牵星定，缜思凭智争。
沉浮参错阵，黑白自分明。

五律·书（平水韵，下平七阳）

汉文成史册，著迹古斋藏。
开卷增千智，挑灯阅万章。
心通灵韵点，字悟暗思量。
翰院鸿儒伴，兰台透墨香。

范东学

网名湘北耕夫。1964年生，湖南岳阳临湘人，务农。自2011年开始学习近体诗写作，已在“红袖添香”“诗词吾爱”等文学网上发表诗作若干，并有部分作品散见于《中华诗词》《长白山诗词》《湖南诗词》和《洞庭诗词》等报刊。

感时二首

（一）

方觉入冬门，忽闻又立春。
倾杯图一醉，不忍数年轮。

（二）

寻诗探法门，忘我不知春。
草木无言里，枯荣又一年。

桑椹

桑椹檐前缀满枝，甜甜涩涩引神驰。
当年情窦初开日，正似半青半紫时。

苍松盆景

玲珑小巧原生态，偶结高缘盆里栽。
相劝诸君休侧目，由来慧眼识奇材。

观下雪

盈盈湘北行，结伴舞婷婷。
满地梨花白，漫天柳絮轻。
人言无曙色，我谓有魂灵。
欲远尘嚣事，长抒羡雪情。

范献亭

河南省扶沟县吉鸿昌中学退休教师，多年从事教育工作，酷爱古典诗词。中华诗词学会会员，河南诗词学会会员。

七律·上海知青支边曲（新韵）

挥手东辞上海滩，西行千里赴边关。
醉酣蜃景风光美，笑看长河落日圆。
滚滚黄沙翻绿浪，滴滴汗水绣良田。
青春托付天山月，杖剑扶犁梦也甜。

七律·上海支青赴新疆50周年庆（新韵）

满目霜鬓亦自然，峥嵘岁月醉当年。
叶河激浪风华茂，戈壁扬尘绿梦圆。
座上融融情怎写？心中切切意难言。
人生百味一杯酒，共赏浦江霞满天。

七律·漫步上海外滩（新韵）

百年风雨历沧桑，霾雾怎能遮曙光？

东海西洋轮靠岸，南腔北调意轩昂。
浦江后浪推前浪，逆水红船更远航。
喜看明珠金闪跃，怡然漫步诵华章。

七绝·信步上海南京路(新韵)

大厦排空上触天，霓虹闪烁颂八连。
醉迷香雾往来客，知否含羞近百年?

（注：八连指南京路上好八连。）

范章佩

1943年生于湖北恩施自治州鹤峰县走马镇，土家族，工人。爱好古典诗词、摄影、音乐及中医学。2013年春开始学习写格律诗词，2014年12月加入恩施州诗词楹联学会，现已创诗词300余首，部分诗词发表于州、省级诗词刊物。

迎春花

经霜历雪始萌芽，未绿先开灿灿花。
吉兆清菲扬露朵，祥呈紫萼促桑麻。
驱风利肺精神爽，吐故纳新情志佳。
笔饱墨浓抒艳丽，迎春万里漫红霞。

阳雀

余寒乍暖漫兼程，旧地重回倍觉亲。
展翼长空情切切，栖身绿野意殷殷。
穿云沐雨催耕迫，破晓惊眠震聩频。
阵阵乖歌阳韵雅，声声啼出悯农心。

栀子花

冰封雪压小园空，唯有庭栀碧叶葱。
蓓蕾三春滋勃勃，花开九夏馥浓浓。
端庄玉貌风情雅，绰约风姿仪态雍。
淡素温馨情若许，瓶花几上展芳容。

秋思

共伞相行山径崎，红黄绿紫染秋枝。
几程缱绻路嫌短，两眼朦胧手挽迟。
日暮萦诗心觉疚，夜阑惊雨梦醒痴。
当年抚菊缠绵意，岁岁情牵未了时。

清明忆亡妻

拙荆廿载病魔缠，天命多艰几许担。
撤瑟时分泉路近，鼓盆岁月壁灯寒。
无烦无怨无旁贷，司盥司餐司榻沿。
人去恩留情未了，冢前明烛泪潸然。

五律·荷花

菡萏漾池塘，清辉映月光。
凌冬泥底濯，熬夏蒂心扬。
白藕丝涵玉，青莲吐籽芳。
销魂流墨韵，雅景入华堂。

早秋

丽日入山秋，紫薇香自流。
田禾抽绿穗，院栅吊青柚。
翠鸟穿空远，彤云过岭柔。
犬惊疏客怯，蝉唱桂幽幽。

秋日山里做客

门无车马啸，竹有鸟声扬。
玉树三重碧，田禾一脉黄。
樽前评酒劲，饭后品茶香。
坐暮熏蒿草，清寥夜话长。

方华安

浙江仙居人，1946年生，小学毕业，农民，中共党员。诗词爱好者，现为仙居县和浙江省诗词与楹联学会会员。

带孙女

奶粉蔬羹蛋粥汤，小球小狗小铃铛。
侍尿擦屎寻常事，嬉笑号啕皆乐章。

访友

秋高天爽日，来访牧羊人。
薄雾缠青岭，轻风拂素襟。
土鸡墩野栗，蓬壁写诗文。
更有公盂美，快门留履痕。

步陈新民老师《静夜思》韵

自嘲

半路出家虽已迟，古稀幸遇太平时。
荣华富贵随人去，绿水青山任我痴。
曾有苦心怜苦难，却无仁爱献仁慈。
未穷风雅真诗味，也伴春潮唱竹枝。

知足

岁月艰难年复年，车回路转艳阳天。
历经霜雪布衣暖，熬过饥荒粗食鲜。
时赋鹧鸪心自悦，常调丝竹意怡然。
青山添绿桑榆美，赢树逢春蔗境甜。

浪淘沙·仙居千年

舍酒浴疯癫，县志曾编。奇闻不胫走金銮，博得宋皇挥御笔，古邑冠仙。

往事越千年，日月新天。仙人居处更娇妍。秀水奇山图画里，吴越桃源。

咏油菜

但见幼时点点青，经霜历雪更娉婷。
农家自有神来笔，画出田园一片金。

鹧鸪天·绿道行

夹道林阴春意浓，嫣红姹紫雨朦胧。翠峰缥缈笼轻雾，烟柳婀娜沐惠风。

鱼戏水，鸟翔空，短桥曲栈步从容。清溪绿韵怡神处，生态家园诗画中。

鹧鸪天·“慈孝仙居，和睦邻里”仙居县首届器乐大赛颁奖晚会

筝鼓笙箫曲曲新，高山流水遇知音。阳春白雪扬慈孝，下里巴人颂睦邻。

文武乐，古今琴，《乱弹杂》罢《夜深沉》。百花竞放春光好，强手原来是草根。

（注：埠头西乡民乐队《乱弹杂》获合奏一等奖，淡竹陈老万《夜深沉》获独奏一等奖。）

方进

笔名安念。女，1998 年 9 月出生于贵州桐梓。现为桐梓二中在校学生，桐梓县文学协会会员，桐梓县书法协会会员，其作品在《溱溪》《播韵》《娄山关》等刊物发表。

闺情

梧桐叶去雨潇湘，佳木折枝换新装。
只愿东风识旧泪，奈何一世待王嫱。

咏残荷

残荷听雨夜阑珊，玉立亭亭浩荡然。
折叶残枝存傲骨，娉婷气度意新添。

声声慢·情切

纷纷扰扰，切切忧忧，年年旦旦暮暮。正当落花时节，才知眉蹙。倾城目中情切辗转间，寻他百度。梦又醒，泪阑干，却见其阑珊处。

愁雨叩窗曼舞，犹过往，逝泪堪称楚楚。目滞言孤，淡淡诗意伤故，芭蕉润浓细雨。奏冰音，凄凄满路。又梦见，却叹惋，阴云密布。

采桑子·纪念抗日战争胜利

炎黄血脉凌云志，赫赫蛟龙。威武城墉，势立青松百世雄。

日出灿烂东方耀，固我金瓯，赤胆精忠。四海三江民众拥。

落日

丹霞隐现窗彤满，斜燕孤飞影照红。
锄客归家心盼许，悄息凝注意犹浓。

秋意

秋纵意疏狂，斜阳枕落妆。
西嫱思慕许，独坐引壶觞。

秋思

烟云晓雾笼纱烟，残雨纷纷夜静眠。
雁去时从风萧瑟，醒来晨宿挂新天。

方生

笔名方正雅。广东省汕头人，曾在诗词网络杂志发表作品二百余首。晋韵诗词学会特约撰稿人，珠江诗社社员。

七绝·江南乡村夏夜（平水韵·下平七阳）

丽景江南炎热闹，林萝雨过纳轻凉。
开轩感羡怀闲逸，一片蛙声夏日长。

（注：林萝是一种藤蔓植物，因为比较繁盛，所以可以阻挡太阳光线。）

七绝·潮州凤凰山（平水韵·押“阳”字）

碧色茶山栖凤凰，红妆如画胜涧芳。
潮人自古多争秀，雪片非花隔厝香。

（注：(1)潮人指潮州人；(2)雪片指凤凰山之雪片茶；(3)厝在潮州方言意为房屋；(4)涧芳为山涧中的花香。）

七绝·父亲节致自己（平水韵·上平一东）

昔日儿童戏蝶虫，今朝堂上已当翁。
春秋几度空恩怨，醉倚凌云夕照红。

七绝·梦觉520（平水韵）

杜鹃五月染山红，万缕馨香织好风。
惜取新妆芳草色，千花雨后有无中。

七绝·雨（平水韵·上平五微）

密雨飘摇渐细微，蜻蜓依旧绕檐飞。
清风吹作相思处，一缕闲愁托夕霏。

七绝·咏菊（平水韵·下平六麻）

冷月秋风始起花，幽香满地入千家。
天涯怅望归乡客，看尽重阳落日霞。

七绝·登古楼感怀（平水韵·上平一东）

百尺危楼烟雨中，登临望极倚春风。
忧怜全盛流光去，一梦飘蓬夕照红。

七绝·题图·清韵（平水韵·下平十二侵）

黄鹂翠柳啭清音，风弄梨花带雨临。
我为良人弹此曲，当时恰似梦中吟。

五绝·秋愁（平水韵·押“支”韵）

昨夜落千丝，秋风草色衰。
闲花含别泪，卉物托愁思。

五绝·雨夜秋愁（平水韵·押“阳”字）

雨落秋声起，余花草不芳。
临风黄叶地，惟有酒愁肠。

五绝·秋（平水韵）

凉风惊紫燕，木叶又逢秋。
征客归心远，惟兮写别愁。

（注：惟兮为叹词。）

方跃明

1969年出生，江西婺源县人。中华诗词学会会员，江西省作家协会会员，江西省诗词学会理事，婺源县诗词楹联学会会长。个人出版诗集《乡村吟草》、游记《驴行婺源》和随笔《婺源美食》、散文《和云一起栖息的地方》。

夜坐福绥堂小院，有作绝句四首

其一

鸣泉婉转作琴听，一袭清风一院星。
竹影婆娑花不睡，拟邀明月到中庭。

其二

小院清清夜色沉，一杯香茗一张琴。
漫天星月无人管，坐听秋蛩入户吟。

其三

画槛朱栏映碧莲，茑萝争艳水缠绵。
呢喃燕子春来后，早运香泥到屋檐。

其四

一院清幽胜画屏，斜阳归去有流萤。
风轻云定秋千静，闲看牵牛织女星。

七绝·大河长滩漂流有咏

缓缓清波绿绿州，白云红筏一江鸥。
层岚更在墟烟外，自放南风到渡头。

七绝·云衢庵

四面青峰绝俗尘，半空古寺与仙邻。
黄金台上黄金印，不及阶前月一轮。

七绝·不二书屋

不厌深山与白云，长随佛号诵晨昏。
窗前明月书中字，都向松间竹里寻。

七绝·飞凤峡

清溪一曲出天门，哪计巉岩与落尘。
直卷瀛洲三万里，不思长作太平人。

房嘉海

内蒙古乌兰浩特人，现任兴安盟供销社调研员。内蒙古诗词学会会员，中华诗词学会会员。作品散见于《内蒙古诗词》《中华诗词》《诗词月刊》《诗词家》《诗词报》《内蒙古日报》《兴安日报》《兴安文学》《内蒙古晨报》等报刊。作品《五律·罡风》获2015中宣部征诗三等奖及相关作品获自治区党委办三等奖，自治区诗词学会三等奖、二等奖等多个奖项。论文《浅谈诗词创作三贴近》入选中华诗词学会29届论坛，并在大会交流发言，同时入选内蒙古自治区诗词学会首届论坛。

竹枝词·家乡罕山赏杏花

（一）

雨霁云雯丽日晴，春风邀我杏园行。
花开堪赏君须赏，莫待明朝看落英。

（二）

凭眸一望满园娇，醉沁幽香十里飘。
粉萼白花盈笑靥，怡情缓步尽逍遥。

（三）

枝头朵朵竞春光，微抹娇容淡淡妆。
恍若太真如玉面，泪沾胭粉染花香。

（四）

风柔日煦杏林芳，雪漫枝头扮素妆。
别是瑶台花瓣扫，洋洋洒洒落山冈。

（五）

缓步游园曲径幽，蜂迷花蕊戏枝头。
芳林隐处闻禽响，无力东风鸟也愁。

（六）

丹唇冰面紫香腮，醉态羞花复又来。
摇曳风中姿曼舞，金龟换酒且贪杯。

（七）

谁与花间共品茶，轻啜慢饮话桑麻。
茶香未尽花香绕，不负春光蝶恋花。

（八）

如烟花海荡心舟，相约同俦尽兴游。

花绽娇容能几日？人生转瞬付东流。

(九)

枝头哪朵为君妍，娇靥张张秀可怜。
树下和衣春共枕，庄周梦蝶伴花眠。

(十)

花开一夜满山坡，野径徐行鸟伴歌。
身后足前游客影，春光不日莫蹉跎。

飞雪

本名高雁雪，原山东滨州文联副主席，中国作协会员，中国文学艺术家联合会名誉主席，享受国务院特殊津贴，一级作家。有文学专著12部，诗作《鱼鳞河》受茅盾表彰。散文选入《散文》获奖作品二集、《中国新时期抒情散文大观》，诗词选入《世界诗词艺术家辞海》等300余部书典。

雷锋精神传万代

红星闪亮照眼明，行善乐事不言名。
毛公挥笔风雷动，大江南北学潮涌。
乍见绿意知春至，看惯秋黄是传承。
喜观世博小白菜，人道更多女雷锋！

咏“神医”

——王万青高原行医四十三年

浦江赤子侠义风，远涉藏区做医生。
高原孤烟牛粪味，茂草离离旋飞鹰。
过尽五关苦变乐，赢得甘南“神医”名。
亮亮黄河抱玛曲，四十三秋汉藏情。

(注：五关：语言关、生活关、骑马关、风俗关、高原缺氧关。)

诚信乃人立世之本

——诗颂上海徐兰英替夫还债

十九年前菊花黄，朋友托夫买沪房。
房屋未购钱转向，霜打茄子塌了秧。
况友支内遥赴川，音书断绝地茫茫。
夫死方晓腌臜事，此钱不还刀绞肠。
卖掉房产寻债主，巴山天高蜀水长。
数载觅得故交面，欣闻攀枝花溢香。

扁担

——为轮船挑送东西的杨怀远

扁担一条横在肩，行运天地山水间。
这头联着远航轮，那端牢系上海滩。
重起轻放无毫损，准时到达不误船。
您是勤劳一根针，多少心线总牵连。

凡人善举

——电视新闻《凡人善举》节目报道了上海一位王师傅，飞身勇救坠楼男童，令人感动。

家长疏管护，男童坠高楼。
路过王师傅，飞身举双手。
天骄得险救，雄魂汗一头。
凡人多善举，黄浦大江流。

飞雪(孙雨春)

黑龙江黑河市人，网络写手，诗词多见于各大网站，老三届毕业生，偏爱古典诗词。

七律·花月吟

月探篱下花容瘦，花枕云间月影移。
闭月羞花相思句，拈花吟月别离辞。
倾樽月落听花雨，弹指花飞剪月时。
烛上提花明月夜，窗前醉月折花枝。

七律·花月吟

花月团时花带媚，月花残处月朦伤。
凋花煮月难为酒，剪月分花不胜量。
千里婵娟花梦远，一帘相思月清扬。
花容月淡何吟醉，月满花羞共衷长。

七律·花月吟

花开月下月花容，月落花间花月重。
沈月花雕柔似水，怜花月断恨如弓。
愁眉锁月花魂暗，素面昭花月魄同。
明月中天清照酒，落花无奈亦情衷。

七律·花月吟

花应时节风流转，月逐光阴约绰闲。
晓月西窗花枕泪，镜花如面月倾寒。
春分花雨知多少？秋获月云终两难。
醉里观花花弄影，樽前劝月月凭攒。

七律·花月吟

印月凌花丽影斜，弹花碎月捧琵琶。
三江花絮千轮月，一棹月痕多少花？
月浅月盈花有泪，花开花落月无华。
谁吟月下听花语，依醉花阴对月嗟。

七律·花月吟

寂寞闲庭茕月影，深幽柳苑落花飘。
花飞弦上情难枕，月到窗前梦已消。
掬月千寻相思引，拾花零乱惜奴娇。
楼台望月婵娟远，隔岸观花听水谣。

七律·花月吟

花赊明月香千缕，月负落花霜半秋。
篱下月移花影碎，枝头花拥月眉幽。
红妆醉月花无籍，素面沈花月带羞。
花月难盟同比老，月花依旧各风流。

七律·花月吟

月满人圆花自开，花零梦散月徘徊。
观花依月风流客，吟月怜花相思哀。
将酒花前邀月饮，横琴月下挽花来。
春江花雨倾城月，秋水月柔花任裁。

七律·花月吟

醉月当赊酒一壶，拈花权做雾中呼。
香招远客花容面，梦别伊人月影如。
月缺月盈千古恨，花团花瘦几番图。
春风得意催花老，秋雨何堪浣月无。

非也

浪淘沙令

触景九回肠，劫后离觞。悲思寄旅鬓丝苍。楚水燕云何处客？不傍鸥乡。

旧谱唱新凉，化泪飞霜。波心明月映尘芳。漫诩汀洲芦荻雪，摇落秋江。

锦帐春·闻雁

飞絮牵愁，疏钟敲晚。奈倦客挑灯听惯。落平沙，关月隐，渚云驱孤雁。念群声颤。

一字书空，信沉人远。怅飘泊情迁物换。渡衡阳，临楚岸，阵迷银河转。长安梦恋。

蝶恋花·情寄(堆絮体)

日暮江花无着处。问望莺飞，问望莺飞树。浩荡红尘阡陌路，奈嗟劳落人心苦。

忆向春妃天谩妒。月隐霓裳，月隐霓裳谱。梦踏巫山偎雁羽，相期琴瑟依如故。

风雅颂

原名徐建华，男，河南省民权县人。全球汉诗总会、中国诗歌学会、中华诗词学会、中华文艺学会、香港诗词学会、河南省作家协会会员，商丘市诗歌学会理事，商丘市诗词楹联协会副会长。先后在地市级以上文学刊物及其他媒体发表诗词文赋作品三千余首(篇)，著有诗集《清香颂》。

古风四十韵·不忘初心吟

激情满怀忆当年，风华正茂攻书卷。
一腔热血思报国，青年学子苦钻研。
追求真理辨是非，树立信仰在人先。

伏案疾书明心志，坚信马列不思迁。
入党申请第一份，胸怀理想登层巅。
矢志苦读求博学，成绩优异术业专。
而后辛勤育桃李，诲人不倦在讲坛。
入党心愿尤迫切，每欲思齐效良贤。
再述夙愿字行里，悠悠初心尽绵延。
传道授业不辞苦，严谨治学日释诠。
学习工作求精进，日勤三省固三观。
支部书记注关爱，尽付身教并言传。
其间风波四起烟，旗帜鲜明立场坚。
潜研党史析渊薮，愈信大道期凯旋。
由教从政团地委，加入组织得梦圆。
犹记当时心澎湃，赤诚直面党旗鲜。
庄严盟誓衷心表，情切切兮意拳拳。
迢迢征途识重任，宗旨纲领记完全。
创新工作竞风流，在党忧党道义担。
遑论岗位在何处，驱驰奋蹄若老犍。
笃学深思修党性，执著事业心虑虔。
以身作则当表率，向我看齐岂虚传。
群众路线勤践行，三严三实润心田。
遵守纪律讲规矩，不视懈怠为等闲。
严以律己戒贪墨，公仆情怀鱼水缘。
忠诚履职甘奉献，准则条例具规范。
后乐先忧怜疾苦，心存敬畏如临渊。
求真务实祛浮躁，虚怀若谷纳百川。
承继传统思光大，砥砺品格效荷莲。
谨守党章心惕厉，牢记使命铭誓言。
九十五载风雨路，峥嵘岁月非云烟。
致力实现中国梦，破浪乘风启航船。
伟大事业赖指引，系列讲话明灯燃。
我身些微不足道，甘效绵薄自著鞭。
心中有党风帆举，力量不竭若涌泉。
崇高理想萦胸臆，勠力同心赋诗篇。
旗帜高扬凝心智，终生奋斗不息肩。
耿耿初心终难忘，今日浮想至联翩。
一怀痴情发光热，不负黎民不负天。
上下求索漫漫路，壮志豪情更无前！

风雨独行

本名龚万仙，重庆市酉阳县丁市镇人。草根网络写手，多年在外，无定所，现居浙江萧山，喜欢诗词歌赋、读书写作。

烟雨斜阳

烟雨斜阳菡萏幽，丹霞染露弄轻舟。
沿堤柳绿清风爽，远水孤帆绕鹭鸥。

民族风

历经沧桑醒睡狮，岁月催人跃马时。
自有英雄身报国，何来扰寇欲欺之。
登门指脸狂凌辱，怒鞘横心伐斫痴。
屈起中华鹏展翅，风流人物谱新诗。

寄台湾同胞

山河锦绣最奇葩，后裔炎黄本一家。
同宗兄弟人各志，共祖陆台大中华。
创业安邦三军振，宏图再展两岸花。
齐心协力防敌犯，魍魉横行并举叉。

卜算子·迎秋花

夏日绽枝头，撷韵千般艳。饮露尝华沐晚钟，眉黛秋波转。

早像落霞红，明月宫妆浅。恰似新娘靓嫁衣，待伴香枫软。

风雨薇

原名徐静。曾任多家文学论坛网站版主，现任大家网文学论坛网络总监一职，并创建了采薇诗社以及《采薇诗刊》公众平台。诗词多次入选风起中文网《风起》电子杂志，并散见于《关雎爱情诗》《中国电影报》《慈善北京》《城阳诗词》《河南诗人》《2015年中国微信诗词精选》《京民文苑》《安阳日报》等纸媒。

诗观：写诗十余年，相信以时间的心，填入生活的韵脚，诗行中，会有蔷薇朵朵，依次盛开。

七绝·花仙子之槐花串串

一盏轻云落影时，风帘醉在旧花枝。
经年偏爱春深处，谁卷玲珑月下词。

七绝·小浪底

波纹淡淡几回风，坝上回眸又不同。
一段曾经入山色，梅香飘在彩桥东。

卜算子·雨

红伞小罗裙，影淡青街里。谁借春来那缕香，又画风眉细。

雨落几丝丝，也有柔柔意。拭去忙闲叶叶新，都是红尘记。

七绝·簪月

轻簪一卷温柔月，小苑春亭长短长。
梦里青青又相见，风飘隔岸几尘香。

七律·予小青

一怀明月梦诗行，又见新茶墨底凉。
提笔寻来旧时节，隔屏相约淡尘香。
细描思绪千山起，轻扫烟云百味藏。
谁剪流年花叠叠，半笺心色是星光。

七绝·秋雨

秋雨几回晴梦少，烟寒数点倦风痕。
长街已是西窗冷，半盏残花何必温。

2016年11月

枫叶荻花

夏日随感

酷暑难熬烦扰侵，赊来绿绮奏清音。
看墙草易知风向，趟浊流难辨水深。
或去或来游子意，亦悲亦喜故人心。
红尘若有真情在，一曲高山梦里吟。

一剪梅·寻杨家沟古银杏林

傲立深山人未知。千载秋霜，更染虬枝。年年此季最相思。小扇轻摇，风语传诗。

辗转寻来只为痴。一树华章，肯为谁悲？纵然零落亦如归。今日成泥，他日轮回。

临江仙·题旺泉峪长城

何处苍龙盘北国，烟云半掩群峦。此中迷恋不飞天。登临观日月，幽绪越千年。

正是朔风寒彻骨，似闻清角连连。将军百战厌狼烟。兴衰多少事，弹指一挥间。

冯笃松

中华诗词学会会员，四川省作家协会会员，西昌市作协顾问。作品散见于《诗刊》《中华诗词》《中华辞赋》《星星·诗词》《诗词月刊》《诗词》等报刊。有诗作收入年度及多种选本。出版《短诗集》和散文诗集四部。多次获得《诗刊》等全国性诗歌大赛奖。收入《中国诗人大辞典》。

七绝·八首

席间忆及吉狄马加先生感怀

翻江曾笑风雨稠，梦阔因之弄海舟。
忽忆壶天拜明月，百般诗酒感君庥。

夜梦留诗泸山的乡贤杨慎

幸凭梦径遇先贤，飘逸诗魂隔世缘。
还执乡音相对语，听君朗笑在云天。

题照致乡友胡本彦先生

一握乡情千里长，临滨小坐对苍茫。
邛池有幸留君影，共看泸峰挂夕阳。

重登桂湖云外楼

搂头登顶看云飞，几近花期伤合离。
谁晓归程客中客，凌霄长咏黄鹤诗。

重游桃花山寄思

桃林漫步忆刘郎，着意一吟千树香。
好梦欲追崔护影，桃源深处觅南庄。

下联：续爱女梦逸之诗

疏是枝条艳是花，萱堂手巧缀纷华。
无香却有心香在，光景长留百姓家。

观邛海白鹅浪有作

水复粼光夕染金，白鹅漫海涌潮生。
浩茫心事浮尘外，欲上飞舟剪浪行。

人暮忽见马帮感怀

恍回古道旧时光，一夕穿行百结肠。
多少烟尘匹马上，长歌云曲绕山梁。

冯恩启

网名神龙。山西省汾阳市高级教师。在中国散文网、散文吧、中华网文学版发表诗文300多篇，近百万字。现建有微信群：中华神龙文轩诗文作家群并担任群主。

七绝·和神龙群诗友韵有感（藏头诗）

神游四海觅贤踪，龙隐青山傲碧空。
诗舞春秋邀日月，文随心意贯长虹。

2016年2月23日。

七绝·端午悲情祭屈原

人世不明屈子心，江山有意化甘霖。
杜鹃啼血唤君回，端午悲情祭楚吟。

2016年5月5日端午节抒怀

七绝·寻孟门行吟（一）

孟门古县今何在，踏遍青山找不来。
南寺幽深传吟唱，江河雄壮荡情台。

2016年5月10日于山西柳林孟门

七绝·寻孟门行吟（二）

群峰竞秀满怀柔，江水含情奔海流。
昔日繁华成一瞬，今朝更美景中游。

2016年5月10日于山西柳林孟门

七绝·成都望江楼（一）

崇丽阁上望江流，满目风光入眼柔。
人世几曾伤往事，高楼翠竹掩心愁。

2016年6月20日于四川成都

七绝·成都望江楼（二）

锦江碧水绕江楼，丽鸟含情荡竹悠。
高阁飞云迎远客，晓风微雨送轻舟。

2016年6月25日于四川望江楼

七绝·读群友诗有感

群友挥毫泼墨流，相思落泪满情愁。
白云款款传诗意，青鸟微微荡竹悠。

2016年8月10日

七绝·吊闻仲

一点游魂归绝处，名标青史也虚无。
焚身化作流星雨，报国忠心万古殊。

冯集蕴

男，1943年生，山东滕州人，大学文化，滕州市中心人民医院退休医生，系枣庄市诗词学会会员。

七绝·漓江游

漓江两岸景峥嵘，山险峰高游客惊。
九马画山争辨认，长廊千里享佳名。

一江四湖游

昼夜景观皆艳美，四湖两岸象龙宫。

桂林名片甲天下，游客欣然赞叹崇。

龙脊梯田

龙脊观光独特风，层层梯堰接云中。
七星奔月誉中外，五虎九龙天下雄。

韩国行景福宫

金碧辉煌景福宫，皇家王府伟姿雄。
康宁思政殿相峙，细看相承唐宋风。

冯建功

男，1971年6月出生，汉族，生于洛阳，长于洛阳，1993年毕业于河南大学税收专业，后从事税收工作至今，现供职于洛阳市国家税务局稽查局，喜欢古诗词。

七律·春游洛浦

洛浦秋风美名传，怎堪三月醉江南。
一河碧波八方阔，两岸杨柳十里烟。
携伴闲坐钓金鲤，将儿轻逐放纸鸢。
洛神无恙当惊叹，千载帝都展新颜。

七律·邙山怀古

汉魏隋唐数度修，古今兴废雒阳州。
残阳萋萋邙岭草，荒野寂寂帝王丘。
梦断千秋多少泪，魂牵万世几何愁？
苍茫日暮山归远，天地悠悠水自流。

五律·关林有感

圣气何凛然，森森柏冢间。
秉烛春秋夜，温酒虎牢前。
忠义千古照，勇仁万年传。
三门同祀列，四海谁可堪！

冯凯军

笔名亦鸣。江苏邳州人。诗词承继唐宋风骨，学古而不泥古。寄情田园，风花雪月，俯拾即颂，多有感怀之作。存近体诗三百余首收入《鸣皋集》，曲子词近二百首收入《莳花集》。现为徐州市诗词协会理事。

诗观：诗词之道，乃人生之轨迹也！

七绝·迎春花

管甚风寒或雪霜，百花未醒自疏狂。
人间纵有丹青手，信是春来第一黄。

七绝·云龙湖夜景

万紫千红不是花，钟灵毓秀亦非她。
无边夜色争春色，半洒珍珠半裹纱。

七律·忿鸟

梢头黄鸟似当初，白眼狂啼不识庐。
只道缸中无斗米，可知架上有藏书？
曾哀俗世分高贵，未想呆禽效远疏。
名利滚他闲弄墨，画来锦雀也心如。

临江仙·清明踏春

柳正添妆眉笔细，精心描个新堤。谁家燕子练晨啼？梢头含露，忍把嗓门低。

陌上滞寒犹带暖，唯余不解春期。短裙夹袄乱穿衣。芳菲尽也，足下染香泥。

踏莎行·赏春

柳叶舒眉，桃花笑我。白云起处骄阳破。河中水鸭几沉凫，衔泥燕子匆匆过。

动看婆娑，静观婀娜。心仪绿鹭田头卧。馨香入口嚼春词，蜂儿伴舞莺来和。

武陵春·东山寺客居

禅唱声声惊梦早，山寺几尼姑。敲破心扉小木鱼，一念佛门孤。

许是红尘情未了，不敢诵南无。黄卷青灯酒半壶，终老旧茅庐。

一剪梅·剪裁周庄

土布花衣任汝挑，到了周庄，秀个新潮。长裙束就小蛮腰，柳自纤柔，人更苗条。

试向船娘借橹摇，美在心头，乐上眉梢。斗篷吹落正无招，可恨船儿，已向双桥。

鹧鸪天·燕子楼

四面清波拱绿洲，知春岛上惹人愁。当年剩有霓裳曲，此际空嗟燕子楼。

心落落，念悠悠，才情迷醉几名流？诗魔饶舌欺红粉，烈女含悲一命休。

冯培哲

浙江杭州人。大学文化，长于诗词、书法、篆刻。谷风诗社社员，河北诗词协会会员。现任浙江新州集团驻俄罗斯远东投资部财务总监。

贺谷风之庆

其一

沧州道外范阳东，一片黄花断柳空。
明月横窗鸡唱早，霜花满地汉时风。
烟村四子寻诗路，客舍愚公问酒僮。
折藕江南渔火重，喜闻天籁绕梁中。

其二

秋在高村落叶枫，云开风起夕阳红。
陪棋谢府江南客，论酒王家魏台风。
白发诗书勤作径，长门再赋敢称雄。
江湖满誉载春去，天马横空踏月宫。

其三

故人未敢怜张禄，热客才知有杜康。
云落空山无汉月，花飞旧苑入宫墙。
数声杜宇苍凉意，几点秋英渡晚霜。
最是牵肠思朋辈，倚栏不敢问斜阳。

其四

漂泊江湖身似叶，秋风直入雁门关。
问诗北海多知己，寻酒燕壹有玉环。
明月临窗眠不得，村炉小火煮茶闲。
笛声古道芳尘重，客在残阳柳树弯。

（注：某一生不得志，游历河北而试谷风诸子。霸州诸子酒，高村社长茶，辛章赵家眠。古风重，情谊深，予每念至此，常为之欷歔。）

其五

最重乡情黄叶村，何须阳断杏花门。
临歧不忍西风客，击筑当思一饭恩。
灯火阑珊浮旧影，曲尘暗澹觅诗魂。
轻烟未起梧桐雨，对酒欷歔碧草昏。

冯塘

佛山市禅城区张槎街道诗词学会会长，广东楹联书画院高级院士。

七律·几多愁

人间若问几多愁，低柳轻扬摸白头。
浪叠湖江寻渡口，烟波船只击争游。
荒凉气冷风寒至，净宇晴空水月流。
花落凋零陈旧迹，斜光犹笑憾春秋。

七律·游南海湿地公园有感

江风绿意沐骄阳，万亩溪塘绕四乡。
湿地苇丛飞白鹭，沙滩波滟闪金光。
荷香飘逸神思远，竹影婆娑夏日凉。
极目长天云与水，超凡脱俗度沧桑。

七律·到中山公园听粤曲观后感

悦目怡情赏鸟飞，荷池侧影揭心扉。
风吹波滟鸥沉醉，花踏泥香蝶泣欷。
印月倒悬湖底暗，盘霞折桂柳边晖。
草亭闲息聊心事，一曲词吟泪湿衣。

七律·春风赏赐

菊见花前挂上篱，山间卧草柳丝丝。
横斜暮景迷飞蝶，倩影容姿醉子狸。
细诉微波寻陋意，愕然来演出惊奇。
琴弦未得纯心悦，一缕春风吻脸辞。

七律·赞禅西

大路朝天草木知，禅西景色表心仪。
东平河畔迷人醉，绿岛湖边慕月痴。
两岸烟波鸣翠柳，一江春水咏新词。
分红受惠村民拥，社会安宁展笑眉。

七律·咏梅

傲雪嫣然我独钟，春光早占倍情浓。
含苞待放依痴恋，吐艳增颜戏绿丛。
白质黄身霜透色，青姿赤朵露真容。
芳香丽影迷人醉，尽显河山一片红。

七律·赞美张槎

改革腾飞气势雄，神州大地沐春风。
乡村议事群情拥，支部章程决策通。
伟大复兴心涌动，图强憧憬梦无穷。
禅西月色陶人醉，赞美张槎旭日红。

冯晓伟

1987年生，河南郏县人。中华诗词学会会员，《诗刊》子曰诗社会员，陕西省诗词学会会员。诗词散见于《诗刊》《中华诗词》《中华辞赋》《当代诗词》《诗词月刊》《当代贵州》《东坡赤壁诗词》《诗词报》等全国百余家刊物，并多次在全国各类诗词大赛中获奖。曾获2014年中宣部“把楹联写在党旗上”“诗词飞扬党旗飘”征稿二等奖；2015年中宣部“书写核心价值观送您平安吉祥”新春诗词歌赋二等奖等。

五律·旧宅伤怀

中庭生杂树，蔓草自伶仃。
燕去茅檐寂，蛛垂寒日暝。
墙垣多圮废，人事半凋零。
最是门前柳，凄凄空复青。

五律·周沟寻幽

老屋构山限，轻云妙似裁。
牛羊随处卧，花草自由开。
路转人高下，林深鸟去来。
一时多快意，得失竟何哉。

五绝·雪中访友不得

兴来须访戴，趁雪莫相违。
极目云鸿远，茫然独自归。

七绝·夏日闲居

幽居偏喜豆花风，一曲阳春水正东。
我写青山浑不似，无边情趣在其中。

七绝·清明

细雨清明梦到家，山村处处著轻花。
坡前杞叶春来好，忙摘新芽焙作茶。

七绝·尧山瀑布

银河倾泻紫冥开，白雪千堆卷地来。
万壑风雷惊酒醒，题诗难杀谪仙才。

七律·乡村闲居

久住乡村日月长，粗粮野菜齿留香。
晓烟深处生堆柳，夕照归途看牧羊。
田圃似书锄作笔，土坑如枕地当床。
安居不问沉浮事，何用奔波为口忙。

七律·郏城留别蔡老师(新韵)

龙山遥望路逡巡，雅道相亲有近邻。
三笑虎溪成韵事，一别古邑待知音。
操觚历览题佳句，抚志躬行忘此身。
抵掌重逢沽好酒，文章试看后来人。

冯玉庆

笔名明轻。世界汉诗协会会员，中华文艺学会会员，山西省佛教协会理事，晋城市佛教文化研究会常务副会长，陵川县佛教文化艺术委员会主任，陵川县中华诗词学会副会长，太行青莲诗社社长。酷爱传统文化，业余创作诗词2 000首，有不少作品在各类报刊及网络上发表。多首作品被纳入《中华诗词名家(第二卷)》出版。并被列入"中华文艺"中华名人榜中。

五绝·题椿影山村

绿荫山村古，香椿野味浓。
寻幽人已醉，柏倚小乔松。

五律·题深山小村

好境何须颂，优游实爱怜。
龙山欣夏雾，凤水乐春烟。
特色香椿嫩，平常草叶鲜。
农家闲播种，客至赏青莲。

题龙泉寺雪

兴起访龙泉，山僧未掩扉。
门前无鸟过，寺后少闲非。
曲径空王在，禅房法语微。
疏林钟鼓寂，落雪正纷飞。

清化寺遇雨叩僧

清化寺前雨，山僧小煮茶。
雷霆惊客梦，闪电扰灯斜。
借问娑婆事，安身即是家。
闻经知俗世，翠境落余霞。

题凤山夕阳图

素爱凤山景，闲来几度迷。
松阴绿径仄，岚嶂草藤低。
古殿依仙大，龙泉碧水堤。
游人堪入画，携犬夕阳西。

题西溪春色

素闻风光好，登临数度迷。
群峦松柏绕，碧水古村低。
北嶂遗踪妙，南山佛寺栖。
黄莺啼白树，揽客过溪西。

七绝·山中小憩

林深曲折鸟幽鸣，寂静松涛吼虎惊。
问客何来言欲止，樵夫伐木几声声。

七律·陪海外侨胞拜祭炎帝

益友邀闲伴客行，行宫拜谒向高平。
唐碑凿凿怀往事，明殿巍巍话昔情。
陵寝寒鸦栖老柏，长廊小草倚花坪。
海归赤子胸怀阔，祖国昌明祷愿声。

冯元庆

男，1970年生，河南林州市人。河南省诗词学会会员、林州市作协理事。性喜古典诗词、散文及书法。曾在《人民日报》及多家报纸杂志发表文章，诗词入选《河南省当代诗词选》。

七绝·四首(新韵)

其一

秋水岚烟笼紫薇，期约烂漫占花魁。
情怀千古巫山梦，信步林泉闻子规。

其二

杏眼含娇笑语扬，青梅一把绕荷塘。
瑶姬起舞长空碧，半世情缘入梦乡。

其三

心中有月自然明，遥照兰台歌舞声。
倩影罗衫融妙曲，情思万点化霓虹。

其四

五彩仙姿寄意深，馨香四溢过园门。
纳兰惆怅怨初见，相悦清欢日日新。

冯召兔

网名京南。男，1963 年生，山西省原平市人。中华、山西、香港诗词学会会员，中华、山西忻州市诗词联学会会员兼会刊《忻韵》副主编，中华诗词论坛《唐明诗社》版主，香港诗词学会论坛《潇湘夜雨》副首版、《彩云诗词园》顾问。

五律·我有一张琴(新韵)

我有一张琴，操持话古今。
春秋冬与夏，风雪雨和云。
宋韵达千镇，唐河进百村。
携朋齐演奏，圆梦可成真。

七绝·凤凰山神游(新韵)

常思龙岁凤凰山，翠鸟红花喜鹊盘。
今日耽搁虽未去，神驰美景也失眠。

七律·毛主席逝世四十周年感怀

弹指而挥四十年，人间覆地又翻天。
继承遗志开新宇，高举红旗涌哲贤。
垂泪当时因逝世，绽颜今下有中坚。
秋声唱响丰收调，敬献毛公喜乐连。

七律·参观刘胡兰纪念馆(新韵)

曾听风采几十年，红旅成行车向南。
陵墓长眠人不死，精神永在我来观。
铡刀尤见英雄血，史馆高悬领袖言。
受教暑天心更旺，鬓霜挂满再朝前。

临江仙·兰秋怀母

时届初秋常怅惘，薄衫难热寒身。心尘难涤有谁询？乡关虽咫尺，难见是娘亲。

又想儿时无顾虑，慈萱可慰心门。冬寒夏热有人闻。而今全靠己，怎不忆娘亲？

一剪梅·思雪

最喜琼花漫九霄，妆美河川，妆美山包。今忧岁杪讯全无，你也心焦，我也心焦。

堆雪成豺曾胆高，美帝斜头，日寇歪腰。长枪直入闪红缨，祈雪纷高，再展雄豪。

【仙吕·一半儿】秋之叹(新韵)

秋风阵阵伴凄凉，梦断西沟难见娘。尤记寒衣温寸肠。

痛煞郎，一半儿相思一半儿惘。

(注：西沟，即西沟堰，笔者父母安葬的地方。)

【双调·快活年】丙申中秋寄京城小儿(新韵)

京城游子未归来，佳节更挂怀，幸因微信视频开，人在家乡外，也似膝前在，真上彩。

冯志清

男，1956 年生，工商管理硕士、高级政工师、经济师，1975 年任厂技校教师，1977 年任上海电化厂团委副书记，1984 年任该厂副厂长、党委副书记，1989 年任上海氯碱总厂宣传处长，1996 年起任上海氯碱化工股份有限公司党委副书记兼上海天原集团党委副书记、上海塑料工业有限公司党委书记与董事长。现任上海华谊集团华原化工有限公司党委书记，中国化工作家协会第一至三届理事会副主席。

诚

草鞋一双行天下，河山万顷谁阻拦？
慈在心里天地宽，荒村破屋诚为禅。

2016 年 5 月 19 日 15 时 06 分题照

读《太白醉酒》图

初夏小满不知秋，游仙太白懂风流。

踏破云岗步锦绣，潦倒诗泉酿美酒。

2016年5月20日(丙申年小满日)8时途中为《太白醉酒》题画

春风染江南

——品@志存高远—峻清书画

粉黛青瓦门庭旧，石驳步阶水路泗。

远山近影桃花秀，安泰江南荡轻舟。

2016年5月13日16时50分于G60高速途中

赞常州天宁塔

天宇归心贞观现，宁泰华夏慈悲禅。

宝瓶神拂沉香殿，塔楼云间势庄严。

2016年5月4日16时谒天宁塔第五层沉香馆

鹧鸪天·立夏

宙斯黄经直角半，斗指东南始孟夏。万物此时皆假大，暑气别春雷雨打。

插稻秧，闻噪蛙，青藤攀援瓜上架。满目浓荫天日长，池边倒影鱼追霞。

2016年5月5日(丙申·立夏)

卜算子·梨园别葆玖

——著名京剧表演艺术大师梅兰芳先生之子、京剧梅派艺术掌门人、梅兰芳京剧团团长梅葆玖先生，3月29日还神采奕奕庆祝82岁生日，次日却因支气管痉挛，深度昏迷，经多日抢救无效，终于2016年4月25日11时在京驾鹤西行与父相会！呜呼哀哉！

梅花开二度，兰馨子承父。芳颜京腔花旦舞，子涵硬功夫。

梅仙贵妃屋，葆俏西施孚。玖修梨园桃李护，故音留暮鼓。

2016年4月26日

章台柳·骤雨

——为宋大勇《骤雨》题画

狂风疾，万箭袭，头顶乌云罩大地。湖面沸腾芦草倚，扁舟渔翁披蓑衣。

2016年4月22日晨7时40分于G60途中

章台柳·施夜钩

——为宋大勇《杨柳岸晓风残月》题画

云天暗，柳拂岸，空中依稀小船弯。渔夫放钩趁夜晚，明晨湖面掀波澜。

2016年4月22日晨8点于途中

点绛唇·同里天元卅庆典收冠

——2016年4月17日下午，第卅届同里杯中国围棋天元赛，随现任天元陈耀烨中盘胜挑战者唐韦星九段卫冕成功，创个人第8次夺天元头衔纪录而落幕。其间棋圣聂卫平与4届天元马晓春双方各携青年棋手常昊、古力等“3对3团体赛”，再演30年前聂马“双龙会”对决，寓意中国围棋前赴后继、文脉相承、新人辈出！乃以《点绛唇》为记：

黑白世界，攻守星点开杀戒。纵横一页，千秋任博弈。

天元卅届，双龙重对决。中盘劫，八度头衔，连霸陈耀烨。

2016年4月18日晨6时

四块玉·送科比

——2016年4月14日下午，“后乔丹时代”、NBA巨星科比·布莱恩特举行盛大告别赛(平均票价1778美元×当日汇率6.48元＝11500元)，此赛湖人101∶96逆转胜爵士！38岁高龄的科比征战42分钟，再次狂轰夺60分！严然以职业生涯得分超飞人乔丹，位居历史第三的美国式硬汉，豪华退役——辞别又一代逝去的青春！余无法学“科蜜”“请假”观直播，幸好刚刚借新媒体赶在今夜看“告别赛”视频重播，有感：

舒猿臂，锋芒逼，电闪黑影撞铁壁，飞身扣篮远投疾。湖人脊，乔丹技，帅科比！

2016年4月14日23时32分吟于视频前

伤春怨·省

——和半知先生《寞》原韵题画

寡坐断崖处，半睡梦里寻赋。曲高独自欢，对流狂泻若舞。

夜暮压松树，淡泊名利路。碎身縻躯安，且自问，无所顾！

（注：《伤春怨》为北宋王安石梦中所作《伤春怨·雨打江南村》。吾择其中“寞”作“省”论之，以颂其改革家、思想家至死之信念。2016年4月17日凌晨补充。

2016年4月16日23时11分

钟书百年春——悼杨绛先生

5月25日凌晨1时，著名作家、文学翻译家和外国文学研究家钱钟书夫人——杨绛——在京逝世，享年105岁。从此，“我们仨，再无生离与死别”。乃作七言诗为记：

夫人钟书是先生①，贤妻宅女②入围城。称心如意写弄真，游戏人间风絮诚。

唐吉诃德厕译成③，干校六记幽默文。洗澡前后我们仨，笔耕全集百年春。④

［注：① 杨先生非因钱钟书而闻名，是其百年人生“钟书”而先生。② 杨先生“才女”无疑，然其辅钱钟书写《围城》，甘当“灶下婢”；101岁时幽默自称“我就是宅女”。③ 译成《唐吉诃德》无疑是杨先生百年人生一大丰碑，然其年届半百习西班牙语，十年磨一剑完成《唐吉诃德》竟是十年干校扫厕所的成就！④ 杨先生30多岁写话剧《弄真成假》《称心如意》成名，92岁写《我们仨》，102岁写《忆孩时》（五则）文末署“2013年8～9月”，2014年103岁推出《杨绛全集》（共9卷）！如此宝刀，前有古人？后有来人？］

2016年5月25日22时52分写于寓所

凤非飞

福建泉州人，女，汉族，喜爱文字、诗歌、书法、国画、篆刻。

春末

陌上蛙声鸣澍雨，石亭飞燕几相逢。
天阶玉树花香郁，留与南来一阵风。

夏问

清塘荷月梦非遥，斜倚幽篁扇半摇。
浅问花间香几度？琴心好与子君调。

情思

斜倚幽篁扇半摇，明眸对月醉清宵。
无心追忆当时事，几许情思在六桥。

无题

荷塘似镜月如钩，罗扇轻持淡淡愁。
梦入春江寻柳岸，三分怯怯十分柔。

亲恩

浅塘引水藕千根，晨露沾衣陌上喧。
朝回几经眉似雪，愧颜怎可答亲恩？

贺孙弘毅小同学书画展

弘根敏慧那需夸，毅立枝头尚未华。
可待真传凝远意，书香墨画妙生花。

江城子·梦一回

暮春修竹叶沙沙，径幽遐，影横斜。水映桃儿，羞煞碧云霞。此意绵绵君莫问，弦解语，抚琵琶。

更深拥坐话桑麻。泪如花，入残茶。设良辰，光魅透轻纱。那任梦阑时荏苒，谁与伴？共天涯。

点绛唇·忆闺蜜花

暮绮清明，桃花惆怅情多少？紫烟轻袅，犹似秋千笑。

只若如初，惜是春妍巧。花枝俏，影形分眇，化蝶飞天道。

符大英

赞卧龙

卧龙堤坝耸云天，古貌新颜入眼帘。
水绕山环呈画美，龙蟠虎伏自天然。

松映湖边鱼弄影，碧波荡漾友情绵，
雾漫枝上朦胧鸟，垂钓渔翁不晓还。

血泪里耶情

秦城楚邑武陵郡，浊浪滔天漫古津。
德钰救灾生命献，苍天垂泪雨倾盆。

六·一九洪灾

（一）

雷霆风雨骤，河满院庭灾。
道路淤泥阻，人们除垢埃。

（二）

雷鸣电闪雨淫狂，肆虐饕残百姓殃。
含恨天公频发怒，忠魂慰祭泪如滂。

颂老年大学

骚坛七十赋春秋，雨去风来韵海游。
泼墨挥毫书宋韵，诗花盛绽灿唐楼。

符家义

湖南省龙山县老干部局局长。

山村即景

（一）

朝霞映山涧，林中鸟飞翔。
一阵轻风过，吹来百花香。

（二）

天将破晓明，啼鸟处处闻。
杜鹃声声唤，惊醒梦中人。

（三）

炊烟绕山行，河岸草青青。
田野禾苗壮，门前柳色新。

长天坑胜景

雄关险道一奇观，飞瀑银珠撒碧潭。
万朵云霞披七彩，人间仙境数长天。

乌龙山地质公园

乌龙山上隐奇观，十里长廊一线牵。
绿色林阴如画里，流泉飞瀑坠云天。

写给老年大学朋友

莫笑老年拂晚风，欢声笑语兴尤浓。
亦歌亦舞容颜美，娱目云天夕照红。

广安小平同志故里行

投身革命五湖游，为国忘家七十秋。
改革东风吹万里，雄才大略展风流。

赞里耶古城古简

里耶古井属秦城，简牍万千耀眼明。
战国胥烟传圣火，环球接力共繁荣。

清明

一年好景系清明，李白桃红花满村。
游子踏青歌盛世，笙箫尽是唱升平。

游香港有感

香港明珠腾九龙，高楼幢幢入苍穹。
繁华市井香江水，人海如潮南国风。
海底通途连港岛，太空航线架长虹。
自由贸易牵寰宇，华夏明珠耀碧空。

登八面山

报晓雄鸡破晓鸣，清风扶我到中庭。
群山万里浮云海，万仞扶摇壮画屏。
高呼声振鬼神惊，气壮山河日月倾。
我欲乘风搏激浪，银河直到挽乾坤。

相思·桂塘

柳含烟，竹含烟，酉水河边湘鄂川，明溪三

省连。

古道边，野渡边，水秀山青生态研，边区贸易园。

符新平 6146

七绝·咏输变电站

网线交叉似鸟巢，风生水起亦安澜。
身居野外心宁静，来去皆由我把关。

付红池

普通职工，工作之余喜读书、写笔记。2015年爱上古诗词，试着创作，记录生活的点点滴滴。

十六字令三首

欢，张灯结彩贴对联。辞旧岁，喜气正蔓延。

欢，佳节又至大团圆。新春到，鞭炮声连绵。

欢，火树银花不夜天。烟花灿，今宵应无眠。

天净沙·春

年年喜喜欢欢，风风暖暖甜甜，靥靥花花艳艳。人人羡羡，红红绿绿翩翩。

2016年3月5日

五律·木札岭

峭壁流飞瀑，苍茫满谷幽。
林歌丛荡荡，水咏涧柔柔。
藤绕柏杨憩，云携翠黛游。
日斜凉意浓，此境胜琼楼。

2016年4月5日

卜算子·秋

凉已占风端，花叶分秋半。霞落层林炫影燃，红胜黄一点。

水阔韵幽恬，云舞翩姿艳。雁尽遥山冷月间，情醉流年畔。

2016年11月7日集

付慧

笔名独酌秋韵。中国诗歌学会会员，内蒙古作家协会会员，内蒙古诗词学会会员。诗作散见于《草原》《西部作家》《蓝色高原》《内蒙古诗词》《松山诗词》《内蒙古地税》《鄂尔多斯日报》等各报刊。多部诗作获奖，其中诗歌《税花赞》获得《蓝色高原》诗歌创作奖。出版发行诗集《吻过额头的苍茫》。

七绝·咏兰

山顶朱蕤独自芳，深居幽谷著新妆。
馨香一缕微风送，淡雅英姿几案光。

七绝·咏荷

芙蕖一朵映朝霞，碧叶凝妆出水华。
墨韵从容千百媚，蜻蜓不识落谁家？

七绝·咏菊

轻风娓娓扣窗时，金蕊姗姗报季迟。
我欲借花幽怨寄，仔鸡觅食赛春痴。

七绝·咏竹

细叶疏枝俏丽妆，风吹雨打更端庄。
虚心修竹千年绿，秉直腰身耐酷霜。

七绝·咏梅(中华新韵)

一树寒梅万朵红，回巢紫燕戏花丛。
铮铮傲骨书家点，斗笔红笺赞玉容。

七绝·叹秋

一叶秋风一夜凉，半杯浊酒寄离伤。

忧来吟菊谁同语？月影斑斓两三行。

七绝·荷花吟

一叶芙蓉蕊半开，蜻蜓戏水久徘徊。
流香暗袭诗家面，始识红蕖雅韵来。

七绝·牡丹吟

香山喻你盈西子，斗笔端庄倍艳芳。
我欲红笺真国色，牡丹花下敢论章？

付燕

双调·落梅风

落红坠，黄叶飞。雁阵远云山里。寸碧尖青都是你！秋日漫漫余光瑞。

昭君怨·十一寄感

远路豪车频照，不是平常衣帽。响笛破雄关，厉长安。

玉阁价高无底，只好蜗居故里。门上渐生苔，怕人来。

河传

村上。闲望。水潇潇。泉涌如思渐遥。此时此怀风月销。终朝。画船无弄潮。

到底江南路远。盟约晚。琴曲声还断。柳双溪。池畔西。柳堤。已无车马嘶。

付远志

欣读《青山吟草》续集赠曾宪国、王玉桃伉俪

杏林并蒂两奇葩，救死扶伤百姓夸。
妙手回春活万众，仁心宅厚济千家。
和鸣鸾凤声尤远，齐奏瑟琴律更佳。
满目青山花锦簇，斑斓怒放映云霞。

咏卧龙水库

巍巍大坝锁深山，十里甘霖聚碧潭。
青黛绵延禽语脆，碧波荡漾鱼鳞鲜。
蛇行隧道穿山过，龙舞渡槽越壑连。
千顷良田能玉润，苍生万户饮甘泉。

咏梅

院内梅林早岁栽，年关时节屡徘徊。
幽香馥郁熏脾肺，靓色妖娆引咏怀。
瓣落纷纷融沃壤，叶新簇簇绿瑶台。
报春使者君居首，引领群花次第开。

瑞雪

昨夜窗前分外明，清晨早起雪蒙蒙。
高楼素裹千家白，大地银装万树莹。
野草熟眠藏秀色，庭梅怒放散芳馨。
唯期瑞雪同霖雨，丰稔来年惠众生。

命运

八字先生伞护阴，街头算命为生存。
口张阔论神仙貌，目闭沉思鬼魅魂。
信女逢凶悲郁郁，善男得吉笑频频。
人生福祸何须算，虑远思危自称心。

喜过大年

阳光和煦赐年缘，万户千家喜气酣。
细品珍馐尝美味，满斟旨酒泛红颜。
远归儿女金钱富，留守婆翁谷畜蕃。
入夜同观春晚会，迎新辞旧祷平安。

舞四、声一班联欢有感

久雨初冬暖日暄，两班携手共联欢。
帅哥俊俏精神旺，靓妹风流喜气酣。
九子群鞭声爽脆，对歌联唱意甘甜。
心裁别出玩游戏，返老还童乐似仙。

游乌龙山大峡谷

乌龙起伏矗人间，皮渡潺潺日夜喧。
石上鱼虾潜浅底，高巅石壁映深潭。
鲢鱼洞口修篁茂，飞虎厅前石道宽。
无限风光多美景，由君裁剪悦心田。

游洛塔石林

天地通灵植石林，高山景色自缤纷。
森森剑戟罗宫殿，密密刀枪护帅门。
翠滴莲台生碧树，辉生帷幕着芳茵。
登临顿觉尘心化，难舍西山日渐沉。

登石家堡

丽日踏青游近郊，城东峻岭别喧嚣。
登高倍觉心田爽，望远欣观市景娆。
果利河萦飘彩带，长沙路远起商潮。
民丰物阜和谐美，直奔康庄意气豪。

梯田颂

群山环抱我家乡，遍岭梯田着绿装。
埂似琴弦蛛网布，丘如图画玉盘镶。
清泉落涧潺潺奏，茂稼迎风拂拂扬。
雨顺风调收获季，农夫击壤颂歌吭。

咏金银花

藤盘杆挺忍严冬，雪压霜欺不换容。
春暖枝繁妆满树，夏临花艳戏群蜂。
身随扁鹊千家进，心系华佗万户崇。
遍岭金银山色秀，鸳鸯对对聚芳丛。

为中华《诗词月刊》社第十二届采风创作联谊活动而作

秀山歌罢赴龙山，国粹传承莫等闲。
塞北诗豪驱万里，岭南雅士越千山。
有缘盛世歌尧舜，无限深情咏华年。
同道欣逢相见晚，深闺美女五洲传。

游惹巴拉

雨后天晴气象新，青山满目涤无尘。
天涯游客临仙地，东道乡亲奏雅音。
摆手堂前观古舞，冲天楼上赏名村。
土家苗汉长相处，民族和谐友谊深。

傅俊

男，59岁。汉族，江西新余钢铁公司退养员工，从2012年11月始自学律诗，已写出诗词5 000余首，多次荣获中华诗词学会和《中华诗词》编辑部组织的诗词竞赛优秀奖。

初游静安寺

世事难为弟子规，静安寺外大街围。
信徒满满身流汗，佛院深深神发威。
四个金刚开眼界，两排罗汉震心扉。
木鱼敲打虔诚拜，生怕禅堂惹是非。

游静安寺

身居闹市究何因，寺院幽深隔世尘。
香火焚烧明暗错，信徒祈祷往来频。
小孩好问追前后，古物细分探假真。
银像一尊称佛祖，修禅打座念经人。

重游静安寺

满堂僧侣念真经，身到静安怀旧情。
世上功名皆看破，人间善恶总分明。
可怜佛手双垂下，难得禅心一抹平。
菩萨修行缘正果，虔诚祈祷济苍生。

再游静安寺

静安古寺陌森森，佛祖慈祥脸贴金。
菩萨面前求菩萨，观音座上拜观音。
官场舍得功名淡，世事修来缘份深。
善恶分明终有报，茫然怀颗感恩心。

外滩观感

一江两岸望东西，游客茫然观景齐。
灯火辉煌双眼亮，风光旖旎万人迷。

陆家嘴阔吞黄埔，金茂楼高俯大堤。
男女依栏香吻醉，可怜羞煞老夫妻。

游张闻天旧居

日出东方映彩霞，追寻洛甫到川沙。
几间瓦屋青春度，一架水车残影遮。
前院遗留菜园子，外墙立起竹篱笆。
参观不语游人织，怀念当年理论家。

西郊动物园感怀

皆因尘世苦相争，动物园中感悟生。
狡猾狐狸该狡猾，狰狞虎豹总狰狞。
本来面目非常显，造化性情分外明。
老朽厌烦人伪善，缘何不像众牲灵？

傅琳

网名蕊寒香冷。毕业于中国政法大学，祖籍浙江，现定居北京，就职于北京某单位，从事行政工作。兴趣广泛，爱好文学艺术，喜爱诗词。

诗观：关山难越，谁悲失路之人？萍水相逢，尽是他乡之客。诗词，是生命中的空谷幽兰，明月清辉。

蝶恋花

辗转流年风雨度。万里关山，迢递天涯路。行到惘然谁与诉？依稀梦里身无处。

云雁不曾传尺素，万缕情丝，都付斜阳暮。懒问百花香满路，清风拂过枯梅树。

五律·春愁

无语卷帘帷，西楼倚暮晖。
谁家芳蝶舞，一院落红飞。
弦断新愁起，书成寸意违。
几回封锦字，泪湿绿罗衣。

蝶恋花·曲院风荷

曲院荷塘风簌簌。脉脉幽香，隔岸随风度。妙曼罗裙撩碧雾，逍遥朱笔书天幕。

岸绕疏烟芳蝶舞。杨柳依依，莺燕盈盈语。谁放清歌邀白鹭，无端惊却游鱼步。

傅露

笔名玉露凝香。江苏金陵人。诗词、诗歌、散文均有涉猎，现尝试故事、小说。2015年被评为城市优秀诗人，香港诗词学会会员。江南女子，心怀山水，以梦为马，手绘人心，自认不是上帝的宠儿。此生唯愿：倾我一生温柔，写尽人世悲欢。

卜算子·秋海棠花

浓著绿衣裳，淡注胭脂颗。微雨轻匀粉面羞，媚眼柔情锁。

寂寞对空庭，孤影黄昏坐。待到秋深只剩娇，娇也无人呵。

浣溪沙·借钱有感

飘尽风蓬未感伤，浮生何处不荒唐？几多尘味个中尝。

坐富哪知情易冷，居贫才晓世多凉。惯看白眼已寻常。

七律·寄语芳辰为三十岁题

满怀愁绪向谁倾，十载江湖业未成。
命薄从来如芥子，此身终究似浮苹。
久经倥偬销双鬓，多感苍生负我情。
尚有廉颇能饭否，不知何处请长缨？

临江仙·题中秋遇雨

瑞脑残香过半，城楼未见天明。怕听秋雨又重听。簟凉孤枕梦，有梦也难成。

消尽红尘往事，何赊纸上功名。欲将愁意向樽倾。孤灯只影对，诗酒一衫青。

临江仙·题旧照

岁月凭谁回首，流年淡我真名。当年窗下读书声。至今犹在耳，只是不相行。

翻看从前小照，牵开别样心情。夜阑深处忆曾经。风前说往事，未必有人听。

暗香·雪(依白香词谱)

江南吹雪，向早梅浅笑，初香时节。弄影风前，襟袖翩翩舞清绝。半掩娇羞玉面，凝远黛、双蛾生怯。未细数、眼底秋波，心事向谁说？

堪折。质还洁。胜却玉芙蓉，似从仙阙。可将何物，换取丹青画冰骨。千里银花空照，独怅怅、风声凄切。和梦里，频顾盼，一窗明灭。

傅永明

秋瑾寄怀

越东多义士，君乃女中雄。
跨海挥长剑，登舟斩大风。
乘时思报国，投笔敢屠龙。
碧血流亭口，飞为万丈虹。

与诗友唱和有怀

底事豪吟恨不平，冰心常抱月华清。
松梅岁晚知贞节，唱和时艰见性情。
贵贱常牵明月久，诗文总忆海鸥盟。
骚人共秉春秋笔，汗水耗干慰此生。

秋思

霜惹乡思挂柳头，每逢落叶泪倾流。
三年弹指光阴去，七卷吟成岁月稠。
一捧黄花香雅室，三杯绿蚁暖心头。
床头明月梢间挂，遥把真情暗自收。

鹧鸪天·咏白牡丹

志压群芳不想名，皇宫不恋恋花城。羞图富贵含红锦，乐处清贫类白冰。

擎玉骨，焕清明。天姿国色荡春情。秋波笑靥偷相顾，错认游人作许生。

傅瑜

杭州千岛湖人。先后在省(市)、国家级相关刊物发表诗歌、曲艺、剧本、小说等各类体裁文学作品。浙江省戏剧家协会、省民间文艺家协会会员。现为中华诗词学会会员、浙江省诗词与楹联学会理事，丽水市诗词楹联学会副会长，云和县诗词学会顾问。作品《傅瑜作品选》《心路屐痕》《诗路心语》《韵海浪花》正待付梓。

雨中重游黄鹤楼

一去流光数十秋，霏霏绵雨喜重游。
青山烟绕汉阳树，黄鹤歌飞鹦鹉洲。
崔颢题诗风韵远，楚天极目物华稠。
凭栏伫立诗情满，坦荡襟怀好放舟。

游西水河

潋滟波光明镜中，游舟击浪破长风。
青山列队迎骚客，白鹤掠空巡碧穹。
吊脚楼寻苗寨韵，水云渡品土家红。
诗情激荡精神振，也赋新词寄寸衷。

(注：土家红，实为土家族用高粱酿造的一种白酒。)

乌龙山大峡谷

群峰竞秀谷清幽，雾笼云舒翠若流。
溶洞横陈蓬竹舞，迷宫隐现玉泉悠。
鲢鱼乘筏情歌妙，飞虎长吟诗意稠。
神秘乌龙犹梦幻，闻名遐迩誉千秋。

(注：鲢鱼、飞虎均为该区主要溶洞景点之一。)

广西荔浦丰鱼岩

幽深熔洞九山穿，十里暗河行客船。
定海神针磅礴气，蓬莱仙境蔚兰天。
温泉沐浴身心爽，高架观光韵味鲜。

一览无余收万象，诗情奔涌入吟笺。

咏成昆铁路

天路茫茫悬半空，铁龙呼啸震苍穹。
足腾万顷金沙水，车逐千山云雾风。
高架飞桥如彩带，深穿隧道似幽宫。
丰碑一座心头矗，浴日攀枝花正红。

夜游月城

月色溶溶淡淡风，古城灯彩灿星空。
涟漪秀水波光耀，隐约琼楼花径通。
漫步虹桥寻胜迹，荡舟碧海探诗丛。
明珠熠熠凉山嵌，夜拥清辉入梦中。

游邛海国家湿地公园

揽胜寻幽正仲秋，四围花色靓芳洲。
兰舟追梦惊鸥鹭，古岸放眸登塔楼。
日挂泸山烟水淡，夜衔湖月晚风柔。
柳荫垂钓心情爽，煮酒吟诗一醉休。

嘉兴烟雨楼

曲径回廊访旧踪，菱香水榭画图中。
经霜银杏千年壮，浴日鸳湖满目葱。
恰恰娇莺穿翠柳，涓涓秀色接苍穹。
小瀛洲畔行吟处，霞蔚云蒸尽蕙风。

傅智祥

1937年生，四川省简阳市人。西南师范大学中国现代文学专业研究生结业，退休干部。四川省作家协会会员，中国诗歌学会会员。在日本、新加坡、澳大利亚、美国、意大利等国媒体和《人民日报》《人民政协报》《中国文化报》《文艺报》《人民文学》《中国作家》《诗刊》《中华诗词》等国内外100多家报刊发表文学作品1000多篇（首）。部分作品译为外文，发行到90多个国家。出版专著18部。

七绝·老屋

土墙茅屋绻柴扉，代代瓜蔬红薯肥。
迁客南都曾问梦，梁间哺燕正双飞？

七绝·乡望

鸡声隐隐问刘郎，鹰击长空导梦翔。
回望柴门迁客泪，乡愁装满几箩筐。

七绝·月夜

梦入清辉客故乡，柴扉匍匐捉迷藏。
甜甜晒坝婵娟泪，短笛悠悠哭孟姜。

七绝·春临荷塘

黛岭春归阳鹊忙，草芽拱土麦禾香。
蜻蜓独爱野塘好，蹲在荷尖浴晚凉。

七绝·田埂上小憩

风曳金花散异香，辛勤两翅蜜蜂忙。
溪南岸柳披新绿，蛙鼓池塘敲夕阳。

七绝·西山老妇

夕阳枫影咳沧桑，才接孙儿又唤羊。
帽露银霜三两缕，打工儿女远他乡。

七绝·登故乡巴郎山

重上巴郎五十年，深丘锁绿竹笼烟。
石岩总是解人意，明洁坐凳摆眼前。

七绝·过黑水寺

三面云山裁夕阳，一湖秋水泛神光。
钟声寺内迎栖鸟，系柳扁舟客故乡。

G

盖清涛

网名海浪。参加了“银河Ⅰ号”和“神舟五号”之前的中国载人航天工程研制，数次参加导弹试验、火箭加注、卫星发射。获部委以上级八项和基地多项科技成果。事迹收录于《世界文化名人辞海·华人卷二》。现为珠海金湾诗书画院常务理事，《中华网络诗刊》常务理事和编委。

七绝·木棉花

南方三月有奇葩，振气提神悦万家。
十丈珊瑚燃炬火，托春满树借朝霞。

七律·红月亮

十五飞升火凤凰，绯腮嫣目泛彤光。
胭妆草木山川美，温洒苍生社稷祥。
暖意融融晖母爱，柔情脉脉效慈航。
月神善感多回报，圆滚通红照梓桑。

七律·珠海野狸岛

清风迎我过桥来，海岛瑰琦巧匠裁。
得月舫奇吞紫霭，吐珠贝俏赧瑶台。
花香阵阵春心动，鸟语啾啾情窦开。
欲觅野狸旋又止，分明幻化小蓬莱。

七律·携妻与数友荔园行

当头烈日炙蓝空，走进果林如火中。
天气心肠同样热，荔枝人面一般红。
佳人挤挤为佳照，老朽颠颠若老童。
今则趋炎无附势，时鲜情爱笑三丰。

七律·访接霞庄

寻访名村问底详，赵家皇祚又延长。
豪门贵胄承青眼，政府游人托夕阳。
留影寄情连理树，逍遥惬意接霞庄。
魏王后裔今安在？石路两旁瓜果香。

七律·清明忆叔

清明户户祭亡魂，思绪源源忆叔恩。
无嗣无婚无己利，有情有义有人尊。
面寒心热帮扶侄，口悦腿勤襄助孙。
救济乡邻享髦寿，铮铮铁骨誉全村。

七律·咏桂林九马画山

画山九骏不相同，动静传神嵌壁中。
麋鹿安闲思饮水，龙驹破壁欲腾空。
倾听仿佛嘶风骥，辨认依稀驾雾骢。
有道猴王心不忿，天河纵马下苍穹。

满江红·军旅行

少小图强，坎坷路，投军有望。急选考，银河研制，入湘张榜。奋斗五年冬与夏，授勋一特功和奖。笑霸权，欲独揽高科，卢生样！

飞弹试，天箭放；星绕地，船遨响。载人航宇事，血冲情涨。连举神舟心喜悦，数颁成果神飚荡。戎装卸，慰铸我长城，豪歌唱。

甘明健

一生自哂蠢如牛

骚坛涉足几经秋，习对吟诗从未休。
数载钻研求进步，多年勤练是零收。
平平仄仄经常错，句句章章乱绪头。
长叹文场多怪事，一生自哂蠢如牛。

回首

沧桑回首望今朝，屡历寒霜未折腰。
浪拍悬崖船拍岸，风摧花叶雨摧苗。
宽容处事心常泰，知足无求志不骄。
曾受灾殃深痛苦，今逢盛世乐陶陶。

咏人生曲折

曲折人生知辣苦，崎岖弯路最酸辛。
纷纷杂杂宜深虑，是是非非辨假真。
谄笑阿谀无好意，趋炎附势隐脏心。
严身体己言行正，利众宽人世上钦。

八十感悟

古稀又过十龄旬，历尽洪波庆健身。
昔日同窗多已逝，而今校友慢离尘。
一生风雨煎熬过，半辈冰霜苦履奔。
休叹残阳余岁短，百年还有廿冬春。

甘志友

字三益。男，1926年生，滕州市人。曾任滕州市墨子故里书法研究会副秘书长、滕州市书法协会副会长，系中华诗词学会会员、滕州市诗词学会名誉会长。

七绝·崂山观海

海天一色望无边，拍岸浪花相媲妍。
思绪如潮越千载，洪波涌起壮诗篇。

七绝·游王羲之故居

庭院清幽花木秀，骚人墨客竞来游。
右军书法谁能比，千载虽过翰墨留。

七绝·遣兴

玉轮有缺又能圆，草木枯荣年复年。
缘底人生看迥异，青春一去永难还。

七绝·惜春

燕剪莺簧底事忙，怕春归去惜流光。
麦田碧接天涯路，多少相思逐絮扬。

七绝·咏莲

红荷映日碧云生，翠盖擎天鸥鹭鸣。
出自污泥骨贞洁，风姿清雅引诗情。

七绝·赞荷花

凌波映影水晶宫，仙子飘香拂晚风。
激浊扬清倾腑语，亭亭玉立会心同。

七绝·观黄河壶口瀑布

万里黄河壶口收，飞湍直下禹门流。
雷鸣浪击震秦晋，百转千回育九州。

高丙彦

笔名清风无尘。一线建筑农民工。多家诗社理事，滑县政协《一村一故事》编辑部编辑。部分作品被滑县文化丛书《新卫风》收录，荣获首届“桃李芬芳大赛”佳作奖、“酥玛拉谷杯”诗词大赛优秀奖、“龙图腾”百部诗电影入围、“明乐杯汗血宝马”优秀奖、第二届当代文学精品联赛三等奖，部分作品入选《国际诗选》《2016中国当代文艺名家名作全榜集》并获得金奖。

七绝·中秋夜月(新韵)

夜入深更月渐升，星随明月挂梧桐。
相思月满心尤碎，寒月悄然伴我行。

如梦令·山村偶遇(新韵)

长发披肩如瀑，面似桃花沾露。回望柳轻摇，倩影依然独伫。赏慕！赏慕！空寄春风陌路。

七律·乞巧岂止为女红(新韵)

竹楼摆果祭双星，月下穿针赛女红。
泥塑娇娃描彩绘，瓜雕花鸟显奇能。
往昔灵鹊银河跨，今日神舟宇宙鸣。
冲破束缚丰彩羽，中华妇女半天擎。

西江月·93阅兵有感(新韵)

铁甲银鹰核弹，钢枪蓝舰雄兵。三军威武卷疾风，誓灭群贼美梦。

万里长城新瓦，英雄鲜血凝成。睡狮猛醒啸苍穹，岂让豺狼耍横。

无题(折腰体)

日乏缓缓西山坠，水欲潺潺东海流。
人生何苦空嗟叹，一剑横切万古愁。

七绝·今生只恨读书少(新韵)

——年幼时兄弟姐妹多,生活拮据,为减轻父母负担,辍学务工。虽是终生憾事,但无悔!

唯恨与书怨忧伤,生逢不济憾断肠。
待得转世天堂现,定掌司文振吾邦。

五律·赠高德泰受邀九三阅兵返菲(新韵)

德泰又远行,正是雨携风。
家住千般好,门出一室空。
弟兄同挂念,父母共梦萦。
带把家乡土,悠悠故地情。

七绝·劝孝(新韵)

父母年高劳作难,劝君切莫把他嫌。
此时如若失孝道,自养儿孙为哪般?

五绝·偶遇山僧夜饮(新韵)

今日又重阳,银钩树影藏。
松亭独进酒,醉卧虎石旁。

高伯齐

网名白水浪荡。毕业于中山大学中文系,现供职于政府部门。

端午节有感

街巷阴浓识粽香,熏风扑面又端阳。
众蛟飞竞潮头热,屈子寂寥波底凉。

中秋吟月

秋澄月朗桂飘香,瓜果琳琅不欲尝。
风转蓬花随梦去,梅关北往是吾乡。

高德海

黑龙江省依安县人,字狂川,1940年生,大专学历,曾从事法律服务工作并兼职电大教师。黑龙江省诗词协会、齐齐哈尔诗词协会会员,依安县诗词协会理事。曾获"中国旅游诗人精粹"一等奖,有作品入选2008"中华诗词华表奖"。

醉花阴·党的95华诞命笔

沉睡雄狮刀俎上,医国全无望。马列喜传来,星火南湖,谁道天无亮?

人民站起雄鸡唱,拭目全球望。纸虎与赃蝇,撼树蚍蜉,请看新能量!

英雄航天员刘伯明回家

霄汉归来故里门,倾城腾跃祖携孙。
手挥天地英雄气,职守亲情逐浪奔。

七绝·家乡赞(新韵)

红星初晓又合心,模范英雄世冠军。
小县大潮逢圣代,家乡梦里也藏春。

七律·咏室菊

擎金出翠透轩窗,小觑当街骤雪狂。
鳞爪唯龙深却掩,羽裳必凤邃偏藏。
樽前听解无声语,笔后闻知有意香。
蒂罢永秋怜傲影,凭君伴作好时光。

高建民

男,1938年生,山东滕州市人。山东工业大学毕业,高级工程师,鲁南化肥厂退休。滕州市诗词学会会员。退休后热心于滕王阁文化研究,有多篇"滕王阁"文化资料文章在报纸杂志上发表。

七绝·游滕国故城

（一）

文公古台史悠悠，阅尽沧桑瞰荆流。
豫章高阁属晚辈，巍然屹立度春秋。

（二）

孟子之滕馆上宫，滕国百年留遗风。
教化文公施善政，盛世理应展新容。

（三）

两棵古槐耸台前，不畏烈日和严寒。
笑傲人间兴衰事，顶风斗雪逾千年。

（四）

步入碑林感肃森，遗碑断碣具铭文。
查阅旧碑今知古，索得史料填书贫。

七绝·重登南昌滕王阁

（一）

伫立高阁瞰赣江，物换星移历沧桑。
千年兴衰多少事？彭蠡昭阳水茫茫。

（注：彭蠡指鄱阳湖；昭阳指昭阳湖，因李元婴曾避暑昭阳。）

（二）

渔舟唱晚响彭蠡，雁阵惊寒断衡阳。
欲知滕王始封处，追根溯源在墨乡。

（注：墨子故里在滕州木石镇化石沟村，故墨乡成为滕州的代名词。）

（三）

碧空凌霄阁檐斜，恢弘巨匾醒天涯。
隽秀三字滕王阁，东坡墨迹誉万家。

（四）

号称江南第一楼，因序扬名迭废修。
若无子安千古唱，风雨剥蚀迹无留。

高君红

女，辽宁省大连市金州区人。自幼热爱古典诗词，并坚持创作，曾有100多篇作品发表于《辽东诗词》《诗词世界》等刊物。

五律·高瞻

盘膝高台坐，松风濯素衣。
秋山吹瀑急，古树卧云稀。
寺老禅心净，身闲世俗微。
静吟天海外，长泊远霄飞。

五律·虞姬庙怀古

九曲阴陵泽，幽兰石径长。
殿中香火旺，庙外柏松苍。
舞剑亦伏剑，牵肠且断肠。
前年游览后，今日又心伤。

五律·心静寺中

古寺低云海，秋山野趣生。
晚钟随叶落，烟鹤有禅迎。
素壁林间暗，红尘世外轻。
莲花台下坐，忽觉我心明。

五律·夕阳下散步

晚来无一事，兴遣水云边。
秀嶂盈河汉，流霞入海川。
锦鳞翻影跃，新柳钓波悬。
纵目葱山下，华亭染翠烟。

七绝·无题

秋山夜雨乱丁丁，共酒亭楼话别情。
谁遣西风寻旧梦？为君长奏到天明。

七绝·亭椅雪思

往来故地恰冬时，尽瘦苍苔谁得知。
无数梨花恋朱椅，默然守候慰相思。

七律·月夜

琉璃酒盏不须求，月挂窗帘屋倍幽。
红烛墙前吟醉句，玉箫声里羡林丘。
星天无赖长河下，辞笔生花半夜酬。
箭漏三更清兴发，披衣徐步上西楼。

七律·湖畔闲情

逍遥一日未思量，驻足汀洲看夕阳。
流水千年云映绿，孤峰四处草翻黄。
高天疾鸟暮风近，客岸危墙曲路长。
身寄秋江焉愀惨，杳然乘兴又何妨。

高连华

男，1940年生，滕东中学退休高级教师。曾参加自学考试获山东师大中文专科文凭。晚年乐于山水文墨，有百余篇文学与书法作品发表于省、市、国家级报刊。

七律·三年自考大专圆梦曲

独自研求步履蹒，书山有路自登攀。
摩拳擦掌攻迷堡，吊胆提心闯考关。
无导兼通诚不易，有心博识做犹艰。
劈波斩浪三冬苦，终越巉岩逾骇湾。

七律·山中闲居

竹篱茅舍两三间，院左溪流屋右山。
野杏夭桃绘美景，新茶老酒润苍颜。
晨锄荒秽闻鸡唱，暮灌田畦看鸟还。
山路幽幽浴落月，神清气爽乐安闲。

高山

山东临沂人。中国散文学会会员，中国楹联学会会员，中国楹联学会书法委员会委员。本行医，好户外，喜诗词，玩奇石，习书画，小有收藏。

和山南水北遣怀(四)(新韵)

拈花一笑意何如，岁计筐篮近烬余。
云笔犹描长短句，松灯还读换羊书。
胸中块垒能销尽？望里鸿鹄已肃疏。
白首襟怀淳古在，闲田半垧自犁锄。

附：山南水北先生遣怀(四)

当年理想笑何如，不惑轻推一岁馀。
景物茫然临水影，时光著意入图书。
康梁有志终须短，李霍无功业已疏。
碌碌熬成空白首，薄田容我拾犁锄。

自蒙阳峪登龟蒙顶

羊肠行倦坐云根，竹韵净风净客尘。
草草酒徒非静士，遥遥平野是雩门。
荡胸翠岭龙形在，放眼嶕峣虎气存。
立顶始觉远山好，杖藜不老紫霞心。

中秋龟蒙顶望远

层林欲染树烟青，尽入登临望眼中。
崖柏惧何霜露重，蛮菊也伴日夕明。
秋怀淡淡连竹浦，雁阵依依过长亭。
独立云端数苍翠，餐霞客在最高峰。

初秋登楼

白身携友上层楼，满眼山川任放收。
云雁鸣高开此际，风蝉守甲咽清愁。
管它烟树苍黄起，遣我闲情淡泊留。
君问新凉何处好，荻花瑟瑟半湖秋。

白云岩绳床小憩

懒卧绳床静九垓，谁知蝉噪上雩台。
梦长梦短随觉尽，云卷云舒任鹤来。
物我若得两相忘，禅茶便有味独开。
秋光真起山人兴，笑与刘郎较逸才。

误信书藏美玉，醒来作嫁衣裳。相逢无语对斜阳。池边湘绣帕，道是旧悲凉。

高盛毅

网名龙爪沟人。中国北诗社会员，武汉诗词楹联学会会员，深圳诗词学会会员。作品曾在当地报纸《辽沈晚报》上发表，并获得首届重阳节诗词大赛佳作奖。

七绝·居延海

（一）

芦荻开襟恰抱秋，清盈碧水静无鸥。
苍天贪得居延色，嵌入东西各一眸。

（二）

满天蓝液向湖倾，独有芦花系白缨。
弱水三千出大漠，鹭鸥渚上泊闲情。

临江仙六阕

——暑期，同学聚会圣果山庄，多年未见感慨系之，故临江仙六阕感赋以记。

圣果山庄

雨借翠湖入镜，云赊峰顶披纱。沿溪深处有人家。卿尝鲜圣果，我品碧罗茶。

经典老歌翻唱，青春影上篱笆。老还童子趣无邪。一帘幽梦浅，红酒醉桃花。

午餐

盘剥酱红酥手，箸翻藕白甘凉。茅庐竹院点秋香。草鱼蒸薯粉，卤鸭蟹肥黄。

檐上才停归燕，杯中已落斜阳。一壶酒酌我添狂。戏言年少事，啼笑过东墙。

泳池

绰约风姿入水，丰腴藕色潜香。曾经迷倒少年郎。同窗多囧事，牵手恨羞长。

百瀑峡

百瀑分鬃飘逸，孤峰侧耳听涛。乱珠激石与天高。惊鸿烟没尽，瘦水碧相交。

一览江山无限，独叹今古英豪。功名成败昨烟消。浮萍空逝去，芳醑美人娇。

夜宿山庄

窗纸轻描淡月，堂前乱入流萤。瓜藤葡架挑红灯。酡颜温媪女，蒲扇老儒生。

枕梦惊秋一叶，岑溪漱石三更。草虫寂静听鼾声。客乡鸡报晓，啼落满天星。

山庄晨景

溪水似曾相见，叠峦何觅芳踪。林深鸟语漾晨风。紫霞斜碧树，白雾绕惊鸿。

可叹古今画手，谁能搦笔神功。敢涂雨墨试非同？青山平与仄，尽在不言中。

高淑花

网名翰文。1957年生，曾供职于酒泉卫星发射中心社会服务部。在东风航天城工作、生活十余年。1996年同丈夫转业至广东省深圳市，定居深圳。兴趣广泛，尤其是对文学、文艺更为喜爱。

卜算子·深圳银湖踏青

水碧涟漪微，山绿娇姿妙。鸥舞莺歌人惬意，草美花含笑。

携友沐春风，怎禁思高校。小女如能踏青时，彼此分谁俏？

七律·与挚友熠辉深圳水库行（新韵）

绝地红楼势耸空，长廊楼宇掩央中。
曲幽石径藏深景，叠影芳林步秘宫。

花海放容千顷绿，鸟音栖唱百林兴。
凝眸水库连天碧，挚友牵吾戏绿丛。

七律·忆母养蚕苦(新韵)

慈母为家昼夜愁，怀揣蚕卵暖出头。
督催众子先发奋，怜叹双亲早向秋。
不怕贫穷谋有计，担心颓废混无忧。
如今思念常随梦，未到清明泪暗流。

七律·国庆日

每岁金秋庆诞辰，彩旗贺语遍城村。
反贪力度轰轰烈，廉政雷声阵阵纯。
龙裔子孙兵马壮，铁鹰雁阵宇天巡。
习执椽笔轻轻点，华夏迎来万户春。

高双月

河北霸州人，1963年生，廊坊财贸就职，自由撰稿人。

鹧鸪天

缘墨苦将一树留，心头朵朵不言休。朝栽浓雾连师院，暮种斜阳觅校楼。

东边走，有因由，原来情字覆难收。谁怜如此凄凉意，谴叶纷纷粉饰秋。

鹧鸪天·中秋夜

信是阴晴因有缘，坊间一笑两相怜。诗传九月枫红贴，菊孕三章梦正圆。

垂柳下，石桥边。彩云追月语缠绵。相逢不怨他乡处，雁落衡阳日日年。

鹧鸪天

又雨萧萧野径长。残红落木惹神伤。曾经旧日藤缠树，转目今宵鬓染霜。

擎病酒，觅群芳。随风逐去弄箫湘。绕梁此曲知心意？化缕诗风伴月旁。

鹧鸪天·自述

以往春芳无有涯，茫茫学海笔生花。裁云剪月灯前絮，拂案听琴浪底沙。

如今是，过浮华，非成五字仿诗家。效颦只为他年趣，折纸千张揽月槎。

眼儿媚(三首)

(一)

瑟瑟西风满清秋，谁解此时愁。离庭燕子、风中孤管，柳外虚舟。

而今仍是佳音渺，对影叹浮休。案边锦句，屏中妙语，帘内眉头。

(二)

又是年关几多愁。谁肯解心舟。月残如许，灯寒如许，不似悲秋。

此情何故难将息，夜夜倚高楼。去年相契，今宵相忆，旧梦难收。

(三)

子夜幽幽锁清寒。辗转又无眠。红笺小字，青灯孤影，独对更残。

偏居静地千千绪、痴语化屏前。落花流水，浮云碎月，拟把声传。

高远

1965年6月生于内蒙古扎鲁特旗鲁北镇，中专学历，内蒙古威林酒业有限责任公司工会主席。自青年时代酷爱古体诗词，现为通辽市诗词学会理事、扎鲁特旗诗词学会会长。作品散见于《内蒙古诗词》《通辽日报》《通辽诗词》《哲理木艺术》等。辑有诗稿《岁月心语》。

鹧鸪天·重游海日罕北峰赏杜鹃花

犹记牵魂去岁风，杜鹃啼后千枝红。心催五月花期近，情驭轻车向碧峰。

风梳理，雨蒙蒙，袭人馥郁好舒胸。留连乱影迷人处，蜀鸟岚烟似有声。

西江月·重游海日罕北峰赏杜鹃花

醉赏花开如锦，欣闻空谷鸟喧。迷蒙烟雨隐苍峦，绘就斑斓一卷。

手揽云中紫燕，飞身直上峰巅。春心未肯付杜鹃，入耳似听呼唤。

鹧鸪天·重游海日罕北峰赏杏花

浴过清寒分外纯，幽香盈谷占芳辰。青山蕴秀身相许，玉蕊塑成大野魂。

红杏雨，落纷纷，经年未肯怨东君。心中唯恐春归早，雨洗浮华别样新。

菩萨蛮·中秋夜归

野风伴我赏秋月，孤身踏响山间夜。漂泊已十年，鬓边霜雪添。

朝朝说想念，此刻心中乱。二老可平安？深情慰婵娟！

有感诗友相聚(新韵)

朝迎新雨洗尘风，却向园中草木青。
久慕相期隔远路，痴心此刻近高峰。
一弯溪水润荒境，几处新枝绽蕾红。
入口清馨吟雅韵，罕山翘首盼重逢。

高占臣

黑龙江省依安县人，1952 年 2 月生，大学文化。曾任过乡长、乡党委书记、县法院副院长等职。黑龙江省诗词协会会员，依安县作协、诗协会员。退休后得闲撰写一些散文、诗词及理论文章，有百篇以上文章、诗词在报刊上发表。

七绝·知青探亲

轻风挽柳迎亲客，黑土流香燕语甜。
又醉柴门三碗酒，银锄勾起泪花连。

七绝·冬夜有句

日落乌栖夜色宁，一轮皓月破天明。
千姿素画粘窗外，塞北银花万朵情。

七律·南湖行来那只船

——纪念建党 95 周年

南湖起始那只船，今又扬帆破巨澜。
两岸风光旗胜火，春天故事柳含烟。
宏图总在桅杆上，福祉先于百姓间。
一路丝绸飘过海，长风万里凯歌旋。

七律·礼赞人民子弟兵

紧握钢枪猎猎风，红星闪闪最光荣。
青春不羡花前月，热血甘求剑上锋。
大爱独钟红土地，激情总在绿军营。
民安国泰神州美，点赞人民子弟兵。

七律·纪念《讲话》发表 74 周年

恰如酥雨润乾坤，文海行舟有指针。
万笔生花书大众，千歌绽美颂娘亲。
舞台照亮篱笆院，墨水染红土上人。
双为铭心融墨里，满园绚丽满园春。

（注：《讲话》即毛主席 1942 年《在延安文艺座谈会上的讲话》。）

七律·读抗日英雄赵一曼写给儿子的信有感

女杰一曼情天下，绝笔衷肠寄子宁。
字字行行花落泪，行行字字月惊容。
无垠大爱连沧海，有片丹心照汗青。
白马红妆虽远去，英雄浩气贯长虹。

七律·随缘

春光一树送情缘，漫步林园紫气先。
回望人生风雨路，高瞻岁月艳阳天。
襟怀有爱青云落，阔野抒情碧水宽。
皓月银辉铺锦绣，半壶醇酒醉心田。

七律·苦中乐

望远银花鬓两旁，一轮明月照芬芳。
三春云雨诗中落，儿度风霜笔上航。
欲踏峰巅寻烂漫，亦游墨海弄疏狂。
孤灯陋室精神抖，雪煮清茶韵味香，

七律·三八节写给妻子

不忘相扶共此生，也常对坐忆鸳盟。
葡萄架下虫偷语，杨柳阴中鸟弄晴。
百度邀期心切切，一时伤别梦萦萦。
而今犹是十分爱，无赖娇儿与我争。

高志发

1976年生于黑龙江省依安县。中华诗词学会会员，齐齐哈尔市作家协会会员、诗词协会会员，依安县诗协理事。曾于2010年参加在北京举办的青春诗会，于各大网站及各种刊物发表作品数百首。

七绝·遥望花雨伞

绵绵细雨织轻纱，不意催开路上花。
共放何须争绚丽，平分春色入千家。

七绝·过黑龙江有感

经年重过思无穷，渺渺烟波在望中。
记得旧游多少事，今番都付大江风。

七绝·坝上行

十里河堤卧曙天，渔声隐隐水绵绵。
不知潋滟波光里，多少艰辛载满船。

七绝·风筝

莫道东西南北风，天涯一去即飘蓬。
此生无论飞多远，都在他人牵挂中。

七绝·也作初春大雪

鹤城三月雪纷纷，漫洗尘霾润物勤。
最是东风能做主，不教天上有闲云。

七绝·春风

直是丹青妙手临，钩波染柳意何深。
万千红紫才涂罢，又向人间泼绿阴。

葛革

男，1946年4月9日出生于上海。1968年12月毕业于清华大学精密仪器及机械制造系，1981年10月毕业于山东工业大学机械系研究生班。2002年12月从深圳市经济贸易和信息化委员会退休。现居上海。

上海铭

城非称大，有史即名。市非夸旺，有商则灵。斯是魔都，惟其特兴。快车遁地深，高楼刺天青。谈笑有高朋，往来皆鸿宾。可以通四海，达寰瀛。无贸易之樊篱，无种族之逼凌。当年大都会，今日国际津。世人云：何魔无有？

葛霞

1967年出生，河南省商丘市梁园区人。中华诗词学会会员，1990年以来在《商丘日报》《中国诗词杂志》《凌南文学》《葛天文学》等报纸杂志发表诗词作品。现任河南省商丘市道路运输管理局计划科科长。

七绝·鹰(平水韵，押“删”字)

扶摇直上九重寰，破雾穿云若等闲。
冷眼置身尘世外，从容淡定看人间。

七绝·桃花扇(平水韵，押“东”字)

小桥流水画堂东，归德城中觅旧桐。
壮悔楼亭巍峨在，只愁不见桃花红。

七绝·白云寺(平水韵,押"尤"字)

白云寺外白云悠,诗海扬帆畅意游。
古树铁锅多故事,惹来墨客咏风流。

七绝·咏庄子(平水韵,押"侵"字)

谁能物我不存心?化蝶并非梦中吟。
一曲逍遥藏金玉,宝留百代千秋寻。

注:庄子梦蝶:请阅百度。第四句:意指作为思想家、哲学家、文学家的庄子所思所想,就像一座丰富的思想宝库,有意留百代千秋发掘和继承。

七绝·咏双塔(平水韵,押"东"字)

巍峨双塔耸苍穹,宋韵松魂气贯虹。
竹骨梅姿昭日月,护国佑民唱高风。

七绝·咏王亥(平水韵,押"先"字)

商宗智慧撼坤乾,王亥驱牛拓易先。
开创功高昭日月,玉毫纤指赞尊贤。

七绝·火神台(平水韵,押"灰"字)

扬名华夏一楼台,浩瀚烟波入目来。
存火佑生千古赞,功劳惹尽墨人才。

七绝·风雨亭(平水韵,押"真"字)

静心寡欲立红尘,历雨经风淡己身。
结竹结梅交雪菊,朝阳明月赋天真。

耿一民

原名凤康,男,汉族,1929年生,江苏铜山人,离休干部。1948年投奔沂蒙解放区,考入华东大学。后在滕州教育局工作。曾任中国函授大学滕州分校教务长,参与创建滕州诗词协会并任滕州市诗词学会名誉会长。

七绝·辛亥颂

辛亥沧桑话百年,文明科技换新天。
炎黄苗裔多奇志,逆水行舟勇向前。

七绝·书感

难耐冰霜非劲草,只吟风月是歪诗。
真情一吐方为快,不悔神州反右时。

归里有感

有凤来仪龙岭春,黄河古道剩荒津。
洪山蓄水平湖出,苏北江南光景新。

(注:祖籍苏北铜山耿庄,环村有凤观山、二龙山,又置古黄河滨,且新修洪山水库,可种稻谷,山村大变。)

七绝·雪天赞松

漫天飞雪朔风吹,望里群峰尽敛眉。
旧日芳华都入梦,昂然只剩劲松枝。

七绝·沂蒙亲二首

(一)

老来怀旧感情亲,梦返沂蒙今竟真。
暗淡刀光寒剑后,谊同鱼水共乡民。

(二)

沂蒙重返访芳邻,麦浪山歌分外亲。
旧识音容犹记起,红楼电话唤新人。

七绝·诗卷传薪人

朔风千里漫天银,立雪程门非效颦。
斗转星移桃李艳,春深善国事传薪。

七绝·铁骨寒梅

半禅龙老寿尔康,铁骨寒梅不畏霜。
艺苑奇葩书画美,银髯振笔墨留香。

龚家政

1948年生,上海市崇明人。中文本科毕

业。曾任教中学、中专和大专班语文，农工党崇明县委秘书长。现为中华诗词学会、上海诗词学会会员，崇明诗词书画学会会长。著有长篇文学传记《陶胜百》和诗文集《守拙园漫笔》。

七绝·杜甫草堂

（一）

晨兴车至浣花堂，未敢推敲闹杜郎。
携酒邻翁曾似识，闻人扫径到门旁。

（三）

万千广厦入云天，何必瞻依草屋前？
知否诗人多少泪，呼喊民瘼一年年。

（三）

三吏行吟还三别，泪飞月下到羌村。
穷年忧患诗成史，一瓣心香献杜门。

（四）

听惯讴歌浩荡恩，壮怀难与俗人论。
书生来读杜工部，喊醒忠贞一代魂。

五律·无锡鼋头渚

无锡鼋头渚，柔姿复艳雄。
微风岚气绕，细雨雾湖濛。
客路岩回处，行舟水曲中。
初春寒意里，峦过已多重。

七律·同学毕业四十年聚会

前尘回首慨然歌，鬓发披霜感触多。
爱昔几人成沆瀣，喜今众友未蹉跎。
情凝耕读惊年逝，缘结芸窗耐岁磨。
一幅写真堪纪念，从头漫忆旧烟波。

西江月·海南行

荔树椰林山甸，菠萝茶叶川边。缘荫深处牧童鞭，路转农家忽见。

喜见金沙白浪，远望碧水青天。弄潮儿女奋争先，跃浪推波齐赞。

沁园春·南京

五都之列，两京之一，石头城高。是东南形胜，民丰物阜；川原际会，云涌风嚎。吴晋樯帆，南朝舞榭，洪武天王民国潮。英雄地，历兴亡十代，铁马弓刀。

城头变幻旌旄，谁信得、秦淮王气消。看一江横贯，天成北界；三山散落，地尽东皋。金粉楼台，酒旗烟寺，那敌中州虎旅镳。从今后，宜登高指点，说古听箫。

（注：南京为十朝故都：孙吴，东晋，南朝宋、齐、梁、陈，五代十国时南唐，明初，太平天国，中华民国。）

龚籼瑜

磨盘寨景观

车流似磨寨如盘，名校高中伴广场。
迎旭钟鸣催学子，暮观鹤发舞斜阳。

响水洞山庄风光好（藏头诗）

响亮名头遍武陵，水清崖峭百媚生。
洞开龙逸银泉喷，山豁瀑飞珠玉呈。
庄立亭台抒画意，风吹林杪泻诗情。
光辉映壁游人醉，好个休闲度假村。

龚霄见

中华诗词学会会员，中国楹联学会会员。

水龙吟·词林正韵

经年寻问春消息，遍郡内无她事。怅然回望，伊人突现，相逢欣喜。灵气柔情，明眸娇好，且生流媚。意已满枝头，两心相印，长相好，多如意。

无奈奇花已逝。太匆匆、可施无计。看花泪眼，伤心欲绝，摧人意志。宫外蝉鸣，声声知了，为谁铭记。待良辰美景，谁人与共，同春风醉。

（注：流媚一词出于明李东阳《兰舟诗送邱苏州南归》："清芬寡流媚，借问爱者谁"。）

七言·股海咏志（平水韵）

海纳百川酬壮志，身怀六略展英姿。
龙骧虎步迎风暴，马到功成报汝知。

七言·咏龚自珍（平水韵）

仗剑负箫怀壮志，九州黑暗望苍空。
先贤远见明灯照，千古知音有泽东。

（注：箫、剑在定庵先生的诗词中是常出现的意象。先贤远见指启蒙思想家的能穿透历史迷雾的慧眼。千古知音有泽东指毛泽东对定庵先生诗及思想的推崇。）

七言·寻芳（平水韵）

寻芳重访武夷宫，泪眼相携翠竹中。
风雨潇潇三盏酒，他年谁共醉春风。

龚雪莲

笔名蜀山卓霞，网名云海明霞。

一剪梅·离愁

褪尽残红怕倚栏，风雨无情，闺怨无边。满腔春事付东流，花也痴痴，人也怜怜。

一别长亭怯问缘，不记花期，不念云烟。而今碎梦折梨枝，白了青丝，老了红颜。

莫使诗心待暮年（轱辘体）

莫使诗心待暮年，寻章觅句赏佳篇。
书林结意扬真善，陶冶情操眼界宽。
临春蜂蝶竞蹁跹，莫使诗心待暮年。
我辈尊师今古训，抒怀咏志礼仁先。
秋至群芳归净土，犹存馥郁在人间。
平生酣畅风流韵，莫使诗心待暮年。

卜算子·叹莺莺

我是病愁身，卿作倾城貌。彳亍黄昏恨不销，风冷心儿恼。

独自叹频频，泪洒无人道。只有孤灯对此愚，徒奈情难了！

鹧鸪天·乡愁

独影阑珊怕上楼，相思消得月如钩。鸳鸯小字牵肠断，缱绻时光绕指柔。

佳节到，锦书投。行行句句怨离愁。凄风冷雨无拘检，谁为奴娇披暖裘。

一剪梅·忆长兄

又见玲珑叶底镶。簇簇离思，粒粒柔肠。满园佳果共谁尝？三载难忘，手足情长。

哥摘樱桃妹纳凉。采了分享，笑语飞扬。魂萦梦系泪无缰，恰又熟时，兄在何方？

龚治权

红梅赞

红梅初绽散芬芳，鸟觅馨香展翅翔。
不惧冰霜花独俏，着妆丽彩艳潇湘。

广场颂

龙城谋士运筹高，建筑雄奇形象标。
鬼斧神工形态异，心灵手巧貌姿娇。
长亭六角鲁班造，巨幅荧屏映相飘。
奇草俏花泉喷韵，妪翁歌舞乐逍遥。

观果利河桥感怀

无桥

自古果河无渡舟，往来涉水最为愁。

鱼虾邀请君陪伴，未晓家人泣破喉。

建桥

果利河悬钢混桥，壮观雄伟似神雕。
车流不息彩旗展，造福人民青史标。

卧龙水库感赋

入冬天气觉初寒，李杜苏韩来库边。
放眼卧龙山水秀，仰观白鹭指蓝天。
龙恩圣地筑高坝，受益乡村雨露甜。
党意民心连一起，为民造福水渊源。

赞三峡

万壑清溪涌大潮，千村万户乐陶陶。
工程盖世平湖出，百舸争流逐浪高。

风景桥

沙坪干坝建亭桥，书画联诗柱上雕。
鬼斧神工成丽品，千秋功绩万年标。

观卧龙库景

小雪初寒兴致浓，骚人枫映脸通红。
微风细浪鱼虾舞，恰似迎宾队伍雄。

龚治元

空巢悲

危桥涧上横，闲院草丛生。
室内蛛联网，庭中鼠窜行。
风吹门自敞，雨降宅将倾。
久唤无回应，离人未返程。

采风水沙坪小学

幸沐春风校舍新，培桃育李灌浇勤。
满园蓓蕾齐争绽，摘桂蟾宫才冠群。

赞五色龙城

五彩华灯灿武陵，无奈弦月隐云层。
银河谁晓何时降，处处霓虹不夜城。

响水洞山庄(回文诗)

仙洞凉风清水响，客来迎送接前庄。
山川妙境迷人醉，美味肴香馨鄂湘。

赞水沙坪打洞开河

除患水淹频，洞开为万民。
钊公伤疫眼，勇士献躯身。
换得田园美，迎来盛世春。
丰功铭史册，代代感恩深。

水沙坪采风

龙泽流泉奇景多，神龙岩下涌漩涡。
山花夹道迎宾客，岸柳沿河戏钓蓑。
溪水潺潺弹乐韵，霞光闪闪荡清波，
虹桥隧洞通湘外，荆楚明珠名远播。

重登太平山

孤峰险道绝崖凿，野寺钟声过客惊。
夜伴青灯经万卷，晓瞻云海浪千层。
鸟栖翠柏听鱼鼓，僧坐禅堂弄玉笙。
朝拜仙山祈福降，祥光普照众苍生。

赞百合花

形似呐叭间粉红，节高叶艳暗香浓。
植根遍野乡村惠，情寄春风花影重。

贾坝水库

湖光映碧空，山色水天融。
樵子寻舟渡，渔翁觅鲤踪。
坝高如绝壁，渠卧似长龙。
万户清泉饮，千村五谷丰。

夕阳感怀

英年逐浪海天间，皓首逸闲耘韵田。
搜遍枯肠无警句，欲舒心曲借云笺。

赞页岩气

气田沉睡不知年，梦醒时分欲见天。
井贯千层寻国宝，为民造福璨霞烟。
（注：页岩气二号井已在龙山洛塔乡开采成功。）

水沙坪诗词楹联学会周年庆

诗画水沙坪

天然丽景蓬莱境，怪石奇峰杨柳津。
翠竹弄姿迎客舞，青岚昂首望宾临。
藏龙卧虎贤人隐，积玉储金聚宝盆。
高铁穿梭如织锦，明珠焕彩满园春。

谷继生

河南省开封市人，男，1954年生。1972年初中毕业下乡成为知青，1977年恢复高考入师范学习，1980年成为一名教师，2014年退休。喜诗词散文创作，兼习书法，现为河南省书法家协会会员。

五绝·咏菊

迎寒处处开，风动暗香来。
多少游人醉，流连不愿回。

七绝·春

岸柳轻柔远透黄，桃花又送旧年香。
南来雁叫关山晚，已觉风清日渐长。

五律·观大师作画

丹青无定法，思巧技须精。
与可先成竹，僧繇后点睛。
笔含风月趣，纸寄古今情。
圣手挥毫处，随心妙韵生。

七律·茶

涧畔云端伴露眠，岚侵雾润自悠然。
细芽欲展清明后，香韵初浓谷雨前。
一片浮沉消妄意，三杯满罄解空禅。
人生多少烦忧事，尽入此君成过烟。

莺啼序·中秋抒怀

清凉一轮圆月，动人间别绪。弃巢燕，携子频飞，不日归翼南举。野中柳，虽还未老，全消妩媚三春趣。怅愁情，临晚忽萌，可从谁诉？

昨日繁华，翠竹玉树，醉藏莺软语。恋池畔，蒲绿莲红，蝶蜂高下争舞。更蛙鸣，声声唱和，碧丛里，娇花无数。待回头，望眼成空，尽归何处？

风吹细草，雨打幽兰，肃晨叶挂露。拭泪眼，见东篱下，菊又初荣，绽紫含黄，令人悲伫。倾城国色，羞人挑蕊，俱成尘土随风雨，看秋花，却让东君妒。昂然独放，迎寒向宇飘香，绝胜我辈情愫。

姜公钓渭，魏武挥鞭，并烈年迟暮。莫叹惋，豪怀犹在，复整英姿，笑对斜阳，步尘夸父。山川献秀，金秋如画，重将诗赋呈日月，此余生，难恕今朝误。殷勤难负良宵，且振精神，锦程再度。

顾峰

1972年生，安徽怀远人，怀远实验中学老师。怀远作协会员，怀远诗词楹联学会会员，蚌埠禹文化研究协会会员，蚌埠书法协会会员。多喜读书，也爱书法、诗词，闲来舞文弄墨、游山逛水。自在全任心，优游尽人生。

冬日有感

半醉浮生几度秋，韶光片刻未曾留。
少年慷慨携钩去，不惑飘萧踏岳游。
碧水青云何处好，机心遗恨一时休。
扶风脱帽掸尘去，还把鸥情赋谢楼。

冬日望夫石

水流宛转绕山长，玉立江津黯别伤。
飞雪袭来凝粉泪，流霞散去卸残妆。
月移霜女同惆怅，花落良人独怆徨。
一度春风千载怨，化为青石望天荒。

冬日雨雪

香山昨夜飞霜雪，淮上行来暮雨寒。
云淡金秋辞菊易，冰凝玄序度时难。
繁华商宦歌声亮，落寞庶民珠泪残。
无绪南乡花似锦，但忧风里褐衣单。

冬日出游

日斜云淡步汀洲，山水凝烟一望收。
漫倚悬桥怜柳影，惊飞白鹭荡扁舟。
凭栏淡看黄花落，对月长歌冷夜休。
暂别凡尘纷扰事，清风携手入高楼。

顾后荣

男，1967 年 11 月出生。中学语文高级教师，现任教于上海市崇明中学。崇明作家协会会员，《崇明诗书画》编委。诗文数十篇（首），散见于各级各类报刊。

五律·颢绿色时代生态大酒店

瀛洲生态岛，闹市有余闲。
约客姗姗至，添杯缓缓啣。
洞天存理趣，福地在心安。
绿色风情处，且尝时代鲜。

七绝·观落花

惜花总把春来咏，却扫飞红祭酒盅。
不见满眼金菜地，蝉鸣过后稻香浓。

七绝·清明风雨中

风急雨骤正清明，新叶柔枝一线倾。
倾往家山云起处，乡音入梦向谁听？

郭江

1958 年生，山西省偏关县人，建设银行山西大同分行员工。山西省大同市诗词学会会员，中华国学文学会会员；1994 年开始发表文学作品，2003 年出版诗集《塞北梦》。2014 年获中国国学研究会“中国国学传承发展特别贡献奖金奖”等；2015 年获中国非物质文化学会和世界华人文艺家联合会“国家非物质文化艺术传承奖”金奖并被授予“国家非物质文化艺术传承人”称号；2016 年获国家网络艺术馆“国艺兰亭奖”终身成就奖等。

五绝·南戴河

海水耀霞澜，日出叹壮观。
一桥双胜地，清澈浣人间。

五绝·始皇叹

神州掘盛迹，兵马涌秦陵。
纬地长城在，俨然始帝功。

五绝·骚人风韵

骚人沧浪亭，诗意再狮林。
夜半寒山寺，钟声觅古音。

五绝·长江颂

啸瀑追吟浪，江魂华夏游。
昆仑骄血脉，东海入雄流。

五绝·梦

已穷千里目，更上一层楼。
莫管炎凉事，痴心竞志酬。

五绝·高邮赞

万物储方寸，收藏爱好心。
高邮骄美誉，雅韵日趋新。

五绝·念板桥

三绝诗书画，扬州酷板桥。
心忧民疾苦，风雨受煎熬。

五绝·盛事

银行开盛事，门外候长龙。
抗战铸新币，国殇念永恒。

五绝·献给2015毛泽东诞辰

飞雪念毛诗，梅花意境时。
风光无限好，北国傲红枝。

五绝·痴

冬雪送风光，愚人练大堂。
诗心迎顾客，偷隙觅书香。

五绝·成都女子特警赞

盆地有奇兵，英姿胆气雄。
功夫惊飒爽，威慑正无穷。

五绝·鹏彦吟

昨日醉茅台，今朝品颂台。
鹏彦鼎盛事，平仄韵情怀。

五绝·龙的足迹

植粟五千载，传人拓绿程。
耕耘新境界，潇洒舞黄龙。

五绝·昆明览胜

春城欣胜地，光彩醉人殊。
山色丹青艳，滇池耀碧珠。

五绝·常州赞

历代先贤笑，德才励志酬。
名城垂史册，自信看常州。

五绝·乌镇速写

历史六千载，丝绸鱼米乡。
今朝说网络，犹借我风光。

五绝·天华赞

天华赋脂茶，冷榨艺方佳。
真味醉诗韵，激情你我他。

五绝·湘湖的魅力

度假欲何途，杭州自恃殊。
湘湖白马啸，风韵伴舟浮。

五绝·安丘印象

春秋出莒国，文脉自悠长。
森茂火山旧，酒熏齐鲁香。

五律·祭板桥

兴化出才人，康乾博盛名。
范潍躬县令，书画蕴风情。
请赈怜民腹，吟诗哭己声。
泰州今秀美，时代已新更。

五律·同窗梦

暮色涵天地，身心偎故乡。
寻常聊电话，今晚叙衷肠。
把酒说康健，干杯祝寿长。
人生堪似梦，握手别同窗。

五律·感电影《廊桥遗梦》

人性意如何，廊桥一梦求。
他年因爱嫁，今日为情愁。
新旧两无奈，心胸满怅惆。
终生难瞑目，着意叙春秋。

五律·悼岳父

父陨天无色，全家泪洗悲。
抚棺魂驾鹤，思貌影徘徊。
哀乐恸寥廓，花圈祭永垂。
仙人今作古，遗志励鸿为。

五律·梦回首

故里忆偏头，愚人梦迹游。
生从移户取，奶自定家求。
文革随乡去，书香醉僻留。
今朝寻意境，花发更痴幽。

五律·童年的记忆

往事忆朦胧，拳拳赤子情。
城墙玩故土，思绪梦遗风。
笔塔饮关河，童心觅慧经。
尘封流水日，夕照映霞明。

七绝·桂林吟

象鼻漓江独秀峰，山山水水叹神功。
桂林自古甲天下，还看今朝绣色明。

七绝·北岳

恒山昂首雾迷蒙，只见山腰不见顶。
石径逶迤云入处，昆仑笑我比肩平。

七绝·禅

身在柜台囚故志，红尘拂面笑囊空。
窗前阅世复冬夏，莫扰冰心在玉宫。

七绝·白云之邦

九岭蜿蜒拜靖安，三岑深处不平凡。
白云缭绕似仙境，千古名篇赋乐园。

七绝·风电家乡

大虫岭上站风神，年复一年化电能。
故土高原开宝藏，松涛吼罢照苍穹。

七绝·情怀

敬畏苍穹沐雅风，人间万象鉴儒经。
红尘世事多铜臭，别样情怀醉仄平。

七绝·老母

九旬老母乐襟怀，电视新闻日日裁。
健体蹒跚揣世界，菊花倔向夕阳开。

七绝·班后

初临夜幕昏昏色，蔽月薄云鱼肚白。
扑面朔风频问候，老翁诗意酿心怀。

七绝·闻鹏飞谈白浚老师现状感之

欣闻白老体安康，杂志报刊勤考详。
谈笑风生随兴致，犹存傲骨逸幽香。

七绝·国花之恋

又是一年花盛开，牡丹王国竞芳菲。
人间爽事西安恋，天下谁曾不醉归。

七绝·丑女待嫁

春风作雨已多时，夏日阳光亦入诗。
如意郎君何处觅，良辰美景不宜迟。

七绝·题第八届华鼎奖

漱玉神州平仄痴，安丘华鼎正逢时。
诗情高手纵情唱，画意词林花满枝。

七绝·现代西瓜

成熟四季市随时，满肚红瓤遍世知。
上帝光临留美誉，人间日日共分之。

七绝·槐魂

日熏四月槐花盛，轻捋芬芳醉脾香。
餐桌欢欣人美味，仙风一缕助安康。

如梦令·纪念李清照诞辰 1 120 周年

逝水千年余度，清照才情犹顾。意境醉寻求，韵律依然如故。追溯，追溯，携手今人无数。

清丽双臻·草原情

盘古高原地，看无垠碧海波涛，惊叹上苍涂绿色。令人不禁唱风骚，山水孕炎黄，草原无限好。

寻韵律，觅辞藻。心旷涌出抒怀曲，激情呼脉咏妖娆。飞跨骏骑腾沃野，掠光追彩醉今朝。

郭安胤

男，汉族，广东吴川人，1991 年 6 月海南师范学院涉外经济管理专业毕业，1995 年 6 月广东省社会科学院经济学硕士研究生班结业，广东省吴川市教育局基础教育股工作，办事员，中学二级教师。

半醉街头

杯酒醉街头，管他冬与秋。
凉风身上过，热血体中流。
谁往江湖路，我寻瀛岛舟。
逍遥沧海笑，人世便无求。

冬里听雷

冬雨听雷声，心中暗自鸣。
人间经冷暖，世道盼升平。
愿作荆花老，不为桃李荣。
寒烟飘入梦，休要醒时惊。

真的很冷

微雨下无声，狂风独自鸣。
气温真很冷，道路甚清平。
羡慕龟蛇老，欢欣草木荣。
寒冬将要过，多苦有何惊!

冰雨又飘

冰雨漫天飘，心旌未动摇。
困身非志倦，离卷不神憔。
难与山河老，还知日月遥。
蛰居人得静，清影共闲聊。

上楼梯

惶惶恐恐上楼梯，升降如何不失迷。
地上难知高处险，位前犹说昔时低。
烟霞过眼终须尽，富贵浮云同样齐。
谁羡渊明耕畎亩，我归乡里学扶犁。

天气冷了

阴晴冷暖紧相连，强劲寒潮已近前。
游子归家情迫切，新朋分手意缠绵。
谋生不易离乡井，尽孝艰难怀故园。
间下双亲还健否，肝肠揉断泪潸然。

郭东方

字震之，号云谷、云庐主人等。男，汉族，1971 年 5 月生，滕州市人，大学学历，书画家。枣庄市佛教协会常务理事，滕州市政协委员。

五绝·寻龙山古甘霖禅院（二首）

（一）

林幽云道暗，山藏古寺深。
泉来流韵远，飞鸟送佳音。

（二）

晴云浮北岭，春色醉人眸。
寺泯泉犹在，鹊鸣高树头。

七绝·贺甘泉寺祖师殿落成暨寂昌老和尚铜像开光

甘泉古月海潮音，五叶曹溪法乳钦。
庭前柏子如来意，般若空花示祖心。

七绝·春日有感

通宵细雨泛春潮，鹊噪古松风弄涛。
喜见牡丹倾国色，挥毫齐大斗风骚。

七绝·游杭州西湖

西湖水暖杏花期，柳拂白沙堤影低。
点点轻舟湖上过，渔歌荡漾画桥西。

七绝·立冬后天降暴雪有感

北风转怒竹枝断，雪满芸窗三尺盈。
难舍秋光枫菊韵，惟嗟世界倏枯荣。

七律·庚寅春步韵程春芳老先生诗回赠

诗书融会笔纵横，文骨风骚意独明。
唐韵辞章彰国粹，云庐风月叙乡情。
琴弹古曲倾心悟，句蕴佳思妙语生。
一盏香茗吟兴阔，绝奇词句现峥嵘。

郭海燕

女，广州市越秀区作家协会会员，江南诗词学会会员。爱写作，爱古典文学，诗词、小说、文学评论等作品散见于《江南诗词》《广州文艺》《都市影视》等刊物及文狐网等文学网站，曾获全国范围的网络文学大赛诗词类三等奖。

忆秦娥·中秋月(词韵第十八部)

中秋月，含情脉脉清辉澈。清辉澈，如环似玉，莫教成玦。

声声箫管飘帘阙，谁言此际芳菲歇。芳菲歇，黄花柔照，怕惊秋蝶。

踏莎行·春雾(词韵第十一部)

碧水波光，柳堤鬓影，茫茫世外音尘定。频舒倦眼倚栏看，三桥隐似云中径。

玉树迷青，啼莺送警，归舲尺素空余省。菱花慵对易凄清，征人远去春灯冷。

青玉案·忆逝友(词韵第三部)

散萍飘杳随流水，玉阶冷、蛩声碎。景色依稀当日路。唱酬相对，熏风明月，几许香盈翠。

而今却作孤鸿去，不见音容梦难会。袖绕残香篱畔悴。漫歌禅舞，曲终人醉，聊慰离人泪。

郭健强

男，广东省楹联学会会员，爱好文学与书法，有诗词及楹联作品刊登于《江南诗词》《羊城职工》等刊物及网站上，曾获大型网络楹联大赛三等奖。

七律·广州国际灯光节有感

花城夜色漫天娇，绚丽华灯幻彩飘。
宝塔红霞高处落，珠江水影浅湾飙。
七桥远望斑斓色，两岸临观碧绿潮。
动漫墙光随乐韵，中国美梦看今朝。

郭敬伟

男，本科学历，现供职于河南省平顶山市宝丰县信息中心。自幼喜爱文学，偶有散文见于报端。

春意融融迎“客人”

——为崔琦教授回乡省亲而作

少年离家古稀回，乡音未改鬓毛衰。
天翻地覆谈变化，叶绿花红赏暮春。
踏步故园忆往事，牵手邻里问知音。
几度流泪几度笑，谁人识得教授心?

(注：崔琦教授为美籍华人，1998 年诺贝尔物理学奖获得者之一。崔琦教授生于河南省宝丰县，在家乡度过了童年、少年。1951 年离开家乡后，直至 2014 年 4 月才回乡省亲。有感而作。)

马街书会进京城赞

物华天宝大中原，马街书会美名传；
应河潺潺映琴声，舒山巍巍接丝弦；
今朝进京展神韵，他日还乡抒豪言；
感谢摄影摄像师，盛况空前登网站。

[注:①河南宝丰县的马街书会是中国十大民俗之一、国家级非物质文化遗产。2014年9月,作为中国曲协主办的"向人民报告——庆祝新中国成立65周年暨说唱中国梦优秀曲艺节目展演"的10场演出之一,"马街书会"河南曲艺专场9月22日晚在首都北京精彩绽放。

②马街书会会场在应河岸边;马街书会东南有山,名为"舒山",群众俗称"叶营山"。清康熙四十四年(1705年)九月初九所立《马街火神庙碑记》载:"庙貌辉焕,粉壁绘像,而金身灿烂,四壁成观,一时游人君子履此地也。但见其南望舒山巍巍严严,回首东岭紫竹鲜鲜,聚睛西瞻露峰苍苍,俯视应河水声潺潺,绿树阴翳。山水相连,倚于休息哉,何地之盛也。"]

丙申初春闹店行

闹店古镇春意浓,喜鹊欢唱金鸡鸣。
二龙披绿山色新,一塔凌云韵味永。
繁花处处惹人眼,大道条条接鹰城。
最喜观音文化园,孝字当首倍钦敬。

(注:闹店镇是河南省宝丰县东部的一个古镇,南接平顶山市市区。境内有大龙山、小龙山,有观音祖庭香山寺,寺内有标志性建筑——观音大士塔。)

郭建华

女,河南南阳社旗县人,从事企业会计工作,已退休,业余诗词爱好者。

五绝·早春

风送飞雪去,雨落梅枝梢。
初暖寒峭退,桃杏待含苞。

七绝·春日几多美

柳飘丝带碧荡漾,风摇百花自芬芳。
一塘残荷瑶池梦,泥沼涌动藏暗香。

七绝·竹

玉秀亭立不矜高,碧节通直清风摇。
冬夏无改翠一色,点染山河为自好。

五绝·水仙花

冰洁碧波仙,玉骨傲霜寒。
素颜静亭立,花芳品不凡。

五绝·那朵粉荷

清风拂面掩,叶花同心结。
恬静粉颜雅,一花一世界。

七律·秋的情怀

秋风秋雨蕴秋韵,赤橙黄绿抒壮观。
古来逢秋多萧悲,我言秋日胜春暖。
极目眺远廖廓天,新秋飘处一画卷。
天然巧成添多娇,霜叶林染万重山。

七绝·咏菊

春迎媚光一株芽,夏着绿色点百花。
秋顶硕冠傲霜天,冬雪舞时她赋画。

七绝·暮归

秋深落霞云生辉,大野枝痕草色褪。
日出耕作日落息,老牛奋蹄迟暮归。

郭良坤

现就职于山东成武县检察院。中华诗词学会会员,中华辞赋家联合会理事,中国检察官文联、山东省检察官文联文学协会会员,发表诗词联赋300余首,出版个人文集《游艺展痕》。

七绝·文亭湖

凌风高阁御尘襟,雨霁长虹动客吟。
最是斜阳霞映岸,波光铺满一湖金。

七绝·中秋夜咏

万家团聚笑声扬,望月民工孤影凉。
恨不化成双翅雁,长途一夜到贫乡!

七绝·丙申初春再赏桃花

桃花又见故人来,羞涩红云染颊腮。

不解年年寻访意，叽喳小鸟费疑猜。

七律·抗战胜利70周年感赋

屠我黎民掠我疆，铁蹄蹂躏岂能忘？
一拼碧血护家国，百战黄沙灭虎狼。
华夏烽烟虽散尽，东瀛鬼怪又疯狂。
焉容钓岛乌云缭？秣马挥戈弹上膛！

七律·清明祭母

泪随细雨洒坟岗，黄土一抔荒草凉。
多少月前思往事，几回梦里见亲娘。
再无慈面蓬门盼，难品羹汤野菜香。
袅袅青烟寄哀语：天堂之上可安祥？

七律·赞反贪干警

神兵出击布天罗，仗剑横刀斩恶魔。
鼠洞狂催连鼠子，虫窝怒捣带虫蛾。
焉容毒草侵原野，岂让乌云压碧坡。
捷报声声传大地，清风阵阵漫山河。

七律·成武县伯乐诗社诗友聚会

昔日三贤会古丘，今朝墨客喜歌酬。
吟诗作赋才思敏，弹曲挥毫情谊悠。
老树逢春萌绿叶，新苗挂蕾绽枝头。
文亭湖畔百花艳，无限风光七彩流。

沁园春·成武

郜国平川，水秀天蓝，物阜花鲜。望茫林碧野，翩翩鸟舞；琼楼玉宇，朵朵云牵。郁郁文亭，幽幽湖畔，高阁虹桥竞比妍。沧桑地，叹流光溢彩，恍若桃源。

风光旖旎无边，更史迹英贤耀史篇。忆先民耕耨，文明播种；孙阳慧眼，骐骥驰原。曾冉弘儒，刘邦驻跸，陶器碑铭誉满天。朝霞里，看今朝百业，兴旺绵绵！

郭热彬

网名傻瓜。凭着对诗词的满腔热情，虽是不惑之年、才薄学浅，但虚怀若谷、勤思多想，在众多老师的鼓励支持下，近期开始学写律诗。

七绝·追月

今宵痴醉月当空，无奈嫦娥隐入宫。
龛上烛红珠泪落，清香一柱问苍穹。

七绝·哀昙花

含羞独秀夜阑开，盛白清妆命似哀。
缘浅红尘音韵在，梦萦魂散泪悲催。

七绝·日暮归航

一片残红漾水光，渔舟日暮泊东方。
归航帆落人休憩，忘却浮沉醉梦乡。

七绝·海龙阁观秀

海晏河清闹夜宵，龙飞凤舞展天骄。
阁楼高处藏妖娆，婀娜多姿走秀桥。

七绝·情思

心仪剩女梦长多，秋夜房空叹奈何。
一片素心明月照，几时把臂共高歌？

七绝·绝情（藏头诗）

阚家才女锁深闺，龙觅芳踪夜未归。
凤寄梧桐情亦禁，笑看浪子泪悲催。

五绝·痴女

轻舟离渡口，折柳回廊头。
后院浇红豆，深闺锁怨愁。

郭瑞云

女，汉族，1945年1月生，滕州市人，大专学历，退休教师。现任中国书画艺术研究会理事，翰墨书画院院士，滕州市诗词学会会员。

书画作品多次参加国家、省、市级举办的大展赛并获奖。

五绝·除夕夜

大年三十夜，寒与暖分开。
笑看春晚后，万物岁添来。

五绝·百姓住高楼

崇楼高万尺，抬手触星辰。
何仙居在此？都是普通人。

七绝·菊

金菊傲霜非傲人，叶枯花萎不沾尘。
劝君休笑秉痴性，一缕清香情最真。

七绝·梅

铮铮铁骨迎风笑，雪压枝头着艳装。
玉洁冰清高格调，飘香万里待春光。

七绝·竹

未曾出土先生节，不畏暑寒风雨侵。
直刺高空真挺劲，凌云傲骨总虚心。

七绝·兰

悬崖石砾是家乡，冒雨冲风韧性强。
不与群芳争艳丽，清幽淡雅暗流香。

七绝·中秋随笔

中秋明月碧空悬，两岸同胞心自连。
酌酒举杯相祝福，和谐统一永团圆。

郭向阳

笔名君伊、当世太白。男，中国炎黄出版社特约编审，洛阳市作家协会会员。1968年6月生于河南省栾川县，1985年开始文学创作，有诗、散文、评论等作品在《中国作家》《中国青年报》《诗刊》《法华报》(法国巴黎)等国内外三十多种报刊上发表。作品先后获得“(2007年)华夏情征文大赛”一等奖、“(2009年)全国散文作家论坛征文大赛”三等奖、“(2010年)庚寅年‘根在中原，情系中原——我看中原’网上作品大赛”文学作品一等奖等全国性诗文大赛奖项多次，被收入多种选本。2015年3月在中国诗文学会、世界诗人协会、中国诗歌会等组织的诗赛中被评为第二届中国新锐诗人。

党的光辉栾川耀

高风亮节情怀重，百姓生计挂心中。
矿产林业关注多，题词犹如指路灯。
山区优势发挥好，敢与平原争上游。
一语中的说发展，言犹在耳音浑厚。
天翻地覆小城变，万千健儿弄潮头。
不觉已然三十年，中国钼都耀神州。

郭小鹏

蝶恋花·青花瓷

落笔轻描千万绪，辗转轮回，历尽红尘苦。烈焰焚身颜色素，素颜竟惹苍天妒。

胎釉相依空自顾，枉叹流年，几度春秋去。无数繁华凋谢处，我将淡墨调烟雨。

清平乐·初夏夜吟

凭栏临水，月下人独醉。闲赏池中新荷翠，初蕊凝情不悔。

风暖梦浅帘重，檐低杏小春浓。我把红笺淡墨，拈成宋柳唐风。

蝶恋花·秋思

塞外秋风寻旧地。柳絮飘零，欲挽浑无计。陌野绿残芳尽逝，霜欺孤馆重门闭。

雁落云笺应有意。写尽相思，还是寻常字。别去杏花三月水，小舟波映斜阳里。

秋蕊香·夜思

烛下添香红袖，孤影栏边相候。丝弦轻赋胭脂扣，遥问东君归否？

寒风不必催杨柳，愁沽酒。一笺清韵梅花瘦，梦里朱颜依旧。

暗香·暮夏赏荷

帘梢挂月，倦倚栏遥望，雨收云歇。碧水无澜，晴翠葱茏与天接。新叶轻环玉蕊，莲影下、蛙欢蛩悦。更盼得，心系花间，从此不言别。

忽诀，语哽咽。叹物换境迁，夏隐秋阔。恨堆怨叠，犹念娇容逐春发。一任霜欺露染，总是那、鸳鸯双结。又怎个、芳尽也，岁华更迭。

七律·花月吟(三首)

(一)

逐月飞花意未酬，花期杳杳月难收。
月悬窗外花容淡，花满庭前月色幽。
秋月思花无限恨，春花盼月几多愁。
吟花赋月红笺怨，月照花心荡晚舟。

(二)

花开月朗意何酬？寄月花情难再收。
月色朦朦花淡淡，花香隐隐月幽幽。
窗前弦月凝花笑，庭下桃花望月愁。
墨赋笺吟花月好，拈花盼月照归舟。

(三)

月下繁花多少重，花开朗月照娇容。
纤花碧月偎兰殿，弦月芳花戏桂宫。
秋月凝花抒浅韵，春花对月诉深衷。
半弯素月同花语，一缕花魂与月融。

郭小夏

笔名耕夫、老石。63岁，河南襄城县人。平煤十矿退休职工，汉语言文学专业(函授大专)毕业，现专攻《大学》《中庸》《论语》《孟子》。夕阳红创作协会、平顶山诗词研究会会员。

五绝·咏桃花(平水韵)

芳菲蜂起舞，靓丽闹阳春。
花落君悲否，枝间青果新。

七绝二首

一咏君子兰(平水韵)

不恋阳光历暑寒，十年蕴育显娇颜。
雍容高雅有风骨，报于先知共赏观。

二咏牵牛花(平水韵)

一抔黄土即安身，努力向上不惧贫。
懒与群芳争富贵，花开艳丽报知音。

五律·登黄鹤楼(平水韵)

久慕名胜地，今登黄鹤楼。
眼观荆楚阁，目送大江流。
游客声聒噪，蛇山色静幽。
老来童稚乐，皓首不言愁。

观河北卫视《中华好诗词》有感

燕赵有卫视，《中华好诗词》。
谈笑论风骚，兴趣说典籍。
诵吟皆高雅，放歌不庸俗。
舞台有胜负，行业无高低。
同圆中国梦，共举华夏旗。
众贤弘扬早，独我传承迟。
励志催泪下，发奋忘寝食。
警句明荣辱，格言悟道理。
老翁忘齿长，能者为我师。
勿为井底蛙，浅尝辄止之。

郭新

1966年出于河北省迁安市。1989年毕业于石家庄陆军学院。2006年自修法律本科，大学学历。现供职于河北省迁安市人民法院。喜爱旅游，工作之余喜吟诗，善抒情、咏物。

七律·桃花源

长城脚下桃花源，三两农家小洞天；
鸡鸣惊艳桃花雨，犬嬉气恼小婵娟！
邻家赖童性悠闲，无事惊雀枝桠间；
缤纷落英红如雨，东风含笑闹春天！

2016年3月18日于迁安

七律·游白羊峪

绿山绿水绿迁安，雄关扼守两山间；
白羊河水淌千年，敌楼烽火忆狼烟！
赏花赏景赏春天，田野如画度关山；
理石长城今安在，风景独好最迁安！

2016年3月29日

（注：白羊峪坐落于河北省迁安市北部山区，地肥人勤，民风淳朴，保存完好的野长城，险、峻、奇。入民居，睡土炕，享受自然风光，是假日休闲绝美之佳境。）

七绝·踏青

闲暇无事逛自然，携篮乐采趣无边；
难忘儿时寻野菜，豪门今惜寒门餐！

2016年4月3日

七绝·榆钱

人间最美四月天，枝桠老树坐童年；
惊诧父母柔声劝，饱餐串串野榆钱！

2016年4月4日

七绝·柳絮

四月街头柳絮飞，飞花无羁任相随；
有情缱绻遂谁愿，无意逐花风自吹！

2016年4月17日

七绝·夜宿凤凰古城

夜宿古城久未眠，沱江两岸游正酣，
退去红尘难如愿，马去如飞心已还！

2016年5月1日

七律·游凤凰古城

石板古巷话沧桑，江秋冷月入画廊；
千年脚楼独相守，如梦如歌日月长！
浪遏飞舟凭栏望，梦幻烟雨映沱江；
春来春去知多少，古城神韵觅凤凰！

2016年5月1日

七绝·边城烟雨

清波泛舟烟雨朦，千年脚楼沐江风；
古城凤凰今如是，苗乡故事入边城！

2016年5月1日

七绝·思

绵绵细雨歇无期，久立窗前晓君意；
瘦竹轻摇滴几许，不饥不渴思无羁！

2016年6月10日

七律·墙上的咖啡

——读美文《墙上的咖啡》有感！

两杯咖啡留一杯，贴在墙上有趣味；
一杯自饮结账去，墙上一杯送与谁？
拮据路人饮咖啡，手指墙上任意给；
礼貌端来甭客气，饮完离去入纸堆！

2016年6月19日

郭永伟

黑龙江省依安县人，女，大专文化，依安县新发乡政府公务员。业余爱好读书、书法和诗词，常潜心炼笔，借以抒发情怀。

七绝·茉莉花开

未与丹芍竞艳妖，含羞隐爱玉容娇。
悄然一缕暗香至，骨醉心酥魂已销。

七绝·竹林听雨

丝丝斜入拂红尘，簌簌传音幻亦真。
青翠欲滴云雨笼，轻吟雅韵落诗痕。

七绝·清明雪

清明时节雪纷纷，欲解春心也断魂。
风起飞扬银絮舞，止于掌心作泪痕。

郭昀霖

本名郭红英，字昀霖。嘉信馆女史，重庆人，酷爱古典文学，醉心诗、书、画，三者并修。书画拜西凉名家丁天仁为师，诗词多年自学苦吟。平生只想做个在嘉信馆中写写画画的女人，写意求真。

七绝·忆照母山雪景

雪裹青松白渺茫，倾城涌动近天堂。
忽思照母山中景，何处清欢何处凉？

（注：释文典故：重庆有一座照母山，南宋时的状元郎冯时行曾在此结庐而居孝母。2015年年底一场大雪，多年才见一场雪，倾城狂欢，共聚照母山，昨夜忽忆此事，叹之。）

2016年10月12日

七律·滕王阁

江上名楼曰滕王，时来风送数千年。
华鲜余翠钟灵秀，瑰伟无尘聚婉延。
栋浦宿云朝阙走，珠帘垂雨隔山绵。
明辉满座引青凤，安世晴阳艳九天。

（注：释文典故：今年七月，吾师丁天仁获滕王阁杯全国书法作品一等奖，所写即这首原创诗。）

2016年6月23日

水调歌头·马踏飞燕

丝路边陲道，文脉满家邦。更邀名将，神州山泽令名扬。诗载阴铿李益，西夏碑存大漠，白塔鸟双双。地灵涌人杰，史册满篇香。

出汉土，跨神骏，立夕阳。一声长啸，惊破敌胆断肝肠。指点雷台古墓，叹赏英姿飞燕，酒醉饮琼浆。策马戍寰宇，何必恋西窗！

（释文典故：马踏飞燕是老师家乡凉州的骄傲，霍去病大将军的爱国热忱和神勇英姿令后人景仰。）

2016年9月24日

管旭海

游天门山

两岸青山楚水裁，孤帆远影日边来。
天门有路谁人识，唯请诗仙点化开。

听雨

细柳风梳云水轻，瘦荷摇影拂青萍。
且抛尘事眠清雅，留得心闲听雨声。

闲话曹植

才思敏捷啸长空，七步成诗历代崇。
可叹釜中兄弟逼，半生豪气付东风。

拜得丁芒恩师门下

不惑人生四十来，艺丛漫步未成才(材)。
有心长此林中住，怕负丁翁亲手栽。

国士元

黑龙江省依安县人，1946年生，依安县电业局退休干部。现为黑龙江省诗词协会会员，依安县诗词、书法协会会员。曾获第三届“相约北京”全国诗词大赛二等奖。

七绝·桃山写意

水美山灵三面环，静波倭肯绕桃源。
春风一卷开仙境，旭日蓬勃霞满天。

七绝·政协春天

融雪消冰紫燕来，桃红柳绿抱香开。
求贤笃信春晖日，社稷经纶暖入怀。

七绝·北国春雪

初融冰雪落琼花，走笔随心绘彩霞。
铺展徽宣童话韵，清辉洒地蕴春芽。

浪淘沙·元宵夜话

长袖舞银辉，竹爆天雷。烟花云汉暖风吹。小巷宽街潮水涌，愿许灯飞。

冰雪斗芳菲，蟾点红梅。银花火树酒盈杯。梦绕情缠心欲醉，大地春回。

国印周

岁末絮语

千金何处买陶然？乡野蜗居又一年。
风送幽情来舍下，雨携逸韵到窗前。
寻常书信多诗客，莫逆相交几散仙。
郭外青山墙外柳，胸中自有五湖烟。

游黄石西塞山抒怀

西塞山前烟雨霏，抚今追昔论崔巍。
桃花流水千年在，铁锁横江一瞬非。
世事纷争文笔秃，尘心无碍鳜鱼肥。
楚吴极目人慷慨，短棹清歌载韵归。

临江仙·春讯

料峭寒风威不减，鹅黄早上枝头。泜河桥外小沙丘，芳芽新破土，略带几分羞。

疑是东君忧寂寞，呼来黄雀斑鸠。繁忙岂止在田畴。可知村落里，几户起新楼。

国志兴

黑龙江省依安县人，1952年生，大专学历，退休教师。黑龙江省齐齐哈尔诗词协会会员，依安县诗词协会会员。

七绝·咏梅花

迎霜傲雪斗寒风，冷艳虬枝点点荣。
玉骨冰魂无所惧，报春送暖蕴诗情。

七绝·大美龙江

青山碧水换新装，物产丰盈百宝藏。
今日龙江何美许，牧渔瓜果稻花香。

五绝·感王贵连

巍巍一座山，擎起半边天。
义举惊天地，依安震宇寰。

五绝·祖国67华诞有感

春风梳碧柳，细雨润桃红。
盛世江山美，人心架彩虹。

过往云烟

暮秋

蝉弃枯枝露湿林，落红飞卷乱秋心。
出头易被寒霜打，避世难推俗事侵。
树欲静时风不止，月虽圆处恨偏深。
奈何白发经刀尺，剪作芦花情不禁。

重阳次韵紫陌兄

悄然一叶又重阳，淫雨斜风侵八荒。
蝉冷枝头声细细，云舒金顶梦央央。
浮华洗尽留霜色，半世争来只夜凉。
且共篱边花半亩，持杯采菊月微芒。

感秋

风霜人半百，心意晚来秋。
捉笔难提兴，推杯易泛愁。
东篱啱魏骨，醉眼看吴钩。
蝉老声还在，为谁鸣不休？

H

晗烟

现居廊坊。

西湖路·新题旧赋一

春风不断艰辛路，试问那，光阴去。余下年华谁共度。帷帘宫锁，高墙门户。总把流萤误。

芬芳锦瑟春江暮。西下斜阳思如故。日日新香题旧处。一行欢喜，一行游愫，一本伤心簿。

青玉案·新题旧赋二

东风不剪西湖路，断魂处，残阳暮。燕子双回春又度。空枝孤落，转啼莺诉。无有群芳护。

几行小字情如故，无奈西园夕阳顾。笑语欢声痴几许？那时画卷，那时词赋，总把诗君步。

青玉案·新题旧赋三

平湖帆影朝和暮，不见鸣鸿破云雾。想是重山行路阻，约期难至，客心纵有，也会归期误。

白沙堤处群芳护，落满堤前香满路。草蔓啼莺西苑处。凭栏闲柳，笛忧万里。怕对东风诉。

韩保汇

字守真，号怀玉。山东济南人。诗词作品散见于《诗刊》《中华诗词》《九州诗词》等刊物及网络平台，并多次获奖。

孔府（孔子文化节采风感怀）

檐牙高啄飞龙戏，松桧相携引凤回。
悬蔓染青藤杏系，参天泼翠柏槐偎。
御碑匾额千秋耀，奎阁贤门百世开。
九殿圣公余韵在，亦如仙鹤客迎来。

曹哥遥寄山茶有感

和弦频抚知音遇，万里诗缘一线牵。
勤寄锦书天有意，慢烹山茗夜无眠。
扁舟曾掬明湖月，胜境重瞻碧涧莲。
不准时光催我老，高情留取赋新篇。

与香远及炳灵师兄畅游大明湖感怀

镜屏辉映佛山影，点染秋林影更妍。
远眺芦花藏鹭梦，共临笔苑访时贤。
冰壶颖耀添韵致，鱼砚波回寻凤笺。
此日临歧何必怅，时凭唱和续前缘。

摊破浣溪沙·跪别母亲

渗渗秋悲亏月寒，残宵清影默偎阑。风起砭人呼不尽，任心剜。

花谢霎时惶若梦，千般滋味万条瘢。伤悼故园长落锁，泪流干。

摊破浣溪沙·别绪

梦破廊桥别扁舟，风光不意怎邀留。花面脉脉情如许，绪难收。

泠泠曲中怀旧事，心波一缕不甘休。填一厥伊谁共赏？恁凝愁。

巫山一段云·牛郎织女洞（七夕华原杯爱情作品获奖者采风感怀）

还忆情人谷，盈盈思渺绵。旧愁无限续离弦，情重亦徒然。

聚散相牵绊，遥望鹊渡边。为伊无尽赋诗篇，流盼叹连连。

巫山一段云·沂源九天洞（七夕华原杯爱情作品获奖者采风感怀）

绝境溶岩览，霄峰南麓穿。千株棕笋崛奇悬，别有九洞天。

四绝仙葩难遇，鬼斧神工一顾。石花掩映

鲁山间，天宫几道湾。

第二届“全国清照笔会”采风清照故居

岱阴伏流半亩许，五峰齐立竞峥嵘。
百道清综珍珠冒，万颗漱石寂无声。
荷田镜湖尘无染，墨泉如注声雷鸣。
锦鱼活泼龙门跃，鸳鸯幽隐松鹤迎。
曲径溪畔觅贤踪，吟风榭旁知音倾。
燕寝凝香思佳句，文轩斋苑词赋呈。
千古才女欣把卷，明净至浩尽才情。
易安居里觉渺小，涵育词宗冠一泓。

海云之秋

秋之行吟

东篱色暖雨轻收，向晚风凉又一秋。
赊月湖中莲影瘦，洗心亭外桂香浮。
才抛醉望思无忌，又许芳怀忆莫愁。
弄舞飞花频顾我，回眸浅笑也温柔。

夜雨有寄

寒蛩唱彻菊花台，惹却幽思点点来。
碎语离魂难入梦，分香雨色已成堆。
依然寄意三千里，或有钟情一二回。
隐约几行长短句，偏生别绪不由猜。

桃花

随风去看雨花天，片片香氛落眼前。
水样仙姿娇映日，迷般笑靥暖含烟。
愁吟不过潇湘句，故事还遗崔护篇。
剩有温柔相对坐，回眸怕又待来年。

韩常祥

1946年生，退休教师，爱好格律诗词的学习与创作。作品散见于《中华诗词》《诗词月刊》《老干部之家》《中华军旅诗词》《淄博晚报》《王渔洋文化》等报刊，并多次在省市组织的评选活动中获奖。中华诗词学会会员，现任桓台县诗词学会秘书长。

七绝·赠妻

园蔬自莳满盘香，舀起阳光与月光。
五味之余还有味，一勺风雨一勺霜。

七律·迎春花

见惯魏姚偏紫黄，东风初识自流芳。
疏离蕊绽萌春语，冷苑枝垂染画缃。
六瓣心归犹淡泊，三生意许已安常。
绿都待到花千百，漫把金英忆玉觞。

五律·古稀初度

何处最销魂，吟哦度晓昏。
花香怀旧雨，鸟语啭新痕。
友善循先祖，真诚启后昆。
亲朋常眷顾，烦恼莫重温。

鹧鸪天·金婚赠妻

锅碗瓢勺奏乐章，倾心相助雁齐翔。等凉饭菜重新热，拙作吟成论短长。

同挽手，共登堂，油盐柴米壮诗囊。警言下笔流清澈，一往情深似海洋。

【越调】天净沙·贺老年大学诗词班开学

满园桃李欢颜。渔洋余韵悠然。一望锦秋湖远，红莲尽染。金风又送征帆。

少年频梦潇湘。黄花绽放秋光。采得名山胜水，酝成佳酿。痴情揉入诗囊。

鹧鸪天·怀王渔洋

无限风光在险山，奇峰异景入诗篇。人谙神韵圆尘梦，我到新城思大贤。

鱼跳水，鹤冲天，寻幽探胜武陵源。江山如画开心镜，照见渔洋万顷澜。

鹧鸪天·游红莲湖

潋滟湖光映碧空，一天华露润禾秾。红莲万朵开新韵，翠盖千重蕴古风。

花烂漫，草蒙茸，莺朋燕友画图中。神怡偏恨征帆快，夺目芙蓉别样红。

鹧鸪天·瑞雪迎春

岑寂三冬苦不支，今宵降瑞乐元黎。梳妆杨柳甩长辫，放眼桃花笑满枝。

山戴帽，树穿衣，银葩绽蕊涨瑶池。扬眉百卉摇春韵，追梦千军奋马蹄。

韩德发

男，汉族，中共党员，内蒙古兴安盟扎赉特旗人，中文本科学历。曾任中学教师、教师进修学校高级讲师、副校长等职。现为内蒙古自治区及兴安盟诗词学会会员。有作品在学会刊物及盟级以上报纸、刊物发表。有作品收录在《兴安诗词文库》，大部分作品发表在《绰尔行吟》上。

五律·中秋节(新韵)

疏影南窗月，晴空万里圆。
风凉摇翠柳，露重洗娇颜。
胡饼孙儿美，琼浆老者酣。
飞鸿斁眼过，细细品流年。

七律·教师节抒怀(新韵)

热恋桃园数秩年，一朝卸任怎寻欢。
醒时勤恳翻书本，梦里依稀执教鞭。
冬去春来谁问苦？秋临夏至自觉甜。
东流若是还能返，醉倒胸前把手牵。

七律·兴安盟诗词学会丙申年会抒怀

红城九月百花妍，雾笼香衣秋雨贤。
老柳吟风金色景，丹枫唱晚彩霞天。
轻弹锦瑟流年送，慢捻琵琶飞镜牵。
半盏清茶追子美，杖藜携酒觅诗仙。

风入松·中秋望月

巧梳云鬓倚栏杆，飞镜过中天。小桥西畔风吹柳，更吹落、几点星残。又见韶华姝影，举头遥望婵娟。

清辉千里洗尘寰，银色丽江山。嫦娥应悔仙宫苦，此时正、思念人间。塞外秋霜红叶，离人跃马边关。

西江月·游春(新韵)

亭短白杨戏鹊，堤长绿柳藏鸦。小河西畔跑村娃，追赶山坡烈马。

风动杏花醉酒，雨晴泉水烹茶。轻摇小扇过人家，目送斜阳西下。

西江月·五月风(新韵)

扯片白云酿雨，掬棵嫩草摇霞。无踪无影满山花，总把春情记挂。

打点流星入梦，收拾飞絮归家。轻拂沃土日无暇，有你人间如画。

蝶恋花·醉卧农家(新韵)

醉卧农家天欲曙。布谷声声，残酒惺忪目。小院墙头鸡鹊舞，炊烟袅袅拂堤树。

枝上流莺啼晓雾。淡淡清风，嫩草摇微露。一夜梦观花锦簇，醒来辗转无寻处。

【南吕宫】金字经·打水漂(新韵)

日暮河边静，雨晴天气娇。斜甩石头水面漂。

描，雁飞一线条。游鱼咬，尾翻白浪涛。

韩桂云

字香安，号彩云轩主，斋号丹枫斋。笔名韦圭、东方云，网名彩云逢月。原籍山东省青州市，现供职河南省濮阳市中原油田。河南省诗词楹联学会会员，河南省濮阳市诗词学会理事，河南省中原油田作家学会会员，河南省濮阳市华龙区诗词学会副秘书长，河南省濮阳市作家协会副主席，山东省青州市作家学会会员，香港诗词学会理事，世界汉诗协会会员，中国郑板桥书画院副院长。河北涿州太行诗词协会会员。部分作品发表于《中华诗词》《河南当代诗词选》《世界汉诗》《香港诗词》《诗词之友》《诗词月刊》等刊物，已出版诗词专辑《彩云逢月》。

满江红·三山五岳

满江红·黄山

千古黟山，展绮丽、奇松迎客。峰回转、悬崖峭壁，瀑流飞帛。梦笔生花留宋句，仙人指路遗唐墨。绝顶上、赏落日金莲。销魂色。

天地阔，红霞逸。溪壑荡，歌声急。任沧田变幻，秀甲唯一。寺庙修身男与女，佛门悟道功和绩。今逢遇、时节好风光，真难得。

满江红·庐山

俯首遥观，山河壮，秋红漫卷。几番见，激流三叠，雷声飞涧。水映重峰珠翠绕，云笼列嶂笙歌远。想青莲、千载展雄风，豪情撰。

怀往事，须顾盼。曾共醉，思无限。踏伟人脚印，了却心愿。惯看彩霞飘玉宇，笑谈沧海连新岸。天地间，这梦境追寻，灵光现。

满江红·雁荡山

绝胜寰中，横翠黛、遮天蔽日。瀑凌空，云腾雾罩，断崖飞帛。嶂险峰雄呈画卷，洞幽寺古添宏奕。夕阳下、这幻境茫茫，香风袭。

君已约，情相惜。花且摘，诗恒溢。看海上名山，东南无敌。应写春潮佳景远，难描秋水游船急。问过雁、何处有人家？连城陌。

满江红·泰山

大好河山，屈指数、华夏独尊。仰首望、峰峦叠嶂，气势雄浑。人醉苍松生绝壁，神遗仙境降祥云。勇攀登、挥汗六千阶，留足痕。

观飞瀑，心犹存。游险峪，意为真。记帝王封禅，史册藏根。旭日金辉吞福地，晚霞夕照耀天门。傲东方、风采誉全球，中国魂。

满江红·华山

拔地横空，渭南矗、数峰凝碧。莫须叹、天开一线，峡岩千尺。古树参差霞色美，险梯上下涛声急。试举头、看玉带金河，争朝夕。

山共水，连野陌。心与梦，通城邑。醉听风吹箫，如诗如画。老祖赢棋传世代，沉香救母留芳迹。羁江湖、论剑怅浮生，红尘客。

满江红·恒山

绝地名山，矗塞外、人天北柱。峦峰叠、断崖啼鸟，紫霞霓雾。果老骑驴今可见，虹桥横空谁堪渡？最难忘，是虎口悬松，迎风舞。

寻遗迹，心智悟。游寺庙，禅光普。梦金戈铁马，弃关屯土。赢得君王云阁驻，招来诗圣甘泉赋。春秋事，弹指一挥间，思千古。

满江红·湖南衡山

七十二峰，云帆外、直通碧宇。势巍峨、翠林织障，玉泉飞渡。秀水苍山回雁阵，洞天福地鸣钟鼓。不禁叹、锦绣揽湘潭，遮仙户。

轩辕墓，还如故。尧舜迹，知何处？阅沧海桑田，怀思今古。万缕芳香神侣眷，六朝宝刹游人驻。梦缥缈、胜境里随缘，奇无数。

满江红·河南嵩山

雄峙苍原，伏牛卧、中州圣土。依二水，大河如带，横空无阻。太室峰巅昭日月，少林寺院连今古。宝刹中，墓塔刻沧桑，参风雨。

松涛响，泉声赋。云海舞，悬崖顾。忆帝王朝奉，笑谈朝暮。武练千年扬胜地，禅传百里旋钟鼓。棍僧弄，烽火救君侯，江山固。

韩积堂

网名北幽一粟。甘肃庆阳市人，汉语文学专业。《诗刊》子曰诗社社员，中华诗词学会会员，香港诗词学会会员，九州诗词学会会员，甘肃诗词学会会员，《甘肃诗人》论坛副站长、副编辑，范仲淹学术研究学会庆阳理事。

坐山

青衫撩惹眼，耳语与风亲。
笑蝶因桃脸，嫌梨鼓粉唇。
萧闲望远岫，委顿问芳津。
磨尽冬梅气，苍山抱老身。

清明

天开紫气亲，一岁又芳春。
岭带杏方吐，沟台草已新。
燕裁柔柳动，雨晦墨山颦。
年约桃花醉，听蜂问野津。

坐饮懒王台

拾级层层浪，听风柳自裁。
步云蓬岛见，读径杏花开。
鹊野唠年事，溪泥渡老梅。
香知沽酒近，坐饮懒王台。

山居抒怀

小径踪痕碧，探园落杏殇。
浊醪居室雅，胭粉点桃香。
听鹊荷锄麦，拼盘食野芳。
倒春寒夜至，晓句入诗囊。

不惑之年自谦

只舟沧海愁何惧，堪笑庄周梦蝶游。
天布行云由聚散，风燃红杏又沉浮。
东篱荫柳思陶令，大顺危城好牧州。
望眼鹅池江月老，与谁沽酒一隅楼。

临江仙·时夏义渠古国感怀

原上醺风云暖，庙坪曲水山斜。依依杨柳义渠鸦。热屏看芈月，宫苑恨谁家。

淡淡狼烟何处？丘丘黄土无涯。千年弹指若流沙。功过茶语后，今日怨桃花。

临江仙·郁金香

陇上东风问暖，清香苑里丹霞。移情花后不思赊。去年私约定，又见小冤家。

叶似剑丛碧处，茎衔皇冠初斜，兰陵遗酒已成沙。回眸楚楚娇，不思到天涯。

韩梅

女，河南省平顶山市人，大学文化。中华诗词学会会员，河南省作家协会会员，河南诗词学会常务理事，平顶山诗词协会副主席，《鹰城》杂志副主编。出版有长篇小说《胡杨树》、诗集《梅影》、文集《岁月疏影》。

五绝·丙申春节路过风穴寺

雾霭车窗过，心随丝柳飞。
山移名寺隐，禅韵挽诗归。

七绝·甲午春节踏雪尧山行二首

(一) 下汤温泉

慕名圣水洗凡尘，雪舞风寒泉暖身。
树挂冰心魂魄聚，银山玉岭两相亲。

(二) 扬州古运河

古渡瓜洲觅旧船，斜阳京口柳丝连。
半山千载诗精妙，脚踏青堤觉有缘。

七律·癸巳端午偶感

香袋当年祖母缝，雄黄泡酒御虫叮。
悠悠五秩春秋过，冉冉三更星月升。
霜打梅兰终染鬓，笔描篆隶各含情。
苦吟平仄追流岁，旧梦如烟伴此生。

七律·和友《岭上三月》

三月风清岭上行，梨花落片眷深情。
登高尽显红尘绚，入梦方知银汉澄。
魂系仙山奇境醉，诗从陋室案台灵。
朝阳暮雨青莲润，回首长空万里晴。

鹧鸪天·北海公园

初览皇家御用园，水光白塔映船帆。儿时梦寐摇双桨，是日徘徊龙壁前。

琼华岛，万寿山。人流花海竞摩肩。春阴八景参差美，古树参天岁月镌。

临江仙·甲午中秋客居江南

烟月不知人世变，星儿妩媚长空。摩天接栋碧云中。他乡愁是客，故里梦相逢。

金桂飘香千万里，落英细雨霓虹。万家静谧月光蓉。海风邀挚友，涛浪意朦胧。

卜算子

月影透窗棂，玉树立芳甸。气爽风柔夜色和，杯酒轻云展。

醉意七分余，鸟梦枝头乱。摇曳清风诗句成，莫叹人生短。

韩清云

网名寒江雪贞。《2015年度全国榜样人物访谈录》编委会责任编辑。2010年开始自学诗词散文写作。2013年下半年开始发表纸刊。现为团中央分类引导青年工作活动案例《身影》节目主持人，黑龙江诗词协会会员，北大荒作家协会会员，《诗刊》子曰诗社社员，香港诗词学会会员。

七绝·本历年有感

莫言稼穑半生艰，拾梦篇章怎等闲。
似竹心虚根柢固，不输梅雪几分颜。

七律·丙申寄怀

又是冬春替换时，前行冷暖我心知。
江南处处歌花赋，塞北皑皑咏雪诗。
只待新雷空彻响，就成瑞雨涨村池，
骋怀绮梦萦乡梓。继往开来正出师。

浣溪沙·夏霁村晚

信步闲庭爽气同，晚烟袅袅似朦胧，田蛙不寂兴歌中。

几树李花香满院，一弯弦月耀穹窿。殷殷脉语醉乡风。

少年游·秋恬

晴空万里燕闲飞，新菊正芳菲。庭前风好，吹干红豆，盛点簸尘灰。

邻人佳节游山水，何觉早斜晖。梓里秋光，采收微薄，鸡懒鸭群肥。

鹧鸪天·秋思

浓露乡阡溢水寒，西风轻舞已阑珊。去年方聚春江夜，今却分离远隔山。

从别后，盼团圆。几丝银发悄无言，落英黄草相思泪，谁诉愁肠伴月残。

小重山·高中同学毕业三十年聚会感怀

过眼云烟荏苒行，校园离卅载、踏征程。同窗漂泊各营生，忙碌碌、寻得几功名。

七月聚相迎，华年霜鬓白、岁无情。醉歌杯酒吐心声，人生里、学友至真诚。

鹊桥仙·叹七夕

陌阡玉露，寒凉衣履，生计往常如故。沐霜经雨绾相知，荏苒里、牛郎嫉妒。

今时七夕，天孙惊羡，凭把忖思心驻。古今缱绻蕴悠长，却尽是、灵犀倾注。

韩庆龄

男，汉族，1935年生，河南邓州人。退休干部，副主任科员。《诗刊》子曰社社员，发表作品千余首，并结集《田园吟草》《湍河吟草》等书出版，被中国文学研究院授予“建国六十年中国作家终身成就奖”证书。

七绝·南水北上赞

春水一江流北国，翻山越岭过平原。
滔滔波浪八千里，引得春风绿燕山。

七绝·临渠首

谁牵银汉上华京？烟雨茫茫万里程。
春江滚滚流不尽，皆是库区黎庶情。

（注：为建南水北调水源地——丹江水库，库区移民达百万之众。）

七绝·九马画山

长嘶战马凯歌还，放牧漓江江水边。
花开花落无穷尽，化作神奇九马山。

七绝·湘西印象

——读朱可铮《湘西印象记》

千里绿山千里红，莺飞燕舞杜鹃鸣。
蝶蜂山外纷纷至，追赶春风来此中。

五绝·莲

谁个把莲栽？凌波带笑开。
怪来满冠雪，习习暗香来。

七绝·咏荷

凌波开放满池馨，玉洁冰清真似神。
天公道是清廉手，出自淤泥不染尘。

五绝·鹤

白雪满天飘，五黄六月朝。
忽闻一生唳，鹤落九重宵。

晨练二首（七绝）

（一）

一缕曙光牵住行，轻烟袅袅柳稍青。
归途无意贪婪景，拾得久违蛙几声。

（二）

春风吻面挽朝霞，皆内徜徉柳岸斜。
鹤唳一声云外湿，香沾十里芰荷花。

七绝·阳台春色二首

（一）

千紫万红次第开，蜂歌蝶舞小阳台。
何必寻芳千里外，春风已度我家来。

（二）

老妻提水浇青绿，不负伊心成了才。
满院春光情义重，清香缕缕吻双腮。

虞美人·开封西湖掠影

谁人引得瑶池水？习习春风汇。碧波千顷几荷红，香染青葭鹤唳柳烟中。

迢迢千里来寻梦，皓首今真幸。烟花缭乱未看清，疑是杭州西子嫁东京。

韩艳芳

笔名小芳。山西省汾阳市演武联区教师，本科学历，业余从事文学创作，在全国各级大赛中获奖，处女作《爱与责任》即获得中国教师教育网“大爱无疆，师德至美”三等奖。作品入选《诗文杂志》《第二届世界华人爱情诗邀请赛获奖作品集》《第二届全国同题创作大赛获奖作品选》《第三届“诗文杯”全国创作邀请大赛获奖作品集》《当代文化精英作品选》《中国当代实力派诗人诗选》《2016新诗歌》《七夕华原杯爱情作品大奖赛作品集》等书籍。曾荣获

2013年度风云人物，2015年世界作家协会授予“国际诗人”称号，2016年获得“十佳新锐作家”的称号。

西江月·真情叹

羞涩嫣然腮上，深情别样心中。几番幻想爱无穷，只为吸引太重。

月下花间留影，山巅诗后迷踪。何日潇洒会东风？美酒当须痛饮。

西江月·多情怨

灵珠有泪滚月，等闲芳草夕阳。红尘过客怨凄凉，仙阙偷慕鸳鸯。

伤心历历难诉，风剪寸寸柔肠，神仙凡土两茫茫，鹊桥情短恨长。

临江仙·追忆

陌上黄花都绽透，香风淡淡秋深。重阳过了晚寒侵，梦行人落寞，不语树萧森。

记得诗里携玉手，素笺清韵添音。三生约定百年心。秋霜渐染鬓，苦忆久分襟。

青玉案·秋雨

凌波不过梨花路，但目送、芳尘去。锦瑟华年谁与度？月台花榭，锁窗朱户，唯有春知处。

碧云冉冉汾州暮，秀笔新题断肠句。试问闲愁情几许？一川烟草，满城风絮，梅子黄时雨。

虞美人·寻芳踪

蝉鸣翠柳微风炫，萤舞秋帘卷。溪流声缈弄琴珊，淡彩穿花余韵暗香残。

寻芳醉卧黄花甸，影瘦云崖暖。寄言诗友莫销魂，雅谓拈花一笑洗心尘。

眼儿媚

斜月横窗到三更，秋叶任飘零。几笺清韵。半杯残酒，说与谁听？

独痴一曲空留恨，瘦影伴孤灯。断鸿声里，盈盈秋水，淡淡今生。

七绝·深秋夜

月魄初生露降微，青衫已薄未更衣。
坐枯夜久诗词弄，心怯空房不忍归。

郝金宝

字蛰夫。1962年生，天津静海台头镇人，现供职于天津市群艺馆。攻书法、诗词、楹联，书法从师书法大家孙伯翔。曾获文化部、中国书协举办的（义乌）书法大赛金奖。谷风诗社社员，中国书法家协会会员，中华诗词学会会员，天津书协书法评审委员会委员。

四十感怀

（一）新韵

青纱沃野久藏身，沽上追寻华夏魂。
偶入群文钻弄墨，犹为出处总伤神。

（二）

布衣何必慕荣华，忍看西风踏落花。
不管冬寒春料峭，毛锥浑洒走天涯。

（三）新韵

半生翰墨苦耕耘，未敢移情砚外寻。
名列虽飘盈闹市，蛰夫取静弄诗文。

郝书许

河南方城县人，70后。客居广东，从事服装零售行业。自幼好文爱墨。散文、诗歌、小说见诸报刊及网站。梦笔诗社社长，中国力量诗歌联盟常务副会长兼秘书长，中华诗词非物质文化遗产学术委员会专家委员，深圳市长青诗社顾问，岭南儒商协会会员，湖南省诗词协会会员。

七绝·闻雪

窗外红枫犹未落，风声一变起尘埃。
遥知北国千山雪，喜向壶天试酒杯。

五律·青

城市徘徊久，登高爱翠屏。
林深宜远目，地胜向无形。
一碧心尘净，层空物色馨。
武陵终不见，容与半天青。

七律·观看大阅兵有感得句

七十年来家国恨，今朝华夏试龙媒。
雄鹰偏向峰头起，铁甲疑从雁阵来。
一指风云凭利箭，九重猎豹敢惊雷。
莫言前路无多事，不尽狼烟不死灰。

西江月·此身若可似行云

半旧关山依旧，翻新花样不新。每逢佳节望车尘，云影波光休问。

窗外犹嫌明媚，坐中恐对晨昏。此身若可似行云，定要天边游尽。

浣溪沙·为新书出版赴深圳途中有感

一入鹏城菊正黄，我来不为此花忙。公交车上念瑶章。

前度银编犹是梦，如今翰墨已闻香。郝哥奔走又何妨？

醉花阴·重阳

秋来重念悲秋咒，更觉凉初透。时雨伴时风，又到重阳，还劝杯中酒。

月儿不管黄花瘦，一任明如昼。诗语画屏前，不怕清宵，只怕人归后。

满庭芳·中秋

露洗秋光，烟澄水碧，九天金镜分明。凭栏一举，无处挂繁星。漫步冰壶相映，轻移去，多少围城。直教得，世间俗子，遥想共飞升。

记仙风应是，嫦娥未老，桂树飘馨。又那堪，有人抱斧摇觥。念念红尘梦断，羡云雁，万里纵横。重来否？重来可待，江海遇神英？

临江仙·端午有寄

柳暗花深催日暮，临屏春意菲菲。恰逢佳节又来时。一樽倾玉黍，醉上小桃枝。

波底灵均应有待，年年香阵兰围。人间休更问离披。从今同此月，只待彩云归。

郝照波

1932年生，河北霸州人。中共党员，干部，已离休。

望三叠泉（新韵）

碧水三叠一望收，银河跌落九霄头。
开天孰与共公论，吐雾飞珠映日流。

纪念建军80周年（新韵）

雄师义举战旗扬，摧朽拉枯驱霸强。
推倒三山因政弊，迂回万里为国昌。
神龙跨海逐鲸鳄，羽箭凌空射虎狼。
纵目环球风雨骤，中华崛起振东方。

游山东长岛有作（新韵）

渡海凭栏眼界宽，青山绿水胜江南。
品鲜酒肆观群鹭，做客渔家话大千。
旭日临风春惬惬，白云怡兴海蓝蓝。
边陲烽火今何在？盛世和谐换了天。

郝中山

1968年生，天津静海台头镇民生街人，农民，个体企业经营者。静海书协理事，静海作协理事，谷风诗社副社长，中华、河北、廊坊诗词学会会员。

观许文杰先生山水画有感

（一）

运笔细无声，云山隐瀑鸣。
垂丝三两树，野渡大江平。

（二）

雾海云山锁大江，松涛有意染苍茫。
两行白鹭冲霄去，一抹残阳枫更香。

谢唐云来先生赐题书名

陌头喧柳色，字里蕴梅香。
德益千秋史，师恩万古扬。

逢友人叔故里省亲感怀

和风春日暖，喜庆入门扉。
少小离家去，常将念故归。

何国武

岁逢甲年

岁逢甲午记犹新，痛将遗恨训子孙。
敏感话题且休论，黄土难埋爱国心。

刀架脖子

刀架脖子为劫钱，幸有保安来解悬。
现场调出镜头看，原是一伙青少年。

街头宠犬

宠犬街头笑哈哈，进屋垮脸不认妈。
怀中紧偎狗儿子，如此世风莫笑咱。

管控分歧

海域东南饰战云，管控分歧创双赢。
减少误判磨破咀，忍让搓和笑儒生。

黄昏农家

风摇岭树夕阳斜，一弯碧水抱农家。
谁家竹笛吹园月，柴门临水吵栖鸦。

不忍抛荒

不忍抛荒别爹娘，血染红砖垒楼房。
精装别墅千万栋，除夕归家见危房。

何静

笔名蘅芷清风。江苏南通人。中华诗词学会会员，江南诗词学会会员，女子十二词坊成员。耽诗词十数载，醉心于斯，主张语出心声，诗中有骨，词带清冽，不为无稽之愁吟。

冬夜有思

东风已换北风裁，合向西窗南陌栽。
冷雪纷芜能共酒，浮云机巧未同哀。
轻窥玉魄初心许，遥叩深宵芷气开。
更和词章三两阙，天真且入日常来。

梅雨正来

又见梅牵烟雨袖，亦趋亦缓亦深行。
殷勤未许潮中措，反复尤成礼后兵。
愁子二三凭气候，磨人七八是心情。
而今且自从容度，倚得窗儿渐澈明。

千朵花海

芸苔野砌向清穹，遍地骁骁黄颈翁。
列阵已然云垛外，天机不在此门中。
事关匠意生奇秀，物是寻常显慧聪。
且借一篙长溯去，凌波渡里卧东风。

李佩先生

风梳慈目柳梳眉，雪鬓尤歌烂漫时。
岁旅湍湍凭远溯，慧思澹澹正长随。

云浮一刹飘摇影，光映千秋绮丽姿。
素纸本无筋与骨，春山着色渐成诗。

三河古镇漫行

鹊起楚吴争战地，双坡青瓦水人家。
枝津已作回流势，州邑还成牙犬遮。
自古仓穹知禀赋，由来锐气促英华。
一肩小巷绵长后，米饺圩前啜酒茶。

听杨逸明老师鄂州诗词讲座有感

似坐春庭娓娓风，滋来草木各青葱。
意深不在吟霜月，辞简尤能驭北嵩。
唐宋飞花千古后，先生解语一壶中。
惟期轻浅三分悟，秉作诗心步碧穹。

一种浮躁之随吟

鹅池粉絮满坪飘，是为浮云遣袖招。
慨叹其身多碌碌，徒余斯魄少夭夭。
繁心未肯沉如涤，禅曲何能怅若寥。
掷把纷纭揉进月，时年物我两清霄。

苏幕遮·看满地落桂成吟

晚西窗，轻屑雨，雨陌寻常，暗有销魂渚。浮玉香堆花浣语，淡著肩头，委地仍如栩。

叩疏烟，凭远溆，五味生涯，一例孤长旅。拟把秋情斟几许，别在青衫，各自簪成缕。

江城子·过沈园而不入

春波深巷已随冬，雪微淙，绪盈钟。欲将愁饮，此处谒诗翁。怕识断云孤鹤意，身却步，泪飞濛。

墨痕逝作一惊鸿，误匆匆，任西东。黄藤酥手，荏苒过千重。只在伤心词阙里，寻旧日，或相逢。

锦堂春慢·西递印象

东水西经，层峦绕抱，斑斓一处高唐。绿影婆娑，提笔黛瓦灰墙。十里傍山依势，效贾耕读齐乡。叹堪堪匠意、灼灼桃溪，谁主琳琅。

料来年辰无异，仅流光漫煮，忘了行将。沉浮前朝秋事，画纸炎凉。道是今番劲雨，也算作、风过寻常。把盏清樽洌酒，先醉沧浪，不问何方。

暗香·雨中梁园

恰逢飞雨，润松堤柳岸，梁庭春树。素瓦青砖，一卷轻云倚风舞。透却疏窗秀色，浑入画、老藤新圃。更叠石、簪尽烟鬟，纷说百年户。

寻悟，漫相顾。料怎生逸怀，此番深溯。半亭拙伫，壶里天地谁数。终是林泉格致，耽作了、粤中眉妩。似共那、檐下缕，约斜浅赋。

何孟麟

自号晓园别业主人，又号品字斋主。湖南省永兴县人，寄居长沙。幼承庭训，数十年吟咏不辍。作品辑为《野蔷薇集》(已刊)、《晓园集》《西行吟稿》《归来集》，合称《半是书屋吟稿》，收录诗词约二千首。自2005年起，改用今韵。但仍保留了入声字。

七绝·龙耳岭八首

龙耳生烟

谁遣花氛作绛烟，浮光掠影久缠绵。
滋兰浥桂般般好，雨顺风调又一年。

文峰耸翠

红崖翠嶂路重重，芳草斜阳入晚钟。
鸟语花香无尽处，城南此是最高峰。

珠山落霞

一抹新云薄似纱，山前歌起是吾家。
平生最爱春三月，剪落红霞遍地花。

半岭斜照

花有清香木有荫，风来四处响鸣禽。
倩谁天外留斜照，撒落松间万点金。

晓园春霭

芳林昨日百花生，陇上今朝载酒行。
水涨溪桥春霭薄，传来布谷两三声。

石塘秋月

秋风爽爽夜初凉，碧树阶前橘正黄。
酒醒邻家歌未散，煮茶更话月如霜。

松林晚啸

青山隐约白云飘，遥望群松起晚涛。
我欲抱琴林下去，一弹万顷过东皋。

南山晨望

晴岚雨雾接芳村，日日南山见石门。
暑往寒来春又至，身旁依旧叶缤纷。

何强

1973年生，甘肃陇西人。中华诗词学会会员，甘肃省诗词学会会员，书法家协会会员，子曰诗社社员，嘤鸣诗社副社长。诗词作品散见于国内多种刊物，荣获2014年“诗词飞扬党旗飘”优秀奖、第二届“诗词中国”大赛“最具人气作品奖”。

五律·聆听林少雄先生讲座感咏

仁兄恋梓乡，林荫惠风长。
心若菩提子，言如农女装。
杏坛迁故里，渭水映灵光。
虽值寒冬日，芝兰分外香。

五律·游云南石林

危峰何处寻，石嶂耸如林。
幽壑藏奇径，青天映黛岑。
笙歌飞岫远，山妹蕴情深。
千古阿诗玛，痴心动地吟。

五律·丙申重阳感吟

寒露接重阳，清霖骤觉凉。
菊肥馨沁鼻，树瘦叶添黄。
爱恨人间梦，功名草上霜。
秋深愁意袭，望眼尽苍茫。

七律·游冶力关偶得

难得休闲任去来，人生放浪是形骸。
碧波似镜神仙海，赤壁如屏圣旨崖。
自古名贤留胜迹，从来佳句远书斋。
寄情处处皆风景，足下山河壮我怀。

七律·生肖系列之咏兔

生来机巧本玲珑，温顺难分雌与雄。
愚守一株贻笑柄，智营三窟坐春风。
寓言骄傲落龟后，捣药勤劳奔月中。
典故犹传千载道，化人善意古今同。

七律·忆儿时剜野菜得句

春日畦垄挎竹篮，幼时记忆倍辛酸。
炊因野菜愁肠解，亲为营生暗泪弹。
往昔情怀铭一世，个中滋味品千般。
东风又染山川绿，念此心潮更逐澜。

七绝·自况

一缕清香一盏茶，温馨洁雅胜芳华。
初心不负东篱地，忙趁晴明采嫩芽。

鹧鸪天·留守儿童

晨夕书包陪伴行，爹娘远去叹伶俜。思亲偷看全家福，惊梦常怨啼鸟声。

春离别，夏耘耕，几回掐指月亏盈。今朝来电三番嘱：上课乖乖仔细听。

何文兴

笔名逍云。1992年3月生，福建省福州市琅岐镇人。《诗刊》子曰诗社社员，福建诗词协会会员，福州三山诗社社员。作品收录于《燕京诗刊》《中华诗文百家》《诗中国》《西部作家》等，曾获“福清采薇元宵诗歌赛”三等奖、“中华杯”全国文学创作大赛二等奖。

无题

铁队红军似猛龙，跋山涉水做先锋。
寒冬酷暑全无惧，硬骨丹心气荡胸。

五绝·天阁

闲日登天阁，环山满翠枫。
临风凭酒兴，高唱大河东。

五绝·野游

原野偏林趣，清泉鲫鲤肥。
此山天赐我，夜宿见星辉。

何先贵

贺向和平先生

八旬著作有雄心，盛世农家出李辛。
十载寒窗桑梓土，一生情系故乡人。
家中三妹寻常见，棚里万家几度闻。
李杜王唐迎宾客，风骚各领笑三春。

山城之夜

夕照龙山处处春，华灯初上放光明。
黉门墙内书声朗，影视厅中景色新。
世纪公园百龙现，高楼酒店独吟君。
山城北望心诗动，喜煞河清月近人。

贾坝水库

一派青山景色幽，平湖碧水荡悠悠。
一轮红日当头照，两对鸳鸯站石头。
远处牧童悠短笛，近山男女泛轻舟。
平湖极目千般景，更上苗乡几许楼。

偕友人登黄鹤楼

历历晴川吴楚树，和风拂拂黄鹤楼。
二山紧锁长江谷，一水中分鹦鹉洲。

归乡

朝辞粤地白云天，千里家乡半日还。
八个神仙留不住，飞机已过万重山。

万家棚(古风)

十里九处吐花芳，八七六寨有清泉。
五家四户路宽畅，三分二坪一色香。

清洁工

手中紧握一枝毫，只画鲜花不画瓢。
过往行人伸拇指，春秋挥汗乐逍遥。

青松

峰顶迎风何挺拔，人间富贵怎如她。
寒冬腊月雪霜裹，道是无花胜有花。

社日

花放清香树树新，坟前袅袅雾烟升。
声声爆竹催人泪，社日每逢祭亡亲。

何信

男，广东省吴川市人，居羊城，热爱中华传统文化，喜诗词，自得其乐。作品散见于各相关刊集，偶有拙作获奖于各项诗词赛事。

七律八首

《中华历代慷慨诗词选》读后和林峰会长

释卷凭栏抚碧楼，劫尘回睨惹千愁。
铜驼草莽城旗幻，铁马戈森烽火流。

慷慨披肝诗结魄，忠贞见节气横秋。
英雄点检昭青史，山自巍巍水自悠。

纪念施公世纶

施公千古世名臣，“第一清官”出帝纶。
廊庙雄材真允直，云山伟度足怀珍。
载舟深识民为水，敷德咸欣雪化春。
每念双亭思绪远，何当禹甸海无尘。

访南雄珠玑巷感赋

寻根问祖到珠玑，想望梅关不胜悲。
古巷苔侵生浩叹，新祠栉比肇洪基。
河山板荡千秋恨，社稷和谐百姓期。
万派同源归一统，金瓯岂可忍支离。

端午登广州塔

一塔凌虚接九霄，钢身款扭小蛮腰。
势臻地脉云山壮，源溯江头珠水迢。
广宇星辉驰俊彩，花城景秀奕娇娆。
还看旗鼓激昂处，南粤健儿正弄潮。

登滕王阁

胜地云飞南浦隈，连瓯控楚马当来。
长天秋水新颜色，杰阁苍苔旧劫灰。
怀笔躬逢都督宴，落霞怜剧子安才。
风流盛事千年后，应憾高筵未复开。

侄儿人读名高校贺而勉之

十载挑灯少歇肩，俟闻喜讯快心田。
久经冬雪松飘蕊，才破春泥笋露尖。
谨待杏坛沾教泽，还期学海惜华年。
鲲鹏展翅从兹始，好趁长风着祖鞭。

夏思

一别春光入夏中，芳菲渐褪荔初红。
青山喜熟趋时果，绿水嫌浮失势蓬。
脉脉温情常短暂，油油热脸正肥丰。
东君莫怨谁功利，料到高秋便不同。

秋怀

西渐爽风消暑囚，炎威一扫更何求。
山川精气存松竹，河汉浩光横斗牛。
菊瘦堪宜骚客赋，天崩且让杞人忧。
轻霜未必伤时序，或道清凉好个秋。

贺道炳

男，1947年生，大学文化，中文专业，1970年参加工作，供职于仙桃市公安局。爱好旅游、摄影、写作。现为湖北诗词学会、中华诗词学会会员。曾在各级报纸杂志发表过一些散文、诗词等作品。已出版诗集《乐游吟》。

卢沟桥题记

（一）

夜暗偏逢魔鬼来，桥头风起骤成灾。
尤欣八载千军勇，难忘三光万众哀。
唯有篱疏狂犬入，岂能垒固国门开。
心铭七十年前事，应警东倭未死灰。

（二）

千年胜迹客游多，谁忆烟浓血染河？
耻恨夷倭图灭我，更矜妇幼奋挥戈。
宪修妄想招军国，剑砺诚为阻劫波。
喜看龙腾天际远，中华崛起立巍峨。

观九·三阅兵

碧空彩舞燕翱翔，抗战英雄神气昂。
方阵锵锵魔鬼惧，铁流滚滚国威扬。
八年烽火长留迹，一段沧亡永带伤。
气壮山河战歌响，催人奋进博新航！

观知青网络春晚

（一）

联欢网播起狂澜，岁月朦胧梦已残。

尚忆双肩担风雨，难忘巧手绣河山。
萋迷往昔洪流急，感慨今宵歌舞欢。
再踏魂牵故乡路，新村尽改旧时颜。

（二）

迎春聚会忆当年，往事回眸苦也甜。
最美虹升风雨后，痛怜花献墓碑前。
欢欣父老身犹健，喜看村居貌已迁。
梦断春消应无悔，高歌曼舞庆团圆。

瞻南海观音

一体三尊举世钦，梵音悦耳振精神。
慈云广被恩威远，净水频挥雨露匀。
日暖礼坛廊殿静，诚穿金石性情真。
身心不受尘缘累，入座莲花浩荡春。

澳门行

驭浪穿关莲岛游，酸甜苦辣涌心头。
芙蓉展蕊传芳讯，彩带横空耀海陬。
四纪殖民深水火，一朝自治得风流。
三巴圣迹巍然立，喜看雄飞快九州。

黄帝陵

翠笼桥山沮水清，客来四海颂同声。
龙岗殿伟腾王气，石径痕深指帝陵。
德贯千秋开草昧，功兴五业熄烽争。
寻根应守先贤训，骨肉团圆月更明。

贺惠芬

女，1952年出生于上海。1970年到安徽省砀山县曹庄公社插队，度过了漫长的8年。返城后进上海汇众汽车公司从事工业计量工作。退休后参加浦东新区老干部大学古文班学习，现在是上海诗词学会会员、枫林诗社会员、枫林诗社编辑。

七绝·月下荷花

波映翠裙花晕红，馨香自与月华融。
光莹一片田田影，相伴悄然到梦中。

七律·锦溪古镇游

野霁风轻烟柳斜，诗心结伴赴农家。
门前秀竹窥倩影，廊下高朋品午茶。
隔水遥呈芦荻岸，凭栏喜赏锦溪霞。
归来米酒浓香溢，女伴灯前颜若花。

七律·山乡月夜

浮云皓月缀苍穹，田野披银树影朦。
隐隐清泉流石涧，幽幽夏蛐出深丛。
晚风徐拂清凉院，佳茗流芬白玉盅。
山道弯弯情侣影，人间美景胜天宫。

巫山一段云·下乡

秋雨疏林寂，乡村犬吠寒。欲书家信泪潸然，草屋夜灯残。

阔别今重返，依稀辨故园。青葱岁月付沙田，谁与告苍天？

小重山·梦见母亲

悲喜交加会夜更，哽咽关切问，可安宁？心忧梦断怕难逢，忽又醒，流泪到天明。

冷雨叩窗棂，细思养育苦，血浓情。有心尽孝母西行，终身恨，回报待来生。

注：母亲过世后，曾无数次梦中相逢。唯有这次心里知道是在梦境中，故心情特别激动，印象也特别深刻。

喜迁莺·度假

郊野外，太湖边，垂柳拂窗前。碧波荡漾映红莲，亭静晚霞闲。

微风馥，长堤绿，漫步听莺鸣曲。喜斟佳酿品时鲜，对饮意绵绵。

临江仙·感事

细读同窗微信，难忘初进光明。粉墙树下誓言盟。曾经多少次，梦里校园行。

夙愿心头萦绕，敲诗长夜孤灯。茹辛无奈

我痴情。任凭添白发,不愿负今生。

（注:当年就读的中学是坐落在西藏南路淮海东路口的光明中学。）

贺考祥

广东紫金人,农民。中国楹联学会、广东楹联学会、广东中华诗词学会、香港诗词学会会员,岭南诗社社员,河源诗词协会理事,曾是紫金诗词楹联学会副会长兼《紫金诗联》执行主编,今为顾问。

五绝·题象头山蘑菇石

蘑菇味一流，食客赞无休。
耻入贪官宴，归山化石头。

七绝·菜花

淡妆难入时人眼，散放园中朵朵芳。
喜见春来开满垄，多情蜂蝶自癫狂。

七绝·读《真水无香》

真情吟咏感人深，水木清华扣我心。
无胫而行凭韵味，香留齿颊嚼余音。

五律·倔老吟

名利何曾逐，吟哦自泰然。
闲耕无税地，勤种稻瓜田。
仿佛交陶令，依稀会谪仙。
倦眠书作枕，不论暑寒天。

七律·春日遣怀

凭栏远眺意飞扬，满腹豪情兴若狂。
志比山高凌岱岳，心犹水阔托汪洋。
先匀柳色调词色，再蘸梅香润墨香。
裁出诗章浑似锦，孤芳自赏又何妨!

七律·早春闻布谷

时逢二月雨初晴，大地回春万物生。
原野山花红处处，田畴蛙鼓响声声。
衔泥紫燕堂前舞，求偶黄鹂叶底鸣。
布谷也知农事紧，朝朝一早起催耕。

踏莎行·无题有寄

立意平庸,构思乱套。连篇累牍腔无调。入编佳作获殊荣,方见助阵成全了。

醉态飘然,神魂颠倒。桂冠摘取心欢笑。不求上进不钻研,岂知腹内无多料!

破阵子·七五述怀

忙月田园耕作,闲时会友敲诗。忘却秋冬忘却夏,梦里依然苦苦思。耽联醉且痴。

无偿编刊审稿,真情唯有心知。志在诗联功不舍,无悔今生无作为,替人缝嫁衣。

贺贤斌

网名独孤太郎。深圳和仕实业有限公司总裁,湖南商学院深圳校友会执行会长,深圳市长沙商会、湘潭商会创会副会长,深圳市瑜水慈善基金会文化顾问,岭南儒商诗会执行会长,听涛诗社执行社长。编著有《烽火集》《听涛集》等,自选集《独孤太郎诗选》未梓。

水调歌头·丙申中秋咏月次东坡韵

明月一何白,皎皎挂长天。殷勤东起西落,亘古万千年。同样柔晖脉脉、普照沟渠广厦、光影动秋寒。天地生灵气,缥缈水云间!

华灯放,喧笑闹,又无眠。痴男欲女,纷将桂魄寓团圆。一愿身康体健、二愿欢情久远、所愿总成全。心底诸般爱,念念许婵娟。

七律·重九相约莲花山步杜甫韵

邀约莲峰证雅心，又逢重九共登临。
千年大国兴如此，一个圆圈画到今。
曲径盘旋人欲醉，山花烂漫蝶相侵。
云梯尽处瞻铜像，万里高秋任啸吟。

七律·再和蓝月

切切磋磋谢有心，千山不隔雅音临。
北窗击节因怀远，南圃题红更惜今。
云淡风轻蓝影曳，更深露重月华侵。
感君赠我儒良句，夜捧华章再细吟。

七律·八秋吟步杜甫《登楼》韵

秋水汪汪洗俗心，重阳节近晚秋临。
枝头岁实经秋夏，笔下春秋写古今。
天涯路远秋风疾，庭院秋深紫气侵。
万里长空秋雁翥，声声啸傲八秋吟。

七绝·秋怀

独立高秋向远空，新词撒落旧花丛。
能观自在情无咎，有大胸怀志自雄。

鹧鸪天·霜降

晓露清霜降晚秋，才黄菊蕊正风流。长空雁阵悠悠去，浅水鱼群缓缓游。

心底事，对谁讴，何人与我弄温柔。怜花忍见芳菲尽，剩有金黄挂树头。

行香子·秋夜抒怀

夜静秋深，独对清樽。且从容、莫问浮沉。抛开冗俗，不惹纤尘。看水中天，天心月，月边云。

未惭霜鬓，不悔青春。效君子，立德修身。人间快意，最是三分。就一分闲，一分爱，一分真。

临江仙·秋分写意

槛外霜风销旧绿，悠悠天际微云，红荷犹艳菊芳芬。鸣蛩知露冷，时令已秋分。

谁在凭栏惆怅里，朦胧粉黛罗裙，轻颦浅笑脸生春。尤怜娇欲滴，好个俏佳人。

贺训藻

桂塘坝美(藏头诗)

桂香绝胜春花冠，塘贯溪流润谷川。
坝卧千秋腾瑞气，美图毓秀醉心田。

贺运海

训甥吟

昔日学业已荒废，于今前途还渺茫。
代父教子语心长，愚甥沉思泪眼汪。
奉劝外甥细思量，年轻少壮莫悲伤。
从头做起勿恨晚，天道酬勤惜韶光。

教子吟

人生百年虽短暂，岁月每天需三餐。
年幼不知柴米贵，立身应晓逾苦难。
阅浅愚顽性本骄，历深聪灵心自谦。
勤学奋博莫等闲，功成名就指日观。

岁月随想

桃李春风忽易季，转眼夏荷出清漪。
归雁鸣来秋风疾，腊梅香迎冬雪逸。
四时迁移终有序，千古流芳本无意。
凡事未必皆豪情，为人定当存正气。

冬日感怀

冬阳晴丽近午天，微风捎来春意暖。
腊梅孤芳幽自芬，探春含苞香欲绽。
愧叹蛇年已涣散，悟觉马岁莫等闲。
人生廿载能几何，命纪不惑谱新篇。

贺智生

忆王孙·二梯岩印象

青青芳草古森林，吊脚楼台花样新。摆手堂中锣鼓频。艺传神，顺拐同边姿绝伦。

如梦令·登一脚踏三省

决意攀登峰顶,骋目尽收奇景。亮点在团山,一脚可连三省。高兴,高兴,争与界碑留影。

红袖添香

本名孙茜。1997 年 8 月出生于北京。白衣天使,目前于广州某卫校就读。擅长古典即兴诗写作,现代诗主打小清新风格。爱好广泛,喜欢闹中取静。

诗观:让即兴的灵感随红袖自由飞舞。

七绝·荷塘

半亩方塘入画中,池蛙鼓瑟唤清风。
琼楼倒影桃园静,一点诗心觅袖红。

七绝·春趣

豆蔻芳华春绽蕊,衔珠翠鸟戏青梅。
荷塘顾盼观情趣,燕剪风鸢去又回。

七绝·红妆

一朵芳菲香万户,小桥寂静影零孤。
池塘不见鸳游水,晓镜红妆月又无。

七绝·花好月圆

清风有意妩眉开,醉柳拈香莫迟徊。
花好月圆情永久,一湖鸳梦入楼台。

七绝·端午

苏堤劲舸舞朱阳,棹楫腾波慰国殇。
孝楚含冤千古事,后人望月把诗伤。

五绝·涧石

静山涧石奇,幽蝶入芳迷。
诗醉红尘客,相思扇上题。

五绝·君子

青山对白鸥,驭柳水中游。
诗浅来寻梦,鸳鸯到白头。

红叶山庄

本名王富春。河南郑州人,喜欢古诗词,尤爱后主之风。

行香子·雾中花

岭上朝霞,雾锁人家。凭栏处,淡尽浮华。白鸥掠水,紫燕衔沙。望河边柳,云中树,雾中花。

朱兰画阁,杏林幽梦。我和谁,一曲琵琶。痴情人在,相望天涯。任风儿狂,雨儿打,月儿嗟。

行香子·神仙眷侣

槛外怡情,落日苍松。览长天,变化无穷。云飘雾兴,暮鼓晨钟。赏一帘星,一帘月,一帘风。

良宵美景,如痴如梦,舞飘飘。翩若惊鸿,诗情画意,谈笑生风。共品红尘,论风雨,诉情衷。

行香子·黄粱美梦

岁月匆匆,烟雨蒙蒙。正人间,别恨无穷。天南地北,照影孤鸿。待春花开,冬花败,夏花红。

浮名浮利,黄粱美梦。却来时,秋意深浓。一支羌笛,一曲东风,弹何时圆,何时散,几时逢。

母亲节,思念我久病的母亲

行香子·母亲(一)

往事如烟,回首成伤,念家乡,不胜迷茫。别来几载,更教愁长。记红砖墙,篱笆院,燕飞梁。

东风依旧，岁月沧桑，转眼间，幕老亲娘。丝丝白发，染尽寒霜，惜为儿仆，为儿累，为儿忙。

行香子·母亲（二）

落笔成伤，掬泪彷徨。忆往事，倍感凄凉。篱笆小院，低矮平房。有小轩窗，手中线，马牛羊。

人生弹指，容颜转换。到而今，白发沧桑。儿孙虽孝，尘世迷茫。叹月无圆，人无久，事无常。

喝火令·春韵

静咏河边柳，闲吟岭上风。遍山葱郁碧连空，飘荡彩云如梦，烟雾绕青峰。

采蜜花间笑，垒巢痴爱中。一角芬芳杏花红，欲醉川林，欲醉水朦胧。欲醉蝶飞莺舞，把盏乐无穷。

行香子·花前有约

绿柳青新，红杏娉婷。览春光，阡陌云横。轻烟薄雾，小溪生灵。有虫儿吟，鸟儿唱，笛儿鸣。

桃源幽梦，兰亭竹影。寄东风，携带一程。花前有约，月下山盟。思一帘风，一帘雨，一帘情。

行香子·月下山盟

小院深幽，帘幕轻盈。观窗外，四野无声。花前有约，月下山盟。叹鸾无双，凤无对，雁伶仃。

云烟聚散，风雨横撞。耐如何，一任浮萍。心如止水，人似无情。愿心中痴，酒中醉，梦中行。

鸿雁

本名李鸿国。中国诗词家协会、太行诗词学会会员。诗画天地、红崖艺苑签约诗人。红崖艺苑诗社副社长、副主编和中国小诗苑编委。在报端和网络平台发表古诗词和现代诗歌与散文五百余篇并屡有获奖。出版诗合集《红崖艺苑诗集》和《中国小苑诗集》。

七律·立秋

飘飞落叶舞西东，拼却春颜醉夏终。
柳荡湖边难忘翠，荷婷池里易收红。
天如有意年留岁，云若含情月伴空。
节令也知人苦短，迟来潇雨慢秋风。

七律·雨霁

雨行昨夜晓初晴，天外一峰无限青。
翠绿葱茏云雾罩，花红草碧露珠灵。
东边冉冉升骄子，湖里悠悠映竹亭。
忽见林阴飞彩蝶，又逢菡萏立蜻蜓。

七律·青花瓷

高龄土石细如沙，巧匠窑成独艺家。
蓝白描图挥韵趣，坯胎挂釉烧青花。
晶莹隽逸瓷中宝，素雅清新国里华。
千古传扬帆过海，雨烟等你舀春茶。

七律·七夕

银河漫漫恨长大，织女牛郎苦未眠。
王母一簪凡界划，红娘万鹊翅桥连。
千吟七夕传神话，世载葡藤乞巧缘。
蝴蝶借侬披彩翼，直飞九宇把云迁。

七律·咏奥运健将

寒冬数九伏炎天，苦练勤征为志圆。
梦雪鸣枪心靶进，敏霞跳板水花穿。
巴西国奥旗挥动，华夏银屏奖迭联。
勇夺双金标史册，拼争牌榜震山川。

七律·牧牛郎

村娃童趣恋耕牛，不晓情郎织女愁。
杏苑春时花斗艳，陌田夏季草争悠。
谁知董永七仙子，怎忘银河喜鹊舟。
晚照斜阳箫笛起，彩霞一抹半天畴。

七律·夏生

春辞阳暖夏时来，燕子双飞绕柳栽。
芍药嫣然迎喜雨，牡丹风韵展红台。
山高云舞水流碧，穗实枝摇土蕴财。
岁岁耕耘人锄地，收秋满囤报天开。

七律·水鸳鸯

佛前莲籽度成修，化作鸳鸯河里游。
几世情缘寻雅致，百年恩爱沐清幽。
风霜雨雪难离弃，星月云霞易合酬。
愿得手牵同结好，山高水远到涯头。

七律·家乡

津门踏浪海河流，奔至塘沽不掉头。
东丽连通衢道畅，西青驶入外环游。
少年泪离慈祥母，雏雁飞翔塞北秋。
水上梅江依旧美，家乡梦里有些愁。

七律·孝母

屋檐小燕等飞归，总把衔虫悉数培。
奶哺娇娃倾喜爱，乳滋幼子润依偎。
天骄成就栋梁立，老母慰欣故土回。
孝奉娘亲时不待，高堂明镜鬓霜催。

七律·中国樱

樱花本是国中才，朝拜崇名四沓来。
茶道唐时修饰煮，东瀛飞鸟效颦栽。
繁华朵朵娇容展，奇蕾丛丛巧倩开。
友好天仙行海域，和平万载一衣哉。

（注：我国早在秦汉时就已经栽种樱花。唐朝时期的日本，史称飞鸟时代，派遣使者将樱花带回栽培。）

七律·茗友

骄阳明媚草清新，谷雨茶园绿嫩春。
四五友人归故里，两三杯盏洗风尘。
银毫馥郁心香沁，佳茗温馨话暖亲。
别后何时能再会，晚霞映照小乡屯。

七律·筑路

蜿蜒曲折大风中，路像飘绸舞向东。
铁轨青龙有天佑，京张隧道铸詹工。
逢山掘进凿岩洞，遇水桥连建久功。
黑土白河飞脚近，海南地北达衢通。

侯良臣

清平乐·清明缅怀抗日英烈

小花如雪，难尽思先烈。英杰魂归天阙，缅怀此情难曰。

倭奴侵我边疆，国难民族无光。壮士离乡拼斗，命换山河图强。

侯建新

笔名一世望不见后老壳。男，苗族，于猴年出生在湘西钨矿土地凹。20世纪70年代初上山下乡接受贫下中农再教育，70年代末回城学基建木工安身立命。由于孤单而爱上文学，于是，便入了怀化地区文联。最终成为一名职业文化工作者服务于基层文化站。知天命时喜欢上古典格律诗词，有幸成为湖南诗词协会会员。

咏莲荷

深居淤下修成藕，荷显尖尖淡露头；
犹似美人刚出水，恰如落暮夕含羞。
雨敲饼蕊吟新韵，风摆盘边荡晚秋；
心苦水芝良俊药，残塘天问画苍遒。

咏蕨

深交泥土自成茵，无果无香富一身。

柳绿花红嫌它陋，竹青松贵笑其贫；
无心去日争天宠，有意来时得地亲；
缘为人间盘中味，不悲采撷恨青春。

咏竹

坐落山南凭自翠，垂头只为不折腰；
嘴尖皮厚童年梦，枝细竿遒老叟娇。
一破千层空有节，几家不具院篱烧；
绿�轩唱穷苏轼，离俗清新尽甚嚣。

咏淘水金

背天拨水生活路，挥汗随波淘自尊。
盆趟三江摇日月，床溜四季洗乾坤。
金砕剩起星滴喜，铁镐掘出时事欣。
春夏秋冬嫌落暮，一分辛苦一分金。

春咏

鸭游池上先知暖，月映青秧捧唱蛙。
茶绿尖尖才露角，桃红艳艳早披霞。
雨斜激活三江水，风和摇醒二月花。
蝶舞荒圆添野趣，蜂忙朝夕为王家。

燕子

低飞闪电徐清影，衔泥修巢少唧嗔；
新柳枝头梳倦羽，偏头凝目窃窥春。

七绝·甲午咏(中华新韵)

二零一四两头春，欢度元宵会情人；
雪到立春祥瑞降，马踏飞燕九月勤。

春雪(中华新韵)

梨花慢舞乱飞纷，正月春风满地银。
冬后凝寒迟瑞到，辰州同庆慰天恩。

侯铭

男，大学文化，山东枣庄市市中区人，现任枣庄市市中区齐村镇党政办公室主任。系枣庄市诗词学会副会长。曾在全球恭祭轩辕黄帝文等数十次赛事中获奖，并任多家网站主编或副主编；屡有文章发表于《人民文学》等报刊。

七绝·三晋行吟赠友

苍山别我远，近水泛秋光。
万里离君去，乘风上太行。

七绝·过武乡

云中望太行，万载叹沧桑。
霸业思石勒，今夫过武乡。

七绝·游平遥

晋地人文古，长垣碧宇高。
孤游何寂寞，烟翠锁平遥。

侯卫强

1980年生，河北邢台人，现居胜芳。

仙槎

斗转星移快，时光不滞延。
仙槎浮众友，一醉九重天。

无题

举目观榛蔓，穷途泪涕潸。
飞鸿来笑我，怎不绕溪山？

七律·邯郸行(新韵)

步出广场秋风飒，不见胡服骑射君。
两载青春留绮梦，一腔肝胆见痴心。
常思赵苑桥头月，难忘滏河柳下荫。
滏水东流何处去，片心可否寄江滨？

卜算子·七夕

银汉路迢迢，喜鹊喳喳叫。一个心连两个人，各在桥头笑。

只忆聚时欢，不慕双飞鸟。共看青天月半轮，细品相思好。

金缕曲·读性德、梁汾故事有感

一饮千杯酒，不为多，花间吟咏，拂堤杨柳。千里漫道初相见，似故人犀角透。重诺信，兆骞营救。诗海词林相驰骋，意气投，流水高山友。肝胆照，最长久。

知音常叹何时有？不信道，裙钗柳永，婵娟诗偶。天下攘攘功名手，众人熙熙铜臭。有情义，气冲牛宿。相遇相识相不弃，纵横游，碧海轻回首。数句意，可知否？

侯以才

1943年出生，原茂名石化职工。爱好诗词，曾在油城老年大学诗词班学习，并游历风景名胜，先后创作诗词200多首，擅用白描方法写景抒情，以诗言志。有诗收录于《纪念抗战60周年诗词集》（北京出版社）。

七律·浦江夜景

华灯灿烂霓彩红，彩色层层染浦东。
金茂生辉洒玉露，明珠璀璨插星空。
江中豪艇游客满，岸上高楼气宇宏。
夜景轻描闲心静，老夫沉醉入梦丛。

己丑孟夏

七律·庐山掠影

山道迂回四百旋，谷深壁峭刺云端。
仙人洞里寻仙境，含鄱口中望湖烟。
锦秀谷旁觅蹄印，焚香泉畔饮甘泉。
扶栏极目峰峦处，不见飞流落九天。

己丑孟夏

七律·重游浮山岭

再上浮山第一峰，羊肠古道去无踪。
迂回石级十八拐，湿滑陡阶九千重。
野卉含香迎旧客，黄牛拭目探老翁。
雾霭封巅草木暗，采云饮雨一身松。

丙申年季春

七律·泰山

五岳独尊岱山名，玉皇顶上紫云萦。
日观峰眺火盆灿，拱北石望山水清。
雾锁天门蒙川壑，霞环帝宫结玉晶。
耆年扶杖攀东岳，夕照秋光彩路明。

丙申年仲秋

绝句·西湖

水秀山明冠九洲，双堤柳绿满人流。
断桥头畔仙已去，遥见三潭水中浮。

己丑孟夏

绝句·中山陵

紫金山麓松叶香，国父长眠浩气扬。
无字碑中英魂在，功勋盖世永流芳。

己丑年孟夏

扬州慢·强国志

华夏文明，载环球史，汉唐盛世无前。古神州乐土，是大国强川。自清代慈禧腐庸，列强豪夺，民苦熬煎。倒三山，中国图腾，赤子团圆。

定强国计，壮三军，疆海金坚。众爱国同仁，发强国梦，学圣贤篇。破美日豺狼阵，凌云志，铁壁能穿。做龙孙英杰，承传龙脉登巅。

己未年季冬

满庭芳·G20杭州峰会

中国杭州，西湖圣景，四海政要群聚筹；论全球计，寻合作良谋。东亚神州道主，执牛耳，名利双收。金砖国，六朝都会，财路结金球。

廿国兴经贸，创新政策，风雨同舟。潮涌钱塘水，赤县风流，远看五洲商海，危机有，近日无忧，还能见，全球治理，丰碑春秋。

丙申年仲秋

胡本群

字小明。男,汉族,安徽蚌埠人,1958年9月生,中共党员,大学文化,公务员。系中国楹联学会会员、中华诗词学会会员、蚌埠市诗词楹联学会理事、怀远县诗词楹联学会理事。作品散见于《长白山诗词》《上海楹联界》《中国楹联报》《平山清韵》《蚌埠日报》《安徽日报》等。

悼计鸿训老

噩耗传来不忍闻,怀诗学会倒昆仑。
文星陨落天流泪,随我声声哭老人。

立秋日有感

昨日炎炎火,今天透骨凉。
人生天气比,冷热总无常。

孝

中华孝道共天长,千古经书第一行。
子路家贫身负米,刘恒母病口尝汤。
闻雷墓泣诗文颂,哭竹笋生经史彰。
期待风流今俊秀,人人至孝奉爹娘。

花甲初度

花甲人生又一关,归田致仕地天宽。
桃开阆苑春风暖,桂谢瑶池秋雨寒。
莫叹青春无灿烂,只求白首有康安。
用心编织黄昏梦,诗海遨游我正欢。

《白衣小学百年纪略》编后

百年华诞庆华年,铭记先贤创业艰。
建校操劳餐雨露,聘师奔走饮风烟。
求知学子披星起,授业先生戴月眠。
今日花园花满树,枝枝朵朵竞争鲜。

再寄文娟

风雨同舟三一年,如烟往事在心间。
钟情山伯群英会,爱慕英台白乳泉。
教子相夫无浪漫,培桃育李有甘甜。
他年化蝶随君去,再续鸳鸯共枕眠。

中秋有寄

天地飞鸿雁,中秋赏月时。
嫦娥微信复,今夜最相思。

学诗吟

偷闲人未闲,自学种诗田。
访友涂山麓,投师白乳泉。
阳兄邀早起,月妹约迟眠。
一字吟安稳,偷偷笑半天。

(注:阳兄,太阳;月妹,月亮。)

胡滨

网名客家苇笛。1964年生,江西省宁都县人,中学高级教师,赣州市作家协会会员,江西诗词学会会员,香港诗词学会理事。作品散见于《中华诗词》《中华辞赋》《诗刊·子曰》《中国诗词》《中国诗赋》《诗国》《诗词月刊》《江西诗词》《香港诗词》《深圳诗词》等诗词刊物或丛书。

五绝·丙申中秋夜逢雨

欲剪梢头影,还捞水底圆。
骤然云掳去,未得晤婵娟。

七绝·临翠微峰易堂遗址

捡起残砖满是尘,当时庐舍化荒榛。
危峰犹有千竿竹,一种风流勖后人。

七律·赣南辣椒

串起玲珑挂满枝,乡厨若缺敢称奇?
煨焦难息征夫汗,剁碎还颦倩女眉。
盛世养颜推种物,荒年佐味剩谈资。
亦柔亦烈真情性,最似客家人莫欺!

喝火令·客家围屋感赋

背井缘兵燹，逢山起厚墙，木雕砖刻诉沧桑。师法自然佳构，威武誉东方。

近夺群峰秀，遥分一水香，族崇耕读族名彰。望断云飞，望断水沧茫，望断北原迢递，不改客家腔。

临江仙·我家丫丫

屏键飞来争按，痴迷动漫儿歌。音频开后转成陀。扭腰舒嫩臂，扬脸送秋波。

偷取棒糖瓜子，书堆翻乱多多。夏雷惊得泪婆娑。闲时真淑女，疯处小妖魔。

满庭芳·与宁都县诗友聚饮

荷蕊池邀，紫薇枝引，趁闲相约农庄。秋风知趣，争欲入奚囊。恰遇归来远客，也谈起、“力尽洪荒”。莫拘礼，浅斟漫饮，聚散本无常。

遗风行古邑，应怀绮梦，再启文昌。又何虑，此时两鬓飞霜。借得村醪土味，最宜我、个性舒张。便今晚，一襟心绪，一阕满庭芳。

临江仙·石城县大畲荷花池邂逅女子瑜伽队

乍见翩然仙袂，徐徐飘过荷池。清凉吞吐又谁疑。武陵非远处，边邑有禅机。

波影素颜显美，晴光彩扇生奇。轻柔舒缓倩人痴。温馨能应景，寂寞亦成诗。

巫山一段云·伤秋

惊雀凉风起，烟消竹泪收。栏边寂寞径清幽，瘦了一池秋。

芳影天涯去，莺声梦里浮。倾觞却问与谁俦？白了那谁头？

胡长江

男，生于1968年，湖北大冶人，大专文化，农民。中华文艺网会员。喜欢古典文字，作品深受李后主、晏几道、李清照、纳兰容若等影响，词风清丽、婉约。自2013年以来，在《中华文艺》等全国大型综合性传媒杂志发表古典诗词近百首，作品多次荣获全国性创作大赛特等奖以及一、二、三等奖。

临江仙·伤春

紫燕归来穿柳巷，东风漫卷帘门。依楼遥望杏花村，千杯寻共醉，几度暗消魂。

独立庭前孤影瘦，一肩细雨黄昏。珠弦曲乱忆佳人，桃花依旧在，不似去年春。

临江仙·酒困他乡叹平生

误入红尘惆怅客，浮沉半世荒唐。飘零无计困他乡，孤弦生别怨，浅醉动愁肠。

檐下多情双燕子，依稀柳梦鸳鸯。桃花笑我太轻狂，不知名利劫，独自话凄凉。

临江仙·上元节有寄

灯火长街香满路，烟花红雨流云。箫笙几度叩帘门，东风初入夜，绿水已知春。

紫燕呢喃穿柳巷，依楼邀酒千樽。彩笺有意寄佳人，梳妆当月下，此处正黄昏。

七绝·立春日写意

驿外残梅落寞红，秋离别恨水长东。
孤山暮雨黄昏雪，夜读云窗杨柳风。

七言·雪夜遣怀

轻絮飞来雪柳枝，长安故道马迟迟。
灞桥水岸千秋别，柳巷花都一夜离。
幽怨昏灯煮夜酒，凄凉宝剑赋闲诗。
梅花烟雨风尘后，老去苍天有愚痴。

七绝·沽酒夜话

夜雨西窗烛影红，梅魂菊韵斗霜风。
三杯浊酒知春意，半阙诗词学放翁。

七律·生日感怀

半世浮沉一世孤，尘烟铁马了江湖。
少年侠义三杯酒，老骥情怀几卷书。
淡菊幽思家国远，柴门暗锁故人疏。
南山夜弄云中曲，弦断嵇康独醉无。

临江仙·冬夜念春

寂寞梧桐荒院静，闲庭雾绕轻纱。霜天暮雪说昏鸦，骊山秋入夜，汴水落烟霞。

欲寄雁书凭酒意，沉吟半盏清茶。一帘幽梦向天涯，伊人回眸笑，梅影弄桃花。

清平乐·同韵二首

（一）美人

秦烟汉雨，洗尽铅华去。飞燕轻盈依旧舞，坠落风尘堪误。

溪桥月照残红，关山雁断秋风。沉剑乌江绝唱，君恩别后从容。

（二）英雄

劲风苦雨，涤尽烟尘去。独醉秦淮杯影舞，万里江山消误。

斜阳血色残红，黄沙埋剑西风。骓逝江东不记，成王败寇从容。

白雪·大雪遐思既闻杭州大雪题记

黄昏渐冷，疏柳乱，西湖瘦水轻寒。离雁断秋，苏堤暗影，飞花絮舞蹁跹。瘦芳颜。绕苏墓，叠砌凄然。蓦回首，绿消凝白，不见旧江山。

此景最怕弄弦，孤音清绝，莫凭栏。寂寞画屏幽暗，沉醉意阑珊。思远近，素梅清泪，别梦过秦关。断桥残雪，江南谢了尘烟。

临江仙·冬夜怀旧

野径寒烟荒草树，流云雁过声哀。千山暮雪映窗台，梧桐疏柳乱，剑气已沉埋。

一卷珠帘风漫舞，画屏烛影徘徊。去年旧病又重来，金陵花落尽，不必说秦淮。

蝶恋花·寄远

驿外长亭烟雨细，雾绕江天，断雁声憔悴。汴水东流千万里，孤帆念远凄凉意。

夜酒凭栏谁共醉？叶落梧桐，阶下黄花砌。瘦影昏灯空堕泪，相思无解归无计。

鹧鸪天·村居

流水溪桥映晚霞，林红香径小农家。荷锄柳岸吟歌赋，酌酒南山话麦麻。

听燕语，戏昏鸦，桃花源里度年华。红尘世事烟云过，自在庭前学种花。

五言·秋

日暮秋山远，烟波泗水流。
断鸿花落尽，挽月上西楼。

蝶恋花·念春

陌上孤烟春落暮，柳岸东风，寂寞黄昏雨。曾忆长街香满路，空山月影花千树。

夜酒行吟思李杜，素手红笺，几度霓裳舞。锦瑟无弦魂梦处，孤灯烛泪相思语。

长亭怨慢·怨春

雁音远，昏鸦啼树。阙里烟霞，草庐朱户。晚雨徘徊，夜风凌乱，渐无语。落红归处，应道是，春将暮。

醉意舞残红，却燕燕，莺莺如故。暗渡，望江帆岸柳，不见雁书来去。沈园绿满，又记得，放翁词句。说旧事，最怕消魂；别离后，花期堪误。向老去荒丘，湮灭斜阳尘土。

五绝·无题

冷月依烟树，霜风绕老村。
雁书红烛泪，酒醉独眠人。

蝶恋花·秋吟

塞外黄昏清冷月，瘦马长弓，剑舞西风烈。傲笑沙场歌一阕，江山如画英雄血。

老去南山人未歇，夜酒沉吟，心有千千结。寄梦王师匈奴灭，花前柳下与君说。

临江仙·秋怀杨妃

百媚千娇红袖舞，春风夜夜流连。长生殿里共缠绵，浓情承玉露，独醉至君前。

烽火狼烟惊社稷，华清水冷秋寒。羽衣曲断落花残，今生非我愿，来世不红颜。

七绝·秋意

驿外长风御柳斜，小楼细雨夜飞花。

蝉音渐远秋山老，不忆江南恋酒家。

卜算子·念春

月影瘦东风，庭院溪边树。陌上寒烟绕断桥，柳岸桃花渡。

寂寞上西楼，雁过花无语一叶扁舟泛五湖，入梦随春去。

风入松·秋念

江帆离岸雨纷纷，望断荒村。横塘阶下西风瘦，柳丝绕，恰似残春。流水孤烟离雁，飞花月夜归人。

秋来幽梦又逢君，独自消魂。琵琶曲寄鸳鸯锦，相思结，沉醉红唇。憔悴容颜病酒，只消几个黄昏。

风入松·离恨

霜天晓岸水长流，雁落归舟。残红漫舞香绕户，烟堆砌，陌上荒丘。清瘦梧桐深院，无边风月西楼。

凭栏独倚动闲愁，欲说还休。弄弦曲断芳心绝，丁香泪，染尽温柔。几度含情脉脉，千古离恨幽幽。

浪淘沙·秋怨

缺月挂疏桐，庭院西风。寒鸦绕树小楼东。桥畔飞烟流水瘦，花榭秋浓。

长忆梦魂中，烛影摇红。西窗对镜倦颜容。别后相思无处寄，望断归鸿。

凤凰台上忆吹箫·秋吟

风卷珠帘，夜消残酒，倚窗云镜梳头。驿外箫声远，淡月如钩。追忆离亭别绪，纷扰事，尽付东流。庭前柳，依稀影瘦，伫立寒秋。

幽幽！谢桥梦绕，长夜念《关鸠》，泪满双眸。断雨征帆绝，魂系扬州。秋水昏鸦啼遍，皆笑我，终日凝愁。芳菲厌，倾听梵音，独上西楼。

踏莎行·相思绕梦如初见

驿外风清，庭前水浅，天高云淡南飞雁。梧桐叶落拣寒枝，昏鸦悲切空山远。

锦字红笺，青灯黄卷，相思绕梦如初见。琵琶对月夜装欢，清音曲乱声声怨。

点绛唇·酒醉清秋后

驿外寒烟，梧桐淡月残云走。绿疏红瘦，酒醉清秋后。

锦玉桃笺，字字相思扣。风盈袖，蓦然回首，夜半凉初透。

风入松·黄沙断送英雄

烟花落尽瘦梧桐，故国城东。小桥流水绕朱户，斜阳里，一地残红。碧玉雕栏春梦，枯藤老树秋风。

酒浸白发醉颜容，无语杯中。征衣铁马楼兰月，金陵望，人去楼空。如画江山依旧，黄沙断送英雄。

胡成钢

1970 年生，湖南双峰人。湖南省诗词学会会员，湖南省书法家协会会员，古月书法院院长。书法初涉柳公权、欧阳询、颜真卿、董其昌、米芾诸家，后沉浸碑学，游于《龙门二十品》《石门铭》《张猛龙碑》与铁山摩崖间，并有独到理解。长期从事书法教学工作，教学思维独特。2010年出版《颜楷创作与临摹教程》，获2010年“第八届全国优秀书法老师奖”。

七绝·雄鸡报晓

长啸一声凌九霄，东南紫气喜相邀。
诗书万卷如霞涌，飞入皇都诏早朝。

七绝·月夜

残花败柳一寒塘，冷月孤灯水未央。
何处箫声催玉泪，西风又起送荒凉。

七绝·渔舟唱晚

夕阳返照不思归，玉笛横江信口吹。
秋水连绵千万里，金波白鹭与卿飞。

七绝·行路难

山道崎岖何处行？一深一浅总伤情。
春风不怨秋风恨，梦与残花两落零。

七绝·月夜

轻风一路桂花香，半倚凉亭抚秀妆。
今夜初来弦上月，水波浮动泛微光。

七绝·自嘲

满纸疯言谁可识？一张老脸望苍穹。
痴心应有知心友，无奈青灯笑冷宫。

七绝·午后

一夜花开一夜香，此生落魄此生伤。
逢人只献花中彩，午后茶凉泪满霜。

2016年11月4日收集

胡德明

男，1946年生，湖南省诗词协会会员，常宁市水松区诗词学会秘书长。已获南京紫金杯、诗词世界杯、第十届天籁杯、第十一届天籁杯、时代颂歌和东方美等全国诗词大赛金奖。已出个人诗词专集《培根词韵》《韵海学诗》《诗林逸趣》《趣律新吟》四本。

七律·黄山

美丽黄山绕紫薇，松涛石浪聚神奇。
诗廊画境时时变，侧岑横峰面面仪。
雾锁山头云锁径，一山登上众山围。
游人不断谁都爱，赏景怡情不肯离。

七律·九华凤凰松

恰似凤凰展翅飞，九华风水夺先机。
风流引得人流涌，胜地赢来佛地辉，
盖地荫天千载寿，风吹雨打万山低。
高标品德高标树，壮丽河山壮丽碑。

七律·原玉和马凯同志诗

春风化雨勿推迟，翠柏苍松绿满枝。
要想成才凭苦练，功夫到位任奔驰。
千锤百炼雄豪句，细别精挑婉约诗。
艺术源泉生活里，高歌盛世正当时。

七律·登高

朝阳送暖看云梭，辟刺翻山上顶坡。
脚吻碧毡停蟋唱，手摇翠竹起莺歌。
登高始觉层楼矮，望远方知美景多。
坦荡胸怀容正气，雄鹰展翅舞婆姿。

行香子·西江漂流

一叶皮筏，顺水随弯。尖声叫，碰撞求安。闪崖退岸，碧浪腾翻。看两山夹，随山转，过山关。

激流勇进，波击船窜。进平川，草绿河宽。旅游赏景，刺激心欢。正顺溪流，沿溪放，下溪滩。

苏幕遮·山村留影

起炊烟,惊宿鸟,鸡鸣阵阵,淡雾围山绕。担箕荷锄人起早,迈着朝阳,贵在勤劳好。

美家园,春色俏。新屋排排,生活多温饱。政策惠农粮是宝,幸福乡村,快乐情难表。

风入松·屋顶种菜

城中小住似牢枷,愁闷数流车。关门谁讲家常话,望灯海,难听虫蛙。上下楼梯舒气,不如背土回家。

七楼屋顶种丝瓜,搭架好攀爬。蒜葱小菜不时换,新栽辣椒正开花。乐于修枝除草,亲昵还是泥巴。

东风第一枝·寄友

曾记当年,挑灯夜话,家贫茶淡当酒。敲诗欢唱高吟,不知天高地厚。腹中难饱,逞什么,感情豪抖。世道难,为了生存,惜别不能长守。

三十年,分隔太久。如野鹤,御云闲走。儿孙事业今成,盼您前来聚首。诗坛闯荡,有多少,奖杯在手。老迈享福弃功名,几卷诗书成否?

胡季武

1927年生,湖北建始人。中共党员,中师毕业,已离休。湖北省诗词学会、江南诗词学会会员,东坡赤壁、岳麓、长白山等诗社社员。自编有《春刍诗词集》《芸香阁诗词集》《楹联诗文合璧》。2004年12月,个人业绩入编倖梓惠主编、新风出版社出版的《华夏嘤鸣》(第二集)一书中。30多年来,佳作入编国内外刊物和专著3 000多件,获奖200余次。曾载入世界文化名人录及国内大型专著。

清宵怀友寄意

其一

云山咫尺路难通,两地相思一样同。
佳句只容肠内默,芳颜多在梦中逢。
遥窥青嶂连天碧,愈炽丹衷映日红。
欲问离人倾慕意,众星拱北水潮东。

其二

孤灯垂泪写相思,万个离愁挂竹枝。
风动竹枝声泣泣,灯摇泪眼影丝丝。
明知人在云深处,常觉颜窥月落时。
难命吕安千里驾,枯肠拧紧寄新诗!

其三

墨儿磨就纸儿载,意蕊心花次第开。
旧恨刚从愁里过,新诗却自兴中来。
萦怀人在西山顶,仰望星悬北斗台。
北斗西山相映照,晶莹透彻净尘埃!

其四

久离心绪乱如麻,独卧清宵恨倍加。
苦苦吟来鸡子叫,常常望到月儿斜。
锦衾山水翻愁浪,绣枕枝桠毓泪花。
曙色朦胧偏又睡,扶疏日影上窗纱!

五律四首

(一)

旧岁相思旧,新年怀念新。
江东长暮日,渭北又逢春。
遥望西山雪,倍思天水人。
悠游云雾里,潇洒独出尘!

(二)

辗转欲何之?寸衷付与诗。
屡愆张范约,多惠管鲍知。
望尽山穷处,愁深夜静时。
年来三百六,日日竟如斯!

(三)

若问相思处，抬头指远空。
人居青嶂内，家在白云中。
朝出一梨雨，暮归两袖风。
花前常独酌，信口吐长虹！

（四）

有约年年失，相思岁岁吟。
路无千里隔，情共五湖深。
恨少双飞翼，愁多两颗心。
风吹窗纸动，疑是寄佳音！

又口占四绝

（一）

拈毫弄墨意凄惶，五七新诗寄八行。
附语叮咛诗要和，只缘凭此话衷肠。

（二）

性近疏慵事懒求，农桑旦夕把闲偷。
浮云幻作浮生梦，只有吟诗解得愁！

（三）

知人知面贵知心，相互知心情最深。
壁有缝来墙有耳，新诗展读莫高吟！

（四）

诗中描绘意中人，愁里吟来梦里身。
何独雷陈千古美，而今交笃胜雷陈！

深秋怀友

秋深海国起相思，咫尺天涯望眼痴。
枫叶经霜红艳艳，竹梢垂泪绿差差。
欧公感赋悲当日，杜老愁吟在此时。
对景怀人情更切，自然只有两心知！

和《梦友》原韵

才拟八叉久慕温，吟魂飘拂绕车营。
身无烦恼常怀乐，腹有文章哪患贫。
笑弄琴棋双腕活，频挥诗酒两心倾。
公然一觉相思梦，热泪抛腮拭以襟！

胡金城

黑龙江省齐齐哈尔市依安县人，中共党员，大学文化。先后任职于县政府办公室和教育局。中华诗词学会和省市诗词协会会员，原依安县作协主席。曾发表各类文学作品600余篇(首)，获奖40余项。小传收入《中国当代文艺群星辞典》和《中国当代作家名典》。

七绝·重读陆游《钗头凤》

绿水无痕泪迹残，生根爱恨柳生烟。
惊鸿来去一千载，多少断桥作沈园。

七绝·题笼中鸟

整日凭窗忘湛空，徒生彩翼不飞腾。
三餐食美无滋味，百曲歌甜少挚情。

七绝·寄友人

流水高山唱到今，人生难觅几知音。
子期驾鹤西山去，从此伯牙不鼓琴。

七绝·归燕

忽有呢喃欲进窗，衔来柳絮扮春妆。
檐头不晓新居客，可是年前那几双。

七绝·纳兰故园赏荷

翠湖十里碧连天，爱水诗人更爱莲，
千倾波光风散去，清白世代驻人间。

七绝·还乡曲

层楼久卧背腰酸，沃土鲜蔬掌上玩。
鹤发方知农事乐，风流不尽在田园。

五律·建军节瞻仰革命烈士陵园有感

无山也有峰，洒泪忆英雄。
猎猎旌旗展，萧萧战马鸣。

捐身求社稷，赴死为民生。
沃土忠魂育，朝阳染血红。

五律·观南海事端斥美菲挑衅

华夏欲龙腾，警钟震耳鸣。
西洋鳖造势，南海蟹发疯。
白刃清平护，红缨正气凝。
江东狮怒吼，血肉筑长城。

胡进

笔名古井。男。抚州市作家协会会员。先后在《人民法院报》《当代江西》《抚河》《抚州日报》《福地南城》等省、市、县报纸杂志发表诗歌、散文一百余篇。

七绝·山村四月

木秀花红细雨迷，风清水暖鳝出泥。
本该农月闲人少，却是南田草自萋。

七绝·归乡偶感

外出工作数光阴，兴奋回乡在日今。
邻里相闻忙问候，嚅嚅迟语校乡音。

五言排律·感怀农家

早起荷锄叉，田畦铲草杂。
辛勤浇粪水，躬背捕虫蚜。
豆蔓缠竹上，藤瓜牵线爬。
蜂钻花蕊碌，蝶落叶尖暇。
汗透衣衫紧，风拂人不乏。
愿抛官宦事，从此向农家。

七绝·秋语

碧叶霜红一夜间，金黄遍地惹人怜。
游子目睹知归意，十月秋风送信笺。

七绝·叶殇

最是悲情飘落叶，身已枯槁尚舞蝶。
缠绵眷恋无限意，惹来秋雨作葬别。

胡敬平

笔名缈缈云裳、70后，中学教师，江苏邳州市人。邳州市诗词协会会员。作品散见于《金土地》《星光》《诗海潮》《南英诗社》《邳州文化》《宁江诗词》《白鹤梁诗词》《岳池诗词》《香港诗词》等几十种刊物。

七绝·春游

漫步东郊意已痴，暖风爬遍柳杨枝。
却疑青帝心情好，赠与尘间尽是诗。

七绝·种瓜

夕晖脉脉柳枝斜，也傍篱墙学种瓜。
挥汗执锄成趣味，腮边两朵太阳花。

七律·贺古枫老师获奖

布衣墨海敢争强，信手拈来平仄香。
锦字行行呈异彩，鸿篇句句放华光。
朝吟李杜清词秀，暮诵苏辛雅韵长。
一片冰心扬国粹，领军文苑创辉煌。

七律·沙沟湖晨曲

沙沟湿地露华浓，紫燕斜飞剪碧空。
几片樱林尘世外，一湖画卷翠烟中。
悠悠笛韵缠春柳，淡淡愁思沐晓风。
满腹诗情心欲醉，低吟浅唱有谁同。

七律·晚游桃花岛

衔山夕照白云悠，携子桃花岛上游。
关庙重辉人簇簇，古槐幽暗鸟啾啾。
莽苍削壁腾迷雾，潋滟波光漾小舟。
最是长廊惊艳处，漫夸巧手再回眸。

长相思

风儿柔，柳儿柔，云缈青山翠意流，清波漾

小舟。

水悠悠，韵悠悠，逸兴归时方得休，相思诗酒酬。

浣溪沙

已是初秋暑气轻，寻幽索韵古邳行。风光无限雨初晴。

宝塔擎天迷远客，银杉蔽日隐蝉声。长廊口外乱啼莺。

青玉案

草荒又满长堤路，夕阳外、云来去。锦字三秋愁几度。不堪回首，疏帘闭户，桃面知何处。

飞花如蝶春将暮，空忆元公雁丘句。百结柔肠情几许？长亭人渺，西风吹絮，满眼相思雨。

老屋

不知矗立几多春，老柳枝枯风雨侵。
空屋门窗蛛结网，院中已是草深深。

胡奇强

笔名清渊。男，1990年生，江西抚州人，《石竹风诗刊》编辑，上书书院国学讲师，国际SOS儿童村志愿讲师。作品散见于《心灵文苑》《北方诗刊》《中国诗选刊》《燕京诗刊》《文学与艺术》微刊以及《中国散文名家》《玉融文学》《中国当下诗歌现场》等书籍刊物。

沁园春·长征

江左寰中，秋阳如血，鲲羽抟空。引赣河上下，涛涛江诸；唯余漫漫，不见洲涌。唯迂险渡，万人吾行，敢与仙神啸长空。待机时，巧智渡金沙，不怯灞下。

一朝潜渊入海，引揽江山入怀中。飞泸桥赤水，不算难阻，雪山草地，更堪径穷。勾践楚庄，尝胆掩音，只待风云入化龙。问长征，二万五千途，谁与争锋。

胡全旺

笔名思杨。汉族，男，1985年生，甘肃环县人，佛教徒。奔走于乡村和城市之间，文字在书籍报刊发表数篇。参加首届全国首先杯诗赛获优秀奖，参加其他诗歌赛事并多次获奖。编过刊，曾和其他诗友创办诗刊《飞鸟》，诗集《在城市与乡村之间》待出。

创作理念：用诗歌给生活刻影，以生活替诗歌着彩。

晨跑即兴

莲叶无穷碧，遮水不见底。
蛙声盖不住，好个春天里。
小径人影稀，但留寻者迹。
不见春归燕，遥望远千里。
梵音入山林，悠悠仙人气。
更有众鸟啼，春风正得意。

胡万喜

男，1968年出生于湖北巴东，自由职业者，中共党员。

七律·利川苏马荡赏花

雨霁山村泛翠光，熏风约绿染荷塘。
偷闲逸兴游花海，煮茗清吟润客肠。
揽景还须苏马荡，怀情最是郁金香。
沈酣未觉天将晚，举首高歌送夕阳。

踏莎行·赞友人野三关核桃园

翠谷清溪，苍山翠雾。花香鸟语桃千树。深林丛竹隐田家，仙居胜景春常驻。

勇闯三关，躬行几度。倾情筑梦长怀故。振兴西谷事桑农，功成业就康庄路。

七律·武汉抗洪救灾

无情暴雨虐南边，肆祸江城噬楚田。
房毁堤崩车淌海，桥淹隧堵陆行船。
漫洪不及军民猛，治水犹如大禹贤。
力锁蛟龙平涝患，和衷共济斗苍天。

五律·雨中荷塘

细雨弄清漪，荷珠落碧池。
掀裙同蝶舞，吐艳与君随。
隐见闲蛙语，欣逢菡萏滋。
方酣翁又别，此景最相思。

七绝·野花

偏生路侧与丛林，艳色幽芳送眼侵。
若逆忠言君盗采，堪羞愧负昧良心。

七律·端午感赋

仲夏兰芳日曜明，蒿青麦熟示农耕。
忙蒸黍粽香端午，又晒雄黄醉玉觥。
汨水萦牵求索梦，龙舟满载缅怀情。
时光远逝忠魂在，浩气驰扬万里程。

七绝·信息时代

网络高科与日增，清明盛世万重兴。
开机一扫知天下，信手摇来四海朋。

五律·登山

孟夏遍欣荣，兰芳草色清。
飞泉嬉彩蝶，翠岭听啼莺。
直入深山醉，须期险路征。
攀高凌顶唱，信手挽云行。

江城子·同学相聚故乡巴东

绮霞斜日丽长空，满江红，意相融。畅游巫峡，一览众山雄。每见故乡逾景美，挥健笔，跃诗中。

兰芳琼阁醉清风，泊征篷，聚巴东。登楼对月，把酒傲苍穹。最恨与君长送别，情未了，眼朦胧。

胡文美

男，内蒙古武川人，1956 年出生，中共党员，大专学历。内蒙古诗词学会会员，内蒙古摄影家协会会员，内蒙古作家协会会员。

七律·春分(新韵)

今年塞外又花迟，节到春分少碧枝。
失意江南烟雨盛，无情漠北冷风驰。
等长昼夜心期绿，公道人间自作诗。
忧乐存于魂魄处，何堪病树又其时。

2016 年 3 月 21 日

七律·大乳山(新韵)

一山大美俏无言，秀乳如峰立海边。
风起林岚成翠雾，云飞霞彩漾松烟。
恩传仁爱泽天下，孝播祥慈润世间。
水阔柔情神韵在，峦绵福寿画桃源。

2016 年 5 月 31 日

江城子·情思(新韵)

二胡弦断雨不停，雨淋铃，断肠声。无寄锦书，意懒盼犀灵。月下离鸿鸣北去，云也恨，月难明。

人生常恨水长东，絮无踪，奈何风。花落流红，愁怨叹飘零。携酒疏狂人不老，仍有梦，更年轻。

2016 年 8 月 3 日

江城子·立秋(新韵)

蒸腾暑气盼秋凉，沐骄阳，浴禾香，蝶恨蜂愁，青紫绿红黄。未尽三伏秋已到，秋老虎，尚疯狂。

稻禾灿灿占秋光，锦云裳，胜春光。满眼金风，玉露润芬芳。挥动银镰收厚望，将进酒，麦盈仓。

2016年8月7日

江城子·七夕(新韵)

银河清浅水潺湲,度流年,岁迁延。无数时光,寂寂看云闲。恨雨愁云风记取,思多梦,奈何天。

一年一度鹊喧喧,泪涟涟,夜无眠。短暂相逢,不敢想从前。岁岁佳期今日意,惜眼下,盼来年。

2016年8月8日

江城子·女排奥运三夺冠(词林正韵十一部)

女排里约出征程,国旗升,国歌声。朵朵金花,拼搏铸殊荣。奥运精神三夺冠,奇迹创,靠拼争。

胸怀梦想忘输赢,骨铮铮,势飞腾。血汗纷流,敢打显峥嵘。玫艳铿锵惊世界,中华魄,傲娉婷。

2016年8月22日

七律·处暑有作(新韵)

一场秋雨一场凉,处暑更添树叶黄。
酿酒玉壶新有麦,吟诗秋赋叹亡羊。
闻蛩断续思残夜,读史纷繁问兴邦。
民本随风原上草,荣枯早晚任寒霜。

2016年8月23日

鹧鸪天·同学包头相聚(新韵)

玉露金风润鹿城,青春有梦志如鸿。人生易老已花甲,学友难得重相逢。

开口笑,醉颜红,纵情高唱意融融。今朝老酒千杯少,寄语长天君我同。

胡息

男,汉族,初中,中共党员。1931年生,1949年参加革命工作,1952年调上海搞基本建设工作,1991年离休。2005年参加中华诗词学会培训班学习。中华诗词学会会员,上海诗词学会会员。

社区鸟鸣

社区绿树舞婆娑,新客怡然来做窠。
都市凭添乡野趣,世间最美是谐和。

打捞垃圾船工

——见烈日之下打捞垃圾船仍在河道作业,联想到范仲淹《江上渔者》,按其作意作法及用韵成诗一首。

沿河过往人,都赞清溪美。
一叶不疲舟,巡迴寒暑里。

寻春(大年初四公园见闻)

寻春寻到柳枝头,三两新芽吸眼球。
日暖风和人若织,童车筇椅别风流。

从昭君故里到神农架

树树树苍苍莽莽,山山山叠叠重重。
穿云破雾踏残雪,似见教耕采药翁。

读《伊索寓言》之《驮神象的驴》

误认敬神为敬已,心高气傲乐忘形。
冒功抄袭文凭假,浪得虚名留骂名。

读《伊索寓言》之《狐狸与伐木工》

骑墙遭白眼,语塞任狐讥。
人无主心骨,鸟兽也相欺。

读《伊索寓言》之《天文学家》

一心只顾望天空,却不留神坠井中。
习惯看高忘脚下,脱离大地怎成功!

浣溪沙·读《伊索寓言》之《鸟兽和蝙蝠》

鸟兽相争蝙结纠,输赢未定注难投,渔翁营利怎么收?

诡谲拆穿驱出局,日光之外隐荒丘,昼藏夜出永遗羞!

胡希旷

一脚踏三省

团山堡上一奇观，新旧界碑皆了然。
遥指巴渝千道水，横看荆楚万重山。
后跟还在本乡土，前趾已登他省园。
纵有鸿沟分地域，黎民血脉总相连。

三省穿行

湖湘山水鄂渝连，外省鸡鸣在耳边。
漫步计程三四里，几番跨界又回还。

桂塘印象

季春刚过桂塘行，景色迷人步履轻。
碑刻亭桥辉古道，田园村寨亮歌声。
团防坳上清风爽，腰带峰头瑞气萦。
故事桩桩频入梦，一山一水总牵情。

胡效祯

女，生于1976年，四川省达州市万源市石窝学校教师。诗、词、联爱好者。万源市骨干教师，并多次获“万源市优秀乡村教师”荣誉称号。

五律·金山寺初建成人观有感

山寺初行入，林幽草木深。
金晖铺重杪，悦寺荡禅音。
白絮穹庐染，青天隼鸟歆。
浑天绪阑绕，只是一幽吟。

五律·美莲

金笔轻描灿，婷红洇色研。
田田莹碧玉，脉脉志深禅。
黑暗狂流至，光明独水翩。
金辉满塘曜，万菡并先贤。

五律·举国贺女排夺冠有感

清露晨晖起，群山碧水帷。
风云来聚会，隼鸟亦回窥。
世界排行伍，玫瑰胜素蕤。
吾应赶时去，举世舍其谁？

五律·晨魇感言

鸡唱迎微曙，天青伴月明。
花开无睡意，鸟唱有深情。
何故人生怨，皆因魇起酲。
今生意如愿，往世礼佛诚。

五律·初秋

乍见金风起，尤闻玉露生。
金蝉鸣欲断，早雁唱哀情。
野薏生花苦，金针结籽盈。
秋收丰在望，暂拜睹时行。

五律·节俭颂

节俭由来重，苍天杳负人。
群山依碧水，万壑傍苍宸。
野麦消如少，家园蓄亦频。
中华如强盛，个个沐阳春。

胡永平

安徽歙县人，于供电公司退休。近年写格律体诗词已有六百首(阕)左右，除少量新体诗外，大部分为格律体诗词联。霍山县、六安市、安徽省诗词学会会员，霍山县诗词楹联学会理事。多次参加各种诗词联活动和赛事，并多次获奖。

五绝·蛙鸣

鸣唱夜低弦，惊春末已然。
才悠游赏景，良日短时翩。

七绝·桃花

幽芳河岸绿托红，粉紫相随两色蓬。
花里美人姿态展，路边痴汉目光终。

五律·退休生活

老年学校上，平仄韵诗词。
三代孙怜爱，十分力使疲。
闲暇行网络，静夜键文思。
更喜班群立，回归快乐时。

五律·咏师

天地君亲档，民心地位高。
知识传授送，品德染熏陶。
孔子开山祖，行知教育旌。
三人行必有，奉献哺英豪。

七律·开春幽芳河

云开光亮照清波，六九冰棱雪水河。
槌棒捣衣挥臂乱，筏尖粘网逮鱼多。
虹桥静跨凭身影，亭榭横依岸路坡。
已是堤边芽柳蓄，行将红放绿擒禾。

七律·徽州飞雪

粉墙黛瓦露边痕，银色莽苍似暮昏。
古道白装遮历史，新村素面耀徽魂。
缤纷天落托谁意，飘洒乡游找哪门？
虽是黄山名替代，胸中自信正乾坤。

蝶恋花·年味

临近年关缺意味。念想先前，归返家乡乐。父母无声心惦记。路途之苦何足齿。

二老长眠先后继。再去无家，从此他乡客。儿已到头升己位。当初年味安能汇。

念奴娇·同窗情

平生眷念，校园时、纯朴无暇真切。经历人生摸索道，更挂同窗情结。下放回乡，参军进厂，恢复高招悦。日新月异，青丝今已衰竭。

虽数十载分别，真情萦绕，鸿雁传书拙。我辈幸攀亲网络，昔日同学寻拽。仍处八方，却如教室，随意无休喋。断难齐聚，欢欣憾有席缺。

胡跃飞

又名胡安毅，1952年出生，湖北潜江市人。曾供职于监利县文化馆。现是中华诗词学会会员、中华辞赋社社员和中国对联文化研究会研究员，监利县离湖诗词楹联学会副会长兼编辑部执行主编。作品多次荣获一、二、三等奖，主要著作有《塞上吟草》和《拿云楼楹联集》，以及散曲、辞赋和论文多种。

水调歌头·访水乡园林潜江市(新韵)

一入潜江境，顿觉绿风馨。枝头黄鸟争啭，彩蝶绕园林。座座新村翠拥，道道干渠虹跨，车骋不扬尘。白鹭水田舞，机械正秧分。

最堪道，油布[1]广，气藏深。当年会战开采，大帜映晨昏。尽喜金娃在抱，还道铁龙[2]提速，勋业迈前人。画卷难描绘，日照锦城[3]新！

(注：① 布：分布。② 铁龙：指汉宜高速铁路，途经潜江市。③锦城：指锦绣园林，意谓"潜江"是一座花团锦簇的园林城市。)

玉楼春·纪念曹禺先生诞辰110周年(新韵)

非同世上寻常俊，名誉莎翁[1]谁比论？当年暴雨夹雷鸣，浇醒人间千载愦。

而今举国东风劲，姹紫嫣红开不尽。漫言曹老已西归，军领梨园旗正奋！

(注：①莎翁：指戏剧艺术大师曹禺，被誉为东方的莎士比亚。)

蝶恋花·记曹禺先生故乡情结(新韵)

少小离家回未可，为育芳华，几度归鞍锁。热血浇干无什么，梨园遍挂盈枝果。

老去乡情仍似火，苦学乡音，欲解乡思渴。我是潜江人①一个，魂归愿化莲千朵！

（注：①我是潜江人：曹禺先生散文名。）

临江仙·访章华台遗址公园（新韵）

百丈飞楼湖水照，楚王当日离宫。尽倾国力始营成。兴亡都不管，歌舞到天明。

辇路依稀珠翠杳，红旗已换时空。公园新辟沐东风。游人相向道：“莫再细腰兴！”

清玉案·赠潜江诗友（新韵）

花开油菜①黄如锦，自别后，情难泯。青发如今都白尽。廿年重到，路宽楼阔，南浦②还能认。

故乡子弟多才俊，宴我园林酒难禁。笔架山③高风骨峻，娘家难舍，短长亭畔，泪逐车轮滚。

（注：①花开油菜：潜江民歌《回娘家》中歌词：“油菜开花黄又黄”即是。②南浦：即南浦荷香，潜江八景之一。③笔架山：潜江诗词刊物名。）

临江仙·潜江小龙虾“楚江红”赞（新韵）

小小龙虾名不小，奇香香遍寰中。内含蛋白一何丰。女人颜可养，男子寿能增。

买醉园林多贾客，奔驰泊满车坪。就中金发酒豪倾。裙扬荷叶翠，货“抢”楚江红。

临江仙·贺潜江民歌《数哈蟆》夺得全国民歌大奖赛金奖并荣获“民歌之乡”（新韵）

金奖辉煌非浪得，《哈蟆》人道“原生”①。数来数去擅风情。不须丝竹伴，观众也心倾。

忆昔《回娘家》唱日，菜花黄遍寰瀛。而今花又趁东风。歌乡浑未负，江汉水灵灵。

（注：①原生：即原生态。）

行香子·潜江市“金奖园林青酒”饮后

梦里芳春，世上甘醇。喜今宵，倾入清樽。君知怜我，我最怜君。比桂花爽，菊花冽，杏花①亲。

蚌湖月朗，篙口桥新②。更兴隆③，南水北分。家山欲写，恨少灵根。借禺翁笔，晦翁境，轼翁神④！

［注：① 桂花、菊花、杏花：皆酒名。② 蚌湖秋月、篙口仙侨：为潜江八景之景点。③ 兴隆，即兴隆垸，两江（长江、汉江）枢纽工程在此兴建。④ 禺翁即曹禺；晦翁即朱熹号；轼翁指苏轼。神：神韵。］

胡昭泉

男，汉族，1930年生，滕州市人，退休教师，枣庄市诗词学会会员。

五绝·书房抒怀

读帖欲明真，花香正沁人。
挥毫书圣草，竹影振精神。

五绝·登洪山口感怀

翠草映花山，苍松护墓田。
抚胸怀烈士，功德万年传。

五绝·秋

风寒露结霜，树叶绿呈黄。
砌下蛩鸣月，红霞伴雁行。

七绝·夜观荆水

灯光月色两相和，河面无风水不波。
放眼纵观银似带，哪知荆水接天河。

七绝·登湖岸小楼

碧岛无风水不波，芦边水鸟戏青螺。
扁舟驶过鱼惊走，欸乃渔歌流水和。

七绝·春柳

嫩柳垂丝绿伴黄，柔枝窈窕女儿妆。
杨花孕育待春暮，飞舞冲天万里扬。

七律·清河湾

高楼万丈刺苍穹，柳绿花红映河塘。

壁绘《清明上河图》，碑镌古韵树湾旁。
蜻蜓未恋尖尖角，蝴蝶飞寻款款香。
情景怡人诗兴动，调词觅句著诗章。

七律·庆元旦

华灯竞展庆新年，鼓乐歌声冲九天。
绿竹凌寒摇瘦影，红梅怒放谱新篇。
工农喜讯时时有，科技佳音日日传。
企盼台胞同港澳，神州上下大团圆。

扈超峰

别号云中君、郸下散人。河南南乐县人，居郸。曾出版诗词集、散文小说集三部。中华诗词创新研究会副会长，中华诗词学会会员，中华辞赋学会会员。诗遵平水，词依正韵。多次参加国家级诗词大赛，屡获殊荣。

七绝·思祖母

乡愁一缕醉诗魂，丝雨潇潇洒旧门。
祖母音容犹在昨，枕旁几湿梦中人。

七绝·闻天宇惊雷有感

惊雷阵阵响天庭，疑向人间诉不平。
但使公心均似水，清风好雨月长明。

五律·南乐文庙

莫为儒冠误，巍峨耸此楼。
高风昭百代，大道惠千秋。
半部可安国，一言足醒眸。
伤麟朝至圣，故里有同俦。

七律·有感于河北邢台洪灾事故

不禁哀恸咒皇天，但为苍生哭逝川。
官虎吏蝇皆有道，风窗雨屋总无眠。
国殇忍祭心头恶，宦海不堪黎庶怜。
舟覆滔声犹在耳，华清水咽断歌弦。

七律·纪念红军长征胜利80周年次韵毛主席《长征》

越岭翻山何谓难？铁流入梦付悠闲。
风舒剑影翩龙虎，雨润山河舞弹丸。
万里长驱神鬼怒，三更夜伴笔笺寒。
青云唤宇来京阙，放眼神州带笑颜。

浣溪沙·雨后有作

雨后迎来万物新，枝头花瓣也怡人。古城如洗顾频频。

凉意天成消酷暑，烟波目送辨迷津。拿云快语与谁陈？

减兰·家乡诸诗友倡议建诗群，赋此以答

神游马颊，浪里风烟存旧箧。蹀躞经年，荣辱浮云索纸鸢。

三台唱赋，忍对荼蘼残几度。半世何求？一曲高山入耳流。

（注：故里有马颊河，郸下有三台。）

减兰·乙未秋月下

潇湘梦里，弹指而今情未已。漠北归来，雁影凄凄惊客怀。

诗心墨韵，涵月依然风雨润。沽酒当垆，弹剑何妨对一壶？

蝶恋花·清明归故里

马颊新枝惊缕缕。草长莺飞，忍听乡关语。废院蓬蒿深几许？伤心却在东风路。

泪眼朦胧飘断絮。游子无端，寂寞灵台雨。写就云笺何所寄，此情辗转魂归处。

（注：故乡有马颊河，儿时幽梦之所寄也。）

荒原啸鹿

草原行

——记老知青不解的草原情结

绝尘荒漠北，云卷塞空清。
岳色鞭头远，斗杓天际明。
酒何浇垒块，歌总入欢情。
又化辽城鹤，归蹄的的声。

山西壶关太行大峡谷

太行多奇谷，峻秀醉潇湘。
拔地陡崖翠，咽泉湍碚凉。
千寻凌绝顶，两步即天堂。
清净道家界，谁还思蜀乡。

壶口瀑布

尘埃鞭陇上，放骛咽川隈。
晓月滩声壮，巍崖雪浪回。
悬天一壶水，贯地万钧雷。
滚滚奔东海，坚磐朽木摧。

（二）

依别家园数十秋，《羁台吟草》世间留。
迎来岁月乐天趣，老去时光忆旧俦。
涉足骚坛开眼界，留心艺苑觅芳洲。
年逾杖国雄风展，志在昆仑顶上头。

（三）

诗词骚雅历千秋，世相缤纷格律留。
人以名茶酬贵客，我凭俚句慰良俦。
花香玉宇飘三界，韵播蓬瀛传五洲。
自愧才疏能事少，与君切磋喜从头。

七律·笔颂

奋扫愚蒙斫地歌，闲持拙笔漫吟哦。
风花雪月融新句，山水园林荡墨波。
屡羡他人闻见广，每随世事感兴多。
痴情一片苦寻觅，欲使生花须练磨。

黄长江

字汇东，号滕阳居士。男，汉族，1949年生，滕州市人，已退休。中华诗词学会会员，曾任滕州市诗词学会副会长、《滕州诗词》副主编，作品曾入选《华夏吟友》《诗词大典》等报刊，有诗集《汇东诗草》问世。

七律·滕王阁与滕州城

滕王高阁势峥嵘，一赋长天万里情。
王勃恃才终遂意，元婴封爵只存名。
斯楼辉映南昌府，幻景空浮善国城。
重建若能成并列，奈何史册唤谁更。

七律·步原韵赠答彭传经先生叠律三章

（一）

瑶笺辗转正新秋，递落蓬门作璧留。
隔海传书劳驿使，忘年交谊结吟俦。
滕阳笃意思游子，台岛纯情恋故洲。
一脉炎黄桑梓爱，常将冷暖系心头。

黄敏

字碧瑶墨语，号碧瑶阁主。常用笔名碧瑶。自幼喜读书、作画，对中国传统文化尤其痴迷。大学攻读艺术系，目前从事记者、导演等工作。有微电影作品《追梦》《国门卫士》《平凡的英雄》等。

忆秦娥·七夕错

七夕错，初入凉秋玉纤弱。玉纤弱，独闯北国，屹立成说。

九年同室京华落，霓裳闲舞月中歌。月中歌，花娇缘薄，几回圆缺？

2016年8月9日七夕

阮郎归·断青丝听雨

斜倚晓窗听雨聊，声声逗芭蕉。燕雀啾啾浅浅笑，绿荷掩面娇。

帘半卷，映柳绦。青丝唇边绕。柔风一缕轻愁飘，潋滟晴方好。

2016年8月7日

七绝·归·行

芳草披金娇若羞，暮烟垂柳掩朱楼。红鼓西挂云山后，未雨绸缪系晚舟。

2016年7月27日18:30

小桃红·待卿来

——写给谢胖胖静吧的原创小曲

君颜贵茂濯清涟，且入风雅苑，静听闲花落古坛。享逸闲，花笼微月竹笼烟。漾舟晴川，年年来见，华轩歌潺潺。

2016年6月22日

折桂令·平凡之美

錾锤绳墨丝如绣。刻缯纹皱，人竞上游。生逢盛世，孟绎春秋。剑舞云楼，锋棱磨尽纤似柳，美缎方绸粼水游。在昔汉唐，平生志节，凡亦风流。

（注：PS：这是一首专门为吾好友——中国国礼錾刻大师孟剑锋——所填的曲子，惊叹于他的淳朴和对人生平凡之路的态度，故由此作。）

2016年4月13日

黄培勋

中华诗词学会会员，四川省作家协会会员，宜宾市南溪区作家协会主席。1988年被评为中学高级教师，1993年被评为全国优秀语文教师。诗词发表于《中华诗词》等报刊，出版诗词选集《烛影集》《黄培勋诗词选》等。曾获吉林春风文学奖、天津文学奖、阳翰笙文艺奖等。

鹧鸪天·步行南溪古街

细雨轻风天气凉，街边绿叶意悠扬。而今花蕊香天地，不与春风弄艳妆。

花惬意，雨馨香，桂溪桂子占秋光。天香应逐江波去，不作庭园自赏芳。

鹧鸪天·谷雨

细雨潇潇曲径香，海棠无意占春光。桃花著雨纷纷落，浅草临风渐渐强。

思沥沥，雨茫茫，梦魂飘荡在他乡。飞红捎带春寒意，碧树莺啼柳线长。

临江仙·过杜甫草堂

异代秋风千载，篱落竹径萧然。白头驻足草堂前。茅屋呼广厦，忧世泪潸潸。

天府难留诗圣，何堪秋雨凄寒？同怀饥溺悯黎元。而今居闹市，寒士岂心安？

浪淘沙·万里长江第一滩

汽笛送清秋，岁岁江流。芦花飞白到沙洲。近水渔家秋正好，乐在船头。

芦苇伴江讴，尽显清遒。情牵雁阵总相留。孤鹜落霞终远去，绿水相酬。

临江仙·泪

当初一点寻常泪，谁知流到今天？笔端点染柳含烟。题诗无限意，漫浸入心间。

只说离别情凄切，哪知偷泪缠绵？水流云散见苍颜。眼枯花是泪，哽咽话从前。

七律·果园采风

阳春三月锦橙园，蝶舞花飞翠鸟欢。
人在枇杷林下坐，歌从溪涧水中传。
藤缠古树真情意，鸡睡竹丛假醉眠。
昨日进城多少事，小姑逗笑在门前。

七律·过乐山大佛寺

佛祖凌云坐水边，慈航普度众生安。
心浇叶露催花雨，月送渔舟唱乐山。
石卧山前传法旨，鸟鸣树上伴秋蝉。
山河涤荡尘埃净，境界高低别有天。

七律·读《胡笳十八拍》

胡笳句句泣苍天，不忍摧心亦泫然。

壮士疆场征战久，斯文遭遇望乡难。
生离稚子心啼血，路断音尘泪涌泉。
我诵我呼声哽咽，胡笳哭我雁声寒。

黄宝安

1948年6月出生于广东省广州市。现是广东省老年文化协会、老顽童笔会副会长。由于热爱文学，闲时喜欢赋诗填词，特别是古韵律诗。作品散见于《广州文摘》《老人报》等杂志报纸，并多次在诗词比赛中获一等奖。

七律·母亲节感怀

寸草春晖思母亲，萱花垂泪念先人。
良操美德千秋在，惠耳忠言万古音。
未报慈颜堪有愧，每翻遗物倍伤心。
夜时寻梦常悲切，永世难忘养育恩。

2016年5月7日

七律·佛山梁园游

梁园久盛显悠长，刺史家兴耀祖光。
深院丹青凝翰墨，华居焕彩铸辉煌。
荷莲水榭吟诗乐，花木草堂沁雅香。
族长施恩寻故地，宗亲举善永流芳。

2016年5月18日

七律·悼念屈原

五月端阳咏九歌，龙舟竞渡满江河。
忠贤却遇楚王忌，圣哲招来奸党锄。
撰写离骚鞭罪恶，著编天问惹坎坷。
丹心永铸遗风颂，汨水冤投咒阎罗。

2016年6月9日

七律·父亲节怀念父亲

鹤颜携杖貌颐容，白发披襟矍铄翁。
满架藏书惠子裔，一生立德振家风。
遗言谨记天伦乐，教导重亲血脉浓。
父爱如山昭日月，深恩似海铭心中。

2016年6月19日

七律·抗战胜利70周年纪念

神州盛世国铿锵，华夏复兴气宇昂。
小小倭夷成鬼魅，泱泱大族灭豺狼。
民穷志短被欺侮，国振家兴当自强。
胜利荣光添锦绣，中华崛起铸辉煌。

2015年8月23日

七律·重阳登高

重阳览胜南昆山，转运登高不畏难。
柏绿松青溪水美，坡斜石滑路维艰。
清新空气尤益肺，淡雅农庄好就餐。
踏上山峰寒意袭，目舒天际夕阳残。

2015年10月19日

七律·恩师墨宝赞

师尊书法字中刚，功力精华内里藏。
篆隶楷行抒壮志，颜钩柳体谱新章。
挥毫展卷千秋韵，泼墨融开万古祥。
碑帖勤临成大器，丹青焕彩更馨香。

2016年1月16日

七律·清明祭祖

清明扫墓俗风新，秀野踏青奠故人。
美酒鲜花遥寄托，秀茶茗点祭亡魂。
训言在耳常留梦，睹物思人铭记心。
未报劬劳深感愧，含悲垂泪倍念亲。

2016年4月5日

黄大知

1950年生于广西永福县三皇乡，中等师范毕业，小学高级教师，1969年3月参加工作，曾任三皇初中教师。平生酷爱诗词、楹联、书法。永福县诗词楹联学会理事。

苏杭纪游

菊花将谢晚秋天，夜泛京杭河上船。
西子湖中留迹影，岳王庙里辩忠奸。

吟诗探访寒山寺，问道寻游拙政园。
深厚人文瞻不够，重游胜地待来年。

读史有感

读史吟章我自羞，抚今追昔绪难收。
屈原流放《离骚》赋，司马宫刑《史记》修。
离乱杜君三“别吏”，困贫曹氏一“红楼”。
生平历难偏磨志，自古雄才出患忧！

无题

攘往熙来似穿梭，脑汁绞尽苦张罗。
世间名利人无数，几个识吟《好了歌》？

父逝周年祭

冷落椿庭已一年，悠思郁郁恨绵绵。
晨昏未见慈祥面，出入常思哲理言。
子女幽怀无处诉，孙曾娇态有谁怜？
节时徒把三牲祭，半点何曾到九泉？

咏百寿

碧水东门昼夜流，重阳古树翠千秋。
关刀昂首观名镇，烈士忠魂卫古州。
宋代寿图标史册，明朝城廓踞山岖。
迴龙麓畔书声朗，龙象腾飞景更优。

同学聚会赠同窗

光阴荏苒日如梭，三十余年感慨多。
喜幸同窗相抵砺，有缘共砚互磋磨。
晨昏求学人同室，朝暮饥寒饭共锅。
回味当年甘苦事，沧桑岁月似支歌。

游青狮潭水库有感

东风何故弄新姿，如画平湖惹我迷。
道是桂林游旅地，分明天境坠瑶池。
千丛倩影潭中晃，万顷轻霞镜面披。
无限风光难尽览，繁星璀灿照归迟。

登叠彩山观榕城新貌

登峰及顶半空临，锦绣榕城眼底分。
两水清流飘彩带，四湖柔浪荡罗裙。
琼楼玉宇呈新貌，靓廓民居掩旧痕。
金桂垂杨随处拥，丹青流彩更迷人。

深弄牧羊人

弄深亦有夜归人，不与交谈不识君。
春夏秋冬随序转，风霜雪雨等闲论。
清晨曲脆融朝露，傍晚鞭欢卷暮云。
休问辛劳知几许，指看圈里尽堆金。

夏夜聚会

有幸蜗庐聚大家，舒情畅意话桑麻。
村溪不禁涛声醉，岸柳难停莺语哗。
明烛生欢窗内涌，熏风送爽月西斜。
天公何恼月光夜，未尽宵云催早霞。

自律

无所作为学写诗，搜肠刮肚自无题。
腹腔荡荡情偏厚，脑海茫茫意恨迟。
不效滥竽充假数，章成俚句逞离奇。
生来本是林间草，怎较名山伟岸枝。

黄道月

生于1952年11月，广西永福县永安乡人，初中文化，一生务农。1984年9月起历任村委副主任、主任、党支部书记至今。一生酷爱诗词楹联，常有诗作发表。永福县诗词楹联学会会员。

黄东生

网名东冬。男，1955年8月生，退休工人。祖籍广东云浮，现居珠海市斗门区。业余嗜集邮、写作。2005年加入珠海市诗词楹联学会。有诗作发表于《当代诗词》《恩平诗声》《珠海文艺界》《斗门乡音》《长坂坡集邮》等刊物。

七绝·无题

阴晴七月雨离迷，却道台风刮粤西。
好挟清凉驱暑气，莫教洪涌破江堤。

七绝·参观澳门林则除博物馆（用词韵）

濠江初谒林公馆，寂寂莲峰庙树青。
珠水波涛流百载，于今犹发禁烟声！

七律·黄杨河口感怀

半纪悠悠居水畔，暮春来看母亲河。
浮莲野泽依天碧，浅渚微澜接海波？
东岸蔗甜俱往事，尖峰浪急化平沱。
连桥远望楼高处，记得支农夏刈禾。

七律·送诸邮友欢聚鲲城

岭南留憾失逢缘，遥冀风帆路不颠。
十里金秋棒棰岛，数行鸿雁碧云天。
开怀尽享游邮乐，陶醉无忘寄友笺。
我幸刷屏知远讯，如临盛境共翩翩。

七律·游苏州天平山

恨少余闲上秀峰，天平山脚赏红枫。
彤云浩浩迎朝日，黄叶飞飞舞冷风。
初谒范坟谙故史，重吟忧乐仰高忠。
俄而又与姑苏别，怅剪秋光返粤中。

（注：天平山葬有宋代名臣范仲庵祖坟。）

黄桂琼

笔名笨姐。女，1974年生于广东和平，祖籍广东梅州丰顺，现居珠海。曾在《人民文学》《珠海特区报》《诗潮》《金立》《江门文艺》等报纸杂志发表作品，有作品入选2009年《新世纪精美散文随笔选》和《1980－2010珠海经济特区三十年文学作品选》等各重要文学作品选本。

蝶恋花·幽思

寂寂风轻虫语乱，数尽长宵，难却青丝绾。夜雨敲窗灯作伴，萦怀只恨多离散。

百念熬煎增慨叹，捻碎流光，孤影徒痴盼。岁酒新持斜倚幔，何堪春暖欢情幻。

如梦令

春夜听风帘动，百念尘心如梦。对月倚幽窗，一阙新词吟诵。弛纵。弛纵。休管流年嘲弄。

点绛唇·自遣

夏夜庭台，枯花一瞥撩心绪。时来零雨，点染身无助。

放目清霄，前事深思虑。凭谁诉，低回自叙，善感藏词句。

黄家君

男，1950年生，枣庄市山亭区人。曾任滕州市宣传部副部长。中华诗词学会会员，滕州市诗词学会顾问。

五绝·邓尉观梅

千山香雪飘，万树挂鹅毛。
着意观梅后，芳菲沾满袍。

五律·咏珠穆朗玛峰

耸立向天空，昂然势伟雄。
身披千载雪，风舞万条龙。
伸手摘星斗，孤高倚苍穹。
时而卷风暴，瞬时隐真容。

七绝·蝉

夏日漫长到世间，美味尝做盘中餐。
追逐自由扬声远，呐喊高歌不等闲。

黄建新

笔名汗竹楼主。1949年生，江西武宁人，农民。中华诗词学会、江西诗词学会、九江市诗词学会、武宁县诗词联学会会员。

月下扁舟（上平一东韵，仄起平收式）

秋月皎融融，扁舟趁晚风。
人儿三二对，醉入恋情中。

西海侃月（上平一东韵，仄起仄收式）

西海吞秋月，冰魂锁水宫。
邀来猴一串，欲捞欠神通。

2016年9月5日21:38

咏菊

香茶一盏菊堪怜，凤尾龙须竞展妍。
陶令东篱先着意，骚人韵事总相延。

2016年10月3日

七律·无题

举步沉沉透骨寒，残阳带血染天安。
心胸如压千钧石，意气微存一寸丹。
弱冠豪情担道义，狂飙暴力裂忠肝。
泱泱大国悠悠史，总把秦皇作极端。

2001年9月

和石狮施性山会长

国宝蒙尘幸未凋，唐风尚盛任它嘈。
奇葩竞秀开千朵，大圣欣然拔一毛①。
海外文章联赤子，神州伟业振诗豪。
骚坛喜庆铺新路，且看春回涌巨涛。

（注：①华侨捐款兴诗会。）

2000年8月

梦里哭诗魂

平平仄仄仄平平，应是亲娘教我吟。
娘曰“金风吹沃野”，子云“碧水绕华城”。
灯前论韵填佳句，月下操琴解妙音。
梦里难酬慈妣爱，清晖满榻哭诗魂。

1996年7月

和邳州葛兰主编《咏菊》

笑绽秋篱莫说迟，金花绿萼展芳姿。
熬霜披雨情弥挚，饮露餐风志益痴。
耿耿柔怀偏惹妒，铮铮铁骨反遭嗤。
时人不识茶中味，我信天涯有故知。

1998年6月

咏梅

疏疏几点也风华，竹节松坚自一家。
不学妖娆生软骨，甘为壮烈绽奇葩。
凌寒悟得清香苦，斗雪方知丽质佳。
玉立婷婷神韵俏，红妆素裹泛烟霞。

1998年12月

六十初度，死边囬有感

一甲荒烟日剧斜，秋霜着意偃黄花。
多情每欠无情帐，有米常怀有米嗟。
半亩薄田耕活水，一壶春梦落红霞。
儿孙不解书中苦，我恨竹楼稿未赊。

2016年6月

梦梅

瘦骨嶙嶙迥不同，红苞玉蕊小桥东。
霜欺雪压花犹俏，地冻天寒气正雄。
玉洁冰清心更静，情柔性烈意何浓。
千葩阅尽唯谁比，独尔香风入梦中。

2014年11月

看戏

一台粉墨五千年，楚地搬来作汉天。
生旦心肝循古法，帝王谋略换宏篇。
晴时明月阴时有，盛势才情弱势添。
看尽万般花架子，锣声响处又新鲜。

2016年5月

诗痴

人亦聪明我亦痴，纷华涤尽只余诗。
朝来春鸟分闲韵，晚曳秋萤叠妙词。
半榻古贤清瘦骨，一壶淡菊洗穷脾。
菜根煮水林泉味，啸月吟风不觉饥。

2015年5月

咏闲

闲来没事兴悠悠，风谷传声耳不留。
为避疯车勤让路，因逢知己瞎吹牛。
一支秃笔书陈事，两个空拳插扁莞。
秋色连绵观不厌，胸无荣辱傲公侯。

2016年5月

步家汉江先生原玉贺上海格律诗词社成立

诗圃苗新芽，词林壮古桠。
歌风梳沪柳，赋韵荡云霞。

2016年4月13日

草根老朽恭和家汉江兄台

依韵和汉江兄台

浦花展艳潮，江水润新苗。
诗社千帆顺，词人韵海遨。

再咏九龙沟

一入灵沟恍若仙，九龙衔翠净无边。
天风浩荡消尘俗，更有飞流涤浊泉。

黄开基

咏梅

疏影横斜水浅清，暗香浮动月空昏。
冰肌玉骨寒中立，傲雪欺霜胜百英。

风人松·里耶行

金秋九月去秦城，小巷古街呈。琼楼玉宇岩板路，玉栏雕、翘角绮新。

碧绿河堤傍水，酉河遥渡舟行。千年秦简世人惊，墙简记文明。

赞水沙坪

诗情画意水沙坪，千岔万沟迷客人。
欣看流泉归大海，喜观荒野变金盆。
山环水艳粮川地，柳暗花明锦绣村。
人杰地灵春色美，民安物阜小康奔。

清明追忆三伟人

浩渺悲风遍野生，彗星坠地日悲昏。
伟人有约归仙去，举国无人不泪横。
烽火硝烟匡社稷，金戈铁马救黎民。
继承遗志新贤启，圆梦今朝国复兴。

（注：三伟人指毛泽东、朱德、周恩来。）

忆抗日战争

魔鬼疯狂边境侵，昏天暗日不安宁。
金猴奋起千钧棒，草木求生万众兵。
万马千军降敌寇，雄文数卷照征程。
杜鹃血泣神州地，一统江山日月新。

赞湘鄂大桥

虹桥飞架镇狂涛，酉水辰山一担挑。
湘鄂先行区划定，凤龙联谊域妖娆。
迢迢绿树蓝天晓，霭霭红霞逐日高。
如画山城盈雅韵，空前盛景世新骄。

黄莽

别称诗道、清风居士，号山水悟道，曾用笔名龙儿，尊尚“佛心道为”。出生于1980年，祖籍安徽，旅居北京。其人与作品多次在各大刊物、网站、报纸、电视台等媒体报道，2015年应邀参加央视春晚“福送万家”系列节目，曾被授予“中华诗词文化传承人”、诗词中国“最具网络影响力诗人”等奖项和荣誉。迄今主编策划了三百多种图书，出版有诗词集《梅花吟》《山水悟道诗词选集》《诗韵乾坤》《黄莽诗词》等。曾任解放军总政宣传部艺术局"全军书法骨干诗词创作班"老师、国家体育总局文艺汇演指导等。现任中国诗词协会会长、山水悟道文化传媒总裁、中华诗词网/论坛特聘高级顾问等。

海南行

早慕岭南去，今朝有幸逢。
谒师寻大道，访友问仙踪。
潮起天边月，云随海底龙。
琼山瑶水路，足下意生风。

灵山

云山接海隅，石栈通星月。
涧濑诉千秋，松涛歌万阙。
佛心需道为，龙脊堪凌越。
长住亦成仙，何人来访谒？

游戒台寺

古刹禅音远，今来楚国人。
林中寒露重，径上冷风频。
卧野连山色，斜阳照佛身。
凡间藏圣境，窥得几回真。

道

五千言宇宙，一字著乾坤。
常诵万经首，方知众妙门。

与庄子对话

（一）

孤灯怜瘦影，无酒画琼杯。
夜半寻鱼饵，雪花飞进来。

（二）

高歌君作陪，舞剑响春雷。
谁惹北风急，疑为小倩来。

忆

夜夜沐春风，醒来爱意中。
而今人在哪？望向广寒宫。

金刚台

金刚台上白云悠，撒豆成兵却落囚。
是否秦王鞭下赶，又疑大禹肋中留。
东西望断一条路，南北连绵百座丘。
风去龙腾千壑响，银河抖带汇淮流。

敬和汪俊辉老师《海上五日》

仗剑诗心访海天，宝船迎浪惧何颠。
欣看红日霞光怒，兴抚瑶琴碧水穿。
夏夜长风寻旧迹，京都微信寄新躔。
此身陆地知无有？万古闲愁散作烟。

长城怀古

始皇功德应称道，万古长城叹作奇。
劲草悬崖秋色染，疾风穿雾雁来迟。
哪堪战火山河破，谁惹红颜日月悲。
多少栋梁魂在野，双眸望向帝王师。

丙申年寄同仁

漂在京城年复年，为诗无悔自扬鞭。
惯看政客风云舞，莫论佳人昼夜颠。
闹市行吟花佐酒，玉盘烹饪海生烟。
闲来悟道参禅久，常向蓬莱会八仙。

黄佳琪

柳坪风光美如画

柳坪美景本天然，水色山光到处妍。
优质桔柑销海外，满园瓜菜尽时鲜。
村前堤柳迎风摆，屋后青山展翠颜。
遥忆当年城市转，悔之晚矣梦难圆。

年逢八十自勉诗

弹指韶光八十年，回眸往事苦酸甜。
呕心沥血勤为本，劳苦奔波意更坚。
家道贫寒犹勉力，青丝斑白未偷闲。
何须耄耋黄昏叹，书画诗词奋着鞭。

黄培锦

四川宜宾人。中华诗词学会和四川作协会员。大学文化，副高职称。历任宜宾市文联《宜宾文艺》编委、宜宾市诗词楹联学会副会长和副主编。作品多次在《诗刊》增刊、《中华诗词》发表。著有《亲风雅集》《实用诗话新篇》《诗词创作一本通》等。另已出版小说、散文集5种。

七绝·早春(新声韵)

烟雨疏枝吐米芽，黄牛叫处有农家。
斗寒风口清明草，怯冷温棚富贵花。
(注：清明草：家乡的一种叶肥簇生可食用的抗寒春草。)

七绝·夜思

月圆之夜更思家，暗饮孤愁闪泪花。
电话忽传关切语，佯装快乐笑回答。

七律·桢楠树

出生卑远成材苦，可恨无人辨异珍。
木秀林冠风毁损，行高岚气日催新。
敢将枝干撑华厦，不向荆藤欠伟身。
若是潜能皆尽用，粉身碎骨也甘心。

七律·大江过三峡

挽来众水夔门闯，激荡雷霆岭外鸣。
绝壁深峡江映照，昼光一线雪流生。
巫山云雨天昏暗，航道标灯火灿明。
过了西陵豁开朗，百折不悔奔东溟。

七律·悼母亲

急电忽传慈母逝，乘车飞赴卧牛村。
刨开新土悲流泪，瞻仰遗容痛裂心。
人品朝阳光姓氏，贤能皓月照儿孙。
山风不止萧萧泣，春雨绵绵泪树林。

定风波·碧江放筏

船货同身重若轻，木筏离岸险滩迎。狂浪袭来如野马，谁怕？似钉钉木任风生。

篙舵不施声不响，真爽，映霞江上水波平。人笑青山朝后退，山对：并非人进是筏行。

水调歌头·又见忠山

挥手从医去，今又见忠山。卅年莫道悲短、泪眼胜千言。难忘同窗数载，锁定情缘一世，海角也心连。仰望长青树，浇灌始参天。

转幽径，寻旧梦，忆华年。砺志松间皓月，苦练雪梅边。独远污泥浊水，更近清冰洁玉，何似在凡间？留住真情在，春驻到天年。

鹊桥仙·江上渔女

身披霞彩，机声泵泵，勾画渔舟水路。银鳞翻闪网波中，胜岸上、丰收稻黍。

离人晓否，归期似梦，扳指算来到数。欲言羞恐被鱼知，都化作、江流汩汩。

黄启忠

壮族，1929年生于广西永福县三皇乡人，小学文化。1949年12月参加工作，历任区政府干事、副区长、县检察院书记、乡人大主席，退休后曾任县政协第一、三、四、五届委员，曾在国内30多家报刊发表作品。曾任县诗词楹联学会理事。

田园小景

(一) 犁田

不用牵牛不用鞭，油门启动冒青烟。
今朝开进田畴里，飞舞泥花绽笑颜。

（二）抛秧

种田科技上新尖，不用弯腰拱背艰。
随手拈秧空摆舞，绿云一片落均田。

（三）沼气池

沼气一池建屋旁，银灯盏盏亮华堂。
农村不见炊烟起，却是家家饭菜香。

（四）采桑女

葱翠桑田映曙光，披霞踏露采桑忙。
歌声嫩叶装盈篓，犹有余音绕上岗。

耆年感怀

光荫荏苒逝茫茫，莫计人生短与长。
蝶少只缘花已谢，白头切忌老悲伤。
早观三径红花秀，晚恋一庭兰桂香。
无税砚田宜广种，修身存善寿年长。

黄瑞缨

男，现年64岁，中共党员，小学高级教师，已退休。中华诗词学会会员。有作品在相关刊物发表并获奖。

七律·喜知青返村探访盼望常回家看看

千里心牵返故乡，终圆好梦到村庄。
众人忽见难相识，卅载未逢已换装。
曾记当年同苦乐，留存风范永传扬。
农时虽短真情结，上海知青友谊长。

诉衷情·上海知青情深意长

知青探访返村庄，情意不寻常。心牵故土倾力，多奉献、赞声扬。

欣见面，话沧桑，梦同香。祝君来日，惟保安康，万事呈祥。

七律·旅游请到靖安来

后花园里迷人景，打造江西北戴河。
林海苍茫多物产，白云飘渺秀山坡。
东周墓葬稀奇现，马祖钟声福韵和。
明代清宫风范展，洪屏电站九州歌。

黄山成

桂塘采风

漫道雄关春雨迟，古枫新笋惹人痴。
桂塘歌舞升平日，步到明溪自有诗。

道坑村古树

石径无车林更幽，道坑古树志春秋。
天枞相伴猴欢喜，不改痴心护水流。

黄圣华

网名夜空候守。男，黎族人，1968年生，农民。喜欢诗歌，热爱文学。

七绝·昨夜风临

昨夜风临寒山寺，敲窗问我为谁思。
山亭晚月衔香醉，兰苑红梅伴雪痴。

2016年11月16日作于海南万宁。

海南第一山东山岭之游吟诗六首

（一）

久负盛名唐古迹，崖州独奇山第一。
八景峰峦奇观显，仙山佛国刻崖石。

（二）

东山溪泉碧云天，汩汩曲流澄空鲜。
游此寺院还香客，庙灵无处绕轻烟。

（三）

东灵寺庙烛光明，游人香客步未停。
山穷水秀碧空尽，翠云环石入九天。

（四）

碧水环龙物苍穹，七峡巢云耸峰巅。
仙舟澧渡众游客，正笏凌霄入眼神。

（五）

蓬莱香窟潮音寺，飞来峡谷怪仙石。
瑶台望海远千里，海眼流丹显古奇。

（六）

冠盖飞霞东灵寺，真武殿堂绕烛烟。
佛钟敲打声鼓迎，阙惊天擂巅峰弦。

2016年双十一游作于海南万宁

黄文龙

笔名龙天吟。职员。

自嘲：不是诗人，却是喜欢文字游戏的无名之人。

无题

幽来致远雅诗填，宁静寒身坐陌天。
忆夜文林痴袖舞，骚魂字径晓香禅。
一方墨色清芳系，在水音声绝影弦。
逸梦拈灵风骨啸，冰心去约塞云烟。

国香·忆记仁贤

纪念周总理逝世40周年

赤子征寒。矢志为民使，西北蹒跚。清霜鬓云翔宇，沥尽心田。复雨山河兴始，大江歌、飒爽盘山。愁川断肠岸，马骋西坡，爱奔南湾。

忍公垂老别，子孙千咏颂，忆记仁贤。逝哀民思，念泪躬瘁眠安。肯信清风两袖，尚胸如、空谷幽兰。丰碑比五岳，血注中流，影笑华天。

满庭芳·春画

雪化冬寒，水融春暖，橹摇一缕东风。柳湖招手，苏木秀川峰。延腕柔光染袖，旷野绿禾草明栊。笛歌棹，眉开唇润，抚韵袅长空。

錾澜潮水涌，幽兰逸岸，梅影藏踪。燕来越，星霞洒向欢童。勾勒漫跹客笑，足音踏峭壁凌松。人间味，百花饱眼，老少亮秋瞳。

白雪·大雪遐思

银蛇舞动，清洌野、原驰蜡象轻寒。溪袅羽娥，峰飞素女，江河一缕幽涓。洒冰蝉。雪脂洁，蕴孕斑斓。凝眸出，淡潇疆蕊，万树色清颜。

冬的发髻锦披，千尘不染，玉清旃。寂寞几多鳞白，情醉远冰仙。怀素墨、塞烟风捻，恁写递章妍。惜花三弄，遐思冷艳无端。

透碧霄·幽花倚处，凉透楚娉婷

绽放曲倾听。正月华、蛩院和声。露点蕉桐，泪滴秃笔，心空澄杯明。偎楼不慕弹棋扫，意淡目笺凝。且消时、潇婉兰盟。早觑破、俗尘梅影，一帘红袖等添情。

梦魂牵、轻舟溪中，烟水渡晚思棹乘。冷了携个，暖闺多些，此景谁清？东坡伴老，西楼著嫩，斟仄调平。暗香惹、夜沁蟾灯。更雁逸丛芦，幽花倚处，凉透楚娉婷。

七律·一缕相思不尽流（轱辘体）

（一）

一缕相思不尽流，暗香又觅去寻幽。
阳生寂寞品清味，阴动尘空爽气秋。
岁月无声斟梦酒，文章有诉醉兰楼。
鸿征万里苍烟里，棹渡红河过岸舟。

（二）

浮生雁唳过春楼，一缕相思不尽流。
碧影有情行夏梦，青衫无恨坐莲舟。
荷笺记下红尘事，花韵书中绿色柔。
仰首天涯多少日，繁华海角去牵牛。

(三)

多少清嘉绿水洲，东风不断碧纱浮。
七情爱欲今生梦，一缕相思不尽流。
天道蝉鸣颜渐老，地言蝶韵染枯秋。
此生无恨辛酸有，沧海隐身烟竹楼。

(四)

情生韵起倚梅楼，雪里风光岁不留。
有爱今天花鬓瘦，无情昨日月容愁。
三冬未尽何穷望，一缕相思不尽流。
举盏迎欢斟一醉，眸穿远雁喜归舟。

(五)

牵月良宵劳马休，融融世界度年囚。
都明在外异乡冷，知晓温庭暖爱柔。
故旧情欢亲挚友，迎新别梦远行舟。
风花雪月幽帘沁，一缕相思不尽流。

七绝·(卷帘体)

以梦竹七绝引体：

春光照我小楼笻，暖翠生香柳絮浓。
抱绮吟哦青玉案，更于书院觅诗踪。

(一)

春光照我小楼笻，绿翠东轮透牖浓。
掬墨捻笺清抒意，琼瑶一梦竹诗踪。

(二)

暖翠生香柳絮浓，梅风不远隐春茏。
盈帘砚上灵山煮，绕袖东君日照容。

(三)

抱绮吟哦青玉案，清诗我赋唱千钟。
瘦肩傲骨冰心向，青袂登阑抚韵溶。

(四)

更于书院觅诗踪，春月心情墨里纵。
梦泊兰亭吹锦瑟，冰弦雅韵雁声重。

七律·落梅

流光几度瘦寒暾，绝影凌芳月冷存。
抚爱明君滋露萼，招欢骚客韵清魂。
春觞往苑怜香落，夜雨来淋惜玉痕。
鸥鹭逢盟歌一阕，墨拈檐笔滴梅门。

七律·卷帘格

但赏余霞落瘦门，已愁晚景萼消痕，
清风香沫飘泉路，仙骨春溪逸玉魂。
烟雨望期寻蝶梦，丛林探约找盟存。
傍矶坐钓虬枝在，倚杖孤山觅影暾。

七律·竹林沐风

烟霞透竹碧幽临，水澈鸣泉瀑抱琴。
鸢唳野丛惊兔逸，雀喧松峭晓人吟。
迁身健体凝娴气，爽意谐风沐静岑。
穿翠行途清滴露，鲜莼醉息畅胸心。

回文：

心胸畅息醉莼鲜，露滴清途行翠穿。
岑静沐风谐意爽，气娴凝体健身迁。
吟人晓峭松喧雀，逸兔惊丛野唳鸢。
琴抱瀑泉鸣澈水，临幽碧竹透霞烟。

黄希庆

笔名黄河，号中都逸人。山东汶上人，草根诗人。大学文化，公务员，喜文学、历史、哲学。语言功底好，文化底蕴深厚，擅长诗词写作。著有《黄河古诗集》《生命的颤音》。中华诗词学会会员，中华诗歌学会会员，中华当代文学学会会员，中国楹联学会会员。先后在《中华诗词》《诗朝》《星星》诗刊、《诗词世界》《诗词月刊》及多家报纸发表诗词二百多首；《天籁之音》《当代诗人词家作品汇编》等收录作品三百五十多首。

鹧鸪天·红樱桃

鸟啭良辰春意稠，庭前树上展风流。黄莺欲采相思子，裂嘴佳人媚态柔。

丹露沁，未知羞，芳心不尽俏枝头。郎君合意随时取，莫待空枝各自愁。

鹧鸪天·环卫工

双手操笤左右开，清污扫浊洁长街。早陪晓月除尘土，夜伴寒星忍雾霾。

餐雨雪，吸风埃，不论暮去又朝来。安于奉献心花乐，城镇美容乐满怀。

鹧鸪天·残局

楚汉相争大局危，硝烟弥漫卷风雷。出兵卒史急应战，跳马炮声又紧催。

先固守，再迂回。诸谋使罢靠平推。绝招用尽棋难胜，保帅丢车始展眉。

快递员

脚踏三轮电掣驰，辛酸岁月众人知。
东西送货担心慢，南北传书恐怕迟。
戴雨披风播喜讯，严寒酷暑递相思。
送完包裹归来晚，抖落征尘夜静时。

小卖翁

货摊守望老村翁，双鬓斑白市井中。
一担营生调酷暑，两筐买卖吊寒冬。
只知背上涓涓汗，谁解心间隐隐情？
日子长年催脚步，回家总是月盈庭。

新年大串门

伊始新年大串门，长尊入坐享天伦。
宾来府第交良友，客走他乡访至亲。
佳婿拜翁堂济济，甥男谒舅礼彬彬。
戚援眷顾三冬暖，仁义持家四季春。

拜年（中华新韵：八寒）

街坊邻里拜平安，纳禄接福过大年。
同姓族宗齐聚会，阖家老幼共团圆。
人生惬意春光美，岁月温馨日子甜。
辞旧迎新酬壮志，邀杯对盏笑开颜。

除夕之夜

情燃两眼汪汪泪，惦念滋生眷眷情。
冷枕清宵熬是夜，寒衾忧虑洗三更。
依稀梦里呼慈母，几度开轩望月明。
最是难溶团拜事，偏偏又闻竹炮声。

环境

细数毒霾怎入眠，世间环境尽凄然。
任凭废气飘宅第，谁阻污浊害桑田。
厕内廊檐常沥水，门前杂物耸如山。
进出吏卒知多少，大小官员不汗颜。

清平乐·春

莺啼破晓，雪霁春来早。云露洗尘空气好，闲步曲陉回绕。

公园鸟语轩廊，柳岸燕舞朝阳。芳草葱葱沁绿，幽兰郁郁飘香。

浣溪沙·趣味闹元宵

赏罢花灯兴未消，回家又把稚童调。迎来笑语满堂飘。

猜谜乖孙多睿智，出题老汉有奇招。阖家共助乐陶陶。

浣溪沙·浮生如梦

一世浮生一刹那，匆云匆雨向烟霞。匆行匆步谢年华。

百岁光阴转瞬逝，人来人往似流沙。缘来缘去到天涯。

打工难

长久居家日子穷，出门在外总迷蒙。
行为顾忌别人笑，举止担心起攘争。
异地风俗看不惯，他邦世故辨难明。

忧思常对无眠夜，唯念乡关一缕情。

退休抒怀

岁月征程万里迢，夕阳美景作酬劳。
壮心念故惜尘甲，泪眼弹痕抚旧袍。
幸有诗文餐老骥，结缘翰墨助逍遥。
诵吟曲赋为怡性，描写梅兰品自高。

苍竹

跌宕不羁势逸群，谦谦亮节秉虚心。
寒风凛凛催贞骨，玉露翘翘润洁魂。

黄细娜

笔名清欣百合。女，70后，广东揭阳人。现为全球汉诗总会、揭阳诗社、普宁铁峰诗社、惠来诗社等社团会员。有作品六百多首散见于《环球诗声》《诗词月刊》《中华诗词库》《黑土文艺》《铁峰诗苑》《群众文学》《四海唐音》《丘章文学》《晨风》《天风》《尧洛风》等刊物，多次参加全国各地诗赛并获得一、二、三等奖与优秀奖。

五律·夏日

四野争红翠，流云水映长。
树阴蝉唱悦，日朗蝶飞忙。
欲写乡间景，难调笔底章。
微风消闷热，霁雨送荷香。

五律·夜思

听君弄管弦，乘醉到窗前。
月照花心静，枝横仄影怜。
乡音情未了，呓语梦常牵。
念远无从诉，宵深客岂眠？

五律·赞老师

学子情长系，萦怀忘苦辛。
舌耕勤日月，汗洒湿腰身。
难挽红颜老，轻梳白发新。
笔端桃李艳，心底自生春。

七律·农家情

日照村头老树丫，清风邀我到农家。
乘凉架下尝佳果，漫步池边听鼓蛙。
本愿不求名与利，平生欲伴水和霞。
寻芳撷秀分红绿，一瓣殷勤赋物华。

七律·赞母亲

勤奋持家少怨言，含辛茹苦育儿孙。
容慈情素冰为影，品正心纯玉做魂。
夜半缝衣无睡意，晨曦劳作有锄痕。
一生俭朴留嘉德，身外浮荣何足论。

喝火令·离殇

露重丹枫冷，霜轻碧草凉。剪云归雁影成双。烟雨落花深处，怜遍地残妆。

寂寞灯前绕，相思笔底扬。此愁凌乱费思量。惯看流年，惯看水波光。惯看画桥依旧，可解我离殇。

鹧鸪天·离怀

浴日晴开竹影斜，柳丝摇梦醒池蛙。青山哪管谈人事，绿水何曾恋落花？

裁锦字，寄年华。云歌一曲任天涯。风前不作离愁语，留得心香对晚霞。

黄友龙

男，1966年生，枣庄市薛城区人，大学文化，薛城区奚仲中学副校长。系中华诗词学会会员、枣庄市诗词学会会长、《华夏诗文》杂志主编。其作品曾荣获2016年“东方美”全国诗书画联大赛一等奖。

七绝·游抱犊崮怀抱犊老人

崮顶遐观云漠漠，山巅俯瞰四茫茫。

老人抱犊归何处，种地如今不纳粮。

七绝·西仓古桥

官家古道旧时桥，唐雨宋风难动摇。
水兽石狮今尚在，蟠龙河上忆前朝。

七绝·深秋即景(新韵)

落水年华寂寞洲，金风漫卷叶为丘。
收拾心事穿成串，挂向南柯晾晒愁。

七律·游微山湖红荷湿地(新韵)

同行把酒紧声催，迤逦诗人入画扉。
视外烟波混云气，听中水籁尽湖限。
风吹碧叶青蛙跳，雨打红花珠宝飞。
日暮香丛觅归路，船家一哨鹭鸥回。

黄有明

男，汉族，1947 年 7 月生，滕州市人。高中文化，滕州市农业发展银行退休干部。系中华诗词学会会员、枣庄市诗词学会会员。

七律·惜柳

长在河边水作邻，风流潇洒亦艰辛。
谁知婀娜青春貌，却是佝偻伤病身。
送客何时兴折柳？残枝怎可再争春！
愿君如意常团聚，世上再无离别人。

七律·春游观小草

人人不爱人人爱，处处无家处处家。
秋雨降寒肥黑土，春风送爽绿黄沙。
求生何惧冰霜苦，成长犹需日月华。
早发不图争秀色，只传暖意到天涯。

七律·春野

日月轮回又一春，东风浩荡九州新。
近观园里蝶峰舞，远望空中鹰燕巡。
万豁争流江水碧，千花竞秀野花珍。
声声玉笛使人醉，细听山歌更入神。

七律·春情

微风拂拂淡烟轻，油菜花开蜂蝶迎。
河里群鱼浮水跃，林中百鸟倚枝鸣。
千山积翠披新绿，遍野飘香怜落英。
大好春光休错过，扬鞭催马快登程。

七律·闻屠呦呦获诺奖有感

明珠闪耀世人求，今日华光照九州。
屠女痴心尝百草，青蒿济世解千愁。
国强自有贤才出，土沃期望硕果收。
登极两番非院士，忧思一缕绕心头。

七律·登泰山

学友凌寒上岱宗，腾云驾雾傲苍穹。
黄河夕照飘金带，落日流光映彩虹。
俯瞰方知群岭小，远望顿感九州雄。
举头遥问中天月，万里江山何日同?!

七律·甲午海战 120 年祭

清廷腐败近飘摇，黄海杀声冲九霄。
壮士为民身敢死，妖婆误国罪难饶。
军强可保江山固，理正何忧贼寇刁。
热血男儿齐发奋，扬眉吐气看今朝。

沁园春·国庆 67 周年

苍莽神州，辽阔江天，普照艳阳。看九州四海，欢天喜地，三山五岳，溢彩流光，社会和谐，黎民振奋，协力同心奔小康。新中国，似擎天一柱，屹立东方。

回眸百载沧桑。叹华夏峥嵘岁月长。忆南征北战，除奸灭寇，励精图治，定国安邦。经济繁荣，军威强盛，国力腾飞震列强。征程远，趁东风遒劲，再启新航。

黄有水

字恒源。男，汉族，1957年11月生，大专学历，原滕州市民政局副局长，2010年离休。现为枣庄市诗词学会会员、滕州市诗词学会理事。

五律·久旱逢雨

午夜惊雷震，凌晨暴雨倾。
天低花失色，风疾鸟无声。
日出青山近，云开绿野明。
田家逢喜雨，含笑事农耕。

七绝·春游溧阳南山竹海

风轻雨细静听钟，绿浪翻腾映翠峰，
竹海无垠呈紫气，平湖天赐卧蛟龙。

七绝·暮春

雨后田园百草新，蜂飞蝶舞晚游春。
绿桃挥手千山翠，碧水柔波万点银。

七绝·喜雨

乍暖还寒二月春，朦胧细雨浥轻尘。
伞花难掩心花放，应是当年庄稼人。

七律·春风

牵云拂柳舞姿柔，一路欢歌美韵留。
施翠千山追蝶影，携霖万里润平畴。
明湖晓绿微波漾，闲阁夜阑馨梦悠。
驱散雾霾迎丽日，霞光紫气满神州。

七律·春游湿地

欣逢五一邀诗友，湿地划船水上游。
鸥鹭鸣春荷柳翠，鸭鹅争食荻芦稠。
出游弘历曾登岛，过路杨坚爱泛舟。
观景生情论今古，漫挥拙笔写春秋。

七律·春雨

知时细雨静嚣尘，群雀争鸣戏早春。
十里烟峰初着色，半堤疏柳欲摇新。
清波鱼跃金鳞亮，碧浪苗肥翠叶伸。
满目丹青香韵远，风飘淑气醉游人。

七律·暑期逢雨

乌云翻滚隐龙蛟，一夜甘霖溽热消。
沟满塘盈蛙语劲，鸟喧荷艳柳丝飘。
禾苗翘首舒新节，田父扬眉吟俚谣。
风雨知时呈景瑞，江山万里锦图描。

黄元基

鹧鸪天·罗浮药学伴神仙

（一）

落叶随风满径蹊，松声暗籁着人迷。寻仙且向清云处，观赏登临玉女池。

蛇吓走，鸟惊飞，只缘山水子规啼。秋霜秋露秋花谢，客往客来客觉奇。

（二）

秋日游山共结庐，与君入境有情无？南鸿绕树堪安静，北雁寻欢不寂孤。

行几岭，醉几壶？径蹊曲折两相扶。兴高直透飞云顶，且向安期借药书。

（三）

云雾吞峰势独裁，直由索道上仙台。登高俯瞰群山小，入洞环观石崛排。

烟散去，雨吹来，奈何枫叶旅天涯。谁怜草木秋时泪，只待春天茂盛开。

（四）

粤岳从来不染尘，古今传说有仙神。琼花可取灵丹妙，细草堪留圣药真。

而救世，且医身，眼前况是满山春。太元国粹扬遐迩，直借东风到海滨。

（五）

又见金娥舞细腰，秋光掩映乐逍遥。偷来仙水医君子，借出神书炼大刀。

将折桂，欲登高，坐峰敢是过天桥。葛洪自始幽魂现，直教人间恶恙逃。

（六）

世代罗浮有玉娥，清凉山水住修罗。巍峨气势云缠绕，茂密婆娑鸟筑窝。

临阆苑，接银河，葛洪从此炼丹多。朝霞久照飞云顶，夜露长滋绿色坡。

（七）

久坐罗浮气自华，飞云顶上驻仙家。时来百草堪为药，节到千家可采茶。

无夏叶，有秋花，半山曲折敢通车。瑶台似是空中挂，欲借蓬莱织玉纱。

（八）

亘古罗浮就出名，白云缭绕得人惊。岭南药圣神奇现，粤岳灵丹百姓迎。

无病厄，有安宁，敢为民众入乡城。尘间隐约华佗在，此后医传总是情。

（九）

千载罗浮百草油，声名从此誉全球。毓成药学般般福，缓解民间点点愁。

随日泰，伴风流，云烟缭绕万千秋。诸神有意安民去，就此樵山瑞气收。

（十）

粤岳摩天确不同，峦峰大小坐云中。清清碧水能医病，阵阵花香可醉翁。

寻故事，沐秋风，崎岖野陌透山峰。千诗不尽山河景。万韵难言草木丰。

写于8月30日下午淡水

黄康民

男，祖籍湖北广水 。2004年6月结识《心潮诗词》，开始不间断发表作品。2006年以来参加全国诗词大赛，获15个金奖、5个一等奖。有200多首诗词作品分别入编《中华百年国粹》《海峡两岸诗词家大词典》《中华诗词家大词典》等。现为中华诗词名家交流中心理事。

七律·忆艳英

——艳英是我在湖北省孝感县王家店台子湖中心小学念书时的同学。在王家店火车站，我们隔铁路而居。我孩提失恃，生活得很苦。她常为我缝补衣服，帮我到水塘挑水、洗衣。洗完衣，我帮她洗头发。我们上学、下学一路同行、嬉戏，晚上我们同去另一同学家就梓油灯做功课。当时我们已十四五岁（解放初期，农村小学生的年龄多偏大），依稀情窦初开，互有爱意。后来，我考到汉口铁中读书，她随父母移居河南省，断绝了音讯。近10年来，我从未中断对她的思念。

何故常将《采葛》吟？阿娇离去不知庚。
穿针蓝褛芙蓉艳，濯发月塘秋水横。
豌豆花开嬉戏地，油灯光照读书身。
梦中倩影呼无应，一夜能堪几度惊？

初写于1965年间，后于2004年7月13日修改

七律·秋日

叶落望中苍翠在，花凋是处紫黄开。
天高气爽思存远，日丽风清度量恢。
创业尤逢好天地，养生最合健筋骸。
秋天哪有春乍暖？岂至立秋无壮怀！

2006年12月6日9时于小女儿住宅小区院内散步时有感得句，11时55分草成；2007年1月18日12时10分修改

七绝·游武汉东湖李白放鹰台感赋

——据传，唐诗人李白在湖滨见一渔翁捕获到一只鹰，心大不快，当即向渔人买过鹰并放飞之。今武汉东湖之滨的“李白放鹰台”，即是据此传说而建的。吾游此台，感其事，得二

绝句。

(一)

天子呼来不上船，天南地北任歌吟。
雄鹰岂忍由人缚？买放浑然放自身。

(二)

除却天空不是鹰，笼身缚翅死耶生？
但求世上渔翁少，在在都怀李白心。

2007年8月1日夜阑吟于枕上,2日10时50分修改

七律·结婚四十周年感怀兼示妻

(一)

时值婚姻不惑年，春温夏热比从前。
花园余店月初上，送别寻归榨正酣。
多病赖君身矍铄，积贫因我室腾欢。
真情岁岁无冬令，花色添鲜伊甸园。

(二)

倏忽光阴四十春，同堂三代乐津津。
我知冷语含真爱，尔解横眉蕴至情。
爱女三家皆美满，老身两顿足聊生。
相偎夕照复何冀？拳剑诗书快乐心。

前一首成于2009年1月17日8时20分,后一首于4月11日3时吟于枕上

登长城

(一)

我上长城感浩茫，秦皇孟女费评章：
役民万死岂无罪？宴尔亡夫实有伤。
斗转桑田人世变，星移沧海九州昌。
此城当代成龙跃，中国名声向宇扬。
形象精神植根在，聪明力量起源长。
而今孟女当收泪，功盖秦皇有杞梁。

(二)

古为御敌墙，今作乐游城。
但见香甜笑，难寻血泪痕。
两千年去矣，流溢面容新。
身在长城上，乘龙正跃腾。

2014年10月26日

自度曲·祖母疗疾

——我的祖母邹氏，勤劳、贤惠、聪明、能干。这里回忆她为我治疾疗伤的事，当发生在七十年前，对工人、农民来说，那是个缺医少药的时代。

(一)治脓包

脓包长在头，头脸似桃熟。“哎约，妈呀!”地叫，日夜泪直流。

火烧针，挑个口。双手压，挤脓头，脓尽见血流。剥树皮，搓根捻，开水里面涮一涮，插进脓包到尽头。

日换捻，洗包口。十天半月后，捻渐短，红肉封包口。“乖乖，好了!”祖母拍拍我的头，我也笑开了口。

(注：树皮为嫩树枝的内皮。)

2015年5月12日9-12时心草于去武汉同济医院的公交车上，16日21时录下并修改

(二)治狗咬伤

恶狗咬腿肚，裤管血浸透。连瘸带跛回家，涕泪禀祖母。褪下破裤管，祖母眉头皱：两排狗牙洞，鲜血流未住；半条瘦骨腿，血肉全模糊。

烧锅淡盐水，放布锅内煮。清除洞周血，腿上污擦去。祖母俯下身，张嘴吮洞口，猛吸连吐血，直到血不出；取布覆盖洞，叠加三层厚，装袋缸底泥，铺于洞口布，再用布包扎，抱我卧床铺。

一天换三次，直到一月后：伤疤脱落了，我腿健如故。

(注：缸，即旧时老百姓家里的装吃用水的大陶缸。缸底泥指水缸底压着的土地面形成的泥。)

2015年8月10日20时40分吟草，12日修改

(三) 治黄水疮

黄水疮,流黄水,流到哪里哪里长。脚背背,手掌掌,大胯沿,腿肚上,腹背到颈项,就连头脸也不剩空旷旷。红疔疔,黄泡泡,痛生生啦奇奇痒。坐不能坐,躺又不能躺,寒冬也只能披件破大氅。"好痛啊好痒啊——妈呀妈呀!"不住声地叫,听得祖母心不爽。

半盆温开水,兑醋一斤量,我蹲在其中,祖母把话讲:"咬牙忍住痛,要有男儿样!"先把醋水洗全身,然后揩干晾一晾;再用指甲剜疮根,剜得血直淌;抓将炒过的灰瘤瘤,一把一把地撒在刚剜的疮眼上。费时大半天,痛得我哭天喊地哑了嗓。血糊糊,泥浆浆,祖母把我变成了个泥人像。

干脱落,再敷上。不知几日后,我终于告别了黄水疮——挣脱苦海获解放。

(注:灰瘤瘤指旧时土胚房土砖经过风化形成的极细的粉末,类似钟乳石的形成。)

写于 2015 年 8 月 13 日 11 时至 11 时 40 分

黄兆轩

男,汉族,1938 年生,山东省滕州市人。1961 年从事教育工作,1998 年于滕州市教育局退休。现为中华诗词学会会员、枣庄市诗词学会会员。

七律·游三峡

一入夔门境界雄,胸襟顿扩地天中。
峰高猛觉银河近,谷狭尤知峭壁隆。
暮雨朝云迷碧水,春花秋月恋和风。
急流险浪轻舟过,回望群山悬碧空。

七律·瞻仰孟良崮

孟良崮上仰高风,缅忆当年将士雄。
中正王牌焚火海,华东劲旅庆丰功。
凭高据险焉能救,末路穷途怎不终。
我祭英灵钦异勇,巨碑敬对鞠三躬。

七律·咏中国亚丁湾护航舰队

破浪乘风赴远方,亚丁湾上打豺狼,
船坚炮利威风凛,将干兵强斗志昂。
战舰批批传捷报,匪徒伙伙见阎王。
不分你我危船救,赢得英名友谊长。

七律·贺湘西大峡谷矮寨大桥建成通车

山间峡谷号深渊,万仞峰巅入九天。
盘古无心留险境,女娲竟误补穷边。
能工今举神奇斧,巧匠新挥通畅鞭。
桥架湘西黔蜀达,伟功又创五洲先。

七律·颂南水北调工程

南水东流几份更?分洪转向北方行。
征途阵阵笙歌起,碧水滔滔黎庶迎。
旷古工程惊世界,千秋大业惠民生。
旱区渴饮南来水,永润京津万物荣。

七律·咏中国梦

追星问月五千年,开创文明谁最先?
赤县千秋非乐土,联军八国肆狼烟。
百般苦斗虾夷溃,几度涂描画卷妍。
两个百年皆美景,无穷福乐满尧天。

七律·怀钓鱼岛

甲午随台离母怀,清廷腐朽卖儿乖。
靶场屡屡硝烟漫,弹洞斑斑石壁排。
中正抛扔成弃子,人民保护佑形骸。
骤然钓岛军情急,华夏巡航灭狗豺。

七律·咏黄河三角洲万亩葵园

荒滩野旷起苍黄,金色葵园灿鲁疆。
织女回眸新美景,牛郎不识旧家乡。
茎粗叶大花千里,蝶舞蜂飞诗万行。
本性生来随日转,犹如百姓爱阳光。

黄肇尧

广西桂林人，退休干部。现为中华诗词学会会员、中国楹联学会会员、中国楹联学会书艺委委员；广西诗词学会会员、广西散曲学会会员、广西楹联学会理事；桂林诗联学会理事、永福县诗词楹联学会副会长。曾在国内三十余种报刊发表诗、词、联作品，并在全国性诗词联大赛中多次获奖。著有诗词集《诗浪神州》。

怀亲

(一)

海峡凭栏无限情，长空碧水望浮云。
杯中一滴相思泪，饮到三更醉到晨。

(二)

台岛孤坟泪满襟，一濂凄雨悼慈亲。
餐中纵有山珍味，汤泪咽喉痛碎心。

侗寨风情

江清水暖野鸭飞，吊角楼房沐曙晖。
一夜春风吹絮柳，几声布谷唤晨炊。
陈醽旧酿千杯敬，漫舞轻歌万众围。
女抢新郎归吉帐，风流侗寨客忘归。

猛洞河飘流

持篙立筏荡河中，树影山峦接碧空。
缓水行舟轻摆橹，高崖悬瀑坠飞虹。
嵯峨峡谷滩头险，浩渺平湖晓雾濛。
好景若能长结伴，来生但愿作梢公。

长相思·忆爷爷

(一)

苦也亲，甜也亲，五月爷孙忙种耕，依依听鸟声。

风一程，雨一程。一铲一锄未了情，白发记忆新。

(二)

病相萦，疾相萦，望断秋雁思爷疼，无奈爷远行。

诗里寻，梦里寻，夜困教孙练字勤，常思热泪盈。

鹧鸪天·西登古寺

古寺林深曲径攀，一宵夜雨草芊芊。山前树影香烟杳，石下泉鸣佛念牵。

勤礼佛，谨参禅，常将善念扣心弦，云间纵有通天路，不若归乡种佛田。

沁园春·百寿图

石洞天开，磅礴高昂，真迹未瞑。览摩岩碑壮，葱笼古木；夏日无暑，骚客频临。百寿图存，绝伦稀世，更喜千年丹井灵。廊壁旷，讶雕铭荟萃，镌刻湛精。

寿图悬挂峥嵘，赞力透三分入石凝。溯草真棣篆，点钩撇捺；周秦魏晋，唐宋明清。米蔡苏黄，欧虞褚柳，铁骨钢筋颜鲁卿。开山祖，赏李斯玉簪，王右军名。

黃志勇

男，汉族。黑龙江省云山农场学校高级教师，毕业于哈尔滨师范大学汉语言文学系。爱好文学，尤喜诗歌。

诗观：诗歌创作应追求意境，不拘形式，不善铺陈，直抒胸臆。

夜读红楼

红楼琴曲虽有梦，圆缺虚幻终迷茫。
枯藤老树望钩月，沧桑掩面泪飞扬。
秋草正倚苔痕绿，夏雨斜飘灯影黄。
纵有柔情万般意，望江流尽终断肠。

悼屈子

棕叶飘香绕芳魂，风雨几番又端午。

百年光阴随流水，江深不掩今番苦。
纵有慷慨纵横志，终是苍凉心酸楚。
翠袖不拭英雄泪，惟余浊酒填胸腹。

写于2016年端午前

翠楼吟·无春

雪雨匆匆，立夏已过，季节暗自转换。应是四时景，只不见了春花艳。愁随帘卷，对抒云浪漫，鸟唤明天。细思量，三春走远，香和风散。

叹感。忘记时空，羞怯无处掩，霁月初现。独饮歌一曲，便兴起红莲一片。除却依恋。烟雾流时光，良辰太短。邀古人，即便明月，吾谁与怨？

饮酒

——昨日饮酒微醉，梦中有朋呼唤，
不知身在何处，醒后随笔诌之。

浮白飘荡过云天，神女悠然下桃山。
醉卧玉盘谋共舞，桂落寻香扮成仙。

赠友人

著文方已罢，偷得片刻闲。
幸遇佳朋至，倾听友人谈。
絮语道真情，往事看平凡。
黎明随夜行，歌声伴君眠。

如梦令

头发数茎已白，曾经春风剪裁。几番细思量，那堪岁月掩埋。等待，等待，有梦可以重来。

七律·观棋

楚河汉界起风云，胡家将士意气昂。
英雄无心争霸业，佳人有意醉斜阳。
仗剑携酒欲归去，红袖满楼随歌扬。
太平天下无战事，纸上谈兵又何妨。

（注：单位胡某，好象棋，自诩胡一刀。一日，网上与一女对弈，自信满满，熟知三回合皆败，打听，方知此女为广州棋院学员。遂服，故作诗以娱之。）

题水上公园

——丙申年，冬云大师欲为云山水上公园制扁，嘱予拟联以记之。应景而作，遂添两句为诗。

云穿回廊时望月，山绕绿水静观鱼。
最爱沙堤寻暗柳，更喜花荫睡枕书。

活着的姿态

笔名芷言。

创作理念：昂首挺胸，独立寒冬，面对漫天大雪，而岿然不动，酷暑三伏，雷雨交加，坐于书房，面不改色，娴静读书，悠然宁静。

七律·茶

晨曦惜溪习茶园，飘香四溢入骨甜。
任性泡煮荡浩气，袅袅茶薰雅溢鲜。
红茶树下参禅意，绿茶丛中悟哲贤。
温婉瓯呷品心境，旷世逍遥媲庄周。

浣溪沙·杏花

一汀烟雨杏花妍。初春懵涩俏花园。细雨淡香盛斜阳。

漠漠菲华轻似梦，滴滴烟雨胭脂琬。半开半闲向晴天。

霍庆来

1968年生，现供职于河北省沧州市地税局。河北省诗词协会会员。先后加入盈香文苑、光明诗社、红崖艺苑诗社、燕山诗社、竹韵清幽格律诗社、左岸诗社、东坡赤壁诗社、金陵诗社等十多个诗社，现在红崖艺苑诗社、燕山诗社担任古诗类编审，在各个诗社公众号及纸媒发表古体诗作数百篇。

七律·八一感怀

南昌举帜炮声扬，暗夜沉沉现曙光。
大渡河边书浩气，平型关下谱华章。
安民有赖城垣固，护国还需刀剑强。
拭目凭观风雨变，三军列阵步铿锵。

七律·纪念红军长征胜利80周年

战略迁移万里征，餐风饮露意纵横。
泸桥飞夺书豪气，赤水回旋谱隽声。
漫漫雪山吟啸越，茫茫草地踏歌行。
齐天壮举留青史，永记丰碑血铸成。

七律·南海仲裁法案有感

宵小菲倭觊海疆，仲裁非法乱纲常。
红旗怎可蒙尘垢，禹甸焉容围虎狼。
浪打沙礁妖气扫，霞穿雾霭剑锋扬。
醒狮劲蓄雷霆势，舰炮横排震八荒。

七律·观沧海

瀚海茫茫一望开，粼光帆影共徘徊。
心潮但伴洪潮起，灵气常随浩气来。
搏浪楫舟身飒爽，寻珠拾翠意悠哉。
临涛最忆曹公赋，寥阔襟怀任剪裁。

七律·茉莉花

仙姿天赋懒梳妆，涵碧凝琼沁暗香。
不与春花争艳丽，欣同夏露共清凉。
伊人漫品纤怀暖，墨客轻吟雅韵藏。
小调悠然端有意，窗前对月一倾觞。

七律·圆明园

丽苑名楼遐迩传，菁华绝世气冲天。
炎黄巧匠百年造，英法狂徒一炬燃。
雨洗颓垣饶梦碎，风摇断柱惹心煎。
河山饮恨悲歌吼，薪胆长书振翼篇。

七律·夏日即事

草木葱茏绿转幽，蝉鸣蛙鼓竞歌喉。
姚黄沐雨身姿靓，菡萏迎风雅韵稠。
漫抚琴弦心飒爽，轻摇蒲扇意神游。
欣闻俊侣邀书至，垂钓西塘共楫舟。

七律·拜献王陵感怀

虔诚拜谒献王陵，大吕黄钟耳畔鸣。
未许经文三代没，但求儒术万年荣。
蒹葭遗册留香韵，鸿雁传书寄婉情。
不忘先人恩泽厚，千秋青史载贤名。

（注：献王陵位于河北省献县境内。献王刘德是汉景帝刘启第二子，修学好古，传承儒术，留传后世的《毛诗》《左传》乃刘德之功绩。《蒹葭》《鸿雁》为诗经的传世名篇。后人为纪念献王，修建了献王陵。）

J

纪翠萍 6260

女，安徽萧县人，大专文化。曾任萧县广播电视局宣传股长，萧县广播电视台副台长、总编辑、萧县文化局副局长、萧县政协常委等职。现为中华诗词学会会员、安徽省太白楼诗词学会理事、《萧国诗词》编辑。先后在《中华诗词》《当代诗词》《香港诗词》《上海诗词》《中国诗词月刊》《长白山诗词》《东坡赤壁诗词》等国家和省市级书刊发表作品四百多篇。

七律·新农民

村民不做老农民，科技催生土变金。
潇洒田间学创客，风流网上作达人。
割月收星驾机唱，泼墨挥毫把盏吟。
莫道农家调粗犷，奏出时代最强音！

五绝·爷孙纳凉

头枕荷塘水，席铺蛙鼓声。
巡天数星斗，神话耳边萦。

五律·踏青

胜日赏阳春，随行携子孙。
和风直吻面，蓓蕾总缠身。

荡桨听鱼跃，登峰看鸟吟。
柳条头上戴，童趣忆犹新。

七绝·邻居

种瓜点豆乐无涯，藤蔓昂头墙上爬。
结个葫芦缀西院，长成豆角挂东家。

五律·深山作客

把酒面临风，黄鹂深树鸣。
溪歌篱外壑，蝶戏圃前童。
野味地锅炖，新茶泉水烹。
家国多少事，都付笑谈中。

七绝·天门寺白果树

岩缝立根千百载，高擎翠盖傲苍穹。
只缘长守天门寺，满腹经文说与风。

七绝·问蝉

养在深宫度半生，扶摇栖止绿林中。
自夸世态皆知了，多少炎凉可道清?

七律·新年抒怀

子午轮回弹指间，酸甜苦辣已平凡。
粗纹横纵苍颜画，银发稀疏秃顶圈。
岁月无情人易老，风霜有意梦尤酣。
浮名忘却心如水，诗海放歌度晚年。

纪晓榕

笔名四夕。70后，江苏泰州人。泰州诗协会员，《燕京诗刊》签约诗人。作品散见于各类纸刊和各公众平台。从事慈善工作，喜爱诗歌创作。

自按咏：虔诚向善板桥循，想步文姬绣佛心。四夕星光明月影，三秋桂子落如金。

五律·琴

素月调清音，松风唱古今。
高山无子期，流水少知心。
烟火南天袅，平沙落雁寻。
无端弹锦瑟，日复月西沉。

五律·棋

月下玲珑子，黑白戏君臣。
一局天下统，方阵两边分。
对弈军中帐，运筹万象轮。
落花身后事，楚汉宿迷津。

五律·书

囊萤映雪墙，凿壁借天光。
尺牍凌云路，丹青翰墨堂。
水流明镜月，莺舞百花裳。
室有颜如玉，黄金万两藏。

五律·画

铺宣添锦瑟，漫卷古今辛。
袖底凌霄远，胸中海市真。
山光花鸟戏，瑞色水天匀。
入骨相思寄，深浅绘美人。

五律·诗

上古言生志，民谣始启蒙。
谢门怀咏絮，曹宅送吟童。
律动春秋水，情融日月宫。
云山辞楚客，天籁大唐风。

五律·酒

对月饮柔肠，开坛十里香。
逍遥林夕梦，缱绻杜康庄。
痛饮三杯尽，感怀一壶觞。
真言谁与寄，买醉锦衣郎。

五律·茶

常将花信子，煮水去清愁。
日日春光美，时时玉盏流。
相邀仙侣客，共饮凤凰楼。

恋我一生意，倾君半世柔。

喝火令·秋之吟(一)

月挂云深海,风留水浅湾。桂花香绰约娥仙。芦雪一丛飞起,追越九重关。

万古中天续,千年霁色还。十分秋满几人圆。梦筑南山,梦筑倚欢颜。梦筑广寒宫阙,咫尺共婵娟。

喝火令·秋之吟(二)

叶染青山径,花沉秀水湖。菊黄丹染醉秋庐。鱼信暗涌千里,天地雁传书。

月歇林梢立,风销苇草踏。忘川难舍问归途。恋也霜天,恋也露华初。恋也梦长朝暮,约采小芙蕖。

喝火令·秋之吟(三)

落叶三秋远,西风一夜长。月华如水径中霜。人在菊花深处,归意也彷徨。

苇雪牵离岸,云姑寄故乡。日扶藜影倚东樯。望断秋山,望断雁行行。望断彩云飞去,折柳画重阳。

喝火令·秋之吟(四)

蝶梦随风去,凉台指日期。醒来春草夏藏泥。千树柳青迟暮,飘渺火萤追。

寂寞残荷对,陶然粉菊依。护城河水涨秋围。莫问云移,莫问雁南飞,莫问去年花下,醉月与君陪。

喝火令·荷去荷丛(一)

翠盖依汀瘦,柔茎倦叶柔。满塘荷粉月华收。轻语水田纱袖,青鸟几回头。

雁过横塘路,风传白鹭洲。拾芳而下入江流。怅别春愁,怅别夏花休。怅别柳枝吹雪,未许凤池秋。

喝火令·荷去荷丛(二)

露湿薄衫透,霜寒翠盖流。雨篷纱袖歇凉洲。渐次黯燃香舍,风剪暮华收。

月系池边客,君牵梦里舟。绿波情绻霭烟浮。拥渡萍踪,拥渡水乡愁。拥渡白云深处,信托雁山秋。

喝火令·荷去荷丛(三)

北寨金风起,西乡柳絮闻。苇花无语叩秋门。情寄水天一色,纱袖舞香尘。

白日南柯梦,残荷苦旅循。古塘深浅去无痕。怅想春心,怅想夏之神。怅想雁飞南北,月下瘦黄昏。

喝火令·荷去荷丛(四)

古岸蛩音远,凉巢雨燕闻。晚荷妆卸粉罗裙。蓬叶绿台而下,知了歇黄昏。

月练三秋水,风横七夕云。浅吟轻唱舍离分。绮梦花坟,绮梦草弦醺。绮梦笛箫难续,永夜许留君。

季琛

1934年生,男,江苏泰兴市人,中共党员,军转离休干部。曾任洪泽县经协委主任兼党支部书记。中华诗词学会会员,中国楹联学会会员,洪泽县诗协顾问,洪泽县毛泽东、周恩来诗词研究会会长,江苏毛泽东诗词研究会理事。江苏省委组织部、老干部两次表彰为先进老干部。

七律·重阳登上海东方明珠

——兼谢电视塔免费迎接离休干部高登

珠灿东方曙色萦，登临俯仰纵豪情。
心随高塔凌云上，目系长桥逐浪明。
黄海兴潮迎远舸，红旗溢彩擢新城。
重阳醉对寥天唱，韵和翔龙振甲声。

七律·参观黄浦江边上海历史展览厅

如幻如真睹旧容，当年声色当年风。
洋场十里鬼骄纵，棚户万门人困穷。
一大聚贤灯火亮，三军讨寇浦江红。
离厅更看云涛壮，锦绣中华矗亚东。

七律·外滩瞻仰陈毅像

神往当年勇拔山，潮拥新景献君前。
难忘血战崎岖路，终见身撑特色天。
环顾沿江三角带，渐成跨省万城圈。
浦东气势尤堪奋，恭请诗毫赋后贤。

五绝·上海南京路偕妻夜游

不似当年月下逢，霓虹彻夜映长空。
比肩共醉神仙境，恍若天街信步中。

五绝·悲忆上海夜游兼悼亡妻

幽梦徜徉夜色中，两心彻夜醉霓虹。
难忘携手神仙境，长恨天街不再逢。

2016年8月29日重新修写于洪泽。

季军

男，祖籍狼山。

自述：银企双棲俯仰无愧；戊子赋闲，甲子重开；学学时事，听听评弹；蹭蹭讲座，交交高朋；弄弄花草，逛逛园林；上上微信，聊聊民生；访访老友，走走农家；养养身体，写写小诗；知足常乐，得大自在。

游记诗8首(七绝·平水韵)

【十一尤】卢沟晓月

惊天狮吼震卢沟，云尽晨空玉斧修。
刀截浑河流水断，人心不变护桥头。

【十一真】黄炎培故居

华堂映日理求真，德厚春秋育杰人。
更有一番窑洞对，足音空谷几多春。

【二萧】常熟沙家浜

湖水涟漪泛画桡，苇杆摇曳击心潮。
遥呼白鹭飞天去，江抗传来逐敌妖。

【八庚】八达岭长城

烽火高台万里城，攀援好汉国旗擎。
兴邦创业争先捷，十亿炎黄续远征。

【五微】塔斯马尼亚

蓝天碧海艋舺飞，烈日金滩牛马肥。
鸽子湖边花烂漫，欢迎公主省亲归。

【四支】大堡礁

有情玉尺趁波嬉，无际树花逐浪漪。
俯潜天堂心顿悟，化条尼莫脱尘羁。

【十一真】洛杉矶星光大道

影视之城四季春，星光大道望无垠。
群星毕至银河灿，遍数炎黄有几人。

【一东】科罗拉多大峡谷

峭壁高原千壑雄，龙骧虎步气恢宏。
扶摇谷底临渊险，万马奔腾战鼓隆。

冀惠林

网名逍遥布衣。

自按：喜欢丝丝细雨缠绵的晚春，也喜欢白雪皑皑的严冬。个性里有侠骨亦有柔肠；闲暇一壶酒，困来伴柳眠，喜欢陶翁笔下的田园生活；无拘无束、自由自在地终老。

绝句·秋日暇思

闲来无事赏石榴，玉露金风好个秋；
懒坐庭中观硕果，已然累累挂枝头。

七律·寻春

研得浓墨绘春光，杨柳烟青小草黄。

极目蓝天寻雁阵，悄然林海觅花香。
留连溪水清波远，自在余辉照影长。
日落不觉天色晚，徐来雅兴渐飞扬。

行香子·秋日感怀

北雁南归，又见轮回。叹黄花，零落芳菲。西风乍紧，细雨霏霏。是，结愁肠，添愁绪，敛愁眉。

欲书底事，拎字成灰。待何时，展翅高飞？玉壶少酒，徒有空杯。感，腹中言，胸中事，梦中谁。

行香子·暮秋偶感（中华新韵）

紫陌凝烟，玉露生寒，黄花艳，柳败荷残。目穷舟影，远去孤山。看，画中人，湖中我，镜中天。

丝竹入耳，流水潺潺，御清风，气定神闲。红尘一瞬，弹指流年。愿，少添福，老添寿，已添欢。

高阳台·贺寿娘亲（中华新韵）

年愈七旬，斜阳照晚，已然羸弱之身。步履维艰，往昔倩影难寻。苍苍两鬓容颜老，苦此生，育我恩深。念今朝，叮嘱声声，如沐三春。

朝来喜鹊鸣高树，又往来宾客，贺岁芳辰。酒敬高朋，奉茶以谢乡亲。孙贤子孝高堂乐，喜开怀，眉皱平伸。盼家慈，松鹤延龄，寿比山椿。

贾杰

笔名你本来就很美。河南省新蔡县人，师范院校毕业。文学爱好者。

七律·相思累

细嚼相思总叹情，带宽更甚瘦轻盈。
雁书未了佳人意，香赋何通独瑟鸣。
分合未知不我待，近遥暗透意羞呈。
多情夜哭青丝老，长恨郎君万里行。

五律·荷花

云裁碧袖缃，风展粉颜妆。
耻与春华竞，孤开夏暑狂。
冰心何畏烈，美意自余香。
皎月三秋里，佳思满节芳。

七律·父亲

桃李生平四十年，躬耕冬夏子三千。
黑板来抒英雄志，粉笔挥成老骥篇。
不畏严寒勤授业，笑谈酷暑究教研。
当时而立潘安客，白发苍苍解圣贤。

五律·晴日

碧空晴甚好，万里少浮云。
树静唯鸣鸟，花闲悄吐芬。
追思胸激烈，图远意如焚。
安得鲲鹏翅，扶摇不得闻。

五绝·棋

铁马鸣惊鼓，兵戈起垒城。
烽烟传万里，国恨一盘平。

五绝·书

惜墨如金玉，开宣字早生。
胸中存谷壑，下笔出不平。

长相思

世事艰，鬓早斑，多少愁肠锁玉关。雁惊人未还。

醉花间，叹红颜，未解相思教怎闲。弄琴泪又潸。

长相思

雪花飘，雪花娇，一片冰心半晌娆。怨中早断消。

梅花娇，梅花飘，几段香魂怨路遥。关山总远迢。

贾来天

男，汉族，1945年生，已退休，内蒙古丰镇人。中华诗词学会会员。曾任内蒙古丰镇市委常委、宣传部长，丰镇市政协主席。著有长篇小说《草莽惊雷》、诗词集《来天诗词选》《三友吟》(与人合著)。

金缕曲·《红楼梦》

一把酸辛泪。诉人间、死生情结，石头悲诔。犹见红楼倾颓处，多少金钗遭毁。倩谁问、女儿何罪？都说大观园中事，宝黛情、揉得人心碎。方醒悟，楼基废。

阅批十载心身累。酒常赊、粥中窥月，但求一醉。梦里依稀回织造，秋冷风刀侵髓。堂上燕、可曾相会？脂砚斋中灯影乱，只留得、红苑生奇卉。谁解得，此中味？

夺锦标·观东坡"偃松图"

蜷体蟠龙，怒枝枯爪，正向苍天倾诉：本欲风云际会，天路无门，奈何难渡？看虬皴盘纽，总难忘、风摇犹舞。劝人间、不识高标，莫付樵夫斤斧。

忽忆乌台囹圄，郁愤填膺，有谁援手施助？贬谪原来常事，只是心中，恤民忧苦。把胸中块垒，俱交付、涂鸦情绪。问今人、可否解开，画里当年酸楚？

忆旧游·墨魂

看炼烟成锭，聚魄凝魂，投砚求亡。虽痛磨研苦，忍体型减损，便死何妨！最愿毁身留影，一意向辉煌：铸浓淡心痕，千秋诗画，锦绣文章！

沧桑。几千载，有多少故事，墨海留香。濡翰留万世，感临池学字，尽染清塘；更赏书疵狂癫，柔指破衣裳。待铁杵成针，不知绿鬓爬雪霜。

（注：临池学字和手指破衣故事，指书圣王羲之、王献之及汉张芝之事。）

沁园春·笔赋

毫卒三千，结阵同心，破敌先行。看横穿今古，布军纸上；创新世界，决胜书营。虎令签符，马前草檄，一支毛锥百万兵。休奇怪，是文成武事，也扫旗旌。

谁曾梦笔花生？便才气平添难比评。想汉唐声韵，宋元继盛；明清故事，今日争鸣。潇洒兰亭，三奇难觅，河上清明后代惊。凭谁问，赏诗文书画，谁使纵横？

沁园春·蚁阵

群蚁纷纷，世界微型，独立维艰。看呼朋运食，共临险阻；排兵突困，奋勇争先。渺小身躯，何堪重负，百倍犹拖不避难！世事恶，敢赴汤蹈火，死亦心安。

槐安梦里高官，是人欲横流蚁穴间。叹勾心斗角，人间专利；同心聚力，蚁国愚顽。微脑无私，残躯有义。团队精神可胜天！凭谁问？把人虫说遍，太息无言。

东风第一枝·蜂歌

翅举东风，喙餐嫩蕊，花间殷勤游走。撷芳碧野争先，酿蜜蜂房恐后。终生吟唱，不辞劳、可知疲否？只为了、造福人间，甘献一躯如豆。

最辛苦、放蜂夫妇，沐雨风、披星戴斗。平生四海为家，最重花乡坚守。双双脚印，丈量遍、莽原田亩。到头来、鬓结霜斑，换得世人甜透！

金明池·松泪

松海无边，风推浪叠，万顷波澜壮美。似涛怒、横空卷绿；如潮落、遍地铺翠。挡风魔、错节盘根；抗旱魃、林国坚强团队。更专为民生,舍躯捐体,打造和谐祥瑞。

树树千年诚非易,况制氧呼嘘,地球之肺。全人类、须臾难弃;亿万载、天然环卫。倩谁问、滥伐森林,是自绝生机,可知愆罪?待世界荒芜,松脂一滴,已是地球枯泪。

绮罗香·沙棘

铁骨钢枝,浑身甲刺,营扎涸滩沟泽。天下妖邪,那个敢侵吾域?风魔舞、难起沙尘;旱魔逼,联根生液;雨魔狂、顿息波澜,护维碧野保家国!

秋霜应约来访,轻吻枝间碎果,簇簇羞赤。剪下成堆,挤得溢香成汁。近年来、绿色人生;沙棘饮、入堂登室。酸甜鲜、醉了城衢,越洋香外邑!

贾明周

沙坪诗词楹联学会挂牌

沙坪首次挂诗牌,笑在眉头喜在怀。
学浅才疏勤苦练,高歌捧土筑平台。

清明扫墓

陵园扫墓怀先烈,革命英雄事迹彰。
蹈火赴汤摧腐恶,挥戈展志铸辉煌。
舍生竞把青春献,忘死还将斗志扬。
立志兴邦仁至上,名垂青史永流芳。

贾绍荣

仰岳王庙

绿水青山庙宇宏,岳王殿上蔼香浓。
林森湖畔精忠墓,铁铸佞臣跪杰雄。

足迹

龙鳞潇洒舞天庭,装点人间利众生。
回首清清留足迹,尤欣步正未偏行。

咱果狮子岩

一从盘古地天开,神遣灵狮下界来。
守望人间千万载,洁身不染远尘埃。

竹林采风

千杆修竹傍柴扉,叶茂枝繁小径深。
翠叶拂风摇日影,傲枝妆玉抗寒冰。
品端无欲争芳艳,节亮有容为绿林。
但得邀来三友聚,清幽胜境共挥樽。

故乡情

三月春风景色迷,家乡美景汇新溪。
绿杨烟外莺歌闹,红杏枝头鹊语叽。
处处麦田腾碧浪,家家紫燕啄新泥。
故园巨变展新貌,座座高楼傍水依。

谒茨岩塘贺帅塑像

兵起武陵谁领先,挥戈跃马帅扬鞭。
红旗高举川黔应,黑手刀挥神鬼寒。
奋起工农拥百万,燎原星火漫三千。
中华屹立今昌盛,后辈常怀忠烈颜。

贺州诗联学会第五届大会召开

新征换将聚诗贤,国粹弘扬壮大观。
紫万红千苗圃盛,龙吟虎啸绕云端。

卧龙水库

两岸峰岚大坝横,波平浪静映山青。
谁将渠谱流泉韵,十万英雄十万兵。

观楠竹村石林群

神手巧裁石林景,天滋地孕露峥嵘。
霞光一展灵钟地,璀璨明珠耀彩虹。

杨梅古树

虬枝铁干扎深山,红艳酸甜仙也馋。
利及山民巴楚地,千年阅世铸奇观。

贺水沙坪诗会成立1周年

一自仙乡起雅音，奈何坎坷阻重深。
路艰岂惧迎难进，喜看风流走一春。

话贪官

仕入冰山牛气旺，荒淫无度捞钱权。
云开青眼原形现，几个狐朋到面前。

湾塘电站

天降神龙大川卧，线连万户送银光。
群峦叠翠岚光里，鱼戏涟漪在网箱。

生日感怀

碌碌凡尘六二春，人生辱宠凭自尊。
品端勤业为操守，步正行仁显本心。
晚向诗文寻雅道，迟求真谛入黉门。
偶然觅得两三句，也染余辉一缕云。

皇仓中学牌楼

灵坊天降校园前，宏伟煬和冠楚边。
凤舞翰林苗育地，龙腾文曲势冲天。
祥临阆苑千般顺，瑞逞皇仓百事安。
喜兆黉门出奇秀，年年金榜题状元。

玉壶佳酿(水沙坪景点)

高山深处有佳酿，十里弥漫缕缕香。
倘使汝阳闻此味，①安思封向酒泉王。②

(注：①汝阳王即唐玄宗侄儿李琎。①引自杜甫酒。)

简敦亮

教授，70后生人，现居深圳大学。从事新材料、新能源、汽车、光电方面的研究，已发表中、英文论文多篇，善于抒情和说理创作以及写英文诗歌。

九九归真

——题记：今日寒露节气，亲们保重添衣！明日重阳佳节又至，乃吾师，著名红山文化学者、诗人周阳生先生生日，遂赋诗为贺敬喜。珠联璧合，另一位红山文化藏研学者、书法篆刻家乔木先生欣然书之。叹两位大师掌握六千年红山文化物证，依然谦谦君子，天成大气，当之无愧的大师！

夜长风凉寒露至，晓梦雨盼重阳时。
黄华满地春芳妒，诗人闻钟明日喜。

2016年10月8日

七律·夜郎绿湖

温柔少女携异香，夜郎洞深妒群芳。
奇石千年伴俊彦，山花四季如春光。
龙王尤羡人间美，绿湖更喜清波漾。
高原尽收自然景，大道通途好儿郎。

2016年9月25日。

七古·笑脱翠衣惹心跳

一双温柔手在绕，两盏黄藤酒且烧。
轻拢慢捻细细挑，妙指巧解纤纤腰。
翠衣渐褪不语笑，凝脂如玉声暂消。
红唇皓齿品香糯，丹舌凤盘赋离骚。
诗本美赏端午粽，君若误读湘水照。
九歌天问怀沙去，千古屈子情何了！

2016年6月9日。

沁园春·光电博览会

南国风光，年度菊黄，桂香酥怀。望会展中心，人山人海，光纤通信，无所不在。光子动力，靶向诊疗，微创济世兴未艾。博览会，迄首届至今，已十八载。

光电如此多才，惹无数英雄竞首抬。怜亚太数据，云端盛开；智能建筑，点亮未来。一代天骄，量子技术，爱之卫星放光彩。方是时，叹前度刘郎，时不尔待。

2016年9月6日。

如梦令·江城子

——跳水收官，女排决战

昨夜雨狂风骤，浓睡不解情悠，水池几度秋，浪花伴舞官收。心揪，心揪，婷婷跃扣不休。愚公聊发少年狂，夜苍茫，梦还乡。惠风怒唱，巨浪起波涛。为报倾城随教头，重扣手，胜儿郎。

晓彤翔宇尚开张，月带伤，又何妨。持节里约，何方映霞光。料得四年激动处，风雨夜，南山岗。

（注：婷、惠、晓彤、方、翔宇、月、霞均为女排队员名。郎为教练。里约光耀四万里，华夏威震五千年。）

七律·伤宝强

商女已忘亡国恨，满屏依然王宝强。
无良媒体惑人心，不逊健儿啸疆场。
美货日货买买买，朱门黔首忙忙忙。
可叹卢沟桥边骨，何日魂归山河壮。

（注：一位戏子离婚，竟然引发全民关注，媒体可谓兴师动众，铺天盖地的报道，各种细节系列挖掘无孔不入，甚至盖过了奥运的喧哗与热烈！而抗战纪念日，却没有什么媒体纪念报道，中国媒体人的狭隘短视跃然纸上！

71年前的昨天，1945年8月15日，日本裕仁天皇发表《终战诏书》宣布投降。中国以牺牲3 500万人口的巨大代价换来了日本侵略者规规矩矩地坐到桌子上来。中国军队发动大型会战22次，重要战斗1 117次；11位上将、34位中将、99位少将阵亡，320万陆军将士战死沙场，5 000空军魂归长空，海军，全部打光！

如此重大的事件，搜狐、新浪、凤凰等大型新闻门户网站只字不见。我辈再不发声，更待何时？）

涧泉子

本名连鹏，山西省沁水县郑村镇湘峪村人，爱好文学，一农夫矣。

卜算子·怀古

百世湘溪流，青史声名享。十载寒窗已化龙，棣萼登金榜。

叔享筑城墙，伯辅清名朗。忠谏匡扶社稷安，古堡书豪壮。

破阵子·古城

画角飞檐挑月，危亭隔岸风幡。兵洞蜂窠明代葺，古堡蛛宫贤相垣。巍峨矗碧天。

可乐山巅四望，泽连阳沁晴烟。漫步平湖思寄恨，欲诉谁堪解七弦。鱼雁拙笔传。

醉太平·寄

层楼水滨，湖光跃鳞。古城雄镇平津，望烟岚霁云。

湘溪逸民，清歌白屏。诗成绿蚁微温，寄西南两人

江荣清

男，1948年生，浙江嘉兴人。1989－1998年参加北京诗刊社函授学院，跟随杨金亭等老师学习八年。长期从事企业管理工作。2008年退休于上海市公交公司。湖南郴州市诗词楹联学会成员，崇明诗词书画学会会员，北京诗词学会通讯会员，上海诗词学会会员，中华诗词学会会员。2002年起担任《崇明诗书画》编辑工作。

咏草

（一）

年年碧绿漫神州，岁岁金黄灿晚秋。
任尔风吹和雨打，只添生气不添愁。

（二）

无香无媚亦无名，见土生根默默萌。
脚踩火烧除不尽，离离又染缀春荣。

三峡移民到崇明

（一）

青山笑点头，绿水伴川舟。
君为千秋业，搬家到渚洲。

（二）

苗自四川来，崇明合力栽。
东风催日月，济济育良材。

春望

（一）

寒潮得意众芳藏，冷艳依然傲雪香。
风剪银花辞旧岁，春栽火树绘新章。
席间痛饮黄龙酒，灯下笑谈乌托乡。
爆竹声声催骏马，檀溪一跃渡刘郎。

（二）

天际生妖逐夕阳，神州灭病恃岐黄。
春融白雪苏芳草，雨伴惊雷唤绿秧。
暮霭笼崖霞滴泪，晨曦染海火增芒。
横刀跃马风云会，砥柱中流赤帜扬。

咏怀

不是情痴与楚狂，哪来境界破天荒？
心同铁水炉中赤，诗共松枝雪里苍。
斗室青灯尤寂寂，花园绿草更芳芳。
春江波浪连天涌，欲举风帆闯五洋。

虞美人·小河

当年白水涟漪碧，鱼跃欢舟楫。前年浑水褐油污，萍卧浅滩、芦瘦荻花疏。

去年死水腥难嗅，蚊噪黄昏后。何年活水动真情，洗尽腐泥、陈物复清明。

玉楼春·眺望

江堤眺望东流水，思绪悠悠心浪起。轻舟曾越万重山，却遇淤沙耽搁止。

凭风转舵朝西驶，夕照乌啼芦荻靡。何须巡至石头城，已共春潮奔海里。

沁园春·唐僧复西游

怎解迷津？向往新经，二度整装。奈当年白马，已成正果；今朝太子，岂肯慈航？红顶猴哥，批条致富，花果山王下海忙。怀余悸，召跟班耳语，粉墨登场。

休言八戒仓皇，也莫笑沙僧步履跄。况旅途广告，满山遍野，梦丛幻觉，美味闺房。佛祖怜财，观音受贿，大圣除箍众叛亡。临歧叹，若早防今日，怎会遭殃?!

江体学

网名多情明月、多情神父。江西永修县人。永修县诗词协会会员、文协会员。现在上海奉贤区打工。喜作格律诗词。在网校烟雨楼词苑学习，任评阅老师。有作品数百篇见于网络平台。

金缕曲·初夏

绿雨敲窗梦。渐南风，吹香麦序，布晴芒种。梅子犹酸枇杷好，引得群莺放纵。更相和、满田蛙踊。喜煞新来双白鹭，跳波逐，一水争轻重。愁万绪，也无用。

青衫薄汗人思动。看凉轩，新蕉尽展，嫩荷纷涌。径取莲舟观云色，犁碎浮萍复拢。钓浅草，银鳞翻涌。新酒试酌无谁共，恨芳菲，多被春归送。

疏影·忆四川梨花落

空山远月，倚清溪旧石，花落如雪。淡淡香来，寂寂春归，人间与我长别。青衣瘦怯凉风晚，又何处？子规声切。更雾起，竹影迷朦，几度见花开谢？

谁趁今宵梦醒，擎璃杯薄酒，独望霜洁。一树孤怀，满地忧伤，恰似我心明灭。伊人误此关山远，莫逝水，逐波漂曳。怎看穿，酒醒天光，相思未央难绝。

壶中天慢·游竹海·依师韵

翠楼听雨，梦潇湘玉管，晓风几尺？拄杖

青山寻碧海,几处涧溪鸣石。分草寻蘑,锄泥采笋,一任蓑衣湿。倚林含笑,今宵佐酒餐食。

闲溯飞瀑流泉,红尘无事,春水长篙涤。曲岸白沙观不尽,更有野亭山笛。俯身欣鱼,仰怀试啸,万顷烟波激。不觉归老,天边明月风夕。

潇湘夜雨

秋雨微凉,红妆凝望,几番心事偷伤。梧桐点点叶儿黄。风更乱,斜飞夜暗,身不定,难诉情长。常萧瑟,纷纷落落,一片苍茫。

蓝裙薄伞,青苔小巷,无奈徜徉。看多情潦倒,错过芬芳。言不尽,前尘旧梦,香久锁,古庙祠堂。空辜负,当年月色,媚眼献无双。

七律·多情诗门公众号重启有感

人生风月本为痴,参透多情始作诗。
莫负春风妆秀色,还将秋雨记鬓丝。
恨身柳絮薛涛解,怅梦桃花宋玉知。
难把相思拼浊酒,樽前学韵也非迟。

减兰·梅影

幽泉疏影,雪夜无人独守静。淡沐韶光,未解冰心倩暗香。

几分沉醉,一曲清歌新落泪。还抹春痕,残梦胭脂重画匀。

浣溪沙·美人

清夜孤灯悄看谁?故园花没草成堆。新虫难晓旧芳菲。

绿袖藏香伤露重,红墙锁燕陌春归。穿林新月似愁眉。

晓行有感

听曲过肖塘,晓风吹薄裳。
树惊昨夜雨,人感晚春凉。
稠绿新生草,残红旧日香。
难收四月赋,还欠一分伤。

(注:肖塘,奉贤区地名。)

姜凤霞

笔名姜依。黑龙江省齐齐哈尔市依安县人,大学文化,检察官。黑龙江省诗词协会会员,依安县音乐家协会副秘书长,依安县诗词协会会员。有多首(篇)古典诗词和现代诗歌在各级报刊发表。

七绝·咏杨花四首(新韵)

(一)

任是无端诟病多,风中看我照清波。
轻盈未必轻无骨,一片初心我自呵。

(二)

镇日纷飞细细纱,盈盈美梦挽成花。
绿萍伴我追波去,缘来处处好安家。

(三)

缕缕飘飞信有家,晴风苦雨亦芳华。
他朝若许心一寸,不悔今生开过花。

(四)

丝丝缕缕撞衫来,窃笑杨儿好个乖。
赠发慌张粘细粉,春归处处染霜白。

临江仙·棋子

生就黄沙真战客,翻成赤胆雄兵。非关心愿下围城。计谋凭上下,黑白任输赢。

几度春秋谁看月,从来醒梦无声。轮回生死莫难平。回眸仍励志,盼我再西征。

临江仙·森林植物园

碧叶沙沙风正好,泉流鸟语相闻。蜿蜒小径自微醺。树间花灿灿,花侧树茵茵。

蘸满诗情同画意,难描园里清新。流光一

寸也牵魂。不辞心上累，怎做此中人。

姜福晏

山东省即墨市蓝村镇前白塔村人，1952年生。即墨市诗词协会会员，曾在《生活资讯报》《即墨诗词》多次发表诗词作品。

五绝·邀君秋色读（平水韵）

（一）

邀君秋色读，袖染菊前香。
月下徘徊竹，扉开客返乡。

（二）

藤蔓爬春夏，秋花艳地黄。
沟河岸柳下，诗韵拉瓜长。

（三）

林泉洒素练，桂露染襟香。
迷恋中秋润，传情托月光。

七绝·平水韵

（一）

弥陀常念解烦愁，又遇菩提免惑忧。
辞别夏春花绽落，相逢菊韵不回眸。

（二）

秋梦昨夜弄诗章，金菊长街相继黄。
枫树含羞红野外，荷花水里暗流芳。

（三）

疏枝霜月鸟飞匆，燕子辞前恋舍东。
惆怅小诗难下笔，怨秋长叹望来鸿。

姜海军

字振梦，号壶天书庐主。1972年生，江苏建湖人，本科学历。中华诗词学会会员，江苏省诗词协会会员、济南稼轩诗书画研究院研究员，海盐沈祖棻诗词研究会会员，中国人像摄影学会会员，上海黄浦区摄影协会会员，供职于森达集团上海中心事业部。部分作品入编《华夏吟友》（第四卷）、《新中国诗词大观》《江苏中青年诗词选》《21世纪全球华人词粹》《中华当代诗词家大典》（第六卷）、《中华诗词大辞典》等。2011年获第八届“天籁杯”中华诗词大赛精英奖银奖、中华诗词“李白杯”全像传承佳作奖。

诗观：古体新韵，语言创新，与时俱进，融入时代寻常语。

浣溪沙

一领尘衫浪遏舟，心中从未怕离愁。风姿秀逸浦江头。

浅翠浓青时序换，走南闯北信天游。指穹一笑竞舒喉。

南歌子

旧岁随冬去，新春送暖来。铮铮铁骨不徘徊，星斗撑肠昂首展雄才。

细雨如丝织，明霞似锦裁。风鹏万里入胸怀，抖擞精神阔步走江淮。

定风波

人面桃花与我期，便从兰杜惹相思。偷学回文裁锦字，须记。何时相接眼中稀。

小镇重逢成伴侣，天许。差池燕羽共春归。最是成荫初结子，欣喜。笑涡红透捻花枝。

浪淘沙·谈诗

捉笔写苍穹，意象性通。豪情激越势如雄。独坐南窗斜月伴，乐意融融。

宇宙十年功，寻觅诗踪。天然成句味无

穷。觞咏一腔成绝妙，佳境朦胧。

桃源忆故人·赠李明蔚女史

相逢博客欢颜驻，惹起情丝无数。莫道人间尘絮，从此和君诉。

玉楼水阁鸳莺语，一片冰心如故。试问桃源佳处？应是江淮路。

蝶恋花·梦云晤

月影半窗君莫诉。锦字情缘，梦里嫣然顾。共约欢期心暗数，天涯望断飞南浦。

沪上此行风更雨。执手凝眸，只说相思苦。识理知书贤淑妇，一生有幸吾逢汝。

鹧鸪天·厦门行

久慕钢琴岛上游，今朝携侣鹭江洲。日光岩顶天风沐，渡月亭中双影留。

听鼓浪，望归舟。海滩戏水笑声柔。人生邂逅成知己，一诺千金到白头。

醉花阴·锡婚纪念

携手十年同乐逗，恩爱情依旧。佳偶自相逢，脉脉凝眸，笑靥桃红透。

窗前明月杯中酒，祝白头相守。比翼总随缘，地久天长，欢悦锵锵奏。

姜军

甘肃庆阳人，居北京。国家一级书法师。书法师承谈延庆。河南省美术家协会会员，河南美术家协会人物艺术委员会委员。中国传媒大学文学院艺术创作院马国强2013水墨人物工作室硕士研究生。

虞美人

隐儿徐步饯人行，蹉跎岁月情。携手一曲却难鸣，薄寒晓雾披衣坐梦中。

玉屏泪溅人成书，往事堪回首？念的心儿人空瘦，无状忧愁却比抽丝愁。

清平乐

日慵春闲，和身倚玉阑，又呷昨夜茶残，无醉欲把盏。

旧梦锦书难凭，纤指玉屏新笺。镜中朱颜几度，莺语呢喃却暖。

点绛唇

又见来年，残酒渐消未能眠，独倚窗前，夜风心更寒。

转瞬之间，平添鬓丝白，离愁重，归期难凭，鹊桥何处度？

江城子·金成子

是夜长灯伴晓晨，嗟叹人，自伤神，云水之间，怎能解红尘，此情堪比春庭月，雾朦胧，最是疼。

忽而梦中似相逢，泪痕真，少时曾，嫣然一眸，却是西母恨。花折之时何不折？黯然伤，醒却沉。

红衣裳·钗凤头

红衣裳，青丝长，小轩欲妆泪成行。锣鼓响，脚步慌，养育情伤，欢颜难装，惶，惶，惶！

朱轿降，抱入堂，炮声连天入洞房。人喧闹，贺新郎，撩看花娘，羞乱手忙。藏，藏，藏！

蝶恋花·兰州行

晨晓金城驱车缓，忘了话别，此去心忧乱，女在瑶池子梦浅，唯得伊人身渐远。

耳畔风急日暮晚，回望京华，已出雁门关。见伴千里情亦暖，独疑何时携福还？

乌夜啼

奈何独居小楼，拨青灯，一笔一纸一墨亦难求，梦不断，愁犹乱，那堪沉睡千年醉梦中。

菩萨蛮

倚床隔阑望萧轩，风卷黄叶漫天散。心忧情堪乱，此身向何犯？

幽幽最吾心，凄凄怜梦印，回望秋分月，又入重阳九。

新疆塔城行·塔城蜂农

塔城巴尔鲁克山，只只蜂箱排上天。
蜜蜂飞起能遮日，来来往往卷黄烟。
朵朵山花眯眯笑，蜂儿亲吻肚儿圆。
蜂农天天忙割蜜，心里愉悦比蜜甜！

姜连第

1982年曾主编《瑶池》刊物并任文学爱好者协会主席。中国诗词家协会名誉会长。作品入选《中华诗人大辞典》等多种典籍，曾荣获各种奖项。被授予“人民艺术家”等荣誉称号。古体新诗200多首入选2013年作家出版社出版的《中华诗文十杰佳作选》。

新疆塔城行·草原美景

阿克乔克大草原，绿色如茵比锦佳。
深深紫色野豌豆，灿灿黄色金莲花。
皎皎白色野芹菜，火火红色草莓葩。
蓝天白云相辉映，牛羊马驼赛国画。

新疆塔城行·风吹草低见牛羊

无限开垦过度牧，草原退化沙石露。
风起空中沙石飞，沙进人退已末路。
退耕退牧种草木，科学滴灌好服务。
塔城盆地满眼绿，风吹草低牛羊出！

新疆塔城行·有机食品

塔城农牧有机牌，新疆口内到处有。
“蒙哥尔”牌牛羊肉，“西域名厨”红花油。
玉米打瓜黑加伦，精深加工第一流。
绿色有机数额敏，农牧增收有奔头。

新疆塔城行·和布克赛尔湿地

植树造林修围栏，综合治理伊尔干。
县城周围路两侧，绿色长廊已呈现。
久违灰鹤来安家，黄鸭也来嬉戏玩。
核心湿地有生机，锦鸡马兰花更艳。

姜美玲

网名小溪流韵。山东牟平人。中华诗词学会会员，王充闾文学研究中心理事，中国楹联学会会员，烟台市诗词学会副会长，烟台市楹联家协会理事暨会刊《楹联艺术》编辑。曾获谭克平杯全国青年诗词大赛提名；参加2014年《中华诗词》第11届延安青春诗会。著有诗集《小城歌》（团结出版社）。

五绝·鞭牛

一双童辫甩，五里翠山坡。
挂角斜阳灿，归驮牛背歌。

七绝·咏桃花

几树胭脂桥畔浓，小河涂得岸唇红。
掐来一朵簪头上，人面桃花两笑容。

七绝·柳趣

低眉不语意缠绵，羞在人前仰翠颜。
挑逗春风摇碧发，歌莺得意荡秋千。

满路花

乍闻芦笛唱，梦觉小桥西。垂杨摇翠羽，醉莺啼。一河烟浪，两岸访花期。童趣追飞蝶，惊散游鱼，天真漫柳堤。

麦苗成浪草儿萋，嫩语伴云飞。奏琴音、清浅山溪。伴行阿妹，扯袖紧跟随。采遍芳菲季，朵朵春容，归来满篓提。

南歌子·海边

日暮松林地，静观一线奇。蓝疆万里走帆犁，云朵随风天海任飘移。

碧浪光流彩，残阳影似霓。小舟浅处卧云栖，醉赏一湾银羽织霞衣。

沁园春·养马岛

蛰醒长鲸，搏浪游涛，卧海仰天。浴苍烟莽莽，波光岸影；蜃楼幻梦，神骥仙帆。千古追思，纵横伟业，战马嘶鸣七骏冠。若天岸，惊追云逐日，扬纛夺关。

而今宁海新颜，建绿岛风光感变迁。立始皇宝相，威风凛凛；玉骢奋鬣，仪态玄玄。星宿参排，神雕并列，跃马飞蹄踏啸澜。潮声里、看东疆海醒，谁把长竿。

临江仙·庐山观瀑随想

谁拽嫦娥银绢袖？华光千仞晶莹。珠飞玉溅汉阳峰。彭蠡增浩淼，九派大潮生。

回看浔阳新幻境，一轮弯月乍醒。鲸吞十万水精灵。侧听扬子啸，阔水任舟行。

喝火令·戈壁胡杨

大漠风刀削，山川日火煎。黄沙漫卷化尘烟。百尺老根深系，寒暑志犹坚。

绘就苍凉画，书成奇峻篇。虬枝挺拔历千年。阅尽洪荒，阅尽远征幡。阅尽驼铃寂夜，雁阵号长天。

姜涛

佛缘

缘灭缘生彼岸花，浮云剪影做袈裟。
凡身虽在柴堂宿，禅体随风已出家。
弥勒普生常笑面，观音济世总慈悲。
红尘看淡权何用，愿到禅山守佛规。

峨眉山

香茗入杯天一色，吉虹祥瑞住峨眉。
索车金顶扶云上，布履阶台把雾追。

咏竹

去年翠体谁留用，一岁新枝节节高。
口裹银尖飞白羽，身藏墨印走狼毫。
江湖戏浪横青杖，沃土揉泥系白袍。
舍得渔樵耕读趣，甘心竹海泛波涛。

小重山·老岁情愁

晚杏含苞初绽开，迟花心半掩，等谁猜。芳菲闲处惹尘埃，枕春梦，期待故人来。

书雁早成排，锦笺描素字，诉情怀。独愁依旧苦。

姜旭峰

男，1966年生，本科学历，中共党员。1984年毕业于怀远师范学校，1998年毕业于安师大汉语言文学系。怀远实验中学语文教师，中学高级教师，语文教研组长。怀远县诗词楹联协会会员，怀远县作家协会会员，蚌埠市大禹文化研究协会会员，怀远实验中学校刊《台桑》编委，怀远县教研室主编的《榴火》文学杂志编辑。2011年参与编写怀远县宣传部主编的《怀远县“大禹颂”经典诵读读本》。2015年夏参与编写怀远实验中学校本教材《禹颂》。

喝火令·新农村掠影

陌上风调色，荷塘雨弄声。满园秋实谢春耕。最是半坡红柿，妙笔绘乡情。

小令抒心愿，长歌颂盛平。感恩习李惠民生。一曲合欢，一曲月中行。一曲暗香疏影，欢庆好年成。

一剪梅·苏集行

四月辞春迎夏游，槐谢枝头，莲绽洲头。新朋老友再相留，鸟鸣啾啾，鹿鸣呦呦。

苜蓿萋萋养铜牛，海内成俦，宇内成俦。
竹风柳韵意踌躇，慰了乡愁，换了春秋。

（注：怀远县苏集镇建成全国第一大牛市，诚招海内外客商。据介绍，哈萨克斯坦的客商都来苏集牛市场谈生意。等皖北机场建成后，苏集的牛市场将更加兴旺。）

姜绪礼

山东省胶州市人，中共党员，青岛市劳动模范。历任即墨市乡镇党委书记、交通局长、总工会主席。爱好诗词，在多家报刊发表习作，多次荣获全国诗词大赛金奖。作品入编《毛泽东颂诗鉴赏》《中国梦之歌》《中华诗词家著作典藏》《百年诗词精选》和《中华诗词优秀作品选》等书籍。本人入选《中国历代诗词家辞典》和《世界华人诗词艺术家传略大辞典》，荣获"德艺双馨"文学艺术家等多种荣誉称号。

七绝·七星岩

悄然约会下凡尘，欢浴星糊巧化身。
风雨梳妆绝世美，仙姿神韵醉乾坤。

七绝·游漓江

两岸青山美如画，一江碧水画中流。
乘舟顺水观仙景，疑是巡天云汉游。

七绝·癸巳中秋抒怀

圆月当空团聚夜，喜逢盛世梦温馨。
嫦娥俯瞰家乡笑，企盼神舟早叩门。

七律·海阳樱桃节感怀

日出沧海上山崖，含笑红樱迎客来。
碧水青山彩虹舞，蓝天绿野艳花开。
欢呼巨手题金字，喜庆海滨修玉牌。
万米沙滩望明月，沧桑今古涌胸怀。

七律·马山

天马行空留锦鞍，神奇宝藏蕴其间。
九州罕见石头树，四海难寻魔鬼岩。
即墨大夫千古颂，马山狐狸万家传。
逢山庙会人如海，诚善据说能遇仙。

七律·雪松

葱茏繁茂绿成荫，拔地参天高入云。
林御狂风如劲旅，独当暴雨若将军。
风和披翠全身玉，气爽杨花满地金。
蔽日遮天驱酷暑，凌霜傲雪立乾坤。

七绝·乐趣

窗下科学巧种瓜，金秧玉叶顺棂爬。
花香果美蜂蝶舞，绿色窗帘小氧吧。

七绝·耕

勤劳坚毅老黄牛，泥土粘身汗水流。
回首潜心耕种处，花香鸟语喜丰收。

姜云姣

大学学历，中学语文高级教师。曾在大冶实验中学任教。1998年调黄石市大冶市教研室任中学语文教研员。两次承担中央教科所课题研究并圆满结题。曾担任黄石中语会常务理事，大冶中语会副理事长兼秘书长。黄石市优秀语文教师，湖北省优秀语文教研员。大冶市作协会员，湖北省中华诗词学会会员。曾在《语文教学通讯》《语文与研究》《中学语文》《湖北教育与科学》《语数外学习》《中华教育文选》等国家和省级刊物上发表教学论文近30篇并多次获奖。曾主编《初中文言文课外阅读》《初中现代文课外阅读》，参与主编《中学语文文言文助读》。在报纸杂志上发表散文和诗歌近80篇(首)。

咏兰

粉红翠绿闹花窗，数朵幽兰带露芳。
龙瓣展舒新苑亮，暗香撩醉雅儒忙。
格同梅菊名流贵，神若竹松傲骨扬。

著意趋闻馨不放，步移静傍沁心房。

赏菊(一)

风摇淡雅透清香，月照疏篱影越墙。
百蕊流金羞彩镜，千姿叠翠傲秋霜。
且无飞蝶花间伴，唯有诗心梦里翔。
宁护低坡留靓景，岂随高调顺风扬。

赏菊(二)

寒露清霜洗俗尘，疏篱曲径囿芳魂。
金风一诺新畴绿，细雨孤栖旧苑深。
皓月有情怜粉面，薄烟无法解卿心。
冷香玉质非矜傲，点染秋光倍自珍。

咏莲

细雨清风满目香，风吹翠盖碧波扬。
深根茎直亭亭影，卷叶花红淡淡妆。
品性如莲臻上善，情操若水砥中央。
濂溪雅爱千秋颂，气正风清国运昌。

猴年咏猴

亚热乔林有数猴，深山乱处洞帘幽。
三呼两唤时时吼，两蹦三攀辈辈侯。
播土扬沙遮日月，腾云驾雾跨江洲。
顽滑灵动情怀畅，奋棒风流圆梦游。

春游

英山胜地顶攀冲，飞瀑珠串破壁空。
桃李花香千壑翠，山川灵秀万流通。
雾山梯地清歌垅，背篓茶山彩画中。
丽日逍遥情景惬，乐而忘返醉霞红。

登灵峰

轻车载友上灵峰，叠嶂多姿万绿葱。
一阵春风村野笑，几声燕语杜鹃红。
崇山曲处藏幽洞，峻岭陡崖伴寺钟。
马叫声欢催雅兴，金湖湛月韵无穷。

游福建永定土楼王

闽西永定垒高楼，江氏明清五百秋。
近树迎霜清荫绿，冰泉涵月展圆图。
楼叠四座文侯傍，房筑千间土木留。
冬暖夏凉今守望，和谐相处颂神州。

登青龙塔

冶城四月上塔楼，碧水青龙一望收。
亭柱廊台诗意赏，波光阁影画图浮。
远山翠翠描眉黛，湛水溶溶泛锦舟。
古邑新城添胜景，蓬莱媲美更风流。

千古一钓

渭水悠悠闪浪花，银鳞双影任风斜。
皤皤鹤发飘仙骨，炯炯神光望远涯。
血雨腥风缘际会，龙韬豹略灿烟霞。
众钩鳞锦公垂道，熊梦晚成帝相家。

劝天

汉城淫雨路房淹，电闪雷轰似裂天。
断电停车连预警，漫天卷地打帘鞭。
惊闻大道划皮艇，忍望江滩露树尖。
诚劝女娲收止住，撒匀柔雨尽开颜。

贺湖北省姜姓宗亲联谊会成立

时逢五月棕蒲香，炎帝“神龙”聚满堂。
盛宴豪吟一脉续，轻歌曼舞九天扬。
山河溢彩谱新韵，岁月流金照彩章。
喜得金樽隆庆典，世姜继往再开航。

（注：“神龙”指随县炎帝故里的神龙国际大酒店。）

鹧鸪天·铜草花

大冶西郊铜草花，漫山如云绽奇葩。年年富贵开美丽，岁岁潇洒着淡雅。

青夏叶，紫秋花，吸取灵气吐精华。探寻宝藏兴炉冶，毓秀钟灵金耀花。

鹧鸪天·端午

蒲艾插门风送香，彩丝系粽过端阳。宁怀坚玉埋深底，何顾冤魂洗大江。

舟竞渡，鼓激扬，圣贤吊祭万古长。《离骚》一部回肠荡，求索忠灵遗世芳。

鹧鸪天·青山寺

绿野柔花新破芽，空门明月照袈裟。青山梵境滋甘露，紫气福田漫彩霞。

还夙愿，弘佛灯，乐居幽地胜仙家。修身造林根深茂，安泰吉祥万物华。

西江月·孔雀石

日月千年莹现，山河万古娇妍。点敲矿物雀斑鲜，墨绿屏开一片。

温润微澜深浅，玉姿最亮瞻前。遥思故冶泪洏涟，哪管亿千耀眼。

念奴娇·州怀古并序

——题记：猴年端午节第二天，世界姜姓宗亲联谊总会湖北随州峰会召开，成立了湖北省姜姓文化研究会，我和弟弟姜云林、弟媳柯秋娇三人有幸参加了大会，本人还当选为常务理事，特填词记之。烈山之上，望长空万里，千古题壁。

炎帝农耕为耒耜，开市百草医剂。琴瑟风雅，垦渠浇灌，遗下辉煌继。江山如画，史迹广袤历历。

遥想姜尚当年，兴周奇绩，天钓闲蓑笠。不要彩标拖锦鲤，唯醉浮沉何系？磨剑昆仑，六韬破敌，牧野封神戟。人间如戏，谁知天地深意。

念奴娇·重游铜绿山古矿冶遗址

铜山热土，望周址遗韵，千年神奕。百宝金银藏满地，井巷纵横斜屹。寻翠通幽，凿石掘玉，膝背曲弯毅。辘轳上下，鼓风金绿溶异。

遥想野岭当年，千岗烟紫，万座冲天立。楚乐编钟经岁月，红盛中华辉熠。九鼎吴戈，岳飞宋剑，铁滚催神力。古都青史，乾坤独树奇迹。

蝶恋花·鼓浪屿

峡渡鹭江游浪屿，环抱海天、云卷云舒絮。涛浪滚礁观啸雨，飞花凋谢盛开蓄。

翠岛花园春永驻，万国博斓、音乐摇篮誉。笑眼问趋迷客语，声如擂鼓无寻处。

蝶恋花·鼓浪屿别墅

别墅深深深几许，翘角飞檐、各异风格数。绿树红房镶嵌处，高墙炫果鲜花趣。

街道青石音键曲，门掩潮风、悦耳琴声觑。昔日繁华无法叙，踯躅不忍惊幽去。

蝶恋花·林巧稚

雕玉红花葱比栉，庄重慈祥、卓越医博士。济难扶危谦睿智，毓园杉树青天志。

五万新生恩圣使，大爱无疆、精湛才德饰。抛弃幸福山仰止，红旗不倒林巧稚。

鹊桥仙·赏荷

红蕖亭玉，仙盘承露，芙蓉笑争擎炬。千翻翡翠戏游鱼，美惊艳、晨曦消暑。

娇花并蒂，清丝绵贮，不染浮尘映沐。采莲荡漾溢脆语，送凉意、怡香无数。

鹊桥仙·七夕

星光闪烁，清风幽穆，出水芙蓉夜幕。纤纤弓月似娥眉，细语泣、依偎倾诉。

白云堆絮，银河凝露，忍顾遥遥归路？双星凄美慕人仙，鹊桥渡、相思又苦。

颂我炎姜

仰望星空，荡气回肠。吾宗姜姓，源远流长。
炎帝神农，始祖水姜。炎黄文化，吉地发祥。
黄帝为姬，炎帝为姜。互为姻亲，姓祖姬姜。
血缘同根，大姓煌煌。圣母姜源，缔结炎黄；

教子有方，周人敬仰。兵戎相战，玉帛和长。
部落联盟，地老天荒。繁衍生息，共创辉煌。
炎帝居姜，从女声羊。女管羊群，图腾崇羊。
得姓始祖，宗功泱泱。始制耒耜，耕种农桑。
稼穑驯养，麻绩衣裳。发轫医学，百草先尝。
始作琴瑟，音律滥觞。筑城设市，贸易农商。
位列三皇，肇始姓姜。炎帝故里，神农城墙，
都陵山坛，谒祖圣光。正史碑刻，光芒万丈。
彪炳史册，日月同彰。人文始祖，万代颂扬。
炎帝世孙，子牙姜尚。半生坎坷，宰牛卖羊。
卖食孟津，倒霉遭殃。穷困寒贱，时运凄凉。
娶马赘婿，逐之门房。铮铮铁骨，不屈脊梁。
自幼聪颖，祖先崇尚。精研数术，万化共掌。
精通兵术，深得众望。昆仑学道，师命灭商。
满腹经纶，识智足匡。文韬武略，雄才栋梁。
纣王暴政，弃官还乡。隐居蟠峡，遥思良方。
直钩长杆，背钓溪浪。不钓锦鳞，只钓侯相。
白发银须，神采飞扬。渭水跪石，历尽沧桑。
飞熊如梦，文王访姜。求贤若渴，择主心长。
英明君主，贤臣良将。顺天应人，助主姬昌。
会盟诸侯，议讨灭商。商纣之情，了如指掌。
牧野洋洋，檀车煌煌。万弩齐张，气壮疆场。
以少胜多，以弱胜强。纣王自焚，殷商灭亡。
尚父家声，拔地直上。首功封齐，世代以昌。
爱民如子，仁政安邦。恩威并施，固国拓疆。
开源节流，任用贤良。教兵习武，立威名扬。
千年武圣，名实相当。行合天地，德配阴阳。
齐国始祖，后世榜样。历代王朝，相表溢彰。
兵家鼻祖，封太公望。世建庙祠，虔恭拜相。
典籍文赋，咏颂褒奖。诸子百家，册谱荣光。
武神智神，封神发榜。神奇威严，驱邪偶像，
马前泼水，冤气伸张。《六韬》著作，轴卷墨光。
千年古训，涓涓流淌。文能治国，武能安邦。
智斗武胜，国富兵强。修德便民，弗同凡响。
造福后世，辉映东方。仰天呼祖，俯地焚香。
幸甚至哉，颂我炎姜！悠悠渭河，姜水叠浪。
神农炎姜，瓜瓞绵长。侯爵政要，万代隆昌。
春秋五霸，桓公最强。战国七雄，鳌头最亮。
姜肱大被，兄弟情长。姜诗孝母，鲤跃泉上。
天水姜维，领军大将；九伐中原，义勇忠良。
姜恪公辅，龙门跃上；唐两宰相，耀我祖堂。
孤儿姜宇，迹溷牧羊；长夜苦读，功名题榜。
南宋姜夔，江西鄱阳；精通诗乐，满腹词章。
七岁翰林，有姜立纲；匾赠东瀛，国宝至上。
师度穿地，漕运食粮。名将姜才，抗元国殇。
清姜宸英，文名远扬；纂修明史，为振朝纲。
起义首领，清姜映芳。红军创始，有姜镜堂。
逐一列举，难以酬唱。俊彦辈出，世泽族旺。
先祖遗风，汲取涵养。修身齐家，铭记心上。
光宗耀祖，亘古流芳。我心赞美，我口颂扬。
蘸墨添香，赋韵上堂。幸甚至哉，颂我炎姜！

蒋宝山

网名随歌而飞。江苏盐城人，现居上海。自幼喜欢琴棋书画，近年来学习古典诗词。卢沟文学论坛、国藩诗社、中华诗词协会、香港诗词论坛等成员，有作品发表于《诗词之友》《独秀峰》等多家刊物以及各大网络论坛。

五绝·见月随题

（一）

圆缺西江月，悲欢万古同。
人生难过百，欲海可怜虫。

（二）

沧海波涛尽，风沙大漠吞。
一轮仍傲立，圆缺冷无言。

五绝·中秋怀人

（一）

月是中秋贵，人如落叶微。
举头应有恨，屈指十年违。

（二）

皓月高檐挂，心灯一盏眠。
云消愁不歇，人去已几年？

七绝·重阳节

漂泊何如渺似云，登高又见雁纷纷。
遥知家父孤窗下，一袋烟丝默默闻。

七律·中秋回乡见感

湖山早晚向空冥，淡淡风烟入眼屏。
翠柳携云轻拂面，白鸥垂首慢梳翎。
枕波但看扁舟逸，访友方知远市宁。
何日避秦归隐去，浮生不复作飘萍。

七律·枣乡采风归来

告别长辛枣未休，丝丝甜蜜绕心头。
舌尖美味千年誉，掌上玲珑一颗羞。
挥袖还余香淡淡，吟诗但觉醉悠悠。
张郎若在应如我，裁片青红梦里留。

人月圆·病愈恰逢中秋

盈盈如璧冰轮转，夜色好缠绵。吴刚捧酒，嫦娥舞袖，桂影消闲。

金风携曲，笙歌带笑，蟹菊庭轩。儿孙膝下，余生赚得，乐此团圆。

蒋桂凤

女，1957年出生于广西。桂林大学数学系本科毕业，退休前在广西钦州市第一中学任教数学，中学高级教师。爱好广泛，特别热衷于文学、摄影、旅游。在小渔村论坛学习诗词词赋多年，并有毕业证。

【仙吕·赏花时】游扬州

【赏花时】

烟雨朦胧丝柳浅，桥拱弯弯碧水穿。五彩伞花远，声声黄鹂喧，漫步运河边。

【幺篇】

当晓乾隆来几遍，在瘦西湖(里)有印篇。二十四桥见，五亭桥最美，醉倒钓鱼(台)仙。

【赚煞】

看琼花，蝶飞天，百花中，倾城素颜。古巷幽幽几百年，炒米饭，喷喷香传。地杰间，才俊当前。华夏闻名四海羡。赞(一)声个园，赞(一)声何园，高墙庭院锁深严。

【双调·新水令】游三清山

【新水令】曲谱：

初冬红叶缀寒山，景区不泛游人现。蟠松扎峭壁，栈道绕山悬。仙境人间，鬼斧神工建。

【驻马听】曲谱

百载杜鹃，百亩葱茏成一片；司春女闲，低眉坐立谷山端。蟒蛇抬首望群山，阳光海岸晨温暖。人碾转，攀岩走壁盘山旋。

【乔牌儿】曲谱

稀奇南清园，玉女敞怀现，风情万种一截面，惟肖惟妙玄。

【水仙子】曲谱

仙人指路步屐坚，取道直奔西线边。深渊莫测心寒颤，香肩贴着脸，不回头，日落为观，红霞布，一展铺天，红日圆圆。

【尾】曲谱

三清道观陈年远，福地升平石鼎烟。一代秀峰来，闻名客流延。

【南吕·一枝花】平遥古镇

【一枝花】

晋中古老城，华夏扬名远。四方高围墙，

八面翘房檐。走过经年，

岁月依稀见，笈笈小草阡。元明清、炮火纷飞，风雨雪、斑痕渐浅。

【梁州】

城隍庙，琉璃碧悬，道教门、献殿深连。衙门仿古逼真演。书香文庙，慧质礼贤。清虚(观)测字，皇帝(喜)开颜。四合院、兰桂香园，北西街、货物商圈。日升昌、票号流通，镖旗举、挥戈操鞭。那繁华、富霸云天。那年，那钱。白哗哗地流趟，沉甸甸(地)回还。今日荣昌不减前，旧貌(换那)新颜。

【尾声】

护城河水轻轻转，迎面秋风阵阵掀。去去来来众如川，那垣，那砖，凝刻千年那长卷。

蒋元华

笔名流浪的心。70后，湖南人，农民，退伍军人。热爱中国古代诗词。

山村之秋(五绝五首)

(一)进村

路宽家更远，春去草还丰。
远望千千树，近观三两翁。

(二)老人

院中莺作主，槛外草成丛。
日暮无烟火，依门望晚空。

(三)银杏

霜留一季凉，我送万枝黄。
染得青山秀，残年不作伤。

(四)梧桐

三伏送阴凉，秋来守陋堂。
长年如有意，伴我白发娘。

(五)犬

人来我早知，客去坐如狮。
独守霜寒夜，殷勤入睡迟。

焦连英

中华文艺学会会员，洛阳诗词学会会员。曾在网络文坛发表过多篇诗词作品，其中，在《中华文艺》杂志和文坛发表的多篇作品被选入《高亮和精选》。第四届当代百强才子才女大赛中入围才女奖项，获第三届世界华人爱情文学大赛一等奖、三等奖和优秀奖，入围河南诗人奖项。

南海风云

酷暑凄风白絮奇，苍蝇蚊子搅清池。
秋天未到寒流急，夏荷依然气节滋。
惟愿丹心书壮志，只求碧血写春诗。
笑看群丑黄粱梦，喜鹊登梅绽笑时。

秋雨

风骤鸟飞空，乌云压宇穹。
尘沙卷落叶，雨点应雷公。
喜怒孩儿面，阴晴老子蒙。
红尘谁解意，万事不由衷。

端午抒怀

绿杨荫里悟蝉音，幽谷芝兰雅士寻。
醉剑九歌思屈子，狂萧天问祭忠魂。
旧时明月今尚在，此境清风有几存？
铁血丹心凝一梦，巨龙跃起笑乾坤。

焦培忠

汉族，1951年生，河南潢川人。平顶山三苏社副社长，河南省诗词学会会员，中华诗词学会会员。

七绝·学东坡书法感(平水韵)

东坡书法绍兰亭，道骨仙风苦练成。
师古融新求蜕变，黄州寒食鬼神惊。

七律·阳台遐想(新韵)

举酒阳台天地宽，寒来暑往笑谈间。
春吟梅绽一枝蕊，夏赏荷开并蒂莲。
喜看稻菽千顷浪，思飘风雨万重山。
八方乐奏呈祥瑞，恭祝神州岁岁安。

七律·苏轼(新韵)

词赋诗书冠古贤，旷达豪放誉坡仙。
曾经宦海几沉覆，不入俗流数贬迁。
清正廉洁恤民苦，流离颠沛系国安。
冯唐未遣西北望，谥号文忠身老还。

七律·江城即兴(新韵)

乙未江城大暑中，地炎日火烩苍穹。
噪蝉声咽倏来雨，劳燕羽轻骤起风。
闪电鸣雷闻煮酒，随波逐浪望游艨。
老夫即兴低吟唱，千古英雄无觅踪。

七律·《桑榆情》赞(新韵)

暮云合璧夕阳灿，荟萃桑榆春意浓。
老树着花花似锦，高山流水水如虹。
诗歌词赋和谐颂，仁爱孝廉正气升。
开卷珠玑玉盘落，琅琅尽是谢陶声。

沁园春·梦(平水韵)

骀荡东风，扫尽残冬，唤醒众芳。看桃红柳绿，莺歌燕舞；山青水碧，鱼跃鹰翔。细雨如诗，彩云似画，春满人间物景祥。红日出，望锦霞万丈，灿烂东方。

江山无限风光。圆梦想、中华正自强。可九天揽月，虹湾科探；五洲瞩目，中国小康。前事铭心，百年奋斗，岁月峥嵘沧与桑。争朝夕，铸和平强国，威振名扬。

水调歌头·大阅兵

——纪念中国抗日战争暨世界反法西斯胜利70周年

日丽金风爽，绿水映红墙。广场花锦人海，盛况示戎装。国际歌声响起，礼炮震天动地，领袖步铿锵。使者肃然敬，看我国威彰。

蓝天上，旌旗奋，彩虹飏。长空仰望，图阵70战鹰翔。老将宝刀闪闪，神箭战车滚滚，昔日射天狼。正义胜邪恶，真理放光芒。

卜算子·咏莲(新韵)

碧水影婷婷，映日别样艳。生在淤泥品自洁，风送清香远。

非仰庙堂高，不弃寒池浅。历尽秋冬雨雪摧，仙骨禅心现。

揭起松

笔名潇湘水云。江西奉新人，教师。香港诗词学会论坛“中华风雅 & 竹林风雅”版主，九天古典诗词文学总群和古典文化读书学习群管理员，钟情于书法、绘画、京剧和古典音乐。2015年涉足诗坛，著有诗集《朝花夕拾》《天籁风吟》《百味人生》《田园飞歌》《大地天书》《布衣夕阳》《诗林呓语》《急就章》(诗群即兴短诗)以及《啼笑皆非》(诗群即兴长诗)和《对联与打油》，有作品近四百首。

五律·田翁

残阳沉远岫，白雾绕东田。
夜重螽初噪，霜轻露渐填。
羸苗因旱苦，瘦地有吾怜。
归担炊应熟，妻揉紫茧肩。

五律·独

深山凭牖锁，净土五车寻。

忧扰抛天外，醍醐浸夕阴。
开屏油净友，濡墨写吾箴。
踽踽独行处，怡然有意沉。

五律·听茶

林深庐愈静，心颤一鸣蛙。
落蕾萌诗种，淹书看煮茶。
鹊咻清冷月，影动岸汀沙。
忽念东山雨，姗姗叩我家。

五律·田间音画

雨润杨花重，沟渠响佩环。
鹅咻阡陌远，牛啸老林偏。
淡淡炊烟袅，蒙蒙墨岭斑。
倚锄观靓影，相看不须还。

五律·冬

林疏鸟隐骸，岭白絮飘埋。
横棹荒溪钓，惊鸦苦楝怀。
三童罾野雉，一叟负禾柴。
屋瓦冰凌挂，斜阳染土街。

五律·农家

谷雨黄昏寂，东林紫月腾。
撩粼风卷浪，侵舍雾晕灯。
犬蹭拎篮父，鸡喃闭牖笼。
莴青肴素淡，酒浅梦鼾平。

[注：丙申三月十五(谷雨后二日)暮，下班回，天微暗，轻风拂面，回澜塔兀立河岸，影撇潦水，墨散波粼。夹岸高樟新色，丝柳无扬。又入菜畦，斫莴苣十数枚，忽见月大如轮，空悬东天，其色丹，甚奇之，盈夜不忘，乃记之，以娱诸友。]

五绝·写给母亲的歌

长念慈恩泪，滴滴血热肠。
梦随春水去，思与大江泱。

七绝·早春

日瘦冰凌夜瘦愁，春知暖鹜草知牛。
邓林红湿潸潸泪，几树微醺几蕾羞。

七绝·牧

偶驱几鸭禾田里，泥路题诗拾蛋归。
妻子接篮疑相问，夕阳吻岭染衣微？

七绝·梦(接龙)

斟杯老酒卧瑶台，梦游天姥与蓬莱。
风马龙吟熊鼓瑟，八仙竞舞任吾裁。

七律·放牛记忆

曾恋东山懒牧牛，梦存五十又新游。
抛缰卧赏云羊马，骑犊呼吟旧俚油。
父喝犁翻荒土颤，母哀禾啖几苗留。
尤怜耙辘泥中滚，水碎鱼残枉自愁。

七律·金秋

白水穿松雾渐稠，金梧萧瑟柏枫秋。
残阳吻岭融茅柚，稻浪掀天吼铁牛。
底事何堪心垒累，童真怎觅髻霜泅。
翎铃久唤愚翁履，淡入氤氲一眼眸。

七律·回故乡

薜荔爬檐瓦掷墙，草葵淹径户枢张。
重门叩退思前事，蛛网新牵阻侧廊。
蝙鼠一飞惊长梦，泪痕轻拭唤慈娘。
愿天假我清辉月，手引双亲制麦糖。

七律·呢喃轻唱醉茶林

红霞西向烧高岭，四面疏篁暗静陈。
倦鸟回巢呼侣伴，噪螽振翅醉天伦。
忽闻犬吠山村远，方悟身囚五柳询。
妻嘱归城荆阻路，茶香留客笋馋唇。

(注：乙未二月廿二17点，奔西源山，入野茶林。四面竹树环合，天地静谧，有天籁声入耳入心。其间小虫振翅，侣鸟低吟。茶芽弄嫩，荆棘霸道，绣球荚蒾参差摇曳，金樱子白花绽放，清艳硕大，从高树间披挂而下，如绿色天河倾覆，银星闪烁依次堕地，地面衰茅锗黄，深二尺许，蕨苔出拳数手，芦荻丛丛，旧篁匝匝，瘦笋二三出尖指天。彼时，天幕渐黯，残阳无热，微光斜照入林，树影斑驳，明暗互衬。偶闻山外村舍

犬吠三四，人喊车鸣仅一二矣。有一采茶翁闪烁其间并记。）

七律·雨霁华林

西源漫岭连绵雨，山色朦胧布谷哀。
白鹭平湖荒草憩，绿田沟壑老鲢回。
苍松雾锁淹禅寺，无住鱼敲渡苦灾。
落日长天翻紫晕，新篁野叟远钟雷。

（注：无住——无住茅棚，华林寺前身。）

七律·荷塘月色

和风邀我走荷田，步缓身轻入画然。
月挂枫林阡陌远，鱼移萍草玉盘迁。
洞箫呜咽催新露，哀郧缠绵惹旧怜。
因念自清吟老句，盈盈浊泪慢留涟。

七律·竹山村图

远峰青黛竹山静，阡陌中横草渐萌。
泥路初题鸡个字，池塘久炫噪鹅嘤。
高樟淡影浓蓝画，桑葚新桠嫩叶生。
郇北荒田云且住，布衣夕照趁吟声。

浣溪沙·菜花吟

碧骨摇金蕊散香，山坡野地绿填黄，黄巢铠甲饰吾乡。

风软蝶寻花漫赏，田间翁妪话麻桑，豌藤紫蕾太嚣张。

（注：附黄巢《咏菊》诗：……冲天香透长安，满城尽带黄金甲。）

苏幕遮·春雨组词

（一）雨村

雨如浇，山墨研。碧草连天，天上寒云卷。满地黄花随雨碾。蕊碎泥香，风送他山远。

竹淋淋，沟满满。雨点池塘，塘面圆圈散。鹅掌踏波波碧软。鸡犬相闻，更在茅檐侃。

（二）田归

芥苔青，儿菜壮。芥叶如蓑，蓑面噼啪响。阡陌农夫狐步仰。水汗微咸，方觉应三晌。

裤淋兜，衣暂敞。似落鸡汤，对镜颜汗漾。轻点荧屏囊解胀。三切两烧，浊酒温胸烫。

水调歌头·拔笋忙

才啖嫩茶叶，又入野林篁。万千新笋，攒地精气愣登场。好雨催尖拔箨，坡岭裂缝舒胀，毒眼任吾相。艳阳出云热，风起过林凉。

劈啪响，袋渐涨，曲悠扬。快些脚步，农妇春末百家忙。席上青蔬宴客，席下挑灯剥肉，尝口定留香。但愿凌晨雨，早寂卖瓤忙。

喝火令·与妻词

挽手珍珠恋，同舟雨浪癫，慧逾兰芷母称贤。凡事一肩挑起，邻里撒温泉。

夜静灯前见，肴香水沸旋，问寒嘘冷几周圆。问亦温馨，问亦聒呱然，问亦动骚心醉，句句吻心田。

调笑令·雨

劈啪，劈啪，雾锁千峰雷炸。荚蒾绣蕾传香，石榴枇杷赤黄。黄赤，黄赤，树落红残鸡执。

小重山·采茶

夜雨敲檐漏问缸。去年茶采地，意牵相？一杯茗苦御寒扛。轻轻语，清露润芽黄？

晨兴履风飏。贪奢眸似电，采茶忙。孑然林中又成双。万籁寂，高树鸟呢长。

续断弦·诗种

北风穷，岭霞融，层林尽染丹枫弄。墨菊偏羞野菊丛，苔痕恰补山石垄，几多诗种。

鹧鸪天·田翁

远望华林雾渐朦，高樟墨影写醺瞳。农夫云里弄鞭响，布谷山腰扯嗓重。

荒坡地、白须翁，缘何几草豆难雄？竹篱种菊溪边憩，鹅抢吟腔语忽穷。

鹧鸪天·秋实

偶入丘山寻苦榛，妙于华宴冻醪吞。薜攀崖壁蔓潸露，诗上丹枫柏叶嗔。

青山岭，渐微醺。柿红高树栗龟唇。翎鸣谷口蜂涎腩，溪北金樱更诱人。

南乡子·雨夜孤影

苦雨滴寒光，孤影孓然与恨长。心冷莫名无限事，殇殇，期许潮儿莫负娘。

儿女绕身旁，似火青春任绽狂。婿女不来门半掩，匆忙，北市磁坛价几行。

捣练子·梦黄粱

秋瑟瑟，吐新黄。香阵冲天下赣江。汝备空囊须几许，擒来厚枕梦黄粱。

金嗣水

安徽无为人，1940年生，1967年合肥工业大学化工系毕业。曾从事化工、冶金、环保等工作。中华诗词学会会员，上海诗词学会会员，上海枫林诗词社常务副社长。著有诗集《闲云吟草》。

在大雁故乡

秋风吹拂露凝霜，大雁依依别故乡。
万里长空浑不怕，齐心列阵向衡阳。

草原日出

草原广袤夜茫茫，月落星稀露曙光。
遥望天边桔红染，一群奔马向朝阳。

大雅堂听古琴

轻拨丝弦音绕梁，渔舟撒网挽斜阳。
愚翁不解关山月，流水潺潺入梦乡。

初夏清晨小区漫步

草径弯弯珠露侵，林间小鸟弄清音。
谁家庭院枇杷熟，翡翠丛中点点金。

长白山道中

山势银蛇舞，寒光照客行。
冰凌柏枝挂，饥鸟莽原鸣。
林密穿车辙，风高动旅情。
女真祥瑞地，人道玉龙腾。

雨中登北固山

天色濛濛细雨飘，稼轩名句自雄豪。
江风鼓浪怜三国，碑石留铭祭六朝。
北固山前高速路，西津渡口润扬桥。
古都四月烟花里，尽是参差比丽谯。

行香子·游召稼楼古镇

店面临津，曲水粼粼。石条街、挤满游人。琳琅杂货，小吃精心。过报恩桥，复兴巷，赵家滨。

城隍故里，上海之根。溯源流、江浦追寻。农桑召稼，课读传薪。有礼耕堂，秦怡馆，浦江村。

满江红·六五世界环境日有感
（词韵入声十七部）

触目惊心，尘霾漫、江河污黑。林木砍、山头光秃，水流土失。满目疮痍生态恶，环球贫病灾荒急。顾眼前、自毁好家园，堪悲泣。

地球小，犹唯一。天地窄，生存迫。要城乡唤起，众心协力。育树封山沙岭绿，清除污染江河碧。兴方舟、鸟语伴花香，儿孙泽。

金松桃

男，1958年生，籍贯鄂州。工诗善书。湖北省黄石市作家协会会员，黄石市书法家协会会员，黄石市散文学会会员，诗社理事。著有多部书稿待梓。

七律·游小雷山风景区

相邀相携上雷山，舞伴人生带笑攀。
寺外踏歌聊旧作，林间响雀顺枝欢。
近探远观垂钓客，赏心悦目睹幽潭。
秋千未坐莲花坐，美意真情醉流涟！

再赠段琪桂董事长

微群呼唤溢豪情，琪桂悉尼诗韵新。
珠联壁合沁人悦，巾帼英雄动地吟！

再呈段琪桂董事长、兼呈丁寅生总经理

万里屏聊网友钦，微群呐喊泰琪亲。
传奇侠女英雄气，往事云烟客梦謦。
一睹芳姿立傲骨，几闻冤案曲难伸。
人间正义风雷动，华厦援声振臂擎！

呈段琪桂董事长

琼花万朵正缤纷，琪桂贻来巨传春。
怅望浦江情更切，横渡澳海谊方珍。
贪官猛扫平余恨，腐败奸邪滥旧尘。
风雨灯塔明昼夜，传人史册领军人！

呈上海泰琪巨传丁寅生总经理

书生有幸遇知音，流水高山不为名。
微信拈来交友乐，胸襟开阔善缘钦！
耽诗探讨艺文事，业绩关怀苗圃经。
沥血呕心催鬓白，巨旌高举帜犹新。

贺《金氏宗谱》新编问世

宗谱再续为寻根，恭贺金家望族兴。
文圃翻新脱旧貌，吟朋跨越惜尔珍。
古贤笃学贻垂范，科技攀峰惬意真。
俭朴勤劳善本立，祠规祖训莫相轻。

赠灵鹫山、闲云野鹤

无术巫师特点殊，闲云野鹤项之乎。
哭穷困犬学猫叫，饿醋涂鸦充滥竽。
业绩犹零还嘴硬，附庸风雅追教头。
佛门注粪薄缘浅，灵鹫山人是酒徒。

为冶钢老团干群武汉茶聚会赠诗

畅怀旅友志昂扬，璀璨群星聚一堂。
团干知心圆夙愿，留华漫道梦绵长。
感情无价经风雨，盛世有怀文著章。
四海高朋今促膝，欣然武汉溢茶芳。

金孝奎

男，67岁，军人(退休)。中华当代文人联谊会名誉会长，沈阳老干部书画协会常务理事，沈河区作家协会会员，柳塘诗社理事，军休南塔书画(诗词)协会会长兼诗词教员。在诗、书、画、文学方面均有造诣，著有《现代药物制剂技术》《大漠红尘》等。曾被授予“当代优秀诗词家”、“中国艺术传承人”等称号。热心投身于沈阳市文化艺术惠民工作，率领的团队多次被省、市、区相关部门评为“先进单位”。书法和诗词作品分别收入《诗潮》《中华诗词·雷锋之歌》《盛京雅韵》《柳塘诗词》《辽沈晚报》《晚晴报》《老同志之友》《中国共产党之歌》《新中国国学三百家》《中国抗日战争胜利70周年诗词集》等出版物。在全国诗词书法大赛中多次获奖。

七律·棒打不散的朋友

常怀幽梦一生缘，棒打不散琳燕兰。
军旅经年情切切，桑榆向晚意绵绵。
花开花落人未老，云卷云舒月正圆。
最是夕阳存雅静，青丝鬓雪笑开颜。

五律·中秋思友

静夜思人苦，京城话语亲。

中秋心世事，晚岁梦佳人。
意厚留千古，情真抵万金。
琼楼依月满，唯我念知音。

七律·与鲁秦、元明

嫣红姹紫映尧天，绽放寒梅春汛传。
对对桃符呈富贵，声声鞭炮报吉安。
常思父母恩情重，勿忘儿孙压岁钱。
战友情深言不尽，数载一别待团圆。

酷相思·“八一”美酒敬战友

千里相逢来聚首，眼歧泪，牵双手。诉别苦，衣襟全浸透。知己话，没说够。知己话，没说够。

特举金樽为故旧，敬美酒，环厅走。尽享受，真情仍笃厚。酬战友，诗千首。酬战友，诗千首。

七律·战友情(赠丽红)

岁月消磨几度春，韶光流水渐无痕。
怯情千里为何故？寄语三生人可亲。
世上情薄虚有假，军中谊厚饱含真。
一生细数繁多事，早把友情铭在心。

七律·战友聚会

遥记当年那份情，年轻战友入军营。
身齐阜蒙边塞处，志献国防医院中。
一纸裁军归燕远，廿年思念落潮红。
今逢战友省城聚，依旧军歌响太空。

七律·游浑南荷花池

夕阳暮色和风清，万朵香荷含笑迎。
杨柳路边芳草绿，翠霞池里莲花红。
谁舞霓裳留靓影？佳人倜傥咏诗情。
人来此处悠闲在，心境开怀满笑声。

七绝·古稀

白发古稀奈如何，青春热血已消磨。
当年醉笔论文撰，今日键盘诗唱和。

金云澄

男，1936年生于上海。华东师范大学毕业，一生从教。上海诗词学会会员，上海楹联学会会员。

新潮

百年浦江起新潮，烨烨春华逐浪高。
洁白玉兰向天际，晶莹市花舞娥腰。
风光上海容英杰，绮丽长街尽舜尧。
纵望苏州河边月，万家灯火正临宵。

凯歌

万丈韶光看浦江，英才迭出凯歌扬。
新波滚滚东流去，热浪层层开放忙。
常忆清风吹劲曲，舒怀韵梦赋舟航。
明珠矗立斜阳岸，夺目朝晖耀四方。

雄起

天下英雄着何意？才华博弈敢行为。
申城展翅依金律，黄浦迷人探绿枝。
且待旗红风景秀，还看水漾外环姿。
而今筑梦群雄起，白玉兰花绽放时。

满庭芳 · 梦系浦江

沪上繁华，浦江精彩，漫卷异国风流。几番疏雨，迎一脉涵秋。历数铿锵岁月，英雄出，铁臂方遒。向将见，气韵冠神州。

情稠。怀壮志，科研首创，更上层楼。大桥彩虹垂，驻足凝眸。却是征程尚远，因如此，劈浪行舟。圆新梦，炎黄儿女，拼搏在前头。

金钊

本名杨金钊。自幼酷爱诗词文学，致力于弘扬传统文化。云南红学会理事，云南诗词楹联学会会员。工作之余，笔耕不辍。诗词作品散见于《人民日报》等报刊。

五绝·大山

秀嶂群峰拱，云泉锁翠中。
鸟寻残月梦，鱼爱晚霞风。

五律·雷雨残花

炎天闷日曹，闪电破长空。
新竹迎风雨，离花舞树蓬。
芳茵盈水碧，残艳满池红。
添彩清幽处，泥潭见喜鸿。

七绝·初夏赏荷

西塘晴日赏荷花，玉叶参差翠盖华。
摇影红尘心若水，碧波冷露意如霞。

七律·山居写意

三月春阳照碧天，池波潋滟映花鲜。
一湾夹地连青草，半面依山接玉烟。
居在清幽嚣气远，箐于泉路静心田。
绿茶杯里吟初韵，树下轻风抚爱弦。

清平乐·赞教师

琴筝流韵，粉笔书尘俊。认字崇文尊古训，甘做人梯名闻。

辛培桃李争春，设帐恩惠厚民。蜡炬精神昭世，魂入细雨摧新。

菩萨蛮·惜春

花香草急轻寒破，桃红柳绿春风贺。孤曲唱翔鸥，长河舞激流。

惜春心意锁，展转梦无舵。唯恐歇芳菲，镜中白发催。

淡黄柳·入伏怀吟

炎天酷暑，风动雷声鼓，大水漫城堤决础。溽热低空燕舞，烦躁蝉声唱心苦。

猛如虎，龙卷世尘土，黑云顾，雨如注。盼祥和，不再招天怒。入伏时令，泛灾涝起，谁可治思大禹。

朝中措·仲秋

淮南一叶乍惊秋，万里雁声留。久雨云开池绮，苍穹烟紫悠悠。

月酬佳节，桂香送醉，野渡横舟。歌起沧浪乡梦，金樽空举城头。

拜星月慢·追思父母

往事回眸，云烟百载，今日追思纪念。祭祀先人，子孙书联挽。想慈母，早已归仙驾鹤天外，迹印楚河云岸。更忆父亲，苦勤谦恭善。

记情怀、二老春风面，夫妻双、早到瑶台伴。眷恋雨润云温，苦情风吹散。九泉魂、可否知华诞，人安在，兄弟同祈愿。儿孙满、缕缕相思，举樽杯酒献。

静轩斋主

五律·石竹花吟

石竹花容秀，芳流拂晓鲜。
露沾春叶碧，雨拂夏华圆。
减粉人仍醉，分香蝶更怜。
炽炎花不谢，风拂灿犹燃。

七律·茉莉花

冰枝玉骨素葩明，淡雅云妆心绪清。
不慕洛阳花冠世，却赢狎客馥盈城。
品尝团液千诗赞，描绘丹青万众倾。
露浥繁华天宝地，东君赋得逸花名。

蝶恋花·叹荷

几许伤秋莲韵减。菡萏凋零，且把微吟掩。淡月朦胧昏影暂，清阴杨柳荷塘念。

烛映帘栊风满槛。倚牖凝眸，池畔秋枫

染。酒醉馀醒吟味淡，双眸遥对参商黯。

井中月明

本名马峥嵘，北京人。爱好古诗词和现代诗创作，曾被中华诗词学会网站推荐为网络青年诗人，常驻诗词吾爱网站。作品散见于《诗刊》等。

七律·登武当山

竹杖芒鞋直到巅，囊中未备买山钱。
紫霄无树不巢鹤，碧岫有龙如在渊。
身至水穷休问道，心能云起即同仙。
纵然留恋终将别，唯恐人间过百年。

七律·登独秀峰

藩邸宫城远望收，人间风雨没王侯。
孤峰不与群山和，今水仍循古道流。
身立危崖张胆量，胸生浩气动吴钩。
心求与鹜争雄度，更上重霄又一楼。

七律·游靖江王城

苑似画屏云似纱，朱亭隔水闻清笳。
殿前鸟霸蟾宫桂，午后旗招鱼尾霞。
石兽斑斑仍故态，芳篱郁郁总新花。
旧时堂燕飞何处？迁入新区百姓家。

七律·题山居图

明水柔针稻垄斜，小楼孤似野人家。
风微两燕深鸣筑，日暖群蜂争占花。
选笋莫耽诗后酒，佐书新试雨前茶。
开窗便放丹青手，挂起东山万丈纱。

七律·寄党生日

昔日南湖放一舟，于危难处向中流。
天凭星火回红日，国赖英雄扶朽楼。
丝路又开新世界，神舟何惧小蜉蝣。
今挥镰斧八千万，为有中兴梦不休。

七律·为阅兵夜执勤有感

秋风猎猎卷红旌，铁马金戈夜入城。
若为国家头肯予，但关荣辱死犹轻。
千桥车走银河动，万里云消皓月横。
明晓天安门上阅，阵前恍有一书生。

七律·偶感

年少争分天下忧，而今回首梦还留。
龙庭烟雨绿千树，箬笠江湖欠一舟。
偶被夸才浑不觉，每逢吟客醉方休。
身兼情寄浮沉里，赖有清狂在笔头。

七律·游青龙湖

高坝囚龙难入海，使君如览洞庭波。
浓云堆里峰争出，乱石滩头浪自歌。
四面松风娱耳目，一川野色供吟哦。
世间无数丹青手，犹把湖山辜负多。

鞠芬

汉族，1971年生。中专学历，财会专业。黑龙江诗词协会会员，佳木斯作家协会会员，富锦市诗词协会会员，富锦市收藏家协会副主席。曾当过教师，做过个体老板，现从事财会工作。在《卧虎泉诗词》《东北风》《海东青》《诗词》《建三江作家大视野》《双鸭山日报》(副刊)《成吉思汗之歌》《中国当代诗人》《峥嵘岁月》《中国散文》《燃烧的怒火》《2015年中国诗词精选》《建三江散文111篇》以及中国诗歌网、《佳木斯日报》新闻网等报刊和网络发表多篇诗文。诗作《追寻先烈足迹，构建更好的未来》在佳木斯市作家协会举办的“三江抗战文丛”评奖中荣获三等奖。2016年出版《鞠芬言情诗》一书。

国庆66周年赞歌

锦绣家园岁月更，雄才济世立图腾。

三山打倒抒威武，四化增修赴远征。
为政既臻挖井者，兴邦更重指船灯。
炎黄国梦青史鉴，庆典神州奏凯声。

纪念抗日战争胜利 70 周年

东瀛鬼寇造狼烟，不死狂夷要谎言。
神社门迎新首相，亡灵案置旧标签。
南京尚记屠城债，北疆犹存抗日篇。
罪恶昭彰成世晓，家仇国恨永相传。

和马凯先生诗

转瞬人生晓岁迟，清心律己苦修枝。
文章著就心头起，道路成功笔底驰。
竹剪清风怀节曲，情抒醉墨寄言诗。
长灯面对书花眼，不懈躬耕梦醒时。

学诗酬答

晨光了悟美文谈，字里行间情意欢。
更幸书风狂想曲，因缘笔意谢苦言。
修文改本酸脖颈，怵腿疼腰累胆肝。
待到三年回望后，馈恩酬愿话师缘。

梦醒赋诗

攻书晓命运来迟，碎语长吟欲赋诗。
甜品圣经争自得，苦读词章渐亲知。
喜文泼墨藤缠树，欢笔叙情蝶借枝。
魄念魂牵听寄语，事非明理叶红时。

有感“三八”妇女节

巾帼高歌庆贺诗，喜逢节日鹊吟枝。
无私奉献腾飞日，有志攀登改革时。
重温历史开广宇，展望前程显雄姿。
山河锦绣天边半，不让须眉慰武师。

苦学格律诗有感

推敲入句怎寻常？觅赋寻章仔细商。
人历艰难求世味，梅经寒苦染书香。
斗斋取乐情非短，心地澄明愿更长。
俯仰乾坤留墨醉，鞠芬砺志乐陶忙。

晨书北大荒孩提时冬趣

诗书漫做苦追随，入腊梅开似展眉。
尽意人生重抖擞，追怀世事盼腾飞。
平畴放眼山河寿，广宇深勘日月辉。
北国风光谈万感，真情饱蘸有章回。

敬赠恩师

经年不惑感恩时，教导悉心已倍知。
彩凤鸣春腾致远，雏鹰展翅向新姿。
情缘一世胆肝照，手足三生肺腑痴。
共著诗词同进取，推敲入句友兼师。

读《廊桥遗梦》感言

四天情爱一尘缘，唇齿相依话苦甜。
信可流芳生死恋，忠为至宝是非缘。
无私心凄多年后，有意物赠美眷前。
祭奠双双灰骨撒，廊桥遗梦载名篇。

爱之遐想

心存悸动感彷徨，夜半疾书寄九章。
斗室直抒甘任命，方屏可写苦缠肠。
灵犀缱绻牵缘意，好曲缠绵叙梦乡。
翘望晨星频觅句，情深似海共徜徉。

笑谈《鞠芬言情诗》

量身定做自嘲集，意切情绵作主题。
演绎人生应释客，调翻世事怎说伊？
七情网络留悬解，一梦红楼待御批。
对号评诗休入座，权当笑柄话玄机。

元太祖铁木真遗风

天开景运写宏篇，灭夏攻金显俊贤。
衰草斜阳情不老，星辰古月地长宽。
千年往事悬青史，十里胡尘化紫烟。
故地遗风闲处减，雄都远梦怎补残？
（注：成吉思汗统一蒙古各部，在历史上起了进步作用。

攻金灭夏，为元朝的建立奠定了基础。他军事才能卓越，战略上重视联远攻近，力避树敌过多。用兵注重详探敌情、分割包围、远程奇袭、佯退诱敌、运动中歼敌等战法，史称"深沉有大略，用兵如神"。）

在成吉思汗雕像前沉思

经纶事业转成空，料事如神始信龙。
几代疆田昭寿域，一杯黄土衍宗功。
只才励胆惊天地，百战威灵入画中。
叱咤风云已尽愿，开国蒙古大英雄！

［注：成吉思汗（1162－1227），即元太祖铁木真，著名军事统帅。元代追上庙号太祖。成吉思汗生于蒙古贵族世家。］

祭奠刘英俊烈士

春秋五十血仍红，策马攀辕角力中。
铁骨铮铮无畏魄，军魂烈烈有奇功。
终留浩气冲天宇，更遗豪情仰碧空。
俊德勇为六童子，英雄城市立青松。

（注：1966年3月15日早晨，刘英俊和战友们驾着3辆马拉炮车外出训练，在佳木斯公共汽车站附近，他驾的炮车辕马被汽车喇叭声所惊，突然向人群冲去，这时有6个儿童吓呆了，孩子们的生命受到严重威胁。在这千钧一发的时刻，他把缰绳在胳膊上缠了几道，猛力一拉，使惊马前蹄腾空而起，紧接着他不顾自己生命危险，手撑辕杆，从辕杆下面用双脚猛踩马的后腿，马突然倒下，车翻了，6名儿童安然脱险，刘英俊却光荣地牺牲了！）

巨志更

河北省宁晋县政协委员，宁晋县凤来仪诗社副社长，河北省诗词协会会员，中华诗词学会会员，中华诗词论坛铜雀台诗社版主，棠香诗联版主。先后在《燕赵诗词》《百泉诗词》《北方诗刊》《文史精华》《重庆诗词》等报刊发表作品，并被收录于《当代诗人词家作品汇编》《河北诗人作品精选》。

七律·与老友叙旧

身居小镇渡流年，两颗琴心星斗牵。
往事如潮残酒醒，箴言在腑碧云旋。
当时有职鹰扬翅，今日多闲马止鞭。
过眼光阴难再现，村前夕照望孤烟。

七律·村院抒怀

茶后不甘村院幽，诗书墨海荡轻舟。
清风带梦心潮起，高曲萦怀思绪稠。
阙下常沾千点露，笔端曾逝一枝秋。
老身弄影残章纵，尘念尽抛消散愁。

七律·风筝

心高气傲挽浮云，景若迷离卓出群。
瘦影相依银绢线，昊天可见翠罗裙。
虽无灵慧声犹静，却有清风势正熏。
安渡长空窥万象，春晖满目醉纷纷。

七律·惊蛰

今夜春雷落故乡，东风处处剪新装。
篱边百草萌柔绿，树上千芽泛嫩黄。
紫蝶惊醒伸薄翅，银锄舞动垦残荒。
小溪凌散陶然醉，拾韵樽前飚激昂。

七律·冬日抒怀

漠北寒流每向晨，红梅入腊自精神。
有心戒酒愿开酒，着意争春难见春。
晴日未融蓬户雪，冷风不扫小楼尘。
微身梓里寄残梦，且等来年再赏新。

七律·雪

晶莹剔透下云端，圣洁仙姿绽峭寒。
墟里风吹千帐冷，溪前月照百花残。
总依苍野温飞梦，尽洗埃尘覆重峦。
一片痴心腾瑞气，相邀碧水好争欢。

七律·雪后

清冷风携醉舞村，银装素裹摄心魂。
长堤垂柳映寒影，老院琼瑰伴寝门。
麻雀缩头檐上眺，羊倌烧酒腹中温。
缘何美景游踪少，唯恐玉磐划印痕。

七律·岁月回眸

红尘碾转几多春，好雨古风总牵魂。
陌上枯荣堪回味，胸中志向可重温。
云烟绕树无常势，麦草含香有印痕。
岁月如歌莺燕舞，雄心不老立昆仑。

君子如兰

本名柏松，常用笔名郭嘉。吉林省长春市人。曾任多家诗词、现代诗论坛版主。1981年首发作品《追寻》。在《山东诗人》《辽河诗词》《诗远航》《中国风》等十余家报刊发表作品数百篇。出版合著《花开有约》《淡远时光》等诗集三部。

沁园春·咏长白山

豪迈雄拔，东北磅礴，峻健八千。咏一池天近，峭峰诚护；三江惠远，凌瀑欣悬。峡谷神工，温泉写意，昂首洁白呈浩然。林涛吼，涌原生繁茂，造化合欢。

神州大好河山，诵骚客名家诗美篇。往帝王祭告，拜其神岳；多族劳作，赖以优贤。伟者邓公，极顶兴叹：遗憾不登长白山。长白赞，更波澜踊跃，感慨绵延。

（注：邓小平登临长白山时道：人生不登长白山是一大遗憾。）

水调歌头·题晓荷摄影《长白山天池》

天池本天赐，造化举其尊。旅者倾望神圣，纯粹拒纤尘。群岳敬恭环列，澄澈安如贞女，银汉落香芬。波荡三江脉，源流直到今。

峰耸雪，地铺翠，郁森森。富饶东北，广袤天赋惠子民。幸饮纯洁灵水，品性率真豪放，世代感其恩。神女白纱绕，宁静露红晕。

水调歌头·往长白山

——题记：青春时，余独自骑自行车往长白山，了却童年梦想。暑期某日从长春出发，骑行6日，途经伊通、磐石、辉南、靖宇、抚松、安图6县，行程数百公里，终到长白山脚下。作词追思青春行迹，以鼓舞今日。

年少梦雄岳，情系长白山。青春豪气驱动，热血鼓轮旋。头顶青天烈日，数百公里穿越，险路倍尝艰。退怯岂人意，意志男子汉。

非伟体，心怀壮，誓向前。脱俗汗水修炼，神意启愚顽。且看银河似带，峰崖天梯陡挂，明镜更奇观。身入天池水，魂脉已相连。

沁园春·咏白山黑水

峙耸长白，浪跃黑龙，雄阔赋形。往寒凝大地，虎狼践踏；伤残骨肉，草木啼零。傀儡折膝，满州忍痛，屈辱家国布血腥。齐奋起，赞抗联义勇，悲慨群兴。

壮哉父老牺牲，铭大好河山颂伟名。告前贤英烈，已除寇盗；今朝华夏，正舞云龙。亿万同心，振兴乡梓，黑水白山唱大风。奇观也，慰先驱遗愿，酬志汹涌。

七律·访圆明园

圆明春草生遗恨，触目仍闻盗火熊。
老大帝国空自喜，双庚枪炮任天惊。
残垣赖教谁清理？断壁凭撑旷世铭。
焚火涅槃诗似羽，于今华夏正龙腾。

七律·读壁画《飞天》

破壁惊天神采舞，素莲飘袂韵流歌。
从无极乐归陋世，总是佛国拜提婆。
画梦千年摇幻影，飞沙百渡叹蹉跎。
嫦娥寂寞银丝落，天上人间共坎坷。

七律·读画《反弹琵琶》

霓裳漫舞大唐春，巧韵琵琶卷瑞云。
纤指反弹绝技艺，玉姿翻转断时轮。
如闻疾骤弦疾马，又见雍容眼媚痕。
盛世天国流逝水，剥蚀彩画梦犹真。

沁园春·甲午年咏马

甲午年来，灵性回归，骐骥啸鸣。正梦兴大野，精神再振；气吞寰宇，华夏新生。魂念杰出，情接卓越，鼓舞今朝矗伟雄。歌当代，踏蹄音切切，裹雨携风。

千年劲健功铭，教勇士劳人血沸腾。往翠龙九逸，缰持圣帝；乌骓绝影，意属宗英。飞渡关山，穿行今古，天马西来任纵横。忽昂首，化神舟骄傲，举世皆惊。

jack.rao

本名饶卫国，曾用网名乐不思蜀和烟之外。祖籍湖北黄冈，现居江苏无锡，工作于保时捷汽车4S店。嗜书，喜美酒、音乐、运动，工作之余喜码字，自得其乐！有文字见诸报纸杂志和各大网络、微信诗社平台。著有诗集《当代诗百家》《岁月的回声》《花开的声音》及《红崖艺苑》。

鹧鸪天·秋

暮色湖天白鹭飞，莲荷褪绿藕身肥。回归原野同呼吸，远别红尘离是非。

层林染，夕阳晖。东篱采菊弄芳菲。闲时研墨翻书醉，更饮清醇拥翠微。

2016年10月5日夜

水调歌头·中秋

明月在心里，白露又中秋。家家团聚相守，望月笑封侯。琴曲诗词陶醉，漫佐秋香几味。今古两悠悠。抛却闲愁梦，八极纵神游。

请太白，邀苏子，意相投。疏狂硬骨，蝶恋花唱响寰球。菩萨蛮仙曲吹。同赋高阳台睿。极目上层楼。隐隐桂花下，风送万般柔。

2016年9月11日夜

满江红·辛弃疾

敲碎离愁，来吊古、悲凉词派。尘烟起、野棠花落，黄沙无界。鼻掩人间腥臭地，阳关唱彻谁还在。叹蛟龙、案上数编书，芳菲黛。

情未减，功业拜。英雄事，悲如海。两手擎刀笔，淋漓风采。醉里挑灯常看剑，栏杆拍遍红巾爱。赋千词，化作满天星，长空外。

2016年9月11日

鹧鸪天·读书交友

莫负时光叹落花，广交文友惜年华。书中自有清心剂，身上终无嗜欲嗟。

朝露净，夕阳斜。早吟残月晚吟霞。放歌纵酒观天下，读史开怀涉百家。

2016年8月14日晨

七律·咏诸葛亮

羽扇纶巾百万兵，君臣际遇有深情。
茅庐一会隆中对，天下三分蜀汉赢。
六出祁山安后主，七平南郡定王城。
难施妙计流东水，老病师心唱屈声！

2016年8月6日夜

七律·咏中国文学

环球俊彦聚心城，朗诵清吟和凤鸣。
汉粹弘扬交契友，仙音作证结诗盟。
挥毫逸兴秋云阔，落笔高情霁月明。
千古风骚传一脉，华章雅论唱新声！

2016年7月20日

七律·敬悼杨绛先生

太湖灵地蕴文贤，比翼双飞广善缘。
绛帐佳传留美意，杨师健墨续华笺。
陋居造境云天阔，宝笈归宗德品绵。
高士无求心自净，围城内外有余篇！

2016年5月25日夜。

念奴娇·北京

中华首府，万民贺、凛凛炎黄心脏。近代百年，强盗起、东亚病夫怒唱。国父兴中，维新事变，呼唤新思想。红旗漫卷，百年忧患扫荡。

喜看今日京城，五洲四海客，八方来访。棕黑白黄，民族梦、祖国富强共创。京韵京腔，燕京八景在，故宫宏亮。长城拱卫，雾霾吹散歌漾。

2016年4月18日夜

多丽·襄阳

汉江滨，一江碧水穿城。古隆中、茅庐三顾，卧龙山下躬耕。诡丽哉、得中独厚，诗家叹、四海纷争。光武中兴，卞和抱璞，衔冤伏剑伍员英。泪碑雨、羊公遗爱，听楚剑铮铮。精忠岳，襄阳破敌，青史留名。

血染袍、长山殉国，烈士冰雪忠贞。韵流芳、屈原天问，孟夫子、山水长青。书画双绝，苏黄拱手，风流米芾话文朋。马蹄印、庞公栖隐，喜虎踞龙腾。东风劲，车城崛起，翘楚高擎。

2016年4月24日夜

忆瑶姬·洛阳

天下之中。拢千秋紫气，帝傲苍穹。封函关永固，隐夏王城郭，帆扬西东。神龟出洛，石窟龙门，伏羲立卦宗。李贺诗、长念吴钩句，诗鬼才雄。

左思赋、纸贵黄金，洛拖犁四海，举案梁鸿。牡丹花下醉，韵惹嫦娥泪，怜惜香红。仙容国色，鹤影波摇，鲤吹洛浪龙。弄墨书，伊洛清波荡翠峰。

2016年4月24日

沁园春·南京

十代名都，北接江淮，帝胄之乡。占九秋明月，西临荆楚，南屏皖浙，人曰天堂。晋代衣冠，栖霞胜境，王谢雄才千古芳。乌衣巷，阅尽兴衰事，朱雀南航。

吴宫花草凄凉。胭脂井、秦淮风韵藏。伟陵中山墓，东南南大，弘扬文化，茉莉花香。观雨花台，渡江碑泪，英烈长眠浩气扬。瓦官阁，七贤桃叶渡，凤舞霓裳。

2016年4月22日凌晨

K

康彩兰 6293

女，山西省朔州市山阴县人。中华诗词学会会员，山西省杏花诗社常务理事，《诗词月刊》朔州工作站站长，爱好格律诗词。

秦淮河(词韵)

红坠香飘纷入怀，温柔恰值晚风来。
笙歌如水浆声里，艳影犹疑十二钗。

乌衣巷

尘灰叠叠暗无光，似有华年落粉墙。
一自伤心离燕子，人间无计梦黄粱。

蝶

摘艳寻香未与差，偏将轻薄作生涯。
短墙过处风扶影，团扇纷时粉扑花。
千古风流成美梦，一生心事恋繁华。
纵然占取胭脂尽，端得浮名空浪夸。

瑞龙吟·登广武长城

沧桑路，穷目一似飞龙，直冲天宇。云烟裹挟残垣，明明灭灭，难知定数。拾阶步，触手历历伤痕，纪年亲抚。知谁侧耳倾听，依稀铁马，曾经角鼓。

登上烽台遥望，雁门关外，绿染春树。却见汉墓丛丛，依旧黄土。何人犹记，夜雪狂飞舞。流光逝，无寻剑戟，惟余狐兔。莫与孤鸿去。碧空远影，凄凄如诉。

杏园芳·马邑杏花

春风莫笑侬家，从来不饰浮华。千枝犹绽半天霞。是生涯。

高吟雁塞苍茫久，阿谁铁板铜琶。依然三月发青芽，任尘沙。

康宁华

网名康宁自适。福建省泉州市惠安小岞人，中学教师，诗词爱好者。太行诗词协会会员。作品偶见于《惠安文学》《太行诗词》《冰雪诗苑》。

寻春

薄暮上丘陵，微醺伴我行。
山间残叶下，林外晚风轻。
岞岛炊烟起，南村鸟兽鸣。
东君何处去，藜杖过桥亭。

暑天游净峰寺

何地可消暑？钱山好似秋。
槛中风飒飒，林外鸟啁啁。
曲径新芽翠，危崖古木悠。
无须寻胜景，灵宇任优游。
（注：净峰寺又称钱山。）

烟雨过桥东

山前辞老友，移步至桥东。
细雨抚新叶，和风伴晚鸿。
拾阶迷雾里，驻足探芳丛。
忽见桃花坞，依稀朵朵红。

观荷有感

谁会碧池边，赠伊甘洌泉。
淤泥侵秀骨，村野度光年。
运蹇惟随命，心高不愧天。
今宵逢霁月，诗酒酹佳缘。

柯能越

高级经济师，退休人员。

【双调·碧玉箫】亭城滁州

皖有亭城，亭亭不同形；早有闻名，座座蕴风情。通人恋此景，常人莅此惊。宾至迎，商贾博学敬，馨，唱曲吟诗庆。

【中吕·喜春来】逛庙会

新春庙会人攒动，惹眼奇观堵道通，八方四面似潮洪。无缝孔，声乱耳如聋。

【中吕·山坡羊】工地

三洋开泰，城乡同快，齐为建设从无怠。外边来，地方才，无分彼此争先迈，奋力向前如竞赛。工，形擂台，农，形擂台。

【中吕·山坡羊】寄语

成龙清介，和坤公害，黎民自有忠奸界。古今来，好孬筛，留名后世荣光在，代代相传人喝彩。怀，得大开，财，别弄歪。

【越调·寨儿令】痴老头

少牧牛，老图幽，读诗念词从不休。遍处寻求，无晓遮羞，平仄韵全搜。讽刺声、疯起无忧，冷笑言、嚣盛何愁。转身来弄曲，听到就师投。啾，鸟亦乐悠悠。

【双调·碧玉箫】路人询厕

听到敲门，进来陌生人？非友非邻，来此是何因？溺急难再忍，路人语吐吞。别墅新，林立高楼峻，询，公厕归谁问？

【黄钟·昼夜乐】赴全椒

谁往锅膛把柴抛，全焦，全焦脆酥胜羊羔。老翁何怪贤惠媪。言声隐语朋欢笑。去全椒，就说全椒，敬梓高，外史滔滔，外史滔滔，讽喻诰、心存照。（么篇）友邀友邀表故交。何桥，何桥，人人踏，喜乐陶陶。众友朋、皆为耄老，今来静听文木教。诗文说、共论同骄。洒洒潇潇，洒洒潇潇，日太短、真言妙。

【南吕·四块玉】西涧湖

西涧湖，何驰誉，应物诗篇誉今滁，他言你

语同歆慕。此寓居、人乐舞、温四书。

柯自尊

福建泉州人。大学本科毕业，高级政工师。老三届，曾上山下乡，参加建设兵团，当过中小学老师，从事过银行业。曾为中国工商银行泉州市分行办公室主任、党委办主任，泉州市银行协会秘书长，福建诗词学会会员，福建楹联学会会员，泉州诗词学会常务理事，泉州楹联学会理事，泉州清源诗社社长。

七律·重返知青点

重对竹棚心事来，当年何故入山隈？
梯田重叠路三思，烟雨迷茫酒一杯。
蓑笠和谐诗画美，读耕对立国家哀。
青春总做栋梁梦，回首晚晴云雾开。

八声甘州二阙·海上丝绸之路起点——泉州

大潮奔万马踏尘来，千帆御风归。看丝绸之路，泉州后渚，夕照朝晖。总令人怀鼎盛，俯仰古今非。念旭山崖刻，篆字天机。

长记石头街上，诧红毛碧眼，舌溅谈霏。抢山珍海味，亮旷世奇稀。但赢来、东方名港，冠中西、名实不相违。丝绸路、亚欧联谊，一袭征衣。

八声甘州·参观郑成功纪念馆

记当年气慨，挽狂澜于既倒之间。扫神州半壁，气吞万里，直指龙蟠。正是焚衣志遂，仁义虎生还。北伐终遗憾，怒发冲冠。

人算不如天算，叹古今中外，大业惟艰。借东南一角。作再起东山。重扬眉、投鞭云堑，铸奇观、席卷取台湾。荷夷伏、版图归一，剑柱南天。

烛影摇红·知青恋

烛影摇红，正夜深，絮语甜，农闲喘。青春萌动意缠绵，相扯离题远。初恋难谙聚散，对银河，惟知缱绻。月明簾外，狗吠三更，农家柴院。

夜半乐·人生几回夜半乐

路灯月色渔火，长怀小少，舟起金溪渚。任水拍风摇，向江心处。笛声激越，红歌响亮，更猜拳互招呼，酒杯频举。夜半乐，喧哗向南浦。上山插队教育，斗笠蓑衣，幼苗成树。分手日，高谈前途何去。

笋干行令，泥鳅下菜，话题海北天南。好男乖女。子时过、犹娱乐相语。盛世伊始，事业方兴，岁华难驻。秉烛乐晨昏自寻据。叹人生，天意叵测心程阻。知足矣、老马登归路，霓虹灯下斜阳暮。

桂枝香·南海

波涛悦目，又十五大潮，一扫严肃。万顷汪洋澎湃，浪颠云簇。征帆昂首朝阳里，驾东风，五星旗矗。海天空阔，鸥飞鹭起，放歌方足。

忆蓝疆，群英互逐，写今古传奇，血脉相续。总是弘扬正气，笑谈荣辱。出生入死风云幻，但河山澄碧长绿。抚今追昔，同心圆梦，更弹新曲。

满江红·云水怒

乘兴而来，惊一望，兜底卷澜。呼啸里，乱云崩石，倾倒琼山。气势凌空龙摆尾，声情并茂浪吞冠。但宁时，万顷碧波清，声玉环。

传奇处，青史看。侵西北，漫东南。挟迅雷飞电，叠克城关。庄子望洋留浩叹，周郎凭堑拒阿瞒。水云怒，但怎敌人寰，谈笑间。

2016年7月20日

空谷幽兰

送女返程

半抚青鬟半掩扉，替儿披上手中衣。
白云作筏催堂燕，红雪留泥断织机。
欲借清风鹏翼举，偏牵弱水蓼莪依。
分襟折尽长亭柳，盘个祥符两地祈。

落叶

许是缘知秋已沈，枝头梦尽怕分襟。
接风长寄青山语，垂露扁书红豆吟。
昨恁题诗逐流水，今凭夕彩染层林。
回归一枕清凉地，舍得菩提舍得心。

临江仙·感秋

一叶知秋休说懂，随缘化作流光。纵横脉络织沧桑。情深难割舍，落地可成伤？

掬起残枫题寂寞，轮回几度诗行。春痕夏迹悄湮藏。初心终未改，怀忆淡炎凉。

七绝·访君先生

问春风第几桥边，暖暖阳光逐柳绵。
都向栏杆里飞去，不全在袅袅茶烟。

七绝·春日徒步过石佛寺远望白马寺有作

何曾一日负春风，衣带花香手折红。
指点山僧应似我，犹知深坐小桃丛。

七绝·三月三同诸师长参加聚寿山首届花朝节有作

此间花在世间多，我访此间花为何？
问取身边折花者，可知一朵一提婆。

七绝·零点口占

病中诗就几番吟，冷雨敲窗夜已深。
诗债未偿容说累，怕将辜负老人心。

孔长河

1983年生，山西阳城人。中华诗词学会会员，中国楹联学会会员，山西省作家协会会员，中国赵树理研究会理事，晋城市诗词学会秘书长，丹水诗社社长。作品散见于国内各类报纸杂志。著有诗集《长河行吟》。

七绝·夜宿逍遥山庄

今夜雨声催白酒，明朝秋色上青岚。
吟蛩不许诗人睡，但坐茅棚侃侃谈。

七绝·望孔庄有作

村舍闲闲蟋蟀鸣，一川秋色一川情。
飘蓬至此无消息，犹念东山有月明。

七绝·秋木山庄有怀蒋心余大史

维持名教震京都，除却关汤皆不如。
居士生身属江右，赖君秋木十楹书。

孔繁宇

网名布典儿。1965年生，居黑龙江省大庆市，供职于大庆油田。中华诗词学会会员，大庆市诗词学会会员。自幼热爱古典文学，2003年起研习旧体诗词创作，迄今已发表作品近百篇，散见于《中华诗词》《长白山诗词》《精美诗词》《迈向现代化的大庆》等刊物。惯用新韵，善于捕捉生活中的细微之处，作品《南乡子·煮粥》获第五届华夏诗词优秀奖。

雨日习筝(新韵)

雨痕记谱小窗东，催弄芭蕉打叶声。
袖底涓流千涧水，指尖碎挑一池萍。
弦垂檐下拨还密，珠落阶前弹更轻。
曲罢余音犹袅袅，随风散入远烟中。

听歌曲《梦中的额吉》(新韵)

琴声起处远尘埃，一曲漫从天上来。
长调绵如羊奶酒，草原宽似母亲怀。

光阴曾把心封冻，泪水重将情化开。
词句未识君莫译，此时文字最苍白。

重读梅花故人评论（新韵）

梅园香透惹回眸，旧迹寻来思绪悠。
字若珠玑怜掌上，情如美酒醉心头。
扫开浮躁云千片，任取从容月一钩。
得意今生唯二事，呼诗唤友复何求。

画山（新韵）

眉头凝久抚难平，勾勒心痕入画青。
境界豁于绝顶处，风光妙在起伏中。
少年只慕高和远，老大方识宽与容。
未有襟怀虚若谷，何来笔下万山横？

饮雪菊茶（新韵）

秋色深藏尚未枯，洇开几朵忆当初。
心于静处澄如水，味至真时淡若无。
白玉杯中猜雪语，青鬃马上看云浮。
从今不做桃源梦，梦在天山泉在壶。

湖畔漫步（新韵）

一泓秋水卧无声，乍有人来寒雀惊。
野草终年摇寂寞，西风偶尔问曾经。
磨光棱角石成卵，剃尽繁华树是僧。
何必阳关争大道，小桥独木且徐行。

孔令军

1970 年生于扬州，从事基层宣传工作。中华诗词学会会员，扬州作协会员。在报刊发表过诗词、诗歌、散文等作品 800 多篇。2011 年出版《蘭君之意山水间》一书。

空巢

谋生子未还，二老渐孤单。
望月思千里，心枯泪始干。

咏柳

春生万物苏，巧绘百花图。
雨打枝拂水，雷鸣叶戏芙。
桐黄偏傲岸，菊艳仍遮庐。
待到梅吹雪，迎风看草枯。

途经童年

打开孺子照，路过幼儿园。
电脑存花絮，村庄绕柳烟。
高楼千幢起，微信数张传。
莫道寒窗苦，银丝恨少年。

送春

柳风戏浪湿青衫，花雨迷离一瞬间。
过客匆匆留愿景，守门渐渐忘机关。
转身新树成排立，回首陈年列队还。
再饮一杯红杏老，青莲居士醉江南。

长征

——原韵和毛润之

千军万马渡江难，四处包围蒋不闲。
先给央师追剿令，又催诸省射流丸。
草淹数里人心整，雪盖经年敌胆寒。
虽有分岐终聚首，精神永久焕朱颜。

千禧

唐宋元明清似海，千秋功过史如烟。
百年伉俪同船渡，万朵鸳鸯共树眠。
富贵花开添舜月，吉祥鸟叫唤尧天。
前程似锦无平路，喜上眉梢有怨言。

蝶恋花·蝶恋花

雨打江南催嫩草，万绿丛中，百艳人前绕。风起浪来晴日少，云开雾散群芳笑。

房内蜜蜂房外跑，彩蝶飞来，共把花溪闹。闹去闹来成对叫，不肯离去春眠好。

玲珑四犯·春花秋月

翠柳排河，看紫燕双飞，巢筑檐下。院内枯枝，都在浅盆休假。急盼日暖风和，好举笔、慢描轻画。倒春寒雨骤风打，方有粉红铺挂。

百花香透穿金甲，想当年，醉卧孤榻。醒来夜色深如海，秋月钻天瓦。隔壁玉女正酣，却不知，可能出嫁。是丽江一梦，归去来，说神马？

孔庆莲

笔名南山草。平顶山三苏诗社鲁山分社副社长。著有文集《寸草春晖》。

七律·采菊花

岁岁年年九月八，露峰伴友采菊花。
黄花摇曳频招手，野草荆棘伴险崖。
颤颤巍巍移脚步，磕磕绊绊握奇葩。
归来巧做菊花枕，夜夜馨香梦亦佳。

七律·步韵辛夷

（一）

蜗居家中懒出门，侍奉高堂寒与温。
窗前金花香墙外，檐下青竹引客奔。
桂树嫣然笑灿烂，蒿草喜极拭泪痕。
小院蓬荜生光辉，谢君慰我寂寞魂。

（二）

蜗居寒舍闭柴门，只问高堂饭菜温。
悄悄梧桐栖凤鸟，亭亭丹桂引仙昆。
金花灿烂重阳放，庭草欢欣热泪奔。
毕竟今生多梦想，友情厚爱慰诗魂。

七律·鲁山沙河

萧瑟金风秋灿烂，沙河游客尽欢颜。
鱼鳖虾蟹和平处，喜鹊牛背戏耍玩。
壮丽大桥虹彩挂，马龙车水仰头看。
此间美景难描绘，画意诗情亦盎然。

七律·我家院子

数竿绿竹与楼齐，丹桂红榴倚户西。
朝赏门前燕子舞，晚来檐下鸟声低。
当窗新笋凌云壮，绕阁书香访客迷。
瑶草奇葩添美景，芬芳莲蕊出青泥。

七律·和桐荫居士吟竹诗

小院竹园四季新，枝条飒爽挡风尘。
朝夕面对心欢悦，相伴晨昏友谊真。
佳句遍搜难表意，丽词无色剩清纯。
为夸竹子学吟咏，常盼诗人住比邻。

调笑令

热暑，热暑，不热不结五谷。伏的原意潜伏，趴窝不出门户。忙绿，忙绿，流汗正好排毒。

鹧鸪天·孝心无价

（一）

娘亲今年一百零，我今陪伴近十冬。餐餐饭菜耐心喂，顿顿茶汤药分清。

翻身慢，洗涤轻，聊天逗笑好心情。浑身清爽无杂病，欢喜神仙美梦中。

（二）

寒凉燥暑看时令，饭菜茶食慢饮盅。如水孝心秋复夏，燃薪情热化坚冰。

聊天逗乐舒肝气，软语温存暖若风。好友亲朋都羡慕，老娘。

孔梅

安徽省淮南市人。淮南市田家庵区田区作协理事，淮南硖石诗词学会副会长，《硖石诗词》编委，安徽省诗词学会会员，中华诗词学会会员。作品散见于《淮南日报》《硖石诗词》《中国诗词月刊》《中华词赋》《中华诗词》等刊物。

登太行山绝壁长廊

凌虚挂壁浩无边，眸底空生万壑烟。
客避纷繁离闹市，溪携清澈入平川。
岩廊雾绕行迢递，竹径云依走蜿蜒。
造化怎因人物胜，但教游迹没山间。

崖上人家

久居绝顶远尘埃，四面青山着意裁。
数抹新黄涂小院，几畦碧绿染高台。
门前余霭拂还满，脚底流云去复来。
偶有一行游客至，直将崖上认蓬莱。

游天柱山大峡谷

莫问深山深几层，霞流谷底鸟争鸣。
偶看鱼影穿溪径，时有瀑珠溅草坪。
泉弄和弦音袅袅，石如猛兽目狰狰。
途中纵是多辛苦，犹踏残阶任意行。

登百泉山

石径云开向晓天，泉分百道入河川。
淋漓瀑雨濡花梦，袅娜山风拂柳烟。
鱼恋清凉藏水底，香留淡雅在裙边。
行来竹杖轻相叩，惊醒四围虫鸟喧。

暴雨

天张怒目雨疯狂，电闪雷鸣气势扬。
急点溅池飞作线，微烟昏水幻成江。
黑云直把山截断，白浪还将路隐藏。
万物轮回有定数，却都无故怨羲皇。

家乡新貌

心醉原由一望中，天光不与旧时同，
小城次第起楼厦，高铁往来携雨风。
锦陌三春织锦锻，长淮万里架长虹。
回家欲向村边绕，人道门前路已通。

孔祥建

网名金陵易水寒。南京人。

秋至见落木有怀

落木零星又见秋，无言独自上西楼。
一轮斜日云霞晚，满目金波河水流。
世道迂回知冷暖，身心清净乜王侯。
凭栏不是悠闲者，放棹重来白鹭洲。

登古雨花台

方春无绪斜阳晚，此地重登古旧台。
山水苍茫天外静，风云激荡四边开。
轮回岁月春依旧，成败英雄草没来。
老酒相逢终一笑，任他世事总相催。

以“故人别扬州”为意

长亭目尽舞蒹葭，一点离舟向晚霞。
且待桃花重烂漫，瘦西湖畔话春茶。

孔祥明

黑龙江省齐齐哈尔市依安县人，1967年生，祖籍山东曲阜，孔子后裔。曾在文化系统工作，后辞职经商。在报刊书籍和网络发表诗词数百首，荣获第三届“相约北京”全国诗书画大赛一等奖、纪念纳兰性德诞辰360周年全国诗词大赛优秀作品奖等。

七绝·闲情

农家小院远嚣尘，几处花香入眼新。
不问园中黄与紫，神聊不舍老屯邻。

七绝·茶趣

壶中泛起一团花，笼雾凝香也映霞。
品露方知根养慧，心中境界可升华。

七绝·农家院

田间拾趣好清幽，垄上忙闲也自由。
展望丰年多喜讯，农家最美是金秋。

五律·忆秦岭(新韵)

岭峻游人醉，何言枉此身，
幽兰逢雅客，芳草远俗尘。
垂柳溪边绿，苍松瀑顶春。
景非天上有，大美乃绝伦。

行香子·春风

野草重生，桃李初萌，愿随君，结伴同行。春风邀我，垄上闲耕。看柳垂眉，花披锦，鸟啼鸣。

吟诗煮酒，对饮相倾。叹流年，逝水无情。长歌一曲，爱恨何争。笔下词穷，愧残阕，暗心惊。

寇江河

1956年生，1981年大学毕业。先为语文教师，后转入行政工作，偶在地方报刊发表小文。

谒胡耀邦墓

富华山上风，浩气永朝东。
七十三步路，九十八棵松。
无私无愧志，多得少得衷。
鄱湖浪静穆，磊落照苍穹。

江城子·新春咏怀

新词一曲唱春来，喜蜇雷，赏疏梅。燕送轻风，吹暖杏花开。芳草华旸天意好，沽美酒，满斟杯。

畅酣梦里敞胸怀，慕秦淮，上三台。放眼江河，东去岂徘徊。大块文章抒笔写，泼浓墨，展真才。

春日偶题

潺潺听流水，濛濛望远山，
青青寻春草，馥馥访花仙。

快乐东儿

本名牟益文，重庆市长寿区人。作品散见于《重庆诗词》《长寿诗词》《长寿文艺》。

自述：年少时迷上了绘画，而今迷上了诗歌。不知这条风雅之路能坚持多久？曾经就读于无形的社会大学，现在任职于微小的家庭教育。

七律·闲趣

初夏斜阳放满天，萧风拽树靓青巅。
波光清澈浮云醉，桥影依稀暑色颜。
闲父垂纶临浅水，调童遛狗到沙川。
须臾莽汉牵牛过，更看花橘柚里妍。

七律·踏青

暮雨洗空晨里隐，微风揉面路人穿。
渐听翠鸟唠叨唱，乍瞅情人爽快牵。
小子伏溪边捣蟹，徐娘采杏下尝鲜。
今春闲旅纷纷踏，盛世华园绽旺年。

七绝·端午前日

布谷声催蝶蟀狂，沐风玉米夏迎阳。
待来端午人归返，叙旧农蔼飘粽香。

七绝·夏日

吠声居里绕炊烟，鸠哨林间橘柚悬。
放眼禾苗皆茂绿，乡情有信望丰年。

七绝·窥雨

室外悄风拽柳弯，敲窗夜雨看谁闲。
宝儿入梦轻轻笑，灯伴书文痴者间。

贺新婚

双双海誓同心结，对对鸳鸯缱绻飞。
携手合栽连理树，爱巢共筑永相依。

浣溪沙·现代人

百怪千奇邻里人，对门对户不识真。亲情寡淡是何因？

常忆少时家故里，难得谁不会君身。点头盈面是乡亲。

采桑子·闲趣农家

小桥流水双飞燕，鸡唱鸭欢。犬吠鹅喧，稚子蹬车院里翻。

野花点点溪边缀，游客临滩。纶线竿连，嬉戏鱼儿弄水湾。

旷文昭

字世人，号梅岭山客。大专文化。祖籍湖南衡山，1963 年生于广东韶关，现居深圳。现为中华诗词学会、中华网络诗社常务理事、副主编，世界汉诗协会、香港诗词学会、韶关诗社会员，韶关楹联诗词学会理事。

感友三十八年后重操琴

一窗绿雨湿空弦，世有愁情枉问天。
春鸟关关能解意，秋枫灿灿总随缘。
何因吊影伤风月，只合清音醉陌阡。
三曲伶伦云水静，心花自在舞翩翩。

武侯祠

萧萧疲马怅秋风，白骨青山血泪红。
知命难为兴蜀主，怜民焉不助曹公。
天时未至双王盛，地利难成百智穷。
既定三分难一统，当初何意出隆中。

西丽湖行吟

日拂廊台闻笛音，从游疑似梦中寻。
途幽袖手风盈面，意暖湖山绿满襟。
浅黛云来横碧水，浓阴雀去喜空林。
浮天煦润烟涵绝，待有蝉鸣能叙心。

重游石岩湖四首

（一）

波连草碧竟如春，廊度新风拂旧人。
为性依然哀幸否，凭愚难改一怀真。

（二）

野径闻蝉空自鸣，袪尘四望一怀清。
苍苔径向青林晚，孰忍山中唱落英。

（三）

漫拂榕丝夕照明，和风无语客卿卿。
弘源寺外浮云白，共得湖山一寸宁。

（四）

寺外蜩梁叶上啼，悬华若塔压天低。
飘红不欲梵声远，唯与金流散故蹊。

北海行吟

楼亭静望水幽幽，问客谁哀万佛楼。
白塔方知今日老，红墙漫忆往年羞。
临门铁骑愁清帝，拭泪瀛台困楚囚。
惊遁长安归路远，无为一梦笑聃周。

长城

雄贯东西万里疆，孰怜白骨垒秦墙。
城头袖手孤家笑，日底寒颜百姓殇。
只为有心争霸业，从来无道废君王。
阿房宫上连天火，犹照当年哭孟姜。

庆祝党 95 华诞感题

纵览江山世界殊，英魂未远炼鸿垆。
一朝有幸吟雄国，百载无情笑病夫。
达业天青能共日，休勋瑕小怎遮瑜。
沧桑佚道从今往，奋起旌旗耀大都。

参观中国军事博物馆感吟

归来夜静意无央，暂把风云入一囊。

忆昔王庸空自许，抚今国盛孰能当。
天昭垢耻百年痛，日落咸秦三户亡。
即已怀仇难共饮，日何信马息刀枪。

纪念中山先生诞辰150周年

一介耕农出翠亨，敢教千载帝王惊。
含英愧作乡间老，竭力功谋天下平。
使命沧桑夷旧世，雄怀日月累精英。
神州幸有佳音报，不负先驱四海行。

纪念红军长征胜利80周年

疲马关山昼夜行，雄魂怒向鬼神惊。
旌翻雪冷濒危厄，血染花嫣祭太平。
莫惧云遮千嶂暗，敢教日出一天明。
人间得道当如许，直下王城百万兵。

L

赖大斌

笔名文合武，书房“五清斋”。1938年生，四川绵阳人。中文本科毕业，历任中学副校长兼党支部书记。绵阳市诗联学会会员，西蜀诗书画院会员，《诗刊》子曰诗社会员。诗词曲作品分录入《新中国诗词大观》《中华当代诗词类编》《中华词海》《全球华人诗词艺术博览》《当代唐风三百首》《中华六十年诗人大典》等十多种大型诗词集。现有《五清斋诗词曲集》问世。

【双调新水令】万国缤纷灿浦江（套曲）

——上海世博会开幕式

南京路霓炫嫣然，陆家嘴层楼云汉；海外滩全球博览，母亲河典容百川。万国衣冠，众艳花仙，点染江山，美化家园，不出门能知更远。

［驻马听］卢浦横天，天架彩虹接地练，碧波缀玉，玉辉广殿散花媛。浦江两岸蜂争艳；世博园中蝶酿甜。环宇共银蟾，此时当在灵霄殿。

［乔牌儿］东方梅正艳，西地紫罗兰；（微风来）郁金香点头（河）两岸，好个春满园。

［雁儿落］英伦万国园，岁月如飞剑；（荣村）游目华胥境，（赤县）梦圆浦江岸。

［得胜令］（呀！世博）旗卷百旗鲜，（雷射）灯映万灯蓝。人海如花艳，商官列阵参；群贤。几度飞哥献，真欢！（今宵乐）人间天上典。

［沽美酒］仙姝舞袖翻，乐队排班演；声振环球撼动天。炎孙愿满，创新路、任长漫。

［太平令］焰火飘五彩飞剑，夜空落闪亮银环，音乐泉水柱霄汉，银河系比逊于暗。（这才叫）奇观，博览，了然。成就了东方之冠。

［水仙子］美人鱼静候江边，雅典娜轻笼玉颜；瓦尔特保安无患。群英首聚（世博）园，相通同笑心安。天上星河弥火焰，人间笑脸汇情缘；波底虚涵锦绣篇。

［折桂令］五洲乐人应无眠，火树银花，不夜东天。梦想来真，再飞畅想，桂树高攀。环保科研，智慧深专，理念桃园，美景新鲜。和谐发展，共创明天。

［尾］一花引得万花艳，一旆升空千旆卷；和谐相约同舟济，难舍今宵意深远。

【正宫·金殿喜重重（南）】相聚浦江拥抱世界（南北合套）

——上海世博会闭幕式

［金殿喜重重（南）］（法兰西）名画争先，（埃菲尔）铁塔银亮，阿兰德龙（敬）恭候，（美人鱼）面容清秀，（老爷车）百年辎辏，世界奇珍琅琇，（卢森堡）女神金镂，（古埃及）乌仙高寿。（立体）花园视听触（香）嗅。（东方冠）大秦兵俑，（古战车）马彪鬃烈，（灵动图）汴水活向浦江流。

［塞鸿秋（北）］青丝翡翠淡妆秀，笑脸雍容仪礼够。语通世界深研透。待欧送美情深厚。扶婴助病残，携幼尊高寿。园中白菜真优秀。

［金殿喜重重（南）］换头牵手，半年相邀聚友朋，同台共欢舞蹈唱全球；费城交响，美欧芭

蕾，鼓点非洲浑厚。(东方)古老韵久；独具扁钟轮奏，韵扬琵琶弦扣。(群姝)舞飞长袖，古韵今声(颂和谐)四洋五洲。

[货郎儿(北)]语言阻、心灵通透，肤色异、笑容共有，手牵手、情愫悠悠。澳双美，亚非欧，共创(文明美好)和谐五大洲。

[醉太平(北)]请将经验永留，且把精彩全收。创新路上共追求，让世界铺开锦绣。大洋彼岸金香媾，五洲环保清馨臭，东方神韵更温柔。甘醇美酒。

[尾声]不言再见亲，离情堪忍受。轻舟银燕谆恭候。尊重前途共攀柳。

(注：()中为衬字，不计平仄。)

春风袅娜·忆

那山间小路，不是当年。黄桷树，贺家湾。似江南竹韵、绿环青绕，柳棉无数，飞向高天。钟磬悠悠，信香袅袅，笑尔愚顽化纸钱。墙外兰馨趁风远，濠边桃影笼桥烟。

耀眼风光突变，房前巷尾，几多事，欲说潜然。鸣蛰唱，鸟声宣。殷勤赠与，青蚨绣绢。痴梦依稀，醒时犹记，汉皋相误，楚雨云欢。想逢难遇，问多情明月，而今过去，几度亏圆。

春风袅娜·思

石桥流玉露，提救农耕。红庙子，社神亭。化纸成灰旋绕，寺前山后，飞向幽冥。绮语黄娥，词家杨慎，云鬓川滇留苦鸣。隔世兰馨趁风邈，竹边桃影映双星。

忆昔儿时风彩，井边墙外，万事都在初萌。萦相绕，语纯清。殷勤脚步，如诉如倾。恍若淘河，似犹鸥鹭，竞相寻觅，一体通灵。无情岁月，更刀霜剑雨，秋叶已是，染数红青。

七绝·晚荷

绿衣翠袖细身材，素盖红冠对月开。
碧玉丛中香溢远，总疑仙子下瑶台。

七律·白荷塘畔

风尘碌碌去游山，林岫围堂碧玉颜。
烈日炎炎蝉愈噪，荷衣袅袅翠安闲。
银冠素盖冰魂洁，雪瓣初开黄蕊斑。
甚是梨花春雨细，轻风荡漾绿波间。

兰泊宁

女，已出版二十余部作品，代表作有大明三百年》(华艺出版社，2007 年 1 月)、《大唐女人》(中国社会出版社，2009 年 1 月)等。擅长写历史人物，文笔优美流畅，兼具思辨性、故事性和历史的沧桑感、厚重感，以能写出人物的真性情和本色人生著称。新书《春风十里不如你——古典诗词里的女神手笔》《但为君故吟至今——唐风宋韵里的暖男情怀》由北京团结出版社出版。

思君

忧来思君思断肠，不觉沾衣泪两行。
拨琴鸣弦发清商，哀歌苦吟夜未央。

琵琶

有种伤心谱难成，最忆是君琵琶声。
怎堪衾寒枕冷夜，数尽泪珠到天明。

桂林

阳朔山水桂林最，与君携手上翠微。
碧影澄澈秋江美，八月桂花带香归。
锦瑟繁弦伴欢颜，晴空长唳大雁飞。
愿将良辰酬美景，赏心乐事看霞晖。

碧桃花

(一)

碧桃花上杜鹃鸟，聪慧能辩语似人。
纵使才华能出众，奈何终日笼槛禁。
何日何时能脱身？深心一瓣任香焚。
煎熬花事过晨昏，伤痛三月不堪论。

（二）

海誓山盟总难凭，往事无着重记醒。
闺中妆罢鱼雁杳，照花临水不成行。
桃枝桃叶碧桃花，谁怜枝上血凝冰。
落花滋味驻相思，万千心语到无声。

郁郁一心间

郁郁一心间，盈盈豆蔻女。
与君两倾心，相思不能语。
郁郁一心间，遥遥两地书。
天作合之美，高山喜流水。
郁郁一心间，皎皎巧笑姿。
翻云又覆雨，难以结连理。
郁郁一心间，袅袅古琴曲。
望尽天涯路，团圆是何夕？

桃花行

（一）

灼灼桃花一树发，劝君珍惜好年华。
脆弱不耐东风催，坚强为君留芳花。

（二）

春寒细雨出孤荣，一树桃花盛开中。
只恐东风妒桃花，乱红吹落泪雨倾。
蜂蝶轻薄欲入怀，宁甘沉没为珍重。
水面波光俱相怯，花落清溪十里红。

兰厚富

祖籍江苏扬中，1967年生。1991年毕业于华东师范大学外语系德语专业。2000年8月以前在上海某机关工作，之后成为德语自由译员。2015年起喜欢上诗歌并且开始尝试写诗。

七绝·过旧碉堡

堡身破旧草坪新，枪眼环周望入神。
风挤门边呜作响，疑朝路客泣英魂。

（注：1949年上海解放时在此进行过激战。）

七绝·七夕

——农民外出打工有感

离家背井苦工忙，日夜操劳似铁钢。
最是七夕分两地，牛郎无数梦回乡。

七绝·树上毛虫失足

尾巴朝地嘴朝天，卷尾吸丝费力攀。
一旦疏忽摔落去，重回原位上天难。

七绝·路边紫薇花

枝条楚楚当街舞，艳丽百天超众花。
无惧尘灰和扰闹，一心献美别无他。

七绝·观海偶题

碧水晴天起浪墙，一波更比一波狂。
可怜怒吼无人懂，海岸仍成废物场。

兰心独语

本名张立芳，爱好诗词。全球汉诗总会会员。作品散见于《中华诗词》《诗词报》《诗词月刊》《燕赵诗词》《东坡赤壁诗词》等刊物。

夜行(新韵)

草色黯然花不香，路边灯火照彷徨。
成双来客孤单去，留下诗情寂寞长。

心晴(新韵)

坎坷人生又一重，征帆每每送浮萍。
诗心暖化风和雨，锦字排空万里晴。

随感(新韵)

（一）

今日清风送爽凉，推窗有梦欲飞扬。
蓝天自有白云舞，我放诗情钓美章。

（二）

愁落杯中和酒饮，香飘诗外带情飞。
一笺旧梦空追忆，忍看清风梳柳眉。

藏头高山流水(新韵)

高雅情怀唱四方，山花林鸟入诗行。
流年带走青春梦，水墨留君点点香。

秋云(新韵)

无声之处转秋凉，寻梦白云弄影长。
若问心中多少苦，长空洗墨泪八方。

秋柳(新韵)

天高云淡入秋凉，垂柳低眉觅暗香。
颤颤巍巍黄叶落，惊飞一梦碎柔肠。

好友结婚10周年(新韵)

十年风雨已匆匆，莞尔回眸一笑中。
前路并肩迎旭日，晚来星月诉情浓。

蓝雨

本名陈堂利，笔名蓝雨。兰州市榆中县农民。爱好文学，喜欢古诗词，擅写散文，有诸多散文发表于网络平台。

夜话寄北

秋风渐冷露霜寒，雁远云归月亦残。
欲问君心何处在，一言未寄泪滴干。

伤别离

庭前柳絮自纷飞，燕雀何时再落梅？
若是今夕情未在，悠悠爱恨为谁悲？

莫长恨

夕阳切切恋黄昏，落入花丛胜似春。
莫在风华浓密夜，萋萋怨恨负秋魂。

游华清池有感

花容已去情难断，落入池中化泪痕。
此夜一城烟雨色，谁能记得醉花人。

秋夜思

秋风又起残花舞，涩涩相思四面来。
夜冷无眠空对月，终将泪语暗深埋。

郎晓梅

女，1972年生，辽宁凤城人。文学硕士，辽东学院汉语文系教师。丹东市楹联家协会主席，丹东市诗词学会常务副会长。著有《茗风旧体诗稿》。

拍莲

曲桥漫过向池阶，一望青圆叠翠霾。
我有白莲君不见，摇漪馥气在襟怀。

逢重阳清晓宝山上

秋冈风挟初霜叶，大壑云埋数点灯。
遥想家翁应未起，老园露滴豆花藤。

与老爸电话

忙中久不问亲安，屋后野蔬餐未餐？
莫忘播些花种子，待儿假里倚门看。

我想回到我的木格子童车里

玉米扬青猎猎旗，蝉吟依旧满槐枝。
坐来第一关心事，记取娘亲绿鬓时。

与老妈电话

溪水临门又去斜，挽筐来捡刺黄瓜。
胜儿应是房头燕，时送山窗细细花。

中秋节后我将返城时的老妈

院央背坐捆蓬蒿，白发毵毵日影高。
欲出门时忽相问，吃无那树小毛桃？

想家

刁窝鄙远是吾村，匝岸青莎直到门。
惹蝶黄花攒架上，见鱼清濑绕篱根。
压枝李子遮邻舍，齐牖兰蕉引客魂。
白霭穿堂寒在暑，碧梧覆院昼如昏。
劳蜂杂沓繁巢室，生耳参差烂木墩。
采药晒帘熏日月，割蒿带露饲鸡豚。
业唯园圃耕锄事，时检渠沟退涨痕。
遥念媪翁餐豆藿，捏盅相谑亦温存。

中秋回家得涛涛相送归后寄谢

秋花夹道正纷纷，叠嶂驱车共白云。
藏墅青深罅中看，鸣蝉嘹亮座边闻。
凫鹅野水疑谁画，熟稻微风亦自薰。
遥指山门不相让，冲襟蘅芷别同群。

老树着花

本名老彭。古诗词业余爱好者。得名于宋代梅尧臣“野凫眠岸有闲意，老树着花无丑枝”。曾经商海浮沉，看淡红尘冷暖。现偏居一隅，偶感而发。

梅黄十唤阮郎归（中华新韵）

阮郎归（引子）

卿说回世走一回，更残守玉闺。恨别千载祭坛煸。烟波锁故陂。

胡麻饭，榆木炊。觞心可寄谁。梅黄妾唤阮郎归，心荒菥菥蕤。

阮郎归（婚别从戍）

桦烛掀盖瞅睢睢，腮红晖艳堆。粉妆玉砌喘猗猗，融怡笃爱绯。

情酣醉，马嘶催。征书递绣帷。梅黄一唤阮郎归，易装赴疆睽。

阮郎归（送行）

送君凝滞望夫碑，征衣映暮辉。送亲乡党未家回，又鞭羸马飞。

山走走，水嘶催。壶觞难度假离圩。梅黄二唤阮郎归，何时柳下偎。

阮郎归（思夫）

旧雀还恋陇头楳，凄凄阳卉腓。东风不至总徘徊，朝朝暮暮悲。

情懒懒，意萎萎。烛花镜影妃。梅黄三唤阮郎归，红颜谁与媚。

阮郎归（事耕）

裁风剪雨理荒蘽，锄荷借曙晖。躬耕陇畝野垌陪，伶俜踏影回。

夫犁剑，妇饲犩。家宁九垓威。梅黄四唤阮郎归，麦香果正肥。

阮郎归（事高堂）

披袘南海镇边陲，相思凭风毸。代君恪孝奉庭闱，焚膏以继晷。

冬暖被，夏凉宽祎。亲承语笑微。梅黄五唤阮郎归，流连倚阆棂。

阮郎归（事子）

鸾笙合卺鸳盟帏，蓝田种玉珪。雁来雁去信风回，娇娃已虎威。

劬子晬，继爷頯。稚声索令麾。梅黄六唤阮郎归，柔肩担重魁。

阮郎归（事学子）

日晞合卷又笛吹，西窗绕怨靡。学资拮僱翥云飞，欲帆搁岸湄。

家亦嫂，楫之桅。志坚亦摧頺。梅黄七唤阮郎归，盼君解阵危。

阮郎归(苦恋)

青灯无趣冷幽闺,揣笺暗暗悲。漏残催晓悚凪隤,梦君榻前斐。

青丝绾,素笔媒。思泉淌淌逶。梅黄八唤阮郎归,鸿鳞不渡岯。

阮郎归(荣誉)

削涛劈浪艋舴摧,零仃洋打擂。龙蛇波上走惊雷,冽冽斩马嵬。

挥旆令,跨鲸飞。南柯笑几回。梅黄九唤阮郎归,风云弄与随。

阮郎归

三更妆扮画娥眉,推窗月半规。凭云青鸟唱君回,候执裛露垂。

烫新樉,煮旧醅。床头栀子媚。梅黄十唤阮郎归,千盅不尽杯。

雷发扬

贵州省丹寨县人,在烟草专卖局工作,曾任主任、局长等职务。诗词爱好者,有作品见于《中华诗词》《诗词世界》《九州诗词》《诗词百家》《贵州诗联》《黔东南诗词》等杂志。

七绝·杠吃水

西山雨后夕阳斜,七彩蛟龙吻浪花。
谁与雷公发微信,银瓢失落在天涯。
(注:当地将彩虹称为“杠吃水”或“龙吸水。”)

七绝·咏第三届诗词中国大赛(新声韵)

开赛诗词六月初,不知拙作是何如。
谁能咏宋东坡句,可否骚人改姓苏。

七绝·苗姑刺绣

丝绒绷子放胸前,彩线银针巧手牵。
绣尽山川馀甚景,织条锦缎挂蓝天。

七绝·寻永安土司雷启凤坟茔(新声韵)

始祖雷公何处寻,荒原一片草森森。
营盘踏尽馀何处,尚有苗乡云外云。

七绝·望星空(新声韵)

银河星斗密麻麻,今夜莹光入万家。
我欲摘颗盲女戴,不知何处觅梯爬。

七绝·丙申中秋夜雨(新声韵)

西瓜月饼摆阳台,老叟迎宾把宴开。
谁惹嫦娥生闷气,今宵垂泪不出来。

七绝·秤

公平秤杆定盘星,万两黄金计算精。
惟有人心称不得,获知轻重是非生。

七绝·贵州秋色

谁丢火种在山中,一炬燎原千岭红。
十月苗乡陶醉我,可怜大雁过黔东。

雷风仪

福建省诗词学会会员。著有格律诗词集《西郊吟草》。曾编纂《宁化佛教志》、宁化实验小学《百年校志》、《桃源祠雷氏族谱》以及《宁化雷氏文化资料汇编》等多种。零星诗文散见于《三明日报》等报刊。

七律·公园晨练

薄霭轻烟笼树颠,俊男靓女早盈园。
兰花玉指剑鞭闪,绢扇金波蛱蝶旋。
太极游龙徐吐纳,旱冰神燕疾蹁跹。
纤歌曼舞京腔爽,音律悠扬醉管弦。

七律·游十三陵

谒别长陵到定陵,地宫深处陡凉阴。
石门灵寝层层进,楠椁衣冠具具新。
幽殿玄厅瞻宝器,像雕神道赏碑亭。

永昭诸墓难穷尽，物换星移水库清。

七律·象棋吟

街头巷角摆方枰，黑后红先礼让行。
汉界楚河泾渭显，挺兵飞炮马车征。
观棋勿语口难禁，落子无回手欲伸。
胜负寻常和亦乐，人生弈局盼双赢。

七律·扫墓

雨后冈峦淑气鲜，祖孙三代拜陵园。
风吹桔蕊香飘远，虹映杜鹃色倍妍。
细认碑文怀往哲，创兴家业盼新贤。
孩童雀跃欢声起，争采山花献墓前。

西江月·乡居

雾漫南山隐隐，鱼游西水悠悠。门前沃野绿田畴，村后果林梨柚。

转眼鸟飞兔走，半生春种秋收。夕阳晚景忘烦忧，诗酒权当享受。

采桑子·重阳

年年重九登高望，处处秋光。阵阵秋凉，风涌田畴稻浪黄。

园林迎客梳妆靓，桂菊清香。古木青苍，枫叶飘丹染艳阳。

行香子·迎春

岁序回轮，物候更新。清晨起，吟诵怡神。年华渐老，经典常温。品诗中韵，词中境，曲中音。

悠悠青史，滚滚红尘。荧灯下，走笔耕耘。天南地北，鉴古观今。咏月边影，潮边信，眼边云。

寿星明·八旬述怀

往事如烟，走马流年，梦绕情牵。忆青春苦涩，时乖命蹇；出身烙印，病惹贫煎。绿染荒原，金披沃野，春去秋来今世缘。农家院，赏鹅浮浅沼，雁舞高天。

幸留瘦骨弥坚，赖薄酒粗粮养素颜。有后昆锐志，回城创业；群孙奋勉，升学争妍。莫负斯文，重操秃笔，信口歌吟渭水篇。游园处，俩童心鹤发，月下花前。

雷蕾

网名天使之梦。女，河北张家口人，从小酷爱诗词歌赋。

葵花

金色家园入眼帘，黄花朵朵展娇颜。
伴随烈日当空舞，一脸温馨应动天。

秋雨

秋风萧瑟落花迎，思绪万千独自行。
雨里芭蕉心欲碎，滴滴泪水是深情。

醉酒女

泪落杯中满目伤，滴滴苦酒把情藏。
不知今夜为谁醉，独坐楼台痛断肠。

雷盈祥

男，汉族，1945 年生。武汉师范学院中文系本科毕业。湖北省诗词学会会员，汉川市黄良辉文化研究会常务理事及会刊编委。自 2005 年退休后，开始研习和创作传统诗词，已在省内外多家报刊发表诗词习作近百首(阕)。

七绝·渡汉北河

轻舟载客劈烟波，河畔鹂欢叼碧螺。
回首沙堤芳草处，雉鸡相伴织新窝。

七绝·春夜

饮罢银钩挂柳墙，催耕布谷夜啼窗。
徙居闹市忧南亩，醉令春风暖稻秧。

七绝·咏兰

饮冰茹檗俭梳妆，九畹清柔骨韵长。
无奈风霜输劲草，春融淡雅吐天香。

七绝·咏荷

玉立污泥不染污，清涟湔洗彩霞铺。
新红韵远春鸥妒，更有鸳鸯恺翠湖。

七律·登仙女山

踏破晴岚上碧山，东君巨手托春盘。
禾铺锦缎江潮涌，湖架玉琴沙鹭弹。
荆楚云舒莺燕舞，武荆浪卷马龙欢。
奇峰雄峙威今古，恰似珍珠嵌汉川。

七律·游 汈汊湖

天光云影水村幽，心醉晴湖偕友游。
手摘红菱抓锦鲤，荷翻碧浪湿沙鸥。
登舟觅韵青虾戏，倚榭寻词紫蟹泅。
汈汊渔家抬望眼，金珠银贝满汀洲。

七律·水乡春韵

烟林百鸟赛歌喉，犁雾鞭梢挂玉钩。
油菜含芳粘粉蝶，稻秧梳辫惹黄牛。
鸭倌布阵篙音脆，渔嫂巡塘棹韵柔。
春色有声催杜宇，水乡奔富报金秋。

七律·渔村月夜

月光如水洒荷塘，音韵悠柔驾八荒。
蛙鼓频敲惊稚梦，萤灯乱点破纱窗。
烟花炫目天仙妒，婚宴含情酿酒香。
喜庆渔村弦管起，戏台生旦耍高腔。

黎明亮

男，汉族，生于1962年。重庆市綦江区诗词协会会员，万盛经开区诗词楹联家协会会员。作品经常在市区国家级刊物发表，参加2016年中华诗词协会主办的高级研修班学习。

七律·游白云观

晨登陡经半空悬，举目风光峭壁间。
玉井幽幽潜谷底，香碑隐隐立云端。
冲霄石笋俯千岭，对弈棋盘坐九天。
红日西沉归鸟唱，晚霞催我下瀛山。

七律·读《常乐诗文》有感

杨老赠书吾动颜，凝神品读醉佳篇。
诗言伟绩歌华夏，文忆流光献杏坛。
立意悠深触心魄，措辞精妙颂山川。
奇葩绽放芳香沁，绚丽多姿任赏观。

七律·缅怀鹏

驾鹤归西已一年，深情往事涌心田。
吟诗作赋聊古今，吹笛弹琴说管弦。
遇事无谋能授计，知心有话可倾言。
绵绵思念如江水，祭日青龙化纸钱。

七律·春游高庙

满目幽幽树木葱，凉都散步任从容。
亭边草茂油油绿，园里花繁艳艳红。
白鹭啼歌掠田野，苍鹰展翅绕天空。
崖高径陡焉能惧，更美风光望险峰。

七律·青春年华

曾记当年初见时，花容月貌俏身姿。
踏青坡上观桃艳，登岭林间听鸟啼。
亭里拨弦情切切，园中起舞影依依。
有缘演绎缠绵史，难谱人生浪漫诗。

七律·思乡

屈指未归超十年，乡情萦绕涌心间。
凭栏屡望罗盘石，做梦常登华盖山。
昔别少儿皆小村，今推妪叟渐青烟。
何时重返会亲友，共举金樽大醉欢。

七律·山间漫步

漫步幽途笑语扬，葱笼高树隐农庄。
满坡青豆枝头挂，一片蓝莓叶底藏。
金稻层层卷田野，红椒闪闪灿山岗。
欢歌忽听渔舟唱，风拂荷花送暗香。

七律·綦江丁山湖

奇峰镶嵌一明珠，闪烁光芒耀画图。
碧浪排空天际涌，彩州荡桨雾中浮。
千山绿绕红鳞跃，万树青缠白鹭呼。
恍入瑶池赏仙景，从今不再荡西湖。

李洁

女，1988 年生，滕州市人。毕业于烟台大学，现任职于滕州市实验高级中学。滕州市诗词学会会员。

七绝·春潮

春风春雨润春苗，三月春花梨杏娇。
紫燕穿梭忙筑垒，阳光明媚弄春潮。

七绝·探月

神游探月数千年，一号嫦娥酬夙缘。
侦查太空多妙事，返回图像绘新天。

七律·莲青山赏景

青山翠谷峭岩崖，灌木横生幽径斜。
石上清流飞瀑布，涧中烟雾酿云霞。
苍松隐蔽明王墓，古柏围遮居士家。
西望微湖天际远，来观玉女撒金花。
（注：明王陵、莲青寺、玉女城等皆为莲青山景点。）

李芳

女，汉族，1953 年生，枣庄山亭区人，大学文化，曾任滕州市招商局工会主席等职。中华诗词学会会员，枣庄市诗词学会副会长，滕州市诗词学会会长。作品多次在报刊上发表并获奖，2015 年荣获第十二届天籁杯中华诗词"德艺双馨著作家"荣誉称号。

五律·龙泉寺

一入龙泉寺，全忘世俗身。
天风传笑语，仙境驻游人。
荐福焚香献，迎祥叩首频。
唯求烟化雨，洗却大千尘。

五律·观古文公台

历劫碑仍矗，滕文阁尚全。
来瞻叔绣馆，深忆昔时贤。
修睦无征战，居仁解倒悬。
井田垂万代，雄霸付云烟。

七律·游长江三峡

叠嶂重峦傍大江，飞涛激浪正泱泱。
千山处处鉴今古，九派茫茫归海洋。
神女引吭歌盛世，闸门发电照襄王。
雄心壮志吞河岳，绚丽彩霞笼福康。

七律·游黃山

峻峭名山盛誉传，风光无限妙疑仙。
劲松迎客千秋秀，云海浮天万叠烟。
越涧龙闲欹石卧，渡仙桥静伴云眠。
速成佳句巅峰上，落笔生花喜向前。

七律·黃河吟

民族摇篮九曲悠，奔流渤澥壮千秋。
狂涛怒浪惊天地，击水凌云荡楫舟。
日月情深多福祉，江山意厚少忧愁。
昂扬最是黄河曲，世代高歌唱不休。

七律·鹳雀楼

古迹名扬岁月悠，今朝神采倍风流。
层楼气概溢三界，杰阁烟霞灿九州。
眼底江山多感慨，域中人物更雄遒。

登临兴有拿云手，拈韵摛章歌未休。

七律·游九寨沟

神奇九寨不虚传，秀水青山映碧天。
林海幽深花草美，雪峰峭拔彩云妍。
瀑喷珠玉舞银练，池幻风光醉紫烟。
临此心舒情激荡，迷人景色属诗仙。

七律·重阳登高

天高气爽豁双眸，一览鲁南临晚秋。
满目青山春尚在，撩人脆语燕还留。
烧红枫叶凌霜笑，开遍黄花迎客游。
岁月蹉跎驹隙过，雄心奋发纵情讴。

李斌

女，山东省莱州市人。居于海之滨，日与水相伴，夜枕涛而眠。

七律·夏夜

月华如水映芳苑，蒸热已收天宇清。
香露滴流卷菡引，微风拂面送蛙鸣。
谁家闲话安康景，何处弄弦欢喜声。
盛世韶光堪静好，举杯邀影祝昌平。

五律·梧桐

东邻青玉树，春尽粉颜舒。
阔叶不欺暑，浓荫偏盖庐。
夜来闻玉笛，午后战兵车。
实满知秋至，尚期引凤居。

李长玉

明溪春晓

胜地今生得一游，轻云出岫掩天浮。
山须逊市三分闹，市却输山一片幽。
起伏峰峦显龙脉，逐波溪水泊渔舟。
足凭广揽明溪美，最恋如诗吊脚楼。

题古道秋风

古道倾听禽对语，茂林阡陌淌清溪。
水边袅袅钟情柳，歌里柔柔牵客衣。
麦穗垂头山雀乱，菜花含笑野蜂飞。
村墟赶集炊烟起，杜宇何须唤我归。

李斌

五律·立秋

新节驱残暑，风清日渐迟。
书铺高榻晒，露坠锦鱼窥。
客燕未归旅，寒蝉犹抱枝。
夜来蛩切切，可念鹊桥期？

五律·枫

青女催霜令，万山俱染红。
层林铺蜀锦，赤水映乌蓬。
昨惜春容浅，今番秋色匆。
迎霜何惧老，丹志向阳忠。

李财

辽宁彰武人，1953年生，中专文凭。中华诗词学会会员，中华当代文学会会员，《中国和谐之声》记者。青年时喜爱书法、摄影、文学，经常写诗歌、散文。1976年参加教育工作，任后新秋镇中心小学教师。2013年退休。退休后刻苦学习，钻研格律诗词写作。作品先后在《诗词之友》《诗词世界》《中国和谐之声》等刊物发表。多首诗词被《中国梦之路》《时代颂歌》《小平颂诗词大典》等多部诗集选编。诗词《龙湖涌情》《龙湖美》入选中国传统艺术学会监制的“二〇一六年当代诗词名家精品台历”。

鹧鸪天·咏诗乡

烽火台颂柳河吟，城乡老幼咏诗新。笔抒情泻李白句，沃野山川入画云。

心激荡，音韵亲，胸藏意境绘诗文。诗词感赋清流泻，锦绣山乡日日新。

鹧鸪天·中国梦

华夏民族筑复兴，百年期盼喜飞腾。幸福富裕国人梦，中华儿女创新程。

圆美梦，民族兴，挽手跨步舞东风。神州崛起全球唱，一带一路绘繁荣。

沁园春·中华颂

华夏流长，盛世辉煌，浪淘沙浆。悲壮五千史，破浪飞航，文化承继，诗韵歌唱，魂洒兴旺。长城蜿蜒，儒道释芳。四大发明真气在。神州笑，英雄热血洒，历史刻伤。

新春，巨手指航。团结创“四化”，小平引路强。中华同心，改革开放。民富国强，温饱衣妆。陆海空列，军威豪壮。和平胜利，世界歌唱。复兴梦，中华当富强。

沁园春·黄河魂

滚滚黄河，万里奔流，涌浪冲关。忆慈母身躯，饱受煎熬。沧桑史记，冬去秋还。壶口瀑布，涛声震撼，激起民族情缘。母乳哺，育中华志坚。巨龙飞天。

黄河，史记千年。日入侵，烧杀我庄园。激起民族恨，高举刀枪，抵抗日顽。黄河两岸，杀声震天，消灭日寇，还我万里好河山。苦战八年，赶走小日本。重建家园。

小村新景

林涛飞绿涌蓝天，云架银线万里牵。
玉叶邀请仙女舞，风车旋荡众神酣。
晨曦摘满露鲜嫩，夕阳垂钓笑鱼竿。
倩女杨帆白鹅浪，俊男歌谣羊漫山。

将军探亲

不坐轿车徒步行，乡音未改话语浓。
东街叩拜张三婶，西院问候李大明。
父老乡亲谈往事，山村变化富说穷。
童年伙伴相拥抱，一再相邀去北京。

咏“三乐书屋”

山村小院撒书香，阅读无声各自藏。
翁咏唐诗李白句，妪观画美俏夕阳。
俊男挥笔龙蛇舞，倩女心哼曲谱张。
月芽高挂柳梢摆，书屋学友交流忙。

春韵

湖水涌浪红鲤跃，微风阵阵柳枝掀。
笛声清脆童吹奏，野菜争桌味口添。
岭岭风车仙女荡，坡坡桃李香满山。
牛播金种织锦绣，苗壮田丰云抚弦。

李晨光

平顶山市职业技术学院征途诗文学社会员。

月

溪边木舟空自渡，池中残叶几沉浮。
举樽回首天地旧，孤蓬何必坠情楼。
新月又似谁家眉，独挂枯枝满离愁。
而今一轮皎月入，圆是别离缺是忧。

李成孝

1947年生，黑龙江省依安县人。初中毕业，下乡知青，曾任电影院副经理、县委宣传部宣传组组长、县文明办主任、县文体局副书记和副局长、县评剧团团长。现任依安县诗词协会副主席、秘书长。齐齐哈尔市诗协会员，黑龙江省诗协理事，中华诗词学会会员。

七绝·山水图

碧水青峰近远帆，一行飞雁可从南？
衔来故国相思草，不醉春风誓不还。

七绝·荷韵

初醒田田一梗轻，为听夏韵媚东风。
蜻蜓小立尖尖上，一夜红裙带露生。

七绝·聚会

且吟一首问同谋，曾想当时几聚头，
塞北西南心远系，盼归觥举再觥筹。

七绝·游太湖二首

（一）

寻芳胜日惹相思，满目诗魂醉我痴。
遍赏翠湖疑阆苑，采来梦幻赋瑶池。

（二）

清波旖旎水生烟，柳岸遥闻赋有闲。
洗却劳烦寻趣事，和谐溢满太湖边。

七绝·天伦之乐

顽孙嬉闹撒娇疯，欲问爷翁小乳名。
捧过嫩腮亲两口，狠拍屁蛋掌轻轻。

七绝·春声

随风入夜扰香腮，润物复苏细雨来，
默默无声青破土，柳丝渐绿近楼台。

七绝·黑龙江边即景

绵绵秋雨点青岚，霜染层林送远帆。
一缕金风留不住，隔江也是五花山。

李承方

男，汉族，1940年生，滕州市人，退休干部。中华诗词学会会员，中华当代文学学会会员，枣庄市诗词学会会员，滕州市诗词学会常务理事。2013年荣获第十届天籁杯中华诗词“德艺双馨著作家”荣誉称号。

七律·讲坛敷演《红楼梦》感而赋此

二百年来争未休，文坛今又颂红楼。
郢书燕说释文意，虚语浮言解事由。
本以荒唐成戏影，何须真切觅泥牛。
潇湘风月多清议，自作情痴论石头。

国耻日赋

——记“九·一八”事变81周年

奉天钟戛响音商，滚滚硝烟弥朔方。
玉匣藏锋屠饿虎，铁弓放矢射天狼。
亡吴且忍尝悬胆，救楚应羞啼断肠。
富国强兵当是本，河清海晏固金汤。

北京碧云寺谒孙中山灵堂

先驱一代碧云封，祭告中山慰列宗。
仰视衣冠因痛甚，钦瞻贞石为情浓。
神州崛起挽狂浪，帝制推翻跃巨龙。
贤哲功勋堪启后，江山今日展新容。

天山黑龙潭瀑布欣咏

四面绝巅笼翠微，一池碧水漾青辉。
奔泉漱玉穿岩泻，叠瀑摇虹折涧飞。
断岸崩崖白虎啸，滚流翻浪黑龙威。
崇阶委径通苍昊，仙女飘然下翡帷。

赞阿勒泰地区边防战士

绝漠风烟横莽苍，荒遐剑气铸铜墙。
驱驼守土踏沙碛，赍志巡疆披雪霜。
阿勒泰山连梓里，乌伦古泽润家乡。
牧民情好帮驼驯，关隘长天共举觞。

天山雪莲

万仞天山降洛神，凌寒琼玉羽衣身。
崇巅雪海承清露，皓魄苍穹照桂轮。
坐霰灵台舒缟袖，携冰慧剑斩红尘。

霜姿香冷清凉界，花放重霄独作春。

落梅赋

仙云垂影水潺湲，魂断春山幽涧间。
空理寿阳愁凤镜，徘徊君复惜妻颜。
冰英半树黄昏月，冷艳满溪清水湾。
细雨归鸿寒料峭，晴明啼鸟绿遮山。

鹧鸪天·城郊人家

荆水悠悠柳曳坡，居民几院访宾多，憩园百卉游眸赏，林樾群禽都放歌。

池钓鲤，菜装箩，烹鲜清炒醉颜酡。画书琴棋随诗兴，物我怡情戏逝波。

李岱宸

女，籍贯江苏省泰州市，2000年生于北京，现为中国人民大学附属中学学生。曾获2015年第二届“北大培文杯”全国青少年创意写作大赛初赛初中组第一名、决赛二等奖，2016年第三届大赛决赛一等奖；2015年《中国汉字听写大会》全国巡回赛北京赛区冠军赛优胜者，代表北京市参加全国决赛(河南安阳)；第十六届全国青少年“春蕾杯”征文一等奖；第六届全国少年儿童“成长杯”征文大赛一等奖；等等。先后有6首诗作发表于《中华诗词》杂志。

七律·书生

呱呱初坠夜哭琅，丹纸墨字童谣长。
百无一用人前语，日读夜诵心中伤。
放翁欣会渊明意，乐天诗谒顾况襄。
泪染黎明方又是，骨硬胜铁筋尚香。

浪淘沙·乐诗

室内茶香袅，笑语闲闲。如切如琢论诗篇。推敲细琢平与仄，愁了红颜。

窗外风声喧，冰柱垂檐，寒鸦飞掠柳树巅。数九寒冬未消尽，词意缠绵。

五律·言志二首

（一）

昔日风骚领，曾执柳叶刀。
挥掌翻云雨，落笔复惊涛。
声名狂亘古，煊赫旧时谣。
荏苒休辜负，原宜惜寸宵。

（二）

少年文章短，舞墨情陶陶。
他人怀宝剑，我有笔如刀。
国风讽今古，楚吟恨路遥。
言志从箕山，咏怀寓波涛。

七律·叹阿富汗女子因诗焚身

几度彷徨独出门，恰若娇蕊离枝盆。
犹恐行人遥侧目，还幸诗文伴晨昏。
人似夭桃揉满地，事如春梦了无痕。
狂风摧花花不语，空馀绵长长恨魂。

（注：某日，媒体曝光阿富汗少女诗人贾米娜因写情诗遭家人殴打，家人撕毁了她的笔记本，贾米娜不堪受辱自焚身亡，家人称她的死亡为意外。据闻，阿富汗妇女写诗、读诗要冒生命危险，她们唯有建立秘密诗社通过电话秘密读诗。有感吟之。）

七律·冬风寒

荏苒春秋佳日过，萧条侵处芳华凋。
瑟瑟枯叶随尘化，凄凄孤鸟敛翩号。
寒雾万缕锁城宇，残月半轮映楼遥。
朔风若解怜人意，夜阑吹梦到碧霄。

七绝·除夕夜

除旧迎新泯仇恩，前因往事化轻尘。
敏心雨薇志淡泊，长保无喜亦无嗔。

七绝·庆新年

东风一缕送清芬，青帝眷顾人间春。

烛影摇摇情意暖，瑞雪飘飘思无垠。

七律·叹猫

慵慵漫步悠然来，翩翩虎威几曾开。
驻足立耳眯杏目，提爪摇须抚桃腮。
飞鸟藏尽良弓朽，走鼠匿无灵猫乖。
可嗟浓睡梦伯乐，最憾娇生误志才。

李德田

男，汉族，1936年生，滕州市姜屯镇柳庄村人，退休教师。中华诗词学会会员，枣庄市诗词学会会员。作品曾发表于《中华诗词》等报刊，许多诗词被地方专刊、诗集选录。

五律·谒中山陵

飞雪漫钟山，人流仰逸仙。
雷霆轰旧制，心血创新天。
在世家财罄，临终遗嘱传。
中华今崛起，足可慰长眠。

五律·谒绍兴鲁迅旧居纪念馆

笔力动盘根，先生民族魂。
横眉击腐恶，俯首送春温。
新馆光辉耀，旧居豪气存。
轩辕血已荐，遗爱满乾坤。

五律·雨霁

春郊当雨霁，好不快胸怀。
湛湛遥山近，翩翩去燕回。
田园红缀绿，车马往迎来。
喜听农歌起，村姑登土台。

七律·宝岛拣卵石

海边拣石记行程，细雨帮吾洗泽莹。
不贵贾家奇宝异，却珍海峡石头精。
欢腾旅友乐其乐，敛气阳侯迎所迎。
两岸他年归一统，慨然睹物忆斯情。

七律·合肥瑶岗渡江战役前总旧址纪念馆

雄师百万渡江龙，独姓王朝气数穷。
天险能帮蒋中正？民心归向毛泽东。
岛孤泪叹凄凉月，陆大欢歌解放风。
人道由来痛腐恶，江流不惜血成红。

七律·杜甫草堂

庄严典雅势恢弘，点缀茅庐作象征。
松竹参天锦城碧，厅堂邀月蜀山明。
一尊钢像瘦筋冷，万卷诗书忧国情。
可叹平生总潦倒，品高身后听吟声。

七律·雨游武侯祠

不重刘皇重武侯，参贤淋雨见人流。
三分岂可称奇志，一统方能酬大谋。
命殒多劳悲九域，名垂忠义贯千秋。
中华代有楷模在，霁月光风不肖羞。

七律·都江堰

蜀守李冰亲蜀民，能教旱涝毁乾坤？
锹挥玉垒分岷水，步举川原启福门。
千载宝瓶腾雪浪，万年鱼嘴守晨昏。
为官一任心无愧，是圣是贤民族魂。

李芳

笔名淡描无痕。女，汉，38岁，现从事教育工作。中华诗词学会会员，河北省诗词协会会员，阜平县诗词协会会员。

七律·古北岳

剑峰万仞刺天开，绝涧层花谷底栽。
野翠清凉沉碧影，云心留恋照明台。
昏虫寻道空中馈，罄水修身石间徊。
涩笔难书前后事，千年古岳落尘埃。

七绝·古北岳峡谷清涧

十里深沟九曲河，青衣叠嶂水欢歌。
瀑花点破修仙路，浪漫清潭几酒窝。

七律·行万里路，读万卷书

词苑躬耕南陇田，平长短仄枕书眠。
登临常话康公履，观海难吟苏轼篇。
轻剪秋心云水意，尝闻夜桂镜花缘。
身收静室寻真韵，千古诗情欲化仙。

七绝·驼梁山日落

落日熔金朱鸟旋，霞飞万里映山莲。
暮云排浪余晖尽，黛墨烟波起大川。

七律·驼梁草甸金莲花

郁郁层峦碧几重，青青草甸百香从。
峰头霭起莲沾露，谷底岚生风御龙。
日暮彩霞惊失色，夏初驼岭觅仙踪。
烟波四海花神赋，金蕊禅心绝世逢。

李广财

黑龙江省依安县人，1966 年生，高中文化，农民。爱好文学，尤喜诗词。黑龙江省诗词协会会员，依安县诗词协会会员。先后在中文书刊网、东北网和各级网站发表诗词 600 余首，曾在黑龙江省诗协和东北网联合举办的“建党九十周年红诗人奖赛”中获三等奖。

七绝·春风

步履匆匆回故乡，牵情送爱带阳光。
拈红点绿掀春幕，开俺胸怀喜若狂。

七绝·春声

流光水韵荡琴声，燕舞春风又一程。
画页诗行盈笑语，调弦柳岸弄柔声。

七绝·春柳

餐风食雨绽新芽，偷看园中富贵花。
日染温柔流碧玉，争春盛世驻农家。

七绝·夏柳

风梳秀发镜中观，坠下相思寄月圆。
钓水温柔情浪漫，开屏掠影韵轻弦。

七律·春风

匆匆步履未徘徊，送暖人间乐悠哉。
化雨携风飞雅韵，弹琴拽梦上瑶台。
谁曾剪断藏于袖，俺也拈丝抱入怀。
一夜牵情梳万物，今朝漫点画图开。

西江月·侍弄田园有感

手握春秋拓步，肩挑风雨持家。怡心绿色好芳华，惬意排诗作画。

剪下相思润露，裁开灿烂涂霞。听歌一曲荡飞花，紫燕捎来情话。

卜算子·夏

园展画琳琅，田写诗情俏。柳坠丝绦系梦深，水静蓝天照。

一道绿长廊，紫燕追风绕。惬意阳光灿烂心，花坐池中笑。

李桂霞

女，蒙古族，内蒙古诗词学会会员，中华诗词学会会员，松山诗词学会副会长，《松山诗词》副主编。诗词作品散见于《中华诗词》《内蒙古诗词》等七十余家诗刊。出版个人诗词集《逸情集》。

诉衷情·记忆中的父亲

一身风露两肩霜，无意释沧桑。半壶老酒欣慰，不舍辣椒香。

难窄处，自担当，梦悠长。头瓜鲜枣，手捧怀揣，从未先尝。

浣溪沙·初到亲家婆家

爱女婆家傍碧溪，水泥小路净无泥。花香扑面柳莺啼。

嫩绿丝瓜爬院外，长毛花狗坐门西。亲家撒米啄群鸡。

临江仙·二道河子水库

草绿花黄多少事，殷勤揽尽风流。一汪何处着吟眸。闲鱼都不钓，惬意网中收。

最是波心生万象，云牵山影幽幽。百川汲汲赴芳洲。经年应总是，来日可同不？

玉楼春·柳絮

谁将旧事撕成缕，遥望柔枝如玉吐。一生绊惹恰东风，离愁话尽衣袂举。

轻盈若雪翩翩舞，海角天涯何尽处？并非岁月醉他乡，忘却来时之字路。

卜算子·山花椒

野岭守清贫，细蔓编绒毯。一缕相思夏到秋，脉脉从无憾。

淡淡紫花幽，蜂吻馨香泛。不晓谁携五味中，少尔滋味淡。

鹧鸪天·吊车

览尽荒凉与盛华，铮铮铁骨浪天涯。向天舒臂还低首，随地安身即立家。

衔素月，吐朝霞，春秋几度伴泥沙。危楼栋栋连云海，我自欣然我自遐。

张玉华

黑龙江省依安县人。依安县诗词协会会员。爱好广泛，对文学艺术情有独钟。业余研习紫砂艺术，学习诗词创作和读书。

七绝·咏莲

仙子凌波别样娇，污泥不染品行高。
蜻蜓一吻含香醉，惹得清风也折腰。

七绝·读诗即兴

倦倚床头一尺书，此时不醉欲何如。
酒还成瘾诗成癖，得意高吟未可疏。

七绝·轻吟三首

（一）

爱如潮涌浪三千，竟惹诗情卷巨澜。
只因眷恋家山梦，一点生机总盎然。

（二）

曲径通幽是我家，梅屏竹影曳梨花。
回廊小院黄昏后，把盏清风醉落霞。

（三）

灯前寂寥写诗人。月影横斜如梦新。
五月情怀吟不尽，当歌醉酒醉孤魂。

七绝·油菜花

一缕幽香入梦深，半依风影半托云。
怀揣小月心中喜，多少情痴抱蕊吟。

七绝·夜忆

无人相伴一身轻，所梦所思非所形。
此愿因谁能有寄，捎些惦念也温情。

七绝·望月偶成

谁知昨夜梦成空，笔底安澜诗意穷。
素月无声偷自笑，窗前俏影纳清风。

李国典

男，1946年生，中共党员，入伍5年，退役后任教师、主任、中学校长。退休后编写《贤官镇志》，主编《李氏族谱》。《新城文学》副主编。诗词作品散见于《中华诗词》《江海诗词》等各级诗刊。

七律·游颐和园

明媚春光行色匆，旅游团队踱园中。
昆明湖畔留遗韵，万寿山前存古踪。
绝代哀歌长恨在，千秋伟业瞬间空。
穷奢极欲惹民怨，荡漾烟波古今同。

七律·五更攀泰山

深夜五更东岳攀，目标锁定泰山巅。
俯观城阁地为界，远瞰河流天作边。
游客八方来阅胜，帝王历代莅封禅。
手心托日留嘉影，热汗横流吟雅篇。

七律·重游花果山

云台嘉景美名扬，花果山间花果尝。
玉女峰中皎月显，三元宫里古奇藏。
风门口上水帘洞，多宝佛前禅坐堂。
猴众机灵逗客乐，西游神话五洲扬。

七律·退休时日

退休时日亦仓匆，俗念皆消乐守穷。
健体清晨筋骨硬，观屏向晚指间功。
咬文嚼字拈佳韵，酌句填词做雅翁。
三唱雄鸡情未了，吟诗不怕背腰弓。

清丽双蝶·草原情

千里高原美，绵延众象渺如烟。草长鹰翔辽阔地，牛羊漫步任悠然。马奶敬嘉宾，热情双手牵。

风貌变，锦包鲜。如画风情科尔沁。宛如梦幻惹魂颠。公路蜿蜒通八向，内蒙今日换新天。

七律·喜会战友

热血男儿保国防，披星戴月挽弓强。
射击投弹精神擞，拉练野营斗志昂。
铁打营盘风日好，水流情谊水流长。
青山不老喜相逢，白发霜丝笑语扬。

七律·师生喜聚

卅年幸会乐心头，相聚悠悠往事勾：
解惑释疑求索苦，修身立德践行优。
昔时似海真情爱，今日如山壮志酬。
斗地战天争奋勇，兴邦献智浪推舟。

七律·回顾军营

兵山圣水古徐州，五载从戎岁月稠。
起早睡迟精技艺，轮班放哨保金瓯。
艰辛屡历忠心显，苦辣皆尝愿景求。
告别军营时半纪，当年情景梦中留。

李捍国

笔名冷秋寒。1971 年生，祖籍山东省成武县，工作于黑龙江省北安市通北林业局。喜爱古诗词、文学。原创诗歌、诗词千余篇，部分诗词发表于网络平台，十余首发表于《华锦玉策》。

殇(新体)

落花流水春去也，秋风摇曳，人面桃花残。

水月洞天，冬之韵，一朝一晖一华年，别有一番滋味在心间。

2016 年 6 月 8 日

生之媚(新体)

雨露滋润着萌动的春，阳光照耀着激情的夏。谁将一生的重彩，点染成秋色斑斓的画？

任冰封雪覆，挡不住冲霄豪情，遮不住傲雪冬花。

2016 年 9 月 30 日

七绝·春江赋

和鸣琴瑟春江渡，一曲高山流水赋。
舟筏涟漪情满天，凌波仙子洛神慕。

七绝·鲁迅

惊逢乱世疾痌倾，悯地悲天怜众生。
体壮身强多看客，笔诛文伐斩枭鲸。

2016年9月28日

七律·仲秋寄怀

花美月华闺绣房，飘飖相遇眷柔肠。
欲倾幽梦无从寄，香绕孤灯翰墨香。

2016年9月18日

五言·何以笙箫默

一曲笙箫起，鸣蝉知秋寒。
天涯绝音处，静默此情难。

2016年9月9日

七绝·寒蝉

秋风瑟瑟柳黄飘，凄切孤蝉奏短箫。
原是今生三季客，何劳冬雪葬魂消！

2016年8月29日

李河水

字龙江。1941年生，河南省荥阳市人。高中肄业，中共党员。荥阳市政府办退休干部。中华诗词学会会员，河南诗词学会会员，郑州诗词学会常务理事，荥阳诗词学会副会长。主编有《荥阳诗词十五年》《荥阳诗词二十年》。出版有《龙江诗稿》两集。

七律·登东方明珠(新声韵)

悠然直上彩云间，心旷神怡视野宽。
无际群楼摆积木，接天二水荡舻舢。
外滩惹客人潮涌，东埠揽商车浪翻。
君与申城靓华夏，我盘依顶欲飘仙。

七律·跋西岳华山(新声韵)

雄伟峭拔霄汉界，回寰险峻上苍茫。
万夫破隘崚嶒路，一戟挡关千尺幢。
龙脊攀爬志高远，鱼梁眺望气深长。
定心漫步悠悠走，西岳三峰脚下量。

七律·风云聚会(新声韵)

为人谦让少旋涡，处事真诚朋友多。
坦荡胸怀九曲水，无私肝胆汉河波。
有福共享一壶酒，遇难同担千载歌。
驰骋纵横走天下，风云聚会乐呵呵！

(注：九曲水指黄河。)

联边诗·五彩缤纷绣骚坛(新声韵)

俏佳侠侣傍伊僚，河汉滔滔涌浪潮。
绢绿丝绒织綷绣，菊黄荷茂蕴菁苗。
锌铜钴钰金银钿，橙柚柑橘李杏桃。
箫管笙笛篪箓簿，琵琶琴瑟弄琼瑶。

七律·偕老伴绿城坐地铁(新声韵仄韵)

车流涌浪喧声闹，妪叟相携路边靠。
大轿常停人犯规，电驴莽撞魂出窍。
二七广场怎吗游，体育中心几时到？
地铁畅通无阻拦，去回随意老婆笑！

洞仙歌·古丈红石林(新声韵)

湘西古丈，石林翻红浪。错落高低似天降。四环顾，怪状异态奇形，任指点，活现活灵神像。

曲径红染翠，仙境瑶台，撩眼馋眸漫游逛。小憩草茵茵，峡谷清幽，溪池碧、荷花怒放。赏不尽、数我好河山，此地可称绝，世间独靓。

选冠子·过司马迁祠墓(新声韵)

绝壁峥嵘，悬崖毓秀，古柏阔坊祠墓。梁山枕卧，芝水萦回，万里九曲相顾。千古庙宇绵延，坡下平川，金身铜铸。看巍然潇洒，奇花环绕，彩云飞渡。

君可知、夏邑河山①，禹王开阙②，司马龙门耕牧③。文章旷古，学富无双，秉笔纵横驰骛。无韵离骚大成④，功业追尼，史家绝著⑤。道学从李耳，灿烂星空点数⑥。

[注：①司马迁为左冯翊夏阳(今陕西韩城西南)人。②

传说禹王曾在龙门山开山治水疏通黄河。③司马迁《史记·太史公自序》:"迁生龙门,耕牧河山之阳。"④鲁迅称司马迁的《史记》为:"史家之绝唱,无韵之离骚。"⑤郭沫若称司马迁功业可与孔子仲尼相比。《史记》与《资治通鉴》被称为"史学双璧。"⑥司马迁之"星学",历史上占有崇高地位。]

唐多令·漫忆学诗(新声韵)

桑晚入诗都,平平仄仄呼。想当年、学雅唐突。李韵杜格知多少?坎坷路、路难铺①。

十载戴金箍,终将意马抒。忆骚坛、彩笔飞珠。鸲翥鹤翔归紫燕,怎忘却、那间屋②。

(注:①学诗词初期,填词不知有谱,写诗不入格式。②指本学会初期的简陋学习场所。)

李红娅

笔名疏勒河的红柳。天津市作家协会会员,中华诗词协会会员,天津散文研究会会员,天津市散文研究会《散文福地》杂志编委、编辑、微刊执行主编,博风雅颂文学平台编辑部副社长。作品数篇散见于国家级杂志及各类报刊等。出版诗集《疏勒河的红柳》。

五绝·春

饮马玉门关,萋萋春草寒。
胡杨三点绿,白雪漫天山。

五绝·荷香

骤雨翻绿掌,粉拳露玉妆。
一塘野蛙鸣,又送百里香。

七绝·春妙

谁人轻唤腊梅开,红袖银装上舞台。
若问寒冰何日尽,一江春水入蓬莱。

古风·醉春

凡尘忘却欲成仙,难舍红柳舞翩跹。
迷恋河川醉流霞,寻访高山不愿还。
春意深深深几许?醺酒滔滔一万年。
纵遇刘伶兴未尽,遍洒金龟换酒钱。

七绝·秋意

西风过处尽苍凉,枯草滩头染败霜。
明月有心光玉树,秋云无意落寒江。

七律·缘分

凡尘忘却几成仙,一意逍遥去远山。
已惯粗茶迎墨客,更宜上网设诗坛。
何须八十仍垂钓,只要寻常插菊栏。
诸葛何烦三顾后,伯牙早定子期缘。

(注:寻常古代为长度单位,八尺为寻,倍寻为常,故古人偶以寻常对数字遥祝红霓君。)

七律

孤身久在津门住,半载新疆望不成。
时值秋来家姐寿,中天月满妹心宁。
耳闻叶落人千里,梦觉夜阑虫几声。
击案临风歌一曲,聊将杯酒慰长生。

李宏允

男,汉族,1942年生,山东省金乡县鸡黍镇人。中华诗词学会会员,山东省诗词学会会员,菏泽市诗词学会会员,成武县伯乐诗社理事。作品发表于国家、省、市级等报刊。在全国诗词大奖赛中多次获奖。有诗词集《五味轩吟稿》出版问世,并辑有《诗词写作指南》《缗南文集》。

七律·少女放风筝

杏蕊含羞柳色青,野田少女放风筝。
明眸皓齿粉腮艳,玉手纤腰娇语轻。
莲步芳踪招舞蝶,蛾眉香汗醉啼莺。
行人徒有爱怜意,暗寄春风无限情。

七律·酬答茂彬弟

旧梦依稀苦自吟,歌风听雨憩泉林。

晨闻鹊鸟啼青阁，夜读君诗慰寂心。
竹影扶疏月东上，箫音哀婉日西沉。
篱边采菊遥相寄，暗会灵犀咏古今。

七律·步韵和士新

峥嵘岁月是翻非，遁憩泉林胡不归？
尘海茫茫无净土，小村寂寂有霞晖。
三杯醽醁愁难解，一卷诗书情可依。
漫看野凫波上逐，渔歌声里悟玄机。

七绝·夏日偶成

闲坐门前观翠竹，南塘碧水泛波无？
清风邀得荷香至，几树蝉声到绿芜？

七绝·啼鸟

我家住在绿杨村，日日鸣禽绕院门。
妙曲清歌萦耳际，怡然胜饮酒千樽。

五律·牧羊女

河滩青草地，少女牧羊群。
晖淡吻桃面，风清撩翠裙。
娇歌醉飞鸟，俏舞驻行云。
隔岸人招手，情郎唤桂芹。

贺新郎·赠友人

——腊尽春回，偶逢儿时旧友，述其生平。余闻之不胜悲惜，因赋词以慰之。

如梦韶华灭。更那堪、暴风骤雨，重霜冰雪。诗雅落英沙洲畔，荒草污泥掩 。黉舍子、凌云翼折。胜似谪仙流途怨、念胸中块垒争消绝？心内事，向谁说？

迢迢银汉鸿难越。问长空、文星安在？昊天声咽。满腹经纶从耒耜，牧野长歌悲切。惆怅甚、唯观明月。水不西流弦月细，尽凄凉、倦卧茅庐歇。听杜宇，夜啼血。

一剪梅·乡村秧歌队

暮霭氤氲掩夕阳，烟绕村庄，街亮灯光。荷锄归舍饭飘香，戴上珠珰，换上时装。

男女长街列数行，弦管悠扬，锣鼓铿锵。纤腰广袖舞疯狂。乐坏乡郎，累坏村娘。

李焕蕃

男，1948 年 7 月生，海南省儋州市人，汉族，大专毕业，中学退休教师。中华诗词学会会员。有《素质教育之我见》和律诗《神六颂》分别荣获省内外优秀奖，词《沁园春·中和大桥》在第 23 届全国图书交易博览会“弘扬东坡遗风”诗词评比中荣获旧诗词一等奖。

七绝·半生感怀

品透人间无尽味，为争生活不蹉跎。
十年窗下萤灯冷，卅载杏坛解惑多。

七律·畅游三沙

云淡天高好旅游，风清海碧荡轻舟。
浪波卷起千堆雪，船影惊飞数只鸥。
孤鹜落霞呈特色，夕阳虹彩映蜃楼。
永兴岛上碑前立，缅想英雄勇与谋。

离亭燕·清明祭祖

春雨随风归画，野草叶青花雅。远处岭高存祖骨，墓顶祭旗飘洒。打火点长香，祷告石山神社。

赶路月明宵夜，遥望故乡牵挂。无数半生慈善事，博得人间佳话。细说案台前，热泪滴流襟下！

李继尤

男，汉族，1930 年生，滕州市人，退休教师。枣庄市诗词学会会员。

七绝·题《旭日东升》刺绣图

旭日东升荡彩云，高山俯首染金身。

飞流直下千层雪，巨浪雷惊万里神。

七绝·品茶

静看龙井碧螺春，净水烹茶可醒神。
品味奇香琥珀盏，清心爽口舌生津。

七绝·咏桐花

泡桐千束倚农家，姹紫嫣红映彩霞。
百鸟齐鸣弹唱会，游蜂浪蝶采茶花。

七绝·踏春

一路春风一路歌，桃红柳绿百禽和。
和风细雨翻波浪，绿草如茵舞彩蛾。

七律·赞龙园

春风悄悄入龙园，杨柳尖尖芽嫩鲜。
殿阁楼台冲昊汉，仙宫神府降平川。
读诗赏画金桥过，画栋雕梁玉阁连。
桃李玉兰争吐艳，禅堂古刹绕香烟。

七律·游红荷湿地

秋高气爽赏红荷，骏马奔驰一路歌。
翠盖连天翻碧浪，红花映日荡银河。
青山不老留侯墓，绿水长流微子坡。
动脉京杭输血液，明珠古镇泛金波。

七律·游莲青山

骏马盘旋转大山，千年古柏映蓝天。
崇山峻岭白云绕，瀑布清泉玉带牵。
古刹皇城传妙语，青山故里育奇贤。
松涛百鸟弹流水，真个危岩可炼仙?

李家文

2001年毕业于四川师范大学汉语言文学专业。“学高为师，行为世范!”在教学之余不断学习，喜欢中国独有的传统格律诗词。关心时事，感悟人生，所作诗词大多写实。作品在全国各级比赛中时有获奖。

创作感悟：“富贵浮云幻，无欲心地宽”。与学生为伴，拜文学为师，快哉快哉!

七律·中国“智”造

满目琳琅喜万家，创新形势吐芳华。
今朝国产智能造，他日华商世界夸。
进口西装赝品　，国销绸缎胜虹霞。
莫说盗版神州盛，画卷铺开通海涯。

（注：画卷指“十三五”规划。）

五律·闻日本送我“爆买”新词有感

爆买添新耻，思之痛断肠。
南京悲尚在，钓岛恨犹遑。
热脸迎臊屁，卑躬认寇娘。
缘何痴马桶？华厦请头昂!

（注：日本因慰安妇问题向韩国赔礼赔钱，独拒中国，可耻！可有些国人还在国庆节去日本疯狂购物。热脸贴在马屁股上，日本人送的“爆买”一词，让所有国人都一同受辱，可恨!）

七绝·雨夜有感

大雨惊惶整夜奔，风雷唤醒客居门。
苍天何事长流泪？泣我神州马桶人。

七律·薯女

薯女出闺哀命苦，寒衫觫觫寂凄晨。
躬身无语窦娥泪，睡眼不谙天下津。
尘世悲生多恶霸，朱门酒醉少良民。
翘臀妩媚多无奈，妇女金身不是银!

（注：银：一指妇女的金身非银，二为“淫”的谐音，指妇女生来不是从事“淫乱”事，往往是被逼无奈之举。英国《镜报》报道，英国肯特郡一位农民近日在自家农场挖红薯时，发现了一只形状特别性感的红薯。该红薯不仅有两条圆润的美腿，还有丰臀，长相饱满风骚，惹得该农民一家哈哈大笑，舍不得将其当作盘中餐。第一眼看到这只红薯时，他的思维瞬间凌乱了，他完全不敢相信红薯也能如此调皮、火辣，活脱脱一位正弯身翘臀的美女。见此图片想到云南官员强奸幼女等事件，甚是有感故而作诗一首。）

七律·猴年感伤(致敬“光盘”行动)

喜酒狂酣猛灌肠，大鱼大肉几多殇。
谁思饿殍凄凉泪？哪管他人瓦上霜。
至圣有情言五德，今人无意话三光。
庄生齐物斜阳暮，苌叔丹心碧血茫。

（注："五德"指人的五种品德。谓温、良、恭、俭、让。《论语·学而》："夫子温良恭俭让以得之。""至圣"指孔子。"三光"指吃光、喝光和用光。"庄生齐物"指庄子的"齐物论。"苌叔"指孔子老师苌弘，字叔，又称苌叔。）

七绝·真我风采

落落迎宾嗟世空，娉娉载舞乐无穷。
寒风纵有催离意，绝代风华不媚同。

（注：笔者身在广东佛山南海西樵山，一次在听音湖散步，广场入口处惊见一棵百年大树长在一巨石上，此时正值寒冬腊月，这棵大树却枝繁叶茂，见之甚是有感，故而赋诗寄情。）

李建希

网名岩石劲松。香港诗词学会会员，清流文苑诗词学会版主，燕声赵韵诗词学会版主，深圳诗词学会特邀版主。现居深圳。

立夏

一树参天蔽，青苗雨后肥。
鱼翻荷曳影，犁动垄生辉。
片月听蛙鼓，群芳逐蝶飞。
柚林风馥馥，只待笛声归。

五律·秋雨

清泠寒夜雨，岂困一樵翁？
酒取斜风里，诗题落叶中。
虽无新马厩，却有旧鸡笼，
舞剑它啼晓，呼来半壁红。

七律·咏茶

人生合是一壶阳，品后方知涩与香。
玉露回甘思陆子，琼芽拓韵问苏郎。
天驰好雨山皆翠，雪煮丹霞气自扬。
坐对空冥研物理，参机可得大文章。

七律·咏菊

玉笛悠悠子正芳，篱笆牵住旧荷塘。
一壶寒月勾心事，三寸诗情入叶香。
老调重弹新味足，小笺初韵古风长。
登高不惧秋盈袖，但怕花前刮断肠。

古风·霜降有感两首

（一）

秋杪疏篱畔，落木码成团。
风淫山愈瘦，雨疾枕尤寒。
吱吱板棚内，农工睡可安。
劳作何其苦，讨薪倍觉难。
衙门虽准诉，老板亦长叹。
有心呼与鼓，无力抚辛酸。
郁闷不得乐，反复拍朱栏。

（二）

涧水云端泻，寒烟翠里生。
霜降千山瘦，篱疏白露晶。
卷帘哀落木，执帚拾残英。
风摧鸟绝唱，雨黑路难行。
丹霞染枫叶，绿雪煮莲羹。
溪浅冰初结，江封舟已横。
冷色弥天际，菊香袭玉觥。
肃杀因何急，凋零亦何惊。
试作桃源客，张琴自通明。
弦上抒胸臆，秋月寄乡情。

如梦令·十月

山上果香风郁，山下鱼肥禾熟。做个画中人，菊月松溪云竹。知足，知足，还有几行诗读。

鹊桥仙·七夕题双鹅图

柔光滟滟，深情款款，碧里轻歌曼舞。经逢冷暖两相扶，可敌那，凄风苦雨。

冰心似铁，山盟如石，曾记当年相许。平

平淡淡又何妨，做一对，江湖眷侣。

青玉案

天阶嘀哒犹如诉，夜方静，寒侵树。雨是琴声风是赋。借光寻问，绿莺栖处，怎把春留住？

此生偏爱杯中句，不怕人前笑迂腐。俺的时空俺作主。几多欢乐，几多愁绪，只有风知许。

鹧鸪天·春怨

细柳摇芳恃晚晴，稀烟竹径客穿行。追风熟燕窥鱼舞，照影新亭待笛声。

星数个，夜三更。半窗残月挺虚情。春来十里人依旧，何处安心梦一程。

满江红·畅饮

把盏闲聊，凉亭里，炊烟叠瘴。酣未醉，几分清醒，几分狂妄。畅饮犹如云水激，穷吞好似雷霆响。眼迷离，还说我能行、朝天唱。

提剑舞，肝胆壮；追月梦，心胸旷。让长风作翼，九天来往。鬓染微霜康且健，家居寸地宽而亮。月阑珊、切莫负平生，河山望。

2010年10月25日

李金龙

字云海，1954年生，江西南昌人。江西省南昌县文联退休干部。南昌市诗词学会会长，江西省诗词学会常务理事，中华诗词学会会员，美国纽约四海诗社基本社友，《洪都诗词》主编。著有诗词曲联作品6 000余首。

五律·夜游复旦大学江湾新校区

高山马相伯，大海李登辉。
岂但倾家耳，尤钊复旦兮。
营新兴国慨，怀故启人思。
烽火连巴蜀，芸窗出大师。

五律·外滩

洋场曾十里，万国飐旌旗。
严禁华人狗，休污圣洁姿。
悠悠今夜月，皎皎异清时？
碧草萋淞沪，明珠震旦知？

（注：明珠即东方明珠，与震旦为黄浦江东之二塔。）

五律·五角场

义利分人等，盘丝五角场。
通衢纷辐辏，满目尽琳琅。
近省山林远，翻能姓字扬。
莘莘吾学子，矫矫得高翔。

五律·自由贸易区

特色深开放，参观自贸区。
温文修彼此，络绎忽锱铢。
国赋国之脉，民生民必需。
神州尽尧舜，露泽仰均苏。

清平乐·上海印象

北京霾雾，南沪尘昏路？接海连天云绕树，碧透参差楼墅。

五洲四海佳宾，车水马龙趱奔。于赫东方都市，钦哉形象殷勤。

水调歌头·崇明岛伫长江海口

歇浦分茅著，瀛岛浪沙浮。物华皴染三日，轇輵拂还留。撇却洋场十里，来就水天同色，一翠洗黔娄。起伏风吹苇，襟抱倍绸缪。

抚霜鬓，看螺髻，晃花眸。影涵空阔，迢递归宿不回头。准拟翻江倒海，谁信悄声偃息，淘尽几多愁。世界千千亿，度溺仰心舟。

李金龙

山西稷山县人，1943年生，1963年3月应征入伍，16年后转业到山西铝厂材料处供应科任科长，直到退休。

五律·夏日山居

窗含北岭霞，桐覆两三家。
田袅香芹气，丘开木槿花。
读晨温宋韵，醒午策骝骅。
斜月投疏影，临风品果茶。

五律·访前宫

足下涧溪吟，蹊边草木深。
逍遥齐翼鸟，游览并肩人。
石老青松劲，宫幽百卉芬。
举杯崖上坐，景色染衣襟。

五律·回乡拾趣

徒步登云径，回乡上翠冈。
雪鸡防猛鹖，马鹿伴岩羊。
放眼层峦秀，仰眉杂蕊香。
群牛争食处，牧女会情郎。

五律·蝴蝶

褪衣随羽化，丰润且苗条。
缓展柔丝触，轻舒彩翩绡。
低飞犹款款，小驻亦摇摇。
芳野圆绮梦，花丛自逍遥。

五绝·感悟

夜幕垂天降，东溟皓月翔。
白驹拦不住，莫废好时光。

七绝·牧鸭女

柳叶扁舟浪里耘，挥篙牧鸭夕阳曛。
心萦绮梦终如愿，湖面沉浮一片云。

七律·春到家乡

春到芳畴万物苏，红黄紫绿任风涂。
絮花袅袅街前柳，嫩草蓁蓁坝后湖。
霞映远山残淡雪，窗含近水密幽蒲。
葱茏不负农家笔，绘出田园五色图。

李金云

男，汉族，1942年生，于滕州火车站退休。现为中华诗词学会、滕州市诗词学会、滕州市书法协会会员。著有诗集《金云吟霞》《李金云书画选》。

七绝·游九寨沟(二首)

(一)

脚下生云九寨沟，瀑喧松啸韵风流。
尘氛涤净登仙境，睥睨人间万户侯。

(二)

峭拔群峰惊刺天，拨云履险怯崖悬。
诵诗蓦忆蚕丛路，从此曾行李谪仙。

七律·西行漫笔(二首)

(一)

西行万里趁秋风，海岱回眸云雾中。
车过中原望沃野，神驰巴蜀仰英雄。
涪江渔唱射洪曲，剑阁霞飞栈道虹。
初访绵阳谁识我，姮娥招手倚长空。

(二)

寒露清清大散关，披襟快对万重山。
宝鸡临曙亦啼晓，涪水映霞频盥颜。
行路无人长太息，观光有客敢登攀。
重阳节届多诗料，酣饮茱萸酒醉还。

贺滕州市书画学会画展

纵横挥洒恃天功，翰墨丹青一代雄。
借得齐烟笼渤澥，好凭善国祀文公。
思通活活微湖浪，势挈昂昂泰岱风。
今日群贤成雅集，千秋功业有谁同?

两岸海基、海协赞

海基、海协计鸿猷，华夏同胞共乐忧。
两岸三通昌盛路，中华一汉圣贤谋。
台商登陆财源茂，陆客游台山水讴。
赠送熊猫情谊厚，和谐兴国庶黎求。

鹧鸪天·赞“嫦娥”探月

探月飞船奔太空，嫦娥起舞接英雄。云天漫步今圆梦，桂殿举杯同庆功。

怀壮志，傲苍穹，随时做客广寒宫。航天壮丽凭科技，赤县腾龙撼九重。

鹧鸪天·游荆河公园

三月公园柳色青，阳春渐暖日新晴。人行湖畔心情畅，鸟啭枝头春意生。

山色淡，水光明，观荆阁上望新城。韶光唤醒东君梦，拂拂春风画里行。

李静

男，1958 年 3 月 13 日生。

咏竹

嶙峋瘦骨意弥坚，气节如盘风任袭。
若问平生何所欲，甘为志者做云梯。

苦丁茶

名贵深居五指山，天风海雨洗新颜。
几经磨炼峰川里，方得平生苦后甜。

咏杏花

东风今又柳丝裁，未见芳辰景自来。
把盏与谁春共醉，一窗烟雨杏花开。

春

大地焕新姿，风吹万物奇。
团团花锦簇，盛日好吟诗。

咏雾凇二首

（一）

霜雾迷朦三两舟，半江风雪半江流。
一叶轻盈载客去，两艘闲置羽悠悠。

（二）

趁睛出门欲寻梅，踏雪却见梨花飞。
一夜霜染千堤树，不知究竟谁逊谁？

感怀

人生难满百，韶岁似流年。
屈指三千过，抚琴四季弹。
枫红云邈邈，叶落水潺潺。
月出东山日，千家酒正酣。

庐山吟

宜人秋色快登攀，五老峰高亦等闲。
难得晴明应记取，无风无雨看庐山。

庐山仙人洞

飞云纵览处，莽莽众山低。
湖气吞青象，波光幻白霓。
听松风说劲，呼友石同迷。
我在仙人洞，不劳为谁题。

温泉新城景色

草吐青青花汁妍，山光水色两相连。
堤边丝柳黄莺织，坛上锦葩紫蝶翩。
浪荡温泉声耳碎，灯明铁树夜龙旋。
新城好景别风格，车道无尘平坦宽。

庐山吟

妩媚风光味无穷，青山银海互争容。
婀娜柔雅陶情意，快把千姿入镜中。

李静

教育工作者。爱好诗词。《衡岳风骚》编辑。

咏梨花

梨涡浅浅笑迎春，笼月和云看未真。
偏在暖风熏醉处，添来一段雪精神。

咏青苔

不羡群芳斗艳开，自知根浅俯低台。
也添春色三分绿，何必东风细剪裁。

山行

缓步山中微湿衣，楝花飞雪正当时。
清风一径幽篁里，摇落鸟声三两枝。

题帝喾祠

一径松风漾翠痕，来人争拜帝祠门。
云涛涌出山无数，中有炎黄未死魂!

晶阳山庄晨起即兴

朝曦洒落是新晴，水影山光相映明。
鸟语盈窗如炒豆，噙来粒粒脆生生。

忆江南·与诸友游天目湖

江南岸，行处拂衣香。路转溪回萍点点，野平山远雨茫茫。天目正微张。

风快也，送我水云乡。人立船头浪卷雪，峰飞眼底碧生凉。白鸟破青苍。

三星楼饮衡山云雾茶

灵叶终年云气函，一杯青翠出山南。
莹莹可拂流尘远，淡淡莫过回味甘。
渐起松风生雅意，漫随月色赠清酣。
机心歇尽茶烟处，不觉轻衫绕翠岚。

秋游万仙山

一望翠屏图卷开，正逢秋色气崔嵬。
林空吞入白云去，鸟逐掠飞红叶来。
仄径放蛇行绝壁，长风送客到高台。
仰看危石横天际，千尺泉声溅雪开。

李巨辉(敖登其木格)

网名吉祥盛意、loutai、锡林河等。女，56岁，蒙古族，大学文化，赤峰市巴林左旗人。毕业于内蒙古大学行政管理系；已退休。现为中华诗词学会会员，内蒙古诗词学会会员，中国诗词协会会员，子曰诗社会员，赤峰企业文化协会会员。诗组《上京十咏》获全国大赛二等奖；作品《鹧鸪天·醉菊》获内蒙古"纳林湖杯"三等奖；作品《苏幕遮·梅》《卜算子·秋芦》入选《中华诗词库·当代卷》；另有许多作品发表在《诗丛》《中华文艺》《内蒙古诗词会刊》《赤峰诗词会刊》《企业文化报》《松山诗刊》等报刊以及网络媒体。

七律·祝贺中华古韵创版1周年出版"纪念号"专辑

前有兰亭曲水觞，而今骚客赋诗章。
三千弟子重相聚，百万宏篇籍典藏。
倜傥名流皆侧帽，冰清咏雪俏梅妆。
中华古韵周年庆，临境高台赞此乡。

七律·纪念抗日战争胜利70周年

卢沟桥畔起烽烟，倭寇横刀日月寒。
东北儿男躯垒壁，南京尸骨垛成山。
睡狮警醒终擒虎，厉鬼凄迷广岛翻。
忆往昔今圆此梦，图强华夏庆新天。

七律·步韵试和晨崧先生《赞科尔沁诗词之乡》

孝庄故里转流云，松漠梅兰沐雨霖。
寻遍横枝花正艳，翻开画卷雅风熏。
灵羊献瑞圆蝶梦，骏马呈祥踏祟魂。
绿蚁新醅长调醉，诗坛唱咏庆阳春。

步挚殊管理员韵贺《诗丛》创刊

中华阆苑绽春花，滴露熏芳醉彼涯。

谱曲作词随意绪，吟诗咏赋晃弧瓜。
流觞酣畅兰亭聚，古韵悠扬酒水赊。
泼墨挥毫龙劲舞，抒怀未尽笔驰些。

祝贺徐晋如先生《大学诗词写作教程》再版
——吉祥盛意学习傅永明先生步韵海粟老师

续传角羽谱华章，辍玉鎏金底蕴藏。
黄菊暄妍修雅韵，青松傲立酝清芳。
文豪烟墨随摇躞，书圣清音任亢昂。
宝典流岚迷彩现，宫商有序罢生荒。

七律·步贺成元老师《贺刘晓林书法双璧震撼发布》韵

铁笔轻弹砚上珠，颜筋柳骨九龙图。
行云写意惊鸿舞，飞燕传笺狂素扶。
双获枝柯夸巨帙，百吟诗赋贺名儒。
欲求翰墨毫端帖，踏出红城向五湖。

李军英

女，汉族，1971年生，甘肃康县人，康县三兴实业有限责任公司财务股长。中国民族促进会会员，民进康县支部组织委员，中国作协《诗刊》子曰诗社会员，甘肃诗词学会会员，康县诗词协会理事。作品发表于《诗刊》《中华诗教》《甘肃诗词》《长白山诗词》《昆仑诗词》《中国诗赋》《陕西诗词》《马邑诗词曲》《榆林诗刊》《诗词月刊》等刊物。

五律·感悟初秋

窗外翠峰幽，金蝉高唱秋。
霞飞迟暮隐，风起晚烟收。
落日催归鸟，长河送叶舟。
久伤牵念处，香墨绕心头。

五律·步白居易五律《闲咏》

偷闲思午后，天色半晴阴。
耳侧蝉声乱，窗前叶色深。
欲将尘事忘，暂把宋词吟。
韵醉迷离处，诗香夜夜心。

五律·诸葛古镇见新景感怀

闲时回故地，赤日照当空。
古镇烽烟景，新祠诸葛风。
楼台通曲径，西校隐梧桐。
雏凤初飞处，英姿映此中。

鹊桥仙·七夕

春光苦短，秋风轻散。思绪纷飞凌乱。人间怎有鹊填桥？羡牛女、今宵浪漫。

凄凄眺望，欣欣空盼。终叹佳期难见。那年相约看斜阳，问一句、初心可变？

浣溪沙·周末回乡

又见轻风送桂香，黄蜂彩蝶舞裙忙。乡间小院沐斜阳。

闲看鸭鹅相啄趣，静听父母话家常。新园处处漫霞光。

七绝·民进甘肃省委会“童心同行”先心病普查康县义诊活动感赋

陇原义诊显情真，清丽簧园夏若春。
天使孩童相映照，欢歌甜美赞声纯。

七绝·康县红舞鞋少儿舞蹈中心第六届学习汇报专场文艺晚会有感

燕飞娇影红鞋舞，风起荷裙腮半羞。
只愿人间多此景，乡村稚子亦无忧。

七绝·七夕康县义工联关爱留守儿童和走访贫困家庭有感

浪漫秋风送暗香，爱心使者到村庄。
情牵稚子惜贫弱，公益精神胜暖阳。

李俊凤

号星怡。1972年生于山西高平。自由职业者。

七律

——与王世宏合作

早闻有子满经纶，出口文章信手春。
魏晋呼来当酒饮，明清赋就入茶津。
今朝得见无虚语，随后闲谈品性真。
三尺讲台书万卷，独存丘壑一贤仁。

春思

休倚兰亭不计春，一番花雨洗芳尘。
怜香莫待风吹去，空拾残阳作梦人。

寒衣节

时逢霜叶落山坡，夜月催舟又奈何？
生女当如脚上锁，寒衣难至费吟哦。

（注：寒衣节悲情难奈，而本地风俗出嫁女儿不能上坟，作此聊慰。）

孤馆深沉·清欢梦浅

零花扶醉又斜阳，倦坐竹篱旁。听翠鸟吟哦，山色和鸣，低首思量。

往事去，清欢梦浅，玉管别雕梁。而今是，韶华情愫，尽归驿路他乡。

湘春夜月·近清明

近清明。雁还老树孤村。御柳拟曲催笙，花雨共黄昏。别久笛终人去，梦破无凭记，触景伤春。醉后空一饷，垂杨系马，难系温存。

金樽酹月，凄凄泪眼，愁锁心门。绕阶前行，更怕见、乡邻辈长，絮问霏云。人间天上，奈何这、缱绻亲恩。堪教那、纸鸢纷飞处，一川烟草，碎一川魂。

水龙吟

倚楼山色分明，黄莺声起箫声后。画栏水榭，薄云舒柳，三春时候。眉锁枝头，桃心暗结，芳尘初透。恐香酣好景，经年付与，烟波里、终虚有。

明月难修夙愿，照高台，清风满袖。算多少事，余情催老，素心依旧。对酒横琴，闲愁入墨，雨翻云骤。料千帆过尽，苍天念我，影单痴守。

鹤冲天

梅寒月冷，晚岁三更瘦。残雪映朱楼，年年有，底事余香尽。风乍起，波心皱，沈坐通宵守。欲归何处？向左则难偏右。

春来总发南枝透。问池阳曲水，今如旧。应解时光浅、云雾薄、樽前酒。且共消融后，暮沉霞落。亦书一番成就。

画堂春·水仙花

凡尘醉了几多年？柔黄唤醒翩跹。古来拟定水中仙，玉骨吹弦。

不问岁寒三友，赢回绝世清妍。幽兰若是作比肩，料也超然。

清平乐

零红满浦，紫雁双飞处。云水池田星暗渡，守得月明谁主？

阆苑酒尽杯深，画楼曲断尘音。恰逢一帘潇雨，凭添几许愁心。

鹧鸪天·秋思

秋亦寒时菊亦痴，几经幻化意相知。陆翁纵酒千般志，清照赌书年岁移。

风作浪，雨成池。繁华落墨世人思。先贤自古轻来去，一世留芳万卷诗。

李连富

笔名远风。淮南峡石诗词学会会员，李氏诗词学会会员。作品散见于《龙标诗联》《新月诗刊》《中国诗词》和《诗国》等刊物。

七律·梦游焦岗湖

百里青田百里蛙，岚烟掩翠看农家。
约心七月焦岗景，与梦今时菡萏花。
荷叶出云天落水，柳丝入画岸飞霞。
解舟湖畔歌声放，惊起绿中一野鸭。

七律·访峡山口

千丈青山一水开，危峰断壁鬼神裁。
参差树木云划破，次第花茵鸟恋回。
古寺钟声经岁月，春风燕影上庄台。
途经友舍忽思酒，可晓今朝有客来？

七绝·题秋钓图

西风野渡一舟陈，斗笠蓑衣独钓人。
流水高山作鱼饵，不钩虚伪只钩真。

李沛营

笔名墨含。男，1954 年 7 月生于广东湛江，祖籍惠阳。1983 年毕业于广东电大电子系，工程师，曾任技术科长。2015 年 7 月退休，同年 9 月报读珠海老年大学诗词班。喜欢阅读文学作品，欣赏诗词。2016 年 5 月加入珠海市颐和诗社，8 月加入珠海市诗词楹联学会。

七绝·观禾斗先生即场画荷

禾斗挥毫耀玉堂，梵音润墨溢清香。
禅心会意神来笔，一幅莲荷出水塘。

七律·贺珠海日月贝音乐厅落成

琦珍日月妆狸岛，贝壳微开对戏歌。
东望天庭宇如海，西连珠海地随螺。
阳春金曲藏多少，通俗土声闻几何？
百里蜿蜒情侣路，欲观剧院入银河。

七律·环宇随秋贺

遥见人间拓丝道，喜望天宫向月驰。
花迎蓝眼洋尊客，香送赤道智达儿。
嫦娥捧桃云里降，吴刚端桂雾中移。
睬他狂孽莫兰蒂，秋贺升平环宇随。
（注：莫兰蒂指中秋当天登陆福建的台风名字。）

七律·毛主席逝世四十周年祭

沐淋芳馥沉移步，主席灵前默敬伤。
九九祭辰今又是，云云庶众念衷肠。
伟人鹤逝雄篇在，贤圣继来威盛扬。
历尽沧桑韬略事，润之后辈万年长。

七律·乐享晚年

往昔青春奋向前，如今迟暮亦安然。
红盘有量承天雨，灰砚常开润墨田。
日练名家几行字，夜行太极两轮拳。
皇天喜顾人勤道，学用相兼乐晚年。

李强

男，1967 年生，山东滕州人，大专文化，在中烟公司滕州卷烟厂工作。枣庄市诗词学会理事。诗作曾获得第七届“羲之杯”全国诗书画联大赛三等奖等奖项。

初春

风开昨夜窗，春入北园荒。
惊醒眠中客，早香出梦乡。

雨后游春

春雨潇潇后，空山气更鲜。
云浮天上玉，风扰画中烟。
新垄芳芳土，晴川郁郁田。
谁耘希望日，举酒祝丰年。

小河寻芳

小小城河水向西，春芳处处草萋萋。
鹅儿不解芙蓉曲，乱咏清风到藕陂。

泰山吟

峰头欲览众山青，鸠雀忽旋游客惊。
九万台阶通玉宇，八千里路望蓬瀛。
树生春浪层层碧，日照神州处处明。
此处儒风齐鲁地，佛光却度泰安城。

李勤花

汉语言教育本科学历。从小喜欢涂涂画画，喜欢古诗词，热爱生活，热爱传统文化。从事教育工作已经有二十年，是一位治学严谨的教师、奔跑在文学路上的资深青年。广东省散文诗会会员，中华诗词论坛会员。诗词作品散见于《南方文学馆》《新文报》等刊物。

忆秦娥·咏鸳鸯

花落雨。鸳鸯荷下低声语。低声语，晨风晓露，暮云心句。

人生漫漫皆同侣 。回廊拱月长相叙。长相叙，花开花落，一身终许。

行香子·无题

兰蕾开初，馨满吾庐，静幽幽，浓郁花铺。偶成诗意，淡抹轻涂。翰墨磨浓，闲心写，话题无。

清铭半复，朱户香厨。望南山，缓缓心舒。略怀古趣，亲近鸿儒。两袖清风，无他欲，练楷书。

念奴娇·相思如是

萧条落日，窈窕人细语，相思如是。万里孤云渐远弃，一片霞光幽寂。独倚楼栏，青丝霜染，写满愁字迹。残红尽寄，玉人几多心事？

圆月冷照凄清，寒窗倦旅，杯盏添零涕。恨世间人情淡薄，诸事不近人意。兰吐芳馨，清香缕缕，无限闺中志。满怀幽怨，依依梦里寻觅。

西江月·一帘幽梦

写满一帘幽梦。平铺十尺河山。飓风拂我步蹒跚。撩起层层眷恋。

飞絮落红无定，荒台旧苑维根。怡情渐逝泪栏杆，又得轻轻哽咽。

清平乐·伤玉兰

淅淅沥沥，碧玉经风雨。满地白兰魂倚去，撒尽几多心事？

无情教坠娇花，离人惆怅天涯。梦断绿荫深处，云屏无路归家。

声声慢·画兰

幽幽怨怨，恍恍惚惚，忐忐忑忑恹恹。绣阁朱颜芳院，啜声无限。琼杯再邀鸿雁，醉罢休，又惹悬念。调笔墨，画兰馨，醉墨写兰芯瓣。

袅袅兰花煞显，重渲染，点滴点滴思恋。复盏重斟，圆月照我几番？残花更兼落叶，起北风，泪人疲倦。慢慢慢 ，却写了情丝万缎。

石州慢·牵挂

飞絮扬花，抛撒千家，飘扬牵挂。月凉鸟儿已栖，冷星几点无华。夜辽孤寂，满野雾水苍茫，单床难卧相思写。梦断是佳期，琼楼来分舍。

牵挂。十年如梦，眨眼瞬间，顿即幻化。事过境迁，滚滚红尘何奈，无情风月。计共几多愁肠？杨花集锦红颜帕。爱恨织千秋，泪恹恹无话。

浪淘沙·华丰教师赞

缘起云山东，相聚华丰。粉笔飞扬写峥嵘，呕心沥血培学子，其乐无穷。

沏一壶香浓，凝情于盅。三尺讲台论始终，任重道远皆从容，国学雍容。

（注：华丰，指广州市白云区华丰小学。坐落在白云山东北面，是以国学为教学特色模式的全日制民办小学。）

李青

网名青琴。女，1970年生于宿州市。中华诗词学会会员，安徽省诗词学会会员，三苏诗社理事。

七律·寿州怀古

雄才帷幄主英明，严律军规始抗衡。
百万秦兵何所惧，三千晋卒势相迎。
山风猎猎颜无色，草木幢幢胆有惊。
精锐挥戈乘胜击，残阳遍染落乌声。

七律·八公山豆腐

窃笑淮王道未成，寿春鸡犬始闻声。
机缘巧得花如雪，技艺传承玉做羹。
剖破冰肌脂细腻，精研琼液味鲜呈。
中秋菊璨金风顺，全宴珍馐四海迎。

武陵源

万丈孤峰拔地生，巍然峙立向天横。流云伏壁回崖没，瀑布飞岩漱石惊。

松傲柏青猿躍跃，草葱花馥鸟争鸣。拾阶策杖登高处，一览风光忘俗情。

行香子·省诗词学会网络开版

华夏昌荣，诸子争鸣。论春秋，笔墨纵横。文坛兴盛，华彩纷呈。且吟诗怀，作诗赋，逸诗情。

徽风携韵。聚高堂，唱和新声。传承薪火，共筑精诚。但与君欢，同君乐，伴君行。

临江仙·黄山游记之西海大峡谷

沟壑纵横云万里，群峰秀丽绵延。珍禽走兽趣悠然，壁花红正艳，松柏翠涵烟。

转瞬厚云遮望眼，轰鸣雷动青山。如珠飞雨落长天，风驰时变幻，不似在人间。

李青

男，汉族，1970年生，滕州市人，大学学历。现供职于滕州日报社。中华诗词学会会员，滕州市诗词学会副会长。

七律·中秋寄人

重逢宝镜中秋照，欣赏桂花香逐风。
碧海澄莹听晚籁，晴云洁白看蟾宫。
朱弦自古佳人赏，绮语从来鸿雁通。
但使天涯能举首，此心遥寄月明中。

七律·龙岭春怀江南旧游

三十岁前同乐游，今来此地只生愁。
东风袅袅桃花笑，春柳依依草色柔。
别恨不堪怀旧梦，感时争忍听孤鸥。
茫茫世事君何在？岭上晴云空自流。

七律·龙岭行

蒹葭绿草野花芳，柏柳鸣蜩岫下塘。
游目高岑闻鸟和，徘徊小径觉泥香。
石庵百稔晴云旧，碣宇千年圣水长。
偶值樵翁前搭讪，泠风谈笑忘斜阳。

七律·龙岭槐花

正值销魂花事尽，忽看龙岭饰银装。
初惊昨夜微霜过，却喜槐枝玉穗扬。
无客争奇怎弄影，与谁斗艳不夺香。
徐来只在南风里，才送清芬乐未央。

七律·冬夜书怀

残月新秋谁解情？无端思绪乱纷争。
床头握卷心难稳，月夜贪杯诗易萌。
仰望崇楼连帝阁，惊听车马走雷声。
偶来兴拟游山水，路远愁忙畏冷清。

七律·除夕夜即兴

紫气东来城郭新，万家灯火乐良辰。
春宵一刻金难买，诗意千端韵易伸。

焰火放花开孔雀，卿云动阁降麒麟。
称觞此夕遥相祝，玉兔呈祥好事频。

七律·莲青秋游

应是丹青妙手成，横斜窈窕石峥嵘。
满山霜叶胭脂染，一壑松风天籁生。
徙倚林间寻古迹，流连草径想奇情。
金乌欲坠游人去，霞映翠微新月明。

李庆东

男，1957年生，河北省永清县人。高中文化，会计师。现为廊坊市诗词学会、楹联学会会员，谷风诗社社员。2012年5月在“品质霸州·百年高堂”全国诗歌散文大赛中获二等奖。2014年6月在首届“中国梦之路”全国主题征文大赛中获二等奖。2015年在第五届“东方美”全国诗联书画大赛中获诗词类金奖。在第七届祖国好华语文学艺术大赛中获金奖。

七律·霾

六合云蒸成雾霾，江南塞北共沉埋。
山枫借润旌旗色，野鸟忘机鼓吹怀。
自是人生分顺逆，枉将造物慰嫌偕。
月光岩上凭栏望，过海清风十二街。

七律·乙未十月十一日初雪感赋

十月朔风吹雪飘，平川沃野濯琼瑶。
曲池苔色寒中液，上苑梅香冷里娇。
云气逍遥巫峡浪，松声澎湃浙江潮。
残鳞败甲漫无际，飞起蟠龙竞折腰。

七律·2015年重阳节有感

满城风雨近重阳，戏马篷台久已荒。
感旧只如春梦断，登高未必壮心狂。
明眸纵少新开菊，随量何妨浅举觞。
紫蟹霜肥蝴蝶枕，不须白鹭到横塘。

七律·秋风寄语

西风聒碎一天秋，行色匆匆不暂留。
雨路远来劳跋涉，雪眉闻说尚风流。
沈郎曾为吟诗瘦，王粲常怀去国忧。
未必高唐春梦枕，别情自是上兰舟。

七律·无题

云深殊不向樊笼，野寺钟声碧落中。
枫叶初残秋淡荡，桂花犹共月朦胧。
蜡为映满光生萃，书被催成墨未融。
唤醒一床蝴蝶梦，楚魂蜀魄冷梧桐。

七律·贺女药学家屠呦呦荣获诺贝尔奖

禹甸烧丹结夙缘，晴川历历尽丰年。
入山岂有红尘路，驻世难求白发仙。
石破真惊医奖获，陆沈可待华诗传。
共论药国回天手，两鬓苍茫心浩然。

七律·中秋

一片清光白玉盘，今年此夕带愁看。
当涂旧月中秋见，铜雀初阳末日寒。
万里雁声云外断，一春花事雨间残。
梦醒难剪悲歌意，泣玉荆山泪不干。

李荣辉

1933年生，1952年开始在供销社工作，1997年退休，酷爱中国传统诗词。梨树县诗词楹联协会会员。在《长白山诗词》《中国和谐之声》《诗词世界》《重要农业文化遗产赋》《百年诗词精选》等刊物发表词作。在“天籁杯”“华鼎杯”等比赛中荣获金奖。“中国传统文化创新名人”之一，并为梨树县图书馆无偿捐书1745册。

唐多令

梨树古韩州，昭苏河水流。夕阳西下晚归舟。满载金鳞光耀眼。壶有酒，热炕头。

今无昔日忧，阳光照进楼。全家欢爱又温柔。童戏花间蝴蝶舞，还有梦，去追求。

捣练子

辽河水，鲤鱼肥，岸边蝴蝶闹来飞。钓杆头上蜻蜓立，渔人把笛不能吹。

鹧鸪天

——今日广场舞

广场跳舞出高潮，扭扭屁股又扭腰。小草同花随着笑，全身活走路轻飘。

双手摇，头也摇。经常练出好身条，返老年轻重浪漫，有人梦里乐淘淘。

李三中

男，奔五，长葛市水系工作者。

自述：爱文字，爱运动，常将耳闻目见之事付之笔端。身无长物，仍然愿意孤独地与文字为伍。因为唯有写字，才能让心灵变得沉静。

杨絮

晴空杨絮漫天游，遍布银装闹忖愁。
春暖俏丽遮年迈，闭门紧窗悄蹊楼。

两学一做·摘党章

细阅慢摘心领悟，升华自我把鸿贤。
条条句句双锋刃，党务生活汇忖源。

赞环保监测员

守卫山河一片蓝，奔袭污气壑中旋。
吾行昼夜谁能解，七彩缠身娇漫天。

李尚元

男，1940年生于滕州市，1966年毕业于山东师范大学中文系，出版诗文集多部。现为山东省作家协会、山东省民间文艺家协会、山东诗词学会会员，兼任枣庄市作家协会顾问、枣庄市诗词联赋协会副会长、滕州市诗词学会顾问等。

七绝·庆祝建党95周年

（一）

茫茫九派夜阑天，沪上初航竞远帆。
旗展锤镰曙色现，劈涛斩浪转坤乾。

（二）

党诞今逢九五年，神州盛世史空前。
邦兴国治民和睦，浩荡春风尧舜天。

耆年吟怀

（一）

世路艰辛作苦行，况悲左道布丛荆。
半生行脚历风雨，欣有歌吟伴晚晴。

（二）

不拜青蚨不礼神，不淫富贵不移贫。
平生悟得名节重，养性修身不负人。

（三）

阅历沧桑数十年，回眸往事品辛酸。
信知得失随缘定，无肉无车铗未弹。

（四）

酌句斟词对月圆，避孤救拗写频删。
雄鸡三唱催人憩，诗未工时睡不安。

（五）

韵海扬帆岁月更，敲词炼意尽痴情。
《素心》吟罢叹何用，风雨徒留纸上声。
（注：《素心》指余诗集《素心吟稿》。）

（六）

少小年华世路偏，每思往事自茫然。

勤研苦读当何罪，惹得左徒批白专。

李士新

1968年生，山东省成武县人。中学教师，现任教于山东成武县孙庙中学。山东省诗词学会会员，成武县诗词学会会员，成武县伯乐诗社理事。

七律·赏菊

西风凛凛落寒霜，独立东篱看淡妆。
岁序无情秋已晚，人间有幸菊尤香。
清姿倚竹风中笑，玉影凌寒月下扬。
岂为东君留醉客？枝头老去亦疏狂。

七律·蓝湖晚聚

秋烟漠漠水粼粼，泛棹蓝湖看夕氲。
一任霓虹浮热梦，漫随红绿闹寒尘。
可怜花月如初见，不复风流似旧因。
且尽杯中新菊酒，今生相聚即亲人。

七律·壬辰春节次韵奉和石兄

万户红灯万户春，满城焰火照寒尘。
身为佳节风中客，本是繁华梦里人。
一曲清歌应寂寞，几杯淡酒未沉沦。
莫言世事如流水，爆竹声声岁又新。

七律·壬辰春送张兄之广州

珠江应是好春光，美酒千杯别意长。
满座香风忱旷远，一怀烟雨思苍茫。
浮生聚散随云水，他日归来话海荒。
但得平生心坦荡，人间无处不家乡。

七律·秋日答诗友

淡淡秋思似岭云，高情岂许让红裙？
斜阳白草晴空阔，画桨轻舟碧水分。
却笑楚宫争蚁鼠，闲看大野起氤氲。
莫言舍下梧桐老，肃肃虬枝自不群。

七律·河边小吟

还许尘心一点痴，河边静坐秉南枝。
欣欣晴日云同柳，细细和风酒与诗。
且任荒烟弥故国，惟将青眼看鸬鹚。
漫由世事东流去，尚记髫龄戏水时。

七律·感怀

多少尘寰是与非，杜鹃呖呖不如归。
三千世事随流水，一叶渔舟伴落晖。
已惯鸡虫皆苟苟，却看花月正依依。
半壶老酒无穷意，坐沐清风忘俗机。

七律·夜读

自笑孤灯蛰瓦居，小斋万卷老虫鱼。
神交已久窗前雨，妙在其中夜半书。
尘世流光寥若梦，桑田沧海恍如初。
此生文翰开心地，饮露金盘是不虚。

李叔和

男，69岁。曾任海燕出版社副编审，担任编辑工作三十年，曾主编、责编《故事世界》杂志450期，责编发书50余册，在报刊上公开发表文学作品50多万字（散文诗、小说、报告文学等）。近几年致力于古诗词的学习与写作，创作了数百首绝句、七律、词。

诗箴四首

（一）

红尘滚滚世情风，俾众周知各不同。
漫道功名多叩拜，从来势位定雌雄。
小中有大参差态，苦里生甜意景融。
一语劝君须记取，乐观知足在心中。

（二）

骨硬前瞻自泰然，品高后顾可延年。

青春火热丹心在，白发稀疏赤胆悬。
追古涵今天易老，登高眺远月常圆。
坤旋乾转随流水，俯仰由人德为先。

（三）
遥望关山映夕阳，近观绿水印沧桑。
怀同竹节虚心得，志展鹏程放眼量。
淡泊祈求多志士，清贫笃念学贤良。
心头七字须牢记，赠送玫瑰手慰香。

（四）
黄粱美梦不如真，岁月更迁物候新。
健步拾级添气魄，舒心放目聚精神。
繁花点点添春色，泉水潺潺去旧尘。
却利远名凭道义，扬清激浊赖经纶。

梅颂
荒郊斗雪为谁开？落尽芳菲草木哀。
莫待明年枝干老，当时面对锦霞裁。
寒风传递幽香出，冻雨微观笑影来。
冷暖当知情未了，冰肌玉骨不沾埃。

兰颂
一年四季郁葱葱，独具神魂正气雄。
楚楚雍容情意切，婷婷秀叶暗香通。
矜持冷艳标高格，玉骨仙肌丽影融。
细品芳姿方领悟，谦谦君子在其中。

竹颂
虚心向上印炎凉，四季长青咏锦章。
坚挺虚心苍翠溢，高风亮节自留芳。
琼枝细瘦浮斑影，绿叶颀长映倩装。
雨后春笋声誉载，崴蕤淡雅散清香。

菊颂
西风冷露历艰辛，北国寒霜自傲春。
银蕊婷婷仍作客，黄花朵朵倍思亲。
幽丛有序香怡悦，异彩无声景簇新。
莫道秋深芳卉少，唯留逸韵俏红尘。

李树军
1946年生，籍贯辽宁辽中。原在中国石油辽河油田从事钻井、采油工程、人事教育管理等工作，现已退休。中华诗词学会会员，《艺术人物》杂志社终身荣誉社长，中国诗书画联盟网终身荣誉主席，《世界文化名人录》荣誉主编。1960年开始创作古诗词至今，著有《中油吟》（一、二卷）。

北票成辽西最大荷花观赏地
攀上高枝喜气蓬，山河招展赋苍穹。
云堆池畔尖锋露，雨润新荷出粉红。
风抹河塘池翠盖，天鹅恋水鸟飞空。
天星明月河塘荡，十里荷香细浪重。

北票赏荷花
染绿春光孕好花，频催时雨润枝斜。
荷香睿智尧园美，美丽仙装禹甸华。
池畔闻莺鸣翠柳，花间凝蝶动云霞。
千花渐欲迷人眼，带梦朝阳欣万家。

辽宁北票凉水河湿地长廊
流光细浪锦鳞翔，色染荷花湿地长。
绿草离离如梦幻，烟波缕缕境悠扬。
天鹅清逸沙鸥度，苍鹭翻飞野鹜藏。
诗道人间一乐国，辽宁北票旅游乡。

辽宁北票观荷花
十里荷花万朵红，寻幽访友到边城。
清香两岸三春色，秀影一河八月风。
翠鸟飞临鸣水梦，轻凫爱恋更怡情。
江南美景开东北，古镇风流神暗惊。

古老夹河感咏
天清水好碧波中，林密山高气象雄。

禽兽麋麋蹄健迹，青鲢鲫鲤草追踪。
天然久历甘泉水，生态通经雨雪风。
击水中流为砥柱，尧龙何惧浪头汹。

美丽满乡秋游

心随野韵爽心房，半岭停车引兴长。
花冠枝尖姿色展，鸥鸮直落日分光。
族人好客迎宾远，门匾弘宗绘景忙。
宝地从来文脉盛，夹河绿水颂家乡。

昆明滇池游

诗潮歌海动情游，骚醉滇池为探求。
野色缤纷收眼底，丝催花冠舞风流。
阿哥动魄倾情爱，阿妹惊心入夜羞。
待月深思池水上，瑶池盛请客难留。

昆明滇池抒怀

笑口轻吹碧水开，香风袅绕大观台。
遥池绝色佳人面，绝对长联旷世才。
神韵湖滨骚客过，天池岸畔老翁来。
诗堆一垒清音醉，敲韵运边任我裁。

（注：每年的3月至4月，辽宁省朝阳市北票白石水库湿地都有成千上万的珍贵鸟类，如白天鹅、灰鹤、黑嘴鸥等，从南方迁徙至此。落脚觅食，繁衍生息。2016年3月7日，在北票白石水库湿地，记者看到上千只天鹅分成多个“纵队”栖息在草丛里，与枯黄的原野形成鲜明的对比，“嘎嘎”的叫声此起彼伏。据野保人员说，3天前该湿地的天鹅数量只有500多只，而到了3月7日上午，天鹅的数量已经突破了2 000只。摘自《辽宁日报》3月1日09版。）

白天鹅飞回北票白石湿地感吟

残黄湿地笔中攀，飞鸟芦花共一篇。
溅日冰河流玉水，梳云漫岭舞寒烟。
听风觅食声声雅，醉酒磨诗处处癫。
人羡追风多享受，骚贪原韵画猴年。

（注：一系列生态修复工程让辽宁锦州湾畔的湿地环境大为改善。这个冬天，3 000多只灰鹤候鸟变留鸟，不再迁过冬天的新家安在了锦州湾畔。锦州市公安边防派出所成立了爱鸟护鸟小分队。边防官兵每天巡护在灰鹤栖息地，成为风雪无阻的湿地护鸟人。摘自2016年3月4日《辽宁日报》06版。）

3 000多只灰鹤锦湾畔安家有作

东风又度清凉地，晴日冰消放眼量。
春水凌河声细细，梳云新柳影长长。
眼前鸟唱歌声脆，笔底人巡鹤故乡。
禹甸舟游图画里，寒芦翻雪焕春装。

李素琴

丙申立秋感记

年光蹭蹬素秋还，检点役身无日闲。
世事堪消青鬓老，匠心难斫玉轮弯。
莫将觞斝侵忧色，惟把沈腰倾碧山。
云物万千应会意，不分凉薄到人间。

荷

向晚嚣尘寂，牵衣柳外风。
云眠縠纹绿，露浥佛花红。
十里清芬噀，平生况味空。
净植出泥洁，仰止世人同。

浣溪沙·丙申中秋望月感怀

亘古瞻驰四海明。却添惆怅欲倾城。几多离索负初盟。

锦瑟尘封花尽谢，飕风夜袭病难胜。秋心难抵是秋声。

李思敏

1942年生，河南焦作市人。中华诗词学会、中国毛泽东诗词研究会、河南诗词学会、焦作市作家协会会员；焦作市诗词学会原常务副会长、秘书长；《焦作诗词》《焦作当代诗词选》执行主编。出版诗集《心声》《生命吟怀》《心路韵波》等。

七绝·题西苑公园一处相缠

百年古藤树（新韵）

藤树相缠数百年，沧桑与共守情缘。
荣兴败损根同命，留予人间看客前。

七律·月季（新韵）

纤枝入土就生根，向着朝阳挺起身。
喜沐春风舒壮体，甘迎烈日吐缤纷。
寒袭芳骨依然秀，雪压仙魂自在存。
月月馨香飘缕缕，年年总悦世人心。

七律·垂柳（新韵）

凌寒插下木一寻，土里生根自壮身。
微暖初春先吐翠，炎炎盛夏俏垂荫。
金秋舞动丝绦绿，大雪飞扬玉缕银。
本是轻盈柔弱物，经风沐雨秉性尊。

七律·踏雪赏梅（新韵）

东风昨夜入梅园，小径铺银脚踏棉。
一树绵绒含翡翠，几枝嫩蕊露红颜。
清香沁肺心中暖，冷气袭人足下寒。
俏影冰天独自立，春来报在百花前。

七律·访诗翁（新韵）

稚童引路拜诗翁，眼见仙居质朴风。
西岭桃花东岭杏，南坡菠菜北坡葱。
香椿树下猪羊圈，莲藕塘边鸡兔笼。
远客临村思慕久，未谋雅面似心通。

七律·游大泉湖（新韵）

画舫平湖看画廊，青山秀水尽流芳。
泉喷雪粉呈琼色，瀑挂珠帘闪玉光。
船自峰峦巅上过，云从树影里边翔。
猴声岸上声喧脆，鸟语林中语带香。

七律·游泉瀑峡（新韵）

远望苍山兀立峰，近观碧水闪晶莹。
峡边曲径浓荫掩，沟壁清泉浸润生。
雾岗青苔藏雾里，云台瀑布挂云中。
溪流脚下漂花瓣，往返游人走画屏。

七律·登天王峰（新韵）

洒汗登巅瞰四方，群山拱卫拜天王。
清池脚下琉璃玉，映月潭边翡翠光。
淡淡薄云驮鸟翅，丝丝紫气伴夕阳。
下山曲径逶迤去，一路黄花沁肺香。

盛锋

笔名心梦。1965年出生在农村，高中毕业，毕业后学医，先是村卫生所医生，后来去外地打工，现在某公司做财务管理工作。空余时间喜欢看书，爱好诗词写作。

七绝·望夫石

碧水微波轻泛舟，清风漫过载春秋。
江边碎落几多梦，唤起心中千万愁。

七绝·杜鹃花

篱前池畔少芳踪，散落贫瘠长伴松。
借我春风与明月，也能日夜映山红。

七绝·桃花怨

桃园春早话凄凉，欲唤东君逐冷霜。
待到风和携日暖，谁能知我几重伤？

七绝·西湖桃花

此生何处可安家，春到钱江入院笆。
西子湖边谁最美？娇颜应数粉桃花。

七绝·船夫

摇桨行舟乘日月，未曾想过计晨昏。
为生出早归船晚，便客消愁有乐寻。

七绝·柳絮

春深柳岸雪纷飞，难道冬天又早归？
却见闲翁着短袖，垂钩湖畔钓余晖。

七绝·雨夜吟

雷公惊醒梦中人，多少相思欲断魂。
小院幽幽花满地，我心似水一潭深。

七律·山村之晨

月落霞升笼曙光，鸡鸣狗叫赶牛忙。
晨风缕缕摇枝叶，雀鸟声声入户窗。
路上妇童多笑语，田间硬汉早湿裳。
老翁已把太极练，还有几人能赖床？

清平乐·桃花

春藏冷露，入目山园处。红透枝头蝶戏舞，应是花开满树。

邀来燕子凌空，唤回小草青葱。又见百花羞色，唯桃尽绽娇容。

行香子·春山

谷壑云烟，绕至村前。倚枝头、慢看春天。小园寂寂，谁愿痴缠？待桃花香，梨花艳，杏花牵。

醉了腰间，山路盘旋。目接处、滴翠无闲。蜿蜒岭上，入画书笺。绘人儿笑，蝶儿舞，鸟儿喧。

李同振

1945年生于河北深泽县，高级工程师。清华大学荷塘诗社顾问，燕赵晚霞诗社副社长，河北省作家协会、中华诗词学会会员。曾任省医药局副处长，创办并常务主编《实用药学与信息》杂志。荣获河北省1949年以来三十年文艺作品三等奖，河北省第八届散文名作一等奖，全国第五届华夏诗词一等奖。作品在《人民日报》《中华诗词》及全国33省市的报刊发表，著有《未末集》《同振诗词曲》《杂花生树集》。

五绝·算盘珠

同样一颗珠，为何身价殊？
上台高四等，进位长称呼。

七绝·草坪

翠苑低层共比肩，连绵铺绿面朝天。
只因外表求平展，不许争先去冒尖。

七绝·忆同桌

分明邻近却朦胧，窗纸无形也有形。
花眼难奢花斗艳，常思清晰少年红。

水调歌头·秋心

是谁发明字，为啥这般谋？偏将"秋"压"心"上，相叠改称"愁"。形象思维风冽，逻辑思维情祛，落叶比兴忧。纵是绕梁燕，卷翅向南求。

蝶儿逝，蜂儿匿，雀儿留。休言花萎，应看硕果挂枝头。万木年轮增展，万户粮仓填满，欢庆大丰收。期待归来燕，喜鹊唱金秋！

浪淘沙·体检

整体面医生，不隐私情。衷肠炽热B超屏，宽阔胸怀CT影，加减分明。

强弱几衰兴，坦荡平生。光明磊落一身清，随你批评毛病处，我自从容。

（注：今日组织全面体检，有感走笔。）

七律·登迪拜世界第一高楼

今生幸访阿联酋，登上人间第一楼。
插翅高云舒壮志，凭栏荒漠忍低头。
五洲几处匀金子？四海何时共石油？
仰面迷茫朝广宇，开怀清澈望神州。

水调歌头·圆梦埃及游

寄梦长城上，插翅越千山。横翻喜玛拉雅，金字塔摩尖。今搭银鹰归去，真向非洲着地，开眼尽奇观。莫道时差減，热度早升迁。

沙滩上，高塔下，古庙前。狮身人面，询问华夏巨龙颜。同济尼罗河漾，相约长江波浪，共续郑和缘。红海红尘洗，万里眺尧天。

（注：历史记载，郑和下西洋曾达非洲东岸红海一带。）

排律·苦练（数字诗）

一心练苦功，二意定难容。
三舍常思避，四方得贯通。
五更复早起，六欲淡清平。
七夕学勤鹊，八仙难慕从。
九天霄汉志，十载未消停。
百折无松懈，千磨万练成。

李伟峰

网名多情剑客，号隙月轩主。男，1975年生，山东金乡县人，曾供职于成武纸造厂，现为自由职业者。成武县伯乐诗社理事。其作品多见于国家、省、市级书报杂志及网络平台。辑有《隙月轩吟稿》三卷。

七律·登黄鹤楼

雾锁龟蛇烟锁楼，东风化雨几春秋。
绿杯易尽徒添醉，黄鹤难寻漫惹愁。
自是多情怜楚女，且凭孤傲笑吴侯。
俯看滚滚长江水，奔淌千年意未休！

七律·伯乐诗社6周年庆

正值高秋唱大风，青梅煮酒论英雄。
千杯绿蚁天河倒，满座诗朋喜气笼。
椽笔真堪揽星月，素笺又见吐霓虹。
酣歌激荡文亭邑，一地斜阳漫染红。

七律·贺家严《五味轩吟稿》付梓

掩卷风云开卷霞，小园喜看绽梅花。
频敲琥珀杯中韵，笑数流年掌上沙。
半枕湖山充笔砚，一锄星月伴桑麻。
临窗负手清吟罢，五味轩前桂影斜。

七绝·秋日有怀

入梦乡关久未归，无常世事每相违。
怅看一地秋风起，落叶纷纷做蝶飞。

七绝·雨中过梨园见梨花盛开

细雨斜风万缕愁，梨园驻足漫凝眸。
多情常被无情累，一夜仙姝尽白头。

五律·梅

霁雪惜春迟，宵寒霜满枝。
浸香江透醉，弄影月含痴。
红袖眉间韵，骚人陇上诗。
遥期花发瘦，风里寄相思。

鹧鸪天·记梦

枕底温柔可许删？依稀春雨数年前。两弯新月眸含笑，一袭长裙水漫烟。

歌缓落，语嫣然，花香十里舞低旋。当时曾记别村外，归去彩云披一肩。

西江月·昔游黄浦江（步东坡韵）

放眼一江浊浪，荡胸满目云霄。中游击水笑天骄，风动青青岸草。

欲揽桅尖明月，且倾樽内琼瑶。飞舟转瞬远兰桥，诗兴一腔谁晓？

李庆林

网名虎皮兰居士。男，1962年生，山东省潍坊市昌乐县人。本科学历，高级职称。现在昌乐县农业（畜牧）局工作。多年来在工作之余喜爱读书学习，尤其古典诗词。2007年至今习作诗词两千余首。已出版《世态诗语》诗词集二部。

七律·立秋逢雨抒怀（新韵七尤）

秋雨涟涟多犯愁，时今却是盼滴流。
几经干旱河无水，所有池塘底露沟。

不断淘掘不断降，匮源少补贵如油。
大千世界风情异，彼旱汪洋我渴忧。

2016年8月7日

五律·初秋晨吟(新韵十唐)

初秋早晚凉，午热难潜藏。
夜睡方舒适，晨眠懒起床。
无忧哇叫唤，滴水鸟高腔。
室外清新美，逍遥看太阳。

(注：无忧哇乃蝉的一种，滴水鸟大山雀。)

2016年8月10日

七律·初秋热(新韵九文)

进入初秋大热临，不分早晚似蒸熏。
风丝未动实沉闷，温度高升若火喷。
生态失常出变异，自然之象化生频。
末伏超过中伏炽，昼夜周身冒汗溱。

2016年8月14日

七律·是夜方觉秋意临(新韵九文)

是夜方觉秋意临，清凉爽利惬心身。
蛩鸣耳畔催眠调，犬吠村邻守户吟。
卧榻休息圆梦早，醒来爬起正明晨。
温阳映射霞光照，嘹亮叽啾鸟唱频。

2016年8月18日晨

七律·秋晨见闻(新韵八寒)

黎明出外逛秋山，野草青青露水沾。
玉米棵棵槌棒大，芝麻串串角丰圆。
一群家雀闻声起，两只斑鸠落谷间。
更有辛勤劳作者，捡摘苹果换零钱。

2016年8月22日

七律·诗论(新韵九文)

以己知明指点论，死搬硬套病残痕。
矫揉费解精深奥，易懂通俗糙陋文。
试看流传千载句，直白上口古今吟。
从来厌恶虚空造，切莫之乎卖弄神。

2016年8月25日

五律·秋眠(新韵十唐)

四菜一壶酒，悠哉可口香。
溜达七里路，洗沐早眠床。
一觉黎明醒，原因盖布凉。
丝丝秋爽意，点点惬舒尝。

2016年8月27日

五律·独爱一壶酒(新韵十唐)

独爱一壶酒，怡神体会尝。
人生经历过，财富贮胸藏。
张口词诗咏，风流纸笔忙。
无缘唐宋盛，有幸九州昌。

2016年8月29日

李任传

男，1960年生，中共党员，1976年参加教育工作。小学高级教师，临武县教育局在职干部。现为临武县诗词协会、韩山诗社会员和理事，郴州市诗词协会会员，湖南省诗词协会会员。任《韩山诗苑》轮值主编、栏目编辑，中华《诗词月刊》湖南临武工作站成员。

咏桃花

桃林沐雨绽奇葩，独占春光树满花。
满眼韶华红烂漫，弥山跨谷展风华。

纪念抗日战争胜利70周年有感

卢沟残月照吾邦，赤县黎民遭祸殃。
盗抢奸淫如魔孽，烧杀掳掠似豺狼。
八年鏖战驱倭寇，四亿神州筑肉墙。
忠烈英名留后世，开来继往谱华章。

晚景妍

吟坛和赋沁心田，夕照余霞似锦妍。
伏枥仍存鸿鹄志，莫因穷暮怨流年。

纪念蔡锷将军逝世100周年

人中吕布数松坡，歃血山盟斩世魔。
纵马挥戈龙虎吼，护国伟绩永讴歌。

（注：蔡锷，字松坡，被誉为“人中吕布，马中赤兔”。世魔喻袁世凯。）

叹农民工

玉镜高悬洒满霜，壶觞伴我意绵长。
倚窗望月柔肠断，一缕相思因酒狂。

鹧鸪天·参加“我的好老师”演讲比赛感怀

盛誉崇高惟有师，爱生如子胜家慈。一支笔下描图景，三尺台前舞秀姿。

才济济，乐滋滋，终身茹苦染清池。蚕丝吐尽心无悔，喜看桃熟树满枝。

相见欢·农民工的思乡情

夜光洒落窗扉，惠风吹，寻胜流连独自沐清辉。

月如练，碧波漾，影相随。异客天涯颠沛却无归。

相见欢·仲裁闹剧

乌云笼罩南疆，浪涛狂。舞爪张牙菲日似豺狼。

觎霸业，痴粱梦，祸心藏。斩殄恶魔华夏赤旗扬。

李卫东

47岁，汉族，河北省文安县新镇镇卢阜庄人。

咏竹

叹君秀立院庭中，劲节阳刚不惧风。
莫道空心无所用，板桥笔下有奇功。

垂钓

中亭河水不留春，蒲苇丛生别样新。
布谷鸣歌欢乐颂，浮萍几点远红尘。

赞书法家刘景奇

余辉尽享法全通，处事随和不老翁。
墨笔挥毫真本意，名扬四海景奇公。

无题

蝇头小利得安宁，俗事纷纭路不平。
初识茶香身有益，方知劳苦本无名。
历来顺畅心中喜，几处艰辛肚内明。
最幸诗书长伴我，轻吟浅唱慰余生。

李文选

河南洛阳人，诗歌爱好者，诗歌曾入选第三届“中原杯”全国文学作品大赛和《青少年文学》全国文学艺术大赛，曾获广西《青少年文学》创作新秀大赛优秀奖。

诗观：诗是诗人灵魂的诠释，是文字浓缩的精华。

天上行船

放眼望海大无边，滚滚而去连着天。
太阳照海腾腾雾，船行海上若在天。

虎东山游后感

雨天漫游虎东山，娇艳秀丽惹人恋。
五果园中五果石，一线天外一线天。
鹰嘴岩上观英姿，望月亭上赏奇观。
东西两山辉相映，南北一海水伴山。

春

清清黄黄碧草地，粉粉红红枝头花。
叽叽喳喳林中鸟，自自然然天下春。

心语笔记

心中话语千千万，无处倾诉心里烦。
笔墨纸砚我最爱，感情心声行里间。

原野春色

久处闹市心迷惘，踏上原野真清爽。
四面八方皆春色，深吸满鼻是花香。

严冬

风刮脸面似刀割，眼泪鼻涕往下落。
万里山河白茫茫，滴水成冰是冬色。

金秋

清风习习透清凉，大地悠悠落叶长。
醉生梦死于金秋，此季几载岂算长。

炎夏

手摇纸扇坐家中，通体是汗往下行。
四季难过是炎夏，一季能得几清风。

警世语

人生一世是云烟，开心快乐须当先。
不要等到年老时，叹息不再有华年。

曼殊传奇

身世曲折一“糖”僧，性情古怪讲分明。
文诗画三绝于世，　知未来灵台清明。
爱来情去心已怯，　想断情缘情更浓。
东渡万里寻母去，　佛路艰辛孤独行。
心愿未了身已去，　只留孤坟一孤僧。

春雨惊梦

夜半春雨打青瓦，惊醒游子梦还家。
春雨来的虽及时，打破好梦却怨它。

李文章

吉林省辽源市人，于1994年到石家庄从事营销管理工作至今。闲暇以诗为兴，书画朋友寻迹遇过程以得乐哉。

天台感赋

兴览九华峰，云霞沾锦衫。
松柏妙梵宇，野茶溪煮禅。
落日鸟归林，木鱼宣殿前。
流云惑月驶，一榻入佛天。

（注：丙申春四月应九华山大悲楼前佛缘宾馆施志泉友嘱约而写。）

太行山行吟

一进太行花正开，二箱墨纸问山来。
三千峰仞裁书案，四万山峦成画台。
钟毓堂前明法理，朝庭殿上济沧怀。
松云难拟复琼宇，香雨沾衣锁雾台。

归故乡

一夜尘劳回老家，热屋香酒适新茶。
樱馨满院关不住，尤忆旧时窗外花。

2016年4月28日于辽源

秦淮盈泮

孟浪秦淮烟雨织，佳人才子拥风痴。
廊榭亭台温旧曲，庙灯照客几乡思。

2003年南京畜牧交易会

画者梦游

君有灵如花，随时弄笔遐。
尘思一入墨，姿意了芳华。

朝阳拾遗

驱车千里来朝阳，南北塔琼朔四方。
石鱼灵恸觉飞戈，史馆闻龙啸月长。
楼高难解天年事，始祖鸟叫初情伤。
北燕幕府今何在，星斗满城入梦乡。

甲午辽宁朝阳市访友记之

李务本

男，1953年生，陕西省商洛市丹凤县人，中共党员，大学本科学历。退休前从事卫生、计生、防疫工作，退休后耽于诗词。丹凤县诗词学会理事，商洛市诗词学会副会长，陕西省诗词学会会员，陕西省楹联学会会员。多年来在省内外诗词报刊发表诗作二百余首，在全国诗词大赛中多次获奖。

创作理念：在诗词路上将不懈余力前行，将读书、写作作为人生最大趣事。争取写出好诗篇，把朝暾写在夕阳心上。

七绝·早春雪花

地落雪花飞速消，涌来润面似搽膏。
僧师杏雨柳风句，寒退暖流掀锦袍。

七绝·无题

诗门闭锁莫吟诗，待到花开烂漫时。
情涌浪翻潮起落，随心所欲任由之。

七绝·丹江漂流

丹江水路古幽长，车载舟行来往忙。
霞客借船探险地，漂流从此记华章。

七律·丹江漂流

华夏漂流景最佳，岸旁湿地绽名花。
芙蓉慰目香十里，夕照映波光万霞。
舟筏欢流青翠动，艄公歌踏绿丹崖。
登山祈福仙留处，盛世苍生竖擘夸。

七绝·宽容是孝心

宽容孝老乃高风，陪伴椿萱如伴童。
乱语妄言儿莫怨，肥根培土柏长青。

七绝·竹枝词

枝间喜鹊叫喳喳，水里欢腾几只鸭。
田块农夫浇汗水，夏来长满紫茄瓜。

七绝·住高楼

盛世乔迁市貌骄，离乡热土恋根苗。
携孙扶老古都住，高处低看心似潮。

【正宫·塞鸿秋】咏万湾村(独木桥体)

天蓝水绿乡村梦，农商一体经营梦，旅游互动城乡梦，农家野味勾魂梦，核桃四海红，棚菜摇钱梦，农民富了圆国梦。

李锡泉

男，汉族，1938年1月生，滕州市人。大专文化，退休干部，现为枣庄市诗词学会会员、中华诗词学会会员。诗作曾入编《华夏吟友》《当代国学家大辞典》《中外杰出华文诗词艺术家大辞典》等刊物。

五律·忆故乡小河

柳深堤岸曲，群鸭伴云行。
蝉噪林欲静，鱼沉水更清。
攀条嬉击浪，藉草卧闻莺。
瞬息生华发，思乡屡动情。

七绝·柳絮

含情脉脉扣窗纱，欲挽春回作雪花。
洒洒洋洋逐流水，梦思才女落谁家。

七绝·春雨

沙沙春雨总无休，忆旧桃花怯更羞。
又见荆河岸边柳，不知何故泪先流。

七律·山海关

衔山枕海傲苍穹，自古兵家格外崇。
无数英雄空落泪，几多朝代叹消融。
悠悠岁月留悲怆，灼灼年华庆大同。
关外中原欣一体，隘关险地畅交通。

七律·杭州湾跨海大桥

遥望长虹气势雄，横空出世傲苍穹。
吞天恶浪客游戏，倒海台风车畅通。
沪甬提携财贸盛，杭宁联带旅游隆。

全球都会明珠市，华夏腾飞一巨龙。

七律·重游 滏河

暇日重游到滏滨，风光绝胜旧时春。
低垂翠柳拂河水，峭拔白杨离浊尘。
土壁茅檐都入梦，高楼大厦互为邻。
星移斗转沧桑变，世纪更新世事新。

七律·秋收

落叶纷飞蝴蝶舞，郊原稻谷浪涛黄。
花生摘罢场中晒，绿豆收来屯内藏。
惊看鹅梨压弯枝，喜观玉米涨粮仓。
税收减免农家乐，协力齐心奔小康。

七律·游卢沟桥

伫立桥头倍感伤，石狮怒吼泪千行。
八年抗战拼生死，百战沙场拯国亡。
剑影刀光虽渺远，妖魔鬼怪尚猖狂。
而今再砺斩魔剑，誓灭豺狼保故乡。

李祥麟

男，又名李林、向林，1926年生，滕州东关人，山东师范学院中文系本科毕业。离休干部。中华诗词学会会员，滕州市诗词学会顾问。

七律·年逾八旬集今人句述怀八首

（一）

右派完人金不换，乾坤老我一诗魂。
公平唯有中天月，涕泪难干袖底痕。
欲向晴空觅佳句，漫将疏雨送黄昏。
风流千古钗头凤，触拨时时梦一温。

（注：聂绀弩、周明道、朱玉明、柳亚子、刘敬娟、黄新铭、潘佛章、钱钟书。）

（二）

天道驱人未肯休，痴呆卖尽买来愁。
空中涉笔多成史，众里呼名且应牛。
风竹牵襟吟簌簌，牢骚发我但偷偷。
无端狂笑无端哭，捻转陀螺却倒抽。

（注：于右任、聂绀弩、钱钟书、谷海鹰、聂绀弩、苏曼殊、聂绀弩。）

（三）

化作田间三脚猫，相看不语也魂销。
滩边煮食烧千叶，细雨推车上小桥。
湓逝终抛万般苦，飞腾敢捲九重飙。
定因曾被封牛鬼，自古伤心难画描。

（注：聂绀弩、高鲁鲁、王濑居、聂绀弩、林锡纯、李允久、王巨农、尽心。）

（四）

也曾点染好春光，慷慨悲歌气激昂。
不料名登牛鬼录，谁知咎犯百千桩。
帘前阵雨乱惊梦，室外奇峰时叩窗。
渺渺愁予波万顷，小鞋穿破一双双。

（注：程春芳、高鸣珂、王斯琴、聂绀弩、贾丽花、王学仲、聂绀弩、荒芜。）

（五）

二十一年风雨疾，忽成牛鬼忽成仙。
不知流水前头往，且看荷珠碎后圆。
巢凤九重宁有梦，龙睛一点便飞天。
澄眸云际追寻久，心态怡然复坦然。

（注：林立、熊鉴、王濑居、方舟子、张梦机、欧阳鹤、包德珍、徐野。）

（六）

定国勇平冤假案，偷生忍为稻粱谋？
早容黄鹤冲霄汉，不让青山笑白头。
大业垂成应奋勉，敝斋虽小亦风流。
幸无每饭三遗矢，盛世何妨着意讴。

（注：钟树梁、柳亚子、陈中凡、李伏波、李邦佐、谢瑜、姚雪垠、周明道。）

（七）

梦中歌哭未曾休，莫把馀晖付水流。
丛菊霜残殊自傲，风涛已定复何愁。

好书到手倾囊出，至境迷人抵死求。
试启小轩聊骋目，群星璀璨月如钩。

（注：于右任、杜若莲、钱钟书、施子荣、周明道、檀世升、周剑痕、卢为峰。）

（八）

哭始欣然笑惨然，荣荣辱辱度悲欢。
何堪老病催舟发，信有人间行路难。
偷得馀年寻好句，不教尘俗染毫端。
一窗风月三更雨，古调泠泠手自弹。

（注：聂绀弩、王后馀、林从龙、董鲁安、林壮标、许寿裳、王诗徐、周明道。）

李笑峰

汉族，吉林省榆树市人，共产党员，大学文化。做过中学教师、镇党委秘书、市委宣传部新闻科长、市经济委员会工会主席（党组成员）、新华社吉林分社《吉林内参》编辑，现已退休。长春市作家协会会员，吉林省作家协会会员，中国国际作家协会会员，中国传统艺术学会名誉主席。曾出版新闻集《这里没有冬天》、散文集《人生感悟随想录》、诗词集《岩石韵语》。2015 年曾获第 12 届“天籁杯”中华诗词大赛金奖、首届“诗词世界杯”中华诗词大赛一等奖和中华当代好诗词一等奖。

五律·游华山（新韵）

北瞰黄河水，南观秦岭边。
中华之正本，神圣也山峦。
举首观红日，依松探古渊。
走出幽谷去，闲步恋华山。

五律·咏焦裕禄（新韵）

壮语千家暖，鞠躬为庶民。
呕心除碱害，抱病造风林。
茂盛泡桐树，丰功兰考人。
焦魂华夏宝，百姓颂功臣。

五律·荷花赞（新韵）

世外荷花艳，叶宽遮水澜。
粉蝶翩起舞，鱼跃浪花翻。
云雀掠空过，青蛙跳岸边。
游人多不断，赛过众神仙。

五律·兰花（新韵）

兰花图肃静，长在谷峡中。
芳草共萋丽，山峦绽艳容。
山中兰叶径，旷野李桃红。
春暖风吹过，花香飘谷空。

五律·君子兰（新韵）

幽兰君子卉，姿色艳天涯。
美誉名华夏，金身饰贵家。
神情甚高雅，正气美鲜花。
君子生幽境，风姿帅气它。

七律·游泰山（新韵）

雄伟恢宏峻泰山，不临东海也波澜。
一轮红日徐徐起，万壑山沟浩浩磐。
古往文人留巨作，密集石刻快活三。
笑拍石壁吟诗句，松柏长青百草鲜。

七律·青岛海湾（新韵）

金色沙滩蔚壮观，波涛汹涌卷狂澜。
远方舰艇飞驰过，近处渔船拉网穿。
多个游船沿海岸，万人戏水浪花翻。
潮声笑语混成片，青岛明珠天下传。

七律·蓬莱阁

丹崖山上蓬莱阁，建筑凌空欲上天。
阁绮飞雕花彩壁，玲珑剔透荡霄烟。
秦皇汉武寻仙药，方士徐臣出海船。
海市蜃楼新耳目，神怡心旷大洋边。

诗情画意迎宾至，京沪苏杭客胜云。

李新立

笔名老荆。男，汉族。汝州晚晴诗协理事，洛阳毛泽东诗词研究会理事，河南诗词学会会员。

五律·贺平煤神马集团创业六旬秋（新声韵）

创业六旬年，鼎新改故颜。
煤区环境雅，工庶幸福甜。
机械采掘动，乌金滚滚翻。
改革花烂漫，追梦果盈园。

七律·纪念建党 95 周年（新声韵）

斧镰纛下聚精英，马列魂牵唱大风。
暴动秋收驱虎豹，举行起义挽民生。
井岗圣火燃华夏，赤水烽烟绕碧空。
伟业光辉书不尽，环球庆贺党奇功。

七律·怀念好书记

——纪念焦裕禄逝世五十周年

鲁地英才杰豫东，解难兰考尽终生。
治沙排涝除盐碱，遍访贫穷送暖情。
激发民众昂首战，曙光放彩满天红。
当今共筑中国梦，书记悉知祝振兴。

七律·雪耻催军强（新声韵）

贼寇残毒胜恶狼，金瓯破碎举国殇。
八年鏖战驱倭匪，七彩腾飞举世芳。
花开万树果千筐。邦饶军裕著华章。
河清海宴英灵祭，泪满胸襟诗满囊。

七律·仲夏游冬青沟（新声韵）

汝鲁群山仙境地，风光旖旎喜登临。
潺潺流水吟昌盛，漫漫清泉咏更新。
峻岭奇峰添雅趣，古踪胜迹醉游人。

李亚娟

中华诗词学会会员，中国音乐文学学会会员，中国音乐著作权协会会员。

绥江赞

峰如秀笔水如环，官斗鼓钟尽忘颜。
意趣石中言意趣，悠闲亭里道悠闲。
大江东转豪风渡，老树花开馥气还。
信步游来无限意，天堂疑似落人间。

铜石岭

峰奇石异叹天工，碧水灵池万翠丛。
飞瀑携云仙沐雨，流泉对月客临风。
谁知铜鼓王中韵，但识花田梦里虹。
借得闲情游画卷，满山皆是杜鹃红。

鹏城颂

春风习习绿千枝，锦绣鹏城锦绣时。
梧岭拂云来入梦，梅沙踏浪化为诗。
素心犹似莲花绽，宏愿堪逢盛世期。
青眼高歌融世界，阳光大道展英姿。

美丽丽水

百转千回梦几重，秀山丽水喜相逢。
凝眸宝剑藏锋利，回首石雕暖意浓。
脉脉文星吟赋颂，盈盈福地载秋冬。
闲情识得风光在，万里腾飞一巨龙。

大美南通

梦中江海嵌明珠，天上人间问有无？
一路黄金铺旧印，满城霓彩道新符。
秀峰脉脉千姿变，丽水悠悠百态殊。
兰菊吐芳香日月，春秋勾勒寿星图。

少年游·向闲

一间茅室，三尺篱院，溪水奏心弦。几缕花香，两棵古树，霞彩伴云闲。

观明月，晓风杨柳，莺燕醉缠绵。品茗低吟，世尘嚣远，游畅在山间。

愁倚栏·金鱼

玲珑体，貌如花，似红霞。无虑无忧清水间，美胜画。小溪桃源人家。

赋闲乐，神态优雅。大智不喜喧嚣闹，勿惊她。

眼儿媚·墨趣

天地一方澈澄明，今韵古风行。低吟浅酌，香留倩影，音妙泠泠。

画中景挚情疏雅，景里画纵横。无尘清素、晓风晚月，溢满征程。

李彦锋

网名无章、听雨驰怀。男，毕业于河北师范大学中文系，现任河北省魏县县委政策研究室主任。河北省诗词协会会员，河北省楹联学会会员，邯郸市诗词楹联协会会员。作品散见于《燕赵诗词》《新建安诗刊》和各类诗词专业网站、微刊等。2015 年 8 月获河北省委宣传部主办的“中国梦赶考行”诗词楹联颂党恩全国大赛诗词组三等奖。

暗香·神农氏、中药和屠呦呦

遍尝百草，纵断肠为石，蕊生灵鸟。脏腑阴阳，辨识周身络经要。

几世传承渐盛，岐黄术、遂成医道。然杏林，谁晓神农？皆拜药王庙。

国宝，正耀耀。萃取又汤煎，愈发精少。去烦养老，黎庶官家竞称妙。

更有青蒿素出，屠呦呦、一声长啸。诺奖摘、名冠宇，疟瘟尽剿。

蝶恋花·病柳怨

暑热难消缠病柳。叶卷枝垂、干老皮皴久。望眼清风牵只手，清风羞涩缄朱口。

负气一时情愈诱。生怕相违、错过翩翩袖。无奈鸣蝉声似吼，此番又是空相守。

五律·月下梧桐

梧冠悬半月，清浊两浑然。
扇叶期风倦，杂枝承露煎。
远人犹对语，思妇不知眠。
爽气违时约，新秋怨韵蝉。

七律·看奥运会田径比赛

五彩斑斓入眼瞳，青春舞动竞称雄。
沙坑飘起金披发，跑道刮过黑旋风。
奋掷弧光惊上界，轻挥幻影掠长空。
云天晴好旌旗盛，笑脸飞扬映日红。

七律·京剧

二百年来艺苑中，奇葩滋育泛娇红。
皮黄牙板行腔美，脸谱行当扮相工。
滚滚长河归一晌，悠悠故国入双瞳。
舞台能纳天和地，写意人生不觉空。

李永清

号清和处士，常用网名太白吟月。河南夏邑人，现居洛阳，公司职员。中华诗词学会会员，河南省作家协会会员，中国诗词研究会会员，河南省诗词学会常务理事，洛阳诗词学会执行副会长。

秋意

碧水楼前似镜台，一湾心事出尘埃。
夕阳不弃蓬舟远，新月偏投寂柳来。
雁别霜天云欲泣，乌啼森岭夜难挨。
寒霄梦得凉亭里，谁是吟风敲子才。

七绝·龙门卢舍那大佛

莲台打坐越千年，碧水青山不了缘。
点化苍生无一语，果然静处有真禅。

七绝·咏竹

秀干高升志小酬，青云萦绕肯低头。
无花不抢时人眼，只待修身在一流。

李跃贤

女。中华诗词学会会员，长白山诗词学会理事，双鸭山诗词学会理事，中华诗词论坛深圳诗词学会常务管理，在全国诗词大赛中多次获奖。2016年荣获“开封县农村信用合作联社关于开展诗词、对联及宣传语”大赛一等奖。2016年荣获山东郯城春联大赛一等奖。2016年荣获“黑龙江尚志腾飞商贸猴年春节春联”大赛佳作奖。2016年荣获汤翁诗句“续诗”有奖大赛一等奖等。2015年荣获“邯郸大乘玉佛寺全国诗词楹联大赛”二等奖(一等奖空缺)。2014年荣获户县60周年全国诗词楹联大奖赛一等奖。作品有《酒之雅》《祁连玉杯》《恒有源杯》《可汗山杯》《抗战精神赋》《光辉永存》《长河浩荡》《大宋之韵》等。

行香子·围山花海

魅力浏阳，花海如潮。胜蓬莱、十里香飘。妍姿袅娜，美媲双乔。阅蜂儿痴，蝶儿恋，蕊儿娇。

杜鹃似火，苞含英气，赞嫣红、馥漫云霄。围山蕴梦，引凤吹箫。赏展风华，经风雨，竞风骚。

(注：双乔即大乔、小乔。)

行香子·石霜听梵

寺庙依山，鉴证兴亡。沐风雨、阅尽沧桑。吉光四射，古迹流芳。有仙人鞋，文人墨，万人床。

传承历史，香烟缭绕，聚名师、佛教辉煌。晨钟暮鼓，梵曲悠扬。悦心无尘，缘无限，福无疆。

行香子·象形汲水

象鼻葱茏，渗透灵机。美浏阳、风景神奇。石山百态，形状千姿。喜蕴黄金，绽黄蕊，引黄鹂。

丹霞地貌，人文荟萃，醉桃源、春色深滋。天工鬼斧，胜似瑶池。赞书中画，林中梦，水中诗。

行香子·苍坊清莲

浩气盈湖，滴翠流丹。赏故居、一片青天。荷香弥漫，袅娜如仙。看风中舞，水中笑，雨中妍。

芬芳萦径，山环霞绕，似冰清、主席家园。温馨幽雅，鸟语频传。阅歌声甜，曲声远，赞声连。

(注：主席指胡耀邦。)

行香子·彩虹卧波

诗画浏阳，河绽缤纷。卧霓虹、桥展经纶。贯通南北，意暖风云。阅蝶留梦，水留影，墨留痕。

美如仙境，粼波荡漾，似龙宫、灯火迷人。炫光绚丽，醉了星辰。赏鸟欢歌，情欢畅，月欢欣。

行香子·奎文书香

腹有诗书，万卷凝香。看文庙、仁义盈堂。儒家学说，尽展辉煌。赏先人墨，贤人画，圣人章。

几经坎坷，千锤百炼，领风骚、道德弘扬。名垂今古，桃李芬芳。悦竞风流，迎风雨，历风霜。

行香子·文华旗展

水绕山环，集聚群英。忆昨日、党率农兵。秋收起义，驻扎军营。悦迓春风，沐春雨，趁春耕。

全师转战，投身革命，铸长城、勇猛云惊。缅怀先烈，开拓光明。赏关民心，知民意，懂民情。

行香子·周洛飞瀑

气势恢宏，直下云霄。若天龙、逐浪听涛。激情万丈，浅论英豪。阅数风流，展风韵，竞风骚。

腾空吐雾，飞珠溅玉，梦千寻、惬意逍遥。轰隆贯耳，独创航标。悦沐新春，抒新曲，谱新谣。

李在印

笔名兔哥。工作于河南省洛阳市工商局。中国诗词学会会员，洛阳诗词学会常务副会长。作品散见于《中国诗词》《河洛诗词》《洛阳晚报》等报纸杂志。

纪念建党

江山万里庆华年，银汉神龙遨九天。
嘉兴舟中寻火种，北平楼里谱新篇。
梦想重走长征路，信念又登丝路巅。
科技再添双羽翼，春风化雨共婵娟。

李长鹰

字农夫，斋号五艺草堂。1969年生于湖南安乡，从军六载，立三等军功三次，中共党员。衡阳市书协会员，中华诗词学会会员，中国诗歌学会会员。近年重返艺坛，任《新国风》主编、《安乡丁香报》主编，书法、文字散见于《香港文艺报》《作家报》《作家时代》《时代文学》《诗词世界》《洛阳诗人》《茅台文艺》《西安商报》《华夏诗报》《常德日报》《惠州日报》等报刊及众多网络平台；组诗入编《永远的柯岩》纪念文集上、下册及其他数十部文集。名入《当代中华诗词》文库。由贺敬之先生题《李长鹰诗词赋选》（上、中、下）正在编纂中。

穆棱行组诗

（一）穆棱寄怀

秋月渐分明，今浮在洞庭。
此飘雷阵雨，吾客穆棱城。
陡起回程念，平生万缕情。
吁风时有号，落笔已三更！

（二）穆棱有怀兼赠

投资尚未果，逼格早形成。
酒涌洪荒力，情同老弟兄。
拎壶冲几下？携手约同盟！
实干兴家国，何妨共一鸣。

（三）在穆棱作

随缘飞北疆，诗在心中酿。
且走且观望，随行随歌唱。
天生无所长，地养蒙其撞。
一任我张狂？是但人间浪！

丙申秋怨

四季轮回着，秋风又飒然。
门前飘雨滴，江岸笼云烟。
篱下开金菊，山中起暮寒。
雁来双比翼，君返在何天？

【黄钟】·人月圆

近山渐觉疏林老，天顶雁声频。山坡衰草，廊亭落叶，三两行人。

行人渐远，西风渐劲，响水如奔。月圆在即，行程不得，岂是来神！

中秋诗意

（一）

霜天万里晴如洗，峰底行云度流水。
京珠高速爽气飞，湘北江南落木彼。
荻花舞也鱼儿肥，西风吹罢鸿雁归。
山川阻隔人在旅，但把诗意朝天挥。

（二）

时逢重九晴江月，夜起西风不觉寒。
摇曳星光光不定，发朦物影影无端。
昔逢少壮从军去，今遇衰年揾食难。
幸得当时心已淡，功名利碌一何干。

（三）

书灯佛火影清凉，夜里临窗对北方。
天下旅人皆一念，何当煮酒共长相。

江城子·丙申中秋作

洞庭故里水迢迢。起轻猱。每魂销。今夜无回，客舍酒相浇。风暴欲来天黯黯，心无绪，若猫挠。

多年血汗散江皋。倍心操。尽劬劳。一次危机，水洗几能逃？好汉无银是钝铁，归得去？亦徒劳！

李志超

广西永梗县三皇乡人，1925 年生，在融安参加柳北游击队，1949 年 12 月随队接收百寿县，任三皇区民政助理，1951 年调南宁革大学习，次年调融水县森工局任秘书、生产股长、林业站长、采育场长，1985 年离休。有诗联在《柳州日报》《桂中日报》发表；著有《斗笠集》。

缅怀戴自振烈士

西望凋安满泪瞳，灵魂白骨伴苍松。
难忘麻石殉身友，犹念融州好弟兄。
岁月流光云水怒，河山巨变艳阳红。
九泉英烈当含笑，崛起中华举世崇。

（注：凋安：山名，距三皇街半里。麻石：地名，融水县境内，烈士殉难处。）

八十抒怀

儿孙为我祝遐年，子孝家和福寿全。
事业无穷成败共，人生有味苦甘连。
心宽始感精神爽，品正方知日子甜。
莫让雄心随老去，神州处处是乐园。

住市郊

远去尘嚣近市周，半层绿树半层楼。
观光不用掏钱买，赏景无须去旅游。
院内闲来浇草圃，庭前兴致练毛球。
白云慕我神仙地，几去飘然又转头。

九十吟怀

（一）

九十高龄志不移，骚坛千载梦难离。
寻章问句思维敏，不作痴人醉汉迷。

（二）

卧槽老骥志犹存，昂首嘶风万里程。
跃上奇峰心态爽，翻山涉水有精神。

（三）

九十遐龄志未衰，无忧喜笑畅胸怀。
晨操暮练身心健，跨上强身高寿台。

（四）

遐龄九十壮心雄，撰对吟诗颂党功。
致富脱贫红日艳，黎民从此再不穷。

李志浩

男，1960 年生，上海财经大学出版社策划编辑。

编辑礼赞（藏头诗一组）

影片《黄金时代》观后感（藏头诗）

黄金时代忆萧红，
荟萃众星唯绍峰，
优美作品呼兰河，
秀出爱恨生死场。

（注：①影片《黄金时代》由汤唯、冯绍峰主演。②青年编辑黄荟，已连续数年被我社评为编校质量标兵，以诗点赞。）

新社员（藏头隐尾诗）

顾村美女是小袁，
晨曦微露梦青春，
溪水潺潺岩如玉，
牛羊成群瓜果甜。

（注：顾晨溪、袁春玉是新编辑，年轻有为，小顾每年编辑加工字数全社第一；小袁开朗活泼，笑脸常开。）

老编辑（藏头隐尾诗）

江山如画诗隽永，
玉蔓琪花情深长，
水天一色云雾淡，
灵岩山下有约定。

（注：永长、江玉是资深策划编辑，担任过多部国家重点图书的策划和编辑工作。）

天道酬勤（藏头隐尾诗）

才华横溢天酬勤，
女中豪杰不输男，
啸天有志事竟成，
天经地义女将军。

（注：啸天副编审为文学硕士，曾出版散文集《爱情疯长的阿姆斯特丹》；成军为资深策划编辑，策划了"世界公益与慈善经典译丛"等国家重点图书。）

李子浪

1969年生，山西柳林人。1991年毕业于山西吕梁高专（今吕梁学院）中文系。自由诗人。山西省诗词学会会员，吕梁市作家协会会员，柳林县作家协会主席。

丙申秋末采风记（排律）

天高望远唤群游，都道吕梁好个秋。
叹赏精雕新敞铺，惊观卧佛故亭楼。
冰封阻步千年顶，雪滑险行八道沟。
梅洞清泉迂壑谷，烧炉剑石斩云流。
虬枝叶落飞花谢，铁杆果疏寒鸟啾。
雅士怀情何恋返，山人无奈不思留。
久居笼里少生气，放纵天然问自由。

写在丙申九·一八

每逢九一八，悲愤心中发。
国难此当头，山河谁任踏。

游赤牛窊有感

民俗赤牛窊，风情第一家。
因贫生创意，户户有银花。

临寨则湾古寨感怀

古寨石头成，悬崖万莫攻。
春风吹又绿，鸟去寂无声。

秋草

年盛不知终，随风郁郁葱。
寒冬萧瑟尽，潦倒望苍穹。

2016年10月28日收集

李治明

字放翁，号文笔山人。男，1949年生，大专文化，河南省平顶山市宝丰县人。中华诗词学会会员，河南省诗词学会会员。2008年荣获第二届"李杜杯"世界华人诗词艺术大赛金奖；2009年荣获首届"恒文杯"中华传统诗词大赛一等奖。部分作品被选入2013年版《世界文化遗产·中国汉诗瑰宝辞源》一书。2014年被平顶山市"大江东去杯"全国诗歌大赛组委会授予"老年诗人"称号。著有诗词集《文笔山行吟》。

七律·春满鹰城

鹰城春染放歌喉，绿水青山不胜收。
观景驾舟学子晋，登阁揽胜傲王侯。
山迤街巷排商贾，水绕川原列厦楼。
智圣诸葛灵若在，金瓯再造赖斯谋。

七律·颂中国梦

“四个全面”潮震荡，“五位一体”舰帆张。
龙腾虎跃奔双百，　燕舞莺歌筑小康。
匡治党风民众喜，　振兴华夏德法扬。
愚公亿万齐发奋，　青史煌煌记海桑。

七律·文笔山抒情

（一）旧貌

六十余载忆蒙童，荒岭初临学务农。
残塔斜阳鸦雀噪，羸牛坡地父儿耕。
悠闲狐兔游朝暮，乱葬坟丘窜鼠鹰。
沟壑纵横贼盗乐，旦夕阡陌断人行。

（二）巨变

宝丰开放大风扬，南扩城区绣岭岗。
停稼造林公益补，迁坟铲圃镇资帮。
山丘林塔围商贾，楼厦亭台列店堂。
莫道村民观念旧，龙腾虎跃迈康庄。

（三）新颜

巍峨雄塔岭高擎，老友休闲聚翠葱。
天遣白云接紫气，地差碧水显神灵。
酒吧宾馆俗尘净，街道商场雅气隆。
临景漫游谁作画？楼群林海共峥嵘。

（四）宏图

宝丰猪圈众嘲长，今日沧桑赶宋唐。
峻岭横天呈异彩，文峰射月降魁王。
焦枝郑万登峰汇，南水西煤越岭忙。
豫域明珠桑梓现，待歌“双百”胜苏杭。

（注：魁王，指诺贝尔奖获得者、宝丰美籍华人崔琦。）

七律·市委培训离退休老干部党支部书记感赋

（一）住

华颠百位聚鹰城，思想升华人盛情。
住宿高楼林道绕，饮食低碳桂菊迎。
凭栏脚下龟湖碧，合影身边柿果红。
仙界蓬瀛环境美，廉颇不老桂英青。

（二）学

胸怀信念取真经，服务人民再远征。
“八项定规”严党纪，“四个全面”指航程。
夯实基础工农奋，牢记重担事业腾。
华夏振兴奔老骥，挥鞭夕照献忠诚。

沁园春·古稀感怀

华夏腾飞，宝邑兴隆，广厦蔽天。赞神州开放，千帆竞渡，酒香曲里，赤县名传。古寺珍瓷，辉光耀彩，身处桃园景色鲜。中秋月①，照古稀寿宴，思绪联翩。

生辰细数流年，总秉笔耕耘道义担。看红尘滚滚，丹心依旧；银丝缕缕，好梦正圆。不负晨光，再追残照，雪案萤窗志更坚，驽蹄奋，颂河清海晏，如画江山。

（注：①作者农历八月十五生日。）

李志勇

湖南省龙山县县委办副主任。

贺龙山诗协二十华诞

魂牵龙邑旷，寄语赞金秋。
续写和谐曲，常怀世上忧。

庆祝中国共产党成立90周年

恩宏施广众，情注我心中。
海纳人们疾，深明天下公。

（注：以“恩情海深”四字冠首。）

庆祝中国共产党成立 90 周年

我党南湖诞，光辉九十年。
为民谋幸福，华夏富康安。
感知心密缜，谢政洒甘霖。
党务人们系，恩情似海深。

（注：以“感谢党恩”四字冠首。）

破阵子·春游太平山

龙邑东郊景碧，莺鸣幽谷寒轻。遍野繁花娇欲滴，数朵红云捧日升。春山千缕情。

林茂水流尽染，霞飞雾霭纷呈。古刹巍巍千翠拥，妩媚尖峰一色青。松涛竹浪平。

建党九十周年歌颂毛泽东

十亿神州日上蒸，生活幸福小康成。
上天探月圆真梦，建设国家昱光明。
社会和谐昌锦绣，人民富裕享清平。
润之缔造千秋业，汗照青云永记情。

李忠义

1944 年生。一生历经读书、种田、打仗、做工、经商、赋闲。

五绝·觅饥渴

景鸟觅饥喝，天工绘巧夺。
经年愁损坏，欲试拥山河。

七绝·乐意飞

既往续编集荟萃，着实酝酿好氛围。
拾得绿素临江撒，蘸点清波乐意飞。

七律·汉江望远

运筹提取苍堤诱，立定净知垂柳柔。
丰富置身飘逸乐，繁荣挚意奋然泅。
春秋笔写航灯引，尘事光临喜鹊讴。
一叶舟遥形影雾，满江萍衍藻球①牛。

（注：①内河开闸流放绿色藻类。）

五绝·离鸟情语

持恒知雀命，傻等盼新星。
芳草离人语，抚心碑刻铭。

七绝·一只锦雀

园亭悒郁久凭栏，瓣打风揉歉意残。
想到高潮杨絮抚，更无人处恋心专。

荷叶杯·影蝶吗

判断珍稀飞过。没错。原是嫩黄蝶。回旋成对漫癫邪。玩味靠翁贴。

俊逸子君何往。真爽。招惹老红歌。江滩待汝紧相和。浏览品诗国。

李宗英

1930 年生，广东省梅州市五华县水寨镇高车村人。老革命，老干部，大学文化，中共党员。曾任《五华报》主编兼五华县广播站站长、五华县文化局副局长等职。广东省作家协会会员，中华诗词学会会员，中国乡土作家协会理事。从二十岁起从事新闻通讯及业余文艺创作，1954－1956 年华南人民出版社和广东人民出版社先后为其出版过山歌剧创作《共同进步》和改编山歌剧《不能走那条路》《人往高处走》以及长篇快板《争取快到社会主义》单行本。1992 年嘉应诗社为其主编出版诗歌著作《蛙鼓集》，2000－2001 年北京中国文联出版社为其主编综合性文学著作《泥爪集》一书，并获中国乡土文学奖。后自行结集并由中国作家出版社出版《李宗英故事选》《李宗英散文选》《李宗英诗歌选》（分册袖珍本）《长乐风光》《李宗英诗文字帖》（叶运根书）等书。《李宗英小说选》《李宗英歌曲创作选》待出版。其小传收入《中国人才大典》《中国当代文艺词典》《广东当代作家词典》。

上海外滩

耸立琼楼不夜天，星光闪烁霓虹妍。
明珠塔耸超环宇，科学腾飞猛着鞭。
海上舶船鸣笛响，繁华闹市彩灯鲜。
革新创举龙腾舞，巨变辉煌永向前！

高车客家故里

韩水源头我故里，竹林岸畔秀村庄。
山峦迭翠田园丽，塘舍连连鱼米乡。
孩时爱念月光光，唱着山歌上学堂。
男女牧笛牛背上，读书郎伴秀才娘。

跃变五华建设煌

山城崛起赋诗章，跃变五华建设煌。
千载琴潭丢旧貌，一朝江畔换新装。
七桥车马流星雨，四岸河堤绣画廊。
落月嫦娥惊梦觉，中华僻壤创天堂。

苏东坡

东坡杰士仰文豪，驰聘翰林才艺高。
忧国忧民存赤胆，救民祈雨涌波滔。
乌台错案陷冤狱，新法规章惹火烧。
气魄恢弘载史册，诗情横溢誉当朝。

登广州白云山口占

白云几次梦游中，今上南天第一峰。
耸目羊城开泰景，琼楼竞拔傲苍穹。

游山海关

天下通称第一关，昔年屯兵守江山。
游人今日频繁至，世事沧桑谈访间。

参观北京鸟巢、水立方等奥运场馆

燕京巨筑壮神州，体育竞枝汇五洲。
奈冠声中升国帜，精英在此展风流。

耄耋赋

聊赋离休不息肩，读书写作惜流年。
莫嫌老圃黄花瘦，且看金凤玉露妍。
老骥伏槽存远志，红梅破雪绽春开。
山河新貌朝朝异，秃笔流丹染百川。

长寿抒怀

风雷激荡闯洪流，弹指韶光八八秋。
反帝反封反国贼，爱乡爱县爱神州。
敢跨峻岭险滩道，勇乘长风破浪洲。
老骥奋蹄无气力，且凭铁笔助新猷！

李作显

字在竹。1936年生，退休干部。中华诗词学会会员，中华诗词文化研究所研究员，北京诗词学会会员，安徽省诗词学会会员，庐州诗词学会会员，太白楼诗词学会会员，阜阳诗词学会、亳州诗词学会理事，利辛诗词学会名誉会长。著有《晚情吟草》《衔石吟草》等诗词集，曾主编《利辛诗词》。

七绝·夜晚游黄浦江外滩

（一）

苍茫暮色闪霓虹，珠塔巍峨矗浩空。
歌舞楼船花月夜，一江灯火荡和风。

（二）

水天幽邃夜更阑，闪烁霓灯映彩船。
酒不醉人人自醉，楼台歌舞正情酣。

风人松·游外滩、登明珠塔感赋

明珠傲立矗云天，江水锁烟岚。群楼低矮人如蚁，车成串、滚滚如丸。波影缤纷如画，虹霓闪烁飞旋。

一江灯火万情酣，歌舞夜无眠。楼船画舸和风畅，众游客、喜结情缘。把酒临风豪壮，浦江梦待今圆。

古诗砺影

本名王砺，现居河南省安阳市。散文、诗歌、诗词散见于《诗刊》《河南诗人》《文源》《安阳日报》《泰山诗人》以及新加坡《锡山文艺》等报刊。合作出版诗集《云星集》，诗词入选《河南当代诗词选》。

蝶恋花·太行平湖

半盏秋风藏深涧，秀锁天池，绛草迁湖畔。一卷画魂香墨染，满坡心事斜阳看。

谁剪青枝别雨燕，舟远依依，寂静听花叹。久去笛音空两岸，独留碧水隔山盼。

忆秦娥·络丝潭

奔洪烈，撕风摧雨山石越。山石越，吼声一路，撼摇天阙。

红尘难锁长圆月，挣脱羁绊身如铁。身如铁，凝神推日，气吞江野。

诉衷情·太行彩叶

万重霓彩拢轻寒。寸草诉秋蝉。繁华梦境犹记，珠玉锁烟岚。

披日暮，挑光帘，入南山。满阶香雾，浸透青石，细数流年。

清平乐·春山暮色

山空鸟去，小径无人迹。灿漫春花开故里，闹醒枯枝展绿。

秀心飞掠苍茫，化蝶抖落千香。暮色衔来清寂，草丛蓓蕾偷黄。

石州慢·严冬

晓雾轻云，冷香飞远，草尖凝露。寻常阡陌风急，细数斜阳垂幕。残红凋落，凄凄冬麦无声，流寒欲漫平川树。鸟鹊暖枯枝，破层冰春复。

争渡。霞光磨剑，斩尽悲丝，月华弦舞。恶雨污风，难阻前行心路。狰狞疯犬，暗处窜跳狂嚎，阵雷劈碎葬鹰腹。万彩洗尘埃，看凡心归处。

浪淘沙·豆公赏桃花

云软锁清霜，蝶燕奔忙。老枝摇落几沧桑。唤醒烟霞舒广袖，黄土流香。

轻梦落花旁，独自寻芳。千年心事种成行。满袖胭脂风送远，回望前唐。

七绝·春野

喜观烟雨静听风，思绪盈盈入草中。
万点紫黄牵远目，孤蝶傲趣搏暮空。

七律·碧湖晚景

石桥绿岸锁蛙鸣，流水轻摇万点红。
风过柳斜惊鸟散，香漫草颤喜蝶涌。
心衔万朵灵云舞，目送千枝落叶行。
独立船头观日暮，远笛吹亮满河星。

七律·绢花

一日盛开千日红，案前无有叹息声。
风霜难扫容颜老，岁月易消绿叶青。
不谙落花凫水意，怎知新蕾舞春情。
放逐原野寻蝶影，麻雀低旋笑怪蜂。

古风·记梦

晨起寻燕影，日暮绝燕声。
千爪揪心肺，万剑刺无形。
起卧千年夏，眨眼半世冬。
振臂生双翼，气贯搏太空。
心结系愁海，眉蹙锁忧亭。
天丝织劲网，地脉孕缘情。

亘古化蝶梦，入夜数寒星。

杆落湘江三月里，可曾遇着有缘人。

2016年11月4日

梁柏荃

网名梁风有信@柏荃高飞。广西岑溪安平人，一边打工一边自学诗词，发表作品多以七绝为主，专注于题图诗。

七绝·苦行吟

天涯羁旅四无邻，离乡背井祖业贫。
风雨飘遥孤寂夜，青灯又见白头人。

七绝·闲钓

不必在乎穷老身，院中风景恰怡人。
一缸鱼水映天地，闲钓心宽去俗尘。

七绝·重阳节祭父

重阳飞霜秋意深，三杯薄酒作悲吟。
常将父训传儿女，烛照坟前泪湿襟。

七绝·重阳

重阳寒露湿衣襟，向晚羁愁倦客心。
遥想故乡篱下菊，风情万种倚阑吟。

七绝·山野独居

石径横斜水绕家，寒蛩报到物秋华。
柴门半闭宾朋少，鸦伴闲翁独品茶。

七绝·乘凉

泗会桥头各向东，清蝉柳上响疏桐。
易居水岸自然爽，慢品茶香听海风。

七绝·羁道难

黄沙土地日三餐，瘦脸锁眉风觉寒。
我亦半生漂泊惯，乡愁饮尽羁行难。

七绝·垂钓

叟翁忧事几多春，尝试飞熊作钓神。

梁大智

微信昵称雪润清韵。山西文水人，法律专业研究生。中国作家协会会员，中华诗词学会会员，中国民俗摄影协会会员，山西省诗词学会理事，吕梁市作家协会副主席。曾任共青团文水县委书记、文水县西槽头乡党委书记以及中共柳林县委常委、政法委书记，现任吕梁市农机局局长。先后在《短篇小说》《南方文学》《山西文学》《黄河》《百花园》《山西日报》《红豆》《延安文学》《小小说选刊》《短篇小说选刊》《名作欣赏》《名家名作》《草原文艺》《火花》《诗选刊》《当代散曲》等多种报刊发表小说、散文、诗歌、摄影作品，《山西青年报》开辟有“词话山西”专栏，有作品在国外翻译出版。著有《残雪消融》《清河流淌》《疏影沉香》《清韵雅赋》《踏月寻梦》《晋风词韵》《幽香的苦咖啡》《吕梁词韵》《三晋名胜词韵》《社会主义政治文明初论》等。

词咏三晋名胜

水龙吟·咏晋祠

苍烟古柏唐风韵，晋水圣泉难老。池塘穿筑，镜台戏月，飞梁鱼沼。凭水添姿，依山作势，殿堂临庙。赏金阙玉楼，宋雕铁甲，千秋事，知多少。

悬瓮峰峦缥缈。见盘龙、沐阳争耀。宫媛塑像，铭文御笔，丹青落妙。泉湧珠玑，翠廊琼树，异花奇草。念神鞭水母，仙槐道士，皆成瑰宝。

燕山亭·咏五台山

紫府仙台，华北屋脊，积翠和烟朝雨。云海醉霞，碧洞灵崖，南山显通钟鼓。白塔摩天，挂月影、风铃轻诉。晨暮。见广济苍岩，黛螺殿宇。

金井梵音流泉，伴祥光佛阁，神灯禅户。叶斗凌寒，锦绣凝瑞，遗迹纵横今古。曲径萦纡，访圣境、青黄衣素。僧聚。登宝顶、犹听歌赋。

西湖月·咏太山

层峦翠映峥嵘，掩乱石西滩，峪沟东壁。昊天初观，龙泉寺殿，粉墙朱饰。阁楼双峙叠，有佛塔、金棺存记忆。伴旧事、碑韵千年，再把古都寻觅。

当年八卦遗痕，见晋邑龙池，并州仙翼。曲岚流水，闻香拾级，醉枫难敌。云霞蒙远树，尽黛染、霜浓红巧织。半飘叶、也话沧桑，一路无寂。

曲玉管·咏应县木塔

佛祖名宫，释迦圣物，深藏木塔经年久。峻极神工成绝，光耀应州。静凝眸。雾里桑干，云中恒岳，凭栏远眺蓬莱诱。八角攒尖，铁刹雄立亭楼。看风流。

暗想当初，慧能采、灵芝仙草，郁临四季常青，丰登五谷盈收。乐悠悠。那鲁班传说，水火难侵无患，动听铃响，斗拱勾心，典落刚柔。

望云间·咏云冈石窟

三代京华，名府古都，平城悠远沧桑。有祥麟石窟，清净云冈。千佛灵光宝刹，群禅紫气山堂。见飞天旋舞，妙塔神工，霄碧红阳。

时移境变，佛法盛衰，不堪独倚皇郎。惟是年年凿洞，雕铸僧裳。天趣冠于青史，霞胭世以流芳。孝文智慧，武周南麓，抒写诗章。

瑞龙吟·咏雁门关

古勾注。天下九塞尊崇，雁门首固。西陉天险雄关，凤山秋月，南楼夜雨。

倚墙伫。皆是巨砖相砌，铁甲裹户。巍然地利凌空，黑云压城，犹闻笑语。

风逐金戈舒卷，玉龙跃马，延昭英武。岩寺晚钟黄烽，又听晨鼓，昭君出塞，记和亲歌舞。宁边月、阳明战事，狼烟远去。霁雪平沙处。两山对峙，穿过雁羽。陵柏牵金缕。寻覆宿、晴岚淡池微雾。千年浩气，几朝寒絮。

望南云慢·咏悬空

胜景恒山，见峭壁屏峰，奇阁玄空。横梁半插，借石崖暗托，虚实神工。存殿含三教，壮观处、诗仙墨踪。上延宵客，下绝嚣浮，栈道连通。

天穹。九曲环廊，依岩构建，层楼巧筑玲珑。悬梯叠窟，伴泥塑珍雕，道庙琼宫。感谷渊林翠，碧水流、琴弦醉弓。玉台凌寺，古刹梵钟，落雁飞鸿。

梁桂森

创作理念：小学毕业的水平到了退休年龄才开始学诗，的确有不少困难。然而，“老有所学，老有所乐”，这就是我的学习目的。如果能够为传承国粹而做一些自己力所能及的事情，晚年也就没有虚度啦！

鹧鸪天·琴(词林正韵)【十一部】

木脚银弦自定形，旁敲侧击震云屏。弹珠字送春田雨，谱曲符传北斗星。

歌韵递，调声灵，高山流水世间聆。蹉跎岁月人怀旧，多少知音渴未停。

鹧鸪天·棋(词林正韵)【四部】

百格迷图黑白珠，横连纵错觅征途。屠龙伏虎河星逐，斩怪除魔月日殊。

烽火急，戍烟摹，手谈入定妄端壶。从来弈国多奇事，慎密高超有野夫。

鹧鸪天·书(词林正韵)【十一部】

就简雕形自始成，蔡伦造纸护睛明。银钩铁画行书著，戏水游龙隶楷倾。

诗韵颂，墨痕鸣，文山义士汗青盈。常翻古籍淘来往，去伪存真赴世程。

鹧鸪天·画(词林正韵)【五部】

飞白虚云幻影开，修眉浅黛入眸来。蛙鸣见嘴听无语，水引资形仙手才。

圆日落，翠荷栽，夕阳点染密林苔。原何不是南柯路，堂上装璜翰墨台。

梁剑章

中华诗词协会常务理事，河北省诗词协会秘书长。

七律·赠小徒杨雨

清风一缕闯江川，文学栽秧挺瘦肩。
择卷常临灯耀夜，开屏更盼网飞鸢。
有心播种田园绿，无意留名桃李妍。
固守心中芳草地，人生不悔那方天。

(注：2016年8月27日。丙申年秋日，与广州市文学青年、《清风笺》版主、小徒杨雨在广州市见面。)

七律·京城赶考

捉句吟坛步已迟，常临柳下捻青枝。
巍峨峻岭从头起，边塞雄关放马驰。
装饰曾留灯耀夜，书笺欣有墨添诗。
笙歌嘹亮催燕赵，破浪扬帆正此时。

(注：2015年8月21日。乙未年初秋，在中华诗词学会第四届全国会员代表大会上，吾在京当选第四届理事会常务理事，思之愧而有作。)

七律·登八达岭长城

虽是春风料峭寒，行来一路汗凝衫。
情牵华夏山川秀，心系长城日月悬。
烽火台前闻战鼓，居庸关上数云烟。
千秋遗迹沧桑里，书写炎黄壮举篇。

(注：1996年3月7日。丙子元月，余在京登上北京八达岭长城，观览长城连绵起伏的胜景心潮澎湃。)

梁亮秀

笔名亮亮。广东省佛山市人。热爱诗词、旅游、运动。

七律·云龙图腾

云飞飘渺绕骄阳，龙御风烟掠水茫。
文韵征天思老祖，苑禽展翅觅家乡。
我奔异土培青果，你闯他方植绿桑。
图现苍穹鸡唱晓，腾空万里护边疆。

莫使诗心待暮年(轱辘体)

莫使诗心待暮年，青春已去少情牵。
初葱不觅肥田驻，鬓雪方知瘦土怜。
光阴不渡懒庸肩，莫使诗心待暮年。
幼翅初成须苦炼，丰登展望傲蓝天。
燕雀高飞寻暖榻，蛙蛤低跳觅良田。
文君早种千花树，莫使诗心待暮年。

七绝·赋人生

醉梦三春应复醒，沉思五夏褪忠贞。
捏来彩蝶皆春去，快觅人生未了情。

七律·蝶在人间

一对蝶飞芳裹尽，衔花弄粉待时来。
寻常翅翼翩翩舞，偶尔眉须缓缓开。
酿酒千杯为客备，厨肴百款请君裁。
昆虫何不知人意，犹作张良在下垓。

七绝·蝴蝶命

蝶舞花间花不厌，三春享尽浅秋来。
芳华自古无存久，一夜风霜意色哀。

七绝·念屈原

五月端阳念屈原，汨罗底处恨王昏。
囚笼岂锢冲天翅，一曲离骚气象吞。

七律·梦里旧园

庐居背面苍松古，阡陌溪流绕夏莲。

蝉叫桃阴蜂展翼，蝶飞花冠雀盘旋。
妇人操劳培新树，男子抛汗插稻田。
一度船鸣惊晓梦，昔离旧日挂窗前。

七绝·梦醒时分

梦中梦外两重天，醒后寻思进退关。
成就功名当奋斗，拾遗啃老自然闲。

七绝·梅艳芳(女人花)

花通六度惹人怜，雨落千家泪瓦前。
得道冲天非自许，修来玉路掩春莲。

梁青山

笔名水泊梁山。男，汉族，68岁，原籍陕西泾阳县人，现居西安。退休教师，退伍军人。作品散见于中华神龙文轩作家群以及《长江诗歌刊》《珠江诗刊》《八步诗佳作》《古韵天地》《文字友情》《凌南文学》《读者家园》《定风波诗社》等刊物，作品受到文友好评。

鹧鸪天·秋风

秋风萧萧百花残，昔日风光今不见。四季交替实无奈，黄河长江逝不还。

意未尽，情未憾。魂牵梦绕挂心间。半醉半醒难忘掉，挥毫赋诗表心愿。

鹧鸪天·秋祭

天上一天人逢年，拜送寒衣祭先贤。秋风阵阵欲断魂，跪叩祝福几句言。

凄楚楚，意绵绵。梦想亲人还人间。含辛茹苦儿孙大，只怨天堂路遥远。

鹧鸪天·秋意

晨曦沐霞太极拳，憩息环顾四处观。冷风嗖嗖落叶飞，万物皆把秋风怨。

夏早去，秋正鼾。长空鸣叫飞大雁。正愁无韵书情愫，风摆城幡颂千年。

鹧鸪天·送秋

天高云淡西风寒，柳叶离技意缠绵。萧瑟秋风停不住，燃灭一抹待来年。

迎紫气，送风寒。一颗丹心寄苍天。古今得失谁能无，云卷云舒皆云烟。

2016年11月4日

总有情

岁月静好世安稳，沉思凝目暖在心。
见与不见我都在，一厢痴愿尽在情。
纵然幻觉一场梦，为你痴狂从未停。
几世轮回莫管谁，缘来缘去总系情。

梁艳妮

女，1977年生。爱好文学，现居住于吉林省延吉市。中国诗词研究会会员。作品散见于《庄河日报》《凌南文学》《大连日报》《大连楹联》央视网等。

七绝·雁归情

高秋霜染冷风侵，归雁声声若割心。
一曲平安刚出口，忽然韵起泪沾襟。

2016年11月3日

七绝·残秋觅句

残秋枫染雅情深，喜鹊摇枝把友寻。
闲咏落花诗共酒，几人泼墨几人吟。

2016年11月1日

七绝·塞外觅诗

柏青松翠小亭幽，黄雀凌寒立枝头。
万里江山枫漫漫，惹来墨客赋诗稠。

2016年10月30日

七绝·秋风

凄风如刃似无形，拉朽摧枯怎忍听。
举目方知芦苇累，为君飘落一天星。

2016年10月27日

七绝·秋菊花下吟

绿裙黄蕊摇晴空，馨瓣盈盈醉冷风。
篱畔轻吟寻墨客，何时共月酌几盅？

2016年10月6日

七绝·见花开

江南青果坠苍台，塞北娇花夏日开。
撷取一枝香满案，三分醉意入诗来。

2016年4月26日

七绝·初秋拾韵

柳牵画舫过斜桥，莺醉清风韵若萧。
春夏入笺情泼墨，山川河岳荡诗潮。

2016年10月1日

七绝·问菊

寻诗觅句步轩台，姹紫嫣红次第开。
面对秋光情脉脉，裹身金甲盼谁来？

2016年10月4日

梁新荣

笔名秀实。广东番禺人，生于中国香港。父亲梁学辉，号粲花，为清岭南三大家梁佩兰后人，著有《粲花馆诗钞全卷》。诗礼传家，现为香港诗歌协会会长、香港圆桌诗刊主编。著有诗集《台北翅膀》等十种以及诗歌评论集《刘半农诗歌研究》《散文诗的蛹与蝶》。编有《台港爱情诗精粹》《深港诗选》《宁港诗选》《潮港诗选》等多种两城诗选集。对推动诗歌发展不遗余力，在诗生活网上有诗歌专栏“空洞盒子”。

东莞游

抱恙

抱恙游东官，旅途独卧床。
体凉知日暮，梦里听寒蛩。

忆士恒

登楼景物壮，环廓影千灯。
雅士城南众，求贤问士恒。

登黄旗山

登山路渺渺，灯照不眠人。
古昔秋萤穴，贬为俗世身。

游可园

垂帘日影迟，午后始游园。
苦读张知县，秋风乱窜门。

（注：张敬修，可园主人，因在东莞修炮台，御敌有功，擢升为知县。）

辞别有赠福花鲁吁陈总刘昊等诸君

深度流离妙，题书复戏虾。
路左逢陈总，家厨有福花。

（注：年轻作家鲁吁新著长篇小说《深度流离》。书法大师刘昊既擅书法，兼作画。其画有群虾图。陈总欲见未见，而终逢路上，奇缘也。福花设宴“柴火家厨”，为我践行。并记之。）

梁长坤

山东禹城人，音乐高级教师，毕业于德州学院艺术系音乐专业。喜爱音乐、文学、美术、朗诵。散文、诗歌、杂谈等作品散见于各类报刊。

七绝·云台山

群峰虎踞抖昂扬，涧瀑流泉润四方。
抗日烽火今何在？英雄驻地属太行。

七绝·登山

雾重远山独幽醉，清风栈道自成危。
车行回首来时路，日出芙蓉映晨辉。

七绝·茱萸峰

一线冲天入青冥，万山都做云下轻。
唤醒神仙思乡意，千古诗篇仔细听。

（注：云台山茱萸峰，诗人王维登高之处。）

水调歌头·饯行

君别未有期，凝眸烁风中。寂寞伤心桥下，叶舞霜正浓。我愿化为青鸟，衔枝鸣于窗前，听君笑声隆。祈得长相守，开遍杜鹃红。

吟佳歌，舞倩影，刻音容，不能两全，关山万里几多重？愿君莲溢高洁，我心长流清波，只因情深种。记惜眼前景，转瞬化成空。

聊春生

网名汰水闲人。安徽芜湖人，70后，农民。喜诗词，爱交友。

青玉案·高考

挑灯十载寒窗路，几人解，其中苦！酷暑严寒霜雪度。壑沟难阻，坎途忘顾，劈浪冲迷雾。

一朝笔落朝阳露，万马丛中举旗树。剑指霄云成一柱。豪情激荡，华年不负，昂首凭栏处。

古风·踏青两首

（一）

山茶漫野春意浓，径曲幽谷石兰青。
龙潭映日碧装彩，苍松翠柏雁旋空。

（二）

皖江三万奇儿女，浴血奋勇倭惊心。
三涧溪水伴英烈，古刹钟鸣颂忠魂。

古风·偶成

钩轮残锣九州寒，孤影凄凄风阙耽。
凌阁笙醉糜音渺，情忠庐陋容犹堪。

长相思·春景

山也柔，水也柔，潋艳春光尽眼收，闲庭任畅游。

朝忘忧，夕忘忧，对酒当歌明月悠，杯中雅韵求。

七绝·离乡有感

铁骑踏烟尘满天，凝眸望断又桑田。
孤舟雾海劈叠浪，奋臂扬帆阔步前。

李清照

宅门幽幽浓墨香，烂漫年华吐芬芳。
藕莲深处惊鸥鹭，斩星指月露锋芒。
佳偶趣投研金石，舍财素食情绵长。
十载鸳鸯仙侣梦，一朝骤然成黄粱。
梦断江南斯人去，扼腕悲歌痛心肠。
凄婉赋篇泣晚景，绝艳无双千年藏。

五律·咏桔

平凡貌不扬，更无雪梅香。
雅士鲜有问，默默园中藏。
金秋挂硕果，四季着绿装。
亲朋故友至，美味众人尝。

古风·无为古迹黄金塔

悠悠汰水绕凰山，千年宝塔伫河畔。
登僧扬佛筑古刹，巾帼资帛焦孟缘。
麒麟遥思金庵随，会鼎吟颂留佳篇。
沧海桑田残云卷，吊影凄孤怎堪前！

（注：巾帼是指杨门八姐。史称“十里三黄金，凤凰赶麒麟”，即黄金闸、黄金庵、黄金城，凤凰和麒麟二山。）

陋室铭

仁不在言，惟行可观。孝不在谈，惟事可鉴。陋室虽简，心亦畅然。房前花正艳，屋后果也鲜。笔谈有鸿儒，往来皆亲故。闲时阅诗书，垒棋酣。无谄媚之能事，无佞小之计谋。

闻女吟书声，观儿嬉嬉笑。吾思曰，何陋之有。

七绝·叹

文人自古皆多苦，傲骨铮铮情难收。
鸿篇留芳千年后，那堪当初横涕流。

沁园春·江南

江南美景，十里清溪，百座桥栏。俯黄山如画，路险迢迢，长江东去，波浪涛涛。秦淮河畔，游人似潮，苏杭风光几多娇。夜色下，看西子湖面，轻舟流涟。

吴越分外秀丽，令文人雅士竞相邀。颂李白杜甫，才华横溢，苏轼陆游，洒墨挥毫。精忠报国，岳王武穆，壮志未酬仰天啸。今往昔，道百家争艳各有风骚。

林贵增

笔名沉墨如水。满族，男。甘肃省高级工程师协会名誉理事长。中国科协会员、中国电影家协会会员。主要文学作品有诗集《向天长歌》《色满乾坤》等三部以及话剧和电影文学剧本《总是玉关情》《生死钢铁结》等多部。

自度曲·岁赋(外两首)

人生有幸，岁月无痕。垂天翱蓬，流水行云。独可钓江雪，聚可邀月吟。浴大风而张正气乎，披群芳以熏奇芬。为天下之忧而忧，赴广陌之仁而仁！噫吁兮！乐哉长存！

人生有梦，岁月无眠。岂孟德苦短，而渊明悠然？猛志寄高远，快刀易残；睿情致广大，纤金不断。临风呼云雨，可知天道冷暖？举杯邀明月，起舞在人间。呜呼！美哉自恋！

天生我才必知用，知用而后知时变。庄周鼓盆歌，乐天听心弦。世事茫茫，沉浮誉谤皆由然。是之，生当我辈知福德，秉烛夜游亦粲然；千年孟德若临世，亦当横槊高歌桃花源……

(2010年2月4日。)

冰雪胡杨颂

——羊年腊八献词

冰清玉洁谁见？凌花雪叶毕现。一夜月色，融溶玉盘，倾情洒入瀚海，纵意缀满塞关。噫！胡杨献瑞，琼枝银颜，招得菊白兰素惊雪莲，玉蝶飞艳惹灿烂！恰似雪雁舞婆娑，晶莹如链戈壁滩。

边塞情，大漠烟，龙城飞将银甲还；丝路驿，驼铃欢，却是今朝西陲恋。宝窟佛光，羌笛春晓，杨柳缠绵，流水繁华神州涌，古道今声唱胡旋。噫吁兮！风华不倒，三千流年，唯尔胡杨大观，见证不灭，秦时明月汉时关！

何以矣？问苍茫瀚海——呜呼！根掘大地，魂系长天！

(2016年1月16日。)

乐天同学会

八十乐天，万里聚首，同学情稠。叹光阴荏苒，壮志赴水；岁月沧桑，年华逐流。美人迟暮，少年皓首，欲与时光再从头。

挽春色，趁霜叶红透，何问饭否？携他白驹过隙——让人生之歌唱永昼！瞻当今天下，千帆奋舟，四时宇内，万类竞秀，花放异香，蝶逞风流，龙飞凤舞天道酬。但忘忧，重抖擞，让鹤发童心，艳耀斗牛！

(2016年10月12日于钢都翠林园。)

廖恒意

1934年生，广西永福县三皇乡人，1954年参军，1956年调广州军区学习汽车修理技术，1958年调广州军区北郊汽车修理厂，后调回广西。现为广西省永福县诗词楹联学会会员。

悼周恩来总理

忠心耿耿永流芳，中外驰名美誉扬。

为国为民灯待旦，千辛万苦志如钢。
鼎新革故筹谋善，荐智推贤国富强。
贡献平生无所遗，鞠躬尽瘁铸辉煌。

咏梅

冰肌玉骨性非凡，技压群芳只等闲。
腊尽春回开二度，寒来暑往遍千山。
浩然踏雪增添兴，陆凯折梅寄出关。
纯朴清香君爱慕，骚人引路上毫端。

重游永福

睽违永福廿七年，稀岁重游可有缘。
昔日回思全旧貌，今朝凝眺尽新颜。
商场大厦皆林立，三水横桥紧接连。
风烛残年偿我愿，鞠躬尽瘁谢苍天。

清明节扫墓感赋

清明鞭炮震霄云，四路穿流悼故人。
单位献花烈士墓，黎民祭扫祖宗坟。
功勋显耀光先烈，心地虔诚裕后昆。
饮水思源当纪念，炎黄赤子慰英魂。

清明扫墓感怀

纷纷细雨节清明，背女携儿去祭亲。
西境车陲香纸气，南疆北塞祖坟新。
为人当念宗恩厚，处事常思友谊深。
十亿神州光故国，炎黄崛起万年春。

祝本乡七名老寿星

七名高寿出三皇，超越期颐尚健康。
美誉传来荣梓里，魁名远播誉家邦。
儿孙孝顺心舒畅，善政关怀问短长。
舜日尧天多福寿，和谐社会永安祥。

咏生辰

岁岁春联门第红，年年生日不虚空。
肥辈多少安贫贱，俚语初篇慰老翁。
回首历程休尴尬，平生晚景应从容。
桑榆叶茂斜阳照，且学刘邦唱“大风”。

廖丽江

咚咚喹

身修五寸长，勇敢上高堂。
水绿山清秀，莺歌燕舞狂。
春吹华夏梦，秋奏稻花香。
拱手田隆信，咚喹四海扬。

（注：田隆信，龙山县“非遗”传承人。）

世纪广场

世纪广场似海潮，红花绿树异香飘。
龙翔凤翥歌声亮，情满人间乐趣饶。

里耶秦简

里耶古镇破迷津，简牍秦文举世惊。
千载传闻成遐想，万年文化雅风存。
秦砖汉瓦书青史，铁马金戈记国情。
酉水环流灵杰地，传承国粹启今人。

井冈山

巍巍雄伟井冈山，舵手先贤遥逝仙。
何惧妖魔惊世界，英雄好汉转坤乾。

三月庐山游

庐山云海倍情长，三月游仙入醉乡。
细雨春风悄递语，夕阳未比诗友长。

登庐山

峭壁奇山美景观，飞流瀑布风雨天。
神州游子精神爽，诗哥诗妹尽情欢。

庐山

苍茫云海险峰立，树隐楼房山隐仙。
游览匡庐江涌浪，岳高千丈蜀吴间。

井冈山之游

圣地之游心旷悦，崎岖山路翠竹青。
井冈烽火征途洒，傲骨精神肺腑铭。

观桃花

春风三月桃花色，蝶舞花间怡兴切。
三月阳春风溢香，风光盛世醉游客。

游红石林有感

神奇美景红石林，绝世红岩奇态生。
百态千姿人自醉，天公造就美精屏。

养生(新声韵)

常乐知足忍可安，健康睿智度余年。
诗书电视今常看，颐养天年盛世安。

赞太极

中华武术几千年，太极功夫世上传。
锻炼广场台上看，童颜鹤发晚年仙。

林杰

出生于农村，高中学历。2014年开始利用业余写作现代诗。2015年学习写作古诗词。作品散见于《天马诗刊》《苏武山诗词》等刊物。曾有作品荣获2015年度“问津杯”中华诗影书画艺术作品大赛铜奖。

五律·金猴迎春(平水韵)

红梅报早春，紫燕过东邻。
爆竹催佳梦，金箍扫旧尘。
百祥千户纳，五福四时轮。
天地曦光沐，今朝万象新。

七绝·春愁(平水韵)

东风悄悄上梢头，静听孤莺叫不休。
长啭天涯无伴影，柳君能晓几多愁。

七绝·春风(平水韵)

春风入夜细无声，晓望阴山满目惊。
积雪汇成河一道，花红柳绿共争荣。

五律·春雨(平水韵)

夜落初春雨，垂丝作画卷。
山前松壑翠，水畔柳风芊。
莺闹掀清梦，牛奔绘锦篇。
桃红遮小舍，好景醉心田。

五律·春(平水韵)

谁裁窗外春，举目草茵茵。
紫岸桃花艳，黄堤柳叶新。
纸鸢驱倦意，童语唤愁人。
重拾心中梦，挥毫扫旧尘。

七绝·春游(平水韵)

微风拂面人沉醉，舟荡绿波桃泛红。
岸柳青青春意写，鸳鸯对对入蒲丛。

五律·春归(平水韵)

春暖归乡路，长空紫燕回。
岸边垂柳曳，桃萼细风裁。
心越青山去，情随碧水开。
泛舟寻绮梦，直上玉楼台。

五律·春怨(平水韵)

春风夜雪来，小径独徘徊。
苍柳披青帛，寒山染碧埃。
不闻鸿雁语，但见赤梅开。
怨恨深几许？新芽没石台。

林明金

男，汉族，1955年生，高中文化，中共党员，武汉市黄陂区横店街纪工委主任科员。武汉市黄陂区文联委员、作协委员，黄陂区诗词楹联学会常务理事、横店街分会秘书长。2011

年3月出版文集《鸬鹚集》。近年来学习创作诗词300余首，先后刊登在有关诗词杂志200余首，其中有7篇作品获奖。

观土楼群景抒怀

驱车亲临观土楼，气势雄浑景色秀。
置身仙境花迎客，放眼山水绿争优。
阁楼冷月凭栏吊，宫殿古朴醉双眸。
客家文化传千史，土楼风情耀五洲。

今古盘龙城

府河湖畔碧波流，远眺长虹卧绿洲。
蛰伏千年惊出水，盘龙古垒起新楼。

攀登观瑶池

黑沟山水趣无边，景色宜人五月天。
茶麻古道花似锦，掩映湖山柳如烟。

田园乐

莫笑诗人是布衣，田园高歌染香泥。
光鲜瓜果心声吐，催涨春波十里堤。

小草

人生取舍别无求，为党辛劳已白头。
雨打霜欺心不悔，水冲沙压志难休。
功名利禄抛身外，富贵荣华弃水沟。
暑去寒来磨炼久，鞠躬尽瘁写春秋。

游木兰天池

弯曲小径云中走，小溪流水山涧流。
花红草绿彩蝶飞，奇石琼阁添锦秀。
白帆托起池中舟，清水见底鱼儿游。
百鸟争鸣把歌唱，人游天池精神抖。

春节回乡探家

节日回乡探族亲，琳琅满目旧更新。
琼楼玉宇桃源境，物阜年丰酒席珍。
厚意深情勤问体，薄名淡利勿论薪。
人生知足须常乐，更喜今朝百福臻。

游黄陂临空经济产业园

十顷园区兴致游，风光无限乐逍遥。
远观百树生青绿，近看荷苞点缀娇。
广厦亭楼添异彩，桥湖街貌展妖娆。
园区建设开新页，墨客诗潮逐浪高。

林双川

新华社高级编辑，新闻研究所特约研究员。中华诗词学会会员，中国诗歌学会会员。曾任《半月谈》主编。著有《高考冲击波》等。诗作散见于《中华诗词》《中华辞赋》《星星诗刊》等刊物。

江城子·赠友

滇池湖畔晚风轻，水波平，夜灯明。巧小娥眉，应是尚风情。倾恋云南追彩月，风曼曼，步盈盈。

十年风雨苦寒星，腊梅矜，独芳馨。谁解冰心，依旧叶青青。欲诉曲衷人静处，更漏子，雨霖铃。

五律·送别陈忠实

陇上陈忠实，关中白鹿原。
一尘乡土默，十卷艺文喧。
沥血黄河畔，呕心灞水轩。
声威文学界，作枕垫棺言。

（注：中国著名作家陈忠实先生去世，享年74岁。其长篇小说《白鹿原》是当代中国伟大的作品之一。“陇上”“关中”：均泛指陈忠实生活的陕西一带。“一尘”：道家称一世为一尘。宋代孙觌《奉寄沉理问》：“可怜仙凡一尘隔，哀乐纷纶殊不极。”“十卷”：言陈忠实著作颇丰。已出版《陈忠实小说自选集》三卷、《陈忠实文集》七卷等。“灞水轩”：古代灞桥曾经称为“灞水”，这里指代陈忠实灞桥家乡写作的地方。“作枕垫棺”：陈忠实最大的理想是写一部巨书，用来“垫棺作枕”，即放在棺材里垫着长眠，他的理想实现了，一言成箴！）

2016年5月5日于北京

七律·过建阳柳永纪念馆

浪淘沙慢寒灯息，抔土还乡历历迟。
游子千年归故里，词宗一代入新碑。
白衣卿相穷愁客，萧索秋伤曲子词。
如梦浮生歌永世，浅斟低唱应当时。

江城子·建阳行

武夷山下雨初晴，正秋清，夜云明。隐约群峰，玉女影娉婷。九曲无声波亦静，登白塔，建阳行。

北闽山水负盛名，地钟灵，孕菁英。此处流芳，朱子宋慈亭。柳永倾情歌泛夜，词碑在，雨霖铃。

2014年8月武夷山归来写就

五律·武夷秋色

武夷秋色静，雨后白云天。
九曲清溪绕，双峰竹筏牵。
丹山藏碧水，幽谷现岚烟。
行至无人处，禅家试茗泉。

七律·怀南靖云水谣

——有好友相邀前往漳州南靖土楼一游，感其田园风光，民风淳朴，犹如世外桃源，故以此诗记之

古镇千年月影迢，依稀闻得涧溪嚣。
晨曦雾隐农家院，暮色烟笼古栈桥。
鸡犬相闻称绝境，天人自得默笙箫。
桃源世外今何在？南靖悠长云水谣。

（注：云水谣，乃南靖风景区，山明水秀、古风浓厚。因电影《云水谣》在此拍摄，地方当局便将原“长教村”易名“云水谣”以吸引游客。）

七律·观话剧《离去》

朦胧泪眼观离去，戏剧波澜荡涣漪。
壮士风华犹在目，英雄迟暮总难辞。
死生纠结人间事，老病无常晚景歧。
世上悲欢相与对，中西异代共伤时。

（注：《离去》据美国戏剧家作品改编，由中国国家话剧院排演。其主题反映“老年痴呆症”引发的一系列家庭矛盾，阐述当老人清醒的自我意识逐渐“离去”时，我们应如何陪伴老人走完最后这一段旅程。）

江城子·北上回望

长安街上忆华年，立朱轩，望云间。几度春秋，一路舞翩翩。心寄长城千万里，同励勉，共婵娟。

历经冰雪艳阳天，克时艰，赋诗篇。东北西南，唯道义承肩。不悔此生江海客，舟载远，有风牵。

林孙成

福建省南安第一中学高级教师，已退休。南安诗词学会常务理事，南安楹联学会理事，南安老年书画研究会理事。诗词发表于《武荣诗刊》等报刊，并被收入《泉州千家诗》《一代风骚》等书。书法作品入编《新中国书画六十年》《郑成功碑林》等书；对联作品收入《千家新对联》等书。

念奴娇·端午吊屈原

汨罗风静，痛英豪离去，烟波消魄。枯影临江身孑独，翘首郢都云塞。芷蕙椒兰，蒙尘淹雾，丽质何人识？耽思“美政”，溘然都付沉石。

一曲绝唱《离骚》，韵扬千古，义重民生恤。不朽文辞明世镜，为激扬春秋笔。竞发龙舟，漫斟蒲酒，投粽寻芳迹。诗神人杰，并峰崇立霄碧。

七律·望晋江西溪

——缅怀20世纪五六十年代前辈们在建设国家中的艰辛付出，感而赋之

清溪映阁影临窗，晴日穿云雨半江。
几度人同鱼鲫泛，频年厝与圃园洚。
银锄撼野长堤起，赤帜横空战地庞。
识得山河如画美，不忘掘井爱家邦。

七绝·重游九日山

祈风胜迹荟名山，每有登临动客颜。
万国商船来几度，海丝再拓水云间。

（注：泉州作为古代海上丝绸之路起点，九日山上遍布的古代祈风石刻是突出物证。九日山下的港口在宋元时为东方第一。大港有“涨海声中万国船”的盛誉。在2016年中央电视台播放的春节联欢晚会中，多次出现九日山的镜头。）

七律·见识南海仲裁

一纸喧嚣弄噱头，台前幕后梦痴休。
史书千载舆图据，南海万帆华夏舟。
要法招摇行霸道，反中赤裸曝阴谋。
九垓丽景春风荡，美日鸦声噪几秋？

七律·《海棠依旧》观后怀周总理

崛起中华壮志恢，大江歌罢奋天涯。
心虔早付山河重，意挚无惊浪汐乖。
系梦民情萦虑计，许身国事乏形骸。
鞠躬尽瘁高星陨，众送英灵泪洒街。

浪淘沙·闽台两岸联吟感赋

盛夏候嘉宾，荷舞江津。戴云阿里漫祥云。东海潮声传合唱，箫鼓鸣琴。

入耳自倾心，胞谊情深。炎黄声气贯怀襟。朗月一轮辉两岸，共赏清吟。

（注：戴云阿里，指福建的戴云山、台湾的阿里山。）

七律·上海行

四十余年二度行，人间已换梦中惊。
长街浩浩千楼矗，巨港隆隆百臂擎。
客聚四时园馆满，货通万里楫车争。
雄居东亚蒸蒸上，襟海涵江国际城。

行香子·世界文化遗产同里镇之退思园

十亩园庭，占尽风情。碧池环，榭阁轩亭。兰依曲石，桂掩雕棂。意怀秋月，花轻落，茗弥馨。

去官归里，匪论哀荣。退思之，正误平生。斯人已古，此处留声。世界遗产，宣文统，播芳名。

林太金

男，小学校长，已退休。大连市长兴岛经济区长兴岛诗词协会会长，《长兴岛诗词》主编，瓦房店诗词协会会员兼常务理事，中华诗词协会会员。

夜吟

松山塔影送残月，古寺钟声出晚林。
红柳飞花听鸟语，清塘鸦叫伴蛙音。

山里秋晚

枫染塔山秋色深，云横西岭近黄昏。
渔村几户暮烟里，晚鹊临枝叫筚门。

秋塘芦花

山清水秀夜听蛙，草屋陂塘人几家。
十里深林莺唱晚，一波秋月照芦花。

秋风

寒露送凉乘夜来，芦花飞舞落荒台。
秋山濯雨摧杨柳，不请风婆自剪裁。

山村漫步

海岛陈街路径斜，夕烟几缕有人家。
草香花蝶戏飞鸟，林静塘清唱水蛙。
古道弯弯听小曲，山泉汩汩赏桃花。
村姑诚待远方客，翁媪敬呈秋菊茶。

卜算子·小寨春早

山影映清塘，老屋芬芳草。烟柳芦芽绿色深，夜半闻啼鸟。

扁舟荡清波，惬意风光好。酒绿灯红山村醉，小寨春来早。

柳梢青·小院农家

岸柳生花。纤枝袅袅，夕照云霞。草色菁青，清泉溪水，老杏新芽。

东风夜打窗芭。电闪急、惊飞鹊鸦。晨起天晴，林清山翠，小院农家。

卜算子·渔家乐

塔下有渔家，潮起孤帆挂。雁过横山恋瘦菊，美妙人间画。

渔儿网盈仓，笑一船飞驾。交错杯觥乐满楼，浩月才西下。

林泽辉

男，1955 年生，中国中医研究院中医肿瘤、中医肝肾脑病首席研究员。先后任中国中医研究院和武警医院、京华友好医院中医肿瘤、中医肝病科主任。业余爱好诗词。

咏牡丹

雍容华贵冠花仙，贬谪何须乞可怜。
初露峥嵘春已老，争将艳丽炫芳天。

2016 年 9 月 15 日夜

喝火令·天上人间圆月夜

岁笠中秋至，云开玉兔临。笑吴刚桂叶分金。梁梦负期遥远，晶饼酹清吟。

劲吹残红叶，轻敲祭古琴。早闻风暴愈担心。霁也云移，霁也意消沉。霁也出神无际，令节洒甘霖。

2016 年 9 月 15 日

季节之慨

飘零随絮总伤春，三两留泥记苦辛。
雨赘清明侵旧岁，火烧寒食庇天伦。
频抛粽意端阳节，屡寄萍踪古渡津。
往复年华霜雪鬓，绕梁紫燕懂家亲。

2016 年 9 月 22 日

九·一八钱塘江大潮视频

战鼓轰鸣驱豹急，雄威怒展灭尘埃。
缚龙当得千秋去，撼地何须万马来。
早有钱塘横大坝，却无弱水出惊雷。
回眸莫许嗔讥讽，一气消宁乱世灾。

2016 年 9 月 24 日

国颂

棹放南湖天绽晴，秋收八一鬼神惊。
狂风席卷尘埃绝，强虏灰飞玉宇清。
两弹一星骄冠世，千秋万代记英名。
何如史记拾遗近，鼎祚悠悠日月明。

2016 年国庆节

伤怀

一脉秋波应有涯，茫茫白草断无遮。
可怜剩雨忙交税，休怨残华懒吐葩。
万缕悲风吹瘦竹，千枝吊叶哭寒鸦。
传闻斗酒诗篇百，借问谁能醉万家？

2016 年 10 月 6 日

洗衣

汗滴晨尘无忌惮，归来虐渍手中翻。
忍看宝落随流水，换取他朝心不烦。

2816 年 10 月 8 日

采桑子·重阳

茱萸插遍驱邪事。拾级天阶，叠彩天阶，宇宙云心及第栽。

嗆山咏菊骚人醉。笑付尘埃，慨付尘埃。一抹斜阳切影来。

2016 年重阳节夜作

凌谟顺

76 岁，高级工程师，已退休。中华诗词学会会员。

幽思

红尘滚滚来，幽径独徘徊。

空有补天梦，恨无匡世才。

致先富

劝君先富缓行乐，安睡休忘茅屋歌。
改革焉能无隐痛，几家温饱倍蹉跎。

屋漏吟

常怨商家工料偷，还叹我辈袋中羞。
漏声断续差可睡，犹胜草堂风雨秋。

白莲

绿裳飘水素衣仙，香淡态娴思悄然。
欲避人间污染甚，自珍清白守荷田。

仲春落叶

为护枝条未忍辞，秋霜腊雪苦撑持。
东风唤得新芽壮，愿让春晖自退离。

路桂飘香

路侧数株树，低疏貌不扬。
春无争艳色，秋却发幽香。
阵阵侵盈肺，悠悠忆断肠。
行人均可得，胜过月中芳。

海军蓝

还乡三十载，犹着海军蓝。
风浪胸中起，久怀鸥梦憨。

叹谪仙

——重读李白诗有感

豪情黄水瀑，壮志逐云流。
无奈一生醉，敬亭千古愁。

流云

秋登子午岭秦直道感怀二首

（一）

高丘深壑绣成堆，子午登临此几回？
霜送秋鸿天北至，日催岚气岭东开。
层林尽掩秦王道，黄菊新妆汉女台。
万古江山千古事，悠悠都到眼前来。

（二）

马嘶车滚逐尘埃，利剑雄图广域开。
一岭史传王霸彩，千秋谁念草民哀。
风吹故事留嘉迹，天降灵龙卧碧苔。
时遇清平宏业举，好山好水待新裁。

临江仙·步韵楚江闲鹤君采菊并寄

最爱青山多野菊，抽身此日悠游。兴来何计是寒秋。摇花时乱眼，尘事暂休休。

闻道吟坛香亦好，惜花人在高楼。锦章彩绘竞情柔。风前呈一朵，远意自山丘。

初冬得盆菊感记

已是西风落木时，街头归抱晚香枝。
瓦盆带露含泥味，清蕊浮霜放丽姿。
五朵三开秋后韵，一程两歇老来痴。
寒花欣得春心看，伊自嫣然我自诗。

刘冲霄

男，58岁，专科学历。山东省桓台县实验中学数学教师。中华诗词学会会员，渔洋诗社副会长。作品散见于各类报纸杂志。

七律·白海棠

为护芳姿锁小门，清幽更惜洗冰盆。
雪腮何逊胭脂色，素衽愈怜憔悴魂。
玉蕊藏娇涵旧梦，银盅凝露浣新痕。
殷勤我欲多垂眷，怎奈伤春醉眼昏。

七律·激流回旋

豪兴何需望庾楼，笑谈指处搏沉浮。

平湖匹练飞珠玉，短桨扁舟荡激流。
抱水才知庄子梦，逐波且放杞人忧。
艰辛历尽归平淡，无限风光此一游。

七律·新年感怀

独行闹市莫相嗟，纵脱任由巾帻斜。
春甸繁华归蝶梦，秋江落寞属诗家。
村醪可释流年运，霜鬓犹疑醉眼花。
损益皆成身外事，北山朝暮满云霞。

五律·秋野

消醉孤行处，清虚四野齐。
长吟随逸兴，中道赋闲蹊。
景织悲零落，风从笑阮嵇。
睢园花事久，最忆绿杨堤。

潇湘夜雨·平安夜有寄

久去重洋，芳音隔断，故人今夜安平？那边踏雪是云英。应满目，霜华冷切，愁莫及，感叹飘零。谁家有，尖松五色，鹿驭长行。

萧疏往事，随风淡远，好梦休凭。数柔肠千结，辜负多情。心念念，无穷惜惋，难抵那，岑寂深庭。徘徊处，焉能自释，孤月一身明。

沁园春·登香山

渐紧西风，洗净铅华，物象万千。望霜匀露冷，林层似火；草衰茎折，岭色流丹。漫透斜阳，描黄点绛，霞蔚云蒸气度闲。翩翩舞，惹春花妒恼，青女钟怜。

匆匆过眼江川，叹行止无凭负少年。纵锋毫披沥，激湍楚水；胸襟磊落，巍峻吴山。淡定吟哦，疏狂趁醉，诗酒双肩自坦然。云帆举，任几回旧梦，一笑长天。

高阳台·又登黄鹤楼

独步登临，芳洲又眺，茫茫黯对东流，孤赏风光，眉间愈写清愁。晨岚暮雨旌旗歇，纵优游、尽见浓秋，几蹉跎，虚度年华，欲语还休。

凭栏借酒徒何奈，顾河山依旧，壮志难留。梦向天涯，镜中醒看白头。狂歌一曲情尤苦，叹息长，岁月悠悠。总相随，行箧空空，短棹扁舟。

西江月·弱水河畔

放目东皋凌晓，净心西海听潮。余波无力凤麟遥，济渡迢迢舟小。

冷暖知如鱼饮，天涯谁赠绨袍。乱聊华发弄长箫，一曲沧浪人老。

刘传耐

安徽省五河县朱顶镇人，1956年生，教师。

七律·赞全国劳模原上海水电工徐虎

茫茫上海一工人，常给万家送暖春。
不为功名来作秀，只除故障负艰辛。
浑身汗渍寻常事，雪片花飞卓越臣。
伯乐洪康开慧眼，为民服务学精神。

七律·冬雪

奉诏翔游腆入埃，朔风轻抚俩疑猜。
昼如帷幔翩翩下，夜似昙花静静开。
能与豪门同富贵，也随禅院话量裁。
三君借问何迟已，素裹银装早应该。

（注：君指松、竹、梅。）

七律·重阳寄语

清风阵阵沐重阳，露润珠垂菊翠香。
闻讯南天捎话语，幽思两鬓已秋霜。
茱萸遍插一枝远，醪酒轻斟半盏狂。
拣字成章更漏断，来年不负好时光。

七律·秋之韵

嘹唳声声一字开，浅深红色韵飘来。
硕丰五谷连疆域，映丽九州涌将才。

神剑轻装游玉宇，嫦娥把盏溢香醅。
桂花飘落白如雪，春暖梅香待自回。

七律·春归常人家

春归冬麦苗儿绿，埂上芽尖伴小花。
喜鸟双飞寻岸柳，暖巢共建选枝丫。
林中云雀声声语，廊下黄鹂口口夸。
鸿雁空中传信物，诚心谁有落谁家。

刘斌

笔名留取残荷。男，1983 年生，江右人氏，军人。江西诗词学会会员。长于五、七绝，至今创作 6 000 余首旧体诗词。代表作见于《执殳》《大城》《飞毂》《荷梅》和《荆楚》等集。曾多次在网络上举办诗词讲座；编有《网人七绝八百首》《城市诗词三百首》及《当代诗词精华录》等当代诗词选集，并撰有大量关于网络诗词的评论性文章。

创作座右铭："我要孟郊刳骨力，春妍不画画苍生"和"晚境却思归朴拙，笔尖勾取带霜枝"。

七绝·西津渡

也倚山墙也倚楼，行人如燕过悠悠。
他时携手西津渡，看没斜阳寸寸柔。

七绝·赣南竹枝

经雨柔条院有光，鸭雏试水闹春塘。
四邻闻得鞭炮响，来看城中新嫁娘。

七绝·饲蚕

晓起柔桑啮欲无，开门烟雨正疏疏。
回眸终虑蚕儿急，采得阴干细夹书。

（注：蚕食带水桑叶即会腹泻。）

七绝·春暮

碧玉田畴绕舍镶，鞭牛迤逦渡昏黄。
人家圻岸桃花处，隔水烟旋煮稻香。

玉楼春·还乡有感

少年好意朝朝满，荷气连云云四远。采莲人面映花娇，肥鳜清波和酒软。

重来秋雨秋风岸，惊见行人沙鸟散。故人零落近何如，江上芙蓉无一半。

金缕曲·怀黄景仁

百代君才绝，甚归来、淄尘浣尽，满怀霜雪。谙尽书生无一用，枉把琼壶敲缺。闲弄笔、微吟凉血。过此孤坟苍苔满，尽凄凉、百啭莺能说？斜日暮，杜鹃切。

少年自负张仪舌，凤歌狂、东南啸遍，眼空无物。十丈软红能教染，自有肝肠如铁。谁信道、由人轻折。诵到全家风声里，望凄然、泪共寒虫咽。天不语，酹残月。

（注：黄景仁为清代著名诗人。）

汉宫春·荷花

谁遣南风，送清香万顷，入我新诗？嫣然红白摇动，浣女都迷。相将过雁，想娉婷、肯误佳期？须几日，新梁酿熟，隔篱便唤濂溪。

正自十分清梦，甚香销翠减，一夜离披？寒塘瑟瑟残萼，无语依依。霜云冻月，更何寻、蜂蝶狂痴。空自忆，莲心煮茗，苦心此际方知。

水龙吟·村居写怀

一年又啸春风，兴来醉卧南山下。清江带卷，白鸥雪举，山川图画。万柳长堤，几双燕子，烟云闲雅。忽数声竹笛，悠悠唤起，桃边女，花枝亚。

斜照联翩农父，笑归来，耨耕初罢。荷锄稚子，鸣风健犊，好生闲暇。到此堪叹，风尘奔走，何如牛马？但无言把酒，疏星数点，立葡萄架。

刘成宏

字逸默，号苍郁，别署逸默堂主人。汉族，男，1963年生，河南商丘市睢阳区人。现任河南省商丘市睢阳区水务局常委副书记、常务副局长。出版有《刘成宏诗词选集》。中华诗词学会会员，中国诗词研究会副会长，河南诗词学会会员，中国诗词书画研究会理事，国家级优秀诗人，中华诗词特级著作家。自1980年以来，在《商丘日报》《中国诗词杂志》《诗词界》等报纸杂志发表诗词及其他文艺作品1 000多首(阙、篇)，计200多万字，并多次获奖。其事迹录入《世界名人录》和《中华诗词著作家典藏》。

鹧鸪天·寒衣节思母二阕

（一）

天上人间又一年，今逢寒衣慰先贤。每怀风树心忧堵，常忆音容喉哽咽。

缝衣密，眼望穿，归程冷暖累家山。从兹怕读三迁句，一曲悲歌对月诠。

2016年10月31日

（二）

百味红尘孝是先，焚衣烧纸怕身寒。挑灯纺线缝裳密，冒暑锄禾种谷艰。

人耐苦，地不闲，竹青松翠燕翩跹。思亲一曲虽成痛，但喜仁慈得继延。

2016年10月31日

鹧鸪天·暮秋寻幽三阕

（一）

芦白莲残已暮秋，繁荣凋尽雀吟愁。梧桐叶落本无奈，江水东奔怎挽留。

情未尽，愫常酬，牵魂还是老汀洲。莫言小酒浓还淡，泼墨尤登百尺楼。

（二）

漫步湖边阅暮秋，枯杨残柳尽哀惆。虽然春色堪回味，但有枫红可解忧。

阡径静，长亭幽，孤舟蓑笠醉凝眸。正愁无韵书情愫，忽听班鸠唱杪头。

（三）

多事西风搓碧林，落黄铺就满山金。柳丝虽无婆娑意，麻雀尤啼委婉音。

松郁郁，竹森森，霜凝枫染韵天斟。斑鸠更是枝头闹，惹得骚人挥毫吟。

2016年10月27日

鹧鸪天·霜降节有字

雁荡蛩鸣催种忙，平川峦岭笑重阳。云推雾散烟波浩，雨沐风和菊蕊香。

秋意远，柳丝惶，松骄竹傲韵情扬。一帘月光拈成墨，横笛长天奏疏狂。

鹧鸪天·观落木归鸿

一夜西风叶染霜，露临冷至柳丝黄。萧萧落木诗情阔，阵阵飞鸿雅意扬。

枫捡韵，菊吟章，一帘眷恋地天长。无为尘世招牵挂，离绪萦怀夜未央。

2016年10月23日

临江仙·秋韵

翠减红消秋日好，河旁钓叟凝标，风揉绿竹任妖娆。清波浮丽日，巧妇备丰肴。

陌上游宾云莫扰，枝头新鸟逍遥。稻翻金浪秋弯腰，诗人吟雅韵，正谱对琴调。

2016年10月25日

刘传柱

男，1952年生，山东省滕州市人。枣庄市诗词学会会员。诗词作品散见于各级报刊。

五绝·春浓醉路人

春风荡柳堤，听鸟入林迷。

酒醉琴为枕，醒时月映溪。

七绝·春

曲径清河图画呈，风摇杂树管弦声。
花逢酒客容先醉，柳向游人眼倍青。

七绝·秋

日暮清波映晚秋，凉风曲岸系扁舟。
黄花满地飘红叶，白絮蒹葭影也柔。

七绝·秋韵

淡云晶月对窗花，红叶烧天照晚霞。
鸿雁悠悠何处去，渚清沙白觅新家。

七绝·秋荷

翠盖红唇映晚霞，莲心玉藕饷农家。
披离枯叶夕阳吻，笑挹西风卸彩华。

七律·咏菊二首

（一）

孤高不合压群芳，枉把香魂贮入霜。
一季寒姿难妩媚，半篱瘦骨太苍凉。
拈来漉酒调诗韵，插罢临风怨夕阳。
何必索居标别格，也和泥土共枯黄。

（二）

由来不斗百花妍，瘦尽清寒入楚天。
雨润流香秋有韵，霜凌劲骨色参禅。
何须妩媚争如意，只教孤标任可怜。
一瓣芳心开淡薄，无边旧事上琴弦。

沁园春·江山永固

壮丽山河，万里晴空，赤帜激扬。看神州大地，普天同庆，江河歌唱，遍地芬芳。市场繁荣，圆中国梦，开放频弹新乐章。新华夏，赖巨人统领，屹立东方。

今朝灿烂辉煌，靠我党英明掌舵航。忆艰辛岁月，生灵涂炭，黎民多难，长夜无光。枪弹轰鸣，舍身忘死，换得光芒红太阳。当珍惜，捍江山永固，地久天长。

刘丛佳

男，1971年生，大专文化，湖南省溆浦县锰业总公司办公室主任。湖南省溆浦县涉江诗词楹联协会理事兼编辑，宁夏黄河诗会编辑（兼）。

七律·故乡览胜

山色苍苍紫雾长，泉声如瑟曲悠扬。
得非老子骑牛处？疑是神农稼穑乡。
树老宜留巢父住，谷深合教许由藏。
烟村傍水堪垂钓，蔽日崖前好趁凉。

七律·溆浦县灵翠公园

山卧城西北岸头，参差树影小亭幽。
常循曲径登丘晚，乍种芳林悦目初。
敢借舞雩台上意，凭观花谷水边竹。
行吟最爱长廊畔，雀在深枝柳在湖。

七律·早年记忆

曾于碧水掣青鱼，少壮童年草野居。
远泳千寻无惧怯，深潜二丈不含糊。
天边惯看七霞染，沙上慵眠四体舒。
久在营营俗事里，此身何日到江湖？

五绝·步韵王之涣《登鹳雀楼》书北堤所见

纵目青山远，长桥映碧流。
樟林祛暑意，鸟语涉江楼。

七绝·听箫

身如桨叶千千转，心似山花向野开。
静坐闲听箫一曲，悠悠万事不萦怀。

摊破浣溪沙·溆浦县明月洞

褐壁如垣势欲摧，崖头尽日雨珠垂。瀑水訇然深涧冷，绿波洄。

造物长遗幽洞小，中天一线碧空辉。数管修竹青嶂里，惠风吹。

虞美人

别来数宿悭一梦，两地分鸾凤。拥衾欹枕晚凉微，不尽离愁化作雨丝垂。

喁喁拟把衷情诉，心有千千语。休将睡眼对疏窗，序正初秋何事夜悠长？

浣溪沙·村居

旭日初升浅雾朦，坡前村落晓烟笼，衫皮屋顶壁橙红。

江岸常行枯叶路，阶沿闲看木芙蓉，鸟声飞过小河东。

刘翠梅

笔名平凡。内蒙古诗词学会会员。喜欢格律诗、小说、散文写作。

七律·纪念红军长征胜利 80 周年(新韵)

如今奋笔写长征，谁解那年烟火烽。
卧看雪山峰顶老，横穿大渡鬼门雄。
一腔正气云逐浪，几代豪情虎啸风。
华夏和平千百载，同辉日月再东升。

鹧鸪天·故里秋色(新韵)

霜杵敲云做画屏，阶前老树剪秋容。残红未忍西风扫，寒绪何堪秋色行。

箫醉曲，梦多情，赊香溢彩胜芳丛。年年此景都相似，今岁篱边人不同。

画堂春·月照长亭(新韵)

浮云暮色抹秋声，西风斜柳雕弓。谁挑弯月做明灯，夜照长亭。

抱影多情落照，临风幽梦无踪。今生未许各西东，瘦尽残红。

七绝·题秋日爬山虎

秋风一夜惹来霜，望去满坡红与黄。
最是谁家淘气鬼，残阳剪碎挂一墙。

七绝·无题(平水韵)

风逐流年归燕迟，缠绵细雨织相思。
桃林期盼春开早，犁得花田学种诗。

七绝·月夜遣怀(新韵)

倚窗月下夜阑珊，风抹香痕湿未干。
多少委屈无释处，为谁忍受此生寒？

刘东

笔名文刃。祖籍山东，旅居加拿大。毕业于山东大学，并获得美国加利福尼亚 CBU 大学硕士学位。受中国古典文化家学影响，自幼读书广泛，关注民生、经济、文化、社会各方面的问题。个人文学创作涉及多个领域，对古典诗词创作深有心得。

自答述怀

向阳草舍两三间，啸月吟风酒用钱。
心弃不公抛世事，身行无愧尽天年。
云来雨落松为伞，形独影单古有贤。
平淡一生鸿鹄志，长歌山路望田园。

题古徽州太白楼

浊世青莲未可寻，黄昏楼望见秋深。
有心花落和风雨，无意鸟啼通古今。
一饮练江醒似醉，半生欲海浮还沉。
七言题壁风流再？玉液金樽飨故人！

洛阳走马

四月春风送我来，东都有意著花开。

含情万种牡丹韵，要试小生七步才。

卖菜人

绿映手嶙峋，汗湿尘满襟。
体羸剩有力，年老寄无亲。
忍痛思贱卖，早归凭善人。
谁知心里苦，疲惫守黄昏。

刘繁昌

字世海。男，汉族，1935年生，滕州市人。滕州市文联、滕州市诗词学会顾问，山东省书法家协会会员，中国工艺美术学会会员，文化部专职画家。诗、文、书、画作品常参加国内外多类展事并获奖。

七绝·题雄鸡图

雄鸡高唱唤霞光，旭日东升耀海疆。
碧浪连天云涌动，新潮冲出太平洋。

七绝·杜甫草堂

重谒草堂思故贤，柴门花径步悠然。
大雅堂中观大雅，浣花溪畔听箫弦。

七绝·三苏祠披风亭

披风亭外雨兼风，遮眼浮云乱宇中。
阅尽大千兴废事，骚人遭遇古今同。

七绝·剑门关二首

（一）

细雨秋风入剑门，倦游未忘觅诗魂。
放翁昔日留佳句，藓壁残碑存墨痕。

（二）

雄关踞峙剑山间，七十二峰环锁环。
裂岸危桥飞栈险，忽闻屐下水潺潺。

翠云廊

翠云覆道似穹窿，暗绿丛中几叶红。
古干插天知壮勇，苍凉飒飒动秋风。

（注：清初剑州知州乔钵命名剑门蜀道为“翠云廊”，并作歌留念。）

七绝·清风斋寒宵品茗

清风斋内月光明，不事宦游真性情。
万卷藏书寻意境，玲珑笔下隐峥嵘。

（注：斋主张亨山先生喜读书，擅书法，爱交友，系前任乐山市组织部长、新任文联主席。）

七绝·青城初旅

霏微暮雨落无踪，我寓青城山右峰。
榻上觉凉初梦醒，卧听岩溜响淙淙。

刘丰田

男，满族，1949年生，辽宁新宾县人。中华诗词学会会员，抚顺市诗词楹联学会副会长。累计创作诗词2 700多首，有600多首诗作发表于各类刊物以及诗词集。有诗集《东洲诗稿》行世。

五律·春游

寒尽青阳暖，融和淑气鲜。
梳妆风着色，织锦雨含烟。
浅草滋新蕾，清溪理旧弦。
郊行红染处，逸兴涌心泉。

五律·滴翠亭

六角飞檐动，环帷翠色稠。
千山朝此向，一水绕其流。
心爽诗情涌，声洪曲调悠。
休闲堪驻足，来往尽同俦。

五律·端午晨起登山采艾

采艾登山早，林边漫步行。
过门惊犬吠，隔树觉莺鸣。

气爽身心畅，露馨花草荣。
端阳祛瘴疠，岁裕保康平。

五律·南天门村记游

大山怀抱里，碧水绕孤村。
空气花丛绿，民居土炕温。
农家搜易网，游客入柴门。
难得悠闲日，倾情酒一樽。

七律·夜宿森林公园晨起

龙岗夜宿远嚣尘，晓沐清晖倍感珍。
四面苍峦松吐翠，几条幽涧水含纯。
莺鸣婉转诗怀雅，花绽芬芳气韵新。
欲避俗喧耽性定，何妨长住作山人。

七律·贺老同学再婚

百变人生苦后甜，老来携手只随缘。
香醪爽口欣同乐，美景怡心喜并肩。
事可简时轻利欲，情臻浓处富诗篇。
纷纭过眼谈何易，我我卿卿度百年。

浣溪沙·山间小路

曲径通幽向哪方，蜿蜒沉静掩松冈。参差林木影长长。

草未返青春尚早，人皆盼绿雨犹藏。郊行野谷嗅泥香。

浣溪沙·郊行漫笔

渐退余寒日日晴，寻春郭外伫沙汀。淙淙野水细波平。

滩上虽枯芦苇老，堤边乍泛柳梢青。悄然涂抹报清明。

刘富国

黑龙江省齐齐哈尔市依安县人，1956年生，高中文化，曾在中国人民解放军驻通化某部服役。自幼爱好文学，早年参加《诗刊》函授学习，业余从事诗词创作，近年来在网络平台和诗词报刊陆续发表诗词作品，并在第三届“相约北京”诗词大赛中获奖。

七绝·泰山日出

五岳独尊观古今，玉皇顶上我登临。
凌空一览众山小，东海日出天地新。

七绝·春风

（一）

绿草茵茵好赋诗，一双新燕筑巢时。
衔来一夜芳菲雨，碧空如洗恋虹霓。

（二）

馨香拂面燕儿痴，夜问梨花落几枝。
微信点开心世界，红包抢后总惊奇。

七绝·咏雪

万朵梨花何处生，嫦娥撒玉落天宫。
冰心素雅诗中韵，水墨丹青笔下浓。

五律·烈士陵园

翠柏护忠烈，丰碑柱九重。
声声鼓角落，猎猎战旗擎。
热血开天地，精神映日红。
后昆承伟业，万世颂英名。

七律·八一赠战友

青春热血筑铜墙，地北天南聚一堂。
握紧钢枪无敌手，追求理想戍边防。
人民信任我能胜，慈母放心国自强。
猎猎军旗星闪烁，长城万里绿风扬。

刘功艾

贺帅颂

含叨烟斗骋青骢，立马横刀大将风。
起义南昌旗帜举，挥师湘鄂战区红。

卧龙水库

七旬重上伍家坡，远眺卧龙盘玉河。
借问龙宫谁主事，何时诏我出山窝。

刘功才

浙江开化人，生于1933年，外贸退干，经济师。中华诗词学会会员，浙江省诗词与楹联学会会员。诗词作品散见于多个省、市级报纸杂志，主编《浙江省开化县对外经济贸易志》。

五绝·高山菜农

蔬菜种高山，荷锄上岭巅。
踏云奔早市，疑是下凡仙。

五律·雷雨中行

春雷弟一声，正在路中行。
天鼓隆咚响，银珠哗喇生。
残躯难急步，老树险凋零。
伞具虽迟到，依然是救星。

七绝·思母

日机轰炸吓飞魂，整地改田挖掉坟。
百岁诞辰无处祭，悲心思念母慈恩。

七律·家居

家住钟山讴岭前，林青石秀水甘甜。
推窗可见群芳翠，闲步能听百鸟喧。
门近街衢行走便，屋邻集市果蔬鲜。
优良环境心舒畅，八秩苍翁福比天。

卜算子·学诗乐

耄耋学诗词，别有新风味。仄仄平平韵律敲，趣比黄金贵。

佳句窍中藏，脑动添聪慧。夕照吟坛国粹扬，兴来心陶醉。

声声慢·根宫佛国

高高矮矮，绿绿红红，奇奇异异怪怪。漫步芹城郊野，一门开泰，巍峨广阔气派。博览园，壮观豪迈。景秀丽，境清幽，杰地旅游关爱。

艺术技能精彩，枯朽木，雕成万姿千态。佛像真容，五百位罗汉帅。观音喜弥勒笑，四金刚，极目世界。圣手巧，美誉遍华夏内外。

越调·天净沙·环翠亭

金溪碧水银沙，环山翠木琼崖。驿道行人过马。凉亭悬挂，欧阳墨迹生华。

（注：环翠亭匾额系欧阳修墨迹。）

正宫·塞鸿秋·百善先为孝

中华美德金光耀，人生百善先为孝。弘扬国粹尊崇耄，双亲恩惠当回报。

天伦乐趣高，子敬爹娘笑。文明赡养阳关道。

刘广茂

笔名文轩居士，号冠宇、茂盛草堂。男，汉族，1939年生，山东省滕州市人，大学文化。中国书法艺术院会员，枣庄市诗词学会会员，神州诗书画研究院院长。作品曾发表在省市、国家级报纸杂志上，并有专题详细报道。

七律·登莲青山

游赏何须望五岳，莲青窈窕独含情。
石头能话古今立，流水有魂晨夕鸣。
空翠湿衣穿曲径，清幽迷路听啼莺。
玉皇顶上云天阔，无限风光沧海平。

七律·游红荷湿地

乍来恍入神仙境，信步只疑图画中。

轻浪悠悠飘紫气，丛芦淡淡掠微风。
田田翠盖水心覆，灼灼朱华日下红。
欸乃一声惊白鹭，棹歌嘹亮响西东。

纪念孙中山先生诞辰 140 周年二首

（一）

帝制集权数千年，皇权专政手遮天。
黑暗社会无尽头，百姓生活苦堪怜。
中山兴起新革命，推翻帝制换新天。
三民主义理论真，天下为公一代贤。

（二）

天下为公求大同，联俄联共扶农工。
唤醒人民闹革命，建立三民帝制终。
先驱创业无遗力，后辈报国体亲躬。
渴求世界永和平，万古流芳思孙翁。

观书画展有感

中韩书画翰墨香，博物馆内留珍藏。
名家作品精品展，各具特色技艺长。
群英荟萃竞开放，挥毫濡墨斗芬芳。
诗情画意如仙境，书画交流美名扬。

赞寿星杯书画展

时逢盛世金猴年，耆耋古稀今不罕。
人寿保险办书展，寿星个个乐开颜。
墨池行云腾细浪，诗情画意山水间。
龙飞凤舞绘世界，人老心红艳阳天。

刘广恕

男，汉族，1932 年生，山东滕州市人，退休干部。中华诗词学会会员，枣庄市诗词学会会员。作品见于《华夏吟友》等刊物。

五绝·喜看澳门回归

月光当头照，清风拂面来。
濠江波不起，平稳赋归回。

七绝·红荷节湿地观花

滨湖湿地尽良畋，巧引红荷为富民。
滚滚车轮携客至，所来都是看花人。

七绝·爱莲

芙蓉花在水中栽，宋代周郎惟独爱。
不蔓不枝君子风，泥潭深卧自欢快。

七绝·重游微山湖

曩日留居望冢楼，微湖破浪泛扁舟。
今朝幸遇荷花会，前度刘郎旧地游。

七绝·赞莲藕

叶如翠盖蔽阴凉，花似胭脂美更香。
藕籽滋养人壮健，周身入药品优良。

七律·八十抒怀

岁月峥嵘八十秋，早年国难让人愁。
正当上学倭奴犯，壮岁农耕战事稠。
土地公营奔合作，神州革命不回眸。
乾坤扭转正航向，共享和谐社会优。

十六字令二首

（一）

荷，点点珠钿献舵婆。人何在，隐约一船歌。

（二）

莲，香溢微风露半含。花仙子，姿态惹人怜。

刘海军

男，湖南湘阴人。中师毕业曾教书育人，获历史专科、法律本科自考学历，晋级中教一级职称。后任党外副乡长，现供职于县委机关报。中华诗词学会会员。行有余力则以学文，偶有诗词联作品散见于各报刊并获奖。

中秋月

今又中秋节，万人齐仰月。
乾坤朗朗明，魑魅悄悄灭。

怒斥污染

烟尘翻滚染云霄，机器轰鸣黑水滔。
利欲熏心天地黯，山河失色鸟鱼嚎。

航程颂

南湖七月浪花兴，风雨同舟赤子行。
马列扬帆奔共产，工农击橹向光明。
一声站起雄狮吼，卅载革新特色升。
温饱小康迎耄寿，和谐盛世乐升平。

夏日赏荷

金乌吐火百花哀，出水芙蓉送爽来。
一片清香销积郁，千层碧绿托红腮。
高擎华盖钟灵气，静卧淤泥孕玉胎。
野鹤飞身栖息地，炎凉可否系胸怀。

长相思·屈子恨

汨水流，墨水流。抱憾江天陨笔头，骚坛万古愁。

心亦忧，魂亦忧。报国哀民恨可休，芝兰馥九州。

如梦令

邀月举杯郊外，共醉孩提欢快。飘忽幸天庭，寂寞冲心谁爱？无奈，无奈，酒醒忧思仍在。

沁园春·抗洪

市镇繁华，沃野葱茏，一派盛荣。乍雨神泄怒，洪魔舞暴；狂澜卷地，浊浪排空。街巷汪洋，田园汹涌，万里城乡警鼓隆。横遭厄，看大堤上下，险象重重。

霎时天降奇雄，勇搏跃滔滔恶水中。赴激流堵口，飞身击浪；深潭缚孽，协力降龙。众志成城，旌旗映日，直叫顽妖伎俩穷。军民志，把乾坤主宰，气贯长虹！

十六字令·反腐倡廉

官，制售乌纱抱作团。呼风雨，百姓唤青天。
天，大道之行日月悬。乾坤朗，黑手敢伸权？
权，似驾波峰一险船。毋超载，倾覆只因贪。
贪，财色双收欲壑填。三知事，镣铐不鸣冤。
冤，法外逍遥罪恶钱。钟馗剑，吏治辟清廉。
廉，海晏河清国运绵。龙头铡，光亮肃贪官。

刘宏杰

笔名月下听风。中华诗词学会会员，中华当代文学学会会员，香港诗词学会会员。作品散见于《诗词月刊》《诗词世界》《唐河文学》等报纸杂志，并荣获第二届“诗词世界杯”一等奖。著有《听风集》。

七律·菊客吟

常借南山三尺地，去埋身外那乡思。
心田种下诗千境，梦笔收来菊万姿。
昨夜秋风催异客，今宵缺月照疏篱。
青衫一掸无尘味，把盏天涯共此时。

七律·母亲

儿行千里母担心，常忆临别泪拭巾。
浊世霜尘额上刻，经年风雨鬓间侵。
当家最晓柴粮贵，育子方知父母恩。
天若有情堪地老，羔羊跪乳是人尊。

七律·孤山放鹤图

孤山野水远红尘，琼树寒烟卧玉轮。
影过崖头云气近，风来陌上鸟声新。

忽闻老圃锄梅客，料得前天放鹤人。
几亩乾坤修大雅，一生淡泊感精神。

七律·唐河彩石

亿年雕琢出天然，彩石长嵌锦绣川。
山若通灵应识意，人如有悟巧生缘。
桑田日暖珠含翠，壑谷风清玉沁烟。
百曲唐河尧舜地，争流滱水美名传。

虞美人·春归

柴扉未掩邀春诉，不怕东风误。红沾时雨问桃花，几处燕声依旧觅农家。

乡关过处愁相近，暮落青衫隐。不知江月待何人，应记春风十里最销魂。

踏莎行·岁月依旧

两袖清风，一壶浊酒，楼台烟雨人依旧。飞花掩径叠成秋，乡关雁影空回首。

一枕泉声，半窗更漏，浮名尽弃湖山后。西江有月若浮槎，蹁跹岁月人知否。

刘红亮

号萍缘堂主。甘肃秦安人。著名书画家，诗人。中华诗词学会会员，甘肃诗词学会会员。作品散见于《甘肃日报》《天水晚报》《内蒙古诗词》《当代诗词》《贵州言志诗词》等报刊以及王托弟文学园地、云帆诗友、环球诗人、天水读写人家、秦人书画等网络媒体平台。

书画参展感言

捷报邮来喜讯传，凭谁打赏一分钱。
都如老骥力尽了，好似爬虫纸上眠。
常慕山川烟月景，每思歌咏雅风篇。
何时名利悔抛去，携杖竹林聊部禅。

寄山东大梦堂诸诗友

人生若大梦，梦也不分明。
共饮怀中酒，同挥笔下情。
只多欢乐趣，岂有别离声。
聊赠此时意，持之以结盟。

忆旅夜与友谈诗

寒夜一灯横，相逢眼暂明。
茶凉从世态，酒尽即人情。
亦羡禅林趣，空知泉石清。
丁宁竟何语，斑发不堪惊。

七律

——丙申秋与晓荣兄同登马务寺、华盖寺峰顶为赋此律，别后遥赠。

乘兴还上最高峰，吹我天风几御空。
梵宇千年留胜境，经书一卷慕仙踪。
树犹参差清溪里，山现高低瑞霭中。
贪看鸟飞余晚照，催归尚自响疏钟。

丙申初冬，友送十月菊数盆酬答

世人结识尽黄金，把臂更谁入隐林。
复饮樽前元亮酒，聊弹膝上伯牙琴。
风开朵朵香如在，雨洗枝枝恐不禁。
一种幽怀无处诉，苍苔零落岂堪录。

七律·无题

人生风雨几春秋，难在持家乐亦愁。
染恙或凭医疗保，叹贫岂有爱捐酬。
儿孙勤读期成骥，翁媪惊看作老年。
待到丰年衣食足，应须为国建奇谋。

农村扶贫

农村旧貌变新天，喜讯频来政策年。
老屋拆除余碧瓦，高楼初建尽红砖。
忧贫莫道皆温饱，为富休瞒不擅权。
宴乐从今歌雅颂，尚留沃野可耕田。

刘洪涛

网名蜻蜓点水。吉林长春人。诗词爱好者，尤爱古韵。

南歌子·山里红

今夜深秋雨，曾经更漏长。绣完重九绣阴阳，山里应红几许？问冰霜。

槛外凉如水，乡音古道肠。田间玉米泛金黄，背痛腰酸何惧，是担当。

小重山·秋霜

下有青山上有纱。林间多少气，自晶华。乡村野陌寄天涯，容颜改，一梦到蒹葭。

秋水落残花。满怀离索去，尽参差。年年寒露总含沙，风光老，帮我作袈裟。

南歌子·秋望

春花秋月老，一人寂寞潮。千重枫浪点苍高，斜倚栏杆无语、气倾霄。

四季轮回影，今时生死谣。我依黑水望穹萧，几个莺歌燕舞、好霜桥！

刘华颖

笔名春风飞扬。诗词爱好者。

创作理念：诗词是我的舞台，阕阕诗词，朵朵芬芳，哪怕它还很弱小，但是有了阳光，有了雨露，有了引路人，相信不久的将来会开出片片葳蕤，会开出萦绕于心尖关于诗词的梦想和遍地花香。

七绝·天宫二号助后羿回家

大漠精英默默研，求精尽瘁梦飞天。
助邀后羿姮娥会，天上人间咫尺缘。

七绝·天宫二号送饼也是拼了

迢迢星月添佳客，神箭飞天魄空游。
他日邀娥诗酒宴，忆恩送饼喜中秋。

七绝·月色

又是一季月空圆，红尘几多缱绻怜。
追月彩云萦耳绕，追忆慈容百感涓。

七绝·中秋抒怀

盈盈满月惹人痴，多少他乡转故移。
万里清光共赏尽，此时绝景最相思。

渔歌子(一)

流水匆匆百载空，笙歌腾沸转身终。唯对月，玉玲珑。青山潋滟卧飞虹。

渔歌子(二)

雨后观山气象妍，夜沉听钟响悠然。心自在，似神仙。万尘声影一缕烟。

西江月·月满西楼

世事恍如尘梦，小楼谁念秋凉？画眉花语过风廊，夜色桂香眸望。

莫恨浮云遮月，几人识与吴刚？一笺诗语寄清光，温暖素娥天上。

刘继文

黑龙江省诗词协会会员，诗作见于《九州诗词》《中华诗人》《东坡赤壁诗词》等刊物。

五绝·乡土(新韵)

捧起眷襟衣，芳香绽气息。
归乡游子泪，揉醉掌中泥。

五绝·山核桃(新韵)

平生眷大山，笑脸宇眉间。
风雨黎明夜，沧桑志更坚。

五绝·炊烟(新韵)

轻风任尔扬，萦绕小村旁。
羞掩红霞脸，游云泪两行。

七绝·无题(新韵)

秋风笑我百花残，落叶归根老泪衔。
把树还乡心宿愿，夕阳一线晚霞天。

秋人北疆

北疆秋色景怡人，清爽凉风亦醒神。
稻谷高粱摇摆舞，笑弯身后老乡亲。

刘结根

微博名文刀555。男，汉族，1966年生，农民，安徽潜山人。现居广西环江。热爱文学，尤喜古诗词。

创作理念：力求通俗、简单，以贴近生活、感悟人生为主。

五绝·野菊

孤孤野外花，寂寂向天涯。
瓣去香犹在，凌霜敢自夸。

五绝·重阳

落叶秋风起，重阳暮日西。
时时常问候，老人有所依。

五绝·石榴

露齿笑秋风，谁言腹内空。
红裙君拜倒，送福我争功。

五绝·独望秋月

只影孤单夜，中秋月照空。
心中千万事，默默诉悲风。

七绝·悟荷

夏日荷花艳艳红，清波荡漾笑风中。
秋来洗去虚荣梦，且悟繁华一场空。

七绝·征雁

白雾苍松草木扉，山中寺庙尽朝晖。
行人小径倚身望，又见南来大雁飞。

七绝·农民工

背井离乡去远方，省吃俭用为儿郎。
数得血汗人民币，急急归家望老娘。

七绝·平湖归舟

浩渺平湖白鹭飞，烟波送暮打鱼归。
村前妇孺长相望，笑说家中腊肉肥。

刘吉文

沁园春·井冈山

万里晴空，水秀山明，万物竞妍。望井冈峻岭，松波碧翠，杜鹃绽放，鸟语花鲜。白练悬飘，轻纱曼舞，天下奇观五指先。观奇景，更心花怒放，笑展容颜。

登黄垟忆当年，往事涌心头泪碧涟。切崖悬壁绝，硝烟弥漫，挥刀力战，灭敌超千。喜看今天，吞云舒雾，大展宏图美梦圆。乾坤转，看井冈飞越，再谱新篇。

菩萨蛮·观洞庭

洞庭水秀悠悠荡，登楼远眺豪情放。水映彩云鲜，君山奇景妍。

湖边肥沃地，芦苇多生气。翠叶动清波，鸟鸣风唱歌。

暮江吟

暮日余光铺水中，半江绿色半江红。
孤舟击浪波涛涌，紫燕迎风遨碧空。

金霞映山乡

金霞耀目映山乡，翠岭鲜花遍地香。
蝶舞蜂歌音乐起，龙腾虎跃动三湘。
春来大地山盈秀，秋到田间谷满仓。

喜看山乡今日变，风情雅韵著诗章。

游八面山
独秀孤峰气势宏，蛇形油路上天宫。
田间稻穗翻金浪，遍野鲜花吐彩虹。
绿草如茵云似锦，牧童笛韵荡空中。
茫茫雾海如仙境，情趣融融乐九重。

观竹海
风吹竹舞白云边，竹海奇观美景妍。
万岭千山银浪涌，连天画壁醉诗仙。

龙潭飞瀑
峰峦清峻映龙潭，千尺飞流起翠岚。
曼舞轻纱腾碧浪，悬空白练雨花繁。
（注：1923年孙中山先生曾在此潭游泳。）

樱桃树
叶茂根深挺碧空，含苞怒放色香浓。
风吹树舞诗潮涌，绿叶金珠数点红。

二月花
雾锁峰峦绕绝崖，樱花绽放映朝霞。
果红叶绿翻银浪，玉笛吹开二月花。

金银花
金花怒放吐芬芳，逸韵清香荡四方。
叶茂花繁分外艳，黄金闪烁满山岗。

无题

（一）
五指奇峰隐碧空，会师广宇气如虹。
龙潭碧水烟波荡，血战黄洋不朽功。

（二）
五井清波紫气腾，云开日出映天庭。
红军谷里飘灵气，银岭金山享太平。

刘谨
男，研究生学历，高级检察官。业余时间酷爱中国书画、诗词。

创作理念：追求含蓄不做作、婉约不靡颓、明快不直白。

七律·后湖印象（新韵）
久慕后湖豫皖间，中州异景供流连。
白云落落伏黑土，碧水殷殷映赤天。
风物留痕宜放眼，人情代谢可书丹。
芦塘蛙振丰五谷，疑是千寻入桃源。

七律·五四感怀（新韵）
曾经五四事非常，华夏危亡陷百疮。
国难多缘积腐恶，民灾更是著夷殇。
青年觉悟燃星火，烈士捐驱赴兴邦。
热血书丹新民主，英雄浩气代弘扬。

七绝·残春（新韵）
熙嚣夺路噪青槐，羞涩蔷薇静处开。
春尽残芳期羽化，香凝舍利度尘埃。

七绝·壮怀南疆（新韵）
南海潮汐涌乱峰，从容箭阵列边城。
任它魑魅魍魉舞，听我琵琶琴瑟声。

七绝·老途吟（新韵）
朝阳东启踏歌行，落日西沉步履轻。
道是经年争晓暮，四时吟赏醉平生。

七绝·晨竹（新韵）
萧瑟天光弄紫烟，晨曦寥落竞斑斓。
阴晴无碍清风影，不饰铅华自凛然。

五绝·晨色（新韵）
云乱行天远，风清待日晞。
乾坤舒朗色，浓淡总相宜。

行香子·深秋(新韵)

凉雨空蒙,晓暮躬行。问苍生,何事匆匆?披星戴月,不懈劳形。惯人声沸,鸟声媚,车声隆。

境得心造,相可情生。觅萍踪,惘若秋蓬,浮光掠影,孤雁幽鸣。感残花冷,窗花暖,镜花形。

如梦令·乡愁(新韵)

桃尽樱残春暮,青麦不枉浊露。莫道不妖娆,一度辛劳倾注!回顾,回顾,日落乡关何处?

如梦令·槐殇(新韵)

雨落惊禽夜半,危厦霓虹稀见。驱辂信前行,几处槐香零散。轻叹,轻叹,怎却一肠愁怨?

刘景隆

字茂庭,号亦农。男,原籍邹城市。江南诗词学会会员。

五律·金陵江干晚眺

独步长江上,凝眸细草生。
离家千里远,作客一身轻。
烽火连浦口,苍烟绕石城。
归来惆怅久,新月已东升。

五律·游金山寺

久闻金山寺,今来此一游。
波涛惊客梦,烽火触乡愁。
淞沪沉天际,荆湘居上游。
滔滔东逝水,何日棹归舟。

五律·登北固山

漂泊感居诸,登临寄兴初。
山名仍北固,地是古南徐。
旅况悲时难,流光逼岁除。
大江流万里,濯足一长嘘。

五律·游徐州云龙山

劫过沧桑后,云龙复一新。
松青常带雨,树老又逢春。
花坞红糁径,公园绿作邻。
遥看淮海塔,纪念永不泯。

七律·游孟庙

(一)

序属三春正艳阳,欣瞻亚圣古祠堂。
灵锺泰岱连齐鲁,祀列名儒溯宋唐。
力辟淫辞明治乱,坚持善教振纲常。
承先待后垂千古,愿学襟期景素王。

(二)

桧柏虬松锁碧烟,巍然庙貌傍邹前。
邾城故里三迁定,洙泗源流一脉绵。
养气知言存性道,谈仁说义接心传。
由周七百年余后,舍我其谁命世贤。

七律·游峄山

凫峄灵钟接岱宗,邹南胜迹供游踪。
云起峰头烟一抹,松排山面翠千重。
砥平近辟环山路,馀响遥闻远寺钟。
当前四化人同乐,游客蜂拥笑语浓。

七律·春雨

春来好雨细绵绵,杨柳千条层带烟。
漠漠低迷茂草渡,纷纷斜湿杏花天。
赏从茅屋诗都雅,听向小楼人未眠。
明日试看绿野外,耕夫几处又摇鞭。

刘静文

男，汉族，1932年生，滕州市人，中专文化。曾在教育、文化、体育部门任职及滕州市老年大学任教。山东省书画家协会会员，滕州市诗词学会顾问。多次成功举办个人书法、诗词展览。

五律·题雨后观飞泉画卷

金秋绵细雨，绝壁注飞泉。
涧峭濛岚气，云深汇紫烟。
骚人临胜况，雅兴出油然。
墨彩溢笺素，情怀连地天。

七绝·元宵

（一）

新年欢乐尚余情，又响元宵爆竹声。
春月犹如秋月亮，灯光却胜月光明。

（二）

乍暖还寒谁顾得，人流如涌逛灯城。
断桥铡美西游记，虽假犹真人动情。

春雨即景

（一）

拂晓风声伴雨声，南窗檐下水汪明。
开门惊见门前路，遍地粉红皆落英。

（二）

谚云春雨贵如油，今幸油浇麦穗头。
云雀高空相戏乐，世人心里盼丰收。

（三）

拱桥杨柳雾濛濛，乳燕低飞莺啭风。
湖面雨敲声细细，岸边垂钓两三翁。

（四）

春风习习雨潇潇，园圃鲜花竞弄娇。
争艳斗芳谁占首，初开月季最妖娆。

醉江月·第三次个人书展结束语

三年筹划，得如斯书展，诚惶恭献。字里行间虽不济，但表诚心一片。冬夜无休，春朝不懒，挥笔长流汗。追思无悔，幸在圆了宿愿。

此次艺事已成，继之何往，再励毛锥练。天若有情延我寿，定创新篇千万。岁得天年，情思无尽，精进期无限，时机相待，约君于此重见。

刘居上

男，祖籍广东省梅县，1941年出生，已退休。曾任中山市作家协会主席，现为中华诗词学会会员、中山诗社副社长。已出版诗词集《抱真集》、新诗集《中国文人》等人文历史著作34种。

七绝·舌尖上的中国

虾

惯向关爷耍大刀，能伸能屈也英豪。
虽然外貌神相似，难免汤锅换绛袍。

龙虾

龙族浑抛在野亲，空嗟甲胄不离身。
纵然跳出雷池外，终是人间席上珍。

蟮

屈身潜隐烂泥中，浑水熬成钻穴功。
谁信沦为砧上肉，食家竟誉作蟠龙。

蟹

夤夜横行仗利刀，浑身何处不脂膏！
秋来揭去猩红盖，自有赢家慢慢掏。

鲤

温水添柴慢火炖，汤肴鲜美舌生津。

筵开依次排排坐。闾里空传鲤跃门。

龟

该你出头你缩头，还称纯属风马牛。
可怜盛宴奇葩处，便是灵龟作上馐。

田螺

啜螺啖饼又中秋，隽语高谈总未休：
不若移家邻水族，龙宫没有天价楼！

蚌

摘罢珍珠送食厨，蚌娘无语只长嘘：
不经剜肉椎心苦，谁信珍珠是泪珠！

刘康世

笔名激流石。男，汉族，祖籍济南市长青区，1932年生于滕州市。中华诗词学会会员，山东诗词学会会员，枣庄市诗词学会会员。已出版《激流石诗文书稿》《激流石诗文书稿续集》等个人著作。

七律·曲阜揽胜

巍峨城堞角楼峣，三孔景观天阁超。
赑屃驮碑华表矗，殿堂迎日巨龙雕。
杏坛洙泗碣铭列，阙里尼山遗迹昭。
荒冢浮雕松柏荫，古今翘楚圣贤标。

薛国故城皇殿岗村寻古

颓垣荒冢两千载，薛国遗闻佳话传。
奚仲造车名万世，孟尝养士客三千。
官场自荐随机变，楚殿折冲求事全。
冶铁尚存遗址在，古陶残先卧荒阡。

(注：薛国，春秋时古国，周显王四十六年，即公元前323年被齐国所灭，相传31世。1988年薛国故城遗址被国务院公布为国家级文物保护单位。)

春韵

红霞桃蕾映流泉，白雪梨花争教怜。
冰破小河鸣韵雅，柳荫芽细弹音弦。
黄牛鞭影耕田野，塔吊云霄摩九天。
壮丽山川春雨洒，中华大地愈娇妍。

甲骨文吟咏

土埋甲骨数千载，古老殷墟见太阳。
洹水歌吟遗产曲，安阳欢庆祖宗妆。
中华文牍现聪慧，赤县书坛闪导光。
祭祀卜辞多鉴戒，一流风韵射辉煌。

(注：距今3300多年的殷墟遗址，清光绪二十五年，即1899年出土于河南安阳小屯村。文字刻在龟甲兽骨上，现已成华夏书坛一支艳丽的花朵。)

游杭州瞻仰岳飞墓

青山有幸埋忠骨，铭碣鸟吟松翠枝。
名将为民丢性命，奸臣祸国步丹墀。
高宗秦桧昏佞日，辽国金邦猖獗时。
千秋自有真理辩，流芳遗臭口皆碑。

瞻仰孙中山纪念馆

推翻帝制共和建，社稷昌明民主宏。
革命赤诚华夏福，阳光普照庶黎承。
中华国父人尊仰，主义三民国振兴。
挥剑斩妖封建灭，功高天宇冠荣膺。

一剪梅·夏日抒怀

炎夏微风频送凉，蝉咏枝梢，荷散清风。城乡大地乐洋洋，五谷丰腴，工贸辉煌。

河畔轻摇垂长柳，花木娇妍，鸟雀成行。老人树荫话家常，浣女河边，嬉涤时裳。

刘茏嶓6405

笔名泪瞳/风吟无忌。1993年出生，因16岁患尿毒症，辍学在家透析治疗。2016年6月开始学习古体诗，同时加入中华民族复兴诗社、朦胧诗社、中国乡土诗社、齐鲁诗社及白杨诗社等。目前已发表作品140余首。因环境影响，对周围事物感知力较强，可是病魔并不能阻止探索文学的道路，思想和灵魂造就了一副独特的诗魂，绝望中发现希望！追求豪迈、狂放的诗风！

创作理念：诗是自己灵魂生命的绝唱！体现生命的价值，寻找诗狂之路！

暮冬千魂(乐府诗)

君不见冬来飞雪松韵潭，寒封万里枯树缠。君不见瀑流千尺一朝镜，神工鬼斧乾坤定。贞竹醉舞芳魂溢，玉蕊江梅傲骨情。四海俱忧含泪唱，五湖独奏驻魂听。雄风萧瑟六出影，嘉月银钩骚客行。湖光映，万物灵，栖禅定，心魄清。与君诗一省，望君为我正笔评。重山叠嶂千鸟寂，浅水无声百兽休。朗朗长空星汉变，萧萧亭宇玉杯愁。今朝大地新朋起，明日高楼旧雨丢。对酒酣歌狂风赋，鹤琴直贯九重楼。菩提笑，浮图吟，十方觉者众生渡，一叶情缘夜半偷！

鹧鸪天·月思(新韵)

白露霜衣望月喧，香风烟柳醉芊眠。奇山石丑千花影，怪水轻舟万树瞻。

一许泪，两行弯，只应千里共婵娟？寒江浪滚苍穹变，别有人间寡酒酣。

七绝·夜咏(新韵)

望花对酒赋明月，倚树当歌吟碧泉。
沧水悠心闻塞曲，寒石魂断视池渊。

水调歌头·圆月婵娟(新韵)

圆月高穹净，凉夜众生愁。寒风玉树，白水桂叶两相柔。杯酒看花魂醉，仗剑问天难寐，鹤梦今宵囚。万里怀情赋，一醒泪沾眸。

素娥情，思裔影，恋殇秋，独亭垂柳，峰远浚涧隐浮休。含饼鼻香无味，观椅悲酸垂泪，雾锁曲琼楼。今月含恨断，明夜多情忧。

四言·月夕行(古体)

今夜月明，秋霜思影。
寒宫孤寂，署殿独栖。
旁伴鹊啼，桂酒相依。
何以清心？惟有月夕。
茫茫汉江，泛泛银光。
念君之地，远在异方。
涓涓溪流，滴滴雨柔。
我乘孤舟，夜忘琼楼。
圆圆月幽，杯杯浇愁。
今时狂论，何以心纠？
金盘胡饼，恒娥千泪。
玉成雪岭，声似雷霆。
婵娟对杯，千里素辉，
人醉魂飞，何日可归？
酒不厌酣，茶不厌煎。
诗仙一赋，歌行九天。

四言·夜歌行(古体)

银阙心飞，霜亭碑泪。
灵湖寒柳，碧石潭晖。
残魄玉钩，星汉魂丢。
何以廖纠？独有今秋。
踽踽独行，嘤嘤鸟鸣。
佳人笑影，梦断神鹰。
叶叶孤舟，重重山幽。
我欲天问，身识九愁。
皎皎星河，浩浩澜波。
今夜狂赋，何与酒歌？
烟笼苍江，情寄蟾光。
倾杯狂饮，慷爽豪肠。
横卧云崖，鹤地为家。
诗仙一醉，梦寐莲花。
念不厌痴，生不厌知。
骚狂绝顶，纵览太虚。

四言·秋雨心行(古体)

独寐乡楼，孤念九愁。
今宵两忘，碑泪横流。
鹤伴烟松，醉意朦胧。

幽音断梦，雁夜观穹。
对影三杯，耳闻惊雷。
隔窗举目，豪雨风吹。
滚滚红尘，痴痴情嗔。
残烛枯境，寒曲骚魂。
历历荷形，凄凄瓦鸣。
问花恋酒，何日心空？
芙蓉乐喜，湖柳悲泣。
赤枫蝶舞，碧潭鱼栖。
闲卧赋歌，趣禅自琢。
岁月蹉蹉，何以解脱？
曲不厌殇，词不厌沧。
乾坤几唱，妙语无疆。

七律·心游(新韵)

寒月弯弓玉宇停，残杯狂梦太宵腾。
渊禅嘲弄九天影，豪语凌夺星夜情。
兰客悠悠谈曲境，骚人楚楚笑歌形。
瑶琴怜抚梧桐凤，浊酒枯吟潭水龙。

刘茂林

志气歌

顺应天心天地助，扬鞭跃马展鸿遒。
德才商政功夫显，千古长空绝唱收。

淑女谁

倩影频频魄伴身，直瞧斜眼眼传情。
仙来仙去声威响，何日再闻香远芬。

白云山晨

曦风嫩日伴灵虫，山纳云风行练功，
长吼朝天长吐气，举头远眺有无中。

白云山夜

弟兄瞭望猪鬃岭，南道借由登险峰，
环宇四周灯火灿，雄心冬月傲寒风。

至尊当兵男儿

绿水青山泱大国，男儿立志戍边关。
丹心碧血献华夏，贼寇惊闻心胆寒。

刘名扬

笔名庆祥。男，1972年生，供职于固安地税局。谷风诗社社员。

赠小闺三首选二

（一）

投笔折腰两未能，吟坛固守寂如僧。
门墙桃李添春色，文字姻缘结好朋。
十载曾经沧海水。存心常似玉壶冰。
可怜百转千回后，识破人间纸一层。

（二）

既拔茶兮又值桑，生身多事爱诗忙。
每因花月添新句，惯唾珠玑发异光。
不速客来惟问字，有时兴到便成章。
一支泣雨惊风笔，草草斜斜写几行。

无题

莫为名缰利锁牵，浊流岂肯泛虚船。
留连脚下三分地，涵养心头一片天。
舞弊耻同乌攫肉，贪财休学蚁趋膻。
平生不做愁眉事，处事从容岁月绵。

雨荷

褪尽红衣体不轻，犹将绿叶向天擎。
立身何惧多污淖，抱洁惟求少俗声。
万里浮云惊客梦，一塘碎雨渺鸥盟。
江南何日堪携酒，了却平生未了情。

七律·自诉

莫嗟仙佛两无成，但有真才不计名。

芳草自能馨大野，美人何必艳倾城。
牢骚徒瘦杯中影，慷慨空余纸上声。
我亦心雄犹未几。任他华发鬓边生。

不寐

窗外寒灯夜有声，起看前梦影萦萦。
江湖寥落春何远，风雨飘摇夜未明。
老去诗篇权客憾，颂余书卷蕴乡情。
移人白发疏零惯，尽是潇湘别后生。

秋寄

愁城未破酒无功，独立苍茫斗室中。
芳草有情怀旧雨，文章难命哭秋风。
百年世事浮云变，千古江山夕照红。
老后行藏何处是，闲来只问信天翁。

无题

茫茫谁辨世中真，一点灵犀别有神。
菊爱深秋花自淡，桃争春日色当新。
离群转恐为群累，不俗无妨处俗尘。
我愿同娇参一句，如来曾是卖花人。

新出塞曲

塞上烟云西复东，苍茫草色接苍穹。
笙歌梦里关山月，马啸村前古道风。
疏柳怨春成往事，从花解意笑飞虹。
城头落日沙明眼，几处人家画屏中。

心情随笔

春去秋回景泰然，青山绿水杏花天。
闲居陋室三杯酒，独钓江潮一碗鲜。
晨付清风传玉笛，夜邀明月赏吟笺。
毫端落墨留芳雅，白雪红梅心欲燃。

刘能朴

大潮颂歌

海天万里曙光浮，一派金辉照九州。
革故鼎新求上策，开来继往展宏猷。
花开南国三春早，果熟中秋百族讴。
一任蛮方风雨急，但将椽笔写春秋。

刘念魁

送朋友赴轮台

三杯美酒一壶春，鹦鹉洲头暮色湮。
座上佳朋朋尽醉，心中别意意皆真。
东湖水暖逍遥梦，西域冰寒寂寞人。
每对天山明月夜，当思汉口几多亲！

感秋

心由形所役，每醉动愁肠。
叶落枝惊瘦，蛩鸣发畏霜。
吹箫唯楚曲，买米尽荆粮。
何日圆归梦，携秋品菊香？

鹊桥仙·七夕夜留守妇话别打工郎

仙桥几架，星河岂阻，牛郎织女聚首！年年岁岁盼今朝，小别后，浓情似酒！

归来勿喜，临行不泣，放了奴家玉手！山盟海誓妾无需，只莫忘，门前那柳！

刘鹏

字鸿泥，自号黄廷。男，山西运城人氏，研究生学历，现卜居延安市延长县。爱好古诗词。

五律·秋夜北原感怀

年来人事浮，独卧北原秋。
黛障云边沓，清河枕上流。
兰宣慵树鸟，月洗锈笼钩。
槛冷宜男出，才青不梦周。

五律·故乡记忆

篷云古渡遮，漠漠苇连沙。
恐扰啁啾垛，轻吁荦确车。
孩童追院犬，小雪戏窗花。
一把春秋末，炉边人似霞。

七绝·晨窗夜雨

晓起惺忪卧榻潮，疑思昨夜梦惊摇。
窗前杨柳黛眉浅，原是急风雨满霄。

相见欢·忆文郎

掩书独坐寒窗，忆文郎。廖阔江湖何处濯珪璋。

风月昧，青春酹，事津梁。聚散有期家国赋情长。

捣练子·故乡秋夜

庭露白，月风清。壁影疏斜细作声。廊下花猫潜叶底，舍前紫茉暗香泠。

寿楼春·春节送别外公

披清辉行匆。少离家别远，西出河东。几度春流秋落，雁汀应空。临晋月，蒲州桐。任镜销，年轮声隆。见四世欹床，儿郎耄耋，谵念德于功。

斜阳没，瑶天濛。挟金兰酒曲，烟棹莲篷。不觉风渐檐马，泪遮帘栊。身后事，田头松。论去来，犹逢陶公。待庐草依依，中条走望云路重。

临江仙·携妻儿送妻外公还复山村

屏露未晞迷山莽，蒸云无奈朝阳。且寻野色入塄庄。圮窑花独媚，人去物还殇。

杏树羞黄梨树白，田头蒿菜盈筐。小儿戏蝶蝶仓皇。垣低守老幼，水远梦榆桑。

刘期荣

男，藏族，1965年生，四川省阿坝州小金县人。1986年参加工作，当过教师、新闻干事、乡科级实职领导干部。现供职于四川省阿坝州小金县文化体育广电新闻出版局，兼任小金县文联作家协会主席和文学季刊《夹金山》（内部刊物）主编。四川省作家协会会员，阿坝州作家协会会员，阿坝州摄影家协会会员。自1986年开始文艺创作，目前已先后在国家、省、州各级报刊上发表文艺作品2 000余篇（幅）计80余万字。参加省、州县各级摄影大赛、摄影展，并有作品获奖。出版有文集《圣山情结》和《格桑花开》；创作歌曲《温馨家园》《玛嘉沟我的爱恋》和《四姑娜措圣洁的湖泊》等。

长征颂

八十春秋转瞬间，峥嵘岁月跃眼前；
长城内外烽火起，大江南北旌旗卷。
夹金瑞雪冲霄汉，草地翠绿映云烟，
长征丰碑星光灿，中华历史谱新篇。

刘齐临

笔名临风。男，汉族，河南省汝州市人，1957年出生，本科学历，中共党员。洛阳毛泽东诗词研究会会员。曾任汝州市中医院副院长、汝州市第六届政协委员，现任汝州市晚晴诗词协会副会长、东城分会会长。

七律·凤凰古城游（新声韵）

凤凰邂逅古风幽，任泛江舟静静流。
婀娜多姿湘楚女，朴实古老吊脚楼。
遥思民选神童事，梦入边城巨匠留。
夜半江天灯火透，虹桥醉卧梦千秋。

七律·春游扬州瘦西湖（新声韵）

烟花三月西湖瘦，水碧天蓝夜月明。
草长莺飞诗意涨，桃红柳绿画情浓。
鸳鸯水面双双戏，游客花中攘攘行。

最是江南人醉处，银丝绿发笑相迎。

七绝·瘦西湖之景六首（新声韵）

二十四桥

满园花柳全依水，一路楼台可到山。
明月映桥虽未定，风光依旧在心田。

五亭桥

桥上风亭桥下洞，粼粼月影碧波涵，
阿娜多彩西湖女，华带缠腰更娇妍。

熙春台

春台明月照千秋，绿瓦红墙映玉楼。
气势恢弘福寿地，摩肩接踵客如流。

石壁流淙

巧石造壁磊奇峰，潴碧为潭水瀑鸣。
宛若仙山人间现，丛流四溅洗尘红。

钓鱼台

三重临水傍金山，一道长堤两相连。
小巧玲珑天下最，名亭框景冠江南。

四桥烟雨

四桥飞跨雨烟中，远近高低各不同。
山色朦胧游子醉，回眸故土水千重。

刘青

笔名芷言。爱好旅行、写作、哲学、摄影、音乐等。

创作理念：我的文字记载我心灵轨迹，我的摄影刻画着我行走印记，我的音乐跳动着我思绪万千，我的哲思铭记着我闪光跳跃的思维。我是一颗跳动着的音符。我的芷言均发射到宇宙空间。愿善、爱、慈永驻宇寰。

洞仙歌·山茶花

山茶静寂，放旦园庭院。麦香袭人素雅芊芊。轩晓亭，圣洁染就琼魂，赏冰容，月淡花倾千顷。

娇春挽素手，尽是恬然，点缀名园胜於秀。挽留仙客宿？星子点点。闻月宫，玉兔飞欢。嗅冰花乘西风旋转。遥想幽梦一世圆融酣。

（注：有感于复旦大学校园赏山茶花而作。）

清平乐

冬雪依旧，依依岸枝柳。芊芊素素娴悠悠，风清月朗雪候。

那年春雨销魂，今朝垂柳雪印。暗送一生光阴，忽觉几个黄昏。

苏幕遮·怀旧

春月柳，青石巷。婉容喜面，孤烟起朝岚。书泛黄眉眼生砚。冬枝干枯，婆娑于心恬。

素的影，淡的思。魂牵境仙，驾梦人酣睡。月下披云清浅语。低眉砚墨，柔光漫游醉。

醉落魄·紫藤花

低眉绕廊，繁英华姿静雅赏。丁丁紫铃串串香。素尘遐梦堂，满园紫春光。

矜持淡澹辟尘嘉。空灵缥缈灵鸟榻。东风晓情衷义赤。笑洒庭园，牵手话桑麻。

蝶恋花·2015 年岁末

旧岁余晖暮色详。点墨成香，珠玑诉衷肠。把盏小酌饮思绪，烛泪成冰悬宇茫。

回眸噬魂蝶飞扬，捻指细数，泛黄书笺藏。频凝双蝶舞芬芳，蝶吻花醉泪成行。

浪淘沙

泪珠串成琏，悬挂心尖，感应珍重红豆仙。密语凝眸滴滴醉，欲语还泪。

蝶恋花痴狂，思量成双，飞舞天涯月宫漾。十指紧扣漫步游，笑颜无瘦。

木兰香·地瓜花娇媚

暗香游逛,淡雅扑鼻惹寻望。红薯涩样,含羞微漾俏脸庞。

一世深情,痴爱泥土缱绻阳。任性红衣,悄然待嫁准新娘。

十指扣·中秋之夜

龙马共中秋,圆月嫦娥依旧。举杯盈满泪眼,遥牛郎星宿。量怜织女心底苑,遥寄暖心甜。悠然心会两岸,飘洒桂酒远。

一剪梅·冰糖葫芦

小巧山楂竹签串,红珠白麻,手儿紧牵。晶莹剔透俏娇颜,酸酸甜甜,一世团圆。

挚爱飘雪飞舞天,不畏风霜,不惧严寒。根系皇城情弥坚,一生一世,别样清欢。

(注:有感于痴爱的老北京冰糖葫芦。)

七律·凤华

尘本风雅似莲花,俾倪尘世陋浮华。
蕙质艺阁瞻晚霞,岁月迳流嵌诗话。
简朴素履质优雅,清骨瑶池画华夏。
冰心兰墨迩天涯,人间正道唯慈佳。

刘仁喜

惹巴拉观冲天楼

举头落帽土司宫,楼宇冲天翘角空。
碧汉流檐天地转,雕梁画栋凤龙雍。

咏塔泥大河

溪汇成河水碧清,彩山纵壑映潭澄。
活灵倒插河中影,人踏悬桥极顶行。

插耳岩遐思

对峙悬崖路一条,宛如舞袖半空飘。
仰观天路播情种,俯瞰山尖架爱桥。
骚客飞歌沿索道,情鹊载舞踏丝绦。
深闺紧锁林家女,初露尊容富贵饶。
我欲因之亲窈窕,酒香驱梦醒风骚。
山河依旧风光美,何处再生不二姣!

刘绍文

江西上饶人,现居广州。作家、诗人。作品散见于《星星》《诗选刊》《诗潮》《小小说选刊》《江西日报》《广州日报》《深圳特区报》《上饶日报》等纸媒及中国诗歌网、中国诗歌流派网等网络平台。作品入选《中国当下诗歌现场》(2016年卷)等选本。

卜算子·咏杜鹃

新雨晓湿处,雏鸣争暖树。已是灵山千重绿,对溪妆红云。

芳菲俏争春,笑傲群芳歇。啼血清明黄昏雨,乡音醉不归。

虞美人·听雨

少年听雨陋屋檐,叶笛生春烟。壮年听雨三清外,零落云峰晚钟望归雁。

而今听雨竹篱边,短鬓斑白夜。异客伶汀秋水间,一任窗前低语寂长夜。

小满

天清云影暗,雨落树阴长。
稻熟籽粒满。风动万倾香。
心随雨意藏,自在芳菲扬。

五律·灵山

柴门掩闲云,雨蛙卧泉鸣。
霜风惊飞鸟,红叶醉山阴。
灵石挹古道,晓露渡刺茅。
浮华松涛外,云心结庐境。

七绝·火炉山·独钓

火炉山中云波阔，清水潭前草木深。
秋风不知燕归处？一竿独钓忖波心。

滕王阁咏怀

滕阁风绿牧云霞，一江锦秀竞风帆。
清明气爽起烟波，鲲鹏掠翅歌未央。
曾经年少凌云志，北辰高远映春山。
九州崛起莫等闲，江潮碧浪簇朝阳。

刘世渡

男，中共党员，1955年生于四川省边陲金沙江畔的会理县。毕业于四川广播电视大学汉语言文学专业和西南财经大学税收专业。1994年任会理县地方税务局局长、党组书记，2015年退休。现任中国兰花协会常务理事、中国观赏石协会会员、会理县兰花协会会长、会理县观赏石协会名誉会长兼任文学顾问、会理县收藏家协会名誉会长兼任文学顾问、会理县赏石艺术馆董事长。1985年以来发表诗歌散文作品、兰花摄影作品、金沙江赏石摄影作品、金沙砚摄影作品及诗歌若干篇；1999年四川美术出版社出版个人专著《会理兰花》，被国家图书馆收藏并颁发荣誉证书。2007年从地方税务领导工作岗位退居二线后，着手收集、整理并创作古体诗篇，并筹备出版个人专著《兰石流韵》诗集，包括地方风物诗、文化名人诗、咏兰诗、题石诗、赏砚诗、抒怀诗。

七律·金沙江情怀赋

泸水金沙浩淼源，洪荒混沌太极潜。
幽峡跌宕蜿蜒峭，险壑洄湾骇浪漩。
动地奔泉呼啸涌，惊天涡濑暗澜翻。
雅吟画韵躬身赋，梦幻摩挲赏鉴篇。

七律·金沙江石农赋

金沙潮落踏江滩，涉水摸淘冻骨寒。
脚腿青筋曲脉绽，指头血眼肉皮穿。
独轮车载辛劳苦，石块堆积盼卖钱。
巧遇图纹镌彩韵，偶然选获赏心玩。

七律·题金沙江赏石“金龙腾飞”

祥云娇首傲雄颜，摆尾劈波蹈浪漩。
却诡却谲风雨狂，若化若幻壑潭渊。
腾骧盎盎驰奔舞，目眙瞳瞳卷巨澜。
耀眼金身思眩焕，青石鬼斧镂琢蟠。

七律·题金沙江赏石“火凤涅槃”

石雕水镂凤凰身，赭褐玄黄焕彩纹。
浴火重生焚梦舞，涅槃境界浩歌吟。
飒然展翅鸣穹宇，昂首翱翔荡鬼神。
睿智秉德祥福瑞，华瑰集美鸟图腾。

七律·题金沙江赏石“轩辕古柏”

盛盛龙柏血脉源，苍苍浓郁茂桥山。
轩辕祭奠魂祈祷，华夏昌隆嗣胤传。
代代焚香朝叩拜，生生繁衍永绵延。
不屈不悔民族梦，如赞如歌仰望瞻。

七律·题金沙江赏石“喜上眉梢”

八大山人遗鸟魂，一方彩玉梦朗春。
天公画笔生雅趣，峭壁留白赏赋吟。
喜鹊登枝祥瑞兆，蓝石琼翡润心神。
镂雕梅朵命题展，奇幻构思巧获金。

七律·题金沙江石“高风亮节砚”

敦敦厚厚竹型砚，瑓瑓滑滑石朗焕。
疑是幽篁蕴彩斑，却生翠叶清风展。
墨田滋润若婴肤，雅士文人置书案。
傲骨高风耐冻寒，拜瞻仰燮情思缅。

七律·题金沙江石“繁星皓月砚”

渺渺寥寥宇朗清，洁洁皎皎玉盘盈。
巍巍茂茂葱茏翠，爽爽滑滑润琇莹。
瑓瑓斑斑嫌漫漶，寻寻觅觅梦思萦。
方方块块雕琢巧，眷眷拳拳惬意倾。

七律·题金沙江石“梅魂砚”

罗氏兄弟会理情，攀西裂谷创业人。
巧雕镶嵌透妃瑛，金沙流彩傲骨魂。
几枝一树墨晕染，数朵五瓣满眼春。
睿智才思仰慕久，名家大师道行深。

七律·题金沙江石“梅花弄月砚”

膘石碧翠若天青，抱子怀中绿萼瑛。
朵朵繁花芯蕊孕，盈盈活眼焕瞳睛。
横斜映衬梅林影，宛若窗前皓月升。
却悟机缘生富贵，无声廿载隐幽情。

七律·题金沙江石“金榴硕果砚”

金沙彩玉天然焕，绚丽江石镂刻镌。
金墨淋漓皴笔染，丰年满树爽心欢。
金榴玛瑙叠枝绽，采果人声笑语喧。
金朗秋阳辉宇灿，画图锦绣蜀垂南。

七律·咏夏寒兰名品“黄鹤”

幽幽黄鹤馥香馨，莽莽山林险壑深。
端午夏寒绽兰蕾，古城涌动赏花人。
挺拔潇洒葱茏叶，逸韵风姿璀璨魂。
隽永绰约繁盛茂，冰清玉润遇知音。

七律·咏莲瓣兰名品“黄金海岸”

黄金海岸国兰冠，玄奥盛瑰花蕊绽。
奇妙奇绝耀眼痴，成双成对蝴蝶恋。
风骚妩媚簇团娇，璀璨妖娆盈炫幻。
会理金沙树瓣嫣，雌雄合壁同台展。

七律·咏莲瓣兰名品“剑阳蝶”

蝴蝶泉畔蝴蝶绚，蝶瓣蝶花大理兰。
吴老欣然书翰墨，剑阳蝶誉美名传。
玲珑乖巧馨香溢，彩萼蝴蝶艳丽斑。
洱海婀娜蝶眷恋，苍山旖旎舞蝶翩。

七律·咏春剑名品“西蜀道光”

道教丛林圣地名，西蜀道光耀青城。
微翘叶片承甘露，璀璨黄花润玉葶。
色质形香韵佳具，川兰文化集大成。
馥馨淡雅藏玄奥，博览披金赞誉倾。

七律·咏春剑名品“隆昌素”

软叶隆昌春剑素，幽兰碧翠自天成。
清香秀雅洁莹润，元帅朱德冠美名。
博览盛名获金奖，馥馨浅淡颂忠诚。
神州大地芳菲蕴，瞻缅抒怀永世铭。

刘世开

贺某型机首装交付

虎翼神州威奋进，龙腾力量震八方。
挑灯看剑筹规则，挥汗旋机定目纲。
南海蛮夷皆俯诺，东瀛倭寇尽惊慌。
雷霆万钧摧枯朽，武备高科慑列强。

2016 年 6 月 16 日

今夜舞起来

庆园春露枝头俏，抃跃酣歌好未来。
振臂扬威眸善睐，开心奋进体精裁。
忧愁绝弃云天外，懊恼丢失稗野垓。
留驻彩虹嫳美丽，幸福快乐绕徘徊。

2016 年 3 月 12 日

六小龄童闹新春

苦练神功继世家，梨园影视郁韶华。
祥云祉雾盘花果，沧海菩山熠彗霞。
捣搅宫天天怆号，劈剑洞地地惊咯。
风骚独领神州喜，国粹辉煌庶众夸。

2016 年 2 月 8 日

齐天乐

——纪念中国抗日战争暨世界反法西斯战争胜利七十周年

觊觎无厌贪婪患，东倭狯狼殇难。海北江

南，保国守土，战火硝烟弥漫。英勇刺敌胆，错锋敌悍。碧血丹心，卫国致胜百年盼。

泱泱铁流典范，锐兵今亮剑。世界惊颤。彩练长空，雄鹰勐翼，万里征途赫现。星晖戟电。虎步汇龙骧，甲明盔灿，正气中华，荡涤天下黯。

2015年9月3日

刘淑梅

星月诗话文学社团论坛版主，网名傲雪寒梅、江山ID静尘。70年代出生在黑龙江省大庆市肇源县一个偏僻的小山村，毕业于黑龙江省广播电视大学后回乡任教10年。10年后退出教育战线开始下海经商，现定居在吉林。空闲时偶有文字作品发表于网络平台。

有感于重阳

秋雨秋风秋渐凉，花开花落花成殇。
重阳之日登高处，寄语流云送故乡。

雨夜感怀

辗转无眠辨雨声，忽急忽慢叩窗棂。
园中两树梨花茂，一夜不知落几成？

春节探亲遇友人

光阴宛若指间沙，再度重逢鬓角花。
笑貌依稀记忆里，唏嘘风雨逝芳华。

冬夜抒怀

寒夜无眠数漏音，青丝易改半风尘。
红梅傲雪虬枝笑，不负流年不负心。

冬夜听雪

深夜聆听落雪声，梅花朵朵笑寒风。
初心不改光阴负，洗尽铅华又一程。

乡愁

荼蘼一醉解乡愁，数载离家雪染头。
几度梦中亲故土，奈何桥断水横流。

咏梅

虬枝傲骨劲苍生，疏影丹心笑雪风。
岁末暗香压百卉，芳魂不谢待春红。

情诗十一首

无题（一）

冷雨催花落，风急送雁回。
相思一梦远，何日待君归？

（二）

浮云散去天如新，杨柳堆烟鸟为邻。
桃李花开次第早，满园春色少一人。

（三）

西风冷雨叶纷纷，百卉清霜欲断魂。
大雁南飞天际小，今朝不见旧时人。

（四）

青发离分雪鬓逢，光阴不改旧时衷。
凭栏仰望西窗月，多少真情一梦中？

（五）

天涯一梦何时休？远眺江舟逝水流。
昔日离别折柳送，今朝数载已白头。

（六）

小楼窗外又西风，数朵银花舞夜空。
莫道天寒无暖意，只因陌路未相逢。

（七）

冬来日短夜更深，月照庭前柳下荫。
懒阅床头书几卷，望空追忆远行人。

（八）

素雪蟾辉相映白，西风小院柴门开。

红烛泪尽三更晚，未见伊人入梦来。

（九）

疾风戏柳入秋时，一地残红落远枝。
无限缠绵阶上卧，捡来片片写相思。

（十）

清新小月半窗中，海角天涯各不同。
倘若有缘常挂念，光阴莫待转头空。

（十一）

辗转无眠望月思，愁眉瘦目有谁知？
锦衾怎御心中冷，最恨芙蕖照水痴。

刘曙光

号潇湘浦，又号剑楼。男，59岁，中学语文高级教师。2005年始入诗词协会，现为中华诗词学会会员，湖南省诗词协会及益阳市诗词协会会员，曾任地方诗词刊物编辑。在《中华诗词》《当代诗词》《广州诗词报》《益阳日报》《益阳晚报》《湖南日报》《湖南诗词》《北京诗词》《上海诗词》《岳麓诗词》《2015中国微信诗词精选》等报纸杂志发表作品若干。2016年8月获第六届"华夏诗词杯"大赛二等奖，同时又获首届"湘天华杯"大赛优秀奖。

盼雪

向天借得琼瑶洁，再赋河山如玉切。
直下神州扫雾霾，人间万里皆澄澈。

赏雪

天公为赋芳菲节，直捣寒宫倾玉屑。
欲遣河山作画图，晓来先送梨花雪。

街头遇占卜者

君售玄机舌似簧，吾生最厌是荒唐。
休论祸福谁排定，惯看浮沉各主张。
易理固然天道演，人心仍逐世风狂。
此身寄旅何须卜，不在官家不在商。

卜居云栖谷示诸君

闭剑篑门别故城，云栖卜筑看潮生。
须眉已到秋模样，肝胆唯留酒性情。
世象纷纭投幻影，江流浩荡涤浮名。
往来都在涛声里，避得尘嚣结鹭盟。

寄北

独在南湘忆北潇，同游曾记过溪桥。
几丝细雨凉初透，一阵西风叶渐凋。
短笛声中江岸暮，斜阳影里楚天遥。
晨醒梦断凭轩望，唯递清莺似与邀。

客居逢秋

依旧陶然未肯收，潇湘客里喜逢秋。
欲将云岳濡词笔，计向江村买钓钩。
微信忽来诗侣约，神交正合胆肝酬。
尘埃一掸出门去，漫把风流闹市求。

鹊桥仙·公园里那把长椅

幽幽径外，潺潺溪畔，芳草野花新霁。那年春日玉人来，直说到、斜阳如绮。
前尘往事，泛黄记忆，斑驳空空长椅。眼前何处似曾经，空剩得、酴醾风细。

金缕曲·寄诸友

寄旅红尘久，看浮生、熙熙攘攘，蝇营狗苟。君道逢秋香尤烈，我与寒松相守。幸识得、平生挚友。数载新枝勤护育，更闲来、览此山河秀。相对处，身何有？

待将心语同君剖。到而今，不为小草，不为垂柳。小草只随风做主，垂柳攀人俯首。休管那，世途难走。甘作人梯情未改，记当时、一曲黄花瘦。君与我，诗和酒。

刘体安

男,1941年生,大专文化,枣庄市薛城区人。曾任山东省枣庄市薛城区南石乡主要负责人,系枣庄诗词学会理事。曾在《中华诗词学会通讯》《华夏诗文》《枣庄日报》等报刊发表诗词作品百余首。

登皇崖峰

登上皇崖驰目遥,平畴麦海荡金涛。
新城广厦笼轻霭,古镇重楼矗碧霄。
高铁游龙云里舞,微湖飞舸浪中飘。
谁持妙笔丹青绘,处处山河分外娇。

刘文献

黑龙江省依安县人,1969年生,大学文化,律师。崇尚淡泊,为人达观。爱好文学,尤喜诗词、散文,有作品在各类报刊发表。现为依安县作家协会会员、诗词协会会员。

七律·抗战胜利日阅兵

三军虎啸贯山河,敢把昆仑作战车。
十里长街行铁骑,千层雾霭走金戈。
五湖垂钓听风雨,四海横舟看碧波。
宇外狼虫何所惧,青锋在手可擒魔。

七绝·刘伯明还乡有感

(一)

秋日欢歌映绿纱,长街无处不飞花。
乡情暖沸窗前月,足迹天涯总是家。

(二)

苦度寒窗陋室中,而今受命向苍穹。
问君可扰仙娥梦,几缕情缘在月宫。

七律·瞻仰毛主席遗容有感

乾坤社稷待辉煌,五岳悲歌祭国殇。
宝殿浮云遮碧瓦,皇宫晓日照红墙。
精华语录泽恩短,锦绣江山日月长。
何日英魂归故里,繁华盛世再添香。

七律·游乌镇水乡

千年乌镇在桐乡,静雅清新古韵长。
水绕香城城绕水,廊连房脊脊连廊。
小桥树下听弹曲,老巷街边品藕香。
鬼斧天成风水地,江南一处好风光。

七律·端午游普陀山(新韵)

海天福地普陀山,碧水松涛掩玉颜。
普济寺中求正果,紫竹林下问佛缘。
清香一柱参僧语,素菜三碟敬圣坛。
南海禅修凡骨去,扁舟一叶到灵山。

刘献琛

山东曹县人,男,1951年生,大学文化,枣庄市委党校退休教师。中华诗词学会会员,山东省诗词学会会员,枣庄市诗词学会会员。曾在《中华诗词》《中华辞赋》《中国韵文学刊》《光明日报》《诗刊》及其《子曰增刊》等刊物发表诗词作品四百多首。已出版《泮水吟稿》。

水调歌头·代旧体诗致新诗缪斯

四雪关蓉国,联袂舞娉婷。恍如牛女相会,缱绻醉双星。俯仰苍茫烟水,吟赏迷离风月,快意唱清明。当赴瑶台约,执手说山盟。

金瓯举,歌险韵,赋深情。月圆花好心曲,琴瑟和弦鸣。我有幽思千缕,卿有绮怀万种,秋水总盈盈。珍重春常在,芳树啭黄莺。

金缕曲·梨花

万树堆香雪。燕归来、春霞照水,清明时节。柳岸桃溪风光媚,换绿移红肯歇?拥佳丽、淡妆皎洁。玉臂烟鬟风袂举,更轻盈、粉翅千千蝶。飘薄雾,撒冰屑。

瑶华琼蕊真清绝。逸瑰姿、柔情绰态，依依难别。疑似嫦娥翩翩舞，遥望轻云遮月。桂旗影、流光电抹。碧叶玲珑浓阴密，待枝头、累累青苞结。犹记取，惊鸿瞥。

沁园春·风雅长沙

岳麓山前，楚雨湘云，剑胆诗心。望星沙似雪，南箕可簸；洞庭如酒，北斗堪斟。韶乐悠悠，九歌袅袅，斑竹芙蓉映桔林。天心阁，怅贾生才调，遗恨幽深。

崩霆碧落鸣琴，舞凤矩残雷荡绝音。唱临刑快事，英雄咏啸；挥刀杀贼，志士歌吟。白鹤红霞，凤凰天马，万里朝晖胜迹寻。芙蓉国，听黄钟大吕，韵绕嵚岑！

水调歌头·若耶溪

山水一何碧，灵境更清幽。相逢旖旎花树，软语送明眸。杨柳风飘碧带，菡萏波翻翠盖，鸥鹭舞芳洲。古越浑如梦，胜似太虚游。

人如玉，香成阵，浣溪头。婵娟无赖，此情尘世几时休？回首娃宫离黍，转瞬扁舟烟渚，蔼蔼化新愁。秋日黄花瘦，天际白云浮。

刘相法

遣怀三首

（一）

登岳攀云道路难，襟怀若谷自能宽。
浮尘易落须常扫，好曲求成莫乱弹。
数度惊风忧菊老，几回踏雪惜梅寒。
已知岁景空沉迹，草木枯荣不用看。

（二）

古柏凝烟遮路弯，去春心事未曾删。
枝头风静鸟飞影，楼外琴柔霞到山。
伫立清寥看客过，前行仄阔挺身攀。
故人不遇唯多忆，雁字一行天地间。

（三）

笔底波涛唯自知，红尘世界焕奇思。
苍茫百感烟千里，豁落生涯酒一卮。
孤月不眠身守静，幽花初绽梦相宜。
登山看水苦吟客，片石枝花也是诗。

刘向阳

笔名莫若。男，在校大学生，1993 年出生于河南信阳，从小酷爱诗词、散文、小说等，前期创作以古风作品为主，大学开始接触诗词格律学习。师从小杜牧刘兴超先生，潜心入班系统学习并开始创作近体绝，经过不懈努力，在网络诗词大赛中获得一等奖。此后，又于 2015 年分别在《学子读写报》与《流泗诗词》等刊物发表部分个人作品。

虔城情诗十首

（一）送君

弦月边城眉未舒，送君千里客心孤。
无端最是多情泪，滴罢还闻啼鹧鸪。

（二）忆君

病起昨宵眠已难，前尘翻忆似游仙。
料君未解余心事，短信多年未忍删。

（三）写情

八月桂花六月荷，芳情七月日偏磨。
虽无风物来相见，尚有牛郎试渡河。

（四）游兴

数尺白绫一线垂，绝崖万丈看花回。
烹茶煮酒听风晚，只恋君家不恋归。

（五）赋得桃花面

日暖晴长水过风，卿卿酒后整妆容。

含羞欲点胭脂画，已有桃花脸上红。

（六）漫步

虔城雨过万花新，八镜台前百木榛。
楼台频望无书信，纵有相逢未是真。

（七）遣怀

郁孤台上稼轩哭，故里梁园病相如。
同是白头天不许，争教豪士落江湖？

（八）夜望月（折腰体）

君在天河略向西，我乘新月寄新衣。
却恨君心不似水，风来未起一丝漪。

（九）喝茶

禅茶有味似无味，人世无情还有情。
且看章江云共水，伴君送客到天明。

（十）雁北飞

愁见峰山一雁回，同来何事不同归？
去年句句殷勤语，只是飞花绕眼飞。

农村夏日

田家饭罢月初晴，蒲扇轻摇一地明。
小子无心听母唤，游嬉花下捕流萤。

荷花

万绿丛中我最红，春光谢后展芳容。
夏蝉鼓唱非无故，也喜嫁娘出碧栊。

往事

斜阳晚树暮云平，柳底霞光孤影明。
漫步回塘分手后，方知此地是离亭。

夜听梁祝

悲欢何必证前因？自是红尘百难身。
不若今生蝶化去，穿花点水戏湖云。

春夜梦游鄱阳湖

云外天涯远，春湖纵苇行。
飘然风月下，独钓一江明。

春汛

水围城破涌金门，千里泽国愁煞人。
怒雨掀翻章贡水，惊雷刺破郁孤云。
浮桥已断无人见，八镜未决只半身。
何必巴风兼楚雨，为哭屈子却伤民。

刘星祥

1935年生，湖南涟源市人，中共党员，公务员退休。爱好古典诗词，部分作品在全国多家报刊上发表。

秋山行

白露寒来雨复晴，黄花引路踏山轻。
梧桐叶落凄凉意，野果晶莹丰稔情。
知命寨蝉难噪呖，畅怀小鸟拔争鸣。
登临旧地茱萸在，怅望云天啸远空。

老伴吟

常忆红星耀古城，知音好合唱新声。
艰难日子同心渡，风雨征程牵手行。
句句叮咛皆肺腑，回回嗑吵总关情。
而今一任年华老，依旧温馨暖故人。

答云侄

人生莫道忒艰辛，收获芬芳比酒醇。
雨雪风霜滋品格，酸甜苦辣润精神。
胸怀淡定波澜静，手握阳光天地新。
万里鹏征豪气在，何须惆怅拜佛星。

秋韵

山作斑斓画，长空雁阵哗。金风香月桂，阵雨醉黄花，过抱璞堂。长空雁叫木樨香，竹掩柴扉溪水凉。难得书生遗韵在，流丹枫叶舞斜阳。

银桂(中华新韵)

露寒华冠郁苍苍，黄蕊金枝叶里藏。
不负人间秋色美，随风漫送半天香。

七夕

缘逢七夕结佳俦，风雨同舟六秩秋。
牵手廊桥牛女妒，一天星雨両白头。

赏荷

亭亭玉立绿池中，并蒂双开引鸳朋。
风动芳姿容更美，堤边香醉柳丝浓。
出自淤泥不染尘，端庄玉洁佛家亲。
神驰目极群山翠，感悟清白好做人。

刘阳

笔名绿叶如云、sunny。诗词爱好者。

诗观：在瀚海诗词中，寻找心灵的安宁，寻找情感的寄托；在广袤的绿色原野中，寻找属于自己的世界；在永恒的天地间，寻找永远的永远。我，就是一个寻觅者。

七绝·玉门秋韵

秋鸿欲渡玉门关，尽染黄沙隘口斓。
飞剑苍穹穿浩宇，霞光万丈暖人间。

重阳秋意

重阳登顶踏秋浓，露重枫丹水欲淙。
借得天仙霞绘彩，人间最美锦光溶。

秋染枫情

彩染风华日暮鸣，落枫尽兴舞阳明。
拓词难绘此中趣，暗寄柔情山水横。

秋香隐梦

藕花深处碧无瑕，菱角飘香入万家。
鹤立桥头寻旧景，梦遥缘了度余华。

刘晓燕

词说世界名著(十首选三)

酹江月·《悲惨世界》

悠悠塞纳，见几多骇浪、风云过客？枯骨横陈边塞外，麋鹿荒台旗易。白屋囊空，朱门肉臭，万里伤心日。人间孤愤、土伦廿载谁识？

一烛半世熙光，春风化雨，草色氤氲碧。[1]七尺微躯容海阔，厚德竟融顽石！夜幕低垂，星空仰止，万古苍穹煜。无名孤冢，静眠千秋魂魄。

(注：①冉阿让偷走了主教家的一只银烛台，半途被警方抓到并带到主教面前对质。主教说是他赠送的，并将另一只烛台也送给他。冉阿让感受到慈悲的力量，决心再创新生。)

一萼红·《茶花女》

赴西洲。正芦花飞雪，山骨瘦深秋。冷逼穷山，悲侵陌路，无语独对孤丘。野花伴、凌霜折尽，染猩唇、犹有一枝柔。一冢天香，十分春色，千古凝眸。

回首无瑕碧玉，陷风尘泥淖，勋贵公侯。痴女情深，檀郎意乱，扶病忍弃归舟。惜倾城、红尘浊世，自高格、玉骨委荒沟。汽笛一声离岸，云锁空楼。

酹江月·《牛虻》

断崖如锯，望沧波万里、仰天长崛。雏菊铁蹄蹂躏处，四野昏鸦啼切。[1]十字崩颓，孤衷莫辨，空有愁肠裂！[2]水牵离恨、一桡搅碎乡月。

十载归客天涯，朱颜暗换，炼狱霜侵发。肝胆一腔征腐恶，病骨尽燃情烈。折戟沉沙，横刀留笑，魂忆蓝桥别。断头台下，袈裟浸透殷血！

(注：①意大利国花为雏菊。②十字架。)

刘秀玲

笔名青衿。安阳人,本科学历。河南教育学院美术系毕业。中华诗词学会会员,中华诗词创新研究会安阳分会秘书长。作品散见于《奔流》《中州诗词》《天下诗林》和《安阳日报》等多家报刊。

浣溪沙·濮上园

塔影湖光映画船,菊香芦白雁声寒。清风丽日好游园。

百世黄沙弥旧梦,一泓碧水焕新篇。归来细数武陵源。

浣溪沙·题梨园图

陌上风光何处寻?梨花飞处满园春。青山渺渺雪纷纷。

暮逐烟波归浩淼,朝随鸥鸟自逡巡。不妨长做画中人。

浪淘沙·凌霄花

雨入小轩窗,玉簟生凉,竹篱架外青烟长。附葛攀藤凌万象,竟向何方?

花落旧时光,最断人肠,但从篋底认红妆。忍把此生都付与,颓井残墙。

浪淘沙·归故里

山色醉斜阳,雁阵成行,烟波深处柳丝长。风雨飘蓬归故里,鬓染飞霜。

记得旧学堂,共读西厢,蔷薇架下笑语香。一别经年应不识,当日娇娘。

蝶恋花·夏夜

暗柳拂堤波弄月,玉碎星河,凉意生萍叶。歌如清风流如咽,石桥蛙鼓声暂歇。

未解娇嗔言不悦,夜静灯昏,直把青莲折。明日天涯思欲绝,今宵泪睫还忍别。

鹧鸪天·张善飞先生雅赠画扇有寄

疏影横斜三两枝,朱砂漫点故园西。始知何逊托怀远,怎及张公用墨奇。

冰骨瘦,玉魂痴。霜侵雪染奈何之?梅边樽酒盈盈举,笑向东风觅小诗。

南乡子·忆友人

枝上几番霜,重忆当年理暗伤。昨夜梦魂归故地,端详,天上人间怎度量?

风起怕花黄,寂寂飘零旧时光。一萍秋水容易碎,纷扬,洒落鸳笺更断肠。

桃园忆故人·怀屈原

阴风暗雨交相控,惊破重华幽梦。江畔落英成冢,汨罗涛声纵。

庙堂祸起多因讼,鹿马无端欺弄。怀瑾握瑜谁共?魂断楚江恸。

刘秀瑞

笔名子墨青眉。

重阳小记

（一）

新月如钩钓冷霜,浑然不觉又重阳。

而今难辨同窗貌,岁月匆匆两渺茫。

（二）

又至重阳叶渐黄,枝头抖落数层霜。

斑斓岁月催人老,怅望家山欲断肠。

浪淘沙·咏菊

鸿雁往南方,转眼重阳。香波一簇傲东窗。冷露来袭犹傲骨,无限风光。

一任韵城乡,谁主秋荒?芳华漫舞秀霓裳。月下花魂尝百味,何惧寒霜。

潇湘神·书画

凭画栏,凭画栏,笔飞青鸟秀山川。
水墨落成风雅客,清词佳句沁心田。

诉衷情令·秋情

风摇黄叶舞秋凉,鸿雁往南方。东篱雏菊开透,静自数芬芳。

花易落,淡离殇,叹兴亡。几多幽怨,化雨游丝,翻唱重阳。

苏幕遮·感怀

晚风微,飘细雨,点点清凉,扫去炎炎暑。转眼秋来征雁去,叶落潇潇,聚散无归处。

又经年,怜故土,恨种芭蕉,夜里添愁绪。几缕宦思曾记否,渐老驹光,又踏凡尘路。

卜算子·咏梅

一树刺梅花,点点娇容小。不羡春华破日开,不妒千花闹。

道是为谁开,朵朵芬芳绕。洁自寒来守碧株,瘦骨冰肌俏。

喝火令·访梅

素雪潇潇落,寒风瑟瑟凉。小梅开好倚轩窗。冰蕊雅人骚客,挥墨试红妆。

绾起三生缘,心留四季香。半枝梅韵秀霓裳。几许春华,几许夏苍茫。几许晚秋尘梦,宛在画中央。

刘学刚

山东栖霞人,1972 年生。烟台市作家协会会员,烟台市诗词学会常务理事。诗词作品散见于《中华诗词》《诗词月刊》《诗词世界》《香港诗词》《河南诗人》《诗词百家》《楚韵》《天马诗刊》等多家诗词刊物。

山行

信步云生处,行吟对菊花。
若逢蓬岛客,煮酒到仙家。

赏菊

东篱赏菊黄,把酒暖秋凉。
秀色吟不尽,归来袖带香。

雪后即景

江山笼统为谁娇,水墨含情写意描。
最喜小儿闲不住,心无天地乐逍遥。

野居

清溪环陋室,翠竹掩柴扉。
皓月交杯饮,青山措笔挥。
闲听花雨落,静待鹊灵归。
韵羽风中舞,诗笺梦里飞。

忆江南·乡间好

乡间好,紫燕过堂前。两亩薄田犁岁月,一钩弯月诵诗篇。自足乐安闲。

天净沙·梦乡堪画

远山石径闲花,白鹅溪水鸣蛙,小院青砖碧瓦。梦乡堪画,再添诗友烹茶。

蝶恋花·山村果园

玉露金风秋正好,岭上坡间,浮荡星辉耀。满树玲珑神韵俏,山村绮梦枝头闹。

轻摘霞光怀朗抱,十指沧桑,岁月清香绕。心载平安如意到,情飘万里农家傲。

卜算子·咏菊

雁唳响寒空,百草伤风殒。独见秋凉铁骨姿,更喜飞霜吻。

东篱把盏幽,抱老枝头韵。寄语重阳是会期,寂寞今休问。

踏莎行·喜迎新春

点点寒梅，花开祥瑞，阖家欢乐迎新岁。惠风和畅早归春，神州大地烟花坠。

锦绣河山，披红舞翠，民安国泰春同醉。怀飞梦笔起雄图，晴空写意丹霞蔚。

刘玉成

1976年生，山东无棣碣石山人，现就职于无棣鑫岳化工有限公司。湘天花油茶诗社、珠江月诗社成员。自幼酷爱文学，擅长写格律诗，并在多家诗社发表作品。

七绝·大汉王朝

先秦暴虐起波涛，古沛挥戈有俊豪。
霸业千秋终汉定，无朝僭越卯金刀。

七律·三国

史记皇朝更迭忙，天知汉气入黄汤。
东吴魏蜀鼎三立，各有英豪占一方。
将帅擎锤敲笑鼓，尘民痛饮苦千觞。
江河次主风云替，宦海浮沉胜做庄。

清平乐·感世

豪情已杳，肩背风云少。世下漫多风顺草，却把刚阿忘了。

痴梦游弃尘涯，青灯不恋俗家。远望沧桑风雨，愿做佛下莲花。

五律·学生开学有感

笔斧凿樑栋，书山孕圣家。
欣凾淋赤露，苦学浴红霞。
龟贝倾生业，憨心种异葩。
严慈添皱酒，子女敬恩茶。

五律·昨日晨起登碣石山

踏露临樑绝，青衣映翠峰。
晨凾初冉上，夜月觅无踪。
鹤戾松波荡，莺啼碣石容。
神清淋体醉，惬爽沐身浓。

七律·碣石观抽签

观内青袍罩拂尘，山门静坐道闲人。
仙前鱼木栖黄卷，佛后经书泛刺鄰。
缘问牵签君解意，袖聆买禄面诚真。
拾来八卦安天下，袖舞乾坤恋隐宸。

七律·题梅

伫立风迎弄粉妆，身分雪瓣伺虹光。
冬寒浴显凌人骨，鹊吟枝舒傲气香。
艳笔飞宣言妩媚，笙词跃纸赞孤芳。
悠怜桂月无梅酒，烦请周公晒尔裳。

五律·中秋节话月

人圆银月下，月素贺深秋。
指月酌杯对，倾呤日月愁。
接香躬拜月，月隐柳梢头。
欲借花娥月，来消蚕月囚。

刘玉霞

女，吉林省德惠市郭家镇人，农民，出生于1968年，高中文化。德惠市作家协会会员，德惠诗社社员。自幼爱好文学，曾在省、市级刊物发表过小说、散文、诗歌、诗词作品若干，写过剧本。曾参加省、市级诗歌、散文大赛并获一、二、三等奖。现自学大专课程，准备参加成人高考。

作为一名地地道道的庄稼院里的女人，以一首《江城子·乡居》介绍自己：乡家居住笑声悠。鸟鸣啾，日清幽。车响犁耕，取点绘园畴。缕缕馨风吟韵曲，闲弄墨，试歌喉。粮田十亩为生谋。　旱添愁，涝增忧。春播秋收，热汗画金稠。点点斜阳山外落，观夜色，豁清眸。

行乡子·农家

柳丝娇黄，溪水清凉，彩蝶飞，无限春光。伴夫锄划，携子培秧。见马牛鸣，鸭鹅戏，四邻忙。

野劲斜阳，桃李争芳。倦归人，小调悠扬。篱笆护院，砖瓦红房。染早霞红，午云白，晚风香。

金缕曲·自吟

女子亲书剑。趁闲暇，乡间剪影，绘春光眩。雨润芳洲红数点，一霎云开雾散。行小径，聆听莺唤。烈日当头耕垄亩，付辛劳，不把浮华羡。观万象，是非辨。

与君共答家常卷。俭衣食，粗茶淡饭，苦而无怨。一世钟情惟泥土，自爱篱笆小院。闲弄墨，安知疲倦。汗洒田畴披星月，望枝头，捉影芳菲绽。歌野陌，谷丰灿。

出游

满路芳菲心桨香，出游良日步轻狂。
凉生碧树花容艳，好鸟谈天话夕阳。
取景牵情寻旧梦，拾来佳色满襟装。
驰怀欲谱田园曲，再借心魂点韵章。

刘振德

汉族，1938年生，安徽省六安市人，共产党员，从事教育工作，曾任中学校长，原独山区教育组长。1963年开始发表新诗，1965年出席全国业余文学创作积极分子大会，受到周总理、朱德等党和国家领导人的接见。近年学写诗词，2001年以来在《诗刊》《中华诗词》《诗词月刊》《新国风》等报刊发表诗词1 000多首。诗词选入《新韵三百篇》《中国当代爱颂诗词大观》《律诗、绝句精选》《毛泽东颂诗大典》《类编大系》《诗词通览》《中华颂》等100多部典籍，作品被现代诗词馆收藏，并获得全国“新田园诗”大赛优秀奖、“银河杯”大赛三等奖、“炎黄杯”大赛金奖等。皖西诗词学会和江北诗词学会会员，江苏大学绿野诗社社员，中国毛泽东诗词研究会会员，中国诗词学会会员。著有《山歌唱到北京城》诗歌合集以及诗词集《淠滨院诗草》。

春思

红桃白李争挂果，艳牡幽兰竞含香。
银燕衔泥梁上暖，工蜂采蜜菜花黄。
和风有意催新柳，细雨无声育嫩秧。
莫道春深花色好，须防暑热灼群芳。

夏情

万物欣欣夏日情，风调雨润各青青。
榴花似火骄阳艳，荷露如珠满月明。
田内禾苗已孕穗，园中瓜妞正生成。
含辛育就丰收果，秋色不争半毫分。

秋兴

世人都说春光好，秋入中华景更宜。
大雁高空排队走，鸳鸯月下戏水啼。
重阳敬老高山笑，国庆假长大海迷。
盛世风轻天朗朗，黄花落地也成诗。

冬趣

冬到神州多活泼，满河坚冰遍山雪。
小儿争塑石狮狮，老丈喜浇红蜡蜡。
滑板腾空鹰逐鹞，游龙戏水鸥追鹤。
人寿年丰歌盛世，张灯结彩庆佳节。

钱塘江观潮

钱塘道上人如海，偕友观潮挤站台。
万马奔腾布水阵，千山崩雪放冰排。
惊涛拍岸风雷吼，大浪淘沙云雾开。
若是此身化海燕，潮头展翅不徘徊。

夏夜揽月

月在中天不可攀，月藏水底起波澜。
纵身揽月月影碎，凡事贪心总枉然。

中秋赏月

老妻赏月摆清宴，瓜果芳香月饼甜。
杯聚酒浓人心醉，和衣伴月院中眠。

雪地映月

雪地银辉映月光，清纯洁白两茫茫。
人间从此无贪染，可唤嫦娥回故乡。

行路易

南北东西联蛛网，高速畅通铁骑扬。
朝进京城谈国事，晚归不误叙家常。

耕作巧

除草匀喷一地雨，抛秧洒落满天星。
种田今日兴科技，抓把黄泥也变金。

江桥赞

宜昌直下到南通，细数长桥看彩虹。
华夏腾飞有坐骑，大江插翅化金龙。

玉兔迎春

免征农税农心喜，学费不收学子勤。
政策富民甘露雨，神州春暖百花明。

沸腾的工地

一处施工一朵花，满园春色看中华。
林青堤固山河美，路直桥通环境佳。
西气东输龙钻地，南水北调虎腾峡。
花开盛世结丰果，聚会群英建大家。

写给党的95周岁生日

人活九十老寿星，党逢九秩正年轻。
千难万险长征道，苦辣酸甜百草根。
救国拯民殉壮士，改天换地育精英。
神州有幸添骄子，定扫危难到复兴。

刘振华

1935年生，江苏常州人。1960年上海外国语学院毕业。长期从事对外经贸、金融工作。自幼喜欢诗词。退休后，进入老年大学学习诗词欣赏与创作，先后加入上海诗词学会、枫林诗词社、建设诗社和常州诗词协会、舣舟诗社。

五律·上海禁放鞭炮有感

（一）

沪上禁燃放，髦翁喜若狂。
文明添羽翼，习俗换新装。
黄鸟枝头唱，吟鞭正气扬。
人间多少事，变革育辉煌。

（二）

百姓遵禁令，金猴送吉祥。
迎来环内静，节日乐安康。
风俗随时进，文明展翅翔。
齐圆中国梦，不负好时光。

（三）

政令禁燃放，为民好主张。
千年流俗改，百世永留芳。
天下兴亡事，人心向背讲。
小康全面日，信马畅游缰。

2016年3月8日

刘志广

男，汉族，1953年出生于内蒙古兴安盟扎赉特旗。中共党员，中学高级教师。内蒙古诗词学会会员，中国作家创作协会会员，中华诗词学会会员。诗词作品散见于《兴安文学》《榆林诗刊》《内蒙古晨报》《内蒙古诗词》《内蒙古诗词五年作品选》《新中国诗典》《新国风·诗刊》《羲之书画报·诗书画家月刊》《青海文学》《中国诗·诗刊》《中华百杰诗人精品集（第三卷）》《中国当代文艺名家代表作典藏》（2014

年卷)《当代中华诗词库》《共筑中国梦·当代诗坛名家经典》《中华诗词》《中外当代文学艺术家代表作全集》(2015年卷)以及中华诗词学会网站和“网络诗词选刊·时代风采”栏目。2009年8月第一部个人诗集《碧野初衷》出版。2014年10月第二部个人诗集《意韵拾零》付梓。

七绝·北疆油菜田(新韵)

万亩争芳满眼金，草原大漠长精神。
和风一笑花成海，鸟恋蜂蝶画诱人。

七绝·渔姑

放下鼠标销路明，拔锚横舵小船行。
凌波唱响渔歌起，满眼金鳞满眼情。

七绝·欢送青年参军

鸡鸣垛顶狗驮娃，唢呐秧歌闹彩霞。
一朵红花挥手去，迟来喜鹊入农家。

七绝·边关阿尔山女骑警

圣泉林海火山栽，开放雄关大舞台。
闹市行人齐注目，一排女骑日边来。

七绝·杏花魂(新韵)

香风摇杏雪纷纷，一片流芳一片魂。
豪放青春含笑去，年年枝上见精神。

七律·杭州西湖

孤山书院断桥外，龙井丝绸灵隐深。
青塔指天常哭诉，绿堤卧地久歌吟。
岳飞嗔目昏王鉴，秦桧磕头污吏针。
一眼奇观西子面，三潭印月老湖心。

七律·黄山

怪石奇松飞绝顶，天梯索道半空横。
一山云海泼神韵，万仞莲花喷激情。
挥汗担夫挑日月，潜心黄帝炼光明。
圣泉谜窟尽惊诧，香水漂流听笑声。

(注：莲花：黄山莲花峰。黄帝：黄帝等在黄山光明顶炼丹。谜窟：即“花山谜窟”。香水：黄山香溪河。)

七律·卖粥女(新韵)

——大碴(米查)粥土豆酱

春夏秋冬煮晓星，风霜雨雪踏车行。
两勺一碗小生意，百姓三餐大感情。
敬老爱心驰美誉，助残善举载殊荣。
底层粥女更生路，羞死权钱卖笑声。

刘志杰

笔名高石，号野石村人。男，汉族，1960年生。许昌师专中文系及河南省中医学院毕业，工作于许昌护理学校。许昌县诗词学会副会长，许昌市诗词学会及书协理事，河南省诗词学会及书协会员，中国寓言研究会会员，世界华文作家协会会员。出版有《高石寓言诗集》等。

玉楼春·树、父母与禅思

春暖花开百树绿，洒尽人间都是意。每到盛夏逢热浪，庇荫为你挡身躯。

秋来气爽叶还老，留下挂果不忍离。应知寒冬需阳光，枯木落叶更知趣。

玉楼春·人性之思索(三叠)

——读“神曲”随笔

曾经是人不是人，误用卑鄙换自尊。当年从善被狗咬，而今咬狗成恶棍。

活着不觉身已死，早把名利当灵魂。试图攀登幸福岭，醒后却在牢里蹲。

瀑布总让潭更清，山洪常将水搅浑。船走河槽自弯曲，雾到高空变浮云。

先别寻问我是谁，休要与俺说命运。我来我愿回去处，劝君佛国求生存。

碎浪不记暗礁恨，又顺主流向前奔。逆流而上找泉源，往往小溪著清纯。

痛苦挣扎欲望里，饭后才知饿难忍。纵然迷途遇但丁，还须分辨鬼与神。

思佳客·生命之禅思（双调）

花卉就等季节开，粉蝶痴迷芳草地。流水锁进河床上，小鱼欢乐靠清溪。

说自由，也暂时，无处不能属空气。狂飙呼啸其势凶，此风形容问谁知？

真情陷入至爱中，善良总将诚信记。丑恶活在愚蠢后，忽暖忽冷是名利。

谈无奈，都曾有，云卷云舒出奇迹。生命如同一场戏，荣辱只限台词里。

临江仙·《茶之吟》

真水无色茶有韵，品茗还须缘分。从来香味不用问。一袭热流后，往事成清芬。

尚未开始已结束，那浓那淡那人。碎雨敲黄昏。无法回从前，执念到如今。

刘志平

广东龙川人。华南理工大学退休教师，副教授。广州天河区五山街诗社副社长。作品收编于《岭南老年翰苑诗词作品集》。获2016年广州"广府新竹枝词大赛"三等奖。

同学聚会

金秋时节会申沪，雅室生辉客满堂。
张宴开樽问寒暖，举杯对酌品酬忙。
岁华有限知年老，情谊无穷像水长。
抚昔追今多少事，未言都在劝千觞。

南京路

十里洋场客似流，华灯如昼复春秋。
老来爱问旧时事，谁筑长街第一楼。

姑苏行

作客寒山千古寺，不闻渔火和诗人。
钟声依旧情如故，同与枫桥迎远亲。

黄鹤楼

槛外城川一览收，大江滚滚水东流。
汉阳树影送潮过，巴楚涛声逐浪游。
因慕唐风赊日月，为瞻骚客谒庭楼。
劝君莫信鹤飞去，都在崔翁墨里留。

水仙

花香过后任西东，弃落街头冷雨中。
不怨眼前无奈事，来年依样笑春风。

咏菊

不同桃李助芬芳，躲过暑天为接霜。
一自南山陶令种，逢秋惟有此花香。

返乡

（一）

孩提乐事逐云散，惜日邻童华发生。
惟有村前桥下水，还同相戏笑时声。

（二）

只见桃花人不见，愧同诗客误年华。
而今伊处向谁问！夜月当知在哪家。

刘志正

上老年大学

霰粒迎风洒，银花顶上飘。
诚心征骇浪，奋臂斗惊涛。

神奇伏羲洞

出入三千米，观光步步奇。
神工兼鬼斧，幻境世间稀。

由争岛思卢沟

冉冉卢沟烟雾净，匆匆海上乱云兴。
多情如鉴卢沟月，常照雄狮眼更明。

观街舞

临去羲和频反顾，天庭妙乐起尘埃。
歌声响处春潮动，彩袂翻飞笑脸开。

刘治平

七律·门前树

根粗干挺叶青馨，车撞风摇不动神。
赠爽施凉除水患，顶天护地暖民春。
瞻洋顾海孟贼惧，驻鹊藏莺琴瑟忱。
远客多情融笔唤，挥发豪义寇魂晕。

七律·鱼我相戏

友朋共坐船头静，清水游鱼戏我身。
钓饵诱贪欣美点，酒杯呼醉颂纯鳞。
湖深月小情相近，笔短言浅神放馨。
谁不说吾仙库好，虾舞鱼歌诗伴文。

七绝·平生我自知

艺圣宗师冠我名，几斤几两自心明。
盛情难领恭尊勉，好好学习向上征。
（注：2014 年有评我为“艺圣”，2016 年又有评我为“一代宗师”，可笑可嘲。）

七绝·八十自嘲

八十岂敢言年老，碗洗贞洁后辈称。
倘遇文王恭请圣，刷清寰宇透晶莹。

五律·水库路菊

秋冬菊守路，晶灿绣龙袍。
香气食难尽，药功医更高。
东篱休去採，潜笔定来捞。
有意摘明月，无须泰岳梢。

五律·区长乐享鸿门宴（南下干部）

区长史兴亮，山东打铁郎。
犁坯杀两鬼，枪口扫八方。
宝庆清匡匪，壮邀赴宴昂。
一篇豪政语，带走百人枪。
（注：匡匪指邵阳大匪匡国军，时有 1 500 人枪。）

五绝·测天蚁

来去众忙忙，谁知因哪桩。
果然倾大雨，天赐好门堂。

五绝·雄鸡冤

晨音吹号亮，百亚立功忙。
谁意刀锅狼，餐桌盛宴香。

刘宗群

名立群，号九州游人。1963 年生，霸州人，廊坊市《燕南诗词》主编。中华诗词学会、中国楹联学会、河北作家协会会员。主编讴歌廊坊改革成果的《廊坊风华》、廊坊市首届校园文学有奖征文大赛优秀作品选《心的舞台》、讴歌廊坊新农村建设的《燕野新风》以及《燕南诗词选集》等多部诗词集。

天子山顶放歌二首（新韵）

（一）

悬崖翠谷俱天姿，五岳雄奇兼有之。
峰似千帆银汉泛，云生平地众山失。
人情冷暖贫中觉，道路崎岖过后知。
有笔如山天作纸，雨敲云涌两催诗。

（二）

半山笼雾半山青，林立奇峰层次明。
绝壁难攀云易到，童心更喜雨随行。
雨衔树色人衣染，云卷山歌峡谷应。
我欲乘舟泛云海，扬帆直抵斗牛星。

云梦山(新韵)

孙庞修道世人传，鬼谷当年隐此间？
丹壑林深风飒飒，清溪石浅水潺潺。
似诗无字蝶添韵，赏画有声泉奏弦。
好客白云闲不住，随风舒卷到人前。

游奇峡群黄巢峡(新韵)

鬼斧劈开一线天，风穿邃径骨生寒。
碧溪峡窄光难进，赤壁苔深花自妍。
泉碎云崖声沥沥，人攀栈道腿酸酸。
为寻昔日黄巢迹，行尽奇峡又是山。

水涛沟(新韵)

飞瀑轰雷泉鼓琴，尽提酒胆对山吟。
谁开胜迹遗天地？景引游人自古今。
两岸苍峦迎远客，一沟洁水洗尘心。
高山流水天然曲，叹羡松石日夜闻。

刘祖荣

男，汉族，70后，祖籍福建泉州，1990年移居香港。香港文学促进会成员，香港诗人联盟会员。作品入选《香港新诗名篇》和《香港当代作家作品合集选·诗歌卷》《香港文学促进会选集》。

七绝·漫步三清山天栈

道屹三清云霭开，玉峰圣水漱仙台。
金光铺栈松风引，一览乾坤万笏来。

七绝·游黄山

身在黄山心在天，光景瞬变逐云烟。
人间妙笔谁描绘，胜却蓬莱不慕仙。

七律·孔子

养晦韬光列国游，苍生处处悯悲愁。
中庸欹立寓人事，论语风行安稷筹。
义胆仁心忠智信，礼情乐韵雅谦柔。
卷开德孝谆谆意，志在明身尘世留。

七律·黄鹤楼

李白有诗吟不得，汴州崔颢在前头。
千年鹤去杳无迹，万古鹏来络绎舟。
桥跨涛江南北路，楼高云岫楚天畴。
开怀一笑凤凰咏，逝水悠悠春复秋。

七律·香港长洲暨太平清醮

如意包山百尺高，顺风顺水民逍遥。
太平清醮长洲秀，端午龙舟华夏昭。
双节香江同庆贺，一心四海共福潮。
达人锦鲤喧锣鼓，飘色巡流才艺娇。

七律·八月初八游泗洲公庙

双八最是热喧天，游上苍林仙庙前。
奉粥诚施来去客，听香细解因果缘。
金光辉映芦川水，薄雾依稀山坂田。
待到中秋团圆日，佳音处处美人间。

七律·罗东大峡谷

翠松掩映百峰间，上有青龙腾跃骈。
涧底清流飞瀑响，潭中掠影杜鹃翩。
留连谷壑春常在，起伏人生事斡旋。
回首已无身外界，怡然山水看云天。

五绝·泉州开元寺

桑莲修法界，春日上开元。
古树千年碧，群鸽一地喧。

五绝·台北九份

山岚接海天，雾浪九霄间。
汹涌群峰起，扬帆万里船。

七绝·鼓浪屿

涛声椰影日光岩，鼓浪如珠耀眼前。
咫尺金门分两岸，诗歌愿化彩云天。

七绝·新明土楼
土楼古堡百年雄，多少离合烟雨中。
游子寻根童趣迹，新明景气正春风。

龙华新

山行
信步群山里，蝶蜂舞道前。
花香扑鼻醉，鸟语问君安。
口渴清泉饮，腹饥野果餐。
路漫天地阔，求索意犹酣。

重游龙山靛房
当年支教又重游，一展新颜释旧愁。
鸟宅茅房成大厦，羊肠狭路变通途。
育才校舍书声朗，超市柜台银水流。
喜看靛房偏远地，土家奋起舞龙头。

失甲垭怀古
太平天国向刀丛，转战东西南北中。
绿水洗车忙卸铠，青山失甲抢要冲。
义无反顾强张弩，胸有成竹力斩凶。
夺得雄关传捷报，平川驰骋马横空。

家乡狮子山
雄狮昂首卧翠微，万朵红霞映九陔。
滚起绣球驱鬼蜮，迎来瑞气响春雷。
村烟袅袅漫歌舞，溪水潺潺逐浪飞。
莫道山乡无妙景，白云深处有蓬莱。

龙民曲

散步
相伴夕阳闲漫步，乐康追上叙心怀。
寒冬冷雨春秋夏，五彩灯辉夜幕来。

塔泥行
朦朦薄雾罩山村，载众轻车冒雨行。
响水沟湾飞瀑布，望乡台岭滴泉声。
汝池河畔奇书妙，雷打岩前史事精。
鸟语花香迷蝶舞，夕阳缓缓照归程。

今夕果利河
黄昏漫步 憶当年，果利河流几道弯。
两岸荆丛奔野兔，双堤绿柳竞鸣蝉。
浚疏沙石宏图展，飞架长桥四海连。
烟点龙城天不夜，中华儿女谱新篇。

吟冬
村头巷口北风寒，落叶翩跹风浪翻。
旷野濛濛飘白絮，荷塘萎草盼春还。

娄雪如

90后，甘肃康县白马关人氏，退役军人。代表作有《长门怨》《废后传》《腐骨生花》《三生三世系列》等。诗词作品散见于《珠江月》《岭南诗社》《古墨书院》《浅墨诗香》《青瓷一梦》《康县诗词选》等刊物和网络媒体平台。

七绝·秋夜雨霁月朗有记
夜沉灯烬映红笺，秋月窥窗欲讨欢。
细雨丝丝情未尽，时光流去怎偷安？

七绝·浅秋诗香
一场秋雨一城凉，夜半虫鸣扰梦香。
年少莫叹伤悲事，黄花红叶染诗章。

七绝·凉薄
灯火阑珊入夜凉，偏思旧梦忆情郎。
风轻云淡溶溶月，寂寞红烛泣泪殇。

七绝·忆祖母
半生孤苦半生寒，劳碌奔波饮苦酸。

理家锄禾无昼夜，锅台庭院忆承欢。

七绝·赞康县义工联暨诸位女会员

风轻雨霁草花鲜，烈日炎炎山中援。
陇上也多巾帼女，乡民尤记义工联。

七绝·赞康县义工

风微雨细百花鲜，巾帼家园更绽妍。
尤赞义工村乡女，精神可鉴气盈天。

七绝·题图

云飞雾绕遮浓翠，黑瓦白墙掩映中。
挑担农夫图画里，清溪绿稻草青葱。

七绝·忧思

西窗月桂泣枯藤，孤影飘摇映屏风。
秋草凄凄花落尽，续茶半冷待重逢。

楼森

浙江义乌人，1929 年生，退休干部。曾在中小学任职 10 年，党政机关工作 20 年。退休后开始学写格律诗词。曾发表诗词 2 300 多首。现为中华诗词学会会员、中华楼氏文化研究会副会长(退为顾问)。著有《楼森诗词选》，主编《义乌楼氏源流》，合著《中华楼氏通鉴》等。

七绝·上海新貌三首

外滩路

矗矗高楼拔地伸，申城原貌失其真。
当年宏伟外滩路，今日变成矮小人。

黄浦大桥

长虹曼舞跨黄浦，万吨巨轮桥下航。
隧道如龙潜海底，劳工智慧胜纯阳。

金茂大厦

一柱冲天撑浦东，云烟飘缈有无中。
楼高已是亚洲最，何必含羞把脸蒙？

五律·西湖保俶塔

身临保俶塔，面对玉皇峰。
湖水平如镜，画舫游似龙。
桂花浥细雾，柳叶报秋风。
西子四时好，金秋更不同。

七绝·寒冬夜吟

雨雪霏霏夜色沉，心清室静好歌吟。
任教寒气紧相袭，不敌诗情韵味深。

五律·栽兰

昨幸得兰蕙，盆中手自栽。
性幽喜幛栾，质洁拒尘埃。
叶翠堪超竹，花香不让梅。
庭前青袅袅，春色永徘徊。

五绝·咏蝉

知了歌沙哑，栖身高树杈。
不知天地厚，竭力耀才华。

桃源忆故人·山居

山青水秀风光俏，忘却路回峰绕。身伴浮云飞鸟，不管春光老。

暮年不爱红尘闹，种菜吟诗垂钓。秉烛探求真奥，闲逗孙儿笑。

楼芝英

于 2012 年进入上海师范大学老年大学诗词创作与鉴赏班学习，现为上海诗词学会会员以及上海枫林诗社、遐龄诗社社员。

五绝·残梅

倚竹涉凡尘，残梅也绘春。

迟迟犹未落，为俟有缘人。

梅花三弄·留春

太匆匆，谢东风，花落纷纷梅雨浓。休怨残红，休恼春穷。梦、痴语韶华留住，长似桃偎烟柳中。

奈何柳老伤心处，惜春常恨难留住。也盼归鸿，也盼芳丛。盼得飞红惆怅时，心事付焦桐。

诉衷情2(龙谱第二格)·晨曦中诸暨西子湿地

山蔚，风醉，烟染水，媚西施。霜拂苇，江美，煦阳微。故里梦中痴，依依。乡音萦柳堤，与心归。

点绛唇·雨荷

细雨荷风，轻丝点滴声声婉。吻翩团扇，雾染蛙声乱。

新碧倾珠，浅湿酡颜灿。听荷叹，柔情缱绻，入梦尘香远。

苏幕遮·秋

阵风寒，秋水皱，吹老芙蓉，一片初凉透。何处笛声留旧友。几度轮回，依旧秋声叩。

桂香浓，枫晕厚。满目斑斓，不惧诗囊瘦。划地红黄浓绿诱，裁锦舒妆，且把秋光绣。

五律·中秋夜听《二泉映月》

孤月洒清辉，彦钧轻弄调。
弦泠泉水寒，气荡秋风啸。
丝竹断肠魂，山河痴哭笑。
萧萧诉毕生，一曲乾坤耀。

七律·秋意

丹桂红枫次第行，黄花媚处冷蝉鸣。
悠悠酥雨淹芳迹，寂寂长空断雁声。
香入尘烟随俗梦，人如淡菊谢庸名。
夏莲莫羡秋风醉，须解轮回亦是情。

卢翀

网名狂狷子、我之狂狷。男，江西省上饶人，80后，教师。诗词中国会员。作品曾入选中华诗词出版中心（华中师范大学出版社）2015微信诗词精选；《诗词世界》同题诗会第十四期“江山多娇”、第十八期“春风又绿江南岸”优胜者。

七绝·观电影《百鸟朝凤》有怀

百鸟归心唢呐鸣，八台共和凤来声。
民间尚技无多路，绝唱秦川不了情。

（注：八台，即上等者吹八台之说，德高望重者逝世才配吹奏《百鸟朝凤》一曲。）

栀子花

农家栀子枝头俏，玉骨冰清素雅身。
且赏同心无逊色，庭前馥郁长精神。

初夏杂兴

幽篁绿影罩空房，悦鸟枝头戏早阳。
此处无人吟夏景，榴花红遍自芬芳。

集句

——思绪混乱，静读古人夏日诗行，集句偶成，以示时静时躁心理

绿树阴浓夏日长，纸屏石枕竹方床。
日长睡起无情思，两两时禽噪夕阳。

（注：第一句：唐·高骈《山亭夏日》。第二句：宋·蔡确《夏日登车盖亭》。第三句：宋·杨万里《初夏午睡起》。第四句：宋·朱淑真《初夏》。）

谒辛弃疾墓

卢家村后见孤茔，郁郁青山不世情。
拜谒辛公千古地，稻花香里几蛙鸣？

游鹅湖书院有感

鹅湖辩论久闻名，朱陆分歧各有声。

书院飘香藏雅集，杏坛讲学聚贤英。

恋春光

陌上花开缓缓归，莺歌燕舞蝶蜂围。
天公亦露痴人相，贪看春光忘落晖。

登云碧峰

云碧峰中云碧阁，登临远眺信州城。
悠悠江水西流去，同是闲人不问名。

卢金伟

笔名一枚尘世的叶子。重庆铜梁人，现为武警某部宣传处处长。1995年以来在各级报刊发表《家园》等文学作品数百篇，编著有《大漠橄榄》《山城利剑》《枪殇》等书，作品《守望米兰河》《云南映象》等获国家、武警部队、省市级各类大奖三十余次。

五律·秋游长寿湖

清波溶落阳，薄雾化秋霜。
翁钓一湖碧，风吹千岛黄。
幽居琴逸韵，画舫墨飘香。
对月亭前饮，愁丝脑后扬。

五律·夜钓

天高皓月娇，水阔小舟摇。
暮暗蛙声闹，灯明雀唱消。
渔竿排阵势，诱饵引鱼潮。
忽地浮漂没，连忙捕网撩。

七律·送友赴京

细问归期不忍离，催机准点又望迟。
须知北去千般喜，何故南留一路悲。
愿作京城梅朵朵，幽香入梦爱丝丝。
思君早日捎风约，邀尔仙山策马追。

七律·还乡喜闻

乡音悦耳倍堪亲，泥蛋邀为坐上宾。
大叔棚居成别墅，幺婆坝坝变歌神。
闲聊苦岁叹饥病，笑闹肥姨话瘦身。
最赞猪王李瘸子，鼠标卖货不沾尘。

渡江云·咏长江

起青藏腹地，沱河飞溅，滴露变通天。看金沙水拍，峡涧浪湍，奔放如云穿。千河归顺，万险闯、不恋青山。东眺去、情归大海，辛苦百折还。

绵延。中华民族，上下浮沉，叹风云变幻，数不清、恩恩怨怨，都与江连。狂涛谱就春秋史，情不断、泽润山川。江域阔、茫茫皆是家园。

沁园春·从军行

落木萧萧，黄沙滚滚，羌笛胡笳。念边关霜月，莽原荒漠，高天厚壤，碧水红霞。宿露风餐，衾寒枕冷，寂寞岗楼落日斜。流光转，思家园故土，咫尺天涯。

男儿誓卫中华。钢枪挂、破冰绽绿芽。忆摸爬滚打，容光焕发，战天斗地，以队为家。笔走惊雷，鞭扬奔马，直把奸邪尽捉拿。回首望，看平安祖国，岁岁春花。

卢璐

男，生于1973年，河北省保定市人。中华诗词学会会员，河北省诗词学会会员，保定市作家协会会员，保定市国学会方舟诗社秘书长，满城区诗词楹联学会副会长。作品散见于各类报纸杂志。

七绝·赞菊

莫道秋高冷未寒，菊花傲骨露凝先。
高洁不与俗颜伍，只做陶公笔下仙。

七绝·信步小江南

画塘十里梦江南，瘦径肥荷杪夏天。
倘使潜公寻此处，不须植柳亦悠然。

七律·寒露日登高寄感

丘峦闲步此登临，八面高低俯拜云。
翠木挟风呼啸远，蓬茅带雨润泽亲。
冷眉直对春秋事，纵酒不谈荣辱心。
我自湖山逐野鹤，轻舟还做唱诗人。

卢名通

男，67岁，1969年参军，在原27军79师高炮团服役。任79师宣传员、新闻报道员、宣传队创作组创作员。1975年退役在公社（乡）、县乡镇企业管理局从事文化、新闻工作。自部队始常在省、市级报刊发表文章及诗歌作品。2012年始研习古典诗、词、曲。

七绝·枣园采撷（新十四韵）

（一）晨韵

枣园清露润轻风，聆韵东篱鸟脆鸣。
不是农家人不寐，强国梦醒夜三更。

（二）炊烟

蜂吟蝶舞枣花鲜，落日贪杯酒半酣。
肴味忽来餐远客，炊烟一缕上林尖。

（三）枣园游

枣园呼我又重游，烟锁云缠韵爽秋。
浪卷黄河浑沌水，观花雾里莫深究。

（四）挂甲树

千年故事卷风沙，名利迷人挂甲哗。
古树身边官万墓，旧花落去又新花。

（注：河北省沧县枣园内有一古树，汉光武帝刘秀兵败至此曾挂甲此树。留下很多传说。）

（五）夏日

绿涛奔涌势冲霄，隐现红楼似岛礁。
最是农家情乃旧，强国梦不减分毫。

（六）感怀

枣花流蜜不争春，碧水清风蕙吐馨。
莺啭世人多不古，儒门不入闹红尘。

（七）陌上行

踏青访友友难寻，唯见良田草奉茵。
留守童曰淘宝去，桑麻不够养家银。

（注：枣园访友不得，却落个五味杂陈于胸。）

（八）听蝉

闲来无事听仙音，读景吟诗入枣林，
流水高山今古少，人生三味曲中寻。

卢筱琴

女，广西柳州人，本科文化。《诗刊》子曰诗社社员。曾在《中国农村金融》《上海金融报》《桂林晚报》《诗词报》等报纸杂志发表散文、诗词作品。

鹧鸪天·品梨花

冰蕊娇花瘦几分，愁眉不展惹心焚。这般素颜无意刻，不复惊鸿照影人。

深巷雨，隔帘身。低语香近远离尘。而今犹自千般念，尤胜寒梅亦是君。

忆江南·送别

漓江雨，碧水送轻舟。秋色轻盈雁声婉，故人远去更添愁。孤影漫心头。

浣溪沙·一枝梅

庾岭红颜踏雪来，婷婷艳艳为谁开？芳魂雅正玉虚栽。

一片冰心多淡泊，三分傲骨满情怀。回眸浅笑上瑶台。

南乡子·思

春雨洒春秧。陌上花开想爹娘。豆蔻年华多趣事，难忘！缕缕乡愁莫感伤。

漫把古筝扬。锦瑟无端绕绣床。窗外银河星点点，阿郎：远嫁人儿梦枕香！

醉花阴·知己

你在名书扉页里，使我多欢喜。一幕幕情缘，永世难忘，好友谁能比。

又见插图装满你。再次逢知己。香墨清书颜，月牙俏窥，把你藏心底。

卜算子·花影

休假起床迟，无事心扉静，电脑手机懒得开，照照妆台镜。

两道柳梢眉，一袭闲装挺。刘海青青粉颜香，白白梨花影。

踏莎行·母亲

守望田园，鞠躬土礼。妈妈辛苦时时记。春天播种护秧苗，秋来又到丰收季。

草帽遮天，一身汗气。骄阳暴雨难回避。叶尖挂满露珍珠，化成热泪遥遥寄！

卜算子·心难眠

万籁寂如歌，思念难甘睡。只好开窗看月华，月冷霜凝泪。

别绪在眼前，尝尽离情味。万结愁肠系我心，一夜长如岁。

卢象贤

1963年生于江西修水，1982年毕业于江西大学。中华诗词学会会员，中国楹联学会会员，江西省诗词学会理事，江西省楹联学会理事，江右诗社社委兼网站站长，九江市诗词联学会副会长，濂溪区诗词联学会顾问，吴楚文学社名誉社长。首届国诗大赛探花，第二、三届国诗大赛评委。著有《黄龙山人七律》《黄龙山人韵语》和《黄龙山人自由诗》等。

病中叹

侄自家乡来，尽带家乡货。先将番鸭屠，复把蛋鸡缚。兄捎矮矮座椅临，本是家山松枝做。嘱我诸事少操心，闲时多在阳台坐。嫂储满囊苦瓜根，深信能将病魔挫。挖洗切晒殊非易，何况细砂无一个。对此双泪含，乡心能胀破！

江孜宗山古堡

宗山有古堡，色以红黄缀。
卓尔岩石巅，浑然一古碣。
斯地本边陲，见猎贼心悦。
剧盗不列颠，终年思洞窃。
初来贼数千，旋来旋被灭。
再来贼逾万，诛戮及鱼鳖。
军民卫家园，拼争何惨烈。
众寡奈悬殊，壮士徒眦裂。
清廷弱不援，城扃江呜咽。
所馀数十人，但向古堡撤。
贼炽方盛时，团团围似铁。
誓死不降夷，跳崖全大节。
贼亦不敢前，军从来路折。
神鹰夜嗷鸣，罡风朝吹雪。
百年我吊临，中肠犹灼热。
宗山有古堡，色以红黄缀。
黄是华人皮，红是华人血！

携儿登慕田峪长城

雨里登城踏要冲，箭楼三耸古关雄。
此身已绝攀援意，伫看痴儿上险峰。

抚河决堤

官在城中竖电梯，无人记得补河堤。
数乡一水事犹小，国坝而今蚁似犀。

吊濂溪墓

满地饶奇卉，先生独爱莲。
淤泥千尺积，道脉一丝悬。
太极图多变，元公骨不全。
墓园人迹少，风雨下山巅。

卜邻

择邻难晏吕，孰若卜村翁。
摘果能骑背，调汤可索葱。
无枰描石局，有酒共陶盅。
胜似高楼内，千年两不融。

登麻姑山

一条溪涧白银铺，铺上高山接碧湖。
湖映桃源藏道观，观中宝是鲁公书。
登临不必伤今古，神鬼何须说有无。
官府只知题匾额，平民痛痒赖麻姑。

小儿参与完成嫦娥一号测控从洋面打回卫星电话

一冬心系太平洋，万里抟风鹏翼张。
追日毋须悲夸父，补天何必止娲皇。
爱闻捷报家同国，难断亲情月似霜。
此夜波涛来枕上，洗今刷古梦悠长。

卢云标

号雁荡山人、雁庐。1972年出生于浙江温州雁荡山，毕业于清华大学中国画高级研修班、北京大学书法名家精英班以及现代工笔画院创作班。现为雁荡山书画院院长、中国扇子艺术学会常务理事、中国艺术人才中心艺术委员、浙江美术家协会会员、书法家协会会员、黄宾虹学术研究会会员、《中国书画市场报》副主编。

破阵子·雁荡中秋夜遇莫兰蒂

海上轻舟夜渡，对空醉饮难消。不教乌云将月蔽，避隐寒宫不相邀，相思寄九宵。

险怪穹崖万丈，雁山古洞翁樵。今夜雨狂风不止，瀑布明朝挂百条，千峰争媚娆。

长相思·中秋夜思乡

秋月寒，仲月寒，寒露凄凉入衣单。眉头点点酸。

短哀叹，长哀叹，长恨何期能聚欢。月圆人难团。

江城子·双调钱塘中秋月

钱塘江畔月波望，月阴凉，雨疯狂。孤雁惊鸣，怜悯破空长。赏月不成乘踏浪，潮追浪，涌声吭。

忽闻江上笛哀扬，葬千殇，断情肠。谁解此愁，今世不相忘。欲待曲终寻艳丽，妆容泪，尽情伤。

钗头凤·梦断雁山

雁山地，丹青寄。草木晶莹寒露至。雨凄凉，露成霜。一场秋雨，曲断肝肠。凉、凉、凉。

英雄泪，凌云志。又降寒露鸿休翅。雁来吭，燕归伤。欲凄心事，泪满衣裳。伤、伤、伤。

七律·丹青叙怀

寄情画境素衣装，笔走游龙入华章。
毫动墨卷千古韵，纸笺融进几秋霜。
梅兰竹菊予欣赏，流水溪桥二三房。
今世艺求多寂寞，丹青数页永留香。

七绝·寄愁中元节

中元时节欲牵思，纸币飞扬泪泣悲。
阴间桥头谁断魄，何期天上降钟馗。

七律·借衣感怀

一场秋雨又凄寒，独木桥边倒影单。
四十功名沉葬土，八千豪气坎堪安。
烂衫薄衣儿郎泣，世态炎凉尽长叹。

昨日友人曾聚乐，今朝难借却心酸。

卢占雄

男，57岁，大专文化，中共党员。曾从事过教师和公安工作，提前内退，现自立公司，经营物业管理和服务。自幼酷爱文学，市报、省报发表过纪实文学作品，并被收录至市级《全川蓝盾》多篇。晚年重拾拙笔，悉心于文学和书法学习。现任内蒙古巴彦淖尔市作家协会会员、书法家协会会员。

翰墨新解

春去夏至艳阳天，烈日炎炎难入眠。
挥毫生风纸为扇，汗珠落砚墨起涟。

秋思

莫怪残风专谑柳，万树凋敝好个秋。
一年繁华终将去，枫叶自红水自流。

文人

一池翰墨起涟漪，几行诗句惊天地。
品茗摇扇载文气，硬把乾坤揉纸里。

雪

忽如天使款款来，冰清玉洁明镜台。
练家环宇舞浓墨，人间此处留飞白。

雪韵

寒冬孕春好艰辛，蓄势待发步履停。
突然年后瑞雪至，鹅黄泛绿觅春情。

伤感何宜

一场秋雨一场凉，三场秋雨添衣裳。
岁月如梭瞬间过，酷暑渐去热难狂。
又见皱纹爬上额，不尽江水浪推浪。
时光荏苒莫怕老，仍需奋蹄绘苍桑。

高考

十年寒窗今测定，国家选才正进行。
民族希望在教育，家庭振兴靠精英。
千军万马上考场，总有状元扬芳名。
条条大道通罗马，成功失败谁来评。

河套春雨

春雨绵绵悄无声，扬扬洒洒满乾坤。
城市雨洗出产新，河套农民眉头紧。
夏田全靠春播种，一洼雨水地泥泞。
家中有粮心不慌，企盼雨雪早点停。

春龙节

又逢春龙二月二，祭龙撒灰剃龙头。
风调雨顺年景好，物阜民康住高楼。
农耕文化代代传，世袭风俗天天有。
炎黄子孙皮肤黄，东方巨龙向天吼。

又逢瑞雪

瑞雪皑皑妆河套，杨柳凄凄北风号。
塞外飞絮遮春景，农田保墒育青苗。
欢天喜地玩雪仗，搔首弄姿倩影娇。
雪后气清艳阳照，遍地铁牛闹春潮。

又见秋雨

岁月磋砣光阴短，又见秋雨如期赶。
四季轮回已过半，身置仙境心舒坦。
人生本是一首诗，命由心造天地宽。
彤彤秋日映晚霞，秀美河套米粮川。

生离死别

岳母病危不延年，重症监护已数天。
病榻送走人无数，泪水簌簌在床前。
明知回天已无力，不惜重金换时间。
生离死别啥滋味，唯有儿女方能言。

又逢清明

时令轮回又清明，父母坟前泪沾襟。

音容笑貌梦长有，嘘寒问暖久未听。
芸芸众生入土丘，最难割舍骨肉情。
生生不息恩常在，枝繁叶茂日月新。

忆母亲

孩提时代不懂亲，常惹妈妈泪沾襟。
渴了饿了喊妈妈，不见妈妈雨打萍。
煤油灯下纳鞋底，缝缝补补重又新。
小手冻得红又肿，妈妈怀里最温馨。
有肉总在自己碗，爸的巴掌母心疼。
夏怕热着冬怕凉，头疼感冒母惊慌。
生活就是再拮据，母教儿子不偷抢。
学习优秀得了奖，妈妈笑容最鲜亮。
孩儿受气挨了打，妈妈陪泪最悲伤。
家有好饭先仅我，年年过年新衣裳。
少年壮志离家走，妈妈送儿大门口。
缺钱生病想妈妈，开心快乐忘了娘。
孩儿长大成了家，妈妈高兴又开忙。
整天围着孙子转，再苦再累心欢畅。
养儿才知父母恩，辛苦操劳为儿孙。
天伦之乐不延年，重病缠身夺我娘。
老天瞎眼欺善人，可怜我那老母亲。
终身受罪没福享，唯有善良存世长。
时来运转家境好，我娘却已上天堂。
企盼天堂般般好，老泪一把忆俺娘。

鲁开梓

字乔之，号愚农、东鲁逸士，师竹斋主人。男，汉族，1945年生，滕州市鲁寨村人，农民，现居韩桥村。爱好诗词、书画、音乐、戏曲等，兼长写兰竹。中华诗词学会会员，滕州市诗词学会理事。

七律·与黄长江吟友叠韵(二十首选四)

(一)

高山流水本无家，唯有弹歌啸暮霞。
忍看黄钟当锈铁，任听枯草说鲜花。
涤缨只恨清流少，濯足犹嫌浊浪遐。
读罢离骚屈原赋，令人神往汨罗涯。

(二)

山间茅舍住仙家，云绕岚遮牵绮霞。
流水澄清垂雪瀑，苍松翠黛戴霜花。
敲棋灯下欢宵永，锄药篱东乐昼遐。
参果元芝高价售，甘醇美味远愁涯。

(三)

不夜夏城街是家，彩灯闪耀幻霓霞。
照眸楚楚衣如锦，留眼娟娟妆似花。
情侣娇音娇语俏，朋俦说论说声遐。
轻歌曼舞升平世，何必寻仙弱水涯。

(四)

微湖万顷乐渔家，晚唱彭蠡伴落霞。
摇橹船凌蒲荻草，采菱人赛粉莲花。
微风吹过鳞波荡，孤鹜飞来轮翅遐。
帆卧桅樯灯火耀，笠翁罢钓返津涯。

题兰

阅尽关河万叠山，老夫独爱楚湘兰。
吟来佳句口犹馥，写就清魂笔尚寒。
品格咸推王者位，风仪堪列碧瑶坛。
相思无计惮重访，一幅墨图悬壁观。

题兰竹石图

昨宵神女降天门，误把岩凹当玉盆。
栽得芳兰西子影，移来湘竹舜妃魂。
同憐高洁钟灵秀，互赏孤贞远俗痕。
姑射云深谁可到，餐霞饮露伴朝昏。

自遣二首

(一)

茂茂桐阴蔽旧庐，窗前修竹影疏疏。
闲看儿女涂鸦牍，困枕老庄弘道书。

身事西畴鸡唱晓，神游翰墨月辉初。
少闻世俗心清净，喜有风骚造陋居。

（二）

天命之年命已知，敢怀奢望步丹墀？
绳其祖武文书画，涉试国传骚雅词。
自诩功深任遣墨，不羞学浅浪为诗。
昏灯伏案劳心志，悟得多于月落时。

鲁亚光

笔名鲁人、东岸。男，1967年生。中国诗赋学会会员，中国文协会员，鲁南辞赋家协会理事，辞赋骈文网编委，香港诗词论坛常管。出版诗文集《我们的诗文》（合集）、《简约的空间》。诗文散见于《人民日报》《作家报》《诗歌月刊》《中国旅游报》《海外诗刊》《神州辞赋》《中国诗赋》《散文诗》《散文选刊》《中国文学》《写作》《青年文摘》《思维与智慧》《散文百家》《中国环境报》《中国西部》《齐鲁晚报》《中国艺林》《国防教育周刊》《华声诗谈》《中华辞赋》《北京诗人》《诗词报》《今晚报》等。作品入选多种诗文集和阅读试卷。获各级诗文联赋等奖若干次。

七律·党旗颂

南湖破浪高帆树，喜看镰锤挂九霄。
岁月峥嵘情未了，目标明确志堪超。
核心价值千年灿，特色宏纲百代骄。
垂范率先赢伟绩，党旗猎猎御风飘。

陆建

律师，大学学历，民盟会员，上海市通浩律师事务所高级合伙人、事务所副主任。上海市静安区人大代表，高级茶艺师。

雨日品茗

玉室了无尘，红炉映素心。
惜香频嗅盏，一笑和知音。

秋日偶题

触目秋光净，鸢飞瘦影清。
茶新帘韵染，漠漠满芳庭。

凉

冷雨没残阳，秋深夜渐长。
相思无处递，怅坐怨茶凉。

茶人小聚

午后围炉坐，邀茶入盏莲。
情酣茗胜酒，语畅壁争喧。
把盏出尘世，停杯化散仙。
同煎一铫水，共尽半生缘。

鹿斌

笔名露白，1967年生，河南沈丘人，中华诗词学会会员，河南省作协会员。

偶记

相逢还是故园时，窈窕身回欲语迟。
二十六年多少梦，一湾溪水柳千枝。

夜梦

须臾一梦到天涯，扬子江头拾落花。
惆怅神仙不留笔，堪教风物入诗华。

夜读刘禹锡

平生心梦未沉沦，风物堪怜入句新。
不为无鱼思弹铗，匡时豪杰是何人？

梦醒答友人

欲逐秋风到海涯，不知何处是吾家。
诗心凭借昨宵酒，梦里还开一朵花。

遥赠夜半长啸者

裂云穿户正三更，一处高楼啸未停。
我把愁心寄章句，君将孤愤与天听！

酒醒

瑟瑟微风吹酒醒，小楼无月也无星。
一心遥去三千里，知向谁人绿户停？

秋日逢崔传明先生

遽然相见遽然辞，哪诉望云听雨思。
一度去年花里约，几番梦上碧参差。

梦回

梦如一舸逐云流，欲度关山十五州。
霾里雄鸡断还续，世人同听不同愁。

路桃畅

1970年生，陕西西安市人。有诗歌近百首及数部小说获奖；诗歌收入世界华人诗集、中国作家论坛首届“金笔奖”金榜集；名字被收录《中华国学人物大辞典》。现为世界华人作家艺术家协会会员，深圳市作家协会会员，陕西省楹联学会会员，陕西职工作协理事，陕西农民诗歌学会理事，西安市楹联学会理事，灞桥诗词楹联学会理事，灞桥作协理事，洪庆文化艺术协会秘书长，陕西诗歌书法音乐协会灞桥分会常务会长，陕西沐心阁文化社名誉社长。

元宵夜独感

（一）

元宵爆竹逗红灯，月照屋檐洒静声。
紧握双鞭催战马，彩虹几道做纤绳。

（二）

秦皇坐望帝王都，水映荷花现草庐。
举酒邀朋同对月，桃花树下觅仙姑。

日出

山牵水绕日悠闲，野草朝霞映色颜。
抖尽尘埃放眼笑，胸藏日月自成仙。

路虹

本名周福提，中学英语高级教师，毕业于河南大学英语系。著有诗集《为你插上成功的翅膀》。

七律·咏枫（新韵）

（一）

遥见天边几抹云，缓歌缦舞铸诗魂。
赴吴西子着红褂，出塞昭君罩赤巾。
清丽烘托山岭秀，英姿反衬海湖纯。
凝眸狂野观何物，最美红枫吐馥芬。

（二）

鸟颂花歌造物神，影浮光亮魄生津，
莫疑关羽刀中血，岂是岳飞剑上痕。
万物萧条虫草困，一株繁华叶枝新，
勿说陡峭松柏树，这里枫姿最诱人。

痛斥转基因（新韵）

日排美斥转基因，华夏餐厅隐魄魂。
吾肾错当合作伴，尔脾误认往来宾。
流毒点点归肌体，瘤质徐徐固恶根。
云雾集成风暴起，最终碎骨见阎君。

七律·贺中华网诗词雅韵浴火重生（新韵）

——和三友师兄

雅韵重生浴火红，狐忧虎惧鬼潜踪。
锦言琅琅抒心志，剑戟灼灼待将令。
键触沧溟掀巨浪，鼠爬蓝屏掣繁星。
铁蹄金鼎应犹在，涉水捉贼驾飓风。

七律·阅兵有感(新韵)

江河咆哮海掀峰，子弟乘风荡陆空。
导弹熠光遮日弱，战机布阵映旗彤。
和平珍视铭羞辱，先烈缅怀刻赤诚。
莫道雄关多险峻，甘流热血铸国红。

鹧鸪天·春绿华夏(新韵)

几载沧桑几度秋，无涯岁月尽忧愁。陌荒草盛栏生锈，渠阻桥塌水止流。

悔漫漫，痛悠悠，无时不梦起高楼。东君忽报乘风至，花自娟娟径自幽。

蝶恋花·春绿华夏(新韵)

一阵春风千树雅，少小植苗、苦等生华发。兴到鬼游神戏耍，几番误认来商驾。

三月开花披嫩甲，秋末摘来，酸果桃仁大。闰土卅年成滞傻，东君勒马拆围栅。

沁园春·山(新韵)

——步大板牙兄韵

万壑千峰，堆雾积云，藏盗纳奸。叹穷乡僻土，夏愁秋怨，贫坡瘠岭，春饿冬寒。鬼现揎拳，魔来裸袖，满载哀伤度日难。工农起，看霓旌漫卷，蒋氏翻船。

忆昔填海移山，与天斗掣云映月圆。看梯田似锦，绿禾整整；库渠若练，流水潺潺。卅载悠悠，摸着石块，直下飞流入险滩。失信仰，曰云天特色，矫正维艰。

贺新郎·共鸣(新韵)

共感污浊盛，字凝愁词结血泪，警钟长省。社会如同万花筒，资本波及毛孔。识善恶，德行之重。分辨是非明大体，勇奋发、腾跃非玄梦。日夜迫，勿闲等。

欲穿望眼期新总，问何时，完成矫正，恶黑平定？追溯源头通猫论，道远还兼任重，共产党，必须得胜！待等斧头镰刀起，热泪盈，华夏终圆梦。民众乐，敬习总。

鸾阁居士

字乐水，号鸾阁居士。本名朱楚江，乙亥年生，山东滕州人，现就读于烟台大学。热爱文学艺术，尤痴迷诗词歌赋，长期笔耕不辍，作品散见于诸多网络诗词平台及文学刊物。

七绝·秋风吟(新韵)

了却浮生心上秋，今朝万事等闲休。
此间惟与西来客，痛饮千觞醉晚舟。

七绝·扬州吟(新韵)

谁道东风任去留，多情梦里是扬州。
江南诗誉今犹在，吹暖烟霞醉不休。

七绝·思乡吟

别梦依稀秋雨中，飘蓬万里羡归鸿。
音书本是寻常物，一遇乡心便不同。

鹧鸪天·子夜抒怀(新韵)

我本兰陵琢玉郎，行吟常带避尘芳。时临瑶阙题星句，偶上均天赋月章。

轻帝子，笑侯王。天生傲骨伴疏狂。凡俗富贵何足道，不抵花间酒一觞。

鹧鸪天·悟道

内彻灵明御本元，摩柯一悟几十年。身临苍莽水云地，梦向壶中日月天。

拴意马，定心猿。才为火里种金莲。何当成道超尘去，再醉清都紫帝前。

少年游·黄药师

青衫落拓武林行，侠骨隐神通。桃花影落，碧潮叠起。尽显药师风。

正邪真假何须论，别后懒称雄。宝剑随驰，佩箫长按。海岛寄余生。

罗建平

笔名小草。女，湖南湘乡人。中华诗词学会会员，中国楹联学会会员。

浪淘沙·丙申中秋夜

朗月洒华光，玉宇流芳。金风酿爽送新凉。喜看堂前孙子蹦，若品华章。

漫道育儿长，世代扶将。蹒跚学步会高翔。待等雏鹰轻翅起，更醉金觞。

江南好·醉湘江

湘江醉，白鹭舞金觞。楚舸清流犁碧浪，湘妃柳岸唱龙骧。焰火演华章。

江南好·醉桔洲

桔洲醉，碧水卧长虹。静阅星城千载美，笑观岳麓万山红。巨舰领新程。

江南好·醉岳麓

麓山醉，英烈立林中。书院书声传大道，名亭名寺隐红枫。鹭鹤舞长空。

江南好·醉翠荷

翠荷醉，叶叶好诗篇。翠盖抟珠弹雅韵，清芬吐瑞酿芳莲。花海涌心田。

七律·赞天宫二号成功发射

苍穹滚滚乱云流，彩凤腾空舞仲秋。
几度痴情迷大漠，一朝瀚海耸高楼。
今宵携酒赏圆月，来日开怀步昊丘。
小曲大猷惊玉宇，五洲拭目待神舟。

五律·中秋登杜甫江阁

中秋访圣贤，漫步碧江边。
纵目观新阁，登楼诵杜篇。
近帆归翠鸟，长岛奉鸿椽。
子美无寻处，惟余待月船。

五律·谒贾谊故居怀长沙傅

少年聪盖世，民本在心中。
三论谈秦过，两疏祈国雄。
鸿文称庙宇，骚赋启英风。
可喜长沙傅，泽湘千古功。

罗金华

中华诗词学会会员，湖北诗词学会理事，《象山诗词》副主编。已发表作品近500首(篇)，诗、词、赋作品曾在各级大赛中获奖40余次。

七律·塞里木湖

伊犁玉界绣春图，雾瀑源头势可呼。
锦缎镶边花翡翠，松山倒影绿珊瑚。
诗心常欲白云上，俗态须随圣水无。
二只天鹅轻若画，牧歌邀对映于湖。

七律·过青岛海底隧道

欣乘宝马到胶东，俯首巡行大海中。
敢拽流云奔虎穴，当随幻影觅龙宫。
往来感受英雄梦，穿越亲临世纪风。
耳畔犹听声嗖嗖，不知不觉换时空。

七律·汾湖即景

汾湖未作子陵滩，景物新开馆外观。
生态公园游客醉，琼楼列岸为谁安？
三春彩泼诗中意，百里光波笔底澜。
翠柳催云藏野趣，黄鹂水底在寻欢。

七律·读《青果集》答友人

讶我吟诗对未工，君赠一册解囊空。
荆花犹有四时雨，楚树何愁十载风。
天下才情先哲老，书间笔力后生雄。
心头暗许千秋愿，青果如期个个红。

忆江南·小荷

花小小，蘸水初描红。青镜绮霞香入梦，金波摇叶翠横空。点点画图中。

初沐雨，身在玉壶中。一抹凝脂匀未遍，蜻蜓落脚几时空。须记偶相逢。

鹧鸪天·东湖赏莲

碧沼香魂入镜台，云携燕语去还来。含羞粉黛相思扣，放胆荷花并蒂开。

池浸影，远尘埃。青蓬出水托红腮。霓裳舞动莲风起，叫我如何不快哉？

江城子·桃花吟

桃花灿灿笑东风。萼彤彤，影重重。太子山林，尽在紫烟中。望断江南人不见，愁入眼，顿朦胧。

夕阳楼外晚烟笼。粉眉峰，记心胸。诗会那年，相见在林中。唯愿桃园今夜梦，千里外，与君同。

行香子·与胞兄游武汉园博园

举世园林，汉口含英。千重锦、微缩成形。荆山楚水，怀抱芳亭。纵画中意，诗中韵，艺中精。

休闲漫步，共爱文明。随东君、享受春晴。舒眉新景，来慰人生。记世界风，中国梦，弟兄情。

罗俊美

网名熠辉。1958年生，原籍河南西华县，现定居珠海市。原中国酒泉卫星发射中心商业局职工，现已退休。爱好健身，诗歌偶尔草句，自娱自乐亦调剂人生情趣。

七绝·沉香诗词颁奖仪式及雅聚

沉香敛气轶闻多，昨往今来奈几何？
且去源头看究竟，元为雅友纵欢歌。

七绝·广丰书画展开幕式有感

翰墨传情书画展，古元美苑竞奇妍。
龙飞凤舞穿屏壁，稻穗生金落眼前。

七绝·哀思

想起母亲清泪流，桩桩往事涌心头。
再回不见家慈面，唯有村南一冢丘。

七绝·缅中山先生

推翻帝制补金瓯，壮志半酬遗嘱留。
龙裔千园瞻塑像，民心万路唤君侯。

（注：末句指中国很多城市均有中山路以纪念先生。）

五律·纪念孙中山先生诞辰150周年

帝制终趋灭，金瓯裂缺间。
平民还疾苦，领袖别尘寰。
数岛群鸠噪，三心两目潸。
南居忧璧损，北望哭中山。

（注：三心指两岸三地不能同仇敌忾，有分裂势力作祟。）

七律·参观中山故里有感

伟人故里翠亨村，唤雨呼风铸毅魂。
初创共和更秩序，终埋帝制正乾坤。
先生怒砸囚闺桎，我辈长思济世恩。
今幸参观龙诞地，带回灵气馈儿孙。

罗满昌

男，1966年生，河南信阳人，现居上海。1986年毕业于河南中医学院，2006年弃医从商。自由乐观，好交际，热爱音乐、书法、诗歌创作。

春日杂吟

田间野外独徘徊，风掣云飞快矣哉。
树密林深人不见，清歌一曲翠楼来。

2014年3月18日

夏雨绵绵

夏雨之夜好入眠，雨打窗棂睡梦浅。
花香鸟语晨神爽，正是消闲好时光。

2015年6月4日

冬兴

酒余饭后浴日光，好友呼我品茶香。
无迹闲云知我意，笑语欢歌说短长。

2013年11月19日

夜上海

浦江两岸不夜城，灯火辉煌享盛名。
万国建筑展雄姿，独霸东方华夏魂。

2013年12月2日

品菊

琼浆含露润喉腔，春日融融暖胃肠。
一缕清恬凝弱水，三千韵里醉芬芳。

2015年3月26日

彩蝶

日丽风和两翅开，彩衣不用剪刀裁。
世人只赏翩翩舞，何知穿花遗祸口。

2015年6月16日

罗梦溪

本名罗大光，男，1951年生，湖南人，中学教师(退休)。全球汉诗总会会员，中华诗词研习会会员。已发表诗词作品300多首，作品曾被收入50多部诗集和文集。已出版个人诗集《红土地之魂》。

古今廉政之歌

平民自古爱清官，美誉包公万代传。
明镜堂前无错案，黎民顶上有青天。
高弹现代反贪调，默恋过时礵吏篇。
浴血先人天下靖，岂容虎豹卧床前。

年轻农民工速写

背井离乡走四方，含辛茹苦负重梁。
高空作业流黄汗，草屋孤眠想旧堂。
居市做工遭冷遇，返乡种地觉彷徨。
城乡两地难容我，父母高龄远景茫。

北戴河人海求仙处

百丈高碑耸海边，群雕古树景相连。
秦皇入海求仙路，童子迷津采药篇。
多少昏君寻不死，万千酷吏醉皇权。
今开海上通天道，谁敢天宫做大仙？

罗时权

笔名月满西楼。浙江临海市桃渚镇街二村人，1970年生。喜爱诗词。

定风波·赏景听蝉

饭后登山越玉沟，穿云拂叶爬山头。静坐如钟风荡袖，悠闲，倦鸟投林闹清修。

蝉破黄昏双重奏。苍茫，杨红羞涩诱人留，笑郎情痴梅下逗。归去，华灯初上照小楼。

鹧鸪天·蝶舞红尘

经历千辛意志坚，蜉蛆脱变破茧全。化身成蝶展羽翼，羡慕风雅采蜜鲜。

花丛客，亮双扇，鸳鸯俦就共婵娟。形影不弃俩依恋，飞越天涯舞缠绵。

破阵子·横刀立马

撒豆成兵撕战，辕门旌旗飘迎。挥剑南天舞长缨，马跃疆场鼓角鸣。令出军必行。

雨箭万光何惧，男儿应壮豪情。未破贼营誓不复，洒血披肝什历城。留芳待后评？

一剪梅·岁月如歌

日月如梳箭离弦，紧锁双眉，风烛残年。春花正茂亦无缘，徒惹伤悲，蝴蝶空翩。

即使翠柳穿紫燕，更冷意寒，长夜难眠。雾乘东风罩明川，谁尉心安，泪挂腮边。

鹧鸪天·乡愁

月坠霜飞挂冰淋，不堪追意梦难寻。千山踏雪无归处，冷雨敲窗喑沉吟。

涌愁绪，夜抚琴，音止曲歇泪湿襟。睹物思旧柔情绝，一肚苦酒伤自心。

七绝·蓬莱阁

雾罩千山布挂川，银河泻玉莲花渊。
轻舟急荡云霄客，松阁亭里听鹤眠。

七绝·夏日荷塘

小荷秀酷亮娇姿，几对鸳鸯下绿池。
景色清幽添画册，青蛙伴唱最相思。

七绝·梦游五湖

梦荡关山五岳巅，上游霄汉下黄泉。
张袍御剑东海去，鸡报三通六魄全。

七绝·赞荷

傲气凛霜绿玉莲，伤枝断骨续丝连。
唯争秀色仰天碧，独放光辉结善缘。

罗小苑

广东兴宁市人。现为广东省老年文化协会老顽童笔会会员、兴宁市楹联学会会员。诗歌作品散见于《广州文摘报》《兴宁对联乡情》等。

中秋抒怀

流年似水又中秋，遥望银盘醉笔头。
千里情丝微信寄，万般祝福墨中留。
欣逢盛世齐欢笑，喜庆佳节共唱筹。
觅句寻章敲雅韵，不求名利自风流！

鹧鸪天·颂菊

草木凋零叹寂寥，丛中喜见菊花骄。严寒傲立金黄灿，露重霜浓飞舞飘。

香四溢，散云霄。漫山遍野尽争娇。羞煞骚客无情笔，惊艳时光彩墨描。

罗怡

本名罗建平，女，1955年出生于湖南湘乡。中华诗词学会、中国楹联学会、湖南省老干诗词协会、岳麓诗社、嘤鸣诗社、湘乡诗社会员，湖南省诗协诗直诗会执行会长。

惊蛰回乡即景

春水滋滋溢，丝绦舞绿堤。
村姑哼小曲，老伯整耙犁。
屋外桃花俏，林间莺燕啼。
田园金灿灿，暖树沐霞曦。

采桑子·青莲怀李白

平生酷爱山河秀，仗剑仙游，唤酒仙游，粪土王侯壮志遒。

抒怀状景乾坤首，月上风流，笔下风流，玉宇神州浪漫留。

鹧鸪天·登远浦楼

远浦楼头眺白帆，水光云影映天蓝。新城一片晴岚掩，老苇几丛碧玉涵。

名古渡，诵珍箴，通江达海惠湖南。乘春沽酒邀诗友，小曲乡音啸彩檐。

（注：远浦归帆，潇湘八景之一，在湖南湘阴县。湘阴在景点建有远浦楼。）

鹧鸪天·书堂山行有感

四外春花香袭人，轻车简步出家门。书堂山上寻神笔，楷圣馆前摹范文。

法度正，艺心仁，口碑盛誉最堪珍。书林称誉勤为杖，翰墨相传励后昆。

（注：书堂山在长沙望城县丁字镇，为楷圣、唐初书法家

欧阳询故居。)

鹧鸪天·铜官窑

湘楚从来胜迹多,铜官瓷韵万年留。神窑圣火高天映,彩釉唐风百代摩。

调水土,巧研磨,描龙绘凤领先河。精雕细刻出精品,享誉环球奏凯歌。

渔家傲·韶山观看《中国出了个毛泽东》实景演出

喜看韶峰披夕照,人声鼎沸山冲闹。天幕开启农友笑。秋收到,朱毛师会祥云罩。

草地雪山窑洞妙,渡河勇士凌索啸。八年抗战烽烟绕。礼花傲,天安门上五星耀。

罗增

笔名宴清都。陕西蓝田人。从上高中起就酷爱文学,尤其热衷古诗词。2015年初开始正规学习诗词,参加过征文活动并获得一些奖项。

诗观:文字领域没有界限,只有不断提高赏读、表达能力;虚名不重要,用自己的话写自己的心声就好。

七排(新韵)

哀思追忆战争年,华夏同仁正孔艰。
偏遇东瀛侵界土,幸逢英主降人间。
弯镰阔斧红星灿,草地长征雪岭寒。
缴获吴钩驱日寇,赢来胜利保江山。
蒋贼终败逃夷岛,鸭绿初援捍主权。
科教齐兴新政策,军民共建好家园。
飞船环宇千人喜,铁腕查贪万众欢。
时下九州逐富盛,谁人胆敢起狼烟?

罗章成

笔名罗丁。1942年生,重庆江津人,中共党员,中学退休教师。中华诗词学会会员,江津区诗词学会常务理事、会刊主编。退休前执教于重庆市江津第六中学校,退休后潜心写作。作品曾多次获奖。著有个人专集《秋耕集》。

七绝·洞子瀑布

洞里青龙不怕难,纵身跃入碧波潭。
乘风踏浪去东海,待到云升再返还。

七绝·月下饮

院中独饮月当空,忽见银盘落酒盅。
着筷三拈成碎片,喝干见底却无踪。

七绝·桂林山水

诸仙汇聚桂林城,酒过三杯各显能。
王母簪挥山秀丽,观音瓶洒水晶莹。

七绝·春晨

花香入户报春天,小鸟催人不再眠。
走出房门曦染地,院中挑树满红妍。

七绝·亿童年

老来怀旧亿童年,特别难忘炊野烟。
李米张盐王腊肉,笑声花脸味增鲜。

七律·中华诗词大会

喜看中央电视台,诗坛阵地战旗开。
三员司令椅中坐,百个尖兵雾里排。
攻打擂台无老将,争当霸主有新才。
青年强大国强大,唐宋春风扑面来,

七律·酉阳桃花园

酉阳山水有仙缘,开启陶公梦里篇。
树上桃花情切切,溪边芳草意绵绵。
美池翠竹依依恋,曲径凉亭紧紧连。
内接伏羲华丽府,旅游浪涌九重天。

七律·鹅石宝

家住昆仑乱石沟，呼朋引伴入洪流。
金沙拍打丰肌肉，扬子搓磨硬骨头。
铺路垫基承重担，浇墙灌柱建高楼。
长河洗礼多成宝，织出红霞似锦绸。

骆观旺

笔名浪人。中共党员，工程师。

自述：童年时居乡村，从先祖父读书，牛歇桑停时节，诵《唐诗三百首》，因而成为诗歌爱好者。大学毕业后浪迹珠三角，做过工艺工程师、设计师、企业宣传员等工作，且行且吟，以诗结缘。2004年秋定居珠海，结识众多诗友，相互酬唱，甚为相得。

七律·平居遣兴

琳琅夜雨酿新寒，晨起凰花灿若丹。
山水尽情多笑傲，平居随分只蔬餐。
浮沉顺世皆为福，忧乐随人便是安。
小屋融融欢乐满，旧书一卷倚床看。

（注：吾家门前凤凰树，夏日开花灿烂。）

七绝·临赤壁赋

笔意清妍墨色鲜，重临旧帖忆童年。
故园灯火阑珊处，风过秋田月正圆。

七律·半山别墅晨起漫兴并酬高山兄

凤凰别墅五羊城，初启晨窗漫鸟声。
非我一人观美景，同缘众乐庆升平。
文光照耀江山秀，花气熏陶主客情。
乘兴登楼舒远目，前程万里愈分明。

七律·雨中漫步

天地茫茫幻亦真，滂沱夏雨望无垠。
树垂绿叶谦君子，山裹浮烟雪美人。
宣父无遮添厚道，东坡吟啸长精神。
鞋衣尽湿吾无恨，赢得清凉自在身。

歌行体·荔枝歌赠晓世兄

——乙未仲夏，诗友孙晓世邀珠海诗词楹联学会仝人往斗门农场摘荔枝，余时偶染小疾，未往，作歌曰：

泥湾河水漾清波，黄杨山下果瓜多。
闻之我欲弃经卷，与君同赋荔枝歌。
轻罗蒲扇拂清昼，楼上遥看佳林茂。
山长路热惧远行，凉席卧游林壑秀。
黄杨山上云悠悠，春晓庄前气清幽。
治生李氏千头橘，卧客元龙百尺楼。①
赏春未足春归去，夏来物阜多新味。
古人见我逸兴飞，我思古人云彩里。
唐人豪赞杨贵妃，明人艳赋圆圆词，
古今祸福皆如此，欢娱过后总唏嘘。
霓裳歌舞今安在？贺李先归不相待，
长安市上酒家眠，烟云盛世空文采。
沉吟此事百感开，千夜不眠未释怀。
如今又是升平世，谪仙有意载酒来。

（注：①语出《胡大川先生幻想诗》，此指既能治生，又可待客。）

骆琳玲

中华诗词学会会员，江西省诗词学会会员，景德镇诗联学会理事、乐平分会会长，乐平老年大学诗词班班主任。时有诗作散见于《江西老友》《江西诗词》《南京诗词》《心潮诗词》等杂志，并获各级赛事奖项。

行香子·洪皓园赏春

漫步湖边，亭笼轻烟。赏芸苔，蜂蝶欢翩。花开再度，又见春妍。看柳丝扬，樱花灿，鹭鸥闲。

蓝天碧水，阑杆九曲。沐熙阳，堪胜游仙。欣逢盛世，好梦妆颜。喜锦鸢飞，妪畅舞，钓翁酣。

（注：洪皓公园是乐平市北郊以乐平名人“洪皓”命名的公园。芸苔：指油菜花。锦鸢：指风筝。）

作于2016年3月20日

鹊桥仙·情人节

春熙如故,佳期又度,倩影东湖漫步。伊人豆蔻正华年,捧玫瑰,相思尽诉。

引鸳鸯妒,影形眷护,琴瑟低吟浅赋。齐眉举案祈余生,共凭栏,晴朝雨暮。

2016年2月14日

鹧鸪天·春雨吟

扑面清风染树芽,丝丝密雨催新花。一江水暖报春讯,三两鹭飞戏柳斜。

淋草翠,润奇葩,邀来乳燕筑婚家。天公甘露殷勤洒,万紫千红美夏华。

2016年4月3日

七律·赏雪

夜梦苍穹卷黑纱，今朝漠宇降飞花。
东山落叶包琼蕊，北岭疏枝绽玉葩。
醉卧青龙妆素裹，绵延碧练被晶裟。
冰宫缓步欣然赏，惬意留连早忘家。

(注:青龙形容山脉,碧练形容江水。)

2015年12月19日

七律·春来

又是春归览景时，莺啼婉啭唱桃枝。
清溪凫鸭蜿蜒走，暖水翔鱼列阵嬉。
绽艳红樱披锦彩，萌芽绿柳换新丝。
江天浩渺千帆发，莫负东风万里迟!

2016年2月24日

七律·春花又开

梁间旧燕又徘徊，万紫千红次第开。
一夜春风敷杏粉，几番烟雨润芸苔。
花丛彩蝶翩翩舞，枝上黄莺恰恰来。
天公泼墨施神手，引得骚人吐凤才!

2016年3月19日

七律·扫墓感怀

清明又至聚坟前，冥币勤焚似蝶翩。
总憾人生尽孝少，方知亲逝悔情虔。
音容笑貌常萦梦，家训遗言映眼帘。
杜宇深明真切意，声声悲泣恸云天。

2016年4月3日

七律·紫藤花开

架上藤花春暮开，香风四溢引君来。
蕾繁多见蝶蜂舞，枝密难邀莺燕徘。
溢彩流光飞瀑影，清新内敛秀兰台。
浮生只得此卿美，不再追潮羡蓬莱!

骆志刚

天津静海台头镇民生街人,1947年生,农民。中华诗词学会会员。

铜钱(新韵)

自古人多偏爱钱，刀光剑影毁桑田。
蚀坑盈满千滴泪，铜锈结由血作斑。

泥鳅

油光流滑咀尖长，浊水污泥匿作乡。
每使鱼翁嗤一笑，时髦俏宴有钱郎。

老鳖

百代千秋世袭王，江滩湖岸沐阳光。
吞声忍气无争执，负辱偷安寿命长。

咏骆玉珩老兄(新韵)

慎行慎德效精英，业业兢兢耿耿忠。
卸任难休孺子志，唐风宋韵夕阳红。

咏社长占魁兄(新韵)

酷爱斯文义薄天，弘扬格律意超然。
歌催稻麦千重浪，情辅诗朋百易篇。
举社长欣惠民策，倡廉更虑腐官权。
卅年辛苦白双鬓，仍护谷风一帜悬。

无题

淡泊半生名利休，宁心健体度金秋。
韵山拾句抒情趣，墨海挥毫荡小舟。

咏“鹳雀楼”(新韵)

仰观华岳傲长空，俯览黄河卷巨龙。
历尽沧桑千古誉，今兴“永济”沐春风。

游春即兴(新韵)

林海微风艳丽天，赏心悦目入桃园。
翩翩蝶舞谁家爱？碌碌勤蜂万户欢。

雒巧芸

如梦令(一)

曾记香舟雾晨，入梦不思愁吟。帐内粉脸春，欲捧莲花亲吻。惊韵！惊韵！恐扰一只百灵。

(注：记得一天浓雾的清晨，未满周岁的女儿，莲花般粉嘟嘟的脸颊像春天的笑容，安逸地、不知忧愁地睡着，真想亲一口再亲一口，却担心惊扰了这般雅韵和美丽的百灵鸟。这里描写了年轻母亲的温柔、恬静、祥和。)

如梦令(二)

三岁喜得爱壶，玉手把玩疼物。失痛许愿瓶，敲碎囡儿情愫。欲掬！欲掬！滴落一地香露。

(注：女儿三岁时，用两元买了一个许愿瓶给她挂在胸前。不小心自己把它摔碎了一地。小手想一块一块地拾起，却伤心地滴落了一地的泪水。这个场景，既童趣又凄美，作为母亲的我永远不能忘怀。)

如梦令(三)

入校同桌静坐，捣蛋吓惊友躲。欲还前辈呼，小女如佛听诺。暗乐！暗乐！童趣半生难我。

(注：二年级同桌安静地听讲，只有她调皮捣蛋，用手挡住同桌眼前的视线。同桌准备还击，却被老师吆喝。再看小女，乖乖地坐着。禁不住暗自发笑而感叹，这样的顽童趣事，我今生是遇不到了。)

浣溪沙(一)

失岗大人流连心，转学南辕漫声声，顽童无语对香镜。

异地他乡浓雾隐，斜风骤雨戏纯真，寒心催落青竹梦。

(注：为了生活，带着下岗失业的阴影，一家三口过上了南下漂泊的日子。面对听不懂的语言和歧视外地生的恶习，对一个天真无邪的孩子来说打击太沉重了。寒了柔弱的心，催落了青竹般的凌云壮志梦，这是即将走入中年的我一生的遗憾和愧疚。)

浣溪沙(二)

满处浓墨绕香闺，重书夜半月影随，裹衣晓梦鼾声催。

寒塘冷风湿棉被，玉身冰脚晨时最，换得一池蛙鸣脆。

(注：春夏秋冬，岁月如歌。课程的加深，女儿不得不学习到月上镰钩。南方冬季潮湿寒冷，穿着衣服睡觉，而第二天清晨时候，脚依旧冰凉。这样的日子，终是换来了春天的到来、希望的啼鸣。那段日子，我的女儿啊！到了周末就在她制作的时间表上倒计时，只为快点回家，见到可亲的爸爸妈妈。小小的心灵，承受着不属于这个年龄的历练和考验，而我作为母亲，无能且只能留下墨迹，纪念我们一起走过的时光和磨难。这段经历却将是最好的人生财富和精神动力。它让我们懂得珍惜、走向成熟。)

浣溪沙(三)

花季多梦荡春心，兰舟半笺情深深，醉了玉兔月夜沉。

金榜题名笑合影，腾飞两地叹风景，半樽浓酒映心境。

(注：十八岁的花季是多梦的年龄，夜深人静的时候，躺在床上，挤点时间，写下心情日记。那份真情醉了月宫里的玉兔。可惜，大学光阴似箭，真的情谊，只有借着半杯浓酒一干而尽。忘记的，除非醉。)

点绛唇

乍拜大学，兴喜描眼姗姗影。池清竹吟，薄雾荡墨城。幸君指路，浩气吹发鬓。欲寻声，仰头探身，却当遮眼观云景。

（注：十年寒窗，终于走进大学的校门，万分喜悦，大学校园也有了自己的倩影，真是看啥啥美。幽静、清澈的池塘，伴着微风下的青竹不停地吟唱，薄薄的雾霜缠绕在这座承载着浓浓墨香的校园。初来乍到，陌生的面孔不知所处。幸亏遇到了你，你的言谈和热情，像一阵狂风吹乱我的发髻。顺着声音寻去，仰望楼上探身的你，又不好意思，用手遮眼，就当在看云舒云卷。每个少女都有的春心荡漾、激情澎湃，当然，就连这个少女的母亲也不例外。潮起潮落，四季更替。且行且珍惜。）

醉花阴

七月舒云夏如梦，香墨闲阁静。暑假返故园，路经洛阳，一睹古名城。

车鸣路人步履紧，有思亲笑迎。莫言不相思，月上镰钩，与君相对吟。

（注：暑假到了，想念亲人了。但是路过洛阳，怎能错过？车站里每个人的脚步匆匆，那里有笑着迎接你的亲友。不要不好意思说不想念，当月亮升起，才是对酒当歌，说尽千般思。人在旅途，哪个人没有过类似的场景和情缘？一起干杯吧！）

菩萨蛮

风轻云卷夏伏日，香屋凉透墨笔诗。细思量伤愁，花容镜中瘦。囡儿何处影？青春不复在。煮酒当歌时，人痴心也痴。

（伏天的日子，家家空调、风扇，屋内凉爽。看云淡风轻，不由指尖轻敲。回顾所来径，年轻的我哪里去了？只看到镜子里的自己，多了岁月的流痕。放飞乳燕，娇儿展翅。她充满活力的激情，宛如昨日重现的青春。醉了人，醉了梦。痴了情，痴了心。）

雒尚吾

网名五陵遗少。1975 年出生于陕西西安。

鹧鸪天·立秋

一指清凉梦醒间，金风昨夜入长安。城郊野草葳蕤缘，杜曲秋江淡淡烟。

思旧雨，恼蛩欢。清茶一盏约南山。此身苦被红尘累，何日围庐滻灞边？

浪淘沙

听雨在僧家。帘外鸣蛙。凄风吹尽眼前花。青酒一杯谁与醉？心事浮差。

乡梦若撩纱。身困天涯。翻翻落落乱如麻。何日东篱采菊后，未煮新茶。

菩萨蛮

骄阳吐火恹恹柳，田头拾麦蹣跚叟。已是饭时间，提篮村那边。

良田曾五亩，为是疲身偻。双子客他乡，伛翁难种粮。

临江仙·杏花

催落芳华深夜雨，阶前冰玉凄凄。恼他莺燕却来迟，年年春社日，总是搁佳期。

记取当时春正好，出墙偷揽卿衣。胭脂凝雪雪霏霏。袭人香阵阵，不待晓风吹。

临江仙·端午

艾草悬窗容臭佩，一帘榴火啼鹃。南风犹恋翠楼边。蔷薇如约，昨夜上扶栏。

何处粽香勾食欲？呼妻酤酒门前。拨儿电话到娄关。节临端午，切记到时还。

采桑子·重阳

故人千里无书寄，今日重阳。身在重阳。古殿青松初染霜。

浮生一梦花开落，颓靡时光。老了秋光。相伴堂前唯海棠。

醉花阴

——丙申榴月寄无相兄

片片残花如雨坠，一点愁何寄。谁念五羊城，长夜西窗，持卷迟迟睡。

简书万册勾人醉。时忆檀香味。相对卧云轩，煮酒红尘，暂忘江湖累。

风入松

一畦新绿泛轻烟，河水澈如天。应他挈友杯盘约，又见时，非似当年。头顶覆霜无数，眼边纹缀三千。

东来西去未曾闲，身系孔方间。休言年少常勾醉，举银壶，难兑余欢。恹倦熏风无赖，化泥红雨无关。

减字木兰花·桃花

娇羞怯怯，生怕脂红风里劫。燕舞翩翩，旧事经年惆谬间。

染浓春色，费尽世人平仄仄。烟雨柴扉，空待崔生久未归。

浪淘沙

桃李落微风，谢了春容。杨花逐水到桥东。闲步当年拼酒地，乱草丛丛。

此去一何匆，醉意难穷。诗心渐退负嫣红。唯惜长安凄雨夜，煮酒谁同。

菩萨蛮

腰间容臭谁针线，彩绳段段缠双腕。门上艾高悬，粽香沸水间。

花斑前后窜，报姊临南院。久未入家乡，或因是端阳。

吕大振

暑日重访文峰公园

搬迁归路远，念旧每怀人。
惊握偶然遇，倾谈倍觉亲。
眼眉惊白发，儿女已青春。
相约三年后，依然共比邻。

游颍上尤家花园

数声啼鸟树苍苍，蔓草残碑石径凉。
思绪悠悠天欲暮，飘然一叶过长廊。

虞美人·西峡县双龙镇龙河漂流

嶙峋峭壁廉纤雨，西峡漂流去。笑声追逐浪声哗，朵朵小舟溪水绽红花。

衣衫湿透又何妨，我亦少年郎。留连河岸忘归期，寻取一枚鹅石记相思。

吕杰

黑龙江省依安县人，1941 年生。齐齐哈尔市音乐家协会会员，依安县诗词、书法和音乐家协会会员，依安县“红叶”艺术团团长。

七绝·长白山主峰

五月登山气不休，人间焉有许多愁。
池平水稳如明镜，泛棹哼歌绕心头。

七律·农民工

携妻带子挎行囊，为改生存闯四方。
昼运红砖夜备瓦，秋装粉饰夏涂墙。
楼高厦广添春色，树绿街明扮新妆。
沽酒盈樽屈指算，工钱一结好还乡。

七律·盛世感赋(新韵)

神州万姓庶民家，雨过云飞看彩霞。
顺逆曲直金换玉，沉浮盛没浪淘沙。
抚琴起舞须斟酒，落墨成书再品茶。
国运复兴天下乐，殚精努力铸中华。

吕建兵

网名凡尘俗翁。祖籍江苏扬州，现居江苏常州。1988 年开始学习写诗词，现为江苏省常州市舣舟诗社社员。

登南山

兴来拾意步南山，碧水蓝天境悦颜。

凝目青云天地处，与风起舞醉横间。

秋雨

夜来细雨润窗纱，云影风中迹若花。
独向亭台听滴语，畅怀拾笔觅尘华。

夏夜偶得

三更伴月捉诗行，缕缕墨花纳梦藏。
几许愁情穿旧岁，谁知韵笔逐风扬。

寄夜横涧

清风过横涧，逐月入池中。
独步出村口，欣然奔向东。

七夕偶得

东篱月下挽风留，旧忆那人何处游。
涉水盘山寻旧往，一河两地落千愁。

吕婧

网名净莲。农民，自 2004 年学习诗词。

临江仙·淡然

不惑人生心似水，浮名始作云烟，痴情一片种诗田，拈来风雅句，蘸墨入芳笺。

时品清茶依桌案，倾听燕语呢喃，花开花落不相关。风儿轻入室，也羡我悠闲。

临江仙·感怀

世事沉浮变幻，赢来两鬓沧桑。清宵对月细思量。人生犹似戏，富贵恰如霜。

回首经年羁旅，须臾一梦黄粱。抛开利锁又何妨。移舟江渚上，身老水云乡。

卜算子·忆

去岁迎春时，雪映梅花俏。我与卿卿步桥边，风送清香绕。

今岁又迎春，独步桥边早，那树梅花应节开，不似当时好。

卜算子·守

独自久凭栏，怅望清江口。不见归帆泊渡头，默默痴心守。

花落石阶前，月出空山后，一任流光染鬓丝，那份情依旧。

鹧鸪天

愿做观音那朵莲，修心养性意悠然。闲听野鹤鸣松径，乐载轻舟逐浪巅。

居陋舍，种良田。红尘俗事不相关。纷纷扰扰由它去，一片清心只问禅。

七律·踏春(新韵)

清明三月暖阳熏，携缕轻风去踏春。
袅袅垂杨抒翠袖，殷殷芳杏点红唇。
斜飞紫燕近人意，百啭黄莺醉客魂，
好景怡人归意忘，即邀明月共金樽。

七绝·题农家乐

良田数亩舍三间，鸟语花香傍水湾，
朝赏彩霞宵赏月，书横几卷乐安闲。

一剪梅

草舍灯明夜未央，几缕微风，悄送清凉。玲珑小字写平常，墨染兰笺，笔底流光。

玉镜如银挂绮窗，回首经年，些许沧桑，犹如一梦枕黄粱，得又何妨，失又何妨。

吕立农

男，1931 年生，河北省临漳县狄邱乡西狄邱人，农民。虽家庭贫苦，但一生爱读书、爱诗词。

再登泰山二首

（一）

江海泛浮萍，生涯托旅程。
悽惶困驿馆，风露宿津亭。
河口五回渡，岱峰再次登。
观光假自慰。糊口乃真情。

（二）

泛梗度流年，频频登泰山。
今登是夏季，前上在春天。
卖卜为开业，收摊装饭钱。
蜿蜒陡坡路，行不厌其烦。

1985 年 7 月 16 日

年来回首二首

（一）

晏安无厚命，颠沛度人生。
身以登山健，心由阅水清。
烟霞堪寓目，泉石足怡情。
事有损而益，无须厌旅程。

1985 年 11 月 15 日

（二）

身与名山有宿缘，幼年酷爱老登攀。
穷途蹇步苦中乐，老命漂流随遇安。
茅店孤灯风雪夜，荒村二月杏花天。
年来经历如回首，甘草黄芩苦夹甜。

1985 年 11 月 17 日

宿山村

老串江湖负卦摊，时而涉水时登山。
目观云岫寻幽趣，笔扫阴阳混饭钱。
茅店鸡声惊客梦，板桥霜迹助清寒。
人生道路东流水，鸿爪雪泥今夜斑。

1985 年 12 月 18 日

山村漫游

渔村才过入山乡，涉猎风光入目光。
手握白诗为口实，巾包衣物作行装。
多携熟食防陈厄，薄带游资充阮囊。
为问樵夫求寄宿，先寻隔水趁诗章。

1985 年 12 月 20 日

庆婚宴上

量小未能符酒德，心愚且欲放诗狂。
虽从酒令认罚数，饶我逃杯献此章。

1985 年 12 月 23 日

无题

田氏堂前植紫荆，清廷陵墓树乔松。
松枯遂坠清基业，荆活既翕田弟兄。
是树先徵人祸福？是人预示树枯荣？
天地洪炉造大化，凡夫视觉总朦胧。

（注：《道感以来朝野录》记载：光绪二十二年东陵树生虫多方对治总无明效，经道士用大锅炒虫虽见明效，但清亡不可避免。）

1987 年 9 月 4 日

听相声整编人诗

混得官衔荣耀身，心灵沾带饕餮魂。
钻营利禄为时务，安排酒宴卜晨昏。
今请上司作佳客，明赴下僚为贵宾。
迎春馆里贺节日，得月楼上庆功勋。
才迎领导来上任，又接首长去游巡。
朝宴托名是接风，晚席挂号该洗尘。
某长儿子举婚礼，某公高堂贺寿辰。
古人某年有创造，今人某日有革新。
吃罢公事吃私事，吃去死人吃活人。
水中生物穷海味，陆上动植罗山珍。
吃腻家禽吃野兽，吃够鸡鸭吃飞禽。
吃得横肉腹便便，喝得酡颜醉醺醺。
刚推肥腻欲作呕，忽见杯盘又生津。
三天不吃免费饭，馋涎失禁流出唇。

1989 年 3 月 15 日

筑室完工

筑室躬亲运尺刀，经冬历夏付辛劳。
详推宝历避凶煞，勤奉烟酒化暗礁。
鼠雀当年恶作剧，速我冤狱受煎熬。

至今室成存馀悸，警惕心絃戒鸱鸮。

1989年12月1日

吕鹏飞

网名痴吟醉翁、西漠疯客、清风客、天山吟叟等。1958年生，祖籍山东黄县。现居新疆乌鲁木齐市。高中毕业下乡四年多，1980年进入新疆七一棉纺织厂做机修工。2004年下岗后干过电工，做过销售，当过图书馆保安。现退休赋闲在家。中华文艺学会会员，中国诗词协会会员，新疆诗词学会会员。诗词作品散见于《当代诗人词家作品汇编》《当代诗人作品精选(第八集)》《眉剪轻愁——华人文学作品精选》《诗中国》《中华诗人(第二期)》等报纸杂志。

喝火令·菊节思乡

露染丛丛绿，霜滋处处黄。岭尖斜日渐趋凉。回首万千云路，何以未还乡？

陌上荣枯草，风中寂寞香。几行清泪入眸藏。昨夜秋花，昨夜起寒霜，昨夜梦中吟句，梦里念高堂。

行香子·采菊东篱

采菊东篱，嗅迹西矶。问芳花、晶露谁遗？登高放眼，秋讯嫌迟。叹风中叶，雨中客，梦中谁。

田园归隐，陶公酌趣。探伊乎、还伫清姿？捧花含笑，痴嗅凝眉。诧流溪咽，猿声泣，夕霞瑰。

琵琶仙·重阳菊说

重九嘉辰，看尘世、再叹冰轮圆缺。风抚篱院秋华，清辉直如雪。秋渐老、唯凭我绽。伫霜里、泄香情惬，昨夜秋山，今朝冷月，还任谁说。

且凭那、云落寒山，卷千万萧萧落桐叶。应展轻纨凉扇，掩娇容羞颊。唯剩得、填膺百感，总觉秋、不忍离别。一任风雪狂生，咧香佳节。

采桑子·重阳

黄花遍野霜中绽，喜遇重阳。欢度重阳，醉饮秋香诗叟狂。

奉茶敬老登高日，菊酒飘香。笔墨飘香，欣舞吟鞭笑举觞。

苏幕遮·秋忆

晚凉云，秋老浦。落叶萧萧，飘坠丝丝雨。伫立当年相识处，岁月无情，白雁哀鸣去。

感伤词，惆怅句。为问何如，满目江淹赋。读罢苍凉无片语，怎忍回眸，萧瑟秋如许。

一剪梅·秋

叶动秋声小月明。镜印波澄，荷唤风轻。伶仃蟾影水中摇，寂弄箫笙，涟落花汀。

幽惬襟怀浦水清，偏趁凉生，独自吟行。低徊花径舀新凉，秋意纵横，霜色清泠。

七律·题新疆诗词学会丙申重阳诗会

信手风云笑语频，丙申诗会咏良辰。
后生拈字尚嫌嫩，前辈颂声犹觉亲。
骚客曾忧无后者，吟坛应幸有来人。
欣逢同道漫题句，痴看佳篇依次陈。

七律·欢度老人节

合家围坐庆佳节，童子髯翁笑语稠。
酒醉此时欢尽得，诗吟今日喜无求。
菊黄还解重阳意，云白何遮古月眸。
欣看后生争敬老，千年传统自应讴。

五律·登高

萧瑟上高来，踟蹰踏菊台。
连绵千里冷，间断几丛颓。
苦叹时光短，悲伤暮景哀。

青春难再续，锦瑟怎吟回？

五律·中秋吟

何处合成愁，离人心上秋。
相思邀朗月，遥望伫高楼。
纵马几时老，奔波哪日休。
欲吟篱畔菊，忍泪向丛搜。

吕嵩光

男，1937年生，滕州市人，滕州卷烟厂退休。枣庄市诗词学会会员。

七绝·乡村新貌二首

（一）

故土今观似梦中，乡村不与昔时同。
楼房别墅千花艳，路畅村村客运通。

（二）

风吹田野溢芳香，玉米丰收稻谷黄。
科技下乡多硕果，富民强国保安康。

滕州环境美

净化城河荡碧澜，苍松翠柳百花妍。
莺歌蝶舞人陶醉，靓丽风光入诗篇。

七律·赞神十成功飞天

神十飞天探月宫，空中对接显神通。
科研领域放光彩，揽月工程谱圣雄。
举国军民欢唱舞，寰球友国赞声崇。
和谐实干辉煌铸，放眼未来华夏风。

七律·中国梦

中华飞放富民梦，舵手导航前景明。
拒腐倡廉陈患去，扬贤务实政风清。
承前启后谋良策，继往开来赴锦程。
社会和谐求发展，神州崛起赞群英。

七律·咏年初瑞雪

银花飞舞饰新装，预兆丰年喜欲狂。
老树株株呈老态，寒梅朵朵溢寒香。
门前老叟捋须笑，雪地儿童塑物忙。
瑞雪驱除尘世浊，晶莹万里映阳光。

七律·赞十八大

四海归心向北京，九州和煦聚群英。
筹谋国是制良策，策计民生定里程。
盛世应圆强国梦，蓝图须画富民行。
全民驰向复兴路，待看辉煌世界惊。

吕永玲

岭梅

明月清风浣旧衣，身居雪岭淡轻肥。
寒香留待白云客，山野幽幽共忘机。

庭梅

亭亭疏影小楼东，谁赐胭脂一抹红。
莫道更深人不识，分香自是有清风。

官梅

溪边相守忆深盟，君向白云依向城。
非是出山负富贵，为添衙府一分清。

临江仙·种梅

借得孤山十两土，瑶池玉露三杯。闲锄明月小庭西。兴来呼鹤子，秉烛待梅妻。

漫道此间风味足，高怀不在人知。风听玉笛酒添诗。恍然谁弄影，开向雪中枝。

临江仙·盼梅

种得相思三五粒，谁知芳信迟迟。瓶中甘露雨中衣。临风长一叹，霜气满青丝。

莫是罗浮松竹客，嫌吾三径无期。高情欲

共白云齐。凝眉相对处，月下小园西。

吕振东

黑龙江省汤原县鹤立镇人，退休职工。系黑龙江诗词协会、佳木斯诗词协会、汤原县诗词协会会员。

瓜棚（新声韵）

蛙鸣塘畔草吟虫，宇外欢歌伴鹂莺。
散雾朦胧花嫩影，飘风浮动叶甜清。
空灵顿悟幽中妙，幻想因随静里生。
时未瓜熟心已醉，草棚泥土爱乡情。

咏王伯母家盆桃并祝其寿（新声韵）

北国屈身种瓦盆，寒屋渡岁赞灵根。
花开二月争明艳，桃结三秋爱硕新。
王母南窗称秀木，寿星白发祝华春。
盆桃今已家常见，移树接花冻土温。

听洞箫吹奏“苏武牧羊”（新声韵）

一曲牧羊古调悲，听来百转是萧吹。
满腔热血含冰下，半夜惊魂入梦回。
牛角胡天吹冷月，旌旄汉节展霜眉。
谁人能谱千秋韵，雁颂风歌万口碑。

梦（新声韵）

桃花园梦竟迷津，穿越时空见古人。
李杜同吟诗百首，关张共话酒三巡。
拜师吕望学兵策，结友钟期採树薪。
天上人间觅神侣，醒来素月照寒衾。

中秋怀友（新声韵）

千里中秋夜赏新，星明万点数离人。
二情相忆思如印，四目交融迹怎分。
我望空灵寻羁旅，君瞻轮影念乡亲。
婵娟两地同期盼，相顾生辉是素心。

《等着我》电视寻亲栏目（新声韵）

等着我看上银屏，骨肉悲欢动视听。
主场倪萍如大姐，感言春蔚似春风。
寻亲人苦离失痛，相见恩同再造情。
每叹开门顷热泪，捞针大海伴舒冬。

西江月·国庆节人山访友

（一）

学伴疏通廿载，贤郎已届华年。美景辰娶婵娟，百里忙来赴宴。

醇酒山乡自酿，花鲢水库捞鲜。爆竹一串是响鞭，笑看新娘回面。

（二）

高岫晴天接碧，金风红叶飞花。葡萄霜后不酸牙，干晒蘑菇成挂。

桥过二根松木，清溪可见鱼蛙。采罢木耳段横斜，林场财源无价。

水调歌头·中秋

千载咏明月，万古仰兰泉。人间天上忧乐，恨爱也源源。怎得高悬玉镜？返照晴光如鉴。慈母解愁牵，游子无思苦，情侣少缠绵。

将琉璃，镶霄汉、缀青天。永无暗夜，姣似水晶亮人寰。人照谦谦俊貌，心也羞怀私曲，君子国同欢。愿倩女娲手，玉宇注清涟。

吕世宏

山西汾阳人，教育学硕士，现为山西柳林联盛学校中学高级教师，吕梁市模范教师。山西省作家协会会员，山西民俗协会会员，山西郭氏文化研究会副秘书长，汾阳民俗协会理事，汾阳市特邀政协委员。多年来潜心研究山西历史地理，曾经在《山西日报》《中华读书报》《山区经济》《学术论从丛》《山西师大报》等报刊发表文章。2010 年出版 40 万字历史散文

《汾上访古》，著有长篇小说《吕蒙甫传》、历史人物研究专著《麻衣仙姑史话》。

梯石吟

磨尽毛尖四壁齐，
装饰城头也相宜。
既知安我成梯石，
甘做台楼一块基。
大树有风依冯异，
李花无语逐桃溪。
最是锦鸡爱高调，
有蛋一枚不住啼。

（注：冯异，生年不详，卒于公元34年，东汉开国名将、军事家，每当大家论名争功，他就躲到大树下，《后汉书》雅称“大树将军”。）

书房

长寿人生仅百年，
哪能事事都周全。
远离俗世酬宴少，
独向花乡觅诗篇。
诗成妻子批无用，
赋就领导疑误班。
乐将名利随人去，
留得诗赋满心间。

登老爷山怀朱公

莫以圣范希庙堂，
休因百姓居平常。
家国有事相推诿，
尔不担当谁担当。
西去吕梁山崔嵬，
东接汾阳路宽长。
入庙祈天行春雨，
滋润工农兵学商。

（注：1.老爷山：位于汾阳城西南郊，也称石盘、石磐山。属吕梁山余脉。2.朱公：指朱之俊，山西汾阳人，明末国子监祭酒，后被罢官回乡主持修建石磐山道教庙群。3.圣范：圣人品质。4.庙堂：主持国事的人。范仲淹：“居庙堂之高则忧其民。”）

Liu Yu

笔名心心。女，美籍华人，祖籍广西桂林，现居美国密歇根州，从事国际贸易行业。酷爱中国传统文化诗词、书画以及摄影、健身、公益等。师从广西师范学院文学院刘兴超教授，参加刘教授开办的网络诗词班系统学习诗词联一年多。曾获网络诗词比赛一等奖，作品散见于《濮上诗刊》《学子读写报》等报刊。

诗观：中国传统文化博大精深，且自问学，砥砺前行。

旅居

旅美何时最断肠，空庭把酒立斜阳。
得失莫对风儿诉，梦绕魂牵是故乡。

春日作

我住湖边第一家，扁舟常日系烟霞。
春风吹醒门前杏，昨夜偷开满树花。

七夕夜吟

犹记当年桂湖畔，依依携手述离思。
今观湖畔浑相似，何以情怀异旧时。

散步吟

日影西斜风沁凉，野花朵朵透幽香。
且将名利抛身外，待月邀余敲韵章。

春行

弱柳拂风春寂寂，荑英凝翠缀江堤。
酒楼便在前村里，一抹杏花将客迷。

守群作

常守群中为何事？核查平仄到天明。
若能个个有佳句，何惧辛劳两鬓星。

牵牛花

柔枝绿蔓最舒张，且把荒郊作绣床。
却笑平生少颜色，喜于高处送芬芳。

M

马传震

男，1933年生，滕州市人，退休干部。滕州市诗词学会会员。

赞微山湖红荷湿地

湿地红荷四A评，微湖东畔宝珠生。
游船雅奏霓裳曲，旅客欣闻玉树赓。
抚动琴弦风雨至，哦成诗句鬼神惊。
当年抗日芦花荡，斩敌驱魔剑尚鸣。

庆祝中国共产党建党95周年

一自生来本性坚，征程路上敢当先。
井冈燃起燎原火，敌后高扬抗日鞭。
解放雄师多壮志，蒋家旗帜葬深渊。
蒸蒸日上兴经济，国富民强好梦圆。

马建钧

男，汉族，1964年生，字衡轩，号天马，滕州人。现为中国书法家协会会员，中华诗词学会会员，山东省书法家协会理事，山东大学书画研究院副院长，山东印社理事，滕州市文联主席，滕州书画院院长。著有《马建钧书法篆刻集》（人民美术出版社）以及《衡轩印存》以及《悟道斋吟草》等。

黄鹤楼留题

不知黄鹤随谁去，依旧长江入海流。
骚客吟诗步崔颢，市声逐浪撼危楼。
照人自有古今月，极目且迎吴越舟。
徙倚吕翁横笛处，韵飞吹破满天愁。

一剪梅·京都古城

汉瓦秦砖题雅联，梦里长安，画里长安。婆娑翠竹影娟娟，不是湘沅，恍是湘沅。

人闲鹿静任天然。林下听泉，山下听泉。淡妆“美眉”可人怜。语也缠绵，步也缠绵。

水调歌头·三峡

舟逐白云去，心向月行西。水天一线遥接，航路浪为梯。断岸危峰峭壁，茅舍鸡鸣犬吠，何处听猿啼。帆影泛渔唱，尽是画中诗。

揖神女，歌白帝，梦雄奇。江山娇媚如此，能不动遐思。多少英雄淘尽，千古风流人物，是是与非非。瀹茗笑谈乐，巫峡入空低。

马惊飙

本名马经标，1966年生于福建连城。英文学士，中文硕士；福建省作协会员，中国诗歌学会会员。现为中信出版社编辑，居北京。著有诗集《多情人生自多情》和译著《受用一生的信条》等。

四堡四宝（七律四首）

四堡雕版

梨花凋后枣花凋，各各成材不寂寥。
经史流传因刻版，暗明接续以为朝。
书中罔替春秋笔，河上犹存风雨桥。
黑瓦青砖曾见证，金镳木铎奏箫韶。

四堡玉沙桥

明月花溪照玉沙，清流径下过松衙。
津梁御驾飞檐起，岸树凌波舞叶哗。
宾客途中时遇雨，屋廊水上暂为家。
古来迎送两忧乐，且饮临河一碗茶。

四堡马援庙

时逢新莽动干戈，乱世飘蓬叹奈何。

士择明君光武帝，君求猛士大风歌。
老当益壮平胡越，危岂能安托痒疴？
南海东洋涛又起，伏波今再伏澜波。

四堡龙灯

乡村岁岁闹元宵，神铳烟花引客潮。
一桷双灯图亮丽，十番九奏乐喧嚣。
云间满月频偷眼，水畔香樟亦折腰。
委屈盘龙终得脱，扶摇万里若惊飚。

七绝·云龙桥

穷途挥汗上云龙，指点前程又一峰。
顾念长流桥下水，青山已过百千重。

七绝·黄山日出

山高天地常交合，云雨苍松孕石胎。
待得猴年诞辰至，悟空即日转生来。

七绝·漓江游

长篙点破水中天，欲驾流云到日边。
谁许凡间偷渡客，竟凭一筏便登仙。

点绛唇·雪霁游北大未名湖

雪霁风轻，出门惊遇茫茫路。已闻留步，却见琼花舞。

投石湖冰，径履玻璃渡。离尘土，与山同素，竟把红颜误。

马君骅

1924年生，安徽灵璧人。安徽大学文学院古籍研究所学术顾问，兼国家重点项目《汉语大词典》编委、《安徽古籍丛书》审订人。编审、点校大型词典与古籍名著十余部，现正参与修订《汉语大词典》二版。著有《柳坡庐诗文类稿》等。

黄山景点八咏

人字瀑

兀立危峰洁白身，涤清污浊壮乾坤。
秋来普降甘霖日，擘窠大书一巨人。

迎客松

恭立岩前不计春，遥遥招手迓嘉宾。
严寒酷暑不辞苦，好客高风天下闻。

醉石

尊翁可是酒中仙，醉卧崖边不计年。
酩酊高眠非醉酒，黄山景美醉酡颜。

猴子望太平

大圣倚天望太平，誓期海晏大河清。
挥刀斩尽贪官后，路不拾遗天下宁。

梦笔生花

谁持斑管绘缣帛，云海江涛涌翠微。
怪底黄山美如画，生花妙笔漫天挥。

天海

万壑深藏万景奇，千峰竞秀楚云低。
并刀裁段紫云锦，赠与明星作舞衣。

云海

汪洋浩瀚望无际，黄海何年倒灌来。
找欲乘桴浮海去，白衣苍狗共徘徊。

桃花溪

桃花峰下桃花溪，疑是桃源再现迷？
魏晋已遥秦更杳，武陵人远夜郎西。

马世杰

字愚之。男，汉族，山东滕州人，1953年生，中共党员。大学文化，中学高级教师。中华诗词学会会员，枣庄市诗词学会会员，滕州市诗词学会理事，滕州市老年体协诗社会员。

诗词作品在各类报纸杂志上发表近百篇。

游峄城石榴园

榴园冠世胜仙垓，火样榴花满目开。
清味含香逐风远，流莺弄韵唤朋来。
匡衡故里千年话，大汉涂林万代栽。
一望亭前望古峄，晴岚翠色浥楼台。

（注：涂林：石榴的别称，亦称丹若，从西域引入。一望亭：榴园内仿古建筑。）

威海刘公岛炮台感怀

锈炮铮铮恨指瀛，茫茫大海溺旗旌。
将军浴血击倭舰，壮士含悲卫大清。
太后奢靡兴御苑，中堂弄假钓虚名。
民忧甲午风云暗，鉴史为师保太平。

观钱塘潮

钱塘八月涨秋潮，万马奔雷气势豪。
浪谷连山山骇浪，涛峰拍岸岸惊涛。
玉城堵堵抛银碎，碧岭重重卷雪高。
势卷风云呼啸吒，泥沙淘尽赋风骚。

观黄河

万里雷霆落九天，雕原刻岭绣庄田。
昔闻大漠孤烟直，今看长河旭日妍。
孕育文明融世界，包容万象睦山川。
激流勇进五千载，民族复兴呼向前。

春风

拂面犹如母手柔，融冰化雪暖暾留。
芳茵又染江南岸，嫩碧重镶塞北畴。
绿动江河帆比劲，彩绣村镇韵争悠。
携来细雨阴霾散，姹紫莺鸣醉九州。

雨霁春景

如丝细雨夜无声，雨霁云开景色明。
得润禾苗千叶旺，逢霖花木万枝荣。
春风燕剪鸣金柳，碧水荷生去腐萍。
尽扫雾霾清气爽，群山披翠更峥嵘。

游北京香山

京郊园囿景观殊，举步流连入画图。
古刹丛林花织锦，亭轩廊榭水流珠。
宜园一火留遗恨，别墅双清乐静湖。
猎猎西风今又是，犹怀雄杰为民趋。

满江红·保卫钓鱼岛

云暗风狂，东海怒、浪汹涛叠。看钓岛、鼠倭偷取，野狼迹劣。御辱百年怀壮士，抗倭八载思豪杰。今保钓、三地汇风云，旌旗烈。

甲午耻，虽已雪；侵略恨，何曾灭？现羞依美帝，窥吾环玦。守土不惊刀与剑，安邦岂惜躯和血。保主权，正义壮炎黄，挥金钺。

（注：三地，即祖国大陆、香港和台湾。）

马素南

女，湖南株洲人。一名酷爱文学、喜欢写日记的女子，一个善良、知性、优雅、喜欢宅在家里看书的女人，利用生活的空隙写作。

创作理念：不为写作而写作，不为名利而写作，只为心灵触动而写作。

蝶恋花·美人吟

（一）

洁白无瑕花妩媚，窈窕翩翩，匀粉胭脂丽，滑腻冰肌眉目秀，柳腰婀娜鸳鸯戏。

舞笔吟诗显瑞气，泼墨千行，宛若柔情语。巧夺天工潇湘曲，寒秋洒落花露雨。

（二）

梦遇嫦娥迷恋久，秀发金钗，粉面冰肌瘦。欲觅知音何处有？寒冬倩影情如旧。

玉指击弦弹琴瑟，月下梅开，浪漫相思叩。泼墨诗词香沾袖，琼浆醉倚黄昏候。

七律·秋天里的歌声

秋风

谁将雁字送南门？百草桑田碧水粼。
舞袖街花花弄影，抛眸阅树树摇云。
蝉歇夏暮松�岁，蝶抱秋深榆柳嗔。
呆呆秋阳稠桂子，金风菽粟稻香村。

秋云

回波舞雪自从容，缟袂霜裙逸净空。
西子浣纱溪水碧，杨妃醉酒海棠红。
凌风朵朵芳诗韵，御气斑斑美玉容。
剪片纯白笺呓语，拜托大应寄苍穹。

秋雨

疏桐残藕暗云绵，叶泣长阶咽碧泉。
霜虐花寒心露冷，愁欺笔瘦瑟琴酸。
一川烟雨濯千树，半盍茶兰忆万篇。
耿耿秋窗洇犄梦，清醅更漏臆难宽。

秋花

红枫披锦水天长，春意无痕草木黄。
菡萏疏香摇蕊落，槛菊馥丽慕云裳。
牡丹羞与争秋色，乔桂嫣然钓肃霜。
浪漫秋心花解语，为君煮酒醉壶觞。

秋月

醉看冰忙潋滟波，画船云浪挽莲荷。
飞星互语忧烦少，流水隔帘寂寞多。
浊醑三杯融犄韵，闲愁两地叹蹉跎。
婵娟自古多情事，且盼千山共梦呵。

秋水

碧水斜阳雁字飞，彤霞涂彩照船帏。
青山画黛衔云远，璧月偷馨挂柳眉。
兰棹逐歌情缱绻，风樯点影意难挥。
浪花淘尽英魂梦，素雪东流载是非。

秋光

金风瘦叶冷华庭，柳老斑驳枕月明。
翠柏攀岩邀野鹤，苍梧飘榭唤红枫。
畦菊缀露招蝶舞，硕果垂枝诉秋情。
指漏尘光春易老，云壶醉酹洒长亭。

秋景

云卷霞疏阔朗天，催鞭览景踏秋山。
清泉石漫流枫影，素练崖悬溅柳烟。
万亩稻菽香滚浪，千坡林果彩妆颜。
金风吻面心头爽，马啸夕阳玉钏欢。

落秋

松荫冷暖伸枝果，惹尽轻风戏柳梢。
雁舞成行归去远，鹰旋峭壁恋新巢。
流云醉月深秋媚，对岸羞花半月娇。
霜浸凄凉评荒影，斜阳普照待春潮。

秋夜

朦胧夜色雾遮峦，月影倾斜各半圆。
湖静无情垂柳倩，水流有意碧连天。
茫茫秋意光波潋，阵阵清风洒岭南。
梦幻婆娑充视野，氤氲景致也斑斓。

秋魂

霜风菊蕊韵音稠，信步随流访白鸥。
苇荡盘旋飘雪锦，沙滩跳跃闪银钩。
红霞浴翅姿容雅，碧水调琴意境幽。
但得黄昏秋景共，尤需宴客在高楼。

长相思

（一）

花纷飞，雨纷飞。花雨纷飞弦上悲，知音去不归。梦千回，泪千回。梦泪千回愁聚眉，三更倚偎谁？

花褪颜，柳成烟。错过约期又一年，可怜愁绪添。思魂牵，盼梦圆。雁速无痕心事残，风凄雨更寒。

（二）

风不休，雨不休。风雨不休花满楼，香残瓣瓣愁。爱不休，恨不休。爱恨不休魂梦幽，离情几个秋。

醒亦愁，梦亦愁。堪叹昨情覆水流，奔腾不可收。思也愁，念也愁。花瘦黄昏白了头，风吹雨不休。

别亦愁，思亦愁。怎奈无痕雁影休，凄凄烟满楼。

晚风流，晓风流。惆怅悠悠几个秋，余情魂梦幽。

七绝·秋韵

（一）

浅秋缓缓跫曲奏，轻风慢歌书徜徉。
碧湖群鱼争不休，齐跃送夏迎秋唱。

（二）

夜来微雨送寒声，梦里梧桐落叶轻。
一去他乡千万里，今宵谁与话秋情。

（三）

时入初秋夜乍凉，蛙声聒噪不凄惶。
蝉鸣依旧栖高树，风雨调和逸兴狂。

（四）

绿树生寒叶色黄，蝉鸣无力曲凄凉。
西风萧瑟今犹始，又老青山雁渺茫。

（五）

碧水悠悠柳丝长，西风伴我起宫商，
此心已倦红尘事，任它秋来露又凉。

（六）

秋讯初来夏梦辞，风携爽意老青枝。
清宵煮酒单邀月，只待菊黄写醉诗。

（七）

夏雨方晴秋步移，金风有意访东篱。
菊苔孕蕾初凝露，一地诗情正可期。

（八）

秋澜起兴可行文，枫叶题诗令赋新。
菊韵花词撒一地，珠玑野趣满柴门。

（九）

竹舍眠云自乐遥，枫桥花雨雅风高。
偷闲觅得清凉句，一墨诗心对笔豪。

（十）

久立嚣尘叹影孤，诗情眷梦不糊涂。
修身云外消俗气，觅得仙缘醉一壶。

七律·织梦流年

寻幽织梦静心烦，傲在词章韵在天。
诗雨扬风豪雅兴，锦笺卓意恣描丹。
撩闲暮水同霞醉，觅趣云山共墨欢。
白雪阳春一曲颂，红尘走岁秀流年。

七律·闲咏

诗兴常从幽境来，欣然古韵费章猜。
红尘买笑轻言价，墨雨煽情不卖才。
意恰初心解柳梦，笔娱仲夏画莲台。
赛袍好把岚云聚，酌月眠星共醉怀。

马锡荣

男，汉族，1934 年生，滕州市人，退休干部。中华诗词学会会员，滕州市诗词学会会员。

春雨

春风拂四乡，丝雨润花香。
芳草生田野，山青紫燕翔。

秋

霜染枫林赤，寒流淡太阳。
思绪情牵处，白头吟妙章。

学诗

额头银发皱纹堆，两鬓飞霜力不衰。
阅报读书开眼界，挥毫泼墨抒胸怀。
吟俦酬唱推敲乐，挚友闲聊兴趣来。
不惧夕阳时苦短，与时俱进赶英才。

自勉

耆年吟咏鬓霜翁，觅韵寻声初启蒙。
怎怕黄昏路途远，何愁落幕夕阳红。
骚坛学海力能越，韵律词章学可通。
书写人生歌盛世，紧随时代赞英雄。

抗美援朝

侵朝美帝野心狂，战火燃烧鸭绿江。
领袖决心驱敌寇，将军妙计惩豺狼。
神州战士雄姿展，美国威风霸气光。
划界和谈三八线，板门店上志辉煌。

滕州颂

构建和谐遍墨乡，惠风和畅茂滕阳。
春归柳上谁先醉，霞映波中荷吐香。
满目尽收新景象，六城同创美华章。
人称善国喜迎客，邀尔倾情赏画廊。

忆秦娥·清明寄语

思亲切，清明扫墓情思发，情思发，忆妻容貌，痛肝肠裂。

人生易老情难老，相濡以沫同心结，同心结，终身相伴，愿望何灭！

马燕

网名火焱。西安人，回族，70后。药剂专科毕业，现做管理工作。早期运动员出身，曾获省市二级运动员称号，擅长短跑。爱好古体律诗及现代诗歌，尤其擅长回文律诗创作。

近水梦山行(回文六连环再连环)

七律

云凝带月偏湖视，画入纯山水静风。
深寂最初朦笛近，魅箫多色落花终。
存留旧味还来此，送遣粼幽舣泊东。
循径峙巅松影立，已随长梦在峦重。

七律·回文

重峦在梦长随已，立影松巅峙径循。
东泊舣幽粼遣送，此来还位旧留存。
终花落色多箫魅，近笛朦初最寂深。
风静水山纯入画，视湖偏月带凝云。

虞美人

云凝带月偏湖视，画入纯山水。静风深寂最初朦，笛近魅箫多色，落花终。

存留旧味还来此，送遣粼幽舣。泊东循径峙巅松，影立已随长梦，在峦重。

虞美人·回文

重峦在梦长随已，立影松巅峙。径循东泊舣幽粼，遣送此来还位，旧留存。

终花落色多箫魅，近笛朦初最。寂深风静水山纯，入画视湖偏月，带凝云。

五律

带月偏湖视，纯山水静风。
最初朦笛近，多色落花终。
旧味还来此，粼幽舣泊东。
峙巅松影立，长梦在峦重。

五律·回文

重峦在梦长，立影松巅峙。
东泊舣幽粼，此来还位旧。
终花落色多，近笛朦初最。
风静水山纯，视湖偏月带。

五律·再回文

在梦长随已，松巅峙径循。
舣幽粼遣送，还旧味留存。
落色多箫魅，朦初最寂深。
水山纯入画，偏月带凝云。

五律·论余生(玻璃体+回文)

春宵微皓水，白月慕行阑。
茵匝由薰草，寓馨置曲峦。
尘松嵘墨画，息芥素苔刊。
人世留当尺，忌无自景安。

回文

安景自无忌，尺当留世人。
刊苔素芥息，画墨嵘松尘。
峦曲置馨寓，草薰由匝茵。
阑行慕月白，水皓微宵春。

五律·论余生(玻璃体+回文)

关行寒月暮，谷向草离风。
山景乘云幂，岫深入叶丛。
闲来因个曲，尚去奈桑空。
蛮世人萋弄，天幽问水东。

回文

东水问幽天，弄萋人世蛮。
空桑奈去尚，曲个因来闲。
丛叶入深岫，幂云乘景山。
风离草向谷，暮月寒行关。

顶针回文两首

夏荷

水 曲 江
摆 荷
轻 夏
波 绿
影 萍
恋 娥

七言

曲江荷夏绿萍娥，夏绿萍娥恋影波。
娥恋影波轻摆水，波轻摆水曲江荷。

五言

荷夏绿萍娥，萍娥恋影波。
影波轻摆水，摆水曲江荷。

四言

夏绿萍娥，娥恋影波。
波轻摆水，水曲江荷。

三言

夏，绿萍娥，恋影波。轻摆水，曲江荷。

十六字令

荷，夏绿萍娥恋影波。轻摆水，摆水曲江荷。

(反读)

荷江曲水摆轻波，水摆轻波影恋娥。波影恋娥萍绿夏，荷。

冷秋

楚 入 风
楚 秋
心 冷
愁 树
画 眠
菊 洲

七言

入风秋冷树眠洲，冷树眠洲菊画愁。
洲菊画愁心楚楚，愁心楚楚入风秋。

五言

秋冷树眠洲，眠洲菊画愁。
画愁心楚楚，楚楚入风秋。

四言

冷树眠洲，洲菊画愁。
愁心楚楚，楚入风秋。

三言

冷，树眠洲，菊画愁。心楚楚，入风秋。

十六字令

秋，冷树眠洲菊画愁。心楚楚，楚楚入风秋。

（反读）

秋风入楚楚心愁，楚楚心愁画菊洲。愁画菊洲眠树冷。秋。

七律·春归寄远思（回文）

双飞燕地北归巢，暖向风回复绿梢。
江弹柳亭春水曲，径傍花野翠云郊。
窗新看去遥山岭，垄旧妆来近露苞。
撞写阙歌思蜀别，庞容面掩饰乌茅。

回文

茅乌掩饰面容庞，别蜀思歌阙写撞。
苞露近来妆旧垄，岭山遥去看新窗。
郊云翠野花傍径，曲水春亭柳弹江。
梢绿复回风向暖，巢归北地燕飞双。

七律·春归寄远思（回文）

鳞碧流湖小渡船，落霞西照暮东玄。
茵阶岸绿惟芳草，静壑峰彤只缕烟。
循顾来洲离别在，默听去水聚徊千。
春行入念思将瘦，人误花期独月圆。

回文

圆月独期花误人，瘦将思念入行春。
千徊聚水去听默，在别离洲来顾循。
烟缕只彤峰壑静，草芳惟绿岸阶茵。
玄东暮照西霞落，船渡小湖流碧鳞。

七律·春归寄远思·谷雨篇（回文）

城来季雨谷来风，遣夜春丝落水蒙。
争绿树姿多洗遍，强啼鸠唱又听桐。
更初四月无眠伴，鼓禁宵时有醉衷。
声色柳檐花滴共，卿孤已醒酒杯空。

回文

空杯酒醒已孤卿，共滴花檐柳色声。
衷醉有时宵禁鼓，伴眠无月四初更。
桐听又唱鸠啼强，遍洗多姿树绿争。
蒙水落丝春夜遣，风来谷雨季来城。

南乡子·题春（回文）

春在幸花争，演绿茵归软草青。初挑细腰新翠蔻，枝婷。旧种芬香已树层。

晨醒苑桃英，后雨欣培早出生。魁艳独当尊几发？朝城。占景频来万朵琼。

南乡子·春桃（回文）

琼朵万来频，景占城朝发几尊？当独艳魁生出早，培欣。雨后英桃苑醒晨。

层树已香芬，种旧婷枝蔻翠新。腰细挑初青草软，归茵。绿演争花幸在春。

南乡子·题夏（回文）

香荷采湖风，在水藏舟聚藕蓬。寻顾岸堤傍绿柳，花红。边路芳留夏郁浓。

望远寄云空，遍洗阳播智草躬。心若镜明窗看久，骄蓉。似与长情一日同。

南乡子·夏荷（回文）

同日一情长，与似蓉骄久看窗。明镜若心躬草智，播阳。洗遍空云寄远望。

浓郁夏留芳，路边红花柳绿傍。堤岸顾寻蓬藕聚，舟藏。水在风湖采荷香。

南乡子·题秋（回文）

秋晚已寒萧，飒飒愁离叶落凋。枝弱菊伤

收露白，随夭。卷冽忧黄挂冷梢。

流水枉枯乔，换季洲风负绿绦。将冻待霜勾雨雾，悲描。戚画丘疏看邑郊。

南乡子·秋菊（回文）

郊邑看疏丘，画戚描悲雾雨勾。霜待冻将绦绿负，风洲。季换乔枯枉水流。

梢冷挂黄忧，冽卷夭随白露收。伤菊弱枝凋落叶，离愁。飒飒萧寒已晚秋。

南乡子·题冬（回文）

弦冷讶声凄，落指寒琴夜雪随。苑入玉凌冠白素，香梅。树羽丹红点巧姿。

弹曲赋情思，借语年新尽旧挥。幽梦醒来圆月在，空杯。独酒阑亭步韵词。

南乡子·冬梅（回文）

词韵步亭阑，酒独杯空在月圆。来醒梦幽挥旧尽，新年。语借思情赋曲弹。

姿巧点红丹，羽树梅香素白冠。凌玉入苑随雪夜，琴寒。指落凄声讶冷弦。

四季繁花落枝头（十字回文）

春·桃

——春桃喜鹊闹花晨雾笼身

春桃喜鹊闹花晨，鹊闹花晨雾笼身。

身笼雾晨花闹鹊，晨花闹鹊喜桃春。

夏·荷

——香风夏月静荷塘碧水长

香风夏月静荷塘，月静荷塘碧水长。

长水碧塘荷静月，塘荷静月夏风香。

秋·枫

——寒枫泣冷梦秋残败叶怜

寒枫泣冷梦秋残，冷梦秋残败叶怜。

冷叶败残秋梦冷，残秋梦冷泣枫寒。

冬·梅

——梅迎雪景至冬悲火焰微

梅迎雪景至冬悲，景至冬悲火焰微。

微焰火悲冬至景，悲冬至景雪迎梅。

风（一字至七字回文诗）

风
穹弩，草弓
绒飞树，叶流丛
空烟泣鸟，黑露悲虫
东西难辨识，近远历尘蒙
桐落秋黄伤亦，池闲病藕枯蓬
翁泪拭为无力恨，亲慈等候寂寒蛊
蛊寒寂候等慈亲，恨力无为拭泪翁
蓬枯藕病闲池，亦伤黄秋落桐
蒙尘历远近，识辨难西东
虫悲露黑，鸟泣烟空
丛流叶，树飞绒
弓草，弩穹
风

马艳红

毕业于河南大学，文学爱好者。诗歌、散文作品散见于《焦作日报》《焦作文艺界》《山阳吟坛》《沁阳文学》等报纸杂志以及中华诗赋网、书画天地、我爱中华诗词美、豫苑文风、原乡书院、文字友情、女娲抟诗、无主义、文心社、梦笔文学等网络平台。

夏日游湖

一湖绿水韵三年，轻舞凉风亦醉焉。

短笛悠悠疏影竹，清溪缓缓碧云天。

斜阳欣喜柔杨柳，暮色闲游笼紫烟。

月下开心逢好友，浅妆浓笑晚新妍。

七律·夏至偶拾

独醉诗书莫笑穷，低吟浅唱意由衷。
山溪月落花无影，野径人来鸟有声。
浊酒一杯千盏韵，清词半阕几笺工。
闲庭何物堪消夏，吾与鸣蝉度热风。

七律·箬竹

南国佳丽青箬竹，风姿一展泛心湖。
岩松不弃欢颜有，磐石相随苦恼无，
几缕暗香惊醉汉，千层骨气动仙姑。
面朝幽谷君生喜，惟独难离绿万株。

七律·寻仙

一笺云梦上青天，何处清溪泻玉泉。
恰似声声情落雁，只缘簌簌意临渊。
斜阳染就千江水，碧树妆成万岭巅。
不忍别离为过客，登舟望月作蓬仙。

七律·水之韵

涧水深流细草横，江湖仗剑踏山行。
低吟幽谷闲情客，畅想微风醉旅程。
千朵莲花舒卷意，一笺素纸落尘声。
只缘春色香如画，谁与同来度静清。

七律·二泉吟

一曲离歌已断弦，为谁花谢落思牵。
红尘浅唱来提笔，陌上低吟再寄篇。
垂柳河边柔碧水，青莲池里待流泉。
人间情苦能几许，心系春光不自怜。

七律·江楼随笔

江楼月夜起凉风，一缕馨香有所崇。
谁扣琴弦欢梦畅，女依柳岸弄情中。
兰舟轻棹开心纵，竹扇微摇爱意融。
牵挂不为天地远，煮茶闲看水流东。

七律·水韵

一道斜阳紫燕飞，长天薄雾染霞晖。
东溪莺啭乘舟远，柳岸花开待客归。
休笑荷塘莲叶瘦，只言碧水鳜鱼肥。
披蓑戴笠迟云暮，任性高歌爱锦菲。

马银山

1968年生人，祖籍河北固安县大韩寨村，回族。毕业于廊坊师范学院外语系，曾在中学执教十年，爱好京剧、诗词，功研太极拳。霸州谷风诗社会员。

东坡引·楼中人在否

秋风秋雨后，秋寒冷衫袖。秋窗夜半相思透。楼中人在否？楼中人在否？

当初邂逅，难赋情厚。怎忍得，双眉皱。如今却剩人消瘦。花开还似旧，花开还似旧。

醉花阴·雁去衡阳

雁去衡阳秋景秀，罢宴花雕酒。珍重主人情，醉卧东篱，却道香依旧。

如今白发空搔首。顾影黄花瘦。舞剑问婵娟，曲散人终，谁解千丝扣？

浪淘沙·望

野渡雨初收，江水悠悠。孤帆远影逝兰舟。又是春归无觅处，独上高楼。

苒苒物华休。赤县神游。当年三月下扬州。大浪淘沙多少事，都付东流。

行香子

月笼窗纱，心意无邪。展红笺，思绪天涯。潮生海上，落日胡沙。且望云归，观鹤去，枕烟霞。

宋词元曲，唐诗汉赋，凭问来，依韵谁家？如今笑我，乱点涂鸦。伴一张琴，一口剑，一盅茶。

马运华

女，汉族，1958 年生，滕州市人。滕州市市农机局退休。滕州市诗词学会会员。诗词作品散见于《济宁泰安临沂枣庄诗词楹联作品集》等。

春游

款款东风来世间，桃红柳绿自天然。
鱼儿戏水惹人醉，雅韵清香情趣牵。

咏杏花

粉杏园中看杏花，杏花笑靥露芳华。
春残日暖花儿谢，青杏流酸酸掉牙。

春雨

丝丝春雨旱情除，点点红梅锦绣舒。
心闲弄韵欣裁句，雅室临窗喜读书。

回家

一别家乡十数年，长将故土梦魂牵。
谁人指点旧时路，笑问乡亲走哪边。

七夕

秋水望穿思断肠，鹊桥七夕渡牛郎。
无言相对只流泪，一刻千金怎得忘。

回故乡

秋高气爽回家乡，果满山坡粮满仓。
绿树含情碧波荡，故乡何处不飘香。

浓绿万枝数点红

烟袅绿波春意浓，樱桃枝上泛鲜红。
美景醉人人亦醉，姑娘谈笑万花丛。

岁月

时光逝去太匆匆，弹指之间一岁终。
梅报东风春色早，莺啼杨柳暖风融。
声声布谷传夏讯，队队归鸿掠碧空。
摘句敲诗寻雅趣，高山流水韵无穷。

马壮

男，甘肃靖远人。中国民主促进会会员，中华诗词学会、中国楹联学会会员，甘肃省诗词学会、楹联学会会员，白银市诗词楹联家协会会员，白银市平川区诗词楹联家协会副主席、秘书长。爱好文学、史学，尤喜古典诗词创作，有诗词联文多篇在多种文学刊物上发表。

咏柳

娇眉一树影婆娑，柔骨依依碧玉萝。
多少相思烟雨乱，枝枝叶叶诉离歌。

题黛玉图

烟眸带雨半含羞，无限春光不尽愁。
一片相思多少事，潇湘竹影自风流。

咏雪

枝头叶褪晓霜寒，雪影婆娑舞正欢。
四顾楼台排玉笋，拥衾裹被画银栏。

茶

玉泉仙掌山间采，露叶云芽险处来。
春雪半瓯颜泛绿，清香无限满楼台。

重阳两首

（一）

晨寒淡淡近重阳，红枣酥梨处处香。
秋实春花凭所好，有人欢喜有人伤。

（二）

归鸿影瘦近重阳，冷雨黄花入夜凉。
落叶纷纷愁绪乱，萋萋野草染秋霜。

秋游崖窑山

驱车寻景访崖窑，路转峰回满眼娇。
隐隐群山秋在望，楼台坐壁忆前朝。

沁湖秋夜陶然小酌

举酒陶然秋月明，良辰美景夜风清。
依依细柳频相顾，雅韵诗情溢小亭。

卜算子·忆陶然

皎皎月光清，寂寂寒林瘦。楼影沉沉一径幽，独自陶然走。

遥记正秋风，尽兴消残酒。击缶欢歌未觉凉，沉醉还依旧。

麦国华

生于1948年。诗联作品入编首届和第二届中国百诗百联大赛作品集。2014年获央视网春节马年优秀原创春联奖。

五绝·诗疗

数奇凭意量，心恙藉诗疗。
染得维摩病，时常诵楚谣。

五律·辛卯谷雨有怀

最是相宜日，寒消热尚遐。
烟云杨柳絮，人面杏桃花。
眼底诗如画，杯中酒代茶。
但祈时令顺，风雨利农家。

七绝·步韵和仁立兄

群贤老少竞峥嵘，网络骚坛万籁声。
格律圆融高古调，开吟不负国诗名。

七律·奉寄东门七星枫江蛙声诸君

三年两度病高危，血脉连通赖架支。
欲借宽心偏怯酒，权凭遣兴且吟诗。
诸君敏捷流觞乐，独我愚慵步韵迟。
雅集临屏唯袖手，滥竽充数敢相欺？

沁园春·古国风骚

古国风骚，咏叹吟嗟，志趣性情。或离尘入世，求真向善，评时论政，激浊扬清。屈子悲歌，陶公逸赋，李杜苏辛美奂声。如天籁，奏悠悠雅韵，代代传承。

流长源远堪称，更可喜新词旧体兴。看宣传科学，弘扬民主，伸张正义，呼唤公平。磊落诗魂，先忧后乐，心血文章淡利名。凝眸处，正千红万紫，意气峥嵘。

卖油郎

原名杨志雄，常用笔名卖油郎。创作生涯中，尤喜古体！

古风·美酒换天歌

凭痴笑！花间把酒戏春风，桃花柳絮作诗稿。
凭痴笑！千里明月杯中照，醉盏又倾引月潮。
应是良宵不复醉，糊涂随心诗意高。
疯癫不畏人前语，对酒当歌胆气豪。
人生若梦空几许，自斟自酌也逍遥。
狂人心，向天抛！歌一曲，放胆吟。
莫笑我痴狂！生就不羁自放荡。
花间有酒花间醉，樽中不留一缕香。
提壶倚门号雅客，为博婵娟拟新章。
不羡梁园买壁事，只弹鸾曲凤求凰。
几回拨云弄庭月，一朝梦醒复茫茫。
人微醉，稚气扬。玉壶装满千秋事，
美酒杯杯换天歌。

七律·邛月夜吟

西昌瘦月枉倾城，空照邛湖波自横。
临浪不知诗有意，听涛方晓画无声！
才因喜乐戏流水，又为烦愁拨绿筝。
常叹人生皆似梦，惟催樽酒度残更！

七律·记梦浅吟

冷雨敲窗感夜凉，一宵浅梦暗传香。
鸳鸯枕畔吟春句，碧水池边奏玉章。
明月照人花弄影，清风拂面笑凝妆。
欢颜化作诗千首，且效周公为蝶狂。

七绝·吟荷花以抒怀

盈盈翠盖覆清塘，日暖风微凝玉妆。
身陷红尘全不染，悠然自得满池香。

七绝·无题

烟波江上水空流，花落花飞意不收。
此去天涯千万里，清风许我一船秋。

七绝·生日有感

气转秋分万物伤，风寒雨冷漏声长。
休言岁月无穷趣，可笑年华似梦粱。

七绝·杏花

莺声啼处影朦朦，庭竹清溪映翠红。
及第春歌言不尽，痴痴笑笑为东风。

七绝·观昙花有感

窗前玉影似云开，脱俗超凡伴月来。
十载不知花落意，今番令我几吟哀!

七绝·桂花吟

露冷天清蕊正香，仲秋时节冠群芳。
蟾宫无计金银涌，惹得人间赋短长。

七绝·夕夜浅吟

苦自吟成夜未央，凄风冷雨著文章。
流年暗许千般韵，每至秋时最断肠!

满昌霖

字雨亭。男，1941 年生，滕州市西岗镇柴里东村人，中共党员，退休教师。

友情

流水高山韵，情深酒一壶。
夜阑言未尽，剪烛共围炉。

犬吠

天冷换棉衣，来家犬吠奇。
世多皮相者，大抵类如斯。

感怀

人生珍重夕阳天，莫叹韶光入晚年。
若肯惜时勤发奋，青春未必去无还。

夕阳颂

霞光璀璨夕阳天，恰似人生到暮年。
莫道韶华付逝水，枫红如血染山川。

老教师

学田耕罢歇双肩，霜鬓迎来花甲年。
烛炬黯然光未尽，深宵照耀谱新篇。

重阳抒怀

风吹菊艳又重阳，翁妪康强乐未央。
绕膝分甘真惬意，谈今话旧戒争强。
千山枫叶风光美，一曲诗歌雅韵长。
更喜晚霞红烂漫，同斟萸酒饮秋香。

反腐倡廉

花天酒地舞通宵，民血民膏任意消。
好色贪财真本性，营私舞弊现奇招。
洗钱出海人神怒，犯法成囚日月昭。
仓廪岂容藏硕鼠，家家善养九斤猫。

抒怀

执教生涯半世缘，讲台三尺献华年。
呕心沥血培桃李，卸职还乡愧圣贤。
诗海陶情寻理趣，墨池抒意薄云天。
夕阳美景倍珍惜，何惧风霜雪白颠。

满冠

字泓一，号天雪。男，中共党员，枣庄市豫剧团（原滕州市豫剧团）舞美设计，已退休。滕州市诗词学会会员。

赞梅

严寒三九铸花魂，铁骨铮铮更有神。
冒雪凌风豪气壮，历经磨难报新春。

赏菊

黄花怒放在重阳，百态千姿播异香。
风冷霜寒何所惧？芳华灿烂盼春光。

赶会

春逢庙会桃花放，正是杏花凋谢时。
花落花开无意问，人来人去有谁知。

滕州颂

龙泉宝塔荆河绕，西下微湖汇大潮。
善国北辛遗圣迹，鲁班墨翟世人骄。
鲁南煤海乌金滚，江北平湖白帆飘。
湿地红荷鸥鹭舞，滕州自古美名昭。

满心广

字靖宇，号怀芝，又自号南村逸人，笔名心石。男，汉族，1946年4月生，滕州市人，大专学历，中学退休教师。中华诗词学会会员，枣庄市诗词学会会员。

雨后望南岭

暮色微茫望南岭，彩云追月影重重。
天生一个狐仙洞，无限风光在远峰。

（注：狐仙洞在黑龙江省延寿县西南与尚志县交界处，为旅游风景区。）

相思

玉轮初照小桥东，归雁传书过碧空。
别后思君时滴泪，问卿何日再相逢。

咏竹

丛生山谷恁逍遥，劲节虚心冲九霄。
一任萧萧风雪急，丈夫仍是不弯腰。

望游

携手郊原欢爱浓，双飞蝴蝶舞春风。
野花娇艳游蜂采，笑看情人醉梦中。

忆门前古龙爪槐

龙爪槐枝曲曲弯，躯高伞势冠而圆。
每逢夏日乘凉坐，讲古吟诗听乱蝉。

同窗相逢感怀

别梦依稀五十年，相逢回首亦堪怜。
学书墨砚聆师训，抵足寒宵同被眠。
秦火漫天革文化，微湖逐浪上渔船。
幸逢开放和谐世，往事抛空付淡烟。

咏梅

寒梅培土手亲栽，雪压风欺花尚开。
娇蕾含羞舒笑靥，香魂如梦幻冰胎。
敢同国色争春意，催教骚人逞隽才。
曾嫁孤山林处士，钟情默契不须媒。

满忠国

男，1967年生，滕州市西岗镇柴里西村人，现为柴里煤矿员工。枣庄市诗词联赋家协会会员。

谢宋玉萍女士赠《梅心集》四首

（一）

雪飞又动赏梅心，玉骨流芳溢上林。
应是仙葩阆苑客，降身尘世觅知音。

（二）

春驻梅梢歌未央，天涯无处不飘香。
琴台舒臂冰弦动，差煞人间协律郎。

（三）

铜琶弹罢拍红牙，声越天罡灿九霞。
回荡孤山千嶂里，空中簌簌落梅花。

（四）

诗不成家偏性痴，捧心强欲效西施。
一从君赠《梅心集》，冷落案头唐宋词。

风筝

驭气凌云借惠风，扶摇直上势如虹。
一时脱绊何方去，道是自由途却穷。

春燕

乡情一动便思归，万里遥天过翠微。
曲径苍苔留倩影，故园红雨洗征衣。
楼头韵事今犹在，矶畔风光昨已非。
私欲呢喃看比翼，穿花入坞带香飞。

盆栽君子兰

冻雨潇潇挟雪飞，清芬一缕透重帏。
洁胜脂玉称君子，香散洛河惊宓妃。
剑叶横空尘落地，诗笺流韵室生辉。
若然身入丹青里，揖别凡花远是非。

白莲花

翠裙缟袂掩冰肌，娇艳绝尘凝玉脂。
芳浦挽留清丽影，柔香曾沁雅骚诗。
化身应是观音座，解语还邀太液池。
秋露原非忘情水，鸳鸯花下起相思。

毛瑞花

网名梧桐秋语。女，爱好古典诗词。现为焦作诗词、香港诗词会员，《诗刊》子曰诗社社员。《中华女子诗词》第一卷编委、《诗刊》中华女子散曲第一卷编委。作品散见于《中国诗词》《中华诗人》《中华诗词》《河南当代诗词选续编》等刊物。

五律·丙申中秋寄怀

十四送君行，相期月共明。
乡风今日远，山路暮烟生。
佳节杯难举，蓬门梦不成。
有家长守望，无语总关情。

五律·迎秋

清风消暑气，凉意接新秋。
向晚蝉鸣树，寻荷月放钩。
榴红迎客笑，水碧浣云愁。
时序轮回急，悠然看去留。

七律·韵和吴洪激老师遥贺《八十书怀》付梓

无悔春秋八十年，风霜雪雨自周全。
出尘且任通神笔，入世长悲折翼蝉。
云卷云舒都淡泊，花开花落总怡然。
壮心未老吟情寄，展翅重飞向九天。

七律·忆童年剥玉米壳煮嫩玉米

尤记儿时尊母呼，为卿来把草裙除。
指尖浮动金光梦，锅里翻开月色书。
满院清香关不住，一秋丰韵倩何如。
而今再品曾经味，转有基因怎似初。

风入松·盂兰节近小村归

盂兰节近小村归，徒有伤悲。老家已是温馨远，意生寒、昨日难追。草径无人深掩，蝉声何事低回。

不堪相问自凝眉，泪水空垂。一堆冥币伤心寄，愿双亲、一路相陪。无奈阴阳遥隔，别来风雨频摧。

河满子·中秋感赋

指上流光细数，盏中明月空斟。又是一年中秋到，白头何处簪金。漫道相思如月，缺园都会萦心。

丹桂飘香几度，菊花沾露于今。落叶随风情未了，怎堪霜意相侵。归去不关长夜。

梅翰

本名高越胡。男，51岁，祖籍山西榆次六堡，现居鄂尔多斯。中国诗词协会会员，中国煤矿作协会员，中华诗词学会会员。已出版诗集《大神东赋》，拟出版《高仿唐宋一千首》及《古今汉血诗一首选》等。在人民网、中华诗词网等网络媒体发表过古体《神东金龙赋》等作品。热爱书法、古文学。曾任企业报编辑部主任七年，现为神东文学与新闻协会副主席兼秘书长。曾获得全国煤炭行业优秀新闻工作者、全国煤矿文化先进工作者等荣誉。

五律·赞上海

海上迎明月，申城有玉盘。
楼高中国梦，水旺一支兰。
世览名天下，明珠媲广寒。
长江奔港口，万物卷云端。

七律·纪念孙中山诞辰150周年

中华成国续轩辕，帝制无民断宪垣。
救世元婴升气象，布衣祭祖唤昆仑。
诸君阵鼓东风唱，革命洪流慰遗言。
两岸青山回壁响，炎黄汉血聚龙门。

七律·上海手表

上海明珠梦几回，飞轮乱象水陀催。
榆林二百时间路，国产十八重品追。
新代工间非瑞士，老三件里表真来。
京东唯会天天点，哪比机芯看铣台。

七律·赵一曼

黄埔苏俄为党趋，红枪白马破倭图。
低徊上海牵儿讨，秋战珠河政委孤。
受难灵魂镰斧铸，浑身信仰党心朱。
千刑寸断无降意，宁死国殇女将殊。

七律·拜谒戴安澜墓

男儿立志当名将，扫北南征似戴君。
几万日兵刀下鬼，四千倭寇美颁勋。
昆仑大战长城垛，缅甸弯弓赤县军。
武穆年华含古恨，安澜壮烈九州闻。

上海松江望仙桥

松江静静流，上海古桥游。
北宋千年越，仙人一回头。
平雕云武康，出挑雪莲浮。
石板对方塔，华亭两鹤俦。

上海港

长江出海昂龙首，黄浦平流大港优。
中国明珠昭国力，客轮物运拔头筹。

黄浦江

黄浦江仙境，飘然上海人。
明珠惊世界，万古应春申。

东海公路大桥

浦东出海外飞行，沪港洋山钻石程。
吞吐千家存转运，分流百到地通瀛。

沪蓉西四渡河特大桥

二百层楼高那样，长桥直上九重天。
巴东峡谷三千里，一卧苍龙万万年。

纪念住沪周璇

闲坐窗台摩两辫，低头浅唱觅知音。
云崖海角尊天使，地铁儿行痛影心。
民国美人城绝版，常州月季市容吟。

至今黑白求名画，金嗓依然第一寻。

纪念住沪杨丽坤

千古美人阿诗玛，五朵金花看丽坤。
唇线绒绒晕眼角，酒窝淡淡映霞痕。
羞含腊月梅丫雪，笑看彝族发辫村。
九妹一时妆电影，绝颜两部再难存。

步东坡韵之念奴娇·敕勒梅

紫流西岸，下托县，注入黄河神物？立马源头潭太黑，解甲归乡面壁。移段昆仑，集宁虎踞，诗压阴山雪。红崖龙胜，白道隋唐群杰。

泪别母校经年，大江东去也，流星如发。弹铗空声，今幸会，万里昏钟不灭。采菊群分，梅花源短信，断肠谁发。稼轩灯挑，青莲仙酒邀月。

满江红·阴山梅

无语阴山，寻敕勒，青城前后。想白道，和亲公主，困炀恩救。李靖义成沦落遇，薛嵩线女高车斗。盛乐安，拓跋又东征，平城秀。

紫河倒，青冢墨。岱海沃，凉都右。接昆仑虎翼，集宁盘首。俯瞰梅花荆棘鸟，飞迎翰雪红心豆。六镇来，龙脉武川流，隋唐口。

梅宇峰

河北省任丘市人。文学爱好者，尤喜诗词，新旧体皆有涉猎。

嫁女

——和昆旺诗

飞针引线忙，为女备婚妆。
新婿甜中蜜，家翁喜里伤。
临行言万句，回首泪千行。
长恐东风恶，时时念断肠。

夕阳吟

——颂羽球名将林丹

虽近西山暮，雄心壮不归。
仍存三分志，欲染九天晖。
任月温言促，凭风恶语威。
凌云谈笑处，一骑绝尘飞。

郎平

披甲曾征连五冠，临危挂帅救沉沦。
丹心满是凌霄志，伤病偏缠爱国身。
舍利抛名圆夙梦，含辛茹苦育新人。
巴西奥运艰难处，奋举榔头又一春。

晨练

互联偶遇易筋经，从此天天起未明。
猿臂长舒云里鹤，蜂腰尽展海中龙。
心存一缕无为意，脚踏千秋自在风。
赘肉三高随汗去，春山万仞举足轻。

夜雨

脚步轻盈入梦台，敲窗试问意何哉。
身如颗颗珍珠泪，滴滴浓情别处来。

题葡萄图

风雕紫玉碧藏珠，欲摘方知在画图。
串串冰心通妙意，酸甜莫信野山狐。

如梦令·七夕

几度望穿银汉，泪眼佳期苦盼，一岁一相逢，鹊仙桥湿遍。唯愿，唯愿，天上人间无限！

子夜风，层云子夜欺。穿树雨痴痴，莫问留和去。凋零一片诗。

蒙国爱

笔名蒙辞涵。贵州省都匀市人，在都匀市王司中学任教。先后从事初中语文、美术、高中地理等教学工作。工作近 30 年来，对中国古诗词和中国画的学习和创作不曾中断。作品多次参赛并获奖。2012年6月加入贵州省都匀市作家协会;2013年8月加入贵州省黔南州诗词楹联学会,同年9月加入黔南州美术协会;2016年5月加入河南洛阳诗词学会。

如梦令·风雨夕(中华新韵)

昨夜骄风急雨,摧落残红一地。漫步蕙兰园,忍见露枝低泣。春去,春去,谁管蕊轻香溢。

七律·半百生辰感怀(平水韵)

二九年华昨日逢,青春几度玉玲珑。
沿途风景堪缭乱,更爱深红爱浅红?
转眼今朝经半百,西楼羞对月朦胧。
从今此去空良夜,戏墨丹青辞赋中。

七绝·题牡丹画(平水韵)

风和日暖浪蝶慵,狂蜂得意枝上逢。
南园阅尽春姿色,唯有牡丹韵态雍。

七绝·咏蝶(平水韵)

一朝破茧为春狂,天赋偷香恋粉妆。
日伴游蜂嘬杏蕊,夜随飞絮逐姚黄。

七律·夏至情怀(平水韵)

太阳直射回归线,夜短昼长天气炎。
暖日迟迟飞弱絮,晴风慢慢卷珠帘。
闲听墙外群蛙鼓,细品丛前腻粉甜。
百里莲塘花正好,蜻蜓戏点小荷尖。

鹧鸪天·春梦却醒(中华新韵)

乍起潇潇风雨狂,梨花满地玉琳琅。沉雷阵阵惊春梦,闪电撕开夜幕藏。

描翠黛,试新妆,细丝轻绾坠钗凉。妆成欲向郎边去,却笑如今是梦乡。

米仁学

痴蜜

春夏采花鲜,秋冬仍未闲。
终身皆苦累,孺子为谁甜?

咏蚕

咽桑农舍里,吐茧自身亡。
我若呈丝少,何来锦缎长。

百合村姑

百合村中百合女,勤劳村寨勤奋姑。
春来播种秋收果,金库银山笑眉舒。
别墅高楼寨前立,红装锦缎镶玉珠。
兴家致富好圆梦,携款驱车走五湖。

烤烟老汉

习习春风吹绿浪,炎炎烈日照青烟。
行行垄垄培泥土,恳恳勤勤除草艰。
雨打风吹无所惧,霜摧日晒苦还甜。
三年苦战成新富,百万存钱天地宽。

打工靓仔

少小离家称小混,还乡衣锦俏娘随。
番言土语乡音改,父老乡亲问是谁。

沔阳醇

本名何军祥,1976年生,籍贯湖北省仙桃市西流河镇西南村。7岁多方上学,小学五年级未读完!自幼作文成绩好!13岁在家学写顺口溜,之后又开始写无平仄的古诗!后学写正规诗词。

诗观:"诗伴一生"来形容我!诗无巅峰!我自努力再努力!

七绝·留守儿童

蓬头稚子门前坐,两目凝神若有思。
纵使深山千万好,声声呐喊外谁知。

七绝·汉口江滩偶作

靓妹情哥挽抱腰，盈盈小步看江涛。
忽然转到林荫下，两手搭肩且对瞧。

七绝·粽子

苇叶闲摇近尺长，村中已有粽飘香。
乡民总是先馋嘴，未到端阳角黍尝。

七绝·芙蓉吟

芙蓉映日舞蛱狂，早有蜻蜓抱吻香。
近夜南斋空好梦，芬芳共枕会徐娘。

五绝·我家小丫头

马尾两边摇，无端爱撒娇。
相追蛱影去，左右把花瞧。

七绝·汉阳门外

青山静躺水旁流，翘角亭台绿掩愁。
斜枕夕阳铺古镜，霓灯乱眼上江楼。

五绝·登黄鹤楼

林深苍劲秀，密语叶中藏。
醉倚江楼望，香横绿水央。

七绝·独酌醉梅

俏影梅枝朵朵扑，清香入酒几壶无。
诗人醉下花前睡，怎奈浮生梦亦孤。

沔阳醇

男，38岁，重庆市酉阳县流浪诗人，喜诗词、健身。

临江仙(一)

提笔书来深夜里，那堪忆起当年。寻来梦里总缠绵，当时明月在，曾照你身前。

许是西风尤恨我，落花总比人先。情深之后是无言，须将多少怨，黑发变苍颜。

临江仙(二)

本欲闲来图一醉，凭栏笑骂曹刘，怎堪回忆止无休，思卿多少事，又再上心头。

那日桃花开正好，人间好个苏州，当时年少不知愁，干柴生烈火，明月小西楼。

临江仙(三)

谁把春风偷几许，娇花伴了风尘。凭栏又叹自由身，哀来哀自己，怨去怨他人。

时别深闺多少梦！年华欠你三分。画楼明月费诗文，归燕归故里，进了哪家门？

临江仙(四)

耗尽青丝情未了，思君执笔词穷。故园花色几分红，开来开梦里，谢去谢心中。

别是人间相聚少，离亭又怨东风。阑珊把酒问谁同？当留留不住，留住也成空。

临江仙(五)

明月三更曾有约，拥衣尤觉身寒。此心无意去偷欢。撮来三五友，煮酒论江山。

晓日红窗人散后，凭添泪水潺孱。子规啼处落花残，西风吹故里，多少不相关。

临江仙(六)

莫道年华须有恨，惜花伤尽谁怜？题来诗笔甚疯言，今生分两半，一半梦中间。

许是多情终负我，青丝一夜苍颜！且将惆怅寄眉尖，月明依旧在，不照故人前。

临江仙(七)

寂寂寒窗深夜雨，落花次第纷纷。断琴声里几堪闻，鹧鸪知我意，和了两三分。

十载飘蓬寻梦里，唯余多少伤痕。无端耗尽自由身，红尘阡陌路，一个可怜人。

临江仙(八)

十载阑珊行旧路,韶华负了红颜。一腔相思若云烟,秋风吹不去,聚散在眉尖。

我本风流唐宋客,为何饮却天天?落花深处酒甘眠,梦中无岁月,弹指一千年。

明月清风

读李白

飘然俊逸韵飞天,才气纵横若瀑泉。
本是蓬莱高妙客,却成尘世谪狂仙。
金銮鸿赋惊皇紫,青岳奇词动地乾。
杯酒吟来诗万首,樽中朗月伴君眠。

秋吟

一天秋色共云飞,饱揽泉林撷梦肥,
山桂飘馨迷雁树,丹枫写意醉晨晖。
寻吟晓鹭牵情远,放棹清湖赊月归。
不怨鹃声催菊老,心随鸥鹤自忘机。

念奴娇·秋意

疏风乍起,叹云高雾冷,鸿雁飞急。庭树犹伤寒雨泪,黄叶飘零如泣。烟锁寒波,窗筛孤影,蜂蝶全无迹。一帘秋梦,共谁相倚相惜?

幸有素菊香馨,竹松苍翠,清歌依箫笛。百里晴川霜叶醉,沁骨透怀如蜜。看那东篱,千葩摇蕊,一袖芳菲溢。陶公安在?南山潇洒吟逸。

莫惠卿

笔名莫凡。女,广东省汕尾市人,现客居深圳市工作。喜欢文学,特喜古韵诗词,自学习作,诗词作品初期发表于红袖添香网,现多发表于诗词吾爱网。上海格律诗词社社员与中国唐诗宋词艺术社社员。

七绝·惜春

二月东风正摄人,漫山绿野最精神。
莫言好景如流水,应惜当前一片春。

五绝·兰

我自谷中来,琼根落雅台。
不随波浪逐,愿遗冷香栽。

七绝·清明

遥寄东君缅思飞,青烟山雾雨沾衣。
消魂燕语清香袅,寒食时人折柳归。

摊破浣溪纱·七夕

七夕无诗懒笔文,只因新月半钩云。碧水残荷共憔悴,不堪分。

鹊语轻柔重聚泪,蝉歌凄切别离君。都说相思无限美,是传闻。

眼儿媚·立秋

轻泻华光又初秋,桐叶寂飘柔。寒蝉凄切,无端风雨,深锁朱楼。

残箫隐隐还清彻,憔悴不堪愁。可怜单曲,西风无寄,落寞枝头。

菩萨蛮·咏白桦林

湛蓝碧洗云天浴,连绵耸立衣冠玉。白桦着纱襟,雪花净本心。

雾凇相伫立,何惧寒风急!迎往送归程,山清月也明。

唐多令·春日寻诗

多日不吟诗,个无意趣为。看玉钩、楼上闲垂。时已仲春花更艳,何忘了,踏青期?

听燕语频驰,莺啼嫩柳枝。待春风、带我同随。绿野芳间香共醉,才恰好,赋新词。

风入松·游黄满寨瀑布风景区

骄阳似火日中天,绿柳莺旋。古城陌上葱

葱郁，风云静、挥汗驰前。茶树香中浅醉，翠花影里梭穿。

碧空千丈布仙泉，瀑泻珠涟。迂回岩浪声流激，情怀付、此水湖烟。纵有山峰险阻，乃回海纳清弦。

烛影摇红·清明

节近清明，残烟笼雾寒声碎，青山隐隐鸟音虚。细雨纷纷恣，满眼凉风郁意。柳絮轻、摇摇欲坠。翠阴相与，道是无晴，春愁也至。蝶影凄凄，坟前醇酒清香置。

念怀戚戚聚无期，凭悼飞花寄。岁岁年年缅思，感先祖、仁贤厚义。辈承遗志，孝德留芳，心深深记。

（注：全部诗词用平水韵。）

七律·致敬教师节

尊师佳节圣贤留，辛劳园丁硕果稠。
三尺讲台传智慧，一生教育度春秋。
书香纸笔殷勤授，墨宝文词谆切筹。
桃李满枝圆夙愿，播输仁义不言休。

摊破浣溪纱·中元节悼兄长

时至中元月不圆，秋风掠过水寒烟。默点心香寄亲语，应相牵。

朝圣莲花开彼岸，凭思兰烛续前缘。六道轮回无苦痛，愿成仙。

菩萨蛮·秋雨

多情如此潇潇雨，空阶滴落伤心树。咽泣到三更，催人愁绪生。

秋风吹悄悄，两鬓霜丝绕。飘泊梦依稀，唯留清韵归。

菩萨蛮·秋月

题诗红叶深情写，菊香煮酒酬秋舍。暮色怕登楼，江舟无限愁。

平湖烟水雾，摆下相思渡。灼灼火枫迎，归心随月征。

菩萨蛮·雁南飞

秋来鸿雁南飞赴，回书托雁轻轻诉。醉菊独依栏，满天星也寒。

留人清梦短，心在江南岸。莫道别时悲，休言归信迟。

木心

本名倪丽丽，曾用名倪利锋，曾从事司法、执法工作，现从事政府部门组工人事工作。中华《诗词月刊》上海工作站站长。喜爱文、史、哲，尤其国学。

创作理念：愿利锋热情尽，赏风和日丽来，品中年熟谙禅，复文艺中兴殿，尽绵薄之力欢，成百花齐放愿。

滨江怀古

叙事古今仰苍穹，写意荣枯步从容。
颠倒朱紫今何在，落日珠辉洗长空。

将进酒·航道人

君不见，艘艘巨轮奔四海，瀚海无边水连天。
君不见，百年航道奠基业，启程转型勇往前。
黄浦江边风如霰，浩瀚开拓海天边。
劈波斩浪何所惧，寰宇海上主沉浮。
航道勇士豪迈志，故国他乡战鼓连。
山与水，海和天，将进酒，燃豪情。
随君行万里，沧桑巨变震海疆。
骇浪惊涛何足惧，艰难困苦不足惜。
世人问吾何所愿，惟愿航道通天涧。
大鹏展翅翔九州，龙飞凤舞海墨轩。
冰天雪夜擎天雨，皓月烈日汗湿衫。
海无言，天不语，
激流勇进寰球间，与尔同道奔向前。

江天·苍穹

静观沧海知天地，神游城垣明古今。

嶕屿连江浪漩涡，焦土升扬霾蔽日。
日暮初阳睡狮醒，内取稳进外志同。
万户皆饮一江水，同心共筑中国梦。
不畏浮云遮望眼，霹雳云开见天日。
清气上升浊气降，腾云翻雨泽万民。
华夏之土有厚德，苍天有泪润万木。
龙马精神济苍生，百花齐放万木春。
乾坤有序宇宙疆，星辰密布斗柄航。
江涛云舟翩然游，百川苍穹汇一色。
鸟飞兽走鳞潜水，境态和谐众生安。

木紫

横沙渔港(旧体诗)

——观长兴岛横沙渔港

环岛有堤，横沙渔港。
璀璨明珠，谁镶海上？
绿树如屏，果林成行。
渔艇起锚，乘风破浪。
捕获鱼虾，活鲜满网。
冷冻加工，精求质量。
三产旅游，纷纷立项。
一体多维，和谐兴旺。
以贸扶农，双赢共享。
自信明天，更显辉煌！

牧羊

祝徐晋如先生《大学诗词写作教程》再版步韵海姐姐

挥笔乾坤日月章，胸怀五岳胆薪藏。
逊他李杜春秋句，傲尔兰亭砚墨香。
平地惊雷闻霹雳，高原皑雪见轩昂。
雄才冲冠必千古，披展经纶扫大荒。

题插秧图

不负春光半刻金，牛铃声处汗涔涔。
湿犁趟过抚田土，嫩稻拈来走绣针。
忽见水中村女笑，又听垄上扁担吟。
问谁题个悯农曲，能叫咱们最称心。

水调歌头·丙申夏与文友鲁院修学有寄

夜半惊雷近，三日想晴云。寻些远黛山色，水洗两眸新。我似别巢之雀，又去风中梳羽，几度告晨昏。遇得良师友，岂敢作天真。

看岁月，读经典，写红尘。心怀点墨，还奢一米暖阳熏。多了今来明去，淡了花开叶落，追蝶梦中人。无悔平生愿，余力学为文。

墨兰心语

本名常立英，笔名兰心。70后，山西晋中人。中华诗词学会会员，安徽省散曲学会会员，山西诗词学会会员、晋社成员，晋中诗歌协会会员，榆社诗词学会副会长。作品散见于《中华诗词》《中华辞赋》《香港诗词精粹》《长白山诗词》《马邑诗词曲》等各级报纸杂志并多次获奖。2014年10月获太原"生态万柏林"全国诗联大赛诗词联赋组三等奖。

鹧鸪天·父亲节忆父

逢节凄凄暗倚栏，椿庭膝下忆承欢。如山父爱难书尽，十万清笺不足看。

人杳杳，雨潸潸，重温梦里石斛兰。黄泉路远何相见？玉案香萦泪不干。

疏帘淡月·寄友人

柔情似水，一梦竟萦回，任风新起。梅竹幽亭，案上都匀佳制。向来婉约如丝细，三分醒，七分微醉。离肠动处，兰笺入目，红绡轻倚。

恁如是、情深留计。但盈盈掬尽，入骨滋味。揉碎芳绢，帕底玉壶珠泪。真真不忍烧心字，骤寒分明念斯地。而今拾得，相思寸寸，涕痕若坠。

巫山一段云·云顶山

丛树连天际，群山接碧云。扶梯仄径醉青幡，寸草绿茵茵。

旷野长风荡，遥岑极目深。缤纷玉蕊忒天真，痴情一念纯。

绮罗香·题方山传统老醋

黍米凝脂，麦麸积雪，争胜一番蒸煮。蓄酵香池，盛制醴浆存储。但择得、纯味三分，便几回、翻颠无数。剩多少、冽冽清醇，如泉细细玉缸贮。

红粱浸渍密匝，淋饭萦萦更叠，精华匀聚。加焙饴糖，的的甚繁工序。待回首、酒化千重，始留成、满觞倾酤。唇吻落、宴佐珍馐，冰盘沾紫露。

苏幕遮·过北武当山

水泠泠，松隐隐。山涧潺潺，石罅风轻润。执杖攀岩休动问：波滚云涛，翻卷如潮讯。

入仙宫，连翼轸。殿宇香坛，千载龟蛇印。回望嵯峨痴未尽。绝壁横峰，不负清名隽。

玉蝴蝶·夜宿真武山庄

瑶池幽处星明，云影枕风轻。隐约玉峰青，依稀石涧鸣。

由来修渺渺，浑忘世营营。仙境卧高眠，梦酣凝晏灯。

浣溪沙·过西湾民居

清浅春溪石径斜，楼台笼翠似轻纱。青砖黛瓦是谁家。

门楣香匾才争艳，雕栏照壁又垂花。清闲岁月伴红霞。

醉花阴·过赵树理文学馆

冬临着意寒侵透。苑外群芳瘦。几度怯庭门，几度踯躅，怕听传诬谬。

抚碑欲醒思前后。泪频清笺叩。箧书剩长嗟，不老青名，更与天同寿。

风入松·泽州访程颢书院

一朝遥至泽州前，新雨洗苍山。始闻释道盈书院，拂暗尘、重整新颜。霜叶覆阶沉醉，槛窗书箧流连。

蛛丝难掩户中天，庭角意回绵。开宗教化黎民悟，直疏荒芜万屯田。前事尤追千古，玉名尚在人间。

长亭怨慢·偕游白马寺

慕名寺、云深高处。琼石盘山，景风迷路。对影参差，天阶重叠纵平步。宝林如许。微醉矣、凭诗侣。极目耸危峰，浑不见、拖疆嘉树。

是处。念藏经净土。折径寻踪仙宇。东川秀色，甚隐约、龙潭日暮。待行来、一味虔诚，景公塔前香三柱。见冷月清悬，草草别离归去。

墨斋主人

中学语文高级教师，兼任所在学校的校报编辑，长期奋斗于中学教学一线，一直致力于中国古典诗歌鉴赏教学和先秦诸子选读等方面的教学研究，并取得显著成绩。平时爱好诗歌散文，曾有多篇作品在省级、市级刊物发表。

秋游菜田(三首)

(一)

昔闻姚岭远，今上建元楼。
山势见分野，楼台掩远流。
夕阳连白草，云雀恋枝头。
凉意催人醒，归途正晚秋。

(二)

才见封缸酒，浑身已不胜。
宾朋方入座，群主便邀樽。
笑侃同窗事，怀揣学友情。
当今弄潮者，竟是穷书生。

（三）

岭外鄢坑瑟瑟村，村头巷尾少人群。
苦中作乐寻常事，忙里偷闲一老身。
少妇池边多浣洗，男丁地里少耕耘。
空巢妇叟倚门望，不是今宵梦里人！

（后序：初中学友群会长多次电话相邀，至其山村豪宅聚聚。乙未年阳历十月十日，余工作日忙里偷闲应约前往，是夜大醉。会上奉命拍照、作诗以留念。）

江城子·丙申仲秋怀人

去年今日看花忙。俩心香，暖秋阳。把酒临风，彼此不相忘。昨夜台风偏又起，游子路，草疯狂。

今宵暂把酒拚装。夜中央，好心伤。怎奈醒来，一觉已平常。世事难圆休懊恼，人已困，断情殇。

七律·义门陈姓赞

——兼贺陈志武先生45华诞

义门陈姓耀中华，义字当先把你夸。
耕读传家思不朽，诗书继世展芳华。
先贤妙计安天下，圣祖良方在世家。
一口锅中藏故事，百家姓里一奇葩！

五律·雨夜寄北

欲问家乡事，关山几万重。
雨中菩提树，灯下白头翁。
思亲佳节至，问疾时间穷。
孝忠难不误？嗟叹古今同！

（后记：父母今七十有余，寄居乡下，身体每况愈下。然余课业繁重，校方签到频繁，虽欲周周前往探望，怎奈现实不允。呜呼，是以诗为记。）

牟国竑

甘肃渭源人，1971年生，大学文化。中华文艺学会会员。作品散见于《中华文艺》《齐鲁诗歌》《诗中国》《岚》《诗词月刊》《中国文学》《中国风》《中国千人诗歌》《中华诗人》《中国当代爱情诗选》《中国诗歌月刊》《中国诗选刊》《八一诗选》等刊物。在“中美杯”“中华杯”文学创作大赛中，荣获诗词三等奖。获得《中国文学》杂志社十大诗人奖项。荣获第三届鲁迅短诗赛铜奖。

蜗牛

身穿盔甲游天下，一路逍遥一路歌。
雨露荣颜藏湿土，嶥泥壮骨守溪河。
住家瓦砾栖丛石，建屋禾塘乐叶荷。
如卧还行微慢动，日爬丈寸道犹多。

中考现场

六月流霞炉火旺，万家赶考顶骄阳。
少年场内挥文墨，慈母门前捏指裳。
校外人群头攒动，桌边神笔韵飞扬。
低吟风雅勤思句，报国修身赋玉章。

阵雨

遮日黑云飞怪影，狂风疾雨卷青苗。
弓开万箭临空下，茧落千丝向野飘。
屋瓦叮当珠满地，花枝摇摆水盈潮。
一川湿意添新绿，洗净炎痕景更娇。

国父吟

——纪念孙中山先生诞辰150周年

（一）

身逢清末千疮病，国运衰残瘴气横。
视死初生多壮志，领舵远渡聚精英。
亲临骇浪擂鸣鼓，疾骋风云举彩旌。
誓扫鞑虏行宪政，三民主义绽光明。

（二）

少小乡邻多疾苦，力参变法换纲常。
投身辛亥驱封建，报国同盟立宪章。
新政三民登总统，礼风百代别君王。
胸中济世安邦策，名满乾坤万古芳。

樱花

东瀛生美玉，蕊瓣濯莹光。
熠熠琼姿裹，盈盈韵彩藏。
春风镶粉白，雨露润清香。
谁点云霞老，芬芳出盛唐。

农父

秋风穿巷陌，浸我父声容。
瘦影瓜藤伴，薄衫霜雪逢。
躬行身不稳，驼背力难从。
犹记当年壮，攀山又越峰。

咏菊

金菊当秋旺，千层万瓣重。
盈盈流韵彩，熠熠聚芳容。
花盏幽香浸，瑶台翠色溶。
随风浮倩影，贵气爽心胸。

秋风

秋风如画笔，抹叶又涂枝。
越野青衫褪，沾衣瘦影随。
翩翩雕碧玉，栩栩绣萝帷。
曼舞轻歌处，千山岁月移。

悲秋

草木悲秋早，西风褪玉颜。
青纱添熟色，红叶染重关。
远顾山纷叠，遥听水复潺。
问君何聚尔，冷雨谢云寰。

秋叶

千山霜染透，遍野瘦西风。
残叶纷飘地，疏枝斜卧空。
岭田多落蕊，巷陌又铺绒。
辞谢春秋岁，化泥埋草丛。

深秋

江天秋色染，陌垄出闲田。
草木英华谢，山川酱紫编。
西风雕岁月，寒露落衣肩。
最爱枫林晚，流霞玛瑙妍。

纪念鲁迅

新民斗士疾风雨，冷对奴颜须发横。
瘦笔如刀除腐朽，圆睛似炬领菁英。
小妖魑魅难存影，大道骓驹骤现声。
最是华章流异彩，甘为孺子玉珂鸣。

观沧海

沧海浮红日，烟涛气象生。
银鱼携浪舞，碧鹤卷云行。
飒飒千帆竞，萧萧万木鸣。
人生当夙愿，引舸驾风征。

落叶

霞染胭脂霜润色，江天万里舞婆娑。
纷纷碧落临空下，飒飒成茵曼妙歌。

木依秋

本名刘贵宝，1987年生于天津津南。中国格律体新诗创作研究会（筹）成员，新月社（筹）社长，《新月诗镌》执行主编，《世界华人文学》执行主编。诗集《恰如春草》《那些本不该表露的情思》待刊。

酒泉子·用毛文锡韵（新韵）

烧尽铅华，一度西风吹野火。声声雁唳哪啄衔，远征难。

残阳望断下南山，冬雨戚戚还怜爱。袖卷

三寸又生寒，改朱颜。

2010年12月11日作于湖南

渔父引（新韵）

夜幕还应两更，雁征尚有一程。离思恁是心生。

（注：大学期间还有一年毕业，想马上回家乡的心思突然而生。）

2010年10月2日凌晨作于湖南

长相思·用欧阳修韵（新韵）

秋风抟[①]，百花残。西照衡阳南岳巅，更深劝月弯。

添衣衫，倚阑干。遥问津乡父母安[②]，滔滔说不完。

（注：①抟：念tuan，二声。意：盘旋。②津乡：指天津，我的家乡。）

2010年9月29日作于湖南

西江月（新韵）

楼下昏黄几盏，还听雨落成声。弘辰更浅雾轻盈，惨照行人蓑影。

夜不眠天渐晓，潇湘无月无星。恨相思欲寄无凭，久立神伤人冷。

（注：弘辰为所居住楼群名，此楼群名叫弘辰公寓。）

2010年9月23日作

绝句·海河秋景（新韵）

紧风梳翠柳，冷雨洗清秋。
暮霭别归雁，长河留晚舟。

2010年8月22日作于天津

牧羊山居士

1965年北京师院物理系毕业，响应党的“四个面向”号召，至黑龙江从事物理教学工作至退休。退休后，由于幼年时期的家教，一直热爱古诗词，于是尝试撰写。曾在一些诗词征集活动中投稿，获得一些奖励。

七律·大明湖历下亭

北极阁上赏湖光，历下亭周桃李芳。
呖呖莺声游客醉，翩翩鹤影画舟忙。
绕堤柳借三篙翠，隔岸花分一脉香。
诗圣少陵留锦句，古亭从此远名扬。

（注：杜甫在历下亭饮宴李邕时写下《陪李北海宴历下亭》诗。其颈联为“海右此亭古，济南名士多”。）

七律·端午怀屈原

暴殄谗言聩帝聆，“招魂”宋玉祭诗宗。
“怀沙”绝笔沉江底，“哀郢”孤魂入昊穹。
五月怒涛拍夜月，三闾遗恨泣秋风，
“离骚”寿世昭寰宇，亚美非欧拜楚卿。

（注：五月屈原抱石沉江。宋玉写《招魂》为其师鸣冤。《怀沙》《哀郢》都为屈原所作。传说《怀沙》问世不久，屈原沉江汨罗。）

七律·婺源春色

阡陌纵横油菜黄，婺源春色满山岗。
清溪埼岸李桃艳，紫苑疏篱兰蕙芳。
水向石边声自响，风从花里过来香。
老家胜景天铺就，华夏瑞烟千古长。

七律·南岳

踏蹬持筇南岳嵚，峰嵬崖陡汗一襟。
寺藏云坞凝眸看，树隐清泉侧耳闻。
涧水添瓶盛夜月，松梢挂袖惹闲云。
庭阶夜寂槲当户，月色满天猿啸吟。

七绝·华佗

继承囊籥神农术，圣手华佗天下钦。
未劈曹颅千古恨，曾医关臂振三军。

（注：囊籥：读nang yue，古指“活人之术”，乃神龙氏所创。）

七绝·南阳医圣祠

医圣众方施辩证，撰修“杂病”与“伤寒”。
阴阳妙术传天下，泽被黎民亿万千。

（注：东汉著名医学家张仲景医术精湛，认真钻研医学理论，重视实践，著有《伤寒杂病论》，系统地阐述医学理论、诊

断和治疗原则,对我国医学发展做出了巨大贡献。)

五绝·备课

馨香盈夜斋，明月照窗台。
有教应无类，近灯书教材。

五绝·宁波天一阁

庋阁藏善本，播慧第一楼。
十万签题卷，良书惠九州。

N

乃学堂主

本名要鸣男。1950年生,原籍山东桓台,大专学历,一直在太原乡、镇及区级事业单位工作,现已退休。

虞美人·观画咏荷

柳深莺啼闲步听。浅水芙蓉影。祥云瑞气濯心胸,不觉邪正已然惮意浓。

莲有霓彩佛光永。诗画千年颂。吟哦凝神常三思,墨有百韵芳魂各不同。

一剪梅·读画悟梦

红尘一梦大江东。烟起雨濛,波卷浪涌、江湖风月杯酒中。半生逐鸿,一生溧蓬。

霜染青鬓人方醒。闲听野钟,归恋谷丰。不尽乡愁难觅踪。画中交融,诗中相逢。

朝中措·读刘禹锡竹枝词有感

恨难流水入心墙,平添一地伤。恰如风萧捲离叶,飘过多少悲凉。

矩步引领,晦魄环照,千字文章。且作闲云野鹤,彻悟天地玄黄!

五律·九九重阳

闲步见菊黄，方知又重阳。
酒罢添余兴，茶淡留残香。
驻足忆憾事，登高望远樯。
夕照生青霞，奋翅作腾骧!

(注:末句出自张衡《西京赋》:“乃奋翅而腾骧。”)

千秋岁·元旦自嘲

寒窗冷月,凝香不忍撷,萧萧瘦梅点点雪。懒动班竹笛,愁搁飞笺箧。腾空一爆烟花起,兴悠然,羊去猴来元旦节。

往事莫评说,岁月又更迭。梦难回,圆有缺。故人渐离去,家园长恨别。长回首,半是星空半是结。

感皇恩·天山云

挥袖风雨徐,云蒸霞蔚。目空九天听松鼓。胸衾顿彻,展起辽辽画图。恍见登霄梯、梦中路。

坦坦有年。磊磊江湖。生不逢时人不古。运舛命乖、岂敢逐波起舞。作闲人揽胜、心也舒。

古风·荆江亭

可叹人生已暮,又逢不速之故。谁挥夺命刀?魂归风雨夜楚!

泣锁荆江哀雾,悲燃天地香炷。仙国有婆罗,与君去惊超度!

临江仙·日出

层峦如带色几许,胭色朦朦重重。疑是昨夜酒未醒?登高稍拭目,彩帛当空腾。

曦轩驾到势恢弘,河山悄然动容。方知鸡啼天下雄!又迎旭日起,又盼日蒸蒸。

南山

致悼孙公

——依中山先生祭奠刘道一烈士诗韵

万里征遥浪谷蓬，谁能灭我立人雄。
三民昭世彤彤日，一统横空猎猎风。
吐哺坐来江海晏，叮咛况复九州同。
偕仇共挽天河水，长祭苍生泽润公。

（注：吐哺典出《史记鲁周公世家》："周公吐哺，天下归心。"叮咛指中山先生遗嘱："革命尚未成功，同志仍须努力。"）

和楚江闲鹤《读于恒希先生水墨荷花》

施粉瑶池舞雒妃，心香与共弄清晖。
精魂袅袅迷君梦，玉骨铮铮饮露霏。
着意熏风堪解语，钟情止水可滋肥。
青衫瓦缶何言苦，荜路缘求坐忘机。

随感

独爱云深草色家，竹林问径不群鸦。
奢华巧取阴森枕，褴褛亲为糙粝加。
病老听由藏否倚，琴书对语日山斜。
平生若得庄周梦，聊赖清心陆羽茶。

倪道勤

男，汉族，1948年生，滕州市人，中师学历。中华诗词学会会员，枣庄市诗词学会会员。

七律·颂秋瑾

深闺难锁女侠流，屈指古今谁与俦。
留学东洋图革命，买刀巾帼换兜鍪。
大通会党谋鸿略，浙皖起兵除冕旒。
壮志未酬身已去，轩亭碧血著春秋。

七律·毛泽东《在延安文艺座谈会上的讲话》发表70周年感怀

座谈佳会史无前，文艺繁荣七十年。
良策宏图关大计，东风春雨润心田。
才欣盛世三春色，又感文坛五月天。
巨著摩挲香一瓣，践行垂训竞先鞭。

七律·迎春咏雪

纷纷六出满天飞，山舞银蛇春始时。
初绽梅花添玉朵，轻摇杨柳展琼枝。
祥云瑞霭烟光照，盛世华年福祉垂。
新政有为民信赖，雪花入梦写新诗。

七律·大理览胜

夏日激情游大理，苍山洱海景堪奇。
凌空剑道寻茶马，花下阿鹏会美眉。
翠隐一泉蝴蝶梦，云飘三塔古城诗。
风光醉客边关上，煮酒吟哦乐忘归。

七律·游泰山"八仙谷"

谷幽径曲自悠然，壑美林深藏"八仙"。
汩汩清泉吟峭涧，巍巍岱顶刺青天。
朝迎东海三竿日，夕眺齐州九点烟。
得道仙人留胜迹，松风时过翠微颠。

七律·雁荡山览胜

雁荡嵯峨多险峰，灵岩泻瀑寄仙踪。
飞泉溅玉舞银燕，山峭悬潭藏卧龙。
天柱撑天自傲慢，凡提揽月也从容。
风光无限览难尽，留有亲缘情意浓。

七律·题"九·一八"

警笛悲鸣绕耳边，同胞能不忆当年。
铁蹄践踏山河碎，壮士抗争烽火连。
夺岛又萌军国梦，御倭再写戍疆篇。
吾侪岂忘民族恨，华夏复兴争着鞭。

倪集华

笔名佳木。男，浙江省杭州市人。1970年中学毕业入浙江生产建设兵团务农，1977年考入大学学习，1982年大学毕业入浙江省检察机关工作，2014年退休。曾兼任浙江省检察官文联副主席，现为《浙江通志·检察志》执行主编。先后在各报刊发表诗文数十篇，近年开始在网络上发表诗歌。

七律·中学同学相聚有感(中华新韵)

少小无心静课习，青葱有劲闹游嬉。
糊涂交往情思嫩，懵懂挥别问候稀。
就业奔波谋进取，离职闲坐话时宜。
纯真岁月长相忆，聚散悲欢总顾惜。

七律·白云来去自悠悠(平水韵)

思山念水忘烦忧，度假观光快意游。
见闻民情尝土味，访寻胜景探奇幽。
古今风月言谈过，万里天涯纵目收。
退隐江湖何所乐？白云来去自悠悠。

七绝·清明(中华新韵)

青山肃穆护陵碑，雾雨迷蒙涕泪飞；
又乘春风追往事，徘徊到此尽凝眉。

五律·岁末感怀(中华新韵)

岁末报平安，挥毫送旧年。
和风嬉雨雪，丽日耀云天。
谈笑随心闹，诗文任意闲。
悠然思往事，把盏与君欢。

五律·冬日侍病父(中华新韵)

寒月惜残日，夕阳恋暮曛。
草枯熬数九，花发盼新春。
孝敬时不待，恭陪尽耐心。
白驹归复去，夜梦慰神魂。

倪进祥

男，汉族，1972年生于安徽无为，1991年入伍。中国书法家协会理事，中央国家机关书法家协会副主席，第十一届全国青联委员，中国楹联学会副秘书长，中华诗词学会会员，解放军书法创作院艺委会委员，清华大学美术学院书法高研班导师，安徽师范大学兼职教授，兰州大学书法研究所特聘研究员，总后政治部文艺创作室专业书法家。

赠国务院总理李克强春联一副

克尽时艰，总揽中枢推改革；
强谋方略，理清妙策助腾飞。

为四川广安邓小平纪念馆撰联

小试雄韬，养晦藏针，擎旗力辟复兴路；
平凝浩气，图强励志，掌舵勇推改革潮。

第二十九界奥运会开幕式撰联

展五千年画卷，气势恢宏，规模盛大，赏万缶鸣雷、万焰呈祥、万象更新，显国力、振国威，奥运雄风惊世界；

慑六十亿人心，英姿神勇，场面沸腾，望九天焕彩、九龙献瑞、九州开泰，铸民魂、长民志，鸟巢圣火耀苍穹。

为浙江集福禅寺撰联

集聚禅缘，三界生灵宗妙法；
福临寺院，一炉香火护慈航。

为孙中山纪念馆撰联

推行民主，解放民权，关切民生，励志兴邦称国父；

唤醒国魂，探寻国策，弘彰国运，求真务实得民心。

为无为七师纪念馆撰联

根扎无为，游击八方，七师将士雄威震；
馆开阵地，滋昭百代，千里江淮浩气扬。

为国防大学图书馆撰联

仗剑读兵书，休言伯乐居何处；
开怀运韬略，振济乾坤看此时。

为济南稼轩祠题联

一代词宗，绝唱自成豪放派；
千年文脉，雄风犹壮大明湖。

军旅言志联

利剑长缨，昂扬北塞南疆，聊借乾坤抒浩气；

金戈铁马，驰骋白山黑水，不辞风雪赴戎机。

谐趣联品赏

楹联出口，出口成联，联水联山，联地联天联世界；

科学兴邦，兴邦重学，学文学理，学今学古学东西。

颂毛泽东

远望韶峰秋色浓，感恩寻梦仰英容。
潇湘喜现开天手，禹域催生济世风。
指点江山凭伟略，激扬文字撼苍穹。
神飞翰墨万毫逸，气壮诗魂百代雄。
星火燎原腾烈焰，昆仑拔剑揽长虹。
风流千古谁能敌？看我中华一巨龙。

庆党九十五华诞

东方欲晓启红船，漫道雄关举步艰。
辟地开天凭伟略，摧枯拉朽谱新篇。
巨风破浪潮犹急，清政崇廉志更坚。
且看兴邦惊世界，应持务实赞良贤。
长征已入正航道，改革高扬时代鞭。
爱党为民圆国梦，心怀使命勇当先。

七律·长征颂

红军将士英雄气，万里长征历万难。
飞越金沙摧敌阵，勇攀铁索夺天关。
岷山风雪铸魂魄，草地泥泞斗苦寒。
播种宣言功盖世，燎原星火耀人寰。

七律·军旅言志诗

十年面壁作探求，万里从戎展壮游。
迈步长城迎旭日，振衣边塞御寒流。
生花笔健才情茂，细柳营高意气遒。
我愧不材逢伯乐，敢驰风足效骅骝。

七律·颂书坛泰斗启功

巧用黄金分割律，挥毫不费解牛功。
吟诗泼墨风高雅，鉴古知今道自通。
德厚名成雷贯耳，功深学富业开宗。
字因瘦硬人书老，艺苑丰碑如日红。

七律·迎国展

国展来临忙备战，书坛老少决雌雄。
挥毫齐运神来笔，泼墨常凭造化功。
立异当思原创性，标新再振大师风。
满怀信念出精品，竞放新花书苑中。

为《海军康大涛书画集》题

文武双修追大雅，临池入妙见空灵。
书从秦汉求生面，意入晋唐写性情。
道法悟道开气象，风规自立铸军魂。
专心不改丹青志，翰墨传神期大成。

咏笔

生在湖州嫁九州，朝朝暮暮砚中求。
累成秃发退成冢，一笔勾销万古愁。

临江仙·学书随想

真迹观完心入妙，拈来香墨轻磨。黄庭写罢唤池鹅，羲之风已渺，我欲更如何？

眺望书坛新气象，溯源历史长河，左盘右蹙问谁多？方圆忘意绪，韵调入平和。

虞美人·军旅抒怀

银涛雪浪连天涌，谁鼓雄风动，心花翻舞未成丛，曾指大江一道是飞龙。

如今戍守边关月，血沸胸增热，梦回虎帐

上碉楼,最爱长城万里护神州。

倪孟建

中华诗词学会会员,香港诗词学会会员。

纪念长征胜利80周年

救国丹心怀执念,为民何惧舍头颅。
雪山草地寻常景,伏卒追兵傀儡夫。
有感劳君来送我,无须留客去斟壶。
阋墙兄弟家庭事,一统中华方是图。

聂丽芹

笔名清水暗香、倩云。

五律·安义古村探春

紫陌万千条,古村花事娇。
霞红喧大野,香暖绕芭蕉。
折柳敲诗韵,簪花当步摇。
夜闻声破土,新笋上云霄。

(注:步摇——古代妇女的一种首饰。取其行步则动摇,故名。其制作多以黄金屈曲成龙凤等形,其上缀以珠玉。)

小石源雅集

久闻石源好,远足未嫌迢。
绿柳垂金线,红颊上野桃。
谈联欢昨夜,斗酒醉今朝。
此去诗情种,犹怜红辣椒。

五律·秋意

阵雨潇潇歇,薰风淡淡凉。
渐看春水远,复觉粉荷香。
蝉唱邀莺语,山青映涧长。
秋霜休太足,蝶梦惹人伤。

五律·中秋

疏雨送清凉,秋思别样长。
品茶心自在,把酒菊犹香。
好友常相忆,知音话更忙。
嫦娥应羡慕,人月两相狂。

五律·咏蚕

春时嘶翠叶,夏至吐青丝,
君看疑无息,心磐岂不知。
痴嗔贪蝶梦,羽化锐新皮,
织罢三千锦,终成百万诗。

聂梅贵

网名酷欣。女,广东省珠海市人。诗词爱好者,练习写作近体诗词近十年。珠海市诗词楹联学会副秘书长,龙溪漱石诗词平台成员。诗风质朴自然,意境开阔。作品散见于《中华诗词》《诗话人生》《楹联家》《黄河金岸》《廉江月刊》《珠海金土地》《珠海特区报》等报纸杂志及网络平台。

五律·长城谣

日落关河远,风吹草莽新。
雄师摧逆虏,铁壁卫强秦。
烽火当时月,沧桑百代民。
高墙何足恃,一笑后来人。

七律·静夜思

冰轮皎洁夜阑深,玉露翻珠湿麓林。
琐事无名纷杂虑,流年多变念知音。
凭窗遥忆军中月,面壁常怀世外心。
欲剪情丝终不剪,今宵又赋白头吟。

七律·暮春之夜

夜色苍茫数斗星,穿林风语倩谁听。
三更已觉黄粱梦,五鼓犹开紫幔棂。
检点疏狂知内敛,还归淡泊远虚荣。
轻装漫路逍遥旅,静与初心日日宁。

七律·河畔渔村

曲水偏居漫古氛，架头罾网晒渔文。
日明花影深深现，柳暗莺声浅浅闻。
两岸人家遥守望，四时烟雨任氤氲。
河干我觅垂纶地，不钓鳍鳞只钓云。

调寄桂枝香·七夕

繁星灿烂，望小月碧空，清澄河汉。牛女今宵圆梦，别情新减。自怜灯烛花无语，更平添、鹊桥轻叹。晚凉轻送，柔情深致，梦乡暇暖。

忆往昔、罗衣布幔。晓露湿青衫，锦鸡柴院。海誓山盟未了，地遥天远。奈何思眷如春水，更无情向秋流漫。几时同住，人间天上，了他嗟怨。

念奴娇

天中一璧，正凌波踏浪，欲跨黄鹤。桂影重重光泄处，洒下飞星狂跃。点点晶莹，弹珠蹦玉，应是忙雕琢。可能陪汝，共将新韵商榷？

算我和月无差，满头堆雪，好把相思托。记忆壮怀曾激烈，不屑玉楼琼阁。意寄湖山，身缠尘俗，钝了长锋锷。自今宵起，与君诗酒同乐。

满庭芳·秋月

枫叶红秋，疏枝斑影，层林玉露新浓。年年今夜，月满去年同。千里雁，归途是否，无驿处，难伫云踪。应料得，兼程溯旧，怕辜负初衷。

笑人间惯会，青天桂酒，看盏庭中。放低尘怨，一洗忧忡。乘醉意，闲吟几句，霜满地，香透西风。诸亲健，离愁莫用，牵梦入征蓬。

人月圆·与雁同行

天涯壮旅风云动，孤胆自由行。晴烟晚照，平沙新月，逐雁兼程。

春来秋去，家园总见，满地温情。凌翔空阔，年轮静好，我伴卿鸣。

牛广德

男，1951年生，滕州市人，大专文化，经济师，原滕州市乡镇企业局调研室主任，已内退。枣庄市诗词学会会员。先后在省市及专业报刊发表诗歌80余篇，其中获奖诗歌5篇。

五绝·秋日

金秋如彩画，原野看农耕。
欢庆收成好，天高万里晴。

七绝·寄怀二首

（一）

一介书生无所求，笔耕不辍卅馀秋。
为人厚德恪勤勉，困苦清贫何必忧。

（二）

风光故里迷人美，蔬菜大棚连片明。
最是惠农新政好，家乡处处春意生。

感怀

（一）

一生风雨不言愁，勤勉为公孺子牛。
休退不休余热献，身心康健乐悠悠。

（二）

文牍劳形四十秋，铅华洗尽自风流。
而今协会偕诗友，琢句遣词吟兴遒。

登月

登月神舟驭气冲，太空行走傲苍穹。
高端科技国威振，华夏梦圆堪自雄。

展望

发展科研万里程，为民执政惠民生。
和谐奔向小康路，祖国江山万代红。

七律·重阳节

节届重阳应敬老，赋诗骚客咏华章。
登高才觉云飞远，赏菊方知霜染香。
萸酒一杯吟盛世，清歌千首祝安康。
人间莫道桑榆晚，心态祥和百岁长。

牛继和

笔名逸思飞。男，生于1965年，山西省晋中市灵石县人。酷爱古典诗词创作，作品散见于《晋韵诗词》以及新浪女性论坛、中国诗歌网、女娲抟诗及古风论坛等网络平台。20世纪80年代从教，后入行政机关从事管理工作，现在民企工作。

沁园春·秋思

荷卧池塘，青草浓妆，显现露霜。叶黄风萧瑟，云飞习漫；雨浇花间，夏暑离凉。一阕乡愁，瑶琴轻抚，岁月情牵独倚窗。容不变，旧音从未改，举目遥望。

银钩清浅徜徉，良辰捧杯梅艳桂香。梦里山野绿，田园阡陌；菊妍怒绽，稻谷芬芳。对盏相邀，几人能约，借得清晖入墨囊。斑须白，试想何时到，告老还乡。

南歌子·丙申中秋思慈母

——题记：中秋时节，团圆日到，阖家聚堂，老少皆笑。每逢佳节，我心生忧，可怜慈母，已别千秋。儿愚拙钝，不及悌孝，作诗缅怀，为您祈祷。

仰月心常想，情凝木拓笺，每逢圆月灿无眠，忆往，儿漂千里母亲牵。

又恰中秋到，肝烧五脏煎，阴阳两隔已成仙，思恋，容颜仿佛在吾前。

七律·秋韵

——题记：秋天是个美丽的季节，桂花馥郁，杏叶泛黄，枫树醉红，硕果累累，大自然被五颜六色点缀得出奇的浪漫，是成熟和收获梦幻之时。

九月金秋景旖旎，桂花馥郁伴云飘。
杏摇桃曳泛黄叶，枫醉桐陶昂首翘。
翠艳山峦雀迤逦，碧波荡漾藕吟谣。
苍穹皓月弯身瞰，猎猎西风遍地嚣。

蝶恋花·秋色遐想

碧绿荡波穹澈朗，出水芙蓉，鱼跃千家飨。原野漫山枫叶幌，天南地北新环象。

春种夏培肥土壤，瓜稻红桃，丰硕登高仰。无际田园金色爽，高山流水云飞享。

卜算子·观里约奥运有感

盛会里约终，半月牵魂梦。华夏儿孙迎难登，夺冠驰横纵。

虽遇不公平，仍将金牌中，坚毅顽强硕果囊，威武迎吟诵。

六州歌头·咏G20杭州峰会

——题记：二十国集团领导人第十一次峰会4日在杭州国际博览中心举行。国家主席习近平主持会议并致开幕辞。习近平强调，面对当前挑战，二十国集团要与时俱进、知行合一、共建共享、同舟共济，为世界经济繁荣稳定把握好大方向，推动世界经济强劲、可持续、平衡、包容增长。

云霄碧绿，红胜火江南。曲中杯，方休醉，际穹蓝，重包含。

一带一路传，喜迎客，琴音调，音阶满，波红柳，日荷甘。玉带珠光，涟漪风骚荡，苏堤俏酣。断桥白娘子，千载戏传谈。共赢索探，大邦涵。越楚平乐，绿绮户，冰肌玉，纤姿蚕。琉璃卷，钱塘狂，雨顺覃，吐丝谙。古国东方起，辟天地，山舞岚。紫宫内，入枭雄，同舟谈。染秋西风璀璨，歌笙笛，精英济坛。西湖月近人，梦入杭州潭，独领首颌。

鹧鸪天·悼阎肃

——题记：我们也有风花雪月，但那风是“铁马秋风”、花是“战地黄花”、雪是“楼船夜雪”、月是“边关冷月”。就是这种肝胆、这种魂魄教会我跟着走、往前行，我愿意为兵服务一辈子。

文艺高堂今泪汪，只因阎老逝悲伤。诗篇丰硕驰军旅，世纪精英谓栋梁。

千海吼，万山殇，风雷集聚地苍茫。韵章千部丰碑铸，传诵悠悠永驻香。

卜算子·赞介子推

重耳徙流亡，足下随殇惴。遇险拿肌奉饿饥，赤胆心纯粹。

忠善拒官邀，怀抱慈娘睡。焦火绵山别万秋，傲骨千年萃。

[注：介子推(? －公元前636年)，又名介之推，后人尊为介子，春秋时期晋国(今山西介休市)人，生于闻喜户头村，长在夏县裴介村，因“割股奉君”、隐居“不言禄”之壮举，深得世人怀念。死后葬于介休绵山。晋文公重耳深为愧疚，遂改绵山为介山，并立庙祭祀，由此产生了(清明节前一天)“寒食节”，历代诗家文人留有大量吟咏缅怀诗篇。]

O

欧鸿

笔名藏龙、海雁，字铭诚，号藏龙居士。1965年生，广东肇庆人。广东省作家协会会员，中国诗词协会会员，中国书画学会会员，世界汉诗协会会员。已出版诗集《藏龙诗韵》《海雁潮声》《盛世龙吟》《禅心天籁》《阆苑琴声》及《诗国双璧》《六合诗集》(合集)等。

五律·壶口瀑布礼赞

洪涛滚滚流，万里涤神州。
九曲千重浪，无为一念愁。
风云心谷纳，气象眼中浮。
血脉贲张处，谁知梦所求。

五律·咏虎

天生王者相，寒暑隐深山。
岂惧悬崖峭，何愁狼狈奸。
风惊一丘貉，威震几雄关。
劲爪留痕处，猿猴骨悚然。

五律·奥运会闭幕式

蟾宫星璀璨，梦海锦流辉。
激浪归帆起，深情热泪飞。
风光终散落，汗水化离思。
圣火今宵熄，精神天地知。

五律·中秋月

玉魄循天道，寒冬任雪吹。
几经春雾雨，再历夏风雷。
乾坤孤独旅，起落万千回。
永恒心不变，无悔夜重来。

五律·孔圣先师诞有感

寰宇盼甘霖，春秋古国寻。
梦弘先哲愿，谁识圣人心。
永举循纲纪，一生传福音。
大同崇博爱，德礼证仁襟。

五律·东岳慨怀

昂头天外看，三界笑凡虫。
云海仙人会，瑶台北斗逢。
久居齐鲁境，不觉泰山雄。
毓秀巍峨壮，千秋禅韵浓。

五律·国庆感思

普天同庆日，一梦共圆时。
古国妆新貌，鲜花映彩旗。
环城龙马转，四海凤歌飞。
素笔描欢乐，深情忆润之。

五律·首都秋夜

神骖巡泰景，醉眼叹皇城。
玉宇连灯海，琼楼幻紫晶。
惊为天上客，默念世间情。

祖国存风韵，长安耀斗星。

2016年11月5日收集

瓯江子 6503

又号墨池公。70后，温州瓯海人。自幼嗜好金石书法，师从林剑丹。2002年后因羡西晋陆机、陆云之才智，移居上海华亭。崇尚汉魏六朝与盛唐诗。

游雪窦寺归后作

昨夜残更我梦奇，留题雪窦寺门诗：
三秋翠柏参禅坐；四面青山入定时。

马嵬览古三首(选其一)

荒径草新乱若麻，巍峨山麓葬铅华。
春风亦管前朝事，夜半吹开坡上花。

题二陆草堂

山中何处小蓬莱，三面松筠一面梅。
芭蕉种植南窗下，招引清风入户来。

雨夜宿千户苗寨

山倚吊楼门，水斜苗寨村。
夜深卧听雨，摇曳一灯昏。

题大箬岩

石门小洞天，幽径竹相连。
日暮鍾声里，一山静入禅。

蕉叶醉书

昨日卧西院，把盏对松涛。醉时忽兴起，无纸书离骚。随手折蕉叶，任由我挥毫。飞点如坠石，长捺如舟楫。渴笔作枯藤，晕散江沉碧。疏处堪跑马，密处惟容虱。醒后复静观，惊叹其特别。

暮上峨眉

何处生究竟，遥观林霭暝。迴风忽止语，青山初入定。万籁示寂时，松子落苔径。

十一月廿二午后天寒阳光下池塘浅滩处锦鲤鱼成群时动时静宛如布阵状而歌之

池塘戒严城，滩石放哨兵。
当中鱼布阵，挥戈待出征。
孙膑如见此，亦可悟战争。
弄权示威慑，涂炭在生灵。
自古攻心术，不用沾血腥。
但愿刀剑匣中锈，唯我永世得安宁。

欧卿生

水沙坪采风

如画沙坪似宝盆，平川万亩出珠珍。
山环水绕层峦翠，峻秀奇峰降武陵。

欧学洲

字雪舟，号晓鸥。1962年生，1981年毕业于湖南吉首大学，金融经济师职称。长沙市书协会员，长沙市心区诗词楹联协会会员，国家一级书法师，中华一级诗人。2011年以来，在全国诗词书画大赛中获特别奖以及金、银大奖80多次。

七绝·咏秦篆

秦皇一统书同文，小篆文字气象森。
堂堂正正中国字，笔画遒美篆字成。

七绝·清晨小鸟在歌唱

清晨小鸟在歌唱，歌唱今天好时光。
日月轮回不停息，祖国一天一个样。

七律·习近平主持召开哲学社会科学工作座谈会

思想长河翻浪花，哲学最美是文化。
中国特色大气派，学人立言功劳大。
面向世界全球化，中西学术大交叉。
马列真理定神针，学习实践你我他。

七绝·盛砚砚台博物馆开馆

盛砚民间博物馆，百千名砚供参观。
馆址就在家门口，砚台文化真养眼。

七律·咏汉简

删繁就简有汉简，中华文化谱新篇。
由篆变隶行楷随，书体巨变史所然。
汉简出土数居延，大大方方逅云圆。
没纸以前书竹木，汉代历史重见天。

七律·读欧阳询与当代书法学术研讨会专家发言

《光明日报》一整版，欧阳书道专家谈。
法度创意文理课，楷圣千年至今传。
融江南北无侧偏，正大气象在人间。
中华书史留美名，文道人德书堂山。

七绝·观“紫境天边——李俊紫藤画展”

曾观紫藤于公园，今看紫藤大画展。
可惜无香猿攀藤，画家李俊泰州范。

七绝·观“逸笔写心——陈中华艺术展”

好个才俊出扬州，中华精神风格遒。
人物写心有气骨，引进湖南居榜首。

欧阳东明

男，42岁，籍贯江西赣州。

星星

霾雾罩苍穹，银河难觅踪。
儿时钟爱事，细数满天星。

房奴

江心舟一叶，倒映显佝偻。
广厦压三代，期颐不得休。

芭茅感怀

武陵脉北草菁菁，千手观音展秀嵘。
贺帅芭茅燃战火，山花岁岁祭无名。

父亲 1979

清明泪雨袭寒门，母抚八子葬夫君。
稚儿怯懦难相救，眼睁火海将父焚。

（注：抚，因八个孩子皆还没有成人。）

红军的草鞋

微躯本是草编成，扛炮掮枪我力擎。
踏遍千山和万水，孑然入土复征程。

神游张家界（中华新韵）

神针定海擎天柱，潮退江枯亿万年。
异石奇峰狂浪涌，生息万物百花园。
纵横沟壑临仙境，折曲蜿蜒别洞天。
此景只应天上有，人间谁见此峰峦。

母殡

竹筒手握彻心凉，四子五孙孝衣装。
更泣三哥何处在？忍心孝竹挂棺梁。

（注：竹筒、孝竹指“孝筒竹”，地方风俗父母过逝每个儿子必须手持一根孝筒竹护送父母下葬，儿子还健在，但又没办法赶回来尽孝的，他那根孝筒竹必须挂在父母亲的棺椁上，以示还有一子护葬。）

惠州西湖

浩渺烟波笼西湖，廊桥尽处百灵呼。
山深林密藏禅院，曲径通幽隐亚夫。

（注：亚夫，指四十二集团军驻地在惠州西湖境内，该部队名将辈出，以治军严谨闻名于世。百灵呼，因西湖湖心有座岛，岛内鸟类众多，完全就像鸟的天堂。）

欧阳日初

1967年生，男，湖南省隆回县司门前镇人，教师。徐特立研究所研究员，中华诗词学会会员，中国乡土文学会常务理事，隆回诗词楹联学会理事。诗词作品多次获奖。著有《守墨堂文集》和《天云山传奇》等。

七绝·夕阳

柳影风摇惊白鹭，谁支湖鼎煮斜阳。
欲赊一盏消尘累，醉卧扁舟梦故乡。

2015年4月

七绝·乙未夏登岳麓山

山峰堆翠倚湖光，石径岚烟夏日凉。
爱晚亭中浑欲醉，枫林静卧嗅书香。

2015年8月

七绝·春犁

拂柳熏风笑野花，杜鹃催我赶犁耙。
泥香扑面春潮涌，一地翻波醉晚霞。

2015年5月

五律·春来偶题

历尽人间味，闲来走四方。
云田诗散种，月夜笔疏狂。
空有满腔血，还添两鬓霜。
花前犹自笑，开落早寻常。

2016年3月

七律·闲居感怀

枕书佐酒过平生，茅舍青青缓步行。
景象纷繁抛利禄，山河秀丽弃功名。
霜尘渐染乾坤转，寒露忽凝日月争。
莫叹时光人已老，闲来垂钓几莺声。

2015年8月

七律·纪念蔡锷将军逝世100周年

立马横刀唱大风，南天拔剑气如虹。
讨袁热血披新甲，护国雄心挽劲弓。
毅魄有情红叶里，英姿无愧紫云中。
如今欲问当年事，岳麓烟霞尽向东。

2016年5月

七律·丙申六月登衡山

衡岳巍巍四壁葱，乘车缥缈碧天空。
鸟鸣山涧山尤寂，松倚岭头岭更雄。
古寺佛门情各别，梵音法雨意非同。
通灵久慕三千界，无限风光一望中。

2016年6月

七律·晚秋送别友人

叶落梧桐天正凉，竹林置酒向斜阳。
云山暮暮愁千点，泸水涛涛泪几行。
世道艰难终有果，人生苦短却无常。
乾坤风雨途中客，珍重一声共举觞。

2016年10月

欧阳芝兰

湖南益阳人，爱好文学、音乐、瑜伽、摄影、运动，现工作于湖南城市学院。益阳市作协会员。

题弟

粤省定居十载秋，深怀梓里觉心愁。
人生地陌多思乡，意马心猿少清欢。
戴月披星工作忙，思朝想暮叹时光。
母思儿念离群雁，犹如江中一叶舟。

姐弟情深

母慈父严度童年，姐弟相依话多言。
少小争做家务事，求学分开眼泪悬。
粤地扎根相思苦，碰面谈心话语甜。
道路迢迢难聚首，回眸往事独凄然。

爱我家园

慧泽园居几度春，城院明月照征程。
斜阳暮送书声远，夜晚常邀渡步轻。

我本平凡爱写意，学府深藏故园情。
舞岭半壁葱茏翠，爱我家乡心是真。

上班感怀

休闲乐趣恋花丛，快步如云晚与晨。
喜看栋梁苗茁壮，神怡心旷乐其中。

山行

浓荫小径路路通，青青树叶淡淡风。
时闻清香沾满鼻，无名花朵藏山中。

咏农

风和日丽草葱葱，山青水绿稻禾沉。
虫舞鸟啼歌野域，民安国泰乐田农。
黄金一地游人醉，丰收喜悦彩蝶从。
无限风光秋色美，烈日炎炎太阳红。

农家乐趣

豆棚瓜架满窗前，屋后青山屋后田。
日中园内除杂草，午后树梢鸣秋蝉。
我喜深夜吟诗句，知己常来话对联。
谁说农家无乐趣，村居一晚胜于仙。

清晨

清晨闲步校园里，饱沐微风空气鲜。
仰望天空舒眼目，近闻鸟语旷心田。
返程途中诗潮涌，陶情美景山水间。
游罢归来怀若谷，悠悠哉哉乐延年。

欧阳中端

江西省彭泽县人，现年63岁，在家乡从事中小学教育工作40余年，现居上海浦东。酷爱诗歌，尤其是格律诗词。

七律·豫园

久闻沪上有名园，今日亲临阆苑间。
迤逦画桥连九曲，玲珑巧石结千环。
通幽小径小廊转，接宇古轩古韵涵。
海上名园天下绝，游来始信不虚传。

崇明道上

过桥穿隧入崇明，一路风光眼底生。
绿草茵茵铺满岛，红楼座座隐深林。
留连白鹭丹青景，曼妙风车欧陆情。
东海瀛洲真净土，蓝天碧海润心灵。

游东平国家森林公园

人造公园久慕名，万千气象聚东屏。
连天碧草连天碧，绕树青藤绕树青。
缕缕清香心底浴，声声鹭鸟耳边鸣。
欲归不忍频回顾，绿影长留梦里寻。

鹧鸪天·高桥新城，月圆之夜

佳节异乡踏月行，无边思绪伴潮生。忽闻弦管凝眸处，姹紫嫣红入眼明。

身楚楚，步盈盈，长裙短袖舞秋坪。人间天上今宵醉，锦簇花团不夜城。

南乡子·浦东滨江森林公园

三水汇吴淞，海阔天高气势宏。如画滨江镶翡翠，葱茏，垂蕊海棠树树红。

佳节兴犹浓，漫步芳园俗念空。更上层楼抬眼望，桥东，三五彩鸢上碧穹。

P

潘明华

反腐箭

人面妖魂才德虚，凡心难断善邪迷。
滥芋充数登金殿，平步青云著锦衣。
黑贿如流前世少，奢求无限古今稀。
开弓反腐无回箭，老虎苍蝇悔后啼。

白帝城二首

(一)

孤寺江环白帝城，巫山座靠望烟云。
平吴蜀主魂归去，古殿闲庭草木春。

(二)

云彩空旋白帝城，峡江沿岸寺中春。
汉宫寂寞辛酸泪，无限风光诗寄情。

霓虹图

雨飘一阵浴山川，五彩虹桥达九天。
桥下长河东逝水，如神幻景展眉前。

环卫工

应邀伴友入餐厅，市面清洁食量增。
谁道酒逢知己醉，举杯先敬扫街人。

浣溪沙·油茶花

田野菜花疑似金，蜂蝶纷纷闹花诚，江山如画南国春。

万里飘香春色新，一空烟雨沐花蕊，残花几日散云英。

祭革命烈士

历史长河英烈多，枪林弹雨斩妖魔。
阵前人倒旗还立，热血沸腾唱战歌。

七一献词

星火燎原党旗展，南昌起义炮声传。
井冈何惧敌军剿，北上从容战寇顽。
唤醒工农齐上阵，歼驱日本滚东洋。
中华从此无来犯，万里江山照曙光。

日出山

遥望东方满彩霞，朝阳笑面出山丫。
曙光初照驱晨雾，山寨炊烟起万家。

日出海

朝雾茫茫泷碧海，一轮红日水中来。
曙光万道揭晨幕，极目天涯盛世开。

乌江怀楚

滚滚乌江西倒流，楚歌四起羽千愁。
八面围困身先死，万古悲风壮志休。

(注：羽，指项羽。)

太婆养鸡

八十高龄饲养婆，每逢捡蛋乐呵呵。
小康生活晚年度，不上瑶池拜佛陀。

矮寨大桥

矮寨飞虹贯九天，银河大地紧相连。
车流往返游人广。苗镇交通畅四方。

环卫工

捡清垃圾跑街心，早出晚归忙不停。
双手不停挥竹帚，甘为环卫扫街人。

潘友福

别名宥孚，笔名葵田，斋名芳钿草。1939年端午节生于浙江东阳。浙江省作家协会、中华诗词学会、世界汉诗协会、中国楹联学会、中华对联文化研究院、中华伏羲文化研究会会员(研究员)，中国大众文学学会理事会员，中国散文诗研究会常务理事，中国当代艺术协会和中华书画学会副主席，仁和诗社社长。著有《红楼晚钟》《六方世界》等诗文画集14部。

满江红·纪念长征胜利80周年

万里长征，草地泪、雪山滴血。避患难、保存火种，待机燎烈。泰岱气雄风力盛，黄河怒吼狂澜越。党口径、北上抗日策，统一说。

山河沥，鏖战迭。天地谱，英雄屹。遵义拨航向，右倾扫穴。洛毛链网修党史，唤起抗日同心铁。新长征、习李宏图略，圆梦崛！

水调歌头·建党95周年颂

共产党旗赤,九十五年中。雪溶天回春暖,反腐倡廉冲。习李宫圆新梦,治党自身割痛,民众庆归宗。两学一做实,步步向高峰。

深改革,更开放,振雄风。亚行荣共,一带一路仍从容。高举斧镰浪涌,拆迁阳光歌颂,伟业建丰功。台独魂游世,统一舞长龙。

彭大清

赞向和平先生

德高望重品兼优,名利无争称学究。
鹤立鸡群成彩凤,仙风道骨赛庄周。
延年益寿修心性,博古通今佳作留。
福禄双全登泰岳,挥毫泼墨写春秋。

夕阳红

老态龙钟不肯闭,面朝黄土背朝天。
寒来暑往多艰苦,寿享高龄乐夕阳。

罪恶

满洲沦陷千般恨,到处三光血泪悲。
蓄意侵华难赦罪,兵民齐战斩倭魁。

斥美

美帝张牙舞爪凶,野心忘想霸全球。
“鱼鹰”百架布东土,“萨德”几枚针亚洲。
四海翻腾千国怒,五湖震荡九州仇。
精诚团结同携手,世界人民反美奴。

咏粉笔

净白随师入课堂,经纶满腹世无双。
启蒙学仔到高校,成器栋梁留远洋。
化体成灰心亦愿,粉身碎骨志顽强。
为文尽责培英杰,百世流芳写锦章。

彭红涛

网名小蝶寻香。70后,爱好诗歌。

雨打桃花落

雨打桃花落,又临刮北风。
柳枝多处绿,泥地几分红。
檐下蛛惊恐,林间鸟失容。
无晴虽不美,春色满山浓。

东湖春色

缕缕清风过小楼,百花含笑慢摇头。
穿云紫燕凌空舞,碧水一汪连九州。

牡丹

春色怡人百鸟欢,花红柳绿叶儿宽。
蜂飞蝶舞曈曈日,最美芳菲属牡丹。

阳春三月

又是人间三月天,桃枝吐蕊露娇颜。
花红柳绿江南岸,正好踏青放纸鸢。

春暖花开

春暖花开景色新,莺歌燕舞绕山村。
闲暇移步南郊外,赏罢芳丛赏日昏。

油菜花

油菜一园遍地黄,蜂飞蝶舞百花香。
闲来野外轻移步,恰似身临在画廊。

麦田

东风化雨润无声,望眼田园美如画,
望眼田园美如画,农家憧憬好收成。

倚窗独坐

我在窗前坐,月依柳树怀。
风吹花弄影,疑是故人来。

乡愁

我邀明月饮清酒，诉尽平生苦与愁。
但愿银辉铺满地，只将思念寄江州。

春色

槛外春风过柳堤，黄莺树梢几声啼。
一帘绿叶轻摇曳，小院猩红不染泥。

彭民生

男，土家族，中共党员，湖南省龙山县里耶镇人，诗歌爱好者。有诗作散见于国内多种报刊，获过小奖并著有诗集一部。

七古·党恩颂

牡丹花开冠群芳，党恩浩荡人心欢。
扬帆改革风正劲，民族复兴步履坚。
三个代表大旗扛，科学发展佳绩创。
凝聚力量断穷根，攻坚克难致富方。
西部开发擂战鼓，长江三峡歌正酣。
西电东输光明曲，南水北调清泉甘。
雪域高原铁龙舞，珠峰巅上圣火传。
神舟飞天揽日月，蛟龙探海又称王。
钓鱼岛边抗倭寇，黄岩界里驱菲蛮。
舰机巡航领空傲，航母护疆卫主权。
军中罗阳胜雄鹰，讲台万霞一春蚕。
文坛莫言登诺峰，杏林呦呦拿奖还。
且看今日神州地，山更甜来水更香。
十三五绘新蓝图，沐雨民众展笑颜。
群众路线添底气，精准扶贫大道宽。
三严三实增后劲，一带一路示方向。
齐心共筑中国梦，携手同奔小康园。
放歌高唱共产党，花开富贵满人间。

彭南国

咏水沙坪全景

水沙坪景冠江南，绝世奇观展眼前。
鬼斧神工天塑就，麒麟狮象自然观。
猩猩熊虎猫猴聚，鱼鳄蛙虾犬马全。
百态千姿看不尽，奇山异石聚此间。

答友人(步原玉)

胡公授姓几千秋，裔脉豪雄遍九州。
陈胜起兵昭后世，贤君挥笔显鳌头。

附友人赠诗

始祖创基八百秋，美名誉贯遍神州。
丰功伟绩遥千里，儒仕文人灿笔头。

喜读《桂苑集》抒怀

李杜诗魂活，唐风宋韵扬。
今朝骚客醉，常闻桂苑香。

修家谱

寻根事务甘劳怨，风雨寒炎十二年。
跨省飞洋参族会，爬山涉水访宗源。
玗瑊裔脉龙山旺，派系源流谱不全。
合族联宗恭列主，承先启后睦昌安。

春游小南海

青山环堰坝，南海纳黔江。
峻岭崇山绿，兰天碧水茫。
松林栖野鹤，白浪吻船帮。
风送洪湖水，神飞贺帅乡。

酉阳龙潭镇

欢歌笑语酉州行，细雨微微草木新。
十里民居存古韵，百年旧院育炎君。
龙潭激浪飞金鲤，皓月竹楼歌蜀音。
开放惠风时运好，酉阳建设正逢春。

贺水沙坪诗协成立周年

弘扬国粹众精英，艺海行舟用力撑。
耕耘大野词赋种，诗花烂漫满园春。

彭南庄

游卧龙

开天盘古隐蛟龙，起伏蜿蜒绻绿丛。
昔日九牛无水饮，今朝喜卧碧波中。
巍峨高耸卧龙山，胜似苍龙水里潜。
高峡平湖白岩洞，乘舟疑似入仙间。

幸福的伴侣(彭南庄、符大英夫妇)

(一)

暑去寒来经卌六，同舟共济不言苦。
夫妻恩爱无限情，夫唱妇随伴梁祝。

(二)

贤妻七十似婵娟，白首金婚不老颜。
比翼双飞天上鸟，并肩携手乐无边。

赞贤妻

弱冠婚配嫁衣穿，妯娌翁姑善结缘。
弟妹大婚亲手办，邻居乡里赞无前。

游武汉抒怀

春风和煦暖人间，柳绿桃红百卉妍。
窗外无垠荆楚地，菜花麦浪景连天。

游东湖

东湖波碧映蓝天，游客乘舟任性玩。
栋栋高楼平地起，萋萋芳草满湖边。

观黄鹤楼

天下江山第一楼，云端高耸已千秋。
辉煌金碧鹤归去，乐看长江万古悠。

游井冈山

(一)

细雨潇瑟湘赣陲，朦胧白雾似烟灰。
苍茫暮色山冈隐，布谷声声送客归。

(二)

井冈夜宿思前辈，白发顽童未肯休。
今日重登征战路，党恩国事记心头。

(三)

八一战旗飘井冈，燎原烽火漫中原。
只为解放全人类，军号声声敌胆寒。

后悔

邀朋初夏游井冈，一路欢歌甜梦眠。
兴致按门千幅照，好奇孙辈误删完。

赞环卫工

晨曦初起鸡啼晓，雾里蒙胧环卫早。
盛夏除脏烈日高，行人路上知多少。

感慨

(一)

花季人生是少年，偏逢文革闹翻天。
书中文理全疏面，空喊岂能赋诗篇。

(二)

古稀之岁宏志酬，步履艰难未肯休。
平仄推敲行路远，何时问赋载千秋。

杉保树

古木参天千载杉，盘根错节立悬崖。
三枝一树顶天地，直插云霄展茂华。

家乡一道坑

(一)

湘鄂边陲一道坑，形如航母向东行。
群山护寨风光美，林里蝉鸣鸟语声。

（二）

道坑美景咏诗篇，水秀山青百鸟欢。
崖洞清流飞瀑布，高山流水荡轻烟。

（三）

林涛滚滚向天涯，雾绕云飞舞浪花。
满寨风光心荡漾，奇观林海景如霞。

（四）

枝繁叶茂树参天，竹翠花香满岭妍。
绿树成阴青尽染，莺歌燕舞半空旋。

观洞庭湖

（一）

浪涌波飞水吻天，方圆八百起霞烟。
虾鱼飞鸟其间聚，浩淼长江荆楚连。

（二）

洞庭骇浪几时休，滚滚东流春复秋。
七彩银虹连两岸，名传千载岳阳楼。

（三）

春光荡漾柳青青，候鸟枝头美梦惊。
潮浪连天珠玉滚，声声汽笛伴和鸣。

游庐山

庐山坐卧大江边，石峭水趣峰叠嶂。
从林云海千顷湖，一山六教世无双。
云海瀑布绝壁峭，雄伟瑰丽崖谷峰。
缥渺云雾如仙境，奇秀匡庐天下名。

游滕王阁

滕王高阁临大江，瑰丽奇特扬中原。
金壁辉煌重檐式，江南名楼九重天。

据庐山二十二景作诗二首

（一）

庐山牯岭锦绣谷，珍禽王国鄱阳湖。
秀峰岭含五老峰，美庐龙崖仙人洞。

（二）

白麓书院三叠泉，瀑布云海植物园。
六教绝壁含鄱口，黄乌两龙峰汉阳。

游井冈山

苍茫井冈湘赣边，重峦叠嶂雾中转。
春风细雨润万物，人文地貌换新颜。

彭鹏

河北霸州煎茶铺高村人，1962年生。霸州诗词协会副主席，谷风诗社发起人，原谷风诗社常务副社长，现任谷风诗社社长。已出版《彭鹏诗词选集》一卷，现负责主编霸州系列丛书《词赋卷》。代表作有《霸州赋》。

幽居

环峰九畹自阴阴，曲径扶摇入梦深。
绿水无忧风皱面，白云有恨雨揪心。
半屏瘦石聊清骨，一鉴平波好照襟。
访戴何妨三月雪，松声竹韵不须琴。

（注：兰馨蝶舞群中出对"绿水无忧风皱面"，乃对之以"白云有恨雨揪心"，颇觉满意，因成律。）

词笔春风

欲把春风种砚田，昆山有待自生烟。
奇缘正织牵情梦，瑞玉偏堆补景篇。
晋月凝辉涵紫墨，唐风分韵结青莲。
何当更赋煎茶铺，五彩明眸恰似椽。

再题墨缘

唐时明月晋时风，曲水递诗盅。转却星河如许，盈盈应是芳踪。

荧屏小叩，襟扉惊启，一碧秋空。蝶舞何须疑梦，心期不必惊鸿。

风流子·长相约

池水皱青青，芳心动、娇影倚荷亭。正淡淡鹅黄，乍穿莺燕；尖尖玉翠，才立蜻蜓。念皓腕、几时擎大纛？光灿拱群星。途说道闻，已惊明媚；管窥蠡测，还讶轻灵。

归来秋声晚，惊鸿处、飘渺邂逅荧屏。夜夜似邀，唐风宋月芳庭。是庄周意趣，三生蝶舞；灵均情志，一掬兰馨。谁指相逢，那人一袭莹莹？

行香子

情乃心花，思岂无邪？相思处、任是天涯。鱼沉若水，雁落胡沙。纵一丝风，一霎雨，一纹霞。

遥岑挽髻，晴川缓带，嵌竹林、翠霭浮家。琴音舞鹤，墨韵栖鸦。醉一瓢浆，一盏酒，一杯茶。

彭世座

浪淘沙·夜登岳麓山

万众夜登山，不见城垣，河灯万盏岸边悬。少壮妪翁贪夜眺，各自随缘。

岳麓越千年，孕育忠贤，宋黄起义复民权。舜地尧天今胜昔，美妙江山。

（注：宋指宋教仁，黄指黄兴。）

彭武富

美德

路见老人遭雨淋，陌生巾帼献真情。
忙将雨伞热情赠，社会新风日愈兴。

故乡情

塔泥碧水映青山，天堑汝池铁索悬。
雷打危岩通大道，故园常使梦魂牵。

纪念建党 90 周年

中共生辰九十年，开天辟地史无前。
十年内战惊天动，八载驱倭举国欢。
搬倒三山掀旧制，运筹四化谱新篇。
和谐社会红旗展，锦绣中华世界先。

彭武海

游武汉有感

（一）

春意盎然武汉游，只因圆梦黄鹤楼。
晚年有幸江湖走，翰墨春秋挥笔留。

（二）

烟花三月黄鹤楼，谈笑风生看水流。
前世有缘同船渡，同窗挥笔志不休。

春意

（一）

春天一到花如海，万紫千红映日开。
树上落英风起舞，花丛情侣踏青来。

（二）

漫步轻盈手挽环，悄悄私语暗聊天。
融融其乐待来日，璧合珠联似蜜甜。

樱花红似火

柳条依两岸，江水碧如蓝。
车辆穿梭过，花儿斗艳欢。
高楼从地起，飞鸟舞云天。
圆梦江城邑，举杯歌舞还。

南昌

建军八一在南昌，为首恩来开了枪。
老蒋气急人又坏，合围剿共命殒天。

井冈之旅

（一）

有生之年游井冈，喜出望外梦得圆。
星星之火这里撒，婴儿沉睡一摇篮。

（二）

敌强我弱本是真，全靠民拥与支撑。
敌军用的洋枪炮，我军土炮仅三根。

（三）

朱老茅坪去挑粮，亲手扁担署名签。
可谓官兵多团结，英勇歼敌有保障。

（四）

毛朱彭陈会井冈，壮大队伍兴好邦。
众志成城军有望，我军从此有磋商。

彭武威

陵园漫步

烟雨濛濛草木青，携童邀友步园陵。
丰碑耸立松冈顶，史册长留将士名。
推倒三山民作主，扫除倭寇海安宁。
号声嘹亮千军勇，十亿中华梦复兴。

卧龙水库赞

十万民工修水库，肩挑背负战旗红。
拦河大坝巍然立，引水沟渠四处通。
荡漾春波鲢鲤跳，无垠沃野谷粮丰。
湘西儿女齐圆梦，致富除贫日正中。

乌龙山大峡谷

乌龙峡谷百花鲜，叠障层峦绕紫烟。
翠竹万竿迎远客，一溪碧水映仙山。
欢歌摆手翩跹舞，米酒雕楼美梦圆。
神秘湘西多美景，火岩溶洞最奇观。

香山红叶

西风摇叶落，万岭俱萧条。
独有香山美，枫林赤浪高。

别友

酉水清晨岸，轻舟下洞庭。
风寒眠不住，对月数千星。

洛塔宝剑峰

水秀山明洛塔村，鬼魔夜黑卷烟尘。
苍天掷下青锋剑，镇恶除妖保庶民。

贾坝风光好

一马平川贾坝乡，物丰地沃米粮仓。
铁肩挑土修堤坝，巧手操机建电房。
库水清清金鲤跳，微风阵阵稻花香。
山明水秀家乡美，四化征程党导航。

彭武周

街道美容师

风霜雨露戴晨星，扫帚铁楸舞不停。
大街小巷尘灰尽。只愿街清不慕名。

腊梅

雪压平川草未苍，银装素裹独孤芳。
红尘一往群芳妒，身正无邪天地昂。

野炊

云淡风清聚小河，石头三个架烧锅。
女英洗菜哥来炒，夹菜举瓶唱酒歌。

马年感怀

甲午沉舟痛未消，深仇大恨忆前朝。
白银万两抠心血，宝岛百年离故郊。
拜鬼狂徒掀骇浪，求神恶棍欲吞礁。
中华十亿齐声吼，试看何人敢接招。

游湘西凤凰

正是阳春二月天，香风荡柳杏花妍。
绿波滟潋沱江水，翠竹摇风宝塔山。
吊脚琼楼传玉笛，清溪碧水泛游船。
凤凰展翅飞千里，朗朗乾坤大道宽。

彭先勇

男，1974 年生。

七律·春望(一)

东皋薄暮欲何之，征路迢迢车马迟。
津野舟横潮涌岸，岑遥絮落客粘丝。
哀哀孤雁呼亲泪，唧唧秋虫和友诗。
深谷有鱼须结网，飞红一去护花时。

七律·春望(二)(新韵)

咫尺江山眼底收，瘦峰几处鸟飞愁。
雨飘荆楚沉沉夜，日照中原淡淡秋。
囱似密林浓似墨，车如积水滞如粥。
节能高效减排后，定使春风绿九州。

七律·春望(三)

网络空间是我家，友人相聚即中华。
留评可表些些意，点赞能开朵朵花。
山色四围勤泼墨，江春千里共拈霞。
阿婆今日多欢趣，访得邻翁又煮茶。

七律·春望(四)

驱车千里赶回家，叠翠江山美韶华。
路路通乡多笑语，街街迎客少拈花。
生活康乐亲相聚，社会和谐邻满霞。
与爸唠叨刷碗筷，孙儿还敬一杯茶。

七律·春望(五)

网络空间游锦鱼，新笺还似旧笺初。
诗成痴语花飞久，墨未凝思枝影疏。
佳节喜闻良友聚，新风还靠众才书。
人生贵遇唯知己，谁笑邻姑窥探余。

七古·春望

楚台已没神女逸，白鹭洲迷水悠悠。
南柱擎天枉为柱，金铜承露泪空流。
灯花共映三江水，霞鹜齐飞两岸秋。
楼为商旅庇民居，塔傲今时古月酬。
玉帝闻音齐奏乐，仙女翩翩舞彩绸。
中有帝花暗泣声，牛郎何事辞阙楼。

彭玉娥

吟茨岩塘龙家大院

祥云袅袅龙家宅，贺帅音容亦赫喧。
喜见苏区民富裕，豪雄伟业璨千年。

桂塘古镇

墨客骚人咏桂塘，英才豪杰德芬芳。
明溪九曲盘楼宇，绿树三环引凤凰。
古镇经年扬美誉，新村到处焕春装。
轻歌曼舞饶情趣，社会和谐百业昌。

清明祭先烈

丰碑矗立映蓝天，含笑忠魂泉下眠。
白发轻轻吟悼语，青丝朗朗诵宣言。
前贤坦荡捐躯垫，晚辈欣然国事担。
日月无私辉大地，春风有意暖人间。

Q

齐周梦

赠田先生发桂(二首)

(一)

童颜目顾笑嘻嘻，省识人中骏马蹄。
鹤发何须频次第，龙山深处出云霓。

(二)

夏日风情骀荡时，晴添七色夕阳迟。
痴人说梦追残梦，正是心凝传统诗!

赠曾先生宪国(三首)

(一)

风尘未洗拜真君，泪眼模糊识不群。
莫道相思路途远，仙槎日夜两平分。

(二)

为君值得向西飞，真的浑如老大归。
拥抱晴霞携佛手，犹教午日隐幽微。

(三)

拂席相迎我愧之，应酬一首感情诗。
百感生心无俗意，江东客子答题时。

湘西醉别曾先生宪国(三首)

(一)

霏霏细雨惠幽风，对饮成双白发翁。
一曲悲歌催泪下，乌龙影入酒杯中。

(二)

识得曾君整两庚，投机话语更投情。
相同梦想无终极，挽手精心编织成。

(三)

对影双杯老泪流，孤身独力一行舟。
今朝别后何时会?饮马长江再放喉!

祁凤杰

女,1974年生于黑龙江鹤岗市绥滨县忠仁镇集贤村,现居住宝泉岭,爱好广泛,甚喜爱诗词,多有创作,偶有作品发表,自娱情怀。2014年步入诗坛,现任东方诗词论坛北大荒文化版、中华诗词论坛黑水诗缘版、香港诗词论坛中华诗人词楼版版主。黑龙江丁香诗词协会会员,黑龙江楹联协会会员,萝北县诗词协会会员。

鹧鸪天·初夏遐思

缕缕轻风思绪藏,青青烟柳醉河塘。流云团絮丹霞色,逐浪归舟锦绣妆。

溪水绿,野花黄,案前独自写诗章。萦怀痴语情深切,饶有蝉音入耳旁。

巫山一段云·遐思

烟笼平湖晚,桥浮瘦水流。霜凄衰草又添愁,雾雨惹云忧。

飞雁千山远,瑶琴一曲留。静观月影近中秋,把盏醉双眸。

点绛唇·觅清凉

酷暑骄阳,手中摇起蒲葵扇。笔挥书案,难掩全身汗。

阵阵轻风,梳理心中倦。莫空叹,盼云突变,许个清凉愿。

惜琼花·秋日感怀

连阴雨,晴几许,不堪残叶落,惆怅无助。雁飞人字频频去,挥染秋凉,寒意垂暮。

逝流年,谁自诉,任诗心一醉,惟已回顾。此时孤影多思绪,难了尘缘,今夜知否?

风入松·蒲公英

纤姿飞起向天涯,醉染云霞。满天飘雪增山色,似精灵、漫烂无瑕。没入红尘净土,怎堪岁月浮槎。

喜牵芳草泛光华，散落香花。一生逐梦随风舞，笑披纱、浣洗清茶。缕缕柔情倾许，驻留足迹归家。

祁冠忠

男，1939 年出生于上海，中共党员，大专文化。1960 年应征入伍，1968 年复员到上海海运局工作。曾任海运局油轮管理处副处长、宣传处处长以及物资公司党委书记等职。2011 年开始学习和习作古典诗词，在上海市和全国诗词大赛中多次获奖。现为上海诗词学会会员，上海枫林诗词社、建设诗社社员。

五绝·夜泊

夜泊福姜沙[①]，风平无浪花。
不知云里月，何日照归艖。

（注：①福姜沙是长江航行中的一段水域，其航道较窄较浅，待潮水涨足时万吨海轮方能通过，如遇枯水季节等的时间则更长。）

五绝·枕涛

心同流水静，身似浪花轻。
卧对舷窗月，微闻远笛声[①]。

（注：①远笛指航行船舶的汽笛声。）

五律·别友

江水映遥空，波连碧海通。
人辞千里外，情在一杯中。
时暮闻秋雁，月明听晚风。
平生难下泪，离别怅无穷。

五律·除夕夜

独坐意何真，寒灯陪客亲。
一年将尽夜，万里未归人。
海上多风浪，船中伴苦辛。
两年航境外，明日又迎春。

七绝·闯台风

黑云翻滚压苍天，暴雨纵横乱打船。
阵阵狂风掀海立，舟轻如叶浪中颠。

七绝·归心

长风万里送归舟，驶进吴淞灯影稠。
泊岸迟迟情更切，归心早入自家楼。

七律·月夜行船

满船明月色溶溶，绿水无波夜气冲。
灯影相随山影动，机声共与水声融。
啼猿早断清江岸，宿鸟时鸣野树丛。
数点航标光引路，忽闻风送鼓楼钟。

七律·长江口等潮

舵楼极目大江宽，为等潮生夜倚栏[①]。
映月汐奔舷晃动，如山涛涌雪洄湍。
桅灯照浪波光闪，星斗摇天海气寒。
水涨船高滩上过，佘山岛影卧银澜。

（注：①铜沙浅滩位于长江口外。万吨以上船舶的装载吨位基本上参照铜沙浅滩潮涨的水深情况进行配载。但往往由于海上的不测因素而造成“脱潮”现象，这就必须在长江口等潮，少则一天，多则数天，待潮水涨足后才能通过铜沙浅滩驶入黄浦江或长江。）

祁国明

生查子·秋雨

沥沥洗黄昏，滴滴残秋味。夜梦几回惊，料得梧桐坠。

凭栏抚面风，阵阵凄凉意。断续一声蛩，多少相思泪。

鹧鸪天

只道闲来都看轻。未知愁病即时凝。黔驴穷技招人笑，鬓发银欺枉自惊。

花落去，草还生。曾经憧憬梦难成。花前才拭伤春泪，叶上寒蝉又几声。

鹧鸪天·夜雨

云涌风飙霎那倾。车驰扯亮万家灯。陂塘蛙鼓忧先觉,竹影摇窗梦不成。

思缕缕,怨声声。连檐滴雨到天明。浸沉一夜晨曦睡,雀跃枝头唤客醒。

祁丽

微信名清风如缕。汉族。业余爱好文学,喜用散文、诗词等表情抒怀,若干作品见于《彭城晚报》《都市晨报》《江苏工人报》等报刊。

忆秦娥·题树桩

玲珑秀,岁磨月损心伤朽。心伤朽,任尔剥落,空到无有。

芳年荣日终陈旧,叶零花谢春秋后。春秋后,满怀莲子,一腔通透。

鹊桥仙·春节后

爆竹歇却,肴残酒尽,聚散家家户户。佳节待把旧符除,拢捡起、故思无数。

初雷破冻,暖阳活水,望眼春风欲度。从今在意花消息,桃杏李、妖娆去处。

鹊桥仙·七夕

新秋初染,月明云淡,旧事凭栏堪顾。鹊桥今夜渡相思,只一瞬,胜他朝暮。

凡心欲解,奈何绮梦,为索痴情千古。人间道是薄情多,忆初见,谁还如故?

蝶恋花·秋意

轻度帘纱风细细,似水余凉,拂去还飞继。窗下斜依书半弃,呢哝私语听如戏。

天色澄明云似洗。行意悠悠,访菊南山地。竹瘦月清休独自,沉思往事纷纷意。

鹊桥仙·春暖花开——插花

——二月插红梅,三月插粉杏,
春花绚烂,为之心动

梅红才谢,杏花含粉,正是妖娆留驻。雨风初嫁了春光,便孕育、红飞紫舞。

花期恨短,红尘碌碌,携此娇妍且住。任他窗外有无晴,只贪这、芳华几组。

乔磊

笔名攻玉。男,陕西省蒲城县尧山中学教师。喜欢阅读,闲时摆弄文字。有数篇诗文在盛江文学网和原上花开网等网络平台发表。

七绝·悼陈忠实

白鹿依旧过灞水,悲哉忠实已永垂!
万古文字千秋章,难颂三秦一文魁!

2016年4月30日

回文诗·院中佳人

门前挂红柿,院里香黄花。
绿衣因藤绿,怡椅依伊人!

人伊依椅怡,绿藤因衣绿。
花黄香里院,柿红挂前门。

2016年3月5日

七律·兰花吟

春移几枝生前庭,月余盈盆绿乾坤。
心若比干洁似蕙,气比屈子清为魂。
花开不争桃李芳,叶清堪耐松竹寒。
宜种玉兰香四壁,才使君子长精神!

2016年5月18日

乔玉峰

网名山野村夫乔峰,原籍黑龙江,目前在北京一家私企从事管理工作。从2012年起接触诗词,从此结下缘分,痴迷于诗词世界。作品若干发表于网络媒体平台。

沁园春·相遇如歌(词林正韵第二部)

相遇如歌,岁月静好,书写情长。感青葱印记,铭魂刻骨,少年趣事,荡气回肠。似酒醇浓,如花美好,心底长留一脉香。相携处,正梦寻雨季,烛剪兰窗。

转身已是他乡!况萍聚萍开各自忙!纵茫茫世路,常擎风雨,纷纷逆境,时熨炎凉。万缕春风,千丝甘酿,化去余寒满地霜。永相伴,任红尘滚滚,我辈铿锵!

沁园春·长庚怀远(词林正韵第十一部)

问讯残星,良宵久立,何事愁凝?感如烟四季,落花有恨,苍茫一月,逝水无情。老酒长存,知音短遇,露碎窗前梦五庚。阑珊处,跃萤光数点,蛩咽三声。

伶仃!各自飘零!况镜里悲欢华发生!赖蛮笺万叠,丹心可寄;新词百字,夙愿难凭。细柳香来,征鸿影尽,料定东君虚此行!空负了,那朝霞百丈,十里红英!

沁园春·京都游记(词林正韵第十二部)

十载京都,偷闲信步,尽揽风流。看香山红叶,一番落木;颐园碧草,几度荒秋。夜月精神,朝阳灿烂,四季飞花过眼眸。又还是,有尘霾转瞬,雾锁高楼。

悠悠,孰可强求?仰数代君王葬古丘。叹荣华富贵,云舒云卷。功名利禄,谁舍谁收。有限劳生,无穷世路,恰似江中来去舟。究竟是,那烟消带恨,雨逝成愁。

沁园春·登望江楼(词林正韵第十三部)

几处红残,几番雨细,几日春深。叹兰汀雁至,怎堪轻负,彤云信渺,何处相寻。摇曳青丝,凄迷渡口,一片飞花哪可禁。销凝处,那望君楼上,许我登临。

何曾寥落而今?休提是、千杯酒自斟。更楚乡雾锁,茫茫离恨,连天水逝,缕缕深心。素壁寒衿,孤舟横棹,老去时光捻断琴。千百问,自长亭别后,可有知音?

沁园春·一享贪婪(词林正韵第十四部)

二十年来,忘中尤记,塞北江南。记萍花开处,粼光渺渺,莺声去后,弱柳纤纤。靓影摇金,长歌击水,放眼群山舞翠岚。开怀笑,是悠游岁月,一享贪婪。

霜丝虎视眈眈,更间或凄风日夜潜。甚念如芳草,焚心不减,梦和飞絮,病酒才添。便到无时,方知当惜,早有余晖蔽远帆!难描画,是新愁旧绪,唇上眉尖。

祁寿星

中华诗词学会、中国诗歌会、江苏诗词协会会员。创作诗词2000余首,1 100余首发表于各类诗刊。数十次获得全国诗词大赛奖项,其中一等奖(特等奖)十三次,并获得"中华优秀诗词家"等荣誉称号八次。出版个人诗词集五卷。

七绝·重阳

崵角秋园露瘦寒,风前独拥旧花冠。
重阳不管流年改,怜送西山一抹丹。

七绝·采石矶临江抒怀

五秩狂奔未领骚,何曾驻马谓辛劳。
今朝借得三江水,为我欣然洗战袍。

七律·盛世放歌

盛世闲情人自好,悠然一梦半诗仙。
邀来李杜听新曲,借得唐风写雅篇。
锦帙传承华夏粹,词章唱响国家嫣。
朱颜已共秋光老,唯剩心如五月天。

七律·对景有怀

十里晴波雁影单,三分衰鬓对云团。
青荷未感秋光老,玉蕊初知岁月寒。

天下谁怜愁锦瑟，生平空羡醉瑶冠。
临风独坐幽篁外，难向斜阳道晚安。

七律·昆明翠湖春晓

翠堤春晓柳含烟，琼岛飞来伴日眠。
蝶逐花丛风拂叶，雾沉湖面鸟离舷。
亭前池水金鱼戏，天外云岚紫气旋。
入夜客心何处是，芙蓉枕上小神仙。

踏莎行·云中谣

夜雨初阑，黄花浅笑。登高一望秋天杳。邀朋携酒坐云间，醉中赚得欢多少。

紫气氤氲，飞鸿缥缈。青山且就赊江绕。枝头小鸟莫催人，兴来不觉时光老。

江城子·花好月圆

床前执手话沧桑，细端详，鬓如霜。廿载辛劳，已是懒梳妆。日日奔忙烟雨里，居家净，菜肴香。

当年斗胆凤求凰，舌如簧，却空囊。喜见红颜，羞涩入新房。我向婆娘寻旧事，娇无语，乐儿郎。

鹧鸪天·登牛首山

试上凌峰放眼量，长烟暗树锁南乡。湖光淡荡摇空碧，楼阁参差倚夕阳。

花妩媚，鸟高吭，诗家兴起一时狂。游人悄入林深处，拥动层峦百里香。

秦存怀

男，汉族，1945年生，滕州市滨湖镇人，中学退休高级教师。中华诗词学会会员，枣庄市诗词学会会员，枣庄市书法家协会会员。

七绝·观老翁垂钓有感

老翁垂钓坐河滨，为猎鱼儿竿举频。
溢香饵料危机甚，贪吃居然葬尔身。

七绝·乘飞机赴杭州旅游戏成一绝

乘坐飞机去旅游，穿云破雾赴杭州。
万千气象收眼底，只为置身云上头。

七绝·古画《富春山居图》合璧展出有感

千年古画遭焚毁，辗转流离两处分。
台海交流合璧展，重圆破镜寄情殷。

七律·纪念建党95周年

红旗高举主张真，洒血抛头不惜身。
斩棘披荆驱虎豹，赴汤蹈火救人民。
星移物换惊天地，地覆天翻泣鬼神。
牢记誓词心不变，江山永固万年春。

七律·贺嫦娥二号卫星发射成功

揽月九天曾是梦，卫星啸傲叩苍穹。
嫦娥探月工程巨，赤子研星智慧丰。
正赴蟾宫攀桂树，还飞寰宇化长虹。
和谐社会凯歌奏，世界扬威科技功。

七律·姑苏虎丘怀古

姑苏本是帝王乡，访古寻幽放异光。
勾践卧薪尝胆起，夫差作乐忘忧亡。
成由人事堪昭示，祸嫁女流劳考量。
自古悠悠多少事，前车之鉴勿相忘。

七律·桂林山水记游

桂林山水风光异，万象纷纭竞秀奇。
象鼻峰高争妩媚，伏波山峭更参差。
漓江好客映清影，阳朔多情诱妙诗。
历历游踪收眼底，休闲揽胜两相宜。

清雅

本名刘丽鹏，甘肃省武威市凉州区人，自由职业。热爱生活，喜欢文字，善于捕捉生活中的小幸福。素日喜欢写小散文、小随笔、现代诗以及生活手记。武威市诗词楹联学会会员。偶有作品散见于《天马诗刊》《凉州文艺》《苏武山诗词》。

清平乐·雨夜漫步植物园

春雨暮晚。闺蜜邀相伴。轻折猩红油纸伞。漫步荷塘柳岸。

堤上灯火无言。枝头珠玉轻弹。蛙叫声声幽怨，又惹愁入眉弯。

虞美人·无题

杜鹃啼破春三月。楼阁萧声咽。微风拂岸拨丝弦。向柳折枝赠与暮尘烟。

情丝再理虽还断。梦里重相见。夜来心上驻愁云。满面瘦颜已是断肠人。

南乡子·共诗友水云山踏青

屏里也相逢，云水游来乐不同。斜塔玉栏欢笑处，情融。山寺桃花别样红。

行色又匆匆，约聚东厅再举盅。夜半酒阑君且去，朦朦。月引诗情上碧穹。

乌夜啼

心绪难眠昨夜，神思恍惚今朝。犹是五更魂梦起，六字寄言遥。

瘦月轻依细柳，清风密送寒箫。窈窕春娘描不出，月下女儿腰。

渔歌子

寒风刺骨眼怀柔，郊园冰上置闲舟。桥疏影，雪残留，寂然无绪径自游。

卜算子·秋寄

烟外顾流莺，枝上何堪住。疏影幽幽语又止，暮霭萋萋度。

人闲桂花轻，心事无归处。几番寒来又暑往，寂寞黄花路。

减兰·送别

管弦声住，聚散轻愁无尽处。泪眼迷离，无力秋风花貌移。

千言万语，花落花开春又去。再度重逢，满眼江花照落红。

青阳

本名李文静，字诗姝，常用笔名青阳。山东省沂源县作家协会会员，沂源吟诵学会理事，淄博市诗词学会会员，山东省诗词学会会员。曾获全国微篇文学作品大赛优秀奖。

七绝·吟杜甫

（一）

圆沙密藻草堂秋，试问何人醉倚楼。
异代江山诗客几，先生独向野梅眸。

（二）

杜老当年毫气壮，酒痕满袖史诗留。
心忧国破家何在，尽被烽烟抵万愁。

七绝·周村古商城

画景堪诗旱马头，新风古韵一村游。
人文典故明清越，锦绣於陵满目收。

四季入画

同君雅抒豪情起，一抹丹青灿笔头。
入室芝兰香气掬，当庭皓月玉心收。
春描淡柳风花结，夏绾明霞碧水流。
秋菊萦芳诗韵撷，冬梅浅雪墨痕勾。
时来尽意悠闲纵，醉舞天涯四海游。

渡江云·轩窗空对月

轩窗空对月，夜星屋角，天气倚凉时。叶笺分两笔，一笔离愁，一笔乱心思。庭梧颤颤，拾阶上、暗覆尘灰。都记满、旧年陈迹，翻译见情辞。

风陪，闲虫听漏，闷草聊音，露盈拼泪递。拿指算、华年迅度，多半无知。曾前未析江湖困，劝不住、狂掷偏题。今怯怯，嘉年盛日难追。

十六字令·吟茶(一组)

其一：茶，佳木茗生一叶霞。溪光染，山中黄绿芽。

其二：茶，春富江边水路斜，朝阳下，茸枝冲露花。

其三：茶，和性能从碧水些。寻芳入，裳红青裹纱。

其四：茶，碾处冰轮雪玉遮，清琼送，竹炉暖火华。

其五：茶，谁谓荼生苦菜花。团云水，平心解乱麻。

其六：茶，日尽流光醪饮加。闲情逸，幽人瓯雪渣。

其七：茶，汲水山中野色佳。居村落，客朋陆子家。

其八：茶，已倦红尘几欲奢。闷时煮，紫泥新叶夸。

其九：茶，此物生来取叶葩。焙成粒，煎服剥苦痂。

其十：茶，今古题诗万句哗。舌尖醉，风流笔底耙。

其十一：茶，关闭柴门碎语遐。青烟暖，含英听雨沙。

其十二：茶，莫道人生几岁差。思清醒，须尝此味嗟。

权黎明

八月既望，微阴，因怀南雁

半面蟾容未可探，倚栏心事遣谁谙。
庭中月色无情薄，信是分辉到岭南。

（注：南雁：王连生，网名昭馀雁，客羊城。）

八月上浣偕山佑刚荣白玉山乡天一阿果公羊及雁、青诸子诣谒交城玄中寺

人在莲心佛在秋，灵鸡闲啄此中幽。
分明檐马千千偈，依约桐鱼累累尤。
前迹欲从云泥脚，遗痕频许柏迎头。
出山抖落浑身黛，一罄钟声说挽留。

（注：灵鸡：国家一级珍禽褐马鸡。入山里许，乍见其三五宿羽于坡下，恂为一观也。莲心：玄中寺四围群山簇拥，俨若新莲初绽，而寺即在莲心安置。泥：为仄。）

水调歌头

帘外一何寂，桂醑溢冰瓯。记曾千里江左，当日不登楼。玉露金风邀座，護里苏髯宝唾，温婉女儿喉。信道月将满，归计倩谁筹。

镜中影，身髣佛，鬓先秋。燕声款款，依旧轻诉古人愁。攒些寻山筋力，结些餐霞清癖，终老此歌头。藉我姮娥睫，遥启水晶眸。

邱才扬

1953年生，江西上犹县人，公务员，已退休。中华诗词学会会员，江西诗词学会理事。曾任上犹县犹江诗社常务副社长(主持工作)，现任方山诗社主编。有作品六百余首被《中华诗典》《当代诗词精选》《当代诗词三百首》《吟苑英华》等百余家图书典籍，以及《中华诗词》《诗词月刊》《诗词世界》《诗词国际》《中国诗赋》《中国诗词》《诗词百家》《北京诗苑》《江西诗词》《上海诗词》《昆仑诗词》《深圳诗词》《广州诗词报》《陕西诗词》《快乐老人报》《福建诗词》《内蒙古诗词》《长白山诗词》《湖北诗词》《香港诗词》《燕赵诗词》(哈尔滨)《老年日报》《中国楹联报》等百余家报刊收录。所创作的诗、词、联、文在许多网站上发表和传播。多次在全国及省市县各级诗词联大赛中获得各项等级奖、佳作奖和优秀奖。著有《文云集》。

晚晴即景

荷风拂古城，远寺晚钟清。
倚石生禅意，听泉淡俗情。
星萤千嶂晦，渔火半江明。
抛却红尘事，浮名身外轻。

山居

林鸟啼清晓，远山浮紫岚。
堤边幽草绿，湖里细波蓝。
踏径兴诗趣，临溪钓石潭。
野花欣引路，信步小桥南。

春日即景

雨过寒烟散，梦回清晓生。
风和晴日丽，柳翠碧波平。
山色融霞色，溪声杂鸟声。
陶然尘世外，坦荡自忘情。

浣溪沙

隐隐青峦款款风，绿杨芳草去年容。兰溪依旧水流东。

落日楼头无意绪，流霞天外有残红。凭栏独听隔林钟。

清平乐

幽思缱绻，漠漠青山远。柳影依稀莺语乱，索寞乡心无限。

凭栏独倚西楼，遥看落日横舟。只那江湾尽处，飘零数只浮鸥。

南歌子

雨细烟如醉，风微鉴欲平。苍峦叠错晓云生，三月桃花何事只燃情？

弄笔幽思远，吟怀寂寞增。徘徊绿岸听江声，漠漠轻寒柳外一舟横。

南乡子

碧岸柳如烟，水涨春江乱絮旋。仄径残红苔暗锁，凄然。又是清明四月天。

独步向山巅，漫剪流云作素笺。寄语翻飞双燕子，堪怜。谁挽香风带醉眠？

浪淘沙

黛色远春山，依旧轻寒。今年花事已阑珊。芳草绿杨江岸上，客路弯弯。

偷得一时闲，再约青峦。春江帆影夕阳残。月上柳梢谁与共，独倚危栏。

好事近

独自过溪桥，曾记当时盟约。流水落花春去，剩华亭萧索。

浮生如梦尽沧桑，惟梦里如昨。遥看清江帆影，过东城城郭。

邱启永

男，1965年生，大学文化，山东滕州人。中华诗词学会会员，世界汉诗协会理事，中华诗词文化传承人，枣庄市诗词学会常务副会长，《华夏诗文》常务副主编。作品散见于《中华诗词》《世界汉诗》《中国诗词》《当代中华诗词库》《当代诗人作品精选》《诗词世界》等报刊。分别在“中华情”全国诗歌散文大赛、“天籁杯”中华诗词大赛、“黄河之都”中华诗词楹联大赛等赛事中荣获特等奖、金奖或一等奖，并荣获“天籁之音·德艺双馨中华诗词家”称号，成为《世界汉诗》《中国诗词》《诗词世界》等杂志社签约诗人。

五绝·登鹳雀楼

阁临云汉立，水接海天流。
纵目千峰秀，销君万古愁。

五律·春望

郭外青山矗，村前碧水长。
莺啼风剪柳，花放蝶追香。

阡陌新苗壮，郊原农事忙。
忽闻归雁至，梦里忆家乡。

七绝·梅

雪压霜侵浑不惧，虬枝傲世自芳菲。
笑看遍地冰消尽，迎得东风燕子归。

七律·咏黄河

大河百折向东行，万里胸襟天下名。
勇劈千峰归渤澥，雄标四渎震寰瀛。
瀑飞壶口神威壮，浪激禹门声势宏。
肇始文明惠华夏，绵绵无尽母亲情。

长江之歌

通天当曲接金沙，浩浩汤汤迎海霞。
峰岭连云生丽景，江流润物育中华。
波涛万里涌天堑，风骨千年傲汉家。
怅望潮随英杰去，坝前禹迹映江花。

登泰山

泰岳根连沧海澜，峰高万仞入云端。
天街遥望三千里，索道腾升十八盘。
瀑泻龙潭龙弄影，霞披岱顶岱涂丹。
帝王封禅民朝拜，今古惟祈天下安。

游故宫

五凤楼前倏动情，嵯峨大殿暗心惊。
朱墙血色颜难改，黄瓦枯鳞藓已生。
永乐金銮曾耀武，慈禧交泰动刀兵。
景山怅听花间水，疑是当年苦力声。

风敲竹·和中华诗词学会赵京战先生读《老妪负薪图》

霜重西风冷。草衰时，叶离碧树，雁过青岭。拄杖拾柴山路陡，踽踽无言曲径。更可叹，衣衫不整。一束薪柴胸难挺，盼小康生活更公正。扶危困，不能等。

此图但愿催君警。忆城乡，卅年旧貌，换成仙境。惟有水穷山尽处，更惧祸灾贫病。山地薄，钱粮难剩。少壮打工离乡去，怕薪资常欠空愿景。盼日出，黯云净。

风敲竹·读《老妪负薪图》

寂寞青山冷。更那堪、山间石乱，山巅风硬？倚杖暂停寻喘息，瘦骨难支身定。看白发、任风梳整。一捆山柴虽蓬草，压双肩、应是千斤等。生计事，凭憧憬。

谁怜风雨催残命？忆今生、苦寒历尽，祸灾交并。莫道养儿能防老，莫道人情薄幸。更莫道、几多画饼。问遍青山山不语，料青山、怎解娘心病？言未已，泪如迸。

（注：此为赵京战先生原玉之作。）

邱善文

男，1951年生，滕州市人，山东大学毕业，工程师。为中国民主建国会会员，山东省作家协会、书画家协会会员，枣庄市曲艺家协会、枣庄市诗词学会会员，滕州市诗词学会理事。曾发表诗歌260余首并获奖。其人名被收入《中国当代艺术界名人录》《山东省文艺家名人录》等辞书中。

五绝·村夜

繁星缀夜空，村野弥幽静。
频奏秋虫曲，恐惊农户梦。

七律·中秋

良辰却值洒秋霖，未阻人间欢笑临。
右舍左邻传酌酒，千家万户聚知音。
危栏独倚思乡土，旅舍遥望动客心。
无奈银蟾看不见，团圆只得梦中寻。

咏龙山碑林

岭山钟秀若千年，峭拔葱茏倚碧天。
云绕苍梧鸣凤舞，石通蜃气巨龙蹁。

千家翰墨千家韵，百代风流百代传。
书圣临池饶兴趣，也来观赏续因缘。

邱天存

男，1956年生，曾在银行系统工作。诗词爱好者。曾在中国金融出版社2009年出版的《全国金融系统抗震救灾诗词集》中发表六十余行现代诗《您要坚强更坚强，我的祖国》。目前致力于格律诗词的研习。

天净沙·游乌镇（步马致远原韵）

绿树翠竹红花，石径粉墙黛瓦，小桥流水人家。潇潇雨下，赋闲乐游天涯。

五绝·观壶口瀑布

黄河分晋陕，缓缓远方来。
飞瀑银花溅，心潮似浪拍。

七律·拜谒黄帝陵

轩辕庙内人潮滚，厚重人文聚古今。
逐鹿中原蚩尤败，统一华夏万民跟。
掘井筑室拯先众，造字修书益后人。
大帝先贤当祭拜，炎黄后代颂明君。

七律·瞻解州关帝庙

关公故地临三省，解镇关庙气势宏。
红墙巍巍腾紫气，葱柏隐隐跃青龙。
康乾御笔堂前挂，武圣威仪殿内拥。
信义足使百姓效，忠勇更让帝王崇。

（注：解，读作hai四声。三省，即山西、陕西、河南。）

七律·游司马迁祠

秦皇古道黄河畔，太史祠同墓并连。
仗义执言说战事，宫刑忍辱获身安。
残生奋笔修《史记》，壮志激情绘巨篇。
无韵离骚成绝唱，名彪汉史万年传。

（注：战事系指西汉攻击匈奴、李凌战败降敌之事。《史记》被鲁迅誉为“史家之绝唱，无韵之离骚”。）

七律·观明代监狱有感

民女起解洪洞县，古代监狱有证观。
若无前朝生梦龙，何知后代悯苏三。
人间自古仇昏吏，世上如今颂好官。
法律时时行正道，黎民岁岁不蒙冤。

［注：起解，即戏曲《苏三起解》。梦龙（冯梦龙）系明代文学家、戏曲家，在《警世通言》中写有《玉堂春落难逢夫》一卷。］

七律·杭州佛学院禅修感悟

佛学禅院临灵隐，静坐功床效释人。
紧踞双股排乱念，微合二目固清心。
神闲即可除贪欲，气定方能立善身。
自度心觉佛即在，修行未必入禅门。

七律·六十抒怀

职途奋斗四旬近，眨眼已成白发人。
仕境一心寻净地，官场两袖拒灰尘。
留离近看庭前树，宠辱遥观世外云。
利禄功名皆旧事，家人好友乐天伦。

邱锡武

1937年，山东文登人，大学学历，副主任医师。在黑龙江省穆棱市乡卫生院工作四十余年，当过多年院长、党支部书记，曾任数届市人大代表。学生时代，常用悯农、秋夕、秃笔等笔名发表新诗，晚年专心古典诗词。多次获全国诗词和全球汉诗大赛奖，作品入编二百余部书籍。

七绝·龙年展龙

金融拍岸危机猛，人体袭人炸弹凶。
浪骇黄河知砥柱，涛惊四海展蟠龙。

七绝·羊年夸羊

春寻小草不言荒，夏献长毛敢裸光。
秋供肝心与血肉，冬寒锅热骨头汤。

七绝·风

吹罢南东又北西，未来山雨树弯低。
黄鹂无影画眉尽，自有华堂鹦鹉啼。

七绝·花

既惹黄蜂白蝶追，还嘲绿叶黑根痴。
如斯颜色何足取，姹紫嫣红占上枝。

七绝·雪

散面撒盐天地白，堆银砌玉领风骚。
移山纵有愚公铲，剪柳还须狂客刀。

七绝·月

缺光欠热也神奇，作秀嫦娥沐日曦。
只要通天广而告，何愁墨客不吟诗。

七律·赞穆棱老干部活动中心

红楼绿树百花香，银发成群整日忙。
西室乒乓翁姥爽，东厅跳唱舞歌狂。
亲情未了心余热，关爱加增茶不凉。
漫道夕阳无限好，南山东海这边强。

（注：黑龙江省穆棱市老干部活动中心建成于2010年，其活动科室应有尽有。退休老人宾至如家，整天琴棋书画……，全忙得不亦乐乎。）

秋宝

本名孙晋，现居宁夏中卫市，公务员。喜欢中国古典文学，业余时间以写诗词自娱。

七律·无题（坡底诗）

能住吾心即是家，浮尘难与斗奢华。
流年翻皱眉间字，岁月匀开纸上花。
已遣直文留曲脉，还将旧笔画新霞。
一颦一笑皆三昧，添入诗边那盏茶。

玉蝴蝶·销凝

远树霜枝历乱，风催叶下，悉数飘零。有雨敲窗，执意密语丁宁。正驱驰，无非斗米；堪留步，不是浮名。未消停。山如布阵，草亦成兵。

销凝。眼前疑惑，心中牵系，鬓上星星。隔若云泥，子虚竟欲定输赢。立当世，义同诗义；约来生，明到灵明。念倾城。深衷存脉，不负曾经。

沁园春·无题

雁写云边，风翻旧页，叶渡寒塘。见连天衰草，无心造次；壶中日月，仔细推详。此后生涯，当前际遇，都为词英作稻粱。身未济，况悬疑莫白，杯影蛇长。

回眸一地秋凉。料徒剩，初衷不肯降。叹谎言千遍，难分真伪；人情百态，怎辨阴阳。色是虚空，境非实相，开悟还须领悟强。千帆过，纵沧桑也可，补我诗囊。

七律·无题

——接诗友的诗所写

半盏清茶换烛光，云天雁字写成行。
无边风月因诗起，有限生涯与笔量。
当世沉浮堪饮露，初心内外已经霜。
沿途际遇何须道，只占人间一味凉。

西施·小句孤寒

黄花木叶作纷繁。雁字写云边。露催霜下。桂折冷风前。小句孤寒。拟恨连纤雨，却叹水拍天。

嚼来世事堪洗耳，清欢缺，浪痕圆。是非直曲，自在我心间。掸落尘沙。悟到无为后，始得一身闲。

浣溪沙·无题

几事能辞笔染濡。光阴欲写不成书。情怀回看不如初。

曾与天真同进退，今余无奈尚乘除。青春

业已隔江湖。

七律·月

清影何妨云脚遮，盈亏作字梦边斜。
冰心撞破三千事，冷眼看开几世花。
隔地行程宁有数，横天夜路总无涯。
缺圆多抵文章债，付与时人一纸麻。

浪淘沙·无题

又见带霜花，吐送秋华。一川金露与时赊。分付诗怀随落叶，追问生涯。

心字亦如麻，四序交加。已将得失淡冲茶。只在江湖风雨后，掸去尘沙。

秋风劲

男，1962年生，中共党员，大专学历，汉语言文学专业。年轻时即热爱文学，尤喜诗歌，并偶有创作。现赋闲，身心安逸，重拾旧好，陆续创作有格律诗200余首。

七绝·年轮（新韵）

青葱岁月似云烟，一晃韶华去不还。
待晓天光赛流水，秋霜几度夜风寒。

七绝·感怀（平水韵）

半世秋霜染白头，草因气躁万般休。
却看雨过云开处，地爽天清泯百愁。

七绝·母亲节致爹娘（平水韵）

忆念双亲泪不干，依稀往事慢凭栏。
音容笑貌今犹在，遥祝爹娘驾鹤欢！

七绝·敏讷小子（平水韵）

——题奇石图

聪明绝顶似英才，双目圆睁口半开。
欲语还休辞未尽，此中禅意任君猜。

七绝·雏鹰（平水韵）

——题奇石图

危岩高耸谷峰边，雏鸟击翮舞唱颠。
羽翼未丰君莫笑，转头相见在云天。

七律·游石花柏家堰（平水韵）

青山滴翠绿如川，振臂呼朋览大千。
危径蛇行藤蔓绕，净湫雁荡雾云连。
瀑飞千丈垂银练，林耸双峰舞碧天。
质朴山人迎客笑，春风邀我赋诗篇。

七律·天命之年（新韵）

——题奇石图

雾霾扫净换晴天，后视前瞻眼界宽。
坐看春风涂翠柳，笑迎冬雪扮河山。
霜凝露重添衣冠，体倦心闲蓄鬓髯。
一叶知秋情志静，且抛万事待来年。

五律·游谷山公园（平水韵）

三月风和日，携妻赴谷山。
桃红闪林侧，柳翠荡塘湾。
戏水双凫乐，垂钩数杆闲。
游人嬉碧荫，慢步绿波间。

五律·建党节感怀（平水韵）

回首神州路，霜天几度秋。
锤镰归义士，黎庶弄潮头。
驱寇降顽虎，怀民效孺牛。
一呼千万应，凭赖党心周。

五绝·船（平水韵）

浊清千万顷，任尔自西东。
不负卿之意，还君一叶通。

五绝·飞机（平水韵）

混沌无辙印，经谐纬度规。
鹏程千万里，无羽也高飞。

2016年7月3日晚

秋颜素心

霜降有寄

异乡异客莫凭栏，暮色沉沉锁嫩寒。
望里茫茫枫影复，听来戚戚雁声单。
自然失律祈天问，社稷思安听伐檀。
未许燕然清茗共，宫商徵羽佐清欢。

感秋

寒山漠漠镜湖愁，海马驮来瑟瑟秋。
滴雨无非长夜困，抽丝有赖素笺柔。
三春忆处花如锦，雁字回时月满楼。
好景一年看又过，飞鸿芦笛满沙洲。

桂花

金风摇碧落，十里动幽怀。
白露凝霜未，凡心逐月谐。
阴晴难预料，开谢自安排。
试问苍穹下，倩谁与尔侪？

瞿春

1962年生，大学文化，从事行政管理工作。先后发表诗词多首。2015年曾获“郑板桥杯”全国诗词大赛优秀奖。

七律·杨浦大桥

宛若银河鹊架桥，罗山宁国一肩挑。
夜飘彩练同星熠，日剪白云共水漂。
如笛横风斜鹭雨，似琴伴月疾舟潮。
自从杨浦添新翼，两岸齐驱竞富饶。

（注：罗山，指大桥东接浦东新区的罗山路。宁国，指大桥西接浦西的宁国路。）

满江红·黄浦江

沧海桑田，数百载、往来舟楫。放眼望、吴淞浪涌，淀山湖。白渡秋涛苍鹭舞，明珠晓月烟霞出。喜外滩、灯岸璨阑珊，风潮急。

滨江道，人如织。虹桥耸，车云集。慨昔年荒野，市楼林立。炮火硝烟沉水灭，邮轮游艇飞流激。最销魂、红日伴鸥帆，声声笛。

曲度

男，1954年生，籍贯黑龙江，原在国内大学任教，后受邀出国做研究与定居。曾在新浪、万维与倍可亲等国内外网络诗坛发表诗词作品。著有《曲氏反格词谱》《曲氏全绝律学说》等。

诗观：笔下书青史，诗中见性情。

五绝·我欲乘风去（上平十一真）

银河多俊丽，宇宙几层天？
我欲乘风去，巡天观月还。

五绝·遍野荒凉尽（上平二冬）

天寒鹰绝迹，地冻兔无踪。
遍野荒凉尽，唯屹青柏松。

五绝·雀卑群有伴（上平十一真）

地浊风藏垢，天清雨洗尘。
雀卑群有伴，鹤傲独无邻。

五绝·金缕玉衣残（上平十四寒）

千年谜底寒，金缕玉衣残。
一座王公墓，几多辛泪干。

五绝·无暇观领秀（下平九青）

连日春风劲，园林翠满径。
偷闲观领秀，无空踏林青。

五绝·长江似醇酒（上平十一真）

万国如潮客，天朝有远宾。
长江似醇酒，可醉天下人。

五律·山河(上平一东·孤雁格)

南疆山带水，北域雾携风。
旷野金光地，苍天银色空。
羊城风扰体，沈镇雪搔瞳。
夜梦秦淮柳，晨观长白松。

五律·鲲翔(上平十五删)

年少过边关，功成始愿还。
卧龙荒沼地，伏虎野林山。
原岭生芳草，江河有港湾。
鲲翔方本色，击浪笑天寰。

五律·钱塘江观潮(下平八庚)

巨浪从天降，狂涛自海生。
龙惊岂敢啸，鸟恐怎能鸣。
岳帅含冤气，君王怀疚声。
观潮人不尽，逐浪向前行。

五律·仙鹤(上平一东)

荒沼有仙翁，飞鸣震碧空。
声惊云与月，舞撼雾和风。
本是天中圣，何成地上鸿？
潜心居岭北，不忘过江东。

五律·睹物(下平八庚)

鹤驾西天去，音容犹似生。
丹青遗墨撼，藏籍注批惊。
春雨怀前爱，秋风念故情。
时空如幻影，世事瞬间更。

五律·怀念抗日戴安澜将军(下平七阳)

时艰觅良将，局困思栋梁。
浴血驱倭寇，挥军殉异帮。
雄心何地老，壮志怎天荒。
魄伴南蛮月，魂随北极光。

曲富安

黑龙江省齐齐哈尔市依安县人，1970 年生，中共党员，大学文化，现任依安县国税局依北分局局长。中华诗词学会会员，黑龙江省诗词协会、齐齐哈尔市诗词协会会员，依安县诗词协会副主席。自幼酷爱文学，尤喜诗歌。

七绝·冰凌花

铁骨迎风任雪侵，新妆小试展芳心。
不期绿叶争先笑，报与春光一寸金。

七绝·月季花落

风过只余带刺身，低头遍地是红唇。
繁英落尽魂尤在，莫道残香不解春。

五律·黄河纤夫

一根生死索，拉起是儿男。
足丈山峰险，肩担日月圆。
风霜催老茧，汗水溅云帆。
号子声尤劲，黄河怒卷澜。

鹧鸪天·牵牛花

秀萼修藤着碧妆，连衣牵手绕篱墙。迎风斗雨根尤韧，御暑知秋蕊更香。

收早露，做勤娘，黎明一绽领群芳。笑擎唢呐调皮样，爱也无声爱也长。

生查子·春雨

沥沥暖春泥，洗出鹅黄玉。揉墨画春山，融入春江曲。

好友是东君，携手描春绿。帘外起飞烟，又惹诗情续。

行香子·忆游泰山观日

夜宿听松，早起临风。盼朝阳，翘首凝瞳。晨曦灿灿，暖意融融。是曙方媚，景方胜，味方浓。

远眺山雄，俯瞰峦重。回眸处，霞飞紫气，雾绕青峰。正有祥云，托祥日，起祥龙。

沁园春·游漓江

一叶轻舟，路转峰回，百里漓江。惊擎天巨柱，披金罩紫；画山骏马，溢翠镶黄。秀水成淙，奇峰倒影，九曲青罗尽画廊。扶弦立，望林丰竹茂，两岸新妆。

江风细雨清凉，透薄雾轻纱看莽苍。有波粼烟绕，不同写意；云移日现，别样风光。笙笛含情，山歌迎客，喜在今朝共饱尝。三生幸，感山河壮美，愿著华章。

R

冉红梅

笔名初心月。重庆人，70后，本科学历，教师，古典诗词爱好者。白鹤梁诗社成员，重庆诗词学会会员。作品散见于《白鹤梁诗刊》《中华楹联》等报刊。

秋行天台峡谷

闲步秋光穿远涧，横林摇落水清涓。
半岩斜日寻幽路，一径西风带暮烟。
寂寂空山经世事，疏疏松影阅流年。
拟将澹虑随云外，轻拂尘埃自杳然。

浣溪沙·南湖闲游

湖映曲廊新桂香，堤前陶菊已催黄。闲移幽涧泛流光。

几笔青山涵岁月，一方静水与天长。此时心在水云乡。

忆敦煌夜

驰旅敦煌去，驼铃北漠风。
金沙鸣万里，塞月映长空。
野卧参星宿，闲言仗剑戎。
流年弹指过，回首趣无穷。

眼儿媚·水仙吟

瑶盏凌波意飘然，翠袂舞翩跹。涓涓清露，盈盈金蕊，不与争妍。

冰心谁寄东风里，楚楚却春寒。案前芳影，风中兰蕙，脉脉无言。

七绝·读书节有寄三首

（一）

春天正是读书天，为有诗书在眼前。
纵览古今增智慧，细观经典近英贤。

（二）

博学惟思古卷香，涵濡灵气迪知扬。
英才榜矗弘人品，今日黉门奋志长。

（三）

书香静待有缘人，日月熏修不染尘。
但养浩然明德志，风云亦未失天真。

闫宝林

网名醉斜阳、漠北鸥。现在内蒙古通辽市科左中旗工商局工作。中国毛泽东诗词研究会会员，内蒙古作协会员，内蒙古诗词学会会员，通辽诗词学会理事，科左中旗诗词学会常务副会长。《科尔沁诗苑》《达尔罕诗词》主编，有诗词发表于《内蒙古日报》《中华诗词》《诗词月刊》《上海诗词》《内蒙古诗词》等报刊。有作品入选《第五届华夏诗词获奖作品集》《当代中华诗词精选》等。

草原

碧野无垠接远天，顽童纵马不需鞭。
山花浪里飞出笑，云底牛羊变幻间。

牧归

鞭赶夕阳喜鹊追，蹄声四起笑声飞。
牛羊吆喝知多少，只比繁星少一堆。

过嘉兴

星星火种起南湖，民瘼倾心共与除。
终叫山河红一片，那灯那橹岂能无。

冉祥琴

网名唱雾非雾的结。女，汉族，哈尔滨人，60后，自由职业。黑龙江省诗词协会会员，黑龙江省作家协会会员。作品散见于《双鸭山日报》《新民晚报》《双龙诗联》等报刊及多家网站和微信平台。

醉花阴

幽梦一帘谁与共？窗外寒霜重。谁解我情怀，遍写香笺，总把情深种。

花飞成冢风花弄，更送秋沉静。一曲觅知音，帘卷西风，更送秋沉静。

青玉案

风拂三月春迟顾，柳枝瘦，花期误，欲赏春光无醉处。冷清园内，草坪依素，鸟雀啼孤苦。

黄昏揽胜羞无语，河畔长堤慢踱步。缕缕炊烟穿夜幕，两三灯火，人生几度，依旧情如故。

2016年3月28日

浪淘沙

一夜雨凄迷，思绪洇湿。晓风残月钓清池，花落尘香水流去，绮梦谁知？

兀自倚东篱，听子规啼。倾情写尽九张机，了却闲愁俗事锁，斗转星移。

江城子

林中慢步路幽长。絮飞扬，舞霓裳。片片乌云，黯淡锁春阳。杜宇凄啼春已暮，花落去，逝尘香。

情怀放纵欲舒狂。自倾觞，醉何妨。淡淡忧伤，绮梦在何方？利禄功名尘与土，应了却，莫徬徨。

2016年5月3日

鹧鸪天·秋登苏木山

苏木秋风织锦帘，花香四溢鸟啼喧。酣游人醉波中月，豪饮客吞水底天。

依碧树，步青山，峰危似剑耸云端。松衫蔽日神奇景，荡气回肠万仞间。

采桑子

波光潋滟青山映，醉赏中秋，世事何求？林霭湖岚碧水幽。

坐观垂钓归舟客，来去闲悠，一梦终酬，多少情思笔底收。

七绝·咏梨花

梨花带雨为谁开？玉面娇柔泪满腮。
一任东风应解语，香魂入梦待君来。

2016年4月8日

七绝·忆西湖

长忆西湖巧式妆，日出春晓画霓裳。
断桥残雪知何处？别去难寻梦里藏。

任公掠影

本名任平，字幺公，号玄岫散人。业余爱好诗词创作。

五律·诗魂

坎壈荡江湖，此生何所图？
坦然轻俗事，举意就诗奴！
陶令门前柳，任公身后书。
沽名传万代，千古一狂夫！

五律·戒诗

意欲把诗焚，来消疲惫身。
三更偷灵感，一笔记佳文。

夜梦新词赋，唐书雅句寻。
何时忘李杜，不再读黄昏！

五律·南海望远

涉远此登临，来掬碧海心。
归家尘路阻，近岸骇涛淫。
半世闯南北，无功盖古今。
何方寻捷径？引首问观音！

七绝·月夜独思

风吹幽径使人寒，孤月悬空照远山。
又近亲朋团聚夜，中秋把酒在何年？

七绝·秋夜寄情

朗夜寒樽醉意霏，灵霄秋月映窗帷。
生涯乡客何由遇？许是年终一聚时！

满江红·中秋隐月

醉意朦朦，倚江畔，把须摩捋。仰首望，长空万里，黑云遮月！谁惹宫娥心震怒，怎堪俗客情离别。盼今时，怨痴人苦等，悲愁竭。

云难散，情已尽，空悲切！真豪杰，喜扶拥苦难，满腔热血！勇赴前方无限路，愿随此夜从头越。这今宵？明月亦难明，中秋节！

高阳台·爱女远思

浩渺江天，敧栏独望，酸风冷射冰眸。记取流光，爱女身影悠悠。此时此景皆依旧，更那堪，飘泪无由。故林边，落叶纷纷，几度春秋。

料知幼脸他乡处，念容颜可改，也懂离愁？多少悲情，恰如江水东流。忽惊怒浪遐思破，搅远梦，偏恨行舟。叹今生，相见何年？肠断云楼！

雨霖铃·长相忆

寒风呜咽，向鱼塘暮，不忍离别！无缘执手相伴，家人棒，鸳鸯终结！呐喊凄声惨哭，断肠似刀割！一步步，挥泪林阴，娇影从此眼中灭！

离梦恰比山崩裂，偶回头，旧事心间捋。廿年忽去如电，犹记处，几多凝噎。岁月流光，悄把余愁散向天阙。只独有，些许相思，伴我闯南粤！

阮新卿

女。山东省诗词学会会员，齐鲁石化诗词协会会员。作品散见于《柳泉诗词》《诗风词韵》和《临淄诗词》等报刊。

五绝·恋巢

子鸟群归里，堂屋喜气新。
明珠北去远，遥望故乡亲。

五绝·雾晨

晨雾漫山岚，雄鸡问早安。
山人何时切，荷耒入云天。

七绝·开元溶洞游感

石笋千姿百态灵，莹锥万状坠磋凝。
谁修天斧玲珑器，留于后人游兴浓。

七绝·深圳民俗村过浮桥有感

碧水烟波一望间，浮桥玉带彩云边。
君今过客如龙舞，一任风流似醉仙。

五律·归牧艺坊观感

借风丹墨意，归牧艺坊间。
会展千家作，情牵四海缘。
飞毫龙起舞，凝色自来闲。
只待东君顾，之花灿古原。

五律·诗词班开课记

入门风雅韵，开卷慕文豪。
芳草逢甘露，名师育李桃。

同吟齐鲁梦，共谱改革谣。
诗海千重浪，春来敢弄潮。

七律·晚钓

细柳金丝旋舞翩，园池台榭逸悠闲。
仙矶许客无虚位，老叟垂纶过大千。
子燕呢喃波上点，乖鱼戏叶水中欢。
君今恋钓非穷业，幸福图腾百年乐。

七律·《思南文学之家》莫言题词观赋

八月金风桂子香，莫言题字墨流长。
七洲追梦东方热，一水欢歌午夜狂。
麟凤文坛争日月，鳌龙贝叶闪华光。
翰风后浪推前浪，竞放千帆过大江。

S

沙栋居

男，汉族，1929年生，江苏省铜山县人，1949年入伍。滕州市文化馆离休干部、副研究员。中国曲艺家协会会员，滕州市诗词学会会员。

五律·清明

清明逢落雨，凄冷忆晨昏。
乱世双亲逝，太平儿女存。
柔条滴珠泪，供桌祭香飧。
心有伍员志，亲冤谁与论。

五律·雁归来

——有感蔼居弟早年拓荒边疆，侄儿创业返乡

荒岁走天涯，东风吹落花。
天山飞白雪，戈壁漫黄沙。
律转春潮涌，燕来杨柳斜。
何时归旅雁，欢聚话桑麻。

五律·题画家蔡可刚先生

年来铸青锋，初试亮帝京。
峨眉赏秋月，松辽听涛声。
游龙戏沧海，雄鹰凌青冥。
梅魂馨香远，富贵书画情。

五律·良宵

夕阳含烟翠，山村鸟归巢。
香径绕芳庭，幽谷荡春潮。
倚窗览新月，辉壁映粉桃。
万籁此俱寂，悠悠梦蓝桥。

七绝·宏庐梦

太行谁挟立长衔，移上琼楼玉宇台。
再造瀛洲邀子美，谪仙诗圣会蓬莱。

七绝·微湖赏荷畅想

倩影亭亭立晚风，接天映日韵无穷。
可歌岁月琵琶语，水上当年战火红。

七律·生命的旋律

唱和晨鸡催梦醒，雾纱幔卷挂铜钲。
温馨白发芳甸绕，竞劲红颜峰顶行。
太极轻柔凝气韵，乡音狂放重亲情。
良辰美景醉人意，和畅惠风庆太平。

七律·人生

人生到处似浮萍，闯南游北西复东。
午夜华灯承盛宴，中流一棹遇狂风。
加官进爵得来美，遭贬倒台难再红。
调整风帆激流转，到头免落一场空。

沙水清

本名葛贵恒，1942年生，籍贯安徽含山，现居上海浦东新区。中华诗词学会会员，上海诗词学会会员，上海楹联学会会员，上海枫林诗社会员，铁沙诗社会员，浦东洋泾诗社副社长。

枫桥遗韵·沙水清

霜冷长河存遗韵，客船远去惜无踪。
清风不负寒山寺，赓续传承有晚钟。

过江淮桥

难忘仙踪是古桥，他乡岁暮忆尤娇。
当年求学伊垂范，护我贫生不用桡。

立夏乡村纪事

绿肥红瘦春归去，布谷飞声立夏来。
姑嫂蚕房忙未了，秧歌又待在田开。

七夕吟

七夕天河配，连年有鹊桥。
打工除却梦，秋水路遥迢。

点绛唇·上海中心

势若游龙，穿云直上重霄九。舞牵金茂，舍此今谁有。

霞蔚云蒸，伟峙尤雄赳，神工构。夜阑回首。灯在银河口。

单珲

字亦冰，网名雨陌。出生于书香门第，自幼受家庭熏陶喜欢传统文化，爱好诗词、书法、绘画。青岛美术家协会会员，中国楹联协会会员，山东省诗词协会会员。作品散见于《诗词世界》《当代诗百家》等刊物及网络媒体平台。当选2015理念人首届最美女诗人。

七律·颂恩师

书山学海历冬春，墨笔耕耘昼夜辛。
身做桑蚕织锦绣，心燃红烛照新人。
呕心沥血青丝染，善诱循言桃李缤。
璞玉精雕成大器，承传文化乐天伦。

七律·牡丹

好春四月正花红，艳色张扬绿叶中。
阅尽群芳千种态，惹来骚客百姿融。
幽香淡淡熏晨色，丽影纤纤舞夜风。
苦琢寒雕霜疏秀，寻芳疑是入瑶宫。

满江红·纪念抗战胜利(词林正韵)

烽火山河，满腔怒，揪心泣血。追往事，国仇家恨，耻犹未雪。八载牺牲须切记，百年衰败难能屑。扫倭寇，抗战世人同，朝阳烈。

金陵泪，烧杀窃。公天下，谋攻阙。并肩中兴路，域疆如铁。历史伤痕牢记取，敌人敢犯遭天灭。壮族魂，万里筑长城，龙腾越。

鹊桥仙·七夕

银河飞渡，难登天路，千古痴心呼唤。谁堪尘世苦悲魂，恨王母，良宵短怨。

青丝暗染，红绡泪眼，永世姻缘眷恋。有情天地怎相拦？自无悔，缠绵无限。

钗头凤

风残柳，云依旧，一声弦曲伊知否？瑶琴弄，与谁共。月明窗半，锦书笺笼。懂、懂、懂。

灯如豆，香魂瘦，醉依幽韵寒侵透。心将纵，柔波动。情若游丝，影孤心痛。梦、梦、梦。

苏幕遮

望天边，阳沐晚，云锁轻烟，陌上轻飞雁。枝散芳菲花坠乱，露冷风侵，谁把红尘恋？

刻心笺，终难见，冷月幽幽，独影青灯伴。莫道相牵携首挽，多少情衷，柔缀空悲叹。

渔家傲

轻付年华心若土，一帘疏雨黄昏顾。好梦蹉跎情几度？愁里暮，归鸿渐杳飞不复。

欲写相思千百度，残魂销尽凭谁诉。昔日阑情匆匆故，无觅处，凝眉影伫空凭负。

青玉案

岁轮辗转随风远，梦未了，柔肠乱。紫陌香尘谁与伴？一番痴念，人花空怨，镜里娇颜倦。

青丝雪染何相看，独坐西窗心难展。黄昏霞落虹桥畔。啼鹃帘外，秋季换，只恨相逢晚。

单嵘

著有《妩媚集袅娜集》《婵媛集》《单嵘诗词选》。

系裙腰·妇女节临感怀

红霞映满半边天。谁相约、共凭阑。春江把棹向何处？调寄残年。泪轻试、月刚圆。

记得当时轻离别，和君到、小河前。而今绿柳春如旧，不见桃妍。待临夏日、赏新莲。

七律·冬晨梦醒口占(新韵)

一觉醒来知五更，翻观微信已无人。
若逢若去皆虚幻，依聚依离也齿唇。
冰冻雪封梅孕朵，琴心剑胆月销魂。
几将红豆留夕影，万里相思海内存。

画堂春·晨吟

夜深思绪涨春池，静听花落霏霏。乱云斜雨远人啼，游子乡归？

晓日月残海上、江边几断残枝？万千情话寄朝晖，只有心知。

点绛唇·春夜思

梦里缠绵，无声轻润桃花雨。少年曾许，白发依然聚。

夜色昏黄，独醒思离绪。寻旧路，月言星语，灯火阑珊处。

五福降中天·二月二晨填

远山思圆月，指日可去江东。游子旅天涯，万事包容。纵目登临放鸽，对景留连藏丛。更喜桃花，锦霞似雨醉茏葱。

如风往事，忆倩影、曲幽径通。我欲与君同去，把酒凌风。青山白发，妩媚几卷消散中。月月年年，一壶清酒对长空。

七律·读吴桂林诗友咏春莲诗戏作

我把春荷认错莲，天香国色爱无边。
吴公大笔因花乱，青帝偏心让蕊妍。
池里依依非旧叶，雨中默默是新篇。
何当夏日炎炎处，碧水清风照月眠。

汉宫春·梦醒

梦里春还，又江边信步，倚树飞舟。轻吟漏船载酒，白浪金鸥。多情岁月，记红尘，几度风流。烟雨处，佳人挽手，何时忘了闲愁？

长啸万千思绪，忆长河落日，独自云游。依依泪盈聚散，却上高楼。青山未老，天涯连，南北通州。微信里，狂词乱语，三更翻看悠悠。

七律·春日闲咏(新韵)

我化东风追翠柳，三更梦里抚新疼。
黄昏不舍红尘意，碧水依流绿树藤。
无恨心禅非有志，有情月朗是无声。
声声尽叹春归去，却把残茗伴此生。

五律·春吟

春江东去水，惹我忆桃花。
细雨翻波浪，荒田种菜瓜。
踏青追丽女，把酒话桑麻。
随意寻芳草，何须寄调夸？

善思

本名朱淑霞，香港诗人。诗作见于《香港诗人》等报刊。2015 年 5 月 18 日《母亲》一诗获得首届淮港“漂母杯”三等奖。2015 年 8 月 29 日获得香港诗人新秀奖。现为香港诗人联盟副社长、《香港诗人》报执行主编。

孔雀开屏

绚丽横翅舞翠屏，优雅转身诉衷情。
唧唧啾啾传心意，南园一览乐盈盈。

2016年4月15日

禅絮(押真韵)

勤擦凡心拂昧尘，时时反省去贪嗔。
持竿依道虔诚献，悟透今天善亲民。

2016年4月5日

喜重逢

五湖四海喜重逢，聚首同心乐融融。
数隔十载情依在，鹏程万里日当红。

惬行

夕暮如诗尽眼中，放轻脚步影随风。
波光粼粼红霞遍，万水千山一指通。

证莲

荷塘新貌露华妍，雅逸嫣然泛绿田。
无欲无求心似雪，菩提根续果修圆。

夏语(押文韵)

求知静见拨浮云，放下私偏乐善群。
分秒光阴流水过，当今抱紧实修勤。

2015年8月2日

上善若水

水流无我德高深，谦让相融善解心。
知足蒙恩不悲恨，欢欣自在降甘霖。

2016年3月9日

山野炊烟

西安古忆

东去秦川渭水流，夷隆六合领春秋。
留侯一语安天下，说破关中百二州。

（注：夷隆，即盛衰。见班固《两都赋》。留侯一语：张良对刘邦定都前说的话。）

金陵古咏

三川交会古宁州，半垒风樯盛事留。
一曲辛词悲汉月，长吟剑气秣陵头。

（注：秣陵，即南京古称。）

夜坐怀旧

更灯夜墨一泓寒，蕃塌难眠惜友安。
把臂冰壶吟旧雨，知心雁柱识芳兰。
秋山寺外蝉声细，南浦桥头客梦残。
卷卷汀烟浮远色，沉沉万籁晓星阑。

玉蝴蝶

心随飘絮过汀桥，独立荷尖尘外娇。
错落林台风展翅，悲欢节物意凌宵。
一栏微雨新莺过，满目昌蓼故梦遥。
片片飞花曾寄语，烟波蓼岸最清寥。

山自然

今日中山陵

陵园穆穆柏苍苍，游客连连晋祭堂。
浩气伟仪还固在，碑亭墓寝亦无殃。
谒灵未别官民意，继业何区国共方。
最是紫金山瞰处，巨钟警世久回扬。

（注：中山陵平面设计为警钟图形。）

临江仙·淫雨

打叶击窗连日雨，凄凄不似瑶琴。竹丛墨墨柳荫荫。花痕墙上浅，伞影巷中深。

云暗楼头遮望眼，斜风撩乱衣襟。谁来短信问如今？时光还有意，愁字已无心。

浣溪沙·山居

云雾濛濛漫石桥,蛙声四野鼓如潮。阴晴昨日问渔樵。

篱上风来花乱眼,山中雨去燕归巢。茅庐煮酒意逍遥。

商忠敏

女,汉族,1950 年生,中师毕业,会计师,已退休。枣庄市诗词学会会员,山东省老干部之家诗词协会会员。作品曾于省内外报纸杂志发表,并多次获奖。荣获山东省老干部局诗赛一等奖。

七律·祖国颂

六四春秋步健遒,国旗鲜艳耀神州。
陆台港澳鸿猷展,农贸工商硕果收。
天路摘星惊昊宇,飞船探月震全球。
巨龙腾跃蒸蒸上,华夏复兴万众讴。

七律·中国梦

复兴华夏党英明,梦想成真利国情。
继往开来除旧弊,承前启后步新程。
风调雨顺千家乐,虎跃龙腾百业赢。
社会和谐求发展,神州万里庆升平。

七律·赞中共十八届三中全会

三中全会放光芒,改革精神大发扬。
华夏复兴圆国梦,中枢决策赴康庄。
苍蝇老虎都严打,顽敌豺狼需谨防。
社会和谐黎庶乐,江山锦绣万年长。

七律·静夜吟诗

初步诗坛兴致高,难分平仄把头挠。
台灯辉映书山路,长案欣观学海涛。
拈句推敲寻雅韵,组词斟酌觅风骚。
雄鸡三唱迎新曲,一首吟成我自豪。

七律·春雨

甘霖飘洒下瑶台,润物无声浥九垓。
河岸田园添绿色,山坡桃李染红腮。
修篁挺拔琼浆饮,梨蕾玲珑笑靥开。
万里春光呈锦绣,邀朋揽胜踏青来。

七律·石榴花

榴靥妖娆挂满枝,玲珑小巧荡神驰。
风吹艳蕾饶诗韵,雨润红唇诱客痴。
浪蝶戏花情缱绻,游蜂采蜜影参差。
金秋硕果迎宾笑,粒粒珍珠味美思。

画堂春·秋

西风萧瑟洒银霜,黄花篱下飘香。丹枫似火劲松苍,北雁南翔。

甚处清歌欢唱?惹吾诗兴尤狂。挥毫骋思写秋光,逸趣扬。

鹧鸪天·老有所学醉夕阳

花甲之年身健强,书山觅宝任徜徉。诗词吟咏敲声韵,格律研磨学宋唐。

家网乐,论坛忙,弘扬国粹赋华章。夕阳画卷添霓彩,衣食无忧话国昌。

邵燕燕

网名中国红。喜欢优美的诗词和文字!

七绝·端午随笔

又是一年艾草扬,家家户户粽飘香。
谁还浪子思乡扣,燕寄情长明月旁。

五绝·莲

月下莲幽静,蛙鸣惊夜眠。
低头羞寄吻。哪朵误拂弦?

五绝·萱草

庭前萱草绿,五月应香来。
梦唤娘亲笑,忧愁谁解怀?

题图诗

层峦叠嶂碧秧田，伉俪情深晓种专。
莫道辛勤人不语，金秋穗满又丰年。

申焕艳

网名苒。中华诗词协会会员。作品曾多次发表在《中华诗词》《诗词月刊》等刊物上。曾获“浪淘沙·北戴河”全国诗词大赛个人优秀奖、“中国梦·劳动美”全国诗词大赛优秀奖以及秦皇岛网络文化节诗词大赛优秀奖。

四季柳

春柳(新韵)

满目新桃赋旧林，嬉春扁嘴唱波痕。
西窗怎许东风误，默理青丝问柳琴。

夏柳(新韵)

长街飞絮扰凡尘，何处生花何处根。
姝燕清啼谁与附，丝绦曼舞碧罗裙。

秋柳(平水韵)

才舞潇风秋雨池，枯荣颜色借心诗。
模糊雁字随云远，怎忍离人枉折枝。

冬柳(新韵)

腻雪枝头春信浓，凭栏遥忆有无踪。
晚阳再把长冰释，绿蚁新醅伴月蓬。

七绝·登秋山三首

(一)

才觅风光险境中，放眸处处舞秋枫。
蓬莱有路从心路，撷得丹云几叶红。

(二)

蓬山一梦尽斑斓，欲把心情系永年。
醉叶蝶飞不忍顾，任凭枫火与秋燃。

(三)

我自崖边一簇彤，逍遥无意惹秋风。
世人若识真君子，自有机缘径上逢。

七律·雪松(新韵)

傲雪长青鬓发白，玉洁操守洗尘埃，
铮铮铁骨擎天矗，郁郁虬枝揽月来。
尽阅沧桑同鹤老，不思翘楚任风哀。
岁寒三友居魁首，腊意松�寄世怀。

七律·山海关诗词学会成立8周年有感(平水韵)

诗思放浪海山行，入笔青葱蝶梦生。
静水流深情漫溢，清风高远韵频呈。
沉迷平仄书心语，陶醉春秋撷玉英。
八载流光传异彩，繁花烟雨意相萦。

七律·山海关母亲河：石河

蜿蜒小径梦中裁，别样心香处处栽。
一脉温情朝暮守，满廊异彩淡咸徊。
根除旧迹输琼液，打理新思筑榭台。
日夜熏风逐意远，云帆最解世人怀。

[注：山海关新修建的石河，拱桥的另一边是大海，所以两面的水有咸有淡。石河发源于燕山山脉马尾岭(抚宁县)，山海关境内河长13.3公里，北自燕塞湖向南贯穿山海关汇入渤海。千百年来，它像一位慈母，静静地哺育了一辈又一辈的古城人，是山海关的母亲河。“甲申之战”就发生在这里，为古城的历史平添了浓墨重彩的一笔。石河历史上曾多次发生洪涝灾害，大量的农田、农宅被淹，经济损失惨重，整治后的石河“水、堤、路、桥、岛、绿、景、居”多重景致交相辉映，同具有浓郁明清风情的古城遥相呼应，一个是深沉雅致的古城，一个是浪漫时尚的水岸丽景，相得益彰。]

临江仙·春思(外一首)

(一) 临江仙·春思(词林正韵)

琼舞寒烟凝玉露，晶莹尽染枝眉。银花怒

绽谒仙醅。灞桥疑目远，一步一频回。

雁字难书帆杳渺，忽怀那日荷杯。莲花湖畔鲤鱼肥。东风犹自荡，可染翠心扉。

(二) 蝶恋花·春梦(新韵)

欲觅深幽幽深远，雾索迷离，何为春湿眼。寂寞章台孤影淡，冰心默默听寒暖。

谁把春思偷捻线，一缕缠绵，织锦千千万。任絮朦朦朦彼岸，韶华莫负琼花伴。

(注：二月末，如沙细雪趁浓雾袭来，山城一片朦胧。甚者，十步难以辨物。露凝成霜，树挂如玉，恰琼花点缀，一路长街，直如仙境，古朴山城瞬间呈现了神秘色彩。情至展宣，成词二首。)

水调歌头·老龙头行

海岳巨龙起，昂首向苍烟，朝潮朝落泽韵，春色满人间。寻觅旌旗铁骑，遥想烽台堞垛，几度御敌顽。旧阵演宫阙，暖日伴鸥旋。

聚魂缘，情岸远，醉无边。相携心语，足迹深浅遍沙滩。沉寂襟怀腹地，放眼征帆渺渺，难舍更难圆。借问东风好，可否念幽燕？

沈沪林

1957年生于上海。上海师范大学中文系毕业，曾工作于上海中国画院，现在上海龙华古寺工作，为华林书画院业务主任。上海市书法家协会理事，上海诗词学会理事。2015年于上海城市规划展示馆举行“春和景明——沈沪林艺术展”；2016年于上海兰心大戏院举行“重温精典，追寻旧梦——沈沪林演唱会”。

(一)

——“山高水长”陈佩秋先生·照诚法师书画联展于国家博物馆隆重举行，展期吾与慈航法师天天朝夕相伴于国博展地在照应观众之余品茗喝香，陶醉其间，乐不思蜀……拙句以记欢。

国博展厅幽趣长，知音对坐唤茶汤。
探寻佳境舒双眼，感觉琳琅书画香。

(二)

——喜观九五高龄的陈佩秋老师和照诚大和尚合作丈六匹“高山流水”山水巨作有感

承恩堂上用心裁，流水高山妙景开。
新绿满庭禅意静，春光和合入诗来。

(三)

——“山高水长”陈佩秋先生·照诚大和尚书画联展在中国国家博物馆隆重举行，连日来十方观众观展，留连忘返，纷纷赞叹二位出品佳作为世人带来的美意禅趣。在北京分享活动顺利结束之际，吾以拙句记载大展殊胜。

忘年合作古都来，水色山光长卷开。
宾客十方来画境，禅心一瓣上莲台。
亦难亦美千钧力，如幻如真八斗才。
国博展厅衣袖湿，烟岚青翠久徘徊。

(四)

——记千年回龙塔畔沈阳回龙寺重建诸佛菩萨开光庆典。

时光陶醉桂花开，揽胜情性何乐哉。
一见回龙唐殿宇，心头便有好歌来。)

(五)

——新秋，吾拜师于著名京剧表演艺术家童祥苓先生，仪式隆重，群贤毕至，高朋满座，共同见证了这美好时刻和神圣殊胜因缘。

金秋本木苑中晖，今日层层叠翠微。
从此追寻精典故，朝阳伴我拜师归。

(六) 之一

京腔丝板响连声，雅集兰心国粹情。
六月荷香寻旧梦，人生“悦达”抚琴听。

(七) 之二

——吾于2016年7月25日于上海兰心大戏院举办了由周信芳艺术研究会主办、上海诗词学会协办的悦达之夜“重温精典，追寻旧梦——沈沪林演唱会”，有感。

迎来“悦达”好时光，精典重温最吉祥。
共醉兰心寻国粹，莲风六月梦悠扬。

(八)

——2016年6月9日，端阳吉旦祝福有缘风和日丽佳期美好。

相逢端午最难忘，风送清音兴味长。
粽子频传诗国梦，良缘喜结更甜香。

沈兴无

字忠信，自号耕夫、一农。1952年生，永清县董相庄人，农民。廊坊诗词学会会员，永清老年诗协会员。

赞永志

一任新官魄力强，情如公仆为酬乡。
村街建设民心愿，井字图新换碧妆。

纪念谷风诗社成立15周年(新韵)

华汉文章有继承，而今古韵唱新声。
流芳笔底弘燕赵，浩浩诗风荡谷风。

丙申正月初九赴高村诗赠张、董、彭、王四诗友(新韵)

记得当年铸韵魂，高村聚义庆十春。
骏骐四驾相扶佐，兄弟八方共转轮。
借月研诗淳梓里，邀霞绣锦唱乡音。
心怀忠义常思旧，贯做激流勇进人。

五十九岁秋末近甲子感赋(新韵)

欲度人生甲子轮，耕耘未辍志犹存。
良田几亩勤锄划，陋室多间笑客临。
淡墨虽拙常就纸，清诗无雅总流心。
平生不怠求真谛，一世无为学做人。

庆贺强兄万泉画廊15周年

耕耘十五写春秋，笔底丰年岁岁收。
夏雨滋田涂草色，冬云照雪染梅头。
鲲鹏万里扶摇上，虎豹千山坦荡游。
汹涌江河逐缘去，扬帆大浪走鸿舟。

沈一森

字昱谞，号林泉逸士。1951年生，江西省靖安县人，农民。2000年开始利用业余学习、研究与创作诗词等。靖安诗词学会会员，江西诗词学会会员，中华诗词学会等会员，中华诗词文化研究所、华夏诗联书画艺术研究院(特聘)等研究员。著有《谞诗稿》。

游象湖湾(二首)

七绝·生态餐厅

谁把蟠桃盛会搬？仙班列队涌湖湾。
玉壶频润芳馨梦，不尽珍馐堆满山。

七律·酷暑游彭泽龙宫洞

危崖险峻热无闲，凉意激情领洞天。
高绽玉兰抽玉笋，涧支游客荡游船。
溶浆异化莲花润，灯彩迷离绮梦牵。
美景依依忘日暮，谁知仙境在人间。

七绝·龙门获趣

底入龙宫顶上天，不知谁架在何年？
悬崖铺就凌云路，引渡神仙家国妍。

(注：龙门是一座横空突出、凌云飞架的“天生桥”，是龙宫洞的象征。桥面长50米、宽8米，门高25米，可称为世界奇观。)

七绝·洞府船翁

鲜泉碧涧汇中流，渡渡长撑岁岁悠。
四十余年多少客，春风满面领神游。

七绝·水上乐园

曾几谬传鬼袭人，此今泉水浣秋春。
红男绿女孩嬉戏，畅舞凌波绝俗尘。

七律·丙申暑日拜谒耀邦陵园

画卷神州盛世兴，挥旗又树共青城。
挺身峰壑甘霖洒，漫洗云烟锦绣盈。
于国无私廉两袖，系民诚挚切深情。
疾乘追思忘酷热，似火妍花寄英灵。

五律·登马堖崖

兴来游意浓，师友结攀峰。
步尽羊肠险，心凝绝壁雄。
擎旗屯小寨，反迫傲苍穹。
今古谁高远？抬头问太空。

（注：2010年12月21日，应诗友熊中华相邀，与舒传宁、程润生两位老师及中华和小彭两诗友攀登马堖崖。传说当年农民领袖胡雪二不甘压迫，于此峰屯寨抗迫。）

沈玉江

河南邓州市人，现居四川仪陇县。1984年出生，古诗词爱好者。

五绝·蜀山新雨

墨染青山重，花开碧水盈。
风吹香满院，雨过赏新晴。

七绝·山行

丽日春山万里晴，红花碧水伴君行。
杜鹃暮唱归途远，露宿桃园枕落英。

七绝·荷情

亭亭玉立盼谁归，藕断丝连泪水飞。
都道青莲无挂念，只因过往已成灰。

七绝·端阳

斗龙千舸竞争流，万众欢腾鼓不休。
此遇端阳当对饮，雄黄下肚去离愁。

七绝·梅花三弄古筝曲

小院清风掠夏枝，闲窗对月赋新词。
无端耳畔筝音扰，一曲梅花入梦迟。

七绝·独钓春山

烟云万壑欲平川，瀑落危岩鸟语喧。
不问寻幽曲径路，横舟醉月钓春山。

七绝·留守儿童

留守儿童望欲穿，他乡父母哪天还？
肩挑重担何曾怨，只叹爹娘在外难。

七绝·忘情山水

雄狮高坐化石山，白练低吟入雾烟。
我欲乘风逐月去，狂歌痛饮忘情欢。

七绝·空巢老人

老眼昏花依旧望，寒心落寞梦中悲。
万千爱意随流水，无数空巢守雁归。

五绝·慈母情

天寒针意暖，影乱正酣眠。
纵使千般苦，儿归万种甜。

盛锋

心梦。农民，1965年出生，高中毕业，毕业后学医，先是村卫生所医生，后来外出打工，在某公司做财务管理。空余时间喜欢看书，爱好诗词写作。

七绝·望夫石

碧水微波轻泛舟，清风漫过载春秋。
江边碎落几多梦，唤起心中千万愁。

七绝·杜鹃花

篱前池畔少芳踪，散落贫瘠长伴松。
借我春风与明月，也能日夜映山红。

七绝·桃花怨

桃园春早话凄凉，欲唤东君逐冷霜。
待到风和携日暖，谁能知我几重伤？

七绝·西湖桃花

此生何处可安家，春到钱江入院笆。
西子湖边谁最美？娇颜应数粉桃花。

七绝·船夫

摇桨行舟乘日月，未曾想过计晨昏。
为生出早归船晚，便客消愁有乐寻。

七绝·柳絮

春深柳岸雪纷飞，难道冬天又早归？
却见闲翁着短袖，垂钓湖畔钓余晖。

七绝·雨夜吟

雷公惊醒梦中人，多少相思欲断魂。
小院幽幽花满地，我心似水一潭深。

七律·山村之晨

月落霞升笼曙光，鸡鸣狗叫赶牛忙。
晨风缕缕摇枝叶，雀鸟声声入户窗。
路上妇童多笑语，田间硬汉早湿裳。
老翁已把太极练，还有几人能赖床？

清平乐·桃花

春藏冷露，入目山园处。红透枝头蝶戏舞，应是花开满树。

邀来燕子凌空，唤回小草青葱。又见百花羞色，唯桃尽绽娇容。

行香子·春山

谷壑云烟，绕至村前。倚枝头、慢看春天。小园寂寂，谁愿痴缠？待桃花香，梨花艳，杏花牵。醉了腰间，山路盘旋。

目接处、滴翠无闲。蜿蜒岭上，入画书笺。绘人儿笑，蝶儿舞，鸟儿喧。

盛以晋

杭州人，1947 年生，1963 年参加工作，已退休。作品散见于《老作家》《中华诗词月刊》《浙江诗潮》《晚香诗刊》《春江红叶鹳山诗苑报》等刊物，并在诗词大赛中获奖。中华诗词学会会员，中国老年作家协会会员，浙江省诗词与楹联学会会员，杭州市老干部诗词协会会员，富阳老干部诗词协会常务副会长，诗词月刊富阳工作站站长。创作诗词联 3 000 余首，已出诗集二册。

七绝·秋韵（一）

秋风驱暑献真情，唤爽呼凉催月明。
涂菊染枫描秀色，更迎归雁画中行。

七绝·秋韵（二）

枫叶知秋白露红，满山野果沐霜浓。
彩云飘向丹霞处，一缕青烟染劲松。

五律·秋韵（三）

又赏桂花香，东篱送菊黄。
青山涂彩色，碧水闪鳞光。
画舫红霞挂，钓台银发忙。
忽来强盗鹭，斗胆啄鱼筐。

五律·G20 杭州峰会湖上晚会

最美靓杭州，天堂更蜃楼。
天鹅芭蕾舞，梁祝断桥游。
彩扇湖中变，轻舟画里悠。
多娇花月夜，宾客醉双眸。

七律·赞新安江水库

堵山拦水自然囚，千岛成形万古留。
滟滟碧湖妆景美，巍巍大坝截江流。
资源发电神州亮，有序防灾岁月遒。
气壮山河天地赞，敢通银汉放龙舟。

七律·游千岛湖石林

采风视野探深山，取景寻仙绕九湾。
怪石奇峰冠险峻，危崖峭壁守玄关。
千姿百态迷魂阵，鬼斧神工妙趣顽。
剑拔弩张游客憾，自然造化仰天寰。

七律·游张家界

中华宝地遍奇山，张界风光更彩岚。
十里金鞭通野谷，千尊玉佛鼎云磐。
观音送子峰峦守，仙女献花屏嶂欢。
云舞层霄天籁旷，波澜壮阔入尘寰。

山花子·鹳山游

欣上春江第一楼，风光旖旎景幽幽。古树参天白云逗，啭莺喉。

雅兴倚栏瞻锦绣，轻舟推水荡悠悠，白鹭馋鱼花柳秀，展风流。

师红儒

马邑筵中晋社诗友约以支韵得句

陌上绿参差，吟眸一豁之。
筵邀吞海客，人在忘情时。
远涉方怡性，清鸣可展眉。
古城无别物，豪劲塞风吹。

过广武古城

偶作孤城客，游思也暂停。
墙头倚红杏，屋顶过风翎。
战事凭人说，村翁带笑听。
老榆浑有意，先发一枝青。

八声甘州·翻随园主人“才大志小”句寄慨

纵天高海阔奈谁何？低眉暗添伤。算三更灯冷，一风帆快，老大如忘。看取凤池金榜，残照透书窗。不向时人眼，余梦茫茫。

谈笑新来风物，爱云台宝榭，不问渔桑。散闲情逸志，玉手泼茶凉。一生心、送寒趋暖，又几回、迷路在他乡。追思处、红尘起落，我似砧羊。

生查子·落叶街衢见清洁工

念里有情枝，一夜随风改。无故惹幽思，跌落朱门外。

逊我七分寒，胜我三分彩。所得是艰辛，辗转街如海。

生查子·词人

不二是幽怀，今者何输古？八百短长亭，九万风鹏举。

一意逐轻肥，反说莲心苦。点检旧情衷，尽与他人吐。

生查子·牧羊人

悠然卧花间，不羡诗仙饮。世上本无忧，安得庄生枕？

朽骨莫可名，曾伴王侯寝。脚下踏成灰，富贵到头怎？

生查子·少年

不爱望浮云，云在心头涨。驮梦鸟飞无，久对孤巢想。

带笑叠糖衣，年过多成恍。疏远老童谣，翻覆看空掌。

师晓安

笔名飘过人生。

寄言：余好诗词久矣！历三十余年，然虽不释卷，沉湎其中，始终未敢捉笔。恐时光老去，于甲午之秋，方启蒙平仄格律之事，两年方初入诗词之门。游历腾讯数十诗词群中，学于诗友。今投稿于方家，望不吝赐教。

七绝·华山行

策杖排云岭上行，身临万壑胆不惊。
男儿自有冲宵志，且放长歌伴一程。

虞美人·群中为才女庆生

仙姿每引花相妒，倩影君心慕。芳辰渐近更欢颜，丝竹管弦佳句跃屏前。

韶华怒绽何妨傲，莫待红颜老。夜来相聚尽欢声，浅醉嫣然一笑自多情。

生查子·格二：永夜人

空栏沐晚风，入夜重门静。
皓月洒银光，漏慢移孤影。
何由独未眠，有事无人省。
枉自苦逡巡，昨日烟花冷。

七绝·西窗听雨

芭蕉叶畔雨丝长，却惹离人掩旧殇。
欲问愁多能几许，世间何物诊彷徨。

七律·国庆

幸遇人间唱太平，千年一瞬远刀兵。
深山络绎携包客，闹市欣然放学声。
莫向今朝寻隐者，当从过往认王旌。
匣中宝刃勤磨砺，不惧妖邪善自鸣。

浪淘沙·有女大一，挂念之作

深院锁清秋，只影凝眸。斜阳欲下望京楼。倦鸟暮归风拂袖，却引离愁。

每叹水东流，无尽无休。菊花犹自女墙头。微信嘀嗒传尺素，聊慰心忧。

蝶恋花

寂夜秋声人病酒。欲醉消愁，却道愁依旧。梦里初心难邂逅，醒来深院闻更漏。

却忆初逢纤素手。粉面如花，一笑朱阑右。此季黄花开谢后，篱边伫倚谁空瘦？

五绝

雾锁寒江上，舟横野渡东。
擎杯斟酒满，醉眼觑灯红。

师晓燕

女，1980年生，文水县人，山西省文水县凤城镇章多学校工作，山西师范大学教育学专业毕业。中华诗词学会会员，山西诗词学会会员，文水诗词学会秘书长，山西省楹联艺术家协会会员，文水楹联学会理事兼副秘书长，文水最美妈妈组委会副主席。爱好文学、旅游。作品散见于《中华楹联报》《山西日报》《吕梁日报》《第二届中国百诗百联大赛参赛作品精选》《吕梁作家文丛》《吕梁风》《汾河吟梦集》等报纸杂志，有楹联刻挂于景点名胜，在全国各地组织的诗联大赛中多次获奖。

七律·丙申贺春二首

（一）

迎来送往拜年时，羊去悠然我不知。
期待亲朋安且乐，渴求笔墨韵随诗。
横琴向晚霞铺野，回首临渊鱼跃池。
掬起天河灯一盏，无边祝福寄吾师。

（二）

济困扶贫胜岁丰，素心对月两相容。
思量前世诸多误，检点今生不是空。
把盏开怀真善美，吟诗入梦水车龙。
临风挥起瓶中柳，洒向苍茫慰鬼雄。

秋色横空·乡韵

林野含幽。看云开大地，韵染神州。枯藤

老树凌霜傲，苍山莽莽盈眸。蘑菇笑，杜宇羞。极目眺、和风轻倚楼。鸟鹊登枝唱和，梦枕清流。

泉濯玉声调柔。问谁描奇景，可是飞鸥？漫天往事吟空旷，知我独醉兰舟。茫然路，晓所投。忐忑刻、初心居上头。任斗转星移，今世不休。

施将维

笔名狂沙。男，苗族，大学文化，中共党员，1962 年出生，湖南省湘西土家族苗族自治州花垣县人。历任教师以及乡镇主要领导、县直单位副职多年，现供职于花垣县残疾人联合会。1981 年开始学习诗词（诗歌）创作，1986－1987 年参加《诗刊》社全国青年诗歌刊授学院重点班学习。2010 年参加《中华诗词》函授第六期高级研修班学习。从 1981 年开始至今，先后在《诗刊》《世界汉诗》《中华诗词》《中华辞赋》等国内 100 多家专业刊物发表诗词作品 1000 余首。作品或传略入编《中华诗词大全》等 28 部国家级辞书典籍。诗词作品参加全国大赛，多次获金、银、铜奖和优秀奖。

七律·步韵毛主席《长征》

——纪念红军长征胜利 80 周年

工农子弟藐千难，云汉迢迢举步闲。
血沃湘江辉日彩，汗流雪域映星丸。
陕甘窑洞灯宵暖，鲁冀青纱月夜寒。
百战沙场华夏立，军魂永铸慰君颜。

七律·步韵毛主席《人民解放军占领南京》

——纪念红军长征胜利 80 周年

红都赤帜漫苍黄，数万铁流血染江。
蒋殿灰飞成粪土，金陵梦断遗疤疮。
三山推倒改天地，四海升平换导航。
二万五千追日月，中华崛起主沧桑。

七律·吟怀化风雨桥

无钉无铁造花桥，卯榫嵌合木构娇。
夤夜霓虹钩冷艳，平明风雨吻妖娆。
天功巧夺惊云汉，精妙绝伦动碧霄。
怀化芷江催韵动，侗乡大美客如潮。

七律·谒乾嘉苗民起义旧址

——花垣雅酉黄瓜寨

（一）

黄瓜苗寨景清幽，云翳晴岚鸟啁啾。
举义乾嘉芳百世，功存史册耀千秋。
抚摩碑刻身微暖，勘察村容肚更愁。
点将台前思三保，满腔怅恨塞心头。

（二）

百战苗疆伟绩留，千秋敬挽悯肠柔。
乾嘉首义九垓震，达扣扬威撼敌酋。
点将高台云汗漫，藏兵洞府雾迷眸。
观碑凝伫意犹烈，一代豪雄动地陬。

（三）

剑影刀光染血魂，黄瓜寨里卷风云。
清廷腐恶千军扫，帝制殃民草寇拼。
命舍苗疆惊鬼魅，头抛野岭泣山神。
凝眸镌刻思英烈，阵阵松涛奏壮声。

［注：1795 年，湖南省湘西永绥厅（今花垣县）黄瓜寨人石三保、贵州省松桃厅人石柳邓、湖南省湘西凤凰厅人吴陇登以及乾州厅人吴八月、吴半生、吴廷举等为反抗清朝政府剥削、压迫苗族人民的残酷统治，在乾隆年末、嘉庆初年发动了轰轰烈烈的乾嘉苗民大起义，提出了“驱逐客民、夺还苗地”的口号，起义时间前后持续 10 余年之久，严重动摇了清王朝的统治，对今后“苗民革屯”具有深远的影响，推动了我国社会的发展进步。“点将台”“藏兵洞”“黄瓜寨”“达扣”等为石三保起义和抗击清军的主要地点和主战场。］

五律·断崖飞瀑

瀑至高天落，断崖飞玉龙。
挟雷倾骤雨，闪电斩罡风。
气势吞河岳，豪情壮九重。

烟波催古朔，一怒震江东。

五律·癸巳年晚秋加入中华诗词学会有感

卅年磨一剑，寒气逼琼宵。
登月摘丹桂，越洋揽碧涛。
迎风敲玉律，抚瑟唱离骚。
禹甸圆诗梦，不辞沧海遥。

七律·秋雨连绵

唤雨秋风情未酬，苍凉无伴卧孤洲。
凄声离雁忍悲去，倦体残荷向晚幽。
暮色徘徊栖故垒，天光暗淡锁新愁。
浸山浸透飞烟白，化作红萍逐水浮。

七律·两河采风即兴

雄踞湘西眺贵州，高峰深壑倒河流。
玉泉穿洞铺仙路，银瀑凿崖绘碧绸。
虎渡抬眸叼马尾，牛猩踢腿踩云头。
摩天梳子齐天矗，将帅挥戈守绿畴。

（注：倒河流、玉泉、穿洞、虎渡、马尾山、牛猩山、摩天岭、梳子山、将军山等为两河风景区著名景点。）

施逵

上海人，1964年生，曾为上海信仁中药厂厂办主任、上海供销信息报特约通讯员、上海天鹤大酒店大堂经理。目前在上海崇明经济委员会驻沪办任沪办小组组长，并在上海崇明诗词书画学会任理事会理事。

满庭芳·崇明岛

浩瀚长江，奔腾到海，接天云水相间。树林成翠，鸥鹭任蹁跹，固岸金汤似铁，大堤外，艇跃扬帆。看生态，境佳渐至，处处画春酣。

危滩，曾渺邈，洪流造塑，浪击沙淹。蹋涨频迁变，历数千年。垦拓图精励治，栖茅舍，患难时艰。经风雨，潮头涌立，快马正加鞭。

满庭芳·秋游前卫村

湿地公园，登临纵目，一览寥廓江天。小桥茅舍，低矮荻芦间，沉积淤沙水泽，苇丛外，白鹭联翩。金风里，层层叠帐，似伏浪连绵。

潺潺，流溢处，浮光影跃，气飒云闲。叶飞令秋肃，凝绿含胭。但见野芳傲首，伶俜立，节守清寒。斜阳下，横舟岸渡，凄意似从前。

永遇乐·与稻香书社忘年交相聚

明月清风，笑花迎客，江岛相聚。姹紫嫣红，同堂一叙，任展英才趣。不甘春老，今朝携手，唤取赶随春住。续源缘，痴心未泯，满怀无尽情愫。

诗家结社，瀛洲联谊，巷陌寻常邂遇。古迹金鳌，学宫游目，乡恋深几许。海滩开阔，围田造地，茅舍荻庐羁旅。沧桑忆，曾经壮志，万千思绪。

采桑子·二月二龙抬头访三民文化村

人间二月春来早，播雨耕耘，静听龙吟，大典三民好客迎。

风轻绿映烟萦绕，古朴园林，婉约诗情，困水蓬瀛此处惊。

采桑子·咏鹰

一征千里何曾惧，气贯长虹，频击长空，傲笑山河壮志雄。

穿云渡雾凌霄汉，沐雨峥嵘，无限苍穹，大展宏图天宇中。

七律·登天鹤楼抒怀

浩瀚长江逝水东，神州气宇满苍穹。
泛舟劈浪春潮阔，展翅飞鹏日当空。
得风晴明抒远志，因逢国盛创新功。
披荆路上湍流急，跃马征驰入险丛。

七律·春游白水涧

群山叠翠郁葱葱，瀑落清溪水涧中。

密竹纵横绵亘路，空阶曲折险峋峰。
旁林淅淅听泉语，倚石愔愔览物荣。
已是阳春三月里，却无飞鸟一归踪。

七绝·中秋

送爽金风皓月明，迷人夜色气清澄。
留芳丹桂香飘逸，结果园田硕满盈。

施彤

男，1977年生，福建仙游人。1996年福建省光泽一中高中毕业，同年参加工作。2006年调往福建省莆田市涵江区自来水公司工作至今。2014年获中国人民大学网络学院文学学士学位。莆田市作家协会会员。爱好诗词，作品散见于各类报刊。

七律·黄山

黄山雄峙广寒天，秀色葳蕤瞰世间。
松影婆娑峰后舞，泉香酩酊醉缠绵。
群峦万仞出云海，神话逍遥驾鹤仙。
我欲化身瑶殿客，梦中挥笔叩轩辕。

七律·昆明翠湖荷花

初夏春城晴万里，翠湖潋滟洗铅华。
含羞菡萏迎仙客，弄影芙蕖腮染霞。
娇愧万芳诗笔落，驰名赤县语天涯。
涟漪微漾婷婷矗，数叶轻舟过雪葩。

五律·海峡情 中国梦

桑梓婵娟舞，葳蕤两岸图。
蛟腾神笔落，凤翥巨椽书。
血涌炎黄脉，魂萦赤县庐。
何时同举觯，酩酊续诗牍。

水调歌头·兰

九畹点国色，馥郁数幽葩。春园桃杏争妒，丽影染薄纱。独放一枝清秀，比竞繁花柔柳，云外采红霞。曼舞随风颤，淡雅进人家。

慕娉婷，窈窕曳，露芳华。含羞浅蹙、仙子绰立抚琴笳。窃语窗前皎月，香沁肌肤晶雪，醉客醒淳茶。投笔入竹砚，诗语寄天涯。

水调歌头·成都

巴蜀灵杰地，天府冠神州。煌煌青史悠灿，久忆锦官游。西岭巍峨皑雪，吊祭武侯祠阙，懿墨少陵留。沛露化潇雨，花巷映乌眸。

秀峰屹，芙蓉郁，品仙馐。楼林栉比、康道鹅杏蓊绵酬。才俊繁星辉烁，稼穑廪丰膏沃，瑰宝赞千秋。诗笔龙蛇舞，歌脆引长讴。

满庭芳·西湖赏荷

娇映涟漪，红颜颔赧，浪涤莹蓓娑娑。胭脂新扮，腮雪艳妆著。诗许芳心沁苦，西湖畔、潋滟泓波。濯国色，盈盈碧水，兰舫竞相和。

放歌，擎菡萏，幽香拂洗，惬夏凉赊。翳金鲤欢游，翠竦莲柯。名震神州自古，万方慕、瑶殿仙酡。随舟曳，婷姿窈窕，梦笔醉银泽。

满庭芳·梅

寒沁香肌，魂萦梦浦，雾锁烟外新庐。黯神清泪，点点苦心孤。云里仙娥醉色，染娇萼、皆化幽独。胭脂雨，滴滴落尽，料峭透花都。

雪肤，心已慕，春痕欲镂，俏影融图。画中静凝眸，无语似姝。回首含羞浅蹙，锦袖舞、潋滟明珠。铅华卸，深情目断，鲜蕊露华敷。

汉宫春·荷塘月色

莲外清香，引梦中月色，欲语含羞。芳心寄许路人，顾影竹舟。茕茕伫远，卸嫣红、独洒淡愁。却纵有、相思满腹，塘边风起凝眸。

拭尽铅华残韵，碧波娇容隐，赧眉云收。嫦娥袖飞落佩、几度神幽。深情竟诉，慕青春、一缕魂留。忘妙笔、诗思纵在，丹青难掩风流。

施子江

1941年生，浙江缙云人。中华诗词学会会员，中国楹联学会会员，浙江省楹联研究会会员，缙云县诗词楹联学会顾问，缙云县书法家协会名誉主席，联合国和平书画院院士。艺事入编《中国历代诗词家辞典》《名联鉴赏词典》《中国当代学者墨迹选集》等。著有《竹本斋诗联选本》《施子江书法作品集》等。

满江红·游黄浦江

欲上游轮，朝阳出，与人同跃。黄浦浪、珠飞玉吐，光辉闪烁。汽笛声声频起止，银鸥点点争飞掠。立船头、举首看商城，宏图拓。

西楼老，红霞着。南桥架，长虹落。更浦东新厦，试摩天幕。忽见大江横在北，烟浮万舸胸襟扩。放浩歌、入海接涛声，同欢乐！

（作于1994年。林从龙评曰：词牌紧扣题目。“朝阳”“汽笛”“银鸥”“长虹”“新厦”……黄浦江一派生机，真是“满江红”。珠飞玉吐，美景如在目前；万舸烟浮，宏图见于言外。全词催人奋发，油然而生爱国之心。

陈华峰评曰：上半阕着重写黄浦江朝日初升时之美妙景色，状景有声有色，它巧妙地象征着上海这座工业大城市的蓬勃发展。下半阕写楼写厦写江写桥，西南东北，笔锋四至，概括而全面地展示了黄浦江畔的宏伟景观。结句联想奇妙，它以夸张的笔法热烈抒发了作者对祖国伟大建设成就的赞美情怀。）

夜逛上海南京路

恰似申江拐道流，南京路见万人游。
夜陪妻买唐装去，披取虹霓挤上楼。

（作于2001年。张国华评曰：诗人常与山水为伴，不多去都市闯荡，而此夜和老妻徜徉于大上海南京路的人海之中，不觉亦喜形于色，一种怡然自乐的神情自然流淌于笔端，实在是率真之作。）

敬奉上海田遨诗翁嵌名绝句

砚田如海也，遨戏不知归。
人老笔难老，一挥红雨飞。

［注：田遨，原名谢庚会、谢天璈，诗人、作家、书法家。田老98岁时为笔者巨幅千寿书法亲笔题写了“施子江千寿图”六字横额。绝句镶嵌田老大名外，还嵌其轩名“红雨”。遨戏：《后汉书·孝安帝纪》：“罢鱼龙曼延百戏。”李贤注：“出水遨戏于庭，炫耀日光。”（见《古代汉语词典》）作于2015年4月28日。］

石光明

男，大专文化，自由职业。中华诗词学会会员，九州诗社会员，香港诗词学会会员。有多篇诗、联发表在《中华诗词》《九州诗词》《中华诗人》《长白山诗词》《诗词月刊》《星星诗词》《中华楹联报》等报刊。

读周敦颐《爱莲说》有感二首

（一）七律

谦谦君子感时忧，永葆廉明志未丢。
出污泥中心不染，洗清水里媚无浮。
三英底蕴名声异，一朵白莲香气酬。
虽是孤芳能自重，岂随世俗逐波流？

（注：三英指菊花、牡丹、莲花。）

（二）五律

不与百花同，轩昂气宇笼。
清廉真品德，高洁美英雄。
怀拥贤人志，胸藏雅士风。
为官须守节，切莫愧周公。

七律·看电视连续剧《彭德怀元帅》感吟

临危何惧乃从容，戎旅征途势若虹。
搏击熊罴凭利剑，驱除虎豹靠坚弓。
凌然正气清风浩，侠义真诚赤胆忠。
不朽威名标史册，横刀立马大英雄。

七律·携儿游邙山黄河游览区

邙山头上白云飞，一派欣荣罩翠微。
南北交通凭地望，东西分野显天威。
炎黄雕塑迎风壮，墨客碑林映日辉。
治理大河思往事，曾经锹舞汗征衣。

七绝·唐山大地震四十周年感吟

四十年来一瞬间，曾经噩梦毁唐山。
忌辰告慰魂灵事，已把新图换旧颜。

西江月·咏史遣怀(二首)

(一) 说秦汉

横读春秋青史，竖观战国宏篇。腥风伴我走其间，故事牵情不断。

五霸兵戎互动，七雄血雨相残。到头都是历熬煎，各色皆归秦汉。

(二) 说隋唐

南北数朝兴替，隋唐一统江山。中华崛起赋新篇，扭动乾坤旋转。

杨李皇基开泰，诗章伟业登天。雄浑文化世间传，四海仰观大汉。

石钧

本名石本钧，网名龙角生。1951 年生，湖北大冶人。大学毕业，中学高级教师。中华对联文化研究院研究员，全国优秀楹联教师，湖北省联坛精英。在各级诗联大赛中多次获奖并有作品入集。2011 年出版《诗联话名著》，用亦诗亦联的形式叙写四大古典名著故事，成为全国首创。

七律·《红楼梦》第一回

真情实事隐心底，假语村言记石头。
一卷红楼千古梦，十年白屋满怀忧。
观灯祸起应怜失，炸供灾生正费愁。
独解道人歌好了，任凭儒士作知州。

（注：此诗选自《诗联话名著》之《诗联话红楼》，两两成对，四联一律，亦诗亦联，还有谐音嵌名之妙。）

七律·纪念抗战胜利 70 周年

卢沟羞月雾蒙蒙，震醒雄狮炮火中。
怒激黄河掀巨浪，气吞白日贯长虹。
八年痛饮倭奴血，一跃抖开华夏风。
敢叫乾坤明朗朗，警钟犹伴吼声洪。

七言排律·青龙山公园

迈过铜魂文化墙，婆娑桂影隐沧浪。
鱼追画舫银鳞闪，鸟羡红旗锦羽张。
粗嗓笛清清夕照，蛮腰裙炫炫朝阳。
柳桥踊跃千方足，樟径蜿蜒九曲肠。
纪念碑同松柏秀，英雄像比日星光。
收台守域敖公帅，入泮游池孔圣王。
咀韵馥香催快艇，栖霞廊雅听流觞。
竹坡竹雨谈诗妙，龙井龙潭洗墨长。
坊下怀仁怀故里，山巅望远望湖乡。
琼枝广展摩天翼，玉蕊平添遍地芳。
水漾庵前呈浩渺，曦辉轩外涌苍茫。
金兰铁谊亭融趣，宝寺华严塔肃庄。
楼映练波秦镜朗，场旋轮滑楚风狂。
青云梯笔书难尽，湛月岛琴歌未央。
园寄情思中国梦，心仪何必独苏杭？

（注：内嵌青铜文化广场、青龙广场、平湖园和青龙山公园及园内三十一个景点名称。）

于沪上“湖滨晨韵”居所赋《鹧鸪天》寄故里诸君

鹊噪晨风漫卷纱，申城惊梦恨无槎。湖清未见金湖月，草碧难寻铜草花。

情缱绻，景呈瑕。俚词一阕寄天涯。何时痛饮青龙阁？拈韵敲诗咏老家。

念奴娇·铜都今昔

铜都崛起，赏金湖，一派晴光春色：东舞青龙腾紫气，世纪钟声传彻！西拓新园，南开古矿，北卷长江雪。诗联佳酿，五洲争与评说！

风水呜咽千年，何曾湛月？唯有人为鳖。寡妇堤寒凝血泪，尤恨倭奴猖獗！十月雷霆，三中改革，炉冶多豪杰。百强驰誉，转型圆梦荣国！

蝶恋花·纪游

几驾轻车驰熟路，路转峰回，诗画冯村去。笑语欢声评九古，东天门上群仙遇。

企业明星偕醉舞，再赏玫瑰，园博园中伫。气爽秋高斜照处，茗山花海亭偎树。

石俊秀

游塔泥

好景塔泥溪，凝眸铁索奇。
山崖飞瀑布，仙境世间稀。
斑澜洞穴奇，云过比高低。
仙境钟灵秀，迎来墨客迷。

登黄鹤楼趣事

黄鹤名楼月亮升，不期走失两先生。
同窗警察齐心找，戴月归来近五更。

石礼国

男，1970年生，大学文化，山东省枣庄市薛城区人，现任枣庄市薛城区教育局教研室主任。枣庄市诗词学会副会长。先后在《中学生报》《语文教学通讯》和《语文报》等报刊发表文章100多篇。

七律·抱犊秋行

远踄君山石径荒，信拈红叶指尖霜。
闲观王老桃源地，近悦苍松崮顶潢。
雉雀啼归岩马棹，林萤曜隐灵峰堂。
巢云泻月名胜老，银杏厚売情意长。

七律·微湖泛舟(新韵)

红迎绿侧菱茨翻，岛水郗山桂月闲。
蜓立鱼翔洵养眼，蟹肥荷菂可颐年。
堤垂一钓风波小，鹭展双翎茎叶宽。
众里捉襟失戏水，耄耋稳棹报平安。

石群芳

女，1968年生，河北永年人，大专文化。曾在“羲之杯”全国大赛中获一等奖；在第七届全国黄鹤楼诗词大赛中获优秀奖。

七律·建党95年抒怀

九五风云大变迁，于今细数拨琴弦。
大山三座推翻下，良策千番奋斗翩。
壮大国家奔大道，增强军力斗强权。
传承接力呈新象，我党英明美梦圆。

石为民

1938年生，江苏泗阳人。1964年毕业于苏州大学中文系，从事教育工作，爱好诗词。徐州诗词学会会员，江苏楹联学会会员，中华诗词学会会员。出版有《憨憨石诗词自选集》。

七绝·上海春野

沿河十里菜花黄，染柳春风醉亦香。
瓦舍家家依绿水，淀山湖上白帆扬。

七绝·春游上海大观园

琼楼玉宇似蓬莱，鸟语花香一鑑开。
宝黛不知何处去，人间春满燕归来。

七绝·雨中上海滩

森森楼宇水溶溶，半在云中半雨中。
黄浦江边思往事，曾经滩上遍蛇虫。

七律·江南行

人间春色在苏杭，绿满青山水满塘。
城市家家多电器，乡村处处美楼房。
花开老树年年见，燕构新巢日日忙。
自古江南佳丽地，如今气象更辉煌。

七律·游普陀山

舟山水底暗礁多，历尽风波到普陀。
紫竹林中寻大士，杨枝庵里见韦驮。
海天佛国云扶石，法雨禅房僧唱歌。
漫说求仙难达愿，西天原是路蹉跎。

七律·观富春江

杂花生树燕飞天，夹岸群山起碧烟。
细石游鱼穿水底，小舟飞鹭近江边。
苍松负势争高下，白浪随风赶后前。
柳毅传书成义士，钱君一怒上云巅。

七律·与妻重游苏州虎丘

重上吴中第一山，千年古塔入云端。
苍苍绿树鸣飞鸟，队队游人踏翠峦。
壁出憨憨泉水碧，秦开窅窅剑池寒。
生公坐化西归去，石上空余说法坛。

七律·苏大同窗金陵聚会

苏州一别各西东，道路崎岖业不同。
几度书中思往事，多番梦里见颜容。
眼看白发催人老，手数繁星落叶浓。
今日重逢无限喜，钟山处处夕阳红。

石兴良

男，1953年生，高中文化，山东省成武县人，成武县粮食企业退休职工。中华诗词学会会员，成武县伯乐诗社理事。

七律·自省

悔对昂藏七尺身，甘于草莽历清贫。
浮生不屑玲珑客，处世常尊耿直人。
似水流年溶碎梦，如烟往事散纷尘。
红旗已把忠魂慰，玉宇澄明大地新。

七律·偶得

少有灵聪老用功，吟诗莫笑白头翁。
文才自揣应中下，语句他评只半通。
挞伐奸贪非本意，讴歌善美是初衷。
休言壮史难凭信，且为苍生泣鬼雄。

七律·暮春

一年又近暮春时，寥落残花对酒卮。
信步溪边情漫漫，吟诗月下意迟迟。
蓬山阆苑双相望，人面桃花两不知。
万物逢春争演绎，唯吾深夜独相思。

七律·夏情

溪塘水满草鱼肥，紫燕翩翩尽处飞。
绿柳随风抛媚色，红荷着雨斗芳菲。
乡村暮晚晴光好，阡陌荫浓游子归。
拾级高台凭远眺，此情此境久相违。

念奴娇·清明

——兼记亡妻

时如流水，又潺潺到了，清明时节。溢彩流光三月始，更那梨花如雪。灼灼桃花，依依杨柳，映翠湖明澈。离愁难断，年年每恨轻别。

散尽薄雾霞烟，晴空万里，争奈心凄切。已是难分恩和怨，总易柔肠千结。昔日容颜，今朝梦影，直向笺中叠。鹃啼紫陌，教人犹觉哀绝。

念奴娇·南海风云

风云南海，恨横生乱象，环伺群狼。看我三军排阵仗，红旗猎猎飘扬。宵小菲丑，飘摇霸主，岂许尔猖狂。欲夺祖业，应知华夏泱泱。

公理应有谁裁？一番闹剧，终究要收场。纵使机关能算尽，亦难除却荒唐。拔剑张弩，成城众志，笑梦断黄粱。保家卫国，中华铁壁铜墙。

长相思慢·初秋

霁月溶溶，清辉如水，更那银汉繁星。尘嚣渐退，雀鸟栖枝，莲池暗送香馨。静坐园亭。

看游人三两，惹乱流萤。露重风轻。绿茵中、络纬和鸣。

笑文墨粗通，却也尊儒附雅，每至深更。沧桑半世，春梦秋云，莫道无凭。人非杞国，亦怀忧、忧与谁倾？愿乾坤朗朗，重拾民心，华夏昌荣。

桂枝香·文亭湖

蓝湖荡揖。①看碧水浩茫，浪花飞雪。淡风轻抛细柳，雀莺穿没。绮楼绣阁凭栏望，喜荷香、细微轻拂。短舟轻舫，苍鸥低舞，漪涟明澈。

念往昔，苍凉怎说。忆蒲苇杂陈，杜鹃啼血。高祖曾经，驻马古槐吟月。②文亭见证沧桑事，天翻地覆城阙。客游如织，桂华初上，浅秋时节。

（注：①县城西首文亭湖，现更名为文亭湖蓝水湾，民众雅称为蓝湖。②昔汉高祖刘邦曾驻兵此处，拴马文亭山古槐，吟咏"文成武就"，成武县由此得名。）

石秀梅

1951年生，籍贯江西省乐平市，景德镇中师毕业，职称小教高级语文教师，教龄37年。江西省书法家协会会员，景德镇诗词协会会员，江西诗词学会会员，乐平诗词学会副会长。2016年6月荣获乐平市诗词大赛二等奖。

春旅鸡公峰（新韵）

人间二月暖洋洋，四面环山披锦装。
彩凤凌云生紫气，金鸡报晓蔚霞光。
龙腾瑞霭盘峰顶，虎踞悬崖卫古乡。
抖翎风草欣摇尾，羞颊山花悄换妆。
异彩娇柔争艳美，多姿妩媚吐清芳。
千年皂角枝繁茂，万古峰岩誉远扬。
耸宇楼台岚赐瑞，雕龙寺庙凤呈祥。
流连忘返依恋去，墨客骚人往来常。

七律·裕峰踏青抒怀

艳阳高照紫荆开，吟苑宾朋雅聚来。
婉转黄鹂将客引，缤纷红蕊把诗催。
祥云萦绕鸡冠顶，笑语飞扬裕秀台。
逸性归途犹未尽，春风骀荡惬心怀。

七绝·乐江雅韵（嵌名藏头诗）

乐在其中情诵吟，江天一色映霞粼。
雅人共赏风骚玉，韵我心扉溢翰馨。

七律·雁南飞（新韵）

秋风瑟瑟御寒霜，零落飘飘叶垫床。
鸿雁欢歌归故里，白云曼舞送别忙。
山高海翰征程远，日久天长情意常。
次岁红梅春报晓，江南重返异他乡。

七绝·淋秋（新韵）

中伏刚尽雨淋秋，片片娇柔玉缀瓯。
朵朵胭荷争艳美，风羞无奈柳垂头。

史洪久

1942年生，河北丰润人，大专文科毕业，国家二级作家。中华诗词学会、中国诗歌学会、中国楹联学会、中国作家协会山西分会会员，侯马市作家协会顾问、原副主席。在《中华诗词》等全国100多家报刊发表诗词2 600首、楹联3 500副。诗、联作品在全国大赛获奖100多次。入选《世界文化名人辞海》等300部名典。著有诗集《绿色的征帆》《金色的憧憬》，已公开出版。

华东五市游名景

七律·华东五市旅团游

华东五市旅团行，晋地高飞落沪城。
上海遨游黄浦水，南京瞻仰逸仙陵。

杭州船览西湖畔，无锡眼观古梵宫。
寻访姑苏名胜景，千秋神韵荡诗情。

拜访南京中山陵

庄严雄伟圣陵臻，蓊郁苍林景色珍。
天下为公真道理，人间博爱好精神。
英灵永在乾坤佑，浩气常存日月新。
革命先驱名不朽，推翻帝制万年勋。

雨花台烈士陵园抒怀

（一）

彩石斑斓圣地名，参观崇敬激豪情。
群雕像美强民志，纪念碑高救国星。
翠竹如林陪烈士，苍松似海伴英灵。
光辉功业千秋继，革命精神万代承。

（二）

十万英贤献死生，坚贞不屈写忠诚。
探求民主流鲜血，争取自由斗恶鹏。
纪念馆中存伟迹，雨花台上载功名。
旅游教育红基地，大义凛然浩气宏。

游无锡灵山胜境

大佛凌云立寺中，灵山胜境景区雄。
高台俯瞰园林画，仙界凝观桂月容。
宝殿慈颜呈玉韵，梵宫金碧夺天工。
神禅内外名遐迩，芳馥清幽特色浓。

七律·苏州寒山寺怀古

姑苏城外寒山寺，寻访名篇到这边。
书苑碑林留雅韵，诗文墨宝动心弦。
刨根问底观遗迹，觅景抒情乐梵天。
摄影游宾多不尽，枫桥夜泊万年传。

七律·乌镇茅盾故居抒怀

江南乌镇水乡奇，细雨濛濛访大师。
砺志少年臻绝艺，读书故苑启真知。
千秋功业丰碑在，一代文豪爱国痴。
巨著鸿篇名不朽，流芳万古显雄姿。

七律·杭州十景画中游

（一）

苏堤春晓柳闻莺，花港观鱼彩画浓。
曲苑风荷诗海景，平湖秋月水仙容。
双峰擎宇云飞白，一塔凌空夕照红。
神恋断桥寻美梦，瀛洲遥望晚听钟。

（二）

园林锦绣秀峥嵘，仙境瑶池遐迩名。
绿岭青山奇胜地，清湖玉水美雄城。
风光旖旎诗中走，景色妖娆画里行。
绮丽飞虹融万物，花香鸟语自然生。

（三）

仙境怡心彩梦稠，西湖十景画中游。
岛间翠树盈春色，水上清波荡玉舟。
山岭葱茏名古国，园林妩媚誉寰球。
生花妙笔难描绘，慧目双臻美尽收。

七律·沪杭高速公路赞

沪杭高速领风骚，五彩斑斓景更娇。
绿化带长千里苑，文明路阔百花姣。
浮云蔽日精神爽，轻霭凉空暑气消。
吾乘大巴驰妙境，沿途霞霓美妖娆。

七律·夜登东方明珠塔

东方上海明珠塔，壮丽擎天世界名。
黄浦江边看夜景，太空舱上览神城。
仰观霄汉腾云浪，俯瞰繁星映彩屏。
最美语言难表达，诗情画意醉心灵。

史济民

男，上海人，1948年生，华东师范大学研究生。曾从事军工、政工、技术、经济、管理、咨询等工作，热爱古典诗词。中华诗词学会会员，上海诗词学会会员，上海枫林诗词社秘书长。上海诗言志诗词社副社长兼《诗言志》主编。

七绝·答友人问

历尽沧桑人渐老，江边却喜看春潮。
昔时好友如相问，依旧诗情寄碧霄。

七律·无题

我辈平生万里行，年经半百意难平。
琴心剑胆江南梦，诗魄花魂塞北情。
一片心无新顾忌，三生石有旧灵精。
何当负手观沧海，漫说人生大业成。

七律·秋水伊人

角辫梢梢脸鬓磨，课余嬉戏法儿多。
抟泥成器开家宴，爬树登高掏鸟窝。
泅泳双双浮水面，玩疲一一躺山坡。
壮年寻梦迢迢去，秋水伊人变外婆!

七律·送友人

昔日友情如眼前，遽然分手梦成烟。
山川南北三千里，风雨江湖四十年。
超海挟山童稚志，策藜柱杖古稀缘。
孤鸿今却远飞去，相忆长教不入眠。

七律·无题

风鹏万里扫尘埃，拨雾驱霾天日开。
折翅坠云心未悔，观梅负雪节安摧。
徒仪人有八叉手，尚憾余无七步才。
收拾豪情觅诗去，此生合付钓鱼台。

七律·夜游剡溪

一弯眉月照清流，两岸青山似梦幽。
垂钓景中撩客醉，捣衣声里起乡愁。
行云巫峡会神女，访戴剡溪浮雪舟。
寂寂夜深还彳亍，诗灯独看久勾留。

七律·夜游南通濠河

苍茫水国泛轻波，骚客千年旧梦多。
四面霓虹勾古邑，一川风絮绕斜柯。
平生鸥鹭浮天地，今夕诗词对酒歌。
天下三分明月夜，二分随梦泻濠河。

七律·与诸友游宁波未能回故乡憾书

一离故土入红尘，少小拳拳思不群。
拄杖环望山郁郁，凭窗伫对雨纷纷。
豪情曾立万千丈，大志未成三二分。
罕有微功报乡梓，心如赤子尚殷殷。

史俭明

笔名蝶恋花、翰墨情。河南省濮阳县子岸镇中心校教研主任。长期从事中学数学教学及教育教学管理与研究。河南省濮阳市优秀教研员，濮阳市优秀教师。曾先后在国家、省、市级报纸杂志上发表诗歌、小说、散文等作品三百七十余万字。业余爱好文学、书法、绘画、写作、音乐、文艺活动筹划等。

踏莎行·游国家湿地公园之一

绿杨垂柳，芳草萋萋。楼阁树隙阴阴间。杨花飞絮漫天舞，濛濛纷扰行人面。
碧叶鸟鸣，时览飞燕。悠悠漫步湖桥边。湖上塞管悠悠吹，郁香弥弥荷花箭。

踏莎行·游国家湿地公园之二

碧树绿竹，繁花芳滩。芦苇水草绿水涧。垂柳迎风飞鸟去，濛濛满目行人恋。

夕阳云淡，鹅鸣鸭欢。儿童嘻戏斜桥边。亭台琴瑟悠悠奏，粉色荷花映睡莲。

游国家湿地公园随笔

碧空万里秋风习，旭日映辉小鸟啼。
游人如织穿梭忙，儿童塘边鹅鸭戏。
满目芳菲百花放，水中浮桥似龙脊。
葱葱岸边石刻妙，亭台楼阁情人倚。

中秋节感怀

天边朝霞掩白杨，地降霜雪叶泛黄。
相伴仙鹤排云起，应是莲动鱼舟忙。
中秋月满玉盘挂，国庆民欢山河祥。
梦系濮阳惊飞跃，圆月皓魄照龙乡。

七律·与诸友游宁波未能回故乡憾书

一离故土入红尘，少小拳拳思不群。
拄杖环望山郁郁，凭窗伫对雨纷纷。
豪情曾立万千丈，大志未成三二分。
罕有微功报乡梓，心如赤子尚殷殷。

相聚中秋节

银汉玉盘碧空远，月朗气爽清寒浸。
康健快乐祥瑞绕，硕果累累香气沁。
融融相守家人醉，情到深处最交心。

喜迎国庆

天边朝霞多温馨，地上金秋叶泛黄。
相伴复兴雄鹰起，应是惟志碧空翔。
中国梦成惟于勤，国治源于国学强。
梦系未来谋革新，圆满和谐绘龙乡。

重读《庄子·逍遥游》

——喜迎国庆随笔

日出金秋多醇厚，月华如洗生白毫。
同时刺日携暗月，辉映乾坤瑞光绕。
家盛唯勤功崇志，国治邦安国学妙。
情系复兴志高远，怀揣梦想雄鹰遨。

喜迎国庆节

金秋十月迎国庆，国泰民安遍地红。
六十七岁睡狮醒，和谐共圆中国梦。

好事近·相伴

凝碧荷塘幽，雏鸭轻戏水波柔。岸边垂柳晓燕，时时歌声脆。

月季花香沁心透，朝阳三杆升，酣酣日脚紫烟。相伴斜桥头。

如梦令·雨中漫步

雨打夜色沉沉，酒醉不知归路。迷茫霓虹淡，满目尽是泥污。赶路，赶路，雨水溅湿衣裤。

如梦令·赋诗填词咏怀

闲暇赋诗喜爱。随性填词咏怀。赋诗与填词，别有情味感慨。随性，随性，皆是灵感忽来。

如梦令·雨濛濛

天色如墨沉重，道旁女贞树葱葱。傍晚细雨濛，满地银水影霓虹。人静，人静，但闻风急雷恫。

夜游宫·空悲叹

人去宛如雁行，梦相叙，醒尤姣。云淡星稀晨曦晓，闻啼鸟，倚栏桥，言未了。窗外霓虹闪，夜半愁丝望穹遥。唯寄明月传音信，向北国，可知晓，催人老。

风吹窗棂，雨落阶前，丝丝凉意沁心间，夜深人无眠。街灯未茫，琴声已远，知是心碎空悲叹，奈何弦已断。憔容懒妆，斜倚飘窗，雨后朝阳轻抚面，欲语又寡言。

鹧鸪天·暗香去

斜卧厅堂昏入梦，缥缈瑶池赴仙桃。粉色芙蓉相依醉，把盏冷斟独自愁。

娥儿飞，暗香去，奈何寻他独不现。不知痴情耗多少，蓦然回首背影里。

如梦令·涟雨

淫雨涟涟日夜骤，心烦意乱独斟酒。夜半凄清困，斜卧厅堂一宿。停否？停否？醒来涟雨依旧。

史江花

1972 年生，河北霸州人，农民，2015 年加入谷风诗社为谷风新会员。

月

半生难定转蓬身，静夜举杯邀一轮。
对月怎嗟圆缺事，蟾宫深处住离人。

云

烟露风催恁去留，横空写意可闲悠？
当知夜半江心雨，是我相思点点愁。

石榴花

朝霞遗落缀枝头，半入诗怀半入眸。
雁去蛩思珠欲吐，红簪绿酯醉波流。

路

时在悲欢聚散中，天南地北总相通。
更行更远应无尽，心系云山第几崇？

仲夏

机行田垅粒归仓，麦杆禾苗绿问黄。
始信当年挥汗影，空调扇底早乘凉。

旅途

一程风雨一程霞，背起行囊处处家。
来去匆匆皆过客，何嗟梦醒即天涯。

车站

如聚浪潮如散沙，匆匆一晤各天涯。
引头眺望来时路，或许明天可到家。

卜算子·画梅(步兰馨蝶舞子路行香韵)

静静砚池开，款款笺丛落。一缕冰魂绕案香，下笔疏枝错。

本自小园栽，雪蕴添新萼。素蕊裁来入墨痕，为践诗心诺。

卜算子·步兰馨蝶舞韵二首

(一)

本自不多情，轻舞池边久。总是离人恨太长，折取君知否？

谁教柳如丝，累我痴痴守。飞絮蒙蒙似个愁，误饮销魂酒。

(二)

笑戏北风颠，任尔疯狂数，祛雾驱烟撕碎云，我自翩翩舞。

本就恋红尘，别过瑶台府，抹去人间浊与污，道是谁为主？

清平乐

小梅初嗅，一点清癯透。人较疏枝谁影瘦？但有冰心依旧。

闲处莫数流光，斑斑两鬓微霜。最是夜凉时候，撷来两两神伤。

是尘非土

男，汉族，祖籍徐州沛县人，现居上海。生于 1982 年，毕业于大连交通大学，本科学历。喜欢踢足球、跑步、户外旅行。虽自初中时代就喜欢读诗词，但未曾深究格律，还在学习。

七绝·山寺行

——携爱人游览普陀山

三月山寺醉春风，拾阶而上闻梵声。
身做一晚佛香客，醒来夜半数禅灯。

月光曲

——听李健《月光》有感

春风又盛唤群芳，岁月如歌谱月光。
夜深常梦年少事，总把思情寄故乡。

回乡

春暮携女初探家，高堂已老鬓霜华。
忽来一夜潇潇雨，庭院散落满桐花。
村外东廓披晓雾，树高遮荫有群鸭。
匆匆来去明月夜，又待经年种田瓜。

兰溪桃花酿

——受友人邀约，为兰溪桃花酿写赋

龙门山黛春正发，漱泉溪盛两三鸭。
常闻玉女声声慢，化作桃仙酿桃花。
春分祭祖开坛日，暗香盈袖胜新茶。
酒红味甘养颜色，醉看羞花落谁家？

相见欢

——深秋的夜晚，一个人独自穿梭于上海的大街小巷

一年最是秋浓，太匆匆。夜寂人歇，只影衬梧桐。

城依旧，人清瘦，觅谁踪？心事难消，静看水流东。

临江仙

——驴友徒步于昌北古道

天清地明春意闹，昌北绕山徐行。去时穿林伴溪淙，三两桃花映，芳草亦含情。

百丈安营忙锅灶，忽来骤雨疾风。兴尽横卧已三更。无眠难入梦，一夜闻鼾声。

西江月

——与友人夜游苏州平江路

一街灯笼红火，七八旅人欢颜。平江路边数流年，醉忘尘世嚣喧。

清风徐来惊柳，夜阑皓月如盘。溪水桥上默无言，入梦秋夜江南。

一剪梅

——清明节假期，有雨，闲来无事，在住处闲逛时随感而发

四月依旧海棠红。清明雨上，柳烟几重。谁家碧玉独徘徊？淡妆素衣，月貌花容。

尘事都付笑谈中。逝者如斯，惯看春风。千古多情人自扰，聚也成空，散也成空。

司振平

微博名正奇晓阳升。男，汉族，1958 年生，大专学历，自由职业者，热爱古典文学、诗词、、哲学等。云龙文苑总群长风诗社诗雅轩会员。

七绝·重阳有感（中华新韵）

重阳九九念恩深，举酒长生祝老人。
墨客登高今古叹，秦皇向海去求神。

五绝·秋菊吟（平水韵、下平六麻）

霜天过鹊鸦，野陌放黄花。
冷傲蜂飞退，花香墨客夸。

七绝·秋菊吟（平水韵、下平十一尤）

寒霜驾到百花愁，桂馥当开沁满秋。
墨客诗词千古唱，黄花入画尽风流。

七绝·金秋十月（平水韵、上平一东）

青山四季坐江东，近水荷花望树丛。
落叶斜阳金浦路，它朝定去大城中。

七绝·偶得（中华新韵）

柳绿丝丝到眼前，撩看鸟入雾蒙山。

游人散尽幽间路，伴侣徜徉浪水船。

七绝·平湖归舟（中华新韵）

狮熊踏露没云山，鹭鹤穿秋向岸滩。
古树幽幽临草舍，炊烟缕缕唤归船。

五绝·何情（中华新韵）

伊人是小猜，岁月把心埋。
昨夜三更梦，忽然你就来。

七律·咏枣（中华新韵）

西山枣树又开红，遥想当年电影中。
勇士向阳驱日寇，大娘端枣笑容容。
此情彼景心难忘，抗战军民历史功。
盛世今朝千果品，选中佳枣寿长松。

释怀远

如梦令

天际云偎星拥，陌上尘凝霜重。沽酒待明宵，醉览山河无缝。如梦，如梦，恍见姮娥迎送。

丙申秋分

草木荣枯孰可分，檐头带雨细纤匀。
风回晓角逢佳气，酒酹金樽极醒神。
只羡东篱闲种菊，相提旧事未衔巾。
忘形但得秋将半，梦里依稀挂齿唇。

初秋

月夜楼台咏，忘情不计年。
心掀云浦酒，笔挑锦棉笺。
跌宕尘中事，沉吟竹里缘。
秋声催似漏，粤韵野塘边。

卜算子

云浦竹摇风，凤岭霞蒸火。赋就清吟羽觞，棹急沧浪破。

拂霭玉箫吹，点石花溪坐。莫便河东遂隐名，不复当年我。

喝火令

一别成沧海，怜君复浪游。情澜不尽客乡愁，夜夜归帆梦寄。清泪溢离瓯，野渚云无际。

西江水自流，何时再度饮凫洲。重醉芳堤，重醉小渔舟。重醉满天星斗，揽月汉宫秋。

西江月

塞外风沙皓雪，江南烟雨名楼。天涯浪迹数十秋，笑览河山锦绣。

岁月无声消逝，人生如梦沉浮。豪情壮志付东流，还幸家园依旧。

释云寒

思母

一轮明月蹙眉看，感慨万千心又酸。
常梦斑衣萱室喜，犹知病体故乡难。
枯灯长夜惶风急，老树深冬惧雪寒。
虔祷缘能青鸟遇，福陪王母共尝盘。

慧德寺晤少平肖松二吟长

久贮菩提水一壶，金秋有约请鸿儒。
吟诗早识肖郎面，促膝高谈梵宇图。
俯仰翔鸥寻岱屿，往还刺棹赞渔夫。
银花飞溅岩礁上，且听风高浩气呼。

次韵一海粟吟长·秋夜感怀

萧寺安居清净土，流云只雁任虚空。
啸吟伴鹤听天籁，俯仰酌霞餐海风。
明月禅心三界外，臭皮妄念五尘中。
勘知世事皆苍狗，祈愿生西不再东。

一海粟原玉·秋夜感怀

年来念念菩提道，五蕴原知著相空。
得失由天曾逐梦，枯荣无意且随风。
经霜枫叶斜阳处，过眼浮尘云色中。
秋在枝头添几许？禅心不问水流东。

释子印罡

本名周璠。祖籍四川，出生于内蒙古，英国威尔士大学MBA学位，定居新加坡十余载，目前任新加坡福智霖集团董事。擅长古体诗词的创作，2016年初在新加坡出版第一本诗集《我从古代来》，收录了其近两年创作的100首诗词。第二本诗集待付梓。

储思·灯火

晨起夏雨伴，淡淡白茶香。
不解秋风意，舒枝百花巷。
清远抚泥泞，落日余辉畅。
炊烟逐鸿云，暖意化星光。
夜伴书灯下，阅史储思粮。
回首前人路，沙溢锦绣城。
旧时不解愁，年轮碾无忧。
勇者志无畏，万物化春风。

2016年6月23日作于新加坡

无忆·素行

自觉醒，自修心，自弃浮华，自书前路。
悲心长存，大爱于身，念念如忘，无月无年。
不执于像，不贪于形，不求于争，不落于尘。
非花非树，非城非池，非山非水，非情非楚。
千华百转，露积慈恩，叩首勿念，无忆前行。

2016年6月27日作于新加坡

修尘·大乘爱

山花漫许苍穹下，峰峦印色眉眼中。
藏经修念于山水，独善其身小乘心。
挥袖离欲思前苦，朴知衷言渡万尘。
尘中千魅花人眼，知难而进大爱延。

2016年8月6日作于新加坡

慈爱·语长风

十五夜，夏衣凉，亲伴焦盼，碎步庭前意忧忧。
风雨至，雷声随，玉泽子成，百苦无怨不眠休。
此生来，与愿还，浮尘身聚，弃月随师毅满真。
泥泞曲，醉人心，幻真非真，得相非相倚花岩。
鼓乐升，清思弃，忘却本觉，一时华衫痴满兮。
几般难，悲茶起，混沌泪知，燃烛灼志夜何眠。
年轮盏，岁月秋，那时烟雨，陈楚入画锁北厢。
再会师，闻师言，恍然觉之，叩首念恩碎碎念。
母恩深，师情重，遥望北方，儿时暖忆不离弃。
归途中，修大爱，行深无碍，红尘客栈祥云间。

2016年8月19日作于新加坡

瘦鹤

本名邹五星，湖北监利人。当过小学教师、校长。20世纪90年代开始发表作品。先后在《羊城晚报》《深圳晚报》《荆州日报》《监利文艺》《监利人》等报纸刊物发表小说、散文、诗歌、童话等作品累计七十余万字。

沁园春·咏江南

江南风软，日红水暖，春燕呢喃。登高山远眺，麦苗铺毯。油菜争艳，遍洒金黄。崇山峻岭，苍松劲竹，山下农夫耕耘忙。欲收获，必须要付出，如雨挥汗。

江南水乡如画，引无数游客来观光。颂人勤春早，猪肥牛壮。勤劳致福，家和业旺。城市车，摩天高楼，岂有江南水乡靓。爱江南，更爱江南人，淳朴善良。

满江红·思父

光阴荏苒，父辞世，转瞬八载。常思切，仰天长啸，肠断肝裂。枯木逢春也发芽，严父驾鹤何时回。梦里见，醒来泪湿枕，难再眠。

睹遗物，音容在。忆父恩，思教诲。勤劳终身俭，儿孙表率。朝起迎日奔前程，晚睡伴灯钻书堆。教儿孙，牢记先祖训，放光辉。

七律

——缅怀孙中山先生

生逢乱世国非家，亲睹民众苦海爬。
发奋读书探真理，立志报国舍生涯。
推翻帝制破樊笼，扭转乾坤创中华。
伟大精神耀千古，神州遍开幸福花。

炎帝之歌

中华始祖，炎帝神农。
开山凿地，禳灾祈福。
品尝百草，教民农耕。
培育五谷，悬壶生灵。
百草尝尽，提药祛病。
以身作则，救治百姓。
春光普照，遍洒甘霖。
胸怀博爱，广济苍生。
泱泱中华，万代子孙。
谨遵教诲，牢记遗训。
振兴中华，协力齐心。
艰苦奋斗，为国效命。

2016年11月

舒水修

江西余干人。中华诗词学会会员，江西诗词学会会员。

登山有寄

日暮上东冈，举头望柴桑。
牵情山水远，寄意柳丝长。
建绩新吴地，陈兵旧战场。
思君催奋发，不作古人伤。

岁末送友赠答

南关活水津，谁料阮咸贫。
着意花先发，惜惶柳未新。
亭前云缱树，岐路鸟停�。
异日芳菲到，奔骖吉庆人。

歇耕陇上

(一)

日日躬耕南陌头，松吟鸟语共觞酬。
登高且唱逍遥赋，不管年年春水流。

(二)

世住南关五百年，读书耕种似神仙。
凉棚手搭连梢看，水郭山村有我田。

上庐山

万树春来发嫩芽，云遮岂顾老僧家。
千峰赴眼临时接，众壑随心就地奢。
入世出尘三斤酒，人间天上两重花。
人生哪得常千岁，不解牛山哭断涯。

顺其自然

本名刘桂贤，女，中学教师。喜欢阅读、写作、行走、煮饭！

人生信条：顺其自然！

西风凉

西风渐起雁排行，入夜露凝疑是霜。
拥被无眠抬眼望，一声长叹怨秋凉。
乡关虽近亲人远，旧梦难圆思念长！
唯愿人间天上客，仲秋月下诉衷肠！

（注：人间的，身已他乡；天上的，已然为客。）

相逢

远山默默淡然去，翠玉弄风茅屋青。
夜色微澜深不觉，酒香四溢正兴浓！

茅庐醉酒

轩窗盈绿意，浊酒话桑麻，

知己千杯少，沉醉不思家。

（注：在山脚下一茅庐与友饮，轩窗外，瘦竹几竿，人醉，心也醉。）

宋国华

网名随风。九江星子人，1974 年生，古诗词爱好者。五柳诗社会员。

桂枝香·阳居寺感赋

登临寺屋，放眼旷神怡，魂迷幽谷。谷育花珍树异，鸟鸣莺逐。阳居古刹迎香客，素驰名，顶峰幽筑。梵音清韵，佛光普照，一方和睦。

祷告寺前恭作鞠，万民求平安，悉蒙赐福。未忘文革浩劫，毁之倾覆。金身再塑时光好，好春光，峦峰青绿。暮钟晨鼓，若瞻若礼，四方泽沐。

念奴娇·星子农中遗址感怀

雨冥风瑟，树摇飘落叶，万竹翩舞。雨沥古樟枝落泪，人去楼空怒。落木萧萧，瓦残断壁，岭瘦寒山土。何时曾几？墨文天下谁伍？

东晋书画羲之，养鹅习字，青史名芳簿。千古凭高今落漠，徒自临风寒苦。感叹今生，华年枉度，捂志何迟努。萋萋萧景，怎不伤感击腹。

满庭芳·登怪石岭长城感赋

魏魏群峰，古城风韵，赏雄奇险天城。壮宏气象，关塞起峰营。万里江山铁固，静峰燧，不再兵征。今何许，凭栏怀古，谁展美猷声。

怀情，多感赋，香春弄色，艳溢莺鸣。愿文旋龙头，横亘腾升。打造江南胜景，风光秀，四海风平。游人织，南来北往，集散显繁荣。

小重山·桃花源

两岸桃花映小溪，鸟鸣莺伴舞，雾霏霏，柳桃竹木绽芳枝。风瑟瑟，红絮裹春飞。

瀑鼓若春雷，惊鸡鸣犬吠，景情迷。骚人吟咏尽珠玑。蓦忽地，斜日欲归时。

江城子·仰胡耀邦墓

伟人墓葬富华林，慕君名，仰豪英。仪表非凡，功史众人评。执政为民千古颂，万民敬，炮声鸣。

先贤虽去英名盛，国家情，志忠诚。情品松柏，荒野建新城。敢做敢担行表率，问今昔，(谁)敢争峰？

宋会良

1976 年生，现任河南商丘市委组织部主任科员。《商丘组工》部刊编辑。

望江南·寒露

寒露寒，长衫尽入眼。夏情余温已散尽，迈入肃穆秋色天。旧怀易伤感。

季候端，节气定冷暖。冰冻三尺非抖寒，步步深入皆奇观。悠咀别样天。

点绛唇·又遇重阳

今又重阳，万缕思绪向爹娘。不在身旁，心底滋惆怅。

拐妪残翁，余岁有多长。难思量，举目凝望，不觉泪两行。

七律·古城镇叹

文字一解史涛滔，兴衰轮递随更朝。
繁盛仰赖英明主，昏君乱旨没落遭。
伟壮不过沾皇犒，功名利禄神驱飙。
养心大殿神龛供，归根田园终悟道。

七律·窑湾古镇咏

人流如织万径涌，当年商贸复荣荣。
平调快板顿挫扬，探孔游戏扎缝懂。
蚕桑染布林铺宗，油企纷驻万橹蛹。

烧酒甜油压镇宝，再现当年万侯倾。

鹧鸪天·天祝国庆

清风细雨掩东阳，天昭世人泣思量。盘古兴衰百姓苦，今捧小康民称王。

国立日，谁懂殇，无数志士为国亡。问心几谙英雄谱，休闲勿忘诉衷肠。

七绝·烟雨濛(外一首)

琼瑶笔下梁祝景，濛烟细雨牵人倾。
此景幸临国立日，但寄国爱胜我卿。

丙申年10月1日国庆雨雾连天有感

七绝·秋夜闻雨

滚滚酷暑燥未安，睡梦潜入雨点点。
忽生一股清凉意，明晨漫步爽别天。

七绝·秋雨绵

霏霏雨声忆江南，梦里水乡望眼穿。
置身中原尘常泛，闻雨总觉喜气添。

宋今平

中华诗词学会会员，黑龙江省诗词协会常务理事兼副秘书长，依安县诗词协会主席。曾获中华诗词学会与丽水市举办的“中国梦想·美丽丽水”全国诗词大赛一等奖、第二届“鹳雀楼”杯全国诗词大赛三等奖和黑龙江省“歌颂祖国、赞美龙江”诗词大赛一等奖等奖项。

七绝·母爱

舔犊情深能有谁？无私大爱比春晖。
年年芳草如期绿，她把阳光洒一回。

七绝·杜鹃

信是妖娆五月风，江南江北此心同。
凭谁一点星星火，燃起神州处处红。

七律·昙花

既生浮世几回开？不到更深不肯来。
莲梦悠悠欲何解，蝶衣窄窄任谁裁。
香魂犹处情非种，素影方妍玉是胎。
待字闺中求一现，女孩心思好难猜。

七律·清明遥寄

底事如烟不了情，白杨荫下草青青。
云浮愁隔七分月，雾锁悲催十里亭。
点点每疑更漏子，纷纷应是雨霖铃。
年年此日伤心处，天道轮回绿未停。

观国庆庆典有感

神州亮剑大风吟，一曲军歌泪不禁。
利器三千龙出海，雄兵十万虎藏林。
红绸舞解翻身梦，礼炮声催强国音。
读罢荧屏思社稷，个中磐石是民心。

贺佳木斯“杏花节”

莺啼佳木访红云，日满斯城处处新。
十里流芳“锦缠道”，一枝储秀“沁园春”。
夹江灿烂风犹丽，隔巷氤氲雨未真。
遥看香帘知好客，无须沽酒问来人。

沁园春·赠予可爱的护士们

一米阳光，一缕清纯，一脸春风。喜轻声细语，温馨款款；丹心素手，大爱融融。笑靥如花，柔情似水，热血青春别样红。向前走，有南丁格尔，引路明灯。

高洁典雅聘婷。正润物无声却有形。想端汤接尿，何分男女；打针敷药，不计翁童。救死扶伤，施仁化雨，恰似连心七彩虹。群芳谱，真白衣天使，美丽人生。

宋慎香

字春如。男，滕州市滨湖镇望琢村人，中学退休教师。枣庄市诗词学会会员。

七律·红荷湿地游

疑是瑶池落九重，微湖湿地芰荷红。
蜻蜓仍恋尖尖角，鸥鹭常旋款款风。
芦笛悠扬掩蛙鼓，扁舟荡漾卧渔翁。
接天莲叶无穷碧，胜似西湖六月中。

游微湖红荷湿地

天上莲子人间种，湿地恰有西子情。
白帆点点浮云去，画舫悠悠涟漪生。
起伏芦荡掩野鹜，来去游鱼戏蜻蜓。
荷叶一望绿无际，夕阳西下水光明。

宋宪亭

山东省平原县人，1936年生，1957年参加工作，从事教学四十年。中华诗词学会会员，中华当代文学学会会员，世界汉诗协会会员，北京华夏诗联书画院、平原历史文化研究会研究员，平原诗书画协会理事。十几年来，每年有百首诗词作品入选各类诗集、书刊，参赛诗词多次获奖。著有《新韵诗词三百首》《新韵诗词联》。

农家院

(一)

乘车乡下探亲朋，欣喜农家小院逢。
一缕和风轻唤我，稻花香里觅诗情。

(二)

作客农家小康村，小河柳岸响鸣禽。
蛙声似鼓传风韵，绿色天然景象新。

(三)

白杨翠柳抱幽村，农舍高屋阔大门。
电脑耕耘科技网，大棚瓜果菜蔬馨。

禹王亭

大禹筑丘观水情，导洪入海驯狂龙。
龙山文化有遗址，纪念禹王建古亭。

青岛

避暑观光步海滨，沙滩洁净似白银。
崂山九水景多处，啤酒香槟醉客魂。

咏上海

大厦高楼似密林，摩肩继踵旅游人。
阔街上下三层路，市区东西两浦分。
异彩纷呈商贸盛，科学发展信息频。
明珠高塔前程远，特色申城世界闻。

山东酒文化

齐鲁礼仪邦，文明孔孟乡。
名泉流净水，沃土产纯粮。
地利资源厚，天时气候良。
千年传酒艺，百县酿琼浆。
孔府家醇美，泰山曲馥香。
德州古贝酒，阳谷景阳冈。
味厚佳宾醉，香浓友谊长。
青春婚庆喜，丰功美誉扬。
名牌通世贸，精品助招商。
经济和文化，龙腾彩凤翔。

多丽·太阳谷世博园

太阳光，照临大地山川。暖八方、化生万物，千古功绩无边。地球人、递增超速，将耗尽、油井煤田。华夏精英，聪明智慧，阳光利用路开宽。巧设计、光能发电，广采热能源。无污染，千家灯亮，万众欢颜。

太阳城，蜚声中外，赞低碳世博园。构思新、造型特异、日月坛，文化蕴含。环保节能，科学艺术，河中来往太阳船。太阳谷、金乌神话，网状视频宽。高科技，造福人类，绿色天然。

（注：山东省德州市中国太阳谷，曾是世界太阳城大会主会场。）

宋小苹

笔名宋沐。女，中共党员。1962 年生于黑龙江绥滨县。黑龙江省诗词协会会员，鹤岗市音乐文学学会会员，绥滨县诗词协会秘书长，萝北县诗词协会会员，香港诗词协会会员，香港诗词论坛现代诗文版主，《中华诗人》编委。作品散见于《奥里米文艺》《沃野清风》《湿地风》《鹤鸣诗刊》《漱玉》《中华诗人》《中华网络诗刊》《鹤岗晚报》《北大荒报·浓情黑土地》等报刊。

七绝·秋殇

霓裳满地落余香，草木参差褐拌黄。
疑是园丁贪睡意，怎知夜露点秋凉。

七绝·夜雨(新韵)

乌云蔽月响雷添，秋虎淫威暑未阑。
蒲扇轻摇灭灯火，轩窗即刻挂珠帘。

五律·胞兄赴中央文化管理干部学院学习欣作(新韵)

草根集紫禁，四海汇贤君。
才俊司烟雨，甘霖润俚音。
移花植塞北，犁土育芳芬。
艺苑多少梦，夕阳红透春。

五律·父亲节逢雨寄思(新韵)

一樽桂花酿，涤汰世间尘。
久病随风愈，无吟伴岁新。
蟾宫念桑梓，泪雨叩家门。
谁扯灰天幕？难逢月近人。

七律·饮新北国啤酒感怀(新韵)

黑水柔情酯玉液，苍龙戏雨溅琼芳。
云笺九界邀仙客，月夜双觥醉妙章。
杨柳含苞解春意，雄鸡破晓和阴阳。
“北国”汩汩香天外，一阕华诗入锦囊。

(注：家乡特产“新北国”牌啤酒。)

七律·悼婶娘(新韵)

寒风亦为失君痛，百里路行哭婶娘。
曳曳松涛断肠曲，凄凄故友恸心房。
犹思灶畔鲜香袅，难再膝前话语长。
撕朵祥云题抹泪，润泽菡萏伴天堂。

鹧鸪天·别四十三年老公与桦南马场同学群聊有吟

微信千言次第恭，清风满月拂帘栊。隔屏犹念儿时趣，敲键难猜君此容。

天晋岁，水流东。韶华已逝鬓霜丛。泪珠打得灯花落，枕畔黉门又响钟。

鹧鸪天·初与小乡友平淡(祁凤杰)立秋晤面

雁阵南行不忍飞，只因贵客入门楣。柳条朝曜摇秋浅，花事迟凋等尔葳。

今晤面，韵斟杯，吟哦已醉酒千回。仄平转动时钟疾，未别还询几日归？

宋兴昌

三树共生赞

连体同根不记名，和谐共处互依生。
道坑崖上参天树，湘鄂渝边兄弟情。

桂塘学校

潺潺溪水校中流，绿树成荫环境幽。
湘鄂渝边桂塘里，胸怀国梦展宏猷。

宋蕴玉

1963 年生，退休职工。创作风格直白、诙、谐、幽默。作品多以打油诗为主，被微信群友戏称现代苏小妹。曾在榕树下文学网站发表诗作上百首。

七绝·春笋(一)

农夫解手去竹林，事毕忙把裤儿拎。
满地束腰寻不见，新竹顶带半空停。

七绝·春笋(二)

青皮细竿木壳包，日尺夜寸节节高。
地下长蛇盘根错，离土剑直指九霄。

五言·春雨嬉

檐雨敲凉棚，滴笃滴笃声。
开窗探头去，水浇我一身。

七绝·桂花结果

月落桂子非年陈，满树挂果于初春。
秋开花香飘云外，风吹铃铛不闻声。

五言·芋艿

青竿顶斗箕，米团裹蓑衣。
绿帽珍珠滚，毛蛋一身泥。

七绝·重阳节怀念父亲

上弦半月挂树梢，秋风轻拂黄叶飘。
九九重阳倍思父，天堂可有重阳糕？

七绝·楼下的桂花树

楼高墙矮大树低，窗开桂香沁人脾。
花开点点繁星羡，花落满地肥了泥。

七绝·秋天来了

一夜秋雨敲冷窗，硬席薄被难暖床。
未闻呼呼西风紧，橘黄蟹痒几时尝？

苏桂芝

女，汉族，1944 年生，山东省单县孙老家村人。1960 年调入滕县发电厂工作，现为华电滕州新源有限热电公司退休职工。枣庄市诗词学会会员。

七律·观无字碑有感

曌墓前方无字碑，游人驻足议花魁。
权钱交易罹奇祸，名利纷争引毒虺。
世事如烟终飘去，人生似水不流回。
千年风雨洗功过，玉帛烟沉葬冷灰。

七律·忆童年

童时磨练在家乡，花卉芬芳五谷香。
日晒背筐刈野草，天晴开栅放牛羊。
学文识字知真理，引线拈针缝旧裳。
庄户娃娃泥土滚，吟风弄月未通行。

七律·新农村

祥云紫气罩乡村，绿染红裳看未真。
清爽晨曦香气淡，喷腾霞彩暖晖匀。
通天大道车如水，拔地华宅气更神。
高耸厂房机器唱，名牌产品富乡亲。

七律·夜读

夜半星辉人入睡，灯前写读正当时。
目游文海心开阔，身置书山神润滋。
喜阅华章宽视野，爱看电视获新知。
阴晴圆缺由它去，兴至挥毫学写诗。

七律·自知

笔墨为朋书作师，写诗敲韵惜今时。
东君送暖春来早，百卉争香花放迟。
常赋诗章蒙友赞，日吟佳句觉心怡。
长歌一曲人生路，奋马扬鞭贵自知。

七律·柳

几树绿绦垂岸低，含烟笼水令人怡。
春风拂动扬飞絮，喜鹊登临唱碧枝。
情侣牵丝留倩影，游人览胜赋新辞。
万千气象堪描绘，燕舞莺歌庆盛时。

七律·纪念辛亥革命100周年

革命先驱气势雄，战旗高举映天穹。
推翻帝制开新世，创立共和崇伟功。
为国为民除敌寇，联俄联共助农工。
英豪壮志光辉照，万众齐心奔大同。

七律·游红荷湿地

红荷湿地入丹青，人在仙乡画里行。
按响快门留倩影，惊飞白鹭唤鸥声。
探幽信步登湖岛，落照放歌吟晚晴。
境雅波平心自静，风光旖旎竟忘情。

苏开元

于2012年进入上海师范大学老年大学诗词创作与鉴赏班学习。上海诗词学会会员，上海枫林诗社、遐龄诗社社员，田林诗社副社长。

点绛唇·枫下茗

露染丹枫，寺深丛密亭边树。繁红几处？朱蝶秋林住。

茶兴和枫，雀舌凝寒暑。春秋伫。沉浮若舞。清韵融禅鼓。

暮色中游宣城敬亭山（排律·八韵）

葱茏旋古径，拾级步嶙峋。龙柏青不改，细泉流复新。归鸿纷沓落，晚霭渐次氤。

寺老梵声隐，林深暮鼓频。云齐吟太守，拥翠坐狂人。贤达慕名至，画诗传世珍。

登斯迎绿雪，啜尔慰风尘。暝色胡不厌，心期相作邻。

点绛唇·秋

露浥残荷，霜凌寒菊阴晴半。丹枫余燦。雁去西云幻。

惜忆芳华？秋色凝春绚。何须惋?! 杏坛茶观。闲酌聊星汉。

瓶梅

青瓶疏影二三枝，点点琼英楚楚姿。
莫嗔初梅未全发，情深恰在蕊含时。

秋笑·游园所见

残荷滚珠傈，风肃渐西楼。
叶落金黄地，枫披烂缦绸。
长空雁书字，晴苑桂垂旒。
云竹齐天笑，秋心莫作愁。

渔归

丹霞胜处柳烟稠，宿鸟啼时山色幽。
不见兰桡何处去？但闻渔号荡金秋。

五月初五有思

重午尝闻角黍香，汨罗欲语奉遥觞。
芙蓉千盖无尘碧，薜荔长青万木黄。
安享升平酌蒲酒，远萦贤哲浴兰汤。
惜嗟忠烈怆然去，一阕离骚浩气长。

冬至忆先父

遥祭交冬至夜长，昔时家父正盈觞。
寒从腊雪待沽酒，拮向浊醪投橘香。
浅酌三杯寄诗赋，醉叹一世洗忧伤。
我今独对黄红白，心抚慈容倍怆凉。

（注：冬至夜，酒祭先父。父喜饮酒，他生前那些雪中排队买酒、剪碎橘皮浸酒、酒中唱诗、酒醺怒言等情形至今历历在目，令我亲切而心酸。惟以未能陪伴父亲喝酒是为儿的终生遗憾！遂以小诗寄情。）

苏永生

笔名江南居士，1958年生，中学高级教师。

醉花阴·暮愁

日暮浮云西岫起，独自伤心泪。举盏问青天，却哑无言，但见流星坠。

一生苦短愁何必，闭目人寰弃。饮罢绿醅香，歌舞笛箫，曲步八仙醉。

2016年10月28日

忆江南·游黄岗

游黄岗，库水绿如蓝。细浪粼粼鱼影跃，山风啸啸鸟声欢。一片曲歌喧。

游黄岗，沟壑水潺潺。幽谷菊花荒野放，酒楼绿蚁舞仙跹。一醉意无还。

2016 年 10 月 29 日

虞美人·候鸟迁徙有怀

立冬未至寒霜降，阵阵西风浪。野禽迁徙欲回归，江岸茫茫一片鸟南飞。
自然规律应循序，灾难无需虑。和平相处莫争强，苦短人生如梦夜来香。

2016 年 11 月 2 日

老街（七绝）

西东走向古山城，一箭逍遥整路程。
楼矮双层相对望，单车代步布衣行。

2016 年 11 月 3 日

相见欢·重逢

惜别卅载西东，影无踪。岁月蹉跎一晃鬓霜浓。
彼此望，从前相？背如弓。老妪和孙牵手伴仙翁。

2016 年 11 月 6 日

如梦令·故乡情

城小文明远古，溪水清清东注。
飞燕自由翔，饱享无霾晨雾。
回顾，回顾，身影孩童何处。

2016 年 11 月 8 日

章台柳·河堤行

河边柳，河边柳，晃晃摇摇枝体瘦。
燕羽双飞雪絮追，岸头游人风盈袖。

2016 年 11 月 9 日

忆秦娥·不夜天

星空数，夜长难寐心中苦。心中苦，悄然拭泪起身闲步。
情愁无限新醅煮，举杯独饮停不住。停不住，抬头望月，弃俗吾妒。

2016 年 11 月 13 日

苏云

安徽省诗词学会会员，炳烛诗书画联谊会会员，庐州诗苑诗词学会会员，当代文人联谊会名誉会长，中国诗词家协会会员。已发表作品百首，曾获“中华优秀诗人”“中华诗词名家”“中华诗词领军人物”等荣誉称号。

游北山坪留句

千秋胜景古今传，滚滚长河无数船。
无限风光中国梦，云梯更上九重天。

人生作善

行善之人福不轻，助人为乐不坑人。
善行善报人称颂，作恶多端焚自身。

赠晨崧局长老师

青松照影寿年长，妙笔一枝千载扬。
文化传承行万里，雄心勃发著华章。

颂扬中国

圆梦喜来甲顺风，高科创建促繁荣。
党施善策无穷日，百业兴隆新展风。

友情

满目萧萧似暮秋，忆朋念友上层楼。
云遮惆怅三千里，雾阻遥思五十州。

爱情

楼房寂寞锁阳台，孤雁鸣空和泪栽。
今世合离随命判，痴追风雨送君来。

生活之美

近路上班开轿车，远程银燕白云穿。
飞空破雾蓝天上，圆梦凡人胜似仙。

友谊

一朵白云山顶游，花开灿烂雅名留。

友谊不在诗联外，笔底生花达九州。

素心如兰

笔名素心如兰，本名曹晶。素心者，恰如兰。90后，居于浙江金华。以授筝为业。

寄词：愿一卷书一张琴，遨游天地古今，纵横流水高山。

清平乐·秋日

秋风欲醉，惊扰鸳鸯寐。庭院有花闲照水，似说含苞可对？

窗前笔墨生香，也思小字张狂。一曲琴声问罢，谁人共我幽篁。

定风波·画兰

十指悠然作画屏，一花一叶一轻轻。山涧有风当自若，须托，暗香浮动几人听。

念此浮生多羁旅，谁许，也无霜雪也无晴。半尺宣毫终弄巧，嗔笑，我心执意付澄明。

诉衷情·夜

今宵独倚玉楼中，胭脂落娇容。芳心一点勘探，多情与谁同？

轻息叹，花正红，月朦胧。忽而悄悄，昨夜轻风，吹过楼东。

蝶恋花·秋

妆点胭脂分豆蔻，欲捡光阴，小字微凉透。忽觉珠帘嗔薄袖，梧桐怜影眉心皱。

转眼西风知雨骤，怕是多情，不解春消瘦。倚上阑干将春守，流年莫负相思咒。

临江仙·夏夜

一夜金风芳草妒，枝头点点清香。扶疏月影展新妆。瑶琴微弄，曲意泛清觞。

更有蝉鸣声远近，犹添小字飞扬。当年旧事已泛黄。青春负我，负不过流光。

孙伯华

永清董相庄人，1942年生，会计师。董相庄农民，禾风诗社社长。

浪淘沙·参观复兴之路

回首忆征程，情系苍生。炎黄几刻得安宁？“东亚病夫”穷且白，更待雷霆！

星火焕黎明，石破天惊。国门开放竞繁荣。矢志复兴宏伟业，虎啸龙腾！

春雪归途(新韵)

迎春瑞雪献珍馐，轻乐薄纱渺蜃楼。
四野茫茫迷万物，乾坤助我更白头。

沁园春·纪念毛主席诞辰一百二十周年(新韵)

青史萦怀，寿诞当歌，百二十年。溯书生唱和，热风吹雨，运筹指点，星火燎原。逐鹿之时，白肥红瘦，草腹芒鞋破雪山。终亲手，送五星升鼎，光耀人寰。

今朝舜日尧天，切勿忘，红旗血染鲜。岂赤金纯玉，衡量领袖，天才凡体，怎比神仙？青史无私，千秋功过，也许评七或论三。谁不晓，舍泽东韬略，华夏何堪！

悼念邢宪功同志(新韵)

将临米寿做游仙，今夜留居哪座山？
林果飘香输祭礼，粮蔬满囤染冥钱。
田园热土层层浪，井字长街袅袅烟。
虽省乡贤能入梦，不知涕泪几时干。

悼念徐文贵先生

徐公驾鹤傲流云，定是欧王座上宾。
墨迹留香声愈远，朋侪痛缅仰精神。

感中央两会召开(新韵)

中央两会报春开，感动东君送暖来。
宏伟蓝图昭日月，清新沃野净尘埃。
桃梨斗蕊霞添彩，莺燕争歌柳和谐。
更喜三农蒙厚惠，神州憧憬壮情怀。

假冥币戏语(新韵)

清明遍野纸灰飘，闻道冥钱见伪钞。
只恨阳间人作假，莫嫌幽世鬼传谣。
何来祸水黄泉浊，谁助黑风邪火烧。
地府无须劳上界，包公宼准在阴曹。

清明(新韵)

清明祭扫布烟云，鞭炮轰鸣闹仲春。
打破寒食失禁令，高歌盛世慰先人。
贤愚虽辨同泉路，善恶难分共鬼门。
介子无须生怨恨，珍花只肯吊忠魂。

孙德力

笔名子禾，内蒙古诗词学会会员，乌兰浩特市作家协会会员，喜爱古诗词创作。曾在《内蒙古诗词》《兴安诗词》《草原诗苑》《心湖文苑》《荆门诗词》《永隆河纸刊》《云帆诗会》《古风文化联盟》《牵手文化》等纸刊、微刊上发表过诗歌、散文作品。

七律·夜钓(新声韵)

西风微动夜初长，湿露薄衫透体凉。
银鲫食钩出水跃，青蛙息鼓入深塘。
远天染冷池中月，近岸摧枯草色黄。
又是一年秋暮钓，唇沾绿蚁暖身香。

七律·贺学会新平台成立

小楼昨夜又东风，吹响征途鼓角声。
图治运筹经雪雨，绸缪帷幄历秋冬。
开来盛世说今古，继往兴帮育初丁。
合力齐心弘大志，新诗旧韵汇贤英。

七律·野钓

天高气爽猎装行，野钓纵深雅逸生。
潋滟波光呈浩渺，蒹葭草色入帘清。
浅秋惬意鸭浮水，末夏怡心柳沐风。
尝尽炎蒸思雪雨，长纶抛拽笔书耕。

七律·文人墨客

墨客骚人常意求，咏山颂水立潮头。
雅吟唐宋书千古，俗饮琼浆醉半秋。
善感多情心似玉，虽愁少怨腑宽修。
长歌盛世抒文句，墨染丹青韵律收。

七律·三十年的约定

旧日曾约誓赴期，寒来暑往早更衣。
门前弱柳芙蓉苒，道后新榆翡翠枝。
窈笑红腮施粉黛，鬓添银发步青丝。
流年似水云遮月，杯酒酣歌赋乐诗。

七律·秋韵

暑炎未去日当头，早晚清凉确已秋。
紫燕飞回传喜讯，红花落去惹蜂愁。
一池碧水拥莲舞，半亩方塘任鲤游。
耕父停车杯绿蚁，枫林未染坐望收。

七律·自嘲

弯腰驮背似张弓，两眼乜斜无世争。
一盏香茶能品醉，半杯浊酒也陶情。
醒时常伴诗书画，梦里相携纸笔耕。
怜月惜花闲颂柳，偶而放矢箭生风。

七绝·秋声

入梦西风疏柳英，敲窗夜雨五更惊。
离乡背井三千外，叶落阶前秋又声。

七绝·秋夜

入夜秋蝉又噪窗，清辉晓月照轩廊。
长裙孤影绮罗怨，怜叹花殇叶转黄。

孙杰

男，古城西安人，小企业经营者，业余爱好古诗词。中国楹联学会会员，中国诗联书画群楹联导师，洋浦乡土文化研究会理事。入选《中华文艺·百强诗人》。部分作品散见于《当代诗词鉴赏》《中华文艺》《乡音》《微文化联盟》《诗画楹联》《艺术与阅读》《云中古韵》《古韵新声》《雅韵诗词》等报刊及网络平台。

七律·腊梅

虬枝铁骨韵来先，疏影仙姿冷放研。
腊蕊冰雕莹似玉，寒香气透袅如烟。
欣迎雪覆春情里，笑傲花开李杏前。
引领千红明媚至，丛中隐去乐飞天。

七律·八一寄怀

心牵八一意多昂，猎猎军旗脑海扬。
战史辉煌凭骨傲，神装闪耀任怀慷。
身源百姓民为本，责卫家邦党令枪。
赤县由来疆土贵，何方不可灭豺狼。

七律·秋惆

暑后蛩鸣分外遒，争锋不顾怨人忧。
风驱溽热身离燥，月惹秋凉腹酿惆。
频转难眠吁漫夜，浓思易楚乱单裘。
问君几许愁心事，尤似少年初上楼。

七律·纪念抗战胜利

典兵盛况又回胸，声振宇寰世动容。
民族救亡流血海，和平献世矗天峰。
忧闻倭地阴霾滚，喜看天军铁伍汹。
圆梦龙腾横扫恶，舜尧十亿赤心彤。

七律·颂恩师

秋黄才见意留春，硕果枝头挂苦辛。
蚕吐烛燃欣忘己，言传身教乐培人。
一腔热血青苗长，几度芬芳桃李滨。
喜见栋梁成世用，乐回淡薄胜天伦。

水调歌头·中秋月寄情

明月今宵有，独眷映长安。芙蓉园内歌盛，不夜乐翩跹。此刻天涯咫尺，海上一轮共识，余我念盘桓。玉兔应怀妒，恨有仰观天。

思欲托，情难寄，却无眠。此怀谁鉴，唯有痴念上云端。看破长空夜邃，又恐情深欲坠，不觉醉朱颜。酒祝人长久，遥意共婵娟。

2016年9月15日深夜

喝火令·情寄

万里孤飞雁，只身个影闲。苦行伤遍已茫然。欣遇寄怀仙伴，从此有欢颜。

已累陈年苦，常回昔日酸。重情新系锁心间。世事回旋，世事顾尘缘，世事斗移星转，诗语思总牵。

2016年3月9日

鹊桥仙·七夕叹

悠悠兰夜，殷殷期盼，泪眼婆娑星璨。鹊桥有路痛无缘，哪怕是，经年一转。

朝朝暮暮，天欢有限，银汉迢迢何怨？此情深种意相随，尽管在，长河那畔。

孙杰峰

泉州人，70后，油漆工。

调笑令·寄伊

思盼，思盼，酒醒深更静院。扶栏抱影嗟呀，低头重数落花。花落，花落，人比园梨寂寞。

调笑令·有寄

春到，春到，陌野农耕燕闹。桃园蝶舞莺啼，石亭弄笛和谁？谁和，谁和？翠里红前愣坐。

调笑令·有答

无忘,无忘,日暮桥头咏唱。佯装俯看鱼游,浣归故撞望羞。羞望,羞望,从此江湖共荡。

调笑令·记梦并致

来梦,来梦,雨后桃园雾笼。红花纷落泥香,搁书扑蝶唤郎。郎唤,郎唤,惊得蜂飞雀散。

调笑令·有寄

如雪,如雪,又沐霜风冷月。别来多梦凄凉,鱼沉追昔断肠。肠断,肠断,摇落红枫数片。

孙久林

陕西汉中人,从事文字工作数十年,爱好古典诗词。作品散见于各级报刊及网络平台,所写诗词皆遵新韵,有50余首诗词入选第二届诗词中国大赛种子作品,其中《题梧桐》被评为月度三等奖,《春日田园》等被评为2016“丹江杯”文学创作大赛一等奖。其人入选《梨花诗会》魅力诗人榜。

七绝·伤秋

凄风冷雨暮云低,满地残红泪染衣。
愚笔难描秋味道,一壶浊酒喟今昔。

七绝·秋日雨夜悲蝉

秋风秋雨夜微凉,枯叶纷纷坠地藏。
可叹寒蝉余日少,青霜一降更难扛。

七绝·深秋剪影

秋风阵阵又寒霜,弱柳纤纤叶半黄。
唯有菊花存胆气,傲然绽放送幽香。

七绝·秋日感赋

天光水色尽成秋,黄叶浮云眼底收。
大雁南飞何处去,裁诗一首寄闲愁。

五绝·秋分感怀

秋分过半秋,菊瘦落渠沟。
岁月匆匆过,休言志未酬。

孙立江

笔名怡夫。汉族,男,1937年生,平顶山市农科院退休。大学文化,中共党员,副研究员,平顶山市拔尖人才。获国家、省、市成果奖20项,在国家、省、市报纸及杂志上发表科技论文30多篇,发表诗、词、曲作品50多首。七律作品《平湖秋月》获“三苏杯”全国诗词大赛优秀奖。平顶山市诗词研究会理事,中华诗词学会会员。

五绝·浦江漫步

高天飞纸鸢,园圃百花妍。
牵手俏私语,红尘半醉眠。

五绝·浦江月夜(新声韵)

头枕溪边月,脚蹬石上天。
悠然聆鸟语,梦寐醉诗篇。

七绝·新鲜

云海高天瑞雪飞,朔风响树路人稀。
尤看园圃身心暖,正是果红僖摘时。

七绝·归乡情

红豆萦怀风雨还,乡情未了举杯饮。
泪离故土频回望,只把相思写满天。

五律·农家行(新声韵)

楼台傍街立,庭院看竹兰。
才品新茗馥,又尝陈酒甘。
汽车鸣雅曲,电脑吐吉言。

不纳皇粮税，小康梦欲圆。

五律·次韵马凯同志《开春感怀》

华龙踔厉梦，伟业看朝晖。
负轭瑶池跃，飞航紫气吹。
昊空除暮霭，阡陌绽芳菲。
春暖花枝俏，年丰民愿归。

七律·溪桥月夜

金风习习黍香浓，皓月当空玉宇清。
笛起溪桥聆瑟韵，蛙鸣田野赛琴声。
忽来姽婳谁家秀，曼舞婆娑楚可英。
招手三挥望秋水，惠心一笑意中情。

七律·上海游（新声韵）

史诗一大曙光扬，圣地铭心瑰宝镶。
商埠婀娜醉宾客，城厢鼎沸暖邻邦。
千乘驰越南京路，百舸争流黄浦江。
出水芙蓉俏西子，绰约寰宇赛天堂。

孙荣红

网名川贝、落红无语。山东烟台人，山东散文学会会员，中华网诗词雅韵版主，青藤网古韵编缉。作品散见于《山东工人报》《烟台晚报》《临沂诗词》《今日龙口报》等报纸杂志及诗词吾爱、中华诗词、中华网论坛等。

喝火令两首

（一）

柳絮团团转，花阴寸寸新，落红声里雨纷纷。街巷不知春去，兀自往来人。

心字从今瘦，鱼书别后温，一泓秋水望无魂。只恐秋深，只恐月一轮，只恐几回肠断，到醒泪沾巾。

（二）

雁字排空去，伤心何以禁。生生弹断那弦琴。二十四桥明月，不见吹箫人。

多少秋天后，淡泊了初心，那些回忆好纯真。记得西园，记得小径深，记得如花心事，无语任沉沦。

减字木兰花两首

（一）

敲窗夜雨，欲说心香能几缕。说却谁听，如诉声声不了情。

落红成阵，流水飞花难再问。问又如何，我是荷莲谁是波？

（二）

那堤春草，摇曳成灰情未老。那瓣红香，遗我心头几处伤。

那些枫叶，兀自妖娆如喋血。那些莲花，转世归来影已斜。

玉蝴蝶·鹅吻别

云暗关山万里，雁邱几处，老翅何时。此去难回，永诀古道成灰。斜阳外，前程阴险，念去去，唯柳折枝，夜将随，霜风来袭，吾与谁归？

天噫，卿卿相守，朝朝同醉，水岸双栖。怎料如今，鸳鸯成单绾空帏。念君远，望穿秋水，想侬时，恁得相持？孰能知，杜鹃啼处，多少花飞？

玉蝴蝶·望归

秋水长天正是，南归雁字，望断星河。看尽萧疏，远处迷离江波。晚来风，华灯渐上，不见你，泪眼婆娑。纵南柯，盼来梦里，一起唱歌。

几多，江南花盛，到今唯剩，处处嗟哦。又是黄昏，倚门怅望若如何。叹归期，锦书怎托，何消得，都已蹉跎。夜将深，谁能把我，暖在心窝？

满庭芳·谁解枫语

碧落青青，远山无语，嫣红漫卷西风。落枫阵阵，霜雨一江笼。九曲阳关唱尽，风起处、如诉淙淙。抬望眼，晚秋烂漫，寂寞到朦胧。

匆匆、别过你，同悲万艳，一哭千红。叹那时烂漫，转眼无踪。飞焰横天猎猎，侬去也，艳若惊鸿。为君故，蝶衣一舞，饮尽这银盅。

临江仙

最怕黄昏窗外看，望中一片华灯，繁华与我隔一层。攘熙人去处，几喜几伶仃。

且把西风拢入袖，管他凉热无凭，情深就别论输赢。美人犹在笑，谁在怅曾经。

2016年11月4日收集

孙守英

女，生于1939年。安徽省颍上县新集镇人，中共党员。1955年安庆卫校毕业，工作于淮南矿工医院，至1995年退休时为科室副主任。2002年参加矿业集团老年大学诗词班学习。安徽省炳烛诗书画联谊会会员，淮南煤矿诗词学会会员，淮南硖石诗词学会会员。曾有诗词作品发表在各级报刊，并有两本诗集问世：《韵海寄情》《篪英情结》。

长征接力

八十春秋记忆臻，青梅煮酒慰先仁。
长征一路长征继，接力诸昆接力频。
众志成城圆梦想，昂扬奋进步芳春。
转型升级开思路，弃旧图新又一轮。

南湖放歌

南湖碧水荡金波，九五圣年放声歌。
水面冉冉升旭日，山峦悠悠舞婆娑。
船中志士热血涌，天上祥云巨浪多。
昔日弱势受欺辱，今朝扬眉警凶倭。
筑梦之路齐奋进，创新园内研高科。
国之骄子宏图展，党育精英开先河。
复兴花朵神州耀，拥抱地球举世和。
不忘初心庆佳节，光辉岁月莫蹉跎。

鹧鸪天·上海夜景

不夜之城景入怀，缤纷绚丽赛蓬莱。霓虹眨眼深情送。弯钩穿云思绪裁。

风入袂，月盈怀。华灯初上照香街。百般往事难随意。千种追思任徘徊。

写于上海馨康苑

鹧鸪天·参观上海犹太难民纪念馆

纳粹凶残驱逐频，常年追杀犹太人。妻离子散无投处，背井离乡含愤身。

天博爱，地怜民，中华接纳施贤仁。摩西会馆今还在，诺亚方舟忆别君。

鹧鸪天·参观上海“一大”会址

会馆肃然文献巡，缅怀先烈情义真。星星之火燎原势，浩浩长江卷浪频。

驱虎狼，救晨民，当年代表献英魂。安邦兴国奇才展，饮水思源世代尊。

鹧鸪天·参观上海巴金故居

仰慕仙翁访故居，宗师风骨撼庭梧。阶前学子抬头瞻，室内游人捻咏须。

追往昔，抚今书，文坛巨匠伴松枯。一生悲喜谁能解，化作春风润万儒。

【正宫】叨叨令·除患

贪官祸国成灾害。张扬贼胆花招败。频频得手无关隘。今朝万众齐心迈。除患也么哥，严惩也么哥。清除隐患家安泰。(么篇)苍蝇蚊子同为害。官商勾结钱权卖。国家利益遭毁坏。天罗地网铺天盖。缉拿也么哥，追逃也么哥。国强民富施仁爱。

共筑中国梦

激情跨越展风流，盛世华夏献大猷。
强国宏篇评世界，兴邦策略带全球。
能源生态新型转，盈利攻坚规划优。
煤海扬帆同筑梦，铿锵迈步放歌喉。

写于上海馨康苑

孙书琴

女，汉族，1934年生，山东滕州市人，离休教师。中华诗词学会会员，滕州市诗词学会理事。

五绝·秋夜

又是西风疾，叶枯倾地飞。
蛩声敲耳乱，露冷浸罗衣。

五绝·小草

曾经野火烬，何惧雪加霜。
归燕催回梦，春风教盛装。

七绝·咏梅

群芳凋落尔登台，傲雪凌霜次第开。
阵阵清香尤醉客，风流一世绝尘埃。

七绝·吟小草

山原绿遍衬红花，放牧牛羊灿晚霞。
烈日风霜何所惧，春回大地育新芽。

七绝·迎春花

金花灿烂岁时新，绿叶陪君韵有神。
不羡芙蓉桃李面，披霜戴雪笑迎春。

七绝·溪边散步

独来散步黄昏后，不见群鹅逐小舟。
露冷西风吹落叶，悠悠碧水荡离愁。

七绝·牵牛花

惹人怜爱牵牛花，不懈攀登实可嘉。
含笑朝朝迎旭日，深情默送夕阳斜。

七绝·山行

驱车缓缓绕山爬，倚岭傍岩三两家。
叠翠层峦花烂漫，茵茵碧草遍天涯。

孙希敏

男，汉族，1945年生，山东滕州市人，滕州市农业银行退休干部。枣庄市诗词学会会员。

五律·闲吟

荆河岸畔坐，碧水向西流。
浮云天上转，野鸭水中游。
远听争枝鸟，近观收网舟。
人车桥上过，钓者乐悠悠。

七绝·自嘲学作诗二首

（一）

白发犹为律诗篇，痴迷执笔月垂天。
咬文嚼字安平仄，品韵谋词扣对联。

（二）

一句推敲千次删，仄平全靠六神虔。
初成诗句明知丑，滴水石穿须志坚。

七律·纪念建党95周年

马列先驱主义真，成功建党为人民。
先抓部队燎原火，后取政权风卷尘。
走过长征艰险路，迎来胜利彩霞春。
今天民富国强盛，世上恩深党最亲。

七律·纪念辛亥革命100周年

软弱清朝黑暗天，慈禧太后独专权。
求和帝国赔疆土，压榨人民刮汗钱。
恢复中华燃烈火，掀翻皇族举钢鞭。
武昌炮响震全国，推倒皇家意志坚。

七律·兰花

长条瘦叶翠油光，植养盆中长势强。
串串小花丛中笑，悠悠蝴蝶蕊中忙。
端庄秀丽增神韵，娴静温馨著淡妆。
我育幽兰如养性，赏心悦目写诗章。

破阵子·小院秋景

桂树花开馥郁，幽兰绽放飘香。累累石榴枝下缀，颗颗金橙叶里黄。蜜蜂绕菊忙。

巧啭谁家云雀，画眉何处新娘？自觉家中风景美，常约亲朋来赏光。心随四季芳。

孙晓世

江苏盐城人，1969年生，1990年毕业于南京大学中文系，曾任《盐城晚报》《珠江晚报》记者，《房地产导报》记者部主任。现居珠海。自1986年开始发表作品，作品散见于《大学生》《诗潮》《新华文摘》等报刊。有诗文合集《采了的玫瑰》待版。

西湖

非独东坡爱，润之亦常来。
龙井不问茶，秋高水漫台。
东窗谋密计，西湖埋忠骸。
三潭映二月，一桥思千载。
愿为庶民乐，不羡王侯怀。
凉风消残暑，涧草闻天籁。
今又聚众酋，推盏存鬼胎。
昔人轻杀戮，子孙念之哀。
人皆同一祖，相待宜善哉。
霓裳羽衣舞，玉肌雪刀裁。
琥珀玛瑙杯，酒气传方外。
此夜相谐乐，忘之莫太快。
杭州享太平，清静到四海。

2016年9月8日

风铃

也曾经火琢磨深，老来犹忌沾虚名。
百无一用身高居，随风远送抬头听。

2016年7月18日

借广毅兄两句诗以咏蜗牛

道旁与世总无争，每遇人来便受惊。
早知何必负此累，老死乡间亦宽心。

2016年7月1日

琴音

春风不语心计深，新芽惧寒闭户吟。
小院无人日近午，独守苍茫忆琴音。

2016年6月30日

六乡暴雨兼和诸兄

六乡黑云欲留客，五松巍峨遮余身。
漫天大水气难消，半塘新荷花乱魂。
一时长安马蹄急，谁羡野老庭院冷。
茶过数巡话已尽，抬头帘外滚雷声。

（注：此诗原已佚，凭记忆仅得数句，余皆依意重写。兼悉湛江市委书记刘小华6月12日自杀，临终前于同学群对一闲云野鹤老同学言：我羡慕你。同学均不知其意已决。余闻之，深为之感。从仕如此，诚大恸也！因有“谁羡野老庭院冷”之句。）

巴马

百越苗黎国，赵陀曾徘徊。
一村人皆寿，十万山如黛。
地偏客不至，水清影独来。
何必寻丹砂，此处即蓬莱。

2016年6月13日

猴年有咏

寒雨沥月余，七日难晴天。
粤久无此冬，山居守愁城。
年关悠然近，艳阳照田琛。
土犬吠深巷，闲人宿古村。
稚子分鸡食，乡邻煮山珍。
一心求静壤，半百省吾身。

南海托微躯，薄田养余人。
何必问书剑，春来碧草生。

2016年2月6日

九月九日

长沙街头微雨收，湘音浓重老布衣。
当时天下无敌手，翩然自诩识风流。

（注：识风流指“数风流人物，还看今朝”。）

孙彦堂

笔名土楼人。男，汉族，1954年生，滕州市人，退休干部。中华诗词学会会员，枣庄市诗词学会会员。部分作品见于国家、省、市级报刊。

五绝·悟诗二首

（一）

细品诗中味，言词寓意真。
风骚铭爱怨，妙笔绘陈新。

（二）

形象思维妙，比兴工法精。
选题无大小，六艺诉心声。

七绝·清明二首

（一）

是日清明三月三，阿翁涕泪祭慈严。
拳拳思念九泉下，顾盼孝贤愁绪添？

（二）

清明祭扫谒茔前，告奠英灵花束妍。
来者承酬先烈志，忠魂慰藉笑黄泉。

咏龙泉塔

九级身躯八角装，千秋挺立历风霜。
沧桑阅尽不知倦，倚日披霞耀佛光。

七律·赋闲

暮雨晨风三十秋，吾同统计结良俦。
精研农牧丰和歉，细访工商喜与忧。
贯彻方针为信使，报呈民况作参谋。
辛勤半世终无悔，老骥雄心犹未休。

七律·忆伟人

领袖雄才识世情，中华崛起树威名。
招贤报国周公志，执政为民诸葛诚。
港澳回归成一统，陆台连手话清平。
高风亮节世人敬，伟绩丰功泰岱铭。

七律·万众高歌爱党情

指点江山赤帜擎，雄狮怒吼鬼神惊。
神州崛起宏图展，华夏复兴大计成。
四海迎宾寻共识，五洲来客结同盟。
河清海晏人心顺，万众高歌爱党情。

孙业玲

女，1962年生，大学文化，枣庄市峄城区人，工作于山东省枣庄市机械厂。枣庄市诗词学会理事。曾在省、市级报刊发表100余首作品并获奖。

五绝·游抱犊崮

薄雾罩山中，幽林四处枫。
人随天地老，叶入眼前红。

七律·登泰山

峰高万仞倚云头，胆怯惊魂甚觉愁。
未到黄河观碧浪，先来泰岳竞风流。
冲霄雁断无关壑，红叶秋深出御沟。
登阁聆听封禅事，笑看游客向天求。

鹧鸪天

入眼秋深不老松，登临浑忘转行踪。山间

迷雾何须买,世外高人未可逢。

枫叶美,雁儿空,凭栏枉自向长空。若非踏上摩天顶,怎觉萧萧万里风!

孙有升

1966年生,天津静海台头镇人,农民。好书法、金石,毕业于天津干部管理学院书画大专班。谷风诗社社员,廊坊诗词学会会员,中华诗词学会会员,天津书协会员,静海书协理事,静海刻字委员会主任。

谷风十五岁生日抒怀(新韵)

谷风十五载,茧手荷锄吟。
引领辞乡赋,风流壮益津。

书春联(新韵)

练笔磨心志,书联趁月明。
千家辞旧际,到处送春风。

夙愿

台头文韵昌,东淀聚书狂。
夙有穿池愿,此心天地长。

孙长亮

笔名长宏亮节。1976年生人。潍坊市作协会员,潍坊市高新作协理事,北海诗社社员。

树下

一梦醒来春未休,繁荫不觉晚霞收。
蹬车无意摇桠动,簌簌樱花落满头。

咏柳

榭外沙堤杨柳青,春烟浓酒醉潍城。
问君何意拂栏舞,收取前塘一丈风。

龙头风筝

未跨龙庭势已高,虬须鳞甲占英豪。
春来一唤千鸢竞,直驾长风上碧霄。

长城

长城万里起云巅,一跃尘嚣不可攀。
代代英雄无尽数,凭风大漠射楼兰。

春潮

昨夜春江数柳斜,半枝疏影向谁家?
风来浮动连波起,转瞬吹开满树花。

咏柳

家在丛山细水滨,几经苦雨几经尘。
平生不与花争艳,一遇东风即报春。

冬夜闲诗

楼外云开一尺风,樽前古月照分明。
金兰欲醉邀相坐,莫待春来百草生。

秋夜吟

寒蛩声数绕江台,一夜西风百草衰。
君恨蛾眉霜染就,我言秋月照人来。

月下

春过疏林遍落花,江风摇月复西斜。
五千宫阙眠黄土,四十栏杆照白纱。
流水年年听不尽,人生代代恨无涯。
暗香总作浮云散,何处青山是我家?

小酌怀远(新韵)

千金一掷醉华年,槛外空浮万里天。
月照秦池洁似缟,云泊汉墓寂如幡。
金刀焠火几时迸,玉砌飞花何处还?
笑看虫鸡篱下事,坐听风咽夜阑珊。

虞河对月

栏外冰河榭外楼,小桥妆镜一时羞。
云何浅薄柳何媚,我亦多情君亦愁。

料是春风难称意，断无明月不随流。
诗中醉客如相望，遍照山东二百州。

咏梅

萧萧四野剑锋藏，半树红花裹素妆。
铁骨铮铮凌雪傲，玉肌皎皎报春芳。
敢讥冰客情丝短，不惧风君意气长。
自古苦寒多励志，唯留天地满清香。

雨中夜吟

寒云千里踏孤城，天北天南雨自横。
席裹虫蛇嗟落寞，珠沉草莽怅零丁。
江湖为卷不足贵，笔墨当歌何必荣。
但使明朝混沌散，奎文楼上看叠峰。

江舟

轻舟一叶挂云帆，肃煞秋风莫等闲。
江日中分洲渚外，沙鸥并起草汀间。
渔郎此去歌声渺，妆镜何来雾气寒。
万里长空谁驾鹤？飘摇尽处觅蓬山。

子夜白浪河探月

斜雨初归皎月生，驱车拟向岸边行。
奎文楼下波光滟，福寿桥头气色清。
无意流风香欲转，多情细语绪难平。
不知今夜人何处，唯见河心火独明。

虞美人

霞飞风细波光渺，浞水秋来早。紫薇千树醉游人，胜似江南秀色一枝春。

石亭遥问芦中鸭，白鹭先声答。儿童沿岸砌沙城，未灭胡贼不肯罢雄兵。

扬州慢·弥河

野渡孤舟，沙洲枯木，枝头风角连城。自凭栏远眺，尽十里寒冰。问几度萧疏时节，残荻败叶，怎不伤情？忆当年，文正曾游，空负苍生。

斜阳依旧，到如今，多少浮名！恰石破激流，乱丛深处，乌雀皆惊。我欲乘云飞渡，西风烈，恐误归程。把前人思量，千般只为营营。

扬州慢·浞河

画角雕栏，行云飞瀑，迢迢寒月如钩。料浞河犹冷，泊一叶扁舟。甚左岸哀哀荒草，断文残壁，作古成丘。更无言，乍泄千年，重上枝头。

瑶台玉宇，又谁知，折桂添愁。似咫尺天涯，红尘难渡，此恨难收。试问英雄何处？芳华逝，只为风流。任踟蹰西落，空余生死悠悠。

浪淘沙

今夜月朦胧，蝉悦声声。凭窗忽见树摇风。楼上谁家娇儿泣，半刻方停。

不寐厌茶浓，闲步园中。阳台应似浅花丛。忍把衣衫香浸透，梦里潍城。

一剪梅·夜雨

多少烟云夜雨中，乱了花红，醉了桃浓。箫声未歇又东风，水也濛濛，山也重重。

春事何须苦放纵，镜上娇容，壁上芳踪。尘缘浮世恍如梦，生亦匆匆，死亦空空。

虞美人

风花几度伤离别，往事难相绝。杯中残酒与谁干？不似青丝枕上旧华年。

珠帘漫卷香依旧，灯下人空瘦。窗前明月又匆匆，且问人生何处不相逢？

秋水风月醉(古风)

风夜秋白明月遥，月伴江流水潇潇。
山外空朦石不转，水流千回路迢迢。
高山半月水亭西，哽咽弦催共月齐。
月里松闻秋涩涩，欲流不流云脚低。
流云可怜人初冷，寂寞沙渚当如静。
枝剪云裁黛色飞，弦弦徘徊衣冠冢。

冢上年年青草黄，梦里江天譬如霜。
不见五朝怜月客，月下浮来秋水长。
长风悲滞花几处？红消香断不知数。
千古悠悠无尽时，秋月人生等闲度。
人生莫付东流水，一曲相思红颜悴。
余音三日托浮云，愿逐清风求一醉。
空杯未觉夜阑珊，醉里难得西月残。
总为流云千里去，流云不寐秋水寒。
休道古人梦落花，我亦乘风不还家。
高山流水且随意，不恋焦尾恋琵琶。

浞河秋风赋

水流婉转，野鸭争渡。
荻芦横秋，白鹭群飞。
念天地之苍茫，
叹生命之须臾，
饮秋风之瑟瑟，
仰明月之皎皎。
天地之阔，难逾方圆。
生命之息，只争吐纳。
秋风之意，岂无悲乎？
明月之华，何止仰哉！
汤汤三百者，悠悠四千也。
云霞跃然于天际，
飞红飘零于清浅。
后羿之功，不外乎夏。
寒浞之德，不止于水。
君不见一代枭雄归于青冢，
半汀衰草没于霜寒。
余未觉空露凝衣，
独念秋水之寂寞而怅然！

春月行

星迢迢，水湍湍，举头明烛照云巅。
风号古木不得去，枯枝倒挂玉栏杆。
乌啼雀走惊残月，月华涩涩度春山。
春宵苦短难复来，我与浮月共徘徊。
来时人月各匆匆，别时人月两茫茫。
遗诗赠古漫嗟吁，凌波散发底彷徨。
人生在世金千斗，何如月下一樽酒。
君不闻十年一梦弹指间，蓬头稚子成白叟。
那畔深处是谁家？流光笛语透轻纱。
总为心头多世事，何人不起梦落花。
云台无限路，似被落花误。
误也不得归，归也不能忘。
忘时沙渚白，白云逐水上。
今宵难复醉，前度不复醒。
我忿春山媚月高，春山笑我追风冷。
君不见万户侯，忽尔残丛没古丘。
纵有青山相扶将，不知春月几时休！

孙长忠

男，1950年生，山东滕州人，大专文化。枣庄市诗词学会会员，滕州市诗词协会会员。

七绝·习主席会见马英九

海峡相连如隔世，思亲两岸泪难吞。
想见老母望穿眼，北顾魂牵梦故园。

（注：乙未九月大陆、台湾两岸领导人习近平、马英九66年来在新加坡首次会面，感触颇深，故赋诗记之。）

颂英烈林则徐

功勋卓著威名震，壮举销烟照汗青。
谪戍衔冤边塞去，丹心啸傲赋诗铭。

七律·重阳有感

金风木落碧云天，冷蕊傲霜篱菊妍。
鸿雁排空寻乐土，骚人长啸咏诗篇。
重阳岁岁古今续，盛世欣欣中外联。
锦绣中华光烨烨，桑榆畅赏晚霞娟。

七律·海南行

北国寒冬纷雪扬，天涯燠热亢骄阳。
葱茏叠翠惹人醉，接踵游人观景狂。
汲水煎茶留古韵，谪居生计甚凄凉。
荒凉亘古苏杭变，学士有知抛赋囊。

孙正军

笔名敬亭山风。1963年出生于安徽省宣城市宣州区洪林镇，农民工，业余文学爱好者。中华诗词学会会员，安徽省诗词学会会员，《诗刊》子曰诗社会员，敬亭山诗词学会会员，中华诗词论坛·安徽省诗词学会版版主，诗刊《敬亭山诗词》编委。

七绝·又见牵牛花（新韵）

忽见竹篱挂喇叭，昂头亮嗓向云霞。
似歌牛女迎新喜，终有神舟好顾家。

七绝·泥与莲

为育菩提那朵莲，一生苦守在深渊。
露头便把泥来忘，竟获殊荣誉满天。

七律·母亲（新韵）

沥血呕心育嫩芽，披星戴月顶狂沙。
学堂喜获光荣榜，耕地欣迎绚丽霞。
追梦稚儿飞似箭，牵肠慈母乱如麻。
家书每每叮孩健：切莫分神念老妈！

七律·农夫

久住山乡忘世嚣，躬耕不羡那扶摇。
沧桑化水从容饮，日月承肩勇敢挑。
老友光临酬老酒，鲜鳞闲钓佐鲜椒。
偶来雅兴凌峰顶，阡陌交通一望遥。

鹧鸪天·咏伞

抖擞精神雨雪迎，风姿勇气羡春英。何花有此千根骨？哪户无其一柱亭？

天敢变，我堪凭。保君潇洒步人生。易收易放诸般易，能守能冲尽所能。

临江仙·咏云

非是性野贪游荡，经年难定行踪。心中苦闷诉无从。位卑偏织梦，力弱总成空。

幸有山川怜爱我，还能为命而冲。天涯摔打不嗔风。宏恩铭肋骨，矢志上巅峰。

鹊桥仙·登石佛山索道感赋

悠悠一线，穿云破雾，连接人间天上。竟超月老那红绳，凌竹海、运输欢畅。

遥思牛女，若能如是，何惧银河荡漾？福中分外惜流年，携师友、紧追梦想。

（注：石佛山位于安徽省郎溪县姚村乡境内。）

念奴娇·再登敬亭山

又凌峰顶，看晴空万里，田园辽阔。自古宣城骚客地，雅韵一如山叠。怀谢高斋，踏歌古岸，美誉何曾折？千秋吟诵，敬亭云鸟妙绝。

有幸乐享升平，未圆梦想，敢与青春别？携手东西南北客，领略人文风物。破雾冲云，纵横驰骋，披挂澄江月。情倾桑梓，何妨霜浸乌发。

孙中祥

七律·纪念建党95周年（新声韵）

大纛飘飘九五春，峥嵘岁月建奇勋。
抗倭八载豺狼缚，推倒三山黎庶钦。
打虎惩贪严律法，灭蝇筑梦顺民心。
天蓝地绿山河秀，气瑞风清处处欣。

七律·贺全国人大政协两会在京召开（新声韵）

精英济济聚京城，万里河山荡惠风。
深化改革圆美梦，开来继往启新程，
小康日子千般好，特色神州百业兴。
科技当先民为本，蓝图绘就又升腾。

七律·瞻仰毛主席遗容（新声韵）

纪念堂中仰圣人，东方欲晓客盈门。
精神饱满容颜好，领袖长眠博众钦。

伟绩丰功昭日月，丹心碧血扭乾坤。
光辉思想千秋煜，敬慕改天换地君。

七律·汝州市晚晴诗词协会成立

——十秩春志喜(新声韵)

唐风宋韵靓骚坛，国粹弘扬奋砚田。
五老诗章成异彩，十年咏海起波澜。
惊心妙句陶人醉，鲜艳新图博众怜。
新秀精研诗苑俏，耆英授业梦方圆。

七律·寄语汝行集团董事长闫全义、副董事长张团杰先生

中华圆梦重科研，业绩辉煌仰俊贤。
竭虑殚精花万树，呕心沥血果千船。
琼楼玉厦连天地，画栋雕梁迷眼帘。
昌盛繁荣呈锦绣，层楼更上正登攀。

七律·贺汝州四知堂药业公司(新声韵)

盛世清风惠兆民，老牌名药九州闻。
悬壶天下千人健，济世人间万户春。
重踏红军艰苦路，弘扬国粹领麾人。
和谐医患杏林壮，救死扶伤博众钦。

孙忠凯

网名沧海游龙。中华诗词学会会员，中国楹联学会会员，中国国学研究会会员，中国毛泽东诗词研究会会员，中华楹联文化研究院研究员，香港诗词学会理事，珠海诗词楹联学会副会长，金湾诗书画院秘书长，中华网络诗社社长，《中华网络诗刊》主编。已在全国各级刊物发表作品2000余首。

七律·天涯戏说

抬肩挺背亦如初，搬起蜗居进大都。
饕餮无非三两肉，全都买了那车书。
十年北国思乡切，一幅东坡望月孤。
富贵贪穷终有别，飞机铁路恁悬殊。

七律·阵雨有书

过耳阴风一股凉，乌云压顶上南墙。
树遮蚁族倾巢动，水载芦萍任雨戗。
野径横斜生湿癣，繁花打落殒清香。
骂它反而随心去，害我匆匆伞半张。

七律·咏蝉

含悲饮露作长鸣，只道前生忿未平。
不识人间烟火色，何堪遗梦建康城。
齐王有泪非虚拟，古月衔枝似镜明。
一夜秋风杨柳瘦，与卿离别在长亭。

七律·初秋偶书

日烤莲蓬藕上秋，塘深只露老牛头。
漂浮水栗菱儿角，挤破泥虾小眼球。
雀鸟扑棱惊蝶梦，蛙声断续隐蝉愁。
陈年暑汗招摇甚，趁着无风好下流。

七律·牛郎临别赠言

天庭立法好荒唐，往事千年太感伤。
万里寻妻万里路，一筐一个小儿郎。
幸随织女同添寿，现在重孙早满堂。
但借神舟高变轨，明天回到我身旁。

七律·立秋阳台望远

空有琴心赋莫愁，忒多无奈对高楼。
弥天广告堆胸隘，遍地钢筋刺眼球。
月载流云刚入画，风吹碰壁又回头。
虫声已被车声劫，打点诗囊欲远游。

七律·闲人碎语

红中白板打通宵，管闲从来害死猫。
酗酒绝非情吝啬，失言多怪嘴钻刁。
当年懒汉当年福，也是人形也是妖。
寿与才高同进补，半诗半酒半螵蛸。

七律·珠江夏夜偶书

三更入梦雨沙沙，动有诗吟静有茶。
红袖蛮腰筛绿蚁，青荇野浪煮黄花。
为求续命肠添堵，从此无头碗大疤。
半亩桃园谁结义，珠江岸上野人家。

立秋夜感怀

添得新膘肉一团，三更写到四更残。
听秋顿感秋声近，望月忽然月影寒。
偶起闲愁思塞北，却无归雁越重峦。
情虽市井埋头过，诗也江湖冷眼看。

昭君出塞

胡马嘶鸣战事多，芳华命舛恨如何。
殊途路远红颜老，倩影风干黑夜磨。
一缕清魂悲落雁，千年彩凤出香窠。
当时那毒神滋味，枉费诗人纸半箩。

写诗絮语(新韵)

鼠标轻点射金乌，转键何人笑语殊?
拼死累活多少字，当牛做马那些书。
难谐竖子成偏见，辱没斯文悔旦初。
多少灵犀因野性，诗成要借酒功夫。

孙作林

字雨轩。男，1951年生，山东滕州人。大学文化，经济师。中华诗词学会会员，中国当代文化促进会诗词委员会会员，枣庄市诗词学会会员，滕州市诗词学会理事。诗词作品曾获全国诗词大赛一等奖。著有《孙雨轩诗文书画选》。

故乡的河

潺潺流水绕村旁，曲曲弯弯长又长。
岸柳摇青连古渡，鸣蛙戏草浴沧浪。
春歌优雅红云揽，秋月流金稻菽香。
牧女归来夕阳下，工收桥畔话家常。

春日杂咏

夕照馀霞伴暮年，青丝镜里换霜烟。
时常静室思今古，偶有新诗喜地天。
念系归来陶靖节，怀萦游隐谢临川。
何当神定归三味，再下西湖任采莲。

再登黄鹤楼

天书三阅意难休，花甲又登黄鹤楼。
竞秀千峰聚风月，奔腾一水醉春秋。
虹飞天堑飙车跨，帆绕江城好景收。
吟客无须学崔颢，青山长逐碧涛流。

咏兰

悠悠清气绕琴台，何处幽香浸我怀。
几许空灵携逸韵，千般娴静润娇胎。
隽株含秀亭亭笑，姝蕊传馨淡淡开。
何必入山守碧玉，月移花影美人来。

咏竹

乐冬乐夏不凋零，意气昂扬杆杆青。
叶抒苍天远尘世，枝横云梦咏空灵。
花开不羡虚怀广，根固原凭劲节荣。
雪压霜欺何所惧，高风逸韵感长星。

雪二首

(一)

银花朵朵下天庭，漫展琼姿作壮行。
聚散从容情脉脉，纵横挥洒色晶晶。
边关戏马诗魂壮，梓里寻梅蝶梦萦。
休问旅途几多路，随风坦荡一身轻。

(二)

清歌陈陈韵悠然，素裹红妆景万千。
昨日凌空身是雾，今朝遍野玉生烟。
晴风梳浪山川俏，寒影腾龙紫气旋。
洒洒飘飘来复去，年年冬尽唤春还。

满江红·华夏颂

——纪念辛亥革命100周年

雄秀神州,五千载,沧桑变数。前世纪,倭顽横暴,魑风魅雹。浊地蛮烟忧社稷,怒潮激浪惊虾鳄。征腐恶,万里好河山,旌旗烁。

狂飙落,云水搏。长练舞,鲲鹏缚。看昆仑虎峙,大江龙跃。革故鼎新谋发展,励精图治尊科学。铸辉煌,丽日正中天,金光灼。

T

塔国文

黑龙江省依安县人,1965年生,教师。黑龙江省诗词协会会员。作品收入《黑龙江吟坛新秀作品选》《放歌雪乡》和《黑龙江诗词大观》等集。有作品曾获东北四省区"莲花杯"诗词大赛二等奖,荣获2010年"黑龙江吟坛新秀"称号。

七律·迎春

滴水前天一夜浇,今晨又是雪花飘。
冬缝厚甲春难破,草住寒宫火易烧。
梦醒江南催雁阵,风行关外化冰雕。
清流暗涌梅先笑,未误佳期柳色摇。

七律·题塞北

铁骑提弓跃过山,清军一统遏雄关。
冬飞大雪松涛动,夏放新花蝶舞娴。
史册封存音寂寂,子孙承续水潺潺。
八旗勇士精神在,耀目光辉日月间。

南乡子·恋春

暖日转无差,芳草连天碧柳斜。春鸟返乡枝上舞,红霞!无限生机未有涯。

思绪乱如麻,一味留春忘品茶。解锁暮烟人面老,伤疤!空负当初灿烂花。

七律·咏梨花

一树温柔百蝶徊,春风袅袅下天台。
千年未喜凡夫味,万世尤忠圣女胎。
露撒枝头溶怨戾,香飘宇内释悲哀。
秋成硕果深情在,酿造甘甜待尔来。

七律·春游肇源

衍福灵光赤日曛,连江西海水浮银。
每闻云雾图腾盛,但看阴阳波浪新。
虎啸莲鹅仍慕晚,龙吟草兔亦贪晨。
逡巡塞外惊无语,醉赏山河遍地春。

青玉案·晚春

暖阳一日寒风妒,竟是雪、成晨雾。伴友南郊迎白鹭,柳梢牵雀,燕姿穿户,忘我归程路。

梦情总在西山处,提笔尤关泰安度。试问童年山后树,几轮思念,几回倾诉,热盼同春住。

(注:西山:作者出生辽西;泰安:依安原名"泰安",在这里借喻国泰民安之意。)

覃文兹

长相思·华人梦

朝翱翔,暮翱翔。迈步小康幸福长。和谐韵流芳。朝辉煌,暮辉煌,峥嵘岁月沐旭阳。中华国运昌。

永定镇抒怀

车轮滚滚壮行踪,仰景天门一望雄。
澧水漂游腾碧浪,回龙曲绕显神工。
观音桥畔祥光浓,子午台旁铁道通。
四下八堆宏图起,五光十色尽芙蓉。

(注:四下八堆是指传说杨令婆救后王未遂,在议事坡顶用神铲倒土向后抛洒而成。)

龙邑开新面

嫣红姹紫靓边城，满地莹光抹旧痕。
闹市流芳龙凤舞，仙街呈锦绕祥云。
霓虹溢彩千层浪，果利流金万缕情。
玉阁琼楼迎秀户，龙山奋起物华新。

观拳王争霸赛(新声韵)

拳脚交加相互避，双方对垒神情怡。
全凭智勇攀高上。旗鼓相当鏖战激，
变换无穷逢对手，难分难解汗淋漓。
风云卷轮几番赛，摘来精英武艺奇。

春游

风和日丽好晴天，渡水登山逸兴牵。
览景舒心添乐趣，陶情养性喜空前。
苦心一动珠笔落，灵感收来得意篇。
改革宏图无限美，欣观春色又连年。

谭国锋

男。宜昌市屈原学会副会长，湖北省秭归县“三闾骚坛”诗社常务副社长。

七绝·屈原文化碑廊有感(平起人韵)

青山有幸树碑廊，端午年年痛断肠。
千古离骚扬正气，万方民怨盼忠良。

七律·端午悼屈公

忆时岁又逢端午，角黍醇醪处处香。
情悼忠魂有万众，声和热泪洒三湘。
良谋只为功安国，大爱招来祸自殇。
词赋辉煌悬日月，碧波青史永流芳。

七律·读书洞

山环水绕诗书现，几度焚香吊屈原。
书隐琅琊原有价，洞储骚体别无天。
岩中传韵琴音古，溪里翻花响水甜。
胜景依然公已往，游人过此忆先贤。

谭家礼

男，退休教师。湖北省秭归县“三闾骚坛”诗社社员。

屈姑颂

锁水回龙吐玉珠，溪边凤凰诞屈姑。
三星三洞拱半月，一马一鞍拜香炉。
懿德清操称桔颂，贤能巧手应佳厨。
同圆姊弟环球梦，极目苍天任卷抒。

屈姑赞

灵山秀水生香炉，更有女媭谓屈姑。
济世慈悲同妙善，齐家手艺赛师厨。
油盐酱醋调千味，米面豆麦养一庐。
食品加工深究里，花开世界展宏图。

七律·三闾建屈原碑林

(一)

伟哉三闾建碑林，风光八景又添新。
珍珠岩下子规叫，为愿我哥回乐平。
千古诗词留圣地，文人墨客吊灵均。
承先启后幽芳远，永伴孤忠爱国情。

(二)

三闾八景加一景，珍珠崖下树碑林。
子规偏向秭归叫，唯有秭归出屈平。
历代骚坛抒壮志，百年文苑写铭旌。
伟人故里山川秀，永伴孤忠日月明。

谭家荣

退休教师。湖北省秭归县“三闾骚坛”诗社社员。

七律·今有屈姑追屈梦(平水韵)

峡江流世灵均妹，淑德贤良巾帼魁。

生扶屈公强楚志，死为神鸟唤哥回。
三洞学艺平常事，九载功成特异才。
今有屈姑追屈梦，精研食品赛琼瑰。

谭乐乐

湖北宜昌人，1982年生。工作于王力咖啡贸易（上海）有限公司。

七绝·故友聚

莺飞雀跃庙堂前，总角之交话旧篇。
素盏清茶何尽兴？愿沽美酒醉云天。

七绝·粽想

一片青衣一片伤，根根丝线缚心肠。
苍天若悯风骚客，莫叫屈身事楚王。

七绝·再游文佛寺

山门一入似逢春，小路青阶识故人。
稽首拈香皆是梦，梵音渺渺荡红尘。

七绝·痴

风邀菡萏玉闺藏，满面娇羞素雅妆。
红鲤原非轻薄客，浮沉但慕绿罗香。

谭凌云

男，1957年生，湖南省祁东县人。中专毕业，曾在湖南川口钨矿及海南地质矿产局工作，已退休。中国楹联学会会员，祁东县诗词楹联协会常务理事、期刊编委成员。

百字令

——庚寅中秋，恰逢国庆长假，亲友来我草舍小聚，甚为欢洽。临别，赋词一阙，权当感怀兼赠

林泉自乐，有布衣狂客，已然衰老。数亩薄田聊自适，莫问收成多少。倦后吟诗，忙时种地，闲也堪垂钓。清风明月，向谁更说怀抱！

今日篷筚生辉，喜迎贵客，恰值秋光好。为有一丝闲散意，来享山林花鸟。几碗粗蔬，三斤薄酒，换得开怀笑。送君归去，待君暇日重到。

水调歌头·咏黄花菜

天下黄花菜，冠绝是祁东。迄今已历千载，漫漫路无穷。放眼连绵百里，富了千家万户，岁岁乐融融。拉美款稀客，欧亚敬英雄。

茎芊芊，花簇簇，叶丛丛。春荣夏茂，山前昂首沐天风。常食健脾补脑，细嚼清心爽口，老少尽皆同。随意支锅煮，差可匹三公。

（注：2016年仲夏，湖南省祁东县举办“中国祁东黄花菜节”。）

沁园春

——与友谈诗，感怀兼赠

为有天公，着我吟诗，莫问理由。惜唐朝李杜，一般落魄，宋代苏辛，几度穷愁。郑燮难为，袁枚易老，几许才人未出头。千古事，只穷通贵贱，不与人谋。

故人幸莫相留，恕闲散道人归去休。便冥思苦想，已无佳句，殚精竭虑，岂有良筹。一寸丹心，满头白发，浪掷浮生几个秋。从今后，盼诸君杰作，许我赓酬。

（注：鄙人自号闲散道人。）

高阳台·咏西安（丙申仲春）

天下奇观，人间胜美，西安无限风光。秦岭云来，骊山依旧飘香。秦宫汉苑无穷思，入碑林、荡气回肠。好都城，十二皇朝，千古传扬。

星移物换山河在，正河清海晏，国富民强。学府如林，书声时绕城墙。鼓楼音韵资民乐，造飞机，万里翱翔。喜乎哉，借问天公，可似天堂？

行香子·崇明岛上看长江

（仿宋人赵师侠叠字体）

兴致浓浓，步履匆匆，看长江，光景重重。奇奇妙妙，泻泻溶溶。见水悠悠，波渺渺，雾蒙蒙。

楼船隐隐，芦荻丛丛。笑江鸥，输我慵慵。飞飞舞舞，雨雨风风。对气岚岚，云漫漫，日融融。

七律·赠谭老先生兼和《自嘲》原韵

侧身天地一诗翁，世变苍茫过眼空。
未许雄才成伟业，堪将健笔著丰功。
云天肝胆三千客，海岳襟怀万里风。
莫叹功名差夙愿，骚坛享誉遍寰中。

七律·拙作《闲散道人诗词集》付梓述感

疏狂久矣漫吟诗，数十年来不合时。
惯向梦中寻好句，惟从笔下展愁思。
一头白发生来早，满目青山到去迟。
也学飞鸿留雪爪，集诗付梓我何痴。

七律·游湖南祁东四明山国家森林公园兼和尹辉先生原韵

岂独山花分外妍，壑中有水汇清泉。
参禅只望悟禅理，栽树何须摇树钱。
寺僻寻僧僧太静，山高看月月更圆。
风光诱我迷还醉，莫问重来又几天。

谭仁富

四川仁寿人，1949年生，中专文化。1978年参加教育工作，先后从事小学、初中教学工作，多次被评为县、区、乡“先进教师”。2009年退休后入仁寿县老年大学学习诗词创作，已有习作400多首，先后发表在《巴蜀诗词》《仁寿诗词》等刊物，现为巴蜀诗词学会、东坡诗社、仁寿诗词学会会员，并担任《仁寿诗词》编辑。2015年被评为四川省老年诗词创作研究会优秀会员。

踏莎行·班主任

晚送余晖，朝迎笑脸，讲台三尺装星汉。学风整肃效先贤，班风建设人文伴。

身正为师，学高为范，春风化雨三冬暖。换来桃李满天涯，为人师表青山赞。

西江月·中秋夜

月照槐枝影影，耳听蟋蟀声声。夜深人静数星星，品味人生风景。

月亮常常轮现，桂花阵阵香萦。推杯换盏即天明，思念亲人梦境。

天仙子·感悟

半世打拼终到站，养女育儿辛苦伴。等来儿女长成人，楼房建，相邻赞，喜看桑田沧海变。

恩爱夫妻邻里羡，孝顺儿孙嘘冷暖。此生此世足欣然，心灿烂，花烂漫，只憾青春难复返。

忆江南·小荷

亭亭立，昂首向天讴。出水芙蓉香满地，入泥莲藕嫩芳莵，清气荡悠悠。

清丽双臻·草原情

望毡房外，蓝天草翠阔无边。骏马膘肥人喜爱，白云朵朵牧民欢。弹奏古琴弦，风情神韵添。

羊满地，马嘶天。畜牧兴蒙人心暖，红花绿毯醉平川。览尽风光无限美，太平盛世颂尧天。

七律·玛湖瑙峰

烟花三月玛湖瑙，满目苍山碧海洋。
壁险林幽藏雀鸟，桃红柳绿恋朝阳。
山呼水笑含春韵，溪唱虫鸣醉酒坊。
仙境人间何处觅，玉皇赐座未央庄。

七绝·可爱家乡

金乌出世映红天，云霭飘浮罩远山。
紫气东来春柳绿，桃花源里乐耕田。

俩母山

双峰持秀笑天帝，雾海云山万种情。
母女殷殷凝半月，清辉熠熠暖群星。

谭威

男，中学生。湖北省秭归县“三闾骚坛”诗社社员。

七律·秦始皇

秦家故事记端详，读罢春秋论始皇。
但有非凡皆可用，全无是处岂能狂。
李卿枉负荀卿卷，二世空存一世房。
养子不教安守业，徒然地下傲诸王。

七律·感春

应春漫赋木兰辞，翠锦流莺早入诗。
水荡轻风摇碧浪，山笼瑞色露丰姿。
红男绿女形何急？劳燕归鸿叹别离。
好景须行长远计，芳华更待丽秋时。

七律·纪念“七七”事变

卢沟晓梦绕心梁，梦魇深深忆国殇。
敌寇凶残烧杀掠，生灵涂炭泣悲凉。
山河破碎家仇恨，战火纷飞意志强。
正义匡扶邪气灭，追思英烈刻碑行。

七律·雪

昨夜北风来正狂，山河顿改旧时妆。
漫天飞雪埋幽径，遍地行人着厚装。
头上冬云灰暗暗，眼前景色白茫茫。
乾坤倒转家何在，千里相思是故乡。

谭英群

字寂寞斋主，号燕人，笔名风鹏。男，高中文化，中级教师，1943 年生于河北栾城县，现为社科教协会会员，河北省少儿美术教育协会会员兼理事，河北省老年书研会会员。自幼喜欢书画，长于研修。在创作过程中善于汲取前人的经验和艺术精华，师古不泥，大胆创新。经过反复锤炼，逐步形成了自己独特的艺术风格。主张“艺术源于生活”，擅长观察思考、提练、升华，从平凡的生活中挖掘素材，并获取创作灵感，创作出了大量为人称道的优秀作品。

放牧

白云出岫口，春雪泛银光。
红日空中笑，黄花膝下看。
皮鞭挥手响，笛声逐风扬。
把卷塞衣内，读书增智囊。

步董必武韵

奔腾江水向东横，注入沧溟莫慢行。
冒雨泛舟传笑语，游兴未尽唱太平。

游华山

郭公冯帅留名语，宋祖华佗传万年。
百丈深峡窥阔底，千层峭壁观线天。
苍龙丘上揽星月，鹰鹞翅间护孤山。
西岭救娘敬母事，斜阳光芒照秦川。

霸陵桥

云昌桥上挑袍子，两断一刀斩宄曹。
甘为明君从犬马，莫与昏主献分毫。

访三苏

三苏雕像矗苍穹，墨宝启功碑刻中。
盛名才气贯日月，歌赋诗词启后生。

咏姚花酒

许昌牌子姚花酒，人大会堂宴贵宾。

香至五洲三日醉，引来八方客狂欢。

登文峰塔

许昌多盛名，塔上唱汉风。
花甲壮心在，轻松攀数层。

咏关云昌

窗外楼前景，关公在霸陵。
信忠仁义在，挥刀斩群雄。

唐风

七律·孔厦儒风

——咏纽约唐人街孔子大厦

双桥襟带入怀中，华埠高标耸一峰。
遥望南辰观北斗，俯听论语仰儒宗。
礼门飒飒秋风爽，义路融融春意浓。
故国衣冠传四海，天涯何处不腾龙？

七律·咏龙

华夏图腾气势恢，苍冥蛰伏久徘徊。
旋玑转动宇寰变，岁序循环泰运开。
舒卷吐吞凭意趣，纵横驰骋挟风雷。
传人当借此机遇，海阔天空展骏才。

七律·敬题关公像

六合威扬塑此身，迦蓝当日下凡尘。
桃园结义开基业，汉寿封侯辅德仁。
疆域三分天有定，纲常万古匹无人。
解州故里仰瞻后，始信财神是战神。

七律·游子吟

——母亲节献母亲

高堂日永望清萱，挚手培基护本源。
菽水承欢怀孝悌，义方是训感慈恩。
艰辛世路自强勉，漂泊人生笃信敦。
一件寒衣倾厚爱，天涯海角沐春温！

鹧鸪天·和平尊

古典新潮形态敦，龙鳞凤羽吉祥纹。青铜释出儒家礼，景泰凝成华夏魂。

联合国，地球村，东来紫气溢重门。谁人敢作千金诺？将把和平注入尊！

（注：习近平主席访联合国，赠景德镇陶瓷巨制“和平尊”，表达了中国人民热爱和平的诚意。）

凤栖梧·余英时教授赞

辗转长春名校里，景物时新，挚手培桃李。普世合流诠汉史，知人论事开风气。

健笔如椽凝睿智，弘识孤怀，探究天人际。儒道中西融一体，蟾宫折得成双桂。

（注：普林斯顿大学余英时教授，当今海外汉学扛鼎人物。先后获得有人文诺贝尔奖之称的“克鲁格”奖和东方诺贝尔之称的“唐奖”。）

踏莎行·南京榴园拜会丁芒先生

拜读华章，心中仰慕，高墙外望无重数。榴园有幸谒名贤，眼前一棵长青树。

奔涌才思，壮诙意趣，毛锥一管涵丹露。温文尔雅大家风，热肠古道春和煦。

望海潮·自书诗集《北美大观园》代序

天方殊域，瀛寰新陆，梦中阆苑逍遥。山脉延伸，河川网展，洛矶直插云霄。沃野果丰饶。欲东岸寻芳，西海听潮。黄石牵虹，尼加裁瀑，领风骚。

悠悠印第烟消。忆哥伦帆启，五月花飘。西进鼓声，南征烽火。谁将独立钟敲？枫叶映星条。仰奠基先哲，时代天骄。愧我空余兴感，笔拙墨难描！

听清明琴斋主鼓琴歌

——清明琴斋主袁中平先生来纽约孔厦交谊厅献艺，欣喜有加。若高适之意属董大，韩愈之情倾颖师。故而起骚助兴，引领赋歌，歌曰：

蒙春风之邀约兮，谒今时之昔贤。
袭汉统之衣冠兮，处俗世而超然。
觅高人以论道兮，游名山暨大川。
传韶音于海嵎兮，悟天地之微玄。
八言赋毕，四韵随和；雅兴未尽，继而歌之：
观苍宇之宏微兮，察尘世之真伪。
叹人生之营役兮，曷喜物而悲己。
闻天籁之缥缈兮，恍心灵之洗礼。
爰智光之燃点兮，欣茅塞之开启。

世界名胜名著集联

夏威丽日，富士雄风；好望洪涛，英伦迷雾。吴哥石窟，雅典浮雕；塞纳清流，尼加瀑布。女面狮身难解意。搜天下胜迹奇观，开人眼界。

荷马史诗，但丁神曲；托翁小说，莎士台词。雨果鸿篇，罗兰随笔；泰戈哲理，弗洛性题。扶桑物语亦旖旎。阅世间名文巨著，启我心灵。

唐干钦

唐麟。男，湖南浏阳人，1975年生，小学六年级毕业，现居住广州，从事医疗器械行业。从小对诗词有点爱好，因俗事缠身，又无功底天赋，偶凭兴趣拼凑三言两语，自许诗也。

无题

云山已远梦无踪、却自是旧日情怀，凭阑时倩影，因时光匆匆，无语，唯心中泪痕，长流却无影。

恨天高

不逢大匠材难用，信陵孟尝今何踪。
滔滔满腹锦囊计，难遇先主顾隆中。

非诗

非诗非词非小令，胡作胡填胡乱拼。
本是红尘一俗客，强附风雅做骚人。

唐开矿

男，汉族，1955年生，山东滕州市人，大学文化，中共党员，高级政工师。曾任《中国矿业报》特约记者、《中煤地质报》驻山东记者站记者、山东省煤田地质局一队政研会秘书长及宣传部长及枣庄市诗词学会会员。

七绝·颂党

南湖北斗辟新航，唤起工农气势昂。
地覆天翻除虎豹，神州旭日放光芒。

七绝·遵义会议会址抒怀

红军战士是精英，万里长征世界惊。
遵义英明选舵手，中华巨舰启航程。

七绝·游览革命圣地延安

延安宝塔指方向，窑洞灯光照四方。
党率人民驱敌寇，功勋旷世永流芳。

七绝·参观淮海战役纪念馆

改天换地英雄汉，浴血冲锋勇向前。
百万民工车阵涌，战争史上创奇篇。

七绝·观重庆白公馆有感

心怀崇敬仰先烈，歌曲红梅响耳边。
无数英雄洒鲜血，赢来胜利换新天。

七绝·游贵州黄果树大瀑布

远闻瀑布像雷鸣，近看飞流豪壮情。
仿佛银河落眼底，游人若个不心惊。

七绝·登武昌黄鹤楼

喜看荆地换新颜，黄鹤楼头望楚天。
当年起义枪声响，辛亥风云现眼前。

七律·赞地质人

地质男儿志气昂，天南地北尽家乡。
探寻宝藏抒怀壮，开发能源征战忙。
井架高扬灯闪烁，钻机飞转韵悠扬。
手扶刹把心中亮，奉献青春谱乐章。

唐琼香

湖南省永兴县悦来乡(现在改成镇)19组大塘村人。从小喜欢唱歌、绘画，喜爱文学，尤其痴迷诗歌。

秋感

夜半风急秋雨生，艰难多病独支撑。
清晨雍景尘埃尽，榕叶满庭孤鸟鸣。

野菊花

村边溪畔野菊花，翡翠斜坡飘灿霞。
簇簇割来篮子满，欢喜归去泡凉茶。

春殇

乍暖尤寒冷气洒，新草欲发积雪压。
莫道严寒不解意，只盼春风护芳华。

观音山的湖

远山云浅幻也真，碧水浮光漾褶纹。
浓树拂波山色翠，空潭寂寂了凡心。

观音山之菩提径

翠木染天梯，白合绽壑奇。
青山镶碧玉，回望众山低。

古绝·树

新芽浅浅柳叶弯，闪闪银钩枝丫穿。
晨光万缕树缝透，一夜春风换绿衫。

蝉

秋夜清歌飘入窗，缠绵悱恻惹心伤。
空房独卧谁人解，唯伴蝉声入梦乡。

古绝·红叶

红叶也曾傲于林，秋尽飘零似我身。
此物已惯众人踩，初堕地时并无尘。

唐潇

笔名一师。1986年生。成都吉和文化传播有限公司联合创始人。作品散见于诗词吾爱、诗词中国等网络平台。

临江仙

行向半山闲小憩，时光细碎沙汀。羡于磐石枕溪声。敞怀风满袖，鸥梦拥山亭。

踏顶烟波山欲断，乾坤谁向天擎？无争抱守自峥嵘。浮云去与散，天地正风轻。

临江仙

三十载春秋换转，疏狂还是疯癫？登楼一赋为红颜。不堪花会老，过眼谢云烟。

水影不经涟漪乱，风光谁与谁关。一襟风雨也清欢。心如明月静，天下已无山。

七绝·午后小憩

久茶无味懒重端，一捧诗词不厌看。
渐有清风人倚困，枕书梦马过长安。

七绝·临眺

自上层楼舒极目，天涯不尽起高峰。
千山莫论谁魁首，看夕飞临第几重。

七律·遣怀

醉里悲欢匀一半，醒来还是十分愁。
凭谁书箧残存志，宽我蓬门未了谋。
馀忆春成诗苟且，何情梦得笔温柔。
借曾年少风流句，酣满踌躇更上楼。

七律·致诗者

自是清高轻媚俗，拟将格调命阳春。
拂衣拒止分镳客，把酒相迎合道人。
不为书中寻雅韵，应如笔下慰风尘。
诗时弹铗堪谁笑，字字焚心较个真。

七律·凌晨两点客旅他乡入住酒店随赋

栏影高楼真寂寞，一怀远忆又登临。
常来惜别催人老，久惯长凭送月沉。
几个春秋迷绮梦，两三鱼雁废痴吟。
鹃啼客子尤无那，况读蒹葭夜夜心。

唐勇华

又名唐方韬，笔名黄笔夫。1977年生，诗词楹联爱好者。灌阳县楹联学会会员。诗词联作品散见于各类报刊并在全国赛事中获奖。

人生格言：做文学不仅要做到影响全中国，更要做到影响全世界。

七绝·蝉

几度春秋梦始成，一朝破茧啸苍穹。
命虽如夏匆匆短，也要高歌赞此生。

七绝·桥

险水穷山架彩虹，东西南北尽亨通。
唯图给予人方便，不觑虚名不觑功。

鹧鸪天·咏荷

翠盖田田映碧空，临风仪态袅娉婷。虽然腐水泥中卧，绝世清芬反更浓。

元皓爱，世人崇，只缘气质最雍容。一篇莲赋千秋颂，独秀乾坤谁与同？

（注：元皓：即周敦颐，原名周敦实，又名周元皓。）

糖豆

原名邹玉文。一个喜欢文字且善感多愁的婉约女子，常常在一个人的世界里，独享清欢，暗自伤感。

寄语：希望在诗词世界中，描绘属于自己的一片蓝天。

七律·重阳随感

又逢双九话重阳，丹桂飘香菊正黄。
枫落露寒斜日暖，叶红霜冷蓼风凉。
登高怅望南飞雁，拾级难平北去伤。
孤鹜不知何处泣，抚弦瑶瑟叹情长。

七绝·暮秋夜雨

秋风习习雨潇潇，淮水奔腾起暮潮。
慢雅琴书聊一乐，殷忧寒夜待明朝。

七绝·咏秋

金风萧瑟雨霏霏，黄叶飘零落翠微。
寒雁凌空霜满地，流云断处野凫飞。

江城子·魂殇（悼亡父）

思亲落魄泪涟涟，夜无眠，梦难圆。袅袅心香，缕缕化轻烟。病痛缠身含怨去，荒草地，断魂怜。

青灯长夜忆经年，念床前，未曾贤。初月弯弯，思绪亦翩跹。年少轻狂荒废尽。何以补，问苍天？

蝶恋花·相思

谁共阑珊灯火处，相许相期，迷却从来路。捻笔素笺愁难诉，莫言别后情无数。

过眼烟云轻若暮，目断遥天，眉锁相思渡。雁破长空云匆阻，故人相聚终成误。

临江仙·垂钓

隔岸丹枫尽染，疏星乱点菱花。风凉波瑟小天涯。鹭鸥如践约，横影掠山斜。

抛却清涟旖旎，垂纶钓起烟霞，素怀闲逸度年华。风骚舒雅韵，不羡帝王家。

鹧鸪天·旖旎秋韵

玉露黄花沐天光，佳期九九度重阳。暮蝉声尽霜风瑟，寒雁悲鸣弓月凉。

思往事，忆流芳。绿临眼底话麻桑。登高远眺三秋醉，俯首惊闻一抹香。

陶光临

男，52岁。1988年毕业于甘肃中医药大学，现为珠海上冲医院中医主治医师。工作之余爱好诗词格律、书法、围棋等。

丹霞山览胜

（一）

高铁飞龙似乘风，丹霞胜境叹天功。
秀水行舟山岭峻，奇石傲立崇阳中。

（二）

丹青绘就仙般境，霞彩飞笔染层林。
世人求道阴阳路，遗爱千秋代代荫。

（三）

阳进阴出别样天，丹霞异美秀其间。
男女奇石绝罕有，若非造化就是仙。

游南华寺

南华古刹禅宗地，慧能千年递佛思。
慕名游客纷纷至，争沐灵水把福祈。

肇庆游感怀

南粤游品数肇庆，往昔辉煌迹可循。
北斗七星鼎湖砚，文化底蕴显不群。

叹中医

杏林源地似萧萧，不意出墙香飘飘。
碧眼黑肤岐黄弟，医学王道竞折腰。

阴阳心悟

夏热渐去终觉爽，秋雨频作始见凉。
尊阴崇阳谁是道？古来医家争断肠。
日月星辰天地转，春夏秋冬人畜康。
自然之师早揭秘，平衡中和通治恙。

美国画皮

自由女神美国梦，揭伪避难斯诺登。
民主典范世向往，顺昌逆亡露真容。
世界警察当窃贼，人权卫士好战争。
网袭奸雄窥棱镜，窃世大盗貌似忠！

陶留记

71岁，河南省平顶山市人，平煤十矿退休职工，中专文化。现为夕阳红创作协会、平顶山诗词研究会、平煤神马老年作协会员。已有诗文40余篇发表于多家刊物。

七律·采野菜游荆山悟（新声韵）

春恩浩荡绿红黄，尽享一年好景光。
翁媪欢心游沃野，夫妻采菜赏山乡。
坡坡岭岭含生远，坎坎沟沟品味长。
携手今生相倚度，谐约再世配鸳鸯。

腊梅赞（新声韵）

四九隆冬腊月，还逢霸王潮寒。
独梅悄悄微笑，满树欣黄傲颜。
欲意寒花砥志，无心暖日争妍。
年年早报春至，缕缕幽香世间。

五律·园菊两首（新声韵）

（一）

“篱下”万菊黄，金秋送暗香。
霜寒桀骜对，雾冷俏姿扬。
朵朵招人爱，枝枝寄意长。
群蜂迟不释，疑是入春乡。

（二）

仲夏百株苗，深秋万朵花。
天清飘六色，云淡艳千佳。
吾爱菊仙醉，余生兴致暇。
观园心悦目，独对梦生华。

七绝·清明谒三苏园（新声韵）

春风伴唱进苏园，列队横幅谒圣贤。
古柏松竹长相敬，碑林翰墨尽思联。

陶维民

黑龙江省齐齐哈尔市依安县人，1956年生。曾在军队中任电影放映员，复员后从事基层文化工作。世界艺术家联合会会员。论文及文学作品多次在全国大赛中获奖，传略被收录《世界华人文学艺术界名人录》丛书第四卷。

七绝·丙申年过故人新庄（新声）

日暖风轻六月天，欲滴绿意漾山川。
村姑擎起遮阳伞，树下农夫议丰年。

五绝·鸟瞰依安（新声）

良田翻绿韵，溪水入诗流。
植物园中醉，犹如九寨沟。

五绝·丙申年师范同学聚会（新声）

憾逝离别梦，三十六载逢。
几多折柳意，尽在不言中。

七绝·春（新声）

冰雪消融二月天，柳丝渐欲绣山川。
东风惊醒休眠草，一夜新痕上路边。

七绝·野黄花（新声）

万绿丛中一点鲜，美如仙女俏临凡。
天姿渐欲迷人眼，众里寻她踏遍山。

七绝·初夏（新声）

夏始春余碧染天，花初叶嫩喜争妍。
东风拂柳千枝动，紫燕追欢径绿间。

七绝·草（新声）

野草初妆秀色添，繁生茂长密如毡。
雨涤净美犹花俏，留取清新在人间。

七绝·端午过双阳河水库（新声）

河水清清草色鲜，游人信步度岸边。
疾风吹落遮阳伞，击破湖中万里天。

陶永德

63岁，电大学历，已退休。爱好文学，当兵时在《解放军报》《前进报》等发表多篇文学作品，后持续创作，作品散见于各类报刊。现为中国诗词协会会员、中华诗词交流协会理事。

钗头凤·秋情

相思鸟，鸣秋早。燕徘湖畔衔荷草。云遮月，花偎叶。在水孤芳，意高情切。烈，烈，烈。

蓝桥岛，心灵照。艳娇犹忆诗郎貌。天高阔，人离别。沉寂悠怀，浪翻心澈。渴，渴，渴。

浪淘沙·七夕之夜

明月照星繁，银汉婵娟。鹊桥架出九重天。织女泪悲离别事，恐怕郎寒。

相见竟无言，惟有心酸。相逢容易爱尤难。劳鹊纷飞归去也，梦恋他年。

五律·丹霞浮日

大野天开晓，春生草木鲜。
丹霞浮日月，玉露化云烟。
雁写三千里，云舒九百篇。
光阴梳不尽，落梦可浑圆。

五律·剑挑冰天

关山津渡马，大雪盖归踪。
壮走三千里，雄吟九万重。
梅香留雅客，玉穗挂寒松。
剑挑冰天岸，丹心酒煮冬。

七律·咏梨花

梨花胜雪半空来，万朵红娇向野开。
梦将芳魂缠玉树，春携爱恋拜瑶台。
一枝已带离情雨，三盏曾交结义怀。
画里风光谁妙笔，丹青漫点彩霞回。

田大权

沙坪巨变

水绕山环一洞天，奇峰独秀立平川。
西观重岭多云雨，东仰青山满果园。
情语融融铭肺腑，笑容淡淡赛天仙。
山乡儿女多奇志，定叫沙坪名远传。

田发桂

原湖南省龙山县法院院长。

太平山

寺庙凌天际，梵音动九霄。
松林白雾矮，月塔紫烟高。
鳖水渔歌远，深山鸟语娇。
“太平”逢盛世，游客自逍遥。

寂静山家

空山不见人(王维)，芳草闭闲门(刘长卿)。
古木无人径(王维)，夜来风雨声(孟浩然)。

野寺

凉风起天末(杜甫)，秋水日潺 湲(王维)。
野寺来人少(刘长卿)，凝情自悄然(杜牧)。

咏竹

竹本身高节，虚心戒自骄。
风霜何所惧，俯首不弯腰。

硕果

春花初绽美，硕果老来红。
不与花争艳，怡人品味中。

咏竹

亮节高风人共尊，不妖不艳自精神。
寒来暑往仍如故，长寓刚柔在一身。

丰碑

松冈烟雨护丰碑，镇住群魔地府悲。
鳖水澄清千古恨，春风送暖彩云飞。

香皂

——咏法官

溢润芳香出世尘，除污去垢总艰辛。
洁身自好非吾愿，洗净人间不净人。

咏泉五首

(一) 贪泉

每饮贪泉总觉甜，逍遥自在乐神仙。
谁知此水多奇毒，病入膏肓保命难。

(二) 廉泉

廉泉苦涩且酸咸，去疾消炎胜药丸。
常饮方知灾患少，平时虽苦一生安。

(三) 甘泉

大山深处涌甘泉，味美清凉是蜜甜。
感谢天公精酿造，生灵长享福无边。

(四) 盐泉

遂宁路过遇盐泉，沐浴能医体外炎。
身爽神怡心亦静，浮生乐得半天闲。

(五) 温泉

桃源小歇浴温泉，洗掉脏污祛色斑。
奉劝行人休错过，一身干净自怡然。

南乡子·泛舟酉水

酉水泛轻舟，两岸青山吊脚楼。逝去陈年多少事，悠悠。百代兴衰随水流。

昔日土匪窝，百姓冤仇恨未休。今日腾飞跨大步，鸿猷。遍种梧桐引凤雏。

鹧鸪天·清溪诉

污水横流谁问津，鱼虾绝迹臭难闻。何时还我生来面？碧水潺潺四季清。

追往事，叹如今，生灵枉死冤谁申？无情最是贪婪者，不顾苍生利自身。

满庭芳·水沙坪采风

雨过风轻，密云散尽，薄雾笼罩沙坪。群芳争艳，飞蝶逐落英。遥望田平如镜，林阴下，笑语声盈。农家院，花明柳暗，几净绿窗明。

忆修河凿洞，愚公尚在，共赞功臣。看虹桥立象；蛙鼓催耕；美女梳妆秀发；将军令，豪气堪惊。留连处，疏烟淡日，迷路忘归程。

清平乐·土家摆手舞

铿锵锣鼓，老少庭前舞。摆手休闲乐万户，笑语欢歌处处。

西兰卡普衣边，青年男女相牵。舞罢田间劳作，力争产量翻番。

一剪梅·桂塘镇

路转峰回三省边，碧水潺潺，镇换新颜。山环水绕胜桃源。产业翻番，收入翻番。

人寿年丰似密甜。国泰民安，永远平安，脱贫致富颂尧天。好梦初圆，再趁机缘。

苏幕遮·燕

红荷香，消酷暑，紫燕成双。拂晓檐前语，觅食河边红湿处。水面低垂，伴与蜻蜓舞。

老巢居，寻旧主。家在南方，暂作安身旅。九月思归南海去，展翅回归，为子孙团聚。

咏荷

夏日炎炎稻禾焦，池中菡萏向阳天。
出生浑浊污泥里，一世清廉守洁操。

中华诗词月刊社来我县采风

百花苑里美人蕉，高举吟旌聚众豪。
南北东西花似锦，九州四海涌春潮。

摊破浣溪沙·里耶水灾

山洪暴发漫无涯，一片汪洋不见家。街道庭园遭水患，尽泥沙。

政府军民齐援助，英雄落水献年华。草木含悲同洒泪，绽黄花。

田际胜

赞洛塔石林

采风洛塔伴春风，恍入仙山琼阁中。
怪石嶙峋睛不转，神形各异斧神工。

摄影采风有感

老年摄影学前班，结伴观光八面山。
燕子洞中藏奥妙，自生桥下探奇观。
捞车土寨歌声脆，洛塔石林舞步艰。
万卷简文惊世界，古城酉水碧波欢。

田开安

藤缠树

生性攀爬有绝招，蔓茎缠绕欲凌霄。

若当树倒风光去，看尔何时再挺腰。

山中隐士

崇山峻岭艳山花，溪水清波映彩霞。
柳岸河边居隐士，草塘茅舍有才华。
书声朗朗淡明月，流水潺潺吻石沙。
岁月依依人易老，朝迎旭日晚红霞。

湘鄂情大桥

湘鄂横跨酉水桥，恢宏气势显娇娆。
平川两县隔河望，万户千家对岸瞧。
建设来龙同发展，放飞湘鄂领风骚。
山欢水笑游人醉，大业千秋尽舜尧。

矮寨铁索桥

高桥茶吉越山坡，天堑通途织网罗。
舞彩嫦娥舒广袖，飞虹牛女渡银河。
云霄浩气吞红日，铁索桥横过陡坡。
喜看中华兴伟业，人民乐业唱高歌。

抒情

百花齐放气新清，万物争荣动媚情。
风拂青山松吐笑，雨倾河畔柳成阴。

登月梦

嫦娥久住月宫中，玉兔娇姿竞太空。
架雾腾云途坦荡，平安着陆显峥嵘。
科高筑建通天路，妙手敲开日月宫。
伟大复兴中国梦，中华崛起气吞虹。

农村新貌

惠泽民生映彩霞，三农时雨绽新花。
菜棚栉比千畦碧，网络联通万众夸。
免税补银颂尧舜，佳肴美酒话桑麻。
桂馨荷艳甜风馥，玉树庭花笑语佳。
硬路盘旋车到家，玉楼琼树绕云霞。
围炉笑语话今昔，户户村村舜世夸。

一颗豆

饱经压榨饱经磨，自是人间豆一颗。
但若香魂能济世，粉身碎骨又如何？

田礼俭

上老年大学

若慕名利请钻别道深造
欲求延年可入此门养身

卯洞游

洞口仙风吐不休，无边光景乐悠悠。
如梭百鸟枝丛跳，戏浪群鱼水里游。
柳絮丝丝风里舞，桃花片片水中流。
虽然未见蓬莱客，胜似桃源万古秋。

田素东

男，汉族，山东滕州人，1970年生，大专文化，现就职于山东中泰集团。枣庄市诗词联赋家协会理事，滕州诗词协会会员。

五律·雪

未解家何处，人间几度飞。
生来梅有约，落后玉明辉。
比絮还输冷，催诗每入帏。
怜君高洁甚，近岁见尤稀。

七绝·寄人

露滴春宵雾似烟，徘徊花径望婵娟。
知君灯下应无寐，共话今宵已隔年。

七绝·杨花

山前水畔久彷徨，似觅残春一点香。
连日南风吹散去，此身何处是家乡。

七律·登泰山

方外雄姿三界名，英豪无数尽为倾。
秦皇汉武西来拜，海日仙人夜出明。
涧谷萦回龙跃壑，云滤汹涌浪浮鲸。
凌虚极目观天下，万里江山掌内轻。

七律·登滕文公台

登台遥望尽平畴，世子英名千载留。
十里古槐长寂寂，满城春色晚幽幽。
今人依旧怀诸善，野老犹能祭一瓯。
孟轲生涯应不悔，此曾尧舜小神州。

七律·过郑板桥故里

掷去乌纱返故园，轻舟片羽袖萧然。
一生清气钟兰竹，满腹才情愧鬼仙。
纸上苍凉横世外，诗中山水到人前。
羡他明月今犹在，曾照先生醉里眠。

七律·过滕州毛遂墓

行过官桥万树梨，坟前一吊益长思。
怀锥半世明珠隐，赴楚片言天下知。
总有英雄穷困老，常悲伯乐相来迟。
毛公今日犹多在，自荐于君君定疑。

虞美人

醒来对镜知将老，黑发看新少。韶华一去永难还，却是春花依旧笑庭前。

红衣皓齿盈盈目，踪迹今何处。人生事事俱堪休，惟有深深相思为卿留。

田文海

山西汾阳市人。中国报告文学学会会员，山西省作家协会会员，吕梁市作家协会理事。著有小说集三部、长篇小说两部。曾发表诗作七十余首。被中共汾阳市委、汾阳市人民政府授予“汾阳人民作家”称号。

七绝·汾阳古八景感怀(新韵)

卜山书院

毓秀西河尊子夏，钟灵古院敬儒家。
风华万代新歌韵，倜傥千秋锦上花。

汾水行宫

行宫浪荡隋炀帝，水起涟漪美女娇。
绮梦缠绵花酒醉，春光散尽蒋州遥。

马跑神泉

飞蹄踏地清泉冒，峪道成河万物鲜。
贺鲁巍然传万里，神头拜祭越千年。

烟笼贤阁

三贤设教开风化，六像归真启善缘。
不仕朝堂甘守道。阁楼坐赏紫云烟。

雨渍仙碑

仙碑可是天妃赠？雨渍曾经玉露香。
万物欢欣圆美梦，三秋劲舞曲铿锵。

彪岭樵歌

罗仙醉舞伐薪地，善水清风骀荡行。
市井浮华霄壤散，樵歌美韵故乡情。

文湖渔唱

文湖再唱渔家乐，美地新歌百业兴。
水润文峰通血脉，谁端砚墨庆升平。

鹤鸣古洞

枯蒿墁没长春观，鹤影依稀古洞寒。
泪眼扪心修道晚，哀鸣试问复兴年。

2016年11月4日收集

田晓峰

湖南省龙山县文联主席。

党的九旬华诞赞

推倒三山旧制改，南湖建党领风流。
九旬华诞惊回首，富裕繁荣耀九州。

田香芸

笔名月月。女，回族，甘肃省靖远县人现居于宁夏回族自治区，曾是甘肃省白银市靖煤公司职工，现已退休。爱好中国传统文化诗词、跑步、健身，师从广西师范学院刘兴超教授。

一丛花

前尘往事又萦怀，心倚旧池台。孤烟长向斜阳绕，柳浓处、谁在徘徊。只影自怜，落花无助，夜半奏琴哀。

独酌清酒泪沾腮，心语化尘埃。东风暗把年华换，一弹指、鬓发皆衰。还道那年，绿窗莺啼，人月醉书斋。

点绛唇·断桥

雪落浮桥，长亭十里梅花舞。问春何故，总在深深处？

梦向西湖，轻踏谁回顾？相思路，古来皆苦，魂断千山暮。

踏莎行

雨落伤秋，兰园日暮。长桥遗梦知何处？半掩红伞语还休，人前怎把相思诉。

此去天涯，飞花辞树。浮生谁把春来舞。离情长似水轻流，渐行渐远归无路。

卜算子

情碎落花时，风踏残红雨。飞絮濛濛落绣帘，不见潇湘女。

春恨去年同，人也无情绪。若把相思比作春，且与花独语。

田秀平

女，1968年生，河北省保定市人，从事教育工作。河北保定满城区散文学会会员，满城区诗词楹联学会会员。

七绝·雨中自嘲

长雨不歇秋渐深，阶前霜叶笑痴心。
浮名碌碌一闲客，遵信人生有本真。

七绝·秋雨夜吟

秋来露重清吟苦，夜雨潇潇思绪长。
梦里乘风独自醉，不知何处是家乡。

七绝·渤海公园抒怀

浩浩碧波生潋滟，风吹万点泛粼光。
但得秋色能邀客，梦里此乡是故乡。

七律·登陵山寄怀

极目陵山曦照中，流光树影荡心胸。
孩童有兴寻滑道，翁媪凭栏竞主峰。
浩浩苍穹晴雨霁，茫茫大野紫烟升。
漫天绿色无穷愿，闲爱孤云意自平。

五绝·晨起观雨偶书

阴雨绵绵意，池边岸柳情。
欲将归故里，郁郁未成行。

田野

网名往事如烟。

七律·齐鲁放歌六章

萦梦烟台

故园杖国二年前，潜闯关东终未还。
浪迹红尘祈后福，傲游方外续前缘。
长安魂断空寻梦，龙口情深枉泣怜。
沉醉他乡思几许，冰心一片对愁眠。

大明湖

千载荷香蕴古今，知音难觅逐光阴。
明湖枉汇相思泪，岸柳空依寂寞吟。
一夜风流书史话，半坡荒土葬焦琴。
杜梨独媚蛙停噪，聊寄无声遣帝心。

游崂山

天光水色映葱茏，海上名山第一峰。
百殿三清灵异府，九宫八观道家宗。
龙潭喷雨悬飞瀑，云洞鸣泉蔚锦松。
绚丽明霞呈壮美，逐潮万里是心胸。

天尽头

探秘寻幽天尽头，风平浪静亦温柔。
秦皇礼驾留遗迹，汉武恭歌拓域畴。
亘古飞熊成霸业，抚今壮节卫金瓯。
心潮浩瀚涌澎湃，枉信神祇作鬼猷。

游刘公岛

沧桑潮涌浪铿锵，凭吊英魂怆海疆。
权丧马关蒙耻辱，倭夷甲午恨魂殇。
缅怀玉碎百年起，瑞彩光华万古扬。
笑傲风云随变幻，精神不朽是钢梁。

趵突泉

齐门之胜在泉城，趵突清泓天下横。
数尺琼涛腾紫雾，几壶佳酿透晶莹。
吟诗酌句邀闲鹤，汲水烹茶谐籁声。
莫负御封倚梦醒，各怀情趣恋阴晴。

田野牧歌

惜秋华·秋晓漫成

念卧柔衾，伏低帷、竹影疏窗清晓。小盎露珠，盈盈菊花香袅。新声和且阶前，曲度乱乌惊林杪。晨噪。起来窥、叶飞秋黄院绕。

嘱咐莫先扫。爱天然作就，好画材诗料。投像镜、摄淑景，会然成笑。灵犀托向书中，袖手轻、半生穷闹。谁告？寄情怀、美人芳草。

风人松·过鱼山曹植墓

堞墙余照岁蹉跎，卅载且重过。翠华想象虚无念，古碑残、野草揉和。牧笛鱼山暇赋，陈痕史迹消磨。

恨知无限宓妃么，一赋只情多。薄尘哀婉成千古，呗吟传、俗事烟萝。触感谒陵西麓，怆怀 悽泪东阿。

浣溪沙·向日葵

睡起钩帘慵束妆，重重影过曲栏旁，天光云叶漫弥香。

不乱玉颜花态胜，偏盈金色露珠凉。比肩惟许向青阳。

田智向

咏腊梅

乾坤已肃清，紫气骨中行。
芽发横枝硬，花开暗馥盈。
黄金脂锦绣，清质玉英明。
霜雪封寒世，芳心为盛名？

古风·盐歌

乾坤随造化，不息流山川。
沉淀精华厚，夙沙煮海盐。
青黄玄白紫，五色火勤煎。
耕地河东种，南风雪满田。
明明冰玉洁，五味觉新鲜。
岩井莹晶透，苍生皆爱怜。
禁私管仲法，胶鬲运输官。
兴国因盐利，经营猗顿先。
陶朱难共乐，巨万十九年。
化水澄浑脚，宰揭玉露咸。
夏阳晒鹾卤，素质自天然。

谋私皆一孔，掠刮尽三千。
脂膏连骨肉，万民死盛筵。
沧桑存正道，文明古国传。
专营已废罢，流通谱新篇。
惠民有法度，美政慰先贤。

铁怡

本名杨汉军。云南省临沧市耿马县人，现从事民办中小学语文教育教学工作。临沧市作家协会会员，耿马县作家协会会员。教书之余喜欢文字创作，作品《我的名字叫农民工》曾获耿马县县庆征文小说类优秀奖。

勐坎赋

勐坎绝唱兮，黄金傣乡；
经济发展兮，风雨六十年；
社会安定兮，军民共筑章；
人民乐业兮，共享繁华夜。
彩旗飘扬兮，神韵傣乡情；
人士鼓舞兮，永旺向前进；
教育桃李兮，育人育树尚；
勐坎花木盛，木林森成片；
桉树桦树赛，黄草药物起；
橡胶寒风香，茶味飘八方；
蔗糖吐甜蜜，山茶织华章；
土司文学传承兮，一中育才为公仆；
外贸繁华兮，人才口岸聚南滇。
彩虹通信兮，南叮川山流；
小黑横过兮，文学出沃野；
枯老远去兮，怀抱三尖山；
少年遗梦兮，百年品人生；
勐坎千古赋，山魂醉今朝。

听雪

本名付筱羚。女，1965 年出生，在职医生。出版散文集《听雨看云》。

苏幕遮·秋重游儿时枫林

艳阳天、枫羽树，薰醉鹅湖，湖似琉璃府。风戏枫飞流水舞，波碎粼粼，荡漾东流去。

忆儿时、钩羡慕，伙伴欢声，尤在心中驻。年少哪知风景妩？游戏其中，缘作平常聚。

苏幕遮·雨夜思乡

雨潇潇，风翦翦，秋夜频敲，游子思乡念。窗下孤身幽抱怨，霓彩尤辉，街上行人倦。

蟀虫啾，蕉叶溅，电闪雷鸣，雨更将倾漫。梦境难成人缱绻，别绪离情，落叶千千片。

苏幕遮·人生几何

瘦光阴，宽指缝，日月飞梭，兀的忧心重。回首蓦然春去空，万木萧疏，释手何生痛。

柳旁溪，桐上凤，山水留情，云寄南柯梦。几墨素笺非放纵，吟唱笙箫，偶把金樽奉。

苏幕遮·秋月寄怀

桂花香，秋水尉，叶落梧桐，虫渐消声憩。丰获桑麻忙社戏，茉莉嫣然，院落迎宾喜。

曲歌幽，明月霁，游子归心，高铁飞机起。更有相思难了意，柳畔蒹葭，共把金樽醉。

莺啼序·高安颂

新石器时代起，著居民境此。
吴越楚、一脉相传，九江郡属秦玺。
豫章郡、淮南国地，东西汉易名更次。
建成始，称谓高安，几经磨砺。
北有双山，对侍佛地，北高南低势。
两河岸、芳草幽然，平原沃野丘美。
季如春、居民落业，自相爱，四千年至。
汨清泉，湖泊星罗，养蒹茅穗。
风云历史，起伏频多，众民心坚毅。
抗日寇、浴血奋战，视死如归，保卫家园，所向披靡。
星星之火，燎原中国，毛泽东住胡祠管，太阳升，插上自由翅。

高安奋起,新时代更腾飞,讲和谐不奢侈。
采茶曲调,俗雅同台,老幼皆欢喜,
论书法,齐放百卉。
业业兢兢,教育耕勤,才俊万计。
高安画卷,人杰灵秀,春天油菜田野乡,夏风荷,绿浪飞红醉。
大观楼锦江滔,代代兴隆,踏青云志。

(注:双山指蒙、墨二山;佛地指中央山脉落陷高安伍桥处有瑞相禅院佛教地;两河指锦江、肖干河。)

听雨轩主

无题

莫向高天纵远眸,衡阳雁去意难留。
才惊南粤风涛疾,忍见东瀛恶浪稠。
燕赵悲歌催热血,川湘苦雨荡新愁。
凭将顶上萧萧发,化作岷峨一树秋。

闲情偶寄

书斋六尺伴心凉,午睡觉来幽兴长。
浓墨砌成青玉案,闲身量出满庭芳。
醉中邀月杯犹热,雪里寻梅衣尚香。
汉骨唐风和律煮,何妨两鬓染繁霜。

题老秦/志萍“杏缘居”

环山抱水一丘廛,筑室连鳌伴昔贤。
碧玉半缸贮古韵,纤藤满架听春娟。
开轩放入千重绿,捉笔酣成八尺笺。
最爱婆娑姿影绝,浓妆四月雨烟天。

(注:贮古韵,三连仄,刻意不改。)

仝国芝

河北霸州中段人,1940年生。原东杨庄乡办公室主任,已退休。

清平乐·拉电

统筹拉电,到处人人赞。欲问电来何所见?万事从今改变。

再不点那油灯,耕浇磨碾机鸣。正是三包时刻。农人一享仙情。

秋夜渔夫(新韵)

深秋寅夜倍清凄,勉为生存渔野溪。
力尽精疲遭病虐,上呕下泻卧塘泥。
颦眉遥想六亲远,翘首长思故旧稀。
独对荒郊叹无助,分分秒秒待鸣鸡。

朱元璋

曾做牛娃又做僧,揭竿自为不平鸣。
从军鏖战驱顽虏,辟地开天建大明。
更展宏图强法制,尽除贪吏惠民生。
庆功楼上失仁义,能使儿孙坐太平?

童代福

国庆颂

共和国庆里程碑,回忆当年血泪垂。
喜看江山披锦绣,宏图大展映霞辉。

呼吁台湾当局

大陆台湾骨肉亲,同宗血脉一家人。
求荣卖国耻辱事,团结齐心铁变金。

佟云霞

鸣沙山秋色

红柳平沙漾碧流,月牙芦影立闲鸥。
怜他不做江南看,绝胜长天一色秋。

秋兴

三分秋色七分情,柳岸蝉鸣断续声。
如诉梦多人亦老,奚知水澈月方明。

枫燃休与春争宠，叶落权当帆启程。
莫怨风吹门两扇，桂香来去自由行。

采桑子·野梅

风停雪霁黄昏后，香染天涯，心系谁家？羞涩腮红映晚霞。

自知香冷难招蝶，不恋虚华，吐玉无哗，未料惊春万树花。

鹧鸪天·游西塘古镇

小瓦雕窗粉黛墙，石桥曲岸水云乡。乌蓬惊晓撩诗兴，绿柳从风入画廊。

情未尽，巷悠长。擦肩而过是丁香？万千思念萦回处，独对波光漾夕阳。

南乡子·格三吴中行

绿染小荷塘，雨湿青砖粉黛墙。棹底江南春韵起，悠扬，一曲清歌茉莉香。

谁绣好风光，吩咐夭桃燕剪忙。伞下吴音传小巷，周庄，霞影双桥入画廊。

涂运桥

笔名楚成。1972年生。九州诗词社顾问，解放军红叶诗社培训部导师，《红叶》特邀编委兼驻武汉记者站站长，全国公安诗歌诗词学会理事，将军学府诗词研究会副会长，湖北省诗词学会理事，武汉市诗词楹联学会常务理事，心潮诗社理事，湖北作协会员。公安诗词开拓者。参加公安部于2010年春在武汉东湖亚洲棋院举办的“全国公安诗词座谈会暨涂运桥诗词研讨会”。曾出席2005年度《中华诗词》杂志社举办的第三届“青春诗会”。获2010年度暨首届《诗刊》诗词奖、首届荆楚聂绀弩诗词评论奖、中国公安2014年度诗人奖、《岭南诗歌报》2015年度优秀作品评选二等奖等。著有《楚成诗词集》《映月楼集》《梨园诗话》等。有“诗警”之称。

虞美人·题八分山步云亭

悠悠潭水明如镜，古木斜阳映。远山高处总萦怀，纵使梦如花朵落空台。

天南地北经行遍，只有心难变。不如归去野庐居，好与鸟儿同看白云舒。

临江仙·“诗警印象”文化墙落成

营内诗墙营外警，江城初夏风清。归来漫步望湖亭。两三丛翠竹，四五只黄莺。

已是黄昏明月上，休论圆缺阴晴。平安但守恨何生。年年风雨里，又向虎山行。

临江仙·戍守永暑礁

永暑礁盘何处是，碧波万里魂牵。战机插上白云巅。爱他风浪涌，戍守一年年。

沧海多情留我驻，任凭明月扶肩。军徽镶嵌海疆前。西风欧雨里，不皱是心弦。

风入松·父亲节有寄

扶犁草帽水乡行，野草埂边萦。老牛犹解农家活，几分汗、几许收成。撑起全家九口，不辞播种耙耕。

任凭风雨小窗倾，稼穑总多情。清贫亦送儿书读，纵当时、屋漏声声。何日还乡探望，空阶露又虫鸣。

蝶恋花·秋水

秋水伊人凝望久，雨夜龙湾，情系云边柳。卅载归来风宛旧，是谁酿就时光酒。

一片涟漪沾玉袖，梁子湖边，且看微波皱。筑梦天宫星左右，远方原在长相守。

念奴娇·鹿鸣原野

鹿鸣原野，问谁续、千古风流佳什。大境门前，斜日里，犹记诸君雅集。电闪沽源，花开尚义，醉罢将松揖。天低云淡，望中春草成碧。

闻道朝夕之间，死生如一梦，安无消息。照水然犀，追念处、多少英雄当觅。故国堪怀，新愁待解，莫负春秋笔。江湖虽远，与民还共休戚。

金缕曲·我亦基层久

我亦基层久！廿年来、风风雨雨，尚堪回首。万户平安无遗恨，别泪最难消受。纵添了、霜丝几斗。一片初心如旭日，但牵怀，四美塘边柳。春已去，仍相守。

酒痕屡染征衫袖。倚江楼，云飘入牖，锦帘谁绣？赢得离愁成底事？多少案情犹究。警不绝、暗潮依旧。小巷长街留足迹，愿秋阳，朗照双亲寿。书至此，情难朽。

念奴娇·楚成公安诗词研讨会召开5周年纪念

行吟阁上，望湖光潋滟，远山重叠。俯仰亚洲棋院里，正是樱开时节。柳系云端，气蒸泽畔，肝胆今犹热。春花五度，随风飞吻眉睫。

回首沧海桑田，江城巷陌，长记当时月。君看万家欢乐夜，惟有警灯难灭。屈子楼前，征衣关外，一任心如铁。闲将文字，织成中国情结。

W

皖风

原名孙明礼，1972 年生，安徽省太和县人，久居新疆奎屯。中华新韵诗词爱好者。奎屯诗词学会会员。师从中华诗词学会理事、太和诗词学会会长张震先生以及广西师范大学刘兴超先生。作品散见于国内各诗词报刊。

皖风（新韵）

十年

归去来兮两手空，怯因无智远功名。
十年落魄天山下，赚取一身边塞风。

无题

舍身修炼入空门，不负当初执念深。
但作菩提花万朵，寄于世上有情人。

良方

歧途一入掉头难，只赚开心不赚钱。
昨日偶得诗半句，且留今晚治失眠。

致诚信缺失者

田地荒芜野草生，开花亦是假繁荣。
劝君莫效田中草，千百年来落骂名。

咏杜鹃花

历经春夏与秋冬，看淡东南西北风。
许是英雄血染就，年年开到满山红。

白云

我有轻盈如絮身，历经秋夏与冬春。
一朝看透人间事，傍水依山不染尘。

答友人

烦愁琐事一肩担，看惯春花秋月残。
莫道生平好忙碌，只为责任不为钱。

老宅春日

十里春风一日新，桃花满院正缤纷。
无情应是他乡客，放纵荒凉做主人。

五绝三首（新韵）

夏日

莲池入眼新，仙子浴红尘。
两岸往来者，尚无心上人。

乡思

清清颍河水，杳杳细阳城。
常在梦中看，醒来天未明。

为你

荧屏三寸宽，缘分在其间。
一任信息满，从来不忍删。

七绝五首(新韵)

缅怀孙中山先生

国计民生放眼量，不辞辛苦写华章。
功名置在浮云外，绝代英雄万代芳。

戈壁红柳

守护国门最认真，风吹日晒亦成林。
傲然挺立边关外，犹似那时革命人。

咏牵牛花

青枝碧叶上栏杆，只盼倾身明月前。
红粉喇叭三五朵，情思不与外人传。

边关题图

雪山漠海大新疆，人美物奇边境长。
身置其中仔细看，鲜花朵朵向中央。

天山颂

顶天立地大心胸，暴雨恶风不纵容。
百万长缨持在手，边关独步缚苍龙。

(注:苍龙,又称青龙,是古代汉族神话传说中的灵兽。古时以为凶神,今比喻极其凶恶的人。长缨,此处指天山松。毛泽东《清平乐·六盘山》有:今日长缨在手,何时缚住苍龙。)

万成铠

一脚踏三省

三省芳邻共一碑，龙蛇山势去还回。
雄鸡唱彻东方白，灿灿红霞染翠微。

浣溪沙·桂瑭道坑

原始森林隐道坑,参天奇木寿千龄,流泉鸟戏晚风清。

吊脚楼前馋腊肉,氧吧村里品浓情,归途树杪见疏星。

雷大沟小憩

四坝桥边村道赊，幽篁笼翠有农家。
山歌曲曲传情谊，围坐堂前笑品茶。

万国珍

曾用名万选、万国桢,笔名钟声。1932年生,男,汉族,安徽省望江县人,退休后进入老年大学学习诗词,已成为中华、江南、江西、海南、炳烛、长白山、香港、红叶、马鞍山、雪花吟、东坡赤壁等诗词学会会员,安庆市及望江县诗词学会理事。曾参加中华诗词第22届(河南南阳)和第24届(浙江乐清)研讨会,论文标题分别是《试谈诗的魅力》《浅谈诗歌与时代关系》。

西江月·随想

且把羊毫紧握,岂容浊水横流。老来一笑写春秋,闲看长堤绿柳。

莫叹人生苦短,也经世上欢愁。平凡伟大我皆讴,青史任它薄厚。

匆匆

岁月匆匆八四过，此生端的任蹉跎。
文章未有惊天地，诗赋难成费琢磨。
自去自来天上月，相亲相爱老翁婆。
世间何物最为贵，颐养天年快乐多。

望江楼

雷池故地望江楼，滚滚长江浪不休。
东望长虹如骏马，西观天柱冠神州。
南来大坝千峰立，北顾金陵万代悠。
更喜武昌湖水阔，休闲圣地泛轻舟。

(注:长虹指望东长江公路大桥。)

七绝·G20杭州峰会

（一）

马可波罗话杭州，能游中国最风流。
秋高气爽繁华景，廿国精英喜共谋。

（二）

水秀山清景色优，断桥垂柳系归舟。
淡妆浓抹谁堪比，豪杰英雄巧运筹。

有味人生

有味人生是读书，沧桑历尽又何如？
白头不道当年勇，闲看浮云任卷舒。

中国女排巴西奥运会夺冠

八千里路云和月，奥运巴西大检阅。
女排精神华夏心，归来载誉国人悦。

郎平

历尽艰辛志不磨，调兵遣将费心多。
中华大地炎黄女，高举榔头奏凯歌。

庆贺望东长江公路大桥2016年底通车

隔山容易隔江痴，突遇狂风系我思。
时过境迁春色好，一桥飞架越雪池。

文章

千古文章感叹多，人生恰似转陀螺。
周郎赤壁今何在，诸葛能谋历代歌。

读《维斯瓦河畔的问号》有感

孔孟之乡礼义帮，累遭侵略不胜防。
世间真理今何在，莫向豺狼说老庄。

人生

人生恰似一杯茶，慢品其中滋味佳。
苦辣酸甜都是梦，豪情依旧笔生花。

现景

今日农村不见牛，远观城市尽高楼。
漫言陆地动车快，人造飞船宇宙游。

旅游感赋

老来无事喜闲游，相伴贤妻四处浏。
万里长城健步上，长江三峡帝城楼。
西安历代君王地，山水桂林天下优。
只剩天涯今未去，明年可望愿能酬。

（注：帝城楼是指白帝城。）

应“中华诗人颂扬毛泽东”请柬约稿

秋收起义火燎原，照亮神州不夜天。
历尽艰辛与困苦，迎来解放谱新篇。

从厦门海边眺望金门

厦门隔海是金门，一水岂能两岸分。
古有成功统一国，何朝再现满园春。

（注：成功是指民族英雄郑成功。）

汪冬霖

男，江西九江人。中华诗词学会会员，中国楹联学会会员，烟台市诗词学会会长。全国企业文化合作组织首批专家委员，山东省企业文化学会副秘书长。

闯海人

海上渔歌夏复春，归舱不匮趁昏晨。
金钩甩落烟波笑，拽起彤彤日一轮。

端午

艾草家家粽子香，呼朋唤友共传觞。
每填新句吟齐鲁，犹记龙舟赛九江。
一缕闲愁连故地，半生足迹走他乡。
思亲屈指归程日，再敬爹爹再孝娘。

赠友人万力先生

别后重逢月色浓，今秋光景几回同？
云来纵使遮晴日，雨过依然架彩虹。
君去南山擒猛虎，我潜北海驭蛟龙。
金樽一举江河涌，万里挥戈再建功。

纪念长征胜利 80 周年

沼地泥潭恶，寒天雪岳危。
衣单风噬骨，粮匮草充饥。
漫漫三千障，遥遥十万旗。
军魂延国脉，八秩矗丰碑。

国庆抒怀

册上记新功，金秋日照红。
千枝承瑞露，万户沐祥风。
雁疾三山近，帆轻四海通。
心桥连两岸，禹域看腾龙。

四时吟(新韵)

盛翠几回初，斑斓入画图。
风摇秋叶瘦，果落夏枝枯。
点墨犹添雅，冰心自弃俗。
陶然谁会意，独立一峰孤。

题月泉吟社

浩脉涌清流，跫音壮碧秋。
文承千载业，诗遣一襟忧。
但得心如炬，何怜月似钩。
高天三尺跃，银汉泛扁舟。

望海潮·烟台山

墩台洪武，因名斯市，一山风雨巍然。屯马驻兵，防倭御寇，藤峰曾举狼烟。灯塔映高天，守红楼青舍，古树遗船。祠庙廊坪，矗碑题刻觅从前。

崖桥碧浪金湾。伴邮轮笛号，葡酒歌弦。垂柳弄春，群鸥戏水，潮头竞渡轻帆。荣辱越千年，看钟灵福地，沧海桑田。仙境来游远客，醉美不思还。

汪福汉

男，62 岁，汉族，乡村中医师。湖北省书画研究会会员，湖北楹联学会会员，黄冈市、蕲春县楹联学会会员、理事，蕲春县诗词学会、濒湖诗社会员，蕲春县老年书画研究会会员、理事，北京“夕阳红”文化发展中心会员，中国老年书画研究会会员。格律诗词、楹联、书法作品散见于全国各级报刊并获奖(一等奖、金奖)计 70 次。

七律·为林从龙老题“百年梦圆世博会”续句

万客何辞仆仆尘，百年一梦恍然真。
邀来黄浦江心月，醉作青山画里人。
胜日相逢成好友，良长结谊话知音，
他朝有幸重游乐，海角天涯赛比邻。

七绝·月明黄浦

莲开舜日光华夏，菊艳千山咏爽秋。
最爱深情东海月，好从黄浦照高楼。

汪国伦

1949 年生，川南人，大学副教授。中国诗赋学会会员。

四时漫兴

——步杜子美秋兴八首韵

(一)

瑞雪残消峰壑林，山家一夜失萧森。
须臾村树芽初露，稍顷兰溪柳覆阴。
春雨牵魂花吐蕊，蛰虫醒梦韵清心。
游途绿女嘉陵岸，哪见当年急暮砧。

(二)

朝日蒸蒸暮雨斜，众生幸遇好年华。

莺呼燕剪牛郎背，浪舞风歌织女槎。
富庶千邦亲盛世，谐和百族远悲笳。
谁言我辈春归去，正是收逢果与花。

（三）

芃生植被沐朝晖，大野葱茏享翠微。
水暖清江鸳泛泛，林穿蛱蝶韵飞飞。
炎笼四海日偏炙，人渴丝风愿与违。
笔墨饱蘸歌盛夏，恰时酷署育膏肥。

（四）

苍狗白云似弈棋，牧歌一曲尔何悲？
思维冷战添新患，大国新型异旧时。
妖雾才闻东域起，羽书又见海湾驭。
太平世界吾心愿，树静风凌有所思。

（五）

知秋红叶看南山，五谷香飘天地间。
日影机鸣村震响，晒场人语话间关。
新蔬两碟参丰庆，小酒一壶酡面颜。
种获如今机械有，效高毋用夜加班。

（六）

征鸿又见过天头，自古诗骚悲素秋。
怨妇良人思复念，烽烟燧火痛还愁。
双赢南北歌华夏，俱进东西翔鹭鸥。
万里林丛新焕彩，繁荣自是爱神州。

（七）

冰封万里岂时功，大雪飘飞北国中。
戍守少年拉足夜，边防旷野打头风。
晚来哨位沉云黑，睫去霜花晓日红。
四十余年弹指去，衰颜未料演诗翁。

（注：拉足，指20世纪60年代末，笔者所在23军部队，冬日在嫩江、松花江等地野营拉练事。）

（八）

矗奔峰走自逶迤，相抱鹿狼呈美陂，
劲健高挑悬瀑水，嫣然平静冷杉枝。
凌晨坐等兴安过，铁轿斜窥星月移。
世事沧桑人渐老，举头吟放乐惛垂。

（注：鹿狼，指大兴安岭成互包状的白鹿、苍狼二岛；凌晨句，指2008年夏，笔者偕夫人乘火车过大兴安岭事。）

汪红

女，甘肃省景泰县人。中华诗词学会会员，甘肃诗词学会会员，白银作家协会会员，白银诗词楹联协会会员。作品散见于《中华诗词》等刊物和相关媒体。曾获2014年“白银市火焰山国家矿山公园杯”有奖征文三等奖、2015年“景电杯”景泰县诗词楹联大赛一等奖、2016年“贵宾宴杯”全国有奖征诗大赛二等奖。

踏莎行·杏花

双燕来时，小桃谢后。轻红薄粉新枝就。风流占断小园春，浮香微动沾襟袖。

芳意还多，君心知否，墙头月下阿谁候。等闲风雨乱朝朝，看承人处三分瘦。

少年游

碧空如洗杳行云，支影向河津。芊芊纸鹤，幽幽思绪，滑过水波纹。

红尘劫数何须问，对错怎由人。半世繁华，一行瘦字，渐远渐无痕。

玉蝴蝶

节后恁添新病，倦行慵坐，蹙损眉山。向晚轻阴，偏又逗弄余寒。捻青丝，幽幽生碧。托玉腮，渐渐阑珊。最堪怜，梨花庭院，杨柳秋千。

无端。芸窗影下，汽鸣声里，倾泪潸然。轨道长长，奈何无处问乡关。惊时序，星霜又变。望寸屏，短信敲残。梦魂间，远村烟树，隐隐啼鹃。

西江月·自题

喜看花开阡陌,聆听日暖芸窗。不须屈指数流光。快意青春半晌。

莫管情为何物,任凭鬓点星霜。邀风咏月尽清狂。自在低吟浅唱。

卜算子·题七夕

举首望星尘,银汉佳期近。一缕幽思向远抒,乱了青丝鬓。

天外种深根,人老肠余寸。千古因缘说到今,情路何曾稳。

汪继桥

酒

生活是美酒，醇厚且香幽。
潇洒送风月，东篱把盏酬。

红荔绿波

荔树红湖畔，垂枝拂绿波。
熏风随雨至，熟果滚陂坡。

湖乡月色

柳岸轻烟笼，池塘静夜幽。
清波涵满月，碧玉水中流。

荔林湖影

湖陂荔树盈佳果，半水殷红半绿波。
一曲笙箫传岭外，白鸥盘绕踏飞歌。

中国梦(新韵)

华厦泱泱腾巨龙，改革开放乘东风。
民族怀抱中国梦，走向复兴天下公。
春风骀荡过花丛，耆老亭台笑语浓。
神圣诺言华厦梦，黎民鼓舞话兴隆。

花城追梦

花城春早尽芳菲，日丽风和笑展眉。
先行先试追梦疾，心飘一抹艳阳辉。

荔林夏夜

高树艳花香，荔枝影子长。
琴声来夜半，情侣伴池塘。

荔林湖畔即景

湖畔荔枝挂红果，俯飞白鹭舞婆娑。
幽篁吹奏箫韶乐，陶醉陂池荡绿波。

荔林放歌

荔林树下摆歌台，鹤发童颜嗓放开。
金曲飞扬天籁远，满园妃子笑红腮。

漫步荔林

满山古荔岭葱葱，鸟翼翻飞六月风。
漫步幽林回首望，殷殷妃子为谁红?

汪立兵

男,汉族,1968年出生于安徽无为,毕业于安徽机电学院(现为安徽工程大学)。自由画家,设计师,从事设计工作多年,中国楹联学会会员,中华诗词学会会员,1998年下海在安徽滁州市经商至今。

鹧鸪天·嫦娥泪

夜半烟岚倩影娑,残杯苦酒释心魔。周年七夕柔情梦,织女牛郎喜乐歌。

痴信慕,忘仁和。彻宵歉惜泪嫦娥。寒姿月上真情露,孤寂魂牵玉兔歌。

五律·忘年

峰颠丢鹤杖，挥手探灵空。
凤竹山间碧，松墙晚景红。
面山题大字，雾石摆金盅。
独白青云意，孤芳笑世风。

七律·桃花宴

桃花雨润溢芳香，信步寻春韵味长。
痴人幻梦捎美景，闲情逸致醉琼浆。
红裙弄影风如酒，粉黛凝眸画入章。
胜境尤添娇杏眼，丰姿素雅沁心房。

七绝·落叶心声

（一）

斜阳暮色入秋池，落叶金溪逐浪痴。
已逝芳颜无倦意，闲情邀月共心怡。

（二）

秋风横扫叶凋零，载露金黄落满庭。
衰草欣然添五色，寒姿入画另开屏。

长律·感悟沧桑

浮沉俗世几层妆，秉性闲良感悟伤。
冷夜空窗幽梦远，残灯暗影独心惶。
柔怀费解悲愁事，烈酒难清愤恨肠。
逆水行舟途坎坷，虚荣显贵理遭殃。
天涯浪迹诚心守，海角漂泊本色航。
惆怅迟疑随懦弱，无缘有幸识沧桑。

七律·寻景

雨点轻敲绿缛台，天门仙境古人开。
有心缱绻同谁醉，无意沧桑对影陪。
松竹风吹摇入道，峰峦自乐喝交杯。
兹游久念萦怀梦，邂逅尘缘独忘回。

七律·孤傲

紫藤缠日树阴凉，半卷诗书一杆枪。
百句文酸无意境，千言词丽怎芬芳。
清波竹影池鱼叹，翠苑花林柳絮狂。
许我青山怀素月，孤云夜半独铿锵。

汪全栋

男，69岁，湖南省华容县人，现居上海。中医执业医师，师承上海中医院，执业47载。

丙申年八月十六午夜至十八海宁观潮感赋

一线潮

大潮初起溯江上，潮汐涌经鱼鳞塘。
月中齐鸣半夜潮，盐官观潮人逾万。

一线潮再赞

未见潮水先闻声，潮汐汹涌往前奔。
途径盐官交叉潮，老盐仓汇一线成。

回头潮

潮起潮落老盐仓，十八大潮好壮观。
怒潮至此惊回首，八月潮声吼地响。

冲天潮

十五六米冲天潮，欲与天公试比高。
潮头汹涌雪山倾，惊涛拍岸浪花抛。

归潮

钱塘新城归潮环，归潮造就美家园。
弄潮儿郎赶潮头，迈向世界峰会　。

四十年后重游西湖

别有天地话苏杭，中外游人共寻芳。
两朝古都添异彩，一寺长钟警苍桑。
汴州歌舞绝无影，改革弄潮谱新章。
复兴梦圆赛尧天，胜利旋律震宇寰。

赞西湖喷泉重塑

西湖十景添娇娃，能歌善舞万人夸，
天涯浪子觅芳草，引来仙女散琼花。

赵州桥揽胜

力学原理设计精，空撞券桥结构新。

抗洪防震坚无摧，积崖垒石固若金。
神工断水人畜过，横空拱月车马奔。
千秋洗礼永不朽！万载讴歌颂李春。

赞上海中医院60周年庆典

院立零陵几度秋，杏林华宇展风流。
导师同辟橘泉井，学子精研医科谋。
桃李英姿逢盛世，园丁心血变蜡烛。
春晖谱照鹏程远，英才辈出竞鸿猷。

赞拳友绿地广场聚会

黄梅季节雨霏霏，有朋千里来聚会。
明师传授技艺诀，学生恭听太极规。
今朝他乡遇故知，来年寒舍邀客醉。
强健体质传友谊，弘扬武德增国辉。

清明祭祖有感

（一）

肃穆陵墓奠祖宗，虔诚敬仰三鞠躬。
烈士亭傍凝浩气，五里牌边挂长虹。
功昭日月映春晖，德泽子孙傲苍穹。
老天亦受英灵感，雨露常滋百花红。

（二）

逐冢登临仰节操，碑林耸立领风骚。
诗情飘逸排云鹤，妙笔生花得雨蛟。
击水三千抒壮志，颂歌一曲落狂飚。
礼炮齐鸣光家史，化作惊雷醒后曹。

赞丝绸之路

千秋奇丝出苏杭，百代盛誉伴帝王。
隋朝首创贩丝路，郑和几度下西洋。
海桥互通天堑途，高铁满载全球商。
一带一路强军略，国强民富奔小康。

赞郭亮村绝壁长廊二首

（一）

世间皆知蜀道难，缘未涉足登太行。
六个世纪攀天梯，五载战绩显辉煌。
十三英雄劈山洞，万千血汗洒泪干。
凿山开路愚公志，绝壁天堑阳光灿。

（二）

与世隔绝郭亮村，璀璨明珠举世惊。
伟大愚公立壮志，铁锒钢钎显奇勋。
双手老茧磨千层，遍体汗水洒万盆。
一劳永逸谋福祉，开通绝壁铺彩锦。

拜师访友感赋

诗词学海路漫漫，欲觅知音诚可望。
渴望贤哲多推荐，奔七睡狮沐春光。

忆红旗渠影片后感赋三首

（一）

漳县缺水贵如金，一井百户供两村。
水用数遍洗多样，几体几何泡全身?
谈婚论嫁若少水，抬轿进门即反婚。
祖辈世代皆如此，乡村干群伤透心。

（二）

引林入漳路茫茫，崇山峻岭险万难。
十载苦战凿石河，百余英豪上战场。
钢锒铁钎炸药备，男女老少凿山忙。
老茧千层出奇迹。汗水万顷洒岩上。

（三）

皇天不负苦心汉，林县清泉引入漳。
劈岩炸洞危石滚，移山倒海巨浪翻。
设计高工憾殉职，乡村干群哭英亡!
太行英雄创伟业，惊天银河世无双。

汪懋勋

笔名一江，自号聋翁。男，1923年生于四川省简阳市，中共党员，先后在四川仁寿板燕中学、仁寿南塘补习学校成都教育学院工作，历任中学教导主任、工会主席等。主编《仁寿县文宫中学校志》。现任仁寿诗词学会副主编、东坡诗社仁寿分社副会长、四川嫘祖文化促进会顾问。已出版《迎奥山花》《蒿之粹》等诗词和故文集。《五味人生》《聋翁诗话》等待版。

七律·上海游铭韵

国际大都上海滩，长江锁口胜雄关。
十里洋场招外客，五洲友好觐娇颜。
城隍庙域欣神韵，黄浦江边赏浩然。
物阜民康环宇赞，繁荣盛达日中天。

七律·上海世博会礼赞(四首)

(一)

神州沪域出奇观，玉宇琼楼靓外滩。
御苑皇宫嗟逊色，天堂宝殿叹羞颜。
中华巧匠彰才智，世界高朋赞雅玄。
崛起之邦扬海宝，人文世博富斑谰。

(二)

戊子北京飞紫霞，寅年上海绽繁花。
神州南北竞风彩，赤县东西彰物华。
国际大都添锦绣，全球博馆放奇葩。
龙人畅吐扬眉气，坑立东方享誉佳。

(三)

中华历史五千年，斗转星移换靓颜。
世博园区彰绚丽，浦江岸域闪光环。
盛世人生添价值，昌隆国度体尊严。
全球友好趋灵地，四海嘉宾结谊缘。

(四)

科技繁花绽浦东，群仙赴海显神通。
热情东道吐豪气，友善佳宾舒笑容。
世博园区彰魅力，全球幻景映长空。
惠风和畅促丰果，十里洋场瑞祉浓。

（注：海宝：意为在上海世博会上展示的科技成果。戊子句：指2008年北京奥运盛会。寅句：指2010年上海世博会。龙人：龙的传人的简称，即炎黄民族。群仙赴海：指全球众多友邦政要、嘉宾来到上海。）

七律·党龄九五颂摇篮(二首)

(一)

上海滩头龙虎潜，惊天义举激波澜。
马恩旗帜揭竿举，共党宣言旷世颁。
廿八春秋摧旧制，耄龄岁月换新天。
自强不息雪奇耻，屹立东方傲宇环。

(二)

党诞耄龄宏福彰，神州万里著浓装。
昌隆社会泛灵气，锦锈河山竞艳阳。
捷报频频传喜讯，凯歌阵阵颂辉煌。
豪抒我党摇篮韵，黄浦诗潮万世芳。

汪维仁

1944年生，原籍江西武宁县船滩镇。1971年分配到修水县四都镇中学任教。退休后开始研习格律诗词，有作品发表于《中华诗词》《诗词月刊》等多种报刊。现为中华诗词学会会员。

五绝·咏梅

铁骨傲寒冬，笑迎凛冽风。
枝头香淡雅，溪上影玲珑。

七绝·秦淮河

舞榭歌台艳曲飘，佳人才子竞妖娆。
灯红酒绿云烟杳，一水风流淹六朝。

七律·诗发《中华诗词》有感

古稀有幸结诗缘，珍爱晚晴耕砚田。

伏案挑灯寻锦句，拾珠采玉入弘篇。
扬帆韵海樯虽老，趋步青云志更坚。
天道酬勤铭祖训，蟾宫赏桂梦终圆。

七律·加入中华诗词学会感赋

花甲习诗莫笑痴，崦嵫搦管意神驰。
寻珠翰苑谋音律，攻玉蓝田拜友师。
耕海弄潮求蚌贝，锄山刈草觅灵芝。
跻身学会今圆梦，附骥衰翁跨陛墀。

七律·滕王阁

画栋崔嵬枕大江，星移斗转几沧桑。
窗含吴楚春秋月，帘卷赣鄱冬夏妆。
帝子豪奢留轶事，王郎倜傥咏华章。
西山南浦皆新景，惟有涛声似李唐。

七律·夜宿山村

风清月朗岭苍茫，夜宿农家兴味长。
造访新楼观巨变，邀迎老丈话沧桑。
飞觞痛饮樵夫乐，步韵联吟骚客狂。
灯火阑珊人醉后，酣酣一觉梦仙乡。

七律·忆修建红旗水库

当代愚公壮举多，兴修水利治山河。
晨霜冷月奔工地，夜雪寒风宿草窝。
担土挑沙肩压肿，拉车推碾背弯驼。
全民苦干抒豪气，高峡平湖奏凯歌。

行香子·山谷故里行吟

春进厅轩，车到房前。喜三农，税免田园。牛哞绿野，鸭戏清川。看锦鳞跃，杭猪壮，菜花妍。

新楼栋栋，超市间间。众村姑，衣着光鲜。娃添电脑，叟返童颜。谱和谐曲，丰收调，小康篇。

汪文星

1971年生，高中语文老师，本科学历，爱好广泛，有不少诗文作品见于报端。

七律·中秋月夜

寰瀛如洗云衢寂，银阙嫦娥饰淡妆。
香桂轩边摇碧影，牵牛篱畔断秋光。
寒蝉惊梦飞萤闪，征雁留声玉枕凉。
沾露凭栏空伫立，愁心一夜到潇湘。

七律·教师赞

缁帷讲学世推崇，千载神州教化中。
蜡炬泪干身作碧，柞蚕丝尽壳为蓬。
向阳新竹无穷绿，带露轻荷分外红。
最爱黄鸡临晓唱，一园桃李沐春风。

五律·孔圣(新韵)

陬邑杏坛开，青衿四面来。
修经凝圣道，雕宰烙师怀。
谦卦高山仰，儒学雅韵裁。
物华盈绿野，无冕驻麟台!

七绝·贺中国女排里约奥运夺魁

玫瑰朵朵灿如霞，香汗淋淋透战纱。
血路杀开终折桂，国歌一曲壮中华。

七律·七夕

新钩窈窕玉阶凉，递恨飞星此夕忙。
虹起天津观细浪，风传琼语诉衷肠。
云屏未卷仙鸡唤，鹊路当归碧影惶。
泪请郎君红豆洒，人间不教有情殇!

踏莎行·雨荷护花

碧叶清池，幽香晨露，凭窗却少留连处。浓阴深院悄无人，亭亭菡萏波头驻。

电闪云趋，风狂雨注，罗衣作伞柔花护。方知草木有真情，不宁心绪终消去。

五排·西河春行

款款西河水，悠悠滤玉醅。
渔夫摇短棹，浣女捣轻槌。
薄雾轻风散，慵禽坠露飞。
锦鳞翻野藻，紫燕舞朝晖。
花艳蜂蝶闹，洲青犬荦追。
双虹通两岸，谢镇尽芳菲。

临江仙·西河初夏

雨霁天清莺燕舞，波平凫鸟情浓。草深蛙鼓绕苍穹。密枝着嫩果，禾浪曳风中。

浣女捣槌河岸上，飞珠妍语玲珑。龙吟晓发漾舟篷。双桥车络绎，集市卖声隆！

七绝·观《流水落红图》有感

曾诺东风绽艳华，今随流水赴天涯。
清芬一路黄莺啭，碎骨残身耀晚霞。

王凯

男，汉族，山东滕州人，1980年生。现为山东美协会员、山东书画学会会员、滕州市诗词学会会员。师承张立辰、王熹、朱灏然、蔡可刚等，精于“梅，兰，竹，菊”四君子及“鸡、鱼”等，作品深受国内书画同仁喜爱。

七绝·题雪梅图

岭上梅花写不真，花开朵朵墨痕新。
凌寒只愿雪相伴，万里江天谁主春。

七绝·题兰竹图

空谷幽香绮石旁，欣欣不采自成芳。
修筠翠色夸高节，众草却无王者香。

七绝·咏梅

铁干虬枝墨色新，冲寒斗雪愈精神。
东风信使传消息，催放人间第一春。

七绝·登长城

不到长城非好汉，魂牵梦绕愿今偿。
长城内外风光好，遥想当年秦始皇。

七绝·峭壁红梅画幅

悬崖千仞数枝红，历尽风霜不改容。
一纸写来犹未尽，清香更向九霄冲。

七绝·咏苍松

峭壁生来不等闲，苍苔为甲倚寒泉。
铁骨虬枝千百岁，绝尘离世伴霞烟。

王斌

男，汉族，1948年生，山东滕州市人，中共党员。现为中国通俗文艺研究会会员、中国作家研究会会员、中国乡土文学作家、华东乡土文学作家协会主席、《乡土文学作家文丛》主编。曾主编《杏花村》《杏花文苑》文学期刊，编著《杏花春雨》《香甜的春风》《书香》等。

七绝·咏红荷二首

（一）

淡抹浓妆何所求？画船载酒乐悠悠。
天光云影樽中趣，醉眼烟波画里游。

（二）

湖光辉映夕阳悬，荡漾清波霞满天。
十里荷香风不断，渔舟唱晚韵悠然。

七绝·杏花寄语二首

（一）

又是盎然春意浓，杏花村里杏花红。
占春花影色深浅，早入骚人诗句中。

（二）

新枝老干影横斜，独有风情漫自夸。

莫待春风吹作雪，空教蜂蝶恋飞花。

七绝·清明

春风桃李涌花潮，景色妖妍莺啭娇。
郊外踏青诗有兴，十分春意似闻韶。

七律·登莲青山

重阳气爽晚秋天，吟友相邀情趣牵。
奇石峥嵘疑兽斗，小溪倾泻拨琴弦。
动人凄婉桃花谷，弄韵缠绵月老泉。
远眺群峰红欲染，霜枫岚影胜春妍。

浣溪沙·作客湖里人家

浩淼烟波湖水平，渔帆点点画中行。不时传出野凫鸣。

好客渔家烹美味，满壶清酒话乡情。夕阳西下染霞明。

浣溪沙·泛舟微湖

十里荷香十里花，水云深处近渔家，泛舟湖上赏烟霞。

翠盖田田流韵美，轻风袅袅弄姿嘉。棹歌一曲浣溪沙。

王斌

男，中国平煤神马集团职工。中国诗词学会会员，中国煤矿作家协会会员，中国音乐著作权学会会员，平顶山市三苏诗社副社长。

七绝·近秋

桂子远香任剪裁，人间方觉霁荷瑰。
举头欣见丹皴蕊，枝下叶前韵独徊。

七绝·春雪有感

谁家巧手细精裁，玉屑纷扬真色开。
蹒步尚知坠影晚，青枝润罢恰襟来。

（注：整整一个冬天，仅有两次降雪，且都是极小没停稳，那雪便消融得无影无踪了。进入了春季的三月三日，来了场纷纷扬扬的小雪，给刚过去的那个干冷的冬季弥补了些许润润的湿意，也生发出些许感怀。）

七律·春景暮写

晚照斜映柳烟生，摇霞曳影且从容。
缀玉镶红春深处，明黄淡紫暮色浓。
泼墨案头丹青意，水碧齐湖记芳蓬。
浮光看破玲珑彩，只取微香附熏笼。

七律·丙戌夏鹳河漂流及游五道幢有感

才经戏浪水上飞，又现绝崖迎面存。
随波惬意学鱼跃，跃涧惊奇似鹰鲲。
古楝婷婷舒玉臂，茱萸蓊蓊展秀尊。
飞瀑如怒犹在耳，叠锦堆云入诗魂。

七律·赴湘感怀

曲指揖别卅七载，身还未至情已投。
湖汉扁舟相动问，白鹭挟翠舞田畴。
晨纱巧设如梦令，月下寻踪古道幽。
秋风续送湘俚语，再植新景入新酬。

七律·清风歌

忽觉拂徐轻曳曳，才堪柔柳袖舒舒。
棕榈葵叶相摩抚，湘竹丽姝撩袂裾。
几许馨香隔岸送，千波绿皱吻游鱼。
爱怜薄雾倾斜去，欣有陋词长短梳。

七律·夜宿南阳大龙村

凭窗翠海醉心志，放目黛峦恨无词。
槐拥涧壑幽兰现，草边石上雉影痴。
枕泉送听跳珠曲，梦雨频添濑玉诗。
闹市城中长居久，难得雅兴寄情思。

七律·感秋

渐起风声摇倩影，伊人秋水映飞鹭。
落黄洒洒铺金路，菽稻莹莹载玉船。
荻絮漫如千里雪，露浓菊笑九重天。
喜得秋风除烦溽，收取果蔬待永年。

王杰

字少卿。男,汉族,1939年生,滕州级索人。中专文化,曾任小学教师。中华诗词学会会员,枣庄市诗词学会会员。

七绝·菊月寻荷

濛濛细雨柳含烟，漫倚雕栏问钓船。
仙子今朝何处去？广寒宫里会婵娟。

七绝·湿地赏荷

灼灼琼葩傲红芳，芙蕖六月满湖香。
青山绿水钟灵秀，江北观荷第一乡。

七绝·迎春花

腊月迎春蕾绽黄，守真抱璞寄南窗。
斗室休嫌天地小，人间特要报春光。

七绝·闲居

世事炎凉生百态，闲居难得故人来。
避嫌门上可罗雀，十日柴扉九不开。

赏荷

六月微湖荡碧波，岚光掩映独山阿。
风蝉鸣柳唱新韵，白鹭追帆听棹歌。
浴露白莲羞粉黛，含烟翠盖挹姮娥。
圣贤故里风光好，相较苏杭胜几何。

教师节寄怀

节届教师倍感恩，常怀当日立程门。
春风化雨红心草，艳李秾桃丽景痕。
红烛光华明广宇，英才神采耀昆仑。
尊师奉上黄花酿，祝颂康强民族魂。

游园寄情

歇马亭东生态园，丹霞沐露百花鲜。
怡情书画清心阁，漫倚雕栏赏碧莲。
蒲柳临风招远客，竹林置酒待高贤。
结茅构架菩提下，不作僧伽不羡仙。

看京剧名家孟广禄扮演包拯后随笔

报国为官作栋梁，南衙明镜照公堂。
律张头断萧山令，铡落魂飞驸马郎。
地府细巡冤鬼案，淮阳遍放救生粮。
惟希万代名臣在，世泰民安国永昌。

王井珍

小重山·晚秋

窗外寒风午夜鸣、萧萧惊醉梦,起身行。凭栏借月怅幽庭,芳草却,败叶碎红零。

百病为功名。荣枯曾几度,想人生。是将负累弃身轻。知千载、后悟笑空名。

卜算子·重阳

秋色扑帘帏,飘飒斑斑叶。翻捡流光也泛黄、鬓上添新雪。

最怕见茱萸,阑倚冰如铁。未肯登高身已寒,吟伴西风咽。

赤枣子·夏日薄暮

惊晚日,立霞天，蝉鸣如瀑翠浮烟。
我放韵心云逐去，好将碧落作诗笺。

王琛

笔名尘香。女。北京人民广播电台网络视频节目《北京印象》撰稿人,中国楹联学会会员,中华诗词学会会员,北京民间艺术家协会会员,北京市西城区作家协会理事,中国首都公益慈善联合会特约记者。

浪淘沙·汉印

万里伴飞鸿，函谷谁封？千斤一诺重如

铜。紫陌芳泥兴汉世，烽火迎风。

回望旧时雄，夜色朦胧。青云朗月挂苍穹。独倚阑干怀远事，隆古成梦。

菩萨蛮·重阳

孤鸥追雁红尘路，干藤缠树斜阳暮。叶落菊花残，西风秋水寒。

闲愁挥不去，拟把相思赋。重九踏青坡，空山和郢歌。

采桑子·初冬情思

萧萧落木残红褪，风透松寮。风透松寮，疏影尘香怜太宵。

痴心一片难成画，闲弄琼箫。闲弄琼箫，且上兰舟拜谢桥。

满江红

楚雨难眠，中秋夜、乘风淹袭。为哪般、敲冰戛玉，悲伤如泣。月老无绳栓结发，嫦娥怎奈传消息。本该是、纵酒放歌时，空寥寂。

千帆过，身还客。三生愿，心穿棘。石上胭脂染，年年萧瑟。屋内烛奴潸泪重，笔尖墨妙飞书急。雁又稀、锦字折双鸾，凭谁觅。

七绝·四时杂兴

春

纤云弄巧唤春晖，桃李成林点翠苔。
燕语莺啼蜂自舞，雨疏风软向谁来？

夏

菡萏迎风圆叶鲜，蜻蜓点水碧波旋。
浅荫梦去留孤影，月下持琴上小船。

秋

树乱枝斜黄叶落。露华霜重晓寒轻。
西风何事皴悲画？孤雁寒塘对影鸣。

冬

枯藤有意枝才重，冷月无心雾却浓。
舞榭歌台空念远，淡铅浓墨画寒松。

王春香

笔名悦田。女，1965 年生，蒙古族，内蒙古通辽市科左中旗保康镇人。内蒙古诗词学会会员，通辽诗词学会会员，达尔罕诗词学会理事。2010 年学习创作古体诗词，作品散见于国内各级报刊及网络微刊。

七绝·立冬

菊抱枝头月朵黄，卿怜碎叶我怜香。
西风冷落诗心热，做客陶家品酒芳。

七绝·雪日约饮

窗透云纱玉女裁，清新曼妙不疑猜。
案前备下诗和酒，静待高朋踏雪来。

七律·咏筷子(新韵)

美味佳肴攫取忙，他人赖尔口中香。
酸咸苦辣天天蘸，肉菜粥羹顿顿尝。
联袂桌前齐奏凯，同心宴上共挟祥。
汉朝四百鸿基定，借箸筹谋是子房。

鹧鸪天·七夕

一曲相思透九霄，两心同梦泪轻抛。人间乞巧梭停织，银汉传奇鹊筑桥。

情脉脉，路迢迢，一年一会泪滔滔。千秋爱恋知多少？旧忆新思尽夜聊。

临江仙·羊之韵

短角轻摇芳草动，祥云笼罩晴川。蹄声四起牧歌旋。落珠游碧海，滚雪钓青山。

跪乳教人尊孝悌，真心慈待亲缘。峭山水岸踏悠闲。落霞追鹊梦，归牧荡炊烟。

王春艳

笔名披林撷秀，字语境，号清妍居士。1970年生，原籍辽宁省昌图县，现居铁岭市。大专学历，酷爱诗词。铁岭市作家协会会员，铁岭市诗词学会副秘书长，铁岭市银州区历史学会文学部部长，辽宁省诗词学会理事，中华诗词学会会员，《银州文学》编辑。作品散见于《光明日报》《吉林日报》《辽沈晚报》《四平日报》《中华诗词》《中华辞赋》《长白山诗词》《中华诗词库》等多家报纸杂志并获多种奖项。

咏母亲

一任清襟鹤梦长，梳风沐雨记沧桑。
持家时忍数行泪，教子何堪两鬓霜。
仁尽心间无畏苦，囊倾邻里尚余香。
青松不老春常在，代代同辉福满堂。

咏吉林雾凇

天开图画现奇观，如幻还真云水间。
轻似寒烟浮大野，绵犹泽雨罩长川。
晨来树艳花堆雪，午近风翻梦入帘。
谁借晴光摇万象？混同江上问飞鸾。
（注：清代松花江又称混同江。）

读刘郎老师指画有寄

刘郎奋指画屏开，泼得边郊百色来。
草浅时闻蛙和鼓，林嘉有赖燕双裁。
众峰顶上流云翠，对岸亭中倦客回。
淋到枝间更深处，一巢风雨两无猜。

示儿

——丙申仲秋探望工作中的爱子

感慨鲲鹏羽渐丰，杏林展梦势如虹。
自堪十倍清休誉，不枉多年苦读风。
纵使无疆传大爱，好教有色兑初衷。
持怀何鉴仁心远，着手成春上首功。
（注：清休：指纯洁美善；上首功：谓崇尚的功绩。）

纪念孙中山先生诞辰150周年感赋

力斩三江鼎沸波，生涯漫漫未蹉跎。
心牵家国梦常驻，气壮山河情更多。
有志春秋同汉旅，无边风雨共烟蓑。
谁光华夏复兴路，帝象丰功永世歌。

王翠英

笔名兰心呓语，网名冰清玉洁、超然物外等。女，1962年生于河南省舞阳县，现居新疆昌吉。家庭主妇，高中文化。自幼酷爱古诗词，2012年末开始习作。部分作品见于各级诗刊及网络平台。

临江仙慢·梅

望万里空阔，雪琼玉树，寒掠梅花。见疏影，参差绽放枝丫。胭霞，正黄蕊点，清香溢，笑卧横斜。看飞蝶、恰锦罗舒展，倾尽芳华。

咨嗟，凌风傲骨，隅角空谷为家。喜情怀幽蕴，正气驱邪。无瑕，引儒家赞，英雄慕，阆苑奇葩。真君子、纵靓妆寥落，名满天涯。

绮罗香·起舞弄清影

瘦柳蛮腰，银奁粉面，幕后疏帘幽静。皓齿明眸，珠饰锦罗相映。灯闪烁、簌簌轻纱，急锵起、舞揉清影。敛琴音、飞燕娇嗔，倦身懒理染微病。

曾经歌榭月伴，几度风华暗转，惯教妆靓。绰绰轻翩，含笑一枝红杏。憔悴样、柔弱风姿，悔暮年，醉杯霜镜。怨儿许、花瘗香尘，痛心叹薄幸。

临江仙慢·约

绰影远天际，倚江寂寂，飞绪悠悠。暮风冷，流波镜月空钩。汀洲，正飞雀闹，栖鸦乱，晚泊渔舟。霓灯下、似杏妆桃靥，颔首羞眸。

娇柔，虹桥赴约，羁绊何奈新愁。怕真心难挽，别样春秋。休休，且凝深径，观林苑，纵赏嬉鸥。芳心敛、待相如幽约，低问缘由。

临江仙慢

朔气罩庭院，竹声簌簌，风笛潇潇。漫空舞、随风玉蝶轻摇。飘飘，正窗影曳，杯斟酒、短烛愁浇。微醒处，把苦心禁固，闲事休招。

良宵，痴心枉费，多少恩爱空抛。恨残颜霜鬓，韵减华消。萧条，怕魂相系，晨昏念，恁是无聊。愔愔处，惜镜奁妆瘦，思绪遥遥！

卜算子慢·惜缘

离朋月半，流水八千，孑雁夜深难寐。倦影依栏，软软酒熏身醉。雨崔嵬，恁惹愁无慰。思旖旎，幽人恍惚，屏前昔景重启。

雅韵清音里，正妙句新翻，赋辞酬对。墨溢馨香，倚案指柔娇魅。惜情长，堪忍闲言累。恨有识，尘缘忒短，硬秋心揉碎。

卜算子慢·抒怀

平冈绿蔓，横黛翠蜿，煦日暖风空廓。叠嶂嶙峋，暮影恰传归鹤。锁眉头，暗自囚魂魄。任孱僽，闲庭肆意，思来旧事难却。

塞雁情萧索，纵皓月姣姣，宿愁溟漠。望断关山，却恨水迢地邈。寄幽怀，唯把鸿书托。对冷月，凝珠踽踽，更秋心难著。

王大增

男，1945年生，江苏省泗洪县人。中共党员，中学高级教师，宿迁市劳动模范，泗洪县教育局成教办主任退休。

七律·爱我中华

浦江一柱靓千秋，天下奇观放眼收。
云影须臾宁似动，禅心昼夜沸若幽。
月光咫尺分英美，日照渺茫任去留。
玉兔嫦娥思故里，深更半夜九州游。

鹧鸪天·夜上游

高架动车喷彩虹，拱桥点亮浦西东。条条街道条条旺，道道弄堂道道通。

寒暑里，累骚翁，书厢雅韵梦朦胧。侈求上帝施恩惠，胜景长留诗意中。

五律·游上海吴淞炮台湾湿地森林公园

自此长江去，从今沧海来。
船行风浪涌，水荡栈桥裁。
鸟唱江边树，鱼翔湿地柴。
昔轰鞑虏舰，今记炮台牌。

王道祥

曾参军，后转业，从事新闻宣传工作，现为小学教师及镇小学副校长兼幼儿园园长。安徽省诗词学会会员，安徽省太白楼诗词学会会员，全椒诗联学会会员。作品散见于《中华诗词》等多家诗词报刊，并多次在全国诗词大赛中获奖。

游皇甫山将军岭

苍茫林海碧连天，冠列华东富氧鲜。
险径危峰云雾绕，虬松翠柏蔓藤牵。
千岩竞叠繁花放，万壑争流众鸟喧。
昔日将军留史迹，今朝满目展新篇。

游西涧湖怀韦应物

万壑溪流西涧湖，滁州城外嵌明珠。
烟波浩渺人摇棹，峻岭逶迤墨画图。
岸柳黄鹂鸣夕照，沙滩白鹭觅短蒲。
当年刺史怜幽草，困厄抒怀借鸟呼。

吴敬梓故居

松竹参天水一湾，朱门庭院阁巍然。
山房石径经骚诵，碧水回廊琴笛旋。
家世兴衰才气毓，浮沉人海外史编。
机锋所向鞭时弊，千古儒林泪带酸。

神山寺怀古

云峰雾寺接苍茫，万绿山中梵刹藏。
宝殿磬钟声荡谷，禅台香烛火明堂。
柴王石井人怀古，刺史诗篇卷溢芳。
庙会成为椒盛典，四方游客醉斜阳。

秋登清流关怀古

清流亘古矗雄关，突兀峰巅气浩然。
隘口　岩林莽莽，残碑辙印草妍妍。
两朝烽火鏖兵处，千载干戈化野烟。
社稷沧桑凝血迹，染红枫叶满秋山。

访醉翁亭

山行古道访欧踪，穿绿扶筇峻岭中。
叠嶂横云浮翠色，飞泉奔壑带清风。
朱檐画栋亭播远，雅韵鸿篇史誉隆。
滁水淮峰萦正气，文章太守世人崇。

登会峰阁揽胜

杰阁凌空势向天，万峰奔涌起云烟。
青藤古木连幽壑，石径小溪接峻巅。
纵目亭城鳞次厦，放歌滁水锦绣川。
登临此日东风荡，满眼春光景物妍。

王德海

山东陵县人，1952 年生。上海海运(集团)公司退休职工，高级政工师。上海诗词学会会员，华兴诗社会员。

七绝·浪花

洁白如银似雪花，激情澎湃响天涯。
飞腾四射波澜涌，质朴无华映彩霞。

七绝·冰窗花

昨夜寒风鸣笛箫，今晨窗绣百花娇，
晶莹剔透珠帘幕，形态千姿似玉雕。

五律·端午怀海峡

端午吟骚体，神州艾叶香。
佳时思故友，日月望家乡。
世上桑田陌，人间情谊长。
炎黄华夏梦，统一屹东方。

七律·望海楼

邀朋唤友泰州游，古郡南隅百尺楼。
追景凭栏收万里，环城绕郭看帆舟。
海天旭日重霄接，历代名贤四壁留。
其势可和黄鹤比，江淮傲视载清秋。

望海潮·象山东门岛

依山临港，三吴重镇，中流浪起东门。营垒卫城，重光铁塔，"二难"百载推尊。史册已留痕。海天一神岛，烽火沉湮。热血将军，暗随流水卫渔村。

透迤山势青珉。望沙滩一线，西揽乾坤。蓝水碧空，鸥飞玉涌，宛如夜色冰轮。潮水浪花喷。帆船飞虹绕，吟赏鲸吞。海岸游人如织，天际笑声频。

（注：1915 年建灯塔的任筱和、任筱孚二先生，建塔时"难乎其难"又称"二难先生"；元朝守边将军王刚甫，岛上有"将军庙"。）

踏莎行·海藻

羞比蚝香，堪同浪昊，吾曹大海祥摛草。鲸咆龙卷骤天穹，闲庭信步随风笑。

远有遐思，近无烦恼，湛蓝修复兴凫藻。紫坛飘渺绕汤肴，绿波荡漾朝阳皎。

唐多令·咏浦东外滩

公主踏波澜，繁星万万千。渡口边，记得当年。

屋宇寒窗栖几代？屏风立，挂三毡。寻迹忆东滩，孤帆系缆端。

待归来，广厦奇观。步弱凌云行上下，灯火里，荡游船。

（注：公主即浦江游览船。步弱凌云原句为：凌波步弱。）

沁园春·千岛湖

千岛风光、四水环绕，古道秀亭。望九弯八景，群峰叠翠，千山万壑，绿树常青。横跨霞虹，湖湾宁静，散落珍珠孔雀屏。幸秋日，赞红枫遍野，满岭金橙。

如烟世事升腾，忆隔断红尘五十正。看碧波之下，古城依旧，相如庭户，鱼贯华厅。砖瓦依然，龙宫影动，只惜绵坊昼夜宁。新提路，问狮城何日，再显峥嵘？

王德禄

网名快乐老头，自号无妄堂主人。山东聊城市高唐县人，1949年生。酷爱古体诗词与书法。作品多次在当地文学报刊发表。

七律·诗酒思

至爱平生诗共酒，提翻入韵自风流。
云开初见“关山月”，雨骤登高“黄鹤楼”。
泰岳雪拦游客路，泉城雾锁大河舟。
红尘道远求常醉，有梦江湖写盛秋。

七律·鱼邱剑影

金城水困四湖中，阵上冲锋李旋风。
三次兵发刀剑重，一朝脱难井阑空。
年华记得府前事，岁月留痕破壁东。
载史英豪魂远去，鱼邱唯剩雨朦胧。

（注：高唐县古称鱼邱。水浒传中三打高唐州即发生在此地。）

七律·金城墨香

宝刹荫连艺术堂，晨钟暮鼓誉华章。
苍鹰西望青山远，巨渡南行碧水长。
双海修锋书锦绣，鱼邱洗砚写沧桑。
禅师故去遗风在，星耀金城墨透香。

（注：著名国画大师李苦禅艺术堂坐落鱼邱湖边、大觉寺后。李奇茂艺术馆坐落双海湖边。）

七律·古桥传说

道传长挢古树边，观桥不见浪涛翻。
华灯座下清泉涌，翠柳林前碧水喧。
泛泛鱼邱弥薄雾，青青龙启锁烟魂。
人生有幸金城住，不羡陶翁醉梦源。

（注：走桥不见桥乃高唐最古老的景致之一。）

七律·塔影槐荫

古槐塔影秀芳茵，得道高僧度俗人。
有梦砖痕雕岁月，无霜绿叶记年轮。
通京驿路驰车马，盛世香檀写轶尘。
但使粮村存旧貌，传奇永在伴星辰。

（注：高唐梁村古称粮村，其村内唐塔、唐槐、兴国寺乃鲁西著名古迹之一。）

七律·明湖荷香

柳阴山影伴霞光，娇艳荷花透异香。
雀落鸾飞莲茂处，舟停鱼跃榭栏旁。
丽人岸上寻芳径，墨客祠前赏赋章。
又见清泉依碧水，明湖无浪浴鸳鸯。

七律·趵突赏泉

神蛟吐雾谢亭前，御笔书题第一泉。
激箭无情声去远，清流有意浪飞璇。
龙门昔日跃红鲤，玉殿今天奏管弦。
趵突寻诗逢暮雨，黄河岸上看迷烟。

七律·佛山颂韵

历山影落大明湖，寺后霞云有似无。
朝绘黄河千曲浪，暮观秦岳百峰图。
几尊圣佛荫天下，数位仙人颂陆衢。
九点齐烟泉与脉，八方碧韵赞悬壶。

（注：千佛山北望黄河，南观泰岳，千佛齐聚，脉供名泉，是济南三大名胜之一。）

王本兰

游武汉大学

黄鹤楼高欲顶天，红桥横跨汉江边。
多才武大师雄厚，异色樱花傲晴川。

龙山

西邑山城水绕环，清清酉水此中穿。
丽城十字高楼配，车水马龙笑语欢。

春

人间猴岁喜迎春，拂面清风草木欣。
春色满园家业旺，菜花桃李遍金银。

夏

夏日炎炎红似火，施肥浇灌育桑麻。
农夫地里挥珠汗，硕果丰收乐万家。

秋

秋高气爽谷金黄，地里田间收割忙。
车辆运输频往返。稻粮入库喜洋洋。

冬

寒冬瑞雪白茫茫，大地山林换盛装。
百鸟温巢思早返，远方游子想家乡。

乡情

城市抚孙不计年，故乡亲友梦魂牵。
明溪茂岭经风雨，笑语欢歌漫丽川。

祭先烈

一年一度又清明，全国人民祭武魂。
陵地车流如水涌，人人悲痛似山崩。

父母心

朝思暮想盼儿强，苗育成长历雪霜。
壮树茂林阳艳暖，感恩父母岂能忘。

贺儿女

光阴似箭水流长，儿女成家事业昌。
无限前途风正顺，龙腾虎跃振家邦。

新农村

天天变样在农村，日丽风和爽众心。
白日辛勤苦劳作，晚间闲逸伴儿孙。

王殿永

男，山东省寿光市广电影视集团退休职工。山东省寿光市诗词楹联艺术家协会会员，中华诗词学会会员。诗词作品见于《中华诗词》《老干部之家》等杂志并有获奖。

五律·夏夜河畔偶拾

左岸依稀路，疏灯印柳丝。
鳞波濯碧月，堤苇匿青鹚。
横桨惊鳞影，垂纶惹钓迷。
偶闻嬉闹处，哥妹对濯时。

七绝·庐山采风忆五柳先生

不侍彭泽隐秀庐，躬耕荒野豆苗疏。
独钟山寺桃花好，更爱东篱月荷锄。

北戴河印象

（一）

敲诗练字带拾年，笔会金秋露汗颜。
总写雪融唯作水，豁然再看是春天。

（二）

北戴河声凉透枕，联峰山色入帘暝。
何人哼起摇篮曲，怀抱星星梦海中。

（三）

步出行宫听浪涌，翠峰飞峙海沧横。
始皇碣石辞痕旧，武帝夏门诗兴浓。
孤竹双贤雅今古，两河一脉贯西东。
王侯昔日逍遥地，山岛今朝醉众生。

（四）

长城横亘守，山海共拥存。
沙静金滩暖，潮平溟气熏。
河清濯翠岛，峰险远凡尘。
信步碣石畔，同邀魏武吟。

（五）

秋色醉文友，举觞邀浪声。
望洋兴妙句，渔唱和诗鸣。

应邀为中华牡丹园题照

荷苞牡丹(一)

阆苑幽居伴闺蜜，荷苞暗绣盼佳期。
香罗今晓裹春梦，我驭东风披嫁衣。

荷苞牡丹(二)

东邻嫁女雨初霁，一道彩虹一串诗。
巧绣荷苞羞露面，张灯结彩庆吉时。

落花牡丹(一)

香殒曾招风染色，落红总惹雨吟哦。
荣枯自古寻常事，休叹春归路几何？

落花牡丹(二)

花魂散处风有意，香瓣飘时露有声。
绿芽悄悄问红雨，来春还有几多程？

枯枝牡丹(一)

沧桑历尽育芳芬，霜洗冰击披老鳞。
昨夜东君过野岭，惊侬喜绽万千春。

枯枝牡丹(二)

莫道红颜总命薄，根深花盛气偏高。
笑嗤武照弥天势，铁干仙姿独占鳌。

临江仙·青岛故地重游

过客如织多笑脸，我独神往时空。初登青岛正年轻。朦胧闻世事，义气比长虹。

曾记海滨留倩影，分头棉裤笑声。五十年后叹人声。两君嗟病逝，八友咋重逢？

鹊桥仙·纪台桃花节歌舞会感赋

荒原莛水，西风古道，谁鉴云台风雨？新莽张步筑京都，问纪国，今番何主？

风清雾霁，鸢欢桃艳，兴助故城歌舞。惜公孙静子东方，枉兴叹，遥天空妒。

［注：莛水即流经纪台境内的尧河古称。公孙静子东方为古纪国名士公孙弘、安静子、东方朔。纪台，古纪国遗址。潍坊七大古镇之一。现有万棚蔬菜、万亩桃园，阳春四月桃花节每有大型歌舞在纪王台（又名云栖台）下演出。］

云栖台下访诗友

（一）

荷香莺啭径苔青，茶老水新炉火红。
调律对联忘日暮，任蛙闲唱两三声。

（二）

久闻野鹤匿仙姿，绿雨堂前始见奇。
道骨铮铮逼世秽，雅风款款醒愚痴。
崖松俯瞰笑天下，谪士佯蛰纵笔迟。
踏破铁鞋寻正道，柳村幽巷谒良师。

（三）

煮茗论道意舒怀，诗韵书香弥雅斋。
联句遣词嫌日短，禅茶难辨费疑猜。

七绝·自乐

逗鸟栽花逐率真，更添孙辈闹昏晨。
憾无妙语成佳句，却是尘间快意人。

西江月·独自照看孙女楚绮

窗外喜闻鸟叫，枕边佯作朦胧。楚绮憨态睡正浓，俯仰俨然如梦。

儿辈业从南北，老人各尽其能。沪青萦绕祖孙情，忙里偷闲赋咏。

王定一

1947年生，公务员，已退休。1978年之前读书、教书，在县教育局工作。1979—1989年在广东农垦系统工作，历任国营农场副书记、农垦局宣传处副处长。1989年在珠海市工作，历任镇党委书记、常务副区长、区委副书记、区政协主席，2007年退休。

精灵

蝶儿放牧彩云归，知了枝头扯是非。
鸟自林中飞出翠，蜂从花蕊过来肥。

山居乐

昏晓鲜花身上偎，起居饮食鸟儿陪。
夕阳禅意竹中语，参透一回乐一回。

怡情

日闻交颈鹂莺鸣，夜赏春苗拔节声。
听得山人吟兴起，敲盆打碗自怡情。

读春

布谷声声呼水湄，蜻蜓荷上恋痴痴。
田园新垦燕飞落，各读春光一段诗。

美黄昏(新声韵)

天边鹰隼逐斜曛，霞彩逐鹰过岭门。
归鸟投林声大噪，有声有色美黄昏。

三月

三月春风巧剪裁，诗材满岭一铺开。
鸟将好句全叼尽，明月又携新意来。

山顶远眺

雨后青山不染尘，穹蓝野绿入眸新。
茫茫四顾无踪影，上下加吾天地人。

风物

怪石巉岩山上山，姚黄魏紫展斑斓。
自然风物祖师爷，城里景观幼稚班。

王冬梅

河北霸州人。大专文凭，会计师。谷风诗社社员，中华诗词学会会员，河北诗词协会会员，廊坊诗词协会会员。

念奴娇·贺霸州诗词协会成立

仲秋天气，谷风催、燕赵处处风景。林果飘香留鸟醉，累累稷禾连顷。云淡天清，时传佳讯，社友多荣幸。霸州齐会，旧词新句谐咏。

多少畅快情怀，激扬豪迈，无论醉还醒。笔过神思舒画卷，文墨争相驰骋。四代功绩，五千华夏，盛世同彪炳。农商工武，尽驱时代快艇。

水调歌头·夜无眠感怀

影淡人初静，月朗照窗浓。冥冥暗潜飞信，惹心意千重。总把知音觅遍，换取柔情共许，怎奈与谁同？酒且千樽醉，胜过看征鸿。

情难已，如心皱，问天穹。如今感慨，多少春梦不相逢！花谢花飞似旧，人老人终如往，莫负了秋风。拼却红颜改，遍地种梧桐。

念奴娇·喜看霸州(新韵)

云淡天清，看霸州，鸟语花香蝶舞。列立云楼平地起，不似早年庄户。建设值酣，年年在变，党政先为主。农人下海，承潮一变商贾。

工厂如笋丛生，二十年里，何事需重数？民富国兴威自远，斗志如龙如虎。四海和谐，全民聚力，更展扬鞭路。二十年后，辉煌举杯同祝！

王发昌

江西余江人，1956生，中共党员。大学本科毕业，中学高级教师。历任中学校长、县政府督学等职。江西鹰潭市作家协会会员。著有《写作例话》《属对趣谈》等，发表散文数十篇和格律诗词百余首。诗作《临江仙·雁序南回》荣获“中华杯”全国文学大赛古体诗词一等奖；《沁园春·夜读》《水调歌头·咏月》荣获“中美杯”全球华人文学创作邀请赛古体诗词二、三等奖。

沁园春·晨步江畔

一叶扁舟，三扇低蓬，水淼绝垠。看远山出日，清岚袅袅，红霞散紫，碧草茵茵。鹤舞苍松，鱼窥水底，百卉香馨漫楚秦。渔歌里，几只鸥鹭起，追戏浮云。

晨光绚丽缤纷，想俦侣同游携手勤。效鹍鹏展翅，一击北溟，江山俯瞰，笑小昆仑。数九凌寒，三伏冒暑，求索瀛寰涤世尘。思姜尚，发疏斑霜雪，犹自垂纶。

念奴娇·读《离骚》

《离骚》雄卷，一篇初读罢，头飞霜雪。求索艰难修远路，千古绵绵传接。九畹滋兰，咸池饮马，处处鹃啼血。长河浩瀚，奋发多少豪杰。

绝唱气荡瀛寰，怜吾看客，块垒压心阙。莽莽乾坤多绮梦，总见泪珠盈睫。喜世常存，一瓢独饮，三乐行高洁。长歌未竟，倩谁同赋明月？

贺新郎·登凌云阁

独立凌云阁。倚危阑、故都眺望，斗牛江岳。层翠苍苍侵岫绿，浩淼迷津烟错。霞鹜共、舟吞鱼跃。江渚樟青金缕舞，矗高楼梁栋精雕琢。琴瑟起，奏天乐。

碧流东去青山郭。浪滔滔、古今沉载，几多帆驳。六代匆匆烟雨没，王谢亭楼无索。惟浪卷、仍吹画角。何得挥戈还熙日，驻中昊不向西山落。渔唱晚，杳黄鹤。

蓦山溪·梅芳郁

瀛寰寒彻，朔气凌霄月。苍碧卷银龙，有千万、白鳞飞跌。举杯围饮，炉火照兰釭，松啸烈。词一阙，吟诵添香惬。

晨曦临户，缕缕芬芳郁。惊喜莅花神，暗吩咐、一枝梅曳。素妆银裹，红靥丽江天，冠百卉，馨楚越，悄把春迹泄。

渔家傲·绿绮沉

年少种兰花圃里，衣襟纫佩孰匹美。半阙好词方谱起。西天际，无端风雨山河翳。

欲把琴弦重续起，三千白发悲无力。遍地残阳沉绿绮。春老矣，红花朵朵随流水。

夜读

明月穿窗洒玉霜，兰烛朗照读华章。
夜寒袭体僵双手，缃帙含春暖陋房。
案拍悲欢慨今古，心驰宇宙任激扬。
冰凌坠晓惊妻梦，尴尬嗔言又绕梁。

竹边梅

竹外一枝梅，凌霜对雪开。
暗香馨九野，雅韵衬豪怀。
不为己争俏，只将春唤来。
品芳声自远，冰骨照灵台。

月刀

苍旻万里疏星小，弦月一钩弯似刀。
割断长亭千里柳，不教离恨系眉梢。

王飞

笔名枯石。34岁，个体工商户，诗词爱好者。数十年学习、创作古典诗词，诗词作品散见于网络媒体平台并屡有获奖。

秋绝二首

（一）

秋窗风几度，幽竹两三竿。
辞句寻常事，灯火自阑珊。

（二）

曦和惊玉露，草木浸秋晨。
何必单车过？不全为瘦身。

七律·夕望

金辉一片下城西，千里秋云向晚低。
楼角梧枝方减翠，路边草色已抟凄。
流年不改心如故，往事难堪思转迷。
未让风尘遮望眼，何惶薄暮把虹霓？

七律·重九日作

佳期尤怕说登高，不似当年强自豪。
错落重楼遮望眼，稀松小市备囚牢。
飞光岂只凡生愧？转念真多白发忉。
城阙回风无雁急，乡间夕露应沾袍。

念奴娇·秋梦

娥眉凉月，对西风几缕，岚烟浮动。灯火阑珊城寂寂，空落一帘幽梦。梦也彷徨，徘徊思绪，敛褶知无用。流年如故，倩谁含笑与共？

底事境入那年，凌云意气，凭两分懵懂。闲惹桃花朝带露，轻薄时光情重。常爱回眸，搜心拾趣，化梦还惊恐。清秋丛里，草螽声又三弄。

念奴娇·夜幕之城

漆云蔽月，灭青光一线，城静秋寂。桂魄回烟香暗暗，露冷朱枫凝滴。霓闪重楼，蛰虫声潜，柏路通幽碧。紫车萧动，隔空划入惊笛。

尘掩森气悬门，束光如雪，人面桃花色。盈袖丝裙歌舞尽，拼折一双飞翼。碎了光阴，人间天上，袅袅荒凉迹。高风寒剪，星眸寥落霜白。

王飞

1938年生，安徽宿松县人，中共党员，多届县政协委员。高中学历，曾做过10年教师，后任油脂化工厂和农药厂书记、厂长16年，获安徽省“高级经济师”职称。退休后，酷爱诗词。中华诗词学会会员，红叶诗社会员，北京朝阳诗社中华诗词研习会会员，安徽省太白楼诗社会员，东坡赤壁诗词学会会员。已发表诗词作品500首以上。著有《晚成诗集》。

浪淘沙·母校宿中颂

皖鄂赣三乡，血脉流长，百年华诞忆沧桑，一跨龙门春色满，桃李芬芳。

归去莫彷徨，魂梦牵肠。童心留取少年狂，华发频催勤奋斗，虎跃龙骧。

鹧鸪天·七夕

跨鹤骖鸾技本轻，仙家故事断肠评。麻姑沧海几回浅，王母银河一例清。

凭此夕，爱何伸。他生凤约待他生。世间多少痴儿女，乞巧犹劳织女星。

鹧鸪天·题章国保先生“横溪流韵”

自接骚坛慕士林，辰昏抱读语惊心，传薪着意欣君学，落笔生辉唐宋音。

骚客笔，世人惊。更难词浅意能深，颁来一卷堪消夏，且向风前细细吟。

鹧鸪天·重阳老人节

入伍妪翁迎节风，城乡耄耋遇时雍。公园众媪操拳术，广场群翁炼气功。

晨起舞，晚歌中，老年诗画乐醺胸。雪霜染鬓偏勤学，好景毋忘党郅隆。

鹧鸪天·情牵中国梦

怒放千姿花满川，金瓯锦绣凯歌旋。神州探密登蟾殿，航母巡踪震海边。

兴国梦，党恩缘。斑斓春色染诗笺。承平

之日光辉世，凤舞龙翔尧舜天。

鹧鸪天·电风扇

陋宅豪门岂肯忘，纸屏画扇习为常。长呼羽翼团团转，唤起人间阵阵凉。

抚老小，爱心肠，倾情欲动近牙床。诸君曲艺春风里，一梦逍遥到小康。

五律·同学聚会

会聚忆沧桑，盈杯味正香。
年华酬志远，岁月度韶光。
言笑追陈梦，凝眸叹鬓霜。
无关身外事，寻乐莫彷徨。

五绝·暴雨

车行紫霭间，天意怕人闲，
瓢泼催诗雨，穷浇万亩田。

王丰邦

1954年生，山东潍坊人，中学高级职称。中国楹联协会会员，山东诗词协会会员，潍洲联协理事，潍坊北海诗社秘书长。作品散见于《中华诗词》《对联》《香港诗词》等多家报刊并获奖。《齐鲁晚报》《潍坊晚报》《潍坊日报》以及潍坊电视台等媒体曾作专题采访报道。著有诗文集《城西吟草》。

游玲珑山遇雨

玲珑欲览雨纷纷，雾罩石滑不可寻。
回望农家干旱地，甘霖又盼快倾盆。

风筝随吟

（一）

春深四月百花鲜，绿雨涨肥水与山。
放串风筝作请柬，欲邀仙女赏浮烟。

（二）

千姿百态驭东风，六色五颜缀碧空。
线细体轻君莫笑，牵来春色遍寰中。
（注：浮烟山，国际风筝会竞赛处。）

瞻仰乐山大佛

三江交汇大佛尊，镇水护生万世恩。
求祐求财私太重，参佛应具造佛心。

老教师

满园绿翠报春来，一室笑颜堪慰怀。
离校退休情难禁，执鞭梦里又登台。

请下楼

办公室傍彩云悠，民要见官万丈愁。
欲转党风鱼水洽，请君更下数层楼。

升钟湖钓鱼城世界钓鱼大赛

——外国队获胜随记

升钟湖畔钓鱼舟，高手云集战意稠。
摆尾摇头特色鲤，为何总上外人钩？

观毕业照

有蹲有坐队排长，名字欲呼忘嘴旁。
一去卌年忽览顾，白头翁对少年郎。

我在佛前的祈愿

人似潮流愿似江，观音大士太繁忙。
我来神殿免添乱，苦难降时自己扛。

山水之舟晚宴

游过仙湖宴酒舟，群峰邀客共倾瓯。
人歪船尾山歪水，探首嫦娥把笑偷。

王福义

1938年生，河北霸州人，中师文化，退休教师。1997年开始练习写诗，现为廊坊诗协会员，霸州作协会员，霸州诗协会员，谷风诗社社员。著有《春草集》，已付梓。

贺“嫦娥一号”探月卫星发射成功(新韵)

“嫦一”圣火遽升空，拜访冰轮探月行。
绕地千遭投正轨，巡天万转摄蟾宫。
吴刚伐桂烧醇酒，娥女扬眉舞太空。
振臂高呼举国庆，神州圆梦大功成！

(注：2007年10月24日，“嫦娥一号”探月卫星在西昌发射成功。)

沁园春·贺北京奥运(新韵)

奥运来华，水笑山欢，景象万千。看福娃笑脸，吉祥万户；火神传递，光照人寰。大厦高楼，朝夕崛起，宇宙飞船上九天。全民赞，建新潮场馆，绿地除烟。

神州迎奥喧天，引世界英豪竞技欢。忆百年贫弱，虎狼争肉；今朝强盛，天地合弦。看我健儿，频频夺冠，高唱国歌喜泪潸。金牌首，傲中华儿女，雄立人间！

[注：2008年8月8日－24日，第29届奥运会首次在北京召开。参赛国家(地区)204个，为历届之最。我国健儿共夺金牌51枚，雄居首位。]

首次出书小聚(新韵)

年迈欣逢挚友朋，出书小聚益津厅。
卅年从教额纹密，三载学诗心脑灵。
为爱光明歌丽日，且憎黑暗斥灾星。
承蒙师友多关切，拗句拙诗一卷成。

赞雅典奥运·中国健儿夺冠(平水韵)

中华儿女志高昂，敢与群星比闪光。
百米跨栏男夺冠，一球争网女称皇。
雪娟蛙泳蛟腾海，慧娜长驱虎下冈。
卅二国歌鸣雅典，国旗升处国威扬。

王冠臣

山东东明县人，教研室教研员。中华诗词学会会员，山东老干部诗词学会会员。作品曾发表于《齐鲁诗歌》《历山诗刊》《诗坛》《老干部之家》等刊物，先后有一百多篇作品入编《当代诗人词家作品汇编》和《百年诗词精选》等书。

七律·河边晚景(平水韵)

远岭如烟暮色幽，近河映出翠林游。
遥观崖上飞泉跌，俯察亭前夕鸟留。
欲趁去波寻幻境，谁知落日系横舟。
石阶入水群鱼戏，有意红花缀满头。

七律·杏林游(新声韵)

蒿草没膝碧色深，河边茂树翳白云。
满枝绿叶藏青果，一路游人入杏林。
喜鹊画眉争鼓瑟，俊男靓女赛诗文。
老翁倚柳独思过，且把离情寄梦尘。

七律·曹州牡丹(新声韵)

鹿韭瑰奇似彩霞，雍容富贵靓中华。
曹州灵气蒸国色。都会精工育异葩。
香透九霄云涌客，仪尊四海浪冲茶。
民歌卉艳昌荣日，真美催发大爱花。

七律·咏长城(平水韵)

万里长城锁界河，千秋风劲血流坡。
秦将冷月依冰盾，明卒寒年枕雪戈。
华夏当朝逢盛世，敌楼今日舞娇娥。
燕山内外皆兄弟，大爱无疆共唱歌。

七律·观东明黄河桥建筑工地(新声韵)

浩荡黄河涌浪激，大堤苍莽卧山嶷。
巨桥正竖撑天柱，电焊光摇北斗墟。
牛仔云中挥吊臂，织姬霄里做虹衣。
来年高速横银汉，幽会何须鹊鸟集。

鹧鸪天·初夏嫩荷(新声韵)

一带青荷莲苞生，万绿丛中点点红。清香初透柳林外，狂蜂早已戏芙蓉。

月桥静，听蝉鸣，霞光有情入湖明，惹得情人腮通红，林下悄悄话语凝。

踏莎行·咏蛾眉月(词林正韵)

淡淡蛾眉，盈盈红帔，雪腮玉臂招人醉。下山谁晓楚腰累？碧湖嫩藕留声脆。

柳染烟浓，波含云翠，暮山无语芳尘退。管弦空奏夜风吹，月钩无奈将西坠。

踏莎行·桃花泪(新声韵)

桃蕊羞妍，蜂蝶争乱，芳菲怎奈风流探。娇枝无叶护红娟，黄鹂偏又声声唤。

湖畔相约，倩身孤单，泪滴烟柳新桥岸。千车过尽落霞残，为何不见郎声唤。

王桂才

男，1969年生。邯郸市诗词楹联协会会员，邯郸市民间艺术家协会会员，洺州诗社和永年县民俗协会秘书长。律诗两首在“中国酒·中华情”全国诗词联赋大赛中获银奖；词作《临江仙·民工》在“二安杯”全国比赛中获二等奖；《七律·莫言》入选第二届百诗百联大赛精品集；《七律·云南行》在“当代中国诗词·旅游卷”获一等奖；在新疆玛纳斯县全国春联征集中获一等奖；现代诗在2013年全县环保征文中获一等奖；《吉林雾凇赋》获第二十三届“虞姬杯”全国征文大赛一等奖；《瓮安赋》获中国·贵州·瓮安“盛览杯”全国征文大赛优秀奖。

七律·颂党

明灯指引自翩跹，业绩非凡意志坚。
规划蓝图民喜庆，革新机制策超前。
小康之路光辉景，特色方针实践篇。
万里河山添暖意，复兴美梦必将圆。

王国祥

1956年生，复员军人，曾任黑龙江省萝北县凤翔镇党委书记、人事局局长等职。中华诗词学会会员，香港诗词学会会员，萝北县诗词协会主席。三百余首诗词作品散见于《中华诗词》《诗词世界》《中华诗教》《九州诗词》《中华诗人》《北大荒日报》等报刊，并被《当代诗人词家作品汇编》《华夏放歌》《乡恋》等收录。荣获第四届“炎黄杯”国际诗书画印艺术大赛金奖、第六届“羲之杯”全国诗书画家邀请赛一等奖、辽宁省“三阳开泰·圆梦中华杯”诗词大赛二等奖，以及中央电视台、光明日报社、中华诗词学会等举办的“第二届诗词中国传统诗词创作大赛”优秀奖等十几个赛事奖项。

七律·观黑龙江跑冰排

雷爆兴安玉宇开，界江雨洗斗苍白。
翻鳞抖甲蛰龙起，倒海排山远岫来。
巧砌滩头冰百尺，浅藏潮底鲤千鳃。
碎银槽满沽春酒，红嘴鸥啼水半垓。

七律·夏日访友夜宿托萝山

炊烟暮霭绕山桩，老树青藤抱草房。
杜宇闲歌微信递，蜘蛛劳碌网聊忙。
清溪九曲弹流水，孤雁三声荡羽裳。
陈酒溢壶温旧事，两坛醉鬼月扶墙。

七律·龙江渔户写真

日沉薄雾放渔舟，月照空山卷画轴。
一棹浪花摇世运，半江漂网度春秋。
金梭穿起龙宫趣，银线盘成曲径幽。
泊橹蓑翁闻酒肆，朝霞飞渡满滩鸥。

七律·造访山里养蜂人家

孤烟一缕绕山梁，四季漂泊望雁行。
闲客悠悠餐暑色，勤蜂碌碌吻花房。
晨掬雨露心中暖，暮枕云风帐外凉。
敛蜜闻香无意取，为谁辛苦酿琼浆？

七律·描春

赏春信步问花童，烟笼村溪画意浓。
紫燕衔泥穿绿柳，红娘催轿撵黄莺。
眼瞄野陌耕牛影，耳近幽林醒鼠声。
大斧劈皴着素色，半山微翠半山彤。

七律·槐序雨

祈愿樵风不等闲，甘霖唤醒夜阑珊。
伞开七彩迷深巷，雨作千丝落浅栏。
春晓牵来鸿雁早，冬尘濯罢绿园欢。
溪流爆满因河窄，人退三分底事宽。

七律·鲁班刨

鲁公神器亮绝招，利刃藏胸剑胆豪。
入木三分梼树顺，描图五脊鹊檐高。
浪花急卷云齐聚，案板轻推雾渐消。
仗义削平天下事，人间不枉走一遭。

七律·咏苇场湿地蒹葭

萋萋苇荡落鸬鹚，偏向平塘索韵诗。
摇叶空吟荷盏静，揭竿透看露珠祺。
羞将锦鲤藏波底，兴许流萤做穴帷。
纵有芦风情万种，从来节外不生枝。

王海锋

咏摩崖石刻

峭壁如削耸险滩，谁将巨画挂山川？
借来名匠马良笔，绘就摩崖惊世篇。
河畔频频传笑语，水流款款奏和弦。
书馨石刻垂青史，文化奇葩锦绣天。

登团山堡抒怀

雾绕团山紫气香，一眸三省好风光。
我依碑界心潮涌，缓缓明溪过桂塘。

赞桂塘九年制学校

一溪碧水过芳园，化雨春风桃李妍。
桂树开花香送远，小亭听雨草生烟。
两千学子勤磨砺，百位良师不下鞍。
名校雄居三省界，育才有道著新篇。

王昊宇

2000年生，河北霸州人，霸州一中学生。爱好诗词。

五律

一水烟波渺，双星别恨浓。
彩云如我梦，明月若卿容。
东海方横笛，南屏又晚钟。
何言欢见少，更有未相逢。

南歌子

旧时秋月色，新愁即旧愁。谁家女子挂心头，孤影映窗自弹凤凰求。

乞巧连灯亮，行街两两游。思愁相病不需求，一梦浮华无力诉繁忧。

鹊桥仙

多情有毒，相思依旧，数遍指头昏昼。镜中人影水中花，两相对，一般消瘦。

秋风无状，梧桐雨后，愁绪最应消酒。春花秋月事年年，来与去，几人看透？

王红利

山海关怀古

关锁山河霸业成，千秋功过几能评。
戍楼惯看风云色，大海时听鼓角声。
马踏六军烽火冷，月明万里海天横。
将军一怒成灰土，只向红颜问死生。

扬州个园

北地春来翠遮沙，江南风致满庭花。
驱驰千里销豪气，经略百年惊岁华。
竹耸青云招隐逸，梅开寒日颂清嘉。
他生不作扬州客，卜筑东门学种瓜。

秋日漫兴

每到秋来病骨轻，秋虫秋叶作秋声。
春愁惨淡形容瘦，晓梦迷离涧水清。
雨滴梧桐生酒兴，香飘桂子引诗情。
阮公何必穷途泣，醉倒东篱看月明。

王洪英

笔名一缕清风、无言。女，湖北当阳人，现居内蒙古鄂尔多斯市。中华文艺学会理事，中华文艺学会会员，中华诗词论坛学会会员。作品数百首散见于《中华文艺》《诗刊》《中华诗词论坛》等刊物和文学网站。《生命之旅——草原恋》等作品在首届"中华杯"全国文艺创作邀请赛中荣获三等奖。在第二届华人文学创作邀请大赛中，作品《巫山一段云·叹流年》荣获一等奖，《巫山一段云·元宵节感怀》《梦里来去》等作品荣获二等奖。在第三届中国文化精英大评选活动中荣获"中国文化精英"称号。在第一届当代百强诗人·百强作家大评选活动中荣获"当代百强诗人"称号。著有个人文集《一缕清风》。

浣溪沙·诗书一卷展芳华
（词林正韵第十部）

（一）

绿野芬芳竞日华。清泉柳浪逐云花。春风浩荡漫天涯。

喜看乾坤舒锦绣，漫调墨色韵丹霞。白云深处有吾家。

（二）

古道青丝韵碧霞。新亭蝴蝶戏春花。芳心铁骨望天涯。

雨雪风霜无畏惧，功名利禄若尘沙。诗书一卷展芳华。

（三）

晚上庭前望月花。欲寻陈迹已无佳。独凭寂寞漫天涯。

常伴瑶琴思往事，更添病酒度年华。挥诗狂梦韵流霞。

浣溪沙·七夕（词林正韵第三部）

七夕金风带梦回，佳期玉露送春晖。那年月下影相随。

相会长亭愁苦解，别离几度泪先飞。红尘遗梦寂寥围。

山花子·望江楼（词林正韵第十二部）

（一）

陌上青青草色柔，清溪环绕白云悠。燕子双双门前过，望江楼。

久立亭前听杜宇，惯看秋月韵风流。一曲红尘歌未尽，意难收。

（二）

一曲红尘泪儿流，冰心玉骨守春秋。花样年华匆匆过，恨难休。

风烛残年情已老，几多往事上心头。落尽西山依旧是，梦乡游。

（三）

雁过横塘又入秋，濛濛细雨掩重楼。落尽残花随水去，楚江收。

独守异乡无限恨，任凭往事涌心头。幽抱琵琶弦不断，万千愁。

满庭芳·为高考的学子送行

（词林正韵第七部）

夜色深深，繁星点点，青聪织锦华年。莘莘学子，耕读不为艰。十二春秋冬夏，披星月，雨雪霜天。顶炎日，踏浪书海，笔墨舞蹁跹。

蟾宫攀桂冕，千辛万苦，百战难关。抒奇志，题名圆梦当前。执着追求上进，考场上、应对自然。人生路，宏图大展。挥手向明天。

缅怀领袖毛泽东主席逝世40周年（新韵）

满怀壮志振苍穹，力挽狂澜盖世功。
领导工农除恶霸，讨诛列强斩蛟龙。
三山推倒乾坤转，共和安邦九夏同。
肝胆一生张正义，英名永代贯西东。

教师节感怀

——献给辛勤的园丁

耕耘四季不言苦，授业春风举案前。
敬业辛勤歌典范，言传身教度华年。
育才重责担肩上，输导真知出锦篇。
白发积霜芳草尽，满园桃李梦香圆。

咏当阳玉泉山

绿树成排夏日长，鲜花满目果琳琅。
青山秀水宗灵隐，古寺钟声暮鼓扬。
泉下珍珠凉自逸，院中荷盖碧莲香。
足登石径通山路，仰拜关公显圣堂。

（注：玉泉山在湖北当阳市内，寺庙建于东汉末年，为我国历代著名的佛教寺院，是天台宗实际创始人智者大师的道场和天台宗的祖庭之一，寺内有珍珠泉、棱金铁塔石刻观音像大雄宝殿、毗卢殿藏经殿荷花、关帝庙等。玉泉山风景优美，异花奇草，动植物种类繁多。关羽当年遇害之后，当地居民有"玉泉山显圣"之说，据文献记载，蜀汉昭烈帝刘备当年在玉泉山东麓的玉泉寺内建过贞烈祠，专供一年四季祭祀关羽用。当阳又称玉阳。）

咏铁塔

铁骨龙腾耀碧空，降魔镇守古今雄。
精雕塔座灵风地，神齿光环壁玉宫。
瑶殿层层迎日灿，烟波道道月华融。
经霜洗雨沧桑过，相伴山河永向东。

［注：玉泉寺铁塔传说：上古时代玉泉山有两个妖精，成天斗来斗去，危害百姓。一天，观音娘娘手托铁塔经过玉泉山，到另一个地方镇妖，土地公公为了一方百姓的安宁，骗观音娘娘的铁塔镇妖，惟妙惟肖地学鸡叫，观音娘娘以为天要亮了，怕被凡人认出，失手把铁塔放在玉泉山，心急手抖，放歪了铁塔。后来观音娘娘发现天还没亮，知道土地公公骗了他，恼怒的观音娘娘打歪了土地公公的脖子，斜放的铁塔镇住了玉泉山的两个妖精。玉泉寺铁塔，又名"佛牙舍利塔""千佛塔"（共十三级塔身2 470个佛，故称"千佛塔"）。修建于北宋嘉佑六年（1061年）。塔高7仗、重76 000斤，是我国最高、最重、保护最完整的大型铁塔。佛牙舍利塔，顾名思义，是存放佛祖的牙齿的宝塔。］

咏珍珠泉

翠谷深深草木肥，杜鹃啼血换春归。
冷泉喷涌千年泪，映照青山万物晖。

王鸿鹏

网名一游。甘肃人，70后，诗词爱好者。以诗为友，聊以抒怀。

浪淘沙·梧桐

夹道好阴凉，梦搁愁长，秋霜扫处未言殇。一点修为堪抱负，哪里求凰？

只道有今芳，修个长廊，回看不是那年妆。欲弄瑶琴修故调，恁个穿帮！

青玉案·丝绸

万年自缚千年茧，一念起、幽幽间。乱绪谁人裁锦缎？觅来秀丽，小珍款款，素雅人神叹。

几曾只许王侯冠，村野堪闻锦衣暖。今日巷头街尾见，谁将云锦，纤维装扮，织造还称绢？

水调歌头·时遇珍珠梅

夏临宜消暑，一树接闲云。层层相聚，又似飘雪漫堆银。几簇绿衣衔翠，几缕矜持轻倚，忘却那时分。熏风吹多日，何又一回春？

吟朝露，看落暮，梦中人。千年寻觅，独自悄悄送黄昏。清丽何曾弄晓，香烈珍藏仲夏，非是惜春痕。此去平秋色，不屑对霜嗔。

端午

糯肥艾叶捧人场，户户家家饭溢香。
笑面含春端午至，闲情度假画舟狂。
太平盛世干戈去，燕舞莺歌恣意扬。
偶有柔怀聆楚语，幽幽不遇汨罗郎。

荷塘月色

清风慰我一池幽，不与闲云兀自流。
漫抚田田裁碧玉，轻封渺渺护汀洲。
娉婷未和妖娆共，孤独常因逐水收。
观远从来生妄臆，莲心聆听几重柔。

王会苓

河北霸州人，喜爱文学。谷风诗社社员，芳草诗画社社长。作品散见于报刊及网络。

回家（新韵）

一梦乘风桑梓去，醒来却是泪湿巾。
谁知残月梅花瘦，彻夜留香寂寞心。

杜鹃

静眠三月孕峥嵘，瑟瑟纤枝立雪中。
待到春风吹浩荡，漫山遍野映山红！

咏梅（新韵）

山寒水冷百花藏，唯有仙姿瘦韵长，
朵朵清高生淡雅，枝枝靓丽吐芬芳。
挺胸卷起漫天雪，挥腕压伏盖地霜。
愿借琼葩三寸骨，红尘滚滚度沧桑。

镜之悟（新韵）

菱花含笑映婵娟，两鬓春秋雪发添。
昔日芙蓉出水美，今时红叶遇风残。
光阴荏苒轻如絮，名利虚无缈似烟。
自古人生多坎坷，留得雅趣赋诗篇。

浪淘沙·梅（新韵）

寒冷赴约开，袅袅悄来。婷婷玉女下瑶台。摇曳疏枝香透雪，慰我情怀。

无语倚窗呆，手捂香腮。一弯素月照霜白。心事万千谁又懂，偏惹君猜。

满江红（新韵）

华诞欣逢，寄秃笔，深情歌颂。想当日，狼烟遍地，兽魔横纵。万里河山遭暴戮，一国百姓归悲痛。巨臂挥，率众起勇兵，红旗映。长征历，逶迤岭。

迎解放，风云涌。跨战驹，犹把那黄花咏。斩棘披荆道路险，拨天换日江山定。感圣恩，万里路幸福，还驰骋。

鹧鸪天·赏荷（新韵）

丝柳摇风窃露香，亭台水榭月当窗。远瞧碧玉吹青浪，细数芙蓉舞彩裳。

纤指捻，素弦忙，长歌一曲夜微凉。不惊荣辱临风忘，一梦南柯彼岸长。

喝火令（新韵）

嫩草逢春旺，娇花遇雨残。满眸乱翠舞凄然。多少落红飘远，携梦返云烟。

镜里朱颜改，鬓边雪发添。晓来常忆画眉弯。莫叹花飞，莫叹月缺圆，莫叹艳阳春去，笑看晚霞天。

王纪曾

字慕沂。1942 年生于河南省泌阳县，1967 年毕业于华中工学院无线电系，长期从事科研工作，多有建树。中国电力诗词学会会员。出版有长篇小说《执著》、诗词集《诗意人生留墨香》。

七绝·远望

伫立外滩望大江，天风鼓浪向汪洋。
心潮澎湃豪情起，欲驾飞篷万里航！

1970年7月作于上海

七绝·听江

独坐外滩听大江，天风鼓浪啸声狂。
心中顿起潮千尺，吼叫奔腾下远洋！

1997年5月7日作于上海

七绝·上海市安亭郊游

垂柳纤纤吐米黄，春风引我访农桑。
踏青特地寻幽径，泥土新翻散郁香。

1976年2月25日作于安亭原野

烛影摇红·“知天命”有怀

人到中年，顺从天意心胸坦。身怀绝技揽金秋，硕果星光灿。淡泊从容稳健，路漫漫、征程过半。风情万种，辉光灿烂，渐行渐远。

遥忆当年，峥嵘岁月朦胧现。翩翩小伙胆包天，约会蟾宫苑。四十岁钢铁汉，破雄关，风光无限。虽知天命，儿女柔情，仍存悬念。

1992年11月作于郑州

华中工学院624级校友首届联谊会

(一)

阔别卅年情意悠，不堪回首忆风流。
目无白浪游沧海，口出狂言射斗牛。
冰雪精神常入梦，凌云壮志未蒙羞。
同窗聚首开怀笑，只话豪情莫说愁。

(二)

一回母校动心声，聚首南楼热泪盈。
细语嘈嘈伤往事，冰心灼灼起豪情。
为酬壮志千番搏，敢闯惊涛万里行。
谁道廉颇今已老，胸中仍旧拥雄兵。

1995年9月25日作于华中科技大学

七绝·贺明明二十四周岁

虎子天生是大王，勃朗峰顶赏春光。
岁逢本命兴风疾，塞纳河边啸索帮。

(注：明明在巴黎索邦第一大学攻读硕士学位。)

庚寅年正月十五作于郑州

七律·上海世博园

精华荟萃五洲空，灿烂星河落沪东。
万宝斗妍光灿灿，“千城”竞秀景葱葱。
为圆绿梦催春雨，誓把残云化霓虹。
硕果满园惊世界，明珠闪闪照苍穹。

2010年5月7日作于郑州

七律·偕同窗游西安兵马坑

偕友同观古阵容，行行兵俑气狂凶。
弯弓跨马排方队，执戟挥戈亮刃锋。
死士三千难保驾，苍生百万可屠龙。
急施暴政山东乱，堪笑秦皇也俗庸。

2011年5月21日作于西安

七绝·娇孙晨读

霞光童韵共飞扬，稚嫩娇孙颂玉章。
读罢名篇吐豪气，爷爷诗作太平常！

2014年7月10日作于郑州

江城子·就餐老食堂

身临友谊聚餐堂，亮橱窗，桌成行。美味佳馐，列队动饥肠。买就午餐忙细品，差早岁，半囊香。

当年小伙大姑娘，气轩昂，惜钱粮。饭菜香中，体健意飞扬。今日难寻娇俏韵，心落寞，叹沧桑！

(注：20世纪50年代，友谊食堂是苏联专家的专用食堂，后来成了我们系的食堂。)

2015年9月21日作于华中科技大学招待所

洞仙歌·老来乐

全羊烧烤，香漫芳菲苑。把酒吟诗乐无限。纵豪情，犹似回返华年，狂性发，烈酒烤羊胆悍。

离席围篝火，狂舞高歌，泪眼朦胧火星散。酒醒忆征程，游戏蟾宫，婵娟舞，桂花娇眩。莫慨叹、夕阳燎红天，老来乐、童心净如晶霰。

（注：当日同学们驱车百里，游木兰草原；晚上在木兰饭店聚餐；餐后参加篝火晚会，尽情唱歌跳舞，几乎忘记自己是白发老人。）

2015年9月22日作于武汉市木兰草原

七律·偕诸同窗游黄鹤楼

白云黄鹤绕名楼，谈笑风生信步游。
玉笛悠悠怀往事，长江滚滚忆行舟。
征帆始发波涛险，踏浪归来涕泪流。
绝顶登临望三楚，秋光万里醉心头。

2015年9月23日作于武昌

七绝·惜别

秋风飒飒满离情，千遍叮咛忍泣声。
丹桂伤心黯然落，染香老泪任纵横。

2015年9月24日作于母校招待所门前

沁园春·诗意人生

趣味年华，苦辣酸甜，情多意浓。忆长江踏浪，碧流汹涌；蟾宫折桂，泪眼朦胧。风雨征程，蹒跚步履，跋涉奔波义气雄。追新梦，看花开富贵，把酒临风。

人生诗意融融，春风笔、细描鸿爪踪。有风情万种，华章三卷；鳌头一项，脚底千峰。多少豪情，几多苦乐，岁月峥嵘诗韵丰。老来乐，望诗花竞放，万紫千红。

王加洪

字子悦（子佳），号九一居士，别署前河轩主。1991年生，四川宣汉人。世界汉诗协会、中国诗书画研究会、香港诗词学会 、广州市青年作家协会、四川省达州市作家协会会员，草根文学网驻站作家，中华网络诗社创始人兼《中华网络诗刊》执行主编，《中华诗人》名誉主编，香港诗词学会论坛首席版主，珠海市金湾诗书画院副秘书长兼网络总编。

五绝·夜览蓉城抒怀

横流夜暮喧，玉阁望风源。
一览蓉城尽，杯中抵万言。

七绝·近乡自嘲

十载春秋觅富华，曾将壮志寄天涯。
而今满是归乡梦，可笑囊中一粒沙。

七绝·望海潮

大浪淘沙海接天，云涯逐梦水无边。
清风醉我寻归路，洗尽浮尘是哪年？

七律·临别锦城抒怀

九眼桥边雨夜深，风中旧事影浮沉。
青春苦涩悲秋梦，鬓老甘甜笑语寻。
且寄情怀三万里，仍将壮志一条心。
残花暮照江湖外，醉我天涯写古今！

七律·丙申初秋抒怀

未过炎辰已入秋，蹉跎岁月数闲愁。
邀来梦里清音醉，别去杯中雅韵留。
叶落长亭埋旧事，花开彼岸起新楼。
常言壮志多风雨，路远还需苦作舟。

王建辉

邢台诗词协会会员。古诗词爱好者。1983年开始陆续在市级以上报刊发表杂谈、诗歌作品，近年来，闲暇时按中华新韵写诗词为乐。

五律·英谈村（新韵）

萦回石径茏，槐扫翠薰风。
近草身先绿，观花心乍红。
青藤虚挂月，云水固当空。
听罢蛙声和，诗思天籁融。

七律·赞老舍(新韵)

蜚誉金声振九霄，才情八斗续离骚。
文心常作雕龙句，惊笔时掀碧浪涛。
纸上耕耘倾巨著，民间拾趣占头鳌。
毕生甘献洪荒力，愿为黎民酿美醪。

七律·访邢台英谈村(新韵)

石磨水镜水磨天，古韵潺潺醉翠巅。
老井悠然怀玉镜，松阴疏懒卧街眠。
岩墙赤色犹喷火，沃野葱茏似袅烟。
窄径遗踪无履印，黄巢义举说千年。

七律·访临城驾游白云寺(新韵)

白云古寺白云游，莽翠浮葱隐蜃楼。
绝壁巉岩登阆阙，潺溪谧涧漱龙丘。
藤摇倒挂梳风韵，泉响攀爬触径幽。
满地传闻休细辨，一怀凭吊阅春秋。

七律·邢台黄榆岭(新韵)

关隘层云跌荡开。危峰险嶂拱邢台。
金戈鏖战风雷动，鼓角旌旗卷地来。
回首硝烟飘已矣，凝眸松翠翥悠哉。
闲游访古寻奇趣，旖旎霞光囊入怀。

王杰

原任珠海文联主办的《珠海》文学杂志编辑部主任，后辍笔下海从商。近年偶拾秃笔，并爱上格律诗词创作。

七绝·归家

半坡山野半人家，半夜虫鸣半透纱。
半盏黄灯半遮脸，半推半就半挪娃。

七绝·中秋夜独酌

暮深庭宴邀谁共，不见伊人月色同。
桂下独斟花自醉，西风起处一秋翁。

七绝·重阳醉酒

(一)

重阳登揽无凭意，归去南山迓白衣。
酒醒东篱枫满目，红心难寄梦依稀。

(二)

每逢此日一壶酒，杯尽愁肠万念休。
醉眼忽逢黄菊瘦，相思又返旧时秋。

七绝·昙花

伤秋落寞几多载，忽见昙花璀璨开。
一夜清芬情窦短，相思长梦楚王台。

鹊桥仙·七夕

银河邈邈，佳期今夕，不忍鹊桥看堵。怀君独上北山亭，且把廪秋将春误。

幽人别后，经年未见，何日识寻归路？良辰美景有相逢，即便是一年一度。

王剑秋

临江仙·湖北赤壁行

碧水怨哀千载，挥尘世事兴亡。织诗编赋话周郎。曹军魂百万，换得几分疆！

岁岁惊涛依旧，山川数易新妆。金瓯今日正腾骧。河清看禹甸，企盼似虞唐。

诉衷情·谜一则

昔居深闺体婀娜，青秀影婆娑。自随夫婿飘泊，肢损折磨多。

皮黄透，骨如柴，奈天何。风波历尽，身世稍提，泪洒江河。

(船篙。)

卜算子·人生路

程短忒匆匆，过客谁停步？草舍朱门皆送

春,岁月难留驻。

枉自论尊卑,日近回归处。驿站终头烛沮乾,始把红尘悟。

苦守耕田独自哀,儿孙在外几时回。
愁眉锁月心烦乱,白发根稀待孝来。
晚景无求期聚首,斜阳洒泪照窗台。
甘为幻觉开怀笑,莫让陈肴对空杯。

王进明

男,汉族,甘肃镇原人。中国散文家协会会员,甘肃省作协会员,甘肃省诗词协会会员,深圳市宝安区中华诗词协会会员,广东青工作协会员。作品散见于《小小说月报》《黄河文学》《当代小说》《散文百家》《华夏散文》《延河》《山花》《打工文学》《河南日报》《深圳特区报》《晶报》《陇东报》《中华诗词》等,有多篇作品获奖并收入多种文集。

元宵节抒怀

龙灯唤醒西天月,鼓乐招来四海人。
万户开颜迎客笑,千门同聚品奇珍。
情真意切憧新景,志气昂扬度美辰。
一碗元宵心里暖,三杯老酒满园春。

贺孙女弥月之喜

王轲得凤乐翻天,张丽欢颜喜事添。
湘里人家迎客笑,如花玉女贺佳年。
南方奋斗求生活,大朗同堂心相连。
口吐乡音情意暖,千杯难醉酒中仙。

(注:侄子王轲喜得一女,高兴得不得了,妻子张丽面带笑容,热情待客,喜宴设在湘里人家酒楼,为如花似玉的女儿办满月酒。为了生存,在南方奋斗的亲友们相聚在东莞大朗镇。乡亲们说着方言,情意暖人,乡情浓厚,千杯不醉。)

贺庆阳诗词学会成立

春风细雨满园妍,盛世华章万古传。
李杜豪情今尚在,梦阳史作意犹延。
高原共筑诗词路,墨客舒眉夜难眠。
抚育英才功当代,欢歌一曲撼山川。

(注:梦阳即庆阳名人李梦阳。)

盼归

10 月 3 日悼文友庄昌平

昌平早逝隐青山,骨肉伤悲在世间。
此去华章成绝唱,谁能迈过死生关。
文朋救助真情显,疾病摧残改旧颜。
洒泪陪君归故土,犹思初识创研班。

观赛牛有感

年丰稻入仓,岁末水冰凉。
鼓响威村野,牲肥胆自长。
雷惊波溅眼,掌拍叫声狂。
一汉咬神尾,双牛闹吉祥。

(注:丰收之年稻谷满仓,年尾气温降低,水很冰凉。锣鼓喧天声震村野,牲口肥壮、胆气很旺。稻田里赛牛活动溅起的泥水迷住了双眼,村民们拼命鼓掌喝彩狂欢。参赛的汉子踩着套在牛身上的竹条,咬着牛尾,双牛拼命向前冲去,把吉祥和欢庆带给大家。)

归途

鹏城夜色柔,小站月牙愁。
旷野秋风冷,前方快客悠。
归途心意迫,晚点泪珠流。
故土千山阻,乡情满九州。

(注:在深圳柔和的夜色中,一弯新月增添了旅人的愁意。旷野吹着冷飕飕的秋风,感觉前方的快客列车慢悠悠的,令人焦急。归途漫漫,内心急迫,火车晚点,急出了思乡的泪水。千山阻隔了归途,却无法阻止浓浓的乡情。)

月夜思乡

陇上风云起,冬寒雪覆山。
异地暗伤神,故土梗心间。
苦恨茶无味,孤朋泪沾颜。
月明求玉兔,可否送我还?

王景泉

1945年生，霸州市辛章七村人，农民。谷风诗社常务副社长，中华诗词学会会员，河北诗协会员，廊坊诗词学会会员，廊坊楹联协会会员，霸州东君诗书画协会会长。

叹梨花

唐吟宋咏少梨花，此解何由欠考查。
纵是招蜂嬉蝶早，芬芳谁待日西斜？

醉梨花（新韵）

蕾绽青枝叶渐萌，梨园百亩远香清。
流莺展翅旋云锦，落鹊疑梅画翠屏。
孤蝶无心寻伴侣，狂生着意宴诗兄。
前朝一曲惊春梦，今日重歌醉大城。

暖春（新韵）

细雨连绵二月中，苍天今岁恁多情。
千条杨柳鸣初燕，万簇梨花飞晓莺。
书案当窗凝画爽，芳香入室满堂清。
农家最解春风意，万亩苏田待早耕。

题蔡宝会老师图画八首

（一）水天兰一色

浑天一色染春秋，叠翠环山隐碧楼。
欲访仙居无陆路，树荫江上问渔舟。

（二）云白风清（新韵）

娉婷佳丽几多情，一管轻箫绮梦生。
借问白云何处去，清风何去我何从。

（三）秋声图

云涛界外起山空，峭壁惊魂遥九穹。
鸡犬相闻连水镇，秋红万点报年丰。

（四）清照觅诗图（新韵）

玉指轻毫对纸笺，情思神往梦幽帘。
鬼雄一曲精华夏，傲骨琴心愧大男。

（五）春

蛰虫苏醒草茵茵，姹紫嫣红竞脱尘。
一抹山亭观万象，空灵鬼笔画中人。

（六）夏

一派生机缀绿州，清溪一唱下江流。
谁家渔子归心切，劲水频篙放怒舟。

（七）秋

大野腾金水转凉，孤舟唱晚诉苍桑。
秋风祈祝南归雁，碧叶红装意正狂。

（八）冬

山封地冻掩葱笼，素裹银装一色同。
莫道寒天空寂寂，杯中倒影酒旗红。

王静波

1931年出生于黑龙江省巴彦县，1947年参军入伍，中共党员。历任通信员、班长、副排长、指导员、团政委、师政委、四十一集团军政委、广西军区政委，少将军衔，第七届全国人民代表大会代表。参加过辽沈战役、平津战役、荆沙战役、衡宝战役、广西战役和桂北剿匪。离休后，曾任广东省中华诗词学会名誉会长。发表诗歌三百多首，散见于各级报刊。

“八一”前的追思（词五首）

——献给中国人民解放军建军89周年

小序：我于1947年2月参军入伍，参加过东北民主联军三下江南的第二次和第三次战役，参加过荆沙战役和渡江战役，参加过广西战役和桂北剿匪。荔埔县烈士塔下，130多位遗骨，就有6名和我是同一个乡的，有4位少年时代都相互认识，我两次前往，为他们扫墓献花。其中，《临江仙》就是第二次扫墓的情景。每当我看到烈士塔，回忆往事，我十分激动，让我悲壮，让我感奋，让我前进，让我忠于入党誓词，让我不忘初心。

何满子·三下江南

寒带严冬兽恶,冰天雪地驰兵。三下江南驱虎豹,雷鸣霹雳天惊。剑刺刀锋面对,枪林弹雨心横。

水涌桃花蜜意,风吹柳叶柔情,三下三回三奏凯,欢呼喜庆功成。布谷催耕播种,松江两岸龙腾。

忆江南·战地过大年

春来到,激战怒情烧。热体卧冰还地暖,血红雪白映天骄,斗勇是英豪。

繁星照,除夕更新潮。黄豆吃光年夜饭,枪声炮火响通宵。欢乐卷宏涛。

江城子·强渡长江

荆沙酷暑日炎炎,驾渔船,乐休闲。雷鸣炮火,万丈浪花翻。遥望前方眸不识,迷雨雾,障硝烟。

千帆竟发大江边,镇狂澜,斩穷顽。鏖兵铁马,血汗洒江天,抢占滩头登陆上,追败寇,激情燃。

南乡子·桂北剿匪

南国望妖娆,八桂风光绝世娇。匪霸欺凌多少载? 遥遥,不尽漓江滚碧霄。

进剿展洪涛,横扫尘烟战鼓敲。天下英雄无可比,朱毛。武略文韬战马骄。

临江仙·到广西荔埔县烈士塔扫墓献花

一簇鲜花擎手上,心中忆往多情,舍生忘死挺身行,沙场驱敌寇,忠骨柱天晴。

铁血戎程前路畅,苦难家国新生。山河锦秀历峥嵘,鹂歌鸣翠柳,华夏奋飞鹏。

王军

教师。廊坊作家协会会员。爱诗词、喜书法、好旅游。著有诗集《中亭朴叶》。

小重山·中秋

一度中秋风景香。今宵凉若水、月无双。天光云影入诗囊。千万里、只隔两三行。

无意著华章。闲将重页纸、置西窗。不翻书本阅芬芳。人未老、慢了旧时光。

小重山·山丘

不解彷徨不解愁。乱翻三百首、觅温柔。半生憔悴一天秋。人去后、无笔续红楼。

风雨为君稠。不知风雨里、有谁留。斜阳与我落山丘。千里梦、依旧月如钩。

浪淘沙·中亭河荷花

携手向东方。阡陌村庄。一程自在一程狂。过往中亭谁是客,皆我家乡。

合掌对斜阳。上下红光。笑迎风雨一池香。自是莲心尘未染,冷暖炎凉。

王军胜

山东招远人,1948 年生,老三届。当过工人,后来成为高校政治理论课讲师,2008 年于上海第二工业大学退休。

自述:回顾自己的人生时,有三件事让我感到自豪:第一,作为一名老三届的高中生,我写了一百多万字的日记并保留了下来;第二,1977 年,在恢复高考的第一年,已当了 10 年工人的我竟实现了大学梦;第三,退休后,曾师从徐勤才老师、杨凤生老师学习诗词写作,后来参加了枫林诗社,渐渐步入了格律诗创作的正途,实现了中学时代的梦想,努力写出像唐诗宋词那样的作品来。

五绝·思乡

年年秋叶黄,老至觉凄凉。
思念故乡饭,孩时顿顿香。

七律·重归宛家屯

白云黑土学农耕，拥挤车厢万里程。
少壮生涯期醉酒，衰年岁月叹零丁。
无风景处寻风景，有激情时掩激情。
萦梦青春回旧地，逢人不免泪晶莹。

七律·悲秋

绵绵文化有如无，熠熠远超金玉珠。
寂寂长天高属雁，幽幽古树独栖乌。
莹莹重露萧萧木，恻恻轻寒瑟瑟芦。
碌碌悲秋商旅客，登楼戚戚语词枯。

（注：此联第二句借自唐诗人韩偓《寒食夜》，其诗：恻恻轻寒翦翦风，小梅飘雪杏花。）

行香子·思友人

夜半鸣蛩。月下秋桐。暗丛里、桂树香浓。斜阳郊外，目送归鸿。叹少游南、老游北、壮游东。

人生似梦，往事成空。将愁绪、化作词工。君今远去，尺素难通。望酒稍减、食稍淡、颜稍红。

八声甘州·湘江突围(步宋人柳永原韵)

看红军十万奔湘江，争渡在深秋。敌阴谋剿共，围追堵截，遍建碉楼。不屈工农死战，血染岂甘休。回忆苏区土改，正分田量地，抢种忙收。

惜人吏势变，创举未能留。罢朱毛、左倾猖獗；弱拼强、险境若沉舟。全军怨、危亡之际，谁解人愁?

八声甘州·遵义会议(步宋人苏轼《寄参廖子》原韵)

看红军折损都深忧，虑挽众心归。幸迷途知返，英贤复出，喷薄朝晖。一扫旧时风气，会上敢言非。换帅开新路，再现良机。

一旦前途明了，自神清气爽，任雪霏霏。党员心坚定，疾步借星稀。信朱毛、赴汤蹈火。告士兵、纪律莫相违。穷人乐、夹街迎接，送上棉衣。

七娘子·黑土旧事

离家万里天涯处，白云黑土青春路。豆蔻年华，初情谁诉，田头暗自将他慕。

痴心却恼无心负，农忙早晚难相顾。欲送秋波，忧讥畏妒，蹉跎岁月良缘误。

叨叨令·进人股市

投资股市生财路，熊牛不测勾魂墓。潮来着急寻船渡，水深几个能爬树。赔了钱也么哥，赚了钱也么哥，人人自有伤心处。

王俊刚

浣溪沙·暴雨

应是空中斗龙君，刹那曝雨出天门。乾坤飘渺素罗裙。

漆黑覆压三百里，淡烟深锁九千村。玉宇提前进黄昏。

鹧鸪天

远去青春叹岁匆，秋来登高看归鸿。愁重怀念故土月，情低无奈他乡风。

绿渐瘦，黄渐浓，平川旷野变憔容。可怜漂泊天涯客，谁解相思一梦同。

蝶恋花·雨未下阴云被风吹散

炎日当空热狂舞，万里平川，干燥恶魔焐。又见阴云风吹去，谁知盼雨相思苦。

二十多天晴玉宇，大地干渴，农家愁千绪。听到分明雷神语，抬头看时无寻处。

清平乐

凉气袅袅，清晨起床早。菜地里面拔杂草，趁着秋日拂晓。

萝卜绿色云霞，白菜碧叶挺拔。翻开一片

空地，挖沟把蒜种下。

渔歌子

寂寞秋园分外哀，蓬蒿过人牵牛开。虫飞舞，蝶乱来，蛛网层层满窗台。

王开峰

男，汉族，1958年生，滕州市滨湖镇人，大专文化，滕州市农业综合开发办公室退休。现为滕州市诗词学会常务理事。

五律·咏荷

观荷浮短槎，碧浪映渔家。
拿棹惊飞鸟，弄潮听鼓蛙。
叶深藏鹭鹭，花艳惹烟霞。
雅号称君子，遗风千古嘉。

五律·山溪

峻岭泻清泉，奔流一路漩。
岚烟缠碧树，日影映红莲。
滚滚入东海，涓涓汇大川。
尽情奔放去，自得乐天然。

五律·故乡湿地美

何处风光美，微湖洁又纯。
红荷生湿地，碧水润黎民。
欢笑惊凫鸟，停舟放钓纶。
清波接天远，更觉故乡亲。

七绝·春雨

昨晚犹愁去冬旱，今朝反话好种田。
喜雨初春润万物，老农笑说胜飘钱。

七绝·登长城感怀

长城登上意难平，耳畔传来哀怨声。
万里长龙卧北国，征夫血泪筑愁城。

七律·访菊

闲暇骑车乡下游，霜晴气爽送香柔。
大棚内外皆芳韵，小路篱边生野秋。
香蝶黄花情切切，斜阳金蕊意悠悠。
东篱颜色传佳话，骚客至今吟不休。

七律·微湖春画

杨柳轻风拂面吹，恣情小鸟逐双飞。
蒹葭鲜嫩寄清水，绿树依微绣幕围。
霞彩满天离港去，棹歌落日打渔归。
田园美景添新绿，春水微湖夕照晖。

七律·咏荷

六月观荷浮短槎，碧波万顷映渔家。
鱼翔浅底慕飞鸟，棹弄晚潮听鼓蛙。
翠盖田田藏鹭鹭，红颜艳艳惹烟霞。
迎风斗雨舞湖面，君子遗风千古嘉。

王奎顺

永清县土楼村人，1966年生，曾教书12年。现为个体经营者。

感赋谷风诗社(新韵)

因恋诗经盟谷风，旌旗举处韵声浓。
四乡崛起诗香远，赵北燕南一亮星。

为学有感

熔炉世事法延传，学业求知比炼丹。
心似宝刀磨便利，事如纸虎畏方难。

咏菊(新韵)

天真烂漫傲然生，无视霜欺暴雪凌。
陶令东篱成挚友，黄巢金甲布雄兵。

咏松

万古长青笔，挥毫鉴世间。
兴衰终有迹，圈点好河山。

感恩师(新韵)

愚氓深抱愧，师训鼓长捶。
风起芦花荡，雨淋竹笋肥。
闲情观蚓走，翘首慕鸿飞。
恩比春晖暖，枯荣草力微。

王立君

笔名临池咏荷，字若水，号清泉，别号超然斋主。爱好书法、诗词、楹联、散文等。延寿县加信镇林业站副站长，延寿诗联协会理事和秘书长，中华诗词学会会员，哈尔滨市诗词协会会员，中国楹联学会会员，黑龙江省楹联家协会会员，延寿县作家协会会员，延寿县书法协会会员。作品入围第二届百诗百联大赛，获“最佳人气奖”。诗词楹联作品曾在《当代楹联家大观》《黑龙江诗词大观》《达人之家作品集》《黑龙江联坛》《哈尔滨诗词楹联》《春花秋叶》《北国诗风》《北国时报》《军山湖》《卧虎泉诗刊》《肇源诗词》《宾州诗词》《通肯河诗词》等报刊发表。

中秋夜随感(新韵)

凝眸欲赏窗前月，却见秋风乱作为。
偶布萧萧疏落雨，常横冷冷劲狂眉。
清霜造访枫羞涩，寒露欺凌草痛悲。
唯有相思知酒意，炒熟诗句醉千回。

学太极有感(新韵)

为扫病魔学太极，行招列式劲如一。
健身八法功之妙，运气周天境也奇。
忘却繁杂松静站，留存意念稳徐移。
师恩似海航程定，守志修为路不迷。

母亲节又逢儿生辰感怀(新韵)

相册翻开记忆新，亲恩厚爱有深痕。
三杯好酒虔心敬，两句真言孝子陈。
昔日是年娘受苦，今朝此刻我失魂。
焚烧一束绢花礼，寄上祝福康乃馨。

（注：2015 年 2 月 16 日，母亲过世。3 个月过去了，母亲节来临，恰恰又赶上我的生日，于是，下笔写下一份祝福，寄托一份哀思。）

冬月绿海大厦林校同学 20 年聚会感怀

任尔云空面色沉，无关疏柳曳江滨。
离别廿载情难阻，相聚三冬梦可温。
笑靥如花犹灿烂，歌声似酒倍清纯。
抛俗漫品同窗味，心底留存一份真。

鹧鸪天·秋日所见

步入山林此意清，微风送爽稻香浓。蜻蜓舞醉金秋韵，枫叶燃红玉水情。

听鸟唱，赏花容。无边趣味伴身行。松菇撑伞寻榛子，灰鼠垂涎一扫空。

七律·山行有题(新韵)

高声呐喊放心情，秋水潺潺有共鸣。
波晕圈出荷妩媚，湖光照亮眼晶莹。
轻歌化解胸中郁，慢步寻思脚下程。
山路虽弯知尽处，峰峦再险我能行。

七律·春望(新韵)

柳丝清唱水调琴，紫气翻腾韵渐深。
无限生机植沃土，八方财路贯寒门。
汗珠滑落雨声近，虹彩绘出天意真。
锦绣蓝图谁运笔？民心所向带头人。

2014 年 5 月 22 日

行香子·农家秋宴(新韵)

峰顶流云，陌野盛金。赏秋图，渲染乡村。菊舒艳瓣，枫抹红唇。感山风清，谷风烈，晚风勤。

归意频频，飨客殷殷。坐席间，珍味香喷，窖藏老酒，饮醉亲人。品农家情，农家乐，主家心。

2013 年 10 月 6 日

斑渍可知朝代远，梵音唱给几人听。

王丽

笔名原野绿草。1965年出生于辽宁鞍山。自由职业，爱好广泛，喜欢用文字抒写生活的美丽。

七绝·留住(新韵)

一道夕阳落水中，轻舟划破满江红。
晚风不愿涟漪碎，浪花舞动几多重。

七绝·最爱绿色(新韵)

几日不从檐下过，独居陋室写文章。
今晨小路步行早，又见青藤爬满墙。

七绝·无题(新韵)

日落江河百事休，风尘掸去伴舟流。
他年细雨留今夜，悄染世间一缕愁。

七绝·湖边(新韵)

夕阳又遇平湖晚，水映云红霞满天。
岸上松林空夜色，谁人树下等归船。

七绝·看寺院关门(新韵)

傍晚高墙日已沉，香炉斜影近黄昏。
耳听暮鼓僧不见，只看风吹那道门。

七绝·倚窗写雨(新韵)

夏天风动不觉凉，夜晚又闻雨打窗。
明月不知何处去，万家灯火做星光。

七绝·心在远方(新韵)

我把相思寄远方，几多惆怅去他乡。
故知早已发梢老，空剩皱纹守月光。

七绝·遥想

——看古墙禅院有感

老墙锁院响钟声，檐上飞禽待诵经。

王丽

笔名思雨。女，辽宁营口人，自由职业，爱好中国传统文化，喜欢打太极、健身。

七绝·昨甘肃诗友快递一箱甜杏有感

忽闻快递叩家门，甜杏飘香情意深。
最是难得一知己，天涯海角也相邻。

七绝·牵牛花

号角连连催启程，衣沾晨露又攀登。
清风莫笑身纤弱，能上凌霄第九重。

七绝·摆渡者

晓色朦胧细柳长，一人一桨映波光。
迎风送雨十余载，摇尽青春两鬓霜。

七绝·思

青山隐隐水迢迢，落叶纷飞草木凋。
最是年年断肠处，一舟风雨任飘摇。

七绝·等待

经年未改伫桥头，自与卿卿共小舟。
今又飘潇风雨处，殷殷伞下一回眸。

七绝·夜宴

十五月圆人未圆，佳肴美酒不成欢。
他乡十载多愁客，待把琼杯泪已潸。

五绝·红豆

明月寄依思，秋江水一池。
若询情几许，红豆最相知。

王柳华

网名拈花一笑。湖北黄冈人，自由职业，

古诗词爱好者及创作者。作品散见于各种诗刊、报纸以及网络媒体平台。

七律·山居八首

（一）

蓬庐一结爱青山，但有浮云试比闲。
此后尘音风阻隔，当年诗债月填还。
花香多饮三杯酒，日暮犹开九道颜。
醉里横身星且落，鹤鸣依旧叩松关。

（二）

青衫依旧惜微身，襟带已无山外尘。
数载清风牵两袖，三分破洞背诸邻。
朝凭烟露洒痕少，夜缀珠星梦景真。
日月沉浮叉袋里，悠然捻就四时春。

（三）

松亭飞角西阳揽，一涧波光万里霞。
鸟在枝头梳翠羽，风回岸上助黄花。
浮香共酒重来饮，故事沉埃懒去嗟。
再有诸缘归梦笔，几笺山水几身家。

（四）

坐看霜华照百寻，溪堂曲径夜清森。
爬墙绿蔓遮窗洞，拂簟熏风解物心。
几许功名山外了，三分尘雪酒囊沉。
青衫一梦无从负，云里诗笺尽鹤音。

（五）

落笔三千厌物名，云笺一叠过风声。
尘缘多少能吹淡，境界高低未辩明。
自谢西湖沉谄语，终将山野视香城。
春花秋月留痕迹，字里消磨梦里轻。

（六）

隔桥暮鼓又千寻，软软风吹夏草森。
耳听蛩声穿石径，烟浮月色探松林。
樽前清影须眉捋，醉里闲词山水吟。
自了功名人未老，疏帘一卷梦由心。

（七）

篱墙绕舍犬无声，暮日依山鸟聚鸣。
淡淡炊烟松畹起，幽幽石径草香呈。
何须弯月提浮誉，惯见回溪葬落英。
内子寻来颦笑里，三分醉意望玑衡。

（八）

斜阳常饮杯中酒，浅水终年绕舍行。
花落春台痕几日，云来山谷影无声。
诗书闲处一人枕，梦鸟飞时九阙轻。
偶问谁能嘲白发，风头依旧笑功名。

王路

字紫嫣，号多情浪子、情狂书生。男，人称四爷。

临江仙

莫回首，却相望，往事上心头。那日情，已不在，天涯路不尽。相望无影。心痛以旧。何处是归宿。

今生恋，望相爱，人间事难料。缘未知，情何留，相望不知情。似爱非爱。今生只待。何日共比翼。

泪流尽，情未了，今生何相逢。人又离，情在否，海角独流落。情爱未知。孤鸿飘荡。何时共修枕。

临江仙

那日情，已不在。故乡土，何时归。望断天涯红尘路。秋风送金爽，故土咫尺在天涯。

潇潇路，孤流浪。天涯荡，情缘尽。情爱消逝笑红尘。落叶去无情。流水何时在护花。

天涯路

晨晓闻鸡读书时，秋风落叶潇潇落。

身在异乡为求学，故土何时无乡思。

天涯路

寒窗十年为金榜，悠悠岁月东逝水。
落红无情流水情，黄金榜上失龙头。
明代遗贤洛阳客，低唱浮名佳人心。
孤荡天涯异乡人，佳节思亲泪流面。
红楼客饮琵琶情，春色满园今胜昔。
笑谈戎马策江山，锦衣夜辰美人吟。
佳颜嫣然千金易，醉卧洛阳美人归。
谁知异乡游子情？天涯明月秋风归。

王民辉

福建晋江人，海员大管轮，工程师，1945年生，1965年毕业于集美航海学校（今集美大学航海学院）。中华诗词学会会员，《诗刊》子曰诗社社员，《鹭江吟草》编辑部成员、理事。著有《沪海帆影》诗文集。

七绝·陆家嘴

浦东大地沐春晖，“金茂”“环球”江畔巍。
昔日原为民宅第，而今开放凤雄飞。

七绝·苏州河今昔

垢水连连墨汁蒸，清波漾漾断长藤。
近前借问施良策，杜尽污源方有恒。

七绝·上海人民广场地铁站

地铁央枢景象新，壤深宫殿起迷津。
识途老马成神话，翁且虚心问路人。

七绝·上海外白渡桥

百岁钢桥锈迹稀，身如海燕翼轻飞。
沧桑历尽臻佳境，喜庆康年展靓衣。

七绝·W君沪上乔迁志喜

唐镇祥云款款移，招徕凤舞“迪士尼”。
地灵自古随人杰，安宅臻园庆得宜。

七律·上海外滩

盛誉百年颜貌改，赏心悦目步平台。
少时踮趾凭墙望，老迈舒心将颈抬。
西眺群楼仍峻美，东瞻新景特奇魁。
浦江何故蓦然阔？世博清江限舶开。

七律·南京路步行街

大理石屏双并立，题名江老字镌丹。
汇千极品诸商号，集百佳肴万国餐。
举目崔巍皆广厦，荡胸浪漫屡奇观。
疲劳出入人群里，又享浓荫月季坛。

七律·谒鲁迅墓

日照碑铭闪赤光，文豪仰视貌端庄。
杂文小说星光灿，“旗手”“先驱”声望彰。
铁笔投枪穷杀敌，钢牙匕首狠挖疡。
欣逢朵朵玉兰白，祭与民魂万古煌。

七律·上海滨江公园

巍巍铁碇屹江滨，侧步兜圈注目频。
卅五年前曾足至，六三岁后复游巡。
昔年实践拜师傅，今日闲暇会子亲。
眼界立新船厂撤，机忙拍摄好怀珍。

七律·忆航员宿舍

苏州河畔古楼房，宿舍单身备有床。
工作常遭舱室热，下班难得体肤凉。
繁华街市厌游览，清静房间好乐章。
偶见同窗三二位，一杯啤酒到家乡。

七律·重返英年

——参观上海中国航海博物馆

参观展馆庆佳节，景象万千呈眼前。
掌对舵轮生水道，脸朝屏幕起云烟。
神奇设备凝眸看，现代高科醉影牵。
开路旌旗人注目，欣然众老返英年。

赞集美航海上海校友会

旅沪同窗情谊隆，独家会馆喜相逢。
年年总会佳肴宴，月月分班小酒盅。
校友途程迎住宿，家乡讯息促流通。
几番迁徙风霜路，历任主理仁义忠。
“诚毅”之光尤灿烂，张林学长记心中。

游上海动物园

晴空万里好光景，直指西郊动物园。
昔日公婆相伴去，今朝子嗣举家奔。
初来秋燥炎阳晒，后继春柔浓荫存。
狮虎恶凶分领地，马羊和顺合家门。
小孙手舞频频嚷，老妪汗流紧紧跟。
儿媳轮番勤摄影，心花怒放忘黄昏。

王明辉

桂塘九年制学校

（一）

柳丝轻拂桂香居，沧海遗珠灿灿如。
四面青山含晓籁。一溪碧水戏游鱼。
心知树木十年远，目送翔南万里初。
薪火相传传不尽，人间至味是诗书。

（二）

张弛之道费工夫，光耀杏坛常鼓呼。
文运天开开秘境，先锋旗展展鸿图。
生源好聚丹山凤，善政多欣赤兔驹。
教化从来非小事，育成大木万千株。

（三）

沅芷澧兰迎晓晖，桂花香绕柳依依。
心牵手捧勤呵护，万紫千红笑掩扉。

王培榕

清华自控专业自九级（1963－1969年）毕业，计算机高级工程师。1989年调入珠海，先后任珠海市电子集团副科长、下属公司总经理、南方软件园总工、清华科技园总助，珠海市专家库成员、职改办评委，软件协会、文产协会、经促会专家库成员，珠海市诗歌学会副会长，珠海市作协、音协会员。

过长江

九越长江水，情思九飞扬。
谁遣天工力，横空架桥梁？
南疆连北国，中分以大江。
东海浪击天，西山岭绵延。
八亿赤诚子，汗血沃膏壤。
巨龙东方啸，熊虎两惶惶。
谁能阻扬子，滔滔下海洋？
我蘸我心血，为尔写颂章。

神农架咏叹调

巍巍神农架，莽莽原生林，半山云雾绕，忽雨又忽晴。

山路多急弯，草木少知名，五味子果串，红玛瑙晶莹。

黄杨木叶小，片片翠鱼鳞，气清沁心脾，露湿行山径。

溪流水清澈，叮当起琴音，隐隐雷声近，飞瀑倾泻鸣。

石奇百千态，雾里如仙境。野人寻不见，游客放吼声。

攀溯香溪源，林密山更青。涵养上天水，溶入地精灵。

汩汩泉眼涌，汇成香溪清。大鲵此栖息，猕猴渴可饮。

神农洗百草，昭君水作镜。一河灌两岸，五谷养万民。

奔流至秭归，屈原望江吟。百里入长江，中华脉丰盈。

开枝又散叶，五洲寻根茎。炎黄共为祖，千秋万古兴。

诗经·自九·精灵

——清华自九学友珠三角聚会后记

呦呦自九,天地精灵。顽童一群,生肖六形。
猪憨狗忠,鸡勇猴精。兄姐插班,羊欢马鸣。
呦呦自九,晨曦精灵。青涩顽童,汇聚北京。
师长表表,醍醐灌顶。荷角尖尖,珠露晶莹。
呦呦自九,九州精灵。水木清华,陶冶情性。
寻知若渴,学问求精。闻亭钟催,探索使命。
呦呦自九,迷惘精灵。文革狂飙,亢奋伤情。
派性撕裂,荒诞不经。五味瓶翻,百感交拧。
呦呦自九,社稷精灵。怏怏离校,舔伤自省。
剥笋反思,鞭挞心性。基层熬炼,学工农兵。
呦呦自九,五行精灵。天涯海角,安身立命。
西飞东渡,攻关身影。顺境逆境,照样前行。
呦呦自九,社会精灵。耕山填海,揽月摘星。
弯弓射雕,不辱使命。沧海横流,搏浪奋进。
呦呦自九,云霞精灵。碧草如茵,绿树高挺。
悟道不惑,笑说天命。耳顺从心,云淡风清。
呦呦自九,人间精灵。俯仰天地,童心坦静。
同窗邀聚,似酒芳馨。情为何物,可读此经。

王沛

网名翁童,字慧远。自1996年从教以来,先后从事小学、初中、高中阶段多门学科教学工作,现任教于古浪县泗水初级中学。甘肃省诗词学会会员,武威市诗词楹联学会会员,武威市诗教中心班长,武威市老年科技工作者协会会员,古浪县音乐家协会会员。从教之余,喜欢研究并创作古诗词,作品散见于《武威诗词》《西凉晚刊》《天马诗刊》《凉州文艺》《古浪教育》《苏武山诗词》等。

七绝·凉州词一组

（一）

塞上春风树上花,声惊紫燕好还家。
黄丫最喜村头闹,赊取空枝作地耙。

（二）

小曲悠悠绕古楼,清茶盏盏靓珠喉。
楼头闲鹤云天外,茶舍三弦入梦游。

（三）

胡琴弦断息烽烟,自此凉城不夜天。
消魂最是琵琶曲,一丝一缕说桑田。

（四）

草吟陌上古王陵,楼掩城头望月灯。
一段天涯风雨路,绝尘骥马踏渊冰。

（五）

阳关路尽日西斜,陌上飞鸿过汉家。
宿主楼头樽对月,风云夜语叹胡笳。

（六）

关山寒月冷清秋,马踏胡琴入梦游。
梦里孤鸦啼血色,汉家烟火漫凉州。

（七）

一弯烟雨几亭桥,塞上风光杨柳腰。
另有顽童拎硕鼠,家猫作伴护青苗。

（八）

草隐沟渠树隐村,阿婆倚石坐闲门。
谁家院里小儿闹,惊得鸡娃没了魂。

七律·秋雁

风寒雨露醉清秋,雁翅飞云几十州。
技施雕虫谋远虑,胸怀大略驾轻舟。
攀崖一览银河水,划羽平分来去愁。
不待苍山收望眼,吟哦笺字又回眸。

七律·缅怀徐志摩兼寄自己

诗行迷梦化飞蝶,扑入书塬啖纸香。
取走清芬妆幕色,偷来彩练舞晨阳。

无心苍宇三千地，寻味文山万里霜。
经此安然眠不醒，且留风月送萧郎。

七律·中秋明月

虽是霜秋愁满地，高天玉镜亦倾城。
花容笑语厅堂客，明目羞含过往情。
娇影千重抚漠漠，冰心一瓣暖卿卿。
而今又至女儿节，淡寄清辉笼笛声。

七律·教师节有寄

梦寄春风润物酥，情酬圣地育新雏。
千年古训心头过，万盏书灯手里扶。
笔下萤光明远志，窗前霞彩绘长弧。
愿赊晚景一江水，洗剪晨阳跨的卢。

七律·秋愿

穿空归雁乱秋声，瑟瑟风寒过陌城。
露白残垣催暮景，云生冷雨泣枯琼。
高天难借霜禾绿，故土权存不老情。
如是由来谁定数，明春水暖问犁耕。

五绝·祁连秋色

天高云写意，风冷雁回眸。
山色空蒙处，凋零一地秋。

五律·登高

登高云让路，放眼我为峰。
独揽宫天月，轻拥半壁松。
回眸撩远路，出步踩风踪。
偶入山中寺，闲听话我侬。

五绝·夏日傍晚

山高云歇脚，草绿柳摇风。
暮鼓敲崖壁，松前一老翁。

五律·月夜山行

重山挽素晖，晚幕抱幽归。
石饮潺沄水，松披黛绿衣。
清风抚远路，倦鸟入香帏。
几点腮边露，鹊桥红泪飞。

王其来

男，1954年生，滕州市级索镇人，高中毕业，经营图书。现为滕州市诗词学会会员。

七绝·游牡丹园

嫣红姹紫牡丹开，国色天香花占魁。
仙子临风芳溢远，引招蜂蝶八方来。

七绝·夏夜

霁月当空分外明，中宵静寂感风轻。
丝丝凉意身心惬，偶尔飘来蛙叫声。

红荷湿地

（一）

夕照独山如蜃楼，渔歌唱晚恁风流。
红荷挥手迎宾客，绿苇丛中隐小舟。

（二）

人道微湖景不同，最佳却是夏时中。
经霖绿苇影呈翠，映日荷花别样红。

（三）

湖水粼粼潋滟光，晨风缕缕送荷香。
花红叶碧金蜓舞，渔女摘莲舟上忙。

七绝·迎春花

东风缕缕拂楼台，六九仍寒燕未来。
冬去春回她已报，黄花灿烂向阳开。

清平乐·金秋

艳阳高照，玉米开颜笑，路上田间真热闹，原是秋收已到。

彩霞染赤西天，夜深明月团圆，男女村民

奋战，此情此景空前。

楼台常忆初生地，无奈他乡作故乡。

王启万

网名天外男。汉，生于1974年，青海省格尔木市人。文学爱好者，有多篇作品发表在网络平台和地区报刊。

七绝·江畔寻花

一朵莲花弱水栖，清香四溢未沾泥。
而今重觅年前地，飞絮茫茫蔽岸堤。

七绝·观山

烟波万里写灵山，风雨浮云各半弯。
或许渔翁知去意，一人独揽一江闲。

七绝·公园怀远

闲云浮影自悠悠，来去游人春复秋。
试问逍遥何处有？平湖镜里泛渔舟。

七绝·垂柳

粼粼碧水映楼台，景色清明日月裁。
不问风光何处好，凌空垂下数枝来。

七绝·水峡

野菊黄花夏水流，炎阳忽雨戏轻柔。
莺声舞起风吹近，此处青山不带愁。

七绝·登上武当山

夏初雨梦九霄天，一览江山万古烟。
千载风流多少客，尽随草色入青川。

七绝·折柳送别

九里郊林绿满天，折枝把手送流年。
清风未解人间苦，一任青丝挡眼前。

七绝·室内之花

朵朵花开自溢香，轻舒枝叶向阳光。

王荣

网名锦儿。1967年生，祖籍陕西省绥德县，现居山东省东营市胜利油田。热爱文学创作，尤喜音乐、诗词歌赋，作品散见于网络媒体平台。

七律·赏荷

谁遣仙家下九天，娉婷出水自悠然。
含珠玉蕊千丝韵，摄魄香魂一缕烟。
仰面凌波羞闭月，低眉顾影绝尘缘。
人间正是花开日，更喜今生独爱莲。

七律·榴花

似火榴花别样红，含羞纤蕊透玲珑。
新枝挂露流清韵，老干回春沐晚风。
丽质千株情烈烈，香魂万里意融融。
娇嗔一笑群芳妒，多少英雄尽曲躬。

五律·我有一张琴

我有一张琴，冰弦涤素心。
松风藏妙韵，山水弄清音。
能使娇莺醉，还令晓月沉。
悠悠千古意，脉脉指尖寻。

七绝·咏古代四大美人

西施——沉鱼

若耶溪畔浣纱女，忍辱东吴报国仇。
枉道男儿多壮志，沉鱼荣宠运筹谋。

王昭君——落雁

大义红颜出汉宫，紫台孤雁忍离东。
琵琶一曲空余恨，唯有相思寄朔风。

貂蝉——闭月

焚香拜月广寒羞，汉室飘摇暮已秋。
妙计连环驱虎豹，名垂芳史万年留。

杨玉环——羞花

芙蓉出水貌羞花，独获君王爱有加。
比翼连枝终是梦，马嵬玉陨赐绫纱。

蝶恋花·感秋

酒薄愁长消不尽，流水华年，染透青丝鬓，剪剪秋风添怅恨，才知落日黄昏近。

素手冰弦风做韵，露冷轻寒，眺望西山问，断雁不回天外信，空留一地伤心荩。

王慎意

字斯民，号一樵。男，1932 年生，滕州市人，离休教师。中华诗词学会会员，江南诗词学会会员，滕州市诗词学会常务理事。作品散见于《中华诗词》等报刊。著有《养心山房诗钞》及《史事漫吟录》等。

五律·秋日

秋高天似洗，客少户常关。
虫唱瓜棚冷，燕归茅屋闲。
新诗初咏就，旧作复吟删。
饭后无多事，行看夕照山。

五律·居庸关

居庸山色翠，谷韵伴鸣泉。
高岭龙身伏，精兵虎目圆。
雄关亡敌胆，胡马畏烽烟。
万里长城在，神州铁壁坚。

夜游宫·断愁

碧落轻云幕罩，小池畔、寒蛩喧噪。细雨濛濛素风啸。伫黄昏，井桐飘，宵悄悄。

月夕幽庭绕，旧愁恋，新愁环缭。似听金娥诤言告：剪愁丝，莫愁肠，人易老。

扬州慢·游清凉山

遗井犹存，翠微亭在，古楼鼓吊钟悬。赞钟山灵秀，叹虎踞龙盘。溯往事、吴都花草、晋朝粉黛，尽付云烟。得宽余、来访金陵，登石头山。

深情夙愿，仰先儒、拜谒骚坛。乐山水怡情，寓形幽境，翰墨精研。佼佼江南名士，称三绝、俊赏龚贤。扫叶楼情重，客归矣意拳拳。

念奴娇·教坛留教

退居客舍，自兹芳圃别，豪情犹烈。五十三年疲惫客，不肯壮怀消歇，险韵推敲，书田耕垦，落寞全遗脱。穷通皆忘，海平天丽地阔。

返里常晤慈兄，怡怡之乐，无复公时夺。抵足论诗追雅颂，絮语每陪斜月。旧作将删，徽章待答，晨练强身骨。古稀何老？路迢迢步初越。

采桑子·留春

山青水秀春来早，花木葱茏，蝶恋花丛，紫燕呢喃掠碧空。

恼人莫过春将暮，留住芳容，腕底和风，柳绿桃红春意浓。

行香子·月季

清馥奇葩，溢彩流霞。添情趣，点缀农家。工余饭后，一盏清茶。看蔼儿红，叶儿绿，蜂儿爬。

瓶花易谢，插地为佳。勤呵护、枝撑杈枒。风来曼舞，影上窗纱。赏紫如檀，白如玉，墨如鸦。

沁园春·长城

举世闻名，百代雄风，万里障屏。拒敌于边圉，雄师重镇，烽烟堡垒，金柝声声。戍守千年，晨昏惕厉，忠勇何忧烽火明！鸣金鼓，箭发礌炮响，击退骄兵。

中华民族明征，海内外游人捷足登。涧谷

流幽韵，居庸叠翠，伏虎踞龙，气势恢宏。港澳回归，炎黄喜庆，谨防狂徒兵甲兴。戈为枕，保金瓯无缺，爱我长城。

王声韵

不尽春光老更芳

——龙山县老年大学创办五周年感赋（组诗）

（一）

龙凤山高酉水长，银丝皓首话沧桑。
莫言迟暮无归处，不尽春光老更芳。

（二）

矢志追求圆学梦，用功堪比少年郎。
师生互动勤磨砺，教学相长兴味长。

（三）

丝竹管弦音绕梁，键盘黑白韵铿锵。
挥毫吟咏抒心意，翰墨丹青溢异香。

（四）

相机镜里留奇景，网络全球任纵横。
门羽球场强体魄，湖滨垂钓悦心神。

（五）

养生保健为防病，太极剑拳能健身。
摆手堂中土家舞，声歌溜子庆升平。

（六）

耕耘辛劳五春秋，似锦繁花硕果稠。
州省佳评名示范，三湘老教创新优。

（七）

金秋大地黄花艳，校苑菁菁似画妍，
翁妪英姿精艺展，欢歌笑语喜空前。

（八）

夕阳霞照光寰宇，盛世昌明乐晚年。
老骥扬蹄千里志，青春永驻史无前。

王善同

念奴娇·天池

几番妆扮，又惊艳、恰若新娘出阁。遥望南山，披一缕、依旧橘红如昨。画笔秋风，丹青日暮，富丽峰与壑。恍然如梦，耳闻黄竹诗作。

旌旗漫展金堤，白云歌起，正仙仪司铎。拂袖飘飘，眉宇间、尽展丰姿绰约。惟此神人，多情方不负，我生云鹤。惜天长醉，世心何以清浊。

丙申重阳诗会得晤京广诸位诗友

识得珠江月，人间多一圆。
重三花弄影，霄九客行仙。
尚记留夷句，犹期豆蔻年。
天山风雨后，亦有彩虹悬。

丙申重阳赴诗会

蜗牛路上问时间，误我重阳未转环。
师傅寻钱不搜韵，书生爱水更怜山。
露寒百里芦花约，草白一秋戈壁还。
摩诘不知西域事，风骚亦得几重关。

王书军

1972年生，河北霸州煎茶铺镇高村人，农民。谷风诗社副社长，廊坊诗词学会会员，霸州诗协会员。

松

初咏英姿树，迎风古刹前。
谁人能理解，墨缘染长天。

盟结诗社1周年感赋

农家琐事总身缠，不变痴心又一年。
灿烂春光无限好，清歌一曲谱新篇。

赞彭、董、张三位老师（新韵）

瑰宝深埋今日挖，高村贤聚大诗家。
彭鹏董礼吟平水，更有张师词赋佳。

除夕自勉

十载蹉跎每废眠，回眸岂敢逆风船。
春秋似水我还我，日月如梭年复年。
韬养不为非本色，坚持拼斗向蓝天。
前程自信应无量，不惑扬帆向日边。

王书生

1964年生，毕业于山西省轻工业学校。侯马市政协文史委委员，民建临汾市委、侯马市委委员。曾在省、地市级报刊发表多篇文章。

如梦令·侯马民建走进军营

秋高气朗天湛，军地把手言欢。演兵场内外，一片生机盎然。应赞，应赞。同普国防新篇。

温月坊王书生乙未年作

卜算子

往昔风华韶，陋室青衣单，孤灯残酒一只烟，雨雪伴春寒。

晨谈徐霞客，暮仗倚天剑，萧鼓旌旗横流散，追忆任凭栏。

乙未年王书生作于新田

七绝·夜饮

问花问柳问红尘，谁把瑶池落凡林。
莫非世外天仙客，昨夜温酒对月饮。

七绝·海云寺

古刹千年历沧桑，高僧辈出耀平阳。
本是佛门一净土，今日禅音追汉唐。

温月坊王书生乙未秋应邀题奉临汾海云寺

七绝·夜游园

遥望星辰挂长空，小园芳径徘徊中。
花儿月下梦蝶来，黄雀枝头听蛙纵。

温月坊王书生乙未夏作于紫程公园

王淑梅

笔名闲心若水。女，满族，黑龙江人，70后。爱好文学，尤喜诗词。有两千余首作品刊发于国家级、省级、市县级文学刊物。《中华诗人》《九州诗词》《界江之韵——萝北百年诗词集萃》编委，《中华女子诗词》《中华女子楹联》《中华女子散曲》首卷副主编，墨舞红尘中文网古版副主编。香港诗词学会理事，黑龙江省萝北县诗协副主席。

南歌子·行吟石林

石壁擎红日，云崖向碧穹。渊塘岭上伫奇峰。醉目怡神犹在画图中。

举剑张英气，迎宾挺劲松。钟灵毓秀阅无穷。甩蔓青藤牵我莫匆匆。

南歌子·行吟蝴蝶泉

蛱蝶双肩戏，风华一路芳。临池照影弄新妆。筱径幽篁谁在写沧桑。

翠盖擎山雾，青苔覆栅塘。合欢树上系香囊。几许游人投讯试情长。

南歌子·行吟崇圣寺

玄紫祥云聚，青铜瑞气绵。观音举臂化尘缘。大殿阁中俗客并参禅。

尔问官差运，吾祈世代安。善男信女此般虔。嘱咐众生许愿不须还。

南歌子·行吟大理古城

白壁添青瓦，长廊转苑园。宾朋云聚共言欢。小憩闲聊尽兴品西餐。

古董琳琅布，金花妙曼翩。绿藤竹篓水云天。艺术沙龙雅致胜桃源。

南歌子·行吟洱海

小岛幽丛伫，楼船曲道航。清涟荡碧闪粼光。皓月摇金疏影曳长廊。

夹岸亭台古，环湖玉洱沧。澄明水镜似仙乡。浩渺烟波人在画中央。

南歌子·行吟玉龙雪山

奇险名中外，云霞系岭峰。披银戴翠耀青穹。隐现之间玄带卧神龙。

巅顶冰缠帽，山腰雾裹胸。笼烟曙色霁云彤。雪域风情金水璧流中。

南歌子·行吟澜沧江

带碧盘山过，凌波逆浪冲。穿梭万壑绕千峰。峡谷竞流出界渡湄公。

揽秀观澜阔，闻声阅濑雄。俚歌摇醉向三崇。拍岸金沙江渚问秋冬。

南歌子·行吟丽江古城

角砾铺街巷，飞梁架拱桥。双车流水转通宵。玉凤金龙户牖巧工雕。

月下茶香溢，塘边柳叶摇。曲通幽处客如潮。古朴民风神韵领风骚。

王同岁

男，中国楹联学会会员，联都网站管理员，安徽省怀远县诗词楹联学会副秘书长。诗词楹联作品多次被中宣部及《党建》杂志选用，在全国各类楹联征集活动中多次获奖。

五律·自勉

常存君子腹，莫度小人心。
身正无斜影，胸宽自远襟。
投桃当李报，煮酒更诗斟。
世事皆因果，轮回看古今。

七绝·悲蝉

藏身地下几多年，翘首枝头眼望穿。
可叹未能金壳去，奈何已做口中鲜。

七律·咏荷

落淖依然碧玉身，不将清逸染浮尘。
凌波照影仙姿妙，沐雨梳妆粉面新。
气质端庄常入画，品行高洁好为邻。
何愁霜冷寒塘月，暗许芬芳待翌春。

爱我中华赋

春风习习，暖意融融。莺飞燕舞，柳绿桃红。喜见国家康定，欢歌政治仁通。铭记三严三实，践行八耻八荣。倡廉以俭，树信于诚。治贪肃腐，打虎拍蝇。促和谐社会，听民众心声。平安里以人为本，危难时报国尽忠。不让豺狼进犯，岂容贼寇称雄？坚吾利器，固我长城。横刀立马，陷阵冲锋。万里长天书壮志，千秋伟业踏征程。豪情挥汗水，妙手绘丹青。共祈愿：中华永恒。

王新玲

女，1971 年生，电台播音员。有一怪癖，自小喜欢朗诵，已到了痴迷的程度，每每播读稿件必先漱口，曰：清洁文字。

七绝·小葱拌豆腐

正方脂玉待厨中，最爱喜搭香露葱。
皆懂菜名承喻义，一清二白治家风。

七绝·倚窗听雨

独倚轩窗听雨绵，红尘陌上数流年，

愁思几缕随风远，便引诗情入锦笺。

七绝·丙申年七夕前一晚登山抒怀(中华新韵)

一痕瘦影韵阑珊，几缕乡愁凝笔端，
往事随风花落去，嫣然一笑水云间。

七绝·思乡

满树妖娆果正肥，借枝当韵竹篱围，
故园小友樱桃嘴，却问伊人归不归？

七律·仕女思春

佳人梅影衬纤腰，螺髻青浓黛眼描。
檀扇懒摇香染柳，罗裙轻舞俏飞绡。
亭前弯月无心赏，水面荷花盛意邀。
梦里思君君不至，何当剪烛话廊桥？

卜算子·赏荷

暑月雨濛濛，彩蝶花丛舞。碧水清莹荡绿波，放眼三千亩。

一季领芳华，唯恐桃花妒。品性如兰举止端，谁解莲心苦？

西江月·西江贡米

云白高天镶嵌，枫红曼舞中秋。一弯溪水绕山流，苔藓苍苍石黝。通化香醪醇厚，西江贡米丰收。

(注：2016年9月30日上午，在通化县西江镇举办乡村旅游文化顾问聘任及“登龙山，看稻浪，品贡米”活动，填词一阕。)

王维洲

男，汉族，1957年生，广东省吴川市人，中学高级教师。广东中华诗词学会会员，湛江诗社社员，吴川诗社理事，吴川市覃巴诗会副会长，吴川市民间文学家协会副主席。有近百首诗词被录入《广东诗词》《湛海诗词》《梅江诗词》《茂山诗集》《覃巴诗集》等刊物，在网络平台发表有三百多首(副)诗词联，并获省级以上奖项数次。

游庐山

匡庐独秀耸苍穹，疑是神雕鬼斧工。
壁立千峰旋涧谷，岚回绝顶住寒宫。
三山泉叠天连水，九派云横雪拥空。
荡尽尘心何处去？桃花源里伴仙童。

咏秋月

落叶梧桐菊显优，天高始觉镜明眸。
今宵有约吟秋共，自古多情笑月勾。
离合悲欢仍未了，阴晴圆缺总无休。
云开每见清辉泻，尽解人间两地愁。

观电视剧《包青天》有感

无私铁面世同恭，昭雪除奸案万宗。
但愿铡刀成废钣，人间不再请包公。

湛江巨变喜赋

昔日牛车霸路街，飞扬红土满沾鞋。
廿年湛港新容展，数里长廊绿景排。
栉比崇楼呈富庶，纵横大道构和谐。
长跨碧海虹桥架，万众沸腾呼壮哉！

过秦陵兵马俑坑

褒贬秦朝说始皇，长城障险筑阿房。
万民苦役千家怨，六国鲸吞一代狂。
早作生前传世祖，更为死后做阎王。
无辜陶俑千年守，能伴孤魂去救亡？

游华山

如云似雾半山飘，峻险奇峰路一条。
来往攀崖声贯耳，穿梭过道客猫腰。
劈山救母英雄少，翻岳擒龙智勇超。
战士当年顽喋血，精神激我上凌霄。

忆儿时秋夜

如水银光洒地堂，儿时喜聚捉迷藏。
相嬉童侣村边逐，收割农夫月下忙。
常有繁星同作伴，更无寒夜独思量。
沧桑难料千般变，弹指挥间鬓染霜。

满江红·端阳节吊屈原

鼓震端阳，怀屈子、声声诉说。想楚国、襄王倾佞，怀沙沉汨。一代冤魂悲故国，千秋浩气驱残月。竞龙舟、赤县慰忠魂，彪英烈。

《离骚》赋，如水泄，清与浊，终明别。《国殇》幽怨恨，鬼雄神活。放逐行吟忧社稷，沦亡不忍看宫阙。喜今朝、史册载遗篇，从头阅。

王文波

笔名梦中语，网名硕鼠。山西长治人，在京务工人员，诗词爱好者。

五古·击案歌

摇摇一叶舟，逐水亦随流。
朝曦醒醉意，暮雨又添愁。
举目四茫茫，何处觅沙洲。
但得栖身所，岂愿四海游。
星月伴清酒，击案歌忘忧。
兴去倚壁眠，梦里也悠悠。

五古·思太行

霞光摄暗云，暮曦落扶桑。
大风肆无忌，游子仍单裳。
蓦然生乡念，几时归帆扬。
溯河近王屋，乘车至太行。
窑外炊烟起，尚闻谷饭香。

五绝·重阳远眺

昏然方梦晓，世上已重阳。
极目苍山外。云深渺太行。

长相思·梦太行

梦太行。渐残阳。小院三围坯土墙。土墙隐佛桑。

月光凉。地凝霜。游子欣然还故乡。故乡银满窗。

五绝·泊云海

云海泊孤舟，苍茫一点幽。
孤舟无系索，凭浪万山游。

五绝·吟白鹭

触水波光皱，轻排小石丘。
微澜花照影，白鹭望鱼游。

鹊桥仙·七夕

墨倾昊宇，云扶钩月，繁市斑斓灯火。侣嬉霓下影痴缠，羡艳了，神仙几个。

更深夜寂，星残人散，唯剩流光数抹。彼时盛景共秋风，尽化作，迷离浮沫。

七绝·长城

筑塞千山拒狄戎，砖墙斑驳气尤雄。
当年风雨皆消散，唯剩来人唱大风。

王习先

女，1933年生，山东省乳山市人，滕州市退休干部。滕州市诗词学会会员。作品入选《当代巾帼诗词大观》《中华当代绝句选粹》《中华女诗人词典》等。

五绝·自勉

桑榆何所乐，循律自吟诗。
裁剪青春影，风云看旧姿。

五律·赏雪二首

（一）

茫茫天幕白，素幔是谁裁。

绿竹银装裹，红梅玉蕊开。
梨花放万树，琼液溢千杯。
弄笔吟佳景，羞无咏絮才。

（二）

纷纷玉屑扬，老发少年狂。
披雪观光景，冲寒去广场。
车停儿录像，地滑女扶娘。
三九谁云冷，亲情慰腑肠。

七绝·家燕

狂风阵阵乌云摧，雨打桐花乱落飞。
老燕旋飞来去急，呢喃在唤幼雏归。

七律·咏昙花

雍容肥叶倚蓬门，着土生根绿满盆。
花向嫦娥飞媚眼，枝招桂殿借芳魂。
蕊开夜月娟娟影，妆卸朝霞淡淡痕。
出俗娇羞姿再展，清香沁爽送黄昏。

春游

碧草茵茵杨柳新，寻芳观景旷心神。
香浮雪海蜂迷路，翠染晴峦草绝尘。
油菜散金邀彩蝶，桃花含笑待嘉宾。
游人陶醉无归意，低唱高吟满目春。

采桑子·度重阳

风光旖旎心舒畅，欢度重阳，闲话麻桑，足食丰衣颂小康。

晚霞灿烂黄昏美，珍惜秋光，挽住秋光，莫叹青丝已染霜。

采桑子·赏秋

天高气爽时光好，秋菊芬芳，竹翠松苍，枫叶烧红满天霜。

黄金遍地丹沙染，瓜果琳琅，稻谷登场，笑语欢声兴致狂。

王仙荣

女，中学高级教师，现为河南省郸城县实验幼儿园副园长。

五绝·粽子

层层竹叶裹，端午竞芬芳。
再诵屈原赋，欣闻粽子香。

七绝·高温

暑天疏雨少阴凉，翠翠红红点点香。
忧惧骄阳连日照，蝶蜂飞远绿成黄。

采桑子·海棠

嫦娥撒下思乡草，独占群芳。艳压群芳，次第花开惹雀狂。

年年玉女着红绿，不负春光。无限风光，雨后清香俏海棠。

江南春·夏日

花露艳，树嫣然。观花花不语，看树树无言。

羞花脉脉蜂蝶恋，喜鹊喳喳好事喧。

王贤平

网名山风，医生，酷爱诗词。

七绝·无题

乘流逐食银鱼跳，滚滚心花起怒潮。
迷路江湖悲失处，迎风鸥鸟任逍遥。
（指导老师：向雨田。）

七绝·偶成

乘波踏浪银鱼跳，滚滚心花涌怒潮。
笑问江湖何处去？孤帆一叶任逍遥！
（指导老师：楚龙吟。）

七绝·无题

满湖泛乐银鱼跳，滚滚心花起怒潮。
但看渔姑慌乱处，波波涌近吻红娇。

七绝·花问

茫茫沧海蝶难飞，滚滚泪流心化灰。
雨若有情天亦老，穿心万箭为谁悲？

七绝·天问

梦乡夜夜醉春风，酒醒梨花风雨中。
四海群山缘雪老，冷梅怒放为谁红？

七绝·思念

青山瘦尽盼君归，不愿白头雪又催。
血染梅红心碎尽，翩翩粉蝶几时回？
（指导老师：楚龙吟。）

王晓飞

昵称安妮。内蒙古赤峰市阿旗天山人，1978年生，大学本科学历，汉语言文学毕业，现从事教育教学工作，中学一级教师。赤峰市诗词学会会员。喜欢格律诗词，作品散见于各诗词学会诗刊。

五绝·题终南山人老师游太行山图

白浪起秋鸿，龙鸣万壑松。
攀岩聆九曲，惊见一山翁。

七律·中秋月

天阶宝镜映寒楼，西岭幽幽正浅秋。
十里桂香生别院，一湖烟霭起江流。
蓬门我看波边月，古调卿斟石上瓯。
自是闲情闻妙籁，御风竹牖唱乡州。

五律·赏秋

瑞气带初阳，悠悠曲径长。
南塘莲减绿，西陌草添黄。
一夜瓜畦老，三山陶菊香。
坡前堪客醉，放眼觅诗章。

五律·深秋

石径千枝杳，林疏叶落频。
风摇憔悴树，霜冷寂寥尘。
老巷聆香桂，轩窗忆旧人。
残芳堪入梦，缱绻待阳春。

蝶恋花·香笺写就声声慢

古木香弥幽径远，细水涓涓，流影清潭浅。鸟语空灵音隽啭，谁能共我吟花恋。

绿蚁殷勤天渐晚，片片遐思，寄与云中雁。如梦尘缘生素愿，香笺写就声声慢。

玉楼春·枕梦还聆憔悴树

琴声倏起尘如许，风卷枫红铺满路。云横雁去两依依，冷落秋霜愁又顾。

池塘绿减凝清露，杯茗无心浮霭雾。客途何处画屏幽，枕梦还聆憔悴树。

踏莎行·明宵琴上同谁共

白露凝尘，清霜惊梦。西窗帘卷随风动。东流孤棹向何方，拍浪已过横桥洞。

绿影难留，寒蛩易送。冰心憔悴情缘重。香醪浅醉亦无眠，明宵琴上同谁共。

浣溪沙·消夏

半浦芰荷映晚霞，夕阳慵懒醉山涯。谁人伫影立窗纱。

盏里茶香云杳杳，琴中竹韵梦赊赊。微风吹落镜中花。

王晓昱

笔名海洋。黑龙江省依安县人，1967年生，依安县文化馆副馆长，依安县作家协会副主席，依安县诗词协会会员。有诗词及文学作品散见于各级报刊。

七绝·怀念

凝眸窗外月牙微，默默念慈梦不回。
反哺乌鸦说大爱，羊羔跪乳报春晖。

七绝·老年秧歌队

晚归桑榆乐运殊，披红着绿上征途。
古稀也扮华年样，一路欢歌烦恼无。

七绝·七一感怀

南湖风雨起微澜，霞映云舒红满天。
一唱雄鸡惊广宇，迎来春色满人间。

七绝·和高志发

红豆相思愁暗添，无情岁月怨冰蟾。
佳期如梦人空瘦，心似嫦娥月似镰。

七绝·白雪

柏林世锦好风光，为国争金志更强。
“公主”还乡扬喜气，乌双河畔写辉煌。

王晓明

1988年生，汉族，大学本科学历，文学专业，教师。烟台诗词学会会员，烟台市芝罘区作家协会会员，烟台市芝罘区楹联家协会会员。

五律·纪念长征胜利80周年

生儿桑梓发，励志出乡关。
湘赣收秋叶，罗霄似等闲。
莽原松雪踏，泗水去争还。
星火终燃起，埋身宝塔山。

贺烟台诗词学会成立

秋风雁去桂花香，墨客诗词溢满堂。
古有离骚歌万载，今朝浪子美名扬。

贺神州十一号发射成功

黄沙大漠起孤烟，神箭直飞上九天。
鹏鸟一行千万里，乘舟踏月在云边。

王晓云

笔名致一。女，1973年生，上海浦东人，中学语文高级教师。上海市陆家嘴“白领诗社”成员。诗词作品散见于各级报刊，并在“陆家嘴金融城杯”上海诗歌大赛、2015上海民间诗歌节上获奖。

如梦令·雨中观红枫

一弯斜角勾天，百千珠雨成线。凭栏望亭外，正逢红枫色变。偶见，偶见，怎晓心底欢颜？

七律·品茶迎春

若无神农遇仙草，哪得书生消病扰？
溪水回流涌清泉，状元归省赠红袍。
张岱神功品奥妙，东坡对联斥僧骄。
一杯一盏蕴深情，迎春迎新好热闹！

王啸

男，1970年生，中学语文高级教师，本科学历，汉语言文学专业。怀远一中党总支第二支部书记、教务处副主任。安徽省教育学会中学语文教学专业委员会第五届理事会理事，怀远县诗词楹联学会会员，怀远县作家协会会员。曾获蚌埠市政府嘉奖以及蚌埠市优秀班主任、怀远县首届教坛新星、怀远县高三优秀教师等荣誉称号。

西江月·何巷新农村

远眺棚膜覆地，近观瓜果盈田。郊村旧貌换新颜，广场花丛小院。

共踏小康舞步，齐歌大道诗篇。高楼锦帜

耸云天，欲把凌霄看遍。

七律·相识纪念日赠发妻

时随执手性淑贤，忆昔初逢廿四年。
宿舍楼旁多彳亍，图书馆里少缠绵。
花枯蝶老终厮守，意笃情深誓不捐。
谁怕八方风雨路，今生有你便晴天。

苏幕遮·小西楼

桂花凋，松骨傲。古韵楼阁，斗拱飞檐俏。岁月峥嵘肝胆照，百载风云，独立寒秋笑。

奠鸿基，追远道。勤谨琢璞，各界多津要。皖北名庠桃李报，授业传流，众口称德劭。

（注：光绪二十九年，即 1903 年，美国基督教长老会牧师柯德义来怀远传教，于怀远城关衔后街西门岗北侧创办含美学堂并兼任校长。小西楼是其办公、住宿之所，系中西结合式建筑。现为怀远一中校长办公楼。）

苏幕遮·花厅

玉兰拥，松柏护。芳草萋萋，清骨餐风露。百载寒梅开几度，雾霭流岚，更在飞檐处。

愿韶华，君莫负。坚忍年年，训诲人无数。再创辉煌凭共铸，天道酬勤，劳苦何须诉！

（注：花厅为接待厅。中式建筑，与中西结合式建筑西楼、中楼同为光绪二十九年建造。）

王欣

平顶山三苏诗社鲁山分社常务副社长。

五律·五月五日尧山遇雨

今日玉皇顶，难观气象雄。
风摇含露绿，雾锁带珠红。
你有阴晴变，我无途路穷。
再逢明媚日，来醉杜鹃丛。

五律·观社楼桃花

桃园世外地，迎我白头翁。
远比千山秀，近香一径风。
后身酬地母，大义谢天公。
日近清明雨，凛然夕照红。

五律· 岸秋居

滍水西风岸，棚低草木秋。
清凉消火气，宁静去烦忧。
日有先贤课，时供我辈修。
心闲无所事，秉卷向天讴。

七律·闻第一声秋蝉

秋魂无梦到庭枝，先遣鸣虫报我知。
当镜每嫌霜白早，烧山总觉叶红迟。
西风古道方千里，大吕黄钟乍一支。
莫道高吟夕阳晚，有歌不唱待何时。

七律·退休抒怀

享老何须问计筹，登高独览鲁阳秋。
虽无情思题红叶，却有闲心咏白头。
傍水依山陶令趣，忍天落地杞人忧。
有朝一日江河尽，还有黄泉耳际流。

卜算子·社楼桃花

策杖社楼峰，粉淡云霞浅。远是岚烟近是娇，一样红颜靦。

日夜尽开心，不计春长短。待到风来雨近时，笑对残阳晚。

点绛唇·生日

又是良辰，林泉野友来相就。杜康春韭，慢品儿时旧。

不似当年，习课灯如豆。君知否？清茶淡饭，慢舞清风袖。

蝶恋花·桂香

半入咽喉浸肺腑，一半幽情、寂寞游无主。嫁了皇天婚后土，是谁乱点鸳鸯谱。

几缕秋魂休痛楚，且为清高、免了飘零苦。有客殷殷恭敬汝，香烟袅袅燃西鲁。

王新华

中华诗词学会会员，河北省诗词协会会员。诗词作品散见于《古风新韵凝诗香》《中国当代诗人词家代表作大观》《河北诗人作品精选》等各级刊物。著有个人诗集《江花无语》。

喝火令·山村暮色（新韵）

树密风声短，夕斜倒影长。满山葱翠绘粮乡。藤绕叶松攀月，迷雾掩村庄。

小路听花语，溪流嗅草香。笑葳蕤默眺云翔。几许蝉歌，几许彩蝶忙。几许晚蜓飞舞，诗韵满荷塘。

昼夜乐·初夏（新韵）

高山有雾朝阳早，水潺潺、惊拂晓。清风小路迷途，默问堤前秀草。一野残花青杏小。果实殷、默枝头挑。谁把月光裁，醉情情难了。

竹篱探岁丝藤绞。捻花魂、观啼鸟。轻舟载韵蹉跎，画境催生憨笑。池水无声云影渡，看蝶舞、也听蜂绕。阡陌入栖霞，撵着夕阳跑。

满江红·南沙风情（新韵）

踏浪追涛，扶云影、江南一阅。椰摇曲、岩边漫步，赏花乡野。仰望指山无所畏。竹林浅梦谁人解。水奔流、舟橹挽霞归，缤纷写。

折佳景，装心结。云织雨，真情切。看风帆、载我一腔春血。多少时光君问岁，中华寸土悬明月。震妖魔，无惧万千倭，顽敌灭。

西江月·初夏（新韵）

堤柳沿溪眺望，蔷薇篱上凝眸。清风不语踏花洲，也把莲池吹皱。

蝶欲摘情入蕊，蜂思采梦云游。淡香执意醉红楼，藤影窗前轻叩。

虞美人·莲花湖（新韵）

小桥溪水风吹柳，揉醉池中藕。淡香无影欲撩人，舟橹似吟浮载月一轮。

清风默走山边路。留意花千树。蛙呼韵律到幽潭，采几许情入墨写湖莲。

王新民

字慎德。男，1928年生，山东滕州市人，离休教师。中华诗词学会会员，滕州市诗词学会顾问。著有《旧体诗发蒙》《竹园吟稿》等。

五律·闲居偶成

山水钟灵秀，悠悠天地心。
文章生妙理，风雅见良箴。
雨霁星浮汉，云开月满林。
如何消永昼，长剑与清琴。

五律·欣喜两岸和谐感赋

华夏十三亿，炎黄一脉传。
埙篪兄弟奏，萁豆不相煎。
两岸荆花放，万民望月圆。
重逢同一笑，握手旧嫌捐。

七绝·农家竹枝词四首

（一）

垅上谁人唱竹枝，竹枝都是颂扬词。
千年万代农民苦，苦到今天是尽时。

（二）

从来种地纳皇粮，交罢皇粮哭一场。
现在不收农业税，神州史上破天荒。

（三）

往年种地好心伤，收与不收都纳粮。
岁岁交过农业税，一年空着半年肠。

（四）

盘古至今多少年，旧新社会两重天。

而今种地不收税，农税不收还贴钱。

七律·改革开放30年颂

百年同室操干戈，屈死冤魂非抗倭。
运动接连还运动，风波未息又风波。
坑儒反右好人少，跃进浮夸饿殍多。
今日和谐强且富，中华齐唱小康歌。

水调歌头·丙戌六月游红荷湿地

湿地本潇洒，风景最清幽。微湖碧水千顷，日夜载船流。最是时逢清夏，绿柳红荷辉映，美景不胜收。白鹤丽天舞，紫燕唱啁啾。

破青萍，排翠盖，棹扁舟。渔歌莲曲，清脆嘹亮韵悠悠。登上微山湖岛，拜谒殷微子墓，凭吊汉留侯。日夕浑忘返，游兴尚清遒。

王秀娟

笔名东篱。女，汉族，1968年生，山东滕州人。中华诗词学会会员，中华当代文学会会员，枣庄市作家协会会员。作品发表于《中华诗词》等报刊并多次获奖，2010年被中华当代文学会授予“中华诗词传媒百名杰出诗词艺术家”荣誉称号。

五律·访青檀寺

足下有龙吟，沿途草木深。
往来尘世客，多少梦中人。
石老青檀劲，堂幽银杏芬。
听风崖上坐，秋色染衣襟。

五律·壬辰秋感怀

一夜西风冷，推窗落叶飘。
中秋愁望月，重九懒登高。
国事连家事，心潮接海潮。
列国竞军演，逼我换征袍。

七绝·题金鱼

身处清明乐几何，玻璃缸内远风波。
平生不问江湖事，方寸之隅味亦多。

喝火令·枣庄东湖公园

翠苑芳泽漫，亭台雾霭闲。小风拂面惹人怜。山水数年魂梦，喜看一朝圆。

绿树丛林立，清芬玉带延，碧波湖畔艳阳天。也醉琼花，也醉径蜿蜒。也醉一湖春水，浩浩起微澜。

鹧鸪天·题图

结得山间一草庐，何忧檐下影儿孤。飞花有恨随流水，雁字无音问鹧鸪。

残月隐，太阳初，任他风浪满江湖。斜晖脉脉钟声远，乐对篱边酒一壶。

临江仙·七夕

细草纤花听夜色，耳边软语微风。青石小径踏迷蒙。牛郎织女泪，化做满天星。

曾记那年回故里，梁间燕语莺鸣。人生快意一相逢。当时明月下，花影照朦胧。

江城子·爱情天梯

密林深处步仙踪，自相逢，两心同。青山做伴，携手赏枫红。万丈石梯心铸就，谁似我，痴情浓。

风霜不管五十冬，冷苍松，暖庐篷。年年休问，山外几朝重。忘却浮生多少事，一任他，羡双鸿。

王秀梅

男，汉族，1929年生，退休教师，山东滕州市人。中华诗词学会会员，滕州市诗词学会名誉会长，滕州市老年体协诗社顾问。

五律·游仙人洞遇雨

一线仙人洞，葱茏翠柏生。

夭桃香阵里，钟磬雨声中。
银杏生机古，庵堂灯火红。
超然尘世外，久住悟禅通。

五律·乡居

离市尘嚣远，乡居因拆迁。
塘清鱼戏水，林静鸟弹弦。
墙外菜蔬绿，篱间花卉妍。
雄鸡时报晓，晨练莫贪眠。

五律·寻趣

提笔书生趣，欢歌结友缘。
兴来琢妙句，眉皱铸佳篇。
艺道深如海，心丹炼始坚。
诗成形已忘，吟咏颂尧天。

五律·读书遐想

绿竹悲钗黛，红楼寄桂兰。
古今分又合，人世苦还欢。
长夜盼天亮，功高观剑寒。
读书思往事，风静亦波澜。

五律·荆河信步

退休身亦健，信步逛河边。
林茂花燃火，水清鱼跃天。
遥观城市闹，近看鹭鸥旋。
坐岸听蛙唱，临风爽若仙。

五律·圆梦

——赞习近平同志梦想说

禅让精神美，新人睿智强。
空谈能误国，实干可兴邦。
夙夜为公事，夏冬民热凉。
不忘苍桑史，梦想化霞光。

七律·抗日英雄彭德怀

弹雨枪林抗日功，百团大战显英雄。
横刀立马将军度，入死出生燕赵风。
三线劳神形体瘦，一心报国碧血红。
勋名烨烨垂青史，禹甸丰碑数此翁。

王秀山

中国金融作家协会会员。著有《村言碎语》。

忆江南·昆明怀旧

（一）

昆明忆，青壁丽池城。四季如春花月夜，须臾雷震便成冬。游在梦萦中。

（二）

昆明忆，鲜菌梦回肠。携篓提篮雷震后，村姑入市满街香。小二又添忙。

（三）

昆明忆，翠湖落苍宫。几许桃红伴荷舞，万曲悠扬和彩虹。烟柳正情浓。

（四）

昆明忆，遐迩美髯翁。拔浪千层烟浩淼，长联佳对九州诵。醉在小楼中。

（五）

昆明忆，云岭雁留声。细雨微催堤外柳，和风轻唤沼泽红。别去正春风。

捣练子·游园

鞭炮响，彩灯彰。游乐陶然似海洋。绿带红绸簪蝶舞，歌声唤起鹤梳妆。

（注：陶然，指陶然亭公园。）

江城子·北海漫步

北海衔秋燕雀空。晚霞红。柳梢停。圆月高挂、笑脸取城东。浓黛倒垂纷沓至，涟漪起，水生情。

浪淘沙·赠友人

念巍巍乌蒙，红土含情。晨摄丽日夜忙烹。别去蹒跚犹未尽，刻刻新容。

南望故人行，长月寻踪。卷云初夏喜相逢。旧梦重拾添异彩，霞落惊鸿。

（注：霞落，即云南东川落霞沟。）

烛影摇红·思归

月上毡房，翘首前藏乡归路。红颜泪洗露沾襟，两眼别思雾。执带七夕还宿。已初冬、芳盟早负。瘦风透帐，孤影残灯，愁肠难诉。

能不回首？牧羊牵手花锦簇。青稞伴舞两依依，感动白云伫。怎奈歌坛名就。唱无眠、频频启幕。盛觞恭羡，粉黛长眉，酥油茶素。

（注：前藏，指拉萨。芳盟，指男女间的誓约。宋朝史达祖《瑞鹤仙》："便不念、芳盟未稳。"）

钗头凤·伤别

襄攀祝，丹江舞，花前月下牵纤手。门相背，横眉退。千程鸿雁，竟如流水。碎，碎，碎。

茫然处，隔双箸，倒海翻江偷偷顾。老屋对，洒长泪。问天无语，断肠昏聩。醉，醉，醉。

苏幕遮·感怀

瘦西风，雷滚地，路上行人、人在飘摇里。落叶浮旋无处觅，啼鸟悲鸣、时在耳边起。

雨初歇，柳尚泣，月上斜楼、楼里邀君忆。不是高歌一路喜，愁也添肠、心却春风浴。

戚氏·炒股

梦斑斓。股海红浪夜难眠。羞涩囊中，抱头失语忍妻言。求援。借人钱。弯腰拱手面堆甜。咨询入市增助，五倍加杠尚能谈。踌躇心悸，群舌鼓动，又传帐溢皆欢。丑时拨算子，辰初私募，巳正欣然。

眉皱宛坐针毡。银盘跳跃，众里觅金兰。心头喜、汗浸双掌，似驾云端。美难言。几许怅恨，重拾愿景，更觉逢源。把樽对月，醉在心头，暗喜送走昨天。

岂料欢声扼，倏忽踩踏，跌落三千。海兽兴风作浪，蟹虾冲对助纣弥天。西方大鳄浮出，鄙夷加赘，沆瀣多空卷。叹命薄、醉里朝天喊。问千古、谁解奇冤？有道是，心痛难安。老和幼、撒手怎能堪。瘦风青月，浑浊泪水，抱影桥边。

王秀珍

笔名香山红叶、心香一炷。吉林省吉林市人，暂居蛟河市。2016年《中国诗》签约诗人。代表作品有《都是事实惹的祸》《看着月亮写情诗》《五柳先生家的柳》《梦之幻雪之灵心之悟》《错过雨的伞》《盲点》以及古诗《梅雪赋》等。作品见于《中国诗》《清江璞韵》等刊物。

诗观：写好心灵之诗，推修仁善正果。

自嵌笔名香山红叶

香落篱边溪水璇，山飞紫燕绕榆钱。
红荷只适晴光影，叶捻联花是有缘。

自嵌笔名心香一炷

心花每欲兑亭痴，香在秋风不许思。
一路方寻一信笔，炷书德义载归期。

五绝·江城送母回家

车轧心头簸，北遥鬓雪残。
离思游蠹馆，九曲枯柳寒。

五律

街巷多笼鸟，谁人爱鳄鱼。
暗藏明月下，争上女嫱扶。
仙叟未曾见，轻烟团绕浮。
邻家童子小，神志唤不苏。

五律·悟

人生尘世里，交响奏和声。

柴米油盐醋，酸甜苦辣羹。
有诚添洁美，无恶少纷争。
诡诈无终路，难逃法秤征。

七律·天眼

清蚨玉泄水中扬，劳作不停底甚忙。
求食民工兜怨楚，深资大老晒霉粮。
幼羊焉忍侍凶虎，黎粟争知费寸肠。
忧是求生风雨路，议堂连夜怎裁量。

七律

清凉境界百花盟，小曲危舟怎独行。
佳节逢春难见月，小人到死也谄情。
苍茫大爱千秋绕，浑沌山河夜鬼狞！
醒梦应知何去处，一围德善苦经营。

七律·祭天坛与秋雷

亘古通今一笑谈，尸横沉水祭天坛。
跟踪窃室避危险，恼怒砸雷不耐烦。
隔阻紫薇忧雨乱，失调国运恨妖顽。
子孙双百渴贫累，谢我今生谜解难。

王学范

1954年生，男，汉族，湖北十堰人，退休干部。十堰市诗联学会会长，中华诗词学会会员，湖北省楹联学会常务理事。已发表诗词、楹联1 000余首。著有《静远斋诗钞》，编著《王世贞抚郧诗文集》等。

五律·沧浪山赏腊梅二首

（一）

冬日访沧浪，寻梅步岭冈。
暗香山下送，倩影树间藏。
灿灿金钟挂，疏疏宝玉镶。
寒天春信报，何必列群芳。

（二）

沧浪幽静处，几树腊梅香。
地僻尘嚣远，山荒韵味长。
笛吹三弄曲，诗赋五言章。
欲折惊回手，怕将仙子伤。

五律·卢浮宫

卢浮宫誉远，尽蕴五洲珍。
断臂留纯美，含情笑绝伦。
豁眸油品画，惊众石雕神。
走马难穷赏，别离回首频。

七绝·罗马斗兽场

断壁残垣立夕阳，如言悠久说辉煌。
当年奴隶腥腥血，换取王公笑一场。

七绝·巴黎凯旋门

大建门楼庆凯旋，日思夜盼一年年。
天公不遂拿皇愿，未许王师带笑还。

七律·忆童年

圭窦衡门度日艰，绳床犹自抱愁眠。
腹饥饭缺双弓米，家窘囊羞一贯钱。
八岁采樵寒雪地，三伏刈稻艳阳天。
历经困苦心如铁，骇浪惊涛步履坚。

七律·忆少年

髫龄正是读书时，浩劫无由临泮池。
朝叱群牛追日早，夕从孤鹜觅家迟。
蓑衣一任烟云染，革履频为霜雪欺。
春夏秋冬山作伴，寒风暴雨总相随。

七律·题妻参加老年舞蹈队

老来何处去寻乐？舞蹈场中姐妹多。
琴伴声歌千念释，身随曲转万愁磨。
贵妃醉酒舒罗袖，神女飞天穿玉梭。
莫道髦年无所事，裙裾摇曳踏清波。

王学兰

字漱馨，号王者香。女，汉族，1952年生，滕州市人，大专文化，退休干部。山东女书画家协会会员，山东书画学会会员，中华诗词学会会员，枣庄市美术家协会会员，滕州市诗词学会副会长。

五律·画室偶感

裁霞书屋秀，独坐静尘心。
伏案研诗画，临池鉴古今。
求精技艺进，寻句逸思深。
盛世风雅起，晨昏惜分阴。

五律·应邀参加山东省百名女书画家作品展随感

又值三八节，名家来济南。
画书联挚友，研艺慕前贤。
不让须眉志，传承巾帼篇。
齐心扬国粹，奋力再登攀。

七绝·菊园写生

每对黄花情至真，挥毫泼墨画图新。
写到心机流露处，陶潜与我共诗吟。

七绝·雨中赏荷

微湖菡萏涌波涛，清雅幽香品自高。
自爱传神雷雨后，不卑不亢乐陶陶。

七绝·题画兰

绝尘自洁美兰花，幽谷深藏吐紫芽。
淡泊惟期存素养，虚荣不慕保芳华。

七律·抒怀

半百年华鬓染霜，研磨诗画乐无疆。
濡丹挥笔绘开放，捻韵吟讴颂小康。
传统坚持情趣永，创新进取路途长。
休言日暮秋容淡，万里余霞灿夕阳。

七律·登黄鹤楼

登临疑是画中游，壮美山河一望收。
鹦鹉洲头芳草秀，龟蛇山脚客车流。
情钟神女巫山梦，云散洞庭黄鹤愁。
楚天才俊展身手，崔灏诗篇千古遒。

七律·登滕王阁抒怀

挥毫惊座见奇雄，风助马当神悟通。
秋水长天昊楚尽，落霞孤鹜古今同。
岳阳渔唱洞庭浪，黄鹤云浮江汉空。
并世滕王高阁秀，子安一序韵无穷。

王艳玲

女，企业管理人员。《诗刊》子曰诗社社员，北京石景山区作家协会会员。作品散见于《长白山诗词》《九州诗词》《陕西诗词》《甘肃诗词》《星星·诗词》《香港诗词》《湖北日报》《夏风》等报刊。有诗词入选《中华女子诗词》《2015中国微信诗词精选》《当代诗人词家作品汇编》。

浣溪沙·登刘公岛

闲趣聊将快意添，暂抛尘事忘凉炎。桃源岛上觅仙庵。

云朵才舒双袖色，浪花尽染一裙蓝。门环浅叩立阶檐。

临江仙·念父

记得那时儿尚小，父亲依旧年轻。村头一起放风筝，露天看电影，田里捉蜻蜓。

时至如今儿未老，父亲驾鹤西行。几回梦里忆曾经，醒来偷拭泪，独坐到天明。

一剪梅·梦在江南

遗梦江南六月天，半入湖山，半入林峦，一分散落水云间。拂了心弦，乱了心弦。

拾梦江南六月天，风正盘桓，雨正缠绵，今

兮何以似他年？浓也如烟，淡也如烟。

忆王孙·雨中观荷

闲情遣我翠湖滨，掬朵清香近水闻。心底无端醉几分。暗销魂，过雨红莲恁动人？

苏幕遮·同学会有寄

酒杯盈，心意满。执手倾谈，笑看眉峰展。漫道青丝霜未染。梦里容颜，烙印知深浅？

宴歌长，归路远。不肯回眸，怕对朦胧眼。总是离情多缱绻，莫负华年，别后当同勉。

王艳荣

笔名兰儿。1969年生，河北岔河集乡于家庙村人。

为卿十赋鹧鸪天（十选三）

（一）

雨润春堤草色鲜，香凝玉露柳含烟。呢喃紫燕林间舞，俏语娇莺叶底喧。

情切切，意绵绵，与君携手醉花前。今生唯愿长相守，只慕鸳鸯不慕仙。

（二）

独抱幽思不忍眠，为君再赋鹧鸪天。声声夜雨敲秋韵，耿耿青灯映案前。

香残烬，夜阑珊，薄衾怎奈五更寒。愁情欲遣无从遣，一阕相思笺上填。

（三）

寂夜空庭独倚栏，鹧鸪三阕为君填。东篱把盏黄昏后，西苑寻芳月色前。

同调墨，共题联，筝弦每每为伊弹。一从别后归期数，调尽灯花梦又残。

王艳婷

笔名王彦婷。内蒙古通辽市科左中旗诗词学会会员、副秘书长、编委。有作品见于《中华辞赋》《内蒙古日报》《诗词月刊》等刊物及中华诗词论坛。部分作品获地市级、省级奖项。

咏雪（新韵）

纷纷零落漫天涯，冬日迎来蕊竞发。
一夜忽白怜野陌，千枝犹绿忆仙葩。
百花天使传花信，岁月贤臣敛月华。
苦短平生终有意，清白自古胜丹霞。

母亲的手（平水韵）

新编岁月巧持家，细腻温存许岁华。
多少容颜霜雪记，巨微福祉孝情赊。
几番磨砺经风雨，遍布沧桑慰海涯。
沟壑抚平儿女暖，夕阳裁剪绽慈花。

蝶恋花·静夜思（新韵）

莫道绮思闲日久？暮色盈窗，雅兴痴心透。只恐珠玑嫌不够，文房墨宝淋漓瘦。

码字排章挥洒就。一纸情怀，抒尽心中有！酣梦撩开风月袖，杏坛新曲黄昏后。

鹧鸪天·喜贺《达尔罕诗词》被国家图书馆收藏（新韵）

八月飞来霜色酬，草原新咏纵情讴。云集塞上唐风月，广纳兰亭宋韵秋。

勤酝酿，竞绸缪，素笺雅致尽风流。倾心平仄修文苑，志在高阁楼上楼。

鹧鸪天·巴彦塔拉义务植树（新韵）

勤快芬芳垄上行，亲栽诗意布葱盈。借得覆盖三春雨，植下吟坛五月风。

轻扶树，重挖坑，汗涔培土育心情。人间真挚于何处？腕底平凡故事中。

王一能

女，65岁。乐平市鸬鹚中心小学高级教师，已退休。江西省诗词学会会员，景德镇诗联学会会员。

咏菊

疏篱摇落菊花香，绰约枝头独染霜。
枫紫清烟怜骨瘦，赋歌秋水照斜阳。

赞天湖

烟笼杨柳隐楼船，绿草青青绕水边。
九曲长廊观景处，呢喃双燕舞翩跹。

【中吕】喜春来·晚秋

秋高气爽人慵懒，雅韵闲吟独凭栏。青山绿树入云烟，风渐寒，又送南归燕。

清丽双臻·草原颂

浩翰高原美，苍茫绿海好风光。极目蓝天芳草地，长腔短调乐无疆。新曲啸长空，奶茶飘异香。

观画卷，访诗乡。碧水山涯耕锦绣，作词吟赋颂文章。霞映池中情意浓，穹庐新貌醉心房。

王义民

河北霸州北高各庄人，1944年生，退休干部。原谷风诗社副社长兼副秘书长，现任常务副社长。已出版《岁月拾零》和《诗痕墨韵》两部诗集。

七夕（新韵）

纤云弄巧银河岸，别恨离愁一水间。
暮暮朝朝思泪苦，年年岁岁瘦身单。
殷期如梦终为梦，相见时难别也难。
盛世今开环宇路，鹊桥将可换飞船。

春寒

已逢点豆种瓜时，不见耕牛垅上犁。
西水冰波东去晚，南乡云燕北归迟。
空园旧圃春无迹，白李红桃梦有思。
急盼田间行稼穑，焦心诉与暖阳知。

六八生日述怀（新韵）

银空浩瀚玉盘悬，时届此时思旧年。
陋室常怀清气暖，卑身每恨浊风寒。
担河谁晓苦中乐，为政最知贫里甜。
欣咏残阳寻大雅，愿将拙作纸钱燃。

（注：余生日是旧历八月十五日。）

王英勇

笔名王奋、王勤。1936年生，河南镇平人。原为中共南阳地委机关党委副书记，现为中华诗词学会、河南诗词学会、南阳市作家协会会员，南阳诗词学会驻会副会长兼秘书长。作品和传先后入编《中外诗人咏南阳》《中国专家人才库》等书。著有《谈谈学习方法》和《英勇杂诗选》。

七律·上海观感

平生两次赴申城，前后容颜大不同。
昔见旧颜留脑在，今观新景耀眸明。
碧江两岸群楼立，青道千车共辙行。
已是五洲都会地，时时迎接贵宾朋。

减字木兰花·夜登上海

——八十八层金茂大厦观景

夜偕同伴，七转八挪来浦岸。电梯升天，倏忽无声近厦尖。

似成梦幻，惊见霓虹灯万盏。身在云间，脚下人寰乐未眠。

七绝·上海南浦大桥

根根白柱入云天，拉线条条紧紧连。

蜷曲似龙旋转上，华车来去自悠然。

七绝·上海外滩观感

外滩一看并非滩，只见危楼立两边。
日夜涛涛黄浦水，投奔东海壮河山。

七绝·游上海南京路

南京路上客如烟，尽是高楼立道边。
昔日八连今在否？当年事迹印心田。

（注：文化大革命前，有人根据《南京路上好八连》的通讯报道材料，改编成《霓虹灯下的哨兵》等影视和戏剧，宣扬中国人民解放军保持艰苦奋斗的优良传统，上演后受到全国观众的一致好评。）

七绝·游上海城隍庙

古建新楼共一城，成排商店耀眸明。
声声叫卖财源广，两次来游记忆清。

水调歌头·畅游长江

武汉事刚竣，行要去宜昌。初乘巨舶西上，欣喜渡长江。前辗鲸波鳌背，后卷惊涛骇浪，平稳似温床。船外白鸥绕，舱内曲声扬。

轮继行，夜幕降，月如霜。琼田玉鉴，烟波缥渺雾茫茫。两岸绵绵墨树，渡口船来楫去，水上乐洋洋。喜看斜阳照，江面闪银光。

王永吉

男，1960年出生，供职于中石油吉林油田。酷爱诗词，作品散见于《诗刊》《诗词月刊》《九州诗词》《长白山诗词》《农民日报》《绿野》《松花江》《松原日报》《吉林石油报》等报纸杂志。现任吉林省作家协会副主席、诗词学会副会长。

游北京大观园集咏（七律）

题大观楼

顾恩思义大观楼，殿阁巍峨霸气收。
云影衔山犹彩溢，波光抱水更风流。
百年历尽沧桑事，千载难逢畅逸秋。
幸有芳园遗胜景，登临旷性亦悠悠。

题曲径通幽

瘦透玲珑叠俏幽，迎门曲径接芳洲。
人行碧洞身难侧，鸟过虬松翅欲收。
绿绿萝藤牵日影，淙淙泉水汇溪流。
步移景换频频望，奔眼飞来阆苑楼。

题怡红院

拥翠垂丝绕粉墙，花团锦簇映轩廊。
虽无美婢酬梨酒，但有云屏透墨香。
半卷闲春惟绿蜡，十分醉意是红妆。
多情公子今何在，警幻仙宫又梦长。

题潇湘馆

有凤来仪秀玉家，竿竿翠绿罩轻纱。
幽窗棋罢凉纤指，宝鼎香留暖淡茶。
人在潇湘空滴泪，魂飞幻境自嗟呀。
惟余蜡像成风景，谁与殇春葬落花。

题蘅芜苑

清雅深藏翠苑中，萝攀秀石薜牵风。
三春草碧连廊碧，一季桃红带柱红。
未见婵娟簪瑞雪，只闲画案置焦桐。
幽香冷艳蘅芜主，金玉良缘竟是空。

题稻香村

华园别有一山庄，槿柘编篱土筑墙。
春韭畦畦添嫩绿，稻花袅袅漾新香。
鸡鸣井槛鹅嬉水，葛浣溪边客饮浆。
才子佳人多赋咏，谁能淡泊钓沧浪。

题滴翠亭

含嫣滴翠沁芳滨，岸柳垂丝钓锦鳞。
九曲回廊萦馥郁，四围空水共氲氤。
仍多戏蝶追香客，却少啼花作冢人。
昔日繁华皆化梦，惟余阁榭笑红尘。

题栊翠庵

青灯寂寞念慈慈，心性玲珑淡雅诗。
玉质还求禅里圣，名媛也作佛前尼。
离尘欲洁何曾洁，入世先知未必知。
清麝香兰梅上雪，钟鸣栊翠似空悲。

王育才

男，1929年生，山东滕州市人，离休干部。中华诗词学会会员；曾任滕州市诗词学会第一任会长，现任滕州市诗词学会名誉会长。

五律·红荷湿地游二首

（一）

舟行惊宿鹭，狂客赏莲来。
新月窥人笑，菱花浸露开。
轻波涵斗柄，短艇泊湖隈。
风动晚潮激，渔翁眠钓台。

（二）

拿棹微湖上，清风渐送凉。
凌波仙子步，掠影丽姝妆。
芦笛传新韵，渔灯照返航。
卸帆才泊港，晚饭散鱼香。

七绝·红荷湿地杂咏三首

（一）

芙蓉盛夏满湖开，翠盖霓裳谁剪裁？
窥影游鱼痴亦甚，欲餐秀色久徘徊。

（二）

黛染远山荷绽湖，菱歌甜润绕菰蒲。
扁舟结伴采莲去，画出凌波仙子图。

（三）

芦荡沙洲远接天，闲鸥野鹜舞蹁跹。
数声渔笛沧浪外，落照归帆袅暮烟。

七绝·春游道上

沐雨驱车过漷滨，桃林杏圃结芳邻。
流霞素靥交相映，装点江山别样新。

七绝·过蔬菜大棚区

为访梨花轻辗尘，银光一片望无垠。
几疑残雪未消尽，烟霭迷濛辨不真。

七律·红荷湿地

微子留侯古意多，隔湖曾唱大风歌。
招商时代开新宇，恃险英雄抗寇倭。
烟水不为人事改，风光曾教战争磨。
湖山大好今胜昔，四海嘉宾乐赏荷。

王裕民

男，1939年生，中专文化，滕州市农机公司退休干部。滕州市诗词学会会员。

七绝·梨园观感

送暖春风拂面来，梨花四野竞妍开。
登楼远眺银蛇舞，北国风光春又回。

七绝·微湖颂

蓝天碧水白云飘，波荡轻舟橹慢摇。
万顷荷花皆似画，湖光山色尽妖娆。

七绝·松

虬松根扎石崖间，雪袭风欺若等闲。
生就坚贞不屈服，骚人挥笔写诗篇。

王毓昌

字孜之。男，1945年出生。淄博市诗词学会会员。自幼喜欢古文诗词，自学中医成才，著有《温病条辨歌括》一书。有论文若干篇、诗词百余首发表在《中华诗词》《中国中医药报》《山东中医杂志》《齐风》《淄博日报》《淄博晚报》《淄博声屏报》等刊物上。

古风·读《思齐楼书信诗文集》

吴齐子笔又生花，海内洵称一大家。
千古文章浩然气，十年风雨化朝霞。
云间底事彩云开，知是先生华筵排。
自古书成天益寿，芬芳桃李报春来。
多情文笔快哉舟，恰似心头热浪流。
万里长江春波绿，文韬武略意绸缪。
先生誉我性情真，不是诗人不知音。
哽咽无语同含泪，一言兴邦共此心。
柳泉沧浪堪濯缨，南北骚坛启明星。
海纳百川容乃大，山高万仞始成名。
红豆年来发几枝，春风桃李倍相思。
诗缘一结三千里，吟到高山流水时。
初识先生鬓未斑，诗词格律不曾谙。
恩师赠我开门钥，一入宝山妙无边。
春到吴齐草木知，一山一水动遐思。
韶光偏爱多情客，红了桃花绿了枝。
竹辉村对杏花村，桃李难忘三月恩。
樵岭栽下银杏树，青山着意护公孙。
私淑先生三十年，群星拱斗仰高贤。
天增岁月文增寿，山有峰峦水有源。
先生自况叔执信，气类冯班仲翰村。
文章知己千秋事，生死相依道义深。
江南江北拥寿葩，枝繁叶茂映碧霞。
大树参天迎日月，小楼琢玉放光华。
国学大师钱仲联，东南名盛重芝兰。
辞书巨著明清卷，犹藉吴齐子笔传。
大雅春风奕世才，吴山孝水共萦怀。
一生桃李满天下，万首诗歌动地来。
思齐楼上耄耋翁，文友诗朋遍寰中。
南北东西半世纪，千秋鸿雁爱江东。
读罢平添精气神，思齐楼上聚祥云。
一道文光射南斗，八方弟子叩师门。
诗若豪情韵如帆，大江东去浪滔天。
三生有幸闻謦欬，立雪程门未觉寒。

君不闻

春风春雨桃李馨，梓书传世胜藏金。
锦装绣裹开心镜，天赐重阳地赐恩。

君不见

一篙春水绿江南，花绽吴齐两地缘。
海角天涯南北共，渊源有自薪火传。

满庭芳·赠吴齐子

桃李多情，吴齐深秀，万千思念闾门。每通音问，诗绪便盈樽。多少江南细雨，心田润，花影缤纷。关情处，公孙树好，春到竹辉村。

平生，私淑意，春光无限，秋色难分。谩赢得骚坛，飞将名存。一曲高山流水，知音在，鸿爪留痕。天涯近，春波万里，潮汐叩晨昏。

王宇强

笔名珮公。男，1973年生，湖南宁乡人。湖南岳麓诗社会员。在各类网络媒体平台已发表诗歌两百多首并获奖。

七绝·梯田（新韵）

明镜天光映水云，飞阶错落欲迎君。
世人只道琼田美，岭上谁知造物辛。
（注：造物辛：指农垦之辛苦。）

七绝·牡丹（新韵）

玉露凝香姹紫红，蜂吟蝶舞恋雍容。
清平盛世长无恨，愿卧花亭醉此生。
（注：长无恨：典出《长恨歌》。花亭：典出《牡丹亭》。）

七绝·文豪（新韵）

玉楼深锁小轩门，尺案孤灯晓月沉。
头上青丝出笔底，化成青史万回文。

七绝·公园观踢毽(新韵)

锦燕清晨戏翠坪，翻飞呢哝绕身形。
问君神技何年就，百练千回始小成。

古风·才女(新韵)

城南有才女，十八婷婷立。
自幼工诗书，慕者如江鲫。

七律·咏中医(新韵)

神农辨草几春秋，肠断经留耀九州。
橘井泉香除二竖，杏林春暖解千愁。
焚身火印飞鱼冠，浮世金方诺奖筹。
今遇西医添虎翼，匡扶四海正风流。

[注：肠断经留：相传神农氏尝断肠草而亡，有《本草经》传世。橘井泉香：与后文"二竖""杏林春暖"都是中医典故，二竖即病魔。焚身火印飞鱼冠：里约奥运会上一身(拔)火罐印的菲尔普斯夺得多项游泳冠军。浮世金方诺奖筹：获得诺贝尔奖的屠呦呦表示灵感来源于东晋葛洪所著《肘后备急方》，笑言葛洪更有资格获得诺奖。尾联：客观阐述"中医治本，西医治标"的关系并将其提升到扶正社稷的高度。]

七律·咏广东(新韵)

先贤古郡示新言，一夜春风度岭南。
万吨金轮沧水映，千寻玉厦白云穿。
崖山可望中原月，埔岛何惜满虏天。
锦绣康程君谨记，黄花岗上几人还。

(注：首联：用小平南方视察"春天的故事"。崖山：元灭宋之地。埔岛：黄埔岛，上有著名的黄埔军校。)

七律·开封西湖(新韵)

四水连湖绕故郊，梦华仙子露娇娆。
几声白鹭传烟柳，一叶兰舟过画桥。
坐钓滩头思静远，立观濠上乐逍遥。
汴都时有如今景，赵宋王家怎易抛。

(注：四水连湖：指开封的"四河连五湖"工程。梦华：开封有"东京梦华"之称。坐钓滩头：典出"严滩坐钓"。立观濠上：典出"濠上之乐"。)

王玉桃

女，1955年生，土家族，高中文化，高级医技人员。1976年7月参加卫生工作，曾任乡镇卫生院妇幼专干、院长34年。曾多次被评为"先进工作者"。退休后加入湖南省及州、县诗词学会。先后有近60件作品在地级以上刊物发表。和老伴曾宪合出《青山吟草》(上、下)和《怡心集》。

颂贺龙元帅

游击湘川鄂，将军百战多。
生擒张振汉，百姓亦欢歌。

贺水沙坪成立诗联学会

授牌仪式新，参会三百人。
摆手诗章赋，风骚盖古今。

不忘历史

东瀛恶虎狼，欲吞我河山。
惊世南京案，莫忘公祭天。

茅眼洞

悬崖绝壁挂晶帘，震耳雷声荡远山。
结伴采风观胜景，吟诗作赋不知还。

天子山风光

千寻绝壁挺青松，万丈深渊锁玉龙。
留得百崖佳话在，笋峰支撑白云中。

惹迷洞

迷洞幽深似宇魂，天仙漫舞永依偎。
花容少女沉思醉，盼望游郎早日回。

游湾塘

五一湾塘结伴游，隔河冒雨看不休。
山崖峡谷岚雾绕，河岸龙潭忆源头。

桃花源

千树院桃花异香，池塘鱼跃起微涟。

初夏尔等赏奇景，醉迷林中不知返。

如梦令·贺元旦

松竹、梅花、菊雅，元旦农家闲暇。改革富农家，祖国妖娆如画。如画，如画，世界东方灯塔。

采桑子·赞母

人生易老天难老，生也平凡，死也平凡，勤俭持家多苦甘。

蚕丝吐尽休含恨，子赞娘贤，人赞娘贤，无憾英灵笑九泉。

猴年初一游佛潭

丽人逛佛堂，叩首又焚香。
国泰黎民富，神州乐小康。

登黄鹤楼

（一）

猴年结伴鹤楼登，三镇风光天下称。
两岸龟蛇桥数座，长虹飞渡火炉城。

（二）

黄鹤不知何处去，游人放眸鹤难寻。
哥兄两帅何处去，醉倒仙庭急众人。

最高楼·贺田发桂老师耄耋晋四鹤寿

真诚贺，田老福寿绵，快乐享天年。光明磊落人廉洁，忠心赤胆作清官。好公仆，为革命，保平安。伸正义，法前无错案，撰县志，汇编成巨献。为授课，教材编。呕心沥血培桃李，胸怀仁爱庆梦圆。祝恩师，添鹤寿，赛神仙！

赞游绍文先生品德

黉苑度春秋，李桃遍九州。
夕阳诗焕彩，奉献不求酬。

重阳节思亲

重阳望碧天，四海盼团圆。
举酒吟明月，思亲一梦牵。

贺中华《诗词月刊》创刊10周年年会在茂名召开

诗坛盛会聚群贤，集会茂名歌大千。
十载耕耘艰苦路，频频佳绩遥领先。

中秋

年年月桂香，岁岁盼安祥。
老少狂欢聚，家和万事昌。

中秋赏月庆天宫二号发射

共赏月团圆，飞船上九天。
婵娟千里共，广宇住贤仙。

九·一八

祥和大地起硝烟，日寇侵吞我主权。
残杀同胞资产夺，家仇国恨记心田。

赞神舟十一号

点火雷声震，飞船入九宵。
嫦娥舒广袖，情激宇航骄。

王云

1940年生，江苏淮安人，大专文化，1962年参军，1986年转业在统战部门工作，退休后学习国画、诗词。苏晚晴诗社会员，江苏省诗协会员，中华诗词学会会员。作品散见于《江海诗词》《长白山诗词》等刊物。

七律·过东海大桥、洋山港

长虹飞架入洋湾，芦岸涌涛势不凡。
吊塔凌云频起落，巨轮驰疾浪声潺。
船开勤送神州造，货卸码头堆似山。
善断中枢韬略好，中华醒狮勇登攀。

七律·参观上海交大钱学森图书馆感怀

荒原大漠丰功建，校苑小楼珍卷留。
受辱且藏眸里泪，牵情长念报神州。
“蘑菇”腾起酒泉笑，火箭呈威担国忧。
星弹元勋民久仰，游人不绝赞楷模。

七律·泰州民盟原主委石林随女儿居沪有寄

讲坛五尺领鞭长，五十春秋桃李芳。
史学精言淘学子，更挥毫笔写华章。
锤镰法宝胆肝映，铮句呼谈溢会堂。
尤喜嫒郎同济秀，浦江三代伴斜阳。

七律·闻春波儿于单位履纪监事务有寄

海上黉园十载长，申城接纳即家乡。
政风当效刚峰例，办案常思包拯倡。
打铁先须身子硬，香风糖弹自提防。
琼楼拔地临云末，一瓦一砖同筑墙。
（注：刚峰，明朝清官海瑞自号。）

浣溪沙·春海、建东侄人沪打工20年有成感赋

久住射阳河畔家，传承居舍倚蒹葭。浦东腾跃献奇葩。

映雪十年专业固，三番付汗戴红花，探亲北返驾轿车。

浣溪沙·参观陈云纪念馆温抗灾岁月

人祸天灾罩九州，青浦父老说根由，推心置腹听从头。

拨去浮云真像见，食堂一散解群忧。“三风”纠正仰高猷！

舞春风·崇明岛感受假日农家游

一弯新月色朦胧，眨眼星光岚隙中。圩埂浓浓青叶味，桥头缓缓细柔风。

蛙声阵阵苇丛漏，袖入蓝光萤火虫。笛响江轮航渐远，鱼虾鲜美品犹丰。

踏莎行·浦江月夜乘舟游

渐别霞光，鹭鸥栖岸，飞珠碧玉银涛卷。摩天楼宇接云端，霓虹闪灼迷双眼。

舸艇穿梭，桥横浩瀚，蓝眸黑肤邻身伴。当空皓月映斑斓，巴黎塞纳何须看？

王增田

诗二首（新韵）

（一）

我有一张琴，多年伴我身。
相随行万里，四海觅知音。

（二）

我有一张琴，天涯若比邻。
友来门庭热，雅韵荡乾坤。

王瞻文

男，1934年生。昆山市亭林中学原副校长，中学高级教师。中华诗词学会会员。诗词、散文作品散见于《昆山日报》《新民晚报》《中华诗词》等刊物。第二届、第三届中国百诗百联大赛作品入编入围者。有诗文专著《园丁余韵》。

五律·晨曲

（一）

林园晨景美，翁媪最关情。
山竹连天碧，朝霞入水红。
弦歌神致远，太极气含虹。
伛步峰巅石，开襟纳晓风。

（二）

游人渐散去，漫坐竹亭中。

幽谷闻黄雀，清池观墨龙。
临湖衰柳瘦，舣岸小舟空。
廖廓园林里，萧萧一憩翁。

（注：林园，昆山亭林园，有山有水是市民休憩胜境。墨龙，金鱼品种“墨龙眼”。）

五律·书斋闲情

曦光镏壁影，小鸟啭窗栊。
翘首青山外，回眸绿苑中。
铃声闻远梦，蹊径印新踪。
伏案心波阔，诗情涌碧穹。

七绝·芦苇

（一）秋容

褪去青葱换素颜，淡妆逸雅睹清妍。
湖光秋月相谐美，坦露柔姿笑对寒。

（二）冬韵

素颜萎悴身姿挺，乐伴蓑翁唱棹歌。
更喜舒眉迷夕照，迎来银发染金波。

（三）行道树

绿伞高擎站路边，遮风挡雨复年年。
非求褒奖非求擢，唯有殷情奉地天。

七律·星光大道

百姓舞台迎众芳，星光大道耀星光。
清歌流响春江水，曼舞飘扬仙女裳。
社会和和同舜日，家乡美美若天堂。
炫奇才艺风流竞，浴火重生变凤凰。

七律·晚晴

杏坛揖别遂怡然，颐养天年余味醰。
俯首思来情动韵，回眸意出手抄弦。
浮名虽渡烟云去，雅兴仍随日月添。
伫看桑榆酣目美，复斟佳酿润心田。

王长江

男，70后，江西鄱阳县人。作品散见于《中国诗词》《炎黄诗学》《星星诗刊》《淮风诗刊》《鸭绿江》《2016中国当下诗歌现场》等近百种报刊。

西江月·人生

半世纵横天下，布衣游走天涯。江湖岁月鬓添华，满腹凄凉谁话。

杖履半肩风雨，吹弹一面尘沙。扁舟醉卧看残霞，倒也清闲风雅。

青玉案·游鄱阳湖国家湿地公园

鄱湖风景翩跹舞，碧波渡，游人路。万鸟齐飞云水处。青芜放牧，小舟渔捕，笑语声声付。

休言兴尽天将暮，山水殷勤总留步。莺舞霞飞缠去路。梦回几度，此情难诉，妙语无寻处。

望海潮·《诗词世界》诗友景德镇见面会感怀

天高云淡，文明新厂，群贤共话词乡。风雅诵吟，浓情辩赏，方家兴致昂扬。陈五艺于堂，释八方之惑，其乐洋洋。感佩甘公，鉴文心慨解羞囊。

千年古镇徜徉，有惠风闪烁，旧韵流芳。窑里洞天，瓶中世界，堪为国粹尊邦。衙府古浮梁，瓷馆新基地，呼应遥相。满乘鸿儒尽兴，犹恋好时光。

七律·中秋二首

（一）

仰天嗔怨目光痴，杨柳轻摇难自持。
皓月当空疑我在，银河遥想付谁知。
团园非但昊天远，相聚终归大地迟。
桂自无言心自戚，化作诗语付江驰。

（二）
绵绵往事梦中留，玉影芳踪难觅求。
自古想思缠夜日，从来离散倍烦忧。
情临深处愁来喜，恨至多时淡且休。
独对月明邀寂寞，问卿何处亦中秋。

七律·七夕感怀
一年一度又相约，顾影遥思月下别。
古轶传吟怜泪舞，今人犹唱苦情劫。
举樽对饮从前事，把盏言欢往后绝。
小鹊寻枝空往复，孔明灯里目光接。

七律·秋日黄昏
远山衔日霞飞扬，叶舞庭前梳晚妆。
翠柏成行随路远，苍松独立任风狂。
空怀北帝千年泪，乐恋东篱一点黄。
勿笑孤芳我自赏，凭谁锦缎与霓裳。

1966年10月

王长顺
笔名上川，字拾零，自号持稻先生，自题斋号逸爽斋。戊子年生于黄陂县甘棠镇，1969年冶炼电气专业毕业后分配到武钢程潮铁矿干供电30年，1999年离开铁矿后在武汉交通学校、武汉东湖光电学校、湖北建工技术学校等中职学校教授中专、电大、高职的电子电工至2013年。自幼爱好诗词曲联、书画篆刻，已发表各类作品2 000余件，获奖作品百余件。现为《黄鹤之吟》杂志编辑、武汉诗词楹联学会理事、中华诗词学会会员、中国国学协会会员、中国诗词研究院研究员、中国国家诗书画院研究员、中国民族文化研究会诗书画艺术委员会终身名誉主席。

豫园行
市中之市传说神，堂艳桥弯福水珍。
多吃多玩多乐趣，不游此地枉来申。

上海世博会颂
昨日睡狮破浓梦，今朝新国去沉疴。
满园春色千邦颂，遍地金风万众歌。

2010年10月31日

上海静安寺
吴建松江宋改迁，有劳光绪又添砖。
赵惇笔墨昭云汉，洪武铜钟赞六泉。
往日纸香求上帝，如今财富靠双肩。
琳琅满目全城艳，请看人民力胜天。

豫园城隍庙
金山神庙改城隍，后殿来宾祭祀娘。
昔日朝朝燃战火，如今季季换新装。
人夸此处羹才美，我赞园中豆更香。
奇景凭君观不尽，千年史事怎能忘。

上海风情符
海派聚焦文化昌，面前画展老洋房。
喜听市内纯吴语，爱逛城中旧弄堂。
石库门联仍抢眼，旗袍身影很风光。
名城名片名牌众，传统之花永喷香。

多丽·赏上海建筑
史苍苍，觅寻那老楼房。百多年、中央饭店，国际饭店亲尝。大光明、大名国泰，大世界、百乐门狂。国立音专，音厅乐殿，馆藏工艺尽金镶。爱跑马、公园花好，百老汇风光。知多少、珠宫贝阙，画栋雕梁。

看东方、明珠璀璨，大厦金茂堂皇。慕高端、上科技馆，智造局、开向西洋。文化中心、主题展馆，中华宫殿艺精良。迪士尼、即将同乐，欢乐谷难忘。中心厦、金融大厦，广场辉煌。

洞仙歌·上海本帮菜
金刚四大，探早餐情报，大饼当家大炉灶。

吃油条、豆腐浆助君消;多粢饭,恭敬贤能绝妙。

栗鸡黄焖美,鳝糊河虾,毛蟹盘盘,被清剿。那特色红烧,圈子平常,河鳗贵、鮰鱼颇俏。味咸里甘甜浙苏通,更赤酱浓油,沪城时好。

王召轩

男,汉族,1933年生,山东滕州市人,退休教师。中华诗词学会会员,滕州市诗词学会会员。

七律·平型关战役

强虏寇边家国殇,激昂慷慨赴沙场。
长城侧畔施奇袭,铁网山沟正大张。
初试牛刀诛恶盗,首歼顽敌靖关防。
平型祝捷朝天笑,八路军威四海扬。

七律·一双绣花鞋垫感言

事必躬亲无大小,悉心亲政众皆夸。
嘘寒问暖关怀至,除害救灾倾力抓。
傲雪都钦苍劲柏,迎春独绽腊梅花。
风狂寒酷何所惧,一颗丹心奉国家。

七律·安息吧,陨星

——悼念孙轶青会长

硝烟散尽转研儒,引导传媒绘伟图。
建树骚坛弘国粹,擎旌艺海护玑珠。
倡今知古标航向,纳变遵规入正途。
喜看千山苗茁壮,陨星安息在天都。

忆江南·红荷湿地风光

风光好,停棹听鸣蛙,翠盖水银珠滚动,荷香帆影泛明霞,雅韵唱鱼娃。

风光好,生计富船家,红鲤清蒸迎远客,青虾嫩藕味奇佳,诗酒度年华。

浪淘沙·教师节感言

华夏尚尊师,家喻人知,终生撰写树人诗,育李培桃开伟业,执著情痴。

莫负百花魁,职业光辉,高端科技展芳菲,学子遨游登圣殿,甘作人梯。

临江仙·红荷湿地览胜

游览微湖观胜景,无垠波碧荷红。娇娆妩媚溢香浓。蜻蜓荷瓣立,鱼戏水晶宫。

蛙噪蝉鸣鸥拍翅,渔帆点点西东。鸬鹚潜水觅鱼踪。吟诗留雅韵,尽在画图中。

江城子·赏梨花

漫山遍野白茫茫,似浓霜,溢芳香,往返车流,运载赏花郎。蝶舞蜂飞弄影,游兴盛,咏诗章。

梨园万亩任徜徉;俊姑娘,热心肠,沏就浓茶,宾客请评尝,但愿香茗能醉客,联友谊,地天长。

王振岭

男,汉族,1941年生,滕州市级索镇东龙岗村人,退休教师。滕州市诗词学会会员。

五绝·日照观日出

出水跃金丸,明霞万里看。
渔帆风驶进,天际涌波澜。

五绝·春雨

垂柳临风舞,流莺频唤晴。
麦苗迎喜雨,酣饱势峥嵘。

五律·领袖毛泽东

我怀毛泽东,济世展雄风。
立志救中国,倾心求大同。
红旗华夏展,科技世人崇。
今步小康道,朝阳华夏红。

五律·参观台儿庄大捷纪念馆

倭奴肆兽性，残暴入华行。
妄想台庄占，吾军浴血征。
杀声山野怒，浩气壤霄惊。
碧血书青史，千秋光耀明。

七绝·柳絮

柳絮飘飘恣意狂，时时沾惹路人裳。
天天漂泊归何处，谁是卿卿如意郎。

七绝·金菊

秋雨潇潇草木黄，金风送雁向南方。
休云此季无生气，篱畔黄花正吐芳。

七律·渔坝记游

漫步同行观水光，湖边小坝胜仙堂。
轻风柔曼吹人醉，金菊温馨吐蕊黄。
芦絮飘飘浮碧水，银鱼闪闪满前舱。
眼前佳景留游客，日落西山忘返乡。

七律·春游双峰山

结伴登山雅兴长，双峰坳里树苍苍。
画眉振翅啼心曲，云雀翻飞沐日光。
绿草柔茸侵曲径，野花娇艳散清香。
峰巅喜悦临风唱，游友笑吾华发狂。

王志刚

笔名醉与君同。山东武城人氏，供职于山东省武城县龙祥公司。诗词爱好者。中华诗词学会会员，《诗刊》子曰诗社会员，德州诗词学会会员，德州作家协会会员。作品散见于《诗刊》《陕西诗词》《牛城晚报》及网络文学平台。

荷塘

无穷景致眼前收，四面芙蓉碧水柔。
千里绿毡驰极目，一朝花好不回头。
悠闲小鸟莲心落，惬意鱼儿叶底游。
未必池塘亏月色，青天白日也风流。

青花瓷

水墨江南韵，浮烟四海春。
峰峦堆翠色，仕女绝风尘。
底彩青光泛，纹丝笔调匀。
玲珑呈大气，国宝世间珍。

夏至

和天时日少，暑气渐升华。
大地千层绿，池塘一片花。
阿香行雨事，箕伯卷烟霞。
此季风云幻，江山足可夸。

（注：阿香：推雷车的鬼。箕伯：风神。）

荷

娉婷摇绿水，翠盖嫩生津。
饮露三分醉，邀风一季新。
游丝香逸远，望月梦含真。
佛性莲心有，冰清不染尘。

茶

天露滋澄碧，明霞点化成。
浑身无俗染，通体尽香呈。
月朗掬神厚，星高得韵清。
冰壶相一味，万象绿云平。

王志林

男，汉族，1970年生，滕州市人。大学文化，供职于滕州市农机局。滕州市青年书法协会主席，滕州市诗词学会会员。

五律·学律诗

学诗何畏难，身意弥志坚。
朝思李杜句，暮写古今联。

谒拜诸名士，觅寻众乡贤。
莫遣今学苦，成篇自悟甜。

七绝·夜访北兰亭谒倚桥兄

京北兰亭翰墨香，更深踏月访同乡。
品茗交谈嫌夜短，志同道合话犹长。

咏金桂

阳春润露发新枝，便有绿珠看护持。
待到仲秋花绽放，清香四溢满城知。

（注：绿珠系桂花护花神。单位内有金桂一株，树龄逾十载。每逢仲秋之际，香溢满城。有滕州二人大代表对其认养，金桂越发葱茏，惹人怜爱。）

七律·步韵程春芳先生“云庐结社”

云庐诗友意纵横，三访程门拨雾明。
娓娓道来传国粹，谆谆诲教寄深情。
诗词格律凭参悟，对仗仄平敲韵生。
点破玄机景见阔，艺文岁月任峥嵘。

王志颖

江西余江人，1981 年生，中共党员，法学硕士。作品《破阵子·雨》荣获“中华杯”全国文学创作大赛古体诗词二等奖；《樟树赞》荣获“中华杯”全国文学大赛散文三等奖。

登梅岭

挺立峰巅望眼开，我寻梅句踏寒来。
冰封河岳驭龙象，风舞苍旻净帝台。
长啸遏云豪气壮，江山一览任评裁。
丈夫自看瀛寰阔，谁为鸡虫得失哀？

月夜吟

云推明月向天心，慨洒银辉染碧林。
茅舍几间横岸柳，瑶琴一架贯珠音。
竹窥卷帙读骚赋，兰逸馨香薰衲襟。
小径遥遥闻犬吠，柴门轻叩客登临。

念奴娇·游星子周瑜点将台

古台伫立，看澄波浮泛，几多流沫。三足分鼎争霸业，弹指云飞烟灭。杜牧说风，东坡捋酒，弃疾恨千叠。古来悲喜，一帘烟雨湮没。

漫步故垒长堤，寻来沉戟，洗辨何朝物。千古勒石伟业梦，代代奋激豪杰。屈子离骚，希文忧乐，武穆挥枪钺。无缘相会，但将诗赋吟阅。

（注：三足分鼎：指曹魏、刘蜀、孙吴三分天下。杜牧说风：唐诗人杜牧有“东风不予周郎便，铜雀春深锁二乔”的诗句。东坡捋酒：指苏东坡《念奴娇·赤壁怀古》“人间如梦，一尊还捋江月”的诗句。弃疾恨千叠：辛弃疾《念奴娇·书东流村壁》：“旧恨春江流不断，新恨云山千叠。”屈子：指屈原。希文忧乐：指范仲淹《岳阳楼记》：“先天下之忧而忧，后天下之乐而乐。”武穆：指岳飞。）

鹊桥仙·三秋云淡

三秋云淡，五湖波碧，几缕桂香方吐。梧桐张叶待青鸾，玉盘泻、晶莹清露。

迢迢河汉，滔滔银浪，新鹊不桥怎渡？空余佳话古今说，叫人泪、抛扬天宇。

阮郎归·初夏

井桐新叶匿鸣蝉，轻吟和竹弦。翠茵梢色锁轻烟，锦蜂卧蕊眠。

金缕曳，玉盘翻，玫瑰如火然。新茗几片煮甘泉，一瓯花乳圆。

浪淘沙·闲翻尘烟

雁字读灯前，一夜无眠。听鹃啼血麓林边。自在三吴思楚越，翻舞尘烟。

人倦懒修颜，伫立阶沿。南云飘渺万重山。小院梅兰仍盛否？忍问江天。

渔家傲·乡村夜曲

圆月清岚浮小屋，风摇松影清溪曲。千顷桑麻香五谷。葡萄熟，碧荷玉立红莲馥。

飘逸柳丝横紫竹，芭蕉一片青茵簇。匝地清辉盈秀木。灯下读，蒹葭一阙惊鸿鹄。

醉花阴·风吹千顷绿

漫漫风吹千顷绿,荷露晶如玉。金缕画烟波,蝶竖莲竿,倒看耸云竹。

春归九野唯青郁,处处浓荫覆。灞岸柳枝摇,水绕青山,不见舟行速。

王治宇

字天地。兰州人,籍贯陇西,自由投资人。信仰儒家思想,梦想太空迷航,爱好文学、围棋,擅长古体诗词歌赋创作。

念奴娇·飞天梦

嫦娥奔月,桂花折,怅梦古人离地。火箭载人一百万,埋骨火星空寂。神话传世,西天马氏,立志银河系。飞天如梦,千年多少人忆?

遥望入世当年,英姿悲情,被迫从医界。转业金融持虎魄,旧业灰飞烟灭。故地神游,友朋莫笑,神器破天裂。儿郎乾志,外星狂笔涂写。

沁园春·太空

皓月当空,银河珠玑,亿万渺光。望繁星点缀,骄阳失艳;原子裂变,星际迷航。扫尾张扬,流星剑舞,陨落长天生命亡。夜空唱,任凭狂风作,雨雪苍苍。

星空浩瀚无垠,千古梦,众邦争霸忙。访月宫做客,嫦娥影幻;人间射日,后羿情殇。天佑中华,真龙现世,腾越九天飞外乡。天宫建,昭告出师表,浩浩汤汤。

村

儿因母病骨嶙峋,褴褛衣衫瑟瑟嚎。
一路叶残枝被抢,秋冬寒苦饿漂漂。
草根烂菜裹泥食,泪眼蓬头炊烟遥。
荒野穷山流恶水,苍狼恶寇泣长宵。

初情

兰州地窄漠苍苍,天上黄河画岸长。
初恋同窗春夜访,芳随柳叶曳何方。
凄歌唱晚岸边醉,迷惘吟诗苦苦伤。
铁桥一边流恨水,星光影暗泣长廊。
相识倩影望天阔,日盼朝阳忘夕阳。
思念汝香坝壕处,诉方许愿黄浦江。

漠北

青山有志怀绿水,夜夜无情向东流。
大漠连天炊烟起,胡杨孤立百花休。

无题

雪域佳人入梦兰,天山流水月光残。
萤火烛光风吹灭,野草苍狼夜望天。
何日君归人去处,窗儿冷冷泪始干。
当年万里豪情路,望断烟云欲醉欢。

九·一八

黑云乍起狂风卷,恶寇侵华野火烧。
异犬连天狼啸啸,邪魔炮火盖云霄。
爹娘送子离别泪,大地凄歌血海遥。
北戍边庭尸遍野,黎民百姓泣长桥。

天宫贺

月是天宫客,天宫访月郎。
迷航星际处,后羿射骄阳。

难愁

乱坟岗,轻衣衫,不见离愁岗。是谁茫茫泪与伤,栏之依依,谁雨茫茫。归路晚清凉,雨凉,风凉,情不凉!一寸相思何清凉?不再陪,我心苦寒,似殇亡。悠悠情殇!

水调歌头·中秋

江南望天阙,夜幕恨苍颜。月圆悄画烟雾,山河照人间。美酒举觞流年,异乡寒风瑟瑟,清月爬上檐。指月问苍天,何以渡情关。

挂葡廊,轻语诉,醉千年。唤儿嬉戏,轻舞

衣袂歌家圆？孤影秋风听泉，一种相思闲愁，莫问月河残。遥祝中秋节，明月举杯欢。

同窗

伏羲女娲李唐乡，儿郎贫寒求学凄。砥节砺行好文章，青灯月下孤影依。六年笔墨同窗情，情缘难测女儿心。

青涩年华踏音符，漫步春花秋月。奇花斗艳夕阳放，残阳血。月下相约，海角天涯不相忘，紫丁香满天芬芳……

心心相印，夕阳画笔漾。浅浅酒窝，今生托暗许，秋波似水遥遥望。

秉烛夜谈，揽温香，凭栏吟诗韵长，长韵，长韵，不知龙门险峻。

青山绿水两心伤，鱼跃龙门去远方。西北地寒送玉 ，晴天霹雳百花殃。

情缘若弱点汝家，苍浪少年泣北天。无眠不得方自菲，天知芳心似哗然。

秦岭作别同窗外，无奈凄凄鬼神参。人生致终郎成君，妄自思路悲阑珊。

江城子·夜雨

清风凄雨夜苍狼。左无常，右天堂。梳洗绵长，秋雨诉他乡。飞跃天桥孤寂行，歌自唱，险身亡。

醉迎风雨泪成行，断情肠，扣心房。奔走癫狂，飘渺夜情殇。望断如来擎天柱，凄怆怆，泣长廊。

满江红·航天桥

星际如梦，空入世、纷纷扰扰。浮云住、半世许愿，悲唱歌谣。四十载冬雪夏雨，壮志未酬身先老。私募转，十年苦修道，仰天啸！

龙之子，志气高。儿郎梦，不曾忘！追梦人，破袭苍穹路迢。静谧夜空守空寂，超材航天天下告。民族魂，东方旭日骄，架天桥。

西平赋

湟流春长一佳人兮，羞花闭月貌如仙。华服月色辉映兮，惊艳邂逅行人间。

清幽玉兰凄楚兮，时光凝结履蹒跚。形如枯槁心碎兮，日醉如泥夜梦殇。朝暮思君血泪兮，不思饮食逍遥望。醉了红尘浮云兮，和一曲凄怆情殇。

凌云破袭西平兮，才子佳人恨相见。愁闷对酒当歌兮，情深似海轻声叹。疾风漂漂天泣兮，雷殷殷阴云遮天。六月飞雪呼啸兮，地动祁连山脉憾。

离别凭噫长泣兮，恨彻南北西东月河残。涂诗文以为哀兮，昼阴窃窃夜夜天。翩翩风华绝代兮，人间痴情撼金殿。

君恨我生早兮，我恨君生晚。夜不寐思君兮，魂魄随君入行囊。郁郁复悲人亡兮，东方陨落星辰光。

长安赋

而立之初，相识长安古都之西南，一叶凌波，缕缕情丝。同窗齐聚，少感波长。秦岭龙脉风水地，千年古风拂山岗；炎黄后人归祖祠，明月照大山，渭水河畔留芳，列坐一方，潺潺波水饮流觞。轻音古曲流水上，一觞一咏，伊人她侧叙情伤。明月夜，星光闪耀，清风楚辞遗风唱，星际少年情缘牵，俯视古今众情殇，收敛放浪形骸之外，驰骋四方，天地乐，仙女香。

师尊·教师节献礼

神州自古敬师道，孔圣鲁相屈师尊。
三尺疆场写春秋，传道授业民族魂。

天山歌

入冬时节雪纷纷，路上行人透骨寒。
借问行车何处去，邻人遥指雪莲山。
天山冰莲圣洁身，傲立绝峰依云生。
世人莫叹娉婷仙，非我人间玉兰神。
山下有女独自居，羌笛悠悠唤郎曲。
雪莲羞涩妒佳人，一见倾魂伊人许。
比翼双飞西平城，湟水天浴玉凝脂。

芙蓉花颜步娉婷，春寒帐暖不入世。
欢情对歌无访客，春风送暖百花开。
天下美女万里云，俘获魂灵倾国颜。
帐幔呓语娇羞夜，果盈美酒醉千年。
吟诗作词伊人唱，山伯英台现人间。
不闻家国天下事，苦短良宵酒醒处。
千金散尽囊羞涩，辗转凄凄别离苦。
祁连山脉冰雪洁，忠于信仰万古矜。
误服情草寸断肠，毒沁骨髓已铭心。
胡天肃州问阳关，把酒言欢无故人。
大漠黄天沙暴起，遮天蔽日默那神。
伊人婉转诉情伤，血泪成行幕幕笙。
鹊闻冬梅花色变，柳絮纷飞月宫人。
风花雪月一樽酒，几许多情弄离愁。
孤零飘落碎冬风，夜梦尘殇星月休。
伊人仙袂飘飘舞，千山万水两茫茫。
玉容花貌泪阑干，魂魄入梦日月长。
飘渺思飞伊人去，七月七日天山会。
玉佛皈依女儿心，思念郎君情砌累。
枣葵谢落春又发，复年伊人孤雁悲？
青灯相依吾初醉，凄梦佛知伊人飞。

长叹

入世何知路苦艰，东海远望啸长天。
初行万里五羊邑，南下如潮百越边。
月夜北极独舞曲，鬓白失意已怆然。
苍穹暮色倾晖没，欲饮江河半壁山。

无题

长韵吟诗长韵坊，唐黄故里渭河长。少年传信飞西岸，魂魄随行柳絮扬。

窗外百灵溪水唱，华光月下桂花香。相邻隔座书声伴，羞怯无言去远方。

破阵子·围棋

夜夜三更出战，长年棋理茫茫。半尺银屏天外客，十九棋盘万里疆。奇兵抢点忙。

战马腾飞压境，卓识妙手围墙。不问家国身外事，独享人生对弈殇。东方泻晕光！

王重明

男，1933年生，陕西商洛市人，大学文化，参加工作后，一直在党政部门供职。爱好文学，已有300余首诗词在国内多家刊物上发表，并多次获奖。

黄河赋

兀立黄土坡，极目黄河来。
咆哮穿山过，呼啸云雾开。
一路展雄姿，滔滔去东海。
浇灌粮棉地，养育栋梁才。
昔日多苦难，今朝放光彩。
见证沧桑变，声誉满世界。
两岸神奇事，民间传万寨。
中华文明史，与尔同册载。
母亲母亲河，永在我心斋。
一曲赞颂歌，声声抒情怀。

洞庭湖赋

三面山抱湖，一口任吞吐。
容纳四江河，调控扬子流。
水阔八百里，烟波无穷途。
君山名天下，龙涎景色秀。
观山听传奇，击水荡画舟。
鱼跃稻浪翻，时来歌声悠。
盛产鱼和米，享誉满神州。
历数华夏景，洞庭居上游。
君欲去览胜，劝来岳阳楼。

泰山瞧望

巍巍泰山势凌霄，兀立山顶放眼瞧。
一轮红日喷薄出，漫山遍野泛金涛。
大地茫茫霭气腾，山坡悠悠彩云飘。
近揽古城百条巷，远牵郊野数座桥。
泰安傍山姿秀美，山临城池貌妖娆。
世人皆称泰山好，常来攀登乐逍遥。

古镇漫川关

山区古镇漫川关，昔时商贸声名远。
南北货物集散地，大小商家交易阛。
天天骡马铃铛响，日日肩客脚步欢。
两处会馆知往事，盈街店铺见当年。
幽狭街衢溢古气，典旧房屋呈大观。
忆说秦鄂通商史，执笔展纸写漫川。

盛夏观景金丝峡

夏日金丝峡中游，家人携手进山沟。
陡崖削壁随处是，奇峰异石眼底收。
白龙湖中荡舟楫，瀑布下面沐清流。
仰望天空窄如带，俯视谷底深黝幽。
流水潺潺叮咚响，野鸟啁啾展歌喉。
林木层层泛碧翠，山风阵阵送清悠。

山乡新事(12 首)

(一)

农村眼下不烧柴，电钮一按水就开。
憾事一桩留世上，樵歌不再耳边来。

(二)

而今电脑进山村，传递信息快如神。
一点鼠标知百事，潜心致富步青云。

(三)

山村农户接电话，生意恰谈把话答。
山货而今样样有，成千上万任君拉。

(四)

水泥道路通山沟，货运出行不犯愁。
日日班车村里过，物资运输到地头。

(五)

桥车进驻农家院，佳话声声四处传。
世事而今大转换，农村城市都一般。

(六)

农户而今也讲究，新房都要搞装修。
新颖家具房中摆，要与市民竟上游。

(七)

昔搭茅舍住山窝，扁担弯弯路坎坷。
今建楼房沟畔住，水泥道路门前过。

(八)

家居深山不觉深，设施通信喜煞人。
手机电话任拨打，一号联通地球村。

(九)

教育娃娃换理念，乡村办起幼儿园。
入托孩子专人管，父母放心忙挣钱。

(十)

碧彩长龙村外行，声声呼啸荡苍穹。
深山修建火车路，梦想成真奔富程。

(十一)

乡村合疗展新颜，农户国家共负担。
诊费报销一大半，农民看病不再难。

(十二)

种地农民不纳税，朝朝代代头一回。
国家反补世罕见，赞语声声乐满怀。

王子阔

一首

我有一张琴，孤芳苦乐吟。
曲非千古曲，淡淡自明心。

绝句二首

(一)

欢娱抛掷久，有梦怨天长。

常念空悲切，闲情难不伤。

（二）

寂寞嫌更久，薄云怨月明。

有心翻旧卷，无奈候鸡鸣。

王子琦

男，汉族，1929年生，滕州市人，滕州市政府退休干部。滕州市诗词学会名誉会长，中华诗词学会会员。

七绝·德政

德政神州丰万家，朝阳雨露润桑麻。

楼台农舍来春燕，胜过当年王谢家。

七绝·抗日胜利65周年

日寇侵华战火燃，山河破碎忆当年。

国仇家难须牢记，莫忘救亡头一篇。

七绝·家院小景

悄悄春来一觉晓，春光满园催诗稿。

知时喜雨涨春江，柳绿花红春不老。

七绝·夜读二首

（一）

夜静更深好读书，风摇竹影自萧疏。

今来古往诸多事，代代英贤伴蠹鱼。

（二）

雨洗夜空星更明，山林宿鸟静无声。

诵诗不倦明灯下，老伴扇蚊风有情。

七绝·重阳有感

人生年老遇重阳，岁月峥嵘有短长。

李杜苏辛成往事，风骚高雅永流芳。

七绝·赞松

敢迎风雨恃云霄，日夜龙吟涌巨涛。

最恶宫廷门外柳，蛾眉描就会弯腰。

王族昆

男，1962年5月生，字孝儒，号黄柏山人，安徽岳西人。大学文化，中学高级教师。中华诗词学会会员，安徽诗词学会理事，河南诗词学会会员，安徽楹联学会会员，惜字亭诗社副会长，《惜字亭诗刊》副主编。在《中华诗词》《诗词月刊》《世界汉诗》《中国当代散曲》《中华军旅诗词》《东坡赤壁诗词》《长白山诗词》《香港诗词》《中原文史》《中州诗词》《安徽吟坛》《炳烛诗书画》《昆仑诗词》《福建诗词》《诗词世界》《深圳诗词》《安庆日报》等数十家报刊发表诗词五百余首。一本由林从龙老先生作序、熊盛元研究员作跋、星汉教授题写贺诗的个人诗词集《黄柏山人吟草》由中华诗词出版社于2010年12月正式出版发行。

七律·喜添孙女

仲夏佳时淑气氤，啼声初试一番亲。

亦欣桂子将荣日，尤喜海棠先发春。

琰琬中原明皓月，珠玑吟咏耀寰尘。

阳光雨露长滋润，四世同堂享大伦。

七律·驱车再过苞米林

一望无边苞米林，葱葱郁郁动诗吟。

当初龙起风翻浪，目下神驰月上岑。

莫恨天高无彩翼，长欣径曲有芳心。

掩窗玉影随云逸，韵叠红笺涌万金。

七律·欣悉爱人生日礼物

散尽阴霾丽日红，青山雨后景葱葱。

声欢喜鹊频翔宇，影靓榴花久亮瞳。

面带桃红非醉酒，心描竹绿却飞鸿。

脚蹬革履走天下，一路沁香图画中。

七律·贤妹生日有贺

好庆隆冬本命年，红梅点点报春先。
冰开柔柳留娇影，阳暖幽泉奏雅弦。
方向全凭双手握，瑶章但信一心编。
踏平坎坷风帆顺，花自芬芳蝶自怜。

相见欢·丙申端午念屈原

临江凭吊先贤，手相牵。欣约高朋意满韵流笺。忆往事，觅传统，问婵娟。圆梦中华翘首仰峰巅。

浣溪沙·故地重游

两载不曾游画莱，我乘彩雾越云台。清泉仙乐唱生涯。

风景无边平坎坷，人生百味寓庄谐。日归星起晚霞来。

鹧鸪天

时至秋初未转凉，红荷郁郁吐幽香。梦回莽莽青纱帐，蝶恋依依老地方。

翻旧韵，越横塘，何堪美景衬新装。眼前风物皆非昨，惟见斜阳拖影长。

如梦令

觅句寻章筛酒，岁月令人回首。欲读画中诗，却被玉音牵走。醇厚，醇厚，仿佛晚风梳柳。

微澜

1971年生，爱好诗词、诗歌、散文及旅游。九州诗词社会员。在中华诗词论坛等网站发表诗词数篇。

诗观：写作只是个人爱好，依心而行。

如梦令·四季歌四首

（一）春

晨沐柳风花雨，春色枝头倾诉。两袖卷芬芳，携走淡香无数。飞舞，飞舞，缱绻我心深处。

（二）夏

晨起荷风舒爽，推着小舟追浪。争渡岸边人，来和蛙鸣蝉唱。嘹亮，嘹亮，此曲热情奔放。

（三）秋

待那西山红透，邀约两三诗友。登顶咏黄花，沉醉晚香时候。神秀，神秀，惟愿此情长久。

（四）冬

雪落前庭晴转，墙角暗香扑面。又到赏梅时，吟咏不知疲倦。期盼，期盼，笔下意能无限。

鹧鸪天·采风四首

（一）乡村采风

诗友相携丽日游，海棠红艳醉溪流。枝头喜鹊吟新曲，陌上春风垦沃畴。

云自在，水无忧，防堤碧柳荡悠悠。夕霞渐染农家院，大敞前门纳铁牛。

（二）乡村村官小哥

晴日田头手把锄，辛勤汗滴湿根株。寻春揽梦开犁浪，浇水抓虫种菜蔬。

凭睿智，构蓝图，深耕细作步徐徐。几丛秀竹庭前绕，畅饮桃花酒一壶。

（三）西山采风

三月西山荡惠风，轻轻一吻海棠红。香熏禅寺黄金顶，鸭戏村头碧浪中。

舟载梦，梦征鸿，邀来相见小桥东。捻词炼句莲生韵，不误花期不误工。

（四）月塘新貌

亭阁飞花曲水连，平湖映月柳含烟。长廊碑刻遗清韵，小镇人行绽笑颜。

桃艳艳，舞翩翩，齐心携手种诗田。你耕我播勤浇灌，采得春光分外鲜。

韦隆位

笔名微沙。男，汉族，1957年生，贵州省黔南州独山县百泉镇百泉湖村甲堡人。中华诗词学会会员，贵州省诗词学会会员、黔南州诗词楹联学会会员。作品散见于《诗词之友》等多级报刊。曾获独山县诗词大赛旧体诗一等奖。

七绝·赞移民新村

华楼若笋耸云高，昼夜车声似海潮。
欲问村翁原住处，杨眉笑指半山腰。

七绝·咏玉米

营养窝中初长成，几番风雨不惊心。
身直高戴红缨帽，脱下黄袍满肚金。

写契约有感

古来树大要分丫，弟兄天涯各有家。
祖业承传皆美德，而今七步不相残。

六月六探母节

荷堂圩柳映朝辉，陌上行人入翠微。
敬母衣衫甜米酒，染双红蛋外孙回。

登高即兴

新年逸兴去登峰，半日阴晴半日风。
野草参腰荆裹脚，丛林拂面汗油胸。
心雄那怕艰难阻，志壮可开事业通。
眼底风光收不尽，新农产业望无穷。

2015年新年初一

秋收

风清桂馥雁飞高，脱谷机声动地摇。
日落收镰归舍晚，满村皓月醉香醪。

题结婚照片

俩小眉清不抹粉，双肩未靠面先红。
笑颜灿烂如花放，一世姻缘在此中。

念良人

独倚曲栏织锦图，思君随线到杭州。
莫羡西湖山水秀，山家玉米胜金楼。

韦荫炎

1936年生，广西容县人，副编审。毕业于中央民族学院分院(今中南民族大学)，曾任县人大常委会副主任。中华文海诗词文化研究中心理事，滨海诗联学会、容县诗联学会顾问。已创作传统诗词近4 000首，作品散见于《长江日报》《中华诗词》《诗刊》等200多家报刊；有2 000多首作品入编《当代诗词三百首》等多部诗词集。已出版《晚霞吟稿》《韵海探贝》等九部著作。

游漓江

江水澄清底望穿，奇山倒影荡青天。
游船驶在巅峰上，正与浮云肩碰肩。

餐桌偶成

得吃休嫌饭不香，汗珠颗颗结成粮。
汤羹煎炒来非易，桌上当思风雨狂!

新丝绸之路

航空陆海到天涯，连接东西泛彩霞。
互惠同圆经济梦，地球村里绽新葩。

浇园村姑

霞映村姑两酒窝，浇园巧手弄清波。

一瓢几朵银花灿，嗓若黄莺婉转歌。

书斋吟

万卷诗书斋内藏，任凭喜爱读华章。
清晨伏案深研苦，子夜燃灯细录忙。
瘦影常随箱架转，浓茶长助脑心康。
推敲唐宋铿锵韵，薰染情怀翰墨香。

清平乐·十八大新班子带领走中国特色路

中华何去？特色康庄路。新绘鸿图惊海宇，铁腕挥刀斩腐。

尤欣狮虎同腾，雄峰戮力攀登。国富民生领土，全心着意倾情。

满江红·党旗颂

高举锤镰，朝前闯，弘扬马列。鸣战鼓，锦旗飘舞，地翻天裂。旧制革除新制立，迎来幸福贫穷别。觅真知，艰苦索航程，何曾歇。

行实践，情切切。扬特色，从头越。赴西洋巡礼、太空登月。科技领先奔富路，交通发展兴高铁。更今朝，航母下东洋，金光烈！

魏韡

又名魏国保。男，路口中学语文教师。1985年加入中国共产党，1981年参加工作。湖南省楹联协会会员；华中师范大学《语文教学与研究》特约编辑。

崖松

力扣悬崖峭壁中，弯腰势蓄待长风。
苍松不改凌云志，一展鹰击揽月功。

黄河鲤

昆仑东泻路八千，鲤沃黄河天下鲜。
万顷渔歌今唱晚，中华月朗九州圆。

夕阳之恋

竹马青梅频入梦，一行雁字寄江东。
夕阳一点美人痣，种在心田守望中。

小溪

风轻云淡是溪声，娓娓道来最动人。
路转峰回为蓄势，推波入海作龙吟。

春耕忆牛(新声韵)

水暖春江一望收，机耕不用拓荒牛。
牧笛谢幕乡音远，牛背乌栖旧画图。

岁月如歌(新声韵)

归鸿望断询新月，人海苍茫觅故人。
童趣重拾温旧梦，秋风空扫堂前荫。

炊烟情思(新声韵)

小村春晓鹧声远，一缕乡愁上碧天。
游子天涯人渐瘦，归心枕月搂炊烟。

咏蜜蜂(新声韵)

春回大地趁天机，一路替花做嫁衣。
甜蜜凝成艰与险，个中滋味有谁惜。

魏碧贞

字念荷，号静悟斋主，又号岱云山人。女，福建连江人。福建省诗词学会会员，福建省美术教育研究会会员，福建省楹联学会会员，连江县作协会员，连江诗词学会会员，连江尚德楹联学会会员。

中秋

天上人间共结缘，断鸿声里梦难圆。
凭栏无限思乡意，如水清辉泼眼前。

题图诗

如画秋光两岸新，水天一碧远烟尘。
人间烦事随风去，剩有闲情作比邻。

七夕望月

秋来一枕绿云凉，寂寂空庭月渺茫。
咫尺银河无棹渡，悲啼灵鹊断人肠。

忆挂职陕西

流年如梦记春秋，几度秦州又福州。
果腹三餐常大馍，每思米饭动乡愁。

赏肖德权老师书法作品

大象浑伦悟中生，鉴古知今写性情。
道法自然造新面，龙蛇恣意纸间行。

魏富余

男，1965 年生，山东省枣庄市峄城区人，大学文化，现任枣庄市第一中学副校长。枣庄市诗词学会副会长。曾出版诗文集《楚客情思》《千岛行吟》《洗心禅歌》等。

七律·初雪吟(新韵)

一夜梨花万树开，推门知是雪初来。
时光夙愿经年种，岁月童心少小栽。
浩荡天恩扬上意，飘忽地气惹尘埃。
寒中孕育冬春暖，雪仗纷飞乐满怀。

水调歌头·偶题

抚掌自嗟叹，感慨亦何多！洗涤尘世烦扰，春夏梦南柯。半百流年已逝，慧业三生落拓，褒贬任评说。进退品茶酒，苦乐伴诗歌。

冯唐恨，庄周梦，自蹉跎。昔时妄，惹来多少恨离别。漫道人生歧路，浅唱低吟楚客，何必费斟酌。半世诗书友，荣辱笑谈多。

满江红·咏青檀

铁脊石根，峭壁立，顶风起舞。看天际，寒星弦月，接云送雾。笑傲梅菊随晚霞，迎霜送雪拥朝旭。站人间、展铁骨铮铮，雄魄铸。

天地老，年月古。山河壮，说齐楚。任蛟龙腾跃，雀屏初睹。根系悬崖隙缝住，虬枝难遇一抔土。游客叹、生命力无边，修行处。

汉宫春·途中

夜色如尘，正车停蚌埠，弦月寒星。人生多少驿站，走走停停。鼾声渐起、睡意消，卧铺厢中。偏又是、夜凉如梦，谁知逆旅愁情？

自古金风倦客，纵醉翁洗墨，难赋秋声。何当剪烛共话，灯影初惊。白驹隙远、空嗟叹，前世今生。依旧是、阁中帝子，城中赣水相拥。

魏耀鲜

网名文如其人。男，山西省汾阳市人，1966 年生，中共党员，大专学历，1986 年参加工作，历任汾阳市工业局副局长、汾阳市经信局系统党委副书记、总经济师等职。汾阳市三晋文化研究会会员，汾阳市作家协会会员，汾阳市文湖诗社会员，吕梁市作家协会会员，山西省唐明诗社会员，山西省诗词学会会员，湖北九州诗词社会员。诗作散见于《九州诗词》《当代诗人词家作品汇编》等刊物。

七绝·孟秋

高树蝉鸣暑未收，夜来月下最人稠。
手摇蒲扇心焦躁，怎道天凉好个秋？

七绝·仲秋

天高星淡月高悬，对酌三杯敬谪仙。
且问家山归去否？几多牵挂夜难眠。

七绝·季秋

长空又见南飞雁，冷雨凄风落叶伤。
莫叹秋深花谢去，东篱犹有菊残香。

五律·贺神舟十一号发射成功

神舟入太空，浩宇会天宫。

星伴衔云动，霞陪接日红。
载人凭利箭，探月敬英雄。
强国千秋业，筑梦九州同。

七律·纪念鲁迅先生逝世80周年

狂人傲骨自铮铮，一代文豪耿直名。
歧路彷徨忧国运，真言呐喊叹民生。
弃医救世因无药，秉笔为刀盖有情。
血荐轩辕谁苟且，拚将匕首向天横。

七律·中秋有感

由来骚客总悲秋，独我高歌且不愁。
亭立青莲舒气节，低头谷穗庆丰收。
欣吟朗月圆和缺，笑对凡人沉与浮。
莫负年华多苦叹，乾坤千载自悠悠。

七律·观央视节目《等着我》有感

翘首门前谁等着？荧屏内外共牵肠。
惨遭拐骗情缘断，痛忍分离肺腑伤。
万里寻亲心切切，一心偿愿路长长。
玄关启处融悲喜，半是欢欣半是凉。

七律·九月十日教师节题

讲台三尺度流年，无悔人生执教鞭。
戴月披星功默默，释疑解惑意拳拳。
终身乐业情如海，一日为师恩比天。
桃李芬芳堪敬颂，杏坛播雨育英贤。

魏玉兰

女，1962年生，共产党员，大专学历，副主任护师职称。业余爱好文学、写作、唱歌。现任汝州市晚晴诗词协会东城分会副会长。

七律·长征赞（新声韵）

危亡濒致踏征程，悲壮艰辛举世名。
野草树皮皆美味，爬冰卧雪总温情。
出奇制胜惊天地，视死如归泣鬼灵。
欢聚三军旗帜艳，丰碑屹立启光明。

七律·乡间即景（平水韵）

日暮闲游倩影斜，苍茫村野沐云霞。
淙淙溪水听风语，袅袅炊烟唤小丫。
馥郁花开蜂劲舞，葱茏雨落鸟喧哗。
田园仙境春光好，处处天涯可为家。

五律·贺晚晴诗词协会东城分会成立（新声韵）

风调汝水秀，雨顺东城春。
碧树萌新芽，鲜花缀绿茵。
长风偕雅韵，九域遍诗魂。
莫道桑榆晚，秋红色彩匀。

七律·汝行集团颂（新声韵）

高耸云天悬彩虹，藏龙卧虎聚群英。
货真实价黎民祷，守信诚心百姓迎。
玉液久馨千秋业，金汤永固万年情。
不言桃李妆蹊径，美誉流芳世代铭。

七律·汝行印象（新声韵）

碧水蓝天映汝行，儒商雅士两相彰。
风轻云淡千山舞，馥郁芳菲万朵香。
济济人才宏业创，滔滔汝水美名扬。
阳光雨露家国润，乐业安居奔小康。

魏长庚

1937年生于河南宝丰大营，河南新乡师范学院毕业，定丰一中教书匠，现已退休。河南省诗词学会会员。

五绝·新城区访友

昨日荒凉地，今朝热闹城。
冯哥何处住，九幢第七层。

五绝·赶庙会

春风春日暖，百草百花香。
共赶香山会，隔墙喊老张。

度假村

（一）
夏夜清风爽，花香美梦长。
开窗观旭日，忘掉住山乡。

（二）
燕子归来日，蝴蝶闹杏枝。
初开花最美，盼客莫来迟。

（三）
鸟语声声脆，花开处处香。
枝头红杏挂，美味盼君尝。

洛阳牡丹红

（一）
蝴蝶何处去？最爱牡丹香。
燕子迷新市，游人醉洛阳。

（二）
花红叶绿催人醉，魏紫姚黄笑古风。
历代王孙成粪土，今天百姓逛新城。

魏峰波

凭吊贺龙

澧源宝地出英雄，气贯河山映彩虹。
立马横刀擒鬼蜮，披坚执锐斩顽凶。

温飞

雨中过天河水库

溪山晴未久，时雨又潇潇。
淑气生长涧，寒烟没远桥。
湖天一色白，花叶七分娇。
许是蓬莱近，轻衣不胜飘。

无题

骤雨初停风又至，寒江瑟瑟夜行舟。
飞花辗转惊鸿路，月色苍凉入水流。
孑影空余两地梦，青衣又落一年秋。
家山枉自多云水，怕是重看各白头。

行香子·羁旅感怀

陌上霜清，衣上花零。动秋风，来去孤城。寒台催角，冷月回庭。剩一灯遥，一灯近，一灯明。

经年故地，几载归程。怯年华，双鬓微青。红尘易老，世事难平。独不堪言，不堪醉，不堪醒。

温小平

笔名风文。自由职业，现居成都，诗歌爱好者，对古体、现代格律诗词都有一定的学习。好诗文、交友。

满江红·爱若微尘

爱若微尘，年华锦，初心若泯。悄语和，柔枝飘絮，难留痕印。思绪随风悄唤醒，繁华似梦休言恨。沁园春，举盏酹光阴，情堪尽。

狼烟起，诸侯觐。离骚出，三闾愤。漏长人不寐，唏嘘无韵。冷冷清清黄粱梦，凄凄惨惨飞花殒。风轻扬，忆旧日温存，犹须遁。

破阵子·飞花快似刀

莫待尘缘散尽，光阴一去难了。鼎压泰山休变色，楚霸垓下握细腰。狼烟乱世烧。

折戟沉沙赤壁，春深铜雀双乔。且掷千金当买醉，快意人生任性漂。飞花快似刀。

满江红·读《戚继光》有感

抗寇杀倭,戚家将,魑魅胆丧。东南海,而今犹在,功勋无量。明后虽为弩劲末,保家卫国声犹亢。树威名,立业耀神州,炎黄榜。

唏嘘岁,驱魍魉,华夏种,潮头漾。一心争寸土,岂须谦让。赤县花开飘满地,而今更具英雄样。抬眼望,大海日将升,东方亮。

雨霖铃·同学会

青春依旧,忆曾经事,滟滟无垢。长江一去难圄,追秦汉志,悠然云袖。夜半乳鸽暗吼,笑,河畔垂柳。出落处,烟雨空濛,昨日黄花最堪秀。

婵娟可待逍遥透,趁东风,畅饮今宵酒。唏嘘却又回首,情已逝,叶肥枝瘦。阅尽浮华,千万娇羞尽托红豆。更勿忘,山顶相偎,燕雀南归后。

七律·大漠孤客

长烟落日雁逍遥,素剑青衣宝骏潇。
竖笛轻吹孤胆立,端风尽饮夜光消。
飞天舞影雏龙劲,落雁羞花翠叶娇。
醉里何须追岁月,吴钩不语对空聊。

七绝·偶成

我欲凌云笑问天,鲲鹏展翅傲神仙。
王孙仗剑逍遥意,玉笛横斜伴客眠。

七律·当下歌

三生有幸觑虚玄,玉柱和风混沌间。
汉武秦皇传万代,唐宗宋祖立千年。
蝴蝶寄梦杜鹃泣,赤兔追思武圣鞭。
昨日如风难把握,今时握紧莫松闲。

七律·游春

花开三月待谁怜,柳嫩桃红燕雀翩。
纵眺群山飘水墨,斜窥异石舞云烟。
江流有意悠闲去,鹭鸟无声恣肆旋。
却看西川何所乐,琵琶一曲傲神仙。

文际坤

黄昏赋

长空落日曛,美景在黄昏。
古木阳春绿,蟠桃上寿芬。
黄忠刀不老,佘太杖长春。
月桂宵辉灿,陈年窖酒醇。

雷锋赞

小草护芝兰,明灯映玉盘。
螺钉犹灿烂,松柏耐风寒。
博爱行慈善,勤劳品自端。
无私多奉献,伟大也平凡。

百年凿洞

百年凿洞志凌云,制伏蛟龙泣鬼神。
千顷金盆翻稻浪,愚公巨手转乾坤。

外逃贪官落网

痴心出境到天堂,窃取公资国外藏。
世界联盟同反腐,天涯海角也锒铛。

红桥慰演

十里空巢热望高,倾心会演慰红桥。
飚歌炫舞阳光灿,玉笛丝弦润雨飘。
快板激情千尺浪,花灯野趣百重娇。
欢声笑语追幽梦,盛世和谐尽舜尧。

洗车河赞

香溪亘古母亲河,洁净潭深宝镜磨。
画舫轻摇垂柳舞,群鹅曲项对情歌。
凉亭桥岸桃花艳,吊脚楼头彩锦娑。
水色山光春满目,紫阳高照暖心窝。

游桃源仙境

桃源仙境伏羲洞，远古奇观梦幻游。
璀璨黄金藏秘室，玲珑白玉缀仙楼。
神龟峡谷悬飞瀑，水母龙宫荡扁舟。
陶令宏文迷彩凤，酉阳景绝冠神州。

农家过年

农家过大年，自古食为天。
户户糍粑韵，村村腊肉鲜。
大娘磨豆腐，老汉写楹联。
守岁观春晚，燃鞭祭祖先。

大圣归来（组诗）

（一）

大圣归来势若虹，吉隆坡府展雄风。
群英笑傲乒坛险，喜捧双杯再立功。

（二）

大圣归来喜事生，精英汇聚北京城。
筹谋良策春风动，国泰民安万里晴。

（三）

大圣归来春意昂，莺歌燕舞百花香。
耕耘岁月欣圆梦，锦绣中华奔富强。

春韵

雨霁雁南归，风筝放梦追。
青川梨雪瑞，荒甸杜鹃晖。
柳暗莺声脆，溪清野鸭肥。
晚霞红似火，春韵湧诗堆。

清明祭

青烟缕缕恸山神，润雨丝丝路断魂。
绿树荫荫桃李艳，春风阵阵暖君心。

武汉行

白发诗朋武汉行，登楼极目楚天明。
春晖洒满新三镇，万众精诚百业兴。

拜谒

诗虫拜谒共青城，三角王碑肃寝陵。
万众心疼红小鬼，方兴未艾目难瞑。

谷帘泉

康王谷里泉，幽壑泻奇源。
细雨凉风澹，和烟笼月寒。
饮如纯汁爽，泡似颖茶甜。
名籍千秋甚，适庐别有天。

滕王阁

西江第一楼，雄伟冠神州。
妙笔千秋颂，丹书百世留。
登楼金伏朗，闭阁玉盘幽。
岁月悠悠过，长江滚滚流。

文金涛

重阳三首

（一）

无诗无酒过重阳，千里西风似客伤。
依旧浮云遮望眼，红尘深处是苍茫。

（二）

西风漠漠似人嗟，行至南山日已斜。
送酒白衣今不在，东篱怅卧对黄花。

（三）

枫红柳老水风凉，岁月无端又感伤。
九日登高多是客，何须纵酒过重阳。

大寒感怀

羁居客地似尘埃，独自大寒倾酒杯。
南国无诗酬旧友，罗浮有意待新梅。
山阴野雪北窗望，易水寒风草木哀。
石燕拂云期夜雨，玉壶悲向梦中裁。

幽人愁思

七弦弹彻独凭栏，月色沉沉夜正阑。
一段深情难复制，几多往事已风干。
漫由心底生春草，何计愁城陷独鸾。
欲折红笺千万纸，今来应寄到谁看？

莺啼序·七夕

惊秋渐知夜冷，又新凉几处。飞黄叶，千里萧萧，江南江北如许。乱云急，行分四野，无声化作梧桐雨。对西窗，寒烛飘摇，影成三五。却忆当时，分茶对酒，有疏狂几度。谱新曲，险韵初成，折云笺寄心素。醉花前，桃红柳软，焦弦里，柔情如诉。叹匆匆，离别迢迢，旧盟终负。

时双七七，隐隐星河，鹊桥传能渡。难共饮，思千千结，梦里诗中，心上眉端，已成朝暮。孤鸾泪湿，愁城独醉，求凰应倚相思树。更人间，锦字空情绪。玉壶悲怯，沈腰空瘦东阳，屈指算来无数。临行灞岸，东浦沉香，莫道此情苦。谁见得，青娥素女，夜织金梭，经岁期逢，引相思句。湘弦易断，鱼书难得，灵犀隔阻人何在。又天涯，孤独空来去。时光易老冯唐，呼与冰轮，载心同驻。

鹧鸪天·梅花

欲折新枝寄美人，清香淡淡可相亲。满怀花气无由得，过眼东风总是春。

心落落，意真真。罗浮千古化仙身。寿阳妆就成惊艳，今个谁来不赞君。

文乾松

曾用名沈青，生于1938年，四川省射洪县青岗镇人，大专文化，中共党员，长期从事小学教育工作，已退休。陈子昂诗社理事，射洪县诗词、楹联学会副会长，四川省老年诗词创作研究会会员，《射洪诗词报》副主编。作品散见于《四川农村日报》《文化遂宁》《中国老年》《民间对联故事》《中国楹联报》《人民日报》《中华诗词》等报刊。在全国诗联赛事征文中，先后获过银奖、铜奖、三等奖、优秀奖、佳作奖。作品入选《“星光杯”中华诗词集》《光辉的旗帜》《天籁之音》《中国古今绝句选集》《中国古今律诗选集》《清风雅韵》《交通给力》《耕云播雨》《牧野诗词楹联选集》等专集。个人多次荣获省、县学会授予的“先进个人”称号。

七律·上海世博会

申城世博景奇妍，成果一园甚壮观。
万国风情来眼底，五洲瑰宝靓人寰。
高台歌舞琴声脆，展馆生辉奇迹传。
花灿浦江城不夜，争相留影尽开颜。

七律·射洪金华山观景

绚丽金华气势雄，茂林苍翠鸟腾空。
碑亭彩塔围花卉，山麓涪波映彩虹。
道观经声扬懿韵，书台墨宝展唐风。
清幽环境舒胸臆，笑脸张张兴致浓。

七律·闲游射洪螺湖半岛

螺湖半岛景观优，薄雾轻纱掩绿洲。
蝴蝶恋花蜂吻蕊，芙蕖围榭客盈舟。
湖滨别墅霞光照，林径修篁鸟韵悠。
拂面薰风舒肺腑，游人无不放歌喉。

七律·山村新貌

（一）

叠翠山峦沐煦风，鹅欢鸭叫隔溪通。
菽粮丰稔仓仓满，柑果香甜树树红。
村路轿车通闹市，农楼霓彩熠星空。
小康纳福心情畅，杯举和谐展笑容。

（二）

碧空翠岭鸟声绵，绿掩田园铺锦毡。

机韵传来丰稔曲，农科谱出富饶篇。
汽车代步人人乐，网络销粮户户欢。
生活美如鱼跳水，心儿更比蔗根甜。

七律·度重阳

丹桂飘香菊蕊黄，邀朋聚会庆重阳。
欣逢盛世仁风拂，欢度良辰喜气扬。
斟酒饮茗添兴致，挥毫泼墨写沧桑。
晚来乐享小康景，歌舞翩翩逸未央。

七律·寄语从政者

重任于肩慎用权，乐忧当虑后和先。
远名却利衣冠正，守职尽忠意志坚。
实干兴邦开盛世，与民谋利引甘泉。
纵情续写红旗谱，权化金桥映日妍。

鹧鸪天·环卫工人赞

环卫工人不等闲，披星戴月美人间。辛勤挥帚清尘垢，构建文明灿乐园。

迎酷暑，顶严寒，梳除垃圾竟忘眠。何愁体共帚箕瘦，不改痴心一片丹。

鹧鸪天·赞大学生村官

告别校门欣并肩，图强报国赴田园。心装农技铺金浪，情系山区掘福泉。

彰魄力，效先贤，助民致富着先鞭。三严律己常思进，筑梦前行谱锦篇。

文清风

字白廉，号龙潭居士。湖南省永州市人，现任云南省西盟县委宣传部副部长。中华诗词学会会员，中国诗歌学会会员，云南省作家协会会员，云南省诗词学会理事。作品散见于《诗刊》《中华诗词》《香港诗词》《时代风采》《云南日报》等报刊。著有诗集《佤山放歌》《梦里追云》《天边读月》。

零陵四中高六十班同学聚会

（一）

潇湘五月醉春风，杨柳青青觅旧踪。
聚散依依曾记否？回归母校乐融融！

（二）

回首当年入四中，温馨如昨泪濛濛。
恩师教诲难忘记，靓丽青春格外浓！

（三）

天南地北喜相逢，岁月沧桑犹梦中。
莫道人生多变幻，同窗三载各西东！

水调歌头·零陵四中

毕业奔波去，母校梦中游。青春岁月难觅，伤感是离愁。三十年来首聚，尽是同窗好友，往事又回眸。朗朗书声处，遍地盖新楼。

人如昨，情依旧，展歌喉。抚今追昔，人生漂泊复何求？感慨边疆路远，半百光阴似箭，云淡自无忧。瞻仰古城后，提笔写春秋。

文刃

毕业于山东大学动力工程系和美国加州CBU大学公共管理专业，现任加拿大信联公司总裁。业余时间多用来创作古体、近体诗词，喜欢以诗会友，兴趣广泛。

念奴娇

登高望远，见长空万里，云去无迹。飞镜宝蓝来世外，冷浸一湖秋碧。粉黛山抹，树姿婀娜，芳草高洁地。人间图画，此中尤称我意！

风舞而飘飘兮，拂衣低语，邀日来千里。鸾鸟麇集观月矣，今夕不知何夕。玉露翩临，不思归去，暂拢鲲鹏翼。上天难觅，满怀离绪何寄？

满庭芳·洛城

云画青天，鸟鸣高树，洛城二月花红。故园玫瑰，七色自神工。翠玉丛竹难数，晨昏坐、凉意频仍。门廊外，五洲异草，寂寂向春风。

十年跌宕路，世间风雨，岁月峥嵘。翘首望，韶华飞逝伤情。我有陈年好酒，邀日醉、料可暂停。斜阳里，乱花无数，歌罢晚风清。

清平乐·咏志

长歌天外，闻者足慷慨。放浪形骸心意快，无处知音不在！

世上道义心中，鹏举万里狂风。云乱任凭挥洒，尽写岁月峥嵘。

浪淘沙·华亭小隐

冬至雨兼风，满望迷蒙。青山隐隐有无中。漫把闲情酬远客，再觅诗踪。

香茗淡犹浓，炉火正红。相知何必曾相逢！一盏情深难入梦，心寄长风。

咏芦荟

一径清香带露思，餐风沐雨已多时。
渐生细齿着新意，腻涨冰肌叠玉脂。
湘瑟轻扬谁为奏，秦台弄影何归迟？
依依倩影存斜照，脉脉情怀天地知。

水调歌头·秋夜怀远

夜风渐萧瑟，摇落逢悲秋。隐隐星海闪烁，也曾为离愁？大雁未辞别去，无奈锦书难寄，此心夫何求？身隐暮色里，神思少年游。

花含情，月带笑，人觅愁。山高水阔，携手天地同遨游。岁月无减激越，离别难改深情，风雨共泛舟。万籁寂此夜，斜月挂吴钩。

摸鱼儿·代抒怀

倩何时、风吹云翳，晴空一览无限？窗前日读心牵绊，长啸晚来声断。夕照远，草舍暗、依稀灯火城中暖。柴门独掩！任秋落春华，星移斗转，风物人间换。

溯今古，不忍英雄黯淡，豪情雨打风散。悄然双鬓参差乱，壮志少年曾变。人苦短！饮美酒、今宵须尽三千盏。忧思未遣，醉歌对青天，心怀万里，龙泉月下看。

七律·冬咏

深冬如铁天将晚，冰雪剑藏啸不平。
风起竹惊听有雨，云行星隐望无情。
遥遥天地多歧路，漫漫古今少共行。
汗洒酷寒心未改，长空月现挂如弓。

翁勤生

笔名醉翁诗。福建龙岩永定人。国际作家协会会员。诗作多次获全国诗词大赛一、二等奖，有一百多首诗发表于《青年文学家》等报刊。

醉翁诗·秦淮八艳

（一）柳如是

媚楼柳隐冠秦淮，娼馆绛云吞凤钗；
裳袅艳飘芳尽去，缕绵结项照心怀。

（二）陈圆圆

昆山殊色君王识，倒戟冲冠为凤姿；
绣佛华銮双帧影，花明雪艳落莲池。

（三）董小宛

花前流莹月微色，酥酪灌香溢栊阁；
诗意人生卑贱命，蕊珠帘卷顺治胳。

（四）李香君

才子佳人贞烈风，绣楼独望百花朦；
侠肝义胆空悲落，道观暮春添影鸿。

（五）寇白门

婚灯白府耀千军，红泪沾衣断少君；
乐酒亭园骚雅客，香丸迟幕倩魂焚。

(六) 顾眉生

南曲迷楼掩映魂，风羞容色月惭昏；
绝才山水润兰桂，满面桃花斗艳繁。

(七) 卞玉京

一端笔尽十余纸，诗拔琴弦伴故知；
刺舌血书栖道院，泪潮庵锦佛陀痴。

(八) 马湘兰

诗画流声传世奇，音萦风幔舞婀衣；
笃情累月芳流尽，暗浴幽兰留自讥。

无忧

本名刘佳慧。林吉长春人，女，80 后，教师。

寄语：喜欢简单的生活，喜欢温暖的文字。偶然接触格律诗词，便迷醉其中！愿结识更多良师益友，共同遨游于诗词世界。

浣溪沙·相思

绿蔓青藤绕短墙，梨花无语近疏窗，洗脂卸粉懒为妆！

菱镜常含眉黛瘦，明灯难掩玉腮凉，萧声起处惹愁肠！

七绝·醉相思

星含醉态月含羞，微步凌风独上楼。
欲问佳人何所念？香腮垂泪不知收。

七绝·月夜

静睇清辉漫碧塘，洞萧偏惹紫薇郎。
长风若有怜卿意，细剪星云做嫁裳。

七绝·夏夜小酌

皓月当空水若天，流萤点点戏花前。
熏风与我同迷醉，误把青莲做小船。

七绝·咏菊

一夜西风菊半黄，浓情万缕为秋狂。
东君许我三千宠，独爱疏篱着布裳。

忆江南·惊鸿

眉翠浅，秋水剪双瞳。玉面惊羞仙子月，云箫惹羡柳池风。起舞落飞鸿！

鹧鸪天·闲趣

闲卧莲舟沐艳阳。清风煮酒韵悠长。池边彩蝶时时舞，水上娇花脉脉香。

舒藕臂，挽霓裳。芊芊玉足戏清凉。鱼藏浅底频回首，不舍佳人袖底芳。

鹧鸪天·中秋月

夜宴群星伴玉蝉，新醅美酒诱群仙。月宫孤影舒云袖，华夏千家绽笑颜。

风曼舞，月调弦。人间天上庆团圆。流光绽放花千树，异彩浓香漫九天。

吴本忠

苗族，1962 年生，湖南城步人，中学语文高级教师。中华诗词学会会员，湖南省诗词协会会员，湖南省作家协会会员，《诗刊》子曰诗社社员，邵阳市诗词协会、邵阳市楹联学会常务理事。

七律·回乡吟

已是人间六月天，莲花开处梦生烟。
故园无语枫林近，游子有怀赧水延。
情事桩桩犹蕴藉，乡思阵阵总缠绵。
山歌唱得新风起，紫笋沏来识老泉。

七律·感怀

又是一年春已归，诗心未老发微微。

神仙每做人间梦，俗子偶穿天使衣。
松竹为邻芳草近，晨昏无意日星违。
倾杯情激因花事，一阵蕊香敲我扉。

七律·忆大古山歌

幽韵萦怀三十年，心驰大古忆歌山。
日边痴影青春树，天下柔肠风月弦。
百步九溪情脉脉，一轩千岭意绵绵。
可怜今夜天涯冷，热泪潜抛蝶梦残。

五律·生日感吟

偶叹韶光老，等闲半盏茗。
风前聆异曲，月下感同庚。
无意浮生梦，不疑俗世情。
独斟风与月，何羡万千觥！

五律·崀山吟

夷水九重碧，丹崖八百奇。
亿年凭造化，一巷竟迷离。
拾韵云台上，掣鲸沧海时。
骊歌犹在耳，瑶女梦迟迟。

[注：崀山吟，国家级风景名胜区，在湖南省新宁县，世界自然文化遗产（丹霞地貌）。一巷，指“天下第一巷”，在崀山景区，为全长238.80米的石罅，两侧石壁高120－180米，宽0.33－0.80米。云台，即云台山，为崀山八角寨景区主峰，可俯瞰崀山丹霞景观——“鲸鱼闹海”。]

五律 游瓯江江心屿

吾着谢公屐，慨然山水前。
鹿城千载阅，诗脉一江延。
树立云中鹤，花开梦里仙。
风襟依韵起，蝶引入诗笺。

（注：谢公，即南朝诗人谢灵运。浙江温州古称鹿城，是中国山水诗的发源地，秀丽的风光成就了谢灵运山水诗鼻祖的地位。）

七绝·巫水吟

揖别巫山初梦长，亭桥木屋醉苗乡。
依依诸葛城边月，巧借巫傩祷吉祥。

七律·咏城步三十六峰

三十六峰一列雄，白云写意鸟留踪。
一帘幽翠三苗地，吊脚楼头醉眼朦。
云梦已归兴未阑，山歌处处任凭栏。
儒林古镇流风古，三十六峰古月叹。

吴伯贤

（一）

千年佬啊崇明宁，如今成了孙悟空。
老天只要一眨眼，过江仅仅十分钟。

（二）

皇粮再也不用交，人人心头乐滔滔。
农民养老有保障，日出西天看今朝。

（注：崇明岛发源于古代扬州口岸。随着海岸线的变迁，定形于现在的长江入海处，距今已有一千多年历史，故称千年佬。发展被水围困了一千多年，孤立无援，历史上经济异常落后。如今通了隧桥，千年佬上了祖国发展的高速通道，开始了腾飞。）

2015年12月作于北京

以诗会友

（一）

离别崇明七十郎，落户京城亲不忘。
喜登香山鬼见愁，遥望故乡耕作忙。

（二）

鬓发斑白暮年康，老当益壮微信狂。
错字一出心发慌，冬冬沈美来帮忙。

（三）

朱老携友作诗忙，晓翰微信开学堂。
文艺群友日益增，以诗会友队伍壮。

（四）

思念老乡泪汪汪，天天楼上把您望。

跳上高铁快如飞，欢天喜地聚一堂。

（注：作者最初从崇明岛第一次到北京，火车乘了48小时，过长江口轮船1个半小时，在上海火车站耽搁一天一夜等火车，南京过江火车靠轮渡。如今从北京出发，高铁只需5小时就直达上海，6小时到达崇明，当天就能回家团聚。）

2015年12月作于北京

酒香扑鼻

吴刚嗜酒月宫殿，监督机制不健全。
大圣气得一跺脚，琼浆玉液洒人间。

（注：以习主席为首的党中央，打虎拍蝇，老百姓拍手称快。作者为此通过微信，与家乡诗友小舟和荣兴等，共作小诗一首。小舟是崇明的酒仙诗人，荣兴自称草根诗人。）

吴长华

退休干部，大学文化。热爱文学，深爱格律诗词，作品散见于《涟源诗刊》《泉州诗刊》等报刊。现为香港诗词学会会员，并任学会"彩云诗词园"版块版主。

七绝·湖上重阳节

——谨用此诗献给洞庭湖区老农垦人

扬帆破浪卷流云，菊酒盈盈月半轮。
寒露披身君不醉，洞庭湖畔弄潮人。

七绝·思荷

——环保篇，盼洞庭湖恢复原有生态

池中嫩绿正抽鲜，我把相思植与莲。
记得儿时堤上走，荷香花艳望无边。

七绝·莲情

——为情系洞庭湖农垦群金秋聚会作

锦大渔村白鹭旋，楼前绽放几多莲。
金秋是否香还在？枕上芬芳伴友眠。

七律·人同学微信群感言

月光如水又如诗，昨夜归群恨已迟。
鞭炮声声鸣爱意，祝辞句句令情痴。
一杯美酒今生醉，十载寒窗忆那时。
携手重回小桥上，清清河水寸心知。

长相思·梦故乡

爱湖乡，恋湖乡。风拂芦花向夕阳。烟霞碧水塘。

情儿长，梦儿长。渔火悠悠月满舱。醒来泪两行。

虞美人·乡情

梦中常在堤边绕，踏碎青青草。老街无处不入怀，垂柳塘前谁见藕花开？

柳杨村口徘徊久，不见儿时友。门前玫瑰仍嫣红，珠泪为何洒落故园中？

临江仙·咏紫薇

蜂蝶翩翩惊梦，枝头睡意尤浓。千团含露耀珠莹。风摇轻舞步，神韵玉婷婷。

我爱紫薇长久，天生品质丹诚。相依相偎百日红。钻婚人世有，玉树也如同。

吴殿俊

男，1929年生，枣庄市山亭区人，1952年参加工作，1992年枣庄市建委退休。曾任滕州市诗词学会副会长、滕州市诗词学会名誉会长。

五绝·晚秋

（一）

雨洗棠梨瘦，黄花露浴肥。
春秋各自艳，红叶胜芳菲。

（二）

风冷菱荷瘦，秋深鱼蟹肥。
知时循节序，无蝶闹菲菲。

七绝·春雨农情

春雨微风润绿苗，乡村农户乐逍遥。
人勤换得田园美，科技真成致富桥。

七绝·微湖观荷

阵雨初晴见日光，荷花蕊艳满湖香。
污泥不染莲蓬净，洁白人间万古芳。

七绝·咏黄荆(盆景)

峭壁寻荆闯险关，千锤万凿出深山。
春光一拽惊群艳，疑是天仙降世间。

七律·冬景民情

冬至随时昼转长，雪花飘舞气寒凉。
霜天月照河封岸，冻地日升楼向阳。
竹岭风吹饶笛韵，梅溪雨打有芳香。
九州同走小康路，民庆丰收谷满仓。

七律·欢庆春节

瑞雪迎春润麦田，烟花鞭炮响连天。
甲申盛世连双岁，乙酉尧天分二年。
晚会通宵鸡报晓，电台转播乐无边。
张灯结彩龙狮舞，频频攀高永向前。

七律·庆祝建军节

南昌八一红旗举，井冈会师千古芳。
战马萧萧万里骋，军徽闪闪九州扬。
南征粉碎国民党，北上驱除日本狼。
盛世兵戎现代化，三军昼夜镇边疆。

吴凤琴

吉林省白城地区洮南市人，教育工作者。喜读唐诗宋词，从2011年起利用业余时间自学钻研古诗词，至今习作古诗词400余首。作品散见于《中国诗词月刊》《秋林诗刊》等刊物。

创作理念：用古诗词来颂扬祖国的大好河山与当代社会的美好生活。

七绝·游向海湖

波清鲤跃美湖塘，大雁盘旋入画廊。
一任轻舟融碧水，浑如东海老龙王。

七律·赏春

春风送暖万千家，塞北江南共物华。
山里红桃含玉蕊，河边绿柳吐金芽。
黄莺春恋枝头曲，粉蝶钟情陌上花。
信步行来心畅爽，浑然未觉日西斜。

七律·喜阅《坡底拾遗》寄刘玉霖老师

大腕诗书寄我家，犹如珠宝放光华。
初观意醉文中秀，细赏情迷笔底花。
坡主篇篇追李杜，坡朋首首盖云霞。
遵循示范心神爽，佳作轻吟似品茶。

七律·春雪

昨夜琼花恣意狂，银装素裹遍城乡。
峰峦莽莽笼纱罩，草木深深着玉妆。
风扫千山松树冷，雪飘万巷腊梅香。
门前伫立吟清韵，不畏严寒冻体僵。

朝玉阶·宿雨

风过田园夜雨侵，杏花应落尽，泪珠涔。今观双鹭爱之忱，芊芊飞絮坠、乱芳心。

雨零风冷卧孤衾，忧烦萦绕怨、厌闲吟。思来真个盼君音，恨天涯路远、付瑶琴。

画堂春·赏荷

湖中菡萏散清香，仙姿曼舞霓裳。露珠翻滚绿裙扬，蕾绽红妆。

茎上蜻蜓偶立，叶间金鲤时藏。游人陶醉在荷塘，频赋诗章。

朝中措·丙申谷雨即景

时逢谷雨见葱茏，曲径觅芳踪。黄雀林间鸣啭，丹鱼戏水腾空。

柳丝摇曳，翻飞紫燕，好个春浓。且遣愁怀入景，忧烦远弃随风。

沁园春·塞北明珠——向海

塞北明珠，碧草清香，百兽隐踪。看大河横卧，泽溪纵布，黄榆生翠，雕掠蓝空。仙鹤群群，银袍红顶，避暑幽乡湿地中。芦丛莽，秀婆娑起舞，茂密葱茏。

芳姿嵌入眸瞳，景色醉人和谐共融。叹神工鬼斧，育成名胜。斐声世界，瑰丽称雄。今日悠闲，来寻向海，作赋填词倾酒盅。游兴盛，惹留连忘返，笑指长虹。

（注：向海，地名。中国七大国际重要湿地之一。）

吴华山

故乡行

（一）

前山青且静，犹响唤儿音。
亮亮溪间水，深深柳下根。
追鱼留记忆，上树觅童心。
院鸟回枝噪，落霞斜到门。

（二）

日出黄油菜，晚霞稻麦青。
远山晴似画，近水雨尤清。
红放芙蓉焰，白飞鹅鸭鸣。
城中月色好，哪有故乡明。

（三）

双水交流处，青青白白滩。
鹭鸥停啄草，鳞尾转游湾。
如此清清水，这般绿绿山。
故乡一别后，笼鸟十年间。

鹧鸪天·旅游采茶

蓝天清新素白花，脸边城女染红霞。旅游脚带山林秀，劳作身轻岸柳斜。

轻玉指，取尖芽，蓝天碧水绿无涯。衣衫全换成乡妹，齐唱山歌手采茶。

采桑子·旅游采茶

早春忙采城乡女，月照山岗。手指弹香，星共山歌装满筐。

丝绸路上新飞绿，无尽芬芳。品味城乡，载梦歌声奔小康。

西江月·旅游采茶

雨住衔泥燕子，桥横流水人家。无边绿海入新茶，解密春风数码。

结队旅游似叶，城乡联手如花。茶篮满满载朝霞，同把歌声留下。

采莲曲

（一）

鱼游深水里，云抹一池清。
澄碧田田亮，深红瓣瓣明。
风摇香袖举，波动采舟轻。
隔叶莲歌起，声停浪末停。

（二）

相遇采莲时，相争眉欲飞。
眉飞人不见，莲动浪来追。
笑把船装满，歌将影渐移。
荷塘不敢去，深恐惹相思。

（三）

不见尤思见，晨春晚似秋。
山遮红日远，秧插绿丝抽。
赤脚根伸暖，香泥印迹留。
相思莲叶上，顺着月光流。

吴杰

男,46岁,汉族,中共党员。中华诗词学会会员,贵州省诗词学会会员,黔西南州诗词学会会员,兴仁县诗词楹联学会常务理事。贵州省兴仁县第三小学语文中小学一级教师。长期担任班主任工作。

西江月·师趣

送走一邦小将,又迎灿烂新童。年年岁岁也从容,两秀清风追梦。

眼看桃红李素,唤来舞燕飞鹏,崭新图画绘苍穹,此种欢心谁懂?

回乡偶得

春节探望再回乡,一路欢声喜气洋。
入寨叔伯问长短,归家兄嫂亲迎忙。
心急试问今年景,笑谈丰收有主张。
免征减负农家喜,科技兴国百姓昌。
挂满檐梁包谷棒,堂屋稻黍盛满仓。
鸡鸭欢歌猪满圈,牛羊开心有草场。
足食丰衣村寨富,安居乐业奔康庄。
科学发展符民意,勤劳致富谢中央。

相见欢·同窗聚会

龙城夏日情缘,藕香妍。酌酒同窗相聚醉花间。讲坛路,酸甜苦,诉无边。今日狂欢歌咏荡云天。

如梦令·人生

一旦风云垂幕,人世冷清无助。虚度几春秋,名利似灰如土,息怒,息怒,莫让青春辜负。

七律·抗日英雄杨靖宇

叛徒告密进伏圈,斗智周旋五夜天。
弹尽粮绝无退路,生离死别有机还。
七人含泪分头动,一线对敌我占先。
利诱威逼鬼魅魍,悲歌一曲谱新篇。

七律·纪念抗战胜利70周年

帝国主义是豺狼,掳掠奸淫兽性狂。
纵使三光横扫荡,难敌众志筑城墙。
妖魔鬼怪从无道,正义和平定主张。
末路穷途何处往,终究狼狈厚颜降。

七律·67华诞随笔

六七华诞未出门,独自家中享视频。
峰岭山峦随意赏,江河湖海任君寻。
手机怪事传欢乐,电视奇闻送惬心。
喜讯连连环宙宇,和谐盛世党隆恩。

七绝·国庆67周年

张灯结彩举国欢,国庆六七大喜连。
最是天宫亲日月,扬眉吐气话新篇。

吴金梅

安徽合肥人,职业画家。中国诗歌学会会员,从小喜欢文学,爱诗歌,尤其喜欢散文诗。作品散见于《合肥晚报》等报刊。

画中情

诗情如画画如诗,万般痴情有谁知?
人间真爱数不尽,挥毫洒墨乐其中。

问情

完美诗歌完美歌,人间真情在一斋。
世上最苦情未了,墨海问情天下飘。

百花艳

万花百艳迎秋风,秋景处处百花红。
问君醉在秋景里,还是来年初夏冬?

赠海外游子

龙王一怒四海起,万亩家园化为尽。

天地无情人有情，世界各地送温心。

知己念

万般情丝属情郎，千种情爱心中藏。
人生难得一知己，知己人儿在哪方。

美人赞

美如天仙下界凡，万绿丛中一朵莲。
媚姿百态人间展，情丝载下多少船。

唱诗圣

万种菊花迎秋开，百般恩源随君来。
古诗一唱天下腾，原是诗圣落江淮。

人间美

蓝天白云卷云霞，嫦娥随光飘天涯。
世上仙桃尝不尽，神仙也把人间夸。

2016 年 11 月 5 日

吴能武

男，江西乐平市人，1951 年生，中共党员。中华诗词学会会员。江西诗词学会会员，景德镇诗词学会会员，景德镇诗词乐平分会秘书长，乐平市老年体育科学会理事。诗词作品散见于《中国老年》《北京诗苑》《诗词家》《老年教育》《江西诗词》《浙江诗潮》等刊物。多次荣获国家、省、地、市级大赛奖项，并被授予“中华诗词德艺双馨著作家”荣誉称号。

咏兰

吊兰

瑶华点点露疑香，袅娜多姿细叶藏。
轻浅叠窗迎远客，飘然心旷总牵肠。

墨兰

翠绿兰生深谷中，花香色秀自然红。
真情不为群芳妒，怎可妖娆埋故宫。

山兰

林泉山野度清贫，身远奢华不染尘。
律守长怀朝日月，无人观赏亦精神。

紫玉兰

九畹贞风玉影来，紫衣仙子下瑶台。
晶莹玉蕊添新色，艳丽清高更胜梅。

感恩

——赞广州中山大学孙逸仙纪念医院华平教授

华夏精英聚逸仙，平生救死慰青天。
医高技湛民康乐，师德流芳万古贤。

咏春笋

冬藏内地练奇功，春暖花香破土冲。
更喜狂风雷雨后，凌空拔节气长虹。

天湖公园之夜竹枝词

蓝天碧水晚霞娇，几许清风梳柳条。月映亭台鱼雀跃，星灯闪烁彩旗飘。

树绿花鲜四季香，蜂飞蝶舞到天光。桃源不在诗文里，都说情侣盼夜长。

广场歌舞梦魂牵，翁媪翩翩笑语甜。运动休闲何处找？洎阳城里乐天年。

（注：天湖公园是乐平市设施比较齐全的一流公园。）

游浮梁古县衙

五品县衙

风雨沧桑古县衙，江南显赫美奇葩。
此间多少辛酸泪？化作云烟伴晚霞。

千年红塔

韵琴湖水涌波涛，破雾穿云红塔高。
瑰宝珍稀工艺巧，花飞景德乐群豪。

百米瓷廊

一日千年走北东，瓷廊读画醉诗翁。
碑文留有风云幻，惊梦浮梁声誉隆。

游乐平观音泉

古庙换新装，音泉紫气扬。
飘香祈福祉，瞻拜乞安康。
洎水藏龙影，翥山现佛光。
清风除杂念，携手创诗乡。

（注：观音泉是乐平十景之一"康山积翠"所在。始建于北宋太平兴国年间，曾获朝廷赐匾。）

吴任用

1938年生，侗族，湘晃人，大专学历，中共党员，1960年参加工作。曾任县人大法工委主任，当选县人大代表、常委会委员，被授予"优秀党员""优秀公务员"等荣誉称号。创作诗词、楹联作品入编20多部典籍。荣获金奖、银奖以及一、二等奖多次。被有关文艺团体授予"神州杰出人物""当代实力派诗人"荣誉称号，并获"文化强国、国家文化传承贡献奖""世界和平文艺奖"。

七绝·西湖荷花

逢夏荷花盛艳期，千姿百态竞芳菲。
五颜六色天然美，馥郁馨香透容衣。

七绝·登黄山莲花峰

莲花峰峻拥天开，举世无双势壮哉。
游客登巅花上舞，与星为伴坐莲台。

七绝·黄山丹霞岭上看夕阳

丹霞岭上看夕阳，万轫苍山被彩装。
霞壤交织吞落日，暮云漫罩把天藏。

七律·游览黄山

七旬有幸览黄山，举步登高只等闲。
越嶺天梯足下踩，翻巅古道竞攀缘。
苍山叠翠怡神往，奇景连绵放眼看。
天下黄山独秀美，欣观奇境乐陶然。

七律·黄山迎客松

迎客苍松吻太空，祥云雾绕显峥嵘。
质坚骨硬威风凛，叶茂根深不惧风。
客到千枝欣笑意，送君万叶盼重逢。
虔诚游客怡神往，乐赏奇观在梦中。

清平乐·登黄山天都峰

天都峰绚，高峻连天嵌。敢上峰巅称好汉，喜看群山拥恋。

峥嵘独秀天然，云彩飘绕腰间。异景纷呈展观，永将思绪魂牵。

忆秦娥·红梅迎春

腊梅丰，争相竞放红彤彤。红彤彤，天生俏丽，绚烂从容。

岁终寒浸欣相逢，兴芳着意馨香浓。馨香浓，倾情奉送，笑借东风。

蝶恋花·春意

春意盎然花绽放，斗艳争芳，竞与东风荡。无数蜂蝶花上唱，和谐共赏真欢畅。

万类逢春争兴旺。无限生机，盛势蒸蒸上。舜地繁发孚众望，尧天绵绣民心向。

吴少文

秋韵

金风馈晚秋，惬意爽心收。
苇密藏青鸟，波平戏白鸥。
长廊垂柳暗，小径落霞羞。
玉露遗花海，芳容不忍留。

晚秋

悠舷身影闪，水漾短舟横。
逐浪追飞鸭，漩涡接落英。

天高云朵怯，露重鸟儿惊。
未觉霜枝白，红颜似动情。

意难忘·蝶韵

锦佩琳琅，弄柔姿丽影，墨鬓悠长。娇羞含蜜语，灵巧着蝉装。花馥郁、瓣凝霜，梦幻入西厢。正月圆，姮娥起舞，粉黛流芳。

莫求邂逅难忘。愿良宵雨霁，企盼朝阳。无缘难会意，呓语费思量。风细细，雾茫茫，脉依睡荷旁。怎与伊，倾心并蒂，共守幽塘。

吴生玉

字质璞。农民，1965年生于甘肃永昌县水源镇。中华当代文学学会会员，《诗词世界》签约诗人，金昌市作协会员，永昌县作协会员。现任村党支部副书记。自幼爱好格律诗词，于2012年开始创作格律诗词，作品散见于《诗词世界》《甘肃诗词》《天马诗刊》《武威诗词》《凉州文艺》《西风》等刊物。

七绝·送应征新兵

纨绔之风不可留，男儿应许带吴钩。
边城若有狂飙起，立马挺身逾夏秋。

七绝·登香山有感

初到香山秋色丰，红黄相间数葱茏。
明年枫叶经霜后，还复来登第一峰。

七绝·菊

天高云淡雁成行，岭瘦风寒遍野黄。
唯有金丝呈瑞秀，翠云枝上睹秋霜。

五律·山妻

相爱识良缘，艰辛共一船。
田间薅日月，灶上煮炊烟。
敬老名贤淑，持家不计年。
委身零碎事，撑我半边天。

五律·月夜丁香花下独酌

风软露微凉，月移花影长。
枝头飘碎玉，阶下润泥香。
和酒人初醉，铺笺秃笔狂。
轻盈新柳雪，收入旧诗囊。

南乡子

投眼乱山西，红日余辉扯大旗。风卷流云千乘帐，高低。十万天兵策马驰。

支我上天梯，玉帝灵宫取战衣。捉鬼不分征远近，东西。定叫阴魂畏马蹄。

浣溪沙

大梦风生水起时，神州伟业铸新诗。五湖四海共相知。

一主中流陪看客，驾舟东海浣征衣。宝刀出鞘马嘶嘶。

吴树成

笔名骆驼草。铁路工作者。

寄语：驰骋于大漠雄关，挥毫于唐诗宋词，愿与喜好者同行。

秋日行车

一山秋色入诗囊，脚下车轮淌岁光。
野菊追风枝影动，铁龙越岭笛声扬。
才辞故地行三刻，已载闲云过八乡。
不尽烟尘生日月，无边大漠赋华章。

依韵清风徐来·秋菊(新韵)

凌霜独放胜三春，寂寞秋光倍感珍。
北岭烟云生傲骨，南山雨露净金身。
登高迈步息息遇，把酒言欢处处臻。
今借清风近芳馥，何时常做自由人？

结婚纪念日致妻

鸾俦十七春，一路伴佳人。
度日油盐实，钟情岁月真。
风和苗茁壮，雨细舍清新。
携手从容过，何争富与贫。

登山

塞上西风劲，平林五色时。
登高山不远，临顶景相宜。
寂寂秋将尽，悠悠水自驰。
烟云任翻卷，为我赋雄词。

寒露登高

露自此时寒，物华依旧欢。
稻收平野阔，波涌大河宽。
东壑花犹灿，北坡枫更丹。
群峰连错上，起伏抵云端。

寄清风(新韵)

满满三瓢酒，悠悠一世情。
清风依旧是，古道漫驼铃。

秋日随笔

枝渐稀疏叶见黄，云天万里淡时光。
悠悠逝水声如咽，瑟瑟西风夜已凉。
野陌霜侵枫焰烈，平川露重菊花香。
萧中自有雄奇景，一片生机为孰藏？

贺萧萧行吟老师五十生辰

祝福声中几句诗，秋风飒飒寄遐思。
菊经寒露犹娇态，枫历清霜正艳时。
他日无缘同友会，此群有幸与君知。
骆驼草赋情千里，鸿雁捎书意未迟。

登山

白云之上险峰道，我比青山高半头。
回望来时身后景，烟霞缭绕尽风流。

夜步应理湖(新韵)

时正重阳意正安，疏星明月看悠然。
数声蛩语草丛里，五色华灯树影间。
迈步徐行采诗句，凝神静想净心田。
任由四季风云转，水自流来我自闲。

吴世炎

1945年生，天津市蓟县下营中学特级教师，全国教育系统劳动模范。中华诗词学会会员，中华当代文学学会常务理事，天津《青山》诗刊副主编。已出版以格律诗为主的诗集《吴世炎诗百首》并入藏中国现代文学馆。

五绝·暮之歌

暮年心不已，老马志天涯。
落日岂非日，晚霞还是霞。

七绝·游戏

一稀白发一毛黄，藏者阿谁得意扬？
早见花间双靥笑，故为西望又东张。

七绝·天津吴世炎赠新疆诗友李明

伊犁河唱海河欢，雪鬓同坛不肯闲。
但使诗心共明月，天津咫尺是天山。

七绝·黄昏

烟波渐淡月华浓，柳岸石凉偎妪翁。
一指一随湖上望，偕飞双鸟入朦胧。

七绝·人柳合影

柳旁脉脉向情郎，郎手按机留一张。
女发何如柳长发，情丝却比柳丝长。

七绝·冬园俪影

婆在梅前偎叟怀，再婚留影笑盈腮。
老枝烂漫发新蕊，莫道严冬花不开。

五律·咏蓟县八仙山

谁染八仙山，如斯翡翠颜。
润青林郁郁，澄碧水潺潺。
深涧蛙儿闹，危崖松老闲。
拈来堪信手，绿韵漫天然。

西江月·题摄影展

相吻蜗牛石暖，独悬瀑布崖寒，漫山云海幻中妍，引出万声惊叹。

留住回眸一笑，挽来旋艇千烟。有情无字亦诗篇，瞬美永恒于片！

吴文亚

西江月·游宋城

一腔中游兴燃起，哪顾闲忙事体。来城方知宋朝风，古香古色浓浓。

龙袍套，皇冠戴，畅尝帝皇滋味。老妪试著凤霞佩，老汉扶伴嬉喜。

浣溪沙·贺澳门回归 10 周年

盛世莲开十年间，沧海桑田大变迁，无名小岛成热点。

一国两制优越显，长虹跨海通港湾，和谐社会传万年。

遂愿赋申奥成功

千年梦想，有多少能贤呐喊。空悲望，人复宇环，众生哀叹。面靠黑泥背朝天，泱泱大国奖无缘。梦惊醒，日月轮流转，笑开颜。

笑开颜，笑开颜，奥运梦，已遂愿。交朋友，促和谐，奋力争团结，消除烽烟。官兵为和挑重担，万众携手推巨澜。看中华，苍龙腾空起，冲霄汉。

鹧鸪天·垂钓

鹤发老叟学小娃，手提渔竿送年华。人影两个站岸边，万条鱼儿吞晚霞。

钓回家，儿孙夸，酒如玉露鲤作花。有人问我乐何在？胜过酒仙还潇洒。

浣溪沙·梁祝爱情

深情女子祝英台，扮男求学志不改。与兄共勉三长载。

十里长亭私许配，玉水河边楼台会。痴爱断缘恨别泪。

浣溪沙·恋爱

缤纷玉洁娉婷华，步行处事似穿梭。月照镜台胜桃花。

酒润蛋颜红翠绯，情深绵绵胜胶漆。一场春梦鬓白稀。

五言·雷雨

天灯照山前，龙王挂垂帘。
雨霁云崖艳，彩桥架东南。

鹧鸪天·桃花艳

身着艳装婀娜娇，百鸟蜂蝶盛赞好。忸忸怩怩随身影，团团转转围细腰。

你说香，他道姣，妖条姿色载舞蹈。一朝失色又落果，冷若冰霜谁人瞧。

吴新英

女，汉族，1959 年生，滕州市人。大专文化，济宁医学院毕业，滕州姜屯镇中心卫生院工作。滕州市诗词学会会员。诗词作品见于《济宁泰安临沂枣庄诗词楹联作品集》等书刊。

五律·登龙山

登上龙山顶，恰如仙境游。
晴云朝出岫，溪水日长流。
牛石当媒妁，龙湖抛绣球。
田园百花艳，蜂蝶恣悠悠。

七绝·相思鸟

高山一对相思鸟，相隔东西千里遥。
若要今生情意断，除非东海石头漂。

金银花香

谁约双花四月开，金银竞放惹蜂来。
幽香阵阵飘窗外，翰墨流妍绕案台。

七律·贺神九发射成功

一箭冲天刺九重，五星旗展满天红。
航天儿女多奇志，圆梦英雄建伟功。
英杰穿针堪织女，高天漫步傲苍穹。
瑶池欣喜迎“仙子”，挥舞云霞化彩虹。

游红荷湿地欣闻“神九”“天宫”交会对接成功

游人歌舞醉薰风，映日荷花别样红。
鱼戏游船追细浪，鹭邀伙伴上长空。
湖波摇曳清波里，云影婆娑倩影中。
泪眼双濛情激动，皆因神九会天宫。

吴秀琴

浙江仙居人，1963年生，高中文化，农民，热爱中华诗词。2013年于仙居县诗词学会白塔分会学习古诗词，现为仙居县诗词与楹联学会会员。

洗碗有感

三餐过后一时忙，碗筷瓢盆奏乐章。
小灶台连天下事，英雄赖此振家邦。

秋思

落叶纷飞秋意浓，思人睹物意重重。
年华碌碌春虽逝，果满枝头正向荣。

晚秋

草木知秋秋欲归，万端红紫秀成堆。
霜枫无意争娇艳，惟作漫山彩蝶飞。

乡思

茫茫商海苦行舟，负载沉沉添客愁。
何日梦圆归故里，诗山联袂赋金秋。

忆

闲愁生月夜，低首独徘徊。
风拂乡思绕，荷香情愫开。
河边同举步，柳下各怜才。
未上三生石，难期一圃栽。

自思

莫道金秋追梦迟，诗山初涉索求时。
推平敲仄徐徐进，构对思粘渐渐痴。
家窘还须耽客旅，夜阑常念众师慈。
恐疏清韵时吟咏，来日同攀高雅枝。

鹧鸪天·健身

夕月晨风兴趣浓，呼邻邀伴觅春风。翁开健步挥银剑，妪扭柔腰舞彩虹。

驱老态，展新容，景和人乐乐无穷。谁言老树无春色，夕照霞光分外红。

吴义恒

安徽省太湖县人大常委会原副主任、党组副书记，已退休。现为中华诗词学会会员、太湖县诗词书画学会会长。

七绝·丙申春节上海市禁燃烟花爆竹有感

千年习俗与时除，日月清明百鸟舒。
但愿“零燃”能永久，长江两岸好风徐。

七绝·题少林寺大殿前银杏

英姿勃勃立堂前，质似菩提貌若仙。
护寺千年腰板硬，迎宾万世玉枝妍。

七绝·三宝树咏

高姿挺拔立山腰，叶茂根深自舜尧。
正气凛然承雨雪，千年砥柱最逍遥。

七律·壮丽龙山

大别山中一巨龙，修身养性隐仙宫。
胸装万顷长流水，背负千秋不老松。
吐雾成云生夜雨，观今鉴古借西风。
欣逢盛世开时运，不尽歌声化彩虹。

（注：此龙山地处安徽省太湖县城郊北面。）

七律·咏毛香

生在深山不计酬，茸毛嫩叶碧于油。
村姑采得心花放，游子归来口水流。
美味珍肴香四海，滋身健体解千愁。
新兴产业精良作，不尽财源百姓收。

七律·读《状元风》感怀

赏心悦目状元风，博雅清新韵味浓。
翰墨传承香邑地，文星闪烁耀天宫。
诗花厚植山村美，画卷精描主旨红。
沃土肥田生玉树，名人故里出蛟龙。

（注：《状元风》为原全国政协副主席赵朴初先生祖籍地安徽省太湖县北中镇诗词刊物。）

吴元培

坦荡心安

三竿方梦醒，天塌不堪愁。
守法朝朝乐，欺心日日忧。

青海湖

神奇造化功，绚丽景无穷。
朗朗波心月，徐徐水面风。
岸边油绿泻，湖里倒山重。
塞北江南景，神州画彩虹。

农舍

犬戏猫爬树，鸡鸣绿荫丛。
庭栽栖凤竹，道植迎客松。
篱绕牵牛碧，枝摇桃李红。
和风穿院过，疑似隐仙翁。

秦楼月·飞灾

凄凉夜。山哀水泣蛩声切。蛩声切，无边烟雨，飞廉施劫。

更悲正是儿童节，蕾苞待放遭撕裂，一江长恨，怨充天阙。

（注：2015年6月1日下午8点多，重庆轮船公司“东方之星”在长江（湖北监利县）遭龙卷风翻沉，船上共有454人，442人遇难。飞廉是传说中的风神。）

浪淘沙·苗乡

苗寨画图描，倒影虹桥，牧童牛背漫吹箫。碧水浪花鱼影跃，禾稻香飘。

公路入云霄，吊脚楼翘，苍松引鹤舞姿妖。酉水楚山逢盛世，分外妖娆。

沁园春·惹巴拉风雨桥

翘角飞檐，画栋雕梁，淡欲洁身。敢顶天立地，晴迎霞彩；傲山慢水，阴挡风云。骤雨潇潇，巨洪滚滚，无视天公耍滥淫。行影正，且无争于世，岂怕天神。

一桥三寨连通，天堑变通途福万民。看土家儿女，山乡习俗；勤劳节俭，古朴清纯。奋发图强，凌云壮志，致富逐穷舍得拼。瞻未来，惹巴拉雄起，定有佳音。

满江红·铭记历史

七七卢沟，枪声响、狼嗥激烈。“三光”策、狂言吼叫亡华三月。脚踏半寻鞋湿泪，地掏方寸土凝血。四海泣，五岳伤悲，金瓯缺。

民族恨，充天阙；南京耻，当昭雪。弃家仇，禀民族大义同心结。举国救亡拥义士，全民抗战多英烈。杀虎狼，倭寇竖降幡，硝烟灭。

车过沙子坡

盘山跨壑似昆仑，破雾腾空手摘云。
日射碧林千岭秀，辉穿幽谷百花芬。
班鸠横道鹰旋语，青麂观车兔戏奔。
鸡犬云中仙雾里，疑身已是天上人。

(注：引自“云中鸡犬刘安过，月里笙歌炀帝归”句，喻仙家生活。)

贺怡心集付梓

怡勤琐事够劳悦，心系吟坛日不闲。
集雅情深扬国粹，丽霞汇彩织诗环。

江南水乡

日照洞庭生紫烟，银波万顷远浮天。
一湖春水物依旧，两岸新颜景更妍。
四季轻舟梭织锦，五洲慕客背挨肩。
山光水色瑶池逊，醉美凡人妒了仙。

慈母 70 周年祭

匆匆踏上不归程，苦了嗷嗷待哺婴。
云里慈容终未见，脑中诲语永无声。
乳恩未报枉为子，忠孝难行羞苟生。
长恨东流无力挽，只期一梦呼小名。

华山游

缆车箱里笑声浓，如画江山贪览中。
低谷仰瞧削崖白，顶峰俯看艳阳红。
苍龙背上观奇石，擦耳岩边赏劲松。
险绝雄姿甲天下，千秋昂立舞东风。

过华山论剑处

江湖豪杰显身手，来此皆为论剑雄。
今日老夫踏天险，只求赏景不求功。

黄河壶口瀑布

一壶开水倒千年，飞瀑腾空百丈烟。
十里雷鸣元气厚，豪情壮志在天边。

贺神舟十一号发射成功

腾空呼啸入苍穹，广宇又迎华夏龙。
舞袖嫦娥回玉帝，小仙故国展雄风。

参观毛主席枣园旧居

普通窑洞隐蛟龙，浩气冲天呼雨风。
大本营中传号令，乾坤扭转立勋功。

吴苑瑜

别号亮子(亮子哥)。诗词爱好者。

七绝·梦回野松林

松涛阵阵隐珍禽，雨后菌菇草底寻，
采罢呼朋声远荡，山林答应鸟回音。

七绝·晚归牧童

斜阳脉脉晚风吹，乡野闻歌放牧归。
惊起林边小野兔，有人欢笑有人追。

七绝·忆童年

深呼邻友扣门轻，街巷无人月正明。
旷野田间灯火照，青蛙水里闹不停。

七绝·嫦娥

碧海天青夜寂寥，广寒宫阙静悄悄。
可怜仙兔无人伴，犹妒牛郎过鹊桥。

七绝·忆西湖

春暖花开四月天，轻舟荡漾柳如烟。
断桥不断雷锋恨，千载凄凄云水间。

七绝·山桃花

盈盈粉萼傍篱开，楚楚多情夜自哀。
别处芳丛已谢去，丽颜依旧待春来。

七绝·荔园

劈荆铲草垦荒坡，栽上荔枝千百多。

待到满坡红艳艳，芳脂唊罢唱山歌。

如梦令

一曲梅花三弄，暗夜幽幽放送。岁岁音尘绝，盟誓难冰冻，心痛，心痛，恨有一帘春梦！

伍仲池

广东省台山市人。业余坚持写作数十年。台山市文联会员。在市级以上刊物发表小说、散文、诗词等作品若干。

七律·纽约秋晚

劲雨知秋锁雾濛，风过野菊若狂翁。
初潮不渡河边绿，晚柳长看岸上红。
着意蜃楼描水影，迷情闹市聚花丛。
天桥夜诵繁荣韵，万点华光照美东。

七律·秋游大隆洞

峻岭巍峨已入秋，潮人作伴乐同游。
低蓝丽水如仙景，耸翠孤山若绣球。
道上花容谈古木，溪边倩影叹深幽。
漂浮仰首随流去，两岸风光落小舟。

七律·月盈中秋

中秋朗月若天瞳，满目清辉洒夜空。
俏美嫦娥施绿酒，雍华桂树饮苍穹。
才郎寄爱吹晨曲，巧女舒怀唱晚风。
且看人间相聚处，灯花曼舞倚楼红。

仵爱菊

笔名艾文。出身军人家庭，企业高管，自幼喜爱文学及书法。现为诗词世界金牌会员、中国作家协会会员、《诗刊》子曰诗社会员。作品散见于各级刊物及多家网络诗词平台，有作品入选《2015中国微信诗词精选》。

七绝·岸边触景

晚霞隐处月华迎，隔畔烟波闻笛声。
触动柳条分绿叶，黄鹂不忍应时鸣。

五律·夜思寄父

明月来窗畔，周余信未通。
不能身尽孝，只有泪由衷。
幼小听戎马，平津建战功。
勋章存伟业，情寄予尊崇。

浣溪沙·阳台夜空

踱步悠然近月台，清香风起自山崖。繁星无数似花开。

浑似阑珊灯火色，不妨匀染杏桃腮。轻呼弯月渡船来。

减字木兰花·年尾

苍茫穹下，枫叶冷清云似泻。汽笛萦回，闪隐峰峦烟雾随。

鸟知孤寂，谁又锁眉吟啸觅？爆竹春晖，星月相逢何遽催。

喝火令·追忆

但见花前暖，犹存树下宽。碧波溪水燕双还。斜径玉童闻笛，幽梦月芽牵。

久雨寻蝉静，新晴映小园。趣聊思绪缀来年。看尽知心，看尽蝶翎翩，看尽偶回眸处。一笑醉云间。

武大云

女，1956年生，河南鲁山县人。

无题

谁知红军长征难，感天动地事万千。
弱旅枪林沐弹雨，赤脚草地过雪山。
万劫信念尚存心，一点星火终燎原。
今日军威震环宇，试问天下谁能撼。

武凤梅

沁园春·建党 95 周年感怀

建党红船，一盏明灯，众志共谋。忆峥嵘岁月，腥风血雨；硝烟弥漫，国恨家仇。百万军民，舍身取义，几度争雄热血流。迎红日，取丰收硕果，威震神州。

扬帆万里行舟，且高举红旗共运筹。看中华特色，令人瞩目；蓝图再绘，义气方遒。维护和平，江山永固，继往开来壮志酬。新世纪，定同舟共济，更上层楼。

七律·赏荷

夏日炎炎何处凉，蜻蜓引路到荷塘。
满池翠盖滢滢绿，数朵芙蓉款款扬。
叶下青蛙频击鼓，花间蝴蝶竞争香。
摇舟陪友寻幽境，赏尽烟波六月光。

七律·春雨

谁挂檐帘滴答声，和弦配乐弄琴筝。
桃花含笑黄莺语，杨柳摇丝紫燕鸣。
墙外竹林披雨雾，庭前桔树挂珠晶。
甘露点点皆如酒，醉了山川垄上耕。

七律·七七事变纪念日感怀

痛忆当年日寇狂，卢沟桥畔动刀枪。
隆隆炮火黎民愤，滚滚硝烟遍地伤。
抗战八年凝血泪，同胞四亿竟遭殃。
历历往事依稀现，华夏雄狮记国殇。

鹧鸪天·母亲节感怀

托起家中半片天，操持家务付华年。耳边轻唱童谣曲，梦里常将趣事编。

知暖意，顾饥寒，浓浓爱意暖心田。不求回报情无尽，滴水之恩孝在先。

鹧鸪天·南海风云

美帝嚣张刹那惊，只因南海起纷争。何堪一纸荒唐令，怎抵千年岁月程。

家领土，虎狼横，华夏儿女岂能应。战船航母三军待，迎头痛击保国宁。

七律·八一抒怀

城头血染忆南昌，起义秋收弹雨狂。
万里长征书浩气，八年抗战谱华章。
冲锋前阵江山固，捍卫边防敌胆慌。
铁壁铜墙疆域戍，雄风再展步铿锵。

七律·父亲节感怀

双鬓如尘似雪丝，而今不见挺直姿。
双肩挑担春秋度，一世操劳岁月知。
烈日天边寒地拓，夕阳影里梦相随。
恩泽长忆安康寄，父爱如山莫孝迟。

七律·无题

路途漫漫始艰程，十万红军赴远征。
粮少药缺根草度，雪山拔涉沼泽行。
弯弯赤水神飞越，滚滚金沙巧渡兵。
壮阔波澜奇画卷，丰碑永记筑坚城。

武国明

1947 年生，籍贯霸州前两间，大学文化，曾就职于南京市公安局。

七绝·初春

四时递序竟如流，万物更新始转柔。
几度寒潮冰雪后，春风犹在柳梢头。

七绝·端午

江南大雨似无根，昼打轩窗夜扣门。
又是一年端午近，苍天垂泪悼忠魂。

七律·咏横塘诗社

棋文馆里赏华章，又见金陵换彩装。
荷碧莲红通曲榭，湖光水色映长廊。
今朝脉脉桥边柳，昔日依依陌上桑。
谁把新歌联旧曲，清词雅韵在横塘。

（注：莫愁湖古称横塘，因其依石头城，故又称石城湖。梁武帝有《河中水之歌》：河中之水向东流，洛阳女儿名莫愁。莫愁十三能织绮，十四采桑南陌头。）

七律·横塘荷影

横塘莲藕是谁栽？伞盖青罗越榭台。
暗撒一弯西子臂，轻抛千朵玉人腮。
丝丝梅雨疏还密，淡淡香魂去又来。
日落空林天色暮，湖光波影月徘徊。

七律·横塘春色

绿满莲园芳草齐，横塘日暖玉桥西。
盈湖三尺桃花水，环岸千株杨柳堤。
花底草丛蜂蝶舞，竹林石畔鹧鸪啼。
游人才识春风面，无奈春风已过溪。

七律·阅江楼

铁马金戈早已休，姗姗出世阅江楼。
横空飞峙云崖畔，据水争峰狮岭头。
落日霞光停宿雁，渔歌唱晚送归舟。
凭栏远望无穷碧，一览山河万代秋。

七律·重阳送客

路远山长碧叶天，重阳送客水江边。
浮云蔽日飞鸿雁，载酒随波伴醉仙。
已去华年空似梦，曾经往事了如烟。
秋风不解离情苦，乱把垂丝系小船。

七律·津南送别

回乡风雨正重阳，霜降初冬夜转凉。
宴饮三杯方谢客，行程千里又重量。
人辞燕北离情重，车到江南思绪长。
惜别无须伤落感，明年村酒早来尝。

（注：谢社长一行天津南站送别。）

武晗然

立信学子，追梦稚子。

创作理念：喜以笔与镜头记录生活，愿为文字癫，乐在其中。

少年游·登逸夫楼

暮霭晨钟衔兰舟，莘莘摆渡愁。挑灯疾笔，浓雾未散，心觉风满路。

众生皆言学道难，梦岂近阑珊？夙兴夜寐，以勤作光，韶华不觉憾。

七绝·兰溪送别(仿《谢亭送别》作)

劳歌一曲散雾浓，愁似微波泛心头。
日暮梦醒人已远，欲待微光溢兰舟。

武如峰

中国医科大学毕业，留日博士，美国博士后，现美国得克萨斯大学达拉斯西南医学中心任教。喜爱格律诗，学写二年余。

七律·秋日感怀

月满因怀故里情，饼甜赴约仲秋迎。
人逢下晚风尘厚，菊染霜晨魅力生。
落叶归根无念挂，怯弦飞雁有哀惊。
任凭四季炎凉变，骏马荒原骋纵横。

七律·黄山咏

云海浮峰催醉眼，飞腾瀑布凿心惊。
穷悬寒树攀崖宿，奔涌回溪拂霭鸣。
卧佛修行持万载，庶民托寄诉千情。
天工神往清幽地，一见流连勿枉生。

七律·美国布赖斯峡谷咏

峡谷磅礴极目边，砂岩地貌彩绸缠。
千松翘楚空崖宿，万俑成排盛气填。
忽觉殿堂巍矗立，似曾风雨妙彫镌。

烟云缭绕斜辉洒，蜃景浮游入画篇。
（注：砂岩地貌即丹霞地貌。）

七律·美国俄勒冈州秋

眼盈山海巍峨壮，穹昊无垠碧水连。
白浪成排敲陡壁，青峦重叠沐霜天。
远方雁阵人形舞，近处舟帆一字延。
正有秋枫留彩绘，又逢落日遇苍烟。

五律·白桦树

又是风弦季，寻秋落叶殇。
不因寒月袭，那得暖春彰。
树干犹疮害，原心更倔强。
迎眸凡俗事，挺拔沐斜阳。

五律·秋吟

雁鸣人慢舞，风瑟叶零凋。
幸有蓝天阔，更欣彩墨娇。
发稀生睿智，心薄蕴无聊。
安得黄昏美，招来晚志烧。
（注：人比喻人字。）

五律·自家院落吟

开锄前后院，植梦在三春。
汗滴苗成长，中耕果适均。
花坛千朵绽，绿地两边伸。
品种齐全美，丰收慰我辛。

五律·思乡

一别双亲远，青丝变白头。
长江东逝水，秋雁北回眸。
偶瞥蓬星过，方知岁月稠。
梦浮乡土影，心已在归舟。

武小民

字武子，号古风清影。1968年生，河南宜阳人。洛阳作协会员，洛阳诗词协会会员，宜阳作协会员，宜阳诗词协会会员。平生不求名利，喜欢诗词创作，如醉如痴，先后创作古诗词与现代诗千余首，作品散见于《神州诗词》《莲岳新声》等报纸杂志，诗集《小民小诗》待出版。

七绝·花知味

桃花丛中藏花仙，暗送秋波至凡间。
绕指柔魂春暖处，柳笛归雁洛阳边。

七律·酒悟重阳（平水韵下平七阳）

大雁南飞秋意怅，茱萸插鬓又重阳。
韶华无奈随风逝，繁叶终归落土黄。
邀友千斟甘菊酒，偕君一醉卧龙岗。
烟弥山径登高处，夕照亭台映晚霜。

七绝·河畔秋思（平水韵一先）

九月凉秋衣尚单，露珠润泽叶残前。
霏微飘渺凭窗雾，醉看孤燕卧空船。

七绝·七夕（平水韵七阳，末字长：七阳平，二十二养仄）

鬓钗憔凌倚户旁，云遮宵汉骤风凉。
思郎痴女丢机杼，七夕桥头盼日长。

七律·中华颂（平水韵下平十一尤）

神州大地迎金秋，日月同辉贺岁酬。
千古中华创伟绩，万代基业耸高楼。
滔滔江水随尘去，滚滚长河入海流。
六十七冬风雨路，民安国泰福通幽。

七律·仲秋（平水韵五歌，中华新韵二波）

习风碧水起千波，万束涟漪缀洛河。
月挂树梢怜单影，酒狂人醉戏嫦娥。
追夕泪伴相思夜，伐桂空灵恸涕歌。
槭叶秋葵凡间事，幸得十五观尘荷。

X

西江野老

青冢

牛羊不见更无川，冢在西风落照间。
衰草真堪埋日月，乡心未许隔关山。
于今道路连丹陛，自古琵琶老玉颜。
一抹绮霞秋色里，凭高我亦泪潸潸。

云冈石窟

烟尘一骑入云中，石窟排山望不穷。
北魏以来开净土，西天之外嗣宗风。
拈花未止苍生劫，济世谁教黑法空。
欲上危崖朝万像，灵光正与月光逢。

盛京皇宫

定鼎元非土木功，八旗由此出关东。
江山万劫归新主，楼殿百年成故宫。
跡往废眠青简里，人多留照夕阳中。
我来吊古凭吹泪，向晚犹寒树树风。

席慕龙

字云龙，常用笔名席慕龙、云龙，原名邓剑斌。汉族，籍贯广东。个人创作生涯中，尤喜古体格律诗词。

五律·秋夜遣怀

寒波随过客，枫岸问归途。
思伴飞鸿杳，身同夜月孤。
分携亭十里，沉醉酒千壶。
泪浸江南恨，婵娟旧画图。

七律·相思

幽怀无处伤羁泊，屡负花期逐落红。
池冷难寻并蒂蕊，天高每羡远征鸿。
垂潸蜡泪谁同剪？萧索琴丝曲已终。
总是相思不能断，偏多蝶梦寄梧桐。

七律·伤秋

川粤秋情风里哀，蓬莱春梦几曾回。
行歌旧事成愁绝，耽醉流光任去来。
帆席九江频洒泪，雨烟西子独登台。
相思谁许遣明月，牢落姮娥苦未媒。

七律·春韵

东君一夜春心动，细雨晓来浮玉烟。
撩拨山溪布颜色，笑窥野径惹缠绵。
且将放浪戏蜂蝶，还把风流聚雅篇。
占得桃枝香满日，芳樽逸韵凤凰弦。

破阵子·龙吼

——铭记九·一八、勿忘国耻

领海狼烟日久，版图吹角何时？想我秦皇和汉帝，一统天下荡外夷。等闲安敢窥。

誓灭区区倭寇，扬威百万王师。但把东瀛葬今日，从此长城不可摧。万朝仰汉仪。

高阳台·寄怀

乱絮栖风，愁红逐水，幽怀付与谁赊。目送孤鸿，还闻些许叹嗟。落日怎作多情客，眷山边、那片云霞。久凝眸，鸦冷梧桐，寒透轻纱。

夜来谁伴珠帘影，纵新醅千盏，过尽繁华。墨染愁心，难描一地黄花。梦回几度寻欢悦，锁楼台、汉月西斜。独醒时，蛩语秋声，转眼天涯。

烛影摇红·九江河畔有寄

一片愁心，系于江月何人展。落红点点洒清寒，春去分双燕。孰道山盟可挽，晓星残，草窗梦远。深情难遣，似水悠悠，西风拂遍。

行香子·春色

不负春期，绿染千枝。恼东风、妙绝清词。濛濛，袅袅青丝。伴芳菲竞，佳人俏，笛声痴。

穿帘莺燕，翩跹蜂蝶，任双双、伞底相偎。娇羞剪翠，缱绻忘归。喜结情缘、悦情话，醉情思。

行香子·七夕

远梦徘徊，鸯梦无踪。鹊桥上今夕谁同。月痕酌酒，云水飘蓬。奈负春意、伤春色，葬春容。

银河隐隐，相思渺渺，付长叹烛影摇红。愁眉蹙破，铅泪悲风。但盼归人，齐归去，赋归鸿。

最高楼·清风约

明月里，把酒与离人，别后更思君。夜恹恹里伤情绪，梦幽幽里总难分。

剩长宵，成病句，乱如云。怕追忆、长亭多少事。忍相看、柳桥双点泪。

愁边酌，曲中真。天涯此去犹千里，滇中走马醉铺陈。许清风，山海约，舞缤纷。

相见欢·闺怨

伊人梦碎重栏。翠裳寒。秋水望穿几度、漏声残。对斜月。苦盈缺。抚空弦。一任西风肆虐、客愁眠。

秋色横空·离愁

烟水东流。正嗟伤若许，不见归舟。留华早伴君颜去，桃花几度成丘。人消瘦，梦未休！海角远、相思空白头。雨信云期总负，欲逐还留。

肠断昨年唱酬。剩前番山誓，寂寞凝眸。拾些旧事樽前醉，醒后月挂西楼。期相守，羡凤俦。莫可奈、斯情凭孰谋。漏断泪难干，题染别愁。

汉宫春·相思吟

旧曲回肠，尽杯中病酒，不见知音。清弦问共谁和，乱了琴心，长亭吊影，怎忍看、一地萧森。却唤起、生平憾事，空随蛩语秋深。

忍教良辰美景，伴莺声燕语，梦里登临。孑遗相思天际，断雁凄吟。云期雨信，剩几许、海角来寻。孰可奈、烟尘飘渺，孤星冷月而今。

七绝·望川

青山望断老风沙，川月幽幽梦里赊。
辗转飘蓬三万里，经秋倦客在天涯。

七绝·题京都西山日落

日薄长天入莽苍，云浮阆苑织霓裳。
关山万里层层染，洒向人间去未央。

七绝·题倩女秋千

乍随柳陌入迷蒙，莺啭香尘上碧空。
倩女秋千扶翠影，云烟深处抱清风。

七绝·立秋有寄

（一）

虚掷流年春复秋，几多明月梦间留。
秋风又逐远征雁，摇落梧桐萦别愁。

（二）

袅袅金风好个秋，年年此日泛金瓯。
蟠桃献上与君共，醉入长天月满楼。

夏君

本名汪元培。中共党员，教师。北方作家协会会员，中国当代作家协会会员，中国青年诗人学会会员，《关东文艺》编委，《北方诗刊》编委，中国校园文学签约作家，中国精短文学签约作家，中国青少年文艺家学会秘书长，中国闪小说四川分会理事。已发表诗词作品400多首，出版专著5部。

过鄯善

天暮愁过客，轨声亦恼人。
明年何处在？杯酒洗艰辛。
今过鄯善县，巴山早断魂。
漠风似鬼哭，夜夜闻狼声。

过嘉峪关三首

（一）

列车出峪关，黄沙染黄天。
赤日灼草死，漠风舔沙丸。
万里禽兽绝，何处是楼兰？
遥想左邓林，吾辈亦汗颜。

（注：左邓徐，指的是左宗棠、邓廷桢、林则徐。）

（二）

古道角声似入耳，征人万里驻马还。
陇海云低迷归路，瀚海苍茫指西天。
左柳沿途欲引道，列车徐徐向天山。
顿怀汉节班定远，丹心死国诚可赞。

（注：班定远，指班超。）

（三）

今过嘉峪关，四顾无一人。
昔日锦胜地，今朝何处寻？
茫茫戈壁滩，岁月埋古今。
金戈铁马急，白骨哭长城。

汉江夜景

一桥飞卧大汉江，霓虹灯影透河床。
水光潋滟光柱闪，舟中茶楼迎客忙。
短裙随风半遮臀，修腿如云赛仙郎。
今生做回登徒子，贻笑后人又何妨？

登孔雀河大桥

伫立桥头日夕颓，天长地阔彩云追。
秋波荡漾鹜戏水，西风吻面乱发飞。
最是梨城佳境处，江南丽水处处随。
极目遥眺无穷处，心系衡雁径南归。
廿年入疆还望远，梦到巴渝几回回？

题要离墓

鸿山遗魂听鬼号，英雄无问遍地蒿。
抛亲舍臂唯爱国，泪湿春秋浸客袍。

初到鹿城感怀

云海茫茫何处游？身似飘蓬又一秋。
春山不让蓬莱客，岂可甘拜待白头？

心境

举目繁华心似秋，垂吟泪洒几低头。
执手徜徉休回顾，望断南天更上楼。

夏霭堂

瞻仰贺龙纪念馆

发眉似剑气如虹，仰望金身泪眼濛。
细柳金牌伤旧事，改革放开庆新风。
人间自有真情在，历史长铭不朽功。
我以白衣三叩首，十分心意吊元戎。

夏爱菊

老农

一条扁担两头霞，汗洒千重稻浪花。
待到竹林栖鹊闹，烫壶米酒品南瓜。

故乡

翠柏青松处，鲜花绕屋妍。
清泉飞曲涧，薄雾漫重峦。
蝶戏枝间舞，鱼游水底欢。
何来仙境地？那是故家山。

参观大冶小婺源刘通湾

一幅江南风景画，小桥村落青山下。
绿荷石磴古青樟，丽日长河车水架。
老妇扶篮坐售桃，田翁歇脚畅聊话。

高低两岸出层楼，住着仙人欢过夏。

夏友汉

笔名梅仁。1949 年生，河南杞县人，本科学历，高级政工师。河南省老年诗词研究会会员，平顶山诗词研究会副会长。

七律·诗之缘（新声韵）

——纪念平顶山诗词研究会成立 10 周年

赋闲寻乐仄平平，文字推敲趣味生。
能者吾师诚恳问，循规渐进久为功。
三山漫步觅佳句，四海飞舟集情愫。
秋色斑斓时正好，梦圆路上马蹄轻。

七律·鲁山踏青二首（新声韵）

桃花

千顷桃园漫山岗，压枝蓓蕾竞绽放。
游人如织睹娇媚，落落大方任欣赏。
相依亲昵留合影，风情万种笑靥双。
春浓花艳今当惜，更待来年好春光。

野菜

白蒿苜蓿蒲公英，一年一度和春生。
百草为伍走山野，随遇而安其乐融。
沐浴阳光叶舒展，承接雨露花影动。
若逢知已真赏识，酬君甘把身心奉。

七律·瞻仰老子故里（新声韵）

久慕先贤李老聃，足至圣地敬倍添。
曾记孔子问礼仪，难忘尹喜求经篇。
点化无为无不为，告诫祸福互换转。
吾辈慧心承善道，法地法天法自然。

先瑶

1993 年生，汉族，贵州省大方县人。现就读于江西科技学院（大三）。贵州省诗词楹联学会会员，大方县诗词楹联学会会员，民刊《新诗维》主编。已发表诗词作品上百首，散见于《诗选刊》《星星》（诗词增刊）以及《诗潮》《贵阳诗词》《江西诗词》等刊物，偶有作品获奖。著有诗词集《梦轩吟稿》。

七绝·次黄勇君游草海韵

绿到清波万叠痕，湖山烟草绕幽村。
轻舟一漾水云里，不着花香不着尘。

七绝·黄昏过慕俄格湖

怀抱一湖云影红，笛声吹叶柳绒绒。
更飞白鸟弹波去，漾起心中绿万重。

七绝·卖桂枝者（新韵）

岁岁中秋月满前，一篮香气半城间。
爱花何至折花去？卖与他人换米钱。

七绝·阳澄湖即景

澄湖怀抱柳头风，滟潋芦波菡萏红。
天地一时均属我，心如排鹤白云中。

七律·黄果树瀑布（孤雁入群格）

身随游客慕名来，十里涛声万鼓开。
出岸青山横剑骨，破天白水泻云台。
恰如飙雪崩千岳，正是奔流撼九垓。
吾辈男儿当若此，声行浩荡大胸怀。

鹧鸪天·荷塘遇同乡

十万荷花火把红，蝉蛙声里觅芳踪。白衣蝴蝶扑香下，粉眼蜻蜓入镜中。

已黄昏，渐朦胧。梧桐小道忽相逢。同游柳树夕阳岸，烟水江南忆乌蒙。

风入松

重重蕉叶滴愁声，花落忆花名。烟轻绿暗千山外，高台下、凄雨一城。料峭春寒一日，几番爱恨输赢。

总因年少负年轻，负了白头盟。凝眸檐角风铃在，人何在、万种伤情。梦里相逢不语，灯前幽夜余生。

香风竹语

本名吕游。安徽金寨人，现居合肥市。供职于上海某公司招商部。新韵诗词爱好者。

招商归来有感(新韵)

(一)

稚子牵衣问，归来何太迟？
共谁争岁月，雪染鬓边丝。

(二)

岁月催人老，心花早入眠。
今朝镜中望，霜鬓诉华年。

(三)

十月归来处处寒，梅山霜落老屋檐。
柳堤漫步轻声语，怕扰柔丝正入眠。

(四)

杨柳垂堤锁绿烟，日长三起又三眠。
往来紫燕纷飞舞，袅娜迎风堪可怜。

(五)

几度春秋风满楼，扬鞭驿马越千州。
蓦然回首多伯乐，满载归来意未休。

(六)

瑟瑟秋风催叶黄，金菊争艳桂生香。
闺中收起樱花扇，细品诗书三四章。

相京

男，汉族，1975年生，山东海阳人，毕业于北京大学，现任职于北京教育系统。

七律·山海关怀古杂咏二首

(一)

大关雄踞山海间，势如矫龙压群峦。
攀城如闻三军呼，听海犹觉万马酣。
书生舍己千人敌，勇将怯阵匹马还。
干戈斑驳颜色旧，几人临风几人叹。

(二)

巍哉山海关，虬然东拒海。
一丸锁咽喉，万骑不得驰。
一旦失风水，胡夷接踵至。
高城空自许，吊伤碑无字。

七律·张家口行兼怀古迹

坝上自古悲秋地，七月流火愈添衣。
烈风凛凛轻机动，松漠森森重山移。
张北难觅胡马迹，涿鹿犹悬黄帝旗。
纵使天高云淡日，北辰在心志不移。

[注:①七月流火出自《诗经》，指大火星西行，天气转凉。七月流火是天气热极转凉的转折，是从最热开始转凉。②轻机，指大型风力发电设备。“松漠”，则特指大漠之中创立辽代的契丹族兴起之地。《辽史》记载:“契丹之先，四奇首可汗，先生八子。其后族属渐盛，分为八部，居松漠之间。”所谓“松”，是指松山，在今河北省牧兰围场到内蒙古克什克腾旗西南数百里之地;“漠”，指松山以西的沙漠。③元中都遗址位于河北省张北县馒头营乡，始建于元大德十一年(1307年)，与当时的元大都(即今北京)、元上都(今内蒙古正兰旗东)齐名。它的建造者为元世祖忽必烈的孙子元武宗海山。]

七律·入学北大二十年有感

白云苍狗两悠悠，燕园草木几度秋。
塔影徘徊寒波起，石舫静默烟柳愁。
书山几重情几许，思绪无涯恨无由。
当年未名湖畔月，今日可曾照君否。

七律·登长白、观天池有感

一山雄峙大江头，余威直入海东南。
龙吟天池孕三水，虎啸白头闻两国。
遥想当年北风寒，将军卧雪击楼兰。

铁马金戈今虽没，暗夜犹闻战鼓声。

（注：①广义长白山，北起完达山脉北麓，南延千山山脉老铁山，长约1 300余公里。②长白山为中朝界山，松花江、图们江和鸭绿江发源地。主峰白头山顶，在朝鲜境内，因多白色浮石和积雪得名。③抗联名将杨靖宇，十年抗战，最终牺牲于长白山。）

七律·南京怀古

千古风流大江东，山河兴替几成空。
金陵空悔形胜地，洪武但留帝王冢。
石头城下灯乍起，秦淮河内影几重。
我今同来寻一梦，此心可与几人同？

七绝·闻南水北调中线开通有感

神龙吐霓欠丰均，燕蓟犹盼雨露恩。
唯愿一江清流水，永续北往报佳音。

五绝·重阳节登云台山主峰茱萸峰

陆沉峥嵘起，云开露华沉。
佳节登高处，茱萸几人识。

［注：①云台山在十几亿年前造山运动时期（奥陶纪和震旦纪）地貌景观发生了很大的变化。北部上升，形成高山；南部下降，形成平原。在喜马拉雅造山运动影响下，又使山区激剧上升，河流迅速下切，山间常年云雾缭绕，故此得名。②云台山主峰茱萸峰，海拔1308米，取唐代诗人王维名作《九月九日忆山东兄弟》而命名。］

肖凤菊

七绝·赏荷

七弦绕指韵音裁，柳系轻舟纸伞开。
墨色淋漓笺内景，伊人湖畔踏歌来！

七绝·劝酒

畅饮深宵正纵情，犹闻笑语一声声。
可知豪酒伤根本？但愿怡心也养生！

肖高卫

男，汉族，63岁，湖南省衡阳市珠晖区人民检察院高级检察官。参加最高检察院、湖南省、衡阳市政法系统和检察机关举办的书法、诗词比赛并多次获奖。中华诗词学会会员。

满庭芳

翠幄张天，柔茵籍地，小桥流水村庄。柳梳清镜，倩影透纱窗。吟赏弥香桂子，游人醉，信步斜阳。浮云淡，骚怀逸动，莫误好时光。

清茶消永夜，心闲兴雅，紫陌芬芳。惜风静花睡，娇月新妆。回首西湖胜慨，长相忆，如画天堂。东方晓，庭阶仰望，紫气耀八荒。

（注：青芝坞素有杭州后花园之誉。前临西湖，后靠植物园。整个社区园林化，房前屋后，树木花草掩映，水绿花香。说是农家乐，享受慢生活，来到青芝坞，就是来到了人间天堂。）

沁园春·西江千户苗寨

苗岭明珠，水美山雄，野趣大千。任湍流直下，泻银溅玉；云天秋碧，一径清烟。跳月吹笙，群山欲共，笑语欢歌不夜天。轻纱袅，踏西江灯浪，风雨桥边。

荆蛮向往经年，今携友开怀老寨欢。叹飞檐翘翼，临空贴壁；“阶息”刺绣，蜡染情牵。鸡唱晨曦，吟诗赏景，米酒醇香敬客前。青石板，历沧桑岁月，古韵悠然。

浪淘沙·观《寒江独钓图》

一叶扁舟闲，孤卧江天。烟波浩渺寂无边。若梦钩沉摇逝水，智者悠然。

大美有无衔，岁月凝笺。临流幽对悟前缘。任笔随心千古韵，淡泊神仙。

（注：宋马远取唐朝诗人柳宗元《江雪》诗意，绘该图。吾观其神韵，会其心志，作该词。）

一剪梅·喝茶去

百转千回一泡茶，洗尽今古，诗客僧家。结交缁素世流芳，论道心归，嫩叶香芽。

余韵松风入紫砂，焚爇沉香，大道清嘉。

闲情雅致任风流，妙悟沉浮，怡性年华。

行香子·家

我爱我家，春色清嘉。绿成荫，蔓绕篱笆。蜂飞戏蕊，蝶舞枝斜。喜孙拍手，开心笑，要摘瓜。

含烟暮影，牵雾掩纱。暗香飘，溢彩流霞。高朋入座，妙吐心花。醉饮香江，诗书画，乐无涯。

苏幕遮·元夜

月盈怀，江映彩，狮舞龙腾，锣鼓敲天外。焰火凌空声尚在，响遏飞云，袅袅迎风摆。

水含情，花蕴爱，白发青丝，莫作等闲待。喜看江南春似海，紫气东来，阔步新时代。

苏幕遮·观印青作品演唱会

海扬波，山起舞，如幻如真，气贯长虹赋。撼地笙歌音绕柱，望月摇情，回首兵哥路。

走边关，行雪域，春去秋来，一代风骚树。时代放歌圆梦曲，大吕黄钟，天籁军魂谱。

念奴娇·黄姚春晓

老街信步，见云霞铺锦，山光浮影。天地梦回方曙色，破晓"咕咕"呼应。水漾白云，凌波旭日，烟树廊桥静。黄姚如画，念中春色清景。

我笑杨柳多情，戏台尚在，将相风流镜。岁月沧桑来去客，古井捣衣妹靓。卧水石牛，千年依旧，风雨悠然听。一枝摇曳，漫山滴翠吟咏。

（注：黄姚：广西贺州市昭平县古镇，犹如小家碧玉藏在深闺。）

肖国进

土家山寨

苍松翠柏常年绿，涧水清泉四季流。
万紫千红山坳里，层层吊脚土家楼。

肖连旺

笔名白鹭。男，1964 年生，祖籍福建顺昌，2001 年下岗后出国经商，现侨居巴西圣保罗。喜爱文学、音乐，个性开朗、豁达、谦卑、淡泊，痴迷并浸润于诗歌里探寻心灵栖息的那片净土。

五绝·记忆里的一缕幽香

古旧将军弄，悠悠吊脚楼。
江南油纸伞，烟雨别离愁。

（注：将军弄，故乡里弄的名称。）

五绝·咏雪

六出炫英姿，行将万物夷？
严寒循律法，且看暖春时。

七绝·深秋

秋高气爽色柔和，浩瀚江天鹭鸟歌。
水草肥甘鱼跃动，沙洲白净引流波。

七绝·青山

灵峰叠翠云霞暖，竹筱丛丛映碧池。
一曲洞箫惊雀鸟，哗哗涧水几人知。

五律·古琴(上声十七筱)

琴心飞百鸟，绝顶浮岚绕。
碧落起流霞，高台迎破晓。
清音拨竹林，雅韵穿泥沼。
涤荡浊汙时，山河呈洁悄。

五律·日出

临巅吁浊气，肺纳自然风。
天际霞光逸，身旁雾霭笼。
群山澄境界，云海洗胧曈。

悲喜烟尘过，心灵已放空。

七律·黄河

蕉窗夜雨秦筝拨，百鸟齐鸣心魄夺。
破雾冲云秃鹫骄，流泉挂瀑黄河阔。
千年绝壁树枝招，万古长空霞晕抹。
旭日东升赤县红，家乡醉美源头活。
（注：客家筝曲《蕉窗夜雨》。）

七律·峡谷柔情

炊烟袅袅扬霄汉，仙鹤悠然入圃畦。
目送青松攀峡谷，魂牵危岭伴云霓。
草藤覆壤昆虫聚，树木参天鸷鸟栖。
点点露珠滋绿野，苍茫雾蔼笼丹荑。

肖际德

怀念好兄弟

朗然花甲病残中，手足情深志向同。
道似人生宿林鸟，时逢大限各西东。
同流血脉仰宗功，同沐椿萱家训风。
幸得今生作昆仲，再求来世为弟兄。

肖松

笔名一笑生。1961年生，广东陆丰碣石人，企业高管。爱好诗词，几十年来一直研习古典文学诗词。

八声甘州·望野亭

正乱黄飞落渐霜寒，一望沧波悠。看远天薄雾，岸汀蓑芷，冷水沙鸥，几处蝉凄露泣，寂寂满亭楼。唯有山前月，空惹凝眸。

惜矣征鸿奋翅，顾云程万里，尘息难收。嗟向来过客，暗把岁华偷。这多情，吾今还问，对长天，何处话风流，凭栏起，更深犹自，怎遣闲愁？

潇湘雨·东江怀绪

雨逐春萍，空传秋雁，曲堤蓑草凝凉。夕阳津渡，流水绕云樯。忍对征帆渐远，暮江上，烟霭茫茫。漫回首，郊途人静，榆柳颠疏狂。

魂伤！多少事，空教忆起，萦梦回肠，便瑟瑟西风，落叶飘黄。故梓怀情迢递，争知我，归思难忘。遥望处，边州月上，灯火染飞霜。

七律·别梦西京忆绮篇

别梦西京忆绮篇，离亭燕语岂忘然。
灞陵柳折三千里，海角鱼沉十八年。
曾叹春花难共赏，那堪秋水忆离觞。
鸿来雁返关山远，聊证余因石上缘。

七绝·谒朝云墓三首

（一）

一随迁客岭南时，经卷药炉长未离。
百尺江楼飞柳絮，六桥旧梦系黄丝。

（二）

懒线慵针慢帛机，女红散尽影迷离。
清宵月冷楼台静，独向西风讯雁期。

（三）

秋风瑟瑟已无诗，秋水萦怀旧梦迟。
一榻沉疴伤玉影，漫山落叶哭红脂。

七绝·有感于近日南海些事

侧耳乍闻狂雨急，抬头欣见乱云吞。
疆南鳄诡常波谲，利箭无忘铸国魂。

七律·丙申岁生辰自嘲

彩烛团燃越五旬，红桑碧海总迷津。
嘲吟鬓角霜花早，忝对秋风菊盏新。
且兴弦歌迟日唱，漫怡鸥翅浴霞频。
欣然子侄犹多祝，俏比南山不老春。

潇湘来客

梦乡

梦萦云泽沅江边，家在龙阳翠竹前。
两岸鸡鸣炊袅袅，一湾渔火月娟娟。
放歌油菜黄金海，极目莲禾碧绿天。
潺惬姜盐茶解渴，水车声里踏丰年。

咏石

千载阅炎凉，萧然踞大荒。
砻磨来海岳，变转或砖墙。
骄傲路楼约，坚贞心膂藏。
翻从石沙土，一例证沧桑。

乙未秋日访卢沟桥

国弱易遭狼虎劫，志颓沉陆与谁论。
公平唯有卢沟月，鉴照英灵与罪人。

萧芷梦

香港人，祖籍梅州，1985年生，诗词爱好者。

七律·赋春

——敬步林峰先生

啼春遇见汝来时，墨发飘飘花几枝。
依约故园观未尽，每闻暮色怕当离。
借风许得红梅雨，穿柳还怜碧草丝。
往事重翻何所有，剩将一月照庭迟。

卜算子·无题

一路有谁同，一梦随花落。一寸痴心视作尘，一语伤心过。

一望几春秋，一世如烟火。一卷心思满院飘，一叶其中我。

醉花阴·梦

古韵幽幽芳径路，梦落江南住。谁在画桥东，一抹春光，折只笺船渡？

柳枝舞尽相思谱，犹唤长情顾。此际愿卿卿，莫忘重逢，莫把娉婷负。

七绝·题乙未年游无锡太湖

折段年华放予湖，春秋来际满珍珠。
樱花摇在晴波里，笑我人间妩媚图。

行香子·解

人在飘亭，心却冰凌。水云绕、依旧眉凝。枫零秋驻，弦奏谁听？忆卿来猜，花来笑，鸟来鸣。

天边烟火，红尘陌路。故匆匆、断梗流萍。徐行何处，通向空灵？待春归山，舟归岸，梦归莹。

唐多令·雨中情

伞下梦晶莹，桥边水湛清。叩心门，柳絮飘泠。情动暗香难自已，可相契、惜惺惺？

回首怎伤莺，捻丝不见卿，忘归来，憔了娉婷。今又绵思如雨下，一叶叶、一声声。

如梦令·乡情

风味满飘檐下，忽尔难禁借话。此路是谁家，燕过紫藤花架。采画，采画，一笑嫣然牵挂。

鹧鸪天·无语

未待安家剩几山，徒增惆怅履冰艰。清河染料荒田地，酸雨蚀花伤泪颜。

何以度，不堪眠。念追往日好晴天。雾霾时把琼楼没，真个栖心无处闲。

小淳

秋夜

雄关月照旧时城，路到北门人少声。
灯火几家通巷陌，流萤两点绕墙甍。
花开至此应嫌冷，海涨如何当自平。
莫怨西风无力转，且将珍重报多情。

晓过老龙头

萧索同霜雪，临窗意不兴。
随车明处去，过眼乱云蒸。
冬尽皆凋叶，海深未结冰。
茫茫云水出，温暖是渔灯。

题沈园敬陆游

铁马空鸣多少年，美人去后总泫然。
来身不写梅花影，尽将东风说柳绵。

小小流水

本名孙者奎，自幼热爱文学，已创作古体诗近3 000余首，作品散见于网络媒体平台。

七绝·咏花

流年漫议因果花，禅机尽在不言夸。
独拥一色娇姿醉，舍却脂粉入百家。

五律·读《常建破山寺》有感

般若钟磬心，谁参曲径深。
禅音耸益鸟，池水渡闲禽。
空候六识静，拂拭百毒侵。
光华手指处，携手通幽林。

七绝·海边送别图

大海无极声震天，江岸曲默迎辉眠。
千般困扰尘世客，百密忧思浊浪喧。

七律·观落日余辉图

太虚思惑混沌天，无极巧分黑白观。
皓月自傲清苦冷，孤帆远影碧空单。
千轮普渡海难尽，一鸟高飞云海缘。
梦幻因缘举手就，本心错乱六尘沾。

风人松

孤城隐却青天岚，斜倚栏杆。幽怨凭谁描画就，心生怜，移步难安。鸿雁天际瑟瑟，芳心古道缱绻。

气定神闲笑江南，千年之恋。多情剑客无情怨，咫尺远，谁在拍岸。休提斜阳西坠，侠道沥风披胆。

晓苏苏华

北京市写作学会理事，中华诗词学会会员，中国楹联学会会员。古体诗、新体诗作品散见于国内外刊物及网络媒体。曾获北京市市级奖项，并被评为“中国城市文化优秀诗人”。

五律·春分

风展宛平春，云催杨柳新。
落梅仍靓丽，小麦亦青茵。
松柏山中立，莺鸿故地巡。
雷惊痴梦醒，雨润酒香醇。

七绝·暮归

寂寞西山落日斜，紧摇橹桨舞金裟。
不知远处谁吟唱，处处炊烟可有家？

七绝·江柳

欣看浑然一水遥，银珠点缀绿丝箫。
归鸿乱舞斜阳影，织女浣纱露细腰。

七律·贺卢沟诗社(步韵)

卢沟好咏倚芳尘，拱北黄昏润墨皴。
且借神龙好驭马，还吟盛世亦添薪。
南宫舒笔枫为友，北庙揉宣竹作邻。
古镇新城风雨后，一只红颜更争春。

七律·立冬

月斜星落已三更，菊瘦丝黄染盛京。
竹影如云空见泪，梨花似鹤伴幽筝。
擎书翠袖身怀冷，润墨红尘诗意盈。
却喜娇妻添细炭，且将初雪煨茶烹。

向彬

号梦苏堂主人。1972年生，祖籍湖南新化，中南大学建筑与艺术学院美术系教授、研究生导师。中国人民大学徐悲鸿艺术研究院研究员，中国书法家协会会员，中华诗词学会会员。已创作600余首自格律诗词，并由上海书画出版社出版《向彬诗词书集》(2012)、中国文联出版社出版《向彬诗书画作品集》(2016)。有100余件书法、诗词、国画作品发表于《文汇报》《北京日报》《大众日报》《诗词家》《书法》《书法家》《艺术中国》等报刊并多次在中国美术馆、全国政协礼堂、中国人民革命军事博物馆等展出。

七律·丁亥夏日消暑

谁言夏日少诗章？厚树轻纱韵律长。
月季园中扶矮草，芙蕖水面点星光。
流云带雨来回急，蒲扇携风上下扬。
最喜蚊蛾消寂寞，一箫一舞伴凉床。

七律·博士论文答辩前一日随感

冠名博士又如何？回首三年感触多。
隐者情怀离俗客，书生意气遏风波。
常怜杜老悲苍狗，也慕羲之换白鹅。
怕问他人谁伴我，闲来信笔笑蹉跎。

七律·庚寅生日诗作

不惑年华惑亦来，诗书妙境总难开。
三生抱梦痴君子，一世雕虫老秀才。
偶有风情携竹影，常无志向上琼台。
今宵又是伤怀夜，怕以庸庸愧楚材。

七律·感秋

书家静处胜僧家，几度徘徊堤上沙。
笔底多情诗绝唱，身旁独伴影孤斜。
题残绿叶题红叶，踏尽霜花踏月花。
夜半临池消寂寞，也无诗酒也无茶。

虞美人

柔风弄柳娇无力，唤起江南忆。池塘草色又青青，不见当初倩影倚长亭。

曾经杏雨若还在，应是他人采。年来意气已消磨，剩取闲情几许话东坡。

2009年4月

江城子

三年聚散总难留，见时羞，别时忧。偶遇闲情，化作墨痕流。纵有相思藏梦里，心寂寂，语休休。

人生不过几春秋，进无求，退无由。对酒当歌，胜负任天酬。若得红颜知我意，诗滚滚，乐悠悠。

2009年5月

蝶恋花·乙未岁中秋夜居长沙随感

莫叹诗情闲置久，岁岁匆匆、忙碌还依旧。欲念佳人相醉酒，可怜形色悄悄瘦。

忽见微风梳弱柳，又是中秋、明月当然有。桂影清幽香满袖，佳期总在黄昏后。

西江月·丙申中秋随感

明月当空满照，书生步夜逍遥。麓山有约在西郊，急急登楼远眺。

眼底秋风婉调，天边星语童谣。儿时梦影绕溪桥，阵阵松涛呼啸。

向和荣

从军行

祖国号召忙应征，军营跨入铸长城。
别离部队三旬久，往事犹如昨日新。

经商悟

中年入道学经商，五味杂陈均品尝。
为了身前身后事，强装笑脸伴同行。

湘鄂情大桥

清清酉水架金桥，龙凤腾飞试比高。
两县人民携手进，升平歌舞乐滔滔。

苹果

艳丽光华脆亦甜，丰含营养有新篇，
经常食用增容美，快乐逍遥胜过仙。

游乌龙山大峡谷

崇山峻岭彩云旋，皮渡河清红鲤潜。
飞虎洞前玄鹤唱，赏心悦目赛神仙。

洛塔石林

石林一片多奇艳，清清牧场云雾间。
遍野牛羊草低现，雄鹰展翅入旻天。

向和平

捞车桥

捞车三岸架丫桥，桥上盘龙用石雕。
十二生肖守桥口，山奇水秀更妖娇。

社日

寒山隐隐雾茫茫，溪畔道旁花自芳。
冈上灵魂娱岁月，墓前肃气化冰霜。
青鸾导引登仙界，黄土堆成瘗玉房。
社日每逢虔祭扫，莹台慰母话衷肠。

桃花源感赋

美景时时迷眼底，春风唤醒旧山坡。
心随燕舞云天阔，春入莺歌醉梦多。
自乐清贫招画意，不甘寂寞颂诗歌。
夕阳映照三江水，早返龙山渡酉河。

三峡工程大酒店

三十元钱品午餐，有鱼无肉自心宽。
饥难择食清无味，回忆录中情意牵。

三峡瀑布

（一）

飞瀑高悬落九天，漂漂白练入溪潭。
寒烟四溅湿衣冷，热化诗歌赋万年。

（二）

物华天宝动清风，十瀑奇观各不同。
未惜等闲秋夜景，珍珠似露月如弓。

大坝工程(新声韵)

浩大工程尚未完，守成不易创维艰。
定圆一夜愚公梦，搬走王屋和太山。

金鑫饭店

调成美味如甘露，唱罢愁云话彩霞。
客到频频仙女侍，浓情厚意似归家。

土苗兄妹酒店

兄妹合谋开酒店，凌云壮志似飞霞。
财源茂盛三江满，墨客闲游个个夸。

葛洲坝

清晨前往葛洲坝，跃上轮船去看花。
处世几能逢盛世，为人难得大赢家。
长江弄影怀秋水，孤鹜高飞伴落霞。
意合情投诗画意，秋风邀我颂年华。

贾坝水库

（一）
平湖高峡出，闾里变龙宫。
暮下西山雨，朝迎南浦风。

（二）
十里茫茫白，湖山一色浓。
诗情同画意，定有子牙翁。

（三）
平湖高峡景非常，除险加基巧样妆。
花艳随春临月境，月光碧水照芬芳。

卧龙水库
物华天宝鼓东风，人杰地灵藏卧龙。
十万民工修大坝，龙归湖里鸟腾空。

八股庙
神灵庙宇景非常，佛是金身巧样妆。
八股堂前多供品，弥陀护佑惠山乡。

友谊吟颂
情牵湘鄂大桥东，友谊情深喜气浓。
握手鞠躬铭肺里，车驰酉水景观中。

千年古杨梅
阅世千年古寨秋，杨梅红透竞风流。
晨迎初日光芒灿，晚赏深山月色稠。
岁去春来生气旺，新年将至俏容优。
虽多干旱冰霜苦，叶自青青杆自粗。

十娘子桥
耸立名桥几百秋，贞操水绿永长流。
过桥福禄言难尽，莫忘娇娘祭祖愁。

老山河
遥望行程道不宽，远行犹似蜀途难。
沿河柳借三篙翠，隔岸花黄比蜜甜。

张家大院
古寨文明景色妍，春光充足艳阳天。
东风又绿江南岸，明月清晖百忍间。

茶园景色
名茶艳丽品牌多，标榜田园论学科。
天上移栽人嫁接，品茶美誉耀山河。

金银花
有香有色银花妙，爬上阳台色更青。
独放一花难织锦，枝枝吐艳满园春。

谢龚治权、黄佳琪先生赠画

（一）
笔舞龙飞书壮志，墨香云起赞群英。
云烟点缀千般意，书画装潢万户春。

（二）
爱画多情久拜师，学书无日不临池。
笔挥山水成春境，墨泼乾坤在画枝。

向恒涛

春登八面山
车轮滚滚水风清，万丈豪情八面登。
极目楚天红一遍，千家万户乐升平。

答学生问
听读华章一再三，询声掷地负何堪。
文章经纬冰寒水，形象思维青胜蓝。
问道愚人成话柄，以文会友岂平谈。
锦心绣口皆俊秀，白雪阳春要海涵。

向金泽

赞塔泥风光

塔泥风景真优美，绿水青山伴古村。
鸟语花香迎远客，吉祥富贵进家门。

向水秀

颂贺龙

两把菜刀伸正义，敌闻丧胆魄魂飞。
南昌起义红旗举，伟绩丰功青史垂。
乘车询访红苏地，一路跛颠游兴浓。
先烈丰碑凌碧汉，中华崛起颂群雄。

游三峡

两岸青峰立，蛟龙水里横。
猿声无觅处，船走笛长鸣。

向松柏

赞水沙坪

自然景区水沙坪，上帝恩施聚宝盆。
高速机车从此过，穷乡僻壤涌金银。

求生

人生在世言难尽，都有各家难念经。
风顺一帆有多少，顺其规律自生存。

晚年游记

咸丰湖北辖尖山，名胜奇景湘鄂传。
八面游人来到此，摄影作词乐悠闲。

乌龙王

千年得道玉龙王，现买揽成新道堂。
体重十吨长五丈，游客随时可观光。

採石场

历史名楼 採石场，横三竖四怎观光。
只为建没作捐献，那管个人成重伤。

新路

昔日巴盐铺石板，当今新路通四方。
旧新道路乃君造，随地欢迎您赏光。

人马房

非人石马石心肠，任怨任劳忠职忙。
春夏秋冬迎贵客，从来不吃草和粮。

登高望

危岩逐步登高望，绿水青山好景观。
怪树奇花崖石广，塘开能住几人烟。

夫妻树

山有夫妻树一双，风天雪地度时光。
秋冬春夏永相伴，那管游人道短长。

姨塘

黄绩辉楼大印塘，胜明历史久悠长。
考查若要研究细，有请前来蒋宅房。

住家房

奇珍意物房储宝，内有诗书画数张。
可赏可观多记录，劳模还有大姑娘。

冈歺饮

参观慢步下山冈，翁妪中歺进饭堂。
摄影全班男与女，佳肴品味饮杜康。

平仄思

踏进黉门老泪淋，才疏学浅不寒心。
平平仄仄吟唐韵，流水高山共鸟音。

敬师

名师教学好精神，顿铿抑扬大雅音。
指点毫挥扬国粹，激动诸多后来人。

向顺麒

家园曲

建设家园路漫长，献心策划献奇方。
江河流水向东逝，力挽狂飙勇往前。
山野僻荒新貌换，繁荣文化舞翩迁。
春风改革吹乡地，一统大千天艳阳。

钓情

步上钓鱼楼，忘情醉夏秋。
柳阴垂钓下，潇洒几风流。

休闲垂钓

丽水青山红日照，湖中淡雾漫山腰。
瀑飞高泻鱼儿跃，梳弄河边绿柳条。

无题

颗颗沙砾聚大漠，露珠滴滴汇成河。
中华儿女多奇志，屹立东方唱凯歌。

醉美水沙坪

四面环山平似镜，人间仙境水沙坪。
千年沉睡无人晓，一露真容胜桂林。

游武汉随感

能工巧匠建高楼，无限风光眼底收。
黄鹤不知何处去，空留绝唱使人愁。
莺歌燕舞弄春潮，一路奔波不辞劳。
不觉身衰红颜老，青春重返志气豪。

向庭元

参观贺龙元帅故居有感

春暖花开好景观，龙桥举首仰前贤。
厅堂展览奇功著，赤胆忠心永世传。

向玉花

丰碑

丰碑园里立，泉下杰英眠。
昔日捐躯体，今朝红日天。
春光无限好，国泰永民安。
告慰先贤辈，复兴梦得圆。

金鞭溪

幽谷金鞭溪水寒，水清草绿鸟猴欢。
擎天石柱成群立，无限风光在眼前。

洛塔岩

山高岭峭于家岩，鸟怕飞穿猴畏攀。
巨蟒蜿蜒穿寨过，穷乡旧貌换新颜。

武汉游

“武大”樱花艳，东湖碧浪翻。
博园风景俏，更喜鹤楼妍。

忆江南·游武汉

（一）

春意浓，结伴汉城游。黄鹤楼前留倩影，东湖碧水荡轻舟。妪叟乐悠悠。

（二）

博园秀，万影纳其畴。祖国河山多美景，火城雅境弄潮头。极目亦难收。

（三）

人更逗，白发劲神遒。劳顿舟车抛脑后，欢歌笑语展眉头。耆耄竞风流。

向正民

二龙抢宝

卧龙口内含珠宝，今日穷村尽富豪。
国泰民安风雨顺，土乡苗寨万分娇。

龙泽湖风景区

神秘沙坪盆景真，蛟龙流韵更传神。
云缭雾绕江山秀，隧洞双高畅富门。

歇雨亭

本名魏荣兰，喜欢诗歌，爱好文学创作。

寄语：关注留守儿童、空巢老人、弱势群体！

空巢老人

一生疲惫，劳累度清贫。一世光阴，白鬓弯脊颊皱囤。一年苦愁，星夜忙碌为儿孙。

岁月轮回，望儿打工归。风寒日催，洗衣做饭柴背。望却心碎，月影孤灯伴吾睡。

晨曦觉累，老来孤独随。空巢度晚岁，年月操劳为谁。愿儿孝爸妈，闲暇时间勤回家。

留守儿童

秋风寒凉，夜朦霜沙。远方爸妈您好吗，儿夜里难眠床榻。孤灯暗下含泪颊，梦境中怀抱妈妈。雨夜风刮，倦被害怕。

吾为谁留守，是生活难度。二老在打工，苦累诉难数。吃馍饼住小屋，冬天冷夏蚊虫。孩儿别怨俺，爹娘在外难。

儿啊眼神盼，回家那一天。辍学溜山边，可怜泪水含。忧伤给谁看，僻野穷山川。孩童夜不安，谁来关爱俺。

一粒米

春风韵土暖，牛犁耕埂田。
每天去劳作，裤腿挽膝间。
手握赶牛鞭，细雨连绵绵。
耕牛黏泥陷，老者汗颊衫。
种子慢繁延，春夏秋黄灿。
怎知一粒米，农民汗水换。
耕田苦又累，酷热汗淋漓。
腿脚泡冰水，米香人怎知。
入餐不觉香，丢弃好食粮。
老者拾米疼，心酸捧手上。
劝君省粒米，孩童辍学离。
劝君正能量，穷人感谢你。

老莱难

爷爷七十九，拄棍绕街走。
好人面包赠，边吃边冻手。
头戴旧绒帽，身穿马甲薄。
脸颊布褶皱，每天吃不饱。
背驼老沧桑，花眼泪两行。
回家凉炕坐，夜静孤灯望。
五更鸡鸣天，割草露水趟。
喂猪鸡鸭犬，背柴烧锅炕。
鸡蛋换菜添，老汉膝累弯。
茅屋粗糙饭，没牙嚼不烂。

忆双手

桌上美味盛丰宴，佳肴乃是汉水换。
皲裂掌纹粗糙手，种出粟粒造世间。
杯盘狼籍餐剩饭，粒米残粮辛苦难。
宴客哪知农民苦，层叠褶皱双手茧。
老者跪地豆拾全，手捧米粒心寒酸。
劝君节俭正能量，农民种粮心抒畅。

军魂

戎马生涯伴军行，战神雪豹突击英。独守边关度寒苦，深谷杂丛望璀星。

军魂情，中华根。刀瘢箭痕，刀瘢疆昆。峰阻攀岩壁，险进不别离。严酷考军人，豪气冲陷阵。百战沙场身，冲锋韵军魂。

火场不畏惧，海岸巡暗敌。为民舍生命，凛然阻灾袭。绝境救人民，魄气凌乾坤。骏国军中豪，日夜守民稳。

老屋

秧草拖坯土打墙，方纹青瓦木纸窗。孤僻山庄袅吹烟，儿时温暖老土房。漫坡是牛羊，包谷架上装。土窑阴暗冷，羊肠小路长。

老树叶枝黄，路边小溪淌。儿时土炕睡，铺张苇席凉。火盆端炕上，米饼稀粥香。回想老家院，如今忆犹想。

青荷碟雀

微
雨斜
风轻捷
圆荷露泻
塘莲引蜂蝶
去摇堤柳嵌月
数声鹍鸠惊飞啜
粉瓣层叠蕊沙点雀
平波卷絮月圆缺
星桥吟唱莲叶
薄雾浓云掠
花芳盈野
清荷歇
度藕
节

悼念杨绛先生

她随落潮而去，黑暗聚扰周围。凋谢的红玫瑰，寻觅声音含泪。文坛逝褪翡翠，带走一生光辉。

朴实无华随星坠，平生为文学回馈。国多想诗人回归，肃静天堂君相会。活着时从不颓废，逝者已矣尘入睡。

潮湿浊眼帘紧闭，作家灵魂世间回。国是您久居去处，杨绛先生永世随。黄泉路上慢些走，想家请您望回头。

东北人家

晚秋薄霜漫地洒，丰收粮食运回家。烀点黄豆做大酱，编双草鞋赛毡嘎。

玉米棒子红辣椒，老碾堆杂无人瞧。草拧箍篼鸡孵蛋，挖点苣荬喂鸭好。

草苫茅屋纸糊墙，冻硬豆苞缸里装。漫山残黄森白桦，割来扬草苫舍房。

老头烟袋一尺长，烧点碎柴拉风箱。牛儿拉车忙送粪，夜晚寒冷霜蒸窗。

谢虎山

男，1936年生，河南省漯河市召陵区人。中华诗词学会会员，漯河市诗词协会常务理事。诗词作品散见于《中华诗词》《东坡赤壁诗词》《长白山诗词》《心潮诗词》等刊物。作品《甲午风云祭》入选《甲午战争120周年诗词选》。著有个人诗集《杏坛余韵》《心声》。

五绝·重九

重九精神爽，邀朋对玉觞。
遥望明月夜，霜染菊花黄。

五律·有感

人生忠恕本，万念总归空。
劳燕分飞苦，齐眉举案融。
心齐四时乐，道合一家兴。
笔下乾坤大，豪吟自抒情。

五律·赏梅

詹庄寻倩影，但为慕花神。
铁骨溶冰雪，玉容迎早春。
繁枝遮屋宇，香馥醉游人。
访友同窗聚，醇浓情更真。

七律·家居

结庐僻壤执鞭人，名利无求乐自身。
艺苑诗朋吟李杜，黉门砚友饮清醇。
轻风习习黄瓜嫩，细雨濛濛月季新。
和煦晨曦无限美，夕阳光照更精神。

七律·吟秋

行经阡陌看田畴，百态千姿眼底收。
咧嘴棉桃情坦露，垂头谷穗面含羞。
扑棱柳岸飞黄鸟，汩汩清渠网小鲫。
春色何如秋实美？欢歌笑语万家楼。

长相思·心愿

月如钩，惠风柔。浙水闽江向海流。山峰哨所幽。

手机稠，话难休。雨打风吹母总忧。何时喜报收？

浣溪沙·春

和煦阳光蝶恋花，杜鹃啼醒水中蛙。衔泥燕子筑新家

提水浇苗王大婶，弯腰下种赵三爷。儿童玩耍夕阳斜。

鹧鸪天·女邮递员

头顶骄阳汗湿襟，单车怎挡石沙侵，霏霏雨雪行程远，瘦瘦身躯邮袋沉。

书似宝，信如金。千村万户报佳音。笑容传递亲情暖，月月年年送爱心。

谢文习

广东省河源市连平县上坪镇人。自幼丧父，14岁含泪走出校门，在社会上历尽辛酸坎坷。为生计走遍大江南北，最后还是在本县(连平)(新百年钢业)就职至今，因为喜爱文学而一直坚持笔耕，现兼广州市青年作家协会秘书长。

寄语：今生与文学结下了不解之情缘，想用自己有限的知识去描写未来的明天。

七绝·春天

春风最爱笑家乡，翠绿青苗嫩又长。
雨笑云飘不见月，秧苗麦穗尽芬芳。

七绝·夏荷

夏日阳光照四方，荷塘翠绿又芳香。
莲花朵朵真鲜艳，月亮悄悄秀夜光。

七绝·金秋

秋风顺意夜清凉，最爱菊花艳又黄。
稻穗芳香民快乐，金秋岁月尽辉煌。

七绝·冬梅

冬天岁月最难熬，腊月冰花处处飘。
勇气红梅真亮丽，狂风醉意尽逍遥。

七律·重阳

清风惬意笑重阳，雾露秋菊示暗香。
细雨飘飘淋枫叶，晚秋气候倍觉凉。
山林树叶难青翠，稻穗田中尽显黄。
大雁九九南岸去，金秋岁月最辉煌。

谢自钊

上老年大学有感

昔时哪得入寒窗，今日逢机进学堂。
歌颂党恩千万语，心知难以作文章。
年高正好清平世，勤学才知诗赋香。
作伴春风当奋进，决心下定上高冈。

唱首山歌给党听

(一)

唱首山歌给党听，党的恩情胜母亲，
沐浴阳光小康路，合力干群同结心。

(二)

党员莫忘党深恩，前有标兵毛岸英，
抗美援朝大无畏，立言立德献红心。

（三）

老人献热要真心，勤奋为民姿态新，
拥护中央与时进，消除贫困地生金。

感悟武汉

今日欣观黄鹤楼，历史长河气象悠。
学浅才疏难晓透，导游讲解脑中留。

心淡薄冰

本名袁铭。毕业于贵州省黔西南州卫生学校，现居广西百色。从小酷爱写作，作品散见于地方报刊及网络。

鹧鸪天·咏荷

几点青萍畅意舒，冰清出浴未沾污。凌波踏水匀红蕊，曳伞摇帆荡碧湖。

鸳逐浪，叶盈珠，连天翠绿沁香铺。纤姿楚楚琳琅坠，婀娜罗裙秀色殊。

鹧鸪天·禅莲

苦海无边意念收，心经几页渡莲舟。随风踏浪仙姿弄，迎露观霞梵语讴。

螺发剪，慧心修，皈依悟道怨抛丢。三生来世皆相忘，一纸何嗟钗凤留。

鹧鸪天·赏莲

晓角尖尖出浴欢，亭亭几朵映蓝天。娇姿岂用香脂抹，玉蕊还将浊浪掀。

擎碧盖，绽红莲，游凫嘻戏水云间。远离浮世情高洁，赏雨聆风逸骨翩。

鹧鸪天·赏荷

一水罗裙舞碧姿，幽香淡淡映青池。舒开新蕊冰清显，生出污泥玉洁施。

鲫鲤逐，蝶蜂痴，花中并蒂两心依。羞唇未启凌波立，独绽风高雨落时。

鹧鸪天·赏荷

倒映纤姿月色蒙，横斜鬓髻媚无穷。红苞出浴三分笑，绿浪撩裙十里融。

开玉蕊，逐清风，冰肌皓腕问谁同。娇颜未惧污泥染，淡雅婷婷入画中。

鹧鸪天·赏荷

荷畔幽幽翠色茵，蛙声阵阵馥香薰。鸳鸯嘻戏青衫舞，菡萏依偎碧水巡。

舒杏靥，绾螺云，琼姿玉魄媚惊魂。泥中更有情深许，梦境牵丝梦里人。

鹧鸪天·禅莲

寂寂青灯古佛前，幽幽往事似云烟。菩根悟道禅心渡，善念修行孽海填。

敲钟鼓，断尘缘，忘川河里苦无边。三生石上相思弃，愿做如来一朵莲。

鹧鸪天·品荷

不怨污泥染玉身，琼葩娇艳自贞纯。迎风粉蕊翻清浪，沐雨青枝洗浊尘。

披霞珮，舞罗裙，幽香缕缕水天均。浮生看破悠然笑，淡泊凡心对月轮。

鹧鸪天·禅莲

足踏清波远世尘，迎风沐雨逐晨昏。燃香点度虔诚客，击鼓惊醒混沌人。

听梵语，转经轮，菩提树上现祥云。缘来缘散皆如梦，一朵青莲守佛门。

鸪鸪天·赏荷

无意佯嗔着意猜，未求名利素心怀。仙风两袖清烟散，玉萼千枝浊浪排。

舟横橹，鬓斜钗，红嫣点翠掩琼腮。芳香莫问凭何处，且见仙姬踏水来。

辛瑞花

笔名辛中，网名欧阳真心。山西吕梁石楼人。石楼三晋文化理事，吕梁市文学学会会员，古风文化联盟公众平台主编，《中国当代千人诗歌》副主编，《中国当代红色诗歌》副主编，《当代方阵经典短诗》副主编，《当代千人诗歌实力卷》副主编。作品散见于《石楼时讯》《屈原杂志》《吕梁日报》《吕梁文学》《齐鲁诗歌》《中国风》《中国艺魂》《人民书画三大家》《中国当代红色诗歌》《中国诗歌精品大观》《中国当代千人诗歌先锋卷》《当代方阵经典短诗》《中国当代千人诗歌精华卷》《当代千人诗歌实力卷》等刊物。

辛中箴言：古风文化与大自然的美是一生的爱好和追求。

七绝·斟今酌古韵千秋

斟今酌古韵千秋，博雅能人趣赋留。
静悟圣贤当李杜，独尊三界润之牛。

七绝·《石叠如楼》(藏头诗)

【石】铭远古几千年，【叠】嶂天山万里岩。
【如】画巅峰悬峭壁，【楼】台幽谷月缠绵。

临江仙·高原圣果——沙棘(二首)

(一)

荒野瘦瘠锤骨志，霜寒酷暑琢情。橙圆滚滚鸟争鸣。倚天斗艳，放目醉心灵。

错落交融凝固土，甘甜赐爱重重。高原圣果酿金红。琼枝玉色，馥郁漫山中。

(二)

雾里含情吟圣果，秋红漫演乾坤。珠圆凝露馥林深。大山醉客，裁梦问浮尘。

傲骨霜寒成玉色，冠绝世代佳音。纵横天下赋禅心。活筋通脉，处处酿真淳。

采桑子·半坡背影撷丹果

晓寒初露云香岫，雾了秋红。锁了秋容，任尔绡纱馥脸珑。

半坡背影撷丹果，落了年成。收了甜浓，一地光阴日月中。

蝶恋花·缱绻词心

叩问六神尘世味。日月如流，几度修三昧。自若虔诚觉悟贵，妙禅才赋织云萃。

志趣横生灵感为，缱绻词心，经典留时岁。唐宋诗魂一枕醉，韵格风律不凡类。

莺滴序【定格】·初秋怅怀郁郁(六语上声韵)

初秋怅怀郁郁，寄三生好语。入方枕、清梦檀痕，夜夜萦念追叙。又听雨、淅淅沥沥，离愁点点朝来去。诉衷情，深更凭窗，黯然伤沮。岁道凝合，绮错婉媚，问尘缘几许？叹轮世、堪把因由、巧和良善凡侣。若如初、龙飞凤舞，固穷尽、相依眉举。百年惜，霞蔚枫红，九天春序。

高情远意，迈古超今，忘形赋尔汝。墨守信、晚帆禅度，重谊薄言，朴质无极，至熟身处。心纯志尚，韶华倾负，余音缭绕柔肠醉，记良时、伴就人生旅。篱花抱月，清辞丽曲流芳，漫说缱绻卓著。行思坐忆，瘦悴憔容，恨不当烈女。欲罢了、浮云朝露，却顾长吟，一意孤行，自然含楚。莺啼婉妙，淑哲君子，光阴圆缺犹荏苒，望斜阳、谁个知音与。而今惜玉怜香，百界千如，顿觉淡贮。

沁园春·黄河魂

雪魄乾坤，雨露凝情，赋尽百川。望九灵仙路，龙吟虎啸，曲盘回映，一往无前。峡谷遒深，韬光养晦，叠迹层峦万壑岩。幽斜日，触目倾怀襟，谛语缠绵。

奇湾天降魂颜，为虔奉修身绮梦圆。看高才卓识，飘零书剑，文人墨客，雅士峰巅。风影黑黑，三言六柳，摄技超群榜名连。辛中最、悟临凡圣境，惯世开先。

（注：风影、黑黑，三言、六柳、辛中属网名。）

辛元珠

1951年生，曾任黑龙江省依安县政协主席。现为中华诗词学会理事、黑龙江省诗词协会常务理事兼副秘书长、依安县诗词协会名誉主席，作品多次在全国赛事中获奖。曾任东北四省区“莲花杯”诗词大赛评委。著有《斧凿集》。

七律·打工别

断续鸡声啼小村，远行夫妇掩柴门。
慈严灯下时无语，儿女腮边泪有痕。
不使别离慌思绪，忍将疼痛锁牙根。
回头惜在转弯处，路口悄然立祖孙。

苏幕遮·植树

鸟翩翩、人去去。执绿栽红，汗洒流沙地。簇簇行行联网密，点击收藏，复制春消息。

品莺声、猜燕语。情寄枝头，梦里圆期许。先给湖山留字据，赊份祯祥，化作新诗意。

渔家傲·端午

伞帐裙衫证绚烂，踏青赶曙昭霄汉。粽艾香生门户遍，垂悬念，葫芦装的乾坤转。

汨水千秋魂未散，斯人虽在凌霄殿。身后涓涓帆片片，诗行健，东西南北龙舟岸。

七绝·游乌苏里江

一脉清江展画轴，晴云翠岭入波幽。
帆头常挂渔歌子，上岸三花香满楼。

（注：三花：鱼类，鳊花，吉花，鳌花。）

东风第一枝·兴凯湖畔农家游

柳摆湖风，人随石甬，归真返朴篱下。翠秧挂露爬栏，绒雏院中闲耍。圆亭草顶，井辘轳、麻旁横架。说快请、巧嫂朗声，挑起一帘潇洒。

搬炕桌、古光映拃；传饭菜、室香透瓦。五珍亮衬“三花”，“四炖”响随“一炸”。南园摘果，天渐晚、星辉临榻。惹心潮、渔火蛙鸣，尽入夜诗晨画。

（注：五珍：山野菜、野生菌、野飞禽、人参酒、山果汁；三花：特产鱼系列。四炖一炸：炖土豆、茄子、窝瓜、玉米；炸鸡蛋酱。）

咏国庆大典之民族柱（新声韵）

比肩拔萃汇斑斓，直挺精诚圆兆安。
缩影神州无限意，五十六柱共擎天。

邢剑波

笔名星剑。黑龙江省依安县人，1972年生，现为依安县工商局干部。黑龙江省诗词协会会员，依安县诗词协会会员。有大量诗词作品在报刊和网络发表。

望海潮·回眸军旅（新声韵）

回眸军旅，青春壮丽，珍藏铁骨铮铮。沐雨栉风，琴弦剑胆，雄浑血脉支撑。万里看鲲鹏，俯首山川阔，绝顶豪情。毓秀钟灵，白山黑水孕华菁。旌旗猎猎飘升。

望翱翔疆土，一片安宁。八一誓言，苍松挺立，江河日月峥嵘。秋岁已悬空，拜军魂不散，掩卷思横。无愧从戎跋骋，意志获忠诚。

凤凰台上忆吹箫

透彻晨光，苍茫美妙，神奇无尽绵绵。与绿枝丝语，花朵红嫣。叶叶黄金打锻，微笑颤，昂起容颜。忙伸展，枝头炫耀，妩媚怜怜。

翩翩。独观此景，忧郁顿然开，愁也清闲。若雨停天悦，虹彩腾寰。眉索瞬间消解，身心醉，浪漫流连。流连意，禅机一种，芳草田田。

水调歌头

年少不知雪，疑是柳花飘。推门莽莽成片，明月挂云霄。窗外银装素裹，坐看朔风凛冽，积玉欲春消。百姓夜阑饮，天暖稻花娇。

那年夜、自难忘、到今朝。本应同韵，天叹无水冷风号。巷陌漫飞尘土，荒漠渐推原野，孤草叙萧条。万物皆灵气，颠倒自然淆。

七绝·无题

春雨蒙蒙扣浅溪，阳光梳洗润心荑。
一涡微笑纯真种，爱的情思伞下犁。

五律·离合

为何她出现，相聚怎轻松。
谈吐风前雨，倾听雨后风。
清晨迷泪眼，夜晚觅西东。
离别痴痴望，等你在心中。

邢世樟

浙江金华人，高中学历。中华文艺协会会员，中国现代作家协会会员，中国诗歌协会会员，金华市大地诗社会员，金华市作家协会会员，金华市金东区诗词楹联学会会员。爱好文学，尤爱诗词散文，作品多发表于报纸杂志及全国各大文学网络微刊。

七律·源东桃源风光(平水韵)

风光旖旎染北山，疑是瑶池下九天。
陇亩深融芊蒴化，山坡满溢翠微潜。
酥娘总揽桃红艳，紫燕常占柳绿颜。
谁道仙果王母有，双尖岭里尽桃源。

(注:2016年7月15日，金华市金东区源东乡第二届蟠桃会暨桃王争霸赛在金华万达广场开幕，特拙一诗以贺之。)

七律·珠山春晓

珠山宛湋绕云霞，陇野炊烟宇院梢。
梦落葱茏雾滴漏，沉吟陌草露濡幺。
山重涧径幽幽幻，水复村边潺潺佻。
诵古峥嵘桑梓里，说今世纪尽风骚。

(注:珠山，即邢村别名，古时以枝条岭为村名，皆因村后有诸多连绵山峦而称。)

高阳台·雨中赏春(平水韵)

烟锁江南，别样诡丽，风轻霁色拥屏。紫燕斜飞，丛陌堤柳青青。春泥抱暖催荷府，翠浮萍，蝶舞莲英。唤诗人，魔幻笺间，气韵含灵。

清声悦耳歌一曲，纵然低低咏，好梦常惊。荏苒光阴，莫嗟唏恁心情。花前月下知音觅，缱绻频、我我卿卿。酒馨香，几醉人生，今夕当兴。

(注:昨日上班遇雨途中，看雨中景色诱人，别有一番滋味油然而至生，遂记之。)

阮郎归·读双岩处士诗集(词林正韵)

清芬沾墨翰林堂，人杰誉四方。异才儒雅赋诗章，款款古婺扬。

昂气宇，浴和光，双溪水流长。天恩族望列昭彰，名宗独留芳。

(注:双岩处士，即邢圻，字师鲁，号双岩，浙江省金华市赤松镇山口村人。明英宗正统庚申，赠朝请大夫。著有诗集千首，存留500余首。)

醉思仙·光的赞歌

霭烟飘，婉约仙子袖，惊掠云霄。看双尖陡峭，岚翠雕雕。岩千丈，嶜岑处，却有掩花娇。谷深幽，涧水流，巧姑颜秀苗条。

北斗光澜漫，霓影汉鼓频敲。《大堰河》一首，举国通晓。长山揽，婺江载，遍大地、笔中描。述乡情，著篇瀚，尽倾泰斗风骚。

[注:参加2016年5月22日首届艾青诗歌节(中国金东)火把传递暨寻找艾青足迹出征启动仪式有感，填一词以贺之。]

长相思·怀念母亲

——谨以此词献给天下所有母亲

浙水清，婺水清。青黛云烟爽又宁，绵绵沐露凝。

母温情，爱温情。默忆慈颜却泪盈，但约

萱草青。

邢涛涛

男，1973年生，辽宁凤城人，大学文化，机关干部。

刘家河村野怀故人

秋郊溪畔草犹繁，暑日曾来饮晓昏。
野径凄凄今独过，停车旧处满蹄痕。

醉秦淮

乌衣巷口斜阳雨，桃叶亭头渡水谣。
藉酒我来春酩酊，凭它舟楫入南朝。

谒李白墓

谪仙狂骨睡嶕峣，背倚青林面枕潮。
蜀道诗开千里阔，庐山瀑下九重嚣。
漫嬉力士云靴侍，醉拒隆基帝棹邀。
歌在临终犹激世，遗风谁不仰鸡翘。

乙未春夜宿寒山寺西如家酒店

客中张子地，春雨正潇潇。
月落千家火，乌啼三尺桥。
浅深江树色，续断古堤潮。
倦卧人难寐，寒钟一枕寥。

普渡寺晚归

一任登车去，逃尘向夕曛。
山深炊火早，日短雉鸡勤。
松淬冬初雪，苔侵石旧文。
寺钟缭入耳，月上失林云。

丙申秋与小舅成俊游天桥沟

秋深乍暖似还春，澹澹长空一碧匀。
履栈泠然随跳涧，俯潭漫尔看游鳞。
风摧松阵千音黯，日堕烟堆万色贫。
衣结野馨归去处，月生幽谷照无垠。

秋登大孤山

千仞危山傍海延，最宜绝处蹑云巅。
槲林间杂疏还密，洞涧流涓断复连。
翠压虬松横半壁，蔼堆大壑起孤鸾。
临风放目朝西日，堪纵金原万里鞭。

大梨树山归龟山湖畔

迟归药谷东，烟径绕无穷。
涉草惊青蜢，穿林入火枫。
村杨三里栅，山月半弦弓。
风皱星湖面，粼粼一镜中。

熊福

古道溪揽胜

桃源世外久徘徊，嘉木碑林古道溪。
蝶舞燕飞人欲醉，晴天图画雨天诗。

过桂塘

岚烟翠岭耸云端，柏绕松环景象鲜。
土寨风情迷远客，明溪联墨醉群贤。
山歌唱响神仙地，摆手挥来锦绣川。
莫道昔时人罕至，而今光耀鄂渝边。
石径无车林更幽，道坑古树志春秋。
天枞相伴猴欢喜，不改痴心护水流。

熊世英

春游山乡

风和桃李艳，结伴去乡间。
旭日涂云彩，青山生紫烟。
出栏牛犊叫，放牧鸭雏喧。
柳暗花明处，楼台现眼前。

故地情

别梦依稀岁月稠，沙坪山水梦常游。
当年敬业传薪处，绿树成阴景色优。

山村即景

依山傍水几人家，屋后竹笼庭院花。
池畔黄莺鸣翠柳，田中群鸭弄朝霞。

熊奇永

重阳怀远

君别匆匆又一年，凭窗独忆总情牵。
远帆北去该依岸，孤雁南归为避寒。
卧梦周公无刻意，醉吟崔句有晴川。
家山秋晚景新好，门对荷塘心自闲。

端午节记事

端阳五月黯初收，更见市人乡下游。
一路车声鸣喜庆，满坡花草透清幽。
临风尽赏木兰景，带雨重登吊脚楼。
忌日如今成旧忆，灵钧千古说殷忧。

徐军

笔名泊涯。男，江西省九江市外国语学校高级教师，研究生学历。2016 年 8 月开始练习写作，至今已在《冰雪诗苑》《江西诗声》等刊物上发表诗词 10 余首。

临江仙·纪念“九一八”事变

松江平原仓廪实，东洋鼠漉肠饥，柳条湖畔谎言欺，汉卿不抵抗，东北地天悲。

民族危亡书大义，抛头颅不疑迟，先驱血洒染丰碑，八年抗战泪，一笑泯东夷！

钗头凤·咏桃

馨香抚，祥云度，沸腾喧闹嫦娥顾。瑶池寿，蟠桃秀，众仙欢聚，帝王颔首。酒，酒，酒。

春风步，霞光妒，艳妍花径鸳鸯驻。携童叟，赏园囿，芬芳桃李，益年延寿。诱，诱，诱。

满庭春·追思老舍先生

南苑思秋，鸿来雁往，西街多事嗟嗟。

雾缭云绕，慈母浣衣沙，望子成龙遂愿，私塾见，朗朗书娃。

别桑梓，孜孜海外，夜夜梦还家。

轻车归齐鲁，絜青邂逅，文曲奇葩。

坐茶馆，门前绿影哗哗，祥子声哀气叹，曾奢望，四世齐家。

何曾想，太平折戟，诺奖罔欺他。

沁园春·秋梧

南国初秋，滟湖涟漪，浦江浪滔。眺楼台亭榭，风轻气爽，峦山叠嶂，雾绕林涛。青玉交荫，竹林映掩，终憾雌凰天际翱。愁肠断，欲当歌对酒，云淡天高！

青桐自古情豪，让骚客文人多贬褒。叹南唐李煜，幽居锁院，玄宗神武，忍辱煎熬。倜傥风流，相如才子，抚古琴文君顿逃。夸贞女，恨移情别恋，斩断丝袍！

王庄醉酒

山间林深孤鸟寂，浊流昏月空悽戚，
玉栏九曲幽径通，池畔枫香无客觅！

徐国庆

男，汉族，1953 年生，江苏涟水人，中共党员，大专文化。现为洪泽县老年大学秘书。经历工、农、商、学、兵。自幼酷爱文学，在省、市、县级报刊上时有文章发表，近些年开始学习古典诗词。中华诗词协会和中国楹联学会会员，解放军红叶诗社社员，洪泽县诗词协会副秘书长。

七律·牛首山世凹村

三面环山陷地凹，岳军抗击宋金逃。
男孩落水脱惊险，女子舍身殉遇遭。
黛瓦白墙红石路，荷塘茅屋绿柴桥。
汤鹅菊叶沁心肺，旷世桃源品自高。

五律·塘栖古镇

运河穿腹去，梅酒古来香。
马立墙头秀，堂盈市景光。
蛋糕扬特色，羊尾制品良。
五月春蚕老，枇杷叶始黄。

五律·斗山

斗山晨雾美，旭日映红装。
翠竹拥禅寺，碧亭放紫光。
清茶舒画卷，白鹭破天荒。
梦幻寻何处，江南醉水乡。

七律·庐山三叠泉

一叠驾临五老峰，飞帘吊挂险峡中。
三喷磐石轰然下，二泻悬崖注入东。
百米玉龙飘雪练，千家墨客画霓虹。
曾云不识真颜面，却是无情水始终。

七律·廿四道拐

明清驿道数晴隆，曲曲弯弯气势雄。
六十度坡奇险陡，四千米路怪旋冲。
涌泉依旧滋民泽，抗日曾经报孝忠。
挑战莫如车自驾，惊心动魄吊悬中。

七律·灵山寺庙会

声声鞭炮绕香烟，如织游人肩并肩。
草绿溪流山叠叠，花红日丽鸟翩翩。
痴情男女还心愿，膜拜夫妻求子缘。
庙会宜阳光祖德，传宗接代理当先。

七律·台儿庄

宫门耸立气轩昂，天下恭称第一庄。
九水汇川光石路，一城旧志凿砖墙。
土村荫绿清真寺，柳岸卧虹关帝堂。
抗日曾经锤战火，而今商旅好风光。

七律·天珠

七宝之冠丽藏珠，连城价值世界殊。
珊瑚琥珀绿松石，唐卡嘎乌紫砗磲。
松赞引来西国佛，文成传记祖先书。
大昭寺里留珍迹，古代文明靓楷模。

（注：藏珠七宝是天珠、珊瑚、琥珀、松石、唐卡、嘎乌、砗磲。）

徐国旺

笔名远航。河北大城县人，中共党员，1980年生，大城县诗词学会秘书长。爱唱歌、喜诗文，作品散见于中国文学网和《中国爱情诗刊》《中国草根文学》《山东望月文学》《山东大沽河文学》《河北妇幼卫生》《廊坊纪检监察》《廊坊广播电视报》。

七绝·观雪（新韵）

琼花碎玉落凡尘，败叶残枝欲断魂。
独倚轩窗观雪舞，满城不见一行人。

七绝·醉西湖（新韵）

细雨熹微映眼帘，雷峰塔影水云间。
波光浅月催人醉，洗尽尘埃净碧天。

徐金炼

男，72岁，河南宝丰县人。1956年赴云南，于思茅（现普洱市）第一中学初中肄业，在西双版纳当兵5年，1984年调回宝丰，2006年退休。宝丰县诗词协会会员。

七律·咏海棠

黄蕊历历枝叶间，每近清明花嫣然。
欲红却成胭脂浅，将笑终作娇羞颜。

美丽世无花堪比，爱怜人有夜不眠。
只因天缺袭人香，才女遂有三恨言。

（注：黄蕊即海棠花，其花芯之蕊皆为点点黄蕊，正是这鲜明夺目的黄蕊，将每一朵海棠花点缀得楚楚有致、婉妍动人。才女指张爱玲，她说她人生有三大恨事："一恨鲥鱼多刺；二恨海棠无香；三恨《红楼梦》未完。"）

七律·新环保颂

（一）

高楼大厦枉自多，小民无奈污染何。
雾霾常蔽日月星，气清总靠风雨雪。
兰天白云每久违，绿水青山渐成奢。
众望盼实环保梦，春风杨柳更婀娜。

（二）

生态文明启新流，绿色发展动神州。
即要金山眼前富，更企绿水长远流。
高耗重污关停转，标本兼治万方俦。
力铸宜居华夏地，风清水甜业千秋。

徐景艳

笔名旷谷幽兰，曾用名兰心若梦。自由撰稿人，词曲音乐人，网络作家，诗人。中国文学院作家协会会员，黑龙江省诗词协会会员，佳木斯音乐家协会会员，人人文学论坛管理员，长沙风景林文学传播有限责任公司董事兼监事，抚远市作家协会主席。

七律·念雪（新韵）

怡情玉树点江山，心动清幽室外源。
欲要天公降雪羽，遂将阡陌素装鬟。
松柏银镀平川覆，出浴楼阁海市翩。
一片清新寻浅梦，犹将北域壮诗篇。

忆江南·燕舞江南

花开俏，南国燕争春。欣对湖光听潋滟，清波摇曳映纤身。正是这良辰！仙境伴，醉墨唤芳魂。眸过千山思万缕，暗香深处酿诗醇。情陷梦中人。

凤凰台上忆吹箫·无题

春夜犹凉，素心纤指，拨琴弦韵惶惶。欲语幽情婉，月上轩窗。唯怕相思浸染，几许念、怎说还伤。咖啡溢，轻斟浅唱，难去痴狂。

茫茫，戚然酝酿，丝雨逸风来，点润诗章。又似重前事，殇泪成行。曾撷花香熏梦，萦耳际、何日铿锵。凝眸处，今宵又增，乱绪愁肠。

解语花·今世惜缘（新韵）

云丝拢月，梦醉潇湘，黑夜索愁蔽。默然雪寂，情思绕、捻墨书芳静谧。青桌独倚，俏姿楚、柔柔流溢。素笔倾、几许回眸，花事萦魂缕。

思绪千山飘逸，又入白云处，亲逢万里。爱增芬郁，也痴嗔、只愿相依共与。春华厚谊，朝与暮、真情寄予。莫误了、今世惜缘，不负红尘意。

汉宫春·一生醉写春秋

熠熠星辉，阅千山入梦，诗亦无忧。阑珊夜听更鼓，思绪幽柔。知谁踯躅，问流音，前路不愁。祈盼那，随同落叶，与风起舞漂流。

怎去蹉跎岁月，只愿生建树，携手同游。心牵病魔缠结，苦痛难收。相思未尽，点词阙，眸望湖楼。情潋滟，预期对酌，一生醉写春秋。

满江红·高歌同庆

举国同欢，倾情诵，高歌共庆。家国稳，万民之福，党风廉政。旗帜飘扬千古赞，巨龙腾起今人敬。醉神州、百业盛不衰，清廉行。

山河壮，乾坤胜。情似火，心随景。望中华璀璨，气势铮正。文化复兴中国梦，太阳永把东方映。尽拓开，科技更支农，黎民幸。

金盏倒垂莲·雪夜听风

深夜听风，雪花欺窗幔，何御霜寒。洗尽冰心，红烛伴娇颜。却怎奈、悠悠尘世，忍喧嚣难求安。乱绪戚戚，移青案铺香笺。

融痴语倾素笔，滟真情濯濯，遂把词填。只道相思，枫叶也无言。切莫怨、今宵摇醉，独斟一抹阑珊。绮梦缕现，犹历万水千山。

一斛珠·雪夜抒怀

魂随弦动。知谁戚戚昙花恸。风摇绒雪欺窗弄。婉结柔肠，唯把真情种。

素指难摹痴女痛。青梅煮酒幽心纵。只期红叶相思送。不寐披衣，切语圆诗梦。

徐荣峰

网名双阳河畔。知青，大学文化，曾任视导员、中学政教主任、政教校长、教委工会主席，现已退休。从事诗歌创作数十年，作品散见于《大森文学》《沙诗词》《鹤城晚报》等。现为大中华诗社会员、黑龙江省诗词协会会员。

七绝八首(平水韵)

内蒙游记——莫尔道嘎森林公园

(一)

古木参天刺碧穹，溪流密布水相通。
山峦叠嶂如仙境，九曲松风醉眼瞳。

(二)

樟子松林景色幽，临溪水畔牧人留。
山花野果飘香处，翠谷流云眼底收。

过山海关有作

北倚燕山气势雄，南连渤海戏苍穹。
京城保障城池险，边郡咽喉四面通。

海宁游记·观潮

气势磅礴任我飘，蛟龙起舞震云霄。
排山倒海惊涛处，万马奔腾一线潮。

海宁游记·陈阁老宅

亭台楼阁面朝阳，老宅双清有墨香。
古木百年枝叶绿，九龙牌匾立中堂。

海宁游记·藏砚馆

一方石砚墨生香，勤奋书生读史忙。
皓首穷经沉思处，青灯黄卷伴华章。

海宁游记·国棋圣院

襄夏西屏卫冕忙，荷花池里鹭鸥翔。
当湖十局惊心处，黑白交锋奕圣堂。

海宁游记·盐官缸肉

盐官缸肉味绵长，膏润含浆入口香。
祭祖敬神不可少，色同琥珀请君尝。

徐荣富

笔名云开日出红。60后，江西上饶市人，大学本科学历，中华文艺学会理事，北美蝶恋花诗社江西分社社长。在2015年第四届全国“百强才子百强才女”评选活动中，荣获“百强才子”称号。2016年1月荣获第四届“实力派诗人”“实力派作家”荣誉称号。2016年8月7日，在全国首届“七夕·华原杯”爱情作品大奖赛中荣获“十佳桂冠作家”称号。2016年8月19日，参赛作品荣获全国第二届“孔子文学奖”。著有诗集《云开日出红》。

巫山一段云·盼望(新韵)

亮月光明照，徘徊露水沾，远方窗外影孤单，想快去扶搀。

表面胸怀静，心中尽泪斑。期来年浪漫春酣，再握手扬帆。

生查子·分别(新韵)

山青烟淡飘，月夜星辰耀。私语耳边捎，含笑婵娟照。

缠绵拥抱亲。挥手轻声告：相片放心怀，勿忘咱容貌。

七绝·秋之韵(新韵)

金黄一片馨香溢，稻穗低头绽笑容。
站立田间心喜悦，丰收庆贺月明中。

五绝·秋风引(新韵)

阵阵秋风至，原田稻穗黄。
农人心喜悦，笑立垄中央。

徐瑞超

1952 年生，河北胜芳人。好诗词，擅书法，毕业于天津市干部管理学院书画大专班。中华诗词学会会员，胜芳诗书画协会会长，谷风诗社社员。

纪念老子诞辰 2857 年(新韵)

玄未失真道未穷，须知蕊笈贵旁通。
无为无欲不廉刿，昔日人非今日同。

胜芳赞

(一)

水乡泽国美名扬，藕嫩蟹肥鱼米香。
野鸭游翔鸣翠苇，鸬鹚吞啄笑渔郎。
舟船往渡商人醉，闹市常开昼夜忙。
赏景乾隆挥御笔，荷乡胜水甲苏杭。

(二)

政通纲举喜空前，百废俱兴春盎然。
振奋精神更旧貌，腾飞经济换新天。
高楼林立小区雅，工厂繁忙富路连。
城镇繁荣民乐业，高歌盛世太平年。

谷风情

茫茫半世苦行舟，幸遇谷风诗友留。
今得知音贤士伴，舞文弄墨度春秋。

春

春晨社燕啄泥忙，杨柳随风舞似狂。
荷角尖尖穿水面，绒绒地毯点金黄。

谷风诗词选集二卷首发式

少长群贤会益津，谷风二度育花新。
诗声朗朗环堂绕，再吐芬芳且醉人。

有感《中华诗刊》到霸州讲课

文风劲染百花园，古韵传承汇众贤。
借得京都春雨润，益津谐律盛空前。

恢复胜芳水乡古镇感怀

水乡古镇一朝还，翠苇青蒲绿自然。
弄水兰舟描盛景，荷乡又绣武平天。

徐绍菊

夜雪

缕缕轻寒暗溢门，飞花朵朵似梅痕。
无情有恨谁曾认，飘近幽窗扰梦魂。

咏蜜蜂

终日翩翩振翅忙，穿篱越水觅芬芳。
寻花不是风流客，尽替人间酿蜜糖。

徐树香

男，1963 年生，大专文化，华电新源电厂员工。华东乡土文学作家协会会员，枣庄市诗词学会会员。

七绝·青檀

青檀茂盛蔽青山，缠绕古藤枝互攀。
意志顽强战风雨，巍峨葱郁势参天。

七绝·曹州牡丹

佳名唤作百花王，华贵雍容国色香。
历尽严寒呈富贵，花开时节冠群芳。

七律·游抱犊崮

世外桃源景象呈，天然古木势峥嵘。
千年宝刹香烟旺，一线天门绝壁横。
迎客花开争烂漫，清心鸟啭听嘤鸣。
登高望远群山小，心旷神怡别样情。

七律·游荆河公园

观荆阁上赏风光，烟柳虹桥倒影长。
船荡清波摇岸柳，鱼翔浅底闹荷塘。
轻风拂面心欢畅，花气侵人蝶舞狂。
娱乐健身歌宛转，园中漫步兴昂扬。

徐向中

本名徐向忠。1955年生，江苏铜山人，1982年毕业于徐州师范学院历史系。书法得朱复戡大师、文学创作得吴奔星教授指点。主编出版书籍7本，副主编出版《中国留学生大辞典》等5本。中华诗词学会会员，中国楹联学会会员，江苏省诗词协会常务理事，江苏省楹联研究会理事，徐州市诗词协会常务副会长，徐州市楹联家协会副会长，徐州市民俗学会副会长，《徐州诗词》主编。出版有格律诗词《回声集》、新诗集《月光下的含羞草》。

五绝·瞻芒砀山陈胜墓

松下眠陈胜，灵魂蔑帝王。
身边无异宝，侠骨万年香。

五绝·咏蚕

春风三月里，昼夜吐丝忙。
心底绫罗愿，人间锦绣装。

五绝·咏春

万紫千红朵，缤纷四野开。
不争颜色美，只为贺春来。

五绝·咏蜡梅

花开岂畏寒？腊月最娇妍。
冰雪钦情操，香飘总浩然。

五律·登北固山多景楼

极目江天外，烟波看未真。
风云更百代，舟舰竞千轮。
草木风前曲，山川雨后新。
大江频起浪，总有弄潮人。

五律·题汉砖砚

磨亮胸膛月，扫清肝胆尘。
红梅迎雪绽，翠柏探崖伸。
云影随风老，波光逐日新。
墨花常烂漫，香透两千春。

七绝·漓江写意

一派云山映水中，小舟摇曳入苍穹。
船姑摆橹歌声脆，飞过青青十二峰。

七绝·咏月季

重九菊花畏炎日，三春桃杏怕寒霜。
堪夸此卉高风久，独抱芳心月月香。

徐新峰

汉族，1965年生，河南洛宁人，硕士研究生，高级政工师。中华诗词学会会员，河南诗词学会会员，洛阳诗词学会副会长，洛阳毛泽东诗词研究会常务副会长。

七律·延安行

万里长征八十年，虔诚赤子奔高原。
参观俭朴杨家岭，拜谒巍峨宝塔山。
延水河旁皆圣地，南泥湾内尽良田。
传播火种文物在，革命精神千古传。

徐学武

男，汉族，1947年生，滕州市人，华电滕州新源有限热电公司退休职工。滕州市诗词学会理事，滕州市作家协会会员。著有个人诗集《徐学武吟萃》。

七律·颐和园

树海松涛饶古韵，青山叠翠映湖波。
排云殿下浮云影，香佛阁中罗佛陀。
十里长堤风漫拂，一泓春水镜新磨。
颐和园里风光好，春意融融鸟唱歌。

九寨沟

（一）

仙境迷人九寨沟，雪峰林木透清幽。
白云掠影幻仙境，翠海凝香入晚秋。
溪水潺潺弹雅韵，岚烟袅袅竞风流。
平湖掩映天光动，叠瀑欢歌迎客游。

（二）

秀美山峰绿接天，争飞瀑布泻轻烟。
八方游客登佳境，五彩莲池汇碧泉。
悠远晴空蓝欲染，清幽林壑翠相连。
诗仙今在亦吟唱，绝妙风光大自然。

观滕州老年大学书画展

辉映杏坛扬国粹，九州锦绣一庐中。
群峰染作连天碧，万蕊争开向日红。
醒目颜欧兼古籀，怡人金石耀苍穹。
画中惊见金龙起，满座欢腾唱大风。

眷恋大海

迎曦指点彩云低，青岛风光处处奇。
汹涌波涛呈幻境，昂扬舰艇展雄姿。
鸥翔东海潮初涨，旗舞晴空风劲吹。
游客栈桥齐赞美，高歌祖国颂镰锤。

故宫御花园

万春亭畔满园春，步履轻盈不染尘。
松柏恭迎四海客，牡丹欣对五洲宾。
嶙峋怪石堆高献，纡曲清流映翠筠。
昔日皇家游赏处，如今开放属人民。

纪念毛主席诞辰120周年

倚云挥剑截昆仑，指点江山谁与论。
心系农工施抱负，旗扬马列扭乾坤。
雄才风采笑吟雪，热血豪情诗铸魂。
伟绩丰功昭日月，留名青史世人尊。

水调歌头·咏荷

湖上绿涛涌，宜雨又宜晴。恰如西子妆艳，一线水天青。待得春华消歇，我自婆娑弄影，惊起彩凫鸣。歌舞唤仙子，摇曳伴箫声。

俏芙蓉、映红日、染霞明。云收烟敛，珠玑谁洒倍晶莹。娇态娇容笑绽，清韵清姿尽展，月下竞峥嵘。不要人夸好，倩影自娉婷。

徐易

原名徐中立，自号无稽山人。1998年出生于江苏省盐城市，喜欢古典文化，业余时间进行格律诗词创作。

七绝·悼阎肃先生

阎公驾鹤过蓬莱，音信初闻天地哀。
纵是此身今不在，丹心依旧向阳开。

五绝·稻花香

晨起至南岗，闲时地作床。

若无耕种苦，哪有稻花香？

五绝·春泥

破晓江山丽，青云尽往西。
东风亲腐土，何处见春泥？

五绝·桃源静

疑似桃源静，居幽落绿苔。
满园春色丽，一朵入窗来。

七绝·无题(新韵)

埋头学海筑金屋，青史留名百骨枯。
十载寒窗贫且苦，若无天赋莫读书。

七绝·夏日农村(新韵)

正值夏日日凌空，挥汗锄禾雾气升。
四海良田无外置，农夫犹困过平生。

人月圆

流水竞朝东，烟雨朦胧。江南好景不相逢，塞北暮春犹未见。一片花红。

常恨岁匆匆，往事随风。郎情妾意尽成空，古往今来多少梦。全付春中。

长相思

夜已阑，泪未干。灯火飘摇念旧欢。窗前君子兰。

月光残，满心寒。星宇独悬白玉盘，碧流过水滩。

徐云

女，山东郯城人。中华诗词学会会员，平顶山三苏诗社常务理事，郯城诗词学会常务理事。

鹧鸪天·诗友唱和

望海楼中曲韵悠，我和你唱醉晴柔。高怀雅量容天下，养晦韬光畅九州。

扬正气，挞浊流，闻歌悟道乐无忧。炎凉笑作诗词赋，日月分辉笔墨酬。

如梦令·别

(一)

惆怅时光飞快，长忆伊人天外。别后再难逢，暗把秋风嗔怪。无奈，无奈！何谓三生情债。

(二)

自从道别珍重，欢度无极幽梦。雁字叙情衷，幸有诗书相共，珍重，珍重，离去谁都心痛。

七绝·咏荷

(一)

瑶池菡萏斗芳菲，怒放千姿映旭辉。
不染一尘轻粉黛，东风拂面暗香随。

(二)

荡漾清波一望新，幽香轻送欲销魂。
风姿卓雅无娇态，素面吟吟笑冷尘。

(三)

莲池如翠碧无穷，又伴清风听雨声。
珠点涟漪波荡漾，映出水面几多红。

(四)

碧叶千层逐浪翻，鲜花万朵缀其间。
多姿多彩随风舞，一任幽香飘玉盘。

七绝·西湖枯荷

曲院风荷浅冬冷，斜风细雨最深情。
莫怜枝叶一时败，且待来年落蜻蜓。

七绝·思

今夜无眠静沉思，来锄星月种小诗。

心田荒废时日久，光阴虚度吾自知。

七绝·秋惆

风吻叶落遍地黄，暮晚彤云恋秋阳。
临窗凝眸万里远，景凋物谢时已凉。

徐志甫

1964年生，河南鲁山县人。中华诗词学会会员，平顶山三苏诗社副社长。

南乡子·五月二十

夜色也苍茫，只叹宵来未昼长。梦境哪堪期白日，黄粱。应笑痴心为爱狂。

微雨润腮庞，向背河风几许凉。独坐桥头听舞曲，悠扬。多少情歌诉断肠！

眼儿媚·八月十六

西风昨夜弄枝头，遍地碎金秋。佳节过了，十六圆月，欲出还羞。

对窗已是华灯上，何处引歌喉？梧桐影里，花池篱外，软语空楼。

水调歌头·浙赣行

前晌游乌镇，入夜宿南昌。当惊车走高速，似电又如光。一路山川锦绣，转瞬飞驰而过，满眼翠莽莽。浙赣一千里，云雨伴斜阳。

人来去，时不待，莫彷徨。相从休恨未款，心动意悠长。纵使山高路远，不舍长途跋涉，正道是沧桑。驽马能十驾，万象也呈祥。

永遇乐·徐霞客故居怀古

一日江南，和风细雨，换来新境。忠义之邦，枕山负水，襟带三吴邑。史前史后，人文荟萃，千百英才问鼎。数风流，周游天下，唯有弘祖独胜。

儿时敬仰，追寻无处，似作心灰意冷。梦里佳期，俏然而至，秋去冬来行。园林深院，罗汉松老，但见游人乘兴。余长叹，山山水水，有他甚幸！

点绛唇·过双湖公园

春暮时节，应邀相伴随亲去。绕湖深处，骤起狂风雨。

怜爱衣单，不敢回头顾。今何许？万千思绪，却是无声语。

江城子·情缘

人生会有几多情，善为宗，义先行。命运无常，爱恨自心生。生相芸芸他你我，诚意待，莫相争。

恩恩爱爱是非中，论难清，道难明。月下花前，一笑最玲珑。缘去缘来空一场，天意就，且从容。

江城子·清晨雨中行

常言一日在于晨，便着衣，简出门。漫步堤园，混迹早行人。只想全抛烦恼事，轻快走，养精神。

忽然树冠舞频频，带雷声，卷乌云。骤雨来时，我自任浇淋。只为能排心郁闷，朝天笑，洗红尘。

青玉案·抒怀

一生心事归平淡，想不起，几多怨。不论别人谁贵贱。日出而作，喧嚣街市，且把夕阳看。

常怀素有恩情伴，细雨无声润无限。平日追游诗墨翰。劳有人问，累有人念，醉也有人管。

行香子·感怀

暗暗相期，默默相思。心海里，几许新诗？雄浑豪放，婉转神迷。若意绵绵，情切切，爱依依。

独执偏见，横纵张弛。记住她，春色秋时。

人生无定,吾与谁归?但可深居,且知过,性能痴。

柳梢青·漫走公园

柳公沉睡,雪花轻舞,湖冰离碎。寒气当头,残荷衰败,长天欲坠。

游人谁解我心。径行处,陶然觅醉。孔雀哀鸣,夜阑影对,妙言难会。

徐长清

笔名清风徐来。1968年生于天津,喜爱诗词,生性恬淡,与世无争。

七绝·西山泛舟

霜染西山万境潇,寒江寂寞索枫桥。
飞花落叶冬风凛,只见青庐两里遥。

七绝·情在谢桥

丽日寻芳到谢桥,长堤吹绿李桃妖。
春风几度伊人醉,惟有孤舟泛寂寥。

七绝·途中随笔

细雨朦胧春柳撩,满园桃李粉红消。
乡村四月情何处,闲看玉溪过古桥。

七绝·夜宿随笔

正值广寒云梦缠,朦胧水榭照楼船。
何须饮得桂花酒,月里灵台醉九天。

七绝·无题

新弦旧曲赋离殇,近客远宾若断肠。
未识东君春意闹,一只彩蝶落衣裳。

七绝·江水情

碧水悠悠万壑中,云舒霞卷掩苍穹。
老夫未识桑榆晚,犹恋江边点点红。

长相思·月满楼

月满楼,照西楼,一曲相思醉玉勾,低吟对眼眸。风亦柔,水亦柔,江水悠悠绕绿洲,离人何处求。

杏园春·秋殇

阴云欲索江凝,秋风瑟瑟飘零。孤舟远上顶风行,几时停。

飞花落叶相思去,空余寂寞伤情。丝丝细雨惹长亭,赶黄莺。

徐章

网名置酒梅花下。致力于诗词革新,已创作古体诗词千余首。有诗词发表于《诗刊》《中国诗词》等刊物。另有话剧、电影剧本已上演或拍摄。

西江月·独行

恰似烬中余火,暗红霞已无多。万般影与夜融合,物尽潜归自我。

枝上疏星初闪,径间双脚悄挪。缤纷落叶似传说,恬寂随风飘簸。

西江月·废墟

上帝坍塌的梦,如开裂的冰声,如跌落的水晶灯,震悚结舌之静。

刹那间休克后,人们两手发疯,从晶莹的废墟中,拼凑一双瞳孔。

西江月·寺中落花

浅笑如凝如动,微瞑如睡如察。殿中金像静结跏,日照檐头雀话。

蓦地春风鼓荡,漫山草木喧哗。绯绯几片碧桃花,飘落莲台之下。

西江月·出寺

天际霞余暗紫,像前烟渐安息。恬宁佛笑

转清晰，向大千中漫溢。

悄伫归尘细径，晚钟回荡依依。桃花几瓣影依稀，拂鬓拂衣落地。

西江月·寺中滴水

日照檐间积雪，寒中暖意犹微。萧疏桐影映双扉，佛我隔门相对。

欲道茫茫心事，徘徊觅语皆非。堪堪尽我喜和悲，一响空阶滴水。

清平乐·春之儿歌

眼明心亮，莺燕高低唱。云似绵羊天上放，我与清风闲逛。

阳光被水折弯，草将大地钻穿。蜂把花心偷走，蜘蛛荡着秋千。

卜算子·夜明珠

一粒夜明珠，沉入苍茫海。浪细风轻月落时，珠冷生光彩。

漾漾水幽蓝，光散如烟霭。大海安恬入梦乡，梦影轻摇摆。

徐中秋

1948年生，浙江省台州市人。全球汉诗总会理事、七届常务理事，浙江省诗词学会历届理事，台州诗词楹联学会常务副会长，黄岩诗词楹联学会历届会长，新加坡新声诗社名誉社长，纽约四海诗社名誉顾问。在国内外各种刊物上发表诗词作品数千首、论文50多篇。曾获中华诗词学会举办的"中国临海江南长城杯全国诗词大奖赛"一等奖、"扬州杯建党九十周年全国诗词大赛"铜奖、"全国新田园诗大奖赛(河东杯)"二等奖、诗刊社等举办的"全国新田园诗大奖赛(阳城杯)"二等奖及其他各种诗赛奖30多项。曾应邀出席在中国澳门和新加坡召开的国际诗学研讨会。主编《黄岩现代诗词选》《古代诗歌导读》《中国对联集成·黄岩卷》，副总编《台州楹联集成》《台州方外诗词选》。著有《望峰楼诗文稿》《滴水集》。

武汉古琴台

子期一去不调琴，寂寞荒台古复今。
但劝伯牙重鼓曲，高山流水我知音。

戏马台吊项羽

乌江垓下没商量，逐鹿亡秦空一场！
扛鼎何如通厚黑，误君三尺妇人肠！

马年感赋

当年屡梦骋疆场，万事蹉跎每自伤。
马齿一增心便静，槽中草料嚼还香。

无题

曾借浇愁浊酒杯，当年心事早成灰。
纵然劝转东风意，谁又能呼逝水回？

新西兰牧场

千里凭谁铺绿绒？高坡羊啃夕阳红。
蓦然酥雨随风过，云散蓝天挂彩虹。

菩萨蛮·下龙湾

休夸尝遍三江酒，纵然踏尽衡庐秀。未到下龙湾，莫论天下山。

千螺青倒映，海面明如镜。我是画中人，绫屏扇扇新。

浣溪沙·和友人

便有丹青难写真，菱歌起处识伊人。浣纱溪畔一携君。

莫为相思销病骨，玉颜料已染霜尘。春风何日展眉颦？

望海潮·长潭翻船事故50年祭

——今日同学会打桨长潭水库。忽忆路桥中学长潭沉船事故已50年矣！感慨当年鲜活生命同出未同归，余夫妻俱为亲历者幸存，当赋长调祭奠亡灵！

魂兮归未？五旬过矣！犹还苦海漂航。乌鸟乱鸣，残年哭损，寻儿多向泉乡。脱险几同窗。亦书生老去，发白颜苍。地转天回，人情世相两沧桑。

当年惨状难忘。正清明时节，风折帆樯。深夜月残，长潭鬼哭，可怜百十冤殇。山水尽哀伤。料此中或有，国柱邦梁。旧地重临，船头举酒酹三觞！

许碧霞

男，1956年生，江西省宜丰县人，公务员。16岁开始在全国各地报刊发表诗歌、散文、小说、电影、电视剧本等各种体裁作品共计200余万字。后潜心传统诗词写作，已在《词刊》《中华诗词》《诗词百家》等报刊发表诗词作品近三百首。

七绝·浦江夜色

几帆岁月游鳞递，一盏高灯耀浦东。
玉宇唐风吹宋雨，琼楼乐渡满江红。

七绝·外滩情人墙

霓灯彩耀瑶池景，摇水樯桅数锦鳞。
浪逐江天浮旧事，长堤今夜少情人。

临江仙·重阳登东方明珠

九九重阳谁约客？扶摇谈笑云端。一弯秋水走丹丸。瑶池玉宇，极目尽新颜。

江逐霓红腾细浪，华灯初展缠绵。烟花几朵跃高坛，菊开璀璨，河汉羡人间。

许建国

笔名亦言。1958年生，1982年毕业于吉林大学中文系，第三条道路代表诗人，诗歌理论家。吉林省诗词学会理事。著有《亦言诗词选》。

七律·重游松花湖(新韵)

天下名川各不同，故乡山水最生情。
遥思撒网捕鱼趣，曾握垂杆钓月明。
岭滞阴云犹变雨，船掀碧浪欲飞龙。
风光依旧音容俏，总是相逢梦里逢。

七律·登长白山(新韵)

——由于多种机缘，余曾多次登上长白山；经情感沉淀，凑成新篇。

奇峰突兀起平湖，一日烟波气象殊。
山路飘摇练欲舞，游车婉转人犹呼。
凌霄俯瞰幽峡远，残雪未消秋意浮。
天上滴来云水露，人间洒满夜明珠。

七律·长白山美人松(新韵)

寒暑交融得性灵，沧桑风雨蓄阴晴。
梳妆犹照白山月，裁剪欲缝针叶青。
姿色娇羞红晕老，柔心刚烈至情浓。
只缘拔起凌霄梦，旋转年轮入碧穹。

七律·环游西安古城墙有感(新韵)

兴致纷纭绕帝京，龙旗排列串笼红。
弹筝揉韵听鸟语，争路杂车破序行。
晨起人嘈缕似蚁，夜来灯灿漫如星。
流连忘返痴迷处，终点曾经是启程。

(注：西安城墙上靠外侧，每隔几十米便立有一根铁质旗杆，旗杆顶部镶有一条精致小龙，上面挂有一面红底黄边的三角小旗，旗下还悬挂着三个串在一起的红灯笼，环城排列，蔚为壮观。)

七律·西安怀古(新韵)

遥想周伯建镐京，犹闻变法自雍城。
张骞贸易丝绸路，玄奘取经西域行。
战火几回胜负后，扬尘一骑荔枝红。
八条汉水蛟龙起，千载秦风霸业兴。

七绝·登珲春龙虎阁(新韵)

——登龙虎阁,一眼望三国,感慨而赋

(一)

眼底风光登满楼,家愁国恨动吴钩。
真情勘破同忧患,旷野沧桑一望收。

(二)

江水沧桑见弱强,痛抚国史自疗伤。
追思犹借东风绿,播撒春光遍地香。

(三)

春来自古无国疆,播种河山两岸香。
驾驭东风开遍野,遥知花气诱蝶忙。

许可青

又名贤相。1929年生,河南太康人。从事新闻工作近四十年,曾任《河南日报》记者、编辑、文艺副刊编辑组组长、采通部副主任,《羊城晚报》驻河南记者站站长,中国新闻社广东分社副社长。离休后曾任广东中华诗词学会副会长、《华夏诗报》中华诗词版主编、《当代诗词》主编。现任广东中华诗词学会名誉会长。著有《许可青诗文集》。

贺中国女航天员刘洋登天

登天航宇女,非亚第一员。
荣国襟怀壮,兴科意念宽。
天宫会神九,刘景技能尖。
开发空间史,中华著巨篇。

刘洋母女情

航女上航舱,娘愁饭不香。
娘呼心上女,女望地球乡。
吃睡天宫好,情明母不慌。
归来娘俩喜,相拥泪双汪。

广东农家楼顶新景

锅口向天招,视听自九霄。
风云知骤变,耕作赶新潮。
曲韵催人醉,歌骚任尔挑。
窗灯映倩影,瞻彼乐陶陶。

(注:广东农村以前有些电视天线形状如锅,招向天空。)

嫦娥二号奔月颂

嫦娥奔月去,举步上青天。
火箭歌吟起,白云夹道欢。
中华神圣地,万众嘱直言。
此去科题重,天庭满载还。

忆中山行吟情

南国望中山,楼林伴沃田。
银棵生白玉,金树育香柑。
美韵吟农事,声歌颂逸仙。
仲秋参圣地,百里结诗缘。

(注:美韵句,主要指中山诗社开创的采风百里行活动。)

嫦娥三号落月吟

西域银龙起,三妮落月忙。
左携着陆器,右带巡视箱。
天助人间美,人观天镜光。
人天今共举,科技见高翔。

广东揭西市

——锡西村文化广场的早晨

熹光映碧霄,广场众逍遥。
小伙驰晨练,僖娃舞步姣。
翁婆蹬转磙,球场起狂飙。
物富村民乐,休闲品位高。

许立芳

女,70后,财务工作者。好古风,闲暇之余喜好赋诗填词、楹联作对。

御街行·踏秋感怀

迟阳薄暮纷纷叶，野径满，蝉声咽，陌头人去晚来风，残照里音尘绝；怕闻菊瘦，却逢疏影，最是愁人节！

寂寥篱落无情物，白露降，黄花曳，愁肠几许可消魂？此一见还思别；莫如樽酒，隔溪渔钓，少有风和月！

贺圣朝·村居

篱疏云暮檐低小，素心诗书好，流萤几度入帘来，似与侬生恼。

凝香桂子，盈盈菊娆，满庭清辉皎，且携美酒醉花间，不问朱颜老。

踏莎行·七夕

华月疏星，金风玉露，遥遥银汉天涯路，人间天上两离愁，鹊儿也泣桥逢处。

应梦来年，欢情一度，朝朝暮暮相思住，青丝成雪老红颜，痴心不教真情负。

许明

笔名闲云野鹤。男，1967年生于湖北省仙桃市，函授大专文凭，2005年开始古体诗词和对联创作。曾在网络文学论坛“书剑诗坛”担任版主，时有诗词和楹联作品在省内外发表和获奖。现暂居深圳宝安。著有诗词集《闲云集》和楹联集《闲鹤集》(未出版)。

五律·秋日村野

平川斜日里，野舍晚烟轻。
雨过盆兰绿，秋来篱菊英。
荆扉伏倦犬，竹院憩闲鹦。
触景人咸醉，复何求锦翎？

2007年9月

七律·咏荷

羞趁溟濛试绿裙，几重翡翠几重欣。
洁雅纤姿轻濯水，冰清碧伞漫遮云。
亭亭不蔓凭谁贵，袅袅无沾任己芬。
孰道侯门惟爱玉，等闲小巷亦怜君。

2010年8月

五律·咏竹

翠影隐云烟，森森满四川。
出身争破土，立世竞擎天。
劲节濡贤士，虚心励少年。
昂昂高洁气，丹青万古传。

作于2015年元月

五律·红军长征

——纪念红军长征胜利80周年

国破夜难明，雄师动远征。
振衣牛斗落，挥杖虎狼惊。
赤足量经纬，徒肩担雨晴。
旌旗何猎猎，万里济苍生。

2016年6月12日

许奇兵

河南洛阳人，1972年生，书法、诗词爱好者。

七绝·诗人毛泽东(中华新韵)

词苑雨风枪炮韵，黄花战地映乾坤。
天安门上豪情诵，中华人民做主人。

许宗合

三月

一抹春阳上树枝，风香胭色竞丹墀。
乡姑俗子无缘看，野老独享花应知。

八月

蛩醒田畴一脉黄，心花酬雨泛秋光。

蓬门紧启情留住，节迨农家汗赋香。

陌上吟

（一）

垄亩寒蛩唤晚秋，西风动地促人愁。
谁怜起舞三更夜，难测农家喜与忧。

（二）

星静夜光深，嶙躯何处寻。
孤踪留月下，一度老农心。

薛朝友

吟酒诗·联酒名赞湘泉酒

酒鬼醉天下，茅台一滴仙。
老爹开口笑，舍得饮湘泉。

游太平山

拔地三千尺，穿云揽宿星。
梯从天际立，诗自画中寻。
白玉雕禅塔，清池作镜屏。
留连殊未已，山水自多情。

龙山县第一次文代会即兴

金风吹亦暖，心底入春天。
蛱蝶双双舞，山花朵朵鲜。
龙城添异彩，鳖水泛清涟。
时值迎三喜，狂歌湘鄂边。

（注：迎三喜，即国庆50周年、澳门回归、跨入新的1 000年。）

中国共产党九秩华诞献词

风雨历经九秩秋，肩挑日月壮神州。
先忧后乐安天下，揽辔澄清万古流。

澳门回归有感

腐败嘉光数二曹，澳门割让小葡萄。
只因国弱山河碎，盛世谁能动一毫。

赞龙山玉米酒

矿泉玉米酿琼浆，苗汉土家好举觞。
喜宴宾朋行酒令，半旬满室尚芬芳。

游乌龙山大峡谷

峡谷幽幽一线天，惹迷洞内异陶然。
泛舟碧水云天渡，景色勾魂斜日悬。

龙山水沙坪深坑志游（排律）

深坑览胜足先登，九曲华浜澈底清。
绝壁高峰浮绿水，茂林邃壑啭黄莺。
悬泉散雾飘飘下，翔鸟合群款款行。
数瀑齐飞崖挂练，两山并列岬流瓔。
晨钟暮鼓盈虚谷，烟霭晓岚染画屏。
仰望松涛云际涌，狂欢蝉笛树丛鸣。
有缘欣赏蓬莱景，难撰天公万古情。

龙山塔泥乡丽湖沟风光·神奇的丽湖沟

水凿群山一线川，青峰白壁插深渊。
连天古木无穷碧，横岭晓岚分外妍。
鹰击长空屏里渡，鱼翔浅底镜中悬。
神奇最是千寻谷，探奥方知别有天。

题响水洞山庄

岭似游龙腾碧海，峰犹竖剑刺蓝天。
雕楼画阁浮清影，瀑布飞流起白烟。
舞燕长空屏里渡，啼鹃高树谷中传。
山花烂漫装仙境，宾客狂欢弄管弦。

桂塘

桂塘美景耐人思，皮渡潺潺似咏诗。
溶洞神雕迷醉眼，蒲松云绕展雄姿。
地灵孕育良才出，豹变犹如骏马驰。
故里闻鸡奔大道，突飞猛进赋新词。

薛迪

上海立信会计学院工商管理学院在读生。

五律·怅言(新韵)

每每传书晚，三更借倦终。
言多犹水淡，意寡若云浓。
柳绿招飞燕，心灰葬落鸿。
无由悲画扇，自亦与其同。

五律·雨夜怀友人(新韵)

夙夜空怀泪，离人未可知。
桃红春尚辨，发雪两难识。
藕断丝心缀，云集雨海依。
茫茫别数载，聚笑竟成痴。

五律·雾夜绝(新韵)

未盼三更梦，幽情冷处沦。
时鸣蛙有信，久雨月无魂。
雾笼悲景逝，人绝怅恨存。
燃烟思与烬，此后不识君。

五绝·恨无由(新韵)

恨长独闷瞀，未解念朝朝。
彻饮图一醉，青丝任火烧。

五绝·酒尽逢斯人(新韵)

夜沉逢梦所，相顾醉无言。
忍阑图留恨，听风握袂衫。

五绝·望水空怀月(新韵)

目送西楼水，空怀夜色喧。
微风吹柳密，望月竟无边。

五绝·卧睡再起有感(新韵)

日暮观灯火，飞蛾那处奔。
云舟置月下，怎渡断肠人。

五绝·东河坝下(新韵)

日落农园北，林风荡豆青。
人闲锄草毕，懒卧唤虫鸣。

五绝·月夜思人(新韵)

月下三千里，虫鸣万物白。
极星还水浴，不入梦中来?

(注：极星：织女星。水：碧莲池。)

五绝·未眠(新韵)

子夜寒风入，云烟望断魂。
犹为当日月，不照那时人。

五绝·子夜思人

我欲乘风去，风阑月桂遥。
纤云还入梦，渡我过今宵。

五绝·月下赋

月下骚人赋，风残百事哀。
虫鸣同与我，枝断莫花开。

七律·闻离歌忽忆故人(新韵)

暮染离歌尽苦愁，相思未解泪难收。
寒蝉几曲声声切，箭雁千书字字柔。
月满鸳鸯浮水见，风寒岸柳断枝投。
可怜永夜人无梦，抱恨金蟾隐凤楼。

(注：凤楼：女生宿舍。箭雁：受伤的雁。)

玄鱼

本名余礼文。1999年创办《新城市》诗刊。曾在《诗歌月刊》《星星》《诗林》《诗选刊》《作家》等刊物发表诗文数百篇，并入选《星星》甲申风暴诗歌大展以及《中国年度最佳诗歌》。出版诗集《凡人之城》、合编《诗·城》等。

七律·白露感怀

肃气西来暮尤甚，白露为霜晨雾匀。
盛衰未符心初绪，阴阳一体日月分。

紫熹从来占孤城，秋意伴往筛周身。
有朝收拾病源体，高唱凯歌踱野村。

七律·太极盛举看今朝

——记太极名家朱方泰老师收寄名弟子盛典

春山朱墨荃亦察，若水推敲荐舜尧。
方否泰来揖紫熙，太极吴式意占鳌。
有教无类源流汇，内外兼修品渐高。
学道悟衡徒同勉，武林盛事喜今朝。

五绝·农历九月

秋雨深土凉，冷风小试装。
水白觅洛神，天晏闻霓裳。

七绝·谢赋岳明弟赠馀姚杨梅

江南六月太阳雨，沪城欣闻熟杨梅。
情切赤如香甜浓，期冀君谊淡溪水。

薛海文

1943年生，宝丰县人。现任平顶山三苏诗社社长、中国平煤神马集团老年作协会长。出版《海文诗词300首》(上、下集)《海文文集》《石化词语赋春生》《〈离骚〉白话解读》等。河南省诗词学会会员，中华诗词学会会员。

满江红·苏园夜雨(新韵)

旭日和风，春似梦、三苏园景。峨眉麓、三山环抱，擘杰三颖。绝论六国千古俏，大江东去豪迈謦。忆子由，斩自臂为民，钟时警。

苍柏肃，八方静。明朗月，霖声迥。正灯虹伏案，锦书琅咏。激励春枝层翠萃，惜惋故叶叠菁净。九泉眠、享夜雨团圆，躬身。

沁园春·咏荷(新韵)

碧水青山，静镜池塘，翠绿新荷。望丝丝雨过，微风吹乱，珍珠璨璨，鸳鸯穿梭。垂柳成行，多姿摇曳，明景春风柔相和。须晴日，看莺飞燕舞，百鸟鸣歌。

踏遍锦绣山河。美景倏然惊愕我她。绿莹中显露，含苞朵朵，洁白红透，光错婀娜。依水婷婷，随波荡漾，拥簇瑶池阆苑阁。潺爰里，媛灯无数盏，红映了她。

念奴娇·咏金菊(新韵)

缀行天际，望征鸿，周天鸣长寒彻。沃土无垠霜酷染，昨夜狂风突作。绿叶枯枯，纷纷飘落，道路乡村舍。萧条残象，人间再现春色。

从古今至唯她，迎霜绽放，傲笑百花落。歌舞迎风香漫野，遍是金黄羞色。故土神游，春晖又洒，今赛桃花月。苍茫原野，正逢重九时刻。

卜算子·咏梅(新韵)

深闺无人知，绽放惊玉宇。太虚玉龙争斗激，亭立庄园里。

不畏朔风袭，只报春消息，待到风调雨顺时，她笑仓粮聚。

桂枝香·梦游黄河(新韵)

凭高纵目，野外落叶飘，万物萧肃。往事昭然似幕，夜思独数。劈惊斩浪夕阳里，迎西风、旌旗斜矗。棹航天方，余霞成绮，净练河舞。

览游处、貂婵昔日，被关羽辞归，从容溺渡。嗟叹千古四笑，世间荣辱。遗恨如水东逝去，永随余波天天诉。曲坛歌榭，悠然传唱，恨长诗赋。

(注：一笑王允，二笑董卓、吕布，三笑曹操，四笑关羽。)

满江红·长江(新韵)

武汉三桥，添新秀、大江跨拱。楚天地，如虹飞架，举世慕敬。浪滚从天腾闯岳，三峡拦坝同天庆。览请君、高峡出平潮，惊天梦。

银河落，江滩景。流溢彩，水红映。慕小乔起舞，周郎挥艋。唤回黄鹤浔三隐，望江物阜百舸竞。请仲淹、把酒再登楼，挥毫颂。

沁园春·观鹊巢感(新韵)

烈烈西风,吹断云天,万里茫然。望白杨风啸,挺拔霄瀚,鹊巢高筑,一路奇观。赤地无垠,绿苗纵竖,飞雪冰封露春天。今忙碌,不瞑息怎止,伏枥耆年。

纷纷往事心间。朽枝筑巢仰慕眼前。现呈一幕幕,豆渣建筑,綦江桥垮,路陷楼颠。巢鹊狂风,树摇不散,比骨钢楼房更坚。爰人间,草人顶乌纱,难看瓜园。

沁园春·油菜花(新韵)

一夜东风,几束春枝,摇落梅香。望杨柳吐翠,长空傲俏,麦田浪绿,片片镶黄。激动神情,舞蝶蜂闹,百媚含羞醉我旁。春园里,一枝芳众警,艉丽琅琅。

拂衣寂舍余香。遥想西施浣沙鱼翔。慕小乔出嫁,芙蕖晨露,昭君出塞,雁落呈祥。才女文君,千言万语,一代文豪归酒坊。皆尘土,看黄花玉立,举世无双。

薛庆军

男,1961年生,山东省临沂市人。临沂诗词学会会员。自幼酷爱古代诗词,平素留心生活,注意观察自然,练笔不止。作品曾先后荣获"世界杯"中华诗词大赛一等奖、首届全国诗词名家神州行金奖等。

杯水情

疲惫不堪刚到家,女儿手捧一杯茶。
水轻情重心温暖,我爱千金这朵花。

病中感悟

常贫舍下来人少,久病床前探客稀。
花盛自然观者众,秃山没友不为奇。

七绝·长城

万里长城万里关,风霜雪雨几千年。
历经多少沧桑事,无数英雄泪洒天。

春

和风吹柳绿,细雨润花红。
翠鸟长空叫,黄鹂深树鸣。

浣溪沙·独酌观雪

今晚独饮酒一杯,隔窗静看雪纷纷。此时来客我欢心。

一阵鹅毛铺大地,丰收在望喜农民。无诗有雪太俗人。

江城子·春雨

无声细雨落纷纷,令欢欣,喜农民。长时干旱,耕者太揪心。今日终迎春雨至。山野绿,地球新。

诉衷情·悯母

今观老母满头霜,心内感凄凉。身体患病消瘦,怎不令心伤。

思往事,孩提荒。少帮忙。老人真苦,今日刚甜,不允吃糖。

卜算子·喜雨

久旱寂无声,今早悄悄到。细雨麻麻一夜淋,万类心中躁。

小树喜跐跐,农物都觉好。今岁丰收在眼前,耕者由衷笑。

薛淑芬

又名薛晓璇,笔名六月荷花。1971年出生于牡丹江市林口县,现居牡丹江。2008年开始创作古诗词,散文、诗歌作品散见于《中华诗刊》《诗选刊》《黑龙江乡音诗刊》《圣地诗刊》《乌斯浑文学》《海林诗刊》等报刊及网络平台。黑龙江省诗词协会会员,牡丹江市诗词协会理事。

江城子·关于春天的那些事

河边睡醒柳条枝，暖风儿，结胭脂。骚客悄来，涂画与谁知。一种心情蝴蝶上，飞墨里，落宣池。

唯光难住怕流之，唤蛾眉，未凋时。扑尽春山，探得白云姿。应系芳丛无意去，声迭起，有新诗。

江城子·今别设，伴琴书

江城小巷欲相呼，柳烟疏，少红株。探访池塘，荷瓣护香炉。任了浮尘情淡却，因和果，皆空无。

霓裳一曲对云舒，扇轻徐，笑如初。占断清风，沽酒卸江湖。不倚悲凉重宋玉，今别设，伴琴书。

江城子·君与我

玉盘初上映闲窗，笛声扬，越潇湘。一曲分明，何以不思量。携手天涯生此去，君与我，倚斜阳。

今儿春暖雁还乡，小桥旁，柳芽黄。十里如烟，陌上有馨香。也许花前双作蝶，风和雨，共徜徉。

江城子·依小月，枕清风

如烟绿萼小桥东，盼思梦，嫁梧桐。燕子飞来，料也和君同。常记当年悠境外，阡陌上，捉荧虫。

难题一纸入篙蓬，短春珑，怅无穷。听得鹧鸪，似已落寒宫。应画阑珊端不忆，依小月，枕清风。

江城子·红豆子，早难酬

凄风吹得梦清幽，对银钩，絮丝浮。倚破栏杆，花事已然休。不语窗前听蜡泪，鸳镜里，有谁愁。

横眸舟远并深秋，几相留，剩寒楼。彻夜琴边，脉脉上心头。情设当年初见日，红豆子，早难酬。

蝶恋花·这许情

梦落秋池怜费枉，素影飘蓬，谁记当初赏。多少相思空荡漾，与君一别寒丘往。

时恨疏狂愁自酿，只向江西，欲唤无人响。许得情肠难易放，十年卿烙心尖上。

蝶恋花·六月荷花

竟日东风熏草暖，几语莺啼，叫醒桃花浅。翠影翻飞轻落院，朱门未启愁眉卷。

试把箫声都弄遍，递得相思，望个人相见。寂寞梧桐难缱绻，堂前已是无双燕。

蝶恋花·愁绪从今浅

细雨轻临芽骨剪，移步章台，欲把蜻蜓揽。一种心情沉玉案，梅前故事随风远。

堤上黄花纷入眼，昨日愁云，都被香香减。何不新醅杯放满，也来竹下琴弦挽。

薛为河

原名薛为沛，笔名力可，号莲花山人、运乾斋主人。1957 年生，福建福安人。中华诗词文化研究所研究员，中华诗词艺术家联合会名誉会长，黄山云鹤书画院名誉院长，福安市赛江诗社社长；中华诗词学会会员，毛泽东诗词研究会会员，福建省诗词学会会员，福建省作家协会会员，福建省东南诗社会员；《赛江诗词》《赛江诗苑》主编，中国周易研究会会员，高级周易研究师；黄帝世家薛氏文化研究会副理事长。

微山岛游感

夕照微山岛，湖添景色稠。
翻荷腾碧浪，揽胜泛轻舟。

典范三贤仰，风光满目收。
当年齐抗日，伟绩壮吟讴。

张家界自然风景区游感

张家界景画中诗，世外桃源客自迷。
鸥子寨峦千彩异，黄龙洞迹万般奇。
宝峰湖畔多清秀，天子山前更淑姿。
一瀑千丝如织锦，武陵源丽梦魂痴。

南靖土楼游感

土楼杰构世珍稀，河洛神图巧建奇。
圆抱方藏深奥妙，东歪西倒蕴玄机。
桃源胜迹扬天下，南靖风光入画诗。
冬暖夏凉人适爽，青山绿水总相宜。

中国海峡大茶都

茶都设计园林景，壮丽雄姿气象猷。
文化振兴邦业盛，茗香飘溢舌中柔。
盈城大展千张画，匝地新开万幢楼。
热土投资招远客，商潮如涌富营谋。

六十述怀

(一)

经历沧桑六十秋，驹光飞逝去难留。
崎岖世道行尤稳，幻化风云任已浮。
闲逸诌诗添乐趣，蹉跎研易解穷愁。
安身宁守清贫度，敲韵求声志未休。

(二)

韵海耕耘数十秋，征程曲折迹痕留。
孤灯读易恒心在，长夜敲诗思意浮。
索句搜词消悒闷，咬文嚼字遣闲愁。
吟风弄月同俦乐，社事忙持意未休。

望海潮·纪念林则徐诞辰 230 周年

缅怀先哲，英雄浩气，林公救国奔前。勤政爱民，忠贞睿识，经文纬武腾骞。仁德迩遐扬。树功铭青史，率众除奸。纵目寰球，严威壮举震山川。

清廷腐败丧权，恨英伦犯境，毒蔓绵延。豪气凛然，拯危反帝，虎门一炬冲天。粤海着雄鞭。善经邦建业，港澳归还。唤醒炎黄裔胄，隆念慰先贤。

声声慢·"一带一路"感赋

丝绸陆海，连接东西，沿途万国齐行。修睦诸邦，商机发展繁荣。明皇汉武自服，富神州、大众和声。复兴路，更筹谋善策，振奋征程。

互惠双赢共进，架金桥玉径，遍布纵横。破浪扬帆，烟波万顷遐赓。舵航一带一路，共图强、国梦圆成。宏图展，奔向前、华夏振兴。

薛作才

男，1945 年 11 月生，退休国家干部，大专学历。中华诗词学会会员，荆州市诗词楹联学会理事，公安县诗词学会常务副会长，《柳浪风》诗刊主编。近几年先后发表诗词作品 200 多件，散见于《中华诗词》《诗刊·子曰》《诗词之友》《诗词报》及本省诗词专刊。

五绝·泥湖晚眺

晚唱闹归禽，彤云枕柳林。
渔姑双棹起，摇碎一湖金。

七绝·柳絮吟

莫笑身微飘八荒，生来不羡媚人妆。
桃花虽艳倦邀宠，我抱春风自醉狂。

七绝·观路边残菊偶得

君怀素节抱香死，我揣闲愁笔下求。
呼得清风催绿水，神州何惧过高秋？

烛影摇红·七夕忆事寄内

今世前缘,鸾俦但凭心相悦。那年情窦懵中开,难舍惊鸿瞥。约定此生情结。历箪瓢,相濡意惬。鬠同半百,冰炭期期,关情切切。

忍看如今,花前信誓才相契。朝云暮雨燕分飞,爱恨从何说?沧海桑田未竭。总难忘,当初一阕。醉迷青涩,酥手酡颜,晨昏柳月。

渔家傲·南国红叶

烂漫彤云连广宇,栖霞红叶迎风舞。何必香山千里旅。登高取,南枫间槭山乌树。

去日匆匆秋已暮,无须空叹蹉跎句。只向南山寻野趣。思千缕,清词觅得凭谁语?

(注:枫树、槭树、山乌树,是广州从化石门森林公园的主要红叶树种。)

五律·丙申玉湖品桃

芳径去年扫,今春避我开。
花期猴捧去,桃信雁衔来。
妙曼落仙子,龙钟溢粉腮。
何须生彩翼,咫尺即瑶台。

七律·秋月

素娥浴出掩银裳,云髻飘飘行复藏。
遍着轻纱浮曙色,恨将老树染秋霜。
清风只共黄花瘦,冰魄堪邀紫桂香。
耐可乘流奔月去,广寒料峭更苍茫。

七律·读庚兄贺崇俊近作知其坎坷生涯有寄

人生瀚海小兰舟,谁主转篷沉与浮?
常恨涛汹为壮国,苦嗟运蹇已皤头。
有诗有酒斜阳里,无病无灾好个秋。
彳亍两分行必缓,秋心一叠淡前愁。

徐志安

网名淡泊明净。甘肃省平凉市泾咱川县人。高中毕业后做过生意,干过瓦工、油漆工等多项建筑工种,后一直从事物业服务行业。热爱古典诗词文学,近年来不断学习新的文学流派。

诗观:生命不息,文字不断。

崆峒颂

我自横笔笑崆峒,广城烟雨江南行。
大道笔直如云端,垂柳国槐夹道迎。
东望秦川八百里,西接会师六盘山。
植被物种宜茂盛,稀有动物国家保。
三教名列丹霞貌,高原海拔显珍贵。
九宫十二五台布,形似莲花中台阁。
天梯驾驭石峡端,皇帝问道摩崖石。
佛道儒存三教洞,古刹名山独特神。
皇城列于马鬃颠,富丽堂皇心旷怡。
春季浪漫桃花开,艳红映衬貌新绿。
盛夏果实万木葱,秋叶红透层林染。
隆冬大雪赋崆峒,银装素裹松柏亭。
枝繁叶茂凌空塔,古塔托松二百龄。
鼎盛兴达与唐代,进香拜佛云集地。
六大武术遗产派,防身威陲西北剑。
坐镇西北要塞地,陇东高原一明珠。
自古西北人憨厚,盛情邀请天下客。
羊肉泡馍天下扬,广城酒店诚待客。

雪轻云

湖南岳阳人。古体诗词和现代诗歌及散文作品散见于《岳阳晚报》《长江信息报》等报刊以及“品读时刻”“美学小编”“诗词自有痴情客”“一度诗歌论坛”“诗意人生”“梦笔文学”“九尾狐诗文”“红崖艺社”“简爱诗社”等网络平台。

临江仙·昭君怨

三叠阳关初唱,残花野草飞鸿。胡天归去似飘篷。故园多少梦,驿路往来风。

家国齐来抛闪,天涯莫念奴踪。琵琶声断恨无穷。昭君无限泪,乡思月明中。

临江仙·无题

一袖云烟天已暮，孤帆远影清江。几声欸乃水中央。渔歌声乍起，惊鸟入斜阳。

旧事三千随浪去，些些年少轻狂。红尘岁月莫悲凉。人间情未了，正道是沧桑。

七绝·题图

极目江天一望赊，孤帆摇落远山霞。
中洲行尽三千里，占尽秋光是蓼花。

清平乐·无题

茕茕江畔，曲罢心弦乱，夜柳如烟潮似练，脉脉清辉两岸。

三千旧绪难平，韵光渐老伶仃，世事如同春梦，恍然已是曾经。

南乡子·登楼望小乔墓感

独自又登楼，堤草芦花满目秋。龙虎当年争楚郡，休休。唯剩斜阳照故丘。

麾骑下荆州，战鼓铮鸣搏列侯。剑影刀光人去也，悠悠。但见平湖几点鸥。

临江仙·无题

一抹残阳青嶂里，霜天雁叫西风。孤帆摇破半江红。浮萍随水逝，聚散两匆匆。

自古功名皆定数，寻常易老英雄。纵歌纵酒纵狂中，无妨分两地，何必论穷通。

减字木兰花·调寄洞箫《桃花渡》

桃枝灼灼，几树鲜嫣随雨落。花去无心，一缕香魂不必寻。

红笺难寄？如梦尘缘诗里忆。别后江城，每忆箫声三两声。

鹧鸪天·调寄洞箫《汉宫秋》

漫漫黄尘朔水寒，征鸿渺断暮云天。家园故国齐抛去，一曲琵琶形影单。

三万路，汉胡间。别时容易见时难。怜君好比孤鸾去，水远山长难与牵。

Y

雅梅

本名贺彩红，1967年生，甘肃平凉人，个体经营者。曾任“中华风雅颂北京诗词”首席版主，现任“墨梦幽歌文学论坛”首席版主，江山文学网、文润心音论坛诗歌部长。善于诗词写作，作品风格凄美、婉约，文笔细腻，感情丰富！喜欢借景抒情，常用自然之景来诉说心灵感受。曾获得《中华文艺》第三届全球华人邀请赛特等奖和一等奖。诗作入选《墨梦幽歌荟萃》《第二届中国百诗百联大赛参赛作品精选》《当代才子才女作品选》等诗词集。

人约黄昏后

云推日落一霞收，应约河边忆旧游。
水隐鱼穿花叶底，风邀月上柳梢头。
滔滔眷语如春意，点点痴心似暖流。
相拥缠绵情几许，不知夜色已深幽。

太阳雨

暑气难消闷自萦，突然乱雨伴雷鸣。
河塘溅起珍珠落，檐上飞流瀑布生。
远望南山霞夕照，近听柳岸水湍声。
人间世事如天变，也有风云也有晴。

鹧鸪天

雨后荷塘一首词，蜻蜓尖上醉迷时。莺啼芳树传消息，燕拂香风送邈思。

情切切，意痴痴，一帘幽梦有谁知。那堪虚度年华去，闲抱琵琶唱旧诗。

鹊桥仙·七夕

抬头明月，回眸清泪，今夕重逢愁忍。几多恩爱竟无言，执手处、繁星悄隐。

叮咛嘱托，缠绵抚慰，转瞬分离将近。心中不舍恨晨钟，鹊桥上、情思未尽。

望海潮

身浮云梦，轻歌欢笑，随吟妙趣成章。迁客丽人，珠玑妙句，境新气势高昂。太白咏豪强，易安词婉约。自古传扬。曲里含情，淡雅脱俗不寻常。

江南梦里诗乡，就兰亭一序，雅韵流觞。临水亦忧，观花则乐，沉迷绿柳红妆。秋染菊花黄，枫叶知其意，醉卧斜阳。扑朔迷离莫问，唯有墨添香。

雅香居士

本名曾明江。男，1971年生，四川成都新都人。自幼喜好文学，有作品入选《中国当代诗坛新星》《黄河文学》《文海听涛》《九州诗苑》《文学与艺术》等媒体。

寄语：愿以文会友，广结良缘。

悟禅

禅茶清音世事休，问尔能有几多愁。
逍遥湖里驾轻舟，瑶池天仙伴君游。

怀想李清照

昨夜梦游古宋朝，邂逅才女李清照。柳眉轻描，长袖飘飘。才气纵横比天高。

今朝梦醒忆还绕，独望西窗人已消。红尘情忠，半生飘摇。千秋岁月词不老。

题上海格律诗社成立

百花齐放春意俏，黄浦江头谱离骚。
自古吴越多才俊，唐宋古韵颂今朝。

2016年5月1日贺格律诗社成立于成都

端午节说

龙舟粽子艾草横，离骚千古直臣恨。
伍胥曹娥皆有传，端午驱魔需健身。

咏荷（组诗）

（一）

冬藏春孕淤泥间，夏雨惊莲始梦还。
晨露夕照羞粉面，一只蜻蜓立唇尖。

（二）

清风微露湿翠莲，粉荷映日别样鲜。
为得莲藕节节长，花谢枝枯秋意然。

（三）

接天莲叶无穷碧，清风摇荷蜻蜓立。
蓑翁鱼鹭钓湖西，仙姑抚琴秋声急。

（四）

自在观音独坐禅，夏露柳枝彩云间。
世风只识荷高洁，一池秋雨一池莲。

闫宝林

网名醉斜阳、漠北鸥。工作于内蒙古通辽市科左中旗工商局。中国毛泽东诗词研究会会员，内蒙古作协会员，中华诗词协会会员，内蒙古诗词学会会员，通辽诗词学会理事，科左中旗诗词学会常务副会长。《科尔沁诗苑》《达尔罕诗词》主编。诗词作品散见于《内蒙古日报》《中华诗词》《诗词月刊》《上海诗词》《内蒙古诗词》等报刊。有作品入选《第五届华夏诗词获奖作品集》《当代中华诗词精选》等。

七绝·草原（新韵）

碧野无垠接远天，顽童纵马不需鞭。
山花浪里飞出笑，云底牛羊变幻间。

七绝·牧归（新韵）

鞭赶夕阳喜鹊追，蹄声四起笑声飞。

牛羊吆喝知多少，只比繁星少一堆。

七绝·过嘉兴(新韵)

星星火种起南湖，民瘼倾心共与除。
终叫山河红一片，那灯那橹岂能无。

闫冰

女，内蒙赤峰市敖汉旗人。中华诗词学会会员，中华辞赋联合会理事，冰雪诗苑社长。

七绝·牧归

柳近清明绿几枝，风吹阔野牧云迟。
一鞭甩起天边月，扯片红霞好入诗。

七律·草原夏夜

霞归碧野梦临窗，篝火熊熊映脸庞。
座座毡包披月色，弯弯淖尔汇清江。
飞歌远唱原生态，呼麦新传边塞腔。
一骑云中轻踏露，人邀马背影成双。

七律·等待

凭高极目远山横，坐倚村桥冷气迎。
袭背风凉临水起，盈眸霜冽感时生。
细寻过客音容熟，忍看归林鸟翼轻。
最是年关持节至，心头不尽盼儿情。

七律·春雨

浸得山川复染衣，春风过岭雪痕稀。
窗前纱细频萦耳，陌上烟迷重剪帏。
切切三千梭锦织，嘈嘈十二竹弦飞。
沾花问柳欣然醉，一捧泥香沃土肥。

水调歌头·乌兰布统草原

千里碧如染，一望纵无边。春来风织绿毯，和梦种斑斓。醉在茫茫阔野，醉在烦忧抛尽，醉在似神仙。雨洗蓝天净，堆雪卧云端。

闲挥鞭，轻策马，啸山巅。忘情忘我，笑荡忘我忘情间。沙地云杉茂密，白桦林中秀美，霞彩绣层峦。空气澄明处，一步一留连。

水调歌头·漠南寻春

一望尘烟渺，万里塞云寒，黄沙漫尽何处，试马啸山巅，待那北归鸿雁，识我冰心应是，冷月瘦天边。长调悠扬起，吟遍漠南湾。

踏雪谷，纵荒岭，过平原。寻芳依旧，蹄碎轻浅忆流年。敢借鞭轮落日，共看群峰醉染，几抹透娇颜。不到春风里，未肯解雕鞍。

西江月·路灯下独步感怀

不向千山觅迹，懒从万里寻芳。三春秀色已胸装，是是非非皆忘。

淡看人间冷暖，休言尘世沧桑。亦行亦看亦思量，无欲心明眼亮。

西江月·雨夜

十二楼台雨色，三千碧野丛林。几番梦醒涤尘襟，掺和夜风吹尽。

醉我非情非酒，邀谁犹赋犹吟。盈笺小字一壶斟，枕着新诗共寝。

七律·登泰山十八盘

天门长啸御金鞭，拔地冲霄一线牵。
堑壑时浮通万里，云梯倒挂越千年。
飞龙岩顶层崖立，翔凤岭中径隙悬。
雾境方知尘俗远，风催玉带复参禅。

(注：金鞭：在泰山一带，曾流传着一句“上山不上山，先拜王灵官”的俗语。王灵官是泰山神——碧霞元君——身边的一名武将，手持一条火雷金鞭。据说南天门下十八盘通道，就是他一鞭抽出来的。)

七律·咏伞

未雨绸缪法象寻，烟波西子问晴阴。
常分羽翼撑千骨，时有花枝聚一心。
收放自如时势度，开张有节太玄临。
断桥之处姻缘在，佳话年年说到今。

七律·昭君出塞

明妃泪洒汉宫天，去路迢迢赴塞边。
纵马黄沙三万里，飞弦别曲两千年。
琵琶锁怨凄云冷，胡漠和亲月色娟。
翘楚芳菲何处觅，空留孤冢枕清泉。

临江仙·醉在草原

白色珍珠一串，绿茵草地三千。蓝天云朵落河滩。牧歌听不尽，时有几声鞭。

铁骑雄风岁月，胡笳大漠坤乾。悠悠归入此清湾。霞涂原上彩，袅袅见炊烟。

水调歌头·天堂草原

风驰千里碧，霞抹一层金。长河如练，悠悠弯作马头琴。嵌入绿盘弹奏，石上飞珠溅玉，天籁好声音。呼麦沧桑远，长调醉堪寻。

炊烟袅，白桦染，秀石林。响鞭清脆，天边赶牧共云深。时有毡房座座，恰似珍珠乱点，率意本无心。篝火共明月，相照到如今。

闫承玫

女，汉族，1932年生，山东鱼台县人，中共党员，退休干部。滕州市诗词学会常务理事，枣庄市诗词学会会员。作品收入《二十世纪中华人辞典》《中国诗词大全》等并获奖。著有《闫承玫诗书画选集》。

五律·中国梦

中国梦成真，神州万象春。
蓝图开画卷，科技上星辰。
岁岁民康泰，年年国鼎新。
和谐团结好，生活赛天神。

七律·春情

春神播绿千山秀，习习东风袅淡烟。
碧水一溪流荡漾，红花几树斗娇妍。
呢喃乳燕穿新柳，嘹唳归鸿过远天。
墨客挥毫飞艺彩，骚人敲韵醉陶然。

七律·咏牡丹

缤纷五彩羽霓裳，绝代风流冠盛唐。
倩影临风风欲醉，娇颜凝露露含香。
蝶蜂圃内穿梭舞，宾客亭前拍照忙。
今古诗人齐赞咏，牡丹不愧万花王。

七律·咏荷花

万绿丛中缀丽葩，天公织锦玉无瑕。
芙蓉出水摇姿影，翠盖滚珠迎彩霞。
脉脉含情心善美，彬彬有礼品优嘉。
此花可谓真君子，骚客赋诗齐赞夸。

七律·红梅

冷艳枝头万点红，迎春化蝶舞长空。
霜欺雪压色仍秀，雨虐寒侵香不穷。
月下疏枝摇倩影，窗前铁骨展雄风。
只因嫁给林和靖，佳话传流九域中。

七律·金秋

西风驱暑气清凉，澄澈溪河柳泛黄。
板栗金丸撑腹破，石榴玛瑙笑唇张。
菊花五彩芳容美，丹桂九秋多子香。
国庆良辰宜访胜，寻幽吊古好时光。

凤凰台上忆吹箫·赞时代楷模——朱彦夫

尊敬英雄，众人皆晓，彦夫名字高天。脚手全无有，一眼昏旋。奇迹辉煌灿烂，心地阔，海纳百川。崇高志，身残气壮，伟业昂然。

难难，催人泪下，生命写诗歌，锦绣篇篇。大爱为民富，群众开颜。中国精神呈现，人榜样，旗帜明鲜。光辉照，全消四风，大树英贤。

沁园春·滕州颂

古邑滕州，地杰人灵，文化久传。望龙山秀丽，红荷湿地，花香景艳，鱼米粮川。荆水长流，龙泉塔影，厅馆文物瞻圣贤。民康泰，创和谐社会，灿烂明天。

十年巨变欣然，恃开放春风年胜年。瞧高楼林立，壮观奇异，宽广马路，环绕贯连。双铁双高，建新车站，绿化全城锦绣园。滕州美，看繁荣盛景，再绘华篇。

严国璋

湖南省华容县人，退休干部。中华诗词学会会员，华容县诗协理事。

苏州行感赋

（一）

琼楼玉阁绕池圹，绿竹深林花鸟藏。
似入天堂人恍惚，神州令我爱心狂。

（二）

五湖滟潋伴孤苏，吴越春秋壮古都。
历史名区文化殿，近年又合富春图。

春游桂林

山如淡墨水如兰，触目生津似美餐。
全面小康新世纪，会将故里共婵娟。

南岳颂

山若群拢势欲飞，自然风景楚天魁。
丛林碧翠茫沧海，众寺银灰白玉堆，
香客参神图吉利，游人览胜旷心扉。
洞庭远视怡胸境，四水三湘入画来。

无知者的感伤

屡劝保健婉言推，不信壮年有病摧。
牌歇三天心发痒，烟熏半甲齿如煤。
粗蔬淡饭浓眉缩，鼓肚中风蛮劲衰。
不惑之年成拐李，伤心残疾泪沾腮。

吟老妻

（一）

昔在农村勤理家，常临田垄整沟洼。
挥锄亮臂惊原野，信是天空落“女娲”。

（二）

卅载出工劳暑寒，损伤筋骨背驼弯。
秋霜染鬓生奇彩，恰似梨花雨后残。

寄语

惊风拂面白丝飞，举步欲前腰膝违。
昔日怜人肌肤皱，今朝见已鬓毛衰。
愧无春夏繁花里，幸有秋冬暖曝晖。
寄语后生知季节，阳春不误嫩苗栽。

严振援

1951年出生于陶都宜兴，1967年初中毕业后在家务农，后开山采石，做过木匠，卖过早点，经营过小超市。虽忙于生计，因酷爱诗词，一直研习并创作。有作品在各类诗词比赛活动中获一等奖、金奖。

五律·东方明珠

东方光耀塔，日夜亮明珠。
透瓣千层路，观廊万里途。
攀登空海阔，跨越远长图。
车马春秋鉴，时间面貌殊。

百乐门

沉浮思岁月，桑海喜惊魂。
一室齐欢舞，同歌百乐门。
灯光明暗乱，姿色往来昏。
移步凌云阁，仙游寄足村。

七律·世博园

世博园区异国楼，精美叠翠数风流。
东方之最红天地，多处应知碧海州。

展现舞台歌赞久，奉呈艺馆颂扬留。
凌空飞蝶风云界，屹立华都一叶浮。

七律·豫园

廊卧双狮守境前，叠山万石崚峰迁。
亭亭玉立人腰瘦，卷雨蒙蒙曲槛泉。
翠竹临楼观独舫，红墙隔水看鱼千。
风来得月荷池夜，抱厦听涛伴鹤仙。

七律·佘山国家森林公园

云开十二九芙蓉，雾锁三千万竹松。
跨级岩梯亭远望，骑龙石径近看峰。
眉公垂钓金书集，飞挂银泉谷口溶。
百鸟山图林茂客，木鱼脊壁一声重。

七绝·上海外滩

十里洋场内外闻，国多博览壮观群。
东方世贸精美聚，沪上金融历代勋。

点绛唇·陆家嘴中心绿地

蓬帐银螺，日光碧草葱阴地。雪松云际。点缀红枫丽。

飞舞高泉，龙聚青天闭。花篱艺。伴怀春意。平水湖台戏。

桃源忆故人·方塔园

英姿袅落方长瘦，级塔松江清秀。翠竹浮云裙扣，卧影瑶姑候。

精雕壁照图形久，非兽似龙亡口。古石望仙桥守，楠木游廊诱。

严忠良

祖籍安徽来安，1955年生于河南许昌。曾求学、入伍、做工，现已退休。有新闻、散文、小说、诗词、曲联、辞赋在各类报刊发表。著有《文汇集》《文学作品集》等作品。

五律·题寒舍小照

陋室东山里，春秋竹菊俦。
炎凉添酒趣，宠辱卸身愁。
击剑双星会，狂歌半百楼。
斯时何快意，谈笑见风流。

五律·与妻儿游白鹭岛口占

同行非切切，共识是真真。
白鹭飞天阁，多情问夜春。
清流明本性，独影索风神。
借酒添花韵，倾心伴爱人。

五律·再步《野马》玉韵悼钱明锵、姚平二老

国粹同扬帜，唯看特色何。
东西开大道，南北誉长河。
立雪追风少，温良化雨多。
行空今古震，更有后来歌。

七律·路铭

迷濛细雨伴涛声，变幻沧桑探路程。
心迹双清扬正义，事源一理辨真情。
观松品竹花臻放，跃马师牛凤和鸣。
觅索千回还旧愿，留存百世铸今生。

七律·写月

近闻桂馥远听松，荣辱悲欢是旧踪。
半柜藏书三尺剑，一湾流水数声钟。
云遮雾散风吹帽，晦去烟消雨洗容。
卷起深层情海浪，光盈众岳更高峰。

七律·学诗

道路平凡步适宜，成名梦境识传奇。
风骚有是风尘戏，世面只当世子棋。
厚爱难忘初恋处，深情更寄并行时。
从来不悟他人句，敢问何来自己诗。

虞美人·写“莫愁女”塑像

沧桑岁月留园渚，独立俦荷女。空空两眼

泪无垂，看透人间多少恨和悲。

冰心瘦骨为何在，喜得新风彩。深情既有莫愁求，更有钟山豪壮大江流。

沁园春·赠君

斗转星移，又见晨曦，未了索词。念画眉深浅，蓝桥赴会；飞鸿远近，红叶题诗。何喜何悲，可歌可泣，往事千年演义奇。相思送，借微风细雨，淡月清池。

人和地利天时，喜相遇青梅竹马骑。乞赶钟追鼓，才能各尽；同音共律，家国双司。兰桂腾芳，光华映壁，玉树修身学有师。纵横处，是平生遂愿，大爱超痴。

颜景泉

字清溪，号乡里人。男，汉族，1954年生，滕州市人。中共党员，政工师，退休干部。中华诗词学会会员，广西柳州市诗词协会会员，滕州市诗词学会副会长。诗词作品百余首(阕)散见于全国各大报刊。

五律·微湖晚霁

日下湖天外，荷红碧浪间。
清波流韵细，白鹭拥霞还。
雨洗青山秀，云浮翠苇闲。
归舟过芦荡，夕阳映微山。

七绝·惜花

林园深处觅花红，深惜残香泥土中。
应是桃花贪结子，请君莫怪五更风。

七绝·曙光

两岸交流渐有为，通航贾贸乐舒眉。
双赢互惠同昌盛，缺月重圆会有时。

七绝·登金山岭长城

金山岭上望长城，缕缕云霞万里平。
阵阵鸟鸣云海外，凄啼疑是孟姜声。

七绝·谒杜甫草堂

拜谒草堂情顿生，耳边又起《述怀》声。
春随碧草千年茂，人与梅花一样清。

七律·重阳探秋

岁岁重阳今又逢，携同老友探秋容。
黄花雨润如云淡，红叶霜侵似火浓。
水阔微湖帆影动，霞烘浩宇雁行从。
登峰景仰苍松貌，相伴闲云觅鹤踪。

七律·社燕寻家

社燕归旋寻旧家，雕楼画阁映朝霞。
红荷湿地飞银鹤，绿岸山田采碧茶。
户户门庭别旧貌，家家院落有新车。
巡飞善国千百度，不见茅檐见阁牙。

水调歌头·游黄河山东至河南段

漫步大河岸，画面叹奇观。波涛远上银汉，天水出云端。万舢争流竞渡，飞越藏礁天堑，击浪似蹁跹。日暮晚霞艳，舟在彩云间。

水潺潺，风暖暖，梦连连。春潮涌动，黄河流域换新颜。片片封沙林带，道道悬渠水坝，疏浚灌耕田。昔日风沙地，处处百花妍。

燕敦贞

女，1934年生，江苏省沛县人，毕业于峄县师范，退休教师。滕州市诗词学会会员。

五绝·晨练

广场晨光照，花香润鸟音。
妪翁勤锻炼，拳舞健身心。

七绝·游凤鸣湖公园

(一)

千红万紫百姿俏，季季年年月月妍。
日丽风和香沁肺，游人沉醉遇花仙。

(二)

远眺轻烟迷漫天，近观飞絮舞蹁跹。
春风鸟语游人醉，疑是雪姑游乐园。

七绝·刘村观梨花

梨乡花海暗流香，空气清新兴欲狂。
万亩梨园银世界，只疑雪域白茫茫。

七律·滕州新面貌

革旧鼎新三十年，迎来善国换新天。
千年典雅生机旺，百业兴隆容貌妍。
大厦高楼通富路，花红柳绿衬清泉。
未来美景人翘首，善国兴隆挥祖鞭。

七律·游凤鸣湖

凤鸣湖畔草芊芊，亭榭长廊曲径连。
流水红桥弹韵雅，艺雕龙凤造型鲜。
鱼游荡碎浮云影，蛙跃催摇并蒂莲。
画舫穿梭传笑语，风光秀丽乐陶然。

七律·春游

阳春三月风光好，观景寻芳气象新。
溪唱苗柔温拂面，欢声笑语戏嬉频。
染金油菜招蜂蝶，吐蕊桃梨迎贵宾。
景醉游人不思返，神怡心旷似仙人。

七律·春日观光

阳春穷目花团簇，沃野无边叠翠微。
李白含苞迎旭日，桃红怒放映春晖。
衔泥紫燕穿街过，闹蕊游蜂绕树飞。
荡漾碧波金鲤跃，岸边杨柳万丝挥。

燕为炳

怀念贺龙元帅

湘鄂川黔一片红，雷霆万里起雄风。
千山踏破旌旗舞，顽敌屡歼建大功。

春

正月风光称妙绝，樱花秀美亦天然。
真山实景怡情性，佳树琼枝淡俗缘。
携手跳墩游客醉，泛舟碧水灌心恬。
依依回首流连处，斜照园林缩鸟欢。

伊笑而过

女，生于1978年，毕业于安徽师范大学，中学一级教师。出身教师世家，幼承家学。作品曾在《北方诗刊》《寰球诗声》《四海唐音》《中华诗赋》《中国梦》《皖风》《中学生作文指导报》等多家书刊发表。全球汉诗总会会员，中华诗词学会会员，安徽省诗词学会会员，安徽分会常务理事，《皖风》副主编，中华诗赋网“百家点评”版主，《中华诗赋》杂志编委。

七绝·愧诗

咏物千章未表心，空敲诗韵到如今。
半生难得青莲句，愧对先贤愧自身。

五律·秋日乡思

深秋好景天，由是忆从前。
屋后嫌瓜小，溪边钓月圆。
痴怀思旧事，独立望长烟。
十载何曾去，乡音赖耳传。

七律·登赭山览镜湖归来有感韵和刘梦芙先生、郑海藏先生、张铁钊会长

赭山滴翠映轩亭，一壁高林万叶青。
徒步九华聆慧语，轻依梓树嗅花腥。
临湖咏罢蛾眉月，入座结成五柳盟。
当喜紫兰南北聚，诗心犹自向鸿冥。

鹧鸪天·回廊燕去

雨润枫红又一秋，别时燕子诉温柔。盘旋廊下心无定，辗转台前泪满忧。

悲聚散，恨分留，南来北去尽关愁。凄凄不忍还相望，望到西山月满楼。

浪淘沙·国庆抒怀

旭日照金銮，紫气盈天。长街列阵史空前。又是一年国庆日，四海同欢。

主霸万民安，内外锄奸。虎狼震去起高贤。文治武功牵社稷，无愧轩辕。

醉花阴·重阳与老公打羽毛球(步李清照韵)

菊放重阳浓似酒，相约篱边又。进退也馨香，一羽翻飞，显尽玲珑手。

挥拍岂为姿身瘦，节里风情构。球落笑声扬，云影轻移，不觉黄昏后。

夏日燕黉堂·忆汕头幸会张铁钊老师

觅诗香。伴一鹏翅展，万朵云翔。三角茉莉，汇四海芬芳。识君已久如今见，隔红绸、握手华堂。更会厅高节，梅园雅意，弄盏倾觞。

昔日怎能忘？曾点睛陋作，寄语辉煌。频相关照，任诸事繁忙。虚怀总把纤丝吐，做人梯，国粹名扬。且纵横思绪，天涯望处，月挂南窗。

沁园春·俯仰乾坤大道筹

自古神州，代代追寻，从未梦休。忆飞天夙愿，敦煌早叙；驼铃仙乐，盛世初谋。厚德存仁，唐开万里，俯仰乾坤大道筹。江山秀，叹物丰地阔，谁惠谁蹂？

嗟乎狮睡蒙羞，引无数豺狼罪恶眸。恸百年沉辱，血腥飞溅；三山重压，泪水横流。业诞南湖，云帆直挂，下海登峰万世讴。又一代，看习风送暖，圆梦宏猷。

阳运利

1941年生，广西永福县三皇乡人，高中文化，农民，酷爱诗词楹联。曾在全国十多家报刊上发表诗词作品。

赏月

（一）

周而复始不偷闲，圆缺皆由日影偏。
自笑无能羞面世，借来光彩散人间。

（二）

毕竟高寒客到疏，宫前宫后任荒芜。
玄乎最是吴刚酒，惹得凡尘望眼枯。

咏物诗一束

钓竿

无珠终未识钩弯，辘辘饥肠误上缳。
生死竿头悬一线，归来长铗不须弹。

磨石

择邻相处水池边，卧看星辰仰面天。
闻道将军行斩令，一刀杀出太平年。

斋岩兄弟

弟名土改我岩生，血气方刚各请缨。
革故鼎新凭国手，久安长治系民魂。
无功济世碑难树，有命还家品尚存。
记得包衣牵挂处，同来斋拜倍思亲。

扫墓追怀

金世室明照大千，灿荣及弟号东轩。
黉门光大传家久，御匾年长化土烟。
古道斜阳花骨瘦，春山雨过树冠圆。
来孙不肖空追远，愧对高僧写汗篇。

读“婆媳游岩”得句

媳牵婆手两情浓，步调和谐涉远峰。
花径油然尘世外，游魂潇洒锦围中。
清泉润口冰心结，古洞叨光粉面红。
四壁叮咚传雅韵，客来先打闹堂钟。

杨斌

笔名卧龙居士。男，1971 年生，四川广元苍溪县人。中国诗歌网会员，四川诗人会员，凤鸣诗刊会员，谷风诗社会员，北美蝶恋花诗社会员，江南城市文学会员，腾飞文学会员。现任《腾飞文学》古韵主编。部分作品入选四川频道好诗每日“必读栏目”及《诗选刊》等，多首诗歌被收录《中华文艺诗词名家》（第二卷）。获“中华文艺诗词名家”称号，荣登中华文艺名人榜。在中国诗歌网创办中国唐人诗社和世界唐人诗词协会。

七律·祝贺上海格律诗社成立

浦江日月共潮新，格律居家在水滨。
沙畔汀洲诗若海，文山书社柳如茵。
艺林云起千秋色，词苑花开万树春。
盛世中华催我辈，风骚还看后来人！

登紫金塔楼

我自登临紫塔楼，今朝已忘万般愁。
白云滚滚乘风去，碧水滔滔顺海流。
小径人家连细草，烟花翠柳映沙洲。
青山浩荡无穷尽，古寨茫茫不到头！

九寨沟

苍穹浩荡放光芒，万物苏醒向太阳。
百草萋萋风送暖，千沟壑壑鸟飞翔。
花开垄岸青芽短，树隐深山绿水长。
处处芬芳人不绝，无边美景胜天堂！

醉天涯

断云迟暮染芳华，残日昏酊舞彩霞。
滚水涛涛腾壁海，飞烟莽莽卷风沙。
摇船举臂拍急浪，俯首抽刀斩落花。
苦啸擎空相对饮，千杯万盏醉天涯！

暴雨

狂风四起扫千楼，万丈愁云雨未休。
夜色茫茫成瀚海，山川处处卷急流。
雷声震地难绝耳，迷雾遮天不到头。
恶水横行八百里，城淹木断下沧州！

千里回乡

千里驱车下翼州，穿山越岭过沙丘。
刚经渤海波涛去，又见黄河滚水流。
万亩良田抛后面，两边秀色到前头。
朝迎旭日东方起，夜抵家乡翠满楼！

子夜独醒

子夜空庭看彩萤，清风羞涩雨初停。
单行篱下人随月，孤饮窗前酒出瓶。
碧草巫山多茂盛，亲朋旧友半凋零。
镜中愁叹红颜老，花叶皆眠我独醒！

放马草原

长河放牧水生烟，烈日当空照远山。
碧野迷茫连大地，流霞翻滚向云端。
雄鹰展翅苍穹上，骏马奋蹄草莽间。
纵横飞驰三万里，轻风随我到天边！

杨昌清

男，1947 年生，湖北省仙桃市人，曾任职于空军某部、湖北省荆州市劳动人事局、发改委。中国楹联学会会员，湖北省楹联学会会员，荆州市诗联学会会员，楚风诗联社会员。

七律·南门外赏樱花

又到樱花怒放时，人潮如织步难移。
去年一别唯嫌早，今月三看犹恐迟。

千树红云羞粉靥，满江绿水映芳姿。
忽然天降清明雨，不忍琼英乱入池。

七律·洞庭秋

一夜秋风草木熏，洞庭荷雨带香闻。
丹霞翻叶窥林薄，隔岸扬荻听雪纷。
波撼常惊芙国月，雁飞高贴楚天云。
君山多少凝斑竹，都是湘妃泪血纹。

醉花阴·忆旧游

明月荷塘消息透，香袭佳人袖。湖上荡轻舟，醉了情投，醉了秦淮柳。

金陵山水还依旧，常忆牵酥手。更半世相思，千里寻卿，百问君知否？

卜算子·惜春

明月照疏桐，梦里留花共。还是当年那意浓，怎不春心动。

正在与君欢，震耳惊雷送。雨打闲窗惜落红，一别相思重。

鹧鸪天·踏青

鹊唱枝头春意浓，踏青游客兴冲冲。三湖水暖烟波绿，两岸花香桃杏红。

天浩浩，地融融，燕穿翠柳戏东风。年年春色花依旧，只有年年人不同。

七律·春游长湖

谁理云机织锦煌，隔河十里已闻香。
流莺追梦清歌脆，巧燕梳妆照水忙。
芳草烂花都满径，斜风细雨正盈江。
莫道夕阳桑榆晚，古稀也学少年狂。

满庭芳·咏荷花

杨柳翻新，石桥笼翠，别样临水风光。碧霞深处，谁在舞霓裳。惹得嫦娥怨妒，忙舒袖，来比红妆。宫墙外，风翻翠盖，惊起睡鸳鸯。

幽香。浮曲岸，珠生楚渚，玉洒潇湘。忆攀摘佳人，靥落芳塘，只为相思有许，心里苦，根底丝长。听秋雨，红颜退尽，独爱者周郎。

七律·月夜听箫

是谁月夜又吹箫，一曲敖包魂已销。
牵手花前香阵阵，依肩伞下影摇摇。
闲来柳岸林中路，常去芙塘亭上桥。
梦里相思能几许，恰如江水复朝朝。

杨朝然

中华诗词学会会员，洛阳市作家协会会员，郑州小小说文化传媒有限公司签约作家。有诗歌、小说作品散见于《河南日报》《山西文学》《百花园·中外读点》《微型小说月报·创》《天池》《小小说大世界》《辽河》《幽默讽刺·精短小说》《中华诗词》《中国诗词月刊》《中华辞赋》《神州辞赋》等多种报刊，部分作品被《小小说选刊》《微型小说选刊》《读者·乡土人文版》《当代中华诗词库》《小小说文库》等选用并获全国各类赛事奖项。

七律·长征

硝烟峰火忆当年，涉水翻山不怕难。
万里长征传火种，满腔碧血荐轩辕。
英魂不灭山河壮，浩气犹存热浪翻。
一座丰碑铭史册，总教我辈忆先贤。

杨传岱

男，汉族，1933年生，山东滕州市人，滕州市第四中学退休教师。中华诗词学会会员，滕州诗词协会常务理事。

七绝·红荷湿地夜景

嫦娥今晚笑相逢，湿地红荷影几重。
云影天光成画稿，烟霞浸染溢香浓。

七绝·闻笛

车水马龙接踵过，轻歌流韵尽逍遥。
农村笛奏丰收曲，悦耳悠扬催梦谣。

七绝·端午颂屈原

（一）

以掩涕兮哀世艰，兴邦壮志意拳拳。
谗臣当道填膺愤，求索坚贞频问天。

（二）

浩气风骚悬日月，千秋灿烂耀山川。
屈子忠魂今应在，龙舟角黍祭前贤。

暮秋

蓝天红日白云飘，暑气暮秋犹未消。
静夜清风徐拂面，小庭明月净心潮。

春晨

紫燕临风舞早春，放飞蜂蝶逐花亲。
生机一片山河秀，色艳光鲜气象新。

咏莲遐想

周子爱莲曾有说，吾侪观后意若何？
千秋景仰莲花德，君子高风发浩歌。

七律·霞映微山湖

田田翠盖郁葱葱，旭日烟波映彩虹。
香气随风溶细浪，轻舟打桨弄青蓬。
蛙鸣鸟语合奏乐，霞影波光入画工。
似进龙宫望蜃气，如痴如梦意朦胧。

杨桂香

使命是归途

悲壮人生路，沧桑浮楚州。
江天名节度，使命是归途。

杨桂秀

登华山

八十老翁登险峰，爬坡下坎仍从容。
英雄论剑碑留影，天道酬勤立大功。

庆国庆

各族人民万众齐，南疆北塞升国旗。
五湖四海欢歌舞，国运昌隆永固基。

杨海信

在《中华诗教》《诗词世界》《香港诗词》《语文世界》《中华诗词》《陕西诗词》等刊物发表诗词近400首并获奖9次。

画竹

清风弄倩影，玉立向青天。
本意透高洁，一枝最自然。

新竹

一枝一叶报新春，万绪千头出俗尘。
雷电风雪情更劲，虚心傲骨见精神。

临江仙·对竹

嫩笋尖尖春雨后，引来柳绿花红。生机勃发向苍穹，浮云遮不住，品节更清明。

静坐窗前仔细看，举杯情有独钟。超凡脱俗意葱茏，横笛吹远志，自在笑平生。

星期天郊外畅游

山头日出春光满，小路逶迤入画屏。
艳艳菜花迷粉蝶，依依垂柳绕黄莺。
两弯河水润芳草，一道长桥落彩虹。
更向桃林深处走，尽随陶令醉清风。

望江南·秋夜寄怀

门前菊，渐渐透清香。云淡星寒风凄切，露浓花重月苍茫。长坐望家乡。

窗外竹，瑟瑟诉衷肠。昂首虚心留正气，清高自在傲风霜。夜半独彷徨。

青玉案·春日郊游

呼朋唤友出门去，笑容满，路边树。日丽风和随意去。天高云淡，莺歌燕语，美景谁相续？

悬崖绝壁惊回顾，清水游鱼惹人妒。曲径通幽蜂蝶舞。流连往返，春光无限难对斜阳暮。

杨楚坚

赞摆手舞

素装非不丽，鼓点动心弦。
起舞尊天地，欢歌祭祖先。
身姿传万绪，手势寓千言。
古朴原生态，三山共比肩。

古树奇珍(新声韵)

何处觅奇珍，龙山有现存。
树高十几丈，合抱六七人。
稀世猴欢喜，千年古栗神。
天人齐护祐，福泽及儿孙。

杨华君

网名羊仔。广东中山人，现居澳门。工作之余写诗学习，自得其乐！

七律·题图崖边松

悬崖绝壁自然立，碎骨粉身何许泣。
无惧山崩雨雪侵，任凭地裂风雷袭。
怡情也许岩边求，养性还须泥里吸。
莫问迁移根只深，孤心长看繁星熠。

七律·装修

豪宅旧居任我狂，天翻地覆细心量。
金雕未必人尽愿，玉砌怎知事磨长。
眩目不多精作画，眼花无几巧做墙。
完工更喜欢颜客，入伙大吉见大方。

七律·澳门光影节偶感

切夜灯光耀目生，濠江幻影亮全城，
一方娱乐招豪客，四处欢游接大亨。
古迹追踪同欣赏，世遗景点共留名。
含羞半月何须闭，且与人间齐永明。

杨慧鹏

鹧鸪天·草原游

浅草青云薄笼纱，虹横碧野阔天涯。暮垂夕照原野旷，零落牛羊闲落花。

风若曲，看绮霞。魂牵大漠观飞鸦。今宵醉卧楼兰帐，红妆歌舞悦全家。

秋夜小词

秋虫呢喃唱，苔滑徜徉。蝉鸣萤火伴秋凉。

一句短，一句长，一句无思量。风拂面，孤影芳。

如梦令·初梦

枫叶霜红未到，瓦冷秋风人好。春华忆今朝，秋实早来称道。勤劳，勤劳，妙笔全正年少。

如梦令·午后

小榭卧波浮动，疏影暗香月笼。垂柳恋浮华，句句蛙声吟诵。惊悚，惊悚，忽起鸣蝉秋梦。

卜算子·午后茶

月季花瓣红,茶绿人清爽。独坐初秋午后长,树挽风过往。

静日玉生香,雅趣惓慵享。万卷诗词眼前过,案几沉思畅。

眼儿媚·七夕

今见七夕意娉婷,初月半飘零,清风来晚,风荷细细,人去长亭。

天河浩淼迢迢觅,王母恨天宁。银簪轻落,划河为海,落月当惊。

七夕相思

浪子不知天涯远,深闺痴人叹若烟。
望夫台上久幽怨,轻抚画廊指如兰。
梦求携手诉离情,萦回千转不回还。
忍看星河应有泪,低垂眼帘任天南。

吃烧烤有感

人生有肉诗如刀,切切吃吃喝喝。倦时无语。醉看今朝闲月,满西楼,自是舞袖长空,繁华落尽雨潇潇。

渔家傲

炎炎长夏一褥署,黑云忽起雨如注。情愫清扬合卷束。雷霆驻,斜风飞燕回高树。

重观三国心有悟,伯言谋识英才具,历史何曾偏后蜀,鏖战苦,猇亭刘备不归路。

七律·太行山水

红旗玉带绕山间,到此游人似半仙。
浊水雷霆云海卷,高崖景秀瀑飞喧。
葱茏绿树山追色,缭绕薄烟水望天。
起舞翩翩浊漳畔,流连忘返不知年。

杨家鼎

男,汉族,1941 年生,江苏东台人。大专学历,中共党员,一生从教。现任江苏省东台市老干部诗书画协会副会长及其会刊《东亭晚翠》副总编,江苏省江南诗词学会会员,江苏省诗词协会会员,中华诗词学会会员。

春日三咏

春景

细雨霏霏杜宇啼,黄鹂紫燕闹郊圻。
桃花不爽东君约,柳絮已于南苑飞。
菜圃流金香气溢,麦畴涌碧褎苗肥。
云开日出景尤丽,一缕春风喜入帏。

农事

细雨霏霏杜宇啼,水乡山寨少闲时。
南畦嫩韭培新土,北垅老桑芟旧枝。
留守田翁犁沃野,居家农妇补疏篱。
春风喜谱裕民曲,免赋翻成绝妙辞。

归思

细雨霏霏杜宇啼,画桥烟柳锁长堤。
天涯游子乡思涌,梓里高堂眷念赍。
侧耳早莺鸣暖树,凝眸归燕啄春泥。
醒来尚恋残宵梦,恍至故园桃李蹊。

丙申辰月赴溱东采风有思

银翁意欲作吟翁,践约寻春兴未穷。
风栉柳绦摇浅碧,雨湔桃杪洗残红。
水云乡里锦鳞跃,芦苇丛中白羽翀。
麦菽盈眸畴野阔,甯栊弥望墅楼崇。
漫游镇域蓝图美,信步园区企业隆。
文化溱东驰远誉,诗书画韵绕长空。

(注:辰月,农历三月的古称。)

梦回三秦话长安

四山高耸为屏障,八水湍流润富饶。
九域枢机丝路畅,五方辐凑坦途遥。
古都饮誉三千岁,禹鼎移君十一朝。

成败兴亡非斧钺，安危治乱念渔樵。
皇陵访罢观秦俑，雁塔瞻过觅霸桥。
钟鼓楼崇期祚永，阿房宫杳叹烟消。
华清池浴杨妃媚，兵谏亭讥蒋氏哓。
话今思昔天地转，故城新貌梦妖娆。

（注：四山是指西安南屏秦岭、东迎华山、西连太白山、北接北山。八水是指西安境内有泾、渭、灞、浐、沣、滈、涝、涌等河流，故古有“四山亭亭，八水缭绕”之说。丝路即丝绸之路，古以西安为起点。五方是指东、南、西、北、中，长安自古就有“京邑所居，五方辐凑”的记述。三千岁是指公元前11世纪西周建都于此始至今，已历时三千年有余。十一朝时指西周、秦、西汉、西晋、前赵、前秦、后秦、西魏、北周、隋、唐11个王朝在此建都。）

读邢老佩琪《南窗吟草》喜赋

大道盈怀喜未央，耋翁九四倍轩昂。
身航韵海一帆远，笔吐骚丝万丈长。
从教昔曾育桃李，归林今复濯沧浪。
南窗伏案忘昏晓，吟草百章辉夕阳。

七四初度寄慨

两鬓飞霜逸兴稠，轻名淡利傲王侯。
烹茶煮酒新朋晤，听瀑观涛旧雨俦。
论古论今频美刺，乐山乐水任遨游。
老来得遂平生愿，不玷青衿度晚秋。

三沙设市感赋

陆域溟疆自有涯，从来南海属中华。
舆图有迹能为证，史实留痕可供查。
西霸东邪徒啸咤，小巫大憝枉喧哗。
三沙设市龙威振，敢射天狼戮恶鲨。

杨金库

笔名郁犁。1965年生于黑龙江延寿。中华诗词学会会员，中国楹联学会会员，黑龙江省作家协会会员，黑龙江省诗联协会会员，哈市诗联协会理事，县诗联协会主席，《延寿诗联》主编。在《中华诗词》《诗词月刊》《中华辞赋》等百余家报刊公开发表诗词楹联作品4000多首（副），入选《当代诗人词家作品汇编》等各类诗词楹联辞书百余种，荣获各类等级奖百余次。入选首批中国诗人档案，并被中国楹联学会授予“楹联之家”称号。已出版《桃园集》。

七律·有感（新韵）

双休皆把手机端，小聚缘何寂寂然？
指若弹琴眉眼笑，心犹弄浪纵横添。
粘贴快忭三冬暖，复制温馨四海传。
能否围桌杯酒叙，夜来形影会心谈。

七律·玉米（新韵）

雪润膏腴即日新，扬肥起垄点黄金。
春风拔绿青青色，夏日寻芳靡靡音。
一旦红缨飘倩影，那时绮梦入瑶琴。
纵然脱粒经酝酿，杯酒英雄谁不钦？

七律·咏成吉思汗（新韵）

幼经磨难苦飘零，记恨纷争鲁锭擎。
九野纵横无对手，八荒驰骋有骁鹰。
草原红日从斯起，漠北蓝天自此明。
可见强军丰羽翼，阴风苦雨敢扬旌。

七律·江南忆（新韵）

江南旧梦晤茶楼，又见归人系小舟。
欸乃声声歌两岸，呢喃怯怯诧双眸。
天光水意开心画，巷迹台痕望眼收。
醒醉依稀还左右，此时犹忆月如钩。

七律·春景（新韵）

一犁云淡雨初晴，弄影衔泥燕卖萌。
柳细园香格外爽，风柔浪静那般宁。
苍翁垂钓蓝天梦，老妪倾听野草声。
如此构图还变幻，蝶儿不忍眼前争。

七律·张志和（新韵）

西塞山前问子同，鳜鱼烹煮是清蒸？

香花语鸟涟漪浅，细雨斜风杨柳青。
幸有渔樵身边坐，已无箬笠太湖行。
扁舟远去余音袅，谁复垂纶醉柳莺？

七律·薛涛(新韵)

何故吟诗傍草堂，彩笺无意泄春光。
垂髫善咏独惊艳，清客含春众举觞。
倚笑楼中情不暖，浣花溪上水犹凉。
校书不以沉鱼贵，万里桥头道士妆。

七律·纪念束星北教授逝世 33 周年(新韵)

生就天才敢较真，欧洲游历始绝伦。
也知征战能流血，不悔青春辗作尘。
遗愿未成终憾事，灵魂尚在是精神。
至今犹忆束星北，不讳直言亦害身！

余弦淙淙

本名王英。出生于浙江海宁，现居浙江桐乡，70 后。

创作感悟：朝夕与钱塘北岸枕水江南相伴，日子清清浅浅无长短，人间柔柔暖暖有晴天。自小醉情于王国维《人间词话》的意境，神游于金庸大侠笔下的侠义人生，愿以拙笔轻描江南锦绣胜景，以诗行细数人间侠骨柔肠。

旗袍咏

江南一枕琉璃梦，碧水游云恰又逢。
浅试窄裙羞软玉，微摇团扇逸惊鸿。
烟姿楚楚轻如絮，雨态盈盈俏胜虹。
锦绣流年荷事绚，沉香暗送过池风。

七绝·古桐吟

经得千年玉露风，碧阴应识老犹葱。
一从尘障清声渺，燕雀翩飞凤羽空。

七绝·夕游凤凰湖

清波百顷碧澜生，一道残阳半片城。
彩凤归来身浴火，祥云追去戏风筝。

五绝·醉花雨

酥风撩碎发，细雨醉柴扉。
新柳临湖鉴，残红泣泪飞。

清平乐·桂花

金枝玉露，圆月倾心处。梦里蟾宫攀桂树，夜送幽香几度。

云逝雨寂谁偕，苔痕依旧满阶。独见伊人影瘦，黄花散落长街。

浣溪沙·桃花

一夜东风万树娇。桃花朵朵泛红潮。娉婷袅娜竞妖娆。

近水盈盈勾艳骨。横波脉脉向清涛。玉腮粉面立枝梢。

蝶恋花·烟雨寄怀

零落飞花轻送雨，暮染烟川，渺渺醺千树。谁在黄昏倚兰柱，笙箫回转梅风处。

余音缱绻何人误，情自痴狂，噬骨焚心苦。庭外梧桐夜难寤，相思独向窗边诉。

清平乐·桃花

雨歇岚晓，万树桃花笑。粉面夭夭枝头俏，浅醉薄嗔轻恼。

无意总惹风骚，怪春催艳天娇。纵有一身媚骨，难逃魂断香销。

杨金香

笔名蚊子。山东德州人，检测师。燕山文学会秘书长，诗心斋古风诗社主编，《清荷》《山花烂漫》特约副主编。部分作品在《清荷》《山花烂漫》精品汇编出版发行。著有诗集《一路遐想》并收藏于中国诗歌博物馆(后改为半岛诗歌博物馆)。

七绝·立秋感怀

雾霾重又锁津门，闷热难消汗泪吞。
有道心安自凉静，听蛙品茗探诗魂。

八达岭东北野生动物园伤人有感

不知何故怒冲冲，性命浑然未觉中。
骤降横灾成笑柄，自然规律怎由衷。

七律·七月未央

捧读诗书夜不眠，秋虫阵阵乐声传。
当年满蓄踌躇志，今日唯求得自然。
慈母亲情常记挂，良朋友谊切思牵。
人生短暂何如此，利禄功名皆在天。

七律·红军长征胜利 80 周年

长征二万旅程艰，举世闻名耀九寰。
交迫饥寒经百战，激扬斗志破千关。
纵横十省险频发，辗转两年春自还。
荡气回肠人共仰，英雄壮举史无前。

鹊桥仙·七夕

夜来秋雨，丝丝相续，不觉突生寒意。年年七夕又临期，只身影，孤灯伴慰。

天怜幽草，牵情圆梦，一段传奇伉俪。岁时鉴得共痴迷，蒙夙愿，初心不弃。

如梦令·听蛙

七月提心吊胆，处处汪洋水满。最喜是青蛙，蹦跳欢歌声远。仰脸！仰脸！欲与金蝉共染。

杨金玉

女，黑龙江省富锦人，文学爱好者。友谊诗词协会会员，扬帆诗词协会会员，海东青诗词协会会员。作品主要发表于《扬帆文学》《富锦诗词作品选》《海东青诗选》及各大网络平台。

浪淘沙·落花

一夜冷风裁，魂坠尘埃，相思未许老妆台。不愿随波追逝水，飞入君怀。

此去莫相猜，都付云垓，深情多少落成哀。待到来年繁锦处，枝上重来。

山花子·紫云岭花开

紫色流云紫色风，人间能有几回同。万簇千丛斗芳艳，美无穷。

纵使多情空别恨，他年岭上可相逢？窃缕香魂携入梦，念重重。

卜算子·春

拂岸柳新明，春水三分近。一线情丝系纸鸢，忙把东风趁。

枝动远生香，草色连天韵。雨过长亭数落红，恨也无从问。

眼儿媚·春情

堤柳纤腰舞风流，燕尾剪云愁。争颜花好，千红万紫，开满枝头。

萋萋原上怜芳草，丝雨润情柔。春深如酒，浓尝浅酌，醉里凝眸。

画堂春·惜

惜鹅黄涂柳画桥东，桃夭十里妆红。一帘烟雨杏花风，春色无穷。

遗梦天涯碧草，萋萋陌上相逢。人间难得几回浓，莫去匆匆。

卜算子·雪

零落玉街魂，幽雅清云貌。高冷枝头作絮飞，漫舞腰身妙。

沾染竹篱旁，妆点疏梅俏。待到东风送暖时，化入春怀抱。

诉衷情·梅

娇花柔蕊笑霜天，墙角数枝嫣。香盈万缕风动，沁冷雪，醉寒烟。

姿弄月，舞翩跹，步清欢。岭边栏下，老去诗章，遗梦千千。

眼儿媚·柳絮

东风吹柳絮缠绵，若雪舞花前。水边照影，堂前来去，我自悠然。

万般春事皆成梦，魂断有谁怜？同春归去，情留天地，不负华年。

杨开文

山村女教师

不画眉毛不着脂，迎晨送暮度芳时。
面呈笑靥迷人处，正是沉沉果压枝。

小妹

小妹倾情当牧官，轻吹口哨手扬鞭。
芳原场上布兵阵，要塞扎营建鸡栏。
拾蛋天天超数百，挣钱月月几千元。
知识充电求成长，夜晚深研词料篇。

杨启基

龙山县桂塘镇九年制学校礼赞

求知乐土在何方？当数龙山美桂塘。
郁郁青山凝睿气，潺潺碧水润华章。
满园桃李株株秀，三省花蕾朵朵香。
最喜黉门崇德艺，频频育出金凤凰。

杨立天

别名杨滨，笔名天虹山人，斋号遇春斋。男，汉族，1939年生，原籍吉林省乾安县。大学毕业，中共党员。自幼酷爱书法，退休后仍执着追求，不断学古创新。现为中华诗词协会、中国诗词家协会、中国诗发展委员会、中华诗词著作家协会、中国书画家协会会员；内蒙古书法家协会、中国文人书法家协会、黄庭坚书法学会会员；长江书画院、精忠书画院、北京京华兰亭书画院名誉院长，世界艺术家协会副主席；北京日月腾飞文化艺术研究中心、画圣吴道子艺术馆、翰墨书画院理事；内蒙古书画研究院院士，徐昌翰墨书画院历史和艺术顾问，江苏省书谱文化研究会常务理事，北京中联科教育研究中心、华夏京都书画艺术研究院、中国楷书鼻祖钟书画院研究员，世纪华腾北京文化艺术传播中心高级书画师。

七律·咏君子兰

凝碧复含神韵娟，绛唇蕊吐众花妍。
丽质天成明晓月，祥瑞华年富贵贤。
何事尘寰知冷热，溢香舒锦鹤听泉。
绕槛瑞气挥不去，涵咏春光新世颜。

七律·小草赞

东风嫩揉尽蛮腰，摇晃露珠香气飘。
惹动离愁非有恨，无边绿展桃之夭。
冽霜苦热催生地，冷峻秋容狂喜飙。
不问擎天寻浪漫，萋萋无悔自多娇。

七绝·牵牛花

蔓细腰揉自不凡，攀高望远惠芳妍。
顽强不屈借天励，冲破凌云闯险关。

七绝·马蹄莲

叶展虚怀花艳容，神传骨气蕊如峰。
清纯凝雅安得韵，纵然知音一片情。

七绝·芦苇抒怀

傲荡江湖展雄芳，群居共处度苍茫。
根深叶茂空灵助，溶纸绩显书画章。

七绝·咏茶

碧玉龙珠清惠烟，缕缕香气露华鲜。
满园翠绿皆芳韵，闲坐看云梦如仙。

七绝·捕鱼

清晨撒网潮白河，涟漪划舟驱渔歌。
用力提出细丝网，鲤鱼摆动泥鳅多。

七绝·夜雨

惊雷夜半幽思梦，暴雨狂风闪电鸣。
旭日霞光花卉景，华妍旷野彩云峰。

杨明灿

笔名伊皋，网名嵩阳散人。男，汉族，河南洛阳人。农民出身，乡村教师。中华诗词学会会员，中国诗词研究会理事，河南诗词学会会员，洛阳诗词学会常务理事。著有志书《鸣皋志略》、散文集《九皋红叶》、诗词集《伊滨柳笛》(上、下)和《嵩阳秋韵》等。

七律·铁血长征路

西风猎猎马萧萧，战士晓行各带刀。
冲破铁关开血道，踏平江岸架浮桥。
雪山风舞旗千面，草地军行路一条。
征程万里红星闪，滚滚黄河卷浪潮。

杨明政

网名刘柴烧。山东烟台人，记者。烟台诗词学会理事。

破阵子

人世几回春梦，山间古道流连。荒草无边遮野径，风送飞云过大川，枯藤任意缠。

何必英雄事业，任凭说我疯癫。云水之中闲举步，明月繁星一线牵，无聊且弄弦。

幽潭

群雁南飞远，幽潭影不留。
游人寻觅处，徒见水长流。

白骨

极望天涯路，苍茫白骨堆。
古今多少客，不肯把家回。

日暮

梦醒千帆远，江边暮色深。
群鸦栖古树，冷月照冰心。

烟霞洞

石洞霞光绕，群仙久未回。
山中花落寞，似盼故人来。

昆嵛山庵

草木葱茏道路穷，岩间涤荡有山风。
小溪闲向门前绕，化作珍珠戏老翁。

林下

林下苦徘徊，山花寂寞开。
春风吹几度，不见旧人来。

山村夜晚

月出幽林噪晚鸦，灯光零落野人家。
小街谁过惊黄犬，引得群鹅一阵哗。

杨培芬

思乡曲

南飞雁，难飞雁。满怀惆怅诉与谁？落花负流水。

天地遥，闲情远。风里人生笑里泪，芳迅似春归！

七律·黎明之歌

——为纪念孙中山先生诞辰150周年而作

香山翠亨出帝象，一腔热血探曙光。
疮痍满月天地昏，折戟沉沙南北暗。
驱除鞑虏废帝制，振救中华创盟党。
革命先行为民族，激励后世当自强！

西江月·贺建党95周年

七一画舫星火，千秋大业燎原。井冈山里响惊雷，八一军旗一片。

光芒四射天外，血腥风雨川险。消灭剥削露青天，复兴中华空前！

鹧鸪天·留守老人

枯树萌芽添许枝，几对鹅鸭早入池。亭亭玉女婚燕郎，惜别远乘去闹市。

天苍茫，土闲置，老人植树勤为子。来年花开馨满庭，报得春辉垂青史！

杨清云

游太平山

春暖花开二月天，妪翁览胜太平山。
下车漫步云梯上，祈祷天神佑暮年。

观洛塔石林感赋

（一）

车爬洛塔路盘旋，弯道来回几十环。
峡谷石林观胜景，山巅漫步意忘还。

（二）

云雾缭绕洛塔岩，青峰直插白云边。
石林六道门奇特，恩爱夫妻守万年。

（三）

石林处处桃源洞，无限风光不胜收。
门内迷魂神不解，武陵崛起写春秋。

（四）

峡幽谷峻林深茂，异石奇山景独优。
天降祥云腾紫气，武陵山寨弄潮头。

杨清恒

卧龙水库咏诗情

万顷银波映旭阳，湖光潋滟泛霓裳。
俏鲢跃破山间镜，桨橹摇开水上舫。
拥翠千峰凌玉宇，啼林百鸟咏春芳。
壑深巷转新天地，画意诗情冠桂江。

杨盛腾

坡前过

双高大道穿坡过，曲绕溪河散紫烟。
君问寻幽何处有，山前隧道有奇观。

杨平喜

笔名萧韵，自号淡泊斋主。郑州大学中文系毕业。中华诗词学会会员，河南省诗词学会会员，安阳市诗词学会理事。文学团体（邺社）秘书长。《殷都诗词》编委。著有诗集《一路飞歌》《淡泊斋诗抄》（上、下）以及散文随笔集《那座青砖小楼》。

七律·又见灞桥

不见当年明月横，残桥系马望西京。
青山如黛染新树，碧水曲湾绕古城。
杨柳逶迤接野渡，篷莲摇曳过舟棚。
相约骑梦伴君侧，白发披肩空泪盈。

七律·立冬怀古

寒梅点点万灯红，夜雪茫茫千树空。
钩月玉桥憔悴瘦，稀星云雁断肠声。

层楼望尽江山老，断塔残存将士功。
战马嘶鸣犹在耳，刀戈枕侧梦还惊。

七律·泰山

左依峭壁右临渊，履底石条五寸玄。
发际汗珠轻甩地，踏台落雨骤成泉。
巅峰浩浩千阶上，盘道弯弯绝壁前。
人近天门风陡烈，振衣鼓荡若飞仙。

丙申十月

七律·过洹水有感

垂老寻湾掷钓钩，暮天看雨驱木舟。
珠帘稍卷看飞燕，青桅漫张立厉鸥。
自古帝王刀剑心，从来寒士稻粱谋。
菊黄开落一杯醉，社稷沉浮万事休。

丙申十月

轱辘体·野望

（一）

一叶扁舟渺渺滩，斜阳远影满江丹。
乡关萧索紫微敝，渔火喧哗绿酒干。
西野埂边细草低，东邻院里旧缸残。
片云客问疏帘静，夜夜诗章写遍栏。

（二）

湖光潋滟岭如丸，一叶扁舟渺渺滩。
袅袅苇丛推峙树，啾啾鸶鹭掠泊船。
曾经此处离人渡，挥泪自酌到夜阑。
今又寻觅津口月，回眸只见浆橹寒。

（三）

弥卷清池暮雪漫，远畴紫陌晚风宽。
双崖险水平如镜，一叶扁舟渺渺滩。
不动银峰抖擞长，收拾玉露入轮盘。
浮晖万里江山画，夜影千灯小路蟠。

（四）

风惊牖外已凋阑，雪舞破空真壮观。
不夜红笼灯火处，惊涛拍岸水乍寒。
斜桥鸥鹭潜翔湍，一叶扁舟渺渺滩。
野渡寂寥鸭乱落，疏钟雁过月出峦。

（五）

岸柳渚花星满峦，山空落瀑客凭栏。
烟流鸟道通幽处，月映雕廊照巨澜。
锦绣诗章炫古洹，斑斓树色隐鸿鸾。
夜弦晚语伴风来，一叶扁舟渺渺滩。

2016 年 11 月 6 日

杨天山

号山翁。1941 年生，河南沁阳市人。中华诗词学会会员，沁阳市老干部大学诗词委员。

聚寿山行

远近高低皆洞天，道儒释教各神仙。
天蓝地绿芳菲醉，自在游人福寿绵。
隔断都城贪脏乱，修成圣地静应安。
普陀别院高风尚，全在天然聚寿山。

中国南海荷花园

妈祖女娲兴海天，撒花南海筑家园。
荷生莲子鱼龙喜，波涌海疆天地宽。
礁植珊瑚成宝树，岛居华族已经年。
捕鱼耕种民生业，不容外人言二三。

大江横渡

毛公神力游天堑，彩练飞虹江上悬。
三镇乘龙凭水舞，九州经济竞争先。
长江后浪推前浪，豪杰青年胜老年。
时代快车呼啸过，神舟直上九重天。

寻诗张家

清秋雨霁武陵园，南国潇湘生紫烟。
万里长征留胜迹，莱刀元帅有诗笺。

蜿蜒澧水三千渡，含翠峰云五雷山。
迎面岬石幽境暗，豁然开朗见桃园。

访刘义学大师未遇

山翁爱水喜交游，逢寺拜佛觅愿舟。
踏遍群峰终有报，刘郎桃林满山头。

春院日暖

临山小院隔嚣尘，与友谈诗意更新。
纵使冬寒挥不去，春风跳跃上衣襟。

奉祀李商隐

樊南生历几多愁，情海官途不与谋。
身负才华折两党，文函诗韵领千秋。
栽花有意邀来日，采果无人随去舟。
坎坷流年何以答，鸳鸯蝴蝶任君求。

东方明珠

大风激浪向东流，上海明珠眼底收。
磅礴昆仑威仪重，峥嵘扬子泯恩仇。
浦东崛起中华盛，世界同兴美霸休。
一塔光明寰宇亮，和平事业越千秋。

虞美人·开封西湖

汴西湖景如西子，娇影翩翩起。四河彩练舞东京，恰似瑶池仙女踏歌行。

水城风物游人醉，铁塔龙亭喜。五湖姐妹共婵娟，胜过灵山福地艳阳天。

杨位俭

字子廉。男，汉族，滕州市人，1939年生，大专文化。中华诗词学会会员，山东省书法家协会会员，滕州市诗词学会副会长兼秘书长。著有诗集《湖阳吟草》，书法作品《草书千字文》曾在国内展出并获奖。

五律·过卢沟桥

久仰卢沟月，愁思忆旧年。
依栏寻弹洞，俯首叹幽燕。
粉碎吞华梦，高擎驱寇鞭。
雄狮傲天啸，倭敌敢垂涎！

五律·微子湖泛舟

雨霁微湖碧，风轻浪不惊。
蓝天帆影小，绿水浪花明。
暮色融芦笛，鸥行入太清。
螺山烟霭淡，游客望蓬瀛。

五律·泰山观日出

夜宿日观峰，山高月似弓。
枕泉听万籁，卧石沐寒风。
铸日烧天远，烘云煮海红。
凝眸多幻想，轮火跃苍穹。

五律·登太白楼

东鲁巡幽地，岹岹太白楼。
窗含千古月，门泊四湖舟。
笔下风雷动，樽中大海流。
梦游天姥远，山水两悠悠。

七律·游北戴河

海天浩渺望东瀛，岫岸巡幽彳亍行。
柳浪松涛掩鸟语，曲廊画阁听泉声。
幽燕大雨秦皇岛，碣石秋风魏武旌。
浪迹沙洲佯狂去，还将鼓棹弄舟横。

七律·西安行

行尽秦川八百程，尘襟晓月入西京。
俑僮未见征车动，雁塔依稀梵呗声。
渭水秋风迷堞塞，秦宫落叶冷边城。
骊山楚楚孤鸿远，难舍胸中黄土情。

七律·老龙头澄海楼观海

雄襟万里卷云天，渤澥茫茫纳百川。
涛撼津门溅海岳，潮吞碣石荡幽燕。

怒云犹奋扫胡势，静卤常怀拒虏年。
追慕时贤垂万古，心香一瓣祭先班。

（注：老龙头者，古长城东首之谓也。临海一楼，乾隆御笔题曰"澄海楼"。楼下有明将戚继光抗倭纪念馆。静卤台：静卤，实为靖虏之意。）

水调歌头·寄大巴山

天府古今月，浸染稻粱香。峨嵋剑阁奇秀，栈道几回肠，都说鹃魂啼血，更有文君艳史，佳话久传扬。谁信断鳌足，顷刻降灾殃。

天柱折，地维绝，陷洪荒。弥天大难，万众扛鼎国旗扬。借得东风霖雨，涓滴锱铢凝聚，山翠水流长。携手辟新宇，共酌步康庄。

杨文国

祭革命烈士

细雨清风诚祭奠，陵园仰墓缅先贤。
舍生忘死驱狼虎，扭转乾坤谱新篇。

杨文龙

笔名文龙。江西九江人，1960年生，中文系78级毕业。现居珠海，从事文化传播及相关工作。

七绝·梦双亲

暂隔仙凡毋用悲，梦中嬉笑省亲时。
闲谈也说疯楼价，始觉天居不易为。

七绝·望月歌

几许人间债未偿，亲情友义册成行。
闻招不敢归明月，恐滞琼楼老醉乡。

七律·饮酒歌

才几中秋鬓已丝，相关人事渐支离。
上心毁誉劳神极，回首江湖欲语迟。
敢望千金沽骏骨，省惭半桶作人师。
画中山水应留白，无色云天物外知。

七绝·观珠澳超模大赛

惊鸿一步十年辛，百代衣裙扮此身。
作尽人间真假笑，千红万紫不关春。

七律·七夕赋

传情四海忆童谣，豪雨无端洗碧霄。
玉女牵牛星耿耿，金风驱鹊路迢迢。
人间誓尽长生殿，天上更催苦短桥。
瑶岛尘嚣皆寂寞，草庐私语胜春潮。

七律·沉香林

大泽深山何处征，奇珍造化幸天成。
名驰香国无能右，气靖尘心自可平。
百劫煎熬沦九死，一灵缥缈悟三生。
幡然壳脱沉浮木，待荐精魂歇玉京。

七律·醉酒

酒癫忽作少年狂，野马嘶奔未有缰。
无忌无遮抛块垒，不端不敬踢围场。
心求沉醉能忘我，梦转深更却忆娘。
醒酗两间容赤子，古今唯见是萱堂。

忆江南·有怀

江南客，何事久盘桓。进退一身攀蜀道，生涯五味笑荆冠。犹作剑歌弹。

杨新跃

网名昨夜，号坐夜庐主人。男，70后，出生于湘军故里湖南省湘乡市。曾任中国诗词论坛诗苑首席版主。

七绝·燕子楼

（一）

痴心千载幸犹存，流水闲花掩旧门。
燕子楼前天欲晚，无情客对美人魂。

（二）

二十年前已忘情，奈何四月过彭城。
晚风时起闲吹絮，来问佳人旧姓名。

七绝·召饮

旧酿三年择日开，黄鸡已缚待君来。
樨卿亦是同邀客，会遣飞花入酒杯。

七绝·夜雨

倦坐庭前夜气氤，雷声渐起梦沉沦。
卅年客路风兼雨，风雨今宵却可人。

七绝·雨后清晨

暑气消沉近碧潭，雨余山影两相涵。
生涯识尽真如水，守得云开照见蓝。

七绝·为妻拔白发

雨送新凉透晚帷，小楼不觉已秋时。
可怜虚负纵横手，只抱温柔捡鬓丝。

七绝·贝壳

纹刻斑斓色带晶，昔时曾与鹭鸥盟。
夜来静听风吹处，犹自烟波挟海声。

七绝·自雁门关往卫辉城夜宿酒店

雁门直下卫辉城，更向苍茫深处行。
传语秋风休作剧，一峰来夺晓天青。

七绝·夜雨

沉沉细雨夜方冥，久坐凭窗仔细听。
忽见灯光缥渺处，有人持伞独伶仃。

七绝·无题

一笑相逢对玉肌，花颜空对鬓边丝。
十年华盖已无梦，不向人前折此枝。

七绝·无题

草长江南一霎新，看花天气净无尘。
对山唯我头犹白，何故春风不惜人。

七绝·无题

云霞万树掩嶙峋，洞口难寻寂寞春。
也拟浮生逃一日，沿溪来作扫花人。

七绝·无题

看时红粉幻耶真？花我俱成避世人。
白发沉沦春色里，忘身来侍旧秦民。

七绝·无题

二十年前已爱卿，明霞一树欲倾城。
今来人老花将落，独自无言倍怆情。

七绝·无题

十万红颜近水居，春风真可解愁予。
欲赊一斗邻翁酒，坐到花开花又疏。

七绝·无题

一夜流声未洗心，晨钟起处访禅林。
当时记得花如雨，飘落前湖水浅深。

七绝·无题

清泰桥边眼皙明，闲花偶落不知名。
游鱼唼去平湖大，容尔相忘过一生。

七绝·无题

碧湖不怨我来迟，待我明花四五枝。
亦拟堂前陪佛子，春分坐到送春时。

七绝·无题

碧湖应记旧贤文，天下诗才此半分。
久向轻寒人独待，萧萧细雨未逢君。

七绝·无题

机心暂弃学痴憨，相伴钟声望麓岚。
鸥鹭时飞烟雨里，相盟老死在江南。

七绝·无题

久已生涯拘作囚，飘萍散去水难留。
自嘲应是浮图懒，不向人间管别愁。

杨永国

男，51岁，大学文化，中共党员，高级审计师，重庆市巫溪县人。1987年7月进入原四川省巫溪县审计局工作，2002年3月至今在重庆市巫溪县交通委员会从事财务工作。

采桑子·紫荆花

年年盛夏风光异，绿满神州。热浪迎头，不见群芳紫荆留。

江山妆得红烂漫，孤傲娇羞。风雨凝眸，花谢花开尽风流。

蝶恋花·白帝城

孤岛凌云群嶂抱。碧水蓝天，百日红枝俏。彩雀乱飞闹檐角。绿城古调风光好。

先帝托孤危重貌。风雨江山，万事何曾了。世代宏图日月表。千秋遗恨人人道。

卜算子·夏景

闲坐柏杨河，碧带长堤绕。水退浮渣似黛眉，微浪留残照。

彩袋挂枝梢，沙粒沉河道。劲草何曾怕水滔，隐隐轻茎翘。

采桑子·朝天门夜景

雄关半岛双江抱，细雨潇潇。银河鹊桥，缓缓画船逐江潮。

天门光彩胜花俏，迷离妖娆。怎忍墨描，却道巴山夜色娇。

渔家傲·丽江古城

高原深闺养俏女，柳腰宜面闲古寓。小桥流水手鼓律，声似雨，点点滴滴相思曲。

沉香浮动和梦去，夜阑妖娆愁华宇。莫疑人道艳和遇，心千绪，相逢却是醉几许。

浪淘沙·观雨

——丙申七月，旅居丽江古城三合院，雨声惊午眠，起床，观雨而作

醒后卷帘看，骤雨潺潺。滴滴有意顶楼欢。钩瓦无情肠寸断，坠落潸然。

几度沟缝弯，泪流成川。默默无恨绕城关。仰目方天烟雾漫，无限凄寒。

采桑子·虎跳峡

忆观虎跳峡无虎，恶浪滔滔。霜烟袅遥，天堑无边凝九霄。

游人惊呼却寒颤，如画多娇。别后梦瞧，仍觉传来饿虎哮。

杨一哲

笔名豫章倦客。江西丰城人，1948年生，中专学历，工程师。

暗香·纪念姜夔诞辰860周年，步其韵

眼前肃色，问有谁伴我，篱边听笛？几朵腊梅，却被风霜竟相摘。休道光阴渐逝，终不忘、风流椽笔。汝已去、纵有佳酿，孤饮怎成席。

天国，乃静寂。叹梦断意牵，绪乱愁积。向隅暗泣，前事悠悠苦空忆。今问西湖旧月，还是否、寒光青碧。莫感慨、吟唱罢，只求自得。

鹧鸪天·花魂吟

身处红尘时运乖，春来秋去几欢哀。幽思不向庸人吐，美貌常留君子怀。

心底事，不须猜，任凭风雨毁芳骸。朝华夕拾魂安在？碾碎成泥香彻街。

鹧鸪天·戏作

旧梦依稀与愿违，相逢短暂却嘘唏。略施粉黛为遮泪，剪烛西窗未解衣。

情切切，意凄凄，聚时欢爱别时悲。通宵偎靠无言语，只怕闻鸡报晓啼。

蝶恋花·春寒夜思

无计拈针慵刺绣，绣出鸳鸯，叶底将情逗。可记当时曾赠柳，长条恰够佳人手。

别绪年年愁永昼，几日春寒，莫共心凉透。小慰孤怀还是酒，依稀你我相厮守。

七律·依马凯先生《写在中华诗词学会第四次代表大会召开之际》韵

老来应惜夕阳迟，努力攀登百丈枝。
玩物常常丧志远，求知每每助神驰。
遣怀挥舞斩妖剑，泼墨吟哦醒世诗。
最喜人和圆好梦，更逢地利共天时。

七律·杂感

临窗静坐送残宵，浊酒盈杯慰寂寥。
月映孤身惟影伴，思存满腹共谁聊。
莫将乱绪填心底，且把激情随意飘。
卸甲归田终放下，老林深处作新樵。

五律·无题

金秋明月夜，静卧数星移。
问道须无我，求仙会有谁？
心闲喜山水，意适好诗词。
岁晚除他念，叶黄还恋枝。

小石调·青杏儿（戏作，步赵秉文韵）

人老怕闲愁，人已老，前事难休。此生付出谁知晓，求张支票，赎张支票，却是空头。【幺】休再恋残瓯，伴庄周，梦里神游。旧情早已随风去，毁能怎样，誉能怎样，只剩深秋。

杨益安

咏成都武侯祠

生前尽瘁酬三顾，死后殷勤拱惠陵。
千载森森祠外柏，惯看国灭与朝兴。

雪夜有怀

——遥送颜老景农先生移居镇江

从来低调不低眉，大节高情映夕晖。
心境难随尘境改，他乡每与故乡违。
莼鲈诗思时方暖，桃李春风意正肥。
此际江南渭城曲，满天化作雪花飞。

生查子·流光

眉黛影依稀，那日重相见。两靥起春风，心底频惊艳。

眨眼几经春，诗思难拘管。屈指数流光，一一真如幻。

沁园春·致青春

花月微吟，诗酒微醺，也算多情。任春红谢了，昔日风景；秦淮梦断，过往流星。人去难留，笺残怕读，万种离怀总莫名。空怅惘，甚家山夜语，异域江声。

如今怕说曾经。憔悴了、沈郎太瘦生。纵江南清韵，倩谁能赏，敲窗夜雨，伴汝孤灯。欲语还休，浅思难画，西望斜阳入杳冥。问谁会、赠生花妙笔，细写凄清。

杨友升

男，62岁，布依族，贵州省册亨县人，中专文化，中共党员，退休干部。册亨县诗词楹联学会会长。

故乡林海

万山林海碧桑拿，水绿风清大养巴。
素有宜居佳境地，天然美景世人夸。

感怀

年逾花甲叹流光，确有银丝满首霜。
喜赏诗词风雅韵，亲朋笑我老来忙。

天安门合影留念

乙未春天赴北京，天安门正赤旗升。
胞兄余侣仨合影，无憾今生系亲情。

天安门

屹立东方万载春，壮观雄伟世人尊。
琼楼悬挂毛公像，游客停足摄快门。

白头相爱

秋梦春情忆旧通，老来相伴晚霞红。
忠贞不改山盟誓，风雨同舟度险峰。

老伴

桑榆暮景侣更亲，老伴相依恋赤心。
无事闲谈同叙旧，夫妻恩爱有情深。

恩师

刻骨铭心若数秋，良师教我恨难酬。
勤学苦练歌国梦，炼句锤词颂九州。

共勉

秉正贤能励志坚，抒情意境舍悠闲。
劝君再舞生花笔，共颂尧天谱丽篇。

杨镇勇

笔名野云，自号野云轩主人，网名祖水渔人、苍杨。甘肃会宁县人，中共党员。中华诗词学会会员，甘肃省诗词学会会员，白银市作家协会会员，白银市诗词楹联家协会理事。20世纪90年代初开始发表作品，迄今已在《中华诗词》等省内外多家报刊及网络媒体发表多种体裁作品多篇(件)。偶有诗词作品在地市级和全国征文大赛中获奖。

七律·中华诗词青春诗会白银开幕式上

六月田间百谷荣，和风吹雨润铜城。
诗词雅韵倾杯乐，大吕黄钟醉太平。
解甲将军存道义，捧书学子步新程。
弘扬国粹传薪火，我辈犹应忘齿庚。

(注：本次诗会李文朝将军带队；十大青年新秀有几个是大学生。)

七律·中华诗词青春诗会白银现场

风清气正舜尧年，聚瑞迎宾六月天。
将相王公诚有分，文章水墨岂无缘。
还当此日逢诗友，约取他时梦谪仙。
最是沁苗新雨后，青才遍地策吟鞭。

七律·梧桐

风华自在自清凉，何必沽名招凤凰。
本性通灵能择地，伟躯巨岸好遮阳。
林泉大隐贤良士，闹市从容淡定王。
利禄关渠任多少，高山一曲水流长。

望海潮·自寿

生年何寿，平安是福，糊涂半世生涯。文字寄情，茶烟有味，林边水畔安家。自在共烟霞。兴来几杯酒，深醉无加。是处能眠，管渠山陡路多斜。

身荣富贵堪嗟，但今全作罢，托望于娃。苍狗白云，桑田海路，无非转眼成奢。还着我清嘉？几亩田可种，秋刈春华。已近知天命矣，余岁数昏鸦。

八声甘州·夏至

正毵毵碧柳舞风烟，长河泛清流。更云中舞燕，枝间啼雀，水底鱼游。绿尽青杨枝蔓，飞絮两悠悠。莫叹林园老，好景堪留。

梦里江山依旧，却伊人陌路，欲语还休。忆飞仙星岸，尚解系牵牛。月敲窗、问君眠否？辗转中、心底奈何秋！萍踪渺，寄情怀与，八韵甘州。

杨正发

卜算子·界碑看三省

三省紧相连，登上团山堡。放眼茫茫八面山，峭壁岚烟绕。

渝鄂访农家，吊脚楼檐翘。翠绿丛林空气鲜，人寿儿郎俏。

浪淘沙·访桂塘道坑

原始次森林，泉水甘纯。道坑古树笼山村。群鸟喧啼栖息乐，环境清新。

高岭住村民。世代耕耘。吊楼隐处密林深。层叠梯田翻绿浪，遍地黄金。

太常引·桂塘烈士墓

贺龙挥翰撰书文，洒血为人民。墓塔记功勋。松柏翠、英姿永存。

阳光脉脉、高山含泪，哀乐荡回音。肃立祭忠魂。舒望眼、天飘彩云。

杨正伟

笔名简约，斋号北山居。男，1975年生，河南商丘人。河南省木兰文化促进会会员，商丘市诗词学会理事，虞城县作协会员，商丘市摄影协会会员，《木兰文学》特邀编辑。2015年12月被评为“中国城市文学优秀诗人”。作品散见于《教育时报》《商丘日报》《京九晚报》《语文导报》《大河健康报》《中州诗词》《文化商丘》《木兰文学》《金菊园》等。

残荷

曾经弄月曳风娇，暮色生姿过断桥。
萧瑟西风吹雪冷，唯留玉臂漾春潮。

春醉

池边芳草半含烟，碧浪浮光二月天。
水细歌轻莺带柳，三杯邀月夜无眠。

杏花香

春催万树杏花羞，河岸荒滩古渡头。
阵阵馨香遮不住，东风舒袖半江流。

诗意关山

仙雾离离四月天，千峰落瀑戏山泉。
幽林竹影休闲步，迷醉东风鼓三弦。

芍园花开

春暮寻春春不见，花容绰约月溶溶。
将离一片今何在，独立仙宫第九重。

（注：将离，芍药的别称。）

春恋

郊野新芽嫩草芊，丽人摇影荡舟船。
溪边翠竹生初绿，为嫁东风独不眠。

咏月季

含羞月季透花墙，犹抱琵琶情意长。
仪态万方身似玉，半嗔半怨一娇娘。

荷塘月色

溪桥买醉已三更，月下神游又一程。
曲岸浮香风卷袖，闲听碧水弄琴声。

菡萏随风

菡萏随风漾水香，含羞滴翠卧方塘。
催耕布谷声声远，唤醒蛙鸣一夜长。

哈萨人家

一犁山水几枝花，瘦笔难书哈萨家。

日暮采来云两片，清晨背走一筐霞。

老家情怀

泪竹老屋新雨后，青灰院落写离愁。
东风眷恋儿时梦，常念邻家一碗粥。

姚东红

女，安徽安庆人，公务员。《诗刊》子曰诗社社员。长于七绝，作品散见于网络诗刊。

七绝·乡村漫步

一缕幽香带晚风，殷勤邀我入山中。
如灯柿子枝头挂，映得清溪点点红。

七绝·秋香

东湖堤岸赏秋光，最羡鱼儿碧水翔。
仙女桥边闲坐久，满身尽是桂花香。

七绝·秋叶

霜染枫林色正菲，惹人醉眼不思归。
忽然一阵寒风至，满地残红叶乱飞。

姚林

本名姚善为。男，1966年生，滕州市人。滕州市诗词学会会员。

五绝·春日二首

（一）

昨夜听春雨，今朝看杏花。
青山增秀色，碧水焕明霞。

（二）

堤柳舒青眼，春花竞艳芳。
风和飞燕子，沙暖卧鸳鸯。

五律·齐鲁晴雪

雪霁望家乡，皑皑映旭阳。
琼田修竹秀，碧岳古松苍。
天地澄明净，江山献瑞祥。
农夫心里喜，麦季应丰仓。

七绝·登岳壮怀

山势巍峨展秀屏，天然成画古松青。
日观峰顶看霞锦，思向天门去摘星。

七绝·春景

春雨春风春色明，桃红李白柳芽萌。
堂前紫燕蹁跹舞，树上黄鹂自在鸣。

七绝·咏柳

远望青青碧玉穿，如丝如线又如烟。
水中倩影鸭儿戏，风里柔枝云雀牵。

忆江南·微山湖夏日

微山美，湖上好风光，放眼茫茫芦苇碧，回眸处处藕花香，鸥鹭竞翱翔。

斜阳尽，明月夜清凉，柳岸临风风逐浪，渔灯照水水摇樯，沙浦卧鸳鸯。

清平乐·微湖秋景

微山湖畔，送目天涯雁。无限夕阳群鹭乱，万顷红霞欲漫。

荻花似雪飘云，归舟一叶浮沦。试问下船渔父，此番捕有金鳞？

姚磊

男，1970年生，枣庄市薛城区人，研究生学历，民革党员。中国大众文学学会常务理事，中国楹联学会书画艺委会委员，中华诗词学会会员，中国工艺美协会会员，枣庄市诗词学会原顾问，枣庄市工艺美术家协会原主席。

春意

繁华绚烂遇红颜，满径花香暮色绵。
跨越时光春意暖，天荒地老梦依然。

秋香

山河色斓绘华章，遍野流金绽万芳。
更喜菊花香不尽，东篱冷雨恋秋塘。

秋红

层林尽染遍香山，落叶深红水映天。
瀑布松风传万里，烟云绕月色千般。

秋怀

连江草色渐迷茫，野渡寻秋欲断肠。
日暮萋萋游古寺，钟声阵阵梦思长。

姚庆才

男，现年67岁。生于福建晋江，毕业于福建南安师范学校。1978年移居香港，经营燕窝、参茸药业。业余爱好诗词、书法。香港福建书画研究会会员。

七律·滩江山水剧场

天景屏峰幕晚霞，江皋水榭演清华。
舳舻相继凌波过，灯炬争辉入眼花。
笙祝奏齐风上乐，山歌载满桂香茶。
同一唱彻刘三姐，壮侗苗瑶汉一家。

七律·武夷山得句

伏羲弹指神奇力，震裂闽山一线天。
九曲溪流潺九曲，千年岩茗醉千年。
大王峰镇蛇妖遁，虎啸崖牵菩萨缘。
巧遇重阳登绝顶，天游何处觅朱仙？

七律·依韵奉和龙江吟社诸君南天寺八百年庆诗韵

崧岳降神三石圣，泉南佛国一岩笺。
经声琅琅慈悲殿，钟鼓徐徐自在禅。
名寺寺前占宝穴，家山山后得先缘。
狻猊玉鼎长香火，八百春秋不息烟。

七绝·重遇磐陀石

一年又见磐陀石，依旧虚无依无真。
笑道有缘能觉悟，莫非记得再来人。

七绝·赤柱观涛

赤柱观涛暴雨临，潮头击石势惊心。
不从风口浪尖闯，焉晓江湖险恶深。

七绝·尼亚加拉瀑布

霹雳雷神势骋驰，马蹄瀑布落天池。
奔流飞泻深渊处，溅起水花都是诗。

五律·梅岑行

处处圆通院，山山观世音。
潮随钟鼓起，经颂木鱼吟。
宝殿樟常绿，莲池鲤渐金。
人间清净地，禅迹遍梅岑。

五绝·咏三角梅

三秋开不够，冬尽贺春红。
滴滴杜鹃血，遗捐爱晚枫。

姚松贵

1947年生，江苏省扬中县油坊乡姚家埭人。1968年由上海航空工业学校毕业分配到中航工业江西洪都集团工作，后考入郑州航空工业管理学院，1985年毕业后仍回原公司工作。高级经济师。曾获江西省社会科学优秀成果三等奖。

七绝·上海外滩（二首）

（一）

百年外滩亮新容，创意盎然海上风。
两岸楼宇摩天立，一江春潮总向东。

（注：海上风，即海纳百川、兼收并蓄、磅礴大气的海派风格。）

（二）

十里江岸锦绣屏，游侣如织画中行。
身历沪上佳绝地，难忘最是人墙情。

（注：人墙是指外滩的情人墙，它是20世纪六七十年代上海一道独特的风景线，名扬海内外。虽然今已不复存在，但它作为那个时代的一种情结，却是永远难以忘舍的。）

七绝·二月十八日过延中广场公园（黄浦段）

——景观湖，遥望柳色已微微泛出嫩绿，感而有作

二月乍暖时还寒，水色蓝绿有无间。
杨柳先觉春信到，引领裁出新妆颜。

七绝·春游顾村樱花海

柳风丽日自无价，踏青采芳顾村嘉。
千红万紫不暇接，十分春色美人花。

（注：顾村在上海市郊，是以樱花为主题的公园。）

绝句

——2013年末，因市政动迁，举家搬至沪北普陀区濒临桃浦河畔的曹杨三村居住。桃浦河蜿蜒曲折，两岸绿荫掩映，成了余经常光顾的好去处。翌年三月，正值春涨红翠，清晨漫步于河边，丝丝新柳牵衣撩人，不觉忆起当年和友人在西安聚别时的情景，一股即刻与之相见的念头蓦然而生矣，随作。

桃浦春晓柳青青，忽忆长安离别情。
即约故人云山外，灞桥午后共诗声。

立夏日逢雨野步偶得

春风已归蔷薇老，夏雨初至桑葚娇。
花谢花开自有时，回红转紫各领骚。

天山雪岭云杉林礼赞

——谨以此诗献给长期屯垦戍边的新疆生产建设兵团。

接天杉林连雪涛，雄森苍莽风骨高。
云垂海立真屏障，护卫山河拒寒潮。

鄱阳湖深秋观鹤

漫天飞雪漫天鹤，万顷湖水万顷歌。
吴城高台凭栏望，碧空银花相映和。

（注：鄱阳湖湿地为世界上最大的白鹤越冬栖息地，多达上千羽，蔚为壮观。永修县吴城镇为观鹤最佳处，筑有近十层楼高的观赏台。）

黄龙、九寨沟秋韵

——黄龙和九寨沟内阶梯般地散布着数以千计的高原湖泊，当地人称之为“海子”或“池”，每到金秋时节，山、云、树、雪、花、草、竹、苇，万颜千姿一齐倒映在清澈如镜的“池”、“海”中，炫美竞艳：或因光变色，或移步换彩，或随风漾锦，幻化无穷，真天下绝胜矣。

红橙黄绿青蓝紫，天下美色闹“海”“池”。
熠彩幻化无穷尽，眼到迷处坐忘时。

虎跳峡

山高谷深绝壁开，狂涛搏石谁主宰？
咆声动地风雷疾，直下千尺奔东海。

（注：峡谷全长仅15公里，但垂直高度却陡降了300米。）

云杉坪

山云树雪花草风，淡绿深青一围中。
如此好景来何处？瑶池翡翠落苍穹。

（注：云杉坪坐落在玉龙雪山绿雪峰下。）

扬中春日

江洲三月迎春回，风光不与他乡随。
菜花绽黄秧草碧，河豚应时刀鱼肥。

（注：秧草，也叫三叶草，上海人俗称草头。秧草刀鱼，称扬中一绝。）

漓江绝句

秀水撩拨鸬鹚欢，小船忙活碧波间。

美在空濛雨烟里，一江绿湿两岸山。

长岛半月湾五彩石

长岛直北半月湾，碧绸染出五彩斓。
仰天星斗全不见，化却珠玑藏此间。

（注：半月湾近岸的海水，经过水底斑斓绚丽的球石映衬，仿佛碧绸被染成了五彩的锦缎，令人心醉。）

红河哈尼梯田

——这是哈尼人与大自然世世代代相濡以沫、朝夕共守、历尽艰辛才得以绘就的瑰丽画卷……

层层梯田接云排，万千气象衮中开。
应念哈尼人山好，朝朝相依始得来。

五律·太行道中

——峭丽太行，精彩纷呈。她向世人展示了这样一个事实：人类在改造自然、建设美好家园的进程中，必须尊重自然、保护好自然。惟其如此，才能实现人与自然的和谐统一……

千里太行峦，奇迹随处看。
车驰挂壁上，人行天梯间。
清渠穿崖过，画殿凌空娴。
家园多妩媚，只因谐青山。

（注：画殿指苍岩山桥楼殿，凌空建在飞跨于对峙的两崖石桥上，昔人有诗“千丈虹桥望入微，天光云彩共楼飞”叹为奇观。）

十六字令·观钱塘潮（三首）

（一）

潮，裂山崩空一线飙。天河泻，飞雪卷怒涛。

（二）

潮，鸣雷掣电地欲摇。万鼓擂，声震钱塘郊。

（三）

潮，冲云击雾气势豪。奔腾急，江翻海罄滔。

姚绍益

入学学诗词

顽童入校写诗篇，任尔春风笑语颠。
万里晴空云彩舞，余晖乐度艳阳天。

看芷江受降

清末民初倭寇狂，犯边侵境太嚣张。
杀烧淫掠长城毁。大炮飞机士庶伤。
残忍惊扰狮梦醒，愤然驱逐贼回洋。
劝尔切记前东监，莫忘受降有芷江。

乌龙大峡游

（一）

采风翁妪水山游，绿柳轻摇似害羞。
十里碧溪洞连洞，一排华屋楼外楼。
虽无枫叶笑红日，喜有山花点绿洲。
山寨土家粗鲁汉，纯朴好客乐悠悠。

（二）

群峰莽莽遮面纱，游客乌龙笑语哗。
绿竹虔诚头点笑，清溪忙碌波起花。
松波摇翠山峰秀，枫叶悄声映彩霞。
绿水青峦仙境地，武陵锦绣一奇葩。

贺水沙坪诗词学会成立周年

春风又绿沙坪坝，骚客挥毫作画框。
遍地珠玑红日畅，乌龙喜看换新装。

家乡思源

鬼谷仙师隐远方，横拦酉水夜郎狂。
大甫谁筑张公庙，古镇惊闻秦始皇。
修炼乌龙藏岁月，文韬武略景辉煌。

登山再看龙山貌，究仄谈平赛宋唐。

卧龙景

武陵幽处有真龙，倒映深潭水染葱。
湖内鱼游微浪起，山中阳雀去无踪。
锦鸡喜鹊从容往，野鹿山羊喜跳丛。
圣母瑶池观此景，欲迁户口帝难从。

山村黄昏

热闹非凡手指东，歌声飘荡震长空。
幼童起舞多欢意，翁妪欢歌映彩虹。
动作不规心有乐，内心愉快劲无穷。
太平盛世民安逸，首首管弦颂党功。

修卧龙水库

遥忆当年岁月深，农工十万数秋春。
肩背土石脚跟脚，口唱山歌人赶人。
铲土移山山谷震，修沟堵坝坝威神。
同心高筑千年坝，引水滔滔百里殷。

龙凤呈祥

武陵怀抱护乌龙，酉水清波友谊浓。
凤舞岐山文武治，龙吟东海汉英雄。
来朝人面山乡供，乐聚九天诸国荣。
山笑水欢春色艳，呈祥龙凤舞东风。

姚席民

中华诗词学会会员，河南省诗词研究会会员，平顶山市诗词楹联学会理事，平顶山市诗词研究会副会长。

五律·题鹳雀楼

风梳鹳雀楼，日照大河流。
之焕名诗远，文坛古韵悠。
千层杨柳绿，一阵暖风柔。
汲酒图同醉，烹茶尽忘忧。

【双调】沉醉东风野钓

恰离了喧巷高城大厦，早来到青山绿水河洼。岸边开野花，中流融平沙。悠闲翁笑脸如霞。频举杆三叟忘家，吞钩急双鱼共下。

七律·雁门关览胜即兴（新声韵）

雁门关上看苍茫，烽火台边踏雪霜。
铁马胡裘成旧忆，惊寒雀阵入愁乡。
天涯静处相思苦，古调笙歌正绕梁。
四海游人如浪涌，为君鞭指野花香。

七律·观黄河壶口瀑布（新声韵）

久雨天开日正红，新晴瀑布似雷鸣。
群山远绕乡关过，一水长流路几重？
送爽黄河彩虹起，回春清浪舞银龙。
暗惊游客如蜂至，多少娇妆映画中。

七律·登恒山悬空寺（新声韵）

梵宫悬立越千年，古刹奇观赤线牵。
阵阵晨钟穿画栋，声声暮鼓透朱栏。
云封碧水潺潺过，烟锁丹崖燕雀喧。
普度众生三圣地，诵经伴月望恒山。

（注：三圣指释迦摩尼、老子、孔子塑像聚一室。）

遥瑶

网名上德若谷。中国理念人第3期“最美女诗人”第一名，广州市帝维亿纺织有限公司总经理。

创作感悟：所有资历皆虚妄，沉淀下来写好诗词以达心的彼岸。你，就是我心中的秤。

菩萨蛮·迦诺迦伐蹉尊者

静峦溪涧。问枇杷树下，遇尊者慢。赤足憨、凉憩台山。绛衣尽敞怀，态闲神典。叶落无归，碎苔付、淡流嗔怨。对禅生静慧，羽扇述风，念恚消断。

梨花串新雨燕。眷春春总去，秋送冬换。

印度古巡游，初见如来，万种孽缘开，顿悟行善。喜庆菩提，恍世隔、繁华金殿。梵音清、人间如寄，死生有限。

（注：迦诺迦伐蹉尊者，即喜庆罗汉。出游时偶遇佛陀虔诚礼拜，佛陀为他讲"四结业""四恶行""六不作"等。听后法喜充满，茅塞顿开，顿成弟子，并证得阿罗汉果。知一切善恶法。又被后人称喜庆罗汉。）

2016年4月23日于广州花花世界

一剪梅·宾度罗跋罗堕阇尊者

红褛檀珠究竟休，对石谈经，兰竹回眸。万禽谛听止鸣啾。嬉捕灵蝉，欲渡西游。

坐鹿访宫说主修，离了荣尊，两袖无愁。三千世界水长流，如电商周，如露春秋。

（注：宾度罗跋罗堕阇尊者，即坐鹿罗汉。宾度罗是婆罗门的贵族大臣，权倾一国，忽发心为僧，优陀延王请他回宫甚繁，遂遁入深山修行。一日，皇宫前现一骑鹿和尚，御林军识来者告于王。王迎宫中重职挽留。回曰欲劝主出家，以种种喻，述欲之可厌，后王让位太子，随他出家。）

定风波·半托迦尊者

屈指临虚对蚰弹，足前花叶顿羞颜。誓愿万缘皆可舍，尊者，醍醐如饮遂修禅。

跏坐磐基肩袒半，罗汉，恒河沙数转经幡。悯我世间多坷坎，无念，一虫一草了尘缘。

（注：半托迦尊者，即探手罗汉。半托迦尊者与自眷属千三百阿罗汉驻三十三天花藏宫。双手结印。幼时体弱至祇陀林。世尊为其诵真语，恢复体力。授于具足戒。白天哮诵，夜晚静禅，获阿罗汉果。因他打坐时常用半跏坐法，毕则伸懒腰，长呼一口气。故被人称为探手罗汉。）

青玉案·戍博迦尊者

欣然坐看花开落，不沾酒，闲观萼，虫步凌波欺芍药。蜂儿何索，蝶儿何托，总是人间错。

几笼烟雨欢情薄，易谢红颜勿轻诺。何不经书装满箬，一行西去，今明忘昨，自在千山廓。

（注：戍博迦尊者，即开心罗汉。唐玄宗开元四年来长安传教的善无畏尊者；乃中天兰国王之太子，弟作乱，解衣告弟：你做皇帝我出家。我心中只有佛，不信你看！弟见心中果有一佛，才不再作乱。他果真出家，人称开心罗汉。）

渔家傲·诺距罗尊者

东土唐风传经盛，红衣罗汉乾坤正。三亿微尘如意境。凭墨鼎，励志男儿当贤圣。

色身触法君安定。画里长痴花倒影，忽泪哽，莫非前世观音性？

（注：诺距罗尊者，即静坐罗汉。诺距罗可译作大力士，原为一位战士，力大无比，后来出家为和尚，修成正果。他的师父教他静坐修行，放弃从前当战士时那种打打杀杀的观念，故他在静坐时仍现出大力士的体格。）

永遇乐·因揭陀尊者

黛玉伤春，宝钗愁暮，难救花短。戒定祥音，布施慈眼，四谛无常变。天涯芳信，三生情定，不过老弦新换。叹英雄，虞姬刎剑，当时楚曲声断。

痴儿怨女，无明因果，缱绻成空求算。满地黄英，斯人何在，此去离香篆。涅槃如证，轮回若慢，地狱天堂寻遍。佛心对，青丝半绾，木鱼古案。

（注：因揭陀尊者，即布袋罗汉。相传因揭陀是印度一位捉蛇人，为免行人被蛇咬，捉后拔毒牙而放于深山，因发善心而修成正果。相传他于五代梁朝时在奉化显灵，负一袋抄化。后贞明三年又在岳林寺磐石上说佛偈曰："弥勒真弥勒，分身千百亿，时时示时人，时人自不识。"说完他便失踪了。）

洞仙歌·阿氏多尊者

罗胸汉背，也清凉无汗，月静空巢树新卵。展虬枝，银汉星坠尘踪。极乐土，一洞神仙雀鹳。

弥山飘舍利，胜却凡间，自在飞花绕青蔓，昼夜六时音，演畅庄严，千百种，低徊宛转。但闻法，皆生悟禅心障碍去，闲来已无愁遣。

（注：阿氏多尊者，即长眉罗汉。阿氏多是梵文无比端正的音译。他生来就有两条长长的白眉毛。前世也是和尚，因修行到老拖着两条长眉毛，仍未成正果，死后再转世为人。有人曰其父："你儿子如佛祖也有长眉，是佛相。"故送他出家，终修成罗汉果。这里的舍利指古印度一种美丽的佛鸟。）

瑞鹤仙·伐那婆斯尊者

本来无意趣。偏要试，夜枕芭蕉纵苦。抄经听湘雨。自成诗行漏，茎丝斜注。扶疏似树。已有人、辞齐别鲁。把红尘恋尽,心禁齿收,信是茹素。

尊者罹遭幻术,悱恻端声,沈思聆悟,合分定数。慈悲汉,祈宏宇。笑拈花,且看千般闲劫,西风徐来何处? 自然生灭渡,唯法喜充满故。

(注:伐那婆斯尊者,即芭蕉罗汉。伐那婆斯梵文为雨的意思。相传他出生时,雨下得正大,芭蕉树正被大雨打得沙沙作响,他的父亲因此为他取名为雨。他出家后修成罗汉果,因喜在芭蕉下修行,故名芭蕉罗汉。)

鹧鸪天·乡趣

春染鹅黄山外山,雨淋新绿冒芽尖。几排村舍高低错,三五牛羊远近闲。

生疏面,笑相拦。牧童虚指后三间。当年拚却红尘醉,近野才知魂所牵。

卜算子·咏梅

一树粉华清,雪后舒香蕾。霸雨横风承千压,犹有欺霜蕊。

争尽繁华声,方似东流水。淬炼平生铿锵志,寂寞孤梅髓。

行香子·同学聚会

廿载难逢,鬓染飞霜。同学情,弥久醇香。青葱嫌瘦,情犊初窗。且浣春溪,滚春草,沐春阳。

倏鸣岁月,闲关劫老。任唏嘘,自掩思量。校花名草,悉隐沧桑。笑你逃婚,她逃嫁,我逃堂。

雨霖铃·晓思

冰蟾凉月,帐初眠晓,绮雨张绝。江枫夜阑平叙,渔灯影错,萧声呜咽。辗转还新老路,欲迟话离别。鼎沸处,强按清秋,写尽梅青雨时节。

相逢自古多幽结。莫凭栏,任尔高飞切。多情不敌春老,香满径,落红凝屑。但笑今朝,虚设年华,讽描眉睫。更恨晚,万种风情,和与东风阅。

叶宝林

高级编辑。现为《诗刊》社子曰诗社常务副理事长、《诗刊》增刊编辑、《诗词家》杂志副主编以及西山诗社社长、主编。作品散见于《人民日报》《诗刊》《中华诗词》等报刊,并在全国大赛中多次获奖。已出版《大漠红柳》《回头明朋》《套住太阳》三部诗词集。

五绝·山云

方才一朵孤,转眼万峰浮。
不觉林间有,随风入看无。

五绝·辘轳打水

老井醍醐饮,轮回辘辘中。
上牵摇欲重,放下便成空。

五律·藏羚羊

瑶池倩影留,佛国度春秋。
夏草溪边觅,风光岭外求。
天山奔野趣,雪域放长眸。
角挂云边梦,空中自解忧。

五律·萤火虫

幽光迷夜色,豆火熠村东。
扑扇摇秋水,提灯读夏风。
卑生杂草里,敢混众星中。
未比西江月,悠悠亦缀空。

七绝·笊篱捞饭

清水翻开已浊汤,一锅小米煮斜阳。
虚编柳笊为空眼,漏得金黄日子香。

七绝·题西山冬雪

一片琼山几点鸦,繁华落尽见清华。
人心简到冰封好,删去群花剩雪花。

七律·杀年猪

腊月流香捏酒壶，磨刀霍霍宰年猪。
邀邻尽是珠光客，望舍全无苇草庐。
稻粒多如钱数补，庭尘净似税兼除。
雪花白肉争脂玉，把盏谁来短信呼。

七律·红高粱

火焰山翻浪万重，西风借势上霄空。
围篱四野秋声厚，举秆千樽酒意浓。
粒米可安天下计，朱颜压过贵妃容。
高粱不是相思豆，却问缘何脸涨红。

叶德潜

春节望儿归

爱子打工在那方，过年没见他还乡。
山珍海味茅台酒，无限愁思岂有香。

叶德门

赞苗寨村姑

盛装斗笠赛山花，整地插苗背小娃。
横纵均匀行对棵，村姑巧手绣中华。

咏龙山水沙坪

沙坪秀丽千秋画，洞口漪涟万古音。
柳绿松青莺燕舞，桃红梨白蝶蜂吟。
景区景点胜仙境，石美石奇比桂林。
最是山花红烂漫，游人无不动诗心。

水调歌头·千年华诞感赋

千禧庆华诞，四海五洲欢。迎新除旧鸣竹，九九不平年。五十周年大庆，宇宙飞船问世，雪耻澳门还。国计民生旺，长治久平安。

迎新纪，长放眼，奋登攀。喜看萧萧万马，驰骋两千年。高举大旗指向，两个文明齐上，世贸五洲联。东亚雄狮吼，华夏写新篇。

水龙吟·雪

瑞瓦毛色无香，群芳烂漫难侪辈。东风不借，垂垂轻下，海涯天际。等量沧桑，平分肥瘠，玉装琼缀。念幽溪默默，来朝寂寞，余痕在，听流水。

想是瑶池阆苑，逞浓桃，狸妖狐媚。梅花轻贱，飘摇弥漫，幽芳寒蕊。天意难凭，有谁重问，者般情味！算人间暖阁，轻裘翼翼，及袁安睡？

叶根壮

平顶山市工业职业技术学院征途诗文学社社员。

【双调】沉醉东风·寒夜

残灯荧荧冷寒冬，偃蛰寥寥寂夜宁。薄被残案酒，穷棋满天星。愁人间腊月寒冬。醉看流星划无影，月躲进朵朵云中。

叶赫那拉明媚

笔名明媚、纳兰明媚。女，满族，澳籍华人，玄学家、诗人、词人、作家、音乐人、词曲家、编剧、导演。生于中国广东，兽医专业毕业，兼修中大中文系中文本科及澳洲维多利亚大学微机软件设计专业。擅小提琴、声乐，好书画。任世界华文组织(World Chinese Organization)主席、《翰海蝉园》文学网站董事长兼总编、世界作协和世界文学艺术家联合总会皇冠分会主席、中华国魂编委会编委、香港商业网络电视台纪录片《四海寻根》之墨尔本篇总导演、北京鲁煤诗文研究会常务理事，入选《世界易经名人录》《世界诗歌文学》《当代中华诗词库》《中国当代诗人代表作名录》《中国诗词年鉴2015》以及自媒体影响力名人榜等。其文学作品涉足现代诗、古诗词、散文、小说、剧本、论文、评论和人物传记，并被广泛转载和刊登于数百家中外文学网站、论坛、诗刊、杂志及其他类型刊物。

高阳台·候

故里秋离，飘纱落雁，难留告老情愁。盈感扶肩，叮咛候聚洋洲。年移影未逢楼后，妾问君、何日襟犇。冷春风，凉透凝肌，凉透心头。

春来澳岛芳油。镜里残红掠鬓，还汝青眸。语尽深宵，依稀郎已心休。芳华付予红笺去，爱若真、梦哪无收。怕深情，君戏娇娥，假予同舟。

绮寮怨·放琼

昨夜人前叙梦，日醒心未明。缅中说、绿柳青帷，温馨味、依旧萦盈。春莺唱词深邃，千思说、结段佳偶成。唤乡音、缭绕方言，声声是、岁月真挚情。

数愿回还古陵。青葱如目，余风历历成形。往曲谁听。琴弦拨、透凄清。君何故遗情此，害蓓蕾、放无琼。花凋落零。心声辑成泪，随谱行。

湘春夜月·夜歌

月销金，醉三杯梦中魂。一片诩韵喧嚣，吟唱旧时文。却换影音虚代，别个娥眉样，笑煞佳人。话旅程坎坷，青丝去岁，鲜保儿根。

楼空曲近，琴徨欠奏，咽已溪痕。泣谱强欢，流上句、断弦心哽，前誓风尘。仰天长叹，稚嫩情、何历多频。再一盏，饮三生错过，浮眸便陌，回眼飘云。

绕池游慢·秋后感

春盈紫翠，看前红后绿，百色争扬。远处云涛镶落日，殷徐舞、天乐柔簧。已过秋圆月，身病久、恰又黄粱。谁人悔意，留笺暖语，莫问前将。

公子多情戏玉，春肆尽漪漾，桃粉芸香。纵有思卿千万好，怎奈哪、尘世凡章。泪罢兴纸墨，寄君之、遥岸娇娘。祝福不悭，无私施予，恩爱恒祥。

看花回·读月

夕半风咽，襟单褥冷残烛。雁旋当空长啸，似无数心思，对影怜玉。无从诉说，偶忆曾经随陋俗。恩已绝、枉弃青伊，从此生离难再续。

晶心雪、长凝泪瀑。几多次、虔诚祈复。如若无缘再遇，或也悔当初，破镜谁蓄。年少气盛，轻把良缘抛峡谷。落今个、浪孤旅，月变杯中读。

十月桃·春殇

秋馨渐褪，绿红黄到处，紫色欢开。淡粉娇莺，玉肩依皓纱怀。姗姗独步春里，轻举目、望断云崖。初情有约，数十芳年，转眼霜裁。

忆旧朋新友歌台。同唱夜、音容勉强舒骸。触景伤心泪下，誓约迁栽。如歌一曲涵意，都以为、日久情埋。何人负我，此生残梦，情断天街。

醉太平·秋涂春意

秋装意眷。南飞雁断。泪沾罗帕问人远。月圆刚牙转。

休停墨染溪流倦。涂春肆，画中满。欲蜿香遗却虚盼。镜里羞花看。

三奠子·国庆情小叙

耀然旗猎猎，云里喧嚣。民众热，祖风翘。故园三十载，游子梦今朝。富强永，中坚硬，普天骄。

久情默默，长语迢迢。心向举，影呈遥。青丝和白鬓，童子额纹雕。水隔岸，楼参殿，紫灵飘。

早春寒

冷雨春头，寒气尽孤舟。去年相约来年守，影依旧，对空楼。千呼万唤始无眸。说早已、盟约东流。

阅罢黄昏再阅秋。依旧是、烛影浮。歌里分飞冬雪燕，叮嘱道、春到方休。

（注：中国的秋季，澳洲是春季。）

瑶台第一层·梦回紫金台

说与心怀。承过往、钦环觅栋才。又中秋至，圆缘逢聚，君宴楼台。阅灯下人渐老，鬓白了、岁月蓬莱。依稀见，旧檐分飞燕，莫辨归来。

迁徘。宫坛御畹，凤亭龙阁予新偕。赤袍红带，朝珠圣冕，金殿银阶。九尊宣旨意，册冠那、名列前排。梦烟埋。紫城宫徽渺，戏里身材。

叶立楚

写在国家公祭日

多少无辜命，南京血染江。
妄图瞒历史，军国闹东洋。

水调歌头·访井冈山

久仰传奇地，今上井冈山。阳光明媚高照，春意暖心田。到处竹松吐翠，遍地杜鹃怒放，一派好风光。造币厂怀旧，五井水思源。

谁曾想，方寸地，四伸延。依兹北上南下，挺进到中原。总统大江东去，领袖宣言回荡。决胜凯歌还。星火燎原训，传世一名言。

长相思·井冈山的杜鹃花

红杜鹃，美杜鹃，笑脸张张开满山，游人醉犹酣。

仰井冈，访井冈，回忆红军见杜鹃，心中感万千。

忆江南·翁媪五日游

人未老，千里赣湘观。两阁两山山水秀，如痴如醉梦魂牵，五日赛神仙。

古风·红米饭南瓜汤

常吃红米饭，多喝南瓜汤。
壮骨能明目，红军传统扬。

庐山浓雾联想

云封雾锁曾几番，欲把高峰没大渊。
纵使妖风兴暴雨，庐山仍旧矗巍然。

岳阳楼

洞庭湖畔岳阳楼，留下名篇论乐忧。
名句因楼载名世，楼因名句誉神州。

登滕王阁

高阁依栏望赣江，千帆过尽百帆忙。
心潮滚滚连天宇，难忘南昌第一枪。

瞻仰耀邦陵园

花圈一束献碑前，心似鄱阳激浪翻。
追忆伟人天也泪，愁云锁处看青山。

沁园春·龙山老年大学

神秘湘西，魅力龙山，别样美观。看春风拂面，百花又艳；阳光照耀，万物复鲜。老树新枝，枯藤绿蔓。暮色松霞映地天。传佳话，媪翁读老大，八百成千。

数科二十三班，引耄古花甲自策鞭。有诗词书画，喜名国内；歌曲舞艺惊艳台湾。五载耕耘，省州大奖。更喜升格正式编。桑榆晚，老有今为乐，开创新篇。

叶素义

号戍浦散人。男，1979 年生，浙江省温州市人，浙江诗词楹联学会会员，丽水市诗词协会会员，世界汉诗协会会员。

为君十赋鹧鸪天（选五）

为君一赋鹧鸪天

花落花开已忘年，为君一赋鹧鸪天。夕阳默默调平水，垂柳依依舞紫烟。

桥上立，梦中缠。痴心如旧盼归还。三千往事难书尽，万缕相思聚笔端。

为君二赋鹧鸪天

杏雨敲窗夜未眠，为君二赋鹧鸪天。伤心往事随风去，入骨相思惹月怜。

情已远，梦难全。飞英逐水恨哪般？秋霜早把青丝染，只盼来生再续缘。

为君三赋鹧鸪天

又是春归细雨绵，为君三赋鹧鸪天。一壶浊酒同谁醉？半阙清词入梦煎。

心寂寂，泪涟涟。更深夜静累红笺。金鳞莫恨关山远，遥寄相思待月圆。

为君四赋鹧鸪天

醉意几分紫墨研，为君四赋鹧鸪天。庭前落叶随风荡，窗外飞花任月镌。

挥玉笔，布云笺。行行洇泪悔当年。痴心难抵因缘浅，浊酒三杯催梦眠。

为君五赋鹧鸪天

紫燕翻飞舞陌阡，为君五赋鹧鸪天。花间把酒花间醉，柳下操弦柳下眠。

春易老，月难全。一怀愁绪染眉边。羞将名利争长短，长伴青灯可了缘？

叶子

本名蒲桂萍。玉雕家，词作家，诗人。新疆博州摄影电视家协会秘书长，博乐市作协秘书长，《博尔塔拉摄影报》创刊编辑。创作歌曲《赛里木湖之恋》；作品散见于《新文学》《散文诗二十一世纪十年经典》《流年百家诗文合集》《中国青年诗人精选集》《北方诗刊》《三峡文学》《新诗刊》《月影风荷》《青海文学》《奎屯文学》《伊犁晚报》《新疆石油文学》《美丽霍热》《博乐回声》《在边境线上新疆——夏尔西里》等。著有个人诗集《离别草原》。

钗头凤

玉纤手，老白酒，漫天迷雾挂霜溜。西风破，情缘薄，杯杯思绪，何时离愁。困、困、困！

冬不尽，人难留，罗衣不解无人忧。身感寒，夜如梦。那的怜悯，银珠泪断。休、休、休！

绝句·佳人

佳人居幽谷，素手绘丹青。
笔下香妃笑，图中山水明。
春来怜碧草，秋到聚浮萍。
本是瑶池女，翩向人间邀。

醉柳记

千丝万丝随风舞，岁岁长短亭。嫩芽看到柳成荫，它把春来迎。莺声鸣，燕飞轻。恰如人别情。远山轻烟照波明，好似画中景。

清平乐·秋夜

海棠无花，寂寥秋月夜。满街昏暗独盏灯，又添青丝白发。

再披罗衣迂回，独望窗轩思量。梦醒已无明月，窗外笛声合鸣。

一地

甲午中秋夜读庭玉叔诗词《心窗集》

玉盘珠落自心声，短调长歌信手成。
宗仰三曹风骨出，师承一祖患忧生。
作无私怨合时事，为有端涯守止行。
读罢复逢今夕月，向书甲午问亏盈。

眼花

年来始觉眼花浑，自信三维少一尊。
小字晰清须假镜，老文曲诉或凭孙。
已难辨别霾和雾，所幸犹知冷与温。
世相山河从此乱，分明只得用心论。
（注：三维：眼科谓之"脑、眼、光"三维构成视力。）

感秋

一眼风情惹感千，堪疑代世已留缘。
惊怜旧影成神谶，果接新愁入梦眠。
离道心诚人正苦，霜秋物老菊还鲜。
红尘只待圆天命，痴傻无龄不悟禅。

一海粟

回赠山野炊烟先生

又向眉边叹物华，枝头二月少梨花。
浓斟尘念清斟韵，闲品浮生淡品茶。
日晷渐移平野处，春光可度庶民家？
苍茫世事年年似，欲渡心舟向海涯。

卜算子·咏梅

未许逐东君注，只与春光约。霜雪摧成寸寸泥，留得馨如昨。

谁解岁寒心？不惹红尘薄。琼骨天香款款姿，裁作风前诺。

踏莎行·回赠汪时健先生酬和海粟《临江仙·知青短歌》系列

梦里田畴，望中乡路。临江曲曲萦回处。泥衫几度瘦残塘，韶光系在堤边树。

牧笛柴门，耕犁汗雨。春秋悟得桑麻苦。风云岁月忆蹉跎，青山自在晴岚伫。

高阳台·感秋

檐外岚清，阶前叶落，微霜欲染林枫。雁字裁云，楼头画角飞鸿。晴峦默立斜阳外，古塞边，幽谷听风。问樵翁，几度关河，几度飘蓬？

伤秋怕忆青青岸，叹扶桑渐老，成阵衰红。菊袖诗魂，难酬枝上葱茏。隔帘惊起鸡窗处，数寒蛩，啼破晨钟。惜匆匆，人在江湖，梦在篱东。

易传芳

女，重庆市万盛区人，从事医疗卫生行业，爱好广泛，喜欢运动、旅行、音乐、文学，最近爱上格律诗并开始写作。

人生格言：做一名安静的女子，花开花落。诗写人生百态。

七绝·菊

秋到庭余几瓣香，惟吾独秀却愁肠。
犹思对酒东篱下，相伴渊明旧日光。

七夕

遥对银河愁断肠，几时携手共寒窗？
谁说情久岂朝暮？吾愿双双莫冷床。

静夜思

寒更无梦上楼台，犹寄春思明月猜。
若是深情长不改，痴心可否动郎怀？

垂钓

群山叠嶂影飞林，野渡横舟照晚云。
湖畔老翁垂线钓，烟波万里任竿寻。

月夜寒梅

月作妆台盛艳开，宛如冰玉谁雕裁？
天姿娥女羞难比，长躲蟾宫不下来。

秋愁

秋风瑟瑟叶飘黄，独坐空阶夜色凉。
明月深情却天上，怎知尘世几多殇。

五绝·暮思

落日西山尽，青春付水流。
楼台孤立影，能负几多愁？

五绝·落日飞鸟

斜日映峰峦，清清一水湾。
幽幽天地影，能越几重山？

易超龙

笔名清河。

桃花吟

艳阳凭阑偶登眺，是处野荚又芳草。
桃花渐落絮欲飘，谁家绿树啼声鸟。
闲人踏青无趣意，细来看春春还老。
妍歌燕舞莺舌巧，算是难画柳蛮腰。
枝上风流迷侬眼，梨花总比杏花娇。
游人虽喜常攀折，那身憔悴怎堪摇。
已非昨日看花人，何惜冷落枝萧条。
当媚景说什爱怜，贪行色谈甚谢桥。
小生痴癫曾经闹，匆匆儿不再年少。
父母时催伤心客，名利财色本该遥。
生来单薄死亦薄，要那些个反而扰。
未曾疏狂强语笑，只我轻浮浪言表。
从来世事欺懦弱，不过一梦去迢迢。
此后再不多情系，远信沉沉离魂杳。
青灯明镜无拂拭，寻他个自在逍遥。
关你的浑言乱语，阿谁禁得恁无憀。

梅花吟

等闲风雪娇娥来，携雨伴约入寒门。
弱柳瘦条低眉问，谁与暗香红半唇。
不惧霜侵仙灵貌，冰肌艳骨倦红尘。
但披横雪浮沉个，何似玉人泪纷纷。
寂寞何惧当自赏，偏凝吹冻缔尽魂。
泥淖池中荷作邻，相思不语故里人。
宁愿孤老白双鬓，莫待残情却雪焚。
感怀道古觅初心，拂去牵念远嚣尘。
谁在无语鼓弄弦，和琴咽泪续残音。
未觉风来轩窗冷，幻中谁唤梦中痕。
几回梦来锁幽颦，一声轻叹忆黄昏。
固守自在明心境，常修凌寒傲骨身。
腊尽水暖候春光，百花散尽无萍根。
手写白绢被雨淋，讥道如来只为卿。
观想生灭与无常，自理愁肠憔悴深。
未知来世年少时，能否相逢似昨恩。
撷枝捻蕊唤天真，怪她孤傲难相亲。
顾念三生有旧梦，何处心意许相寻。
思量昔日向伊陈，最先属意便是君。

春雨春感

春雨又来春花晚，忽起微风空庭满。
度岁经年一场寒，坐看梅花身未暖。
夜来披衣摆箴卷，写尽当初孤深愿。
残灯昏火慵抬眼，窗外滴声何时断。
思量昔日天真处，错把桃花认笑颜。
归家十日匆匆去，只记樽杯酒十千。
每遇旧友饮歌筵，说道一天无得见。
纵使天上仙人面，何妨戏耍两消散。
无端又被说成笨，从来不知男女观。
自叹不具花巧语，怎能调伏让伊欢。
饶君老去仍还在，却是茫茫那人边。

易福绍

笔名易剑峰。广西阳朔县人。中华诗词学会会员。1994 年获全国田园诗歌大赛三等奖。诗词作品散见于《中华诗词》《诗刊》《当代诗词》《诗国》等刊物。

七绝·江村美

早稻青青没害虫，收工喝酒蛋煎葱。
夕阳斜射漓江水，反照瓜洲一片红。

读好诗

开在人间二月天，如花似酒像逢仙。
摇头摆尾拉声诵，走马西凉大漠川。

漓江村道行

春风吹到漓江岸，油菜花开蜂蝶乱。
弯弯村道酒旗飘，酸笋鳅鱼香糯饭。

大藤峡铜鼓冲瀑布

一心奔向太平洋，碧落飞流万丈长。
好想仰头吞下你，请君为我洗愁肠。

阳朔帜江楼上作

青山绿水淡兮兮，独坐江楼眼发痴。
我愿漓江全变酒，一船李杜一船诗。

卜算子·随笔

哥慕哲人诗，妹爱糊涂句。野草幽兰各自香，两个分居住。

留得必须留，该去由他去。待到鲜花插案头，对笑书中聚。

蝶恋花·致竹君生日快乐

生日良辰红烛亮。柳黛娇眉，凤眼秋波荡。含笑朱唇花瓣放。一帘刘海青丝帐。

如竹美文刊报上。轻抚瑶琴，流水飘春浪。才女佳人君最棒。白梅一朵天仙降。

浪淘沙·独白

时雨又时晴。碌碌生平。朝花夕拾像浮萍。大浪淘沙淘不尽，自我多情。

学点柳耆卿。走笔开心。起承转合乱弹琴。雪月风花随意写，下里巴人。

易梦然

七律·乡村之夜

责任田边晚风凉，蛙鸣蝉唱奏乐章。
满目稻谷黄灿灿，缠脚野草绿苍苍。
独自欣赏狂之夜，月娥玉兔作灯光。
乡野僻壤欢乐界，老少男女舞广场。

七律·思中年

知命之年欲何求，相夫教子姻缘久。
倾心付出家兴旺，终日辛劳永不休。
可惜蒙屈被抛弃，如今释怀泯恩仇。
坎坷之中觅如意，吟哦独行乐悠悠。

七律·《枫桥夜泊》之所思

日照蝉嘶火烧天，高温酷暑汗洗颜。
姑苏城外寒山寺，追慕张继枫桥边。
遥想乌啼月落夜，霜侵渔火对愁眠。
命运沧桑诗笔幸，觉悟吟得惊世篇。

七律·中元大会之悼念

临窗难寐望星空，七月十五忆更浓。
多少夜魂觅萦怀，几番期盼在梦中。
执笔吟泻相思泪，天上人间心海通。
唯愿双亲懂儿意，纸钱明烛祭秋风。

七绝·忆童年

日幕西山夕照红，骑着牛儿回家中。
山村童年无限好，悠闲自得浴晚风。

七绝·做客周庄

漫步周庄觅古踪，寻厅问柳意忧浓。
踏上蓬船陌巷里，泛舟双桥水淙淙。

五绝·台灯

床头台灯光，温柔又明亮。
天天陪伴我，默默著华章。

五律·故乡梦魂牵

一别三十年，爹娘已长眠。
兄妹家四海，老屋变桑田。
童年难忘记，思念万万千。
天涯如咫尺，故乡梦魂牵。

如梦令·山乡晨曦

月落鸡鸣犬吠，莺歌燕舞人起，山乡黎明沸。门前桂花香急，心迷，神醉。朝霞萦绕天际。

易跃新

微信名红日。60后生人，出生湖南桃江，高中历史教师。对传统文化情有独钟，常附风雅并乐此不疲。

五律·醉(新韵)

赤岚秋木寂，牵目醉人归。
鹰弄苍穹转，菊循岔路肥。
天边翻黑白，足下复高低。
再煮青梅酒，情怀尽付杯。

七律·与妻儿同游张家界

红尘舍却化彭郎，梦里风情入画廊。
泉淌金鞭明本性，木登御笔问苍茫。
幽枝日漏惊香蝶，险隘龙吟泣凤凰。
玉女哀哀莲万朵，田家相会共韶光。

七律·月弯弯

天边树静月弯弯，疑是深闺粉黛间。
罗瀑森森莺宛宛，流云谩谩水潺潺。
清清碧落牵牛女，寂寂回廊念玉环。
一曲霓裳角徵羽，露珠衔草梦山关。

五律·明月山

玉兔伴山行，层云脚底生。
崖危松立穆，风鼓燕飞轻。
壁挂如银练，涓流溅碧蘅。
春心托月老，一线系真情。

七绝·咏春

雨描新绿女红师，春色入帘宝鉴奇。
只怪鸟鸣枝头占，芳香摇落涨砚池。

五律·父亲

望断来时路，高山憩老牛。
禾田守热望，井水酿温柔，
鸟逗云间树，雷鸣寨外沟。
殷殷复懵懵，逝往痛中悠。

五律·故乡的秋(新韵)

晨辞昨夕梦，一睹劲龙腾。
鸟闹花枝俏，蝉休眷恋横。
晓睛藏夜雨，霜叶挂羞红。
慨叹翻沧浪，回肠荡气中。

七绝·咏荷

芙蕖五月碧无拦，泽野芳踪一探看。
不忘初心为底蕴，佛前侍座供人观。

七律·观NBA有感

群龙嬉戏紫烟飘，海啸山呼地动摇。
暗渡陈仓鬼影手，明修栈道仙人桥。
金戈铁马奔秦月，兰室香闺藏汉娇。
丽日中天星隐耀，长虹雨后炫重霄。

长相思·蝶恋痴

天竺葵，向日葵，朵朵葵花舞翠微。挥香蝶恋痴。

燕已归，人未归，极尽天涯云幔垂。花凋白发催。

殷宝田

自吼陵山老翁。中华诗词学会、中国诗词协会、河北省诗词协会会员，诗词书法及学术论文等一千余首（篇）散见于《诗刊》《燕赵文学》《九州诗词》《燕赵诗词》《深圳诗词》《诗词世界》等报刊，部分作品收入《当代诗人作品精选》《当代诗人词家作品汇编》《河北诗人作品精选》《中国经济文库》《虎啸龙吟·沈鹏庚寅元日诗唱和集》《醉梦庐集》等。作品多次在大赛中获金奖及一、二等奖，曾任网海之声现代诗大赛评委、保定市绝句大赛组委主任等，现任保定遂州文化研究会副秘书长、北美蝶恋花诗社河北分社长、网海诗社副社长、《九州诗词》编委等。

五绝·白洋淀即景

水漫天中镜，云浮水上鹚。
成诗何用墨，风月自由之。

五绝·江上

流云江上卷，归雁月梢悬。
芦雪风中乱，霜花又一年。

五绝·龙门湖晨咏

彤日除陈雨，风樯乱晓烟。
龙门多少尺，飘渺一声蝉。

五绝·秋瀑

落叶声声乱，西风淡淡疏。
千山得一句，野瀑泻如初。

五绝·秋韵

一岭枫如醉，三秋菊抱黄。
天池栖落月，秋色点新霜。

五绝·寻禅

山高天欲坠，松古鹤遗踪。
绝壁清凉月，遥遥断续钟。

五绝·夜行偶记

云深松岭暗，月落雁声低。
野里霜来早，两三飘渺鸡。

五绝·踏雪

野岭势如潮，枫林阵阵凋。
诗心偏好动，踏雪入云霄。

五绝·生涯

处处是为家，天涯复海涯。
寒山舒枕月，溪水煮年华。

五绝·蝴蝶兰

梅逊三分雪，桃输一段情，
双飞如是蝶，岂有暗香盈？

五绝·夜书（新韵）

夜浸三江墨，云垂百丈宣。
掬来峰作笔，写尽世间寒。

五绝·无题

小筑初醅酒，云窗暗度梅。
晓来风送月，竹影不容催。

五绝·野钓

月上群山白，波开半棹青。
放舟寻妙趣，逐水钓残星。

殷芳群

中学语文教师。全球汉诗总会、揭阳诗社、揭岭诗社、普宁民协、揭西作协成员。近几年尝试诗词、散文写作。部分作品发表于《揭阳日报》《普宁教育》《铁山》《蓝田文艺》《普宁文学》《榕江源》《揭岭诗词》《诗词月刊》《揭阳诗词》《寰球诗声》等刊物。

浣溪沙·山村远游

千里驱车逐暮霞，竹林深处有人家。一轮红日落篱笆。

溪水潺潺弹雅韵，热泉汩汩笼轻纱。边城小镇乐无涯。

一剪梅·岁杪感怀

雁去荷残水渐凉，叶上轻霜，鬓上星霜。烟花散尽梦一场，得亦无妨，失亦无防。

数九寒天有暖阳，休教风狂，休再彷徨。深山已嗅腊梅香，不负春光，不负诗囊。

清平乐·题林间小径图

迷烟晓雾，遮断来时路。叶落阶前黄蝶舞，花事随风远去。

相思小树同栽，依偎漫步常来。谁想幽长石径，如今爬满苍苔。

临江仙·咏月

碧海澄波浮素练，白衣漫舞云端。谁知漠漠守清寒。蟾宫多寂寞，孤影少人怜。

悔念当初私酿恨，灵丹贻误千年。幽怀难寄锁眉弯。与君曾许诺，痴梦几时圆。

鹧鸪天·夜读学词

月挂高天数点星，窗前帘影伴孤灯。墨香淡淡人独醉，雅韵悠悠最动听。

长短句，总关情。情浓深处泪盈盈。欲将愁绪埋心底，耳畔两三啼晓声。

蝶恋花·春思

岸柳翠池兼落絮。又近清明，谁把春留住。花谢花飞人远去，恼破春深无情绪。

帘外银丝愁万缕。烟锁重楼，莺燕传私语。懒理红妆衣袂舞，心思没个安排处。

浣溪沙·画梅

一点梅心一点魂，斜枝清瘦见精神。漫挥濡笔画堂春。

淡墨三分流雅韵，暗香一缕出寒门。襟怀未许染轻尘。

鹧鸪天·端午

五月榴红荷试妆，又逢端午艾蒲香。龙舟竞渡叠飞雪，角黍争投祭国殇。

怀忠骨，举贤良。楚王可恨祸民泱。汨罗悲诉离骚句，屈子英魂泣九江。

殷学政

融城放歌

滔滔酉水唱融城，万颗明珠夹道迎。
湘鄂联姻逢盛世，今朝龙凤最多情。

云龙洞

云洞藏龙八面山，袭人寒气醉云烟。
游人信步龙宫里，钟乳石林举目观。

访茨岩苏区

红军驻地峻崖中，重访苏区仰贺龙。
二六军团旗帜展，三湘豪劣霸图空。
湘川黔鄂掀洪浪，骤雨暴风斩孽凶。
北上挥师驱虎豹，精神留下展新容。

应玉明

笔名渔民愚民。理工出身，却喜文学。

七绝·夜

云歇月隐夜阑珊，楼宇参差落影残；
突兀弧光天际过，流星赶巧景来观。

七绝·苦修

夕阳纵落晚霞红，曲径虽弯大道通；
笨鸟先飞凭努力，肩挑明月苦修功。

七绝·棋局

马炮兵车仕象出，帅王如灭整盘输；
棋局应证千秋理，一将功成万骨枯。

望江东·描春

斜日西飞彩霞布，晚风顾、天归暮。江河水满浪涛数，溅雨雾、朦胧睹。

红桃白李枝头住，柳棉吐、新蝶舞。山乡原野艳如故，戏花路、描春赋。

七律·天工墨笔

寂寞孤舟水荡风，蓑衣斗笠老渔翁；
彤云径起弧山远，落日悄沉暮色浓；
雾霭烟堆生雨意，湖光浪涌聚霜从；
景幽如画谁描绘？嬉戏天公墨笔融。

钗头凤·伊人

弧光暗，斜阳懒，满天红艳时空晚；天犹暖，西风乱，近江言婉，远山云散，叹、叹、叹。

娇身段，腰肢软，笑颜酥手青衫展；清音转，飞歌蔓，曲高和寡，此情难换，赞、赞、赞。

望梅花·华溪夜色

色无眠天醉，星海思沉云媚；弦月垂钩私语慰，光影琉璃镜对；水荡清幽霓彩配，写意华溪景美。

醉高歌·待卿长发及腰

待卿长发及腰，娶你归家可好？娉婷芳影娇颜少，豆蔻年华正巧。

鸳鸯水里相挠，喜鹊枝头对笑；良缘锦绣天地造，比翼双飞到老。

尹国建

赞郎平

十年铸剑万千锤，又见红颜勇冠魁。
玉女英姿征奥运，排坛丽将揽金杯。
但拼幕后心和血，哪论屏前是与非。
洒在风尘多少泪，傲霜一座里程碑。

航海抒怀

扬帆踏浪任风吹，韵海新鹰振羽飞。
好趁晨曦分雨露，还从暮色觅芳菲。
豪情倚马从容洒，妙笔凭君任意挥。
处处山河春色艳，欣然摘得彩云归。

游天生三桥(新韵)

烟岚云岫路回还，飞瀑恢宏泄玉喧。
沟壑纵横叠碧翠，涧溪交错绕峰峦。
神工造化三桥洞，鬼斧劈开万仞山。
一日逍遥尘世远，身临幽境忘心烦。

临江仙·咏王昭君

朔漠犹闻轻曲，群山仍忆芳魂。幽幽怨怨俱皇恩。命随天子意，任负女儿身。

千载琵琶依旧，一方青冢长存。管教胡马息征尘。灵台归万里，北雁向荆门。

尹克舜

1941年生，江苏丰县人。中华诗词学会会员，中国诗歌学会会员，中国散文学会会员，中国硬笔书法协会会员。已出版《丰县革命斗争史》《三百忠魂》《尹城之光》《诗路寻珠》《诗海拾贝》等书；主编全国大型人文资料库《最美夕阳红》。

乡村

块块农田肩并肩，棵棵绿树手相牵。
冷风扯断天空雨，惊起飞鸿挂日边。

梧桐花

紫荆喇叭报春光，新燕翻飞伴奏忙。
日暮青山垂帘坐，桐花落下满园香。

五月麦收

瞬间小麦变橙黄，报喜杜鹃分外忙。
一色金波三万里，浩浩荡荡入粮仓。

农家

青青芦苇遍池塘，眉豆花开紫满墙。
白发爷爷不觉累，蝉声高树唱夕阳。

咏秋

萧瑟秋风阵阵凉，雨飘过后降寒霜。
高歌雁队鸣天际，低唱秋虫咏梦乡。
霜染柳烟衣变色，丹涂枫树叶红妆。
梧桐捕获秋来到，一把将它塞入囊。

观海听涛

云山壁峭巨峰横，万仞巍峨立海中。
突现白云一雪线，又闻奔马万雷鸣。
军声十万云天暗，铁甲三千龙震惊。
石破天惊留不住，夕阳西下碎残红。

金婚曲

秋霜两鬓去华年，相伴相依天地宽。
半世忧欢喜分享，一生濡沫命相牵。
常思少小青梅事，更恋夕阳夜幕缘。
贺罢金婚心内爽，清风入户似神仙。

沁园春·云龙湖

浩渺烟波，翠柏青山，水色一天。看轻舟飞处，破金银碎，巨鲸远卧，燕掠荷烟。情侣双双，鲜花点点，苏塔影摇翡翠间。绿阴畔，喜青莲舞动，船过珠山。

徜徉放鹤亭前，纵眺望金波衔绿山。览环山经卷，项王都会，刘邦故里，彭祖家园。豪放东坡，娉婷盼盼，帝相英才美艳娟。山林卧，醉翠湖美景，笑问何年？

浴生

本名张兵兵。湖南人，现居广东，农民的儿子。业余爱好文学，文传天桥哥哥，随喜诗歌和散文，喜欢折腾自己和文字。

寄语：春去秋来一叶落，三伏已过寒更，临冬不觉雨无声，清凉池火浴，方便法门生。

苏幕遮·柳烟丝

柳烟丝，花似絮，行色匆匆，风雨踟躇驻。归所何人能相诉，思泪双行，一见亲如故。
夜阑孤，灯照苦，烦劳营营，绮梦忧患顾。入静躬身省过处，案香几缕，万虑修而住。

无题

光泻纱穿曲径闲，风追影走笑声湮。
斜坡遥望秋鸿去，横阵轻嘹月夜还。

尹诗妍

本名刘建平。酷爱诗词，中国文学论坛、中国市民网、印象中文网等网站编辑或版主。作品散见于《岳麓诗词》《国防教育周刊》等刊物。

木兰花慢·端午寄怀

又榴花似火，日晴好、更风轻。有米粽飘香，雄黄酒美，谁奏箫笙。萦萦。汨罗江上，正龙舟竞渡散鱼争。漫颂离骚天问，似曾正则徐行。

冥冥。难觅英灵。人慨叹、作悲声。折艾悬、每每驱邪避瘴，点缀中庭。叮咛。缅怀忠烈，信巍巍义举任纵横。豪放一江秀水，流传一世英名。

木兰花慢·高考

又林兰如雪，正叶碧，送芬芳。看蜂蝶流连，游人沉醉，美景犹彰。张王，驻留树下，诵单词定律背文章。风晓青葱心事，柔柔吹拂清凉。

南窗，如火阳光，师洒汗，释疑忙。势亢昂、数载悬梁刺股，欲见真章。泱泱，考生济济，任题山辞海淡如常。无惧独桥难过，青春恣意张扬。

木兰花慢·茉莉花事

恋莹莹素月，沐雨露，自芬芳。曳天赋仙姿，迎风起舞，花事洋洋。山冈，满盈叶翠，似油油蜜意滴琼浆。韵致无关风月，放怀喜见含霜。

徜徉，馥郁流觞，寻静谧，许沧浪，只薄妆。败谢荣鲜恣意，却未疏狂。情长，纵光阴逝，更揉清芬半世留香。何惧红尘日久，竞存一季清苍。

瑞鹤仙·端阳忆婆母

又炎炎五月，龙舟舞，不见婆母扶挈。堂前影难别。榴花红，犹似去年争发。怜花泪抹。艾草悬、叮咛语迭。

任时光逝水，天堂无恙，夙念无绝。往昔端阳时近，尊慈亲裹，粽香浓冽。雄黄饮啜。儿孙绕，情欢悦。病魔猖，拆散温馨难躲，回天乏力痛诀。正焚香哽咽。祈祷善缘再结。

暗香·情思(姜白石体)

小桥久伫，哪个撑伞望。宁堪风雨，草色轻寒，慢上心头惹愁绪。守着伶仃洒泪，犹记得，几多私语。怎奈得，牵念丝丝，穿越漫空去。迟暮。拾归路。

碎雨早湿衣。瑟瑟回顾，怎开跬步。无奈凄凄竹枝舞。竹上斑痕得见，言在耳，伊人何处。雁来也，春夏替，最怜楚楚。

木兰花慢·相思

任如刀岁月，染华发，念成堆。正五月芳菲，群葩斗艳，绿草葳蕤。嘘唏，小桥流水，怎摩平尽汩汩相思。风拂纤腰老柳，当年泪眼依稀。

徘徊，紫燕鸣啼，飞接翼，憩偎依。羡煞人、怎个柔情蜜意，难教疏离。由斯。盼重逢日，诉卿卿别后语迟迟。冀望光阴暂驻，流连旖旎韶晖。

满庭芳·圆明园记行(晏几道体)

湖畔逢荷，桥边问柳，故园美景融融。龙舟踞坐，情系水波中。几个蜻蜓嬉戏，忽散去，两处情浓。时光瘦，欢情难久，上岸续初衷。

流连何所似，遍寻景致，尽访遗踪。恍若见，王侯将相途穷！端的心疼欲碎，恨未了，怒火胸中。残垣在，警钟常醒，强我势雄风！

七律·喜聚

欣然践约心澎湃，卅载难逢义尚真。
得见风霜书岁月，犹怜皱褶写风尘。
知心话语滔滔诉，恳挚情思切切陈。
糗事重提增笑料，当年恩怨亦堪珍。

寿楼春·念双亲

闻檐前莺啼，唤温馨梦醒，难忆亲慈。缕缕晨阳裁入，满堂生辉。寻梦续、重相依！任语轻、堪言分离。只老柳安详，徘徊燕子，何似旧时宜。

园墟在，花期迟。念精心佑护，才展芳姿。最爱堂前藤椅，影踪依稀。魂断处、心伤悲。岁月还、常供床帏。弃名利身家，相随近旁常慰之。

小重山·杨花

又是弥天散落花，悠然飞海角、逛天涯。无关风月更无华，心若醉，哪个奏琵琶？

欲上帔云霞，风中寻彼岸、好还家。渐行渐远日西斜。君不见，朵朵赴尘沙。

七律·结婚纪念日有感

倏然廿载云烟过，感慨沧桑岁月消。
入座笑谈思往昔。举杯欢庆醉今朝。
韶华纵减须留韵，风度偏增应更潇，
浪漫情怀期可续，童真永葆自堪骄。

满江红·九三大阅兵有感

数载艰辛，英雄血，回眸历历。未敢忘，家仇国恨，风云多易。多少男儿无反顾，几多家户成残壁。碎钢牙，誓死卫家园，平顽敌。

中华好，民心壹。迎风雨，开双翼。阔步前行健，激情鞭辟。鬼斧神工龙岫美，浑然天赐河山煜。看今朝，我辈竞风流，乾坤立。

永隽

本名张铭。北京人，中医骨科医生，诗词爱好者。曾担任榕树下网站“谈诗论词”论坛版主及“诗词雅韵”社团编辑，并在多家诗词、文化论坛担任版主、嘉宾等；2009 年参加第二届北京青年诗词峰会并做大会发言。

浣溪沙·长生殿

光影疏斜日渐昏，茶香轻袅曲安魂，曼声低唱有佳人。

细雨笼窗如润玉，锦鳞应答似通神。梦回犹忆妙听闻。

（注：长生殿是朋友开的一家国学书院的名字。）

喝火令·七夕读七夕词

露重垂阶草。风凉听砌蛩。碧穹金镜半难逢。云汉渺无鸟鹊。牛女竟西东。

皎色穿窗牖。茶烟漫竹桐。曼声吟叹忆词宗。更叹佳期。更叹霎儿风。更叹一江春水。尽入梦萦中。

苏幕遮·猫

布甘霖，灵异具。却入囊中，谋代腊豚侣。欲置鸣铃堪笑鼠，谁倩挺身？我自磨牙觑。

栗香浮，燔亦取，狡狙甘言，食竟心方悟。九命空谈休自诩，为逐奇新，一一俱辜负。

乙未岁秋日乘缆车游恒山感赋

人天北柱宝符藏，余脉阴山跨太行。
绝塞如奔堪折脊，雄兵倚势赖腾骧。
风摇松塔闻钟磬，雁别故燕思吕张。
杳杳凌虚渐心远，欲寻驴迹共徜徉。

七律·应社赋咏妙玉成窑杯

水碓舂淘出远山，印旋镂彩继千燃。
红尘四甲漫游历，缁服一经曾听禅。
素口未亲如敝履，绛芸多悯续新缘。
恨叹豹尾迷匿迹，蛇线宁无新伏延。

应社赋冬夜即事限常字韵记长生殿京剧课

流光疏映似寻常，蒸茗烟腾沁异香。
揉捻疾徐丝婉转，皮黄悲喜唱铿锵。
西城弄险名三国，铁镞攒身叹七郎。
逸性遄飞频击节，华灯浑忘已煌煌。

浣溪沙·早春

喜鹊新啼柳上行，斜晖曼舞草青青，冬衣乍暖渐难胜。

雨润泥香人不寐，芽黄枝翠长犹争，细听拔节两三声。

红芍药·咏芍药（步通叟原韵）

春阳煦润，养幼滋少，圃园广生毫尖小，待赠之春老。余容纵在眼，怎抵过、梦长难了。羡荫下醉卧娇眠，更无些个烦恼。

莫囿情田，且簪英趁早，为赏金腰终睨傲，哂遽辞颠倒。疾厄困黎庶，仙丹播、洛花离草。解沉酲、粉黛轻攀，折嗅千枝迎笑。

丙申岁上巳日初中同学聚会有记

桃夭柳拂雀声欢，夹路趁风飞纸鸢。

卅载难呈新讯记，一朝笑忆旧翩跹。
长歌慷慨吟别后，传酒兴豪分彘肩。
筵罢唏嘘寄珍重，夜阑珊处更无眠。

七律·春暮

沐曦拂露听司晨，满树槐花别暮春。
浮白何寻修禊友，落红可待有心人。
由来知道百年寿，多病持生四纪身。
且趁沂风发歌咏，云低莺啭草茵茵。

游绍文

赞女航天员刘洋

（一）

壮怀储日月，文武誉三军，
千古中华女，航天第一人。

（二）

太空交响曲，当代木兰诗。
无意留青史，芳名天下知。

写在抗日战争胜利纪念日

北美阴风疾，东洋恶浪频。
出云重炫武，神社急招魂。
修宪如猴跳，争疆似虎吞。
幽灵浑不去，亮剑效龙吟。

山姆大叔

持强作宪兵，欲挟地球行。
谍网精心布，军刀任意横。
自由谋命曲，民主敛财经。
举世嘘山姆，人权带血腥。

响水洞山庄夏曲

瀑来千马奔，河去一龙腾。
寺隐钟声远，林深鸟语新。
池边蝉噪柳，亭里客操琴。
往返车如织，时呼梦幻村。

月夜

银河渺渺水无声，难辨牛郎织女星。
意欲乘风登浩月，夜观东海铁长城。

月季花

善待东南西北风，春秋冬夏笑从容。
芳香园里花千种，谁敢宣称月月红？

塔泥湖风光：铁索桥

夹水双崖接碧天，索桥飞架白云边。
山歌一曲红妆过，醉了凡人醉了仙。

龙泉感赋

层峦叠翠接长天，冒水咕咚山脚边。
井喷银珠晨雾漫，池储红日暮云闲。
操刀贺帅斩熊犬，泼墨任公斥蒋奸。
英杰丰碑凌霄汉，游人谁不颂龙泉。

（注：龙泉位于湘鄂川黔苏维埃省政府旧址前百余米处，因贺龙得其名。熊犬指国民党说客熊贡卿；蒋奸，指蒋介石。）

颂南海

俯仰乾坤兰碧连，云舒浪卷日高悬。
星罗棋布仙人岛，蝶舞蜂飞渔户船。
水展无双商贸道，地藏成串气油田。
中华南海何其美，除却波斯无比肩。

（注：波斯，指波斯湾。）

年夜

合家团聚举金盅，先敬毛翁盖世功。
一代天骄擎赤帜，满门英烈化霓虹。
怒惩恶虎三山倒，喜绘蓝图四卷雄。
手挽乾坤等圣策，总将有限变无穷。

观望仙台瀑布问水

摇头摆尾到台前，一展银身地接天。

电闪雷鸣呼大海，霭旋雾卷恋深山。
丹青不尽王维卷，翰墨难穷李白篇。
敢问蛟龙腾达事，凿关刨隘几千年？

岁寒三友

竹

笋锥蓄势节承宗，枝蘸春光染碧穹。
骨硬怀虚超草木，风摧雪压更青葱。

梅

白云千顷托仙宫，王母桃园花正红。
孰令凡夫离幻境，暗香缕缕妙无穷。

松

弯弯曲曲千山路，叠叠重重万仞峰。
春夏秋冬风雨雪，悟透人生识劲松。

说抛荒二首

（一）

催耕布谷叫声忙，耕者淘金去远方。
不见秧苗摇细绿，田生杂草泪汪汪。

（二）

耕者无田当造反，宽盘窄用莫伤怀。
资源调控文章大，车到山前路自开。

宪国精神赞

一敞山门眼界开，天高海阔畅吟怀。
诗词基地龙山建，铺路搭桥仗楚才。

游绍松

边城吟

（一）

一座新城誉八方，筑巢引凤共飞翔。
土家苗汉长携手，人杰地灵出栋梁。

（二）

三边旧貌换新颜，上网交流九州联。
科教弘扬黎庶富，嫦娥鸟瞰也嫣然。

土家族“摆手舞”

八部同宗著丽装，欢歌摆手众轩昂。
插秧除草轻盈舞，打谷飞镰喜欲狂。
龙凤旗飘鸣号角，齐眉棍起晃银枪。
咚哐音韵山川荡，又庆丰收迎吉祥。

红军长征精神万古扬

秋风萧瑟复寒霜，外患内忧除恶狼。
戴月披星天作被，餐风宿露地为床。
跨行草地忍饥饿，翻越雪山斗志昂。
一代英豪开伟业，中天日月万年长。

庆祝自治州成立 50 周年

回首建州五十春，精诚自治暖人心。
百花斗艳山河秀，五谷丰登岁月新。
黎庶蹁跹歌盛世，嫦娥还俗下红尘。
和谐社会东风劲，再创辉煌惊四邻。

游文畅

又名游畅，别号清源客，本名陈连根。男，1965年生于浙江省安吉县吴昌硕故里鄣吴镇。幼喜古文，青年习诗，诗词作品见于《诗刊》《中华诗词》《诗词月刊》《诗词世界》《中华诗教》《香港商报》等刊物，入编多种作品集并多次获得全国各类比赛奖项。中华诗词学会会员，《诗刊》子曰诗社社员，浙江省作协会员；曾任香港诗词学会常务理事、香港诗词网站执行副站长。应邀赴香港城市大学参加纪念杜甫诞辰一千三百周年大型诗词公益活动。

七律·乙未年暮春之初

绿肥红瘦渐青春，暮雨朝晴日不匀。
万缕流光袪故旧，几双飞燕入时新。
门前竹笋方盈尺，槛外尘嚣又一轮。
睡里莺声听未切，醒来依旧是闲身。

七律·读小重山寄沪上费教授

云山隔远又初冬，词味年来感渐浓。
竹海携游常在目，鹏城挥斥自从容。
坛中历日耽朝暮，苕上清流连沪淞。
快意身随辽水鹤，人生足矣一相逢。

七律·咏受荣村步韵明代诗人张永明青山诗

四围叠嶂自浑雄，春水连波递万重。
望处清奇有修竹，行来华茂是云松。
受荣落照村声静，湖墅动炊香气浓。
仰卧安知今几许？层峦沟壑但如龙。

七律·车过宣城眺敬亭山作

连绵曲折护江城，依旧云闲两不惊。
鹭起皖天山有色，车行故道水无声。
风流几许皆成泪，苦恨千寻唯落英。
望断楼台亭榭意，孤蓬似我也同征。

踏莎行

（一）

晓露清圆，初阳温软。声声鸟语溪如练。多情昨夜是梅花，随风泣落千千片。

世事难穷，芳晨又半。任凭开谢纷纷乱。人情惯是踏春行，却难解得春风面。

（二）

风物应闲，浮生空寄。云遮雾隐山迢递。落花夜雨尽消磨，幸逢流水知春意。

远阁如涂，近湾如洗。江山迟日云霞丽。莺声穿柳动垂丝，波纹细细因风起。

卜算子·迂迢山道

山道九回环，十里风光秀。总有香风扑面来，其味醇如酒。

争似武陵源，恍惚陶家柳。应赋归欤到此间，一世长相守。

卜算子·题月亮湖

水拍上春堤，春水何明彻。月亮湖边二月天，处处花如雪。

竹翠草初青，雨洗山如玦。十里盈盈一水间，浪涌光明灭。

游先华

仰烈士陵园

雨洗万棵松，英灵演阵容。
谁言眠地下？梦里效关公。

今日果利河

河中鲤鲫肥，水上鸟翩飞。
乐坏垂鱼者，轻歌满载归。

猛必奇观

茫茫大海隐桃源，傲首苍鹰放眼观。
浪卷波飞龙起舞，云开雾散柳生烟。
东风坪上春光在，猛洞河中锦鲤闲。
旭日一轮含笑露，苍鹰嘴里古松衔。

（注：猛必界北端有一山酷似老鹰嘴，当地人称为老鸦尖。）

比耳新貌

莺歌燕舞里耶行，五月晨风暖客心。
过去青岩镶大地，如今黑土产黄金。
草鞋踏上康庄路，背篓背来富裕村。
酉水河边风拂柳，土家苗寨满园春。

游塔泥湖

群山匿日晚风飘，绝壁劈开路一条。
拔地奇峰牵月近，倚天巨石览星遥。
回眸意荡空中影，俯首神驰岭上桥。
更是中华强国梦，英雄遍地领风骚。

题黄河壶口瀑布

黄河滚滚天际流，虎啸龙吟震九州。
最是观音纤手妙，烟尘万里一壶收。

走潼关

烈日当空水冒烟，巍巍华岳指青天。
黄河北莅朝东去，面对潼关不敢前。

秋登华山

结友邀朋览胜堂，秋阳暖暖染青霜。
缆车绝壁蒸蒸起，秋洗山冈点点黄。

读延安

金秋九月渴延安，历史清新映眼前。
静静延河流岁月，巍巍宝塔照山川。
杨家岭上燃星火，杜甫川边响马鞭。
万里征途刚迈步，康庄路上凯歌还。

武当山抒怀

云缠雾绕武当山，暮鼓晨钟太极拳。
金顶远观山外景，飘飘逸逸赛神仙。

重登八达岭长城

正值金秋枫叶凉，腥风血雨鉴沧桑。
长城万里雄风在，不见当年秦始皇。

秋菊吟

迎风斗雨笑秋寒，五彩缤纷小路边。
装点山川心怒放，张开玉手捧蓝天。

读武汉

晴空万里景悠悠，一路欢歌画里游。
黄鹤点头迎远客，东湖挽手捧轻舟。
推翻帝制惊三镇，响起春雷震九州。
楼上凭栏舒放眼，长江滚滚向东流。

戏题庐山自助餐

紫燕清晨结对排，轻风大雾两无猜。
清泉一股随肠去，浊酒三杯下肚来。

渔歌子·咏环卫工

日晒风摧若等闲，推车吟唱“把家还”。秋赏月，夏听蝉，夫妻对视笑声甜。

渔歌子·拉二胡的小姑娘

映月清泉两眼霜，扬鞭催马送粮忙。人稚嫩，曲悠扬，丝弦款款叙衷肠。

字谜

说它孤单不孤单，说它相连不相连。
叫声夫来喊声天，找个人来难上难。
（打一字）

东望

雾散云开总有春，一衣带水故乡情。
九州骨肉宗同脉，但愿关山共月明。

纪念鲁迅逝世80周年

文光如闪电，剑气荡黉台。
脊背无虾骨，心中少雾霾。

故乡秋韵

黄遍平川染满沟，欢歌笑语酒窝留。
你来我往风光带，皮卡车中一岭秋。

草原晚秋

油奶醉心房，牛羊啃夕阳。
马头琴韵远，鹰翅量天长。

秋雁

雁阵排空伴雪飘，南来北往路途遥。

心中共有鹏程梦，引颈高歌入九霄。

采枞菌

朝霞一路染青山，红女提篮出宅园。
越岭翻山流动景，秋光溢满竹篮偏。

游野三峡

穿云破雾鄂西游，仙女闺中面带羞。
远处飘来黄四姐，歌声剪浪逐沙鸥。

幽燕弦歌

弦歌行

自古燕赵地，壮士多取义。
太行励风骨，易水养豪气。
缘此名弦歌，歌吟乃利器。
愤则黄钟发，婉而清角寄。
书生幼负笈，常思步贾谊。
所叹逢不适，故而簧门厕。
长剑匣中锈，青骢无鞍辔。
幸得诗书友，无忌文以恣。
皇皇知天命，历历老竹翠。
尚能知饭否，频遇庄生寐。
童心尚未泯，宿愿何曾遂？
调和宫徵羽，慷慨唤歌吹！

秋风

开轩纳月恰君临，无意吹香花影岑。
漫捋浮云遮玉阙，轻分落叶入平林。
闻声穿越飞蓬起，把酒欷歔掷履寻。
不尽凡尘离别梦，凤鸣更续水龙吟。

临江仙·秋思

月缺星疏风淡，荷残柳老鸣虫。临窗眉蹇意朦胧。流萤扑画梦，细雨点秋瞳。

记否梨园初试，垂眸不语腮红。繁弦急管舞花丛。何时春已去，再觅蝶无踪。

游致明

诗词艺名为萧卫正；创作艺名为游一说一。

七绝·致抗日烈士

志为民族不为家，甘将热血洒中华。
险山恶水驱贼寇，笑看旌旗红似花。

七绝·家乡美景

一片果园任我摘，千姿百态逐云来。
丹山碧水景犹驻，遍野鲜花为众开。

七绝·人生悲歌

日日悲歌夜夜愁，祈求命运赐吾秋。
可怜岁逝童颜老，来世循环半世修。

七绝·久旱逢甘霖

时来半月日逍遥，直教众人怒火烧。
得幸今朝天有助，似鱼入水任中漂。

七绝·新世纪

精英盛世开新局，华夏万民乐小康。
美好春光花烂漫，和谐社会使辉煌。

美人赋

上得厅堂兮，下得厨房。
智貌并存兮，敢斗流氓。
花容月貌兮，颜值耀光。
幸遇美人兮，见之不忘。
未见美人兮，思之如狂。
但得美人兮，生之无枉。

五绝·霸王别姬

四面楚歌起，垓城兵万重。
悖心将爱刺，来世再相逢。

于德全

网名桂骁。原籍吉林松原，现居哈尔滨市。自幼爱好文学，特别是诗歌和散文。

江城子·忆故乡

闲来无事忆故乡，双面墙，中长廊。柳条围栏，里边种花秧。紫茄红薯豆花香。瓜满架，芸成双。

儿时伙伴一大帮，骑高粱，打破缸。无忧无虑，万事不思量。支农拾柴无大事。闲有忙，上学堂。

七律·青丝雪

昨戴青丝今顶霜，寒来暑往去时长。
二十靓仔成伯父，十六俊妞唤婶娘。
小马变为千里驹，幼苗化作紫金梁。
廉颇虽老尚能饭，倍胜少年秦舞阳。

古风·哈尔滨中央大街

中央大街史悠悠，熙熙攘攘游客稠。
黛青方石铺古道，左右错落百年楼。
沙俄样式琉璃瓦，风骚独领融亚欧。
尽收美景须北望，冲天宝塔镇河流！

如梦令·哈尔滨

江水松花凝绿，千载如歌如诉。曾经晒网地，今日群楼高矗。无数，无数，沧海桑田幕幕。

七律·渔村

大海比邻浪有声，房前屋后柳榆青。
门旁月季红方艳，窗下玫瑰香正浓。
馋仔偷摸图小杏，阿婆笑骂训顽童。
今天让你吃个够，酸掉狗牙别喊疼。

于发

黑龙江省依安县人，1945年生，退休教师。

自述：教书育人大半生，栽桃育李，虽离岗但依旧关心国家教育事业，特别农村教育的发展，颐养天年时犹奋笔讴歌正能量，弘扬主旋律。

七绝·春风

绿涛万顷艳千红，一夜吹拂唤柳声。
细雨温馨滋草木，东君微笑醉乡城。

七律·游太湖

随波举棹画中游，绽放新荷展望收。
遥看扶摇飞大鹭，闲听欸乃弄扁舟。
荧荧佛祖灵山像，杳杳蓬莱瞰海楼。
无限风光何处放，不甘眼底驻心头。

七律·湖边漫咏

秀水环山荡小舟，牧笛奏响信天游。
渔翁喜悦垂竿钓，菡萏芳菲诱眼收。
燕雀翔林知酷暑，蜂蝶吻蕊盼金秋。
谁将阆苑移此地，仙境瑶池叹不休。

于方

笔名暗香疏影。生于冰雪之乡，客居京城，现为高校英语教师。性耽静，喜诗词。《诗刊》子曰诗社会员，全球汉诗总会会员，诗词世界丁香社、卢沟诗社、国藩诗社会员。有诗词见于《诗刊》《寰球诗声》《中华辞赋》《诗词月刊》《诗词之友》等刊物及江淮文学等网络平台。

诗观：愿于深深浅浅的文字里细数流光，静待花开。

七绝·千灵山磨针亭

灵峰一脉入云孤，草色遥吟醉有无。
磨杵成针今漫道，千秋度化与诗壶。

七绝·寄友

东海偶寻一斛珠，月之素魄韵之壶。
酯来绿酒初心浣，共饮卢沟半醉无？

七律·观曹雪芹故居“题壁诗”有感

一角茅檐一阙歌，苔痕点翠共蹉跎。
青峰脚下聆顽石，黄叶村前泣旧疴。
向壁红笺三尺短，醒茶冷雨百年多。
拈来若许荒唐事，脂砚无声梦几何？

卜算子·寄秋

暮色浣东篱，静立幽然朵。忍顾归林倦鸟飞，漫把心香锁。

络绎几浮云，缥缈峰之左。聊寄初秋一缕凉，月伴卿和我。

风入松·秋语白山

西风一夜掷青黄，天寄锦书长。流连晓径斜行缓，菊开处，拾韵噙香。叠嶂溪声回远，依稀云外铿锵。

霏霏薄雾惹思量，心海转晴光。柴扉小院清凉界，玉壶里，漫煮秋阳。岁岁情归东野，猗猗复照兰乡。

水调歌头·青龙湖游记

万里澄空碧，一叶燕舟轻。遥岑随抹春暮，欸乃拨春声。几欲凌波步远，来去欧盟相问，渺渺话阴晴。谁共逐鳞影？三二钓纶朋。

半酣酒，千阙梦，古今行。坡仙举袂，吟罢东去浪痕平。眸底尘烟渐净，心畔荣枯弥远，相伴素琴清。寄语天涯客，且向水云听。

水调歌头·丙申中秋读昭君有寄

皎皎汉庭月，对影忆边州。依稀桂羽冰魄，冉冉步琼楼。襟上余香揾酒，倾野琵琶漫诉，斟满故园秋。解语雁尤去，何地浣清愁？

绝烽火，和万阙，属盟鸥。荻花堆雪，唯许胡域绾风流。却道山长水隔，又恐云青曲冷，归梦睹沉浮。勾兑光阴久，谁与寄方舟？

沁园春·国庆随咏

盛世华庚，桂子攒香，玉宇浣晴。望五洲秀色，岳峨堪赋；千重禹甸，稻稔唯倾。习习金风，涓涓德政，筑梦殷殷亿众行。心澎湃，叹韶华六七，几许峥嵘？

挥书万卷难弘，揭竿起，炎黄渐复兴。倩井岗星火，燎原凭忆；卢沟晓唱，拾韵尤听。月殿寻幽，南疆亮剑，云卷云舒思泰宁。今朝贺，乾坤朗朗，又谱新声。

于格

平顶山三苏诗社常务理事。

七绝·思亲

（一）

大地冰封百草枯，先人驾鹤共仙驱。
红尘亲眷空悲泪，奈何阴阳隔世途。

（二）

日月如梭星斗转，思亲远去泪涟涟。
一腔睿孝心难尽，冥祭千金亦枉然。

（三）

春秋三载终将至，慈面祥容梦里端。
纸币焚烧清泪洒，琼阶月冷触心弦。

春意

山村一夜东风暖，万朵千枝展玉容。
正是春光无限好，留恋蝴蝶枕花丛。

秋思

小楼昨夜又逢秋，独依窗前寂寞留。
人在天涯月在望，梦回千里路悠悠。

于娟

网名滢滢溪水、糊涂仙子。河北任丘市人。毕业于河北师范大学英语教育专业，中学教师。中华诗词论坛版主，香港诗词论坛曲苑副版主版，香港诗词学会会员，中国诗词协会散曲创作研究会副会长，《中华诗人》编委。

七绝·夏日荷塘

依依杨柳绕池塘，脉脉芙蓉散妙香。
一对白鹅相吻颈，篆成心字水中央。

五律·门口观大暴雨感怀

倾盆从上泻，碎玉落平川。
云似空中幕，车如水里船。
狂风掀树倒，断路惹心悬。
但乞天公爱，家人绕膝前。

五律·漓江

漓江波潋滟，玉镜远烟蒙。
鱼戏云中燕，鸥飞水里峰。
青青罗带挽，静静画廊行。
欲枕群山下，常留一梦中。

七律·国庆礼赞

十月金秋喜气扬，祖国华诞铸辉煌。
上天揽月神舟送，驾海维权战舰强。
科技腾飞盈硕果，改革开放耀东方。
六十七载风霜路，锦绣山河万古芳。

卜算子·怀念余旭

孔雀舞蓝天，何故折金翅？霹雳晴天欲断魂，谁继凌云志？

四海泣英灵，卅载芳华逝，火凤涅槃羽更丰，浩气留青史。

踏莎行·任丘花海

花海无边，游人无数。是谁种得消魂处。九天仙女下云霄，紫衣联袂翩翩舞。

香气怡心，繁星养目。秋光直教春光妒。画中留照孕诗情，兴来不觉斜阳暮。

【黄钟】昼夜乐·寻找绿色家园

我想幽栖一片林，真真，真真地空气清新。枝头上流莺对吟，远尘沙整日无愁闷。软绵绵碧草如茵，看彩云，五色缤纷，五色缤纷，止不住生兴奋。【幺】牵魂牵魂多动人，追寻，亲近，亲近恁溪水粼粼。恰好是和风正吻。顶蓝天太阳光似金，更教俺倍感温存。醉眼熏熏，醉眼熏熏，怎不爱家园俊？

【中吕】醉高歌带红绣鞋·这个春天，我想约你去踏青

趁着不老的年华，披上青春的绛纱。今天约你把青儿踏，一路轻疯漫洒。【过】水秀山明醉俩，桃红柳绿争夸。牛郎织女不如咱，幸福如蜜枣，灿烂若朝霞，心相印手牵手再唱一曲《你是风儿我是沙》。

于俊菊

河北霸州人。

绝句

（一）

更深又抚琴，寻梦寂寥魂。
弹曲相思恋，他乡伴我身。

（二）

霜漫枫山宛落霞，诗人墨客指间夸。
谁言秋冷容颜老，滤去浮华壮岁华。

（三）

寒冬冷月浸窗纱，伏案沉思纸上花。
写遍红尘悲喜事，繁华荣辱一浮沙。

于文霞

网名无痕、谢池春。北京人,70后。酷爱诗词,喜欢从大自然中捕捉灵感,从古人作品中寻找共鸣。

立秋

一缕金风送，悄然已到秋。
虽无枝叶显，但见菊花头。
朵朵飘香院，层层尽染眸。
南窗萦梦笔，玉液醉方休。

夏夜

漫步梧桐径，浓荫夏暑凉。
风穿青玉叶，月照秀人妆。
旧景依然在，相思荏苒伤。
此情无处放，唯有墨千行。

风

轻柔拂丝发，肆意吻腮唇。
常伴春花夜，时巡秋月晨。
心随山水起，情寄鼓笳身。
未得真容见，行踪变幻频。

颂教师

当初上学郎，今入教师行。
诤语潺潺授，谐文阙阙详。
春来秋去献。灯下案前忙。
不计名和利，清风伴岁长。

故乡

家在燕山脚，迎风写景天。
春来花海艳，夏去果香传。
月影沉清壁，云烟绕翠巅。
美名天下晓，南北客流连。

云飘飘

本名钟玉云。自由诗人,擅长现代诗、古词、散文诗、对联。作品散见于《悦读》等杂志。

红罗袄

艄公摇橹过， 乃远春江。十二里烟波,鸥追浪点。更兼白苇,低倚水窗。
忆当昔、水曲舟藏。唤郎共盏前舱,对影叠河床。今算起、已隔九秋霜。

解佩令

花疏柳弱,钗溜汗薄。沈园亭,秋千如昨。
说你呆鹅,笨似鹅,初心怎托?
叹鸳鸯,交缠池阁。
相思有错? 痴情亦错?
晚钟传,飘摇荡魄。
闷抱琵琶,弄一段,声声离索。
更回时,星沉月落。

于影

笔名竹楼听细雨。女,大专学历,全科主治医师。酷爱古诗词,在多家诗词论坛发表二百余首作品。

鹧鸪天·闲咏(一)

柳叶凝眉春弄潮,谁家小女夜吹箫? 相思入盏临风饮,落寞萦怀逐梦飘。
曲飞远,影含娇,闲情梳理醉今朝。三千弱水融诗句,莫负痴心取一瓢。

鹧鸪天·闲咏(二)

风踩江河起浪潮,燕穿斜柳远听箫。岭南鸟语嘤嘤在,塞北花香淡淡飘。
春草瘦,麦苗娇,红霞一抹看晴朝。丁香圆我三千梦,黑水赊来诗满瓢。

鹧鸪天·闲咏(三)

剪剪东风掸落尘,绵绵酥雨洗柴门。白鹅

戏水清波远，青浦浮烟嫩柳新。

沙石路，杏花村，呢喃鸟语闹争春。闲窗漫品茶中味，一缕幽香寄远人。

鹧鸪天·闲咏（四）

破土苗儿不染尘，争将绿意漫重门。层林布谷声声翠，遍地黄花朵朵新。

衔湖水，恋渔村，沙鸥赶浪早知春。飘然思绪随风舞，落满诗笺为一人。

鹧鸪天·闲咏（五）

旧事萦怀不肯离，几分欢喜几分悲。青春谱曲风中唱，黑土融情梦里知。

迎碧浪，咏新词，拈来平仄布参差。笑谈冷暖心如月，但逐晴云向远飞。

鹧鸪天·闲咏（六）

欲望纷争总远离，抛开俗念少伤悲。花前对月香茶饮，溪畔弹琴翠鸟知。

圆心梦，赏诗词，悠闲漫步影参差。史书阅罢明今古，自有清遐向远飞。

鹧鸪天·闲咏（七）

廿九光阴流水间，学医诊病万余天。家中证件多成纸，院里书刊高似山。

知长夜，忘新年，白衣藏起汗涟涟。不求富贵门庭赫，身健平安胜过仙。

鹧鸪天·闲咏（八）

春色徐徐入垄间，摊开绿锦艳阳天。雕栏羡煞千千树，粉杏羞红座座山。

邀淡月，数流年，小舟荡起水涟涟。田园香气游人醉，谁去天宫做九仙。

余根全

笔名余水。男，汉，中共党员，高级工程师。中华当代文学学会会员。

诸葛亮

道服纶巾出草庐，三烧为谢苦求恩。
季书气死周公瑾，计使南蛮七纵擒。
空计弹回司马懿，错任马谡失街亭。
六出未捷天书定，羽扇柏前祭卧魂。

华清池

华清宫水近骊山，大宦王公尽享源。
丽质天生陪帝运，凝脂洗尽宠龙欢。
坡前玉体白绫毁，嵬魄穿时入沁泉。
皇李魂观妃起舞，同陪墨客美池玩。

（注：嵬魄即马嵬坡的魂魄穿越时空又回到华清池。皇李即皇帝李隆基的灵魂又回来观看杨贵妃翩翩起舞了。）

姜维

诚心投汉功非匪，武侯兵书继授承。
假降钟营真复汉，英雄韬略尽超群。
应天使晋吞吴蜀，卵胆将军亦难成。
惨害一家三代灭，虔为剑翠祭忠魂。

（注：卵胆将军是指姜维胆大如鸡卵。）

芦苇花

一头雪发出娘胎，乳汁甘泉地下来。
脸面风吹全不怕，周身雨打浴淋呆。
当头烈日羞容晒，皓月凌空笑口开。
只等阳春游子爱，中秋自愿作编台。

临江仙·翠湖

山西五美邻翠湖，绿柳堤畔微风。岭麓亭阁多画留。曲桥甚精致，湖内种花荷。

藕花飘香数十亩，荷鱼耍水戏游。湖心小岛飞鸟蝴。爽神含笑舞，歌咏景观楼。

留春令·鹊桥会

喜鹊成群，升飞气紧，搭翅纤纤。七仙姑彩雾翩翩，牛郎上河边。

雀桥一座秀云端。恶魔王母奸！可怜晨昏河汉等，整年望一天。

解语花·苍溪雪梨

砂梨夺冠，国家评判，都因地尽翻。肉厚皮鲜。多细嫩，味美汁甘浓甜。感觉新奇。过园林，绿波滚滚。坡深处，硕果满挂，摧得视人惠。

嫦娥月中闻讯，命玉兔返程，移去栽培。广寒繁盛。天庭上，玉帝否决蟠桃。王母下旨：决心改，香梨大会。仙景里世间游人，但闻香梨醉。

虞美人·苍溪弥猴桃

一身褐色长微毛，嫩肉间绿瓖。红色条纹放射状，宛如旭日初升上东窗。

含氨基酸十八种，熟摘富营养。游人有缘来相望，水果之王酷似美姣娘。

余奕彬

网名无思。1960年生，广东汕头市人，中文专业大学毕业，现居珠海。中华网络诗社会员，珠海诗词楹联协会会员，珠海金湾诗书画院理事。2015年开始学写古体诗词，作品散见于国内各网络门户网站。

五律·雨后游板樟山

清风迎远客，蝶舞戏游人。
雨过千山静，春来万象新。
花香心欲醉，深谷鸟声频。
日暮无归意，流连美景真。

七律·广州东站送别战友

绿杨芳草长亭路，又到情浓送别时。
离绪轻轻风奏怨，泪泉滴滴雨敲悲。
长龙鸣笛催身远，战友凝声致语迟。
怎奈人生多苦别，未知再见是何期？

五律·游澄海塔山古寺

登临天坠道，翠绿遍崇山。
百里禅钟寺，千林浪海间。
清泉流壑谷，月影映池湾。
古迹今犹在，游人乐往还。

七绝·赏春

细雨无声润紫红，绿杨垂柳荡清风。
春来百草青葱绿，伫立花前笑语中。

五律·迎远客

塞外茫茫海，诗花异域开。
天高云雁去，地远故人回。
浊酒千杯尽，清歌百阙催。
余音声渐悄，矿野久徘徊。

五律·乡思

杨柳依依荡，今宵闻笛音。
芭蕉初带雨，偶燕暮归林。
仰望家乡月，静听云水心。
人生多别恨，寂寞泪中吟。

诉衷情

故园一别四十秋，何日有归舟？柳丝荡摆光影，诉不尽离愁。

形影瘦，任漂流，岁寒稠。断魂孤客，乡月如钩，欲泪强收。

行香子·漫步前山河(晁补之格体)

信步前河，醉意江风。看晚霞落尽苍穹。渔舟满载，烟火升空。舞池芳影，姿芳动，觅芳踪。

水旁钓客，垂竿静等。更喜嫦娥出天宫。人间祥瑞，灯彩纷红。颂歌当庆，民当乐，老当童。

余永源

男，汉族。曾从事教育工作，后转商业部门，现从事戏剧。酷爱文学艺术数十载，眷恋古典诗词曲赋，常亦步亦趋于格律诗词之荆路。

创作理念：书山有路勤为径，学海无涯苦作舟。某愿借神龙之动力，扬帆诗海！

七绝·卧牛山即兴

重山叠嶂雾中延，人影难寻涧水潺。
一派葱茏飞鸟语，几多隐士爱林泉。

（注：卧牛山，在福建长乐市西南山区内。）

五律·咏白鹤山

鹤去山还在，葱葱万木荣。
清钟鸣古寺，斜月挂疏桐。
野草迷幽径，苍苔染落红。
仙君何日到，相期一梦逢。

（注：白鹤山在福建长乐市境内。）

五律·乘飞机

首次登天路，满怀喜悦心。
一船行海宇，两眼看风云。
异域何仙境？原来是紫宸。
曾如贤彦语，手可摘星辰。

水调歌头·端午怀屈原

汨洒汨罗水，千载后人扬。骚风《天问》尘世，独醒审沧桑。绣虎雕龙尸位，社稷民瘼不昶，浊政毁螳螂。碧玉襟怀见，魑魅罔难匡。

《楚辞》在，《诗经》亮，《国殇》芳。《九章》荡气文海，漫漫路何长！泼墨空灵世代，意气风流五岳，艾草翠湖江。自古荒台莽，粽子酒长香！

满江红·军民抗洪

楚水吴山，乌云滚、龙妖鼓戟。风兵乱、烟枭助阵，雷公雳霹。涤地洗天翻浊浪，桑田城镇千村迫。报乾坤、多地汛频催，汪洋汐。

黎元奋、舟楫振，伏雨魑、驱河伯。看今朝大禹，水魔丢魄。四面八方齐合力，红旗指处千军赫！战洪峰、共济补天伤，甘霖益！

七律·游黄鹤楼（中华新韵九文）

历史烟云沐古今，江城黄鹤又飞临。
楼兴善政河山壮，国泰民安草木春。
费氏潜心酬客店，崔诗无意显名身。
一经妙笔云霞蔚，四海骚人愧望尘。

七律·长征，毛主席大手笔

长征悲壮一支歌，纵向崎岖绝献磨。
运策苍龙穿鸟道，吟诗巨笔蘸银河。
狼嚎鬼哭达开倒，柏傲梅红铁马哦。
二万戎程光史册，乾坤自始欣共和。

七律·纪念孙中山先生

三民怒火声声吼，九派春潮滚滚来。
千载皇廷衰幕落，八方志士激情催。
翻天覆地河山壮，救国安邦大笔裁。
百五年华功不朽，图强愿景史难埋。

余子庭

男，教师。江西鄱阳县诗词学会会员。

七律·教师赞

一片冰心蕴水柔，甘霖润物永无休。
初开混沌承天道，点化愚蒙度圣舟。
三尺讲台传学业，五车识慧授风流。
精勤育待英才出，竭虑任凭双鬓秋。

五律·云

浩渺腾蒸气，岫烟浮石榛。
乘风临百越，带雨润三秦。
聚散知天命，逍遥忘俗尘。
碧宵高几许，直上九重垠。

七律·七夕

浩渺云烟新月悬，葡萄架下听缠绵。
人间天上难分夜，前世今生未了缘。

隔汉深情终有恨，连衿恩爱总无眠。
晚风传说悲欢事，一滴相思合逝川。

五律·丙申中秋有记

久旱迎甘雨，中秋回故园。
荆妻将稚子，老屋面尊萱。
一席家常饭，几番咛嘱言。
许祈今夜月，辉泽惠慈恩。

鹧鸪天·中国女排里约奥运夺冠

里约女排谁会赢，金牌教主看郎平。十年苦砺青锋剑，百战磨成铁甲兵。

多险阻，越艰辛。杀开血路冠荣名。国歌一曲激昂后，纵是男儿泪满巾。

雩娄山人

本名陈海洲。河南信阳市人。中国文学论坛原创古典区总版助理。钟爱格律诗词，作品散见于《中州诗刊》《华文月刊》《文笔荟萃》《河南当代诗词选》《中华诗词大全》《雩娄吟苑》《中国电影报》等刊物。

江城子·七夕

凭栏仰望鹊纷飞，霭云霓，瞰芳菲。七夕重逢，相伴彩云归。一任金风轻拂面，浑醉了。那余晖。

吾将绮梦诉于谁？寄之诗，询诸梅。再问牛郎，织女几时回？尘世缘非天注定，千里远，亦能追。

卜算子·蝉

世事了无知，偏敢称知了。夏日长鸣喋不休，底意谁人晓？

饮露餐晨风，料是饥难饱。待到秋来天渐凉，高调君应少。

鹧鸪天·蝴蝶

出对归双莫问谁，林泉聚散恋花飞。庄生一梦偕风去，梁祝多情化羽回。

常共舞，永相偎，缠绵意笃夕朝陪。世间欣有真情在，眷属天成不用媒！

渔家傲·晨练有感

晨练公园天欲晓，微风拂动芊芊草。树上颗颗青杏小。听啼鸟，枝头似道君行早！

虽是三春景色好，人生岁月谁无老。莫让红尘凡事扰。休烦恼，心宽自会身形矫！

七律·无题

人生检点多虚幻，缱绻情怀应是真。
绿蚁焉能消块垒？毛尖或可慰心神。
花开花谢当无主，潮起潮平自有因。
向晚凭栏思寄远，恋乡非止在鲈莼！

七律·秋日登高感赋

降霜时节季临冬，携友登高雅趣浓。
出岫云添西岭景，横空雁溯旧年踪。
欲吟秋色惭才浅，却赏枫姿羡叶彤。
遥望南天思寄远，故人何处不相逢！

七律·赞合欢花

初夏合欢花吐芳，风姿绰约遍城乡。
朱绒织就金丝扇，翠羽连成绿凤凰。
带露奇葩开锦绣，含羞少女倚红妆。
夫妻树本相思种，酿得浓情满院香。

（注：合欢花因有昼开夜合的特点，又被称为夫妻树、相思树。）

七律·卢沟桥访抗日雕塑园

百亩名园草木萋，深秋踏访步迟迟。
精雕抗日传奇史，永赋英雄浩气诗。
刻骨铭心临故地，倾情睹物忆当时。
升平盛世尤惊醒，国耻千年勿忘之！

雨荷

江西南昌人,毕业于江西师大。诗词爱好者,师从刘能英、孔长河。江西省诗词学会会员。

诗观:我手写我诗,愿人生至简不芜。

鹧鸪天·只为书生不为钱

相遇相知二十年,为君一赋鹧鸪天。寻求石上三生梦,拼对人间半个圆。

没电话,有诗篇。慢时光里写痴癫。此番情重遥相忆,只为书生不为钱。

鹧鸪天·乡愁

一片乡愁燃客心,夕阳几度又秋深。芦花尚晓牵人袂,纵有豪情难自禁。

念往昔,思如今。常将心事付瑶琴。何时把盏重逢日,定叫乡音酒里斟。

七绝·杨花

有情偏是无情物,风紧颠狂作雪飞。
萦损柔肠春遣去,几程飘泊待君归。

五绝·梅湖踏春

梅湖琐春柳,好景美如茵。
隔岸谁家女?簪花最可人。

七绝·无题

雨夜伶俜容易静,一帘幽梦断愁肠。
诗笺写尽平生意,人有深情字有香。

七绝·为你写诗

老梦频堆夜短长,安排路上有诗香。
唤来平仄酬新句,借得东风韵两行。

五律·买君子兰有感

幽雅从天至,凝眸细细看。
分形还似剑,吐气可忘餐。
自有深闺趣,能驱斗室寒。
愿君休负我,结得一生欢。

七律·同学群里闲聊感作

辗转春风二十年,闲聊莫问几更天。
挥樽犹醒三分志,策杖当闻万丈泉。
一样顽心曾共读,千言诗胆难成编。
纵然老却书生梦,你我同窗是有缘。

郁吉仁

清华荷塘

满池绿叶覆清水,扶持含羞朵朵花。
池边垂柳小蝉唱,水里引歌老青蛙。
一多闻钟入水木,自清荷塘出清华。
更听朗朗书声处,英才辈出有大家。

竹怨

青竹怨声响山中,世人常是势利虫。
前赞奴身后又损,“嘴尖皮厚腹中空”。
不恋嫩笋歹中味,更忘美景伴诸公。
欲向天公讨公道,无奈春秋影无踪。

大河

大河之水来自海,欲奔千里归母怀。
不顾九曲路更远,何畏千嶂有阻碍。
海若有情慈母泪,河更无惧不徘徊。
且看神州西到东,定会汹涌又澎湃。

落叶

人近黄昏叹蹉跎,只因世事多坎坷。
孤零落叶忆初春,细淌流水知深秋。
感悟离合多多有,吟唱悲欢首首歌。
高山仰止后生起,流水哺养英才多。

郁犁

本名杨金库，又名酷歌。1965年生，黑龙江延寿人，大学文化。中华诗词学会会员，中国楹联学会会员，《诗刊》子曰诗社社员，黑龙江省作家协会会员，黑龙江省诗词协会会员，黑龙江省楹联家协会会员，哈尔滨市诗词楹联协会理事，延寿县作家协会秘书长，延寿县诗词楹联协会主席。《延寿诗联》《林业动态》主编；《中华诗词论坛》《联雨文风》等论坛版主。作品散见于《中华诗词》《诗词月刊》《中华辞赋》《神州辞赋》《中国当代散曲》《中国楹联》《对联》《中国楹联报》《中华楹联报》《中国诗词选刊》等百余家报刊，入选《当代诗人词家作品汇编》《当代十家古典诗词选》《黑龙江诗词大观》《雅韵》《对韵合璧》《北国诗词》等各类诗词、楹联、辞书百余种，荣获各类等级奖百余次。被中国楹联学会授予"楹联之家"称号。已出版《桃园集》（与人合著）。著有《履痕》（4卷）、《心驻一个秋》（散文诗集）等。

有感抗战纪念日炒作王宝强离婚之事

宝强不幸本寻常，何必撒盐碰旧伤。
忘却先贤喋血恨，刷屏花月置杯凉。
传媒有意推波浪，网站营私笑短长。
知耻无为焉后勇？居安思变可图强。

纪念赵树理诞辰110周年

寒家骄子笔勤耕，岁月峥嵘不负卿。
十里弗如三里璨，一家独秀百家鸣。
如今山药千人醉，此后灵泉万点莹。
梳理心尘能树理，有才板话唱天晴。

（注：赵树理，中国著名现代小说家，人民艺术家，"山药蛋"派文学的创始人。创作了《十里店》《三里湾》《实干家潘永福》《套不住的手》《张兴来》《卖烟叶》《李有才板话》《灵泉洞》等作品。）

走访高考状元

喜闻龙凤起山乡，口口相传神采扬。
才女贤淑能自立，帅哥沉稳敢担当。
与之对话知真意，同以交心论盛唐。
从此林区飞彩翼，千花竞放有余香。

卜算子·步韵人生诗妹之《误》

矛盾早厘清，不会人生误。短痛替将久痛无，避免晨当暮。

纵忆那时情，莫悔真诚付。绮梦留存美梦多，助力阳关路。

鹊桥仙·秋夕

长亭翘首，西坡拂柳，月影依稀北度。桥头送过枉凝眉，尚记得欢情无数。

东村拈韵，南溪牵手。邂逅藤阴迟暮。问君此去不归时，莫相忘痴心如故！

玉楼春·步韵辛弃疾《戏赋云山》

天庭积雪终将去，即唤霓裳来媚汝。虾兵蟹将海潮生，融却春风香四处。

冰心旖旎无须度，洁白呈之如玉柱。轻歌曼舞绿林中，大岭缠绵情且住。

玉楼春·步韵人生诗友之《秋怀》

秋心悱恻何须说，宛若天边清淡月。菊花霜后抹胭脂，静待晴阳挥手别。

轻拍莠稗风犹咽，白桦无声肠寸结。唯求转世也相知，不悔云岚飘作雪。

鹧鸪天·重阳节

点过霜枝倍有神，枫红无意也芳芬。如今雁去风留影，来日萍浮叶系云。

秋染发，梦开心。襟怀五彩最销魂。登高一望皆兄弟，细雨飘来是故人。

高阳台·秋忆

菊惯秋声，霜欺圃苇，连林侧畔呢哝。水鸟轻盈，波光不让残红。薄寒微露侵青草，任归人、来去匆匆。正怡然、叶过丁香，又遇西风。

前行落寞出深巷，见亭台泪洒，细雨迷蒙。蓦忆当年，山村月色朦胧。青丝理乱还无绪，话犹疑、却向梧桐。梦依稀、寥寂书斋，院柳飘零。

忆江南【双调】

又逢春，溪水起縠纹。回首已非当日我，临窗还是那乡人。棱角也嶙峋。

喜来宾，诗意总无垠。最爱霞光云世界，犹钦柏翠铁精神。无畏解风尘。

蝶恋花·和月白诗友之《昙花》

顾影疏枝心静澈，不喜张扬，懒散青儿叠。暮看清辉情亦结，晨观珠露倚黄蝶。

寂寞身心诗意惬，夜里孤芳，转瞬风吹灭。见者追拍如捧月，贪眠有梦空摇曳。

醉花阴·山楂树

曾经浪漫春来早。绿叶晴方好。倩影亦流连，清月如眸，倘恍迷离了。

老枝昔日忧烦少。烦少枝还老。幸有那时情，酸也甜甜，绮梦常萦绕。

浣溪沙·秋夜吟

踉跄登楼酒意深，扶床半卧梦来临。依稀远古步回今。

醒后寒蛩歌皎月，窗前孤柳醉清音。人生莫忘是初心。

元绍伟

天津静海人，供职于静海区国土资源分局。中华诗词学会会员，中华辞赋社会员。

徽州有寄

数月未曾相寄语，情思业已付冥迷。
近来何故频生梦，旧事无端夜夜提。

月夜怀旧

顾怀几度呼青鸟，茫对空笺未措辞。
谁把明钩悬寂夜，每来此处钓相思。

土地巡查过东滩头桥有感

近事难陈唯怨懒，恰逢官役就乡游。
小桥缄默垂流水，截取长波一段愁。

袁春玉

河南项城人，85后，编辑。

追忆平生话峥嵘

——贺马光辉老师《光辉之歌》付梓

中寿之年忆尔生，昂歌声起波涛涌。
前尘历历湿学目，情意绵绵话峥嵘。

2017上海书展

首秋流火西天虹，老幼接踵人潮涌。
明社林立飨书宴，沪城书展墨香开。

袁海武

笔名宛西风。平顶山市绿化队职工。平顶山三苏诗社副社长兼社长助理，中华诗词学会会员。

五绝·春吟

催春风作势，荡柳袅青烟。
桃李芳华露，邀来燕子翩。

五绝·梨花

日暖梨花雨，风邀片片飞。
融融雪未化，逐浪映朝晖。

五律·春水

约来惊蛰雨，波漾一湖痕。
润绿千枝柳，描红万户门。
丝丝连地气，滴滴净花魂。
待到春分后，生机处处存。

七绝·夜步

朦胧暮色夜星寥，点点明灯步影摇。
消食不嫌千米远，悠悠漫过湛河桥。

七绝·笔耕

星月交辉夜已阑，临笺不觉入更寒。
西窗孤影随风语，步韵清词菩萨蛮。

七律·自嘲

临屏敲键夜来忙，不羡妻儿梦八荒。
叩问词兴追逐宋，探究诗盛眷怀唐。
素笺清句风斟酌，浅唱低吟曲绕梁。
自赏孤芳心亦醉，管它庭月弄宫商。

点绛唇·惊蛰日随吟

又见桃红，傍柳依依庭前住。柔枝环路，风影摇轩户。

瓦雀群栖，欢唱挑梁处。默无语，我心飞絮，凌碧悠然去。

恋花·早春

正月风寒春尚早，还见梅花，娴静无纷扰。红粉枝头琼为表，冰颜清雅香飘渺。

玉镜西沉天欲哓，睡眼惺忪，因梦多娆恼。独醒尤怜知我少，谁人伴我将终老。

原野

本名陶志强。河南信阳人，现居郑州。1995年于厦门集美大学毕业，从事英文翻译工作至今。平日爱好文学，尤为喜欢诗歌，曾多次在报纸杂志发表作品，并多次在诗歌赛中获得好名次。

尘缘定

青山着色拢远思，绿水流音摄人魂。
风驻云飞尘缘定，化心为笔写乾坤。

咏桂

问津入目乡音近，金桂初开动四邻。
闻得此香魂自静，久尝可抵十年春。
青芽虽涩情难禁，黄蕊恋秋芳意陈。
此景绵绵三十载，月清常忆种花人。

庆寿

四方同庆门庭敞，五福齐临岁月香。
千鹤来朝康永健，百花为寿福绵长。

咏梅

铁骨柔情抱香枕，红梅芳吐福送春。
感吟此景情长在，远托锦书邀故人。

观日

白云托日天地秀，青松挺峰百岁悠。
人生时时逐碧浪，山河处处显风流。

山行

山奇怀思远，松翠抱泉吟。
层云涌天地，临峰颂古今。

秋落吟

青松迎远客，枫叶落秋魂。
隔岸花还在，月清初照人。

袁家顺

1956年生于上海崇明，上海船厂生产保障部高级技师，主任工程师，中国焊接协会行业(切割)技术委员会委员。爱好诗、书、画。上海市崇明区诗词书画学会会员。

七绝·蝴蝶兰花

花姿优美翩翩舞，微拂清风阵阵香。
千载爱情梁祝梦，同心永结蝶成双。

七绝·梦游西湖

雷峰夕照湖中倒，印月三潭镇怪妖。
柳絮霏霏人亦醉，西湖美景看今朝。

七律·登鳌山有感

——踏上青山，见此良景，遥想童年。
变化万千，百感交集，欣然命笔。

岛上鳌山第一高，登临赏景四方褒。
东瞧古寺灵光耀，南看长江白浪滔。
西簇民居群似海，北朝绿地树如涛。
由来八景今何在？今日新城胜尔曹。

(注：鳌山八景——鳌峰远眺、绿水环庭、长堤新柳、清远荷香、庭荫丛桂、梅村积雪、荷乐观鱼、寿刹钟声。)

七律·贺神舟九号人天

一声巨响入云霄，目送神舟仰首瞧。
心向银河游宇宙，脸朝大地逞英豪。
牛郎招手求船渡，织女离宫踏鹊桥。
华夏天宫邀碧落，频频接吻热情高。

袁静

网名静听风吟。70后，就职于河南安阳内黄县棉纺织厂。自幼受母教诲，酷爱文学，尤爱古诗、新诗，对诗歌、散文钟爱有加、颇下苦功。代表作有《冬天不需要玫瑰》《回乡》《梦回故里》《豫北雨季》《落雨》等，以及古体诗《题六一儿童节》《归乡》《江城子·秋雨》等。曾多次在《安阳日报》《安阳晚报》《内黄卫生报》等报纸发表作品并获奖。

七绝·眷眷柔情指下吟(轱辘体)

(一)

眷眷柔情指下吟，轻藏几许女儿心。
静听风吟聆花语，谁遣清风戏抚琴。

(二)

残红落尽柳成荫，眷眷柔情指下吟。
晓月盈盈添缱绻，依依梦里照归人。

(三)

高山流水遇知音，四季轮回万象新。
眷眷柔情指下吟，双双彩蝶舞红尘。

(四)

细雨飘飞又一春，嫣红姹紫醉芳魂。
水天凝碧香飘远，眷眷柔情指下吟。

2015年9月6日晨写于安阳内黄

袁泉

南边文艺第三届扶持作家，一位热爱阅读、喜欢写作的学生，现就读于上海某高校，学业之余，坚持写些文字，记录感悟和琐碎小事。专注做事，认真待人。

西湖春行

暖风拂面醉游者，清荷淡香迷行客。
伫立美景自吟赏，又闻莺燕来相和。
苏子曾游此湖间，抚笛弄水又轻歌。
最爱湖边绿碧柳，细雨和风绽新叶。

晓至湖上

江南三月春色妙，便纵一苇湖中漂。
烟雨蒙蒙迷晓雾，清荷淡花竞羞娇。
水波悠悠抚轻舟，钟声缓缓惹鱼跳。
犹忆昨日晴方好，漫步苏堤赏春晓。

袁人瑞

男，1944年生，上海崇明人，中学退休教师。中华诗词学会会员，上海诗词学会会员，《诗刊》子曰诗社社员，解放军红叶诗社社员。作品曾在历次全国诗词大赛中获二等奖七次、三等奖七次。著有《桂楠居诗词集》。

七律·中秋怀友

遥知千里共蟾光，桂影婆娑扑鼻香。
梦里连宵频邂逅，人间今夕最思量。
廿年伊塞霜丝短，六月嘉州烛泪长。
何日清溪放归棹，杏楼新饼劝分尝。

七律·梦思

七秩生涯指一弹。皤然白发对青山。
数行诗句灯前觅，万里风云键上看。
世事如棋知进退，人情似水识温寒。
晚来常作乌孙梦，走马扬鞭过玉关。

七律·北固楼抒怀

一等江山北固雄，登楼高唱大江东。
稼轩词赋传千古，吴郡风光阅万重。
鬼社无端生闹剧，庙堂有策破顽戎。
凭栏我向南天望，引领豪情到碧穹。

七律·宽怀

难得清闲自在身，宽怀即遇好时辰。
三分侠气来交友，一点诚心去做人。
真水无香唯觉淡，细民有事不忧贫。
微风暖日些些汗，薯豆瓜茄是至亲。

五律·登鹳雀楼

纵目观天下，来登鹳雀楼。
昆仑支地极，河汉接天流。
南海鲨声扰，东隅鬼影稠。
会当铸长剑，永固我金瓯。

沁园春·太极拳咏

曙色初开，弦管轻飏，习习晓风。看行行列队，红颜仕女；翩翩起舞，白发婆翁。野马分鬃，金鸡独立，玉女穿梭倒卷肱。刚柔济，见静如处子，矫若游龙。

莫嗟岁月匆匆，春光驻，随时运动中。可舒筋活络，千金难买；新知旧友，一笑相逢。流水常清，户枢不蠹，寿似南山不老松。人康健，赖中华国粹，太极神功。

踏莎行·相守

青鬓飞霜，红颜堆皱，结缡倏忽卅年久。此情作证是天山，乌孙道上依依柳。

嗔我贪肥，限余多酒，怜君百事操劳瘦。今生厮守乐安然，和风夕照相携走。

袁淑利

女，1966年生，陕西西安市人，现任陕西仁常久商贸有限公司董事长。西安灞桥区诗词楹联学会会员。

七绝·念月郎

婆娑泪眼少欢颜，惊喜亲人到柳湾。
疾步趋前忙叩问，可怜不见月郎还。

七律·咏松

抱朴苍松意自酣，经霜历雪卧崖边。
嶙峋傲骨和云伴，淡泊清心共鹤闲。
暮送斜阳山脚落，朝听流水石间喧。
此身修得无人境，懒与草花再比肩。

七绝·凌波仙子

水荡清波弄影身，风摇翠袖舞天真。
不求列入群芳谱，愿作花间一草根。

七绝·双节感怀

双节长假女归来，里外童声闹满怀。
才享天伦福几日，又将思念串成排。

七绝·小花

浅根擎起己天空，昂首迎风沐雨中。
无畏葬身冰雪地，来年照样步从容。

七绝·荷塘清韵

纵然根陷淖泥塘，依旧芙蓉出秀妆。
笑问风流观赏客，花开花落为谁香。

七绝·石榴花

初夏游园万绿丛，榴花繁挂体通红。
一腔热血情燃尽，直教香飘硕果丰。

七绝·桃花笑春

风问桃花笑为何，欣逢春雨润山坡。
霓裳一曲蹁跹舞，五岳向君夸赞歌。

袁文芳

喜爱古体诗词，自2007年正式开始创作，诗词作品多次在中华诗词《诗刊》《长白山诗词刊》《燕赵诗词》等多家诗刊发表。河北省诗词学会、中华诗词学会会员。被河北省诗词学会评为2015年度“燕赵好诗词”奖。现任中华诗词论坛沧海流韵版块版主。

诗观：诗词创作崇尚词浅情深，力争做到有情感美，有生活美，有新奇美！为时代而歌，做这个有担当的现代诗人！

归乡

归时逢腊月，村外锁清流。
野旷寒云淡，芦高白羽柔。
疏林栖记忆，小路绕乡愁。
隐约童年迹，风来引我游。

忆童年过春节(新声韵)

总忆童时盼过年，旧裳欲换待娘添。
灶前蒸煮足难驻，灯下量裁人未眠。
躬背剪弯千里月，飞针缝破五更天。
新衣新帽迎新岁，晨起一屋儿女欢。

岁末感怀

白驹过隙叹流年，日子拼成回忆篇。
赏景不辞千里外，吟诗每到五更前。
期房盖醒安居梦，贷款掏空辛苦钱。
幸有吾儿能立业，开心拌酒醉新天。

上班途中(新声韵)

天地如混沌，骑车难辨真。
凝眸穿闹市，屏气避脏尘。
马路前方隐，蓝天何处寻？
但得霾雾散，不做囧途人！

生日感怀

问尔谁能岁月留，几分感慨涌心头。
应酬世事多烦恼，结伴诗朋少俗流。
梦里青春还似昨，鬓间霜发已如秋。
情知难改红颜老，何必人前枉说愁。

袁锡琢

男，1936年生，江苏省洪泽县人，初中文化，经济师。历任洪泽县诗词协会会员、理事。

七绝·登老子山

淡淡峰岚掩井残，千年古刹锁波澜。
犹闻经语青牛去，馨郁温泉透碧丹。

七绝·游淮安古运河

碧水潺潺穿古城，危楼拔地白云生。

轻舟摇过韩候忆，漂母周餐未了情。

七绝·青莲

尖角娉婷出碧波，扶摇绿叶唱清歌。
芙蕖结籽芬芳许，玉体冰心今古哦。

七绝·迎春庙会

五彩纷呈盛市开，华庭客醉物盈台。
穿溪游艇歌声载，购得春风满面回。

七绝·晨步

因恋清幽晨步痴，花开花落总神怡。
熙风常舞千层绿，相伴时光细品之。

七律·重游常州

朝辞洪泽访常州，一路晖光此处优。
古道华容千里达，老街豪铺百宾酬。
楼周鸟语盈花树，文化名都运舣舟。
聆听城乡酣梦曲，新风勤业竞潮头。

七律·洪泽世纪公园

泉吐长虹灿碧天，辉融华表影翩跹。
云随风舞瑶池碎，国泰民安金鼎镌。
遍地凝香飞鸟醉，横空流彩笑声宣。
难将五岳崇山绘，可把两湖丰韵牵。

七律·题洪泽古堰生态林

古堰传奇举世名，林深藏鸟浪声萦。
风持锦带碧空舞，霞蔚苍松玉兔惊。
桃柳披虹迎客过，菱荷飞彩绕枝行。
相牵漫步和谐道，佳境全凭物态生。

袁远

网名白烛承辉。女，汉族，贵州兴义人，贵州广播中等函授师范学校毕业，小学一级教师。贵州省黔西南州诗词学会成员。从小爱好文学，酷爱古诗。

创作理念：教书育人是职业，崇古是我半世梦想。

七绝·梅颂文

素蕊琼花湛碧天，喜逢艳魄润心田。
靓丽一世迎骚客，千里诗朋谱锦篇。

七绝·寒梅文

独艳娇姿露凝霜，寒梅傲骨韵飞扬。
抒怀赊借随风寄，云影疏枝淡雅妆。

七绝·赞梅文

竟惹行人醉亦痴，招来墨客万千诗。
一枝独秀盈香阁，满目烟波淡雅姿。

七绝·祝贺诗社成立

【祝】语生风墨海游，【贺】言送福暖情柔。
【快】歌曼舞光阴剪，【乐】喜吟词韵婉悠。

七绝·贺诗绵绵

祝词如煦暖群贤，贺语长绵乐华年。
水笑山歌书锦字，精英广聚赋新篇。

七绝·贺诗绵绵

墨海扬帆赋锦篇，诗坛留月遇良贤。
敲文练字修正果，彩笔难调祝语绵。

七绝·教师颂

三尺教台十九年，一支粉笔七千天。
终身不悔怀雄志，奋发扬鞭学圣贤。

七绝·教师颂

三尺教台一世缘，半生四校勇奔前。
扬鞭催马添光彩，授业精心写锦篇。

七绝·贵州安龙沼堤游

（一）

十亩池塘蝶影翩，临风碧水慰荷仙。
清姿傲骨犹高洁，招缇朦胧漫紫烟。

（二）

人约招堤笑眼开，远离城市少尘埃。
闲情把盏交流酌，尽览奇文乐趣哉。

袁长立

海军某试验训练基地高级讲师，大校军衔。中华一级诗人(格律诗词)，中华诗词一级著作家，中华诗词学会会员，中华诗词研习会会员，中华当代文学学会会员，北京市诗词学会会员，《诗刊》子曰诗社社员，《诗词世界》签约诗人。曾获得“中华诗词特别贡献诗人”“中华文化传承贡献人物”“天籁之音·中华诗词德艺双馨著作家”“天籁之音·德艺双馨中华诗词家”“最美中华诗词家”“中华诗词100位优秀传承人”等荣誉称号。

莺啼序·杭州西湖春杪印象(新声韵)

花馨柳烟透碧，满湖春意醉。似诗画、娟秀风光，放眼澄境霞蔚。若垂幔、轻岚淡霭，天堂胜景嘉云水。看随波舟荡，沿滨鹭鸶十里。

倩影丰姿，素面笑貌，喜氤氲紫气。燕莺翥、蝶翅翻飞，藕香竹语清脆。映熙阳、苏堤笼翠，锁娇态、瀛洲披彩。最钟情，荷韵流丽，只缘西子。

弦歌婉唱，旧梦温存，断桥怎静寂。又刻记、几多遗事，老树屑飘，亘古魂萦，缅想难已。重峦叠嶂，松声缥缈，孤山空朗纷翱雁，到桃源、造访福祥地。邻红倚黛，陶然曲径通幽，更著鹤隐林里。

方池浪漾，蘋藻嬉鱼，望玉泉旖旎。傍净寺、南屏馀脉。势峻雷峰，怒绽新容，庄严犹在。琴心剑胆，英灵忠魄，芬芳青冢秋瑾墓，斩藜蒿、侠女人钦佩。巾帼不让须眉，大义巍峨，壮怀炳史。

霓裳中序第一·黄山迎客松(新声韵)

奇松勇兀立，阅尽沧桑尤锐意。骄影劲拔昳丽，叹威武傲然，从容刚毅。峥嵘四季，再恶风魔不移志。深根下，浑无寸土，磐上寿千岁。

葱翠，险峰雄峙，秀嵌九霄如玉笔。危崖绝境胜迹，雨雪雕琢，日月磨砺。荡胸伸手臂，俯瞰世间多少事。及今古，人寰忧乐，素稔到心底。

白雪·成都西岭雪山(新声韵)

皑皑莽莽，图景异、千秋气势赳赳。峰谷险巇，妖娆百态，新晴翠嶂飞鸠。韵悠悠，有刚骨、也有温柔。醉游客、叹为观止，到此喜眉头。

巍秀矗立拄空，消融雪水，润平畴。峭径雾霏云敛，风月眼中收。心志盛、跃登绝顶，几许胜寒遒？地成天设，奇山誉耀神州。

春雪间早梅·咏梅(新声韵)

清幽候众芳，俏丽朵朵带华霜。虐雪严冬多奇志，冰肌玉骨素霓裳。英姿勃勃迥异，笑貌奕奕非常。枝舞尤疏影，花开总淡妆。苍崖峻岭危立处，绿萼闪殊光。

惊叹刚强别样，高格雅韵，确切世无双。独钟孤愤心地美，最耐凛冽朔风狂。破蕊时迟献瑞，迎春日早呈祥。飘零犹馥郁，魄魂销尽不悲凉。蜡梅韧性千葩逊，从来气自昂。

金缕曲·咏梅(用秋水轩旧韵)

凛凛罡风卷，带霜华、婷婷绿萼，郁勃花瓣。危岭苍崖尤突兀，疏影金枝斗艳。溢九陌、幽香飘远。错落参差开满树，淡薄妆、素雅无深浅。寒岁守，照肝胆。

冰魂玉魄英姿绽。示坚贞、孤芳莫竟，笑颜舒展。多媚多娇多奇志，别样威仪傲岸。战劣境、千难都遣。又更执著为春信，气铮铮、韧性繁葩羡。从不畏，雪纷剪。

(注：罡风：强烈的风。郁勃：即“勃郁”，茂盛、旺盛。)

泛清波摘遍·上元(新声韵)

阑珊火树，迤逦烟霏，烁烁玉绳天际杳。柳梢嬉月，那更花灯闹春早。莺声小，尊杯易泣，莲炬高擎，孤影短亭双鬓老。似水年华，暗吝光阴怨多少。

望归鸟，愁贯绿芜寂寥，梦绕断桥缥缈。因甚相思酿瘦魂，泪痕残照。恨难了，别绪系恋谢阁，离情寄存芳草。悄盼郎归弄巧，画眉姣好。

(注：上元：即上元节，元宵节。玉绳：星名，常泛指群星，北斗七星斗勺，在北斗第五星玉衡之北，即天乙、太乙二星。谢阁：即谢家池阁，泛指女子居所。谢家：谢娘家，魏晋六朝时已有此称。画眉：汉代张敞曾为妻画眉，后用"画眉"作为夫妻恩爱的典故。)

六丑·蒲节雨眺(新声韵)

正霏霏漠漠，况潆潆、针织疏雨。翠钱水嬉，菖蒲尤彻绿，荇叶无数。浅暖蘅皋渚。彩船箫鼓，欲暮歌声住，川波潋滟云飞渡。皓鹤夺鲜，白鹇失素，冥蒙碧崖南浦。又遥峰隐现，消减风物。

堪嗟情愫，系屈公壮举。脉脉鲛人泪，心郁郁。魂清魄冷凝伫，叹金丝裹粽，汨罗投赋。悬家艾、秉承今古。临断岸、祭拜唏嘘酹酒，仰天鸾舞。惊尘世、万感难谱。不胜愁、怨抑谁知晓，莲花解语。

(注：蒲节：端午节。潆潆：形容雨声。翠钱：新荷的雅称。屈公：对屈原的敬称。鲛人：神话传说中的人鱼，典出《洞冥记》："(吠勒国人)乘象入海底取宝，宿于鲛人之舍，得泪珠，则鲛所泣之珠也，亦曰泣珠。"后谓神话传说中的鲛人流出泪珠能化作珍珠。汨罗投赋：战国时楚国诗人屈原因忧患国事投汨罗江而死，后人写诗作赋投入江中，以示凭吊。)

暗香疏影·七夕(新声韵)

金风玉露，叶落秋偏早，两眉愁蹙。河鼓天孙，淡笼冷寒频互觑。缓缓鸾骖鹤驭，飞鹊伴、欢情些许。月朗朗、似桂星桥，一载会一度。

千古每年今夜，衰颜只影瘦、可怜心绪。缱绻相思，瓜果筵前，楚楚穹苍凝伫。意孜孜更闻私语，总怨恨、别离无数。又难休、凄泪浪浪，怅惘世间儿女。

(注：河鼓：星名，属牛宿，在牵牛北，一说牵牛。天孙：星名，即织女星，指传说中巧于织造的仙女。鸾骖鹤驭：指仙人乘坐的车马。鸾：凤类神鸟；鸾鹤在古代神话传说中作神仙的坐骑。骖：古代指驾车时套在车辕两边的马。星桥：神话中的鹊桥，北周庾信《舟中望月》诗："天汉看珠蚌，星桥似桂花。"瓜果筵：七夕夜食瓜果的习俗。)

袁志伟

男，1943 年生于江苏涟水，中共党员，大专文化，曾任涟水县食品公司副书记，已退休。中华诗词学会会员，淮安市诗协常务理事，涟水县诗协副会长，《涟水诗苑》执行主编。入选涟水县 2016 年度文化名人。个人诗词专著《蜂吟集》(一卷)已行世。

上海世博会开幕兴怀

一声开幕兆人欢，花月春江夜不眠。
百族同歌兴国运，五洲共舞结良缘。
幻花焰火似潮涌，披彩喷泉如火燃。
水火交融成锦绣，炎黄智慧焕新天。

老汉看世博

手挽小孙看世博，翁今七十兴犹浓。
我和老外同惊叹，人共笑声自接龙。
烈日当头身冒汗，霓虹迷眼脚生风。
中歹浑忘成宵夜，地铁瞬溜到浦东。
欧美三天未看够，中国红醉世间雄。

中国红

纵横出挑叹神工，层叠聚凝中国红。
回望讧海双日旭，游人尽醉紫霞中。

题上海世博会

——元玉奉和林从龙公

浦江如画百国游，海宝豪吟夏到秋。

万市千城求更好，同登天下第一楼。

圆梦世博(题续)

万客何辞仆仆尘，百年一梦恍然真。
邀来黄浦江心月，醉作青山画里人。
中国红凝中国馆，地球绿旺地球村。
千城合奏和谐曲，笃信人间永驻春。

咏小溪

小溪九曲历风波，一路汇成江海河。
难得今朝天地阔，乘风逐浪纵情歌。

老夫壮怀

童年远去童真在，逸趣诗心忘老迈。
情醉书山歌壮怀，全将世俗抛天外。

吹泡小儿

歪嘴小儿吹彩泡，越吹越大纵情跳。
突然一炸一声“呅”，坐地骂娘犹哭闹。

月枫林

原名吴晓刚，江山文学网签约作者，星月诗话社团编辑。80后，贵州独山人，现居贵州凯里，中学历史教师。闲时尤爱诗词和小说创作，有文收录于《贵州作家网作品精选》《诗歌大观》《贵州文学》《威宁诗刊》《微信年鉴》等报刊。著有长篇小说《九州仙侠簿》《那年时光里的我们》和《大道从谁》等，有电子诗集《我在别处，只为等你》《丽江，请原谅是我不够懂你》两本见于江山文学网电子书城。

五绝·独山八景

(一) 甲定翻天印

浮云遮异石，天阙落如梯。
上道知声色，农田有玉栖。

(二) 奎文阁怀莫友芝先生(新韵)

深山居雅士，黔地有文风。
书院今犹在，溪流梦老松。

(三) 深河桥

曾经烽火处，化作墓成丛。
日寇行踪灭，横桥不领功。

(四) 黑石关(新韵)

关前驱日寇，将士报国恩。
可恨今遭祸，清风拒阔云。

(五) 独秀峰

平地峰孤起，山巅有寺人。
登天偷道语，毋敛世风淳。

(六) 旧黔桂铁路忆事

出海通天道，穿山又过河。
而今无礼乐，君忆莫悲歌。

(七) 麻尾南寨风光

万山如谷垛，只是各成峰。
南寨春光好，无人恨水龙！

(八) 家乡

梦里回乡苦，松林暗夜愁。
临窗歌一曲，日落葬山丘。

(注：莫友芝，清代西南巨儒。深河桥者，曾有“中国抗战北起卢沟，南至深河”一说。黑石关遭祸，指的是早前的山体滑坡，毁掉了原本的关景。毋敛者，是古代独山一带的称谓，汉时有名人尹珍，为黔地教育的开拓者。)

夜中饮酒思古偶作两首

(一)

春时方对饮，交错尽哀愁。
入夜填词痛，芬芳又挽留。

(二)

湖风妆古阁，楼上有罗绸。
遥念城边月，君郎踏冀州。

沉痛悼念陈忠实同志

（一）

惊见忠魂殒，神州满泪歌。
长安存白鹿，难晓渭河蹉。

（二）

文学逢歧路，波澜掌舵游。
晚生诗两首，株柳入滋州。

（注：滋州，代指灞河。）

回独山与弟重逢谈及父母偶作三首

（一）

午夜回泉井，华灯向后移。
下车听落雨，饮酒话分离。

（二）

南北离乡土，兄东弟在西。
时光难相见，父母正头低。

（三）

只恨时光少，奔波赚姓名。
高楼升起后，尽孝趁年轻。

（注：泉井者，代指独山城。姓名者，此处代指资本。高楼升起，指的是家中拆老屋建新房。）

五律·在兴义

岁月催庭院，春花恨鸟飞。
落红含挚意，古树笑余晖。
西道新人去，经年旧事归。
东山生雨雾，出境念云霏。

月芽儿

本名林巧儿，又名林玉兰，广东惠州人，英文翻译。热爱文学，诗歌无技无派，笔由心走。诗词作品散见于各类报刊并获诗赛奖项。

念奴娇·屈子（词林正韵）

左徒骚客，合纵而王楚，鞭指秦恶，法度章明贤士举，协力砌弥边郭，谗见疏离，莫邪为钝，周鼎屯高阁。子兰之辈，一时城阙烟烙。

鸾凤伏鸷枭翔，骥为盐乘，荆楚賽驴蹝。沧浪濯缨思力举，湘水三闾謇谔。天问谁怜，楚人作赋，路漫而求索。郢都兴败，汨罗长缚金诺。

渔歌子·雨（词林正韵）

铠甲贯列满城乌，云崖千井射雕狐。金鞍急，逸尘涂。下界凡泥滚玉珠。

一斛珠·雨（词林正韵）

豆廉突落，风旋珠卷驱蓬雀，雨师风伯相厮搏，刹那惊魂，钩尽枝头萼。

银镝飞飑几顿削，掳来清爽还寥廓，一时骁将湮如鹤，布帛轻垂，细线穿风薄。

七律·雨（平水韵八更）

阻推云汉鬼头兵，乌濛中天柝起鸣。
猎取青山无庇盖，掳来雨阵有连营。
不须金角邀明月，已许琼壶待众卿。
列缺偶而狂霹雳，是为滂沛冠盛名。

（注：列缺即闪电；金角即酒樽。）

七律·题屈子（平水韵四豪）

七张旗帜滚青蒿，六强同心结战袍。
美政抗秦修法度，忠君爱国引戎韬。
椽梁荆地凝天问，射手孤城斫楚骚。
世事多疑沉漫路，左徒独唱辗清涛。

（注：左徒为屈子职位。）

七绝·月之谣(平水韵十一尤)

(一)

万方云盖竖银钩，谑尽黎民与爵侯。
细钎梭镖悬大地，千吨金屑砸人头。

(二)

一团泥饼称弯钩，调度星官万丈楼。
黑白劈空多重唱，仙峰月夜举金瓯。

岳松涛

男，1975年生，1988年毕业于河南电大汉语言专业，2002年7月自学获取河南大学本科学历，1998年8月～2005年任教于河南内乡灌涨第二初中，2005年9月至今先后任教于灌涨中心小学、罗岗小学、前楼小学、杨寨小学。

自述：嗜书酒，求简单，品耿直，率性活，喜游赏，乐山水，舒胸臆，痴诗文，居湍畔，为红烛，以微光，燃孩梦作硕草，抗风雨。吐芬芳，弥悠远。

赏桂(新韵)

满树微黄绽淡香，闭眸深嗅沁心房。
为人当若金秋桂，透远涤尘韵暗扬。

秋夜喜雨(新韵)

久望云霓空叹怜，甘霖悄至小池掀。
忧心老伯生欢喜，早趁墒情奔地间。

题牵牛花(新韵)

纤弱逶迤显韧攀，登墙爬树亮姿颜。
若承细雨骄阳抚，妩媚一惊百卉惭。

秋雨(中华新韵)

雨打窗篷韵久扬，读诗赏景倚幽窗。
荡尘涤垢生清丽，浅唱低吟奏乐章。

午睡(新韵)

菊枕薄衾硬板床，漫读成寐梦悠长。
柔风怜爱如情侣，轻抚全身又叩窗。

(注：漫读：就是随意地阅读。成寐：入睡，语出唐·杜甫《东屯月夜》："天寒不成寐，无梦寄归魂。"清孔尚任《桃花扇·逢舟》："不意故人重逢，又惹一天旧恨；你听涛声震耳，今夜那能成寐也。")

湍河即景(新韵)

竹叶低吟伴柳笛，野鸭戏水鹭双栖。
若论湍畔怡人处，此中诗情似浪激。

(注：怡人：欢畅、舒心状，一般指秀美的景色或清馨、淡雅的花香给人造成的心醉的感觉。柳笛：用嫩柳条外皮制成的笛子，因能吹出乐音如笛，故称。)

听泉(平水韵)

谁架瑶琴涧石弹，幽音浮荡意清寒。
遥聆犹若思乡韵，常使羁人倍黯然。

(注：羁人：旅人。宋树谷《盆梅》诗："数枝也复影横斜，惹得羁人乡梦赊。"袁宏道《徐文长传》："故其为诗如嗔如笑，如水鸣峡，如种出土，如寡妇之夜哭，羁人之寒起。")

暮归(新韵)

日落西山暮鸟归，身披倦困把家回。
遥看苗圃生机盎，顿觉心中暖意堆。

岳桃元

男，教师，退休后从事写作。多首诗词作品参加各类诗词大赛获奖。2012年获"当代诗坛百名功勋人物"荣誉称号，2014年作品《沁园春·月》等获"创作金奖"并被授予"当代诗坛名家"荣誉称号。中国作家记者协会会员，《文学月刊》签约作家记者，中国诗词协会理事，中华作协海南分会理事。

七绝·红颜恋

春

绿水红桃相印浓，偎依紫燕画樑中。
柳梢新月心曲诉，夜雨西窗烛剪红。

夏

杨柳青青黄雀戏，碧荷荡漾丽人游。
千丝夜半理还乱，梦里兰舟上豫州。

秋

放眼远山木落红，桃枝黯伫小园中。
收帘泪浸相思赋，掩卷西窗望信鸿。

冬

翩舞雪花仙女降，寒梅喜泣醉腮红。
一曲千载梅之恋，流水高山向暖风。

恋

貌霖财疏形琐悴，天鹅伴月断思魂。
今生鱼水无缘乐，梦里相依也醉人。

七绝·别情

彩云追月渝州冷，柳照府河水掩情。
端午兰舟约梦渺，斩丝泪浸葬花吟。

卜算子·天涯寄北

——夜入纤雨霖云空间，美文篇篇，如品香醇。人与文融，情随境生，竞致不寐。赏叹唏嘘，难掩躁动，故班门砌字为韵，贻笑方家，是为记。

文若素兰馨，情似清泉冒。婧女托腮望月吟，锦墨翩翩俏。

锦墨到天涯，斗转仍相抱。忽梦兰舟渡海来，烛曳西窗笑。

七绝·题好友龙眼丰收照

花开一季终圆梦，龙眼又欢熟透时。
心若枝头千硕果，重重累累尽相思。

七绝·痛别

心音一曲为君弹，如泣弦声绕九天。
春水又青灞岸柳，柳折肝碎泪涟涟。

七绝·重阳

南飞北雁为什忙？又喜重阳伫远岗。
望断碧空翩影尽，悲无片羽慰夕阳。

七绝·七夕

挥毫泼墨又七巧，情漫鹊桥世代芳。
子夜相思拥梦去，银河一吻醉夕阳。

七绝·致天山红颜

欲饮琼浆山外觅，琵琶飞舞少年思。
只因丝路春潮慢，误却南园桃汛期。

七律·梅雪恋(中华新韵)

飞雪情生下九重，红梅吐蕊展骄容。
妾为碧汉瑶池女，君本蓬莱仙境童。
君仰妾身晶莹品，妾钦君骨暗香浓。
月圆花好人间恋，千古讴歌梅雪红。

云龙凯歌

本名刘士凯。

七绝·江湖

一入江湖品要磨，有缘相聚弃蹉跎。
真心付出存朋友，四海同声志向和。

七绝·丽影霓裳

千缕柔情焕彩装，天姿雅态韵传芳。
娉婷国色撩人醉，绝代风华映画房。

七绝·父亲赞

白酒多年熟出香，参天古木护荫凉。
半生奋斗存家业，送往迎来再放光。

七绝·咏荷

世人皆赞武陵春，坞里桃薰绿草茵。

出水芙蓉酡粉醉，荷花映日一般亲。

七绝·感叹

庭院深深深几许，路程坎坎坎难平。
眠沉雨至雷惊醒，无梦流思到昼明。

七绝·毕业歌

了断无忧一历程，大鹏展翅远飞行。
前方障碍难留住，海阔天空任纵横。

七律·禅荷

真诚愿化那禅荷，护佛同心渡万河。
泥水漫身留本色，藕根出土赞珍珂。
莲花炼宝图腾动，仙客降魔座驾驮。
不染初心难再变，评书万古谱成歌。

七律·咏蝶

朝朝缱绻谢花媒，朵绽佳期万里回。
姹紫嫣颜邀舞伴，纯真友谊聚群陪。
遥思远古拆梁祝，感叹灵魂化蝶胚。
彩羽成双情见证，流传后世爱擎杯。

Z

曾凡浩

中华诗词学会会员。

七律·浦江美

瞩目环球举世观，连接世界纳人间。
云迎美景开心爽，水载游船尽兴玩。
宝藏河中潜秘密，楼群岸上展容颜。
通连海域纷纷到，劲旅观光内外篇。

曾淼

网名海之舟。籍贯江西省赣州市，70后，自由职者，文学爱好者。

元帅叶剑英

粤东一剑指南天，赤胆悠悠铸史篇。
投笔从戎披日月，弃宁归汉啸山川。
青春纵马阴谋破，老骥横刀真理宣。
碧血染红忧国路，丹心傲立禁城巅。

七律·罂粟花

清庭蔽日国门开，恶种当阳沃土埋。
绚丽多资赛西子，如珠似玉越金钗。
魔蛛织网盘丝洞，瘾者失身斩首台。
毒品噬心无可救，亲人落泪向天哀。

七律·翠菊

昨夜霜风带露呈，东篱翠影醒三更。
窗开秀色惹人醉，笔走清香绕室行。
星梦缠枝情漫漫，花心撒地泪盈盈。
聆听往事观霞落，执手今秋钓月明。

（注：翠菊花语：追想，可靠的爱情，为爱情占卜，共享哀乐。）

五律·世道

当今世事癫，西子孔方牵。
朱客时常醉，青衣夜不眠。
少年坑老者，魔鬼气神仙。
死后无方地，千金买紫烟。

七绝·秋之韵：菊

百花艳过菊登台，陌野凌寒独自开。
借得西风沽露酒，金身铁骨任霜裁。

渔家傲·出塞

饮马龙城飞将烈，阴山剑气荡云月。家国情怀千万叠，伤离别，山藤缠绕思乡结。

关外胡人刀切切，寒霜侵噬髯如铁。北雁南飞悲声咽，留半阙，归时再赋硝烟绝。

渔家傲·井冈红

百里井冈红烈烈，黄洋界上揽云月。壁垒千层飞鸟绝，风翻阅，鹃花饮尽刀头血。

号角声催魂俱灭，蛇矛刺敌成三节。炮火连天青石裂，生死别，硝烟散尽尸堆叠。

曾宪国

男，1948年生，土家族，中共党员，函授医专。1965年7月入伍参加卫生工作，复员后一直任乡镇卫生院院长，曾多次被县政府评为“先进个人”。退休后是湖南省诗协、湘西州诗协、龙山县诗协会员。现任州诗楹学会理事、龙山县诗协副会长兼办公室主任、《中华诗词月刊》龙山县工作站站长。和老伴王玉桃合著有《青山吟草》(上、下)以及《怡心集》。个人有近百首诗词作品在国家及省地级刊物发表。

太平山藏经阁

楼高入九天，气势绝非凡。
秀阁藏经卷，凡夫渡入仙。

观矮寨悬桥

横空彩虹起，汽笛云里吹。
雾隐蟾宫冷，抢先迎日辉。

游金鞭溪

春游溪峡里，犹在画图中。
峭壁双屏列，溪流一线通。
猿猴迎客处，古木叶葱笼。
日夕归来晚，泉声两岸风。

参加遂昌诗会采风有感

风尘仆仆聚仙乡，骚客欣然弄墨狂。
窃喜诗刊将九秩，唐风楚韵激情扬。

(注：遂昌又名仙县。)

吟马

一日疾驰万里程，嘶风啸月远闻声。
雄蹄愿为英豪奋，奉献精神乐此生。

纪念毛泽东主席诞辰120周年

韶山圣地育先贤，敢把苍天百步穿。
破旧立新民作本，惊天动地世争先。
三分世界宏图迈，四化前程宇宙宽。
立宪安邦兴伟业，两弹一星梦已圆!

吟北固楼

檐迎红日出，影送万雄豪。
喜遇尧天世，青山碧水娇。

佛潭藏经阁

阁楼入九天，气势绝非凡。
经文藏万卷，凡夫诵若仙。

悟性亭

人生常悟性，七窍即通灵。
万事时扬善，行为菩萨心。

摆手堂

武陵喜庆闹欢天，女舞男歌展丽颜。
八部神爷先敬奉，土家摆手颂今贤。

湘鄂情大桥

喜迎龙凤新区美，携手建桥湘鄂情。
酉水沿河临两县，苗乡土寨一家亲。

火岩溶洞群

两百溶岩古洞群，千年水滴注奇珍。
客游醉忘还乡里，苗土魂牵探险人。

浣溪沙·登高

九月登高望县城，皇仓坪下画图明。舒眉远眺已秋深。

百业昌隆新气象，富民强县再拼争，小康社会顺民心。

游金鞭溪

游武陵源兮，逛金架溪。
溪水潺潺兮，心旷神怡。
抬头仰望兮，石峰斧劈。
直矗九天兮，石笋林立。
猕猴成群兮，攀岩爬枝。
嬉戏迎客兮，令人痴迷。
翁妪携手兮，美景陶醉。
赞叹不止兮，谁之功绩。

赞水沙坪

武陵腹地兮，无限好风光。
回忆昔日兮，实在好凄凉。
神奇金盆兮，水涝几千年。
山民逃荒兮，常年走异乡。
几朝打洞兮，损财把命丧。
人民当家兮，土乡大变样。
分田分地兮，乞人回家园。
战天斗地兮，开洞破难关。
钊公精神兮，感动地与天。
查炮失明兮，洞通水流欢。
再无水患兮，人民得安康。
如今沙坪兮，富饶的山乡。
民俗古朴兮，盆地换新颜。
崇山峻岭兮，隧洞穿深山。
高速公路兮，铁道双轨向。
风景名胜兮，遍布各沟川。
人民欢乐兮，村村达小康。
游人醉迷兮，骚客咏诗章。

沁园春·颂神九

神九飞天，笑别家园，直上重霄。见天庭卫士，热情款待；银河浩浩，宇宙远遥。穿越苍穹，研究奥秘，男女航员胆气豪。而今要，为牛郎织女，巧架仙桥。

此行何处逍遥，欲赴约、嫦娥几度邀。看吴刚捧桂，仙女翩舞，天地相吻，万里扶摇。美梦成真，入神共舞，搅得环球涌浪潮，诚信关、教强权俯首，喜看今朝。

游天子山(骚体)

天子山高兮陡而险，乘梯登岭兮放眼望。
观景台多兮悬崖边，中外游人兮齐观赏。
自生桥绝兮天仙造，倚栏漫步兮彩云间。
袁家村寨兮风俗怪，杜康迎客兮把门拦。
土司王法兮好残酷，男尊女卑兮铁锁链。
改革开放兮树新风，山寨歌舞兮迎八方。
敢上刀山兮太惊险，不是魔法兮靠苦练。
贺龙公园兮竖铜像，尽览石林兮在九天。
索道上下兮输客忙，十里长廊兮胜桃源。

沁园春·水沙坪

武陵中原，四面峰峦，秀水碧山。看千丘沃土，万山林果；谷粮烟叶。桃艳梨鲜。洞涌清泉，池游白鸭，一颗明珠照土乡。回昔日，凿洞百年久，历尽辛艰。

苗乡湖变平原。孝子背娘情感上苍。看狮山雄态，虹桥过象；灵猴戏壁，双瀑流泉。盆地生财，风光无限，美女将军隔岸看。仙境地，世外桃源处，谁不迷还。

赴邢台

神州咏友来，东道细安排。
泼墨吟河北，挥毫唱邢台。

周公山晚会

金秋谊会聚邢台，咏友万家南北来。
云梦周公奇景赏，联欢晚会上歌台。

金秋游三峡

两坝截江流，平湖景色悠。
天崖通电网，三峡誉神州。

龙凤广场看打九子鞭

闪亮虹灯夜未央，千人列阵志方刚。
悠扬奏曲九鞭舞，族俗风情异采扬。
(注：土家族男女老少几千人于18:00～20:00在龙凤广

场跳摆手舞、交谊舞。)

喜登黄鹤楼

(一)

圆梦欣登黄鹤楼，长江放眼水奔流。
龟蛇雄峙辉三镇，横跨长桥举世讴。

(二)

吟翁结伴登黄鹤，四十顽童尽兴游。
舞帅鹤邀唱歌去，迷途凤阁众人愁。

武汉大学观樱花

武大樱花扬远名，齐开百卉斗芳芬。
师生奋进欣圆梦，发展高科育杰英。

游东湖

东湖美景汉江平，载客游船破雾程。
两岸高楼平地起，雄姿三镇美江城。

观园博园

奇山异石树亭花，缩影风光隐丽葩。
百地名萃园博展，千山万水大中华。

悼挚友向荣双兄长

吾兄爱党爱国爱集体爱朋友精神永在；
杏林有德有功有苦劳有志气风范长存。

重游井冈山

光阴似箭四旬年，耄耋携邀重上冈。
界上丰碑高矗立，朱毛革命建新邦。

(注：1976年初夏我同彭顺浴局长组织的县直机关和乡镇卫生院长40余人去井冈山、韶山参观学习，缅怀革命先烈。)

祭耀邦同志

(一)

耀邦墓葬共青城，有眼苍天泪雨倾。
敬献花篮故人意，英雄一代世人惊。

(二)

耀邦墓冢伴青城，感动苍天泪雨倾。
手捧花蓝诚献祭，先贤一代世皆钦。

(注：耀邦故乡湖南龙山老年大学一群老人冒雨敬献花篮。)

庐山

(一)

自古庐山不太平，风云变幻雾霾倾。
湖生盆地高山顶，美景仙人歌妙音。

(二)

自古庐山多趣闻，风云变幻事非分。
盆湖生在山峰顶，美艳仙人洞弄琴。

南昌

南昌起义树军魂，浴血枪声大地惊。
易帜将军扬正气，星移斗转扭乾坤。

八一烈士陵园

诗人结伴祭先贤，手捧花篮献墓前。
妪默翁哀祭英烈，九泉安息佑邦安。

岳阳楼

洞庭渔米富三湘，湖畔亭楼名岳阳。
泼墨文人画仙境，吟诗雅士赋华章。

登泰山

金秋上泰山，夫妇勇登攀。
万壑六龙过，谷中随梦还。
向东极目看，洞口石门关。
云里登高走，天山直跃环。

趵突泉

（一）

齐鲁水城天下无，荡漾趵突玉珠壶。
谷虚久恐灵泉竭，岁旱何虞海岸苏。

（二）

雾绕云蒸泉涌出，轻波漾荡大明湖。
时来神水灌沃土，冰雪满怀清静舒。

游蓬莱阁

（一）

蓬莱胜境誉人间，显圣八仙常畅谈。
海市蜃楼风景美，勤耕巧织海波翻。

（二）

日落晚霞潮浪乖，波摇石动散分开。
轻舟似箭随云转，疑是仙山罩雾来。

祭拜刘公岛

海潮浩荡风云湧，各国列强逞霸凶。
游客泪挥亡魄祭，精神不朽颂英雄。

游烟台

驱舟入海逛烟台，挚爱舒心畅满怀。
留驻仙人诗友醉，蜃楼海市雾云开。

中国青岛

秋来青岛雨沙沙，朝览潮涛暮览霞。
好景无穷君且记，酒浓味美醉诗家。

上涝山

千百年来隐海间，轮回日月伴清泉。
妪翁车已达峰顶，借得清风拂涝山。

送诗友

骚客吟武陵，乌龙紫气腾。
诗词基地建，酉水送佳宾。

参加秀山联谊会

四位驱车去秀山，应邀赴会结诗缘。
重逢老友心花放，经验交流再登攀。

有感挂牌

吟友八方来恭贺，诗词基地扁牌挂。
武陵楚邑骚人喜，佳作频传千万家。

再游秦城

神州诗友逛秦城，古镇新街探密闻。
博物馆中看牍简，江山一统韵同文。

再过乌龙山大峡谷

两边峭壁矗云天，皮渡河畔土寨庄。
百洞面纱神秘现，骚人四海醉其间。

最高楼·贺田老师八十四岁生日

诚心贺，田老寿辰欢，八十四周年，光明磊落名声远。忠诚为革命奔忙。好清廉，忠职守，领头羊。

在法院，判刑无错案。撰县志，撒汗书锦卷。诗界入，教材编。培桃育李骚坛杰，老年大学献斜阳。祝恩师，身体健，寿绵延。

赞游绍文老师

韵海启诗舟，黉门岁月稠。
仁心诚奉献，爱意不图酬。
耄耋敲平仄，古稀寻雅幽。
愿兄身更健，鹤寿逾千秋。

重阳感赋

重阳望碧天，四海共情牵。
举酒吟明月，何时夙梦圆。

重游华清池

华清池建骊山下，北国风光此地奇。
服役常来留倩影，今游故地万缕思。

游西安

卌六年前驻北疆，今来故地赏风光。
山河只见新颜换，满目春光入梦乡。
(46年前我所在的部队曾驻防西安。)

登华山

华山自古好难登，妪叟同将五岳征。
上到西峰奇景赏，踏云破雾似雄鹰。

赞龙清泉

土寨龙郎称健将，巴西奥运夺金牌。
体坛纪录他能破，为国争光有栋才。

七夕

银河浩渺晓星沉，织女牛郎怨恨深。
七夕鹊桥相聚会，满腔热泪湿衣襟。

20国政要聚杭州

政要聚杭州，精英各显谋。
西湖经贸论，智勇斗春秋。

苍天倾泪祭毛公

毛公逝世五洲悲，祭日天公雨泪垂。
奋斗终生功盖世，雄文哲理永丰碑。

赞教师

三尺讲台躬笔耕，培桃育李做园丁。
传知授慧丹心献，夙愿还时国运兴。

中秋

丹桂开花十里香，中秋聚赏月圆光。
亲朋好友皆欢喜，国泰民安达小康。

九·一八

难忘九一八硝烟，日寇侵吞我主权。
残杀同胞资产夺，家仇国恨记心田。

勿忘国耻

九月忧怀魂梦牵，神州处处起狼烟。
同胞数万遭涂炭，国恨家仇义愤填。

赞神舟十一号

寰宇霓光闪，神舟入九宵。
嫦娥舒广袖，天地任游遨。

曾跃进

男，1958年生，格律诗词的爱好者。中学时代在高中语文老师启蒙下酷爱诗词，至今已创作格律诗词及现代诗一百多首。著有诗词集《梦山湖畔》。

苏幕遮·暮春雾中游森林公园

——此日乍雨乍阳，不禁喊出一句："好雾。"晚上还出现星星和月亮。这是地道的福州春色呀！

雾连天，云带雨。湖翠山青，满地生新绿。林密山深知几许。烟雨偏宜、描出春词句。

鸟争鸣，蝶飞舞。流水溅溅、惹乱心头绪。栈道观花花不语。酌酒溪边，醉了随春去。

沁园春·虹天下

连雨阴天，天冷云低，七彩未生。走一年马尾，十分月色；春归却是，雨打落英。燕倦莺啼，蜂围蝶阵。怎共辛郎同赏心。凭高处，看荫荫树下，柳暗花明。

星星，笑我多情。倩才气名扬宏业成。适凉风沥沥，敧窗纳爽；初阳冉冉，出海看晴。把酒举杯，佳音又至，一片青云万里明。虹天下，唯这般模样，还算年轻。

(注：马尾：地名。落英：初开的花。怎共句：赏心指建康赏心亭。辛郎：指辛弃疾登赏心亭作《水龙吟》一词抒壮志报国之豪情。)

鹧鸪天·风漫东楼

水泻河头自在流，虚窗梦醒日悠悠。偏因蒲柳嗟年少，独伴诗魔话暮秋。

梧夕落，老菊愁。时乖命蹇有何求。晚归

闻得奔忙事，漠漫西风撼小楼。

（注：水：指西湖水。河头：指白马河源头。西湖水南下注入白马河，本人家就住在河头西岸的湖头街。）

清平乐·罗星塔上

江头车站，翘首情人现。仿佛久别约见面，都只因深深恋。

罗星塔上心情，醉看烂日黄昏。风送呼声不到，上塔催唤关门。

（注：烂日：指灿烂的阳光。看：平声。下阙描写一对热恋中的情侣，此时正依偎在罗星塔的塔尖上，望着不远处沐浴在夕阳斜照中的马江水，江面上仿佛片片流金；俩人的心儿随着江风泛起微微波澜，陶醉在这秋日绚丽的暮色里，尽情地享受着爱情的浪漫与甜蜜。以至于连塔下催唤关园的呼喊声都听不到，直到园管员爬上塔来叫唤后才发觉。）

曾昭启

渔歌子·桂塘美

桂花馨，塘波美。桂塘植下梧桐翠。土家人，勤且慧。锦线织成芳卉。倚乌龙，亲酉水。

山山水水勾魂醉。彩云滋，明月惠，孕得佳辞佳对。

张文

1954年生，黑龙江省依安县人，中共党员。先后从事教育工作15年，从事行政工作27年，现已退休，依安县收藏协会会长，依安县诗词协会会员。平生爱好读书以养心志，学习诗词以抒情怀，收藏古玩以添乐趣。

七律·释怀

盈门喜气胸间阔，绮室吟诗妙境生。
日子随心添兴致，欢欣顺意现豪情。
休闲放步身行远，快乐乘风体自轻。
一世拼争多有寄，悠然享誉厌浮名。

沁园春·两会

万象更新，雷动惊蛰，盛会流芳。看群英荟萃，相逢贵地；贤达毕至，共谱华章。议论繁荣，细谋发展，借取东风帆正扬。民生计，绘宏图美景，国泰民康。

环球瞩目炎黄，令万里神州当自强。愿除妖伏虎，倡廉反腐；拨云驱雾，献瑞呈祥。屡用良方，频施惠策，塞北江南遍地香。兴伟业，聚千家智慧，再铸辉煌。

沁园春·纪念长征胜利80周年

万里长征，百战攻坚，举世空前。忆瑞金起步，湘西封锁；贵州转向，遵义夺关。险渡河江，跋山涉水，聚首延安呈笑颜。根基固，任狂涛万丈，舵稳航船。

潮头破浪扬帆，喜善战、雄威卷巨澜。促改革开放，创新理念；领先科技，前卫高端。承继文明，依托路带，致力龙腾赢梦圆。兴伟业，看民强国富，震撼人寰。

张鹏

本名张志华，笔名张鹏。女，汉族，1959年生，滕州市人，高中毕业，滕州彤辉机电设备公司退休。中华诗词学会会员，滕州市诗词学会会员。著有诗集《花丛吟草》。

七绝·海边

思归恨别意重重，夜色迷离细雨濛。
心绪难平潮激荡，涛声犹唱满江红。

七绝·小草

无言却能解春风，不羡奇花娇媚容。
生命顽强侵远道，美名芳草是阿侬。

七绝·垂钓

功名不钓钓清波，柳岸翁竿时日过。
闲共蝉鸣哼小曲，归来两袖暮云多。

七绝·长江

万里长江东逝水，英雄豪杰浪淘沙。
几多感慨望江月，千古兴亡逐浪花。

七绝·七夕

翔宇神舟作鹊桥，牛郎织女度良宵。
人间更有高科技，一解相思上网聊。

七绝·登龙泉塔

巍巍古塔势峥嵘，登顶油然豪气生。
近水远山皆惠我，激情奔放唱心声。

七绝·闻失事马航感赋

失事马航噩耗传，同胞命运总心牵。
茫茫大海魂何处？义愤填膺问苍天！

（注：全家人每天都在关注马航。看了电视报道正式宣布马航失事，深感遗憾和沉痛，彻夜难眠，赋诗哀悼同胞。）

谒金门·岁月乒乓

春色里，莺啭使人陶醉。乒乓声声勾兴致，再将身手试。

一展当年技艺，权作健身游戏。常胜将军真惬意，问谁能与比？

张柏青

1950年生，男，汉族，党员，大学文化，黑龙江省肇源县人。中华诗词学会会员，中国楹联学会会员，陕西毛泽东诗词研究会会员。有320多首诗词作品在国家和省市县级刊物发表，有180多首诗词作品被编入国内20多种诗词专著，并在国内一些诗词大赛中多次获奖。著有《紫燕诗集》。

七律·五岳（中华新韵）

东岳泰山

巍峨雄峙横齐鲁，五岳独尊凌九霄。
绝壁巉岩松柏翠，流泉飞瀑雾烟飘。
玉皇峰顶升金日，云海银盘滚浪涛。
画卷天然夺造化，帝王历代竞折腰。

西岳华山

超然巨柱透重霄，顶似莲花分外娇。
鬼斧加身崖万仞，华山自古路一条。
横空倒影黄河落，细雨淡云薄雾飘。
虎踞龙盘天下险，萧生弄玉任逍遥。

（注：萧生，即萧史，华山隐士。弄玉，春秋战国时秦穆公的女儿。二人笙箫和鸣，互为知音，结为夫妻。因厌倦宫廷生活，便乘龙跨凤来到华山。）

南岳衡山

高耸雄拔峰岭连，势如天马入云端。
危崖幽谷苍林茂，异草奇花香气传。
雾锁洞庭蒙万水，瀑飞岩壁绽千莲。
枫红霜染壮秋色，独秀南山挂画帘。

北岳恒山

虎踞要冲拥五关，四方俯控耸高天。
云岚变幻轻烟渺，崖壁如削鬼斧悬。
对望二峰横黛色，幽深一洞吐白莲。
唐尧虞舜巡临早，普照佛光耀万山。

（注：二峰即天峰岭、翠屏峰，是恒山主峰。一洞即出云洞。）

中岳嵩山

奇峰突兀瞰中原，伏卧眠龙天地间。
峭壁悬崖石怪异，重峦叠嶂岭连绵。
草青花艳苍松挺，岚幻谷幽溪水潺。
师祖达摩一苇渡，游人探胜竞攀缘。

七律·黄河吟（中华新韵）

形如几字古河弯，汹涌奔腾接碧天。
怒吼龙门穿邃谷，飞流东海卷狂澜。
重重雪浪金沙裹，朵朵烟云空际翻。
浩瀚无边藏日月，雄奇大写五千年。

七律·西湖游(中华新韵)

难诗难画古今独，浩渺烟波西子出。
绿树青峦投倒影，红霞白浪共拼图。
三潭印月锦鳞跃，百舸争流薄雾浮。
久享盛名传宇内，人间仙境上天无。

水调歌头·杭州千岛湖景观(中华新韵)

一水绕千岛，风涌碧波扬。平湖千里莹透，拥日泛荧光。浅底游鱼百种，湾港迷宫处处，浩瀚渺茫茫。破浪舟堆雪，鸥鹭绕帆翔。

岛峥嵘，钟灵秀，沐春阳。峰岩溪谷环抱，疏密见绵长。松柏修篁含翠，鸟语花香远送，一醉任徜徉。绝美仙人境，秉笔汝贤堂。

(注：明代大清官海瑞，别名汝贤。后人为纪念他，在此建海瑞祠。)

张栢松

2006年12月生，小学五年级在读，酷爱诗词。

徐村北涧山古道晨景

朝山抱日匆离东，万道霓光架谷空。
宿雾腾烟蝙未返，苏蜻振翅燕宜攻。
网丝挂露梢间闪，男女披霞岭上冲。
北涧南流寻海去，柔波早有捉螺翁。

徐村红枫古道北涧亭赏景

巧舌金眉对谷倾，雅琴玉蝈逗蝉鸣。
天中日挂苍枫挡，岭上风吹旅客行。
鼠挚鸠诚亭内导，兰馨桂馥鼻前争。
峰燕淡雾回春色，骤咽舒歌闻涧声。

无题

月挂星空辉万里，山城环黛景奇妍。
神公作画人添彩，夜夜笙歌享太平。

中元节

家家备纸和香烛，退妥鸡鹅又剖腥。
笑问今天何故事，析言后辈祭阴灵。

八月赏晨天

羞月投峰日始追，九霄澈透碧无丝。
银鹏闪闪苍穹渡，隐隐雷声入耳迟。

武阳·荷景

六月晴空喷焰火，刘基故土独清凉。
千峰起浪荷塘缀，万朵匀腮白鹭藏。
阵阵山风浮笠艳，丝丝蕊雾入脾香。
八方旅伴来消暑，世外桃源在武阳?

点绛唇·钓翁羞耳嘣嘣听

灯火辉妍，北堤歌舞南堤应。紫波霞烝潜月搔鱼醒。

鹳击秋婵。只戏蓝光莹，围观凝。钓翁难胜。羞耳嘣嘣听。

浣溪沙·泗溪夜色

霓逐平波万牖辉，弄栏毵柳孕莺叽，婵羞远昊斗星稀。

两岸曲声漪上和，八方旅客堰沿围，纹龙赏景蜃楼归。

泗溪夜临

秾灯饰坝月添辉，临水平台转舞衣。
五彩侵波波似锦，乘凉信步泗溪围。

如梦令

绿水青山含翠，古道幽幽正媚。枫叶落空中，恰似蝶儿嬉戏。沉醉，沉醉，吾爱这金秋味。

浣溪沙

夜幕降临河畔旁，舞姿优美闹飞扬，老翁垂钓莫彷徨。

栩栩如生堤上影，微风拂过泛波光。繁华

似锦泗溪乡。

长相思

左面堤，右面堤，山谷中间是泗溪。霓深夜幕垂。

影迷离，灯迷离，水面缤纷如韵诗。眼花缭乱兮。

长相思·靛青山夕景

一座山，俩座山，危耸连天空地间，云环清水坛。

昊天欢，夏天欢。泳客连连皆笑颜，一帘游澡闲。

长相思·红枫古道

南面枫，北面枫，云绕崎岖烟岭重，金秋招客疯。

你登峰，我登峰，彩毯迎宾如画宫，层林古道红。

十六字令

山。陡峭巍峨刺破天。应惊叹，宇宙隔中间。

山。秀丽风光代代观。该铭记，国旺大家欢。

山。绕绕弯弯古道攀。高高耸，惊望可登天。

山。秀丽风光无限宽。如诗画，华夏子孙欢。

山。郁郁葱葱古道环。回头望，峰顶在天边。

张宝树

中国作家协会会员，中国管理科学研究院终身研究员，世界第二次文艺复兴促进联合会名誉会长，全国首家中老年散文期刊《散文福地》主编。迄今已发表文学作品300余万字，先后出版有散文集、报告文学集、文化随笔集十余部。

红荷赋

——惊闻，艳羡，神游再三，又几度赴山东滕州，畅游亚洲最大的微山湖湿地公园。喜见万亩荷塘之上，莲叶田田、芙蓉盛开之美景，感怀兴叹，遂作《红荷赋》，以资留念。

凛凛乎，亿万斯年之天地沧桑；巍巍乎，大自然之慷慨解囊；殷殷乎，古今百姓之辛勤劳作；恢恢乎，造就鲁南微山湖湿地公园之辉煌。微山湖又名南四湖，纵向二百四十里长。东临京沪线，徐州为南疆，西接苏皖大平原，北望济宁古城墙。微山湖与古大运河交汇，斜卧鲁苏皖三省边界，宛如巨龙腾云驾雾逞雄强。十余条大河吐纳龙须兮，星罗渔村似鳞甲，十余座县城环绕龙身兮，璀璨珍珠齐荣光。

森林——地球之肺经，海洋——地球之心脏，高山——地球之躯干，湿地——地球之肾泉。微山湖湿地得天宠，造福四乡兮有福缘：调气候，保物种，净水质，蓄水源，人类之生命载体，心灵之世外桃源。今徜徉微山湖湿地，劳烦顿消兮气定神闲。视野洞开，万顷碧波戏涟漪，百里香风犹扑面；惊艳一瞥，芙蓉仙女弄清影，十万亩红荷笑开颜。“江南可采莲，莲叶何田田”，古老民歌兮频频传；“接天莲叶无穷碧，映日荷花别样红”，杨万里诗兮忍耳畔；“三秋桂子，十里荷花”，西湖名胜兮堪媲美；“小荷才露尖尖角，早有蜻蜓在上头”，诗情画意兮在眼前。莲花丛中，牵出一叶扁舟：采莲美女着红衣，撑蒿艄公是壮男，语声柔兮笑声美，渔歌互答声声甜。微山岛兮至爱湖，十万荷花连成片，红如胭脂白似雪，赴天蹈海成大观，更有刘庄与南阳，红荷照样不一般。

微山湖十万亩红荷兮，为何娇艳美名扬？个中神韵须思量。岂止天工造化之馈赠？应得历史血脉文化甘霖之滋养：儒雅文风之熏陶，得益于北邻孔孟圣贤之乡；“三贤墓”风之荫庇，乃古仁人志士忠义正气之流芳；爱莲民风之浓郁，乃周氏《爱莲说》之妙悟、钓鱼台“不染亭”“清涟亭”之映衬；碧水红荷，争奇斗妍，浸润“百荷诗廊”古贤人诗牌翰墨之遗香；更见桥台亭阁，座座彰显鲁班先师精湛技艺之传扬；驻足五柳渡，寻觅老一辈革命家刘少奇、陈毅等乘船赴延安之足迹，犹闻摇橹之声响；小岛之上小李庄，当年《铁道游击队》之拍摄地，似见抗日战士之神武雄姿、八百里水泊出奇制胜之战场；一曲“弹起我心爱的土琵琶”，勾起悠悠遐想，夕阳西下，炊烟袅袅伴荷香，眼前竟有抗日战士乐观生活之回放。呜呼！诸如伏羲庙悠悠缭绕之香火，台儿庄古城朝夕相闻之鼓角，无不氤氲着万顷荷塘之祥云熏风，撩拨起旭日东升之万道霞光，分明浓郁了红荷景区之文化氛围，勾勒着十万红荷之审美华章。

曾记得，前些年参加微山湖湿地红荷节，听过美女歌手文欣着红绸长裙于荷塘边那声情并茂之演唱。一曲《荷花别样红》，唱出中外宾客对微山湖湿地红荷之爱恋与赞美，怎不令我心神摇荡？特此引述，既为我《红荷赋》作结，亦不妨与诗友共享。请听——

荷叶连着天地间，碧波水荡漾。荷花朵朵万里香，映日染霞光。小伙撒开千张网，姑娘采莲忙。渔歌唱得游人醉，把爱留在他乡。荷花别样红，滕州好风光；荷花别样红，美丽如天堂；荷花别样红，丰收好景象；荷花别样红，年年都吉祥。

墨子故里翰墨香，四季吐芬芳。龙泉宝塔有玲珑，辉映名城光。古往今来英雄多，豪情写华章。四海宾朋齐欢聚，友谊地久天长。荷花别样红，滕州好风光；荷花别样红，美丽如天堂；荷花别样红，丰收好景象；荷花别样红，年年都吉祥。

海河新赋[1]

——21世纪，乃雕塑天津国际港口大都市形象之大好时机。中共天津市委常委会议，运筹发展大计，描绘宏伟蓝图，一展打造世界名河之大手笔。于是，改造、开发天津海河之大业，指日可观矣。我国古代辞赋，有司马之“上林”[2]、杜牧之“阿房”[3]，皆咏叹秦汉帝王豪华之宫阙、奢靡之生活，独未见歌颂为民造福者也。今盛世太平，畅想海河之古今未来，感慨万千，遂作新赋，歌以抒怀。

积亿年之巨变兮，演地壳之震荡[4]。拔燕山之隆起兮，陷华北之沉降。挟众流之泥沙兮，造平原之坦荡。于是，下九河之逶迤兮，入海河之汤汤。汇渤海之惊涛兮，成苍茫之万象。然则，自万历而解放[5]兮，闹七七[6]之水荒。吞津城以龙口兮，淹田亩于汪洋。嗟夫，数历代之兴亡兮，谁顾民之安康？

新中国之成立兮，治海河之疮痍。修上游之水库兮，筑防洪之大堤。疏九河之床道兮，挖阡陌之沟渠。建桥闸以泻洪兮，扩海口以水利。引黄河而北调兮，济津门以滦水。送甘露于万家兮，断苦水而绝迹。逢洪涝而禹[7]莅兮，率万民以治理。斩蛟龙以救灾兮，民乐居而安逸。乘改革之东风兮，建天津之名城。扬港口之优势兮，塑名河之标志。展宏业之辉煌兮，震民心以图强。打造名河，蓝图高格：三大段落，运筹帷幄；三期工程，五年天成；六大主题，智慧设计；战略目标，壮美多娇。高标准兮高起步，高品位兮高速度；立当前兮求长远，建名河兮图发展。

御神马以驰骋兮，驾青虬以纵横。念海河之憧憬兮，披七色之霓虹。晴空长明，碧水永清，岸芷汀兰，草木葱茏；帆影亭亭，歌舞升平，水上泛舟，赏心悦情；津沽文化，雅俗并发，历史遗迹，重现光华；亲水建筑，灿若图绣，艺术景观，魅力永驻；商家云集，大厦林立，人流物流，财茂四季；引资招商，金融兴旺，水转城运，特立形象；轻轨银龙，沿河腾飞，通商口岸，锦绣壮美。

揽名河之峥嵘兮，育民族之摇篮；赞名河以富民兮，享文明之积淀。敬埃及之尼罗兮，仰印度之恒河；歌北美之密西西比兮，咏欧洲之莱茵多瑙。颂中国之黄河长江兮，扬华夏之魂魄荣光。而今，创海河之辉煌兮，架金桥以兴邦。看万民之跃跃兮，正携手奔小康。

（注：①此赋曾获2003年11月由天津市委宣传部、市委老干部局、天津老年时报联合举办的“我爱海河”征文一等奖。②司马之“上林”，指汉代司马相如的《上林赋》。③杜牧之“阿房”，指唐代杜牧的《阿房宫赋》。④演地壳句，指距今约7000年前华北地区的一次地壳变迁：“燕山运动”。⑤自万历句，“自万历”，指天津于明成祖朱棣永乐二年公元1404年设卫，这里的“万历”指明万历十八年即公元1590年；“解放”，指天津解放前的1948年。⑥七七，据文献统计：自明万历十八年至天津解放前的358年间天津发生了49次大水灾。⑦禹，指上古时代夏朝治理水患的贤君，这里用喻意。）

临江仙

——春咏天津新十景

春闹金街花弄影，五河碧水盈盈。谦庄广厦已葱茏。老城闻鼓乐，海日涌泰丰。

欧陆风情今尚在，丰碑永奠英灵。文昌阁外杨柳青。沧桑藏古界，鹅馆耸津门。

张长奎

男，1947年生，大学学历，滕州市人。曾由天津教育出版社出版《中学作文教学》和自由诗作《乱花集》，作品多次发表并获奖。中华诗词学会会员，枣庄市诗词联赋协会常务理事，滕州市诗词学会副会长。

七绝·新春即景

柳叶初舒燕雀翔，杏花才绽蜜蜂忙。
无边翠色一篙水，满目红云两袖香。

七绝·赏菊

多谢西风入我家，染成秋色灿如霞。
披霜携酒东篱畔，喜诵陶诗赏菊花。

七绝·题芦花

愧杀吾无咏絮才，直疑天外雪飞来。
若教更有清香发，便认梨花秋日开。

七绝·秋夜吟诗

西风冷月夜深时，独步阶前忘露滋。
雅兴教人难入睡，蛩声伴我漫吟诗。

农村三题

（一）乡村五月

熏风五月好晴天，麦子金黄瓜果鲜。
更喜农家多意趣，又听蛙鼓又听蝉。

（二）农家之夏

休言田户无身价，天热偏能闲在家。
几个老农邀一块，乘凉说话品清茶。

（三）今日农家

如今种地忒相宜，农户忙闲自有期：
半是主人半像客，也开机器也吟诗。

鹊桥仙·述怀

童年努力，青春发奋，未让悬梁刺股。红心似火不甘输，愿今世休成虚度。

春风夏雨，秋云冬雪，美景何曾轻顾？终身许国有雄图，岂想过留名千古！

张长兰

女，汉族，1950年生，滕州市人，中师毕业，滕州市城郊教研室退休教师。滕州市诗词学会会员。

五绝·咏梅

枝枝含冷艳，梅伴雪飘香。
傲骨迎风立，悠然犹自狂。

五律·游泉城

泉城风物好，偕女畅情游。
浩荡黄河水，清虚千佛秋。
鱼游惊帆影，渔唱起沙鸥。
辛李寻馀韵，明湖且泛舟。

七绝·教师感言
满园桃李竞娇妍，不负耕耘三十年。
甘做春蚕丝尽吐，呕心沥血育名贤。

七绝·改革开放 30 年
开放宏猷三十年，神州面貌更新妍。
卫星圆梦巡河汉，社会和谐尧舜天。

七绝·咏兰
我育幽兰怡夕阳，含羞待放溢清香。
引来蜂蝶频频采，喜看娇孙扑捉忙。

七绝·咏竹
簇簇幽篁栽我家，莫言四季不开花。
凌云傲骨迎风立，历代骚人诗赋夸。

七绝·咏菊
谢尽凡花独自芳，傲霜不许蝶轻狂。
嫣红姹紫不凋落，且借金风散冷香。

七绝·咏米兰
米兰四季溢芬芳，朵朵奇葩米粒黄。
别看花微不显眼，随风万里散馨香。

张长宁

字静堂。男，1929 年生，汉族，山东省滕州市人。全国优秀教育工作者。现为中华诗词学会会员、滕州市诗词学会名誉会长。有诗作《静堂诗集》面世。

七绝·咏滕州

（一）

鲁南重镇数滕州，九省通衢环境优。
善国美名千古颂，井田遗泽至今留。

（二）

人杰地灵形胜地，今逢盛世更辉煌。
建新修旧宏图展，异彩纷呈着艳妆。

七绝·纪念周恩来总理诞辰 110 周年

（一）

赤胆忠心感地天，龙潭虎穴任周旋。
安邦治国雄才展，管乐虽贤难比肩。

（二）

总理终生主义真，鞠躬尽瘁为黎民。
中华崛起奠基础，亮节高风启后人。

七绝·游莲青山

（一）

山峦起伏似波涛，峙立诸峰争比高。
泉水淙淙流不断，莲青美景领风骚。

（二）

地质公园景色优，天公造物费谋筹。
明时开放民心顺，无限风光任意游。

七律·纪念抗日战争胜利 70 周年
逝水光阴数十年，昔时惨景忆堪怜。
腥风血雨盈田野，断壁残垣遍锦川。
罄竹难书倭寇罪，丰碑应铸国殇篇。
八年抗战终胜利，华夏人民重见天。

七律·盛夏游龙泉广场风景区
友人相约逛龙泉，绿草如茵树接天。
宏伟殿堂观汉画，庄严学府赞先贤。
千年宝塔风雨蚀，三伏瑶池菡萏鲜。
善国由来多胜景，今逢盛世任流连。

（注：宏伟殿堂指汉画像石馆；庄严学府指国际墨子研究中心。）

张斌生

网名大象。1969年生于内蒙古，现就职于国家行政机关。热爱古典诗词，已创作诗词数百首。作品散见于《陕坝周报》《巴彦淖尔晚报》等报刊。

排律·岱海放歌(新韵)

神游日久今朝见，岱海茫茫纳彩穹。
脚下鲜花香染脚，胸前茂草玉缠胸。
蒹葭起落沙沙舞，野雉追逐猎猎风。
鸥鹭翩翩鸣戏水，鱼虾喽喽摄游虫。
苍山映射白云上，碧海包容赭岳中。
天赐一湾波浩渺，惹得日夜梦常萦。

七律·G20峰会有感(新韵)

西湖九月美如画，峰会移师到此间。
问政中国求智慧，谋局世界谱新篇。
共襄盛举可持续，同促宏图再起帆。
聚力良方成榜样，凝神发展助瀛寰。

五律·丙申中秋抒怀(新韵)

美酒敬中秋，海峡耀九州。
千家同祝愿，万户共绸缪。
遥寄一轮月，恭邀两岸眸。
齐圆强盛梦，环宇任遨游。

七绝·秋赋(新韵)

蛙鸣渐匿葵盘重，谷穗沉沉绽浅焦。
待到银镰挥满地，农家笑意上眉梢。

七律·七夕感怀

此夜星稀泪顿飞，银河对岸室难回。
神驱喜鹊齐心聚，帝命鸳鸯共举杯。
汉阔迢迢暗恨生，桥狭漫漫永相偎。
葡萄架下唧唧语，却把心肝千载摧。

国庆抒怀(新韵)

欣逢胜日桂菊香，民主建国鸿运昌。
整顿提高人奋起，改革开放帜飘扬。
拍蝇打虎严纲纪，理政治国图自强。
不忘初心双百续，中华强盛铸辉煌。

沁园春·长征

万水千山，步履维艰，万里远征。忆红军壮举，山河悲泣，雪山草地，胆战心惊。生死存亡，命悬一线，烽火连天岁月嵘。终平寇，看历经堑壑，血雨皆腥。

当年革命豪情，引世界人民俱赞称。想国军白匪，雕虫小技，倭奴美帝，难再狰狞。共产同盟，苏俄无策，仅靠浮云怎树旌？精神续，盼国强民富，阔步前行！

七律·红军长征胜利80周年抒怀(新韵)

万里长征举世闻，传承历代铸国魂。
跋山涉水征途险，扼匪歼敌意志真。
信仰磐石坚似铁，目标笃定固如金。
艰难困苦辉煌路，继续初心业更欣。

张超

唐多令·滨河湿地感赋

日暮晚烟收，青山对玉钩。六七艘、远去行舟。一片清幽声搅碎，南归雁、又啾啾。

往事涌心头，佳人安在否？叹今生、多少离愁。放纵须臾拚欲醉，人不语、水东流。

青玉案·再游大禹广场

霓虹初上黄昏后。晓风起、花香透，美景重重还胜旧。青芜紫陌，绿池红藕，堤畔依依柳。

欢歌一曲弦轻奏，舞步盈盈玉纤手，且看全场谁最秀？惊鸿翩若，少年豆蔻，曼妙舒红袖。

长征组词

十六字令·长征

征，涉水爬山万里程。从无畏，浴火亦重生。

十六字令·娄山关

关，狭路相逢敌胆寒。惊天地，大胜凯歌还。

十六字令·夹金山

山，万壑千峰胜隘关。何曾惧，走马似平川。

十六字令·泸定桥

桥，江水汹汹铁索摇。奇兵夺，大败敌奔逃。

十六字令·大渡河

河，流水湍湍起浪波。枪声响，强渡奏高歌。

张朝清

本名朝卿。男，1943年生，安徽宿州人，安徽大学中文系毕业，中学高级教师。长期任蚌埠市教育局教研室、市教科所教研员。曾任市政协常委暨文史委副主任、市语委办副主任。蚌埠市诗词楹联学会副会长，安徽省诗词学会会员，中华诗词学会会员。

七律·大江夜航述怀

别却芜城赴鹤城，辈侪伴我大江行。
拍舟险浪岂无意？扑面厉风定有情。
两岸明灯欺玉兔，半生宏愿慕鲲鹏。
溯流直上今昔事，满眼霞光报昼生。

七律·蓬莱纪游

神思早欲到蓬莱，一日登临触我怀。
拔地丹崖连碧水，耸天金殿矗高台。
蜃楼不见空遥望，海市难逢岂唤来？
离去当无遗憾事，谁期大厦倚云栽！

七律·题王冕《早春图》

画梅不作干枝虬，铁骨铮铮纸上留。
寒雪屡压身健韧，冷风常袭气清幽。
高洁自有高洁语，刚烈岂无刚烈愁？
万朵玉华遗后世，早春图景定千秋。

五律·泰山纪游

齐鲁正青青，畅游五岳尊。
登天山现路，乘索谷惊魂。
道上攀梯磴，崖边羡刻铭。
明朝迎晓日，今晚送祥云。

七绝·柳絮咏

又见纷纷柳絮飞，飘摇漫舞与风随。
如花不见枝和叶，坠入乌泥是所归。

张纯道

鹧鸪天·少年旧事录(八首选三)

(一)

梨树嬉云柳弄烟，桃花流水渡轻寒。麦苗铺地平畴绿，雏燕衔泥小杏酸。

踢毽子，荡秋千。种瓜锄豆灌南园。少年心底无风雨，卧看天边明月圆。

(二)

朝采黄花暮采莲，茅檐小径意娴娴。妇姑箪食饷南亩，翁媪桑麻刈北田。

治蒲酒，洗杯盘。时蔬嘉果庆丰年。冬郎不耐尘凡事，夜读离骚天问篇。

(三)

雁叫西风玉露寒，野炊处处动荒烟。流脂

粟米家家白，出水鱼虾网网鲜。

呼幼侣，逐飞鸾。小舟漫舣子陵滩。枕边多少欢愉梦，未解人间行路难。

张传训

男，1950年生，山东曲阜师范大学毕业，先后从事党务、政务工作。山东省诗词学会会员，成武县伯乐诗社顾问。

七律·夏日感怀

读史烹茶度夏时，急风斜雨两由之。
少年有梦成名早，老朽无才耀祖迟。
环境清幽宜作画，身心康健好吟诗。
老窝老伴老家底，苦辣酸甜唯自知。

七律·乡村偶拾

僻野乡村傍曲溪，农家院落养群鸡。
一层芳草铺幽径，几架香瓜坠绿畦。
雨润田园万家乐，风吹林海百禽啼。
忽传爆竹声声响，人道东邻喜娶妻。

七律·秋怀

西风淫雨转天凉，喜见东篱散菊香。
年过六旬身尚健，寿期百岁梦方长。
半生拼搏知风雨，一世悲欢识暑凉。
笔墨诗书常作伴，老来应许谱华章。

七律·咏梅

朔风呼啸吐芽新，飞雪飘扬更出神。
争艳群芳嫌俗气，凝香数朵悦骚人。
独倚溪畔邀松竹，齐聚公园伴国民。
虬骨俨然如勇士，百花第一报阳春。

七律·咏兰

一盆数朵惠人家，百属千科遍海涯。
若论芳容输国色，却因高雅入名花。
友称雅客情奇好，文谓华章采绝佳。
清淡幽香人最爱，堪为君子誉中华。

七律·咏竹

亭亭玉立托蓝天，绿叶翠枝浮瑞烟。
君子虚心怀若谷，英雄铁骨气巍然。
老竿万变人工巧，嫩笋千尝野味鲜。
画者挥毫舒敬意，诗人展纸赋新篇。

七律·咏菊

群芳凋谢此花新，把酒东篱色未匀。
丽日催云增秀色，金风带露著精神。
盆栽园种皆宜客，药食茶餐俱利人。
懒与百花争上下，寒秋有尔胜阳春。

七律·咏松

梅花翠竹万年松，三友寒交负盛名。
叶似钢针妖鬼惧，枝如铁骨巨龙惊。
势凌风雨英雄志，气傲云烟侠士情。
平野高山栖伟躯，身心无二济苍生。

张春桂

男，1950年生，湖南省常宁市人，中共党员，大专学历。曾任衡阳市残联理事长、中共衡阳市委督导员、衡阳市人民政府(经济)顾问。现为衡阳市诗词学会副会长、湖南省诗词协会常务理事、中华诗词学会会员。

南汇新城颂

填海工程气势雄，专家笔下显神工。
楼连卉阁观沧海，浪起芦潮驾彩艟。
远望洋山红日近，低吟滴水绿荫笼。
勋名已敕繁华里，再搭天梯上顶峰。

芦潮港

一声汽笛入芦潮，万国衣冠拥上桥。
货物千仓堆港内，往来不再海天遥。

南汇嘴观海公园

万顷狂涛拍锦滩，清波著意涤尘寰。
新城遍聚观潮客，踏浪乘舟出海湾。

浪淘沙·上海鲜花港

满目尽繁华，遍地鲜花，青枝绿叶伴朝霞。万紫千红香四溢，醉倒行家。

大港好乘槎，满载奇葩，园中处处采新芽。认选金香窥月季，销往天涯。

临江仙·滨海森林公园

一带森林萦海岸，鲜花绿草蓝天。风吹柳浪鸟啼烟。青松观碧水，翠竹倚银滩。

最是迷人风景处，朝朝绽放芳颜。瑶池胜境伴游船。骄名扬万里，靓影越千年。

临江仙·台安大麦科湿地

湿地春来皆墨绿，清溪九曲流香。疏松夹水奏笙簧。花开蜂漫舞，翅展鸟高翔。

对面东风吹碧草，遥闻翠木芬芳。獐来兔去乐深藏。朱亭空有月，彩径不知霜。

行香子·岫岩清凉山

岫谓清凉，饮誉炎黄。步葱茏，一望无疆。花香峻岭，鲤跃池塘。览峰之秀，泉之丽，草之芳。

入山寻胜，阅尽麻桑。喜云烟，跨涧萦梁。岚升雾障，四野苍茫。看山儿动，泉儿响，鸟儿翔。

行香子·岫岩九潭湾

岫抱深潭，九曲回还。泻江河，势若离弦。川流入海，浪击冲天。听泉如吼，涛如喷，浪如山。

岩巅信步，阅尽晴湾。遍妖娆，已是奇观。莺啼树里，蝶舞花间。任风来拂，霞来染，水来湍。

张春良

黑龙江省依安县人，1971 年生，初中文化，出租车司机。早年曾有作品发表于报刊，今重新拾笔，多用于抒发情感。

座右铭：东奔西走开眼界，早出晚归爱诗篇。

望月亭得句

月满西楼韵自愁，相思柳下笛声幽。
人生一醉何须酒，梦里痴情在浅秋。

九月九日有作

半生戎马建丰功，百姓知恩念泽东。
屈指英雄皆逊色，开天辟地太阳红。

牵牛花

爱将欢乐送农家，一簇玲珑小喇叭。
雨打风吹心不怕，真情望月到天涯。

乡村作客

玉盏金杯绕紫砂，千年古案品新茶。
将相君王谁可比，富贵原来百姓家。

无题

我自谦谦我亦狂，花前柳下伴红妆。
书生自古多风雅，独傲孤标影是双。

张春生

笔名明月清风。黑龙江省楹联家协会会员，延寿县诗词协会理事，延寿县作家协会会员。作品散见于多种诗词刊物。

七律·生日感赋(步韵和郁犁)

郁郁梧桐鸾凤鸣，犁开沃土百虫惊。
生机璀璨禾苗壮，日暮氤氲露水莹。
诗意忽来惊梦醒，友谊总是伴心明。
同吟雅句邀新月，玉盏玲珑素手擎。

七绝·采风未果感赋

诗友邀约赴远山，奈何防汛步唯艰。
但求闲隙长相和，曲酒词茶平仄添。

乌夜啼·洪灾

暴雨倾盆降，阴风阵阵吹来。大街小巷车难渡，苗木水中埋。

谁是罪魁祸首？粮农夙夜难捱。丰收无望偷弹泪，唯借酒抒怀。

七律·端午感怀

一曲离骚千古吟，精忠扼腕泪沾襟。
艾蒿碧绿香堤岸，粽子晶莹诱旅人。
晨露浸湿游客发，小溪掬洗满面尘。
端阳寄语长思远，何日回归赤子心。

排律·游立新山庄

偶得一时闲，秋游翠岭山。
轻霜湿绿野，薄雾罩重峦。
树掩飞檐翘，舟横彩练宽。
玉桥卧碧水，亭榭藏花间。
雁塔冬天暖，茅屋夏日寒。
锦鳞莲下戏，雉鹿林中欢。
醉饮多豪客，频杯少妄言。
修身福祉地，塞北小江南。

生查子·念老

树梢明月圆，陋室灯如豆。盘腿就昏光，慈爱针针绣。

而今双鬓白，挪步微微抖。陪伴沐夕阳，尽孝应时否？

双燕儿·晚年

凝杯住酒蹙窗前，揽月镜，鬓双斑，业荒于嬉叹流年，念何时，绮梦圆。

雨涤垂柳睡中莲，恰露重，衾孤寒。醉中寻句赋诗篇。半疯癫，子女怜。

七律·品茶

昨日又烹金骏眉，馨香沁脾心绪飞。
陶壶暖手轻轻倒，玉盏温唇慢慢吹。
邀友闲暇说故事，赋诗有意赠阿谁。
人生百味茶中品，岁月峥嵘梦里回。

张德忠

五绝·相思泪

窗外雨纷飞，琼楼梦境追。
阿娇三次醉，泪水一人催。

浣溪沙·七夕广州桥

乞巧随风一路摇，珠江美景百般瞧。蛮腰七姐醉苗条。

笑过村头哥老土，光流塔影妹新潮。红尘靓女广州桥。

张登赤

山路

悠悠横笛引羊群，车队长龙骤转停。
笛止司机忙拱手，主人先过我方行。

修志抒怀

志坛跋涉九春秋，斑发经霜已白头。
囊涩京畿寻陋室，路欹雪野拽车流。
晨耕笃立先贤传，夜撰欣为后辈谋。
岁月悠悠毫下逝，纷飞六出下荒洲。

张殿军

工作于内蒙古兴安盟扎赉特旗音德尔镇中心小学。男，中共党员，内蒙古诗词学会会员，兴安盟诗词学会会员，扎特旗诗词学会会员，扎赉特旗书法家协会会员。诗作散见于

《兴安诗词》《兴安教育》《内蒙古诗词》《古风文化联盟》《陈小鹏专列》等报刊及网络平台。著有《老班风雨几春秋》《耕云播雨》《繁星璀璨》《蝶舞蜂韵》《流年蜿蜒，岁月翩跹》。

国庆节巡礼(新韵)

六十七载帜飘扬，打虎灭蝇奔小康。
防雾治霾生态美，民安国泰惠家乡。

群芳争艳(新韵)

——贺“自主识字同步读写”课题实施推进会

金秋九月桂花香，分享学习绣锦装。
启智明知催战鼓，华章续写在课堂。

国庆抒怀(新韵)

——写在新中国成立67周年

中华大地景常新，打虎拍蝇更较真。
礼炮声声来祝贺，繁星点点也欢欣。
天宫二号空中试，子弟众兵防鬼侵。
众志成城华夏梦，旌旗招展庆龙辰。

西江月·盟诗词学会年会抒怀

雾霭千重难阻，寻师百里相邀，文坛笔会任逍遥。纵览诗工词妙。

才俊恭抒胸臆，贤翁吟唱风高。万千音律伴君飘，古韵馨香调好。

偶遇恩师

廿年寻觅恩师影，腑刻当年教诲情。
天遣奇缘见夫子，万千思绪泪飘零。

贺草原诗会首办成功(新韵)

金秋飒爽果累累，蓄势强风猛劲吹。
愿作雄鹰飞远处，凌云壮志不言归。

贺天宫二号发射成功

天宫二号已飞空，惊动嫦娥入月宫。
探秘凌云观宇宙，神州傲世破苍穹。

张定非

笔名极品。男，汉族，广东人。入选中华诗词名家、当代百强诗人。中国诗歌网认证诗人。作品散见于《中华文艺》《中华诗词名家》《当代百强诗人诗选》《草长莺飞当代诗词精选等》书刊以及中国诗歌网、河东诗论、北美蝶恋花诗社等网络媒体。

桂殿秋五首

(一) 离殇

秋露湿，晚风凉。赋首离殇夜未央。魂牵梦绕何时了，展转难眠怕夜长。

(二) 相思

情串串，酒钟钟。抬头默对广寒宫。婵娟此夜相思苦，问句卿卿是否同?

(三) 思量

枫叶涩，桂花香。吴刚赐酒夜飞觞。银河月缺圆几度? 数载无音暗自量。

(四) 问

星眼冷，月心寒。天南地北遥相看。更深夜拥孤襟寂，两地相思为哪般?

(五) 惊醒

星际漠，月宫昌。幽光清冷白如霜。如炊半晌黄粱梦，午夜惊醒觉自徨。

张冬菊

桂塘坝风采

山缠玉带紫云霞，古木参天植被佳。
沃土良田翻绿浪，大棚基地种金瓜。

清溪河里游鱼戏，吊脚楼中笑语哗。
石刻碑廊扬国粹，亭桥诗韵醉农家。

张奉先

男，汉族，江苏沭阳县人，1933年生。少年入塾，继则入战时小学读书，后又延师习中医未果，复又读书。1957年毕业于扬州财校。1961年于鲁调回沭工作。历经物资、教育、卫生、文化诸部门。历任股长、副局长等职。1994年于文化局退休。1998年，受县老年大学之聘，为校刊编辑。复聘为副校长，兼诗词教员。2007年回县诗协，冠名誉会长和顾问。中华诗协会员，江苏省诗协会员，江南诗社会员，宿迁诗社会员。

纪念郑和下西洋611周年

南疆浩瀚水连天，索祖渔民晒网先。
永乐高瞻巡海岛，郑船苦棹走非沿。
八方结友开阡陌，万国通商易货钱。
史页流芳千古韵，余音缭绕漫琼田。

缅怀宗侄东成

一生执教未停鞭，手巧心灵事抢先。
山外飞来无理剑，杏坛失去自由天。
楚囚难问昊天罪，族序喜劳续世篇。
谱牒甫成乘鹤去，长空化蝶见先贤。

端阳怀屈子

——步飘逸先生《情系端午》原玉

问道询天无奈何，柳公天对哲言多。
忠臣爱国流阡陌，奸党弄权织网罗。
一曲孙阳湘水泪，千秋史页楚宫魔。
赛舟裹粽年年祭，屈子巡天听壮歌。

夜半树鸟鸣

夜听园树鸟凄惶，鸣叫声声欲断肠。
想是黄狼吞弱仔，恨无赤鹊抑强梁。
森林法则惊人道，拐杖藜烟困烛光。
辗转翻身难入睡，惟将悲剧作平常。

沭淮渠漫步

春风和煦溜渠边，柳絮蒙蒙绕眼前。
两岸栏杆飘玉带，二花蓓蕾映琼田。
鸳鸯几对比肩戏，燕语千声点水烟。
车阵通衢行似箭，一声笛响射云天。

学厨

蒸藜炊黍未彷徨，洗碗刷锅晚入行。
老伴体衰难守业，小心灶掘忌松纲。
三餐早晚杯盘乱，五味调和心手荒。
取乐闲中思律吕，抑昂顿挫觅诗章。

定风波·暮春

渠上参差柳絮飞，和风吹拂紧相随。簇簇石楠新叶碎，红醉，紫荆铁骨摽花颓。

岸畔行人男女对，私会，低言细语入心扉。倒影楼台披彩绘，鱼畏，小舟慢棹不轻追。

江城子·缅怀好友周全如君

半轮花甲未能忘。望天荒，白云翔。蝶影幢幢，恍惚细端详。笑貌音容全未变，居两界，示凄凉。

黄垆酒醉再难偿。奏山阳，数荒冈。流水高山，妻被盖寒床。云遁长天成过去，明月下，泪千行。

张福君

1948年生，黑龙江省教育学院数学系专科、哈尔滨师范大学中文系本科毕业，高级教师，曾任黑龙江省示范性高中富锦一中副校长。中华诗词学会会员，富锦市诗词协会理事，北大荒作家协会会员。2000年5月出版《福君诗词选》。2008年8月出版《福君诗词选续集》。2010年8月出版《博客随笔》（上、下册)。

读史

大江东去感飘蓬，扭转乾坤血染红。
百代人文多砥砺，千秋史话尽峥嵘。
山河砥砺昭宗德，宇宙苍茫壮祖功。
借鉴前车匡伟业，勿将成败论英雄。

周恩来逝世40周年祭

古今师相第一人，辅政躬身庇稷臣。
匡世奇才思报国，感时道义为安民。
荫及大地千秋业，泽被乾坤万里魂。
磊落情怀施伟略，空前绝后百族钦。

抗日烽火

——纪念抗日战争75周年

如烟往事感蹉跎，忆昔征程百战多。
凄咽魂中湿碧血，争权海外降黄魔。
银镰巨斧成仁路，铁马金戈就义歌。
天地有情舒众愿，八年抗日壮山河。

九月三日纪念中国人民抗日战争暨世界反法西斯战争胜利70周年大阅兵有感

阅兵威武众心城，壮志情怀任纵横。
万里征尘臻特色，一腔热血沐雄风。
齐梁鼎起扶民望，砥柱功成振国声。
正义之师悬利剑，铮铮玉骨马龙腾。

贺香港、澳门双回归

星移物换九州腾，未起干戈旧账更。
两制罡风添国秀，一朝完璧唤民丰。
金瓯补缺迎新纪，玉凤还巢唱锦声。
后世萦怀前耻训，同舟共济拓新程。

富锦烈士纪念塔感怀

一江千古证硝烟，塔影铭人巨匾悬。
蔚起人文芳后世，滋荣地脉慰先贤。
情怀旧雨思难尽，泪洒西风祭尚含。
有节忠魂留史册，精神砺我越峰巅。

祖国放歌

山河锦绣胜瑶台，玉宇辉煌入壮怀。
社稷戎行扬国策，文章义蕴育人才。
三阶伟略丹蕾笑，二制新规曙色开。
虎跃龙腾承夙愿，开基盛举乘帆来。

游国家级湿地公园偶得

天生湿地著人间，近水远山感似仙。
半日草间云作伞，一亭溪畔苇为帆。
池中飘彩苍岚绕，岸上溢香绿帐悬。
世外桃源频醉我，游观赛过太湖湾。

回首北大荒

地角天涯演大荒，瓢鱼啃雉逐狍狂。
候旬盛夏蚊叮帽，腊月寒冬鬼打墙。
近世仓头盈稻谷，当朝塞北好风光。
乾坤扭转江南媲，唤友邀朋住客乡。

自勉

谦和坦荡静陶神，惟愿一生面目真。
气慨居贫能劲节，诗章不老尚虚心。
多为正道方延寿，总览良书最益身。
晚岁抒怀仍励志，家风懿范启人文。

退居二线感怀

回眸往事历如新，偏执学诗苦费神。
似箭光阴添鹤发，如梭岁月换青春。
登楼望远人生路，骋目遐思事业心。
莫道年来思留去，功名利禄若浮云。

寄怀

真情渐长入诗魂，宠辱难惊鉴古今。
运到高时明理智，情当逆处养精神。
做人坦荡无媚骨，行事宽容有匠心。
缄口不言可解语，勤躬励志远风尘。

登锦台

气势恢宏第一扬，高瞻远瞩锦台煌。
涵今蕴古乾坤大，悦目清心日月长。
赤子雕出开胜景，青山挽住感沧桑。
性灵陶冶圆新梦，物宝天华福寿昌。

远寄

几番感慨记纷忧，朋友深铭又报秋。
信上有时挥泪雨，心中无处写恩仇。
功亏万缕应弹月，笔弱千腔已碰头。
脉脉诗魂将苦诉，满堂花醉酒添愁。

和唐作厚将军《八旬赋》诗

长吟曲赋苦耘忙，碧血苌弘染墨荒。
梦寄罗浮人未老，笔走沧海志初航。
胶泥燕垒诗中奋，汉柳莺穿叶上香。
肺腑陶熔常策马，书林醉卧笑颠狂。

中华诗词学会第四次会员代表大会召开(步马凯先生韵)

岁序鎏金未敢迟，殷勤走笔借一枝。
大荒醒后开心起，尘梦清时放胆驰。
心怀故土吟旧曲，首倚南窗做新诗。
词斟句酌方舒眼，喜看文坛鼎盛时。

初夕寄怀

悠悠岁月又逢春，磊落轩昂寄此心。
世事年年言不尽，红尘历历兴犹存。
心开远境吟诗梦，寿获长年荡俗尘。
挚友亲朋享瑞气，推肝许胆正逢辰。

松花江畔畅想

缠绵玉带系秋光，塔下凝眸眺远方。
万古山河情自醉，一江日月墨犹香。
重筛岸影求新纪，永固涛声洗旧章。
笑语欢歌频顾我，东流逝水恋夕阳。

秋江赋

小阁阳天看泛舟，银鳞万顷诉春秋。
情思赋寄来心底，意境诗吟到笔头。
浩荡江涛秋瑟瑟，苍茫客地日悠悠。
宽怀不做糊涂梦，莫问浮生几解愁。

诗吟

想是仙风鬓染秋，牵怀淡月可无忧。
诗声顿挫催新谱，赋韵宣扬启锦猷。
笔润词章歌逝岁，情连翰赋驶飞舟。
吟留哩句犹充耳，嬉笑人生不胜收。

学诗

晨昏剪影付芸窗，咬字嚼文仔细商。
作赋吟词云水涌，开怀蘸墨伞山张。
书田奋笔观馨绣，腹地耕耘喜锦香。
俯仰乾坤还润色，人生祈盼乐陶忙。

打太极拳感怀

每于校场豁心胸，多是情平意集中。
动静分明衔懿道，刚柔并济伴虚空。
修身未必难从愿，砺节还凭贵去庸。
练力行云陶血性，得传流水运神功。

初春述怀

寒斋韬晦苦修身，远景应求不染尘。
重振骚风摧笔者，互敲雅韵励书人。
襟怀淡泊冰当骨，静气平和玉为魂。
絮语清思埋案作，俯在东篱养精神。

富锦建县百年记

大荒黑土演沧桑，世纪翻新改旧章。
民杰地灵添劲节，物华天宝溢奇香。
久著人文丰功伟，高张景帜彩路长。
古韵江山欣跃马，殷期富锦永繁昌。

游富锦乌尔古力山

树涛侧目染东山，龙眼天捐卧虎泉。
麓畔行吟迷画草，石庐面顾隐秋栏。

低峰窈窕琼林绕，远峭苍凉野路盘。
犹记弹痕缘日寇，饱闻国耻愤诗篇。

苏幕遮·回家

(一)

水云天，风雨路。渴盼乡音、寂寞吟朝暮。万缕相思饥如煮。岁月鎏金、有约金阳顾。

贺新词，歌旧赋。畅想当年、过往倾心悟。别绪乡愁多少度。漫忆人生、喜聚亲情诉。

(二)

看春秋，倾肺腑。赤血心头、莫叹程途苦。醉醒平生情念故。祈盼团圆、再迈雄姿步。

近挥手，遥祝福。漫道榆桑、春色应留住。期许年华钟情处。梦里依稀，不忘家乡富。

张国安

1938年生，大专毕业，一生从事中、小学教育事业，退休后曾任教老年大学诗词班数年。著有《水云轩诗词》《格律诗写作》等书集。

满庭芳·祖国颂

万里江山，东风浩荡，万种风物悠悠。文明青史，逾越五千秋。多少英贤人物，挥椽笔，写尽风流"三中"后，繁花怒放，草绿满芳洲。

五旬逢大庆，登楼遐想，处处歌喉。看大江坝耸，宇际星游。大浪陶沙激荡，除旧弊、挥斥方遒。迎新纪，昂头阔步，喜悦上心头。

蝶恋花·虞姬湾

父照斜阳飞白鹭，万道雾光，映得彤支暮。垂柳青青堤岸护，芦花片片头皤絮。

点点渔帆风正鼓，白浪淘淘、开出舟旁路。往昔美人曾驻步。湖北有幸令人慕。

卜算子·咏荷

寂寞小池塘，艳艳花开放。园叶青葱送暗香，时有蜻蜓访。

从不染污泥，沐浴清波上。玉立亭亭欲脱凡，引得知音赏。

清平乐·夜游公园

风清月白，倚坐回栏曲。香气袭来多馥郁，烟树迷离满月。

今宵知是何宵，湖中闪闪波涛。如此良辰美景，骚人独自魂洧。

无题四首

(一)

日日思君君可知，当年景象记依稀。
眉头心上难回避，此生应是无了期。

(二)

当年何故惹相思，令我一生皆着迷。
我欲尽心求上进，报君一片好颜眉。

(三)

四望田园一片新，麦苗葱绿过春天。
当年同在田间走，恰似画中携手行。

(四)

六十年来记犹新，诗词常写表迷魂。
今朝已写几千首，何日方能报与君。

张瀚

笔名满园青青草、江南柳。安徽宁国人，中学教师，编辑记者。《宣城日报》特约记者。安徽大学中文专业毕业，安徽省作家协会会员。上海教育学会中学语文教育专业委员会委员。自幼喜欢书法、京越之音，大学时代开始发表文学作品。先后有散文、随笔、诗歌作品散见于《海燕》《青春》《中国微型文艺》《剑南文学》《当代诗人》《作家导刊》《诗歌周刊》《豫苑文风》《宣城日报》《鼎诗刊》《新汉诗选刊》《桃花潭》《青龙湾》《格律诗词》《读后感杂志》《齐鲁诗刊》等报纸杂志。

南乡子·凌晨

转眼又凌晨,草木青青似故人。遥望渡头杨柳盛,纷纷,冷雨如烟可是真?

莫道酒销魂,试问离舟懂几分。梦里芳菲左岸伫,伤春?却念夏虫倚柴门。

西江月·寄语道中人

往日如烟易逝,光阴似水难收。一抹残阳渡春秋,唯有诗书常久。

纵使风雨难丢,月弄清影人瘦。金石梓墨莫言休,莫教铁笔空留。

七律·山居夏深图

荷锄向晚果蔬濛,静守田园莫野蓬。
陋室无灯凭月照,农门不锁待云封。
花随碧水三分景,草隐青山几代空?
最好光阴诗伴我,文章继世羡村翁。

七律·赠友人夜访

古风花信无人问,不语生涯问世间。
红尘弄断流年笔,绿绮吹残锦瑟弦。
齐眉最是空窗冷,举案唯愁夏雨寒。
深谷何堪松子落,留书赠予夜幽兰。

七绝·寄语登榜侄

冰轮十载蕴华章,苦夏云台雨露长。
少赋雄图终有道,休要远志不还乡。

七律·晨雨中观书感怀

阅尽诗书趁雾茫,风微雨细润薇蔷。
参禅野径惜今事,问道山岚叹古殇。
忘我功名拂眼去,尝他世味转胸藏。
烟尘未必常参透,懒看窗牍似浸霜。

七绝·山居雨后图

一帘烟雨送清凉,漫卷诗书好梦长。
冷暖人生谁解意,风来万里醉斜阳。

五律·题贺维芳姐生日

扶疏草木新,未面窥乡音。
红笺知趣味,素影晓文婷。
丹泉出港口,青柳伴梅林。
芳辰无所寄,数语赠冰心。

二十四行六排律五律·更深夏雨听澜抒怀

停笔风中卧,空窗露已深。
遥观山外景,寒夜到三更。
天色幽兰岸,云高掩月灯。
怀中香未散,梦里不知春。
醒来多费意,一醉少劳神。
可叹音容老,唯惜笔墨珍。
颜红托巨野,玉翠拭微尘。
润物当思果,怀才最误身。
莫言行旅苦,空负自然恩。
杨柳柔心境,烟霞迷断魂。
人来径有迹,舟过心无痕。
谁来歌一曲,残夜又黄昏。

七绝·病中感怀

漫渡光阴望雨枝,侧身杏塌叹风迟。
夕阳百里谁惜赋?六月清荷待我诗。

张厚道

春游涧山湖

小桨轻舟水上悠,崆峒遥望忆千秋。
黄帝问道慧泽厚,广成布德道义留。
妙浴神汤帝后恋,奇观涧霞王孙游。
何须方外寻仙境,天下哪能胜汝州。

赞迎凤山秀美生态园

巢父许由访广成，西望妙水仙界通。
迎凤山下千顷翠，娘娘峦前万亩红。
彭祖喜观倡孝碑，洞宾笑游八卦宫。
摩登帅哥早闻道，乐园秀美谢冯公。

登嵩岳

冬谒少林攀西峰，挥汗如雨傲朔风。
半山瞻仰达摩洞，嶂垭小憩圣母宫。
独行香客仙梦里，结伴侣友笑谈中。
登顶踩空乱石落，惊鸟冲天出蒿蓬。

州东春会

车塞路满人声嚷，访友走亲沐春光。
蓬舞社戏寻情趣，佳肴美酒宴客忙。
午后东邻送醉客，月下西场宿远商。
夜深仍闻鼓乐声，民俗不废自悠长。

谒开封包公祠

高祠神殿供先贤，万民敬仰逾千年。
日判人间不平事，夜扫阴曹旷世冤。
除暴安良布诚信，铁面无私辨忠奸。
为官能知百姓苦，庙堂永飨包青天。

张厚远

男，汉族，1941年生，滕州市人，中师学历，滕州市滕北中学退休教师。滕州市诗词学会会员。

七绝·咏荆园烟雨

山亭水榭任东风，园里繁花趁雨红。
不是梁园何大雅，烟鬟落入一湖中。

七绝·咏滕公台

沧桑历劫一新妆，野旷犹存善国疆。
旧邑人寻先圣梦，莫将飞阁误《滕王》。

七律·塔影高标

浮图一指越千年，铸就金盘十二旋。
北接灵山通紫气，东临崖壑蘸晴川。
奎光灿灿兴文运，花雨纷纷降普天。
自是滕人多士子，龙泉示我悟前缘。

七律·咏湿地红荷

一片湖光万顷荷，风来顾影自婆娑。
高擎翠盖帝王扇，半露仙葩妃子罗。
谷雨洛阳评魏紫，薰风湿地看凌波。
污泥不染芙蓉面，好向人间献醉酡。

七律·咏墨子

狐山落凤道微时，兆示贤才降目夷。
顶踵鳞伤唯济世，身心尽瘁不谋私。
凌侵掠夺推兼爱，铸德修身必立仪。
至理名言千古在，除吾墨圣法谁师。

七律·咏荆流漱月

幸有荆泉吐翠珠，且修巨坝起平湖。
虹桥凤展伏新水，古堡龙蟠立小邾。
雨笠烟蓑张罟网，晴空丽日戏鸥凫。
人间最爱清明景，笑看中天挂玉壶。

七律·咏红荷湿地

翠叶田田送早秋，南风戏柳弄丝柔。
收帆漫入“桃花渡”，觅食旋回“白鹭洲”。
岸下鱼凫岩马水，滩头客棹木兰舟。
风光堪比江南美，待驾滕州自在游。

七律·赞班墨二圣

感动天公垂爱怜，三郳独得降双贤。
公输大任承艰苦，墨翟胸怀突顶颠。
斧凿绳勾穷造化，经纶道义悟参玄。
人间百业尊元祖，我辈凭谁探薮渊。

张慧瑜

笔名静水。福建福州人。中国楹联学会

会员。偶有诗词发表于《诗刊》《中国风》《河东诗论》《秦岭书院》等刊物以及网络平台。

自述：性静，崇孝爱学，喜读圣贤书，尤喜诗词。虽不求甚解，然不敢懈怠。

五绝·思友人

冷雨飘檐瓦，长风鼓客袍。
知君应未寝，一夜望江涛。

五绝·春雨

山头烟色晚，城郭雨潇潇。
一夜花枝颤，春过第几桥？

长相思·丙申七夕

梦迢迢，路迢迢，织女今朝渡鹊桥，为伊抚玉箫。

风萧萧，雨萧萧，明月终归未应邀，无言立深宵。

清平乐·立秋独坐黄昏感怀

雷声已倦，雨湿重门晚。白袷罗裙风又展，当日残红吹散。

而今旧梦谁知，无言坐对空枝。不定萍踪似我，徒余小字成词。

张继涛

一脚踏三省

登临突兀团山堡，鄂水渝峰满目收。
丽日悄从肩上过，春光锁在册中留。
飞歌袅袅扬三省，阔道迢迢接九州。
更有文光参北斗，明溪人物最风流。

清平乐·摆手舞

跳岩河畔，锣鼓惊霄汉。老少妇孺邀作伴，摆手堂中旋转。

儿陪老子薅秧，爷陪孙子开荒。女织西兰卡普，阖家三代登场。

张金东

字曦文。1949年生，广西永福县三皇乡人，本科毕业，中学高级教师，曾为百寿中学语文教研组长、工会副主席。常有作品发表于县、市文学刊物；有多篇论文获市级以上奖项。曾任永福县第四、五届政协委员，现为广西诗词学会会员、永福县诗词楹联学会理事、桂林市以及永福县书画研究会会员。

赏友谊关前老榕树

干披铁甲历沧桑，沐雨浴风枝怒张。
夹峙峻崖呵界首，相邻雄隘眺南疆。
伏波铜柱威名震，马革裹尸青史扬。
数世浮沉皆剑影，今看关内是仙乡。

（注：东汉马援在安南即今越南平乱，立铜柱表功，拜“伏波将军”，曰：“男儿要当死于边野，以马革裹尸还葬。”）

从教卅年赋

桃李夭夭又一春，绵绵心雨教坛魂。
深犁扶正培佳卉，细剪除枯育茂林。
卅载心机酬宿愿，半生情愫化彤云。
清风两袖书盈箧，更喜繁花艳又芬。

登斗颈界

东方鱼肚晓星稀，露润石阶虫唱低。
远足跫音惊寂岭，浅滔潺涘绕青藜。
黄花闹径疏林秀，白雾盈山漫道迷。
只恋峨峰舒望眼，凌云高境早心仪。

咏关刀山

云长披挂赴新程，何故遗刀今世评？
壁立千寻威凛凛，葳蕤百丈翠层层。
前滋石化靖江水，后倚银瓶碧画屏。
休道关公非故老，青龙偃月聚深情。

百寿岩怀古

层楼一序列东郊，野老荒村踪迹寥。
廖氏丹沙传故事，仙翁抱朴启吾曹。
奇书石壁烟霞焕，骚客辞章文采骄。
溯古思今明大道，归真返璞自逍遥。

怀茅江古渡

黄汤碧水客如然，舟子依呀唱未闲。
东去西来阶石润，南迎北送礼仪谦。
曾经楫桨拨重浪，又历铁弦亲舳舨。
旧景津头追昔梦，姑留后辈道他年。

折桂令带煞尾·眠西江观晓雾

趁烟波夜寐江楼，梦逐船歌，曲醉心头，魂寄汀洲。更深月影魄动席游，度清宵村鸡早答，乘逸情舟楫徐收。

绿水温柔，白雾轻悠。似娇娘面笼素纱，如倩女身舞长绸。晨光岭色新，晓露林姿秀。好一派湖山仅有。谁唱得满庭芳。这西江道不够。

张金良

中华诗词学会会员，河南诗词学会会员，《“大江东去杯”全国诗文大赛获奖作品集》副主编，大型诗文集《诗帝情》副主编，平顶山《科艺书画》副主编。作品散见于《中华诗词》《中国诗词月刊》《诗国》《中州诗词》《河岳诗词》《鸭绿江》《金土地》《光源》《鹰城》等杂志。

七绝·登天台

鱼鼓晨钟逐雾开，松风迎客立天台。
一轮红日腾云上，更喜千峰入眼来。

七绝·尧山寻梅

踏雪攀山未见花，冰封落日映丹霞。
清香袭面寻寒友，独立仙台瘦影斜。

七律·宁夏沙湖行

波光滟滟翠湖平，芦苇丛丛白发生。
戏水鹭鸶惊鲤跃，领群鸿雁唤俦行。
秋来沙岸金风爽，日落镜潭霜月明。
大漠珍珠留客醉，蓝天碧海一腔情。

七律·婺源春色

柳绿桃红玉李香，烟村古镇溯源长。
兰溪柔橹摇云影，翠岭澄辉带夕阳。
燕语莺啼樟树暗，蜂欢蝶舞菜花黄。
风淳气紫名胜地，远客行吟醉玉觞。

浣溪沙·夏夜

雨霁云飞夏夜晴，稚童嘻戏扑流萤，蛙鸣蝉断奏和声。

锦瑟流年随逝水，秃毫霜鬓博扬名？银桥醉卧数星星。

巫山一段云·夏夜独宿小山村

骤雨飞云黯，熏风霁月澄。荷亭醉卧学蛙鸣。孑影正飘零。

寒暑无欢景，光阴有别情。三更水漾落花声，谁在梦中听。

临江仙·游黄山

处处险峰迎面起，无穷迭献层峦。灵泉碧绿映清川。翠松岩上立，云浪眼前翻。

梦绕魂牵奇幻境，飞霞栖落黄山。回头三折夕阳残。人归鸟寄语，相思白云间。

踏莎行·春节临近盼儿归

朔气凝寒，山村裹素，老娘树下迎朝暮。天陲惨淡黯云堆，纷纷六出何时住？

游子心牵，离情难诉，三更不寐归期数。听儿电话泪沾襟，盼儿望断天涯路。

张晶

女，1973年生。江西省武宁县第二小学语文特级教师，从小酷爱诗词，于2013年开始近体诗创作，擅长七言绝句，风格清新豪放。作品散见于《东坡赤壁诗词》《团风》《谷雨诗词》《武宁诗词》等刊物。

五绝·砖瓦坯

泥坯模具定，品质炼于窑。
真正成砖瓦，还须久煅烧。

五绝·题九龙沟瀑布（新韵）

瀑布悬崖挂，轰鸣雾气浓。
九天来巨蟒，饮水入潭中。

七绝·故乡之春

烟雨长堤柳絮扬，小河两岸菜花黄。
陶翁诗意田园画，不及春风度故乡。

七绝·柘林湖秋色

渔歌晚唱几船家，枫岸红于二月花。
仙境并非天独有，游人梦入一湖霞。

七绝·茅柴林（新韵）

君临岭下细心瞧，一半杂柴一半茅。
虽是林中无大树，却拔山势丈余高。

张靖晨

笔名水草·子非鱼、西风等。1978年生，黑龙江省哈尔滨市人，现居山东烟台。中国水草诗社副社长，中国水草诗社古典版大区版主，烟台市芝罘区楹联协会理事，烟台市诗词协会理事，中华诗词协会会员。著有古体诗集《月舞西风》。

浣溪沙一组

（一）

鱼雁往还日已疏，云山万里影成孤。问君近况复何如？

醉后只填词半阕，梦中还忆酒千壶。清风明月一床书。

（二）

魂断烟消十一年，今年飘泊复明年。断肠人老夕阳前。

听任相思随玉瘦，哪堪旧梦伴香残？别时明月为谁圆？

（三）

弦断魂飞万事空，还思旧日两心同。鸳鸯曾在水塘东。

生死奈何成陌路，离合毕竟瘦西风。可怜今夜月朦胧。

（四）

一梦十年未了情，何人终夜忆前盟？清光万里月无声。

待晓方知晨露冷，秋高渐觉水风轻。稀疏云影映窗棂。

（五）

月底风光别样佳，两三星子斗芳华。朦胧树影映窗纱。

簌簌庭前青竹叶，依依荷底绿萍花。可怜明日又天涯。

（六）

往事如烟奈若何？朱颜渐损日无多。堪怜瘦骨半消磨。

脉脉西风吹落叶，凄凄冷雨打残荷。为君慷慨赋离歌。

（七）

明月清风醉一宵，昼弹胡曲晚听潮。闲拈红豆慰无聊。

河畔归舟帆隐隐，梦中楚地水迢迢。江湖

夜雨任飘摇。

（八）

夜雨声声思纷纷，旧时书案早生尘。怕临故地掩重门。

别梦依稀归落月，情怀辗转累芳魂。人间天上寄何人？

张静

网名安东尼，笔名紫菊。女，幼教工作者。中华文艺学会会员，内蒙古诗协会员，呼伦贝尔诗协会员，呼伦贝尔作家协会会员，扎兰屯诗协会员。作品散见于《内蒙古日报》《满洲里日报》《阿荣诗报》《呼伦贝尔日报》《骏马》《布特哈》《扎兰屯诗词》等报刊。有数篇作品入编《中华诗词名家》和《中华诗歌名家》，并在“中美杯”华人文学创作邀请大赛中获奖。

七律·无题（新韵）

取道清晨邂逅君，绿肥红瘦两情深。
轻风意会蝴蝶语，细雨言传鹊鸟音。
潋滟青波涤旧梦，啁啾紫燕抚新琴。
朱颜愿为春先老，一片芳菲万里巡。

七绝·杜鹃（新韵）

梦里依稀忆杜鹃，翠屏山下捻情弦。
相思一枕诗难寐，直教长笺变短笺。

七绝·春寄（新韵）

绿水青山唱柳词，红桃粉杏踏春枝。
清风许我千幅画，我赠风君万首诗。

七绝·题蝴蝶兰（新韵）

蝴蝶翩上小层楼，姹紫嫣红满目收。
独领风骚于此季，万千妩媚惹春留。

鹧鸪天·咏君子兰（新韵）

墨绿橙红气宇尊，翩翩君子坐瑶盆。蕊姿漫舞清香泻，叶剑轻挥风度熏。

羞皓月，妒流云。婀娜遒劲孕诗魂。遍寻琼海情投意，唯有他心入我心。

张俊清

号武丁。1942年生于大庆市，中共党员。1968年毕业于北京矿业学院。原鸡西煤机厂工艺研究所高级工程师。鸡西市诗人协会会员，鸡西市楹联协会副秘书长。诗词、楹联及书法作品多次参加全国大展，并获金奖多次，书法作品和诗词、楹联作品分别入编《中国历代诗词家辞典》等。

咏五常凤凰山

——2014年初秋，我来到哈尔滨，有幸去黑龙江五常市区150余公里的凤凰山景点。这里山高林密、人迹罕至，因风景秀美一直被当地人称为“天然大花园”。冬天的岳桦峭拔冷峻，夏季的岳桦婀娜多姿，它似梅、似菊，如禽、如兽，姿态万端，广布在几千公顷山脊中，直引得诸多摄影家、画家蜂拥而至，“南赏黄山松，北看凤凰桦”，由此扬名。

浪淘沙·游龙江凤凰山

大峡谷通天，登凤凰山。尔踩木梯来爬山。泉水伴您一路走，水响潺潺。

凤凰山之巅，空中花园。高山杜鹃红满山。登顶观赏山外景，忘返流连。

2014年8月30日于哈尔滨，2015年2月26日修改于鸡西

七律·远望

踏木梯攀凤凰山，泉水伴您响潺潺。
登顶成功举目望，云腾雾海绕群峦。
俯察通天大峡谷，远观它山有花园。
园中一片红似火，盛开高山红杜鹃。

（注：登顶句是指在1960米的最高峰处，矗立着一块牌

子和一面红旗，上面均有“登顶成功”四字。）

咏酒系列

重阳节登山饮酒抒怀

山水花鸟众学员[①]，癸巳重阳去游玩。
驱车八楞山上赶[②]，身心沐浴大自然。
登高赏景身体健，饮酒吟诗舞蹁跹。
摄影作画高歌咏，酒酣情浓赛神仙。

（注：①黑龙江省鸡西市老年大学山水画班、花鸟画班的部分学员。②八楞山也称凤凰山，位于鸡西市鸡东县城东约10公里处，此山雄伟、美丽、壮观。）

七绝·万勿一饮三百杯

梦圆风正家乡美，美酒飘香使人醉。
醇香美酒慢慢饮，万勿一饮三百杯。

七律·饮酒养生

饮酒本是双刃剑，适量饮酒宜健康。
劝君莫醉香醇酒，豪饮伤身误时光。
菓酒啤酒粮食酒，每天仅可饮一样。
日限酒精量一五[①]，过量饮酒身体伤。

（注：①世界卫生组织国际协作研究指出，男性每日摄入酒精不超20毫克；中国著名心血管病专家洪昭光教授提倡每人每日为健康饮酒的酒精不超15毫克，女士减半。）

渔歌子·适量饮酒益寿

适量饮酒促健康，酗酒超量身体伤。酒养生，体无恙，延年益寿乐无疆。

作于2013年2月

调笑令·品酒养生寿长

喝酒，喝酒，文明饮酒高雅。过量酗酒糟殃，适量饮酒健康。康健，康健，品酒养生寿长。

作于2013年2月

醉太平·开怀畅饮莫贪杯

养生饮酒，何醉之有。城乡到处名酒，勿当马典裘。八大名酒，随手可有。忌饮贪杯美酒，保健康长久（寿）。

作于2013年2月

中国梦·组词

沁园春·高歌中国梦

中共领导，习总掌舵，勇攀顶峰。看华夏儿女，同心同德；奋斗求索，心想事成。人人有梦，实干成真，九州崛起奔前程。齐努力，望小康锦绣，勇于攀登。

天蓝地绿水澄（清）。靠十三亿民众完成。走中国道路，任重道远；奋发图强，民富国盛。社会和谐，月圆梦好，八载指标逐月升。看将来，我中华复兴，世界高峰。

2012年12月初稿，2015年2月26日修改

渔家傲·中国梦之路

邓公小平扭乾坤，改革开放人为本。国强民富小康奔。民心振，华夏人创致富门。

中国道路宽无垠，弘扬中国精神震。凝聚力量中国魂。群情奋，两个百年梦圆真。

作于2012年12月

如梦令·实干圆梦

中华复兴有梦，地绿天蓝水清，要振兴中华。实现民族复兴，复兴，复兴，勇攀未来高峰。

作于2013年2月

忆秦娥·中国梦

中国梦，伟大复兴中国梦。中国梦，改革开放，实干圆梦。

锐意进取战万难，锲而不舍攻坚关。攻坚关。勇于拼搏，搏可闯关。

作于2013年2月

忆江南·中国梦

中国梦，靠实干来圆。梦为神州人造福，梦靠脚踏实地干。小康方实现。

作于2013年2月

浣溪沙·深化改革

改革开放响春雷，山舞龙腾水杨眉。中国特色前景美。

十八届三中全会，深化改革战鼓擂。民富国强树丰碑。

作于2013年11月

南乡子·创优秀

梦在前方，锲而不舍勇向上。路在脚下永不休。奋斗。驰尔不息创优秀。

作于2013年11月

五律·咏马赞伯乐

建功夸伯乐，慧眼识英材。
有缘识骏马，无私举良才。
乐驰千里马，红花爱英才。
老骥志千里，老马展风采。

作于2013年1月

律诗·嵩山少林寺赋诗

壬午清明河南游，同友登上嵩山头。
遽然赶到寺门口，少林寺字康熙题。
正好导游在讲授，康熙一字值千金。
御笔亲题少林寺，凤宸像摄四千金①。
步入山寺观美景，牌坊高耸祭坛巍。
奇石怪树观不够，少林小子对搏斗。
师德师道传四海，塔林安享大师魂。
缅怀逝去功德师，传承师道扬教威。

（注：①2002年“五一”国际劳动节前夕，作者在甘肃某粮食储备库的建筑施工工地任工程监理，有幸随甲、乙、监三方同去郑州采购粮库用设备。途经嵩山少林寺，少林寺的导游马小姐在入寺门前首先介绍说：“‘少林寺’这三个字是康熙皇帝所书，康熙皇帝很少题字，故他的字非常珍贵，有一字值千金之说。”她的话刚结束，储备库的主任苏凤宸同志拿起照相机建议，请马小姐在少林寺前和这“三千金”合影留念。作者有感赋诗。）

七律·颂陈云同志

——纪念陈云同志诞辰110周年

笃信马列和共产，坚定理想意志坚。
一心为民作风正，党性原则为指南。
个人名利淡如水，党的事业重如山。
勤奋朴素反腐败，严于律己政清廉。

作于2015年6月30日

五绝·共赋圆梦诗

全党溢纯情，同歌为民曲。
华夏弘正气，共赋圆梦诗。

作于2015年6月30日

七绝·纪念陶渊明诞辰1 650周年赋诗赞陶渊明

（一）

五柳先生不为官，返回田园工诗篇。
千学万学作真人，教书育人众口赞。

（二）

两袖清风巨龙胆，一身正气鬼神惊。
田园诗人去务农，不为斗米去作官。

（三）

昔日鄙贪返家园，田园情谊咏不断。
今日同唱和谐曲，中国梦圆全球赞。

作于2014年6月9日

张开瑰

男，汉族，1963年生，甘肃康县人。中国民主促进会民进会员，民进康县支部主委，康县政协委员。《诗刊》子曰诗社、中华诗词学会、中华辞赋社、陕西省诗词学会会员，甘肃省诗词学会、江西山谷诗社理事，康县诗词协会主席，《康县诗词选》执行主编。有作品散见于《文史知识》《诗刊》《中国韵文学刊》《中华诗词》《中华活页文选》《当代诗词》《诗潮》《中华辞赋》《江西诗词》《难老泉声》《长白山诗词》

《诗词》《飞天》等报刊，并入编《中华诗词集成》《华夏吟友》《全陇诗》等书籍。2014 年出版《耕月庐诗文集》。

七绝·央视《乡村大世界》康县录制现场

搭起乡村大舞台，腊梅吐艳送香来。
歌声恰似春风起，吹绽山民笑靥开。

五律·问月

寒风吹汉水，诗韵冷山河。
离别吟笺短，相思夜梦多。
心头千滴泪，笔底万言歌。
窗外弯弯月，痴情你懂么?

七律·细雨霏霏杜宇啼

细雨霏霏杜宇啼，心凉怕见日偏西。
一壶冷梦萦茅舍，半盏残思绕柳堤。
篱下嫩苗犹泣露，门前枯蕊尚飘溪。
湖塘深夜惊风过，庭树寒鸦语咽凄。

七律·夜读杜诗念杜甫

内乱身逢多事秋，烽烟哀恸染吟眸。
情牵苦难花盈泪，诗写流离鸟泣愁。
陇谷川江一茅舍，民声社稷两心忧。
心酸满纸千年恨，月夜幽思涌案头。

七律·乙未端午

人将走远梦将凉，诗老山城韵带殇。
音讯屏间无一字，泪珠镜里有千行。
心能靠近还能远，情可生霉也可香。
我本红尘惆怅客，端阳独饮又何妨。

鹧鸪天·母亲节

梦到家乡老灶台，母亲日夜扫尘埃。三餐雨下勤梳理，四季风中巧剪裁。

娘远去，节徒来。心间旧事一排排。门前庭院青青草，长满房檐掩绿苔。

西江月·书香农家

字画辉生庭宇，盆花爬上篱墙。农家小院溢书香，雅趣园中绽放。

霞彩涂红韵句，酒杯斟满斜阳，诗棋树下纳新凉，平仄清风唱响。

南乡子·康南

碧浪涌蓝天，翠岭晨昏荡野烟。叠瀑清溪藏树底，康南，山弄媚姿水弄弦。

鸟雀叫声酣，满陇新茶香味旋。异草奇花飞雅韵，河湾，梦枕清风到夜阑。

张开斗

根

本是农家子，躬耕果菜园。
黄泥香肺腑，仰望果瓜甜。

又日新

昨日修宽道，今朝挂亮灯。
光明行正路，面貌再添新。

题照

黄金有价情无价，不是亲生胜是亲。
把酒言欢歌盛世，夕阳笼罩四公卿。

幸福老人

同窗六十名，老大喜诗耕。
结伴龙城去，驱车武汉行。
欢歌声未断，酣态颜返青。
且问因何在，时逢世事兴。

新变化

朝辞龙凤域，暮上黄鹤楼。
万水难隔路，千山变坦途。
高山林密密，谷底绿油油。
昔日蛮荒地，而今车辆流。

登楼有感

吾今登上黄鹤楼，一色江天使客愁。
鹦鹉青洲今不见，昼夜船车吵不休。

观光二则

（一）

乘艇游湖观胜景，慕名武大赏樱花。
黄鹤世代多诗韵。楚水长街尽美华。

（二）

畅游三镇心情爽，博物馆中瞻众贤。
万种风情舒眼处，迷糊游子忘回还。

张乐平

锄禾

红走绿来忙种到，高温炎热舞禾锄。
汗滴点点洒地上，锦绣全图亲手书。

纪念抗战

卢桥日寇响枪声，七九来临心又疼。
晚辈儿孙不忘耻，时时警惕恶狼行。

献给母亲节

春红退尽夏来临，满树葱茏枝叶新。
不见枯枝何处去？子繁叶茂绿披身。

牵牛花

绿叶青枝白喇叭，不于高处不安家。
今乘明月何方去，欲上广寒摘桂花。

七律·端阳节

端阳重五邪毒日，十二生肖艾草符。
红艳榴花黄杏软，清香玉粽鲤鲢酥。
银锄劈草禾苗壮，药酒驱邪体健梧。
百姓安康吃药少，闲暇挥笔赋诗书。

张蕾

男，1954年生于江西省九江市湖口县大垅乡的一个小山村，从事小学教育工作40年，现居广州。爱好诗词，每日作诗为日记。

庙游

拜罢华明拜武庵，山风牵手步云端。
梵声不与歌声比，先把家签仔细看。

采早茶姑

踏露迎朝步翠岗，纤纤玉手采春光。
毛尖嫩叶枝枝壮，一袋鲜茶一袋香。

故园情

庭前屋后草茵茵，月桂水仙自作情。
紫燕高台呼唤我，清风爽雨向谁呈？

广场舞

夜至广场格外明，人群歌舞庆升平。
华中盛世新奇事，跳得强身胜万金。

联丰一瞥

（一）

水碧山青绕彩房，雄关香叶美名扬。
休闲养息桃园地，曾是朱陈古战场。

（二）

开天辟地历千年，成败兴衰世代传。
帝赐人间风景画，神仙顾客亦流连。

汉春宫·大垅委实好

仰慕大垅，看今朝野外，田地葱茏，群山点翠云绕，八景谁同？湖彭高速，让车儿，百马飞虹。“一剑水”，甘甜自韵，温馨服务从容。

市井新容媲美，各业忙生意，广场歌涌，乡村硬路通畅，穿贯西东。电机电网，隐形桥，信息相通。浩荡皇恩，东风劲，阳光普照，小康岁月嫣红。

（注：花尖山是湖口八景之一。“一剑水”即来自安莲寺涧的“一剑泉”。刘伯温断言：大垅在几百年后，“大垅桥头小扬州”，如今移民建镇，集户成街，成为全乡集市中心。）

申奥会成功

史册辉煌廿二年，申冬奥运又新篇。
人潮翻浪欢歌舞，国梦升华笑语喧。
健将犹怀千里志，蛟龙更蕴五洋泉。
雄狮觉醒东方起，迈向巅峰世界先。

（注：2015年7月31日傍晚，国际奥委会主席巴赫在马来西亚吉隆坡会展中心郑重宣告，北京获得第二十四届冬奥会举办权，万里之外的北京欢声雷动！）

西江月·教师赋（庆第31个教师节）

世上光荣职业，人间最美功臣。兴邦强国铸灵魂，教育百年之本。

自古儒家享誉，工薪待遇攀升。培才绣朵做园丁，勿忘当师重任。

作于2015年9月10日

惜分飞·重阳

节令遵时秋后至，胜似春光景致。硕果全街市。欣然飒飒秋风叱。

岁岁重阳今又是，日月无声杳失。赏菊尝糕“食柿”，晚霞耀宇人间赤。

（注：朱元璋“封柿为凌霜侯”，令天下人在重阳节均食柿子，以示纪念。这一历史故事发生在今安徽马鞍山市采石矶，即安徽太平县。）

老家

群山叠翠一湖收，浪里渔舟野鹤浮。
古刹人文依旧在，香茗艳果任君求。

张丽华

网名一帘幽梦等。女，河北人，1967年生，诗词爱好者，作品不拘形式，以情见长，各类作品散见于《中国诗词月刊》《中华诗词》《诗刊》《中国当代散曲》等。

七绝·回乡偶题

村边街角敛冬阳，三五闲翁话短长。
遥望心头惟一痛，再无父语问炎凉。

七绝·回乡偶感

仲夏乡间画意融，白墙红瓦掩青丛。
儿时记忆多遥远，剩有蝉声几许同。

七绝·野菜

天然赐就遍生华，无误良田桑与麻。
最喜一盘春味道，乡情不以隔天涯。

七绝·途经大清河有记

绿树烟波相映长，偶然一瞥诧清妆。
往来三载无相识，行旅终难做故乡。

五律·春日随笔

杨柳隐青意，冰河未许流。
疾风驰旷野，初照远重楼。
何得寒声尽，云开水色悠。
缤纷千万里，一点驻心头。

五律·暑日大雨

独立高楼上，一窗风雨惊。
水街车直逆，田野绿斜横。
疾慢无停意，骤疏多有声。
忧心愿天许，半雨半为晴。

五律·秋至

绿色漫天帏，清凉几许飞。
鸟鸣频入耳，花露每沾衣。
山远湖光阔，风香菊朵肥。
幽心从此寄，无意记秋归。

五律·终得提前退休有作

初闻喜欲狂，恻恻忽心伤。
一世青春尽，几番风雨长。
凭窗无语问，放眼晓秋凉。
幸好此时节，犹多桂子香。

张丽敏

河北霸州人。谷风诗社原网络协会主席，现副秘书长、学术委员会负责人。中华诗词学会会员。2010年被评为“霸州十大文学青年”。作品散见于全国各级诗词书刊，部分作品荣获国家级赛事二等奖、三等奖和优秀奖。

拾遗十八调之行香子（晁补之体）

又敛心花，叹是无邪。香案上、平仄天涯。词新句丽，墨染尘沙。看青如山，碧如水，艳如霞。

东庐遥寄，西园检点，自指间、醉了人家。一轮新月，几点浮鸦。再一壶酒，一段曲，一杯茶。

行香子·寄远(新韵)

九曲春声，百韵缘藏。是兰亭、紫墨含香。东园初染，左岸新妆。又梨花白，桃花粉，柳丝长。

流连旧地，徘徊野径，忆往夕、同舞斜阳。残杯把弄，合案烛光。共填新词，续新曲，炼三章。

行香子·慰我寒凉

谁解神伤，慰我寒凉，掀底事、几作疯狂。留连晋地，辗转唐光，共径花红，池水绿，柳枝黄。

可怜此际，横灯孤影，凑拙句，又捻行香。何来小事，叱喝常常。忘那虞韵，那九曲，那三章？

行香子·寄远

案上灯红，卷上愁笼，又东园，描画乌蓬。江南凝韵，柳岸翻风。忆水乡游，凭栏处，偶相逢。

落花时节，莺声传遍，更一言，回味无穷。兰亭夜夜，紫墨飞鸿。是前生缘，今世债，此心同。

贺新凉·岁末有寄(步张鹏韵)

又至新佳节，踏霜风，重回旧地，丹心题诀。依旧三章虞韵里，晋世唐年心帖。着笔处，馨香若雪。拟那冰心摇五绝。已三秋，岁末丝丝结。平仄里，千千页。

屏前寄予寻踪切。盼君知、随风入梦，浅窗吟月。无奈春风还无语，病老心头热血。怨只怨、清寒冰骨。燕子京南僵未觉，怎衔来、新谱征三叠。依旧是，化成蝶。

张丽珍

山西省霍州人。农民诗人。作品散见于《临汾市报》《霍山》等报刊。

采桑子·青山约

青山约我登西岭，披上云纱，远负喧哗，谷浅云深问归鸦。

无穷野趣痴心暖，面似红霞，情满山崖，岳色河声耸肩夸。

松入风·春韵

垄田野陌滟溶溶，柳眼正瞳瞳。远山近水纹雨后？新泥处，寒意轻胧。旧燕昵喃同舞，剪来几辨飞红。

轻盈淡雅美无穷，醉在浅深中。满眸香举不常驻。别辜负，好景匆匆。饱蘸情天旭日，畅舒五岳芳丛。

蝶恋花·辛亥祭

雾锁龟蛇民息薄。恨满江流，云卷匹夫革。弹壁横烟摧帝阁，黄花恕向霜天灼。

奋起锤镰华夏烁。煜满南楼，古鹤迷新廓。正喜龙乘好风约，韵追逝水思零落。

青玉案·悼屈原

云横戈戟楚天漏。汨罗泪，千年咒。一曲《离骚》梅怨柳。壁间尘赋，纱笼疏镂，鹤唳九江皱。

渔笛沧浪泽边走，屈子吟来只影瘦。《九歌》韶华文韵厚。琴脉诗礼。篆书水袖，檀板兰花秀。

（注：兰花是指我国古装戏曲里的兰花指。）

松人风·吐怀衷

——今春老友相聚，发感慨数语，词糙则意诚

翻云覆雨春正浓，人在翩跹中。斟盈满座同举起，流霞尽，气如虹。挚朴高情壮岁，见仁见智歌同。

酒浇老柳春又瞳，浅醉引怀衷。当年景色香如故，心以旧，态龙钟。已是霜红逝水，输赢谁计熊雄？

南乡子·笑看风云

素笔写纤柔，倒冠黄花抢占头。点遍青山无墨处。浏浏，总理疏狂换眼眍。

白发许残秋，千万风姿任去留。丹脸不谋尘外客，何如，独看红椮付浅流。

七绝·逸情

漫宇飞花笔下摛，流霞曲水亦成诗。
雁添两嘴惊人句，蛙鼓三声忘了词。

张利君

网名泰安山人。黑龙江省依安县人，1952年生。黑龙江省诗词协会会员，依安县诗词协会会员。诗词、杂文作品散见于各级报纸杂志。

七绝·回乡偶书

岸柳飘烟蔽远庐，千丝柔发细风梳。
牧歌一曲农家乐，蛙韵声声咏夏锄。

端午怀古（新声韵）

抛粽怀屈子，轻吟叹汨罗。
长诗千古怨，樽酒几声歌。

鹧鸪天·走笔扎龙（新声韵）

草色青青野杏红，撑篙缓渡入河东。千丝彩练炊烟里，几户柴扉宿钓翁。

闻鹤唳，舞云中，扎龙一阕唱新风。山鸭戏水芦花荡，悦耳虫声调不同。

踏莎行·春趣

流水悄悄，炊烟袅袅，蜂喧一抹梅枝俏！衔泥紫燕筑新巢，浑然未觉东君到。

丝雨情柔，柳风啼鸟，机鸣犬吠声声妙。犁开沃土话泥香，春弦弹起农家调。

张连畅

七律·贺刘书环老师《上海文艺网赋》（步李商隐《锦瑟》韵）

美妙音符指扣弦，轻舟艺海荡流年。
推敲锦句藏生活，洋溢真情喋血鹃。
小鸟依人怀拥梦，深山翘榭柱升烟。
华章绝响千秋诵，浩宇溶心盎自然。

2016年8月19日

七律·爱飘八方（下平五歌）

——欣闻诗人李勋获《中国文学》杂志奖项，为家乡诗人加油！

楚地惊雷奏爱歌，芬芳美酒自青禾。
儿行万里娘亲念，帐挂几层雾气呵。

梦断如烟迷幻影，花开似锦壮山河。
丹心寸草风中劲，汗水勤浇喜报多。

2015 年 10 月 25 日

题作家画家周慎宝老师荷花图

映月荷塘墨宝珍，污泥不染似童真。
风吹茎叶波难起，鸟叫烟云画与邻。
几笔清纯生栩栩，一腔喜悦育新新。
东来紫气凝甘露，欲借文君道骨身。

2015 年 10 月 6 日

七律·为爱坚守(上平十一真)

远眺凭栏好聚神，华章妙韵逗佳人。
清溪弄草康桥会，小鸟飞歌妒恨泯。
泼墨丹青留美景，连珠锦句洗纤尘。
情结纵有缠千万，带雨梨花又一春。

2015 年 7 月 23 日

七律·旅游(上平五微)

邀朋结伴畅心扉，路上行车掠翠薇。
早起神清欣赴约，时逢气爽好留晖。
红尘滚滚犹轮转，妙律飘飘似絮飞。
踏遍千山寻圣境，开怀过后远尘帏。

2015 年 5 月 29 日

七律·农民本色(上平一东)

——赞毛主席饮食习惯

乡关寄念凤栖桐，雀跃枝头日月匆。
哓雾炊烟纱纺梦，田园榭院笑盈虹。
粗茶淡饭刚合胃，美酒珍馐岂适翁。
浩淼云端凭远目，甘泉雨露惹清风。

2015 年 1 月 28 日

张林华

福建福安人，福安秋园诗社会员，福安一中语文教师，号扆山客。

浣溪沙·甲午二月廿日，骤雨思虎头桃花

粉面红尘陌上回。因怜昨夜雨相摧。刘郎旧恨已成灰。

公事奔忙游兴减，私心相许又相违。梦魂相对泪空垂。

浣溪沙·赏虎头桃花

春日人人竞冶游。纷纷信步虎头丘。桃花羞上美人头。

罗袜香尘生浅晕，落英飞絮下层楼。寻芳较迟不胜愁。

浣溪沙·寄内二首

(一)

无事归来倚画栏。江南秋意正阑珊。思君不见锦衾寒。

咫尺那知离别远，寻常谁料梦成欢。当时容易等闲看。

(二)

酒醒无由住梦乡。萧萧风雨自凄凉。重帘不卷闭深窗。

天与多情谁与会，人生缱绻易生伤。依然千古立斜阳。

浣溪沙·二首

(一)

桃李无言寂寞风。约前花事竟成空。小楼独立思无穷。

人世几番春梦好，别离多少恨情浓。濛濛细雨扆山钟。

(二)

碧透香帘一色中。小楼昨夜落花风。春来春去几时重。

又是一年枝上老，依前憔悴与人同。空庭直到夕阳红。

浣溪沙

又是清明听雨天。隔花斜倚碧窗前。飘零何事最堪怜?

天上低徊飞蝶影,人间愁草瘞花篇。深情为赋不成眠。

浣溪沙

惊寤十年梦也空。当时年少尽颜红。可怜华鬓自飘蓬。

一去溪山知近远,闲来问讯略穷通。重逢只道太匆匆。

张麟麟

男,汉族,1953年生,滕州市姜屯镇大彦西村人,农技师。中华诗词学会会员,枣庄市诗词学会会员,滕州市诗词学会理事。作品见于《华夏吟友》等刊物。

七律·泰山咏

威加齐鲁慑幽燕,五岳独尊擎海天。
舒展神州奋虎翼,扶摇仙乐啸龙泉。
风雷激越苍松劲,气象恢宏磐石坚。
何日傲然临绝顶,人生快意在峰巅。

七律·拜谒中山陵

琼台玉榭拥高陵,金碧辉煌大展厅。
峻岭崇山千嶂秀,茂林修竹万年青。
联俄联共呼声疾,忧国忧民警世醒。
革命未成须努力,至今犹在震雷霆。

七律·端午感怀

荡起龙舟动万村,家家户户吊忠魂。
深情一往汨罗水,正气高悬艾虎门。
角黍舍身全屈子,左徒无力扭乾坤。
年年今日怅然久,天下谁人不念君。

蝶恋花·赏雪

瑞雪含情千万缕,温润山川,披上天鹅羽。兴兴冲冲村外去,心花且共雪花舞。

一任双眸凝旷宇,浮想联翩,迷漫苍茫处,玉树琼田辽阔路,皑皑白雪留深步。

渔家傲·瞻仰淮海纪念塔

淮海茫茫冰复雪,千山鸟尽寒风冽。伫立塔前心炽热,崇高节,红旗旭日英雄血。

革命展开新建设,江山如画坚如铁,万里长征犹未歇。情深切,人民祖国怀先烈。

桂枝香·长安怀古

城头漫步,仰故国遗风,望天涯路。历史心头萦绕,揭开帷幕。西风滚滚边陲急,起狼烟,哀鸿无数。殍陈荒野,朱门歌舞,怨声难住。

直惹得、黄河发怒。问万里黄河,可谙其故,依旧滔滔东下,若无旁顾。伤心再看长流水,几千年如泣如诉。抚今追昔,怆然良久,且填词赋。

六州歌头·临潼怀古

骊山骋目,吊古意悠然。迷茫处,秦时月,汉时关,塞烽烟。望布兵排阵,鼓声壮,旌旗晃、刀光闪,头颅落、骨成山。妻子爷娘,顿足牵衣处,哭倒城垣。使一人天下,欲万世绵延,贪婪凶残,速亡焉!

愤填膺满,数千载,民涂炭,忍饥寒;多少事,惊心魄。苦熬煎,不堪言。幸国今方盛,金光道、艳阳天,看尧舜、齐发奋、谱新篇。更振英雄本色,思开拓,一往无前。正豪情无限,对大野平川,汉瓦秦砖。

八声甘州·华清池揽胜

看温泉水滑洗凝脂,如醉亦如痴。正杨妃出浴,天生丽质,天赐清池。遥想当年胜景,四月尽芳菲。娇贵无伦比,梦里依稀。

千古风流安在?独徘徊怅惘,物是人非。

念人生苦短,莫负好时机。俗常人、须当努力,也争他、活出个高低。开心事,不期而至,擅美传奇。

张禄喜

男,1950年生,汉族,江西省彭泽县人。1965年毕业于江西共大彭泽分校,1966年参加工作;后就读于江西师大九江分院中文系函授班,1968年提任教职,于2010年正式退休。爱好文学,喜欢写诗。作品散见于《中华诗词》《当代文人》《诗词世界》《诗词之友》《诗词百家》《中国诗词》《诗词报》《当代诗词》等全国多家报刊。被授予"中华诗人"荣誉称号,并获二等奖。

上海观光

百年沪市始泓城，走进高楼岁月增。
车水马龙连巷尾，风云南国好民情。
雄魂著出大千界，外滩形成旷世平。
拥抱黄浦欲清梦，精神依旧朗乾坤。

游西湖

遥望湖光景色妍，碧波荡漾好静娴。
飞舟冲浪映水底，红日彩照蔚蓝天。
四海游人同摇撸，五洲游客共有缘。
神随潋滟饱眼福，情似丽泽霁后岚。

宁波古楼

明瓦清砖数百年，沧桑千载砌云天。
楼台影照龙触角，塔顶曲径凤画檐。
豪杰门中留典故，英姿巷里仰高贤。
廊桥深处莺歌舞，尚有平民笑词欢。

游月湖

烟波浩淼水连天，辉映湖光织锦签。
晚照斜阳山倒影，风吹莲叶花正鲜。

登临普陀山

天成南海普陀山，妩媚人生蓬岛仙。
修道苍穹存皓月，邀来华厦皆参禅。
舟桥浪涌千帆去，轮渡顺风一溜烟。
寺院佛堂观不尽，居士香客善结缘。

2016年暑假二女家做客

人间情事总难松，叱咤风云常梦中。
早睡早起随岁月，日升日落任西东。
仓桑阅尽盼长寿，飞鹤穿林赏秀嵩。
身影留在女家客，好吟佳句兴更浓。

写给教师节

九菊沐雨正花开，育李培桃咏絮才。
方寸温室抚童路，红旗晓日造新侪。
良材国栋家为本，孝廉春风任剪裁。
社会和谐昭日月，人生健笔写未来。

安义观儿媳做生意诗一首

流光岁月又中秋，生意适时待等筹。
新货送出客户喜，品陈换回商家忧。
一年四季真忙碌，春夏秋冬几日休。
纵然天天生财路，他年罢场把摊收。

2015年中秋赏月

独坐新楼盼月圆，心潮澎湃赋诗篇。
更深月色透窗影，寂寞空庭人未还。
坐视荧屏观世界，卧身梦榻醉枕眠。
蓝天北斗星辰满，照亮人间亿万年。

庐山赏景

秀美匡庐载誉山，浮云浩瀚瞬息间。
飞泉倾泻三千尺，瀑布凌空万丈渊。
奇巧亭阁琳满目，峰峦崖壁矗蓝天。
无穷魅力江南景，历代名人此览闲。

在安义县全家人共度中秋佳节

他乡明月亮如银，万载冰轮贯古今。

云淡风轻常入梦，星移物换始转腾。
白驹羁旅情无限，华发满头缘未尽。
欲向天涯追往事，佳节置酒共醉吟。

国庆 67 周年赋诗一首

中华气概震全球，载舞欢歌举金瓯。
国是乐园家安泰，民生顺遂人烟稠。
千河九鼎声谙笑，一带一路决胜筹。
天地和曦换日月，立邦卓荦万古流。

张留生

男，1950 年生。中国作家协会会员，《洮湖》杂志诗歌编辑。作品散见于《诗刊》《中华辞赋》《中华诗词》《上海文学》《北京文学》《星星诗刊》《诗选刊》《雨花》《扬子江诗刊》《诗歌月刊》《朔方》《绿风诗刊》《散文诗》等报刊。有作品收入《2002 年中国最佳散文诗》《江苏文学 50 年(诗歌卷)》等。

五律·新晴

霁日藏高树，清风亮鸟声。
黄花金灿灿，湿地露莹莹。
紫气祥云和，风华物候情。
新晴心自畅，醉韵对春莺。

五律·春游段玉裁纪念馆

风和百鸟喧，日丽尽开颜。
五彩织繁锦，三弦荡碧涟。
耆年随赋友，闲韵访先贤。
莫叹尘嚣远，春华正当前。

五律·春雨

沉雷天外客，凉雨沁新田。
犹见梁前燕，似闻寨后鹃。
黄花镶艳绿，绿柳绕轻烟。
湿地红英落，心为故土牵。

五律·清晨

夜雨五更停，田畴曙色明。
绿禾连地气，高树接天星。
近舍鸡啼白，遥村犬吠声。
乘兴阡陌里，为赋自倾情。

五律·雨中

微雨荡轻波，含情鸟语多。
清烟缠欸乃，绿柳舞婆娑。
菡萏尖尖角，鸣蛙阵阵歌。
河湾垂钓者，磐坐静新蓑。

五绝·雨中车过润扬大桥

莽野绿烟轻，物移新气生。
江云连涧树，天堑瞬间行。

五绝·春意

绿焰生红火，葱朦郁水中。
吟春啼鸟意，倾情韵自浓。

五绝·落叶

凋零只瞬间，金灿赋新篇。
莫叹光阴短，春风绿满园。

张明泉

男，1935 年生，滕州市人，泰安师专毕业，退休高级教师，曾任滕州市职业中专科技学校校长。滕州市诗词学会会员。

七律·渔父吟

何须解缆问休咎，欲放舟时即放舟。
喜驾长风破巨浪，羞划桂棹泛清流。
朝辞幽峡霞胜火，夜过礁林月似钩。
浪涌风驰舵在手，踏霜沽酒不悲秋。

岁晏

倦鸟归林万虑空，梦中莺燕和鸣融。

蛰居斋里读庄子，漫步闲庭诵放翁。
兴至挥毫填小令，醉浓着意唱春风。
红尘滚滚侧身过，历尽千山临顶峰。

南乡子·赏荷

值酷暑，偶偷闲，山乡烟雨赏池莲，碎玉新荷轻浪卷，敛眉展，莲叶田田空碧远。

张鹏

1971年生，河北文安人。谷风诗社会员。

蝶恋花

往事如尘皆可数，皓首烟波，念起归程处。挚友相寻情万古，鸡坛窗外芳华吐。

记取平湖寻暮鼓，霜染西山，风伴荷花舞。云梦幽思环故土，缘深自有真情谱。

画堂春·赋寒更

西风扰梦梦难成，画堂无限离情。一支筝曲到天明。依案寒灯。

照得窗前身瘦，空将信字题横。诉来别后与谁听。点点心声。

霜叶飞(方千里体)

霜浓香减，青屏处，飞鸿无数音渺。十三楼上叹霜天。心意如何表。正寂寂，秋风又扰。堪怜偏径篱边草。似蝶舞飘零，暗自泪垂垂，独忆春好。

思那静地亭台，桃花三月，皓月天上星少。隔窗相看到如今，许被无情扫。恨是墨缘心未老。离人徒把西风恼。说事阻、归期误，还借因由，去多来少。

(注：算地下停车场十三楼整。)

南乡子(王之道体)

帘内步诗楼，帘外霓虹掩玉钩。心事难书，谁与诉先留，字字行行不是愁。

词海荡兰舟，运笔欣然写白头。晋世墨缘，虞韵爱难休，似箭光阴一案游。

鹧鸪天·岁末有寄

一缕相思又笔端，春声九曲向霜天。登高远望身虽冷，倚案孤灯夜不眠。

寻梦影，系规弦，朝朝暮暮写尘缘。八题岁末同君诉，更有兰亭补景篇。

鹧鸪天·残荷

昨日芙蓉今日空，池边萧瑟叹颜红。秋光耗尽春光色，乌发迎来霜发容。

枯叶守，晚风中，回眸不见旧时同。徘徊离处莲心苦，更少枝头鸟羽踪。

张启麟

男，汉族，1935年生于绥化长发二龙山屯。齐齐哈尔师专中文系毕业，伊春市第二中学语文高级教师。作品散见于《伊春日报》《绿地》《绿色风》《诗海潮》等报刊。黑龙江伊春市民进会会员，伊春市作协理事，伊春诗词学会会员，世界华文作家联合会会员。

再颂丁香

绿枝扰扰暖人群，馥郁芬芳大地临。
烂漫娇羞添亮色，妖娆姹紫美瑶琴。
精魂造就玲珑态，玉貌凝成璀璨心。
万种灵奇花世界，浓香过后绕梁吟。

梅花赞

诸友之中尔最良，远山近岸亮高岗。
雪来借重三分白，寒往轻盈一段香。
天上瑶池凝皓魄，人间精粹聚灵光。
唯求玉韵能相匹，万古千秋美誉长！

和柏春《猴年早春(十)春归》韵

丽日金光四野驰，东君送暖弄柔枝。

翠峦河化沿凌水，友好雪融湖泊池。
转暖青山榆吐粒，渐融冰冻柳抽丝。
一年最重春伊始，打点精神奋斗时。
（注：柏春系伊春师范校长刁柏春老师。）

七律（和柏春“和马、赞兴……”）

伊都花蕊翠峦区，松柏青青靓丽枝。
菡萏名园林里起，兴安碧水绿中驰。
人人不忘中华梦，个个承担锦绣诗。
大地回春新万象，生龙活虎恰逢时。

咏小寒（仿柏春）

地冻天寒冷气狂，白花漫卷罩山岗。
峰衔丽日披金袄，树吐青岚映玉装。
游客雪滑飞似箭，健儿冬泳快如张。
林都一月年初始，万象更新换彩裳。
（注：张系《水浒传》中的浪里白条张顺。）

吟林都日升（和树琛“迎春酒会”韵）

金乌上岭雪缤纷，远近苍茫喜煞人。
抓紧三羊辞好岁，迎来一猴纳优春。
纵观祖国天天壮，又觑主席日日亲。
亿万黎民齐筑梦，林都韵律塑芳芬。
（注：树琛系伊春教育学院教授王树琛先生。）

七律（和柏春《首届国际冬泳比赛》）

寒山雪岭树林幽，恭祝峦河国际游。
四野琼花冰里灿，一条亮带镜中泅。
雪莲乍放龙宫宝，香蕊倏张玉帝舟。
四海五湖山麓聚，惊天动地万民讴。

七律（和柏春歌殿双）

入园满目尽张公，两首鹤鸣起劲风。
弦乐铿锵声震耳，仙诗磅礴力无穷。
知音一曲歌先圣，合律诸君咏故宫。
妙韵轻扬飘四野，清心润肺养天功。
（注：殿双系伊春市音乐家协会副主席。）

张启耀

矮寨桥

矮寨人民望碧空，武陵山里彩霞红。
鹊桥牛女银河会，四海九州奇迹功。

香港回归所感

梧桐繁茂绿幽幽，鹊雀高歌闹树头。
燕舞莺歌欢不尽，久离幼仔母怀投。

赞矮寨高速大桥

索桥高跨彩云间，千古奇观展眼前。
科技兴邦今筑建，文明古国世争先。

张晴怡

卢湾二中心小学语文、书法教师，2012年退休。师从周建国老师学习书法。上海教师书法篆刻学会会员，上海诗词学会会员。

五律·吟香

孤室禅烟净，纤条袅袅朦。
一盅龙井碧，两抹暮云空。
玉指天经细，清心佛手聪。
髓檀寒寂寂，独抱素真红。

五律·品茗

灯下故人逢，寒斋素水红。
潇潇冬去树，暖暖夏归鸿。
浓淡天然好，浮沉恣意融。
品茶邀美月，缭绕彩云朦。

五律·听雨

沙沙新雨响，原野尽情吟。
檐滴敲残叶，溪流弄水琴。
江南红伞女，袅袅雨沾衾。
独步缠绵意，谁人亦懂心？

五绝·寻幽

窗外霓虹浮，登楼素友酬。
丹青迎面绿，书墨往来流。

五绝·酌酒

花间吟玉露，泼墨见真情。
杯里谈天地，清风笔底盈。

五绝·莳花

闲来无俗事，草木醉香迎。
自喜心机少，忙于记树名。

步韵奉和潜堂老师两首五绝

五绝·赏雪

古来听雪冷，今喜素花还。
暖灶春秋度，梅窗玉袄颜。

五绝·候月

星垂四野寻，云走月花沉。
念念明光里，风凉泪湿襟。

诉衷情·抚琴

溪畔，花岸，春月漫，雨涟涟。琴舞燕，音溅，水清妍。鼓瑟亦缠绵，悠然。天仙邀玉娟，不停弦。

张若云

笔名若云。生于内蒙但没有长在马背上，血液里有山东人的基因，个性中有内蒙人的正直和爽朗，亦有江南女子的婉约和温文。现从事管理工作，业余时间多寄情于琴棋书画，画则松梅竹，字则褚遂良，琴喜古筝，诗歌词赋则李杜易安皆为师。

七绝·中秋

叶落疏黄少了声，天高云淡雁孤鸣。
今宵月正家家望，一缕秋思漫海城。

七绝·闲步

皓月初升似日红，此情不与旧居同。
凉风窃窃私秋语，更有浓香漫桂丛。

七绝·咏梅

——古元美术馆参展

沁骨幽香透雪来，红霞黄蕊一枝开。
细寻谁是种梅者，翰墨传情到此栽。

七绝·观祥荷图

斗笔游龙两面开，幽香一阵扑人来。
清风不碍池三尺，碧叶荷花几色裁。

卜算子·叹荷

六月碧荷生，翠盖遮无处。七八嫣红九渐残，十里清秋与。

瑟瑟雨寒心，几见西风度。瘦尽朱颜迎冷霜，莫盼香如故。

江南春

风瑟瑟，雨纷纷，琵琶声阵阵，仙曲落凡尘。秋来竟是添离恨，从此琴心不近人。

捣练子

无百谷，见清寒，田陇堤边燎野烟。柳叶萧萧枝未展，杜鹃淡淡映山峦。

张圣标

1963年生，白族，云南大理人。现供职于大理大学。中华诗词学会会员。诗词联赋曾发于《中华诗词》《诗刊》《诗词世界》《中华辞赋》等杂志。作品荣获第九届“天籁杯”全国中华诗词大赛金奖等奖项。书法擅长隶、楷、行书，并在全国各级书法大赛中获奖。

五绝·黄浦江吟(萧韵)

江流归大海，浪逐浦江潮。
引领申开宇，涛声舜美韶。

(注：黄浦江引领上海开放门户、走向世界。江涛声是舜帝时美妙的《韶》乐之遗响余音。)

七律·赏荷

婀娜婆娑绿伞持，流连菡萏正当时。
婷婷香韵涵风至，楚楚天姿缀玉垂。
红映晴川添画意，碧通慧眼续唐诗。
悠悠细索莲清美，月上东山未觉知。

七律·烟渚渔歌

柳岸徘徊笑逐颜，渔歌烟渚漫湖湾。
声音响彻微茫外，曲韵翻新浓淡间。
农牧听来时聚散，鹭鸥惊去又飞还。
西边唱罢东边和，畅快心舒意自闲。

七律·鸡足山天柱峰金顶寺(东韵)

——大理宾川鸡足山，游人蹑云登天柱峰至金顶寺，顿觉四宇皆卑。佛教相传，灵山会上，迦叶尊者受佛祖传心之法，携金缕袈裟入定金顶石门守候弥勒佛降生，遂修成正果，鸡足山因此香火兴盛，成为蜚声中外禅门圣地。

天柱冲霄坐碧空，神奇妙境阅仙宫。
四周鸟瞰千峰小，一寺龙兴三藏通。
五蕴众生朝梵界，十方百衲沐香风。
灵山佛祖传心处，殿宇金辉气象雄。

(注：龙兴，原指龙飞腾上天，这里暗喻鸡足山金顶寺兴起成为佛教圣地。三藏，佛教经典分为经、律、论三个部分，总称三藏。经，总说根本教义；律，述说戒律；论，阐发教义。五蕴是佛教语，指色、受、想、行、识五者假合而成的身心。色为物质现象，余为心理现象。《心经》："观自在菩萨行深般若波罗密多时，照见五蕴皆空，度一切苦厄。"众生，即众生相，指世间各种人等的表现形态。梵界，梵天世界，指佛寺、佛地。清赵翼《泊舟金山下宿》诗："梵界真成清净地，僧窗静阅往来人。"十方，佛教语，指东、西、南、北、东南、西南、东北、西北、上、下十个方位。百衲，即百衲衣，袈裟，是和尚乃至菩萨、诸佛塑像皆具的披在身上的法衣。香风指带有香气的风，指香客拜佛烧香而弥漫于寺内空气中的浓烈香气。灵山是印度佛教圣地灵鹫山的略称，这里也借指鸡足山。传心是指佛教禅宗指传法，禅宗不立文字，以心传心，心即是法，故称。《五灯会元·释迦牟尼佛》记载，禅宗起源于佛祖传授摩诃迦叶尊者。迦叶修成正果为饮光佛。唐齐己《荆渚逢禅友》诗："闲吟莫忘传心祖。")

七律·瀑影恋歌(庚韵)

——白族青年男女"对歌求婚"，是传统习俗的自由情爱中雅而有乐、乐而不淫的代表，故值得以诗赋之。正像《关雎》作为《诗经》的开篇，并被孔子评价为"乐而不淫，哀而不伤"，也正是体现了情爱"中庸之道"的典范。

腾龙泻玉九天行，古峪洪钟震谷鸣。
白子引吭捎块垒，金花对曲显峥嵘。
倾心掩饰娇羞面，戏水难收巧笑情。
好借清溪名胜景，依依正道在山盟。

[注：白子这里指白族青年男子。块垒喻指心中郁结的愁闷，这里指憋在心中的深切恋情。峥嵘形容才气、品格等超越寻常、不平凡，这里指(金花)对歌显露出不寻常的才艺。倾心即心仪、中意。巧笑形容笑得美丽迷人。《诗经·国风·硕人》："巧笑倩兮，美目盼兮。"]

绝句·学书清悟(阳韵)

植根传统韵承扬，德艺勤修积学长。
五体皆融师造化，贤愚爱赏自流芳。

(注：韵指晋代书法尚韵，这里用来借指王氏一派的书法。)

笔法偶悟(冬韵)

笔法精微贵驭锋，浓枯粗细创和雍。
起收顿引机轻重，墨道有缘会悟宗。

(注：贵驭锋句，贵意动用法，即以驾驭笔锋为贵。机指事物的关键、重要之处。宗指本源，即根本宗旨、主旨。)

书法与责任(新声韵)

弘扬书法主旋律，翰墨流芳再日新。
华夏兴衰千古事，传承时代自强音。

(注：主旋律原指多声部演唱或演奏的音乐中，一个声部所唱或所奏主要曲调，其他声部只起润色、丰富、烘托、补充的作用。"书法主旋律"当指秦汉至晋唐以来一脉相承的主流书法。日新指日日更新，喻每天都有新的变化与进步。

《易·大畜》:"日新其德。"《礼记·大学》:"汤之盘铭曰:'苟日新,日日新,又日新'。")

七绝·明月夜遐思(先韵)

素娥夜舞天钧乐,皓月清风十五圆。
仙界蟠桃逢盛会?星移斗转互周旋。

(注:素娥即嫦娥、姮娥。天钧指钧天广乐,神话中的一种天乐。唐皮日休《上真观》诗:"天钧鸣响亮。"蟠桃盛会指神话中西王母在瑶池设的品偿仙桃的宴会,其来源见《汉武内传》和《西游记》五回:"一朝,王母娘娘设宴,大开宝阁,瑶池中做'蟠桃宴会'。"周旋即交际、应酬。)

张世顺

太平山

山青池水秀,浩月静沉迷。
耀眼浮光镜,良神心旷怡。

处世事随谈

肚大无烦恼,心灵凤拱桥。
胸宽藏志士,坦荡最风骚。

田院长

华茂忙公务,斜阳讲圣书。
丹心清腐堕,正气长仙骨。

望乡台(新声韵)

古稀年迈非闲过,面览名山忆事多。
眺远家乡新貌变,思前老朽旧颜脱。
能明以往偏中错,可晓当今上下和。
俯视群山台下过,峥嵘抱负放声歌。

太平寺

古寺奇形状,经楼瑞气缠。
游人迷忘返,盛景自天然。

龙山巨变

鼎新革固千花艳,甘草黄莲味共甜。
车跑高山山岭峻,村修大厦厦厅璇。
县城贸易集中点,商贾竞争去外边。
美梦能圆千里外,蜃楼海市在跟前。

张素玲

女,河北霸州市人。谷风诗社会员。

飞花

花团簇簇偶东风,片片随君天落红。
曼舞轻姿柔意尽,溪边醉倒小仙童。

小区新颜

一年一月一新姿,花艳枝柔蝶鸟痴。
曲径通幽草葱翠,闲来亭里笑谈时。

桃花

小径幽幽溪水东,桃花朵朵笑春风。
年年此景应依旧,此刻花前心不同。

题图"春一景"

东君剪柳吐芳姿,自在姣莺栖翠枝。
大地眼前春一色,心随桃李盛开时。

题图"寻友不遇"

陋室乡间独临风,柴门雪锁影无踪。
寒梅几树窗前艳,缕缕幽香慰客容。

早春

东君虽至亦清寒,四野茫茫裸对天。
行客皆言春料峭,坡前小草已无眠。

张文斌

笔名明烨、长堎,字虹彧,号日月斋、少林居士。男,汉族。1938年生于河南省汝州市。中华诗词学会会员,中华当代文学学会常务理事,南国作家研究会会员,洛阳老年诗词学会、河洛诗词学会、洛阳毛泽东诗词研究会副会长，新郑市“溱洧潮”顾问，汝州市晚晴诗词协会会长，《晚晴诗词》杂志主编。

七律·纪念红军长征胜利80周年组诗三章（新声韵）

（一）

壮丽史诗惊宇寰，抗倭反蒋挽狂澜。
金沙巧渡豪情壮，泸定夺桥铁索寒。
星火井岗燎海岳，红军浩气壮坤乾。
英雄功业千秋颂，诗满神州歌满园。

（二）

豪情万丈气如虹，撼地摇山敌胆惊。
破浪扬帆驱鬼魅，披肝沥胆筑长城。
兴邦裕庶忘生死，固土强军建伟功。
收复山河争奉献，英雄壮举永传承。

（注：固土即国土。）

（三）

南湖追梦力无伦，马列魂牵主义真。
挽救苍生求解放，心忧百姓献终身。
繁荣赤县琳琅满，旖旎风光春意臻。
海晏河清书未艾，垂成青史启国人。

七律·纪念中国共产党成立95周年（新声韵）

（一）

纛举锤镰马列魂，心倾华夏力千韵。
井岗圣火燃天地，赤水奇兵挽庶民。
还我河山驱外寇，回归港澳壮乾坤。
蓝图绘就琳琅景，万象生辉颂伟人。

（二）

峥嵘岁月历辛艰，碧血丹心伴斧镰。
勇女刚男挥钺锐，安良除暴挽狂澜。
推平三岳金瓯固，崛起五方黎庶怜。
大好河山如画景，嫣红姹紫百花芊。

（注：五方指东、西、南、北和中央。）

张文强

1971年生，霸州信安爱国街人。毕业于霸州卫校，从军于内蒙古集宁市。爱好诗词、文学。

呈张占魁老师（新韵）

醉酒耽诗闲护花，鸿来友去煮香茶。
素琴汗茧农家舍，桃李竹菊词赋家。
垅亩荷锄酬父老，书亭秉笔绘年华。
满川丽景皆佳句，兴共金杯腾彩霞。

咏花（新韵）

一身生就本无尘，流韵舒香傲骨存。
染露披霞添魅力，栉风沐雨见精神。
引来蝶姊翩翩舞，招得蜂哥蜜蜜亲。
耗尽丹青多少墨，秦关汉月共长吟。

诗酒谣

耽凭酒力添诗力，愧窘诗才胜酒才。
酒过三巡七分意，诗成一律八叉开。

运砖

别笑灰头土脸身，砌房多是顶梁人。
形方影正心如铁，华夏根基固有因。

张熙坤

1967年出生于湖南省宁远县。中国楹联学会会员，湖南省书法家协会会员。长期从事机关文秘工作，现供职于长沙市政府某机关。

踏莎行·寄新居

造方亭台，搭个桥渡，闹中寻一幽静处。
种些花草引蝶来，风景在朝亦在暮。

粗茶淡酒，不论荤素，欢迎新朋与旧故。品诗品书品江山，醉他个骚客无数。

古体·咏潇湘

古时偏僻南蛮地，多少骚人迁客痴。
我欲挥毫抒感慨，沉思良久却无词。
莫怪老夫学才浅，潇湘本是一首诗。
等闲文字何足道，妙手亦然偶得之。

古体·寒夜独居

寒风好色把门敲，陋室焉能藏粉娇。
但得手中持盏酒，独观窗外雪花飘。

古体·立秋感怀

节序又翻下一篇，山河从此着新装。
唏嘘多少古今事，变化常在无意间。

张熙仲

男，1973 年生，祖籍山东济宁，现供职于兖矿鲁南化肥厂。滕州青年书协副主席，篆刻分会主席。滕州市诗词学会会员。

五绝·雨后观岱

雾近泰山低，风怒雨迷离。
天开云破雾，突兀数峰奇。

五绝·题兰竹菊花图

风情称绝代，高洁世无双。
不知清梦里，粉蝶可嬉霜。

七绝·夜深书斋有感

急涌风云夜色苍，墨池新砚晚来香。
东隅已去桑榆晚，只染疏篱片片霜。

七绝·题桃花燕子图

花雨洞溪春色好，桃源仙境燕归早。
武陵年少今何处？莫负天然人不老。

七绝·偶题

开门又见南山远，梵呗回绕碧纱窗。
久坐书堂觉三味，花气茶香翰墨香。

七绝·雪夜

漫天风雪路迷踪，冰砌关山河已封。
夜半却疑天色晓，柴门喜到剡溪翁。

七绝·墨子故里见闻

化石圣沟名久传，凤栖犹伴九龙眠。
明珠天坠鲁南地，应遣丹青上笔端。
（注：九龙即九龙山。）

七绝·观花鸟墨盒拓片

销金斩玉笔沉沉，雕镂传神倏动心。
飞鸟无声花有色，犹闻纸上梵钟音。

张希文

河南省温县人。温县诗词学会会员，焦作市诗词学会会员，东方艺术家协会会员，中国诗词家学会会员，中华当代文学学会会员，中华诗词学会会员，焦作市硬笔书法协会会员。诗词作品多有发表并获奖。

忆仙姿·次女大学毕业

三载鹰城学校，又赴省城深造。学业度时光，唯恐光阴失掉。回报！回报！勤奋当防骄傲。

长相思·聚会

见面欢，聚会欢，欢乐温城笑语喧。真情友谊甜。

情绵绵，意绵绵，意兴勃勃醉酒酣。月明人忘还。

秋月夜·中秋情思

中秋明月当空，念情增。旧时家人团聚乐融融。

长者逝，女儿事，挂之胸。别是一番滋味在心中。

生查子·丰收

放眼望金秋，粮果丰收喜。村镇满金色，农户欢无比。

筑梦万民心，重农开新曲。新曲引高昂，来岁高昂起。

浣溪沙·光宗耀祖

耀祖增光路非同，仕途拼打有千条，必归勤奋勇前行。

轻叹世间谁命贵，莫言他人哪家豪，务实开拓业出娇。

菩萨蛮·公园一角夜景

粼波荡漾灯彩艳，双桥映入河中影。月亮照高楼，且闻吟诵悠。

地摊生意火，买卖直馋我。何处亮歌声？凉亭喉放宏。

诉衷情·学填词一得

灯前心静阅专书，字句入中枢。推敲练作填词，手笔却难乎。

多揣选，费挑梳，苦斟抒。深思酌虑，求意称心，图境突出。

张宪军

男，汉族，1953年生，山东省滕州市人，退伍军人，大专文化，滕州市农机局干部。滕州市诗词学会会员。

五律·山行

幽谷横霜树，荆溪涌玉泉。
黄花遮野径，红叶满秋山。
竹瘦摇清气，桐疏隐翠烟。
暮云闻雁唳，落日照长川。

五律·雨行

雨落莲擎玉，风吹柳弄柔。
白烟侵紫竹，清泪湿红榴。
雾绕芙蓉静，云飞杜宇愁。
小塘人去后，不系木兰舟。

七律·听雨

湘妃垂泪湿丛�，淅沥声如五凤吟。
清露滴桐鸣锦瑟，流泉漱石响瑶琴。
曲廊风榭看红藕，孤棹烟蓑采绿萍。
飞澍休弹蕉叶韵，痴痴谁解翠屏音。

七律·古滕秋色

兰溪蓼渚荻芦花，滕涌荆泉漾白沙。
篱菊噙霜香绮梦，林枫饮露醉丹霞。
秋荷摇绿风前影，朝槿羞红雨后葩。
龙岭晴云遮远黛，微湖晓月照人家。

七律·晓林

晓光浮霭掩长林，曙色流岚锁翠岑。
兰雾低迷蝴蝶梦，蕙风永讬杜鹃心。
霁云巧弄潭中影，夜雨空添竹上痕。
蓼渚屡逢迎紫燕，荆溪不见浣纱人。

临江仙·峡江

暮雨朝云巫峡梦，高唐谁赋娉婷。千年神女忆曾经。不谙离别意，休说古今情。

白帝城中怀往事，奈何香絮轻盈。一杯浊酒酹江声。瑶琴临水抚，玉笛隔帘听。

月上海棠·怀友人

一溪白石流泉漱。翠涌荻芦风、袅晴雾。柳掩小荷塘，踏平莎、鹭行汀渚。红蓼浅，雪絮烟迷野渡。

月盈莫照天涯路。酒醒醉花香、海棠树。

梦里远行人，似飞鸿、在凌云处。长相惜，道是离词别赋。

南乡子·荷月

月下绮荷塘，碧水清泉漱晚芳。露润胭脂千滴泪，微凉。翠盏霞杯醉举觞。

何处诉柔肠？海北天南惜别长。谁隔湘帘听杜宇，情伤。对镜无心理晓妆。

张小红

浣溪沙

独向窗前举玉卮，拼将微醉写新诗。愁如柳色渐参差。

为赶工期离去早，因怜薪水返归迟。一文不值是相思。

浣溪沙·夜读

檐雨初停夜更幽，小窗灯火为谁留。应无人问病和愁。

但有诗词消寂寞，何须蜂蝶送温柔。春风十里在心头。

南歌子·寄夫

梦里柔情短，笺中思念长。眉梢难掩是忧伤。无奈朝朝向北倚栏望。

恼也时常恼，忘来怎便忘。饥寒冷暖总牵肠，阴雨连天记得要加裳。

临江仙·盼归

对月魂飞千里，打工人在天涯。年关将近更思家，彩灯明灭处，心绪乱如麻。

礼物再三挑选，行囊几度翻查。牵怀尤是小娃娃，村头槐树下，望眼正巴巴。

喝火令·留守怨

又是深深夜，诗成梦难成。露台谁共数星星？凝望小儿酣睡，思向远方萦。

难似云间燕，偏如雨里萍。去来来去几时停？最怕失眠，最怕冷清清，最怕病魔侵扰，独自盼天明。

定风波·无题

一任斜风乱拍门，喧嚣不碍玉楼人。柳自摇摇杨自舞，知否？销魂最是酒沾唇。

兰草为邻诗作侣，岂惧？鬓边白发眼边痕。淡看浮名轻看利，随意，管他富贵或清贫。

张晓

琴(下平一先)

红尘序曲岁听弦，几度春秋化指绵。
流水携音摇万里，苍风寄语越高川。
情浓欲探箫持客，恨满尤悲月隐天。
自古鸣心揪百韵，今生并醉再生缘。

棋(下平八庚韵)

一方棋子两家兵，黑白攻心计在城。
田径惟留象来踩，日边还唤马前行。
刀枪不见烽烟起，松柏相陪暮夕盈。
意把输赢逢此定，奈何对手挫成精。

书(下平八庚韵)

高山流水掌中生，四季交新笺上成。
据说珠厢埋翰底，又闻颜玉在文城。
寒窗刺股十年寂，金榜提宣百里惊。
自古书香称绝色，真心爱尔几多卿？

画(上平十灰韵)

休言春去误花开，万朵玲珑纸上栽。
院角蜻蜓飞不散，窗边红粉步徘徊。
去年笔落倾城貌，今日魂牵共烛台。
愿借轻风三两扇，横吹玉骨画中来。

诗(上平一东)

何物缘修百世功?一朝名就万人崇。
八方灵气已倾墨，数点清心不染铜。
欲遣相思邀月影，又拿缱绻填酒盅。
三分韵魄收香扇，摇得满亭唐宋风。

酒(上平二冬)

三杯两盏味滋浓，月下花间好个慵。
欲赴云庭蟠果会，先求尘世杜康逢。
哼来小令蘸江墨，熏得酣情上九重。
醉笑繁华皆过眼，蜃楼一梦步仙踪。

茶(下平一先韵)

碧色撑开齐浪肩，天灵撷取蓄深川。
但经玉手繁程过，便是壶心嫩叶悬。
滤去尘埃排涩苦，飘来香暖品悠然。
滴干余味无边扰，思寄乡江沐雨烟。

花(上平十一真韵)

本为天女袖中珍，何恋东君降落尘?
低草香衔贫碧玉，高枝媚展贵金身。
芳华不待秋中老，瘦影轻凭风上巡。
留得满枷摇思果，卿卿一际色曾真。

咏四季

春

清风惬意柳丝飘，两岸桃花映水娇。
绿折半枝分锦绣，红添两朵赘琼瑶。
丽光怕误绵思涌，嫣彩难凭浅墨描。
枉读唐诗三百首，不知哪句弄春潮。

夏

朝弹线雨晚吹凉，风动荷花水满塘。
隐隐千声蝉唤好，幽幽百果树撑香。
诗常追忆春情艳，我却寻思夏韵长。
天赐鸿恩欣万里，金山铺就麦家庄。

秋

浓云半卷雁低啾，语落枫山暮雨收。
池采三筐莲碧籽，篱飘一缕菊香幽。
有心赋得窗前墨，无意邀来别后秋。
侵案西风撩瘦影，谁家帘谢又添愁?

冬

岁末霜侵任冷攻，推窗入眼霭遮笼。
疏枝频遇连阴雨，倦鸟犹惊昨夜风。
无邂瑶池千辨雪，难寻心角一株红。
欲余彩墨移春种，赋尽缤纷不觉空。

张晓媞

笔名辛夷。平顶山三苏诗社常务理事。

卜算子·落叶

不怨露砌魂，只恨韶华短。莫问飘零去那边，翻就相思满。

纵被碾成尘，也把深情绾。只待来年遇上春，携手东君返。

七律·咏李白

性情豪放历江湖，入世不为权贵奴。
对酒当歌邀夜月，游山觅水卧蓬壶。
能挥万古春秋笔，难渡千重宦海途。
玉马金貂何足贵，但追楚客作狂夫。

七律·习马会有怀

年来两岸盼佳音，有道思情比海深。
今日言欢抛旧怨，他年携手结同心。
但求兄弟能时往，莫使家书无处寻。
共绣新篇重振日，中华儿女泪沾襟。

七律·咏柳

依桥偎榭与波邻，才入东风便绿匀。
曾伴龙舟凝万恨，更随桃浪抱三春。
扶风但任莺啼语，绾别每看泪湿巾。

天性风流非本意，阳关一曲度离人。

五律·咏竹

任凭霜雪染，绿影欲插空。
经雨西窗下，立根破岩中。
湘妃情未尽，晋士意难穷。
直节何怜瘦，虚心百界通。

七绝·草原情思

疏风阵阵马蹄香，路接天涯雁一行。
青酒奶茶琴曲乱，云衔碧草裹牛羊。

七绝·蝴蝶

破梦寻春踏露霜，翩翩翼翅落花香。
不知何处诗情好，辗转青山绿水旁。

张馨匀

网名月映清荷。爱好中医、美食。中华诗词协会会员。

折花令·低眉一顾飞花梦

绿损红消，秋山雀啅蒹葭影。日坠晚、天将暝。波潋野沈沈，促烦相赠。

别后抛远，离愁结作心头病。题字处、鸳鸯冷。共并坐调筝，难翻旧景。

朝中措·晚秋

梧桐深锁一庭秋，不信看枝头。霜染层林色透，雾凝桂露添愁。

丛中更是，蛩消花败，菊蕊霜蹂。谁记那时光景，花间柳钓弯钩。

睿恩新·重阳登高

枫红木落山容瘦，无限个、露凉霜厚。步经行、野菊丛丛，傍衰草、任风挑逗。

瀑雨飞潭曲奏，山水老、调难依旧。蝶无踪、雁足无痕，纵回首、秋痕怎绣。

秋夜雨·秋夜雨

冰轮夕夕为谁缺，愁荷倦柳时节。未央犹未睡，听碎雨，淋梧桐叶。

情条恨叶伤双碟，瘦损腰，樱口难说。莫把红豆撷，别领略，心头千结。

高阳台·亏欠一生

燕搅莺声，蜂翻蝶梦，几分月照窗平。风漫纱窗，闲将书纸翻声。欲眠又展红笺字，睡不成，睫泪盈盈。叹伶仃，一种情怀，两样心情。

杳无消息因情重，未歇休密意，忘却深盟。问可知么？憔悴休道为卿。心中纵有千般怨，只与君，梦绕魂萦。对凝眸，亏欠今生，怎道分明。

高阳台·相忘江湖

高阁兰风，短墙杏雨，芭蕉纱碧如初。久立吹裙，芳心一束难舒。千尊万斛偏嫌浅，醉清酤，不必人扶。怕相逢，轨迹偏离，该当何如？

违心暂写分离句，缱怀成辜负，故友殊途。渐远偏行，自知不胜唏嘘。怪天尽误痴儿女，有些些，刻住心隅。且随缘，去住无心，相望江湖！

张义香

网名关山冷月。甘肃省张掖市甘州区人，从事财务工作，喜欢古典诗词。《诗刊》子曰诗社社员。

七绝·飞天

半月黄沙千佛影，春风柳面古今同。
笑嫣花雨玲珑色，舞尽当年盛世风。

七绝·祁连山秋色

千里祁连雪玉雕，一川秋色也妖娆。
映山红紫黄蓝绿，自在闲云荡碧霄。

七绝·夏日荷塘

叶底千层绿色波，晨光初浴影婆娑。
灵儿试比夸轻巧，飞入池塘立小荷。

七绝·月落清江

行云万里尽消磨，夜路疏星渡汉河。
冷月无声融碧海，空留影动一江波。

七绝·黄河夕照

雾散澄江醉夕阳，天山云水共苍苍。
孤舟抚管西风破，一曲千徊九转肠。

七绝·村舍

春临城郭暖融融，村舍逢春更不同。
门闭深梁巢燕子，庭闲一扇杏花风。

五律·过祁连县城

云岭青天外，孤城万仞中。
山阴融碧树，雾雪锁寒崧。
深涧清泉隐，湍流曲木通。
久怀消暑意，来去却匆匆。

七律·观西路军烈士陵园感怀

晨光破雾野云开，数仗碑林日照台。
千里祁连犹沃雪，百年血迹已尘埃。
魂归楚地山河远，梦断阳关雁阵哀。
大漠黄沙穿不透，西风扫客久徘徊。

张亚林

男，1951年生，大专文化，中共党员，政工师。上海诗词学会会员。1970年应征到黑龙江兵团第26战备值班团。1979年回沪，曾任职于上海香雪食品总厂。2012年退休后，参加华兴诗社学习创作格律诗词。诗词作品曾入编《中国作家档案》《百年诗词精选》等多部诗词书刊。

七绝·贺华兴诗社成立25周年

沪上华兴国粹扬，新枝旧雨沫春光。
吾师更作灌园叟，风送甘霖润众芳。

七绝·追梦

老休崇尚斗残年，陋室凝神耕赋田。
陶醉骚坛循雅趣，心中有梦艳阳天。

七绝·壶口壮观

黄河水溯云天外，万股溪流涌口来。
千竞一门寻道去，涛声耳畔久徘徊。

七绝·临安踏青感怀

人间四月满山花，入住农家近白沙。
峡景遨游心里美，抒情敲韵醉年华。

七绝·谢师恩

桑榆有幸良师遇，吟韵推敲心自陶。
巧借东风行万里，扬帆助我踏诗潮。

七律·园林春景

假日黄园春到时，物华尽力展千姿。
百花引蝶丛间舞，游艇扬波水上追。
欢乐鸟儿鸣翠树，细微柳絮落清池。
合家老小林中喜，怡景温馨美若诗。

七律·青岛游感怀

前年青岛踏春游，倩丽风光眼底收。
军港雄姿凝万众，崂山美貌咏千秋。
如诗古迹称心赏，似画海滩佳影留。
追忆当时情若醉，催吾今日再吟讴。

临江仙·夏日公园赏荷

夏到园林观水景，小湖靓眼无穷。娇红点点绿情浓。蜻蜓花上舞，翠鸟碧波中。

亭畔饮茶消盛暑,浮香暗送凉风。怡神展目爽心胸。魂游吟梦里,相伴玉芙蓉。

张艳杰

1960年生,初小文化。爱好中华诗词艺术,坚持古体诗词创作。参加解放军《红叶》诗词函授学习、《中华诗词》函授学习,成绩优秀。1978年从河北易县入伍为北京军区一九五师五八一团战士。1981年退伍,工作于西北轴承厂,现已退休。红叶诗词学会、中华诗词学会、毛泽东诗词研究会、北京诗词学会、中国纪实文学研究会、中国诗词家协会、中华诗词习研会、银川市艺术文学联合会、内蒙古诗词学会、巴彦淖尔诗词学会会员。

秋吟

瘦影自怜吟向秋,不知何事动新愁。
听君一曲清平调,似有泉声心上流。

秋菊

荷香散去晓来秋,傲放东篱独自幽。
异彩芳姿增雅韵,任君描绘任君讴。

望远

家临白水素波平,楼外西山放眼明。
一缕霞光春日里,凌云阁上动诗情。

中秋

冷雨漫边城,风吹落叶声。
中秋不见月,梦里万灯明。

江

雪涛横巨浪,滚滚向东弛。
化作惊人句,心潮澎湃时。

山

青幽移入画,翠黛耸如诗。
积雨拉丝雾,出云松柏枝。

水

白浪随心静,清波映月明。
一河诗荡漾,两岸句丛生。

阁

玉影依岩壁,清风子夜深。
何人贪赏月,不负此登临。

张艳利

网名星星过月。小学教师。非常热爱诗词,作品常见于《诗词中国》与《云龙文苑》。

一剪梅·感怀

明月弯弯照小楼,独坐凝眸,放任心游。前尘多少叹沉浮,几度含羞,覆水难求。

却忆先贤万户侯,葬了山丘,千古悠悠。悲欢离合冷沙洲,得失情仇,欲说还休。

画堂春·怀远

西楼春里抚琴弦,蒙蒙细雨青烟。孤鸿望断九重天,珠泪涟涟。

几曲相思心碎,凭栏愁对花妍。暮云春树任流年,怎解愁眠?

鹧鸪天·乡愁

红叶翩翩几醉心,夕阳西下恋枫林。回眸遥望故乡远,侧耳倾听近水吟。

思旧事,叹前尘。相思总是梦中寻。秋风缕问孤楼影,难解离愁泪满襟。

醉花阴·怀远

日坠莺回霞影伴,寂寞青山远。倦影倚红楼,满目残花,水载春光远。

游云一去心生怨,欲抚琴弦乱。明月照西窗,却恨东风,好景愁肠断!

采桑子·落花叹

闲潭昨夜风花落，点点浮愁，片片随流，不再枝头曾艳尤。

芳华怎得春秋继，恋也难求，恨也须丢，物种蒙生终亦休。

踏鹊枝·暮春

日落燕飞云影伴。倦倚楼头，寂寞低声叹。片片春花飘满院，团团飞絮迷双眼。

一去知音难复返。追问心思，急抚琴弦乱。紫陌红尘恩与怨，是非对错谁能断？

天净沙·雨思

空庭细雨梅残，新枝鹊叫身寒，浓雾茅屋栅栏。长亭柳岸，浮云归路漫漫。

卜算子·桃花

雁岭赏桃花，畅饮千杯酒。朵朵芬芳竟相开，欢闹长相斗。

对影赋诗篇，兴共莺啼后。春燕翻飞伴舞来，沉醉绵绵久。

张耀本

咏龙山二梯岩土家族古村落

“忍”字值千金，先贤教子孙。
观今宜鉴古，继往合更新。
屋外参天树，村中好客人。
好风吹不已，绰绰净灵魂。

浣溪沙·留连道坑古村

一碧千山满眼春，参天古木绿茵茵。楼高吊脚近星辰。

宾客来临诚劝酒，山乡生活最宜人。鸡鸣万壑吐闲云。

逗留梁家寨

《桃花源记》境迷人，可惜书香靡问津。
喜见梁家寨墙上，几多碑刻美诗文。

张英

吉林省榆树市人，古典文学爱好者。

七绝·杏花

篱外翩翩红杏花，凌寒犹是展芳华。
君当做得惜春客，莫使枝头空自嗟。

七绝·感怀

莫问浮生谁可依，从来世事总相违。
穷思不若丁香侧，坐看杨花自在飞。

七绝·题云海图

何时修个九重仙，揽尽风光不用钱。
醉数星星闲钓月，云儿一枕忘流年。

七绝·题崖松图

虬枝劲骨向天台，玉带云纱任剪裁。
不畏虚空浮半壁，风光无限险中来。

七绝·中秋盼归(三首)

(一)

村路蜿蜒无尽头，两三归客入前楼。
粘衣几片随风落，一抹思情满鬓秋。

(二)

何时也盼过中秋？野味山珍早预留。
已是黄昏霜色晚，行来一步一回头。

(三)

一肩风雨一肩秋，两鬓星星情未休。
膝下娇儿心上女，偶来相伴复何求。

张永生

河北固安人,1969年生。谷风诗社社员,廊坊诗词协会会员。

五律·寄友(新韵)

顿悟源天性,禅修亦粲然。
推敲痴喝道,精炼益流传。
我辈生浮躁,新潮苦涩艰。
垂鱼闲以乐,拄笏顾高山。

五律·出行(新韵)

云启天光暗,车行雾色昏。
凭窗人眺远,扶髀意怜身。
客路多磨难,安闲少创新。
扬帆时破晓,逐浪正青春。

鹊桥仙·端午

一身骚雅,千秋节烈,独醒忠昭浩荡。旗帆指斥正风云,石破处,天惊骇浪。

原驰星火,世多慷慨,笑傲有为嘹望。怒腾江水竟奔流,激愤去,直求埋葬。

临江仙·望

遥望长安难蜀道,斜阳尽醉荆州。一身枯骨敢轻投?长鞭唯努力,勤径且埋头。

卞玉有心终桀骜,真金何让淹留。常将孤愤寄人忧,离骚哀独醒,铁笔写春秋。

张勇

国企员工,毕业于内蒙古纺织工业学校。诗词爱好者,作品散见于《全国优秀青年诗歌选集》《赤峰诗词》《北方诗刊》等刊物。

临江仙·情人节泛滥

园圃李桃争绚丽,晓来春事泱泱。经风吹雨肯留香?昙花无奈去,铁树不曾芳。

佳节情人何日日,谁言地久天长。新欢旧梦费思量。曲终人散后,别去两心伤。

水调歌头·山海关随想

关塞出云雾,沧海入荒流。丈夫当此,凭险纵马唱吴钩。可叹煤山魂魄,不解皇亲国戚,富贵累王侯。宁伴孔方死,耻为帝王愁。

烽烟乱,旌旗换,问来由。中天抵拄,千古百姓改春秋。今我登高望远,与汝高歌置酒,醉里话良筹。浊浪虽如此,不是岳阳楼。

五律·重逢

今日重相聚,应知鬓已苍。
痴言翻锦瑟,泼墨写离伤。
酒在分时烈,花偏落后香。
湿衣君莫笑,羁旅客凄凉。

贺新郎·读辛弃疾《贺新郎》有感

雪絮黄昏歇。叹荒城,西风猎猎,暗鸦声竭。孤寂琵琶如裂帛,凝绝丝丝呜咽。弹不尽,人间离别。万里飞霜昭君泪,纵回头大汉乡音绝。司马怨,送归客。

金牌道道男儿烈。望河山,长戈难指,贺兰山缺。惶恐滩头谁惶恐?耿耿丹心难灭。歌未彻,黎民谁说?八虎七郎曾赴死,更送孤儿太行喋血。长路尽,发如雪。

五律·醉秋(新韵)

忽来诗画意,独自上高台。
横笛风盈袖,操琴叶满怀。
笑吟松柏劲,不屑鬓霜衰。
欲问多燕雀,篱花几度开?

贺新郎·美舰进南海有感

湛湛长空黑。近南沙,鱼龙无迹,浪吞崖壁。萧索孤城何处是,回首迷离难觅。听魍魉,哀哀声急。浩荡青冥云水怒,料明朝定有英雄起。衔石木,舞干戚。

板门一别无消息。恨无书，零星记得，断刀残戟。列岛曾经驱狂寇，往事烟愁如织。汀草路，寒鸦斜日。昨日黄花今日谢，恨上甘岭下飞鸣镝。阿瑟走，有人泣。

张玉芳

河南省平顶山市汝州市晚晴诗词协会会员。

七夕夜游洗耳河（新声韵）

碧水粼粼浮短艇，稚童河畔捕流萤。
鸟惊柳动纷纷去，镜碎波摇点点明。
靓妹帅哥情缱绻，晚风新月意朦胧。
人心但愿常厮守，同看牵牛织女星。

滇中秋色（新声韵）

秋到滇中暖似春，轻岚薄雾罩烟村。
一川碧树一川雨，半岭梯田半岭云。

落叶（新声韵）

飘然欲下乐陶陶，一片坚贞尚自豪。
叮嘱西风休送远，将身就地护新苗。

新疆采棉（新声韵）

辞亲别故土，寻梦赴新疆。
域阔棉如海，秋高日渐凉。
披星身染雾，戴月鬓凝霜。
倦卧天山下，幽思万里长。

青岗怀旧（新声韵）

目断千山梦已空，登高怕看杜鹃红。
如烟细雨纷纷落，似水闲愁缕缕生。
有限韶光常负我，无边风月每怀卿。
此情欲共青天老，一样相思两地同。

张玉华

黑龙江省依安县人，爱好广泛，对文学、艺术情有独钟。业余研习紫砂艺术，学习诗词创作和读书。依安县诗词协会会员。

七绝·咏莲

仙子凌波别样娇，污泥不染品行高。
蜻蜓一吻含香醉，惹得清风也折腰。

七绝·读诗即兴

倦倚床头一尺书，此时不醉欲何如。
酒还成瘾诗成癖，得意高吟未可疏。

七绝·轻吟三首

（一）

爱如潮涌浪三千，竟惹诗情卷巨澜。
只因眷恋家山梦，一点生机总盎然。

（二）

曲径通幽是我家，梅屏竹影曳梨花。
回廊小院黄昏后，把盏清风醉落霞。

（三）

灯前寂寥写诗人。月影横斜如梦新。
五月情怀吟不尽，当歌醉酒醉孤魂。

七绝·油菜花

一缕幽香入梦深，半依风影半托云。
怀揣小月心中喜，多少情痴抱蕊吟。

七绝·夜忆

无人相伴一身轻，所梦所思非所形。
此愿因谁能有寄，捎些惦念也温情。

七绝·望月偶成

谁知昨夜梦成空，笔底安澜诗意穷。
素月无声偷自笑，窗前俏影纳清风。

张玉忠

河北霸州人。

午睡

堕书尤未觉，就枕俗心闲。
大梦不能起，夕阳窗外关。

张玉忠自嘲

自知朽木不堪雕，常学紫檀近刻刀。
惹得世人多笑我，一身儒雅伴柴烧。

无题

人因诗赋多留意，我为才情不记年。
他日重归谷风社，半诗半画半桑田。

笤帚

不争地位不争功，墙角门边杂物中。
但使人间污垢尽，不辞羸病对秋风。

咏《燕子楼》忆关盼盼

燕子楼前燕子飞，可怜燕子又单回。
旧巢今日已残破，不见当年衔草归。

谷风赞

济济人才出谷风，诗词歌赋动津京。
虽无李杜绝今古，总有豪杰说丽鹏。

喧嚣红尘

贫思豪富贵思极，闾左青衫常被欺。
霸主每寻长寿药，何曾一位与天齐？

赠史江花(新韵)

不为大人怒与欢，我行我素自天然。
行云流水皆情趣，脱却虚名任探看。

张羽

男，1968 年生于江西万载，大学文化，中学教师。1989 年始发表作品，文体涉及近体诗、文赋及小说、现代诗、散文诗、散文、古诗词鉴赏等。作品散见于各级报刊及各网络平台。中国散文诗作家协会会员，江西宜春市曲赋学会理事。

七律·山野初秋

树树山山隐翠岚，松间溪涧水蓝蓝。
斜阳有意摇芳草，明月多情点碧潭。
叶下蝉吟青竹上，花中蛩唱石阶南。
此方好景闲人赏，何见王孙偶尔谈？

五律·江南金秋

云高秋气爽，日丽菊花黄。
饮露蛩虫唱，迎风金桂香。
数行鸿影远，一抹柳烟长。
石上幽泉寂，苔青入眼凉。

七绝·秋荷

花干茎老色苍苍，静立寒波绿间黄。
一夜秋霜枝叶萎，风摇不减旧时香。

七绝·秋词

梧桐叶落金风细，朱槿初凋桂菊开。
燕去鸿归斜日照，三秋胜景似春回。

七绝·处暑

袅袅凉风拂野苹，枝间蝉叫倍宜人。
新蛩砌下吟秋韵，金桂清香满月轮。

七绝·秋笋

露冷风凉九月天，竹林新笋并肩连。
邀约相携赏春色，才晓春秋一手牵。

张云干

忆龙山八中

校前田野接晴川，室后峦连那且山。
酷夏彩虹晖西水，严冬沐浴恋温泉。

我的同窗

四壁落尘书棹陋，八方风雨寝难安。
莘莘学子群情奋。大展宏图奏凯还。

张展开

男，1964年生。内蒙古诗词学会会员。毕业于锡盟卫校，在校时曾任校刊编辑。作品散见于各级报刊及网络平台。

七律·登黄龙雪山（新韵）

远望皑皑耸雪峰，沟深幽静卧黄龙。
青山脚下流奇水，五彩池中淀怪铜。
未顶全身寒透骨，临尖满脸冻僵容。
登高体抖心花绽，似莅嫦娥冷月宫。

七律·游天水麦积山石窟（新韵）

秦州盛景麦积山，陡峭悬崖嵌塑庵。
栈道崎岖岩壁挂，佛雕活现岭窟禅。
石衣护体心为侣，彩绘描身志渡凡。
上古能工留妙迹，今朝客旅访遗攀。

（注：麦积山，即像麦垛子一样的孤峰，故曰麦积山，位于今甘肃天水市。秦州，即今甘肃天水一带，三国时称秦州。）

七律·夜宿察尔湖（新韵）

夜宿察湖友谊湾，随心信步赏河峦。
遥观碧宇飞云起，近看长龙覆地盘。
黛水兴波飘遍海，银光弃月撒重山。
千秋美景非今有，万代人文上古传。

（注：察尔湖四面环山，中间为狭长沟壑，是兴和县与尚义县共赢的大水库。）

五律·初秋（新韵）

陌野秋风过，田园麦浪宽。
瓜香飘万里，紫气照千川。
草莽牛羊壮，花鲜五谷繁。
农家开口乐，雨露造丰年。

七律·秋韵（新韵）

金秋丽日当空挂，万物争妍试比高。
稻谷含苞羞掩面，葵花点颤笑弯腰。
山川浅绿牛羊壮，陌野姣黄骏马骉。
美景撩心浓染笔，丰年抵莅重行毫。

七律·深秋的雪（新韵）

彻夜悠然漫野飘，临晨大地骤添膘。
千山素裹波涛起，万物银装淑女娇。
翠柏枝肥舒袖舞，青杨冠重唤风摇。
无痕碧水山川尽，放眼奇观绝世骄！

张占魁

字敬一。1942年生。霸州煎茶铺高村人，霸州市第五届政协委员，霸州建市二十周年功勋人物。原谷风诗社社长，现名誉社长；中华诗词学会会员，中华诗词文化研究所首批研究员，霸州诗协副主席。著有《三省斋诗词选集》。

咏菊

（一）

约吟金菊侧，兴共晚秋分。
叶动风姿雅，霜融馥气薰。
花妍牵客足，蕊瘦脱尘纷。
人到忘情处，吟来趵窦云。

（二）

池水冰如纸，东篱依旧狂。
金丝招玉雀，仙子焕华光。
夕霭添风韵，朝霞滴露香。
百花凋谢后，独此傲洪荒。

（三）

嫁得金丝女，堪称万国花。
夏威夷岛醉，爱丽舍宫夸。
润泽东瀛露，梳妆北美霞。
五洲凝丽质，衣锦报娘家。

张正礼

三省边陲桂塘游

信是江沅尘外悬，烟笼雾锁九重巅。
弄琴溪水碧于玉，含笑山花影自娟。
百变峰峦真面目，千寻瀑布好诗篇。
漫嗟诗侣二三子，永结团山造化缘。

明溪古道

有缘相会访芳春，何惧崎岖千里寻。
古道风光无限好，武陵坑洞尽诗文。

张振伟

网名古文观止。辽宁省沈阳市人，60后，高中学历。喜欢诗词歌赋，爱好中国古典文学。诗词作品散见于网络媒体平台。

七绝·水墨云峰图(平水韵)

烟霞缥缈景幽深，峭壁直悬水墨痕。
绿野桃源骚客醉，朦胧仙界宿凡身。

七绝·荷花鲤鱼图(平水韵)

风过荷塘锦鲤游，烟飘碧水月光柔。
红颜绿影随朝暮，惹醉蜻蜓立上头。

七绝·鸳鸯共浴图(平水韵)

碧水涟漪天地宽，苇塘同戏爱巢欢。
春秋共度鸳鸯梦，白首不离朝暮牵。

七绝·桃源胜境(平水韵)

世外桃源谷壑幽，仙桥映秀水烟流。
花红松碧云龙境，坠入人间彼岸州。

七绝·抚琴图(平水韵)

闲云翠柏碧空新，树下凝思抚玉琴。
寂寞年华谁共度？高山流水觅知音。

七绝·饮酒邀月图(平水韵)

孑影当空举酒邀，月宫凄冷盼渔樵。
诗仙醉卧青松下，对酌愁思日尽消。

七绝·禅荷(平水韵)

横塘月下降荷仙，夏季荼蘼净水禅。
绿叶红花心感悟，引来翠鸟锦鱼欢。

七绝·玉翠祥云图(平水韵)

紫烟雾笼远山怀，玉瀑飞流万仞裁。
蓬境瑶池天籁响，痴迷景色忘归来。

七绝·咏蝴蝶(平水韵，上平四支)

花香蝶恋两相依，日采春秋一世迷。
璀璨今生留最爱，双飞梁祝舞天姿。

七律·叹屈原
(平水韵，平起首句人韵，下平十一尤)

屈原傲骨世人羞，投入汨罗江水流。
天问精神昭日月，离骚浩气贯春秋。
飘香粽子蹉跎岁，浸泪艾蒿薰醉舟。
慨叹怀才谁可用？空余报国一腔愁。

七律·丽影霓裳(平水韵)

天生丽质月凝霜，出水芙蓉美溢光。
五彩丝绸添秀雅，七颜锦缎艳芬芳。
如花气韵风情缀，似梦仙姿淑女装。
中国旗袍传世代，闲庭丽影舞霓裳。

张中豪

七绝·元宵

绕地华灯映月微，良宵总伴夜花飞。
凝空细数星和火，似欠流年酒一杯。

七绝·庙前即景

日隐风清十里白，纷繁足迹雪中来。
浮尘若浸冰心下，世事何需有庙台。

七绝·踏雪

四野初平恬意狎，欣行只伴足沙沙。
风清已爱无尘处，满月偏来映雪华。

七绝·剑客

妆冠束辔马长鸣，几度关山路不同。
问客平生何所向，吴钩一指大梁城。

七律·青葱岁月

如初瑰色小河湾，点点青痕尽未删。
带笑音迂一庐梦，凝霜路过两天干。
将江弱水曾何郁，纵暖东君已不堪。
峰外流云辞日远，循空绝籁数霞斑。

七律·学史

自古江山肯识和，便遗章节话前车。
贤良未隐三千罪，通鉴径开一万辙。
陇亩或知长乐殿，玉冠何究蜀山蛇。
可怜东土经千卷，未阅人间道与魔。

七律·端午闲书

阿母瑶池窗再开，离骚一曲似曾哀。
升仙妙诣怜君误，仗剑惊涛覆子才。
托事岂凭上苍意，识民何道下梁歪。
真如楚地应成习，三闾虽未胜蓬莱。

喝火令·盼月

满月摇红烛，微风映雪腮。夜连心思上瑶台。颦目绪延青暗，一色染孤怀。别久虽常见，宵深实不该。枕边新鹤又成排。几度凝眸，几度念成灾，几度落英如雨，不盼有人来。

张志成

网名东北血。1969 年生，退伍军人。抚远县作家协会会员，中华诗词协会会员，四平诗词协会会员，中国文学院作家，公主岭诗词协会会员，公主岭市第六次文代会代表。现任人人论坛版主和星辰文学论坛版主。长沙风景林文化传播有限责任公司古典诗词组组长、长沙风景林文化传播有限责任公司董事会成员。作品散见于各级报刊及网络媒体平台。

千钟醉·此情谁知味

一钟醉，人生步入红尘累，世事为营百戏随。流年似水，韶华渐去。此情谁知味？

二钟醉，潜心作赋吟诗对，悟得生机笑语归。沧桑演绎，轮回因果。此情谁知味？

三钟醉，春花秋月何时退，火树银花不夜回。四时转换，洪荒有序。此情谁知味？

四钟醉，满楼春色伊人醉，半夜雨声漏记催。亭台半扫，久离别绪。此情谁知味？

五钟醉，鸟鸣幽涧关关慰，花舞静川袅袅挥。闲云野鹤，青天林海。此情谁知味？

六钟醉，舟行清镜涟波碎，路转翠屏叠荡堆。桃源归隐，农桑拾趣。此情谁知味？

七钟醉，关河日落相思悴，柳岸桥头寂寞悲。牛郎织女，鹊桥相会。此情谁知味？

八钟醉，檀郎顾首含情泪，谢女凝眸泣怨闺。传情鸿雁，相牵一线。此情谁知味？

九钟醉，青鸾有信思情贵，黄耳无书梦幻飞。终生意守，共经风雨。此情谁知味？

十钟醉，愁肠百转千回誓，感叹三还一曲凄。缩浓而质，积微显量。此情谁知味？

百钟醉，观花觅句心思寄，看柳寻词记忆来。三生又聚，奈何不忘。此情谁知味？

千钟醉，虚怀揽月雄风志，傲骨临风霸气师，人生苦短，未来还长。此情谁知味？

摸鱼儿·游子吟乡愁

石桥边,堤旁杨柳,一声珍重离走。五湖四海辛勤路,各业各行皆有。贪夜昼,加点旧、工程快赶高楼就。工人汗透,组装线环游,同心协力,成品抢来购。

新年至,游子离家已久,乡愁涌上心口。高堂浊目思儿泪,娇女老妻牵手。门外守,盼郎聚、横枝疏影余阳后。院前黑狗,狂吠吼声声,披星戴雪,衣锦暖温酒。

鹊踏枝·琵琶曲

月上舟头偎碧树,流水芦花,片片涟漪谱。薄雾如烟遮掩暮,清风含露蛙声数。

一曲琵琶倾泪诉,肠断嘤啼,瘦态招人注。几缕相思谁解语,无边寂落天涯路。

七绝·苍松

峭壁悬崖顾盼雄,根深叶茂触天穹。
任凭暴雨狂风打,无限生机造化功。

七绝·望飞雁

天高云淡望飞雁,嘹唳声声感惨然。
春去秋回千万里,为何苦旅在天边?

七绝·遥望

月高星亮满苍穹,远近阴晴各不同。
织女牛郎对岸望,何缘分散隔西东。

七绝·秋凉

瑟瑟秋风落叶黄,凄凄寒意透身凉。
天高云淡饶诗兴,奉劝苍天迟降霜。

张子兰

女,汉族,1953年生,山东滕州市人,毕业于山东大学,曾任职教工作,已退休。滕州市诗词学会会员。

五绝·春柳

堤岸柳丝长,春回翠眼张。
悠悠天地长,不吐媚人香。

五绝·泥瓦工

高楼摩北斗,伸手摘星辰。
美酒通宵醉,谁怜建楼人。

五绝·晚秋

西风吹落叶,嘹唳过归鸿。
云淡天高远,漫山霜染枫。

五绝·早梅

百花凋谢尽,遒劲一枝开。
漫舞寒风里,笑迎飞雪来。

张宗茂

1942年生,原籍四川三台,现居河南安阳。安阳诗词学会会员。参加“中华诗人颂扬毛泽东”“中国梦·诗词家志”“共和国史诗”等诗词赛事均有入选与获奖。著有《桂花湾诗草》及《中国军旅诗人十佳选集》(合著)。

上海豫园

闹中取静到豫园,红尘滚滚抛一边。
山水亭阁开画面,花鸟虫鱼出自然。
香雪堂内铭灿烂,玉玲珑前沐平安。
帝国劣迹常记忆,抚今追昔绘明天。

南湖

折翼铩羽满目伤,内忧外患意彷徨。
南湖船上聚贤士,誓汇群力挽危亡。

同里

河网水巷通四方,我乘芳舟看风光。
小桥古渡人来往,茶馆酒肆生意忙。

苏绣泥塑买两件，评弹昆曲听一场。
古镇尽备江南好，富裕繁华温柔乡。

乌镇

江南富庶地，古镇美名扬。
明清韵犹在，先贤瀚墨香。
巷陌通舟楫，夹岸聚商行。
市廛汇珠玑，宝货列琳琅。
旅游助开发，盛名促观光。
花柳绕小桥，最美是水乡。

西塘

阳春三月游西塘，小桥流水久徜徉。
桃李春风开千树，桂桨兰舟绕水乡。
品茗听雨访古韵，吟诗作画踱长廊。
江南丝竹听一曲，好天好景好时光。

甪直

水乡甪直人淳厚，留住天上独角兽。
物阜民丰免灾星，到此一游添福寿。

周庄

富裕堪比帝王家，风物直教国联夸。
小桥流水乌篷船，品茗听曲学绣花。

南浔

富甲天下推南浔，砖木十石格局新。
昔日辉煌今又现，流光溢采汇嘉宾。

太湖

小桥流水乍一变，万顷碧波遐无边。
仙岛座座飘白云，渔船队队绕金山。
寰中名区多奇珍，陶朱风流有蠡园。
环湖来追西施梦，天堂美景说不完。

张祖武

1982 年山东师大函授中文系毕业。喜爱散文、诗歌，作品散见于各级报纸杂志。

七律·建党 95 周年有感(中华新韵)

茫茫黑夜陌狰狰，静静南湖一盏灯：
船小能乘四亿口，地博可种五粮生。
翻身解放党领导，军队保家国太平。
红旗插遍江山坐，九五周年吉庆庚。

七绝·除害

铁面无私包拯祠，皇亲国戚刀下尸。
武松打虎三拳脚，祸害不除日月迟。

开封西湖五一蓄水有感(中华新韵)

双堤千载雨和晴，太守清淤造福民。
若把西湖搬入汴，不挑临安分大金。
江山一统人民坐，美景五一蓄水囤。
东海维权南海岛，现今不怕日菲猖。

七律·清明上河图

穿越时空八百年，清明入画宋朝殚。
城楼颓败无卒守，酒肆漫延粮廪残。
重税苛捐民叫苦，弱兵懦将官得闲。
工笔瘦金贪美色，靖康写照话择端。

金缕衣·忆南宋(词林正韵)

酷忆龙亭路。辟双湖，花摇柳摆，迎风起午。檀板琴弦荫凉处，老调潘杨讼赋。湖两色，忠清奸污。往事去。空余清明河上怨，更那堪，拍遍栏杆句。靖康耻，瘦金误。

仓惶赵构临安渡。岳家军，收河北地，杀敌无数。七道金牌风波里，未尽平胡受侮。莫须有，秦桧夫妇。谁评千秋功与业，大平调，唱断梨花雨。鹏举后，庙堂塑。

六州歌头·鼓浪屿(词林正韵)

乘船登岛，鼓浪屿之行。人潮涌，天晴朗，暖似春。草木深。房依旧，人去了。租界地，领事馆，亦膻腥。日本楼危，气数当将尽，历史遗存。看西欧园顶,洋鬼子列陈,土豪劣绅。玉石焚。

中华儿女,重洋渡,劳工苦,百年成。要富强,办教育,首嘉庚。学子莘。更有林巧雅,杏林手,献终生。郑成功平虏,驱逐荷兰人。宝岛归臻。

(注:12 月 23 日赴厦门三日游有感。)

滚绣球(正宫,聚散曲韵)

恨又岁寒。草萎花蔫。树木秃何来莺哢。禁不住这离人悲痛又心酸。这车儿速速的行,包儿扛在肩。了却了相思的怨。告爹娘妻儿心似油煎。听得一声去也松了金钿,送至这十里长亭宽了布衫。再等来年。

调寄如梦令·赠冷月(词林正韵)

好友屏中时现。文似其人无绊。幽默又童心,种李育桃书案。河汉,河汉,今夜星光灿烂。

行香子·石榴赞(词林正韵)

万绿丛中,点点绯红。枝上煌煌,烈焰彤彤。午裙裾,拜倒诸公。钟馗神之,众鬼忡忡。曹植所爱,赏丹华,胜粉铅,色独钟。

愚之妄论,世界称雄。血中生,几代兵戎。前扑后继,华夏腾龙。百年强国,众志成,火山熔。

赵宝海

中华诗词学会会员,黑龙江省农垦总局史志办副编审。诗歌、楹联兼及散文、评论,于《诗刊》《中华诗词》《当代诗词》《北方文学》等几十家报刊发表并多次获全国大奖。出版《杯中山水》等诗文集 10 余部。

浪淘沙·丙申秋词

淫雨透重楼,秋气渐稠,红黄叶落小街头。烟气迷茫帘幕薄,遮我清眸。

何事去悠悠?江水奔流,离忧且不当离忧。野菊纷披偏有女,莫上高丘。

浪淘沙·闻大兴安岭初雪

秋雪大兴安,日夜翩跹,白衣舒展接云烟。树叶红黄花叶绿,别有人间。

霁色日犹丹,似爱深山,圆圆一粒树间悬。我友摄来传岭外,同仰天然。

武陵春·呼兰河秋词

故里五花山正醉,雁阵白云翔。凋落缤纷别意长,河谷野风凉。

寂静沙滩秋水净,日渐瘦回肠。不见红枫罩冷霜,谁对镜,理红妆?

秋池

一帘冷雨望秋池, 正是深山灯暗时。
无月无星心亦亮, 墨云照破几人知?

秋深

秋深亲属约, 休假到山家。
脚下丘陵古, 窗前老树斜。
殷殷餐早晚, 每每话桑麻。
为甚酒醇厚, 瓶中泡菊花!

白云寺

古寺在山间, 云来听佛号。
淡然得禅心, 行止无喧闹。

故里

故里秋山无雾霾, 林间水畔爽形骸。
回城换洗衣和袜, 鞋底沙泥不忍揩。

呼兰河绥望老渡口

欲寻渡口树凄迷, 一点痕无云色低。
幸有老乡可询问, 转身遥指大桥西。

平韵忆秦娥·望奎妙香山红光寺

树葱茏,伽蓝宫隐妙香中。伽蓝宫,真身舍利,淡定慈容。

几人真悟此门空?春秋无始荷花红。荷花红,淤泥不染,开落无穷。

赵斌

网名北极方舟。1977年生,辽宁省彰武县人。1996年毕业后回家务农,热爱诗词。2011年加入彰武县诗词学会,作品散见于《中国诗词月刊》《诗国》《诗潮》《辽海诗词》《九州诗词》《阜新诗词》《彰武诗词》等刊物。

七律·学诗感怀(新韵)

春来塞外重文风,吹动心中那缕情。
独对清屏穷索韵,群聊细品味香浓。
转合对仗凭君写,平仄黏连任我行。
后继博学多努力,成才励志胜先生。

乡村见闻

缘何村路总不通,民怨声声忿不平。
道北闲人闲垛草,街南巧妇巧栽葱。
狂风阵阵吹灰起,夜雨滴滴聚水坑。
惟愿目光应放远,心齐脚下有长虹。

闻雁

小阳初暖照南园,何处轻歌奏管弦。
淡淡青山云漠漠,粼粼碧水曲潺潺。
平畴风过真容在,岸柳低垂旧景迁。
雁阵行空声断续,唤来春雨好耕田。

赵丹辉

黑龙江省哈尔滨市人,现居河北保定,诗人。中国诗书画家网艺术家委员会副会长。诗词作品多次在国内大型诗歌比赛中获奖。

七绝·咏菊

新菊篱畔瘦成殇,为染相思几断肠。
若使君前添秀色,拼得一死赴秋霜。

七绝·题落叶

香山肯借七分色,化作祥云伴月飞。
若使秋风三万里,何需心字惘成灰。

七绝·中秋

衡阳雁去又中秋,桂子飘香月满楼。
如水清辉玉露冷,谁人知是广寒愁。

赵公瑾

平顶山市职业技术学院在读生。征途诗文学社社员。

江城子·正阳会考

——(小序)弱冠逢一,余月会考。转战信阳,不期。

闲情漫卷聚阁房。品茗香,叙家常。还叹光阴,不与旧时长。犹忆当年逢弱冠,槐月出,战信阳。

霾云过后朱曦狂,影移墙,体微凉。仍有迷惘,心似少年郎。唯盼初夏争三元,题金榜,好还乡。

赵光有

作品散见于《解放军报》《诗刊》等报刊,并入编30多部诗文集。已出版诗集《海市仙山》。

七绝·上海外滩古典复兴大楼(新韵)

三里天街仙境般,五十二座厦摩天。
争奇斗艳人皆叹,海市蜃楼落外滩。

(注:外滩东起延安东路,北至外白渡桥,在这段1.5公里长的外滩西侧,矗立着52幢风格迥异的古典建筑风格大厦,素有外滩万国博览群之称。)

五律·浦东新区(新韵)

浦东新世界，上海大花园。
发展舒心肺，腾飞绽笑颜。
东方塔吻月，金茂厦摩天。
开放创奇迹，浦东举世瞻。

五律·东方明珠塔(新韵)

亚洲排一号，世界第三高。
矗立浦江畔，俯瞰上海潮。
明珠辉日月，伟绩耀云霄。
旋转餐厅里，巡天品酒肴。

五律·朱家角(新韵)

野趣山情韵，湖光树色仪。
折扇明珠缀，曲路玉带披。
九条龙戏水，千栋舍迷鹂。
禅院缠慈寺，珠溪恋课植。

(注：野趣山情韵：野趣山情是朱家角的神韵。湖光树色仪：湖光树色是朱家角的仪表。折扇：朱家角小镇为折扇形。九条龙戏水：朱家角镇内河港纵横，九条长街沿河而伸，就像九条龙在戏水。千栋舍迷鹂：千栋明清建筑依水而立，风韵魅力迷住了黄鹂。禅院：禅门院。慈寺：慈门寺。珠溪：珠溪园。课植：课植园。以上均是朱家角人文景观。)

七律·上海市区县名录(新韵)

黄浦长宁享静安，闵行嘉定傍金山。
宝山虹口爱青浦，杨浦崇明敬奉贤。
徐汇普陀争贡献，松江吴语竟娇妍。
浦东崛起梧桐笑，申沪香飘白玉兰。

(注：吴语：上海属吴语区。沪申：上海简称沪、申。梧桐：法国梧桐，上海市树。白玉兰：上海市花。)

七律·豫园(新韵)

三穗堂幽会景明，仰山萃秀豫园清。
万花得月赏银杏，三曲环龙积玉峰。
凤舞鸾吟四季爽，玉华鱼乐九狮雄。
两宜轩傍老君殿，古戏台依耸翠亭。

(注：三穗堂：豫园一景。会景：会景楼，豫园一景。仰山：仰山堂，豫园一景。萃秀：萃秀堂，豫园一景。万花：万花楼，豫园一景。得月：得月楼，豫园一景。银杏：豫园一景。三曲：三曲桥，豫园一景。环龙：环龙桥，豫园一景。积玉峰：豫园一景。凤舞鸾吟：打唱台，豫园一景。玉华：玉华堂，豫园一景。鱼乐：鱼乐榭，豫园一景。两宜轩：豫园一景。老君殿：豫园一景。古戏台：豫园一景。耸翠亭：豫园一景。)

七古·上海小吃

上海小吃特有名，清淡鲜美色香形。
蒸煮炸烙全都有，风味荟萃集大成。
人见人爱三主件，汤包百叶油面精。
上海梨膏糖受宠，排骨年糕味香浓。
枫泾丁蹄治馋病，薄荷糕美养眼睛。
生煎馒头色纯正，海棠糕软滋心灵。
擂沙圆好胜馅饼，蟹壳黄酥脆生生。
可口三鲜小馄饨，南翔小笼真玲珑。
开洋葱油拌面好，条头糕甜软又凝。
鸡鸭血汤有药用，八宝饭香营养丰。
油豆腐线粉汤妙，猪血扁豆受欢迎。
举一漏万快行动，欲饱口福来申城。

七古·杨浦各街镇礼赞

定海控江大气魄，殷行平凉大举措。
延吉长白新村美，四平大桥在飞越。
新江湾城壮江浦，五角场镇街道阔。
要想生活更美好，深入开放和改革。
全区人民齐努力，打造沪上新境界！

赵桂英

女，河北省阜城县人，工作于杨庙村小学。阜城县诗词学会会员。

秋心

岸柳垂堤又渐黄，依栏细数月单双。
几行雁影云边过，一叶知秋好个凉。

秋叹

瑟瑟西风至，好凉一个秋。
飘零三四片，坠落几重忧？

秋怨

秋凉菊晚雁排天，细露着衣月色寒。
落叶知秋愁几许？飞花无奈怨三千。

秋殇

一袭红裳坠晚秋，几丝绿意恨难留。
飘摇不舍随风去，舞尽寒霜满径忧。

秋月

冰轮又满映帘窗，玉桂芬芳绕矮墙。
菊酒飘香馋玉兔，嫦娥醉舞落西厢。

话重阳

七贤落座论重阳，五柳端杯话语长。
最是家山金菊美，清香入梦又归乡。

问

炊烟袅袅月垂钩，蝉语悠悠柳放喉。
暮水轻舟谁独钓，风凉夜晚网才收？

望夫石

泪眼湿襟怨语浓，霜花染鬓意朦胧。
复日登高人渐瘦，何时灯照映门红？

雨钓

桥头归客急行伞，一笠秋风一笠烟。
遇雨无端衣湿透，无鱼何处弄钩闲。

春溪叠影

翠映兰溪鱼戏柳，香盈紫陌蝶沾花。
春风过处莺声啭，燕子归时驻我家。

蜓舞娇荷

翠绿轻托一点红，微波慢动映玲珑。
蜻蜓点水听花语，不忍沾香扰玉容。

对月思

（一）

花开花落又逢秋，云卷云舒过小楼。
寂寞孤身灯照影，相思一缕墨舒愁。

（二）

数点星灯照碧空，一轮明月照中庭。
斟杯美酒谁同醉？展卷清词笔共行。

秋怨

阵阵秋风花满径，三更夜冷月勾窗。
挽来秀笔填佳韵，却是清词一卷伤。

闺怨

秋月弯弯又上窗，寒风阵阵透心凉。
琴弹一曲相思调，谁解三更寂寞长？

赵宏坡

笔名璞玉。1968年生，男，汉族，原籍河南偃师顾县，现居洛阳市瀍河区。诗词爱好者，参加由多个文学团体组织的“中华大好河山”有奖征文比赛并获得奖项。

七律·无题

百年神州魔翩跹，惊天剑起南湖船。
血雨腥风硝烟日，出生入死林壑间。
遵义旗正风烈烈，延安塔高水潺潺。
改天换地抒壮志，继往开来谱新篇。

赵洪禄

男，1946年生于四川省巴中市恩阳区观音井镇。中共党员，大专文化，退休教师。现为中华辞赋家联合会副理事长兼网络刊物《中华辞赋报》执行主编，巴中市诗词楹联学会副会长，四川省诗词学会、中华辞赋社、九州诗词社、巴中市作协会员。诗词曲赋作品见于《中华辞赋》《九州诗词》《中国诗赋》《诗词百家》

《诗词世界》《芙蓉诗辑》等刊物。部分诗词骈赋编入《当代诗人词家作品汇编》《红旗飘飘》《呼唤》《抗战精神赋》等作品集。2015年6月获中华当代文学学会授予的“中华优秀诗人词家”荣誉称号。

五绝·杜鹃花

乐居荒野外，红艳不张扬。
羞在人前炫，瘦身风骨藏。

七绝·正直茶场塑雕紫砂壶

正直雕壶靓紫砂，弥香纳雅咏韶华。
能容乃大消饥渴，蒸气氤氲爽万家。

五绝·莲

无怨生泥淖，虚心自洁身。
观音莲上坐，为尔指迷津。

七律·玄奘舍利泊东瀛

——1942年冬，日军在南京九华山三藏塔遗址挖出装有玄奘舍利的石函，欲占为己有。南京人民强烈抗议，日军依然掠走部分灵骨，供奉于日本琦玉县慈恩寺。1965年始迎灵骨回台湾。现供奉于日月潭边的玄奘寺。

千年舍利泊东瀛，佛影灵光度众生。
禅偈未皈邪靖国，梵音虽伏佞妖精。
金蝉玉体唐僧肉，铁壁铜墙细柳营。
倭贼至今心叵测，鞍鞯横槊待时征。

七律·农夫盼雨

凉风捎带一天云，唯盼徐来布雨君。
田里秧苗枯似烤，心头焦燥急如焚。
久违未见雷公吼，贯看依然日焰曛。
玉帝岂知凡界事，笙歌曼舞恋钗裙。

卜算子·竹

簇聚北风中，共抗寒霜迫。幸有松梅作友邻，永葆青葱色。劲节且虚怀，细管书平仄。闲适抛竿钓夕阳，柳岸开心客。

行香子·万寿新村

疑是园林，却道新村。见荷池，弥散氤氲。林阴幽径，处处销魂。赏蝶飞花，燕穿柳，草如茵。

琼楼玉宇，长廊水榭，似瑶台，几片祥云。溪流明净，岩井清醇。愿福长泽，人长寿，国长春。

忆王孙·雨游龙洞湖

潇潇细雨卷春寒，无阻兰舟浪里颠。龙洞湖湾一梦牵。意缠绵，若许英魂化杜鹃。

赵继文

黑龙江省依安县人，1967年生，依安县解放乡林业工作站站长。齐齐哈尔诗词协会会员，依安县诗词协会会员。自幼爱好文学，20世纪80年代开始诗歌创作，2016年开始诗词创作，乐此不疲。有诗作被《乌裕尔河随想》收录。

七绝·无题

醉里情思似也无，人间万象酒中书。
长风漫漫春何在，世事躯壳我是珠。

七绝·广财赠我好茶得句

汉中灵气聚仙毫，绿入巴秦一口娇。
休向山巅寻紫雾，初三小月钓春宵。

七绝·春风

半世医巫闾梦身，卅载乌裕尔河人。
人生路上逢知己，修得诗心不慕春。

七绝·春声

俺来平仄觅相知，又到梅心跌宕时。

隔世清思裁作雪，东风昨夜透新枝。

七绝·新年即兴

正是豪情塞外飘，携来新酿向心浇。
红炉煮酒诗潮涌，万里长江酒一瓢。

七绝·自题

数九隆冬总盼春，文心淬火自撩人。
千红万紫终觉浅，黑土深藏绿草根。

七律·草化玉

亿万年来善此身，闺中秀色待何人。
婷婷艳骨青山近，款款星眸绿水深。
炼魄苍天修紫府，还魂黑土驻红尘。
沧桑大地施新彩，赋我龙江绝代春。

七律·金长城

曾依难水大山青，怎料乌沙北漠兵。
似梦笙歌销粉黛，如根枯骨沃农耕。
追云逐月三千里，欲雪经风八百龄。
血有精忠标劲节，心无铁骑自长城。

赵家骏

男，汉族，1953 年生，山东滕州市程堂村人，高中毕业，农民。中华诗词学会会员，枣庄市诗词学会会员，滕州市诗词学会副会长。

七律·春感

行色匆匆独好身，絮飘萍泊也精神。
东风晴换朱颜老，梁燕时窥眉黛新。
攘攘人间皆是客，茫茫沧海亦扬尘。
良宵明月与谁共？卷起珠帘等一人。

七律·春游赏杏花

红萼缀枝披倩装，粉腮舒靥笑南墙。
融香淡溢蝶寻梦，娇瓣数重蜂润肠。
村雨纷呈合卺酒，东风时拂嫁衣裳。
卷帘人叹胭脂瘦，魂断徐妃半面妆。

七律·黄河

垂天浩荡亘乾坤，几许风流铸国魂。
万里寒烟浮九省，千堆雪浪卷三门。
彩陶丝路青铜梦，倭马穷城黄泛滥。
华夏文明五千载，总将甘乳润朝昏。

杨贵妃

酒染桃腮睡海棠，六宫失色擅春光。
荔枝老矣红尘绝，铃雨摇兮青草荒。
锦鞫犹能腴店媪，鹊桥未必谑三郎。
云裳羽霓知何处？马嵬坡头野菊黄。

行香子

半院芭蕉，一架葡萄，水天远，月影寂寥。曲阑露重，杓斗星翘，听箫声沉、人声静、风声高。

春事轻抛，绮梦难招，怯银屏，冷雨寒潮。红绡题字，浊酒浇袍，任魂儿牵、腰儿瘦、路儿遥。

蝶恋花

曲径露凉凝瘦月。雁折衡阳，岁岁空行色。梦语依稀新阙咽，关山好度琴谁拨。

拂镜羞看头似雪。红药栏边，犹记当年约。不省离人心上结，杜鹃频向耳边说。

祝英台近

正春阑，萍水遇，红靥藕花渡。绰丽风姿，蜂逐蝶追去。销魂待看西厢，玉蟾三五。羞愧煞，窥帘风絮。

向谁诉、因甚嗔愠轻抛，遣侬恁凄楚。辗转残宵，误解寄书语。莫疑浪子搂头，偎红倚翠，只芳影、萦肠如故。

高阳台·答友人

露泣寒蛩，霜催雁阵，窥帘落叶西楼。豪

竹轻丝，难忘当日芳俦。黄杨厄闰嫣红瘦，掩衡门，雨打风蹂。数流年，泪也田畴，歌也田畴。

铅华洗尽山河易，算离人难聚，白发盈头。斜月桐窗，记不夜话滕州。依稀柔语关情问："可加衣、茶盏凉不?"念今生，怨亦风流，爱亦风流。

赵嘉平

男，74岁，旅居加拿大10年。中国诗词学会会员，广东省诗词学会理事。诗联作品见于《中华诗词》《岭海风骚》等刊物。作品曾获首届国学创新优秀成果奖、中华白海豚全国诗词邀请赛一等奖、世界杯花好月圆庆中秋诗联赛三等奖、广东省法治楹联大赛三等奖等奖项。

七绝·致友人

儿孝不嫌慈母丑，赏花当谢种花人。
家穷更待同输力，莫让芳邻笑我贫。

七绝·在多伦多看央视春晚

祥和舞蹈应时歌，春晚荧屏欢乐多。
笑语乡音潜入梦，夜阑重访旧山河。

贺上海世博会宏开

世博旗开日月新，神州无处不阳春。
天涯游子传心迹，下世仍为中国人。

闻上海世博会展出"生命之树"实景有感

天蓝水碧叶婆娑，一树成林万鸟歌。
声色电光皆震撼，枝杆根茎倍融和。
枯荣有度宜尊重，生死无常徒奈何。
美景当前心笃定，不教壮志暗消磨。

七律·石涧游

山秀何须仙显灵，石奇涧趣足峥嵘。
平湖风动青松舞，高岭云闲翠鸟鸣。
溪水无弦琴悦耳，林亭有色画怡情。
古城市远泉声近，十载烦襟一洗清。

七律·过唐人街瞻仰孙中山铜像

春满枫城花倍妍，将亲挈友仰先贤。
驱除鞑虏建民国，恢复中华均地权。
大略雄才百五载，丰功伟绩数千年。
香山人杰多灵气，管领潮流铸锦篇。

赵建雄

山西汾阳人。中国诗歌学会会员，山西省作家协会会员，《杏花村》《杏花雨》执行主编，《汾州茶文化》主编。现为汾阳市文联书记。作品见于《黄河》《诗选刊》《诗刊》等报刊。出版个人诗集《零度左右》《时间之上》以及散文集《汾州有酒杏花香》等。曾获"山西省十佳诗人"等荣誉称号。

七绝·题汾阳贾家庄

绿树繁花锦簇红，诗情酒意寄闲浓。
农家得自酬勤乐，世外桃源此画中。

七绝·题凤凰山庄

(一)

杏黄松绿浅溪流，万象云烟满目收。
昔日荒山孤野地，如今花果总关秋。

(二)

花香酒厚味何来？彪岭山头隘路开。
庄里恭迎天下客，不阿官宦敬良才。

七绝·题老梨树

(一)

虬枝老干绽新芽，笑对斜阳向早霞。
一夜春风催我劲，傲临苍野许繁华。

（二）

栉风沐雨历凡尘，独向乾坤几百春。
莫道身残花易谢，来年依旧盖芳茵。

（三）

曲枝枯杈精神在，天地之间我自擎。
敢借东风三两日，花开一树化繁星。

七律·游凤凰山庄感吟（新韵）

五月农家红杏甜，我来此地访名山。
核稠松绿层层坠，水碧阶高步步悬。
车涌旗飞游客织，酒香歌远赋诗闲。
凤凰展翅开佳境，放眼宏达一梦圆。

七律·自题

自幼家贫未怨穷，寒窗十载苦专攻。
头无桂冠人夸耀，身有虚名路奋匆。
抱道一生行不耻，拥书半世品当雄。
从来只仰丈夫骨，困顿何嫌四壁空。

七律·碛口老艄公

黄河浊浪自滔天，碛口艄公走数年。
半袋旱烟吞苦乐，一声号子喊悲欢。
风吹雨打死生系，篙落帆扬命运悬。
最忆当年声色事，沧桑满脸笑云烟。

七绝·次韵酬华兴江平二兄见寄

襄垣一别又元开，犹记东湖酬客来。
潞酒民歌虽尽兴，铭戢盛意妒兄才。

赵金良

原名赵钧，网名姗来翁。男，汉族，1946年生，中专学历，退休中医。中华诗词学会会员，中华诗词家协会会员，内蒙古诗词学会会员，乌兰察布市诗词学会会员，凉城县诗词学会副会长。

巫山一段云·怀念周恩来

磊落英明相，忠良保国臣。古来姜尚欠三分。尽瘁鞠躬身。

品德谦谦自洁。堪比昭昭明月。殚精竭虑为黎民。千古一仁人。

临江仙·四子王旗那达慕大会

四野茫茫天碧净，曾经几落飞舱。草原深处现毡房。看台擎大戟，猎猎彩旗扬。

骏马奔腾齐竞勇，骆驼博克威庞。摔跤射箭奋登场。琴声多激越，歌舞盛情昂。

清丽双臻·草原情

大漠高原阔，民风淳朴史渊长。古道驼铃今不见，航天城里奶飘香。松柏大森林，石油煤炭藏。

驰快骥，牧肥羊。蒙古包前安代舞，马头琴奏律声昂。美酒满杯歌盛世，宏图大展奔小康。

鹧鸪天·筑路工

跨岭逾川过大江。条条高速正延长。逢山穿洞桃源景，遇水修桥钢骨梁。

流臭汗，历严霜。身披灰土创辉煌。艰辛每忘离家苦，铺就通途奔小康。

七律·凉城首届“山水行”全民健身活动启动仪式

拓跋公园旭日红，彩旗猎猎映苍穹。
水兵白鸽阳刚舞，笑语欢声惬意融。
迤逦人流多妇妪，熙攘队伍有翁童。
沿途翠景怡心目，奋勇登高一路风。

七律·清明

阳春三月又清明，杏李争芳万物萌。
细草如茵连碧宇，鲜花沐泪献英雄。
陈肴酹酒焚冥币，领子携孙奠祖宗。
切记前朝国耻恨，复兴莫忘缚鲲鹏。

七律·自嘲

当年壮志比天高，雨骤风急不得翱。
扁鹊嫡传医病术，岐黄领上度生桥。
闲来有趣读坟典，忙去无聊赏雅骚。
非论清茶即品酒，功名利禄尽皆抛。

满庭芳·二龙什台

挺秀奇峰，遥连天阙，踏青迤逦寻春。通幽曲径，一路绿如茵。松柏森森障目，叮咚响，涧水粼粼。啁啾鸟，争鸣无歇，欢乐共游人。怡神。

抬健步，穿林拾级，白桦缤纷。满眼皆苍翠，百卉呈新。遍地繁花香远，佛爷洞，盛夏冰珍。群山小，波涛似海，登顶可撕云。

赵锦文

字威竹，号沔土诗痴、东荆居士。1958 年生，湖北仙桃市人。中华诗词学会会员。曾任《仙桃诗词》副主编。著有《赵锦文诗选》，编有《诗友生日唱和集》《江南三大名楼诗词选》等书。

村居

儿孙在外我持家，闲读诗书饮绿茶。
门对河堤飞柳絮，窗含夜雨润桃花。
晨鸡报晓惊酣梦，早燕巡园啄菜蚜。
一片蛙声塘里闹，春风伴我植桑麻。

秋夜有怀

半弯残月照西楼，偶有虫声唱晚秋。
远见流星惊客梦，近看萤火起乡愁。
雪梨挂果成新赏，金菊飞花忆旧游。
一觉醒来寻倩影，几回凝望白云浮。

游海口

乘春揽胜到琼州，浪涌波翻壮我游。
绿岛椰林香醉客，蓝天海市画盈楼。
灯光帆影烟霞灿，笛韵车声月色幽。
满目琳琅城不夜，欢歌处处竞风流。

车上过秦始皇陵

游人遥指始皇陵，功过千秋众说评。
地下俑兵难战阵，坟头草树易枯荣。
坑灰已冷长城在，暴政多施帝业倾。
寻药求仙惊破梦，古来谁见得长生。

登黄鹤楼

江涛不尽古今流，黄鹤仙人此地游。
玉笛梅花千载颂，白云芳草万年悠。
英雄多少淘新梦，人物今朝展壮猷。
一代前贤传美话，晴川儿女谱春秋。

生日抒怀

五八光阴弹指过，青春岁月感蹉跎。
书包不理田间学，铁杵难成风雨磨。
幸有嘤鸣传韵事，愧无佳句颂山河。
茶余饭后诗文乐，陶冶情操受益多。

赵丽

谒巴仑台黄庙

随缘过宝地，山寺暂留停。
金顶摩云湿，长松入眼青。
不妨风诵佛，自有鹿听经。
烟散诸天外，合知花雨灵。

（注：经幡上印有藏文咒语、经文、佛像、吉祥物图形。当地藏族人认为，经幡每被风吹动一次，就等于献幡人吟诵了一遍经文，旗子动的次数越多，诵经的遍数就越多。）

天鹅湖即景

雪羽清姿总出尘，碧波容与暂栖身。
吾心已化琉璃水，上有双鹅倒影真。

和静留别

真山真水费吟哦，并作东归一曲歌。
检点巴州曾有梦，来时须少去时多。

赵丽娜

辽宁庄河人，太原六十一中教师。山西诗词学会会员，世界汉诗协会会员，山西杏花女子诗社会员，《冰雪诗苑》副社长。从小酷爱诗词，仰慕蔡文姬。作品散见于《山西日报》《星星诗刊》《百泉诗词》《黄河晚报》《邢台日报》《牛城晚报》《中国诗歌报》《中国风》等。

诗观：与诗作伴，与诗同行。

七律·云大沟

绿树清溪抱古村，排房街仄少闩门。
奇峰峭拔云轻触，深涧清寒鸟逐喧。
汉末残垣无凤阙，山中怪石有苔痕。
每逢好景不思返，暝色烟深隐夕暾。

七律·故宫

望中六百瑞云生，盛世繁华驻一城。
景象辉煌风潋荡，皇权霸气势连横。
盘龙恍惚墀前落，飞凤依稀天外鸣。
大梦悠悠春已去，兴亡故事霁成平。

七律·黄河抒怀

滔滔九曲跨苍茫，浩气冲天贯八方。
席卷流沙悲壮烈，势催激浪阅兴亡。
望中一部沧桑史，历尽千番太素章。
咆哮古今嗟未息，慨然旧事岂能忘？

七律·纪念老舍先生逝世50周年

一生执笔韵书香，奕奕才情著典章。
茶馆诙谐鸣感慨，骆驼旷达诉沧桑。
宁殊身骨清湖伴，不愿己心行乐狂。
屈辱长吁难奋翼，高怀自有后人扬。

七律·风

笛声阵阵耳旁聆，扫叶挥尘掩画屏。
漫步柔柔穿石巷，浮空缕缕进花厅。
秋冬锁却情难散，春夏添成意不醒。
借我东摇横赤壁，孔明巧计撼雷霆。

赵日新

黑龙江萝北人，中国民主促进会会员。中华诗词学会会员，中国音乐文学学会会员，黑龙江省作家协会会员，萝北县诗词协会副主席。现任萝北县文联《湿地风》杂志编辑。作品散见于《人民日报》《光明日报》《诗刊》《中华诗词》《民间文学》《中华辞赋》等国家和省市级报纸刊物。曾参加《中华诗词》杂志青春诗会（2014年度）。

父亲逝世20周年祭

淡去撕心痛，风干韵愈淳。
几闻人有誉，一笑梦常寻。
牵手思怀诉，加衣嘱告频。
感恩无计感，“老爸，佑娘亲！”

清明思父

廿载须臾耳，趋新那旧痕。
识恩唯恨晚，恨梦总识真。
写意山间绿，托怀天上云。
嘶嘶风语寄，春曲送爹亲。

我的父亲节

佳节又心恸，每每欲行文。
湿尽千滴泪，难成半句吟。
喻山山已小，别痛痛逾深。
叠纸天堂梦，克隆老爸亲。

伤春怨·清明怀父

又到清明季，不见纷纷时雨。雪泪正冰融，浸透丝丝春旭。

每吟思爹曲，碾碎词千句。附耳向微风，

"莫惦念,安歇去。"

父亲节里陪母亲

六月长空洗泪痕,父亲节里雨纷纷。
洇湿烙印层层碎,封锁思怀日日深。
绮梦每托非臆构,天梯不倒又叮真。
"老妈康健儿之幸,妙药一颗孝顺心。"

扶娘登山

稳住倾风倒,爬阶拭汗忙。
叶红离老木,气喘步高阳。
拾尽五花彩,兜回四野芳。
晚秋欣有梦,岁暮亦须狂。

买艾

寻艾曳端阳,撷风伴老娘。
山花开旧事,清泪落晨芳。
气短不能采,心沉暗自伤。
求来祥瑞气,濯净好时光。

老妈住院

再把晴光借,多滴几太阳。
暖将波稳稳,沸起氧长长。
半世空怀梦,千愁一句娘。
相依还未远,春色正流芳。

赵秋凯

字丰章,号松竹,笔名寂静与忧伤。男,1994年生,山西晋城人,未上学,自学。一级混合残疾。

自述:由于医疗事故重度窒息形成脑瘫,丧失了部分行走能力和语言能力,无法上学。我自幼就很想上学读书,父母曾带我四处求学,但均被拒之门外。无奈之下,父母只好在家教我认字、看书,引导我学电脑。3岁通过故事书学会识字,7岁会玩电脑智力游戏,9岁熟读《红楼梦》,12岁博览群书,我在家自学了很多东西,如四大名著及《左传》《战国策》《吕氏春秋》等都有阅读,《蔡东藩历史演义》也阅读完毕。16岁开始在网上写作。普通人用电脑打字,十指并用,较为顺手,但对于身体不听指挥的脑瘫患者来说,这件事的难度之大,用"登蜀道、上青天"来形容并不为过。

随着知识的积累,我的爱好也渐渐多了起来。现在不仅能熟练地打字、与人聊天,还会在网上下象棋,抽空还弹古筝。我在写作过程中,克服了手骨拳曲、手指僵硬、久坐无力等常人难以想象的困难,靠仅有的一根能活动的右手食指,忘我地写作。有时在字典上查一个汉字,需要下巴、手肘并用,耗费半天时间。不论是走路、吃饭、睡觉,有了灵感随时写。

因为写作,我有时会和姥姥发生一点儿不愉快。一天晚上,时间已经很晚了,我仍在电脑上写作。姥姥催促我早点儿睡觉,可催促多次,我仍坐在书桌前不予理睬,姥姥生气地离开了。就在这个夜晚,创作出了《夏夜读书》:"夏夜读书夜不眠,人悄静静都无言;外婆含怒离吾去,月挂三更不亦甜。"虽然文笔稚嫩,但我正在努力进步。

著有《秋韵诗词集》《秋韵小说集》。2014年获"晋城市城区好人"荣誉称号和"晋城好人"提名。

无题

当年回忆论诗章,出众才华难测量。
一日山林归隐后,如今对月独悲凉。

赵锐

笔名思欲。70后,现居江城。诗词作品风格偏婉约,多为借景抒情之作。

浪淘沙令·春梦(李煜体,词林正韵)

飞絮落长汀,温酒花屏,金帆远去抵天亭。
秀色慢添斜玉盏,孰醉春萦?

只恨澹清泠，吹起宸星，别枝追影舞娉婷。余醒怎堪痴一梦，心露初凝。

浣溪沙·桃花瘦(李煜体，词林正韵)

金盏再添红酽酒，乌檐沥沥新出柳，西牖半开青影透。

缨簪黯点罗纱后，玉笔迟迟匀墨够，醉待桃花依旧瘦。

七律·荷边说梦(平水韵)

竹下斑斓青入酒，扌来绿绮懒金卮。
欲吟浪漫添声色，却怕踌躇黯黛眉。
水映浮云穿荇影，情思梅雨许心痴。
骚人已去春天里，怎对箐荷唱梦迟？

虞美人·小楼空(李煜体，词林正韵)

绿回新柳溪边路，又把青春渡。南枝零落为谁悲，依旧桃花乱舞、大风吹。

去年雨后清秋桂，燕子飞时泪。酿来醽渌醉葱茏，却是相思已去、小楼空。

苏幕遮·春秋罢(范仲淹体，词林正韵)

鹧鸪天，江月夜，千里银波，帆影连亭榭。指点阑珊听四野，几句骊歌，隐约妆风雅。

泪添醅，真作假，不惧花飞，只惧飞花下。且醉心情牵匹马，再看枝头，一部春秋罢。

喝火令·春晨(黄庭坚体，词林正韵)

白鹭筛窗影，金曦绽草间。一轮彤日醒青川。杨柳絮飞云外，真是好春天。小径台阶上，飞英彳亍前。

竹帘轻挑起炊烟。看尽桃花，看尽杏衣翩。看尽燕回依旧，不必忆当年。

满江红·人间暮(柳永体，词林正韵)

美酒金杯，星光醉，逡巡天路。凌霄汉，鹊桥约隐，大鹏飞渡。紫气东来横万里，月舟澹泊神仙处。笑宸极，颜赧掩裙裾，风尘露。

当年烁，逍遥赴。今日景，沧桑顾。叹银河常在，我心难驻。看尽斑斓千载色，骊歌一曲须臾去。惊梦吟，紫霭浣窗棂，人间暮。

赵绍平

河北霸州策城村人，1947年生，农民，会计师。谷风诗社会员，中华诗词学会会员。

小聚

题命席间共，六鱼今试初。
冰心呈玉盏，酣醉谒情舒。

(注：2011年12月11日诗友相约彭师新居小聚，席间乘兴蝶舞出题限韵，众诗友题之。六鱼一试初，即作者称是他写诗以来第一次用六鱼韵。)

钓鱼

书军承久诺，不见效渔夫。
渭水何时钓，垂涎害小姑。

(注：2011年12月15日诗友书军曾曰钓鱼小聚，因事务繁忙没能如约。此次10日彭师新居小聚，还是因故不能赴会，才有“谁向风骚外，擎觞竞叹鱼”之感叹。三省斋斋主出《书军钓鱼》下期同题作业，抒遍插茱萸少一人之情。为宽泛内容，出题《钓鱼》记之。)

谷风21周年庆典抒怀(新韵)

心系骚坛放远舟，境随神转意随眸。
蒹葭才吐青蜓叶，玉树深藏云霁头。
驾驭原知来径苦，付梓先为写书愁。
菊芳摧艳时光贵，唤起勤毫伴素秋。

贺译萱独占鳌头

贤才难得笔含情，恭贺译萱金榜行。
学组一登前六首，全班独占状元名。
莫言天命惟勤谨，若做人材必力争。
父母恩深常记挂，休骄业绩误平生。

赵士忠

山东省成武县人。1992 年毕业于山东大学。中华诗词学会会员，山东省诗词学会会员。

水调歌头·寄友人

未识春风面，梦里盼君来。欣然醉染千里，次第百花开。我有桃花佳酿，嫩嫩几盘笋菜，与汝共开怀。旷野美如画，潇洒立高台。

汉卿曲，相如赋，屈原才。彩图难绘，行云流水笑吾侪。可叹渊明痴拗，何必南山种菊，绿色遍江淮。欲问春风意，翠竹满园栽。

清平乐·郑州黄河公园

黄河豪啸，潮汛欢腾跳。傲立炎黄弹指笑，一片葱茏奇妙。

蝶蜂追逐馨香，树丛鸟语悠扬。谁引天池碧水？满湖融尽春光。

浪淘沙·金陵怀古

王气藏钟山，虎踞龙盘，长江万里横云烟。鱼米富饶商贾傲，谁可平肩？

走马迭更欢，旧燕魂牵，几多幽恨几箫弦！曼舞轻歌春意荡，覆地翻天！

清平乐·登泰山

阴阳横断，玉柱冲霄汉。郁郁群峰遥拜乱，云海茫茫浩瀚。

可怜封禅诸王，欲祈国久家长。今日雄风骀荡，山河春满神扬。

七律·雨后荷塘月色

谁洒明珠满荷塘？青纱绿衣扮新妆。
一池碧水擎幽伞，十里清风散雅香。
小蕾踏波旋舞醉，新芙出浴掩羞忙。
池边小径听蛙鼓，唤醒嫦娥赏水乡。

七律·游深圳莲花山

移得仙山闹市中，氤氲满目郁葱葱。
佳人婀娜舞池畔，玉鸟悠扬鸣草丛。
乔木暗偷一路翠，杜鹃巧借八分红。
殊途同至烟霞顶，健步昂扬是邓公。

五律·济宁会友

日暖运河道，春来孔孟乡。
青天吻碧水，绿树笑红妆。
屡叹菜肴美，长萦睡梦香。
唤君同泼墨，快意谱华章。

七律·游孙膑城有感

黄河岸上白云悠，云伴金风远古游。
赛马巧排夺桂冠，韬光智取逞风流。
半城落叶半城怨，满苑烟霞满苑秋。
歌罢大风长叹息，燕然未勒使人愁。

赵淑娴

笔名眉月。山西大同人，中学教师。中华诗词学会会员，山西省诗词学会会员，香港诗词学会会员，大同诗词学会会员，《中华女子诗词》副主编，《中华女子楹联》第一卷、《中华女子散曲》第一卷编委，《中华诗人》杂志编委，香港诗词学会论坛“中华诗人”栏目首席版主。

临江仙·莫高窟印象

绝壁洞开灵窟，云楼雄倚黄沙。飞天彩塑正清嘉。斑斓呈祥瑞，旷世一奇葩。

禅意氤氲浑厚，丹青晕染风华。佛光圣洁动琵琶。流连生敬畏，脱俗入仙家。

鹧鸪天·九寨沟感吟

极目秋山兴未央，林泉叠彩试新妆。晴光映瀑霓霞近，翠涧流岚云水长。

遐思远，意飞扬。诗情澎湃写疏狂。金风又约经幡舞，入我清吟第几行？

朝中措·嘉峪关怀古

雄关势接陇云齐，铁血铸丰碑。千古烽烟旧事，壮怀激越谁知。

一轮明月，两行秋雁，几声鼓鼙。城堞登临纵目，祁连雪岭逶迤。

赵树云

笔名云潇潇。男，1966年生，中学语文教师，高级职称。中华楹联诗词协会会员，河北省诗词协会会员。短篇小说《风雨荻花》《野罂粟》发表于《燕山》文学季刊，并有多首诗词在《中华诗词》《国风》等杂志发表。

满江红·秋夜

夜色阑珊，独伫望，如梦似幻。星眸闪，银河浩邈，广垠无限。地上霓虹迷醉目，深空新月生痴愿。绪臆茫，昂首向苍穹，心凌乱。

秋虫唱，蕊露颤，车流静，喧声远。倩何人，拭我千行泪线。天上云汉深且阔，人间意嶂崇不断。踏斑斓，吟破万言诗，空嗟怨。

满江红·秋风

驱尽焦炎，西风起，身心俱爽。伫旷野，树摇实曳，秋意冲漾。鸿雁长空翱劲翅，白云随力闲游畅。万物兴，涌动万般情，争豪放。

长河水，涟漪晃。胸中臆，如山壮。看罡风，荡尽重霾浓瘴。攘攘红尘清廓宇，纷纷浊世明万象。夜静时，皓月明千里，人皆望。

七律·白露寄怀

西风萧瑟舞蒹葭，玉露凋伤百色花。
苦雨浓云涂墨冷，蛩音雁语渲秋杀。
清晨凝缀相思泪，深夜萌生万绪芽。
把酒常念凌云志，临风撩发叹年华。

五律·暮雨独行

暮色浓云重，绵绵细雨稠。
蛩音停奏唱，木叶响醇悠。
伫望飞思绪，徐行忆旧游。
明朝初霁后，日丽雾轻柔。

卜算子·晨雾

峻岭何处寻，不见崔嵬影。嘉树朦胧仍醉梦，百鸟难唤醒。

泉水响淙淙，天籁鸣万顷。心伴飞鸿越万山，未阻怡人景。

鹧鸪天·农家乐

月静风清柳梢斜，爽籁宁心雾成纱。山洼丰稔欣红果，小径蜿蜒赏绚花。

呼灵犬，饲肥鸭，炊烟飘处隐农家。瓜棚篱落轻斟酒，闲看游云细品茶。

鹧鸪天·春分

柳软河开万物新，萌芽小草满目侵。澄水野凫翻红掌，碧空百鸟响好音。

花绽蕾，风含犟，薄衫换罢意娇嗔。新阡古陌诗经韵，何用枯肠苦索春。

赵太修

1940年生，高中毕业，退休干部，原南乐县委党校高级讲师、副校长、总支书记。曾在北京军区服役和575兵工厂工作。

七绝·晨练太极拳

老来练习陈氏拳，发力缠丝血性添。
野马分鬃千里跃，弯弓射虎万人欢。

七绝·咏南乐西湖

南乐西湖纳减河，客人游历似穿梭。
春风吹得游人醉，游罢西湖欲唱歌。

七绝·忆训练小景

玉兔高悬大气清，电台训练小山岭。
蛩虫卧地声声唱，萤火低飞闪闪明。

七绝·怜卓文君

司马琴台凤求凰，私奔淑女爱情郎。
临邛酒店相厮守，司马新欢恨却长。

七律·叹杨贵妃

四大美人圆梦难，贵妃怨恨载千船。
念经道观三生苦，歌舞深宫片刻欢。
风雨马嵬军事变，白绫五尺树梢悬。
游魂血染难回转，薄命红颜谁不怜。

七律·赞上门女婿

自古上门觉矮人，如今伦理旧翻新。
经商致富修豪宅，养殖脱贫满堂金。
侍奉高堂行大孝，传承香火育儿孙。
夫妻共唱阳春曲，流水高山月半轮。

七律·定州市人民医院最美女医生

抗癌事迹九州传，看罢新闻泪不干。
救死不图分红利，扶伤岂是为登仙。
肾癌扩散心无惧，大梦难圆意却寒。
燕赵英才归大道，婵娟美誉满人间。

七律·种菜

砖头瓦砾草深深，种菜开荒汗水侵。
四季菜蔬能自给，无毒瓜果固原神。
杀虫除草消冷漠，浇水施肥化蝶心。
白发盈头不言老，吟诗邀月酒一蹲。

赵素霞

笔名春藤。1964年生，赤峰市松山区城子乡喇嘛扎子村人，中共党员。中华当代文学学会理事，内蒙古诗词学会会员。曾获第十届、十一届“天籁杯”诗词大赛金奖，被授予“天籁之音德艺双馨中华诗词著作家”称号。2014年被中华诗词著作家职称评委会评定为“中华诗词一级著作家”荣誉。

七绝·雨后即景

桑田雨后穗齐新，草露滴滴叶脉伸。
远去黄莺拍翅语，声声绕耳有余音。

七绝·听山

山中小坐景心怡，蛙鼓清流石板溪。
耳绕蜂鸣花露语，荫荫树木啭黄鹂。

七绝·咏竹

若谷襟怀柔韧腰，能撑扁叶小竹篙。
寒招四海宾朋客，早晚听风吹玉箫。

七绝·农家

红墙院里几只鸭，公鸡翘尾叫芦花。
婆婆辘轳摇清水，老叟锄压爬蔓瓜。

七绝·春牧

柳绿新天燕子呢，河边已见老牛蹄。
来人顾问童何去，好晒阳阳吹牧笛。

卜算子·咏松

风烈首擎寰，雪舞峰巅矗，根似龙筋远古盘，自在朝和暮。

尘世露峥嵘，岁月蹉跎步。洒墨挥毫放胆行，敢扣天门户。

江城子·昭君出塞

西风漫卷漠黄沙，女风华，貌如花。汉月关山，风雨抱琵琶。无悔胸怀谋远虑，识大体，为国家。

柴门斟酒蜜甜瓜，树闲鸦，沐朝霞。马放南山，坡上牧羊娃。数载民安渔乐业，背斗笠，种桑麻。

江城子·纪念抗日战争胜利70周年

白云舒岫隐红约，所飞瞥，数峰崛。田园牧野，水草缀蜂蝶。黛瓦琴楼幽转户，庭院笑，语和谐。

金瓯不忘月昏缺，母依别，子吟绝。江河破碎，血泪梦叠叠。秣马长缨伏掠者，擒岛寇，祭英杰。

赵喜勇

男，1964年生。1985年毕业于靖远师范，1985年7月至1993年8月分别在甘沟中学、会宁二中教书，1993年9月至今工作于会宁县人民检察院。

咏黄河

谁劈群山九曲来？奔流冲向海门开。
六千岁月恒今古，疑似瑶池倒玉杯。

笔

凌云驾驭笔方遒，指向人间几度秋。
时事针砭为已任，江山如画眼中收。

悼杨绛先生

今闻才女去，仙鹤谢余晖。
一世钟书爱，天堂共伴飞。

游火石寨地质公园（新韵）

岩石瑰润似流丹，疑是风吹火焰山。
浮动白云成幻影，徘徊绿树漫轻烟。
鸟飞鸟遁时时叫，人去人来处处攀。
今日旅游奇美处，眼前萦绕梦中牵。

题黄河石林

嶙峋奇柱簇成堆，犹似神仙摆阵来。
风吼松涛嘶战马，鸟鸣涧壑戍轮台。
石居百态峰林立，斧凿千痕岁月摧。
傍晚余霞点金道，一弯清水独徘徊。

赵晓军

汉族，河南省汝州市人，1958年生，中共党员，现任中石化汝州分公司办公室主任、宣传部长，汝州市晚晴诗词协会东城分会副会长。

七律·缅怀毛主席在延安（新声韵）

硝烟散尽史依然，红色摇篮跃纸端。
敌后游击驱野寇，阵前大战赶穷顽。
千钧宏著成思想，一盏油灯抚胜弦。
铁斧银镰开九域，运筹帷幄辟新天。

七律·同学聚会有感（新声韵）

（一）

同窗十载悔无成，各走东西大半生。
日落日升斜照近，花枯花绽韵香增。
茶甘酒爽思梁地，谊重情长念稚童。
万事蹉跎初醒晚，千般坎坷梦中平。

（二）

西河之畔喜相逢，垂柳翩翩舞夏风。
学子昨不听诲教，恩师今又赋心声。
几多寒暑发渐少，四秩春秋梦愈增。
人和情亲难去舍，重度沟里向高登。

七律·随老同学初游重渡沟

伏牛深处访名沟，风动云流亦媚柔。
泄愤崖前除旧虑，菩提树下解新忧。
瀑群澎湃弹今古，竹海婆娑舞夏秋。
水远山高人在上，同窗情义顶峰留。

七绝·初入诗协有感（新声韵）

晨光暮影一烛龙，七彩纷呈各不同。
莫道杖乡学艺晚，身边多有鹤发翁。

赵砚田

男，汉族，1940年生，山东省滕州市人，退休职工。枣庄市诗词学会会员。

七绝·松

遒劲苍松阅古今，雄姿傲岸着云簪。
狂风骤雨从无畏，摇动虬枝频弄琴。

七绝·荆河情思

袅袅春风碧草齐，百花娇艳鸟争啼。
多情最是荆河水，远映龙泉近映堤。

七绝·咏公园牡丹

丽质天生别样妆，妍姿国色冠群芳。
清风碧水常相伴，何必移根到洛阳。

七绝·重阳节

夜雨晨风露气凉，中秋节罢又重阳。
智穷意懒无诗句，空叹黄花润笔香。

七绝·秋趣

黄花晚放未为迟，骚客情怀多好诗。
绘得秋声千古赋，吟来夜雨涨秋池。

纪念七七事变

倭寇卢沟起战烟，神州涂炭祸绵延。
而今虽步小康道，当警东洋火再燃。

清平乐·柳

河边湖岸，袅娜风姿现。不与群芳争俗艳，蜂蝶无心结伴。

天南地北当家，入乡随俗根扎，不计塘清土薄，成阴绿遍天涯。

浪淘沙·春日郊游

碧水映岚烟，春意悠然。海棠香老尚争妍。工厂那边红胜火，一片桃园。

河岸望平川，麦秀连天。红墙黛瓦柳林间。燕子归来寻旧主，何处乔迁。

赵永鹏

广东省台山市人。华南师范大学毕业，曾在台山市从事教育工作，现退休居住美国纽约。中华诗词学会会员，全球汉诗总会会员，纽约诗画琴棋会会员，纽约诗词学会会员。

七绝·母亲节心语

血脉牵连骨肉亲，怀胎襁褓最伤神。
承情浩浩难相拟，宛若鱼难报海恩。

七绝·买鱼忆母

偶见狮鱼现市场，欲挑鲜美敬吾娘。
蓦然惊觉萱堂寂，致孝难偿暗自伤。

七绝·参观百花画展有感

百花争艳溢芬芳，春意盎然盈展场。
栩栩如真身历境，归来仍觉有花香。

七律·夜读偶感

书藏金玉又如何？有志还需细琢磨。
读破百经迷雾少，遨游四海壮怀多。
青春勤读筑魂梦，白首欢吟赏暮歌。
冲却凡尘轻似燕，诗狂直上沐星河。

七律·野猫

居家哺乳在花丛，趋近张牙面目凶。
露宿风餐承疾苦，儿嬉母舐显情浓。
自延后代为天职，应惯时郎失影踪。
幼小堪怜娘庇护，一朝长大少相逢。

七律·珍惜人生

人怕无钱与缺粮，过多实也脑筋伤。
良田万顷餐三碗，华厦千间睡一床。
纵拥家财成首富，可携地府献阎王？
亲情珍惜多欢乐，仁孝常怀福满堂。

五律·步韵敬和李树喜导师《纽约深秋》

寒风吹落叶，又见帝城秋。
舰艇生财宝，黑黄多马牛。
枪声传闹市，毒品满高楼。
露宿街头者，堪称一自由。

鹧鸪天·叶落感怀

风烈霜寒不自持，深秋树木叶纷飞。忍看随地飘零日，惹忆离乡落泊时。

携老少，寄人篱。衰荣庆幸有轮期。春天一到枝头绿，把握人生莫自卑。

赵玉璜

男，汉族，1932年生，江苏铜山人。山东滕州市民政局离休干部。中华诗词学会会员，滕州市诗词学会副会长。

五绝·有感

春梦随云散，飞花逐水流。
人间多乐趣，何必觅闲愁。

五律·登秦始皇陵

雄师吞六国，伟绩筑长城。
称霸空前代，坑儒愧后生。
骊山荒草暗，渭水晚霞明。
功罪何须问，千秋漫品评。

七绝·谒西山曹雪芹故居（六选二）

（一）

郁郁群山暮霭浓，枕流傍岭倚青松。
蓬门一枕红楼梦，情结千秋恨几重。

（二）

众芳春梦断红楼，泪尽孤魂几度秋。
黄叶村头谁作伴？青山隐隐水悠悠。

七绝·游故宫感赋

巍峨宫阙静无声，朱户红墙血染成。
几许奇才冤屈死？风铃枉作不平鸣。

七律·遥念台湾同胞

蓬山缥缈水云荒，绝岛孤悬落日黄。
世纪音书付鸿雁，天涯魂梦望家乡。
涛声隐隐人何处，山色年年草自芳。
海上清风明月夜，遥知有客正彷徨。

七律·谒黄帝陵

桥山肃穆拥苍松，沮水萦回护碧峰。
万代扬辉光日月，新姿焕彩起虬龙。
仰瞻高塚神豪迈，恭读丰碑气穆雍。
岁岁清明隆祭典，人来两岸认同宗。

登泰山

五岳名山推岱宗，青青齐鲁白云封。
嶂峦拔地三千尺，石径悬空一万重。
十八盘攀鸟道险，南天门接碧霞雄。
玉皇顶上舒望眼，渤澥吞河夕照红。

赵元席

网名远曦。男，1953年生于安徽濉溪，铁路退休职工，现居宿州。爱好古典文学，尤喜诗词。有作品见于《中华诗词》等刊物，并获第三届“百诗百联”优秀奖。

长江

呼啸出夔门，千山任吐吞。
浪高寒日影，源远接云根。
盘古长青脉，中华不老魂。
张怀纳天下，以礼洗乾坤。

长城

万里城为证，中华不黩兵。
牵山连朔漠，跨海镇长鲸。
但愿江山固，惟祈百姓荣。

巍峨戍边塞，血泪筑和平。

黄河

黄水从天泄，狂澜带九霄。
山行三叩礼，涛唱五千谣。
舔犊流甘乳，扬威起怒飙。
九弯浑是梦，历历在今朝。

黄山

尽藏天下秀，一步一奇闻。
罗汉扬飞瀑，莲花照紫雯。
石生三界梦，松揽五洲云。
泰岳归来后，结庐长伴君。

赵苑舒

网名桐荫居士、鲁阳挥戈。平顶山三苏诗社鲁山分社社长。

七律·春游遣兴

登高翘首笑猴年，万亩飘香紫气翩。
翠柳烟寒春草绿，娇杨语暖众芳妍。
陶情诗赋心多趣，坐拥奇书梦远天。
碧水轻舟穿越去，兴怀不减入前川。

七律·祈福猴年

云碧沙明对远川，日高人醉杏花天。
风轻燕子来春社，柳绿莺儿泛野烟。
陌上桃红游客众，岸边草翠度流年。
田畴好梦趋时雨，已见家家谷囤圆。

七绝·两会

春花烂漫志风流，百业腾飞竞上游。
万里浮云收眼底，雄图大计溯源头。

七绝·春来好读书

秀野青青草露芳，麦田书韵散清香。
春来演绎黄花美，远避红尘醉未央。

七绝·山行

白云深处爱尤深，溪水潺潺曲径寻。
山路萦回常带雨，层峦叠嶂湿罗襟。

卜算子·西湖柳

湖水荡清波，摇曳苏堤柳。可是人前强自持，背后抛红豆。

秉性最娇柔。秀发垂腰叉。饶尽风情低瘦面，只为离人守。

卜算子·三月

三月杏花开，满眼飞春雪。万岭千山尽染白，喜发猴年帖。

湖水听鱼歌，骋目望天阙。最恨人情比纸薄，岁月几重叠!

鹧鸪天·春回

美梦今生喜共修，诗词歌赋苦中求。浩情碧宇心天醉，志壮乾坤眼底收。

常豁达，总云游，百千万劫竞风流。春回大地娇阳暖，携手天涯到白头。

赵曰春

男，汉族，1948 年生，滕州市人。大专文化，退休干部，现为滕州市诗词协会会员。

七绝·咏竹二首

（一）

阳春蛰动卧鞭惊，节劲心虚碧翠荣。
雪虐霜侵神不变，贞操坚守一生清。

（二）

严冬碧秀傲冰霜，沃雪凌风叶更苍。
拔地千竿描皓月，森然万笋绘春光。

七律·谒沂南诸葛茅庐怀古

诸葛茅庐何处寻？沂南山上景幽深。
野花草掩盘山道，游客语喧松柏林。
辅佐两朝成大业，相酬三顾尽忠心。
卧龙骏马赫然在，逐鹿中原话古今。

浪淘沙·郎酒情

遥望二郎滩，松柏含烟，峰青云白似当年。郎酒一杯辉皓齿，笑靥甜甜。

卅载月难圆，辗转缠绵，醇香绿蚁味依然。手把觊遗情景现，彻夜难眠。

赵允廷

字舒亭。男，汉族，山东滕州市人，大学文化。中华教育艺术研究会会员，中国作家文学创作中心创作员，枣庄市诗词学会会员。曾发表诗歌、散文、教学论文若干，并获得国家级比赛一等奖。

五绝·菜园晨光

清晨进菜园，绿惹鸟声喧。
甘露莹莹亮，沐晖枝叶繁。

五律·踏秋

拂晓踏清秋，霜沾红叶稠。
群山含远黛，绿野秀平畴。
露润新苗壮，渠歌活水流。
田家秋色美，岁岁庆丰收。

五律·丰收图

片片黄金地，凌晨一望收。
隆隆机器响，簌簌稻粮流。
仓廪储存满，汽车装载稠。
人人庆丰稔，户户举金瓯。

七律·家恋

春燕衔泥入轩户，咕咕鸽伴鹊喧哗。
花开蹊径铺云锦，柳挂丝绦垂碧霞。
福字鎏金镶影壁，庭园搭架吊秋瓜。
春光满院陶人醉，力建小康心恋家。

七律·夜观上海

高桥傍晚望申城，火树银花满目惊。
靓丽霓虹烁时尚，巍峨大厦筑繁荣。
路穿车水流霞带，风拂江涛滚玉琼。
十里洋场旧时梦，而今都市气恢宏。

七律·黄山行

江南之旅上黄山，破雾穿云奋力攀。
松隐龙蛇姿万状，石开虎豹势千般。
奇峰云海连穹宇，瀑布温泉接海寰。
忽解当年弘祖意，两书奇美飨人间。

（注：弘祖：徐霞客。两书：徐霞客的《游黄山记》和《游黄山后记》。）

七律·圆国梦

改革洪流四海翻，神州大地谱新篇。
科研进步兴家国，教育优先出俊贤。
网络家家传喜讯，民生户户暖心田。
小康道路千军进，崛起中华国梦圆。

蝶恋花·农家乐

走进家园瞧四处，枝茂花繁，香气喷鼻入。架上葡萄悬翠玉，掩窗青竹摇新绿。

幼孙院中频唱读，朗朗童音，学诵田园赋。美食新衣家电足，小康景象谁嫌妒？

赵中岳

男，48岁，河南巩义人。

自述：八岁入学，十二岁始耕，学为忘却，嗜读成性，遇书既乐，崇仰李杜，缪斯亦学，耕耘之余，顺口溜作，仿竹枝词，依鸡绘鹅，老逢盛世，喜事当歌，杜甫故里，诗协一个，权作交流，指点侧个。

上海咏

黄浦江流波涛涌，潮汐澎湃呼大风。
国际都市雄姿在，抖擞神威体延东。
改革开放鲜血注，旧貌新颜气如虹。
民富国家前无古，全球赞歌东方红。

务农要玩硕士生

农夫难耐诧异生，几载变为钟点工。
种上小麦旅游去，不怕八月换茬中。
种田人少事亦喜，扠耙锨镢谁还用。
无人机翔田野上，务农今用硕士生。

改革开放礼赞

端碗吃肉忆小平，横扫迷雾正航程。
中华复兴民所盼，改革奋进力无穷。
广厦千间连片起，道路纵横车流行。
莺歌燕舞夜如昼，喜事频至笑脸盈。

虞美人·伏夜雨

暑雨敲窗梦回醒，静思原野景。伏苗仰盼甘霖情，哗哗掌声探戈舞夜风。

农夫遇此心中爽，天公美意浓。暑期三天一小旱，但愿由斯隔日雨儿逢。

让人改撰《山海经》

昆仑泸上一日程，高铁动车纵横行。
向谁有些缩地法，让人改撰《山海经》。
鲜荔在手马不嘶，菠萝汁鲜瓤肉莹。
台海跨越如坦途，游玩新马泰时兴。

突飞猛进

一网覆得全球通，任尔东西南北中。
跨洋越海谁导游，卫星定位生机蓬。
宅内锁定天下事，科学技术力无穷。
人类共同体建设，和平和谐界大同。

小满节景

女贞努子榴花红，麦海泛金南风行。
夏收丰景指日现，子规昼夜绕树鸣。

赵忠启

男，汉族，1930年生，山东滕州市人，部队转业医务人员。曾任滕州市财贸医院院长，1999年离休。中华诗词学会会员，枣庄市诗词学会会员。

七绝·瞻仰杨开慧烈士墓碑感赋

雨雨风风不计家，豪情壮志走天涯。
昂然一洒浏阳血，魂系重霄蝶恋花。

七绝·秋霜红叶

笑看枫林霜正浓，骚人昂首赋词雄。
凭他落木萧萧下，万朵红云斗朔风。

七绝·谒文天祥纪念堂

苍松翠柏郁葱茏，塑像巍然浩荡风。
英烈千秋扬正气，成仁取义贯长虹。

七绝·瞻仰秋瑾墓碑

抚剑披巾倚碧穹，干云英气仰高风。
杜鹃花放斓如火，疑是轩亭血染红。

七绝·咏竹

虚心劲节不弯腰，铁骨峥嵘气自骄。
雪压冰欺何所惧，威风凛凛斗狂飙。

七律·登龙泉塔

美丽滕阳三月天，临风登塔视无边。
北瞻龙岭苍松翠，西眺微湖航运联。
故里风光如彩画，家山面貌似诗篇。
沧桑巨变歌新世，社会和谐乐万年。

七律·歌颂改革开放三十年

改革宏猷三十年，万民同唱舜尧天。
城乡争建惊人业，科技高吟探月篇。

执政为民农免税，通商富国利无边。
港台风暖春光现，社会和谐寰宇联。

七律·党旗颂

红旗招展动乾坤，荡涤人间封建魂。
星映山河新气象，血湔社稷旧斑痕。
挥镰斩断敌顽锁，举斧敲开富裕门。
九十年来风雨路，全凭党秉指南针。

郑虹霓

浣溪沙·旧书店买回带有前主人批语诗集有感

众里寻他几度痴？携归摩挲夜眠迟。浓圈密点诉相知。

经历红尘成漫漶，再逢青眼亦神奇。屏前临赏一沉思。

己丑秋日抒怀

天涯倦客豁吟眸，何处芳汀可暂留？
乡思欲红西涧叶，文章空白少年头。
檐留莺语怜娇子，目送鸿飞念远俦。
浊酒难消心底恨，满帆风里一江流。

减字木兰花·冬雨

晚来疏雨，寒意无边人何处？神马浮云，照眼花红去岁春。

眉间清冷，窗外车声愁里听。莫倚危楼，雁字书成万古愁。

者玉春

女，中石化集团公司齐鲁石化胜利炼油厂职工。喜爱古典诗词，偏爱填词，曾在《诗词月刊》《中华诗词》《陕西诗词》《齐鲁石化报》等报刊发表作品。在2016年纪念纳兰性德诞辰360周年全国诗词大赛中获得优秀奖。

采桑子——词林正韵

落叶

萧萧倦叶残香袅，顿失清幽。曼妙街游，一抹经霜寒气稠。
曾经绿蔻岚茵岫，风雅枝头。醉美娇眸，转瞬凄凄凋暮秋。

虞美人——词林正韵

醉明眸

娇枫遍岭妍千万，异艳临空绚。
赤黄降紫染方浓，谁给深秋颖靓婉妆容。
青山不老多奇俊，芳草菁菁蕴。
冷霜凝露沁枝头，倚翠听风是处醉明眸。

西江月——新韵

丹枫情

一抹如霞国色，千枝芳树妆浓。为谁寂寞涴新容。笑看秋波正涌。
丽景无须人绘，清霜无意晕红。高情秀韵寄诗中。任我轻吟慢咏。

江城子——词林正韵

牵情

晴空万里洗清秋，碧云柔，婉莺喉。
末暑将辞，几度任风酬。
桃李桑榆萌华夏，香如故，蕴春稠。
涓涓愫念涌泉流，望成州，泪凝眸。
轻展福笺，笑靥自然羞。
那缕春光萦旧梦，牵情处，诉离愁。

唐多令——词林正韵

问黄昏

风卷暮云稠，烟横孤雁忧。掠长空、逐过楼头。

北水南山分外瘦，斜阳里，著深愁。
心事倩谁收，夕阳终不留。问黄昏、多少风流。
岁月无多人倦老，梦乡月，月如钩。

(2016年11月4日收集。)

木花慢——词林正韵

又逢乞巧

巧娘凡间度，赐聪慧，送安祥。
看汉水滋殷，秦文璀璨，墨海流长。
流长，又逢乞巧，正清风慢送一帘香。
纤手蚕绡绣锦，雅词隽永华章。
苍茫，始祖羲皇，创华夏，塑辉煌。
秉烛写春秋，三更夜里，澎湃心房。
思量，古今国粹，子孙们应代代宏扬。
潮起东方欲晓，谪仙子美灵光。

水调歌头——词林正韵

月夜

露润黄花秀，霜染紫枫秋。
盈盈清夜，醉了银汉玉容柔。
灵兔焚香奏乐，仙女舒心舞袖，摘桂借云舟。
斟满桂花酒，圆缺几回眸。
盈亏里，痴与念，任风流。
今宵良景，天宇人世共觥筹。
歌庆居家团聚，笑语开怀满够，得意拟仙酋。
纵使无明月，修辑摘星楼？

凤凰台上忆吹箫——词林正韵

又叠清愁

鸿雁哀鸣，百花消瘦，断魂空对寒秋。
缱绻临歧意，抵怨何休。
几度凌霄旧梦，行去去、暮霭稠稠。
烟波里，眉珊敛蹙，又叠清愁。
悠悠，镐京倦客，都老了酡颜，故里难游。
问玉人何处，寻便甘州。
原野丹枫霞染，正绚烂、红透山丘。
凝眸处，迎风纳霜，皎洁枝头。

郑家启

又名郑凯。1944年生，广西永福县三皇乡人，中师毕业，小学高级教师，从教三十余年。1976年始于新闻报道和文艺创作，有新闻及文学作品在当地报刊发表。广西文学创作协会会员，永福县诗词楹联学会会员。

鞠躬尽瘁为人民

讲台三尺付艰辛，暑往寒来情意真。
父老乡亲培植我，鞠躬尽瘁为人民。

爱莲

我爱池莲无污染，清香娇艳献人间。
丝连藕断情深厚，茎挺花娇红满天。

游华山水库

群山环绕水清幽，一库汪洋鹭鸟浮。
碧水无忧风皱面，青山不老树遮头。
苍松崖上逢人笑，翠柳渠边伴客游。
船筏惊鱼波浪涌，绿荫垂钓乐悠悠。

六三述怀

官场宦海不争侯，苦战校园卅秩秋。
数载年华争奉献，一生岁月鄙私谋。
闲来执管爬格子，兴到吟诗消寂忧。
平仄推敲寻雅趣，桑榆酬唱也风流。

慕老

美女经年夸二乔，当今耄耋亦妖娆。
何须感叹黄昏近，盛世和谐寿自高。

钱财与诗赋

钱财万贯又如何，仅是流行短命歌。
诗赋如灯明万代，佳篇妙句暖心窝。

郑力

沙丘宫

却逐西风入野烧，荒途莫引问刍荛。
九州事到沙丘改，三岛丹寻沧海遥。
塞上关城犹伟烈，秦中子弟故雄骁。
如何胡亥亡天下，徒去鲍车不演韶。

入京有寄

曼生复眼碎光里，后海蜻蜓住晚时。
聚散前缘莲有悔，短长行色柳无痴。
背街灯火同谁醉，累代风尘倦我思。
才向都门成过客，倚窗人老纳兰词。

河西

夜已无灯留秘史，有灵摄壁影飞天。
马鬃飙去凉州北，鹰笛荒回热海边。
粟特人从刀上卧，曼陀花尽雪中燃。
只堪劫作人间世，独与鸣沙听晓烟。

（注：马鬃，即马鬃山，位于河西走廊北端。）

郑清健

1966年高中毕业于厦门第五中学，后上山下乡，其间当过中学老师。1982年定居香港，历任经理、总经理职务，现为某公司顾问。系深圳长青诗社副社长、常务副秘书长，香港诗词学会会员。

七律·人生感言

人生历尽必升天，自古谁能变大仙？
富贵如何随定数，身躯终会化青烟。
落花薄意逐流水，夕日深情逝碧川。
一世艰难无所惧，欣然面对乐翩翩！

卜算子·相思

梦里抱情郎，笑语欢声朗。惊醒凭窗暗自悲，月照孤楼上。

夜阑更凄清，思念难相忘。隔断巫山唯大洋，雨露何欢畅？

木兰花·重游鼓浪屿

海浪卷天余一线，琴岛妙歌声婉转。情月下，意花前，信誓万千相爱恋。

旧地再游人已渺，终曲断声心未了。依稀醉梦忆当年，风雨变幻思杳杳。

七律·院田春景

虎头云雾绕村间，白练飘来曲曲弯。
两岸砖房黄艳色，一山梯地绿新颜。
雄鸡啼唱春忙碌，机器轰鸣农苦艰。
喜看丰年成愿景，辛勤劳作不轻闲。

（注：作者曾插队福建上杭县太拔乡院田村，村边有座虎头山，村中有一条溪流，本诗描写当年春耕之景。）

五律·雅聚

雅聚实无间，谈诗度酒关。
丰姿能别具，豪气不须悭。
望月倾心照，乘风爽意还。
真情长久远，落力共高攀。

（注：诗友雅聚，分"在乎山水之间"得"间"韵。指定五律。）

七律·无题

潇洒清心两袖风，一生努力未求功。
只需平淡粗茶饭，也可欢欣亮彩虹。
事事焉能都顺意，人人必会不相同。
黄泉路上杯无酒，豪饮今时乐至终。

七律·登日光岩

日光岩上雾云清，极目金门岛廓明。
往昔敌人相对峙，今时游客互欢迎。
团圆聚首何年现，分离恩仇几代平？
寄意春风吹两岸，同心赏月亮盈盈。

七律·迎春

羊换猴年又一春，河山万里焕然新。

莺歌燕舞欢腾日，地覆天翻盛世人。
花草青青融雪化，艳阳暖暖放光匀。
五洲四海齐声唱，美梦中华必定真！

纪念孙中山先生诞辰150周年

驱除鞑虏奋先行，恢复中华战一生。
为现三民凌壮志，会将碧血染征程。
共和建立凯歌奏，帝制消亡盛誉荣。
遗嘱光辉追日月，功垂历史显威名。

纪念毛主席逝世40周年

陨落华星四十年，神州百姓忆绵绵。
明灯指正英雄路，红火燃穿赤县天。
海动山摇驱老蒋，龙盘虎踞换新川。
国家建设根基固，社会繁荣大道坚。
反帝防修止侵略，图强奋力快扬鞭。
云遮无掩光辉亮，狗吠何伤伟业妍。
功绩终生难表述，清廉一世尽名传。
忌辰今日深情寄，敬仰军民泪水涟。

中秋有感

（一）

岁岁中秋节，年年圆月明。
只知人可聚，却忘浪难平。
一水远相隔，双边统未行。
何时共携手，两岸诉离情。

（二）

岁岁中秋节，何时月最圆？
合家尝美酒，两岸散硝烟。
遥看真情托，追思血脉连。
乌云无笼罩，欢聚共婵娟。

园丁赞（步韵）

岁月证心痴，苍天赞美迟。
园丁勤化雨，树木倍添滋。
不计人回报，堪忧雪染丝。
有朝成国栋，便是感恩时。

遗憾

曾经风复雨，尚未志腾空。
不识世间态，只能情感中。
交朋惊有隙，兢业叹无功。
寄意诗词赋，堪怜一老翁。

爬山

秋风吹叶落，云淡月高空。
山径悠闲上，心胸开阔中。
穿林无费力，登顶定成功。
健步飞如燕，身轻看老翁。

郑庆国

网名温暖情韵。80后，黑龙江七台河人，现居徐州，酷爱诗词！

七律·化蝶

为谁束茧为谁伤，化蝶翩飞饮露香。
未忘前生寻旧梦，尤思彼处换新裳。
梨花一树君来赏，桂酒千杯我愿尝。
错过相思难邂逅，焦心苦等两茫茫。

七绝·梦回老家

梦中又至旧檐前，糊纸窗棂欲断椽。
幽暗桌边烛影晃，母亲引线把衣连。

天净沙

扉门草舍泥屋，无聊细数�竹。望断红尘陌路，年华流逝，起风时忆芳淑。

十六字令

吻

唇。最恋初香吻印魂，伤神处，只为那份真。

真

真。纯净无邪逝去春。容颜老，不改最初人。

人

人。皆有难言故事存。藏心底，任岁月浮尘。

七绝·野花

一朵野花墙角开，几人赞叹几人猜？
谁能真正生怜爱，待到香残君未来。

鹧鸪天·题梨花美酒图

落雨梨花满案殇，一坛老酒隐残香。半笺情赋谁人作，几许相思欲断肠。

愁未散，泪轻狂。半杯浊酒暖微凉。春风吹醒伊人醉，却道良宵苦短长。

郑松才

笔名清泉。男，57岁，河南驻马店人，汉族，大学文化，公务员。中华诗词学会会员，河南诗词学会会员，驻马店市诗词学会执行会长兼秘书长。

七绝·寒冬行(新韵)

冰冻林萧大地寒，山昏坡缓路奇艰。
踏行曲径淡然意，展望荧荧胸自宽。

七绝·雪落梅红(新韵)

推窗飘落满园中，最爱青梅映雪生，
初看银装裹通体，细观冰玉伴蕾红。

卜算子·松竹羞梅红(新韵)

——阳春三月，松竹梅园里梅花绽放，赏梅者无不叹之，腊梅变春梅，其高洁品质还存呼？

细雨润梅红，招惹游人顾。青翠松竹美景迎，顺逆陪君度。

君贵绽寒冬，迟步阳春住。气候异常乱象生，二友羞梅处。

七绝·题悟颖塔(新韵)

筹资建塔九高层，六角砖工技艺精。
经历苍桑千古事，岿然正义立天中。

卜算子·清明柳(词林正韵)

贫脊从不挑，吐嫩迎春早。铁骨铮铮伟基干，枝叶清明报。

杨柳兄弟情，绿荫行人道。摘下柔条冠满青，进望村民少。

七绝·嫘祖诵(新韵)

远古蚕神起西陵，贤淑助帝始农耕。
植桑织锦御寒冷，教化通婚正社风。

七律·题西安大雁塔(新韵)

建塔七层地宫深，为存经卷费禅心。
曲江圣宴皇恩赐，雁塔题名留后人。
古迹千年经雪雨，倾斜危立正扶身。
登高欲望兴衰事，文化传承益众民。

(注：宫字拗，无可救。曲江圣宴、雁塔题名是唐朝中进士后的活动。)

诉衷情·莲藕赞(词林正韵)

居塘夏日是何由，喜静不昂头。为凉水里修宿，更厌世污流。

花斗艳，叶青畴，果丰秋。绿观赏目，食益亲莲，岁岁难休。

郑锡润

1945年生，河北霸州辛章七街人，会计师。谷风诗社会员，廊坊诗词学会会员，廊坊楹联协会会员，河北诗词协会会员，中华诗词学会会员。著有《露草月季》诗集一卷，待梓。

梦

迷蒙籁静时，相约赴瑶池。
美酒无人顾，群仙竞抢诗。

雪

万物罩银图，冰心满玉壶。
朝阳教化我，情愫慰农夫。

松

志在顶梁柱，因何屋脊排。
凄凄消岁月，竟把栋材埋。

竹

傲骨耸天齐，身心献众黎。
一生钟气节，不做富豪梯。

云

一气泛氤氲，谁人不识君。
遮天能蔽日，何故泪纷纷。

柳

苦夏更伤神，青丝梦断魂。
何人折君首，端午竟悬门。

风

轻柔万众欢，怒吼百花残。
不论功和过，皆为调暑寒。

雁

不让衡阳阻，遨游南北天。
一人行万里，德义始为先。

郑永铃

临江仙·又过城南桥

记得莺飞春水绿，虹桥半落烟霞。重来已是向黄花。霜天红叶好，林外夕阳斜。

风雨沧波都见惯，几多故事生涯？当年一曲浣溪沙，诗心明月里，纤指拨琵琶。

鹊踏枝·春日杂感

长忆城南相别处，溷水东流，不合相思诉。燕子归来飞又去，绿杨枝上声声叙。

飘落泪丝书尺素，第四桥边，谁唱红莲句？吹落杨花风更雨，梦中也是难相遇。

临江仙·海州将军崖壁画之谜

界外星云谁抖落？飞来壁上苍苍。漫从遗迹问端详，烟霞来不应，风雨蚀沧桑。

轻扣时光台上石，尘封千载茫茫。天书太古费思量，将军牵马去，前史几多藏？

（注："将军牵马去"，指将军崖上原雕刻着一个头戴盔甲、身骑大马的将军人像，可惜在"文革"期间被人炸毁。）

郑晓京

梨花

玉颜如雪色无伦，胜却千红万紫春。
满树风摇犹醉意，一帘雨洗转伤神。
情音恻恻谁能解，心事幽幽蝶莫询。
最怕连阴孤枕夜，听她滴泪到清晨。

昙花

一盏清茶细细斟，等卿何惧夜深深。
玉芽初绽情犹怯，雪瓣徐开意愈忱。
别个繁华能几度？今宵绝唱为谁吟？
纵然皓洁身成瞬，无负冰轮照我心！

迎春

百草千花梦未醒，倩谁摇落满天星？
碧条纷坠柔难绾，玉朵争开乱不经。
柳上情思风欲问，杏前消息雨初听。
为人赚得春风后，万点黄金撒满庭。

郑炜

杭州人，男，1968年生于浙江台州。中国作家协会会员。600余件诗歌、散文及评论散见于《诗刊》《青年文学》《文艺报》《文学报》等报刊。出版诗集《郑炜诗选》《当梦成为一种负担》《双子叶集》（合著）等。

乘车入北方

乘车入北方，四顾野茫茫。
欲说苍凉意，一树遥相望。

巾山

小憩巾山上，灵江渐去远。
双峰夕阳里，塔影相陪伴。

（注：巾山、灵江：均在浙江省临海市。）

过龙浦

三月过龙浦，桃红逐水流。
鸟去天空淡，林深草自幽。

（注：龙浦：即青龙浦，作者故乡台州市蓬街镇境内的一条河流。）

东林水库

云雾绕山阿，天湖水最清。
绿茶开白花，风吹蒲公英。

（注：东林水库：在浙江临海桐峙山顶。）

宿兰田

日落山俱黑，灯灭人自隐。
隔窗风呼啸，天低星辰近。

（注：兰田：村庄，在浙江临海东南峒峙山上，海拔760多米。）

摇丝竹

霞云灿灿南天逐，后园甜瓜可成熟？
如今每逢元宵夜，再无少年摇丝竹。

（注：甜瓜：俗称菜瓜，曾栽种于老屋后园。摇丝竹：作者儿时，每逢元宵夜，总会记得母亲说的话，去屋后用力摇动丝竹，祈求上天降福，而实际上是希望能摇到飞舞的蝙蝠。）

雨中茶花

枝头抱香香不再，化作泥尘还有谁。
一朵一朵色褪尽，又见叶隙风来吹。

长发剃罢

管他形貌可曾改，风吹千遍我犹在。
长发剃罢换短发，一根一根指向天。

郑志波

网名梦回大唐，河南洛阳人，生于1974年，酷爱诗词。

七绝·冬至道家

君山不墨千秋画，银顶凭添玉树芽。
伊水悠悠寒彻骨，竟如冬至道教家。

七绝·归乡会师

身在别乡心已会，鸾城学习错无回。
只求与众多谋面，唯愿诸师落坐陪。

五绝·他乡逢重阳

重阳临近日，遍觅茱萸枝。
乡里随时见，询翁竟不知。

郑志华

字德志，号竹尖风人，网名花神嘟嘟。汉族，1974年生，浙江兰溪人。中华诗词协会会员，中华辞赋社会员，中国诗词协会会员，浙江省诗词楹联学会会员，浙江省辞赋学会会员，浙江交通作协会员，金华市诗词楹联协会常务理事，《八婺诗联》副主编，兰溪市政协诗词书画社社员。现就职于浙江省兰溪市交通运输局。诗词作品荣获第二届“诗词中国”传统诗词创作大赛一等奖等全国各地诗词比赛二十余个奖项；作品散见于《中华辞赋》《中华诗词》《浙江作家》《诗词月刊》《诗词家》等诗词刊物数百篇。著有个人诗词集《竹尖吟风》《银海一瓢》。

满江红

迷漫硝烟,随云涌,凉风瑟瑟。悲壮处,不言艰险,作长征客。迎战四方扬士气,反攻六路除强敌。雪山后、更草地茫茫,无人迹。

河拦截,山阻隔。穿万里,飞千尺。纵生离死别,又有何惜?戴月披星吟作曲,精魂铁骨凝成画。终凯旋,血史记英雄,常相忆。

芝兰

七言·石马坝

辜负春风已卅年,重来又是落花天。
百年帆影空沉陆,一带江干夕照烟。
道上阿婆多识我,篱边黄发不知前。
牛栏房外小河坝,半是葡萄半是田。

七律·罗城古镇

泊在铁山时几何,码头虽旱客来多。
四维回汉七家橹,两翼星云百样波。
莫在舷前追旧事,且从岭上听长歌。
疾风声正犹金鼓,一若当年铁马过。

五律·丙申霜月十二访白帝城

有契几曾迟,焦炎任复滋。
千年江已老,两表句无私。
忠孝何争议,湖山纵改旗。
守门皆李杜,今日愧成诗。

指尖花花

本名余君君,字花若卿。徽籍女诗人。中华楹联协会会员,中华诗词协会会员。作品散见于《铜陵日报》《湘阴诗刊》以及北美蝶恋花诗社等刊物及网络平台。

梅雨时节

白帆点点漫天涯,无际雨花如泪花。
借问君将何处去?黄梅熟日最思家。

荷花

谁使清风万缕香?粉红漫碧秀池塘。
何须颜色迷游客,自有污泥玉骨藏。

花折扇

纤手轻摇凉入怀,胜随青女赴瑶台。
不须重念班婕句,万里风云掌内开。

紫砂壶

体小腹圆如鹤仙,煮茶待客载情缘。
千年神韵陶中赋,陋室独酌天地宽。

桥

草露斜阳带柳烟,飞虹跨跃碧波连。
躬身情系人车运,笑纳长风总不闲。

蜡烛

楚楚红妆羞玉颜,微光尽释爱无言。
燃心化泪情随去,不悔生平只为缘。

山寺行

一林莺语送清幽,雾锁灵山隐寺楼。
水戏鱼蛙俗渐远,扶桥顿觉砥中流。

过莱凯澌汀酒楼怀感

酒市云楼唱晚中,风撩倩影素颜红。
痴心一缕杜鹃血,化作春山景色浓。

见父母感怀

雨打椿楦泪水流,重阳聚首望江愁。
衔环未报春晖远,一箭光阴两鬓秋。

月月桂

蟾宫有酒色金黄，洒向秋天作染坊。
谁是人间折桂手？流苏愿嫁四时香。
（注：八月桂的枝嫁接到流苏树上，变成了现在的四季桂，也就是四时香了。因为八月桂只在八九月开花，月月桂则四季开花。）

中州

本名魏岱玲，笔名沂溪茶人，湖南桃江人，湖南省诗词协会会员。

七绝·悼念杨绛先生

——昨天凌晨，一代大家、“最贤的妻、最才的女”杨绛先生去世。有感于先生穷其一生，笔耕不辍，为夫、为女、为治学而赢得几代人的尊重与推崇，借钟书先生起句，赋七绝以表悼念。

蔷薇新瓣浸醍醐，但见明眸善睐乎。
隐若喧哗尘世外，弥坚岁老傲群儒。

七绝·中年向往

山水相逢任我耙，茅屋石板木篱笆。
寻得一舍遮风处，半世光阴就老茶。

七绝·长沙不眠夜

浮生未歇了无边，风雨窗头未卷帘。
白首韶颜春不在，落红飞处是华年。

忆江南·重聚马迹塘

——2015年11月24日是刘肇元老师90华诞庆典日。借此机会，分别近30年的同学欢聚马迹塘古镇，实现高中同学离校后的首次大聚会。感此盛事，赋忆江南以记之。

诚惶恐，冷月挂寒空。白鹭穿云犹梦远，江风拂雨更思浓。无处觅君踪。

今欢聚，一了卅年情。举手投足寻旧迹，推杯换盏话年轮。醉意是童真。

水调歌头·再上九岗山

——今天是五一节，龙总邀古镇上的小学同学相聚九岗山，赋水调歌头一阙，与同学们共享。

有梦经年久，数度望青山。而今得以攀越，喜极尽狂欢。幸得同学倡议，更有盛情邀请，今日梦终圆。分别卅年后，相聚九岗山。

山水绿，庵堂矗，怎相忘。三十余年过去，大道插云天。拱卫千年古镇，见证春去秋来，聆听资水欢。屹立蓝天下，静待故人还。

参观赤石特大桥有感

亭亭立柱入云霄，巨匠天工献妙招。
越涧凌空唯我秀，赤石少女小蛮腰。
（注：设计院把一百多米高的立柱设计成了“小蛮腰”状。）

蝶恋花·缅南非国父曼德拉

大爱无私心地善。不止黑人，饮誉全球赞。年少胸襟怀坦荡，二十七载监牢饭。

噩耗惊闻传世上。一代英雄，豪气人间诞。耗尽平生求解放，自由民主和平漾。

卜算子·嫦娥落月

冬夜雨飘零，思绪随风落。哪怕霓裳舞曲歌，也是三流货。

忽报快新闻，奔月嫦娥坐。最是神州大运来，玉兔吴刚乐！

忆江南·江边偶得

江风冷，更冷是心情。凛冽狂飙难意会，飘摇残柳复低吟。何处是归程。

江风妒，怎不解风情。纵有繁华如京沪，无非落寞伴孤身。苦煞断肠人。

七绝·云台山诗茶

雾锁云台但见寮，泼茗每与圣贤陶。
茶趋无味心臻境，诗到穷词悟自高。

七绝·调回益阳

谁言岁月似流年，半世浮萍在世间。
莫道斜阳凋碧树，缘来春雨润心田。

七律·访天问阁遗址

临江石上望渔舟，一抹斜阳几点鸥。
此景何堪屈子怨，当年偏遇楚国囚。
披头怒斥奸人佞，仗剑长吟暗自咎。
岂有浮云遮天日，人间正道炳千秋。

七绝·汨罗江边

一江烟柳正当时，半幅山峦醉碧池。
不见怀沙飘耳际，悬蒲把艾与谁知？
（注：怀沙为屈子投江前的绝笔之作。）

七绝·放学路上

斜阳洒落半山亭，三两学童入画屏。
但见顽儿如菜地，猫身蹑脚捉蜻蜓。

青玉案·汨罗江凭吊

临江把盏雄黄酒。浪高处、心涛吼。垂泪折枝东岸柳。如何放肆，岂非天陋，但借齐天帚。

十层台玉荒淫纣。齐主恒公老身朽。荆楚常闻大夫缶。对长天问，去人间垢，一扫神州丑？

鹧鸪天·之一

未泯童心忆少年，为卿一赋鹧鸪天。灰墙黛瓦梧桐映，粉面红巾学子翩。

谁在意，那时间，修来一世与卿连。但随归燕飞身去，再与同窗放纸鸢。

鹧鸪天·之二

别样初心望逝川，为卿再赋鹧鸪天。蓓蕾初绽香如故，阔叶微张灿若妍。

蓝月亮，夜高悬，黄桥蛙语伴琴弦。红烛莫叫空流泪，卸罢妆容却掀帘。

七律·庆祝建党95周年

济世匡时仗铁肩，河山带砺诞红船。
飘摇杨柳呼春月，动荡江山唤瑞年。
一把锋镰刨社稷，千支利斧定坤乾。
初心不负光阴苒，海晏河清展丽妍。

七绝·补天

倾盆数日更挥鞭，似下凡尘虐世间。
炼得三千多彩石，聊将天眼补齐全。

钟发柱

西藏自治区民主改革50周年感赋

改革东风卷地来，千年铁锁化尘埃。
珠峰托起新西藏，圣洁雪莲遍野开。

钟立魁

黑龙江省齐齐哈尔市依安县人，1967年生，大专文化，工作于林业系统。黑龙江省诗词学会会员，齐齐哈尔诗词协会会员，依安县诗词协会副秘书长。有大量诗词作品在《黑龙江省诗词大观》《华夏颂歌》《抗联赞歌》《鹤城晚报》等报刊及网络发表。

七绝·中国女排获里约奥运会冠军

义勇军歌壮我怀，胸前何止是金牌！
赛场情织同心结，点赞神州十二钗。

七绝·雨中游园

小弄风情逛一园，重来浪漫秀缠绵。
天公美作芳菲雨，不意催开并蒂莲。

七绝·约会春天

贵客东君我作陪，诗风酒雨敬芳菲。
人间摆尽瑶池宴，憾是年年醉一回。

七绝·谒无名烈士墓

擎天一柱唤春晖，虽死犹生你是谁？

敢问男儿何处去，民心沃土铸丰碑。

七绝·观泰山日出有作

万顷云波旭日红，玉皇顶上正腾龙。
人生半百扶摇梦，醒自神州第一峰。

七律·军营一日有感

青春正步绿军装，队伍蓬勃向太阳。
热血凝魂熔壮志，男儿淬火炼精钢。
为民服务兵无悔，听党指挥我最强。
恶虎群狼何所惧，张弓一箭灭疯狂。

卜算子·母爱

丧父幼年时，岁月艰难甚。幸有家慈苦碎心，日子甜盈寸。

此日报春晖，暗自扪心问。反哺平生养育情，切莫空遗恨。

忆秦娥·庆祝建党95周年

烽烟绝，勿忘旗染英雄血。英雄血，和谐社会，缅怀先烈。

神州圆梦掀新页，复兴路上吟一阕。吟一阕，情拥丽日，酒邀明月。

钟淑美

桂塘美

一堡三衢百合昌，山围八面任徜徉。
洞天飞虎盲鱼跳，皮渡乘舟号子扬。
吊脚木楼冬季暖，幽篁峡谷暑期凉。
书馨崖壁留千古，溪坝宏开稻黍香。

道坑千年古树的诉说

一活过千年，冲天破石坚。
如今仍俊秀，全仗子孙贤。

钟怡然

网名水墨诗魂、玉玲珑。水云诗人，名怡然，号圣净居士。深港诗词学会副秘书长，香港文艺出版社副社长；香港诗词论坛副首版。诗魂云水禅心梦，春花秋月魂！梦在莲山明月榭，魂牵碧海水云间！生性淡泊红尘，忠诚生命与信仰；唯爱风花雪月、水墨丹青，善诗词，工书画。魂牵水云，爱在天涯。

七律·步韵林芳兵《伟人颂》

笑指昆仑复大同，金沙狮吼过江东！
南湖船上乾坤定，湘水之滨伟业崇。
纵是生平身后断？唯余霸气物成空！
流芳泽国山川记，天降青龙斗虎虫！

五律·痛咏开慧

奋读能开慧，百年草木愁。
戚关天下事，润泽水中秋。
结伴尘烟去，相逢海蜃楼。
英姿千古尽，石上忆从头！

五律·抗战70周年阅兵感怀

长恨卢沟月，孤花泣野莹。
汉唐回一梦，千古赴伶仃。
人去山河在，家亡故国铭。
风流多梦后，幸有水云听。

五律·京都风云

漫解京都史，江山万里娇。
风霆天上幻，唐宋梦中抛。
咫尺桃花水，千秋明月刀。
风流谁绝代？何必与人敲！

五律·雨中情

寒云轻抹绿，柳墨画青衣。
一滴愁人泪，满笺九张机。
多情多绝绝，两别两依依！
古苑空无梦？落花葬月稀。

七律·悼亡母兰

恨无音信断肠肝，高处孤芳不胜寒。
忐忑风中悲易水，弥陀月下慰花棺！
却怜才絮追千古，唯惜红颜葬草滩！
愿得轮回皈净土，碧霞影里悼芝兰。

七律·尘缘

误入红尘却问谁？有缘何必累蛾眉。
闲愁每共梅花老，思绪遥同柳絮飞。
秋去何堪耽月色，春来未敢负熹微。
轮回六道循因果，一念菩提净土归。

五律·花仙子

柳漾嬉飞燕，风轻玉蝶翩。
梅溪寻梦笔，明月照清泉。
我是花仙子，君从碧海天。
秋深春不远，家住水云间！

酎泉老人

雁门关

苍龙逶迤自西东，过雁穿云掠颢穹。
史息烽烟存广漠，人临关塞感雄风。
青山碧血杨家将，黄壤丹襟李牧功。
汉地胡天谁阻隔？南来北往是飞鸿。

无题

昨事非烟鸟更惊，谁将威怒对苍生。
燕山泣血飞云暗，赵氏摧心绝洞明。
直使顽愚成木主，却推彦圣入渊坑。
倾情莫费无聊语，但待他时碧草荣。

闲坐有感

秋来明月夏来风，斋里逍遥一老翁。
对酒闲吟平仄句，凭栏欲捡凤凰弓。
昔年无计追姜尚，今日留心识吕蒙。
借得花丛香几许，不涂龙虎只涂虫。

周游

本名周风岐，1936年生，河北徐水人。高级政工师。先后从事公务、教育、武装、公安、检察、新闻、党务等工作。中华诗词学会会员，黑龙江省作家协会会员，齐市诗协常务副主席，鹤城诗社社长，《龙沙诗词》主编。参与主编《龙沙三百年诗词选》等书四部。有《临流居吟稿》待付梓。

送外孙思雨人电子科大之川

负笈川都万里遥，雏鹰寻梦蜀天高。
燃情岁月须珍重，无悔青春堪自豪。

游瑷珲黑龙江忆庚子之难

云空漠漠雁横秋，日暮曛天惹旧愁。
落照熔金浑似血，江东往事上心头。

戊子年八月初八白露夜宿北极村

昨日边村作胜游，苍山叠叠水悠悠。
平明万木红黄紫，一夜寒来天地秋。

瓢泉怀稼轩

迢递关河访信州，兴亡世事掠心头。
瓢泉依旧长流水，曾洗先生几许愁？

登岳阳楼

凭高再访岳阳楼，俯仰乾坤逝事休。
千古风云今又是，洞庭湖月一轮秋。

鹧鸪天·桃乡春

水绕山环万象春，桃乡无处不销魂。莺歌燕舞风前柳，水墨丹青雨后云。

红烂漫，绿缤纷，黄蜂粉蝶恋桃林。白墙黛瓦新楼舍，户户桃花香掩门。

鹧鸪天·登鹳雀楼

大好河山一览收，鸡鸣三省共悠悠。千秋文脉兴三晋，万里长河育九州。

如梦令，信天游，高歌国力易春秋。老夫久蓄凌云志，今在风光最上头。

鹧鸪天·咏王之涣

表里山河一色秋，晋南寻梦作优游。心随黄水涛中沸，意绕青峰云上浮。

歌出塞，咏凉州，季陵绝唱壮斯楼。诗家别具风光眼，一曲“登楼”咏不休。

周波

男，1952 年生，枣庄市薛城区人，现任山东师范大学文学院教授、博士生导师、副院长。山东省文化产业人才培养研究基地负责人，中国古代文学理论学会理事，全国毛泽东文艺思想研究会副会长，中华美学学会会员。

夏日雷雨

雷霆突发飓风吼，大雨倾盆降九州。
穹顶雾霾顷刻散，骄横暑热顿时休。
天公有意惩豪恶，逆转乾坤重运筹。
待到尘消三伏尽，斜阳重钓早来秋。

秋风吟

秋风摇荡藕花香，望断长空雁数行。
无奈俗肠天下溺，一腔真气腹中藏。
迷魂挂失淘金夜，万枕黄粱入梦香。
寂寞秋声谁作伴，窗邀明月共徜徉。

周赤耕

字躬行。1944 年生，湖南永顺县人，永顺县诗词书画协会会员，湖南诗词协会会员。情钟诗词书法。诗词联作品见于《对联》《团结报》《当代诗词》《诗刊》等刊物。近年来在全国诗、书赛事中多次获得不同等次奖项。

七律·有感哑女街卖洗涤膏

全凭手语话叨叨，拇指香兰小指蒿。
重把墨污涂饱鼠，轻将涤品作饥猫。
价廉物美群姑喜，薄利多销一女骄。
不羡深山鸣布谷，无声更比有声高。

七律·休闲广场渔鼓妪

左手抱筒还挽钹，足蹈口唱舞婆娑。
真装净旦真装丑，假扮公孙假扮哥。
喜怒悲欢容上看，抑扬顿挫韵中拖。
如今不缺钱和米，舜日尧天乐趣多。

七律·游红石林

谁造三池天地人，鸳鸯出峡戏乾坤。
亿年化石嶙峋秀，五朵金花烂漫春。
古海游鱼澄水浅，神雕望月笃情真。
留连步步原生态，缀景成章句句淳。

七律·参观杜甫草堂

茅舍堂前谒圣人，坎坷蹇运步寒尘。
扬兴逐比千钧笔，抱爱悲天万古魂。
满腹忠贞全许国，一身贫病总忧民。
神州沃土基因动，迎向春风犁雨勤。

七律·花篮做客

芽绿篱墙一剪齐，古乔新厦竞高低。
轿车一辆庭边摆，心卉双枝眉上移。
媳妇忙厨烹好菜，娇孙抢步抱名啤。
主人劝酒桑麻叙，千亩茶林万只鸡。

（注：花篮：离红石林地质公园两公里的一个小村寨，位于古丈县境。）

七律·筷子别裁

劈竹磋磨一样长，支支随意结成双。
朝从李四酸甜品，暮偕张三麻辣尝。
不拘奸贪皆共处，无分敌我竟同场。
嫌贫爱富无情女，见异思迁负义郎。

七绝·遗传变异

种稻秋收得稻粮，蜻蜓不可育螳螂。
龙生九子分高矮，适者生存否则亡。

七绝·路赏刘开国门前花圃

几树高低映彩霞，园林师艺显才华。
乡翁逸致闲情雅，绽放心头一圃花。

周芳禄

笔名柳飞。男，69岁，江西省修水人，大专文化，工程技术员，曾任修水与赣北电池厂副厂长、厂长。中国科学技术协会会员，中华全国工商联合会会员，修水县质量管理协会理事。中华诗词学会会员。颇爱诗词、文学，有诗作发表于各类报刊，晚年著有《柳飞诗词》续集付印。

黄浦江边夜游

灯火犹如天落星，流光异彩入荧屏。
诗花逐浪涌黄浦，夜色迷人上海城。

赞上海二首

（一）

繁华上海景无边，玉宇琼楼接九天。
南北东西财路广，工商经济更超先。

（二）

东方巨塔入云端，亿万灯火亮夜天。
世界大都迷彩景，人来车往似梭穿。

贺国产C919大飞机试飞成功

翅膀粗粗羽长齐，神州国产大飞机。
上天大展凌云志，自我创新格外奇。

赞上海

夜市万灯映浦江，东方巨塔射光强。
繁荣美景常添色，国际大都世界窗。

军人

革命军人照样称，兵营炉火炼忠心。
保家卫国为天职，听党指挥答好音。

上海世博会

世博会开于沪城，人民喜悦放豪情。
百年梦想终如愿，万物亮身触目惊。
造化绝伦中国馆，推陈新创继传承。
五洲四海精奇品，锦上添花感动心。

观上海南火车站

架构形如伞，匠心创意新。
圆通天下客，铁轨滚飞轮。

去浦东

穿江去浦东，水底响隆隆。
一阵风驰疾，瞬间遂道通。

周福提

河南大学外语系本科毕业，中学英语高级教师，工作于平顶山市第八中学，现已退休。曾对外国文学情有独钟，近几年迷上唐诗、宋词和元曲。著有诗集《为你插上成功的翅膀》。

沁园春·登长城（新韵）

晓日登临，崇山映绿，峻岭披红。望塔楼屹立，条纹森整，垒墙弯转，射口严正。弄舞吟歌，腾云驾雾，直上凌霄羁帝宫。驭七彩，向东洋伸颈，直扫龙廷。

高天给雨支风，抒不尽江山兴废情。借钢盔银甲，匈奴俯首，金戈铁马，蒙古收兵。壮志移山，雄心填海，缕缕英魂广伟城。思华夏，更扬锋展刃，傲世称雄。

沁园春·长城颂(新韵)

雷啸龙腾，溢彩凝光，跨水越原。展豪雄气概，气吞万里，君王宇量，胸纳千川。战马嘶风，军兵列阵，羁旅时空隧道间。惊回首，望条石森肃，垒壁绵延。

塔楼鸟瞰方圆，借“射口”神兵引箭弦。看银弓飞雨，燕然奏凯，战旗飘血，可汗招安。感念先驱，殉身融土，换取东方似火天。染红日，浴霞光万缕，城壁犹蓝。

七律·祝贺神龙文轩作家群成立(新韵)

诗侠词客聚文坛，纵笔抒怀绘月圆。
黑水摇身成重墨，白山碎木造华笺。
挥毫扫荡高天雾，泼彩烘托浩海蓝。
君道醒狮插翅翼，岂知共产险而艰。

周国志

水调歌头·赠某画家

既把方针定，何苦意张惶。而今风格流派，锣鼓竞登场。遑论悲鸿白石，不见范曾善炒，售价每高昂。荤素酸甜味，早应作亲尝。情宜激，心要壮，气当扬。

创新形势多样，休遣陷迷茫。拿出周身才智，尽展胸中丘壑，技艺显痴狂。画界开新境，纵笔敢称王。

沁园春·烦热

坎坎坷坷，孰同斟酌，谁与切磋？叹十年设擂，徒添困倦，诗词万首，枉作吟哦。笔卷龙蛇，数行鸦阵，常羡羲之字换鹅。须知晓，这称王惹祸，岂许狂歌。

心魔难变弥陀。对暑热，分明莫奈何。笑捞名逐利，长街懒上，抱闲守寂，书史慵摸。烈日炎炎，愁情扰扰，一动怆惶汗水多。驱烦躁，借槐荫。

念奴娇·读《诗林漫步》(次韵答苏群)

勤伸双手，移花木，何惧带将泥土。索异搜奇骚苑里，睥睨江山谁主？一跃冲霄，数裁巧构，宁让痴离谱？评今论古，英雄堪与重数。

慧眼每叹先生，推才荐智，恰似张鹏羽。最喜风流潇洒处，未属荡舟南浦。费力刊书，挥毫作句，更举扬天斧。阅余感慨，何年诗酒同聚。

七律·求爱

(一)

笑我虽持笔一支，不知倾诉借何时。
求婚已惜多羞涩，索爱分明缺措施。
入夜每愁星淡淡，望天空叹月迟迟。
痴情浓郁心中聚，赠与休嫌只有诗。

(二)

艳云香雾望迷朦，常恨巫山缺路通。
莲洁任经清水荡，意深浑似碧纱笼。
幽姿未肯身前近，长夜徒来梦里逢。
最是含羞花不语，岂知春到为谁红。

贺新郎·为中元节作

往古何须说。念祖宗，平庸原众，每差贤杰。亿兆凡人身死后，躯体随之消灭。算鬼矣，或为先烈。即便诗坛文苑上，屈指头，遗泽谁云阔？功与业，悲残缺。

无嗤孔孟能称哲。逾千年，留言著述，均存余热。李杜苏辛篇句妙，恰待时常翻阅。这笔墨，未容轻蔑。摆擂称王今看我，继传承，莫笑心魂铁。宁负此，中元节。

行香子

再作徘徊，手抚庭槐。这擂台，究等谁来？称王如梦，哪可悠哉。带三分狂，五分傲，二分呆。

浓云密布，忽听惊雷。看风狂，席卷长街。

任持椽笔，啥塞情怀，是一会念，一会想，一会猜。

周瀚

文学博士。香港作家联会永久会员，《香港诗人》责任编辑，香港诗人联盟理事。曾获全港青年中文诗创作比赛近体诗奖、香港中文文学创作奖、青年文学奖以及网上文学创作比赛奖项。著有诗集《灵魂，在阳光中飞舞》。

五律·咏抗战英雄

英雄安社稷，奋勇战长城。
虎跃千山响，龙腾万水鸣。
倚天风雨抗。拓地雪霜征。
家国何容夺，将军胜利迎。

五律·致曼德拉

日暮南非梦，羁留野岛深。
千年平等志，万里自由心。
剑舞黄花落，琴鸣古树阴。
英雄何处去，天地静空音。

五律·赠业师郭小湄先生

难忘暨南秋，恩师论客愁。
江边迎细雨，村外送轻舟。
落叶瘦台阶，寒云冷阁楼。
风流诗外觅，心醉意悠悠。

七律·屠呦呦获诺奖

顽疟滋生举世横，呦呦探索不言惊。
哓窥古籍飞千载，暮辨青蒿试万茎。
童子欢声迎健体，老翁热泪报恩情。
三无教授心安逸，名利何须到处争。

五绝·晚秋

古寺杳无人，菩提未染尘。
黄昏山色净，飞鸟远迷津。

五绝·秋夜

秋风吹旷野，明月挂松林。
古径无人走，幽幽暮色深。

七绝·冬日有感

身若浮云万里飘，江流鸟散百花凋。
半生白发愁悲苦，且入南山独砍樵。

五绝·山中

山中归隐乐，白日种香芹。
寒夜诗书枕，风声梦里闻。

周洪伟

男，1948年生，浙江永嘉人，高校现代文学专业教师。2008年退休后学写格律诗词，2010年底加入上海诗词学会，2015年加入中华诗词学会。现任上海诗词学会华兴诗画专业委员会常务副会长兼《华兴诗词》副主编。

七绝·早春即兴

楼前玉笔未开锋，村口夭桃独自红。
若是东君随我意，万千羊紫画晴空。

七绝·重阳咏迟桂

独立西风绽蕊黄，饱经霜露孕天香。
自然花满何愁晚，饶得秋光擅众芳。

七绝·莫言获诺奖感赋

莫言挥洒写高粱，惊世远望东北乡。
喜看湘西沅水淌，从文一脉至今强。

七律·古松

华轮九十身犹健，岁月沧桑骨愈虬。
熟睹刀兵惊血火，欣闻锣鼓喜金瓯。
摇风沐雨寻常事，友竹侣梅非俗流。
霜雪曾经识冬夏，晨昏依旧阅春秋。

七律·赞知识杨浦

江边百载孰争优，学府巍巍堪一流。
科技称扬数营造，人文瞩目比红楼。
纷纷桃李惊寰宇，济济高才遍九州。
圆梦中华应有日，杏坛勋业颂千秋。

七律·八五届师生卅年后重聚席上相赠

师生缘结赖书媒，三十箭驰巅已灰。
日月清明先额手，身心康泰再倾杯。
盛名不与天年共，美貌难违衰病陪。
比下有余安是福，知常守分绝愁哀。

如梦令·麻雀享暖阁

寒夜空调暖觉，室外忽传索落。破晓释心疑，却是墙机洞镂。麻雀，麻雀，正享空调暖阁！

菩萨蛮·敦煌礼赞

茫茫戈壁丝绸路，沙山时洒驼铃雨。锡杖走阳关，世尊崖壁镌。

莫高千佛洞，百代飞天梦。向善礼敦煌，古城披佛光。

周慧霞

笔名海棠依旧。女，1978 年生于河南省许昌市。平顶山市三苏诗社办公室副主任，河南省诗词学会会员，中华诗词学会会员。

五绝·平顶山（新韵）

满山枯叶冷，残日落孤亭。
足下黄昏近，秋风送雁鸣。

飞雪迎春（新韵）

山江启瑞门，灵絮舞乾坤。
轻影织花树，忽开一岁春。

冬日感赋（新韵）

一山白雾静，残日伴幽峰。
腋下寒风起，耳边已雪声。

七绝·随感偶赋（新韵）

偶赋闲文酝墨涛，廊前又见落英摇。
红香醉舞千秋梦，几度轮回绽媚姣。

七绝·观海（新韵）

坐看涛飞自在禅，豪情斟海品云天。
银鸥衔浪穿风雨，一曲长歌入蔚蓝。

五律·清明（新韵）

岚雾褪碑林，云间日影浑。
树风惊鸟影，花雨落光阴。
天旷心怀远，境幽步履沉。
一杯儿女愿，捻泪祭先魂。

一剪梅·西湖（新韵）

水载轻舟入碧穹。衣袂牵风，思绪游龙。遥遥淡雾漫香茗。云海叠匆，半榭惊鸿。

一桨传奇引客行，弦弄嘤嘤，词赋卿卿。醉游神话意朦胧，远了呢哝，醉了风情。

定风波·点墨春天（新韵）

又见斜阳恋柳烟，一湖落絮醉呢喃。正欲挥毫描娉影，忽现，千峰酥雨弄缠绵，遥遥花中歌妙曼。

逐渐，一抹紫雾绛阑珊，几点星辉邀月婵，惊叹！倾心点墨满春天。

周家禄

网名对山居士。安徽省宁国市人，企业职工。安徽省诗词学会会员，凤凰诗社副秘书长，凤凰诗社江南社副社长兼秘书长。酷爱古诗词。

诗观：随心随性随境，语胜千言。

七绝·甲路胡乐行

春醉桑茶万里魂，翻过鏖岭越龙门。
野樱夹道花千树，风送棕香漫古村。

七绝·南山夕照

碧水依依映彩霞，亭台榭阁罩红纱。
东君笑我痴情汉，醉看人间四月花。

七律·再访云梯畲乡

半生浮白日沉西，有意寄情山水蹊。
欲绝红尘喧闹市，无由琐事绊青藜。
等闲攀越汤公去，觅得隐耕铜岭西。
把盏醉饮糟酒客，清风伴我上云梯。

五律·乡思

竹翠茶香远，萧墙黛瓦檐。
灵山贤客隐，福地玉龙潜。
晨露轻烟紫，斜阳小榭尖。
痴望枝上月，梦闻笛音甜。

五律·月下台州

夜上云天阁，州城溢彩光。
船行帆影动，橹击海桑沧。
把酒吟秋晚，临风饮玉浆。
千年东越秀，对月写文章。

五律·垂钓青龙湖

泛舟湖上行，击水戏沙鸥。
晨露偎松竹，斜阳照榭楼。
轻狂少年客，浪荡钓翁钩。
暮鼓催龙隐，渔樵怅晚秋。

何满子·醉语

啄木鸟归暮隐，云烟虚宇南山。寡欲清心寥寂，诗书残梦犹寒。钩月松林呓语，醉言把酒承欢。

如梦令·夜思

庭前丹桂蔽庐，巢空紫燕南隅。深夜品秋色，梦醒伏案诗书。唏嘘，唏嘘，岁月过往须臾。

周立军

退休前在国企从事文秘宣传工作。曾任企业报编辑、宣传部干事、党办主任。各种文学体裁均有涉猎。《诗刊》子曰诗社会员，沈阳作协会员，盛京文学网编辑。近年来多篇作品在《诗词吾爱网2015年精选集》《诗国》《漱玉诗刊》《中华诗词》《中华女子诗词》《鸭绿江杂志》《中华古韵》等刊物发表。

五律·伤秋

林间蝉语断，黄叶逐溪流。
雁去何时返，人逢几事忧。
纳兰悲画扇，清照恨空楼。
谁念声声慢，天凉又一秋。

五律·问秋

萧瑟漫村野，何须问理由。
夕阳曾漂发，晨露可清眸。
欲往东篱驻，还堪俗事愁。
层林谁点染，许我一山秋。

五律·感秋

雁阵排云去，芦花覆白头。
流丹应不悔，残菊复何求。
莫恋乌衣巷，须登鹳雀楼。
渔舟犹唱晚，谁钓一江秋。

五律·放秋

五谷飘香日，丰登遍九畴。
螳螂穿稻海，麻雀闹田头。
今奏农家乐，明闻美味馐。
西风知我意，放倒一镰秋。

周立军

江西弋阳县人，上饶市督学。濂溪堂后人，自幼好习文，但自觉资质浅。出校门后，笔耕不辍。

北行偶记

江楼过雨十月天，启帆彭城路三千。
层层叠叠源不断，等闲听经龙湖边。

徐州夜话

湖光断桥前，论道意欣然。
苇绿水粼粼，叶晴树纤纤。
刘项惊雷电，风云不得闲。
翠茎托红蕊，小诗共烛尖。

阆中行之金城中心校

百里山连山，十里一落鞍。
云深花蔬眠，柏青雀鸟啭。
书悬墙头轻，园动不觉寒。
幸福无须问，川外起波澜。

阆中行之洪山小学

苍林倚门得幽寻，廊道天台静无尘。
日隐滴翠纱窗外，新诗盲送南北邻。

柳梢青·京城喜报

虹桥巧搭。丽景初现，赣鄱芳华。沃野桑麻，晴空掩映，弋阳人家。

乌矶渡，文星塔。家校社、湛碧如画。漆工笔谈，叠山论教，难分上下。

沁园春·第十届叠山书院论坛

武宁星驰，武汉飞腾，岂不快哉！邀黄陂敢峰，约霍懋征，与吕型伟，击鼓情怀。澜翻墨客，瑞气如云，绿映立夏门户开。三年事，仅几村踯躅，已属庭槐。

赣鄂滚滚尘埃，凭栏一笑龙虎往来。东溯冯恩洪，北魏书生，希贵居中，杏坛雄才。五家协会，三千子弟，唯有真诚上瑶台。依稀记，正登山临水，推却徘徊。

登江上龟峰

弋阳自古出忠臣，追随先贤学做人。
钟声轻送千峰翠，烟雨深掩百山珍。
野旷云清孔雀湖，天犬细逐二郎神。
秋草愁窥白鹅过，碧海万顷入凡尘。

临江仙·崂山区探幽

道观寻仙锁初见，婆娑霓羽芳踪。枝头绛雪蕊丛丛。舸轻浮骇浪，回首笑意浓。

百寿峰前字如斗，庙堂阎闾惊鸿。狭阶攀援泉叮咚。海风出万壑，一曲酒千钟。

周丽华

女，汉族，1953 年生，济宁市人，中共党员，退休工会干部。滕州市京剧票友协会负责人，滕州市诗词学会会员。

七绝·登太白楼

——我祖籍济宁浣笔泉畔，太白楼侧。诗仙李白曾寄家于此，并写下了《梦游天姥山吟留别》名篇。

斯人浣笔南游去，踪迹难寻千百年。
泉水犹流骚雅韵，登楼远眺唤诗仙。

七绝·赞诗协师友

老凤喜听雏凤声，新知旧雨共嘤鸣。
心花怒放添霓彩，吟苑欣欣别有情。

七绝·京剧票友

映面朝霞万里红，京腔京调妙无穷。
溅玉飞珠情韵见，弘扬国粹乐融融。

七绝·善

——写在第二十个“全国助残日”
捐资献物送温暖，恐后争先似过年。
善国由来多善举，和谐社会谱新篇。
（注：每年五月第三个星期天为“全国助残日”。）

七绝·舞

——致老年朋友
霜染鬓边千点星，轻盈舞步彩霞升。
环肥燕瘦何能比，老凤夕阳展翅腾。

七律·四季之恋

四季风光循序到，无分低品与高标。
穿杨燕子清影秀，映日荷花羞面娇。
黄叶蓝天漫步舞，红梅白雪暗香飘。
人生也有四时景，慎莫逍遥随梦消。

周巧婷

平顶山市职业技术学院学生。征途诗文学社会员。

临江仙

浮云飞鸟倦孤程，夜居客旅望苍穹，寒纱笼树影重重，举樽对月，故里花应红。

梦回旧巷闻乡音，觉来撩袖拭泪匆，更深谁弄衣挑灯，残烛斑鬓，游子乡思浓。

冷月的梦（自度词）

花残霜冷早。弦月弯、风寂云定，星繁月寥。乱红零落纷纷过，竹影曳曳遥。萧瑟景、无端使人恼。日韵且把新词和，茶炉沸，沏一壶云海白毫。忆从前、心如绞。锦雀仍然枝头闹。眼前人、檀口温柔，娥眉轻巧。怎及那年笑语嫣嫣，烂漫比花俏。许一诺、愿偕老。竹马青梅千般好。怎奈如今音讯天涯杳。浮生仿若黄粱梦一场，入梦总把心魂销。

周维芳

秋兴五首（次韵海粟诸好友）

（一）

年岁灾频国有殇，清霜冷露送秋凉。
江村寂静轻烟白，山木萧疏野日黄。
忆弟王维翻别绪，思乡子厚割愁肠。
岭南今又重阳至，怀远伤时两浩茫。

（二）

云物当前人在楼，蓼红萍白叹沉浮。
西风吹老篱边树，北雁啼寒塞外秋。
水际团团生海月，樽中滴滴泛乡愁。
可怜劳碌天涯客，底事常年作宦游？

（三）

粤海云天阴复晴，倚楼赏览听秋声。
枯荷老柳添机趣，鸣雁吟蛩引客情。
物有兴衰真道允，人忘得失幻身轻。
闲余且逐郊游乐，野色岚光照眼明。

（四）

临窗一望暮云平，山自苍茫水自横。
漠漠寒林浮野色，翩翩高鸟带秋声。
枯荣有道闲愁淡，得失随缘俗虑轻。
漫说群芳无觅处，东篱摇曳绽霜英。

（五）

羁旅年年亦自哀，故园应盼故人回。
心随孤雁天边去，梦逐残书枕上来。
寥落偏怜野山泽，苍凉独爱旧亭台。
登高揽胜烟尘外，遥对乡关酒一杯。

周文渊

男，67岁。中华诗词学会会员，湖南省诗词协会理事，岳阳市诗词协会驻会副会长。著有诗词曲集《笔情》。

七绝·观打陀螺遐想

半晌停抽陀不转，主人无奈不停鞭。
平生惰性时滋长，鞭策加身好梦圆。

七律·隔山隔水共婵娟

岳阳楼上望长川，万里苍茫四处烟。
人去天涯谁对酒，君从事业我成全。
沧桑几度千回数，忧乐多年两线牵。
惆怅凭栏空伫立，隔山隔水共婵娟。

沁园春·武广高铁赞

始跃长江，跨越潇湘，直达五羊。视巍峨一线，大方有致；延绵万里，本世无双。晨赏龟山，午游越秀，腹地南涯通走廊。金桥耸，往来银河上，方便牛郎。

龙乡世事沧桑，昔詹老、京张路自创。恨洋人冷讽，绩谠卓越；国民热赞，功业辉煌。桥筑新墙，五尖隧道，瞩目工程四海扬。春风路，看鲲鹏展翅，得意翱翔。

(注："詹老"指詹天佑。"桥筑新墙"指新墙河大桥。"五尖隧道"指五尖山大隧道。)

周同顺

笔名通明。1947年生，中共党员。天津市作家协会会员，中华诗词学会会员。现任天津海韵诗社副秘书长，《海韵》诗刊编辑部副主任，天津诗社诗网刊管理员，太阳树文学网古韵版块版主。自幼偏爱文史，尤喜古诗词写作。退休后，又主要对古体格律诗进行了系统的学习。作品见于《中华诗词》《天津党建》《西岸风》《精卫鸟》《境界》《三河五岸》《山东悦读》等多家刊物。部分作品入选《中国当代酒文化诗歌集》和《中国当代方阵·经典短诗集》。著有诗集《通明诗稿》。

诗观：诗以道志，歌以咏言！诗可点燃心灵的火苗！！亦可怡人性情，催人向真、向善、向美！！！

七绝·枫

寒霜浸叶渐呈红，尽染层林映宇穹。
太上老君施圣手，一炉丹火遍山熊。

七绝·赞剑兰

寒冬陌野剑兰葱，傲雪凌霜笑冷风。
敢向青天常亮剑，一生碧绿远嫣红。

七绝·咏兰

（一）

寂寞孤居自蕴神，天生淡雅养其身。
纵然贫瘠无肥土，笑撒馨香展翠茵。

（二）

僻谷清幽兰自闲，馨香淡雅舞翩跹。
众人皆醉惟吾醒，与世无争德品贤。

七绝·咏竹

角尖出土向青天，沐雨经霜绿壑川。
抱节幽篁修佛性，胸怀虚谷度华年。

七律·重阳有感

丹桂缤纷蕊漫香，金秋九九又重阳。
登高眺望云天远，驾棹惊观碧海长。
涧水潺潺流岁月，痴心脉脉蕴愁肠。
桑榆莫道韶华短，把酒吟诗赏菊黄。

七律·古稀感怀

不论红尘阴与晴，任由世事乱纷争。
天高无力拦淫雨，海阔何能缚恶龙。
作赋吟诗观日月，挥毫洒墨写撇横。
桑榆向晚图清静，常坐阁楼品淡茗。

天仙子·诗友聚会(新韵)

气爽天高晨渐冷，柳瘦枫红云弄影。文朋

聚会几多情，诗入境，声迷众。雅韵氤氲皆赞颂。

论道词坛天地兴，据典引经唐宋竞。交流谈笑意缠绵，情酩酊，心驰骋。日落归程霞满径。

【双调】江城子·晚秋诗情(新韵)

秋高气爽雁长鸣，树葱青，晚霞红。瘦柳飞莺，菊蕊绽娉婷。曲径通幽生雅意，秀景，享空灵。

文朋相聚笑声盈，酒杯擎，氛围浓！浅唱低吟，豪放且舒情。花甲桑榆寻快乐，心态好，胜顽童。

周晓阳

号白衣卿相。河南人。世代躬耕于南阳。1998年秋，南下广东，沉浮14载。现定居苏州。喜诗词，好散文，尚古风。

夜游宫

人生难免风雨。不如意，千家万户。尘虑且随拂尘去。任时运，暂不予，无所欲。功利皆尘土。只愿求，荒田五亩。安贫守份心朴素。存仪礼，怀雅量，才福禄！

点绛唇

贯通史家，诸侯尽拜我脚下。挥剑断霞，将帝王评价。

兴衰更替，怎把时运驾？擎玉斝，对酒高歌，任春秋冬夏！

忆秦娥

倚窗阁，朝霞舒锦晓月落。晓月落，伊人远去，洞房空阔。

满斟千杯犹落寞，追忆难忘爱难索。爱难索，储蓄相思，不忘旧诺。

洞仙歌

——国庆佳节，观仕女歌舞有感！

柔风袭来，帘帏徐徐开。窈窕淑女鱼贯来。甚可人，飒飒舞姿精彩；难诉说，含羞娇媚神态。彩裙荡春水，眉传秋波，时有暗香撩情怀。

何必惹尘埃？情醉心碎，人已老，风华不在。只怨恨岁月难回首，再青春看我跃马风采。

念奴娇·南海

蔚蔚南海，浪滔滔，无数碧波岛礁。逸民先祖，千年来、万里乡关梦绕。蛮夷岛国，狼狈耀武，跋扈常侵扰。华夏儿女，岂惧航母长炮？

人别犯我为好，且看毛太祖，龙吟虎啸。不畏强权，保疆土、强虏几次烟消。中华气节，英雄汉武帝，壮志凌霄。犯我中华，虽远必诛不饶。

江城子

回眸此生黯神伤，到如今，甚凄凉。情字路上，悲戚又失望。常怨命里无知己，太孤寂，痛心肠。

人生何处遇姣娘？家常饭，粗衣裳。知冷知热，前路共茫茫。十指紧扣共轮回，定不喝，孟婆汤。

临江仙·齐女

——今读《左传》，感奇女子齐姜，以死成就晋文公重耳的霸业。红颜未必祸水，成功多由贤内助！和泪写之。

群雄争霸闹春秋，时运成就王寇。颠沛流离晋文侯，风云奔走，山河终拱手。

夜来人静心孤独，已无齐女相候。醉遣重耳断情由，以死相助，再不堪回首。

周晓莹

报春

病树撑空欲隐嶙，四围雪气未温驯。
东君先遣横阳雁，独占天山第一春。

感怀

山呈海色月凝珠，堤畔星移影更孤。
一面桃花春好处，问君能识此情无。

咏杏花

玉骨雪肤飞落虹，清芳不与俗香同。
宫墙细雨疏帘外，古塞斜阳长笛中。
岂厌杜郎思梦好，休怜帝子恨天工。
皤然回首应深忆，花是少年依旧红。

挽春

挽春无计望天江，嗜酒蓬庐拥一缸。
入牖风来醒客梦，怀人月寂厌惊　。
萧疏鬓发流光老，烟火生涯意气降。
莫谓宵深哀感重，微醒自笑影成双。

忆秦娥·母亲节

天山雪,年年映彻秦川月。秦川月,当时相见,亲庭离绝。

五原榴火颜如血,东流渭水长幽咽。长幽咽,梦中曾共,故人偷瞥。

阳关引·咏沙枣花

惯被东君僭。别有金波湛。春风不度,阳关远、愁痕黯。望皑皑穹岭,未悔长思念。自甚时、冲破玉府万千点。

展卷映沙海,垂潋滟。更淋漓处,堆云翳、泼香酽。料是生涯短,如许喷顽焰。道世人,怀抱素洁莫清减。

周炎华

湖南华容怀乡中学退休教师,中教高级职称。中华诗词学会会员,中国楹联学会会员,中国诗书画研究院研究员。

七绝·青纱帐

——华容团洲乡采风

一望蒹葭养眼球，人间四月晚春留。
黄花绿树怡心意，如画风光摄镜头。

七律·夜登梧桐山

月淡星稀林静悄，登临不怕峻山高。
日沉难觅黄鹂鸟，谷壑犹闻翠柏涛。
活络舒筋松腿脚，怡神焕魄乐渔樵。
老青同上梧桐寺，多是健身少拜祧。

七律·喜赋外孙女初降人世

粉红小脸月儿圆，顺取芳名叫雨田。
闭睁双眼看人世，吸吮单拳尝苦甜。
不闹不皮真可爱，会吃会睡好娇憨。
尤其洗澡开心笑，出水芙蓉嫩藕嫣。

七律·汾湖

长江入海金三角，水路交通连九州。
一湖翡翠范宽妒，八畹芳菲伯虎羞。
南社诸公吟古韵，新区众彦绘鸿猷。
伍员倘若回渔渡，当诧芦滩变富洲。

七律·游黄龙洞

洞天九转景迷眼，福地三周龙聚头。
定海神针高百尺，沿河垅亩阔千丘。
迷宫玉笋亭亭立，碧水清泉静静流。
鬼斧神工堪叹甚，胜天人力足称优。

七律·中国女排里约夺冠

女排里约远征难，如履如临闯险滩。
犀利新人拼逆势，沉着老将挽狂澜。
出线番番撼胆魄，冲关阵阵扣心弦。
指挥若定钦郎导，绝处逢生奏凯还。

定风波·大梅沙游泳

日照梅沙海浪轻，踏波赶浪好怡情。水灌口中真正苦，寻吐。江河湖海任横行。

滚滚乌云城欲垮，谁怕？一蓬碧绿转幽冥。雨冷身寒潇洒处，归去。血糖反而转安平。

念奴娇·庆贺华容一中70华诞

沱江东逝，浪滔滔，涌现无穷豪杰。南向章台披野草，难觅状元碑碣。曲水流觞，长堤吟絮，惆怅关山月。尘封往事，一如东山霁雪。

书院崛起章华，而今正古稀，雄风劲节。梁栋参天，挺立间，华夏江山增色。且喜今朝，黄湖聚首，酣饮难分别。嘉期如梦，共祈华诞鸿发。

周艳琴

网名忘忧雪萝。女，江西省上饶市人。上饶市散曲分社会员，上饶县诗词学会会员。自幼酷爱诗词曲和戏剧。

创作理念：惟愿古韵伴终生。

咏蝶

缤纷各异色相差，潇洒玲珑舞蹈家。
体绣英文风尚赶，身披数字入时衫。
不虚不幻双飞影，若即若离独采花。
总为他人留彩梦，艰辛蜕变度生涯。

风

云雾驱开现碧空，枝梢拂动理丝桐。
推翻稻海金波荡，吹皱棉河白浪冲。
红剪霞裙花锦绣，绿裁云扇草茏葱。
形踪难觅来何迅？千里之遥转眼中。

赞航海骄子

军歌雄壮震蓝天，港口如弓射箭船。
泵奏涛声灯塔引，情融海韵电波联。
随云伴日游礁畔，戴月披星逐浪巅。
巨鳄凶鲨等闲视，雏鹰展翅竞争先。

咏鄱阳湖

烟波浩淼泛渔船，浪打栖峰拍鸟旋。
绿染冷杉争画笔，紫凝熏草入诗笺。
彭湖镜里鱼鳞见，芦苇滩头日影燃。
景致风流幽雅处，时闻赣调破中天。

遣怀

皆因兴趣同，相会在群中。
探讨诗词论，交流韵律通。
才寻唐雨影，又觅宋风踪。
微信传情谊，全凭网络功。

周迎春

笔名恋海。安徽合肥人，国企职工。

七律·秋殇(中华新韵)

秋雨敲窗秋夜凉，灯前废卷黯神伤。
谁家陋室居贫子，哪处荒丘葬帝王。
落木也曾惊岁月，长空应必见骄阳。
而今看惯盛衰事，只道无常是正常。

七绝·观钓(中华新韵)

自古商家为利求，凿池十亩水难流。
做足诱饵垂竿去，不怕鱼儿不上钩。

七绝·叶(中华新韵)

春衬百花摇曳身，夏惜匆促赶山人；
尤怜瑟瑟霜天后，落木纷纷叩母恩。

七绝·雪夜吟(中华新韵)

风卷雪花天地昏，寒儒何惧恶寒侵。
涣然冰释雪融后，万紫千红又是春。

七绝·牵牛花(中华新韵)

子落红尘不用栽，绕篱萦架苦中来。

天生本是娇柔物，却上高枝待晓开。

清平乐·梅

天寒地冻，谁把幽香送？铁杆虬枝霜雪共，几点嫣红舞动。

冰肌玉骨姣妍，缘何不畏凌寒？客鹊耳边轻语，喜迎春至人间。

浣溪沙·暮色荷塘

时近黄昏日已凉，慢移碎步至荷塘。满池莲韵溢馨香。

餐子两条摇碧叶，蝶儿一对戏红妆。千娇百媚醉斜阳。

长相思·记梦

日无聊，夜无聊。红蒴燃穷恨未消，离愁片片烧。

山路遥，水路遥。月堕檐牙共此宵，梦中花正娇。

周永军

曾用笔名周志颖，现笔名周奎成，新浪网名南山虚竹。男，1978 年生，衡阳身残志不残的农民草根诗人，11 岁时身患类风湿强直性脊椎炎至今股骨头坏死瘫痪。中国诗歌网认证诗人，当代文化艺术中心少年作家委员会会员。作品散见于中国诗歌网、天下诗网络、北美蝶恋花诗社、竹韵清幽诗社、小楼听雨诗词会、诗海选粹、原创诗社等网络媒体平台，并获奖。著有古诗集《千竹幽韵》，待出版。

创作理念：用文字编篡超越自己的梦，梦想变成一只小鸟飞过山谷、冲破浓雾去看看外面的温暖世界！

五律·若谷虚怀

不管土沙填，头尖钻石穿。
虚怀容万壑，豪气纳千川。
玉宇翻云浪，黄河撑雨船。
蔚葱遮大地，耸杆顶苍天。

五律·义剑幽琴

拱土原持节，凌云更拓襟。
迎风挥义剑，冒雨抱幽琴。
粘扇苍蝇扑，张弓老虎擒。
千秋高洁逐，万古史诗吟。

五律·咏竹(拙步韵和孟浩然《万山潭作》)

根扎巉崖石，舒枝若等闲。
披霜晨暮里，亮节宇寰间。
濯足沧浪水，悟禅昆岳山。
清风邀我约，随月踏歌还。

五律·宁死不屈(新韵)

身负千钧雪，难摧意志坚。
尚宁直立死，不可跪膝生。
久伫崖边翠，长昂江岸妍。
风霜何所惧？雷打未倾焉！

五律·正气长存

碧海风云涌，山峦浊雾深。
寒霜侵玉骨，冷露滴冰心。
头断身犹立，魂飞节未沉。
克柔皴尺幅，文可抱胸襟。

五律·咏竹

根深扎石床，枝茂触穹苍。
绿水淘尘趾，白云裁羽裳。
不甘贫困弱，永作楷模强。
江岸崖边翠，清风日月长。

五律·颂竹

风雨又兼程，穿云破雾行。
无花悠旖旎，有节岁峥嵘。
不慕朱门院，常依草舍甍。
七贤邀月醉，林里鸟争鸣。

七律·冰心一片

拏天擢地入云霄，不与群芳献媚娇。
风雨研磨凌直节，冰霜陶冶树高标。
虚怀有度容沟壑，淡泊无私写舜尧。
留取丹忱青史照，冰心一片护公朝。

七律·咏竹

梦想新�著锦章，寻词酌句诉衷肠。
胸容万壑虚怀抱，气纳千川阔步量。
不与群芳争艳丽，甘同岁友傲寒霜。
无花瘦骨何人顾？士子挥毫翰墨香。
（注：士子挥毫句化用了“图绘宝鉴”中的典故。）

七律·清风有约

生来命舛雪霜侵，高位截瘫泪湿襟。
天地无情终不语，人间有爱始知心。
光阴荏苒摧残梦，烟雨迷蒙入暮沉。
明月孤悬斜影照，清风约我醉篁林。

七律·咏竹

历经磨难藐苍天，不屈腰身意志坚。
石缝扎根迎雨雪，空中展叶扫云烟。
任凭残暴伸魔手，仍旧刚柔担道肩。
踏遍千山昭日月，奋蹄常有节茎鞭。

七律·竹林游记

漫步修篁画里游，拈诗吟句韵悠悠。
清风明月笼衣袖，浊雾尘霾欠网兜。
过眼云烟留笔底，飞天霞彩挂山头。
穷途末路何方岸？待我扬帆渡小舟。

七律·咏竹

志坚何惧寒霜虐，曾与松梅同击博。
敦洁千层明月幽，玲珑一片清风绰。
铮铮铁骨显刚强，寸寸柔肠求淡泊。
虽未娇花谁看来？自横青影朝天拓。

七绝·咏竹

素守清贫伴石苔，无花有节耐寒催。
风霜作笔春秋画，天地为评日月裁。

七绝·咏竹

花中君子节贞坚，毋涉私心不夺权。
情系人民能蹈火，高风厚德载韦编。

七绝·咏竹

绿叶流霞花染露，青岚出岫竹含烟。
萌芽育节凌云志，如海胸怀纳百川。

七绝·咏竹

秀笔豪情描胜景，青筠壮志剪凌云。
扬清厉俗披肝胆，尽瘁何曾惧斧斤。

七绝·咏竹

沧桑历尽悟心空，一路清风未得红。
力韧千峰云海望，浩然正气世相崇。

七绝·江南竹

卧土先萌坚劲节，未曾面世已存真。
一声霹雳乾坤扭，顿写江南半壁春。

周玉兰

南歌子·桂塘土家寨

翠染芳香路，云生吊脚楼。沿墀信步上崇丘，锦绣晴岚美景醉吟眸。

老少迎来客，颜开笑意稠。清茶座椅送情柔，满院欢声翁妪展歌喉。

周兆俊

网名机械师。湖南人。男，1978 年应征入伍，在空军航空兵部队担任过机械师；1999 年转业，现在国企工作。

七绝·品茶

闻道门旗又一时，看君曾到故山祠。
唱酬江畔人间酒，品茗年前席上诗。

周志兵

男，1933年5月生，汉族，大专文化，湖南益阳市人，1951年9月参加教育工作，已退休。现为湖南诗词协会会员，历任益阳市老干部诗词协会理事、志溪诗社副社长。汇编《晚晴集》《志溪鸿影》已付梓。

上海行

外滩

租界洋楼旧恨多，如今新貌傍江河。
五洲游客重来此，同赏花红共放歌。

金茂大厦

高楼万仞耸云霄，俯视江河玉带飘。
设计精心犹有意，攀星到此步天桥。

东方明珠

高层可览新城美，地室方知旧貌穷。
斗转星移今胜昔，明珠独秀亚洲东。

豫园

花红树绿草青青，水榭楼台誉古城。
几代珍藏留国宝，小刀会址更扬名。

卜算子·朱家角古街

水隔百桥连，街窄千家贾。石路参差列画屏，处处亭廊古。

改革促繁荣，胜地兴游旅。客至徜徉竟忘归，不觉斜阳暮。

菩萨蛮·参观世博中国馆感赋

泱泱大国频传捷，中华场馆精工绝。国宝闪荧光，图宽动态香。

层层游客满，处处连声赞。久立未疲劳，心潮逐浪高。

忆江南·喜迎世博会

江南美，沪市胜蓬莱。黄浦滔滔连海角，明珠闪闪照天涯。盛会喜隆开。

江南美，世博建新台。历历精华园内亮，芸芸挚友远方来。把酒颂和谐。

周志良

网名楼兰，笔名诗海撷。男，哈尔滨市双城区人。《诗刊》子曰诗社会员，中华诗词研习会会员，香港诗词学会会员，黑龙江省诗词协会会员。现任中华诗词非物质文化遗产学术委员会研究员。已发表诗词近200首。作品散见于《回眸呐喊》《中华诗赋》等十多种诗集及诗刊。曾获得中宣部宣教局诗词征集二等奖。

五绝·父亲

似燕垒居家，呕心育蕊花。
辛勤流血汗，敬老奉香茶。

七绝·某兄思富(新韵)

拄杖投儿二月余，三天不见话神奇。
都思一夜离贫远。何必农夫动土犁?

七绝·春雨

春来甘露润田苏，黛岭高楼隐似无。
缓缓炊香飘沃野，桑农畅饮酒三壶。

七绝·题牡丹

翅首琼枝靓丽王，雍容华贵自天香。
群芳犹记当年梦，静夜长思到洛阳。

五律·咏菊

满山姿已尽，唯独菊花黄。
寒至迎风笑，冰临有节扬。
清肝明眼目，缀室吐芬芳。
金蕊虽零落，成泥也散香。

五律·秋叶

秋风梳叶落，铺地映朝晖。
起舞迎霜雪，飘零忆翠微。
生来陪蕊衬，凋谢补根归。
虽死心无憾，成泥也做肥。

五律·故乡情

端杯空望月，云乱掩星光。
琐事如山重，愁丝比水长。
家寒明远近，土瘠总荒凉。
彻夜人难寐，牵情是故乡。

七律·依韵和陶永德老师《黄鹤楼》

凭栏伫立望江流，载走骚人几度愁。
崔颢题诗堪绝唱，谪仙停笔隐歌喉。
登楼仰首明贤敬，书律低头晓已羞。
满目碑文皆圣迹，今朝谁敢再评留。

周志明

中华诗词学会会员，中国楹联学会会员。

七律·上海国庆节有感

去年国庆驻申城，欲挂云帆万里征。
海日冲开云一度，桂香沁透月三更。
佳人迤逦浮华地，志士踟蹰不了情。
拟向天公求妙策，豪赢欧美取东京。

五律·秋来杭州示友

友往加拿大，吾心似独鸿。
秋来灵隐冷，雾起古都朦。
可赏温馨月，能宜异国风？
西湖长有意，秋水照凝瞳。

七绝·游成都武侯祠

因怀淡泊迷书趣，为恶浮华洗俗尘。
万里云游来楚客，一抹烟霭待骚人。

五绝·秋夜赏桂

谁谓无鸿运，浮沉类转蓬。
桂花参北斗，香气透长空。

七律·端午吟

水绿风清端午天，棕香又伴圣贤眠。
尽忠尽智千秋颂，忧国忧民万代传。
除弊革新行俭政，联俄抗美效朝乾。
风云变幻谁为主，东指凌空魏武鞭。

周忠道

笔名天健地坤。山东省枣庄市诗词学会理事，《诗刊》子曰诗社社员，中华散文网创作委员会副主席。作品散见于各类报刊、网站。著有诗词集《微湖声慢》《戎情放怀》。

沁园春·三阳开泰

日月昭昭，乾坤朗朗，鞭炮隆隆。沐春光漾漾，清风爽爽；鲜花艳艳，新叶葱葱。巷巷游龙，街街舞凤，户户家家挂彩虹。三阳泰，醉神州璨璨，华夏红红。

倾情春夏秋冬，炎黄子，梦圆励志浓。拓昌昌百业，蒸蒸日上；欣欣万象，历历腾空；霍霍丹心，铮铮铁骨，武武文文力建功。四诗颂，唱江山美美，家国融融。

沁园春·戎情放怀

二龙含珠，四海放怀，九州戎情。奉丹心一颗，戍边万里；千岩竞岫，百舸峥嵘。八面威风，五车腹笥，六臂三头神鬼惊。乾坤里，把七星覆盖，神十纵横。

丝绸之路双赢，又造岛，亚投日月星。划

空区识别，雄鹰驰骋；水汀固有，母舰雷霆。远瞩高瞻，武功文治，纬地经天誓复兴。酬国梦，士虽非投笔，还欲申缨。

沁园春·南昌礼赞

毓秀钟灵，卧虎藏龙，贯海穿江。阅豫章云集，洪州发达，隆兴之最，昌府呈祥。王勃挥毫，武装起义，文武风骚今古彰。逾千载，汇物华梅岭，人杰鄱阳。

香樟月季芬芳，圆国梦、红旗日月扬。笃南疆崛起，实干兴赣，小康提速，诚信图强。轨道交通，和同共进，生态平安地铁长。英雄市，耀九区璀璨，八一光芒。

沁园春·威武雄壮军警赞

壮志雄心，忠肝义胆，精兵强将。砺春山秋水，顶风冒雨；冬冰夏火，踏露趟霜。驾雾行云，披星戴月，任劳任怨情自狂。岁华展，力周天巡逻，节假站岗。

武功文治填腔，齐上阵，人物技同防。秉从严执法，无私论道；热情服务，有勇知方。荣辱何惊，死生不惧，家国安全誓担当。履使命，保神州和顺，华夏呈祥。

沁园春·铭记国殇

——抗战纪念馆感怀

雄狮眈眈，红旗飘飘，展馆庄庄。观金戈种种，斑斑喷火；烈遗件件，咽咽流殇；惨绝三光，虐残四野，罪孽累累铁证张。幻临影，已泪不自禁，恨未生当。

全民抗日顽强，十四载，贼倭尽缴枪。我仁仪之国，免除理赔；战划格局，共处邻邦。今又装神，拒言道歉，挑衅频繁何自狂？必胜告，永文治海内，武备天疆。

沁园春·勿忘国耻（中华新韵）

——九·一八事变85周年感怀

铁路冲突，中原大战，苏区围剿。胀野心狼子，柳湖诬陷；穷凶极恶，北旅丧巢。哪个投奸？谁不抵抗？枉使联军尸骨抛。史为镜，鉴内忧积弊，外患得嚣。

八十五载今朝，雄狮吼，巨龙腾宇霄。举经文纬武，四条全面；精兵简政，一统天骄。复兴神州，梦圆华夏，必胜豪言日月昭。国耻日，更撞钟铭腑，擂鼓掀潮。

战友别哭

——老兵退伍感怀

杨柳依依辞出发，炎炎烈日火笼纱。
征人秋水蒹葭舞，霜雪冰花竞技葩。
邂逅戎情五湖友，共栖缘分九州家。
一泓沧海垂星月，万里河山啸际涯。
露宿风餐云拂帐，金戈铁马甲穿沙。
武功文治汗挥雨，纬地经天血凝霞。
松竹精魂峰岭碧，梅兰素魄玉峦华。
大忠大孝身心负，巾帼须眉别泪嗟。

沁园春·卓荦超伦巾帼赞

侠义填腔，经纶满腹，德艺通神。赞小家碧玉，握瑜怀瑾；大家闺秀，善武能文。刚毅英豪，娇柔潇洒，玉洁冰清沁魄魂。猴年美，更玲珑剔透，卓荦超伦。

婵姿文静青纯，杨柳翠，九州俏丽人。展自由奔放，胆肝相照；矜持清雅，肺腑盈春。四面纵横，八方经纬，巾帼家邦座上宾。馨香溢，沁三才日月，五福乾坤。

沁园春·剑胆琴心巾帼赞

崇山灵身，沧海阔胸，大河盈肠。颂孝倾华夏，淑贤梅俏；情钟家国，惠泽兰香。傲骨金英，高风青竹，甘苦滋开鹿韭芳。丹心岫，为春秋立意，日月增光。

红妆巾帼刚强，志豪壮，柔肩圆梦扛。秉怀珠韫玉，勇超男子；经天纬地，激越儿郎。魄击惊涛，魂腾骇浪，创业神州振万方。云鬓舞，恰莲苞荡漾，玫朵铿锵。

沁园春·河南老君山览胜

景室灵修，龙门佛度，少林香隆。阅中州历代，兴衰更替；殷商源远，文武容融。窑口千年，刘伶一醉，九曲黄河今古风。后来者，笃汗青神韵，新墨涵浓。

观澜悟道群雄，家国意，禅聆金顶钟。览云山雾照，树猿振臂；烟霞林郁，马岭弯弓。极目桑田，倾情碧野，南北东西问礼胸。凝思处，志立心天地，请命朝宗。

邹金龙

笔名子非鱼、边缘上的风景。福建省连城县第二中学语文教师。龙岩市作协会员，连城二中校报主编。有多篇散文、诗歌作品发表于《散文天地》《美文》《语文月刊》《闽西日报》《三明日报》等报刊。

七律·题财声鸿源葡萄园

秋后培丰生态园，鸿源庄苑果葡鲜。
分枝叶蔓繁葩结，满架藤芽蜜品绵。
簇簇珍珠红嫩嫩，累累翡翠润圆圆。
嘻嘻访客频频至，致富财声居好田。

七绝·海峡客家四堡雕版旅游文化

芙蓉如李娇如面，玉色朱唇楚楚怜。
雕版故里寻四宝，乡村文化乐翻天。

七律·天赐温泉

雾霭氤氲酥小镇，风和荇嫩古榕蓬。
汤泉新沐颜如玉，温沼初妆靥正红。
荡垢涤尘驱欲念，怡情养性洗心空。
承恩泽惠因天赐，水暖池溪丽影融。

七律·四堡玉沙桥

云树花溪衬画桥，玉沙笑看井边桃。
疏疏回映浮光动，朗朗闲行碧影遨。
水漱清流寻出口，风摇古木抚连鳌。
青山亦想留佳客，终入江湖随浪淘。

朱本喜

山东兖州人，1981年生，2004年毕业于烟台大学，现供职于上汽通用东岳汽车有限公司，担任企业公关专员。工作之余，热爱诗词、楹联、书法、戏曲、历史等，热爱结交诗友。

七绝·秋江渔影

半山红透半山青，瑟瑟秋江入洞庭。
风动渔歌摇夜月，一船收尽满天星。

七绝·拜佛

未曾识得菩提面，佛语经声到耳边。
莫问何方人不老，一团和气挂南天。

五绝·古镇

青山藏古镇，绿水绕乡关。
静坐听风语，云开一日闲。

五绝·秋荷

昨夜西风紧，飞花不可知。
平明香未殒，散落满荷池。

五绝·春

细雨润青田，泥香麦荠鲜。
春风三万里，一夜到窗前。

七绝·开封黄河坝上观浮桥

青堤掩映此中开，浩浩黄涛扑面来。
坝上抛将银锁链，苍龙脊背摆琴台。

朱安祥

游武汉有感

樱花萎落尚余香，胜地红楼浩气长。

滚滚长江烽火尽，蛇山黄鹤梦还乡。

（注：红楼位于东湖之滨，是毛主席下榻、办公的地方。）

登黄鹤楼

东湖赏景方酣意，黄鹤楼高眺楚吴。
国企武钢无日夜，铁流滚滚出熔炉。

瞻岳飞铜像

金戈铁马锦旗挥，大宋江山半壁危。
武穆撼山豪气在，赵家天下免倾颓。

（注：岳飞号武穆。）

武昌怀古

汉末群雄虎视眈，孙刘修好据江南。
周郎定计兵屯此，赤壁炎炎万众歼。

游武汉归途

山巅桥洞紧相连，荆楚遥遥一线牵。
老伴打听何处是，笑回已到野三关。

赞湘鄂川黔根据地

倒退时空八十年，红旗漫卷武陵边。
弼时胸有驱狼计，贺帅高悬打虎鞭。
斩将破关龙永澧，镝锋直抵鄂川黔。
苏区子弟洒鲜血，只为人间改地天。

（注：澧，即澧沅县，桑植县旧称。）

五绝·兰

焉为粉黛囚，素面向寒秋。
深谷无人赏，香远自风流。

五绝·竹

凌云有素志，劲节与摩天。
风霜何所惧，四季报平安。

五绝·菊

不逐百花忙，九秋吐花香。
生来刚劲骨，含笑傲寒霜。

五绝·二月二咏龙

蛰动须何日，春雷头一声。
探身云海里，寰宇顿时惊。

五绝·赞苏武不辱使命二首

（一）

像挂麒麟阁，留胡十九年。
囚身荒野地，笃志薄云天。

（二）

瀚海吞毡絮，严冬枕雪眠。
何时持节返，归雁锦书传。

朱广义

字润德。男，汉族，1946年生，山东省滕州市人。中国国画家协会会员，中国书法研究院理事，山东省书协会员，山东省书画学会会员。作品入选《世界华人获奖作品藏典》《全国名人杯书画作品集》等并被中国书画报社、革命历史博物馆、中国收藏家协会收藏。

五绝·梅

根坚不畏苦，傲骨迎风立。
笑在百花前，为春传讯息。

朱灏然

男，汉族，1933年生，山东省滕州市人，擅诗、书、画、印。中华诗词学会会员，滕州市诗词学会顾问；国家一级美术师、书法师，中国历史博物馆画廊艺术委员，山东书画学会会员。

七绝·画竹随笔

（一）

谁向窗前栽翠竹，月光送影有还无。

密疏劲节多灵气，采撷风神入画图。

(二)

不经修饰任天然，倩影轻移上素笺。
简叶疏枝聊点染，风姿绰约袅青烟。

七绝·咏红梅

寒染梅花一树红，丽妆倩影盼东风。
系情且在人间住，不羡嫦娥到月宫。

七绝·咏柳

鹅黄初吐嫩如丝，漫舞东风第一枝。
翘首迎春冰雪里，含情犹怨燕归迟。

七绝·咏荷

翠衣如伞水生花，波漾西湖泛彩霞。
光洁清廉高格调，出泥不染世人夸。

七绝·咏枫

寒山霜染着红装，淡抹朱脂醉艳阳。
莫笑多情爱颜色，戏邀仙子到书房。

七绝·咏松

悬崖绝壁舞虬龙，四季常青不改容。
雪压霜欺何所惧，擎天翳日立高峰。

七绝·咏院落梅花

铁骨疏枝香满家，严寒孕蕾待春华。
群芳沉睡未苏醒，月照堂前一树花。

朱麒杰

男，某军校学员，21岁，福建省建阳人。

五绝·上军校咏

心飞无限远，学技赴中原。
许下成才梦，归来戍国门。

(注：朱麒杰的曾祖父朱樟林又名朱紫候，别名朱秀，是中共上海派往武夷山的单线地下革命工作者，大约在1931年红军转移期间，为保护革命后代和机要文件，被国民党民团团长王勉堂杀害。于是三代戍东福建，如今朱麒杰同学又承祖志立志戍卫福建！)

七绝·咏宋慈

除暴安良博众长，见微知著出华章。
丰碑一座堪称最，继往开来伟绩扬。

五绝·梦

久有飞天梦，翱翔万里空。
化身为战鸟，卫国太平中。

朱际展

庭柳

絮尽知春去，叶黄秋又来。
庭中休种柳，一岁两伤怀。

咏茶

久历青峰冷，纤身裹夜霜。
凭君杯暖热，敢不放清香？

咏蝉

暂下高枝去，泥中三四年。
何曾真埋没，终会响风前。

见絮

若去随风去，若归溪上归。
星星头已白，莫向鬓边飞。

结婚纪念日

结伴如双箸，齐肩莫作弯。
还须桌几上，共品苦兼酸。

秋溪

春水变秋水，门前依旧过。

浅深抛石试，无少亦无多。

腊月十五夜

都有迎新意，谁来惜旧年。
独看塘上月，最后一回圆。

夜雨

夜雨驱长暑，晓窗透早凉。
起看门外水，恰好漫池塘！

雪日访友

虽未呼君面，先窥屋上烟。
旋知茶入水，煮在火炉边。

交警歌

臂开疏阻塞，身转导融通。
路口车流处，真如大禹功。

子夜歌

邀欢滩上语，人困臂中眠。
怀脸兼溪月，两处望婵娟。

所见

对荷谁家女，独游曲江曲。
伸手扬素波，散作晴天雨。

秋夜

当窗睡意迟，晚宴识新知。
未结百年意，先成一夜思。

怀人

怀君长不寐，溪桥夜独往。
月落无物看，抱膝听水响。

惜别

惜别三更夜，星沉欲曙天。
微凉何处雨？一泪下腮边。

春日

飞飞小雀欲来肩，复去庭阴逐柳棉。
檐上蜘蛛应最乐，一丝垂出荡秋千。

小荷

风回已惯独娉婷，日日幽姿并水清。
叶底塘鱼休逐弄，此身长待玉蜻蜓。

风

何处好风过小廊，吹花弄竹最清凉。
只缘万户皆当需，不作私庭半点藏。

溪居

昼有清凉夜有香，诗人哦处近村江。
群蛙也课风骚句，弟子三千闹小窗。

秋钓

秋深每觉日闲闲，独对桥西水一湾。
似探鲤鱼钩上事，时多白鹭落来看。

二月

二月东风冰雪消，湖光日日映兰桡。
新蒲碧水一时动，又见青鱼过石桥。

摘豆曲

青青扁豆架南山，欲摘携蓝仔细看。
生近低根丰且厚，扶摇高处瘪还干。

秋雨诗

秋雨丝丝入水中，思君意绪恰如同。
圈圈点点纹湖满，寻遍绝无一隙空。

夜归

溪亭饮散似花飞，醉眼江村认小扉。
明月不嫌风色晚，屋头依旧待人归。

秋雁

闲坐楼头看白云，翩翩忽见雁来群。

已多秋日相思苦，偏又天边排个人。

寄人

一从别后尽思卿，更与谁人说此情。
恰似秋塘荷上露，天明散去夜还生。

句月湖夜坐

风色初宁暮色微，平湖正喜月来辉。
忽惊眼底银波碎，何处鸭凫相逐归。

归南园夜宿

虽名园主几朝来？三径牵衣多绿苔。
独识窗前晨鸟意，呼人带露看花开。

南塘

南塘夜夜伴堤行，泪眼如今只自经。
天上水中双照月，哪轮分我哪轮卿？

池上鹅

无风处处动涟漪，小舫盈盈东复西。
瞥见人来忽爱好，忙衔池水浴翎衣。

暑日望空调有感

装来长挂壁中闲，每欲思开转复关。
一室虽成凉世界，却排热浪向人间。

朱建国

男，汉族，1958年出生，汝州人，中专学历，助理工程师，中共党员，工作于中国联通汝州分公司，曾从事宣传工作，多次在《河南日报》《河南邮电报》等发表文章。汝州市晚晴诗词协会东城分会副会长。

七律·清明缅怀毛主席(新声韵)

举国泪洒慰先灵，吾更追思大救星。
揽月文韬惊宙宇，回天武略镇妖雄。
胸中有爱怀天下，心底无私系众生。
神魄永存强社稷，醒狮屹立傲苍穹。

七律·入晚晴诗词协会有感(新声韵)

诗词韵律育新芽，平仄吟安泪放闸。
老友同吟华夏曲，新朋共咏故乡花。
神思添彩拼搏路，奇想增辉创业涯。
枯木复春枝更绿，重操旧笔绘夕霞。

七律·高中同学聚会感赋(新声韵)

四十春夏复秋冬，弹指相逢皱褶浓。
两载求学结厚谊，半生创业续深情。
举杯追梦思前事，曼舞吟歌话后程。
难忘今宵欢尽喜，笑颜永驻晚阳红。

七律·同学聚会游重渡沟(新声韵)

一路飞歌乐满程，欢声笑语荡春风。
翠竹飞瀑谈开拓，苍柏曲流话养生。
插剑泉边吟盛世，菩提树下聚高朋。
山高水长炎阳热，不胜同学四秩情。

七律·游汝州杏花旅游文化节(新声韵)

一夜春风万树开，杏花怒放漫山白。
玉铮鼓壮腾云去，人海车龙入画来。
枝茂蕊香蝶眷恋，山青水秀客徘徊。
老区大峪新篇续，魅力梁城看未来。

朱军培

棉机安装工程师。

七律·游滁州琅琊山记(新韵)

停车近寺入仙境，似梦云游天外天。
松柏颠连攀峭壁，百灵对舞闹声喧。
樵担趁步青山下，沉落亭台绿水边。
旋上天门新拗目，心高徒欲再无援。

七绝·买菜(新韵)

家中也有一台称，不差分毫不可能。

较称没人能看见，只为下次好作朋。

七绝·说蝉(新韵)

当伏旧岁昼夜鸣，处处有人骂蝉声。
美味幼蝉千家餮，香餐食断百厌虫。

绝句(新韵)

单舟隐濛漫，独钓天水间。
孤老随寂寞，夜来月伴眠。

天门望

鱼儿戏水千弓下，俊鸟娇歌百丈高。
缕缕江河飘玉带，山村点点酒旗招。

朱林兴

男，上海人，1943年生，大学本科学历，上海财经大学教授。曾任上海财经大学城市经济研究室主任，上海经济管理干部学院城市经济研究所所长、学报主编，曾兼任上海人民政府决策咨询专家。2009年退休。长期从事城市经济、房地产经济等的教学和研究。出版著作十余部，著有杂文集《桑穆随笔》。

忆诸阿浜

诸阿浜水东西流，双子紧傍上中游；
鱼欢虾逐翻银浪，看山望水忆乡愁。

(注：诸阿浜系原梅陇镇境内一条小河，东西长二里多。双子指紧傍此浜的自然村落：本人出生地何家库和小何家库。)

忆朱行庙会

五十年代朱行镇，“七夕”庙会人气盛。
百年紫藤笑迎客，猴蹦童乐景犹新。

(注：朱行镇属闵行区梅陇镇一集镇，据说建于清嘉靖。每逢农历初七举办庙会。中街生一古藤，与镇同生，盘根错节、遮荫蔽天。上世纪末朱行老街改造时由区园林管理部门将此藤保护移植。)

忆莫干山会议

莫干山峰草木青，百名书生图革新。
八个报告响春雷，双轨价改显雏形。

(注：1984年9月3日至10日，由《经济日报》等10家单位在浙江莫干山召开全国首届中青年科学工作者研讨会。此次会议具有重要的现实意义和历史意义。128名凭论文入选的代表与会，其中不少人后来成为改革开放的骨干和学术带头人。上海由本人和黄汉江教授等5人与会。会上向中央政府递交了8个研讨成果，有关双轨制价格改革的思路得到了赵紫阳的肯定。)

公园生态贺莘中60华诞

公园四季百花艳，母校甲子六十年，
微风送香游人恋，名师济济校风严。
啄虫小鸟逍遥在，粗玉顽石细雕琢，
花草人鸟结良缘，人才辈出添校颜。

赠汉江教授

黄氏儒气浩，汉承李杜妙；
江川多才俊，兄台乃首挑。

孙女学骑车

六龄孙女学骑车，车把高出人半头。
左倒右歪巧平衡，一个时辰奏凯歌。

朱玲玲

笔名冷月，别名梦。石家庄诗词学会会员。作品散见于明德文化网、中华诗词、北京诗人微刊、中华诗歌、大连文学、河东诗论、北美蝶恋花诗社、中华好诗词、诗词文学、云中文苑、文学与艺术、九洲诗苑等网络媒体。

七绝·暗恋无痕

月朗星稀风可见，恍若梦入水云间。
缠绵恩爱续前缘，莫笑痴情空自恋。

七绝·书味人生

一本清词书香味，翰墨伴君读圣贤。

抒写春秋意味尽，半壁人生壑难填。

五绝·雨后西湖

雨后翠成荫，美景邀佳人。
琼山掩碧树，雷峰展雄风。

七绝·新西湖

西湖青青柳色新，绿树掩映花倒影。
他日相邀偕君去，乐在其中歌不停。

七绝·心在远方

晚霞一缕落西方，诗中无语泪千行。
鸿鹄志在越苍穹，难念杯中徒忧伤。

七绝·喜雨

细绵柔丝斩不断，水中鱼儿把身翻。
黄花淋浴竞开颜，麦田欣喜唱得欢。

七律·盛夏之夜

杨柳絮花藏入泥，牡丹月季露冰肌。
荷塘蛙叫一二声，杜鹃禅鸣有心意。
窗前细雨柔情诉，卷中缠绵两不知。
红烛燃尽浓情去，香案伏书寄忧思。

卜算子·佳人去

二月初相遇，佳人画中游，伸手摘下梅一枝，暗香飘万里。

今日再游湖，桥在云中立，人面不知何处去，偶有柳飘絮。

长相思

梦在游，情在游，肝肠望断难回首，无处再邂逅。

烛一行，泪一行，孤灯影中化凄凉，相见两茫茫。

卜算子·思归

夜黑又长长，银光舞婆娑，柳知妩媚鱼浅水，心意无处诉。

去又无处去，归又无归期，半痴入梦坠相思，鸿雁留君住。

少年游·山水辞

孤帆碧影荡九洲，少年山水游，云蔽千里，斜阳横卧，气势晕阴柔。

江山如画多娇娆，踩东岳，跨长沙。借我豪情，义气长洒，游历满天下。

天仙子·恍惚间

晚风吹散人未醒，廊前歌罢萧声停，哪堪岁月能几回？凌花镜，空悲泪，烟波浩荡不问津。

纱窗斜影寻自省，三更孤灯亮倩影，人比黄花更清瘦。恍惚间，梦未醒，明朝雾散人更轻。

卜算子·春来早

燕雀落枝头，憨笑三月风，杨柳早知春暖意，抚首骚弄姿。

吾欲唤春风，莫再强停留，檐下雏儿已争雄，任谁亦无助！

朱茂杰

男，1954 年生，1972 年初中毕业，后工作于乡镇企业，现任村计生协秘书长。

工作：1982 - 1988 年在镇电影管理站任站长，1989 - 1996 年在县城集体企业工作，1997 年至今在家务农，2014 年从企业办理退休。

游上海

明珠市中景浩繁，游人如醉似胶粘。
拒腐正气为人民，最念南京路八连。

入秋

一夜北风草木朽，拆拆洗洗说不休。
声声衷告懒散人，置换衣被莫停留。
遍地金毯花样秀，漫天巧云俊姑羞。
苍鹰挥笔彩绸上，晚霞斜目把情邮。

暮夏

炽炎湿闷莫再抠，使命已尽心快收。
北风不吃南风气，无面生存来强求。
天上下雨地下流，顺其天然乐无忧。
春来夏至秋冬好，驾驭四季诚心修。

无题

工作生活遇忧烦，恰如桌上咸辣酸。
心态摆正胜秋水，无限风光飞眼前。

朱庆国

笔名清爽。男，1961年生，黑龙江省依兰县人。爱好文学，喜欢诗词创作，旧体诗与现代诗作品见于中华网络诗刊等。太行诗词学会会员，中国诗歌网认证会员诗人。

五绝·高节

百花均萎绝，一菊独荣光。
不畏秋风扫，迎寒挺脊梁。

五绝·胡杨品格

纤柔枝舞美，奇特叶飘香。
不管风沙扰，夷然总盛强。

五绝·荷花

泥塘不染身，吐艳醉红尘。
品性之唯有，清嘉世上珍。

七绝·快乐乒乓

圆圆彩拍手中舞，小小银球网上飞。
一决雌雄均猛杀，英姿好似孔令辉。

七绝·非常趣味

清晨伏案墨书香，几度凝思措笔忙。
助兴莺歌楼外唱，捻诗岁月美流光。

清平乐·羽毛球

双方激战，个个英姿现。技法灵机均善变，胜似林丹猛悍。

拍传友谊花芳，球飞幸福无疆。体悟求康境界，平生运动加强。

（注：林丹，中国羽毛球运动员、世界羽毛球名将。）

七律·十月初韵

风吹田野泛金黄，万顷涛波未撒霜。
小小蜻蜓因稻舞，沉沉穗子待人藏。
农民受累含辛苦，上帝开恩赐吉祥。
一望今朝无限好，心情灿烂品秋香。

五律·畅意

我有一壶酒，芬香可洗尘。
花前留步履，苑里会文人。
蝴蝶飞姿雅，熙天映景新。
亭中今共饮，浪漫话情珍。

朱泉升

男，汉族，1950年生，江苏省徐州市人，滕州市工艺美术厂退休。中华诗词学会会员，滕州市诗词学会常务副会长。作品多次在国内各级报刊发表并获奖。

五律·咏黄河之都

乳汁哺华夏，金城居上游。
皋兰呼白塔，秦陇锁洪流。
励志天行健，知恩劲更遒。
炎黄瓜瓞永，万里展新猷。

五律·游龙泉寺

古寺群山抱，残垣静欲眠。

争鸣莺哢树，流韵涧飞泉。
桃靥翻红雨，梨魂袅淡烟。
登高欣纵目，幽境证玄禅。

七绝·春

动人春色听莺啭，胜日寻芳花满城。
古滕诗意知多少？流韵馨香万里程。

七绝·秋

荆水潺潺绕古城，登高览胜又秋声。
塔影千年流不去，教人长忆故园情。

七绝·过永嘉

又见池塘春草稠，永嘉南望是温州。
谢公不住楼中坐，江上青峰自在流。

七绝·雨游永嘉

永嘉山水谢家名，罗带玉簪溪有声。
江上数峰青不断，天公助兴更多情。

七律·红荷湿地诗意

万顷微湖荷万茎，水光潋滟画船轻。
舟从碧玉涛中走，人在红莲丛里行。
霞染清波歌一曲，香浮云汉渡双星。
棹歌听唱渔家傲，与说家乡缱绻情。

朱伟民

男，上海立信会计学院数学与信息学院副教授（已退休），主要从事信息管理与信息系统专业的教学和科研工作。爱好文学艺术，喜欢书法、国画、摄影和诗词。

游吴淞炮台湾湿地公园

半日闲游炮台湾，萋萋蒹葭已枯黄。
十里江岸水苍茫，深秋红叶染林霜。
炮台难以戍国门，悬索桥头叹沧桑。
倍惜当今艳阳日，只畏烟霾重登场。

（注：连着数日阴霾，今遇久违的艳阳天，去吴淞炮台湾湿地公园闲游拍照拾景。）

阴晴二摄广富林

阴霾难锁遗址景，晴好更秀广富林。
寺塔亭阁水上浮，拱桥疏木映湖镜。
古物考据溯千年，此地原来沪上根。
摄留美景赠友人，聊补西域少湖荫。

端午赠友

初夏又闻艾叶香，吉水煮粽祭端阳。
节令更添牵念情，寄首小诗祝安康。

朱祥麟

1944年生，湖北鄂州市中医院主任医师，兼职教授，湖北中医名师。中华诗词学会会员，中华诗词文化研究所研究员，中国诗词研究院副院长，国际中华艺术家协会专家顾问。著有《西长岭诗词选集》《通虚子诗词稿》《通虚子诗词续稿》及多部医学专著。

春思

红豆衣衫俏，去年着我身。
新桃千树熟，寄语成边人！

车过日月山怀古

和亲遗岭路，淌水倒西流。
日月前峰险，边关靖晚秋。
萦怀千里梦，除却五更愁。
玉帛求同调，丰功孰与俦！

（注：唐文成公主进藏和亲，途经青海日月山，旁有淌水河，倒向西流。）

游青海湖

西海一何远，长云黯雪山。
迢遥飞候鸟，浩瀚沐双丸。
烽火荒台寂，春风玉笛欢。
牧民驰骏马，相与不思还。

一剪梅·题父亲节

大树拂云荫屋凉[1]，能蔽炎阳，能挡风霜。承恩小鸟奋飞翔。不畏山高，不畏流长。

逝者如斯梦未央，林木悲商[2]，华叶焜黄[3]。骨气凛然岂可伤。为尔行觞，为尔高吭！

(注：①袁枚《大树》："繁枝高拂九霄霜，荫屋常生夏日凉。"②悲商：商，金声；凄厉的秋风声。陶潜《闲情赋》："悲商叩林，白云依山。"③古乐府《长歌行》："常恐秋节至，焜黄华叶衰。"焜黄，色衰貌。)

临江仙·夜深沉

皓月清风柔似水，夜阑万籁无声。相携信步小蹊行。深沉无一语，怕把地惊醒。

若听天庭传舞曲，冰弦袅袅余音。姮娥不寐慕乡亲。青天如碧海，河落晓星沉！

朱新云

女，汉族，1962年生，山东滕州市人，现供职于滕州市建筑设计院。山东省青年作家协会会员，江苏省淮安市《短小说》创作员，山东省散文协会会员，滕州市作家协会理事，中华诗词学会会员，滕州市诗词学会副会长。作品散见于国内各省市级报刊。

七绝·短信问候

万里知音万里行，冰心一片见真情。
亲情入耳飞鸿至，声荡云霄四海鸣。

七绝·诉衷情

云去天边月放晴，水清荷美伴蛙鸣。
声声不断相思意，拂拂凉风诉别情。

七绝·河边感怀

小河可惜胭脂色，不见当年清水流。
今日相逢不相识，断魂失色几春秋。

七绝·咏荷五首

(一)

扁舟一叶水天清，摇曳湖光伴鹭鸣。
阵阵荷风送香气，勾来吟兴自多情。

(二)

凌波馥郁满湖风，朵朵芙蕖亮吐红。
不与群芳争地位，愿将根扎淖泥中。

(三)

满湖碧叶五分花，朝暮绿红思拥霞。
还借薰风舞清影，纤纤素手浣新纱。

(四)

碧叶摇风如扇圆，自含香蕊为谁妍？
几多愁绪长相忆，一片冰心鱼雁传。

(五)

仙子浣纱吹浪起，婆娑倩影戏鸳鸯。
烟霞璀璨飞云处，千古诗魂荷气香。

朱雄亮

男，50岁，福建建阳人，会计师。曾先后就读于第一军医大学、上海海运学院、南京粮食经济学院、厦门大学会计专业。福建省南平市建阳区诗词楹联学会副会长，解放军红叶诗社社员，中华诗词学会会员。多篇医学论文参加国际重要医学会议、国家级医学会议研讨，并被收入国家级医学核心期刊；诗词、散文作品散见于国家级、省市级刊物，参加全国性征诗征联活动并多次获奖。

念奴娇·度七夕

孤身独立，汉江边，久久难平哀绪。家有盆花花似谢，此处莺歌还语。野地花开，都城美女，处处偕人侣！况尘世我，更安能与仙伍？

七夕二十多年，未生情愫，心死无情屿。忆想前生虚日度，只有浪风当鼓。转眼花发，再虚而立，只盼娇娘舞。年年如梦，何人来伴桨橹！

水调歌头·咏毛泽东同志

换地改天下，仰汝胜青天。长征如信闲步，震撼越千年。赤水来回四度，佯打贵阳神策。河上索风寒，沼泽更峰雪，几度死生间。

蒋家阁，挥手瞬，任君眠。江山指点，如画疆界太阳圆！天时人和地利，何惧苏修美帝？借万箭弓全！乘万里风顺，谁霸我乔娟？

（注：乔娟指的是三国时大乔、小乔的美丽，这里除了指人外，更指祖国的大好河山和各种资源。）

五绝·咏武夷岩茶

江山春染绿，丛树隐袍红。
彩绘摘茶女，香飘拂晓风。

五绝·咏黄河

滚滚黄河水，千川汇一流。
有容方可大，华夏志当酬。

五绝·咏武夷山云河漂流

（一）

一叶随流下，低头两片天。
青山由我转，印象在身前。

（注：两片天指头顶一个天、水中一个天，头顶一个天、壶中一个天，右边自然景观一个天、左边人文景观一个天。“印象在身前”指就像《印象大红袍》在身边演绎一样。）

（二）

茗烟藏绿苑，雾色浸东西。
唯我舟之上，高山水下低。

七绝·咏崇雒乡右巨龙井坑

龙井坑真好地方，一年四季绿衣妆。
银川瀑布诗流远，化作芹溪更誉长。

（注：芹溪是朱熹从小回乡必经之地，曾作《芹溪九曲棹歌》，宋代咏颂芹溪约有百首之多，龙井坑位于芹溪之源。）

五绝·咏金交椅(含头诗)

金光融夕照，交映水中天。
椅上千般景，奇香更醉仙。

五律·登邙山

极目山之上，黄河入太空。
风光连世外，历史坠苍穹。
华夏文明荟，河南故事丰。
千年仍璀璨，天下九州中。

朱雪春

浙江义乌人，一个喜欢文字、歌声和微笑的江南女子。

诗观：用爱生活，用心感悟，用文字书写，这就是人生。

五绝·秋夜

露湿花千树，江清白鸟旋。
长宵幽且寂，深坐对婵娟。

五绝·中秋

妆楼歌别绪，游子泪沾巾。
隔海遥相望，天涯共一轮。

七绝·好友相聚

故人相聚日西斜，笑语欢声酒肆家。
作别依依犹不舍，重约三月看桃花。

七绝·莲花

婷婷玉立水中央，袅袅身姿半掩藏。
不学桃花引蜂蝶，拼将心魄共梅香。

七绝·夏日

碧水微澜细柳摇，晚霞新月共青霄。

春红谢尽何须恨，出水芙蓉格外娇。

七绝·重阳节

蓝天碧水好秋光，丹桂飘香菊正黄。
漫道重阳尊老节，几人今日伴爹娘。

七绝·情人节

满城香气玫瑰俏，月下佳人对对娇。
梦镜飞花无限好，春风一度到长桥。

七绝·大寒有感

雨雪纷纷三九寒，梅枝独秀岁将阑。
离乡游子知何处，慈母时时盼子还。

七绝·游山感怀

山径阶边绿满枝，红英几点夏初时。
可怜往日春光好，化作残香首首诗。

七律·梅

女子如花当作梅，向居一隅远尘埃。
风和日暖群芳艳，积雪层冰独自开。
素瓣清姿香暗沁，青松翠竹共霜台。
琼花玉树高标格，欲觅芳踪踏雪来。

朱耀清

男，1952年生，汉族，籍贯山东省新泰市洋流镇羊流村，工作于沈阳市皇姑区人大常委会。沈阳市松竹梅诗社副社长，舍利塔诗社副社长。曾在《中华诗词》等报刊发表诗词百余首。

西江月·三亚湾

碧海轻风绿岛，蓝天丽日白云。椰荫一梦月光临，耳畔涛声阵阵。

昨日如山公务，今天似水闲身。余生愿作赶春人，且乐花香云近。

（注：宋代王观《卜算子》："若到江南赶上春，千万和春住"。）

在三亚去西岛途中。脚下清波荡漾，眼前绿岛葱茏。飞舟掠水似游龙，头顶天光云影。玄鬓勤营事业，白头醉卧云松。今天破浪乐西行，惹我诗情泉涌。

玉楼春·三亚冬日

鹿城十月风光美，冬日如春催客醉。金鸡岭上看红花，三亚湾中游碧水。

初逢夜雨人难寐，枕上欣听珠玉坠。天明院里百花娇，椰树芭蕉应更翠。

踏莎行·元旦思亲

身似浮云，情如沧海，心潮逐浪生澎湃。新年游子动离愁，家人远在千山外。

小女娇姿，乖孙憨态，昨宵梦里多怜爱。五更倏醒怨啼莺，如何还我思亲债。

念奴娇·游卧龙湖

卧龙湖水，碧连天，浩渺烟波如绘。阵阵清风吹细浪，野鹤鸣飞嬉水。柔苇牵波，娇荷映日，跳跃鱼儿美。扁舟欸乃，莫将画面惊碎。

携友踏浪游湖，舱中载酒，未饮人先醉。花甲古稀居闹市，且乐迈开双腿。把盏临风，吟花咏月，白发诗情沛。与君同品：生活快乐滋味。

念奴娇·塔园夏晚

风和虹丽，雨初晴，漫步塔园夕照。高塔映塘荷泣露，柳岸几多垂钓。碧树传莺，清流唱晚，飞燕凌波叫。花香飘溢，逗余诗涌词闹。

谁在广场桥边，翩跹起舞，更有歌萦绕。白发翁婆相挽手，一路有说有笑。绿女红男，娇姿倩影，缱绻花间照。老夫敲句，幸福浸染新调。

玉楼春·塔园春日

桥边塔畔东风暖，莺鹊踏枝声百啭。一溪碧水万丝垂，两岸红花千树远。

人生长恨春光短，更况桑榆霞向晚。劝君持酒唱夕阳，一醉花间偕月返。

（注：塔园指沈阳市皇姑区舍利塔滩地公园。）

踏莎行·三亚会沈阳老友

碧树红娇，青山绿透，潇潇密雨初停后。大东海内水连天，风和日丽白云秀。

满满琼杯，盈盈笑口，椰荫畅饮重逢酒。劝君一醉水云间，还邀明月斟星斗。

朱振林

自述：五零我生，六八插队。十载困苦，七八得中。八一从教，耕耘后学。其间进修，深造徐图。才本平庸，更兼蹉跎。退休已然，寂寥何求？加入诗协，吟学平仄。谢尔征稿，奋力勉为。韵律怡情，自乐其中。

七律·苏中校庆有感（新韵）

校庆苏中临盛世，青才皓首聚璇庭。
迎宾锦片明眸映，话谊声节悦耳听。
相册开帧姿彩展，音书启帙意兴生。
当年一介醇学子，反哺今陈万绪情。

七律·接读偶思（新韵）

人求子女成才切，自古尊儒唱咏多。
场上清风传鼓乐，楼前皓首引鹅脖。
听铃可盼孙归至，顾影生忧心折磨。
劝佬无庸终舐犊，少年凭任立潮波。

（注：接读即老人接放学的孙儿归家。）

七律·仲民友单车行天下，即兴一律（新韵）

曾经五岭单骑度，程启三春藏北寒。
踏浪霞披飞汉曲，蹬崖星摘跨秦川。
神州万里章中斐，华夏千姿镜底斓。
凯旅归来回客问，朗声谁识入耆年。

（注：曾经又是友人在东太湖论坛的笔名。）

七律·庆云峰（新韵）

混沌诞逢寒武纪，海湮灵璧鉴君心。
嶙峋铮骨谀姿少，冷峻慧眸凝虑深。
不羡御轩堆苑垒，甘临渚岸伴泉林。
敢询豪士襟怀事，祐我华夏彻古今。

（注：庆云峰，本为灵璧巨石，现坐落于吴江静思园。）

七律·灵岩山（新韵）

丹桂秋节催郁郁，临风踏岭举金杯。
幽岭处适尘喧远，曲径行由寺静归。
西眺洞庭千浪涌，东驰动列一鸣飞。
扶阑赤子图功切，莫道夕阳尽落辉。

七律·山塘街（新韵）

七里堤塘千载度，隋河奔海汇天涯。
经营日月白公碌，谋划乾坤百姓夸。
息壤寻根来不暮，磐石试剑往为佳。
阖庐驿道逢今岁，玉树琼林满目华。

七律·木渎（新韵）

虹饮阙城高如许，穹窿极目是吴乡。
楠梁渎徙张文彩，御诏亭书颂汉唐。
月照禅林钟鼓静，德播严苑卉葩香。
何穷笠泽云天色，更上层楼望九阳。

七律·盘门（新韵）

阖闾肇始筑蟠门，伍相千秋比放勋。
桿鼓池波朝蕨碎，乌啼阙堞夕阳沉。
楼头皓首敲枰急，城下垂髫放鹞奔。
墙外若非车马啸，蟾轮可踏向天巡。

朱正山

字费之，号北湖野鹤。男，江苏省扬州市人，1937年生，中医内科主治医师。幼承庭训，业继歧黄，执业45年，从事中西结合研究。退休后，热爱诗词，写作千余首。中华诗词学会会员，江苏省诗协会员，扬州市诗协会员，邗江区诗协编委。作品散见于《中华诗词》等报刊。著有《野鹤吟草》《我咏扬州》《野鹤吟续》。

上海陆家嘴观光随笔

(一) 亚洲第一高楼

金茂环球仲伯交，裁云挂月插云霄。
群星入座为常客，伴斗称觞不用邀。
海宝金牛迎世博，财神大款弄新潮。
春风吹发摇钱树，长出亚洲第一高。

(二) 明珠自诩

东方一塔指苍穹，独揽金融五百雄。
奋进人民知奋进，新生骄子立新功。
和平崛起兴华夏，改革放开大道宏。
二十年来观巨变，明珠笑对汇丰种。

(三) 上海国际会议中心

长厅百米叠层楼，一担东西两半球。
驻足璇宫知天下，遥看都市大风流。
浦江曲水穿银线，高架车灯画彩绸。
世界宾朋咸聚此，万分感慨又回眸。

(四) 浦江观光带

申江滟滟重重浪，广厦林林簇簇新。
环道浓荫围似带，观台玉砌吻如唇。
何来满岸芳菲胜，却是游人着彩裙。
夺目豪华珠宝气，珠光映水水流金。

上海外滩怀古叠韵三首

(一) 租界遗址

西洋建筑对江涛，有几新人识旧标。
遗址痕间苔蓄泪，我今指点认前朝。

(二) 陈毅像前

横眉傲立对狂涛，烽火当年灭虎标。
武穆神威风凛凛，鲁戈光灿日朝朝。

(三) 外白渡桥

英雄塔影镀金涛，百载桥梁记史标。
斑迹堪称留言薄，行行点点示今朝。

紫陌纤草

本名兰晓辉，女，生于1979年3月，河南省汝州市人。汝州市作家协会理事，江山文学网签约作者。喜欢文学，文章风格多样，类别分别有古典诗词及现代诗歌、小说、散文。

写作感悟：文字是盛开在心中的花。

七绝·四首

琴

良木得寻非易事，精雕细刻始成材。
悠悠岁月弦中过，万种风情天上来。

棋

纵横交错可藏天，河汉均分各一边。
起落之时心已决，不能后退只能前。

书

得闻如玉页中藏，也有字间金满堂。
万卷读来终有益，通今博古任翱翔。

画

娇荷池上婷婷立，点水蜻蜓款款飞。
鱼戏叶间波浪涌，花容纸上辨依稀。

字林扬

男，1942年生，大专文化，湖南永州市人，中共党员，高级会计师，曾任中国工商银行永州市分行稽核、财务科长。湖南诗协会员，岳麓诗社理事，永州诗协常务理事，零陵诗社副社长，《零陵诗风》编委。诗词联作品散见于

《岳麓诗词》《湖南诗词》《永州诗词》《首届中国百诗百联大赛作品集》《中华诗词》等刊物。著有诗集《银苑歆韵》《潇湘银韵》和《律韵新编》等。

江上人家

水笼青烟月笼纱，船家画舫似飞花。
姑娘划动皮华艇，撕碎江心一抹霞。

深秋感怀

霜风如火袭林园，叶枯荷残十月天。
夕照人间霞影现，虫鸣乡野叫声甜。
银辉射岸风拂柳，红叶封山地欲燃。
淡淡菊香心气爽，香零秋景醉云烟。

山花子·新村秋韵

气爽天晴秋焰高，红枫片片路边飘。贤水清波留倩影，画中摇。小伙手机甜语笑，山溪垂柳竟妖娆。机器收粮音韵美，展风骚。

漫道骚坛眼界高，闲来也爱把诗瞧。李白宗元文笔妙，荡云霄。笨手一挥书画卷，吟诗写意也妖娆。山野村夫寻意境，学文豪。

行香子·蘋岛采风

坐上游船，驶向洲，汇双河，浪遏飞舟。兰天碧水，波荡情悠。赏湖中鱼，河中柳，岛中楼。

重修书院，山川锦绣；倚东风，织梦心头。平湖千里，乐享新秋。约文人聚，诗家咏，旅宾游。

卜算子·秋夜有吟

秋色染枫红，烟雨徐徐下；落在阿哥小妹旁，打断痴心话。

扰乱一生情，弄坏情诗帕。短信发来微博上，写满春和夏。

鹧鸪天·情醉田园

一驾铁牛千亩田，耕耘日月到天边。抢收快种山河变，引水追肥雾里烟。

挥画笔，绣山川；三哥恋妹笑声甜。双双携手田园乐，情醉青山绿水间。

卜算子·深秋感吟

潇水过朝阳，萍岛风光美。书院桂花笑点头，别了湘江水。

枫叶满山红，吟赋千滋味。美艳秋光诗里藏，叫我心陶醉。

纵啸

字肇华。1941 年生。

自述：大江东去，残阳如血；人生苦短，又冰霜雪雨，几多牵挂。潮涨潮平淘过客，一枕黄粱思怕！夺利争权，鲸吞暴敛，魔鬼贪天下。难逃众目，祖宗蒙耻留骂。惯看秋月春风，绿肥红瘦了，十分潇洒。云卷云舒山屹立，仰望青黄神话。报国齐家，先天忧乐，浓墨时空画。九泉含笑，管他来去真假。

蝶恋花·秋韵

小院闲庭求课考，白发童心，幽梦知多少？黄菊披霜情未了，立门遥望重阳道。

落叶横阶晨自扫，长夜北风，尤有秋蛩闹。陌上溪头迎野老，枫红尽唱相思调。

西江月·小园

昨夜风柔雨细，清晨摘食黄瓜。满园青翠吐新芽，豆角葳蕤上架。

茄子舒腰挺背，辣椒醉眼流霞。西红柿干坠歪斜，旭日多情韵雅。

西江月·闲钓

一阵清风拂面，两行垂柳舒魂。野花芳草月星吞，出水芙蓉娇嫩。

莺燕穿梭剪彩，蝉蛙断续吟门。日新月异

故乡村，贪钓夕阳余韵。

七绝·村晚

(一)

封刀罢宴沐霞红，浩月多情唱晚风。
一路黄花频起舞，古稀羞负大江东！

(二)

倦鸟悠悠入碧池，炊烟袅袅寄相思。
老翁闲步夕霞里，煮酒抒怀鹊踏枝。

(三)

杨花柳絮少才思，狗苟蝇营入砚池。
隐祸藏污酿公害。快刀难断扰民枝！

(四)

赋闲蓬雀窥书案，乐守寒窗读宋唐。
柳絮杨花常打扰，宅心清扫抱茎黄。

邹积慧

吉林省农安县人。东北农业大学农业经济博士，哈尔滨工业大学管理科学与工程博士后，现任黑龙江省关心下一代工作委员会副秘书长。中国作家协会会员，中华诗词学会常务理事。创作诗词1000余首，作品散见于《人民日报》《诗刊》《中华诗词》《黑龙江日报》《北方文学》《诗潮》《长白山诗词》等报刊。出版诗词集《北大荒吟草》等4部。荣获2015年“中华情”全国诗歌散文联赛特等奖、第四届“时代颂歌”全国诗书画影作品大赛一等奖、《诗国》编辑部年度优秀作品奖，并被中华文学艺术家协会等单位授予“全国优秀诗词家”荣誉称号。

大兴安岭(三首)

(一)

仁山智水自多情，爱向白云深处行。
俊鸟间关难解语，乱花迷眼不知名。
虬松翳翳浮天翠，崖瀑氤氤落地清。
牧笛声中村舍近，牛羊十里晚烟平。

(二)

朝阳壮我意葱茏，岭卷碧涛云荡胸。
涧水常浮千载月，石林惯抱万巅风。
断崖溜索通仙境，峻阁飞檐挂碧穹。
无限风光撩眼底，人山同醉夕阳红。

(三)

迤逦层峦接远天，萧萧一路觉轻寒。
黄花早许西风愿，鸿雁才从塞外还。
江水急翻千浪白，秋霜浓抹万林丹。
诱人最是盘旋路，跃上云端我欲仙。

小兴安岭(三首)

(一)

一望兴安意气横，敢攀千仞向巅峰。
崖悬仄径松来引，空外无声泉自鸣。

(二)

小路如绳入碧霄，野花招手岭云娇。
松涛有意争强者，我脚高时它也高。

(三)

只缘身在最高层，浩浩天风壮我情。
抓把白云抛远处，大山十万起涛声。

邹育康

字健之，号四海居士，笔名蜀仁。四川内江人，现居上海。国企退休后长期进行诗词创作。作品及传略入编诗词(联)辞书、典志数十余部。中华诗词学会会员，中国楹联学会会员，中国诗词家协会名誉会长。

黄山光明顶观日出

一顶触青天，苍茫云海间。
游人潮水涌，留语赞声连。
朝日晕刚现，霞光影在前。
骄阳方一笑，大池尽开颜。

夜游秦淮夫子庙

雾迷庙宇笼烟纱，波动秦淮亮岸家。
商女谢王时过事，满街欢笑一河花。

盛世年华

春绿神州日照川，天宫舒舞月迎欢。
卅年开放风光好，才了丰年又瑞年。

黄河颂

黄河落尽自天流，万里风雷历史悠。
西出昆仑添沃土，东奔大海涌新楼。
沿途百姓谋增福，祸害天灾已不愁。
最是中华圆梦日，涛声犹自系神州。

大理风光

远望苍山雪里容，无边洱海月光蒙。
渔舟唱晚飘湖寨，白调歌声荡夜空。
满野点红花醉客，一川三塔顶临穹。
从来大理天然景，美在风花雪月中。

春节观社区老年歌舞队表演

这支队伍不寻常，戴绿穿红艳丽装。
满脸皱纹翩舞起，一头白发唱歌忙。
休息不逊青年乐，欢喜还夸叟媪狂。
节日吉祥春色美，夕阳发亮放光芒。

卜算子·咏太湖

山水合天边，湖阔渔歌远。自古春秋孕越吴，可得天恩典？

水上白帆飘，范蠡踪何见？独有风情醉世间，更喜渔仓满！

南歌子·重阳登高

才送金秋月，又迎故土霜。天高云淡雁南翔。瓜果飘香又是到重阳。

莫说吾身老，心宽情未央。山青水秀唱家乡，老友登高聊发少年狂！

邹章义

笔名玉律。原籍江西，现居珠海，大学学历。酷爱写作，尤喜唐诗宋词及舞台文艺。珠海市文联会员，珠海市诗词楹联协会会员，中国诗书画家网艺术家委员会副会长。曾任贵州文学格律诗词编辑，部分诗词、散文作品散见于《当代优秀作家精品选》《心灵诗者》《中国诗歌大观365人诗选》等刊物。散文诗《小桥》获2015年度新诗铜奖；《七律·西湖畅想曲》获第三届相约北京全国文学艺术大赛一等奖。

七律·墨趣

——夏日偶成

碧玉狼毫墨色鲜，芬芳国粹惹情潜。
虽无浩海腾龙跃，却学沙茅舞翩跹。
师效兰亭勾趣梦，点鸦凤势染霞天。
自由一席悠闲地，恰似农夫好种田。

七律·谒成都杜甫草堂

浣溪涸润散清幽，花树绕庭雅逸留。
圣哲虚怀歌百姓，古贤泪沥系民忧。
乾坤笔底波澜涌，广厦庇寒夙原稠。
酒肉朱门空一瞬，惊风茅屋著千秋。

七律·萤火虫

流萤点点夜飞晶，执着无求不计名。
车胤攻书欣作伴，征人趱路喜随行。
窗前翩舞霓虹彩，郊外频梭绣锦屏。
煜煜胸怀情笃厚，微微缀献暗中明。

七律·故园即景

满眼青园秀色融，如诗画景毓蒿篷。
竿竿修竹迎风绿，片片时蔬映日红。
引吭耕农歌汗雨，啁鸣林鸟悦音浓。
动人最是黄昏后，收获笑靥月已东。

（注：故乡“菜洲上”是一个绿水环绕的小岛。岛上，周围是修竹，中间是菜地。20世纪70年代因修建柘林水库而成“水晶宫”。这里曾留下我童年的幻梦与求学时期的足迹。现近古稀之年，每每怀念之情愈来愈浓烈，今又感思而歌。蒿篷为蔬菜种植而搭的竹架绳棚。）

七律·恬居

坐北朝南觅自歆，清茶淡饮看流云。
方城不走神毋拜，动律琴诗度晨昏。
偶博棋河防脑笨，些斟酒水络筋灵。
窗前玉竹长相伴，时送雅音入耳闻。

七律·西湖畅想曲

余杭胜景世难寻，妒杀天阶帝子心。
夏日风荷摇玉蕊，春时云燕斗雅音。
苏堤树映潭潭影，淑女桥痴缕缕魂。
烟锁西湖钟向晚，观钱拂柳泛舟频。

七律·咏炭

本是山巅一劲松，焉何划入破窑中。
千焚百锻神尤在，高压难改倔犟风。
但等浪平烟火尽，满身铁甲傲刚容。
生来世上原非黑，放进炉间照样红。

春草

——春回大地，万物复苏。余对悄然破土而出的青青小草情有独钟。那一株株蓬勃向上的小生命，给大地带来了一片烂漫的春意，煞是殊味可人……

茫茫原野自青葱，坚挺严寒露劲容。
大地舒怀披绿羽，人间敞襟淖春风。
虽无奇葩娇姿艳，但有芳微戏浅红。
原化尘灰肥瘠址，不随簇簇入花中。

七绝·品茶

色欺榴艳妒群芳，味沁甘泉桂蕊香。
虽是壶中冲泡物，一斟别韵荡回肠。

七律·夏日莲

盛夏荷莲出水屏，纯情谧洁露清新。
不嘘昨夜浮春色，但把前程拥赤诚。
远握秋容随染让，舒怀坦臂啭时吟。
蓬留籽实猷芳地，捧与勤耕质扑人。

七律·夜读偶得

白发无争蛰小庐，相依唯有旧藏书。
蝉声激耳憨耕笔，萤火推窗酷捻须。
应叹老来诗未辣，少谙世事酒常枯。
个中滋味谁能识？鲈脍莼羹亦不如。

左笔

本名周洪剑。1978年生，湖南溆浦人，在机关从事文秘工作。秉着“右手替人写讲稿，左笔为己付心声”，故取笔名为左笔。

游君山而不得

君山遥望漫新帏，游者无辜惹是非。
幸得团湖怜我意，千顷荷碧竞朝晖。

（注：欲游洞庭君山，遇三位因驾车不慎入湖罹难者之家属，路设灵堂，强阻游客，而无缘君山揽胜，略为失望。幸得好友率我等改游团湖野生荷花世界，坐画舫，赏玉荷，品莲子，甚慰！）

春殇

三月春耕万户忙，田埂未见紫衣裳。
不知深院豪门里，多少村姑作二娘。

犁头嘴怀屈子

溆水滔滔旦夕流，古今多少过行舟。
风生江底千层浪，沙掩城中万户侯。
丹橘经寒披旧绿，青峰向晚起新愁。
屈平魂魄寻何处，猿啸数声崖上头。

深秋独饮登楼

自古深秋不尽愁，哪堪逝水向东流。
凄凄切切应怜客，冷冷清清莫问由。
菊抱枝头香韵淡。枫红岭上籁音休。
繁华散去心难惬，落寞袭来魄怎收？
欲举金樽浇旧恨，方闻青鸟起新惆。
但同明月双伤影，又与西风独上楼。
拍遍凭栏无处觅，望穿醉眼四方投。
莫言半世痴情已，有道缠绵待帝勾。

（注：待帝勾，直到阴帝在生死簿上勾去生命。）

醉花阴·黄花瘦

佳节重阳前置酒，又见黄花瘦。只道欠黄花，雨打西窗，更把愁湿透。

人生漫漫何长久，却是轻沙漏。然少恨无情，怎欲求仙，换百年高寿。

眼儿媚·吟岳阳小乔暮

香踪何处觅东吴，八百洞庭湖。巴陵郡治，岳阳楼北，青冢零孤。

周郎应是雄姿发，赤壁战曹夫。千年亦短，都督可记，铜雀妆梳。

下编：现代诗

A

阿桂

本名徐贵保，江西南昌人。江西省作协会员，南昌市作协常务理事、副秘书长。诗歌在《诗刊》《长江丛刊》《创作评谭》《芒种》等报刊发表，入选《2012诗探索年度诗选》《江西文学作品双年选(2012-2013年)·诗歌卷》等。

暮色(外三首)

光，一点点黯淡，一点点隐伏
到了我这里，四遭灰茫茫的一片了

此时的村口，隐约的光，多么显眼
那是田间归来的父亲点燃的烟卷
那是四月的露珠，走在人间的晶莹

当我准备举杯邀月，窗外的
桃花，已悄悄张开
小小的粉唇

读·诗

我不读天空，天空太高远
我不读云朵，云朵太缥缈
我不读流水，流水太无情

我只读诗歌，这人间的灯盏

我并不指望，它照亮我脚下的路
何况它的命运，总是给风所左右

我只是把它当作知心朋友
它明亮，我欢愉
它黯淡，我悲伤

它也有七情六欲
它也有酸甜苦辣

在我看来，一首首诗
就是一个个迥异的人生
片刻的安静
多么幸运。我终于拥有了
有那么一小会儿，对，就是一小会儿
惊喜，就要蹦出胸口

真是难得。一朵昙花
在我的房间开放。芬芳的气息
让我忘了风的喧嚣，雨的嘈杂

从此后，我可以骄傲地对你
说：庸碌的生活
也曾和美好握手

哦，差点忘了告诉你
这片刻的安静，是我

风

有时候，风很温柔
就像小情人缠绵你的怀抱

有时候，风很暴戾
一会儿飞沙走砾，一会儿波涌浪翻

有时候，风也挺可怜的
像个受了委屈的孩子，蜷缩在
某个角落，默不作声

有时候，我就傻想
人，病了，可以看医生
风，一旦病了，谁来救治

小寒的雨

落叶翻飞，簌簌地洒在
灰白的远山，苍茫的原野

嬉戏的鸟雀，疾飞枯枝，将惊慌
缩进屋檐下的陋巢；我的村庄
为了躲避突然的寒冷，早早地
将冬夜关在门外

一辆夜行车，走在回家的乡村公路
吭哧吭哧，多像患气管炎的祖父
不停地咳嗽；虚弱的气息
让我不禁担心，村前大寒的山坡
是否能够爬过

阿炉

芦根

去图书馆吧！可怜的孩子！
总有这样一个声音牵引着我
总有一位清爽的姑娘迎声而起
把热情注入我的水杯

她扑闪着带笑的眼睛
我就把唯一的秘密告诉她
告诉她我的灵魂充满无限的滞碍
她扑闪着带笑的眼睛
像一首好诗那样干净
我突然变得通灵，居然发现自己
已经爱着，也被爱着

当我发现自己谫陋的时候
发现自己昏聩的时候——
那里总会捧出灵验的药石

当我发现她的每一根神经
都被一种无声的爱拨响
每个角落都呵护着一个个
饥渴的，幸福的，充实的灵魂

那带笑的眼睛不再只属于我
而且从来就不只属于我
她属于一切的心田
属于“洗兵海岛，刷马江洲”的辽阔

这位清爽的姑娘一再迎声而起
把热情一再注入我的水杯
使我成为一个至少从不焦渴的人
成为她长翅下一枚温暖的毫羽。而且
我来了，就不会离去，更不会被弃

阿麦

本名马明。回族，甘肃省作家协会会员，鲁迅文学院第25届少数民族作家班学员。1978年生于甘肃广河。农民出身，多年外出务工，曾从事地摊摊主、餐厅服务员、保安、三轮车夫等职业，现开出租谋生。2008年开始写诗，著有《阿麦诗选》(中国文联)。有作品发表于《诗刊》《诗潮》《中国诗歌》《民族文学》《作家报》《回族文学》《新诗》《飞天》《中国文学》《文学月刊》《四季风》《东方诗刊》《刀锋·自在诗歌》《原野》《民族日报》等报刊，并入选《新世纪诗选》《2014年中国诗歌排行榜》等。曾获首届、第二届“魅力临夏”全国诗歌散文大奖赛三等奖、优秀奖。

静坐(外二首)

太阳偏西 我在小西湖公园静坐
草木依旧枯萎 像坏心情降临
口袋里的罚款单是早到的蚊子 叮咬着司机黑色的脸孔
小南风吹拂 脚下的黄河水浑浑噩噩

此时的托马斯在西方行走 所有的动词开始水流湍急

母亲

难道我是只邪恶的蜘蛛吗
我的成长 以吃掉你的手 足 身体……
为代价吗

主啊 让我变成一粒尘埃吧

这样你不会再变老了

麻雀

(一)

喜欢一只麻雀
不——
是一群麻雀
麦田里向四方散去的麻雀
我不知道它们从哪里来
有没有亲人
或者彼此心仪的人

(二)

麦子成熟的时候
香味被风吹向了远方
稻草人在晃动 仿佛戴草帽的哥哥
挥汗如雨……
我心疼一只麻雀 或者一群麻雀
叽叽喳喳的叫声 多像朴实的人
被生活无情地碾压

(三)

那些麻雀
偶尔吊在电线上
像商人褡裢里的铜钱 递增或减少
时常跑来几个野孩子
把小石头抛向天空
瞬间它们四方惊散
像风中惊飞的近邻

艾草

又名寒鑫，本名袁文斌，70后，生于福建柘荣，毕业于福州大学数学系，现就职于柘荣一中。中国博客专栏作家，创办《太阳岛》，是新理想主义发起人。作品散见于《诗选刊》《诗歌月刊》《散文诗》《福建文学》《海峡诗人》等，其作品被翻译成外文发表，入选多种版本并多次获奖。

每一个人都有一件纸做的衣裳

从火星看地球，缺少资源。男女老少，人类充斥大地
大自然的幸存者，食物链的起止端，世界末日的制造者
外星人一直称呼的地球生物，为什么不懂得互相搀扶
思想的外套，情感的依附，表皮越来越厚了
就算开脱得再彻底，每一个人都有一件纸做的衣裳

从上到下，同一个身段，画一条弧线，来回穿梭
比如打乒乓球，被一个小圆球贯穿其中，像一名衙内
两条弧线重叠在一起也只是事物的局部，不是交集
左边是魔鬼，右边是人神，若即若离，如此争斗
假如再过一百年，这件纸做的衣裳能裹住自己的身体吗

安宏

山东大学历史系硕士；曾就职于山东政府机构、知名房地产集团公司，现任上海慧正企业管理咨询有限公司总经理。现为上海浦东手牵手生命关爱发展中心临终关怀志愿者，曾作为志愿者代表接受东方卫视采访。创作理念：热爱诗歌，热爱生命。

不争

我不愿与人争
整个世界都在我
心中
在清晨的霞光里
我登上一匹白马
去最高的山峰
白皑皑的雪
照着金灿灿的云朵
呼吸中
弥漫着温暖和好奇

我不争
天空和海洋
这样的宽广
花朵盛开在
希望的土地上
我要把整个心都留下
盛满爱和永恒

故乡的云

从最澄澈的小溪升起
从最葱绿的古松升起
从最沉静的山脉升起
一起在遥远的
空中集合
悠然地变幻着
安逸是你的心性
就这样一丝丝
一缕缕
入梦
不管多么久远
都藏在角落
在拥挤繁华的街边
在清冷寂静的深夜
冒出头来
甜
痛

荻花

用最柔软的一度
鞠躬
向冬季道别
风也不急着离去
晃悠晃悠
摇着醉了的时光
再冷再长
任由雁的翅膀
展开收起
南来北去
我只是站在这里

种

春天来了
鲜花已凯盛开
多么想
再一次脚踏
微热的土壤
任微风抚面
细雨润肠
就让我们用心做种子
用双手剪出五彩
的树叶
搬一个春天
在你身旁

选一片绿色的叶子
贴在心仪的树上
选一枚红红的果子
让丰收歪前挂在眼前
干枯的枝头
长出茂盛的希望
心驰所往
没有什么能阻挡
种下美好的愿望
哪怕只有一天
哪怕只有一刻
也不放弃生命的航向

(注:3月10日,我们志愿者为病房的老人制作了一棵树的模型,跟老人们一起贴上树叶,过了一个快乐的植树节。)

涅槃

漫漫的黄沙
空旷的前程
没有路
没有同行
只有心中的方向
永恒的指向
但我看不到出口
无法分辨西东
唯一的水袋也
被大风卷走
转眼消失无踪
我不想停下来

毁掉所有的方向
只为心中的目标更清
夺取所有的拥有
只为盛下更丰裕的
激情
砍断生长的树冠
只为内芯更坚硬
可以抵御任何风
就让干旱更干旱
就让艰辛更艰辛
就让苦难更苦难
开出花朵
结出果实
长成这样的菩提树
任由风雨召唤
涅槃
重生

等风起

大雁起飞了
南方是它的目的
花朵盛开了
鲜艳是它的欣喜
种子发芽了
生长是它的结局
小心翼翼
不敢算错一个日期
静静地
等风起

愿望在痛苦中发酵
道路在纠结中探索
坚贞在失望中凝聚
天上地下
涌动着一股动力
托起大雁的翅膀
传播雌雄的花语
所有的生物
都乘着风的力量
愉快地成长

写于2015年12月10日。

我的心很小

大雁都飞去了
南方
花朵也收起了
翅膀
我静静地站在你
身旁
听
松涛阵阵
溪流潺潺
如遥远的歌
穿越星空的思念

我的心很小
不敢多看
不敢多想
只怕每一阵微风吹过
带走你丝毫的记忆

(注:写于2016年1月9日。在人类和自然的关系中,是不是我们内心的占有欲小一点,对自然的伤害就少一点,自然呈现在我们面前的就多一点。如果这样,我宁愿心小一点。)

当阳光穿越水滴

不要以为
无色的光就没有色彩
不要以为
空灵的歌就没有动情

站在山巅
总有风陪伴
沉醉海底
安康鱼会来点灯
有多少未知
印在我们的基因里

就让阳光穿越水滴
多彩的生命
在一瞬间
留下悠久的痕迹

行路

昨晚刚下过
一场雨
道路厌　着
但我一刻也等不及了
手中握着全部的家当
我的思想
已经等在了远方

总有大雁为我送信
总有蜜蜂为我奔忙
总有清泉为我解渴
总有天空任我翱翔

因为
我知道那个方向
已在很多人的心房
干净得像初生婴儿的明眸
坚贞得如埋在地下的金刚

我知道这条道路
将比我的生命还要长
但
有什么关系呢
生命本来就是
用来丈量

遇见彩虹

这一刻
正好是这一刻
上苍拿最锋利的刀
切开时光的长河
刚刚好
看清楚隐藏的
心海

红的似初春
黄的似远方
蓝的似星空
睁着干净的眼睛
不是我不知道
只是你看不见

就这样挥一挥手
不是告别
只是遇见

酿雪

总该相信点什么
只有这简单的元素
从葱郁的松针上
从山涧的甜梦里
从大海的怀抱中
从智者的呼吸间
一丝一缕地上升
上升到缥缈的时空
沉淀着
凝结着
还不够
要再高
再冷些
零度的风切割着
坚贞的激情
牺牲就牺牲
如玉
如心
如花
如歌行
飘落就是再生
从里到外都干净

新朋友

今日一定是我们
修满了一百年
正好遇见
我干干净净的
站在你的面前
任 X 光毫无保留地照
坚韧笔挺的骨头
灵动曲折的血脉
澎湃赤诚的心
认识你

真好

认识你
真好
就像一朵花看到
另一朵花的鲜艳
就像一眼泉发现
另一眼泉的澄澈
就像一颗星感知
另一颗星的光明
一样的珍惜粮食
一样的热爱大自然
一样的谦卑行礼
从此
在通往至纯至善至爱的
大道上
多了双温暖的手
感动的脸
可以彼此倚重
不孤单

冬天的树

总有这样的时候
上苍为你出了道
很难很难的题
紧张担忧
困惑 纠结
不懈坚持
历练 等待
就这样独立
寒风的尖刀上
摈弃了所有的装饰
雪藏所有的棱角
低调得别无选择

你知道
只有在深深的土壤里
才能找到温暖的力量
房屋倒塌了
还可以再建
道路阻塞了
还可以再拓
绿叶飘落了
还可以再长
总有一个回答
可以破解这
魔咒般的难题
只要还有一丝根须活着
就不怕等不到春季

B

巴马泉水

一束柔毫荣古今

一点玲珑心
一横渡仙云
一捺兰叶俏
一竖抽新笋
一笔庄重稳
一划筋骨存
一字沧桑墨
一行龙蛇吟
觅神韵
结字清雅问千秋
意寻根
书魂凛然似忠臣
情有约
荡气回肠书炎黄
梦相随
一束柔毫荣古今

一蝉鸣深春
一荷清莲裙
一果染金秋
一梅卧雪寝
入佳境

庄而逍遥阅承启
天人和
自然为美育传人
颂山河
一诗一文中国梦
赞乾坤
一纸一砚民族心

白冬梅

女，36岁，河南宝丰县人。平顶山三苏诗社鲁山分社副社长。

上味

布谷鸟的声音穿透了庄稼
一声比一声近
父亲磨光了镰刀
在一片金色的麦浪里闪光
高过了一层又一层的麦垛

比如，打碾的石磨，扬场的木锨
在沉重地喘息，那一身的燥热
能红透半边的胸膛
和醉了的眸子

父亲则打量一地的粮食
多少五味杂陈的味道，在反复地咀嚼
就像在抚摸乡土，多少辛酸苦辣
都随风而逝

而我，依旧看一路车水龙马，
从不低下
那怕只剩下一个世俗的眼光
依然深爱着，那片土地
和那片土地走出来的人

时光之城

岁月深处的白，苍茫辽阔
月光下，那些年、那些事，时近时远
像一把锁，定格在飞梭的戈壁滩上
举起目光，深遂明亮
有大把大把的时间挥霍，
存在远方的城，一次攻下

一缕月光，让人想到了单调孤独
如千年的雪，胸口有推不开的白
在侵蚀着文字，在唐宋的隘口
留下的千古绝唱，风沙疆域，烈日炎炎

必须睁亮眼睛。透过高高的城墙
穿过残垣断臂走出的诗歌
一座城池正从旧时的梦中醒来
等待，等待月色柔和、雨丝云筝
等待这大雪再度倾城
等待城门关上，脱俗而出

今夜，你是否和我一样无眠

今夜，你是否和我一样无眠
躺在一张旧床上，辗转反侧
看月亮之上，有一双空灵的眼睛
还有美到极致的嫦娥，在捣着玉杵
那张骄傲的无法形容的脸上
是否还残留着落漠

我已经是它的常客，在挥霍着光影
一杯酒入心
一杯酒入泪
还有第三杯，早成了习惯让自己低到尘埃

以静为美吧，以诗入画吧！
还有那朵，我自认为是典雅的化身
在侵蚀刻骨思，而搭建的城堡
那孤单的身影，有着让人难以表述的凄美

我不再问，凋零的花是不是会完整
是不是和一只庄生的蝴蝶一样
情愿词语达不到，而空眷恋着那香

只想喊出,曾经的盲目和热切
为今夜无眠的你,重新命名

白兰淑

笔名蓝玉,任教于河北省保定市满城区实验小学。现为河北省散文学会会员、保定市作家协会会员、全国孝行天下采访记者等。作品《桃花赋》《小雪花》获全国青少年冰心文学大赛金奖。部分作品被《辉煌满城行》一书收藏,并在诗歌报刊发表诸多作品。

美丽的桃花园

一串串,一朵朵,
粉嘟嘟,红艳艳。
开在山峦,开在田园,
忙了蜂蝶,醉了婵娟。
你是春天的使者,
把希望带到人间。
你是仙女撒下的彩霞,
让绚烂满天。
你犹如清纯少女,
让春风亲吻你的笑脸。
你犹如水墨丹青,
用柔情装点多彩的画卷。
你温馨浪漫,
直教人约黄昏月无眠。
你婀娜妩媚,
胜似江堤春晓柳如烟。
看枝头对对鸟儿,
交首呢喃,漫舞翩翩。
看树下双双人儿,
手儿相牵,情意绵绵。
你娇艳的生命,
无悔地交给了春天,
你灵动的韵律,
却跳进了墨写的诗篇。
我歌颂你,
春风里的桃花,
我赞美你,
美丽的桃花园。

白杨

白杨为微信名、笔名。本名杭存根,上海人,年届61整。因喜白杨平朴、正直、赤诚,在环境恶劣中生长,耐得严寒,守得寂寞,默默无闻甘为春之绿叶,叹其气度,敬之精神,故取名白杨也。创作理念:有一颗未泯的童稚之心,凡事皆认真对待,做事求真务实,劳动法律工作是其本职。追求人可以不成功但不可不成长之信念。与人相处皆以美好和睦品性为之。空余闲暇喜欢写诗、读书,以休养品味人生,其诗不乏童心和对爱情以及美好事物的讴歌。

你还记得那片白桦林吗

还记得那片白桦林吗?
你我——青春挥洒的地方。
从南方的城市来到,
北方——乡村。
大兴安岭,莽莽林海,
青春的热血骚动着赞叹。
没有闪烁的霓虹灯,
没有了风花雪夜的暧昧,
你我,在那片秀美的白桦林间,
诵读北国风光,千里冰封的诗篇。

春天,白桦林一片片绿叶舒展,
风吹过,
只听见如风铃般的美妙音乐。
勾起你我无限的遐想。
冬天。皑皑白雪,
覆盖着那片白桦林,
晶莹剔透的像童话世界。
风吹过,
片片白桦树如竖琴般深沉,

撞击着你我心房。

记得吗，你我，
就是在漫漫的雪花飘舞的日子，
相拥初吻。
后来，你我都回到了原来的城市，
慢慢地天各一方。
你——慢慢地忘记了，
那片白桦林。
我也没有朝思暮想，
偶尔，
那片白桦林像梦靥一般，
牵绊着我。

今晚又忆起，
那片白桦林，
静谧的夜空，
飞扬的幻想，
读万卷书，行万里路，
当诗人不羁的情怀，
充塞在血液里的时候，
为你，写下的一封封，
早年的情书。
不会像现今，
直白得令人毫无顾忌，
你我的爱情
就像，
白桦林那般清纯。

2016年1月17日于沪上。

梨花咏

三月，春光融融，
我和你来到安徽砀山，
观赏梨花。
洋洋洒洒的白色海洋，
漾荡着爱情的不朽传奇。
你问我，
喜欢樱花还是梨花。
我当然喜爱梨花。
梨花一枝春带雨，
朵朵盛开洁白纯情的思念，
恰似深闺的女子，
带泪地翘望期待，
心爱人的归来。
欲把梨花比作你，
娇艳香浓情更浓。

三月，春光融融，
我和你来到安徽砀山，
观赏梨花。
柳树风轻，梨花带雨，
那一朵朵洁白的花儿，
在春阳下，
艳艳妍妍的滴着相思的泪花，
像你——
朴朴的坚信爱情的纯真。
你要我——
摘一朵梨花带回家，
好好珍藏。
这花如你。
不事张扬，
默默平淡地开出不败的爱情果实。

我爱梨花，因为爱你，
梨花痴痴念念，
因为爱情。
梨花柔柔弱弱，
像你，
娇娇嫩嫩。
梨花纯纯，
如你，
淡淡然然。
梨花在三月微寒的春光下，
开放着苦并快乐的幻想曲。

而你在清清静静的日子里，
过着清水微澜的生活，
一辈子信守诺言。
虽鬓发已白，
心却涨满春梦。

2016年3月16日于沪上。

白羽依

本名伍筱影，网名翩翩风影，高级工程师，现居广东佛山。有诗歌、诗歌评论等作品散见于各类文学刊物。荣获《关雎爱情诗》2014年度诗评奖，部分诗作获得全国诗歌大赛奖项。

杨柳春风

——写给情诗王子杨国胜

在苍茫的大漠中你叫胡杨
当风只能刮起漫天黄尘
当万千柔情改变不了无边的干涸
你收拢起柳絮
把柔美变成了刚劲

厚厚的沙层底下静水深流
期待着一场沧海桑田
让高山与流水邂逅

那是海市蜃楼吗
头上依然是炎炎烈日
脚下依然是炽热沙土
一树杨柳却梦幻般地出现在我眼前

春风拂去我千年沧桑
杨柳解了我万种风情
我终于相信
红玫瑰到了绽放的时候

你衣袂飘飘地走来
似曾相识亦真亦幻
你说我灵气逼人
引我走进诗路花雨

这是何等神奇的王国
自从盘古开天地
什么天上瑶池海底龙潭人间宫殿
都比不上你营造的旖旎
一朵花能美到怎样的极致
一阵风能舞出多少风情
杨柳春风拂出了沙漠中的一片绿洲
扬起了四季的斑斓
翩翩的风影便在高山流水之间
炫出今生璀璨的传奇

风中醉笛

——写给笛声悠扬

从来不知道笛声也能醉人
直到我与你相遇在风中

那一天你风度翩翩执笛而来
一支短笛便唱响南国的十月

笛声悠扬清风送爽
愈加浓郁的红玫瑰万里飘香

一首诗是一场传奇的序曲
辗转千年的流水遇到了巍峨高山

天籁之音萦绕广寒
长袖飘旋嫦娥不再清舞月光

由来都是身随韵舞
何曾见韵依舞出如影随形

豪放大漠温润江南婉约红轿……
谁将我的百媚千姿演奏得丝丝入扣

天作帷幕地为台
谁让我在悠扬声中且舞且行千山万水

听雨轩的月夜诗雨滴滴答答打在莲叶上
远方传来的笛声幽幽婉婉

风中醉笛声声伴我走天涯
风中醉笛我倾一身明媚舞一场地久天长

风飞雪舞

——写给冰雪芹

我是风在沙漠的时候我不懂雪的轻盈冰的晶莹
我时常做着温润的梦想象着波光粼粼杨柳依依

将梦放飞大雕带着我的托付翱翔
不曾想一朵雪花将我的婀娜心思悉数收藏

纵有万种风情翩翩飞舞的雪花也了然于胸
高山流水的极美诗笺出自一颗玲珑剔透的冰心

大千世界知音难觅纵然天南地北我也要去探你
月亮走我也走历经千山万壑我终于在杨柳岸笑看云舒云卷

春江花月夜我在滟滟波光中一眼认出了你
心有灵犀你今夜为水我也感觉到阳春白雪的气息

都说风情万种却原来雪也如此仪态万千
你以水的柔情代替了雪的冷艳冰的矜持却依然玉洁冰清

我们似远似近你温润着我我荡漾着你悠悠涟漪醉婵娟
我们都是对方眼里最美的风景你在水中我在湖面

包华其

笔名清泓。1987年生,江西遂川人。中国煤矿作协会员,《安源诗刊》副主编,《赣西文学》编委。作品散见于《星星》《中国诗歌》《中国诗词》《北京诗人》《天津诗人》《诗歌周刊》等刊物,著有诗集《纸上故乡》。

飘

故乡是一棵老树
在我的身体里枝繁叶茂
我如同一片秋叶
随生活的风飘动
飘向南北西东
飘向四面八方

这些年,我们飘啊飘
飘过上海、广东、北京、山东、天津
飘进了玩具厂、鞋厂、服装厂
飘进了建筑工地、汽车修理厂
飘成了制鞋工、裁缝、建筑工、修理工

飘成了一张张朝着故乡飞奔的汇款单
最后,飘进了医院,飘进了长途车站
我们累了,再也飘不动了
于是,飘回了江西,飘回了遂川
飘回了一个叫作包屋里的小村
飘回了一片叫作乡愁的土地
这片土地啊,是我们永远的根

年关

年关又到了
包工头又不知去向
工钱又要打水漂
今年又不能回家团聚
年关,在他们心里
是一道受伤的坎
疼得无法入睡

建筑公司,劳动局,报社,电视台
这些美丽的词汇让人触景伤情
泪水是一个委屈的孩子
躲在工棚一角

孤零零地流

我的农民工兄弟啊
多像一块块建筑玻璃
他们单薄的身子骨
再也经不起半点儿折腾
只要轻轻一敲打
就会被弄得支离破碎
就会散落在年关的门槛外
回不了

包剑钢

笔名云间方圆、云梦、硕石等。60年代出生于上海松江。松江红学会副会长,松江诗联会前理事,华亭诗社、浦江诗会成员,润峰艺文社发起人之一。多年来,坚持在新浪博客和微信上学习写作诗歌。诗歌作品散见于《红楼研究》《红学研究》《红楼艺苑》《诗芽》《打工诗报》《松江报》等报刊。

石头引

五位
充满情趣的老人
从濯锦园走来
用松江的历史
站成了方塔园中的
五老峰
有高　有瘦
有的迎宾　有的送客

就像活跃在
凡尘中的松江人

云间七月半

七月半的云间
星星在闪烁
一个是李侍问
另一个是夏完淳

一个为松江城
舍身取义
松江府的百姓
用豆浆油条真心纪念

另一个为民族大义
少年英雄
南冠草一曲
响彻云霄
云间的七月半
天空格外亮
两颗星星在闪烁

红豆

一颗虞山的红豆
从常熟向东南方向悄然而来
走过沈泾塘来到了云间
盘旋在广富林陈子龙墓前

几百年过去了
柳如是与陈子龙
在松江南门小红楼的
传奇故事
还在九峰三泖间回荡

红豆啊红豆
你演绎了传说中的
草木前盟
幻化成家喻户晓的
红楼一梦

包锡刚

黑龙江省穆棱人,教师。牡丹江市作协会员,诗文散见于省市级报刊网络,诗及歌词曾多次获奖。

仲夏夜之梦(组诗)

夜雨

以静的心态
倾听夜雨
密密的脚步
纷沓而来
似乎
让这种静
一下拨动心弦

找不出
一条可以往来的
路,去认真
等一次天真的邂逅
只为静得让心
提了又提
在黑夜擦拭着
捧了许久的虔诚
找寻,每一处
经过的路口
膜拜
所有湿的沉重
把向往再
一次又一次贴近着
尘埃。夜雨
就这样
静静地发声

只有,只有
一片低沉,或已
潮湿,呢喃
可否随时光老去

夏天的故事

夏天,在烈日下
寻找玉米地里
一株青翠的杂草
连根拔起后
还要暴晒数日
偶遇不合时宜的阴雨
那株悄悄生长许久的暗恋
终不舍大地

夏的炎热
逼迫体内的汗
纷纷出走
我还是想起了
那株遗弃的杂草
饮一滴汗水
消亡。消亡着
夏天的故事
一株破土的杂草
青翠地倒在

还魂雨刻意经过的地方
只是延伸了
数日倔强的向往
故事的微澜
就像池塘边蛙鸣虫唱
一不小心,就跌入
闲暇的遥想

夏花

我爱你
低垂的姿态
骄阳下的绯红
我爱你
内敛的无语
雨滴落的失痛
还是
那迟迟的闭合
似乎在等待
我走过的诳语
夏花,或
因季节的迟来

仲夏夜之梦

风带着热乎乎的口罩

似乎害怕
某些梦话会在不经意蒸发

一些树枝也懒得招手
虫鸣会泄露了
那串渐近迟到的脚步声

仲夏夜之梦
会在那片青青芳草地上
把月光梳理成纯情的模样

往事，就这样飞出
清澈见底的小溪，月亮
还是在天上孤单难双

北城

本名郭海。作品散见于《诗刊》《民族文学》《人民日报》等。

一首小诗，落在七夕的夜里(外三首)

一年有多长
一生有多久
目光横渡
远方，在银河对岸

鹊桥上，文字拥挤
思念，拓满宣纸
卷进时光的轴里
用眼神传递

也许，你会从今晚的瓜果架下
开始装订自己的传说

孤独的夜

影子，被空虚的烟头点燃
沉默，冲破烟圈
以相思的速度，抵达
一盏灯，亮在梦的入口
几枚动词，举起迎风的旗
立在小村黄昏的光影里

独白，在墙角不再唯唯诺诺
宁静，守着同一轮月，孤独
月下的露，打湿枕边的梦
晚风敲窗，欲言又止

碑上的月光

一块石碑，斜倚在风中
周身斑驳的岁月里
风雨，从未停歇

碑文，穿越时光
把一生刻进几枚稀疏的文字
旷野茫茫，一片树荫正浓

一只鹰，站在碑上
咽下悠长的等待，月下
一个故事，向远方张望

历史，在河里沉淀
一行模糊的词句，浮出一些残存的情节
等你修复一个即将沦陷的真相

风，吹拂着久望的目光
一滴泪，正在落下

心在远方

一帧似曾相识的场景
被风领回那年
影子，留在原地
痴痴地望着来时的路

夕阳，萌动
点亮一盏相思的灯
一条笔直的路，径直穿过往事
目光里的故事，只有你懂

在彼此的眼神里
一根藤,紧紧地抱住最初那缕月光
梦里梦外探视
窗里窗外的风景

北方雪

本名师雪峰。职业为编辑,山西霍州人。诗歌散见于《诗刊》《中国青年报》《延河》《西部》《山西妇女报》,小说见于《平阳文艺》《山西日报》《临汾日报》等多个报刊。作品《乡间小路》获中国乡土诗歌奖。作品入选《中国散文集》等多种选集,诗和小说作品在多个网络平台推出。

马兰举起毕生的蓝(组诗)

我们在九月相见

秋色之下
到处是不可辨认的成熟和香气

苹果拧亮满树的灯盏
马兰举起毕生的蓝

爬山虎喝高了,叶子醉红
白头翁顶一场大雪回到故乡
谷穗怀揣无数小月亮
准备高悬农人的屋檐

隐身在万物中
没有谁喊出我的姓名

忽然间的疾风
一个锦灯笼瞬间降落雨伞
一枚核桃应声滚落草丛
一只褐色的兔子竖起了耳朵

一把口琴

带你去西部
竖在我灵魂里的音符

经历荒凉,沙尘,枸杞,贺兰山
拉着乡愁你陪我走

大漠电影城
强大的乐器阵容不同凡响
我的口琴
你相形见绌,简陋,平凡

我与你用尽生命吹奏的曲子
仿若魔咒一般
是沙漠冒出的汩汩清泉
可滋润我的苍凉

芦苇的风带动沙湖小船
你陪我走了很远

生命中的颜色

生命中拥有的颜色
黑色最多
比如,罩着黑粗布棉袄的童年
还有遭了雨劫,发霉的玉米
祖母在太阳下晒了一遍又一遍
变黑的颗粒
做成窝窝头度过了艰涩的冬天

比如污染的空气
河水漂浮着黑色的垃圾
食品中的添加剂
总是在黑夜围城中沉浮,逃避,拒绝

比如黑夜
包裹了置身于暗中的诸物
拥有了神秘,蕴含怜悯的光泽
它与白昼轮回
让我永无止境地追求明亮
一切闪光的事物和一切美好
超越生命中遇到的阴暗

一盏灯

哦！这童年种植的火苗
清澈，明亮，纯朴
哪怕是浪潮，风雨，雷鸣
我要安静，从容，坚定地举着
直达生命的尽头

这明亮里有佛光的慈悲
怜悯，宽广，普照世尘
这明亮里有祖母缝补衣裳的眼神
对美好生活的向往，坚韧

我挚爱的亲人，已化成了风尘
唯有故乡土窑的灯光
安慰灵魂
令我刻骨铭心

瞬间的骤雨

在西部
人们悠闲地活着
戴花纱巾的女人从街上走过
遮掩太阳光的强烈
天到八点多才慢慢黑下来

穆斯林的钟声敲起
湿地的芦苇顺着风仰伏
贺兰山的马，牛，羊
在岩石静卧了几千年
安静地打坐

这里的城市安静
街道的各色的花朵安静，绿叶安静

瞬间的骤雨
紧锣密鼓

一幅画

用黑白的简约表达
尘世里的旧事
在纸上拉勾，描得更旧

如同种子落进泥土
每一次触动笔锄
就会开垦出
一方明净的黄土高原

每一根线条
蜿蜒出村庄的小路
用足够的爱
担负墨色的沉重

坐在门前的老人
可是我遥远故土的亲人

仿若燕子
筑巢于黄土崖下的土窑
以人之初的清纯
安于天命，相守相拥

他们匍匐于土的一生
在柔美、坚韧的曲线中复活
相互搀扶
从画中踊跃而出

毕海平

笔名小毕拉。80后，江西省鄱阳县人，15岁开始创作。上饶市作家协会会员，现任鄱阳青年诗社副社长，提出诗歌主张“立根乡土”。目前出版作品集《写在城乡边上》，作品散见于《中国诗选刊》《散文诗》《当代教育》《诗海》《作家选刊》《北方诗刊》《诗人与诗》《中国诗风》《新诗歌》《世界汉语文学》《新文学》《世界华文作家》《长风诗刊》《军山湖》《新作文——写作新思维》《江西工人报》等，有作品入选《中国短诗选编》《2013年南昌诗歌精选》《2012中国诗歌年鉴》《新乡土诗选》《中国新派诗人档案》

(2012年卷)和《金土地》等。

我写不好一首给母亲的诗

已是节日的深夜。我写不好一首给母亲的诗。
来自古希腊的崇尚,我感受不到那样的热烈,
我很惭愧,母亲的美丽、青春都给了“母亲”这个词。

我可以写好天空、山峰、大地,可以
把池塘、菜园、美味写得动人。可是
我写不好母亲的身影、白发、粗糙的手、皱纹;
写不好母亲的微笑、快乐、悲伤、病痛,
甚至写不好“母亲”两个字。
我没有好的书法,也没有好的语言、词汇,这些
似乎在今夜,都变得轻微。

我把母亲写成月亮,写成水,也把母亲写成树,
写成墙。
而母亲节,我脑海空白,
不知道把母亲写成什么,我害怕自己
写不好一首给母亲的诗,这是我的惭愧。

可是,我不用个词汇去写,内心无法平静。
思索、想象、挣扎、回忆,最后我把母亲写成了
一头牛,
苍老却温柔,消瘦却坚强。

在夜里静听故乡的呼吸

我站在家乡屋前的泥土地里
天空蓝,树还是翠绿
老房子破旧,闭门紧锁
大门的两个墩还是父亲停下动工的样子
楼房修好了,我的卧室成了厨房

父亲的坟前点着荒凉和残损的香
我已经忘记父亲的样子
尽管厅堂里还有他的遗像

夜里的星星格外明亮
我听见故乡的呼吸有些缓慢
故乡的叶今夜落在哪里
我静静地听
故乡也是否忘记了我的模样

我思考一切,却忘了思考自己

雪花早已消融
夜里的一只猫在屋顶上注视
它清瘦的身形,透光的眼眸,锋利的爪子
渐渐被白昼磨去

我思考
老房子的菜园变成了荒地
老人每天落日时守望的表情
洪水淹没过的井是否干枯

我思考
城市里的天空为何总是变色
写字楼,学校和政府大院各有各的生活
我怕乡村,城市和睡觉
我喜欢思考村外的城市和城外的乡村

我思考
一个扫街婆子和陌生男子的爱情
却一直忘记了思考自己

宾歌

本名宾锡湘,湖南衡山县人。毕业于湖南师大中文系,湖南大学经济法专业研究生。从事过教师、记者、律师、法官、检察官等多种职业。作品散见于国内诗歌刊物。

画春光

1983年的春光要矮一些
村庄矮一些,炊烟矮一些
燕子进巢的欢鸣要矮一些

鸡飞狗跳的篱笆
犁耙翻过田垅的脚步
甚至躲进油菜花里,羞羞答答
也要矮一些

你可以追着单车铃声,浪费
一个午睡时光
还可以潜伏在溪边柳荫里
看一群浣衣村姑
颤露胸口的藕白

在三里地外,你可以听到外婆
喊你回家吃饭的长音
那时候,麻雀成群结队
田里的泥鳅成群结队
放牛娃的吆喝也是成群结队

那时的春光
打在桃花上,落在秧田里
比现在要重上几两

女知青

1976 年农历小年那天
生产队杀了一头猪
地点就在女知青的住房边
也就是猪栏隔壁
每户抓阄分一块肉
猪头给了队长
人们散去的时候
女知青在一堆猪屎里捡到一截肠子

她是大城市来的
她没攒够分肉的工分
她把这截肠子在柴火上烤熟
她又记起了香肠的味道
那是她在知青点过的最后一个小年
以后我们都不知道她的去向
她的红纱巾还挂在猪栏边

给自己写一首诗

我潜入水中,把影子放逐到岸上
低低地行走
我和泥潭里那朵莲花
签订契约
它唱响了黑暗里的鼓噪
越走越远,行囊越来越沉
我卸下一些忧郁
随一片鸟羽去寻找信仰的天空
孤独,卡在喉中的鱼刺
总会被无比细碎的光阴
浸泡得柔软
我沾满了人间的露水
水中花语纷繁
我要在太阳上山之前
把它们还给河流
赶在一朵浪花刺痛我真身之前
把影子还给一条鱼

博弈圣

爱好文字书画,从事媒体编辑工作。

飞天

秋夜孤城
一曲　飞天　牵肝动魂
如果苍海枯了
还剩一滴泪
注定与这滴泪相守的是谁

梦笔如果能生花
我用千年爱恋为你开一回
点成循环播放
放灵魂与你齐飞

醉眼看花　花已无泪
错过的花期伤痕累累
缘起缘落由不得人

日暮西垂唱飞天
倦意清风悟道禅

随歌飞扬(一)

思念的歌
穿透了寂寞
萦绕在孤独的天空
洒向
聆听的树木花朵

动情的歌
飞向朦胧的月
满天的星辰
把苍穹点缀成繁荣
等待着
广寒宫的寂寞

忧情的歌
呼唤起阵阵清风
唱一首
心事谁人知
把酒当歌
欲说寂寞却觉纸薄

宏亮的歌
惊醒了意念的彩虹
色彩很浓　很浓
灵魂的飞越
能否觉醒梦中的我

欢乐的歌
让一米阳光透过林荫路
照亮每一个角落
期许着
所有的生命
永远不再失落

随歌飞扬(二)

思念的歌
穿透了寂寞
萦绕在孤独的天空
洒向
聆听的花草树木

动情的歌
飞向朦胧的月
满天的星辰
把苍穹点缀成繁荣
等待着
尘世间的蛟龙

忧情的歌
呼唤起阵阵清风
唱一首
心事谁人知
轻轻抚摸
无奈的言不由衷

宏亮的歌
惊醒了意念的彩虹
色彩很浓　很浓
灵魂的飞越
点亮神奇的黑洞
欢乐的歌
让一米阳光透过林荫路
走进一个　晴
永远不会落幕

2016年11月6日。

C

蔡诚

二十一行

年少的时候，有一方土地
我总想飞出来，红色而贫瘠

还有我不喜欢的寂静。鄱阳湖
只是打渔者的舞台，我头脑中的
风景，泥土无法生长，每一个早晨
太阳在歌舞中升起，看不到镰刀
喧哗辉煌的城市，我诞生于她

流逝了许多岁月，我满身尘土
什么也没留下，四处张望的目光
又回到了出发之地。你无言的脸庞
南山的树林，老爷庙里荒岛的求签者
该不该占卜未知，夕霭中，香烟袅袅里
乡亲们收起闪光的鱼网，不论走到哪
山坡与秋，语言和风俗都与我同在

欲望再也没有抓住我，我的皱纹
消灭了我的轻狂。我改变不了什么
花朵已然凋谢，果实就是我能摘到的
流连在鸟鸣婉转的村舍前，这才是我的
彭蠡之滨，安然的棠荫岛，庐山之巅的影
不要一盏盏路灯照亮，简单不朽的家乡
莠草肥沃，现在我沉浸在自己的源头

蔡官富

网名太阳。1983年参加浙报、杭报、湖畔诗讲理第六单位联合举办的“新诗创作学习班”。几十年来，一直保持对诗歌的一份钟爱。现为浙江知青诗友会理事、中国诗歌网认证诗人。

梅

梅花开了
芳香绽放，在心
花讯伴着飞雪
在西湖，曼妙舞动
灵峰，几株绿梅
独显娇艳，脉脉含情
一片红梅吐着欢心
疏枝横斜印在水中
超山，十里香雪海
从天而降，梅雪交融
吴昌硕披着长袍，踏雪而来
挥舞巨笔，在天地间画出恢宏
孤山，放鹤亭里
几朵相，暗香浮动
林和靖，呼唤梅妻鹤子
回声，在湖面纵情

我的二锅头

四十年前，坐在
江风轻拂的晒谷场上
对酒当歌
花生、香干、半只烧鸡
一瓶翘臀的二锅头
酒香浓浓
唱起自编的“小微风”
风里透着向往
瞳仁流淌憧憬
月上中天
醉上额头
场上，舞动起三个忘形
四十年光阴
弹指一挥
白发爬上发角
额上落下岁月的沧桑
华章，绚丽而不夺目
我的二锅头
在梦中窖藏

山路弯弯

一条小路，弯弯曲曲
在山间延伸
把山里亲情与山外关怀
紧紧地连接起来
小山村，就坐落在山岙里
溪流，从村中潺潺而过
溪中的锦鲤，与人和谐共处
祠堂，像站在高处的长者

迎来送往，迎接着
照进山里的每一缕阳光
多少年了，弯弯的山路
流淌着浓浓乡音和岁月
终于，浪潮涌进了山村
平坦取代了山路的弯弯
春风，把农家乐送进了山里
在外辛劳的人们，回来了
带来新的思维新的希望
小山村，从梦中笑醒

荷

清晨，风从湖面括过
晶莹的露珠
在摇曳的叶面上
来回滚动
一只红蜻蜓，飞来
随着露珠，荡漾起秋千
荷叶下，两只青蛙
轻轻哼着眷恋的歌谣
鸳鸯妈妈，带着一群宝宝
在荷的丛林，缓缓穿行
驻足，侧耳倾听
绿林深处传来入神的歌声
凌波仙子，踏着绿浪
把一串轻盈的笑声
撒落湖面

蔡力平

50后，浙江省杭州市人。原浙江生产建设兵团知青和公安民警。浙江知青诗友会理事。退休后，喜欢写点文字，用诗歌记录生活和心路历程。

杭州岳庙

庙宇不大，却因你的名字气势恢宏
而杭州，在昨天的日历里
依然封藏你仰天长啸
一声“还我河山”，震撼八百年
千里铁蹄，狼烟散尽处
山河，一寸一寸颤动
沥朱枪，挑动岳家军英雄豪气
鼎力举起精忠报国——
这是母亲的重托！重！重过贺兰山
宁愿让风波亭的血，一滴一滴溅起
溅起西湖由古及今全部血色残阳
十二道金牌马背上加急。圣旨鲜红
十万将士，一日内潇潇雨歇
君王豪饮最后一滴血
醉归半壁江山。十年鏖战
谁？撬动这破碎的历史
而阴暗一隅里长跪不起的麻木
无须子孙替代。唾骂声中
佞臣的忏悔，有几分真诚？
虽然，奸诈的灵魂
每天都在杭州早餐的油锅中煎熬
走进庙宇，于《满江红》的旋律中
看见你冲冠而起的怒发，一直未衰

（2016年10月18日。）

相约冬季

当最后一滴雨，成雪前
先把自己凝结为花
然后以花的名义，相约科季
悄悄。不要惊动雪人
以及青蛙。我
站在深空的门槛外
看见外婆，拎着铜心烟
看清每片雪花
她们的形状与大小
和我有什么区别
然后，一片一片地数着
——不能丢失
数完，就是春天了
无须惦记颜色有没有冻伤
有外婆焐暖

就这样，一直站在
深空。我与冬季相约

2016年11月2日。

耕田

扶犁。躬背前倾
甩鞭，“啪”——
满脸的沧桑
撒在山脚的田里
一亩三分心思
在一垄春，右一畦秋
余下夏冬，被牛反刍
爹，在山腰瞪眼
寻找那记脆响
惊了他几十年的梦
——仓满廪实

2016年10月29日。

期待

在关于山脉走向的跌宕中
河流运输瀑布
月亮照出一半空旷
另一半的你平分
欠债太多。我的舌尖
有你的甜蜜
有你的坐标和遥遥无期
天空驻扎各种颜色
其实不用浪费
一片纯白，就可以包裹你
我的眼睛溢出一缕香
看见你，正悄悄接近花蕊
后指撕裂后
你用红色蹂躏，给我疗伤
从此，融化僵硬的脉搏
血液奔向河流和瀑布
坐标指向甜蜜深处。谁
又在翘首远方，期待——
遥遥无期

2016年7月12日。

感恩

在诗行里，站直了
然后鞠躬——
向仓颉
向甲骨、陶片和青铜器
尽管上面，所有符号
我，并不认识

2016年11月18日。

蔡同伟

男，汉族，1962年出生于山东省乳山市，现任山东省烟台市芝罘区东山街道人大工作室主任。中国诗歌学会、山东省作家协会等团体会员；烟台市作家协会理事；芝罘区政协芝罘诗社副社长。1980年开始文学创作，在《少年文艺》《时代文学》《黄河诗报》《乡土诗人》《散文诗》《星星散文诗》《中国文学》《长江诗歌》《华夏诗刊》《越南华文文学》《作家报》《中国社会报》《中国国防报》《中国纪检监察报》《台湾好报》以及苏里南《中华日报》等300余家报刊发表各类文学作品3 000余首(篇)，结集出版了《阳雀翠啼》《柳笛声声》《春水清悠悠》等诗集、散文诗集计16本，部分作品入选《潮声云影》《当代10名诗人诗歌今选》《当代作家诗歌选萃》等30余种选本，获奖100余次。

长征路

那时候，革命羽毛尚未丰
红色前途迷迷蒙蒙
打着绑腿的穷人队伍
山穷水尽，濒临绝境
血雨，泯灭不了他们坚定的信念
腥风，扫荡不住他们斗争的激情
镰刀铁锤赋予的责任使命
化作走出苦寒的强大热能
于是，他们依依惜别瑞金

沿着太阳的足迹追寻光明
高举穿满弹孔的红旗
背负期冀,蜿蜒向北如长龙
这是革命史册最悲壮的章节
这是旷古空前的艰难征程
每寸时间,都弥漫着硝烟炮火
每一地域,都布满死亡与陷阱
英勇的红军脚穿草鞋
勇敢向一处处生命禁区驰骋
挺起铮铮铁骨
前仆后继,浩气如虹
五角红星闪闪的锋芒
在枪林弹雨中穿行
一路切割湘江、乌江、金沙江、大渡河的乌云
刺破泸定桥阴森的夜空
钢铁意志征服了
茫茫草地的饥饿
皑皑雪山的寒冷
星星点点的火种
燎原走过的村寨山岭
苍白的路被血迹染红
曲折地通向陕甘宁
中国革命经过顽强抗争
转危为安,绝处逢生……

啊,多少走过的路
会被时光洗得模糊不清
而红军踏出的长征路
永远闪亮在中华史册中
并撼动着一代代人的心灵……

蔡雪华

1979年生,江西人,现居上海。上海市崇明区作协会员,中学高级教师。

痛

风
虎虎地吹
鸟儿
急急地催
海天交界处
海鸥拖着疲惫

一嘶嘶
哀吼
一声声
歇斯底里
是那迤逦的
《玉树后庭花》?

曾经
是一片乐土
风轻轻地吹
鸟儿悠悠地飞
而今
鸟迹罕至的沙滩
千疮百孔的心

是什么
让她
翻天覆地
是什么
让她
满目疮痍
是那鬼鬼祟祟的眼神?
是那瞄了再瞄的射程?

不知,不知
无知,无知

为什么
活蹦乱跳的背后
总是非死即伤的痛

鸟的自白

最后的湿地,是我们鸟类的血液——题记

风儿荡

树梢儿唱
我在樽前觅波浪
听涛声鸣溅
看渔火摇晃
醒来华胥梦一场
春已半
春已半
触目此情怎无憾

把巢儿看遍
寻卧榻不见
风和好个日丽
输于枪支烂箭

伫立神伤
愁绪无端
明天的明天
何处是我的家园？

惭江

70后，福建宁化人，中国诗歌学会会员，《客家诗人》副主编。作品散见于《诗选刊》《中国诗歌》《散文诗》《解放军文艺》《安徽文学》《海峡诗人》《天津诗人》等，有作品入选《三明诗群》等选本。

鸟鸣像阳光一样漏下来(外二首)

午后的九柏嵊多么安详
浓浓的阳光把村庄遮盖下去
这只刚飞回的鸟忍不住溢出了歌唱
给阳光划出一道锋利的口子
它送来了草茎，花香和溪语
还有沾在喙上的一个田野
可是浓浓的阳光似乎浮住了它
我多么希望有一阵风吹过
所有的树叶发出窸窸窣窣的声响
把鸟鸣抖落下来
留下一地声音的斑驳

鸡鸣驿

晨起。那只从内心捉出的寒蛩
淹没在一片“喈喈”的鸡鸣声中
吹灭和所有过客共用的时光
出门向北，一地的霜，是乡愁落下的重
青石板上还反弹着急促的马蹄声
无法修复，它和驿墙上探出的枳花
有相似的模糊

那些征夫，迁客，商贾，赶考的士子
从他们嘈杂的乡音，提取到浩浩的失意
一拥出城。看不见，每个人心中的远
昨夜，他们的脚步比黄昏更迟
仆仆风尘，是异地飘来的另一场雪
缓慢的，坚硬的
落在时间的缝隙，化不开
现在，鸡鸣如一把利刃
从鸡鸣山上，从迟滞的寒气中
穿透过来，多像家乡埘里的那一阵啼叫
每个人，都领到共同的乡音
不同的早餐

眼窝里的暖泉镇

花朵的影子在泉水上有一个小小的拐弯
和褶皱。那里的波浪好像轻轻地推动了
远处古戏楼的水袖
或者说，当暖泉飞起来的时候
它就是一条水袖呢
那个时候，整个西古堡，王敏书院，崇教寺和老君观
都变暖了。在流水的歌声中我沉沉默着
看见了升起的软，和笑
它缓慢了一个季节或黄昏的速度
人在岸上走，是静静移动的灯盏
那些眼窝里，同样安放一座隐秘的古堡
有各种石径，曲巷，回廊，木格花窗
它放大了，便是古镇逢源池水上的两个龙口
于是，在元宵铁匠铺前那些生冷的铁

旧时苦苦的春秋，俯手之间，软成水
仰手之间，又暖成整树的花
注：打树花是暖泉镇特色民俗，将熔化的铁水泼洒到古城墙上，迸溅成万朵"树花"。

沧海桑田

本名蒋时忠，男，1967 年生。东阳市作协会员。1989 年毕业于浙江师范大学中文专业，教书几年后下海经商，后创办工厂。2008 年弃商从文。

创作理念：历尽沧桑，依然笑看人生。

皎洁的月亮

静谧的夜晚
皎洁的月光抚我酣然入梦
我疲劳得鼾声如雷
惊动了天上月亮的美梦
可她丝毫没有责怨
只是微笑着　为我
披上一片皎洁

凫水

小时候　凫水
在村前清澈的小溪
长大了　凫水
不知不觉游进了滚滚的长江
而如今领悟人生真谛后　把视线
投向了浩瀚的银河

曹春玲

漯河市作家协会会员，河南省创作研究会漯河分会副秘书长。喜欢散文诗歌创作。作品散见于《中国散文诗人》《世界汉语诗歌》《河南诗人》《长江诗歌》《中国艺林》《中国魂》《博生活》《海诗刊》，并多次征文获奖。两首诗歌入选《2015 中国诗歌选》。

诗观：伸出一双写诗的手播种文字，书写生活，热爱生活，诗意人生……

人间大美

艳阳天。阳光的孩子
祖孙三代，学习党章党规
父亲，一位老党员的哲学
脚印把疲惫写成坚强
我和儿子，侧耳倾听，父亲的讲座
一条一款章程，党在我心中
画成风景，化为力量，变成希望
灵魂归处。默默写上一个感叹号
世界以爱的名义，维护和平

倾听，父亲一生的步履
我把敬仰，连同信念谱成赞歌
儿子眨巴着眼睛
拍红了小手，搂着外公的脖颈
使劲地亲。院子里，笑声四起
猛一回头，花儿全开了
我们都是党的儿女
高歌，纪念长征胜利 80 周年
微微笑，面向世界，人间大美

曹海燕

河南开封人，在市直医院从事管理工作。爱好文学艺术，业余时间创作，诗歌、散文等，作品发表于多种报刊。

溢满童真的小河

蝉啼蛙鸣
唱绿了芦苇丛丛
用一支苇杆换气
脱光衣服在水中潜泳
泥鳅吐出圆圆的气泡
鱼虾伴我水中划行
头枕苇叶漂在水面上
脚蹬一溪童真的浪花

只是一个扎猛
就赶跑了觅食的蜻蜓
荷叶遮住羞涩
是岸边槌布的棒槌
丢来嬉哈哈的戏弄
扑腾起的水花呀
泛滥着忘情的欢乐
让童年所有的童真童趣
全部葬在了这条小河中
河水随年轮溜走了
先是干涸,再被填平
庄稼地种着我心中的小河
如今却再也找不到它的踪影
隽永的记忆刻在了心里
那一夏一河一景映着的
全是我儿时的梦

秋

风吹乱了秋云
雨淋湿了秋林
雾罩住了归途
霾催生出泪痕
怅然了秋阳
满怀一腔情深
沿秋的脉
慢慢向落雪走近
回眸盛夏
地表下
依然蕴有热的余温
醮秋阳朝晖
临摹下艳艳秋韵
半笺素字
挟裹了灵性
行行透出高品
秋歌壮怀悲烈
枫红菊黄
把十月天空浸洇
我爱的秋天
总是温情悠悠
拨动心弦
鸣奏生命强音

母亲的纺车

手摇着纺车
长长的细线把棉絮吞噬
昏暗的煤油灯下
摇曳着母亲羸弱的身影
一张蒲团打坐
陪母亲送走夜的孤寂

扬起密致棉线
舞动着欢快乐曲
那根驱动纱锭的绳子
就是伴奏的琴弦
在反复低吟中
漫流出母爱的私语

纺车打盹成了夜幕下的梦
梦随纺车在母亲的脑海里
全都变成了儿女的新衣
是整个漫长的冬夜啊
纺出的棉线足有千万里

寒风从门缝里挤进来
把母亲布满皱纹的面颊侵袭
蒲团上母亲劳作着
脸上刻满了
对幸福生活的希冀

无数雪花飘落的日子
棉线与雪竞美丽
一袭洁白
是一缕情丝
从纺车上流出
化作母爱的涓涓小溪
浇灌到了儿女的心窝里
纺车唱出缤纷世界
没有了纺车

就没有了母亲裁的新衣
如今,有了更鲜亮的衣服
穿在身上好似气宇轩昂
可怎么都觉得
没那身粗布衣舒服惬意

回眸望过纺车里的记忆
眼里映满母亲劳作的花絮
纺车摇醒了我童年的梦
一梦五十多载
将它永远镌刻在了我心里

曹华

网名 CAefnghO,女,山西人,70 后,高级工程师,从事科研工作。爱好文字,偏爱古诗词,常常点墨书写小心思。

诗观:诗以养心,诗以净魂。

月夜

远些,再远些
我还是
走不出这片夜色
走不出
一个人的影子
我在月亮上种太阳
等待黎明

意外

桌子上
放下一杯茶
新沏的
热气丝丝升腾
说是
专为我准备的
我犹豫再三
是留
还是走

暮色

你曾许我
一起面朝大海,春暖花开
那时,你正年轻
然后,工作忙,孩子小,买房子,等等
目力所及,无一个不是你延期的理由
我也一次次默认

暮色来临前
你终于答应起程,晚霞绚烂
可是,你又一次失约
回头执手已无力
我多么希望,这只是你另一个谎言

你独自匆匆地走了
但你一定还记得许我的事
我常常在暮色里张望
门前经过的每一个匆匆身影
是你,又不是你
这一次,我不再原谅

曹伟君

笔名、网名有曹叔、曹书、烟雨红尘、烟雨鹊华。山东人,现居上海。因祖辈抗日到草原,1969 年出生于内蒙古乌兰浩特市,辽阔草原,蕴性格之朗,少好游学,忘情山水,北京工作几年后,遂辞,毅然用十八年游走中国山水之间。喜诗词歌赋,有《登超然楼》《江南梅赋》《肥城桃花赋》《十八年》《三秋赋》等近千首作品,散见于《桃花源》《泰安杂志》等,多收录于自己的《山水志·卷二》。山东省散文学会会员,山东泰安市作家协会会员,山东肥城市作家协会会员。作品《和谐中国》在人民大会堂中国风获全国银奖。现致力于同全国多位作家合作小说作品并搬上银幕,为广大民间文学爱好者,为文学艺术、文学之梦探寻另一条创新之路。

十八年

(上)

十八年的杨柳,十八年的守候,十八年的等待,
是那杯醇绵的酒。
十八年的天高,十八年的地厚,十八年的相思,
托起那明月之楼。
千山之外,不再是山,是谁在烟雨之中的泛舟。
彩云之上,不再是云,是谁那恋恋风尘的自由。
一蓬蓑笠,是我江湖之中的行走。
两袖弄琴,是你牵挂的汉郡唐州。
长亭去远,涛声梦里依旧,高天做陪到白头。

(下)

十八年的长路,十八年的回首,十八年的长笛,
依稀在那老渡口。
十八年的雁去,十八年的客愁,十八年的灯火,
无眠多少个三秋。
千古之外,还有千古,你只是千古的一个邂逅。
春秋之上,还有春秋,江山风流唯有云水一收。
一担风月,挑起的是壮志未酬,
两盏烟雨,淹没的是当年吴钩,
边城无边,别来山河已太久,一切化作逍遥游。

2016年5月6日。

半帘春风

昨日云西水流东,
坐看斜阳岁月空,
韶华不再,锦书无寄,
疲倦山水,随枕长入梦。

壮心犹记挽长弓,
气豪也如千古英雄,
臂断了江水,手碎了横山,
大漠长烟战狄戎,
枪挑楼兰月,刀削马嘶鸣,
而今,身似暮云,
只能卷起,
卷起,
半帘春风。

2016年6月9日。

风雨老城墙

护城河你莫悲伤,我依然在倔强中昂扬,
岁月因我而称蹉跎,大地因我而有苍茫,
我依然是我,一堵风雨老城墙。
千古云烟我惯看了流淌,
千年过客我曾经是他们遮寒的衣裳,
千秋的月光我载过你的明亮,
千万里我也许是你前世的故乡。
铁马金戈中未曾低头,请不要为我而洒下一杯荒凉,
草青草黄,是为我记录时光,
花开花落,只是过往,未必是能知道沧桑,
我只想,
真正为你拾起,
拾起一滴千年泪光。

2016年7月8日。

时光客栈

时光,白驹过隙,银河之水,漂泊多少客船。
客栈,笙箫琴剑,明月天涯,策马奔腾的江山。
我爱,
只因你的留恋,
我笑,
红尘一醉,江湖放歌,付诸几缕云烟。
兰舟系梦,梦里季季流青,岁岁叠翠的容颜。
回首大江,英雄击打战鼓,厮杀声云路八千。
你是谁,
为何与我相逢这时光客栈,
只为那一句,邂逅在花落的千年。
可曾记起,送别的长亭,滴泪的杯盏,
碧野萍踪,追逐的思念,
放不下,
总说是名利悲欢,
几何时,
再续残月枫桥,离别书卷,
只为那,逝去的云水,不老的青山。

2016年11月6日。

曹永红

笔名曹帅。内蒙古凉城县人，现居北京。热爱生活，热爱写作，喜欢诗歌、散文。

爱的传递

当云褪去时
你看见月亮了吗
我早把对你的爱
放进了她弯弯的臂膀
让她带给了你

没有月亮的夜
你看见星星了吗
我把对你满满的想念
写给了每一颗星星
即使有流星燃烧
其余的星星也会带到
没有星星和月亮的夜晚
你看见云了吗
我把所有对你的相思
都铺满了云端
层层叠叠

如果乌云遮挡了你的眼睛
那你看见雨滴了吗
我把对你的全部牵挂
融入了点点雨滴中
敲打到了你窗台

秋风

调皮的秋风
跌跌撞撞
像一个顽皮的小孩
翻着筋斗　打着滚儿
翻过了大山
滚过了草地
滚脏了小草的衣裤
抓落了花儿的面纱
扯掉了石榴的红裙
捂住了喇叭花的嘴巴
踢落了树的头环

大地却在偷偷地笑
因为它有了美丽的彩衣
只有针叶松
竖着铮铮根骨
一脸的坏笑
轻蔑地和秋风对视
嘿嘿　你摸我试试

一路同行

离别的日子中
想念你的每一天
感觉你就在我身边
我心中沉淀了你容颜
忘不掉一起走过的逝水流年

我给了你我的爱
我无怨也无悔
你给了我你的青春年华
给了我心的安慰
风雨中我们潇洒走着每一回
肩并肩一起经历着我们的苦与累

相互陪伴的每一天
你撒娇着你的爱恋
我书写着我的眷恋
岁月留痕刻满了老相片
挚爱溢满心中那甜甜的爱泉
人生路上我们幸福相随
手拉手一起跳着
属于我们的芭蕾

你深情注视我的双眸
让我的每一个细胞都在沸腾

岁月漏斗堆积着我们的永恒
时光画笔定格着你的柔情
岁月轮回中斗转星辰
我们一路同行
相痴　相容　相知
是我们坚固的支撑

感悟秋雨

没有电闪雷鸣
没有乌云滚滚
看不到星星和月亮的那个夜
淅淅沥沥的秋雨
如期而至

滴滴答答的雨点
弹奏了整整一个晚上
每一个落点
都激起了一个
美妙的音符
而所有的音符
组成了一组组优美的旋律

伴着微风
送给了大地万物
像一曲摇篮曲
又像一支圆舞曲
催眠了该睡的
陪伴了没睡的
打开了多情者的心扉
打湿了忧伤者的心房

如果想我你就看看月亮

如果想我
你就看看月亮
这是那一天
你对我说的离言

你说
月亮是一面镜子
我看月亮的时候
你会对着月亮照镜子
你在天的那边
能看见我
我在天的这边
也能看见你

你说
你会把思念
抛给月亮的左手

月亮会用右手
抛进我的心房
你说
你用画笔把我们的时光
刻到了月亮的屏风
刻成了不会褪色的永恒
每时每刻都会
划过我们的双眸

我说
想你的时候
没有月亮咋办
你说
那是月亮被我们的痴情
迷湿了双眼

只因你爱花

春天
我把爱放进桃花
开在你远眺的窗前
为你送去一抹清香

夏天
我把爱放进荷花
开在你漫步的荷塘
为你送去静心的禅音

秋天

我把爱放进菊花
开在你必经的小路
为你点缀遗落的心思

冬天
我把爱放进梅花
开在你身边飞舞的雪花中
为你装饰洁白的无瑕

有花和你相伴
一路上就有爱的芳香
只因你爱花
所以我才把爱
放进了花的行囊

爱的承载

把爱化作你的睡枕
不知道能否撑起你所有的梦
为你守候每一个夜

把爱化作一双翅膀
不知道能否托起你去飞翔
和你一起比翼翱翔

把爱化作一滴甘露
不知道何时能滑入你掌心
去滋润你的肌肤

把爱化作一艘帆船
不知道能否载着你远航
陪你看浪花的激情

如果可以
我愿把爱撒向大地
你前行的脚步带起的尘埃
粒粒会有我的相随

那一夜

清澈安静的月光
飘飘洒洒透过了窗帘
宛如一帘幽梦弥漫了小屋
石榴般的记忆被层层剥开
思绪开始穿梭于
时光隧道

一幕幕的回首中
我失眠在了浮尘
酸甜苦辣包裹着灵魂游荡
有时会迷失于浮躁

有时会激情于骚动
不愿开启的记忆
将要被强行打开
如洪水破堤
冲撞着记忆的堤坝和闸门
一次次的冲撞
一次次的坚守
心的世界一片混沌

记忆的浪花疯狂地激起
终于撕裂一切阻挡
溢满大脑的所有空白
所有的过往
都在杂乱地映射
就如月光那样铺满心房

草介

本名刘桤翔，诗人、婚礼主持人。吉林省白山市政协委员，白山市戏剧曲艺家协会副主席，白山市作家协会副秘书长，白山市音乐家协会副秘书长，白山市司仪协会主席，民盟白山市委联合支部主委、吉林省作协会员。著有诗集《青春的历练》。曾获全国“永恒的母爱”诗歌大赛一等奖，歌词《成吉思汗，我的爱》获中国当代流行歌曲征集大赛创作奖。许多作品发表于国家级、省市级报纸刊物。

致姐姐(外三首)

抱住你 就抱住了全世界
这尘世上 我唯一的依托
因何慌张 为什么害怕
清冷的月下　你正深情地吻我

你说　生于红尘　只为陪你
不必谢我啊　不必谢我

姐姐　你来自何方?
和我一样　深染城市的忧伤
既然无法返璞古老的农耕
就让你做了诗的妃子
我做了诗的王

2016年4月12日。

紫萝花爬满窗口

本以为　可以将你忘记
忘记了　就不会有太多的忧伤
可一场雨后　记忆又和紫萝花一样
一样肆意　一样多情　爬满了窗口
月下伴我吟咏　醉里与我共舞
而黎明醒来　顿生莫名的慌恐
想要吻你　抱你　风中却拽不住
拽不住你的衣袖
啜一口乡风　依然是你的味道
只有记忆和紫萝花一样啊
一样爬满了我的窗口

这繁花似锦的日子众鸟高飞
泪光里人声鼎沸　仰望高山
此山谓之太祖　脉脉相连
好风水养人　也养鬼怪
烧火煮饭　谈情说爱　狩猎　分娩
鬼怪在腰铃上跳舞　人顶礼膜拜
风煞起　我与你瞬间迷途
天空十二道金牌一起翻卷
萨满师滔滔不绝
滔滔不绝地说着谎言

又一年　紫萝花爬满窗口
想忘　也忘不了你
你和我有口难辩
都是尘世上患病的孩子
我们拥有所有诗人的眼泪
拥有诗和酒所眺望的远方
以及所有诗人钟情的海水

2016年4月15日。

子夜相约

碴子河的三月
春雷滚过
子夜　情催桃李
情人相约
看不见眼神
却分明听得到
听得到目光里叮咚流淌的河
此刻　十指似蝶
扑向身体的每一处花朵
花开吧　雨落下　风吹过

2016年4月16日。

五月　桃花丛中的嫂子

在五月的桃花丛
瘦弱多病的嫂子端坐其中
风掠过　嫂子颤抖
这五月　嫂子多病
而桃花正浓

嫂子　我跋山涉水来看你
走过三百年前遗落的长街
风吹乱头发　两眼红肿
你说:弟弟
你是我此生无法挥去的红尘
嫂子唯一的心痛

嫂子　我貌美如花的嫂子
前世偷逃的小花童

你以最纯美的一个吻
烫伤了我的魂　可你却推不开啊
推不开凡尘间薄薄的
薄薄的一扇门

五月啊　桃花正浓
可嫂子病了　患病的嫂子说：
落花成泥　我在其中……

2016年4月19日。

长毛

本名陈述，贵州省务川仡佬族苗族自治县黄都镇人，苗族诗人，室内设计师，现任海南省三亚市某装修公司设计总监。自小长于大山深处，大山永远装进心中；做设计师中的写诗人，做写诗人中的设计师，把诗歌的意境带入设计，把设计的元素带入诗歌。作品散见于《贵州作家》《中国诗歌》《圣地诗刊》《新时期务川诗歌精选》《重庆乡情》等。

九里十三湾（外三首）

你站在九里十三湾那头
我在羊洞溪的出口
我想你，我向着你走

九里，其实没有九里
十三湾，我数过
每一个湾，都很孤单

我想你，我又怕你
一个人从湾里走出来
上坡，下坎
十三湾，如果你一人走完
却，经历十三次孤单
九里没人陪伴
你更孤单

我想你
一口气
我跑了九里
经过了十三个湾
却未能把你看
你，去了哪里
留下我和九里十三湾
其实才孤单

回头湾

你离开了
九里十三湾
不见你的踪影
我到处寻觅你

后来，我知道了
你去的方向
加速把你追
我知道
你一定要经过那个地方
一个能让爱回头的地方
回头湾
我把我的爱藏匿的地方
无论前方你的路怎么样
你到了那里
就到了我爱的身旁
深信你一定会把我回望
回头湾，我把爱埋藏的港湾
你到了，我会在你身后呼唤
回头湾，你爱的回头湾

我不写情诗

我不写爱情诗
我怕别人
从字里行间看懂我内心里的爱情
看透诗中的玫瑰色彩斑斓

我不写爱情诗
我怕别人爱上我的诗句
爱上诗句里的玫瑰

后来，再爱上我
那我就成了一个爱情的罪人
诗里到处抛洒玫瑰花香

我不写爱情诗
我怕我的爱人从诗句里误会我
我的诗句，我的玫瑰
让她浮想联翩
我不写爱情诗
做一个正常的诗人

七夕玫瑰

七夕
织女与牛郎
爱情故事传遍八方
我手捧一束玫瑰
忠贞于爱情，也忠贞于玫瑰
人群中寻觅着你
挥洒七夕玫瑰花香
寻觅着我的渴望
七夕，找到爱你的地方
你出现，你渴望玫瑰
我更渴望着你
渴望你接过我手中的爱情
捧在你的手心
身绕着七夕玫瑰花香

常向伟

中国平煤神马集团职工，平顶山市“三苏诗社”成员。

城市记忆

当春天的脚步将黎明唤醒
我们的目光在曙光中幕启
让记忆的页面微笑着招手
城市回望着六十年辉煌
浏览平煤人跨越世纪的足迹
时光的隧道回放着一个传奇
倾诉着一个矿灯照亮的城市记忆
如歌如诉的画面
感动着城市的每一寸土地

上世纪之初的一个秋天
一群开采光明的使者
肩负着共和国第一份五年计划的蓝图
风尘仆仆抛家离乡
汇集在这片人迹罕至的不毛之地
就是他们初始被称为“下煤窑的人”
却将自己的后半生“日久他乡即我乡”的乡愁
深深地埋在大山的心脏里

我们没有忘记
是他们用青春和忠诚竖起城市的地标
是他们用原始的工具和一腔激昂的热血
创造了一个新兴的城市——融入共和国的地图册籍

那一天他们来了
记得是上世纪的末期
一群朴实的少男少女揣着接班人的激情
接过父辈肩头的担子将凝重的责任传递
从他们铿锵豪迈的脚步声中
我们听到了担当感觉到蓬勃的气息
在他们身上还依稀看到父辈的影子
而他们更富有坚韧刚毅不屈不挠的人格魅力

二十一世纪是时尚流行的主题
一个被称为“新型矿工”的元素
融入中国平煤神马的集体
赋予城市崭新的高大上质地猎猎大旗
车轮滚滚物换星移气质质感灵气
历史的使命让与时俱进的年轻人
在保生存保安全的节奏上
唱响凝心聚力克难攻坚的主题

城市能够真切感悟大山深处

三代人的情怀三代人的乐哀怒喜
因为他们已经拥有一个灵魂一个躯体
城市也能够深深地体味煤海浪花的每一个转身
因为他们一脉相承
共同的呼吸让他们荣辱与共相关休戚

城市忠诚的记忆里
平煤人始终是一道靓丽的风景线
他们的名字不会是简单的桌面
而是城市的照片城市辉煌的足迹
城市的生命中矗立着平煤人的丰碑
那是叶对根永远不会磨灭不会褪色的记忆

常星民

男,汉族,笔名果壳。安徽省望江县人。业余练习写作多年,作品散见于《安徽文学》《安徽日报》《散文诗》《文学报》《振风》《贵州作家》《中国魂》《安徽青年报》《安庆日报》《安徽法制报》《安庆晚报》《韶关日报》《齐鲁诗歌》等报刊。中国诗歌学会、中国散文诗作协、安徽省作协、安庆市作协会员。有多篇作品被选入《中国散文诗》年卷并荣获奖项。

早晚

(一)

很早很早
我注意到你的面容
如微风和煦的小草
一摇一摇……
还早还早
并没太多祈祷
在你身边找找
我仿佛一只跳蚤

(二)

走过路过
慢慢忙忙碌碌呼吸着
今年的荷叶又开了
一浮一浮……
跳着跑着
并未小心无意过
奈何风雨嬉戏着
跳蚤还在吗

(三)

缓缓缓缓
时光缓缓的缓缓
划过的是流星
还是漠不关心……
缓缓缓缓
缓缓缓缓
缓缓时间缓缓
时间晚了

(四)

早了早了……
晚了晚了……
早晚啦……

不老的铁(外三首)

点亮炉火
你开始续煤
续自己的骨血
续命运里的黑,续
黑带给你一生的温暖
续哭
和笑

你抽出左半身体内的铁
用尽右半身的力量
锻打! 萃取
锄的坚韧,刀的锋芒
犁铧沾满泥水钝重叫喊……

是什么将你忘记?
六十七岁的时光,依旧

黑漆漆地闪亮!
一个人的信念握在手心
火花四溅
比以往
多出几分坚强

子夜时分

此刻的湖,苍茫地静
仿佛一个人
夜止步于困顿
星星撑大着眼睛
堤坝上若隐若现的虫鸣
不时有野草
被急促翻动的响声
对岸的远山
沉寂于隐伏
一方辽阔起伏的名词
还在向内收敛
倏地,一刃白色刀锋
急速划开夜的浓重
湖水止不住地抖动了一下
又再次收紧

村庄里的灯
几星微弱
仿佛水的一些梦境
儿声犬吠
突兀地打开警觉
而后被湖及时收藏

偌大的湖
子夜时分
如此地静。静
静得就像一个人——
惊涛骇浪
或许只听从于内心?

思念

思念,是一只
打不开带不走的行李箱
眼睁睁被自己
丢在出租屋的墙角
一次次掩门而出时
我都会留恋地盯上一眼——
沉重的时光灰烬
压在了箱子的表面
而塌陷的
是一颗游子冰凉的内心!
有空时,我就会走过去、蹲下来
将它擦一擦
——眼前的故乡
就会一次次地亮起来
可紧接着
又一次次地
暗下去
暗下去……

假山石

你立着,在风景里
以石头的形式,站成山的姿态
从游人的品头论足中
走出来——
我忽然听到伟岸

轰然断裂的声响!
转过身,我想再次看清
你曾经执着的骨头
却在千疮百孔的忧伤中
突然的自己
已是泪流满面

畅国良

男。河南省孔子学会会员,河南省作协会员,河南省电影电视家协会会员,《关心下一代》特约记者,开封市作协会员,开封市摄影家协会会员,开封市辞赋协会会员,《民生周刊》记者,尉氏县作协会员,古吹台文学社作家,尉氏县委手机报记者。

回到从前

天凝地闭的冬天
惜别在杜公河畔执手相望
无语凝咽
倏然回首
暮霭如岚
你
背负沉重的行囊
渐消云边

曾经许下的诺言
浮云朝露间冲淡
一种相思
两处闲愁
日长似岁君不见

曾经拥有的眷恋
乌飞兔走间黯然
一种感应
两份煎熬
寸阴若岁筑遗憾

魂牵梦绕
光阴似箭
韶华易逝
入骨牵念
岁月磨损记忆
光阴催皱容颜
烟不消
云不散
沐浴着冬日晨阳
等你在故乡的杜公河畔

急景流年
又到冬天
故乡的云依然洁白
那边的天是否湛蓝
悲歌当泣
经年走不出梦幻
远望当归
心中丢失了恬淡
望穿双眼
夕阳唱晚
寂寥一世谁能懂
渴望回归到从前

飞鸿

自从你走进我的眸子
视野变得很短很短
周围的一切朦胧无限
唯有你
是我的留恋

自从你撞开我的心扉
心胸变得很浅很浅
世界的一切云遮望眼
只有你
是我的企盼

日复一日
年复一年
我的思绪久已冬眠
思维不出未来
逻辑不出昨天
亦真亦幻中
心在不自觉地向你迁转
你仿佛是一堆火焰
燃起了我
无数情的呼唤

不知冬夏
忘却春秋
我的灵感久已癌变
孕育不出希望
培植不出鲜艳
虚无缥缈中

心在不断地向你靠岸
你宛如一块磁石
凝聚了我
多少爱的春天

丙申清明祭

风
少了些和畅
浸入了几许悲伤
带着绵山焦柳的倾诉
裹着春秋千年的沧桑
情深地
抚慰着冢陵的荒凉
委婉地
把赞美先祖的颂词唱响

雨
少了些温馨
注入了几分凄怆
挽着子推真纯的忠义
拽着重耳悔恨的忏怅
虔敬地
沐浴着英烈的风骨
钦诚地
把讴歌华夏的善德传扬

烟柳缀满缅想
把感恩无限期地延长
卧冰求鲤感天地
哭竹生笋憾上苍
尽倾清泪
奉果焚香
泣伏于严慈坟前
酹黄土割肚牵肠

流云写满思念
把眷慕引吭
尝粪忧心传千古
闻雷泣墓惊娥皇
抱恨终天
枭獍独伤
祈愿上天续来生
又怕无颜见爹娘

丙申清明
风悲雨伤
母亲啊
那里是否有花开四季
父亲啊
那里是否有秋收冬藏
儿思爹
女想娘
我不在
遇事与兄商
今生孝未尽
来生定报偿

清明的风
浸入了华夏儿女的悲伤
清明的雨
注入了炎黄子孙的凄怆
清明的我
又一次流浪到父母身旁

钓鱼岛的呼唤

我叫钓鱼岛
身边团聚着自己的一母同胞
黄尾屿　赤尾屿　北小岛　南小岛
我不会忘记
华夏母亲对我们的寻找
那是一三七二年的大明王朝
杨载发现了我这个无名岛礁
从此
我的身躯就注入了炎黄的血液
心脉与华夏母亲共融齐跳
我不再是无家可归的弃婴
我不再是无根飘零的水草
我骄傲地依偎在华夏母亲的怀抱

不再孤单　不再寂寥
我的精彩开始在神州闪耀
我的骄傲开始气贯中华云霄

我叫钓鱼岛
中华铁骨把我铸造
无耻的倭寇不要再叫嚣
你们休想用肮脏的冲绳把我锁铐
人不是强盗所谓的尖阁列岛
是炎黄给予我无尽的奢华
是华夏给予我无穷的荣耀

一八九五年的甲午海炮
搅乱了我的安宁
践踏了我的自豪
从此
列强斩断了华夏母亲给予我的抚慰
我在纷扰的尘世中被倭人嘲笑
从此啊
我在母亲的视野里渐渐烟消
无数次地被列强蹂躏
无数次地被强盗煎熬
在离开华夏母亲的日子里
我飘摇的心多么需要依靠
在离开华夏母亲的岁月里
倭寇强行夺去了我的贞操
那一刻啊
我痛苦地在水深火热里挣扎
我屈辱地在凄风苦雨中煎熬

我叫钓鱼岛
坚毅顽强的炎黄子孙啊
岂能让日倭在我们圣土上
蛮缠胡搅
自强不息的中华民族啊
岂能让强盗在自己孩子身上
厉炮秣刀
强盗的灯塔虽然微不足道
可是
它刺痛了我弱小多疾的身躯
它毁掉了我支离破碎的容貌
百年的风雨沧桑
我倍受日倭的蹂躏
百年的苦难岁月
我倍受日倭的残暴
我无时无刻地不在抗争
我时而呐喊
我时而咆哮
华夏母亲啊
游子的呐喊您可听到

我叫钓鱼岛
我想回家
我想回到华夏母亲的怀抱
我不想再流浪
我不想再被倭人耻笑
我想得到母爱
我想承载中华民族的天骄
假如
有人胆敢凌辱我的躯体
母亲啊
请向我开炮
只要能洗刷百年耻辱
我愿意把自己毁掉
华夏母亲啊
儿子的呼唤您可听到

畅想未来

本名李冠军，浙江台州人。少年时喜好文学，至青年。遍读毛泽东，崇尚英雄气概、民族节义，为人正气浩然，已创业近二十年。

无题

曾经梦回小楼书屋，几十年无着落，走走错错，坐坐走走，倚荷？
那一番黄河向东流，几度情愁，欢欢落落，落落惆惆，薄了国。

国中无良相，军中无良将，鹏举赐忠良，整山河。
西楚有英雄，蜀道有关公，世俗换颜红，叫天剖。

初遇

也许温温婉婉，羞羞答答，凄凄切切，斯斯文文并不是我的最爱，可心灵的通合除却了散慢中不经意的交汇，也许别无他法。
也许是经久就有的契合，也许曾经，那片心灵的花海早就钟情那片蓝天，今天，你来了，我来了！

我早已学会了

我早已学会了爱护和保养，世上万物，没有永远保鲜的东西，就算是永不生锈的钢，它不用了，也会有灰尘。
我早已习惯了寂寞和独处，花花世界，没有真正真实的脸，就算永不落幕的太阳，它遇到了雨天，也无法照亮全世界。
我早已准备好了冲锋的号角，高山流水，就算前线阵地多么的艰险，也只有向前。
我早就计算了余生的时光，停停走走，就算时光不催你老，它也回不了头。
昨天已过去，今日尚在，明天又期许？问宝剑锋从何处，梅花可证。

曾经诸葛小乔，暗淡了光阴。
曾经寒梅磨砺，许下了几月愁情。
曾经风云潮涌，生死了多少岁月，苍柏已亭亭。
烟花陌陌，五月天里待红了杨梅，夏日炎炎，烤热了火红的心，烤老了青春的脸。
知了在叫了吗？还是枇杷果的干甜，让我忘记了人间？

2016年5月。

昨日随想

昨日冷落了网络
只是因为机子罢了工作
却不曾想得明透
无缘由地拉进去做客
清幽着歌声的错落

昨日冷落了网络
只是因为机子罢了工作
为何随意走进或遣过
没有承诺
怎么做才能无祸

昨日冷落了网络
只是因为机子罢了工作
千山万水平丘远楼
网络缘由纷纷落落
不知何处大道在前头

昨日冷落了网络
只是因为机子罢了工作
又何曾想枝叶繁茂
无缘由地踢出承诺
畅想着思绪的纠错
昨日冷落了网络
只是因为机子罢了工作
许是天马行空无节德
何曾留有人间大众情愁
但愿莫怨黑了你的微信微博

噢，原来
昨日冷落了网络
只是因为机子罢了工作
吾爱妮可只能悄悄地撤
没有原因也没有理由
只是因为机子罢了工作

2016年6月29日。

今日念想

望着那一边无际的诗海，
想不起那古老的词韵。
海之大，

以至于无人能够丈量出准确的深浅。
宇宙浩翰,
无人能探尽涯头。
那随手拈来的唐诗宋词,
那俊逸飘然的人文和情怀,
是多么的令人神往啊!

隐隐中不解风情,
叨叨中不知所措,
白话明了的思绪,
敌不过迷朦的情愫。
月色朦胧,
照进了镜旁的荷塘,
水中小鱼,

我相思那梦中的倩影,
若隐若现,
没有理由,
也没有规律。
大凡英雄只爱美人,
江山犹寄汉唐,
却怎么了得,
你出了早晨的格?

炼狱中有几种活法,
活得洒脱是你的高尚,
活得无悔是你的骄傲。
谁能面向着炼狱走去?
明明前进的方向就是天涯末路。
倘若冥冥之中美名为使命,
何尝让使命败给岁月?

现代诗中的起转承合,
想必也在散文里藏着,
有半部人生,
却就折折幽幽。
许是悲情?
许是赞歌?
撕碎了的记事本,
只为几页格纸上留写几行黑字。
不习惯的网络敲击,
而今成了奔流的理由。

我不会写诗,
真的不会,
但却想让自己的人生多点诗意。
格纸上的倾诉,
成了诗,
只有随了人生的江河,
让她漂。

2016 年 6 月 30 日。

沉香

本名朱立华,现居内蒙古赤峰。红山诗社会员,历任几家大型诗歌网站编辑、版主。诗文散见于《西部作家》《中国诗人》《特区文学》《诗歌月刊》等多种选本。

寄语诗歌,是我心灵的洄游和漫溯。我希望我的文字可以带给人们爱和正能量,让更多的人喜欢并从中受益,那是我的成绩、我以后的路。

在月光里种下词粒

北方的月亮
会在每一个中秋怀孕
然后再等待下一个中秋分娩
提前或推后,预想无用

萤火虫带别针来
铜扣磨了又磨
萝卜缨的绿穿透骨骼

雁声有序
多远的距离呢
要种的词粒属于马蹄向远
被季节的涛声包裹

请绕回最近的路
那里的树拥抱着一个个乳名
萤火虫放出亮
铜扣如镜

绿浮出绿
波长枕着笃信
逐一辉映

又是一秋

每当秋天来临
人们就会想到纷扬的落叶
然后萧瑟接踵
然后荒芜

更愿意提及菊花
她在这个季节里盛开
金黄的花瓣如同闪光的词粒
在我的骨子里穿行

谁让她既柔软又坚硬
眉目含秋、剑气若虹
这大概就是岁月的样子
即使与根部之间隔着蹉跎雨声

又是一秋，盈盈
日光提前预约花海
一行大雁飞过
一缕乡愁来将诗行浸透

一个人在雨季里

一个人在雨季里
适合翻动叶子上的水珠
适合把园子里的绿搬到画布上临摹
适合撑着伞去河边找鱼说说话
适合琢磨茉莉在开水里寻道的方法

叶子上的水珠倾倒水，像是又送走一段光阴
画布上的绿被什么遮挡？看上去琐碎、暗哑
鱼儿集体吐着泡泡，仿佛要说的都被雨水瞬间融化
茉莉不断回旋，一再将疼翻卷成静宁

一个人在雨季里
如同生长在春天里的一株草
适时弯腰，适时抬头
干干净净地在这世上行走

省下来时间，不看你

把时间省下来
省下孤独
省下内心的灯盏
你我之间，青花煮酒
一首歌不能唱完

故意不画满的圆挂在天上
秒针端坐其中
唤你的名字
我来应

船不停在进进出出
岸上冷了暖了，在你眼里如常风景
鱼儿们躲避着有弦和无弦钓
眉目高挑，去向辽阔

决定不再看你
这样凋零不至于一寸一寸往深里去
省下来时间望流水
它们一定会给你有关我的痕迹

当然，流水会带走时间
也会带走我们和鱼
只是爱已经成为它上面的光点儿
轻轻、柔柔地闪烁着
最后会陷到一首歌里面
把永远唱远

秋思(一组)

迷秋

奔跑的夏季过去之后
秋的寂寥就开始寻找寄居之地
东、西、南、北
哪一个方位
有多少里落红、烟雨
可以一一了应归期

问秋

怎样的跋涉可以续起
另一行砥砺
怎样的坚持才算收获这一季
流年一次一次将荒凉铺垫
依恋、牵绊
缘何忍着不散

离秋

风过
记忆仍留在原处
挥挥手
时间的夹道上瘦影依旧
似是被刀割下来的叶子
纷纷扬扬
一直在找寻飞翔的凭据

寄秋

该怎样倾注？才答案明晰
该怎样暖着？才懂得怜惜
就要穿过秋的门扉
无关你是否准备
向阳的山坡醉着写序
继续往深里埋伏笔
再隔窗收鸟语

晨曦

本名王金。贵州织金人，男，21岁。自幼家境贫寒，少年曾因无费读书而辍学。现为贵州大学三年级在读生，贵州大学墨渊书法协会会长、清风笺文学网版主、5星文学网副主编。喜欢绝句、律诗、散文、词牌，擅长诗歌，忠于书法和棋艺。其作品散见于中国诗歌网、贵州作家网、青年文学、中国互联网文学联盟及中国诗人阵线网等多个文学网站。

霜降

灰色的大地
笼罩着一层厚厚的白雾
比我的心绪还要厚
昔日的阳光明媚，芳草露珠
已然枯死在这深秋

茫茫的细雨飘洒着寒冷
原本还有些热乎的心
让这无尽的秋雨浸透
将死，在挣扎
挣扎，寒冬的脚步近了

2016年10月19日。

若时光可以倒流

若时光可以倒流
我将带上你登上高峰
牵着手
数满天的星斗

若时光可以倒流
我将拥抱着你
在金秋
亲吻你的额头

若时光可以倒流
我将不会是一个人
借酒浇愁
在相识的小楼

若时光可以倒流
我将不会再让你
记着仇

从我的身边溜走

2016年9月22日。

晨霞

本名杨梅英,女,河南夏邑人。曾苦读诗书,立志在文学方面有所造诣,然,"科举"之前中途辍学务农,从此无缘学业。后,完婚生子,踏上务工之征途,一直工作于上海鑫威餐饮有限公司。几多沧桑,几多沉浮,冬去春来花开处,"栗城诗社"乐无度,又始笔耕。作品散见于《夏风报》《曲江流饮》《温馨微语》《向晚诗歌》《天天快报》等报刊及网络平台。

尘封的那个人

打开一条缝
风呼一下子挤进来

外面很冷
你是那么的炙热

燃烧吧红叶
坠入爱河但愿千年不醒

冬天还是来了
冰封一个激情澎湃的世界

在夜深人静时
你就窜出来

2016年8月7日。

多想靠近你

多想靠近你
躺在你温暖的怀里
感受你爱的气息

右手抚摸我左腮的笑意
手心的温度留在记忆
炙热的唇印刻在心里

多想靠近你
拂去岁月留在眼角的痕迹
你的白发不会飘在孤寂的风里

看着弯弯的枯树皮
我的泪如黄河决堤
为什么我的高大却要有你垫底?

真的真的不想让你老去
好想好想躺在你的怀里
穿着你熬夜缝的棉衣

多想靠近你
不知天堂下不下雨
你的雨伞忘记在我手心里

2016年10月3日。

一半打包

顾客点了一份饭
打包一半给老爸
我也想把自己一半打包
寄给老家的白发

一半给娘家
一半给婆家

带上暖心的话
老爸老妈你们辛苦啦

今天霜降天冷了
身体健康一定要注意高血压

我们在外挺好的
不要牵挂

2016年10月17日。

陈丙现

网名云淡风轻。安徽省宿松县人。安徽省公安作协会员，全国公安文联作协会员，中国诗歌学会会员。

邂逅

回忆，集为大森林
邂逅，是一条阳光小径
常常饮一杯香茗
沿这条彩带般路
静心散步一个下午

邂逅，是一种缘
如一棵青草栽进情感空间
岁月发黄，它依旧青青
像俊美的结
紧系不会丢失的难忘

邂逅，偶然加期遇
可以是一朵云一朵花一滴水
可以是一个人一个眼神
当邂逅成为心灵日记
发现，生活与世界
总让人感怀，可歌可泣

无题

叠一片清幽的月辉
采撷天幕上高挂的夙愿
默默站在天下人之中
一双虔诚的手臂
拂去冷尘，以深沉托起
花好月圆

也许在家乡河边
于思念清水里捧起那轮银月
不用借喻，此时
母亲的目光化作千里一线
爱人的凝望就成了醉美笑脸
我曾叠攒的千纸鹤
驾御着殷殷秋光一路飞旋
心系着家门
才不敢忘为我照亮的那窗灯火
如果人生也站在中秋月下
我将以多重的情愫
描绘太多又难忘的聚散
缝合出心圆与梦圆

回眸

沿岁月弯曲小路
每走一节，注定有一次回眸
但从未见你的身影
也许是我，或你
走得太远

我想望见，起点未随的幸福
再问一张笑脸，缘何遗忘
那么多往事涌进，回眸
分拣心中滋味
是苦涩还是酸甜

每次回眸，真想在视线中
你我故事成为唯一
因为我的脚步写满一路的题词
当站定或继续前行
回眸，真想有个身影追赶

陈二虎

笔名红叶。蒙古族中的契丹人。中国散文诗作家协会会员，内蒙古赤峰市翁牛特旗作家协会副秘书长。

在柔美的湛蓝中

积淀心海的梦幻
我的长调斑斓了季节
弦上的歌承载着记忆
那一缕又一缕的呼唤

动感一捧纯然的湛蓝

拉住缰绳仰望
风摇动那轮古老而深情的太阳
放牧
逐水草
祖母的勒勒车
简约又伟岸的写意
四时捺钵我们的豪放

深植一棵神门树
蕴蓄世世代代的大草原
苍茫与辽阔无尽的神往
双手捧起蓝哈达
烘托着人文精神的载体

只有血脉才是我们命运的
唯一

左衽

我勒住缰绳
深怕一纵跃出你的视线

流行了几千年的左衽
髡发的标识相承一脉
潢水与土河的乳浆
汇流出八部古老的渊源

王气森然的木叶山
悠长的传说环绕心头
命运总会给草原新的起点

马蹄如铁襁褓如铁
生命超越极限
任性的青牛梦境一样美丽

落日沉重成醒目的晚霞
勒勒车圈起灿烂的篝火
斟满的烈酒豪放出心胸的辽阔
我徘徊于记忆的大帐
尘埃还不能封锁时空的路口

风声，穿过一片花径

灵魂粘在草叶上
传承独有的傲然

幽静的时光
风声穿过铁脚草的丰满
马蹄踏开花径的等待

金莲花处子的黄
浸满器官的兴奋
碰撞的眸子
奇迹在水与水汇流的刹那

青牛车载着柔情
胡琴弦奏一轮月圆
点燃毡包前的篝火
硬汉的大漠赤娘子的草原

涟漪的奶茶沸腾着情愫
暖了长天的展望
略是秦汉时的自信
坚韧的根命运的树

2016年11月4日收集。

陈波

本名陈文科，湖南浏阳人，现居广东佛山。从事平面设计、印刷工作。酷爱诗词，喜与大江南北的朋友畅意诗海。

心葬

想起你转身时的感伤，
却浮现你清晰的脸庞；
凝眸夜空月光依旧，
时光不再记忆犹香；
用我千年道行，

想封藏你影像。
春将至，
记忆又破茧生长；
满心结印，
也封不住想你的欲望；
曾经青涩的时光，
留下了多少彷徨；
岁月宛如梦幻，
恰似花落叶黄；
宁静的夜晚，
却又隐现你淡淡红妆！

游子吟

看车窗外城市，
夜色斑斓，
灯火倒逝。
耳边响起，
车轮和铁轨的亲吻。
浓浓的秋意，
伴随游子归巢的心情；
脑海涌现童年的记忆，
今晚注定无眠。
异乡纵然繁华热闹，
不及故乡的亲情安宁；
每次归家的路上，
总有妈妈电话的期盼和叮咛：
(到了哪呀？什么时候到呀？
饭菜热在炉子上……)
不愿告诉妈妈准确的归期，
只是为了不耽搁您的睡眠。
父母深深的爱，
家乡浓浓的情；
路遥虽千里之外，
牢牢拴住漂泊游子的心。

影子

岁月流逝，
像一本不可重翻的书。
时光隧道，
悄然无息烙下了皱痕。
往事沉沦，
化作记忆纷飞的挂牵。
红尘客栈，
只残留下些许落寞。

时过境迁，
内心依然把你品读。
你像影子，
在我心中存储。
你像影子，
在我心里刻涂。
你像影子，
在我心尖跳舞。
你是影子，
我无力把你拦阻。

夏夜

夜的宁静，
难以摒除，
心头的杂念。

望窗外穹苍，
无星无月，
只有阴霾。

一缕淡淡清风，
沁心拂面，
撩拨幽幽情愫。

在深邃的人心里，
我像一叶扁舟，
不知道你的距离。

你倩影，
若隐若现，
渐渐迷离。

只怪时光的橡皮擦，

模糊了往昔,
褶皱的记忆……

缘

人海里,
你安然而来,
淡然而浅笑,
深深地烙在我的心扉。

生命中,
我默默守候,
不离也不弃,
静静地感受你的喜悲。

睡梦间,
来去都如风,
梦过而无痕,
叹息醒来无处觅。

终的悟,
情深或缘浅,
守拙以清心,
期盼重逢看云舒。

冷雨夜

轻启窗扉,
遥望夜空,
冷雨随风,
如萦绕的轻烟,
轻抚脸颊。
一丝淡淡的惆怅,
似飘散的思绪,
随风轻漾。
凉凉的雨丝,
撩人情思,
像滑落的思念,
源源不断。
纵然寒夜凄风,
深闭窗扉,
那重心门,
岂能隔断。

问情

问情为何物,
如梦如幻,
前世尘缘未断。
深情如云烟,
字里行间,
尽是相思。

聚散皆有缘,
断愁肠。
红尘皆虚幻,
相思苦缠绵。
不羡天上美景,
只愿共度流年!

陈光明

暮游龙湾湖遇雨

白色的水鸟
在自己的世界
悠闲成人们的风景

谁说秋风瘦了
荡开涟漪
满湖的倒影,活了

是暮色,点燃霓虹
还是霓虹亮了暮色
柳条在风里
轻摇一个童话

雨,不请而来
有一滴冰凉
摁进缠绵

匆忙的脚步
不去分清你我
擦肩
微笑和叹息都是生活

只一个回头,时光已老

阳光刺痛梦
蝴蝶倒下
风洗去草香
云张开嘴
呼唤,从远方
打湿心事
一只落单的雁
惊诧于枫叶的红
小桥流水
风把凉写在眸子
只一个回头
时光已老

无题

太阳从唇边滑落
云布满额头
流年跌进皱纹的河
雨水漫过
帆撕裂
痛到不能再痛
彼岸
花香。诱惑迷人
蝴蝶在路上
每舞动下翅膀
梦就颤了颤
风瘦了又瘦,却一直
不改初心

陈广德

男,山东德州人,现居新沂。中国作协会员,徐州市作协副主席兼影视委员会主席,国家一级作家。在《当代》《中国作家》《中国诗歌》《文艺报》等报刊发表作品800多万字,获《人民文学》《诗刊》《人民日报》等诗歌大赛奖120余次和江苏省“五个一工程奖”,著有诗文集十部。

虹一样的醇美

把阳光一样的水滴融进城市的洁净
之中。澄澈。让它们开出
虹一样的醇美,和从容。
——七彩的虹。有芬芳四溢,舒展
城市魅力,吉祥在赤的
热情里吟诵。让温暖翩翩在橙色的
慈爱里,荡涤浮躁,润物无声。
黄的鲜亮,是菊花的心绪,滋养
畅通。绿的雅致,可以在角落
构筑清新,吐露灵动。青出于蓝,
以蓬勃的朝气,鼓荡一座城市的
活力。就有紫气东来,铺开最美的
画卷,展示一帘隽永。
所有的日子都在虹的梳理中
成为可以思慕的桃源。也是园丁
——他们以至纯至善的汗水,
洗去污浊,让家园含情;看似普通
——名不见经传,却用勤劳和智慧,
打造出可以礼赞的名城。
……城门大开。有绿荫像钟声一样
漫过来,漫过有凤来仪的胸襟,
和他们用虹一样的清波延续的真诚。

在上海之根度假村

蕉叶用禅意给夜雨的潜入制造了
难度。我在门外的呓语,
就有了时光的停滞,和蛰伏。
这时的汉字还在松江的
鼾声里探头探脑,我试着
用梦里的才华修正这些韵脚,
看看能不能成为舞步。一串透着
绯红的跫音,就推开了

垂着的薄薄的雨雾。
你来了。带着一些陈旧的故事。
池里的荷,在圆叶之外,
裸露着不修边幅。
我光阴的脸,像是初遇,把忐忑
藏在银发的背后,
用寻根的潮声,掩盖沧桑,
和沧桑里曾经的孤独。
是根对根的追忆,就像雨在雨里,
那流落一地的水光,和水光里
曾经有过的纸船,
纸船上曾经寄托的幸福。

萤火虫

过程很亮。每一只,都能
在变暗的沧海里,画出一条银河。
远走他乡的栗子树,把回望
当成了一种晚练。
——用清澈画出的城郭,谣曲一样,
藏不住一圈圈涟漪。
天生的情沙画般洇开,飘忽的
背景一页一页,被线条的指,翻阅出
亮点。甚至,有钟声
漫过来,漫过有蛩音簇拥的峰峦。
驾云归来。从点点中透出可以接近
博大的意念。萤火虫,
是尘世里会飞的水,柔慈,
或者上善。

陈海洲

网名清水凌尘。70后,杭州公交集团员工。工作之余喜琴棋书画、诗词歌赋。

清浅时光

绵绵秋雨
静静地坐在窗前
听任檐下雨
滴答滴答缓缓落下
让思绪飘荡

燃一柱清香
看青烟袅袅而上
铺纸研墨染羊毫
矮纸斜行闲作草
怀一份宁静
行行浓墨书写着流年
在笔端悄悄绽放

多少心事
婉转在指尖
一点念想
一丝忧伤
在清浅岁月中轻舞飞扬
安度时光

冷

缺月疏桐
剪落一地碎影

你
漠然无语
任我挽留哀求
任风吹乱长发

你
理顺发梢
拂袖而去

只余我孤零零
模糊了一地碎影

公交司机

一抹鱼肚白
捧出晨曦微弱的光
从城市的这端到那厢
我,已在路上

无暇观望
那沿途旖旎与繁华
奔忙
目光盯紧前方

轻踩离合缓挂挡
刹车油门方向
此刻，道路就是战场
我仿佛一员猛将
跨着心爱的战马
威风凛凛，驰骋边疆

纵雨横风狂，无可阻挡
任雪寒冰冻，侍发整装

停靠，起航
把每一寸道路细细丈量
迎来送往
岁月，在滚滚车轮中流淌
信念在胸口荡漾
我，一直在路上

醉江南

烟花三月
狭长雨巷
戴望舒渴望
逢着丁香般的
姑娘

小桥流水
青瓦白墙
笛声悠扬
有陆文夫的美食
汪曾祺挥之不去的
故乡

映日荷花红
湖畔杨柳岸
中秋桂花香
有郁达夫的眷恋
徐志摩温柔低头
深情地凝望

白居易的词
引来了众人的向往
醉美的江南哟
多少人对你
浅斟低唱

微诗一组

琴

轻抚弦
流水潺潺
悠悠润心田

棋

闲执子
黑白之间
博出一方天

书

挥毫
乾坤束转
腕底千层波浪

画

色彩
笔端流淌
胸中无限风光

陈红震

笔名三藏。1965年出生于广东，就读于华南师范大学，曾担任大学诗社社长。现居苏州，闲赋在千年古街的茶庄里重拾笔墨，创办并运营“古格藏茶”、“法国红酒文化中心驻华官方代表”两个公司微信公众平台号，继续完成自己哲人、诗人的梦想。

皈依

我在人前双手合十
正见与误判
在众目睽睽之下缄默
举手之间
我被仁慈收留任偏激奚落

我在佛前双手合十
虔诚与就范
在神圣不容亵渎之下合一
俯身之际证悟
真诚是快乐的源泉
质疑是烦恼之根本

我在心里双手合十
周遭万物皆化作菩提供我参禅
心灵皈依
每一个当下便是修行的道场

生命中的那朵莲

初见的刹那仿如遇见隔世的自己
你清颜一展便囚我凡心
言未起时心却已通
法眼未开生命就被刻骨铭心瞬间灼伤
你显相就在尘世之外
我却携红尘相扰
你的致美掠夺我一生的欢颜
寸断了如烟的往事
你在自己生命缘起缘灭之间
没给缘聚留有余地
便在短暂的灿烂中坐化
再把此生蜕变成没有注解的宁静

心与心相印
生命与生命才能相互辉映
我把一生的回向供奉在缘聚那刻
却不知与你的缘
已在往世的七步生莲中走失
隔着一个物种的轮回
再巧的邂逅
相遇已是分别

一句佛号

云遮雾绕
你的存在成为别人刻意的回避
云开雾散
你注定成为精心密谋的局中之人
阿弥陀佛一句
便可穿越你的前世今生
阿弥陀佛声声不断
却很难超度你的今生

沉思冥想
你在一个个踌躇的当下
已把今生错失
茅塞顿开
你在一个个放下的当下
便越过了人生的磨难

一句佛号
你咽下所有的因果
归窍的魂魄重新驮起世俗的躯体
静候轮回之外的接引
阿弥陀佛

路途

走一段寻你的路途
恍如是前世的愿今生来还
捧你在手心里
宁愿把世界丢在了一旁

走一段有你相伴的路途
所有的心门洞开以最神圣的名义
欲望肆意绽放
舍弃初衷　心与心在温情之下搏杀
看不见彼此时的距离其实很近

触手可及的相对却有最遥远的冷漠

走了一段自己与自己相随的路途
沿途的景色被寂寞渲染
独行让语言流放　内心的无奈却一再背叛脚步
孤影绘不成温情的背景
小道消息抹杀真实的渴望
本意只好与现状同谋
下一个路口有你无你成为悬念

一片落叶以休止一段生命的代价
续起两个季节的尊严
剩一段与你隔世相望的路途

陈泓

老藤椅

时光一圈圈缠绕,
交织成坐的姿势。
我的目光锁定你的经纬中间,
这么多年,
你一直占据我的思念。
一把老藤椅,
你已经瘦得满是青筋,
可骨子里依然保留着坚韧。
你坐着,那么安静,
投射来父亲的背影,
一刹那成了永恒。

陈洪涛

曾用名陈红涛,笔名摇曳狗尾草。1972年9月出生于河南舞阳,现供职于吴城镇人民政府。1994年开始发表作品,作品散见于各类报刊,部分作品入选《当代新人新作选萃》《中华精短抒情诗选》等。

秋风

长发飘逸一样的秋风
透过人们的手指间
滤得天空高远了　明净了
鸽子在高杆作物的上方转一圈又一圈
带哨的声音
秋风就给它献上清香洄儿

岗地洼地
庄稼和我
也在秋风中变得硬朗了
一圪塔一圪塔的人儿走出空调间
剥一把花生　摘一把枣
那秋风呀
吹得豆叶翻飞
满垄的豆荚金黄金黄的
透亮

秋风把那羊膘吹起来了
挂在天边夕阳里
晚上满天的星星
一闪一闪的
一路美好的秋风刮进村子的时候
惊得几声犬吠

陈建平

男,江西乐安人。有作品散见于若干报刊及选本。著有诗集《心路旅程》。

秋风辞

这样的风,适合念叨往事
走到哪里,哪里就有
如水的思念

我在岸边看秋水,伊人走过
带起一岸芦苇花开
一颗心,找不回了

过去

那些想说的，想起的
都交予了风
就像一地黄叶，诉说
季节深处的
相思

孤独

有灯光挤进来，镜片下，折射着鲜花的光芒
一只手伸出去，像个模具，毫无知觉地握着
而另一只，冰的，冷的，热的，温的
都与自己无关，与热情无关，与今夜无关
身体如行尸走肉，属于第三者，怎么看
一颗心都被他人提着，就像提着一只灯笼
只剩下一张嘴，用僵硬的微笑，为剩余的时间
倾情做一场
设计好的表演

礼物

而今，我所思念的地方，乡村阡陌
熟悉的，陌生的，纵横交错
我甚至找不到，童年时光的
入口

他乡有梦，故乡有我的影子
指尖流年，我三千丈的白发
只是为了千里之外
不老的旧时光
风，越来越紧，吹散了越来越薄的日历
一颗心，抱紧自己，像倦鸟归林
从此，我的呼吸只为你

陈建强

笔名采思、东来。东阳市作家协会会员。爱好文学，至今已有数百篇新闻、文学作品发表于国家、省、地市级报刊，曾多次在全国举办的诗文比赛中获奖。

额头上的农事

一垅垅高粱
闪着红扑扑的霞晕
一亩亩稻谷
散发黄灿灿的清香
凝望良久，老农春心荡漾

那年春天
他的一亩三分地被征用
平地而起的休闲老庄
埋没了他驰骋大半辈子的事业

秋收、冬藏过了就是春播
抚摸屋前锈迹斑斑的铁铧
老人自言自语
他又在沟壑纵横的额头上
忙着春播秋收的农事

打铁老卢

卢老汉不爱说话，别说乡里乡亲
即便家人相见也就嗯嗯几声
常常自斟自饮一个闷葫芦
想他开口，唯一的办法就是送壶酒
边喝边向他请教打铁的事

“想当年，带过好几批徒弟，风光过”
开场白过后，酒精烧红的眼
炉火般旺起来
萎顿的身子霎时精神百倍
“一二百斤大铁锤
抡动起来呼呼生风
让它圆就圆，让它方就方
让它扁就扁，让它尖就尖……”
话匣子一旦打开，他能叨叨个大半天

你得耐心地听，否则会吃他的脾气
待得长长一声“唉……”
打铁的故事讲完了，此后
他的两片嘴就像被打过的铁
粘在一起，不隔一阵子
即便送壶酒，也休想打得开

正午的太阳

积聚了足够的光和热
慷慨、公正、无私的秉性
催促你，义不容辞
担当起普照大地
传播正能量的重任

当午已至
明知燃烧一点少一点
明知终归要落入西山
你却从不懈怠
从不吝惜

灿烂如你
灿烂每一天
相信休息一宿
又是一个崭新、健壮的自己

山那边

呷着幽幽香茗
思绪翻越到了山那头

一片茶林
晨雾笼罩
翠绿隐隐绰绰
倏忽，闪过一点红

静心静气等待
等待微风将雾纱撩开
扑愣愣，扑愣愣
一双麻雀跃起
打破静谧的画面
惊飞了我期盼的幻境

烟火

将一切邪思杂念晒干
纯洁的爱情　一天天
累积　叠高

终于　我们
紧紧地相拥相抱
炽热的激情熊熊燃烧
直至升高到
两颗灵魂　出窍

一根幸福的火柴

避开湿魔侵袭
避开无谓干扰
不显眼的狭小空间
藏身　养精蓄锐
当英雄就该耐得了寂寞

出场　一记火焰刀
驱赶饥饿　驱赶黑暗
驱赶恐惧　闪亮一刻
幸福迸射而出
为它生　为它死
我愿　燃尽快乐

陈建正

男，1977年生。江苏省作家协会会员。曾在《中国作家》《诗刊》《星星》《绿风》《诗潮》《诗林》《芒种》《青春》《岁月》《山东文学》《时代文学》《北方作家》等发表诗歌600余首。

学一只牦牛在西藏走（组诗）

在西藏

你说我长得像藏族人

那么，从今天开始
我就穿长袍，套长靴，披哈达
与牦牛一起生活在高原
再手持经筒，一路向着珠穆朗玛
你要我匍匐前行
这下可为难我了
我肚大腰圆
连蹲下都很困难
不是我不虔诚
除非我回到沿海
天天喝酥油茶、青稞酒
一心向佛，减去三十斤
再回来

学一只牦牛在西藏走

我在沿海学过一只水牛
不是乖巧听话的那种
脾气暴躁，倔强，任性，好逸恶劳
不肯耕地，拉车，背水
哪怕是最轻的活
父亲越是用鞭子抽我，不给草吃
我越是仰着头跟他对着干
最后，被活活送进了屠宰场
如今来到了西藏
我要学做一只牦牛
忠厚，老实，乖巧，听话
尽管严寒，缺氧，少食
我也无怨无悔，任劳任怨，勤勤恳恳
像这里热情好客的藏民一样
我要让远道而来的人喝我的奶茶
带他们去找天山雪莲、格桑花
拉他们去布达拉，甚至
为他们匍匐前行
领他们走进白色的帐篷
在四千米高原奔跑，照相，欢呼
放纵自己
我要对得起高原之舟这个美丽的称呼

像牦牛一样把一颗心安在拉萨

每次经过拉萨，我
必去布达拉
无论风多大，天多冷
车子从身边穿过
人声从心上踏过
我都要学一只牦牛
伫立在马路中央
像坚守在苍茫无际的雪域高原
神情庄重，目光专注
仰面朝着
雄伟神圣的布达拉宫
双手合十，或匍匐在地
无需多言，心有虔诚
你看金顶上那亮灿灿的光
洒我一身都是

牦牛之歌

我喝它的奶，吃它的肉，脱它的毛，扒它的皮
骑着它，赶着它，用绳子拴它，用鞭子抽它
它无动于衷
把它赶到四千米高原，让它
缺氧和冰冻至死

然而，在西藏，我不能这样做
它忠诚、智慧、勇敢，有着雪莲的坚韧、格桑花的美
它温驯得如一头老家的水牛
亲切，朴实，敦厚
拉过车，耕过地，背过人，做过我儿时的伙伴
其实，它更像一个人
把我从那个饥肠辘辘的年代，一直拉到了
现实生活中

陈建宙

笔名江舟劈浪。男，1972年生，山西晋中人，天津某大型国企高管。文学爱好者，擅长小说、诗词、散文等，作品曾在多家刊物、报纸上发表。散文《塔尖上银杏树》获得石家庄文

学百花奖金奖。著有中篇小说《村里那些事》、短篇小说《只为那一季放歌》、《又见雪飘》等。秉承文学来源于生活、服务于现实的宗旨，传递一份能量、一份唯美。

寄语：浩瀚人生，每个人的生命如江河中的一叶小舟般渺小，但也要勇于搏击，劈浪前行。

我与美的距离

在光阴的直线上
用几十个春秋的生息张望
回头，是千年的云烟
向前，渴望能看到远方
我用愚钝的六根感知世界
不是生与灭的距离
是无法企及那些美的距离

我与美的距离
在尘封泛黄的纸页里
在荇菜之洲与桃花夭夭的诗行里
婉转着葛布粗裳质朴的情唱
汉朝的豪舫
满载华丽的辞赋
激昂了江河的波浪

作别竹林七贤的酒场
踏着唐宋奢侈的平仄走来
大明宫上的冷月
赐我一袭银袍
玉门关外的风声
送来胡笳羌笛的呜咽
琼浆不干，如何消得万古愁

我与美的距离
在宋词山河与雪月的太息里
在蒙古铁骑的尘烟中
听一曲西风古道的寥落
人生若只如初见
当显赫如灯花瘦尽
红楼里余留了满地的情殇

在残缺的石碑上
辨析着文明的痕迹
任风侵日蚀岁月斑驳
不朽的是横竖撇捺苍劲俊逸的风骨
是谁形骸放浪中蹂躏着笔毫
用千古一人的传奇
书就曲水流觞的兰亭

我与美的距离
是解读生命密码物体上
厚积的包浆
是青铜沉睡地下
被淤泥浸淫出的锈斑
是汝窑瓷器釉色里
匠人用血汗添入的秘方
令我心驰的
不止是长城蜿蜒
大海浩瀚
洞庭的舟楫云梦
扬州的莺飞草长
甚至是大漠晚照
拉长了身躯的胡杨

我贫瘠的才思
不解春的风情、夏的浪漫
秋的瑰丽、冬的萧苍
写不出长江黄河激越的诗篇
纵然腾空了脚尖
浅短的目光
看不尽祖国的美好山川

青春赖着时光的床
我把日月捆成明天
它必将送我狼狈和沧桑
重新丈量美的距离
不是未来和过往
是在孤独与浮华里

守住当下的坚强

把希望种在孩童的发梢
从此合拢指缝
一手兜住时光
一手攥紧平凡
相信生命历程里
无论现实还是梦想
必将是美赐予的力量

2016年8月10日。

夜日渐趋短

星星倦了
如老人眼球般浑浊
刺鼻的青烟缭绕 鱿鱼片
在铁板上蜷缩着身躯
啤酒瓶越来越多 散乱

旋律将夜空划着口子
在凌晨以后
热情尚未降温

广场上灯火坚持如昼
香汗滑过纤瘦，直到浑圆

手指灵动地翻阅着世界
淡漠着鼾声、含糊不清的呓语
最近的距离
相背而卧
装满了各自的心事
杯里的咖啡冲了又添
变换着僵硬酸麻的姿势

穷尽才思
一处是宋词
一处是烟雨

睡着似乎醒着
醒着的却迷糊着
骤至泛滥的数据和信息
天空和大地
成夜成夜地失眠

2016年11月4日。

陈敬良

笔名菩提花开。1974年出生于广东汕头，长住海南海口，业余爱好文学创作，以现代诗歌为主，已发表作品近千篇。

诗观："寓诗以哲思，寄诗以情感的真挚"。愿与文友们交流、共勉。

一树花落，一树花开

惜别依依
萎蔫的花朵和青枝
风吹过
落一地未了的香语

是风的无情，还是
花的无力？
是季节的善变，还是
缘分使然？

来年，枝头上盛开的
也许会比今年
更加的艳丽多姿
眸如雪、笑嫣然

一树花落，一树花开
该来的会来，留不住的
永远也强求不来
生命，自有更好的安排

一朵朵莲花，踏雪寻来

留不住的，终将离开
心，破天荒的静
——听了一夜的雨声

也许是，伤到深处
才会相信，才肯接受
——冥冥中的既定

再美的梦，也会在现实中醒来
为什么，还要死扛着，这心灵的枷锁？
是否？一定要等到累了，挪不动脚步的那一天
才会明白，放不下，也是一种沉重的负担

离愁与别恨，与风月无关
天涯或咫尺，有谁能丈量？
不必问，云将飘向何方
它，一直都在天地间

菩提本无树，海底亦无月
心清净，何来尘埃？
五十年不长，一百年不短
若能修来一面明镜，心中悬
自有梵音妙曼、禅意悠然
一朵朵莲花，踏雪寻来

拈一缕墨香，留几行浅思

枕着雨声
久久未能入梦
儿时最好的玩伴的名字
此刻——
怎么也想不起来

犹如，一片秋之落叶
穿越时空
来到了繁华的春天
在乍寒乍暖中
纠结着……

身后的脚印
连着前方的路
很长，很长……
回头或继续向前
一样的遥远

不如不睡
拈一缕墨香
在时光的素笺上
留几行浅思
守一份淡淡的情怀

打开窗，风卷帘
做一个看风景的人
喧闹的老街上
一个个过客
来去匆忙

蓦然顿悟
那些无能为力的
就顺其自然
只要明天还在
今天，就是起点

蓦然回首

登上峰顶古塔
望海阔天空
悠悠潮水
清唱千年的惆怅
一颗孤独的心
随那帆影
渐行渐远

蓦然回首
来时的芳径
数不清落遗的残红
于风中——
香消魂殒
此刻，谁在作叹
拾时光的碎片

陈立新

网名鑫鑫，笔名慧风。女，黑龙江省大庆

市人。中国楹联学会会员，大庆市诗词协会会员，大庆市楹联协会会员，铁人诗社会员，黑龙江省延寿诗词协会会员，天津当代书画院大庆分院会员，国际瑜伽联盟学院高级导师。酷爱诗词、绘画、游泳、健身等。

落叶

一片叶子落了
那枝头找不到悲伤
唯有我的眼睛在追寻
梦遗落的地方

风把落叶拾起
舞出最美的旋律
谁不艳羡那自由的翱翔
不管去向哪里

忘掉所有的痛
绚丽成最美的风景

在秋天
有一颗心
只愿光耀生命

看雨

今天不写诗
我要出门去看雨

绿色的裙摆飘摇在风里
卷起所有的热情
在秋雨中缠绵

一滴滴的心声
带我走入另一个世界
有海洋的辽阔
有高山的伟岸
有云天的自由
有大地的矜持
你要告诉我
其实你就是雨

那双明亮的眼睛
溢出浪花一朵朵
那是我丢失在红尘里的你

思

风景排着队走过我的视野
慌张
只是一闪念

春秋也无奈
红黄是别人的安排

等待
夜色拉得更长
光阴也停留一小会儿

睁眼闭眼都无关
听
谁在用心音敲响
那柔弱的枝头

明天那里
正是太阳升起的地方

秋

西边游走的月
把我遗落在田野

无所谓
听着向日葵的快乐
苞米高过我的头顶

笔直的脊梁
是对秋天的渴望

风抽动着血液

嘲笑我每一次的低头

我让思想涨满
成熟在秋天里

折叠起翅膀
何必远走他乡

心中的愿景
已让万物生光

陈丽芬

乡村教师，广东省河源市作家协会会员，连平县作家协会会员。热爱文学，特别钟情于现代诗歌，与写作结下不解的情缘。

十月的祥和

推开季节的轩窗
轻挽秋的金黄
听一只白鸽播报
十月的欣喜
看风的温馨与
小草的悠闲碰撞
五星红旗把喜悦飘荡
在十月的祥和里
人们不问世事
不关心粮食
只想放飞心情
摆好庆生宴
谈论成长的摇篮
奔跑在屏幕中
把历史重新炫耀

中秋月

中秋之夜
她望着云海等待月光
流淌出如水柔情
似钓翁垂钓一夜耐心
把信念嵌进坚固的城堡
看吴刚砍不倒一种坚贞
今晚　月亮被乌云遮挡的部分
是她未圆的心事
命运之曲谱写一支离愁
把盏一壶圆圆的诗心
独饮一轮残缺到天明

刚好——致美好的遇见

这一刻，不得不令我想起
那日蒲公英的种子吹起
落在这片荒凉的土地
用诚挚阻止了落寞
催热着爱的温度
一匹马停在青草边
用嘴摩擦着疲累
空气中的静谧
交织着和谐的梦
在雨与露的交融中
我们微笑着遇见
在刚好的瞬间

春笋

你在时光的路上醒来
打开冲风的螺旋桨
将黑暗破土而出
把春天发了芽

山林里的叫嚣
温暖在空气中游走
绿的盛情无法抵挡

当沉淀下足够的气场
你坚挺执着于
去蓬勃天空的蔚蓝

目送

你是那匹

飞奔的骏马
当健朗的身姿
驰骋过草原
四蹄生风
我是你无视地
掠过的一株狗尾草
当被你身旁的
风轻轻吹过
那摇曳的思绪
翻腾成海
目送你远去的身影
站成无力的忧伤

陈明亮

男，48岁，江西高安人，自由撰稿人。做过教师、记者、编辑，有300万以上新闻、诗歌文字见于全国各地报刊。其中，《一叶星空》《夜登香炉峰》曾发表在《人民日报》；新闻作品《活跃在田间地头的农民剧团》获"全国人口好新闻通讯类"三等奖。担任北京大学出版社出版的《三国志事典》的光盘总策划，该光盘的日文版在日本东京上市。

五星红旗

共和国土壤上开出的一树红花
枪林弹雨里升起的　团火焰
树根扎进泥土汲取的是烈士鲜血的营养
枝头熊熊燃烧的是亿万中国人民对共产主义的坚定信仰
一次又一次在国歌中升起
一次又一次沸腾我们的热血
九百六十多万平方公里上
高高飘扬的五星红旗啊
如一朵朵呼喊的火苗
在空中表达愿望
为了中国梦的早日实现
为了中华民族的伟大复兴
再造辉煌

异国情思

飞机在万米高空排云开雾
目光遥远了祖国的疆土
蓝眼睛白皮肤
稻子般在大街小巷拥挤时光
不同的语言提醒我
已到了神秘的国度

思念便夜夜袭来
紫罗兰的香挡不住脚步
借着窗前的月光
和法国葡萄酒
暂释心中的苦

放下酒杯　手握长箫
仿佛听到长江黄河的呼喊
不如归去　不如归去
早一天回到祖国
我就早一天赢得幸福

三月异乡

春花纷纷在树上做巢
绽吐着芳菲
太阳在万丈高空旋转七色光柱
花朵在阳光下开放
阳光在花朵上流动
枝桠的手臂上
纷纷绽开一片片芬芳艳丽
的天空
天空欣欣向荣
大地万紫千红

回望故乡
脚下道路纵横
心中万千情感
如一条条汹涌的河
千条万条只流向你
目光如一线线红绳

悄悄地在脚下做媒
管它走上了哪条路哟
拼命走下去
心已踩上了乡路
踏上了归途

竹林听雨

听到雨声
听到雨滴斜打在竹林上
风起绿洲　雨自青野

这江南的雨
有如行行唐诗
上下流行五千年

这俊美的竹
簇簇如名家的画
次第排开翠绿的海
是大地拔出的根根新希望
是苍天洒下的粒粒绿音符
随风狂奏交响曲

竹林听雨酣畅淋漓
听草原之夜的马蹄声声
听黄河号子的激情奔涌
听中华大地上奋进的足音
听五星红旗升起的万众欢呼

追赶彩虹

任骏马驰聘心的草原
任丁香空结雨中千愁
任雨滴拍打你的坚定
任汗水流尽你心中的期盼

长亭短亭更替黑白时间
泥泞坎坷畅饮漫漫孤寂

再不闻疏雨滴圆荷
但见飞燕蹴红英
千里莺啼啊
万里桃红

久违了
那挂在天上的七彩梦

此刻你的马蹄踏遍长安
回望江南数重山
那一路风尘
已化作甜蜜的回忆

仰望灿烂天空
读这万里华章
那挂在天上的不是彩虹
是我追求你的
万里志向写在天上

夏日

莲于荷塘中送来了娇羞的芬芳
夏雨弹醉了田野中金黄的梦想
是谁在荷塘边留下了倩影
引得飞翔的心凌霄而上

一支歌唤醒了沉睡多年的记忆
一轮明月卷走了伊人的最后一缕香
流萤飞走了夏夜的宁静
大雁衔来了远方秋的向往

母亲

如一架疲惫的纺车
默默地纺织岁月
而你纺出的长长丝线
都是儿女们的甘甜

辛勤操劳的一生
如一条静静的小路
而每一段路的延伸
都踩满了儿女们的脚印

蓝天下一个小小的坟茔
从此隔开了一个非常熟悉的声音
曾经握在母亲手上的炊烟
岁岁年年成了温暖的记忆

坐进纪念堂和毛主席说话

天安门广场上的人群都散去了
他们像广场上的游鱼
从四面八方游来又游走了
我没走　我的心一直和您相通
此刻，我坐进纪念堂　坐在您身边
和您说说话

天安门广场就是一个大墓
全中国只有我一个人这样想
人民英雄纪念碑
这象征着民族精神高度的纪念碑
是共和国大厦的基座
也是您的墓碑啊
人民领袖毛泽东
纪念堂就是您的大墓
全世界的人死了都埋进黄土
只有您埋在地上
因为您的人民不忍让您离去
您和人民最亲

九月九日
您的鱼抛弃了大海
您的钟不再敲亮窗口
您的日历停止了呼吸
您的挥手永远定格在历史的时空

此刻，我一遍又一遍复习您的音容笑貌
从少年到青年再到老年
从韶山到井冈山到延安
再到中南海
我一遍又一遍诵读您的诗词
这是您留给我的唯一精神财富
您就躺在这儿静静地躺在这儿，我望着您
将近一个世纪的刀光剑影躺在这儿，我饱含热泪
毛主席啊您将在
世世代代中国人民心中永垂

一叶星空

望着孩子们黑亮亮的眼睛
如一片片新鲜的叶子
在眼前刷刷展开
你的期待如泻金一般
期望有花从这里开出来
期望有果从这里结出来

你的手如一面旗帜在黑板上展映
这一叶星空就缀满了灿烂的繁星
整个教室顿时亮堂起来
孩子们的向往就随着星星的闪耀
如千里马在无边无际的草原上纵横驰骋

你的梦属于这一叶星空
在钟声分割的时间里
你在这一叶星空下耕耘春夏秋冬
花开花谢　果结果熟
你比谁都心中有数
只有自己的年龄记不清了
由于星星的闪烁
耀得你的双鬓过早地白了

灿烂的阳光如金色的波涛
在教室外汹涌
走出教室就是滚滚的大海
你说你必须在这叶星空下
把孩子们培养成勇敢的水手
然后挥一挥手送他们一一去远航

夜登香炉峰

万里长空满月挂
大地繁星落
今夜香山帝王灵气在

上山来

踏千年一遇的明媚月光
洞开京城画卷
豪饮古今
拾级而上

但见前程步步景色新
看景真忙
领袖音容双清远
横扫千军在耳旁

香炉在即
登顶
江山万里收心上
点一炷世纪之香
对苍天许一个心愿
承前启后
一定要把中国事情办好

八百里加急

当飞鸟惊落露珠上的黎明
当残雪流走冬的最后一点希冀
一湾春水送来了春的消息
远在心上的你犹如开在心尖上的花朵

点点飞红
这美丽的春天文字
早已爬满了枝桠的手臂
而你　以最快的速度
把你的旗帜
迅速插遍了我梦的广宇
就将以这种方式　将我
甜蜜囚禁

我在你音容里笑
我在你悲伤中痛
我在你文字中走
隔海相望
又遥不可及
到达你的心
需八百里加急

陈攀峰

笔名石磊、磊翔。70年代初生于四川南部县嘉陵江畔。四川省作家协会会员。1995年开始发表作品，在《南充日报》《巴蜀师苑报》《校园诗歌报》《芙蓉锦江》《贡嘎山》《当春》《诗刊》《星星文学》《中国文化报》《甘孜日报》《朔方》《四川文汇报》、巴蜀网、四川省新闻网等发表诗歌、散文、小说、新闻500余（篇）首，入选30多种文学选本。诗歌《读现实》《美丽的错》分别获全国校园文学大赛二等奖、三等奖；诗歌《永恒的错》获全国“感悟怀想抒情”文学大赛三等奖；曾获中国散文网邀请赛一等奖、全国诗书画家创作一等奖等。出版有青春诗集《四季风》；诗歌、散文合集《现实的钟声》；个人文集《现实的心脏》以及爱情诗集《芦苇花》即将出版。

种子

两粒种子孕育在上个世纪
诗经化作太阳
楚词变成月光
唐诗织出星斗
还有康桥和雨巷
化作天雨
纷纷天降！

野草散发芳香
凤凰扇出涅槃凤凰……
一粒种子
冲破积压在头顶的
千年泥土
终于破土
雄浑、悠扬

你在泥土中便学会歌唱
我却被春风掷出土壤
风干的躯体
像凸凹的诗行
干瘪的双手
从此丧失强抓的欲望
只有微微跳动的心脏
还在黄昏的咯血中歌唱!

你扎根土壤
破译着根絮的秘密
我却泄露了泥土的天机
逼迫流放
最终
倒在了泥土之上!

每逢佳节倍思亲

源
生命的思念
梦中的牵连
乳头
把生命凝成巨峰
仰望

母亲站在源头
风干着她的嫁妆
父亲吸着旱烟
在烟雾中匆忙

多年以后
我变成父亲的模样
一口烟
一口酒
和着故乡
一起吞下!

丹巴

阳光最多
树叶最绿
房屋最亮
因为他们驻守着大山

人儿最美
牛羊最肥
经幡最高
因为她们歌唱!

(丹巴:丹巴县位于四川省甘孜藏族自治州东部,境内高山耸峙,峡谷深邃,风景奇特,素有“千碉之国,美人谷”之称)

妹妹

一片穷山
一方瘦水
那里却住着我最亲、最亲的
一对双胞胎妹妹

妹妹从小就把春天让给了我
却把自己扔进漫长的冬季
经受严寒的折磨
渐渐地　我懂事了
才真正读懂了妹妹眼里的生活

呵,我最亲、最亲的两个妹妹哟!
你们把稿子和笔都给予了我
让我在这张并不富裕的稿子上
唱出了我们心中
最最想唱的歌……

诗人

孤窗
　　冷月
病榻
　　烟火
伴着梦想

上帝
　　天堂
死亡
　　地狱

谁在歌唱?

诗人
长着一双隐形的翅膀
朝着美的国度
　自
　由
　　飞
　　　翔!

诗人和女孩

一个浪漫的诗人
追逐着不现实的梦境
一个远方的女孩
追逐着不现实的流盼
残酷的现实
篡改着一对美好的祝愿

诗人把女孩写进诗里
是那样神圣庄严
女孩把诗人托进记忆
温馨中谱出浪漫
诗人和女孩一同存入历史的底片
一段美好的姻缘　成了现实的悲哀
诗人从梦中死去
拥抱着女孩的灵感
女孩倒在诗人的坟前
为诗人　独自
盛开!

陈启银

笔名世外仙姝林,1986年生于山城重庆的一个小乡村。从小热爱文字,喜爱看书,喜爱古典文学,喜爱古诗词,喜爱新月派诗歌,故取笔名为"世外仙姝林"。中学时代,在老师的鼓励下开始小说创作,虽然爱好写作,但由于当时农村消息闭塞,只能从书本上接触文字,后来工作后接触网络,开始在网络上发表零星作品。目前,其散文与诗歌散见于微信公众号"诗词散文世界"。

兰花儿

听
谁在将你歌咏
穿透这诗城的月色
装饰了谁的梦里阑珊
可曾邂逅过你
那一株像诗一样的兰花儿呀
看
你也曾羞涩地哭红了双眼
南山的涓涓绿水
缠绵留在了你的久不开的心扉
是谁
让你把这一生交叉的弧线
都付予月下的那杯清酒
听
古琴上的弦歌
为你默默地悠扬
风不听,雨不说
崖上
那朵倔强的兰花儿呀
静静地听岁月
在垄上流淌
百花深处的斑驳时光里
谁
收藏了你一路的芬芳
香蔓在鸿雁托来的信笺上
谁送给你一怀暖
候着你
蒹葭水湄的那份痴
月牙说
若你愿意
不用圆满
这一世擦肩的繁华
与你
约半程山水
撑一把纸伞,渡一叶归舟

聆听轮回的梵唱
只是
兰花儿呀
你曾许诺那以梦为马的人儿
究竟去了哪里了呢

人间这场风月

人间这一场风月呀
假如,我能
手握七彩阳光
便在你心上
涂鸦出那幅与你
初见的
百花齐放的春景

人间这一场风月
临风处,你呀
也曾,潜身在月夜阑干下
将玉玉横吹
只为那陌上的翩翩少年郎
能凝眸,深深地深深地
为你顾上一顾
你看你
摇曳的裙袂,也曾
在谁的梦里翩然起舞
梦里他乡
也有人
为你泼墨写意
为你越过万山千水
人间这一场风月呀
一季微风拂来
春林初盛
激荡起你
那颗静静的如莲少女心
心花开遍了吧
他就是你寻觅的
等待的
洗去你回忆里那片荒芜的
一颗明珠
不然,何以羞怯地低眉
弯弯浅笑
浸染这夜色
月牙儿呀,为你的梦境
披上
一层层薄薄轻纱

谁
在低喃着
一阙知音共天籁
人间这一场风月呀
有你,足矣

你的名字——语燕

你的名字
是八月桂子飘来的阵阵芬芳
是广寒宫仙子衣襟上的香
是远方亲人的那缕挂牵
是稚儿心头开满格桑花的春景
你看你
翠铃铃的笑声摔碎了一地
落满了拾不起的
片片清愁

你的名字
越过百花丛林漫过枝头
等在花蕊里的蝶儿
与你呀
盼着翩翩舞跹跹
流露出转身拭干泪眼的
那一份坚毅
你是谁
轻抖着双翼
拍遍阑干尽情地欢歌
却原来是
云中语燕
悄悄地,唯把梦里阑珊

人间这高飞的云中燕儿呀
是你惬意的名字

让我禁不起想悄悄地问一问
捧出玉露琼浆
谁家少年，在风中轻声许愿
黑白十指琴键
陪你弹奏风月三千
心里呀寸寸远山
听，谁在呼唤
云中语燕
你的名字
我的似水流年如花美眷

今夜无眠

半倚着雕着花儿的窗
听得帘外的秋雨
一声声滴打着黛瓦
落在了心间的素琴上
和着音韵
好似三月里浅浅的弹唱
讲述着忘不了的缕缕过往
这暮春时节的烟雨啊
飘飘扬扬到了秋里

看
你掌心的云烟杨柳
轻轻地锁在池塘
何处花瓣儿的馨香
敲在了心上
摇醒了扉页上的岁月泛黄
那有你的时光呀
一遍遍地在青石板上回响
仿若
五月的微风留不住四月的念想
踟蹰着　踌躇着
去哪里　寻觅你的模样
去哪里　找寻有你的方向
只得慌忙地呀
走进雾茫茫的雨巷
任雨儿打湿衣襟
漾起一圈一圈的惆怅
何物
刚放心上却尽是彷徨
雨儿柔声说
那是相思愁断肠

陈强州

男，汉族，60后。河南省作家协会会员，河南省诗词学会会员，驻马店市诗词学会理事，正阳县诗词学会副会长。80年代开始文学创作，作品散见于《诗刊》《绿风》《诗地》《左诗苑》《长白风》《中国诗歌报》《世界汉诗文学》等，有多篇（首）作品入选多种文集，曾获得多种文学奖项。

我把亲情撕裂成远方（组诗）

原谅我的不孝

我把目标锁定在远方
南下，北上，寂寞与担心
成了你身旁的守候
原谅我的不孝吧，爸爸妈妈
虽不是有志男儿，至少
不能被太阳甩得太远
更不愿意用别人的灿烂
惩罚自己，把日子黯淡
我的钱包不再哭泣
才能给你们温暖的春天
爸爸妈妈，就让艰难再陪你们几年吧
容我把孝心在远方酿成醇香的老酒
归家时，餐餐与你对饮
把剩下的时光醉成红霞片片

牵挂在异乡

再次与你吻别，宝贝，别哭
你弱不禁风的腰身
要与不忍丢弃的禾苗微笑
给生活无法担当的父母阳光
当劳累赶走白天，宝贝，轻轻躺下

天空的月亮会为你唱起深情的歌谣
把流水线上我的思念弹奏
三十岁,四十岁,激情燃烧的年轮
因为编织金色的梦想
我们把寂寞留给更寂寞的席梦思
温存交付嘈杂掩盖的工厂
我们把朝朝暮暮切成一个个断片
把日出日落演绎为时代的荒诞
任由离别的眼泪,缱绻的思念
金钱难求,归乡的车票
把两地的日子写得满满

诗与远方

电话那头熟悉的稚嫩
心酸着流水线上精致的产品
孩子,我把你成长的日子特别定义
留守,就是拉长亲情的距离
我知道你们需要父爱的雨露
更需要这雨露灿烂的黄金
孩子,我在他乡捡拾着易碎的露珠
聚集点点滴滴的希望
为了你未来的天空诗一样温润
我用思念打磨一个个意象
这首诗定稿的时候,交给你
我才能放心地欣赏你华丽地走向远方

陈荣来

安徽无为县人。中国诗歌学会会员。作品散见于《南国诗报》《诗选刊》《诗歌月刊》《北方文学》《长江诗歌》《陕北诗报》《淮风诗刊》等数十种报纸杂志。部分作品入选多种选本。

关于爱情

关于爱情的解释,的确是一个难题
从古至今,也没有人说得清
是一分钟的温度
还是长相厮守,或者是两地相思
比如我们俩
见与不见,就这样你中有我
当然,我中也有你
谁都不知道其中的原因

只是一种感觉在你我之间
燃烧,像一团火焰
没有淋湿的雨
一任炽热,彼此软禁

暮色

晚归的路上,几声咳嗽
夕阳坠落的沉重

啃着草根的老牛
满脸深沉,咀嚼着黄昏

炊烟稀疏,指向天空
寂寥,高远的扭曲

晚霞趴在地平线上,像火焰
燃烧。小村无声

在已故友人的墓地

很年轻的时候
你父母就把他们唯一的孩子送到了这里
那时,你和我一样年轻

把你埋进黄土那天
你的女人哭得死去活来
一年后,她还是成了别人的女人

你亲手盖的房子一直戳在那里
里面早已住进了一个陌生的男人
和他的女人,还有他们的孩子

你的墓碑是你父母死前给你刻的
如今他们的坟前
却没有人栽下一块石头

陈松标

笔名松飙、松飔等，江苏响水人。先后从事教师、记者、公务员，因常于枕上写诗被称为“枕吟诗人”。在《青春诗歌》《诗潮》《扬子江诗刊》《杂文报》《扬子晚报》等发表多篇诗歌、散文、杂文、通讯及理论文章。

烤山芋干(外二首)

山芋干
一个散发着泥土芬芳的名字
一截撑起饥荒岁月农村孩子瘦弱身躯的脆骨
经过炸花机的烘烤
定了型的泥土香咖啡苦
仿佛是我与生俱来的品质和命运
即使害羞地躲在幼儿园旁边的小巷口
我用鼻子也能识得这位故人
我津津有味地咀嚼它
就像回味自己的一首拙作
就像用方言与我仍在乡下握犁耙搬砖头的兄弟交谈

正在幼儿园上大三的儿子
以为我在吃什么好东西
硬打硬上地抢了一根
迫不及待地塞进嘴里
没嚼两口就吐了一地碎骨头
还“呸呸呸”说真难吃
我意味深长地看了他一眼
我知道这玩艺
对我有多亲切
对他就有多陌生
就像乡下那个穿红袄的小姐姐
满口方言与他怎么也谈不到一块
看看儿子细皮嫩肉的小脸蛋
瞧瞧地上面面渣渣的碎骨头
我不禁担心
这些从小就被汉堡、奥特曼、English
狂轰烂炸的下一代
会不会基因变异
把中国地图也看成一只“肯德鸡”

奇怪的媚眼

一个腆着大肚子的年轻女人
艰难地走下楼梯
每下一级
都要微微侧一下身子
每下一级
都要抬头甜甜地看我一眼

我讶异地接住她的眼神
轻快的脚步有点犹疑
这个还挺漂亮的女孩
不　女人
这么一个形象
还敢向帅哥抛媚眼

正在纳闷地摇头
咚
高高抬起的脚步
重重地踩在平地
就像重重地踹在额头
让我幡然醒悟
原来那不是一个少妇的媚眼
而是一位将军胜券在握的微笑

老屋拆了

弟弟回家
把红砖黛瓦的老屋
拆了
我知道要拆
却没想到留几张合影
现在　很后悔
再想起故乡
值得惦念的
只有父母草木荣枯的坟头了

历史上的这间老屋
被一次次起义
一场场革命
拆了　又建
建了　又拆
现在怀想起来
除了照片
也只剩下文字堆筑的坟头了

地球也是一间老屋
人类住得不耐烦了
俄罗斯正在构想
把月球洞穴建成移民基地
梦着美国人做过的梦
而目前还住在老屋的不肖子孙
为了当家和争抢地基下的财宝
肆意破坏老屋的根基
被挖空墙角的老屋
不知哪一天会轰然倒塌
让流落外星的地球难民
想起老屋
除了照片
连可以遥望的坟头都没有了

陈淑芬

河北省霸州市胜芳镇崔庄子村人。从事教育工作多年，热爱文学，是新体诗和古诗体爱好者，2010 年开始从网络学习诗歌创作。2012 年加入谷风诗社。

梅雪情

为了那一世的相约
为了轮回中的再聚
你和雪
一同做了春的使者
上演了这部情景大戏

在那个寒冷的冬夜
你悄悄地使劲绽放
为的就是
给世界一个惊喜
当你抖动一身的妖娆
风助你
香飘万里
掩不住
那一树的风流
天使碾碎了仙界的灵玉
撒下漫天飞花
为你送上晶莹的赞礼

那天国的飞花
纷纷扬扬
沦陷在你的柔情里
用粉身碎骨的融化
将童话世界的缠绵演绎

一世情缘
三生追忆
不管谁在佛前祈求
轮回中
你们终于相遇
看那一片嫣红的世界
你中有我
我中有你

文竹

那个初春
你带着浓浓的春意
入住了我的家
从此
我的窗前多了一丛新绿
每天早晨
你沐浴在晨光中
成了早上第一道风景
于是
我把你定格在那风景里
俊秀的枝叶如松

横生一片潇洒飘逸
纤细的枝节如竹
精致如雕光润如碧
我惊叹着
大自然怎么会如此神奇
竟把松竹二者的使命
注入了这般柔嫩的生命里
我爱怜着
在每个春天
看着你拼命地生长
见证着你无穷的生命力
我感动着
即使把你定格在秋天里
你仍然会去得那么从容
因为你知道
就是一身枯黄
也彰显着曾经的生命足迹
那一身的傲骨
安之若素的泰然
花做不到
树也做不到

秋也烂漫

追逐着
一路的繁华
走过了春夏
在不经意间发现
秋来了

停下匆匆的脚步，赏秋
在那片绚烂中
我仿佛寻到了自己
于无声处
静静地绽放，绽放

夕阳穿透了时光的隧道
漫步在林间，山野
让那即将散漫的秋色隆重起来
于是披上了火红的光纱
陪着夕阳在山头溪畔漫画

枫树抖动一身的妖娆
媚术中于无数火蝶翻飞
缭乱了谁迷离的望眼
华丽的转身，飘落

那一地的壮美
犹如一首幽婉的秋歌
悲凉中百转千回
不忍践踏那一径的辉煌
脚下沙沙的足音
却在吟诵一曲悠悠的小令

我沉醉于如诗的光影里，独酌
看万山红遍
听暮雨萧歌
品人生百态
抒散漫情怀

我醉了
因为我融于这无尽的秋色中
秋醉了
因为秋听到了我醉酒的呢喃
夕阳无限好
炫美在黄昏

陈晓玲

女，网名江清月近、如雷斋主人。湖北浠水县人，中学高级教师，在各类报刊发表大量散文与诗歌。

铭（组诗）

我以诗歌的纯净爱你

只剩下诗了
我以诗歌的纯净爱你
在阔大的语林里我卑微如蚁

泥土开花，露珠结果
颤栗的诗句爬向你
每天我都在从容地分行
呈现给你漏掉的手势、暗语
以及来自灵魂深处的隐秘幸福

珍藏我们

我们完成了自己
藏好了生生世世的诺言
衔一些细碎的光景铺上去
在五平米的洞穴里
我们的神也藏好了
唯一的光折进来
照亮我，照亮你

今夜

今夜，我一再固执地想起你坐在海边的样子
你抱着海，烟丝缠绕蓝色的牙印
而我，敲出这些字来，听见了海的喘息
爱你，就和你一起动荡不安
看！你的海水漫起，我的键盘成船
黑夜绽放，你拖着文字上岸
饱蘸一季的相思
以我的夜靠近你的夜
窃窃私语，灯光陷入静水深潭

罪孽的新生

白梦游进我交叉的双臂中
无辜的伤红透了半根蜡烛
我的罪孽诞生了另一种光荣
为了忘情的纪念
你默许了我，你放纵了我
长江正临旱季
你的句子喊渴了
雨水会适时路过你的家园
雨水一直浇灌着你的家园

若干年后

若干年后，我热衷于想象若干年后的情形
我们都是悲观主义者
却相信骨头的分量和比重
若干年后，亲爱的
（虽然我不惯于喊你“亲爱的”但此刻，我禁不住低唤）
我的诗集里必定有一个明朗的名字
你的名字，化成马蹄声翩然而来

陈新生

笔名陈涵、风竹月荷、小智惟谋。江西赣州人，在广州从事物流事业。

十四行　梦荷

踩着诗歌的韵律
我走入你的斑斓

夜，归于宁静
就在眼前，模糊了春的视线
到处都是绿，请允许我暂时晕眩
并暂时地丧失方向，不能将一只蝴蝶明辨
此刻，我并不能阻止热血漫上来
就像无法阻止另一种美诞生，而无法描述一般

在天之涯，掬一泓香气
氤氲诗情，悠然吟唱
在海之角，携一缕清风
墨染盈醉，一色水天
回暖了，又一年
莺风袅袅，可否将心也催入另一个季节缱绻

十四行　黄昏印

斜阳落在肩上，轻轻
一行归雁阅读着彤云

风在山外
一泓湖水被点燃
低燕划过

涌动朵朵小花

莲舟的故事业已讲完
亭荷漾起羞涩的思绪
耳语遗漏的细节

一缕炊烟醒来
伸出柔软的臂，准备
拥抱月亮的造访

一枚圆圆的夜
颤动着，升起

拾掇空中飞来的每一分慰藉
酝酿灵肉蔓延的每一丝情感
在被研磨成冰的记忆底层
赫然站立着一个
不变的翠微峰

一篙之力，拨不尽
汩汩流淌的泪水
一树之屏，挡不住
长风穿过的目光

十四行　蝉

我的呐喊，在高枝
发散，一整部唐诗

听我的绝句
是不是六月的一曲清歌？
把你的春思
压成扁扁的一贴书签

那一片花瓣似舟，自我清凉的窗口
一荡一荡泅渡而下
我只想，为你回溯那一粒烟岚之晨
裁一裁或平或仄的雨韵

等到某一天，不再有人记得我了
我就去远行
沿着那鲜有人走过的山间小路
回味禾苗草叶的幽香

十四行　故土之恋

梅江河的水，涨了又涨
把我的枕头打湿

雨巷里走来
丁香一样结着愁怨的姑娘
撑一柄唐宋的油纸伞，摇一把明清的桃花扇

十四行　依兰

你遗下黄昏和旧时月色
只为躲开浮名，等一场深情之恋

东风化雨，漫过十里空谷
刚沐过晨阳，花开无异色
路过的唐诗宋词
报你以回眸一笑

许多白雾升起，如鸿雁传书
蝶迹在留白处钤印
就选在一度相思的季节
成为你光阴错生的冤家

罗裙裹着寂静的绿
美到此处，已不再需要耀眼
三朵，两朵，次第闪烁
为了爱，暗香只在情痴处浮动

十四行　化蝶

五月，我已置身于爱情
不能自拔，耳朵和眼睛
于清风拂面的夜晚，沾满返青的馨香

荷花，从月光里落下
是穿着婚纱的新娘
无论我欣喜抑或悲伤

你都是我释然的靠港
夜晚的星斗黎明的霞光
全都被你纳入织梦的意象

夹在指间的时光，变成了柳哨
雨来，敲打着我的心窗
从江南的郁葱中醒来
盈盈欲下的泪花闪烁
纷飞，销魂的旋落中有相思的彷徨

十四行　如果

如果你愿意，请枕我
一如月色的温婉
如果你喜欢，请饮我
一如滴泉的呓言

时间总是停止在
脉脉的目光里，停止在
夕阳未曾坠落的天边

不想带走那片云彩，可是
走遍天涯也走不出
你溢爱的心域，走不出
你情感的栅栏

活在对你的相思中，活在
回味你的梦里，点点都是
最美的花瓣

献给你——母亲

如果我可以留下阳光的片刻
我愿意是舒展的、柔软的叶子
让您举头就能看见
一片颤动的、清晰的、透明的绿

我也愿是向上翻卷的花瓣，环绕着花心
在这样的日子
花儿盛满一杯杯阳光
微风吹过
花儿醉了，摇晃着闪亮的花影
铺洒您凝望的长路

我还愿意是一枚细微的尘粒
在浓荫的树林、蜿蜒的小径
飞舞在一柱阳光之中
两旁有青草和杜鹃
您走近，停步，微笑

哦，母亲
我最愿意是您眼中的一颗热泪
滴落在您抚摸小辈、小小辈黑发的茧手上

陈修平

现任江西九江日报《长江周刊》副总编，曾用笔名绿原、陈沉。闲暇写诗、散文、小说，作品散见于《散文》(月刊)《散文选刊》《诗刊》《星星》《天津文学》《散文诗世界》《羊城晚报》及各地报刊，多篇(首)作品入编选集并获奖。

红军桥

兴国县东门，一座红军桥
巍然屹立赣江之上
立于桥头，任思绪飞扬
母送子、妻送夫当红军的场景
似乎历历在目

当年三十二万人的兴国
八万人加入了红军的行列
二万五千里漫漫长征路
一万二千零三十八名兴国籍将士为国捐躯
几乎每一公里的长征路上
就有一名兴国籍烈士的忠魂长眠他乡

我能想象得到，在告别这个世界的瞬间
当年红军桥头，亲人们依依惜别的目光
定然定格于他们的脑海
成为他们最后的记忆

陈秀芝

山东青岛农村人,酿酒,酷爱诗歌。理念:生活就是诗歌!

六月初一

突然间
诗意无限

啤酒的泡沫还没有散开
六月就已开始
虞之蝉当作夏天的礼物
它还没来得及发出声音
第一场暴风雨
斩断了小楸树的腰肢
它的俊美挺拔
已刻入记忆

半年
似乎有了点小小成绩

2016年7月5日于青岛。

灵感

像一个顽皮的孩童
搅得我无法安然入睡
在梦里
也会把我吵醒

它欢蹦乱跳
到处都是它的影
我赶紧捕捉
害怕它刹那间无踪

竟
错过了
夏夜的风
秋意的浓
在冬天里
和梅花一起
弹一曲高山流水
赏春寒料峭的风景

2016年6月29日于青岛。

聆

总有一些人
会陪伴你
生命
不是孤独的自己

只是你
在浮躁中
忘乎所以
沉淀下来
析出平静
平静地
听世界的回声
听一听自己
感受心灵的呼吸

回声
就在你心底

2016年6月29日于青岛。

是否

是否
我已经有了最好的自己
是否
当我
要和你分享快乐的时候
你不再婉拒

我在松林里
听你的歌声
我在竹林里
看你舞蹈
我在梅花的世界里

和你一起
领略大自然的神奇

我和你
手牵手
共同划过
生命的轨迹

2016年6月29日于青岛。

在

我终于
有了自己的色彩

至少
不再苍白
所有的难堪
都成为传奇
放在心里
不再障碍
和自己
没了芥蒂
和世界
安静地对白

没了狂风暴雨
可以接纳
任何方式的离开
在与不在

我在这里
不离不弃
无需表白

2016年6月22日于青岛。

燃

火一般的炽烈
就燃放了
所有的花朵
不要冷漠
唤醒沉睡的爱
你会相当出色
你看那湛蓝的天真
翠绿的青春
从未褪过颜色
你的心
又怎会是苍白的红
无力地执着

跳起来
试一试
能否够到天空
挥一挥手
你自己
会和流云一样轻松
去勇敢地摔倒吧
磕磕碰碰
闯一闯
你会拥有
毫不逊色的人生

2016年6月21日于青岛。

小雨

小雨
沙拉沙拉
沙拉沙拉
地下

我在雨里
好像也没了思维
用心听着
小雨
窃窃私语

我也
沙拉沙拉
沙拉沙拉
地

想着
我地里的玉米

2016年6月21日于青岛。

好男人

在啤酒的泡沫里
爽过了疲劳的夏
把钱
都交到老婆手里
一分也舍不得多花

老婆
和你在一起
我心里好踏实
下辈子
还嫁给我哈

2016年6月18日于青岛。

赞

赞我
赞我自己

长得不是很美
就是越看越顺眼
穿得不是很漂亮
就是感觉很阳光
不是很有才
仅仅爱写诗而已
走到哪里
都是诗歌的海洋

不要看我的眼
你的心
会被我装满
不要和我说话
你会丢失自己
找不到南

我
什么都没有
只有
一颗清清浅浅的心

阳光
碎到了里面

2016年6月16日于青岛。

红蜻蜓

有多么的遥远
童年
有多么的惆怅
童年
记忆中的红蜻蜓
飞得好远
好远
只有轻捷的身影
还在眼前

晚霞中的红蜻蜓
你飞到哪里去了
可否还记得
那个童年的小女孩
那俊俏灵动的眼神

在晚霞里
感动一生

2016年6月16日于青岛。

收麦子

收割机轰轰地响
像电推子

三下五除二
就理了个小平头儿
新崭崭的麦秸茬儿齐刷刷的
散发着麦秆儿的香味儿
空气中弥漫着新麦的清香

家家户户忙着收麦子
晾麦子
一派繁忙景象

我家收了五千斤麦子
都晾在屋顶上
麦粒儿饱满
实成
心里暖暖的
装满了麦子的阳光
接下来

就该种玉米了
金黄的玉米
比麦子还靓

2016年6月12日于青岛。

午后

院子里
一地阳光

蓝莓挨着白玉兰
一个纤弱
一个苗条
猫儿望了望我
打一个滚儿
表示撒娇

我刚从诗歌的海洋里回来
东南西北的方向
还得找一找

2016年6月8日于青岛。

乐诗

人生
唯有两件乐事
劳动
写诗

劳动
让人快乐
吃饭香香的
睡觉香香的
说话底气足
有力量
似乎
就在疯狂的劳动中
梦想
越来越近了

写诗
让人快乐
劳动累了
就写几首小诗
在文字中穿梭
信手拈来几个
随意想象
自得其乐

劳动
诗歌
思索
不可分割

我
很快乐

2016年6月8日于青岛。

日子

日子
像捉迷藏
总有数不尽的快乐

我是花儿
轻轻碰了你一下
就成为最美的那朵

我们家的小帅哥

和他爸爸是团伙儿
总是向着爸爸说话
可爱得没法儿说

日子如流水
流走了烦恼
带来了欢乐

和越来越美丽
越来越懂事的
老婆

2016年5月31日于青岛。

午后

午后的阳光
明亮
温暖得让人心动

那颗细嫩的蓝莓
叶片儿越来越多了
在风里颤抖
那朵白玉兰
点缀着几张绿绿的大叶片儿
摇摆
小花猫儿仰面躺在院子里
舒服得眯着眼睛
我也刚从梦里回来
摸了摸阳光
呀
我的心
还这么滚烫

2016年5月16日于青岛。

歌

你怎么了
为什么不随我唱歌
是谁给了你忧伤
如此不快乐

来来来
牵我的手
走进歌声的世界
忘掉那忧伤
世界等你的欢乐

你若不唱
花儿不开
小鸟儿也落寞
放开你的喉咙
你

是最美的花朵

2016年5月12日于青岛。

陈艳秋

笔名缘分的天空。男，汉人，诗歌创作者，湖北随州人，现居哈尔滨。七十年代生人，自九十年代起尝试文学写作至今。作品散见于《水仙花诗刊》《紫江诗刊》《新诗刊》《诗者》《北京诗人》《江淮文学》《海诗刊》《贵州作家》《九江诗歌》《青年作家》《北方诗歌》《一度诗歌论坛》《广州青年文学》《梨花诗会》等报刊。

等待(外一首)

思念不羁野草滋生的缚束
我一切热烈的心思尘封久远
独痴成颠

我苦苦等待爱情
拽紧情思易断的弦
日子回眸青春苍老的容颜
咀嚼我情爱的痛

相见的情话浮想连篇
平静的心里各抒己见
爱情凋零了花朵深望的企盼
我聆听岁月

言语寡欢
神情恍惚

惆怅

我赶乘一缕风的轻柔与漫舞
前去草长莺飞的春意婀娜来看你
我摇缀花朵翩翩飞舞的裙袂身姿
掀起整个阳春四月
女人频繁的月事招惹了花雨
泪下纷纷的热嘲冷讽的愚弄

日子瞠目结舌慌乱张望
一场即将来临的瓢泼大雨
惆怅的身世冷静的脸上写满无奈
两手拽紧的相思升腾爱情的欲望
袅袅的攀升云多彩的肩头
整齐化为风声捕捉的喧哗

我诗情画意的句子段落
被你携带离殇的雨水淋湿了文字
痛楚气喘吁吁
大把大把的泪水湮溢
我停泊湖边的心

夜晚的星辰彻夜无眠坐卧不安
极力指望天晴阴涩
精致的玉镯变幻莫测
天真无邪玩弄儿时的记忆

村口那棵年岁古稀老态龙钟的梧桐
垂死挣扎奄奄一息
眼睛盯着命运挨门挨户
回收了应有的承诺
所有的比喻和观膺
偏差了死亡的黯然神伤
我春风荡漾的笑靥适可而止
心语哑口无言

陈野

本名陈伟荣，男。生于1964年12月，广东省兴宁市人，现居河源市区，任职于河源市某事业机关。尤喜诗词歌赋、文学艺术、国学及传统文化等，闲暇写诗填词、练习书法，作品偶见于报纸杂志，现为河源市诗词协会常务理事、河源市书法家协会会员。

一念

一念起
如静心湖泛波涛
一念灭
天雷滚滚见晴空
一念之间
阴阳交替
缘起缘灭
世间种种由心生
一念起
情牵一线苦海渡
一念灭
爱恨悠悠烟雨濛

一念之间
抚琴泼墨挥毫
相逢一笑自在行
一念之间
香火忽明忽暗
只有袅袅的馨香
梦绕魂萦

鹿湖禅寺随想

一座钟
一古寺
一湖水
相依相伴
相守相望
跨越了千年光阴
环绕周围的苍翠峰峦

默默地驻守着
见证了这场
聚散离合的悲欢

一盏青灯
一缕心香
一声阿弥陀佛
驱散了无数迷雾云烟
旋转经筒
了却多少恨海情天
敲响木鱼
唤醒众生沉睡的心灵
脱离了堕落的深渊

袅袅升起的轻烟
忽明忽暗的香火
充盈脑中的佛号
还有隐隐约约的暮鼓晨钟
交织成一幅奇异画卷
在无休止的尘世喧嚣中
不由自主地入禅

(注:鹿湖禅寺,在广东省龙川县境内,鹿禅晨钟是龙川"新八景"之一。)

南越王庙怀思

艳阳高照
碧空如洗
轻柔拂面的悠然清风
伴着飘逸而过的
几缕白云
定格在脑海中
我仿佛看到了
秦朝铁骑漫卷而过的风尘
穿越了二千多年的漫长时空
化作艳阳普洒在
这一片神奇的土地上

那高扬的飞檐挂角
喻示着皇朝曾经的天佑辉煌
那交叉垒叠的斗拱
象征着皇朝体系的法度端庄
整齐排列的青砖红瓦
暗室石墙
隐藏着多少不为人知的岁月
情殇

那是南越国先民的躯体
筑起了巍巍红墙
那是客家始祖的鲜血
染红了延续千年的壮丽宏篇
那蜿蜒曲折的石板路道
留下无数先贤的足迹
那庭院深深的高墙院落
传诵了多少脍炙人口的
不朽华章
还有那似乎永不枯竭的越王古井
映照着怎样无法重复的美好时光

轻叩朱漆大门的门环
问君知否
大秦的帝国蓝图
已注入了华夏民族的血液脊梁
佗王的大同梦想
已经注入我们幸福生活的天堂

(注:南越王庙位于广东千年古邑龙川县佗城镇,是南越王赵佗建县后称王之地。)

陈殷

笔名武陵米兰、舞动的精灵。爱好诗书画艺,喜欢在喧嚣的尘世中看花开花落,享受岁月静好,干一杯画舞的诗。她的诗,既有江南佳丽的低眉婉约,又有客家女子的细腻真挚。才情与美貌外,还兼任主持、评委等,赢得众多粉丝。现居广东河源,是南中国作家协会理事、南中国作家研究会会员、《中国戒定慧》杂志社编辑、中华诗词学会会员、中国楹联学会会员、中国诗刊子曰诗社会员。

味道

当你写下一首诗,它就是你身体里的
一种味道,你年轻时的承诺
陪我走过的每座城市,都是你
留给我的一种味道,我趴在你身上
成为你身体的一部分,离开后
我是一排悄悄跟随的脚印
许多年过去了,你还保留写诗的习惯
有时读给我听,声音那么陌生
仿佛早晨起来,窗前飞走的白鸽
你说北方正在下雨,大地像卷起来的薄荷
凉凉的,像一段不存在的爱情
我感到雨水向我飘来,成为我衣裳上
难以抚平的皱褶,那破落不堪的
皱褶,是你留给我的最后一种味道

花

在湘菜馆,靠窗的位置坐下
你说看到对面的墙壁
写着一个“花”字,服务员拿来菜单
我点了家常豆腐,你说
那个“花”字很大,是白颜色的
菜上来以后,我把汤里的肉
夹到你碗里,你说那个字的弯钩
像一朵喇叭花,我转头去看
花店摆满鲜花,想起今天是重阳节
你说客家豆腐很好吃,我突然
很想念外婆,想念外婆
小时候为我做的豆腐,如同一朵朵
白色的花,如同你说的
“花”字上的弯钩,亲爱的
你不知道,那弯钩让我好难过

散步

白云很重
拦住旧宅
我一路拉响街灯
走进乡道
有点局促
每盏灯住着一个我
审视着我
拷问着我
秋天风大
开始头晕
想从灯光下走出去
寻找着谁
月亮爬过瓦顶
像一个哨兵
已经下岗
不再逼供谁

秋月

秋天的月亮开始圆了
光芒来到人间,像一群白色天使
穿过圆桌时桌布洁白,穿过父亲的背影
和母亲的白头发
哥哥抱着出生的小孩
在阳台上,看水洗过的世界
月光洒在头顶,像婴儿床上的纱帐
万物如此安静
水在身边流动,仿佛月光里
很多天使来到人间,穿过
茶桌上的铜钱草,我的凉鞋
和落地裙,无垠而远

深秋的早晨

向头顶的白发致敬,向眼睛两边泛起的鱼尾纹
拂过天边的晚霞致敬,我漫不经心地打开窗户

静候时光把我照老,即使那个男人说我老了,丑了,我依然自信地把头发往后梳起来,露出我的深沟深秋的早晨,枫叶红了,也只是红给我看

路

站在这个路口,许久没有方向
风把一条路,吹成无数条

每条路蕴含着一个人的去向
我在这座城市，那么美
还没有等到那个人从春天赶来
多少离别在彼此的脚下
多少人再无相见
那些过客啊，在路上耽搁了许多年
我的路也曾经试探过远方
如今我老了，在秋天继续赶路
我把我的诗织成围巾，寄往北方

老榕树

小时候，走到一个漆黑的地方
大地空旷，只有一棵榕树在身后跟着我
像外公一样，看着我长大
我趴在树上，像趴在外公的背上
向未来眺望，外公说
这棵树看着他子孙满堂，是长生树
叶子落了又长，树干剥落一次
我就长大一岁，从少女到女人
我站在树下许愿
老榕树啊，你也要看着我子孙满堂

陈永祥

贵州遵义市人，副主任医师。作品见于《新舟文艺》《中华诗魂》《齐鲁诗歌》《中国文学》《中国风》等刊物，有诗歌入选《经典短诗·当代方正》选本及《中国当代千人诗歌·实力卷》（卷 3）。

心的那条河

你是，我心的那条河
微风中轻轻地荡着碧波
思念，从我的瘦土里缓缓流过
在我放牧的人生旅途
我们合唱一首风情的歌
因此我时时刻刻在你的湖面抒情

你是，我心的一条河
我常常走在你的岸边牧笛
舞翩翩，情绵绵
摘下一枝翠柳，钓起一阵婆娑

你是，我心的唯一一条河
至今，我仍走在你的心里
唤醒昨天的那一曲曲动感的歌
你装的月，是我梦里的不踏的堤

夜落的声音

秋虫把单调的音符
放在夜的角落
吟唱着昨天的欢歌

秋风把满树的黄叶
抖落在梦溪口
书写着凄婉的诗

秋水静静地淌流
流经在我心的海洋
荡漾着一世的情

谁？也把声音落下
留下无病的呻吟
让我于无奈中苦苦冥想

桂花

不是你的娇艳
吸引了我
你从来不炫耀你的美貌
躲在绿叶下
不失季节的风韵
你散发的馨香
熏醉了我
所以，我一直寻找着你的存在
记得吗？
那个星月的夜晚
我躺在你的体香里

度过了一个不眠的夜
从此，我便在梦中等你
等你的八月，等你的妩媚
等你深情的香吻

蓝色的爱

谁的爱
直插蓝天
高高地举在秋爽的天空
渲染着这季的恋

我爱蓝的纯情
在寂寞里
我把蓝酝酿成酒
与天空对饮，长叹凄婉的美

我爱蓝的无情
悠悠岁月里
为什么就只有这一幕
骄人的风韵又遥不可及

我爱蓝的无奈
风情中
流动的是一首怨曲
轻捻的歌瞬间就悄悄飘散

一朵白莲

你是我梦中的仙子
静静地睡在碧池
你做着什么样的梦，谁的梦？

你是一朵含羞的莲
想躲进绿的衣裙
你害羞的容颜
是为何要芳心，为谁芳心？

你是一朵纯洁的莲
投影在画桥边，柳丝飞絮
亮白了一段情，谁的情？

你是一盏明亮的灯
照亮一个黄昏
你的心事你懂，却搁浅一粒心

你不是飞雪
这也不是飘雪的季节
有雪的夜，已成幻影

陈智杰

笔名陈老思。毕业于杭州电子科技大学，现于杭州滨江某能源互联网企业担任生产主管。在微刊、纸刊发表多篇诗歌作品。对中国汉语言饱含热情，在文学及书法艺术上有一定造诣；擅长微诗创作，对工作及生活有着独到的见解及感悟。

流连

秋
垂柳
凝望着
芙蓉出水
临镜暗梳蓬
时光回流
春将暮
触目
羞

（注：意象为穿心莲，别名春莲秋柳，一见喜。）

残阳如梦

江山　一笔勾红
幕天席地　万事空
夜　挂起灯笼

清浅时光

青藤爬上墙头　拉住流云
抖落　一树蝉鸣

丝丝凉风　睁眼看个究竟

圆

一镰弯月　收割离愁
恋人的梦　拉满弦
看　她睡得多甜

伞

一瓣一瓣
一朵花盛开在
我的头顶

回眸流连
缓揭雨帘
想念如昙花一般
满腹话语
只道匆匆那年

过往印记被
连根拔起
幸好有你
在我掌心

陈宗辉

笔名牧云。1956年生，副高职称。福建省楹联学会理事，中国楹联学会会员，世界汉诗协会理事，《紫阳诗词》主编，《活水源》执行主编。著有《牧云诗词》《独处的心》《诗词笔法四十讲》《梦随月儿圆》等。在《名作欣赏》《写作》《中华诗词》《诗词月刊》《世界汉诗》《诗词百家》等150多种报刊发表诗歌、诗论和创作谈。

耕犁

你喊一声　牛叫一声
你和牛一起站上了云端
漠漠水田荡漾着动画
犁镜左拐右转　鞭影忽长忽短

你啊　得意牛的勇毅硕健
把南山犁到北面　把北峦拉到南端
牛呢　满意你的扶犁老练
田野显现筋脉　老土迅速翻肩

两只小鸟在牛背上尽情嬉戏
突然跳上你的斗笠或两角中间
牛耳朵轻轻地扇动着
尾巴倏地画了一个黄水珠的大圆

你喊一声　牛叫一声
遍地蛙声是稻谷飘香的伟大预言

那一夜

那晚　我的小轩船驶出湖面
小鸟在繁花枝头叽叽喳喳
晚风吹动着岸上的桃树林
回首船后追随着无数的桃花

船在月光下的湖面飘摇
桃花在微波中说着听不清的梦话
你变换姿势牵着我的手
我看到了沙漠的幼林在迅速发芽

不知什么时候　小船一阵晃动
你喘着气发问　龙府的水兵也打架?
风平浪静船依旧　小岛依旧
你娇羞轻语戏水的鸳鸯快长大

月在山头　小轩船悄悄地靠了岸
我的心却在船的晃动时倏然落下

摸螺的姑娘

晨风还有些许凉意
太阳坐在峭壁上
忽而在高崖上徘徊
窥觑水中那个如歌似舞的

美丽姑娘

一弯腰捧起一大把河螺
洁白的手脚织起
一片袅袅的青雾浮烟
甩一下长长的粗辫子
百里河面上
跳荡着无数的金色阳光

美丽江南

能不忆江南?
翠柳笼烟,
开窗花落,
檐外悠悠船。
三千水巷,八百画桥,
晴光潋滟,
轻轻沐浴油纸伞。
玉镯在手上摩挲,
花帕在眼前飞串。
最是凌波仙子,
看不尽桃花美人面。

能不恋江南?
香风红雨,
亲友串门,
一橹悠悠船。
千家丝绸,九派花鸟,
明月皎皎,
悄悄探进读书轩。
歌声在小巷飘忽,
弦诵在绣楼频传。
最是吟坛画苑,
转不过桃花美人面。

梦是谁留下的

是谁
挣开了荡枝的雪球
向着血红的朝阳
滚动着透明的露珠
露珠跳上了光缕
入夜又回来　雪花
给叶芽留下
一个温馨的梦

是谁
敞开了美丽的胸怀
对着微微的暖风
挥洒着连天的细雨
细雨寻找着根脉
乘云又回来　花蕾
给秋天留下
一个收获的梦

是谁
端起了北斗的巨瓢
唱着粗朴的短歌
细斟着如酒的江水
江水卷起了巨浪
浪退又回来　涛声
给崖岸留下
一个追逐的梦

陈其明

人民英雄纪念碑

雄伟的人民英雄纪念碑啊!
巍巍耸立在神州大地上。
多少国人,在你面前默默流泪。
多少外宾,怀着沉痛的心情来吊唁。
多少学生,给你敬献花圈。
多少卫士,在你的面前发出激昂的誓言。
英雄的足迹,踏遍华夏大地。
他们的功绩铭刻在后人心房。
为了祖国的荣誉,用热血和生命,
换来了民族的尊严。
山河永固福无边,同胞姐妹舞翩翩,
使我中华屹立在世界东方。

今天与昨天

成平

江苏兴化人，1978年生，喜欢诗歌、散文，多部作品在多种媒体平台发表，特别是《光明日报》，曾在诗歌创意大赛中荣获入围奖。

希望

我相信
这是机遇
真的
十分难得
黄浦江社送来厚礼
志在千里
一条充满哲理
在那广阔的天地
沐海风
踏海浪
把我们溶进海的世界
恋一辈子矢志不渝的情
这是希望的过程
一个即将
诞生的过程
时空的距离
拉近了
不远处
黄浦江边
沸腾了
我们忘却了疲惫
开始默默潜行
新的起点
拂过狭小的空间
我们在路上
一次次更替的延续
命运从这里漾开
永恒的期待
成为岁月的终结
希望
就在这一瞬间

诚慧

本名党雅芬，60后，自由撰稿人。自幼喜读诗书，多年来潜心钻研诗词格律，早年创办环球诗社并担任社长，现在是桃花堤诗社和海韵诗社会员。原创作品千余篇，多次见诸报纸杂志，也曾多次获奖；2016年7月被“中国诗歌网天津频道”评为“每周诗星”；目前，正在倾力创作长篇小说《蓝领白领》。

春风掠过的粉红

摇一对小浆
嫁给晨妆的朝阳
揽一怀粉红的春色
荡漾在诗的海洋

风儿吹得太轻
只吹开花的红
风儿吹得太猛
荡漾了满园的歌声
你在哪
把我带到这富丽的诗城
让我的思绪
在桃花之上纵横

我笺拾飘落的花瓣
收拢昨夜的梦
忽然
一枝桃花
在我的笔尖
慢慢泛红

春的祈盼

风儿
吹红了桃花的脸
细雨

润绿了江南的岸
而我
只想沿一袭绿萝
寻一丝清风

凝眸
在每片叶子的背面
镌刻上
姹紫嫣红的夙愿

同桌的你

同桌的你
如一只归雁
满载沉甸甸的记忆
落在这曾经的童年
我仰望夜空
脚下重重地踩着昨天
让记忆别再飘散得太远

模糊了桌上的三八线
模糊了楼梯左边的那个班
模糊了班上那个同桌的少年
模糊了曾经弄坏的那件小衫

也许
岁月早已把往事风干
也许
蹉跎了的才最眷恋
当我们穿越陌生了的一万多天
才知道
旧事虽已阑珊
回忆最是璀璨

同桌的你
晚安

程建平

网名青衣人。男,南昌市新建区人,中国诗歌网认证诗人,南昌新建区长风诗社理事。散文、诗歌等作品散见于中国诗歌网等。

秋天,我为你诵映(组诗)

望“天宫”

望着月亮的时候
一双慎之又慎的手
把运载火箭打磨得铮明瓦亮

望着月亮的时候
一双巧夺天宫的手
把天宫二号妆饰得富丽堂皇

一群充满智慧的脑壳掏空乡愁
把浩瀚无垠的宇宙点亮
嫦娥手舞足蹈一抹惊喜的泪光

吴刚兴高采烈启封千年酒缸
邀请满天星星下榻天宫宾馆
再搭乘飞船回朝思梦萦的故乡

“铁榔头”锻出的金牌

汗水,泪水,伤痛,病痛……
在中国女排英汉字典中
著有拼搏的精髓
如今,又传颂坚韧之神奇

挫折,失败,不懈,执着……
十二年心路历程
无数次跌倒又爬起
心,永不认输

是金子,就应火炼,再火炼
幸亏天下无双的“铁榔头”
将其锻打成沉甸甸的奖牌
在里约奥运会闪烁着光芒

秋旱

叶子有些干渴
浑身软弱无力
有的干脆耷拉着脑袋

风,尽管带来一丝丝凉意
但,白昼仍骄阳似火

云朵偶尔挤出几滴眼泪
禾苗还来不及舌舔
就被匆匆蒸去

农田的嘴唇干裂了
旱地的肌肉
早已收缩得像块铁锭

连生命力顽强
而著称的爬山虎
也摇头晃脑地唉声叹气

难怪土地公埋怨老天爷
有水的时候泛滥奢侈
可如今比格朗台还要啬吝

我心随五星红旗飘扬

我每次看到五星红旗
都会抑制不住澎湃的心情
总想随她在高高的蓝天上飘扬

我赞叹她
是用千万烈士的鲜血染成
难怪她的颜色是那样鲜艳美丽

我也感慨她
在诞辰六十七周年的心路历程
真可谓风风雨雨沧桑巨变

秋天,我为您诵映

月亮与阳光碰撞
瞬间播撒下九月的希望
夏天与秋天对接
弥散开九月的芬芳
耕耘与收获拥抱
心啊早已是喜悦的海洋

您将梦想放入我的手中
稚嫩的心从此开始飞翔
您把自信注入我的心田
生命的歌声从此开始嘹亮
是您托起我们飞上蓝天
您却依然站在原地挥动着手臂
是您泛着轻舟
载我们到梦想的彼岸
您却依然
屹立码头甘守着平静与凄凉

您像妈妈的背影打着凉棚
把放飞的风筝不停地张望
无论加乘法都数不清您的恩情
无论唐诗宋词与新韵
也无法表诉对您的敬意

程向阳

广铁集团惠州电务段党群办主任,现居广东惠州。有大量诗歌作品散见于《人民铁道报》《中国诗歌》《世界汉诗》《佛山文艺》等报纸、杂志及网络,诗歌入选多种年选集,偶有作品获奖。曾出版诗集《风从铁路吹过》。

满载乡愁的火车与我擦肩而过(组诗)

我将你比喻成故乡
将人生的过客比喻成异乡
因为秋天漫长
我留住了木棉花的暗香
因为春天短暂
我放弃了地平线隐藏的夕阳

恍惚了前世淡定了今生

我在异乡和过客之间穿越了钢铁
让车流滚滚信号闪烁汽笛长鸣
一列午夜驶离粤东的火车
半明半暗的车厢和酣睡入梦的旅人
走南闯北怀揣希望和梦想
注定要在某时某地
满载乡愁与我近距离擦肩而过

上车的继续上车和下车的人
打个照面许多美好的事物
注定一南一北各奔东西
而后没入茫茫人海
唯独剩下被惊醒的一轮半月
与暗夜背道而驰
与清晨的一缕阳光健步如飞

夜风中一群小小的骑手

一列列火车站在铁轨身上
延伸的两条直线
语言或者文字难以描述
提速火车的翅膀
常在乡村看到花开
又从城市的脚手架开始
看到逝去的风景流动的岁月
提速火车的汽笛城市的噪音
迎春的花草
与我在粤东惠川混居多年
而我一眼就能分辨出
一切都在变的动作和姿势
提速火车让这个城市
增加厚重与生机
甚至让越冬的寒风有些暖意
我是亲历者血液里
正孕育出一列高速行驶的火车
夜风中一群小小的骑手

云朵飞过惠州北站

在高楼上看到大片云朵
飞过惠州北站
风冷风暖云短云长
这是初冬偶有艳阳的上午
平静又安稳的时间

季节穿透天空穿越哲人的思想
圣洁而充满灵性
云彩之上除了雾霾水汽
小小的风携着阳光的手
随意而坦然温暖而谦卑

云朵有时清晰有时模糊
阳光有时耀眼有时清冷
来来去去沉沉浮浮
无大喜也无大悲
不空想也不假设
远方有雪有阳光有果实
我们跟枯荣的草一样
拥有盛大的天空和小小的幸福

提速火车驶人粤东

等提速火车选定落脚的场地
等背包的男人和女人
全部上车笛声才响起来
车厢在晃动人在晃动
驰骋的山河在晃动
能触摸到生活的男人或者女人
即翻越千山走遍万水
提速火车驶入粤东
越过光明或黑暗的隧道
夹杂火星的铁轨轰轰隆隆
尘世被车列的惯性抛得更远
山峦房屋轻微震动几片落叶
发出持续的颤音
当火车熟悉的鸣笛
赶赴春天的约会
岁月的脚步渐渐急促
火车奔跑众生美好
伴随灌浆的稻穗
比如种子比如阳光

比如生活的负重
传递福音甚至步入正轨

铁路向南火车向北

火车经过粤东惠州时间如一张网
列车或者旅客两片实心的花朵
凭借轮对阳光脚步
看山峦桥隧甚至鸟鸣
等待深秋的风与沿途的灯火楼宇房屋
和不为人知的花草
呼应或明或暗的铁

铁路向南火车向北
在粤东惠州一个人的歌唱
阳光总是短暂
希冀需要漫长
秋天火车说出绿的韵律
说出和谐的暖和韵味
贴近钢铁和尘土
贴近物和人
似乎一切都在流动
从一个车站
抵达另一个车站

穿城而过的东江水
一年四季不卑不亢地流经
从青年到中年
从木棉花盛开的春天
进入另一个油菜花盛开的春天
惠州的东江途经东莞
河源和龙川以及盛开
客家方言的村庄

可以被沿途的风景浸染
可以被体内的血浸染
将秋天的厚重和秋风的浸染
木棉的红荷的红血液的红
包括思想的红
让每一朵花每一株草
让每一片云每一滴雨
打开江山的呼吸
或者整个铮铮铁骨的世界

火车是条钢铁硬汉

习惯了走州过省翻山越岭
习惯了驶过白天闯过黑夜
提速火车是条钢铁硬汉
用轮对亲吻钢轨叩响大地
用雄性的阳钢与厚重
更迭季节的诗情画韵

更像穿越江山湖海的铁针
一年四季在大地上缝缝补补
缝合亲人的团聚母亲的思念
提速火车穿过粤东
穿过蓝天与白云穿过月光与星光
足迹踏遍神州大地
每个匆匆停驻的站台和灯火
仍难走出长短不一的诗行
或者鲜花盛开的旅途

抵达幸福平安的福祉

速度有快有慢有张有驰
从安全的角度来说
可以一日千里夕发朝至
用速度阐释高度
是理论上升到实践

钢铁的轮对穿梭于旷野山峦桥隧江河
穿越时间或者空间起点或者终点
情系团聚与欢笑的万家灯火
粤东铁路横贯南北写下青春与愿景
写下速度与激情
联结城市与乡村
联结友谊与祝福相聚与离别
一声汽笛嘶鸣完成幸福平安的抵达

三千里江山

还可以写下列车的铁和钢轨的铁
甚至铁路人的铁
粤东铁路在中华大地的血管里穿行
在惠州在龙川在梅州
这列开往幸福彼岸的列车
贴近大地贴近乡音和福祉
只有你知道
我登上列车是左脚开始还是右脚

厦深高铁之夜

此夜天气转凉
动车组穿过浓浓的夜色
一路浩浩荡荡
厦深高铁被秋雨打湿
站台上一群人正要启程
一群人即将终到

隔着三千秋水
钢轨轮对信号灯
汽笛桥隧铁道线
铁的元素相互联系
车窗外的灯火穿过异乡
雨点浩浩荡荡
紧一阵松一阵
决意将自己打落凡尘

夜行人背着行囊
不说话不携手
每个人都将心用盔甲捂得
越来越严实生怕一不小心
被生活背叛
只有在夜深人静时
一个人才敢偷偷解开心的盔甲
感受到柔软的心跳
被坚硬的铁器
挤压得隐隐作痛

厦深高铁的夜晚
蓝色预警刚刚解除
远远的天边两颗星子
一东一西永难重聚
却相依为命

安全平稳抵达广州南站

动车组贴地飞行
这一个动作总让我异常兴奋
在速度与距离之间
在安全与优质之间
广州南站从此岸到彼岸
可以听到城市之间的心跳看到乡村之间的风景

如果将广州南站整洁明亮的现代科技纳入诗意
将她想象成一条时光隧道或者人生的一道风景
承载着京广京九大动脉的经济文明
发展与壮大美丽与复兴
仍是步入高铁时代欣赏到的风景

中国高铁承载多少压力
广州南站就点亮多少灯
始发与终到起点与终点
汽笛长鸣或者灯火长明
需要站与车的爱人与人的爱
都能体会到人生的美学或者美景

远方的旅人广州南站
站房与灯火股道与信号
你和我再次出现在这里
这是一座奇特的房子
每次见到都不一样
一边是巨大的幸福感
一边是厚重的安全感
在秋天之外在云朵之外
旅人与旅行之间
离别与相聚仍是回不去的万水千山
或者一级一级深远的台阶和日子

火车驶过东江

东江桥上跑过来一列提速火车
像穿过岁月的一尾长鲸
深秋的阳光不再炫目
带着血丝
火车不知疲倦地
从我眼前呼啸而过

已是傍晚时分
长鲸喷出水柱的声音
火车经过鸣笛的声音
空气中传来铁和铁器的打击乐

合衣躺在车上的旅人
此时梦见自己变成一尾长鲸
沿途的一层落叶一闪而过的路人
让他再一次不由地
将蓝色的衣服又裹紧一下

东江北岸粤东腹地
一场久违的秋水即将来临
粤东铁路人的幸福时光
即将来临

火车停靠在粤东以北

再往前走就进入广梅汕铁路腹地
一些熟悉且烂熟于胸的站名
河源仙塘义合楼角
或者千年古城龙川跨越粤赣之地和平
我在站名与地名之间搬运安全和幸福
移交车辆和速度分界口上陵
甚至可以移交离别和重逢
钢铁的铿锵和汽笛的嘶鸣

即使就是短短一瞬
流动的站台离别与重聚
火车从青年一直开到中年
在蓝天白云中舞蹈飞翔
朝发夕至日行千里甚至
一天的时间穿越五省十二市的孤独
我面对的只是一段
逝去的时光抑或
一次一个人的旅行

银色动车组驶向春天

整备场的动车组一条条白鲸
从朝阳的胸腔喷薄而出
耀眼的光芒与清晨第一缕光线一起
总有腾飞翱翔在蓝天白云间的冲动
在春天的第五个日子
打开迎向光明的隧道

这时会有微风拂过钢轨
动车组静卧在绿色的波涛之中
依然有检修的人影在奔忙劳动
左手边是阳光灿烂
右手边是春雷滚滚
我看见激情的铁与静默的铁
一边是一丝不苟地检点完善
一边是信心百倍地负重飞翔

仿佛耳际有无数匹骏马在奔跑
驶出整备场的银色动车组
奔跑在万里铁道线上的骏马
掠过城市乡村与如歌的行板
一边尽情展示速度与美
一边将团聚拉近离别拉远

沿着节气花香抑或南来北往的
人潮驶向春天的动车组
在大地颤抖中一闪而过
金属的嗓音传遍四方
从粤东到湘西
从五羊新城到天涯海角
武广海南东环广珠城际
厦深衡柳广深港以及沪昆
在抒写辉煌与光明的五线谱上

用最新的节奏写下最激情的交响

裹着浓烈铁味的动车组
穿越山川河流桥隧村庄
穿越时空地域的界限
朝发夕至或者一日千里
将两个大城市拉成了近邻

钢铁上阳光和梯子

提速火车掠过城市乡村
奔跑的鲜绿钢铁
在两条锃亮的手臂上张开翅膀
触摸到阳光和雨水
拥有了不朽的风景
甚至更加真实的生活
我看到自己的脚印
一头连接着故乡的山水
一头正踩着异乡的钢铁

轨道旁的野花盛开
向阳的灿烂开着
背阴的羞涩闭合
一朵挨着一朵在你眼中
拥挤而有序
再次消点过的工具仪表
忘记疲惫和疼痛
跟听话的孩子一样
在靠近身体的右侧
等待左侧的"天窗点"结束
与汗渍的黄马褂安全回家

阳光在钢轨边石砟上枕木旁
以及冒出细汗的脸颊上
像春风里跳跃的鸟雀
比如一台转辙机一架信号机
与我一起触摸到钢铁的阳光和梯子
比表层的文字更具体
触摸到更加真实的生活

火车酒吧

可以让火车的汽笛嘶鸣
信号闪烁可以让酒吧与人
旗鼓相当棋逢对手
甚至可以从大树岭
连接到惠州北站
拉近乡愁的距离

闪烁的灯光连接星光
铁器呼唤铁器
不模仿不作秀
让火车在一退再退的光阴里
一点点显出它的辽阔深远
抵达文字的内核

以老旧的蒸汽火车布景
油菜花染色
以啤酒和夜空作背景
调色板上可以有虫鸣
可以在月亮的磨刀石上
将朝日磨成一枚金币

火车带走的风景

提速火车开过来一个
接一个陌生的面孔
在惠州南站稍作停顿
又将离开鸣响的笛声
落在海这边托起一团积雨的云
山那边探出一抹乡愁

粤东大地七月里的流火
蓝天白云甚至举起手
可以摸到的天空和桥梁
提速火车驶过车轮碾过
轨道闪耀的火星带动
厦深高铁的负重与奔跑

包括沿途被激活的城镇乡村
潮汕大地的田园阡陌

有铁器的震动有节气变换
包括离乡别景的背影

呵护火车

在粤东惠州我的铁路兄弟
天窗点内在两根钢轨间劳作
汗水和希冀像木棉花香
深入人心跃上我的歌谣
远方有火车与钢铁的轰鸣
大地与汽笛的尖叫
擦过二月里钢铁的骨骼和鸟的翅膀
钢铁的情缘被阳光镀亮
瞬间抵达全身甚至
被呵护的火车轨迹

流经南方的东江水
盛产客家山歌与汽笛齐鸣
水的语言铁的语言
水和铁的语言波光闪烁
一把普通的洋镐检车锤
测试仪或者一盏红绿信号灯
甚至一叠书写铁和铁味的诗稿
一种朴素的思想和精神
已渗入粤东铁路这片热土

我转过身与黄马褂兄弟一起
在转辙机旁信号机边
测试数据参数与两毫米之间
保持你和我的距离
劳动是壮丽和真实的
包括一台转辙机一架信号机
与我一起触摸到钢铁的闪光
铁路的基本元素带不走
钢铁的走向和那些
轻如尘埃的心跳

火车，火车

火车进入十月穿过城镇乡村
退回到钢轨上移动的铁
做一次小家碧玉
在阳光中或明或暗
在逐渐转凉的节气里
火车走南闯北操着纯正的方言
保持一惯的任性和激情
我翻动天空的蓝色以及橙黄
日子隐在钟声里喂养
越来越丰硕的秋天除此之外
靠雨水和阳光捧着的村庄
一线炊烟一声汽笛由远而近
品尝的全是生活的味道
时间是火焰是明亮的光
一直退守到岁月的站台
在火车面前那些手提肩扛行李的旅人
始终保持草根的沉默和梦想

无法确定

面对生活每一步都是未知
前一脚踩到黑暗后一脚也许向阳
我也无法确定衰败或是繁荣

迎接春天我开始怀念青草的味道
开始低调平和让所有人与我
都醉成兄弟与往事对饮
甚至与脾气沟通
剩下来的事谁也无法确定

这些年我一直坚守慢慢地
从青春坚守到不惑从山顶回到山坡
甚至从灵敏回到笨拙一步一步
从舞台回到观众席

无法确定的事一天又一天延续
包括此刻的风黎明前最黑暗的时刻
带动希冀如早春薄薄的光
照耀前生也指引来世

在露水里等待晨曦(组诗)

旷野在前雨水在后

空气也想买下大片草地和山岗
这个时候日子过得淡然
有时清风明月有时阳光普照
这是人世间浅浅的愿望
一轮半月是最懂思念的
在露水里等待晨曦
有时是文字唤醒寂静
有时是雨水打断记忆
仍有一些星子似睡非睡
升起在民间
只是低调而不内敛

春天是被流放的孩子

在粤东 我用一朵木棉花
吸引到整个春天
你来迟了一步
养好伤的鸟也飞走了

阳光轻盈　思绪很重
盛开又凋谢的日子
加重了岁月的辽阔
有梦暗示
有人要来　有人要走
这些都与我无关
太阳洒一把金子
黑夜接孤儿回家

以石相击　清泉在眼里汩汩涌动
祈福的人拥着衣服和头巾
白天欠黑夜的婚纱照
至今仍未兑现
一两只断腿的蚂蚁
冷不丁咬我一口沉睡的词语
停留在特朗斯特罗姆诗选上

蚊子吸了血飞不动
在儿子身边　饱暖也充满睡意
我在野花铺开的床单上
头枕群山　扯过一片云彩
做着天空和大海的梦
夜光杯将月色倾倒一地

大地宁静　倦鸟投林
风在云端看着沧桑的尘世
那些逝去的时间逝去的人
更加深了沧桑　月亮提着灯笼
沿着天空一路小跑
在寻找太阳被流放的孩子

突围

天空有乌云盖过来有雨水压过去
生活那么近现实那么远
从飞沙走石到雨水和风抵达人间
夜晚漆黑时间和空间
沿着往事落荒而逃

风景多美如果找个有你的地方
此刻乌云退却雨水退却
爱和梦想在天空突围
有跃动的心脏和脉搏沿着夜色
与我不期而遇

一个人面对漫天星光

星子漫天遍布在人间
月亮高高举起
这寂静而辽阔的夜
让我想到远方和爱恋
有一段乐曲在夏夜盘旋
歌调形成波峰和波谷
动则天籁之音静则曲高和寡
一个人不管是好脾气坏脾气
音乐与花朵一样盛开
而我在上面奔跑

狡猾的文字

文字被思想左右
有时黑有时白
有时不分青红皂白

有时滚烫有时冰凉
一些逐渐遗忘一些正在铭记
文字总是带着假面具
文字很油嘴滑舌
人也一样
有的留芳百世
有的遗臭万年

念想浮动而雨水静寂

被一段流水截出来比如一尾
被命运咬住的鱼
没有梦想没有希冀
往前从人生的门缝里挤出来
顺境或者逆境都是永远
的渴念
半红半绿比如生活亦是如此
阳光或者雨水比如永远的渴念
天空烧灼的云彩
地面饥饿的万物
思念穿不透一寸泥土甚至文字
点不燃一寸寂静
如果放下一切皆放下
好像习以为常
代替了一个人的头颅甚至思想

程新君

笔名起舞、无梦徽州。安徽铜陵人。有诗歌发表于江山文学网、火种文学网、好心情文学网等文学网站以及《北方诗刊》《华夏诗刊》等纸媒。诗歌《风落天涯》入选《中国最美爱情诗》一书。

冬韵之声(组诗)

北风急

风声很紧
寒冷步步逼近
秋天不得不交出色彩
交出月光
交出秋虫的晚唱及仅有的体温

退守到北方以北
山林　荒野
幻想捡回几串鸟鸣
几盏红灯笼　或者一个热泪盈眶的故事
焐暖冬天

把冻结的坏情绪用力扔出去
将溅起的情节
嵌入夜空　学会猫冬
学会乘着雪去自由地追风　或者
干脆把头埋入雪堆里　做梦
即便被千里外　那片折断的枯荷
痛醒　也不喊疼

保持缄默　用梅花封口
等待时机
攒积所有的能量,色彩
只等春雷的一声号令
发动一次铺天盖地的冲锋

落叶黄

风声依然很紧
躲在十一月的背后
有点焦虑　得花点时间
处理系在树上的故事情节

等着炉火把日历烤薄
等黄色变成金色　亮成烈日的色彩
要足够让人炫目
再举起双手　将心事
揽入怀中

尔后　再将他们
逐一收取　晾晒　藏匿于季节的风囊
或者索性　由他们自己以
最率性的自由落体的方式

扎入泥土

待到春暖花开
蓬蓬的绿意抵达季节的渡口
庆祝重生
或者回应苍白的秋天

桃花雪

既然　雪可以模糊时间的概念
为什么　桃花不可以开在十二月
要开就开得惊心动魄
来吧,到白雪中妖娆
用你桃色的唇　吻我的脸

就这样　做株遗世独立的桃花
截雪的轻灵　借梅的香气
报以桃花的羞涩　立于雪中
该如何称谓你　我的美人
不去问崔护那个傻小子
借用《诗经》——桃之夭夭
夭夭之桃,如何?

不用担心寒冷　我用骨血滋养你的桃园
你可以把花开在我的骨头上　或者
斜开在我的鬓边　我的眼角　眉梢
这样,即可在
一汪秋水中打捞春天

等待一场雪

灰蒙的天际,辨不清方向
雾霾中　有乌鸦在白天
做着黑色的交易
我被一张脸皮滑倒　抬头看见有些人
正踩着灵魂攀登

高度之外的高度
有目大如天　看着一只跳蚤试图爬上高台
贼喊捉贼的戏码正在上演
匹诺曹的鼻子越长越长

龙舌兰长着毒刺　发出恶臭
轻易就能拍倒一个人　玷污比白雪更白的声名

不用去纠结
善与恶　早已刻进我们的碑文
是与非　还需要一场涉世未深的大雪
来濯清
我是如此地期待　一场大雪的降临

不要昙花一现
要下,就下成十里杨花
漫天飞舞的模样　不去欲盖弥彰
在冬风震颤的怒吼中
去还原一个清凌凌的
本真世界

程志强

男,1980年5月生。作品见于《诗刊》《诗潮》《中国诗歌》《星河》《绿风》《新世纪诗选》《河南诗人》《南方诗人》《大河诗歌》《天津诗人》《中国诗选刊》等几十家报纸杂志。

用耳朵打捞遗忘在湖底的美好(组诗)

迷途将我们养大

心头的热量,也不能偏安一隅,
把愤怒寄存在什么地方为好?
穿过丛林,谈论奇异的错落有致,
或者仅是一种虚拟,
海滩中的迷路者一刻也不停地
搜索风华正茂的情怀。
也就是说:迷途将我们养大,
太阳升起子弹一样的光。
甚至想继续说,
被惩罚是多么幸运。
任务很长,每个节点都带有浓浓的孩子气,
陌生的面孔刀刃相见,

声音，不是路过，
而是要在角落里煽风点火。

窗子腥红

不想事的时候，窗子腥红，
房间被历史遗迹填塞得满满的。
应该给说真话的人放假，
让夜里的所有火焰都睡个安稳觉。
规矩，适用于不讲规矩的事物，
额头上的一抹伤痕，
像柔弱的孩子。桌牌上的爱，
被打包，身后的声音，
马上就要出鞘，仿佛那刺目的标语。
一群鸟，牵动尘世，
门槛之外的时日，多么凶残！
总之，思念可以蚀骨，
也可以在风中踽踽独行。
灼热在头顶盘旋，
远远地看，竟已凝结成冰。

花瓣，渐次熄灭

仿佛，一串脚步粘上了糖浆，
树枝变得凝重，
金属片的喊叫呆在原处，
被牵绊着，无法挣脱。
车声像患了重感冒，进入齉的无序，
可爱的雨丝，仍在生长着。
花瓣，渐次熄灭，
和流水打赌谁的失眠更长久。
湿漉漉的钟声，
滴在台阶上，骨头的咳嗽，
包含更多的无动于衷。
闭目，领会街道的艰难，
小心地取出衣衫，
已被感化。掀开草垛下的计谋，
从落日过渡到唇印。

被一场雨监视

一滴雨是一只眼睛
我躲在命运的干燥处
被一场雨
监视——体无完肤的现状像一句玩笑
这样周到的服务
让我手足无措——那就挥挥手
告别故乡和熄灭的烛火
在街角，参与到更加有力的心跳中
背叛大地，让众生沉默
与开放的国度
远握，眼巴巴盯着绝望之处
盛大之美——淅淅沥沥
被庸俗的思想践踏
瞬间失去的
倍感亲切，像撕开了沉疴

程志强

男，汉族，祖籍浙江永康派溪，1954 年 6 月出生于上海，知青，原上海广播电视台编辑，上海市知识青年历史文化研究会会员，中国散文诗作家协会会员。

2013 年底开始学笔并发表诗歌，作品见于《现代诗选萃》《岁月诗刊》《诗昆仑》《关雎爱情诗刊》《知青杂志》《诗人与红高粱》《新视野诗文精品选读》等报刊、网络。2015 年获第二届民间鲁迅短诗奖评奖创作奖，2015 年获第一期红高粱笔会铜奖，2015 年获第三届白天鹅诗歌奖全国诗歌大赛三等奖，2015 年获第二届全国“玉龙艺术奖”全国文学作品大赛散文诗二等奖。

生命是场盛大的荒凉

小小的心尖开出一朵盛大的荒凉
演绎出生命经久不衰的盛大狂欢
一切丰盈与枯萎填满荒凉的思想
贪婪与恐惧斟满狂欢的酒杯终场

当你的心盆漫溢荒凉而欲与狂欢
深潜海沟的饥渴张开花唇开始张扬

当你丰盈身心一个饱嗝压迫还原荒凉的深渊
就在这一瞬间高举酒杯提着皮囊荼蘼圆满

你因为盛大的荒凉淹没而激动
你因为盛大的狂欢丰盈而沉醉
词语已经失去色彩,爱已经贫穷为口水
这是生灵的洪流自然进化的牙牙学语

那些少数的另类紧握着前世之光
任洪流喧嚣安静地行走无边的荒漠
任丰盈醉香蹂躏恐惧于来世的危机
把全部的爱在匍匐土地的行程中还给大地

家的味道,中秋回家

踏着一路晃眼的晚霞
一头撞开已经洞开的家门
梅干菜焖煮红烧肉
洗尽半世漂泊的疲惫
轻轻地吻落妈妈发间的月光
捧一枚圆月与嫦娥分享
借熏香袅袅与吴刚同醉桂香　爸爸
妈妈揽一缕月光为我重整远征的温暖

孤独,太阳明月一盏灯

如果你能够走到万物之外
万物就像一个漆黑的锅盖
你发现月亮孤独高挂半空
关照时空的阴晴圆缺
你发现孤独是万物的本质
启程与归宿的原点
你发现一路走来,孤独变色豁口是生命的全部
当你走进森林
那一片辽阔的郁郁葱葱
树与树的守望,孤独是能够丈量的唯一距离
当你上天入地
天宇浩瀚,繁星层叠
星与星的守望,鸡犬老死不相往来
当你融入南京东路
霓虹数着数不清的人头
拥挤的陌生,咫尺天涯
当你跋涉到孤独的峰巅,关照点亮月亮的是太阳
当你领悟孤独是另一个孤独的一盏灯
当你再次回望万物,漆黑闪亮繁星清辉流淌成生灵的河
因此,也许你是一个永远孤独的人
因此,也许你是一个正在超越孤独的人
因此,也许你是一个不再孤独的人,太阳明月一盏灯

永远飘扬的绿领巾

这是一个特别的六一儿童节
妈妈戴上了绿领巾
飘扬的逝水年华,生平第一次
迈步艰难的八十八
合不拢的笑口,减去一个八
就像儿时上学的第一天
念念有词,结结巴巴,一笔一划
寻找着北面的北面,再北面
哥本哈根,那儿有永远的牵挂
摸摸胸前绿色的丝滑
断线的珍珠,满面开花
永远飘扬的绿领巾,青丝白发

春分两边浦江水

春分两边浦江水
曾似相识黄手绢
海派学府如临渊,字正腔圆
斜阳镌刻黄浦江,燃烧正午的唇光
门楣下,黄手绢,蜻蜓点水,
过了春分,迎风空天长
留影春分浦江水,跨不过,半边短
洗不净冬天的眼光,晾在门楣下,黄手绢上斑驳飞
春分跨过黄浦江
黄手绢上,不尽相似黄浦江
弯曲径流拱起跨世的桥梁
驮着苹果的缺口,含着料峭的唇光

门楣下，黄手绢，天庭上方蝴蝶飞
雨水遥远招招手，空天长风黄手绢
春分无影浦江水，斩不断，流水长
洗净黄手绢，盖天门，黄浦江上半边晚霞红雨水

赤云

本名任丽霞。1972年生，山西晋中人，现为北京中加学校语文教师。2015年开始走进江山文学网，成为“星月社团”的一员，并以“赤云”为笔名发表诗文。

创作理念：文学是一条路，思想为山，情感是河，爬山涉水，期待远方风景。

远方，一幅水墨

三月回眸
泼墨的笔 纸上行走
黑瓦，白墙，轻摇画桨
一尾渔舟，驶入
烟雨人家，恬静淡泊

梅雨迷濛了往事
茶楼，栀子花，牵手春夏
叶嫩花初，小鱼儿
江南梦里出入
十里扬州路，春梦模糊

花香吹过小巷
醉了的月光，纷纷扬扬
小船，石桥，江中采莲
青砖黛瓦的故乡
一袭青花勾勒的衣裳

梦里茶园
片片染过华年
丁香，油纸伞，经过雨巷
阿炳背着二胡
炊烟飘处，桂花香如故

时间沉入古砚
山寺的钟声渡过秦淮
梅雨，青石板，回到初恋
乌蓬船轻摇，吴音软语
在水墨画里笑

秋风

黄了很久的心事
秋风里，慢慢收割
堆不起的落叶，一次又一次坍塌
秋风又起时，父母矮下去
我们住过的老屋，高举
满院的喇叭花，花里盛满
老时光，甚至传出回忆里的喁喁细语

捧起菊花，捧不起悲伤
我坐在你空余前尘过往的墓地
对举的酒杯，已听不到啜饮
但我还能再一次为你拂去
秋风吹来的那些琐事

素描

一船秋色，轻描浅画
素描纸里出入
一尾鱼的记忆鼓出一串水泡
竹林举不起风的思念
月色里，背驼下去

水边的芦苇，潮湿了注脚
蹙眉的心事该涂在哪里
卷上岸的青春
勾勒出长发的她
点睛的刹那
躲避不及的羞涩洒得到处都是

我把一杯老时光倒进阴影
怀念在我的线条里沉淀，安静

丛守武

资深媒体人，独立作家。海内外华人喜爱的“中国城市优秀诗人”（文化部下属协会、国际城市文学会等评选），四川省国学文化促进会执行秘书长，四川省社科院中华儒学研究中心特约研究员，西南MBA俱乐部首席文化顾问，四川省成都市首届文联委员，四川省企业家摄影协会常务理事、副秘书长。纪实文学感恩丛书《人说晋茂好风光》获2012年四川省“五个一工程奖”特别奖。《把酒邀明月》获2016中华世纪坛原创诗歌中秋国际朗诵会奖。2016年9月8日，CCTV大众生活《中国影响力》节目对其诗歌创作作了25分钟专访。

流金岁月

或许
女人的芳华

——题记男人的事业，叫作流金岁月

岁月
引爆了宇宙
演绎了星河
周行不歇
岁月
轮回了生命
描绘了憧憬
也把苦难深刻
我们膜拜岁月的恩典
感受到做人的神圣和痛彻

岁月流金
流走了的也不会磨灭
时空的投影壁上
是鲜花、眼泪还有洒下的心血
五千年历史也就这样流去
不论是完美还是残缺
不怕岁月匆匆风云诡谲
我们过去和现在都不逊色
流吧，流金的岁月
留在历史长河的是“我”的大写

我想你

我想你
把你想成我的爱人
往世今生未来
我们都在一起

我想你
把你想成白天夜晚
无论昏天黑地
我们形影不离

我想你
把你想成味道
舒张我的胸膛深深地
不停地往我心里面吸

我想你
把你想成你和我的嘴唇
上上下下时时刻刻
我们都在一起

我想你想你想你
把你想得无影无踪
再用一生一世
天涯海角去追寻你

水晶

别把我放进水里
我是一颗水晶
那样你会看不见我
也感触不到我对你的深情

也不要把我放在你怀里
尽管你的怀抱无比温馨
人们说女人像水
我会融化得一塌糊涂没了踪影

把我放在阳光下
折射出你的心灵
一道道美丽的彩虹
我们一起向蓝天飞升

其实我还是想被你融化
徜徉在你的水面波光粼粼
那一定是一个美丽的夜晚
人们以为是皓月离开了天庭

收藏

记得那年寂寞时光
柳梢轻抚水面月亮
你笑起一湖涟漪
我拍打木头船帮
轻踏歌声
漫舞霓裳
惊起一行灵鹊
道是银河正忙

谁是你的情郎
你说还没方向
你问我
能不能陪你到天亮
天幕低垂
我也没有主张
只是说
心还没处安放

就交给你收藏
还记得你笑的模样
答应让我的心
不再四处飘荡
等我心有归属
不枉朋友一场
我拍打着一颗颗树干
举止有些轻狂
看到你忧郁的目光
猜到你有了情郎
你还来吗
我说工作太忙
你没有挽留
只是泪垂双行
每次听到湖水轻击柳岸
就想起我的心还被她收藏

崔丽娟

笔名月光似水，洛宁县作家协会副主席，《书城》责任编辑，“洛宁文苑”公众平台创建人、编辑，就职于洛宁新华生物质能发电有限公司。热爱散文、诗歌创作，痴心敲字，深情砌文。作品散见于《书城》《三门峡文艺》《豫青网》《河南思客》《齐鲁青年作家》《洛阳晚报》《洛阳作协》《世界华文作家》《新华发电》《诗文杂志》《岁岁诗心》《第二届新时代优秀网络诗人诗选》等。

今夜醉于一场心事

无关风月
无关忧伤
不去揣摩静谧的光影
不去触及岁月的忧伤
只愿独享漫漫寂夜
这片月光
阴晴圆缺
淡然若素
四季轮回
安然静好
只想裁下一片
美丽的月光羽翼
做梦的衣裳
让每个若明若暗的梦境
都有她
平静如水的模样

D

大废柴

1987年生，江西九江星子县落星文学社会员，钟情创作抒情诗。

我已不敢提起笔

我已不敢提起笔，再也写不出——
让你魂飞梦绕的诗句。
秋风啊，过我窗台匆匆，
为什么不卷走我眼角的泪，
让寒冷凝成了花，
开在这黑色的夜里！

克洛诺斯又倚在王座上嘲笑我吧！
昨日我又把脚印留在了中山路。
那里的霓虹也在淅淅沥沥地淋着雨啊，
戌时，繁华如星光在黑幕里隐藏，
百花洲口麦当劳小站，
依然岁岁如一地守在街底！

那片天空，又更替了多少星月。
缪斯女神，下来看一看：
尘世的枫叶又红一季，
湿润的悲潦着，
似是满地泛红的流觞！

我止不住夜的哭泣，
滴滴嗒嗒散着小雨。

十四行诗：让世界奏起正义的战歌

一场秋雨穿得夏日如梭
诗人又蜷缩在雨涤巷弄
欲望被关进灵魂的牢笼
金风落红在灰漫里蹉跎

想那一泓澄黄了的秋波
寂寥泛着苇的低鸣奔涌
浸蚀了戈萨布如春的梦
缪斯夹着芦笛挥舞金戈

沉默，沉默，不许再沉默
让世界奏起正义的战歌
让诗雨如针击碎那牢笼里的邪恶
随这西风旋起雷鸣漩涡
满山银桂落满了秋色
金衣褪尽，树影婆娑

自由之歌

远方的她看见外面的雪了吗
天各一方如雪般散落在天涯

我听着歌谣看着漫天的雪花
那白色的精灵轻轻落在树枝芽

那时的她不懂得爱又值十八
发如青丝别着黑色的发夹

我想起那曾经憧憬的童话
童话里是一个个美丽的春秋与冬夏

我要继续在这城市里飘摇呀
精灵拂白了我的黑发

这世界让人耳聋又眼瞎
腐朽的囚笼已使我感到困乏

往那外看一看啊
行人匆匆披着各色的木枷

紧闭自己的嘴巴
只在梦里静静地想着那个她

是在我生命的那短暂的一刹
岁月匆匆地逝去如一盏清茶

荒草丛生的这般年华
布满了湿漉漉的泥洼

孤独与寂寥是命运的刑罚
旋律晦涩声音沙哑

让我把这首歌继续写下去吧
世事无常分不清真假

待得厚雪把腐旧的围墙压塌
大地如春在温暖阳光的照射下

我要收拾心情再次回家
作别街角流着血液的青瓦

远方的她那里也下雪了吗
如今已是天各一方散落在天涯

无题

在夜色深处,
闻到了雪花的气息,
寒冷弥漫在我身旁。

白色的精灵,
躺在庭前的盆树上,
是那橘红的茶花凋谢了的?

又窜进老街深处与路灯私语,
昏黄的灯影铺着银沙,
西风是在屋角躲起来的?

青霄玉女,请赐予我魔力,
随着夜色纷纷扰扰飘去,
如梅花般绽放在你的梦里……

无言

当黑的夜在思绪里辗转
夜在哭泣
哭得这夏夜炙热

我拽着芦笛从诗泉里来
低鸣
彷徨

墙角的花
孤单地绽放
夜的啜泣把叶萎靡

婆娑于指尖的书页
在梦里,沙沙作响
静静的我,独自坐在这里

滴答的钟声
在寂静里,喳喳啼鸣
静静的手机,又躺在那里

无言的寂静
纷飞在山里湖里
是什么梦魇禁锢了自由的思绪

诗人久未鸣响的芦笛
笼罩在脑海
像是云里,又像是雾里

是夜的啜泣
是不见曙光的黎明
是泣者孤独的颤音

致大叔于西藏旅归

这雨轻轻地来了
你如期而至
载着
归途的你
为你
轻轻掸尘

看那黑茫的天空
向往着澜沧江喷涌的雨

推着金色的经筒歌唱

那透着古铜色的藏谣
随你的气息弥漫开来
那流淌着马蹄的血管
镌刻在你的脚掌
那溢满温暖的青稞
雄鹰在高原上翱翔

牦牛在牧鞭下凝望
羚羊在碧海里徜徉
佛龛下那不灭的灯盏
为我们绽放了美丽的格桑
神域雪山在亘古里纵横矗立
湛蓝的苍穹散发着神圣的光芒

尤想,你在高原上奔跑
空气稀薄,沁着葱翠的芳香
嗅到了藏服淳朴的味道
闻到了寺院里瑟瑟的风声
还有苦行僧那碎碎的呢喃

尤念,你欲何时归返
作别那千山之巅的皑皑雪峰
作别那万水之源的苍苍奔涌
在连绵的山川里打点行装
在蜿蜒的河流里安置希望

这雨又轻轻地走了
你如约而来
我们
捧着真诚的美酒
为你掸尘

看这黑茫的天空
期盼着驴友们莹亮的眼眶
轻抚你衣角的幸福与安详

秋夜思语

夜鸣虫敲着
沙沙的音符
城市里的人呐
是否都进入了梦乡
只有我独自——
寂寥地守望着黑夜
夜儿
织着寂寥的网
网线冰凉
冰凉的键盘、滑鼠
荧幕也闪着惆怅的光芒

你也在黑夜里
低声地私语
太息般的眼眸
又牵绊在哪里
是否听见
夜鸣虫的音符
絮着淡淡的忧愁
散着我寂寥的气息

桌面台灯的荧光
孤独地昏暗
台面上我们的水晶合影
也失去了那闪闪的晶莹
夜似曾伫候在窗外
寂寥地聆听我断断的思语

致岁月里消融的爱情

我的生活在静静地流逝
静若游丝在岁月里流淌
我要淡忘的
淡忘你温柔的声线
淡忘那可爱的脸庞

可曾听过一首哀伤的歌曲在夜间回响
歌词里充满泪痕与忧伤
那沙哑歌声
在喧闹黑夜里与时光纷扰

久久地在耳边回荡

岁月飞逝
静若游丝的生活从身边溜走
如风般地吹散了往日的幻想
淡忘了你温柔的声线
淡忘了那可爱的脸庞

置身囚禁在黑暗的牢笼中
那哀伤的歌曲就是这黑色的栅门
一点点、一丝丝地
把忧郁与无痕萦绕
萦绕在这黑暗的牢笼里

把静静的忧愁在心中隐藏
夜在漫长地延续着
树梢上乍能闻见儿时的蝉鸣
夏日里暴躁的闷热
摒弃了那结着秋怨的姑娘

像昙花一现的梦境
像洁白如花的精灵
在无尽的泪痕与忧伤里
在喧闹时光的纷扰里
守着愁苦的、结着秋怨的姑娘

我向歌声的源头呼唤
回应的是无边漠漠的黑茫
疲惫地把哀伤的眼睛闭上
那幽暗的城角
那难以忘怀的、哀愁的姑娘

夜的生活寂静地流淌
时光从我身上款款而动
蹑着哀伤忧郁的步伐
带着满含忧愁的眼角余光
静若游丝地消失在远方

请守住那最后的一片海

请守住那最后的一片海
那晶莹的波光
是你那睫角绽放的泪珠儿
一闪一闪
闪着圣洁的白云
闪着浩瀚的金辉

河岸上，手提钓竿的老者
凝望着这片海
微微地翘起褶皱的嘴角
就如那温柔的波涛

畅想着
思绪如鱼般地
在这偏谧的深蓝里
尽情地欢愉
追逐那闪闪的波光
挑逗那失神的渔翁

金辉般地如你的轻轻的笑容
温暖着这片海洋
抚弄思绪
湛蓝的海面上泛着金色的诗行

请守住这最后的一片海
虚无的岁月伸出双手
把白云摘来
别在山边海角
波浪拍打着欢乐的音符
海风轻轻地拨弄着竖琴

琴声悠扬、平静
沉淀在海水里，消散在沙滩上
海鸥在这片海里尽情地欢唱
手提钓竿的老者嘴角翘起淡淡的微笑

雨爱

窗外的雨声来得突然
驱散掉一切

酷暑、麻木以及烦忧
像醉汉又找到了琼浆

别再沉睡啊
把心里的脉脉情丝
都铺洒开来
结成一张情网

起起落落、风风雨雨

远方的雷声擂起战鼓
披着青色战袍的大军蓄势而来
灰色的战旗在金辉里飘扬
城市里、街道上、站台旁满是清凉

别急着掏那盖满浮尘的黑伞
把全身的毛孔以及呼吸
都舒张开来
迎接这份恩赐

淅淅沥沥、清清洒洒

关于爱情的梦啊
总是跌跌撞撞,一路直闯
故事的结尾总是伴随着岁月的流觞
刻画了沧桑,沉淀了时光

别再伤心,别再失落
不管琐碎的烦恼,还是沉闷的生活
总因爱情的跌宕
为你添上满腹的愁肠

平平淡淡、分分合合

向左看,向右转
曾何时有过迷惘
曾何事悲秋风画扇
那最眷恋的人儿总是在心里最隐秘的地方
深深掩藏,同梦一起
暗暗地修复着青春里留下的暗疮
年华逝去,雨爱相伴
清除这红尘里燥热的哀伤

洋洋洒洒、简简单单

三十行诗:游子看雨

我的心跳
同雨声轻轻地
跟夜倾诉
流浪、时光,还有流年
一点点、一丝丝
没入尘土中

忧愁,请把我淡忘
让我抱着我的梦想
幽幽地进入梦乡
那里有蝴蝶翩翩,鸟语娟娟
百合花一样
在飘渺的未来绽放花香

夜色,请驻足观望
看游子,用苍白的手
在雨帘里,把水珠隔断
把月儿揉进沸腾的鲜血
外面只剩下黑暗,与
隆隆电闪在幽深的山谷激荡

闪烁着白光,闪烁着白光
像是百合的花香,
在黑暗里被梦想抹白点亮
像是黑暗里的电闪
游子的灵魂里淡淡的一股清香
又一太息间挥洒上夜色的黑墨

向往,忧愁里有花香陪伴
向往,忧愁里把过去隔断
面朝雨帘,敞开胸膛

虔诚祷告，淡淡的花香
像梦想里的百合花一样
在飘渺的未来悠然绽放

致父亲

听母亲说，您机智而又勤劳，
而我儿时对您的记忆真的不多，
聆听着山腰青松的私语，
您伟岸的身影，刻画在我的脑海中。

初春的暖阳融绿了灰色，
棕色的土地上您身影弓着，
轻灵的布谷欢快地在山林间唱着歌，
收获的萌芽在土地里静静等候。

盛夏的骄阳又为绿荫抹上点点金光，
黑黑的臂弯在田地里征战收割，
榕树上嘶鸣着黑蝉的叫声，
葱翠松林都是您丰收的硕果。

金秋时节金黄在田野间闪烁，
您驻足远望着
满地的黄色也给松林染了秋色，
秋红映红了您那温柔的笑容。

严冬时候的旷野上空空落落，
您在瓦檐下把清茶温热，
淅沥的玉珠撒在地上，
年复一年，在灰蒙蒙的天色里交织着。

可惜命运便把我们捉弄，
儿时对您的记忆真的不多，
如今与您阴阳两隔，
许多成长的话不能与您诉说……

看我拙劣的诗行

万能的诗泉，
把我从寂寂的夜色里拍醒，
我要把你所有的美丽，
融进我的诗行。

夏日里炎炎的闷气，
压得人心情郁郁，
你在枕边轻声呼吸，
带给我如庐山云雾里的那份清爽。

河边亭亭的杨柳，
芊芊细枝，随风飞舞，
远比不上你那耷在睡眼上，
黑黑细细的睫毛。

还有夜晚那呼呼的西风，
拨弄着窗帘，
你柔顺乌黑的青丝，
却对此不置可否。

即使是有月儿从云层里爬出来，
银辉洒遍大地，
映不出你的肌肤，
那么地洁白无瑕。

外面的景色会变，
诗泉给我的灵感也是一瞥，
但是我笨拙的诗行，
能把你轻轻地赞美。

为此我要殚精竭虑，
把你高高地捧起，
不论是二零一二，
抑或是时光永恒。

为此我要尽情抒怀，
老天给我的恩赐，
有简短的诗行，
还有你那淡淡的体香。

不需要跳进诗海，
用不着咬文嚼字，

这只是我拙劣的诗行，
没有前人精湛的艺术风骚。

月儿从夜里倾洒的银辉，
也会因你而淡淡地消逝，
从诗泉里涌出的句子，
却因你跃然跳动在这纸上。

只在那淡淡地忧伤

夏日里的云彩，
被岁月染上鲜红的颜色，
榕树上的叶子，
浸着墨墨的绿，
与风儿轻声细语着……

树儿一句低声哀叹，
诉不尽生命的柔肠！

看，
你又在树下淡淡地忧伤。
忽略了叶与风的细语，
也听不见树儿的一诉衷肠！
只会淡淡地在那忧伤。
在闷闷的空气里，
听不到鸟儿郁郁的悲唱，
看不见叶儿随着西风飞扬。

你弯弯的嘴唇上，
被云彩抹上红的味道，
在闷闷的空气里舒张呓语，
只在树下淡淡地忧伤……

北岭山下的小草

小草，我今天推举——
让你成为这北岭之主！
三十年来，这是第一次。

弓在鄱阳湖西大道旁的老树，
你不要用这憎恨的眼眸看我！
你看你那，
快要枯死的躯干，
灰色发黄的树皮，
让我感到恶心！

还有那躲在烟云里独自美丽的花朵，
你们不要用这憎恨的眼眸看我！
你看你们那，
舒展婀娜的芳丽，
招蜂引蝶，
又在春风里慢慢地凋谢，死去……

还有七夕公园前的这潭死水，
你不要用这憎恨的眼眸看我！

你已经失去你曾经的碧绿清洁，
血吸虫毒害了这片土地，
让这里成为了生命的禁区！

这灰色的天空你看着，
我今天就推举小草成为北岭之主，
任你风吹雨打，任你电闪雷鸣！
它年轻而有韧性，百死而生，顽强不屈！
却未有怨言！

小草，我今天推荐你——
成为这北岭之主！
三十年来，是第一次，也是最后一次。
我相信你能驱除腐朽，
我相信你会珍惜光明！

大漠尘沙

本名刘合军，出生于60年代初，江西人，现居珠海，中国诗歌协会会员，中国网络文学会员，中国诗人协会会员，《望月文学》编委副主任，《中国诗》签约诗人，珠海市作家协会会员。爱好文学，著有诗集《红尘四季》《叶落无声》。作品散见于部分杂志报纸。

我知道，你想

你想，敞开尘屑的帝国
你想，绕过沼泽
就见到如来的真身
你想，让奢望去搏红尘
想石头翻身
或拾点狗咬狗的残羹
我知道，你什么都想
想赌又想求
想用一分钱去博亿元
恨不得十个金秋是一年
把江山当画卷，统领蓝天
那就去克隆十个自己吧
一个去渡冷月
一个去迎红霞
剩下的
自己去与自己厮杀

2016年9月18日。

定格秋

静静的阳光
把秋风灌醉了
了然无声
如同书架上躺着的文字
也许他们疲倦了
或者是没遇见故人

朋友，不要去刻意寻找
画里的诗情，花满园
已淡然多少个流年
不要刻意，醉了几分
此刻，遍地金甲，满园黄花
那就，让这秋不朽
阳光不朽吧

2016年10月22日。

让清月洗漱自己的眼睛

昨夜，眼睛从深空回来
带着雪的泪痕
像被北风吹过季节的河床

我只能放弃执意坚守
双手捧着浮云
让腐化的空气占据躯体
放弃天山上的湖泊与晨曦预想
让两行木棉躲开初夏
把火红一样的血裹在骨头里

域外来的风，如何吹走眉头上的惑毒
一片青光，读到莲蓬上的向往
那一滴露，必是医治光阴的良药
就把他藏在眼窝
做一面红尘的滤镜

2016年8月13日于珠海。

头上的天空

白云溃逃时，黑云乘虚而入
就霸占了整个江南，踩着群山
还有垂头悲愤的江河
观音无力拯救，辽阔的八百里
像败兵一样破空而去
谁又来拾起

如果有一把执杖风云的利剑
我一定要将它刺向肆虐的命门
来个天翻地覆的逆转
让小草去找回清静蓝天
让乌鸦讲上一千年的神话
说那个拉上帷幕的人
是如何蒙上了自己的眼睛
去问一问，那片弱不经风的云
攥在谁的手中

2016年7月31日于珠海。

台风刮跑了我的故乡

“妮妲”旋转而来
携着穿骨之剑

撑天树连根拔起
小麻雀在枝丫上跳来跳去
唧唧喳喳找故乡

薄薄的盔甲是弱不经风的
羽翼也负不起低矮的天
它来到窗前寻找另一个出口
可怜兮兮啄敲寂楚的窗玻
想进入我的天堂
其实我的枝叶也越来越薄了
那一点遥远的气息也被"妮妲"掠夺
故乡刮跑了,丢下麻雀
和我

2016年8月2日。

大漠飘雪

本名李秀兰,笔名凌墨;女,1969年10月14日生;酷爱文学,散文诗歌作品散见于省内报刊及各微诗刊平台。现供职于山西省朔州市中级人民法院,业余设计制作时装,手工艺品,剪纸,面塑。

行走阡陌

叶落已缤纷
穿过记忆的幽径
我还是怀念你清瘦的模样
呢喃的风卷起过往
泛黄的叶夹在一页页旧时光里

多少青涩的春梦
滑落在夏日流萤的雨夜
嗅着淡淡的雏菊香
跌落在斑斓的秋
来不及描摹丝丝缕缕的菊花台
一夜寒雨敲落暮秋的烂漫

萧瑟漫过烽火楼台
无论你来与走注定是一场泊凉
梦与非梦在彼岸徘徊
我不卑不亢行走在紫陌红尘
越过深秋不忧不喜

浓浓的酒香化不开的情
我在一壶女儿红中沉醉微恙
模糊的记忆在秋水中荡漾
收拾起微波四起的斑斓
奔波在宿命的流年

时光不息
一季烟雨迷蒙
漂泊无定的风穿过
断鸿处,斜阳暮
海阔山遥,潇湘何处寻
重阳节里可否再逢君

2016年10月8日晚。

夜的诗界

清醒的夜湛蓝若海
穿上梦的羽翼
滑过光阴的隧道
你的前世轮廓分明

沿着星光铺满的诗界
醉意的思绪在氤氲蒸腾
一曲横笛丝丝潺潺
燃起暗夜星火

落英轮回的过往
无法躲藏的露水淋漓
划亮一盏流萤
难以蕴热寒秋泊凉如透

越过千年我还在诗经中寻你
你已是光阴星波客
穿过风,穿过雨,穿过云
涅槃在天际

梦的诗界
越过尘埃的欲望
流经心的暗疾
随陌上炊烟轻轻飘荡
夜突出重围
……

2016年10月8日晨。

又见芙蓉镇

穿越千年水帘洞
又见传说中的芙蓉镇
三十年河西哦土家屋
三十年河东翘翘的吊脚楼

我在秦时明月中寻你
遇见云里织锦的湘妹子
那一抹烽火岁月里
可爱的红军哥整队穿过"楚蜀通津"

青苔石阶铺就的时光隧道
一声声悠扬的米豆腐穿街过巷
古木镂空雕刻的风声里
疯疯癫癫的"运动了"
震撼了一代人沉睡的灵魂

亦真亦幻
是梵高笔下的蒙太奇?
还是酉水北岸的土司王都
不,是梅儿笔下的油彩
浓浓飘出的米酒香

哦,我不想醒来
醉卧两千年
在最深的红尘
遇见最浪漫的你

2016年9月19日晨。

仲秋吟

雁啼南飞西风塞,古道瘦影关山远
一曲《东风破》,悠然独自叹
仲秋近,露更深
雨打清秋叶飘零
岁岁圆月,今又月圆
孤镜高悬,清词入怀
云卷素月,影上西楼独自望
惆怅客自异乡叹流年
百花萧瑟菊花黄
荒烟漫草,枫染故事
穿越盛唐漫漫一千三百年
千年寒宫嫦娥尚在寂寞舒广袖?
幽篁琴瑟今宵与谁诉!

2016年仲秋夜。

醉秋

拉开季节的帷幕
秋已沉醉
酝酿陈久的浓彩泼染山峦
层林尽染处叠起秋的高潮
丰腴的枝头翘首出浴
秋,翩跹的步影摇曳
抖落一地枫红叶黄
黄昏风乍起
撩起瑰丽的面纱
覆上酡红的天边
醉了秋色,染了流年

时光在季节交替中缄默无语
那些温润的岁月
遗失在寥寥落落的星天之外
烟花般浮在空中若隐若现
美好的瞬间总是稍纵即逝

穿尘而过的执念
跋涉在辽与阔的距离
有多少忘却
就有多少回忆

2015年9月15日。

丹枫

本名贾东风，甘肃人，现居天水市。俊杰原创文学平台编审；曾在《甘肃日报》《甘肃经济日报》《驼铃》以及遇见诗歌散文平台等多种报刊及网络文学平台发表散文、诗歌、报告文学多篇。其中，《振翼莫斯科》《安得猛士兮》《榜河砥柱》《大禹河》《父亲》《想你　妈妈》等作品给读者留下较好的印象。

思念故乡(组诗)

老君山

我思念故乡的老君山
你葱茏的故事把我绕缠
两仙的对弈迷了樵夫
半局回头斧朽柄烂
老君鲁班知何处
棋盘岭上尽云烟
老君山的风啊
催促着我把光阴追赶

山丹河

我思念故乡的山丹河
清波上秋叶是我的红帆
清亮的歌声沁润了岁月
彩色的卵石让童年斑斓
摘取一片红叶
写给祖国爱的信笺
我问已长得合抱的白杨
可曾记得我红领巾飘艳

风筝

我思念故乡的风筝
总是把理想放飞蓝天
那只鹰钻入云层成了丁点
如同心儿走到很远很远
可心头那根线
还在妈妈手里紧牵紧牵
又把作业忘写了
回到家再把爸爸欺骗

雪花

我思念故乡飞扬的雪花
把山川装扮成最美的画卷
扫开雪撒一把谷
支起脸盆等麻雀就范
彩笔点陀螺再加一鞭
通身的色泽旋转绚烂
雪仗不只是男孩的最爱
麦场里笑声把一冬填满

学堂

我思念故乡的学堂
甜蜜的钟声把我召唤
敢上九天揽月
敢下五洋捉鳖
毛泽东诗篇铸造了我信念
用钟声锻梦的田爷爷
你在哪里啊
那如雪的白发
成了我终生的挂牵

水磨

我思念故乡的水磨
你吱吱呀呀老掉牙的歌
从不知道疲倦
外婆的线滚捻熟了光阴
磨梁顶那玲珑的燕雀
总是衔来春天
如今磨坊挂满了蛛网
我怅望那一方天蓝
哪一只是我故燕

月亮

我思念故乡的月亮
中秋的月饼蜜了月圆
不管月上嫦娥有多俊

只想二妞家苹果有多甜
妈妈的故事都瞌睡了
可萤火虫的童话
已把瓶子装满
月亮在天边打盹
我的梦却是星光璀璨

炊烟

我思念故乡的炊烟
妈妈总是把香味点燃
一声吃饭了拉长了母爱
满桌已是灿烂家宴
白菜根　包菜根
狗刺尖　槐叶尖
姊妹在妈妈的翅膀下长大
可我的妈妈啊
早早就霜雪盈巅

童年

故乡啊　童年
我在岁的这里
你在月的那边
空有两行思乡的泪
却抽不出彩虹中的丝去串
千行平仄　万句深韵
再拣不起韶华一瓣
挥洒一片心云寻找你
寄出我无涯的思念

2016年10月28日。

邓晗凌

1994年生，德语专业，自幼喜爱文字，热爱生活，热爱旅行，习惯于从微小之处看见美丽。中国诗歌学会会员，诗歌作品散见于《西藏诗歌》《中国诗影响》《诗意人生》等刊物。

寄语：惟愿怀着一颗素心，安然行走于世。

逃

逃出人群
逃离不曾相识的自己
腕上纹刻血色花朵
洒满茶卡盐湖的白雪
那些晶莹在暗红里愈加纯粹

痛，就痛到极致
再幸福的表象
也不能掩盖深处的悲恸
让心出走吧——
走向高原雪山海子

如果那一天
我在最后一滴泪中死去
请将我的灵魂安葬
她一定还爱着，爱着
那个早已化身为星星的人

2016年8月9日。

我的世界，霞光万里

把江山画进天空
云朵，纷纷扬起一片锦绣
阳光与月色对唱
银河藏满幸福的泪滴
悄悄流淌

告诉每颗星星一个秘密
不论她们是否眨眼
过去与未来，都将瞬间记载
无需尘埃落定
我的世界，正霞光万里

2016年9月18日。

夜

星月无言，悄然躲藏
云朵拖拽着沉重的心事
格桑花与夜空互诉衷肠
黑暗中的低语愈加清晰

窗台灯火恍惚
凉风在体内逃窜，瑟瑟发抖
露水打湿了眼睫
仰望中，远方模糊了身影

几缕光透出，我轻轻攥紧
手心融化了一丝温度
陈年的梦开始蒸腾
泡沫变得透明，纷纷绽放

2016年8月23日。

残诗

无眠的夜，月色揉杂着寂寥
我顺手摘下一朵，对文字倾诉
懂与不懂的心事
皆在断简残篇里若现若隐

找不回痛失的睡意，开始庸人自扰
有人放火燃烧自己
有人打开门窗投奔星辰
黑暗中有一种冥冥的指引

我把眼睛看轻
于是，一切都在远方淡去了身影
脚步搀扶着脚步
我的灵魂，自有她的方向

2016年8月3日。

西北呓语

我在西北植荒山
挥舞黄河丝带
把所有的绿从南国捎来
以血绣花开满想念的坡地

我是故乡的水奔涌而来
汇入母亲之泪
她一定经过你的脚下
哺育你的童年与青年

我要扯下万里无云的天空
作衣裳
胸腔偏左跳动的那一方
必定带着你仰视的温度

我将在唇上纹刻爱情
献给太阳一个吻
温柔也是致命的一种
从此，我便不再是我

2016年7月6日。

邓太忠

四川省南部县人，当代诗人。现任四川省南部县文联副主席、南部县文化馆馆长。系中国作家协会会员、四川省南充市作家协会副主席、南部县作家协会主席。先后在《文艺报》《诗刊》《中国作家》《星星诗刊》《四川文学》《中国文学》《朔方》《时代文学》《鸭绿江》《青年作家》《参花》《绿风诗刊》等数百家报刊发表作品，先后出版诗集《山情》《无悔的歌谣》《邓太忠精短诗选》《真想把你的眼泪一饮而尽》《我牵着你的手去看日出》《天堂鸟》和长篇散文《就这样不堪回首》。其作品获各类文学创作奖二十余次，创作事迹和创作成果被收入国家出版的各类志书和大典。

行走山水(组诗)

西部影城

把历史与往事拽回来
没完没了地说一路梦话
一些似是而非的幻觉里
张三刀枪不入
成为粉丝们的英雄
李四荒漠上流浪
奇遇自己的前世今生
身不由己的王二娃
醉生梦死在暴雨的早晨

官人设下的赌局深不可测
进去的人野鬼孤魂
走在街上的人心领神会
不折不扣地来一次艳遇
东窗事发，也只是
梦里的情景

好多面孔被鸟声痉挛
这些窄巷小街弥漫的野性
穿墙过巷，忘记无雨的日子
庄稼长不出诱惑
回不到老家的故事
节外生枝
爬满戈壁的制高点
读太阳的颂词
经历沙尘暴强行的洗礼
一败涂地的粉饰
让疼痛的心展翅飞腾
而我却瞧见张贤亮的身影
打出不痛不痒的旗语
在跑马场的大门口
醉成淅淅沥沥的桃花雨

银川秦腔

一道塞上江南的滋味
在戈壁的风口浪尖上弥漫
千回百转，那些
掉进地窝子的音符
叫醒了陈年的往事
伴随银川的心情
挽留一段如火如荼的时光
一段高腔直奔千里
邂逅黄河的深沉
还有西夏种下的秘隐

沉醉的我迷失自己
秦腔里，我的出口布满梦境
纷至踏来的角色
拽着我从雾里云里
溜达进龙门阵
看见断桥上的风花雪夜
金戈铁马的血腥残忍
荡气回肠，陷落
西周的奔放
秦时悠然灵动的风

贺兰崖画

石鸟叫醉四面八方的人心
绕东缠西的那些线条
织出的是千载神画
还是空天的故事
云里雾里的许多目光
以独有的视觉
直达先人设下的陷阱
生离死别的梦幻里
猎获一串草尘上的光影
一首荡气回肠的牧羊曲

持弓远眺的也许是你
崖壁里的脚步声
走得出蛛网般的格局
也走得进贺兰山的意境
后脑勺一阵泽肺的舒痒
才让你登顶一种想象
灵魂在静态的箭头前
淡忘故乡的西夏
忍无可忍的期待里
自己一次次射伤了自己

西夏王

一瞬间，西夏丢了
你也不见了
横七竖八的骨头
躺满疆域
拼就一幅幽灵的版图
光荣与耻辱
一点一滴，支撑
这片土地的血脉

绕过时光的窥视
你心安理得，躲进
一片空间自我陶醉
弃在一边的灵魂
恋恋不舍，舔食尽
人间仅有的禁忌
漫舞浩渺的沙尘
风过雨停
生死如歌
你不会醒来
你不会死去
梦回西夏，只看见
那一轮弯月
洒落一地的恩怨仇情

久旱不雨的日子
还在你身后
摇摇晃晃
行进在戈壁的深处

山海关

聆听大海的圣经
龙头深垂着虔诚的永恒
肢身以浪涛的方式
三山五岳间延伸

关成为你身体的左右
关在山海，山海为关
多少人没读懂——
北风南吹，东风西行
只看见耀眼的太阳
在海的另一边自我陶醉
明月当空，心境
在迷茫里潮落潮起
山海关，关不住
历史的烟云
多尔衮与李自成相约的游戏
没在这凝固的围城
如期成真
却在当今的评书里
一场又一场
入耳穿心
孟姜女哭倒的那段长城
如旋转的磨坊
厚重了遗存的风韵
青砖碧瓦上的每粒风尘
飘过时空的隧道
演绎金戈铁马下，飞燕
啼血的惊魂

山海关
我在你洞开的情怀
彻夜难眠

清东陵

头枕燕山，你的梦境凹凸
从檐角滴落的阳光
折射出帝王的虚荣
一派明媚的背后
诡计是你草书的圣旨
梦幻的天国涛声依旧

地宫没丢失朝拜的喧嚣
拥挤的变幻莫测的那些脸谱
想飞的姿态羞羞答答
不可能午夜惊魂
只有莫名的哀伤
依次流淌过季节的河床

凤在上，龙在下
躲不过灵柩扣合的诅咒
阴风吹不进阳间的关谷
谁的脚步在这七月的午后
踢翻当空的烈日，一场雨
洗白前世的怨今世的缘

伪满皇宫

一开始就是个天大的错误
上演了十九年
这十九年的东北,没有
百花盛开的春天
热情奔放的夏季
硕果满枝的金秋
唯有冬天的苦寒沁心入肺
魔爪从大洋的另一端
种下血腥的苦果
撕裂华夏的梦幻
筑起这万恶的巢穴
营造无耻的瘤毒
在历史的大海
兴风着浪

这一片瓦,一块砖
一道道飞云走兽的宫殿脊檐
色彩斑阑的龙凤狂舞
花鸟争艳的亭台楼阁
都以仁慈的名义
弥漫共荣圈的魔咒
丧权辱国的骂声里
大张旗鼓演绎致命的掠夺
罪恶洪水一般
漫过山海关
水深火热中的千万万无辜
没有回到自己的家园
兽性的奸笑声里
灵魂开始孤独地飘零

人去楼空,彷佛
那些亮着的灯光喃喃自语
野心逃不过正义
黑暗走不进光明

凤凰岛

不知道你从哪里飞临
时间也无法考证
升钟湖的怀抱里
你聆听悠扬的渔歌
饮尽浩淼的烟雨
翅在浪花的绽放里
华丽转身,成就这方水土
心旷神怡的美景

水成为你的梦境
那风、那云
那一个个小渔村
在你的温柔里缠绵追寻
凤凰涅槃的故事
在你的茂盛的碧绿
节外生枝,水的依恋里
万种风情

你沉浸渴望的永恒
承载的传奇
千万次灵性的舞姿
透过人们的目光
浴水重生,由此
荡远的钟声
震撼深蓝的天空
生动川北的表情

天意谷

水从上而下将天意的自然
刀砍斧切
流连忘返的意象
爬满你的身体
上天,还是入地
一次灵性的抵达
揭开一道风水的深邃

来回穿行的山风
编织出的传说
都在一汪湛蓝粉墨登场
零碎的光阴望眼欲穿
丢在梯步的心思
缠绵来世

也欣慰今生

读邻水

与邻为善，你终于
选择了邻水
拽着气度非凡的华蓥山
阅尽苍茫烟雨
精雕细刻生龙活虎的心事
台前幕后，你与阳光
走过的山水，都烙下
大江大河的气质

领略你的典雅
大街小巷都有花开的声音
所有的门与所有的窗
开成明亮的现时
我醉入你邻水的一方
情投意合的舒痒里
乡愁在我的身体
一如继往地盘根错节

梭磨河

流过马尔康心上的这条河
带着藏汉一家的亲情
一定有许多心事
在浪的花骨里孕育惊奇

你天天这样奔腾
季节里的鸟语花香
在藏妹子的微笑里
风声水起
而那些土司的故事
都爬上你的两岸
如醉如痴
也如秋天的落叶
遍地都是

随你走远的恩怨
一直风平浪静
沿岸没长出垂钓的欲望
也没有渔翁的低吟
也许那些鱼
成群结队，浩浩荡荡
早已游出了世纪的迷茫

我真想听到你的渔歌
也许在藏人的心里
我只是一条鱼
时近时远地游在你的梦境

寒山寺

这个冬天
寒山寺的姿色入骨三分
五颜六色的表情
一如初春的阳光
点亮寺檐的风韵

客船远航的帆影
牵着难言的心隐
疲惫中的呻吟
听不到夜半的钟声
只见落叶的飘零
与你相聚
成为断章取义的残本
年年月月
尽是破碎的意境

灵魂的异乡睡意失尽
望眼欲穿的孤零
驻守不了这一缘分
心如一片云
在雨的意识里生存
月落荒野
寒山寺的宁静出奇地诱人

猫儿滩

你一脚踩上落差
陡转直下三千丈

风与浪的交响
镇住汉时的惊雷,明清的闪电
顺水,还是逆江
命如一根草
站不稳自己的想象

这是苍天的脸
面对过往
浪尖上独舞的水手
才品得出你的味道
浪花结出的果
有时甜得蜜人
也会苦得悲伤

卵石心安理得
躲进暗流汹涌的河床
为一些坠落深渊的灵魂
默念转世的咒章
在平水的滩口
一尾鱼突然的回首
惊心断肠

路过成都(组诗)

送仙桥

一颗粮食在你另一端生根开花
长势如火如荼的庄稼
找遍所有的时光,才知道
往事在记忆里迷失真象
先人们都把骨架拼接成多边的窗
灵魂自由地进出
忙着一步一个脚印地给成都上色

成都开始弥漫仙气
路过的人回到唐朝没见到李白
却瞧见齐白石的虾
说着梦话,游在当下的市场
好多青铜器哑口无言
瓷器走进你没完没了的梦境
与过堂穿巷的风窃窃私语

红牌楼

念想如一只蝉栖息在藏历的肩头
千呼万唤,嘶哑的声音
流出温暖如春的血色
其乐融融的川藏
拥有九月的金秋,也种下
春天含苞待放的千红万紫

而那些一直扎入你身体的光阴
牵手路过的风,飘泊的云
从华阳的内心走进都市的风情
风声水起的日子,一只红蜻蜓
像读懂了成都的心思
不去点水,守在你身边自斟自饮

武侯祠

霸主的表情都写在秋天的落叶
是大树还是小草
一时的风光在历史里流淌
三国的脚印铜钱般碎响
弓射下的一个个日子
嵌入府南河时明时暗的记忆

参天的树无所顾忌走过的四季
置身一段历史的纠结
礼让小桥流水的浅唱低吟
我看见骨头在枝尖自然的拼图
轻风细雨一万年之后
三国的灵魂会不会再一次复燃

金沙

魔幻水一样流经一个传说
地下的层面说风就风,说雨就雨
也许,天真的不测风云
一次天大的误会真相大白
一个事实被一批玉器金品
四分五裂后如梦初醒了人们的神经

神树的根还在这片遗址东走西奔
翻过山又越过梁的一些往事
被太阳神鸟一章一节地读出了阴阳
青铜面具里凸显的眼神
如一束穿过远古的阳光
一瞬间照亮巴蜀得天独厚的表情

邸前刚

中国音乐文学学会会员，中国大众音乐协会会员，中国音乐著作权协会会员。酷爱文学及歌词创作，已发表作品散见于《词刊》《词作家》《新歌诗》等，多首作品在全国获奖。

创作宗旨：抒发真情实感，弘扬正能量，讴歌人间真、善、美。

你是重要的

虽然你如无数繁星中的未知一颗
虽然你是芸芸众生中的平凡一个
虽然你如花草树木中的无名一棵
虽然你是黎民百姓中的普通一个

但你却是人类文明的传承者
但你却是伟大祖国的建设者
但你却是幸福生活的创造者
但你却是子孙后代的造福者

没有你啊，父母妻儿那可怎么活
没有你啊，亲朋好友那可怎么过
没有你啊，等于缤纷世界缺了颜色
没有你啊，等于多彩生活少了角色

你是重要的，你是重要的
世界上没有谁啊也都不可
你是重要的，你是重要的
生活中没有你啊可了不得

松柏赞歌

谁知它根扎沃土
誓把所有仇恨灾患深深掩埋
松针柏枝脉脉私语，赐福八方四海
松塔儿柏叶口常开，笑看世间百态
无论四季年年，常青常绿
渲染大地翠色永不改

谁知它昂首擎天
誓将一切哀伤苦难揽胸入怀
松香柏果赋诗寄语，祈福苍生万代
松涛柏浪诉心声，放歌无限感慨
任凭风霜雨雪酷暑严寒
傲然屹立本色永不改

问世人谁不赞这青松这翠柏
愿你似松柏，健康平安乐开怀
恭祝朋友青春常在，赛松赛柏
恭祝人人长寿幸福如山如海

问世人谁不爱这青松这翠柏
愿你似松柏，心想事成永不败
共祝祖国繁荣昌盛，胜松胜柏
共祝人间真情大爱越山越海

想你

每一次相聚
都让我和你那么欢喜
每一天见不到你
我不知该有多么想你

每一次分离
都盼望和你再次相聚
每一天见不到你
我不知该有多么想你

想你，想你，我多么想你
你让我天天牵挂
你让我时刻惦记

你要多多保重身体
你要好好休息
在家在外何时何地
你都要照顾好你自己

想你,想你,我多么想你
你天天在我梦里
你永远在我心里
祝你健康快乐顺利
祝你平安幸福如意
期望常常与你相聚
我渴望能天天见到你

问海

当惆怅彷徨时的我,常独自面向那苍茫大海
翱翔的海燕呼唤我,莫怕风雨坚强翅膀把云开
畅游的鱼儿鼓励我,莫问海深勤学苦练方成才
突兀的海岛忠告我,莫惧险阻奋进耕耘收获来

当踌躇满志时的我,常独步走向那浩瀚大海
远航的大船呼唤我,乘风破浪理想彼岸最精彩
寒冷的海风鼓励我,扬起风帆大显身手展风采
漫长的海滩忠告我,潮起潮落不枉此生放光彩

仰望苍天,问向大海
谁知我歌如海,梦如海,壮志满怀
俯首大地,问声大海
谁知我心如海,爱如海,豪情似海

迎着波涛,问向大海
谁懂我这如诗又如火的热诚情怀
吻着浪花,问声大海
谁走进我重情又重义的广阔心海

邓中华

1956年出生,江西乐安人。江西省作家协会会员、省诗词学会会员、抚州市作家协会会员、抚州市诗词楹联协会会员、乐安县作家协会理事、北美蝶恋花诗社江西艺术分社社长。

心灵感悟

(一)

走得最急的
是人生最美的时光
青春
伤得最深的
是那些最纯最真的
感情

(二)

这世界上最累的事情
莫过于眼睁睁地看到
自己的心碎了
还得自己动手
把它粘起来

(三)

收拾起心情
继续走吧
错过了花
你将收获果

(四)

请一定要自信
你就是一道风景
就没有必要
在别人的风景里仰视

(五)

过去的一页
能不翻就莫翻
翻落了灰尘
会迷了自己的眼睛

决不停留

在阳光普照的时候
只当是流星闪耀
在花团锦簇的时候
只当是小草萌发
在硕果累累的时候
只当是彩虹一现
人
不能在成绩面前驻足

在鲜花面前
莫忘它凋零的季节
在绿草面前
莫忘被践踏的过去
在收获的时候
莫忘播种时的艰辛
人
不能陶醉于美好之中

在面对蓝天的时候
要学会翱翔天空
在面对高山的时候
要学会坚韧不拔
在面对长河的时候
要学会奔流不息
人
决不能停留

境界

不是所有的欢笑
都表达高兴
不是所有的眼泪
都表达痛苦
不是所有的掌声
都表达欢迎
不是所有的喝彩
都表达赞颂
不是所有的职称
都表达才能
不是所有的崇拜
都表达虔诚
不是所有的誓言
都表达真心
拥有什么镜界
就拥有什么心

董贵昕

笔名海昕。1970 年生,辽宁海城人,现居北京。爱好诗歌的金融工作者,中国人民大学金融学博士后,北京师范大学兼职硕士导师,中国并购公会秘书长。

春城邂逅

春城
一个清爽的夏日黄昏
忽然飘来一朵云
送来一场小雨
也捧来一束
花一样的邂逅

一位女孩
相识十一年却未曾谋面的女孩
从上小学时的娃娃
稚嫩如破土的芽
如今已考入大学
翩翩如待放的含苞

十一年的微薄资助
远不是春天的雨露
愿是干涸夏日的一杯水
滋润过你成长的叶脉
偶尔的书信和几本名著
愿如流星
划过你家乡山谷的夜空

我们都兑现了彼此的诺言
你终于走出达州深山里的小屋

你说
你曾经时光虚度
我说
你开启了人生新的旅途
我们没有太多的话语
欣喜和祝福
如同丝丝细雨漫天飞舞

春城
一个清爽的夏日黄昏
不是在美丽的滇池湖畔
却满满的水波荡漾
头顶没有盘旋的海鸥
额头几滴晶莹的雨珠
倾听着春城邂逅
(注:谨以此诗献给资助十一年后考取大学的女孩。)

错过的地铁站

以为
已经逝去
期待
久久未来

草莓果酱面包
滴着血
流淌痛并快乐的
记忆

思念
像爸爸的呼唤
低沉
而富有磁性

呼啸着,来了
回到梦里
到家了,到家了
一个啼哭的乐园

终于
到家了
错过了十站
不知穿越过多少年

巴沟站,巴沟站
天堂一般遥远
遥远时,你却在眼前
眼前时,你又仿佛天边

梦里
你是枕边的微笑
醒来
你化作窗外的蓝天

黑黑的夜
是你黑色的眼睛
我黑黑的皮肤
是你思念的眼圈

等候

等候
可以听见
秒针走动的声音
像水在沙土地上沙沙
沙沙的流淌时间
机械表是否
出了故障

等候
如同村头一株
干渴的枯树
向天边的白云
眺望
树皮皲裂
叶脉伸张
转瞬间白云掉落几滴泪水
却依然看得见
云层深处的阳光

董俊娥

女,80后,山西柳林人。柳林县作家协会副秘书长,柳林县三晋文化研究会会员。作品曾发表于《清河》《柳林文化》《联盛报》等杂志及"黄河魂"微信平台。

乡村

铺满晨韵的乡间小道
分外妖娆温柔
映入眼帘的美景
满腹经纶地诉说着鸟语花香

有云装饰的蓝天
像一个毫无边际的帐篷
将大地的一切
尽收囊中
有雨吻过的庄稼
处处彰显着姿色
传递着大自然的娇容
醉了花间的你我

远处嬉笑打闹的孩童
无意吵醒了正在熟睡的庄稼
泥土的气息扑鼻而来
迷倒了整个村庄

一座城,一个女人
还有被高跟鞋挤压的
不成形的泥窟窿
说尽了人世间的悲欢离合

2016年7月12日。

七夕夜

久别的翘首以待
早已让泪水漫天纷飞
凝聚成涓涓流淌的银河
描述着悲欢离合的真谛
思念成茧
化作满天星光
铺满无尽萦绕的黑夜
用心诠释了相思之苦
你温暖的臂膀
将我们澎湃的热血
簇成一朵朵含苞待放的红玫瑰
燃烧了彼此虔诚的心扉

明眸相对
只想
倾尽全身力气
将你烙印在脑海
弯弯的鹊桥
拥抱了来时的路
将你我永远定格在
充满鸟语花香的爱河

承载了一个世纪的爱恋
被折叠成成千上万的千纸鹤
跟随你漂流过海浪迹天涯
任你主宰我的心跳

2016年8月10日。

秋之恋

秋风吟唱
枝柳踏秋
谁的惆怅压弯了
街头飘落的枯叶

站在回忆的路口
等风来
渴望守候你的点滴温暖
却凌乱了我的发梢

路过的心间
写满惆怅
奈何分道扬镳的路
一次次摧毁在寂寞的深秋

多少谎言串成了
记忆的佛珠
葬送了一路花色
在这城市的边际

2016年9月13日。

蝶恋香

咖啡玫瑰美酒
是你的味道
触手不及的惆怅
揉碎了眼角的泪珠

转身遇见了离别
轻轻地关上你的温柔
在那一低头的瞬间
将余温冻结在时空隧道

天色倒影在花海
广袤无垠的心田
忘了我曾独舞的姿色
只留下耳边的呢喃

谁的爱雕琢了宿命
在夜色迷离的孤枕上
谁的思念涂上了满满的花香
在这经久不衰的记忆里

不曾远望
怕恋上你浩瀚的港湾
消逝的单影
迷恋了一路的情愁

2016年9月22日。

董卫华

笔名宁静致远。安徽阜阳人，49岁。作品散见于《中国诗歌报》《中国网络诗人精品》《当代诗人》《星星诗刊》《青年诗人》《诗潮》《安徽文学》《淮河》《清颍》《中国诗歌精品选读》《一人一首好诗选粹》《庐江文学》《新安文学》《诗黎明》《雅歌诗人》《作家导刊》《牡丹江文学》《北方诗人》以及梨花诗会等众多杂志网络媒体。

创作理念：在读一首诗的时候，首先解读的是诗人的生活，然后才是诗歌中要展示的是诗人那种独特的生存和生命体验。一首打动人心的诗歌，首先是真诚和真实，我做人和作诗的宗旨就是用真诚和真实展示自我。

诗观：岁月是首诗，在浅淡的时光里，用生命倾诉凝成诗章，用灵魂碰撞酿就时光的沉淀。

黄昏，我在泉河畔等一只信鸽

黄昏，我在泉河畔等一只信鸽
可以肯定，它不是从毕加索的画里飞出来的
等它在朦胧的河面，用椭圆的声调
把海子、顾城的诗歌
抛物线一样，滔滔不绝
一直到
诗意的最后一声蝉鸣
那虔诚的诵声，把浮在黄昏河面的
一颗颗星星点亮

河水荡波，河里的鱼儿抬着月光
一声遥远的犬吠，把受惊吓的诗句
衔在信鸽的嘴上，如跌落水中的一枚残月
飘落在河面，让橹声也有了一些色彩
水间钓起一片记忆
如裹着黄昏的一颗贝壳

我是带着鸽哨来的
捏着几声鸟鸣，试图与乡愁会合
就像我每天写的平仄交错的五言、七律
清洗着内心的杂质
把自己打动得热泪涟涟
却只能和信鸽交谈
爱，成为我身体的两岸

你看到了吗？河水推着我的身影
在一片鸟巢坠落的寂静中静默
泉河畔等一只信鸽
春暖花开

中秋，满是桂花的香味

这个中秋，桂花开得仔细
桂影婆娑的枝头，幽香
一不小心，做了月光的替身

月色轻柔，
满天的星光破译着
大片大片的思念
月下的丹桂，我们不是陌生人
各守半轮明月，不说
对影成三人

蝉鸣收拢月色
一湖水，微荡出中秋月的心跳
我们并肩坐在斜堤，等待风
含着桂香吹来
月亮归我，花香归你

美人鱼

这是你最后栖身的一片洼地
在你上岸之前，蒙蒙水声纹你
纹一条美丽的美人鱼
记忆中的歌声，从海底
冉冉升起
坐在星星高挂的礁石上
跌宕起伏的叹息，沿着石阶而上
独钓寒江雪的人们
用水草般的琴声缠绕你的身体
坐在鸟巢上的王子，用一滴鱼泪
结束一个预言，又遁入海中
只有月光汩汩浸透你的身体

你的目光一片一片坠在水上
使整个秋天细细如雨
沙鸥一起一落，等待风吹草低的水妖
在百倍的望远镜里放大着相思
四周，雨碰不到的地方
你感到只有一条路
在秋的尽头，浅浅地
搁着

丁金东

笔名秋枫诗者。

你是我的今生

我不是雨中浮萍
何处去，由自己决定

我不是流浪的河水
只为亲吻爱的彼岸

我不是高山的风
只做云的主人

不是的！不是！
我是你的仆从
你是我的今生

我是一杯鸡尾酒

我是一杯鸡尾酒
情愿你不理尘世的醉
进入了你啊亲爱的
身体里沸涌

杯里温情的水
愈合的良方
右臂坚硬左臂的痛
等待我的抚慰

亲爱的我是一杯鸡尾酒啊
摇一摇一饮而尽吧

有泪的咸没有
油烟的味道

风编辑云

树用力晃动
小河窜起老高
疾行的人不停地掀动衣摆
风有了兴奋的理由

不抒情，不慨叹
不丧气。高处去
赴任云的编辑

白是梦的王子
黑是现实的弃儿
云亟待被肯定
作用与反作用——
世间的影子

不求洒脱，不依己意
云有了万千的表达欲

或喜，或悲
或矜持，或糜烂
风有排版的特权

风的理想——
自然的编辑

站在秒外

我喜欢写诗。当然
写不出你
三个字的名字缩成一个字
我，叫得不甜
几十年的光阴叠成一秒
却，站在秒外

你可知道，泪水
淹没了道路
我不是"可怜你"
我，最最无助
你不是"利用我"
我，多余的那天

拥抱共同的不眠之夜
我在明天的梦里

丁少国

男，1969年1月生，中学语文高级教师。安徽省芜湖市人，现居上海市崇明区。曾被评定为安徽省巢湖市首届中学骨干教师，现为上海市崇明区作家协会会员，中国诗歌网上海频道副站长、诗歌编辑。舌耕于教育园地，笔耕于文学梦境，多年来，在教育与文学上有了些许成长积蓄。作品散见于《诗潮》《中国教师报》《安徽日报》《安徽教育报》《崇明报》《崇明教育》等报刊，诗歌《上海长江隧桥》获得第三届上海市民诗歌创作大赛三等奖，2014年出版个人诗集《春天是恋爱的季节》（上海文艺出版社）。

夜里，品味一枚梨

手握住梨子的速度和力度
可见渴和咳的严重

水果刀削去夜的黑
打开了一朵梨花应有的灿烂

她少女时代在枝头
与小伙伴无忧无虑地嬉闹
现在跳跃到一粒粒味蕾上
阳光照亮我的口腔
春风　以及蜂的歌蝶的舞
一起滑过咽喉
胃的饱满　呼吸道的舒畅
标志着它对我的拯救有效

2016年8月28日晨。

我对我的影子心生悲悯

我掏出手机　发现它在一旁偷偷地比划着
轻触屏幕　搁到耳边　与远方喜滋滋地聊天

它举起杯　在欢声笑语中
把美酒倒入我的肚子

我俩一起下了地铁　看看时间紧距离远
它二话不说　玩命地为我助跑
过马路时几辆粗鲁的自行车蹭碰了它
不知何时起　我奔走的目标也成了它的目标

我一直在遮挡　让它失去光泽
而它为我披一袭黑衣　赠予我侠客的风度

那一次无影灯下　手术台边
它默默地走开　猜是到佛前为我祈祷去了

我为自己的影子心生悲悯
而我又是谁的影子呢

2016年8月5日。

折

24小时对折　有了白天黑夜
365天折了折　春夏秋冬轮回

折一折鸟鸣　林韵宛转悠扬
折一折二胡曲　心事哀婉凄切
一湖清水折一折　小船儿就遇上了微澜或大浪
一张白纸折一折　一架小飞机就能从手上起飞

小说戏剧折一折　折出了开端发展高潮结局
折出了善恶美丑　正邪是非
社会历史折一折
折出的情节有些比小说戏剧还要光怪陆离

谁把我的心折了一下　又折了一下
我便在喜怒哀乐之中　度过一天天一年年

2015年3月1日。

大树站立，是岁月的风度

小序：上海市崇明岛上有一棵银杏树，耸入云天，树龄500岁。

站立多久　才能成为一种高度
风曾摁下你的头颅　雨呢
也冲刷过你的决心　但站立依然是站立

你当年的小伙伴不见了
小伙伴骑的牛儿不见了
牛儿耕过的田地还在
小伙伴的子孙还在
庄稼的后裔开出的稻花豆花繁盛
一代代镰刀的收获　与你500年的微笑
让村庄精神饱满

当年的木船不见了　鱼儿也不见了
鱼儿与渔歌已经换了几茬几茬
涛声总是不止　渔歌更是悠长
还在环绕小岛　并且几颗深情的音符
滴入鸟窝中　孵化出鸟鸣一千阙
飞遍小岛　这片泥土平旷
种下一亩一亩的歌声

当年蚊虫叮咬过小伙伴
痒和痛已很少见了
你站立时　也有过累　累是一种积累
成长是一帖好药　银杏果也能果腹和疗伤
你阅读过云的流变　日升月落和星星的童话
并收藏在叶的内部　叶脉如爪
抓获风雨沧桑的细节　秋风起　叶落归根
泥土被滋养　内涵丰实

我看到　你的站立与守望
内聚和释放了五个世纪的风度

丁艳

女，1973 年生，江西省黎川县人，江西省作家协会会员，江西省首届文艺创作研修班学员。有诗歌发表于《星星》《诗潮》《创作评谭》《长江丛刊》等报刊，并入选多种诗歌选本。

创作理念：写作是因为爱，不为其他。

春风二十度

是时候了吗。春风二十度
雨水嘀嗒而下，季候的节奏里
鼠曲草蔓延出无限的轻盈
我们早早起来。写诗、诵读
听一座山在沸腾
看一条河开出浪漫的水花

多年以前留下的病根
被一株迫不及待的桃唤醒
现在，我们需要省略那些虚浮的句子
去溪边濯洗蒙垢的眼睛
把一朵玉兰的幽光装进背囊
等候越来越亲昵的风拂过池塘

山岗上跳跃着的阳光
多么像少年时奔跑的样子
我不介意做一回短暂的精神病患者
穿上旧时的衣裳，不管不顾
坐在了风吹来的方向

群山一夜就白了头

一场雪，跨越万水千山
正在抵达我们所爱的人间
我想念和你一起迎接漫天雪花的日子
在云被吹散的地方，梅花已经盛开
这一刻，肆无忌惮的绽放里
时光酝酿的一杯酒足够我们畅饮一生
我所能想象的冰天雪地
一定不能轻易到达
而雪开始照亮古老的隘口
马蹄声越来越响，从远地而来
它灼热的气息逼近，枝头滴落了晶莹之花
月光不远，群山轻轻悸动
冰凌在岩石上盛开，小草展开雪旗
隘上的风吹出的曲调，一夜就让群山白了头

仿佛是在前朝，却又不是阳关
不需要道别，不需要执手相看无言
这一刻多么幸运，一场雪过滤了多余的色彩
滚烫的身躯在瞬间凝固成淡淡的素描
留白处都是不可说破的偈语
等待春天折返回来，我们将和自己再次重逢

杜劲松

资深媒体人，出生于 1971 年，深圳人，原籍湖北。知名编剧、诗人，《中华日报》《中国诗歌网》《现代诗歌网》和四川文化网等专栏作者；剧作家协会会员、广东影视文化促进会会员、作家协会会员、中国诗歌学会会员、中国音乐文学学会会员、楹联协会会员、华夏微诗协会会员、中国微型诗社会员。曾用笔名杜凹。公开发表作品 2 000 余万字，尤其擅长长篇纪实和影视剧本创作。主要影视文学作品《习仲勋在广东》《中国球王李惠堂》《三个红军姑娘在哪里》《卢沟桥》《扶贫使者郭建南》等，获中央、省市新闻单位表彰 20 余次。近年以创作影视文学作品、诗歌、楹联、歌词为主，尤其擅长微型组诗创作。

十八行　端午节，翻开记忆的尘封

思念不小心冲破了地域的牢笼
洒落一地月亮清辉 故乡小院菖蒲行走
端午节，翻开记忆的尘封

昨日的欢歌笑语渐行渐远

仿佛在天际回荡　一串艾草联欢的风铃
召唤　城市冰冷建筑蜗居的异乡游子

在岁月的光影中　拼命打捞
背井离乡的隐忍符号　高贵的头颅
从未屈服
母亲的一枚艾叶轻易攻陷内心脆弱的城池

端午节,屈子投江的河至今流奔腾不息
母亲端坐在故乡小院包粽子　一根光滑的拐杖
细数游子归期的倒计时　迷糊的眼睛垂钓龙舟竞技的喜悦

不求大富大贵,但求平平安安
月光倾泻　镶嵌入深深浅浅的皱纹
窗花泛白　如母亲额头的一绺头发盛满游子的心田

端午节,翻开记忆的尘封
震惊时过景迁的悲凉　倘若回到故乡听江风号叫
我还能认出当年那个激扬文字的轻狂少年吗?

懂你的人,是最珍贵的相逢

一个懂你的人　去了天国
另一个　懂你的人
恰逢其时地出现
一枚枯萎的叶　别了枝垭
另一个　芽孢的绿
正孕育春天

恰逢其时地出现的人
送我去天国　找懂我的人
春的苍翠正为叶落归根辩解
春暖花开　油菜地
出现　一个懂你的人
是面朝大海　逐浪海滩
最珍贵的相逢

引领去天国的人　不带
世俗的迂腐　不带功利
犹似一个合适的机会
朝着　一个合适的人回眸!
只为一世纯情……

本诗已译为英文版。

走进了不属于我的幸福天堂

月儿悄悄地,
闭上了含羞的眼睛。
梅花凝寒一径香,
不经意,闯进了——
不属于我的幸福天堂。

身心俱疲的焚烧
是内心渴望的煎熬。
花前月下的足迹,
将索然无味的生活牵引……

祈祷感恩
一个不属于我的幸福天堂!
轻轻地小心翼翼地
蹑手蹑脚跨进了天堂门槛。
来不及回望,在这一次
鲤鱼跳龙门中,
感受到苦尽甘来的幸福开端,
尝到了酸、甜、苦、辣的百般滋味……

用温情去融化世俗的偏见,
用博爱去充盈欲望的沟壑。
幸福的天堂,
向我张开了臂膀。
在属于我的幸福门前徘徊、犹豫……

心里藏着的小鹿,
开始活跃、乱蹦乱跳,
如同月儿,我红润着脸蛋
轻轻地轻轻地闭上了

多情的跳跃的双眸……

一个念头，倏地——
从脑海中一闪而过，
天堂的门，其实一直为我敞开！

我只想做一朵纯粹的莲

纸鸢在天边
行囊在眼前，
一塘春水一塘莲。
驻足静听花开的声音，
手掬一捧暖心的湖水。

亭亭玉立的莲，
粉嫩嫩的小屁屁，
香清溢远……
小水鸭在湖心
找寻着食物，
叽叽叽叫个不停。

一天又一天，
一年又一年。
曾经，我无数次，
想做一尊莲座，
但今天我只想——
做一朵莲；
一朵纯粹的莲，
无色且无邪！

在水一方

芦花飞雪，
诉说流年的荷塘枯黄。
翩翩起舞的白鹭，
将雪白的臂膀
无限张开，
张开成——
天空的宽幅。

凌波微步的绝世轻功，
在湖心画了
一圈又一圈的涟漪。
不，涟漪在
观鸟人的心田泛起，
一圈又一圈……

残荷在寒风中伫立
守望，花好月圆
月亮清辉下的一帘幽梦，
越来越模糊。
月亮走，我也走
我给月亮背花篓……

儿歌空绝了——
反复弹唱的清江夜。
琴声在
伊人半边脸凝固，
曲终人散——
在水一方

杜娟

合作市作协副主席。作品在《诗刊》《星星》《诗选刊》等刊物发表。获得甘肃省第三届黄河文学奖等三十多种奖项。作品入选《2015中国散文诗》《2015中国散文诗人》二十多部书。主编有《西部大开发·在甘南》《走进羚城》《合作宣传》等刊物。2008年出版个人诗集《苏鲁梅朵》。2015年7月，参加第十五届全国散文诗笔会；2016年7月，参加2016中国当代诗歌论坛。

白古寺

桑烟直上
灵魂越走越远
无限接近良心的真相
把肉身留给白古寺
让它去帮助那盏酥油灯吧

十本经卷
十个喇嘛
谁来照顾死亡
谁来照顾熟悉的人和事

昨夜空无一人
青交塔傲巴正和明日交谈
他养育的两只喜鹊
穿过安乐园的小路
伸长脖子在经顶的房檐上诵经

爱惜

一个冬的眼睛
一块冰的闪耀和磨砺
一个人的懦弱秉性
请你来辨认
请停止所有的熟视无睹
一条路在悲怜
一片阳光　水落石出
一朵梅花的颜色　一直红　一直在红
我没有鼓动自己
见阳光的这些形状
见花的这些好
一双手伸进来
我被春天开始爱惜

2007年12月的冬。

青藏：雪在辽阔，不可预测

12月的冬天
我面向一个方向
匍匐在地

雪花让我赤裸
使我孤独
但我可以击毙寒风
风在路过　在逃遁　在消失

甘南适合辽阔的天
柔软的土地
适合花朵的温情
适合牛羊
适合一朵雪莲的生长
从山坡走来一个尼姑

首先转过来一片红色
从山坡下来一个
无语的尼姑
晨色里
大雾擦过她黯淡的腹部

她的脸顽强而厚重
目光对着早晨的光清楚地滑过
风有了硬度
穿过一件红色袈裟
她没感觉到冷和锋利
她的双脚只是草地上高出的声音

这个清晨完美无缺
她微微一笑
我无法和她说话
我在等待
心静如水的一个时刻

远方的广阔和她无关
天地的苍茫进入她的苍茫
她要赶在第一场雪的前头
去借一粒天堂的火种

老龙沟

你就当我是一片树叶
绿穿过了我
我的手脚　眼睛　心肝都是绿的

溪水的安慰
青草的安慰
白云的安慰
我突然被看穿了
没有了伪装

松树无端的柔软
弯曲的枝条触及地面
一根接着一根
这么多庞大的温情
早干什么去了

我知道我能支配的
只有两只眼睛
很多时候用一只眼睛
治疗另一只眼睛
老龙沟指引我走出歧途
干脆让我一绿解千愁吧
这样的话我以后只能绿了再绿

2016年11月。

杜亚娟

1971年出生，昆山人，直爽，乐观，从事环保事业，经营活性炭研发与技术指导工作，业余爱好古典戏剧。

优雅的凝望

夜守望着黎明
黎明送走了夜
《过去的事情》
唱来我童年时未流的泪
《相知如镜》
流淌出我淡淡的忧伤里的深情
牵领我穿过沉闷的黑夜
凝望遥不可及的你
当飘零的雨模糊我的眼睛时
我不清楚是否有泪
缘分让我认识了你
在你忽隐忽现的陪衬下
我犹如在茫茫大海中
捞到了一枚绣花针
却深深地扎在我的心头
让我成为深夜里优雅的雕像
在静默中专注地凝望着你
那明亮而深情的眼眸中
分明看到自己
忐忑不安地在情渊里徘徊
却傻傻地等待
等待一颗被感动的星星
为我划破夜空的寂静
载满我的心愿

2015年4月10日。

踏蜡烛山

一片荒凉；顿觉得惜别惆怅
浓郁的老槐树簌簌抖落
淬火的嗓音唤我
啼破神晕的梦
啼散瑰丽的过客——
灵魂被烙痛　悸颤
我那多愁善感的基因啊
无意中捡拾了那零残的伤感
在荒凉的山巅枯坐
以呆滞的神态凝望青素的大山
告诉他：我不想离开——

2015年7月2日。

望着你思念你

我每日以充实的心思念你
站在你背影的耀眼处
傻傻入神
你的魅力无处不在诱惑着我的神经
我望不到你不着边际的内涵
在你私密深处是否有我的一方角落
内蕴的情爱能为我珍藏吗？我的全身心似跃出东山的红日
观望着你远大、深沉的双眸——

2015年8月3日。

傻傻的

在孤独时放纵着咆哮的心魔
在梦醒后收敛着伤感的眼泪

蓦然回顾
我留恋的花朵
摇曳于别人的墙头

2015年12月20日。

乡情

故乡的歌
是一支清远的笛
总在有月亮的晚上
响起
故乡的面貌
却是一种模糊的怅望
仿佛雾里的
挥手别离
离别后
乡愁是一棵没有年轮的树
永不老去

2016年8月20日。

段宏波

男,70后,机械设计工程师。2015年开始写作,小说、寓言、散文等文字作品发表于诸多报纸杂志。

一片雪花正在路上

我需要一个
风霜如刀的季节
刺破身体的毒液
也需要
和赤裸的树干做兄弟
心无杂念

捧起一片雪花
就是捧起一个冬天
一个季节的美丽
不会多于你亲眼所见

高原之上
风早已把我擦洗干净
一片圣洁的花朵
正在路上

段迎娟

笔名慧缘。毕业于上海交通大学医学院临床医学系。

寄语:风云变幻同俱进,沧海桑田心不惊,成败得失均看淡,随缘自在一身轻。愿与坚持梦想者同行,希望我的诗是一股清流,能洗涤心灵的麻木,唤起人们对真情的渴望……

乡愁

一声琴音,丝丝心碎,伤心终也付流水;
一点乡愁,戚戚消受,梦醒相依筝琴奏;
容颜锈,鬓先知,唯有心依旧。

欢歌笑语为君载

红花又开,朱颜未衰,欢歌笑语为君载,一段相思,转首空枝,愁舒倦眼罢新诗。

爱的期盼

你是我最深处最柔软的那个角落,带泪且不可触碰,容颜已然憔悴,笑靥不再芬芳,话语都已沉寂,只为,那颗为等待而破碎的心,有情人无需山誓海盟,一个眼神,一份守护,心相印,不吻也销魂。

爱的思念

忧伤挂在眼角,期盼抹在额头,思念雕刻着我的憔悴,可你已远去,在痛楚中挣扎,在记忆中蜕变,掀起层层结痂的心啊,嵌你入我的心中。

生命的价值

在险峻已极的高山峭壁,任血肉碾磨于鬼斧神工的夹缝崖隘,任岁月沧桑时光流转。心中泣血,伤痕累累,也不能动摇我追寻展翅翱翔的信念，凝神聚气，不屈不挠，坚持生命的坚定和沉着，让灵魂升华，谱写一首气势磅礴的歌，用生命和热血来承担中华民族的魂。

心的希望

当被所有的光拒绝了之后，黑暗的威胁便开始显现，我并没有哭泣，我决定点燃自己来寻找希望，奔向炙热的火焰，在生命陷身之前，用一颗自小温顺羞怯的心准备一生的极致。

F

樊钢

虬髯客，生于四川省简阳，现居成都，已有少量诗歌发表，网络诗人，活跃于各大诗歌论坛。

嫣红

那一枝嫣红，暗藏多少霞光般的呼唤
辽阔的森林按住寂寥，锁上年轮的叶子
枯黄着，一如这暮色下人流的面孔
秋风在他们身后步步紧逼，取走温暖和敌意

而身体里的血液怎能囚禁
他运送的火种进心脏，照亮眼睛
那骨头里走失的刺，你在哪里
黑夜像幕布挡在你我之间，挡着那思念的明月

我要撕碎　命运布下的八卦阵
让你今夜手持眉月的钥匙，打开
我点燃的红烛，让你看清那岁月深处的晶莹
以及为这晶莹而瘦削的咬印

霜降之美

拔节的甘庶从根部开始往上
输运蜜甜，就像待嫁的小姐妹
开始拿针运线，在手帕上绣蝴蝶，菊花
在鞋垫上绣某个人鹏程万里的祝福
夏姑草在黄昏的轻风中
正与车前草密谋怎样给咳病又犯的幺娘
清毒消肿，挑货郎的四姥爷在村后坡上
递了一片黄竭色的烟叶给他放牛的兄弟
他们默默地卷着旱烟
似乎日子所有的精华都被卷了进去
连同村上的饮烟，落霞的余辉，清贫的丘陵，断流的小河，刚发芽的小麦……
他们不慌不忙，正好看见
他们的三兄弟正挑了粪往夜色中走
往油菜苗的田里走……
月儿会不会出来，他们心中有数
他们坐在暮色里
就像等他们的重孙中
走出来一个诗人

老家，秋天的柚子

母亲回来了，从丘陵深处
城市的灯下，我看见她带回的那两个果子
青中泛黄，有七月稻谷才有的颜色
这亲如兄弟从未断裂的触摸中
一个遥远的黄昏正次递拿出
蜻蜓，晚风，流霞，山村，竹林里的柚子树……
我听见少年的奔跑，困惑，和他对梦的呓语
三十年，他荒废了多长的路
从时间的腐泥里，那一直生长的枝条上
换下了多少次夭折的春天
哦，今年的晚秋已被雨擦拭
这硕大的果子如乡情的亲吻
我切开它厚厚的皮
一层又一层从时间里抽取出的日子，阳光，露水，和月色
这包裹的瓣瓣晶滢的肉粒
颗颗都是久违的酸涩，连接着
挖树根，割草，砍柴，扯花生，扳甘蔗……
而排列密实的种籽如咬紧的牙
互不相让，却又背靠背，
怎么看，都像丘陵深处的每一个背影

重阳记

登高者
借夕阳
点烟
头痛欲裂的天空与酒荡成一体
一堆堆灰黑色的云涌过来
撞向那朵朵灿然的菊花,登高的人
他菊花般的兴致昙花一现
无声地掉进山谷
辽阔的秋色斑驳,在大地上陷落
风声紧了又紧,宽大的凉灌通骨头
心上那灿烂的落日挂在想象的天堂
一想到下山的黄昏
路滑,草枯,枝湿,叶碎
他的眼睛就落满雨

樊金鸿

网名嫣然一笑,《豫苑文风》责任编辑。

创作理念:妙手弹筝瑟,纤指绘丹青,向往美,追求美,但不盲从;善感不多愁,每天都有崭新的感念在生根发芽。捧着一颗初心打点生活中的美好;捧着一颗良心行为做事;捧着一颗真心用青春和心血谱写最为动人的篇章。

秋风中散落的青涩

秋轻轻地走来
用生命的成熟渲染
那浓浓的
浓浓的
层林尽染的绚丽

微风拂过去了
吹皱
一池如碧的秋水
白云卷了又舒
舒展后又不经意间散开
像零零碎碎日渐用旧的时光
沉甸甸地
压垂了
曾经不知深浅高低的嫩枝
从此
丰厚擦亮时光的胸堂

风穿过如林的城市
剥离
那来自于没有长大的懵懂
让青涩散落
砸下来
敲醒了
曾经高傲的头颅
从此
父母如寸的温暖
开始没有原则地膨胀
胀大成
有了色彩的季节

站在青春的门口
收拾好曾经蒙尘的岁月
开始读书
认真地读
让字里行间梳理
被尘风吹乱的心情
用每一处文字的美好
擦拭年轻的灵魂
让没有长大的青涩
因为阅历
经过一个季节的酝酿
慢慢成熟
让年轻从此成为
亮洁如新的时光

方文竹

安徽怀宁人,媒体人,业余从事写作和学术批评。中国作协会员,出版诗集《九十年代实验室》等各类著作二十一部。

星空辞

那一夜　我们不说人间事
不说东窗事发　西街血案
一盏小花灯无法复述自己的梦境
一场病虫害带来新春的坏脾气
你像一头小兽　一会儿舔着左边的伤口
一会儿进入右边的房间
“做爱!”爱也是虚空的
如万里夜空　只有一个晶亮的公式
和心灵的代数

每个人都有剩余的江山

日用陶罐里留有父亲的月光和青草
一个行者晃动着身体内的蓝色群峰
溪堂驿站枕簟夜宿的梦里　唐朝的一树桃花
开到了宋朝的烟水村庄

三级浪间把酒祝东风
八声甘州里可耕田
江南倦客正北上　长亭短亭　山无重数
万象为宾客

每个人都有剩余的江山　都有使用不尽的
做一株植物的权力

风铃子

本名冯果果,供职于某电视台。中国诗歌学会会员、陕西省作协会员、商洛市作协理事、商洛诗歌学会理事。2009年习诗。作品散见于《西北军事文学》《绿风》《延河》《延安文学》等刊物。迄今发表文学作品300余篇(首),出版有诗集《降临》,诗集《三千》正在筹划出版中。

诗观:诗歌是一种多维动态的极致抵达!

你的幽默是个坏蛋

试试写一首诗
不用薰衣草
不
形容词
你,是个动词
彻头彻尾的动词
你的幽默是个坏蛋
它总浪漫地诱惑我
可我不想写诗
我只想去你的蒙彼利埃
去你的酒窖里喝醉
你可以陪我喝
也可以不陪我
你去你的下世纪
我只想穿着你的蓝格子衬衣
在你的蓝房子里
醉生梦死

2016年4月5日于西安。

守候

转弯处的目光还是孤单的吗
七夕的玫瑰还在盛开吗
床铺要空了吗
门要上锁了吗

你一笔一划写出的乾坤
撑开了寂静
房间依然温热
色彩鼓胀得要跑到别的
色彩里去
它们替你守着家
守着屋子里的欢声笑语

你说,我是一个人
可是昨天回家,我们是两个人
嗯
以后,每次回家,我都陪着你
你说,我见不到你了

可是我会回来的
嗯
我就在这里，我只有一个名字
带着明亮的后缀
幺
儿

降临

亲爱的，遇见你之前
我的小心脏，如同包裹的花瓣
闭合的锦囊，节制的火焰

你降临，如同漫不经心的风
降临，如同惊喜降临
开始麋鹿般信马由缰，临近你
变得小心翼翼，我有蛮荒地带的
混沌，如同未知迷途上的惶惑
被引领
这种探望，我是喜欢的

匪

上官纤若骨子里总渴望
当上一回压寨夫人
没想到她与侍女嬉闹于桃园
遇你骑马经过官道
她握一束桃枝跑来
径直冲到你的马前
她一声惊呼，便呆呆站着
你勒缰，一把掳她上马
扬长而去

风呼啸而过，你的气息呼到她耳边
烈性的她居然忘了对你咆哮
“放开我，你放开我”
她雕塑般任你抱着
慢慢地，慢慢地柔软
慢慢地，爱上你的怀
她的人间四月，开始了桃花红

2016 年 3 月 3 日西安。

爱情的蓝瓷花瓶

阳光照在瓶颈上
百合花笑着
轻揽金色小蛮腰

平静的时候
瓶子没有异动
百合不发出声响

还是会苏醒
百合燃烧了
它从蓝瓷花瓶里
活脱脱跳了出来
就像你从蓝格子衬衣里
剥出她洁白的身体
烈火冲开阳光封印
淘气的孩子
趁上帝打了个盹儿
就干了坏事儿

喜悦

我要在新建的木屋前
种满园的栀子花
以娇俏的名义竖一块木牌
上面书写
我是栀子花
我来自你亲自开垦过的土地
我还要和你一起每日侍弄它们
待我嫁进来
我也要为自己贴上标签
我叫冯果果
我来自阿康家

梦

昨晚梦到于小四姐姐
我们住在一个小镇
一个很多人住的小旅馆
灯如白昼

这个旅馆
每个人只需要一毛钱
就可以入住
院里正在播放露天电影
斯卡布罗集市赶来的人
正在洗澡,水声哗哗的
他们哼着歌曲
小四姐姐问我
“山山在哪里?”
是的,山山哥哥在哪里
他在画海边的蓝房子黄房子红房子
他暂时顾不上来带走我们
好吧
我和小四姐姐也要洗澡了
我给她讲暴雨中梦到她和山山的事
那一次
我们三个人一起抱着木头
逃离了洪水猛兽
“幺儿,四四,快点出来啊”
我听到有人在喊我们
橘色的朝阳里
山山抱着他的油画
站在那里

2016年6月11日。

66号公路

是时候该出发了
听梦雪,铁马冰河而来
是古典式的浪漫
我所要的
是疯狂小镇,西部牛仔
是生锈的路牌
是沙漠夕辉
是熄了火的老式皮卡
是贯穿天际与地平线的天光
是无尽头沉静
是荒芜
是没有人烟
是偶尔望见对面坡上一块石头滚落下来
也不想知道它
滚到了何处
是一个人站在路基边
侧着脑袋
仔细辨别沿着66号公路
越来越近的那些
狼嚎和枪声

2016年6月12日。

封期任

贵州省贞丰县人,贵州省作协会员,《中国魂》诗刊主编,有作品五百余篇(首)散见于《诗刊》等多家报刊。著有诗集《苦楝花开》、散文诗集《舞蹈的灵魂》。

树语(外2首)

春来,你披上葳蕤绿衣坐在阳光里
罅隙里有情侣耳边和煦的私语
黄鹂的歌声和羽翼把枝叶伸向天空
触碰更多的倒挂着的蓝

冬至,叶落无声与你已无眷恋
风,鞭笞着你的身子
雪,封冻着你的梦想

阳光裹着银白的寒意
黄鹂鸟飞走
只有几只秋虫

悲鸣着你的落寞与惆怅
光秃秃的枝丫呜呜咽咽
纵横交错的根伸向大地,伸向幽冥
把人间冷暖诉于大地

黄昏

鱼跃,在天边
划出一条弧线,沿着这柔弱
走去,时空静默

怀旧，开始蠕动

如果，此刻去想一些自由
或不自由的事，余晖
势必会去复述
昨天凄艾的故事

悲怆的河，尽管只有短短
的一段，所有的水
却逃不脱染指的厄运
正如雀鸟，无法跨越丛林的恐惧

黄昏时刻，夜
张着蟒蛇一样的口
不过，星星
已挂在天上

书卷

你的书卷，让世界浓缩在
一盏逼真的聚光灯下
闪电与文字从天而降
单薄的耳朵辨不清方向

实际的生活如近水楼台
借想象就足以虚构出月光下
那双清纯的眼睛，千年的煎熬

是谁在原野上奔跑？是谁在梦中醒来
这生活中永远未曾到达的地方
如同放大的花朵

冯恩启

网名神龙。山西省汾阳市高级教师。在中国散文网、散文吧、中华网文学版等平台发表诗文300多篇，近百万字。发表后的诗文被作者收藏在新浪神龙博客、网易神龙博客、搜狐神龙博客、央视神龙博客、凤凰网神龙博客、天涯论坛及现代教育网冯恩启办公室。诗文发表后，得到了很多文学网站的关注并被转载。现建有自己的微信群——中华神龙文轩诗文作家群，并担任群主。

紫砂匠人

你独坐幽暗的房间
神情透视着艺术的光芒
一堆冷漠的泥
在你灵巧的手上
翻滚　　起伏　　跌宕
汗水浸透了你的衣衫
泥水泡白了你的手掌
追求　　让你把板凳坐穿

无数次地捶打
无数次地抚摸
无数次地割舍
无数次地给予
你才看到了一个成型的模样

放手吧
不忍心
握着吧
不成品
你明白
放火去煅炼
又怕焚身
始终放不下的是心
感到付不够的是情

匠人有匠心
匠心有匠气
匠气盈胸间
紫砂壶里装着
日月金光
江河山川
和紫砂人追求美的全部热情和思想
还有他们
一家老小的日子

生老病死的全部家当
一年四季的美好期盼

2012年8月28日。

你是一片飘浮的云

你是一片飘浮的云
牵挂着蓝天
追随着太阳
喜爱自由　放飞着梦想

悠悠而来　匆匆而往
美丽的面容
淡雅的装扮
真令人神往

你是一片飘浮的云
蕴含着柔情舒展着身姿
任性自由挥洒着浪漫
轻轻而来　淡淡而往
潇洒的身态
悠然的袖衫
真令人流连

你是一片飘浮的云
飘过我的梦乡
浮在我的心田
清风与你作伴
大雁随你飞翔

时而飘过大海
时而浮在高山
翘首寻找着
自己满意的家园

2013年8月17日。

星光

我来自宇宙深处
那遥远而不知名的地方
一路奔波
一路闪光
总想用自己全部的生命
把这茫茫的黑夜照亮……
真不知过了多少年啊
也不知走了有多远
蓦然回首
才知自己的力量有多可怜
努力的结果
终归枉然
身心疲惫的我啊
何时才能找到一个
可使自己小憩的家园
冷寂中行进的我啊
何时才能穿破你那
紧闭的心窗
让我成眠在你那
甜美的梦乡……

2014年9月10日。

路灯

炽热的情感
凝聚在心间
纵有千言万语
也不会随意向你倾谈
长年累月
无悔无怨
静静地守候在你匆匆而过的旅途上
不断地编织着七彩的梦幻
一心只望能在这沉寂的黑夜里
迎你而来
送你而往
伴你顺利地走过交叉、艰险
伴你小心地走过曲折、危难
尽管给你的爱恋
会很短暂
也不能为你驱却风寒
我知道自己的力量非常有限
生命的光焰
也很微弱暗淡

在你熟谙人世的经历里
在你执着追求的行程上
我既没有太阳的光辉
那么鲜艳
也没有夜空的皓月
那么令你神往
但我会把自己
永远根植在路边
你最需要我的地方
即使风雪盖顶
尘土遮颜

2014 年 10 月 14 日。

天边月

一个清冷而美丽的光环
闪现在遥远的天边
那么随意
那么自然
不时地洒来清辉一片
天蒙蒙的亮
地也蒙蒙的亮
渐渐的渐渐的
构成了一个
迷蒙而浪漫的景观
我拍去尘土
静听着溪流的声响
怅望中
陷入了对你的神思遐想
怦然心动的我
早已忘却了自己
孤身漂泊的辛酸
独处异乡的凄凉
禁不住
凝神静望着
你那娇美庄重的容颜
暗暗地
为你吟诗歌唱
默默地
陪你苦度时光
我明知
这偶遇的情缘会很短暂
你那静谧的心间
也不会容下
我这放飞的情感
即使有对你
深深的爱意缠绵
也走不进
你那温柔的梦乡
我生来
命薄福浅
纵然对你日思夜想
痴心一片
也挽不住你那个
高飞远走的美丽光环
留不住你那片
淡淡悠然的温柔心田
我喃喃自怜
珍藏着对你
刻骨铭心的思恋
在这旷世的守候中
饱尝着漫漫长夜里
不尽的阵阵风寒……

2015 年 11 月 8 日。

冯岩

女，笔名小河马，大学英语教师，硕士。2012～2013 年出访美国西俄勒冈大学，2016 年 8～9 月再次访美交流诗歌文化等。在美国创造空间出版社出版散文集、专著四部。2013 年 6 月在美国西俄勒冈大学举行新书发布会，受到美国西俄勒冈大学院长亲自接见祝贺，也得到美国专家学者一致好评。诗歌、散文及英语诗歌翻译等作品发表在《海燕》《诗潮》《鸭绿江》等报刊上，累计作品百余篇，被誉为大连左手英语右手汉语的短板翻译诗人。作品曾被《文学大连》《大连文学艺术圈》多次发表并转载，翻译诗作品被《读者》杂志转载，且为人民出版社"读书会"栏目撰写文章。

西北风

在东北人的眼里
西北风是刮在严寒的冬季
最无奈的比喻
今天我却要把它
勾画出美好的记忆
因为它刮在诗人的眼里
就像一场盛宴
只有米
没有菜也是幸福的比拟
盛夏的西北风
吹在午夜烧烤店外
风携着肉香
飘进心里
就是那么惬意
难以入眠的午夜
数着公园里的长椅
柳枝与湖面的细语
悄悄地伴着皇家千年的历史
西北风就那么刮着
在似睡非睡的梦里

荷塘月色

荷塘里低沉着月
荡涤着旖旎偶动的细小波纹
那是浮游生物在月色下赏荷
只有在这微暗的夜晚
才可以借着夜的思索
偷偷为这一池荷赏月
蛙声低吟蝉躲在婆娑树枝后
偷看荷塘的月色
荷就那么端庄
荷叶平静地躺在水面
荷花就径直地看看黑黑的夜
无论是咫尺还是天涯
荷依然就那么静静地开放
在这优美的月色

一滴水的距离

一滴水落在地上
被尘土掩埋
瞬间
一滴水落在镜子上
放大反射
与我面对面的
近得让我无法喘息
但还是不说话
任凭我表情复杂
就对视我的瞳孔
让我忽然感觉颤栗
一滴水落在花丛中
叶子无言花也无语
彼此的沉默
果实朴实无华
彼此一声无言情
一滴水就是那么轻轻地飘落
从我的头落到脚底
就是一瞬间
演绎了一生

秋意

把诗撕成碎片
缝补突然袭来的秋
在穿针引线的季节回眸
掬一杯茶茶浓淡结痂的世俗
一畦麦田金黄晴朗的天空
风吹熟了即将飘零的落叶
蝉脱下衣服寻觅冬
喷一滴水
指尖中荡涤下一个路口

冯宇

网名唐朝兄弟,80后,正儿八经的草根诗人(打工诗人),孤芳自赏,淡泊名利。作品散见于各网络平台，不曾集结出版。

诗观：真功夫，截拳道。诗歌，应跳出技巧、返璞归真。诗歌创作以十六字口诀为基础——自然流畅、简洁凝练、调动真情、出奇制胜。

拾荒者

长长的口袋 脚印
一深
一浅
在月光下劳作
翻找
残破的天空
每一次弯腰
竟带着秋收后的喜悦

行李

售票大厅与公交车
相距很短
那个人
踉 踉
跄 跄
走得很长

行李很沉
他提的是故乡
还有时光
见缝插针地陷进去

时间

雨停了，檐角上的雨滴
滴 答
滴
答

漫过整个上午
他 仍然在聆听

长堤垂钓者

跟其他河流或者阴天一样
长堤的脸拉得很长
钓
已经没什么好钓的了
此刻鱼虾与星斗一样稀少

在桥下
那个黑衣感叹，将
房租 菜谱 感冒药
下岗通知 简历
一系列清单
以及报纸上拔节的顽疾
统统打包
手法娴熟地
抛
下
去
为交换那半尾稀有的惊喜

其中他惊喜发现
等候
是过渡的关键词

无眠

夜与晨曦的距离
鼾声不提
诗在三行 踱来 踱去

晨

早茶是一杯洇开来的
鸟鸣，衔起花间长势喜人的阳光

垂钓

鱼儿都午休了吧
咬钩的涟漪
尽是些哈欠连连的光阴

问候

和六十岁的母亲说早道好
电话那一端
她的言语 刚满十六岁

福昌

本名王福昌，1968年毕业于北京国际关系学院法德系。

春天的诗

春天，
携来一首诗：
那一字字是花朵，
那一行行是柳枝。

春天，
携来一首诗：
那一点点是萌芽，
那一划划是雨丝。

春天，
是多彩的诗：
描绘着大好河山，
迸发出勃勃生机。

春天，
是浪漫的诗：
闪烁着月色星光，
溢出了绵绵情意。

2016年于上海。

夜

夜，
一袭黑色的晚礼服，
点缀着
闪烁的灯火和星光。

夜，
一场浪漫的交谊舞，
旋转在
热情的歌厅和酒廊。

夜，
一首感人的无字诗，
讴歌着
无眠的劳作和边防。

夜，
一支舒缓的催眠曲，
飘逸在
寂静的城市和村庄。

2016年6月16日于上海。

黄河壶口瀑布

我遥望远方，
看到你浩浩荡荡。
山是你的脊梁，
海是你的向往。

我凝视激浪，
波涛荡涤着胸膛。
心灵被你震憾，
豪情随你奔放。

我爱听你歌唱，
任凭那沙暴风狂。
因为我的肤色，
和你一样一样的黄。

2016年10月5日于山西壶口。

姑娘，你要走

——题照

是春，
还是秋？
是留，
还是走？

宁静的车站，
绽放着你的清秀；
无言的钢轨，
陪伴着你的乡愁。

也许有人，
曾把你的心伤透；
也许是你，
想要让青春遨游。

采一束花，
把亲情捧在双手；
朝着远方，
你坚定地向前走。

无论是春，
还是秋；
无论风狂，
或雨骤……

2016年10月11日于北京。

符家义

湖南省龙山县老干部局局长。

家乡的石板路

（外一首）

家乡的石板路，光呀么光溜溜，
弯弯曲曲绕过门前吊脚楼。
她连着山外大世界，
她伸向白云山里头。
多少回我骑在牛背上，吹起了咚咚喹，
多少回我牵着妈妈的手，背起了小背篓。
啊，石板路，金色的路，
一路都是母爱的呵护，
留下我童年好奇的幻想，
藏着我梦中美好的追求。
石板路啊！我沿着你走向新的征途。
家乡的石板路，光呀么光溜溜，
弯弯曲曲绕过门前吊脚楼。
她饱含母亲思儿的泪，
她牵着游子思乡的愁。
多少回我躺在睡梦里，望见了父亲的背影，
多少回我打开小手机，听到了妈妈的叮嘱。
啊，石板路，银色的路，妈妈的话儿萦绕在心头。
无论我走遍千山万水，
还是我走到天涯海角，
石板路！我总是把你思念和祝福。

乌龙山

你走过的石板路，伸向天外边，
你赛马的绿草原，处处见牛羊，
你穿越的奇石林，挺拔刺苍穹，
你钻过的溶洞群，锦秀纳山川。
这就是乌龙山，一个令人神往的地方，
仙女般的处处美景，不知埋藏了几千万年。
啊！乌龙山，神秘的山，
壮美如诗，神奇如画，
像土家含情的少女，
像大山粗犷的儿郎，
只要你走进她的怀抱，
她就会拨动你爱的琴弦。

你吹过的咚咚喹，韵声乐悠扬，
你跳过的摆手舞，古朴又大方，
你对歌的山里妹，面红映朝霞，
你绣花的转角楼，雕凤似画廊。
这就是乌龙山，一个古老神秘的地方，
土家人的憨厚朴实，蕴藏着多少雨雪风霜。
啊！乌龙山，神秘的山，
历史如歌，风情如画，
是酉水河奔涌的浪花，
是秦简牍写下的乐章，
只要你掀开她神秘的面纱，
她就会为你纵情歌唱。

付慧

笔名独酌秋韵，中国诗歌学会会员，内蒙古作家协会会员，内蒙古诗词学会会员。诗作散见于《草原》《西部作家》《蓝色高原》《内蒙古诗词》《松山诗词》《内蒙古地税》《鄂尔多斯日报》等报刊。多部诗作获奖，其中诗歌《税花赞》获得"蓝色高原"诗歌创作奖。出版诗集《吻过额头的苍茫》。

生命在这里绽放(外四首)

用一粒沙
点燃暗夜的篝火
青春在苍穹漫步

蝴蝶兰
从大地的血脉里取出鼓声
鼓声击响了草原的沸腾
无垠的碧绿啊
像大海一样情深

一匹骏马引歌长啸
似在接受检阅
抑或，在等候
一场豪雨的降临

星星和今晚一起燃烧
火红的灵光一闪
深藏于骨髓里的激情
桀骜不驯的气息
钢铁一样厚重

当一颗种子
插入身体的一刻
生命在这里绽放

一颗种子
成熟了一片蓝天
一颗种子
孕育出生命的森林

舌

我把绝笔放在抽屉里
我把绝唱留在午夜后

在一个雨后的傍晚
朋友们谈论着前世
谈论着今生
也谈论着死亡
不为慨叹
只为渐渐地进入
人生之秋

你说，你们同学里
已经走了三个人
其中的一位我熟识
消耗了脑细胞
消耗了精髓
消耗了能量
最后
把自己交给泥土

我突然想起金色的菊黄
忘记了在哪里
记不清什么时候
我却喜欢
喜欢那抹永恒的金色

摇曳一整个秋天
在骄阳下
在微风中，还是
在雪花里
摇曳或者枯萎
永不褪色

我已经慢慢地，慢慢地
将自己

融入到一片金色中

晨光

北风
携着最后一瓣雪花
飞走了
袅袅炊烟升起的时候
冬的寒冷开始融化

一只小麻雀
在屋檐尽情地歌唱
老人磕打烟斗的声音
唤醒沉睡的村庄
绿茸从田野探出头
油菜花凝妆待发

阳光温暖着一溪春水
河岸边
几个小伙伴,正在
嬉戏,玩耍
那银铃般的喧闹声
叠响云霞

迟归的鸿雁

初冬的冷峻
依然无法阻挡
那棵红玫瑰的绽放
寂静的夜色
似乎包容了一切红尘往事
遮盖了思念的悠长

一只迟归的鸿雁
舒展着神秘的翅膀
她要带走一些
带走一些
秋天里金色的果实,还有
尘封在记忆中唯美的念想

灯笼罩

今年的元宵节
似乎,有一些凋落

清冷的门厅
悬挂着一盏灯笼罩
微风吹来
荡漾出一抹哲人的目光
爱的休止符

庭院是空着的
偶尔传来一两声咳嗽
声音听着有些苍老

房檐上
一只失去了使命的信鸽
抬头,只看了我一眼
便飞向了灯笼罩
它在找寻着,找寻着
静夜的沉思
找寻着
一片落叶的寂寞

付小秋

笔名秋语。河北省任丘市人,在国企上班。兴之所至,也喜欢用诗歌滋养心灵、陶冶情趣。平时工作较忙,很少有闲情逸致的乐趣。期盼在今后的时光里,能给自己留出更多的时间,让优雅的文字轻轻叩响那颗不老的心扉。

拥抱明天第一缕阳光

黑夜
是生命的驿站
让我把疲惫安放
没有阳光的刺目
也不会有悸动的心慌
静谧安眠了梦乡
就用轻轻的鼾声释放

黑夜
掘墓了今日疲倦的阳光
让他散落成漫天璀璨的繁星
默默聚集着黑色的能量
他
无声无息地酝酿
在睡眼惺忪的地平线
捧出一颗水灵灵的朝阳

别气馁
也别彷徨
挫折是人生的必修课
失败能有几时的风光
既然选择了未来
就让微笑挂在脸上

黑夜终将过去
明天必将来临
丢掉生活的沮丧
坚守黑夜的漫长
乘着梦想的翅膀
就一定会
拥抱明天第一缕阳光

2016 年 11 月 21 日。

谁安暖了我的流年

流年逝水
轻轻涵养安暖如初的往事
风一样的岁月
掠走痛苦忧伤的记忆
只留下
一汪清月　一抹暖阳

染秋枫红
无垠麦黄
勾动起多少遐思妙想
青岚氤氲
酥雨入梦
濡湿了多少温暖的缱绻

花开花谢
缘聚缘散
珍惜每一个
映入眼眸的瞬间
蛐哝鸟鸣
泉涌瀑泻
倾听每一次
撩拨耳畔的心弦

你撑起一把天堂伞
荫庇我静美的流年
纵然微笑长满了皱纹
心儿依旧
停留在幻梦稚嫩的童年
独享安暖

2016 年 11 月 22 日。

我要回家

回家
骑一匹快马
让身后的一切极速倒下
不回头
怕密集的蹄声
狠命拽住马的尾巴

回家
让星光引路
听不见耳畔呼呼的风声
甩开冷漠的江湖
和孤旅的天涯

回家
那里
有温暖的父母
热切的老婆
可爱的娃娃

2016 年 11 月 25 日。

浮云

又称闲云，广东广州人，空闲的时候用笔写心，常有作品散见于新媒体公众平台。

信仰

那佛殿顶停落着一片枫叶
那点红静静蛰伏在青灰瓦面
如入定的老僧

没有风吹来
枫叶动了 颤抖着
怒目圆睁盯着那个体面男子
悲戚满目望着那个憔悴老人

枫叶在树上看见
那个体面的手伸进老人口袋
那里有辛苦攒的救命钱
一转眼，老人发疯骂着
那个男子体面地走开

老人的头叩得山响
大声哭喊希望菩萨保佑
男子公鸡啄米般不作声点头
是心虚还是虔诚?

2016年10月19日。

静静的

这一刻 夜是安静的
如我这刻思绪 静止了
只有手指有点不安分
紧紧夹着寂寞的烟卷
冒着无声的青烟
妒忌夜色安宁的秋雨
淑女般飘下来
用纤纤柔手数着芭蕉叶脉
一条一缕……
殷红的烟头蚕蚀着烟丝
如那安静的想侵蚀着心
烟丝沉迷在安静的消失中
我的眼睛凝滞在手指上

秋雨静静地下
芭蕉的叶脉依然
一缕缕指挥着秋雨归属
指间烟蒂依然
只是不再冒烟
可是，烟味还在
如你已经静静离去
只有我依然静静地想你

2016年10月18日。

关系

急诊室那扇门筛糠般地发抖
不是因为秋风冷雨
不是因为一年到头被人冲撞
是因为那一声绝望呼叫

夜深门掩不住诊室的繁忙
不断被各色人群推搡
每一次都是嘣嘣山响
从不叫疼
咬牙保护着室内灯光

从那一刻起
被一群疯了的人撞开
被那些人的利斧划伤

抢救了半天的医生来不及擦汗
从肺底无奈挤出
可惜，送来太晚了
那群人疯一样亮出利斧
追着医生
保护灯光的门拦住逃命的路
溅上门的液体染腥了秋风雨

这门为什么会如此颤抖
是被一声呼救乱了心
还是让秋风冷雨刹疼了身
颤抖吧 能忍住不再颤抖吗?
这可怜的门!

2016年10月20日。

傅红英

笔名琼英、英子。浙江遂昌人,现定居浙江杭州。作品多次参加征文比赛并获得奖项。作品散见于《湖南日报》《中国幼儿在线杂志》《双清报》《涟源诗刊》《钱瓯遂昌》《诗星空》等。

时光匆匆

立冬的夜总感觉漫长
《时间简史》似乎没有改变什么
没有让时间变长或缩短
一切依旧

在过去里寻找
脚印的深浅,跨步的长短
匆匆,一切都显得太匆匆
再怎么努力,也没能让你停驻一毫

墙上的钟是正确的
不急不徐,似悟道又似悟禅
无须多言,生活依旧继续

指尖流逝的是无言
是过滤后的留恋

2016年11月7日。

剪影

天边那抹霞,长成艺术大师
拖着最后一串句号
把眼前描绘成一幅静静的画

门前一颗顶住夜空的树
和树上的枝枝桠桠
宁静里是一抹让人心疼的清晰

房和房的错落
那是审美在动作
房间里的秘密在我心里
密码结成你心头的痂

天空的深灰
是冷静和思考的素材
挂上一枚弯弯的亮晶莹
成了夜的精灵
怎么可能不是夜精灵呢?
嫦娥和玉兔都在

2016年11月4日。

鸳鸯

名字重要吗?
我想看到你的行为
为多变的情感宣誓
你们出双入对是最好的誓言

橘黄的心事澎湃
承载着急剧拉长的风景
剖析你的去和留
惊觉,原来都是爱的宣告

别扭的倾诉
最多莫过黎明前的黑色
叮咛里兜售过往
那是青春披起缪斯的外衣
张扬诗意的磁场

扬帆
寻找淡水声里的悠扬

2016年11月5日。

眼

神奇如你,拓印着能看到的一切

远峰，近岸，和纤细的竹骨
身前身后，经纬交织的静谧
涕泪也平静成无波澜的浩宇

体内劲爆的声音如入黑洞
主题曲，圆润成美人锁骨

不愿前行的孤独
成执手千年的桎梏
若风轻若雨柔，将天地沐浴

2016年11月24日。

舞者

高高扬起的秀发
泄露飒飒风景里的密语
如同萨瓦迪卡只限女性使用

在躯体里找自己
或惊艳或羞涩或昂扬
一切属于我的秘密

一举头一抬手
是创造也将随即消逝
所有起和落都是唯一
永不能找到相同
逝去的一切，都值得倍加珍惜

躯体普通又不普通的讲述
震撼着自己，也心疼自己
细数圈禁里的了不起

身姿的起落在继续

2016年10月26日。

傅琳

网名蕊寒香冷，毕业于中国政法大学，祖籍浙江，现定居北京，从事行政工作。兴趣广泛，爱好文学艺术，喜爱诗词。

寄语："关山难越，谁悲失路之人？萍水相逢，尽是他乡之客。"诗词，是生命中的空谷幽兰，明月清辉。

木棉花开

不怨清寒寂寞
路人匆匆而过
不惧西风烈烈
伴长夜不眠声声凄切
不羡红泥火炉
画眉深浅，朝朝暮暮
只把相思的眼泪
系在英雄的衣襟

我的思念流淌着月光
漫过昏黄的街灯
漫过迢迢的山水
漫过整个季节的苍白

一卷瘦长的风
从三千年前蒹葭的传说中走来
穿过雪的清冷，霜的凝重
无声无息……
春天就在风中坠地

三月巍峨的枝头
以五片花瓣遒劲的曲线为轮廓
以一盘坚实的花托为归属
以艳丽的色彩着妆
料峭春风豁然炸开
最美的红颜

打马而来的英雄啊
请不要在芳菲中为我驻足
请不要在馨香里为我举目
不要让我这潋滟的光芒
灼伤了你的双眼
不要让我这炽热的火焰

瞬间就燃烧了你的心
你看那春光恰好，春意正浓

G

高保民

笔名与你同在、凌空流云等。山西盂县人。闲来无事喜欢读书看报，2015 年开始写作，从家乡报《新盂县》出发，先后在《藏山》《阳泉日报》《山西工人报》《山西旅游》《北京市场报》《洛风》《诗人思归》《梨花诗会》《文学百花园》《当代时歌》《诗香部落》《作家新干线》《行走文学》《行走散文作家联盟》等报刊及网络多媒体平台发表多篇诗歌、散文作品。

霜降物事组诗

树

霜拥过一回后
很多树抖擞着
铿锵有力的声音
什么也不顾
就脱光了身子
它们号叫着
向天索要过冬的衣物

天一脸乌云
用被子厚厚地盖住了
默不作声的土地
树无可奈何
只好
裸露着头和身体睡觉
太阳出来的时候
它努力把所有的阳光
都吸入了腹中

叶

霜吻过一回后
便再也不接受树的挽留
这是怎样一种离情
不作停留的步履
在跌跌撞撞中滚向归宿

风过来扑打
敲在心上的脚印
一地重炮低音
揉搓了梦
纷纷的碎里
失去知觉后
化尘守根

小草

霜扫过一回后
只一宿
就换成了浅浅的肤色
深深的绿缩回土里酣睡
疾风、野火
尽管折腾吧
我自岿然不动

睡醒后
露推开
地域的大门
春天的故事里
新绿昂着首
出尽风头

秋菊

霜抱过一回后
秋菊也失了宠爱
楚楚可怜地接受
冷落的寒秋
晶莹地匍匐在地上
默默绽香

化成泥的谢幕

死也是青春的样子
最后的绽放
往往是压轴的表扬
想再见
只能期待下一个秋天

霜

一双扼杀生命的手
只在清晨
下达一纸判决
锋利的刃行刑时
不出一点声音
便割断了绿的血管

也有它奈何不了的
比如松柏
就可以四季常绿
不过你的担心
它馈赠的那些油脂
在冬季
可能把一切化为灰烬

高富贵

网名与你相识。回族，文学爱好者。1983 年 11 月出生于宁夏西吉县，生活在宁夏石嘴山。

陨落的民族魂

题记——纪念伟大的政治家、
文学家鲁迅先生谢世 80 周年

八十年前的今天
天空暗淡阴云弥漫
一代巨匠陨落
民族的脊梁辞别

嫉恶如仇的笔端
勾画出国人的懦弱
弃医从文的执着
为整个民族疗伤

哀其不幸
怒其不争
是一个文人的担当
一声声呐喊让民族觉醒

直刺灵魂的锋芒
用真情刮骨疗伤
让民族再次坚强
伟大精神依旧传承

一座丰碑
在历史上牢刻
一种信念
在心灵写满

2016 年 10 月 19 日。

王的传说

八万年前的长剑
刺穿满肠的渴望
陨落的王冠
看不见你的辉煌

大地的飞短流长
挣扎在历史的伤口上
你骑着时光
让生命朝拜

从亘古的忧郁里滋长
从遥远的远方走过
用热烈雕琢
那个关于王的传说

2016 年 10 月 19 日。

用芬芳渲染

温暖的阳光
把世界照亮
听见天堂的歌唱
谁在诉说渴望

等待的热望
在心头镌刻
那熟悉的脸庞
萦绕在心海上

捡一枚落叶
芬芳你的远方
那个失落的目光
见证过去的辉煌

用错过
安慰胸膛
谁是谁的谁
你又在何方

2016年10月19日。

有谁知道我在等你

寂寞的黑夜
有谁知道我在等你
痴痴等待
等待绽放的精彩

落寞的季节
花已凋零
往事随风逝去
你何时开在火热的枝头

一次次的等候
等待你的出现
把心温暖
你却消失成一个传说

不再等候
让岁月从此消遁
我不在你的梦里
愿你更加美丽

2016年10月19日。

秋天的悲哀

把岁月折叠成一架纸飞机
放飞在你的窗下
秋天的问候蜷缩成一枚红叶

一颗伤痛的心
涂满秋的悲伤
凋零在黄昏

你在窗口张望
那被执着欺骗的悲伤
用谎言织成的网

错过了就是错过
谁在乎谁的伤痛
生命悲凉成悲哀

2016年10月19日。

等

把宝贵的中午时光给你
等候一个约定
把生命的精彩给你
等待一次相逢

你的世界里
有美丽的回忆
你的目光里
有如火的魅力
等待,等待相逢
你的四季过去
你的留恋还在
把岁月写满思绪

等待一场别离
你从我的世界里离去
紧锁的门
如何隔开思念的重

2016年10月19日。

一个承诺

许久的承诺
是深深的期盼
微笑的甜蜜
给予太阳般温暖

不为牵挂
只为承诺
梦和梦的执着
心和心的融合

等待是不变的庄严
一个邂逅
化解所有等待
相逢不再遥远

2016年10月19日。

高红霞

女，1973年出生，山西省汾阳市人。毕业于吕梁会计学校，后又在山西师范大学进修汉语言文学。从事过工、农、商、学四个行业，曲折丰富的人生经历唤起了写作的热情。

写作宗旨："我想用我的眼睛读懂社会与人生，我想用我的心灵呼唤人心与人性。"

静谧的草原

清晨，
我追随一缕晨曦
来到广阔的草原。
绿是浩荡的安静，
蓝是悠远的思考，
白云在它们之间飘渺。
一抹霞光，
如同亮彩的口红，
涂出天边的微笑。

一阵阵微风吹过，
是有雄鹰在振翅？
美丽的羊群在漂移，
是有炊烟在袅袅？
这是我向往的地方，
为何看不到
琴瑟相和的音符雀跃？

我如一只小鸟，
叽喳着好奇，
想探寻这里的美妙。
忽有孤单袭来，
是不是我惊扰了你
静谧的思考？

是我起得太早，
露珠在草尖弹跳。
听吧！静心地听吧！
静好的声音
都已在诗歌中起跑！

2016年2月5日。

茶

早春的晨光在注视着，
我探出朦胧的梦想。
山坡寄来叮铃歌声，
踏碎了我心湖的平静。

嫩绿渲染浅意的黄青，
蒸房发酵着我的情感，
烘室炙烤着我的呼吸，
我血液都在飞速升腾！

我开始了茶叶的新梦，
真爱是我的唯一使命。
茶树早已将绣球抛出，
将我许配给那爱茶人！

他已于千里之外，
一路寻觅我踏去的清香。
我听到了他扑通的心音，

看到他举过头顶的花束!

他深情地拉我进入温馨,
他轻嗅着我身体的香浓。
我已然被其感动,
融入了那多情水的怀里。

2106年4月7日。

灯火辉煌

天上的星是地上的灯,
闪烁着月亮的心事儿,
偷听着地上的情话。
风儿轻轻吹送,
美丽全化成梦融入太空。

地上的灯是天上的星,
辉煌着城市的青春。
顾盼着天宫的热情,
风儿轻轻吹送,
幸福全书写进灯的光影。
你看!
星空中灯光四射,
是天宫的彩灯在炫耀!
你看!
街灯中的星光闪闪,
是人间的众星在捧月!

天地之间
有分界吗?
我说你在天边,
可你就在我眼前!
我说你在我眼前,
可你
分明在天边!

2016年11月4日。

高辉

1985年生,山西介休人,在四川阿坝州工作,著有诗歌集《抒情歌集》、短篇小说集《穿过黑夜的飞鸟》。

亲吻

夜风是从哪里来呢
带着腐尸的浊气
穿过无人的村庄和病殃的田地
像死神让一切黯然失色以后
我们才可以亲吻
长久地
直到晨鸡报晓
直到黎明从很远的山头那边
开始攻占我们的领地
直到大家重又在没有灵魂的喧嚣里相互攻讦
直到我们亲手把彼此杀死在各自的怀中
发疯

今夜只能发疯
我享受发疯的昨天遗留给我的全部财产
我吃着发疯的粮食吹着发疯的风
在只能荒芜的田园
在空无一物的镜子面前
我抓破自己的脸
我只能抓破自己的脸
来欣赏一切幻像当中的一点突兀
这发疯的令人陶醉的举动
正如你把一幅近乎完美的画像上
一点瑕疵遮掩起来一样
今夜就只能发疯
你不能既要厌恶又舍不得离弃
今夜就只能发疯
我不能离开你却总说着流浪的话语
拥抱

在我们相互拥抱时
金色的光芒穿过身体里结好的网
像我穿着网状的针织衫
我感到温暖
我看见阳光穿过幽暗的森林

在我的脚下
用闪烁的亮光勾勒一扇窗的图案
我看见你走进林间的墓地
在到处充满腐败气息的砾石堆上
找寻我已逝的踪迹
我看见我站在时间的永巷中
正按照你的形象来刻画我的样子
在我们相互拥抱时
我们腾出另外一双手来抱紧自己
也许只是为了更好地拥抱
一朵初秋残损的落花的美好回忆

疯狂地行走

带着旷野呼啸的风
在这个城市疯狂地行走
风在疯狂地行走
这个城市在疯狂地行走
我只能走成窄胡同里的一堵墙
或者在很高的地方
身体被嵌入无数只能照见人影的玻璃
然后被疯狂打碎
落入一个接一个下水道的井盖中
充当梦的俘虏
当夕阳从窗户的边缘潜入夜
初始
蓝黑色的湖水中
我像一只胆怯的湖怪探出脑袋
探出无边无际
无边无际在疯狂地行走

再不问黑暗和光明的界限

你看那一天清凉的云絮
纷飞的落叶和夕光
我站在门洞里悼念光阴
我从黑暗中倒退出来
我曾擎着火把照亮的地方
难以觉察的衰亡
我以暂停将符号记忆
我不能像星光快速地流转
也不能像云在夜晚也还飘荡
从来不问云生云灭的故乡
方向只是人可笑的忧虑
存不存在也从来不是问题

门洞里完全暗了
空无一人的院子像是宇宙
我时常在寂寞和荒凉里
和暗淡的冷漠游玩
那熟悉的一切却让人厌烦
当你来时门就要打开了
在我创造的缺憾里接纳你
大地上的风把云雾吹了进来
从一个门洞向另一个门洞
我看到树和草生长到天空里
磨盘和老牛转动出粮食来
当我再站到门洞的时候
那云絮里落下紫清的光芒
我再不问黑暗和光明的界限
当生活不再分明要求我的时候

高琳

女，教师，广州市青年作家协会会员，湛江市作协会员，湖北黄冈人，自小喜欢文学、书法、音乐；酷爱诗歌，擅长诗歌创作。其诗歌被评意境唯美、富于哲思、诗意浓郁、立意深远。诗歌常见于报刊网络，近年来多次在《湛江日报》《湛江晚报》《湛江文学》《中国诗歌网报》《青年作家》《长江诗歌》《天府诗刊》《诗歌论坛》等刊物或网络平台发表诗作近百篇。诗集《月光漫过栀子花》于2016年筹备出版。

约定

跫音不响，我们不说不悦
只说幸福，春帷不揭
我们不说离别，只说相聚与沉醉
黑夜里的不安，就让黑夜
去埋葬，灰色里的灰暗

就让灰暗去带走

三月里我们只想花开，花开才能
见喜，我们贪恋春色
只因青春短暂，春光太迷离

把一日，当成一片海去爱
把一夜，当成一座山去收藏
愿友情不老，愿岁月美好如诗

高绍科

春过杨林(外一首)

这是出门后的第一道风景
我匆匆走过您
只留下四季记忆的背影

四月，您肢展面舒
一如昨日对我的音容
而我，每一次走过
心境初开又旋即凋零
希望在这里再一次相遇
像风儿轻轻走过林中
您可不要再欺骗我的专一
让许下的诺言又一次落空
您还好吗，您还来吗？
我已请杨林作证

暖雪

我久违的，雪儿
您今早到来
脚步，多了一份沉重
身影，少了往日的轻盈
你想对我倾吐心事吗？
我看见你，落地为泪
我听到你，“簌簌”的泣声！
雪
我仰慕的，雪儿
我了然于您
理智，清晰与纷乱相互纠结
情感，云聚水散为离合伤痛
相遇何必曾相识呢？
你融化了我
我融化了冬！

高阳

女，1971年4月生于黑龙江省肇州县。毕业于齐齐哈尔大学艺术学院美术教育专业。从事文字工作多年，作品散见于国内各级报刊、文库和年度选本。现供职于黑龙江省绥化市工商局。

狐狸精

男人和女人，一旦相爱便互相视彼此为天下大事，不容他人插手。对待天下大事，男人和女人表面上都一本正经，骨子里却寸土必争。

——题记

狐狸精有好多好多的故事
你看聊斋里美丽的一群
让书生魂不守舍，防不胜防
再看历史上绝色的一群
褒姒、妲己、妺喜
迷倒皇帝，搞坏政权
赵飞燕、杨玉环、武则天
她们让文学像乳房一样丰满
让国家动荡或安全。还有
苏小小、李师师、陈圆圆、柳如是
杜十娘、羊脂球、茶花女
或名动京华，或身如浮萍
可她们真的活过，真的爱过

有人痛心疾首：该死的狐狸精
好男人都栽在她身上了！有人
乐于编撰和传播，有人边恨之入骨

边去东施效颦。狐狸精摇曳生姿
不吵不闹,眼皮儿不抬,理都不理
不愧疚不辩解,谁都无法伤害她
这样的自负,多么惊心和饱满
她只管摆弄些小暗器,诸如眼泪
撒娇,小性子,耍点腾挪变化手段
男人都暗自迷恋并受制于这样的美学
他们喜欢在床上对她说醉话……
渴望某个她,给他想象和宽慰
成为他最亲爱的婊子、最动心的
骚货、最迷人的狐狸精

我想知道爱情什么样

我想知道爱情到底什么样,他要跋涉多长时间
才能到达心房,还有,一路上他要掩藏起
多少个张望。我想知道爱情里有多少道伤
有多少首歌,有多少丰满和空荡。还有,
他掀起了多少股巨浪,沉没了多少艘欲船,
淹死了多少个情郎。我想知道爱情里
有多少座奈何桥,她的岸边有多少个城市
和村庄,有多少个人背负着爱情从一个地方
走向另一个地方,还有,涨潮的时候,
她冲垮了多少人家中的灯光。这些,
我都想知道。我还想知道有多少朵桃花
在爱情的眼梢开放,有多少根睫毛忽闪着风情
赤裸裸扎在胸口上,爱情里有多少黑暗
包容着苦难与挣扎,有多深的执着能够消灭
悲伤。他吞噬了多少个诗人的骨头和灵魂,
飞翔的翅膀埋葬在何方?这些我都想知道。
最后,我还想知道有多少
泣血的分离令爱情更加绵长,如果一个人
干脆说吧就是我,落荒而逃地跳下去
要浮沉多久,才能摸到他的胸膛。

钉子

星子嵌入黯淡的苍穹
锈蚀的花朵被寒风拔除
河流呼啸着命中海洋
树的记忆几乎穿透大地
——尖锐是所有钉子的特征

只要有一把趁手的锤子
再找到下手时要害部位
钉子就能化分散为整体
硬生生的痛楚逐渐消失
钉子却在里面缓慢地弯曲

弯曲的钉子会让思考变形
梦幻散落一地如磨损的钉子
而另有一些拔不出来的
正在恶毒地指向深渊

小时候,我们被反复教育
向叫雷锋的一枚钉子学习
长大了,我们这些好铁
被打成各式各样螺丝钉
按计划分布在辽阔的版图

高洋斌

陕西人,笔名孤鹫。咸阳市作协会员,无忧诗社理事,《大沽河诗刊》编辑。《无忧诗刊》编委,诗歌作品多次在征文比赛中获奖。部分诗歌作品见于《现代诗美学杂志》《北方诗刊》《守望者报》《关东文苑》《齐鲁风文学报》《中农发报》《长江诗歌》《中国当代诗歌》等各类文学刊物。

护城河

曾记否,那年兵临城下
我用一身戎装
换你半世凄凉

冷夜寒星,疾风劲草
灌一口老秦酒
与西天的月古今长眠

已不见,塔楼文墨飘香

换你用半世白发
渡我万世轮回

狂言

异样的神情
满眼杀气
丝毫不顾对立的危机
隐遁在内心深处

幻想一个巅峰时刻
品头论足着脚下跪舔地臣服着
不知觉地
消亡在孤独的空气里

贡祭品

三支香火，有通天晓地之能
难怪骑人的征服者
惶恐不安，登台封禅

臣服者，一无是处
虔诚的跪拜在贡祭桌前
违心地高呼：万岁
恨不得与骑人者同亡

惶恐的骑人者
虔诚的臣服者
究竟，谁才是贡祭品

追寻

晨起，你隐遁在云梦泽中
我拨开层层迷雾
冲着若隐若现的一点红
开拔

我若封禅一般
洗净肝肠
怀揣一颗虔诚的心
赶在日落之前
执你之手，浅斟低唱

龚家政

1948年生，上海市崇明人。中文本科毕业。曾任教中学、中专和大专班语文，农工党崇明县委秘书长。现为中华诗词学会、上海诗词学会会员，崇明诗词书画学会会长。著有长篇文学传记《陶胜百》和诗歌集《守拙园放歌》。

我家住在……

（一）

我家住在港湾边：
这潮来时的怒号，
这小船儿的飘摇。
港湾早已变成了良田。

我家住在小镇上：
这小镇生意繁嚣，
这小镇乱象不少。
小镇早已衰变成村庄。

（二）

我家住在港湾边小镇头：
大潮水灌家时的苦恼，
小船儿颠簸中的叫号。
父母的回忆成为绿色的乡愁。

我家住在港湾边小镇头：
游击队新四军秘密来往，
日寇大烧杀时躲避流浪。
父母的回忆成为绿色的乡愁。

（三）

我家住在良田旁村庄头，
五八年大跃进做了饭堂，
一家六口分居四个地方。
我的亲历成为红色的乡愁。

我家住在良田旁村庄头：
文革中三次抄家时的心惊，
父亲三顾家门而不敢入门。
我的亲历成为红色的乡愁。

（四）

绿色的乡愁充满回味：
母亲一次又一次地诉陈，
儿孙一次又一次地静听。
居然，绿色的乡愁还有审美。

红色的乡愁不堪回首：
我从未说与儿孙，
我独自负重隐忍。
居然，红色的乡愁何须怀旧。

（五）

绿色的乡愁在遗忘中泛起，
红色的乡愁充满政治涵义；
绿色的乡愁在残酷中永存，
红色的乡愁回避核心矛盾。

长江口的绿岛……

男：夜半深更
长江口的绿岛
一阵微颤
我急如律令
拿起电话筒
告知你是地震

女：我说不必心惊
像我倒置一只酒瓶
听大地如何摇震
看绿岛如何防震

男：哎，我心跳怦怦
你却如此心定
你的办法可称机灵
学你的好样
也去倒置一只酒瓶

女：时间过去了三十分
我告诉你放心、放心
长江口的绿岛不会有地震
绿色的地表
早已降低了地温
清清的河流、湖泊
正在把地心热力消歇殆尽

男：你的话，让我气爽神清
你的机灵，看我即兴——
两只瓶装上两颗心
两颗心异地同韵
两只瓶立地不动
两颗心把绿岛镇定

女：你的想法浪漫又天真
天真又情真
情真又动情
请你坚信：
长江口的绿岛不会有地震

明天，我俩一起到南岸踏青
还要到滩涂遍种柳杉、冬青
要让
长江口的绿岛不会有大潮报警

男、女：长江口的绿岛一片青青
长江口的绿岛天蓝气清
长江口的绿岛不会有地震
长江口的绿岛不再有大潮报警

龚雪莲

别名蜀山卓霞、云海明霞，一名摄影师兼化妆师，酷爱诗词。

远方

远方的你
究竟是什么模样

在你的脚下
我以树的姿式成长
无论我如何努力
都触不到你的脸庞
一年年的失望
于是我换成小鸟的姿式
插上双翅向你飞翔
四季轮回,烟雨兼航,
饱经风霜
却还是进不了你灼热的胸膛
……

我从未停止对你的遐想
远方的你是否是一片广阔的牧场
四季如春
没有秋的忧伤,冬的徬徨
牛羊成群,花蝶成祥
远离了人世间的悲凉

我要用一生的时光
走向你
一定要看清你的模样

2016年5月4日。

忘忧草

清晨
布谷声唤醒
窗前那盆
忘忧草

一朵朵花儿
未预约地绽放
犹如母亲的眼睛
在倾诉思儿的期望

那红
如一团火
燃烧着我的胸膛
别时的叮嘱
又在耳畔
回荡
“孩子,带上她,
幸运就会在你的
身旁”
终于
我懂了
母亲让你装点我的窗
用爱
和着七彩的霓光
引领我
远航

2016年5月15日。

心在远方

我的心
在一次邂逅中
迷失

从此
我踏上了寻找的历程
在五月的雨季里
在花开花落的生息中
在月光如练的荷池边
在大漠的风沙中
在荒凉的雪地里
可我,怎么也找不回你
我的心

在五月雨季里
我听到了你
清脆的泪滴
在夏日荷池边
我看见你滴下
撕碎了的心露
在枫叶飞过的雪地里

我听到你的哭泣
那是感动后的
幸福
还是追随着的
疲惫

我放声呼唤……
归来吧
我的心
我在原地
等你，等你

2016年5月24日。

如果有来生

如果有来生
我不要做
冰山上的雪莲
在高山上
遗世孤傲
也不做长青的松
傲骨在
陡峭山尖
世外峥嵘
……

我要做风
无拘无束地嬉戏
和万物亲吻
我的风姿
随意无形

随着诗人的情感
喜怒哀吟
在诗集中封存
画家将为我塑形
以柳的卓姿
草的碧翠
摇曳着墨韵
在国画中永存
……

如果有来生
我愿做风
世界万物
都是我的爱人
我的身影
与日月同行

2016年5月30日。

留守儿童

透过城市的喧嚣，
我极力捕捉一种声响。
来自于边塞，
来自于山乡。
那是孩子的读书声和沉郁的歌唱。

他们的父母，
常年务工在异地他乡。
他们则依附着爷爷奶奶，
陪伴着鹅鸭猪羊。
不舍得的，
还有那卷了边的课本和发了黄的纸张。

低矮的陋室
稚嫩的脸庞
柔弱的肩膀，
虽然无助，
却悸动着
游走世外的梦想。

黎明时，你随着爷爷
割草在——那贫瘠的山岗；
傍晚时，奶奶就着夕阳缝补衣裳；
你伏在卧凳上，
抄写着“床前明月光”。

生活的艰辛
剪不断你

一飞冲天的翅膀，
学期结束，
你捧回了
一张张的奖状。
你总是喜欢赤足沐浴着，
风雨过后天边
射来的那束光。

透过城市的雾帐，
我用心地捕捉一种影像。
那是一个集合，
是一个个虽然形单，
却意志坚强的孩子们在远方。
我仿佛看到了这个集合幻化成的几个字——
少年强则中国强！

2016年6月6日。

幼儿园大班毕业致词

当，当，当……
当大班毕业的铃声在即
宁静的教室
迷漫着酸涩的味道

伸手
去整理那一个个
熟悉的书包
讨厌的泪珠
奔涌而抛
融化了
我该保留在孩子心中
坚强的桎梏

在与你们相处的日子里
我教会了你们
读书，写字，跳绳，舞蹈……
同时
也从你们身上
学会了简单的快乐
一个微笑
一个拥抱
足以留住春的心跳

你们的友谊
纯洁美好
互助互爱
不求回报
扶起摔跤的小赵
哄着爱哭的毛毛
守着熟睡的小娇
时不时地向我
打着小报告
……

同学们
以后的路漫长艰辛
要听爸妈的话
记住
山再高
只要你们勇于攀登
大山在你的脚下
变得渺小

孩子们
热爱生活，珍惜生命
用爱架起的桥梁
永世都不会
瘫倒
用爱去生活吧
祖国的明天
将因你们的爱
而骄傲

2016年6月14日。

今夜我不带伞

今夜我不带伞
在雨中温习
往日的甜密
火红的油纸伞下

相拥依依
感叹着梁祝的壮美
红楼的悲凄
那一刻
幸福
欢喜

今夜我不带伞
守候那
闪电的交会
那束光
如同你闪烁的明眸
透彻我的心扉
留连
沉醉

今夜我不带伞
独自在那
幽幽的古巷
来回颠簸流离
你的背影
是否在那模糊的路灯下
再现

今夜我不带伞
打开那存封的记忆
任骤雨狂风
肆虐着
粉碎着
涤荡着你我之间
隔阂的沉淀
期待着
那把油纸伞
再次
撑起

2016年6月21日。

谷凌燕

现居四川省万源市，万源市作家协会会员。

创作理念：在不该写诗的年龄初学写诗，只想以诗写出本真，给人力量、温暖和美好。

来生愿做一朵莲

来生愿做一朵莲
在荒凉的湖面
涅槃的生命
于红花映日中开成一朵盈盈的白莲
清澈无尘
恬静无瑕
隽永清绝的美丽

漂流在弱水之上
春夏秋冬的轮替
岁岁年年的芃芃时光
千山万水的阻重
千年万年的时空
仍然莲瓣飘香
梵声轻唱前世的那一段尘缘

来生愿做一朵莲
在水的中央
雨的天涯
于初见的岁月开成一朵绝世的白莲
清幽淡雅
风拂生香
纯洁无瑕的爱恋

流年的光影里亭亭净植
任凭岁月一季一季地凋谢
这一世 只为等你跋山涉水而来
这一世 只为与你并肩的遇见
这一世 只为与你相约一个今生
纵然花落菩提 也是为了更好的遇见
纵然错肩而过 也会为你再修一个来生

花开的声音

花开时，用爱的焰火
点燃纷繁的枝头
绽放生命的美丽
让你，听到花开的声音

用心的芳菲
渲染满树的姹紫嫣红
绽放生命的芳华
让你，倾听花舞的旋律

花谢时，用落日残红的美好
一曲终了的意犹未尽
扬起生命的落英
让你，静候来年的花期

用繁华尽处的飘零
层层凋落成新的绽放
花开花落都是爱的步履
让你，明白花落也是最美的花开

谷继生

河南省开封市人，生于1954年。1980年成为一名语文教师，1982年入河南省广播电视大学汉语言系深造。从事教育工作35年，于2014年退休。喜欢诗词及散文写作，现为河南省书法家协会会员、河南省作家协会会员。

夕阳

你已经知道
自己将要落山，
所以，
你要用生命
染红世间。
至少
让身边的云
变得绚丽多彩，
为单调的晚空
添一抹斑斓。

现在的你
竟是那样的可爱！
红润的脸庞
和蔼可亲。
以前的你
可不是这样，
傲慢得
不让人与你对视。
尽管在初升时
也曾
如此地娇美过，
但那时的你
对人们的瞻望
却毫不在意。
你一个心思
向上爬，
你的眼睛
盯在云端里。

你终于走完了
起落的过程，
拥有了
成熟的经历。
你意识到了
以往的傲慢，
你那通红的脸
已透露了
此时的心曲。
这让你
对人间充满留恋，
你在努力地
把美展现到极致。

实际上，
有一段美好
就已经足够，
你，

早已被化为
美丽的诗句。
还奢求什么呢？
只要
在被黑暗吞没前
亮得够精彩，
你就将
被定格在
世人的记忆里！

2016年9月18日。

顾后荣

男，1967年生。中学语文高级教师，现任教于上海市崇明中学。崇明作家协会会员，《崇明诗书画》编委。诗文数十篇(首)散见于各级各类报刊。

烈日下的脚手架

脚手架 拥抱砖砖瓦瓦
台风穿过 太阳
变本加厉烧烤他们的脊梁

咕嘟灌下的凉水
从汗腺渗出　在空气中
瞬间蒸发　奔向阳光

脚手架　太阳下静立
我的农民工兄弟穿梭不歇
伺候庄稼般侍弄城市成长

他们　一群远乡的汉子
行走在脚手架
恍如行走在生活的小巷

他们　咬着火车票走出车站
搭起脚手架便是一种希望
攀登脚手架也是一种向往

接电话　一种浓厚乡音
也许你听不懂 但你知道
电话里一种牵挂在生长

脚手架撑起他们的梦
太阳照在他们的脸庞
也照在稻穗飘香的家乡

小时候的蜡笔曾经描画过什么
城市给他们今天怎样的素描
站在脚手架　他们向来路回望

阳伞墨镜清凉装招摇在夏天
汉子们的脚手架迎着烈日
却只有一个方向向上向上

顾芩

青砖

青砖
那曾经清秀的脸庞
在岁月的催促下
慢慢灰暗

于是，岁月又一次心碎
心碎在青砖经过的地方

青砖
堆砌过抵御外敌的城墙
那么敦厚
那样雄壮
在厮杀的呐喊声里
替换着多少朝代的攻防

铺陈的厅堂与回廊上
留下了多少窈窕淑女纨扇而过的身影
以及翩翩公子的风流倜傥

更多的时候
青砖，在一个个深深的院落
埋头聆听诗人们
于木头的窗棂和飞檐下
激情满怀的吟咏
和吟到一半时戛然而止的彷徨

千年沉醉哟
青砖
一心想涂亮高墙
却涂不亮那落了一地的忧伤

奔腾

从大山里
我奋蹄而起
把惨淡愁云
跃成万里凝烟

我的梦想
饱满了山谷
在出谷的一瞬间
大白天下

重峦和叠嶂
刻画我前进的风姿
千里之行
在汗血中徜徉

我把如血的残阳
当作霞衣披上
遮起了一身的疲惫
却掩不住满目沧桑

多远
都是我的目标
而千里之外
你采一朵马兰花吧
佩给我的豪鬃
它，将是我明媚的勋章

岛石——崇明门户

岛石
江豚一样跃上堤岸
一站经年

朝霞暮霭里
听汽笛声声
看渡轮迎来送往
星歌月舞时
伴浪花簇簇
拥江河潮起潮落

你那曾经的梦想
还在湍湍的急流中起伏么
或者早已被时光淹没

虹门
心手相携
揽一捧白云
擦亮了天际里惺忪的眉眼
以及深藏于阶梯的足印

江海的摇篮那么温和
你会继续沉醉？
或者
你也能从
千万岛民期盼里惊醒

郭昇

笔名诗雨情柔。多首作品见于《中华诗文名家》《芙蓉国文汇》等报刊，有作品荣获个人奖项。黄冈诗刊社员，现任江山文学网编辑、中国先锋文艺学会会员及网刊主编以及翰林院诗艺社副社长。

眷你春城(外两首)

初梦　入城(其一)

乘一弯新月,朦胧
泊弋你的初梦

暗夜流年里哭泣的玫瑰
卸下了旧日的光泽

淡抹心上的胭脂红
编织夜来香的幽绕
蓦然,瞥见了伊人的笑

小小窗扉微掩
停泊偎岸
月晴,庭院深深

恋上你的城郭(其二)

脚踏三寸莲
站成柳树的姿势
在漫天银花里寻你
寻你,在灯火阑珊

峰回路转
山水清明
柳树发了芽

眸中的彩虹
溢着灵动的光
是笑靥
吻干了一夜的梨花带雨凉
柳树舒展着枝芽

留得婉约在人间
恋上你的城郭
馨暖四月天

我从未离开过你的城(其三)

我愿化蝶翩跹在你
温柔的池城

梨花带雨微凉
那幽深的小巷
是你等我的天青色烟雨
纯白的鹅嬉戏着柔水

犹如你撩拨我的温情
看着你赠与我漫山遍野的春光
我还是莞尔地笑了

柳芽花絮吐,片片的
都是你眸中的深吻
春风亲抚着我娇嫩的肌肤
我笑得楚楚

暗夜袭来
任思念蔓延心海
每个你入心暖的符号
都挂着嫣然的嘴角

今夜
让你的城植入
我的梦
在梦里开出馨暖的花来
我好种下柔情的诗行
在每个有你的
日出日暮

我从未离开过你的城
你深情诉说
不是挑逗
是真情

郭海涛

教师,山西省语文学科带头人,山西省语文学科教学能手。嗜书,嗜诗,嗜文字。作品见于《汾州诗话》《杏花雨》等刊物。

云雾里的王莽岭

你抱着云朵藏进云的怀里
你把故事藏进石头里

把身体藏到传说里
你藏在雨里雾里

你展开石径，奇峰隐约
天书般谜底深藏。对于当年
你已无话可说，缄默

是因为陌生的鲁莽
还是暗中期望
再次造访

请慢慢等我

这条等了二十五年的路
连着你，连着旧时光
连着笑声和眼泪
连着你门前的黄河

二十五年了，这一直赶路的河水
没能把记忆带走
留下大大小小的石头
用奇怪的图案，盘点岁月

那些匆忽的岁月，在沿黄公路上
铺满积水和坑洼
颠簸如人生

那就把车开慢些
慢成一首诗，慢成
二十五年漫长的岁月

让我带着你
驶进回忆，驶进
黄河码头的那座古镇

那二十五年的岁月啊
请慢慢等我

太阳和月亮

这是一天中最洁净的时刻
世界穿上刚洗好的衣服
披着雾，慢跑，慢跑
脚步翻不动日历

太阳在接近月亮，这是
两颗隔空相爱的心

风和草

河边歌声响起
对岸有笑脸，时光之岸
甬路，石桥

我在你身边
风吹过，一定说过什么
草知道，你看
草长成风的样子
齐刷刷，指向回忆

道旁的树

就这样，拦腰受戮
电锯催得太急，等不到
年轮写完最后的文字
时间终止记录

一生太短，来不及拥抱
故事已经结束

2016年11月4日。

郭慧

70后，教师。现为商丘市作家协会理事、商丘市诗歌学会理事。有诗文及摄影作品散见于《诗刊》《国家诗歌地理》《国土文学》《家教指南》等，曾获“文明杯”睢阳区征文一等奖、《扬子江》甘汁杯七夕诗歌大赛三等奖、商丘市工会征文大赛奖等若干奖项。

诗观：汉语是神的语言，汉语之美，足够你用三生来历炼。

江山，你也可以指点

坐在长椅上的人
追思的当年
在南湖的游船上
一道道炽热年轻的眼神
撕开追杀者黑漆漆的暗影
明亮，如剑尖上的电闪雷鸣
迸射出星星之火。不久
就要燎起的火焰山，壮美如海潮

击溃黑夜，散落一地的缰绳
尽可以把目光投射在1921年的中国
一盘多么气势磅礴的棋局
自闭关锁国者的手里
下得一片狼藉，棋子横飞
兵器们在壮丽的河山上饕餮
草木抱起村庄
伤痕累累的月亮和祖先的骨头

撕开追杀、怀疑与孑孓的黑洞
被阳光与向阳的花朵
紧紧地搂在怀中
年轻人，用热血与身躯做了一个梦
铸了一个梦
棋子美丽，棋盘上万马纵横
从热血的沃土，诞生了这个国家
新的格局

救国之路那么漫长
都走过来了
兴国之路偶囿纷扰复杂
是谁在藐视这个民族的智商
难道不值得你们大干一场

郭敬伟

男，本科学历，现供职于河南省平顶山市宝丰县信息中心。自幼喜爱文学，偶有散文作品见诸报端。

湛河源漫步

小序：2015年8月6日，在宝丰县周庄镇马起营村湛河源头采风，漫步治理后的湛河源头，有感而发，特作此小诗。

（一）

是谁，从地层深处
擎出这汩汩清泉
而且，把她打造得这般晶莹剔透
两千年前，烽火狼烟中
是那“王莽撵刘秀”的故事
刨出了珍珠般的一泓泓深潭
如今，生态的大旗
挖走了历史沉淀的污泥
砌起了有角有棱的边际
如今，这至清至纯的泉水
掬一捧咽下肚去
温润透在心底

（二）

怎样形容你呢？
郁郁葱葱的你
葳葳蕤蕤的你

你是绿色的丝绦
垂柳、翠竹亭亭玉立
斑茅、芦荻挨挨挤挤

你是流动的风景画
喜鹊、翠鸟飘然而至
蝴蝶、蜻蜓悠然飞飞

你是唐诗宋词元曲里的意境
小桥、流水可亲可爱
蝉噪、蛙鸣平添生动

殷殷真情尽参透

——同学相聚

序：2013年夏秋之交，60余位中学同学鹰城相聚。当年青春年少，如今步入不惑之年，有感而发，遂作小诗。

廿二春秋，
随风远去，
自古韶华催白头。

不惑之年，
再相聚首，
殷殷真情尽参透。

东西南北，
上下左右，
过府冲州脚痕留。

话说峥嵘，
笑谈人生，
旧梦不复岁月久。

湛河潺潺，
槐林幽幽，
拿云心事还曾有？

现如今，
家庭社会，
中流砥柱，
步履铿锵向前走！

好花常开，
好梦常在，
廿二年后再相聚，
白发翁媪应如旧！

郭建华

女，河南南阳社旗县人，从事企业会计工作，退休职工，业余诗词爱好者。

西安行

巍峨壮观古城垣，大写着史册庄严。
塞北边关的冷月，见证数千载流年……
十三帝都定长安，万国来朝拜宫殿。
江山览尽皆王土，秦汉唐沧海桑田。
兵马俑弩戟方阵，大帝国恢弘无限。
汉砖汉墓闻天下，无字《史记》共赏鉴。
唐风佛韵大雁塔，玄奘诵经走西天。
大慈恩寺遗址存，佛海沉积时境迁。
晨钟暮鼓声相应，记忆历代盛世篇。
戎马千秋拓北疆，丝绸路遥西域边。
徜徉远古三秦地，一带一路新宣言。
品略史海今胜昔，中华筑梦更璀璨！

瞻仰烈士陵园

那座无言的丰碑，岁月里默默走过。
风摇曳的小柏树，和绿草低语细说。
地下静躺的身躯，生命曾那么鲜活。
热血唤醒了黎明，抵挡宛东的战火。
殷红渗进在土壤，世代幸福中耕作。
鲜花欢笑里怒放，家园随梦想蓬勃。
蓝天告慰着英灵，舒卷起白云朵朵。

野菊颂

你迎着
九月的艳阳
像天上的星星
抖落在崖头岗梁
寻着丰厚的秋韵
把他花不愿落户的
角落扮靓

黄如金 白如银
姹的紫 嫣的红
自然绽放
从不匆忙

路边田埂
有你的微笑
潺潺溪水
倒映你的俏影
用你的芳艳

温暖了这个季节
让白露霜染中
不再有凄凉

风儿传送着你的体香
把一朵朵娇美的
花献上
摇曳的季节
却没有丝毫迷茫
清纯孤傲是你
收藏的梦想

我颂野菊花
颂你
根植于山川旷野
瘠薄土壤里
藏着的菊魂
颂你
不因无人欣赏
而减香
不为处境而胜寒的
内秀高洁

满天星

多么璀璨的花名
从地中海沿带
漂洋中国东南西北
花语赋予她
清纯 思恋 梦境
希腊国度传颂
神秘爱情
初夏
她把花蕾集结枝头
一蓬玲珑细致
花洁如云 繁星点点
微风过处 柔美舒爽
色质娇俏 清香四溢
透一抹轻轻诱人的微笑
……

人在旅途 亦如满天星
或此 或彼

那年
我越过伏牛山
走进陕渭南 澄城
秦岭隔断了 宛东乡音
黄塬遮挡着 亲人身影
繁忙扯不断 家的牵挂
黄尘扬不去 沉积思绪
黄昏
是最难熬的时段
带上泛黄照片
打开尘封日子
郊外邂遇满天星
那一片花海
依草风飒飒
望着新雪般的满天星
自愧不及花草博大
浪迹天涯 海角根扎

满天星
鲜活着我的异乡生活
案置一束
心则平和 浮华远然
少些许单调
敲击键盘
数字仿佛琴弦音符
报表似一首流淌的歌
日见清雅 柔情花束
那一声秦腔
一栋窑楼
牧羊人白羊肚手巾
信天游
老山羊攀崖啃草的坚毅
野酸枣沐霜风摇的林影
已是我前行的感悟
故乡梦里的风景
那片花海 满天星

是留在黄土地不变的
情愫

郭俊霞

曾用笔名平凡女人、峰岭乔乔。现为中华文艺学会理事、中华文艺学会河南分部会长。爱好文学，擅长诗歌、散文。作品散见于《文学与艺术》《齐鲁文苑》《中华文艺》等报刊和网络媒体。在“七夕华原杯”全国爱情作品大赛中荣获“十佳新锐作家”奖；在中华文艺学会评选活动中，荣获“中华诗歌名家”“中华散文名家”“当代百强作家”称号。

酒

我把飘落的桃花收集浸泡
酝酿成红酒
处处飘香
醉了春天
醉了爱情

我把飘落的梨花收集浸泡
酝酿成白酒
相思溢心头
醉了离歌
醉了乡愁
我把夕阳余辉收集浸泡
酝酿成太阳酒
一派欣欣向荣
醉了大地
醉了风景

我把一腔热血收集浸泡
酝酿成生命酒
敬你一口
只为让你感动，这份痴情
醉了岁月
醉了等候
感谢相逢

郭小鸿

现供职黑龙江省富锦市公安局。黑龙江省书法家协会会员，佳木斯作家协会会员，富锦市书法家协会副秘书长，富锦市美术家协会会员，五顶山印社副社长。有诗歌、散文200余篇首发表于《诗林》《啄木鸟》《生活报》《诗神》《新青年》《警官》等报刊。

红船之梦

我的小孩
你要记住
一个龙的民族真正的图腾
是从一只红船开始
是从那个叫作嘉兴的南湖启程

我的小孩
你要记住
祖国
我亲爱的祖国
她曾遍体鳞伤
她曾有那么多的苦难

那些黑暗的日子里
她的身体多么孱弱
她饱尝列强的欺辱
她忍受外寇的宰割

多少华夏儿女挺身而出
多少仁人志士奔走呼号
他们抛头颅洒热血
惊天地泣鬼神

就在九十五年前的今天
红船上发出一个强音
震撼了天宇
中国共产党成立了！

从此这只红船劈波斩浪
载着中华民族起航了
向着一个又一个胜利高歌猛进

看吧
秋收起义的号角
井冈山上的会师
遵义会议的光芒
延安窑洞的灯火
抗战熊熊的烽烟
历史证明了
没有共产党就没有新中国

红船梦引领中国梦啊
如今你载着崭新的中国又迈入
一个辉煌的纪元

“四个全面”战略新篇的开启
正激发后劲突破藩篱
锻造我们党的意志
考验民心的担当

沧海横流
方显英雄本色
红船激浪
尽展华夏威风

红船啊
如今你已壮大成一艘航空母舰
你的海域更加辽阔

你傲视群雄
你威武强大
你向世界展开一面火红的旗帜

正告天下
伟大的中华民族当复兴
伟大的中国国运必昌盛

郭小鹏

整个六月

六月，收获
镰刀记起了与熟麦的约定
卷起燎原的狂热
收起一季的成熟

六月，成诗
娇红的樱桃将要惜别翠绿的芭蕉
把无数的情韵
写进旧案的枫笺里

六月，寄梦
莘莘学子豪迈地站在梦想的起跑线上
只为这纵情的一跳
成为跃入龙门的锦鲤

六月，遥怀
在艾草和粽香中看龙舟竞舞
把《离骚》吟了又吟
在夕阳的烟霞中独醉

六月，分别
在互道珍重后泪眼朦胧中各奔前程
只留校园里红艳艳的玫瑰
开满火辣辣的离愁

六月，陌野
池塘倒映的青山挂着云帘
一场大雨涨开了初荷的纤蕊
昨夜的梦里，片片蛙声起

谷子

时序轮换中又到了秋忙
陌野的金风在谷海踉跄
时光佐证了年华和成长

成熟的表现却是沧桑

朝迎太阳
晚陪月亮
广袤的大地掠过白云和归雁
收获的季节只有喜悦，没有感伤

你把昨天的花香
化成今日的叶黄
成熟的韵味也不再深藏
看见你，便不会有心慌

岁月沉淀在种粒里
生命将日久天长
俯仰之间就是天地
等待再生一段哲理思想

春风夏雨已成过往
只能梦里思量
不管风一阵，雨一场
那都是滋润万物的热心肠

成熟后，送走饱满的谷粒
就再也不怕身碎焚伤
也不怕别离于天涯何方
那饱满的种粒就是永生的力量

那份成熟不仅妆点了天地
也在诗笺上酝酿
还会化作美酒，不管醇淡温凉
一样在醉人的梦里纵情飞扬

赏过
春夏秋冬四季风光
及殁
与天地日月同葬

郭新

笔名燕山。1966年出生于河北省迁安市。1989年毕业于石家庄陆军学院。2006年自修法律本科。现供职于河北省迁安市人民法院。喜爱旅游，工作之余喜吟诗，善抒情、咏物。

轻松九月

九月多情
似乎刚刚度过月圆之夜
转眼功夫
便又到了尾声

九月脚步匆匆
面对的是摞摞卷宗
月光初上
却挤不出闲暇时空

经常伏案
从未感到一点点轻松
走不出困惑
但是明镜一直挂在心中

即将告别的九月
任务并没有完成
担子虽重
可警钟定会常鸣

望着国徽
觉察到法槌的沉重
坚守正义和公平
心情顿感轻松

2016年9月27日。

H

海明

本名齐海明，企业策划人，中国企业首届

新闻工作者联谊会会员，自由撰稿人。诗作散见于《诗林》《北方文学》《中国诗人》《天津诗人》《北大荒文学》《新诗大观》《长江诗歌》等三十多家刊物及多种诗选和多家微信文学平台。

它们齐刷刷地抬起了头

一只羊啃着青草
两只羊反刍胃里的咩咩声
一群羊坚持一种悠闲的绿
乳白的品质

突然　它们齐刷刷地抬起了头
它们听到或看到了什么
大地寂静得像一张纸那么薄
三十米外的山坡上
牧羊的老汉抱着鞭杆加深着睡眠
我正在吸着烟卷的优劣
肯定有声音像长鞭一样抽了过来
要不一群羊怎么齐刷刷地抬起了头
在石头上蹭痒痒的风屏住呼吸
挺起被石头磨细的身影左右张望着
站在草尖上舞蹈的十万束阳光
也都齐刷刷跳到地上
齐刷刷地张望着

肯定有一种声音像长鞭一样抽了过来
肯定有一种声音像长鞭一样从内心走过

我们和八月里的一个下午

我们和八月里的一个下午
一起坐在河岸上
我们静静地看着
分分秒秒闪现的光亮
我们看见历史的深处泛起的浪花
童年正在泅渡一条河流的深浅
一双小手臂像是磨亮的刀刃
把时光割成六寸长的鳞片
小脑袋晃动着惬意
飘浮　又潜入幽深
偶尔左手举起一条鲢鱼
嘴里吐出几根水草
笑嘻嘻地说起　枕着波浪睡醒的梦
和十二岁的童趣儿

她用秋风的羽毛掏我打盹的耳朵

我不说你从柴草垛里　抱回
一捆黄昏　从灶膛里烧出夜的灰烬
我不说你怎么打开的门
在村庄里唱出生活的民谣
我不说秋风看见你就跑
(你追赶秋风像是追赶着想象)
我不说无路可逃的秋风爬上了树　喘息
长长的尾巴还在地上
被你捋下的一撮羽毛
我不说你摘了一筐的星星　和
一滴晶莹的露水　回家
我不说你用捋下秋风的羽毛
痒痒地　掏我正在打盹的耳朵
我不说你躺在我怀里的娇娆
向我描述月光的意境
我想说：生活多美
今天早上的阳光　真好

海是蓝

本名张丹。内蒙古赤峰市翁牛特旗人，就职于某企业，自幼喜欢文字，曾在集团公司、地方刊物、网络发表若干诗歌、散文等。热爱唱歌、读书、运动。

生活寄语：一个在诗歌路上寻求安静与超脱的女子，愿意把自己平淡的日子过成漫山遍野的格桑花，时刻感恩阳光雨露的恩典，在风中摇曳自己的芬芳。

月亮

我的来处有什么关系
就这样和你对望

清冽如水
我的灵魂得到了饱足

致友情

咽下眼中的溪流
一把瑶琴遍地燃烧
桃花盛开的园子里
备注下一句俗语
煮不干的牵挂
系在朝夕的腰间
每走一步
叮咚作响

天空

素色流年里
晾晒
一路云淡风轻

给时间时间
让过去过去
做可做之事
见该见的人

千纸鹤的祝愿

海的那一面雕刻
左岸的期盼　右岸的渴望
一双微薄的轻羽，是否载动遥远的牵绊
流年涅槃，放飞一千个心愿
有风吹过洒满阳光的日子
祝愿开成了满山的红杜鹃
一水之隔的宝贝
日日夜夜把故乡的云翻唱
一千个纸鹤
十三亿亲情的召唤

站立的水爬进岸的掌心

红尘抛出的条条曲线
迂回蜿蜒
一腔的痴念隆隆而过
相聚和别离都被碾压成汁
倾盆而下
独自品评
海阔天空或穷途末路
都是彩虹的轨迹
把自己的心情重新打点，轻装上路
彼岸的火烧云妆点复苏的梦
此情未央
手心里是柳暗花明
手背上是云淡风轻

海庭

又名张银启、荣煦，祖籍广东揭阳。第二代华裔，出生、成长、受教育并生活于汶莱。汶莱永久居民。“汶莱华文作家协会”创会秘书，“东南亚华文诗人笔会”创会理事之一。出版合集：《破雾的跫音》（合集作者之一，1991 年）《汶华荟萃》（合集作者之一，1999 年）《南方的火花》（2002 年度第四届亚细安华文文艺营文学奖得主文选集——合集作者之一，2004 年）《展翅启飞》（合集作者之一，2006 年）。主编《亚细安现代华文文学作品选（汶莱卷）》（2013 年 9 月）。著有《海庭短诗集》（中英对照）（2009 年 12 月）《汶华文学痕迹窥探》（2013 年）。

地球像一粒鸡蛋

地球　鸡蛋
悬在　天边上
柯林斯发现号机长
天空上看到
伤痕累累
皮薄如蛋

女机长　眼细利
地球
危如卵巢

外国的月亮

喜月亮
有美好的神话
外国月亮　同一个月亮
地球只有一个
人类居住的地方
人类居住的地球
只有一个月亮

外国大圆月亮
都是一样　心情不同
今夜我看月亮
你看不到

今夜无月　那方月亮升起
你说故乡的夜
该特别圆
你四处流浪
故乡在那方

无声的战争

西方的电影
西方的电台
西方的音乐
西方的舞蹈
西方的表演
西方的语句
西方的广告
西方的吃喝
西方的玩乐
西方的态度
西方的媒介
西方的文化
西方的方式
西方的点点滴滴
不动声色静静地
一场 没宣言的战争
温水中难醒

考古

演变　变演
风沙封盖
洪爆火山岩浆淹没
还有冰雪
自然突变　飧吞埋葬
失去光彩
心血来潮　一时兴起
无意间
已是千万年
发掘研考
重见天日
炸弹炮弹　智慧
新式武器野心
古新城　坍塌尸散
人的杰作
千万年后　嗅一嗅
发掘考古
记忆中　曾经拥有

心事

沉默久久
只一句　已经很复杂
面前　叽喳没停
看着远方
想到他们
不语

不是说话地方　时间
笑　还是哭
忍着煎熬
不想会来找
久久一次　够受
有意没意
说不说难关
选择有时不易

酒醒

古人失意　总爱借酒
越浓越过瘾
终成魂
看山不像山
看物不像物
看人不像人
卧在家门外　还问
在何处
说风流　不知天上月
抓月落水中　不醒
还说　没醉

小丑

戴上面具　忘了自己
把欢乐带给大家
台下装得饱满
一个精彩演出

想起自己想到亲人
小丑忘不了自己
天真小孩跺脚大叫
看　看　看
小丑会哭

崩溃的眼泪
背后的故事
谁发明小丑

皮下心

进入细雨蒙蒙季节
脸上落地的水珠
泪雨分不清
怎笑了起来　神经
几十年的朋友
清晨叶尖的水珠
经不起点滴阳光照耀
破碎消失无踪
名利金钱友情比重
没有后悔只是不值
有眼无珠
皮下一颗心　看不透

晗烟

辽宁省丹东市人，现居廊坊。

真的是我的风格变了

真的是我的风格变了
还是你追逐的太多
忘记了最初的语言
一起趟过岁月的河

微笑呀，那抹唇边的微笑
始终能够荡起我眸中最美的
碧波还那眼神
也始终使我无法忘怀的
在无眠夜里穿梭

真的是我的风格变了
还是你追逐的太多
叫你忘记了江南还有一个女子化作
青莲而丢失了自我
那是眺望了太久的归帆

那是为了追寻远去的
尘烟年复一年，日复一日
而丢失了自我！
真的是我的风格变了
还是你追逐的太多
忘记了最初的誓言
和一起唱过的歌

2014年1月5日。

缘

过去的点滴随着时间而走远
朝霞暮色
沉淀成前世的梦缘
一段段一篇篇

今夜又把宁静的夜点染
折只小船
划向心海彼岸
画座青山
深埋永久的思念
过去的点滴随着时间而走远
夏雨冬雪
把天与地相连
一天天一年年
今夜,又是雨絮漫天
听支歌
思绪万千写首诗
蝶舞翩翩

过去的点点滴滴穿过时空
飞跃在字里行间
不远
山和山总有水相连
不远真的不远
我和你只隔一线
风云辗转
回眸你仍在
芸芸众生之间

韩锰

现就读于洛阳师范学院。

林中木下

风来自北方
夏虫在秋风中
作别

叶子
木之下
那有它的全部
那是梦回的地方

七绝·相思

莲叶盛珠泪不尽，鹧鸪夜鸣空与闻。
倒是细柳作常客，折枝空遗梦中人。

七绝·空曲无眠

风静夜懒尽无眠，阁楼空曲明月间。
不知谁人无睡意，促膝西窗忘炎炎。

七绝·中秋

月近思念露近霜，寒鸦怯语夜且长。
纵使异乡空寂寥，玉盘清辉寄寒裳。

游必有方

你曾是圣者的智慧
昨日
化成了我的忧伤
而今
你是我的远方

韩树俊

苏州人，中国散文诗作家协会主席团委员、副秘书长，中国校园文学会常务理事，中国散文家协会会员，苏州市作家协会会员，苏州文飞文化艺术传播有限公司执行董事，《文飞文丛》散文随笔丛书主编。作品散见于《文汇报》《韩亚文化报》(韩国)等报刊，入选多种年选，著有散文合集《深秋拾起红枫叶》。

引:太湖,编织时光迷离的梦幻(散文诗)

(一)

一曲渔歌
百转千回的柔肠　醉倒
开捕节铿锵的锣鼓
伴着渔家姑娘轻柔的舞姿　高扬

桂花的香与鱼鲜的香
注定是渔港村今秋醉人的味
香雪海满树的金桂与渔船满舱的鲜鱼一样静谧
沉醉在太湖光福

湖中碧波荡漾
舱里银鱼闪闪
铺满舱的鱼儿是碎银
飘零的花儿窥见满面红光的船老大放下酒盅
扬帆太湖　撑起过往
撒网收起一船金银

2016年3月4日。

（二）

千年渔港村码头
搭建起今日祭典的舞台
艳阳下云蒸霞蔚的太湖水就是最美的舞台背景
齐刷刷走上舞台唱响祭典开幕式的
正是平日里披星戴月挑担迈步码头的船老大们
轻盈盈舞出仙女舞姿的
正是摇一条小船的船娘渔家女

粗犷　豪迈　敦厚的船老大
码头的主人　舞台的主人　生活的主人
阿娜俏丽　灵秀的渔家女　太湖的儿女

2016年5月8日。

（三）

铺下一段万年时光
留下无数神奇传说
城隍爷　土地爷　花神仙　姑蚕　花姑娘
大禹王　姜太公　充山大王　宅神　门神　猛将……
善良的渔家儿女心里有杆秤
凡是照应过我们先民百姓的各路神仙悉数请来
请神　祭神　敬神　悦神　送神……
开捕祭祀
香火缭绕
船老大手里这炷香
承载千年的悲欢和人间的冷暖
延绵了5000年
船老大手里这炷香
深情诉说太湖的千古流传
祈盼开捕大吉
鱼虾满舱

旌旗飘扬
锦缎上书写着太湖儿女的心声
国泰民安
风调雨顺

木桶倾倒
鱼苗儿活蹦乱跳跃入湖水
寄予了渔民来年的梦幻
灌注了渔家生生不息的希望

送神礼毕
千帆竞发
水天一色的太湖
烟波飘渺中的千百条舢板
帆船汽轮铺展出一幅通天的水墨画
鼓乐声　欢歌声　马达声
凝聚成岁月的歌唱
悠扬起太湖美的乐章

2016年7月8日。

（四）

猎猎的彩旗
撒开的渔网

挂着汗珠的古铜色的脸
粗壮的肩膀
满舱闪闪发亮碎银般的鱼儿……

归航的渔船上船娘喜滋滋地望着舱里层层叠叠的鱼儿
大小银鱼 白虾 白鱼 梅鲚鱼 鲢鱼 昂刺鱼……
还有名贵的刀鱼
白花花的鱼就是白花花的银子
围着鱼舱眼明手捷地挑拣太湖三白和名贵刀鱼的女人们
一个个笑开了花。

夕阳下的太湖满盆满钵全是金灿灿的黄金……

2016年8月16日。

（五）

鱼儿在这里飞翔。
鸥鸟在这里飞翔。

开捕的船只在这里飞翔。
人们的心在这里飞翔……

满湖的水闪耀出粼粼的波光
满舱的鱼凝固了张扬的华丽
满心的梦幻化为眼前看得见的喧闹。

太湖　编织着时光迷离的梦幻……

2016年9月18日。

韩文

男，汉族，1964年3月生，大学文化。1981～1984年在北京军区守备二师服役。1985年至今，在政府机关工作。曾任电台、电视台、地方报纸记者，现为内蒙古作家协会会员、包头市作协会员、西部散文家协会会员、中国散文诗协会会员。从1981年开始发表作品，先后在市、省及全国报刊发表散文、小说、杂文、新闻通讯、游记等数十万字并有多部作品获奖，已出版有散文集《行走山水间》。

冬去春又来

冬走了，带走了苍冷的朔风。
春来了，带来它融暖的春阳。
冬走了，留下了冰封的澎湃。
春来了，唤醒了复苏的苍劲。
冬走了，结束了群山的寂静。
春来了，掀起了柳林的鸟喧。

冬走了，走得步伐沉重。
春来了，来得轻盈流畅。
冬走了，带走了漫长的冬夜。
春来了，重又启渐短的春宵。
冬走了，收起了冷肃的容颜。
春来了，送来它温暖的笑靥。

冬走了，藏入了季节的深处去养精蓄锐。
春来了，踏着它时令的节拍来消融大地。
冬走了，留下了雪花晶莹闪烁的记忆光茫。
春来了，带来了红杏枝头闹春的花明柳媚。
冬走了，带走了天空残阳斜照的暮色晚霞。
春来了，带回了大地春雷滚滚的万象更新。

冬走了，带走了浸天的冰雪寒霜。
春来了，换上了覆地的绿色盛妆。
冬走了，挟走了最后的枯枝谢蕾。
春来了，催生出芳菲的万紫千红。
冬走了，告别了往日的苦绪愁肠。
春来了，迎接来今朝的憧憬希望。

春天的舞台

冬去春来，万物复苏，
春天迈开了坚强的脚步。
冰雪消融，流水淙淙，
春的韵律婀娜多姿。
惠风和畅，万象更新，
春天展开了它宽广的舞台。
艳阳高照，春光明媚，
春的大幕就此拉开。

山青树绿，燕子高飞，
春的使者翩然而来。
杨柳丝丝，如梦如烟，
春的舞台撩人心魄。
花开如瀑，流光溢彩，
春的演员千娇百媚。
春雨清新，花香四溢，
春的芳菲醉人心田。
万紫千红，繁花似锦，
春的舞台五彩缤纷。

固阳，我的家乡

固阳，我可爱的家乡，
巍峨阴山是你挺拔的脊梁，
奔腾昆河是你血脉的偾张，
无垠草原是你宽广的胸怀，
疾风劲吹是你性格的张扬。

固阳，我美丽的家乡，
马鞍山的桦背森郁，
那是你伟岸的身躯。
大仙山的奇石林立，
那是你健美的骨骼。
春坤山的繁花似锦，
它是你野性的妩媚。
阿塔山的金光闪闪，
它是你灿烂的笑靥。

固阳，我古老的家乡，
古道悠长，
稒阳道上承载过秦汉王朝的雄风。
古镇沧桑，
怀朔还飘荡着北魏的遗风古韵。
阴山蜿蜒，
战鼓声声中仍有木兰征战的身影。
敕勒歌雄壮，
永远是这一方千古的天籁之音。
王昭君大义永存，
出塞的驼铃常在五今河边叮咚。
孟姜女万世情长，
哭倒的长城上一直回响着悲声。

固阳，我希望的家乡，
荒漠桑田，曾孕育出你的历史辉煌。
时代之光，今又照亮你新的希望。
贫穷困苦，它锁不住你斗志昂扬。
勤劳勇敢的固阳人，
发奋图强共筑梦想，
誓把家乡变成那美丽的人间天堂。

风从草原走过

风从草原走过，花草被轻轻抚摸，万物沐浴着爱意，畅意呼吸。
风从草原走过，土地被犁犁划刻，山川雕塑出造型，写满沧桑。
风从草原走过，湖泊被柔柔撩拨，水泽荡浮起涟漪，波光粼粼。
风从草原走过，传奇被声声唤起，留下了故事多多，绵远流长。

草原的鲜花

草原的鲜花亭亭玉立，清新自然。
草原的鲜花五彩斑斓，大方从容。
草原的鲜花吐纳芬芳，香甜醉人。
草原的鲜花娇而不艳，淡雅高洁。
草原的鲜花柔美动人，撩人心魄。
草原的鲜花热烈妩媚，情深似火。
草原的鲜花豪迈绽放，超凡脱俗。
草原的鲜花生机盎然，永开不败。

宪法在我们心中

宪法，神圣的国之利器
它至高无上，神秘庄严。
它是国之根本，
寄托着国家威严，
赋予着人民的权力。
它高高地矗立，
不容任何的亵渎、侵犯，

谁人冒犯于它,
谁就面临灾难,
就得付出代价。
国,无法不治,
民,无法不立。
国,无法则衰,
民,无法则贫。
没有规矩不成方圆,
一个没有宪法的国家,
就不是真正意义上的国家。
一个没有宪法的国家,
是没有前途希望的国家。
宪法,它历尽沧桑,
行在中国也曾步履坎坷,
四度修改,使它与时俱进,
自我完善,使它更加厚重,
三十年来它只为“人民”。
它在曲折中成长,烙印上民族的图腾。
它在磨炼中坚强,镌刻了历史的印痕。
它是人类文明智慧的结晶,
放射着时代耀眼的光芒。

宪法,它释放着法律的庄严,
宪法,它编织了权力的牢笼,
它令弄权者生畏,
它让作恶者受罚,
国家机器的运转它来保障,
人民的幸福安宁它来佑护,
它是社会稳定的“调节器”,
它是公共安全的“安全阀”。
宪法,它有形又无形,
宪法,它说远又不远。
是的,它就在我们身边,
它像父爱深沉宽广,
鼓励和警示着你的成长,
它像慈母温暖亲切,
对你的关怀无微不至,
《教育法》《婚姻法》《未成年人保护法》
法法相连,从生到死和你如影相随。
《劳动法》《交通法》《消费者权益保护法》
律律可循,方方面面保障着你的权利。
它及它那无数条支脉,
似千手观音伸出的千万只手臂,
有力地托举着你勇往直前。
宪法,国脉之所在,
宪法,民族的灵魂。
国家因它而繁荣富强,
人民因它而意气风发。
它是公平正义的化身,
它是民主自由的核心,
它是万法之本源,
它是人生的路标,
就像哲人卢梭所云:
“它不刻于铜板和石碑,
它永远铭记公民心中”。

郝久谅

黑龙江省依安县人,1966年生,农民,依安县诗词协会会员。多年从事诗歌创作,有近百篇诗歌、小说、散文等在各级报刊发表,曾获黑龙江省“龙沙诗会”一等奖、二等奖。

秋水

秋水汪汪　清澈迷离
像你三十岁时
在我面前轻轻抛洒的叹息
秋水荡荡　九曲回肠
若你归来　或许还会寻到
它婉转着尚未褪色的记忆
谁对我的爱　比秋水还深
谁又带着一腔的离恨
比秋水走得更远?
我收拢所有的目光
再难遇见那一瞥
乱箭穿心般的眼神
绿草萋萋　仍在枯萎着谁的情感
岁月悠悠　又将延续了谁的怀念

圣洁的秋水　一边
折射出纯净的天空
一边又以环绕平原的方式
为我写下生命中
那最可抒情的一段
举杯　问一声古老的月光
有谁斩断过秋水留下的忧伤
我多想收拾起被揉碎的心情
重新回到故乡身旁
借着对秋水的寄托
把那一缕遥远温暖
永恒地收藏

秋天写意

每天，忙碌得像一只搬运食物的蚂蚁
何必呢，我真想就在喘息的那一刻
彻底地停下来，缓缓劲也解解乏
如果，真能停下来，那该多好
钱可先不挣，车可以先不开
我首先想到的一定是抓紧时间
去欣赏和问候一下即将过去的秋天
也一定要告诉那个还在远方的人，我们
还有很多的机会，属于停下来后的等待
大片的仿佛永远收割不尽的庄稼
让我产生敬畏的同时也心生厌倦
大群的劳累在田间的父老乡亲们
你们也歇歇吧，我崇尚你们的勤俭
我要在这十月的感召下，继续
我的寻求，我的执着，我的呼唤
风可能不懂，夜可以退缩
我的孤单来自我的不再妥协
一万年来，我该是最独特的一个

重新听一首老歌

那天依旧是个很平淡的日子
不经意间
我重新听到了一首老歌
就如同又在往昔
用梦想铺造的道路上
重新走了一回
只是这一次
眼中含满了泪水
重新听一首老歌
我已经少了那种激情四溢
而是多了一些回味与思索
毕竟青春的浪花
都已被光阴的河流席卷而去
生命的冲动
也已在岁月的坎坷中渐平渐息
重新听一首老歌
才知道什么是真正的失去
什么叫永不再来

郝明亮

1963年出生。谷风诗社社员，天津市作家协会会员，静海作协台头分会会长，淀土文学社社长。

雪的诱惑

推开封闭的门扉
大地铺展开一张白纸
让白杨静静地构思着绿叶
让雀鸟在枝头寻觅情感
让我在灿然傲放的枝条
看到梨花去年的约会
幻想也作昨夜的纷飞
自己又一次对自己的嘲弄
曾经拾过一支飘落的鹅毛
插上小报记忆的夹缝
即使雪花读到春天便会流泪
泣在草根、树尖
我还是跑着
脚步印刷伤痕
咯吱，咯吱
竟踩响了一串儿音韵

北方无雪

北方无雪。干燥奇寒的严冬

只让炉火注释着
两鬓披满霜雪的老农
麦苗,却在他的裂唇上冻僵
而我柳絮一样的梦
却让铅印退稿信
纷纷扬扬的雪花瓣
深埋了
整整一个冬天

雪晴

雪后。约你去散步
不小心走进冬天里的童话
你走了很远,想象了很远
岑参站在每一棵树下
你喜欢雪景
不必拿相机,带着画夹
你只需领略
这晶莹的世界,冷凝的美丽
其实这只是一个错误的春天
洁白地冲你微笑
你冲动地写下一组小诗
付交脚步去印刷

记得那雪

记忆的雪很厚,很厚
封住了童年的柴门
你咬住冻得发紫的红唇
也无力推开那一堆堆
苇花　棉团　柳絮
雪花静静地飘着
你静静地想着
这雪花是春天的来信
你一瓣一瓣地读着
你堆了一个雪人儿
替你贞洁地盼望
当农家屋顶的炊烟
放飞了太阳风筝
它静静地淌着泪水

喇叭花

——童年拾趣之一

姐姐
记得你和我在早晨
一起去打野菜么
麦花沾上你长长的辫梢
大朵的喇叭花
将笑音染紫或染蓝
我赤裸的小脚丫生成遍地白蘑
连布谷鸟的亮啼都沁着清香
一只草绿的小蚂蚱就让我迷路
若不是肚子这面皮鼓被饥肠敲响
我也不会迷途知返
天空湛蓝、湛蓝,我就躺在它的河畔
记得白云的帆影下泊着我的小村
我呼唤着姐姐
孤寂、恐怕,串串地、圆圆地滚落了

家呵,跨过门栏我就长高了
欣喜,却让姐姐红红的眼圈与干哑的声带逼走
只留下默默的回忆
一直伴我走进今天
呵,姐姐,每当我走过田间小路
我便会听到那一朵朵摇曳的呼唤
或紫、或蓝

路灯

我是从认识那盏路灯
开始认识你的

因为只照着死水般平静的路面
你很寂寞
因为只拖着一条懒散的影子
我很孤独
心照不宣地同时抓住
飞速流逝的时间一瞬

午夜是无声的催眠曲
蝙蝠是夜色里有形的风

而我的一声哈欠
像一声荡远的呼喊
我该睡觉了

回家路上
我的眼睛只照亮自己
这才想起你
搏刺黑暗的欢乐和
燃烧着欢乐的眼睛

向日葵

行一生的注目礼
追随心中的偶像
直到粉颊萎谢
皱纹织网
你弓着佝偻的背
准备了一万颗牙齿
同人们唠叨
太阳的芬芳

在塘沽滨河公园

花语
不是因了爱自由的云朵
才开放我心头的兴致
五月,插着花,披着叶
少女般柔美地走来了
让我也随着风
落叶一样飘进她的怀里
而昨日的小雨
早已洒落她透明的爱
碰了我这异乡人的衣袖
刹那间脸颊粉了,红了
但终归我们并非陌生
一晌间
叙了一路万紫千红的话

哦,告诉那一对对恋人
告诉那诗人不要总蕾一样关闭
告诉那游人不要像蝴蝶一样不定
而总是
向我诉说美丽的忧郁

荡舟

难得这般闲致
给我一面镜平的湖

没有桨楫
彼岸不须渡

即使有了信念
也被波心的涟漪迷住

难得这般闲致
即使是偷了一个晌午

秋千

孩子们的天地是旋转
笑语把草坪洒满
我默默走向前去
走进了金色的童年

哦,童年
在河边上光着小脚丫
走丢了的童年
在麦垛上玩捉迷藏
迷失了的童年

呵,一切都回来了
在秋千的那一端

禾原

本名朱春光。江苏省常州市人,南京师范大学毕业,经济学教授,温州某知名高新技术企业副总经理。大学任教期间是活跃的文艺评论者和抒情诗作者,代表作品有《有信的日子》等。

时间

沙流轮回厮杀
红了老眼
绿了青光
透视财富金相

把兔子设在局里
自己游戏狼群
想用牛角的高度
丈量欲念深渊

跳不出的周期
不会停牌
多少人生春秋
股海沉浮

2016 年 7 月 21 日。

古村

库村的夜，来得都很迟
天黑以后，木屋没有关闭门窗

这是夏日的夜
白天的日子都躲进了星星
留下永远流传的话题
在村头柏树下乘凉
时尚的情节
总与古老流年相融

长胡子的故事
石缝的月色里溢出
抬头仰望夜空
挂着一轮圆圆乡恋

这夜，那圆圆的乡恋一直闪亮
古村里的门窗，也都敞开着

思归

楠溪江边
点点青山恋色
江面时常浅窝嬉笑
朦胧还没萌芽
饮烟就醉了归人
凹凸不平的月色
载满盛夏心思
摇摆不定
踏出一条荧火虫飞舞的路
逶迤探入深山幽谷

彩虹

一直期盼。你
盛开朝阳的微笑
咀嚼，初夏热情

每到雨后，我频频回首
遥望，彩虹山岗
你孤独苗条，身影
入梦来……

读你

读你，眼神
投影一道，风景
蕴藏梦想，揉着月色
涂抹的心事
在你酒窝边，开花

回响

彼岸花开
鼓舞起了多少彩蝶
风帆顺流，群山
写真雨季
过往，烟雨飘渺
是青山揉碎河床
还是溪水带走缠绵
那只驮载思念的船
不扰春色
只顾牵着回响
翻越了多少座高山

2016 年 7 月 8 日。

空山花旦

多少星夜
每一座空山的灵魂
月光悄然阅读

无法触摸，星光
好似药剂冰洁
却被它深深融进
风鸣松声
绵绵不绝，回音
蕴藏着耐心

山神已被感动
恰到好处的柔软
筑一个巨幕，舞台
惊艳空绝
只有风雨从海上来
轻轻抚慰

绵绵岁月
每一折人生的主题
海枯石不烂

何建飞

笔名乙二。男，70后，现居浙江杭州，理工男，业余喜文学，有散文诗作散见于本地报刊。（在2016年浙江日报举办的“十万稿酬求首诗”的活动中被最终入选，并编入）诗作《等你在杭州》入选《盛世放歌》一书（浙江文艺出版社出版）。

北京的后海

那年夏天
你来信说
后海的水柔波荡漾
芬芳的墨香中
我嗅出你的体香
我攥着信笺入梦
信在我的怀中入睡

你在信中说
还没有尝过穿高跟鞋的滋味
现在想来
那时候的我怎么会那样的傻
直到现在
我都一次次欲问又止
你穿上了谁给你买的高跟鞋

从那以后
门外响起的高跟鞋声音
一声声　一声声
都敲得我心痛

今年冬天
异常寒冷
我看着《镜中》
望着窗外落满梅花的南山
后海一定也结了厚厚的冰
热泪　一滴滴　一滴滴
再也激不起后海的一圈涟漪

徒劳的思念

虽然是阴天
但我想见太阳
我就抬头看看天空

虽然你不在
但我想见你
就会在街角的报亭
低头翻看那份杂志
找见你的名字
默念

某一天
杂志上再找不见你的名字

我不知你的踪影
微信短信和 QQ
依然不见你留下的消息
我抬头望望天空
这个铅云密布的阴天
我无法见到太阳
虽然他一定悬在乌云之上

太阳不愿见我的日子
我的努力
一切都是徒劳

你剪掉了长发

看到你的长发
我说
我喜欢你
长发飘飘的样子
其实
你明白
我要说的其实是前半句

再次遇见你的时候
你剪掉了你的长发
我却没有感到陌生
因为你的一举一动
还有你的笑靥
都魂牵梦萦着我
可你
却说
长发很烦人
我知道这不是真的
只是当我说了那句话后
你剪掉了你的长发
我知道这是无言的拒绝

雨后的樟树林很忧伤
枝头滑落的雨滴
抚摸我的脸颊
我尝到一丝咸咸的味道
脚下的樟树籽
发出一声声叹息

何万红

笔名万紫千红。80 后，天水作家协会会员，易经学会会员，作品发表于《甘肃日报》《天水日报》《天水晚报》等多家媒体。

夏至偶感

夏雨绵绵润槿麻，
迷离半世虚韶华。
风嘲荷叶总含泪，
几许沧桑染鬓花。

夜殇

傍晚时一个人
走在幽静的河边
我轻轻地问
缓缓流淌的河水
你可曾是我流之不尽的眼泪
你是否记得
给我生命源泉的那个人

静静的大山啊
你就是我心中的压抑和愧疚
你也是否还记得
我曾经依靠着的那座大山
和我深深的呼唤

远处星星点点的灯火啊
你是否可以照亮
我曾经流逝的岁月
灯火下是否还有那熟悉的声音
和慈祥的面容

炊烟袅袅却听不见
妈妈喊我回家的声音

仰天长叹注视着遥远星空
那颗最亮的星星
不
那是爸爸的眼睛
远远地看着我们
保佑着我们
夜越深星星越亮
往事越是清晰

河水随着岁月的流逝
默默地流淌着

病中的父亲

被病魔摧残
一天不如一天的父亲
面色枯黄骨瘦如柴
连说话都显得格外的吃力
再也没有了往日的容颜

父亲啊
您一辈子的负担犹如一座座大山
您一生的汗水就是那汪洋大海
六十六个春秋的沧桑
即使用尽一生也难以写完

每一次看着您和您说话
都担心是最后一次
多么地害怕再一次叫您
爸爸时没有了回应
多么地害怕叫了几十年的爸爸
成为永远痛苦的呼唤爸爸

多么地希望每次回家都能
看着您陪着您
多么地希望您能和以前一样
树欲静而风不止 子欲养而亲不待
爸爸已如即将下落的夕阳
用最后一点光
惘视着这即将永别的一切
悲痛无从说起

人生一世 草木一秋
今夜天空洒泪成河
今夜大地凄风楚楚
今夜肝肠寸断

胡麻熟了

一颗颗丰盈的果实
像是满天的繁星
秋风吹来犹如波浪翻滚
一阵阵胡麻的香味里
还夹杂着父亲的汗味
是在欢呼丰收
还是在依依道别养育
它一生的土地
每一颗胡麻里都有父亲
的汗水和希望
胡麻熟了父亲走了
父亲把镰刀挂在了天上
把希望埋在
他耕耘了一生的土地里
父亲把一生的精力
都耗费在这片土地
把一生的期望
都寄托于儿女
这是父亲种的最后一茬庄稼
是儿女一生也收不完的庄稼

母亲的馍馍

一缕熟悉的清香
总把我从晨梦中唤醒
在儿时每天上学之前
母亲都会烙一个
又大又圆的馍馍
香香的 暖暖的
那味道至今还在

馍馍由黑变黄再成白色

最后刻入记忆
不知道母亲把多少爱和岁月
揉入她手中那团面里
从圆到缺
无数次地啃食
伤痕全部留在母亲额头
面粉染白了母亲的头发

如今母亲把大圆馍
挂在寂静的夜空
梦里都是无可替代的香味
那光静静地照着
儿子的思念和母亲的孤独
(注:黑、黄、白指的是黑面、玉米面,也指生活的变化。)

父亲的茶罐罐

每次过年回家
都可以和父亲一起
喝父亲煮的罐罐茶
炉火的光
清晰地照着父亲的容颜
茶香弥漫着整个屋子
茶水里翻滚着父亲的一生
如今父亲走了
炉火熄了茶罐凉了
香味也散了
我再怎么煮
也煮不出原来的味道
茶里总有去不掉的咸和苦涩
一切被烟雾隔得朦朦胧胧

何玉忠

江苏省昆山市作协会员。著有长篇小说《苦乐年华》。出版诗集《竹箫声声》《一只灰鹭飞过》。

看蚂蚁搬家

这是很虔诚的事
整个上午纹丝不动
看一条线
在眼前流淌
只是不知道
为何要搬过来
还要搬过去
过来和过去
有什么区别
我分不清此一只和彼一只
更不知道谁是监工
不知道食物调剂的基本原则
一只讨厌的猫
卧在树荫下
伸着舌头等蚂蚁通过
偶尔一卷舌尖
就饱餐一顿
这是十一月十一日
厦门鼓浪屿
最令人伤感的一天

如果

如果有一双翅膀
就能直入天空
和白云嬉戏
在浩瀚宇宙里
尽享穿越和激情
如果我有利爪
就能深到海底
在冥府倾听更多凄美的故事
如果有包公之才岳王之武
就能安邦定国
励精图治
然而我就是我
一个游走于城市边缘的精灵
日出而起日息而归
美丽的想法子
只要在脑海中闪过一瞬
就足够了

海怪腿的味道

十五年前在泉州花纹酒店
有香猪有乳鸽白银血粿
还有什么烟什么酒
早就忘了
只有海怪腿的怪
至今难以释怀
今天执意去了那里
也是三楼八个菜
其中海怪二盘
一盘白灼一盘红烧
黄昏的时候菜冷了
味道这东东
还真是有点邪门

黑马

本名肖旭亮，男，河北保定人，曾用笔名河北黑马、制造光明，河北省作家协会会员。1985年开始在国内各类报刊发表诗歌作品；1987年与友人创办四季风文学创作中心并主持编辑工作至今。著有诗集《世纪末狂想曲》。

愤青

这条宽广的河流
连日以来
在整个南方肆虐

这颗淮北的枳子
看上去还鲜艳
吃起来却很苦

离家出走时候
也没能动摇老书记
围湖开发的决心

当年为真理
甚至咬破中指
血染竹林

后来成了异乡人
从天空俯瞰
不再熟悉的故园

从此话语冷冰冰
如乱箭穿心
说这些不是你要的
从此脸色很难看
可心底始终没忘
自己的乳名

久违的热土啊
我不是异端
不要拒绝游子的拥吻

打坐

不行——
为了补偿前生的罪过
从今天开始
要学会打坐

将命运放到
滔滔的洪流里
将一切因果
静静过滤

双手合十
口对心　心对周天
身上的叶子
绿起来

也许是鸽子羽毛
在雨幕里更加洁白
召唤河流
对岸的虹霓

月上东山
灵魂已沉浸于光华
两耳不闻
葡萄架下的私语

夜半钟声传千里
打开未来的坦途
浑身骨骼
都变成带电的晶体

将自己
交给天交给地
交给季节的风雨
交给飞翔或者浪迹

蝉蜕

仿佛这聒噪是伴随
地球同时诞生
知了——知了

高大的树木
遮蔽晴朗的天空
从此开启生命旅程

父母也是在这里
完成的蜕变
有了翅膀才学会飞行

雄的纵情歌唱
却听不到自己和世界
雌的侧耳倾听

心里着急却发不出
任何声响
只有将热吻化为清露

最后将爱之结晶
作为种子撒向大地
瞬间堕入深渊

经过多少年的跋涉
终于在某个黄昏
拱破地皮

认定这棵大树
就是古老的家园
抱着树干开始攀登

只用一个时辰
身后留下空空的自己
蜕是我——蝉是谁

对面

让黄河
从天上砸开缺口
奔涌的不再是悲辛

急忙脱掉
满是汗味的武装
先去洗澡

街上响着惊雷
那个中年男人
回来了

半裸着身体
将衣物放到洗面池
让夏季的暖流浸泡

拎起电热壶
想了想将其中的残留
倒在衣物上

那年在龙滩
邂逅了那树桃花
伤口至今还疼

砰砰的摇滚乐

勾起恒久的乡愁
不见唯美的周杰伦

再把壶灌满
下意识地将长长的龙头
探至深深的底部

这无形中
就将时间和空间
进行了完美的置换

房间的灯亮了
此刻金骏眉的醇香
滋润着那干渴的喉咙

海螺从龙宫
颠簸到他的案头
其中将储藏多少个梦

顺手抄起一本书
街上的雨声
开始逆袭耳鼓

美丽的魔鬼
潜伏在云朵里
随时准备燃烧着突围

蓦地,好像有点冲动
索性全裸着
在住所的房间到处游走

但似乎还有所顾忌
一转念,墙上挂着的仕女
只是风景

隔着厚厚的窗帘
想起天上的月亮
水里的鱼
还有原野上的树
虽然灵性依旧
但毕竟已不是过去的自己

别墅的门启动
走出去的瞬间
已经是雨后初霁

浑身上下
被看得如此通透
他却颔首微笑

在微信里
写下带电的字
你不是我,我不是你

恒虹

原名吴永彤,又名冯永彤,香港诗人。原籍广东海丰梅陇人。1990 年 8 月创办《深圳诗人报》,居深圳和服务新闻媒体近十六年。现为《香港诗人报》总编辑、香港诗人联盟社长、香港文联副理事长、香港诗歌协会理事、香港小说学会理事。出版有诗集《月吟》《愁情集》和小说散文集《求索集》等。

六山七水只为伊

我跋过六座山
为的是
在七峰近吻我前世风烟里
约定的那抹唇霞

我趟过六道河
为的是
在第七道恒河中央
祈回前　龙王赠我
那只七彩善美的玉暇
我要把唇息里那抹云彩

呵织成她爱的轻盈衣裳
我要掌心那只灵巧圣物
游成镶入她心房的玉佩
今生呵六山七水只为伊

(2016 年 3 月 16 日于香港。)

伊人祈

菩提,凝聚在你端庄的脸蛋
日月,在你的美眸焕发出光芒
今夕,我跪在莲池祈福
我想,想我那油菜花灿烂的伊人

2015 年 3 月 5 日于香港。

虹彩

你我是天上一道虹彩
在雷雨洗尽尘埃

左边是我右边是你
太阳是作证挂彩的媒娘
赤紫是你飘逸迷人的裙摆

飞弧是我们灵魂相依笙乐的舞动

今生迟遇错缘是后世的永聚
天道之门正在悄然洞开

虹光在俗世的仰望喧哗的到来稍纵即逝
雨缕灵魂的光芒摆脱肉身相拥相爱归道天宇

2015 年 2 月 11 日于香港。

线中情

兜兜转转纠纠结结
我终于找到了心爱的线头
我睁开眼
却发现你在我开初的那头

妹呀
只要心线同一
哥妹就不分这头和那头

岁月虽在慢慢老去
而哥哥爱你的心针
却永远年轻
因你是我今生迟遇的初恋

2015 年 7 月 6 日于香港。

月色情歌

想你时你又吞吞吐吐
想抱你你又躲在一边
今晚就搂束玫瑰安眠

梦里是谁推开我窗棂
半夜是谁扔了我玫瑰
满口又是谁吻的唇香

2015 年 2 月 14 日于香港。

红帆

本名管萍,家有儿女,中年煮妇。

诗观:诗即生活,锅碗瓢盆可奏华章,油盐酱醋滋养思想。

风吹过荒野

(一)

风呼啸而过
穿透荒野
一朵花,听懂了它的告白
低下头,咬断了自己的
根脉

(二)

星星消失的时候
我正在荒原上盛开
听说你要来,我把身体
留出了一半空白

(三)

一片花，狠了心
以远方的名义
齐齐拒绝季节的改变
不说话，不理睬
它们在等，等一场风
穿过荒野，呼啸而来

孤独

我知道，一切终将会失去
青春，鲜花，肉体
还有你
天黑以后
虚无抵达之前
我躬下身，微笑着
拽紧了自己的影子

行走的夜

端砚一扬，泼出
夜色的脊梁

夜，拧着腰肢
从诗经中袅袅而来
带着荇草的清香
和着编钟的节律
一步一步
走过屈原的汨罗河
走过李白的千江月
也走过
三毛的撒哈拉沙漠

走得太久了啊
曾经的羞涩
凋敝成一阙哀歌
城市的衣襟上
一只黑天鹅，在缓缓逼近

庸医

归胃经，入脾经
每一味药都有它的走向
寒凉甘平热
每一味药都有它的脾性

亲爱的故乡啊
你的脉络我如何掌握
当河流骨瘦如柴，当树木头发
掉光
当土地清白不在
你病入膏肓
哪一味药才是良方

我用狼毫，蘸取檐下的雨滴
颤抖着，写下了两味药
熟地当归
可是，它们走入的
却是我的心经

过时的情书

（一）

喜鹊这个叛徒
厌倦了
一年一度的相会苦情戏
偷偷躲了起来
星子轰然散落
砸向窥伺的树叶
其实，它们都错了
压根就没有人来

（二）

期待一封信，一封
手写的信
见字如面。可有人记得这样的开头
充满了惦念，脑中刻着的
那张脸。

一撇一捺都是丰满的惦念
渴望一封手写的信
闻到指尖的温度，唇角的笑

闻到万里之遥
库木塔格的黄沙味道

(三)

情书该怎么写
我把那些词汇聚拢过来
又摊开。

手指一个个仔细拨拉,像土拨鼠
检阅它的粮仓
沉稳,坚定,耐心,从容,
我不停地挑着,拣着
企图给你一个完美的描述

拎起来,透过阳光
我看到它们或温暖,或清澈的
底色

洪灯波

男,1973年出生于南安英都古镇,1993年参加邮电工作,现为南安市作家协会会员、南安诗词学会会员、南安市义工协会副会长。热心公益事业,业余时间喜爱休闲旅游、摄影、散文诗词等,有作品发表于各类刊物。

有感“秋意”

秋
轻轻地来了
宛如岁月
悄悄地上了眉头

秋
轻轻地来了
虽是盛夏
却深感秋意

尽管
尽管秋天很美
但我
还想回到以前
回到那生气的春天

迎着习习的春风
尽情放飞梦想
在草地
在相思树下
没有距离

秋
你来啦
依然红透
虽然
夏天过了
敛了热情
春天走了
藏了生机
但　还有那
飘然而下的
红叶对根的眷念

今生　我在诗意的英都等你来

初夏　蝉鸣　焚香
在这静穆的晨光里
你
带着年轻的豪情
和着最美的清香
盈盈而来
来啦！你终于来啦
你可知道,为了等你
我在这里,守候了一万年

为了等你
我已把矫健的身躯
横亘成一座山
守候在你必经的红尘路旁
凝视着每一位过往的行人
生怕与你擦肩而过

多少年,风吹雨打
多少年,斗转星移
背驼了,脸皱了,脚生了根
化成了翁山

为了找你
我化成一世烟雨
伴随我的儿孙
奔流不息,潺潺东去
到处探寻你的信息
不管五湖与四海
都有我苦苦追寻的足迹

为了找你
我兴学馆、办私塾
好让更多的儿孙
考举人、中进士
今生蹈着古韵
在平平仄仄的诗中
一路寻你而来
所有这些,只是为了
在书山学海里
更快地认出你的名字

为了等你
为了与你结缘
我求佛
赐予我们今生一世的尘缘
我远离铅华
蛰居于山水之间
立庙、养竹、读书、运梦
感受一份清浅的禅意
每天上香、祈祷、求佛
只求有缘天天为你
添上一缕清香
让我梦中暗香盈袖
陪你走过四季
走过喧嚣的尘寰

在寺边
我种下榕树,予以清凉
我种下红豆,以寄相思
我种下白茶
好让我们相见时
一起品味人生
一起酩醉金英

一万年过去了
菩提来了
普足来了
皇上也来了
唯独没有你的身影
从亘古到如今
从白天到黑夜

每当夜幕降临时
为了能看清
你的身影和及腰的秀发
为了能让你感到
我对你的牵挂
我让儿孙点起明亮的灯笼
每家每户
串成长长的队伍
直到家门
我沏上白茶
摆上美食
还有可口的麻糍、麻蓼和糕点
只等你的到来

今晚
谁触动了你的忧伤
低吟浅唱
谁的眼泪
模糊了我今夜的眼眸
在夜行的路上
远方
你是我痴情的守望

一万年了
我信守前世的约定
坚持今生的守候
期待着再次与你相遇
哪怕是
仅仅握下你缱绻的手
等你　依旧
在宰相故里、进士之乡等你
在这灵山秀水之间
在你必经的红尘路边
我不敢离开半步
生怕一转身
就会错过与你今生的尘缘
就这样
痴痴地等，傻傻地待
只为
等待你的到来

等你万年，也不厌倦
终于，有一天
你听到我灵魂的跫音
轻轻地，朝我走来
和着一阵清香，一份热忱
和婉、如莲、温淡、柔雅
我急急地张开双臂
深深地、紧紧地
拥你入怀

2016年5月30日于溪美。

洪秀娟

女。

创作感悟：人，不能踏入同一条河流，文，不能写出真本人生，所有的故事都不是我；而，我，也不是我自己；生命，单向旅，所有遇，都偶然；所有偶然，都必然。在方位，在时空，不喜不悲，凌波绝尘，我自踏歌。

秋约

你约我
在秋夜中漫步
落叶纷飞铺满地
只有你和我

心如鼓
在寂静中槌舞
思绪如浪涛潮涌
何处是约路？

路处处
在苍穹间展图
跨过时光和岁月
有你就有路

你约我
在秋夜中漫步
可冬夜却已降临
秋路在何处

贝壳

落日在海面上跳跃
波光闪闪浪花翻飞
走在沙滩上，我看见了
那六个贝壳，躺着，没有生息

宁可从没有看见过
也就不会那么心痛难忍
宁可从没有感知过
也就不会这么悲情难按

一个小小的贝壳
曾经也这样躺在沙滩上
是远处的硝烟弥漫
断了你的今生未来

没能孕育出圆满的珠润
就连最后的柔软也绝弃
静悄悄躺在落日后的月下

如归巢之鸟终在此刻有了团圆

止步在这长长的海滩上
我用月光轻抚着这六个贝壳
九月的鼓乐声声悠扬
有风吹来,天凉了

我站在雾里

想看清你,伸手推开眼前的道道隔阻
可没有墙,没有窗,没有房,也没有树
就是无法看到你,只知道你曾来过我门前
山花已烂漫,百鸟都朝凤,蓝天高飞有白鹭

想听懂你,撩起间隔你我的层层帷幕
可没有纱,没有丝,没有缎,也没有布
就是无法听清你,只知晓你曾唱在我窗下
翠林响远笛,和鸣在水岸,绿荷滚动有露珠

想牵手你,徘徊在走丢你的那条迷路
没有藤,没有蔓,没有禁,更没有锢
就是遇不到你,只听说你叩响过我的心扉
阳春三月中,桃红柳条拂,草场碧绿跑麋鹿

想迎接你,心已远航奔向那美丽新大陆
没有船,没有帆,没有航标,何以为渡?
就是接不到你,只明白你感知了我的思念
浪花与潮涌,千里堆白雪,万倾彩云舞

想走近你,终于迈出探索的脚步
可你在哪?九十九道弯来山重水又复
朗朗乾坤下,无论如何阻隔,你一直等着我
可看不到你,那是我周遭,都是雾呐,都是雾!

风中的蔷薇

听不到脚步,但能知晓我的来到
看不到身形,但能感受我的拥抱
极尽身姿的坚韧和柔软
你在无边的涌动中恣情舞蹈
裹挟着的沙尘如同巨大的战袍
千万支笛儿吹响恰似在旷野中的鸣号
跟我走,去那阳光明媚的地方
带上你的所有,你全部的坚强和妖娆

生命赋予你的所有都是你的瑰宝
无论悲,无论喜,无论苦,也无论笑
随我走,去那山清水秀的高冈
放下你的所有,你全部的牵挂和丝毫

拥在我的怀里,你抬起了头,有泪花闪耀
生于斯,长于斯,我能忍受瘠薄和煎熬
哪怕在这低洼地用生命开出那一朵灿烂
以诉求阳光雨露对于万物生生不息的重要

听不到脚步,但能触摸到我的心跳
看不到身形,但能感知道我的广袤
不能完成我的使命,我要离你而远去
心儿为你如刀绞,而你,怀中,在微笑

侯秀英

1963年生于山西省兴县。从事过老师、理发师等职业。

美莲

一部分在泥污中浸染沧桑 忍受疾苦
高出水面的一部分却又是何等的洁净安详高雅
这种在阴暗中淘洗着的根源
经历时光的颠簸
用黑暗寂寞的手指
运送着水 阳光和生命
在一条布满伤痕的道路顶端
高擎这碧绿的海娇艳的花朵

这样燃烧着骄傲的莲花
呈现了芳香和纯洁

沉静丰满
让精神和躯体
从熟悉的角度找寻根源
得到赞誉的永远是高擎枝头美艳的花朵

没有谁愿意拿颓废来抵换自己的青春
更没有人喜欢在糜烂里争宠
一朵出浴的美莲
可以定高尘世的基调
而无法背过历史
召回和照见那些颓废的人心

一朵花的含金量比它的色彩更为贵重
当它的后世高出它的前身
那些平庸的人
又怎肯放下成见
去窥见那些不安的灵魂

一双翅膀

这最后的修行者
关在笼中的一双翅膀
需要多大耐力
才能静下心来修炼
这用爱浸染了的骨骼
全身涂满金色
一面是深入亲情的牢笼
一面是未曾走远的年华

闭塞的时光早已超越了内心的底线
正在老去的光阴
被万道光芒触摸出羔羊一样的忧伤
一个以年轻预言未来的人
把金色的牢笼一遍遍锁紧

光芒啊　一世仰望着的亲人
肆意割掉一双自由飞翔的翅膀
堂而皇之地软禁了半世光明

大梦不足百年　而亲情
需要装满多少爱
才能领会午夜珍贵的激情

燕子的双手

一双并不精巧的手
抓住高空奔涌的急流
一直向上向上
飞到自己向往的地方

温顺的羽毛　曾经在低处
丢下柔弱　丢下屈辱
小小的翅膀却一再高过头顶
高过藏匿它小小身躯的事物
把梦想带回到大江南北

谁能以天空为路
对应这高高在上的精神
谁又能以窝为家
守候在平常人的屋檐下
我肯定 这与势利无关

当气流应运而生
天空多么需要翅膀
这高傲的语句
燕子——
它用自己的身体说话

只有仰望才能看到
它有一双巧妙的手
不仅仅美
最重要的是飞翔

呼芸喆

遇见春天

与冬天挥手作别
时间的列车继续向前开着
下一站

我遇见了春天
她轻轻地向我招手
一阵微风迎面而来
惊动了小草
小草悄悄地探出头来
用好奇的眼光探望着这个世界
她带着悦耳的笑声
唤醒了围绕着她的油菜花
河边的垂柳抽出嫩绿的芽儿
漂在水面上
水边的树木齐刷刷地站成一排
仿佛在欢迎春天的到来
桃花稳住了脚步
在最恰当的时机露出了笑脸
开出一朵朵迷人的芬芬
放眼望去
一树树花
都簇拥成一团
浅浅的粉
清明时节雨纷纷
春雨就这样悄悄地来了
雨水打湿了大地万物
所有的一切
经历过春雨的洗涤之后
都变得焕然一新
叶子像刷了一层油漆
变得更绿了
小草经历过风吹雨打
更加坚定理想
变得更向上了
雨过天晴
太阳的光芒重新拥抱着万物
把他们揽在温暖的怀抱里
一切都是那么欣欣向荣
也许鸟儿会在某一个隐蔽的树梢
开一场属于春天的演唱会
花瓣缓缓飘落
温柔且不急躁地在空中展示舞姿
在这里
没有烈日炎炎的夏
没有枫林如火的秋
没有瑞雪纷飞的冬
只有百花齐放的春
无须刻意去嗅花香
春天,
我们只是遇见
就很美

胡东飞

笔名白非,80后,生长于沂蒙山区、热爱诗歌的临沂青年。

高中时作品《爱梦烟火》获得杂志社的优秀奖。第一部处女作小说《冰火之恋》载于现在读书网。诗歌作品见于《现代作家文学》《关雎爱情诗刊》《长江诗歌》《当代汉诗》《酌译诗刊》《中爱诗刊》《沂蒙文苑》《诗人思归》等。在云南机场举办的宣传口号征集中获得二等奖。

蛛网

盛夏的记忆沾满草木
轻摇
不小心 掉落
一张蛛网捕获了
这段记忆
从此
红尘里多了一张网
可以尘封记忆的网

草

一种坚强的声音
萌动着
不肯服输
冲破了坚硬的石层
露出柔弱纤细浅黄的芽苗
不断吮吸着雨水
沐浴着阳光

向上生长着
努力茁壮成长
长成一株草
用自己微小的一抹绿
斑斓这个大地的颜色

秋语

从一片叶说起，无关生死
只说清月

月只在秋夜里澄清孤傲
像一盏青灯，无欲无求
功名生死淡漠

菊花里的情怀，写着一阕诗词
衬托着秋，渐次铺展，漫无边际

秋草里的黄絮，染满秋韵
只与秋有关，不与他人相干

一树的果成熟
这是秋给他的权利，其他人无权相干

一丝秋风拂起青纱，说破秋的秘密
不是私语，而是一幅浓烈的油画

沙漠

沙漠里可以有一座城
金碧辉煌，沙砾平铺
胡杨树，仙人掌，芨芨草相绕
有一汩甘泉涌现，知遇草绿
驼队经过，驼铃清脆
暮色渐染，不用担心露栖荒漠
有一座城可以依居
是沙漠里的世外桃源
可以躲避沙尘
也可躲避始料未及的生死

城
重，可换江山
轻，可比鸟羽
江山，鸟羽里的轻重皆在一粒黄沙里称量

浮生莲花

看透红尘里的一截生死，无须挂于心间
任时光荏苒，尘埃于轮回里落定
唯有一朵莲花浮生水面，孑然一身
无欲无求

佛祖慈悲，手握金莲，足生莲台
以真言佛咒普渡众生，驱病解难
是生是死，是苦是痛，皆有一朵莲做伴

七宝池中的每一朵莲花都连着修行和觉悟
心善心诚则以灼灼其华报之，于莲花化生西方
心恶心毒则以枯萎不生坏之，于俗尘堕落地狱

婆罗浮图佛坛，蒲日古城，巴厘岛葬蓝，西藏符箓
每一处都浮生莲花，每一处都步步生莲
隔着俗尘，不生不灭，不垢不净
于西方极乐相通，于佛界里渡轮回生死

失重的梦

用一帧雪色之图勾勒山河的形状
描摹的千山万水，淡妆

心思不是简单的文字，需用一味药做引
以治心痛和无奈

三杯酒，几碟小菜，足矣
敬天敬地敬你，望知吾心

那幅雪色之图，素雪只是表面，背后却是一场梦
只在漫天里失重，以诉心中的文字

和一片叶的对白

寒冷的风搅动着
呼呼的声音穿过每一棵树的中间
一片黄叶忍不住寒冷
借着风飘飞
其他的树叶依旧抓着树枝不肯凋落
我问，你为何要急着离开
叶说，我要去我向往的地方
我问，可以告诉我哪里是你向往的地方吗
叶说，西方的极乐世界
哦，我只是这样应声
我不知道他是否可以到那里
也许可以
也许会不慎掉入地狱
那只是一念之差的事
剩下的叶子
在该落的时候
飘然落至树旁
守候着他们的生命
等待下一次的轮回
他们也许不求极乐世界
却在轮回中涅槃重生

胡庆军

笔名北友。1969年12月出生。《天津诗人》杂志副主编。作品散见于《西北军事文学》《诗潮》《绿风》《中国文化报》《天津文学》《时代文学》以及泰国《中华日报》等报刊。作品被收入《2009中国诗歌选》《2010中国诗歌选》《中国网络诗歌精选》《天津现当代诗选》《中国散文选100家》等30余种文学选本。著有诗集《走向成熟》《远去的风景》《点亮一盏心灯》《站在时光的边缘》等。

静下来(外三首)

任天边的夕阳飘渺
心有铺陈，一段尘封的记忆浸染生命
那些风景与风月无关，那片云
被谁挥动的衣袖带走

静下来，静下来
美丽是一定要用脚步丈量的
邂逅以后，岁月轻摇
从那里到这里，从春到冬

每一张照片都是凝固的光阴
每一个画面都是自然馈赠的明信片
那些惬意展开，从一声鸟鸣开始
那些情愫展开，从一溪流水开始

开始或者抵达，负载了厚重
浮躁被覆盖，寻回一点点的宁静
都可以所有的心情都温暖了
是你越来越远的背影

春光

春光驱散了寒冷
陈年的泪水
淹没了岁月的诺言

温暖包藏了所有心事
冉冉升起的图景
浸满绵绵的思绪
站在季节的边缘
那个羞涩的女子
轻启丹唇，上演最惊艳的美丽

沿着历书上的记载
耳边是缥缈的梵音
让千百年的轮回
在渐暖的风里沉眠

传说和故事已经斑驳
历史的庭院很深
春阳下溢出的芳香
漂染着淡淡的心情
蓦然回望，会发现

在蔓延的思绪里
那份记忆只是一点、一点

山中的夜

群山都睡去了
只有月亮和那些蛙还在集会
这样的夜色只有群山才能孕育的出
想象比夜空高远

那些借宿的人,把魂魄遗落了
从来没想过怎样去打扰这安详的夜

山的故事和秘密也静静地沉睡了
此刻山离我很近,却没有开阔的感觉

山村在夜色里愣神,点点灯火便亮了
那些喧哗不留丝毫的痕迹

在夜的子宫里,除了孕育了大山的黎明
还孕育着怎样的生命,在悄悄成长

初春的暖阳

谁把忧伤沏成了一壶清茶
谁把初春的暖阳描绘成了浪漫的向往

干枯的树枝间,风吹开了生命的想象
那些旧时光,温暖了所有人的心房

聆听,原野上有疾走的脚步
那些似曾相识的情节,让春天
开在小姑娘的头上

城市工地上,那些农民工兄弟

城市工地上,那群嬉笑怒骂的兄弟
褴褛的衣衫下坚毅的身骨
汗水湿润城市的天空
故事洞穿视觉的神经

挥挥手,故乡就在身后了
招招手,工地上简易的工棚就是暂时的家
笑容里,是慢慢飘散的流年
劳作里,是渐渐阵痛的温暖
行囊有多沉重
对亲人的思念就有多厚重
满手的泥土,异乡的方言
让岁月在脸上风蚀刀刻
像浩淼的水似巍巍的山

把太多的责任担在肩头
空闲的时候,吆喝一声
打打扑克,喝点小酒
乡音汇聚成温暖的港湾
把凌乱的思绪轻柔地梳理
那些最朴实最真实最简单的观点
不经意间,塞进城市人思维的空间

把家乡的小调当作劳动的号子
偶尔打个电话只是想和家里报个平安
也许很少人在意你的价值
但,你是为一个家庭撑起
一片遮风挡雨的天

父亲的那辆旧自行车

炎炎烈日下
父亲骑着他的那辆旧自行车
奔波在生活和生活之间
父亲的额头,闪烁灼灼的光芒
挥洒串串的汗珠

父亲的那辆旧自行车
是父亲自己攒的
父亲用双手和汗水营建着全家的幸福
淅淅的雨声中
父亲骑着那辆旧自行车
伴随着滚动轰轰的雷电
车轮飞溅朵朵的雨花

嗖嗖的朔风中

父亲和他的那辆旧自行车
奏起吱吱呀呀的琴声
掀起层层的热浪

在生活的间隙
父亲珍爱他那辆旧自行车
如同珍爱他自己的生命
父亲的那辆旧自行车
是把尺天天丈量田地长宽
是个篮　季季驮来甜蜜笑容
是杆秤　年年称出丰收喜悦

父亲的那辆旧自行车
倚靠在墙角　墙壁生辉
停在树下　鸟儿歌唱
在乡间小径上飞奔　是道彩虹
落在地里是丛野花
十载风风雨雨
那辆旧自行车与父亲一起走过
十载甜酸苦辣
那辆旧自行车与父亲一道尝透
十载悲欢离合
那辆旧自行车与父亲一同经历
望着父亲那辆旧自行车　感觉很美很美
想着父亲那辆旧自行车　感觉很重很重
骑着父亲那辆旧自行车　感觉责任很大很大
一次次鞠躬　一回回崇拜
但叫我怎么也读不懂……

父亲说　盐是大海的图腾

父亲说，盐是大海的图腾
虽然父亲一生没见过海
但父亲常说
人要有盐的品质海的胸怀

父亲是个纯粹的老农
一生用朴素的思想
与土地默默交流
父亲把盐看作生活本质
父亲说做人要像盐
正直纯洁表里如一精诚团结

父亲说，生活再苦
有盐的调剂就会有滋味
劳作的父亲常常汗流满面
父亲说汗水是咸的
生活就是盐的演绎

老牛与犁耙
锄头与草帽
汗水和盐
是父亲最亲密的伴侣

父亲渴了
几口凉水就能满足
父亲累了
一支劣质烟就能解乏
父亲饿了
一口馒头蘸一口盐水就很幸福

父亲一生没有惊人的壮举
父亲对盐的理解如同理解自己的人生
只是用汗水把土地
浇灌得肥沃流油
然后换来五谷丰登的笑纹

父亲老了
岁月的盐水把他锈成一把镰刀
让他勤勤恳恳地
收割自己的一生

静夜(外二首)

就这样静静地坐着
看满天的星斗洒落在画布上

天空多美，大地多美
静静地仰望，让一种幸福溢满心情
不要说话，就让一份安静如同空旷的山间

那些溪水缓缓流过

或许可以听见远方
我知道,那画布上散落的有你的双眸

单位撤销了

单位被撤销了,领导宣布的时候
如同致悼词,但没有人哭泣

那些眼泪早干枯了,日子的哀鸣清新而悠远
大树倒了,鸟儿各奔东西

窗外的桃花被谁用一滴血溅红
风停了,那些词语在档案里腐烂

鸟儿飞了,或许会融进天空
或许会找到新的树栖身

生与死

在自己的哭声里降生,在别人的哭声里离世
在哭声和哭声之间,写满善良和丑恶

一场雨覆盖另一场雨
一粒种子连接另一粒,故事总是出现在转折处

回忆,遗落了年轻时的那部分
如同遗落在雨后某个地方的一把伞

再也回不去的夏天(组诗)

再也回不去的夏天

风刺穿骨头,鲜花和泪
在语言里结霜

一瞬,是多长的时间
万年是多长的时间

一步一步,一步一步
那些热浪,熔化了记忆的门槛

一眨眼,青春就走远了
每年都有六月,只是我再也回不去那个夏天

路口,我寻不到故乡的方向

以拥抱的姿态,以奔跑的姿态
以散落的姿态,以飞翔的姿态
路口,我寻不到故乡的方向

攥住一把黄土就攥住故乡了
原野上,那声呼唤
填满了历史的细节

谁打马走过

唱歌的人走了,这里只留下回声
跳舞的人走了,这里只留下背影
失眠的人走了,这里只留下黎明

梦走了,这里只留下现实
飞鸟走了,这里只留下惆怅
光阴走了,这里只留下痕迹
生命走了,这里只留下记忆

谁在谁的目光里走远
谁在谁的目光里返乡
谁祭奠了亲人,谁在上岗上芬芳
谁把故事编织成网,谁在历练里坚强
谁泄露了谁的秘密,谁是谁的君王

一个人的路途

那些风景,消失在一只蚂蚁的视线里
晨钟暮鼓,挂在天上
在脚步里,我读平平仄仄的生活

俯身,将心种植在土地
仰望,一幕幕与历史相仿

“行万里路,读万卷书”:一个声音比某些场景
更熟悉

那些隐藏的快乐和悲伤，诠释日子的断章

在行走中，心境如一汪泉
翻阅的文字，在光阴里泛黄

夜宿乡村

月亮也躲起来了，只有星星和夜虫还在守夜
整个村子仿佛都鼾声四起

夏夜托起所有的名词，在寂静中偶尔颤抖一下
稀落的灯光把乡村串在一起，折折叠叠

结局，让最后的谜底刺痛心
故事在夜色的缝隙挤进来，存活在诗书里

六月，那些童真和记忆

记忆依然清晰，如同风划过发丝
小时候，我们要在这一天戴上红领巾
那一抹浓厚的色彩，在六月里鲜艳

红领巾是鲜血染成的，它是红旗的一角
最深刻的一句话，刻在心灵深处
像夏日的草原，从没有荒芜

那枚小小的树叶，覆盖了心情
那首古老的歌谣，重复着生命的痕迹
童年的点点滴滴，从红领巾开始

透过岁月，那些奔跑带着花香
在流年的回廊里徘徊
零散的记忆，怎么也拼凑不出儿时的画卷

今天，满世界都是童话
我从孩子们的笑脸里触摸到童年
在他们的眼中，每一缕阳光都那么干净

日子在云上含笑，谁的睫毛挂满清纯
谁鲜活在六月守住一世快乐
谁站在清晨的风里看一段光阴附着超度另一段光阴

在目光企及的地方写一段文字
许一个个小小的心愿，心愿也是透明的
文字也是安静的

用孩子们的歌声把夏天开启
一朵朵花的美丽让那些排列串成一缕香
然后堆砌历史一样的高度
把心事叠加，一本书一个梦
一些时光悠然踱步
像缓慢地起身，轻轻吹去草上的尘埃

此时，就让无忧无虑的童真在秋千上摇晃
花开的声音在六月的黎明
叩开快乐温馨之门

我们在日子的流逝里活着

在日子与日子的对接中，我们丢失了光阴
所有蠕动的痕迹在我们还来不及忘却的记忆里
我们只是这个或者那个地方匆匆的过客
美好和丑陋离我们很近，却和我们无关

我们在别人的风景里陶醉
我们在自己的文字里苟且
过往，被谁用刻刀刺破
一种伤让我们嚎叫，如狼

如狼也好，至少还有血性至少还有向往
别让虚伪和懦弱浸染了骨骼
风掠过，一些人相信真理
一些人让语言击倒，再也站不起来

树荫下，那些搬家的蚂蚁
演绎横七竖八散落的童话
坐在唐诗宋词的余韵之间
平仄的句式如我们曾经的童年

十月一日

一位伟人用巨手一挥
这个日子就成了一幅国画
成熟了鲜艳艳的旗帜

风风雨雨中,沿着这个日子
中国一路走来
走出了富强民主,走出了文明和谐
每一步都坚定
每一步都有抹不去的记忆

中国,就这样一路走来
走出了宽阔,走出了特色
走出了一条民族的道路
让世界瞩目

五颗红星,让大地和天空拥抱
中国,飘成了一面旗帜
彤红了东方
10 月 1 日,这个日子
成为一个路标
抬头或者回望
都时刻激励我们奋发前行

胡全旺

笔名思杨,汉族,男,1985 年生,甘肃环县人,佛教徒,奔走于乡村和城市之间,暂居深圳福永,2005 年开始创作诗歌。作品散见于《南方日报》《深圳诗人》《青年文学》《陇东报》《南方诗人》以及香港《新文学》《中国诗歌报》《80后文学选》《诗文杂志》《打工文学》周刊等,参加首届全国"首先杯"诗赛并获优秀奖,在其他诗歌赛事中也多次获奖。曾和其他诗友创办诗刊《飞鸟》。

诗观:用诗歌给生活刻影,以生活替诗歌着彩。寄语:在这个写诗软件横出的时代,作为诗歌爱好者,请坚守那份纯地。

月光依旧皎洁

塞外的风
一会是个温柔的女侍
一会是个狂野的猛汉
在这孰知了很久之后
还一如既往地沉着
让风继续拂面
或猛烈地肆虐
令云清淡飘逸
或压顶喘不过气
这种情景
三番五次地重复
多次的清醒后又自沉
当心疼的时候
总是告诉自己
一切都是无意的
那河流虽然被污染
月光却依旧皎洁

一程又一程

暮色上演,鸟雀归巢
我们暂时驻足
卸下行囊,只是休整
我们所背负的使命
时刻都在我们的身上
天色拂晓,白驹昂首的时候
我们依然要整顿行囊
向远处和更远处前行
我们行完一程
并不是我们的终点
而是休憩的中点
另一程是我们的开始
是我们的目标
这一程又一程
将会连环着
陪伴我们走到生命的终点

夜雨寄北

就算梨花落了

那一地的白
也是春天的礼物
大地没有失去什么
春风没有失去什么
把往事拖着不放
那烦恼的藤根
怎么会舍得离去
这一生的路上
顺风的时候
一定少于逆风的日子
生活本来就是
艰苦的修行
君应知
成人不自在
自在不成人

血汗钱

又是一拨无助的浮萍
簇拥在希望的门口
举着汗水的心声
渴望得到有力的援助
他们的神情
含着无限的渴望
呼唤着被卷走的良知
这些年,此种剧情不停地循环
有的时候不幸成了深深的疼
比如一颗鲜活的生命
成了陨落的流星
只是不知道这样的剧情
什么时候能够停演
漂泊的浮萍有个保障
那还我血汗钱的醒目大字
会变成和祥的日子

自此,不让陈酿苦了秋风

注定,十八层地狱的苦
受尽了,有天人福报的话
天女撒花,香气弥漫自然来
苦求,抵不过因果的轮回
这因这果,谁种谁收
天地自然之间,山水轮转
宿命,不过是一种缘
让善良的灯盏不熄
把发酵的陈酿永久封存
不再让它漏出丝毫
多味,会苦了清凉慈悲的秋风

致

对于生命中恩赐的一切
抱以十足的感恩丝毫
虔诚地小心珍惜
不敢有过多的奢求
只想把这不易的情分
守护到生命的终结
所有的安排绝非偶然
宿命的信笺
写满因果的字眼
相遇来得不早不晚
要我们书写别样的华年
如此,辜负岂敢!

月夜骑士

黑夜跑在前面
路漫长,一束光在照耀
两旁的树木在吟唱
高歌的人,不畏寒夜
步子从来没有停歇
使命,信念作陪
多少春秋,不敢提及疲惫
注定是摆渡的人
风浪,天气,船只
做忠实的伴娘
日子,不言苦乐
脚踏实地地过
生活,不攀高低
做唯一的自己

花门楼

本名高桦，男，1966 年生，河南省潢川县人，喜好诗文，在心情放松时喜爱诗歌创作。

晨

奢侈的我消费清晨
清风告诉我
奢侈的是香新自然的馈赠
奢侈的我消费清晨
鸟儿告诉我
奢侈的是点通灵犀的和鸣
奢侈的我消费清晨
树木告诉我
奢侈的是一枝独秀的花翎
奢侈的我消费清晨
湖水告诉我
奢侈的是妙龄浣纱的幸临
我抬一抬手
摘下二月的风铃
摇醒春光的栅栏
漫不经心瞥见沉淀的魂灵
来不及拾拣年少的桔黄梦幻
朝阳涤荡去殷切的盲动
一腔腔沸腾的鲜血
早已因循岸上石径
踽踽编织奈何桥下羁绊的缆绳
只是湖边的山丘
一言不发地自顾盘踞深沉
将一碗孟婆汤
沉寂下风雷雨电
幻化另一道丽人的彩虹

花土

本名何小华，江西人，目前暂居于深圳羊台山下。爬山、钓鱼、摄影、手工、写诗”五毒”俱全。另有笔名少林酒桶，曾与太白酒桶并称”大小酒桶”行走诗坛，江湖人称花大爷、花婆子。

在化竹寺当和尚

早晚钓鱼，中间打瞌睡，如果还有时间，我们就去爬山，掏鸟蛋

漏风亭

雷声凿壁，一山烟雨无处可去
每个登山的人都是一座岛屿

2016 年 4 月 5 日。

去四方竹园

山路弯弯，恍惚梦境
有那么多好女子夹道而出
露水打湿了青衣
我们都不得不停下来看你

竹林三贤

流水安静得像个小脚女人。

在一棵花树前留影

大雾加身
绿野浑然一体
她一身白雪
而你一身青衣
这样多么好
你喊她一声妹妹
她也应你一声姐姐

2016 年 4 月 15 日。

当路石

雨落春山
荆门染绿

一些风景藏在隐匿处
如鱼得水

朋友,请继续你的野性难改
但此刻－－

我们应该面对面坐下来
好好谈一谈

2016年4月16日。

梵净夜雾

一片叶子脱落,江山都不知去向。

登峰造极

游走在山岚中的涧水
有时候会不知所踪
但琴音还在耳边撩拨
推开一棵棵大树
甩掉一头头猛兽
山风轻柔,云影厚重
我们就在这绝顶之上搬几块石头
你坐南做你的王母娘娘
我朝北当我的玉皇大帝

当路花仙子

应该交出什么呢?
清风水袖你全都有
远道而来的人
只有一颗倾慕之心

水边的花仙子

群峰争高
而流水都去往深涧
水边的花仙子
纤尘不染

而我与你
都长出了尾巴
和鳞片

三角亭

望山吐纳,虚怀若谷
爱登高的人都去了绝顶
余下一枝七叶莲
二朵闲云

红云金顶

惊涛拍岸,足底风声
绝壁,苍鹰,山妖温柔多情
此心安处剪石为界
也无须篱笆柴门,凿井点灯
也无须造车养马
出门有风景
两个老不死的和尚互为芳邻
嘿嘿嘿!趁满山云深石室无人
吾们鹊巢鸠占之
美兮兮滴!

给山妖

滴水穿石,远道而来的云抱上了石壁
金银细软铜板纸币皆已用尽
如果你需要爱情－－
就请你拿去

取暖石

一生
一次

一千年
也只有一次

你抱着我
我抱着你

任铁索生寒
任铁锁生烟

梵净石

草木凋零

飞禽走兽都不见了踪影
你在水边枯坐
水如蓝,蓝如绿
梦里游来两条小鱼儿
一条是你的姐姐
一条是你的哥哥

去龙泉禅寺

野径无人,一条路走着走着
就断了。三日清水一只鸡
两个老和尚也不扫地也不念经
一天到晚都在河沟里观蝌蚪,摆龙门阵

K586 次

乘客已垂垂老矣
而你,还是那般美丽动人

云上

一朵云
像一个人的白肚皮

另一朵云
像另一个人的白肚皮

你喊我花花
我喊你肉肉

华芳国

又名赵斌,现任河北省无极县作协主席,曾出版有长篇小说《闻鸡起舞》等 4 部,另有长篇小说《神剑行》《毋极》等在红袖添香等文学网站连载。

亲,麦子熟了(外二首)

今天,豆角花又开了
我把自己锁进屋子
光线从窗口跳进来
我生气地把它们摁进被窝
相信缘分
会带来一首新诗的降生

曾经有一些诗歌
在我眼前走过
在我的额头留了下划线
那些熟悉的句子
也曾填满我的肚子
如今已经遁去
期待中,逗号和句号干瘪
我的眉纹被标注为段落

无奈,被窝里的光线
瘦成了黑色的炭笔
我用心给豆角花涂描
此时,一地的金黄
扑面而来
我于惊厥中伸出了双手
亲,麦子熟了

麦苗返青了

麦苗返青了
一只鸟飞入我的梦中涂鸦
不经意间
心扉给着色
露出许多往事

三月注定是我们相遇的日子
即使没有风

麦子和粽子

麦收快熟了
无数的鸟儿在头顶盘旋
粽子一夜之间
长出了那么多春色
羞答答地被历史捆绑

粽子为谁而生

能引得麦子纷纷老去
端午节
包裹一个季节的热吻

黄桂琼

笔名笨姐，女，1974年生于广东和平，祖籍广东梅州丰顺，现居珠海。作品散见于《人民文学》《珠海特区报》《诗潮》《全立》《江门文艺》等报刊。部分作品入选2009年《新世纪精美散文随笔选》和《1980～2010珠海经济特区三十年文学作品选》等各文学作品选本。

期盼每一个春天到来的时候

孤身躲在属于自己的角落
用手触摸着空气
灵魂与黑夜不断碰撞摩擦
外面的风在猖狂
不知又打翻了
谁的梦想

攀爬在季节的轮回
酸甜苦辣烹煮着现实
背对在
你的世界之外
在久候的红尘烟雨中
渐醉然后又
渐醒

舍弃那些被时光剥落的纠葛
揽一湖冰清水韵
期盼在每一个春天到来的时候
心上生出一朵
安静的娉婷
相依相伴于脚下
那一程山和那一程水
直至生命句点的
远行

眼

这一眼温柔的期盼
点燃了夜的思念
谁在谁温婉的睡梦之外
孤独地徘徊

远离纷繁尘世的喧嚣
在安静如兰的
空旷里
内心的世界
被一根回忆的长线
夜夜垂钓着

影子虽然被偷走
但心中
始终守着一扇窗
在时光斑驳的暗影里
温一壶真情
等待与一缕清风
久违的相逢

这样的夜晚

不知窗外有没有月色
此刻一切的喧嚣
都安静了下来
阳台上的蝴蝶兰在自开自谢
偶有汽车驶过的声音

心情的屋檐下
往事如尘无声悄悄地洒落
手心里没有温暖
我独自安守着这一夕的流光

将疲累深锁于静默的尽头
即便
梦里浊泪澎湃无度
却也无法扶正
那些歪歪斜斜的忧伤

这样的夜晚
最适合把心事吟成小诗
在平平仄仄的词韵里
让文字安慰文字

黄海斌

笔名海滨小城。中学教师，湖北省大冶市作协会员，《华夏微型诗》副主编。钟情于诗歌，著有诗集《短笛》。作品散见于各类报刊。

故乡的石拱桥

那张弓
有点像母亲
愈给压力
愈有韧性
艰难的日子从身上辗过
负重的身体从不吭叫一声

把一声声叹息扔进河里
让那些儿女
从容地跨过苦难
安全抵达幸福的彼岸

所有的郁闷
化作一股清风穿膛而过
青色的藤蔓装饰的容颜
总保持旺盛斗志

只要天空不塌下来
你就是一轮明月
照着我们渡过岁月的长河

那年三月

那年的三月是暖暖的
跺脚的冬天已经走远
冻疮痒痒的记忆开始淡忘
赤着脚可放心地踩在家乡松软的田埂上
小伙伴们的手臂也可舒展
手里牵着希望
像小草一样一路小跑
把蝴蝶蜻蜓蜈蚣放飞蓝天

那年的三月是甜甜的
母亲在这个季节有些发慌
因为米桶已经见底
但我们这群野孩子一点也不慌
我们是一群蒲公英遍野都可生长
嚼着甜丝丝的草根
红花草蕨菜岩耳纷纷往篮子里钻
母亲把那些有点苦涩的日子
烹饪成一顿美餐

乘地铁

钻进城市的地宫
发现底下埋藏着一个巨大的蚁巢
一拨拨蚁族进进出出
他们要赶在时间前头
追讨着生活

我手持一张通行证
加入他们的团队
被温情的目光包裹
住在灯火通明的房子里
感觉不到地表之上的一场台风雨正在逼近
身体之外的位移
一杯茶功夫，抵达大上海的心脏

校园园艺师

脱去厚厚的雪装
一群小草欢快地奔跑
抢食着阳光
一排排小树舒展着手臂
做起体操

这时
校园里来了一位严肃的长者

用一把带尺子的眼光审视那些小草、小树
活泼好动的他和她
一下子变得沉默
很快被剪成平头或圆头
那位长者的脸终于转晴
快意他的杰作

巢林

数根青骨头，围成春天的篱笆
关不住一排排绿浪
和进进出出的嫩嫩的声音

诗人常来
这里有诗的意境
清空耳朵，倾听自然界的天籁

黄昏，有一双鼠眼偷窥
林子里有几口好肉
在天空布下大网
第一天早晨，惊喜发现有一只鸟儿在上面挣扎
第二天网上破了一个大洞
漏掉了一些美妙的声音
第三天卡痛了路人的目光
这里像墓地
没有了嫩嫩的声音
这片林子死了

海洋公园

很多游客感叹
这玻璃缸的鱼儿幸福
听不到大海骇人的风浪
在水底的天空自由泳
用不着像蚂蚁那样
为一天的口粮奔波
一缸水够它喝一生
每天过着不紧不慢的生活

我发现鱼儿其实不太开心
经常停着，发呆
头不时与厚玻璃相撞
想逃离这安逸的生活
回到风浪之中

林则徐铜像

林大人做梦也没想到
身后，中国人会变成这样
书架上大部头书不啃
命都不顾，为那一口白粉
一百多年前在虎门支起数十口大锅销烟
引发一场战争
多少好男儿葬身鱼腹
一张和约换来晚清苛且活命
林大人因此掉了乌纱帽
而今，这害人的白骨精卷土重来
追捧的粉丝扎堆
官员、歌星、富商乃至平头百姓
大把大把的票子烧掉
一个个慢性自杀

销烟处已成旅游景点，门庭冷落
林大人站在那儿沉思
不远处是虎门炮台
大锅还在
人们看不见销烟

过草地

毛主席指引的路不会有错
白狗子不敢追赶
终于可以优雅几天
荒无人烟的草地
处处无路处处路
小心脚下有陷阱
软草覆盖的泥潭陷下去
身体就成了队伍的路标
十八年后还是英雄

这张床很大，随处能睡觉
青草作席，星空作被

没有敌机大蚊虫吵闹
兄弟姐妹们美美地睡上一觉
梦中好与家人团聚

这地方其实很富有
泥潭里有小鱼、泥鳅
捉上一条给伤员熬碗汤，补补血
野菜很多
有野葱、灰灰菜、指甲菜、马齿苋、地木耳
朱总司令教我们认识的
即使断炊
一条皮带够吃几顿
头上的红星照耀队伍也能走几天路程

这地方其实很美
遍地都是格桑花
是可以浪漫的好地方
采一朵斜插发夹
洗去炮灰，在河边照镜子
才发现女人的美
这白嫩的皮肤爱我的男人
每天夜里肯定想亲
若不是天下太黑
我也会奶一大群孩子

草地的天气有些可恶
冰冷的雨水淋湿了身子，断了经期
姐妹们约好
今生嫁给马克思

黄建春

上海某企业集团副总裁。曾在《青年文学》《绿洲》《文学青年》等文学杂志发表诗歌作品。部分作品曾入选上海《崇明当代诗选》。

归去来兮大芦荡

——致诗人徐刚

秋天啊，秋天，为什么总是秋天
诗人又开始故乡的梦想
思念和目光层叠在同一个地方
故乡的沼泽地，故乡的大芦荡

还来不及放下肩上背负的行囊
对着长江源头流来的粼粼波光
你在仰望
你的头发还在飘动俨如江岸芦花
深情仰望啊，似一尊铜像
又有谁不说你头顶的鹤发
在秋风中凌乱，在秋阳下闪光
正是跃跃欲飞的诗行

大芦荡是你幼时的摇篮
虽然时有潮没，时有饥荒
虽然清苦但未曾有悲伤
故乡的直白与善良浸润了你的所思所想
你的生命和你的诗，一样的灵秀一样的雄壮
故乡的小草常在你的视野里萌芽泛青
故乡的芦青常在你的诗韵里拔节成长
而今，你说生命之中暂显紧迫的想象
欲问生命归向何方
先哲说：来自尘土归于尘土啊
故乡或咸或淡的那一滴水花
早已在你的胸膛里涌动和流淌
而你重归大芦荡，来自芦荡归于芦荡
归去来兮大芦荡，归去来兮大芦荡

人说你是我们岛上走出去的田园诗人
那过于小资也未免狭窄
你走过了那么多江湖河海溪流大川
你的注视你的目光你的诗卷你的行囊
岛人还来不及品味还来不及想象
大山水、大风景，大生态或者大荒凉
你旅途随意小酌的驿站和村庄
而故乡的大芦荡是你的归宿
芦苇飒飒，鸟儿歌唱
你又禁不住为此销魂为此激昂

归去来兮大芦荡，归去来兮大芦荡

秋天啊，秋天，又是秋天
为什么诗人的思念和目光层叠在同一个地方
只因为芦苇荡的泥泞和京都的路一样富有想象
只因为南横运河和塞纳河、苏州河一样
虽然没有源远但也可以流长
回家的路有时会艰辛而又漫长
只因为诗人的心没有远走他乡
我的老乡我的尊者我的师长啊
我们来自同一瓣沙粒同一团泥土
归去来兮大芦荡，归去来兮大芦荡

我的故乡我的岛

她是世界上最大的沙岛
因为与沙有缘，因为与水为道
所以风景跟着江河奔跑
一片片树叶一枝枝绿草
就是繁衍不断的美丽再造
东滩芦荡一望无际绿浪波涛
西沙夕照炊烟随风分外妖娆
海天长虹天堑通途直接云霄
镜影长兴岛外之岛烟波袅袅
横沙日出一轮红日霞光万道
长堤读潮朦胧诗意梦里拂晓
北沿凝翠珠落玉盘光影环绕
森林绿梦世纪之梦小荷尖角
哪一处田陇哪一片原野
无不都是岛人的创造
无不都是悠久的瀛洲琵琶
弹出的时尚新词经典古调

她是世界上最温馨的海岛
父亲的肩膀母亲的胸襟
是我们成长的怀抱
曾经的嘻戏和撒娇
从你的摇篮里起步
身上便有海的风格与情调
曾经的骤雨和风暴
也有多重的煎熬
也有不眠的良宵
更有失败的苦痛
更有无望的祈祷
但我们有固有的精神
坚持不懈守望相抱
但我们有善良的信念
艰苦卓绝期待美好
今天我们回归向你报到
不需红线不需月老
感谢这一温馨的伴随
把我们成就把我们塑造
坚持与超越的荣耀
和不卑不亢的自豪

今天我们聚集
时光为我们预约的盛宴
燕之归，雀回巢
一样的美酒不一样的味道
一样的英姿不一般的风骚
执意描碧绿深邃的丹青
执意撰意境悠远的诗抄
啊，故乡
我们为你呼喊为你奔跑
我们为你祝福为你祈祷
我的故乡我的岛
我的故乡我的岛

为2014年6月15日聚会而作。

黄培锦

四川宜宾人。大学文化，副高职称。中华诗词学会和四川作协会员。历任市文联《宜宾文艺》编委以及宜宾市诗词楹联学会副会长、副主编。作品多次在《诗刊》增刊和《中华诗词》发表。著作有《亲风雅集》《实用诗话新篇》《诗词创作一本通》等。另已出版小说、散文集5种。

锻件的自白

投入熊熊的炉火。
开始了
新的生命。
橙红的肤色,赤热的血,
一扫昨日灰冷。

百击千锤。
在砧和锤之间,
产生了雏形。
从那时起,
神奇的幻想翅膀,
时刻将未来憧憬。

最痛苦的,莫过于——
炽热的身躯投进冷水,
化火热为坚定,
将自身焊在时代列车,
向着新的世界飞奔!

雕塑刀

请不要
见我生畏
我剜去的
不是美

并非只是田径

有人紧追在你脚后,
因为你跑得很快。
如果哪天跑慢了,
他比你跑得更快!

有人拜在你脚下,
因为你跳得很高。
如果哪天跳低了,
他比你跳得更高。

游忘忧谷

蜀南竹海游,
难舍忘忧谷。
石径逶迤通幽境,
野花依人总含羞。
偶闻蛙鸣应谷底,
绿荫筛光戏溪流。
温柔清气欲滴绿,
吮吸一口也忘忧。
忘忧,忘忧,
莫负青春好年头。

忘忧谷里走,
飞瀑前停留。
春笋脱颖穿顽石,
石破天惊逞风流。
新竹有节无一曲,
老竹虚怀有风骨。
竹稍接天白云闲,
仰望一眼也忘忧。
忘忧,忘忧,
壮志凌云写春秋。

清明追思

才见溪边萌草,
转眼野花繁盛,
风吹纸钱飞碧岭。
老少祭扫,
坟前拜跪,
追思恩德亲情。
有道人生驹过隙,
惜时尽孝怎能等?
(出自驹过隙庄子:"人生天地间,若白驹过隙,忽然而已。")

乡音

异乡的夜
喧嚣更添孤寂
偶闻乡音,推窗寻觅
尽管看不见,也与己无涉

我仍发傻无事找事
关切的目光，小心翼翼
搀扶着它一步步远去
在耳畔消逝

清明草

清明草，坚强的草，
荒山秃岭把根扎。
清明草，报春的草，
顶着寒风发了芽。
悄悄生，静静长，
嫩绿的小叶如烟如雾，
染得山乡美如画。
年年采，岁岁发，
默默地奉献如蚕吐丝，
从不要他人报答。
清明草呀故乡的草，
小小的草，平凡的草。
在那人生的风浪里，
你教我度过美好年华。
（清明草是家乡的一种叶肥簇生可食用的抗寒春草。）

黄文强

1992年生于福建漳州，现就职于厦门航空有限公司。喜爱诗歌，钟情文学。作品散见于一些文学网站以及今日头条，作品入选《2015中国网络文学精品》等。

流星

孩子
时光，把你抛弃于荒涯里
你身上沾满泥土的气息
而蝴蝶
蹁跹于你的身边
你笑了

孩子
时光，把你搁置在岁月的海里
你身上渗透蔚蓝的颜色
而鱼儿
与你遨游在自由国度
你笑了

流年
让你我交错在轮回的岁月里
我赶不上春天的脚步
而你已踏上秋叶纷飞
哪儿才是时光的驻足
让我停在春天里
来年，带着你经过我的希冀
种下前世
收获今生

今晚，流星阵阵
从天划过
你激动地笑了
可你是否知道
那是我为你流尽的
最后一滴泪水

五月的诗

你是五月的诗
氤氲了我似水流年的梦
你温润如玉
在繁花似锦里
静默成画
宛若彩云
镌刻在明月里

阡陌红尘
青草漫漫
一首阕词
怎能写尽
这青春的哀愁

芳草萋萋
看天青色等烟雨

而我在等你
怎奈豆蔻年华
筑成鬓前雪

倘若你是五月里
悄无声息的别离
我愿化作一只孤飞的雁
伴你走在浪迹天涯的路上
渐行渐远里
写下青鸟与飞鱼的故事

今夜，与你

今夜，星光璀璨
你让春风化雨，飘入我的梦里
今夜，月光皎洁
你让阑珊夜色，走进我的诗篇
今夜，思念如烛
你摇曳烛光，点亮漫漫黑夜

今夜，我愿意
乘着风，悄悄地走近你
去寻觅
那曾经无法想象的容颜
去触摸
那曾经隔海相望的思念

今夜，我希望
与你相伴
听你诉说那久远的故事
慢慢与你温习
故乡的味道

今夜，我希望
可以深深地拥抱着你
伴你入眠
走进那久违的儿时的梦里
在梦里酣畅着童年的呼吸

今夜，我希望
这不是梦里的凯歌
而是你在我耳畔
为我轻吟的
归乡的乐曲

今夜，我希望
可以在漫漫的黑夜里
寻找到回家的路
前方的灯火
不是萤火虫的独舞
而是你
为我指引的回家的方向

时光，轻点

时光，你轻点吧
请不要用力去敲打
我爱着的人

时光，你轻点吧
请放下你手中的镰刀
停止你匆忙的收割
暂且留下一季
我们不忍挥霍的青春

时光，你轻点吧
我的孩子
还在午夜的宁静中酣睡
不要吵醒了这一晚的美梦

时光，你轻点吧
带上你想带走的一切
走吧
留下我苦苦哀求的那一份宁静

屋子不老

爱情像一座建筑
俩人亲手砌起一砖一瓦

这世界上有两个人

他们
用长满而又磨破了的老茧的双手
建起一座房
这座,他们希望
一辈子幸福的小屋

这世界上有两个人
他们
用自己的爱和青春
来装饰着
这座在风雨中微微颤抖的小屋

这世界上有两个人
他们
用身上流淌着的而又风干的汗水
换来小屋里每天的饭香
和孩子们开心的笑

这世界上有两个人
他们
从来不知道生病了该吃药
只知道孩子半夜哭了
而把自己给慌乱了一夜

这世界上有两个人
他们
从来不知道城市的生活有多好
只知道在家守护着自己爱的人
渐渐地成长
而他们却是慢慢地变老

这世界上有两个人
他们
知道自己爱的人
长大了就会离自己远去

而他们
却用自己的心血酝酿着
孩子们一辈子美好的未来

这世界上有两个人
时光带走了
属于他们的青春
而他们
却是一辈子
守着这座几十年以来的小屋
等着候鸟一年又一年的归来

这世界上有一个人
直到有一天,她
再也听不见候鸟的归来
看不清自己亲手建起的房子

这世界上有一座房
时光匆匆带走了
属于这座房子的一切

这世界上有一座房
房子在风雨中飘摇
春天的燕子
来了又去
而这世界上
也只有一座房
一座颓圮的长满青苔的房子

怀北

本名李满盈,另用笔名白煤、唐马、欧阳胡、古岛等,男,汉族,1966年7月生于陕西大荔。1990年7月毕业于陕西省蒲城师范。现在某水务部门工作。1988年发表处女作《夜》,以后陆续在《星星》《现代诗报》以及香港《世界诗叶》、美国《一行》等报刊发表诗作三百余首;部分诗歌被译为世界语等不同语言,广泛流传。1992年曾创办《太阳河诗报》,被评为"全国十大民间诗报"之一,在诗坛反响强烈。诗歌分别在"银屋杯"全国诗歌大奖赛、首届"中华龙人杯"、首届"牡丹杯"诗歌大赛、第一届"中国才子佳人"征文、第二届"炎陵杯"等全国诗歌大奖赛中荣获"银屋诗星奖"及一等奖、二等奖等，共获奖三十余次。作品入选《中国新诗人爱情诗选》《世界华文现代诗提纲》《二十世纪著名华语实力诗人代表作选》等四十多部大型诗选，个人辞条编入《中国当代诗家诗话辞典》《中国当代集藏家辞典》等二十余部典籍。已主编出版《当代世界华语诗大选》《汉诗经典》《当代实验诗选》等十余部诗选。近年来有部分诗作入刊发于《长江诗报》《阵地诗报》《沙苑》等报刊，并被《女娲抟诗》《江山文学网·人生家园》等网刊选用。已出版《空心管子》《跟随音乐摇摆》《卡夫卡的守门人》《月光冢》等诗集。

诗观：语言是诗歌的一种载体，诗歌的存在是一种客观。诗人的职能就是使这种隐形的物质完美地呈现出来。诗人显现诗歌的过程是世界的一种相遇。诗人通过诗歌体现自己，进而感知整个世界。

在语言中流浪(组诗)

秋雨寒

在你尚未感觉到的时候
一场突如其来的秋雨突破节气
不期而至。一场秋雨一场寒
人们常说的意境清冷肃瑟
音乐随着下坠的雨滴徐徐飘落
看不见被打湿的梦境

这是哪年哪月的事情
屋顶上浮起通向诗歌的路径
坚不可摧。我坐在青春的窗前
静候着雨中捎来前朝的消息
期待的丽人不见，一夜秋风至
她已随相思飘到了太阳背面

暮秋的黄昏

花瓣的背影浮在空中。一动不动
黄昏像一幅淡淡的水墨被窗户推开
椭圆的影子，眩晕的技巧
一只晚归的燕子用尾巴剪开了黄昏
在棉絮般的时光里仔细谛听
暮秋在多变的雨季里舒展开腰肢
清新的草色在这个时节散发着芳香
我摘下一把秋天树梢的暖阳
用它照亮我在黄昏返乡的思想
落山的夕阳像刚刚剥去外壳的蛋黄
一弯新月清凉了红枫上的残梦
染霜的天空飘满暮色被惊醒的翅膀

开在菊花上的乡愁

似乎是一个影子在时光里绽放
菊花的一个眼神点亮了秋天
归雁的鸣啼拉长了故乡的惆怅
在三秋桂子飘香的背景下
晚秋的果实敲打岁月的丰满
晃动的呼吸上挂着思乡的花瓣

秋天先我抵达的那片树林
野菊花如同蓬勃的思想竞相开放
我用手轻拂着菊花的名字
然后像回忆往事那样捡拾南山
故乡坐在火红的民俗上回家
一声鸟啼，唤醒开在暮天的渔火

活着的姿态

昂首挺胸，独立寒冬，面对漫天大雪，而巍然不动，酷暑三伏，雷雨交加，坐于书房，面不改色，娴静读书，悠然宁静。

欣赏古筝：卷珠帘

古色古香，古典韵味，闺词照心帏。谁若是于红尘中，遇到友爱的心，体会过肝胆相照的境界，亦即品尝了天上人间的至乐。

低吟浅唱中，一份蕴霁低调的爱，如落红，如春泥，一枝，一叶，满满的是怜悯，慈爱。一首令人泪湿青衫的曲子。所有情怀的涌起与升腾，滥觞与绵延，慰藉与安慰，其诗意共通。有些深爱，值得用整个一生去换，有些伤痛，温馨，值得用全部余生珍藏。

如，没有死亡，人，是否明白，生的珍贵；若，没有孤独，是否会回味爱的甜美隽永。

飘逸的旋律，悠远绵长，哀婉凄切。一生，谁不是独自穿越，许多心灵的灰色隧道，一寻深爱而不得时，一求理想而踏空时，遇误解而百般刁难不得辩时，被陷害无处申冤时，悔不当初时，独自荒芜踯躅时，漫漫长夜醉泪枯竭……哪一次，不是忍着椎刺股骨、割头斩颈般的疼痛?!

卷帘、落帘的翘首期盼，撕心裂肺的念……她一生的华年，只为那一日为他盛放，歌舞达旦，香溢锦帆。

烟云深处，拂袖起舞，细思量，滴墨成曲，唯将悲苦喜乐付瑶琴诉肝肠。

霍建伟

笔名南岸。山西省孝义市梧桐镇田家沟人。喜欢吃茶、旅行、琢磨文字。在当地焦化企业做管理工作二十年。中国诗歌学会会员。

人梦

世界沉睡的时候
我一个人难眠
受累了一支支烟
那一天我沉睡的时候
世界一定醒着
我想和世界一起去梦中玩耍
别叫醒我们

无题

你在你的世界里看我
我在我的空间里写你
偶然相遇
你有了你的娃我有了我的妻
虽然爱就是一个字
但谁都别说得那么轻易

美丽也是一种奉献

你总把自己当作一道风景
时时精心装点
我感觉到了
你心里的阳光暖暖
记得琼瑶风靡的时代
日子被你用心思塞满
深邃着让同学们不知所以然
涉过了季节
你把自己释放
奔放着奔放
紫色花簇拥着你的梦想
洒脱的你把花团照亮
把自己置身于人来人往
美丽也是一种奉献
优雅穿透了你的美丽容颜

丢在梦里

忽然的，很想你
又觉得不敢想你
把自己关进屋里
愈发炽热的记忆

你是路人甲，我是路人乙
这是谁的编剧
安排你我相遇

我不是大树
我是一株会飞的草
总想知道花香的秘密
你是流动的小溪
听不清你的细语
不知端的
大雾突然来袭铺天盖地
把你我丢在梦里

2015年6月18日。

风言语意

你说你是一阵风
给你的信我写在风里
你说我是一场梦
梦中的信封里装满了你

生命本就神奇
我的秘密怎能用语言释意
站在风中
我就是永不停息的雨

2015年6月15日。

霍雷

男,1972年出生于北京。现中国工商银行北京分行员工。个人特长摄影绘画、古玩鉴定。文学与摄影书画作品曾经多次在工行总行、北京分行获奖。

我不愿看到你伤心的样子

如风如歌般的那段往事
是剪不断一丝丝缠绕的相思
梦里与你相见时
总是看到你伤心的样子
一滴一滴的泪痕
是梦醒后留下的真实

夜的月光已不再是往日
阴霾挡住了我寄给你的相思
“只要你过得比我好”
是你走后给我留下的诗
一遍一遍地记起
是我存在的一点真实

无语对当时
欲言泪已失
我不愿看到你伤心的样子
怪我当初懵懂时
心似秋飏随风驰

无语对当时
欲言泪又失
我不愿看到你伤心的样子
明月若能寄相思
我把梦呓叠成诗

读与你一万次

《梦中央》写给自己

寂寞在慢慢长夜启航
漆黑中看不到一点星光
一个美丽的幻影
在你心中四处游荡
一次次追逐
一次次摔倒
一次次抓狂
喜怒哀乐
遍体鳞伤

永远学不会的成熟
来自你异常顽固的想象
他生莫作有情痴
人间无地着相思
那首来自远古的千年绝唱
一次次呼唤
一次次拍打
一次次回响
而你依然迷恋于虚幻中游荡
不舍离开半步
梦中央

重生

不知多强的压力
不知多炽的热度
让我融化若水
融化了我刚强的身躯

一路奔流
向着下一个轮回

不知时间能否凝固
不知刹那可否永恒
这一刻
让我开始怀疑
一世到底有多长
于是我做了此生
最后一次挣扎
万点星光
然后走向重生

妈妈的叮咛

你在生生世世反反复复中追寻
心事重重又行色匆匆
妈妈的忧心忡忡你是否还记得
日日夜夜的牵挂
但愿你没有忘记

你在茫茫人海中踽踽独行
碌碌风尘中风尘仆仆
妈妈的白发苍苍你是否还记得
真真切切的思念
但愿你没有忘记

你在山山水水中大名鼎鼎
来来往往中总又两手空空
妈妈的苦苦叮咛你是否还记得
平平安安地回家
但愿你没有忘记
你在行色匆匆心事重重中追寻
在纷纷扰扰中反反复复忘记

但愿你心知

雨中偶然与你相见时
你依然是转身离去的样子
我已模糊了双眼
两行的泪
在不知不觉中
已潸然成诗

花瓣落下的一春相思
带着你带着我的初次相识
随雨水渐渐消失
一树花瓣
在飘飘洒洒中
已淡然成痴

多少多少日
多少多少诗
写下的都是你离去的样子
我的心没能坚持
错过与你一生一世
你怨我心知

多少多少日
多少多少痴
石头上刻着你离去的样子
刻着我当时的迷失
刻下我山盟和海誓
但愿你心知

J

吉木里呷

男,彝族,1988年生,大凉山新生代地域写作成员。写诗近两年,有作品刊登于《独立》《大地》《长江诗歌》《彝人诗歌》和贵州作家网等报刊及网络平台,喜欢自由散漫、无拘无束的生活。

宣言:活不成自己想要的样子,死也要死在路上!

绒默的石头(外二首)

狼里侯濮不再有狼

就像唇边遗失了一些陌生又熟悉的词。
荒寂的山头,夜色正从乌鸦的翅膀
流荡,飘落了下来
树林捍卫的生死场,棱角模糊。
为一次爆棚的人口,开荒,
蚂蚁举起反重力的臂膀
却捅不破落叶障目的死守,
乌鸦已滑落暗夜。
从失陷的领地捡回一块石头,
冰冷得像死去的语言:
用九十九个火塘烧,
用九十九个毕摩做毕,
用九十九只鸡做鬼引,
用九十九只猪做死祭,
用九十九只羊做领头,
用九十九只牛角做召唤……
仍旧冰冷得像石锅。
无法开口的石头,
就像语言羞愧的外壳,
太多时候,
失去了内骨质,
只能抱紧沉默

2016年5月23日。

土豆

在庞大的农贸市场里,它总会
待在不起眼的角落,
长着像山里人一样粗质的皮肤
从山村到城市,城市到城市
周转,落户。就像
我失散多年的兄弟:
出卖廉价的苦力于城林,
攥紧离家的日子和卖身契。

我把它切成两半,
没见它流血,
甚至连眼泪都没有,
或许疼痛都不算疼痛。
就像我的母亲
咽下创痛和疾病,
把美好的愿景
分食给她的子嗣
……

我把半块种在阳台上
任工业的重金属,污水和雾霾
在它的伤口上肆意地撒盐,
它却咬紧了风:
像历史紧咬沉默,
像毕摩紧咬烧红的犁铧,
当人类脆弱的舌头部分舔舐
过通红的铁块,
我似乎看到一个民族
在土豆的子宫孕育,分裂
从根茎上再次重生。

后来我才发现,
阳台上的半块土豆
顶着太阳产下了十几个自己,
而土豆的额头多像山的额头,
又像一路迁徙过来的
——彝人的额头

2016年5月31日。

我是多年前临行的浪子

让酒把伤口撕开得再大一点
容下故乡,容下荒凉与冷漠。
我是多年前临行的浪子
遥望星空扑闪钻石的光
戳痛深陷贫瘠的泪腺
——没有一滴咸泪,
没有一滴咸泪
让目光幽远的泛溢
海浪来的破晓,
而生命的盐粒还在海里打滚着生命,
却从我的眼里收售着忧伤。
我,一个多年前临行的浪子,
是海风分配的一段行程

——浪打着浪，正像生活夹打着生活。
空寂的繁星下
尘埃，没有一个站住风中的脚跟，
只有奔驰的时间碾压着死人，
只有尘埃积压着尘埃却又漂浮不定地
让拥堵的墓地，填满失落的目光。
夜，飘满未知
拥抱街灯，熄灭黄昏，
而磷火只在夜里燃烧
像在黑夜里奔腾的血液燃烧生命的渴望，
我似乎看到海平面以下的地方
更多的尘埃死在那里
让海浪到达了更远的地方，
(这海浪曾贫瘠了多少人的泪腺？)
而我，只是一个临行的浪子
因注定远行
像所有族人一样
在龙年龙月龙日的火塘边
失足，
被烧红的火镰
烙印了一段丢失的记忆。

让酒把伤口撕开得再大一点
容下故乡，容下荒凉与冷漠

2016年6月11日。

蓟俊

笔名以诗会友。1984年生。乡村中学教师，酷爱写诗，已持续创作十余载。

乘着诗歌

日月星辰　山川河流
高楼村庄　大情小爱
什么东西你载不动

寥寥数笔　栩栩如生
韵律转动　提神振奋
有多少事可以笑谈：
古木留待千岁鹤
大军绕走溪头寨
举目无望之际解得燃眉
歌颂功德下赢取生存

望着远方，穿透迷雾
随行的背囊中盛放着指南
在国家蓬勃发展之际
诗歌引领着在前方开拓

2016年10月21日。

爱在深秋

叶子片片落下，
走在林中，脚下沙沙作响
轻呼一口气，和着寒气
凝作了清晨的雾
立立风衣的领子
看那壮硕的树干：

秋天是季节的作品
她可以冬眠去了
我暗自细酌
等待我要冬眠前
能像那柿子树挂满枝吗？
我吻了它一下，又轻轻拍了拍！

2016年10月29日。

致钢琴

在房间的一角
缺了点东西
心里感觉到空落
我失去了什么

给我欢喜给我忧
她曾给我美好的时光
给我美妙的音符
和自在的空间
如今我失恋了

粗糙的手弹不出一个完整的旋律
笨拙的眼睛描绘不出你的样子
失去了,再见就是物是人非
挥挥手,人生又少了一笔财富
要走的就都走吧
一件件,一幕幕
移出了我的生活
总有那么一天
我孤苦伶仃,围着没有火星的火炉
贫穷,寒冷,苍老,
奄奄一息,天使和恶魔争夺着我
我也愿意离去,给谁都不要留下回忆。

2016年11月11日。

江湖

挥剑快意恩仇
吹一首清幽曲子
云层山颠处
一览多娇山河

或多或少,芸芸众生
怀揣那英雄梦
奈何,何时能解脱凡尘
人群中挤挤撞撞
心未静,
恋那功名利禄
呵呵,摇摇头
哪有一方净土

掸掉一天的灰土
还有些些时间
众友以诗过招
好不自在

管他世界多大
我在我的空间里愉悦

2016年11月11日。

黄色的树林

微微有些伤感
走进这片黄色的树林
我整整衣领
轻踏着脆脆的落叶

站在秋日的阳光里
这是一年收获的时节
你能想到春天的朝气
夏天的激情
回忆里满满都是奋斗
别着急去思索生命的尾声

尽情地享受当下吧
一切经历的都是美好的
即使寒冬到来的时候
每棵树都是一部伟大的作品

2016年10月18日。

行船

——感恩齐晓娥、李秀峰老师

在老渔人的指引下,
我兴高采烈地将船放到了水里,
起初我信心满满,也曾捕获了不少鱼虾
后来我放升胆子,要鲸吞虎噬
将船下放到更深的海里

才体会到渔人沧桑的皱纹,
才记起了姐姐说过的别忘了带伞,
现在波涛汹涌,白沫滔天
船只在吱吱作响,
有时人还透不过气来,

我在担忧,也感到吃力
回头无路,此生我要葬身在这片大海
有时混沌,任船只飘摇
有时清醒,要扼船前行

走，就是道理
只恐留不下些许身影

2016年8月26日。

PK一只羊

我站在田埂上，
一只小羊在啃草
抬起脑袋望望远方
弹弹耳朵，摇摇尾巴
它感到心满意足
我望着远方叹气，
小羊没有梦想
它不知道痛苦
它也不用煎熬
唉，幸福是属于它的。

2016年10月14日。

秋嫁

漫山的黄叶，满树的果子
浓妆赤毯，树木排道，
为了这个时刻，情愿开启原始的花蕾
为了这个时刻，情愿忍耐一夏的炙烤
绽放，把热情全部奉献

天蓝，云白
风清，果香
站在思想的季节里
交给你的不仅是
艳丽的装束
一年的收成
还有
决绝的作品
无憾的选择

2016年11月。

季士君

现供职于大连金普新区管委会办公室。中国诗歌学会会员，辽宁省散文学会常务理事。作品散见于《诗刊》《诗歌月刊》《鸭绿江》《中国诗人》等，曾获《诗刊》社主办的诗歌大赛一等奖等奖项，有作品入选《中国年度优秀诗歌》等多种选本。

一条鱼的命运(组诗)

石头煮鱼

这是一种原始的煮鱼方式
人们在河边搭起炉灶
用芦苇叶裹住刚刚捕到的鱼
然后把烧红的石头
和鱼一起扔进锅里
利用石头的热量
将鱼慢慢煮熟

水是河里的水
鱼是水里的鱼
石头是河床的石头
苇叶是河畔的苇叶
它们曾经相濡以沫
民间的火候恰到好处
让它们在一锅相煎的时候
也显得热情洋溢

一块石头
献出自己的热量之后
便会被换掉
当水中的鱼
用尽最后的气力转过身去
就能看到另一块
同样被烧红的石头
飘飞的鱼

那些晒鱼干的人
将一筐筐从船上卸下的鱼
用绳子串起
放在正午的阳光下暴晒

鱼的身体一点点
由柔软变得僵硬
一条挨着一条的鱼
用闪光的鳞片
刺痛了人们的目光
它们依然保留游动的姿势
似乎要挣脱绳子去梦里飞翔
也许它们把云彩当作了波浪
把天空当成了海洋
但是它们僵硬的身体
再也掀不起一朵浪花
当最后一粒盐从体内掏出

最后一滴腥咸的泪水
也从眼睛里慢慢挤出
串在绳子上的鱼
像一面面飘飞的旗帜
风干的命运越来越薄
越来越轻

烤鱼

他们将一条
被老板娘用纤细的双手
处理得很干净的鱼
放在炭火上炙烤

这家名气很大的特色店里
很多人都像他们一样操作
很多鱼都有着
与这条鱼相同的经历

为了把鱼烤得更加鲜嫩
他们用锋利的竹签
不停地为鱼翻身
直到鱼的疼痛
一点点被火烤出

过了一会儿
鱼的喊叫声
也被慢慢地烤了出来
但是吃鱼的人听不到
他们只听到店内
循环播放的音乐

贾楚风

本名贾利民。西安市长安区政协委员。陕西作家协会会员,陕西金融作家协会会员,西安市作家协会理事,长安作家协会副主席,西安市青年诗歌创作代表人之一。出版文集6部,著有双语版多卷本文集《一个人的天堂》第一卷。文集被俄罗斯、新西兰、日本等十多个国家文友收藏。目前主持文学刊物《长安文苑》。

隐

环山的眼
一滴泪
隔断尘缘的背影

牵着你的手

远方的遥远
搭一架青藤覆盖的木屋
青丝缠绕云彩的境
牵着你的手

远方不再遥远
山泉的心灵
撞响一隅幽谷
牵着你的手
了却尘缘的痛
一凹山地的醇
一只狗
守望人生的渡口

梦幻的模样
羊的嘴游牧草坪

山歌放亮夜空
崖畔翘首我的归途

清清的嗓音
缠绵云霓的妙影
欢快的翅膀眷恋
青山包裹的诗境

环山的眼
痴望传说里的爱情

2016年10月20日于静贤庄。

天堂鸟

诞生的那一刻
尘缘的门封死在胎中
一眼眼天窗
启开飞翔的身心

亮翅的那一刻
浩空云彩就是生死的缠绵
鲜艳的翅羽架空绝美体态
狂放的灵魂焚炼

疼痛的肉体
奋不顾身飞向理想的标杆
飞蛾的奋勇扑向燃烧的火海
诞生尘缘不染尘世

一只鸟

2016年10月14日于静贤庄。

一堆雪覆盖水田

柔软的雪
潜覆水田
葱绿的秀草掩映岸边
热蒸霜埋
薄薄的一层嫩白
寂寞坚韧的等待
谁的犁铧将它打开
那是一个春天

桃花粉面

2016年10月12日于静贤庄。

汗血马

四蹄翻起荆棘的过往狼烟
凶悍的姿态
抖落千年的传说
成吉思汗的雄心驾着你奔竖民族的尊严

飞驰的箭靶心是生命的标杆
肩胛暴起的那一刻
汗血漂染一隅苍天

一匹马

2016年10月18日于静贤庄。

眼睛里的船

视线飘走过往
一片叶子
拽着梦的枝头
谁的手轻抚时光的水

一条坚硬的线
穿引童年
那只纸船漂泊记忆的围栏
一滴泪

远方有多远

2016年10月7日于静贤庄。

生命很瘦

树叶红了秋
雨露是梦的背影
昏花的视线
拄着拐棍

岁月错过相缠的手

灵魂的窗口打开遥远的梦
卷叶的生命很瘦
谁是谁的今生

2016年9月9日于静贤庄。

尘世最心疼我的那个女人

诞生泽被后世让人类震惊刮目的那个日子
诞生留五卷巨著闯万世宏业光照千秋的那个日子
诞生一生不带枪推翻帝制鞭挞列强让红旗飘扬世界的那个日子
诞生让人类敬仰臣服取代太阳光辉的那个日子

戏剧的巧合时辰的演绎前世今生的尘缘
八十六年前的12月26日母亲诞生在西北一个青山环绕的小村子
八十六年后的12月26日晚9:30母亲仙逝在西北一座文化底蕴丰沛古城
尘世最心疼最放心不下我的那个女人痛苦艰难地走了
瘫痪了3年6个月生我养我心疼我揪心我的母亲走了
灵魂的天塌地陷梦幻的土崩湮灭生命的空壳是驾云的姿态
尘世最心疼我的那个女人走了
现实的残酷无法用梦的神力挽回

进门再看不到您枯瘦的身子昏花的眼
那张床空了折叠了我的心空疼
叫一声“妈”叫出心泪的撕心裂肺
尘世最心疼我的您走了　空落的我丧失生的欲望

尘世最心疼我的您走了　痛苦煎熬的模样
那痛苦无奈无助的1个小时40分钟我不知怎样帮您
生命在那一刻是那么脆弱那么的留恋牵挂里的可怜
我不知怎样帮您　怎样才能帮您　用我的生命都行

尘世最心疼我的您走了　痛苦煎熬的模样
只能这样　也只能这样　硬硬地看着您煎熬的模样
抚摸着您的身子用我的体温烘烤您体温的变凉
用我的鼻子耳朵嘴唇感受您的呼吸　不知该怎样

尘世最心疼我的您走了　空落的我丧失生的欲望
那一刻我真恨您为啥生了我　让我感受生不如死的痛断肝肠
今生您使我感受到生命的珍贵坚强灵魂的淳朴善良母爱的味道
来世　来世其实是一种寄托一种奢望　若是有来世只要您愿意

我还做您不孝无能听话的儿子　绝对不爱这魔鬼的文学
用来世的生命傻傻呆呆围绕在您的前后　您打骂都不离开一步
尘世最心疼我的您走了　空落的我丧失生的欲望
妈。今世我只有一个请求“请将我现在就带走”

2014年12月31日于静贤庄。

夜禅

梵音隐退
一只野鸟
一声蝉鸣
空灵的山谷峰尖

神的伟岸
向往的标杆
夜月高悬的境

谁在攀援

烟幻的香火
焚烧尘缘
真善的守望
一生辉映百年

了却是一种境界

贾松柏

1975年7月生。《西南作家》签约作家，现供职于平昌三中。在全国各地报刊发表了近三百多篇(首)文章。

我在春天的路口等弟弟回来

——题记：年轻的弟弟为治疗绝症的孩子起早贪黑拼命挣钱，于2015年10月13日去平昌县西兴镇做工，因车祸亡。去世时，手中还捏着几粒生病待吃的药……

把我的思念挂在春天的树梢上
张望着春天的路口
上帝赋予你与我在
母亲水草丰茂的希望里邂逅
而今你已成为风中的歌谣　不知飘逸到何处
故人已去　桃花依旧
下辈子我们不知能否再重逢

坟茔上的草在风里声嘶力竭地哭泣
惊动了一群白鹭
那一群白鹭莫不是你的魂灵
一字行往北飞　可别忘了一次回眸

清新的空气穿透了我的胸膛
也唤不醒麻木的神经
你在落叶纷飞的季节里悄悄走了
可否在花开绿叶的时光里回来
站在坟茔前静静地等待
等待那一刻的奇迹出现
时光已经渐渐变老了
但你的音容永远泊在我脑中
不相信上苍会欺骗一个忠厚老实人
我坐在这个春天的十字路口
默默地等待你回来
因为只有春天才荡漾着希望
我不会错过这个时光

白衣古镇之行(散文组诗)

(一) 垂钓

静坐堰埂上，
撑起手中的渔竿，
希望出没于一塘之间。

此时水波微澜，
层层叠叠，
希望静静地水中穿行。

俄顷，
有小鱼上钩，
垂钓者的笑容绽放在水中，
骄阳朗朗映照水中的天宇。

白衣的美景或许就在一池中!
因为梦境和自然的因缘际会，
因为历史的沉淀早就给了
白衣无可替代的缘由。

(二) 抢鱼

虽是一捉鱼游戏，
但党恩浩荡在一池水中。
但见几十人随着一声令下，
那盛世的喜悦在大小鱼身上演绎得淋漓尽致!

白衣仿佛谪仙，
大隐隐于市。
绿荫掩映，

无声地述说着白衣是巴中最繁华靓丽的村落古镇，
铺金盖银，
喧腾着富甲一方的话剧。

原本我小小的心舟此时此刻，
既显得尴尬落伍，
又如此俊逸，
超凡脱俗。
那一切的烦恼在这抢鱼的游戏中荡然无存。
于是，
我的心舟也打捞起一条条活蹦乱跳的鱼儿，
装在空空的行囊里，
殷实豪华。

（三）猎取景致

极目远眺，
对岸的青山，
在秋日的辉映下，
恬静高贵。

在琐碎的生活中带来的躁动不安的心绪，
在这里得到慰藉，
变得安宁。
我想，
在物欲煎熬中永不满足的人心，
可以在白衣绿色的自然怀抱里得到宽慰和憩息。

难怪清朝道光年间，
吴翰林弃官回归白衣故里，
远离案牍劳形，
逃遁官场尔虞我诈，
在这川东北难得的一马平川的沙滩上望月诗歌
静守心田，
在心田间种植半亩绿地，
可以收获人生难得的惬意。

一畦的念想，
便遗落在这渔村里。
不想造次奢华，
但求有一方薄土，
筑墙而居，
听虫鸟啁啾，
观高山流水，
享受忘我之境。

或者，
于河边沙滩上，
搭一木棚，
用一渔竿，
钓我的前世今生，
用心慢慢品味浩浩的禅意。

晌午时分，
人潮依旧涌动，
索取自然猎奇景观，
在这白衣渔村，
或许各自种下了一畦绿诗。

贾艳华

女，小学高级教师，任教23年，是湖北宜昌市秭归县实验小学语文和品德课教师。论文多次在县、市以及国家级刊物发表。2003年5月，品德论文《思品中的人文教育》在全国创新论文教育发表并出版书籍；2010年10月，《谈阅读教学中的带问题读书法》在中国“教师教育视频网论坛”发表；2012年8月，说课稿《画风》在中国教育协会评比中获得二等奖并颁发荣誉证书；2014年6月，题为《变废为宝》的品德教学反思在中华文本库发表。

自然辉映“醉美”

柳枝飘荡如美人婀娜
步履悠然如清风拂波
音乐悠扬如烟雾缭绕

灯火辉煌玲珑剔透果
不错，不错水天一色不为“过”！
青青石板路
漫步跳跃步
游鱼一点红
自在清水中
轻投石水“蹦”
吓走鱼儿“红”
惊扰水中鱼
处处谨慎重！
哉悠红鱼
乐哉水秀
赞哉自由鱼清水碰
美哉美人鱼水中欣赏不够

贾莹

男，兰州人。甘肃省作协会员。诗歌、小说、散文作品见于《人民文学》《诗刊》《诗神》《绿风》《飞天》《青海湖》等国内各大文学期刊。著有诗集《暗夜疾行》《暗物质》等。

世上还有西宁(外二首)

世上还有西宁　客死的异乡——
喝了一整夜的青稞酒　胃成了筛子
扑倒于马粪中的长途汽车司机……

一个倔强的西宁　在马路上甩下鼻涕
等同于决绝的力量　兵铁马蹄从郊区踏来——
六点一刻　一个冷雾中的红场阅兵式

红二团的学生　晨练者　个体户　公务员出动了
西宁的清晨　洋芋结满了霜　喝一口奶茶
披上羊皮背心　怀揣干粮　啃下一天的日子

不毛的西宁　一颗国家的结石　丐帮根据地
酥油虚构了青年的发结　穷疯的野狗四处溃散
一部重量级的野史在民风中飘摇……
世上还有西宁　锈刀之歌的源头
游牧者的地理缩编 蛮人谙熟的江湖黑话——
“前世里惹下的红尘，今晚上留下个说法！”

还是顽固的西宁　说一不二的坚守者
或者是一个自闭狂　一个懒汉的破水缸
尕面片和烤羊肉书写的春秋……

从黄河的另一边投石问路　进城像上了踏板
没有弦子弹　夜晚的西宁无计可施
偶遇害羞的爱情和畅饮人间的半个醉汉

世上还有西宁　口传破败的谣曲——
“浪着浪着浪到了西宁，浪得骨头痒着想捶人
想着想着想到了灯明，想起爱着的人心口疼”

一个人的兰州

一个人的兰州，刨冰过河的马夫
一个人的兰州，和面调汤的伙计
一个人的兰州，再远不过黄河腹地
一个人的兰州，坐等羊群入城。

一个人的兰州在城里　在乡下
在水里　在风中　畅行天下
冷暖自知　而这不同于幸福的定义
像寂寞的气息包围着城市的华景

一个人的兰州，在皋兰之山下低回不已——
年少时我们马放南山，挥霍大把的光阴，
像世界为此积攒了太多的自由，
如今这里蒿草连天，泛着旧日的光晕。

一个人的兰州，一部爱与遗忘的自传
在告别的街角，在决裂的河边
青草卵石筑起的记忆之城。
那是曾经，一个人走过的地方

一个人的兰州，换身行头，迎风而唱——
“我们都是流浪的孩子，眼含热泪
怀揣粮食和铁，奔赴明日的世界。”
一个人的兰州，熄了灯，听见滚烫的呼吸

羊杂碎

电话簿在声控灯的云朵里穿行——
街道：一层镂空的锡纸
貌似葱花　啐物满地

夜出寒冬　一条电线唤醒的夜市
一个哈欠　一碗泛着泪花的浓汤
一脸锈迹的青年酒气缠身……

暖胃的革命来自肮脏的勺柄
来自民间的手工　低糖的热力
小跑而来还围着围巾

流星追着日月　八千羔羊滚滚入城
白幡里血的迷宫如一纸方阵
各奔西东　却又肝胆相照

投奔刀斧或是焚坑　黯然销魂
在青海　在宁夏　在西北以西的腹地
如麦穗随着风向垂下了头……

一场草原的梦无福消受　在阿克苏
或是帕米尔高原　千年的冰雪下
羊的祖先引领了高处的牺牲

如今不归人空坐一城　脏溅之地
无为之中　任凭暗渍横渡
只把这桌面擦净　把人心交付

伙计哈赛切下了腥膻　冷案板上
那刀子下得狠　不眨眼的杀气
在畜生的尤物上哼着小曲——

飙趟小西湖　作客荒码头
天色盛进海碗里　板凳矮得像蚂蚁
心悬在马家坡的岔路口　一去三五里

隔岸黄河两盏灯　一盏照到五更
一盏落进不消停的嘴中——
抽很冲的烟　喝隔夜的茶……

贾志义

中国作家协会会员，中国诗歌学会会员，中国音乐文学学会会员，现任内蒙古党委党史研究室副主任。

草原的淖尔

淖尔就是小湖泊
像镶嵌在草原上的蓝宝石
与天上点点繁星相映成趣
让草原增添了无限生机

淖尔是草原的眼睛
水汪汪地一眨一眨
脉脉含情灵动秀气
让牛羊深深地眷恋痴迷

淖尔是守护草原的雷达
紧紧锁定侵犯领空的云霓
喝令它化作雨露甘霖
让山川大地风韵长存充满魅力

草原如歌

我忽然明白
是草尖把跳动的音符
传向天边传向远方
蒙古长调才如此动听悠扬

我忽然明白
是马蹄跶跶的力度
让草原歌声有了

震撼人心的力量

草原如歌
早已汇成歌的海洋
火遍大江南北
恰如日出东方

草原如画

好大一幅画哟
一望无际辽阔苍茫
坐着越野车走了一天
也没看到画的边框
莫非是画家偷懒
或者是有意遗忘

好美的一幅画哟
风舞草浪汇成浩瀚的海洋
骏马像快艇纵横驰骋
牛羊似小船穿梭游荡
蒙古包的袅袅炊烟
拔高了对美好未来的无限向往

草原如酒

草原似甘甜醇厚的美酒
谁来品尝后
都会流连忘返
不再想走

没有都市的繁乱喧啸
没有尾气熏天的迷乱病诟
灿烂的阳光清新的空气
会让你把一切忧烦甩在脑后

啊　远方的朋友
请常来草原走走
草原能让你心胸从此变宽
品性更加温良敦厚

草原如诗

春风吹生大地的诗兴
野花绽放无数诗的意象
小草像密密麻麻的文字
组成翠绿的诗行

恣意向山顶攀爬
向天边扩张
浩浩荡荡铺展成一首
美轮美奂的诗章

羊群(外一首)

仿佛闲庭信步的绅士
在草丛中觅觅寻寻
风吹草低
露出一朵朵行走的白云

成群结队汇聚
风卷云动
云吻草根
留下一串串浪漫的疼痛

四处散开徜徉
似颗颗珍珠
如点点繁星
给草原增添了无穷风韵

路与草原

一条条路
像一根根绳索
把偌大的草原捆绑得
一动不动

即使望断天涯
也弄不清楚
呜呜儿哭叫的风
是否在喊疼

谁还在说
捆绑不成夫妻

路与草原就不离不弃
演绎超越时空的忠贞

一棵树(外一首)

在空旷的草原上
一棵树
挥舞着风的鞭子
俨然像统兵将帅
指挥着身旁绿军装的小草
向西向东
左突右冲

在空旷的草原上
一棵树
随风打着不同的手势
仿佛街市的交警
指挥成群的牛马羊驼
穿梭原野
有序行军

在空旷的草原上
一棵树
独自站立在夜幕中
像一名忠诚的卫士
顶天立地
仰望星空

悬崖上的山榆树

不知是哪缕风
把树的种子
吹入悬崖缝中
汲水发芽遇土生根

即使先天不足也要
活出仙风道骨的模样
屹然挺立笑傲苍穹
让众生仰视推崇

一匹马

一匹马
在蓝天与草原之间
嘶鸣追风
像一团跃动的火炬

一匹马
在蒙古包前的草坡上
时而昂首亲吻天空
时而低头与小草窃窃私语

一匹马
在草原深处奔驰
游荡天边巡视山河
多像统兵戍边的封疆大吏

呼伦湖夜色

落日熔金
水波炼银
草涌暮烟
山舞朦胧

一匹马临风嘶鸣
击落垂天帷幔
令草原的空失色
让湖光的灵黑屏

一曲悠扬的牧歌
唱亮蒙古包的灯火
洞穿浓浓夜幕
引逗繁星纷纷出笼

呼伦湖静谧安祥
像一个清纯的美少女
眨着水汪汪的大眼睛
似在向谁诉说衷情

剑兰

本名陈川，男，汉族，1972 年 3 月生于湖北黄梅。1989年开始写诗，已成诗作1 000余首、散文和随笔若干。有少量作品发表于纸媒。崇尚独立写作，追求诗歌的“真、新、奇、美”境界。首部诗集于2015年9月26日在深圳出版。

诗观：诗歌是人类最终的精神皈依。

子弹

我曾经用一把诗歌的枪
俘虏过一位红衣女子

如今
当我再次瞄准她蓝色的背影
她却莞尔一笑：
里面有子弹吗？

2011年5月11日。

慢下来，和一棵树倾心交谈

慢下来，和一棵树相互依偎
凝眸相望，谈到大海与汪洋，直到安静的落叶吹过
风吹过她的头顶，她的发梢落满星辰
正午的月光下面，大雨倾盆
大雨隔着树冠，敲打我的心门

慢下来，和一棵树倾心交谈
告诉她我的前世悲凉和
今生惨淡

2011年10月6日。

大腿

你见过大腿
是的，大腿
但你没有摸过
你还是不能保证
那是一只大腿
是的，很白
很软
但你没摸过
你还是不能肯定
那是一只人腿或者
火腿
你没见过大腿
那确实是一只腿
就是这样

2015年7月26日。

收租的女人

每个月的今天
都会听到敲门
我熟悉她的声音
如一只猫叫春

“750元，加水电费一起。”
她手中扬起红色的纸
有一些坚硬的气质
在里面

我忽然想赶走她
但我忍住

2015年9月7日。

诗人与疯子

我不能确定
湘北女诗人大月亮的
诗歌群里
究竟有几个疯子
究竟还有没有不疯的
在我看来
他们有的是真疯
有的是装疯

我忍受着巨大的痛苦
在那里面发诗歌
有时候借酒打骂一些疯子
有时候借诗还他们的魂魄

天长地久

日久生情
我想他们也认为我是疯子
并且疯得
更彻底

2015年11月6日。

坐在村口迎风的地方

远方太远，不宜思量
村子很老，不是我的故乡

坐在村口迎风的地方
上网，浏览新闻，接发短信，也抢
微信红包
一名蓝衫妇女赶着牛车
静静地穿过斑驳的围墙
两只白鸭摇着头
和清晨的那两只一样

坐在邦家坛村文化室的水泥台阶上
有一阵子，我被春风吹得越发空茫
一度高过六米高的顶棚
直上云霄

2016年2月11日。

斗地主

我爷爷是大地主被狠狠地斗过
我父亲被当作地主的儿子斗过

现在我常常在QQ游戏里斗
胜率是85%

2016年5月26日。

礼物

跟了我8年的手机号码
终于派上用场
在移动商城
我用11250积分换了
一条18K手链
认识你后，我真的好运连连
在这之前，天上掉馅饼的事从没发生过
我捡了一个大饼子
天上掉下来个林妹妹

2016年6月21日。

江莲子

本名姜华，生于1970年9月。山东青岛人，现居济南，公务人员。喜欢散文、诗歌，偶有零星作品入选若干文集。

池塘

说黑就一起黑下来
所有的一切都成为水草
在夜色里潜行
这人间的清澈倒映着天河里的繁星

风吹过来了
玉米和高粱们发出沙沙的响声
蟋蟀小心翼翼地击节，试探着鸣唱
萤火虫提灯，一寸一寸地照亮
这清风吹拂的，美妙时光

而此时我笑出声来是多么地不合时宜像踢起的小石子
"扑通"一声落进空旷
池塘边的蒲草，轻轻一晃

我这样说起一个乡下的池塘
你不再说话
你伸出手臂，搭在我的肩上
夜色又一次如水，"扑通扑通"的声音
那些年的青蛙，又一次跳下水

布谷鸟飞过田野

三月的北方，大地裸露着褐色的胸膛
犁铧和老牛翻地，起墒
春风渐露端倪，桃枝尚未夭夭

一年之计还在反复盘算
种子到种子的路径，正在一节一节铺排

冰封太久，大地开始思念各种根须的形状
小麦大豆高粱，池塘里的蒲草
天空中的电闪雷鸣，溪水与溪水的汇集
更多念及，与所有奔赴伴生的喜悦和酥痒
所有途经张扬的，繁盛以及花香

而此时，一只鸟做了他的信使
选择在某个黎明起飞
一遍又一遍地诵读口信
播谷，播谷，播谷，播谷——
向上萌发，还是更深地扎向土壤
一只布谷鸟飞过田野
阳光从翎羽边缘划过
明媚，闪烁着清亮

来一场雪吧

躲在不远处的雨檐下
看你的城市在下着雪
得积攒多少寒冷
才能兑换这样一场漫天飞舞？
而我，又要积攒多少思念
才能谋得今生的一见？

这雾霾成性的城市
忘记了成雪的咒语
下着雨，麻木着
如大街上匆匆而过的路人
疲于世事的辗转
已然忘记了爱情的悸动和欢颜

就来一场雪吧
隔着那些不曾谋面的岁月
你扔过来的那个雪球
我也不躲了
就看它在我的衣服上开花
然后 我冲着你笑
像现在这样

路过

月色旧比老银，斜簪山顶
一层层涂鸦，黑夜更黑，远山草木
不见了白日里的好颜色

天空的空由来已久
交出僧人香客和香火
千佛山也只是一座山的轮廓
一再被告知
所有的繁花都将归根
所有的悲喜都将一一交回
一山的秋色，风来收

而此刻，你闭目端坐
我多看了一眼
我正好路过

荷塘秋色

何时萌生了打坐的念头
经卷在心，游鱼亦学会念念有词
莲叶沿途布下蒲团，及至接天
莲荷不枝不蔓
只需一念便可登临

秋意渐起时，卸去青翠容颜
一池残荷，忽现僧衣本相
业已起身，莲座渐次隐去
背影尚未走远
这一支清莲
今秋又度了何人

眼前分明划过一叶扁舟，采莲女轻歌
稚子顶莲叶嘻笑，清脆着跑过
阿公阿婆穿街走巷
叫卖带蓬莲子
一切都还在无形中鲜活

江南

本名刘仪，1958年出生，安徽省宣城市旌德县人。从事业余写诗多年，作品散见于各大新媒体平台及各地报刊。曾获2016年中国网络"玉石杯"中秋诗赛诗词二等奖。

春孕

骚动的晨风，
勾了春的心。
于是夕阳披着薄纱，
在青山绿地中裸奔。
溪水哼起淫曲，
花儿不经意间被怀了春。

月光下，
谁在用贪婪的眼神，
流氓了夜的身？
公园内，小道边，
谁调戏小草变了青。
呵，是季节嫁给了春风，
是花朵与春光结了婚。
于是，繁衍了万紫千红，
有了柳枝吐芽的子孙……

春问花，
你爱我多深？
花反问道，
你的情多真？
花与春同时发笑。

蔡家桥

你平躺在蔡河之上，
你来自大清王朝。
你躺了三百七十二年，
就没想过要起身逃跑？
你的斑驳的身躯像女人穿上旗袍，
你沧桑的背影正如成吉思汗那弯刀。
你历经风霜仍青春未老。

你的年轮刻满历史烟雨飘摇。
你似睡似醒在将人类思考，
你的忍耐力又是否承受起改革新潮？
你是满清遗落的明珠，
你是见证文明的路一条。
你已沉睡了半个世纪，
你还想在此沉睡几分几秒？

四季，我在宣城等你

当春到皖南，
百卉吐芳的时候，
我在宣城等你。
等你来踏青赏景，
等你闻春耕气息。
呈现在你眼前的，
虽不是波澜壮阔的画卷，
却称得上为一片神奇的土地。

当夏日炎炎，
万木葱郁的时候，
我在宣城等你。
等你看青山碧水，
等你轻舟荡游水阳江里。

纵然没有海上明月，
却别有一番江南风情在烟画里。

当蛙鼓声声，
春潮涌动时，
我在泾县桃花潭等你。

2016年11月7日。

江南潜夫

本名严明卯。高级会计师，中国作协会员，湖州市作协副主席，西泠诗社社长。《中国竹乡文学》总编。由中国作家出版社、文联出版社出版诗集《春天开门吧》《让我为你布置一座春天》《给你一把春天的钥匙》《打开春天的大门》《动用春天》《一草一木都是情》《时间的颜色》《时间的力量》《时间的结晶》《时间的足印》《青龙出世》等十余部,共创作并发表诗歌作品3000余首。

江南雨

(一)

迈着款款的莲步
江南的雨是黛青色的
青着青着,桃花就开了

甩着盈盈的水袖
江南的雨是粉红色的
红着红着,石榴就结果了

闪着脉脉的秋波
江南的雨是金黄色的
黄着黄着,谷仓就满了

扭着袅袅的腰肢
江南的雨是银白色的
白着白着,冬天就过去了

无论如何的青红皂白
江南的雨都是亮丽的
亮着亮着,就成了我的新娘了

(二)

我敢断定
没有她就没有春天的主角
在江南土生土长的雨,就像老戏台上的祝英台
只是暂时还没有一人识得她的女儿身

我耕田来她纺线,我播种来她浇园
一到夏天,雨就成了我形影不离的新娘
白天伴我在田野上劳作,晚上陪我在屋檐下说话
苦也好,乐也好,雨与我的关系
就是两棵秋草的关系,打断筋骨连着根

一起抵御过秋风,一起抗击过寒霜
雨老了,即使被冻成了冰,也是一根水的傲骨
哪怕骨渣碎成了雪花,也是为人间所作的最后的一次盛放

雨的一生,就是一个江南女人的一生
说穿了,就是我喜怒哀乐的一生

(三)

从盘古手上开始
一场清明的雨水就一直跟着我
一起在江南流浪
白天,跟着我爬山涉水
晚上,守候在窗外的屋檐下
为我催眠,守梦

五千年了
这场充满神性的雨水
一直没有停下过她的脚步
这使我突然意识到
我与这场宿命的雨水
已经血肉相融,生死难离

让我担心的是
如果这仅仅是一场雨水,也就罢了
一旦变成一个女人的泪水
那将是一场可怕的海啸
其必然的结果,不是引发一场滔天的春色
就是淹灭历代帝王的整个江山

江上渔者

本名李延昭。辽宁沈阳市人,1963年生,从事党政企管理工作。

读楚龙吟的诗

虎啸龙吟冠世松，
兰幽桃粉润泥红。
五千文明汇眼底，
九州风云掠彩虹。
把岁月流辉藏在文字里，
把时光浪漫贮在行囊中。
携一腔孤愤寄昆仑肝胆，
觅几处风景托巍峨山峰？
三皇五帝之魂，
铸铁臂铜骨，
锦绣河山之风，
抒明月玲珑。
图谋兴邦报国志，
英雄人杰袖底风。
十万枭骑八门涌，
一夕挥斥万方同。

读四毛的诗

犹在咚咚擂鼓的古战场上叫喊着厮杀，
犹在熊熊的烈火中镌刻岁月的铁骨流殇，
好男儿的时光不在婆娑的春夏里，
而是流汗浴血的疆场上。
生命的质量，
要以涅槃的形式煅烧，
给青春一个梦想，
给梦想一双翅膀。

冰清玉洁是你的火药，
高山流水是你的长枪。
让黑夜的眼神生出闪电，
让滚滚的雷声，
在风暴的狂泻中炸响……

读旖旎秋水的诗

那一腔的温柔，
都播洒在了流火的季节里，
那闪着秋水的眸，
透视着时光的旖旎和世界的风流。

水晶般的心，
乘风逐月般追求，
还有那天籁般回声，
长响在春夏冬秋。
任凭季节磨砺，
任凭风狂雨骤，
仰望的是隽永，
舞动的是不朽……

幸福

名人名言论幸福 40 句，
什么是幸福，
幸福就是筷头上的肉丝，
心灵上的醉意，
她带着些许的挑弄延伸着我，
在家中享受幸福是一切抱负的最终目的，
无论是国王，还是农夫家庭的合睦是最幸福的，
幸福就是至善，
如愿即是满足，满足即是幸福，
人之幸福，全在于心之幸福，
有愿望才会幸福，
健康和才智无疑是幸福的首要条件，
今日的良心是幸福的要求，
她记忆青春，
见证时代，
感恩生活，
幸福在于创造新的生活，
有生活的时候就有幸福，
人找到生活的意义才是幸福的，
人类的一切努力在于获得幸福，
信仰是人们所必需的，
什么也不信的人不会幸福，
不承认自己幸福的人不可能有幸福，
只期盼少许才能接近最高幸福，
学会学习的人是非常幸福的人，
追求幸福免不了要触摸痛苦，

幸福始终存在着缺陷,
幸福本身就是长期的忍耐,
任何人都是自己幸福的工匠,
人人都可以成为幸福的构建师,
劳动是幸福之父,
幸福只会给予不怕劳动的人,
多年忘我劳动的人,
最有幸福的只是勤劳的劳动之后从梦中清醒过来,
幸福存在于生活之中,
而生活存在于劳动之中,
人生至高无上的幸福莫过于被人所爱,
能使你所爱的人快乐,
是世界上最大的幸福,
相爱是人的一种巨大幸福,
有一个能够思念的人也是一种幸福,
去寻求最大的幸福一位真正的知己,
爱是远远的城市里有所依托的幸福,
幸福存在于一个人真正的工作中,
对于平凡人来说,
平凡就是幸福,
幸福越与人共享,
她的价值越增加,
我是幸福的,
因为我爱,
因为我有爱!

路灯

路灯,
你信念坚定,
用闪亮串起光明,
扫荡角落,
给人一段平安的旅程,
路灯,
你从无畏惧,
在暴风雨雪中更加直挺,
照亮万物,
给自然斑斓流霓的风景,
路灯,
你一如既往,
用默立值守忠诚,
以沧桑和阅历,
去检阅多姿多彩的人生。

远方和诗

每个人的心里都有他的思想,
每个人的心里都有他的远方。
他就如大海上的航标灯,
熠熠闪亮,
他就如我的朝思暮想,
而山高水长。
我记得一位诗人说过,
远方不是什么,
他就是一份美丽情感的寄托,
而心随着向往而去飘泊流浪。
我钟情于诗歌,
诗歌就是我的远方。

诗是谁呢?
你是诗吗?
山川巍峨,河流浩荡。
诗是你吗?
松林流岚,泥土芬芳。
你是诗吗?
草原辽阔,星辰闪亮。
诗是你吗?
山上的布达拉和云中透过的阳光。
实际上,
诗和远方都不遥远,
远方是人的皈依和梦想,
诗是人的灵魂和殿堂。

2016年5月17日。

远方

远方,
我心中梦寐的远方,
在我迷茫的视线里,
你一直都是,

高山流水般景象。
远方，
我心中希望的远方，
在我追求的目标里，
你一直都是，
坚定不可移的方向。
远方，
我心中憧憬的远方，
在我燃烧的生命里，
你一直都是，
奇妙又浪漫的梦想。
远方，
我心中朝圣的远方，
在我精神的殿堂里，
你一直都是，
引我望远奋勇飞翔。

远方和诗

远方是你吗？
心中茫茫，
任我飞翔的翅膀在浩瀚的天宇翱翔。
你是远方吗？
心中惶惶，
任我飞腾的情思驻足在瑰丽迷幻的殿堂。
诗是你吗？
心中朗朗，
千首万首写不尽你的婉约堂皇。
你是诗吗？
心中洋洋，
千言万语道不尽你的阳春白雪，山高水长。
我只想，
浪迹天涯，
读懂远方。
我只想，
带着诗的芬芳，
走近你的身旁。
托所有的鸟儿和琴弦，
托所有的雨水和阳光，
为你润泽心灵，
为你纵情歌唱。
托所有的鸽羽和雁阵，
托所有的禾苗和小树，
为你点头颔首，列队成行。

2016年5月18日。

江政

网名冰酒幻心。原籍安徽安庆，现居山东青州。作品多见于网络媒体及纸媒，曾出版个人文集《冰酒幻心心似水》《江政散文诗集》。

诗观：醉酒离心，看庭前落花成殇；踏月无影，吟断倾城之泪……

非花梦·杨柳辞

"一柳丝垂，凝眸止水，于寒与暖皆是泪；
絮满天涯，终归一尘，非花飞梦未了情！"
——题记

三月堤柳风飘絮
陌上零花扬如雪
一团浓浓的情，燃烧在手中；
睫毛上，烙下寂寞的旅程。
一个人的微笑，泪不成双；
两个人的脚印，走成一行！

卸一身浓妆 披一肩素裹
长相思幻白头
不争日月，不羡朝暮，
只求懂我一兮年年岁岁的温度！
回眸
是滴泪的寒杨枯萎着雪的分离
挥手
是风干的凄魂凋零着梦的相依
你的手牵过我的手，
是今生的姻缘，前世的约定；
无论你近在迟尺的轻吟，
还是远在天涯时的长叹，
我仍然是一株为你守望的眼！

目含烟雨
衔泥的双燕已归巢低泣远眺
我捧着自己的胸膛,贴近尘埃的唇,
你的口中,从没喊过一往情深!

一帘春晓
挂满轻盈的挽绡掩面寒江
三千细水,
只想找一渚疗伤的岸;
浮浮沉沉,
静看夕阳西下的春日眷恋。
今生一场,
却不知你要去的方向!

谁断了女儿一寸柔肠
谁负了谁的千丝惆怅
谁能把尘世的苍茫,
行走成一生的海洋,
目之所及的旷野,
吹落是那一碰即碎的芳华!

黎明　还在遥远的东方徘徊
黄昏又子夜
一棵枯柳,两片叶。
是你先走!还是我留?
等你,下一个春天的路口;
再为我,开一树纷飞的离愁!

风停　雨止　花未眠
一声怨两忡叹七分怜
只有找到心与心的灵魂,
梦,才能自由地远行!

一缕秋风半知夏

本是浓情似火的季节
你却在捡拾凋零的落叶
袭地而起的热流
在那方水面在大地之上
凝聚成　一碧千里的视野

就让惊起无猜的流云
掠过飞鸟的翅膀
在你嫣然一笑中
把我未泯的童心点燃

你的秀发还未齐腰
秋风　就为你
披上了待嫁的衣袍

你那汗水咸过的眼睛
是一帘
蜻蜓薄翼撩起的窗纱
羞羞点点滴滴答答
遮不住的晨光
经过夜的浓墨
便有了繁花盛开的白昼

子午线上的烙痕
是清莲花开素洁的内心
一半执着　一半信念
只为寻觅一块
飘逸于蜃楼的沙洲

赐我青山绿水还你白雪皑皑

站台上的守望

终于有一天
我想要回家

那里的站台
有母亲的守望
也有浓浓的乡音
在胸脯上流淌
我可以赤裸地回来
寻一冽清澈的山泉
洁净我的衣裳
让那些稻田中浅戏的小鱼

听我卸下一箩筐的秘密

炊烟中
十指沧桑的父亲
用沉默
丈量着清晨与黄昏的距离
在他的脸上没有哭
只盛开一朵淡淡的微笑
引我的倦目挂满泪珠
想起离家时的千叮万嘱

列车的声响
敲我的心事如琴房
乡愁的滋味
弹出上下绵延不尽情缘

我的悲伤
是把家乡当故乡
有些悲伤
是游子远离了家园!

我为人父

我为人父
虽有一双能遮风挡雨的手
却不能丈量
你那一方天空的高度

我为人父
从你的摇篮到我的坟墓
之间的距离
是一声门里门外脚步

我为人父
是一场相亲相爱的旅途
尽管有疲惫也有酸楚
我们能在一起就是一种幸福

我为人父
不求你有坚强的翅膀
能翱于飞翔
只盼你有一份
与众千相似快乐的童年
以及一眼读懂
人世间真善美的谬言

在穿过岁月的流光
在仰望地平线的远方

你会发现
那落在冬天的雪
是一朵白色的焰火
点缀你一生如春的行程

姜绪礼

山东省胶州市人,中共党员,青岛市劳模。历任即墨市乡镇长党委书记、交通局长、总工会主席。爱好诗词,在多家报刊发表习作,多次荣获全国诗词大赛金奖。作品入编《毛泽东颂诗鉴赏》《中国梦之歌》《中华诗词家著作典藏》《百年诗词精选》和《中华诗词优秀作品选》等书集。入选《中国历代诗词家辞典》和《世界华人诗词艺术家传略大辞典》,荣获"德艺双馨文学艺术家"等多种荣誉称号。

生命之歌

雄鹰——
展翅高飞,搏击长空
俯冲如箭,威震苍穹

小燕——
筑巢檐下,庭院飞舞
欢声笑语,春意融融

劲松——
屹立山巅,顶风冒雨
凌霜傲雪,拔地参天

小草——
遍地生长，风火涅槃
春绿山野，风光草原

呜呼！
大千世界，万物竞生
各得其所，齐显神通
无限时空争自由，追随日月度春秋
和谐共处欢歌舞，奔向光明永不休

蒋红平

曾用笔名落花生木树，1968 年 10 月生，湖北安陆人，医务工作者，湖北省作协会员。喜诗歌、散文，作品散见于《绿风》《诗潮》《诗选刊》《诗歌月刊》《中国诗歌》《山东文学》《佛山文艺》《江门文艺》《高中语文学习》《人民代表报》《北方周末报》等报纸杂志，入选《新世纪诗选(20002013 年卷)》(普冬主编，团结出版社出版)等多选读本，出版有个人诗集《醉清风》《水的黑眼睛》。

天涯月色

又一次，把我的心丢失在身体之外
在夜晚荆棘里游离
中年以后
依然被一些清纯而美好的东西击中

三十年前
看着你如星星般，黑黑的大眼睛
消失在我座位前排
三十年后
找到你，已是树的叶子落了又生
生了又落

凝望天上明月
我在想，我们相距不足百里
却如天涯，蜷缩在似水缠绵的月色中
我的思念
始终无法靠岸

我知道怎样去爱

在中年，我更关注天空的颜色
仿佛一个人的心情
时时被乌云和雾霭笼罩
在倾盆大雨的夜晚，发作睡眠呼吸暂停综合征

在中年，我更关注一棵青草的绿
在探出梦的叶子中找到你——
从一百八十多个同名人里三十年之后找到你
在青山绿水间与你相见

在中年，我好像被越来越多隐匿空间的生物所袭扰
失眠，腰腿痛长期占住我的神经
而远方曾经渐渐淡忘的星星，却明亮起来
似乎告诉我这一切一切的结果

再也走不回曾经的路
我多么希望有一只梦想的小船飞渡
而其间一颗星星
照耀我们看似不远却异常遥远的路，在路的端口
牵挂，怀念

雨中记

急骤、愤慨，天空一群黑压压的乌鸦
猛击下来，敲打在车窗上
雨刷奋力摇摆，仍看不清前面的路
地面的雨水似一群无家可归的孤儿
四处乱窜，寻找落脚点

我的车仿佛大海上
突然遭遇暴风雨的小船，摇摇晃晃
若一个失恋酒鬼
把老天落寞的情绪，表达极致

苍天也是如此脆弱，就像

一个不曾长大的孩子
说哭就哭
用暴雨对眼泪的诠释
一个人因伤心而洪荒四溢的理由

颜色

我常跪立于床头
因为那日与你，跪于佛前
长久的腰腿痛得以短暂的痊愈

然而你的离去
它终还是复发了
在后来的日子里，疼痛就这样与我对峙

跪立，冥想
我深信与你的佛缘

那些养生技巧，药店兜售的狗皮膏药
都是骗人的
青春煮沸中年的鹅卵石
我是那最为光亮的一块，在疼痛中
呼应着
想你的颜色

卷尺

把湖面的睡莲，夏夜的虫鸣
月光的呢喃
刻在正面。展开
幸福是夜晚的颜色
我是夜色中荡漾的萤火

把你光阴的缺口
泪水，哀伤
留在背面。像一把卷尺
缩进去
我是你坚硬的壳

我们的眼睛，充满了夜空灿烂的星星
在沉睡的人间
多像两个偷欢者

幸福与痛苦的距离有多远
多少无言的痛楚
背负着我们的隐忍
我们在同一把尺子的正反两面
重逢

因为爱
拉伸，回缩

蒋晚艳

你我的牵手

水花欢了
水面颤了
心儿
扭扭捏捏地
抖了
这之前
你的指尖碰触着我的指尖
我的心房载满了你的过往
我以为
我们相恋了

好久好久
邮局这头
偎着我的温柔
邮局那边
伴着你的狂热
春去夏来秋走冬至
文字里颤着思念
书信里揉着眷恋
我以为
我们牵手了

那年秋风起
文字断了

思念藏了
心痛躲到邮局大叔的
口哨里了
措手不及的电话铃
嘟嘟嘟地嘲笑着
曾经的苍白和乏力
我以为
我们被时光撕扯了
光阴如梭红尘滚
忽如一夜春花绽
如今
你乘微而来
我携诚而向
一呵暖昨昔
一拥温明朝
于是羞在我指尖的颤栗坦荡了
我没有以为
我们是真的牵手了

你的左手牵着我
右手拥着你的呵护
我的右手拉着你
左肩偎着我的温柔
从此岸到彼岸
从曾经到白头
于是
我彻底没有以为
你我其实从未牵手
只是在人群里相濡以沫

暮游龙湾湖遇雨

白色的水鸟
在自己的世界
悠闲成人们的风景

谁说秋风瘦了
荡开涟漪
满湖的倒影　活了

是暮色，点燃霓虹
还是霓虹亮了暮色
柳条在风里
轻摇一个童话

雨，不请而来
有一滴冰凉
摁进缠绵

匆忙的脚步
不去分清你我
擦肩
微笑和叹息都是生活

只一个回头，时光已老

阳光刺痛梦
蝴蝶倒下
风洗去草香
云张开嘴
呼唤，从远方
打湿心事
一只落单的雁
惊诧于枫叶的红
小桥流水
风把凉写在眸子
只一个回头
时光已老

无题

太阳从唇边滑落
云布满额头
流年跌进皱纹的河
雨水漫过
帆撕裂
痛到不能再痛
彼岸
花香。诱惑迷人
蝴蝶在路上
每舞动下翅膀

梦就颤了颤
风瘦了又瘦，却一直
不改初心

焦倩茹

陕西省铜川耀州区人，小学语文教师。铜川市教学能手，铜川市中小学学科带头人，耀州区著名教师。一位热爱文艺、热爱生活的知性女子。爱好广泛，多才多艺，喜欢将梦想和心声倾诉在文字里，融化在朗读中。

寄语：愿用美丽的文字、美妙的声音诠释生活的美好；用纯真的心灵和阳光的心态创造诗意的生活！

我的第一封情书

——致诗歌

矜持的我
虽已年过不惑
却从未写过一封情书
偶然的邂逅
目睹了你的风采
相思悄悄地住进了我心房

你是春天的鸟语花香
你是夏日的雨后彩虹
你是秋天的盈枝硕果
你是冬日的温暖阳光

因为你
我神魂颠倒夜不能寐
整日冥思苦想咬文嚼字
盼望能早日俘获你的芳心

因为你
我丢掉了宽容的美德
变成了锱铢必较的狭隘之人
我低下了高傲的头颅
成了病急乱投医的卑微患者
家人的猜忌和误会
都无法抹去我对你的一片痴心

为伊消得人憔悴
何时才能得到你的拥吻
天地不言日月无语
我只有把这似水的柔情
化作一封锦书
托悠悠的白云带给你
无论你是否接受
我都愿做痴情的百灵
用倾世的柔肠为你歌唱

荷花之恋

是谁吸引了我的眼眸
是谁撩动了我的心绪
是枝繁叶茂的七月
晨光中那挨挨挤挤的
沁着露珠的碧玉盘

是谁阻止了我行进的脚步
是谁敲击了我麻木的心扉
是夏花绚烂的七月
艳阳下那亭亭玉立的
少女含羞的笑脸

是谁拨动了我的情思
是谁催下了我的眼泪
是热情如火的七月
家乡的千亩荷塘
让我难以心如止水

是谁搅动了我的热血
是谁唤起了我的青春
是暑气逼人的七月
荷塘边的小村庄
在绿荫花海中沉醉

是谁震动了我的灵魂

是谁让我久久回味
是中通外直，不蔓不枝
出污泥而不染的朵朵清莲
让我懂得了如何做人

2015年7月10日。

金彪

笔名瘦石别园，江苏省江阴市人，诗人。中国诗歌网江苏频道顾问，5星文学网特约专栏作家，《西部文学》十佳诗人，《紫江诗刊》十佳年度诗人，首届写实主义优秀诗人，“中美杯”特等奖获得者。多次获中国作协等举办的诗赛奖。

南湖，那一条红船

徜徉在南湖的旖旎，一定会被一朵水的飞翔打湿
湿透脚板，湿透睫毛，湿透肋骨
一起湿透的一块大石头，渗着苍劲的红
不那么遥远的故事，如铿锵的歌谣
在湖边那艘游船上激荡
十几个年轻的声音，生发镰刀斧头的光芒
敲碎阴郁，割开烟雨
让远道而来的春风啸聚船顶，汹涌波涛
一波接着一波，一浪高过一浪
拍醒沉睡的堤岸，拍醒古老苍凉的华夏大地
将一颗颗红色的种子
抛撒在大于南湖高于辽阔的苍茫之上
风暴过后，莺歌燕舞
烟雨楼下，一湖锦绣
万福桥边，红花点点
无法表达的幸福，在游人的笑颜上怒放
游鱼戏于平静的微漾
新柳醉于自由的春风
红船始终不老
波澜壮阔中朝着东方红，昂起船头
弹拨蓝色的五线谱
一圈涟漪，就是一丛微笑
和弦之上，风调雨顺
盛大的安宁，将无垠还给无垠
不得不停下脚步，再行一次注目礼
靠近，再靠近一点
与红船留个影
摄录下这别致的中国红，别样的神州梦
留下纪念，留下爱

金光涛

网名靖城老金。毕业于绥化师范专科学校，现就职于黑龙江青冈县建设中学。作品散见于《绥化师专报》《新课程》《通肯文苑》《黑龙江科技报》《靖城周报》《庄周文艺》《通肯河》《中国文学》《华夏微诗在线》《草叶诗人》《成吉思汗赞歌》等。散文诗《春雪》获得中外诗歌一等奖。散文诗《致青春》获得2015年“中华情”全国诗歌散文联赛金奖。

蓝色的遐想

淡淡的
那抹
无云的天
泛舟无边的海域
去拾捡
遥远的地平线
那今非昔比的光阳
依旧照在桑乾河上
荒芜的花
开在心灵的港湾
难以得到那抹着实的蓝
醉酒的酣
梦醒的甜
取景天地外
作画西湖边
把你的色彩染上屋脊
那茫茫的青藏高原
你在云天
我在青山

你在云天啄食繁星
我在青山寻找舍利
一匹脱缰的野马
跑乱我的心田
倒头沉睡床第间
梦醒的甜
醉酒的酣

秀青春

苍山翠柏
我们踏云而来
在八百里林海
尽情开怀
你拍下我动人的岁月
我抖动你可爱的青春
松涛翻卷
白云驻足
满山遍野洒真爱

那铿锵的脚步
在耳边回响
那悦耳的笑声
在头顶飘荡
放牧心灵
回归自然
愉悦在心灵的路上

古木飘香
山野重彩
那醉人的绿
绿得醉人
那迷人的笑
笑得迷人
看漫山绿遍
层林尽染
生机勃勃
绿意盎然
你给青春一个梦
青春就会还你一段情
心若不老
爱就永远年轻

蒲塘飞鹤

携起手来
去采摘夕阳下
天边的云彩
奔过婆娑的树影
落后于太阳的脚步
把月亮撵上星空
她像一枚徽章挂在
故乡的头顶是我永久的思念

落日里的蒲草
格外闪亮
那振翅欲飞的双鹤
犹如诗行中的你我
岁月蹉跎
何时才能引吭高歌
一同起起落落
吮晨露而食暮草　踏清风而沐朝阳
一生终老

古色古香的凉亭上
红灯笼东藏西躲
西风把我的情爱挂上树梢
你沿着树下的阴影奔跑
驭鹤高飞
追时光不老

在碧绿的蒲塘外
与你一同唱和
那淡黄的蒲棒
结成丰实的情感
那透红的鹤顶
是我的心脏在泵血
点燃蒲棒
燃烧自我
多年以后

是否记得
蒲塘飞鹤

金明春

像邻家女子的白菜
好一个清灵灵的女子
生在农家静美的园地
让人想起一句
沾着泪珠的歌
小白菜
泪汪汪
以一朵花的姿势
出落得清秀白洁
一件绿色的小袄
裹不住你的冰肌玉体
真让人担心
你是怎么动人地
挨过冬天
一根稻草
束紧你丰满的腰肢
冬天以雪的名义
送你出嫁

金玉

曾用笔名好好。本名刘宇静。现居广东，自由职业者，爱好诗歌、散文、小说。作品发表在《吴高龙画集》和各网络诗社、微博、微信和新浪博客。

贴心

记忆的闸门打开，再打开
倾斜，倒出储钱罐里所有的金钱
闭眼的手指，触摸辨认
声音已消失，色彩吸引我的兴趣
致命的诱惑，奢侈沉静
如身旁袅袅上升的檀香
就这样抖落了整个夏天
用一种孔雀蓝覆盖住所有的葱茏与蝉鸣

独一无二，无可替代
若你
其实早已深入骨髓
深入灵魂
骄傲
贴身小棉袄

圆·缘·绣球花

有些花
是在诵经的真言中的
迎着清风阳光
在你眉弯的两边
欲笑还颦，最断人肠

团聚在一起的小花
圆滚成大朵的美满
开着希望
如恋人的忠贞与永恒

看见它，心便纯净，开心起来
一大片绿撑起的五颜六色
抽走尘世里行走的麻木
遮住裸露在肌肤外的青筋
通体舒泰

闻着香，梵音阵阵
做不了花，也要做那花香
引着众生
在佛前心念一段香

靳雪明

女，70后，山西高平人氏。

诗观：想用简单的话语描述诗的天堂，想

用简单的话语描绘诗的铿锵，让老百姓也能进入诗的思想。

乡愁

在异乡久了
就被异乡的风光迷住
在异乡久了
就忘了初时的痛苦

抛弃了所有旧物
却好似身体被掏空
寂寞的行囊也止不住
止不住流下忧伤的泪珠

故乡的那撮黄土
和着泪的层层包裹
超过了
掌心的温度

夹在书里的那片红枫
胸腔里的一颗心哟
连着它的脉络
激烈地跳动

裁下的那片云脚
什么时候
一个筋斗
瞬间回到熟悉的故土

只有在梦里哟……

小卒

过河的小卒
不敢回头
清幽的月
泪水婆娑的眼
娘音声声呼唤
柔肠寸断
夜在怒吼
鲜血丰腴了弓弩
信念射出满弦
锻打出鞘的莫邪
不见敌血誓不回还！

勇往直前
勇往直前
战死沙场也无怨
头枕万里雄关
身披皎皎明月
任最后一滴血
顺着月光流淌
期待凯旋的鼓声
温暖
永久的思念

父亲

父亲
是世上最美的称呼
是儿时倚靠最结实的胸脯
是遮风挡雨的大树
是温馨小窝的顶梁柱

父亲
再难再累从不诉苦
却静听儿女絮絮的倾诉
身受委屈从不说出
却为迷途的儿女提灯引路

父亲
默默地为家庭儿女付出
儿女却不能为你把时光留住
只能为你许下深情的祝福

父亲
是世上最美的称呼

与衰老对话

小时候
你离我很远
偶尔朝我抛个媚眼
欣欣然
我便奔向前

长大后
你我有了代沟
将你远远地推走

现在　我决定
要与你竞走
看看是谁将谁
甩在身后!

核桃

全身的骨骼
裸露着
硬邦邦
凝聚着正义的力量
敲碎了骨头
也摧不毁不屈的思想

荆棘

70后,教师,心理咨询师,江苏句容市作家协会会员,诗词楹联协会会员,南社《印象南方》编辑,诗作见于《诗歌周刊》《印象南方》《思无邪》《风雅句曲》等,作品入编《世界诗歌文学》等。

突如其来的造访者

青草返绿
生机蔓延向半截墓碑
即使没人来
没有水果和抱花
漫山的草味
也足够提供人间的馨香
生死从来未曾缺失
我站在台阶上
只是一个突如其来的
造访者

公墓祭扫

祭扫需绕过公园
枝条探出墙外
打量每一个途经之人
相似的生人和死者
相似的草木气息
分不清哪一种植物更重要
也分不清生人
前来的念头
墓碑下的,继续在墓碑下
鸟雀稀少　啄着果籽
也翻土,翻起一二粒
久远的旧灵魂

说书人

十字坡,城隍庙
说书人的声音和二胡
死和生,不绝于耳
大雪从来不是问题
热酒可以驱除
单衣的寒冷
尽管是暂时的
故事周身充满皲裂
因为岁月得到了浓缩
一滴水在檐头
干枯,坚硬
然后变成很多滴
故事里的这样的夜晚
如果有什么伤心事
适合去归隐,适合
一个人去死

故乡的院落

对于一碗水饺

我从未过多揣摩
无非是菜鲜,肉嫩,皮薄
屉笼上
一枚水饺与另一枚水饺宿命相同
出发前,它们做最后的话别
发出的呼唤
被白霜所掩盖

钟声醒来
掸掉仅存的几两秋色
走在路上的人明白
这个夜晚
他追赶的不是日暮
而是来年的味觉——
那碗水饺
远处隐约听见水桶下井的咕噜声

霞光收尽归途时
一只手恰好握住门把手
抬头抖落半生风雪
把满脸春色留给
这所院落

静萱

中国平煤神马集团职工,“三苏诗社”成员。

那些花儿

那些花儿呀
跳跃在四月的山中
像欢喜的孩童
熠熠生辉的眼睛
溢着水一般的纯净
是太阳的女儿吧
不然怎么灿烂得
赛过夜晚的星星

初春,这样一个夜晚

风像一只猫
一只优雅的猫
蜿蜒着她的腰肢
轻盈　曼柔　妖娆
这样的一个夜晚
有这样的一个女子
像风一样
缱绻着思念的灯盏
灯盏遮蔽了星辉
灯盏羞怯了月光

像菊花一样爱你

这风是冷冷的了
落叶满地,写着落寞
这雨有些个凄凉
一连几日撒落这
岁月的彷徨

可我的心里是暖暖的
好像小鸟生出了翅膀

看啊——
山坡上
黄色的野菊花
绽放着太阳的光亮
她是狂热地爱着这个季节啊
用她独特的方式
如我爱你一样
在这个季节里
孤独豁阔地绽放

静夜凭栏

生于北方冰城、音乐夏都哈尔滨。从事过编辑、策划工作,2010年开始写作。有多篇作品发表于各大文学网站、报刊,获得各种奖项。喜欢静静地写字,在诗的王国里书写人生的绚丽。

秋韵

不知
是风摇曳了
叶子
悄然地离去
还是
叶子
约会了风
去赴一次
飘泊的婚礼
风
无言的欢喜
叶子
舞蹈风的旋律

穿过
指尖的斑斓
秋水长天的斜阳下
沐浴
烟雨红尘
醉烈的时光
紫红浸绿的叶面上
摩挲沉金的诗句
在笔端成行
顺着风的方向
漫过烂漫的山岗
铺满江南竹林
碧绿的屏障

古道夕阳
落日下的余晖
缭绕
炊烟下的村庄
田野
起伏的麦浪
拂面我
微凉的脸宠

2016 年 11 月 2 日。

诗人夜色

夜
拉开帷幕
星空似一幅
炫染的画布
群星点燃
夜空的朦胧
将遥远的图腾
穿梭在我
芳香的诗笼

我研磨
浓墨的厚重
将绵绵的诗语
挂在那
弯弯的镰勾
夜风徐徐袭来
曼妙月光起舞
变幻薄纱的色彩
云淡风轻的飞渡
描画神秘的夜空

夜
霓裳的晚虹
我的诗
潜行在夜色中
摇曳了
你梦中的笑容
我百媚千转的
诗情画意
融入这
无眠的
午夜星空

2016 年 11 月 6 日夜。

涓子

笔名闲云孤鹤，英文名 Linda，美国内华达州里诺市人。喜欢在文字面前裸露灵魂，以此来祭奠生活中的真、善、美。先后有作品在《诗者》《当代文摘》《江淮文学》等发表。其中,《心中的夕阳》在《诗者》首届诗歌大赛中获得二等奖。喜欢旅行,奉行简单的生活哲学。

请给我一双翅膀

在朦胧月光洒满七夕的夜晚
请给我一双翅膀
我想穿越浩瀚的银河
和繁星闪烁的宇宙
让暗流涌动的生命倾听
宇宙间不可名状的万籁之音
让沧海桑田的温柔荡着秋千和风起舞
在无垠的苍穹乳白色的宽带上
写满我相思的爱章
让在大海里扬着白帆航行的船
停在一个奇妙地方　跟你去流浪
寻觅上世纪的承诺　不再把星空遥望
请给我一双翅膀
哪怕是最痛苦的过程,我也要
破茧化蝶
在一朵花里浅笑
让你的歌　你的诗淹没每一个黑夜
来融化温暖一颗早已冰殇的心
让色彩斑斓的笔在闲散的日子里
把空虚涂上颜色　堆上柴草
让每一篇诗稿
为爱燃烧　为爱歌唱
让天上人间在这七夕的夜晚
把痴情的爱在瞬间定格
永远传唱

心中的灯

静静的夜漆黑如墨
我在一条幽静的不见尽头的小路上
孤独地游荡着
空气中弥漫着淡淡的忧伤
天上没有月亮
天上没有星星
就连我的影子也和我捉起迷藏

友人说每个人心里都有一盏灯
一盏亮着的心灯
这盏心灯是黑暗中的启明星
它照耀着人们回家的路
为了寻觅这盏灯
为了寻觅这盏心里的心灯
我的躯壳不知疲倦地
在这条永无休止的路上寻觅

寻觅友人嘴里的心灯
寻觅那颗黑暗中的启明星
不论是天涯还是海角
这盏高高挂在我心里的心灯
都将抚慰我心灵深处的忧伤
都将照耀着　引领着游子的心
踏上回家的征程

潇洒攀峰

别问我的年龄,我要再次
整装,用我的笑声
信念和意志,再次出发
……
站在镜前,让薄薄的胭脂红
隐去岁月的痕迹,让清清
流淌的水洗去一路风尘
让在尘埃封存的记忆里
钻出的新绿,融入
一片绿洲,在广阔的空间里
再次起舞,放飞疲惫的身躯
潇潇洒洒,舞出人生的精彩

总有一天,弥足珍贵的生命
将会被今生和来世拉开距离
就这样沉沉地睡去
沉沉地,什么也不用想
……
面对死亡,我毫不畏惧

可现在我醒着,醒着,就要前行
就要有一种精神,乐观向上
让我们再次擂起战鼓吧
让欢快的鼓乐声和着大海的涛声
趁盛世,趁我们还年轻
踏遍青山,潇洒攀峰
在如画的风景中一路前行

君子如兰

本名柏松,常用笔名郭嘉。吉林省长春市人。曾是多家诗词论坛版主。1981 年首发作品《追寻》。在《山东诗人》《辽河诗词》《诗远航》《中国风》等十余家报刊发表作品数百篇。出版合著《花开有约》《淡远时光》等诗集三部。

青铜天马

——题“马踏飞燕”

历史破土而出
青铜之光
剥开千年的尘垢
点燃当代诗情的引信
是腾跃时空的天马
以青铜锻造雄魂
在浩茫的天宇飞驰
奔向当代　奔向未来
阐释华夏梦的终极
那只抱蹄追随的黑燕
莺歌燕舞的媚曲坠落了
以一声嘶吼融合了
响彻寰宇的大风歌
不生于宫廷
不生于漠野边关
生于大汉威武雄豪的气象
在日月熔炼之后
定型了亘古不变
我合理地相信天马
是神舟的初始
而我的诗情
如黑色的铁的燕翼
附着神舟的背脊
激情遥接远年的梦
向更宏伟的时空飞驰
与未来成功对接

镜子

美人以铜为镜
慵懒的哈欠将镜面擦亮
所照耀的花香四处飞扬
即使容颜真的不美甚或丑陋
也会在累积的脂粉中
遮蔽表面的眼光
和老去了的时光
有些镜子要在历史般深厚的
墓穴里挖掘得广远
出土的那个人和他的陪葬
就会毫不呆滞很灵动地
晃动在今天的眼前
历史与现实相互映衬
像两只眼睛的盯视
而镜子中倒毙的
曾经支撑的骨头都成灰了
垃圾般的一些人或事
历史都厌烦收留
所以以铜为镜
从来都是给予美人的
所以以人为镜
即使碎了也无可躲藏

五月一日,想起了愚公

愚公的家没有依山面水,非风水宝地
太行和王屋冷峻峭拔如刀,斩断了
远方的路远望的眼。幸福在低处跪着
在山风的冷笑中苟延残喘
愚公的先祖直到他和他的后代,都没能穿越不幸
他的须发被峭岩磨砺着,久而久之竟磨出了黑色素的针

集合起来像青春的头莽撞地击打山的胸膛。
须发尽落
落成粗糙的镐钎锤锹。还引出一个故作高深的
智慧的老头儿发出了低端的哲学的嘲弄
列着队的子孙袖着手，无望有怨地盯紧愚公
怨他不是盘古，不能开天辟地，为他们开辟桃源
苦难的岁月使每个人的动作都听得清骨头吱嘎作响
锹镐的影子在麻木的眼光里起起落落
因为怜惜，他们跟着愚公一镐一锤一钎一锹地干着
意外的是，这行动竟成了家族的意志。直到愚公死去
愚公的儿孙，一代代地延续。山开始神经脆弱了
它的震动如地震，首先就击碎智慧老头儿的坟墓
不幸的命运有了连续的撞击，通达的梦萦绕
无数个世纪直到现代，一个叫徐悲鸿的画家
给愚公家族画了像，还有一个盘古般的人物
写出了一篇文字一度使人天天诵读
而我餐厅的屏风是愚公挥镐的画面
这使人生动地感觉到一个大梦
有了最深厚的底气

K

康泾

浙江桐乡市作家协会主席，浙江省作协会员。诗作曾发表在《星星》《中国诗人》《散文诗世界》《诗江南》等报刊。2015 年获全球丰子恺散文奖金奖。著有诗文集《稻草人》，主编诗集《寻找》。

我仍然头也不回，游向青春这个女人

动物园。一条金色的鱼
被扔得很远
马上，鱼游回来，反复几次
仿佛不离不弃
一位多年的恋人

如今，我与中年
越来越远。但是在梦里
我仍然头也不回
游向青春
这个女人

象棋

你做车，横冲直撞
做马，被人骑在胯下，倒在烂泥里
帅者，风光无限，一呼百应
那么多女子为你
生儿育女。你的精子不够用
分不清哪一张笑脸，写满你
童年的稚气

你若为炮，飞檐走壁
若为相士，靠嘴皮吃饭
说得动听，风光在身前
理屈词穷，竟凑不成一句
完整的墓志铭

不如做卒吧。心甘情愿生活在
别人的光环，或者阴影里

好人与坏人

好人里的坏人，跟坏人里的好人
路上相遇。好人里的坏人
有些自卑。他掏出手机
想和坏人里的好人合影
一阵风吹过，吹落在他们之间的
一张枯叶，比心还大的叶子
显得很黄。坏人里的好人认真捡起来
遮住了自己的脸。

沉默是多么美好的道德

从一座城市到另一座城市
说话声音跟以前大不相同
面色红润，头发竖起
代表年少时非凡的气质

我相信，并不因为一杯酒的缘故
如同不仅依靠诗歌
才能抒情
我感激曾经的森林
为我欢笑，为我歌唱
最后留下一片寂静
我甚至心疼一粒稻谷
奉献抽穗的瞬间
多少年后，许多人
会不期而遇。他们说笑，握手
侃侃而谈。他们一定忘记了沉默
沉默是多么美好的道德
可惜已经说得太多

我们所有的争吵都不及一个夜晚

我们所有的争吵
都不及一个夜晚
那些刻薄的句子
一笔一划刻在你的嘴上
脖子上，胸口，以及一切
我想刻到的地方
直到血渗出来
洇透一个
洗也洗不掉的诺言

爱一朵花，只爱花心最深沉的部分

嘤嘤嗡嗡的蜜蜂飞过
两朵紧挨的梅花
用花瓣迎接振动的翅膀
用花蕊，挑逗着
羞怯稚嫩的春天
它看到了它们的欲望。
即使那些路过的人们
他们仰视的眼神里
也只有春天。春天还在路上。
他们看不到梅花的颤栗
过去寒冬里刚刚留下的坚强
让温柔的冬季
付出了代价。

花开与花败，都是美好的事情
如果不能在羡慕的目光里
绽放，就在沉默中
落地。人生也不过是
一朵花。向着阳光，
只疼爱一个季节就已足够
如同蜜蜂，爱一朵花
只爱花心
最深沉的部分。

柯桥

本名柯小荣，1967 年 8 月生，江西宁都人。中国金融作协会员，江西省作协会员。现供职于中国工商银行瑞金支行。诗歌在《诗刊》《诗神》《创作评谭》等刊物发表，入选《2003 中国年度最佳散文诗》等选本。著有诗集《时光灯盏》。

走马陂

走在上面的人越来越慢越来越少
慢慢地走进了四周的小山坡
慢慢只剩下空旷的大地和慢慢扩大的裂缝
风一吹整个天空更加孤独

光阴慢

大地的光阴慢
白杨树上的最后一片枯叶
增加了枯叶的厚度

一个老妇在屋后的山坡上终于砍下一截枯枝
她已无力让木屑飞溅
但她缓缓拖动的干柴
在大地上扬起了尘土

远眺

我喜欢去到很远的高处眺望大岭背
这样至少可以模糊掉她破败的身体
以及留守老人儿童的孤单和潦倒
至少可以省去她面对亲人的惊愕惊慌失措和羞涩
远远望去
走马陂在秋日里更显柔和
散发着微微的光芒
刚好弥合了她遍体的伤

孔祥红

笔名山水一鸣。

雾中盛开的野花

雾不是雾
花不是花
雾是一朵蘑菇云
云下的野花在盛开
开成圆形方形三角巾
开成红色黄色雪花白
开成鸟鸣风声梦呓声
盼你姗姗来临
等你秉烛夜游
此刻雾是花
花是雾
一扇窗在对视中推开

春天

还没来得及推开窗
你悄悄叩响我门环
抬头一看天空很高很蓝
不知何时春天已然来到
柳丝在朝阳中轻甩发丝
抚摸着院墙上的冰棱
试着驱走料峭春寒
她们的热情似薄雾
一丝惊喜让我想到
墙外的红杏又在等待着
哪位诗人点燃
青春此刻
只想将心雕刻成一粒种子
楔入初醒的大地

生活

你总是望着我
冷漠近乎残忍
看我像风一样
奔波忙碌受苦

无动于衷

日子一天天过去
只觉似海边的渔夫
偶然打捞起神奇的金鱼
梦境悄然开放
你换了容颜
悄悄改变了我
可欲望不能像装天袋
你轻轻一碰
我回到原点

孔祥忠

原籍河南，现居黑龙江。黑龙江萝北县作协副主席、诗词协会副主席。部分诗作被《东三省2005年诗歌年鉴》《东三省2006－2007年诗歌年鉴》(作家出版社)收录。作品散见于《中国诗歌》《诗林》《绿风》《彩虹鹦》《中华诗人》等报刊。已出版诗集《窥视太阳》。

时下的曲线(外三首)

山脊上，时而裸露出的岩石
被青苔寄生
命运常常掩藏在硬度以下

探索的锤子，敲击的曲线
超乎想象
隐约的意义，指向更深的蓝

挺立的年轮装着奥秘吗
阴影里，蕨草根
的瘤子，似乎比桫椤更加褐色

崇尚静默，不喜欢人类的神经
与其他动物换一换吧
时下，鸟鸣比诗歌要动听

海市的拯救

幻觉不是海风的错，云后面
镜片折射的风景
虚幻的真情，让你信以为真

潮水才是海的发言人，它雕刻在礁石上的
语言，比蜃楼更生动
浪花功不可没，不时的抚摸像是软刀子

悬崖阻止了水的自由，却给了雨林民主
多样性成了这里的法则
蓝色的蝴蝶，正破茧而出

槟榔树暗红的醉，让你麻木不仁
曼陀罗染得诗歌出现微毒
那边的芭蕉，却用绿拯救了一条心

散板的方向

滚动起来，露珠像是在抚摸每一根叶脉
绿色的线谱，次第着
散板韵律，自由自在

野塘的怀抱，随性而生的
不光是芦苇和菖蒲
伴生的蝌蚪，早已褪去灰色的尾巴
生动，总爱在秋天写意
路上的赤兔马，赛过荷花的颜色。却不知
莲蓬有一颗苦心

野鸭子，小可爱的巴掌
都会划水了。我的诗
天真得还是找不到原生的方向

成熟的仪式

山岭南缘。秋在变脸
可云一直静不下来，它的迹象
被梧桐河写入乡居笔记
白向来是纯净的，乌云多数时候
也是良好记录
这一次，它由草原的雾气而生
升腾胜过升华，降落当然也不是遗落

龙头山，每一滴雨珠
都成为山谷的音符，这种诠释
都被坚果倾听，比如榛子
橡子，还有松子
沐浴，成为成熟的仪式
急促或迟缓的雨，为节奏而生
我在局外，为滂沱感叹。诗歌却完全
切入其中，它在寻找新的意境

寇江河

1956年生，1981年大学毕业，先为语文教师，后转入行政工作，偶在地方报刊发表小文。

湖色苍茫

倾听旷野的风啸，
凝望天空的云飘，
可以沉思，
可以怀想，
可以轻叹。
面对空旷恒大的湖山，
感受一片亘古的肃穆，

我人思想徘徊,
风云却蒸腾激荡
留下暮色苍茫。

鄱湖细雨

迷蒙的混沌掺和着幽远与苍茫,
湖水渟渟,蒹葭苍苍。
细雨中的鄱湖,
浸染着平仄小令的曲韵,
轻撩心底的一泓微澜。
水轻曼如温柔的妩媚,
水荡漾如娴静的笑靥,
湿漉漉的记忆,
淅淅沥沥地潜心悠游,
眺望悲壮凄美的凉秋。

逝如秋花之静美,
梦里有一道天河流淌,
哪怕风沙弥漫似火骄阳,
心中始终把你憧憬向往。

大湖之秋水雅净而汪洋,
浩浩汤汤铺向天际远方,
与白云接吻映出一片霞光。

舟帆点点隐于暮色苍茫,
逝如秋花之静美的村庄,
炊烟袅袅飘散着秀发的芬芳。

秋雨小思

散在漫天的雨丝
忽儿悠远
忽儿切进
飘忽的雨巷
落叶寂寂
有一个心语
正向秋风传递

秋之山

秋之山,
峰峦明净,
阳光盈满,
点缀红叶,
绿色连绵。

秋之山,
果实馨香,
鸟雀欢忙,
登高望远,
心气流畅。

秋之山,
胸怀宽广,
吐纳忧欢,
笑揽闲云,
喜看丰年。

秋月畅想

古老的天穹,
皎洁的月亮,
缤纷的梦想,
思念的泪光。
幻影摇曳的世界,
满是月光洒下的圣洁。
清风徐来的歌吟,
正是李白诗情的流淌。
月光是你的一汪心事,
弥漫在田野。
仰首寻觅星光,
广袤苍凉的心胸,
企盼月华渡我归航。

秋月浮梦

人在月光里易梦游,
荡桨击碎了水里的月亮,
水中月原来在天上,
伴你千年犹有寂寞,
扬起思念的沉重臂膀,

轻松而去，
融入温柔的月光。
清寒月色弥漫着寂静，
浓浓乡思洒满无边的大地，
独立高楼看万家灯火，
归家小路植根于心底记忆，
沐着月光的玲珑思绪，
盈盈牵手南飞寻故里。

月光浮梦

陶醉于山乡的一轮明月，
月光如水一般轻泻，
小河环绕着村庄，
村庄依偎着小河，
一任月光尽情挥洒诗意，
如吟如唱的流水托浮月光，
飘入恬静而幽美的梦乡。
被月光浸染的梦境，
是亲近缠绵的风情韵致，
更有温顺柔美的芳馨潮润。
月落摇情满江树的诗句，
在心中铺开清新亮丽的风景，

在绿叶沙沙的伴奏下歌吟，
一声鸟鸣的唤醒，
心便永不孤寂。

后半夜的月亮

后半夜的月亮高悬碧空，
午夜梦回的心境沐着冷露清风，
万籁俱静，落月摇情，薄雾朦胧。

月满西楼后的思绪随月华流动，
与月照山林的静谧澄明相融，
清宵易惆怅，冷艳映红枫。

天顶明净中银光溢满苍穹，
化成银色的记忆将情愫搂进怀中，
肃穆恭敬，温馨圆润，梵宇在胸。

L

来滨

本名白来滨，男，黑龙江省伊春市人。黑龙江省生态文学艺术作家协会会员，伊春市文学工作者协会会员，伊春诗词学会会员。诗歌作品散见于国内报刊，部分诗歌收入《改革者》《大森林的故事》《中国当代诗人代表作名录》《当代诗人年鉴》《中华文学》《中国当下诗歌现场》等。

一个人的秋天（外二首）

没有了幻想的日子
我很贫穷
从刚刚退去月光的河滩上
捡起自己
一个影子
无法捕捉我
秋天的山色
已是黄昏
红松林还和春天一样
站在我的视线里
野山花轰隆隆地开过了
整整一个盛夏
每一朵花儿
都在收拢着人的心情

这一夜

天空拉上了帷幔
夜就来到了身边
桔红色的灯光
点亮床前的温馨与浪漫
轻轻地一个转动
也怕惊动太静的夜晚
只有干净的地面
把幸福铺在了上面
尽情地雀跃
那是春天里鸟儿躁动时的初恋

啊，春天！
一个多美的夜晚
音符在韵律中颤动
梦
留在了碧水河畔

尘缘

“一棵开花的树”
读着读着
我就读到了秋天
跪下时的虔诚
是我求了五百年的一段尘缘
终于我知道了今天
不是席慕蓉诗里说的
“长在他必经的路旁”
而是我穿过碧波荡漾的河水
越过山山岭岭
才站在她的面前

一棵树，一首诗
可以让我读得泪流满面
然而我再也无法走出今天
在这爱的尘世里
我一直向前
佛说：你找到尘缘了吗
我说：藏在了心间

蓝玲

诗作曾被选入《九十年代短诗选》等。现多发表于微信平台。

等

假如
你要离开
请把
心门闩好
我且把
你用沉默
删除了结局的
故事
藏在今生
无法触及的岁月
不让它乱跑
撞碎那滴忧伤的雨

多年以后
或许一天
我偶经你的房子
由窗口溢出的
笑声，掀动了我
早生的华发

当你
蓦然回首
请不要问
那灯火阑珊处的女子哟

等的是谁

误入歧途的雪

家乡不习惯下雪，因为
离赤道较近
因为有你

你走后，一场雪
百年不遇，误入歧途
将所有来路，将整个冬天
覆盖，掩没
一起埋进记忆的，还有那串
伸向远方，辨不清方向
坚硬的脚印
不曾回首

一场雪，穷尽
我一生的时光

消融

炊烟

那朵炊烟
长在日落的屋顶
冉冉萦绕
一爿生活情事

打五十年前
她用新娘子的羞涩与热情
点燃的灶膛
途经岁月的跋涉及
生活的洗涤
未曾冷却过

红红的火苗
穿越时间的长廊
照亮了她额上的梯田
那烧老了青春
烧焦了激情的火焰啊
始终以最热情的方式
索取生活的柴薪
村子里溅起深深浅浅的足音
她　以迅雷的触角
捕捉过滤

有一双　犹清晰
在她的胸膛里
与灶膛里呢喃的火苗
合奏了一曲爱的华章
那支炊烟
散着华白的发
袅娜着
迈进岁月的晚空

蓝天雁

本名朱华燕。男，广东人，70后，现居广州，硕士学历，先后毕业于厦门大学、暨南大学。广东省作家协会会员、中国散文诗学会会员、中国散文学会会员。曾在《词刊》《星星》《中国诗歌报》《深圳特区报》等全国20多个省市报刊发表诗作，在国防部网站以及《人民日报》《金融时报》等报刊发表新闻通讯稿件若干。获全国首届人文地理散文大赛二等奖等数十个奖项，有诗作参加“诗意中国·中华世纪坛”中秋诗会。著作有《青春的帆影》《彼岸的歌声》《时光的暗锁》《岁月的轻烟》等诗歌、散文诗集、散文集多部。

祈祷辞(外三首)

天空是一扇巨大的门
我们终将归去

大地是众生的造场
赐予欢乐也赐予痛苦

把太阳的光和空气搅和
调配出春夏秋冬，风霜雨雪

阴晴冷暖和悲欢离合
是活在人间的节目插曲

给春天撒一遍绿色
再到秋天收割金黄

谁赐予众生灵魂
学会对雨露和阳光感恩

谁替我们承受了苦难
享尽快乐并带走希望

携带颂词、祝福和赞美诗
早晚祈祷，献给阿里路亚

在尘世，生命终结，新旧交接
从此，出离肉食，与主同在

多少人唱着赞歌送行
赶赴一场天国的盛宴

2016年11月9日《中国诗歌报》微信公众平台。

对决

提着命运和勇气
在人间对决无数个回合
与自己对决
把怯懦打败
与病魔死神对决
看谁更坚韧，略占上风

对决，毅力、体力和意志
抗争，为了尊严、利益
即使，垂死挣扎
也要争，最后一口气
遗憾，也不遗憾

一生都在对决
明的暗的对手
明的暗的招数
看谁笑到最后

我们一生都期望
一场巅峰的对决
阳光下，情怀坦荡
胜，傲立云巅
败，虽败犹荣

2016年11月10日夜于广州番禺。

枪法

多年来，对自己的枪法
耿耿于怀。很多时候不准
即使准，也是歪打正着

要说枪法，我得向父亲学习
他自学成才，一打一个准
但来不及了，父亲还没教会我打枪
就走了。在我有生之年不再相见

这么多年，人生的长枪短炮
我不离身，却依然保养不好
发挥失常，占领不了命运的高地
我得重新学习枪法
对准准星，三点一线
即使如此，有时也怕空靶
有时也想空靶
瞄准的，是心中的敌人
亦或情人知己
有时，也是我自己

比赛进行中，很多人在打枪
我想起小时候
打鸟的技法，重拾信心
对准靶运用，啪啪啪
还好，目标命中
成绩不好不差

玩枪，算是男子的喜好
一杆枪，雄起
就更像男子汉了
男人，都有一杆枪
劫杀猎物，猎物瘫倒
这自然之枪
喷出生命之火
枪的前方
有时，能竖起一面旗帜
有时，迎来一座废城

2016年11月10日下午。

青春的初吻

一口深藏的火山
喷发出内心的炽热
四片叶子的火焰
灼痛孤寂的青春
一团火煅烧爱恋
烙印人生美好或伤愁

相思无期。我在追寻

那渴望过千百次的初吻
来去悄无声息，追思昨天
留下岁月的茫然

丢失了青春的初吻
丢失了最初的爱情

初恋如风，来去匆匆
懵懵懂懂，青葱生命
走向伟岸和从容

2016年11月2日。

蓝希

本名周玲。河南信阳人，就职于金融单位。1993年开始在报刊发表诗歌作品。

忆童年

没有快乐的情节
没有奇怪的思想
坐在高高的草跺上
饿了
一口糌粑
困了
枕着朵朵白云
听着咩咩的催眠曲
藏獒在脚边守护着

暮色中
在爸爸肩头
回到家中

不知不觉中
这些渐渐远去
当我再回过头来
晚了
只有回忆
却又是记忆里最干净的曾经

无题

菩提树下
轮回三生
一季又一季落花满帘
呢喃
妩媚了胭脂

轻弹一曲愁肠的弦音
醉在烟雨红尘
墨香袅袅地书写
风花雪月

岁月

岁月若遇茶
茶必是温婉的
无需太浓
愈久弥香
光阴深处
总有一些风景让我们铭记
说与时光
述与流年
……

李翠英

忽然春天

忽然春天
惊见爱人白发如星
哦　当年我的所爱
风流倜傥的是你吗

恍惚那年
那日阳光如披
你开马兰一样的微笑站在那株丁香树下
从此我的人生浓郁芳菲

一同走吧　清溪漫溢的河床

我是鹳鸟　你是山
畅快飞翔间　你轻轻伸出手掌
我扑腾一世　也没能跳出你的掌心

听　榆树湾布谷声声催春
多少回
我们数过一地土豆后
再数彼此瞳仁里　深情如潭

那样的一地雪原　字字如织
你在雪上　写爱
来年的青草地上便织出绿色襁褓
丝丝雨浸润茫茫草原
我听说
那小小的驴槽　是你的摇篮

星星是梦的眼睛
它一眨眼　你就长大
爱人　前南坪上糜子熟透
你手执父亲的放羊鞭
不失农民本色
被你迷倒的还有那一嗓子走调的京腔
我丑得再不能丑的老伴儿

爱人　我是风华绝代的情种
偕一满怀浪漫情诗　整日梦想风花雪月
却　居然走不出
你的一个眼神
便这样　吧　生生死死不依不饶
做你的妻
从黑发熬到白头
就快三十年了

便从此　那些海枯石烂的山盟
说不出口
你只说　老伴我们老了
我便热泪盈盈
爱人　老了
点灯　做伴儿
吹灯　说话儿

你去了哪里为何我多日不见

——写给一位诗歌朋友

你去了哪里　为何我多日不见
秋阳里洒落的微笑
还装在相框
一筐黄蕊
还是春天的模样

在文字里端详你的脸庞
羞涩　腼腆　温文尔雅
纯粹是诗的模样
你的眼睛　温暖清澈
是诗人多情的眼睛
幽深的潭　望不透的曾经
装了几多诗情画意

你也发过幽怨的叹息
从此思念就长了翅膀
飞过长河　和夕阳一起
落下

家乡的玉米地　有你的悄笑
白杨的枝头上　有你的歌鸣
那些乡土气息的诗味儿
被你温柔的妻子炖成一道浓浓的相思谣
爱　就在你的诗里流淌
绕过紫槐花的时候　沾染了紫香
驻足柳梢头的时候
染满了柳絮的鹅黄

年年有四季，年年都有你吟唱的声音
你的歌　恰如那绵长不休的黄河水
积攒了家乡父老朴实的盼望
在南来北往的人海中
四季清醇　如那甘冽的汾酒香

等着你来爱

紫菊　昨夜翻山越岭寻你
你已久不在我梦里
寒露逼近　想象你的日子
一定清苦
我多想　抚摸你柔软的瓣
再次融入你的紫
温柔地靠近你一回
让秋阳再一次见证
我的爱

紫菊　你浅浅的微笑
是划在我心上的一道伤
九月　这塞上的风
是冷酷的
依我的单薄
又无法捂热你　秋痕很深
雁已远去　草地上
寒霜点点　如同我的伤怀

又能怎么样呢
我又无力回天
你若真的轮回　千万深深记得
明年八月　我依然站在这里
等着你来爱

你忘了吗我喜欢抿着嘴笑

上帝　求你让我喘息　这太累的人生需要
用快乐稀释　你看
南坡上的谷子就要熟了
大团的山菊花
它们多么机灵

在这多愁的秋夜
容我想起田野丰收的秋风
果子味和玉米棒子的香
土豆和萝卜都在欢呼

我酷爱着这秋季
连同你赐给我的爱情
山梁上　小小的雀鸟在欢唱
云怀中　雁阵已经布好

你忘了吗　我喜欢抿着嘴笑
没有云翳的日子
天就蓝在天尽头
太阳也温柔

爱情树

我们曾经那么相爱
是同一组泥土发出的根
我爱你葱茏的青春
爱你的枝桠　每一片叶子
都是我的忏悔　如此
生命的花朵便生动如茂

良人啊　你让我曾经多么地幸福
和感动
我们在一起　哭或者笑
舞蹈　歌唱还有感恩
我已经许配你多年啊
是你幼年的妻　结发的糟糠

一棵爱情树
春夏秋冬都在开花
向全宇宙宣告
我们忠贞不渝的爱情
……

怕你迷了路

真的渺小　一粒大的尘埃
就会把我淹没
真的爱你
那小小草叶上也有细弱朵儿

你活在诗里梦里
娇媚气韵
想呵护你
等你在绿油油的夏季

心痛　随水蔓延
你有你梦里的乌托邦
纵然我的泪水凝聚成云
也绝不能　说出怜悯
怕你迷了路
告诉你有盏光明灯

谈恋爱的季节

七月的气息　是高原的气息
塞上风轻揉我的双肩
大朵的云聚集起来
家园的土地上
每一寸垄沟上的汗滴
都开出花来

荷锄的老人向我微笑
总有好消息传到村庄
向你致敬　向守望家园的
父老乡亲致敬
向胡麻花　黄芥菜　土豆
说出想念

好一幅花鸟图
你看　蝶舞风轻　是谈恋爱的季节
是孕育希望的季节

像云一样飞起来

看啊　山外有山
田园粘贴在眼帘
谁用一小块绿描了
这一夏
真美啊
穿过一挂山水
我们停留在荞麦花花朵上
真的不要飞了

恋着这彩色世界
听　土豆花用紫色的声音喊我回家
小路歪歪斜斜　山那边
是一个梦吧
所有的风景
都是来陪衬我
这色彩亮丽的花裙子的
你的心年轻吗
那么像云一样飞起来吧

这是一年最奢侈的时光

这是一年最奢侈的时光
夏天的小花露齿了
它那银白的小乳牙
星星点点
色彩铺了满山满谷

我说　到原野走走吧
走走吧　我们失去了好多
亲近美丽的好机会
绿色铺天盖地
花儿羞羞涩涩
要不　我们做小草吧

你看田园　多美
呼吸好舒服
走在你温柔的眼神里
我好幸福

把我积攒一世的爱情给你(组诗)

再致马兰花

你的微笑是真实的
马兰
你那纯粹的蓝　像极了高原无云的天
我有没有伤过你
那花瓣是柔软的　有着极让人心疼的娇嫩
微风吹着你的时候　你冷不冷
那个四月　塞上的倒春寒
让我的心煎熬

你流了多少的眼泪
你疼了多少回?

而今　我有失恋的伤心

我记得　山野的荆棘　高高的蒿草
小路上小小的不起眼的花儿
我曾经深深地爱过它们
因为爱　我常常受伤

那些高傲的眼神
那朵花儿
她不懂我的忍耐是因为爱

她的长睫毛和她薄荷一样的香气
常常让我的心流泪
我的爱
是为着她的微笑和叹息

而今　我有失恋的伤心

我是妄自尊大的小人

我只是想起了一个故人
他落魄的时候我躲在门后
我闭眼不看他满脸泪水
不听他凄哀的诉说

他其实就是我的亲人
他是拉撒路他满身脓疮
卑微的头倾下　捡桌子上掉下的碎渣儿吃
我竟然忽略他

他生命的卑微如同一只小虫
如今　他在亚伯拉罕的怀里

父啊　我今日警觉
在你的目光下　羞愧难当

我是妄自尊大的小人
是那个赤身露体的老底嘉

我心甘情愿去追随

我不敢看你太深
生怕掉进你的粉色迷雾
桃花　我至今欠你一首诗
今已夏夜　外面微雨

我不敢想你　深怕那思念的经纬织成了罗网
从此绊倒了你
长风是歌　我曾经陶醉其中
我的心生生地坚硬　却似柔软的肋骨
隐隐地疼

受过的伤　始终未愈
我一天无数遍面壁思过
深感愧对那个深深的爱

我恋过的晨曦
朝阳　星光
小草花的抒情
都大不过那个神圣的仰望

是的　我是心甘情愿地追随

你比诗歌里的句子更美

你比诗歌里的句子更美
在我的心田里种植
让我赞美你的文字
成为溪水边的树栽子

我想用那一树一树的花开
证实你的炫目的光彩
我想把仰望你时的喜乐
分享给我爱的他们

耶稣 ——我生命中的最爱
让我在清晨的第一时间
幸福地喊出你的名字

人生

一怀愁绪
最后的菊花瓣儿
秋风吹得干净
蓝天高远
被青春遗失的人儿
竖起了心中的标杆
他说人生
所矜夸的不过是劳苦愁烦

把我积攒一世的爱情给你

那一年　你在他们的婚礼上
点水成酒
从此我便醉了
其实　我很想醉成菊花
那微微的紫

昨夜风
吹过高原
那一挂烂漫的秋　今晨我入画时
感觉面寒如水

是谁说起　重阳又来了
于是我听见思念的更鼓声
越发地近了

所有的夜歌都发自心声
真的　再也不要思爱成病了
我没有忘记过那些句子
也不会拒绝回应你眼神里流淌的深爱
你的悲悯　痛楚　忧伤和鞭痕都是为我而来
那么我的良人啊　你我可以住宿村庄
好在那里　把我积攒一世的爱情给你

醉了这个秋天

秋天的小甜心
我的菊还在
画廊里仿佛春天
花蕊里藏着小蜜果
我给你一个明媚的上午
你就淡淡的紫吧

我们一起挥动小镰刀
收割山坡上的歌

你开门阳光就进来

清风走过的小巷　像当年的感觉
只是　蝴蝶不见了
我听见　一朵花儿在哭泣
其实　那暖暖的时节就要来了

只是你开门啊　你开门
阳光就进来

今夜无眠想起了一首歌

夜雨萌动的日子
是冬天了
暖气微微地暖
像一颗心的温度
轻轻地梦　或者忧伤
眼角眉梢　挂满旧时的月光
那个人儿啊
依旧憔悴

爬过千岭的身影
十字架的沉重
叹息和泪水
是窗外雨滴的清响

如此　今夜无眠
想起了一首歌
……

李冬梅

笔名蓝色星雨。

诗观：用简约清丽的文字，以诗言心，记录点滴，让诗情融进血液、净化心灵。

影子的生活总是杂乱无章

昨夜
我伫立在窗前
看冷雨在瞳孔
滴出一道道伤痕

没有月亮的夜晚
一支忽明忽暗的烟
燃烧了思绪

街灯
远远近近倚着栏杆
滚滚而过的车轮
卷起一块湿布
包裹五味杂陈

风撕破蝶衣
惹得柳眉凌乱
影子
没有章法地抓狂

纷纷而落的纸鸢
翩翩绵绵
不知哪年哪月
才是另一个轮回

深秋的密度

阳光的手穿过树林
头发就黄了
你的眼睛
簌簌落了一地

我还在原地犹豫着
不知道踏下这一步
会踩痛谁的心

追随风的呼吸走进深秋
在荒凉里
渴望看到一朵野菊
而我只看到爬山虎
无力地伏在墙上瑟瑟发抖
倾听树木的私语

轻轻绕过残叶
清凉吹醒了沉睡的耳朵
打开封闭很久的木门

初冬·雪

你是草原夜幕上
吹落的繁星
沙尘暴般袭来
占领整个视野

强势吻了地平线
倔强地一头扎进怀里
落到肩上
用湿漉漉的睫毛
轻刮鼻尖
炫目而妩媚
我无法拒绝
深深迷恋

裙摆跳起华尔兹
轻快地旋转着
旋转着……
誓言斑白了黑发

2016年10月30日。

曾经

雾霭充斥的街道
前尘往事如昨
恰逢少年时
朝霞染红了树影

迎头而来一盆水墨
一泼一撒
让这个天地只分

黑与白
撑着油纸伞
回眸散尽哀怨
敛了一世的快乐
从此
所有忧伤都是为你

时光灰烬了誓言
曾经成了烟云
记忆中的烙印渐浅
不变的是那年那月
两颗懵懂的心

2016年10月29日。

交换季节

寒蝉颤抖的余音
犹在耳鼓中回荡
路旁的蒲扇
冲撞眼睛的审美
蜕变成娇媚黄

静谧中
叶子
挂了一树小灯
律动内心的惊艳
枫藤涂抹红唇
攀上松柏
摆拍花的姿态

这个交替实在措手不及
成熟过后的荒凉
酝酿新起点

2016年10月20日。

送你一朵红玫瑰

把所有想说的话
都藏入蕊的深处
开成一朵红艳
当我想你的时候
就静静望着花开发呆
随风摇曳的枝叶
跟随月华如洗的皎洁
走过无数日日夜夜

时间冲走了沙粒
却把你
轮廓镌刻得更加清晰
忍不住回头窥望
梦总在沉睡中叹息

每一次翻看回忆
都被刺破手指
顺着指尖滴下的不是血
是我流动的心

2016年10月12日。

李峰

男，1963年生，山西汾阳市人。1984年毕业于山西大学中文系，文学学士学位。现任汾阳市委宣传部副部长、汾阳市广播电视台台长、吕梁电视艺术家协会副主席、中国诗歌学会会员、山西省作家协会会员、汾阳诗歌协会主席。2005年3月被山西省科技专家协会认定为新闻采编专家。著有诗集《青春的折光》《一种比疼还痛的闷热》以及散文集《白菜花》《李峰文集》。作品散见于《诗刊》《中国作家》《诗选刊》《九州诗文》《天涯诗刊》以及《山西文学》《吕梁文学》《山西日报》《吕梁日报》等。

影子

影子和我
就像鱼和水

太阳出来了
高高地直射着我
影子就挺直腰杆

硬朗地显示着身躯的伟岸

我溜到小河边戏水
影子不再严肃
扭着小腰枝　变着笑脸
含情脉脉　逗我　哄我

夜深了　我要写诗
影子不再调皮　安静地
变成一张剪纸守在窗上
和月亮星星对话

我在水上泛舟
影子就是防水服
我在空中飞翔
影子就是安全带

我困了　要休息
影子就像小猫咪
一头钻进我的被窝
不抓挠　不嬉戏　不打鼾

一百年后　我要远行
影子也老了
颤抖地拉着我的手
追忆着我们的人间诗话

影子
我一生的爱人

2014 年 5 月 6 日。

带上旅行箱

门锁了 心走了
带上旅行箱 带着
一箱的乡愁和思念 此刻
世界只有我和旅行箱

一个人行走在他乡
独自吟诵着森林和海天
空落落的心何处寄放
只能和旅行箱交谈

我凝视着我心爱的旅行箱　还有
箱里妻子昨日就装好的茶叶和口香糖
夜里读着小诗接听女儿的问候
莞尔一笑:想你爱你旅行箱

2015 年 6 月 7 日。

闭上双眼　别说话

你可以面对摩崖石壁
让心灵寂静得像白垩世纪的大山
这个时候　你的心能沿着恐龙的脚印
和一个老者对话

要不
你就独自坐在一块礁石上
你看不到渔火听不到起锚的鸣笛
把心放在海天一线的地方
回味海和老人的故事
你仰面躺在空旷的草地上也行
这时不会有人打扰你和蓝天白云的亲近
因为远处马头琴的声音
会让你的心安静放平

你就闭上双眼静静地聆听
石壁 大海 草地的玄音
一遍一遍一年一年……
千万别说话

2015 年 10 月 4 日。

雪问

雪下起来的时候
心不再灰蒙和焦虑
仿佛刚刚沐浴过
独享着渴望已久的宁静

雪还在下
漫无边际的雪塬　雪松

单纯得让人心颤　惊讶
孩子们相信堆起的雪人
会永远和他们玩耍

在雪中
我的心睁大眼睛
惊恐地瞪着房檐
正在溶化的冰凌

2015年11月10日。

春柳

三月的一天
外面还是寒意深深
你就急不可奈地
睁开惺松的睡眼
轻轻推开寒冷的窗户
露出了嫩绿的小脑袋

第二天第三天……
在城市在农村在公园在乡野
你们像一群小孙猴
紧紧攀爬在柳藤上
用稚嫩的小手
猛力敲响了春的大鼓

这时迎春花开了 玉兰花开了
引得无数踏春者留影拍照
而你却羞涩地低着头
让我牵着你的小手　这个春天
没人会注意到你

2015年12月5日。

风景

那是一个用螺纹钢
做防盗窗的小工坊
一男一女　一只切割刀　一把焊枪
一张熊猫卡通画是屋里唯一的装点

男人扯着长长的螺纹钢丈量
额头像螺纹一样
绕着太阳的升起和落下
指尖卡着尺寸　一年又一年

女人手上的老茧硬得像螺纹钢
切割机溅起的钢花
还有焊机画出的蓝色弧线
便是情人节最美的礼赞

这就是我看到的风景
一对在北方生存的汶川夫妻

2016年1月12日。

李富

1963年出生。1987年毕业于内蒙古师范大学中文系，文学学士学位，中国共产党党员。中外散文诗学会会员，内蒙古作家协会会员，新华社签约摄影师，赤峰市旅游摄影协会理事，赤峰日报社记者。先后在新华社、中新社和《人民日报》《光明日报》《十月》《散文》《草原》《青年文摘》《微型小说选刊》以及香港《大公报》美国《侨报》等国内外500多家媒体发表作品，多次受到国家、内蒙古自治区、赤峰市的表彰和奖励。

初冬的诗行

镰刀挂在墙上
听越来越冷的风
诉说着落雪的忧伤
风干的汗水
一滴一滴在粮囤上
说着坚强
父亲的咳嗽
漫过小院
覆盖村庄
初冬就这样有点冷
偶尔的一声狗叫
熟悉的声音

便钻进碌碡的滚动
一斗一斗的收获
喂饱粮仓
夜里的牛
咀嚼着耕作的情景
槽头的乌头驴
还一声一声把往事喷响
那一驾犁早已备在凉房
父亲的叶子烟
一挂一挂晒着阳光
一串一串的红辣椒
很低调地与大蒜一起
把风雨的味道
一遍又一遍品尝
那杆锄头
在屋檐下思考
还是以耕作的方式
把初冬的村庄
细细地打量
那只大红公鸡
正踮起脚来
粗犷地鸣唱
初冬的村庄
在树口的老树上眺望
那袅袅的炊烟
升腾着乡音的馨香
鬓角的毛发
演绎着大山儿女的梦想
一切都像一场白雪
覆盖着繁茂和凄凉
静静的就像冰下的河床
水悄悄地流淌
苦麻子的花
还是开在三月
婆婆叮的叶子又绿又长
哈拉海的刺
蜇得苦日子一阵阵发慌
那挂在树上的榆钱儿
还一片片闪光
青杏酸涩地召唤
磕磕绊绊的童年时光
任初冬的风
摇落曾经爬到树上的记忆
把一条条春藤
风干在曲曲折折的路上
一顶草帽打着瞌睡
一辫子干白菜骑着土墙
沾着泥土的凉鞋
还在墙角保持走路的模样
初冬的村庄
落光叶子的树枝
在风中交谈
一群麻雀在枝头吵吵嚷嚷
戴着皮帽子的父亲
叨着烟袋
赶着一群咩叫的山羊
碾子上是米
　箕里粮
石磨上的黄豆
一圈一圈磨成豆浆
缸里的酸菜
锅里的面汤
煮熟的饺子漂在锅上
一壶老酒
正在夜里
一句一句诉说衷肠
啊 初冬的村庄

冬天的坝上

白桦树在静静地回想
斑白的雾凇
摇曳着冬日的阳光
天边的牧草
枯黄了夏日的莺飞蝶舞
飘落的雪花
就像往事纷纷扬扬
冬天的坝上
望一眼山川草原

长调的尾音总是莽莽苍苍
马头琴诉说着心事
奶茶的思想滚烫滚烫
那壶马奶酒
装着走敖特儿的日子
咂摸着远方
蒙古包
草原故事的乳房
喂养着英雄史诗
谱写着好来宝的精美篇章
黄油般灿烂的向往
套马杆一样征服的欲望
都让凛冽的坝上风
吹成悲壮
藏在得勒里的不只是酒壶
还有比火更热的侠骨柔肠
就让马蹄飞起来
就让马鬃甩上来
啸啸的吼叫
最让人思维阳刚
坝上　一个长满激情的地方
坝上　一个盛开浪漫的村庄
萨日朗的绚烂
诱惑着牧马的儿郎
搏克手的舞蹈
与天上的雄鹰一同飞翔
力与力拼杀
胆与胆较量
成吉思汗的子孙
把一腔热血挥洒在坝上
在月亮之上
唱着琴歌的牧羊女
正一鞭鞭抽打自己爱恋的情商
啊　坝上
冬天的坝上
那流淌的情歌早已冻僵
凝固成奶豆腐般的营养
将军泡子的箭
定格在古战场
军马场的歌谣
像蹄风一样飞荡
冬天的坝上
用一壶酒烫热
火辣辣的思想
便飞驰在马背上

2016年11月5日。

李河新

祖籍河南开封，生于新疆。中国曲艺家协会会员，河南散文家协会会员，平顶山曲艺家协会副主席。先后在《读者》《散文选刊》《西部文艺》《南方文学》《知音》等全国各类报刊发表诗歌、散文30余万字。其中，诗歌《走进故乡》2012年荣获全国“大江东去杯”一等奖，《子债父偿》荣获中国曲艺二等奖，《幸福在等懂爱的人》荣获2015年全国诗歌大奖赛一等奖。出版散文集《沙漠中的那条河》荣获东坡文学奖。

当我心累的时候

当我心累的时候
黑夜里找个理由
牵着你的手
回我日夜思念的故乡
在那片沙漠的河边
筑间温暖的小屋

当我心累的时候
在屋前的空地上
我开垦一片绿地
种上你喜欢吃的
番茄、豆角、辣椒……
满园绿色的蔬菜

当我心累的时候
我拥着你骑着马儿
去看蓝蓝的天
悠悠飘浮的白云

袅袅的炊烟
和鲜花盛开的草原

当我心累的时候
带你去沙漠里野炊
无风的夜晚
依偎着大漠胡杨
去看满天的星斗
编织一个旖旎的梦

当我心累的时候
寂寞地想你
那温馨祥和的微笑
甜蜜醉心的相视
如同
我离开故乡的初恋

今夜

今夜
很想告诉一个人
我是很牵挂你的
你一直是我今生的等待

今夜
我很想问一个人
寒冷的夜还好吗
我多想拽住牵牛花的尾巴
与你在寂寞中歌唱

今夜
斑驳的记忆
随着雪的味道拉伸
千年一梦
把心交给了你
请带走我红尘中的哀怨

漫长的夜
天涯很近
明明的就在了眼前
而你很远
遥远得隔过了天涯
指尖里流淌着生命的音符
去升华一世永恒的爱

很多话
我想说出来
却担心有了红尘里的俗气
你给我的
我已经全部珍藏
我什么都没有
给你的
只有月光般的心

有你的陪伴

你走了
我都没有听见你离开的脚步……
因为我等了一个冬天
没见一片洁白的雪
只有躲在春天的深处
仰望着迷人星空

你来了
在清晨的微风里
抚摸着故乡的春天
叩开了我紧锁的心扉
阳光般地透明
将满怀思念陶醉在柳绿里

想你的梦境里
思念踏碎了季节的寒意
握着你的手
漫步在煦暖的阳光里
轻轻诉说着
藏在心底的叮咛

多少个朦胧的夜色里
我努力在黑暗中苦苦寻觅
深情地凝望你的方向

想知哪个星星是你
端起一杯不加糖的咖啡
已习惯那苦苦的味道

因为有了期待
心中便有了幸福的悸动
忧伤含情的眸
醉了千里之外的守望
想你时
心暖暖的
今生注定经历坎坷艰辛
但有你陪伴
我知道明天的路好走

李贵超

男，河南省社旗县人，社旗县桥头三中教师。2010年开始文学写作，先后在《南阳日报》《乡土诗人》《栖居》《辽河》《躬耕》《发展导报》《郑州日报》《大河报》《天津工人报》《中国水运报》《文学月刊》《南都晨报》《国际日报》《新文学》《椰城》《河南工人报》等报刊发表诗歌、散文、小说多篇(首)。散文《秋雨秋愁》荣获2011年全国作家散文论坛大赛三等奖；诗歌《春游望花湖》荣获2011年“华夏情”诗文书画大赛二等奖；诗歌《当生命进入读秒》荣获2012年“萃丽双杯赤子情”全球华文新诗大赛二等奖，并入编《赤子情》诗集；散文《老街印痕》入选《中国散文大系·旅游卷》。

秋韵(外三首)

秋天的田野
天，瓦蓝瓦蓝
风，清爽清爽
大豆，玉米，还有河坝树上斑黄的叶子
父亲佝偻着身子
挥动着雪白的镰刀
汗珠子砸在黑土地上，迸裂

老黄牛，土犁子，还有牛鞭子
从晨曦到夕阳西下
老黄牛在父亲的吆喝声中，疲惫
新翻的泥土，黝黑散发着清香
父亲的烟锅滋滋冒着白烟
老黄牛卧在地头，喘息反刍
地头的小河沟，水清澈鱼虾游曳
老黄牛一气喝饱调皮地叼起几棵水草

秋天的田野
天，灰蒙蒙的弥漫
风，夹裹着浓烟窒息
大豆，玉米，还有河坝上苍黄的庄稼
我笔直地站在地头
机器的轰鸣，聒噪着耳膜
弥漫的浓烟，熏呛了鼻孔

拖拉机，旋耕机，还有播种机
一袋烟的功夫
黑土地里播下了种子
我叼着高级过滤嘴香烟，吞云吐雾
来不及嗅新翻泥土的清香
地头的小河沟，早已断流
枯瘦的水草，消失了耕牛

哭泣的山神

一双双贪婪肮脏的黑手
残酷地挖掘着我的五脏六腑
无尽无休的践踏蹂躏
还有废弃的垃圾
早已污染了我的血液

从刀砍斧伐
到挖掘机的钢爪
在我绿荫覆盖的肌肤上
从未停止的摧残
我的肌肤，早已撕裂
我的泪眼，早已干涸

哭泣，我惟有哭泣
滴血的泪水无声地控诉
皱皱的肌肤裸露伤痕

谁能抚平我五脏六腑的伤痕
谁能温暖我冰冷的肌肤
谁能拭去我腮边的泪水

年味

记忆中的年味
父亲为生计捉襟见肘的惆怅
母亲用鸡蛋滚在儿子额头的祈盼
孩子攥在手心新年零点的鞭炮
兄弟姐妹穿在身上新衣的骄傲

流逝的年味
萧瑟村庄杀猪宰羊的喧嚣
堂屋神坛上祭祀的香烛
昏暗油灯下的除夕守岁
茅草屋　土坯墙　热腾腾的饺子

消失的年味
红包单里走亲串友的一盒“呼啦啦！”
孩子们餐桌上难得的猪肉炖粉条
堂屋里吆三喝五的划拳声
路旁小沟里吐得稀里哗啦的醉汉

渐淡的年味
腰包鼓胀　烟花纷飞的空虚
打麻将　斗地主的一掷千金
农场　牧场　穿越火线的迷恋
远在天边　近在眼前的微信微博视频

梦寐的年味
漂泊的游子　关闭微信微博
风尘仆仆偎在父母身边
新楼房　红灯笼　热腾腾的年夜饭
烙印在父亲手心的老茧　消退
蜿蜒在母亲眉头的皱纹　舒展

春游望花湖

一弯碧绿深蓝的湖水
在细雨蒙蒙的雾霭中
如同一位出水芙蓉的少女
羞涩柔美

站在堤岸
远远地眺望
在极目的尽头
碧水与蓝天共舞

漫步在淅淅沥沥的春雨之中
神游在水天一色的碧水河畔
绵绵的细雨
柔美的湖水
陶醉的游人
沉醉在柔媚的春风中
忘记了归途

湖堤岸边垂钓的老翁
在悠闲中垂钓幸福
温柔湖水中嬉戏的野鸭
在嬉戏中追逐快乐

掬一捧湖水
想留住那一份碧绿
想拥有那一丝柔美
却不想从指缝中悄然溜走

带着对那份柔美的思念
恋恋不舍地移动脚步
渐行渐远的车轮
依然漂游在
水天一色的湖面上

李龙江

浙江舟山人，1954 年生。中华诗词学会会员，浙江省诗词与楹联学会会员，宁波诗社社员，浙江知青诗友会会长。已发表诗作180多首。

化验单断想

殷红的血，转换成抽象数据，
箭头向上
意味着病的形式，冒头。
血糖执着占领指标高地，这病
懒洋洋地赖上了我的躯体

这么一排排生化结果
在报告单的荒原里躺着
杂草丛生
我召唤那双胍片参与战斗，
把守阵地。

读茨威格《人类群星闪耀时》有感

翻开书页一种遥远而古老的声音传来
拜占庭人最引以为傲的千年文化
在这个世界上消失得无影无踪。
十字架终于还是倒下了，
这是永远无法弥补的遗憾。
茨威格不仅看到了星星闪烁的光，
还看到了光芒后可怕的黑暗。

哥伦布拉开了大航海时代的序幕
这是一个蓝色的梦
这是一个强盗的梦
这是一个掀起狂热掘金的梦
在梦里
有一群冒险家壮举成就了英雄，
有大片土地陷入痛苦的深渊。

风轻轻地吹过，
满天繁星闪烁，
英雄们枕着大地仰望星空憧憬未来
可是茨威格看到了光芒后的黑暗
人类的自私、残忍、贪心、虚荣的可怕。
茨威格所要的并不是对人类的失望，
而他又从群星的光芒中看到博爱、自由、坚毅。

茨威格走了，
但他的书留了下来，
让我在书后看到了
“漫天的星空，
眼前是一片深邃的蓝色，
太平洋安静地躺着。
天上的所有的星星都是花朵。”

风是否能够追逐，能够触摸
在远处又传来一个充满期待的声音：
“我们走过的荆棘，
也将开辟为下一代的坦途。”

阅读

在一个浮躁的时代
我想静下心来阅读
回味曾经的缕缕书香
却随着市场风云消散

在阅读中看见不一样的世界
在阅读中发现看不到的风景
在阅读中知道诗和远方的情怀
在阅读中体会人生格局的放大

在岁月一隅里打坐
有时光流溢般温暖
用阅读丈量人生
才顿悟曾经错过很多很多

李敏安

平煤神马集团老年作协常务理事。

脊梁

中国平煤神马集团四矿
综采一队闫栓树的故事到处传扬
讲述一位真正的矿山汉子
评说压不跨的矿工脊梁

他是工作的强者
百米井下与大自然拼搏较量
撑起钢铁长廊托起千层巨岩
用智慧和汗水为祖国奉献地下宝藏
他是生活的强者
用火热的情怀不屈的脊梁
承受人生的考验生命中的雨骤风狂
七口之家五人身患重病
父亲瘫痪,母亲精神失常
大哥智障,小弟痴呆
妻子严重腰椎间盘突出受伤
他深知什么叫责任什么叫担当
三十三年病床前的悉心照料
让偏瘫在床的父亲身上没有褥疮
百般呵护的关怀
让精神病患者的母亲
生活中充满了温暖的阳光
不离不弃的关爱
让智障和痴呆的哥哥弟弟
感受骨肉亲情的暖流在身上流淌
尽心尽力的医治
让患有严重腰椎间盘突出的妻子
理解了什么叫患难与共什么叫地久天长
他用行动诠释了什么是孝行天下
什么是大爱无疆
什么是压不跨的矿工脊梁

李秋双

女,1974年出生于河北省任丘市。毕业于河北师范大学,现任教于任丘市西环路中学。从教20来年热爱学生、热爱教育,业余时间也喜欢写作,作品多次在报纸杂志上发表。

冬魂

(一)

冰雪是我的肌骨
寒冷是我的灵魂
无论
身心多么疲惫
冬夜那么深深
我仍然倔强
我依旧坚韧
一年又一年
一切,为了生存

(二)

在漫长的岁月里
你已习惯做梦
即使怠倦了心灵
你仍在泪中痴等

夜夜的你,欲罢不能
做着你的痴梦
如果是我
宁愿在这黑暗中
化为一道光影
无迹无痕
那道光影
即我的灵魂
则是我
最闪烁的人生

(三)

山美,是树的装饰
水美,是雨的呵护
林美,是鸟的天堂
园美,是园丁的辛苦

花美,是绿叶的帮助
草美,是春风的吹拂
景美,是亭台的布局
人美,是心灵的高处

李全通

笔名甜蜜的忧伤。男,汉族,1970年生,山东青州人，毕业于莱阳农学院文学系。东夷文化海岱诗社副社长兼秘书长。作品散见《当代汉诗》《中国文学与艺术》《山东东夷文化诗刊》《青州文苑》《创作/悦读》。代表作品有《思乡的泪光》《我曾爱过你》等。

浓浓的乡愁

九月的柿子
高高
举起了红灯笼
在故乡的
山坡
等了我一个秋天

怕我在文字里
迷失了
回家的路
把它捧在手心
不敢咬破
我不知道该把
这涩涩的
乡愁
咽下，还是吐出

和时光一起苍老

渴望秋的成熟
又怕
时光苍老
喜欢冬天的雪花
却思念
春的味道

有时
真想把所有的
记忆和烦恼
像
垃圾一样倒掉

夜深了
我开始在梦里
种植星苗
抬起头
月亮笑了
仿佛
闻到秋天的美好

桂花开了

曾经面对
那么多
多情妩媚的女子
以及她们
娇艳欲滴的渴望
我，请求原谅

请原谅我
不能像
蜜蜂或蝴蝶那样
对每一朵
都投以贪婪
迷醉的
目光

而我，只选择
其中的一朵
以一滴
秋天露珠的身份
与她交谈
说出
我的爱

李世云

笔名穷人。

去往七月

一切都还未开始

从黄昏回到黄昏
从一滴水回到一滴水
是的

我们的旅行多么虚无

疼痛被月色照亮
而五月的温度渐渐灼热
我们以手扶直麦芒
我们用米粒喂养鸽子
亲爱者
七月已经步步逼近

请用你的海水浇灭虚妄之火吧
我爱上的沉默
潮湿,坚固,丰满而美
它们有时忧伤
像独坐时
一支笛管里涌出的洪荒堵也堵不住

故乡·如你

久别重逢。那么
思念,潮水
那么草色烟光里的黄昏
鸟声清亮
花的暗香在五月腹地
保持着火焰与河流的记忆

我们怀念的颜色
比时尚的爱情静谧
笛管里的流水没有停止
那些略带忧伤的紫色
被蝴蝶扇动。那么多人啊
乐意碰触到它
我独自揣着怀乡的病
在众鸟暮归时,走向了你

有些沧桑远道而来

最后的柳絮在风中消失了
一些花伤感不已
雨后,沉寂的黄昏有些灰暗
独自穿过街道的人
他细数过城市中最斑驳的水渍

它们是生命中不可割舍的一部分吗
当众人如潮水般卷起
又溃散。所有人都拒绝说出月亮的秘密
而我以老去的姿势
迎接了它们。这世间的孤独
甚于浓烈的苦酒

是什么让我从人群中孤立出来
我一无所知
众人欢聚的酒宴与歌会并不适合我
沿着雨水淋湿的路
走向一片安详的叶子
这一次,我想看着它朴素地
在风里青茂,或凋落

之乎者也(组诗)

(一) 爱人同志

我已安于像生活一样去生活
像爱着一样去爱着
每天问你天气是否晴好
睡眠是否充足。而从不探询你内心的迷雾
倒掉隔夜的茶水
我们净手焚香,把一束花安放在太阳下
拭去剑身的灰尘
我用棉布包裹了生铁的锋芒
人间道路纵横,但我仍然选择步行
以便和你一起走更长的时间
在这个凌乱纷繁的世界
如果你感知着花开的温暖和流水的欢颜
那么亲爱者,我要为你祝福
因为,你就是造物主的恩宠

(二) 之乎者也

卸下肩上包袱。听风声于万物间穿行
此时离十里桃花尚远
那么,到底是怎样一种幼小的种子在土壤中萌芽

让我在冬季获悉了雨和阳光
在月下摊开远方的来信
我暂时避开人间烟火,仿佛酒后的轻醉
一场奇妙的旅行就有了瓷质的回声
讲述这个关于旅行的故事
我总是没完没了,说了很多之乎者也的话
这些表达语无伦次,你听懂了么

(三) 滚滚红尘

在水杯里放一粒栀子
再放一粒栀子
我需要镇静,止血和护肝
月色一样的水色
是滚滚红尘里隐约的耳语
它们是黄沙与浪涛匆匆不语胶着的世界
我饮尽它们,连同它们滚烫的热度
在我体内翻江倒海的事物
是两粒栀子,我和你投入的栀子
它们同时被沸水湮没

李双印

青是受伤,春是成长

那天
天很蓝
风很柔
你约我出来
在我们第一次相遇的地方
你说认识我
很高兴很幸运也很幸福
慢慢地
开始回忆我们的点滴
那些喜怒哀乐
刻骨铭心
你哭了
哭得歇斯底里
你哽咽着
如果可以
你会留下不会离开
可是你依旧要走
我这样回答
你无言
我知道一生的心愿怎能说弃就弃
我明白也理解
所以在说分手的时候
我没有挽留
我觉得
相爱并不只是紧握
放手也不是不爱
你跟我约定三年
三年以后
我还未娶你未嫁
那就为我穿上婚纱
我说好
我等你
你走了
柔弱的背影却坚决如铁
我在原地静静地祝福
也默默地等待
等待着三年以后的
重逢

再见

那个时候
我还年轻
你还小
操场上
满是我们的欢声笑语
他们说我们
青梅竹马
两小无猜
这个时候
我在南
你在北
从古都到鹰城
不远的距离
却满是离愁

曾经我说
我陪你去可好
你笑着回答
我已长大不再年少
然后
就冲我摆手
再见
青春
或许就是这样
该说再见的时候
只能
笑着再见
哪怕心里的自己
早已泪流满面

李娃丽

笔名飘着暗香的雪。广东省汕尾市人。文学爱好者，热衷于诗歌创作。

诗观：诗歌是身体里渗出的香气，风格不同，体香不同。

迷失的海

我喜欢海的颜色
海总喜欢和天空染一种颜色
那天的海很清澈
染成天空一样的碧蓝
可连着岸边的那一边
却渐泛起黄水还泛上棕红
我想
海可能太开心了
她正酝酿着一种幸福
海滩翻起的浪花
就像她上翘的嘴角
眼里一层甜蜜

海除了开心
还会哭泣 伤心
沿着沙滩
我慢慢地走
每一种颜色的海我都踏过
每一次走在海里我都很用心
海水很咸腻着脚
海水很凉润着脚

突然
我发现
每一次走在海水里
我都看不到自己的倒影
在一次起风的时候
听着海浪吼叫
海边我看不到别人
海里我看不到自己
我沿着海岸一直走
可能心里有一个方向

困

你在心的路口折返
无数次徘徊
筑起的墙透明晶亮
无数次
我将手伸进路口
摆成路标
路标换来更大的困惑
路标消失时
思念和焦虑疯长

你想等春天来了再走出路口
春天来了
杂草长满路口
高过你双肩
你又想等夏天来了再走出路口
夏天来了
夏天的雨水已将路口浸没
你还想等秋天来了再走出路口
秋天来了
路口的果树结满鲜果
你忘了路口

你还是想
等冬天来了再走出路口
冬天的雪已将路口封冻

四季过去了
墙依旧透明晶亮
路口依旧杂草轮回
透明的墙内
你捧着《心经》
经声时强时弱
只融了你脚下的冰
路口依旧封冻

墙外我涅槃成一株舍利
舍利会坚定经声吗
或许我应该滋生成一串格桑花
格桑花会开过城墙
坚定的经声会敲碎那透明的墙
舍利成了路标
格桑花成了我头上的花环

重生的树

那枝横空突出的树干
张开钢叉般的枝丫
骄傲倔强地挺着
它在干枯
叉开的光枝
托起身前一树的绿
小心呵护着

那支枯枝
它经历过生命盛开
曾经的春天
从枝的一端绿起
一朵朵窜生
绿遍整干
拔节的声音是那样悦耳
带着一树的绿起舞
如今
它正在干枯
却骄傲地张开守护的姿势
守护着身前一树的绿

或许它自认为没有干枯
是生命的涅槃是蓄积种子的力量
来年春天
将在干枯处抽出新芽
听说
重生的树可活千年

李文驰

某药业专业讲师，主持人。自由写作者，自幼酷爱文学。作品零星发表于当地报刊。

思念

听说，耳朵发热是一种思念！
我听不到爱人爽朗的声音，
却感受到了你临行时相拥的温度。
思念，是最难熬的过程。
它如同夏日的蚯蚓，
在蠕动中寻找舒适的泥土。
思念，是一种习惯。
你不晓得它是什么时候悄悄地走进你的心田，
弹奏心目中那曲动人的旋律
而那悠悠动人的旋律
久久不曾消散。
就像是你留给我的那份思念！

2016年9月23日。

赏月

故乡的月好美，
美得像你微笑时的酒窝。
故乡的月好圆，
圆得像远古的玉盘。
故乡的月好亮，
亮得像母亲窗前的灯。
故乡的月好近，

近得让我能与你
一同看到自己的身影。
最美是故乡的月啊！
最亲是月下的人。
我不去看庭前的月亮，
因为我怕它把思念带给你。
我不说心中的故事，
因为我怕它把心儿掏空。
我不去追寻你纤长的身影，
因为我知道你在远方！

2016年9月15日。

父爱

瞧，这是一个多么活泼的小天使啊！
我托起生命的延续欣喜若狂。
我犹豫着，思索着。
什么样的名字包含我的爱与希望？
恍然一笑，噢！李文驰。
多希望她的未来能继续我那读书的梦啊！
多想，多想她能策马奔腾让知识带着她奔向天际！
孩子，我的宝贝，我的骄傲。
我愿化作草原的雄鹰，我愿化作你脚下的泥土。
用我的翅膀为你遮挡风霜雪雨，
用我的泥土为你筑起铜墙铁壁！
这，便是父亲对女儿的心呐！

2016年9月15日于中秋，思念父亲！

李向杰

梦

小时候
父母做了一个梦
梦见我考上了大学
从此
父母便有了一个梦
梦想我考上大学
长大后
我穿行于求学的路上
春去秋来
花开花落
有一天
父母的梦实现了
我踏入了大学的门
做了一名大学生
现在的我
也有了一个梦
梦想在大学里成人成才
大学放飞了我的梦

追梦
撑起一支长篙
在大学的殿堂里畅游
去追寻心中所求
看到
明亮的教室
勤奋的学子
博学的讲师
我满怀激情
大学
承载了我的一个梦
我要伸出双手去抓它
我知道
有一天我会抓到它
因我在为它而努力
追梦于大学里
大学在平院里
平院孕育着我的梦
我在努力地追寻它
我的梦

李小木

本名李建玉。男，1964年生，原籍山东东平，1977年随家北迁。黑龙江佳木斯市作家协会会员。1982年毕业于黑龙江省汤原县重点高中，在莲江口镇某厂就业，先从事重体力劳动，后考入化验室，曾任化验室副主任、厂团支部书记等职，现在佳木斯市水泥厂工作。著有长篇小说《命运》《小厂的青年人》等，至今已有百余篇作品发表在省市级报纸杂志。

我想走进你梦里(二首)

月亮

年年的中秋，
年年的圆月，
年年的我。
太阳还是那个太阳，
月亮还是那个月亮，
而我变了又变……
我不再童真无邪，
也不再是懵懂少年，
经历过激情四射的青年，
如今正值能够担当的中年，
迎接我的是白发苍颜，
老态龙钟的晚年。

八月十五的明月，
在夜里挂在我的窗前。
你是否如昨？
明月，你是那样冷清，
好像有一肚子话说，
您是否也把逝去青春怀念，
您是否也把朋友挂牵！

亲爱的姑娘，
多年不见，
在我心中，
你永远光鲜靓丽，
变幻多姿，
如同天空中皎洁的月亮。
除去阴天，
月亮夜夜与我相伴。
你究竟去了哪里？
为何不和我联系？
为何一直没有你的消息，
你沦落天涯，
还是忙于沧海桑田……

我多希望你富甲一方，
我始终对你心存最美好的祝愿！
我们不做水中只会戏水的游鱼，
也不做那笨拙只会缠绵的鸳鸯，
让我们做蓝天上比翼齐飞的大雁。
或者像舒婷笔下的木棉！
枝繁叶茂，
开着硕大的红花，
根系相连。
树干像刀，像剑！

亲，我想问，
你，现在还好吗？
你为何不和我谋面？
为何让我苦苦等待，
为何让我白白思念！
世事难料，
充满了凶险，
想着，想着，
嗓子哽咽，
泪水已把脸儿流满……

你走入了我心里

哦，陌生的朋友，
我俩相距遥远，
隔着千山万水，
至今没有真正见上一面，
网络使我们有了“零距离”。
我，熟悉你磁性的声音，
熟悉你精彩的文笔，
熟悉你坚毅的性格，
熟悉你高雅的气质。
熟悉你善良的心地，
熟悉你娇媚的身姿，

没人能否认你艳压群芳的美丽!

你,天使样的你,
正直热情,灵动睿智,
为我生活播种希望,
洗刷掉我精神空虚,
美好形象植根我怀中,
走入了我心里,
怎能让我不想你,
怎能让我不爱你!
你是我生命中的一部分,
我愿插上翅膀,
不怕历尽辛酸,
即便累死也把你找寻,
我愿化作淙淙泉水,
流淌在你的身边。

我愿化成春风,
抚平你埋藏的伤痕,
我愿化作高山顶上的苍松,
挺直腰身把你深情瞩望。
我愿化作萤火虫荧光,
为你闪闪发亮。
我愿化作一颗璀璨的星辰,
守候你进入梦乡。
我愿化作百灵,
为你谱曲,
为你歌唱!

禾苗渴望雨露的滋润,
鲜花需要绿叶映衬,
沙滩要有江水的抚慰,
黑夜怎能拒绝月亮温柔陪伴。
谁愿意做牛马样的奴隶,
谁愿意行尸走肉般活着,
谁不渴望爱的拥有,
谁不敬畏金钱的力量,
我要努力,
我正在拼搏!

朦胧的睡梦中,
你仙女般飘然而至,
似乎正向我慢慢靠近,
我真切看到你羞涩笑脸。
顿时我精神抖擞,
身体充满千钧力量,
一路狂奔,
迎扑上去,
伸开双手,
把你紧紧抱住,
抱住……

李小月

少年在下午醒来

少年在下午醒来
知了没作告别
砸向土地,鸣叫
夏天的留言
蚯蚓探头
看望他的老友
不敢相信眼睛
黑色,共同的语言
少年在下午醒来
正午,昏睡的人们
远离视线的影子
光的特务,泄密者
少年在下午醒来
温和的梦破碎了
杀手没有影子
把月亮遮住
黑夜属于贼
少年在下午醒来
窗台上有脚印
花儿枯萎了
门前一洼水
暴露了狼狈
马路承载愿景

少年在下午醒来

李小英

本名李春英，山东郓城人。职业画家，诗人，圣德书院签约艺术家。17岁开始写诗；加入北漂一族，做过编辑，卖过书画；2008年开始画油画，画作随意、自然、清新，获得众多知名人士青睐并收藏。

红高粱

红高粱中的青
稚嫩，素雅，清新
红高粱的红
诱人，成熟，醉心
低头弯腰的虔，直立向上的冲天
风吹舞动的翩跹
各种姿态的
一个世界
一个社会
红高粱的私语有
浪漫的爱情经典
艺术痴迷的幻觉的作品
一种粮食普遍存在
被遗忘又发现的惊喜
隐约中的呐喊，酒的芳醇
历史文化故事的伤感
红的哀艳，沸腾，眩晕
红高粱早已在世界各地红遍

2016年10月16日。

向日葵

向日葵，你是那么鲜，那么艳
鲜醉了诗人的秋季，
艳醉了画家的眼。
向日葵，你是那么明，那么恋
明亮了一季季的欢宴
恋了一群群艺术家的幻
高高在上，低头的虔
向着太阳，燃烧的旋转
黑夜中沉默的力量
阳光下，静默地绽放
向日葵，你是那么美，那么暖
美动了梵高的画笔
暖了他的孤单，凄酸
给了我一次次的精神上的供应，
柔乱，飞旋！

网络点赞

我愿每天打扰你一下，轻松点赞，是鼓励的无言。
像棉花盛开，轻柔与温暖。
像玫瑰花盛开，清香洒向人间。
像桃花缠飞，牡丹飞舞，梦一样的诗篇。
我愿每天打扰你一下，轻轻点赞，那是支持的信念。
像细雨打湿了麦田。
像春风一样俏皮，无影。
像埙曲那样幽怨。
我愿每天打扰你一下，轻轻点赞，那是坚持的盛宴。
像月亮露出笑脸，你离我如此遥远，又恰似近在眼前。

大公鸡

终于在今天
我感知百鸡的
缤纷的世界
你听不懂它们的语音
如清脆悦耳的歌声
一种私语，隐存的秘密
和谐共存
花前月下，春天田野，
无论各种姿态
公鸡都是新的一天的
开始的象征
是思想上重视和警惕
无论是什么样的环境

公鸡的勇敢无畏
永远领先的欲望
你我皆知。

2016年7月7日。

沉默与演讲

我一再再地沉寂
繁华与孤独
都在一念之中沉默
生命之轮能否圆满顺转
一半彩虹般的耀眼
演讲，如海洋之水
能穿透摧毁
一切的力量
如网络红点扩散循环无数
而沉默的力量
犹如黑夜闪烁的繁星
终于有一天，我会如火山爆发
演讲是沉默后的爆发。
无数
太阳般的正能量。

2016年5月29日。

李新潮

散打教官。作品常见于各网络文学平台。有海子的浪漫，有女人的细腻，有军人之气质，有梁山好汉的奔放。

梦回故乡

烟波浩渺
水天一色的远方
那里是否是梦想的天堂
我站在腥味的沙滩
任海风夹杂着海水将我打湿
如果我能变成鱼
定做那游速最快的鱼儿
好想游到海的对岸
看海的那边
是否也住着蓬莱阁的神仙
我游啊游啊
海的那边是座高山
山的那边是平原
雾霭里村庄隐现
难道这是世外桃源
我心狂喜
一路飞奔
这路是那么熟悉
房子都还残存着我的气味
还是儿时
记忆里的模样
我跪地叩拜
泪水打湿在泥土
这里就是生我的故乡

2015年5月5日。

我在秋天里等你

秋天来了
我在北风经过的路口等你
化作枝叶稀疏的梧桐
摇动纤弱的手臂
你疾驰而过
是否看到
我为爱而瘦的身躯

枫叶红了
我在树下等你
这遍地的秋红
是我落下的相思
是否还记得
你曾把我藏在日记里

秋雨来了
我在屋檐下等你
探出的雨伞
为谁撑起
是否还能看到
我曾在你窗口的墙上

为你写下的字迹

大雁走了
我在麦田里等你
那鸣叫的飞雁
是否愿意
在我住的乡下停息
把我想一个人秘密
悄悄带去

秋夜来了
我在月光里等你
钻窗而来的一丝斑驳
照进我梦里
是否看到熟睡中的微笑
那是我在梦中
偷偷地想你

2016年4月3日。

归隐

我着桔黄的僧衣
穿行于人潮的小巷
胸前的佛珠
谁陪我诵经
这喧闹的街市
怎能静心念佛
长发飘过的清香
那是记忆深处的罪孽
寺庙的钟声敲响
唤我归去敲击木鱼
尘世的俗身
已摆脱六根的不净
让我归隐你脚下
听你梵音徐徐
点化我妄痴的尘心
从此
佛门打开
心门紧闭
你若安好
我便安好

2016年6月7日。

安眠药

你是我最深的秘密
每想起
凡心紊乱
在现实断裂的地方
梦
却流血
痛到肺裂
很想靠近你
哪怕生命只有一次拥抱
但
我无法掌控骨子里的自私
怕抱紧后舍不得放手
我注定是你命中的浮木
请
在我自编的梦里
抱紧
你是我深夜里
失眠症的安眠药
服下自酿的毒
在现实里
暂时把痛苦
忘却

2016年8月8日。

李艳波

笔名晨夕若梦。辽宁人。铁岭市作家协会会员，中国散文诗作家协会会员，望月文学特约作家。2014年12月出版个人文集《听风追梦》。散文《拈笔泼墨，文字留香》荣获第二届“玉龙杯”艺术奖全国文学作品大赛散文类特别奖并收录在《新视野：诗文精品选读》；散文诗《秋雨，秋思，秋韵》收录在《中国散文诗》2015年卷。有多篇散文、诗歌见于《望月文学》杂志和《铁岭日报》。

九月

小书包的天堂，在记忆的童年里
燃烧九月的梦想
那年，母亲带我走进小学堂
课桌上的梦，在那个九月从此点亮

背起行囊，远行的脚步
在炊烟里凝望
那年，我用行动丈量九月的风
走向远方，在梦里思念家乡

前行的路，无论有多少险阻
灵魂呐喊里，总是传出母亲的期盼
我要努力，努力
回报九月金黄里
母亲拥抱金秋的姿势

莲花湿地菊飘香

总有一份感动，藏在心底
朵朵笑脸，开在蓝色梦幻的秋天

我不懂你的深情，害羞的模样
在跳动的阳光下，取暖
你的足迹，量出家乡的丰盈

轻风涌来的菊香，在小城绽放
总想寻一阙词，用来赞美你
你从傲雪冰霜的季节走来
昂起头，做大地的王

道不出的思念，在清澈的湖面眺望
泛起的芦苇草怎懂你的忧伤
你的笑在雪里开花，短暂的美丽
一个转身就是一生
条形的石阶保留着昨日的温度
游人的笑，是你的幸福
你不懂索取
只想
用生命描绘柳堤花岛的美丽

篱笆

穿过篱笆的风
点亮了四季的色彩
鹅黄。不是你的主色
从浅绿到雪白，落在疏离的小径

脚步。在这里写满了记忆
在孩子、老人、大黄狗的身后
是风吹落泥土的声音
母亲的笑脸，父亲的烟袋
只是昨夜的梦

离别。不是我想要的
呐喊。也不能改变生活
木条与石头的结合体
带着露珠的牵牛花
守护着飘摇的老屋

每日篱笆下，重复着
望眼欲穿的眼神
期盼村口走来的身影

李玉兰

黑龙江省作家协会会员，虎林市作家协会副主席，《虎林文艺》执行主编。在《诗林》《北方文学》《星星诗刊》《散文诗》等发表作品数百篇，并被收入多种年选。著有散文诗集《玫瑰心情》、诗集《花开的声音》《一朵花打开春天》以及散文集《摆放阳光》等。

翻过一座山

站在山脚。我想起了出生时的那声轻啼
一座山的高度，我早已经知晓
甚至行走的每一步间距
也被四千个台阶刻意定制

迂回的栈桥，重复地散发着陈年的气息
引领着高低深浅的脚印
把一路的风景，放进拉长的距离

泉水已经学会沉静
不再欢愉地放声歌唱
我像一滴水，逆流而上
身旁那些路经的事物
从想象中生出根须
在我的视线里渐次明晰

松涛在浅秋的微凉里
有些不知所措
花朵的心情还陈杂着谢幕前的纠结
而果实正在微黄的枝头反复揣摩

我把渗出的汗水送给小草
再把豁达的微笑挂在树梢
和微凉的山风有爱地打着手语
喜悦地吸吮野花的香气
在一声声日渐珍稀的鸟鸣里
具象地收藏着沿途的过往

登上顶峰的雀跃
是预想之中的结局
等候在我许久的期待里
被 条狂舞的丝巾宣泄得淋漓尽致

翻过一座山，我没有征服什么
我只是走过了时光
翻阅了自己

霜降，去伪存真的苦旅

当季节遇见了霜降
表情就开始凝重
仿佛要用愈来愈深的颜色
证明一次内心的成熟
霜是去伪存真必经的苦旅
让该凋谢的凋谢
该成熟的成熟

也许，对于生命的磨砺
一场霜的来临还远远不够
雪不期而至，急切地与霜会晤
视野在短暂的纷乱后
越发明澈冷静

花朵都散落成瓣
田野和树木更懂得了放手
该放下的交给秋风
放不下的，收藏进岁月留下的褶皱
能经受住煎熬的生命
都在霜雪之后找到了归属

瓜果分外地甜了
稻谷沥去水分，饱满得真实
即便是一片叶子，经过了霜的测试
也学会了开花，试着与早春二月
来一次握手

遇见

北方九月，季节过滤了夏天
最后的烦躁
饱满的果实谦卑地俯身
幸福地等待一双采摘的手

一枚红苹果离开喧闹的枝头
独自向季节的深处行走
它遇见了喜悦的五谷
遇见了涌动的人流

在静穆的森林之外
与一湖秋水，讶然相遇
波澜不惊的湖面
为它打开了生命的本真
它在碧绿的秋水中
遇见了自己的影子
红艳而真实

红苹果在湖畔安放了自己
金属的特质赋予它不腐的生命
无需用成熟与凋谢
验证春华秋实的说辞

远处的荷花已经睡了
寂寥的莲蓬凸显着浅秋的宁静
清澈的湖水是一面灵性的镜子
照见了红苹果内心的禅意

浅秋微寒，田野静寂
秋风驮走了所有的果实
红苹果，在一湖秋水中
遇见了自己

李原

本名李怀元，工程师。

创作理念：热爱生活热爱诗，喜欢抓住生活中的感人瞬间，以简单明快的语言加以记录，感动自己，照亮人生。

请原谅我是诗人

请原谅我是诗人
我把一腔热恋
化成诗行

请原谅我是诗人
我把一颗尘心
化成诗行

请原谅我是诗人
我的诗
换不来饥饿时的干粮
能擦干你的泪
却治不了忧伤
挡不住一丝风吹
也挡不住一点雨打

请原谅我是诗人
我真正拥有的
只有诗行
你若不愿收留
它们只有仓促而逃

请原谅我是诗人
我只会吟唱
我的思念
我的彷徨
我的忧伤

想你的时候

想你的时候
总希望天空下雨
雨中的思念
有些忧伤
那升腾的雾气
会幻化出你的模样

想你的时候
该有情诗成行
心底隐约的痛
拒绝言讲

想你的时候
想对大山呼唤
却在钢筋水泥和人流中
迷失了方向

睡梦中与你相聚
醒来泪沾襟上
那句话藏了太久
愈加羞于出场

火车

我把自己交付给火车
为了千里外的那个地方
一束光刺穿黑暗
伤口在车后合拢
窗外惊醒些魅影

又回黑色夜中

想问好多问题
回答只有
空——轰——空
他不告诉我他的孤独
或是他的爱情
也不告诉我经过了青岛
或是聊城
他只晃动和空轰
是摇篮的节奏

李云峰

笔名不羁的风。

江南的雨

江南的雨,
为什么总是这样,
淅淅沥沥,淅淅沥沥,
像别离时情人的泪雨,
流不尽的缱绻悲凄……
江南的雨,
为什么总是这样,
日日夜夜,日日夜夜不知停息?
像母亲思儿的泪雨,
流不尽舐犊情深盼儿的归期!
江南的雨,
为什么总是这样,
像多情的女子,化云为弦,
为情郎低吟浅唱共饮秋水依依。
江南的雨,
为什么总是这样,如叙如泣?
梳理着青山,翠绿着大地,
撩拨起诗人的思绪缕缕……

不羁的风作于杭州。

李原野

笔名小溪。山东临沂人。中国诗歌报平台实习编辑。喜欢文字和舞蹈,习惯用小诗雕刻时光,喜欢用舞蹈点缀人生。

篱笆

醉人的诗行
镂空景致
田畦植着细雨阳光

我的豌豆,小菊
快乐和忧伤
长成你的俏丽模样

岁月的风寒,曳过
曾经的小巷
抚慰凄凉

推开篱笆
触摸陈年的痛,你是否
还会用爱为我疗伤

一路有你

推开细碎的时光
让冰玫瑰在水晶杯绽放
一缕馨香伴我飞翔

无需遮遮掩掩
轻轻拥你　浅唱　缠绵
那些渐行渐远　云朵的爱恋

累了　合卷长思　凝望
寄一份相思　诉一曲衷肠
你的温暖在我生命里回荡

离别

转身,泪凝
列车把你带走
雪花曼舞

伫立雪中
风把衣角掀起
寒流沁入

时光渐远，风
摇落昔日的誓言
凋零一座城

清浅时光

午后的阳光
伴着微风轻吻面颊
泡一杯雏菊
圣洁的花瓣　连同
一弯清浅时光
在杯子里徜徉

凝望
一件绘了丹青的衣裳
摆动时光
此刻　又想起你
愿用一生的执着
把你珍藏

最后一片树叶

风，撕碎我的梦
城池面临沦陷
爱，即将夭折在天空

我，抱紧枝头
愿用一生的执着
唤醒沉睡的爱

太多的无奈啊
放下，看淡，随缘
夕阳把最后一片　染红

寒潮袭来

风摇落花瓣
树枝挂满惆怅
林中传来声声轻叹

候鸟南飞
青蛙冬眠
人们想尽一切寻温暖

小草，和枯叶相伴
晴天拥阳光，寒潮拨心弦
以平和的心态，细数流年

守一座空城

月光融你的体香
日子简约，丁香绽放
你是我最美的诗行

时光蚕食你的模样
无休止地应酬繁忙
将月儿挂在树上

风摇落牵手时的承诺
花瓣凋零在漫雨巷
我，在空城里守望

我有一颗辽阔的心

一颗纤细的小草
静默匍匐在大地上

任凭无知的脚步
踩踏着她瘦弱的身躯

轻轻抖落身体的痛
用宽容的心铺成希望

像小草，谦和从容
我们的世界，才会辽阔

李治明

男，67岁。创作对象：聂素敏，女，50岁，河南省平顶山市宝丰县张八桥镇草庙陈村人。

孝媳歌

——记2015年省级乡村好媳妇候选人

宝丰聂素敏

宝地孝风盛，丰碑众口留。
诗友频采访，社会颂风流。
孝子数孙贵，孝婿列郭兴。
孝门出黄庄，孝女县乡稠。
平报发新闻，单把孝媳讴。
吾阅是感人，作歌传春秋。
典范聂素敏，婆家草庙陈。
丈夫陈占杰，农民打工走。
婆母罹车祸，凄惨把命丢。
独剩老和小，万事弱妇兜。
公爹陈三科，古稀脑栓久。
七载床第卧，终日人侍候。
何计脏和累，屎尿端亲手。
严防褥疮生，翻睡搀扶周。
隔天洗擦身，百忙记心头。
三餐喂药饭，热饭先尝口。
上床搀其坐，匙舀慢进喉。
老来沉疴卧，悲伤实难收。
稍侍不如意，吵鸡带骂狗。
当媳总避让，受屈泪暗流。
待老消气后，欠缺再征求。
孝行为多尽，娘家常不走。
忽闻娘重病，医院跪娘头。
"求娘谅解女，探望不敢留。"
一个小时后，重返家门口。
五亩岭坡田，亲友帮种收。
栉风更沐雨，转眼七春秋。
德孝传四方，镇县荣誉酬。
全市独占魁，报省竞选优。
孝道遍中原，和谐满神州。

李子

本名李文明，笔名晨枫、蒸江水冷等。男，湖南邵东人，现居深圳。自1988年以来，有诗歌、小说、散文、散文诗、通讯报道散见于报纸杂志及网络微信平台。

印象秋天

不同姿势的树与叶，随风
凉凉地休歇。秋天来了

岁月里匆匆行走的人们
此刻，抬头看到枝头的果

桔子苹果葡萄还有红枣
每一个都比春天风光

不再激动！河水静了
田野也趋于寂静，矗满了草垛

一行行大雁启程
它们，将返寻梦想的家园

请注目依偎山峦里的村庄
炊烟升缈起来
满脸褶皱的乡亲，弓着身

双手揽抱柴火
要为回来过冬的儿女，准备
一盘温暖的火

归雁

越过一座又一座山峦之前
相对于南方之南
我都在归途
衔着一颗带露的青草
背囊里藏着一抔故土

秋日的天际之下
羽翼划过
大云山深处的阳光

张开了怀抱
水是我的温度也是我的

炊烟

沿树梢而上
与枝叶缠绕
向上　化为云彩
向下　落为尘埃

有云彩的地方就有依恋
有炊烟的地方就有故乡

雪煮酒香

趁炉火燃得正旺
请举起手中的酒杯
将夜的光亮装进来
把屋外的雪花也请过来

我是一个深陷黑夜的人
黑夜里的眸子
已被酒水擦亮
我捕获到了雪地里那缕剑锋般的月光

雪花,冥空降下的神谕
酒水,大地赠予的精血
火焰,燃烧的不灭向往
穿透我苦难深重的肉掌
生死都得高举!
那些柔软与疼痛
注定会在豪情之下
变得低矮与孱弱

八千里云与月的征程
以及吹自远空的风
已全被白雪覆盖
此刻,正适用雪煮酒
将自己埋进月色里
收割被酒香燃烧的日子

来吧,请举起手中的酒杯
趁着雪花还未凋零

砺影

本名,王砺,现居河南省安阳市。散文、诗歌、诗词作品散见于《诗刊》《锡山文艺》《河南诗人》《文源》《安阳日报》《泰山诗人》等报刊。合作出版诗集《云星集》,诗词入选《河南当代诗词选》。

蝶恋花

光很有节奏,在我们相遇的地方亮起
我的背影涂满春色。你笑在对岸
眼波明亮,沉静,暗涌

我是定时开放的花,大量吸收阳光的暖
用一半深沉,一半热烈
隔岸,对答如流

你在我花开五度寻来,对上暗语
我们用前世彩排的剧本,各执
半颗红豆相认

月亮的冷媚还未清场,杨柳绕膝
芦花摇曳。这半唱半和的肢体语言
更像一段蝶恋花的反串

我眼举莲花,演绎花腔
保持莲的矜持,用水袖告白:
一颗空心,等待你来居住

如梦令

以忘我的状态,向你狂奔去
一路上不设防,邂逅的
都是信任的气流

你的城开满百合,是我迷恋的香

每一厘米的诱惑，都能让我
飞蛾扑火，甚至
沉溺在狂奔的路上

沿途河流，比我的旗袍更具有
古典美。烟雨抚花
流萤照水，箫声吹透旷野
不见听琴人

狂奔。让风退向两旁
寂静闪到身后，一朵积云愣在半空

你不必等在城门。我是一个
自信的人，会在时光衰老之前
寻遍九府十八巷，从一粒贝壳中
找到你。譬如大海捞针

醉花阴

不能溶化。这浮躁的世界
到处都是高温
腐水、怪笑和向上45度的斜眼

我保持棱角的坐姿，被下午茶
泡软，斜依在阳光的死角
半醉半醒

模仿风，向一个方向吹
遇到阻碍，打碎它
琴声低旋，余光缠绕迷离
我按住胸膛呼之欲出的火苗
浅唱《醉花阴》

用红豆点朱砂痣，让
心口的余震向外张扬，用低温
控制呼吸。不走火入魔

不飞蛾扑火。只让
一段段相思，如春雨般
悄悄向人间泄密

虞美人

你走得匆忙，忘了告别
忘了带一件御寒的衣裳
匆匆地走，像要扔掉一段
旧时光

你不是怀旧的人，但你应该
知书达礼，应该不是
酒肉场上的甜品

十月，备好一生的尊容
备好仙果、红酒和生日烛光

花瓣，谢了一地
都是情种。向上的冷没有规则
我怀抱太阳的暖，不凋谢

暗下来的情愫，还保留
十月的火光。枫桥夜泊
一只船，该如何划出
一颗心的围攻

念奴娇

春风多次随心所欲
在又绿江南岸的时节，握住
我的冰心，我心跳的速度
是他满意的频率

东岸风调雨顺，我被甲骨文
浸染，一身是宝
帝王旧宫殿花香缠绕
我的嗓音是调教好的旧时曲
只等花好月圆

风掀起红盖头，唤醒霜枝沉梦
交出珍贵的红

我满身青刺都是封锁线

春，用指尖化开我的冷
我羞涩地揭开所有封条
任他观赏

虚构一场初见

想到你，我就莫名其妙地醉了
过程如此简洁，就像拥抱一场雪

我穿好白衬衣，宛若披上了
南行的云朵。江南水乡
打开你坐南朝北的窗，我望进去
接住你忧郁的眼神

幽默的笑声突然空旷，我把一段
过时的风景关进眼里。水鸟低飞时
不说岁月已老，不说是用半生的疼
点缀

枝上黄叶萧条，挂不住急速而降的哭声
我并不知道再往前走是悬崖，而我
只想尝试一次飞翔，尝试让一只掌心
稳稳地，接住我危险的坠落

为一条河命名

化开冰，你就会活过来
会打开一面软镜子，照
春天的脸

我站在岸上袖手旁观
你把自己一层一层揉皱
诱惑我下去，试探内心的暗流

我不是没有足够定力的桃花
只是看见你，就像看见
铺好的锦被，那么软

而你，经常会亮出手心的波澜
淹没我。我该如何将自己拧干
如一朵莲，初露尖尖角

思念

上帝的靴子又离我
近了一步
房檐还在滴水，那个
扛着锄头经过我的女人
刚死了丈夫，眼角的泪
一直存着

我看见，她的
绣花鞋，有一枝桃花
伸向黄泉

望江

为你备好水乡，在你走投无路时
划船而过。就像昔年
春风度过玉门关

水面上花红柳绿，都是从种子里
走出的心。你可以随意采一朵莲
插在空瓶里，我就不会是水性杨花

一座桥就是一段佳话，走不走
都会有云飘过。我站在一丈之外
任水声把屈子的离骚寄给我
就像你送给我的一瓶香奈儿

我是被岁月惯坏的人，知道
你将从他乡返程，知道
你沾有鱼腥味的手，仍然握着
我的任性

大雪封江时，我会手捧凋谢的莲
站在江边等你，让一滴泪
一滴泪，为你化开冰面

消防

天干，物燥。混在
善良人中间的那个男人

满脸怒气，要点燃
一个无辜的人

体内，废料堆积
一段段带毒的病句
从口中向外喷射。人群骚乱

火势蔓延，他烧毁自己的人生
烧毁道德底线。他要殃及池鱼

我不再袖手旁观。一场春雨
贵如油，倾盆而下

初见，藏着疼

睁开眼，他就爱上了春天
藏匿了一个冬季的心跳，关不住
他试探着捅破一层窗户纸

薄薄的冷，挡在门外
他准备好剥离胎衣的勇气
向蓬勃的暖中走去，在寒枝上
献出自己

推开半扇窗，推开了命运
红尘路短，为他备好
一半苦，一半罪
他将深一脚，浅一脚
踩着一个个疼字，走过去

命运的拐角

你选择双重命运线
向北，此路不通

日子很窄，我侧身而过
告诉自已，那只伸向
快车道的脚，不是黄线

把发辫梳整齐，一只
向下俯冲的麻雀，衔走
我的红头绳

连中秋

河北任丘市人。教师，星月诗话社团社长。喜欢在讲台上看一双双渴望求知的眸光，也喜欢行走在文字的世界中，享一份书香。

诗观：精诚所至，金石为开。

月光下的思念

一道心弧
画了千年
梦里，匆匆的脚步
又站在炊烟的起点

静夜，古老的故事
代代相传
月光不变
苍老的容颜是否也不变

背负着重重的期冀
再陡的山路也咬着牙攀岩
送行的目光啊又在远处凝望
那是我此生永远的暖

斟一杯酒
熟悉的声音又响在耳畔
所有的甜与痛
在相接的守望中慢慢地沉淀

自画像

比二月的春风还轻快
从江南到漠北
一路唤醒沉睡的心灵
不辞辛苦

像三月的微雨晶莹透亮
从园林到陌上

洗涤所有鹅黄粉嫩的渴望
不舍昼夜

走过荒凉
我播撒希望的种子
面对悬崖
我扎下深深的根

奔赴金秋的盛宴
驶向对岸的守候
我是快乐的使者
纵然疲惫也唱着动听的歌

相信自己
相信承诺
让自己变成一株树
俯仰生姿
遥对西天的彩霞

行走在岁月的山路

在岩石上,用一把专注的刀
刻你的名字,忘了早晚
雄鹰飞翔的弧度给了我灵感
秋露的晶莹里,我的眸光更亮
你比岩石还坚硬
许多年后,我的背影依旧

与快乐同行是最美的时光
海滩上,我一遍遍写你的名字
任海浪来袭
让心中的帆高高地挂起
此刻,海水正蓝

留一串足迹是对还是错
海天相接处是远还是近
枝头,一米阳光灿烂了四季的花朵
心底,一抹微雨让紫燕舞姿更惬意

三月的微笑,开在春风里
窗里窗外,大世界里有无数的小世界
明明一低头的温柔定格了无数的风景
却恰逢有人路过
在轻唱:岁月是把软刀子

素描

喜欢看海。多少次沉醉
在蔚蓝的海水中。一点帆渐渐清晰
自由的海鸥与澄澈的眸光是交织的线条
一点点勾勒一片蜃楼

喜欢赏花。一朵朵饱绽
开成另一个神奇的世界。香气随风
陌上的远方更多的枝叶凝成苍翠
画取繁华中的简单

我的心事如莲。在一道道涟漪中扩散
和一叶叶浮萍低语
七月,舞起四季的华尔兹
几点蜻蜓便涟起一汪汪惊喜

几步路,便可以抵达桃源
浅秋的摇椅旁
一杯香茗
几丛菊花

微笑

以花的形状盛放
在落及我心底的一刻
掀起一阵狂澜
即使凋落
也有花香缭绕
从眉间到心间

微笑
以路的形式蔓延
给思念一个出口
叫天涯变咫尺
即使荆棘

在鲜血淋漓处
我的眼是最妩媚的花瓣
我一笑而过
江山春风荡漾
每一叶兰舟都向你的心境飘荡
你一笑而过
万物屏息静气
每一朵花都举头仰望
直到月缺而圆，有凤来仪

莲子

本名杨莲英。爱好散文、诗词，业余写作。作品散见于《作家平台》《一线作家》《音像圈》《广州诗友会》《广州铁路》《南丰警苑》等报刊。

立秋

夜间的露珠弹劾一枚落叶
凉意走来，悄无声息
让人措手不及
总以为时间还很长很长
不曾想已是立秋

沉甸甸的玉米
黄橙橙的柿子
还有红艳艳的苹果
它们在果农欣喜的怀抱里
持宠、傲娇
而那凋零的落叶
孤寂地瞌睡着
等待葬花人

为你写诗

秋略显薄凉
我收拢一剪初心
慢慢地向你靠拢
将一袭心事
存放在你的掌心，惟愿
你知你懂

树叶纷纷坠落
你像蔓生植物，缠绕
我灵魂
船只的天空，山岭的阡陌
你的记忆由烟
由平静的水塘组成

风微微，雨沥沥
水珠儿弹奏的韵律
将诗意渲染
我恰好在一帘雨里，为你
写诗
写相遇
写相知
写相逢一笑，倾国倾城

乡愁

乡愁是条穿越时空的线
这端是游子，那端是故乡
游子走得愈远，乡愁收得愈紧

乡愁是山峦，漂浮在游子的梦里
炼狱的地火，煎熬着游子的心
乡愁是梦醒后幽怨的叹息
是白袅袅中，略有些淡蓝的炊烟

乡愁是心灵上卸下的倦意
承载着满满的梦想与期许
当再次融入那片故土，总会
硬生生扯落眼底的泪

经历过生死离合
心已锤炼得坚硬如铁，只是
黑的夜里
沉静着，一寸一寸时光
剥落的，都是想念的尸身

老屋

莲子为什么会梦见老屋，抬头又望见月亮
老屋和月亮
交辉闪烁在蓝幽幽的天上

梦见老屋，鹰一样安详
在银色的月光下
青杏的眉眼，草莓的嘴唇
蜜蜂的小翅膀
偎依着我的村庄

哦，远方的老屋
和我的父亲一起沧桑
和我的母亲一起变老
锈迹斑驳的岁月
请收藏我漂泊的骨头

你的故事印刻着女儿的怀念
你五味杂陈的经年
随着游子的脚印
流向大地，流向远方

尘世间走过的人
抬头总能望见月亮
低头总会思念故乡

手机 - 用户

（一）

幽灵般附体
闪电、雷鸣、暴雨
它离不开耳际
电磁波堪比性命

（二）

寻找
追命式的咆哮
沙发下、卫生间、厨房里、垃圾桶、被窝里
焦虑、绝望、彷徨
忽然，裤兜里传出闷闷的铃声
世界回来了

（三）

你在南方的艳阳里，大雪纷飞
手机专属铃声划破天际
我听见了翅膀拍打云彩的声音
听见一群鸟儿的啼叫
我走进了天空
差点儿被云端里驶出的卡车撞上

偷月

无意间
我盗走了月亮
直到嫦娥怀抱玉兔花容失色
在门外疯狂地敲门
我还喝着咖啡
听着音乐
在阳台一角
用汤匙切割着弯弯的月牙儿

聆听岁月

袅袅起落的光阴闪动、决绝
不曾为谁驻足
曾经的明媚
在岁月中飘零、沉淀
流年终究抵不过匆匆岁月

用轻浅的脚步趟过季节的风景
在平淡安静的日子里以文字的温婉
守一窗岁月静美
在流年里许一场清欢
与浅笑
嫣然处与你对望
一抹牵念
越过四季轮回
一个回眸
爱在清浅之处静开
情在灵魂深处雪藏

夜空

繁忙的一天终于安静下来
我躺在山水间，一个人
这时候，肉身无用，就随云海蒸发去吧
连同人间的浮尘、虚火与种种烦忧

河水悄悄流淌着
安静在慢慢扩散，直至把我包围
我触摸到柔软中的石头
树叶在静止中飞翔
云朵搬运着苍穹

远处
天空与山脉连接的地方
微光闪烁
我想，从那儿
可以只身前往星河

梁小玲

笔名三毛，中文系毕业。陕西省渭南市蒲城县作协会员。喜随心随性书写生活，文字舒畅、细腻、耐看。作品散见于网络平台和当地报刊。

月儿盈盈

芊芊氤氲着柔滑的清香
轻轻摩挲你的涟漪
淘气地将心悬挂在你的眉梢
耳边
是风的呢喃，夜的妩媚？
凝眸低语
明天我是否还做你的新娘？

2016年3月2日。

我来了

却不敢凝眸
怕那不经意的一瞬
将我所有的心事泄漏

我来了
却不肯走开
任那失神的拇指颤栗
淋漓我全部的心悸

我在不该来的时候来
却在不该走的时候走
徐徐地宛转那弯柳叶
托付夜朦胧我汩汩的涌流

2016年6月5日。

心事

芊芊氤氲着柔滑的清香
轻轻摩挲你的涟漪
淘气地将心悬挂在你的眉梢
耳边
是风的呢喃，夜的妩媚？
凝眸低语
明天我是否还做你的新娘？

2016年7月8日。

瞬间如雪

曾想把邂逅的那一瞬间
描摹成永恒的美丽刻骨铭心，
不经意思愁竟弥漫了眉梢……
在驿动的心底，还是在灯火阑珊处？
欲罢不能！
茫然中迎来了那场小雪。
我探头出窗：
一片，两片，
那白色的精灵纷纷扬扬，
飘飘洒洒，刹那间遮蔽得漫天都是。

我欣喜地冲出屋外……
可精灵那婀娜的身姿一落到地上
很快便春色三分，

一份泥土，一份流水，一份烟云了。
我蓦然醒悟：
原来有许多东西是挽留不住的，
缤纷的瞬间不过如雪……

2016年8月10日。

那伞，那灯

青春情怀，
总有着诗一般的朦胧和唯美，
徜徉在菁菁校园里，
看夕阳下渐行渐远的长发飘逸的倩影，
恍然若梦……
山脚下，
阳光一点一点蔓延下来，
淹没了睡梦中的小木屋。
屋前啼莺舞燕，
小桥流水飞红。
清风绕过墙垣，
穿过树丛，
不远处的田园掀起了一波波粉白的颤动。
淡蓝的薄雾，
层峦叠翠的山色，
牧童悠扬的笛声……
仿佛整个山景都为藤椅上低眉弄书的女孩抒情。

青春岁月的梦想与青春岁月一起过去。
千篇一律的成长日子后，
女孩眼中的千山万水只剩下了无奈与沧桑。
生命在不觉间流逝，
日子似乎却是越过越旧。
许多时候，
小木屋像把屋檐的伞，
遮蔽她那浅浅淡淡的忧伤；
而那笛声，
早已幻化成女孩心头的明灯，
暖暖着青春的薄凉……

慢慢地，
女孩成了优雅的女子，
忙碌在她的事业和家庭中间，
生活让她学会了简单和淡泊。
那伞，那灯，
俨然蓬勃的绿意，
鲜亮着所有逝去的日子……

梁瑛

网名艳阳高照，山西文水县人，文水县政协委员。2011年患骨瘤致残，但自强不息、乐观向上，热爱文学、书法，诗词作品散见于在各大网络文学平台。

枣儿熟了

枣儿熟了
浓红得里外透彻
上好的佳品
滋润经脉
造化气血
你如灰白的体肤里缺少血润
懦弱，迟钝，萎靡
吃一把红枣吧
让血色巨龙在你的体腔奔腾
刚强力壮
直起脊梁
世界造化了男人女人
我拾两包相送
让女人的香血柔顺
殷殷花开
娇艳柔嫩
婀娜秀丽
聪慧柔情
让男人血气方刚，坚贞不屈
铜墙铁壁与恒山一样伟岸从容
红仁仁的枣泥
粘合健全的体魄
脱去生锈麻木的盔衣
换一腔火热的正气

面对二十一世纪的丰腴

2016年10月18日。

梦回热土

梦回落千层
不知哪方天地踪影
檀香缭绕
炊烟无尘
曲折幽径
用虔诚匍匐在你的怀中
抚摸甘露清洗过的梯云
我听到
我们同样激情跳动
千般波罗蜜的经音
衔接久远的心声
这是一曲归家的喜闻

我在风中想起你

秋风点点发凉
大雁排成行
万里飘荡的流云
不停地回望
桂花坛老酒的芬芳
载不满母爱的慈祥
老槐树下的落叶
垫高了母亲远眺的目光顺着落叶飘落的方向
我想起
母亲那年被风吹起的衣裳

读书

跨越千年的河廊
来拾你的芬芳
我长出拾荒者的双手
点点均在眼中发光
感恩时光
绵绵流长
日月星辰
枕着墨香
生命是一泓清泉
灵魂学成水的模样

梁灵芝

湖北老河口人，教书匠。襄阳市作协会员。诗文见于《汉水》《东莞文艺》《雷雨文学》《关雎爱情诗》《襄阳晚报》《打工文学》《深圳特区报》等报刊。作品入选《山境》《岁月回眸》《北京诗人》《智慧襄阳》《汉水襄阳印象》等。获中国作协主办“筑中国梦·抒襄阳情”全国文学大赛散文类三等奖；获诗刊社主办第二届“观音山杯·美丽广东”全国诗歌大赛三等奖；获老河口市“融晟外滩杯”微电影剧本二等奖。

秋的小情调(组诗)

柿子红了

柿子红了，站高高的枝头
鼓胀，妖娆，按耐不住柔情蜜意

风扬长而去。路过的鸟儿
乱了心思，抛媚眼，哝哝唧唧

八哥来了，一副馋嘴相
鲁莽，恣意啄食果肉里的鲜美

痛，或是成熟必然的幸福
在一场金秋的阳光下，合乎情理

裙裾抛撒一地，懒得收拾
权作一场秋送来的豪华婚礼

故事绾上结局。夜的幕上
月牙儿，它挑弯的是谁在叹息

牵牛华

秋风伸出刀子
额上的皱纹，又深了

白露珠是一面镜子
阳光抚摸过的脸上，有些凉意

落叶窸窸窣窣
季节的秘密，已不是秘密

牵牛。牵挂无由头
何必朝颜，篱笆只是虚掩

叶萎，花褪，藤枯
活着的只有黑丑。消极，微毒

芦花白

瘦得不能再瘦，白发横飞
老成这把年纪，还说什么爱

而夕阳，固执地把它的酡红
网一样地撒来，像烂醉的汉子使性子

苇丛下，土质疏松。根须抓不住
渐渐流失的水分，霜寒从地气浸透骨节

黄昏袭来，幕布徐徐落下
对岸是哪家渔船，透出点点灯火

水声沉寂。世界只剩下黑白
相互渗透，一个逆光的影子独立苍茫

菊

秋深了。野外的沟沟洼洼
一丛丛野菊花，绽放出金子

我的心在柔软中颤栗
世间，再也想象不出别的颜色

俯身，聆听西风里的絮语
凛冽的香气，穿透季节的寒

霜已迫近，雪在路上
我只能捧来一把土，掩住须根

草木有心，运命循环
吹绿念头的春风，也在路上

落叶

既然一定要落，就别拽着我
让我飘吧，正是不徐不疾的风

跳舞是我一生的爱呀，我要
踩好节拍，旋开裙裾步调从容

再无牵挂。天空已交出
有那么多树叶着盛装，一起舞

飘飘摇摇，绚烂多姿
有一种华美，最是沧桑起风情

我怀有的火种，能喂饱草萤
也能腾起火苗，烘暖一炉的冬

霜花，蛰伏的背面

秋将逝。黄叶依旧苦苦拽紧
树木的枝干，悲戚戚一幕幕伤离别

月光里，露台寂寥。蛐蛐
一曲曲冷月边关，怨妇的千愁百结

终须去。篱笆疏落，挡不住
风的趁虚而入。而雪花也在路上

夜薄凉。霜花，这个从草木走出的女子
凝聚月色，羽化成一片片镂空的美

一夜蛰伏。逼出火种，漫山遍野烧尽
此时，白菜、萝卜收紧真味，柿树挂上灯笼

秋夜，蛐蛐鸣

蛙鼓隐退。秋夜是蛐蛐的

它从土里钻出，墙角，草木下
随便占一个角落，拨动琴弦

草木无眠。夜的露水漫上来
梧桐的叶子又落下几片
惊动一只猫，从牵牛的枯藤里窜出

墙边的桂花开了
细碎，绵密的香气，被风追着跑
越是夜凉，月光越白得放肆

蛐蛐鸣，穿过无边的静寂
时光飘落，几支曲子收了尾音
易帜换代，红颜已是故国

铃兰

本名魏东玲，又名铃兰花语。山东枣庄人，实实在在农村人。爱好诗歌、散文，喜欢阅读，擅长情感类诗歌创作。

创作理念：在诗歌文字中找寻快乐。

最后一朵雪花

我要做最后一朵雪花
待落帘幕
倾听你用心珍藏的梦
月光雅韵娓娓道来
青纱轻启入眼的缘
念一段容颜未老
携手浪迹天涯

我要做最后一朵雪花
待落窗花
同你一起迎接第一缕彩光
晴冬暖阳 闲庭信步
挽一株幽幽水莲
沉醉流年的最深处
陶情适性偕老一生

我要做最后一朵雪花
待落墨迹
与你一起执笔写红尘
云卷云舒花开花落
岁月经年的一角
融一江春水依依
执手共度良宵
我要做最后一朵雪花
待落掌心
感受迟来的微温
千里迢迢深情款款
人生旅途匆匆一遇
开出雪花的模样
路过你的全世界……

那一年我丢了一缕月光

那一年我丢了一缕月光
在拥挤的尘路上未成相遇
花开得迟艳
擦干一层眼膜
也未能把你的模样记全

岁月中摸索
拥有的看似失去
失去的未曾拥有
阡陌上同行的人
打湿的诺言无从晾干
离散的一缕彩云
两两相望
这一季我丢了一缕月光
在尘世的路上擦肩而过

最初的誓言
已拂上寒霜
白夜相加亦无眠
愿多出一生一世
彼岸的你我
继续着一日又一日
那一年

不经意间丢下的一缕月光
在凡世的路上我迟了脚步

我想对你说

在时间的对折点
把一切封存
春秋轮回中
打磨不掉初杯的芽色
石巷里装载着你我半生的灿烂
与岁月的清淡处轻盈入画
婉约成诗

除去风的呓语
甩去雨的忧心
采集尘世的情愫
勾兑成幽幽的眷恋
流年深处静守一份清欢
想对你说
我已把时间对折
赏这一程的风景

守候生命的绽放

花开在夏季
我静守一旁
捕捉花朵的颤动

一瓣过去
做成标本夹在书页里
一瓣现在
极慢的动作好好珍惜
来日
把干枯的枝叶存进地窖
酝酿
等待一株花的开

我捧蕊而笑
去偿还丢失的色彩
化绿叶不离不弃
点墨数清对你的眷恋
定格秒动的开放

怕来不及
用放大镜把你映在眼中
我守候
一朵生命的绽放

自画像

给自己画张素描
月牙，弯一对浓浓的眉毛
滴两珠晨露绘眼
摘一颗樱桃为嘴
莲韵扑粉
蜻蜓做罗裙
好一幅美描

不是漂亮就是优势
不是靓丽就是自豪
灵魂赶得上脚步
心灵追得上贤良
重新给自己画张自画像
朴朴素素，简简单单
记得最初的模样

玲魂颤音

女，祖籍重庆，现定居悉尼。一个地地道道的自然主义者，动物学家。自我标签：把岁月活成一种方式。爱好诗歌，创立“飞吧，诗”群，搭建玲魂颤音小屋平台。

诗观：诗是生命中最美、最自然的内心表达！

麒麟镇

1614年，晨。一大团黑色棉花尚未散退
麒麟镇的大门覆着几缕寒霜
炊烟在青瓦片里颤了几颤

远处狗吠声浓。东厂的棍子布满了钢钉
被压抑的孩啼，母亲喉里的低语
风尘在瞳孔中放大

血，顺着剑光滴落。一个剑客
站在镇里唯一的一口井边
影子模糊

余下的……

像删除键
走过你
于是，天天打开的经文里
留下乱码的字符
诵经人无法打坐
在经书里，反复寻找着不同

醒着梦着

黑暗后的第一束光，是我的敌人
挂在梦里的安静，被潘多拉的盒子打碎
怪物争先恐后地出来
发出各自的嚎叫

印象大师画出一幅作品
扭动的线条像鬼的长舌
想吸出你的魂魄

蹩脚的编剧
关在黑屋里
抛起色子，决定了甲和乙的恋情

一滴化不开的墨，浮现
一个穿长袖的妓女
坐在咖啡馆里，对着路人兜售她的深情

我把头埋进黑夜里
假装光在梦里

溢

嘭
无声，炸醒一段故事

柔软，融在千尺的水里
溢出涟漪
圈圈套住褶皱

隐匿的双手，捧不起
开在深处的烟火

雪葬

一些情，需要被埋葬雪地
如冬天里不合时宜的青草
一日浅雪
也能盖住那刺目的绿

积雪能掩埋更多的热情
比如一堆熊熊燃烧的火焰
最顽固的火星也能变成黑色木炭

掬一掌心雪的温度
揉进心里
在那里
住下一个冬天

遥望

你背向坐着
跨着陌生人的行囊
那些吸入身体的光
透出淡淡的橙色眩晕

一条蜿蜒的幽长小径
通向你密埋的熔岩
南行的海风路过
为你吹开一道窄缝

我立在南太平洋中央的船上
任北来的海风
掀起衣角
吹散压在心上的

整个冬季的寒凉

矗立舢板上
我在隔着一段距离
遥望一个背影

缝隙

一条青瓦的长廊
浸染满目
一片叶，舞蹈着风声
与时间，坠落
镶嵌在瓦片的缝隙

如你
卡在记忆的沟壑
流年的风
难以吹离

沉船之画

残雪
着笔墨，画一段江河
任船行往天涯

江河截断
河水咆哮
激起巨浪
打碎了远航的风帆

载不动的思念
沉底
打捞不出记忆的碎片

入水冰凉
信号连同心跳
封在没有空气的地方

墨滴如泪
毁了这一幅丹青
任流光的风
带离这碎梦残画

林德海

广东省韶关市始兴人，出生于20世纪60年代末。自由撰稿人。喜读书，诗文多见于报刊、网络及微信平台。

也许

（一）

也许你不爱我
但我一如当初的痴情
深深珍藏在心里
生活还是原来的生活
一如春燕坚守
春来秋往

（二）

也许你见了面不认我
但我一如年少的初心
单纯一口清泉
尽管四季轮回
喜怒哀乐变幻无常
寒冬冰霜下仍暗暗流淌

（三）

也许你不见我
只是漫不经心地欣赏窗台上的雏菊
吟唱清晨的薄雾中轻启的柴门
跳动的诗文你却把我频繁地拉入意境
一如深秋幽幽飘洒杏意菊情

山村

村头种一棵古榕
给山腰涂画出层层梯田
村前放一弯流水
再吟一曲梅花弄影

醉着古老散碎的记忆

转眼海马肆掠
浸透了金黄的雨
嘲弄着秋的承诺
等待的只是空洞的想象
风和雨比人类更懂季节

村前的牌坊,悬空的飞檐
闪着暗光的门前青石
神台的祖牌位
在彼此感受流年脉搏
品味季节的暖阳

针桔

走着生长着
当枝头结满果子
就成了带刺的诗人

糖梨

抓紧带刺的干枝
当果子糖化
分不清唐诗宋词

林进挺

1982年生,广东陆丰人。中国诗歌学会会员,中外散文诗学会会员,潮汕文学院委员,汕尾市作家协会会员。作品散见于《散文诗》《散文诗世界》《新大陆》《中外文艺》《诗词报》《当代小说》《诗歌周刊》《山东诗人》《关雎爱情诗刊》《中国魂》等。部分作品入选《新世纪诗选》《2014中国诗歌选》《中国散文诗人(2014年卷)》《中国散文诗》《诗屋2015年度诗选》《中国当下诗歌现场》《2015中国散文诗年选》《世界华文散文诗年选》等选本。已出版诗集《当代十家诗选》、散文诗集《汕尾9歌》(合集)。

初晴

天气正好,看浮云艳日
一别多日的风雨
愁绪已散,笑颜逐开
孩子们的乐趣依旧如故
吟诵片刻
一怀的春风荡漾
一眼望不尽的美景
就在身边
散步,初晴的开始
涌起心里无限的温暖

丛中花

入了花丛,寻见
那一只青春的蝴蝶
如此安静
风景带来风景
美丽带来美丽
是不是所有的幽香
都来自那个自由的花园
把从容印刻年轮
深入无数的黑夜
远风带来泥土的气息
雨露涵养失落的花瓣
心底掠过一丝喜悦
她正在丛中灿烂

赶路人

一声来自远方的呼唤
赶路的人有了惊喜的力量
路途遥远,疲惫日渐
歇息的愿望如春天里的发芽
道旁野草凄凄,星月暗藏
匆匆,前方无知
迈过一道道门坎,穿过无数的城堡
让时光写在脸上,执着
一颗不服输的心
赶路,赶路
远离了的灯火明灭不定

哪家的炊烟又安抚了
记忆深处的家园

距离

春夏交替，拉长视线
乏味的词语注入新鲜的血液
春草茂盛，夏叶招摇
在拐角处，思念似水流淌
忽远忽近，一脸无辜
从柔润出发，抵达热烈
与季节同呼吸，远方如潮汐汹涌
消却疲惫，青春可人
3 个小时的道路日渐熟悉
他乡有梦，老家有根
距离记忆犹新

立秋

一道年轮圈出椭圆的印记
小树日渐长高，而我
也长大日久
当头伫立，绿荫如伞
过往的人群匆忙
泥土的气息丰满季节
立秋，如期来临
耕耘的土地不露声色
挑起一支笔
如挑起锄头
缓慢地写下这首诗
怀想无数的过往

梅缘

一份邀请来自大山
洋溢着热情的呼唤
所有的梅花都收聚于枝头
等候过往的诗句
阳光撒下温暖
漫山遍野地来去
白色的柔软
白色的幽香
白色的世界与你一起
住进山谷
多少留恋的脚步
拥挤着一路的身影
来这里
结一段梅缘

林柳梅

笔名柳絮飘雪。教师，文学爱好者，作品常见于微信及网络平台。

前世今生

前世也许你是我门前那朵鲜花，
夜夜飘香伴我入眠。
前世也许你是我窗上的风铃，
天天响起悦耳的铃声。
前世也许你是我屋旁的大树，
晴天为我遮荫纳凉，
雨季为我挡风遮雨。
前世也许你是我的伙伴，
河边、山坡、田野……
处处留下我们嬉闹的身影，
四处回荡我们的欢声笑语。
前世也许我是河水，
你是飘在我上空的那朵云，
云是水的心，
水是云的魂。
……

今生我沿着前世的足迹，
一路追寻你的踪影。
当我赫然出现在你的面前，
你惊喜地久久凝眸。
千年的轮回，千年的等待，
我仍然是你前世见到的模样呵。
为了今天的相遇，
我坚守千年未曾有丝毫的改变。

你飞奔的步伐，
声声的呼唤，
频频的招手，
依然和前世一样深情。
可是怎么会这样？
怎么能这样呢？
一块无形的界面竟这样阻挡在我们之间！
前世缘分已尽，今生无缘相守，
可老天为什么还让我们相遇？
即使相遇也应抹去我们前世的记忆！
为什么会这样？为什么会这样？
我仰望苍天，
可太阳却敛去最后的一丝光芒，
黑夜随即拉下帷幕，
遮挡最后的一丝光线。
无边的黑暗里甚至一丝风也没有。
我是掉进冰窟了吗？
要不怎么会这样冰冷黑暗？

是你在哭吗？
一遍又一遍满腔柔情地哭诉，
我一次又一次抬起手想擦去你脸上的泪痕。
可每一次那块无形的界面都紧贴着我的手呀，
它是那样厚实冰冷，
我怎能靠近你抹去你满脸的泪痕？

我焦急地向你呼唤，
声音却消失在无情的风里。
不管我怎样高呼，
你听不到，
就是听不到呀……
我默默地站着，
静静地听着，
你的每一声叹息，
你的每一声哭泣，
清清楚楚。
一声声一字字在我耳边反复回响。
可我却只能默默地站着，
静静地听着。
呆呆地看着自己的灵魂，
是怎样一点一点沉进万年的冰窟；
傻傻地看着自己的心是怎样一片一片地撕碎。
在寒风中飞舞……

我不应该来找你，
更不应该出现在你的面前。
可我却找了，
还偏偏找到了。
我现在要怎么做？
才能让你的世界雨住天晴春暖花开？
谁来告诉我呀……

2016年10月18日。

祖国，祝您生日快乐

祖国啊，我亲爱的母亲！
今天是您的生日，
我要为您写首诗。
我要用怎样的言辞才能尽现您的辉煌？
我要用怎样的笔墨才能写透您的沧桑……

立在历史的长河，
我看到了那颗东方明珠耀眼的光芒，
照亮了天宇，
照明了一条条通往朝拜的路上，
靓丽了各色的衣裳轻舞飞扬，
虔诚的眼眸正在久久地仰望……

可是啊，我亲爱的祖国，
我怎么还看到这样的画面？
四方奔来的铁蹄扬起漫天的尘烟，
燃起的熊熊战火瞬间吞没这美丽的家园。
就在这块我们祖祖辈辈居住的国土上，
赫然挂着“华人与狗，不准入内”的告示，
这是我们的家园，
这是我们的国土啊，
我的祖国……

当您眼睁睁地看着自己的家园，

在纷飞的战火中满目疮痍，
当您眼睁睁地看着自己的儿女，
一个接一个倒在血泊里，
当您清清楚楚地听到侵略者得意的狂笑……
祖国啊，我的母亲！
那是怎样锥心的疼痛啊！
您在哭吗？
那一颗颗滑落的泪珠，
长江黄河的流水可是您的泪水凝聚成的吗？

您英雄的儿女怎能看着你承受苦难？
前仆后继谱成的英勇战歌，
唱遍您的每一寸土地。
当鲜红的五星红旗高高地飘扬，
当一位伟人在台上庄严宣布，
“中华人民共和国今天成立，
中华民族从此站起来了”
那段血泪浸泡的苦难，
永远锁进世纪的大门。

我们时刻铭记您的辉煌和苦难，
众志成城谱写豪壮篇章。
您看到喷薄而出的红日了吗？
灿烂的光芒正照在您的每寸土地上，
您看到那东方的巨龙了吗？
它正呼啸着跃上云端盘旋，
您听到巨狮发出的怒吼了吗……
这都是儿女献给您的礼物，
我亲爱的祖国！
一朵朵美丽的鲜花欣然怒放，
一支支欢快的曲子悄然唱响，
亲爱的祖国，
祝您生日快乐！

2016 年 9 月 30 日。

林明

中国平煤神马集团职工。河南省平顶山市三苏诗社成员。

矿工

矿工，因为希望
你背井离乡
深入数百米的井下
把劳动的号子吼响

矿工，因为黑暗
你把头顶的矿灯照亮
埋头苦干
忘却身处四壁的狭小

矿工，因为任务
你把回家的时间延长
迟到的身影
望穿妻儿的双眼

矿工，因为奉献
你沉默不言
满是煤尘的脸上
流露出你洁白的容颜

矿工，因为太多
你把自己的志向掩埋
生机勃勃的大地上
我知道你是这繁荣的源泉

林双川

新华社高级编辑，新闻研究所特约研究员。中华诗词学会会员，中国诗歌学会会员。大陆首批访台记者，曾任《半月谈》主编。著有《高考冲击波》等。诗作散见于《中华诗词》《中华辞赋》《星星诗刊》。

云水谣情思

云水谣，我无法忘记
你的土楼

你的蓝天
你的米酒
你的女人和孩子

云水谣，我无法忘记
你的老榕
你的青溪
你的古栈桥
你路边酣睡的黄狗和活泼的鸭子

云水谣，我无法赞美
你“土”得让世界惊叹的土楼
你美得叫人发呆的“四菜一汤”
“步云”“怀远”“文昌”“和贵”
你雅得透亮的每个楼的名字

云水谣，我无法追溯
你的千年风雨
你的客家先辈
如何筚路蓝缕
如何开拓这片土地

云水谣，我无法独享
你的高山流水
你的静谧优雅
你的淡定从容
你的浑厚与大气

云水谣，我无法形容你的美
你的名字充满诗情
你的村落布满画意
你的鹅卵石铺满的小道
总使人不经意触发幽思

云水谣，我无法不忏悔
你是我的闽南故土
你是我的家乡邻居
你是我梦中的采菊东篱
而我竟然姗姗来迟

云水谣，我无法归去
我记得土楼红美人的香味
我记得柚子摊前姑娘的笑意
我记得好些美女来年的邀约
我的心已经不能从此离去

（注：1.“红美人”系福建漳州南靖土楼乡亲自己采制的品牌茶。2.云水谣，位于福建南靖，是南靖土楼群风景区。因电影《云水谣》在此拍摄取景，原来的“长教”村落改名“云水谣”风景区，游客日增。）

秋天听蝉

立秋后的午后
我在颐和园听蝉
那是虫蝉的蝉
不是心禅的禅

整个四周
都是鸣蝉
没有片刻的中断
也许蝉们知道
这是蝉生中最后一段时光
必须抓紧鸣唱
把所有能量
全部释放
赶在霜寒之前
发出蝉的诗章

古木森森的林间
蝉声贯耳
来自四面八方
众蝉就这样歌唱着
一首接一首
声浪高亢而连绵
以一副禅心
来听鸣蝉
倾听她们的世界
如沙海大千
感受她们的呼唤

起伏如山

独处颐和园
午后听蝉
身边的竹叶
与人比肩
我想起王维的唐朝
想起独坐幽篁的瞬间
诗人总是爱静爱山
如庄生晓梦蝴蝶情牵

人生若蝉
蝉生万般
我爱静处
只是因为
享受宁静可以致远
享受禅意远离尘喧

2016年8月13日。

流年时光

本名张亚华。吉林省双辽市农机校教师。

创作理念：用一支素笔，书写自己的心灵感悟，记录自己的生活点滴。

逆着时光行走

时光流逝
忘不掉眺望的远方
被岁月浸染的清浅时光
在回望中被掀起
轻吟浅唱
渲染成一段抹不去的感想
时光是一条朴素的河流
在浅秋的光阴中穿行
逆着时光行走
遇见最初的自己
微笑着没有回头
凝神倾听
杨柳岸上的风
去了有没有回来
抬头仰望
皎洁的月亮
缺了还会不会再圆
光阴如诗岁月如酒
不经意间拾起
一枚写满深情的红叶
呢喃着轻诉谁的低语
将一袭青涩的梦
藏在岁月的深处
尘封在逝去的光阴里

距离

骑手从草原打马走过
金莲花开满草滩
阳光从天边洒下
五彩的丝线
一只鸿雁从空中飞过
衔着深情的红叶
落在烟雨的江南
悠长的雨巷
油纸伞的馨香
漫过岁月的长河
溢满草原的毡房
遥远的地平线
落日映红了
草原的半边天
一只飞鸟掠过湖面
眼泪流出的刹那
打湿了岸边的小船
被风飘落地思绪
在涟漪中
期待满月的回归
抬头仰望草原的月亮
一曲《故乡》
梦里梦外
循环了无数遍
等待
撕碎了夜的黑暗

转身，你已离去

花朵凋谢的瞬间
留下落红几许
树叶飘落的时刻
留下枯黄遍地
我转身的时候
你已经离去
望着你远去的背影
眼睛的湖水开始决堤
远方是条很长的路
前路将经历雨雪风霜
你的心痛掺和在步伐中
脚步愈发沉重
悲伤长成一棵树
在心底生根
扯不断的思绪
被月色拉长在眉间生长
我听到秋雁的鸣叫声
从云端溢出

琉璃疏影

本名张丽华，女，青岛人。网络美文作家，江山文学网签约作者。作品选入《清影浅笑》《朵朵皆年华》《纵使人生荒凉，也要内心繁华》等。出版个人专辑《一弦清音》。

见与不见，何止想念

滚滚红尘中，谁把谁的名字，刻在了三生石。
那一程走过的小桥流水，淹没了谁匆匆的脚印。
叶落沉香，蚱蜢舟悠悠。
荡在谁，流年的蒹葭。

走过的山河岁月，白雪覆了青苔。
如此刻静谧的光阴，萧瑟中蕴含着无限禅机。
原来，世间的百转千回，都是宿命必经的路途。
曾经的故事，似曾相识，燕儿何时归？

人生漫漫，几番聚散，几多纠缠，不过沉浮一念间。
缘聚，缘散，纵算短暂，亦是最美。
莫不如，将所有的兵荒马乱，退到落雪的梅旁。
放下烟火里的忧伤与彷徨，植一束清婉的深情。
让流淌在流年里的美丽，沉淀成一场烟花的璀璨。

冬未央，谁在波光潋滟的水岸，轻轻写下青梅一行。
那些写给清风明月的情书，醉了谁，剔透的心扉？
回眸一笑，百媚生，眷了谁，曾经的嫣然？
情，安然落座。字，在水墨里旖旎。
你，依旧是我初见时的水云间。

岁月温婉呵，见与不见，何止想念。
揽一怀，初冬的素色，烹墨煮字。
我们在红泥小炉旁，共饮绿蚁新醅酒。
醉里，执手看花的时光。
微醺了，眼角眉梢的缱绻。

最是，庭院深深，梅香淡淡，未觉寒。
你挑灯回看时的长安，依旧繁华笙歌。
下一世，若你还来，若我还在。
我们，不诺，不约。将错过的花开，一一认取。
红袖添香，岁月静好，不问今夕何夕。

藏一枚秋词，安放灵魂

轻轻打开，风捎来的秋信。
一枚吻痕，定格了所有的疑问。
念，薄如蝉翼，却坚不可摧。
蒹葭，水湄，续一杯未凉的茶。

我把高山流水，静静地弹拨。
你的笑，抵过繁华三千。

朴素而简单的陪伴，沁心，暖暖。
是我见过最美的太阳，栖在云朵间。

你说，我是一枚温润的秋词。
微凉，妥帖，不惹尘埃。
是你最喜欢的模样，惊艳了所有寂寥的时光。
甘愿在我的文字里取暖，寂静喜欢。

因为有你，我封心锁爱。
静默，温婉。
守一袭平淡，为你煮字疗伤。
即使，把寂寞坐穿，也曾未感到孤单。

水色的念，轻轻漾在你俊朗的眉弯。
每一个晨曦 写下的词句，眼波带醉。
隔着烽烟，你是我倾慕的水云天。
期待你轻轻回眸，只惊鸿一瞥，便醉美了琉璃轩。

你用枫色的秋词，供养着心仪的眷念。
红尘，来去随缘。
我用流年的馨香，植满你的蒹葭。
苍茫处，秋词温润，心莞尔，纤尘不染。

年复一年，日复一日。
始终以如初的爱意，细细将你描摹。
只因，缘在，爱在，时光旖旎。
魂梦相牵，不离不移。

日暮黄昏，夕阳晚照。
藏一枚秋词，安放灵魂。
我从天涯启程，你在海角守候。
心心相印的岁月，是时光送我最美的百鸟朝凤。

如果，有一天

时光的经纶，不停地转动。
我们，依旧骄傲地行走。
经过万千山水，
总要习惯了一些等待。

风轻轻地吹，月慢慢地圆。
写在诗里的秋色，落满了荻色的霜。
我慢慢地写，你慢慢地读。
你说，要用一辈子的时间来爱。

所有的流光，在一袭浅笑里旖旎。
经年如旧，铺就锦瑟的念。
一枚琉璃影，一轩水墨香。
在诗意里打坐，倾情倾心。
无怨，无悔，永如初见。

如果，有一天。
我们在最深的红尘走散，
请，不要抱怨。
向前走，枫色正好，温暖依旧。
我们相伴走过的每一段时光，
就把它们，当成流年里不老的片段。

如果，有一天。
我们渐行渐远，也请原谅彼此。
向前看，彼岸花开依旧，时光未老。
那些缱绻与旖旎，就当是筵席已散。

如果，有一天。
我们轻挥衣袖，不要说难舍难分。
就让泪，埋在心底。
一程山水，一弦清音。
互道一声珍重，
下个渡口，或许我们还会再相见！

刘斌

笔名留取残荷。男，1983年生，江右人氏。军人。江西诗词学会会员。长于五言、七绝，至今创作6 000余首旧体诗词。代表作见于《执殳》《大城》《飞毂》《荷梅》和《荆楚》等集。曾多次在网络上举办诗词讲座，编选有《网人七绝八百首》《城市诗词三百首》及《当代诗词精华录》等当代诗词选集，并撰有大量关于网络诗词的评论性文章。

诗观："我要孟郊刳骨力，春妍不画画苍生"和"晚境却思归朴拙，笔尖勾取带霜枝"。

听你，像春色一样在林间穿行（组诗）

（一）

枕着你做的枕头
每天
雨声，也一定感觉
很美
要不为何，每个中午
它都要来到我的窗沿

（二）

每一袭裙，都是
一道波澜
它拍击着树
也拍击着春
从樱花成雪
到燕声呢喃
更拍击着行人的眼
从城北，掣到城南

（三）

梦揉成了红豆
豆种出了红树
树企望着红月
然而，月是冰雪

（四）

樱花，开在你的春天
樟树，悬起夏的藤幕
如秋的明月冬的雪
所有，都住在你的街道
只有，望云望月的我
不是

（五）

我要谢这伞
成就我们的世界
那我更要谢这雨
成就了我们的凝望
可是笔，我不要谢你
我不要在睡思昏沉的时候
仍然忆起，黯黯书写

（六）

茶
哪懂得相思
你大概忘了
明月把你招来
你忘了明月
却忆起了茶烟
一丝一丝

（七）

在樱花的季节
我读你樱花的唇

（八）

云离开了雨
雨离开了天
但雨，带来的这柄伞
就这样笼住我的一生

刘鹏

侍母

妈，我背你去
他请朋友吃饭，风一样把母亲
背到预订的餐厅。妈
你尝尝，鸡汤盛到母亲面前
一桌的朋友，眼眶都湿湿的
后来，他们聚会

都叫上了父母
妈，你出去不，我抱
他说，看见瘫痪的妈，就看见了自己小时
碗里的鸡蛋，而妈
常常在背角处，一个人
啃生硬的红苕
他把橘子放进嘴里，慢慢含化
母亲看着他，嘴唇一动不动
他把橘子拿出来，说
张开，妈
橘子在母亲嘴里，慢慢咽下
一瓣一瓣，她感觉到了
生活，最后的甜

李素玲

笔名明月如霜。一个喜欢读书，喝茶，旅行，养花的诗情女子。河南濮阳人。江山文学网签约作者。有20余万字文学作品发表于各大文学网站。有散文《粒粒盘扣生香结》《绣光阴》《遇见旗袍》发表于《拾光》《艺苑》等刊物。有作品收入合集《清影浅笑》《朵朵皆年华》《纵使人生荒凉，也要内心繁华》。

创作理念：喜欢文字，喜欢让每一个平淡的日子因为浸润着书香，茶香，花香而变得充满诗情画意。喜欢用一支素笔记下触动心灵的点点滴滴。

白马寺

——也是历史

最初　这里只是
一座普通的寺院

忽然有一天
你乘辇而来
清凉的浮云　慢慢散开
那时候　所有的故事
都开始在坊间流传
他打马经过　牡丹千朵
诗虽简单　谎却难圆

雁鸟急飞　季节轮回
我循着历史的足迹向你寻去
千百年前　谁曾敲响那个木鱼
谁又曾为那卷经书执笔
归路难求　在月明的夜里
为你斟一杯美酒
目送你追寻历史的车轮离去

那时候　此地多么繁华
那一切　早已进入神话
只剩下　一座寺院
一件可以出入
宫廷的袈裟

今生和你重逢
我在柜外　你在柜中

隔着冰冷的玻璃
我想象着你千年前的面容
这里所有的砖　所有的瓦
都涂抹着盛唐时的烟霞

长廊寂寂　诸神静默
这里的钟楼　条石　一如前世
廊外　仍有千朵牡丹
淡淡地绽放惊世的艳丽

刘春光

男。中国平煤神马集团职工。河南省平顶山市三苏诗社成员。

品茶(外6首)

衔一叶微诗

茗茗声中，舌尖处

飘来一朵故乡的云

烤红薯

烤香了
家乡的那片
黄土地

片菏

在一潭绿湖的脸上
挂满一抹春意的笑容

黑脸

煤的哥们
穿梭于历史的脚下
烙一张古色古色的脸谱

火柴盒

小小的城堡
囚禁着几十把沉睡的火炬

繁星

群英荟萃
躲在暮色里
开会

烟

这一梭子弹
毙倒了
无数信徒

刘德印

中国平煤神马集团职工。河南省平顶山市三苏诗社成员。

四月

四月在季节里崴了一下脚
疼出两眼泪水
我的心也哆嗦了一下
思念在四月里返潮

四月，树开始了咿呀的晨读
仿佛一颗灵魂蹒跚着赶路
丰满的肉身在试装
赞美春风的剪刀
一朵花瓣举过头顶
一丛丛青草在睡梦里刚刚苏醒
尖尖的嫩芽咀嚼绿色的风景
风像一位勤劳的仆人打扫
冬天遗落的灰尘和尸骨
是谁用硕大的手指按住小河的笛孔
奏出的曲谱低沉的、郁闷的
把欢快的、透明的、亢奋的打进波浪的褶皱
一棵小草眼角挂上的泪珠
这多像我清明细雨中去看父亲
许多事物已经走远
而又闪电般地闪了回来在眼前
仿佛捡拾的佳句楔进诗的骨骼
难言的疼痛加倍折磨着我
一缕清风把阴云推开，把缠绵推开
还没来得及雾化的泪水
悬挂在父亲碑前的草尖

四月，艰难地走着
四月的泪水潮湿了心岸

刘凤迎

河北省廊坊市文安县人，明末农民起义领袖刘六、刘七的后人。1992 年毕业于河北师范大学，师从著名诗歌评论家。后师从国学大师、中国科技大学博士生导师刘仲林，现为台湾有“中国文化大学”学员。自幼酷爱诗歌，偶有作品散见于各地报纸杂志。

爱情鸟

叼走一枝
你粉红色的腮边

悄悄绽开的红晕
振动翅膀
向全世界宣布

横亘这两颗心灵之间
长长的误解化了
天高了
山青了
水笑了
我们的爱情醒了
桃花
翻箱倒柜
拿出压了一冬的艳丽的服装
急不可耐地穿在身上
小草抖掉头上的凌渣儿
拔出陷入泥潭的韵脚
按照情诗的队形
等着你
春风般掠过
伸出绅士般的臂弯
搂住老伴儿水桶似的腰
走
竟许他们年轻人瞎胡闹
咱也到大自然的怀抱里
抱一抱
嗯,哈个两耳刮子
先记账
去
老伴儿
到厨房里先给老头子
煮两个结结实实的枣栗
老头子现在
就要好好补补脑

2016年11月3日。

一朵玫瑰的故事

弱水三千
据说都是女人的眼泪汇成的
是哪一点眼泪
浇开了今世的缘
你的刺儿
是用来自卫的
却不小心
挑破了一位少女的心事
羞红了脸
你柔弱无骨的躯体
躺成了一弯
蔷薇色的新月
封住了我厚实的唇儿
若玫
今晚你真的
好美好艳

2016年11月2日。

大王让我来巡山

大王让我来寻山
我偷偷到人间转一转
我东瞅瞅
西看看
满眼都是咱文安的男子汉
前面的那个棒小伙
你别跑
后面的那个肌肉男
你扭扭脸
我一不吸你的精
二不抢你的钱
我只想
我只想
亲亲你的脸蛋蛋
我是妖
妖艳的妖
我是精
精致的精
千年的情啊
千年的爱
十八层地狱的苦难
才修得让我来到你身边
我只想

我只想
和你谈一场
天地惊
鬼神泣的人鬼恋
大王让我来巡山
我趁机到人间转一转
我东瞅瞅
西看看
满眼都是咱文安的男子汉
前面的那个棒小伙
你别跑
后面的那个肌肉男
你转转脸
我一不吸你的精
二不抢你的钱
我只想
只想
亲亲你的
脸蛋蛋

2016年10月31日。

我和明月有个约会

早晨
还没来得及睁开惺忪的睡眼
一只喜鹊
叼来一朵彩霞
飞落到窗前
用热辣辣滚烫的语言
写上
今晚要有一轮明月
吻你多皱的脸

五十岁的心
蠢蠢欲动
飞速旋转
仿佛一下子回到了
三十年前
竟像个孩子似的
拄着腮
盼望着刚爬上树梢的太阳
早点下山

看见
看见一只凤凰
迎着风展翅翱翔
追赶明月
翅膀扇碎了明月的清辉
撒在浩淼的柔波上
一眨眨
就像一双双多情的眼

凤凰涅槃
就让我欲火焚身吧
躺在你柔柔的臂弯

无论我是重生
还是粉身碎骨
有明月的夜晚
永远是最美的夜晚

2016年10月29日。

坏坏的太阳

秋雨来了
像一个使性子的小女生
只几把
便揉皱了
站在河边的柳树
精心写在河面上的情书
只剩下一些细节
缠绕在枝桠间
在碧波里荡漾

眼泪像一位绅士
从眼睛出发
迈着方步
丈量着从眼睛到心灵的距离
却不小心
滑落到心湖里

咚的一声
滴成一个大大的叹号

太阳最坏
眨动真相的睫毛
非要揭开
藏在白色婚纱里的
那段激情的日子
别人的脸还没红
你看
太阳的脸先红了

2016年10月28日。

我的梦触礁了

我的梦
是在黑色的海洋里
海洋一样的黑色里
高速行驶的巨轮

嘭的一声巨响
撞到了在黑色海洋里
沉睡的太阳

一些人跳下水了
一些事跳下水了
一些爱跳下水了
一些恨跳下水了

在冰冷的海水里
用一双双手
艰难地
一点儿
一点儿
托起太阳

太阳升起来了
那些人
那些事
那些爱
那些恨
再也没有能够
露出海面

太阳
用最温暖
最明媚
最灿烂的语言
向大地讲述着
那些曾经发生在
黑色海洋
海洋一样的黑色里
发生的故事

2016年10月27日。

晶莹的你

不知道
是大海收容了贝壳
还是贝壳收容了大海

贝壳敞开她温柔的怀抱
收容了大海汹涌的痛苦
并把他打磨成
一颗晶莹的珍珠
悄悄地藏在心间

不知道
是茫茫人海收容了我
还是我收容了茫茫人海
把尘世的喧嚣与烦恼
打磨成一个
晶莹剔透的你
捧在手心
挂在眉间

2016年10月26日。

我甘心做一棵水草

在你的诗歌里
我甘愿做一棵柔柔的水草

每天
能够倾听到你的故事
感受你的心跳

你的真情将我滋润
你的柔情似水一样
淙淙地将我环绕

我幸福地倒在
倒在你温暖的怀抱

那是你的眼泪吗
滑落在我绿色的肩头
轻盈地舞蹈
我伸手摘下天上的彩虹
轻轻挂在你
滚烫的眼角

在你的诗歌里
我甘心做一棵
柔柔的水草

2016 年 10 月 25 日。

认领雨滴

是从谁家的池塘
或那条江河出发
腾云驾雾
漫步在天空里

又经历了怎样一番伤心寒心
像一个孩子
张着胖乎乎的小手
扑向大地

落在我的眉头
落在我的掌心
和我的眼泪
紧紧拥抱在一起
叮咚
滑落在我宽广透明的心湖里
我听到了一声甜甜的哭泣
妈妈

2016 年 10 月 23 日。

带雨的心事

一滴雨
滴落在一朵洁白的梨花上
李白看见了
杨玉环看见了
唐玄宗看见了
整个中国诗歌的大地啊
一千多年都是湿湿的

一滴眼泪
滴落到我
一瓣洁白的心事上
悄悄绽放在你的窗前
亲爱的
你看见了吗

我相信
天上的彩霞一定看见了
一个早上
她的脸上
都泛着羞涩的红晕

2016 年 10 月 21 日。

草根写给草根的草根诗

俺把最美的诗
发表在大地上

俺从不和那些
满腹都是灿烂诗句
摇头晃脑的庄稼争版块儿
缩着身子
挤在地头道旁沟边儿

牛羊是俺最忠实的读者
抓起一把诗咀嚼着
经过窄窄的通道
进入宽敞的胃

你们骂俺写得太臭
其实你们拿俺开涮
或热炒的时候
有没有尝到一股青草的滋味

你们想锄掉或拔掉俺
其实草根就是草根
只要一丝根须儿
沾点儿土气儿
无论这根须是新鲜还是枯萎
都能长出一首绿色的诗

即使烧成灰儿
也能温暖一个漫长的冬季

2016年10月19日。

刘国秀

作品发表在加拿大《北美枫》《澳洲彩虹鹦》《诗选刊》《诗潮》等国内外报刊，并入选多种选本。荣邀参加上首届华语诗歌春晚（新疆的阿克苏分会场）；偶有文字被译为英文和俄文。

西藏我此生不能抵达

我不能抵达你笼罩的蓝
逆着河流往上游走
苍穹澄明　云朵干净
大片阳光　落在河床上跳荡

外乡人头戴洁白哈达
手捧青稞酒　酥油茶　一干而尽
篝火　映照了高原红的脸膛　跳起锅庄舞

我不能向草原借来一匹马
纵身跃上马背　雪域浩瀚　星月清朗
不能从后背上抽下一弯弓箭
追堵奔跑的猎物

不能在朝圣的路上跪拜
不能路遇猎猎生风的经幡
不能默诵经文　蒲团上静坐

一个转经人手持转经筒转身而去
我不能站在大昭寺或布达拉宫山脚　向上仰望
我所见的朱漆大门　庄严肃穆　紧紧关闭
我不能亲睹殿宇内悬挂的唐卡
穿过时间的经纬线
描绘红山　冻土　古刹
我不能攀上金顶　离天最近的地方
看晨昏大开大合
此生我不能抵达　你的妙智与慈悲

古鹤村

八百年前白鹤栖落过的古树
仍伫立在村口
细榕叶片尽情伸展着
像要拥抱每一个来者
踩着花岗石板铺垫的角头街
我们经过了乐善好施牌坊
石闸门　郑姓澜海祠　古鹤雕楼
旗杆夹　曾卓轩故居
天空不时变幻　灰旧的颜色
雕花屋顶
以历史的视角进入我们
我们有意敲击砖瓦及门叩
企图在漫天尘埃外
寻找更多的蛛丝马迹

岐江

倚着栏杆远眺
岐江正把一切归于水

摩天轮在水底旋转
浮桥上的人　身影朝下
鱼贯拐入水下商城
千灯水岸浮在水面上
像火焰　寂静地燃烧

偶尔几艘船只
“突突”地开过来
旋桨劈开水浪

如果此时持续下一场雨
裂帛幻化为烟雾　升腾
雨执意
把影影绰绰的景象
赶往西江去

河流记

他手握一把水草
脚踩鹅卵石
身子略略失衡

他带着隐隐的雷声和闪电
内心的原野
一万匹野马在奔腾
在无名的高山与陆地
在河流的两侧

他睁着求索者的眼睛
从上帝嘴里掏出水
打开《圣经》的《旧约》
四条河流自伊甸园向外流淌
比逊　基训　西底结　幼发拉底河
这些万物的母源
令他泪流不止
他要到河流的尽头去

凌晨三点

她眼光瞟向挂钟时
墙壁以轻微的震颤回应了她
时针正指向凌晨三点
她所需要的睡眠越来越少
相较于床　她更青睐坚硬的桌椅
有着木质的纹理　把自己镶嵌进去
与岁月厮磨　她接受自己逐渐细小的形态
像一根　不停摆动的针
等待某个时辰　站起身来
拨开窗外弥漫的大雾

沉香

青白的烟气浮上来
香味越沉淀越剔透
刀痕　孔洞　腐朽
凡尘事　王的身段
都放下了
这奢侈的静止　空寂而自在
它还能治愈一场旷日已久的顽疾
我们煮茶
听古琴弹奏“禅茶一味”
看青白的烟气　复而沉入水底

刘淑梅

网名傲雪寒梅。星月诗话文学社团论坛版主，20世纪70年代年出生在黑龙江省大庆市肇源县一个偏僻的小山村，毕业于黑龙江省广播电视大学，后回乡任教10年。10年后退出教育战线开始下海经商，现定居吉林。业余爱好文学。

三月抒怀

桃花初逢雨
正值三月天
北方的三月
春意盎然
又一年春暖花开
又一次南燕归来

此情此景
会触动谁的心弦

岁月沧桑了容颜
风干了激情
蹉跎了谁的梦
缱绻了谁的情
揶揄了谁的痴狂
谁又被谁遗失在风中

艳阳灿灿
杨柳依依
一声流莺
唤不回远去的韶光
曾经的一切
都成了亲切的回忆
漂亮的金鳟鱼
美丽的三角龙湾
一幅幅画面浮现
醉过谁的眼
泪湿了谁的面颊

风雨蚕食了记忆
久别冷淡了真情
只剩下一句问候
在无期的日子里
还能持续多久
未知
曾一度相逢方恨晚
奈何
薄命红颜
满腹相思赋纸鸢
无处寄
搁浅
唉
一声长叹
揉碎了谁的心
惊醒了谁的梦
滴滴清泪穿透一心思念
丝丝银发平添几许忧愁
君可知否

夜寂如斯
蟾光冷照
挽起万千思绪
泼墨一纸诗文
慰藉
孤单的灵魂
今夜
复
无缘梦乡

月光下的倾诉

叶舞秋风　如蝶飞过
飘落的瞬间奏响了心弦
如泣如歌
寂静的夜晚
月剪西窗烛
诉说一个凄美的故事
用短暂的生命照亮别人
心事如同漫天星光穿透玻璃
倾泻在纸上
嘴角微微上扬
牵强的微笑
掩盖不住从心底溢出的忧伤
如汩汩清泉涓涓地流淌
思念似一叶扁舟划过心海
驶向梦的方向
染指红尘
试问谁能留住过往
今天
谁又为谁披上了崭新华丽的嫁妆
你就像一株彼岸花
静静地在红尘中舒展着芳华
错过的人永远遗憾
遇到的人一生牵挂
心的里程近在咫尺
现实却远如天涯

仰天长叹
谁能清除这个距离差
无人回答
只有风儿不知疲倦地与黄沙
缠绵着一个美丽的童话
不离不弃相伴海角天涯
一缕菊花香　半盏岁月茶
倚窗赏花——花开花落
独坐品茶——甘苦自知
今夜
畅游墨海　淡出铅华
用我满腔激情绘一幅沧桑的轴画
缓缓地呈现在这温柔的月光下

梨花泪

西风疏雨意寒
梨花垂泪涟涟
花期未过已凋颜
梦破残
不堪看
有谁怜
香消魂散
徒眷恋
空悲叹

刘素博

网名雨荷。喜欢诗歌创作，记录生活点滴。作品偶见于《中华文艺》等。

初冬的第一场雪

拉开窗纱
银白色的着装
挂满了枝丫
秋风起驾南下
六角菱花　撬开了冬的嘴巴

脚下的积雪
迅速蔓延　将道路挤压
手中的扫帚
发出来的声音　有些嘶哑

据理力争
也没能　挡住汗珠子攀爬
规划了一上午
才将负荷卸载　推着疲惫回家

雨中漫步

喜欢
这样的场景
不穿雨衣　不带雨伞
一个人沐浴
像傻子一样　与你亲近

喜欢
和你耍贫
放飞自己的愚钝
瞧你
敲打泥土泛起的波纹
清新　湿润

好想
光着脚丫狂奔
让秀发
与下一场雨季接吻
将火辣辣的青春
嫁接给你　昨夜的星辰

好想好想
在每一天的清晨
清理　所有的疑问
接纳新的　一缕阳光
驱赶　蜂拥而至的消沉

月是故乡明

打捞起
昨天的记忆

欣喜
又一次　袭上眉宇

轻轻地
扣起
耳畔中的旋律
拾起　散落的桃花杏雨
那些年　那些事
不知从何说起
藏匿起的零星碎语
随月光儿　崛起

迎着
眸光中的暗许
点燃
升温的话题
将　一帘幽梦迎娶

今天
又回到了故里
久别重逢
唯美了
我们　在此相聚

刘亚民

男,中国平煤神马集团职工。中国煤矿作家协会会员、平顶山市三苏诗社成员。

醉写石榴

（一）

要为石榴写诗
从五月写到秋
红花　红果,诗
仿佛在笑,数着肚里的玛瑙
诗,
狗的“汪汪”,叫醒了
晶莹而剔透
诗,
天下之奇树
红脸的诗句,冲进来
挂满枝头……
诗,秃顶的笔
放荡地,
肆无忌惮地,
闹酒!
闹醉了
醉酿石榴酒
拿去醉倒杨贵妃……

（二）

“七月至果染赤”,知了
吱吱地说:
红艳! 红艳!
蝉儿读懂:“灼若旭天栖扶桑”
哦,蝉儿,知了,我如醒梦……
一朵佳丽,大块肉,七缸酒
贵妃酒吐酸臭
诗的醉态,酒的醉态,娘娘的醉态
醉一跤,跌出个泥样儿脸谱……
这里是情绪饮酒会所,酒
喝得稳　是达人
喝得凶　是屠夫,诗,
凶酒的把酒缸宰了,宰了……诗,
哦,稳酒的去微访石榴,似乎
石榴怕酒鬼失和投奔神树去了! 留下的
诗,屠夫的
诗,达人的
诗,醉写的
诗,诗
怕也醉了!

刘晓瑜

出生于湖南益阳,生活、工作在湖南岳阳。15岁开始作文习诗,狂热于文学,年近50,痴心不改;偏好写作曾误前程,勤于文字亦谋生存;长期从事办公室和宣传工作,在三国古战场黄盖湖畔生活、工作40多年,却无法从历史的洪流中找寻到灵感;曾经在李白驻足过的长江边鸭栏驿白马叽头一小镇任职5年,却未沾到半点仙气,文字依然平淡无奇。始信写作源于自娱自乐。30多年来有诗文数百篇散见于各地报刊。

竹福人生

竹,伴随人的成长
见证人生喜怒哀乐

摇篮留下甜美的梦
竹,让躁动的婴儿享受安宁

启蒙教育是竹丫子
竹,给了人生最初的敬畏

最早读的书是竹简子
竹,加快了文明的推进

读书不认真挨竹板子
竹,给了人落后挨打的提醒

吹箫引凤、青梅竹马是约会场景
竹,丰富了繁衍人类的纯洁爱情

坏事做多了罄竹难书
竹,记录了太多反面教训

书读好了才能成竹在胸
竹,成就多少人的事业和前程

修炼到位才像竹子高风亮节
竹福人生,福佑众生

(2016年8月12日,写于首届“竹乡行”诗歌创作湘鄂边境羊楼司镇采风活动。)

致龙窖山

亿万年的等待
千百次的回眸
十分虔诚祈祷
让我遇见你
给我多情的拥抱

多年前的夏日
你还静在深闺
我正情窦初开
邂逅瑶胞故里
我们一见钟情

我的爱没有轰轰烈烈
你的美却是落落大方
抚摸你如画的青涩我不舍松手
感应我灼热的眼神你脉脉含情

想你的时候扑到你的身上
忘我地抚摸你丰怡的胴体
亲吻你秀美的脸庞
抹去你喜悦的泪珠
一次次的相聚与惜别
我和你结下尘世的缘分

待我满头白发
你却青丝如故
如今你的追求者纷至沓来
我深深为你祝福
爱你初衷不改
岁月流逝情依在

(2016年8月12日,写于首届“竹乡行”诗歌创作湘鄂边境羊楼司镇采风活动。)

刘湘泉

男,46岁,现任牡丹江农垦公安局八五一零分局教导员。爱好诗歌。鸡西市、虎林市诗人协会会员。多次在龙警网、《警苑天地》、《警营文化》发表诗歌。诗歌《兴凯湖引水赞歌》荣获中华文学2015年度优秀作品奖。

诗中岁月

波澜不惊的悠然里时钟嘀嗒
忧郁入心的歌声中
慢慢流淌出岁月的风声

美丽无比的窗花
被暖阳聚成眼泪的倾诉
成就了沧桑留下的痕迹

多想可以不顾一切
镌刻描绘生活的永恒
难以忘怀的旧日时光
重复而又漫长

愿意放下所有的琐碎
在想起了什么的时候想起了你
沉淀出的生活才能够
滋味绵长

人生是艳丽抑或忧郁
一如汹涌的大海与无痕的湖水
内化于心的无形
绝不如有形的外观那样绚丽多彩

一倏文如泉涌一忽江郎才尽
如泥泞的黑夜雨路中前行
却总有灯塔的冥冥指引
感恩岁月沧桑
求索与追梦不会眷顾徘徊不前
诗中岁月将我的牵挂久远地凝结

攀登

清晨里的第一缕阳光
唤醒沉睡的夜
一座山峰屹立脚下
等待你的征程
春天的旋律
在山谷回声中悠悠远远
没有持之以恒的耐心
总也看不到顶峰的灿烂

云深不知处的期盼
总在提醒攀登的力量
克服阻碍和酸涩
才会看到极处的美丽

飘扬的红旗迎风猎猎
极目处远近高低的风景
登上巅峰的欢愉
只有心才知道

初冬兴凯湖

即将落幕的白天
些许有些落寞
狂野的季风吹起一头散发

站在浩淼的兴凯湖边
遥望天尽头处的雾霭
思绪时而随风飘忽不定

无风的日子冻结了冰面
平整了一夏的骚动
双腿用力地蹬踏
好想搅动冬的平静
徒劳的付出带来愉悦的欢笑

奋力扔出的石子在冰面上
噔、噔、噔地远去
好似初冬的欢歌
远处未冻的湖水与冰面拍打的声响
似乎在呼唤美丽冬天的到来

雪季归乡梦

久未归乡的心伴着路的延伸
风雪如骤　迷漫不了家的方向

再冷的季节
也有燃烧的心抗衡冬的冷漠
较量迸发的火花彩虹般灿烂

白雪覆盖了你的容颜
活脱出冬秀丽俊美的笑容
却压不垮　苍松的遒劲

踽踽前行的脚步
咯吱咯吱声唤醒冬的美梦
雪姑娘孕育的精灵
跳跃树梢掠动的魅影

远远地东眺
炊烟袅袅的老屋
漂泊出一片家的思念
温暖了我的心房

乡音乡情的旖旎
演绎出冬雪迷人的浪漫
漂泊游子的梦
吹响归乡的号角

刘宇辉

女，1974 年 11 月生，会计师、经济师，原籍湖南长沙花明楼，现籍珠海，先后在长沙、珠海从事财务管理及咨询、社会审计工作，2011 年底开始诗词及杂文创作。任中华网文学论坛、香港诗词论坛中华网络诗刊版主。

当你袭来

——与网友一起戏题台风

当你袭来　阴雨绵绵　室外呼呼
天空就要翻倒一般
这不过是　海外来客　肆意的旅途
谁敢踏进你的驻地
自由率领你疯狂的翅膀
霸道体会“林海”的起伏
多少双眼睛看到
千军万马　放纵地奔腾
挑战你不可一世的威风
多少人害怕你的激怒
谁说你潇洒
是假意　还是真诚
但有一个人
把你吹倒的树干扶起
把你零乱的现场清理
在你灰暗的脸色下
在你赤裸的灵魂里
轻轻而果敢地把光明开启
你颤抖了几下
默默然　把安静还回大地

2016 年 10 月 20 日。

真爱可以收藏

秋风追求落叶
落叶满世界飞翔
堕下的树枝埋怨
秋风爱得过于张狂
秋风亲吻落叶
落叶害羞得纷纷扬扬
挺拔的树干嘲笑
秋风不过花心一场

秋风拥抱落叶
落叶挣脱又彷徨
诗人拾起落叶吟唱
真爱可以收藏

2016 年 4 月 10 日。

爱的霸王花

相逢在播种的春季
新见鹅黄，又追深绿
花苞还是前世的孩子
风雨侵打，竟无哭泣
粗壮的肉茎节节攀援

无视骄傲的石壁
高跃,还要盘踞山顶
剑拔弩张地聚精孕育

孕育,那爱的霸王花
怒放着下一季
花冠硕大,英姿无比
他在黑夜霸气得无所顾忌

2016年4月13日。

爱里的毛毛虫

时钟“滴滴答”
毛毛虫在茧里挣扎
没有远方的来电
打不开多情的话匣

时钟“滴滴答”
毛毛虫在茧里挣扎
暂停长空的去电
谁知这害羞的关闸
时钟“滴滴答”
毛毛虫在茧里挣扎
恍如几处碰壁
竟来这么多糟杂

时钟“滴滴答”
毛毛虫在茧里挣扎
竟然掉入谷底
那颗心儿跟着下滑
时钟“滴滴答”
毛毛虫在茧里挣扎
盼求美丽的脱变
哪用在黑暗里抓瞎

2016年5月4日。

“珠海之花”木棉花

是谁,飞上枝丫
点燃这一片火红
是谁,吻向火鸟
雀跃那调皮与激情
是谁,吹起号角
让仰天的热血沸腾

他的青春如此骄傲逼人
赤裸裸的身体展示着
一颗颗赤诚的心脏
他的身躯如此伟岸迷人
散发着美酒的醇香
让我沉醉让我脸红

经历寒冬,他越发鲜艳
这个春天,他呕心沥血
绵绵阴雨洗不尽他的本色
款款成熟却坠下他的厚重
他奉献得完完整整
为我驱寒为我解痛

啊,为爱燃烧的伟男子
啊,我这世钟情的恋人
啊,我心中永久的英雄
听,我们的心脏一起跳动
我们真心相爱多少个春夏秋冬

2016年3月30日。

朋友,我的诗是为你而写(组诗)

我的诗是为你而写

朋友,我的诗是为你而写
不管我们多少次相见
是否风雨 是否磕碰
你给我的点点滴滴
已成为人生的一道风景

朋友,我的诗是为你而写
哪怕我们只有一次相见
一个回眸　一个问候
时光老人也珍藏着
这朴素而难忘的友好之情

朋友，我的诗是为你而写
哪怕我们还未曾谋面
不熟悉环境　不知道姓名
网络拉近了我们的距离
我要记下你的帮助和相容

你向我走来

你带着一缕清爽向我走来
你甜甜的笑容荡漾着春风
你温柔的话语温暖着心田
你多情的文字焕发着轻松

你带着一缕阳光向我走来
孤单消失在你的笑容中
忧愁融化在你的鼓励中
积极奋起在你的赞赏中

你驻进我诗中

你把真实　驻进我诗中
我们见识自然的强与弱
我们品尝生活的甜与苦
一切事物触动敏感的神经

你把善良　驻进我诗中
别人的饥饿是你的饥饿
别人的痛苦是你的痛苦
哪能容忍邪恶和困难对人欺凌

你把美丽　驻进我诗中
你浇灌的鲜花千娇百媚
你经过的世界五颜六色
勤劳与欣赏营造最幸福的生灵

2015年9月26日。

刘志荣

男，上海人，1956年生。大学本科学历，毕业于中国人民解放军工程兵学院土木工程系。高级政工师，国家注册一级建造师。1974～1995年在中国人民解放军上海警备部队服役。1996年转业至上海建工集团从事党务和工程建设领导管理工作。

鸟和树

上海刘志荣

我是一棵深沉的树
你是一只灵慧的鸟
清晨我还在梦中
被你轻轻唤起
和着新鲜的空气
听你悦耳歌唱
看你欢乐飞舞

歌唱　太阳笑开颜
飞舞　朝霞朵朵来
渴了请饮一瓢甘露
累了请凉亭内小憩

沉沉的树　离不了
自己一方土地
灵灵的鸟　飞翔在
自己一幕天空
然而谁也离不开
那美丽宁静的大地

（刊登于《劳动报》1994年7月10日星期日第8版。）

夏收

一颗滚烫的心
等不及等不及
秋风吹来他
伸展月亮般的镰刀
在夏日的原野
收割着收割着
自己播下的
一亩金色的灿烂

我想我想

只要是真挚的耕耘
那夏天的果实
和秋天的果实
一样喷喷香
一样甜醉心头
(刊登于《文学报》总第653期,1993年9月30日。)

飘走的云

白云,你飘走了
从大山深处
载着以往的故事
载着明天的星月
乘浩浩东风
向灿灿阳光
又飘飞在
九重蔚蓝的晴空

白云,你飘走了
青青的大山
一片寂静更深沉
仰视远远的天穹
已从昨日记忆中醒来
顺风顺风
那发自心底的祷告
在山谷里徐徐回响
愿阳光美丽之霞
伴白云朝朝夕夕
(刊登于《萌芽》1994年第七期。)

请不要问我

太阳熙熙地照着镜子
风儿轻轻地拍着门窗
热流缓缓地暖着冰地
面对此情此景
请不要问我
我不知道我不知道
该怎么回答

不要看着我反射了阳光
就说我是面冷漠的镜子
其实那是心与心
撞出的光芒

不要恨我是一扇
严冬里紧闭的窗
其实一朵朵思想的雪花
早已飘出门外
融化在你的身上
不要怪我是一块
千里冰封的处女地
其实那青青的种子
在暖流的感化下
已萌动悄悄发芽
(刊登于《萌芽》1994年第七期。)

帆

蓝蓝的天啊蓝蓝的海
云雾空空飘下片帆
闪烁在蓝蓝的水天
波涛吟吟歌唱
海鸟翩翩起舞
桅杆挺起了胸膛
白帆鼓起了希望
乘轻轻海风
划清清碧波
于蓝色中耕耘
蓝蓝的情
于蓝色中播洒
蓝蓝的爱
要问白帆去何方
是耕向大海深处
正撒下金色的网……
(刊登于《萌芽》1994年第七期。)

云彩

置身于偌大的宇宙
仍然奔腾不息
似乎怀着

永不满足的追求

有时漫步长空
飘出的每一片思索
总离不开
要和蓝天比个高低

有时心情沉重
可泪水哗哗流过
又化为绚丽的彩虹
将整个天体衡越
(刊登于《文学百花园报》1989年9月1日第四版。)

油菜花

多黄的花，白云被感染
有人喻为露天的金矿
我赞美是田园的太阳

多旺的花，原野万里飘香
有人喻为浩瀚的黄河
我赞美是金色的油江

油菜花，田园的太阳
园农躺在你身旁
饱尝幸福的辉煌

油菜花，金色的油江
蜂儿群群在你的胸前
像江鸥那样又舞又唱……
(刊登于《文汇报》1987年4月19日3版。)

刘志军

河南省平顶山市三苏诗社宝丰分社社员。

思亲

他对KTV里唱《父亲》的人说
你龟儿不是人。抹泪的那人
赢得阵阵掌声，然后又拿起话筒
唱《烛光里的妈妈》
他没打招呼，独自一人回了家
“军，怎么不多耍哈”，躺在床上的老人问
“散了”，他边烧水，边拿药
陈旧的木盆，水汽氤氲上升，像电影中的仙境
他用手试了试。然后到屋子里
一把抱起一个老人，帮她脱衣
轻轻抱进盆里。老人已经看不见
这个世界，也无法翻身
他用帕子一下一下搓着
“重不?”老人说，“拖累你了，军。”
“娘，你别这么说，儿难受得很。”
他小心洗着，水一遍一遍，变浑……
“烛光里的妈妈，你的眼睛已失去了光彩”
唱歌的人应朋友要求，已唱到第三遍
字字真情。聚会到了高潮
他从木盆里起身，说妈你坐好
屋子里的床单散着屎尿气，他一边扯掉脏的一边换上新的，他知道
老人离开的日子已经不远。妈，你好好躺着
他帮她盖上新被……
他走出屋外，泪眼模糊
仿佛看见一个孤独的背影，正一步一步离去
尽管他不是亲生。KTV里
那个唱歌的男人，声音已嘶哑

鲁代兵

笔名红尘一叶，文学爱好者，现在深圳谋生。

深圳火车站随想

(一)

东北虎，一车皮，西北狼，一车皮
湖南的辣椒，江西的橙子，四川的妹子都到齐
深圳欢迎你!
广告牌上的姑娘微笑着，牙齿洁白整齐

（二）

深圳该有多大的抱负和胃口啊
只是拿着手机一恍惚的功夫
新鲜的人群就已无影无踪
当然，嘴角漏有颗巴饭粒
男孩打了几个电话，皱眉看雨

（三）

与男孩不同
我曾来过深圳
在她体内游走一番后
干瘪地排到了老家的田地
如今的老白菜，还能卖什么

端阳不快乐（组诗）

（一）住在清湖

家人问我，怎么样了？
朋友问我，在哪？
我统一回复：在深圳，住在清湖
清湖，一个听到就充满了想象和诗情画意的字眼

这个地方是多么地让人向往
到站提醒一路告诉你
锦绣江南，风和日丽，金地梅龙镇，世纪春城
B654 公交车，大多是住在清湖的上班族
近一个小时的路程，我总是翻看手机里儿子的照片

房东是一对和气的中年夫妻
他们收我 800 元的租金，交一住一
这个十平米的单间，足可以关门道晚安
实际上，那天我在地铁站里坐来坐去
晚上十点多，我出了站，遇到了清湖

（二）端午不快乐

端午有什么可快乐的
在回复完安康后，我沉默
没有阻止别人快乐的权利
没有必要说一些话，让本来快乐的人不快乐

放假了，同学让我过去
我没去。她平日很忙，家人一起难得有个机会清静
我也想在小黑屋里，写几句思念的话语
看看孩子们的照片和视频
可以不快乐，但不妨碍笑，微笑，长时间微笑

我答应过，今天吃粽子
沿街走了好远，终于在一个手推车上买到
形式有时远比意义重要
就像我的不快乐，并非是粽子惹的祸

2016 年 6 月 9 日。

陆映文

广西德保人，喜欢以独特的视角阐释生活。作品散见于《齐鲁文学》《艺术家之窗》《中华文艺》《中华知行》《现代作家》等报刊和文学平台。

印象鲁迅

大师的笔如刀
划过黑暗的天空
几颗星星淡淡地闪耀

百年前的呐喊
挡不住飞来的子弹
偶尔才会忆起的死亡
吴妈照常唠唠叨叨
孔乙己的长衫依旧酸酸
阿 Q 的人血馒头长毛了

刀丛中的小诗有杀气
赵家的狗依旧狂吠
怒吼的声音渐渐响起
天边有另一种枪声

聊天

天南地北不远
世界的精彩
一顿饭的功夫
没有波澜，没有惊涛

热点不多，联合国大会
几个大国相互扯皮
其他人泛泛而谈
政治对话，唯一出路

魅力，源于生活的八卦
很多人喜欢侧耳偷听
很多人爱好加油加盐
最有名气的，故事的小人
最富情感的，聊不完的事
家人，情人，爱人

二十公里的山路

二十公里的山路
家到县城的距离
贫困与繁华的路程
五个多钟的时程
箱子，棉被，席子，我的梦
父亲挑着，起程
沿路的风景，我小跑跟着
会自转的轮子，扬起浓浓的烟尘
第一次，惊奇地看着

我想带上父亲
重走那段路
搜寻父亲遗落的汗滴
轻轻地藏在心里
在父亲休息的那块石头
揉着父亲的肩膀
小声地问候　还痛吗
我的肩上挑着过去和父亲的梦
我的愿望，父亲自豪地对他人说
儿子能用我的扁担挑起未来

夏天的句子

炙热的天
走来陌生的诗句
敲木鱼的和尚
把句子敲碎成经文
一群刚放学的小孩
把句子折叠成纸船
一只蜻蜓在船上吟唱
筹办婚礼的年轻人
把句子剪成大大的喜字
幸福在喜中流淌
一群流浪汉
把句子撒上天空
星星守着流浪的梦乡
一帮跳舞的大妈
把句子肢解成旋律
一天的劳累变成了甜甜的故事
那颗在春天里孕育的种子
与句子一起，嬉戏着阳光
让秋天有满满的期待

路茜

Lucy，本名刘懿荻，长春市人，毕业于吉林大学中文系。一个温婉如莲、淡然安静的女子。曾向长影译制片厂胡连华老师学习配音，由此爱上朗诵。路茜与你分享经典诗歌美文，心与心交融，天涯亦咫尺。

初吻

夏风里　我和你
手牵手　倚在凉亭栏杆旁
静静地　看着莲花绽放
纯洁又芬芳
水中对对白鹅　交颈而歌
前面游的是你

后面随的是我

岸边那片花草丛中
有彩蝶在翩翩起舞
那对儿比翼齐飞　你侬我侬
左边飞的是你
右边舞的是我

你低下头印上我的唇
我猝不及防　无法呼吸
心像小鹿在突突乱跳
你的吻绯红了我的脸颊
如淡粉色的荷花
为你伸展着花瓣
羞涩的我不敢抬头
看你含情的眼眸

你捧起我的脸
让秀发缠绕在你的指尖
相依在这似曾相识的长亭
那一世　我笑你是只呆头鹅
再一世　你与我双飞在花间
三世轮回　三生缘定
你可是认出了我眉间
那颗相思的红豆朱砂

今生就让我用三世的温柔
为你　守一生一世的长情
朝阳升起
我带你去闻花香　吻露水
炊烟升起
我等你来品佳肴　饮美酒
执子之手　与子偕老
朝朝暮暮　永世缠绵

将我们的初恋
演绎成生命的永恒
让那甜蜜的初吻
永驻你和我的心房
如明月相思　如莲花绽放
静静地凝望　温情地守护

2016年6月14日。

我，想你了

今天是我的生日
我沉浸在真诚的祝福里
甜蜜中
为何带着一抹涩香
心中响起那句
你不来　我不老
可你没来
我还要不要增添这一岁

爱着你
什么也不说
想你了
只我心里知道
我珍惜我的秘密
也珍惜我的忧伤
想起你
仿佛又回到了操场上
阳光打在你的头发上　发着亮
那时的天　蓝得澄澈
那时的花　红得妖娆
走过那片一串红的花丛
吸吮着你摘下的蕊
好甜

午夜的案旁
月儿把我化作了一朵白莲
悠悠地开在静谧的荷塘
天空中那片云朵
飘来飘去
竟飘成了你微笑时的模样

带着花香的风儿吹来
轻轻念着你的名字
忧思漫过笔尖

写下一纸诗行

红尘陌上　痴情遥望
下一季的美丽春光里
你是否
还记得我读课文时的样子
我能否
能否在花开正好时
再一次　与你相遇

2016 年 5 月 27 日。

罗福基

男，1967 年生，祖籍福建连城。中国保健科学技术学会会员，中国发明协会会员，福建省作家协会会员，连城县第七、第八、第九届政协委员，连城县作家协会副主席，无党派人士。著有诗集《天堂之路》，诗集《地狱之炼》即将出版。

纯粹与短暂

一轮圆月当空，有风
没有颗颗雨珠和雾滴
天际间飘着云的薄纱
西方倒挂出七彩光芒

这是幻日的弧光——
月虹！与霓一同颠覆虹彩
你看，底层的红颜登顶后
红得发紫，还翘着山羊胡

可是，有谁知道高处那
细小、弯曲的冰晶颗粒
与日光冲动的激情相拥
像纯粹的盐花，短暂消融

穹顶折叠的沟壑

跌落进贫瘠崖谷的松子
一辈子撑不起一片绿荫
那山顶上的苜蓿匍匐着
总比谷地里的虬枝耸立

草！这平日中熟视无睹
擦肩而过的牵裙之种！

院墙内，玫瑰鲜艳欲滴
不时哼着甜蜜的呻吟
外墙根儿缱绻的蔷薇花
却内心枯槁、日夜忐忑

“穹顶之下
空气对每个人是平等的！”
“对不起，错了
那要看雾霾是否愿意！”

啊——
折叠后的沟壑深不见底
悬浮着的索道遥不可及

黑山矿的六月

阴山大峡谷旁边，黑山矿
闪烁出大片金属的光芒
六月，太阳火盆一样扣着
山顶上的风，猎猎作响

蓝天白云浆织的纸伞下
大批的机械在移动钩挖
不知名的花东一簇西一簇
自顾自摇曳贫弱的梦幻

暮光迟迟不走，刚转身
黑夜飘送来入夏后的
又一场大雪，是谁在嘀咕
“几百年前拉扯的白绫
魂魄早散了，怎么还飞舞？”

虽然，敕勒歌的余音袅袅
风呼啦啦扫荡，没有伏草

苍茫中但见一坨坨的塬垛

在时光和智慧消解的尽头
站立着一位万能、仁慈的
牧羊人，正手持一把青草
引领那些为食而亡的羊群
走向充满诱惑的神秘天庭

在这里，人类是小众

加拉帕戈斯岛的月亮
红色的光芒淹没夕阳
火山岩死寂地灰褐色
石缝中也可以开出花

曾经感悟进化的达尔文
独立于广袤苍茫的沙滩
眼看着巨大孤独的陆龟
为物竞天择而黯然神伤

还有喙啄的尖嘴地雀和
无所不在会游泳的蜥蜴
这些霸气的岛主啊，谁
曾顾忌冲向断崖的雏鹰

鸣蝉

掘啊掘，刨啊刨，赶在
黄昏夜幕前钻出地表
独自直挺挺地面对树身
从背上撑开一条裂口
从黑色的盔甲中爬出来

探头、垂身、双翼展开
十年隐秘的日子，总算遇见
一丝的光彩。只顾放声呐喊
即使连续不断的尖锐声
有些变态，甚至还有些鼓噪

这沉默里念想多年的羽化
在人间烟火中自然地生长
在浩瀚天底下短暂地飘忽
最终，停栖在那枝树丫上

吕世豪

山西王省汾阳市人，1945 年出生。中国作协会员，中国诗歌学会会员，山西省作协理事，吕梁人民作家。从事业文学创作 50 年，出版诗集 17 部、诗全集 8 卷。获全国新田园诗歌大赛一等将、黄河优秀诗歌奖，作品多次入选《中国诗歌年选》，有英文版诗集发行海外。辞条入编《中国作家大辞典》、英国剑桥《国际名人传记辞典》。

老家的酸菜

幼年时　一到深秋
总是围着菜缸　看母亲压制酸菜
天寒地冻时节捞上半碗吞食
并不明白那女人腰一样粗的菜缸
竟是装了一肚子念想
若干年后　是有一只糙手
把我在乡愁的酸菜缸里涮来涮去

此时　我已变得浑身酸溜溜的了
酸溜溜地大碗吃饭
酸溜溜地土语讲话
酸溜溜地喊大喊娘
也酸溜溜地喘气流泪与想家
就连写下的诗句都能拧出酸菜汁液
让编辑读了都能嗅到一股酸味
父母给了我酸性皮肉
和一把不被人瞧起的穷酸骨头
让我这付贱骨
火把一样在人世间穿行
那团一路都在冒了浓烟的磷火
让许多迎面走来的路人掩鼻而避
那是一枚黄土质地的酸性印记
不觉中早已深入我的骨髓及灵魂
沿途爆出的噼噼啪啪的骨裂脆响

即是我的一些诗句留在世上的声音

2014年7月10日于北京。

灵前示儿图

逝者是位老人
行进在出殡队伍的前列
后面跟一哨孝子贤孙
拄一行柳枝截短的哭棍
着一色白粗布缝制的孝衫
随后是坐了马车的捂脸女人
三人一团
或五人一伙
用哭天抹地的嚎啕
渲染着送葬后人的悲伤

随着灵车行进
逝者将儿拉到身旁
说——
花圈给我
自家给自家举着方便
这能省几个小钱
够你那妖精抠几圈麻将
泪免了　跪免了
先寄存个地方
往后的日子还长
不是三年两年
该你哭的时候还会很多
说不定还得求人
跪的地方也不会少
吹鼓手也别在眼前晃悠
总是挡了我的视线
生前烦透世间嘈杂
死后求你们给个安然
娘明白这样操办
是给你们弟兄争个脸面
怕在村人面前丢人现眼
老人都没了
面子再大　扯淡
又不能当饭
别给邻里再添个话柄
好在苍天有眼
你告诉送葬的人们
别送了　别哭了
也别吹吹打打热闹了
去坟地的路我能找着

老人话音刚落
一股旋风卷到灵前
风是黑风
刮得天昏地暗飞沙走石
只见那花圈纸扎
被风儿扫得人仰马翻
纸幡也被撕得披头散发
那风仍不示弱
没忘帮逝者撂下两句遗言
往后咱娘俩还会见面
没扯完的家常
隔三差五夜深人静时
我会寻到你床前

2014年8月于北京。

骆会阳

平西湖

雨中，你是虚无缥缈的，
穿着薄纱衣，缓缓地行走；
日下，你是俊郎丰毅的，
佩着白玉环，轻轻地游荡。
碧波浩淼的你，
既有湖的秀姿，
又有海的气魄！
星星点点，
若隐若现，
时沉时浮，
是你的儿女——白龟沙洲。
柳条在风中荡漾，
青荇在水下招摇；

泛舟寻梦，
在你的怀抱中放歌。
你奉献着你的乳汁，
供养着无数的生命；
硕果的清香飘荡在空中，
鸟儿的歌声回荡在湖面。
农田因你而长绿，
湿地因你而美丽，
你是人们的福祉，
你是我们的骄傲！

M

马抱抱

入秋

入秋以来。就不想再洗澡了
素日的三餐也多余
想过的原因
所有的决心
究竟是没什么事，说真的
没什么难忘的
如果非要说起，选个好时辰吧
比如正午
问斩、吃饭、嘈杂的交谈
要感谢还是要追究又或是自责呢
说什么都不够
说什么都太多
写出去的信，不能照着邮戳的日期
再一一寄回来
大不了是心事又多了三两
皱纹再添上一道
把莲蓬晒干
把绿色变成黑色给你看
春去秋来
原来已经是春去秋来了
而紫薇花曾一开百日，满城红透
此时要避谈过去
要相信一见钟情，还要相信寒暑交替
白日青天
最好的是登高望远

七者(组诗)

放逐者

就这么活着
跟谁都没有关系也能活
什么都没有也能活
饮风吸露也能活

你爱我不爱我跟我有什么关系
校园的树倒了跟我有什么关系

我决定做一个将要死去的人
所以，肥胖没有关系
找不到工作也没有关系
很多事情都做不好，那我还好

如同将死之人，每天的新闻于他又有何意义
南极企鹅的疾病跟我没有了关系
这世上的一切跟你有何关系
自身的得失成败
朋友间的聚会聊天
社交网络上的发布回复
这全部的与我无关

该死者

风雪还在
积雪已经可以埋掉一个活得好好的人了
爱情还在
尘世恋人们的幸福已经可以伤害一个满怀深情的人了
承诺还在
以命抵押与飞鸟的约定已经可以聚成一堆枯黄萎落的木叶来烤火了
界限还在

黑白无常来去由他假戏真做且歌且哭已经可以折断年少时解不开的九连环了
空旷还在
彻底的孤独患者已经可以计划第一百多一次自杀了
理性还在
无尽的身份和要求，变态的道德与规定已经可以逼疯一个热爱自由的人了
世界还在
容纳你又挤压你，让你恶心又让你开心，肮脏又美丽的世界还在，而你早已经可以离开世界了

厌世者

只是活着都很累了吧
要去吃喝，还要拉撒
急着升学、就业
还要一步一步走难走的路
跟着别人去上楼下楼
怎么活成这样呢
接受他人的注视、议论或评点
怎么不做一只蚂蚁
做人也太麻烦啦
你得对人礼貌
还要温良恭俭让
生病了还得拖着自己去医院
身材重了要减肥，节食。做错了事情还要认错
有爸爸妈妈，以后还得有老婆孩子
说什么命中注定，不要这条命怎么样？
怎么不是一块石头，随便怎样

人生总是讨嫌得很
整天读些苍白无力的书
用一整天时间换些钱币
你想用多少钱卖掉自己的三分之一生命
还有交谈，聚会，重复一些话再重复一些笑声
被到处贩卖的思想，用一种迷失取代另一种迷失的恍然大悟
你活得太久了，连忧郁都是陈旧的，眼泪更是想走一些远路或者去某个城市的街头露宿，却又知道这并没有什么帮助

盲目者

我最擅长的是盲目
比如闭上眼睛骑车
用一整个夜晚走遥远的路去一个地方
一些选择和游弋
对照着地图迷失方向
谁有指南针让我向北走去南方
再让我看看，看仔细好再盲目一点

我最偏爱的是盲目
总有人在进行一场赴汤蹈火的事业
不计后果的爱情，没有止歇的暴雨
为种一棵铁树，而毁掉了整片花园
毫不可惜
旋转，飞舞，更迭，错失的荣幸
再让我抱抱，抱紧你好再盲目一点

幻虚者

当然了
有些事情是必然的
在喧哗中寂灭
一只猫倏忽消失
干净的衬衫上留下不愿意的污点
临摹一年才挥就的毛笔字全是败笔
朝日的无趣彩虹的褪去
晚霞的颓废与美色的恶习
无尽空虚里幻造可能性
只有一把细沙
只有干瘪的肉欲
那么维多利亚的秘密是真的
无法参透的一切是真的吗
在窗户边沿睡下
等着翻身的刹那
风会越来越大，光线更远，声音更细小

无面者

我走在梧桐大道下
想自己总会成为其中一棵
这里的秘诀在于
只要不尴不尬地活着
不用费劲,就能有一张老气横秋的脸
一颗没有血色的心

你是这人间的玩物
一次次修剪以后
你看起来很好看的样子
你是不如木石的摆设
是生活游戏里众多的不合格
你看起来很努力的样子

你以为你是引凤来栖、忠贞不渝的梧桐
而你只是棵无意栽下、随意砍伐的梧桐
一棵梧桐终究会活成他们想让它成为的那样
或者更坏,或者更好,总之活成了
可以随时死去的那种
你怎么还不去死呢?

夜行者

走在念四桥上
捶扣阵痛的头壳
不知所思何事,只心意不切实际
突然一狗向我狂吠
我曾犯何罪,该当如此

一个往深海探取珍珠的少年
归来时,他的囊袋里只有沙子
痛苦含育多年的蚌
死去时,满腹的沙子
人生至此
星云疾走
谁能不猛然赶路
而路在何方,已不复再问
再问也只是虚无
车水马龙中比从前多了些死去的可能

马海山

男,41岁,汉族,广东河源市紫金县人,政府公务员,广东省作家协会会员。

白昼燃尽

白昼燃尽日子渐行渐远
秋风开裂几片回忆在树枝飘零
窗台寂静一抹夕阳
散发出岁月枯黄的草香
人影候鸟飞鱼麋鹿……
在季节河岸闪忽飘逝
光的浮桥魂的落叶
折成片段笼罩夜莺的迷雾
隐没在树林尽头的荫翳牧歌
迄今没有流传吟唱
只有诗歌还活着涓涓的溪流

生活需要一些声音

推开家门是白天
关上家门是黑夜
生活没有想法没有言语
没有心事眼泪
安静得一声咳嗽都没有
一只蚊子百无聊赖飞过前额
喃喃低语——日子贫血
日子贫血“啪——”
生活需要一些声音更需要
淋淋的鲜血沾满你的灵魂

梦

月亮惨淡照耀神秘乐园
大象隐藏在密林深处
充满离奇古怪的想象
乏味的狮子虎视眈眈
非透视空间里的波提切利
黑肤色怪人吹奏迷一般的长笛
柳树轻飏禽鸟栖息

马克西米连的军队悄悄
进入墨西哥密林的记忆
裸体女郎性感高贵
卧在维多利亚式的沙发上
幻想惨白的月光缺失一角

睡莲

池水睡眼朦胧蔚蓝的魂
如墨漫散染着油绿的经心
在波光里揉成迷离的碎金
孑孓用细小笔触划出灵动
水影微颤光幻的节奏
清风讶异长茎粉红的芳醉
滑落澄静的光华与青荇
恬然交融醉满一池的清芬

四周漆黑如死寂

四周漆黑如死寂羊头啃啮着夜草
有许多蚂蚁沿着蛛丝的记忆攀爬
飞蛾滑翔而去向着前世的灯火
钟声浩荡街道幽暗森然夜衣人
遍体生冷默然打起寒颤夜风
吹过怅惘的面庞走入辽远回旋
萧瑟的背影偶尔会掠起晚秋的落叶
寒露渐渐四起打湿小白花的梦裳
朦胧中月光曲跌碎在水渍里
彻骨的声音散满街心蝙蝠盘旋
绕着灯柱吸吮着小飞虫光里的血

冬日多么寂静

蓝色在蔓染　如附在二十一世纪身上的病毒
飞鱼在空中吞噬着老虎　午夜的哇鸣声
从地上猝然盛世开放　大象伸长十七丈的细腿
跨过爱琴海忧郁的潮　故事百无聊赖
岁月被废置在都市　剧场长满铁锈像烂铁
义愤填膺的枪管　指着少女隐秘的欲念
她裸露在记忆的石块上　冰肌玉肤姣丽蛊媚
风整夜低声诉语　潮湿的犁沟　美好的夏季
石榴滚动弹跳出颗颗腥红的子粒
悬在山崖边上的草屋冲出半截月亮幻想
沙丘甜蜜的一夜　另一头不解风情的猛虎
张牙舞爪或暴戾或烦躁　燃起疯狂的烈火
扑向少女奇异迷朦的梦　熟睡的冬日多么寂静

马惊飙

本名马经标，1966年生于福建连城。英文学士，中文硕士；福建省作协会员，中国诗歌学会会员。现为中信出版社编辑，居北京。著有诗集《多情人生自多情》和译著《受用一生的信条》等。

华夏汉字与汉字华厦(组诗)

汉字悲歌

方方正正的一块块汉字
砌起过长城　故宫　圆明园
让我们骄傲
也让我们卑怯
踱着方步的汉字
逃不脱坚船利炮
躲开了头和心脏
却没躲开四肢
历代书法家赋予汉字的血肉
开始块块剥落
满地血污如墨
再被抽去“颜筋”
就只剩下“柳骨”
这些尖锐锋利的骨头
刀口一般对着弥留者
每一块都沉重得像历史
火中救出的残篇断章
安上假肢后蹒跚的步态让人伤心
他们的呻吟还是平平仄仄的腔调
但如何修复起唐诗的骄傲
远道而来的弯弯曲曲的文字

有罂粟花的香味
让中国人以咖啡牛奶送服
看那摇摇欲坠的汉字宫殿里
最后的贵族们白皙而瘦弱的手臂
还能支撑多久

甲骨文

祖先们在龟甲和兽骨上卜问吉祥
把一个民族的图腾深刻入骨
后人们便从废墟中寻回不废的愿望
我们因而获知了身世
继承了善良的愿望
我们的身世
早已刻入我们的骨骼
因此　无论在南疆北陲
甚至远隔重洋
无论活着
或是死了
我们骨子里总是“中国人”
——篆曲如龙的三个字

汉字华厦

汉字很有甲骨文遗传的“骨”气
即便流落到世界任何文字部落
也还是秉性难移
在东洋文字里　凭借有棱有角的端方
在西洋文字里　凭借铿锵有力的嗓音
我们一眼就可以认出
张口就叫得出名来
“假名”改变不了汉字的真义
字母亦非我们的字“母”
汉字　依然是铁骨铮铮的
汉子
然而　分散的汉字是一盘散沙
以黄土与黄河来凝聚吧
以长城为筋
以五岳为柱
以世界为朝向
构筑我们的华厦
建设富丽的华厦
需要每一个中国方块
那些同出一个中国模子的方块
故宫是已故帝王们的宫
圆明园也是不堪风雨的园
我们建设崭新的华厦
作为所有炎黄子孙的家园

汉字长城

汉字也是喜爱自由与平等的族群
各有各的生存意义
为了构筑辉煌的篇章
他们曾团结成兵马俑一样的方阵
团结成举世无双的一堵墙
抵御时间的风沙
如今　我们电脑键盘上的手指
以东方的礼节叩击世界之门
从字母和数字的岩壁上
敲击出汉字的方块
这些中国方块
在屏幕上构筑汉字长城
汉字长城以网络状延伸
它不再是墙
而是路和桥
让全世界都来触摸
这中国脉络

马美娟

笔名漪莲、风中百合。姑苏人，70 后，双鱼座。闲暇之余喜读书写文，尤其痴迷诗词，不为名利，作文纯是爱文字，作品散见于各微刊。

寄语：愿交志趣相投之人为朋，闲看门前花开花落，静观天边云卷云舒。

如果不曾相识

如果，可以选择
宁可不曾相识

就不会知道思念的滋味
就感受不到心痛的苦楚

如果不曾相识
怎知叶子离开树的辛酸
怎体会夕阳西下那落寞的哀伤

如果不曾相识
你还是那个你
陶醉在文字的海洋里

红尘的邂逅
迷醉的如梦境
固执的守护
虔诚的守望

最好不曾相识
不教离燕南北飞

我在风中想起了你

我在风中想起了你
飘舞的枫叶
像火燃烧了整个山头
疼痛着大地

桃叶渡口的歌声
穿越时空
伴着风儿
在秦淮河上传唱

丹桂飘香的日子
疼痛一如即往地吞噬回忆
酿出一坛酒
叫思念

等你

在春天，等你
岸柳垂丝
布谷声声

在夏天，等你
菡萏清雅
蝉鸣知了

在秋天，等你
枫叶已红
鸿雁难寄
在冬天，等你
繁花落尽
梅送暗香

等你
不在乎时间
在执着，在永恒

马普恩

男，河南省郑州市人。中国诗歌学会会员，作品《弘扬孝道》《你老了吗》《端阳》《孤独者的情怀》等被省内外多名朗诵名家诵读。

秋月

秋夜溶溶的月色
洒在窗前的台阶
门前那丛茂密的竹林
在秋风中摇曳
天真的小孙子
指着天上的明月问我
我的太奶奶
是住在那里吗
是啊抬头望月
我多么希望
母亲你就在那轮圆月中
尽享自己明亮的世界
爷爷我想把这个月饼
送给天上的太奶奶
你说她会不会下来迎接
我那隔世的老娘啊

您听到了吗
您若是有知
心里该是何等的愉悦
仲秋夜
是团圆之夜
中秋节
是思亲的佳节
母亲啊
我在一片月色中想你
我在铺着月色的梦里与你作别
我把无尽的相思寄语明月
她一定会
一定会带着我的娘亲
在美丽的天堂
举杯共赏中秋月的皎洁

马伟芍

笔名笑看人生，河南洛阳人，80后，幼儿园老师，酷爱文学、诗歌、散文，喜欢写随笔。

秋夜情思

天高露浓
蛐蛐的歌声
不知名的虫儿几声伴奏
打破这夜的宁静
此唱彼应
把情歌唱响
表达着爱意浓浓

月光洒下
朦朦胧胧
繁星璀璨
点亮夜空
你的身影慢慢出现
带着甜美的笑容

秋风飒飒
凉爽清明
轻轻地拂面
像你的万般柔情
把风儿拥入怀中
感受你的温度和激情

秋光叠叠重重
幽蓝幽蓝的天空
令人浮想联翩
星光下与你重逢
相聚的时刻
聆听你的心声

一股清香萦绕鼻间
沁人心脾
随风婉转飘逸
在向你传递
别错过春花秋月
别错过佳期美景
执着的我
在金秋夜里
期待着再次的相逢

马新宝

男，1973年6月出生，陕西泾阳人。笔名冯彧。《诗刊》子曰诗社会员、山东省淄博市诗歌学会会员、商洛诗歌协会会员。自幼酷爱文学，1988年开始于《西安晚报》《咸阳日报》《商洛诗歌》《中国魂》《南方诗人》《散文诗》《西部文学》《月亮诗刊》《关雎爱情诗刊》《三亚文艺》《星诗界》《诗航行》《消费者导报》《诗歌报》《望月文学》以及《网络诗选》《长城诗选刊》《炎黄诗学》《岁月诗刊》《兰西诗苑》《先锋诗刊》《华夏诗刊》《中国爱情诗刊》《现代诗选粹》《草籽大诗界》《纯诗诗刊》《新锐诗刊》《诗网络》《诗昆仑》等网络诗刊发表作品五百余首。其中，作品《麦田》获全国“东方杯”诗歌大奖赛铜奖；作品《被一只瞳孔放大的乡愁》获第五届全国“乡土杯”诗歌大奖赛优秀奖；出版诗辑《晚霞中的红风衣》、诗集《足音在路上》，入编《新世纪诗选》《中国新世纪诗人诗歌精品选》《当代诗卷》《抒情中国》等诗集，作品《教室》入中国当代作家代表作陈列馆收藏。

文学观：文学能陶冶人的情操，音乐能净化人的心灵，坎坷的人生常常能使人迸发出智慧的火花！

诗歌观：诗品等价于人品！

走在十一月的外滩(外一首)

在口红、胭脂浓妆淡抹的黄浦江畔
风携带着香奈儿、德芙、劳力士在秋叶中起舞
江面的汽笛和着鱼腥味，穿破万国建筑群
淡淡的并不十分白的云朵藏在东方明珠塔后
隔江的忧伤，在后庭花里次第绽开

十一月的时光在教堂的钟声里凝固
一辆红色的法拉利呼啸而过，几片枫叶
落在伟人市长陈毅的肩膀上
我凝滞的目光把外滩噙在眼里
满眶的泪水注入汹涌的黄浦江
下游那个美丽可爱的小女孩，你可知道
外滩十一号，在风中凄迷地等待

外滩臆想

题记：当我第一次依偎于上海外滩(情人墙)，仰望468米高的东方明珠电视塔时，我才认识了世界的高度和我们今天这个和谐社会的深度。

浪折叠了远行的目光
风在黄浦江畔捕捉心情
我静伫于外滩
将思绪延伸于历史深处——万国建筑博览
哥特式的尖顶
古希腊式的窟窿
巴洛克式的廊柱
西班牙式的阳台
处处擎举世界的沧桑
处处散发浓郁的异国情调
我们仰望
仰望一座艺术的精品——东方明珠
厚重的云挡不住他挺拔的身姿
宽阔的黄浦江隔不断他辉煌的气势
我站在观光台上
一种精神正在侵袭头颅和思想
我学会运用自己
作为一个人的价值

惊涛拍岸浮起巨吨轮
海鸥飞翔构勒黄浦魂
当燃烧的灵感染亮我不眠的诗心
当和谐的氛围普照华夏的版图时
上海正以鹏的速度与气魄
让世界关注中国
关注一个民族图腾的喜悦

“城市——让生活更美好！”
2010世博会的主题让亿万中国人自豪
我们坚信
我们会成功地举办一个
让世界瞩目的盛会

马秀英

笔名紫苏薄荷。出生于广东省吴川市。教师。吴川诗社会员。多篇作品分别选入《作家与诗人》和《新诗歌》等书刊；获得2016年中国诗文奖铜奖。

幸福

幸福
是早晨的一缕清风
暖暖的
吹过我的纱窗
轻抚我的脸庞

幸福

是午后的一盏绿茶
淡淡的
飘进我的记忆
醉倒天边的彩霞

幸福
是阳光投射进来时
你的一句早安
是月儿躲进云层时
你的一声好梦

一个小窝
有你　有我
一个眼神
我知道你的心思
你懂得我的情意
这就是
满满的幸福

枕

枕着一个梦想
在诗卷里徜徉
洗涤着唐风宋雨
书写爱的篇章

枕着一个希翼
在冬日里期许
守候柔柔的目光
抵达我的身旁

枕着一串时光
在记忆里流连
拾起每一次欢笑
珍藏每一个美好

枕着一个名字
在红尘里寻觅
愿有人懂我悲喜
陪我笑看风雨

那朵挂在树梢上的雪花

那天
我从树下走过
一朵雪花
滑落我的肩膀上

从此
总有一朵雪花
带着玉兰的清香
飘进我的梦里

我知道
那朵晶莹的雪花
是以自己最美的姿态
在树梢上等待

等飞燕捎来春的讯息
等暖暖的阳光
将自己融化风干
珍藏在一个人的心底

马植林

笔名可人。男，1950 年生，现已退休。南京金陵诗社会员。

夕照唱晚(二首)

落日

蹒跚的，走向天边。
孤独的，伴着长河。
悲壮的，如火如荼，
无声的，悄然落幕。

腥红的，血一般
热力迸张。
只为唱一首激情的歌。

艳红的，脂一般
真情似火。
只因放不下一世承诺。

从炽热转而平淡，
我不失落，
从前台走向幕后，
我不寂寞。
当明月升起，
向你招手，
啊，朋友，
你可曾听到我的问候？

我爱你，
就像你也爱我。
我亲吻，你的肌肤，
听你诉说，心的需求。
我拥抱你的躯体，
让你沐浴，我的温柔。

我照亮你的背影，
送你一路缓缓走过，
我燃烧你的心房，
为你人生旅途加油。
梳你日渐霜白的发，
牵你已不稚嫩的手，
我伴你一同老去，
静静地，走到尽头……

黄昏恋

只因为一次邂逅，
心与心开始交流。
从此
相思变为病态，
相聚成了欲求。
两条孤独的小船，
缓缓驶进了
爱的港口。
想不起等了多久，
就到了这个时候。
回眸，才见
苍山渐老，
平湖消瘦。
黄花已染孤洲，
芦荻悄然白头。
叹白驹过隙，
恨韶华难留。
怨岁月无情，
人已近晚秋。

黄昏中的爱恋，
夕照下的牵手，
一生中等候，
就盼这片刻温柔。
一辈子相处，
就为了半世相守。
是时候了，
难道还没看透？

心已相连，
莫叫春水空自流。
意既相投，
莫让春色随风走。
不见那冬与秋，
一个藏，一个收，
正是结缘好时候。
点两只烛，
挂几幅绣，
恩爱夫妻，
天长地久！

茅俭

1967年10月出生于上海崇明岛。1992年开始发表诗歌作品，作品曾在各类征诗活动中获奖；崇明作家协会会员。目前在一家乡镇文化单位从事宣传和体育工作。

写在天空上的文字

——致一棵大树

你是风你是雪你是雷你是电
你是欲崩未崩的悬崖
你是桀骜不驯的奔马
你以海啸的惨烈
你以礁石的坚定
在天空上写下了一个个铁质文字
深深地、深深地
刺痛着我的双眼

透过你扶疏而上的勃勃英姿
我看到了一个严密而规整的世界
每根枝条各守其位,相融相契
一心一意描摹心中的翠绿
把属于自己的生命阳光
牢牢地攥在手中
捏碎所有日子里的无情的风无情的雨
在百年的时空里
跳上一幕幕独特的生死芭蕾
每一次的痛苦经历
都会铸成一圈圈生命的经卷
镌刻在岁月的深处
让大地读出一声声惊雷

哦,大树
你是生命的丰碑
时间的活化石
你穿越了人世间无数个生生灭灭
那斑斑驳驳的褐色树皮
可是昨夜风雪留下的记忆
那叶片上闪烁的灼灼光华
可是你内心吐露的真情
此刻,你多像一位宁静而安祥的智者
俯视着这片曲折而充满生机的大地
你以你优雅的剪影
成了远方游子浓得化不开的乡愁
你以你的馥郁和葱茏
让家园变得诗意盎然
哦,大树
我愿做你的一名忠诚的守护者
不断把爱和希望分蘖
在每一个初升的晨曦里
迎来你更多温情的目光

午后时光

阳光从云层中泻落下碎金
让青草地有了心跳
绿色汁液在脉络间汹涌行进
几只灰雀奔奔跳跳
把快乐的琴键反复弹奏
一枚叶片在微风中
缱绻地告别枝头
空中扯了一道悠然的漂亮弧线
小河冰蓝一片
成了一条绝色的狐狸尾巴
在车流中迅速逃窜
唯有绿地长椅上打盹的老人
静静地、静静地
守着一个不知何年何月的香甜梦

冬日,芦苇在夕照中燃烧

湖边水鸟“噌”地飞过
划亮了一片火光
芦苇在熊熊燃烧
不见了苍老中的容颜
不见了寒冬里的萧条
往日的忧伤
早已随流水而去
她们掏出了胸中压缩的激情
在狂歌声中相互取暖
回忆曾经青涩岁月里的
一阵无辜的风
一片迷人的云
一颗神秘的星
一条欢快的鱼
还有岸脚边那痴痴的瞩望

彩蝶

精血难能可贵
空气终于托起一片斑斓
草的指尖上
划过千山万水
难免被水濡湿
闭合一朵花的优雅
小思片刻
自由轻轻踮起

燃烛

一步一个趔趄
扶起心尖上的光
烧红的岂止是自身的骨骼
还有夜色中颤粟的眼神

北风寒

太阳失语
怕只怕暗暗地来
斜斜地来
凌厉一脚
要么跌倒成冰
要么抱起整个春天

林中行

列队而来
我的王冠在哪
一截斜阳
披上两肩勋章
冬天的目光是否高于秋天
我问
走还是走
伴随检阅的还有头顶上
那一方纯净的蓝
寂静肃穆
一个诡异的哑语

一朵莲

一个平面
托出另一个平面
清新脱俗
水镜里尽是禅意
你说我说
蜻蜓频频点头
又不满意地飞了一圈又一圈

梅宇峰

本名孙卫峰，河北省任丘市人。文学爱好者，尤喜诗词，新旧体皆有涉猎。

第六感

知道你来了
不是风
风没有未了的前缘暗涌
知道你来了
不是花香
花香不能诱惑我心的悸动
知道你来了
不是梦
尽管还闭着眼恐怕惊醒
知道你终会来的
不用耳朵
我用心倾听喧嚣中你的恬静

从未如此笃定
在出生时预见人生的啼哭后
我拥有的唯一一次
通彻与灵性
以我们一生的不离不弃
佐证

中秋遐思

秋风用几场秋雨
洗涤月亮

准备盛一盘收获的喜悦
邀家人围坐品尝

谁偷偷在嫦娥的碗里
加了勺糖
试图甜蜜她苦涩的情殇
放开心灵吧
听一听吴刚酒后的衷肠

八月的桂香
是月宫飘落人间的心情
天涯共此时的愿望

今夜
笔端蘸满爱人温柔的目光
千年不变的神话
且续三章
夜未央
故事就完美地走出遐想

秋分

太阳沿着赤道
给地球梳了个中分
世界从未如此平均
秀发
一半向北飘逸着夏的余温
一半向南追逐生命飞扬的青春

心
是一片早凋的叶
飘零不是坠落和放任
来春
我是令蜂蝶流连的一瓣香魂

独白

谁在月下独白
序曲缓缓铺开
浑厚恬淡的嗓音
被风吹落天籁
娓娓道来
冷静游离在戏里戏外
故事贯穿了梗概
烦琐的情节一言而过
高潮
推波助澜

旋律悠扬去了天外
结局似乎已是看淡
或许
还剩一句独白
你若倾听我定念完

如果生命
也不过是一句独白
内容
早就无关成败
只需认真地认真地读出
命运
请跟上我的节拍

深秋的黎明

撑开梦的晨曦
一脸好奇向秋风探问
昨夜故事的结局
秋风故作神秘
只是收敛残星不语
谁料窗凝寒霜泄尽凉意

鸟们一夜的会议
说来说去
不过是你南我北的别离
恼了公鸡怒啼
轰散
各奔东西

太阳
还残留三分脾气
初醒的慵懒后

暴发光茫睥睨天地
东篱下
谁采一枝盛开的金菊
悠然别在
深秋黎明的发髻

茶

茶是昨日随手采摘的
几片秋意
需要一夏的沸腾
冲沏
一个人
从清晨到黄昏
从黄昏到深夜
独品
浓浓淡淡的风韵

少年是酒
烈了传说的江湖
中年是茶
在不经意的谈笑里氤氲

普洱乌龙
黑红白花绿勿论
饮进一杯风情
品出人生
道不明的滋味

逆着时光行走

重新
把睡下的太阳哄上山
给他一回
从西到东的全新体验

奇思妙想
把沙漏翻转
往事前尘倒序浏览
逆着时光行走
支影在画面之外
逆着时光行走
信步在舞台边缘
且看且笑
评评说说指指点点

突然
笑容僵硬在从容的脸
究竟哪段情景
哪个节点
触动了你心最深处
那根深藏的弦
一时间
太阳的疑问流出惊诧的眼

人生(组诗)

(一) 四季

折一段心情
随春风去流浪
填一阕年少
如夏花般绽放
吟一首岁月
逐秋的悠远忽略凄凉
存一份坚持
共梅雪在冬风里谈笑
人生
不过四季
四季
蕴涵不同的人生轨道

(二) 等

用四分之三的时间等待
那四分之一的美丽
人生其实
比这蛹化蝶还要残酷
还要虚渺
不知多久
才换来的这一世
又多碌碌

任时间在指缝溜跑

(三) 三天

昨天今天明天
谁用三天把时间概括
是精辟是无奈
抑或无聊

(四) 一日

睁开眼
你是初升的朝阳
用嘹亮的哭声炫耀你
今生的美好
不管是不是真的美好
黑夜终会来临
亲人用亦真亦假哭嚎
给你画上句号

(五) 昙花

如果可能
我愿是昙花
哪怕灿烂
只有一夜一小时
一分钟
就算一秒

美芳子

本名孙云卿。

半瓣花朵

半瓣花朵
很轻
很轻

当她回忆往事的时候
风会停下来
倾听

荷塘月色(组诗)

(一)

今晚的月光
有些野
薄雾里,跌跌撞撞
像喝醉了酒似的
拥抱了
整个荷塘

(二)

来自远方,前世的姐妹
一起沐浴
一起闻香
今夜的月,有些暧昧
有人喝了一碗莲子汤
夏日的清凉

(三)

没有先生的孤独
我看月下的莲,有些凉
虽然夏天还没有过去
秋天还没有来临
妻儿已经睡了
你望着的那一朵莲
正如我现在
望着的那一朵

(四)

我正在画一幅水墨
荷塘月色
天上一个月亮
水中一个月亮
怎样画出荷香
一朵花说
画一个穿旗袍的女人
从岸边缓缓走过

(五)

高高低低的荷叶
遮挡了莲的含羞
游来了一对鸳鸯
抬头望天上的月

（六）

如果，你想读一首最美的诗
今夜，去看月下的荷塘
朵朵莲花，像一个个模特儿
走在舞台的中央

让风吟诵，让荷叶舞蹈
让蜻蜓，蝴蝶，红色的鱼
光和水，飞起来
让 4D，眼花缭乱

小蘑菇

第一印象
小伞
第二印象
少女的手指
第三印象
一幅名画

浅秋

天上的月牙儿
孤零零地
等
雁儿南飞

我在等
第一片落叶
上面写满
春天的诗行

一片枫叶

数十年前的
一片枫叶
已褪尽繁华
她夹在
我的诗集里
依然红得灿烂

无题

（一）

你想画天空又将会怎样
只要画一只鸟
鸟飞了
就画一只仰头的猫

大自然的想象
远远超过人类的
一切思考
诗是什么

（二）

诗人把灯点亮
狄金森说
灯芯被风吹熄
或燃尽

让读诗的人点吧
如果
一首诗是一座灯塔

门玉双

笔名西门。职业策划人，诗歌爱好者。生于黑土地，漂在钱江畔。酷爱诗词，喜欢书法。

诗观：写读得懂的诗，记录生活之美。

星夜

小时候
星星挂在天上
眼睛一眨一眨

说着儿时
心里的童话

长大了
星星藏在雾里
灯光一闪一闪
成了孩子
眼中的星星

高粱熟了

小时候家里穷
吃不上白米饭
只能盼着
高粱红了

长大了离开家
吃够了白米饭
只能想着
高粱红了

高高的高粱地
高不过儿时的梦
红红的高粱红
红不过初恋的脸

家乡的黑土地
地里的红高粱
在记忆中
渐行渐远

母亲的白发

冬天来了
雪也跟着来了

还未供暖的北方
母亲早早穿上了
厚厚的棉袄

生怕那脆弱的心血管
经不住严寒的侵袭
可防不住的岁月
还是偷偷爬上了鬓角

窗棂上的冰花
院子树上的枝桠
冬天的雾,在温度中作画

母亲在画中
丢了青春,染了白发

我多么希望
春天早点到来

可是逝去的
终究无法挽回

不是冬天来了
而是母亲老了

山那边

一串银铃般的歌声
挟着茶香,翻山越岭
撞进午后的心灵

从此
魂牵梦绕的夜里
云淡风轻的月中
都是你的一颦一笑
时刻搅动着我的心

飞鸟穿不过的云海
野猪走不出的山坳
却挡不住
那遥不可及的思念
和每天被歌声撩起后
难以平复的心潮

山谷里的回声

喊一声北大荒
喊出一片五谷香
喊一声风雨凉
喊出一年四季旺

喊一声红太阳
喊出一方亮堂堂
喊一声爹和娘
喊出一眼泪汪汪

喊一声春耕畅
喊出一身汗水淌
喊一声秋收忙
喊出一座谷满仓

喊不回的岁月
在山谷里疯长

喊不尽的家乡
在思念里回响

孟海军

历任火箭军某部政治部宣传处处长、中州大学美术系书记、河南省交通科研院书记等。1975年开始发表作品，至今已有200多件，曾获全国“群星奖”银奖、全军创作一等奖。中国音乐文学学会会员，河南省音乐家学会会员。

把幸福给你

在烈日炎炎的沙漠里，
我愿是一涓细流，
宁愿蒸干自己，
也要给你一片绿洲。

在滴水成冰的荒野里，
我愿是一堆篝火，
宁愿化为灰烬，
也要给你一丝温暖。

在漆黑如盘的暗夜里，
我愿是一根火柴，
宁愿烧掉自己，
也要给你一点光亮。

在雷雨交加的天空，
我愿是一抹彩虹，
宁愿转瞬即逝，
也要给你一点美丽。

我愿是你雨天里的一把伞，
我愿是你手里的一根拐杖，
我愿是你夜行的一盏桔灯，
我愿是你身上的一件小棉袄。

啊，我就是我，
这就是我，
愿为你而生，
愿为你而活，
我不懈的追求就是——
把幸福给你！

孟甲龙

甘肃会宁人，2015年度中国·大别山“十佳诗人”，诗歌散见于《诗选刊》《散文诗》《当代作家》《美中时报》《清远日报》《诗意人生》《海外诗人》《当代汉诗》等报纸杂志，出版诗集《秦淮河女人》。

共产党，传递光明与中国梦

历史的进程中，共产党传递光明，绽放辉煌
今天，黑暗之后，命运的印证
深深烙在人心，在一个转折点，继往开来

共产党，在坚定信念中传递中国梦
漫长岁月，普度众生，在芸芸人海
播种光明，把纯朴和理念送进人们心中

共产党,驱散所有的晦涩雾霾
穿越万千阻隔,最后抵达在光明的漩涡
如太阳一样的温暖,共产党
更像是一种慈善,一种信仰,一面旗帜
在进程中酿造着属于自己的彩色
弘扬真善美,鞭策丑陋,在风雨的磨练中
蜕变成光明的形象,引领中国,照亮征程

共产党,滋润着中国梦的根茎,眷顾天下
流露出生命的恢弘与细腻,昨天
带着理念和信仰,从荆棘深处萌芽
今天,终于把中国梦烙印在光明的高峰
在神州,成长为一个不可替代的光辉形象
在信念里涌动出真诚、热烈和坚持

春秋更替,在质疑中完成命运的回旋
以成功的方式阐释了努力的硕果
共产党,你是春晖、细雨,是坚韧的胡杨
谱写刚毅的形象,引领着中国梦前行

我在黑暗写下共产党的故事
作为一枚信笺,送给爱我以及我爱的人

梦里花飘零

本名张海燕。陕西人,作品散见于《长江诗歌》《新诗刊》《文艺家之窗》《蝴蝶阅读》《诗词散文世界》《书香雅韵》《锦江诗报》《十月》《现代诗歌》《简爱诗社》《千古爱情诗词》《当代诗词鉴赏》《女诗人》《最美现代诗》《诗意人生》《诗词自有痴情客》《为你写诗》《现代诗》《品读国学》《中国诗歌文学精品》等报刊及网络媒体平台。

诗观:愿将灵魂安放在诗中,这样便生不知苦。无论活着是默默无闻,或是波澜迭起,生命的历程都是与诗意同行的晴天。

续

续一杯茶
茶香氤氲着
把胸口的慌往下压了压
日子便在高处游走

续一场春色
烟花的前身明媚起来
并把泪珠还给草叶
把梦还给做梦者

续一次远足
足够长足够远
足够看望沧海与你
足够把日子过成想象的样子

一朵忘记了喊疼花

他吻她时所有的花在笑
当寒冷入境时
正是他离开之日
大片的雪花坠落

一朵等爱的花
成就了一截枯枝
情窦初开时的欢喜
被风尘包裹住留在了昨日

再见时桃树拼尽了全力
死里逃生出了冬季
纷纷而来的细雨
企图挑起另一些事端

当年的美人还未迟暮
一场花事又蠢蠢欲动
一朵桃花沉溺在美梦中
忘记了喊疼

爱的命题

爱的命题一再搁置
在夏天思想无法直力行走

靠一株牵牛花攀爬而上
逐渐占据了制高点
阳光火热翅膀覆盖之下
万物蓬勃生长

昨夜的雨声停在芭蕉叶的耳畔
空气湿润而极尽缠绵
一只归巢的燕子
衔回沾有泥巴的稻草
忙着修补爱情

终于太阳的一粒火星
落进你的眸子里
燃起了火焰
你转过头看我一眼
你所钟爱的蔷薇就盛开了
你说到我身边来
一瞬间蔷薇的脸粉粉的红了

故乡,归

土屋里的记忆绵延一世
麦秸堆旁的遐思
裹藏着最初的梦想与秘密
不敢走得太远
容我踮起脚把你仰望
归来时还要与你亲近

故乡之外终是流浪
不论离开与归来
都是一种跋涉
魂里梦里所牵扯的疼都来自你
光阴愈深疼痛愈烈

唯有踏上你的土地
用五月金黄的麦浪
六月清甜的荷香
八九月挂在房檐下的辣椒与苞米
才能医治这思乡的顽疾

迷悟

本名林凡均。网络诗人,出生于沂蒙山区山东省莒南县著名的抗日英雄村渊子崖村,成长于青海省格尔木祁连山大草原。现居牧野中原河南省新乡市,常用笔名渊崖格尔(迷悟)。2013 年开始习作诗歌,处女作发表在《华语诗刊》,有部分诗歌荣获诗歌奖,部分诗歌在网刊及微信公众号推出展示。

阳台

一个天涯海角的蓓蕾
一个家亲吻阳光的嘴唇
从家的心里摇曳出来的微醉和阑珊
在这里揽月,在这里摘星
在这里看天高云淡
在这里望尽物象万千
在这里以翰墨画云烟

窗

含的下西岭千秋雪
透的过东山日月明
你可以通过窗口看他
他却无法将爱情看清
你可以从窗口看得见那遥远的光明
却无法从窗口找到出路扑到他的怀中
你,只是一双等待的眼睛
困在一堵厚厚的墙上
你可以看尽春暖冬凉
却无法窥破地老天荒

墙

一边是冰,一边是火
借一堵墙
彼此不容
唯有隔离
才能保持各自的风景
如果选择撞开

他们却可以
成为这个世界的主宰

碎片

每一片都尖锐如刀
每一片都带着血肉的惨叫
手术刀,无视眼里痛苦的泪水
仔仔细细从肉里一点一点往外剜
医生说,长痛不如短痛
不然会留下难看的印记
只有彻底剔除,才能以免后患无穷

花季

一簇簇漫卷的梨花
洁白无瑕
一幅重笔浓彩的油画
浓郁热烈
一幅轻笔淡墨的山水
清淡恬雅
笑也是醉了,梦里常笑醒
哭也是醉了,醒来难入睡
哭笑之间的一段流水不复返
梦醒之间的一朵蔷薇找不回

你的影子

摸到你的影子
就摸到你胸前那颗红痣
那是五百年前你留给我
相认的记号
你的影子是我隐隐的胃疼
是我所有疾病的犯罪嫌疑人

画扇

墨的神韵已交给乌云
请君研磨一声滚雷
饱蘸天与地的海誓山盟
在方寸的褶痕上
先画一道闪电
再画上一朵莲花
还需画上对弈的棋局和一壶茶
留下风暴给摇扇的江湖

栀子花

高贵比不上牡丹
姿容比不上玫瑰
只当自己是亲和的小麻雀
给千家万户送去淡淡清新
洁白得够坦荡
浓郁得够芬芳
你在春夏的呢喃中
不敢使劲地绽放
只献一抹小家碧玉
洁白如玉的纯真
只为所爱的人献上
怦怦乱跳的春意纷纷

面朝大海

本名郭换娟。河南省长垣县人士,1986年生,教育事业一线工作者。业余喜写小随笔,文字多以爱情、人生、生活为主题,文风多婉约隐晦,少有直抒胸臆。

不见不散

不见不散
人或情感
曾经沉淀在心底的东西
独自默默品味时
便是一遍又一遍的酿造
在封闭的空间里发酵

那香气竟也会修行吗
诱惑你去启封
一缕便变幻梦魇
深入灵魂操控躯体
让它驱开雾障迎接太阳
见了散了

梦破了心碎了

幸好那香只是溢出
仅可闻香知味
香也是否侵入骨髓
刻下一个遗憾的魔种
不见不散

原来不见便是要留遗憾在心吗
总念念不忘
便是聚而不散吧
不见不见吧
留待日后好相见

寻

寻那个青涩的年纪
梦一如的情境
缘在梦境里
份在不在这里

寻找踏上时光的门
还徘徊在现实里
我的青春我的情谊
问岁月与年纪

舍不得不舍得
已无异
固执执着习惯
或补缺遗憾
难言难语

转身是豁然
固执是梦魇
借一双真实之眼
解脱释然

闵祥炬

男，汉族，1960年生，大学文化，山东滕州人，现任枣庄市第八中学语文教研室主任，系枣庄市诗词学会理事。

错过你就错过了一个世纪

错过你就错过了一个世纪
当年
我在远处深情地望着你
看着你沿着那弯弯的铁道回去
羞怯
使我不敢表白
却难忘
年少同窗的心意

你文质彬彬那么秀气
谈笑间
总爱把深情的眼帘
一瞬间就挽起遮住
忽闪忽闪
我是心底随之泛起的清清涟漪

虽然有朦胧的诗意
青春的叛逆
却压抑着不能违反校风校纪
在生命的追寻中
与你有了美丽的相遇
但对未来的希望又让我迟疑
后来
我才知道错过你
就错过了一个世纪
多少温馨的瞬间
就永远定格在那里
化作永久而美丽的记忆

鸣皋

70后，甘肃人，现居甘肃酒泉。中国西部散文学会会员，中国青年诗人协会会员。

樱桃正好落下

心似击打暮色的苍穹，像要迎娶新娘
当黄昏时的阵雨清洗向晚的街道
我正好打着伞从你的窗前走过

是燕子低飞着啄破愁颜怨天的时节
将梦摇落在青草的渴望里的季候
我正好携了琴来到你的山头

是一场春梦了无痕的意兴阑珊
在山水一瞥皆含情的意蕴里
就像愁，却上你的心头

真是一个不小心呀，不小心
撞破春天樱桃般的秘密
我正好站在你的面前

雏鸡的问询

我不会在你的上空婉转鸣啼
不会为你玲珑的心啁啭泄露天机的春天
只会用我的稚嫩一次次叩问大地，叩问苍茫

我不想在你的衰微旁捡拾幸福
不想在一片茫然中继续茫然，视而不见
我要用附着大地的底气，叨开秋天的秘密

雏鸭的心事

我满蓄着一江春水的柔情
用木讷的姿势接近你的脉脉含情
藏在青草间鹅黄的心事，捅破春天的多情

唤醒沉默的，是比春潮更为澎湃的江湖
那是我用笨拙为你划开的一片情海
不大不小，够你我徜徉

一个人的旅途

看见和看不见的都在向我涌来
听见和听不见的都在远方
我漫溯青草的长篙永远不知深浅

我的旅途上有你质疑的问询
我只能是低头行进的过客
我轻挥岁月的镰刀收获一季关切

一个人的旅途，思念就是动力
在打满渴望的平原，高山，河流上
我备好行囊的重，故乡的关切

我会在一茬一茬割倒的麦秸前
让思念顺着黝黑的脸颊滴落
那些粘粘的感觉是故乡的一声问候
那个等我的女人，脸如桃花
身子瘦成我回望故乡时的一个眼神

空山新雨

要这一切该有的和不该有的全部静默
像个突发失语症的孩子突然禁言
思念便会冷静地将你拽住不曾设防
此时，唯一能听到的是一种内心的宣泄
是柔软之上的绵柔，坚硬上面的铿锵
压抑的空气里悬着一颗空落落的心
任思念的泪水激越每一寸心底的美好
唤起清俊却也落魄的年少轻狂的梦

你离去时背风的山口涛声一片
望向你的眼神如一丝迷离的雾气
蒙着我甜蜜的心也罩着我忧伤的影
是碧绿的青草上滚落的忧郁
是袅娜的山花为寂寥撑破的脸
还有什么比痛哭更能疏解思念的苦
一切眼底的景象都为此挂满泪珠

昨天的你

一株无言的山花娇羞在我的心头
心底的热情火焰般忽明忽暗
牧童柳笛吹响的小调的迂回婉转里
牵了我的心儿往迢遥里去

溪水低徊时，我是你浅处的暮光
河边的垂柳为我们频频招摇
暮霭沉沉处，你是我眼底绯红的花朵
云彩为我们披上多彩的衣裳

莫名的南山，蜿蜒里藏起你的娇羞
每一个春暖花开的季节
我都会打马经过有你芳香的山头
任岁月如何变迁，昨天的你
终究走不出，我望向你的深情
斑驳的岁月里重温昨天的你
像我不止一次地看过满山的红花
一阵风过，就有关于昨天的你的婉约

词语里有清晰的风向

我空乏其身的躯壳顶着流星雨孑然而行
崎岖的夜路，撕开黑暗的口，光明昼伏夜出
躬身面对的大地呵，依然静得出奇

能够用脊梁承受疼痛，我就一定不会喊痛
我用心走过的山路趟过的小河，你正在尝试
我们一起，能否翻过黑夜让光明静静倾泄

我们在黑夜的幕布上凿上流金的誓言
良心在山涧的溪水上一再跳跃，对于传说
不再眷顾，我们将心紧贴在深沉的大地

一定有风，在我静如秋蝉的身旁轻轻掠过
带着刀耕火种鲜明的印记，一起到来，听
这风，一直吹向暮色苍茫的大地

你是我钓上岸的一尾小鱼儿

不曾泛湖舟上也不曾击棹而歌
当流年的风轻掀你胸前的红丝带
你静如处子的心微漾清波无数

我是岸上踟躇又闲弄风月的浪子
那些细碎的光阴从指缝间溜走
我五指开张，盛不住尘世的多情
握紧拳头挣不够无底的光阴

我拢起手来用尘世的微温搭上你的微凉
你暗涌一生的情愫全部化作一线留白
那些有关光阴的故事好像重新回来
就停在我的岸上，月白风清

一尾鱼即将上钩时的想法

（一）

坏到不能坏的想法比真实都要可怕三分
青草光滑的石头那上面美妙的梦
打着朵儿陪我嬉戏的美妙漩涡
都将远去带刺的脊梁刺不穿这种荒谬
拍打过的流沙的岸重新汲取了丰富的泡沫
涂抹成越来越紧的包围圈我的暗夜比白天长

潮汐已经不按季节到来随我的生理周期
呜咽汹涌都不过分摧枯拉朽才叫过瘾
将人类难以辨识的粘液洒在潮头
一个惊涛现无数圣洁的白一个骇浪
引无数沙鸥乱啼招湖底沉潜的生命
誓与这弥天大网来个鱼死网破

（二）

翔底的心思得不到片刻宁静
头顶的荷叶成为一种神话的传说
圣贤们在我身上刻下的箴言是一场谎言
人间所有的乐都别说与我有关

快乐与生存之间快乐是荒诞不经的笑
生存便是我来回穿梭的一次次真实表演

据说有位西方大师将我画在了天空
那是所有荒诞的表演里比较真实的一幕
与东方初晓的鱼肚白一起高谈阔论
一起伪装成天际的一线看世界美好

（三）

从亚马孙河到幼发拉底河那些静静的大河
都是我脑海一剂清凉的回忆

东方的暖河里我产下一枚枚晶莹闪亮的卵
我让每一条河道都有着亲善的笑
都有着非同寻常的问候像晨曦吻上大地

用坚强的嘴唇不断地供起冥顽的卵石
让流经山林无人的荒野的河不再寂寞
一个穿梭一个摆尾都是清歌一曲

当一场大网或者一枚阴险狡诈的钓钩
神秘地宣示在我的上空
我用尽一生的力量激起白色的浪涛

睡在向日葵上

睡下就不想起来梦一定没有做够
躲在黑暗处的小虫子啃咬了一个晚上的光阴
白天的花蝴蝶在太阳底下尽情卖弄风骚

我忍住一个欲出的喷嚏忍住向阳的笑
流火在地球般地周长上不断喷涌
风鼓动着阳光般的梦想我和太阳一起发芽

盛装着太阳一般的希望对着大地不断叩首
热情忍不住洋溢出粉状般迷人的画卷
上面有只狗头蜂煽动着背叛的翅膀

聆听秋的脚步

不止是一叶落惊醒一个夏季的慵懒
神情亢奋的鸟将啼鸣往深山里送
往飘渺的蓝天上送去声声脆

注视在曼陀罗上的眸子浅敷一层清凉的雾
只是一个轻微的回首，泅开浓重的问候
那些沁人心脾的记忆，那些云遮雾绕的画卷
一起聚拢，一起到来，一起流风飒爽

将隔雾观花的心事依次轻绽
有些丰饶的喜悦渐渐弥漫观花不语的人
以凌波微步的姿态款款走来

莫善贤

中国诗歌学会会员，国际华文诗人笔会会员，国际城市文学会会员，广东省作家协会会员，广州市作家协会会员，广东省省情研究中心研究员，大粤网专家智库专家。原中山大学（岭南大学）兼职研究员，高级经济师。20世纪90年代初开始在国内外诗歌刊物及报纸发表诗歌。著有《整理昨天》《莫善贤短诗集》（中英文）以及《莫善贤新诗集》（贺敬之题）等6本诗集。

诗观：生活里有诗，诗在生活里。

跟着阳光的感觉走

猫咪慵懒地匍匐在窗台
睁不开美丽的眼睛
阳光在身上一遍遍抚摸
阴影在不经意挪移
无私理疗，阳光浴
无形的手按摩全身
无论有病没病
那样的心甘情愿
那样的漫不经心
不愿移动肥胖的身体
不肯说出温暖的实情

田野上，一个风动的稻草人
大腹便便，朗朗乾坤
执勤的哨位坚定不移
阳光镀上金色的涂层
摆动的手臂完全无意识
捕捉阳光的全过程
暖阳照在身上
彼此默契得入画入神
除了麻雀的嫉妒
就是飘浮而来的风声

企图打扰难得的寂静
竹篮打水，一场虚惊

阳光把大地当作故乡
赠予无愧于心
无私的大爱
无声胜过有声
跟着阳光的感觉走
无论有心无心

2016年5月12日于广州

浪漫的紫色

高天的彩虹有你明快的身影
昂贵的缅玉有你固化的表情
广袤的薰衣草有你摇曳舞姿
紫气东来呵护着五福临门

没有红花的艳丽可人
没有绿叶的执着温存
撩人的笑靥，爱情的独白
指尖上的戒指，寂寞无声

与蔚蓝携手并肩
与青涩遥相呼应
淬过爱情的烈火
吻过山楂树的唇

唇膏增添一抹血色
色彩多了禅意的虔诚
微信里铺天盖地的点染
紫色的暧昧梦想成真

颜色深入人心
无论性别与年龄
不愠不火，不孤不群
青春不老的流行

早霞里翩翩起舞
渔舟唱晚时留下真情
长发及腰有着无尽热爱
白发苍苍书写靓丽人生

紫燕飞入了寻常百姓家
紫罗兰写入相约的爱情
薰衣草以紫色作为铺垫
紫色在大街小巷格外流行

2015年5月14日。

田野之上

旖旎风光应接不暇
诱人的油菜花扑鼻芳香
低头不语的稻穗另有心事
稻草人在一旁装模作样

农人赶着老牛追赶夕阳
牧童短笛吹出鸟语花香
牛背鸟立在牛脊得意歌唱
起舞的麦浪醉得踉踉跄跄

白云嫉妒大地斑斓的色彩
微风一遍遍让大地更换新装
小溪不停地洗着洁白的石子
草地上游走低头族的牛羊

气势恢宏的色彩板块驿动
芸芸众生的草芥熙熙攘攘
蜿蜒的小路命运多舛
一辆牛车载着收成的食粮

村庄藏着诗的意象
延绵的画卷富丽堂皇
大黄狗狂吠在大榕树下
石拱桥不经意地光荣下岗

杏花村的酒旗销声匿迹
武陵的桃花源令人遐想
杜牧白云深处有人家
青山郭外斜的故人庄

一个绿色世界
多情的地方
庄稼与故事一起生长

2016年5月16日。

墨竹

本名李风枝。本科学历，小学语文高级教师。诗人和书法家，河南省鹤壁市第十届人大代表。

人生信条：今生不为琐事愁，只为艺术献春秋！

多想和你牵手在鹤鸣湖

你可曾听说石林有个鹤鸣湖
她没有青海湖大
却比青海湖的植被多
她没有青海湖的水多
却比青海湖的水清澈
她没有青海湖的鸟多
却是鸟儿最幸福的安乐窝

你可曾听说石林有个鹤鸣湖
清澈的湖水深深吸引着我
多想趁夜深人静共浴这清澈的湖水
多想掬一捧清凉的湖水撷去你的疲惫
多想乘快艇和你在湖上飞
泛着微波的湖水曾让我如痴如醉
要是能到湖上和你一起小坐该有多么美

你可曾听说石林有个鹤鸣湖
那里祥和的鸟儿深深吸引着我
晨起鸟儿苏醒群鸟和鸣
那是何等诱人的百鸟朝凤
鸟儿借着灿烂的朝霞在空中飞行
那一份悠闲是何等的让人陶醉
要是能和他们一起飞该有多么美

你可曾听说石林有个鹤鸣湖
那里金灿灿的树林深深吸引着我
走进树林踏着金黄的叶片如天仙一样美
赏着翻飞的精灵有你作伴该有多么甜
我多想借金黄的叶片书写爱恋
让鹤鸣湖的鸟儿捎去对你的思念

多想和你牵手在鹤鸣湖
多想和你一起分享鹤鸣湖的美丽
多想和你沉醉在鹤鸣湖金色的阳光里
多想和你一起梦醉在鹤鸣湖鸟的天堂里
多想和你定居在鹤鸣湖的小木屋里
多想和你牵手在这醉人的鹤鸣湖

2016年11月26日。

你知道我在想你吗

睁开朦胧的双眼
梦境依然
高大的你站在云端
千呼万唤只听见泉水弹
望不断的是千万里的路
念不断的是三十三层的天
站在心的圆点
泪有千行流向哪般
诗有万语对谁言
莫道人间
唯有一个你
是我今生
最真的爱恋

2016年11月27日。

梦幻樱花路

鹤壁　一个充满诗意的名字
更充满了无限神奇
看那南山的悬崖峭壁
如今依然能寻到仙鹤的足迹
留恋忘返如梦回故里

鹤壁　一个充满诗意的名字

更有梦幻般的魔力
如你有幸到鹤壁
千万不要错失樱花路的相遇
一曲美丽的樱花路会让你醉在鹤壁

鹤壁　一个充满诗意的名字
如你踏着冬的脚步而至
樱花路便有千树万树梨花开的胜景等你
牵手爱侣徜徉在洁白的樱花路里
一份虔诚便会永伴今生

鹤壁　一个充满诗意的名字
如你踏着秋的脚步而至
樱花路便有一个金色的梦在等你
翻飞的精灵会让你心旷神怡
沉醉在这金色的海洋里

鹤壁　一个充满诗意的名字
如你踏着夏的脚步而至
樱花路便会为你遮风挡雨
盛夏之夜更会有百鸟虫鸣陪你
协奏最美的夏夜交响曲

鹤壁　一个充满诗意的名字
如你踏着春的脚步而至
樱花路便会用盛宴来招待你
众多的樱花仙子齐聚在此恭候你
陪你一同进入香甜缤纷的梦里

一个诗意的鹤壁
一个神奇的鹤壁
一个美丽的鹤壁
一个多彩多姿的鹤壁
更有一个梦幻般的樱花路在等你

2016年11月25日。

木公

本名尹青松，毕业于华东师范大学。《燕京诗刊》签约诗人，“中国诗歌网”认证诗人，《新锐诗刊》推荐“新锐诗星”。

作品散见于《湖南日报》《燕京诗刊》《国际诗选》《邵阳日报》《岳麓故事》《今日邵东》《昭阳文艺》《邵东作家》《芙蓉国文学》《北方诗歌》“文学与艺术”“当代汉诗”“林萧传媒”“现代诗歌文化艺术”“新锐诗会”“诗网络”“汉唐诗选”“诗词百家杂志社”《诗天下选刊》《斑竹文学选刊》“桃源新诗群”“雨梦诗歌”“诗青社”《若禺文刊》“绿汀文艺”“红丘陵”《凤凰花开诗刊》“女娲抟诗”“草籽大诗界”等报纸杂志与媒体。

夏夜

霓虹联通晚霞
灯火接管夜空
这个季节，城市没有薄暮
天幕上星月依旧
空调疲惫
喊不醒十万萤火

梦里，一把老蒲扇
摇来稻香如酒
枕着
蛙声一首童谣

古驿

隶书栈牌
红灯高悬
五千里烟云中
亮着一家古驿
马蹄声点燃漠北风雪
车轱辘碾碎烟雨江南

洛阳长安在此换骑
大都金陵共用一个酒碗
从夏商疾驰天朝
八百里春秋
只需战国一鞭

赤兔绝尘，踏响哀鸿
背囊羽书，十万洪水烽烟

床榻疲惫不堪
横七竖八，躺满忧患
梦白一脚黑一脚
踉跄，斑驳，睁着
一只盛衰之眼

象牙塔里的青春

有些青涩
在风雨里酿成甜蜜
有些甜蜜
在毕业季碎成背影
有些背影
沉淀在象牙塔记忆里

丽娃河滨
夕阳为垂柳镀金
志摩的新娘不来
水底也不见招摇的青荇
乌篷小船头
薄暮江风陪伴彷徨的心

晚风吹凉漫天星星
却点燃一场迪斯科舞会
那些蹦蹦嚓的火花
如同寂寞夜空萤火虫明
露天电影，模糊不清
放映一段同样朦胧的青春

图书馆像拥挤的池塘
几个单肩绿布书包
挣扎在一群觅食的鱼嘴
篮球场足球场和食堂
奔跑着两点一线的单纯
八条汉子，参差二十平米
熄灯哨吹不灭灯火通明

风，吹走冬又捎来春
一千多个日子叶落无影
黄昏深情，回觅朝霞
象牙塔里桃芳李芬
深深浅浅几行脚印
播种我们葱茏的十八岁

冬天的树是个穷人

瘦削。麻木。铁青。
一群树参差，山坡漠无表情
明媚的花早就上交了春
夏，按时收回它们的葱茏活力
甜美的硕果，秋没有囊括走的
也在喋喋不休的冷里哆嗦
最后，瑟缩到落叶堆里
有些树，光着身子
有些树，冻得发青
有些树，负着积雪
弯腰曲背，好像跪在冬天面前求情

冬天里请不要砍树
冬天的树是个穷人

春笋：我是王牌卧底

雪清扫原野的时候
没有暴露我的身份
冰封锁江河的时候
没有搜到我的踪迹
白色恐怖的那些日子
我作为春天王牌卧底
潜伏于寒冷和黑暗深层

风以捷报的形式
昭告春回大地
草率先喜大普奔
花总是习惯用娇艳资本
表达赤裸裸的谄媚或忠诚
然后链接起
鸟不知疲惫的赞美

直到雨，一次又一次
用温暖潮湿的宣传
耐心解读土地新政
但，我仍然看到
隐藏于身边
那些丑陋的百虫，蠢蠢

它们与疯狂的冰雹勾结
密谋一场颠覆春天的寒冷

最关键时刻
我拱开黑暗
脱下隐蔽形迹的土色外衣
亮明真实的绿色身份
启用一节一节环形密电
向天空请示雷霆
向大地请示深耕

好想

好想脚底生根
不再飘如浮尘
春天做个处子
秋来一树黄金

好想冲浪腾格里
过滤出阳光心情
江南给我一身肥膘
正好漂浮在沙海里

好想穿越盛唐
体验王朝诗境
一壶琥珀月色
只与青莲痛饮

好想飞成光线
蜕壳银河岸边
掬起粼粼波光
洗净十万八千年凡间

木心

中华《诗词月刊》上海工作站站长，本名倪丽丽，曾用名倪利锋，曾从事司法、执法工作，现从事政府部门组织人事工作，喜爱文史哲尤其国学，愿利锋热情尽，赏风和日丽来，品中年熟谙禅，复文艺中兴殿，尽绵薄之力欢，成百花齐放愿。

爱满东方明珠汇聚

晨曦微露，朝阳初升，
岁暮年初的钟声神圣响起，
浦江美景，四方涌来，
上海欢迎我们，无畏仰望明珠，
跬步千里征战垂直马拉松，
拼搏攀登的竞赛组，
青春朝气的活力组，
大步前行，冲刺中……
259 米……90 米……
何人为了奖杯？何人为了瞩目？
唯有守望相助，
祈愿健康快乐同行，
祈愿慈悲幸福同佑！
祈愿爱满东方，情溢浦江，
祈愿明珠汇聚，大爱无疆……

冬

冬
未眠
怀国忧
未雨绸缪
霾尽诸方侯
喜聚跃渊千魂
忘宠辱天地悠游
惜光明紫川可长留
慨叹明珠尘埋已日久
唯百川汇海英杰共豪酒
不戮魑魅魍魉誓不休
天地交融山高水流
凝神处何须酒
再咏观沧海
众心合一
登江楼
写就
冬

秋

秋
禾熟
鼎忠民

祀于太
星海仰明月
感怀天朗气清
俱往矣蛇鼠蜥蜴
惜贤达智者齐相聚
共庆东方明珠重辉耀
唯辽阔疆宁大地绵延连
亘古大江毕竟东流去
驼铃悠悠丝路漫漫
杜康尽何须忧
再咏大风歌
四方猛士
皆归心
枫红
秋

“穿越上海”

——快乐志愿，温暖你我，城市公益定向赛

冬去，蟠蛇蜕去层层旧皮之后
得到了龙腾万里的豪迈
春来，蚯蚓穿过厚重土层之后
呼吸到了清新诱人的空气
匠心，钉子经受亘古锤打之后
感受到了直入木心的畅快
飞扬，铁马重整哒哒铁蹄之后
彻悟到了天马行空的自在
穿越，犹如日升月落星辰浩渺
穿越复苏的是，生命的本然之力
用我们的灵魂之力奔跑，
用生命的本然之力穿越……
奔跑征途穿越浦江
志者，奔跑着的是士子之心
士不可不弘毅，任重而道远
是故，我们一路奔跑
愿者，穿越了的是原初之心
数点梅花天地心，百花齐放万木春
是故，无畏梅落寒霜
奔跑而迎朗月清风，穿越而惜春暖你我……

再见苍穹

是谁
重新撑起了帝京的苍穹
终于不再江湖杳杳洪荒危危
贪婪共工几乎折断的不周山
又有神龟大力擎起天柱
是谁
重新擦净了魔都的苍穹
终于不再阴霾沉沉呼吸重重
慈悲禹帝神针定洪的江南地
又有女娲悉心彩石补天

天地间何人无形之手
来拨动穿越千年的时空琴弦
……
天地间何人无形之手
来撑开群群鹤鸣九天的碧蓝苍穹
……
天地间何人无形之手
来长养朵朵鲜花盛开的绿色土壤
……
是盘古？是三清？是天道……

木易沉香

本名杨润峰，打工诗人。诗歌散见于《澳洲彩虹鹦》（澳大利亚）《北美枫》（加拿大）《星星》《诗刊》《绿风》《诗选刊》《中国诗歌》《散文诗》《散文诗世界》《佛山文艺》《华语诗刊》《山东诗人》《湖南诗人》《河南诗人》《牡丹》《岁月》《宋朝以来的爱情》等国内外报刊和诗歌选本。在全国诗赛中多次获奖，作品入选2014年度“中国好诗榜”，著有诗集《暗香不尽春未央》。

红旗漫卷荡西风（组诗二首）

（一）

大雪越下越深，行走变得
越来越艰难，他们爬雪山过草地
吃完了干粮吃皮带，草根和树皮
把能吃的都吃了。在长征途中
西风浩荡，天空低得能把整座江山压垮

（二）

雪山融化，草木萌发
战马一直在嘶鸣。角声呜咽
红旗漫卷荡西风，它吐出
内心的铁石，交织的闪电
春天，具备诸神的力量
他们点燃了燎原星火，那些奔跑的
烈焰，辉映着朝日与晚霞
像汩汩的鲜血，从身体里流出
而后炸裂，带着噼噼啪啪的金光
在祖国的天空，西进的长征途中
在红色的土地上，猎猎飞扬

木紫

本名李莉，籍贯陕西，现定居上海。上海音乐文学协会会员，上海儿童音乐文学协会会员，上海铁沙诗社会员，上海浦江诗社会员。原创短诗群《长衫诗人》编辑，作品散见于《词刊》《校园歌曲》《上海歌词》《铁沙诗刊》《海上诗刊》等。一个只想在文字净土中寻找灵魂出口的人。

旗袍

光，穿过玻璃
迷醉在，那
婀娜纤纤的腰身

粉扇轻轻
摇曳午后安逸
笑靥，娉婷袅袅

将满眼的疼惜
投向，心爱

门虚掩着

光，从门缝里
探头进来，真是的
一点都不大方
想进你就，直接
推门，进来啊
干嘛扭扭捏捏
像个大姑娘

光，透过门缝
照着灰尘，扬起
又落下

陌生人

隔墙送来
混淆视听的一瞬
错愕，你
我最在乎的人
如此生疏

珍于心底的璞玉
破碎。四溅
划出一道道血印

心墙筑起。咫尺天涯

伞下的你

淅淅沥沥的雨丝
难掩忧郁清纯眸子里
那淡淡的一缕幽思
绸密的心思
触摸着这丝丝春雨
希冀，能够
筑起与他共有的一帘幽梦

静谧的光阴里
一朵花的欢颜
一剪流光的浪漫
你可曾读懂？
可曾怜惜？

伞下透明的你

星语

在春意盎然的季节
你像一粒种子

深深地种在了我的心里
生根发芽
疯长成那一条条青色的藤蔓
紧紧地缠绕住我
使我无法呼吸

你不知道
你永远也不可能知道
那压在心底的
想写给你的诗句
每天都萦绕在心头
挥之不去

就那样遥遥地望着
沉默着希冀
就像星光遥望月光
彼此辉映
却永远无法倾吐心中的秘密!

茶

一壶清水
泡酽了一生
从淡到浓
从浓到淡

捻,高山流水
拂,浮华尘埃

对视,会意
与谁,一见倾心

信

已经模糊在那扎
粉色的记忆里

什么时候,我
摊开信纸
让泪花变成蝴蝶
妹儿、微信
已绑定了我

你,现在是奢侈品

牧野

本名黄昌印,中国诗歌网主编、上海频道站长、朦胧诗社社长、中国诗词协会理事。著有个人诗集《夜江南》,曾获得上海市民诗歌节、中国诗歌联赛等奖项十多个。

无题

长了轮子的胶囊
纷纷挤进魔鬼的动脉
在狭隘的空间中
火线与零线发生了无数次碰撞
沉闷尖锐的嚎叫声
迷漫在都市的上空
掩盖了大剧院的歌唱

行色匆匆的动物
血红的眼睛只盯着明天的太阳
百乐门的霓虹灯
老弄堂的石库门

这些都与他们无关
捕猎进阶成魔
才是他们的追求和渴望

无数的钢筋水泥
铸造出层层叠叠的樊笼
关着的一只只魔兽
张牙舞爪地在自己的领地
演奏着醉生梦死的旋律
挥霍着同类的硕果

闻着他们的汗渍和血液

长寿路

大自鸣钟的歌声
没被忙碌的客船带走
植入了长寿人的胸膛
经常在睡梦中，敲响

纺织工人的汗水
绕过十八湾
用了一代人的距离
浇灌出，绿地公园

坚固的基石上
刻满了一串串故事
我每天都踏着
没有句号的结局，成长

错位

爷爷说过多次
当年抓阄分营的故事
铁蛋抽到了一根长稻草，进了先锋连
不到三天，就被首长划掉了名字

老师也曾讲过
那些黑不溜秋的煤炭，和璀璨夺目的钻石
原本都是亲兄弟
大自然的排位，把它们判了生死

而我，抵不住海客的诱惑
唱着“春天的故事”
把一支“英雄”
丢进了，苏州河的历史

牧远

本名牛学军，字誉林，号山水先生。军事学学士，社会学研究生，河南武陟人。出版有诗集《石浪集》《心灵的花园》，发表有中长篇小说《楼上的高跟鞋》《爱在唐古拉》《双喜》。获国家、军队及省市级文学奖20余次。作品散见于《青海湖》《朔方》《河南日报》《青海日报》《宁夏文艺家》等60余家报纸杂志，作品涉及诗歌、散文、小说、报告文学、文学评论、电影剧本、新闻通讯、学术研究文章等。现为中国诗歌学会会员、青海省作家协会会员、宁夏作家协会会员、吴忠市作家协会副主席等。

高原的颂歌

——为军旅作家祁建青新书散文集《瓦蓝青稞》作歌

意象，物象
家乡的高原和高原上的青稞
是他飞翔的翅膀

飞啊！他深情地向往
蓝天，白云
天地是如此宽广

青稞，有一百种颜色
但是，他选择了它的成长
瓦蓝，他在用心咀嚼

具象，抽象
这是他说的
他指的，是他的瓦蓝青稞
他没有写它的青涩

他没有写它的金黄
他写的是它的瓦蓝，是生机和希望
他写军营，他写家乡
他让高原的青稞，变得意味深长
瓦蓝青稞，有一种淡淡的酒香

暮冬

本名马长栋，1992年出生于青海乐都，自幼喜爱诗歌，现常年漂泊在外。

遇见

浮世三千，
在花开之际与你遇见。
而后祈愿与你结一段尘缘，
于是便用款款深情编织一个梦，
费尽心机让自己沉溺其中。

你说这样不会有结果，
我便去梦中坚信有你有我。

我喜欢你是寂静的

我喜欢
你是寂静的
如同高原上
那一抹皎洁的月色
无需画家的晕染
诗人的雕琢

我喜欢
你是寂静的
亦如风中
那一片飘零的落叶
没有轰轰烈烈
没有生死离别

我喜欢
你是寂静的
恰似
天边那一簇云朵
淡淡的淡淡的

指尖行走的时光

在指尖行走的时光
苦于没有支撑的力量
当你宛若一条小河
从我粗糙的掌中经过
我却没有足够宽阔的胸膛
让你汇聚成湖泊

只能似杨柳般静静地
静静地看你流过
流过每一个黄昏
揉碎我掌中的日落
最后寻一处繁华
在繁华深处泛起无尽的柔波

每至深夜
我便在月色中
似一阵风轻轻地
轻轻地从你的上空略过
用你泛着微光的柔波
温养我心中久久未能消散的余热

慕芳菲

安徽人。喜文字，爱幻想；闲暇，排文码字消磨时光。作品散见于《槐荫文学》《绥中文艺》《当代诗歌》《关雎爱情诗》《大别山诗刊》《执手文学》《杯水》等刊物。

诗观：用纯净的心灵抒写真情文字，用真情文字抒写本真生活！

不能左右的时光

时间之上，夜开始奔跑
连那些疼痛的词句亦集体出逃
月光坦露着真诚，换不回逝去的光阴
风，再次大作

弱小的心，经不起底线的挑战

仅念的那点暖一点点冰凉。勇气,已无
裹紧伤痛,任夜幕隐匿。等阳光来临

不能左右时光,但尊贵的心
绝不会再次卑微

若可以

若可以,想再虚构一场遇见
把所有心事藏在春风里
用花蕊掩饰慌乱,趁机吐出春色
你也看不见我绯红的脸

若时光可以停留
那远去的影子定可以鲜活起来
在桃花深处翩跹,给一缕风
潜伏的火花便会漫延

若可以回到初见
一定打开心门,任你在里面种植春天

梦回唐朝

抿一口杜康,醉回唐朝
月光里勾绘山水,小令里描摹春色
桃林斜影重重,隐不去崔护落寞

一缕东风吹过,桃花笑了
哥哥,你可还记得哪一朵是我
洁白,浅粉,深红,都是前世的转生
只待你轻唤:小妖,小妖……

当月色沉去,便点燃一念香
细碎的小情绪在脉脉的眸光里
潋滟

看海

放目你深邃的蓝,倾心的不止是柔软
跳跃的心舞动整个海面,像潮涨
汹涌的情绪,溢满海岸线

远山近水,都在眸光里重叠
你的晶莹亦不例外,一尘不染
湿软着麻木的心。雀跃,悸动,甚至疯颠
风亦按捺不住这即将盛开的春天

走吧,就这样
玩沙滩,逛堤岸,奔未来之路
一路风景,一路欢笑。抵达远方

游山玩水

青山,绿水,藏着悸动的心
翠色飞舞,掩不住远方
石径,栈栏,扶着小心翼翼
陶醉在蓝天碧水之间,让呼吸自由

鸟鸣虫叫,遥相呼应
唱醒情人谷的蝴蝶,翩跹起舞
四叠飞瀑冲走所有无奈,唯念如昨
像青碧如玉的龙门潭躲在仙境里,独自嫣然

尔后,驾一叶小舟随激流勇进
向着汨罗江的方向,抛去诗心
用一个动词叩响心之门,等花开

N

涅阳三水

豫西南小学教师,自由喜爱文字铺排。作品散见于《中国诗歌报》《牡丹》《少年文艺》《广西文艺报》《中国教育报》等报纸杂志。曾任诗歌网站和微刊编辑,在全国大赛中获奖若干。

写给外婆(组诗)

清洁

拿着笤帚的身影,在
晨光里,夕阳里,浓荫下

都闪着祥和的光芒

我脸上的灰渍
衣服上的线条，鞋子上的
泥团，你都会扫去

厨房里的案板，切菜刀
明亮中带着柔和，还有那个擀面杖
也一身洁净

窗台，椅子，床底下
没有一丝尘埃，就连老鼠经过的痕迹
也被你抹杀殆尽

零花钱

那年读中学，每逢街上开集
你都颠着小脚，拐到学校看我
香辣豆豉，油淹香椿芽儿
还有豆瓣酱和豆腐干
都从你的小包袱里
滚进我的肠胃

那个时候，经济吃紧
你总是攒钱给我
一毛，五毛，一块，五块
最多的那次是十块
皱皱巴巴的。后来知道
你为这十块钱挨了一巴掌

拾柴

时代的痛，浓缩为一顿饭
灶膛里没有可以点燃的柴草
沿着沟渠，靠着路边
那些枯了的草秆子
那些折了掉落的杨树枝
或者从树枝间跌落下来的鸟窝
别人丢弃的一双旧鞋子
你都会捡拾起来
靠在背上，就像背起我一样
背回家

很多年以后的现在
我在路上，依然会弯腰
拾起路边一根树枝
把你的姿势重温

翻花绳

翻、翻、翻花绳
翻出个疙瘩你来解
翻、翻、翻花绳
翻出来花床你睡觉

夏日的浓荫下
你唱着这样的童谣
和我一起玩翻绳
窜来窜去的手指
成为一个时代或者一段记忆的
暗疾

顽疾

新萌芽的草尖儿
迎着太阳的笑脸开始起程
一根柳条儿编成的帽子扣在额上
柔软的叶脉
虫子一般触摸在脸颊上

在我一次次的摸脸中
你望着我偷偷地笑
再折一根柳枝伸到我的脖颈
成为春天的顽病
看一眼，呼吸就开始生疼

O

欧阳关雪

女，喜绘画与写作。有少量作品刊于女性

诗刊《翼》。平顶山三苏诗社成员。

雨中与友人漫步

无衣的幽灵，飘进
我体内，是蛛丝秋雨，
不断从乌云翻出。
我蓝色头颅里，有座嗅雨的孤楼。

伞，不愿展开。
是我，不愿让它展开。
出发的雨，需要
滴灌冒烟的生活。

雨，在虚无键盘上弹奏。
池中睡莲，从天空
同时弹奏，押韵的鹭鸣。

左手，一池睡莲；
坚硬花朵，悬浮为水面
葡萄红尖果。
右手，半亩柳树兀立。

一支巨刁，高昂的粉色荷花，
向上尽力张开，包绕了隐晦天空。
这朵花，就是我儿时看到的
最早的，画中的荷花，现在，
就无畏地开在我们眼前。

不同景色慰藉我们的不同。
小野鸭，来回在睡莲铺成
的绿地板上走动，倾着扁嘴，
摇晃独舞。

一支空想的伞，空降，
与湿润视线隔离。
摇落桃树存储的秋水，
把凝神山野再次打湿。
大片芦苇水中团结，支起
道道斜墙，分割着水面，深插
淤泥，吸吮水中豹纹的凉意。
荒僻秋野，滴滴沥沥，静静
飘摇着，与我们漫步同行。

白龟湖西小世界

剑麻高擎白色火炬
低垂着花朵，排着队
守护着野小塘。大黑蚁
走到了柳叶尽头的寂地。
割草机，轰响驱走了蚂蚱一家。
湿地的巨肺，是台空气净化器。

白粉蝶在剑麻叶上论着爱情，
不幸被寻花的蜂，惊扰。
穿过模糊白杨，栾树，
向你射来，后工业的夕阳。
有些焦枯的竹林，正飘进
它们集体幻想的梅雨南方。

你坐上塑料条编成的小凳，
脚下，踩着小小的木质码头。
背上插着小红旗的挖掘机，
在你面前尽情表演，它努力
探下身子，把巨大黄色螳臂
深入水中摸索着——

渔夫，搁浅了他的小船，
带着他钟爱的鸬鹚离去。
挖掘的大铁手，搅起一大朵
水花，紧攥一把湖泥，扭动
履带腰肢，把它们抛离水面。
远方，一大团一夜长出的

蘑菇楼群，身后是电厂的
大烟囱。面前，芦苇荡的刺头，
斜聚着类似高粱的摇头叹息。
一群觅食归来的白鹭，扇动
白闪闪的衣裳，盘旋落在
人工河边，变成一个个光点。

刚剃了头的小草，浓烈草气，
话别了伐倒的夹竹桃与枯竹。
湖边泥浪诡觉翻出了旷野的慢。
夕阳，收敛了光芒，镜头缓缓
向水下沉落，在天空涂抹下
一道简短反光的破折号。

潘晓春

男，安徽金寨县人。喜欢诗歌散文，诗作见于诸多微刊纸媒。现供职于广东东莞某企业。

秋天，一个男人的童话（组诗）

野柿子

在一棵松树下
我和秀珍发现了它
它被野藤包围着
它是那么瘦小
却有几个黄色的果果探出来
我们跳下牛背
摘了两个
又涩又甜
秀珍说，野柿子还没熟
过几天再来吧
我抬头看她的时候
秀珍的辫子扎了我的眼睛
秀珍的脸也像野柿子
那么瘦黄
头发也黄，就像山林里的荒草
却在辫子上扎了朵
蓝色的桔梗花

2016 年 4 月 5 日。

野兔子

野兔子，躲在棉花地里
它机警的眼神
跟秀珍偷玉米时的眼神一样
我们一步一步走近
兔子跑了
我们一直在追
突然，一根葛藤绊了脚趾
秀珍跌倒在我怀里
那一次秀珍的脸
怎么就红了？
野兔子呢？
我们还追不追呢？

2016 年 7 月 10 日。

野鸭子

牛还在坡上寻草
我们躺在草地上
天，蓝得只剩下几只鸟
那不是野鸭子
野鸭子飞的时候脖颈伸得很长
山下的池塘
菱角不停地开花
尖尖的菱角
刺疼了年少的心思
秀珍说，池塘也在等野鸭子回来
我站起来望了下池塘
没有野鸭子
秀珍说，野鸭子胆小
夜里才会来

2016 年 8 月 4 日。

野蘑菇

雁过，下了几次秋雨
野蘑菇就从草皮里跑出来
有的像雨伞
有的小得很像秀珍的衣扣
我们还不会写它们的名字
野蘑菇很鲜
比肉还好吃
秀珍那天骂我
牛屎菇好吃吗？

你就是个牛屎菇
有一年我去远方读书
秀珍问我什么时候回来
我没回答
后来我想知道
秀珍嫁的地方有没有

2016年9月10日。

P

裴小红

笔名围墙，广西小小说学会会员，北海作家协会会员。

琴台

需懂琴或抚琴之人就坐
也需听琴后为之动容的人
听后余味无尽
完全领略指尖跳荡的高山流水
弦弦隐藏的深情
再而听出汉水悠悠和伯牙摔琴的哀伤
或杜甫笔下的野花、蔓草
以及巍巍高山、松涛阵阵
摔碎的鸟语、蝶翼

只恨瑶琴的碎片
离我甚远

撩琴之人为我备了马匹
除马蹄声声
弦上惊出云雀数只
敲响暮鼓
击碎了汉水的月光和坠落的琴身
及你看我时的目光

秋月

用青梅煮酒
只为了
抚慰秦淮河畔与你最后一次的相拥而眠
在水之湄
岁月将骨骼剔成青花瓷
开满桃花
蓦然想起
与你，初初相遇
你挂在天边，一脸温柔

失眠

主啊！挽救我。秋天如此干燥。
把我的唇裂于一片荒凉，
秋风殃及枯叶。
让世界一片萧瑟；
我在南方日夜彷徨，
如何度过赤裸的夜，
灌掉一坛收藏许久的浓酒。
月亮衣不蔽体，黑夜衣衫褴褛，
睡不着，写诗歌，
想些事。
一个人的世界，
蹀躞，落英缤纷。

内心的花园

这个季节，不该有羞涩的欲望
其实，许多美好
只不过出于想象
而，但凡一切美好
都囿于成熟的季节
走过了青涩
不该再眉睫低垂
脸颊酡红
如青苹果走成红苹果般的坦然

习惯

惊醒于半夜两点
一次又一次，会成为习惯
一次是撕心裂肺
再一次是徘徊于死亡边缘

于是——
习惯用诗歌背负人生苦累

习惯每天早起，跟一朵花说早安
与风随行，与阳光微笑

与月亮有关

总是在黑暗的时候
才念叨一个人
此时月色旖旎
而我饥肠辘辘

直到太阳溜进我的被窝
填补一夜的空虚
与我孤独对弈的
是一地的月光

我忽然想脱掉白襟
走上宣纸的冲动
写下你
写下与月光有关的
藏在花底里

过客

再饮一杯吧
或再次把你的名字
铺上宣纸
这样墨迹持久
更容易铭记
一些岁月里东奔西跑的
那些古道瘦马烟柳
让人忆起温暖的怀
虽赶不上一场早春的雪
及一绾箫声
却闻那宫邸城墙上的
弯月，寂寥地挂在天边
我爱的人啊
此时斜阳正好照在你的衣衫

一杯旧月光

喧嚣过后，剩下落寞
若此时，下场雪多么美
若此时，你一个人来
手执长笛，风中诗意地吹起
也许
适合两个人
一直走到雪花的尽头
那该是怎么的一塌糊涂啊
孤独，总在苍茫的夜晚
粗糙地伴着我
看一朵花的开落
饮一杯旧月光

培英

本名彭培英，出生于吉林长白山，现供职于河北某电子单位。爱好文学，尤爱诗歌，作品散见于《燕赵晚报》《现代护理报》《石家庄日报》《鹿泉视窗》等报纸杂志；有诗作入选李黎主编的《当诗歌遇上互联网》、阳光主编的《红崖艺苑》等书，作品多次被红崖艺苑诗社、文心社、国际城市文学学会、诗词歌赋、都市慢生活、简爱诗社及安兴阁艺苑等网络平台推荐发表。

诗观：心简单，世界就简单。

生活乐趣：一生与文学结缘，与诗歌同行，打造美丽人生。

格桑花真的开了

格桑花真的开了
开在青色的海边
吟唱着悠悠梵音
青春气息在净土上扩散

庄严神圣的宫殿
禁锢不了仓央嘉措
终将那些爱恨情仇

化作一潭清幽的泪

格桑花真的开了
开满广袤的雪域高原
花香弥漫了心肺
引领情郎到回家的方向

三百年的轮回
他是潇洒的宕桑
游荡在辽阔天地
只为那心爱的姑娘

格桑花真的开了
开不败落不尽
看得见的和看不见的
都具备同样的美

很想去找你

那一天
我在字里行间认识你
你的执着你的信念
让我顿生仰慕

那一夜彻夜未眠
除了想你还是想你
我迷茫纠结
不知道是看得见的美
还是看不见的更美

后来我慢慢了解你
试图走近你的世界
但却无能为力
或许只能在文字里感受
感受你曾经的美
仰望你正在衍生的美

真的,很想去找你
去你的方向
寻找我最美的情郎
然而那是一个美丽的梦
也许那可以是我们同样的梦
后来变成了一首诗歌
真切地感觉
在诗歌里一次真诚的相遇

还是很想去找你,真的
世界很大
世界也很小
却仍然不知道去哪儿找你
格桑花早就开了
雪莲花也快开了
茫茫的雪域高原有你吗
那儿有你深爱的故乡
在那青海湖畔
那只老狼一直默默地等待
那个姑娘一直无声地守望

相守,最美的遇见

几度轮回,难以超度相思
苦苦寻觅,只为满池荷香
携一路盼望,走近仲夏
绵绵细雨,轻轻抚摸
吵醒了沉睡的期盼

冲破污泥,闯出深水
一朵朵亭亭玉立
在最温馨的季节
暗谕岸边的芙蓉,云后的阳光
守候来之不易的高洁
惟恐百密一疏,被谁将莲心偷走

那一日,徘徊荷塘
于风声外聆听
穿梭于碧绿的清幽旋律
闭目思索间,仿佛脱离了红尘

那一瞬,终于明白
相守就是最美的遇见

情愿为一个信念厮守
守候茂盛，期待着绽放
守候硕果，也正视枯萎
静美的荷花在指间泛香
腐烂的藕根也同样缠绵
一圈一圈，包裹着脚踝

母亲的粽子

每年的端午节
我都会想起母亲的粽子
小时候家里很穷
买不起粽叶
母亲就带着我去山上采
几十里的山路崎岖
满满的粽叶
浓浓的纯香
乐此不疲

如今，漂泊的端午节
无法吃母亲的粽子
母亲便给我留着
无论何时回家
都能吃上母亲的粽子
粘粘的滑滑的香香的
那是我熟悉的味道
儿时的味道
母亲的味道

端午节，母亲的粽子
任岁月变迁
粽香却从未消减
她浸润着我的心肺
引领我瞩目回家的路
当那香甜的粽子
煮在锅里
升腾着浓浓的热气
升腾着母亲浓浓的爱

相约长白山

当深土里的蛰虫开始苏醒
我悄悄地把思念
藏进一朵飘飞的柳絮
让它绽放在你炙热的胸前

当季节又一次把春眷恋
煦风轻轻地打开我的心门
在白山和黑水之间
种下希望
在春雨中发芽
在秋风中收获

当春雷再次打破大地的寂静
金达莱睁开了惺忪的双眼
像美丽的姑娘封缄整座城
短暂的青春奏响了爱的旋律

让我们相约长白山吧
一起观不一样的春暖花开
把青山绿水相守成永恒
你若不来
我怎能舍得老去

脚印

轮回，穿越千年
时光荏苒
再遥远的路途
也不曾阻挡
那颗爱你的心

高飞的风筝
告诉我找寻的方向
那失散的情郎
正沿着你前世的脚印
在拉萨流浪

冰山上的雪莲
可否结一颗希望的种子
仅仅是为我

埋在你必经的地方
守候，直至你的归期
破土，发芽，绽放

佛前，我虔诚地焚香
透越诵读的经文
一次又一次
呼唤的你的名字
却只见滚动的经筒
滑破指尖

那圣洁的袈裟呀
禁锢了人间多少真情
梵音袅袅，而红尘未断
敢问世间情归何处
只留下两行蹒跚的脚印

时光里的爱

如果把时光写成书
笔尖里饱蘸着
母亲精心研制的墨
写作时，字里行间
流出的不是浓重的墨
而是母亲浓浓的爱

如果把时光定格成岁月
每一次相见都是重要的季节
短暂的假期，时刻都有
温暖的笑容
作别故乡，热泪都滴落
在上车的饺子上

如果把时光做成衣服
布料里有母亲
精心调配的色
每一条线，都牵引着
母女的心灵
每一个针脚
都缝进了浓浓的情

如果把时光行走成路程
每一次跌倒，都能感觉到
母亲柔弱的手
每一个放弃的念头
都有一个声音响在心头：
孩子，站起来
大胆地向前走

如果时光可以停留
如果挚爱可以交换成祈求
我愿意用一生发出呐喊
母亲，请等着我
我愿意用我的青春
换你永远年轻
我要你带着童稚的笑容
跟我并肩走

枫叶与季节

枫叶
在绿色与红色间转换
季节
在生命来去中轮回
枫叶变红
是一次生命中的绚烂
也是一首坠落前的绝唱
季节轮回
是对鲜活生命的馈赠
也是对垂老生命的宣判

每一次变红与轮回
都是一次短暂的驻足
留下一些欣喜
一些思绪
留下一些悲伤
一些怀想

枫叶在深秋里悄然吟唱
没有菊花的素雅

没有栀子花的清香
有的只是宠辱不惊的清高
以一份来去自如的淡定面对季节：
你来或者不来
我都在这里
我悬挂或者飘飞
都是深秋里最美的风景

彭东伟

笔名独饮一山残红，自由职业者，爱好音乐、诗歌、摄影、传统文化以及佛学研究。

九一八怀念老兵

警报声
像是在哭泣
还在为那一场
噩梦哀痛
那一段苦难的史呵！
滚动的铁甲
喷着火
趟过母亲滔滔的河
在五千年炎黄
脊梁上滚过
谁是那时的英雄，
正在气贯长虹
奋不顾身地
守护着旧的家园
母亲含血养大的后生呵！
用热血唱遍了悲歌
在浴火的对抗中
挺起民族的脊梁
犹如一曲唱不完的歌

献给那些已故
和幸存的抗战老兵
默默地问一声
您还好吗？
您在他乡还好吗？
呼吁同胞们多关注
那些还活着的老兵
听说他们有的还是生活很窘迫
他们才是我们民族的骄傲

菩提叶

本名王杰，CIS策划人，杰出文学网创始人。曾在中国情诗网、九派文学等多家大型文学论坛任职，现居辽宁沈阳。作品散见于《鸭绿江》《沈阳晚报》《商报》《华商晨报》《沈阳老年报》以及《情诗》《诗文》《品牌与防伪》等多家业内媒体，更多诗歌散见于网络各大文学论坛。出版有十人诗集《花开有约》。

古韵留声

你踏着岳阳楼的倒影，溯流而上
一路词韵，一路笑
你说，就乱了辞赋吧，淡了轻愁
一方云锦，有丝雨的旨意
只唱最暖的歌，昭示春风

因为慈悲，你爱上喜舍
为小花的哭泣和折翼的鸟鸣，施以良药
让所有的病弱都得到爱的护佑，
你的诺言燃烧到，花开荼靡
啼血为旗帜

诉求与施爱，需要更多的歌传播
五线谱上，牵一缕最动人主旋律
舞动丝雨的爱心
你让冷调子与热烈的音符相遇
让福音与爱心莅临

生如夏花

绽放，在祭城之外
更鼓的喘息中，你的樱桃小嘴
憋不住笑的那一刻

正是，初夏

静若处子的眸
单纯到任性
允你恣意滴落蕊中的泪，允你
每寸肌肤吹弹可破
且招摇、且娇艳、且芳菲

趁蝉鸣，尚未缠绵淫雨
趁着香艳还未及烟尘
请用初恋的指纹，拓印红晕
在低于草芥，高于鸟鸣处
指点江山

看，燥热正追赶落日
你要越过夜的黑，先于黎明
用睫毛上的糖，喂养
纯粹的体香

2016年6月7日。

雨珠

雨落成珠，那么晶莹
你一定是举着神灯的女子
熟知阳光的味道
用自己的全部温润，兑换一片雨丝
注入阳光，赠与缺氧的花

你附身，贴近冻土上的草
把劝募与布施的莲花露输入善行程序
一滴水，赶赴滚滚江河
你是自拟使命的天使，原来大爱
可以伟大到卑微

其实，你更是一个美丽的小女人
阳光下拉着病榻的丈夫
满世界地跑，纤弱的你那么纯情
把人世间刻骨铭心的爱情
演绎到极致

莲梦

那支莲，你梦过么
一座寂寞的城
一个自恋的女子
层层叠叠的心护着沁香
不染尘

你可否借我一滴露
藏入水底的青茎
待夜静更深
陪我沿着旧情书，逆向
潜入春梦

那时
我头上梳起尖尖角
你捉来一只红蜻蜓……
以后莲花开了又开
我梦了又梦

你赠我莲梦，我邀你同行
假如你不曾失眠，你不曾喝醉
这场如梦的艳遇
莲花为你做证

忆江南(组诗)

那个时节，我在水江南，劫了一艘画舫
备下三两小菜，一坛浅埋的酒和隔夜的桨声

你来酌小酒，咂一口，吐出一句诗
诗很美，像一幅缥缈的水墨隐匿了你我

夜色与水波对弈
鱼儿飞过我额头撞响了古琴沉绵的音韵

那一刻，水色氤氲，似梦非梦
那一刻的江南，半妆入戏
我隐在半山云雾中，傻呆呆地舞动寂寂

初生的青色

那个春天绣鸳鸯，刚刚锁针就飞了
留下大片的空白长出了青草

我捻起一枚最细的草尖
为你绣桃花，绣水色江南的你

你在桃花雨里数鸳鸯
寻找我绣的那对，要用桃花喂养

我就站在那朵桃花里哭
从蕊中生生流淌出一泓溪水

春天有毒

春天的雨，挂在豆蔻梢头
酿一杯花香月影
我们隔着三尺楼台，慢性饮毒

江南的风，像中了毒的女子
乱了太多的妄想，徘徊在归途
欲说轻愁

如旧画入梦，你一如往日的风流
惹了唐宋红颜多少依依泪
原本是下酒小令
却毒到骨髓

这是春的毒吗？
从我的心流向你的心
拽出呻吟的伤口，你疼我也疼

把一朵花的铭心刻骨
锁在七孔桥上颓废时光
我模仿乌篷船的影子，在春天
溺水

烟云处

五月云空浩浩，隐于湖，隐于林
岁月倥偬，仿若在最远的云端
燃烧后的灰烬还在，灶台边
木盆里的青草鱼，一脸的无辜

我不是善于抖出灵魂的人
你却是恍若隔世的烟桥
泯泯灭灭的烟波上
谁在失踪前，为我洗了椽笔

暮雨潇

暮霭，冷雨，萧瑟处，宁静得不知所措
被定格的我，在宣纸的折痕处，逆雨而行
青石板小道上，遍地落花抱着肩头
和我一样冷

你可能是一代云游客
收不住的脚步，无暇在邂逅里消魂
多情的江河与多情的女子一样
看久了，天地就暗了

还是让脚步生茧，适应平仄句子
甩开牵绊，锲入骨骼和远山
把雨中的花香留给暮色
而你，而我，都莫问归去何处

春日行

时下的水墨江南，流水声听到痴迷
有机缘来个短暂的寄存，醉在桃花坞

被描摹在一个前世。丽人游春
这深入浅出的环节仿佛没有我
期待的场景
一杯米酒让我陶醉让我忧
折不断的柳，走不完的桥
哥啊，看还到了我本不该看见的缠绵
你说游春，怎么越走越害羞

雪如忆

误入香雪海，就误入了一千种守候
或是江南的梅，还是阳关的雪？

谁顶着六月雪跪在街头
而我只是看着一双彩蝶在雪中飞舞
我开始融化所有的忧伤

写下暖玉生烟的诗句，让那些洁白的回忆
在陌生的场景中与我萍水相逢
并用一场雪掩藏来龙去脉

Q

祁锋

踏雪寻梅

风踏雪，梅压弯了枝头
雨叹阙，娘紧紧握住我的手
娘啊！不要再为我回首
万千楼，百般滋味难出口
你的背影如何让我忍受
雪白了娘的头，我再一次回眸
还是娘的熟悉的笑颜
深深刻在我的心头
雪非雪，梅非梅
失去了原来的模样
隐迹在我兀杂的心沟
犹记得娘亲手折下的小时候
相见难，娘是我最美的哀愁
梅林树下，埋葬的我的祝福
娘是我心尖的攸攸
寻寻觅觅，娘的幸福是我此生的追求
踏雪寻梅，娘是我最美的守候

齐晓娥

教师。爱文字，爱创作，爱自由。作品见于网络平台及各级刊物。

我有一个奢望

当夜悄悄催人入眠
我就有一个奢望——
明天早早来临
太阳眯着眼睛
撩开薄薄的雾
我就坐在了小树林

当鸟儿把树吵醒
我就有一个奢望——
你是第一个出现的身影
风踏着你的脚步
掠过空灵的晨曦
我就听到了你的呼吸

当阳光抚动河面
我就有一个奢望——
让心指引你的视线
你说我该坐在小树林
还是等在小河边
你就能把我看见

一封快递

一封快递
榆社孝义
捧在手里就这样零距离
一方邮单
有我有你
原来可以这样在一起
好好地收起
什么也不会丢弃
每一个字都是你

等着九点

有什么在等待
七点是早晨？
七点还在八点前，
等待中醒来，
洒落在床上的，
是斑驳的太阳，窗外

紫槐泛着绿光，
躺着吧，任凭
一颗冲动的心，
继续着，无所盼望。
有什么会牵挂
八点在上午？
八点过了是九点，
牵挂还那么远，
广播里唱着
假如有一天我脱下军装，
太阳一棵树一棵树流转，
躺着吧，任凭
一颗心狂乱
等着九点，穿上
往日的平常。

一个人在2014

一个人，穿街而过
一个人，低着头

一个人。就这样
走进球馆，一个人
坐在更衣室

就这样，一个人想睡着
一个人走出去
一个人走回来

一个人。让风
吹乱了头发

那些浪漫的事

你说，相聚的时候要开一瓶上好的红酒
你说，有一天你会突然空降在我的身边
你说，要在绿草地上抱着我转个不停
你说，你要送我礼物，你一我一
你说，不管天冷天热要带给我夹肉饼
你说，什么也不让我做，但要我看着你做
后来你又说，你欠我的来生会还
我想知道，那些美好的事都在来生吗
我说，我一下车就要看到你
我说，我最怕回的时候一个人
我说，我想让你在路边吻我
我说，咱们要一张大床吧
我说，我要在家等你回来，哪怕只是一天
我说，想让你好好地疼我爱我
那天我说，来个短信好吗，今天想让你叫醒我
后来，我知道那些浪漫的事都在来生

有一片树叶

有一片树叶　不吱声
落在你的脚边
有一片树叶　会跳舞
飘在你的眼前
有一片树叶　探头探脑
想趴在你的肩上
你笑着说着　四处打望
你知道了
你知道　有一片树叶
从我的梦里
飞到你的身旁

那一天

去往你的城市
我没有考虑
我要赶上哪一趟
返程的班车

徘徊在空旷的车站
我才明白你没有拒绝
却在放逐我
错过了返程的时刻

穿行在陌生的街头
我在茫然中恍惚
我这一天
想象的美好
穿着大块衣衫躺在床上

我知道眼里的泪却
不知道
该往哪里流淌

该是你的给你留下
终于了却一桩心愿也在
自己安抚
这一趟的忧伤

车窗外的小树林掠过
我的心里没有谁对谁错
有你的城市我已经
来过

2016年11月4日。

启鸿

四川人，现居兰州，喜欢四处游玩，爱好写诗，每日一首。

寂寞夜深

她在怀孕三月时，男人就离开了她
她厌倦了婚姻
却并没有厌倦男人
偶尔，她会把男人
放倒在她的床上
偶尔，她又愿意
被男人放倒
偶尔，寂寞夜深
她想放松
身边无人
她就会去微信群里
发一张不雅的图片
可这，也有风险
就像和男人偷情
被他的女人撞见一样
有一回，她正乐开了花
一声棒喝
她被踢出了群

2016年6月13日。

无常

男朋友和一个女孩结婚了
我一点都不伤心
睡去，还梦见自己会飞
飞很高
还梦见一只九尾狐
前世的化身
在寺庙里，跑来
跑去
岑寂的夜，月亮像一把
弯刀
虫豸嘶鸣，松涛阵阵
我一点都不害怕
我一袭白衣，飘入山门
却未遇
挑灯夜读的穷书生

2016年7月5日。

命

她刚从一滩泥中拔出来
又陷进一滩泥中
一滩滩
在她人生必经之路上
等着的
泥，她命里的劫
一滩是，另一滩也是
她本可以绕开它们的
却没有。泥
绚烂，像罂粟花一样
诱惑着她
她一脚踏上去，才发现
中了别人的毒
她半夜微信我
我问她
想陷进去，还是想
跨过去
她没吭声

也不必说

2016年7月7日。

泣梅

本名梅军，现居重庆南岸，四季风文学艺术创作中心编委，风起中文网论坛管理员。作品散见于《诗选刊》《几江诗刊》《作家天地》《四季风》《嘉陵江》《夔州文化》《一字街》等，偶有诗作获奖。

诗观：诗歌就是与生活对话，用文字的手术刀解剖自己、拯救自己。

雨

尘世那么多低潮
涌动心与心倾斜的涟漪
带泪的碰撞，在荷叶上
抢占绿色法器
哦，谁在忙着超度
滴答，滴答

雨，在途中放弃了远方
穿过阳光的厚度
与大地较劲
坠落的戾气，杀死自己

我是在雨中陷入淤泥的人
把痛苦当作午餐
汗为雨，泪为雨
一个雨人，活不过时间的豪迈
也活不出梦境的春天

雨声，一刀一刀切割
尘世的拥挤，被屋檐
悬挂的瞳孔窥破
我在消失的途中
接近雨的温度
滴答滴答，不说冷

当我再一次写到死亡

当我再一次写到死是幸福的
就又有一个亲人离我而去
但他不是自己触手幸福
他被亲弟弟砍了八刀
尝尽了人间的锋利
哦，亲情也是陷阱
他用血祭奠了尘世的乌云
我不得不说
我厌恶这尘世的背叛和狠毒
我厌恶它带给我悲伤、愤怒

我悲伤，我愤怒
但我死期未到
我贮存的美好，正在心脏里腐朽
腐朽是痛快的，它让我凿孔
供自己逃逸
供途中，自由地向死，向生
供我大声地说出——
我厌恶杀戮之于死亡
厌恶争斗之于磨难
收起刀刃，我习惯假寐
用身体上香，祷告
每一天，我消磨自己，从内到外
直到薄得谁都看不见
像空气，或什么都不是

破房子

一把锁，锁不住时间，锈给君子叹息
离乡的人空心，空出老房子
老鼠，蚂蚁不请自来，代替他们留守
它们钻来钻去，开出无数道门
迎接无家可归的事物

墙角的蛇，枕着往事安睡
它梦见离乡的人在陌生的屋檐
比老鼠拘谨，比蚂蚁卑微
他们模仿别人的言行，越来越像破房子
朴实的那面墙，正一点一点坍塌

乔光伟

男，中国平煤神马集团职工，擅长诗歌创作。中国煤矿作家协会会员，平顶山市三苏诗社成员。

花开的声音

——异声铮鸣。它盘旋飞翔于尘埃之上黑暗之中
我知道，那绝对不是转瞬即逝的风。此刻
露珠和清风正用晶莹如玉温软如酥的唇亲吻着她们
无论上昼和下昼，春宵或良夜，她们总是缜密而沉稳
一湾最清澈的湖泊，一地最皎洁的月色，也仅仅是一种陪衬

它如管弦，若丝竹；如初雪，若晨曦；如飞天，若莲语
它是红了樱桃，绿了芭蕉；是鱼翔浅底，莺儿轻啼
是青梅煮酒，红炉点雪；是陌上低吟，渡口浅唱
是烛影摇红，花月未央；是十里芬芳，三千幽香

它薄如蝉翼，脆若琉璃。它隐约，飘渺，梦幻，醉意
它在天地之间纵情恣肆地挥洒和飘逸
它如蚯蚓劳作，如紫燕衔泥，如蜂儿采蜜
更如老牛在深夜里的咀嚼，细微柔韧坚定而深远

它不可轻视，它无从说起。它笑含娇嗔，面带羞涩
有着你始终弄不懂的秘密。是的，如果内心辽阔
而此刻的事实是，它辽阔的美正在超过
如果有天籁之音，那也已是对它降低了三分
现在——
所有丰美鲜明的语词都显得虚脱，所有至高的颂歌都必须保持沉默
它是它自己，是黎明、光阴、命运和奇迹之神
是你千年不遇的一次经过

夏·雨夜

雨的白链条，锁住草木，
草木强大。

茂盛的气息，一浪一浪，
埋住我的呼吸。

草木舒展，在夜晚的低处，
对抗着这个世界的高蹈。

草木之旅

这灰暗的春末到初夏，不是我
所想要的。本真已无本，生命的
作业，如此这般凌乱、潦草。

光阴平静。不动声色地
挥霍着，我居然没有半点的
羞惭和耻辱。难道可以忘却?

那故国，那夜晚的马灯
那艾草和稻菽的香，甚至那些泪水
那些还乡的梦，难道真的可以吗?

现在，我要向一株稗草致敬
并学会在尘埃里生活，用低
埋下自己的一生。

纯真

清灵的风是纯真的
疏散的阳光是纯真的
骑单车的少女是纯真的
背着书包赶往学校的孩子是纯真的
空中滑过的云雀的叫声是纯真的

轻盈飘落的尘埃是纯真的
干净的大地是纯真的
这个冬日的早晨是纯真的
整个大自然是纯真的
作为大自然的一员
焦虑和抑郁，内心充满阴翳的我——
是不是也是纯真的？

青华

本名周艳敏，笔名青华，网名岁月静好，赤峰诗词学会会员。酷爱诗词，甚喜陶渊明的诗词，喜欢淡泊、简单的生活。

寄语：农闲之余，一盏清茶，一卷诗书，一段音乐足矣！

竹篙

点破平湖清波
悦耳动听的《采红菱》
醉了波心月
醉了水中荷
醉了柳岸风
醉了桥头傻傻的少年郎
横笛
传递旖旎情丝
婉转缠绵的《相思引》
痴了波心月
痴了水中荷
痴了柳岸风
痴了船头俏俏的小姑娘
她藏藕花深处
他伫月下桥头
羞涩的目光
穿透青黛的天幕
念着恋着心底的良人
这一季的清荷
不知不觉做了红娘

梦回江南

我扯住了一缕风
轻轻地问
你从哪里来
途中可有路过江南
看没看到一座烟雨阁楼
挂着用贝壳织就的珠帘
阳台的水仙是否依旧
案上的碧螺春可有再添
氤氲的香气缠绕着
青花瓷中的那束青莲
窗外沙沙的雨
落在青阶分外缠绵
你是否调戏了门前的樱桃
仰着透红的娇颜
欲语还羞
你是否亲吻了墙角的芭蕉
卷起青绿的衣衫
掩面而泣
风儿你说
我是否能像你一样
来去自由
回到多年以前
如梦似烟的江南
再次竹桥邂逅
了我多年夙愿

不想忘了

又是一个起风的日子
我想起来经年旧事
你的情书和笑脸
我的无措与纯真
一路走来
我唯一不忘的画面
风中槐香远送
雨后细柳堆烟
能够遇见
终不负韶光

怀念是美丽的
不必违心地骗自己
已经忘了谁谁谁
不要虚伪地骗别人
已经想不起某某事
现在我只想说
昨天的昨天
不想忘了
明年的明年
想我是谁
以后的以后
云淡风轻

清晨

本名李改利。陕西人,80后。

寄语:爱文学,爱一切美的事物,追求生命中应当拥有的状态,如清晨的阳光般温暖美丽自己的人生。

无常

你笑了笑,笑得人很疼
你送我出去关上了门
门外我开始不停地行走
疯狂地想念
墙头一株将开未开的盆栽
看着我肯定是在看我
它奇怪地咧着嘴
厚厚的叶片积汇着浓浓的汁液
有一种狠咬的冲动
满嘴的草酸与青涩
仿佛绿色的血浸染了世界
丢了那个春暖花开
在漫长的三月过后
无常的四月天

2016年4月13日。

给她

她们都投来艳羡的目光
关于我们的勇敢
关于我们奔跑的灵魂
她们是妒忌了
我们的新鲜亮丽
我们的执着与不悔
我们炙热的心烘烤着大地,骄阳失去了烈焰
我们傻瓜式地追逐,年轻喜悦着
她的心里住着一个少女
她们说
她的心里住着所有的美好
她们说

她是一个天使

2016年5月9日。

黑夜三个我

一个光鲜柔美,住在上层
一个暗尘疲倦,住在下层
还有一个正在看着自己

我笑了笑,甜美的苦涩的也跟着笑
我哭,三个我都开始哭
我睡着,我醒着

我跑到下层,再跑到上层
忘记了那个正在看着我的自己
她静坐着,目光呆滞,看着我慌乱的眼神

2016年8月16日

我要种出小鱼花

我要种出小鱼花,孩子说
阳台前绿竹下的花盆里
种了一条小鱼
泥土潮湿拥抱着她
昨晚最后一条小鱼死掉了
空的玻璃缸
横亘在那里
干枯而又乏味地放着几块鹅卵石
它们光滑的视线看着我

是的,看着我匆忙走过的眼神
妈妈,我要种出小鱼花
种出和小鱼
一样金色的外衣
一样快活的花瓣
一样的和我说悄悄话的模样
孩子说,她的眼睛里种着小鱼花

2016年9月29日。

幸福的衣服

我想着一件幸福的衣服
去和天空媲美
我想它一定是有着世界上最美丽的颜色
有着最温柔的目光
最美好的纹理
薄凉的秋季我穿着它
从早晨到晚上
我想我的背后肯定有闪闪发亮的光
那是幸福的色彩

薄凉的秋季我想有一件会发光的衣服
从早晨到晚上
从晚上到早晨
我穿着它

2016年10月3日。

在你的城市丢了一粒纽扣

一夜的风吹落了树上所有的叶子
路旁光秃秃的枝干显得有些难为情
昨晚的雨打湿满地的忧虑
那红得妖娆的颜色也似乎在一夜间枯萎
亲爱的恋人
我把一粒粉色的纽扣丢在了你的城市
你可捡拾
她可能在你经过的路边
可能在你顺手拿东西的指间
如果你刚好遇见
请装进你随身温暖的口袋
冰冻的十二月就要来临
不要让她温柔的色泽失去光耀

2016年11月3日。

奔

在细雨中呼喊
记忆赤裸裸　在奔跑
旋律悠扬,急促,冗长
让人悸动而又窒息
疼痛中的幸福微不足道
又显得巨大
如同雨后的太阳
真实得让人虚幻

信仰

我种了一片向日葵
冬日,开花了
妖娆迷狂
朵朵灼人眼球
它们枝叶痉挛发疯般
集体崇拜
集体狂欢

日落,插一瓶放在床头
当是梵高的油画,不想
各种颜色膨胀漫延
薄翼般的花瓣
夜间刺痛你的身体
听到玻璃窗轻轻裂缝的声音吗
仿佛光着脚去见心爱的人
刺痛了甜蜜的轻轻的笑
调皮地探出头
仰起脸庞
去迎接清晨他的目光

冬日
我种了一片向日葵
开花了
朵朵灿烂,金黄一片
它们的头颅都望向一个方向

微笑

橙色

我想着一件暖暖的橙色包裹身躯
就像黎明时分干净温热的颜色
那是蓝色海洋里的一抹娆艳
纯粹得让人心悸

静静地一股清香来自天边
如一颗橘色的夜明珠般
我捧着她，用心承载
她美丽的火树银花、遗世而立
匍匐在你的脚边
只求赐予我一丝一缕阳光的颜色
充盈灵魂
灿烂生命

清风简

本名杨雨。安徽蚌埠怀远人，现居广州。喜爱文学，并创建清风笺文学网站。现为广州黄埔区作协理事、广东散文诗协会会员。

牵手文字

你从象形开始
一路叮咚
在历史长河里流淌了
五千年
我在长河这头
仍能握得住你最初的狂热

石头刀痕见证了
你的久远
竹简上演绎了
金戈铁马
绢帛里
书写深宫幽怨
宣纸上
流传人间喜乐

从骨头到石头
从竹简到锦缎
你走了很久，从未腐烂
且坚硬和柔软地活着

紧握你
你的手还存留唐宋的墨迹
在这信息时代
你从纸上跃然屏幕

指尖敲动
诉说历史沉浮
牵你的手
感受彼此温度
你的厚重
是我一生的追逐

清莲

故乡

有一个地方
在山之又山的里面
得林之又林的环抱
唯一的石径
沿山而上
昂首仰望
直接云霄

峰顶是白云的故乡
山路清幽
踏石而行
松枫列队
鹰鹤齐鸣
一步步流连翠染的山林
一回回驻足如画的风景

虽无仙人迎
亦可抚云琴
行来山口上
情在天地间
两山相合
双人难踱
路有末途
山无穷尽
难信双眼
惊现桃源

村舍依山排列
田地傍水毗邻
但见炊烟袅袅
忽闻犬吠鸡鸣
山涧流清水
荷塘荡碧波
渴来饮甘泉
鱼虾戏足间

吸一口纯净的空气
提神醒脑
吃几颗林间的野果
满口流香
青禾浮风起绿浪
红花摇曳笑春枝
新楼藏古风
墙砖可照人

农夫执留客
盛意不容辞
笑谦无所有
山里野味食
朴实的村妇心灵手巧
一席的饭菜摆到桌边
红红绿绿
香香甜甜

碗中玉粒香飘远
盆里金莼亦天然
一粒粒是他们的汗水
一叶叶是她们的辛劳
主人满意的微笑
客人满腹的情谊
方恨陶令未至
慨叹李白不知

小姑娘的长辫
闪过门前
苹果般的笑脸
不胜娇羞
映红了蓝天
清脆的歌声
回荡山谷
响在天庭

安谧的时光
恬淡的人生
老人的长寿
乐在无争
清晨方醒
百鸟问安
夜晚入眠
蛙虫合曲

山为屏障
阻断尘世的喧嚷
心处宁静
人无忧伤
日月轮转
星辰相伴
这是人生的归宿
这是心灵的故乡

2016年7月19日。

生如夏花

如火的骄阳
直炙大地的脊梁

热浪掀去春的忧伤
把岁月领入季节的火膛
沸水流江
飞沙横墙
虎豹伏林
巨鲸潜洋

鸟避幽谷不闻声
树垂焦叶病枯黄
只有勇敢的夏花
迎着烈日绽放
如浴火的凤凰
熏沐着高温
自由地生长

在闷热的夏日里
徐徐伸展
盛开霓裳
奔放如火
比火鲜艳
随风舞动
灿若霞锦
用你的浓情
染出夏的风景
以你的神彩
展现夏的热烈
你以战斗的精神
在险恶中勃发

无水亦娉婷
有土即生花
你纵然娇颜丽质
却有着火热的心地
生如夏花
敢与烈日拥抱

笑在清波
媚于荒野
开出自己的色泽
在桃李败落处惊艳
点燃夏的激情
用你昂扬的生命

2016年6月19日。

初恋

初三的年华
我始怀春
情潮在羞涩的海面上涌动
似乎要冲破十六年来闭锁的闸门

班长——女生心中的男神
如切如磋如琢如磨
瑟兮涧兮赫兮咺兮
善戏谑兮不为虐兮

他摄去全班女生的芳心
我亦靡日不思
中心养养
未见君子　忧心惙惙

情潮凶猛
卷走了我的芳魂
副班长的优秀
同学皆知
每当她走进教室
总是神气逼人
花容含骄春风拂面
最不堪她那窃视流眄
目向班长

我的心比其他女生
尤痛还伤
只觉北风其凉雨雪其雱
好一似掉入黑暗的北冰洋
人生也没了希望

班长的优秀不仅于成绩和长相
他还是一名运动健将

而这正是我的强项
常常代表学校参赛拿奖
不曾想我的荣誉
竟得他的爱慕

一个自修的夜晚
他偷偷塞给我纸条
我的脸即刻红成了春桃
曾经那遥远的幻梦
此时已然成真
我的幸福
在他多情的明眸里疯长

2016年7月5日。

向人民子弟兵致敬

飓风暴雨
可恶的洪魔
没昼没夜肆虐着人间
江河警戒
湖泊危急
民房被淹
庄稼被浸
城市汪洋
农村水塘

百姓哀怜的眼泪
感动不了洪水猛兽
它们仍在得意中疯狂
大有吞噬珠峰的图妄
险情就是命令
哪里有危险
哪里就有人民子弟兵

你们是无坚不摧的钢铁巨人
你们是人民的保护神
撞上你们的洪水猛兽
也就成了泄气的皮球
只能顺着你们的旨意溜走

你们这座军绿的钢铁长城
是这个夏天最美的风景
将士们在滔天的洪峰里
立成一座座巍峨的丰碑
以屹然挺立的姿势
保护着百姓安危

你们用自己的肩
当百姓的梯
你们的臂膀
就是老人与孩子们安全的港湾
你们用自己的汗水
搏击并战胜天灾的雨水

你们的迷彩
全被染成泥土的颜色
你们也是有血有肉的人呐
不然怎会手掌磨出血泡
怎会泥脚被血染红
怎会在吃饭中睡着
怎会在泥浆上打鼾

你们哪个不是父母的心头肉
哪个不是家中的骄子
但当人民危难时
是你们挺身而出
用年青的生命
为百姓编织出牢不可破的安全网
你们把人民和国家的利益看得高于一切
你们在人民心中永远是最可爱的人
向你们致敬——
人民子弟兵

2016年7月7日。

爱在夏天远航

宝贝别哭
是什么让你这么忧伤
两眼总是满泛泪光
不如接受我的邀约

走出那孤寂如牢的幽房
听夜莺歌唱
看月儿笑如你眉的模样
沐浴晚风的清凉
掬一捧爱的时光
把你我的情丝
嵌入它安恬的梦乡
随季节的风远扬

宝贝别哭
是什么让你如此感伤
两眼总是饱含泪光
不如接受我的邀请
走出那枯寂如牢的幽房
听夏虫交响
看红莲羞如你面的模样
在明亮的月光下徜徉
荷塘里倩影双双
氤氲芙蕖的清香
一个甜蜜的拥吻
爱已在夏天远航

2016年7月15日。

需要

我需要你的甘露
不然我盛开的花朵
就会凋萎
我需要你的雨水
不然我爱的心河
就会干涸

我需要你的云彩
不然我情的绿洲
就会沙漠

我需要你的笑脸
不然我潮湿的心坎
就会霉烂

2016年8月11日。

百世荷莲

你是圣洁的白莲
在清波的宫殿
百世修炼
碧水禅音
旦暮烟凝
悟道成仙

三生石畔
水袖临风
舞一曲霓裳
梨花飞雪
青丝如瀑
蝉衣如素

我是依伴的青荷
不离不弃
为你横笛
吹奏千年的心音
陪你潜风入梦
静享红尘

三生石上
等你梦醒
我为你栉发持簪
柔情在青丝间蔓延
一声巧笑
酥骨缠绵

僻芷幽兰的芬芳
江灯映潭的清亮
水月皎皎
两情温婉
一朵朵芙蓉
在心湖里开满

2016年8月28日。

清泉

本名管小香，现为临海市科普作家协会理事兼外联委主任、中国科普作家协会科普创作实验基地诗歌创作委员会副主任、纸网刊双栖主编兼专栏诗评人。作品散见于《科普作家报》《诗词世界》等多家报刊和网络文学；2016年作品入选《中华诗坛年选选刊》、《中国诗影响》《乡土诗人》《中国诗歌》等；诗歌评论文曾刊登在“作家网”，点击率超过20万次。

胭脂劫

是的，毫无疑问。我们都是病句
是一些华清池里被重用的石头

胎盘里孵出的美人痣，骨折了谁的心魔
雾能分得清

马嵬坡的木鱼，穿透过眼的空空
梨树苍白了眉目，啄美了谁的坟头

都说红颜祸水。当我们俯身于历史的奏折
她意外地芬芳了芬芳

仿佛此生就是谎言的旅程。在一场雪崩里
整个人群失色。她如雪花飘落

而眼前，又是胭脂满城舞
谁在试图捅破霓裳里刺绣的一滴泪

但我们已是囚禁在染缸里的一寸错误
无力护佑这水的痛痒

我们曾经洁白的身影！是埋于那年的眼泪
还是一幕幕的雪崩里，等待温度

只要高山流水

再次提及稗子。高山的水会倾天而下
还是难以平息捣乱的神经
是的，一个自命稗子的人
应该像一束含羞草。她却向玫瑰借来刺
向茉莉借来白色，向小草借来格调

而后在摇晃中蚕食稻穗。我敢断言
我们病了，我们是一些患有眼疾的病
以至于把稗子奉为稻田里的明星

不敢惊醒论语，诗经，大雅，小雅，乃至国风。
我怕它们会痛
那就来一场水吧，不要细水长流
只要高山流水。唯有此，心可放晴

广场

知了放低了嗓门。臣服于舞曲的
强悍，余辉翻弄着空气的拥挤
小女孩跑来，指着纪念碑问，高楼里
有人吗

妈妈搂紧女儿，顺着小手的方向
多久没留意它的高度了

清洛

本名黄深厚。1960年生，安徽定远人，现工作于农业银行审计局上海分局。

申江岸边的红梅

苍劲枝头间
溅落的鸟鸣
是飞雪点燃火焰的一种诠释
壮阔的江水
被凛冽的寒风
反复诵读
云飞浪卷的红妆
映照一抹夕阳

我拾阶而下

迎着滨江大道前来
拜读二月
盛开的梅花
掌心随着夜幕
徐徐拉开
充满了暗香
月色拨亮了两岸
五彩的璀璨
音符飘满夜空
点燃了东方明珠
空中旋转的浪漫

我深信
一枝梅花的胸怀
可以装下整条江水
装下这繁华的夜色
装下残冬这堵老墙
轰然倒塌的
巨大声响

滴水湖畔看飞筝

那片湖
很深
湖的外边是海
很远
湖的内边是草坪
很阔
湖的上方是瓦蓝的天空
放飞的风筝
很高

一湖辽阔的静美
轻轻撑起一片瓦蓝
此刻
湖面和天空都沉浸在透明中
一架飞机从大海深处飞来
掠过风筝
途中的倦者与风筝上的美猴王相互凝视
目光在阳光里融化

一只欢快的小鸟划过天空
闪动的身影
仿佛是向远方来客致敬
向即将被染绿的大地问安
向那些拥抱春天的人祝福

这个季节所有的梦都是绿的
风筝也不例外
它的体内已鼓满春风
还有准备播撒的种籽
它溢出的绿色将抵过整个冬季
直到大地纷纷盛开春天的花瓣

清泉东风

向日葵

小的时候
经常会听到
高高绿骨儿
圆圆黄金脸
最爱向太阳
盈盈笑不停
这是猜谜
答案是:向日葵
高高个儿一身青
金黄圆脸喜盈盈
天天对着太阳笑
结的果实数不清
也是谜语
答案也是向日葵
在我们院子里
也有一株
圆圆的花盘
似朝阳出行的盛装
金色的花瓣
如晚霞放射的光芒
沐浴在阳光下

悄无声息地绽放
面向着太阳
茁壮成长
蓬勃向上
迎接着风雨
不屈不挠
勇敢顽强
生长的力量
是阳光
带来了无穷的希望
不喧嚣不张扬
勇敢成长
对太阳无限的忠诚
对阳光执着的追求
指引着我们对生活不要彷徨
坚信只要:自信、乐观、进取
只要面对着阳光努力向上
日子就会变得单纯而美好
夏天里的太阳只看得见向日葵与他遥遥呼应的微笑
却看不见它低头的落寞
向日葵的执着就是守护唯一的太阳
不停地吸收那一缕阳光
把粒粒颗粒灌得饱满
期待收获季节
让阳光撒进了我们的心房
勇敢追求我们的梦想

这个不着边的浅夏

前几日
刚好遇到端午节假
感受到今年
这个不着边际的浅夏
阳光肆无忌惮地洒在大地
我惦起脚尖,
把头伸向窗外
炙热的热浪扑面而来
把人的脸和身灼烧
烦躁,闷热
行走在这片土地的人们
还有谁在忧伤呢
深呼吸。淡然。
开始适应这个夏季。
原本以为会很美好的夏季。
好想去海边
想象着一起去踏浪
赤脚踩着柔软的沙子
享受着海风
疯狂地玩耍,
就像以前一样的无忧无虑
蔚蓝的天空
飘浮着朵朵的白云
编织着最美的夏季
快乐漫延着我周边
我想要的浅夏。
可以穿着海军蓝上衣
和母亲精心织出土布做成的短裤
又不怕被晒黑
可以到处玩耍,
又不会满身大汗

可不是现在这样
今天,还没下班
防汛办说六小时内有雷雨天气
值班人员各就各位
时刻准备着
心中不免惆怅
感知一路的繁花已经开始凋零
路边的树叶不再生机勃勃
周围的空气不再新鲜
这个与我不着边的浅夏
唯有不变的只有
在笑与辛苦中变老
在忙碌与空闲间感怀生活
也有对未来无尽的期许

情二郎

吉林通化人，驰骋于多家网络论坛，现任人之悠远论坛管理员，大家诗歌论坛诗歌版版主。

诗观：诗歌只是生活的调节方式，不能当饭吃。

金骏眉

端坐杯中
那人成为影子
扑簌簌一干心思落地
影子与人一道消失

金鱼

素蝶翩跹于幽谷
目光似可交接
有什么不安在心湖打转

新年

盈盈莲步走来
纸飞机青春手臂天使
一点点故去

雪

葬在一首藏头诗里唐宋

环境怎么了

"骄傲的巨人"
雾霾停停走走
地球打了好大的喷嚏

新小夜曲

喵
梦不知哪里去
喵

晴空依旧

本名赵文新，中国青年作家协会会员，江山文学网如云诗苑副社长，锦州海风论坛管理员。

浪漫五月

（一）

当春天的美好成为过往
五月撩开夏的衣裙
大雁已经在路上
鸟儿们发惊呼
风一反常态
狂躁不安

（二）

每一个门窗的缝隙
都能听出暴风雨的节奏
老槐树上一串串洁白的新蕾
正以夏天的姿态张开嘴角说
等待一场雨的到来

（三）

雨季似乎还差几天
青苔蔓延在水里，小鱼躲在下面说悄悄话
青蛙的卵子闪着银光，浮在水面
没有秘密可言
几只鸭子游过去，不用着急
美食要吃出滋味

没有思维的动物，不会伪装
蛙的叫声里没有悲
远处的木鱼一如从前
袈裟里写满故事

（四）

摘一枚青杏，放在嘴里
满口生津
酸，代替了苦涩，质的变化
需要养分，水，光合作用

李子挂在枝头，柄稍长一些，很像五线谱上
静止的一串四分音符
风抚枝条，弹奏美妙乐章
心懂

（五）

当所有风景不在眼里
华丽的词藻，苍白无力
不去争奇斗艳，叶子簇拥着果实
不显山，不露水
忧郁的绿色，等待爆发

五月是深沉的季节
绿是夏的梦
一树一树的槐花
比蒲公英的命运好得多
飞与不飞都是造化

携一本书，带一支笔
铺开五月，用花和叶的味道
填满一阕

邱莉莉

千里一户

太平染烟尘
竹楼环水清
抚琴对波粼
莺啼枯木醒
推窗作画
唯几分茫茫
徘徊吟咏
有几分癫狂
百年一日
千里独户
梦觉回首
不见一人
忆晨曦
日踏风飘起
今聊暮
孤家寡人
二分春色
三分冬寒
笔惊墨宝
书一片凄凉
蜡炬伏案
阅之泪潸
掌琴和歌
哀音刻梁
未几
夜鬓霜

邱启永

男，1965年生，大学文化，山东滕州人。系中华诗词学会会员、世界汉诗协会理事、中国诗词协会理事、中华当代文学学会理事、枣庄市诗词学会常务副会长、世界百名“中华诗词文化传承人”之一、《当代中华诗词库》编委、上海《黄浦江诗潮》副主编、会刊《华夏诗文》常务副主编。作品散见于《中华诗词》《世界汉诗》《中国诗词》《当代中华诗词库》《当代诗人作品精选》《诗词世界》等，分别在“中华情”全国诗歌散文大赛、“天籁杯”中华诗词大赛、“黄河之都”中华诗词楹联大赛等赛事中荣获特等奖、金奖和一等奖，并荣获“天籁之音·德艺双馨中华诗词家”称号，成为《世界汉诗》《中国诗词》《诗词世界》等杂志社签约诗人。

秋天的思念

耳边还残留着知了的声响
冷冷的秋风已吹遍大街小巷
秋虫呢喃，秋夜凄凉
浮云蔽日，掩饰不住内心的恐慌
模糊的倩影，浮现出清晰的脸庞
无寐的三更，恍闻莺莺在轻轻吟唱

忧伤的旋律,冲击着我的大脑
零乱的音符,像踩在我的心上
缠绵的秋雨,打湿了地上的落叶
凋零的花瓣,勾起了我无尽的怀想
寂寞,是我难舍的痛
无奈,劝我把美好的一切珍藏

梦想家园

过往
黯淡了曾经的辉煌
多少憧憬
散落在匆忙的路上

梦想
牵着向往的手
在潺潺的小溪旁
散发着醉人的花香

于是
几间茅草房
一片菊花黄
数畦青菜
一片幽篁
一幅楮墨
一杯茗香
几首诗词歌赋
几番水色山光
在布衣粗食里
浅吟低唱

顿悟
看曙霞斜阳
听雨洒荷塘
望云卷云舒
嗅四季花香
向着星星眨眼
伴着松月乘凉
哪管他
天未老　鬓微霜

邱善文

男,1951年生,山东省滕州市人,毕业于山东大学,工程师。中国民主建国会会员,山东省作家协会、书画家协会、枣庄市曲艺家协会、诗词协会等会员,滕州市诗词联赋协会理事。曾发表诗歌260余首并获奖;本人被收入《中国当代艺术界名人录》《山东省文艺家名人录》等辞书中。

春天的相思

又是一个神发奇萌的季节,
又是一个如梦如幻的春天;
桃李杏花绽开时序娇靥,
就连俏丽妖娆的杜鹃,
也竞相烂漫在相思地缘。
而对你的思念,已使我、
已使我迷失了时间。

你的倩影曾抚慰我的荒芜心野,
你的歌声曾驱走我的疲惫慵懒;
你的笑容曾映照我的单调梦境,
你的目光曾燃起我的炽热情焰……
尽管,初恋的浪漫,
早已定格在青春驿站;
虽然在河之洲的关雎,
不再啁啾多情的《周南》,
记忆彩虹,却执着地折射着、
折射着我们的纯真从前。

哦! 莫道那蜜调的甜话,
已成为婚誓的虐语。
哦! 莫犹疑那馨美的期许,
是否渐行渐远。
看! 艳阳金线,
仍在为我们编织着这爱的锦帛,
听! 婉转雀鸟,

仍在为我们吟唱着这爱的礼赞!

初恋

一只淘气的鸟儿,
衔来颗神秘的种子,
播入我桃形的玲珑,
悄悄、匆匆。
显然正中了丘比特之箭,
它居然复苏了,萌发了,
携着青春的荷尔蒙。
稚嫩芽尖上喷出绯红的焰,
燃着春晖,燃着尊性,
燃着羞涩,燃着朦胧,
燃着一个古老而陌生的“好”字,
哦! 如梦如幻,如幻如梦。

于是,我和他做起了、
做起了孩提时的游戏,
在华灯初上的街衢,
在明月竞镀的河畔,
在温馨宁静的房舍,
在柳荫、在舞厅、在草坪……
用情感的童话,
编织着那一片属于自己的桂林山水,
那一轮缀满幸福和憧憬的皎月。

R

饶彬

1970年生,湖北省赤壁市人,1990年毕业于武汉测绘科技大学(现武汉大学)工业与民用建筑专业。湖北省作家协会会员,中国诗歌学会会员,中诗网签约作家,现就职于湖北省高级人民法院。已出版诗集《白砂糖之梦》(中国文联出版社,2001年8月)、《蓝色世界的黑眼睛》(作家出版社,2002年8月)、《滴水成漏的人》(作家出版社,2005年4月)、《青苔之恋》(大众文艺出版社,2009年7月)、《网撒在岸上》(大众文艺出版社,2011年9月)、《燃烧的月亮》(大众文艺出版社,2012年12月)、《白树叶》(大众文艺出版社,2012年12月)、《冷火》(大众文艺出版社,2013年8月)、《红露珠》(线装书局,2014年5月)、《空格键》(线装书局,2014年5月)、《纸上的星星》(中国文联出版社,2015年7月)、《游进秋天的鱼》(中国文联出版社,2015年7月)、《越界的麻雀》(中国文联出版社,2015年7月)、《寻找去春天的路》(中国文联出版社,2016年7月)、《无花果》(中国文联出版社,2016年7月)、《献给女儿的诗》(中国文联出版社,2016年7月)。

雪

完成生命
是一瞬间的事情
纯白的良知
冰冷的顿悟
一旦失却
水的激灵水的游移
感觉全无
不可避免进入状态
风吹刮起粉尘
希冀在空中炫耀
一辈子的寻找
已轻轻松松完成
脚印留在身体
心便有了刻痕
出走
不拘泥于语言
眷恋冬天
热爱粉饰的精灵

2016年元月3日。

冬天的园子

没有雪
冬天不像冬天
腊梅绽放

亦无傲骨之气息
活着没啥不好
枝头无叶有花
美不需要词语
美只能是陪衬
祈愿有人喜欢
祈愿有人去爱
树木的激情
从来让步于安静
欣欣向荣的景
凋零萎败的情
心里藏不住事
不是心的空缺
果实不曾拥有
收获不曾拥有
园子是大也是小
江湖是远也是近
我依然来来往往
留下赴约的脚步

2016年元月5日。

童话诗人

童话不是诗
诗人不是童话
偏偏有人
做一个童话诗人
用孩童的眼睛
看成人的世界
用无邪的眼睛
看欲念丛生的世界
你不是勇士
只好出逃
只好躲避
爱情有爱情的方式
生活有生活的方式
抛弃世俗的精灵
无奈生命的琐碎
高高的帽子
是竖着的烟囱
是有思想火光的烟囱
人能够老去是幸福的
人必须老去是悲哀的
斧头砍斫的人性
岛上生长不出常青树
影响一个人够了
影响一代人够了
产生激情的炉火
沉寂在不眠的冬夜
身体的幻灭可悲可叹
精神的幻灭可悲可叹
没有童话在真正复活
没有诗人是真正死去

2016年元月7日。

人群

树
不用理解树
站在一起的树
多了
就成为树林

石头
不用理解石头
待在一起久了
就成为石堆

人
总想理解人
深陷于人海
偏偏说是人群

2016年元月27日。

海郁闷

大江喂养的海
大河喂养的海
渴了累了
累了渴了
喝上一大口

小憩一会儿
海的日子很富足
海的日子很巴适
海却告诉我
它是
一肚子的苦水

2016 年 2 月 1 日。

蜂王

蜜蜂的王
尊贵
群蜂中体现
享用不尽的蜜糖
似乎缺少甜味
远处的花香
靠风吹来
不绝于耳的嗡嗡声
是臣民的窃窃私语
我的宫殿是蜂巢
我的安乐窝里
住着的
都是蜂蜜

2016 年 2 月 23 日。

任世卫

男，笔名坚守，1968 年 9 月生于山西省吕梁市汾阳市阳城乡董家庄。自幼酷爱读书，兴趣广泛。利用业余时间练笔，作品曾在《诗词文学》《读者文摘》《凌南文学》等报刊平台发表，受到广大读者的好评。

心声

为什么说我们是春蚕
我们不是春蚕
不想落下到死丝方尽的悲惨
为什么要把我们比作蜡烛
我们也不愿做蜡烛
更不想有成灰泪始干的潸然
我们需要乐观
我们需要向上
我们需要平安
我们需要健康

我们不是工程师
也不是什么知识宝库的金钥匙
我们不贪图金钱
也没有对拥有特权的奢望
我们不想要头顶上有多大的光环
也不希望自己的人生有多大的辉煌
只求得为人师表和做学生的伙伴
我们有自己的尊严
和恪守一条最起码做人的底线

2015 年 5 月 10 日。

小溪

啊！奔腾的小溪
你终于挣脱了母亲的怀抱
带着神圣的使命
唱着欢快的曲子
扭动着蜿蜒曲折而优美的身姿
跳下了山岗
绕过了草地
一泻千里
奔流而下
不管前面有多风雨
也不管道路有多艰辛
心中只坚定一种信念
带着理想抱着希望
冲向属于自己的远方

2015 年 7 月 10 日。

小巷

回到阔别的故乡
穿越古老的小巷
昔日的苦闷心酸
依稀在眼前浮现

墙角风蚀的印迹
满地泛绿的青衣
见证古老的岁月
勾起儿时的回忆

顿觉时光的逝去
苍老悲伤的情绪
思乡念古的愁心
触景生情
油然而生
又如过眼烟云
随风而去

人生短暂
流年不返
且度且珍惜
该做的
马上付诸行动
不要给将来留遗憾
不要过去了说后悔

小巷幽远
脚步蹒跚
思潮翻滚
感慨万千

2016年3月10日。

晨思

一阵秋风一阵凉
一场秋雨一场寒
院中摇曳的核桃树
凌乱满地的黄叶
一种莫名的心酸
涌上心头让人难言
曾经浓荫茂盛天空遮蔽
珍珠颗颗果实累累
向人们展示的核桃树
无奈中露出淡淡的笑意
更有那高傲的枝头
显得昂然兴趣
费尽洪荒之力
总想留住昔日的霸毅
然而也变得弱风不济
与黄叶一同飘落大地
等待它的是落地化泥
来年春季
焕发青绿
必将又是一个
新的天地

2016年10月29日。

蓉儿

本名张笑蓉，浙江浦江人，浙江省作家协会会员，浦江县作家协会副主席，中国小诗网副站长、副主席，《中国小诗》主编；著有诗集《紫藤花轻轻地开》《月泉微吟》，有诗数百首发表于各诗刊，获大小奖项多次；诗作《荷韵》荣登《中国微型诗300首》封面。

诗简，曾经来过我的梦里（组诗）

给树木以灵性，它就是书院的骨骼
在架起那首诗时，飞越成精
许多乡愁，缠绕在转折处

平仄是诗走路的声音
被踩空的是被木工锯掉的年轮
在搭起的屋檐上眺望

黑瓦上雪已被清除，阳光
让春天的画笔滋润得越来越香
把“月泉书院”画成
——浦江的名片

月泉·歌谣

月泉，在旧基上一寸寸成活
我用一段段汉字栽种月光

那些跌落的往事，已在沼泽地里淹没

诗行长成的院墙，迎风
挡住断了线的声音，在轻轻走过
成为田园新歌，成为白马

风月，用钢钉铆在檐上
万物滋生，我把旧的时光
用来封住老的伤口，写新的歌谣

诗简，曾经来过我的梦里

我曾经在此地找寻
一次次徘徊
找寻遥远的故事，和破旧的往昔

二千七百三十五卷诗简
很久以前就曾到过我的梦里
如今，它还是原来的田园杂兴吗

那曾经叫月泉的美人
邂逅过今生的诗，正在
按自己的方式成长

一滴月光
无法抹去南宋的遗憾
沉重的记忆，正在苏醒

灵魂在七百三十前的旧时光里打坐
我翻开厚厚的黄泥浆
用夕阳，为其刮骨疗伤

千里之外

——题吴建明同名国画

羽毛，在高处抖擞
每一根都顺着山势陡峭
白鹭的叫声把云朵镂出雨水
把山坡浇红，浇绿

千里之外，有一孔泉
月盈月亏，在春天里银白
成为桃花的背景
喜欢翰墨的我，把工笔默吟成诗

挂在春天路过的拐弯处
给留白做注脚，然后
把一枚闲章，点成梅
成为丹青女子

人面桃花

一瓣粉红在记忆中蕴染开来
三月领着稻草人一步步
走向春深处，鸟鸣
也有了浓郁香味

蜜蜂从枝头点过去
桃花掩面，不着声色
被蛰痛的是透明的岁月
一节节，在路上独自逍遥

村庄不再年轻，所有的静谧
被风点赞，祖先宗祠
漂泊成一朵云，在后人脸上
一闪而过

我要的澎湃

大海，差一点就停在了我心里
浪，日日汹涌、击打
让我重新搏动，那些如死灰一样的往事
失去了
往日的温度。现在，有一个声音
总在耳边旋转，回头
看越来越薄的春天
我的爱情，正走向更年期
像沉进海底的秘密
其实，我只是想淹没那些落花
让纯净，回到枝头
做一滴露水
至于大海，我绝不允许它

停止澎湃

如水心情

真名郭海峰，男，汉族，70后，甘肃通渭人，现为驻藏某部军人，任全军政治工作网“军旅文学”频道特约编辑、“德昌文学网站”执行社长、“江山文学网”签约作者。作品散见于《人民军队》《国防报》《齐鲁诗歌》《关东文苑》《诗中国》《诗歌月报》《月亮诗刊》《鹰击长空》《政治指导员》《军旅文学》《解放军生活》《解放军文艺》等报刊及媒体，并荣获第十二届、第十四届昆仑文艺奖以及第五届“强军杯”全军网络军事文学大赛一等奖，作品入选多部文学专集。

月色落进太阳那一刻(组诗)

月色落进太阳那一刻，万物黯然
只有浩荡的春风从我身体内滋生
接着有布谷的声音从草甸间传来
交错的马蹄，踏破静谧着的草场

一切都醒了过来，高扬的黎明
捎来了你那久违的呢喃
撩动我蛰伏一个季节的情丝
纷纷扬扬，覆盖残雪消融的高地

那一刻，太阳吞噬了夜晚的细节
开始的清新与渐渐袭来的躁热
令春风缄默，一树花开无语
所有的喜悦和惬意，也流离失所

也许那一刻，适合把一些如水心情
紧紧握在手心，就像出巢的雏鹰
总是在清晨的风里
伫立悬崖，决然放飞于广阔的天地

我想月色一定还隐藏着什么
有时一夜相思太短，要我一生来珍藏
来不及把三月的雪花存入眼底
来不及描摹一只羚羊奔跑的灵动
甚至来不及说出梦里邂逅的喜悦

一切措不及防，让我误入桃花渡口
便被一坡摇曳生辉的亮丽所击败
胸中陌生的情绪，乘着晨曦
在季节的三叉口，酝酿一场倾世繁华

我的眼神穿过你的岁月

我在一岸芦苇里遥想你的岁月
金戈铁马，万丈红尘在鹰翼下流淌
执手红烛在烽火狼烟中摇曳不定
山盟海誓在残恒断簇中响彻千年

我是佛龛前盛开的格桑花
把对你所有的念想
安放在蓝天厚土
在袅袅香烟中祈祷缥缈神谕
在辽阔草场上为你悠扬牧歌

折返光阴，静静俯视旷远河山
河流断，山岳崩。羚羊闲散的冰河畔
已改朝换代。我只是一个牧羊人
一眼千年，你我却错失在时光交错中

写好祭文，我用生命来吟诵
却发现这是一纸前世来生的约定
我的眼神穿过你的岁月
鹰鸣，雪光，梵唱，一湾远去的
时光河流，烁闪千古不灭的光辉

醒来，芬芳遍野

五月，心情如水。是一夜蛙声
低了满湖月色，起起伏伏
穿透一场酣畅淋漓的雨幕
沿着鹰鸣的方向，抵达高远之处

草场开始返青，转场的羊群即将到来
经幡翻飞，梵音轻唱，牧歌悠扬
还有卓玛姑娘的笑声
悄悄驱散了残雪消融的冷寒

老阿妈轻摇转经筒，于是转山的路上
轻泄鸟语花香。朝拜神山圣湖
叩拜诸天神灵，赐我一句谒言
盛放于我坚守的冰河，草原，雪山

高原的风，吹来的不再是粗犷与酷寒
而是千里之外泥土的清香
蛰伏一个漫长的冬季，醒来
芬芳遍野。如水心情，打湿满目青葱

高原，我在寻找一段走失的岁月

很多时候，我在寻找一段
走失的时光，一段迷失在高原的岁月
锅庄的旋律渗透着青稞烈酒
卓玛的歌声悠扬在苍凉的空旷

象泉河畔，我用低过鹰翼的耳朵
倾听从古格王朝传来的马嘶剑啸
神山圣湖，我手捧前世的谒语
转经纶，拜佛祖，祈愿河山安宁

甚至，我于狼群围困的帐篷里
遥想文成公主飘逸的裙裾
是如何荣耀一段岁月，打造一座江山
在唐蕃古道上演一个女人的战争

那时，湖泊和天空一样
瓦蓝瓦蓝，如绸缎般缠绕着雪山峻岭
唯一不同的，我的心事
没有如今饱满，只是简单地
码成一个个或忧伤或喜悦的汉字

这个和我青春有关的地方
如今越来越空了
有人是为镀一层虚伪的金汁
有人是为窃走高远之处的荣耀
有人是为享受指点江山的快感

高原，无论我在与不在
无论时光的走失，或长或短
但都能平静地从寒冬走向春天
仿若眼前的苍黄，干枯的红柳
只剩遒劲的根茎与枝干
剑指云天，静待又一个春暖花开

若冰

笔名木瑟、冰锋，80后，安徽人，合肥市作协会员，2004年开始业余写诗，现有诗歌200余首发表于杂志报纸及网络平台等。

风把万物吹开

风把我的身体吹开
落在三叶草，青石板和迎春花上

风吹开我后又去吹别的
把风筝吹向天空
把野雏菊吹成向日葵黄

一切蜷缩的都在展开
心窝，面孔，眉头和情怀
轻巧绽放的花瓣

门还是敞开了好
让风溜进来
吹开的我们都裸露着
不用认真看也能看得清

镜像

每天我习惯照三次镜子
一边照，一边想起斯芬克斯之谜
已经走过早晨的四条腿

有两条属于创造
有两条在退化
从镜子里我看不清自己的脸
它有时美得假惺惺
有时让我害怕
人是什么样子
镜像是说谎的眼睛

S

沙浪

本名李景斌，香港诗人理盟理事，香港音乐文学学会会员，香港爱情诗学会会员，多写爱情诗，作品散见于港、沪、粤等地网络诗社及诗报 。

沧桑情诗

无言的爱

高高的山涧，
一条清溪蜿蜒向前，
流经拐弯处的山岩，
她深情款款。

时而浪花飞溅，
激奋呼唤；
时而碧波悠悠，
柔声潺潺。

山岩是何等硬朗伟岸，
不愧为胸怀坦荡的男子汉：
任凭浪涛冲击，
细听水花诉怨。

但，山岩自知难逃天灾，
唯恐清纯的流水惨遭污染，
即使心爱者柔肠寸断，
山岩始终是忍痛无言。

2016 年 9 月 1 日。

半杯红酒

在那一次聚会最喧闹的时候，
你竟倏尔转身悄然离走，
留在餐桌上的那半杯红酒呵，
迄今仍晃荡在我痛苦的心头。

尽管你平素是那般内敛温柔，
那一刻却陡然愠色外露，
你无疑是敏锐地品尝到了异味，
品尝到了始料未及的红尘酸臭。

我随即也匆匆离席欲问缘由，
无奈你流星飞逝，丝毫踪迹不留。
究竟为何呵？我心头浸透那红酒，
祈盼它能神奇地变得醇香可口！

2016 年 9 月 8 日。

致命误会

那一年那致命的误会突如其来，
我们俩都一头雾水呵，无法辩白。
恰似两条即将合流的清纯小河，
被逼分离在关山重重的天南地北。

然而无论你流离多久，流向多远，
你昔日的纯情浪涛仍在我胸际澎湃；
无论那精心编织的事件多么逼真，
到如今我们都该释怀，无须辩白！

开春时邮差终于带来了遥远的眷恋，
我似乎又见到了你亲和阳刚的风采。
亲爱的，你可听见我内心的呼喊？
快，快来迎接梦寐以求的春暖花开！

2016 年 9 月 12 日。

暴风雨后

昨日，突如其来的暴风骤雨之后，

我久久徘徊在那熟悉的十字路口，
不知不觉已华灯初上，行人如流，
我身不由已地踏入了那个小酒楼。

岂可忘那初春风和日丽的时候，
我们俩就是在这儿初次约会牵手。
当时你是何其温柔，何其清秀
桌下牵手时还害羞地埋下了头。

不过，近来你变得让人捉摸不透，
昨日在街头竟暴怒得如河东狮吼。
我为此彻夜难眠呵，寻根探究：
你是错跟了潮流？还是另有隐忧？

2016年9月15日。

至尊奇葩

跋涉在漠漠的高山悬崖，
我觅得了一株高雅之花。

尽管她已有斑斑伤疤，
却依然自强不息绚丽如画。

正当那含苞欲放的年华，
暴风雨凶狠地侵袭了她。

枝叶上虽沾满了污水浊泥，
地下韧根呵，却益发深扎！

太阳赋予她金黄的色形，
山岩激励她意气奋发……

闯荡在茫茫的海角天涯呵，
她乃我心中至尊的奇葩！

2016年9月21日。

回眸一笑

我蜗居在这大楼下层的集体宿舍，
你却显然高居在上层的单人套房；
尽管在电梯上曾与你屡次不期而遇，
我却始终未能主动致意，情迷心慌！

你虽然衣着高雅，却异常温婉大方，
秀逸的长发散发着沁人心脾的清香。
你似乎也曾盈盈含笑地把我打量，
你的含笑让我彻夜难眠，心花怒放！

昨日，我慌得把研发材料撞落在地上，
你即弯下玉腰，殷情把温馨装入小筐，
电梯门开时你竟悄悄说："心想事成！"
你的回眸一笑呵，留下了淡淡芳香。

2016年9月19日。

沙丽娜

父亲(组诗)

——题记：我只能感谢上帝，把我指认给一个山一样的男人做女儿。

父亲把我栽进泥土
我出生的时候，你被玉米叶子划伤
河水漫过你的脊背，腌渍着伤口
你火辣辣地喊出早已为我准备好的名字
像拣到一个火辣辣的太阳
我的名字离那些植物很远
但你却慷慨地把我栽进泥土，做你的一棵庄稼
栽到冈上，怕旱了，栽到洼地，怕淹了
你看中向阳坡地，让我被干净的风包围
从此，你只关心我的长势
我长一寸，你就笑一次，我哭一声，你就疼一下
你离泥土更近
像一棵沉甸甸的稻穗

父亲的田野
你用身体喂养土地，自己却永远骨瘦如柴
生活中本就少得可怜的油水，倒进我的碗里
自己只剩下烟卷，风湿，和胃痛
南山的石头北山的煤，田野的麦粒和村口老井

的泉水
乘坐着你的肩膀，像十以内的加法一样，一点一滴
垒起瓦屋和生活，那时候
你的咳嗽加母亲的炊烟就是我全部的幸福
星星是你放牧的羊群，月亮是你点起的灯盏
无论多累
你总来不及说出，因为，鼾声总是来得比什么都早，抑制自己的泪水，也永不说出自己的疼痛
那些铁制的农具，到底没有硬过你的骨头
你用变形的指关节，把它们
握成月牙
而你所有的财富，除了子女
就是一副干瘪的骨架

父亲那场病
那一年，天突然地就倾斜了
母亲和年幼的我站立不稳，忽然跌倒
滚了满身灰尘
你终于没有抵过岁月的侵噬
像一部高速旋转的机器出现了故障，骤然停止
我听到山体崩塌的巨响，和河水倒流的声音

你的痛苦和头发同时疯长，鸦窝一样蓬乱
我们全家抱成一团，也没能驱除
酷夏的严寒
当那根长长的管子穿进你的体内
仿佛一下子刺穿我整个童年
你访遍方圆五十公里所有名医郎中
母亲拜遍世间所有神灵
我攥紧一纸秘方，掘地三尺，挖遍周围荒山野岭
当你重新站成一棵大树
母亲跪在耶稣的十字架下，哭了
三个日夜

把父亲连根拔起
你把子女们连根拔起
装上去远方的火车，尽量带给我们更多的泥土
回到那个小村庄，一次次用手指丈量
我们留在家乡土路上的脚窝
我们一走就是许多年啊
你像失去翅膀的老山鹰，蹲在崖头
一望就是一生
如今，我把你连根拔起
栽进楼房的夹缝
你站在生活的低处，看我用清贫的文字写诗
一脸满足
我没有更大的力气，扶你走上太高的台阶
但我能给你一日三餐，并做你晚年的
一根拐杖

沙漠湖

本名杨亚彦，昵称湖格格、丫丫。甘肃宁县人，客居甘肃金昌，在建筑工地做钢筋工。工作之余喜欢用文字书写生活中的点点滴滴。作品《网络情缘》获2015年《曦光》杂志与南阳市高校文联联合举办的首届“网”主题征文大赛优秀奖。获甘肃庆阳市作家协会、陇东文学院、九龙文学院联合主办的“庆酒杯”四季诗歌大赛分赛三等奖和2016年“端午诗会”二等奖。作品散见于报纸杂志，部分作品入选《高天厚土传幽风》。

十字架

其实人生就是十字架
它背负着宙斯的使命
让飞翔的鸟儿
时刻都在召唤心底不灭的元神

只有那带血的眼神
催生躯体内不灭的火焰
诱惑群山
燃烧岁月的沧桑

关于耶稣复活的神话

只属于那块亚麻质地的裹尸布
它在遥远的地域
用斑斑血迹浇灌着圣徒之城的花朵

窗口

我将眺望的目光收回
我知道
这是最后的花枝
只能留存于心底

那些湿润的诗句
开在暗夜里
静静地
流淌着月光的清晖

没有人会读懂归雁的一字阵
亦如深秋的爬山虎
用渐红渐落的叶子
装点我的眼睛
只有你闺房的小窗
落满粉色的花瓣
那是一瓣瓣守望的心
被关闭在季节染黄的窗台

青花瓷

在水一方的女子
用月光一样的肌肤
将炊烟与乡音用一袭长裙遮掩
一支丹笔 让隐藏于泥的草籽不再发芽

淡淡的紫 只适合今夜的江南
在屋檐悬挂一盏点亮的月色
拈花一笑 你就
走进岁月的窑厂

一场火浴洗涤出泥土的肋骨
让美人的水袖轻舞在落花中流水里小桥旁
就像今夜的诗句 深情相拥
在清凉的宫词里吹奏梅花三弄

听雪

拿出我整个的诗歌版图
邀约来自北国的精灵
于北风呼啸中簌簌而舞
一场空中的花雨 盛开
在我的世界浩渺 旋转

天籁如此纯真
只剩下晶莹剔透
催开枝头的星星点点 红的颤抖
那是云雾水晶相互升华的婉约
是母仪天下的素颜

你这至尊的王者
挺起高山顶的雪莲
威武悬崖边的雪豹
在安静与端庄里
执手一场甜蜜浪漫的盛宴

醉蟹

月光朦胧
亦如此刻的跌跌撞撞
酣然倒下的
是相思成疾

你懂吗
梦的深处是我的鄱阳湖
那里盛开着星星点点的帆影
那是我躲避风雨的伞

谁能更改定型的伤痛
黑暗骑士不会喝酒
只有亮丽的红烛
做我的坟场

醒来已迟
不管我有多么痛
今夜

我将注定无法横行

傻女人

本名柴桂霞，河南省鹤壁市第十届人大代表，工业企业会计。原创诗歌散见于报纸杂志及微平台，中国诗歌网认证诗人、推荐诗人。2016年出版诗歌合集《行距光年》。

诗观：翘首遥望，扯一朵云彩擦亮太阳；俯首耕耘，书一段文字妩媚心田。

如果有那么一天

如果有那么一天
滚滚红尘中你和我擦肩而过
我会目送你的背影告诉自己
你是我在佛前五百年求得的一段尘缘
沧海桑田千回百转
缘深缘浅都是最美的遇见

如果有那么一天
面对面我们谁也看不清对方的脸
我会摇动仓央嘉措的经筒
让深情穿过层层迷雾传送我内心的颤抖
不求你铭记我曾在你的生命里来过
只愿你把我的丰盈寄往湛蓝的天

如果有那么一天
我的嘴角再也流淌不出粉红色的诗行
摇椅上的我，会点燃一页页诗稿取暖
霜染的白发如盐粒般细数我们曾经的拥有
朦胧中我会枕着你的俊朗入眠
老态龙钟的我，为你拭去眼角的最后一滴泪

如果有那么一天
我远行的帆船被汹涌而来的海浪折了羽翼
我会在幽深的海底孕育一个春天
让心底的相思飞出梦的窗口
让水草衔去我粉红的痴念
蓦然回首浅浅淡淡
你沧桑的容颜早已镌刻成永远

渴望

文字穿起的珠子有些单薄
琐碎的日子游荡在额头
漫步在发梢
时常感叹活着的美好
蓦然回首竟有钻石的光芒

昏昏欲睡的午后拥抱着太阳
打了个盹儿
梦中的女孩为何大口大口
吞食着月光
醒来却发现爱情的行囊被灼伤

小小的渴望在夜间开始偷偷膨胀
星星的璀璨遮掩不了它的忧伤
朦胧的月色掩饰不了它的慌张
踮起的脚尖和俯首的深情
在幽静的夜色中算不算是
一种遥不可及的奢望

2016年5月22日。

家乡的那棵老槐树

我数了半天也没数清
我到底是哪一天离开家乡的
村头的那棵老槐树是我
心中的常青藤
曾经遥远的碎金般的时光
越来越苍老了
就像奶奶脸上的沟壑
但总见她的和蔼微笑和嗔怪

老槐树下那个满脸沧桑的男人
是我儿时的小伙伴
他曾为我摘过两颗星星
我至今舍不得扔掉
把它寄存在曼哈顿的一家私人银行
如今他见了我总是别过脸去

满怀异样的眼光把我打入北冰洋

小城的故事总也锁不住我的脚步
细细的高跟鞋很争气
去老槐树的步伐矫健有力
谁也拦不住

2016年5月23日。

低处的花朵

我想了无数个和你见面的理由
我滤出天空的一片蔚蓝寄给你
我撷取深夜的一抹寂静寄给你
我剪下眼眸的一丝温柔寄给你
我啃啮着皎洁的月光悄悄地等你
可是为何,却迟迟不见你的踪迹?

那深藏在角落里的渴望像个
羞涩的做错事的孩子
低眉顺眼地聆听茉莉花的悄然绽放
我蓦然想起那个蹒跚在泥泞里被
雨水淋透的如花容颜
看到的却是你远去的模糊背影

怀揣彩色的花瓣匍匐着来到你的窗前
期盼着你能回首再望我一眼
却见你大踏步地奔向彼岸的菩提
街边梧桐树上恣意跳舞的金光
穿透夏季五彩斑斓的花海
你漫不经心地惊鸿一瞥
我的心蓦然触到了你的双足

2016年8月8日。

善思

本名朱淑霞,中国香港诗人。诗作见于《香港诗人》等海内外诗报刊。2015年5月18日,《母亲》一诗获得首届淮港“漂母杯”三等奖。2015年8月29日,获得香港诗人新秀奖。现为香港人聊盟副社长、《香港诗人》报执行主编。

传说

你说
你在百花齐放的季节等我
而我一直等到了冬末

从相遇的那一刻
我决定绽开在你的世界
我懂得我选择
在你生命里
才会开着幸福的花朵

人生匆匆
你经历了人间逆境几多
我也跨过了那一趟趟的坎坷

我懂得
我以青山绿水为笔
把文字与心一起交给你
中间没有隔着难以置信

2016年2月26日。

秋行

遇见一个纯情的季节
如同遇上一颗善美的心
一份默契的感觉
是我与大自然最美的感知

你是我最美的相依
这个深秋
我想顺着一条小路去看看你
不把遗憾留给生命
只把珍惜锁在心里

2015年10月31日。

把我的心带上

红花
你是否看到

那个城中的人在流浪

红花
你是否听见
他隐隐的心声在回荡

红花
你是否感受到
他多寂寞优伤

红花
每年春季
你是否依然绽放

红花
请把我的心带上
放在他胸膛

2016 年 2 月 27 日。

想念

想念
青春的梦
想念
无优无虑的蓝天

想念
温暖的春风
想念
彩色的花田

想念
曾经许下的诺言
想念
离别难过的阴霾天

2016 年 1 月 27 日。

秋天的童话

今世
我为白莲
你为蝴蝶
繁花四季绽放连绵
不敢轻易抛弃诺言
长守池水间

惊动了千年的时光
穿越红尘
滑过云烟
纵隔了天涯
情缘未眠
拉近了海角的遥远
相守身边

不求天荒地老
但求相知相惜
晓露痴缠
於落满枫红的秋天
美丽的童话展现眼前

尚修强

笔名尚刘永，号秋风堂主人，45 岁，从事财务工作，洛阳著名诗人，中国诗词学会理事，“国花杯”洛阳六大才子之一。

神都～等了您五千年

人间四月的时节
漫步在花城中州
满城的浓香郁韵
诗人仿佛醉熏酒
国花
牡丹
雍容
灵秀

独立夏夜的洛浦水岸
任凭一江霓虹向东流
诗人的热血燃烧沸腾
醉看波光粼粼的皱绸
洛水

母亲
丝路
源头

邙山远眺灿灿金秋
白马古刹巍巍钟楼
金谷园里百鸟朝凤
明堂顶上佛光流秀
清爽
悠远
丽景
风流

冬至飘雪万籁俱静
一袭蓑衣伊河泛舟
伊阙悠悠我心沉醉
大佛淡淡万古恒久
圣洁
静心
居此
何求

我家居在五千年历史的洛邑
每天都在学习着但至今未够
我徜徉在华夏十三朝的古都
随便的砖瓦可能是万古风流

神都这片土地已经等了您五千年
孤独游子啊可还记得街头的茶粥
了解这个城市会增加五千岁见识
西大街老客栈您黄粱里梦回东周

邵燕燕

昵称中国红，喜欢优美的诗词和文字！

我的长发未干

我的长发未干
回头望你
诗意朦胧
我的长发未干
让风轻轻吹
轻轻地
告诉我　告诉你
迷乱的馨香
享受爱你的颜色
我的长发未干
心中莲花绽放在夜间
淡雅　清香
伴着绵长的夜
宁静　安详
我的长发未干
低头看见
泪珠晶莹
多想让你缠绵在
我的王国
享受彼此的暗香
留在醉意朦胧的梦里
永不醒来

今夜有雨

今夜有雨
远方的你
可有为自己添件衣衫
今夜有雨
远方的你
可有记起走过的点滴
今夜有雨
撑一把湖蓝色的伞
从你心里走过
我站在雨中
迷茫　痴痴地
望远方
行人从我身旁走过
汽车从我身旁走过
不知名的小花从我身旁走过
我喜欢的
杨树从我身旁走过

可是
唯独不见你
我努力寻找你的身影
一次　两次　三次
亲爱的　请原谅
我已数不过来
时间忘记了雨
我眼里的风景全都是你
依然想你
可有微笑扬起
想你
有一把湖蓝色的伞
夜里
寻找　等待
远方的你
想你
可有为自己撑
一把湖蓝色的伞
在有雨的今夜
寻找　等待
远方的我

悯

雨缓缓滴落
蕴成心莲一朵
心寂静欢喜
游走在梦幻边缘
挑一担柔肩岁月
谱一曲风雨人生
抬头不忍望
悯你忍辱负重不得伸
悯你宽广胸怀云不懂
悯你一世柔情空寄月
悯你灵魂游荡在黑夜
你若有诗意人生
便会有起舞翩鸿
恰巧
雨滴落心田
走
亲爱的
我带你回家

沈溪兴

笔名儒将。全国首届执业医师，从事专业内科临床诊疗工作。漳州市作协会员，业余文学爱好者和创作者，中华网闲情偶记首席版主、文学论坛版主；多家网络媒体的文学论坛常年驻站作家和特约评论员，并长期负责数个大型网络主要文学版块之编辑审稿等的管理。诗作荣获“中华情”全国诗歌散文联赛银奖，诸多作品散见于各网络和报刊，并入辑《沈溪兴诗歌集》《沈溪兴闲情偶记集》。

题记——最牛毕业照

永远的纪念
《中国最牛毕业照》
珍藏在相册里
大学校园既往生活
历历赏心在目
多么天真浪漫
温文尔雅的英姿
带着理想
渴望成才的期待
坐标引导行为
所以百般刻苦
学习十分勤奋
努力修研了
丰富的科学知识
为的是
今后立足社会
创功建业
益国利民
能够圆了
甜美的一个大学生
必须作为的美梦

崭新的毕业照

给回顾联想
带来慰藉的恬谧
这是毕业在即
合影师生留芳
数儒雅济济人才
各展风貌精采
看！青春焕发
大志，豪情满怀
其时其刻
排列井然有序
默契胜有声
无论欢颜悦色
还是面凝肃穆神情
无限心衷荡太阳

大家，来自五湖四海
目标毕竟志同道合
都是寒窗室友
朝夕相处
几度暑冬
犹如手足至深
而明天，面临分赴东西
因为，我们已茁壮学成
大家即将各施所专
展示才识之长
暗自发誓拼搏
力争早日传捷
谱写一部
无愧于时代的《辉煌赞歌》

腾飞吧，同学们
我们团结协作
一路奋勇前进
顺着改革开放的春风
跟随时代的步伐
谨铭校训
踏踏实实地
浩然正气
忠诚做人
所向斩荆披靡
一切振兴中华
不管增砖加瓦
还是释放非常闪光
务必促进祖国锦上添花

相机已经摄住这瞬间
见证了既往
曾经的点点滴滴
紧张节奏与甜蜜温馨
不管岁月如梭峥嵘
怀念中的校园生活
永远载入了
灿烂的昔日记忆里
始终令我们难以忘却
在离校挥手之际
怎样依依不舍地告别
洒泪互道珍重，相约
欢聚于秋天丰收的雨季……

2016年10月7日。

深宫怨娥

园亭雕镂栋琢
入池不染一尘市井
都说宫盆浴凤喷喷香
诱世间闺秀争相附贵攀龙
可惜了三千佳人薄命
虽然得承君王偶尔幸临
但叹满庭名卉萧然飘红絮
望影牡丹花后立株登荣
金丝绒毯披锦席
岂能和暖寂寞春心
也许嫁与凡夫三餐勤涮碗
胜过朱门绣户睡空床
画饼充饥非幸福
平平淡淡安享家情人生
君不见舞台演绎皇朝多政变
悔之晚矣黄粱美景断梦

2016年10月15日。

深秋的森林

寒颤的树林在抖动
叶子从稀疏的枝杈上脱飞
纵使阵阵的风无情地扫荡
看前仆后继宛若天女散花
视死如归的落叶飘扬也豪迈

任凭斧砍刀劈，累累伤痕刻画气骨
不拔的盘根源于它自幼耐寒蓄锐
无论容身之地怎样贫瘠
尺土的滴水资源以供济
便能促其一心向上欣欣向荣

曾历夏水洪涝浸泡
度过冬日里的沐雨经霜
生活从不指望四季如春
愿作南雁回乡宿营区
或为雀鸟架巢当荫棚

野火抹杀不了林海燎原的亮丽
奋斗目标永远追求生态绿园
年轮记载了它们的顽强不屈
星辰检阅它立足实地坚挺身子的队伍
蓝天则见证着灌木世代焕发新姿
岁月如梭岁月亦峥嵘
尽管而今转眼是深秋

2016年10月7日。

盛学文

1957年11月生，辽宁省岫岩县人，汉族，大学本科学历，高级政工师。中外散文诗学会、广东省作家协会会员，珠海市诗词学会、珠海市作家协会会员。作品发表于《诗刊》《星星》《散文诗世界》《北方文学》《香港散文诗》《珠海》《江门文艺》等报刊。著有《盛学文诗集》，有作品收入《2010中国散文诗年选》《2010中国诗歌民刊年选》《2011南方诗歌年鉴》等。

对不起，故乡

对不起，故乡
我的乡音，已抹不掉
他乡方言的硬伤
我的习惯，也烙上了
异乡风俗的迹象
对不起，故乡
是您的哺育坚硬了我的肩膀
可我的汗却在他乡流淌
我是跟着父老乡亲学会的走路
可我的脚已很少踏在家乡的路上
对不起，故乡
我时刻牢记您那殷切的嘱望
给你翅膀，是让你的天空更加宽广
您这天高地厚的恩爱哟
我的回报无颜偿还灵魂的欠账
对不起，故乡
不管我漂泊得怎样风雨沧桑
您永远是我疗伤的湾港
直到黄泉有约
您就是我魂归的天堂

思念

爸爸：您闻到了我捧在您墓前的花香了吗
您走的这三年，我就像一颗断了藤蔓的瓜秧。
几回回的梦里，您又来到我的身旁
音容和善，一番番叮咛，一盼盼期望
我曾经认为：人死如灯灭
留下的只有回忆和感伤
可自从在梦里多次见到了您
我坚信：腐朽的是肉体，灵魂决不会消亡
是的，爸爸您真的没有离开
我每时每刻都淋浴着您父爱的阳光
在我不懈的追求中
每每都凝结着您殷切的信任和褒奖
然而，儿子对您的报答呢
却成为了永远无法兑现的欠账

妈妈的味道

味道
是溶载在我们血液里的记忆
妈妈的味道
是贯穿我们整个生命的氧气
当我们拥有了生命的奇迹
我们便陶醉于妈妈那乳汁的香弥
当我们穿上了保暖的衣鞋
我们即饱享妈妈那紧缝密织的爱意
当我们快乐地求知学习做人
我们无数次回味着妈妈望子成龙的梦呓
当我们为了理想而远走他乡
妈妈那浸有泪涩的嘱托,让我们魂饱无饥
当我们遇到了困难或挫折
妈妈那汗跌八瓣的辛酸,激发了我们的毅力
当我们获得了某些成功或奖励
妈妈那欣慰的笑脸洋溢着骄傲的甜蜜
当我们每每想起了妈妈所做的饭菜啊
那种味道,用再美的词语也无法表达淋漓
味道
是溶载在我们血液里的记忆
妈妈的味道
是流淌于我们整个生命中的血液

即使我们老了

我们的面额
已爬上了蛛丝样的纹线
是的,我们老了
请不要忌妒
我们开始拥有更多的闲逸时间
我们的躯干
有些曲斜驼弯
是的,我们老了
却把盏陶醉温馨的田园
我们曾用生命诠释犁的奉献
我们的腿脚
确实滞慢迟缓
是的,我们老了
我们就不挡道讨嫌
坦荡地把机会让给后贤
我们的视力
已昏花弱减
是的,我们老了
让我们的经验擦亮尘世的镜片
我们已把任何名利看淡
即使我们老了
自然法则无法挑战
可我们无憾使命的承担
即使我们老了
那夕阳红的灿烂
不就是一幅不朽的画卷

我喜欢黑色

我喜欢黑色
它有独享的庄重
夜空是黑色的
才有皓月繁星
煤炭是黑色的
我们感恩温暖的诞生
石油是黑色的
它绚丽了我们生活的梦
中国人眼睛是黑色的
我们特别认准光明
我喜欢黑色
它时刻让我们警醒
乌云何曾放弃肆虐
拥有雷霆利剑才有万里晴空
人心的黑暗啦
那更需我们播撒阳光充盈
我喜欢黑色
是北方的黑土孕育了我的生命!
我喜欢黑色
更因为它的代言人
是包公

施丽琴

笔名圣歆、木芙蓉。浙江乐清人。中国诗歌学会会员，温州市作协会员，《塘河文学》和中国诗歌流派网博客诗选编辑。诗作散见于各种报刊和选本。著有随笔诗文札记两本、诗歌合集两本。个人诗集即将出版。

岛

它不像鸟雀可以栖息陆地
它是被海水包围的一只石头鸟

习以为常被困居
荒草丛生。偶尔桃花盛开
咿咿呀呀中有些人事
出没无常

当村庄升起
孤独远离。活生生的炊烟卷出蓝圈
呼唤一声就会
惊醒整座岛的鸟语花香

2016年7月11日。

潮

起先是逗号。后来是一朵蕨菜
失去矜持的浪潮
怒吼，嚎叫
都将成为一座岛，一片海
最动感的形态

打湿部分最早是沙滩
后来是堤坝。再进一步就是防护林

气势高涨经常是偃旗息鼓的前奏
最终倒戈。溃败
甚至退之千里

2016年7月11日。

刚小

从此沦落，流浪
喜怒无常的暴躁。撕碎旧日历
踏进一个暗室
学会抱头，保护刚小的身体
棍棒打不出血。骂名刺伤水嫩的雪梨

或许命该悬壶济世
把自己捣成药。把舌苔褪成病源
把成长归于生存的护身符

无家可归，无法安顿
刚小的铺盖只供失眠，醉酒
把活着当成最美好时光
即便到死也翻越不了底层藩篱

(注：海排档出现集团控制的小孩卖红玫瑰，若卖不出去就会挨棍棒，为此有感而作。不仅一个地方，很多地铁、娱乐场所等都有这样的凄惨故事。有些是孤儿，有些是被拐卖的孩子。2016年7月12日。)

南沙滩

喘不过气。高楼，洋房和叫卖声
大于海浪追逐的音节
回不来了，爱过你哐哒哐哒的旧时韵律

站在芦苇缝隙望一眼远处的你
人山人海。可以搬动整个南沙滩
吵醒海底游鱼，珊瑚虫

我只是在检票口外面徘徊
我不适应被人经常修改密码
沙雕作品一再坍塌。我更从属幻象
打着伞，赤脚踩在沙滩上

2016年7月12日。

雨中记

总想听到屋顶噼里啪啦的落雨声
冲掉瓦槽堆积的木叶。像一匹匹黑马
绝尘而去
作为被雨训导的奔波者，举起三寸青丝
向雨中故土致敬

没有永远的离开。只是重逢美如伤痕

朱唇未启，前程已定
风尘仆仆的行踪
仿佛马蹄溅起千万朵雨花

绕过江南江北所有曲径
从未停止内心的拥挤。对折枝哀叹
对雨巷不舍

再也无法拉住岁月的缰绳
让水滴石穿乍现一座四世同堂的院落

2016年7月18日。

施莹

崇明区作家协会会员，西门幼儿园教师，一个在城市边缘用文字呼吸、写得无欲无求的女子。文风委婉、清丽、雅致，文章散见于《美术报》《上海托幼》《崇明报》《崇明诗书画》等。

香熏

把给你的故事讲完，
我就进入了梦乡，
一些长脚的文字，
开始四处游走。
铜香炉里的佳楠，
袅娜成一缕香魂，
瑞烟，缠绵。
宝香薰夜，
风和语氲，
仿佛气定神闲的世界，
突然伸出一只手，
思维的约束走失了，
宛如挂在窗棂的风铃
叮叮当当，
低回悠长。
触摸着灵魂的信物，
岁月深处的微疼滚动着。
总有一些个冷香，
被风轻轻一吹，
便跌落到山谷。
总有一些个惊弓之鸟，
微醺在香气四溢的夜里，
绣死在岁月的屏风上——

品茗

素手汲泉
取弱水三千，
焚心引火，
烹淡茶一盏。
独坐静观幽品
看这物欲世界之外
谁在悄然起舞?
玉杯青叶
绿裙翩跹
氤氲缭绕
想必碧螺是看尽尘世浮华的女子，
浮时浊至天然
沉时真香溢满

两杯淡茶，
啜满口清香，
岁月易逝，
黯人世苍茫。
纯厚枯寂洞彻
披一身疗伤的月光
谁守一怀净土?
浮华如潮，
戏尽人散，
浅酌慢饮
想必香茗是心中云淡风轻的杯盏
拿起微尘圆融
放下一眸恬淡

瑜伽

身体是一朵莲的姿态
盛开在万象天地之间
凝神
静气

冥想
原野从静谧中上升
摆成了天堂的模样
舒展
拉伸
曲折
海水的潮汐涌来了
温暖地簇拥着
拍打拍打拍打——
光明从内部升起，把
疼痛
潮湿
黑暗
和那些死神的声音
统统背到地里去深埋
生命在神游
一些神秘的种子
植入脊背
纷纷开花——

石红岩

河北任丘市审计局工作人员。自幼酷爱文学，作品散见于《沧州日报》《沧州晚报》《白洋淀》等刊物。

八月桂花香

在梦里
你的笑颜如水般清澈
你的目光一如往日
深情、专注
只是隔了岁月的轻烟
隔了时光的层峦叠嶂
再也找不到来时的路
再也回不到曾经

不是不能相见
不是不愿相见
只是不想听
岁月剥离的声音
不敢看时间在你眼中
碎去的悲哀

任时间堆积
任尘埃飞舞
记忆的六弦琴
仍流淌着美妙如天籁般的乐声

就让我远远地望着你
在风中快乐
就让你喜欢的八月桂花香
一年四季
飘满你的窗前

我爱这诗的生命

——读泰戈尔诗有感

你踏着晨光和朝阳
铺就的金色地毯
你带着圣洁无声的爱
穿越长长的时空隧道
来到我身边

我无法形容
初见你时的颤栗和眩晕
我无法用语言表达
我的膜拜和惊异
我走入了一个神灵的世界
我能触到你熠熠生辉的灵魂

我不知道，一个世纪有多长
我能清晰地听到你身体里
汩汩流淌的鲜活的生命之泉
我能看到
你每日在金色的湖面上翩翩起舞
我能看到
南国的槟榔树在风中摇曳
以及大榕树下孩童的身影
而你躲在金色花的林子里偷偷地笑

我知道
你住在深蓝色的苍穹里
那是离太阳和星辰最近的地方
你有一颗博爱、慈悲的心
你深爱着每一个和你对话的
卑微的灵魂
你是上天和神灵的使者
你把永恒的爱
撒播在无限的时间和空间

这些年

这些年
多少梦想在心中渐行渐远
多少韶华在日月穿梭间流走
岁月的风霜已不复当年的青春年少

多想在时光和时光交错的
梦里永不醒来
多想在有星辰的夜晚和丁香花的
香气中永不醒来
多想自己是那肆意的顽童
在母亲慈爱的目光中永不醒来

这些年
曾经柔嫩、光滑的手指
在时光的微尘里
一天天打磨得生硬、粗糙
曾经满目的风雅
在世俗的无奈中
一天天变得寂寥、落寞
有谁能读懂我脸上的沧桑
老去的不只是容颜，还有心

这些年
唯一带不走的是那些
紫云英般美丽的
热情和希望
我依然会醉
我依然会在爱和幸福的涟漪里
痴迷沉醉

时光不再！年华不再！
我相信在你记忆的珍馐里
那些昔日的风华
会穿越时空
始终与你的生命同在

石文迪

女，1971 年生，河南郑州人，家庭主妇，爱好文学。

好喜欢

太阳从东边升起
落向西方
阳光一天一天堆积
堆成伞的模样

好喜欢
你的轻语
怕吗
我的肩膀
是你遮雨的地方

月亮从初一走来
走到月末
月光一月一月堆积
堆成船的模样
好喜欢
你的问候
累吗
我的胸膛
是你休息的地方

星星从正月点亮
点到年末
星光一年一年堆积

堆成心的模样

好喜欢
你的安慰
烦吗
我的怀抱
是你敢哭的地方

好喜欢
你的眼
望着我的眼
慢慢成了并蹄莲

好喜欢
你的手
握着我的手
慢慢成了十指扣

荷塘小路

荷塘小路
没有月色
只有柳影成霜
残的荷叶下
蓬勃着希望
宁愿是一个冬
也盼着春的嫩芽

风的剪刀
扯开鱼儿胸膛
宁愿是一个冰封世界
也盼着花开的模样

双手插兜,漠然无语
荷塘小路那么长
雾蒙蒙找不到尽头
荷塘小路那么短
匆匆别离来不及挥手

转身的回眸里
始终有一个字卡在咽喉的十字路口

错过

彩虹错过了雨季
七彩的光环
折射出万种的忧伤

蝴蝶错过了花期
翩然的翅螃
追忆着梦里的花香

太阳错过了月亮
用亿万年的时光
在宇宙苦苦寻望

心若没有爱的期盼
再美丽的风景也是荒凉

而我错过了你
只能用心
把你镶嵌在每一句诗行

石中华

笔名醉月一边秋。男,汉族,山东济宁嘉祥人,从事过政府文秘,现为教师。作品见于《小小说月刊》《故事中国》《南风杂》《世界日报》等刊物。小说创作涉及抗日、仙侠、玄幻、武侠等多种题材。

思念已经发酵

思念已经发酵
弥漫出麦子的香
老娘做出的雪白馒头
躺在了心房
丛簇的榆钱
飘出了窝窝头的香
那条陈旧的河

依然在清澈地流淌
老槐树下栖坐的长胡子
在春风中翘扬
发黄的手指
夹着烟卷吹出一个梦乡
儿童吹着柳哨
悠扬在大街小巷
熟悉的乡音
掺着泥土的问候
依旧朴实嘹亮
故土啊
你的名字如此芬芳
走近你
才知道你一直贴近我的心脏

2016年8月1日。

心月

那晚的柳梢
暗藏了一把银亮的镰刀
悄然割去了我的万缕情丝
抛洒在夜的窥视中
远方的亲人呀
这愁白了的情丝
有没有潜入你的眼帘
又可曾闻到牛乳般的味道
那是我的思念啊

今夜的柳梢
挂上了一只干瘪的
白气球
偷偷地抽空了我的思念
将脸蛋鼓涨了起来
露出满足的温馨笑容
哦,亲人啊
这是我白色的念想
照亮了
心

2016年9月20日。

回家的路

心喜欢纯洁的旅途
有月的晚上不再孤独
吃饱肚子的月啊
不要急着回家
请把我的心送到啊
不管千山万水
一定要
送给我的妈妈

他若不来,我怎盛开

我是大地生的一颗爱
寂寞泛滥如海
每天与无聊相挨
只好把苦闷剪裁

我对着太阳拜上一拜
盼望春风早点归来
他是我最暖的爱
与我情投无猜

如今我已长成桃花姿态
可他依然游弋在外
我向月神抒发感慨
让他快向我表白

我酝酿了最美的色彩
为他贮备下最浓烈的爱
他若不倾心而来
我怎能悄然盛开

2016年11月4日。

拾慧

男,69岁,退休科技人员。爱好诗文,有若干诗作见诸报端。

上海滩

蓝天鸟,青沙草,
上善若水流,海纳百川道。

江河水,申城交,
扬子江相拥,大洋怀中抱。

阳光照,月亮笑,
滩涂写沧桑,改革除旧貌。

望两岸,楼竞高,
一颗夜明珠,八方精英到。

空中桥,地铁绕,
清明新河图,全靠大家描。

长三角,龙门跳,
接轨全世界,神州桥头堡。

风雨飘,路迢迢,
春开白玉兰,奇迹正创造。

党中央,发信号,
中国复兴梦,上海看今朝!

史俭明

笔名蝶恋花、翰墨情。河南省濮阳县子岸镇中心校教研主任。长期从事中学数学教学及教育教学管理与研究。河南省濮阳市优秀教研员,濮阳市优秀教师。曾先后在国家、省、市级报纸杂志发表专业论著、小说、散文、诗歌等作品三百七十余万字。业余爱好文学、书法、绘画、写作、音乐、文艺活动筹划等。

印象秋天·之一

在我的记忆中
往事已如过眼烟云
意识深处不知还有多少值得回味的飘散
日出而作
日落而息
默默地工作
辛勤地奉献

岁月的年轮刻着许多挥之不去的留恋
天气渐渐凉爽起来
方觉已是秋天
一场场冷雨洗去满目的绿色竟然那样的悄然
一层金黄色的落叶遍地铺满

无论白天或是夜间
只要一想到秋天
脑海便展现一幅雄伟的画面
一望无际的金色大地
遥遥相望深蓝色的苍天
袅袅白云静静地印在那里
清澈的流水
清秀的山峦
秋天印象是那样的凄清而美观
让人从心底油然升起无限的喟叹

我行走在秋天的林中
我似乎感觉到自己的渺小
渺小得不如一只麻雀飞舞在林间
它们从一棵树窜到另一棵树
追逐打闹嬉戏鸣欢
我惬意地散步在林间
金黄的落叶散铺在泛着白碱的路面
阳光透过树缝留下斑驳的影子
耀眼的光辉射到哪里
哪里就是一片金灿

路边的杂草褪去了绿色
几丛嫩绿的草芽间杂在里面
秋天的野花却是夺目的鲜艳
金黄,紫红,清白,姹紫嫣红,甚是璀璨
这熟悉而寂静的树林啊
每一个秋天
每一片落叶
每一丛花草
都让人思绪连绵

心底铭刻永不磨灭的眷念

印象秋天·之二

天气渐渐变凉
树叶由绿色变成了黄色
一阵微风吹过
几片金黄的树叶摇晃着飘落下来
像一只只枯黄色的蝴蝶卧在了地面上
看
高粱高高的杆子缀满饱满的金穗飘荡
看
沉甸甸的稻穗好似金黄色的海洋
看
一朵朵棉花咧开了嘴绽开怒放
蓬松的棉花远远望去
就是一片银海盐场
看
田间小径旁的小野菊
簇簇满目的金黄

秋天印象
印象秋天
清澈的绿水
碧蓝的天空
七彩的云霞
大自然色调如诗如画
那份蓝
那份静
处处显示出成熟的魅力
是那样的令人神清气爽
如醉如痴
好一派秋天的印象

印象秋天·之三

秋令悄然来临
秋公主带着冰清融入新的意境
那水汪汪的秋水
凝视着大地金黄的情形
高远的天
碧水的清
秋天是那样的优雅娴静
金色树叶模糊了岁月
飘舞着柔美的靓影
片片洒落
钩织着地毯最美的图景
路旁的菊花金黄相映
候鸟在空中成群飞翔
影子在河浜倒映
与河岸垂柳的枝条交相呼应
凉风轻轻拂过
清润着燥热的心灵
大自然生命最后的气息
在秋天里不是沉郁
更不是忧伤的凋零
遍地金黄目不暇给
香气扑鼻使人心旷神怡
秋冷叶落
孕育着重生
花开花谢
意味着硕果累累的喜庆
秋天印象
印象秋景
别离便是留恋
留恋便是来日春情
一切都静静地重复着美好的梦境

印象秋天·之四

秋风吹来
它是那样的清静
却又是那样的凄凉
一场秋雨姗姗而至
未来的及枯黄的叶片
在瑟瑟凉风的摇曳下
凋零飘落
渐渐突兀的枝杈变得凄凉
残剩的斑驳叶片
像是涂抹的画作
色彩是那样的粗狂

仿佛觉得像是毕加索在画画
也或许是梵高在着墨
落寞凄冷的色彩
彰显出繁华背后的美丽
浓重的笔画是那样的执着
枯黄的野草随风摇动
霜露是苍穹的泪滴
在阳光下闪烁
它是那样的美
美得心碎
美得彻骨
美得冰凉
莫非你是一个迟暮的美人
残妆尚在
残黄的娇容透漏出往日的清靓
眼神哀怨却又不屑
心中凄凉却又不甘
失去了阳春三月
也褪去了繁花飞扬
但你却显得更丰韵
遗留的韵味
或许更浓郁
遗留的金黄
或许更洒脱

印象秋天·之五

清凉的秋风
轻轻地拂过游人的面容
它是那样的清
又是那样的冷
高高舒展的枫树
火红的颜色掩住了公园的幽静
枫叶飘零
金色飞扬
相伴少女亭亭站立的靓影
身姿袅袅
宛若仙子
眸子是那样的晶莹
举止是那样的飘潇
气质是那样的雅清

适逢朝霞
或是落日余晖漫盈
便是那最动人的意境
天地浑然成趣
那酡红
令人陶醉
那韵味
浸染心灵

好一派凄楚之美
蕴含着奔放的感情
饱经了春之蓬勃
经历了夏之繁盛
清凉的秋风
吹开了你的成熟
吹来了你的宠幸
充实的秋天
你是一个收获的季节
更是一个溢光流彩的梦

史立荣

笔名莹莹。现居北京。博客中国专栏作家,《伊甸园》诗刊执行主编,《芦沟文学》微刊常务副主编。中国诗歌网、中国作家网实名认证诗人、作家。一百多首(篇)诗歌、散文、微小说、杂文、评论等发表于纸媒、纸刊、网站等。2016年获中国“佛诞节”诗歌大赛创作奖。

今夜的念想(诗歌八首)

浮萍

此刻我只想做这浮萍
只需你给我一池春水
我便依着水中的月亮
荡漾在蜻蜓的波纹
鱼儿的泳动中

从春开到秋
可我很想做一株小草
坚强地渴望
坚韧地生长
不与花儿争艳
不与鸟儿媲美
着一袭青翠
默默在路旁点缀
其实我最渴望成为一株树
历经春的稚嫩冬的枯黄
扎根于地心不炫耀
岁月的年轮慢慢丰腴
我只需一场风雨
一道闪电
一场漫天的大雪
一道冬天的惊雷
我的生长执着而又缓慢
不退缩不回避
吸收每一缕阳光

七夕，没有相思

妖娆的广州晶莹剔透
雨雾里千万颗珍珠挂在屋檐树梢
空气中有你的温度
沙发电视双人床紧密相依
二十平米的卧室里
躬身在电脑前等待时光老去
眼角细密的皱纹里没有相思
翻涌的心事里没有相思
那些平淡的文字里没有相思
敲打键盘的手指里没有相思
七夕，我没有相思

陌生人的午后

卤肉的香气很适合白米饭
一盘青菜一碟炸鸡
一个带伞的人中了天气预报的蛊
我不敢与天空对视
风使喧嚣更加沉闷
我担心突然而至的雷声
我看到伞在你的包里蠢蠢欲动
我相信今晚即将来临的大雨
两个陌生人的午后
天空突然出现了一道闪电
一个人向东
一个人向西
天空就下起了雨

暴雨

雨酣畅地落下
思念久了
天空与大地便有了太多的缠绵
一阵紧似一阵的梦呓
低洼处郁积了洪流
天空给大地布施了密集的爱意
其实大地赖以生存的是庄稼瓜果和蔬菜
情感的泛滥是一种灾难
右脚洪流左脚泥泞
天空啊
是你碧空如洗的靓丽
是你灿烂的阳光瑰丽的晚霞
是你梦幻的云彩载着布谷鸟的啼叫
唤醒了沉睡的生灵
滋养着万物
让大地裸露出胴体吧
让种子回归土壤
让干柴与烈火尽情燃烧
让庄稼在皎洁的月光下拔节
让树木稳稳地扎根
你的爱浓淡相宜
你的爱有暴雨也有烈日

海南的海

忘记昨天暴雨的恐慌
一个小时的午餐时间
菠萝饭的香气
三杯鸡的甜腻
雨又来了，淅淅沥沥的

夏季阴雨天的海南
不仅盛产菠萝
还有青涩的槟榔
不停的咀嚼中,由涩变甜
海南的海
涨潮时舞步狂乱
退潮时安静恬淡
我经常驾驶着车辆
把海南当作故乡
宽大的芭蕉叶
繁茂的棕榈树
歌声清澈而敞亮的女子
我的爱人,他的心就留在了故乡
再也没有回来过

深入夏季

这个夏季
有怒放的风吹过来
矢车菊和车前子氤氲成墨绿的风景
此起彼伏的蝉鸣在空中沸腾
粉色并蒂莲像娇羞少女的心
手捧渴望
绿色的雨滴在荷叶上舞蹈
今夜的念想蓄满了池塘
深入夏季
泛青的枫叶凝望秋日私语
梅雨季节
我的心湿漉漉地期待干柴

遗失

风打着旋儿徘徊
我遗失了童年
那咯咯的笑声
跟着鸽子飞翔在蓝天
童年是追着太阳奔跑
将日子遗失在蹒跚的岁月里长成青春的模样
我遗失了春天
梦想在开花的瞬间随着蒲公英渐次丰满
在分裂的状态里悠悠地飘扬幻化出一个春天
蟋蟀虫儿的和鸣
蝴蝶萤火虫的舞蹈里
我遗失了那些桃花杏花还有梨花
蜂儿给我送来蜜糖
告诉我那些青涩的果子正沐浴在阳光里
那粉嫩的桃金黄的杏脆色的梨
跟时光一起推着我进入夏天
于是
我整个人都遗失在美好里

今夜的念想

今夜的念想注定走不出这片静谧
风打磨着棱角
圆圆的露珠倒立在那片叶上
辉映着月光
云自由自在地游着

我是这林中小鸟的一枚羽翼
在枝头栖息
感受肉体的温热与心跳
抵御夜晚的寒意
我是白色栀子花纹理上面的虫儿
不停地跳来跳去
抵御渺小的饥饿
我是紫杉上面的那枚针刺兀自摇摆
抵御这夜的侵扰
我是那棵松树下的蘑菇
今夜的潮汐里
展开伞状的外衣
兀自独立于乳白的夜色中
悠扬的蛙声蟋蟀的长鸣
今夜的念想始终栖息在这静谧的薄凉里

史领均

笔名晚秋,1970年生,河北霸州岔河集乡杜岗村人。霸州诗词协会会员。

回忆

回首
那曾经的梦，
记录了许许多多，
槐花的香甜，
芦草，
散发着诱人的清香，
春日纯净的风，
吹向蓝天白云，
漫步乡野，
呼吸那自然的清纯。

自然轮回
秋风无情、
吹落满树的叶子、
落叶不舍地凝望、
过去、春夏的美好、
失落的眼神里、
蕴含着、来年、
重生的希望、
回归大地、
接受自然的轮回。

春风细雨

淡淡的风
带着泥土的清香
轻轻拂过
让心感到宁静祥和
淡淡的雨
悄悄洒落
红了百花
绿了草木
妆点了千山万水
一夜间增添了
无尽的繁华

激情五月

五月的天空，
清新蔚蓝
五月的香风
吹绿了南北西东，
五月的细雨，
滋蕴着世间万物，
五月的阳光温暖娇艳，
五月百花争艳的季节，
五月写满了快乐诗篇，
五月大地欢歌，
青春沸腾，
五月的花光鲜夺目，
绚丽斑斓，
人间的五月，
生机盎然，美得无可挑剔，
你是奔放生命的代言！

史巧芝

笔名风雨荷花。河南人，一名农村家庭主妇。爱写日记，喜欢读书。

创作理念：愿把心灵驻扎在这安静的文字世界里！

深秋的黎明

深秋时节
我们有几分喜悦
几分忧伤
秋雨潇潇凉意袭
中秋思亲盼家园
家亲忙碌田地间
收获着累累硕果
深秋要把这丰收储藏
绿叶即将枯黄飘落
我们无法挽留绿的美意
只愿它化作力量的积肥
来年变为新的春意

友谊也要松弛有度

我拼命去抓紧那友谊的手
越来越多地在乎着

我想用一把大锁去锁牢
可是我发现越锁反而越松
我无奈地看着
我用心经营的友情离我远去
无奈的痛困扰着内心
只有等到时间来打开
这把生锈的锁
也许该放下
愿新的友谊驻进心中
人生路漫漫
只要我心有春天
友情的新芽总会茁壮起来

后悔

脚已经深深地踩下了一个脚印
怎能取消
路已经走出去了
怎能回头
也许有时候发现是错误
当错误已经成为了事实
后悔也无法改变
那就只有坦然面对
世上没有后悔药
只有给自己一个最好的心态
才是一副救赎心灵的良药
阳光总在风雨后
明天的太阳依然升起
我们为什么要把心情停留在昨天
卸下心灵的包袱吧
让我们携手一路前行

舒和平

原供职于荆州市商务局。业余习诗，已在《中国诗刊》《诗歌月刊》《星星》《诗潮》《诗神》《绿风》《青春》《芳草》《湖北日报》等报刊发表诗作一百二十多首。著有《在灵魂的窗口，放飞一只梦蝶》诗歌专集。曾两次访问西欧五国，部分随笔见诸报端。

过松滋河

荒凉的天空，松滋河
犹有几分平静，再过百十里
就是李白赊月色的地方了
古老的河床，泥沙积重难返
也许是累了，载不动
云山雾水，我也是

一杯陈酿的城南旧事
三十年前的容颜，血在流淌
从松果轻落砸出的香火
到白墙灰瓦、街头说鼓、青石板
暗香浮动的月儿，闪身
青涩的如果

物非物，愁回不去
占卦的先生不语，撕裂的号子
仍在江湖，而一盏灯
和另一盏灯之间，几只沙鸥
正以子嗣的姓氏
飞起，又落下

老街

老街老了，尘暗的时光
无法从野白合眼中
讲述阑珊的灯火
扁担和驴脚踢踏过的石板路
龇牙咧嘴，把落寂于心的
痛楚，用街头小鞋匠的呵欠
和盘托出，间或有老者
若明若暗，一盘未下完的棋局
在朝飞与暮卷之间
落子无悔，如果有人
接到一个电话，那是从远方
喊出的一滴泪
过去的窗，一直听着

叶子在落，一直在落

叶子在落，没完没了的
叶子，似乎不把自己散尽
就不足以证明秋天
背柴禾的人，从山坡上下来
劈头盖脑的枝蔓，遮住了他的脸
我只能看见他喘出的粗气
北窗之外，暂且的雁翅
就要剪断与我们之间的联系
离开一段，而站在
陈家冲上的蚂蚁，有些迟疑
或为越冬的粮食发难

我依偎在一棵树下
从兜里掏出一页信纸
“儿子不孝，这个春节
就不回家了，因为家里盖房
欠了不少钱”。这时
我真想有足够的力量
把星子摁进天空，把石头放回河床……
叶子在落，一直在落
我用右手掰开左手
像悉数命运之叶
含混、斑驳，难于释怀

小屋

山坡上，有间
允许遗忘和记忆通过
被尘嚣忽略的小屋
它简陋、黯淡、保持着
晨钟暮鼓式的沉默
所有的音息，缘于花蝶
树与鸟的耳语

祖业没有变更
除了时间和主人
我在房前种应季的果蔬
教儿孙辨认植物
屋后喂一群鸡鸭
但不养猪，我属猪

山里的日光特别短
从黑到黑，隔着一段很长的路
脚下的藕塘和蛐蛐
连接大山某处的心跳
亲人的血脉。一年一天
我们一边斑斓
一边芜杂

山中

贴着黄昏，鸟
低飞。山谷沉静
听得到自己的声音
我用一支铅笔圈住蚂蚁
蚂蚁顺杆子往上爬，不小心
被风撩了一把
没能稳住

远方，暖烟中
有鸡鸣狗叫
我是否可以跟着野蜂
误入菊花
与陶潜相遇
此时，夕照的山峰
像教堂的尖顶
我拜在它的脚下

树韵

本名伊生晖，内蒙古巴彦淖尔市人。磴口县诗词学会会员，巴彦淖尔市诗词学会会员，巴彦淖尔市作协会员。

秋之韵

秋之韵，成熟练达
秋之景，淡泊宁静
秋，是数树深红出浅黄
秋，不止有累累硕果的欣慰

也有耗尽心血的寂寥
秋，脱尽了夏的青涩
用尽百般红紫斗出最后一抹芳菲

当秋风萧瑟，当爱已成歌
墨落情深，书一笺秋韵
拾取飞舞的秋叶裁剪成诗
绯红的枫叶做曲，缭绕的轻烟弹奏
一钩霜月，酿就一壶醉春秋
留一段风轻云淡的寂寞
在心泪潸然时，把酒吟诗篇
在眼泪未落之前，心已释然
花开蝶舞，花落随风
经年往事，凝落成永恒的玫瑰

静夜新思

笔落流离情
墨洒相思雨
未到月圆，心已婵娟
万类霜天唱仲秋
剪碎月色写思念
万千期盼串成珠帘
可能，遮挡秋风送来的清寒？

盼月圆，月圆又会残
月下几人心欢，几人叹！
千年月色不变
百年人生短暂
叹与不叹，月在天边
今又仲秋，……风已寒
诉过离愁，留一份凄婉
笔锋一转
风云和赋
诗行天下写出一生高远

夏日抒怀

一缕秋风吹起我的长发
一丝清凉惊起，我一怀思绪
夏，已在秋的路口驻足
花草依旧缤纷
秋色却已蠢蠢欲动……

燕子夫妇春天筑的巢，已闲置
或许，来年又会带着儿女回归故里
蝴蝶的孩子，早已破茧
此时，正在花丛中……

青涩的果子，被秋风揪了一下绒毛
一个激灵……
正在加快脚步成长
我的孩子，已经要与我比高
满脸洋溢着青春……

时间的脚步
从我心里踏过
浮燥的气焰少了几分嚣张
脆弱的心灵，却多几分韧性
淡雅的秋色，……开始韵染我的从容

踏诗寻边月

翻开记忆的诗行
解读一轮边月的惆怅
千年的月色，依旧清凉
千年的寂寞，对月彷徨

月色如水，羌笛悠扬
边塞的将士，手握长剑一身戎装
月如钩，可还有狼烟潜藏
千年的思乡，还在传唱

狂风席卷黄沙，暴雨涤荡尘烟
日月侵浊着历史
经历了洗礼与馈赠
草原与沙漠互为风景
尽道凝重，深邃，苍凉

千般风情，在千年后依旧守望
那是草原狼，对月嚎叫的孤傲和狂放

那是牧羊人，长调里的豪情与悲壮
是鸿雁的眷恋与回望

月下沙如雪
毡包载着许多殇
岁月抒写着历史
千年的风韵
绽放生命的历程
自然为之灵动，天地为之辉煌

双城

本名凌代斌，出生于文学之家。中国诗歌网注册诗人，证券分析师。少时耳闻目染家族文风，20世纪80年代尝试文学创作，在国内相关刊物发表过少量诗作和诗歌评论等，此后封笔三十年。2015年，在一场股灾后迎来创作小高潮，陆续在《中国诗歌》丛书和《世界诗歌文学》《中国草根文学》《燕京诗刊》《文学与艺术》《新锐诗刊》《中外文艺》《当代汉诗》《海派生活》等发表原创诗歌数百篇，广受好评。近期斩获2016孔子文化节"孔子文学奖""孔子艺术奖"双奖。人嘲：股评界的诗人，诗歌界的股评家。

妈妈　我的魂丢了

返沪的双城疯特了
因为
他的胃丢在了壬城
他的魂丢在了曲阜
他的魄丢在了邹城
他的胆丢在了梁山

他的歌声留给了秋风
他的拥抱留给了秋雨
他的热吻留给了秋夜
他的背影留给了秋晨

他的文丢给了旗袍
他的诗丢给了运河
他的心思丢给了东海
他的手机丢给了江南

孟子说
这么多东西丢了
快找妈妈喊儿回家

可是妈妈和爸爸静静地躺在
沿江江南的那座山上
已经过去了
好多年

巴山狼走了

巴山狼走了
乘着夜色

阿姨们急疯了
姐姐们急疯了

他知道要食得美羊羊
还得回山修炼

若干年后
老阿姨老姐们也许会在
九达岭的动物园园中见到他

只是不要开车门
只需远远地注视那陌生的
威猛的巴山虎

桂香十万火急

网购了一年的桂香未至
赶紧查一查快递小哥的电话
秋风说我在途中
秋雨说我在途中
可是我已受不了
这有桂无香的季节

颐景园告急桂林公园告急
徐家汇告急世纪公园告急
浦东告急浦西告急
青浦告急松江告急

上海告急杭州告急
南京告急宁波告急
江南告急江北告急
铜官山告急三清山告急

有桂无香的秋色
在我看来
意味着有诗无歌
意味着有茶无酒
意味着有睡无梦
意味着有性无交
即使阳澄湖的大闸蟹也会食之无味

咨询了上海老克勒顺根兄
他说有桂无香皆因二场台风
双城略有所思然而恍然大悟
缘来如此
这来自东海的台风啊
势大无比遮天蔽日
一场是旗袍风
一场是诗词风

圣乡之约

一段运河
一条老街
一座寺庙
一场秋雨洗刷江南最忆
苏杭少女呢

身处你的怀抱里
扈三娘的孙女们愈加丰满
潘金莲的女儿们去了南方
诗钟此刻停摆九个字
晚宴后与谁漫步
撑起孔孟之道的油纸伞
或许能邂逅一位
叫范冰冰的姑娘

一碗老酒

是不是刚从梁山老街回来
颁奖宴上那一碗老酒
被你当成春药
以怒吼的方式喷洒
可惜现在是秋天
台下的漂亮女诗人们
用密实的旗袍将肉身紧裹

司马策风

本名刘吉平。加拿大华裔诗人、作家，祖籍重庆，北美中西方文化交流协会理事，加拿大华文作协理事，加拿大大华笔会副会长，重庆散文协会海外会员。加拿大“康佛特”国际连锁酒店总经理，加拿大华人电视台特约时事评论员，加拿大温哥华“哈哈镜”喜剧团编剧、导演、主演。已出版专著《阳光下的翅膀》(诗文合集)、《司马策风抒情诗选》(现代诗选集)。《文化行吟》(散文随笔选)、《红枫染雪梅》(古体诗词选)即将出版。

重庆火锅

端来一口四川盆地
峨眉缙云划分红白鸳鸯汤
冲嘉陵江之清长江之浓
调和阴阳补养五脏

用重庆哥的火爆豪爽
引燃火炉的侠义热情
以重庆妹的性感漂亮
点亮客人眼点亮霓虹灯

南山一坐举杯鹅岭
山城夜景醉落了满江的群星
呈上巴山蜀水的碟碟七彩
烩一锅香飘四海的热盆景

渴了你就叫李冰
提来都江堰冲泡成都平原的晨昏
累了你可唤李白
一缸月光酿造的将进酒最长精神

锅中上下聚散
翻腾着苏东坡大江东去的五味
汤里荤素杂陈
煎熬了非常时期的恩怨是非

看一团重庆雾
升腾着山城人麻辣烫的风采
夹一片天上云
烫出了渝州泪抚今追昔的情怀

2006年4月2日。

2007年入选欧洲中文学校中学生课外阅读教材《乡恋》。

糖醋脆皮鱼

柳叶身段悠游在云水花草
年方二八就挑进了深宫厨房
破身后腌上了寂寞焚身的盐
白粉扑面笑看前路风云
纵身投入华清池
在宫廷争斗的油锅中挣扎煎熬
一直到外焦内嫩泛金黄
美人出浴熏香着逼人的诱惑
三千独宠的甜纠缠情敌的醋
别忘了勾芡才能润滑口舌是非
在文火中熬稠人情练达的浓汤
浇满琼浆再披一袭葱白翠绿的超短裙
红桌玉盘小嘴还在梦中喃喃自语
根本就不屑天下朝圣的眼睛
玉体横陈仿如贵妃醉酒
只要一瞥就迷醉了万里大唐
性感的魔力撩拨口干舌燥的欲望
谁不想伸出李隆基的色筷
去调情去销魂

(注解:"糖醋脆皮鱼",是典型川菜,外焦黄内细嫩,滑爽香脆,甜酸咸混合,爽口宜人。无论男女老少中外不分,皆情有独钟。)

2012年7月18日。

吻

眼睛
以水晶棍轻敲我的鼻子
那清凉的神奇
刹那间令我停止了呼吸

微笑
以草莓作死亡诱惑的磁极
无论是鸟类无论是鬼神
都逃不出你的巨网天衣

万象悄悄地谢幕隐去
那朵红霞是风暴逼近的暗示
积雨云骤然在狂风中相聚
晴空炸响了温柔的霹雳

酝酿了百年的火山
从心底喷出了千言万语
游龙
缠绕着水与火的华尔兹

心的蒲公英
层层剥离为风中白絮
从旋转的万花筒
飘进了时光隧道里

2004年12月16日于温哥华。

胡杨木乃伊轮回的舞蹈

挺若勇士戍边戈壁黄沙
莺歌鲜花都弃逃去了水乡江南

火炉冰窟监禁为何还坚守
是为了过路雨偶尔吝啬的调情
还是为了分一勺滥情天下的晓月
不！我深信关山万里
也挡不住你的慧眼

一千年青葱寻你
一千年枯黄等你
再倒下一千年不朽
向天坦露决死的守候
即使弥留也伏耳探看
万里之外的梦中驼铃
三千年风沙抽打 皮破骨露
夕阳注目低头
孤鹰盘旋见证了一颗心风化的残酷
苍天无情却雕刻了尘世温暖的童话

当远方的驼铃随风发芽
抽出紫叶信号旗
枯根腐木就感动得颤抖
茧破化蝶飞向你宿命的驿站
那就是我木乃伊轮回的舞蹈

2011 年 11 月 24 日作，2012 年 7 月改于温哥华。

月下的站台

——和施施然

某夜你眼中月光滴落
我心板块挫断
余震涟漪长短
吟一首宋词小令雁字飞来
化作巫山云雨峨眉雾
模糊了从前那个分别的月台
汽笛哀怨尖利
把青草火车和残云钉在瞳孔
挽留不忍的风牵拉你的长发
丝丝凌迟我心瓣

此刻枫叶舞乱彩霞
羞红漫天
多少次梦游红烛红帐的新房
红盖头遮脸
重逢的心跳秒表滴答催人
月下的站台永远是心空殷勤的青鸟
衔来的云中信
打开是重逢
封口是道别
在称谓和签名之间
一朵又一朵故事如兰
开了又谢

2011 年 11 月 13 日于温哥华。

中华歌后，邓丽君

兰花指一摆
蜻蜓就飞来
翅一振心就颤
体贴的搔痒神经

荡一阕宋词的兰舟
在水一方轻歌月儿朦胧几多愁
口吐梅花香雪
飘落在现代高楼的枝丫上
绽放出霓虹七彩的花朵

天音温婉缠绵
一缕缕多愁善感的情愫
无不被你经纬调遣
随你上下起舞
织一件霓裳天衣

将方块文字播种在月亮
根根月光的针灸
点刺天下黄皮肤相思的穴位
五洲四海的盆景里
无不盛开松竹梅兰的乡愁

2008 年 6 月 2 日于温哥华。

思归

本名曹志杰，河南洛阳人，现居浙江台州。喜爱文学，擅长诗歌。世界汉诗协会会员，偃师作协会员。作品在全国数十家报刊发表，在全国各类征文大赛获奖若干。

走进秋天

我的爱仿佛就是
秋天里将枯的草
它们看似无依无靠
却又一棵紧挨着一棵
一株簇拥着一株的肝胆相照
我坐在它们身边
索性躺在它们身上
我允许它们
对我轻言细语地抚摸

同时也请允许我
在你们的身上
攀爬出蹂躏的味道

我恳请这秋的辽阔
将我覆盖
我听见了风在奔跑中
喘着粗气

我接受大自然对我的
一切的恩赐
尽管我和整个秋天一起
走向衰败和消瘦

四叶草

本名夏艳玲，笔名四叶草、夏凡。河南信阳人，现定居洛阳。喜欢养花弄草，偶尔写作怡情。洛阳市作家协会会员。文章和诗歌散见于报纸和微信平台。

时光

过了白露就是中秋
一夜相思，我如何走过秋分
彻夜的凉意笼罩。我知道
今年的相逢只能在梦中

时光远去，窗外一枚叶子叹息

我可不可以造一所屋子
有着童话世界里的五彩缤纷
梦想在那里栖息
每一个角落都盈满温暖的滋味

父亲忙碌在他的小菜园
狗儿小黑围着他
东窜西跳，扑蝶捉蛾
母亲的厨房里饭菜飘香

时光不老，该多好
故乡的村庄里，我站在家门口
邀来秋风云朵，合唱一曲爱的欢歌

遗忘

思绪在田野里奔跑，敞开的
快乐，和手掌中摊开的秘密
一样多。我一个人把它遗忘

很多年了
早晨徐徐，黄昏缓缓
滚烫的记忆一遍遍灼伤疼痛
山川河流土地，小路花朵绿色
窗口的梦。屋顶上炊烟袅袅升起

村庄睡在梦里。我在村头的
那座青石桥上走过，安营扎寨
远方，传来父母亲相思的声音

落过花的树

时光的缝隙越来越窄
喘息的声音，此起彼伏

花，一瓣瓣，落下来了
一支长长的挽歌，传来
四面八方

树的一片叶子多情，拦腰
抱起。花儿躲闪不及
落过花的树安静下来

走过时光

时光的大门虚掩着
站在门外的我，可以
看见杂草丛生的昨日

最爱的向日葵与葳蕤的杂草
纠缠不清，门边一棵桂花树
精致的花朵，芬芳的香依旧

暮色四合，饮尽这壶相思酒
你还在原地等我，我却已经
忘记自己曾经来过这里的呵

时光老了

尘封的往事

十年光阴，没有十年的
记忆。打捞起一段一段的
往事，尘封。在一片落叶上
写满相思，在一朵花蕊中藏满泪滴
是你一个人的月亮和星星

阳光越来越低，我躺进一扇窗子
后面，用目光抚摸你，尘封的
往事碾碎在红尘里，有一天忽然
我试图拼图在一起，不可能圆满
岁月老去，每时每刻日子都如流水

安静地赶走身边所有的目光。沉默

哑剧

我总是想要给自己找个合适的
理由，走向你在的地方。守候
陌生的路口，一个接一个走过
铺满相思的土。一步一步丈量
不出感情的长度，季节黄了又青

你始终如一的姿势，伫立在窗口
看花朵上飞过一对对彩色的蝴蝶

长相思

你盈盈的笑
在水之湄
遮掩不住的心事
我只能把怀中的相思抱得紧紧

你泫然的双眸
水之湄上
撕碎我伪装的坚强
我只有卸下真情的厚重铠甲给你

从此千里
让我所有的日子思念堆积

回家的路

故乡淹没在薄薄的黄昏后
我归家的消息，长了一双
轻盈的翅膀，田野里飘荡
父亲母亲陪着土地和风
白发和衣袂飞扬喜悦

多少次了，回家的路
结满厚厚的乡愁，剪不断
青石桥小溪流菜园子
门前那棵歪脖子枣树老了
屋后那片拔节的竹林茂盛
多少次了，乡愁在心灵里
炊烟一样袅袅升起

多少次了,乡愁在灵魂里
雨丝一样缓缓落下
回家的路,越拉越长

我如一匹流浪异乡的瘦马
行囊里鼓鼓的思念,踏着月色
策马而奔,回家路上
父亲母亲挥起苍老的手
早已把泪水装满了胸膛

侣传江

男,汉族,1965年8月生。祖籍山东省郓城县随官屯镇侣楼村,现居黑龙江省哈尔滨市。中国诗歌学会会员,中国文学院作家协会会员。作品散见于《参花》《时代文学》《山东文学》等各级刊物。

久违的爱恋

是遗落康桥的星辉
让爱沉溺于流金的岁月中疯长
是江南雨巷的幽邃
让诗的浪漫之花,尽情绽放

那些曾被荒芜的日子
落寞,心结挣扎在人性的边缘
只为一息尚存,便去追逐
一支红烛,燃烧的希望

找回,久违的牵挂
携手前行的路,不再迷茫
两颗透明的灵魂,重合叠加
静静地起伏,跌宕

世间物象

午后的山脉,紧贴黄昏边缘
等待慢慢西下的骄阳冷却
风,在树叶之间流转,浅笑
遥望着远去的几缕薄云
成双成对的小鸟,窃窃私语
交流着一天的收获与感悟

寂静流淌的河水
鱼儿们划出优美的舞姿
时而潜入水底深处
时而露出水面,欣赏
两岸那穿越时空的风景线

深邃的明眸,于轮回中
洞察尘世的风雨变换
渴望灵魂的净化,心也陶醉
把充满血性的情怀放大
傲立天地之间

殊途同归

一棵树,枯了又绿
小鸟在枝头啾啾鸣叫
眯着阳光划过羽毛的边缘

一条河,似乎被冰封了
若干世纪,春风吹来
河水依旧掀起浪花奔流

一个灵魂,经过恶俗熏陶
难得心还是火热的
表面嵌满透明的勋章

云雾散去,天空湛蓝
纷繁的尘世纠葛
皆由因果脉络,殊途同归

山与水的相逢

轻轻地靠近,相拥相吻
便又轻轻地挥手,远去
绝不留下丝毫的羁绊与思念

一个用海拔丈量的伟岸

去触摸苍穹的幽邃
一个以侠骨柔情
去撩拨大地母亲的脉动

相逢，是亿万年修来的缘分
离别，是心系祖先重托
做一次海纳百川的旅行

不语的村庄

静悄悄的晨曦略过
又迎来静悄悄的晚霞
一天，两天，三天……

郁郁葱葱的树木
和小花，小草点缀
着一条小路，蜿蜒伸展

小路，也是静悄悄的
一端连着村庄
一端通向远方
一端代表着墨守成规
一端憧憬着新奇与渴望

一年，两年，三年……
路边的树木，小花和小草
已记不得有多少人，沿着
这条小路走出，便不再回眸

村庄不语，不语的村庄
只留下老人，孩子
和上空飘荡的白云，黑云
飘落的雨，以及冬天里
扬扬洒洒的遍地诗意……

春雨

谁说，北国的严冬
寒冷漫长
其实，春天的来临
也只是一瞬之间
冰雪消融
便是细雨绵绵
枝头新绿
督促一季桃花盛开
湿润的大地
解读粗狂的情感

从眼角
滑落的一指寂寞
已锻造成
阅历，丰富迟钝的笔尖
想来爱与恨
都因前世无意识结缘

撑一把火红的油纸伞
雨中漫步
身后的脚印
或深或浅

冷风不懂拒绝

想来，此时的南国
还是姹紫嫣红，芬芳弥漫
在北方，落叶已从容飞过窗畔
一边漫无目的，一边寻找归宿
美丽的蝴蝶，更是不见踪影
路旁的石头雕像，应该是
没有心的，才不会感觉寒冷迫近
嘴角依然上翘，以微笑对微笑
脚下的小草，枯萎作一团
只把种子，悄悄地植入土层深处

午后的秋阳，凝固在枝头沉思
深邃的天空，略带神秘
毫无把雪花洒向大地的迹象
来自西伯利亚的风，经过长途奔袭
一波又一波，拷问着人们的耐性

心中的花园

摆上香案，袅袅中
挖掘一首凄婉的传说
片片落叶，落入心湖
泛起的涟漪，已不是紧锁
眉宇的声声哀叹

生命的律动，如火焰
跳跃在四季边缘
每一次呼吸，都是醒悟
把思念埋起来，眸光里
但觉一树梨花，迎风盛开

那一年，那一日

枝头的寒蝉，依旧
哀鸣不止，你却走了
走得那么决绝
阴郁的天空，也在感伤
我渴望一场秋雨，来洗涤
黑土地，以及我的灵魂

黄昏时分，我独自沉溺于
那如梦的幻觉里
想着在这世界的某个角落
一定还会有一个如你优雅的女孩
或许在做着和我相同的事情
傻傻地望着窗外发呆

我懂得了什么是孤独
也让我明白
冥冥之中自有定数的含义
一个偶然的时机，抑或
一次不期而至的邂逅
就会打破，打破原有的宁静

我渴望，一缕风儿吹过
吹散指尖的阴霾，把
思绪挂在高高的月牙之上
这样，我漂白的心
便不再疼痛，亦如凤凰涅槃后
浴火重生点亮的希望

松林湾

本名王昌东，四川乐至人，现工作于四川宜宾某企业。有作品入选《诗刊2013年度诗选》《2007诗歌年鉴》（杨克主编）《中国当代青年诗选》等，先后在《四川日报》《诗歌月报》等报刊发表多首诗作。曾被纽约中华诗歌联谊会重点推荐，在美国《时代周刊》中文版发表古诗词36首。

我从来没有怀疑过黑夜

我从来没有怀疑过黑夜
也没有去分享那些沿街清扫
黑夜的人，她们的身子在缓慢移动
影子却飞奔在大街上
一边飞着，一边把黑夜吐出来的垃圾
赶在天亮前收拾干净

那些清扫街道的人，她们
怎样把在大街上飞奔的影子与灵魂
收拾进垃圾箱的
没有人知道
我也从来没有去问过
我想，有一天我也会拿着一把无腿的扫帚
去清扫黑夜里那些沿街布满垃圾的人

五金车间：一只被病痛折磨的狮子

五金车间隐忍着疾病
成为机器设备跑动起来越来越迟钝、缓慢的原因
作为钳工，他每天都用钳子去表达事物
有时，也用钳子，表达
日子的寂寞与肥美

车床正无休止地、不可抵抗地承受
他纠葛不清的手势，与机械的撞击

他的手淫和抑郁得到满足

他总爱把生活隆起的部分，简单地
比喻为五金车间的乳房
一只被病痛折磨的狮子，牙齿衰落、松弛
愈加羞于预见和说出

宋端华

1956年生，20世纪80年代开始写作，结缘文学，作品曾见于《安顺文艺》等。后中途停笔，2013年重温文学之梦，工作之余忙里偷闲写点怡情养性的闲文。

一叶知秋

飘舞在风中的凋零
只为将生命的美写尽
从起点走到终点
一个圆圈就是一个轮回
生命中所有的恩恩怨怨
在无言的结局中尘埃落定

落叶归根是最好的结局
风生水起总差强人意
秋风拉开了季节的大幕
落叶在离殇中又开始远行
骨与肉分离的那份痛楚
绵绵细雨中已是支离破碎

试着在一片落叶中读你
读岁月的脉络隐藏的秘密
所有的收获都来自耕耘
漫山的红浸染出霜月风韵
金黄的容颜透出无边的喜悦
一朵黄花写不尽秋的风情

秋意秋思

用春天复印秋天
就拥有了一只蝴蝶
相伴飘飞的红叶
在秋风中漫舞轻盈

弥漫眼睛的雨幕
丝丝缕缕都是愁绪
连绵不绝的牵挂
扯不断的上下古今

天高云淡的清晨
露珠晶莹着微微凉意
隔夜的烦愁已消失殆尽
心情被凉爽的风抚平

许多的如果只是如果
阳光风雨都是秋意
红叶如火是秋的风韵
南飞的雁声是秋的旋律

透过秋日收获的丰硕
看春花烂漫的身影
在心里留一颗金黄的种子
待春风吹来时播种未来

秋分

日历在凌晨翻开
太阳与月亮保持沉默
长与短不再纠结
白天与黑夜平分秋色

遗忘在过往的故事
总有些地方令人疑惑
月圆时举起的酒杯
斟满的都是醇厚的思念

依然是天高云淡的季节
分水岭却横在今夜
在菊黄蟹肥的日子里
凉意一天盖过一天

不必忧虑秋风的萧瑟
还有那漫天的秋雨绵绵
雁叫长空霜降的日子
也会有心旷神怡的诗篇

红叶飘飘

在漫天的秋风中
舞出秋漫天的风韵
绚丽的红，如火
灿烂了千山万岭的情
纷飞的万千红叶
仿若轮回中翩翩蝶影

短暂而漫长的归途
或许有风，有雨
有阳光绽放的明媚
也有月的圆缺阴晴
不变的是美好的信念
一颗坚如磐石的心

在岁月里感受
人世间的悲欢离别
在无人的夜晚
翻阅已经泛黄的过去
用生命藤蔓一样的坚韧
写下烛光里的诗句

写一朵黄花的清瘦
或许，并非为了秋季
回忆一叶露的清晨
也不是叹惜黄昏
人生四季都有美景
红叶飘飞如春花妩媚

宋发治

湖北宜昌人，现客居浙江嘉兴。2013 年开始发表文字，作品散见于《南风》《绿风诗刊》《淮海晚报》《红山晚报》《国防时报》《核桃源》《三峡晚报》《三峡日报》《岳阳日报》《湖南日报》《湟水》《中国诗歌》等数十家报纸杂志，作品入选各类合集。

春天的马蹄声(外一首)

黑暗蛰伏。夜行的路人各自为阵
悄悄打开季节的缺口，撒豆成兵
这一方桃红，这一方柳绿，这一方流水潺潺
这一方，芳草萋萋。蝴蝶和皓月伺机而动
贪婪地，都想将这一方春色，广纳怀中
岸上哒哒马蹄，又为谁谱上了崭新的
曲调。生活越来越简单，美好
像是一声又一声的马蹄，在踏过的每一步里
盛放一枝，拂晓的花

如果时光可以倾斜，如果错误可以重来
你还是青梅，我还是竹马，田野上的风还是清新醉人
听母亲的呼唤，爱人的呢喃，朋友的祝福
这些暧昧，温暖，无法说出的秘密，和楚痛
深藏大地，或放逐蓝天
在每一个清晨和夜晚，在每一声马蹄和月落
播种一个故事，或者寻找一段往事

回乡记

日头下滑，阳光越走越近
岭上人家隐藏了丰富的兵马粮草
与炊烟对饮。夜行的故人
一次次敲打着月色。黑夜已咳出了团团白雪
梦已靠岸，十二月的故乡开始走向丰盈
有父亲和母亲的村头，月亮是温暖的
寒风也是温暖的。匍匐在地的石头和野草
随时张开了耳朵，等待

越接近黑暗，心思越皎洁
需要一场大雪，或者一次远处的跋涉
给心灵的微尘一次全新的礼洗
比如煅烧，比如涅槃，比如反反复复地

喜欢和抛弃,在回乡的每一天里
和一个人聊天,散步,诸多无聊的事
当作珍宝仔细地写在记忆里

宋丽花

山西汾阳人,小学教师。兴趣广泛,酷爱文学。近年来在《汾州乡情》《杏花雨》《汾州文学》等刊物发表若干诗歌、散文。

人生观:健康是最大的幸福,自由是最大的快乐。

缘殇

因为有缘
一粒草籽和一颗树种
在同一片土地上
生根发芽成长
它们同沐风雨共享阳光
草儿青翠树儿茁壮
在这美好的季节里
它们许下诺言
一生相依相伴

星月流转季节变换
无情的秋风吹灭了梦想
草儿枯黄树儿心伤
这时它们才知道
不是所有的希望都能实现
不是所有的缘分都能久长

2016年8月8日。

网络情缘

网络是虚拟的
感情却是真挚的
因为有缘
你我相遇在网络里
因为有情
你我徜徉在爱河中
也许我的前世
是你窗前的一株茉莉
也许我的今生
是你心中飘荡的一缕愁绪
也许今生我们不能相聚
但是我会永远把你珍藏在心底

2016年8月20日。

我的心在泪流

月色朦胧
清凉如水
风儿徐徐地吹
却唤不醒花儿的沉睡
忙碌的白天无暇说累
等到夜深人静的时候
调一杯不加糖的咖啡
独自品着那苦涩的滋味
慢慢地沉醉……

此时我才敢摘下伪装的面具
卸下满身的疲惫
展现真实的自己
也只在此时才敞开心门
裸露身体最温柔的部位
大胆晾晒潮湿的心扉
可惜没有阳光作陪
不知谁能把我受伤的灵魂安慰
我的心在流泪……

2016年9月10日。

圆圆的月饼

风把岁月
和着思念的馅
捏成了圆圆的月饼
挂在了八月十五的晚上

于是　引来了
远方游子的对月长叹
热恋情侣的翘首祈盼

还有　孤枕鸳鸯的黯然神伤

2016 年于中秋之夜。

宋千寻

生于黑土地，长于乡野中，大自然散养一奇女子。目前仍是农妇一名，小学文化，有作品三百余篇发表在《新青年》《羊城晚报》以及美国《伊利华报》等中外纸媒。

创作理念：用手中的笔写尽乡村的美丽与繁华，写尽黑土地里的情话。

默诵

你是我最好的红颜
我在清风的空隙里等你
在微熹的光里宠你

当你写字写到发间堆满了雪
遍寻我不见
你不要哭

请你翻开唐诗
在那里找我
我正骑着一匹瘦马
拿着桃花扇
往最后一页走去

踏着千古一明的月光
用泪写成两行最短的诗
用我的唇印署名

请你温柔默诵
念我的名

谅

我以为我不会原谅
墙角那只蛐蛐
让心夜缺失宁静
不会原谅你来了又走
无视我情感中的焦急
不会原谅烟圈中的戾气
和无节操的西风

可是我居然原谅了
当邻家的女孩
用苍白的嘴唇
吻过一切她痛恨的
终于宁静地闭眼

她原谅了死于贫穷
原谅了人世种种
临走向上帝购买了一份安宁

我活着
我也要安宁
原谅
不是爱你
我是在爱我自己

背起

我生于黑土地
母亲柔弱的背
背着我们走出泥泞

村头的路边
她陷进去半截的身体
发出满意的笑容
“伢崽，去，去……”

城市的风吹来落叶
泄露的消息让她恐惧
一些人在霓虹灯里
跌落粉身碎骨
母亲焦急

颤巍巍的老腿从旧时光里拔出
九十度佝偻的背
她毫无畏惧

执意要把我们背回去

母亲那颗矛盾的心
扎进爱里
她拎起一丝风都在喘息
背起我们
却能健步如飞

故乡

如果有一天我老了,故乡
我要回到你身旁
南山的向阳坡上
半亩种桃花半亩种诗歌
脚下溪流鸣琴桃花纷纷
鱼儿噙香而醉
蝴蝶指尖纷飞
落英下启出珍藏的酒
与桃花鱼儿一起醉
桃花飘落的锦钗我不嫌
都来我的发间共白头

如果我已无亲人
死后,我把自己葬在
向阳的桃树下
把故乡揣在胸口
软得发疼
故乡呀
这次我是你的归客
不再是离人

炊烟

叹息叠着叹息的故乡里
人们都做了候鸟
装饰着城市人的天空
只有母亲还在煮着炊烟
炊烟像一面旗帜
招展在故乡的上空
母亲在灶间庄严地升起国旗
陋室成了首都
母亲蹒跚着走到门外行注目礼
鸟鸣奏起的国歌
在空旷的村里挨户巡查
母亲佝偻地站在那里
像一尊神
我的小村也曾身强力壮
白天举起太阳
夜晚怀抱月亮
如今在秋风中战栗
只剩下门外敬礼的
我的母亲,唯一的老兵
看守旗上系着的我的乡愁

宋世琦

汉族,中共党员,中文本科毕业。1954 年出生于上海。1972 年上山下乡到上海市跃进农场务农。1978 年为支援宝钢建设调到上海市第四建筑工程公司做建筑工人。1982 年进入建筑时报社从事新闻工作。2016 年退休。

向逝去的青春致敬

都说青春是美好的,是靓丽的,
可我们上山下乡的那一代青年,
当时却并未感受到其美好的所在:
艰辛的劳作,侵蚀着我们的身躯;
艰苦的生活,折磨着我们的肉体;
艰难的时世,拷打着我们的灵魂。

前途一片迷茫,空有一腔热血;
信念充满困惑,不见了初衷的理想。
只是那坚韧不屈的生命,
依然孤立而顽强地默默前行着……

日月星移斗转,命运跌宕起伏,
花甲之年,蓦然回首——
那青春的岁月,依稀可辨;
那激情的年代,难以忘怀。

时间，是一块神奇的调色板，
把那苦涩的岁月调和成绚丽多彩；
记忆，是一面高超的滤色镜，
把那艰难的时光变幻成风华正茂。

当年的那些磨难，变成了如今的人生财富：
艰辛的劳作，化作了诗情画意的涅槃；
艰苦的生活，培育了情同手足的战友；
艰难的时世，酝酿了魂牵梦萦的爱情。

都说青春是美好的，是靓丽的，
但只有历经了千辛万苦的迟暮之年，
方能真切地体会到其中的刻骨铭心：
那曾经的不堪回首的艰辛和苦难，
已成为生命长河中最辉煌的一页，
为生命礼赞，向逝去的青春致敬！

宋绪霞

笔名若儿。喜欢诵读，偶尔写写东西，爱那些没有家的流浪动物们。

寄语：善良、快乐、仁爱是我一直的努力。

凝

车　动了
心空了

转身的瞬间　眸润了
相识　相知
这个秋天不再空寂
一声温柔的呼唤
让心房震颤

美丽的相拥
沉迷心海
一眼深情的凝望

心不再漂泊

2016年10月17日。

你是我眼眸里的那丝痛

又是秋叶纷飞的季节
遥望远山
青黛渐退
燕子已不在窗前呢喃

远方的爱人你可惦念家乡的可人
每每都是短暂的问候
再无只言片语……
爱人啊，你可明了伊人望你的眼神
满满都是无尽的爱恋

爱人啊
你常常用利剑
将可人那柔弱的装着满满的
爱你的那颗心刺得千疮百孔
你永远读不懂可人的眼泪
你是我眼眸里的
那丝痛……

2016年10月12日。

淡忘

记得那天分离时，你说让我们彼此淡忘
今天你又打字给我，告诉我我们要彼此淡忘
你说我们要一起修行在红尘中

我在给你打字说好的那个瞬间
心已经被海水淹没

你称我为师兄
而我却只能告诉你我永远是你的徒儿
淡忘……
淡忘……
淡忘……

2016年10月27日。

爱的邂逅

轻吻你的耳垂

静听你的鼾声
凝视你棱角分明的脸庞

甜蜜的梦呓
满满,都是你的心语

享受着你的热吻

深切的抚摸
身心的碰撞

我已迷失了自我

真实的你,真好……

2016年10月24日。

苏岱香

女,汉族,广东潮州市磷溪人。当代微篇小说协会会员,当代微篇小说新锐作家,中华精短文学学会会员,签约作家。作品散见于《微篇小说》《微篇小说报》《国际日报》《宝安日报》《山之魂》《贵州文学》《作家文苑》《韩江》《西南商报》等。作品入选《中国微小说佳作2015》《中国闪小说佳作2015》《中国诗歌大观》等。获微篇小说72星座称号。在"明森剪纸杯中国第二届微篇小说大赛"中获得铜奖。

奔跑吧孩子(外4首)

奔跑吧孩子
尽管你是裸奔
别惧路上荆棘
你有一颗坚强的心

奔跑吧孩子
夜晚或以降临
就让一切在黑暗中戛然而止
天亮的晨曦依旧穿越云层

奔跑吧孩子
哪怕暴风雨已经到来
不经历洗礼的心
怎能一尘不染

奔跑吧孩子别回头
烟霞褪尽遗留的影子
是为了纪念你
一路奔来的艰辛

雨夜

闪电劈开夜的宁静
夹着雨滴当空瓢泼
风雨交加是心的重逢

霓虹灯下烟雨绵绵
伞下的身影紧紧相拥
一路排列浪漫满街芬芳

熙熙攘攘的人群里
十指相扣
距离瞬间被抛在身后
雨冲刷了街的铅华
也洗净心的杂乱
灵魂此刻也安宁

孤傲的灵魂
不愿作心的负累
咬破嘴唇终没将要说的话说出口

心跳嘀嘀嗒嗒
与雨滴伴弦
奏一曲爱的欢歌

思念交响曲

风来了,雨来了
思念交响曲缓缓奏起
谁是最好的鼓手
谁有最美的歌声

是你吗，也许
是我吗，也许
心弦跳动的旋律
是彼此谱写的恋曲

你或是一个引子
牵引我对爱的遐思
路蜿蜒绵长
在心中曲折和延伸

是谁打开缺口
不小心掉进深洞
藤蔓封住四周
是一张隐形的网

挣扎都徒劳
就这样吧
我愿困于此
让思念之歌悠扬

背囊

串起心瓣
挂上寂寥的围篱
秋干了蕊儿
撒满往返的路

生活编织一口麻袋
沿途拾遗
积成鼓鼓的背囊
驼上脊梁

越走越孤单
渴望穿透你的世界
并肩前行
让被敲开的心扉回响

无形的桎梏

无形的桎梏
紧紧将我套牢
心底的呐喊
不是呼救声
竟是仓徨的禁锢

沉默是坨黑云
洗劫阳光和黎明
越走越幽暗
手脚并用
劈不开凝固的冰

思索被遮挡去路
活埋剩下的空壳
在黄土中抓住
逃出的灵魂
揣入怀里重生

苏海川

教师。作品在《诗刊》等发表并获奖，入选《河北50年诗歌大系》等。

生活理念：爱诗与经营学校同步。

旗帜

总是让心站出来
为寻找光明
走到前头带领着她的身体
穿越黑暗

总是在英雄倒下的地方
让血站起来
扶住真理
呼啦啦招展

总是高过地平线
那么鲜明地做天空的一部分
与启明星一道
迎接最伟大的曙色

总是随太阳升起

把千万束目光
与天空焊接
与蔚蓝的梦焊接

总是燃烧
做火的魂
提炼最纯粹的激情
赋予热的血

总是承载着坚定的信念
在生命之上
飘扬飘扬历史使命
和现实理想

总是蕴含着
人民国家这些词深深地镶嵌
是灵魂的感应
是大地的回想

苏美晴

本名杨文霞。目前定居大庆。中国诗歌学会会员，黑龙江省作家协会会员，中国诗文学会副会长，《诗文杂志》执行主编。已出版诗集《在身体里行走》《午后，落雪》。2006年底开始写诗，主张诗与心通。作品散见于《诗刊》《星星·原创》《星星·散文诗》《诗林》《诗选刊》《诗潮》《绿风》《青年文学》《山东文学》《岁月》《北方文学》《散文诗》《中国诗歌》《散文诗世界》《草原》《地火》等。作品选入《2012年中国诗歌精选》《中国散文诗(2013卷)》《中国年度优秀诗歌(2014卷)》《中国年度优秀诗歌(2015卷)》以及各种版本的年选。曾获人民文学“科学与精神”大赛一等奖、“安居杯”第三届全国诗歌大赛二等奖以及各种赛事的奖项。

采药人

首先他自己就是一味草药
草本植物。或丛生，或寄生
或喜阴，或向阳
一生暗藏生活的肌理
风吹送一粒种子，像他的宗亲
他可以嗅着体味
找到他散落于尘世的另一个亲戚

一把刀，一条绳索
身体交给认命的植物
他挖出一株草药
就像在草芥中挖出自己
驱寒，镇咳，退热
治疗生活的暗疾

采药的人，每每送出一株草药
就是向生活深处送一次自己
他仰着脖颈，认领雨露，阳光
风霜，雪雨
用飞鸟的啼鸣，割断喘息
更多的时候，他隐没于荒芜
一边草木欣荣，一边病入膏肓
始于原始的寂静，像什么也没发生

采药的人，用一墙褪色的植物
阅读自己

2016年6月15日。

失眠

我听到翅膀忽闪开去
听见燕子和着春泥，垒砌夜晚的新居
一块顽石阻碍春夜的流水
在它的边缘，时针走出了空旷的前世
我披着黑夜的罩衣
指挥一切深夜不眠的身体

我一定是用身体运送着什么
黑夜藏不住黑，正从黑色的瞳孔泄露出去
为了配合这不必要的输送
我把墙上的星光归拢了一下
把陷进床上的骨头，重新捏回人形

让它又一次在身体里工作，受累
咽下春眠不觉晓的苦疾

即便闭着眼睛，我也知道
发情的野猫，正跳上春夜的屋脊
夜的静潭，就要翻出一朵
更大更好看的浪花
托着因灵魂走失而轻减了的身体

随后，就可以决绝地，沉下去

2016年3月25日。

青铜之下

我看见骨头低头走路
碎裂的玉片在飞舞
再大的风也吹拂不动，古旧的青铜
一枚雕镂刻画的图腾

被抬到至高的祭坛，时光细碎成针孔
勇敢者用一把利剑说话
诸侯掩藏一块历史的疤痕
举顽石之淬火，磬石而歌者
被一一回收成历史的展播

青铜之下，太阳以东，布满谷禾
三角鱼纹的瓦罐，斜躺着，流出民族的精血
取白昼，发绿光
土地觉醒，攥疼残冬的背后
一支梅花傲骨着历史断裂的愈合

青铜，青铜
不可复制的青铜
不可复制的亚洲铜呀
恍若我们都是一枚枚锈迹贴敷于上
任时光，在断片上舞蹈
任利器，粗粝地逼迫

此刻，我像青铜一样沉寂
在花朵细腰上叹息

2016年7月1日。

欠条

欠土地的，我用一粒草芥的样式偿还
欠河水的，我将清空杯子
一桌残留的晚宴
被鼾声搅乱的睡眠
有时候，我故作年轻姿态
以为有很多东西可以变卖
等到暮年
面对一摞的欠条
我只有老泪一把
我欠母亲的，归于黄土
我欠儿孙的，淡于阴凉
一支爬腕的豆荚
张开龟裂的唇纹
我欠飞鸟一次飞行的说法

我是母亲欠着母亲
我是女儿欠着女儿
我被疼爱，就是用疼欠下爱
用挥霍欠下草芥
说不清楚的出生和活法

2016年6月6日。

苏永雄

笔名风语者。祖籍广东连州，现居广东顺德。1966年出生，汉族。曾任多个文学网络论坛诗歌、散文、小说、游记版块版主。1984～1988年有诗歌及散文作品散见于多种报刊。在弃笔十余年后，重新执笔，2010～2013年有诗歌及散文作品分别入选《新干线》（2009年中国网络优秀诗人66家）《华夏诗人作品选》（2010年第二卷）、《悠远文集》等选本，并有诗歌、摄影作品发表在《草地》《钟音诗报》《天津诗人》《文学家》（2012年第6期）《湿地》等刊物。

诗观：诗歌是生活里的音符，行者执着地

歌唱。

桃花雪(组诗)

遥远

一直无法丈量
昨天的、今天的,也包括明天的
那匹马一直扬蹄
尽管春天已至
草原很远

锦书无托

一直半睁着眼
看我荒芜了的田地
你说,春天来了,怎么还不播种
我一直不语
打上个春天开始,那泥土的黄
层叠内心的黄
四十多年了,信笺都埋在这里

宿命

一直都在路上
包括那从未解开的行囊
我一直摸着一些日子
旁若无人的吟咏
又一个三月
雨水未至,风依旧温婉
这样的日子是不是适合动土
一座墓碑悄然而至
今夜,我不谈风水

不说思念

依旧会裂开
你不提青丝,我不说白发
趁众人散去
我们一起收拾一段旧胶片
沙漏之下
故土不远不近

桃花雪

你还是来了,在二月
如期而至
我感觉到了跋涉
臆想着如何剪下天上的一片蓝
把你裹紧
或是让她立在你的旁边
是的,就是立在你的旁边
让那片蓝成为你的一幅背景
我还四处寻找那一支箭
试图射下尼采的太阳
你枕在上面,一片一片开着

2014年3月27日于深圳琦辉楼502室。

在黄昏

走进黄昏,就像走进我的年轮
天空、土地,仿佛都闭上了嘴
那刻,我是低矮的
而喉腔却是到了一个高度
你的、我的,以及隐忍了多年的疼痛
他们一起呐喊

在黄昏,我的胸腹装满金黄的麦穗
麦穗犹如你的丰满
在七月以至七月以后的日子燃烧
我听见了肋骨嘎吱嘎吱的声响

对于我,黄昏就是我现在的年轮
曾经的青春、日子都成了影像
他们跳跃、他们恍惚
而你的年轮,恰恰好

在黄昏,我身体每一部分器官
都是独立的
像极了眼前的景致
血红、黯然、挣扎以及凹凸的轮廓
不用俯身,就能读到六朝文人的书

在白云下面,在森林上面

靠近你一如接近感知的核
那刻，我跳出了我的身体
跟随一只鸟儿划过的痕迹连伤口，都是金黄的

2013年7月16日凌晨于琦辉楼502室。

我这样叙述一个冬天

我一直在想
想那些一直呆在窗外的寒冷
也是一直在想
想那些，能敲散哧溜进窗内的寒冷的话
包括在一个冬天，我要哼唱的一首歌
以及，在一个冬天，我需要的粮食和蔬菜

我还在想
想一只春天的蚂蚁
也是一直在想
想那些把秋，缠了几道的秋蝉
以至那一只刚刚掠过湖面的冬鸟
它欲归的巢的枝丫
还有一处景致
能让一双眼睛，闭上后，还能看到的一幅画

我不能不想
我读过的暮色和眼前的暮色
不能不想一些关于那个冬天
和这个冬天的话题
以及我怀揣的焰火
还有我想点燃的暮色

那些被破了又破的枝节
我虚构着它们的丰满和温暖
那些掉进了冬湖依旧没被没去的灯火
正诉说着几许的风尘
四周静谧，我，依旧我的叙述
从一个拥抱开始
暖了二十里外的炊烟
试想着，每一个冬天的怀抱，都坐拥着一个春天

2011年1月26日于韶关。

今夜，我在一首歌里回望(组诗)

难忘

一首歌，唱了很久
从初始到我认为结束的那个路口
往往复复
从一个春天到另一个春天
我忽略了许多漫长的过程
以至忽略了所有的冬天

记忆

就着一首歌与月光
刚沏的那壶茶从滚烫开始温软
像心，又更像你的眼神
打你说出那句话开始
春天就一路蜿蜒至今
我不禁想起了曾经的画笔
情窦初开的那盒水彩
温润的，又何止是我内心画过的那一条河

转身

该转身了
在时光与夕阳的背后
我用一滴前世的泪
打破画布般的宁静
色彩变得虚拟
双手，划着的不是冬天的火柴
小屋曾经的油灯越来越亮

回望

在这样的夜晚打开窗户
风顺着数滴冬雨的足迹
挤了进来
冷了又冷的季节
凝固了一月的天空
只是心里从没停过的歌
温开了落满尘埃的记忆
今夜，我把走过的路

轻轻地抚摸了一遍

2011 年 1 月 24 日于韶关。

谁的奶水如此旺盛?
风淡、云轻

这样一个秋天(组诗)

胡杨

在你还没脱下盛装之前
侵入你的高原
我丰满地预演了无数次的场景
变得苍瘦
脚步很轻,呼吸很轻
灵魂与天堂不远
不敢触摸啊
我看见十指的惊慌
胸膛从喉结里直窜出来
我,正不停地,一再掏空自己

天青水蓝

无法挪步
眼睛已分不清许多妖娆
还未靠近你的裙裾
香气就扑面而来
风儿飘啊! 云儿,飘啊
我也飘了起来
月头庙宇里滴下的佛语
一撤再撤
天空退出好远
真想一头扎进你的根部
窥探你昨夜春光

那黄

明晃晃的黄近似土地的皇
掌心向上、掌心向下
发情的又何止是春天
刚一打照面
语言就荒了
这么大的一片土地
秋光直抵肺腑
铺天盖地哦

那树

面向你
思绪一飘再飘
风霜还远
我却在遍地寻找传说里你的沧桑
阳光下,扯数根白发打结
穿过赤裸的肌肤
跌落,已是千年
嫁接不了你的那一段沉香
枝上枝下,岁月
正被一片落叶婉转

2012 年 11 月 4 日于西安

孙成龙

85 后,云南富源人。《中国微小说诗》执行主编。2011 年 8 月接触现代诗歌,著有诗集《兄兄兄弟,先干干干为敬》。

诗观:随性,灵性,诚实,现实。

我喜欢电闪雷鸣

吃过晚饭
妻子躺大沙发上
用手机看穿越小说
不时哈哈大笑
女儿歪中沙发上
盯着电脑里的《米奇妙妙屋》
咯咯直笑
我坐在小沙发上
一会儿看妻子
一会儿瞅女儿

突然的电闪雷鸣
两个女人同时钻到我怀里
一瞬间
我做回了爸爸和老公

清明夜雨

闪电撕裂夜空和大地
房间顿时漆黑一片
独自躺在床上
听着滴答的雨声,轰隆的雷声
我没有矫情地去想
天为谁泣
我只知道大雨来得很及时
后山上
爷爷坟头的草快枯死了

孙宏妹

笔名海月。上海人,资深服装设计师。代表作品有《雨中浪漫》《爱的诗篇》《塞上·秋》《月沉睡在大海的波澜》等。

创作理念:用灵魂遴选,让普通的字句还原出魔力。

月沉睡在大海的波澜

月沉睡在大海的波澜
融化在银色的梦幻
漂浮起一片朦胧

那是一个奇妙的世界
寂寥静谧的夜晚
梵香袅袅
在清扬的禅音里释然

碧波轻荡着夜色
月追着海的筝声
剪一缕相思与你
裁一片婆娑摇曳的柔情

月色闪烁着海的斑斓
海汐潮起潮落的回响
弹奏一曲天使清音
演绎一段月色诗行的华章……

喜欢你的声音

我喜欢你的声音
你的声音是那么深情磁性
像春雷般的轰鸣震动大地
是如此令人销魂痴迷

我喜欢你的声音
你的声音就像那地幔热核的炙烈
每当我听到空中转来
你那激情恣意的声音
瞬间赶走我的惆怅
赶走我狂奔的泪滴

我喜欢你的声音
你的声音就像那星宇深处的磁力波
你那爽朗的声音
瞬间洗去我的忧伤
洗去我的疲劳
唤醒我的迷离

我喜欢你的声音
你的声音就像那雪域高原清澈的水滴
阳光画出彩虹般灿烂
春雨拍打芭蕉般动听

我喜欢你的声音
你的笑声像佛陀的慧心
从天际传来你是那么的美
让我缠绵沉醉
我告诉自己要抛下一切尘泥

你的声音是那么激情流溢
像西湖龙井的清甜
像碧螺春的清香
像黄山毛峰的清澈
像祁门红的清柔
像正山小种的清魅

清新余香回味绵长……

2016年10月25日。

大海的祈祷

大海闪过一道柔光
隐约浮现出朦胧的影
彼岸的风声已远去
那些过去的流年
如细水般绕指而过
月色洒满了整个海疆

大海的波涛
托起天空的一面镜
镜里折射月的笑声
充盈海的心潮
海在粼粼的波光里沉睡
因月的笑声惊醒浪花一朵朵盛开

每当月出现在夜空
总能牵动海的目光
激起海的灵感
绽放海的情浓
海为月痴为月狂为月呼唤

远方回荡着海的情怀
隐约听到月在呢喃
海并不是光彩夺目
却令人神往
海只为月歌唱
灵动的月让海走进梦的故乡……

2016年10月21日。

塞上·秋

塞上的风
是秋天的画笔
饱蘸阳光
把草原描绘成金黄
南飞的雁
是秋天的诗作
对仗工整
抒发离别的哀愁
片片落叶
是秋天的眼泪
摇曳纷飞
哭泣萧瑟的草原

金黄的月
是秋天的眼睛
默默注视
湖边曼舞的芦苇
跳动的篝火
是秋天的热情
熊熊燃烧
让爱炽热燎原
沉醉的心灵
是我的追求
肃杀塞上的秋
叫我感受江南的喧嚣
我愿意在这里归隐
在这宁静塞上的秋

2015年8月13日。

孙鸿雁

吉林省长春市人，金融工作者。少时即爱文字，也一直从事与文字有关的工作。执笔着墨诗中客，歌吟风雨陌上仙。一生唯视文字为知己，或欢心或寂寞或忧伤，却不孤独。

一缕香在江南墨染的诗意里，沉沦

从来不相信结局，更不要给结局下个定论。

风来的时候，我相信是带着香味的，
那是梁祝挥手时的别语。
蝴蝶和蜜蜂，是这个季节的大使，
使命让影子闪闪发光。

花草开道，一路敲锣打鼓。

我的水域，是最好的雅士，
所行之处，微笑涟漪。

树的威严无人能挡，你说霸道再霸道些，
而有些判决，我交给风。
风，永远是季节的掌控，
或恶劣或黄沙或柔情似你。

掌心，记忆这场相遇。
如叶般摇曳的名字，在六月的桃花溪里翻覆。
起点便是结局，结局便是新的开始，这个定律，无人不懂。
一缕香在江南墨染的诗意里，沉沦。

箫声继续悠扬，在不是江湖的江湖里。
剑光继续响起，在没有月色的深夜里。

梨花岛的客人

（一）

竹，剪影成诗
被风传颂
纤指掀起的帘
映了谁的时光点点
由远而近的脚步
惊慌了溪水的流连
青竹而起的屋
香茗缭绕

梨花环岛而绽
蝴蝶踩出的小径
接通脚步的颤音
一曲宋词
委婉清弹

（二）

一窗倒影，咬断的笔尖
浅笑落在杯盏
涉世而谈，款款青衫
清韵在夜里欢
思想是跳跃在夜空里的焰
欣赏是行走在星际间的船
植下行文句点
等待梨花岛煮酒
书尽竹笺

（三）

然，
箫音沸
剑声搁浅
月色、疏竹、清影
同醉花间

一担风，一担酒
一担诗词舞翩跹

蝶吻，花心动

八千里路云和月，只是诗歌的引子。
策马关山，摆渡江南，都是一个目的。
在有你的芬芳里，痴迷。

你说你是花痴，这是多么动人的声音。
我愿是你痴痴的那朵花，也愿意是一只绕你而飞的蝶。
光阴和岁月，风马不相及，我只说爱情。

相遇与相识，不是兄弟，不说也罢。
一个屋檐下一辈子，你敢说认识？
不曾谋面的你，却在我的骨子里长了三生三世。
你可以说这是谎言或甜言蜜语。

入地三分，入情几盅？
化茧的痛与成蝶的美，都不在意。
奋力地扑向你，你竟然真的低下你的头，迎合。
为此，即使一吻而死，也不足惜。

蝶吻，花心动。

你内心的柔情装在瓶子里，需要一缕风的开启。
而恰巧，我随风经过这里。

倾情，永远是爱情的极致。
欢心，才是相遇的美丽。

晨韵清荷

顺唐宋笔韵，找寻你的痕迹。
江南的水清婉，不及你。
江南的柳婀娜，不及你。
江南的月柔媚，不及你。
你从南海之滨透过窗子北望。
波光闪闪的心事，不及你。

翻阅离尘的字典，着急读你。
在一字一词的零落中，着急寻你。
你是脱俗的清辉，月光不如你。
你是安静的荷韵，晨露不如你。
你是离尘而远的目光，闪电不如你。

你是六月涓涓流出的诗意，
你是晨风缓缓而书的歌词，
你是疲惫旅途中闪现的风景，
你是夏日婷立的荷。

挥洒时光，靠近你。
邂逅情缘，相系你。

你是我寂寞中突然绽放的花蕊。
你是我孤独时心底滋长的念。

晨，为你着韵。
夜，为你做曲。
我愿是你的池塘，用一生的爱，为你供养。

念你如初

流年在指尖静静滑落，
你听见的是雨水的声音还是心碎的声音？
思念顺着掌心的纹路，一直伸到心底。
滋长的根须，绝世的张狂。

吻，在你的眉梢，化成一朵嫣红。
青鸟含烟，夏蝉如织，
为你敞开所有的清风，看你长发飘。
那台老式电视机里，你是唯一的频道。

如若，你能读懂，
这些并非豪言壮语的枝微末节。
年华荏苒，左手光阴右手苍白，
我愿用生命谱写华章，为你吟读一生。

捂住你的心跳，直视你的眼眸。
阡陌红尘隐在每一个季节的窗台。
香衾梦遥，我依旧守在离你心最近的地方，
不敢高声，不敢研磨，不敢瞬间的迷离。

对于你的心，我只会俯首种植，从不敢轻易采摘。

谁，打碎了琉璃盏

夜开出枝蔓，垂钓寂寞
睡觉的鱼没有咬钩，它沉在自己的梦里
诱惑，掉了几滴泪，依然水性杨花
我注定是蝴蝶的命运
执着得让人心酸

晨歌暮咏季节变换
骨骼已经僵硬，但我知道永远成不了你手心的琥珀
烟雨江南只是一个念想
大漠胡杨，焗白我的长发
在月牙泉搁浅的诗句
捧起黄沙，求解

收藏的那条暗流，书写岁月的独白
古老的声音伴着随时溃塌的誓言，一泻千里
离别时的回眸，让旷野燃烧

我们坐在柴垛上，数星星

谁在明谁在暗烟斗只是摆设
我将心努力开成花蕊，等待一吻定情

孙启国

网名松雨。教师，山西汾阳人，诗文爱好者，在多个文学平台上发表多篇作品。

创作理念：诗文应悟于心、耕于情。

乡痴

汨罗江上龙舟飞
群山壑岭楚歌吟

望家乡
情魄荡

乘艾草游三山五岳
坐菖蒲潜五湖四海
寻屈子忠魂

饮尽汾河水
吐出满腔念想

觅粽香处
端坐石盘山顶
谁与同饮雄黄酒？

凝眸汾州大地
郁郁葱葱

飘落建昌塔
跃入文湖水
化作一塘
乡痴

2016 年 5 月 5 日。

请你走吧

你来了
哗哗啦啦尽情挥洒着
带着久未相见的情怀
热泪满眶
奔流不息

你来了
白昼和黑夜都成为你激情的战场
噼噼啪啪怒掣不休
誓死找回你千年未归的
恋人

你来了
城市与乡村都成为你挥毫泼墨的诗篇
仿佛要写尽你的沧桑
宣泄你激情荡漾的
春潮

你来了
带走了许多壮志未酬的梦想
留下了千疮百孔的忧伤
却激发了人与自然的碰撞
书写了人世间的真善美与众志成城的
篇章

请你走吧
带着你汹涌澎湃了的人间感悟
再去千年的轮回
重塑你肆虐的
灵魂

2016 年 7 月 20 日。

你拥有了爱的春天

留守
在开疆辟土的年代
成为他日寻亲的根
留守
在战火连天的岁月
成为凯旋而归的依靠

留守
在商旅漫漫的征途里
成为无数信念的牵挂

如今
父母为了开拓幸福生活的路
离开了家乡
从此,留守的生活与你一起慢慢长大
你的世界不再阳光
亲情也成了遥不可及的期盼
孤独与你形影相伴

每逢佳节
你尤想远方的亲人
亲爱的父母
为何不回到你的身边
呵护你成长?

夜半醒来
泪湿枕角
静寂的恐惧夺人心魄
此时,你多么渴望
投入父母的怀抱
呼吸他们温暖的心跳

欣喜的是
老师敞开了慈祥的怀
同学伸出了友爱的手
在一起,你们温暖了无数的时光
走过了许多美好的记忆
欢歌笑语荡漾了你积极向上的情怀

时光如梭
毕业前的"六一"儿童节上
你演奏的一曲悠扬动听的曲调
如同脱缰的野马飞向远方
远方的亲人
可否听到你的心声
老师,同学们都默默地哭了
是你跳动的音符
还是你久未有过的笑靥?
深深打动了所有的心

你笑了
笑得灿烂而幸福
与同学们乐在了一起
融成了一体
你尽情享受着大家庭的温暖
你不再孤单
因为,你拥有了爱与远方

留守的岁月不再漫长
你虽短暂失去了父母的爱
可你拥有一片挚爱的天
祖国的关心
学校的温暖
师生的关爱
是你战胜寂寞的洪荒之力
大爱无疆
友情无间
让你拥有了
爱的春天!

2016年10月22日。

情缘

我是一颗佛手中的念珠
挣脱了佛的手
落入尘世
化作赤裸的肉体

香火缭绕
不再信众神往
钟鼓阵阵
不再万人膜拜
梵音袅袅
不再度化众生

我,融入了人世

与你期许了一生的情缘
宁愿受尽百态炎凉
我们也永不分离
哪怕被逐出六界
饱尝蛮荒之苦
轮回的路上
我也要喝碗孟婆汤
跳下奈何桥
去寻找来世的你

2016年11月3日。

孙庆丰

男,1977年生,河北省作家协会会员,北戴河区作家协会理事。作品散见于《诗刊》《小说选刊》《青年文学》《时代文学》等刊物。现供职于河北省总工会北戴河工人疗养院,任综合办公室副主任。

那些年,他们穿过风暴

一九二一年的南湖,看似和往常
一样平静,一股革命的暗流
却在湖底,悄悄汇聚
该是打破平静的时候了,就连南湖水
也不愿成为一潭,没有生气的死水

起航了,几名勇敢的水手
奋力割破枷锁般的缆绳,尽管前方
风暴像白色恐怖一样密集
但总有人要率先把,革命的风帆扬起
总有人要用生命,亮出崭新的旗帜

明知道旗帜上会浸透鲜血
明知道风暴可能打翻船只
一颗颗坚定的心凝聚在一起
就是一股战无不胜的冲天豪气
尽管行程很慢,一路暴风骤雨
革命的火种,却像一只耀眼的灯塔
指引着船儿拼搏进击
近了,越来越近了,你看前方
曙光正在乍现的前方,革命的烈焰
正在照亮黎明的大地

孙双双

永不言弃

如果生命的轮回永不停息
我甘愿做枝头的一朵小花
在我短暂的生命里
绽放出我的芳华
我的头上覆盖的是湛蓝的天空
我的脚下踩踏的是坚实的土地
我的手中紧握着命运的咽喉
我的胸中氤氲着爱国的情怀
永不言弃
你听鸟儿在我的枝头纵情地歌唱
你看阳光的光芒在我的周身环绕
你闻辽阔的大地散发着迷人的清香
一切是如此的美好
让我魂牵梦绕
我要寻找那天边的排浪
我要探寻古墓的神奇
我要追逐希望的曙光
我要拥抱所有的美丽
可是,可是
狂风在我的耳畔肆意地嘲笑
暴雨在我的身上无情地敲击
寒霜冰冻着我的内心
雷电击打着我的躯体
我像一个勇士一样
怒视着前方的危机
紧握着长戟
永不言弃
当黎明的曙光
在漆黑的大地上
书写着未来时
我倔强地抬头

注视着苍穹
仰天长笑
如果命运注定我的凋零
我只想说
朋友,当你从我身边走过
看到我卑微的躯体时
请不要迟疑
拾起我的花瓣
埋到地底
让生命延续

孙水

男,59岁。创作对象:郭兴,男,76岁

赞孝婿郭兴

姜湾老人名郭兴,
照顾岳母人称颂。
三十一年如一日,
感人至深孝子情。
退休在家少外出,
只因老伴心脏病。
岳母妻子需照料,
双重负担任务重。
伺候岳母甚周到,
房间收拾颇干净。
床边摆放电暖扇,
温暖舒适过寒冬。
夏至三伏如春秋,
凉爽宜人扇吹风。
老母牙掉吃不好,
上街买饭孝道行。
郭老将母当亲娘,
尽孝养老还送终。
老人时常夸儿好,
难得孝顺心高兴。
百岁岳母身硬朗,
姜湾首屈老寿星。
老人孝行传后代,
子女行孝心里敬。
体贴孝敬传佳话,
社区盛行孝道风。

孙铁禄

中国平煤神马集团供应处退休干部。

好帮手

我家弟兄多,姐妹无一个。
母亲体质差,疾病老缠磨。
轻时不在乎,重则倒床卧。
家中缺帮手,吃饭常耽搁。
我从八岁起,参与家务活。
里外跑个腿,任务渐增多。
烧火又捣灶,择菜又刷锅。
为娘减负担,身累心快乐。

思念

父亲撒手去,转瞬二十年。
梦里常相会,醒来是思念。
老人一辈子,苦辣酸咸甜。
财富没积累,精神有遗篇。
饮食低标准,果腹不挑捡。
烟酒少接近,糠菜却有缘。
衣着不讲究,洁净随身穿。
平日可遮体,隆冬能挡寒。
助学心坚定,苦累无怨言。
舍得倾家产,保我美梦圆。
吾今逾古稀,圣训镌心田。
淡泊以明志,宁静以致远。

孙文娟

女,山东省青年作家协会成员,威海文登区作协理事。作品散见于《时代文学》《山东文学》《中国诗赋》《齐鲁诗歌》《诗中国杂志》《诗词艺苑》《山东青年作家》《中国电视报》《威海日报》《威海晚报》《中国民族报》《拉萨晚报》《德州晚报》《临汾日报》等杂志报纸。在2014年中国最美油菜花海汉中旅游文化活动征文大赛中获优秀奖。在2013年文登日报社联合组织开展的“仁孝文登”主题征文中获二等奖。在2014年中共太原市委宣传部主办、太原日报编辑部承办的“追梦中国幸福太原”散文诗歌征集比赛中获优秀奖。在2015年威海文登区委宣传部、区文广新局、文登日报社、文登广播电视台联合开展的原创诗歌征集中获一等奖。

走在洒满阳光的路上(组诗)

(一)

流金的七月,
鲜红的党旗在风中猎猎招展中华大地上流光溢彩,
处处一派盛世欢歌共赞95载奋斗征程的辉煌
举起右手,
齐肩握拳,
党旗下响彻忠诚的誓言立正姿势,
目光坚毅,
中华民族伟大复兴的豪情万丈
祖国正迈着雄健有力的步伐
从改革开放科学发展中走来
经济飞速发展,
人民和谐幸福引来全世界惊叹的目光

(二)

一九二一年的上海一只风雨中飘摇的小船,
载着一粒红色的火种从嘉兴南湖到井冈山,
点亮窑洞里的煤油灯
锤子和镰刀完美结合砸碎了被奴役的锁链,
赶走了豺狼坚强和不屈相握斩断了被奴役的羁绊,
驱散了云遮雾障

(三)

代代相传的共产党员的精神
是从血雨中走来的崇高信仰
你看,有多少企业家中的共产党员私掏腰包,
投资用于村集体公共项目
又有多少医务工作者中的党员,
心系群众用她的妙手仁心,
让病人和家属的心里驻满春光

(四)

今天,
再一次重温永恒的誓言用满腔的热血谱写,
中国梦的美丽答卷用满怀的豪情弹奏,
中华民族振兴的乐章
昂首阔步
奋勇开拓,
拥抱美好未来的曙光

孙有

笔名孙黝,网名归去来兮。生于20世纪60年代,祖籍河北迁西,现居南昌。师范院校中文系毕业,在职研究生。中国作家协会会员,中国公文写作研究会会员。工作之余,先后在《诗刊》《杂文报》《岁月》《诗中国》《中国风》《唐山文学》《内参选编》等报刊发表小说、杂文、散文、报告文学、诗词、通讯作品;在古榕树下文学网、江山文学文学网、西陆文学网、新长城文学网、腾飞文学网、蝶恋花诗社、格律诗社、华语诗典藏等网站微刊发表大量诗文。著有风——《菜根谭》心解、云——《史记》风骨、《月》《雪》《星》《窗》诗文集,出版长篇小说《古镇狮吼》。荣获“日出岫岩古韵杯”诗词联大赛一等奖、“华语典藏杯”全国诗文大赛特等奖;被《诗刊》“本期聚焦”重点推介,诗词选入《中国当代诗库》。

列车上(组诗)

返程

列车
箭一般流失
时光
与亲人的距离
渐远

大北方的胸襟
渐行渐近
窗外鄂的树干
绵延着燕山血脉
它的果实没那么香甜

坡上绿
酽进我的肌肤
水一样的清澈
腌透了过往前方
稻香过后曾有无边的麦浪

一样
有北方的羔羊
依稀有
塞上奔跑的狼
隐约在心里
落在故乡

大京九

列车
箭矢一般
射向北方
我却以为
驰奔南方
转向了,老了

大京九
弯曲着巨大铁臂
在祖国广袤的东南
日夜吟唱
古老的歌谣
飒讽凌风

从圆圈地方撷滴晨露
夜的清辉炫舞了八一军旗
飘向将军出生的方向
阜阳,麦浪;聊城,鸟翔;津门,天渡
掠过你的身旁
游弋到最后,抚摸盛京的胸膛

对面的黄土

一脸的笑容
和黄土地
打折

把它踩在脚下
供你谋生
还有吃喝
忍痛着一世的冷遇

抖落鞋底
洗掉指甲里的尘埃
还有庄稼地里
瞟黑的愁容

无论如何,掉下滚滚红尘
亲吻你肌肤的
还是那扬帆起航的地方

从南方到北方

水的清凉
滋润了丹桂的芬芳
那片荷塘
浸满了稻谷清香

顶着星光
约好的桥梁
集聚
一同奔向人流嘈杂地方

远方

故乡
一头系着思念
另一头正是秋黄

黄土地的墒
铧犁划出的苍茫
落下
父辈们荷锄的老茧

悠长，白杨树闪过
日暮，入眼的白墙
方便面、面包幽香
在冀中大平原，徜徉。

2016 年 10 月 7 日，国庆返程，从南方到北方。

落叶

落叶
终于和大地吻在一旁
大地却说
那是她的最终方向
容不得一丝的商量

沃若
从春日到秋黄
这段日子
隐藏多少忧伤
随着风儿摇曳彷徨

雷电
照亮了一脸的风霜
没有严冬
少了四季轮回的殇
你却说经历了一世的沧桑

山峰
挺拔着脊梁
却低着头
默默聆听着号子浅唱
总不忍挺起你那不屈的胸膛

小草
风干了枯黄
人微言轻
只将心底里的绿色隐藏
那份浓酽与那 抔 黄土弥香

茅屋
书上说是草堂
却装满了
一茬茬待哺的羔羊
一拨又一拨的满眼希望

树干
沉闷得慌
自个儿孩
离开你走向了远方
你用一生说出了她们去了该去的地方

2016 年 10 月 12 日。

较量

耗子不止一次较量
我说歇着吧还想称王
斗不过房主的
耗子不语
践行着它黑夜里的伎俩

它开始从下水池管道鬼祟摸索前方
嗑坏了塑料塞子冒出进入楼房
趁着十月一假日
把厨房和储藏间
变成了它打滚儿玩耍的天堂

发现这些罪恶勾当
忙把塑料塞子换成铁罩阻挡
以为大功告成
第二天早起忽然发现
它改道咬烂了纱窗进来摇摇晃晃

新安装纱窗就这样遭殃
赌气赶紧关好玻璃窗
再次阻断通道
次日又惊讶发现
它气急败坏打洞嗑碎了年久的水泥浆

赶紧用刷碗的铁丝堵死光亮
次日终于看到不再有新花样
而付出的代价
栗子花生盗走了大半筐
心里堵得慌

始终没有见到耗子模样
弄得几日来我百计千方
上班坐在办公室
打蔫儿看过往的人模人样
见我满屋的墨香称道有才更觉心里堵得慌

2016年10月16日。

孙媛

女，汉族，吉林油田公司员工。中国音乐文学会会员，中国诗歌学会会员，吉林省音乐文学学会会员，中国诗歌网吉林频道副站长。业余爱好合唱与诗歌（歌词）创作，曾作为“中国石油”合唱团队员之一，代表中国产业工人去奥地利维也纳金色大厅参加新春音乐会的演出，代表文化部参加新加坡的演出，代表全国总工会参加”金钟奖”合唱比赛及大型国内比赛，多次参加中央电视台音乐频道文艺节目的录制等活动。诗歌（歌词）作品散见于各微信平台、文学网站和纸媒。

花开花落

被秋风扫过的原野
依然有一株花
在守望着

此时此刻
只有菊花知道你的心思意念
那是怎样的忧伤与疼痛
容颜皱了
夕阳下了
泪风干了
梦没有了

花开的时候
有微笑、有问候、有期待、有盼望
春夏的烂漫在云飞蜂舞间灿然
花落的时候
有沉默、有孤独、有冷淡、有凄清
秋冬的装扮在萧瑟寒风里暗淡

莫道花期不寿
遥远并不远
趁花未落
用一生去走近你

又到枫叶红了的时候

风儿拉着季节的手
慢慢地走
不知不觉
又到枫叶红了的时候

我在这里
你在那头
俏皮的白云在思念处停留
看不懂形形色色的山川锦绣
只想把美丽尽收
读不懂奔腾不息的江水河流
只想和缘分牵手
又到枫叶红了的时候

爱在心里
情感依旧
深沉的目光在秋天里驻守
我懂你时时刻刻的关怀恳求
只想把温暖保留

你懂我喋喋不休的唠叨问候
只想让爱情长久
又到枫叶红了的时候

不要满面泪流
没有覆水难收
枫叶红了的时候
看到爱的源头

足以

那块立在最顶峰的石头
已把自己交给了仰望
半个世纪
足以让这块石头目光如炬

那棵守护原始森林的老树
已把成长托付给风景
半个世纪
足以让这棵树嚼烂乡愁

桌子从来不说一句话
沉默了半个世纪
半个世纪
足以让白骨化为灰烬

天光不舍
还没醒的最后一点睡意
主宰着沉浮
明天是个未知数
就像陌生无处不在
感知到那么多的
爱恨情仇
足以……

孙志刚

男，1957 年出生，教师，文学爱好者。中华九州现代诗社社员，中国诗歌网认证诗人，采风网会员。作品多采用白描手法、大众化语言，直抒胸臆。

诗观：以诗会友，传承中华文化；讴歌真善美，激发正能量。

雨后

几场尽致的风雨
倾情邀来了蔚蓝的天空
漂洗过的流云洁白飘逸轻盈
清晨的阳光神采奕奕
氤氲里
闪出一串七彩的心事还有明眸的眼睛

风雨摘除了
树上呻吟病枝枯叶
埋葬了一个季节的落红
那些或弯或直或高或矮的
长的短的树齐刷刷焕发一色新绿
树下便只有绿茵青青

岸边
几棵倒下的柳
被爱合力扶起再用竹杆支撑
碧波里又流动柔情的笑容

燕子又在怡然剪裁着柳枝
蝉在雨后集体失声
天籁正推演夏天的故事
摩天轮上潮涨的童趣欢笑
再一次挠痒寥廓苍穹

父亲

我的父亲
原本有一亭修颀的身段
挺直的腰板
宽阔的肩膀是我快乐的摇篮
可是岁月的冲刷
生活的压力山大
弯曲了他的脊梁
驼起的脊背

凸起一座山峰
他要驮起蹉跎岁月
他要挡住山外的风寒

父亲老了
失去了昔日的韶华
憔悴悄然爬上老脸
可他仍是吐丝的春蚕
他在畅想五彩云锦
他要做一抹绚烂晚霞
让光采长留人间
父亲终究没有顶住岁月的消磨
他走了
留下了长歌阵阵
红霞满天

远方

一条路伸向远方
远方
有寂寞的山村
喧嚣的城乡
外边的霓虹广厦
怎比得家乡的小巷草房
村头的果园
村边的荷塘
鸡鸭的悠闲
鸟儿的欢畅
胡子上跳动的乡音
脑门上镌刻的沧桑
虽然已不再潦倒
虽然已不再彷徨
可是
可是他们的梦里
可否掺杂着回忆的苦涩
可否有新的考量

电风扇

看起来始终还在原点绕圈圈
触角早已伸得很远
一阵阵宜人的清凉
衔来串串诗韵
泼下片片清雅的墨香
再蘸上一笔明前春茗
就足以醺然醉然
在清凉中陶醉
外面依然热浪蒸天

好学的风

他想趁着小憩补补脑子
为下一步旅行充电热身
他要让自己少一点冷酷
多几许妩媚
少一点凄凉，多几分温存
他要知道
如何让冰雪消融，群芳争艳
他要学习春播秋收，指土成金

他乱翻一气
听人说，
书可下知地理，上知天文
书可预知未来，博古通今
他像在完成一份高考答卷
答卷中探索着
物竞天择，适者生存
他试图弄清怎会有
寒来暑往，四季轮回
还想见证春苗出土的欢欣

他规划了一条旅行线路
首先要与春天表表初心
他要去河岸边问候杨柳
他要去拜谒土地山神
他要垂询北飞的鸿雁
观一观日月星斗氤氲飞云

杨柳身着绿裳
迎接从冰雪中来的故友
奉上新茶招待清凉的贵宾

玫瑰送来阵阵馥郁
桃李绽放靓丽青春

风走河堤一路逡巡
他看到翠柳夹岸
五彩缤纷
鸢飞鱼跃
南雁北飞

风儿走得太急了
早已体温升高忍俊不禁
找一道山洼歇一歇脚
折顶荷伞解暑遮荫
摘一朵白云揩揩汗水
掬一捧甘露润润嘴唇
他想去果园蹭口果鲜
更想去寺庙里听听禅音

风儿走一路看一路想一程
眼见得枫叶变红,层岚尽染
千山万树落叶缤纷
果蔬绽开灿烂的笑脸
江天万里披彩流金
他将亲历写进冬天
长空响彻欢快的笛声

风的礼赞

世界上尚没人赞咏风的好学
我是赞风好学上进唯一的人
风的勤奋无以能比
谁人超越风的笃志和虚心
暑往寒来不知疲倦
雨雪冰霜从未缺勤
云卷云舒是风的杰作
花开花落是风的写真
鬼斧神工是风的造化
春种秋收有风的功勋
人们常言风情万种
风也有疾恶如仇
怒海沉舟
铁面石心
阴霾蔽日时你摧枯拉朽
焦阳似火时你奉上甘霖
敢爱敢恨是你的风骨
做好信使是你的初心

让心重生

我不是佛陀
更不是基督
我的心
一半是孔孟的眼泪
一半是龌龊的世俗
我要在他的上面建起一幢新房
用儒释道的灰料
和上中国梦
填埋不平
让阳光洒满全屋

醉美夕阳

夕阳壮美
日落余晖
醉倒了岸边的垂柳
羞红了篱外的玫瑰

山与树珠光霞珮
蝶和鱼你赶我追
老牛在歌声里荷锄而归
后面
一弯新月悄悄追随
缕缕炊烟缭绕小村

山药

根
向下
一深再深
置身肥沃的土壤
华北的黑土
就像母亲的胸膛

藤
向上
再向上
吮吸着雨露
享受着阳光
花
很不起眼儿
一样传递着醉人的清香
一个个传奇的故事
在小小的花儿中粒酿

待到中秋月圆
他闪亮现身
走进药店
跳上餐桌
跑入厨房
带上美味
奉上健康

风雨人生

丑时一场雨
子时一阵风
惊醒儿时梦
愁怅到天明
子夜里的不速之客
不期而至
把我的梦送了一程又一程

凄凄沥沥的雨线
洒下万千思绪
风把它拧成绳索
再打上个结扔进水湾
溅起我多少过往的峥嵘

六十年的心结在雨中重现
六十年的沧桑
一场风雨怎能抹平
风雨里
有六十年的悲喜忧乐
有大半生的爱恨情仇
还有情结千千
心事重重
毕竟那风风雨雨何止一场
它教会我淡定、顽强、英勇

让风雨来得更猛烈些吧
我呼唤它的洗礼
好续写纯洁悲壮的人生
风雨后，天边会升起绚烂的彩虹

家雀的梦

冬日暖阳
一只家雀立于屋脊上
仰望蓝天
他羡慕鸿雁蓝天翱翔
却看不清大雁的容颜
他憧憬鲲鹏展翅八万里的气场
梦想着扶摇千里，直冲云端
他要借大雁的声声呐喊晓谕大地

Sala

本名马忠杰，一位热爱诗歌、热爱生活的女诗人。

距离

以那束灯光为轴线
过去和现在分割成两地
湮没于暗影的昨天
在阁楼上缓缓嵌入厚密的云层

但我还是坚持晨起时爬上楼梯
在远方也在心底眺望
那池塘里的荷
舒展的眉心
总有朱砂的痕迹
挑起帘笼般朦胧的记忆

我可以走下那些长满青苔的台阶
但我不能停止想念
走远了的岁月里
依旧叶脉清晰的落叶

你走过的步道板
发出嗒嗒声
闹钟一样准时
或者黎明
或者黄昏
轻轻叩响我的窗棂

飘流

我在河上听你的声音
有些内容与流水有关
有些掺杂一些鸟鸣

我把桨放进船舱
把身体放低
低过远处的高山
低过两岸的草丛
低过你心跳的频率

风可以揉揉我沉重的肩膀
云朵微笑着垂下来
多么希望此刻月亮升起来
虽然我的酒杯太小
盛不下你那么厚重的深情
但我
抓住这瞬间的贪婪
和美不胜收的风景

顺流而下
鹅卵石会硌得脚掌有点疼
湍流中的浪花奔跑的声音
轻盈得如同你的轻唱低吟

有浅滩的地方我选择上岸
有些风景一生只能逗留一次
但我需要记住漂流的终点

当阳光变得薄如蝉翼
我脱掉疲惫这身防护衣
和你坐在草地上
同饮时光
这杯草莓色的红酒

影

一个黑影从草丛中跳出来
力图阻止路灯的光晕
瘦弱的路灯伸长了脖颈
把光投射进更深远的黑暗
影子挡不住什么的
没有光
它的名字叫无影无踪

T

谭传平

2016年出版小集《传频随贝》。在《星星》《散文诗》《深圳晚报》《深圳特区报》《株洲晚报》《株洲日报》《羊城晚报》《广州日报》等报刊发表作品数十万字。小小说习作《y轴》曾在《芳草》获奖。著有长篇小说《雪人一程，风雨十年》。

两栖生活随贝

缠舌青春

新凳旧漆，
大狗小鸡，
坐在一起。
石头，小溪，
发生桥的关系。
满月西起。
青春一对一，

缠舌在那里。

鸭子

大桥上
一对年轻情侣
边走边吻
姑娘小伙看懂了
狱警看穿了
和尚尼姑看透了
我一只鸭子
看破了

烧烤爱情

阳没光,温没暖。
捡集树枝,烧烤爱情。
火燃,火旺。火熄。
烤暖爱情,继续捡集。

糯米蒸酒

妈妈说
一根稗子压死一蔸禾
粘谷糯谷
圆杆背肚开花
谷黄嘴巴时生动
妈妈说
牛作田
马吃谷
别家养的崽享现福
我成年之前
妈妈用糯米蒸酒
尝都没尝一口

滚秧田

今夜无月
嚣嚷的四线城中公园里
湖面死黑死黑静寂
想起插入
六月秧田黑死黑死的
古稀双亲
欲亢小市民大女人荡漾
滚烂秧田再播种
愚蠢的简单乡村劳动
怎么植入城市

老家新屋

虚
隐去
实
突出
现实
虚虚实实
若,无山可靠
确实。必须小于虚

青山畅游图

松
咬定青山
石头
留得阳光
庵? 游亭
庙? 木房
置身当代
把现代、近代、古代、未来
考量。我们划进画里
游嬉

山寨

云山云海
都是浮云
山山寨寨
除了寨
都是山寨
本人
手,把黑领洗白
肩,让天水自来

谭建明

诗歌爱好者，英国游学2年。某商学院客座教授，实战型企业管理导师、培训导师，湖南人力资源管理协会成员，多家上市公司管理学院顾问，现担任某企业执行总裁。

挑战云阳山顶

沿溪上
涧水哗
竹林成海
千年奇葩
望崇山峻岭
欲徒步天涯
峭壁滩险沟壑
洪荒之力攀爬
叹自然鬼斧神工
唯让灵魂再出发
云阳山
美如画
茶陵人民热爱它

山那边的思念

总喜欢
透过纱窗
默默注视着你
那么美丽那么淋漓

荏苒间
岁月更替
共同轮回日夜
与你孤独与你相随

不在意
寒风凛冽
无声中做自己
奉献灿烂奉献四季

而我却
空穹苍山
春风流水明月
一生何追一生何为

谭娜

女儿如花

女儿如花，
她，是开在我生命中最珍贵，最美丽的花。
我会用爱去滋养她，让她在四季里感受不一样的风景。
我会让她感受春天万物苏醒时的希望，
我会让她感受夏天百花开放时的艳丽，
我会让她感受秋天落叶静美时的灵动，
我会让她感受冬雪皑皑时的纯净。

女儿如花，
她是我心中永开不败的花中精灵。
我会带她去看生长在低处的花儿，
我会告诉她小野菊沉默而专一的爱，
默默地生长，不贪图回报；
我会告诉她凤仙花的意志坚强，
不择环境土壤，随意生长；
我会告诉她梅花的不屈不挠，
不畏严寒，默默奉献；
让她做一朵素净，善良，真诚的花。

女儿如花，
她是一朵自由行走的花。
我会带她去蔚蓝的海边，
让她感受大海的博大，宽阔；
我会带她去江南小镇，
让她感受古色古香的水乡韵味；
我会带她去爬山，
让她知道做人要一步一步，脚踏实地；
我会带她多旅行，多走走，多看看，
了解不同的风俗，不同的文化。
让她在大自然中快乐成长。

女儿如花，

我会鼓励她与书做好朋友。
晚上,我会给她讲故事,
看着她甜甜地入睡;
白天,我会和她对句子,
在游戏中让她了解韵律感;
周末,我会带她去书城挑选她喜欢的书,
陪她一起阅读。
让她在书中提升她的内在。

女儿如花,
她是我的小小朋友。
我会和她做好朋友,知心姐姐。
可以谈心,可以交换秘密,
可以有点小任性,小胡闹,
但,彼此要尊重。

女儿如花,
我会陪伴她长大,看着她一点点盛开,
从一个小骨朵长成一朵花,
从一个小不点长成一个少女,
这将是一个幸福而漫长的过程。

汤文来

中学高级语文教师,大学本科毕业。《才子佳人报》记者,《当代教育》驻地编辑,世界华人作家协会会员,海南诗词协会会员,初晴诗社协会会员,福建省音乐文学协会会员,中国音乐文学协会会员。曾在县、市、省内外发表过诗、散文、小说、论文逾几万字,多次在大型刊物(含国家级)征文中获奖,作品被合编二十多种选本,系2003年5月出版诗集《心灵的旅程》(作家出版社),2010年5月出版诗集《生命之歌》(百花文艺出版社)。

一辈子如此漫长短暂(外二首)

他的出生仿佛野草
世人不屑一顾
透过泥土的缝隙
便从黑暗中走出
以后所有的日子
就恰如磨盘碾碎粮食
在磕磕碰碰中

四季跑动的节奏
变化着色彩的内容
时间将引领着他
向着风曝着雨
在星空下指向神圣的蛰伏
在阳光的世界里坚韧
淬炼出一双深邃的目光

童年蒂落的明澈
犹如融化雪地的记忆
浪漫爱情的青春高潮
恰如空中飘飞的蒲公英
在梦中闪逝
岁月拔走了他的头发
又把剩余的染成灰白
啊一辈子如此漫长短暂
他沉默眺望如血的夕阳

世界敞开在面前
血和泪丈量赖以生存的空间
夺走了相依为命的爱妻
还有儿子一家三口生命的
一场突如其来的地震
再多的爱也不能还原
尘世呼吸的原型
灾后重建如火如荼
他感受着幸福和悲伤

纯净雨后的诗行

风雨过后的旷野
以生命本体回归的姿态
葱郁每一枚叶子都披露光芒
在宇宙蔚蓝的笑颜中抒情

观望生灵和江山
一丝清新的风能让我泊在阳光
灿烂的日子里静静遐思卸下所有心事
从盘根错节的生活中突围而出

血中纯净的基因
赋予我汹涌的爱恋像蝶一样
自由舞动在我的梦乡一种陶渊明耕种
桃花源的味道给我大地的芬芳

敞开胸襟奔走在梦想与现实的
间隙一种深入灵魂的赞美
便在寻找泥土支撑的精神家园
发酵成诗行

登黄鹤楼

传说已经久远
昔日的黄鹤
不知飞向何方?
栖往何处?

只有游人的足迹
多少蓝眼睛白皮肤黑皮肤
沿着古典的石板路
纷至沓来

重温黄鹤楼的故事
去追寻崔颢的遗影
一些人走老走去成了碑碣
一些人走老走去还是不知所终

在这广袤的土地上
登高望远
极目龟蛇锁大江
心潮逐浪高

十万关山风共云
千里烟波万种情
纵酒放歌沉醉释怀
三千日鲲鹏正举五万次解冻逢春

岁月和风雨让你不朽
历史和厚度让你骨头坚硬
在所有路过的人眼里
你构成了一道美丽的风景

我是诗的后继者
我知道心灵的约会
奔涌的血脉
依然有种冲动

心血化雨入诗魂
多少次低吟梦里寻
让星星与月亮作证
你是中华名族的骄傲
祖国的光荣

汤运来

男，土家族。在《青年文学》《民族文学》《中国民族报》等报刊发表文学作品五十余万字。作品入选多种选本并多次获奖。

无形的爱(组诗)

锁

一把生锈的锁
锁住那进出小院的门
锁不住多情的心
心儿生出相思鸟
衔来一根相思线
顺着高高的围墙
绕在墙外那棵大树上
黄昏
锁打开
屋子里空荡荡
一封泪渍的告别书
平平稳稳躺在桌上

沼泽

一次不慎
你掉进我的沼泽
我佯做旁观
心内却喜

你用微怒的慧眼
送来一束求救的语言
我顺水推舟
把爱紧紧搂在怀里

从此
我的沼泽
被你晴朗的笑声
填
满

初恋的日子

夜潮涌进我的书房
相思在书桌上疯长成一棵树
灯下咀嚼你的名字
往事跳着疯狂的舞
挑逗我的情绪
难以压抑的骚动
似夏日的蝉鸣
心灵的低语拥着欢乐的浪潮
从心里涌来
细看那密密麻麻的信纸
通篇写着想你想你还是想你

你走后
小村刮风的时候
你从我身边离去
带着怨恨恼怒
甩给我一记耳光

一个阴郁漫长的冬天
我不再流泪
冬天很冷
泪水已被风干

此时窗外又起风了
拉上窗帘
拉不住爱的思绪
想起那温馨的夜晚
没有月亮
几颗星星
一片蛙声
我属于过你

你毅然离去
我不怨你
只怨自己走不出小村本分的栅栏

合影

枫叶点燃秋天
普希金的爱情诗也能背诵
为了显示成熟
我们请来了摄影师

这一瞬间凝固了
我们永远站在一起
你笑吧，青春的笑最美丽
任岁月流逝
我们的笑不会老去

翻过记忆的大山
走进人生的驿站
两个人的年轻故事
在季节的目光里旋转

唐干钦

现用名唐麟。男，湖南浏阳人，1975 年生，小学六年级毕业，爱好诗词，现居广州，从事医疗器械行业。

远方

长度
宽度
都是度
远程
近程
都是征程
一样的距离
迈过去千百种人生
山后的风景
多少辛酸苦楚
今幸得见
……
我将继续前行
再踏彼岸

微信

群
就像
那一片海
浪花点点
汇聚交流
我在前行前行
只有前行才能靠近
有我向往的宽广
有我向往的深厚
太多太多
我仰望星空的灿烂
我感受阳光的炽热
群的海
温暖
使我如此留恋
留恋温暖

缘

那一天
缘至
于是
书山信海中
你我畅谈人生
可知
人生知己非容易
携手攀登
那一份
真诚友谊的顶峰
也许
有那么一天
随着世事的变迁
你的记忆中
不再有我
但我无悔识君
因芸芸众生
你我遇识
已属不易
只愿人生风雨路上
珍重……珍重……

唐棠

女，59岁，已退休，诗歌爱好者。退休后开始写诗歌。

创作理念：娱乐自己，开心每一天。

小城春光

我的家乡商丘，是一座小城，
也是我心中最柔软的地方。

她没有江南水乡的清丽婉约，
也没有北国风光的粗犷豪放。
人们提起她，总会把贫困和落后联想。

五十年的寒来暑往，
记录下我的欢乐和忧伤。
一年又一年的花开花落，
我只好把梦想在心中收藏。

冬去春来，春雷唤醒了梦想，
春辉暖透了心房，

春之歌唱出新的画卷，
春天的路上，小城挺起了胸膛。

高铁如巨龙穿城而过，
高架桥似彩虹飞跃城中央，

一条条大道贯通四面八方，
一个个店铺披上绚丽的盛装，
帝河两岸花红柳绿，游船摇荡。

街心广场，琴声悠扬，

是谁广场舞跳得如年轻女郎？

是谁模特步走得如牛仔奔放？
孩子们像柳叶一样穿梭在溜冰场，

老人们三五成群拉起弦子亮开了嗓。

美丽的夜晚霓虹闪亮，
人们怀疑自已是否走错了地方。
外出上学、打工的年轻人，
不再为家乡落后的面貌羞愧难当。

父亲用肩膀挑起春的希望，
母亲用双手播种幸福吉祥，
孩子们在春光中茁壮成长，
人人脸上绽放着中国红的光芒。

小城的文化源远流长，
小城的老城墙见证着风雨沧桑，
小城用乡音讲述春天的故事，

浓浓的乡情让游子日思夜想。

我多想用妙手丹青描绘这春天的画卷，
我多想用歌喉把春之歌唱得铿锵嘹亮，
我要用我最深深的爱，
我要用我最虔诚的目光，

歌唱你，我的家乡，
祝福你，我的家乡，

我的家乡，满城春光！

唐兴义

甘肃武威人，1993年9月出生于一个名叫“朵云”的小村庄，甘肃诗词学会会员。2014年开始发表作品，先后在《飞天》《参花》《兰州日报》《甘肃诗词》《桃源诗刊》《蓝鲸诗刊》《海口网》《雪山文学报》《蒙古贞日报(副刊)》《崇信文艺》《天马诗刊》《兰大学子》《晨曦》《原上草》《桃花雨》《段家滩60号》《新边塞》和诗歌网等刊物及网络媒体发表诗歌与散文，有作品入选《甘肃90后诗歌年选》。现就读于西北师范大学知行学院中文系。

架在火炉上的朵云村(外三首)

再晒下去
土壤的嘴唇上就会开出裂子
大片大片地开
被烈火焚烧过的疼
从玉米枯瘦的腰杆喊出来
风把喊声放大

沸腾在汗水里的唐老三
手摇一把蒲扇
试图扇来整个冬天

静默在天蓝下的朵云村
是吃了黄连的哑巴
苦涩里接受着自然的安排

在海边他这样眺望日出

一串鸡鸣擦拭过屋檐之后
他身披黎明的风衣，奔向大海

海风放声欢唱，海浪举杯相庆
似乎一切都在等待他的到来

多少年过去了他重又站在那里
童年和外婆在记忆里萌动

当那颗硕大的红柿子跳出海面时
两条细小的河流从他脸颊流下

开在岁月深处的一朵花——唢呐

在那些特殊的日子里
它一响起来，就能把生活喊停
能喊出来满面笑容
也能喊出来汩汩泪水

在它年轻的时候
张三娶媳妇时它喊着幸福
李四祭祀神灵时它喊着平安
刘大娘去世时它喊着百鸟朝凤

时间和时代是一双变化着的手
在岁月的洪流里
它的脖颈
被这双手越捏越紧

而如今，它老了
再也无法为父老乡亲喊出幸福
仅剩的最后一口气
它要为逝者喊一声安息，也为自己

雨的心被遗忘在天空

一把镰刀从梦里醒来
虔诚的麦田颤颤巍巍

黑压压的乌云蹲在田野上
父亲拖着疲惫走回家来

倾刻间，豆粒大的雨点开始沸腾
村庄像个沐浴中的孩子

父亲坐在磨刀石上
静静地看着天空，深吸了一口旱烟

七夕节

风儿温柔地挥起翅膀
空气潮湿的嘴唇吻着你脸颊

雨滴碰响大地的铃铛
叮叮当当朗诵出我曾为你写下的情诗

我说：你在我的城堡四季如春
在我们的爱情里一切皆有可能

比如一朵朵玫瑰在我手心绽放
比如一圈圈蜜波在你心海荡漾

唐勇华

又名唐方韬，笔名黄笔夫。1977 年生，诗词楹联爱好者。灌阳县楹联学会会员。诗词联作品均在全国赛事上获奖。虚心、好学、上进。

人生格言：做文学不仅要做到影响全中国，更要做到影响全世界！

山花赞

我不要——
像攀爬藤蔓
凭借着参天梁栋
才使自己高高在上

我不要——
像星辰月亮
凭借着七彩阳光
才使自己夺目璀璨

我不要——
像无骨草人
凭借着华丽衣裳
才使自己有个人样

我更不要——
像寄生虫卵
凭借别人营养
才使自己茁壮成长

我只仰慕——
绝壁上顽强的山花
不管风吹雨打
亦不管无人欣赏
只要一锥之地
便要热烈开放

哪怕一缕芬芳
都要与人分享
哪怕一抹色彩
亦要把整个乾坤
悄悄扮靓——

陶军林

笔名神游狐。

酒韵

女人的酒
是握桨孤渡的泪
浅尝隔世
喝他个花残月瘦

把俏目融进哀怨
兑半盏女儿红
借一叶扁舟
解湖岸前世的忧愁

雨停在发梢
甩过轻盈水袖
喝的是伤
怎知酒中朱砂如钩

男人的酒
是霸气十足的剑
半斛旧水
醉他个一世风流

把妙语掺进真言
兑整壶二锅头
展一隅山水
倾荒漠的壮志未酬

风扛在肩上
穿越灼伤的山路
饮的是愁
谁解杯中落叶成丘

游吟

我是
漂泊不定的浪子
不怕舟楫孤渡
却早已
厌倦天涯

打开了
俯瞰楼台的那扇窗
想读懂的话
在倾听的刹那
已经抛洒

谁泼墨这样浓
散了流萤
葬了落花

我是
浪迹江湖的游子
不惧风雨兼程

却早已
盼望回家

开启了
仰望雪山的那道门
想伸展的卷
在接载的瞬间
洗净铅华

谁晕染这般烈
迷了余韵
痴了涂鸦

向着佛陀
跏趺而坐的方向
我渐行渐远
终有人
与我执手篱下

今夜

今夜的风
抽打着剥离的瞳仁
我擎举空钵
以矜重的神情唱诵咒语

今夜的光
扭曲了折断的剪影
我转动经筒
以虔诚的姿态吟读经书

湿婆许我
折骨为笔刺血为墨
用柔柔一脉融化桥的秋水
前世今生焚念清心

把脸贴近
触手可及的云梯
神说进来吧
在白茫茫大地放逐灵魂

把落英酿一坛窖藏

我只是
不愿掠过真相
怕月光泛起
骨血扭转得更凉

你不会
容我挥洒
把缕缕的剪断
编织成蛛网

我怎知
狗尾草的低眉
却是
无法遗忘

你只是
不敢面对拒绝
怕摘取星星
荒芜腾空着受伤

我不会
请你转身
把满满的丰盈
搁置在空巷

你怎懂
蒲公英的扬起
恰是
选择飞翔

不去盘剥
隔岸的烟火
把雾中的落英
酿一坛
缤纷的窖藏

用神的丹青画个影子

影子拽着影子
把脊梁撕裂成两半
一半在
坍塌的脚下匍匐
一半在
斑驳的断崖结痂

影子的影子醉吃着
淌出搅拌罂粟的黑血
拼凑闭合的谶语
铁树的花瓣
在那一刻
开上须髭偾张的额头

踩着殷红的伤口
用神的丹青加持记忆
成疾的影子
蜷缩在风干的夜
如破碎的灯下
冷飕飕蠕动的鱼

没有燃烧的季节
影子也会执意离开
拿什么
寻找曾经的触痕
于是你作茧自缚
我破茧成蝶

2016年7月29日。

许你还我一袭蓝天

当朦胧的黛色
掩过悬挂的飞流
风追逐雾
卷着凋零漫过天边

看不清
无根的生灵
怎能读
三千白雪满弓月

当悠远的钟声
敲醒江岸的清浊
雾推着雾
扯着弥漫淹过水面

看不见
太阳的光芒
怎能吼
挽缰扬鞭傲尘烟

不知
是浓雾
遮挡了山峰
还是山峰
挽留了浓雾的缠绵

问冥冥中那双慧眼
谁能见证
苍茫的进退

许我
从高空坠落
碎成一地风华
许你
将海水涂上
滚泪的极地穷天

只因丢了

石潭轻舟凌波起舞
我在此岸
听水凫寒烟
只因拂晓丢了

山间茅屋清风弄影
我在径上
倚细雨怅行
只因黄昏丢了

天边星星隔河相忘
我在林间
看雁鸣西风
只因长夜丢了

裹挟我的不敢凋零
缺席你的渐渐老去
藤蔓依稀记得
只因我丢了

青纱帐哟绿高粱

坐上秸秆小船
穿过狭长罗帐
羊群
将云影滑成翠光

一季雨
摆动铜铃唱着旧谣
层层绿波
荒芜了谁家男儿郎

小草临风摇曳
滚过烟雨初妆
鸟儿
已衔来点点金芒

一袭云
荡起羌笛醉吟新狂
叠叠青浪
凋零了谁家美娇娘

风的眼泪笑了
用天光塑个
绿高粱般的姑娘
轻轻蒙上红色盖头
拥着她
走进一望无际的青纱帐

陶胜男

父亲

那一年，我呱呱落地，睁开双眼
那一刻，你拥有了整个世界
你脸上的笑容是多么的幸福
犹然记得
你那挺直的腰板在辛勤劳动中累垮了
你那强劲的双腿在自行车上发抖
你那皙白的脸颊在烈阳下变得黝黑
你那乌黑的短发在不知不觉中爬满了白发
父亲啊
你的一生都是在为我奔波
父亲啊
我想拿把椅子站在你身边让你歇歇
为你端碗饭，捧一盆洗脚水……
多么微不足道的事
你却红了双眼
父亲啊
你是我一生中最爱的那个人啊

陶永红

笔名依依。天津大化技校退休教师，《海韵诗刊》编辑，海韵诗社副秘书长。喜爱古诗文、诗歌。爱好写诗，作品在《海韵诗刊》《文友》《中国诗歌网》《文学与艺术》《翰林院诗艺社》《大沽口》《北方诗歌》等刊物发表。

金秋幽怀

葡萄熟了，吸饱了晨露
粒粒是丰收的颂
金秋笑语流长，琴曲美景千层
摇荡阳光的馨热，茫茫风雨的厚重
三分春色，二分土地，一分流水

蓝天耳畔叠云
大雁哀声南飞，花红缤纷坠落
呼唤南山松柏，千山云峰

拉秧的冬瓜，在泛黄的藤下
血养充足，孕育肥胖
“枫叶荻花秋瑟瑟”白居易咏秋兮，吟想其中
带穗的高粱兴奋蘸饱浮萍清水，写满地字音符
春浓，夏意，秋阳悠悠灵犀
岸堤平沙随风飘扬丰收的幽香，细细欣赏

于是，铜镜正冠，伴惹雪花飞舞时，芦苇已头顶白发，回首以往，无心梦天涯，人虽虚老，但也风光

秋风起

你飞扬起兮，如此浩荡
鸽子吹响伤情的哨子
田野高空留下大雁泪别的叹息
寒风劲吹，蝉鸣消失，蛙儿无影
瞬间落红几片，遍地落叶
太阳发誓不让泛黄的植物再次疯长
你的霜花，让蚂蚁做着来年的梦

你飞扬起兮，给人欣喜
眼球被景象指引
回忆所有细节，堆垒发酵
酿出透明美酒盈满清香
菊花怒放，去散肝火郁旺
没有单调，笔墨饱蘸，
扫描丰收信息，飘然绽放

你飞扬起兮，芦苇穗更成熟了
愿意陪伴秋月挂梧桐，及秋
花染透的风景

秋分

秋分耍阴阳脸，我真不喜欢
一半黑，一半白，真假相伴
阴中有一点阳，阳中有一点阴
这是阴阳鱼太极图诗意的传说
即使秋光不敲窗告诉我，我也知道
“天阶夜色凉如水，卧看牵牛织女星”唐杜牧也是这么说
果然，凉月弄清影，一夜冷
一夜，心田谁愿悲秋

风筝在高空看缤纷多彩
天是蓝，云是白，果实红绿黄
我站在阴阳衔接处，看秋分
更美的画屏
蟹肥菊盈，饮酒读书，笔墨
雅趣，哪有寂寞。

寒风，冷风，虚情的暖风谁
还在意

秋思

深夜，老天的脾气，萧萧雨夹着风，穿过无声辽空更冷了，且见，鸟鸣闭无声，秋水流更长

升腾的太阳被云层推向更高
我伸展臂膀，用情怀拥抱碧蓝的天空，拥抱飞飘的白云

踏着自己缩短的身影
闻听啾啾数落农谚
小桥风景成了目标，走过去
却见鱼尾尾都被寒没淹

虽然，草木支离动荡
我不会忘记，百花灿烂，千鸟欢唱
边听风声，边闻尽菊花远远送来的清香
银杏树落地一层白果，满满的亮点
向人们倾尽风雨一生
柿子缀满树枝，静默无语
来吧，摄像这丰盈瞬间

我悄悄躲在白桦树后面，
情绪涌向树梢
读着那些化成沉香的落叶，

又见老榆树的枯干
大脑活跃细胞告诉我，尚存怀念
画廊那边凄冷的笛怨未断，又传来二胡深婉弦声
不必言说，在手机视屏上，写我的秋思《钗头凤》

醉重阳

你喜欢秋风由远及近
翻开的一页一页诗句
我且，独猗凭栏，目送雁影
你说让沉甸甸顺其释然
精气神十足去欣赏枫红景色
胜似春天的野菊，让人偕醉后，透过遥远与青春对视，与时光兑现
你深情望着踏过的村庄，凹陷的田埂，眸眼蓄泪，彻心呼唤出
夕阳会红透半边天

自《易经》并阳
不提墨客咏菊，不提低吟五柳诗言
且把酒话桑田，春夏秋冬上下五千年
你说思亲幽怀的水分快些拧干
付出的爱，月色会留痕
反馈的孝心一定飘柔着回音
然后，慢慢解读茱萸遍插的流传

成熟的玉米，弯腰的高粱，果实的饱满，自然与我们一样，是秋的代言
于是，我将笔尖蘸饱爱，忙醉于秋心
伴诗，伴月，伴花，伴海燕飞翔
只有这样，青春的魂，才会在晚情中久久烧燃

田放

1952年生。中国作家协会会员，天津诗网刊执行总编辑。出版个人诗集《太阳树》《太阳梦》《太阳花开》《太阳之光》四部以及文集《太阳林》一部。散文、诗歌作品散见于《鸭绿江》《天津文学》和美国《休斯敦诗苑》等国内外各报刊，并在全国及天津市散文、诗歌大赛中多次获奖。

花祭

喇叭花谢了
没有谁来参加告别仪式
漫山的玫瑰紫装
被秋风扫成枯黄

看你们风干的尸体
我心里发酸
曾经盛开的芳容
总在我眼前出现

默默地绽放
默默地凋谢
没人写首赞美诗送你
文人们都去赏牡丹了

你就甘心这样走吗
一季的娇美
没留下什么遗愿
你说 别伤悲
我们的梦并没有断
不见那一串串的种子
待到来年桃子红透的时候
我们又是一代娇娘

蛇菜秧

七月的末梢
蛇菜秧发情了
她缠绵着一棵香椿树
一寸一寸地爬上去

头顶的碎花
是它诱惑的武器
哪有不爱花的叶呀
阴冷的花蕊

构思着一个个的阴谋

香椿树
为佛家弟子
清守戒律
是它修行的根基
任蛇莱秧百般卖弄
它始终仰首对天
用沉默表示抗议

所有的妩媚用尽了
蛇莱花也没有爬上枝头
当发情期过去后
它灰溜溜地枯死在
梦中情人的
脚趾上

南瓜是南瓜的孩子

南瓜是南瓜的孩子
与她们的母亲一样
皮实耐旱 不图虚荣
有藤架可以爬
没有藤架也可以爬

它们爬得很快
很像一支所向无敌的军队
丛生的杂草
还来不及避让
便被它们硕大的叶片
逼进衰亡

南瓜花开的时候
朵朵金黄可以与向日葵媲美
尽管一天的时间很短
不能引来成群的蜂蝶传爱
但随风飘来的些许花粉
足以诞生一个娇娃

南瓜富于营养
不仅是糖尿病人的保健食品
还以它特定的历史价值
喂养了一支
夺取政权的红色军队

没有谁来为南瓜树碑立传
是因为它天性不善张扬
就把这些来自泥土的文字
送给这些可爱的南瓜吧
被颂歌遗落的生命
也许更值得歌唱

听风者

本名宋冰霞。汉，女，1975 年生，本科毕业，在血吸虫病防治站工作。

太阳的翅膀

鲜血染红河山又如何
跌入深渊万丈又如何
月亮登场前
必须卸下这对炙热的翅膀

永不能相遇又如何
毫不知情又如何
海浪仔细掩藏着太阳火热心伤
在黄昏的最后一刻
遣九色鹿驾五彩祥云
高高托举着耀眼的羽翼
趟起霞光万道
向东方飞驰而去

黄昏
不是一场满天飞虹灭亡的战争
只是日与月的一次亘古不变的
爱的接力

放逐远方

不知道你为什么心伤
在那古老的水墨南方
是不是有我去到不了的地方
陪你走过的路都已被时光遗忘
笑容是你暗藏的忧伤
慢慢在疯长

夕阳西下
带走了你的目光
落在谁的身旁
你的心门如灯已关上
我只能在漆黑里彷徨
看不见的你被忧伤放逐远方……
去到我去不了的远方

我要怎样
驱赶你眼里的忧伤
如果可以
请放逐我去远方
哪怕满目苍凉、隔世洪荒……

默

一向缘浅,
奈何情深!
转身烟花灭!
琴瑟已起
笙箫在何……
纵是富贵在身
终
不如有你!

(有感于电视剧《何以笙箫默》,诗中“向”指:向应晖,“何”指何以琛,“笙箫”指赵默笙。)

清明祭

天沉沉,
心戚戚,
黄花遍地路崎岖!
风萧萧,
雨瑟瑟,
一阵滚雷一阵歇!

想经年,
亲人犹健,
软语笑貌音容在!
而当下,
阴阳相隔,
纸花俱湿鲜花残!

偶遇

二十年的离别
竟邂逅在毫不知情的午后
轻声招呼、浅笑告别
依旧迷人的身影已成他人。

在长空远远的秋日里,
皮肤还残留有夏日的余温,
那开满杜鹃花的春日
却遥远得仿佛没有来过。
只是转身的一刹那,
谁的眼眸莹莹……

那永不再回来的青涩少年啊!
不知是谁惊醒了
你的懵懂青春。
如今一切都只是风过
而水无痕,
平静的湖面
只有那憧憧倒影
依稀行远……

听雪

本名付筱羚。女,1965年生,在职医生。已出版散文集《听雨看云》。

一叶秋念

我,从春夏而来,

山丘慈爱地呵护我成才，
日月精心为我点缀花叶，
江河安闲在我身边徘徊，
云雾优雅地从我梢头划过，
希望中我叶茂花开……

我，享受那光阴的韵，
曾，清美淡妆伫立于春，
曾，浓华珠帘潇洒于夏，
享受那幼稚的静怡与单纯，
展示枝繁叶茂花娇的风华，
以温馨灿烂的笑报予乾坤……

秋，是我春夏楚楚的梦境，
我对你一见倾心，
秋来，我毅然披上嫁衣
不顾一切奔向你的胸间，
带着水晶的心与缠绵的诗语，
与你絮絮思想，漫漫品吟……

秋，将我吻至绯红，
你的露珠凝集在我的眸中，
时而你是融融的春天，
时而你是热烈的夏仲，
我渐渐褪去碧玉绿装，
越来越迷惑你深邃的瞳……

誓言，是我不够成熟的言语，
却诠释着我对你美好的感触，
秋呀，是否有清香萦绕着你的鼻息？
是否有雅美撞进了你的心田？不要踌躇，
之后每一寸光阴我都要
与你同歌，与你跃鹿……

念，在时光深处缱绻，
秋，我随你曼舞蜕变，
你的韵味浸过我的枝叶果实，
渗进了我的脉络，融入我的心房，
剩下一叶，依然要倾情你最后一眸，
让灵魂与你婵娟……

2016年9月8日。

煮忧伤

今夜，我很忧伤，
于是，我用月光煮忧伤，
月光把忧伤煮成了满天的霜……

今夜，我很忧伤，
于是，我用江水煮忧仿，
江水把忧伤煮成了满河的波光……

今夜，我很忧伤，
于是，我用秋风煮忧伤，
秋风把忧伤煮成满地金黄……

今夜，我很忧伤，
于是，我用时间煮忧伤，
时间把忧伤煮成满隧道的彷彷……

今夜，我很忧伤，
于是，先生给了一个拥抱，
一个吻，一句话——
“别忧伤，有我在！”
先生把忧伤煮成了羹汤，
我的忧伤酿成了岁月的芬芳…

2016年9月21日。

婷儿

本名丁建亭，河南省永城市演集镇丁楼村刘小寨组村民，喜欢文字，喜欢在四季的风雨里看叶绿叶黄，赏花开花落，品味人生诗一样的生活。

人生感悟：曾经茫然不知所措，如今心态平和，安然静默，守几亩田园，养鸭喂鹅，听鸡鸣鸟叫，看猫儿、狗儿相互嬉闹。忙中偷闲，欣赏美文，以茶代酒，独醉于诗歌创作。

我在幸福里梦到春天

享受了一个夏季的温暖
汗水浸渍着双眼
衣服湿了一遍又一遍
阳光炙烤着大地
闷热而心烦
心中多么渴望雨意连绵

天遂人愿
雨后初晴
绿意盎然
悄悄地就来到了秋天

初秋的夜
静静的
初秋的月色
是那么安然
一阵阵凉风
穿过窗隙
透过门坎
轻轻地
来到你我的身边
我还没来得及拥抱
她已经把我全身吻遍
我在幸福里
梦到春天

亭亭玉立

本名刘文婷。一位喜欢将丝丝心绪写满素笺的淡雅女子。

创作理念:心语文苑,亭亭玉立。

心之篱

涨落潮汐,
风云锁雾影迷离。
笑看春夏秋冬更替,
静等落叶归根化朽成泥。
幽幽岁月,
静默无语。
浩瀚的心海孕育着希翼,
描一生逐梦的印迹,
留一世纯美的心灵彩绘化晨曦……

等你

等你,一直到 天边落下 最后 一抹霞辉
等你,一直到 季节变化 春夏秋冬 无悔
等你,一直到 晚风驻留的浪花 落泪
等你,一直到 轻纱帐 摇曳的烛光消 退

一直等你,等你到 霜染青丝 如花容颜 慢慢憔悴
一直等你,等你到 心中的常青藤 渐渐枯萎
一直等你,等你到 喧嚣的红尘不再沉醉
等你,一直等到 梦醒时分 落花流水 永相随

舞

一丝淡淡的愁
一袭白衣染蔻
一束青丝挽玉手
一只红烛点燃娇柔
任光晕幽幽撒漏
一片月光萦萦穿透
厚厚的帘眸
微笑着伸出因紧张而略显冰凉的双手
相邀朦胧而美丽的愁
围着星星点燃的篝火手手相扣
翩翩起舞抛洒烦忧
清澈的双眼凝视含羞的双眸
“我一直在你的身后”
“你的世界没有黑暗,都是白昼……”

消逝在风中

曾经
一起漫步
在峰峦叠翠的山谷
绿草茵茵

溪流瀑布
撒落一行行足印
收获一串串笑声
一曲贵妃醉酒
让多少游人驻足回眸……

如今
观音山下
定格了熟悉的音容
沧桑老树
呢喃着真诚的祝福
青峰顶上
那婉转动听的歌声
也消逝在风中……

多少次梦中相拥
多少次泪湿衣襟
温暖的笑容
熟悉的身影
深深地萦绕在脑海中
爱满载着思念
永远在心中驻留……

思念

一柱燃烧的清香
丝丝缕缕袅袅飘游
婆娑的双眸
模糊了曾经熟悉的笑容

我的世界
依然在下雪
漫天飞舞的晶莹
湮没了早春绽放的瓣瓣嫣红

淡淡的忧伤
装进希望编织的花笼
轻轻推开梦遮挡的心门
在一片苍茫中
寻找远离的身影

思念是一双无形的手
撩拨着心弦
溢满眼眶的是泪水吧
耳边呜咽的
还有那携带花香未曾离去的风
……

2016 年 11 月 4 日。

童河龙

男,1975 年出生于江西省玉山县怀玉乡。爱好诗歌多年,偶有作品发表于报刊与网络。

老陶罐

我确定,现在它是一个空置的陶罐
虽然它依旧装腔作势
隆着阵年的肚腩
但里面空空如也
只有空气的空
四大皆空的空陶罐

它之前一定装过很多东西
蚕豆、小米,辣椒粉末
风光的时侯
一定还装过银元和金器
被贮藏在老祖奶床底下的土窑里
躲避战乱和盗贼

我在揣想　它当时
是怎样翻过没有公路的山
怎样淌过多舛的岁月河
受到了多少精心的呵护
才会老旧在 2016 年夏季的这个午后
我安静的凝视中

当年制陶的工匠
是否也像老祖奶一样死去多年
那双把陶罐拿捏成形的手

是否已经化为几截白骨
——他被埋在了哪里
坟头朝着哪个幸福的方向

木雕师

一个木雕师傅
他有木纹一般细腻的心思
有钨钢一般坚硬的梦想
他用刀口一般犀利的目光
在一截树根的疤结里
找出嘴巴，鼻子，眼睛
找出女人坚挺的乳房
找到了爱，并且入木三分
找到一尊供世人信奉的
佛

后来，他找到了神似于他自己的轮廓
举着刻刀，却
无从下手

村庄的门虚掩着

我是那个在春天出走的人
如今携带雪的原色
款款归来

村庄的门虚掩着
我轻轻推开
便踏入了思念的根源
把半生的风尘
抖落在门外

这个春天

在一朵花经年的芳香里
我溺亡多年

这个春天，听着清亮的鸟鸣
我找回了耳朵
看见蜂蝶曼妙的舞姿
又找回了眼睛
我的骨骼，已经架空忧伤
一声闪雷响彻时空，惊动了我
沉迷不醒的中年肉身

这个春天，我在曾经溺我而死的那朵花前
找到了复活的呼吸
只是经历了这么多风雨
依然没找回
那颗一直走失的心

七夕

今夜，天空所有的布局
都像是一个精心设计的隐喻
清风婉约，月影斑斓
两颗守望的星辰，相互辉映

如果思念的距离
遥远得要用光年来计算
如果彼此相守的心
誓与宇宙同在，宛若星月的永恒

那么，这岁月的轮回
便是痴心不渝的等待过程
银河依旧辽阔，天穹依旧深邃
鹊鸟依旧在一个凄美的传说中
以消瘦的翅膀
引渡着一段天荒地老的爱情

W

汪铎

男，汉族，1966 年出生于江西省湖口县，诗歌爱好者。作品见于《诗刊》《诗歌月刊》《诗选刊》《作品》《创作评谭》及部分民刊，现供职于江西省湖口县二轻局。

蹈虚

我特别眷恋夕阳短暂的美
它的纯粹和宁静,艳丽与决绝
我无数次地想象它在黑暗中的去向
曾固执地认为那是一次死亡
我还曾想象,它凭什么能够飞经天空
没有道路,没有翅膀,蹈虚而过
它的内部是否充满了气体,大风一吹便迅速转动
现在,我知道这些都是不对的,它陷于宇宙的某个角落
像我一样不知目的地奔走,想停也停不下来

降临

此刻,湖水流经我的身边
你挤我拥奔向前
有那么几处打着漩儿,似有悔意
但想不走也已无能为力了
后面的水滔滔不绝,推搡着就奔了过去
紧接着暮色降临,湖滩上的燕子纷纷回到巢中
一轮明月照彻大地

秋夜

一树金桂花在秋夜的寒露中
珍珠坠落,歌声清亮
时光任性,香气四溢
小小的灯在闪烁,一盏接一盏
比星光暗淡,却足够照亮一生
这个秋夜,我经过了一个车站

荒原

我知道,阴霾已笼罩四野
孤单的刑架占据了荒原

我知道,万物背弃
神已死去。我需要一把火
唱最后的赞歌

王爱玲

笔名红枫林。河南省国税系统文学协会理事,《庄周文艺·诗周刊》主编;首届泰山诗会暨山东省第21届作家班学员;2015年度《中国文学》"端午诗会"十大诗人。作品散见于《中国税务》《中国诗人》《河南诗人》《文化河南》《山东文学》《泰山文艺》和中国作家网、中国诗歌网等,作品入选《新世纪诗选》《华夏诗人大辞典》《中国当代实力诗人作品选读》《八一诗选》等;出版文集《枫林心雨》。

那些春天的细枝末节

不取桃花的艳词与红粉
不取油菜花的金黄与甜蜜
只取梨花的素白和泪雨
去温暖那一朵梅的孤绝和冷寂

北方有佳人,三月
依然是一幅瘦骨嶙峋的样子
内心盛着太多的雨水
和隐秘,在泪水流出眼眶之前
让我们一起,说说夕阳,说说蝴蝶
说说一棵稗子和稻子的区别,说说
那些关于春天的细枝末节

左手桃花,右手流水
执黑白于楚河汉界之间
女娲抟土,转角,遇到爱
一辈子都摆脱不了的命运
那在夕光中熠熠闪烁的渔火
是谁弹奏的锦瑟流年?

曾经以为,今生
再也不能离开你
那时我们,一起哭,一起笑
一起吃,一起睡
一起缠绵恩爱,一起躺在时光的草甸上
织缀那些宛若花儿一般的破碎流年
一起枕着袅袅香烟读诗

所有这些，都是这个春天的一些细枝末节
就连桃花、梨花、月亮、欧石楠
和千手观音的病也是
我静静地坐在一朵绿梦里，想
神瑛侍者的滴水之恩，或者，端坐在一枚夕阳里
将虚坐成空，将梦坐成幻，将时光坐穿
等待——还魂

王斌

男，中国平煤神马集团职工。中国诗词学会会员，中国煤矿作家协会会员，中国音乐著作权学会会员，平顶山市三苏诗社副社长。

致和田玉

你
是一方
石头
可你
并不
普通
你
来自
古老而神秘的
高原雪域
如凝固的
膏脂
晶莹剔透
光蕴宝含
许是
帕米尔高原
记载了太多
质朴的
圣洁
许是
高耸的雪山
传递了太多
迷人的
神韵
许是
四季的风刀
雕刻了太多
不屈的
秉性
许是
湍急的碧浪
吟咏了太多
深情的
诗歌
这一切
都让你
愈加迷幻
愈加神奇
世俗者看到你
眼中透露的
是贪婪
收藏家看到你
眼中透露的
是垂涎
而在我眼中呀
你
是雨后初晴的夜空上
脉脉的
月亮
你
是母亲眼中流露出的
慈爱的
目光
哦
我
读懂了
你
因而，我
不容自己对你
有丝毫的
邪念和

亵渎
你
也读懂了
我
因而,你
也为我泛出了
更加温润的
光华
忽然
似听到了
鹰笛的
鸣响
似感到了
手鼓的
欢唱
似看到那
雪山神女
送过一缕
会心的
笑容……

余荷的诉说

(一)

风儿吹来
款款的
凌波仙子
舞起了
娉娉婷婷
雨儿袭来
田田的
荷叶端端
串起了
晶莹的
颈链
风雨也如鞭刀
抽打着荷叶
凋零着荷花
一株傲然的
荷花
摇曳着
任凭风抽雨凋
风停雨住后
那株傲然的
荷花
只落得
两三片花瓣
护抱着一柄
硕硕的
莲蓬

(二)

“哦,
我残了
可灿烂的
笑脸
依旧
我凋了
可傲然的
风骨
如昨
你看
彩霞依然印证着
我的
美艳
蜻蜓
依然打理着
我的
妆痕
我不为凋落而
伤感
因
开也灿烂
落也灿烂
既使是
飘浮水中
也是那
艳羡的
红船
是的
我也要

凋零
可看到那
硕硕的
莲蓬
我已经
心安
没有我的呵护
它将会更加
健壮蓬勃!”
(三)
风
又
吹来
雨
又
袭来
田田的
荷叶
如故
婷婷的
余荷
如昨
不折的
傲骨
依然
依然执着地
一咏三叹
依然不停地
浅吟低唱
风韵超然……

王川

本名王学明。湖南怀化芷江人,迫于生计,旅深打工,从事教育工作。从小爱好文学,自2004年开始学习创作,部分作品偶见于报刊及网络。

村前转左

风,带走夕阳的温度
咸湿的味道,溢满胸膛
一棵老榕树,站在瞳孔中央
折弯脊梁

风,吹来米酒的芳香
久违的味道,溢满心房
一树干稻草,陪着青瓦老房
诉说希望

挂在风雨桥头的辣椒
已经入骨
晾在吊脚楼前的烟叶
开始疏狂
憋在游子心间的渴望
砰然炸响

怯怯,把衣角紧捏
呼吸,再呼吸
踏响青石板的节奏
从村边转左
拽着大山的臂膀
一曲山歌追着腾飞的炊烟
欢快流畅

今夜,独饮

今夜,独饮一杯
窗外月光,淡淡地趴在屋檐上
无视我面前的酒樽
伸出微凉的双手,摩挲我的脸
想要唤醒,或者贴近
装满离乡背井的心房

今夜独饮,又一杯
脚下三五个烟蒂
还有淡淡的温度,如我的唇
紧了紧刚刚敞开的衣领
深呼吸,一棵在除夕吞下的种子
悄然破壳

今夜，独饮三杯
一点微醺，还有迷茫
伴着屋檐上刚刚趴着的月光
驻留在脸上，眯着眼
蒿草该有半尺高了吧？
桃花是不是从墙头露出了笑脸
别这样看着我，好吗
我只是在炊烟漫起的时候
忘了与你告别……

今夜，独饮月光
还有，一棵种在桃树下的
游子心

叔叔，收下你的腿

清晨六点半，站台
人头攒动的焦急
在缓缓到达的公交热气里
躁动起来
“往里走，往里走……”
担心你我不能上车的声音
急促而无奈，
里面真的空着

也许，下一站就是
目的地，不管谁都在这样
想着，于是
拥挤的地方充满拥挤

往里走！是的
我想往里走，一双大脚
拦住了我的勇气
摩擦，暴力，还是扯蛋……
纠结中死去的空间
还在那里召唤着

“叔叔，收一下你的腿……
好吗？那里空着好多地儿呢！”
稚嫩的声音
让整个世界安静下来……

渴望简单

竹子，编织着梦
河水，流淌着情
一弯月色，携带笛声
风也在低吟

泥土的芬芳一直贮藏在心头
简单的生活在霓虹深处晃荡
这个世界，太注重繁杂的琐碎
为了某些数字化的增长

用米酒来麻醉
骨骼里隐隐作痛的气节
世故，敲碎每个活着的环节
剩下流动的，堆积如脂肪的桎梏
烟卷点燃的瞬间，植入思想
哦，头锅米酒，无法解毒

也许毛皮紧裹的实在，已经腐烂
我躺在炊烟里，任由茅草燃烧的呐喊
唤醒血液里沉寂的执着
向往简单

王光强

笔名村夫、夜雨。1985年生，山东省日照莒县人。中国诗歌学会会员，安徽网络作家协会会员，莒县诗词学会会员。有诗歌发表在《中国旅游商报》《参花》等报刊，在龙版网出版电子诗集《远方的行者》，在风气中文网出版电子中篇小说《双面人》。有诗歌作品获得第二届中外诗歌散文大赛一等奖，获得第三届“相约北京”诗歌赛二等奖，荣获国际城市优秀诗人称号，获得“红崖·唯美”全国中秋杯优秀奖。参与县宣传部组织社会主义核心价值观文学合集《文学选集》编写并有散文作品入选，在红袖、风起等各大文学网站发表过散文、杂文数篇。

深秋佳话(组诗)

(一)

给我一句忠诚的话
秋水凉了,树木瘦了
关于她,在炉火旁
火葬了一些字据

(二)

容易想起一些人和某些事
看那石桥上,挽手的老夫妇
在黄昏下,并肩的背影
像一支安静的烛火
燎烤着卑微的心灵

(三)

等着等着
等着鱼儿,等着清藻
等着捎话的
拨动心海

柴门

村西头,有家姓牛的住户
唯有他家的院子,用木柴圈起
孩子们都爱捎着火柴,堵住门口
点着火,扯着嗓子吆喝
“牛老头,单身汉,娶了媳子跑了娘,找来老娘歇牛蛋。”
不知什么时候,一把火烧光
他赖以生存的家产
不知什么时候,却已远走他乡
对于孩子们,少了一个乐趣
倒是多了一份平静

这些年,只要想起
还是不忘他蓬乱的头发下
那双炯炯有神的眼睛
盯紧棋盘,像一头饥渴的黄牛
争辩着“俺是当年举人,还下不过你不成”
仿佛尽是无数盏油灯
燃成一个白天

落叶

目睹,飘飘落叶的萧瑟
掷一地干瘪的骨头
秋风,像饥饿的豺狼
啃食得铮铮有声

这秋月的圆
像驰骋的车胎
奔赴一场晚宴
既有刚来又有早别
有人匆匆
延缓归期
有人静待
思念人瘦年华
谁在梦中弹落一朝水露
误把一叶当春愁

王国军

笔名半坡樵子、大连庄河。公务员,供职于庄河市农村经济发展局。比较喜欢古体、现代诗歌。作品散见于大连《半岛晨报》《庄河报》《冰峪》《庄河之窗》《鸭绿江》《今日辽宁》和《庄河记忆》,有部分作品入选《中国闪小说系列丛书》《今日辽宁》,小说《竞选村长》获第二届中国闪小说大赛入围奖,《老年痴呆》获第三届中国闪小说大赛优秀奖。

创作理念:偶尔遐想,就是诗行。

距离

九十九米的距离算不算遥远
一万米的距离算不算亲密

几个文字竟然决定了爱恨
三言两语怎能概括了春来秋去
三杯两盏淡酒和李清照没有关系
晚来风急谁给谁披了棉衣
我挖遍那棵老槐树
见到了那只衰老的蚂蚁
村里的巫婆不能确定春天的踪迹
其实我一直在跟踪着
跟踪着那一点的绿意
鸡鸣了狗吠了
鸡和狗都在快乐地呼吸
我摩挲着狗背鸡头
呢喃着大海和我没有关系
我只是没事到溪边闲坐
春也汲汲夏也汲汲

词和曲的戏

词和曲就这么勾搭成奸了
歪歪斜斜了一些夜晚
用琵琶还是提琴其实都与岁月无关
谁有闲暇去关心一只鸟的悲欢
摇摇酒瓶毕竟生活不是最后一滴
自己笑笑再笑笑
凝目看一件乐器能不能奏响取决于一缕烟丝
多少年的陌生竟然很熟悉颠簸的无数个夜晚
抵不住一声叹息
别和我说什么南朝北国
我活着的时候秦皇算什么东西

回头

若不是你的回眸
我情愿紧闭双眼
在黑暗中清点幸福
傻傻地
把自己当成王子
虚拟的丰衣足食
也没有烦恼
即使变成青蛙
也有着回忆
谁愿意别了康桥
回忆当初自己的风景
总有那么一天突然转身回头

王红霞

笔名木木。女，汉族，80后，甘肃省天水市秦安县人，工作于天水市某机关。爱好写作、旅游等。先后在《人民法院报》《长江诗歌》《重庆法制报》《陆丰报》等报刊和齐鲁文学、作家、中国诗歌报等网刊发表诗歌八十余首。部分作品入选《2016齐鲁文学年选》。

星夜

必须仰望
这辽阔的黑，高远的黑
闪耀着金色眼睛的黑
除了仰望，我们不可能抵达

必须俯首
一片葡萄叶子，阳台上那株花
在星星掌灯的夜里
除了俯首，我们不可能看清

仰望与俯首间
我被还原成一粒芥子
一束微光，和植物的一缕根须
阳台的花瀑布般绽放

仰望与俯首间
星夜里伸出一支橄榄枝
天使向牧羊人报告了好消息

一根幸福的火柴

烛光，玫瑰，诗篇
提着灯笼走过的夜路

成长，呼吸，思想

从喉咙燃烧到眼睛的梦与火

还有那高举阳光的石榴花
名字像红颜的你

突然感觉好幸福
一切火红的,熊熊的
你渴望煮沸的
我都能替你点燃

风斜斜走来
这一闪即逝的,这四十五度角的一朵桃花
划过鳞片,穿梭过黑夜
燃烧在隆隆冬日

风中的蔷薇

从清晨到傍晚
这倔强的带刺的女子
这红的并不耀眼的女子
一直保持询问的姿势
保持眺望和等待的姿势

腰肢被吹弯了
芬芳被吹远了
可多年前许下的诺言
没有被吹走
春天碧绿一片

五月被点亮的眸子
隔着篱笆闪亮
风吹过
粉色的蝴蝶纷纷从墙头飞出
目不暇接

山那边

一切保存完好
叶子上的微风,梧桐树
童年的河滩,几朵打碗碗花
一种来自远方的声音
一只明亮的鸟

清晨,或者更早一些
当一双手推开这扇门
要翻动那些温暖的日子
晾晒脊背上被汗水浸湿的幸福
才发现这一亩三分地上
阳光铺满脚面
紫色的花朵正自由生长着
多么美好,春天到了
山那边
一个人带着铁锹和镐头走过

炊烟

红薯味　葱花香
弥漫

母亲哼着歌儿
这三尺锅台
她伺候了半辈子

她说,不要接我去城里
抚摸过泥土的手
只有在灶膛添柴才欢快

她还说,我不想坐飞机
也不想看大海
等我老了也要随着这灶火
化作一缕
炊烟
飞翔在白云里

王花兰

笔名王云霞,网络名静夜繁辰。1975 年生,散文、诗歌、小说爱好者。2014 年开始尝试写作,在各大文学网站发表过数篇作品。中国散文诗作家协会会员,沂南县作家协会会员。作品入选《当代网络文笔精华》《阳都诗词》《阳都文学》等。

创作理念：对于文学，因为喜欢，所以执着。

心锁，锁爱依

忘记何时
你走进我的心里
也不知何时，我住进你的梦里

我用一把爱的锁
把你锁在心底
你用一汪深情的美
将我吸引
从此后，我是你的风景
从此后，你是我诗句的主题

你爱怜的眼神，让我温暖
轻抚我的发髻，是你爱的传递

人海茫茫，遇到了你
海角天涯，相伴一起
我的厥词，是为你平仄
我的人生，因你而充满诗意

不说，海枯石烂
不说，山无棱天地合，才敢与君绝
只想，每个日出你喊我起床
日落，你伴我黑暗的孤寂

你的爱，就是那一米阳光

你说爱，山高水长漫过四季
你说情，如海底珊瑚 璀璨光芒
不，我不要海誓山盟的诉说
我只要你心里的，一米阳光

倦了，我依靠你的臂膀
心塞了，你用一米阳光将我照亮

爱情，不需要语言的花蕊
一片绿叶，也许更能深情悠长

有你，我的前方不再迷茫
有你，幸福的种子茁壮成长
人生的路上，我们相互欣赏
对对错错，都随秋叶飘零远方

暮色挽手走在沙滩上
深深浅浅的脚印
被海浪填平，我们却微笑着望向远方

别样，小山村

古老的村子，已忘记了年份
居住着古老的老人
他们不舍，被汗滴润泽的土地
默默守护，这良田半分

城市的节奏，他们不喜
喜欢一撮人倚在墙根
晒着太阳，聊着闲话
搓一副麻将，赢他个几分

古老的山村
碎石垒砌的老屋，通透凉爽碧绿遮荫
我喜欢坐在高高的山冈上
俯视这排排石屋
感叹工匠精湛的砌墙水准

山村的水甜，空气新
晨曦鸟语花香，甘露丰纯
颐养天年，不择他处
这里时刻牵动着我的灵魂

思念人心扉

思念
是一缕午夜的明月
轻柔地跃进我的窗帏
袅绕的身姿
拉起我的思绪躲进云里

思念疯长着萦绕万绪
电话里温柔的话语
使我的眼泪决堤

2016年11月4日收集。

王杰

原任珠海文联主办的《珠海》文学杂志编辑部主任，后缀笔下海从商，近年偶拾秃笔，并爱上格律诗词创作。

秋天红叶

（一）

一大片叶子黄了，落了
满地的花絮，把漂泊挤散
那片最黄的滑过我手心

我想起一些人。她们开在秋天
虽孤独吐蕊，已然与我无关
无关季节，无关爱情

伸手可及的，或者
伸手不可及的，都在秋风中
黯淡失色，随风而逝

我走不进秋天，触摸不到你
熟透的心思。倒像秋叶
黄了，落了……终归尘埃落定

（二）

所有的西风都向你吹
吹黄了一地心事
也把我幽幽的秋思
吹成结霜的枫叶

我不得不随风飘落
谁倚在门前相望
天空没有大雁飞过
收割后的田野寂静而空旷

我旁若无花般离开
走至秋天的尽头
蓦然想起，你应是
秋天送我最后的回眸

（三）

枯萎的草地
飘走最后一块红叶
如你红裙逸动的背影
离我愈来愈远

曾经水一般的温柔
已凝结成霜
瘦下去的不是黄花
而是比黄花瘦的秋风

秋风啊
我不能给你一世的承诺
但我欠你一季的温情

（四）

一直想，像南飞雁去往你的故乡
一直想，像梧桐雨湿在你的睫毛
一直想，像红叶爱在你伫立的深秋

可村里的瞎子英掐指一算
说我命带桃花，非要过了寒冬
来年三月才会有粉红的念想

王克

笔名氢蓝。贵州贵阳市人。曾任《红梅报》主编，写过剧本，导演的话剧公开演出并获好评。自幼热爱中国文化，饱读诗书，其间封笔十五年，醉心于文学研究。其文字别具一格、错落有致、细腻唯美，笔走锋刃、刚柔并济、荡气激昂。作品见于《大地文学》等刊物。著有诗集《我踏月色而来》。

新霸王别姬

烈骓啸风剑如虹，
一柄青锋，
纵横延绵八千里，
霸王气盖山河！

有美人兮，
巧笑若盼，
踏月弄影，
项王莫敌美人关。

号角催、夜色寒，
垓下一战，
楚歌四面声声悲。
今宵，饮一坛烈酒，
纵死也疯狂！

同刎一把利刃，
虞姬，虞姬
可愿了却一世红颜?!
江东不肯过，
乌江决断流，
欲骂苍天无眼——
谁主沉浮?!

男儿泪不轻弹，
生何欢，
死亦何惧！
皮囊不在，
孤胆犹存，
青山傲林可埋骨！
我辈英雄，当笑我
不能千古！

2016年6月6日。

秋韵

高高低低的叹息
你卷着枫叶独行
温柔飘零

你在深秋填词
爱作笔，恨为纸
浓淡交错时
你错填了一首，繁重的诗
把星辰拖进画集
是你，提着北斗
踏着南星，怀抱冷月
斜颜痴迷

我就如此望你
等一段琴断柳折
等一阙五味相思
等一章曲沉箫回
偏偏容你，红衣浅褪
素锁深眉

我在秋风悲水里
环山而立，暗自神伤
点泪低垂

2016年10月20日。

我等你

一地秋思落繁华
你低头一泯
手握莲朵
数那菩提树下朵朵莲心

闭着眼
你便能看见
我的爱在云外
遗世孤立
多么，多么傻的影子

月，饱了一泓清泉

颓废在诗意中浅浅荡开
于心底最美的
竟是今生最痛的
看不清
看不清的你
痴笑躺进那片红泥
纵使相思刻骨啊
亦不能唤起
沉睡的皮囊游离的心

黄泉路上，我等你
忘川河旁，我等你
奈何桥上，我等你
刻尽三生石
不饮孟婆汤
你我，从未分离

2016年5月25日。

画中人

烛眯了一会儿眼
孤独就偷进了窗
寂静含着泪
一汪凝叹

那年你在窗前轻摇秀扇
飞燕剪枝鸣啼
三千青丝长飞
若你低眉

空说柳絮细舞
翠堤议事
亭阁分数两岸
青山对折

问画无语
跨得三界屏障
此时，画在人绝
愁断人肠
守着窗儿吹风
烛台鲜明
一杯浅影落地
凭栏扶手
顿觉惊破红心

三生三世说雨
一朝梦境
又不过，扒尽时辰
听那雨滴数落——
整个春的别离

2016年9月17日。

秋月

秋月踏着星空
你是奇迹从天而落
仙翼凌空当舞
水袖施法飞旋
眷目如风

你是天外使者
瑶池也轻声呼唤
说莲朵，就是你的名字
你把脸羞成了红色
半秒搁浅

当光阴将你锁定
当一道无形的墙
伫立我心房
我问了问雨
谁在妖娆地，妖娆地
禁锢我生命
不让走，只能停

我在秋月无边里
一忧一喜
不退不进
独奏琴鸣

2016年11月4日。

王克金

男,回族,诗人,诗评家。廊坊师范学院《雨时诗刊》副主编,京津冀诗歌联盟常务理事,廊坊市文联诗歌艺委会副主任,《燕京诗刊》编委,《中国当代诗人》顾问。2014 年被列入中国回族文学史。诗歌选集《王克金的诗》于 2008 年 10 月被列入中国作家协会诗刊社《诗刊诗词选丛书》。

不是苍白在显示

断然如此,一定会有一双
水中的翅膀
来演示一场激情的嬉戏

但是,既然它是翅膀
它就不可能
不扑啦啦、不湿漉漉飞去

这样,翅膀脱离,这片水
就会回旋、会跳跃
会成为一只小鹿的样子

水永不终止小鹿中的自己
草原不终止鹿
鹿不终止狼,狼不终止猎人

我不终止水,水不仅仅
是在展演,剔除荒寂
它把光折射得比光还要强烈

这并不妨碍,它是一桶
或是一瓢;也不妨碍
水中会扑进一头棕色的狮子

繁杂之于水

想法与想法不会成为兄弟
尽管蒹与葭
都在水中曳动
似无恶意

看到这些想法不断冒出
另一些船只
就慌慌张张
便急于在水上通过

即刻——
我也想入非非
我内心摇荡
对水有了新的看法

横与竖都在整体之中
正是水
使这些想法
彼此交错……

有女若嫁

想象如此下去——家,终归像
一个母体
给出一个开始或结束

注意这种安排,注意有人
会对一朵花
披覆一件婚纱感到兴奋……

她将远离一种存在。这也是真的:
一场父爱像一挂大车
停驻在——思想的泥泞中

此处,我们的理解:思想
不是一道懿旨
更应是远在固有的仪式之外

她和他,像一次狂想,在今后
成为彼此宽敞的房子
扩容,构筑最佳的居所

想到终其一生，吸纳一些空气
姻缘更像是两个人的成就
不应是一次练习

从现在开始

从现在开始，各种车辆一同向前
在这条环外的路上
它们不管不顾
本能地想显像一次泛滥

看来内心的驱动也需要挥霍
这可能就是
它们天赐的应有的属性

它们分不清一些轻与重，大与小
性命一起绑定
在蓄谋已久的风势中
启动了疯狂的五百个轮子

现在，不是木板嘎吱吱作响
而是老克上到一个顶层
他以虚无者的身份
恰好错开一种疯狂的秩序

但是，老克没有离开过他们
你看，空场上
那些花花绿绿的孩子，蹦跳着
像他不断冒出的意识

参照这个范例

动念伊始，暴雨就开始狂暴
天空不再是天空
一片开阔地转瞬就是汪洋……

丫头，我还没有
从这块空地……走出来

现在看来，暴雨是男性的
开阔地，根本
承受不了它的疯狂

丫头，我现在才觉得，只有女人
才能等同于这片树林
只有一些动物才在空旷中隐去

有关事项的记述，我就此打住
可暴雨却说：
天空，我坠落，我叛逃了你

一句话，灵魂
突然出窍
可老克，想再次听到……

王米雪

夜

夜无声地涌动
翻滚着嘲笑转瞬的喧嚣
星星敲开了夜色的大门
雾悄然袭来
遮住了情人的眼眸
是谁在夜色中呐喊
飓风狂舞
瓦灯颤抖着身躯
黑暗已然降临
万物混沌难分
光明被大地藏于怀中
隐入无名之地
夜叱咤而行
寂静无声游走
夜光调皮地爬上了树梢
她手中的火焰竟燃尽了黑暗的外衣
炸开了混沌一体
万物初始之风扬起了号角
虫鸣与月音同奏
永恒是一首不灭的乐曲

王牧天

男，山东滕州人，1938年生，大学文化，滕州市教育局教学研究室主任，全国特级教师，国务院特殊津贴专家。中华诗词学会会员，枣庄市诗词学会顾问。

海边的思念

灯光、群星、沙岸、石礁
我在海边漫步，我在海边思考
静谧里，飘来歌声，轻轻地
像飘来我往日失去的轻浅一笑
像欲绽的春花带露含苞
我忆起同窗少年赠我《春水》诗稿
而最难忘怀的竟不是诗一样的春水
却是那春水般怯生生的悄然一笑

柔弱的心灵打开记忆的闸门
像醉酒的人踏上漫长的泥泞小道
一忽儿癫狂，一阵儿呼啸
只留得恍惚的影子还在眼前闪耀

这影子，隐入绯绯黎明、潇潇细雨
这影子，隐入云样花丛、雾样松涛
黎明细雨里，我无语徘徊
花丛松涛间，我神思缥缈

像一条远道而来的船舶
不畏风急浪高
越过梦中的崎岖，
重新在我心灵的港湾落帆抛锚

我在海边漫步，我在海边思考
灯光映着星群，海浪拍打石礁
歌声叩响我感情的音步
撩起我心海里一片春潮……

王培榕

清华大学自控专业（1963～1969年）毕业，计算机高级工程师。1989年调入珠海，先后任珠海市电子集团副科长、下属公司总经理、南方软件园总工、清华科技园总助、珠海市专家库成员、职改办评委。珠海市软件协会、文产协会、经促会专家库成员，珠海市诗歌学会副会长，珠海市作乐协会、音乐协会会员。

华商之歌

华商……华商……
晋徽鲁豫浙闽粤湘，
赵钱孙李周吴郑王，
筚路蓝缕苦心经营，
不屈不挠百业兴旺。
茶马古道丝绸之路，
铃声悠扬召唤心中梦想，
崇山峻岭江南水乡，
披星戴月迎来朝霞晨光。
办学助教修路架桥，
扶危救难大爱慷慨解囊，
运筹帷幄决胜千里，
信息地球任我驰骋疆场。
啊，华商，啊，华商，
传承着祖辈留下的美德，怀抱着富国兴邦的志向。
啊，华商，啊，华商，
走遍天南地北东西各方，携手同胞铸就民族辉煌。
华商……华商……
从汉唐到明清近代，从神州到大洋彼岸。
炎黄子孙诚信天下，广交朋友大道康庄。
穷不夺志自立自强，士农工商筑成民族脊梁。
重德经商仁义为先，艰苦创业崛起地球东方。
蓝天碧海开枝散叶，拼搏奋进创新科技领航。
各色人种心手相牵，和平共处奏响和谐乐章。
啊，华商，啊，华商，
担当世界大同友好使者，弘扬着东方巨龙的品格。

啊，华商，啊，华商，
世代美名传遍五洲四海，成就我振兴中华的希望。

2009年4月。

王青

笔名碧波荡漾。江苏南通人。中国散文诗作家协会会员，南通市作家协会会员。曾在国家级征文比赛中多次获奖。作品散见于《透明的废墟》《文艺报》《悦读者说》等报刊及文学网站。

独白(外二首)

我是一只孤独的小鸟
文字是生存食粮
七情六欲
在夜深人静中
与星辰作伴

我是一只向往自由的小鸟
世俗的藩篱
让我无处可逃
幸福于我
是一种传说

我理想的种子
在燃烧
为了爱情的尊严
决定冲破枷锁
去找寻幸福的怀抱

远方

喜欢诗，更喜欢远方
远方，有我不灭的企盼
和情深的梦

夜深人静
仰望星空
静静地想你
一念起，天涯咫尺

你说，也喜欢写诗
陪我一起读书写文
可你的诗行里
满是孤独和忧伤
灵魂深处的撞击
心生温暖
有诗，就有远方
不再孤单

风起的日子
我把日日夜夜的思念
装满行囊
托清风，寄给远方的你

素描

被主人牵着的猴子
谁也看不到它眼里的荆棘
偶尔的一个莞尔，因为
那根高举的棍棒

还有老树藤下的精灵
它被圈禁的可爱和伶俐
一再努力，也逃不出
灰色的藩篱

一直渴望有支画笔
可以把最美的你勾勒
维纳斯女神恢复了完整
可这张A4的纸张
只有一种颜色
它被唤作“世俗”

把你写进诗里的晚上
秋风也吹得格外萧瑟
面朝大海，有心灯闪亮
那个是你，也是我

——向往的远方

王全战

追求喜欢玩的有个性的中年，爱好旅游、骑行、照相，喜欢写写、画画、手工制作。

久盼的遇见

无数次在梦中
在默默的念叨中
好期盼着遇见
缘分已到
仿佛万马奔腾
您就在眼前
飞奔的水雾
迷糊了双眼
不是梦幻
听到是游人的呼唤
心潮澎湃
一如对母亲的眷恋
我知道
中华民族的摇篮
是您
滋养了炎黄子孙
沿着您的足迹
由壶口瀑布
到圣地延安
观杨家岭窑洞
品枣园记忆
岂止是震撼
老一辈的英明
共产党的伟大
让我泪流满面
思不尽看不够
不忘初心励志前行
乾坤湾的涛声
清水湾的夕阳
那都是中华民族自强的写照
沿路来到梁家河
体验知青岁月
一草一木
旧物老屋
都是历史的铭记
仍如贪婪的孩童
除了震撼还是震撼
感谢苦难
幸福来之不易
母亲河的恩情
圣地的哺育
知青窑洞的历史
终将成为生活工作的动力
感恩感谢善待珍惜
永远永远永远

王瑞

根

——读《毛泽东的女儿李讷》有感

四渡赤水的战火
把岁月拉得很长
烧尽了黑夜里的阴霾
腐朽的杂草也烟消云散
只留下屹立不倒的骨头
顶起天梁

罪恶的幽灵躲在风中笑谈
想把时间化作叫嚣的气焰
贫瘠的乌蒙土壤
在硝烟中进化
伟人留下的脚印
在土中生根发芽
艰苦朴素当作营养
自力更生当作药汤
治愈时光划下的刀伤

把轮椅当成伴郎
你的脊梁早注入了乌蒙的岩浆

伟人的血在身里流淌
你靠着乌蒙磅礴的山梁
从不随风飘荡
吃着荞粮喝着糠汤
住着草房睡着竹床

不
吃的是思想喝的是坚强
住的是理论睡的是光芒

尘埃的诺言

把云彩驾在胯下
和风一起戏耍
修闲之余
把蓝天当作画纸
作一幅美丽的图画
晚上
抱着嫦娥倾听她一千年的神话
和星星近距离拉拉家常
慰问一生守候的牛郎
多么自在多么潇洒
有谁知道?
为了对你的承诺
让全世界都为你飘花
你才穿上洁白的婚纱
我孤独地流浪了春秋夏
西伯利亚的寒流快些来吧
就为了那一刹那
我宁愿把骄傲放下
连自己都变成雪花
满世界飘洒

醉春

悄悄地
悄悄地
你踏着轻风走来
撒下一路的风彩

如荼似火的桃花
是你撒娇的笑脸
摇摆飘逸的翠柳
是你妩媚的姿态

沉封多年的心湖
被你的温柔溶解
涟漪随着你的节奏荡开
心潮澎湃
洒下如针如毛的细雨
滋润干渴已久的情爱

风情万种的女子
如诗如烟
把我从沉睡的冬天叫醒起来
感触你热情盎然的胴体
嗅闻你清爽新鲜的呼吸
观赏你娆妖多姿的媚态
我醉了
在你温馨的怀里醉了

一梦醒来
悄悄地
悄悄地
你背着闪电离开

思恋

今夜
无星无月却有风
漆黑占据天空
把孤独放在桌上
把相思倒在酒中

品味滴滴思恋
回放种种片段
一段段暖在脑中
一滴滴凉在心

酒入愁肠化作相思泪
滴滴泪珠化作相思句

句句话中印着相思人
相思的人又把酒饮尽
醒也相思醉也相思
孤独寂寞融入纸笔中
这般思念托寄给清风
唯有你的倩影
模糊的还在天空中

王荣

网名锦儿。1967 年生，祖籍陕西省绥德县，现居山东省东营市。热爱文学创作，尤喜音乐、诗词歌赋，作品散见于各大网络论坛。

谁是英雄，谁好汉

苍老坚实的古城墙壁
留有断剑的残痕
耳边仿佛听到
旌旗动，战鼓擂
铮铮铁骑挥刀如雨
雄姿英发，指剑破苍穹
试问天下，谁是英雄谁好汉

君不见，五千貂锦丧胡尘
男儿报国终不悔
君莫笑，梦里也曾携手上小楼
英雄亦是有情人
大江东去，马革裹尸
宁为百夫长，不做蓬篙人
试问天下，谁是英雄谁好汉

它又来敲端午的门

两千多年前
汨罗江承载着
一腔愁，千滴泪
饮恨东流
悲壮的声音刺破黑夜
弥散在风雨中
我仿佛看见
满腹经纶的诗人
默默抖落襟前的尘土
望着江水吟一句
路漫漫其修远
吾将上下而求索
荡气回肠的音律
唱响了中华大地
滔滔江水
惊醒了世人
投进水中的角黍
年年的今天喊着
魂兮，归来

王世俊

山东省青岛市黄岛区中学教师，诗歌爱好者。

天空有颗铮亮的星

寥廓夜空
闪烁着一颗铮亮的星
熠熠生辉
孤独却坚定

忽而乌云无情遮蔽
忽而掠过凄冷的风
群星暗淡
摇摇欲坠
流星划过夜空
月亮沾满锈迹
嫦娥舒袖曼舞
吴刚饮酒正酣
那颗星依旧坚守在
寂寞的夜空
波澜不惊
夜行者按图索梦

忧郁的眼透过窗棂

黎明终将褪色
星光必定隐去
那颗星星
为何忍受孤冷
天边北斗凝成问号
深深地印在
深邃的夜空

站在五十岁的门槛上

站在五十岁的门槛上,
门外人惊呼“年过半百?”
门内人戏谑“后来者居上”。
孔夫子威胁曰“五十知天命!”
只见华发初生,两眼混沌,
皱纹无情地爬到我的脸庞,
记忆悄悄被时光吞噬,
思维慢慢减速换挡,
轻盈脚步变得沉重彷徨,
于是徒增几丝失望和沮丧。
子在川上笑曰:
逝者如斯夫! 不舍昼夜。

站在五十岁的门槛上,
如同列车行驶在陡然抬升的路上。
我曾“到中流击水”般豪情万丈,
然现实却如同一张无形的网,
把理想过滤得支离破碎,面目全非,
恰似透过树冠洒在地上的阳光!
看一代新人不断崛起,
叹青年才俊高过前浪,
目睹创新创造潮起潮涌;
英雄迟暮,红颜老去,
只剩下无奈地叹息和满脸惆怅。

站在五十岁的门槛上,
我曾把酸甜苦辣撒在荆棘的路上,
赢得些许辉煌、仰望。
如今繁华落幕,光环散尽,
亮点淹没在奔流不息的长河上。
我寻觅周围鄙夷或别样的目光,
却投来几许肯定和赞赏,
如同寒冬里一缕温暖的阳光。
我窃笑何必如此多疑感伤?

站在五十岁的门槛上,
牵挂从此逆转了方向。
我曾把父母健康置顶,
而今子女成长是最大选项,
相聚的时候总是恨短,
期待的日子总是恨长。
瞥见妻子已没了青春的华光,
你缘何时常掩面感伤?
爱还在那里,只增不减,
你永远住在我的心房。
朋友的新茶是否散着茗香?
知己的两鬓又染了多少白霜?
醉过的才知酒浓,
爱过的方知情重。
铭记黑夜中引路和跌倒后扶起的人,
常送一束温馨的花,
留下感恩的芬芳。

站在五十岁的门槛上,
蓦然回首,
没有怨恨的青春,
没有输给追求,
只有浸透了汗水的无垠疆场。
后面的路可屈指丈量,
何须叹息,不必迷茫,
把爱和智慧洒遍未来的路上,
博取新的闪耀和没有休止符的健康。
假如陆地注定要提升,
我必定重新选择更高的峰顶,
让闪光的星星缀满在
没有遮拦的天空上。
假如上天重新赐予我一个青春,
我必定让人生迸发出更耀眼的光芒!

白马河，我的母亲河

梦里一次次穿越泛黄的时光
无数次徜徉在细软的河床
您从神秘远方缓缓走来
温情牵手无数溪流
蜿蜒迂回崇山峻岭
吻别大地流过岁月
执着奔赴大海的方向

最是童年绝胜烟柳旖旎风光
晨曦里沉醉雾锁大河炊烟袅袅
正午时垂钓鱼虾肥美潋滟水光
烈日下钟情裸躺沙滩仰望深邃
夕阳中欣赏鹅鸭蹒跚追逐牛羊
黄昏时聆听群蝉吟唱蛙声四起
晴日里尽享纸船逐流河草清香
暴雨后惊叹波涛滚滚彩虹飞架
风雪归痴玩河面溜冰陀螺雪仗

我迷恋四季斑斓田园景象
春日里纸鸢斗空柳絮飘洒
夏日里垂柳摇曳红莲飘香
秋日里稻谷金灿瓜果遍地
冬日里芦荡起伏芦花飞扬
密林里绽放烟锅的笑声
草层里难忘捉过的迷藏
牛背上吹奏婉转的柳笛
河滩上追逐蜻蜓的翅膀

您毅然躲避百花的温柔
您决然谢绝高山的豪放
您穿越时光馈赠沃野万顷
您哺育世代生灵功德无量
您满目沧桑承载岁月流觞
您孕育龙马文化万古绝唱
您凝聚智慧善良执着担当
繁衍生生不息的儿女
大江南北尽显风流倜傥

而今游子又回到您的身旁
捧一把河水重温爱的芬芳
请接纳我的祝福我的悲伤
虽已逝去激情燃烧的岁月
但愿将余生描绘您古老神韵
化作一棵大树永远守望在
您必经的路上

王帅

笔名西陆，90后，文学爱好者，现就职于太谷县统计局。2015年开始诗歌创作，有诗歌发表于委内瑞拉《委中商报》以及国内杂志《桃源诗刊》《网络文学》等，辞赋《孟母辞》《太谷赋》发表于《山西青年报》《太谷报》等。

落日辞

山峦渺茫，天空辽远
未落日的下午，用来
静坐、写诗，　望
一瓣瓣失恋的花朵。我们
凝望而又游离，我们期待
一次清晨的重逢
又在刺耳的汽鸣中，坠入
夕阳飘零的羽
我写诗，但是不写你
我写花瓣的寂寥，写夕阳
沉入深山，写一个人
消失在黑夜里

2016年9月10日。

天眼

留下秋天，让梅花行走在田野
留下大雁，让大雁塔
不空无人烟
留下飞雪、冰花
留下阳光、湖泊和麦芒
让黑头发白，让两个人、两类物
或者两种事，相识且相撞

此时，一定有星火迸出
那一定是我的眼睛，把完整的月亮，磨出毛边
把河水，摆设成残留的觥筹
让灵魂刨坑、播种、施肥
而躯体在月光下远走

2016年9月12日。

搬家

办公室要换
请来搬家公司
抬桌子
搬柜子
端花盆
空阔的房子
卡住了2人桌
就像你的胸脯里
空荡荡的
却走不进去
一个瘦弱的人

2016年7月初。

以波浪的姿态

一到秋天，风站上树叶
摇晃瘦成片的身子
瘦的身子之上，有闲云两朵
一朵，攀附着另一朵
阳光从它们环抱的缝隙下落又在黯色的树叶上折射
我爱的她，瘦弱的身体里
一定住着百合，正在落
住着一万只鸽子
飞天和俯冲
她掉落一地妩媚、泪光和孤独的羽
我的雷电交加时
又以波浪的姿态，落到攥着的瓣花

2016年9月20日。

杀鱼

东卯菜市场
人们排队买鱼
老板手拿菜刀
先用菜刀柄砸鱼头
把活蹦乱跳的鱼打晕
然后用锋利的刀
刮鱼鳞，剜内脏
被刮了鳞的鱼
颤抖着身体
那些流动的红，染遍山头时
人们正发出一声高过一声的笑声

2016年7月25日。

王文红

女，中国平煤神马集团职工。平顶山市三苏诗社成员。

今天我要去约会

清晨
推开窗户
楼下
枇杷树上
鸟儿在唧唧喳喳地谈笑

蓝色的天万里无云
爽爽的风
飘过耳边
留下轻吻一枚
打开衣柜
挑选色彩

今天我要去约会
玫瑰红的上衣吗？
还是葱绿色的迷你裤呢？
唉！
真的不好搭配。
换一条裙子吧？
不妥不妥……
闹钟悄悄地滴滴慢行

一件两件
脚下落满了五彩布衣
是眼睛看花了吗？
还是楼下鸟儿的呢喃声
打扰了你的心绪？

穿上一条莲花般盛开的红裙
小跟的金色皮鞋把俏美的脚抱起
藕荷色的真丝缎面起了姣美的脸庞
浅浅的微笑抖出了憨憨的酒窝
跳起来
扭扭看
哈哈哈……

掀开梳妆台
眉笔
眼影
唇线笔
坐在窗前
任风装扮
静静的
心儿蹦跳出场了
含情的眸子柔出了
露珠清澈
翘起的嘴
醉了那五月的石榴

是谁的绣帕呀？
被铰成了妈妈厨房里的麻花劲
纤纤小手
葱葱玉指
你怎这般的有力？
是害羞
还是爱的澎拜

今天我要去约会
生活中无言的呢喃
行进路上灯火的五彩
四季的生长收藏
我们将在哪里成长
或许，就在今天的约会之中

王文霞

网名烟雨倾城。1975年生。

创作理念：喜欢用文字记录人生悲喜，用淡墨书写红尘恩怨。

光阴

（一）

不停地写
写风卷珠帘 写月上柳梢
光阴是写在纸上的诗行

（二）

滑过指尖
带走重重叠叠的过往
光阴是手心握不住的流沙

（三）

举起岁月的陈酿
与往事干杯
光阴是一盏寂如烟花的醉酒

（四）

不与风诉深情
不与雨说落寂
光阴是心门上一把生锈的锁

（五）

黑发染上霜华
眉间刻满沧桑
光阴是我渐渐老去的容颜

（六）

时光作水
故事当茶

光阴是一杯用情熬煮的涩涩清茗

(七)

在花叶间写情 在草木间画意
在白云上洒满种子
光阴是流年辗转的情意

(八)

初见时深邃的眼眸
别离时决绝的背影
光阴是你给的那一场红尘劫

(九)

拣花为字 捻香为墨
红笺小字凭谁意
光阴是梧桐叶上的潇潇雨

(十)

在红尘中行走
在菩提树下修心
光阴是怀揣莲花奔向对方一生的时间

情如初见

倚着旖旎的明媚
与光阴说禅
草长莺飞的思绪
弹奏岁月的琴弦
折叠烟火人生的冷暖
氤氲天涯深处沉淀的旧念

转身挥别
总有一些期许若四月湖心的白莲
芬芳与零落的交错
是指尖浸染的恩怨
一株菩提的静默
诠释所有错过的和过错的晴川

若情永如初见
眼眸深藏的依旧是你芳华如昨的容颜
一支生锈的笔
尘封关于你的临花水岸

春之絮语

春天的扉页上
书写一帘幽梦的葱茏
流转的季节
浸染岁月沧桑

冬天的最后一抹残雪
妖娆指间烟火的薄凉
廊檐下俏梅的暗香
在和风里浅吟低唱
许一个清丽的诺言
在想你的诗行里繁衍
托一片流云 寄给你
春燕衔泥的明媚

你念或者不念
我见或者不见
锦瑟时光里
总有一处风景
是两个人的天涯

王贤平

网名山风。医生,酷爱诗词。

笛

一生几重门
却甘愿忍受撕心裂肺
让你突破所有防线
横竖一条心
也习惯了痛彻心扉
让你捅了那么多口子
为你
我换了心肠
改变了模样

世人都赞我
秀外慧中，八面玲珑
不鸣则已，一鸣惊人
只可惜
拒人千里之外
一副冷俏模样

你
是否知道
我有更热的心肠
渴求最真的交往
天地为舞台
清风作背囊
痴心不怨
雪藏你所有的快乐悲伤

只要你深情吻我
就马上为你倾诉衷肠
幸福着你的幸福
悲伤着你的悲伤
让真情奏响人生乐曲的快乐嘹亮
用真爱燎原这冷寂红尘的四面八方

扇

默默淌过流年
坚守这酷热世界
为你
我情愿用尽一生力气
风一程，凉一程
一圈又一圈
一遍又一遍
丝丝凉意捧近前
给你一方清凉世界

这人间
每天都有多少诺言
在风中消逝
我却痴心为你停留
哪怕透支几世幸福
也都要
坚守一个心愿
一次邂逅
一世凉风
是我对你永恒的爱恋
（指导老师：姬哥哥。）

父亲

幼小时
父亲的脊背
是一座巍峨的大山
宽大的双手
是太阳和雨露
我是幸福成长的一棵小树

上学后
父亲的脊梁
是一条慈柔的鞭
殷切的眼神
是马灯和创药
我是桀骜不驯的一匹马驹

现在啊
父亲的脊梁
是一张佝偻的弓
满头的白发
是银箭和绳索
我呀，我呀
竟是忘了归途的流浪狗呵
（指导老师：姬哥哥。）

父亲

幼小时
父亲的脊背
是一座巍峨的大山
宽大的双手
是太阳与云彩
我呢？
就是山上幸福的一棵小树

上学后
父亲的脊梁
是一条策马的鞭
殷切的眼神
是马灯和创药
我呢?
就是桀骜不驯的一匹马驹

到现在
父亲的脊梁
是一张佝偻的弓
再也射不出劲箭
不能为我保驾护航
我呢?
是一只忘了归途的鸿雁
(指导老师:亮亮。)

小巷

我的心是冷冷的巷
春来百花笑放
这里只有寒冷在赖床
偶尔飞燕掠过
却只余花香在夸张地淌

我的心是小小的巷
夏天绿肥水胖
这里只有青苔在生长
经常热雨光顾
只余潮湿在缠绵惆怅

我的心是长长的巷
秋到百果飘香
这里但见黄叶在晃荡
频频星光造访
总看不透那九曲回肠

我的心是冷冷的巷
冬到雪花飞扬
这里依然日短夜长
难得冷月明亮
醒来却是雪上加霜

王祥康

20世纪60年代出生,福鼎市作家协会主席,兼任《太姥山》文学杂志执行主编。在《诗刊》《星星》及美国《新大陆》等海内外多家报刊发表诗歌数百首,收入多种选本。已出版诗集《夜风铃》《纸上家园》。

雕刻师

凿子和锤子在左右手间不断更换
一块棱角分明的石头
让我不知如何下手
如果雕出一位美女她的沉默
让人难受　如果雕出一只野兽
怕它嘴里暗含血腥
要雕刻什么　这是令人纠结的事
左思右想　再看自己的手
瘦弱　青筋暴突　无能为力的人
只能用尖利的凿子对准自己
却不敢下手　僵持中
我用空空的双手按住自己的心脏
似乎这颗心脏也是别人的
一块棱角分明的石头
大自然的精灵早已有了自己的生命
所有铁质都是软的　炉火之上
需要继续炼　继续淬火
粗粒的石头硌痛世俗
一个被职业绑架的人质
从现在开始与这个世界达成和解
放弃自以为是归隐土地

2013年2月24日。

路上

火车上　我遇见一位似曾相识的人
他好像握有我前世的一些秘密

对我似笑非笑　草丛里
一只熟悉的鸟在我面前一掠冲天
好像飞进我的下一辈子

在路上　我脚步匆忙
周边无人的时候我会蹲下一会儿
等着一位陌生人　眼里的纷纷落叶
让我脚步变得轻而凌乱
身后的影子被风越吹越稀薄
大地的忧伤就是在这一阵风之后
突然显现　同时忧伤的是故乡
炊烟矮了下去　灯火还没点亮
亲人们　请用力记住
我这转瞬即逝的影子

2012 年 3 月 12 日。

顺从

从桐山溪的源头　随波逐流
现在快要到入海口了
这一段的繁华是不是命运的安排
海水和溪水每天两次争夺
这里的地盘　瘦下去的筋骨
怀着内心的富有
来历的卑微让博大淹没
我顺从每一个行走的脚步
砾石再粗也要踩过　更多时候
是坦荡的波纹
这一辈子命运总关照我
夜不能寐时也有星光陪着
当我坐在江滨公园歇一会儿
似乎听到了不远处的涛声
而这时　安魂曲在内心渐渐清晰

2015 年 3 月 31 日。

我的身上揣着前世的弹孔

从来不开口喊出痛
就让一件一件的衣服包裹着
不去面见陌生的阳光
子弹上膛出膛的声音
在每一阵风中凸出来
与生俱来的秘密　永远的伤
母亲不知道　父亲也不知道
他们为我的第一声啼哭
连连庆贺　而我一开始就掐着手指
预算着弹孔化脓的时间
也许在一个梦之前
也许在一个微笑之后
我随身带着一座火山
一棵美丽的罂粟　有毒的自我
在这个世界走来走去

2010 年 11 月 23 日。

半空中的鹰

说到鹰　说到那一双倾斜的翅膀
它借着一阵风的惊呼
停在半空　眸子　爪
阴暗的时光停在半空
我内心的悲苦和云朵的轻
在三百米的高度悬着
倾听体内的祷词在翅膀上
或者石头的内部
"躯体的静止不代表你不在行走"
把我刻在波纹之上　随命运起伏
我一生中所有的落日　都被鹰
叼到山的背后
或者　把自己轻轻下坠

2010 年 11 月 18 日。

王相华

笔名清心如云。祖籍山东日照。中国诗歌学会会员,江山文学《如云诗苑》社长,火种文学网现代诗歌主编。作品散见于《辽宁青年》《星河诗刊》《华夏诗刊》《生活晨报》《作文通讯·锦瑟》《辽河诗词》《铜陵文学》《陕西文学》《诗导刊》等全国三十余家报刊并多次获奖,任多家文学大赛评委职务。著有诗集《生命是一朵流云》以及《收藏指南——佛珠》。

诗观:以禅融心,回归诗性的清凉世界。

落在纸上的光阴(外二首)

以影子长度拉开夕阳的序幕
风从远处袭来,落入蚁巢
淘洗出春天的过往,如微尘般渺小

这些年,搁浅的心事
除了关于你的执念,还有天空飞翔的痕迹
越来越瘦的光阴攀附在骨架上
镌刻出固执的行程

像甲骨文的遒劲,有力
一笔一笔渗透肌理
打开的翅膀已在苍茫中生锈,只能托起月光的白
于深夜独舞,看衣袂飘飘
轻盈如风。让笔尖落上纸笺的一刻
在梦中,已细雨霏霏

打马奔赴有你的故乡

从凋敝的季节走向归途
留守的气息,穿过皱褶里刻下的图腾
在一枚印章里驰骋千里

踏破的影子是虚拟的,又是清晰的
马蹄声聚,汇集滔滔江水的喘息传递乡音
仿佛太阳立在枝头的呼唤
让折返的愿望,紧紧拥抱大地的根须

足以用平生的力量,选择一次相聚
头顶的叶子青了又黄,蝉鸣从枝桠上落下来
每一次鸣叫,淡漠的远方愈加模糊

凌乱中安放的思绪
恍若莲叶上沉睡的呓语
风一吹,就惊醒了所处的位置

沉默是金

时光回溯寂寞,于笔锋里奔跑
闭口不提眼神里的砂砾
以指尖挖掘土地提纯的金子,兜售剩余的战火与石头

火花,是冬天的荼毗
除御寒之外所能抵制膨胀的欲望,还可以焚烧出
爱与慈悲,以及白色的舍利

不断照开通途,将炙热的枝条
抖落秋天最后一枚叶片
反复盖住风中奔涌的泉水,渗透于坚冰
凸显夜晚发光的言辞

而文字踩出的印辙
正藉着清凉穿过身体的透明,摁住舌尖
跳跃的词性,在季节汹涌与更迭里
抚平,一场雨水的高度

王小林

男,1967年生,大学本科学历。江西省作家协会会员,江西省新闻工作者协会会员,江西省散文学会会员,江西省杂文学会会员,中国诗歌学会会员。1986年参加工作,2000年5月至今先后就职于江西日报集团《江南都市报》以及《大江周刊》《江西法制报》《赣商》等杂志,历任记者、新闻中心主任、主编、首席记者。出版有散文诗集《心约》、报告文学集《诚信人生》、散文集《靠情感过日子》、旅游散文专著《诗意的流坑》。现供职于江西日报传媒集团《赣商》杂志社。

绿皮车穿越中原

一场梦幻之旅
把我从中原大地金属般夜色
带回南方
绿皮火车就像

一条通体透明的绿色的虫子的肠子
蠕动
极力南下
恍隔两世
跨过黄河我浑然不知
醒来时就在九江长江大桥上了
更亲切的金属声是乡音
一种更接近我血液的绿色
却更接近中原的身体

大地上,农人忙碌
不见犁耙
农田十分工整
像写在江南某首词的下阙
平仄押韵
词语华美的中原和南方
有几多期许可以托付与你们
这对连体婴儿
苦难的兄弟
我常在梦里听到你们的交合和欢笑
我生下来就交给你们了
接受你们的祝福
笑逐颜开
茁壮成长

王晓云

笔名致一。女,生于1973年,上海浦东人,中学语文高级教师。上海市陆家嘴"白领诗社"成员,部分诗作发表于若干报刊。曾在"陆家嘴金融城杯"上海诗歌大赛、2015上海民间诗歌节获奖。

过江

午后两点
一阵暖暖的风
悄悄和海关大楼聊着天

那座精神矍铄的老楼
张嘴吞吸着千丝万缕的光
她正穿针引线
绣一幅璀璨的光阴
那幅作品的名字
叫过江

外祖母坐着小舢板
去看外祖父
钟楼下的洋行里
一个小学徒
正在艰难谋生

母亲坐着轮渡
去看父亲
黄浦江畔的军舰上
一位军人
正要出海巡航

我坐着大桥六线
去上学
五角场的大学校园里
一位学子
正在书海徜徉

午后两点
我听着风和大楼聊着光阴的故事

一个小女孩
挥着手欢快地向我奔来
妈妈,过江就像飞一样啊
她的身后
是外滩观光隧道
还有一群　她的小伙伴

鹰的自语

城市里有鸟雀的乐园
游人的目光和美食
把它们喂得饱饱

可是我怎么甘心
只是终日腆着肚子舔着毛
在阳光明媚的日子里
知足慢跑
我不要和乌鸦比肩着
在城市的枝头上哀嚎

我是一只鹰
从空中掠过
翅尖涂满云的梦想
展翼化为金色的战袍

问候第一缕阳光
亲吻每一个清早

我会冲上云霄
丈量城市的身高
也会俯瞰大地
感受人群的热闹

翱翔一次次证明
青春永远不老

那夜那海那人

夕阳晚归时
依依不舍地与晚霞吻别
却将他炽烈的心
遗落在深夜的海边

被遗失的心在深夜的海边流浪
那夜的故事
裹挟着湿漉漉的海风
变得扑朔迷离

当朝阳再起
海中腾跃出一颗躁动的心
她的记忆
烙满了那夜那海那人的印痕

那夜
漆黑一片
若不是天际几颗闪烁的星
怎能分清食指和中指

那海
漆黑一片
若不是阵阵袭涌而来的浪
怎能分清细沙与碎石

那人
隐没于漆黑之中
若不是跳跃的心与奔流的血
怎能分清陌生与亲昵

食指和中指缠绕在一起
碎石与细沙湮没了双脚
鼻息与体温模糊了距离
唯有那心清澈温暖一如朝阳

如果朝阳再起
是否依然期待与晚霞的约会
曾放肆了一夜的心
是否还会贸然走失

野百合的歌

不用告诉我
我曾是一颗卑微的种子
也不用歌颂我
我曾傲立枝头接受夸张的赞美

当风从身边抚过
我早已与记忆热烈拥抱
没有诚惶诚恐的卑微
也没有得意忘形的自大

我记得阳光的味道
我记得雨露的滋味
我记得大地的坦荡

我记得成长的疼痛

当风擦肩而过
生命的力量
亦在我的体内
蓬勃呐喊

我曾是一株草
在风雨中倔强挺立
在阳光下缓慢萌芽
在花丛中默然无声

当花开的脆响
惊动沁脾的幽香
我依然只是一株
开花的草

王新

笔名笑对人生。男,小学语文教师。

风景

真高兴
喊一声风景
织女打马
就送来了素锦
千山万壑
一夜间披上了银装
到处玉树琼脂
到处粉妆玉砌
毛茸茸亮晶晶
惹得鹊儿散了鹊桥
树枝上
阳光下
你唱我和
大自然的舞台
散发出精灵青春的活力
沁园春冒着硝烟而来
带着江山如画
携来豪迈之气
卜算子咏梅高擎傲骨
扑鼻的清香芬芳四溢
暗香拴住了
银河对岸的牛郎
一站就成千年丰碑
我把风景领进校园
让朗朗的读书声
震彻祖国山河

突然,想和你说话

那天,你唤醒我的灵魂
突然,很想和你说话
那些在心底死了几百回的人
又复活了
那被打入十八层地狱的青春
平地里燃烧起激情
工作赛过小伙
唱歌胜过姑娘
整天乐呵呵
人送绰号弥勒佛
早知道麦苗能够返青
人老还能返童
何必伤感青春易逝
再重播一遍多好

雪

推开门一看
呵　晃眼睛
雪孩子捧出白花花的银锭
献出冬天的祝福
房子树木山川河流
悄然换上银装伫立
几只老聒在树枝房顶
跳来跳去
按起黑色的琴弦
弹奏着初冬的序曲
孩子们欢呼雀跃
瞪亮眼睛

享受大自然
馈赠的惊喜

王鑫倩

蒲公英的约定

午后的自习教室
格外安静
你插着耳机,写着小说
你说过自由作家一直是你的梦想
我微笑点头,因为你是琉璃
我要你是我的孟初夏
也要成为你的刘若男
我需要你的傻笑
你需要我的拥抱
纸上的巧笑倩兮
口中的美目盼兮
那聊不完的曾经
是蒲公英下的约定……

王秀珍

笔名香山红叶。吉林省吉林市人,暂居蛟河市。2016年《中国诗》签约诗人。代表作品有《都是事实惹的祸》《看着月亮写情诗》《五柳先生家的柳》《梦之幻雪之灵心之悟》《错过雨的伞》《盲点》以及古诗《梅雪赋》等。作品散见于《中国诗》《清江璞韵》等。

诗观:写好心灵之诗,推修仁善正果。

拾零的记忆(二首)

背着书包去偷花

小时候地是用来种青菜的
只有上学路上有一片小花园

背书包的女孩们
猫个腰绕过煤堆
偷偷摘几朵盛开的鲜艳的花

“你们多大了还不知道这是别人的吗?”
四十年过去了还记得
被年轻阿姨说得窘红的脸
手里依然悄悄攥着那害羞的花

如今的我匆匆地走在街上
已无暇顾及随处可见
当年那个舍不得放下的花

人参娃

山中住着两户人家
人参娃还有老虎的家
几百年的人参娃静静地
偎在母亲的怀里
用青翠的嫩草妆点自己的家

隔着一人多高的荒草
老虎时时窥视着她
并公然冲过来要吃掉她
人们说那荒草的名字叫法

白天人们赶着羊群
去吃娃娃的青草
娃娃喜欢看羊吃草的样子
快乐地接纳了他们

夜里老虎出山
咬死了成群的尚未剪毛的羊
撕下了大块的肉带回了山

人们分食着老虎吃剩的尸骨
听说那人参娃又病了
今年的冬天会冷吗
明年还会不会有新的羊羔

如何说

穿越世俗的春季
抵达电波干扰不到的极地
摘一滴寒雨来写诗序

浩瀚的水际流淌出镜妆的旋律
人似游野的尘埃
投影在轮回的秋季

我的心无磁力
纵有N个百慕大的魔域
也吸不去一点点情意

恼怒的心句读你那枯萎的文艺
还有什么意绪
点上一桌正义
便知我的碑铭有来有去

不想再说虽然有据
可残缺的鬼魅
时不时炫耀它遛狗的绳具

2016年9月4日。

王永

80后,农民。

杀猪

没有人相信你会哭

这东西不错
能出二百斤肉

泪水能值几个钱

嚎两声吧

像婴儿
想起妈妈

远行的人

你给的那块糖
从春节甜到落叶
今天
甜味中泛滥出苦涩

一块糖能甜多久
就像人活着只为留个念想
有的随口吐掉
而你刻在了心头

远行的人累了
一生有多少陪伴
就有多长的沉眠
回家的路被一把土掩埋

茶

碧玉从南方下嫁
沸水中沉淀北方的生活
体香
改变了一首好诗的距离

火车走了

猎豹越过影子
消失在幽径
风躲开树梢
去了下一个城市

熙熙攘攘的花生,玉米
各自回家
站牌是最后的旅客
遥望着错过的那趟车

道轨的歌声渐渐停息
世界睡了
叶子在漩涡中深陷
飘落

王玉

网名冷颜。辽宁省沈阳人，文学爱好者。喜欢散文和诗歌，并有多篇散文、诗歌发表于各大网络平台和省、地级刊物。

诗观：抱朴以归拙，愿在文字的半亩花田，低眉有香。

桃花殇

自你走后
我再遇不到　如陶
一样的女子
如瓷一样的　知己

三月桃花已开
你的声音　如落蝶
却掷地有声
每个晚上
漾成幽深井里的叹息
月光一样的
冰凉

你的微笑
似桃的嫣红
每一次念起
便把我的温软　依次
点燃
并以夕颜花的模样
一开再开

曾经想过
要用一首曲子　留你
在我诗意高蹈的生命里
用我仅有的青春和信念
哪怕一生
哪怕一世

可是不曾有半点
你的音讯
像雁过林梢
像风声入海

学着一个人走路　一个人
吃饭一个人守着
夜里的灯火
我种白月光　也在纸上
撒满红豆

一月雪还没化
二月满地梅花
三月雨开始下

花开了，然后落下
我知道
你　永不会回来

就让我为你唱一首歌儿吧
唱一唱一起走过的昨天
然后　等到霜染过秋天
再把我们的发我们的故事
染成一丝一缕　丝丝缕缕
霜白

白月光

长夜似海
敛万千声音
潮汐般起落
白月光　你应约而来
一千只蝴蝶张开双翼
一万株梨花广袖善舞
我的玉兔回归
窗台上的银碗盛满了雪

火红火红的桂树
举起故园的火把
母亲
今夜的你　可否与我
谈谈菊色
话话桑麻

白月光
请轻垂你的幔帐

不如
　　乘风

诗歌与自由

没有花开
却可以一念花开
没有翅膀
却可以纵横天地

如一片云一缕风一束光
我的心随着每一个字
流浪
我的爱与哀愁
和每一个字相濡以沫

白天给予我阳光
夜晚给予我黑色的瞳眸
在南方以南散步
在北岛以北高歌

印象江南

摇动乌篷船
摇响一大片水声
趁着明月夜
趁着江枫渔火
采摘三秋桂子　也采
两岸荷花

不去寻白墙黛瓦
不去寻画舫亭阁
不去寻苏堤春晓
不去看断桥残雪

江南是画里的诗
诗里的画
怎能一枝瘦笔描尽

只想登船离岸
只想逢一个
像紫丁似的姑娘
再恰恰遇　一个
梅为妻鹤为子的故人

海岸

无数个日子的沉默
以为相去很远
远到月光惨淡
远到星子暗黑

可是浪涌上来
一层又一层
风声以及鸥鸟的鸣叫
拍打海岸
我的念是夕阳里最后一抹暮
灰
除了徘徊　居无定所

海依然是海
岸依然是岸
我拽一片帆
继续远航

在这个秋天

在这个秋天
离天空远一些
离大地近一些

做一叶枫　或者
一朵菊
若不能红给你看
那就瘦下去

如果有梦
就安静成一叶茶

用黑夜做杯
用月光冲泡
再用一层霜
化蝶

只轻轻问你
天气好么
你还好么

风吹窗台

闲坐于窗旁
凝神远眺
雨淋湿桃红
风摇曳柳绿
没有　你的身影
也许此时
你正在南国的
雨中
撑一柄油纸伞
步履轻盈
抑或是
守着某扇窗
听风吹动风铃
叮咛叮咛叮咛

没有你的消息
只好默默等待

草长莺飞

顺着一棵草的绿
可以追风到天涯
绿下去
以最初的勇气和爱恋

顺着一朵花开的姿势
可以找到一万朵花的颜色
开下去
以最初的饱满和坚强

三月　我笔下的梦
缀上风筝的飘逸
不说时光如旧
不说往事如烟

王玉芬

女，江西九江人。江西省作家协会会员。诗歌散见于《诗选刊》《中国诗歌》《创作评谭》《青年作家》《时代文学》等刊物。

天鹅之死

她静卧浅水，冰冷而又苍凉的水
距离我们不到一米
她羽毛肮脏，身体蜷缩
长长的脖子深深地折向胸口
仿佛自问：我，为什么要来到这里
长眠的姿势，孤绝、凄清
新闻报道中的人鸟欢度景象我没有看见
死亡气息弥漫现场
草丛中凌乱的羽毛，挣扎过的痕迹
远处她的爱侣传来声声哀鸣
圣桑的《天鹅之死》缓缓在东湖上空响起
忧伤笼罩山峦、湖滩、草地
活着的天鹅离我们很远很远
——始终保持着，对人类的警惕

王玉华

上海市崇明作家协会会员。

约定一场台风的爱情

蓝，面对面白云
堪看六月六的傍晚
河水雨前丰满暮色

缓慢加急，数数的手指
开放掌纹的鱼
一些事情错成好梦

横渡，拥抱的涟漪
红李打在红唇
暗示原味，良宵不惟巧笑

风就要大起来了
星星吹落麦秸堆里喂香
就这，在水，目睹的声音

昨夜的雨在结果

指尖微凉
一枚耳钉的香
恣意清凉的眸

梦不疼，醒得正好
踏月而起的一支签
露珠采桑

早，完美的天气
一些些小小的担忧
叫一个名字
昨夜的雨在结果

认真的想象

一花一叶一世界
一个美人的江山
一字一句种着城

这个六月
梅子的雨不歇
一方还没有开的荷塘
证实光阴的约定
不曾离枝

需要换一个时间吗
在，就现在
能够遇见的路上
分享音节的心跳
为你梳妆

王禹诺

笔名禹诺。诗歌、散文爱好者。作品散见于《石家庄日报》《燕赵晚报》等报刊。

女人香气

那一天，
你掠过，
风儿为你留下淡淡的香。
我呼吸着，
邂逅好美。

又一天，
你来了，
风儿为你留下略浓的香。
我屏息着，
怀念初见的味道。

再一天，
你走了。
这一次风儿停了，
我们也散了。

你说你的香气都是为我，
不，
你错了。
香气是你自己的，
永远都是你自己的，
是你灵魂的味道。

风，吹向低处

秋叶散了满地，
是风凉的气息。
越到低处，
越卷起叶片圆圈。

麦穗黄了双眼，
风来浪起，

吹润了农民的心窝，
吹红孩儿们的小脸。

巷口的围巾飘啊，
红红的是火热的思念。

干瘪的老泪两行，
悄悄的是牵挂的思念。

风，吹向低处，
吹去万语千言，
吹回远方的归心似箭。

落花

花儿谢了，
却赋了落红的氤氲，
太匆匆。
最怕流水潺潺，
自飘零。

落花遇流水，
有意空无情。

怎会有如此这般诗意悲凉，
落花有意，
流水无情。

真若无情，
纵然相识一笑，
也是花飞湮灭的前兆。

王战云

笔名金子。女，汉族，湖南省资兴市，1969年生于广东省花都市。长沙大学财经系会计班大专毕业，湖南财经学院会计学研究生结业，在人保财险长沙芙蓉支公司工作，任湖南金融作协常务理事、副秘书长。写有长篇都市爱情小说《不开的玫瑰》。诗歌作品散见于金融文坛、凯风网等网络平台。

追星

几千年来，
你是最闪亮的星，
在你的光芒下，
舞台明星黯然失色。
四渡赤水河，
巧渡金沙江，
飞夺泸定桥，
无与伦比的军事天才，
延安，一个魅力四射的大明星。
没有半点犹豫，
我是你痴心的粉丝。

回顾几千年吃人的历史，
你是救苦救难的真身菩萨，
看透几千年被奴役的苦难。
多少狂热崇拜的青年，
从全国各地奔向延安。
你是爱迪生手里的那盏明灯
照亮迷茫无助的黑夜。
追星族，一起去追星吧！
去追北国风光里最耀眼的那颗明星。
跟我走吧，到延安去！
到革命圣地去！
一起去追延安的那个大明星
——毛泽东。

王长军

男，汉族，陕西铜川人，陕西工商学院法律系毕业，现在陕西神木大保当镇陕西黑龙沟矿业有限责任公司综合办公室工作。2012年加入中国煤矿作家协会，在国家级和省部级报刊发表文章五十余万字。

站在秋风中想你

站在秋风中想你，
心中充满回忆。
想起那些风华正茂的岁月，
想起你那柔情万千的情意。

站在秋风中想你，
心中充满暖意。
想起那些纯情的所谓爱情，
想起你那青春四射的活力。

站在秋风中想你，
心中充满温馨。
想起那些水晶一般的友谊，
想起你那含苞欲放的美丽。

站在秋风中想你，
心中充满诗意。
想起那些如梦如幻的青春，
想起你那无忧无虑的笑意。

站在秋风中想你，
心中充满泪滴。
想起那些转瞬即逝的年华，
想起你那转身离去的背影。

站在秋风中想你，
渴望着有缘再次相聚。
虽然我们都渐渐老去，
那些发自内心的深情却依然刻骨铭心。

仰望九月的天空

轻轻地念着你的名字，
仰望这深秋的天空；
多少梦想的花瓣已经无情凋落，
多少美丽的往事已经化为烟云。

我依然在无垠的天空追寻，
仿佛一只从远方飞来的燕子；
明知道人生是一次没有终点的旅程，
故乡的笑容依然被我紧紧拥抱在怀中。

斗转星移将岁月移动，
日新月异将青春消融。
面对着眼前一望无际的辽阔草原，
收获的喜悦和未来的忧愁像波涛汹涌。

曾经飘逸的白云越来越凝重，
曾经晴朗的天空好像我昨日的心情。
当回忆的美好占据了我的心灵，
梦醒后的惆怅谁人真的能懂？

静静地凝望着这深秋的风景，
不再逼迫自己不再做梦。
当天边的夕阳将西天染红，
我的思念也如夜幕里的星星升上了碧空。

我喜欢这夜空里的无数星星，
每一对星星都好像你明亮的眼睛。
虽然你从没有给我任何许诺和保证，
在我心里总觉得那就是你的脉脉含情。

读你

越是静静的夜里，
越是喜欢青春的回忆；
心湖的碧波荡起涟漪，
月下花影里走来自然芬芳的你。

念念不忘的矢志不渝，
怎敌他瞬息万变的斗转星移；
青涩稚嫩的初放玉荷，
如何能够承受这无情风雨。

月光下的缕缕情思，
越来越远的漫长距离；
颤抖着的心头期盼，
渐行渐远渐渐透着凉意。

脉脉含情的相约，

恍然已经相隔千万里。
遥遥无期的坚守,
泪水已经湿透了青春的日记。

在遥远的地方读你,
仿佛读着一本厚厚的诗集。
我们曾经走过的小路,
依然有着淳朴柔情的温馨。

王正平

蓦然回首

月影如霜垂落昏暗的屋檐
一杯凉茶浸透长长的思念
薄薄的浮云轻易遮住了星语星愿
春燕已飞得很远很远
纯情的眼神却在心中时隐时现
一阵阵轻风怎能撩得开熟悉的玫瑰色窗帘
只悄悄吹去,留在掌中的那枚花瓣
岁月如流,带走一片片如花似锦的梦
蓦然回首,似乎依然有你温柔的笑容

那一碗盛不下的流年

风断柳枝悄然滑落手中的那一只空瓷碗
凌空旋绕蝴蝶的翅膀枝叶摇荡,飒飒的响被折断的树枝断了绿的向往
只能在碗中消磨时光
这一路走得匆匆忙忙
由旭日东升到暮色苍茫
不过是一碗水的片断
似水的流年
只有记忆值得珍藏
碗的瓷面上倒映着蝴蝶的翅膀

秋意渐浓

秋风催得紧
催动水面上的片片涟漪披上了霞光,朵朵白云不再是轻描淡写的一笔
空空的长椅是不是在等候着月明
枫叶又红了
怎能点燃熄灭的激情
成熟的季节就连风中摇摆的枝叶都能够猜透
我这苦苦厮守的心情
秋意渐渐地浓
醉人的笑靥躲进了云里
夜幕徐徐落下
浮云又飘向遥远的星星

梦的秋千

檐角的风铃随柔和的夜风轻轻荡漾
星星和月亮悄悄地挂在梦的边缘上
摇动着秋千就像荡起幸福的小船
红红的丝巾和你的长发凌飞扬
最美的花瓣在花园里任性绽放
天真的笑靥和秋千一起摇进梦乡
也不想问清梦,究竟该会有多长
入梦的秋千始终留在我的枕席旁

捎给五月的消息

小小信鸽从四月的屋檐凌空腾起
捎着一份怦然心动的憧憬
灵性的小天使定能翻山越岭
把按捺不住的思绪告诉蔷薇花般的你
河水流得太慢
邮票又薄又轻
只有贴在甜甜的梦里
不能满足一双急切的眼睛
扑扑的翅膀煽动着思念的旋律
柔柔的羽毛默默携带着我捎给五月的消息

(2016年4月26日。)

和你一起倾听花开的声音

蓝天碧云蝶影翻飞
那潺潺的流水声伴着清脆的鸟鸣
叶子更绿了
我在河边静静地等
小小蜜蜂起起落落

寻觅着绽放的笑靥
徐徐清风摇动红红的花瓣
快快把爱人送到日落的河边
在明月升起时和你一起倾听花开的声音

跟着杨花柳絮走

暖暖的晨光洒向懒懒的杨柳
片片音符雪一般凌空漂浮
低调的柳絮从来不曾争奇斗艳
短暂的呈现便妩媚了春风轻舞飞扬
悄然坠地片刻而精致的美留也留不住
宛如易逝的青春
声声清脆的鸟鸣牵引着我
不由自主跟着杨花柳絮走
却忘了花香正浓

2016 年 4 月 18 日。

青青藤蔓

桃花又开了
思念被风打成了结
一圈又一圈紧紧缠绕着院墙
青青的藤蔓蕴含着爱的心愿
为一句约定多少个春秋冬夏暗自默默生长
桃花又红了
夭夭粉红的浪漫如约地绽放
你却还远在他乡
只为了等你出院门，穿过四月的小巷走向五月的桥畔

微澜

1971 年生，爱好诗词、诗歌、散文及旅游。九州诗词社会员。在中华诗词论坛等网站发表诗词数篇。

创作理念：写作只是个人爱好，依心而行。

樱花，樱花

樱花盛开的时候
我轻快的脚步
跟不上灿烂的诗行
任由思绪站在树下
千万遍地回想
相遇的时光
樱花摇曳的时候
我忍不住伸手
却接不到宁静的暗香
曾经如泉水般的灵犀
闪着清亮
悄然而去

樱花叹息的时候
我泪流满面
没有重逢的希望
更害怕每一次的月圆
直至鬓边的白发
在梦里荒凉

樱花飘飞的时候
我把花蕊的私语
写在这个春日的雨中
雨滴那么的沉重
一如既往
落地成殇

芦花飘飘

梦里你的思绪
如羽翩跹
拥着月的皎洁
摇曳堆积时
蘸着飘逸渲染画图
引来灵鹤徘徊江渡

眸中伊人如烟
缈缈千里
凭风卷起香雾
悠游迢递处
几重柔情淡影浓抒

何时约来妙语轻诉

水边你的模样
依旧楚楚
在深秋的心中
驻足记得你
拉着云彩一起飞舞
吻着夕阳缓缓落幕

蔷薇花开

与你的邂逅
在不经意的转角
年复一年
总是沉迷于
你那自若的娇娆

你用五彩缤纷缠绵了
岁月静好
你用纯洁的思念
弹奏起
琴音袅袅

永恒悄悄地
越过篱笆墙
在夏日的浓情里
用馥郁的芬芳
追寻你的逍遥

熏风中
你舞动纤腰
将丛丛清雅
一瓣一瓣展开
对着夕阳微笑

微笑

本名张耿哲。现代诗诗人，山西省德艺双馨优秀作家。《西部散文选刊·原创版》签约作家。诗歌作品曾在全国文学艺术大赛上获诗歌奖项的金奖，获蔡文姬文学大赛二等奖。作品入选《诗歌百家精选》《望月文学诗文选》《中国当代千人诗选·精华卷》《2013年全国优秀文学作品年选》《放歌百草园》《楚韵南漳》等。

信封

收集满月的月光，采摘
遍野的花香，再加
一些鸟鸣，连同小溪的歌声
一并装进信封，填平
你我相距的沟壑

那朵落在树梢的雪花

我是一片雪花，你就做那
一树红梅吧，你我爱恋
原本就是一株奇葩
飞舞而下，只为与你相随
红彤彤的娇艳，是你存在的
另一种形态

请掏空我内心所有的洁白
挂在你的枝头
不问青春，不记往来
欢喜支撑我的命脉
即使风儿划破我的脸庞
纵然粉身，即使碎骨
依然不能忘怀

你是我生命的歌
以火红与怒放吐露爱情
我为你舞蹈，漫天飞舞的
原本就是我的心跳
我的深情早已栖息在枝头
为你澎湃，因你而欢欣

2016年11月21日。

风景

如果没有你，一切

只是过眼烟云，我不会在意
诗或者远方，更不会
期盼一季季的春暖花开

你是钟，一只开悟的钟
一次次宣泄自然的真言，警示
自然的精准与含蓄，乖巧的
美，早已是绝妙的风景

我本是自然长出的手足
四季萌生的树木
再给我按一双慧眼吧，坚守
成为彼此风景的约定

2016年11月25日下午。

韦韦

80后，硕士，现居贵阳。有散文诗四百多首，散见于各级报纸杂志。

迷恋我

勿忘我开了，香味清淡，
静下心来悠悠然，飘飘然，
黄色黄光，赤色赤光，
白色白光，黑色黑光，
天地玄妙，水月年华，
宝剑出鞘，寒光四射，
无心兼象，来去匆匆，
为何独恋我，不迷恋我，
凡世间情缘，不留不惑，
半日偷得逍遥格外生慈力，
迷恋我，独恋我，
同悲欢，共瞻仰，
迷恋我，方佛本心，
圆空寂静，自生自灭。

我在北方，你在南方

伊人不语，在水一方，若我念你，你必安好，
山涧溪水，夜色如霜，繁花静树，如歌如泣，
漫漫岁月，遥遥无期，他日相逢，峥嵘时光，
谆谆教诲，受益匪浅，种种过往，历历在目，
细雨蒙蒙，莺飞燕舞，小湖泛舟，南方人家，
碧波浩渺，烟花水乡，暮色茫茫，垂柳依依，
北之韵味，雾气霾霾，灯火璨灿，冰封奇峰，
东北人家，炊烟袅袅，白雪皑皑，熠熠生辉，
友人相慰，鸿雁飞信，云中之歌，笑意盈盈。

纸伞

蓝荷叶下芊芊兰草，
蓝蜻蜓又双双翩飞，
青花瓷却藤绕蔓缠，
蓝花叠生轻压枝头，
靛蓝色调镶腊梅香，
牡丹只开敬亭内外，
引蝶竞相争春早鸣，
江南景色依傍山水，
却道紫瑾不胜娇羞，
黄鹂恋丝瓜也绝妙，
不变主题莲藕傲然，
挺拔的生命像首歌。

黄河之美

流经戈壁、沙砾、草原，
蓝天白云倒映在地上，
一滩隔着一滩，幽深地迷醉，
蜿蜒曲折，黄土堆积对比碧绿流淌，
落日余晖，秋霞与水面共衬，
却又赤黑如梦，恍若虚空景致，
翻过高原，绕过丘陵，透亮卸去下游，
草地无垠，涵养细润青草，深浅不定，
高地崎岖，牧羊成群，远近云烟飘渺，
水花跃溅，七彩斑斓，浪卷千堆雪，
棉花云朵，橘黄顺流，沼泽暗涌生花树，
大雁零星如杂草，一挥手道别，
遍布奔腾的水雾上空，红色缭绕。

婴儿

出生时，

放肆的欢愉，
高塔的位置，
褪色的床单，
抱拳的孩子最强劲，
叛逆得没有任何反应，
漫长的医院角落。
身体矫健，非常好
不停挑动母亲的爱欲，
不睡在爱抚的水中。
灵魂伴侣已来临。
纯洁的眼神，
粉嫩柔软的手指
天资聪明的萌物；
青春是梦，睁不开，
无邪的笑容，
暴风雨里绸缎的沙滩，
来了一个堕落的天使。
欢腾的星球大战，
立冬的滋味，
海绵宝宝的繁厚，
胸膛里面不断回响。
骄傲的伊人非常孤独，
自由是一场落空的奋斗，
谁都没有听说过，
卑贱的穷人在哭，
地上的盲点被放大，
抓不住风中的空气。
不知道怎么回事，
界限无法隔清，
命运之圣垂青，
规则不变的套路，
遥远的地方。
想到达山峰，
逾越的阻碍，
吞噬毒蛇的心。
假如不愤怒，
没有伤害和耻辱，
贪婪牙齿锋利无比，
威胁阵阵撞击，
欢愉是个骗子，
催促不安的灵魂，
伸出神秘的双手，
苦涩的滋味变淡了，
闪电雷鸣消失了。
群众的赞成没完没了，
雾里看花的气质，
神未必不这样想，
星星火花的顾虑，
毁灭了生的希望。

惟新

本名王芸，网名梦之圆。80后，陕西商洛人。爱好文艺、唱歌等，热爱写作，喜欢交朋友，现已有数篇作品在网络诗刊发表。

寄语：希望在文学创作的道路上，认识更多的文艺爱好者，一起努力，共同圆梦！

这个夜静悄悄

风停了，
月睡了，
夜深了，
这个夜静悄悄。

云走了，
星惫了，
灯灭了，
这个夜静悄悄。

心倦了，
眼困了，
脚累了，
这个夜静悄悄。

花谢了，
叶落了，
地冷了，
这个夜静悄悄。

爱让人真的难懂

不知何时和你相遇在茫茫人海,
也不知何时爱已悄悄地流淌在你我心田,
爱让人真的难懂?

不知上天是否存心安排我们相爱,
也不知缘分是否在作弄彼此的情感,
爱让人真的难懂?

不知何时心中的情不自禁似烈火般令人心神不安,
也不知何时又发现身后的你也竟然如此,
爱让人真的难懂?

不知道我们的未来会怎样,
也不知道我们的爱是否会有结果,
爱让人真的难懂?

跳广场舞的人

时尚音乐又一次迎着,
萧瑟的秋风响起,
广场顿时又沸腾起来了,
胖的、瘦的,
高的、矮的,
男的、女的,
年轻的、年老的都赶来了。

举过头顶上的双手,
摇着、晃着,
双脚踏着、踩着,
眉开眼笑地跳起了广场舞,
社区居民日子富裕了
心里更甜蜜,
舞得更美!

无论是炎热的夏天,
还是寒冷的冬天,
无论是雨后的黄昏,
还是稍晴的早晨,
跳广场舞的男女老少们,
在每个音乐响起时,
都会如期赴约。

在这个社区广场,在文明祥和的社会生活里,
尽情地跳着舞着,
从不觉得疲惫乏味也从不厌倦,
仿佛时光也从不因他们而老去,
反而让整个世界,
充满活力希望,
显得更有朝气!

魏韡

又名魏国保。男,路口中学语文教师。1981年参加工作,1985年加入中国共产党。湖南省楹联协会会员,华中师大《语文教学与研究》特约编辑。

从前的乡里

从前　仿佛不设围墙
即使有　也不够高大威猛
邻里之间　气　息　相通
打更的鸡啼　此起　彼伏
炊烟懒洋洋　很撩人情思
彼此能互通碗里的菜点
放心大胆伸出你的筷子夹起
狗　也很亲和
乡里乡亲的　摇头　晃脑
甚至趴在肩膀哥们儿义气
菜园的稻草人很卖力
对付鸡呀雀呀什么的　很管用
黎明的空旷里
门枢发出木质的吱呀
和着咳嗽的声音
亲昵　朴素　动人

从前的锁　大大方方

在门外有模有样　明摆着
背地里不留心眼儿
准确无误告诉你　主人不在家
即使锁坏了　做做样子
放心走你的街串你的巷
心满意足听完古道完今　回来
间或哼一路乡间小调

从前的锁
不防君子　只防小人
矮矮的篱笆　虚掩着
等客串门儿

腊月的味道

一只脚踏进腊月
年味就香在嘴边
连问候都古道热肠
连阳光都变得古色古香

腊月是忙出来的　忙着
打糯米糍粑　酿米酒
忙得井然有序变着戏法
劳累而满足　腊月也是
腌制出来的　腌腊鱼腊肉
腌冬菜辣味
腌得活色生香　大饱口福
腊月又是熬出来的
从儿时到撑起这个家
再到儿孙绕膝　熬出
满头霜花　眼角鱼游
腊月　是民俗大杂烩
最亲情最乡情最生活
是情怀的皈依
真切　朴素　温馨

一想起腊月　冬天灶膛里的那一把
火　幸福感便油然而生
直抵内心　在梦里
满是乡愁的味道　年的
味道　娘的味道

腊月月亮圆得逼近故乡
生命的底色　牵动情肠
腊月的脚步　一挂喜气洋溢的
烟花　点燃回家的心愿
沿着腊八粥的味道　饮水思源
故乡那口老井
滋润心田

让人震撼的一躲

他的歌声屹立在央视舞台
这是来自社会最底层的呐喊
沧桑而坚毅，风吹麦浪
拂过原野
我拥抱父兄般宽厚的胸怀
紧紧握住他的双手
我的心震了一下，像闪电
刺痛了我的心
那是堆满老茧的手，锯齿和铁砧一样的
老茧，轮回
春夏秋冬酸甜苦辣
——这就是他生活的本钱
泪光凝聚着感动
当我提及他的老茧，镜头捕捉这一瞬
他下意识把手躲了一下
缩回自己的怀抱，害羞得像个做了错事的孩子
仿佛害怕谁揭他伤疤
又仿佛荒野空寂的两棵老树
生怕被谁斧钺砍伐

在民间，有多少
让人心痛长满老茧的日子
把人生磨砺，然而
他们时刻没有忘记用心发声
用歌唱滋润生命

一点点的美好

一点点　美好

一点点　幸福
一点点　满足
一点点　喜悦
就是微笑　也
一点点
就是忧伤　也
一点点
一点点　一点点
就够了　就好
一点平常
一点平凡
一点点的好
就那么一点点
一抹　一痕　一丝　一缕
浅浅的　微微的
柔柔的　淡淡的
恰到好处　微风拂面
多了些什么　太咸
多了些什么　太苦
多了些什么　太甜
多了些什么　太酸
水满则溢
月盈则亏
花娇则谢

多了　载不动
就像溪水中的一叶
纸船　轻轻地
装载童年的梦
有点甜美　有点朦胧
就那么一点点　多好

魏琦波

钻天杨——生命的强者

东风梳拢你翠绿色的芳头，
朝霞中挺起银灰色的躯干；
生命的强者——钻天杨呵，
春雨后大志呼呼直窜云端。

蓝天万里舒展着彩笺，
待你写下心灵的诗篇：
团结，是你的象征，
正直，是你的信念。

不会甜嘴石榴的阿谀奉承，
厌恶卖身紫藤依附财贵势权；
钻天杨呵——你是生物群中铁旗杆，
何屑一顾它倒栽槐之曲弯。
任它狂飙从天外降落，
纵使拦腰一折两断！
可谁又见你——钻天杨哟，
风暴中几曾背躬腿软？

凭谁剪下青枝一段，
你都会在泥土上子孙繁衍；
钻天杨无愧是生命的强者，
定也会在我心田中冒出嫩尖……

(刊于渭南县文化馆《渭河》，1981 年 6 月第 2 期入选《黄土地》，刊于《东方红》2000 年第 3 期。)

季节的寻找

当惊蛰的春雷震撼着心旌，
漫山漫岭的野花姹紫嫣红。
我曾经消散了理想的芳馨，
如今该不该放飞那只蜜蜂？

我随雨珠跳进干渴的田垅，
那里呵有她火辣辣的眼睛。
黄土为我捧上绿色的邀情，
她却替我写下亢奋的诗风。

何必自叹旅途上雨打梧桐，
霜杀的枫叶不正炉火熊熊。
快让我凝望那脆甜的果儿，
化一丝果香呵把秋色染浓。

假如说岁月终于冷落了我，
将我赤烈的心儿冻成坚冰。
那就让我追赶雪花的行踪，
呼唤春阳的瀑布泻进胸中。

(作于1986年11月6日夜。刊王老九诗社1992年第1期，《庄稼汉》入编香港银河出版社1998年12月版《东方诗萃》。)

花椒

山姑们称你花椒
我似乎从未见你开花
春风里将米粒样果实积攒在枝丫
从不追求外表圆润光滑
绿而不鲜亮
蓬勃不娇奢

有远朋来山地作客
时序正值盛夏
山姑掐你几片嫩叶
你便顺情地粉碎在刀下
凉皮儿因蕴含了你的细胞
明目爽心的感觉任客人品咂

深秋是山姑衣着换季的时候
你也将碧衫悄悄脱下
如火的情愫跳动在枝丫
照眼的丹心裸露给天下
最可忆岁月那冷的狂虐
你却给人注入了炽烈的芳华

在生地贫瘠的山崖畔
山姑对诗人说你是花椒
当春风再度徐来的时候
我却在寸舟里遥遥作想——你是山姑
绿叶飘逸着清凉的情怀
红果高唱着火热的狂想

(1997年10月16日，草于董庙小学。刊于2000年2月19日《陕西农民报》，入编《陕西当代乡土诗选》。)

美丽的太阳

是谁说黎明日出东海？
是谁说傍晚日落西山？
无科学无唯物的高论，
纯粹是一派谬语谎言。
自从你诞生的那天起，
太阳啊——坚守岗位，何曾下班！

你张扬理想的旗帜，
挺立在宇宙的制高点。
你恪守信念的赤诚，
亿万斯年光辉灿烂。
太阳啊——从不标榜，静默无言，
唯独你堪称大千典范！

当你的光芒辐射到哪里，
你的胸怀便扩张到哪里，
你的情爱便播洒到哪里，
你的灵魂便燃烧到哪里……
这茫茫宇宙间谁配作我心中之神？
——太阳啊，他便是您！

苔痕上阶绿呵草色入帘青，
青草併绿苔呼唤你；
二月杏花八月桂呵富贵牡丹凌寒梅，
奇卉併异葩呼唤你。
乔灌花草，一切的植物呼唤你啊太阳——
是您为地球母亲披上了俏丽的衣裳。

你从不独钟豪门高阁，
你从不鄙视柴扉小院。
只要每一双眼睛不瞎，你便会被看见，
只要每一颗心灵不癫，你便会被思念。
太阳啊——你无数金色的情丝幻化为手臂，
挽起每一个生命迈开双脚大步向前！

阴谋和黑暗联系在一起，
小丑和龌龊联系在一起，
结党和营私联系在一起，

专制和霸道联系在一起……
——一切见不得光明的东西畏惧太阳，
太阳定会撕破它们的画皮洞穿它们的心脏。

春风与燕舞联系在一起，
高尚与圣洁联系在一起，
幸福与勤劳联系在一起，
生命与创造联系在一起……
——一切美妙和谐的音符颂扬着太阳，
没有太阳便没有人间动情的乐章。

母亲的情怀是太阳，
一架纺车，冬日里彻夜作响，
嗡嗡的琴声为太阳而歌，是那样美妙，那样流畅！
父亲的坚韧是太阳，
牙关紧咬，嚼碎了多少生活的忧伤，
一张木犁，穿透了无数生存的羁绊，犁铧被期冀磨得铮亮。

我的母亲呵我生命的温床，
我的父亲呵我成长的脊梁。
如果说我是你们爱情酿造的太阳，
如果说我是我们家族繁衍的太阳；
请告诉儿子吧养我的父亲呵生我的亲娘，
——笨拙的双手应怎样灵巧，卑俗的灵魂当怎样高尚？

我常常喟叹战争的暴雨请不要淹没了太阳，
我常常喟叹贫穷的阴霾请不要吞噬了太阳。
当亡国的民族哭声一片，罪恶的炸弹摧毁了村庄，
当失学的儿童背井离乡，无钱的心脏窒息在病房。
——我们应该创造人类和平的太阳，
我们应该创造人权平等的太阳！

和太阳相比，地球显得何等渺小，
和太阳相比，人类显得何等渺小，
和太阳相比，家国显得何等渺小，
和太阳相比，生命显得何等渺小……
——呵朋友，渺小并不可笑，因为有太阳照耀，
让我们一起追求太阳，低矮自会迅速长高！

2005年8月23日深夜草于零原山舍石斋。

魏青

常用笔名魏保锋、艾路。铁路职工，文学爱好者。1993年开始业余创作散文、诗歌、小小说，作品散见于报纸杂志及新媒体。

播火者(外一首)

风，紧跟徒步者的步伐。耳畔，传来尘土紧促的呼吸！
目光所及，山的头发，山的眉毛，山的胡须。每一个毛孔
都透着，大山森严的气场
一滴露珠，乘夜色将季节悬挂，在树叶，在草尖之上
空气悄然变换着色彩，唤醒一切沉睡的生灵：冬去了，春来了
大自然将所有的奥秘，都藏在崖壁上
一株叫顽强的野花，金色的蕊丝吐着有思想的灵光

“不惧风雨。”“一切为了活着。”“生存万岁！”
一朵花鼓励着一叶草，一座山都感知了温暖

柴门内，灶火熊熊。一缕炊烟，袅袅给
天空所有的行云和飞鸟
火光透进竹林，脚下的路尚远。徒步者，加快了行进的速度
身后一条清晰的印迹，连一条鱼都看清了。海底何止两万里！

从南湖，到中南海。嘉兴的一只游船，不会忘记一群人
徒步者，原来你的使命是播火！

"将他们种在一座碑上吧。"
于是,天安门广场正中,长出
一种无形的崇高——似有佛光高照!
此时,
我真想站在金水桥畔,高呼一个政党和无数英雄的名字!

家·国·路

星空下,有灯火在闪烁。
一股强大的气场被日月托举。纵横十万里!
王国神秘。将领地延伸,再延伸。不露声色,却悄然布局,行走天下。

有不停的奔波和永久的忙碌。
有流淌的光带和滚动的春雷。
有宝剑出鞘和铁马冰河。
有爷爷的马头琴和奶奶的酥油灯,有父亲的胸膛和妈妈的吻,有妻子的窗前明月和儿女的千纸鹤。

有田园牧歌和竹笛唱晚,有高山流水和二泉映月。
时光脚步轻轻,由远及近,由近而远。
无人知晓,王者是谁。江湖上只承认一种王道,那就是:没有安全,一切免谈!

这里,没有统治者,只有横卧的疆场和守土的士兵;
这里,大路朝天,沿途:炊烟袅袅,柴门犬吠,山高水长,百鸟朝凤,五谷丰登,福禄有余,万家灯火,国泰民安;
这里,不论你走多远,都送你回家;
这里,终日人流攒动,车水马龙;
这里——

是的,就是这里,即便远涉万水千山,也不会忘记出发的地方。
是的,这里不是谁的王国。这里是奉献者的家园。
一朵名叫"铁路"的雪莲,在一座叫"中国"的大高原上,已笑傲百年生生不息。
二百万信众,向着一朵花,朝圣。

一切为了高原!

温小平

笔名风文。现居成都,自由职业者,好交友。爱好诗歌,对古体诗、现代诗都有一定的学习。

跫音

跫音响
自青石向晚的小巷
悠长悠长……
近了近了

微风掠过
一阵茉莉的芬香
还有丁香般的惆怅

而虚静落下
一颗心
从现实跌入想象

远了远了
消失了甚至
那如火的夕阳

空寂的沙漠上
远逝的驼铃
恍惚仍在叮当叮当……

火炬映红的青春

雨过了天又放晴
七洞沟归来校园风云

翩翩而至昔日的男神
岁月依稀牵动了年少的心
一把火炬映红了昨日的青春

操场坝上风姿飒爽
彼时有心，此刻多情
涓涓蜜语引得风亦来偷听
三十年光阴，恍若转瞬
少男少女的悸动仿佛仍在怦怦
三八线阻断不了同桌友情
曾经的打闹也成了美好的印记
云也轻轻，风也轻轻
一把火炬映红了昨日的青春

正街上的牛肉面馆

从记事那天起
你就一直在那里
当清真遇上了红烧
那种梦绕魂牵的味道瞬间扑鼻
多少游子的心被你挂寄
只为了那碗热腾腾的牛肉面
和那永远热闹的老场地
千年悠悠的文明门
城墙上的树都盘根错起
自古英雄就出在这里
它已不是一碗简单的牛肉面
早变成一个符号
一个错综复杂的印记
嵌入了游子深深的心底
青春，汗水，激情，泪滴
全掺入了这碗面里
回家，我要回家
坐坐那多年不变的老板凳
闻闻那满屋飘香的熟悉
回味下少年时美好的记忆
梦醒了，原来我还在遥远的异地
快找块口水布给我兜起

四季歌

春日游，桃花满枝头。
郎骑竹马笑逗，欲回首。
又恐奴非君意，心发愁。
左右却自顾，将花嗅。

夏水流，钱江弄潮手。
涛头浪尾身手，竞自由。
干柴偶遇烈火，风流够。
夜夜笙萧起，龙凤斗。

秋风飕，相思寄红豆。
梧桐深院几许，旧人愁。
沉鱼落雁羞花，入红楼。
沧海明月夜，人未休。

冬雪后，欢爱难如旧。
阑上泪痕干透，人空瘦。
何日八骏重来，西母愁。
玉树挂琼枝，可归否？

大话西游之悟空

一声　至尊宝
七彩祥云　大圣难搂
紫霞仙子　一滴泪
月光宝盒　带不走
悟空，勒死狗(lets go)
青春　莫回首
路　就在脚下
谁还在　大话西游

槐花之恋

小时候
故乡的路很长
够我在槐树路上任意徜徉

四月到了
槐花很多
让我能嗅着花香慢慢成长

长大了
槐树不见了
也再难见儿时的模样

现在呢
路变宽了变短了
两分钟就驰过了全场

文君

本名韩文琴。中国诗歌学会会员，四川省作家协会会员，四川散文学会会员。著有诗集《跌落云间的羽毛》。

白狐与山茶花的春天（组诗）

早安，立春

一朵山茶花，正穿过
黎明，绽放一树火红的春天
我匍匐于满地的白雪
一点一滴侵入，大地的心跳

仿佛暖流涌动，催生万物
沉睡一冬的虫子
逐一苏醒，有惊雷阵阵
直捣冰雪的穴巢

初生的痕迹，浮现于每一瓣叶片
从柔软的心尖掠过
它们穿过阵痛频发的甬道
诞生于白雪之上

2016年3月1日。

蝴蝶从记忆深处起飞

从饱含热泪的眼前
一闪而过的，不止是山茶花的春天
还有一只蝴蝶的前世今生
它们用轮回，验证生命的不朽

在极尽寒冷的季节，深埋一种宿命
等待，脱胎换骨
这是怎样一种涅槃啊
种子，萌芽，以及含苞待放

当它们穿过寒流布下的死亡之境
在蔚蓝色的血液里
所有的坚守
都是扑向，这火一样的生命之旅

2016年5月6日。

离地三尺的阳光

生命的相遇，是这个世界上
最为惊心动魄的碰撞
炽热的火焰，越来越热烈
它们盘旋于每一朵山茶花之上

这离地三尺的阳光，正用凌厉的眼神
注视芸芸众生
爱或者恨，生或者死
以及，人间的善恶、美丑

而我所有的念想，不过是
不过是坚守一份理想，深埋所有的过往
在阳光的照耀下，走过尘世之痛
在无人抵达的地方，洁净安详

2016年6月7日。

精准的告白

我必须以狐族的名义告白天下
人间的善恶，绝不适用于山茶花的春天
你看，尘世里那些欲加之罪
正一点一滴侵蚀过来
任我极尽一生，也无法摆脱这无妄之灾

灵异的世界，所有的白
都源自于对冰雪洁净般的向往，而人类
将贪婪、掠杀、残忍
逐一强加，令这个人间

早已面目全非

如果人世间，还残存一丝人面善心
那将是莫大的造化

2016年7月10日。

趋暖

属于我们的世界越来越小了
那些无处藏身的雪，都融化成一滴滴热泪
遍布身心，终是无迹可寻

无论曾怎样热爱一地洁白
那燃烧成火一样的爱情
一样会坠入深渊，被时光无情遗弃

当所有的拥挤还原成稀疏
白昼还原成黑夜
路过春天的人，就会回到寺院的钟声

2015年2月6日。

翁志勇

中国2004年度网络实力派作家，中国爱情诗歌诗人，中国80后主要作家阵营要员。1982年出生于四川宁南县，2006年6月毕业于四川汶川县阿坝师专中文系。山东青年作家协会会员，北方作家创作中心高级创作员，中国校园作家委员会会员，中国当代优秀田园诗人，《中国文学艺术报》编委，《长江文学》编委，《超然诗刊》特别记者，岷鹰文学社总编、主编。发表诗歌作品1 000多首，荣获全国各类赛事一、二、三等奖以及作家奖、佳作奖。

阳光

心为何飘渺
让风乱了方向
生活的感伤
生活里的阳光
击碎了梦想
挂念
会像风一样清爽

岷江

一条没有爪子的龙
游荡
我看不清你的方向
耕耘了李冰父子的视界
填补了姜维护主的空白
我走近你
我不奢求有一种激情
淋浴的丝巾
一样的清柔
女人般的思绪
你从不发怒
静——出奇
幽幽的水境
我抓不住你的手
放入我心
睡了多少个世纪
依旧
眼亮如水
是一首歌
在心底响起

正义歌记任长霞

风在哭泣，雨在滴，深深地呼唤。
梦去了，天明了，挥手，
哭述的泪——会回珍，

你光荣的世界，接纳了爱的中心。
照亮了这片圣洁的土地，

天阴阴的，脸灰灰的，山在摇，水在裂，
哭声——在呼唤你，只有撕裂的气息，

回来吧，风轻轻，雨茸茸，脸灰色的世界，
真的哭了一个世界，

大江东去，卷不去你的笑姿，

天阴阴，
雨沉沉，

一路风尘，让心哭，
让心碎，风雨人生，
你是最珍贵的花神！

我爱你

爱的不经意，说一千次——我爱你
却换不回一颗完整的心，在打结明天，风景的晨夕
是一片夕阳风景，痴心的绝对，无缘的相对，
恋红尘，红尘恋，

怎么交心地问？
吻住岁月心痴的声音。
怎么滑动，爱的指针轨迹！

带走祝福

又是一个盛夏的星辰，满载星辉的月，
没有孤寂的音符，凝结了风尘，
自由中尚可呼吸的一切，
也不是一种又一种的刻意的东西，
在无声中回珍，在巧遇中裂结，也深系着情！

爱的无绪

只有眼中仅留的想象，才可以告诉光的思绪，
温柔的风携带，祝福的言语，守盼的言语，
守盼一个世纪，要爱填补风雨中的星辰，来来去去，
或可以回首，一个信念，打开心守望的冬季，
有阳光约爱前行，放弃一场自私，打造一条小巷，
要自己恒久的眼里，装下一份无头绪的爱，
爱的深沉，爱的真挚，如风似雨，
或编织爱的花环，织一个半个太阳，
伴夜里一 个清风的月亮。
走一程，望一路，
爱深吻住风中丝丝细雨。

选择了空白

没有最好的代言词，要说心中的不平，
哭，哭红了眼，哭干了河，怎么平静，
伤后的雨季，一滴又一滴，跳跃的屏，
怎么划开爱的温存！

诗歌的钟爱

一个方块字的魅力，有一种蕴聚的力量。
在意境中探求一种安息，在语音的组合中，
宣言一种情操，绘心的眼神，
总能看见山的豪情。水的阴柔，
人世的烦杂及心情，也魂迁幽梦，
说不出为什么要拿心的坦诚，换取一个字的真实，
写放的位置很真实，注定比赏花都要烦琐些。

吴本忠

苗族，1962 年生，湖南城步人，中学语文高级教师。中华诗词学会、湖南省诗词协会、湖南省作家协会会员，诗刊子曰诗社社员，邵阳市诗词协会、邵阳市楹联学会常务理事。

窗外，月色无人欣赏

窗外，月色无人欣赏
想象她静静地流过窗台
流向凄苦的田野
流向寂寞的山冈
不会有人来敲这关紧的窗
想象一朵美丽的孤独
一瓣瓣凋谢
落地有声轻轻回响

岁月

——写给五十岁

有时候总感觉
岁月从体内涌向体外
世界在我热切的注视下
突兀成遥远而又亲近的山峦
当太阳的色彩、月亮的色彩
匆匆抹过第五十个沉默的山峰
生命便将岁月的音符
演奏成一段从不经意的乐章……

春天的阳光

一种好心情
比桃花鲜艳
比柳絮轻盈
就像我们从早晨出发
就像我们从童稚出发
走在回家的路上
走向母亲的怀抱
一生一世
让我们感恩……

秋天的心事

一株苦等仙缘的秋菊
捧一团多瓣雪肌
一层一层向内开启
直到千年寒气凝华
才吐露惊怯的心事

当月华和这素洁的心事
重印在旧屋的老墙上
不眠的断尾壁虎
如独行侠履险如夷
虎啸龙吟般猎捕而来

冬天的太阳

太阳拖着疲惫的步子
从懒洋洋的地平线
向我走来……
太阳举着神奇的魔杖
从光秃秃的树梢
向我打来……
其实太阳和我
坐在同一条门槛

无题

从日出到日落
是所有生命顶礼膜拜的
幽谷——
涵着歌声
涵着沧桑

给妻

我又梦见你了妻
当我走了远路
带着满身伤痕和尘埃
回来的时候
你用泪水
洗涤你的男人
浇铸你的男人
当我重新站起来的时候
你便默默躺下
躺成大河的姿势……

梦回家中

梦回家中
太阳和月亮
在屋檐上沉浮
温情将我包裹……

妻倚门而立
用温热的笑
给我某种暗示
彩蝶的翅膀
倏地
消隐于宁静的天空

山风一路歌唱
从屋后小径跑回
一双儿女将红花绿叶

洒满一屋
洒一地的阳光和童话

父亲眯缝着眼睛
注视门前的小路——
石块与石块组成的图案
简洁而吉祥

将时而清晰时而模糊的心愿
铺向
梦与春天接壤的地方

母亲怀抱幽幽月光
坐在门槛
音乐的情节
在倒叙中轻轻展开……

吴伯贤

网名alexander。1946年生，1970年毕业于北京外国语大学。长期在军队从事外语工作，中校军衔。1989年转业到机械部从事广告宣传工作。2006年退休于北京。著有4万余字的自传体长篇散文《粉红色的回忆》。喜欢研究古体诗与白话诗相结合，独创一种贤体新诗。反对废话诗和老百姓看不懂的朦胧诗。

创作心得：利用古体诗的余音未尽，展开白话诗的续篇，拓宽古体诗的韵律和篇幅限制，依托古韵，发展天籁之韵，充分表达作者的意境。或将古体诗置于白话诗之后，使白话诗主叙事，古体诗起到画龙点睛之作用。二者相互补充、相得益彰。

诗的源泉

新诗百年，成效显著。不少新诗，联系实际，人们看得见，摸得着。
大家读了能够引起共鸣。这就是好诗。瞧：微信群友纷纷献花喝彩，
这是最好的明证。
可是当今的诗坛上，有的诗仙，脱离了实际。吟出的诗啊，简直像天书。
读者们啊，雾水蒙蒙。我这70岁的老朽，难道墨水喝得还不够？
人们尊敬你们，称你们诗仙。你们却像天上的彩云，虚无缥缈。
发表的作品，平民百姓谁也不懂。可是我知道，你们在说：乖乖你别懂！

啊，仙人们呐，我曾拜师学艺，练得一双火眼金睛。
我一看，你们确实不同凡人。你们的诗，都是带着酒兴。
难怪我们的诗评老人，要把你们的诗抨击为废话诗。
他们说看不懂，读不懂，听不懂。不知道你们写的到底是什么西东。

哈哈，只有我能读得懂。当今的诗坛为什么出不了李白杜甫？
不是因为好词好句已被用尽！那是因为你们远离了劳动人民。
你们的眼中都是机器人。与他们交流，反映他们的疾苦，
这在语言上确实需要翻天覆地的大改进。
你们创造了隐肚语，劳动人民当然不懂。

因为我能钻进你们的肚子里，听得格外清。
你们的心脏在剧烈地跳动。即使有点栓塞，可用陈年老酒把它化开。
但我发现，你们的诗，不靠酒的功力。因为你们的语言，一点也沾不上酒的文化。
倒是有点像那断了线的风筝，在那宇宙中信天游啊游，据说又发现了什么奇怪的黑洞。
你们的遗词造句，真是美妙绝伦。弄得不少新诗人顶礼膜拜。
天呐！若是天下的诗人都成了你们这样的诗仙，那么普通百姓还能读点啥?!

真正的酒文化是这样的:应该像剑兰诗人那样,酒后吐点真言,流点真泪。
别去空谈什么石头啊,他们在散步啊! 也不要把人倒过来,去吻什么大地!
你们有什么不好直说? 你们别把我们老百姓蒙得丈二和尚摸不着头脑。
不过,要想抨击一下当前的歪风邪气,这又未尝不可。这可是老百姓求之不得的好事。
可是,你们的笔法也得改一下,不要那么艰涩隐讳! 否则,会把年轻一代带上歧路。

因为他们只有跟着你们才能发表他们的作品;只有达到你们的水准,才能称得上诗人。
我这七十岁的老朽,用不着与你们去争那个名与利。
我的心中只有一个信条:诗的源泉,在那老百姓的生活中。

我要颂扬他们,我要和他们一道,吟出一曲新时期的贤体新诗。
我的诗,我的散文,不学那些诗仙们使用天书般的语言。
我要用老百姓那最最朴素的言语,写出他们的喜怒哀乐。
阳春白雪也好,下里巴人也罢,咱们来个:百花齐放,百家争鸣!

2016年3月21日于北京。

初恋

凤凰展翅般的裙摆,被风吹得猛烈地飘啊飘。
初恋的你,露出了令我心花怒放的笑。
高考结束后,我约你出来聊一聊。
这一天,在我的记忆中永远不能被抹掉。

你带着我来到了母校的一个角。
还说考不上大学,一道去新疆。

出乎你的意料,我的突然袭击差点把你击倒。
我往你手里塞了张早已准备好的小照。
没想到,刹那间,你像泥人一样浑身发软,差点要倒。
我连忙将你扶住,你跌进了我的怀抱。我没有喝酒,但我醉了。
从此以后,你的影啊,一直在我的眼前飘。

运动中,你走你的我行我的路,
不知不觉,分道扬镳。
五十年间,互不知晓,
但是梦中,经常萦绕。
我拜师学艺,学得灵魂出窍。
鬼使神差,你的影经常拽着我徘徊于母校。

分别五十年后回到崇明岛,
与大家一起相聚母校。
我们这些七十岁的人呐,相互不认识了。
你瞧我,鹤鬓童颜;
我看你,仕女般的脸,换了一副新面貌。
唯一不变的,是你手中的那张小照。
……

初恋本是一奇葩,
如今满脸皱巴巴,
各问对方别后事,
四目相对闪泪花。

2016年6月3日于北京。

露珠

荷叶盖满塘,水天两相隔,露珠闪金光,花朵迎贵客。
绿叶捧鲜花,诗人吟颂歌,露珠不显赫,无人把彩喝。

露珠在等待,等待最美的您的到来。
虽然您是赏花来,可我露珠是为您的到来,才在这里等待。
虽然无人理睬,可我仍在荷叶上翘首以待。
荷爱我,我喜荷。我每天凝成一滴露珠,在那绿色的荷叶上活泼欢动。
在那强烈的阳光下,虽然只有转瞬即逝的晶莹剔透,但这是我一生中少有的辉煌。
我将它献给默默无闻的荷叶。

我与荷叶短暂的一生,都是为了荷花的艳丽开放。
我不会因荷花喜人而卑微,
我不会因荷花得志而失意,
我不会因荷花快乐而痛苦,
即使我的生命比荷叶还要短暂。

2016年6月4日于北京。

傍晚散步圆明园(二首)

(一)

天气不冷又不热,傍晚散步圆明园。西区像个迷魂阵,走走走走,不知不觉丢了魂,莫非得了老年痴呆症。

太阳离我去,闹得回路搞不清。走着走着,不知怎么又到了老地方。这里曾被八国联军捣。顿感四面楚歌,鬼哭狼嚎。心里急得不知怎么表达好。打个120,人家也难找。欲知后事咋个样?且等明日微信聊。

2016年5月27日24:00于北京西苑医院急救室。

(二)

太阳离我去,散步圆明园。小桥二百座,只剩一残桥。全园四十景,都被联军捣。月缺能复圆,旧景靠画瞧。
园子像迷宫,走走迷了道。忽见野猫窜,吓了一大跳。莫非冤魂闹,顿觉鬼狼嚎。一阵眩又晕,旧病血压高。
忽来一小姐,漂亮又苗条。胆敢孤身游,百度把路找。跟着出了圈,各奔东西道。担心游人疑,未交女向导。
胸口有点闷,快往医院跑。无奈行走难,出租汽车找。住进医院里,保住命一条。欲知以后事,明日微信聊。

(2016年3月28日晨于北京西苑医院急救室,且发绝笔手枪诗给黄永健教授,因病顾不得押韵。黄先生立即转发给了我的诗友。诗友给了我与阎王周旋的力量。)

附我在急救室给黄永健教授发的绝笔手枪诗:
人
死
或早
或晚
别卧轨
要挺住
人生百年
让花开够
生来为了啥
为人民服务
诗仙呀
慢点走
跟你学一手

(吴伯贤手枪诗绝笔,2016年3月28日晨于北京西苑医院急救室。因抢救顾不得押韵!我想起了卧轨自杀的新诗诗人海子。)

老大难

——致我那苦难深重的同胞弟妹们

老娘年迈
风烛残年
又一次住医院
子女共五人
四个农民
住院全靠金钱
农民穷
兜底朝天
弟妹们
电话联系
请哥遥控

呜呼
这个要哥
逼逼谁谁谁

那个也是
哥呀没办法
成了钟馗
大家都是穷人
哥压谁
谁能服哥
上一次
满树的果
哥已独吞

君不知

树上的果为什么苦
大哥心里最最清楚

同胞兄弟何必相煎
人生总共不过百年
岁不饶人已近古稀
不必相斗都得归天

2016年3月5日。

海

海浪起起伏伏
洋洋得意地围着
千年佬——崇明岛
大潮来时
与岸齐高
决堤之祸
祖上尝过
千年佬被海
捆住了手脚

如今有了桥
千年佬
上了祖国的大高速
是谁捉住了
海的龙王爷
倒海翻江
解放了他
瞧：
南北隧桥通，
只要十分钟，
崇明千年佬，
成了孙悟空。

2016年7月9日晨。

吴光红

网名吴先锋、风过无痕、他乡痴梦。男，70后。中国乡土诗人协会会员，中国南方诗人学会会员。有诗歌发表于《中国民间好诗2016》《秋之韵》年刊以及《蓝陵诗刊》《诗影响》《诗歌稽毒 远方》等报刊。

老屋

只有远距离　才能闻到
老屋的气味
用一杯酒　可以赎回
老屋蕴藏的往事

古董的老屋　经常光顾着异乡
那些张开的裂缝
或许是　父母
不曾瞑目的忧伤

老屋早已没有人居住了
只有流失的童年
在寂寞的房间张望
低矮的土墙装饰着太多艰辛的梦
猫洞漏走了父亲　也漏走了母亲
还有依依不舍的时光

老屋一直站着
像父亲望不够的目光
黑色的墙壁脱落着老去的思念
一年一度的落叶和蝉鸣
是无言的呼唤
没有牙床的老屋

啃着我疼痛的故乡

故乡是一个回不去的地址

故乡是一个回不去的地址
所有寄出的思念
有的退回了梦里
或者用一场淅沥的雨水
淋湿了窗外的记忆

那些有了乡愁的小路
已被岁月肢解
只有童年
还残留在长满草丛的故地
用一杯冷却的苦茶
或一盅有了醉意的酒
可以临风唤出

我知道所有的回首
再也没有笑的滋味
因为漂流的海水
看不到固守的航灯
走远了的母亲用一丘土塚
封锁了梦回的门

只有远眺
像那颗临夜而出的启明星
寂寞地伫望心疼的方向
不再寄托
信鸽和飞雁

九月

九月，想走进山里
九月，一直没有零落的雨水
我坐在有树荫的池边
陪着姹紫嫣红的蔷薇
扭曲一条条有亭阁的小溪

九月，所有的阳光抵不过一轮满月
只有桂花的芬芳
叩响幽幽的古巷
收起纸伞的女孩，在断续的蝉吟里
依窗眺望远方

曾经刻入肋骨的山路
蜿蜒从荒芜的草里爬了出来
而掠空飞远的雁阵，又一次
错过了故乡

九月，再也没有百鸟和鸣的黎明
只有山里飞来的野鸽
躲在低眉的愁绪里
啼一声归归
落叶
就纷纷扬扬

吴丕丽

笔名偶然。四川省泸州市人。中国唯美火狐论坛版主。诗歌、散文作品散见于《佛山文艺》《丹荔》《三湖诗刊》《酒城新报》《川江都市报》《微光诗刊》《泸州文化》等报纸杂志和多个微刊。偶有作品获奖。

母亲

走在没有你的雾雨迷蒙的路上
怀着乡愁
年复一年

曾经，我的脚印迤逦
我的行囊孤单
身后总有你一束暖暖目光
追随我插上双翼

多年后的城市，午夜
我总梦见
梦见故乡那条山路上
你还在等我
还在急切地向来处张望

稻谷飞起的颜色
鲜艳却遥远
我无法触及
惊觉中，我和你相拥
直至日出日落

父亲

曾经，故乡的田野里
你塑造着四季
四季塑造着你
当，汗水的芬芳掺着收获的喜悦
一节节装满箩筐
你幽幽点燃一根烟
吐出的烟圈被风轻轻一吹
涌动如你周围的麦浪

那时年幼的我，在路边走动
偶尔踩过一些柔软的麦穗
或怀抱一捧麦穗站在你身后
细微的尘埃，浮上脸面
生命在这种场合感动着生命
时间比想象中迟缓

很多年以后，每到金麦飘香
我就念起你，父亲
念起这些永不再来的日子
并常常为些热泪盈眶

怀念祖父

越来越近的山路，偶尔
被风里跑着的芦苇花迷了眼
母亲的手
紧紧拉着我深秋的衣裙

老房子很空，很静
惟那把老藤椅独守屋角
残，破
落满时序的灰尘

每次回来，目光总要在它上面停留很久
看到它，祖父手扶藤椅的姿势就会一再涌现
那是一个稻花飞扬的黄昏
晚霞铺满天际
他靠着椅背为我讲唐诗念宋词

我歪着小脑袋似懂非懂
照例上香，烧纸，跪拜
母亲说着一大堆祈福之类的话
而我，透过缓缓飞升的氤氲
仿佛又看到祖父坐在藤椅上摇呀摇呀
就这样摇完他的一生

态度

他老了
终日坐在门槛
不再“吧嗒，吧嗒”抽着土烟
也不再反剪双手
从这座山头走到那座山头
在田野里查看风向
拧去叶片上每一条青虫
拔除那些杂草，稗子
期待花开结果，或
白天劳动，晚上喝酒
把蓝瓷碗频频举起
月光哗哗晃动屋后的树影
看堆积的谷物高过竹窗
朴素又富足
这个时节玉米地又种满油菜
大儿子和小儿子几次催促搬去镇上
他总是摇头
偶尔回家见他
仍独坐无语
似极一头安详的老牛
在西风下慢慢咀嚼余生

伊诺

原名范翠华，女，现为黑龙江省生态文学艺术作家协会会员，伊春文学工作者会员，作品发表省市级文学纸刊及网刊。部分诗歌收录《中国当代诗人代表作名录》、《当代诗人年鉴》、《中华文学》、《中国当下诗歌现场》等。

《石莲花》(外二首)

突然

一颗坦荡的心
可以见底骨子里的清澈
那一句谎言
不知道需要多少时间去修复
面对乌有的坦白
让四月的天地涌起寒潮
在阳光下，大雪纷飞
突然封冻了眼前三千里江河
起风了
吹过每一个可以穿过的路口
一枝百合摇曳纤弱的身体
孤单的等在风中

七月

一场场花事凋零之后
枝头上泛起的青涩
渐渐饱满起来
风中摇曳的枝条
不再虚无缥缈
繁花落尽的尘世
越来越沉重
每一粒种子
都无法躲藏在象牙塔里
在黑暗中孕育脱俗的唯美
面对土地
渐渐躬下身子的稻穗
正在七月孕育成熟
阳光下
一切事物越来越清晰
一串鸟鸣划过低下的云层
移动的影子
滴落于七月的黄昏
远处只有梵高笔下的向阳葵
填满岁月的沟壑
尽管人世间
那么多倒立的目光
可那些向着太阳微笑的花朵
还是在沉默中缓缓舒展
一个季节的盛开

石莲花

这朵莲
是从观音山带回来的
晶莹剔透的花瓣
装满慈悲
装满观音庙里袅袅的檀香
融入的灵性
于斗室之间
躲过尘埃
躲过外面的风声雨声
净与静
抵达灵魂深处
从观音山回来
风中的风住了
雨中的雨停了
尘世里的一颗心
也慢慢沉了下来

吴晓敏

网名江南诗客。景德镇市作家协会会员，景德镇网络作家协会副秘书长，《昌江文艺·诗歌版》编辑。已发表诗歌一百多首。

诗观：认真生活，用心写诗。

春天，在景德镇阅读与行走

我又经过了一载岁月一个新梦
在春天的镜子里，内心充满了期待
我正正衣冠，拂去身上的尘埃
我渴望用清明的雨露沐浴
在春暖花开的景德镇里阅读与行走

如果你曾阅读，是否记得
“浮梁歙州，万国来求”，又是否记得
“商人重利轻别离，前月浮梁买茶去”？
如果你也有诗情，何不前去喝春茶
浮梁山高水清，民风淳朴
随便一处便是宁静之地，一本书、一杯茶
让你真正体悟到生活中的真善美

我脚踩春泥，带上被春茶洗涤过的灵魂
一边走一边阅读景德镇的山水与土地
“陶舍重重倚岸开，舟帆日日蔽江来。”
那是历史的繁荣与记忆，如今是
“沿江大厦连云立，屏翠南山映碧波。”
如果你心中有梦，何不来景德镇看瓷器
当你徜徉于瓷海中，惊美唯恐不似人间

我继续阅读与行走，感觉到春日的饥渴
春日的饥渴来源于人民的灵魂
需要突破，我发现
每一页馥郁的诗篇都是人民写出来的
每一幅素描的美景都是人民画出来的
他们的双手不停地翻动着书页
我看见他们的梦哒哒地奔跑了起来

景德镇，我遇到的是一个多么令人振奋的春天啊
二十四朵花集中了梦的表情和所有的爱
开在你的城市，开在你的乡村，开在人民的心中

吴燕青

1984年生于广东河源，现居香港，中西医临床医学学士，中国语文戏剧教育硕士。《香港诗人》责任编辑，做过医生，现从事教育工作。作品散见于《河源日报》《河源晚报》《香港诗人》《城市文艺》《香港作家》《中国散文诗人》《紫金文艺》等报刊。

外婆的鱼腥草

你在墙角田野溪边
开着淡淡白花儿
撑开心形绿叶
虔诚地向大地问好

半百的外婆牵着我的小手
走过墙角田野溪边
她蹲下身
轻轻摘下一片心形叶
把一片墨绿放在我的小掌心

外婆说你是个小勇士
金黄葡萄菌病毒流感都怕你
外婆的话我似懂非懂

心里却渴望做个小勇士

八十的外婆病了
又咳嗽又流涕
我穿着白大褂
把一瓶鱼腥草液
注射在外婆的静脉里

我想起了
墙角田野溪边
你开着淡淡白花
撑一片片心形叶
虔诚地向大地问好

外婆牵我小手
把一片心形叶放在我的小掌心

春天，我打江南走过

春天，我打江南走过
乘一叶小舟
看初春的明媚
摇醒山的沉睡
闻一碧江水
盈亮一树花香
听烟雨微波柔诉
山水盟恋

我迎着黎明之光
赶在大地诞辰之日
揉白云的白
濯缘水之缘
缝一袭素羽云裳
集月之华光罩在莹袖
汲露珠的晶澈绣在裙腰
採百花的俏缀在裙裾
春天，我打江南走过
乘一叶小舟
越过千重山
碾碎万顷波
徐行在雾珠烟海
托清风舞动百褶云裳
赶在大地诞辰之宴
送上春的贺礼

寻她

向白云打听一位母亲
想知道是谁做了她的孩子
并托晚霞告诉她
我一直走在寻她的路上

别猜我是谁
我只想知道是谁做了她的孩子
并想谁她知道
我走在寻她的路上
已走了三十三年

时光

眨了下眼
头发就白了

抬了下头
牙就掉了

弯了下腰
背就驼了

转了个身
你就不见了

母亲的电话

故乡的母亲
为她的鸡们
建了一座花园
让它们在庄稼地
吃吃虫子昆虫
啄啄碧草菜叶子
亲亲泥土溪水
吸吸负离子新鲜空气
整整 365 天
那鸡才算长大了

然后母亲拿起电话
她假装拉家常地说
家里的鸡长大了

不是一天一夜的事

不是一天一夜的事
门前的山被一场又一场莫名大火燎光
速生桉树覆盖了光秃的位置

不是一天一夜的事
丰盈的乳汁一滴一滴挤出
乾瘪了那引以为傲的峰体

不是一天一夜的事
水一滴一滴地流进去
风一阵一阵地吹进去
尘埃一粒一粒地漂进去
那挨近胸骨剑突的位置
血栓故作低调地安静

不是一天一夜的事
河流的水睡了
湛蓝的天空抹了烟薰妆
得了骨质酥松症的大山大口喘气

繁华带着苍凉入梦

灯火如星光
夜色正阑珊
一片光彩陆离
映照着息息不止的生老病死

一个城市病了
流落成隧道的露宿者
白天睡觉
夜里徒步

黑夜穿过黑夜的身体
在灯火阑珊处寻找自己
繁华带着苍凉入梦
在悲喜交集处开花

鱼的呼吸

月色俘城深海缺氧
一尾鱼跳出海面
徒步到一座高山上
为了一口新鲜空气

它在大树下张开肺叶
用心脏的血脉呼吸
想像骆驼一样在沙漠遇到
水草丰沛的绿洲
把救命量食储存到安全的驼峰
它把肺叶扩张成巨网
用心脏的血脉拼命吸氧
把整座森林的新鲜氧气
带回大海
分给缺氧的湛蓝

在她幸福之前把痛痛了

水晶高跟鞋
在月华中灼灼生耀
明天,女儿要出嫁了

拿起那措巧的鞋
这比平常小一码的鞋啊
你会弄痛我的女儿吗

我费力穿上
跌跌撞撞地在客厅走了一圈
又跌跌撞撞地走了一圈
再跌跌撞撞地
走了一圈又一圈
直到月亮睡熟了

我只想在她幸福前，把痛痛了
把鞋撑宽一点点
把鞋穿软一点点
把鞋穿柔一点点
在她幸福前把痛痛了
让她幸福地做新娘
让她步入幸福的殿堂

吴韵涵

女,2005年生,现为上海市建平西校预备班学生。热爱阅读,喜欢写作,刚刚开始尝试写诗歌。小学就读于浦东新区第二中心小学,在班主任冯玉黎老师的影响下,热爱阅读,勤于写作,先后在《学生导报》《浦东时报》《中文自修》等刊物上发表习作十多篇,并开始尝试写诗歌。作品《一条小尾巴》获得2016年第二届当代小诗人提名奖，并入选《六一的诗 诗的六一》专辑。跟随上海民间诗人到无锡荡口采风，写作《游无锡荡口》；在浦东图书馆听王树增将军讲座"长征精神的当代价值"后，写作《冲锋号》。

一条小尾巴

我有一个好姐妹
我们一起玩游戏
一起写文章
一起喝下午茶

玩游戏时
她是个听话的小妹妹
写文章时
她是个循循善诱的大姐姐
喝下午茶时
她是我的好闺蜜

她呀，就是我的妈妈
每天
我都愿意和她在一起
做她的小尾巴

2016年5月8日于黄浦江边。

冲锋号

今天，我在浦东图书馆
听王树增将军讲长征的故事

一个孩子吹响了冲锋号
草地上
喇叭花唱起了战歌
草鞋走过的地方
开出一朵一朵嫣红的花

一群战士举起了喇叭花
天空中
透出鲜亮的红色
同学们的红领巾上
倒映出了他们的身影

出操的音乐响起来了
仿佛是冲锋号
再次吹响
那是革命烈士在召唤我们
去完成祖国新的长征

我坐在会场里
跟着将军
走在长征的路上

写于2016年8月20日。

游无锡荡口

无锡荡口
一个典雅的古镇
溢出江南的味道

柔柔的水
调皮地逗着小鱼
一会儿穿过各式各样的桥
一会儿撞上渔民摇着的船
一转身
又去和小鸭子玩了起来

那别致的老房子就是江南的化身
白色的墙体
三角形的屋顶
加上灰色的瓦片
最后挂上红色的灯笼
真是别有风味

无锡荡口
像妈妈的味道
使人感到安详

2016年8月12日晚于无锡荡口。

伍仲池

广东省台山市人。台山市文联会员。业余坚持写作数十年，若干小说、散文、诗词作品发表于市级以上报刊。

秋风·秋雨

秋风携着秋雨，
悄悄地走进你的梦中。
秋雨随着秋风，
轻轻地融入遍野朦胧。
身边飘过阵阵秋雨，
就像披上湿润的秋风。
秋风与秋雨，
相拥着流连川洲峰丛。
秋风扶着秋雨，
用片片黄叶铺设大地情衷。
秋雨挨着秋风，
用涓涓细流汇集甘露无穷。

你的理想，
如船帆远航一路乘风，
你的生活，
似鲜花盛开万紫千红。
秋风笑看秋雨，
那湿漉漉的面庞似乎是善良的心声。
秋雨枕着秋风，
那凉爽爽的臂弯仿佛是幸福的苍穹。
啊，清清秋风，
带走你的劳累和伤痛。
啊，绵绵秋雨，
滋润你的心灵与颜容。
秋风托起秋雨，
让你展望多情的天空。秋雨沐浴秋风，
让我品尝生活的香浓。我的思念，
像徐徐秋风慰抚你心胸。
你的柔情，
若细细秋雨投入我怀中。
秋风追着秋雨，
轻快地抛落脚步匆匆。
秋雨带着秋风，
潇洒地留下记忆重重。

伍晓芳

笔名雪中佳人。一个把生活过得和诗歌一样随性、安然而明净的女子，从事语文教学工作。江西鹰潭市作家协会会员。在全国各级报刊、网络以及众多微信平台发表作品三百余篇。出版个人诗集《南方的雪》，若干作品还收入《当代诗百家》《花开的声音》《红崖艺苑》《阡陌竹影》等诗歌合集。

时光如水

都说时间如水
不会停留在同一个地点
奔流不息的脚步
会把你眼里的一切风景改变
过往，成了不能逆流而至的彼岸
和目光永远无法触及的画面

时间，还会
把一切细枝末节、浮萍落花冲走
给你留下一个越来越空白平静的水面
就算过于庞大和沉重的记忆
在时间的流里沉淀下来
也会被洗濯得光滑圆润
没有了曾经的刻骨铭心

可是
为什么有的东西永远都是棱角分明
哪怕远远放置在梦里
还是会把心硌得很疼
很疼……

风过荷塘

荷叶田田，荷花婷婷
你用恬淡的姿态铺展开一幅静美

在赞赏的目光中暗香悠然

侧耳倾听，倾听
隐约听到远处一阵风的声音
正被你吸引
靠近，靠近
风，吹皱眼波，吹起裙裾
吹乱了你一池心胸的安宁

你微晗着点头
矜持地不让人看出
你的心旌动摇
根，固执地扎在泥土里
坚守着你的贞节

风波过后
依旧田田，依旧婷婷
谁也没看见
风吹过后的痕迹
只有一丝苦，一丝甜
悄悄地结于莲心

转身

阳光很美
直视，有些刺眼
只要不躲进云层
转身，也能感受到温暖

梦想很美
伸手，有些遥远
只要还开在枝头
转身，也能闻到生活的香甜
有些路，如果不能继续
停步并不代表背弃
转身，是开始更深的怀念

失望

失望，是一条看门犬
在我靠近柴门的时候
不停地朝我“汪～汪”
我害怕失望，正如我害怕狗
它会比狗咬得更痛，更伤
可我，很想去柴门里找一口水喝
以滋润我这有点干枯的生命
干枯的生命是可怕的
不能开出美丽的花
不会被人插在客厅里
尽管这没什么意思
干枯的生命
有时会被人用冷漠的眼光折断
或是揉碎在地上
所以，我要继续靠近柴门去找水喝

面对不听警告的我、不懂进退的我
失望，像一只疯狗
扯我的衣服，咬我的腿
然后把我扑倒，啮我的脖子
可是，在鲜血淋漓的刹那
我还是不忘往柴门瞟一瞟

武斌

1971年生，男，汉族，山西临猗人，1996年毕业于成都理工大学，地球物理高级工程师，理学博士。已公开出版《地质人在旅途》《乡土乡音》和《成都拾遗》三本散文集，作品曾多次获奖。

相思，在尼日尔河上荡漾

风带着雨穿越丛林
降落在这片干旱的非洲土地
鸟儿唱着歌从山那边飞来
栖息在驻地桉树的枝头
思念从祖国飘来
弥漫在我的周围
回旋在尼日尔河河水中

人来人往

匆忙的脚步暂时忘记了沉思
夕阳下的漫步
我的爱人已在深夜中沉睡
思念从我的故乡悄然而至
在心中升腾
回落在脚下的尼日尔河上荡漾开来

2016年11月5日。

武晗然

立信学子，追梦稚子。

创作理念：喜以笔与镜头记录生活，愿为文字癫，乐在其中。

呼吸

当夕阳没落
等雪花沉默
待泪笑成风
我种下许多梦

在城市的尘埃里
我想成为一棵香樟
在每簇晨光里
努力地伸展嫩绿的枝叶
只为亲吻太阳的第一滴光

在人间的礁石旁
我想成为一滩青苔
在每一道台阶上
安静地追逐潮湿的味道
只为沉淀一地绚烂星光

在时光的沙漠里
我想成为一只鲸鱼
在每一片碎浪中
勇敢地坠入未知的深海
只为撷取低谷的最后一缕光

是的
我有很多梦
有拥抱阳光的梦
有安静奔跑的梦
有相信未来的梦

可是
我还是决定继续成为一个人
毕竟
这冷暖人间有太多温柔羁绊

拥抱往事二三
拾起每一个自己
我听见了一阵温柔的呼吸
那是梦的声音

X

西河散人

本名李省斌，1974年生，陕西大荔人，现客居上海。《长衫诗人》编辑，诗者，诗评人。

创作风格：用独特的陕西方言吟咏方式，形成高亢激越的朗诵风格；把古典传统和民风民俗注入自己的诗歌体验中，形成了大河块垒、苍山风唳、沉囊崎路、黎元苍生、醉眼长天、晴空浊泪的诗歌格局。

七夕

1

雨丝儿，落下来几点
一会，又落下来几点

那是他俩相顾的无言
千行泪，于眼眶吞吐

2

人间一切安好，你俩

先忙你俩的，别记挂着

鹊桥上，可站稳些
哭几嗓子，意思下，就行了

泪花儿，几千年了，在此夜
总是，先若无若有
后，一阵大，一阵小

一阵大一阵小的，雨点儿
透过银汉，打湿满地，碧瓦红砖
并打湿我，为她牵肠挂肚的心

香及辣的二维推演

釉质在瓷的国度修出花色
有紧贴延伸的香里的青青绿韵

有江南女子的纤柔和细碎
有舟子划破水镜，器皿盘错开青白

有一块木在瓷的二维世界里弹唱
有扁平圆润切磋起大浅深小的玄机

水在无色无味里归静
三小儿在火辣季浮叠成仁字

香辣用鸟语咬起耳朵
说着五口之家的红绿相间

他们说到金木水火及土壤
说起田地说起力量及猪的豢养

他们打定了安居和垦荒的主意
有钟鼓的先知及后觉声传来

在五谷丰登的朴素愿念里
过天人合一道法自然上善不争的素食生活

沦陷的河滩

采砂场顺着河沿，一个挨着一个
来往的车流
把沙滩，碾压成铁、成路，硬成疲惫
马达声混入燥热的骄阳
各类人群忙碌着
沙滩被，挖掘、装载；装载、挖掘

河流用忧伤的眼神望着
沙滩的沦落
记忆里曾经的沙滩，是金子般的黄
各类鸟儿
曾经在沙滩上悠闲起落
曾经……
曾经女人们，在这浣洗着衣裳
孩童们曾经沙滩上飞奔着
曾经跳进河水里，追逐着嬉戏

想到这，想到这些
河流把自己，多愁善感成一位诗人
一切美好，仿佛在昨
昨天和今天，却好似，换了光年

芦苇和蒲草不知被人拐卖去哪
清风，不再徐来
砂子们
上了成群结队的车流，去向了城市
去向了建筑的高处
搅拌了水泥向着大地匍匐

河流知道，水，再也洗不净
人祸的沙滩
砂场的油污，倾进河来
河流如身中剧毒般抽搐

河流知道，它和沙滩
是一母同胞的孩子，所谓的大潮
向自然下手的时候
它深感自己保护不了沙滩
它伤感着，悲哀着……

在白色朔风中，翻滚着，盘旋着，扑踏下来

西楼

本名曹元华。南京人，会计。自幼喜爱文学，现拾起文学之梦，学习诗歌创作。

寄语：愿与诗友一起在诗海里泛舟。

换种方式来爱我

知道你爱我
踏着月色的朦胧来看我
带来你亲切的关怀

知道你爱我
穿行在无边的黑夜里
带来你宽厚的拥抱

知道你爱我
不顾电闪雷鸣的危险
带来你善意的热吻
多年来你一直宠爱着我
被你的爱包裹得快要窒息了

能不能换种方式来爱我
希望
我们可以隔山相望
你赞许的目光
让我静静地长成一棵树
希望
我们可以一起奔跑
不小心跌倒时
你不要伸出你的手
而是听你鼓励的声音

换种方式来爱我吧
一起听舒缓的钢琴曲
一起看夕阳余晖
一起品香茗
一起漫步海边
那时
鸟儿的鸣啼是多么地悦耳
鲜花怒放得更加耀眼
蓝天的彩云朵朵
请换种方式来爱我吧
我需要自由的呼吸

醉红尘

多想　醉一次
醉得轰轰烈烈
醉了
就能枕到你的臂弯里
听你的心跳
感受你均匀的呼吸
闻你淡淡的烟草香
触摸你俊朗的脸庞
醉了
就能像小鸟依人般
偎依在你怀里
一起看潮起潮落
一起看云卷云舒
一起看花开花谢
一起徜徉在诗海里
醉了真好
没有道德伦理
没有墨守成规
没有虚伪欺骗
没有悲愤痛苦
可是
我从来没有醉过
总是非常地清醒
你的模样
你的声音
早已随着岁月的年轮远去了远去了
我一直伫立在滚滚红尘里
看四季变化
看日月星辰
……

何时才能与你
醉红尘
……

写给父亲

多想再给您泡壶茶
多想再给您洗次脚
多想再听听您唱的家乡戏.
多想再叫您一声　爸爸
三十年前
无情的病魔把您带到了天国
从此
您与青山绿水做伴
您与大地共枕眠
绵绵细雨是五儿对您的思念
雾霭流岚是您对五儿的叮咛
每年的四月
便是思念决堤之时
抚摸着石碑
泪如雨下
爸爸　您好吗　五儿想您
如果有一天
五儿的名字也镌刻在石碑上
便是五儿和您相聚之时

溪居鱼儿

本名王蕙。

今天

去年的今天
我还在寻思
为您精心准备拜寿的礼品·
带着小雨
揣着美好的祝福
奔向您
去年的今天
在酒店
您在念叨晓帆呢，玮婕呢
因为大家吃饭的时候
他们还在学校里
去年的今天
我站在您身后揽住了您
脸紧紧地贴着您
送上温馨的祝福给您
去年的今天
您的儿女子孙围着您
举杯享受着相聚的温馨
您不断地给后辈们夹菜
满脸笑容
如菊花般美丽
去年的今天，
我还幸福地坐在您面前
给您剪指甲，掏耳朵
说做您永远的小棉袄
温暖您……
今年的今天，
我却在准备祭拜您的东西
不知道您在那边过得好不好
在梦里您还是那样牵挂着儿女
您担心哥的身体
您说小曾孙像小男孩开心地拍拍大腿
您生气地不和巧说话
嗔怪她用钱不仔细
您叫着我幺女
口袋里的熟鸡蛋说是给我的
还冒着热气
您说大姐现在很好
您说您会保佑我们大家
您说您在那边过得很好，
唠叨着我们要照顾好自己
……
今天，
本应属于您和我们的今天
却成了我们永恒的回忆
我们望着您长眠的方向
切切思念您

今天，您的女儿
已是泪流成河，
泣无声息……

夏君

本名汪元培。中共党员，教师。北方作家协会会员，中国当代作家协会会员，中国青年诗人学会会员，《关东文艺》编委，《北方诗刊》编委，中国校园文学签约作家，中国精短文学签约作家，中国青少年文艺家学会秘书长，中国闪小说四川分会理事。已发表诗词作品400多首，出版专著五部。

哦，北川

——纪念汶川大地震八周年祭

哦，北川
你是一个新生的婴儿
依偎在安州妈妈的摇篮里
甜蜜温馨
伫立桥头
北望良久
思绪氤氲
清浅的安昌河水
诉说着一段无法忘却的记忆
雄伟的禹王桥
镌刻着一个民族的印痕
醒目的“北川巴拿恰”
你想告诉我什么
石板垒砌的羌寨风情楼
一条条崭新的街道
广陌通衢
一幢幢古色的楼宇
鳞次栉比

哦，北川
你如同一个刚落地的娃娃
你从震后的安州大地上
拔地而起
多难兴邦的誓言
那是一个民族不屈的象征
众志成城的精神
那是一个民族不死的灵魂
用灾难换来的兴盛
那是多么令人痛心
伤心的5·12啊
你无时无刻
都啃噬我们的心灵
八年前
那一幕幕地裂天崩
惨烈的哀嚎
至今令人心悸
胆战心惊
天地同悲，万物伤情
多少无辜的生命
瞬间化为湔河的悲鸣
嵯峨雄伟的羌山啊
你为什么要用愤怒
惩罚你用乳汁哺育的羌山儿女
她们脆弱的生命
无法承载你狞狰的恐惧

哦，北川
我站在禹王桥上
清风拂面
记忆犹新
那些乱石垒成的坟茔
是对生命的叩问
鲜血浇灌的土地
绿草如茵
寂寞开放的杂花
那是来自天堂的音讯
仿佛是无数张笑脸
在讴歌生命

2016年5月30日于绵阳。

丁香结

是谁

在不眠之夜
把一勺眼泪
悄悄
藏进了一朵花蕊
清晨醒来
丁香花红肿着双眼
哭得像个泪人

泪水润湿了花瓣
又有阳光
平添几分妩媚
那不是露
是滴滴泪啊
有谁知晓
忧伤正铺开
烘托妩媚的底色

会不会是多情的蝴蝶
把残破的爱情
弃掷在花上
柔肠千转
粉泪涟涟
花的心事
无法承载
一个过客的
悲伤世界

农民兄弟

不知是什么风
一夜之间
一片片水泥森林
从大地母亲的子宫里
分娩
茂盛了城市
街道是城市的根须
牢牢抠住大地
时间在汗水里
拔节
日升夜沉
雪融霜生
岁月在铁锤声中
凋零
城市在他们手中
疯长
转眼又是一片森林
斗转星移
佝偻了脊梁
风霜剑戟
归去何兮
褪色了生命
仅微鼓了行囊
风雪裹挟着犬吠汪汪
柴门前还有盼儿的爹娘

2013年2月14日凌晨三点。

拥抱春天

路旁
枯叶染成
墨绿
枝头漆成
菜色

一只虫子
覆盖
另一只虫子
醉于欢爱的
律动
全然不知偷窥者

草坪边
羊崽从子宫里分娩
空气在阵痛
生命在欢笑

山道上
牧羊姑娘的
两个含苞待放的
花蕾

一夜工夫
暴涨
在阳光下
跳舞

砰然
几声鸟鸣
跌落出一个
绿茵茵的
春天

2013 年 2 月 14 日。

夜月

天帝拉上帷幔
大地被扣在
窖里
黑黢黢不见五指
眼睛嗅到空气
抚摸心脏的
呼吸
天裂了
一把铅青的月
流过古老的
村落
寻梦的溪水
在时间里奔忙
何夜无月
苏子的清舞
是否还在继续
织女
今夜
安
在

2013 年 2 月 14 日情人节夜。

夏雨

本名夏菊英。女,80 后,江西永修人。永修青年志愿者,中国乡土诗人协会会员,中国残疾人联合会会员,中国当代青少年作协会员,《师生》杂志签约作者。2013 年当选江西九江十大优秀女性。著有励志书籍《生命是一场马拉松》以及诗合集《2014 年星星诗人档案》等。

梦里

让我梦见你
在一个微风的夜晚
有春天的草地和树林

树林里
鸟儿的歌声滴落
将我们彻底围困
无处退逃

过客

有些花
开着开着就谢了
也有些人
等着等着就老了

你却是一阵风
说来就来,说走就走了
来时青丝万缕
去时已是白发千丈……

初冬

树叶,挥挥衣袖
说走就走了,
还有那些秋高气爽的日子。
寒风起
吹来了冬天,
白云开始挣扎,
雨,趁火打劫

一条幽长的雨巷,
早已失去了戴望舒的浪漫
正在吞吐着

行色匆匆的脚步

忘记你好难

为你写的散文
压进黄昏
为你写的诗
滑落成流星
为你特设的手机铃声
调至成一帘风雨

现在，九霄云外
将你忘记
只是，下雨的时候
习惯地望向窗外

季风熟透，风调和着音乐
有人急匆匆地撑一把雨伞走过
我总误以为那会是
你

夜深了

夜俯下身子，一场秋雨
赶走月光，风
流离失所

夜深了，习惯性地关紧门窗
端坐灯光下，抱一本温暖的书
沏上茶
夜很深，很深
我陷其中

总是

总是
日落黄昏
——夜敲门

总是
潮涨潮落
——海失恋

总是
花开花落
——春徘徊

总是
记忆清晰　思绪疲惫

总是
在岁月的溪水旁
捡拾若干闪亮的诗行

夜霜背后的暖阳

夜霜，总穿着
雪白的睡衣　躲在月的怀里
撒娇　从秋的黄昏
跑回来　美美地
睡着觉

睡衣，透出一道
白色的光芒　沿着月光爬向黎明
季节的脚步　一直
向前　每次徘徊都是
冬眠的诱惑

转身，回眸
时光的土壤　烙下
深深的脚印　我踩落
脚上的泥泞　继续
前行

当夜霜，被脚步
踩碎　我就躺进月的怀里
写诗　然后跟着
黎明出去　迎接
曙光

家乡的疑问

为什么

突然不再赤足奔跑了
我的孩子　石头和泥巴
靠在一起
讨论这个问题

为什么
自行车的筋络生锈了
我的孩子　晾衣架和炊烟
都歪着头
疑惑这个问题

为什么
玉米棒熟了　你也不来摘取
我的孩子　时光的尘埃
已嵌入因思念而形成的皱纹中
你知道吗　我的孩子……

就业与徘徊

从早晨出发
来到县就业局楼下,将近
午饭时分,一路风尘
我走了很久

这是你第三次来这里了
后门没有,前门有障碍
要进去得有人扶！门卫大叔指着就业局大楼
下冰冷的台阶
朝轮椅上的我诡秘地笑了笑

灯光

每一个黑夜
来临的时候
你总在人们左右
形影不离

有人选择了
光下的影
有人选择了
影上的光

冬夜的灯光

冬夜的灯光
照亮我的视线
有几分明媚
徘徊在季节的深处
我的轮椅
依然发出铿锵的声音
——
告诉我:世上还是好人多
告诉我:只要勇敢前行
天地会为我让路
我听见爱也感到温暖了
冬夜的灯光
浇溶了春天

生活

生活,需要自己登台
“升幕”别人的掌声
“落幕”

每次排演,都是一个
故事　故事中的生活
生活中的故事

其实,每个人都生活在
故事中每个故事也不寻常
因为每个人扮演着不同的角色

生活好似舞台,需要人
去上演、去喝彩它因
上演及喝彩会更精彩

香雪若兰

喜欢阅心仪的书,写干净的字,做一个安静素芬的烟火女子,或花香绕肩,或清韵染指,亦抑或低眉浅思,笔走红尘路,爱在天地间。

以爱之名，落一笺诗语（组诗）

爱的涟漪

曾经，坐在月亮上想你，把你藏进我的梦，染着桂花的香
梦里，深情几许，梦里，爱意跌宕
曾经，在花开的路上等你，不为香飘十里，只静静地守候三寸芬芳
等你涉水而来
轻轻地拾起这朵心语，珍藏袖里

曾经，在你的眸里写诗，可清瘦的字，终究是承载不了
远隔天涯的眷恋，一水的相思，淹没了爱的城堡
为此，我知道，鱼与水的涟漪，笔与墨的缱绻
我与你的遥望
所有的想念与等待
都只为缘，圆，今生的这场无悔的遇见

遇见你，是佛赐予我的一朵莲，当清风吹开花瓣，你就端坐在莲的心
轻轻地对我说，今生要找的就是你，让我给你清宁的陪伴
让我陪你墨里的烟火，我不语，只莞尔一笑
所有的秘密就在唇际，漾起了爱的涟漪

爱的唯一

站在时光深处，凝望，远方
我知道，此时，那天边的清晖只为我
一人而流泻，因为当我望向你时
那全部的光亮都会尽收眼底。

请允许我这样自私一回，你的光芒可以盈绕
青山、秀水、繁花
而我，只想让你的清澈
独宠我一人的妩媚，因为我要的爱
是你的唯一

在岁月里聆听，心跳
我知道，此刻，你内心呼唤的
始终是我的名字，那穿越蒹葭的声音
已牢牢地绕我的心魂之中
此生已无任何声响，胜过它的美妙
今生，只做你心里唯一的牵绊，以素心对月，以温柔待你
时光里倾听一曲风的呢喃
让我在你的掌心，写诗作画
与你共一场云水天涯

爱的传奇

聆听一曲传奇，空灵绕耳
我们在乐韵里遇见彼此，只因那一眼
便牢牢地把各自记在了心里
从此，这一首宛转悠扬的美妙，始终在我们的世界，温柔响起

多么美的流年
愿与你一同穿越时光，穿越诗行
将那些飘在心上的音符
雕刻进岁月的葱茏，在悲喜里陪伴最长情的爱

风起的时候
愿与你走在多情的雨巷，任雨丝轻吻你我的秀发
任柔风轻拂你我的脸庞，只管，手挽手一起走

从巷头走向巷尾，从晨曦走到日暮
从今生走到来世
就这么与你，一直走，一直走
走进一场爱的传奇
疲倦是何滋味，从不知

人生啊，春夏秋冬，白驹过隙
缘分啊，佛前跪拜，千年求得
这辈子，愿以爱之名，落一笺诗语
将世上最温暖的词汇凝于指尖
以一颗简单纯美的心与你遇见

山一程水一程已不再遥远，花一开花一落只道珍惜

逆着时光行走

浅冬的光阴
如水
我独自静坐疏影
看闲云飘过，观红尘娑婆
潋清风入心，回眸
生命的画卷依然暗香依旧

煮一壶美好，心不觉寒冷
温一份懂得，情不再纠结
享一份安静，听山水梵音
给灵魂注入一抹禅意
许我站在光阴的转角
慢慢回味，兀自安详

任雪色时光沾染裙袂
任烟火年华匆匆向晚
只做一个素心的女子
生命里，不悲不喜，不哀不怨
逆着时光行走
剔除一切纷繁
将心种在一朵莲荷里
长出的云朵与清露
供养灵魂深处的花净风轻
从此，依着初心做最真的自己

乡下蚂蚁

陈立，四川眉山东坡故里人。中国散文学会会员，眉山市作家协会会员，东坡区作协秘书长。喜爱诗歌，部分作品发表于各级报刊。著有诗集《樱花落》。

漫游者（组诗五首）

河滩上的石头

一堆乱石躺在黑山村
像某道密旨，或集体失踪
每一块都是未说出的谜。
它们厌倦了时间的血肉之躯
逃离风、喧嚣和光，在黑暗里
恋爱、结婚、举行简朴的仪式
在石头花园里，阅读圣经。
大棚里怪物一样生长的蘑菇
和石头一样，一言不发
看我们，痴痴地游走迷宫。

空巷

回到童年的清晨
门口有根木板凳
在高庙古镇，我看见
满头银发的外婆
穿着蓝布衣裳
扶着经年的门框
以微笑和糖果迎接我。

一走近，我才想起
她已去世多年。远处
有个大嗓门叫我，衣袖
飘着藤椒和酒的香气。

一只不可见的手
扶我继续迈步，青石板路
折断一道狭长的阳光
回到家乡，玉米与灯笼
小名一样挂在屋檐下。

雅女湖

瓦屋山下，波平如镜
我并非陌生人，在船上
你的身世一清二楚
温婉是你的名字
你的心是一只小小的船
在七个峡谷里来回穿梭

期待闪亮的鱼群。

最初的动作轻盈地抛出
捕鱼人面色疲倦，由于喜悦
失望，又期望，永无止境
岸上，一些走动的细小身影
大小码头守候在云茧中。

黑山村

在草丛里啄食的大公鸡
欢迎曙光，也欢迎
一群艳丽衣裳。

一滴雨洗涤心之尘埃
在小径上，在木屋里
在芍药的花瓣上滚动。

听到一道水泉
幽幽地流入雅莲人家
桌上有茶，岩蜜，三七酒
昏昏欲睡，想变成
河滩上的一块黑石头
在蜂鸟的小螺旋桨的盛夏。

漫游者

光影倏忽，有人前面引路
夜色和寂静彼此覆盖
透过天空之镜
我认出自己是
一条溺水的鱼
背负着记忆的阴影
在水中颤栗，彼岸
道阻且遥。

推开疲倦的浪花
游向危险的深水区
夜，不过刚刚开始。
暮色回到体内，行人匆匆
桥身璀璨，新的视角
打开另一个时空
我是风的千分之一
来到古城，只是歇脚
遇见水草、碧波、细腻
冰凉，胜过我。

祥龙少敏

本名蒋少敏。河南省洛宁县科普作家协会主席。在《大河报》《洛阳日报》及文心社、河洛风景线、中华微文学、我们的精彩人生、洛阳牡丹文化诗社等微信公众平台发表诗歌、散文、寓言故事数篇；在“牡丹杯”诗歌大赛中获得三等奖。

等你，品味过去

时光远行
岁月老去
存放在
月光下的往事
缓缓流淌在
熏香过的夜里

划一笔故去的夏季
重回走过的老路
树的年轮
记录着
小轩窗下
青青葱葱的记忆

飘下回味的叶
穿过思绪的风
陈芳于发黄的日记
密密匝匝述说着
温情脉脉
尘封已久的故事
喝一杯老茶
品往昔的印迹
涌动着模糊的文字

翻卷着曲折的经历
在闪动的片段中
有多少星辰
观望着人间的情愫

回望过去
旧的日子无法捡拾
日月的面纱随风飘离
留下些许骨感
撒下无数沉寂
默默地
坐在夕阳的琴弦上
画出不老的四季
等待着
能够读懂你的人
来读你

向日葵

清泉东风。

向日葵

小的时候
经常会听到
高高绿骨儿
圆圆黄金脸
最爱向太阳
盈盈笑不停
这是猜谜
答案是向日葵
高高个儿一身青
金黄圆脸喜盈盈
天天对着太阳笑
结的果实数不清
也是谜语
答案也是向日葵
在我们院子里
也有一株
圆圆的花盘
似朝阳出行的盛装
金色的花瓣
如晚霞放射的光芒
沐浴在阳光下
悄无声息地绽放
面向着太阳
茁壮成长
蓬勃向上
迎接着风雨
不屈不挠
勇敢顽强
生长的力量
是阳光
带来了无穷的希望
不喧嚣不张扬
勇敢成长
对太阳无限的忠诚
对阳光执着的追求
指引着我们对生活不要彷徨
坚信只要:自信、乐观、进取
只要面对着阳光努力向上
日子就会变得单纯而美好
夏天里的太阳只看得见向日葵与他遥遥呼应的微笑
却看不见它低头的落寞
向日葵的执着就是守护唯一的太阳
不停地吸收那一缕阳光
把粒粒颗粒灌得饱满
期待收获季节
让阳光撒进了我们的心房
勇敢追求我们的梦想

这个不着边的浅夏

前几日
刚好遇到端午节假
感受到今年
这个不着边际的浅夏
阳光肆无忌惮地洒在大地
我惦起脚尖,

把头伸向窗外
炙热的热浪扑面而来
把人的脸和身灼烧

烦躁,闷热
行走在这片土地的人们
还有谁在忧伤呢
深呼吸。淡然。
开始适应这个夏季。
原本以为会很美好的夏季。
好想去海边
想象着一起去踏浪
赤脚踩着柔软的沙子
享受着海风
疯狂地玩耍,
就像以前一样的无忧无虑
蔚蓝的天空
飘浮着朵朵的白云
编织着最美的夏季
快乐漫延着我周边
我想要的浅夏。
可以穿着海军蓝上衣
和母亲精心织出土布做成的短裤
又不怕被晒黑
可以到处玩耍,
又不会满身大汗

可不是现在这样
今天,还没下班
防汛办说六小时内有雷雨天气
值班人员各就各位
时刻准备着
心中不免惆怅
感知一路的繁花已经开始凋零
路边的树叶不再生机勃勃
周围的空气不再新鲜
这个与我不着边的浅夏
唯有不变的只有
在笑与辛苦中变老
在忙碌与空闲间感怀生活
也把对未来无尽的期许

向兆辉

笔名小河流。四川南充人,1968 年出生。诗词爱好者,企业人力资源资深管理师,企业培训师。爱好广泛,喜传统书法艺术,擅隶、行、草。自小受古典文学影响,喜词牌,后来也受西方文学熏陶及欧美浪漫主义和唯美派诗人的影响,近年来开始写作新诗。

父亲,您出远门了吗?

您的离去我们只当
只当您只是出远门了
把思念刻在心里
让我
不知疲倦地流泪和回忆
您与母亲的在天之灵
一定会保佑我们平安健康

您在天堂过得好吗
就别再操劳了
为我们操劳了一辈子
您该歇歇了
我们收拾家里的东西
才发现您的心很细腻
家里每个人的出生日期时辰
您都详细地记在本子里
当我看到这一切时
我忍不住流泪
更恨自己为了工作
却疏忽了对您的关心
最让我永远难忘记的是
您去世前几个小时
都没能在您的身边
相信您很想深情凝望我们每一个人
那眼神里面包含着太多的爱
太多的不舍和眷恋

而最重要的是太多的不放心和牵挂……

回家的那些日子
您正在进行医治
也就是从那刻开始
您进入了与死亡搏斗的日子
您留给我太多的歉疚和遗憾

在您最后的时间里
家人见证了您的乐观
您是伟大的
您就这样安详地走了
像是沉沉地熟睡了
您太累了
在最后的日子里
您几乎没有好好睡过
这次您可以好好休息了

我知道此后的日子里
您和母亲永远都是我
最深的牵挂和思念

父亲　来生我依然还做您的儿子
小的时候,我们总是与您唱反调
总嫌您和母亲的话多
总讨厌您说太多您的过去
现在才明白,那一切
您对我们的爱
对我们的教育　像野菜一样
成为我今天的营养
对真和善的认识
是从您那里开始的

儿子真的很想您
那种深如海的思念
和爱会变成一缕缕细雨
一阵阵微风一丝丝暖意
在想您的每个季节
每个牵挂您的日子里
飘进天堂,飘到您的心里……

秋之韵

我倚着门看秋天
然后把它和你
极其美丽地联系起来
如同掌和指之间
温柔地连结
想念你
最明快的
莫过于看见你欢乐的眼神
莫过于倾听年轮的呼吸
每逢此时
便簇拥着我们共同的梦境
你总在梦中嫣然笑语
中秋的玫瑰绽放着青春
当我望着遥远的你
在我的面前
就有一大片相思的海
千里之遥
我站在僻静的窗台旁
透过年轮的时钟
遥望过去的日子　发现
时间凝固了
而你就是这风景上灿烂的亮点
我用心在这幅画上
题下祝福

相识是缘

当岁月从手指间滑落
相遇相识、相知相惜的心
在手机屏上悄悄穿越
凭着纯洁的柔情与牵挂
冥冥注定相依相约的路上
用真诚去读懂对方
带去无比的快乐和愉悦……
没有诺言
也一定会恬淡隽秀
月缺月圆,花落缤纷

双眸溢满深情
把灵魂的尘埃荡涤
相守相望的依靠
今生有缘!

这种思念很痛
这种牵挂很苦
一路走来,悲秋伤春
那种感觉不需言语
那种心情不可启齿
有些缘分没有结局
情有多长
每天把真实的感觉写在脸上
时时把思念的句子散落暗夜
那是世世不分的承诺……

捧一份轻愁
品一壶思念
清词丽曲为你吟唱……
相识是缘,相知是幸!
你是我指尖凝眸的身影
隔屏相望的永恒!
期待情梦旋转
期待着走更长更远的路
让思念飞扬……
尘埃飞舞
香迟风归人如醉
烟雨伴随
寂寞流水亦销魂

执笔心动
愿这丝丝牵挂坠落在你的枕畔
红尘眷眷
愿徘徊思绪听懂我满天的语浓
坚信我们彼此的欣赏
更会美丽以后的人生

将这份心灵的圣洁之情
永远珍藏在未来的岁月里
牵挂你——我的一生……

兄弟!

那张残旧的照片
保存了多少年
心中的角落
与你相约嬉闹在秃凉的沙田
不符年龄的纯真
一起梦想燃烧
我记得你
记得你的温暖
记得林荫道上的嬉闹
我记得去流水线的顽皮吼叫
我记得两个馒头就可以谈到的人生思考
在此时笔挺的西装和历经年华里
在纷杂与繁芜
再也找不到
我们是兄弟
只为昔年最初的梦想
然而疼痛而坚韧的东西
将我们紧紧连在一起
无表情地担起我们双肩的责任
可我永远无法忘记
当初有那样一张
写满了第一首情诗的纸团
满纸轻盈而沉重的
是无关功利的灿烂笑靥
是一颗毫无杂质的心
无法忘记是
五元的炒田螺与米粉
那只角落里喝完的老白干
那些理想
那群哥们
那个微笑的你
那名为兄弟的
高贵的字眼

情系五月

——粽香季节,曲曲离骚,

汨罗长叹，一往情深……

飘着粽香的季节
多了几分忧郁

五月如诗
风云雨露
丰韵、芳香、激情！
在朦胧里找寻
花开嫣然
孤影成双

五月如歌
点开淤积的心灵之窗
指绕笔尖
写馨香缠绵的文字
让灵魂
洁净。

五月如画
粽叶飘香时
汨罗江边的仰天长叹
在定格的诗句中惊醒
五月神韵
如花如歌如诗如画
忘掉烦愁
神如仙逸……

相约五月

当木棉花把红装换成绿衣裳
当白玉兰送来淡淡的芬芳
爱哭的春风
已不知去向
只赌气地把赤珠绿绸摔在地上

告别三月的浪漫
四月的惆怅
南方的五月
是朝晖等待朱红的馥郁
它是青皮绿里的一股馨香
是荷花瓣尖上的一滴晨露
等待阳光灿烂的呼唤

青春开始烧得如紫荆花般火旺
思绪再也缚不住生命的膨胀
五月
已融进了我们生命的乐章

相约五月
吸吮阳光雨露的恩赐
孕育金秋硕果的辉煌
挥洒一把汗雨淋漓
预备心灵成熟的丰收

肖彩虹

作品散见于《太行日报》《高平新闻》《丹源文学》《狮口》《现代作家文学》《萧氏文苑》等报刊及微信公众平台。

诗观：生活的美好源于文字，生活的孤独寄予文字。

秋日细语

刚刚，将热情抛洒于
世界
烂漫中
风，早丢下滚烫的誓言
扬起一路烟尘，跨马
去追赶又一个年少、红颜
嘴角，还留着心跳时的蜜甜
胸口却流出汩汩的
鲜血
漫延着
染红了山岗，野川
泪，在夜里悄悄落下
悲痛着，不敢大声宣泄
抽泣中，还是被天空张贴出
心酸
泪，丝丝缕缕

泪，续续断断
蹒跚着，走不出
红尘漫漫
如何去唤醒
风的背叛
柔柔弱弱的泪
令尘世也凄凄惨惨
落叶枯碎
香魂飞散

行走在城市

以为
自己最起码是颗蒲公英种子
会在下一个春天，开出
金黄的花朵
虽不妩媚
但总有一份小小的、小小的
娇娆
行走间，才明白
自己不过是深秋的一枚
枯叶
跌跌撞撞中
被踩在高跟鞋下
无力反抗
……
风起的时候
破碎的枯叶
艰难地起舞
没有人为它鼓掌
只有自己的
自我怜赏

无愧秋色万点金

既然
饱受了阳光雨露
孕育生的希望
就无可厚非
无论高贵还是
卑微
即便一粒草籽
迎风中也有
昂扬的骄傲
生命本没有贵贱
只因了世俗的眼睛
等级分化
才乖戾地
蜇人
可生的本身，同如一人
看啊
金黄的玉米，红彤的高粱
将秋装扮成
待嫁的新娘
万分娇娆
遍地的野草
无畏争狂
悠然间
将生生不息
撒满大地的怀抱

落叶

宛若清瘦的女子
提着罗裙
挽着发髻
带着一份淡定
一份从容
还有一个浅浅的笑
从风花雪月中
款款而来
一转身
悠然而去
……

逍遥卧龙

本名刘佩光。70后，闽西客家人（福建上杭南阳），自由撰稿人。天火诗社社长兼《天火诗刊》（纯诗歌民刊）总编，福建省龙岩市作家协会会员。作品散见于《福建文学》《2010－

2011福建优秀诗歌选》《龙岩青年诗人诗选》《海峡诗人》《关雎爱情诗刊》《红尘》《几江》《中国魂》《大别山诗刊》《中国诗》《月亮诗刊》《当代作家》《华东文学》等各级刊物以及各大诗歌民刊。出版首部诗集《断歌行》。

石头的执念(外一首)

(一)

席地而卧,禅定大地
剃尽青丝,无衣无衫
以裸露的躯体,沐日浴月
邀一株雏菊相伴,却一世无言

放弃菩提树的荫庇,两掌左右摊开
接受雷劈电击,裂开或粉碎
只是更多的我,活在红尘中

(二)

如若千年之后,我黝黑俱身
你一个飞腿踢我,于你要走的路沟
我并不会怪你,我已习惯沉默
为什么会三世一言不发,你又如何能懂

你永远不会知道:我是一块玉
我尽量以丑陋裹身,潜于水深处
或者在一丛墨兰旁,聆听她们的悄语

(三)

再也不能助纣为虐,垫高你的欲望
再也不能树碑立传,铺顺你的路途
花瓣落满的泥土,多么柔软香薰
你踩下的所有脚印,都被我记录在案

必要时,我会跳出并砸破一切
以从未有过的硬度,抵抗所有温柔
甚至以石灰的形式,消融你的世界

(四)

最终,我会圆寂成书房案几的一方墨砚
任狼毫一笔一笔舔吻,粗犷或细腻
我体会深刻:愈发显瘦的身形证明一切
但我欣喜,你胸怀的山水磨砺成高傲的崛起

最终,我也会打磨成庭前的一块石阶
夹缝而来的春天,沾湿娇嫩的一地繁缕草
但季节接踵而来,伴我于尘世的远不止她们

你的重,不曾轻过我的梦

远方的诱惑,一直值得我追逐
甚至有时,忘了你在我的身旁
眼眸习惯向前眺望,脚尖就不会反向
除非你喊出足够温柔的呼唤,我才会回头

掠过一棵棵梧桐树,也掠过八月桂花
我仰首看夜空时,永远是一弯下弦月
路过漆黑不见自己的山谷,才想起打灯的你
跟在我的身旁,呼吸静美如村前的小溪潺流

你在乡村,我在城市。我在跑,你在等
我总会把一切告诉你,包括我的梦
我知道早已离不开故土,更不能丢下你
独自去偷欢,一个人享福的日子更加痛苦

每到一个城市停留,我就要带你来长住
每次要寻找下一个城市,我就要让你孤独
我是你生命历程的先行者、探险家、造梦人
你是我漫漫尘世的倾听者、后勤部、驱动力

我的轻,只因你的重占据我的世界。不至于
狂风一吹,就不知跌落于江南的哪一座桥旁
冷霜一降,就不知蜷缩于北方的哪一个角落
我所有远去的理由,胜不过你为我姗姗而来

逍遥游

本名施影雷,江苏常熟市人,60后。早年从业于国画山水及油画艺术,1983年始写现代诗，作品散见于《诗刊》《钟山》和各类诗歌选本。后从别业，2015年6月恢复现代诗写作。

临渊羡鱼

“那会是食之无味的鸡肋”
“也许比苦难还苦，比梅子还酸”

跳过龙门的鱼才拥有火烧云
他盯着池子里的红鲤鱼
忆起落花时节见过那种会散去的鳞片
觉得自己头颅里有着相同的尾鳍
这个叫冒泡，那个是幻灭

他想起它们活脱脱的滋味
和与生俱来的动，相对于他的静
它们视他为朋友圈之外的石头

他捏指计算着0.1秒里的美
觉得，无以将这种变量留住
就算离渊列席，它也坚守它的骨头
而人始终不能本着自己

2016年4月13日于琴川蕴玉堂。

鞋子

它是船，一左一右的两条船
船儿只载一个人
旧了、破了，乘客会将它仍给垃圾
驶着驶着，若弄丢了其中一条
另一条将“容你不得”
而人这一生注定随它摇摆
脚踏两条船

它的舱，只载一己的爱及悲喜
还有客人从它的梦里立起
它在，船就在，船在，客也在
就怕它在，客人一去不再回来
快点告诉我，船儿泊往何处
哪家是锚地，何处是渔火

2016年10月26日于琴川蕴玉堂。

河(组诗)

有一条河，它是磨盘里牵出来的
锡剧《双推磨》牵出来的
一块石头和另一块石头的整合
叔叔围着石头转，石头围着嫂子转
嫂子，不时地给石头喂一把豆子
“推呀、拉呀，磨儿牵得圆又圆”
他俩，从摊簧牵到戏台
牵到牛安于栅栏，牵到桃花开到脸上
牵到夜空流出星光

砧板上的河

“榨干那些豆子”
“将它榨成一条自由逶迤的河”
“再将这条河榨干、夯实、分段切割”
河，就一块一块地搁在砧板上

背对这条河

我背对这条河
我真的不敢触及这种河
稚嫩，鲜活，一动便散架的河
怕手掌握不住它的柔
白碜碜的，如同粉笔描白的方块字
它，兼容了人头颅里的流动

重阳已临，我将如何回避它的苍白
疼痛里，一份破碎而腥淡的滋味
我将不再邀请一捧花，那些个月亮
去河边寂寂的龃龉
她一红脸羞涩地离开这条河
而我选择了去林子撒尿
背对这条河

给一条河打个结

沿用传统复制流质的方式
逮着最初的河，增加一个力度
将它压榨成薄薄的一层：百叶
揭一张百叶如同翻阅自传体中的我

百叶卷肉,顺便将生之不幸也卷进去
“你搞啥百叶结”,对,打个结
打一个只能打不能解的结
像上世纪断炊的男人那样的结
给一条河打个结

河殇

“请你务必于明天上午过来吃豆腐”
吃豆腐,在我家乡就是代表赴丧
我知道同学,已经走到一条河的尽头
我仇视尽头,母亲也在尽头
我和孱弱的老父在这头

我注定要在这条河的拐弯处写字
在水中写字,写给自已看
“就不愿意买块豆腐撞死”

2016年10月9日写于重阳节。

萧芷梦

中国香港人,祖籍梅州,1985年生,爱好诗词。

读你

读你,亦如猜灯谜,云里来雾里去
腹里的学识呀,为何没有八斗
于是梦成为通向你心灵的入口

当解不了谜的时候,梦就是答案
那一举一动,一言一语
是如此真实,仿佛触手可及

一个梦境一个你
深情的眼眸似能让火焰山长满杏林
漫天的飞花都是你我的诗句

不知经历了多少个梦之后
才发现,原来你的力量交给了天地与日月
无时无刻不陪在我的身旁

潇湘竹雨

本名王在琴,曾用名王羽君。东北吉林省人,出生在长白山山脉的60后。从小喜爱读书,也曾立志于煮字结章。因少年母亲离世,家境贫困,而辍学回乡务农。三十年后,再次与文字结缘。

创作理念:闲暇时与书为伴,安静俯瞰人间世相,用心感受尘世况味,用手中瘦笔,抒发心语,感恩生活。

你是我生命里的永远

穿越岁月烟水,回望来时的方向,
那是春风微漾、百花芳菲的季节,我沿着您的经脉而来。
我是您相濡以沫、血与血交融的延续。
一声啼哭,是我与您初相见的一声问候!
感谢您带我来到这个繁华的世间,
您似血色之花迎接一个新生命的到来。

那一刻开始,您赐予了我生命,
您拥我入怀,血脉的乳汁将我供养。
躺在您柔暖的怀抱里,缓缓醒来,
睁开双眸,迷糊的视线里是您如花的笑颜
从此您的生命里有了一个我,
我的人生里永远住着一个您
不知从何时,我认识了您,记住了英俊、漂亮的模样,
我能奶声奶气的喊您:爸爸,妈妈。

您目光中,闪烁着父爱与母爱的温暖与无私。
我在您精心培育的温室里成长,无风,无雨,亦无浪!
我如向日葵般迎着暖阳绽放着天真的笑颜,而茁壮着。
您的怀抱里永远是春暖花开,有着暖阳临照的安暖与恬静。
是您轻轻挽起我稚嫩的手臂,扶我站起,伴我

行走。
从步履跌撞，到健步从容，岁月悠长，开始了我的人生之旅。
您温柔的话语，是世间最美的音符。

您的淳淳教诲，让我懂得尘世里的善恶美丑。
铭记那些关乎我一生的嘱托。
您的足迹是我前行的航标。
在您的守护下，我从幼小柔弱成长到坚毅挺拔。
您不辞辛苦的劳作，不为得失的付出，
创造出那温馨而坚实的爱巢。
您倾尽一生，倾囊而出，毫无保留，
把全部的爱做了一次无私的支付。

爱着我，滋养着我，
而我却没有半点推脱，
我贪恋地接受着，
在您爱的怀抱里一天天长大。
您给了我欢乐的童年，无忧无虑的花季，
蓬勃向上的青春岁月有您倾心守护。
在风和日暖的蓝天下，
您捧起羽翼丰满的我，
放飞我于蓝天下，任我畅游。

您的目光是我的牵引，您的企盼是我的信念。
微风中您遥望着我，那泪水盈盈的眸子告诉我，
无论何时，您都是守巢人，
无论我飞得多远多高，累了倦了，
家永远是我的栖息地，是我坚实的后方。
光阴如流，岁月辗转，转眼间我已成为了当初的你们，
也更加懂得你们那份爱的博大与厚重。
而今的您已近暮年，苍颜白首，步履迟缓。
生活的艰辛在你的额头镌刻下沧桑。
生活的劳累摧残您的矫健的身躯，沾染了您的芳华。
光阴的尘，在您的额头洇开，镌刻出道道皱纹。
每一条纹络都是为儿女们成长的镌刻。

每看到您苍老的模样，泪水打湿了我的双眸，
如一股凉风穿透我的胸膛。
那是一种疼，一种无语的疼痛，
也只有您才会使我疼得彻底。
多想倾尽我的所有，与时光交换，
换来您的当初，换来那不老的童话。
流年似水，人生短暂，终是无法挽留，
我只好与光阴赛跑，
在有限的时光中与您相伴无限，
为您做饭洗衣，煮茶，说家常。

让我们来兑换，让我为您付出我的爱，
让您享受一份安暖的天伦之乐。
这一生，您于我是暗夜里的灯盏，是寒冬里的炭火。
您就是我烈日下的树荫，是我生命里永远的安暖。
您是我生命中的永远，是我心灵的永恒，直至我烟消云散。
岁月深邃。任世事无常，任沧海桑田，
您将永远珍藏在我的生命里。
您是我的父母，我的爹娘！
我的生命因您而诞生，更因您而多彩！
您是我生命里唯一的永远，
是永不磨灭的那个人，无论多久，依然安在。

晓苏苏华

北京市写作学会理事，中华诗词学会、中国楹联学会会员。古体诗、新体诗在国内外刊物以及网络平台均有发表。曾获得北京市市级奖项；被评为“中国城市文化优秀诗人”。

与书为伴

小时候，我听妈妈讲故事，
我就知道了什么是书，那里有奇妙的世界。
从此我在梦里，经常和星星一起聊着悄悄话。

上学了，我知道了课本也是书，
有语文，还有数理化。
我和同学们一起阅读、认真学习，
让知识，在我们的心里生根发芽。
工作了，各种功能的书呀，就像我的臂膀。
帮助我克服困难，为祖国的强大贡献青春。
我成了劳动模范，胸前佩戴着大红花。

如今我老了，两鬓斑白、两腿发麻。
无力去游山玩水，不能打太极拳，
更别说跳广场舞啦。

可是
我依然无比幸福啊。

每天沏一壶浓茶，坐在我的老摇椅上，
听我的宝贝孙女，给我读故事、念笑话，
祖孙两个一起笑哈哈。

此生与书作伴，幸福随时围绕着我。
不管我到了什么地方，书里也有我的家。

为了明天

——向抗洪第一线的子弟兵致敬

他们是母亲的孩子，
是大地的绿衣。
他们用青春，
为母亲挡住裸露的身体。

深情的大地，
忍住撕心裂肺的痛苦，
敞开温暖的怀抱，
让孩子们走入梦里。
是在想念天山的哈密瓜？
还是想念着三江口的鱼？
是在神游延安的宝塔山？
还是拥抱美丽无比的妻？

听啊！
洪水又在咆哮了。
母亲的呻吟，
召唤着孩子们奋起！

来，我这里放个沙包，
快！那边需要人体。
分不清哪是物品哪是人体？
放眼望去全是泥。

啊，洪水被挡住了，
孩子们又欢呼在一起。

来不及咽下最后一口馒头，
还没有吃干净盒里的饭菜！
嘘，莫吵，他们已经累得昏睡过去。

月亮悄然升起，
天地之间星辉相映。
夜色，
掩盖不住火红的救生衣。

哪里有危险哪里就有你们啊！
为了明天，
太阳依旧会照耀这片神奇的土地。

筱枫

中国寓言文学研究会理事，中国儿童文学研究会会员，山东作家协会会员，鲁迅文学院第30期作家高研班学员。

金黄的叶子

我知道，你是老了
要不，怎么会酣畅地
表达自己。无所顾忌

就像，一树火红的柿子

卸落所有伪装，赤诚
面对山谷

或者，像一头飘扬的银发
被岁月淘洗出单纯底色
无畏地活着

须弥山行

这个秋天
我跪在众佛前
求了一遍又一遍
后来，那个愿望长了翅膀
在山间回响

相国寺撒进淡淡的白光
众佛安详
那一抹隐约的微笑
落在翅膀上
我知道，有一种暖正
穿透三界。满山红亮

唯有菩提树下多了
一次冥想
那些貌似博大的理想
轰然退下
在佛面前，三千愿望
抵不过一个
亲人安康

重度薰染

走进六盘山
我是一抹单纯的白
像一朵流云
或者一种简单的思想

走出六盘山
我成了绚烂的秋天
身披奢华云锦
我是看惯铺张的王

我们去山里读书吧

我们去山里读书吧
繁茂的树是绿色书页
每一页都写满发光的文字
美丽的花是彩色插图
每一帧都涂着芬芳的颜料

小鸟是逗号
甲虫是句号
蜜蜂是省略号
那轻舞的蝴蝶呢
是会说话的双引号
轻轻地笑

还有，山峦演示着
情节起伏
溪流纠正着
飞扬的思路
那缥缈的流岚啊
做了整篇文章的
韵脚

你可以轻抚
那透明的封面上
定会出现四个
花体的字

时光正好

从厚厚的落叶上走过

喜欢从厚厚的落叶上走过
沙——沙——
沙——沙——
那样简单，那样动听
宛若生命的回响

也喜欢走过厚厚的落雪
满地缤纷的落英

那份繁华过后的安然
化一个清醒的单音节
轻抚飘荡的灵魂

就像那些撕掉的日历
排成会飞的诗行
在山水间回旋
时空深处 祈福的经幡挂起
沙——沙——
沙——沙——

2016年11月5日。

小茶壶

本名霍仕保。老三届知青，曾插队农村8年，现已退休，赋闲在家，以旅游为最大乐趣。酷爱文学，尤其是诗歌。

月夜钟山

昨夜无眠，我把淡淡的思绪
搁浅，飘荡在林荫树前
捡一枚碧绿的落冉
叠在那悠长的思念
相邀你于字里行间
在诗里等你
婉约在月下相见

今夜无眠
我把尘封的心潮翻掀
穿行在水墨烟染的钟山山巅
采一束栀子花语
烟　沉淀的墨淡
独自在那幽深古道
如天青色
我等你在月夜路边

夏夜，我把月光收入我的枕边，无眠
听唐人吟哦
看宋词翩翩
裁一片云彩
寄托我的眷念
写下的是——
我给你的永远的诗篇
钟山风雨
石城墨迹
秦淮云烟

致小学同窗

总想问一声，你好
我儿时的朋友
我曾经的同窗
那时候我们很小很小
经常是笑了又哭，哭了又玩
格房子，扔沙袋，滚铁环
逮小虫，捞蝌蚪，捉迷藏
一分几十年
一别话再难
时间的长鞭
可把你打
可把你伤
过去的日子
可把你暖
可把你寒

总想问一声，你好
我儿时的朋友
我曾经的同窗再见时，我们还是很小，很小
往往是谈了又笑，笑了又谈
拾往事，找旧话，叙家常
聊校园，话老师，忆同班
一分几十年
一聊话更长
岁月的磋砣
可曾历练
可曾沧桑
逝去的青春
可曾惋惜
可曾收藏

总想问一声，你好
我儿时的朋友
我曾经的同窗
未来的路还有很长
相信吧
阳光就在路上

读你

总想读你
读你昨天的日记
读你的心情
读你的往昔

总想读你
读你浅浅的词语
读你深深的文笔
读你的烦恼和欢喜

总想读你
掀开那带锁的封皮
纸页是否泛黄
是否还带有泪滴

总想读你
在夏天的雨后
在冬天的夜里
陪一盏灯
从天黑读到黎明

谢文习

广东省河源市连平县上坪镇人。广州市青年作家协会秘书长。

自述：吾自幼丧父，十四岁含泪走出校门，在社会上历尽辛酸坎坷。为生计走遍大江南北，最后还是在本县（连平）（新百年钢业）就职至今，因为喜爱文学而一直坚持笔耕，与文学结下了不解之情缘，想用自己有限的文化知识去描写未来的明天。

金针

秋色无形
又无边
秋风吹起
绿渐眠
风中带寒
尘灰显
菊花金黄
夜不见
秋夜明月
照塘边
白色金针
似水仙
袅袅娜娜
绿意连
亭亭玉立
情无限
喜迎秋风
白花鲜
花开朝月
又观天
花粉清香
彩蝶奔
花针向上
指万千

我心想谁

中秋已过
送走了圆圆的月亮
也送走了欢乐
剩下了
寂静的夜晚
只看见那都市的灯光
还有川流不息的各种车辆
夜市里人来人往

孤单的我

又在向远处遥望
没有目标
也没有方向
傻傻的
傻傻的
在胡思乱想

我心想谁?
总是没有找到
那谁的模样
感到一阵凄凉
甚至会意乱心慌

我究竟在想谁?
有点可笑
更觉得有些荒唐
夜已深
心泪汪汪
秋的风
在慢慢游荡
失落的我
又走入了迷茫……

寒露接重阳

秋
已接近尾声
秋的凉爽
已变成了寒凉
总是想多为人世间传送清凉舒畅
尽力在发出秋风的余力
终于还是走入了
寒露
季节的雨水
也如约而至
轻轻地尽情潇洒
没有顾及人们的感受
强行把温度降低
使人有了寒冷的感觉
只能添衣接受

虽然想
尽力地挽回秋的爱
但只能作
最后的相处时段
才能相拥相依
剩下的
秋的时光

希望此情能长长久久
所以并没消停
迎来了重阳
九月九

重阳节至又思亲
登山拜祖敬故人
传统的礼仪
孝敬

山上
满山的枫树
叶绿叶红
千姿百态
百样颜

寒风
吹熟了枫叶与菊花的金黄
还有田地里的稻香
同时
也会吹枯青草
和扫落树木中的万千叶片
还会吹起地面上的尘灰
让尘灰在秋风中
卷飞在天上
尽情飘零

晚秋

风的劲狂
吹到了寒露
很快接近霜降

枫叶由翠绿吹熟成了金黄
虽然没有玫瑰的艳丽
也没有牡丹的芳香
但也有浓密的片片柔情
和那金色的辉煌
却被那似已酒醉的寒风狂扫
叶落飞满地上
任由踩踏
感到非常的凄凉
风不停
飘零的枫叶
无处躲藏
大地间
找不到哪里才是
该去的方向
倍觉忧伤
恐慌
难思量
晚秋
原来是这样
难忘……

不似中秋

将到中秋
凉风轻轻摆扭
白天是风和日丽
热浪乃有
试问太阳能否调休
让佳节温柔

夜间冷风啾啾
虽无雨雪
不似秋
夜空淡光微弱
不见星影留
不似中秋
是否时辰没到
还是嫦娥忘了中秋
月亮只露尖尖角
似乎害羞

爱的呼唤

风和日丽
秋高气爽
一阵阵凉风吹过
带着一丝丝的清凉和舒畅
带来了秋的惬意
也带来了思念和渴望

秋天来了
佳节已到
心上的人啊
你在何方

我站在那高高的山上
天天在等待
日日在遥望
渴望着有那么一天
你突然出现在我的身旁

我站在那山顶之上
高喊着你的名字
呼唤着对你的念想
遐想着你的温柔
幻想着你的爱
憧憬着我们的理想
回忆着你的模样
生怕被遗忘

我站在那山顶上
我在委托
秋天的清风
帮我去找那远方的你

我站在那山顶上
我委托大海的波涛
帮我大声地呐喊
告诉你我的情

还有爱
告诉你我的思恋和牵挂
你快点回来

山下的丛林在欢呼
树上的鸟儿在歌唱
天空的彩云也在眺望
我的心在呐喊
亲爱的
你快回来
我的情永远不变
爱与你同在
永不分开

花开花落

秋天
秋风凉
秋风清爽
秋风吹熟了果实
也吹开了菊花的金黄
吹来菊花的清香
遍地飘荡

秋风的劲狂
突然地
毫无准备地
把你
吹到了我的身旁
你是那么的温柔雅丽
你是那么的贤惠和善良
你是那么的娇娆端庄
袅袅娜娜
亭亭玉立
柔嫩而又漂亮
像一朵娇艳的鲜花
在我面前尽情地奔放
自溢芬芳

我是多么的喜悦
多么的恐慌
心跳加速
心情无比的紧张
彷徨

两人悄悄私语
互诉衷肠
终于燃起了爱的火光
你善解人意
你说你懂我欣赏我
你说会把我放在心上
你给了我信心
又给了我希望
让我非常的高兴
使我还尽情地遐想
心似吃了蜜糖
得意洋洋

然而
在后来
你突然说
你家里已选定了新郎
你不能和我一起
没得商量

天在转
雷电疯狂
乌云在翻滚直上
大脑嗡嗡作响
苍天不公
总使我难过
老让我心伤
又使我迷失了方向
刚刚盛开的鲜花
又让那无情的狂风
扫落在花枝上
使花朵枯黄
又变得孤单凄凉
陷入了迷茫

甚至绝望……
(如果有阵春风,是否还能生长?)

谢新政

男,1963年生,中学高级教师。湖北省作协会员。有诗歌、散文在《星星散文诗》《绿风诗刊》《华语诗刊》《长江文艺》《湖北日报》等报刊发表,部分诗歌作品收入多种选本;出版诗集《像诗歌一样生活》,主编《故乡风情——闻一多诗歌赏析》(武汉大学出版社出版)。

国徽

麦子和稻穗,镰刀和铁锤
是一个国家一个民族一面旗帜
几个简单的象形符号
就是与我们血脉相连的祖国
蜿蜒的长城,万里河山
历史从更深处走来
是一个民族的坚强和不屈
多少志士,用血肉之躯
撑起了中华大厦。他们是脊梁
是民族的骄傲,是国徽上
一粒粒金黄的稻谷。这一枚
闪光的国徽,在我们的手上
就像一颗鲜红的太阳

心灵的雪原

本名刘宝双。1973年生,吉林省舒兰市人。20世纪90年代开始创作,诗歌作品散见于各级报刊。散文《心灵的雪原》被收入《都市心情》散文集。辍笔多年后重新燃起创作激情,现已有多篇作品被各大网站转载或在微信公众平台推出。

乡土

这捧泥土
掺着牛粪的味道
在我的行囊里
一背就是一辈子

奶奶的老烟杆
在土里镀成了金色
翡翠的烟嘴
成古董的时候
我把它埋在了山丘里
任风风干了的泪
滴落在奶奶与爷爷的合墓里

这把土　是父亲亲手捧出的
和着父亲多年未洗的鱼尾纹
流淌在乡间的小路
我一步一回头
路延伸在血管里
缠绕着思乡的情绪
融化了一冬的桎梏

如今　这把土已泛黄
我站在城市的顶楼上
任风吹散牛粪的余香
把它吹到乡间的小路上

乡思

妈妈的手　在土里
种下一粒相思的豆
我在天涯　豆
在我贴身的棉袄里

一句话　化成了豆角和黄瓜
很久没有尝到清香的味道
那是妈妈临终时的牵挂
让我攀着豆蔓往上爬
不要怕地里有妈妈
用干枯的手堆起的桑麻

河里的歌　在妈妈的心里

唱了一辈子的蹉跎
在家乡的耳畔
我的嗓子却发出哽咽音符
和着妈妈的歌
树也呜咽鸟也悲歌

如今　那粒相思豆
已爬满了山坡
缠绕着我的思念
引我流浪小河
走进妈妈的心窝

乡情

爷爷的故事
挂在了房梁上
我弱小的身躯够不到结尾
便做了一只铁钎
去扎屋檐下的鸟窝

奶奶用皱纹哄我
欺骗我故事的结尾里有玉米窝窝
我想着小米粥里
该有一个鸡蛋吧
睡去的时候嘴角流出了一条河

放牛的时候
爸爸教我唱山歌
唱着唱着山就矮了云就低了
爸爸的嗓音哑了
我在山的那边泪水滂沱
叮咛的话
妈妈缝在了衣里
山外的风大
多了一句靠自己
变换的季节变幻了美丽
我的翅膀依旧在你手里

乡情在路上绽放旖旎
故事的结尾是爷爷房梁上的继续

乡音

一声乳名在梦里呼唤
我已几十年没有听到
今夜注定无眠
一句家乡的话
我的枕边已是泪水一片

这一句方言
是我偷偷藏起的怀念
想着在某一天
不经意地抖落
会回到亲切的童年
而这一天
我苦苦地等了这么多年
是母亲在我梦中的呼唤
是父亲在我路上的期盼
是家中的姐弟的牵连
无法割舍的乡音
始终萦绕在耳畔

喧闹的城市
我差点忘了从前
真的无颜面对家乡父老
只因我藏起了一点方言

乡愁

一道鞭影挂在了天上
一声牛吼震落了斜阳
一阵犬吠惊亮了灯光
夜色　弥漫在村旁

故事在烛光里成长
岁月在皱纹里延长
青丝在窗花上点墨
白发在灶台上飘香

玉米拔节吓坏了星光
黄瓜地里听说有牛郎

屋檐下紫燕呢喃成双
小河里的泥鳅排成行

春天　编一个童话故事
夏天　玉米地里捉迷藏
秋天　谷垛上晒太阳
冬天　被窝里唠家常

父亲　这些我怎能忘记
是你一生的牵挂
我已把他们揣在了你怀里
就嘱托早逝的母亲
一起把他们带到路上

乡恋

我　幻化成一只七星瓢虫
每晚都挤在你的门缝
每当夜深人静
看你安然入梦

乡村的夜总是少了半个月亮
这样最好
总是贴在星星的睡眼中
看你曼妙而多姿的身影

或许在豆角叶上
再啃一个圆圆的洞
当你采摘豆角的时候
亲吻一下你细腻的手
看你不经意的一抖
也许你的脸颊就会绯红

我这只无赖的瓢虫
沾着风飘着雨携着露
无时无刻不追着你的脚步
嗅着你的汗味和你一起劳累
抓着你的衣袖和你一起
去山里去地里去河里去田间地头
去分享你的欢笑
吻干你相思的泪
甚至去你温暖的炕头
和着你的体温
一起入睡

辛平

笔名兰溪、南溪碧涛。甘肃秦安一中教师。中国诗歌学会会员。在国家、省、市级报纸杂志发表散文诗歌多篇，部分散文作品多次获奖。著有散文集《黑蝴蝶》。

面

不想画草画树画夕阳
只想画南边吹来的风的模样
画出风摇曳飘动的舞步
还有那一缕淡淡的荷香花

不想画花画鸟画玉堂
只想画出花园里秋虫的轻唱
画出那一声轻轻的叹息
和停留在叹息的浅浅的惆怅

不想画日画月画流光
只想画水一样的思念轻轻地流淌
画记忆深处那一瞬韶华
各缠绕着夜色的牵挂悠悠长长

我们一起看月亮

走过长长的小巷
我们一起去看月亮
西边是你家的篱笆
东边是我家的矮墙
我们坐在小河边
看月色在水波上跳跃荡漾

果实已经成熟
落叶已经成熟

穿过清秋的果林
圆圆的月亮挂在柳梢上
就像我们曾经
完美无缺的理想

皎洁如水的月光
在我们身边静静地流淌
像叮叮咚咚的流水
洗去阻挡我们的风雨沧桑
南小河绵绵不绝的涛声
在我们耳畔轻轻地回响

今晚月亮走近地球
是让我回望曾经的理想
我还握着凤仙花的种子
握着让青春悸动的怀想
我只想走出重重的篱笆
和你一起沐浴水一样的月光

思念

世界是这样宽广
可我们的空间只在一心之房
这儿存放着浸润着我生命的情感
世界因为这份情意才这么明亮

人海是这么苍茫
我们的天地只有三寸见方
渗透生命的思念凝成了一粒露珠
在这儿闪动成含泪的明眸的模样

春天繁花似锦
我抓住的只是一握淡淡的忧伤
我忧伤地呵护着这露水一样的情意
希望它有钻石一样的光芒

生命的这样漫长
我的快乐只在这三寸天堂
春残花谢的日子我们重漫逝去的童话
在童话世界里我们有着天使的翅膀

一梦浮生

飞不过沧海
惹不起尘埃
只好将这珍藏一生的秘密再一次深埋
看遍了红尘
望穿了烟霭
前生后世我们追寻的是不能相许的爱

走尽了碧落
寻遍了黄泉
在冷冷的泉台上只有彼岸花在盛开

焚起了檀香
捧起了瓦钵
默默地放下千丝万缕的牵绊和挂碍

痛钦在黄昏
醉卧于夕阳
让时光淡化天地间苍苍茫茫的悲哀

打铁

面对这个世界
我还能说出什么话
我只能把怒火烧伤的心
放在砧板上捶打
让汗水挥洒在
骄阳中，柳树下

《广陵散》悲概的音符
像满天的雪花
飞舞成旷世的激情
穿越时空中的
荒唐与悲凉
千年后依然
风神潇洒

岁月的千锤百炼
让指鹿为马的权力

变成了一堆残渣

辛日

本名王晓露。男，1974年生于浙江省青田县。1990～1993年就读于浙江省松阳师范，曾任校刊责任编辑，2016年7月在《浙江日报》G20征文比赛“为爱登封”中获奖。现居西班牙南部城市马拉加。

露

晶莹的身体
易碎的心
世人眼中
转瞬即逝
是我的宿命

他们不知
我已孕育千年
期待百世
只为在某个清晨
沾湿你的衣裙

2016年8月24日。

鞋

是鞋
替我在大地上
书写生活的艰辛

2016年8月19日。

中元祭父

病床上的父亲
奄奄一息
眼神是那么的无助
我不知该怎么做
痛苦至极

想起自己
少不更事
常常惹您生气
及至成人
为了生计
四处奔波，不能相依

您自幼孤苦
勤俭一生
命运跌宕起伏
始终秉持忠厚本性

如今天人永隔
我追悔莫及
父亲大爱无言
我至痛无声

2016年8月20日。

老房子

老家的房子已有百年
土砌的外墙
被风雨侵蚀
斑驳不堪
木柱子木隔板
上面涂满了
粉笔和黑炭
童年的记忆
都写在了上面

下大雨了
天井成了池塘
小伙伴们折几艘纸船
看看雨中
谁的船走得更久更远
晴天
池塘不见了
父亲在那里劈柴
忽见柴中小虫
兄弟们蜂拥而上
取火锹，烤小虫，入嘴
一气呵成，唇齿留香

老房子里有张花床
那是母亲的嫁妆
描龙绘凤,富丽堂皇
一踩到床榻
凤凰就扇动着它的翅膀
那张床上
母亲教会了我从一数到百
教会了我怎么写“王”

风雨啊
能不能别再侵蚀我的老房
我希望你能安然
再伫立百年

2016年9月17日。

辛夷

本名张泽鑫。1988年生,广东揭阳人。广州作家协会会员。作品散见于《中国旅游报》《南方都市报》《湖南日报》《侨星》《淮风诗刊》《海内诗刊》《河源日报》《梅州日报》等报刊及网络平台并获奖若干。

在光孝寺听僧人诵经

日暮。光孝寺大雄宝殿前
我和其他信众一样
静静伫立,听僧人诵经
梵音如海潮涌来,天地动容
我的耳膜鼓胀,尘事纷纷外泻
木鱼一声声,消磨肉身
我们轻而透明,如浪沫,随经声起伏
在一瞬间,聚,散,生,灭
又重新汇成连绵浑厚的诵经声
分分,合合,周而复始

一件悲伤又幸福的事

你在,你的疾病也在
连同那些没有尽头的痛苦
你不在了
疾病只是医学上的专有名词
而痛苦被切碎
分散在我们的记忆里
当你的身体版图被黑暗瓜分
除了我们,你与这个世界
再无任何瓜葛
这是一件悲伤,又近乎绝望的事
可它也有幸福的一面
因为我们活着
你也就还活着

意外

花盆里养过绿萝
现在还能看到它的枯叶
养过仙人掌,只留下刺
偶尔会出来阻止我
侦查她保存在泥土中的秘密
只有多肉是最老实的
根烂了,就乖乖交出自己的身体
任凭我处置。现在它们全走了
只有泥土还原封不动呆在盆里
我憎恨花盆以及泥土
它们一直剥夺
我对其他生命的期待
直到我将花盆弃之角落
数月后
一株不知名的野草
悄悄地从泥土里探出了头

暮色中的老寨子

夕照中飞出一群蝙蝠
像神降临一样,通体闪烁金光

久无人居的老寨,灰埕长满了野草
它们代替人类,繁衍盛大的荒凉

房屋在寂静中朽坏,裂痕藏起历史
门环生锈,没有钥匙能打开往事的锁

我印象中村头有口深井，水清冽，照得见天空，
云彩。
井还在老地方呢。没有走动过，只是我们离开
后
水浊了。青苔统治一切。

夕照中，我看着蝙蝠在老寨子上空来回穿梭
我只是看着，并未走进荒凉。一条银环蛇闪现
黑白相间的身子仿佛我此刻的心情。

风中的芦苇说出了时间的形状

芦苇立在水边
投下的影子，不离根部左右
它们一起抱着泥土
虚实共鸣，关于生命的歌
被风从大地唱得辽阔又悲伤
风来了
蓬松的雪花在芦苇头上荡漾
一条条时间的纹路，顺着水面铺开
蔓延，此刻爱情在地上长满了草
弓起的土包，藏着潮湿的记忆
那时节应该是秋，有露，有霜
安静的女子比水还柔媚
她在水边行，等待
另一个心潮澎湃
又如月华般美好的人
但此刻，他们和沙洲中的水鸟一起消失
只有一阵风走在茫茫四野
把芦苇压弯了
枝条触水，弹起的水珠
让寂静碎作无数玻璃片，叮咚，
叮咚，芦苇描摹出了风和时间的形状。

欣书

本名何欣书。女，90后。内蒙古赤峰人，现呼伦贝尔学院在读学生。平时安安静静，爱好写作，喜欢读张爱玲、三毛的作品，体味人间冷暖，尤其喜爱周杰伦的《青花瓷》。

寄语：希望能以欣然心情爱上读书 。

灯火

我喜欢在夜晚看灯火
轻轻临窗而坐
映入眼帘的
是详和的明色
皎洁月光下
灯火在微笑着
一扇一扇的光亮
点亮了楼房的心情

每一个灯火方块里
都有傍晚和黎明
有着香喷喷的饭菜
嗔怪的叮咛
有浓浓的爱意
恬静的温情
家人聚在一起
是最好的幸福

我的小屋也是其中的一盏啊
和万千灯火一起
灿烂通明
简单平凡
却有着自己的温暖
每一盏灯火都温馨
似静水温柔
润物无声

朦胧

坐在窗边
听细雨的沙沙声
时而清晰
时而安静

想起雨巷里
那个丁香一样的姑娘

不曾谋面
在诗行中默默行

曾经半遮脸颊的
一曲琵琶
造就一段
流芳千古的佳话

有个叫顾城的人说
你一会看我一会看云
云儿离得很近
我却似乎不在你心里

天青色等烟雨
而我开始
慢慢喜欢上
这份朦胧的美丽

眼泪花朵

阳光很冷
窗外的云朵很像心情
这时
我在屋子里
一个人哭了
我的眼睛里
落下那花朵

它们畅快地落下
带着伤心的花瓣
我嗅到带着咸味的芳香
我不说它们是珠子
它们并不价值连城
那只是我的珍贵
一朵朵成长为属于我的情愫

轻轻碰到它们
我尽量很安静
安静时
它们那么剔透晶莹
笑容让人欣然喜欢
而这些花朵
它们美丽
却让人微微心疼

馨警

本名温建设，网名温馨洛阳。出生于70年代河南省永城市一个农村家庭，现居住在河南省洛阳市，从事警察职业。洛阳作家会员，洛阳牡丹诗社社长、总编，多家网刊的高级会员。厚重的农民出身赋予了朴实的性格，热爱生活，从过军，打过抢，解放军文学获过奖，长江抗洪立过功；从军十六年，在军内外发表诗歌、散文、报告文学上千篇，代表作有《乡村故事》《绿叶》《从军路》。

诗观：诗是人类灵魂的精髓，诗歌是诗人人生观的写真。

我骄傲，我是名交警

我骄傲，我是名交警
每当清晨我踩着第一束阳光
踏上使命的亭岗
头顶警徽肩扛警衔
而放出光芒
深知肩上的重量

我骄傲，我是名交警
我用熟悉的手势
指挥川流不息的人群和车辆
无论是寒风暴雨
还是炎炎夏日
我的身影如约而至
在交通岗亭上

我骄傲，我是名交警
每当我在岗台上久久地站立
用熟悉的手势
指挥车辆有序过往

忘记了一路风尘
日复一日
年复一年
为了肩负的使命
为了人民平安出行道路畅通
为了千家万户的幸福安康
默默奉献在七尺岗台上!!

我家老油灯

我家老灯
她刻着1972煤油灯的生产日期
那是父亲用一百斤麦子换成
那盏微弱慢盈黄火苗
她带我从黑暗走向光明

我家老灯
牛棚里书桌上留下她的身影
挑灯夜读伴我度过初中高中
作业上留下一个个烧焦空洞
那是她功绩的见证

我家老灯
总是在黄昏最后一缕光入睡
伴我走过十二个春夏秋冬
直到弃笔从戎依然在梦中
她像慈母嘱托我走向成功

我家老灯
记载着严父教我数学的背影
伴陪着慈母纺棉花的歌声
激励我牢记父母的嘱托
鼓励我一定要考上重点高中

我家老灯
依然亮着暖暖的灯火
怀着慈悲的温度
照亮我人生
提醒我做人
警示我做官
当官不为民服务不如回家种红薯

继父,下辈子我还做您的儿

大清早乌鸦惊叫
我浑身发毛
娘曾经说过那是不祥的预兆
一声噩耗从家乡传来
八十五的继父永远地离开了人间

我的脑袋崩溃了
我的灵魂没了
我的天塌下了
记得五岁那年
我的亲爹一场大病
离开了人世
妈妈带着我们姊妹逃荒要饭
我们成了没爹的孩子
到处受村里孩子凌辱打骂
妈妈忍饥挨饿衣服破烂
去十里八村要饭
我辍学在家哄弟妹不哭喊
好心的村长劝妈妈改嫁
看着孩子以后的日子还长远
妈妈为了我们几个不挨饿
嫁给了比她大八岁的继父
我们组建了新家
生活的重担继父一个人担
继父从来跟我们不多言
偷偷地到公社学校去找人
让我们兄妹几个书读完
继父为供我们读书起早贪黑
累弯了腰
皱纹满面
老茧刮脸

我长大了
看着日益苍老的继父
我只想叫一声亲爹
不能让他一个人挑那么重的担

我偷偷地报名参了军
继父眼瞪了我半天
离开家的那天
全家人送我
只剩下继父在家里面
到部队检查时才发现
背包里塞了一布袋零钱
有一分、一角、一元钱在里面
那是继父积攒多年的血汗钱

今天晴朗的天空
却乌云满天
黑压压的乌黑一片
继父啊
我的天
你塞的钱我还没花完
苍天啊
容我再见您一面
把我积攒多年的话说完
继父啊
多想当面叫您一声亲爹
继父啊，我的亲爹
您的恩情我还没报答完
下辈子我还做您的儿

2016 年 3 月 18 日。

等我老了，就回老家

等我老了，就回河南老家
这里有最淳朴的村庄
是我人生的起点
这里有最憨厚的村民
是生我养我的亲人

等我老了，就回商丘老家
这里白云蓝天
一眼望不到边绿油油平原
夜晚繁星点点
比城市的霓虹灯好看
回家不住高楼大厦电梯间
就住生我养我的旧院
依旧的土砖庭院
依旧的土矮墙
依旧的茅草老屋
发挥余热在温馨的时光
种很多很多的果树和鲜花
让邻家小孩和我小时候一样爬篱笆……
不再做低人一族，把脚印洒向田间
种很多很多的菜
番茄、辣椒、茄子、豌豆……
出门几步就能采摘新鲜蔬菜
即使看看它们
也是我生命中最后的余热散发人间
养一群笨头笨脑的鸭子
再养几只能飞的鸡
养一只家猫去逮耗子
养一只土狗看着家
等我老了，就回永城老家
一座小桥，一缕炊烟
一条小河，一棵老槐树，
还有那一声乡音
吃一桌地锅炖土鸡、烧饼夹狗肉，辣椒面糊……
儿时的乳名，可以穿越几十年的时光

等我老了，就回双桥老家
走了这么多年，终究还是要回这个地方
一个名叫老家的地方
在那开满野花的田地，埋葬我初恋的地方
还有我的亲人
那就是我的故乡
也是我一世的牵挂……

2016 年 2 月 12 日。

洛阳猴年第一场雨

洛阳的清晨
天，一下子黯淡了下去
上空多出一片一片乌云
八点还雾气冲天阴云不见天

喧闹的街市也因绵绵春雨的来临
仿佛一下宁静了
强风不断在我脸上撞击

我,走在街上
朝着岗楼的路慢慢地走着
望着行人慌张的样子
我不禁暗暗地一笑
继续走向前

风,肆意地刮着
路边的树枝沙沙地为之作响
它卷起了尘埃吹跑了垃圾
垃圾和行人们一样在街上乱滚
人们的心也慌了

云,已经密布在我的头顶
那一团团的黑色棉花
仿佛即将炸开一般
它们已经忍不住了
想一下子把心中的怒火宣泄

雨,这时已经慢慢地滴落下来
密集而细小
如蚕丝
滋润着摇摇欲出的小草
撒在我的脸上感到一丝暖意
这时我加快了脚步
继续向前移动着

花草,似乎已经等不及了
在风中摇摆着渴望着
它们期待着与雨滴的亲密接触
品尝着甘露的味道

雨下得更密了
这使我不得不躲在了别人的屋檐下
主人发现了我的存在
但我没有进去
因为我爱雨……

雨越来越密
到处都能聆听到花草鸟语的恋语
我听着听着入了迷
和花草一起
沉寂在这春雨的包围之中……
欢悦在万物丛生的年味悠远声中……

致薄情郎

——写给现代版陈世美

那是一个寒蝉凄厉的深秋,
就在你家屋后,
你粗暴地拥着我的身体,
用厚厚的唇堵住了我的樱桃小口。
你用有力的臂膀,
禁锢了我的双手。
于是,
我依偎在你荒草般的胸膛,
成了你爱的俘虏。

还是一个星光璀璨的秋夜,
你把联络时地暗投。
那是我熟悉的甲骨文式的字体,
“绕过乱刺岗,相的寡妇沟”。
我如约,
你等候。
你用无法抑制的激情和热烈,
淹没了我的痴迷和温柔。
你说自己是一匹情狼,
被渴望燃烧的双眼,
放射出幽幽的绿光。
我明白,
要符合你这只情狼的胃口。
只有我这样的羔羊。

那是一个寒风料峭的冬日,
你响应祖国的召唤,

穿上了大号军装。
你登车回望的眼神，
震颤着你曾触动的心房。
你洋洋洒洒的信中，
有绵延无尽的思念，
还有露骨的密语和柔肠。
我醉了，
醉在耳鬓厮磨的回忆里，
醉倒在你柔情蜜意的枕旁。

一年后，
信中没有寄来爱意，
是决绝分手的荒唐。
我在冰冷彻骨的冬夜痛苦，
我挣扎在春天的晨光，
我在月白风清的夏口徘徊，
我在成熟的秋天，
收获了希望。

俱往矣，
情缘已尽，
天各一方。
现在你用骗术，
为自己的始乱终弃披上伪装。
你把我心底一泓沉静之水，
搅动了波澜，
扰乱了我家庭的不安和恐慌。
你假惺惺地追忆，
只不过是重温的梦的一枕黄粱。
我不愿回忆过去，
只求你放过杏花吧，
你这只不曾悔改的情狼!!!

让你牵挂在诗中的杏花。

爹爹

——于爹爹忌日赋

每次匆匆离家
一天不如一天的爹爹
只要还能站起
都要扶着墙到家门口
眼泪汪汪地看着我离开
我走了很远才敢回头
可怜的爹爹仍在残阳中守望
形如枯槁，孤寂如伤
无心的孝儿却不知
儿子走得再远
始终都未走出爹爹的眼睛
那双饱含着所有人
唯独没有他自己的眼睛
儿子走得再远
一直都没走出爹爹的额头
那方浓缩着所有人
唯独没有他自己的额头
读了一辈子无字书的爹爹
善感地把每次告别
都当作他最后一次送儿
而念了多少年有字书的儿子
却愚昧地以为每次归家
爹爹永远都会
从那个完整的家里走出来
如沐春风，如临秋水

每次回到家乡
当爹爹把念想心存
多日舍不得吃的端给我
一遍又一遍劝儿多吃些
当爹爹将思来想去
多少次的重复话啰嗦给我
一次又一次嘱咐儿多穿些
我曾巨烦爹爹
怎还走不出夜忧饱暖的年月
却未良心发现
儿不屑一顾的那些好吃的
其实是爹爹的日夜牵挂
儿敷衍应对的那些絮叨话
最后竟成了爹爹的诀别遗言
有心无力的爹爹明白

他余生能为儿做的唯一事情
就是看着儿吃好穿暖
他竭尽心力在弥补
儿小时候少吃的那几顿饭
少穿的那几件衣
他怕他和他魂牵梦绕的儿女们
只有今生,没有来世。

突然有一天
当蓦然想起因各种忙碌
好久已没见面的爹爹
成了想见面纵使抛却一切
也永远再也见不到的爹爹
当自然而然
曾叫了无数声的爹爹
成了杜鹃啼血
也永远不能回应的爹爹
当曾经夜夜残喘着的爹爹
成了相框中静静微笑的爹爹
当孩时学会的第一个词爹爹
成了以后最痛的词爹爹
当真真切切的爹爹
成了满目空云的爹爹
儿才切肤领悟了那句话
树欲静而风不止
子欲养而亲不待
而爹爹已成了残月下的一枕泪
梦里花落,梦醒心殇

走过云卷云舒的村道
爹爹送我出门
千言万语
哭过草荣草枯的村道
我送爹爹入土
肝肠寸断
房间里明灭您抽旱烟的灯影
田野里依稀您挥汗如雨的身躯
河井边绰约您年轻高大的伟岸
原来草木天地本是有感有情的
爹爹——
您留下一辈子的操劳与煎熬
留下一辈子的喜忧和苦乐
穿着自己亲手备好的寿衣
带着对子女无限的牵挂
把自己厚重成了
世上最温暖的一抔黄土
我在喧嚣的红尘
爹爹在寂寞的地下
今夜月冷星寒
今夜云淡风轻
从此天人永诀
从此阴阳两隔
草木一生,爹爹一世……

元宵节,我与恩师有个约会

元宵啊
像雪球又白又圆
可我却失去了视觉看不见白圆
元宵啊
似蜜枣又黏又甜
可我却失去了味觉尝不到黏甜

元宵节啊
您是中国人新的一年快乐的起点
您是一年中最红的一个夜晚

元宵节啊
您是中国人奔梦之蓝
您是一年四季月亮最圆的一个夜晚
可我却害怕见元宵
我与她有过失约
记得99年大阅兵前正月十五
在阅兵村苦练精兵那个夜晚
还有“非典”那年我去苏丹维和的夜晚……
再也看不见白又圆的元宵
再也尝不到黏又甜的汤圆
我更害怕过元宵节
总有一些人事化为云烟

总有一些日子留给怀念
每年的今天
我总会轻松穿越回到从前

恩师　您永远是给我知识给我力量的源泉
我还是不懂事的少年
那片桃林正在盛开
我编的花环依然鲜艳
羊群正在身边啃草
云彩就挂在树尖上
你刚刚戴上我给你编的草花环
野兔刚刚偷听了我们庄重的誓言
我一定考上大学衣锦还乡报答恩师梦圆
一切都是那么美好
誓言来得那么突然

眨眼间，您走了十七年
我就等了十七年
每年的这个日子
我无论身在哪里
我的心都准时赴约
还是我们俩
还是火红明亮的夜晚!!
(作于启蒙老师2016年正月十五忌日祭奠。)

信阳居士

本名魏宗念，又名魏天然。祖籍河南信阳，一个普通又卑微到尘埃里的平凡人。自幼喜好清静，工作之余好读诗书文章，对中华民族文化情有独钟，青少年时期开始较为广泛地涉猎儒、释、道文化。

创作感想：时光如梭，光阴荏苒，转身回头之际，岁月已过经年；生命本似白驹过隙，浮生若梦，苦短如幻；不知不觉中已经步入“天命”之年。四季轮回不已，世界瞬息万变；唯难改儿时天真、少时单纯。那是因为，太想在这个如同梦幻的世界里——深情地生活，率真地唱歌。

中华民族先贤颂

——中华文明复兴的希望

你从璀璨的星空走来
带来了中华文明复兴的希望
你从远古的神秘中走来
实现了人类追求和谐的梦想……

你的胸怀
可以容纳千川百流
你的场能
使千百万向往美好的人们
跟着你去实现神圣的理想

你的智慧
足以照亮执迷者的心胸
你的心灵
可以容纳天地融化阴阳

有多少迷茫失望者
找到了慰藉灵魂的圣地
有多少醉生梦死者
重新焕发出生命的光芒……

再不要说“和谐博爱”
只是神话传说
它在践行圣贤教育者的身上
早已变得平常
再不要说“大同世界”
只是天方夜谭
无数修身正心者
正在成为旗帜和榜样……

圣贤文化——
你是中华文明复兴的希望

站起，你是一棵顶天立地的大树
升起，你是照亮东天的一轮朝阳

不畏坎坷曲折
你是奔向海洋的大河
尝尽艰辛磨难
你是巍然不屈的山冈
历经千锤百炼
你是更加纯粹的真金
几遭风吹雨打
你是逾显坚挺的栋梁

你是三月的春风
抚去了大地久积的冰雪
你是五月的海棠
带给世界无限芬芳
你是南海的甘露
滋润了多少苦难的身心
你是西天的佛光
增添了人类多少智慧和吉祥……

你是一面旗帜——
召唤着众生去寻找
“十方圆明”的天地
你是一把火炬——
驱散黑暗迷雾
引导着人类走向美好
走向辉煌

西方早已感慨：
东方从来是制造奇迹的地方！
世界无不惊叹：
中国 自古生长神仙的故乡！

（谨以此诗献给中华民族的往圣先贤——他们是中华民族精神的脊梁，是人类心灵和谐的明灯；以及为传承与弘扬中华优秀文化和圣贤教育而不辞辛苦，无私奉献，为法忘躯，作出卓越贡献的所有老师和义务工作者们。）

寻觅

在大漠荒原
我寻找着绿洲
在梦幻红尘
我寻找着天堂

鸟儿
衔起我万分的渴望
白云
摇荡着我欲静的神往

在原始森林里
我寻找着今天的太阳
在曝烈的阳光下
我寻找着远古洞天的清凉
看见了花絮
我想起了红熟的果子
捧起果子
我嗅到了满山遍野的花香
看见贝壳
我想起了珍珠的美丽
看见珍珠
我想起了大海上升起的太阳……

船儿
载着我不死的灵魂远去
花儿
开谢着我的痛苦与欢畅……

求索者之心声

（一）

我也是人
和所有人一样/也是人
我也是食人间烟火的人
我也有七情六欲
我也会喜怒哀乐……

（二）

我的心中也曾有过痛苦
我的心中就一直痛苦着

我的心中也曾有过欢乐
我的心中就一直欢乐着……

（三）

也许，苦苦地求索
从来就不是为了什么目的

也许，苦苦地求索
正是为了达到什么目的

（四）

我不需要别人廉价的怜悯
我不需要别人空洞的同情

我也有一个完整无缺的躯体
我也有一颗追求真善美慧的心灵……

（五）

假如世界还存在着爱
本来世界就充满着爱

我苦苦地求索
也许，能够被人理解
我苦苦地求索
其实，早已被人理解……

（六）

我苦苦地地求索——
尽管它时常给我带来痛苦

我苦苦地求索——
正因为它无时不给我
带来欣慰与欢乐……

天堂里走来的孩子

哦，孩子
你从天堂走来；
全身闪烁着天堂的金碧辉煌。
你从虚无飘渺的
时空邃道那头走来，
眉睫里放射着圣洁超然的灵光……

你生在
星星亮遍所有时空的天庭；
你以为
大世界里到处都是天堂；
只带着一颗赤子之心，
来到了一个
充满艰辛与苦难的地方……

难以理解——
听惯天籁之音的你，
也能天真地欣听　风雨合成的悲壮；
无法想象——
自由遨游宇宙的你，
竟用温柔的双脚
走过春夏秋冬　踏遍箭雪刀霜……

没有到过天堂的人
以为地狱也很美丽；
不曾下过地狱的人
身怀“真金”却要四处流浪……

天堂里走来的孩子，
最能感受梦幻世界的冰冷；
阳光里诞生的赤子，
更加理解苦海红尘的炎凉……

哦，孩子
你从天堂走来
风云变幻的世界，
有你恒常灿然的微笑；
冷暖无常的季节，
有你永远欢快的歌唱……

哦，孩子
你从天堂走来

永远温暖的身躯
穿着季节变换的衣裳
历经风雨洗礼
才明白——
没有季节变换的地方
哪里是自己的故乡!

某年春写于陕西终南山。

星空

本名李昌念。重庆奉节人,现居苏州姑苏区。

揉碎的虹

很是享受你搂我的那个瞬间
柔情得像湖中的水草
轻轻一拧就能拧出水来

初升的红
映在你的胸口、脸颊
还有……
还有我的心上

我把他当廉价的胭脂用
轻轻往脸上涂
揉碎的虹
晕开了云霞

打补丁的男人

那一片淡蓝的咸
估计是来自远海的国度吧
下身墨绿的牛仔勾勒修长的身材
一块狭长的补丁
撕裂,又缝补
无法愈合,生活的伤痛

杵着时间丢下的拐
藏着岁月留给的伤害
青春远去,剩下白发沧桑
每一丝,都晶莹地发亮

我就这么静静地
静静地站在原地望着他
迎上我的是一双通透的眸子
下方是一道道时光的沟壑

冥·想

听一曲《初见》,在半梦半醒间
勾起些陈旧的记忆
如那飘荡的音符
无形中洒落点点感情的星光
纯白的蚊帐撑起四角广阔的夜空
天空中忙碌的扇影
仿若清风抚摸双颊,一遍一遍
晨梦初醒,又睡去
甜甜的鼾声回荡床沿
又为原本的乐声更添色彩

我已经熟睡,然思绪并未停转
枕着小浣熊,侧身而躺
静静侧眠于岁月光滑的青竹之上
摘扯来一夜星光为被,银月作灯

那无形的律动
无意中惊醒了沉湎的古箫
或者,心底那丝柔软被谁触碰
舞动的竹音
竟使得缠绵的乐音中
多了些点点的伤

邢进业

平顶山市硅整流器厂退休职工,现为平顶山市三苏诗社副秘书长。著有《晨歌集》。

2015年教师节

——怀念郑州十八中班主任郑承信
及所有培育我的老师

又一个《十年以后》,
教师节的黎明,
二七纪念塔上的钟声,
和我一起朗诵:
让你的青春更美丽吧!
老师,您听,
学生在歌唱您的人生,
您的教鞭,
在新时代的舞台上挥动,
您的身影,
在新时代的堑壕里冲锋,
您的音容,
灿烂在新时代的天空!
《十年以后》的作文中,
写不尽思念老师的深情!

邢跃涛

笔名悟道、三斤。北京市大兴区作家协会副主席,诗心斋微诗社社长。先后在公开发行的各种纸媒发表文学作品200余万字,2015年开始接触网媒并发表作品。

村庄的门虚掩着

初冬,天已凉
雪未到
有西北风斑驳地叫

村外,有几个佝偻着背的老人
在捡拾最后几捆柴禾
坟地里的几棵老树
掉净了叶子,显得更加孤傲
田野,没人收拾的玉米秸
在风中哀嚎

夕阳,照在村子的墙壁上
像不灭的胎记
更像红色的棉袍

几个老人相互鼓励着
点亮灶膛,把遗落的村史
烧成灶上的火苗
苦苦等着外出的年轻人
推开村庄经久不去的空虚
在年三十畅聊

外婆

姥姥常对我说
上牙掉了要埋在堂屋门外
下牙掉了要扔上房顶
姥姥还对我说
梳掉的头发不能扔
团一团放进墙缝
姥姥偶尔也对我说
她也想她的娘
可她叫娘,娘不应
你的妈妈在京城
等你长大了
就能叫着妈妈去北京

姥姥却从不对我说
没钱买盐,没钱打醋
生活要靠棒子面糊糊支撑
姥姥从不对我说
她夜里的咳嗽
惹来半村子的狗叫不停

姥姥还在对我说
却不闻声音,不见人影
满屋子只剩叮咛

烟

冀南的天
纯粹,没有一丝杂念
漳河湾
一径秋色蜿蜒

踏着一地历史
故乡就在眼前
被时间腌透的乡音
浑厚里有些甜
喝一盅烧酒
目光里多了些爱恋
剥一颗落生果
屋顶升起袅袅炊烟

熊敏

女，笔名小蘑菇眉眉。双峰县作协会员，双峰诗联协会会员，《新诗声》编辑，《诗刊》社员，中国诗歌网认证诗星，中华诗词网中华新诗版主，香港诗词学会版主，东方诗词论坛版主，江山文学网评论员。诗文散见于《新诗声》《中国诗》《中国新诗天地》《作家平台》《土著民》《读首诗再睡觉诗选》《长江诗歌》《文学世界》《新诗界》《诗意人生》《子燕窝窝》《书安文学》《诗网络》《时花文学》《牛诗推荐》《砸诗会》《林萧传媒》《心悦文摘》《忍冬侃诗楼》《云山凤鸣》《琴泉》《石竹风诗刊》等众多刊物。

红了樱桃，绿了芭蕉

我知道这样不好，
也知道爱情只是棵草。
当天亮越来越早，
影子无处可逃，
我又如何忘掉你的好。

相遇只是一场邂逅，
我却当成命中的宝，
转身落泪去逃，
如何继续明天的好。

沿着回忆疯狂奔跑，
浪迹天涯想要忘记你的不好，
爱如潮水急流滔滔，
叫我如何白发黑发一起来抛。

人生设下一个又一个圈套，
我却没有想过如何去逃，
我想流年会把你我来抛，
哪知这是命运的下一个圈套。
红了樱桃，绿了芭蕉。

少年派的奇幻漂流

咻
派来到了桃花岛
粉色的妖娆
竟成了清丽

派乘坐白马
携一枝粉红
踢踏
玉龙雪山的圣光
迷离又高寒

派举起粉红
它竟与阳光
融化在白水河的
小碎花中了
一颗一颗
一颗颗

派笑了
河中也有一匹白马
但派不见了

原来派来到了故乡
那是一个
没有白马没有圣光没有妖娆
只有清丽的
村庄

派躺下来
枯黄的秋草

干涩却恬静

派睡着了
奇异的彩虹越长越长
用小手来触碰派的鼻尖
痒痒的

派快哭了
它不是奶奶
奶奶呢

故乡的梦呀
只有派和派的奇幻漂流……

可以调素琴，阅金经

行走，不需要地图
阳光，不需要期待
微笑，不需要观众

暴风骤雨中，细品香茗
唇角轻扬，疾言厉色前

奔跑，就朝着殿堂
哭泣，就滋润心田

看一看，雨点的花苞
问一问，经幡的呓语
听一听，胡杨在呐喊
摸一摸，漏掉的时光

牵手，就一生
放手，就前行……

暖

冰雕馆人声鼎沸
小女孩取下围巾
给小狗狗戴上
“它冷，妈妈！”

秀水一航

本名周志水，男，祖籍河北省沧州，现居内蒙古呼伦贝尔巴林镇。自由撰稿人。1981 年学习填写格律诗词，1985 年转写抒情诗。曾经荣获“凯特杯——海内外诗歌大奖赛”优秀奖、“雕弓读报——雕弓以酒续诗”一等奖以及呼伦贝尔阜丰公司与市文联征文大奖赛三等奖。著有诗集《呼伦贝尔风景线》《爱情十四行》《流浪歌手的爱情》等。

春的消息

那天我遇见你
向你寻问春天的消息
你微笑着点点头
我感觉这温暖的春风
充满了无限的爱意

虽然我离开了你
灵魂却在你那里
我这行走在荒野的躯体
失去了以往的记忆
却只记得你

我看见云儿无心地飘去
车声渐渐远离
我看见杜鹃报春，百花争艳
而我的爱情却过了花期

离开你的城市
离开你的蜗居
离开以往的残垣断壁
你才告诉我春天的消息
我就在黎明悄悄地起床
前往南边种地
我播种云豆和玉米
也播种我俩的爱情
播种幸福和甜蜜

你告诉我春天的消息
我就去郊游
我一手挽住春天
一手挽住你
我和你踏歌而行,并肩而立
你说人生何处不相逢
我说爱情有路皆为梯

那么,我的爱人
就让我们同行吧!
迎着这一路春风
且爱,且行,且珍惜……

是否

你能否告诉我
那风的灵魂
那云的倩影
为什么宛若游龙惊凤
于我的寂寞之中
带走了你的旧梦?

你芳香的春花
皎洁的秋月
是否来自天上的宫廷
于你的指间流淌的沙画
仿佛雕梁画栋
见证了我对你的爱情

也许像泪水般的潜流
汇于江海之中
荡起希望的涟漪
我的小船向远方航行
能否到达你的彼岸以及
那在彼岸期待着我的眼睛?

那期待我的眼睛
就像黎明的星星
见证了我俩的爱情
那午夜的香吻
唯一的拥抱
来自心灵的感应
我只是无言地抗争
是否为了爱情永恒?

此一刻的风

此一刻的风
是天使幻化的温柔形象
此一刻的风
是思念流走的时光

这让我想起以往
你离开我时的忧伤
刚刚见到旭日
却又送走了夕阳

此一刻的风
是你幻化的温柔形象
让我在你那小小的阁楼
面向朝北的窗
为你悄悄地穿上
用诗锦织成的
那件梦的衣裳……

你首先拥抱了我

你首先拥抱了我
黎明的曙光!
宛如金色的启明星
唤醒了我最初的梦想!
那在遥远的地方
思念我的爱人
我将永生不忘!

虽然这爱如此忧伤
倘若没有你的爱
我仿佛白桦流干了树泪
幼苗拨离了温床
雄鹰折断了翅膀
羔羊迷失了方向

我不能没有你的爱
因为是你，首先拥抱了我
宛如黎明的曙光
那在遥远的地方
思念我的爱人
是否会看到被爱者的灵魂
发出圣洁的光芒？

宛如众神的合唱
相伴我漫长的人生
在曙光初照的时刻
和你走进呼伦贝尔
这美丽的天堂！

自然的爱情

假如在这短暂的春夜
大自然真的能孕育
崭新的生命
就像孕育我俩的爱情
需要多少独特的潜能
在荒原上行走
或者伫立时
度过那些不眠的曾经？

我曾用我的生命来爱你
用我所有的精力和信心
我景仰你的歌声
就像景仰草原上的百灵
景仰铃兰开放的声音
这爱情似水火交融
令我不能退缩也不能抗衡
于是我坦然地接受
胜于接受这个世界和人类
所有的快乐和憧憬

就像我曾经的儿童
多想在母亲面前哭笑
因为这爱情
令我不能幻想也不能诠释
如今我只想和你驻足荒原
在这不眠的春夜
让我俩的爱情
像大自然的植物一样
——同长共生

我的爱呀在北方

我的爱呀在北方，在你的北方
你是北方呼之欲出的秀丽山峰
你是北方女神的雕像
在幽静　绵的春天轻柔地歌唱
在原始森林中永无休止地幻想
那些拥有你爱情的美好日子
拥有你幸福生活的美好时光！

我的爱呀在北方，在你的北方
在呼伦湖的冰川上闪烁银光
在兴安岭的铁路上延伸着渴望
像古纳河畔的篝火灿烂辉煌
像草原上的百花竞相开放
一个守护我精神家园的北方
一个守护我爱情的新娘
是我诗词的塔基，文学的殿堂
是金莲花杜鹃花盛开的芳香！

我的爱呀在北方，在你的北方
北方是我生命的泉源
是我爱情的玉液琼浆
我的故乡我的北方我的新娘
我要以蓝天为被草原为床
以长绿的松枝搭建我们的婚房！

我的故乡我的北方我的新娘
你是华丽的树冠绝美的花房
你是封闭的草原关锁的穹苍
我的故乡我的北方我的新娘
什么时候我才能回到你的身旁？

当众星散尽

当众星散尽
你是否还站在那里?
我静默地凝视着你
美丽的青春于我
只是亲切的回忆
如今你在风中伫立
听我吟唱爱情的歌曲
不仅仅在梦里
我时常和你相聚
你赋予我的全部
我将珍藏在心里

当众星散尽
你就是我的唯一
幸福在春风中飞翔
爱情在塔基上建立
生活于蜂房中滴蜜
像万物隐藏的嫩芽
像白桦树的枝叶吐绿
像合欢花朵至死不离
像你对我窃窃私语

当众星散尽
你就是我的唯一
我在你的城市
建造爱情的蜗居
却不知为什么
多年以后
在某个春天的下午
依然为你意乱情迷?

我的小铃兰

每当我看到美丽的铃兰
仿佛是你站在我的面前
仿佛是东方的维纳斯
经历了多少岁月和苦难
任皱纹悄悄地爬上你的脸
而我依然体味孤单
体味两个不同的世界
何时归于方圆
质本洁来还洁去
任凭风雨的侵袭
依然亭亭玉立,美若天仙
我爱你,这美丽的铃兰
离我这么近的轮廓
自然赐予的梦幻
给我一块七彩石
代表我的七种信念
阳光土地和水火
思想自由与爱恋

还有你,我的小铃兰
多想日夜守护着你
哪怕地老天荒——
耗尽我一生的时间!

徐和平

江苏连云港人。2015年底开始在新浪博客发表诗文,目前已有近200首诗文被数十家网刊选用。

风筝的梦

有人说风筝的梦在蓝天
蓝天多广梦就多广
有人说风筝的梦
是牵引她的那根线
线有多长梦就多长
也有人说
风筝压根就没有梦
充其量她就是一个纸鸢
其实风筝是有梦的
她的梦在风中

多情的三月

最先献殷勤的是腊梅
她迎着凛冽的寒风
迫不及待地张开殷红的小嘴
面对夜晚冰冷的夜空
一边数星星一边埋怨
三月为什么不与她约会
三月是多情的
多情得令百花向他吐蕊
就连那些如花的女人
面对湖边迎风摇曳的翠柳
也在偷偷地
偷偷地瘦身减肥
三月不带这样的
凭什么鲜花美女
都要向你献媚
三月不带这样的
凭什么蜜蜂蝴蝶
都要与你同醉

想端坐在一朵盛开的莲花上

路过荷塘
我突发奇想,
想坐在一朵盛开的莲花上——
感悟佛主普度众生的菩萨心肠,
无奈,我只是一肉身凡胎,
那颗尘世的心——
就是静不下来!
还是学做那节藕吧,
从污泥出来——
把自己洗白!

并不是每一棵树上都有蝉鸣

同样都是树
都被夏日的天空宠爱着
不同的是
有些树还能唱出梵音
而有些树
一生
都与禅(蝉)无缘

秋天,没有跟我打招呼就走了

当第一缕秋风吹来时
我就知道你会走的
带着成熟、带着一地金黄
以及,在这个季节
我为你撰写的那些诗行
只是,我不明白
你为何走得那么仓促
难不成
要把那满地的金黄
作为彩礼
去迎娶你心目中的雪花姑娘

看着你那双犀利的眼睛

——致苍鹰

一双犀利的鹰眼透出寒气
就在你展翅欲飞的刹那间
我,看到了你的凶猛与坚毅
你没有向上飞
而是以俯冲的姿势
扑向锁定的目标
一股浓浓的血腥味
证明了你的胜利
也,证明了那些弱势的小群体
成为你利爪下的美味
我,不知该不该赞美你
我,也不知
该不该同情那些惨遭掠杀的
你的同类

写给爱情

这封情书写好后
黎明的曙光
已经照亮我的窗口
一点困意都没有
恨不能现在就把情书封口邮走
不行,这样太慢

不如趁着黎明起身
把这封热乎乎的情书
送到她的家门口

徐金凤

女，82 岁。河南宝丰县人民医院退休职工。

孝女——刘景

寒风习习冷雨凄凄
雾霾笼罩人戚戚
家政打工女心中自叹息
娘在家里昼夜常惦记
还靠微薄的工资为娘添棉褥和大衣
东店买内衣西店买棉衣
假日回故里
为娘买了最爱吃的零食
酥饼蛋糕糖块和桔子
慈母穿上寒衣暖在身上喜在心里
未进城打工之前常把慈母接进家里
床上铺上干净的被褥让娘舒适安逸
又亲手为娘做美食
香喷喷的肉饺子双手捧给慈母吃
又笑嘻嘻对娘说还有肉馅哩
明日还为娘包扁食
饭后搀扶慈母热水浴
全身污垢揉搓净换上干净衣
慈母心中乐滋滋夸俺景儿是孝女
世上最博大的爱是慈母爱
世上最重的情是母子情
景母生育六个女儿默默辛劳一生奉献一生
如今双眼视物不清腰弯背弓
刘景推心置腹地对人说
父亲不幸驾鹤西去
她要终生把慈母孝敬
终生终生
（歌颂对象：刘景，女，66 岁，宝丰县张八桥芮庄村人。）

徐景艳

笔名旷谷幽兰，曾用名兰心若梦。自由撰稿人，词曲音乐人，网络作家、诗人。中国文学院作家协会会员，黑龙江省诗词协会会员，佳木斯音乐家协会会员，人人文学论坛管理员，长沙风景林文学传播有限责任公司董事兼监事，抚远市作家协会主席。

一颗心的自白

一颗心发芽，长出了叶子
一直选择向上
让高度，超越凡尘
找一个点面，撑起一个信念

任性地维持理念
将自我一再地放纵
桀骜地捧出生命的赤诚
一帧憧憬红尘里张驰

感动曾是一朵斐丽的花
却迷失于
一场湿湿的烟雨
羁念，来回地纠扯
黑色翻涌，可是轮回的漩涡？

无奈将一片心瓣丢弃
擦亮眼眸
继续盯紧一阵风的走向
让倾城的云朵
去矫正一滴雨的偏离

一笺花事

在霜雪来临之时，淡定
梅花一样的从容
不等季节变幻
我颤抖的气息，已经
温热了天涯，拥紧一棵树

不用承诺，心与心便已靠拢
吐露的温柔
足以让枯草葳蕤
你落眸的地方，满载花香
一帘幽梦华丽转身
牵引着略显疲惫的影子
一抹诗情，托起思念的凝重
将一笺花事涂鸦成七色

裹紧一隅梦的旖旎
用心编程着音韵
你只一挥手
高山流水，令我痴念知音
终归，不负筝弦

等你，在掌心温润

一滴水的交融
绽开一夜的梨花

你含蓄的笑脸，竟如
那梨树尖悬挂的月弯
裸露出的深邃
被风鼓噪得如此缥缈

心永恒不了万物
膨大的梦，开始萎缩
被刹那的烛火挥霍

此刻，如果你还在饮酒
那么，你的执念
是否会醉了那束玫红

那双本该淳朴的眼眸
应该擦亮，而不是徒劳俘获
那支素笔握紧的
应该是你此刻的清芬

春天，梦想斑斓

春的使者
破译开大地的门楣
绿色撑起希望
一枕烟雨，发酵出桃花的斐然

风送来江南的足音
清晰可辨
是你踏歌而来，挥洒着缠绵
流动的情思
写意春天的斑斓

远山涂鸦着夕阳的瑰丽
铺开地平线上的翠色
等待与春的切入
相思成灾，只好紧握红尘

我翻吻一万次你的照片
贪婪着你的笑脸
不为回眸念我
只为，沐浴灵魂取暖

徐坤宪

男，76岁，河南省宝丰县前营乡教育办退休职工。

孝女

为母治病不怕难，
受累花钱跑在前。
治病三年病转危，
棺材寿衣准备全。
只要还有一口气，
想方设法继续育。
寻遍良医治母病，
保住性命母亲瘫。
母亲躺床女照管，
任劳任怨费心肝。
翻身喂药喂茶饭，
每天都要十几遍。
屎布尿褥几十块，

洗净晒干及时换。
清理屎尿不嫌脏，
无怨无悔独自揽。
白天围着母亲转，
晚睡母亲身旁边。
睡前铺床起床掀，
这样坚持四五年。
药店医院抽空跑，
好药贵药从不断。
母亲瘫床两仟天，
只累腰弯腿拐残。
中间大姐管仨月，
全星累病住医院。
病轻出院接着管，
邻居劝她轮着干。
母亲听说去别家，
口吐不字泪满面。
女儿看此说不走，
母亲无语展笑颜。
这样又管一年多，
母亲病情无好转。
突然转成败血症，
九十九岁笑升天。
百日床前独孝子，
为母行孝美名传。
（创作对象：颜全星，女，62岁，宝丰县石桥镇人。）

徐荣富

笔名云开日出红。男，60后，江西上饶市人，大学本科学历，供职于国家电网江西省景德镇供电公司。中华文艺学会理事，北美蝶恋花诗社江西分社社长。在2015年第四届全国“百强才子百强才女”评选活动中，荣获“百强才子”。2016年1月荣获第四届“实力派诗人”“实力派作家”荣誉称号。在“世界环球文学发展平台”表现优异，荣获一等奖。2016年8月7日，在全国首届“七夕·华原杯”爱情作品大奖赛中荣获“十佳桂冠作家”称号。2016年8月19日，参赛作品荣获全国第二届“孔子文学奖”。著有诗集《云开日出红》。

你是我一生守候的梦

阳光灿烂时相识，
碧草如茵的花园散步。
心有灵犀，美丽绽放，
春光明媚时，彼此的爱锁住。

在青青的山坡上吟诗诵词，
在皎洁的明月中，衷情倾吐。
在炎夏的水里追逐波涛嬉戏，
在寒冬时，欣赏红梅的傲骨。

时光荏苒，验证彼此的忠贞，
你视我为生命依靠的擎天柱。
我把你当作一生守候的甜梦，
一起携手悲欢同走人生之路。

罂粟花

花红叶绿，娇美绽放，
楚楚动人，像青春的艳丽。
阳光下妩媚，光彩夺目，
芬芳四溢在微笑的夜空。

别着迷靓丽的外表，
剖析深邃的内心本质。
仅限于远远地欣赏赞美，
小心掉进愉悦后痛苦的陷阱。

若爱情像罂粟花般陶醉，
伤害的毒足以魂飞魄散。
人生的爱，眼睛要擦亮，
远离罂粟花一样的情愫。

秋风，轻轻地漫过我的脸

秋风，轻轻地漫过我的脸，
看田里金黄一片。
稻穗低头沉甸甸，

丰收在望，夕阳彩霞红艳艳。

秋风，轻轻地漫过我的脸，
蓝天白云，阳光明媚。
鸟儿飞过原野，林中休憩，
动听的蝉鸣响起，惊醒午睡。

秋风，轻轻地漫过我的脸，
徘徊在屋里，凉爽悠悠。
一阵情思涌心头，有些落寞，
远方的人儿是否春心依旧？

徐素艳

网名玉树临风。江山文学网、黑龙江龙版网签约作家。喜欢文字，尤其喜欢写爱情诗，已在网络平台发表诗歌三千多首。作品散见于《红山晚报》《赤峰教育报》等报刊。出版诗集《静水流深》《一念成蝶》。

介质

几根枯草，浮沉于蓝水之间
升腾的是淡雅，以及心底的静谧
直的有风采，弯的有意境
心境一直在头顶三尺之上悠然

茂林修竹，一直在诗歌里葳蕤
几只鸟的介入，激活了一幅画
哲思或者顿悟四处扩散，云和雾
有时点缀了黑白的寡淡世界

断或者不断，桥一直被有情人眷顾
如果不能凭栏，远处的风景漠然
太多的呢喃低语，如何在春雨里流传
一叶扁舟，载不动两地的闲愁

必须依赖鞋子，走向海岸或者天边
可以将梦幻无限放大弥漫天地
或者将心思收束无限缩小成一滴泪
没有邂逅，我不会轻易落入心扉

痕迹

时间一直在旅行，使足迹斑驳，使岩石坚硬。

——题记

我更像一支箭矢，多年以后
还能循旧路一箭中的
翻出那些长了翅膀的云朵
还有那些斑驳在岩石上的足迹
带着我们气息的每一句话
都雨露一样在记忆里飞
浸润褪色了的光阴，复活
在春风的吹拂下一次次泛出新绿
那颗青涩的果实以最初的颜色
在我的心里沉淀为珍珠
包裹着琥珀蜜蜡或者阳光的影
直到最后融入酸酸甜甜的故事
一直不后悔一次断层的邂逅
至少在我的生命里成为一景
当我们把芒鞋踏穿蓦然回首
老地方依然十里桃花浅笑嫣然
其实我一直往前走，任凭迎面的风雪
把沧桑反复刻在眉间和眼神尽头
叠加睡梦里的千呼万唤
最终以垒垒的岩石成型回馈时光

我用苍天般的颜色描述你

你轻携三月的第一缕春风而来
打开的窗户，满眼的青翠欲滴
我是溪边的一株迎春花，你路经
砰然绽放的朵儿，叫太阳失去了光辉

你在五月的花海里伫立，馨香
以雨润大地的速度递进。我所有的
彻骨节节败退。那消融了的
滑落眼角的泪，失去了往日的方向

我停在九月果子上的目光跃跃欲试
加进雷电的光辉，加进风雨的跌宕

涂抹上正午太阳的颜色，还有月光的沉静
我们不说话，相看也充满诗意盎然

如果白雪皑皑，正好冻结思念
在每一朵雪花上画一个飞翔的梦
我用苍天般的颜色描述你
和现实在同一地平线上打马而过

徐相峰

笔名沐阳，女，1982年生，汉族，山东省枣庄滕州市人。自由职业者，热爱文学创作。滕州市作家协会会员，《望月文学》杂志特约作家。在中华文学举办的“我是作家”全国原创文学作品海选大赛中，入围获奖作品集；在2015作家报首届中华人物“雪舞花飞”群星大赛中，荣获提名诗星奖；在中华文艺举办的“中美杯”华人文学创作邀请大赛中，获小说组二等奖、散文组三等奖，诗歌组优秀奖；在中国科普和雪山文学联合举办的“奔向大海”全国诗歌大赛中，获散文诗优秀奖。诗歌、散文等作品散见于《滕州日报》《枣庄晚报》《作家文苑》《作家报》《中国草根》《中华文学》《齐鲁诗歌》《望月文学》等省内外报刊。

等

孤独的人在路上
三滴泪拿捏出心里的伤
时间的河
去了
再也回不来
最美的风景
是两只翠鸟
相互梳妆
……

悲心

原来可以和自己倾诉
只在漆黑的夜里
鼓动西窗的风
而那一年的守望
已刻出分岔的悲凉

月色

捧起一汪春水
搅动一段旧时光
你说爱花的人
会美出月儿清澈的模样
以后经年
我守着月光
忘记离别愁肠

画你

如果种上几缕相思
再洒上几滴夜雨
待宣纸铺就
是不是就可以画出你的样子
不用去想
那泛黄的思绪
来自何方
又往何处散了去

徐向中

本名向忠。1955年生，江苏铜山人。1982年毕业于徐州师范学院历史系。中华诗词学会会员，中国楹联学会会员，江苏省诗词协会常务理事，江苏省楹联研究会理事，徐州市诗词协会常务副会长，徐州市楹联家协会副会长，徐州市民俗学会副会长，《徐州诗词》主编。书法得朱复戡大师、文学创作得吴奔星教授指点。主编出版书籍7本，副主编出版《中国留学生大辞典》等5本。出版有格律诗词《回声集》、新诗集《月光下的含羞草》。

在泰山极顶

我把明月呼来
清辉为我浣怀抱

我把红日唤来
沧海献我熟透的桃
山山岭岭的褶皱
都在向我眯眯笑

曲曲折折的山道
舞动彩带飘呀飘

哦！我的心儿醉了

我好像变成了一棵小草
正绿在热闹的山脚

我好像变成了一朵小花
正香在幽静的山坳

我好像变成了一道清泉
正流在皲裂的崖壁

我好像变成了一株青松
正汇入澎湃的林涛

在华山之巅

山的尖端立着我
我是青天畏惧的锋芒

山的臂膀掮着我
我让苍山的头颅高昂

石栈的铁索暴凸着
是我筋络的粗壮

迸溅的山泉流泻着
是我奔涌的血浆

我自由地呼吸
呼出山的苍翠昂扬
翻卷的林莽
是我肺叶的舒张

我目收万里霞光
雄鹰在山谷里回翔
这高傲的登临
云朵畏而坠跌山旁

我冲天呼叫
这是五岳崇拜的声响
低幽的岭谷
鹦鹉般模仿

我岿然沉思
蕴积充实的信仰
这是所有大山
无法超越的重量

啊！我是倔强的攀登者
华岳在我的脚下正颤抖慌张

长城砖

一块块钢筋铁骨的砖
一滴滴集聚的血汗
一声声凝固的呐喊
一万里连天波澜

烈火中陶冶的品格
烽烟里磨炼的肝胆
暴雨中贴得紧紧
酷日下扣得严严

一块块斑斑驳驳的砖
一片片古朴的秦竹汉简
一本本真实的历史画卷
把山岭的腰背压得弯弯

新年是……

新年是一张美丽的贺卡，
赠给你赠给我也赠给他：
让吉祥萦绕男女老幼，
愿幸福充满万户千家。

新年是一场纷扬的雪花，
纯洁你纯洁我也纯洁他：
祝生活的家园清爽和谐，
愿人们的心灵纯真无瑕。

新年是一树红艳的梅花，
芬芳你芬芳我也芬芳他：
让我们满怀馥郁的情思，
去绽放生命的七彩年华。

新年是一片绚丽的朝霞，
沐浴你沐浴我也沐浴他：
愿人人像旭日那样灿烂，
把光辉铺遍海角天涯！

无风的日子

无风的日子
世界躺在棉絮上
战旗静静地睡去
所有的水都不惊慌

花草已无须摇摆
沙尘也难逞猖狂

全部敞开了心扉
是大大小小的门窗

婴儿都偎着母怀
去晒温暖的太阳

徐雅楠

中国平煤神马集团职工，平顶山市三苏诗社成员。

故乡的麦浪

又是一年丰收的时光
想起家乡田野上滚滚的麦浪
潮湿的记忆时常渗入我心田
想到那寒冬里的酝酿
缕缕春风中的成长
绽放在夏日的片片金黄
岁月荏苒，记忆犹存

那白白的雪
是你今晚的棉被
棉被下的你
枕着肥沃的黄土地
静静地入睡
做着甜美的梦
蓝蓝的天空
飘洒着暖暖的阳光
把雪白的浪漫丝丝拉长
在希望的田野上汩汩流淌
流淌着嫩嫩的清香
阳光也默默地为你梳妆
慢慢地披上金色的衣裳

我好想你
我思念家乡的麦浪
微风细雨里翻滚的麦浪
我想看家乡的麦浪
饱满充满着希望的麦浪

徐勇华

笔名雪结成冰。70后，江西都昌人。《九江诗歌》主编。

清明，一些眼睛回不来

雨早早地把清明冲洗出来
以致七色花，摆满大街小巷

有人叫卖，有人吆喝
每一声，落尽人间悲伤

再远一点，是武山山脉
村庄来了，轿车与都市也来了
每一种声音都在欢聚亡灵
时间，取下心上尘埃

最是漫天一记炮响
送着每个人的天空归去
万水千山走一生
一些眼睛总是回不来

给每一根香点燃寄语
给每一座坟冢添上神话
纵风狂雨瀑，纵荆棘密布
手触过，才有永恒

你在与不在，我都去看雪

你在与不在，我都去看雪
看雪飞舞粗犷的笔触涂抹人间
我不在乎自己是否流落他乡
今天我只想做雪的模特

热情。激动。怀疑。伤感
我口衔断枝伴雪过夜半
为相遇一朵雪莲花
一定要站到檐角风口

请雪连夜画好我的肖像
画出雪结成冰碎裂的冰层
向新年请安，说告别

太阳说，要关闭光

都说年到人间喜气盈然
太阳却说要关闭光
至少四十八小时内黑到门闩
北风紧随到屋檐
来取雪一生

弥留的雪飞过天桥
飞过标桩868旁的岔道口
它曾一次又一次在此送别好人
那时它有幻想、遐思、眷恋
它把太阳爱成一个圆

是的，太阳照在雪上
雪温暖得想死去
它愿意把死之美赠与太阳
它在一天，就想了一天
它的心脏是白色的

除了能给太阳白色的心
雪一无所有，无踪无影是未来
怎能比之于太阳欢喜普照
比之花开要漫山遍野
它的存在只是虚设

二月湖滩

是你的背影惊动整片草滩
以致大雁领着太阳穿透云层
后来，我看见你的湖泊
秘密地布满天下黄花

湿地与沙山；绿洲与水
都来自你旋转的腰身
我多么愿意卸下画皮人间
只伴你在二月活着

小螺壳石化成满天星斗
深深黄沙收葬它银白的同类
我不提时间与历史
不让死亡擦痛我的心

有你在，拒绝我的水岸有羽毛
有颤抖、有触摸、有回声
我的言语寥阔手指轻盈
我的鄱阳湖有心脏

徐正华

女,湖南省常德市人。自由浪漫主义诗人。中国诗歌网地方频道湖南频道副站长和编辑部主任,《四川人文》杂志编辑。作品散见于网络平台、诗刊及文学杂志,部分诗歌已经翻译成德语。

诗观:反对抄袭,主张原创。

海里鱼多享自由

穿梭于水草、珊瑚
身披叠层的鳞片
没有硝烟
没有战争
一切都是那么幽静闲适
那红色的鱼像灯泡
点亮客厅
海底是群居的小洞穴

它们不停地喝水
吐故纳新
天上的燕子每年只能迁徙一次
而它们游到哪里
包括虾子
一生都在来回往返中
拥抱跌落的浪花

我是幸福的孩子

我是没有人疼爱的孩子
虽然过去受宠
温馨历历在目

雏鸟飞出暖巢
狂风云涌
进入陷阱的刹那间
意识无处安身立命
只有寻一处清源
尽量沉默、积淀
江水永远一视同仁
蒲公英向我致意

夜虫嚣张
见不得光明的期许
于夜里吼叫
自诩为黄鹂婉转

乌云遮掩不了
明亮的天空
我是幸福的孩子

刺猬

早晨的空气多么新鲜
小鸟梳理羽毛
新的太阳升起
小小刺猬还在睡梦之中
妈妈的脚步声惊醒了小小刺猬
它抖了抖沾附衣裳的露水

长长的藤蔓
像伞形小屋
对于刺猬来说
如大的房子

刺猬长着锋利的牙齿
有机警的眼睛
有数不清刺向敌人的尖针

刺猬是深夜的搬运工
当万物生灵熟睡时
它衔一枚月亮,像是衔一枚古老的硬币

希冀人间总春色

世界折磨得坠入死海
大西洋呻吟,美利坚正在衰落
蝉在高枝
举起唢呐,奏乐哀歌

我带着洞庭湖水草
在九天种植绿洲
化作滴滴雨水
湿了大地，润了生命，那么
玫瑰将更加迷人

今天，爱情比从前还甜蜜
许下心愿，我希冀
百花常开无别恨
人间芳华尽是春

私奔

睡梦中
弯弯月亮爬山坡
听见夜莺唱情歌
萤火虫，小油灯
我们是甘愿扑火的飞蛾

如同奔流到远方大海的溪水
欢乐泛起白色浪沫
星星像闪亮的眼睛
我们是那荡漾幸福的小船

前世爱人呀
你是否在天涯
许多年了，一个世纪
何必痛苦守那旧时光

来
我们远走高飞
寻找美好的伊甸园
（注：《私奔》是网络同题诗。）

徐志安

网名淡泊明净。甘肃省平凉市泾川县人。高中毕业后做过生意，干过瓦工、油漆工等多项建筑工种，后一直从事物业服务行业。热爱古典诗词文学，近年来不断学习新的文学流派。

诗观：生命不息，文字不断。

秋日

秋日里
那硕果累累
果香飘飘欲仙半醉
蕴藏着一个丰收的季节

秋日里
那风情万种的菊花
次第开放迎风招展
显示着生命的顽强不息

秋日里
各种绿叶释放着春夏的精彩
红的，黄的……五彩斑斓
吸引着游客的眼球

秋日里
一洗夏日的炎热
习习凉风扑面而来
有种高处不胜寒之感

秋日里
一个多情的季节
各种美景随处可见
从南到北美不胜收

随想

我站在大树下
默默地看着落叶
片片随风而去
我的心也随之而动
树枝从幼芽到树叶
颜色由绿色变黄色
一岁又一岁年年更替
小树长大了枝叶繁茂了

春来秋去季节相互交替着
寒去暑来经历着风雨的洗礼
也只有那些能熬住了岁月的磨炼
才有了今天的绿叶繁花
才有了浓密的枝条
庞大笔直的躯干

静下心来细心思考
人又何尝不是这样呢
为了自己的子女能长大成人
父母为儿女付出了多大的代价
可他们却不图儿女有多大的回报
人只有经历了风雨的磨砺
才能懂得道路的泥泞
彩虹总是在风雨之后
才能更加绚丽多彩

谁不想

谁不想读名人的作品
可名人的诗作
也是通过文学的加工
和艺术的构造
加之不朽的耕作
日积月累才有的收获

谁不想写出好的作品
冰冻三尺非一日之寒
可好的作品的标准是什么
答案不能概论
因为体裁不一形式多样
所以好的作品
也就没有统一的标准之言

散文诗歌等等
那些没有语言修饰朴实易懂的词作
也许大多数人认为地球人都知道
不值得一提没有什么价值可言
殊不知那些名作在未成名之前
也是经过反复推敲精心修饰才成的
一篇好的作品
内涵很重要
或反映时代或针砭时弊
或惩恶扬善或反映个人心情
其意义在一定程度上
可以引起读者的一种共鸣

2016年10月26日。

你是我生命中的玫瑰

你我邂逅相遇
是生命中的一种缘分
相知相爱相爱相知
一切都顺从了天意
相亲相爱相爱相亲
都在按照自然规律办事
相夫教子尊老爱幼
一切都在遵循着生命的轨迹

没有单膝跪地手捧鲜花的表白
没有花前月下的浪漫爱情
没有房子和金钱的物质生活
只有痴痴的相守相厮

房子，我们不缺
再多再大的房子
对于我们而言
只不过是安放一张睡觉的床而已

只要你在
就是我心中的房子

金钱，我们不缺
再多的金钱百年之后也是一堆纸张
你也看不见摸不着
在我心中你就是我的金疙瘩
只要你我有健康的身心
那就是我们一生最重要的财富
我们可以用双手

去创造属于我们的财富

我们信守着白首不相离的信念
不离不弃是你我的信条
无论富贵与贫穷健康与疾病
我们都会相互照顾相依为命
我们不富裕但是我们快乐着
你是我生命中的玫瑰

许靖

笔名小桥。70后，山西省石楼县南城初中教师。闲时喜欢与香茗浓酽翻卷诗书，与斑驳文字共舞山水，与骚客文友吟联对句，与骑友雅士共享快乐。游走于散文词赋里，与李白一起邀明月，与纳兰一起共惆怅，与舒婷一起致橡树，与席慕容一起徘徊在无怨的青春。

诗观：心和梦永远在路上，而诗在心里。

八一，敬礼

向着太阳升起的地方
我庄严地举起自己的右手
我不是军人
但是，我想把这个敬礼
送给你，我们年轻的军人

当烈火冲天而起的时候
我看到了你坚定的
逆行的身影
那119就是你集结的号声
我不知道你是谁
但我却知道你为了谁

当肆虐的洪水漫过堤岸的时候
那告急的铃声
就是你冲锋的战旗
任泥巴裹满裤腿
任汗水湿透衣背
那手挽起的橘色人墙啊
是人民心中的钢铁长城

看，你怀抱里救出的婴儿
露出甜甜的笑容
瞧，震后的废墟上
还有你连续奋战的身影
我不知道你是谁
但我知道你为了谁
因为你的名字叫军人

你在曾母暗沙
见证着潮起潮落
你在漠河以北
见证着日出日落
你在帕米尔高原
擎起精忠报国的大旗
你在繁华都市
托起辉煌的军徽
你用博爱的肩膀
扛起人间的灾难
你用沸腾的热血
铸就华夏子孙不屈的灵魂
在共和国跳动的心曲里
有你的责任和担当

“八一”两个字
是你用鲜血写成
用忠诚磨砺
用使命擦亮

在今天
在“八一”燃烧的军旗下
我愿把最诚挚的祝福送给你
把最动听的歌儿唱给你

2016年8月1日。

今晚，为“九·一八”守夜

今晚，为“九·一八”守夜
不眠的星星和哭泣的露珠

祭奠着那一个个不瞑目的魂灵

那一年，所有的伤痕睁着愤怒的眼睛
那一年，无数国人发出不屈的呐喊
那一年，我脚下的泥土翻卷起黑色的波浪

我不怀疑血性的冲杀
我只是心疼我的千疮百孔的祖国
如果可以，请让我用红旗的一角为你包扎

请相信我的炽热的情怀
足以点燃希望的火种
我犀利的目光足以剿灭所有邪恶的意念
今夜　让我为“九·一八”守夜

2016年9月18日。

许剑

网名华山论剑。1969年生，山西石楼人，现为山西省森林公安局吕梁山分局民警。吕梁作家协会会员，文学爱好者。作品散见于《吕梁日报》《吕梁文学》《中国绿色时报》《三晋都市报》《山西青年报》《山西法制报》《森林公安》等报刊。荣获石楼县第一届“最美石楼人”。

棋盘山寻踪

你雄居东山之巅
连绵巍峨
你在太阳升起的地方
竖起碧绿的屏障

千百年来

古马道上历史的足迹犹存
窟窿洞口
彰显着的守候矜持

大自然的鬼斧神工
你尽现石叠如楼
那是亿万年前
女娲补天的灵石

古树参天
曾有巢氏构木为巢
黄云耸秀
依现吕、威二仙对弈的棋盘

施雨洞中
鬼谷子修炼成仙
黄云寺内
众僧侣祈求民安

芳草吐绿的大马坪啊
是你孕育了
屈地良马的彪悍
那不绝的铃音唱响

在枝桠虬劲之间
百兽因你而息
那叶樟拥簇之下
芳草成就奇景

风动云飘，马嘶鸟鸣
似在追问
你是仙人斗智的残局？
还是赐予屈地的壮美？
你在千年前嬉戏成像
我今站你肩头沉思！

2016年5月22日。

许奇伟

中石化洛阳分公司作协会员。有诗歌、散文作品发表在《文学与艺术》微刊以及《河洛作家文集·洛阳散文年选》《河阳风》等刊物。

红岩诗魂

走过红岩
我听见铁窗诗社的诗人们在吟唱
为他们伴奏的是黎明前的枪声
他们的诗中有深深的感叹
“送走了迷惘的黄昏
又守候着金色的黎明
墙外的山顶黄了,又绿了
多少岁月呵
在盼望中一刻一刻地挨过”
他们的诗中有不变的真理
“活人可以在活人的心里死去
死人可以在活人的心中活着”
他们的诗中有坚定的信仰
“春天,是强盗们的
穷人永远生活在冬天里
总有一天
我们将站在这个城堡上
高声宣布:
太阳是我们的!”
他们的诗中有生命的绝唱
“兴亡匹夫志,仗剑虎山行;
失败膏黄土,成功济苍生”
他们的诗中更有对以后深沉的厚望
他们用生命铸成了红岩诗魂
随着毛泽东在天安门城楼上的那一句朗诵
化成一颗颗耀眼的金星
绣在那一面面红旗上
光芒万丈飘扬至今

许秋来

中国平煤神马集团职工,擅长诗歌、散文创作。平顶山市三苏诗社成员。

如果

如果
你是一杯茗茶
我便氤氲着你的清香
相伴情锁

如果
你是一池甘泉
我便虔诚着你的清冽
如饥似渴

如果
你是一泻山瀑
我便匍匐在你的脚下
浸醉婆娑

如果
你是一湾湖泊
我会泛舟恬静地穿梭
轻盈婀娜

如果
你是一泓大海
我便波涛汹涌着抗搏
激流勇夺

如果
你是一道霞光
我便是光环下那一抹
晶莹透彻

七夕

今夕
清风习习
盛夏的葡萄架下
谁在静怡地聆听你们的诉语
几滴雨落
定是你们久别的泪滴
滑过漫天的云层
奏响爱的旋律

今夕
温馨熠熠
甜梦中孩子绽放的笑靥

我想 定是他在回味
今天你陪我们泛舟的乐趣
兑现了对孩子多次的承诺
忙于工作的你啊
终于走在孩子的梦呓

今夕
情爱依依
你是我手中这杯茗茶的香郁
茶在水中的清香四溢
唯有在 水沸点浸润舒展时的相叙
那一刻 最深处的相觑相缠攒聚
茶最苦的那一滴泪
将是水最甘甜的铭记

今夕
思念涟漪
久别的爱人正银河鹊桥相聚
此时 我的牛郎哥啊
正值守在八百米深的采区
那一盏盏闪烁的矿灯
就是今夜你我的鹊桥
遥寄着我们的爱意

许守忠

好大姐——许静

大姐十四做童工，
抗美援朝她冲锋。
五三工作在医院，
救死扶伤走在前。

支援煤矿献年华，
平顶山市安个家。
哪里需要哪里去，
煤炭部里又安家。

我家姐弟共四人，
还有爸爸和妈妈。
全家都是大姐养，
生活艰苦家幸福。

父亲有病卧在床，
端屎端尿自己忙。
打针吃药她在做，
看护住院当自强。
虽然父亲已病逝，
操办丧事还得忙。
我们只有上好学，
大姐主事把家当。

母亲跟姐去北京，
生活起居她操心。
病逝还是姐办理，
都说大姐好孝心。

我们上学姐供养，
养育之恩不能忘。
感谢之情记心上，
努力工作感谢党。

别人有事她帮忙，
助人为乐当自强。
大小事情都操心，
真是大家好榜样。

大姐一生为大家，
为国为民热血洒。
一身病痛丧黄泉，
大姐真是孝善花。
中华民族孝为先，
大姐就是好典范。
努力学习姐精神，
大家敬仰百孝善。

(注:我的大姐叫许静,十四岁做童工,十六岁参加抗美援朝,后复员做医务工作。)

许天侠

网名白衣如斯。男,1979年生,江西省鄱阳县人。中华诗词学会会员,鄱阳青年诗社常务副社长。

碑

背着春天,为秋日
做一场声势浩大的法事
抑或在春风里播一粒秋葵的种子
花海是虚幻的,需要一些思想
才能稳于风尖之上
而我不能盲从于风的摇摆
更不能陷入乌鸦的沾沾自喜
我要让流言的箭矢,消磨
在黎明前的黑夜
甚至撞出清脆的回声
要让所有隐形的蛇类
吐出月亮的光芒
无关乎云翳、暮年或悲泣
只是在已知的地方,为苍茫的人世
点起一块闪着雷电的碑文

月光下造访一片坟茔

月光下,一片坟茔的存在
是一群影子的狂欢
面对立地而起的梦魇
只有揣着一份月色的白
紧抵内心,穿行于此
或许还会有风的煽动
蛊惑一些不明就里的灵魂
于是,战战兢兢的脚步
生怕踩着披星戴月的蚂蚁
谁又知道,它们会在哪个地方
伟岸起来,或如一道
警醒的碑文铭刻着前生
这样想来,真的不应该造访此地
不合时宜,还有身后这台挖掘机

玄鱼

本名余礼文。1999年创办《新城市》诗刊。曾在《诗歌月刊》《星星》《诗林》《诗选刊》《作家》等刊物发表诗文数百篇,作品入选《星星》甲申风暴诗歌大展以及《中国年度最佳诗歌》。出版诗集《凡人之城》、合编《诗·城》等。

雨水中的男生

一手撑雨伞
一手捧着皮鞋
我欣赏
如此巴结的年轻男人
雨靴已成为不值钱古董
想起曾经雨中几多回尴尬
舍不得新皮鞋也只能
深一脚浅一脚
踏人生
践心絮

回忆挺好玩的

——那时,冰棍可成为暗喻

问为何青睐小说家苏童
不是要他做我的书僮
挺喜欢他的《妻妾成群》
合我意亦合很多人意
哦童年幽梦

曾是童年的帝王
并非威武霸气
我是奶糖后主李煜
古人才高八斗
我那时才够得上二斗
小学四年级写儿歌
被推荐报刊俨然小秀才
晚会自编导演拉车老头
有学雷锋的推车上桥
全部台词就三句,那时

俺已经玩极简主义

是帝王就可
妻妾成群。不要多
就童年相中的几个玩伴
依次是红宝霞秀四人
红大我一年
宝小我一岁
霞小三岁秀小四岁
先前已“休”了一个同岁玩伴
烦她纠缠过家家扮夫妻
可我相中的四个“妻妾”
起码有三个对我无意
只有一个霞,或许

我刚工作
难得搞到两张电影票
一时无合适人选
邀请霞。她已亭亭玉立
论“情感指数”
霞原在三四位,此刻
却感觉有些异样

但我没有深入,中场休息
天热请她吃根冰棍
冰棍可成为暗喻
那时霞亦有点矜持了
就此机缘别过

老房动迁后又失联。听说
她后来不顺当
与一个大十来岁裁缝
无名无份合在一起
好多年吧
现在只对霞有点念想
也算白想

秋的背影

和观音相似的背影
恍若手持净水瓶身姿
耳闻你脚旁流水淙淙
清澈入心,是否早已
成熟你悲悯无限
相信那是天意完善缔结
于是想象你的容颜
被你温婉注视
美妙黑白音符
鼻梁俊俏分割绿野

春情爱花是单薄浪漫
你面朝大海
不如面朝我吧

我的洛神

南京籍
中央美院毕业是底蕴
却未料
尤其嗜好我的积淀
我们的岁月距离
表明你就是洛丽塔

韶华当年的炽日幽月
皓齿墨瞳的鲜花
似乎罂粟
此刻,欣赏是或非的美
可谓人生一大乐趣
足矣,干吗要
吸吮芬芳琼液
遥对。互为神祇

学儒

本名王洪龙。中国诗歌网注册诗人,临汾市作家协会会员,《平民儒雅》主办人兼主编。诗歌作品散见于《河东诗论》《砺之影术》《诗羽桃花》《浮城月》《文友电子期刊》及中国诗歌网。

伪君子

偷了我的故事
时间，情节照搬
把主人公换成你

爷爷尚未成年
你却已混迹江湖

本不知其里
杜撰偏离轨迹

名字不实
洗洗墨汁褪去

没有春种夏管
眼睛死盯着秋季

2016年10月11日。

野花赞

路边，山野
一簇簇鲜艳妖娆
装点着晚秋
荒野重新有了生机
却不知它们叫啥

无人迁至花盆
无意挪到街边
无资格登堂入室
它们犹似寒梅
百花尽消
唯独香染天涯

古今典籍无点墨标记
寒风里盛开的
无名花

2016年10月12日。

读你

你把自己藏在一首诗里
用普通词汇掩饰
不让他人吟诵
也不愿让别人忘记

我在字里行间找寻
欲把每个词砸开
把所有笔画肢解
窥视你的秘密

不管你多么婉转含蓄
不论你多么严谨合体
我都要炼成火眼金睛
读你，读你

晋祠戏台

空寂得有些无聊
规规正正地站在这里
导游小姐解说，戏台的荣誉和地位
游人频频点头，嘴里发出“哦”声

我却欣赏的是建筑
八卦穿顶，挑檐，琉璃瓦
勾梁画栋
几百年了，那些画
清新如昨，那木雕
精细栩栩如生
先人的建筑技艺
先人的负责态度
先人的踏实人品
令今人深思

至于皇上老师的字
台上谁唱戏
都不重要

2016年9月28日。

薛海文

1943年生，河南省宝丰县人。现任平顶

山三苏诗社社长，中国平煤神马集团老年作协会长，河南省诗词学会会员，中华诗词学会会员。出版《海文诗词300首》(上、下、集)、《海文文集》《石化词语赋春生》《〈离骚〉解读》等。曾为省内外35名诗人作家作序，并积极组织协会会员出书58册。组织举办第1～8届平顶山市5·22诗友联谊会，第1～4届平顶山“大江东去杯”全国诗歌大赛，并担任第1～8届平顶山高校文学组织诗歌创作、朗诵循环大赛组委会主任。

烛光里的梦

烛光燃烧着我的梦
我的心
在激烈地跳动

她在烛光里
像一缕缕闪电
在我眼前划过
我听到了
她的心动
像春天的雷声

烛光里的泪痕
像一层层冰雪
堆积得越来越高
我不再犹豫了
迸发出吃奶的力气
冲了过去
拥抱住
她在烛光里的身影

我静静地追忆
她笑了我笑了
烛光呀
还我昨夜的梦

何为诗人

(一) 是春

有人说
诗人是春天
释放着芳香
总爱
锦上添花

(二) 是夏

有人说
诗人是夏天
让绿色沸腾
铺设金色道路
让丰收回家

(三) 是秋

有人说
诗人是秋天
用金子做成了风
建立永固的粮仓
在老百姓的心里安家

(四) 是冬

有人说
诗人是冬天
树上最后一片叶子
也飞去了
诗人愤怒了
用千万枝条
抽打着风
风委屈又理直气壮地说
诗人是笨蛋傻瓜
冬天是蕴藏春天的季节啊

(五) 是警察

有人说
诗人是警察
总是抓捕视野里的坏人
诗人心里建立一个
永固的牢笼

永远不会把坏人释放

（六）是疯子

有人说
卓文君想男人想疯了
在《怨郎诗》中说
五月石榴红似火
偏偏冷雨打花端
今天
又有疯子圆其说
花瓣片片似彩舟
小溪潺潺向东流
向东流
红了江海
永无尽头

（七）是歌手

有人说
诗人是歌手
把美丽的语言
无私地献给别人
累了
躺在自己的心里
苦了
总是自己慢慢地咽下

（八）是雕刻家

有人说
诗人是雕刻家
一块美玉
诗人把美玉雕刻生命
永远活在人们的记忆里

（九）是梅花

梅花是大地的诗人
诗人是人间的梅花

薛洪林

笔名枫林。男，汉族，吉林省四平双辽市人，现任职于沈阳铁路局通辽货运公司。爱好文学、诗歌、骑行。

别妈妈

永别了，妈妈，
2011 年 3 月 26 日，您走到生命尽头。
勤劳朴素，豁达开朗，
伴您走过 79 个难忘的春秋。

您离开了生活的大地，
故土家园没有将您深深地挽留，
您告别了养育的儿女，
血脉深情也没有维系到永久。

从此，我们失去了妈妈，
慈善的母爱今生不会再有，
妈妈，今后就是一个亲切的称呼，
日夜缠绵，萦绕儿女们心口。

此后，我们都是苍老的孤儿，
日夜品味着失去妈妈的感受。
想念妈妈，
只能对着茫茫苍天泪水涌流。

我们不愿意失去妈妈，
妈妈的膝前有无限的温柔，
饥寒冷暖总有妈妈的牵挂。
春夏秋冬总有妈妈的眷念。

妈妈走了，走前仍依依不舍，
失神的目光在儿女身上游离停留，
妈妈走时充满人生的眷恋，
病危之际总是紧紧握着儿女的手。

妈妈走了，走时也没有紧闭眼帘，
生活的世界妈妈还没有看够，
凝固的血液细胞饱含深情，
念念不舍定格在夕阳西下的时候。

我们多想再为妈妈泡一泡双脚，
揉揉病痛折磨的筋骨，
让卧床的妈妈重新站立：
在人生的道路上蹒跚漫步。

我们还想为妈妈擦洗消瘦的脸颊，
同时也舒展开紧皱的额头，
让妈妈笑逐颜开，
喜鹊重新踏上门前的枝头。

我们没能挽留住妈妈，
无情的癌细胞咀蚀着妈妈的血肉，
妈妈，儿女们是无奈的，
没能让妈妈的幸福天长地久。

妈妈走了，
从此撕裂了儿女眼角的泪腺，
妈妈走了，
让儿女知道了什么是心灵的颤抖。

今后，我们去哪里寻找妈妈，
蓝天，白云，山川，河流，
茫茫的苍天宇宙，
只会有儿女疲惫的奔走。

今后，我们再到哪里呼唤妈妈，
清明，祭日，灵前，坟墓，
一声声情真意切的呼叫，
饱含着人间的悲伤凄楚。

再也不能享受温馨的时光，
故土家园载着浓浓的乡愁，
听妈妈回忆往昔的岁月，
一遍遍唠叨我们少小顽皮的时候。

妈妈慈悲善良，
博大的心中还装着乡邻亲友，
妈妈把自己的大爱洒在人间，
伟大的母亲默默奉献，功在千秋。

妈妈养育了五个儿女，
五腔心血都是妈妈爱的传承奔流，
妈妈幸福美满，
儿孙满堂证明了她的富有。

妈妈惦记儿女们的忧愁，
卧榻上还眷顾亲人的感受，
病中妈妈总会说，我好多了，
把忧伤悲痛都自己背走。

病危之际妈妈总要面挂笑容，
人生的句号画得圆满无忧，
这是妈妈哭着生来，
含笑西去离别亲情骨肉。

妈妈走了，走入了天堂，
寻找她同龄的老亲旧友，
妈妈走了，融入了蓝天白云，
树立儿女心中的丰碑永垂不朽。

薛淑芬

又名薛晓璇，笔名六月荷花。1971年出生于牡丹江市林口县，现居牡丹江市。黑龙江省诗词协会会员，牡丹江诗词协会理事。2008年开始创作古诗词、散文、诗歌，作品发表在《中华诗刊》《诗选刊》《黑龙江乡音诗刊》《圣地诗刊》《乌斯浑文学》《海林诗刊》等报刊及网络平台。

哥哥，杜鹃花已经开了

哥哥，杜鹃花已经开了
你在远方
我在山水之外的长亭上
没有轮船的鸣笛
没有飞机的轨迹
我心中的马蹄声

沉睡在古代

哥哥，杜鹃花已经开了
似血般开在我的胸膛
生生不息如你温暖目光
被你轻轻地抚摸
那一块曾经没有开垦的土地上
如今有一个笑容始终如一
且柔软至极

哥哥，杜鹃花已经开了
永远别目送我离开
那些风的邀约，雨的洗礼
还有我们经历过夜色的迷茫
都在脑海里滚动
记住了
我们曾在一首词里沉醉
在一个山坡上共看斜阳

哥哥，杜鹃花已经开了
我看着树上的鸟儿都已倦归回巢了

梨花儿(一)

跨过奈何桥
我看到了曾经最最盼望的
梨花儿
不着尘埃的样子
此时，我只想用深邃的眸子锁住你

前世，今生
梨花儿
都是我生命中最疼的部分
我无法像风一样可以拥抱你
盛开或者逝去

梨花儿(二)

你就这样在三月姗姗地来了
皎洁的月色映着你的脸庞
在诗人的笔下意味深长
我其实读你已经很久

我知道有一条山路通向你
而我不敢踏着雨后的风去看你
只想有一天
在梦里看见你笑在枝头的样子

梨花儿(三)

一片片俏在枝头
绝美的等待
一片片凄然落下
因果的修行
有一天
你就这样地来了铺满了空旷的心灵
朵朵都是我笔下的盼望
有一天
你就这样地去了带走了昨夜的眼泪
那是我不舍的神往的圣洁之梦

梨花儿(四)

你一身素衣袅袅地来了
很多人知道你来了
有人说你淡雅美丽
如烟儿带着泪滴
我想象着也许你只是破去尘埃的女子吧
有人形容了你带雨的样子
我在镜子里仿佛看到了晶莹的泪珠

今夜和你一样孤独地守望
我翻阅了关于你地曾经
很多名家的手下都留有你的影子
清词里关于你的故事都是我不忍前往的探望
我只在深夜里细细地将你品味
知道了你的风骨
我不去看你
是看不得你飘落

就在三月你刚刚盈盈而立的日子
我用笔尖替你释然着清愁

把你许给了春风
许你就这样绽放着你的美丽
唯独没许你在我没有到来之前可以葬身泥土
我只想有一天偶然相遇
你用馨香我用笑靥
在空谷里一起燃烧
在春天里尽情释放
你如精灵我如老酒

Y

哑柳

河南人。自由职业者，创办并主编诗歌民刊《无界》。主要作品散见于《中国文学》《中国诗歌》《当代诗人》《诗歌周刊》《现代青年》《大诗主义》《新青年》《民族报》《诗林》《诗潮》等。著有《哑柳诗选 2008～2013》。个人词条入选《中国当代诗人档案》《亚洲主编风采》《2012中国诗歌年鉴》等多个选本。部分作品被美国、越南以及我国台湾与香港等媒体刊载。

刺

一根根的刺刺进我的肉体
我一直被容忍到今天
被刺入的肉体已经腐烂不堪
它让我说不了太多的话
它让我走不了太多的路
就算乖乖地睡觉也要保持一定的姿势

刺刺到了我身体的许多部位
我被告诫你可以长成刺的姿势
这样有许多人会代表你去说话
也有许多人会代表你去走路
这个问题纠缠了我许久

几年几十年甚至
还有我下一代的又一个几年和几十年
时间久了我都遗忘了
是谁纠结谁
腐烂代表烟消云散

腐烂也代表子虚乌有
那么在它腐烂之前
我为什么不把刺剜出来呢
哪怕新的肉体有无限疤痕

一把小刀足够哪怕是一根针
都需要备用的
我已经开始去做了
那么你会去做吗

我的梦里只有月亮

今夜我静静地睡了
太阳请别打扰我

一个月亮爬上我的枕头
这是一个永不变质的诺言

月亮不会打扰我的梦
我的梦会一直自由的做下去

月缺月圆
随着你一起慢慢变老

有一天我会告别太阳
走进五彩缤纷的宇宙里

雅香居士

本名曾明江。男，1971 年生，四川成都新都人。自幼喜好文学，部分作品入选《中国当代诗坛新星》《黄河文学》《文海听涛》《九州诗苑》《文学与艺术》等报刊。因喜好沉香，自号雅香居士。

寄语：愿以文会友，广结良缘。

风吹皱了思绪

就让她静静地站在湖边吧
千万别作声
不然
风吹来了云雾
也朦胧了她的腰身

就让她静静地站在湖边吧
千万别作声
不然
风吹皱了湖面
也吹乱了姑娘的心

就让她静静地站在湖边吧
千万别作声
不然
风吹皱了她的思绪
也将她的梦吹醒

2016 年 5 月 8 日夜于成都。

三月的小雨

三月的小雨
如烟
朦胧了村庄
树木和牛羊

三月的小雨
似风
吹斜了
断桥上的油纸伞
和着旗袍的女人

三月的小雨
如多情的恋曲
淋湿了少女的红唇
后来
思念像春芽般疯长

三月的小雨
如油
浸润了种子和土地
孕育了大地一年的希望

三月的小雨啊
不是飘在天空
倒是下在心上

2016 年 4 月 5 日。

思念

夜悄悄地来临
恋山的夕阳
温暖柳树下那双期盼的双眸

明月当空
一曲曲悠远绵长的二胡声
从门缝挤进了多少不眠的心房

轻歌低吟如泣
拉长的是你美丽如花的梦颜
剪不断独醉了
是你的思念……

霸王别姬

长路漫漫
铁蹄声声悠扬
一骑红尘飞逝
将岁月的风铃摇响

拔刀挥剑
豪情满怀
大好山河为我疆场
热血儿女携手威振四方

江山易改
世事难圆
爱也伤
恨也伤
明月千古独醉相思梦一场

2016 年 6 月 2 日。

严纯

微信名雨雯。高中高级教师，广东一道诗艺社、广东读者联盟社友。自诩舌耕者、笔耕人。舌耕求衣食养家度人，笔耕怡性情求真悦己。现已退休，闲云野鹤。喜阅读游走，舞文弄墨。曾出书发文，热爱生活，关注民生。

寄语：希望环境更洁净清爽，社会更自由公平。

星星

仰望夜空
看到深邃无边的黑
月亮在浅灰的云后面
偶尔露一露圆脸
曾经熟悉的满眼繁星呢？

都藏在云里了
被雾霾包裹住了
还是在人类制造的
绚烂瑰丽的光与影里
疲倦地闭上了眼睛？

“桂露对仙娥，
星星下云逗”
那已是美丽的片段
壮阔闪亮的银河
流淌在儿时的记忆中

天空永恒地沉默
星星静静地等待
我渴望
在静夜与穿越亿万年的星星凝视
在铺满星光的小径散步
在满天星星的甜梦中酣眠

写于2016年1月15日。

杯里飞出的蜜蜂

柠檬蜂蜜茶，
蜜蜡的色泽，
清醇的味道。
啜一口入嘴，
甜在舌上蜿蜒，
酸在喉底迴荡。
掀起杯盖，
蓦然间，
一只细长的蜜蜂飞出！
你怎么会在这里出现？
这蜜是你酿的吗，
或者，
这蜜是埋葬你的坟墓？
你是否特意来告诉我，
甜美的来处是苦难，
苦难酿造后未必是甘甜？

2016年7月3日。

梦境

疲惫地走回家中，
斜阳照进窗，
瘫坐冥想。
思绪游走中突然想起，
下午四点要开会。

冲下楼梯，
穿过街区，
奔向学校，
会已经结束！
该向谁解释一下？
在哪里向谁解释？
楼梯上碰到大学同学，
披肩波浪卷发，
大红过膝风衣。
寒暄几句，
擦肩而过。

推开五楼的一个房门，
有两个管事的男同事，
向他们说明来意，
一位个子不高的老师对我说：
我已计算了你缺席会议的罚款……

梦中惊醒，
想起自己已退休，
是一朵闲云一只野鹤。
可以睡到自然醒，
再不用上班开会。

2016年9月30日凌晨5时。

翻阅报纸的声音

翻动刚拿到的报纸，
手指在文字间划过。
纸与纸快乐地相遇，
发出轻轻的响声。
沙拉拉如浅酌美酒，
人未饮心已醉。

哗沙沙声音中，
智慧之泉在心里开凿，
滋养着思想的厚重与灵动。
轻淡淡墨香里，
旖旎画卷精彩纷呈，
导引我拥抱宽阔与深邃。
慢慢翻阅报纸，
享受触碰纸媒的惬意。

翻阅报纸的声音，
从耳朵入膏肓血脉。
成为生命的一部分，
也成了生活的组成。
早已离不开，
终生难舍弃。

2016年10月28日。

奔跑的小狗

一只小黑狗在竭力奔跑
跑向停泊的轿车
嗅嗅找找
然后奔向下一辆
气喘吁吁
眼里全是焦虑

大声呼唤小狗
过来吧，过来
我带着你
去找你的主人
小狗不望我一眼
仍然奔跑着继续寻找

小狗苦寻遗弃自己的主人
圆圆的大眼睛里满满泪水
他一定是在悲伤地想
下辈子，我做人
养一只可爱的小狗
陪伴它，到老

2016年11月14日。

严忠良

祖籍安徽来安，1955年出生于河南省许昌。曾求学、入伍、做工、任职，现已退休。有新闻、散文、小说、诗词、曲联、辞赋等作品在县市、省、国家级和军队、企业、学会报刊上发表。已有《文汇集》《文学作品集》等问世。

我生活在诗的家乡

我的心灵，在诗的山谷中储藏；
我的豪情，在诗的原野里奔放。

我的意志，在诗的岩石里生根；
我的气息，在诗的天空中翱翔。

我出生于诗的家乡，
诗是哺育我成长的乳粮。

我奔腾在诗的海洋，
诗是激励我前进的力量。

诗不会干涸，诗不会衰亡；

诗永远生存，诗永远闪亮。

诗，来自真理的探索；
诗，来自劳动的开创。

把诗种在田野，诗是五谷的芳香；
把诗聚向山林，诗是百鸟的歌唱。

把诗埋在地下，诗是地下的岩浆；
把诗抛向天空，诗是天空的雷响。

群山中，挖掘着我的诗草，
江河里，流动着我的诗章。

我生活在诗的家乡，
我多愿生命也像诗一样。

松树的年轮

枝叶会被风雨折落
骨干依然旺盛向上
周而复始的岁月
围绕着心在运动
吸吮着大地的乳汁
何理会节令的炎凉
不改变平淡的青绿
只为着出土的渴望
把良田让给稻菽
伴鲜花开满山岗
深深固定在这片泥土
让爱充满着生命的根
点缀着无限的风光
昭示着成长的年轮

家

家的前门是我走出的第一道关
家的后院是我存放童趣的花园
家让我在苍白里终于明白
家使我从茫然中走向自然
家是冢上的一点
点拨生命的追赶
家是行前的罗盘
盘亘责任的展现
爱在现在根在祖先
家是前方心筑乐园

岁月

岁月　曾深嵌着我的初恋
岁月　也洗刷着我的痴迷
岁月　是家中炉灶的炊烟
岁月　是门前河水的涟漪
有多少爱已被偷去
有多少事不被认知
不向苍天悲泣那一步的失误
不向人间显示此一刻的惊喜
岁月　就是岁月　能将人从襁褓里托举
岁月　就是岁月　能将人从星空中堕地
老人没有累的时候
成人没有烦的休息
苦的是我把出手的文字当作荣耀的蜂蜜
恨的是我咬紧牙的教训无能又再来一次
岁月　就是岁月　残酷中夹杂着世情
岁月　就是岁月　悲愤中留存着爱意
我爱你的时候你爱过我
你我时至此刻我仍爱你
新的一页又将揭起
我的热爱永放心底

言父

四川资中县四眼桥人。闲云野鹤，自称散淡之人。白日调方遣疾，夜里喜诗读词。已发表若干诗歌作品与诗歌评论并获奖。

二月

让我为爱的人
带来一个春天
花开的梦想

让树枝上的夜葱茏
让话语里的春天
拥抱阳光

二月，一滴水
会叠起影子的露珠
干净地将温暖
一个个从身体里走出来
在花开的二月
长成春天的记忆

往事

黄昏里的往事
不停地浮上来
迎着夕阳
轻柔地安静视野里的模糊

风吹过的黄昏
飘落往事的故乡
我所看见的尘埃
淹没在夕阳的风里
我在黄昏里和往事
擦肩而过
身后，夕阳也
落上了一层尘埃
只有我，在安静的模糊里
一步步回家

春天

事情具体到细节
大片大片的文字
被当成种子
用来播种和生长

此刻的诗句
简单到了美丽
许多爱，触手可及
总是这样，让春天
不断地呈现到我的面前
故事里的蝴蝶
飞遍了文字的写作

上午

上午。繁体的书卷
暗怀心事
让满院的风声
沉默在近水楼台的
落寞里

远方。谁能看见蝴蝶的
翩跹
来来去去的影子
沉醉在落寞的花开中
逝水的一月
寻找上午花开的沉默

落寞。没有语言
但我看见一月的花朵仍浓
因为，春天不远了

中午

中午。阳光斜斜地
软软地照在我身上
连同生活的忧郁
也被中午湮没
更多的时候，我看
一月的天空遍布回忆

我在一张纸上踮起脚尖
中午的暗香
面对美好的暖和
发出一声甜甜的声响
那些风花雪月的私事
从此在中午洞开了自己

下午

下午。与一朵花相遇
芳草复生的阡陌

阳光一点一点从指间
隐藏笑意
那些生活的片断
越过往事的边缘
将思念的烂漫在旧日的青草里

花开的梦，沉默于陈年旧事
开得淡淡的，在我的手里
渐渐变薄
湮没于诗歌里的伊人
从浓到淡，从淡到无
阳光就在这个时候
覆盖旧事里所有的笑意

花朵

在花朵面前，应该看到
一场雨，突如其来
像梦挤满了青春
铺满了浓浓的桃花红
让滑落笔端的现在
陆续走出来
具体轻轻地咳嗽

我可能喜欢另外的花开
隔着写作的夜色
具体所有的分娩和发生
让阳光撕成的碎片
无法隐藏
有的时候，遇到你
我会会心地笑一笑

桃花开

仿佛，桃花绽放的枝头
撩动单薄的杏色春衫
一湾清清的水
惹动一颗不安的心
风起了，鸟鸣了
蒹葭在路旁
在如烟的河岸
眺望浅浅的白云
还有晚开的桃花丛里
你的微笑

这是三月的一天，白云俘虏了我
半个月亮照着温馨
淡淡地
会滴水的女子
轻轻一跃
端放在一张宣纸上
音乐湿湿地
仿佛遍野的桃花开

逃避

我在让生活的声响
逃离写作的本意
我常常感到抱歉
因为生活的细节
都在时间宽大的床上
得到了一一呈现

站在声响的中间
空阔得无边无际
仿佛身边的青草
静静地
懂得我温柔的抒写

两枚苹果

就这么守候，像两枚苹果
默默地对视
然后会心地一笑
看黑夜被挽成一枚文字
柔柔软软地枕着幸福
打湿轻轻地吟咏

此刻，给我一枚文字
让我们面对生活
一言不发，任一双无眠的手
轻轻掬起所有的心跳

我和你,承受不了我们自己

过程

有些东西成为时光的忧郁
被春风轻轻撕咬
那么美好啊,湿润的夜晚
楚楚动人地奋力扑进
我的写作
那些小小的东西
现出原形
撕咬生命里一朵又一朵
蓄满相思的花朵

现在的我们,幸福地
叫出了声

讲述

如果广阔的空间伸出一双手
你不要惊慌
一颗心和藏着的一颗心
会偷走写作的梦
让风吹动拥抱
给梦一个大大的位置
看一片春色
散发着青草的芳香
丰满绝口不提的爱情
仿佛缠绵沉醉里的笑声
因为赞美
发出会心的笑
看夜色闭上眼睛
提醒湿润的讲述

四月

我只想在这个时候
看见风中的句子
让四月溅满花枝的露珠
讲述梦的飞翔
照耀阳光下散发的花香
就这么走着,四月
清亮了一些
清明之后的日子
安慰自己
或者让一株树修剪成
儿子手中的风景
因为,四月就站在我的写作里

怀念

亲爱的,怀念是一种心情
下了一夜的细雨
会被带走
只有那些深深扎下根的怀念
才能把多年前月光下的话语
还有来来往往的高深莫测
雕琢成络绎不绝的永恒

怀念,潸然泪下
惊醒了我的打不湿的梦

微笑

我在自己的身体里
种下微笑
看满载生活的思想
多一些富有的燃烧

用一颗心触摸的文字
反复打量生活
让温柔的指尖
抚摸微笑的幸福
仿佛沉醉在缠绵里的歌唱

对于微笑,一个梦会散发芳香
与春天对视
一片灿漫山花绽开的风
一往情深
倚墙而卧,看春天的微笑
布满四月的遥远

三月

要学会自己面对安静
满怀自觉的耳朵
听阳光筛下来的声音

油菜花开的河岸
亮出洁净的嗓子
我想,沙哑的声音
从此能够带来水分
和三月一起
滋润纸上的生活

春天

面对时间,我沉溺于桃花的
花开。年复一年
许多的怀想
都流经着三月的羞怯
看指间的香
变成一生中小小的点滴
扑满衣襟

春色无边,葱郁的描述
完整着桃花的花开
一个人要走多远
大地如此沉静
像纸质的细节
记录着言词的风景

三月

燕子飞回来的时候
写满沧桑的发轮河
呈现着柔情的美丽

三月,殷实的生活
开满了梦想
随风飘落
鲜活无数的眼睛
在小纸条上写诗
不能说出春天的秘密
发轮河,在睡梦里
落满了花瓣
看起来如此安静
看起来如此诚实

下午

想象被风淹没的下午
还有移动的文字
会让吹乱的枯草
发出思念的香气
如一只蝴蝶
扑闪着翅膀
唱着三月不动声响的歌谣

我们的心事,都写在
白茫茫的纸上
好像沉静梦里的相遇
张罗光景里的一些陈旧
怀念醒来的三月
有些时候,我们掩面而思
因为生活的雨淋湿了下午的文字

春天里

许多最信任的文字
被我善意地挥了一刀
变成一行行
平铺直叙地
言不由衷地
词不达意地翻过一页页纸
看梦辽阔得没有边际
在轻描淡写里
充满了美好的比喻
仿佛春天里阳光下
翩翩的蝴蝶

因为,春天里
我们可以信任所有的文字

安静

我静下来的时候
会淡淡地比喻
发出光来
任文字自由地飞翔

那些过去的安静
纷至沓来
充满了叙述
陌生的写作
我把持不住
只有短暂的窒息
会拾起我的菊花
谦虚地落成一种表达

时光

怀念一些过去的时光
旧旧的却那样明显
如同陈旧的泥块埋进潮湿
在树枝的发芽里悄悄成长

没有什么比这种味道
更美好了
再也没有什么比这种比喻
显得合适
三月,如此安静
安静得怀念都有了绽放
我什么都没有注意
只有在风里
看见儿子小小的手
沾满了春天的味道

年轻

有时候,我认为年轻永恒
因为许多生活的体验
让无边无际的今天辽阔

和我相连的今天,被年轻
热爱
而美好的真实
却接近着事物的沉睡
那些铺展着时光
从潮湿的眼睛里漫溢出来
一次又一次
让年轻静静地看着自己
我们说出来的话
从此
和年轻惺惺相惜
今天,会想着我的话

上午

上午,我看见意外降临的文字
带着新鲜的思念
奔跑在梦里

回忆被我打碎
浓郁的翠绿跟着流淌
那些声音来自我的梦
或者来自我们的体内
怀抱着打碎的上午
发出被打开的声音
容纳下降的寂静

上午,尊重着
这些意外降临的文字

春天

花开的春天树叶精神抖擞
向四面八方伸展
遍布着鲜活的清响

我要赞美春天,一个个
被春风洗亮的词
闪闪发光
喝着露珠长大的草们
打湿着我的身影
开始走神了
在低语的阳光里

不露声色，看发芽的春椿
给春天一个意料之外的惊喜

梦

我深信写作会在夜晚出现
无边的梦
会听见一棵树的吟诵

梦拴在枝头，影子
浓郁着覆盖
穿越自己
犹如一叶扁舟
满载写作的沉默
看几时的明月袅袅升起

有些阳光堵着梦的嘴
多少年来的诵读
在骄傲的梦里隐居
大片大片的写意
想象桃花红的姿色
温暖梦的寂静

失语

一个人走着走着，我被反复
打磨。钟情的那些小径
剖开着岁月的长度
像一些细节
在岁月的过程里节节撤退

所有的树木，扶着傍晚的延伸
掩盖的风抚摸着头颅
听露水的溢出
一不留神
时光就掀起一本泛黄的日记

一月，叶片轻轻地浮动
寒风里
我在河边的小径上一个人走着走着

小寒

春天是一个虚词，像一个
捉迷藏的小孩，露出
欲语还休的笑脸
简单而安静地让梦
一步一步迈进春天的寂静

温暖的情景撒落了记忆
零散地蔓延幸福的呼吸
抖落一地的露水，湿了

挂满树木的清香
早已响起的钟声
变得辽阔
还有我嘴边那些细细的说话

视野

我是一个微不足道的人
一场辽阔无边的梦
竖起了春天的耳朵
不管隔着多么远
都会敲打视野的对视

视野很大，看见的心事
抵达岁月的深处
听田野里隐藏的那些青草拔节的声音
肩头早已落满了时光的碎片
在我的心头
浓缩成一幅画
铺展成思念的衾衣

有的时候，视野
会
盛一杯浓浓的时光
隐藏在那些骄傲的写作里

一月

我注定会喜欢这个时候
潮湿的一月，会向绿色的树

轻易地说出生长的过程
在等待中,成为一棵高大的树
简单地进入幸福

从稍远的季节看去,潮湿的一月
落满阳光的多情
夜在寒意里,与我一起
说笑今天,因为几点灯火
是我的仰望

而一月,会在雨里会在雪里
慢慢地烦扰湿透干净的树
流水花香,春天最好的位置
长出最美的花朵

花开

多好听的名字,清香四溢
你不可以让其消失
没有人会看见花开的梦
但可以让夜闻到花的香
那些种植的花藤
础润而雨
我会在疲惫的视觉里
看见梦的表达
舒心地生长成一次花开

花开的时候,一只蝴蝶
将淡淡的阳光
收纳在我展开的画稿里
我的诗句从此弥漫着芳香

春天

因为喜欢春天,因此
我会在夜晚来临的时候
让思想里的寂静
满足所有的思绪
宁静如此接近的写作

像我这样的人,此时此刻
应在某一个偏远的地方
守着春天的喜欢
看绿绿的想象
纷纷从深处跳出来
倾听小鸟的鸣叫

梦

我不想写些熟悉的诗歌
因为熟悉的事物
碰碎了梦的露水

出于对诗歌的尊重
我打定主意
一心一意地让梦
醒来或者醒来
仔细聆听或者分辨
精力充沛的春天

到春天的上面去
相信梦
会醒来
就如住在我身体里的朋友
会容下半片天空
等待我的抒写

小令

许多的感觉显得疼痛
刻意地进入梦境
让一波又一波的失眠
逃避煮沸的静寂
永不休止词语的潮湿
就如疼痛的臆想
被风打磨
用大大的眼睛认识枝头的鸟

阎岩

笔名梅山、孔雀河。江苏沛县人。徐州师

范大学中文系毕业，徐州高等师范教师。现任江山文学网指间微凉社团编辑、文学顾问，腾飞文学董事。

诗观：扎根现实，追求空灵。

深秋，我醉了

我醉了
醉倒在稻谷飘香的时候
捂不住相思
想到了你

你是一个符号
标记着我的醉眸
你温暖的怀抱
让我忘记了童年的饥寒交迫

你是一背阳光
我在你七彩的肩上
享受着
纸鸢纷飞的春暖

你是一条坎坷的路石
坑坑洼洼的颠沛流离
蜿蜒的岁月
浸染了我的希冀

你是我童年的欢喜啊
可你佝偻的背脊
还是驮不住我纷飞的思绪
只能笑看我的离去

醉眼里的月光
倒映着你的叹气
我的老父亲哦
你的每一根皱纹
都深刻着我无限的敬意

醉夕阳

晚霞眸红
流溢出灿烂的思念
远方的炊烟
袅娜着满腔的牵挂
我霜染的鬓角
留白着流年
那一声浓稠的乡音
醉了远山

枫桥渔火
敲打着流失的相思
油纸伞下的石板
回响着丢失的玩伴
水墨江南
流不走鸿雁翩翩
一声秦腔
婉转着黄土的泪眼
我失眠的梦里
清洗着岁月
明月下的乡土
脚步蹒跚

我醉倒在你的满村子呼喊
回家吃饭
佝偻着沧海桑田
回眸你背上的温暖
春风里的纸鸢
是你不老的容颜
你是我梦里的夕阳啊
在故乡的老院
轻轻地
喊着我的乳名
醉卧西山

深情凝望那片热土

深秋
当所有的秋收
都被喜悦扎了口
那片沃土
又保持沉默的姿势

生命,希望
在泥土里蜗行
那是一首
无言的歌啊
钟爱她的人
才懂得

深秋
当所有的落叶
都被根收拢
那片树林
裸行在凛冽的西风
坚韧、倔强
在枝头怒吼
那是一曲
不老的歌啊
读懂她的人
才抒情

深秋
当所有的色彩
都黯然失色
那片花圃
依然绽放着菊黄丛丛
清绝、坦荡
在桂子的流香里
演绎君子遗风
那是一笔
令枫叶丹红的绝唱啊
眷恋她的人
才深情

我深情地凝望
那片孕育我的热土
怡心悦性的风景
犁开了我的诗性
那是我热恋的土地啊
唐诗宋词的诗情画意
播撒着美丽的梦境

颜景泉

宇清溪,号乡里人。男,汉族,1954年生,山东省滕州市人。中共党员,政工师,退休干部。中华诗词学会会员,广西柳州市诗词协会会员,滕州市诗词联赋协会副会长。诗词作品曾在全国各级报刊发表100余首(阕)。

难忘的你

总想把你忘记
你的身影取代了所有的记忆
还是顺着意识流动
悄然而来
悄然而去

梳理一下往事
你的声音占据一切间隙
敲打着失眠的窗口
响在天边
响在耳际

雁飞

现居鄱阳湖口。作品散见于《诗刊》《星星》《绿风》《敦煌》《诗潮》《诗选刊》《诗歌月刊》《中国诗歌》等报刊,部分作品入选《中国年度优秀诗歌(2015卷)》等选本。已出版诗集《黑或者白》等三部。

桃花开

我不过是想伸个懒腰、打个哈欠
同春天一道苏醒过来
不过是想扭扭腰身、试试嗓子
在春风里找回原先的感觉
你看,这只调皮的小蜜蜂
竟吵着要我歌舞

我好久没回来了，站上高枝
不过是想看看甘棠湖与浔阳城
是否出落得更加靓丽
她们可是家乡的大美人啊
看看，真是越来越美了
请千万不要笑我卖弄风情

我不过还是老样子，没啥好看
梨花、杏花都是我的好姊妹
她们是与我一起回来的
亲爱的，也去和她们亲热亲热吧
不然，她们又要笑我了
还嫌我的脸不够红吗

花非花，花似雪

还是这棵广玉兰
在这个二月最后一天的黄昏
再次，将我纠缠
我的目光，一再被它拉回
我知道那是一树繁花
却非要想它是一树厚雪

为什么，花非花，花似雪？
疑问的同时
我，想起另外一个问题
一场厚雪
为什么，就从未想它是
似锦繁花？

雪，我还是在想一场大雪
为什么，非要想它是一树厚雪呢
现在，我仿佛听到了
树的质问

暮色已深。我不得不走了
树，却并不善罢甘休
它干脆把这个院落搬进我的大脑
我走到哪，它出现在哪

绿袖子

就这样，阳光炫舞
池筑树梢
就这样，碧溪弹唱
弦伴翠鸟

日子，已越来越好
除了爱
我已一无所有

绿袖子、绿袖子
在这个纷纷扰扰的尘世
我，又是谁的
绿袖子

阳富生

湖南常宁人。中共党员，教育工作者。湖南省作家协会会员。著有小说散文集《她从晚霞中走来》。在国家级报刊、纯文学刊物上发表文学作品百余篇。曾荣获“新人杯”第四届全国中小学校园文学大奖赛特邀作品一等奖，“黄山杯”全国文学艺术作品大奖赛二等奖，第五届全国“文艺之星”作品大奖赛三等奖。荣任文苑甲级撰稿人并荣膺2008文学创作出类拔萃奖。2008年度荣获“国家级教育科研成果”一等奖。

党啊 我的母亲

党啊
您曾是一粒微不足道的种子
寄生于世界东方的深壑
破土于无人问津的广袤
被高鼻梁蓝眼睛蔑视

在奥林匹克的竞技里
居然没有一个黄皮肤黑眼睛
的高耸突兀

为了屹立世界之林
您纵横捭阖

终于有一天
您像一头沉睡千年的狮子苏醒
向着高天流云怒吼
向着昆仑长江振臂
华夏因您而雀跃
世界因您而摇曳

鸭绿江起风了
您怒斥天穹
以雷霆万钧之力把它慑住
阿克赛钦冒烟了
您捷足先登
以不可阻挡之势把它征服
乌苏里江结冰了
您横眉冷对
以人不犯我我不犯人之英雄气概
让北极熊气喘吁吁

您的飒爽英姿
您的独领风骚
您的豪情万丈
令芸芸众生膜拜
令鬼蜮魍魉颤抖

华诞六十几载
您几经周折
曾病入膏肓
您忠诚的儿子
没有忘记举起右手那一刻
的振振有词
没有忘记《国际歌》中
英特纳雄耐尔响亮的音符

党啊　我的母亲
您的宗旨是全心全意为人民服务
您的伟大抱负是扫除一切害人虫
您的最终目的是实现共产主义
您的信仰与信念
所向披靡

党啊　我的母亲
您以自身为模范
树立最高理想
您以领头羊的作用
树立宏伟目标
您激励国民奋斗
树立新型标杆
您高举东方巨人具有特色的旗帜
全面推进建设小康家园的举措
您保障改善民生
全面推进新的伟大工程

党啊　我的母亲
从我举起右手的那一刻开始
我一天也没忘记您
三十载风雨征程
一万多个日日夜夜
我用伤痕累累的手
抚摸您千疮百孔的皮肤
亲吻您饱经风霜的额头
为了您的凝脂翡翠
我揽长风入怀
把个人恩怨抛至脑后

党啊　我的母亲
您沧海桑田
历练无数
为了平息南海的怒涛
为了抵住列强的张牙舞爪
您已剑拔弩张
跟着您像当年
力斩顽凶

杨岸

男，1965年生，陕西省绥德县名州镇人。中国乡土诗人协会会员，陕西省作家协会会员。20世纪80年代开始业余创作诗歌，先后在《中国诗歌》《中国诗影响》《诗歌报》《星星》《延河》《诗神》《延安文学》《华商报》《作家报》《百花》《当代青年》等五十多家报纸杂志上发表诗作六百余首。曾获“第三届青年杯诗歌大奖”“世纪之星新人诗歌”等八项诗歌奖。诗作收入《中国当代诗人代表作》《中国当代诗人大辞典》等多种诗歌集。

阿房宫

这里曾是一片沃土
养活着秦王朝
统一六国后
丰衣足食的百姓

五步一楼十步一阁
辉煌的红楼
让项羽的一把火
烧就了一个朝代的
断章残页

美女围成的国都
封闭了大泽乡两个农民儿子
惊天动地的呐喊……

传说阿房走后
就有了阿房宫
就有了渭河哭泣的声音

在咸阳　司马迁用竹片
为后人
雕刻他
最后的　蓝图……

断想兵马俑

当他们还枕着一条河流沉睡的时候
我已构建了一座诗的城池
等着他们浩浩荡荡地
横扫完六国的领土凯旋归来……

就为了还世界一个别样的光明
他们接受了黑夜两千多年的囚禁
含屈的雄心就轻易地搬倒了骊山
整个长安被石头跪成
一座座傲立的雕像
我突然想起那两个农民的儿子
在大泽乡自制的旗帜
瞬间就让一个王朝摇摇欲坠

我想找到那位合上兵书的人
他竟能让一扇土筑的门
用泥土烧炼出这些
胸怀天下的兵马来
他们去守护一个死者的坟茔
是甘心情愿的吗……

假如我也是这俑阵里的一名小卒
那么就让我站在大秦的疆土上
用黑夜给我的眼睛
与太阳对话
最终我愿将身子留给山河
而这颗项上头颅
奉还给
天空……

大雁塔随想

在玄奘取经的途中
一只大雁翱翔于西天
指路相伴的精灵啊
你让永徽年间的铜钟
撞击出日月的
万般光芒……

佛门净化过的残砖碎瓦
全是经卷中最美的插图
敢和天空争霸的那个女人

把她的聪明封于塔顶

深藏那一万多颗舍利子
就是在千年后
仍然映出雁塔修的背影……

那只折翅舍命的大雁啊
你脱落的羽毛
只需一片
就已暖透
一个大唐……

处女泉

在合阳
绕千金塔
往北　一汪清泉
在传说中圣洁如雪
相映古远的东方……
取荷花一叶
任　相思的鸟缠绵
碧水中
钟情于　玫瑰

仔细端详从
《诗经》中
走来的　窈窕淑女
天空便飘起了
西周期的　雨
淋湿了
徜徉在爱情走廊里的
你和她……

就取一杯温泉
回家　滋润
渐渐枯萎的　爱情……

太阳

——跪拜尧帝

我不知
四千多年前的太阳
是否也如此温暖
在伊村我深感
是你用笨重的石斧
打开华门让黄河之水
流过平阳宫外……

太阳以外的光芒
是来自你的胸怀
走进森林理顺了
一个原始部落
开辟了灰沉的
天空

今天　在你的庙宇前
我大胆地想象
你是怎样一条汉子
站在群山和江河之间
改变了
日月……

所有的日子啊
也让你编辑成四季的风雨
在庄稼的土地上
肥沃了农历的星辰

为了寻根寻梦
跪拜　历史的前言
滚滚红尘
我们永远是你的孩子

面朝大阳
就能走近你长眠的地方
满山的古柏啊
我想着能长出一座石碑来
雕刻华夏姓氏
家园……

（尧，姓伊祁，名放勋，古唐国即今山西临汾尧都伊村人。中国上古时期部落首领。尧制定了四时成岁，颁授农耕时令，治理水患。尧帝建都临汾平阳，因此临汾城南有尧庙，城东大阳镇有尧帝陵……）

秦月

——给扶苏

穿过大秦帝国成败的硝烟
我来到疏属山上
仰望你　魂牵梦绕的
故乡

哭泣的秦王朝啊
在断崖上留下一块
近两千年未愈的
伤口……

是一朝天子的呐喊
重雕了　俑阵里那
残肢断臂

在那页发黄的史卷里
是谁　痛饮这杯
呜咽泉
惊天动地

在你守护的村庄里
朝着一棵大树　捧起把泥土
抚平　你那
千年的　痛……

一朝脊梁的背影
冷冷地托起
你从无定河中打捞出
那轮　遥遥相望的
明月……

杨成军

农民。吉林省作协会员，吉林省音乐文学学会会员。在《中华诗词》《词刊》《工人日报》等发表诗歌、歌词二百余首。出版诗集《如果有可能，我带你去远行》《我是农民工》；有多首歌词谱曲，其中的四首歌曲获得国家级大奖。

如果有可能

如果有可能
我带你去远行
躺在德德玛的草原
数最亮的星星

如果有可能
我带你去远行
坐在外婆的沙滩
看最白的帆影

如果有可能
我带你去远行
爬上那座山
听最圣洁的经

如果有可能
我带你去远行
穿越茫茫人海
寻找属于我们的
那一份宁静

你曾经说：最大的愿望
就是去旅行
牵着彼此的手
感受最美的风景

你曾经说：最快乐的时候
就是去旅行
背起简单的行囊
沐浴自由的风

你曾经说：
等老的时候
开上一部车

装着我们的故事
一直开到梦的尽头

你曾经说
你曾经说
你曾经说——走在爱的旅途
我们的脚步多么轻松

杨德文

男,72岁。河南省平煤神马集团老年作协副会长。

王玉兰买宿壶

灰河源自老青山,
流到这里拐个弯。
弯里有个小村庄,
村庄名字叫山湾。
山湾有窑好几座,
烧制瓦盆和瓦罐。
村庄西头第一家,
住着老汉徐老三。
腊月初五这一天,
北风呼呼刺骨寒。
老天脸子黑丧着,
不时飞下小雪片。
老汉早饭刚吃罢,
信步来到门外边。
像北风吹来一团火,
一位妇女到面前。
鸭绒红袄紧裹身,
瓜子脸膛红鲜鲜。
红帽下露出长刘海,
一双大眼忽闪闪。
高挑个子多麻利,
年纪四十多一点。
老汉一看是熟人,
她是北庄王玉兰。
俩人见面忙答话,
玉兰先问老伯安。
老汉先回道谢话,
然后开口问玉兰。
听说你公公有了病,
现在是否好了点?
玉兰开口把气叹,
从头来把家事谈。
自从婆母下世后,
家中难事一连串。
丈夫得了脑梗塞,
手脚一直不灵便。
公公瘫痪难下床,
吃饭得往床上端。
有时脑子犯糊涂,
饭菜撒在床上边。
解手不能去厕所,
尿罐掂到床跟前。
解手还得扶住他,
怕他摔倒床下边。
昨天半夜要小便,
急忙赶到他床前。
我把宿壶递给他,
扶着宿壶站一边。
他不好意思叫我扶,
连住几声把我赶。
我只好离床远一点,
站在一旁背过脸。
谁知他没招呼好,
宿壶掉到床下边。
宿壶摔得稀巴烂,
尿把地下湿一片。
今天来到大伯家,
就是想把宿壶掂。
老汉一听作了难,
开言告诉王玉兰。
近年瓦货卖不动,
已经停窑好几年。
瓦盆瓦罐剩不多,
宿壶已经早卖完。

看你是个好媳妇，
侍奉公公功无限。
这样的媳妇真不多，
做的事情也稀罕。
冲着你这孝顺心，
我到各家找找看。
老汉领着王玉兰，
挨家挨户去查看。
听说给公公买宿壶，
大家齐声都称赞。
众人热心去寻找，
一条喜讯报玉兰。
找来一把新宿壶，
玉兰心中好喜欢。
连向众人说道谢，
接过宿壶付了钱。
大家热情来送行，
玉兰高兴回家园。

（创作对象：王玉兰，女，76岁，家住鲁山县张官营乡肖营村三组，2014年被市里评为最美老家妈妈、标兵人物。）

杨东晓

民刊编辑。诗歌作品散见于《新诗想》《网络文学》《诗中国》《尧神》《澧水》《万花山》《鹰城》和部分纸刊、微刊。有诗作入选《2015星星诗人档案》《世界诗歌文学》《当代诗百家》。

秋风

菊花没有开够，秋风
就有些紧了，一阵阵从山岗外吹来
所到之处，野草弯曲，枯萎，一片连着一片
摁也摁不住，深秋里骇人的荒芜
树叶开始纷纷，赶集似的零落
仿佛零落是瞬间的事，随风飘远是它们的归宿
只能眼睁睁看着
却又无可奈何
可是秋风也有吹不走的事物
比如那几块干净的石头
石头上读书的孩子，以及
他们眼里的光

秋风起

叶子终于落了
在起风的时候
接着另一片叶子落下来
像漫不经心的一瞥
紧接着大片大片的叶子
前仆后继
落下来
赶宴会似的
没有尖叫，没有呐喊
我拿一片放在手掌心
它的断裂处滴着泪水
也不知道它们在断裂时
有着怎样的无奈和不舍
有着怎样说不出的痛疼和绝望
轻轻地
松开了生命

陪你在月光下漫步

没有哪一种光比月光柔
没有哪一种光比月光干净

尤其是月光下的大树显得又高又大
从它身旁走过时，它用叶子反复告诉我们
“夜间在大平原上行走，不可与过高的事物同行”

我们顺从它的意思，在低处草丛中漫步
呼吸月光的白
驱散体内的黑

而月光从不顺从高的事物
也不顺从黑夜，只把盛大的光铺天盖地
覆盖下来

一年有一次中秋月就足够了

这就足够了
一年有一次中秋月
用尽它发白发光的能事
照亮一切皮毛和骨头
照亮路和远方
让那些身在他乡的游子
那些把自己的颜色用光
躲在暗处,忧伤也躲在暗处的人
那些在十字路口迷了路
靠路灯指引方向的人
在白银的月亮下
闻着桂花的芳香
看到故乡的
棉花白,高粱红

杨华君

网名羊仔。广东中山人,现居澳门。平日装修工作之余,闲时学习写诗,自得其乐!

全是你

如果没有牛顿
就没有梦的牵引
如果没有安徒生
就没有童话世界
就是没有达文西啊
我的梦里
皆是你的微笑
伽利略啊
不必再窥探
我的世界
全是你的影子……

杨洁

现居河南省洛阳市,退休职工,诗歌爱好者。

沿着长征的足迹追寻(组诗)

路在何方

这是一次前所未闻的远行
从开始出发的那一刻起
就注定引起天地间的震惊
只是,路在何方

山中的寒冷和崎岖
水里的无情和湍急
沼泽的淤泥和无底
都无法阻挡你们前进的步履

你们走过的许多地方
从来不曾有过人迹
原来,路在脚下
路在心里

让你们的精神永远传承吧
你们的足迹早已深深烙进大地
梦在一代又一代人的心中延续
路在一代又一代人的脚下起始

红色的飘带

长长的队伍里
红色是最震撼的标识
旗是红色的
血是红色的
心是红色的
汇在一起
成了地球上的红飘带

在长征路上一次次的交战中
红色的力量是无敌的
它让黑色缴械了
它让白色投降了
险山恶水也低头了

红色的飘带

化为一种精神传下来
信仰是红色的
家园是红色的
长征的记忆永远是红色的

杨金香

山东德州人，检测师。燕山文学会秘书长，诗心斋古风诗社主编，《清荷》《山花烂漫》精品汇编特约副主编。部分作品在《清荷》《山花烂漫》精品汇编出版发行。有诗集《一路遐想》收藏于中国诗歌博物馆（后更名为半岛诗歌博物馆）。

一个人的时候

一个人的时候
漫步于夕阳
微风轻拂
绵绵的柳丝随风飘荡
我心飞翔

一个人的时候
欣赏美妙音乐
感慨万千
一地的诗情画意
在心底徜徉

一个人的时候
没有羞怯
用最烂的普通话
读着那一首首
用心涂鸦的篇章

一个人的时候
不在乎路人
怪异的眼光
纵使那柳叶飒飒
也陶醉心房

一个人的时候
泡一杯浓茶
如同品味多彩人生
苦尽甘来的抚慰
意韵悠长

一个人的时候
抿二两诗酒
蘸三分墨香
让东篱老翁媪
投以贪婪的企望

一个人的时候
关在静谧的书房
珍惜难得的分秒时光
笔耕心灵的篇章
把人生的苦辣酸甜
酿成百味掺和的琼浆

一个人的时候
细数两鬓的银丝
镌刻的年轮
方觉时光飞逝
容颜沧桑

一个人的时候
可以自由地放飞思绪
点点滴滴的感悟
都是用生命换取的况味
灵魂在那一刻闪光

杨堪旺

笔名山柳。男，甘肃秦安人。中文本科毕业，语文教师。工作之余，偏爱读书习字，喜文学，尤爱诗，有诗文散见于报纸杂志。

唢呐声声

唢呐的声音比黎明还要早
比今晨的西北风还要硬
刀子样，能剜出人的心
一声声地吹响
一刀刀地剜心

唢呐的调子比凤山还要高
比登山的天梯要险多了
低低地，在广场上盘旋一圈后
又猛地冲进云里去了

唢呐把沙子吹进我的眼睛里
任我怎么揉都不见出来

心境

好像已经很久没有见到阳光了
老朋友一样，在今天的中午
阳光突然偷偷地来到我的床头造访
而后又悄悄地走进我梦境里
这让我感到了一种久违的亲切和温暖

阳光真好
这样的时刻真安静
阳台上，三只虎皮鹦鹉
用嘴捞着阳光洗太阳浴
风提着几件衬衣轻轻地晃了晃
就看到影子旗子样动了几下

好像整个中午
也跟着挪了挪身子

梅

是谁把一枝簪子，别上冬天的鬓角
又是谁的两瓣丹唇，轻轻地
把季节的面颊吻红

踩着纷纷的飞雪，贵妇人样
你款步行走，冷艳到目中无人
暗香阵阵，淡淡地
醉了黄昏

你的美丽，令我眼前所有的花容
从摇曳的枝干上纷纷凋零
你用冷峻的手指，把我眼中的月貌
一一清除干净

我只是在冬日的某个子夜
和你邂逅了那么一小阵
就被你的美艳你的幽香，一下子
绊倒在雪中

唤儿

“娃，饭熟喽！”
母亲的声带像颤动的蝉翼

我背起装满干柴的背篓
黄昏的脸色
变得有些铁青
山下是贫穷的家，屋里
一页毡的土炕上
亮着爸妈慈爱的目光
一路小跑着
我把山道一步步抛到了身后
朝着家的方向
就像嘴唇朝向一碗冒气的热汤

写在“白露”

水中央。白露就这样静静地站着
就这样痴痴地眺望着远方
才猛地一个转身，那美丽的伊人
已换了秋装
天地间，一片金黄

今天的日子里
我捧读着《诗经》里的句子
看流云，羊群一样
啃光了天上的嫩草，啃出一片空旷

白露为霜，今天的人间
注定有一场别离
这不像谁能控制的情绪
没有谁能逃离躲避

站在白露里，看蒹葭苍苍
总会想起，历史的那头
也会有另外一个人
和我一样，忘了自己
忘了添件衣裳

夕阳挂在树梢上

夕阳挂在树梢上
像一弯金镰刀，在风里
左一镰，右一镰
收割余辉，收割一天的最后时光
柳叶沙沙，和夜色一起落下来
跌进黑色的海洋
静寂的夜，像一位彻底放下心事的老人
平静而安详
只有树的思绪还有些紊乱
树叶还时不时地在落
树枝还不停地在夜空中指手画脚
这举动，让我的心也跟着浮躁了起来
竟至于不知道把自己的灵魂
该安放在哪个枝丫上

写在十月天

十月的风，像牛筋鞭子
有些硬，赶着太阳
从我的碗沿边转过去
我端碗的手有些微微的颤

感觉夏天妈妈坐过的垫子还热着
怎么一下子就要进入冬天
十月的风，像一把磨得很快的刀片
刮去了的，岂止是一个秋天

真希望太阳的脚步能慢一点
希望风的力道能轻一点
请在这秋的后半夜里，给我们
这批恋秋的人，一点儿时间

冬夜

白雪铺就的黑夜里
西北风在执勤
狮子样粗野地巡逻
喊退了满城的声音。寂静
像一部哑剧在上映
我们一头钻进暖气里
品茶也品电视上的雪景

只有神的眼睛还悬在半空中
小孩又把耳朵贴上了窗缝

杨来治

笔名艺笋。男，1961年生，从教30余年。河南省洛阳市洛宁县作协小界乡分会主席，已在县级以上报刊及网络文学平台发表诗文数百篇，并多次获奖。

小船·大党

1921年，风雨如磐
一个大党诞生在南湖的一条小船
各路精英风云际会
一代伟人指点江山
从此，中国革命的航船
劈风斩浪，搏击向前
每遇激流险滩
几代舵手气宇不凡
山城遵义，毛泽东力挽狂澜
改革开放，邓小平拨正航线
江泽民继往开来
胡锦涛宏图大展
习近平铁帚一挥
誓扫尽腐败贪官

95年国际风云变幻
95载国内地覆天翻
国力增强，举世瞩目
祖国已傲然屹立在寰球的东端
饮水思源莫忘本啊
小康道上乐无边
当年，只有12人的小船
如今，已是拥有数千万党员的
长征巨舰
伟大的中国共产党啊
正率领14亿华夏儿女
奔向更加幸福美好的明天

杨美华

女，汉族，上海人，1954年生。曾先后就职于上海市跃进农场和上海市果品公司，现已退休。

我想去天堂看爸爸

——一位八岁女孩对慈父的思念

我问天上的鸟儿，
天堂的路在哪里，
鸟儿拍拍翅膀说：
“不知道。”

我问路边的小草，
小草摇摇头，
也说“不知道”。

我去求问老师——
通向天堂的路在哪里，
我想去看看爸爸就回来，
不会影响上课的……

（我出身于一个虔诚的天主教世家，自幼深受父辈的熏陶和影响，笃信“大爱于世”的教义。这首小诗，是8岁时为思念慈父杨宝林病逝一周年而作。）

杨孟军

笔名相逢一笑紫陌。男，汉族，教师。湖南省诗歌学会会员。诗歌作品散见于《星星》《中国诗人》《中国诗歌》《中华文学》《厦门文学》等百余种刊物，入选《诗屋》《新世纪诗选》《中国青年诗选》《中国散文诗人》等十多种选本。出版诗集《蓝调忧郁》。

诗观：诗歌，是灵魂私生活的切片，是一个人的秘境，必定带有独特的指纹和体温。诗歌是一种美的克制与无限靠近。

有时我会去园子里割草

有时我会去园子里割草
我俯下身子
草也俯下身子
集体把柔软的腰肢交到我的左手
（我相信她们是想借助我的手
把自己转交给不断蠕动与反刍着的饥饿的胃）
许多年来，我熟悉而且着迷于这种简单的劳作
我的左手似乎有着攫取的欲望与无法满足的空旷
我乐意握住她们的葱茏
像握住干燥土地上一股蓬勃的潮水
我习惯风在此时带动我的右臂
右手的弯刀迅速张开雪亮的刃口
听不到任何呼喊与呻吟
在快意的沉默中，我嗅到了青草浓郁的体香
我从没认为那绿色的汁液里也有着我渐渐荒芜与流逝的血
一茬一茬的草聚拢垛齐
一畦一畦的土地蓦然显露真相
割草的时候，我记得自己尚且年轻
不愿照见扑面而来的生死
也不愿和你说起平常物事里暗藏的刀锋

木耳

能长出耳朵的不一定是树

也不一定是人
更不一定要是动物或昆虫
它可以是物
比如云朵,比如石头
它甚至不完全是物
比如时间,比如念想
耳朵张开了
流水就放出来了
放出来的也未必就是流水
它可以是一种液态的波,在不同的情感介质里递进
它也可以是一种熵,在原始的酵母里增量
现在无意中被你捕捉到的
只是一段朽木的臆想
只是另一只耳朵
对于尘世全部鲜脆的打探与谛听

旗袍

我一直心神不定
如何才能将旗袍和旗袍里的女子
截然分开
这就好比要分开香气与骨朵
分开流云与霁月
分开青瓷里的釉色与素洁的泥胚一样教人为难
我不想做那无用的尝试
我就呆在那些旧时光里
雕花窗格落下月光燃尽的灰
宁静的器物交错着明暗游离的光影
你我青春正好,肉身圆润馨香
我就是一出戏里那位落第的书生
手执半卷诗书
轻摇一怀明月
看你,着一身或浓艳或淡雅的旗袍
从青石巷陌中款款而过
像火一样烫出尘世的荒凉或华美
又像玉一般捂住人间剩下的清凉与光华

杨培芬

春

在枯冷的冬季
我将种子摊晒
春的故事就在风尘中孕育
雪花开始飞舞
铺天盖地
梅在积雪中,悄悄地
绽放春的气息

当枝条睁开星星的绿眼
风的竖琴伴奏燕的迁徙
故居,已是
金灿灿的花海
我顶着朦朦细雨
找寻梅的足迹

我将爱的故事播种在地里
寄语枝头挂上丰满的诗句
将所有封闭的门窗打开
放飞梦想,与蜂蝶一起
张开羽翼
酝酿春的蜜

老农夫与老牛

一排参天大白杨
从村子通向湖边
郁郁葱葱
五月的娇阳
在树下温柔地起舞翩跹

老农夫牵着老牛
在树荫下走走停停
仿佛是在找寻昔日的足迹
曾一月之久耕耘过
这大片大片的水田
如今年轻的机械手驾驶着铁牛

几天就能翻耕打平这一大片一大片

秧苗绘画出新绿
老牛眯着眼，如此清闲
老头轻轻拍着牛屁股
在湖边，叹息绕了一大圈
老牛悠然地吃着青草
看看日落西边
老农夫情不自禁地哼唱起丧古调
湖水悠悠，野花繁衍
新农村里，一切都在改变
加速了老牛生命的终点线
明年的春天
老农夫与老牛
是否是在梦里相见

写于 2016 年 5 月。

朋友圈

无语的牵念，
弥漫在真情中
感恩友爱
相伴朋友圈的每一天都快乐无忧
简单的留言，
停泊在美好的心愿里
用心去欣赏、去感受

友谊是否天长地久
看雨后蔚蓝的晴空
风轻云淡景色清秀
见江水入海
万里奔流
真诚在感动，我们的
遇见，是最美的邂逅

玉湖的诗魂

在玉湖的花溪柳岸
一群忘年之交的诗友
把天上虹架构成
蝶舞双飞的诗意人生
任烟火红尘
醉我夕阳黄昏

星光璀璨
萦绕在爱河湖畔
我从古老的爱情神话里
徒步而来，卷起一路风尘
玉湖，你用你的纯美
连接着我永不脱落的根

即使毁灭性的洪荒
将会摧毁我的情感
我的生命也会沉睡在
你的波心
即使我的歌声，停奏在
黎明的前夜
诗的灵魂
也会迎来明天的太阳
冉冉升腾

2016 年 7 月 16 日。

大黑狗

它静静地躺在地上
我可爱的大黑狗
它现在不听我的呼唤
不再与我友好地握手
不再伴随我到村外观赏田园景秀
不再伏卧田埂上
等待我劳作后的归途
蹦蹦跳跃于我的左右

有时我外出未归
它宁愿饿着肚皮
也不吃“嗟来之食”
在家忠实地守候
我的归来，好似久别的亲友
对我呀呀说语哼个够
仿佛诉说着留守的哀愁

在我人生的低谷
只有大黑狗不离不弃
为我将黑夜漫长的恐惧驱走
它宏亮的高音仿佛带有神力
让我坚强勇敢地去搏击人生的暗流

大黑狗
它身中七颗子弹
仍然一路狂奔
将黑夜穿透
直到生命的最后
静静地躺在家门口

写于2012年2月9日新店子村。

白衣天使

你把患者时时挂念在心
冰清玉洁的心灵
一次次,似春天温暖的阳光
复苏了多少微弱的生命

白衣、白帽的白衣天使
仿佛是幻化貌美善良的仙子
爱的潮汐轻抚生命的晦暗
将所有的病痛澄清
即使是有无法挽留了的生命
更精心的护理,入微的体贴
铺设一条通往内心深处宁静的小径
传递着人间的真情

写于2010年毛家港医院。

擦皮鞋的妇人

一个老妇
每天和鸟儿们一同醒来
扛着漂亮的坐椅和工具箱
摇摇晃晃地挤进人流

在街头、在酒店外的交叉口
她坐在工具箱上
面前干净漂亮的坐椅等待着顾客
来了擦鞋的人她总是微微一笑
默默地擦去鞋履上的污垢
细心地,擦了又擦
仿佛要把太阳的霞光镀进鞋油

午时,酒店的清香阵阵扑鼻
她却喝着自来水,
啃下两个老面馒头

在公安县城的大街小巷
往来的人流
上演着一场又一场
足秀

2013年春写于公安工业园。

等你,在水杉树下

也许,前世一段缘
今生才续
冥冥之中相遇
不经意地离去
任风雨兼程
你的歌儿如影相随
难以抹去

也许是寒冷的冬季
给了我太多的无奈
在纷扰的尘埃里
不知所终地
寻找着你

也许,因为你
我才会陶醉
陶醉在玫瑰花开的水杉树下
等你
品一杯闲情逸致
叙述人世间悲欢离合的传奇

也许,因为你
我一路放歌

在水杉树下，用笔墨
欢笑着涂抹我死去的样子
即使沉默了
也是在凝聚
一颗不眠的心
在化石里
召唤着你

2015年冬季写于公安县。

写给“好声音KTV”

仿佛是一朵朵漂浮的云
载着鲜花潮水般涌进这里
春心盛满生命的激情
绽放在KTV的星空
下着流星雨
席卷游子魂

在梦的深处
我为你保洁，乐观地
擦亮了你的声音
又匆匆地离开你
于是，他乡
又多了个梦绕情牵的人

2016年2月18日于公安县城。

致海子

梦里骑马
预言骑士要归西
只有海子以梦为马
悲歌一曲

其实，我和你是一代同路人
我应该叫你海子弟弟
你比我幸运，比我有才气
你幻想海边的房子
面朝大海春暖花开为序
唤来了那么多人
从你归还给远方的草原
打马而来
走进那片成熟的麦地
在星空下听你琴声呜咽
还有美丽的四姐妹
在神的故乡学着鹰的言语

然而，我却似懂非懂
我只为一个失去了儿子的父亲而怜惜
我心里感到疼痛，一路沉默无语
在这春暖花开的季节
题笔大声呼疾
复活吧，海子
驾一叶绿舟
回到你家乡的丰产地
续写生命的奇迹

2016年4月4日于宜昌三江小学。

我的好姐妹

在超市里，我遇见了以前的同事
那些时光虽已流逝
姐妹们依旧把握着昨日的风姿
个个都是快乐鸟
低吟浅谈的笑语
绽放在每个平凡的日子里
寒来暑往，冬去春回
迎八方购物的宾客
送走满载喜悦的归去

我的好姐妹
即使心中有泪拖一身疲惫
换来微薄的工资
足以养活自己
虽是平凡的工作，平凡的农家女
工作有激情，处处是温馨
（写于2016年7月26日官沟友佳超市九周年纪念日。）

杨树明

1939年生，曾从事教师、创作员、地方志编辑、报社编辑等工作。中华诗词协会会员，世界华文作家协会会员，中国纪实文学研究会调研员，香港文学签约作家，中国社会科学出版社特约编辑。已出版文集《抗日飞潮》《台湾会馆与同乡会》(与写作组合集)以及诗集《丰怀集》等。

又到国耻“九一八”

又到国耻“九一八”，
南海的军演，
壮丽着铁疆的图画。
东瀛四岛的膏药旗
在风中“忽拉”“忽拉”，
正怒骂着“八嘎”“八嘎”！
靖国神社的香案，
还幽幽升腾着
祭祀“二战”恶鬼的火花！

又到国耻“九一八”，
钓鱼岛的恶浪，
还在拍打
柳条沟的千恨万疤。
中秋的卢沟晓月，
早抖掉历史尘埃
正大力挥洒万丈光华！
此刻，那昂扬的天宫二号，
正呼啸着，我中华民族，
顶天立地的挺拔！

马累晨曲

暗夜洗净了倦脸，
静悄悄地从马累离远。
它留下一片湛蓝，
亮丽了悠远的地平线。

羲和赶着日轮马车，
荡起一片薄雾的尘烟。
太阳神拉开了车帘，
让金光透过云缝四绽。

海潮像听到命令，
跳着踢踏舞列队向前。
浪花澎湃着激情，
亲吻着沙滩的嫩脸。

蓦然太阳神走下御辇，
为海天铺满金红的彩缎。
这圣者投下的炫目光柱，
宛如高高的台阶直通云天。

啊，椰树被吵醒了，
兴奋地挥手欢快地呼唤。
只有远远的居民岛，
还懒在爱巢中缱绻。

船艇穿梭忙，
鸥鹭歌舞欢，
奔波在人生旅途的马岛人，
正迎接晨光无价的爱恋！

(注：马累，马尔代夫的首都。马尔代夫，被称为“人间乐园”之国。羲和，古神话中驾御日车的神灵，又是首制日历的人。作于2016年10月14日。)

马尔代夫的歌唱

浩渺的烟波喧腾在印度洋
我倾听马尔代夫在歌唱
这是千岛之国共奏的和弦
迸发着古老而年轻的奔放

歌声里律动着古弦的声响
更有反侵略的一页辉煌
呻吟、呐喊、不屈的战斗
铸成你独立建国的恢宏篇章

千年岁月的雕琢
展现你斑驳的联想
你这印度洋中的中转站
见证过郑和下西洋的雄壮
马代　你这颗印度洋中明珠

光彩夺目的“人间天堂”
炫目的珊瑚是你的王冠
雪白沙滩是你娇嫩的脸庞
翡翠般椰林是你美发飞扬
那五光十色的鱼群欢畅，
是上帝为你撒下的美玉
抚慰着你心灵的创伤

在你深情的歌声中
我分明听到阴郁的忧伤
随看全球变暖，海面水涨
你一点二米的海拔地面
也许 50 年，或许 100 年
你会变成海底“失落的天堂”

啊，无辜的马尔代夫
你不是全球变暖的推手
却要承担天籁惩罚的魔杖
成为大自然律动的替罪羊

2009 年全球海底会议召开
助推了拯救地球的声浪
也许随着高科技的威力
会勒令地球停止变暖
你会走出没顶的汪洋

啊，长风嗅着你的体香
大海把世间的污浊涤荡
写满大爱的古兰经啊
传播着你雄壮的大合唱
愿它赐给你美妙的未来
赶走铭刻人心的忧郁与徬徨

2015 年 10 月 15 日。

我是蓝色的精灵

跃入马尔代夫的海中，
我变成了蓝色的矫健精灵。
返老还童的心被这蓝色融化，
似乎身边的飞珠溅玉，
都变成蓝色的水晶。

我是那蓝色的精灵，
劈波斩浪，奋力前行。
万千鱼儿围着我起舞，
彩色的音符扩散升腾；
天空的鸥鸟惊羡我的勇敢，
蓝色的交响有我古稀的奏鸣。

我是那蓝色的精灵，
在波涛起伏的开合中，
抓住了大海的马鬃。
和着海的韵律，海的节奏，
我就像那出水的蛟龙。

啊，我这精灵的蓝色眼睛，
看到海分开的各种版块图形
都变幻着高深莫测的表情。
若是撩起海的澄净的外套，
大鲨鱼等海盗的秽念、恶战，
宁静的海就会多出残酷的血腥！

啊，我这蓝色的精灵，
从赤道的马尔代夫
向祖国的南海，投去无限的憧憬。
我向筑岛的辛劳民工，
向军演的战士、军机、舰艇
送去我的万分崇敬！

啊，我这蓝色的精灵，
本着理性而沉稳的特性，
望着被风儿揉搓的海面，
我好像依偎在人类的摇篮中，
在射潮的波峰浪谷中，
我愿永远编织这蔚蓝的海梦！
这就是我，
韵满大海的座右铭！
（2016 年 10 月 19 日于马代星宇岛浮潜后的白沙滩上。）

杨喜来

男，北京市大兴区人。1987年开始发表文学作品；2011年当选大兴区作协副主席；2014年加入北京市作家协会。著有散文和散文诗集《年轻的海》以及中篇小说《寂寞的龙河湾》。

怀念草地，怀念雪山

是不是我们已离开太久
是不是我们已走得太远
当年一队衣衫褴褛的人马
还有谁会把你们想念

记忆中的草地
不过充满陷阱的泥滩

一根沉睡的拐杖
已长成大树参天

晨风中摇动的叶片
可是送别战友的双眼

记忆中的雪山
有多少人停下了脚步
化作雄鹰翱翔于苍天
那展开的双翅
挥舞着坚毅的信念

我们离开得太久太久了
已经整整八十年

我们走得太远太远了
从草地雪山直到天安门前

当电视机前歌舞升平
当周末时分举家盛宴
当农民兄弟欲哭无泪
当黑恶势力猖出云天
我们可还记得
草地上给了我最后一把青稞的心愿
雪山上我接过战友毛毡时的誓言
在每一个晴朗的夜晚
让我怀念草地怀念雪山
永不忘记历史
永不忘记昨天

杨晓霞

笔名晓霞初阳。女，汉族，1974年生，河北省高碑店市人，本科学历，现在从事餐饮业。爱好文学，专长诗歌创作，多以伤感诗词为主，曾多次在华裔网和碧原主编的《秦皇屿》诗词集发表诗作。

花瓣雨

清凉的晚风，吹动着，飘逸的，长发；
路灯，在黑夜里燃亮，霓虹灯，闪烁着，她的，独特的，一种美！
路旁的洋槐，正是，盛开的时候，槐树花的香味，被风儿轻轻地吹送着，淡黄色的小花飘散着如蝴蝶轻落在地上。
花开花谢花飘舞，风吹风飘风伤悲。叹见瓣荡悠然落，采集心言寻苍天，孤寂尘世情泣比，朵洒纷纷半枝多。伫立槐花树下，伸手接一飘落的花瓣，含入唇中，擀其沁凉与幽香——
我是集伤感、浪漫于一身的女子，看那花落花飘飞，有谁能够挽留住那些花朵，听任淡淡的清香揪心的惆怅。
那些飘落的花瓣儿是否也在回忆那淡淡的雨夜，那盈盈的绿叶，许多的美丽总是在不经意间从我的指缝中滑落。
依稀耳边响起总是聆听不断的叮咛！伤情于槐花树下，伸手接一飘落的花瓣于手中，轻轻一吹，花瓣随风飘散。
逍遥洒脱，为她短暂的旅途画一笔花飞漫天的句号！

冰点咖啡

你曾经对我说过,
你会永远放我在心里。
说好陪我一起走,一起到白头。
我的每一精彩你都会陪我走过,
不会错过与我在一起的每一瞬间!
途经的旅程,很美很温柔,你会陪我共同度过,
不会错放牵我的你的手。
你说:“你先走吧我要稍作停留”,
就这样你把我弄丢。
一颗颗水珠滴滴答答落在心头涌进心海
曾经的誓言响在耳畔,那只是你对我的谎言?
今夜写一首诗
你又出现在我的字里行间
云在空中自由飞过,花在丛中从容绽放
而你留下的只有回忆
此刻
我看见一滴泪躲在屋檐下
独醉
风在哭泣云在哭泣
你可知心在为你滴血

一封无法寄出的信笺

今夜我又想起了谁?
今夜我又为谁端起了
伤心苦涩的酒杯?

你我相识后,
多少次的无名的心跳,
多少次睡梦里想喊你出声!
多少次的怕你冷漠地拒绝我
悄悄地在心里留下你的影子,
静静地在想你,
想你一辈子,
离去的你却不知道!

回忆我们相遇那天,
那一抹真诚,那一抹笑意,
千万次地走进我的心灵深处
你就这样等我我就这样来了
来见你来约会

深情的眼眸直到现在无法忘记
自从与你认识的那天起,
你就长留在我的心里!

今天又再次被你打乱思绪,
不知你是否记得
记得今天是你的生日?
一个人一段情,从此
就有了情感的纠缠,
远方的你可还安好?
是否一切如原来模样?

缘尽情散心不悔,
几载年华枉虚度。
是夜与君梦中见,
难断情缘斩慧根。
痴痴恋碎碎念!
没有地址没有邮箱
失去一切关于你的联络的方式,
生日礼物,该寄往何处?
我的情又该去往何处栖身?
失联的你今又去了何方?

藏不住的秘密

我藏不住秘密,也藏不住伤心,正如我藏不住爱你的喜悦,爱你的芳心初动!
我就是这样的坦言直白,你舍得伤就伤。
你可以沉默不语不顾我的着急与否,
你可以不回信息不顾我的担心与害怕。
你可以将我的关心说成是让你烦恼的原因,你可以把我的思念丢在无人的角落不屑一顾!
你可以对着其他人微笑给她人拥抱,你可以对全世界的人好,却忘了丢在角落里哭泣的我。
你不过就是仗着我喜欢你,而那,却是唯一让

我变得卑微的原因。

梦语

在脑海里我铺上一张洁白信纸
一尘不染
打上了
你们的名字
你就静静地站在那里
冷冷地望着我不带一丝表情
写上又划去
一次一次在爱的无奈中反复着

在心灵的纸叶上勾勒出你的模样
你无言语地静静地望着无助我
迷茫择诀心有千般不舍
勾勒出却又抹去
是放下还是坚持

独自站在黑色夜幕里
心在为你徬徨
心在为你等待
原来你已在我心中

梦语

静静地
接过你递来的一杯酒
酒的烈度
是我对你执久不变的永恒
而你
不需要
我对你
从此以后
不再为你受一点点伤
默默地
接过你递与的一杯热茶
热水的温度
你的离去
逐渐冰凉冷却
里面溶化了
我对你的百般爱怜千般不舍
你不珍惜
以后不会再为你彻夜不眠
呆呆地
接过你递来的忘情水
你说
不会记起任何事
不再为情受一点点伤
不再为爱留下伤心泪珠
不会再记得你是谁、我是谁

吻

吻
它代表了一段情感的升华
也是进一步体现出爱的赤诚和心情的表达
同时也是在感觉上的一种冲动
吻的感觉是美的纯真的神圣的
它会让你陶醉在一个美丽的梦境中
激情的碰撞会让爱的幻觉蠢蠢欲动
从而迸发出欲觉的火花
哪怕是在嘴唇相触的一瞬间也会让你心颤不已
火热的温度会融化你全身每个细胞
强烈的震撼让你会感觉爱的巨浪掀起了狂野的波澜
当唇掠过每一个部位
感觉就像一只小舟在巨浪中狂穿
温柔的肌肤像划破夜空的一道闪电
任你驰骋在野外草原
甜蜜的缠绵会让你品味到幸福的甘泉
一切都来得那么突出
一切都是那么浪漫
世间好像只能容下两个人如此的爱恋
每一个动心的姿势都会让人魂飞天外每一句深情的话语都希望一辈子不要更改
情感的高潮让人觉得只有此时的爱才会永生难灭
爱了醉了
谁也不知吻会让你们永远不分开

杨秀俊

笔名花谢花飞，又名清澄无爱。河北人，现居天津，某私企文员。作品多见于各网络论坛，写作风格随意随性。

把盏

酒里，他抱住一团火
要么温暖我
要么烧死我
可这样，总好过一个人捱着

乌鸦与黑夜的预言，紧紧箍住
最后的温暖，在诗句的行间
散出寒气
泡一盏新茶，苦味与唇齿并生
我要重新打开自己，在水与火之间
要么浮上来
要么沉下去

你是我的茫茫尘世

没有你，再美的日子，也轻如柳絮
苍白，空洞。尘世苍茫如漠
我不知道从哪里来，又要
到哪里去
也许会在孤独中病死
也许会在寂静中苟延残喘
只是想想，就足够让人悲恸

安静下来。我的爱人
你只需点一小截烛火
我便把尘世，暖成炊烟
你坐在窗前的藤椅上
可以看书，可以喝茶。也可以
什么都不做

我就坐在你的对面
我们可以交谈。也可以
什么都不说

早春

我允许你进入，像一场雨
以词语的方式蔓延
小厨房的炊烟，像一个童话里的梦境
我认真地做每一餐饭
恍若还有那么一个人在等我
就像那年站在木棉树下的男人
木棉花飘飞的姿势很美
风，调皮得像只狐狸

我把果子想象成路人
它们躺在果篮筐里
我时常撞见它们的眼睛
清澈，纯净，含满香气
我不再做梦。也不再梦到他
然后，就遇见了你
和一树安静的白梅花
我要赠予自己，力量和勇气

杨永超

笔名梁台六爷。河南开封人，现居郑州。作家，诗人。已出版杂文集《写的什么玩意》、诗集《陈寨往事》和散文《无法重来的一生》。

创作理念：不求流芳百世，但求无愧于心。

想念苏寒

苏寒

你是否能够听见
在这寂寥无人的深夜
面对稀晰的星辰
我依然许下默然的心愿
但愿上苍，保佑苏寒

苏寒

你可否明白
在遥远的异地他乡
有一颗青春炽热的心
在为你闪烁，明媚其间

苏寒

你可曾听说，佛家那个古老的传言
所谓今生的一次回眸
需要前世千次万次的擦肩而过

苏寒

虽然我不知道
此生能否与你相见
但在我心里，你我已然相识多年

苏寒

那个深沉的夜晚
就着微弱的烛光
我依然许下奢望的誓言
今生今世，心念苏寒

苏寒

每当黑夜来临
我总会情不自禁地坐于床前
身体靠墙，心乱茫然
点燃一颗孤独的香烟
看轻烟飘渺，但终究止不住的
是对你无休无止的深深眷恋

苏寒

谁说红尘滚滚的俗世之中
没有纯洁的男女友谊
你和我
一个另类超群的英贤女子，一个自命不凡的多情少年
用默默伫立的事实证明
那是一个荒谬的谎言

苏寒

等到日月轮回
天旋地转
等到你我都已年老体衰
容颜不再，我们一起走过人生的风水华年

苏寒

此时此刻
我只能做一件事，想念苏寒

苏寒

世无知己，但求红颜

花房姑娘

陈寨的故事
很多很多
有一个女孩儿
她来自农村老家
她在郑州北环的花卉市场
等待你的到来
等待你
欣赏她的白玉芍药
等待你
欣赏她的雏菊杜鹃
等待你
欣赏她的梅花牡丹
一间小小的门店
却是她梦想的舞台
她清秀削瘦
看起来弱不禁风

她力大无比
扛起了家庭的脊梁
她笑起来很美
就像她卖的花

她不像一个卖花的女老板
更像一个艺术家
她写的一手好字

你看了
没准儿就会爱上她
她简直堪称完美
就像她笔下的字
她手中的花
只可惜
她只会笑
不会说话
如果你来陈寨
一定要去看看她
哪怕你不买花
只是默默地看着她
她有一个很好听的名字
我们都叫她
花房姑娘

2016年11月4日收集。

杨甬江

浙江省宁波市人,1956年生。原在浙江生产建设兵团,后调动到宁波市江北区城管局工作至今。1980年中断创作,2014年又重提旧笔,为的是一颗爱好文学的心。现为浙江知青诗友会理事,中国诗歌网浙江频道认证、注册诗人。2015年以来在微信公众号等众多平台发表诗作数篇。

浅秋

浓浓的乡愁,走进了惆怅的心头。
在这思风念雨飘摇的浅秋。
父母的白发凌乱在风口,佝偻着,
年迈的身躯,守在盼儿归来的村口。

忘不了父亲临别的那杯酒,
怎能忘母亲湿襟的泪花流,
儿渐行渐远,不敢再回首,
回首看见父母挥别长满老茧的手,
儿不忍心也不能安心出外去奋斗。

天上的月走向满圆的中秋,
月下父亲的身影拉长在田头,
母亲倚窗望月把儿的相册紧搂。

家乡的山是否更加清秀,
家乡的水是否更加晶透,
家乡的风啊,请你更加温柔,
为我的双亲梳梳白发苍苍的头。
家乡的雨啊,请你更加调顺,
让生我养我的小村庄有个好秋收。

思念的利箭把一切屏障穿透,
在这初凉乍寒的浅秋……

秋吟

秋风撒下那张
用它独特的情丝
织成的网
我绵软了身躯,不想
也无力抵抗
它用温柔可人的凉
爱抚着我由于闷热而膨胀
快似要炸裂的胸膛
秋雨吻窗
俯身醉拾秋光
任雨顺着发梢淌
雨打芭蕉沙沙响
水润桂花幽幽香
树摇着风在雨中曳晃

草丛间秋虫在悠然歌唱
有一片早熟的叶
在风雨中飞舞飘荡

那片叶，我日复一日
关注欣赏
于是，它也逃不过爱的磁场
由初恋的绿，一丝丝
转换为深爱成熟的黄
此刻，它为我轻舞飞扬
它紧紧抓住了，我
怜惜的目光
也深深住进了我的心房

风还在继续延伸扩张
雨滴尽了乌云的能量
白云在湛蓝的天上
被风越拉越长
于是，走来了一轮
光辉灿烂的太阳
温暖的阳光
渐热了冰冷的窗
在树叶间，草丛上
水珠闪闪发亮
笼内的鹩哥将人语模仿
我要歌唱，我要歌唱

秋风揉着我的胸膛
更加深了我无奈的迷茫
知你又要去遥远的地方
你的风再不能像鞭子一样
抽打在我的身上
不舍分离，难免惆怅
你呼呼的笑
带走了我的悲伤
你渐行渐远地讲
来日方长，待来年
我的爱，再来伴你共坠恋乡

秋的夜风

秋的夜风，吹凉了温度
也将我的思绪
带向，更深更远处

月光温柔如故
风吹不散，它坚定的光束
唯有披着月的柔光
在夜色里，悠然飘忽

跳跃在脑海的感触
有往事，像海浪般起伏
有的，在激情中回顾
有的，在厌弃中
不让它进入

总是说，走过坎坷的路
然后是绿草如茵，鲜花簇簇
总是说，在汹涌澎湃的
惊天骇浪里把舟渡
然后是一帆傍岸伫

风吹不散秋里孤独
却请来秋思寻旧顾
思绪在皎洁的月光下散步
却看到缭绕的迷雾
当它缕缕袅袅飘无
人又步归途

秋风里景色恍惚
秋风里相思大彻大悟
依稀尘中物
都缥缈了与虚无
且住，且住
且斟了酒一壶
醉与未醉都向了糊涂
当步，当步
阳光道与独木桥
都是人生旅途

洋洋的忆

本名魏咏。河北保定人，会计师，高级报税员。热爱诗歌，现任新锐诗会评审。作品散见于《关东诗人》《中国诗乡》《中国魂》《诗意人生》等报刊以及诗词世界、女诗人等文学网站。

诗观：用文字穿起生命的感动。

雨中记

一滴滴雨。正落入我的身体
更多的时候，我躲在檐下

来自天堂之水，有无可比拟的圣洁
是万物追逐善良的族谱
雨打在我的头顶，也发出清脆的声响

——是它与骨头撞击出来的
暮鼓，或者晨钟
从一个人陈旧的庙宇里传出

每一滴雨都有水的姓氏
我知道，它们随时将悲喜归零的恩慈
渗过衣物、肌肤，它们
与我的血脉交融

像寻找多年失散的兄弟
一步步把我带回家

六月的麦田

这个时候。我不允许
风在你的身体里，穿行
拧出一滴雨
热情
所虚度的时光

六月，远比季节更温暖
麦芒已举出利剑
刺向过境的雷电、阴郁、黑暗以及你
内心的潮湿。铲除一场不安

那么，徒留下一米阳光
在金黄的信笺上
抒情。于生命的近处提笔，远方握刀
同我们的暮年一起
收割——
一阙完整的词
躺在地头，慵懒

月光下的丝绸

惊鹿闪过，风声策马
千百里大漠
怎就安于了方寸
那些词语有些逃往窗台
有些隐于门后
我的十指弯曲，只够
触及"婉约"
六月的花朵，落魄成的忧愁
抽出
一缕一缕，和着月光
编织人间锦绣

玉兰花开

一点点扫亮天空。种下一株玉兰
它便从骨头里开出花来
高高地亭立枝头，白得冰清

你在树下打坐，你又转翻了经筒
你还徒留几许忧郁
阳春的三月，枯萎纷纷泅渡
而载不动的唯独零
和以下温度。你无法掩藏一粒霜雪

玉兰花开，推开你的庭门
你看到一江春水，看到了绿如蓝
看到了风声水起

不用宣告，冬已败退
雪在消融。一种白代替另一种白

提灯的人

像生命中最坚实的部分
拥有倔强
和宽大的手掌。总把我安置于明亮
可以忽略，信笺的昏暗
夜里只有黑白
而我的抒情是柔软的，要以黎明的方式
爬过幽深的山径，抵达
那个果园。农夫还在沉睡
树木、花朵隐身，烟火涅槃
成星辰
早已不再害怕
窗帘背后的巫师。灯的名字燃烧掉诡秘
一个指尖传导一条光线，光圈闪耀
我在纸上爬行，在命运的九宫格里跳动
我是现实主义者，懂得一种归属
要用过程致敬

谁与你的青春作伴

风来了，又走
擦肩的时候
在你的胸口留下一条收集雨水的河
你说，那是一首美妙的歌
她的词源自
春天的露
夏天的花
秋天的叶
冬天的雪
剔除旋律低沉的部分
她是红色的
而你，却是黑色的
东风也吹来，西风也吹来
站在草木的身后
你是一截枯枝
装饰
画中的梅花

姚丽霞

笔名纳兰。工科女。素心如简，人淡如菊。

创作理念：努力探索宇宙、人生的意义。写诗也是一种修行，天才源自1%的灵感和99%的汗水。

钥匙深藏在你的心中

色苍茫，山水泼墨
厚重的底色哪需外物来衬托
只有流云才靠七彩彰显颜色

清风弄影，波澜不惊
外表的平静源自内心的柔和
适时的沉默是另外一种诉说

聚散离合，难成过客
真挚的声音永不会随风飘散
它们最终定会聚沙成河

车轮滚滚，棋局莫测
请及时采下命中的花朵
因为机会稍纵即逝

尽管那些孜孜不倦的探索
像个苦行的僧人
但灵魂的足迹
早已穿越时空

远处的酒馆，欲望的漩涡
这里勤劳的人们
已经拿出勇气
准备在深邃的河流里泛舟

不必苦苦叩响命运的大门
因为钥匙深藏在你的心中

2016年10月17日于范农。

今夜我无心睡眠

今夜我无心睡眠
是黑夜在我的枕畔梦寐
这幽闭万物的罗网
一些声音，一些脸孔
长出翅膀，轻轻地沉浮
自命不凡的人们
穿戴好收集的光环
勤勉的农人默默地耕种
明日的世界由舵手来领航

今夜我无心睡眠
是秋风在我的耳边呓语
这爱神眷恋的情结
雨打芭蕉，罗衾微寒
海棠树下，唇齿留香
追赶生命的成人
背着沉重的行囊
无忧无虑的少年
在阳光下奔跑
简单的笑容，经过了
多少次的放下

2016年10月18日于德园。

夜曲

今夜，下起了雨
酝酿了我纷纷的思欲
芭蕉树用你习惯的角度
欣赏我的惊鸿舞

我走近你
如何一次走完你我的距离 回忆固然美丽
生活早描定它的影子
不如御风西去
飞渡重洋九万里
寻你的一丝气息
纵白鹤在碧波长空
九天一笑，气贯长虹
但长空不是鹤的归宿
留恋处
白云千载空空
三千微尘
谁不是行色匆匆
来也匆匆，去也匆匆
匆匆便是空空

我酝酿了纷纷的思欲
今夜，又下起了雨

2016年6月23日。

世界那么大，我想去看看

世界那么大，我想去看看 看远方的疾风劲草
牛羊在银河里洗澡
太阳升起在梦的山岗

世界那么大，我想去看看　看南海的旌旗怒涛
江河在琴弦上走调
死亡咆哮在神的故乡

世界那么大，我想去看看但我最想去的地方
是你的心脏
他博大又狭小

2016年7月22日于范农。

相思

任春水东流不休
酿几朵夏花醒酒
前世的秋月和来世你唇角的余香
温暖我冬梦里的不老诗行远古的人们要写多
少诗章 才能化成羽毛
在蓝天上奔跑
而今天人们只需伸出手掌黄皮肤蓝眼睛就能
遥遥坠入情网
我持一颗坐化的舍利子
在菩提树下日日忏悔相思 来世的声音里一股
神秘的力量破解了千年的修持

2016年7月21日于范农。

秋之美

山川明净
云淡天高
雁子们在辽阔的碧空
用美丽的剪影
书写着十四行
而后渐行渐远
留下串串省略号

成熟丰腴的美丽妇人
望着遍地的金黄
眼睛里跳动着
丰收的喜悦之光
经过整个夏天的沉淀
褪去了春天的青涩
如今正是最美丽的时刻
智慧和感情都成熟的季节 远行的离人
都该归来圆梦了吧
漫山红枫赐了她满腔的红
让她在原本寂寥的时光
心怀一片桃花源
那里芳草鲜美
落英缤纷

2016 年 9 月 8 日于三广。

残荷

秋意浓
秋声重
凌乱寒塘将暮未暮
点点残荷
头枕斜阳的余温
平静地聆听秋雨诉说着
将暮未暮的故事
仿佛智慧的老者
参透因缘,欲说还休
内中机关重重
流年逝水
人生如梦
仿佛风中摇曳的烛火
倔强地燃出 生命的光辉

2016 年 9 月 7 日于三广。

舞者

她赤着双足
脚下　满是荆棘丛生,尖刀寒立的路
她轻盈地飞舞
似一只欢快的燕尾蝶
眼神里坚毅的柔波在闪烁她的舞步向前,毫不迟疑毫不停留
没有叹息没有抱怨更无烦忧　太阳把阴影甩在她身后
额上珍珠白的汗滴
脚下皮肉里开出　妖冶的红花朵朵
每一个刀尖上的舞者
都在用生命奏出勇敢的赞歌
她们的脸庞是向日葵永远朝着太阳
在光明和勇气面前
黑暗和苦难算得了什么
终有一天
它们会被踏成通往彼岸的坦途

2016 年 9 月 4 日于德园。

遥瑶

广州市帝维亿纺织有限公司总经理。

创作理念:所有资历皆虚妄,沉淀下来写好诗词以达心的彼岸。你,就是我心中的秤。

和光同尘

窗外芭蕉皱了眉头
杯里咖啡读了烟愁
一袭莲白绸　半阙玉簟秋
提桉墨行　冷人月各西楼

千年神蛛结出丁香络
故事被安排在经纬轴
无语两凝眸泪洒粉幔帱

遥迢牵牛梦织女情难休

是夜　是谁漾开了兰舟
今生今世萍聚如蜉蝣
相逢恨不豆蔻　难绸缪　月长钩
你两眉攒忧心　事重幽　灯影漏
爱已说残旧　旧诗扶螓首
相思若化雨　雨漫金沙洲

尘缘被打湿未来如何干透
生死若有无时间以爱等候
风露转箜篌　网格寄杨柳
中夜烫阑酒　禅机不谙愁

五湖透迤底色已调柔
四海磅礴百鸟齐啁啾
写不出理由　结局在拼凑
山盟刻碗底　一生复何求

光舞青丝万缕拂面掩羞
结痂瓷心点开照片阅读
两岸浓雾难收　初情窦　花开瘦
我寻声邂逅　诗行渐陡　曾识否
把素影弄丢　字为谁停留
阆苑葩香异　碧玉无暇沟

夜鸣不寐是鸱鸺
声声诉尽紫陵丘
和光同尘
含笑回眸
千秋守

2016 年 6 月 27 日。

两条泥鳅

他和她
两条泥鳅
在荷塘里修行千年
一年一年滑走于泥
未曾擦身

那临夏一季
天地有些燥热
有擎莲叶亭亭玉立
有滴朝露期期日晞
半塘泥泣

华氏一百度
风起
他郑重地分泌油腻
跃上莲窝打圈
密行无休

岁月的眼已经熬红
雨雪的鼻尖冰粒消融
几处暖鸭效颦鸳鸯调戏
莲花第九十九次重生
两只火烈鸟轻扑双翼

华氏一百度，ready
风起
她，一条赴约而来的泥鳅
跃上莲窝
落在他蜷曲的怀里

以这个方式离泥
千年抱一回
满塘泥笑
他们在莲上相濡以沫
泯干了最后一滴眼泪

一池菡萏同时盛开
两条泥鳅扭成麻花
阳光默默散去
祥云四起有雨来袭
潇韶九成有凤来仪

2016 年 6 月 2 日晨。

钧瓷

陶俑抖落尘泥线条惊艳亮世
一帷春幕遗梦民间你如钧瓷
清纯胎色走过历朝种上桑梓章台柳青烟划伤
湖心銎
宋代纹理蚯蚓走泥棕房琉紫
见钧不识钧凝眉叹流年花黄
你的美一收眼底
走墨游龙勾勒火凤凰

雨过天青云破隔世传相思
一曲无弦琴痴千百年来迟
古典藏头诗里拦截守宫砂痣
你打着腹稿不肯上色

雨过天青云破隔世传相思
铜镜把玩细致敲碎了结局
翡翠等候知音却走不出璞玉
你一丝忧郁

红尘客栈灯晕印染兰亭草序
焚香沐手解签你双目噙冰泪
当年烈火窑煅你许下连环结
淡墨润宣纸心思细如雪
空谷幽兰劫香客回廊劫狐媚
而我在转经筒里蓦然劫了你
东隅桑榆度如意
翩翩泛舟归鸿点点是

雨过天青云破隔世传相思
一曲无弦琴痴千百年来迟
古典藏头诗里拦截守宫砂痣
你打着腹稿不肯上色

雨过天青云破隔世传相思
铜镜把玩细致敲碎了结局
翡翠等候知音却走不出璞玉
你一丝忧郁

2016年5月27日丑时听风。

紫藤萝

听说紫色是相思的对白
那枝上挂满了段落
一段苦
一段甜

浪漫有多招摇
紫藤萝只顾这一季春秋
线条有多销魂
风铃簌簌惊了十方蜂蝶

朵朵都是前世的盼望
缕缕都是今生的纠缠
风吹过
许了一地紫英

错了半个花期
把泪密密地缝进花骨
开……就开得缓慢
在最美的萼上重重施展

闻讯赶来的欧亚鸲
未必能看到
这一树紫藤
最圣洁的那片却是心形

2016年5月18日于广州。

初见

你我的初见
不应该在围观的机场
那里太多客套
也不应该在嘈杂的餐馆
那里太多寒暄
也不应该在秀巧的公园
那里太多匠心

你我的初见
应该在乌镇的桥端
应该在遇龙河的画船

应该在花样年华的 2046 房

在一个明亮的午后
你穿着白衬衣开门
对视。怔三秒
这一揽
这一吻
填满整个初见

2016 年 5 月 10 日于武黄公路。

诗与酒

我不知道
是酒酿造了江湖
还是江湖酿造了酒
想要快意必须有酒
来,小二,上酒

大口大口的烈酒
喷一句气壮山河的诗
我要扯过天空所有的云
拼出你的身形
你的眉眼

小啜小啜的红酒
润一句小桥流水的诗
思索如何指挥百鸟齐鸣
唱出你的腔调
你的吐气如兰

不,我怎能这样小资
只为你而喝
我也想喝出个大好河山
连喝三大杯
胃开始滚翻

我要去驾驭九皋独鹤
去藐姑射之山露饮风餐
住在隔着一层肚皮的地方
人类恒温失守多年
必须调节得低于城市的热血
风嗔雨痴不至于来得频繁

我也上一艘青娥画舸
那时你正在对镜描眉
这无人看守的大片江南
也像喝了微酒绽着粉脸
瑶台上
又降下一阙诗词

韶光最易抛人老
樱桃芭蕉
小资大豪
不如当下
雪月风花
一句新诗一杯酒

2016 年 8 月 8 日。

叶冰

女,甘肃天水人。《联盟文化》编委会编委。迷恋诗歌,作品散见于多家刊物。

父亲的生物钟

总是走在闹钟的前面
天没亮,就起来和鹦鹉说话
那句:你好
说了足足十年了
寂静的院落
电视机里的秦腔
唱得那么伤感
母亲在相框里笑着,每天
看着他
在自己的钟声里醒来

妈妈的日记

写得满满的
是妈妈的吻和她的眼泪
它们填满我

在每个月明星稀的夜晚

拥它入怀，任泪水滂沱
被打湿的每一个句子
都帮妈妈喊出：
——宝贝，别哭！

它的胸怀犹如天高
它的包容又如地厚
装得下人世间任何的
粗制滥造，也接纳
痛苦呻吟

凯歌，你走了

你轻轻地一跳
也许，没有留下什么完美的弧线
却砸痛了一池清水
四溅的水花蹦湿了
无数心碎的眼眸

你用残疾的身体
用你苦涩的微笑
留下一行行，深浅不一的脚印

诗歌是你精神的支柱
却给了你致命的一击
把你领向了一条死亡的胡同

你选择了一池清水做你的归乡
这是你蓄谋已久的理想
也许，就像你说的，也是另一种生命的开始

如果，如果这样你觉得快乐
但愿，但愿这是你的诗与远方的再次起航
冰冷的木板承载不了你太多的心事
但这一池清水会溶解你太多的酸楚

“在一片叶子下遮风避
在一片叶子下放下顾虑”
你说写诗，是为整个世界疼痛

如果，如果这样能解你的痛，那就痛吧，
不知道你的痛，蛰痛了多少，
多少世界的角落

清洗了疼痛
明天，明天是否会有另一个凯歌
写下了诗与远方
在晨曦里微笑
（此文献给我远方的已逝的残疾弟弟陈凯！！）

今夜，我穿越德令哈

今夜，火车奔驰，夜色寒凉
德令哈的天冷了
寻着“海子的姐姐”
我触摸着德令哈的心脏
这座荒凉的城
茫茫的戈壁
已从我心中肆虐飞过

遥借一弯清冷的月色
我听见了海子在喊姐姐
“姐姐，今夜我不关心人类，
只想姐姐”

一把火

村里，青壮男不多见
苦了留守的婆娘
窝在家的懒光棍们跃跃欲试
据说，张二媳妇与李四相好
李四媳妇撞见坏消息
尾随李四进了张二媳妇家
急跳，大骂
不料踩上张二家的粪坑板
粪板断
跌进坑。她气不过
在麦垛上点了一把火
被以故意纵火罪法办

这些年，被烧断了的
何止这些

叶春飞

别名叶翀飞，网名瓯江一叶。男，汉族，1966年出生，荷籍华人。作品《彷徨》曾获世界中华“八喜杯”奖。

创作感想：不惑之年，感触颇多，偶尔捕捉灵感书写，以表遐思、牢骚，慰藉空憾的心。

飞翔的心

深情
仰望太空
扑朔迷离
看不透的星空
是否还有其他的人类
以深邃的心去幻想
去探索

仰望
只因距离太遥
心情难免沮丧
仍想努力靠近
模仿无法克隆创举
哪怕失落

仰望
岁月的浩瀚
人类的经典
任你借鉴
至少沉淀了人心的沧桑
尽管蹉跎
……

2016年4月1日。

爱的天空

摘一朵深情的山花
紧握一抔
沙漠无为的泥沙
采撷一棵无人领养的
来自大草原的仙人草
捧着两手掌
满满的江河泪滴
携带着天空私藏的彩云
邀请不眠的夜空
……
奉献给不羁的灵魂
呈现给梦里的伊人
初恋
膜拜
无限的虔诚

2016年9月20日。

无奈的呻吟

失去了自然
将是人类的灾难
面子是人的第一感观
需要粉饰打扮
往往不真实充其量
却要撑起喜怒哀乐的虚张　失去了自我
哪有心安
上下五千年
也许习惯
自然

2016年9月26日。

祖国

谁都有母亲
谁都有家乡
古人也有故土
祖祖辈辈的生息还是迁徙
无奈还是自私
守卫还是远离

出生的那片天
成长的那块地
尽管无法常去看你

尽管偶尔去想你
其实那是对曾经21年的岁月的追忆
难免泛起对家园邻里友人的依依

尽管国家曾遭铁蹄
山河哭了又泣
尽管大地被野蛮蹂躏
母亲叹了不息
尽管家园被外强血洗
屈辱永记

历史已成历史
国人应记忆
那不堪回首的惨无人道的
印记
中华民族的血泪史

常常在梦中
常常在节日里
常常在孤寂间
常常在四季的更替里
心间总是母语的梦呓
自强才不息
那是倔强民族的代名词
也是异国游子的惦记

不忘1949年10月1日
毛泽东在天安门城楼的扬眉吐气
共和国的崛起

不管你是岁月里的一只蚂蚁
血管里仍然
膨胀着中华龙的底气
管你游离

写于国庆节。

七夕

今夕何夕
迷茫
遥望天际
恰巧月明星稀
寻你窥你
又恐牛郎妒忌
我知道
银河深深
繁星扑朔迷离
今夕
有点醉意
梦着情痴
装点遐思
惹你
天地涟漪
身轻
心慰藉

写于2016年七夕。

叶国栋

写诗四十载。作品散见于中国诗歌网。

梅花

梦中见你总是
在风雨交织的黄昏
梦中见你总是
在白雪苍茫的旷野
你的身影是那么孤单
你的世界是那么萧瑟
我看不清你的面孔
琢磨不出你的神态

梦中见你总是
在凄美迷离的月色里
梦中见你总是
断桥清溪花疏枝横
一颗炙热的心灵
宁愿冷酷也要艳丽
一个高贵的灵魂
飘零成泥也要芬芳

在冰封的日子里
我眺望着你的枝头
在孤寂的日子里
我渴望着你的渴望
在困顿的日子里
我心动着你的心动
梅花，梅花
什么时候才是春暖花开

别情

那时我还在你的怀里
心却狂野奔向天际
哪里有诗和梦想
我挥挥手微笑着告别
心中只有一个念头
等待着我衣锦还乡

那时我已不在你的怀里
心却苦闷迷失方向
承受着那凄风苦雨
我低着头黯然地离去
我不想添加你的忧伤
看见你失望的眼神

多少日夜多少风雨
拥有了太多的别情
在生命里来来去去
多少爱恋多少深情
既有欢乐又有苦涩
千万次洞穿了心灵

这就是我们的生命
曾拥有多少别情
留下遗憾愧对着你
这就是我们的生命
曾拥有多少别情
永远不敢再回头看你

怎么能不告诉我

朋友啊，朋友
当你在山冈上飘过
晨风撩起晴岚
坡上映山红儿火
怎么能不告诉我

朋友啊，朋友
当你在树枝上掠过
天边花枝似云霞
花瓣如雨般纷飞
怎么能不告诉我

朋友啊，朋友
当你在我窗前经过
我早已泪流满面
抑制不住内心的汹涌
往日欢乐的记忆
一幅幅浮上心头
怎么能不告诉我

朋友啊，朋友
当你在春天走过
我早已看见你扑闪的明眸
我早已看见你飞扬的发际
陶醉在你深情的歌声中
感受着你给我的幸福
你怎么能不告诉我告诉我

一点点快乐

本名连雪中。辽宁朝阳人。作品散见于各类纸刊和网刊。

创作理念：以入心的文字和热情面对快乐和挫折。

你那里下雪了吗

我要趁着一大早

雪未停梅未开
扬鞭策马　还有三千里路程

厚厚的雪开在枝头
记忆站成梨花　积了一地
是润泽并非掩埋　白白的

驰骋奔赴的马蹄　扬起
一股白色旋风
睫毛的雪　等你融化

借我三千里天空
借我三千里路程
我只为　你眼前梅开的一瞬

北风煮酒

粮食归仓秸秆点燃火焰
田地暂时离开主题
望眼天空　云里蕴雪
北风肆虐　可以煮酒

就近的围炉熏肉
天涯的微信煮酒
今夜　一壶豪情
郁闷的　吼一吼
难得粗旷一回
柔情的　唱一唱
只肯风情万种

还可约约李杜
隔着时空对饮　春秋
孤独　红颜　忧伤　利剑

煮酒　亦可压酒
把负能煮个稀巴烂
煮出个万丈自信
毫无顾虑喝一口

今夜　为你煮酒
今夜　为己而醉
今夜　不醉不休

听花的女人

听花的女人
比花还盎然的心事
听着时间的嘀嗒
比时间还细腻
陪着花从枝里一点点的
走到枝头　开放

听花的女人
坚强如花　生活如花
希望和爱比花还要美
风里雨里的自信
比花更珍贵

听花的女人
坐在花蕊的青春
花也沾满靓丽
偶尔的蝶　影响不到你的梦
只是任不败的花蕾
开放了一季
又一季

一炉雪

本名王雪霞。爱诗，爱生活。作品散见于《商丘日报》《京九文学》《京九晚报》《散文诗》《教育时报》《中国教师报》《潇湘文化》等报刊和微刊。

夜幕降临

北风提着夜幕
草木多有垂死之心
还在背着旧时光赶路的
是我远方的亲人

他们贫瘠的故事里
只剩尘土和盐分
一直从晨露种到暮光的作物是
爱和悲悯

从来不种
心怀不轨

偶尔
点亮书页里面的灯盏
率领三千兵马
做一回王或者勇士

并没有更高的礼遇
夜幕已降临
时光收起所有的谶语
你想听的故事依旧没有头绪

护城河

是的,她有一颗怀柔之心
喜欢歌舞升平式的安宁
当头顶有祥云飘过
当白鸽成群
她必定是安分的

她睡着的样子
美且安详
匍匐在王座之下安享寂寞
与众妃和臣民相安无事
是她最大的梦想

君王啊
她的牌子最好别翻
否则,不光有烽烟和战鼓
她的血泪
还会惊醒小民的万里长梦

两滴水

一滴水拥着另一滴水
躲在尘世之外秘语
今夜无风
大地铺开宣纸
月光素描心事

灯盏照亮冷寂的空屋子
红袖添香热茗氤氲
熏一把艾草医治手脚冰凉的词句
对了,窗外不能无竹
竹上结满跳跃的星子

如果纸张允许
山峰和流水也不可回避
至此,鸿幅巨制的构想已完成
两滴水却迟迟未至

晨光闪耀在墙外

(一)

许多年前,时光像摘除肿瘤一样摘除了我的壮志和野心
从此,便以一只蚂蚁的心态审视一切,不悲不喜
有时候,一只死掉的昆虫或者一个发霉的米粒,甚至一片残叶就是我的全部世界
有时候,一丝微风或者一个脚印就能结束一切
可是我真为自己庆幸,我还安然地活着,即使活成了卑微的草木之命

(二)

当洪水,干旱,龙卷风从不同的方向席卷而来
从此,多少人变得薄如纸张,多少人无处安身立命
日子变得像黑铁一样沉重,于是
我再也不能在蚁穴里偏安,尽管
小小的触角举不起人世的哀伤
但我依然可以捧出一颗悲悯之心

(三)

洪水肆虐处，我要和人民子弟兵一起用灵魂和身躯再筑钢铁长城
千里赤地上，我要用鲜血灌溉民心，缓解旱情
面对龙卷风，我惟有掏出深入骨髓的大悲咒日夜诵读
直诵到，晨光闪耀在墙外
直诵到，风调雨顺，世间安宁
直诵到，逼出苦难，植入幸福

殷咏天

男，1957 年生于内蒙古牙克石市。曾任《满洲里日报》总编辑，现为满洲里市作协主席、诗词协会主席、《满洲里诗词》主编。1980 年开始创作，曾有多篇诗作获奖和入书。已出版诗集《灵悟》和散文诗集《心灵的高原》。

唯一装不下的……

大码头。
大轮船——

人货分离。
舱分四等——

轿车、货车、中巴车一辆接一辆开进了船下层；
吃皇粮者、买卖人、打工族、学生、童子各进所舱。

该上船的都上了船；

该归仓的都归了仓。

船似乎能装下一切，
解缆起航……

但唯一装不下的是揪心的一幕：
一对分别的男女在不停地挥手，
间或低头拭泪……
海鸥翻飞着，鸣叫着，不肯离去。
蓦然，我感觉大船猛地颠簸了一下，
我猜测：一定是两滴泪拥抱在了一起……

捕蚊记

夏日夜难寐，
总有蚊来袭。

开灯匿迹，
关灯嗡嗡。
索性裸衣光明行，
终于扑肉被拍毙。

碌为斋主随诌两句凑趣：
是蚊终为嗜血鬼，
未必赤条即大餐！

雾凇，真的不可名状

多年不遇的雾凇降临边城。
她的美好不可名状，
让我想起了她的一个个别名，
就像一个个父母捧着自己的掌上明珠——
“雪挂”“树挂”——朴实的人喊出的朴实的话；
“冰花”“”琼花”——冰封雪冻中的浪漫和潇洒；
“树介”“树稼”——棵棵银树将化作五谷飘香的彩霞……
还有宋代文人玄妙的“奇葩”：
“梦送”——大自然的“宠儿”，天地间的精华，
亦真亦幻，似飘似渺，
是月光下寒雾纺出的缦纱……

我所见过的最漂亮的喜糖盒

大红。
二寸正方。
三合板组装成。
五面空镂五个喜字。
一挂红线坠穗灵动呈祥。
内装九块大小不一风味各异色彩缤纷的喜糖

……
映衬着本市唯一一家五星级酒店的富丽堂皇。
高清大屏幕环绕立体声。
但有一个不和谐细节。
岳父前来交接新娘。
新郎接而径去之。
还有结束一幕:
糖盒多散架。
七零八落。
到处是——
喜字……

最后一响

儿时,
常听到喇叭里传来:“刚才最后一响……”
到后来,
电视里常传来:“某某某为你报时……”
近些年来,迎新年晚会上常传来:“10、9、8、7……”

感受——
儿时:好长的夜又来了。
到后来:这一天好快啊!
近些年来:面对一片欢呼我却有一丝茫然……

如今,时间好像坐上了高铁——
转眼就是一天;
琢磨琢磨事就过了个把月;
才下决心干点事儿已到了年底……

好像已被时间俘虏或被随意驱赶——
而没有任何反抗能力。
甚至在深夜不敢弄出一点儿动静,
生怕成为“最后一响……”

2016年11月2日于满洲里碌为斋。

尹科飞

2000年生。网络写手、诗人。

静静的……(外两首)

无神的我,耳边走过了
嘈杂的谈说
抬起头看着头顶的灯
它,依旧静静的

在窗前
徘徊,徘徊
窗外的雨
能否走了呢

逐渐地走近
再走远,走远
看那边墙上的影子
越来越,暗了

采了一朵花
轻轻地嗅过
淡淡的味道
可,渐渐地
它枯萎了

失了神的我,耳边依稀听着
窗外的雨落
抬起头看着头顶的灯
它,依旧静静的
静静的

绘形

依然不落的晗星
湖中的小舟擦过了莲蓬
晨阳的倩影
诱出了那点点朱红
告别了夜空

愉悦的芙蓉
杨春白雪携松柏随风
摇曳的婀娜的梧桐

一圈圈的年轮
折柳送今生

苍颜的渔翁
踏过船板荡起的惊鸿
平秋飘下的残叶
轻轻划动的
长篙的惺忪

枫叶

品着一杯苦涩的浓咖啡
看着窗外逐渐暗下来的天空
枫叶的飘荡
冷清，悲凉，又稍显沧桑
锋芒
仅剩的眼中的余光

踩着脚下地毯似的枯叶
吱吱——
是对我的喧嚷？
也许是对枫树的不舍与向往
挣扎
嘶哑的吼声触碰忧伤

新绘的油画
窗外的枯枝添上了雪花
不再有吱吱的嘶哑
因为
他化为了严寒与冰碴儿
风霜已露，冰进了心闸

枫叶的婆娑
站在原地不愿远踏
即使不断地挣扎
其实
光秃秃的树
也不舍曾经的嫩芽

尹诗妍

本名刘建平。酷爱诗词，曾在中国文学论坛、中国市民网、印象中文网等网站任编辑或版主。作品散见于《岳麓诗词》《国防教育周刊》等刊物。

回不到从前

又是飘雪的日子
曾经的大手牵小手
渐行渐远
模糊了背影
却模糊不了思念
你最是心疼我冬日的冰冷
你说，你的怀抱是我一生的港湾
我雀跃，我欣喜
我以为从此以后
我的生命里不会再有严寒
可是，你走了
你走得那么决然
你的指尖不再有温度
你的怀抱也不再温暖
你的心脏再不会为我跳动
你再不会用眼神传递宠溺挂牵
你挚爱的我从此被寒冷禁锢
从此后，只有回忆能给予我片刻心安
我知道我们再也回不去
只有雪花静静飘落
一如从前

母子心牵

妈妈！
喊一声妈妈
妈妈的怀抱是我永远的家
我想纵情依偎、放弃天涯！
可是啊，妈妈！
您竟然没了往日的热络
您脸上的茫然鞭笞着儿的心啊！
妈妈！

您用青筋暴露的手颤巍巍拉着我
——我老儿子什么时候回来?
啊,妈妈!
您最疼爱的老儿子就在您的眼前!
因为您的惦念而泪流满面!
妈妈
儿的心中纵有万千挂牵
奈何不能常回家看看
两个月的分离
递增着妈妈的思念
无情的病魔,将妈妈的记忆搁浅
妈妈,儿将您拥在怀间
深深的愧疚撒扯着我的心田
妈妈的爱是我一生受用不尽的源泉
祈望老天垂怜
还老妈身体康健
让儿有更多机会承欢您的膝前

火山冰川的爱恋

你用酷酷的冰寒
覆住我心的火热
你想用身体的禁锢
束缚我泛滥的思想之河
我亲吻你冰冷的嘴唇
奢望用体温融化你的千年寒冰
你恣意蹂躏我的身体
鞭挞我的灵魂
狠狠地讥讽着我无谓的付出
用一层又一层的严寒
冻结我一根一根的神经
你的神情严峻、狠戾
企图使我同你一般无欲、无情
我挣扎、我嘶喊
我,只想做成
人一样的有义、有情
我知道,你冰寒的外衣之下
仍有一颗跳动的心
所以,我痴情相守
无悔而求
蓦然
我发觉脸上有水滴落下
我欣喜,为那一点点曙光
所以,我仍是要用身体焐热你呀
我相信,坚冰终会流成绕指柔

心动,心痛

心不动则不痛
难道心痛是心动的必然经历?
难道麻木不仁才是感情的真谛?
痛了,才想到逃离
我很脆弱,伤不起
你没有一句挽留
你知道,最好的结局是别离
好想,最后听一次你的声音
我奢望,留下一丝真切的回忆
但是啊,请不要一直说下去
我怕你声音的温度
融化了我诀别的心意
是啊,诀别
诀别,不是不爱你
只是爱太重,负担不起
夜半听雨,湿了心情
心,碎了满地,拾不起
那一首情歌,缠绵耳畔
直至天露晨曦
你说“明天的太阳还是新的”
可是,今天竟是雾霾天气!
胀痛的眼睛,只有一丝缝隙
紧闭的心门,把疼痛关在门里
对着镜子,给自己一个微笑……
谁?谁在说不如哭的美丽?!

尹淑娜

笔名伊人。汉族,河南洛阳人。生于1971年冬月梅艳雪舞时节。有近百首作品散见于中国爱情诗刊、中爱文化传媒网、诗歌中国网、中艺文化网及《今日头条》等刊物和网络平台。多首作品被收入《当代中华名家》。

创作理念：钟情寒冬的那一点点暖，迷恋夏末那烟雨朦胧的午后。喜欢游走于文字边沿，酷爱诗歌，感恩生活。

今夜有雨可煮酒

看着你远去的背影
盼望已开始滋生
每一次相聚
诸如
风吹过般短暂

从你转身的那一刻
便身心缠绕
期望
某一天
不再相隔海两边
只因相聚太短暂
只因
今夜有雨可煮酒
醉里重相聚

今夜风萧萧，雨濛濛
醉酒了的人迷蒙
深一脚浅一脚
即使把地球踩得生疼
也无所谓
即使呕吐出所有的寂寞
仍也放不下你
今夜以雨煮酒
平添好多愁

尹宪辉

笔名尹君。男，1960年生，山东烟台牟平人。大学本科毕业，高级工程师，现在烟台外资企业从事技术设计工作。业余爱好广泛。1996年开始发表散文、杂文、时评、书评、诗歌等，至今已经在报刊发表散文随笔120多篇。

寻找

我一直在寻找

寻找欢乐　幸福
寻找花香　人情
磅礴的大气象
恢弘的好风景

我找到了　快乐　幸福
在田园　在江海
我找到了　真实　坦荡
在荒山　在沙漠
我找到了　善良　友情
在林岭在草坪

一草一木总含笑
一虫一沙皆有情

我去人群　寻找
寻找理想　追求　信念
寻找道德　正义　信仰
寻找纯洁　善良　诚实
寻找爱心　责任　高尚
寻找人格　尊严　真情
有一点　不多

我寻找　正常
新华词典里　有一个
字典外　一个也没看见
却找到很多
不正常
还有　银子满天飞
在喧嚣吼叫张牙舞爪不可一世

对了　去人群试试
寻寻季节　找找春天　却
只有冬天＝寒冷＋冰雪

罕见春天　夏日　秋季
有少许　昙花一现瞬间飘落

人群里　有没有空气呢
以及生机　生命之气
瞅瞅　一闻　摇摇头
少啊　这里空气稀薄

接近真空
人潮里　有什么呢
有诗吗
嗯　只几行
有没有书
怎么说呢　有几页吧
有花园吗
哦　有个旧的　五千年了
有点像花园木乃伊　灰黄
残存着几朵褪色的花
和　一片草

在人群里
我寻找　人
左看右看　找来找去
少　太少
仅二至三钱
水分偏高　纯度也低

我大喊一声——
人　你在哪里
似乎　没有回音

在人堆里
越找越孤独
人海
真冷
看着　不寒而栗
望着人群
我的心　好凉　好痛
简直要窒息　唉——
我呼吸困难　在人群里
透不过气

尹兆文

中共党员，山东省优秀共青团员，现供职于临朐县联通公司。山东省临朐县作协理事。擅长新闻写作，并被《人民日报之友》《山东邮电报》《潍坊邮电报》等多家报刊聘为特约记者、特约通讯员。迄今已在国家、省市级以上新闻媒体发表作品千余篇，并有近百篇作品在中央级及省市级新闻媒体获奖。曾先后多次被《大众日报》《潍坊日报》和山东人民广播电台、潍坊人民广播电台及邮电行业报刊评为优秀记者、优秀通讯员。

秋天的云

秋天的云是一笔写意
她是涌动的山
她是流动的海
她似飞翔的鹰
她似长寿的松
她像一头暴怒的狮子
她又像一匹野马在驰骋
她在天空铺开了淡淡的墨迹
眺望远处碧绿的群山
一览无余万里晴空
秋日硕果金黄谷穗
尽情抒写天高云淡的日子
在午后陪伴着落魄的蝉鸣
在晚间静听着蟋蟀的得意
徐徐清风吹过
她是缓缓流动的风景
飘摇在青峦和碧波之间
似青烟淼淼云卷云舒
当一轮朝阳冉冉升起
她已辗过荷塘和柳堤
系上早晨的薄霭露珠
酝酿关于秋高气爽的句子

当晚霞染红了天际
天幕在渐渐收起
云在向天空泼墨
挥动的手在高举再高举
是啼诗剩韵后的挥手
还是构思写意的别离
当穿越蔚蓝填补心情
秋色渐浓夜色亦朦胧

2016年8月7日。

秋别离

这样的天
我是如此期盼
枫叶绚丽层林尽染
带上美好的心情
去领略五彩斑斓
心旷神怡让一切回归自然

这样的天
我是如此眷恋
一幅水墨画闯入眼帘
碧水映衬黛绿群山
恰似一首写意诗缭绕笔端
丽日风和抚摸天高云淡

这样的天
我是如此留念
农家的日子酸酸甜甜
品尝了丰收的喜悦
沉醉着果实的芳香
和和美美伴着团团圆圆

这样的天
我是如此挂牵
勤劳的收获总是沉甸甸
赏心悦目的金黄怎样的不舍
满眼秋色撩人心扉拨动心弦
希望的田野充满多彩瞬间

这样的天
我不想说走远
它像一道优美的风景线
由你而生的风情婉约着暖阳
再披一身菊花装扮的衣裳
在美妙的秋光里流连忘返

这样的天
我不想说再见
那些抹不去的金色
那些忘不掉的彩云
都已定格在摄影师的镜头里
留下了回忆和久远……

2016年8月10日。

秋光静好

阳光这么静
洒满树叶的金黄
透过缝隙映过来
穿进透明的纱窗
搭在转动的秒针上摇晃

一切都平静下来
河水也自在地流淌
风躲进了角落里
阿黄趴在树荫下
眯起了眼睛悄悄地猜想

这是菊花的季节
或白色或粉红或鹅黄
总喜欢在曼妙的时光里
探头探脑东张西望
然后又无拘无束热烈开放

天色渐暗踏着夕阳
倦鸟归巢牧人还乡

一天的日子又要冲洗感光
落叶无声岁月静好

却不曾打扰秋日的时光

2016年8月20日。

秋日遐想

故乡的秋日
碧空、田野、金黄
石墙、黑瓦、茅草房
静静伫立沐浴暖阳
花开蝶舞的扁豆架下
陪着一位望秋的老乡
蜿蜒起伏群山环抱
是我依恋的小村庄
那里有光着屁股的小伙伴
在摸爬滚打中成长
父辈们黎明即起田间劳作
收工时赶着牛羊踏着夕阳
我牵着爹娘的手
蹦蹦跳跳跑进院子
住房上炊烟袅袅升起
传来鸡犬锅碗瓢盆交响
其乐融融把酒问盏
一家老小夜话灯下
遥想风起瓜果飘香的日子
永远有我温暖的故乡

2016年9月10日。

尤鹏

笔名尤六六。男，宁夏盐池县花马池镇人，生于70年代，农民。现在陕北油田钻井项目部工作。有作品发表于部分报纸杂志及各大文学网站并获奖。

裁一朵秋的云，描一幅花马池的风景(外二首)

是千古的蹄声
激荡起时空的涟漪
多想
裁一朵秋的云
描一幅
花马池的风景

不曾在绒纸之上
泼墨过雄关漫道
不曾用线笔之尖
彩涂过明清寒月
只能临摹出，一队
衣衫褴褛的勇士
在这花马腾跃的一瞬间
镌刻了
英魂柱于天地不朽

载着时间的火车
渐去而渐远
城南的一池湖水，轻漾成
史册上不息的浪花
一叶红叶的颜色，如血
滴嗒着
研制了古城千年的心香
似酒的味道引诱着梦的渴盼
成就了
无数生命放逐给清秋的壮烈

眼望满城辉煌，今夜
谁曾为往昔心殇？
(随吟于盐池东隋长城上。)

雪落花马湖

是嫦娥撒下的花瓣吗
纷纷不歇地落
妩媚了许久的冰冷
在寻找
那个弯弓射雕的英雄

花马寺的钟磬
敲碎了传说里的柔情
叮的一声
投在了花马湖的心

零下的温度
竟然煮沸了一碗
尘世的波涛

一枚苇的黄叶
悄悄地
释放了春的延续
如果这如镜的湖
明年也这样地清澄
(冬日初雪于盐池花马湖畔。)

凝固流沙里的记忆

——观雕塑《赶骆驼》有感

世纪沙漠里，屹立的生命
早就不曾流动了
不知道，如何被凝固在这里

当我在榆林之南
遇见你
你唢呐里流淌过的快乐
已经被冬天的寒星
当茫茫夜霜
撒在渔河的水面上

你们永远也没有
跋涉到过
妹妹的那间茅草店
一盏等待的红灯笼
在那年的秋的夜里
悄悄熄灭了
一双手
招摇呼唤的愿望
让路过的我
心疼

白脖子哈巴招摇的揪扯
送来了一声
被泪洗濯过的酸曲
把幽幽怨怨的失落
盛满了两双
不能相逢的眼睛
(偶过榆林之南随吟。)

尤佑

1983年生，江西都昌人，现居浙江嘉兴。作品散见于《星星诗刊》《中国诗歌》《上海诗人》《中国诗人》《作家文汇》《华语诗刊》《香稻诗报》等报刊媒体。2015年入选浙江省青年作家“新荷计划”人才库。出版诗集《莫妮卡与兰花》和评论集《一个人的激辩》。

丝竹声

一首曲子可以是一场雨，以及那时的心绪
心灵暗哑时，敲一敲那些石头、瓦罐……
但凡活物都能发声
密匝匝的喧嚣。这个世界的撞击过于频繁
听不懂的广播，假装欢乐开怀
为什么我不忍心敲击我自己？
大抵是恐惧，愚昧的自己
能否像石头一样发出声音
五音乱耳，大音稀声……
一段故事，亦有一段旋律
我的耳朵采撷了风、闪电、晚霞和炊烟
家禽、农具等的声音
它们的静默，无法妆点霓虹的奢华
繁弦急管的菜市场是我清晨必经之地
那里陈列着大地的孤儿

纪念碑

直立的，不仅有人、树，还有纪念碑
我曾渴望像那棵树一样活着
渴望像纪念碑一样死去
天空的云层上雕刻着一些名字
阳刻着高贵，阴刻着晦暗
我想写下一些话语，铭记一些耻辱
其实只是虚无的光阴，渴求仙丹
一张美人脸，不属于心灵

千奇百怪的人们，对花朵都趋之若鹜
躲在高楼大厦里，看风雨如磐
英雄，只因仰望才显得高大
制碑人精心打磨的视角
尽在一尺之内
我们都有值得纪念和渴望纪念的
生日、某人、那地，还有遗失的碑铭

于海棠

窗外

我在窗内绣花
蔷薇在篱墙上忙着盛开，一只灰雀
落在青杏上，它蹦蹦跳跳
嘴里
衔着一片羽毛，旧时鸟巢
坐在屋檐下
我偶尔抬头望望
——
这安静的下午时光
草莓结果
绿葡萄吐须。

风吹过来

一层层波纹震动着，那白色
翻卷着光影
风打开湖水，像蓝的幽邃的眼睛
生长，疼痛和美
是我爱的
水草幽幽的绿，水草生长
漂浮，缠绕
仿佛又回到昨天
我听到你喊我：亲爱的
我垂下手就笑了。

昨夜菊香

第一个走进来
空气静得没有颤动
新换的办公桌有木头的香味儿，
半杯菊花茶搁在桌子上，菊盛开的样子十分美好
我也是了
我打开窗，让风吹进来
它吹着我，也吹着你
吹着繁华，也吹着虚无。

那朵

那朵，就在那里
在那里，
水波上，我喜欢，阳光穿过它
鸟鸣穿过它，成群的羊穿过它
仿佛，青草坡上
满坡的野花也要穿过
哦
那朵，那朵蓝……

于菊花

笔名红尘有爱。现居甘肃金昌。金昌市作协会员、诗歌协会会员，望月文学特约作家，玉融文学版主。爱好广泛，作品散见于各类报纸杂志。已出版个人文集两部。

冬之恋(组诗)

墙角

贮藏阳光。岁月如蛇一样
在树影和土墙上游走
层层剥落的墙皮，风雨侵蚀的痕迹
像历经沧桑的老人，饮尽苦涩孤独
混浊的眼眸里，希望的火花渐渐熄灭
墙角堆积的厚厚灰尘
掩盖了重重叠叠的记忆
暗哑了的话语，被断断续续的咳嗽代替
一只慵懒的猫，形影不离的陪伴

给寒冷的日子，增添一丝暖意

偶尔一阵风，枯叶翻卷
夕阳爬上墙头，暮色笼罩檐角
空荡荡的屋子，荒凉，沉寂
蛛网布满角角落落
逝去的亲人，远走他乡的儿女
似乎与老屋再无关联
葱茏的田野，悠长的炊烟
曾经滋养过幸福欢乐的村庄
和熟睡的老人，蜷缩在梦里
捧起一颗颗荒芜的心

初雪

一片，两片。落在心上的雪
如你温润的眼，纯净，通透
不惹尘埃
在灵魂深处堆积

梦里的画面，定格
暗香浮动。尘封的往事
被落雪掩去痕迹
寂寞的梦里，盛满忧伤

潮湿的心情，在雪线下
一遍遍擦拭着记忆
而你，站在遥远的高原之上
披一身雪花，与我默默对

和你一起过冬

那是我们的家。静谧的村子
阳光，爬上低矮的墙头
陈旧的格子窗，镶嵌在发黄的玻璃上的眼睛
房屋矮小。如同饱经沧桑的老人
剥落的墙皮，缀满生命的补丁

烟熏火燎的日子。母亲背一身尘土
点燃红红的火苗，饭菜飘香
风把门打开，又合上
暖烘烘的大炕，是童年幸福的摇篮
兄弟姐妹们的笑声，凝固成刻在心上的伤

煤油灯，小米饭，千层底
母亲裂着一道道口子的双手
连同依附在我发丝里的温度
停留在记忆里。像一把刀
明晃晃的，剜割着灵魂

多想，定住时间的钟
雪不停地下。冻结了的
岁月的河流，日渐干涸
隔着十几年的光阴，我只能在
大雪纷飞的梦里，和你一起过冬

冬季，渴望一缕阳光

苍白和萧瑟，不是你唯一的面孔
正在肆虐的风中
漠视那一地凋零的残骸
枝头上依依不舍的眷恋
是系在蝴蝶翅膀上的浪漫
记忆凝结成霜花，逐渐封冻

隐忍的心，接受荒芜和沉默
剥去盛装的骨骼，与死亡抗衡
失眠的灯火，擦亮思想的光芒
寒冷肆无忌惮地入侵
漫长的冬夜，把岁月装进幽深的古井

踩着积雪行走，拒绝颓废
孤独在暗夜里生根
冰雪覆盖了生命的痕迹
而阳光，会刺穿厚厚的阴霾
融化了的心，开成一树火红的梅

寒冬的相思

如一片雪，落入眉心
种植思念。风洞穿心事
花香，流云，惊醒了的

久远的梦。烙刻在心底的名字
在游弋的笔尖上复苏。情感的炼狱
虚构的堡垒,冰山般屹立

跋山涉水的目光,能追上你背影吗
黄叶飘飞的季节,爱从枝头滚落
冰雪覆盖了心路。踮起脚尖
顺着深不可测的岁月
仰望那轮红日,映照出的笑脸
隔空的念想,昼夜与风缠绵

寒冷浸透肌肤。闭上眼
耳边的呓语,捎来千里之外的思念
前生今世的约定,在空城中沦陷
苍茫大地上,雪与梅的爱恋
依然开出血色的花。走出你的身影
走不出,一尾鱼的记忆

郁金香

本名朱盈旭。素素的女子,恬淡闲适,平日里爱听着音乐煮文字。已出版散文集《杏花微雨》。

创作理念:爱家、爱生活、爱大自然,熏沐古诗词,人亦淡淡然。

待我长发及腰

风中的紫燕
云中的锦书
花儿簪满头
星落桂花酒

梦里蝴蝶舞
谁家笙歌休
一栏相思瘦
罗衣裹清愁

一砚墨迹香

画不尽残荷人娇羞
待我长发及腰飘飘
君不见走马川行雪海边
平沙莽莽黄入天
一诺倾情碧水青山
何时君再还
待我长发及腰
何时君再还
幽幽天涯路望穿
芳草萋萋一径思念

花满楼

秋风起兮
雁南飞
美人临风窗下立
巧笑倩兮
紫蝶飞
云朵如画雨溪水

珠帘外
星落月圆
荷花池
佳人嫣然
天涯路
芳草碧连天
行色匆匆归路远
远山外,云水端
离人愁,眉弯弯

秋水盈盈
多像你多情的眼
秋月皎皎
多像你妩媚的脸
远山如黛
白帆点点
离别的脚步
轻轻踏上心上眉间

秋风秋雨画廊长

花谢花飞人幽怨
展不开的眉心
弹不断的思恋
举杯问明月
千里共婵娟

明月照花间
蝴蝶舞翩翩
嫦娥捧出桂花酒
水榭亭台香盈袖
谁家莺歌情悠悠
朱唇轻启花满楼
醉了明月
醉了中秋
醉了离愁

余军喜

笔名鄱阳余晓。男，江西鄱阳渡头人，现为幼儿园园长。鄱阳青年诗社副社长，鄱阳县诗词学会会员，上饶市作协会员。作品发表于《江西工人报》《长江诗歌》《鄱阳湖文艺》《信江》等报纸杂志，入选《2016年江西省谷雨诗会交流作品选》《2015年南昌诗歌精选》以及《澜——鄱阳青年诗社2015诗歌精选》等选本，并结集于《中国诗歌》(第三卷)。曾获上饶市诗词大赛二等奖等奖项。

故乡来的风

远处，饶河的风
肯定来自上游的昌江
来自南岸的渡头
舒缓的波浪
多么亲切，亲切得
仿佛年逾七旬的父亲母亲
在携手漫步
从河东走到河西，依次
走遍村里的五条巷子
最后，他们
站在高高的圩堤上
向西眺望
顽皮的风摇晃着
他们单薄的身影
江面上的波浪
就开始荡漾
一波依偎着一波

装修

我们凿墙打眼
为她铺设毛细血管
呼吸、消化系统
我们粉刷、油漆
为她填充肌肉
植入皮肤、肤色

如果，客厅
是她精致的五官
吊顶是为她描眉
装灯是为她开目
背景墙是她迷人的酒窝
酒柜和餐桌，分别
是她性感的鼻子和嘴巴

那么，卧室厨房卫生间
就是她功能健全的内脏
书房不可或缺，人
不能没有思想或灵魂

仅仅这些还远远不够
我们必须倾注全部的心血、爱
赋予她情感和体温，然后
让她和我们一起
融入家的脉搏律动中

与蔬菜对话

茄子说话乖巧
圆滑，没有棱角
伤不到人，从不两面三刀

虽然，冬瓜和黄瓜的话
有点毛糙，还有点粉刺
但绝对没有坏心
相对来讲，番茄
又名西红柿，说起话来
绘声绘色，就有趣多了
至于豆角的话
颠三倒四，略显唠叨
却也是语重心长
如果辣椒要说话
我窃以为，不能
深究、钻牛角尖

否则，只会自讨苦吃
当然，其他蔬菜的话
诸如空心菜、生菜、韭菜等带叶的菜
它们随风而语，皆是无心之谈
可以左耳进右耳出

碎片

杯子落地的刹那
我瞥见了无数个我
碎片毫无规则
但，锋利和光芒
些微和卑贱，脆弱和呼吸
都很真实。真实得
像无数个卸下了面具的我
一只完整的杯子
只能装有形的物体
——固态、液态、气态
而每一片被赋予生命的碎片
却能盛下暗物质、宇宙
碎片会不会
怀念一只杯子的完整
不得而知。悲哀的是
我再也无法触摸到
生命里碎片的疼痛

余静

湖北武汉人，多年从事党建宣传工作。文学作品散见于各级报纸杂志。

诗观：把情绪安放在文字里，寻求内心的自由自在。

一世花阴（外二首）

踏着雾海
停留于阡陌　一别城嚣
视线穿透层层叠叠的花影
寻着你

而你站在时光的深处里
微扬的浅笑 隔着雕栏
隐绰成花阴里羞涩的玫瑰
泛着红

而红罩在岁月的笼纱里
细数的生辰　斟着酒樽
沉醉成花楹上怒放的牡丹
舞着魅

而魅裹在经年的风沙里
褪去了霓裳　坠到山涧
出落成花丛里清丽的百合
透着纯

而纯淡在安静的宅院里
卸下了粉饰　栖于老树
绽放成花枝上别样的桂子
溢着香

曾经的驿站　不能再错失啊
依香而寻去扣问　那坛陈酒
封存着一世如花的光阴
共饮尽

画意

不用刻意寻找
那些在春夏里遇见的痕迹
总有一些阳光
散落进森林
摇晃成斑驳的树影

微光的印记太美
以为　欣然走过秋天
就抓住了一把晕染时光
却化作落花满地
流年的细碎
只在执笔游走间萦际

有些莫名净出的线条啊
偏偏固执地站似路标
任时间的风　嚣张
掀开回想的柔纱　却依然
淡出在浓墨的市井里
安静的　没有被年轮舔噬

躲过冬天的那场相遇　不是
有意把冰雪沾凝的舟子　搁浅在
看得见的彼岸　只怕
冷手填阙的那款旧词
又见暖阳　就再也
走不出　那些线条构成的
我的山水你的投影

栖息之鸟

无长篙撑开
尘埃沾染的雨幕
执着穿行的飞鸟
带着羽翼的伤
衔远方透亮的朝云
渐行渐近
栖息于木船之上

细听摇曳的荷语
已经黯然一地的杜蘅
途行迷穷处
觅异乡迢迢的歇地
随波涟漪
青柳拂羽

一桥横渡生浮萍
隔栏远眺终须去
有缘勿相问何年是归期
岁晚子规留客旅
不锁离愁
月照遥遥寄剪影

余弦淙淙

本名王英。70后，出生于浙江海宁，现居浙江桐乡。

创作理念：朝夕与钱塘北岸枕水江南相处，沉醉于王国维《人间词话》的意境，神游于金庸先生笔下的侠义人生，迷恋于徐志摩笔下的诗情画意。日子清清浅浅无长短，人间柔柔暖暖有晴天。愿以拙笔轻描人间锦绣胜景，以诗行细数人间侠骨柔肠。

蒲公英

不问
来自哪里
也不问
情归何处
我只需欣赏
沿途的风景

无论激烈
还是轻柔
这一个旅程
我只负责
安静地刻画
风的轨迹

叶落

天渐寒，风渐干
为了逃避即将来临的冻裂
必须勇敢
为了节约一点从躯干里输来的养分
必须果断

叶色渐黄，脉络渐断
青春一去不返
却剩从容翩然
也曾叶茂枝繁
而今却在成熟的季节里离开

风疾风缓，天明天暗
我最后转动的身姿有多好看
不论是在水流里游荡旋转
还是在炙热的野火里燃烧成尘埃
我终将离开这座舞台

我的身体，枯败或腐烂
一半入土降解成为没有生命的存在
或是被别的生灵吞没取代
一半化成水的各种形态
在天地万物间循环

秋色

留着春日里绚烂的印泥
渲染层林翳翳
舞动一树色彩浓郁
寒冬前最后与大地的亲密
在收获与萧索并存的日子里
堆叠金黄的叶被
想要遮盖谁的落寞
想要粉饰谁的斑驳痕迹
褪尽了铅华
才好过冬去

回友人

夕阳早已坠落
余光再也无法描摹
他的背影只剩下
漆黑的轮廓

夜色阑珊的角落
谁在轻弹吟哦
远山的沉默
凸显风的卑弱
近水的灯火
为谁蛊惑

那条名叫时间的河
谁也无法逆流而过
空间的交错
煎熬出多少蹉跎
无从闪躲

那个你想依靠的人呀
此刻又在谁的怀抱里停泊
微笑时的牙齿
挂在空中闪烁

冬树

本可顶天立地
夜栖星辉
朝揽晨曦
一树葱翳

只是寒风凌厉
怎可匹敌
抛尽纷繁
一阵颤粟

钢筋水泥
不是丛林
喧嚣霓虹
不共呼吸

抹上石灰

根深入地
从此学习
疼爱自己

月夜观潮

——思海宁夜潮，有感两岸三通

夜
敞开胸怀
一如寂寞的两岸
车辆偶尔穿梭

你
微耸着双肩
点着烟头
忽明忽暗

月
氤氲眷恋
勾勒钱塘曼妙的曲线
任银丝倾泄

我
心底流淌着美妙的音乐
泛起涟漪
星光点点

来了，来了
朝夕守望，却又无法触摸的两岸
抛出一条纯洁的白线
牵引奔腾的情怀

余增娜

笔名琉璃冠珠。热爱诗歌，作品散见于各类报刊及网络平台。

山那边

老屋　独坐在山那边
一边　咀嚼光阴
一边　打着长长的盹儿
摇摇晃晃时
孩子清脆的笑声　兀自
溜进苍老的记忆
猛地一怔　醒转过来
和对面　祖先的坟地
一起
诉说寂寞相思

那一夜

那一夜
孤独的老花镜
邂逅寂寞的近视镜
那一夜　太静谧
他们　看不清彼此

一根幸福的火柴

甘愿　把身体擦亮
家庭有了火
就有了暖和希望
幸福在蔓延

港湾

弯弯的嘴巴
鼓起小腮帮
呼——
吹出乘风破浪，千帆竞发
嘟——
迎来风平浪静，渔舟唱晚

父亲

父亲的秧田
种满希望
父亲的希望
如夏至灌浆的谷粒
一点点，把禾苗喂饱
父亲的希望

是立秋金黄的稻穗
丰收的蛙黾
收割下
黎明第一缕曙光
父亲的希望
晚睡早起
伴着鸡鸣
守着夜凉

羽扇

中国平煤神马集团职工。河南省平顶山市三苏诗社成员。

父母

春天麦花正醇香
父亲和母亲正在田野里忙
一个突来的电话
让他们像失了魂瘫坐在地上

急匆匆
哪有时间顾得换衣裳
就从老家赶来
加入城里的车水马龙
一看究竟
孩子到底伤得怎样
尽管电话那头是孩子说的
一万个不碍事

看到了
不过是虚惊一场
只因孩子的一时逞强
在餐桌上多喝了几杯小酒
迷迷糊糊
跌跌撞撞
竟在马路上与汽车来了个亲密接触
好在车速慢
除了小腿上擦破点皮
其他并未有什么大的创伤
如此
父母俩悬着的心终于放了下来
不过他们还是禁不住数落了
孩子许多

父母没有久留
尽管孩子一再要求带父母去
馆子吃顿好饭
他们说尽快赶回去
等太阳落山之前把最后一垄瓜
苗给栽上

父亲和母亲步行朝回家的车站
走去人群中
他们灰色的外套
他们变形的背影
和他们蹒跚的步伐
都与周围的一切格格不入
但正是这些不相容
让孩子一眼就把他们认出
那是他最亲爱的父母

雨袂独舞

本名顾丽丽。女,医务工作者。上海作家协会会员,散文网、散文吧、散文在线等文学网站主编。作品散见于《人民日报民生周刊》《读者文摘》《意林杂志》《散文选刊》《河南土地》《月海潮》《苍圣苑》等众多省、市级报刊。已出版文集《半帘烟雨》和《云水深处》。

我愿,在你梦里幽居

是怎样转山转水的相遇,
写就一阙深沉琵琶语?
是如何的一吻地老天荒,
挽住真情最美的罗衣?

或许,红尘最美的恋语,
便是一句:懂你。

爱的最高境界，
就是可以低到尘埃里。

你若懂我心中独有的山水，
我便付出真心真情，
把生命所有的专场给你，
从开始到结局，从风华到老去。

无论爱是否有天意，
你我不要错过彼此交集，
我们要舞出破茧成蝶的欣喜，
切莫让爱的故事零落成泥。

不管此岸到彼岸有多远距离，
我的轻舟只为你凌波去。
若爱你是错，
今生，我也甘愿一错到底。

我们的爱不必在荣华里栖息，
只要我读你年年情浓，
你读我岁岁花语，
离别的列车就不会向我们鸣笛。

此生遇见一个倾心的你，
应是上天给我的惊喜。
我会吹开你眉弯里的忧郁，
一生不负你的相思意。

不管风中是否有锦书来寄，
我都要为你散发柔情千万缕。
哪怕守着孤独的美丽，
我也选择醉在你为我哼唱的歌里。

从此，愿在你梦里幽居
枕着你的名字数回忆。
纵然没有雕栏玉砌，
我也要，与你染一世的花香满衣。

今夜，只与寂寞交杯

把自己锁在夜的漆黑，
拥着枯萎，
于午夜的旋律中徘徊，
在殇情歌里寻一份安慰。

是谁把云梦剪碎？
三千痴缠成落英纷飞。
一阙琵琶吟，
散落于情的蓝眼泪。

那一帘烟雨的轮回，
曾以杏花为媒，
牵起粉墨两岸的芳菲，
孤单影子有了温情依偎。

爱已无路可退，
雨打芭蕉惟余斑驳苍翠。
莫非故事早就写好结尾，
所有诺言终是枉凝眉。

多情柳折给谁，
说好今生共一个墓碑，
为何花事凋零，
时光衣襟沾满尘灰？

天空划过一声惊雷，
所有坚持在瞬间崩溃。
当恩爱只剩无所谓，
或许忧伤能成就另一种完美。

前尘里你我爱得纯粹，
激情绽放应是无怨无悔。
往事剥离后不用颓废，
纵然身上负满伤痕累累。

今夜，只与寂寞交杯，
不求上天风干我的泪，
借几分醉，
静静看残花凋谢的凄美。

遇见你就当是为前世赎罪，
从此宁愿选择让孤独作陪。
你向南，我朝北，
彻底忘了谁曾爱过谁。

假如我是你眼中的风景

假如我是你眼中的风景，
我愿存一缕花的念想，
依着淡月帘栊，
浅诉深闺的婉约闲情。

假如我是你眼中的风景，
我愿化作美丽精灵，
为你独舞一阙惊鸿，
频回眄睐等你靠近。

假如我是你眼中的风景，
我愿守水湄清宁，
煮一壶流水知音，
共你彩笺云窗赏新晴。

假如我是你眼中的风景，
我愿等一场西湖的邀请，
隔着一水天涯，
用心魂去触摸彼岸檐铃。

假如我是你眼中的风景，
我愿织山岚为裳，
优雅着低调华丽，
将光阴梳理成旖旎流影。

假如我是你眼中的风景，
我愿掬一捧天阁落英，
迎一路烟雨，
共你皈依云淡风轻。

假如我是你眼中的风景，
我愿穿越诗路词径，
循着旧时忘川，
把三生的轮回预订。

今夜晚风轻拂衣襟，
弦上之言诉于谁听？
好想问一声君，
是否，爱我这花开的娉婷？

从此，不再路过你的路过

想借一缕秋色在纸上落墨，
却如何也勾勒不出夜的脉络。
也许虔诚注定越不过因果，
你我的路线最终是交错。

人生悲哀的不是花开花落，
而是拥有的抵不上世间泡沫。
假如苦苦寻觅到的是阴差阳错，
谁，还能在秋水长天处舞影婆娑？

曾经，我路过你的路过，
你也懂我梦里梦外的缄默。
如今，江南的红叶又快满坡，
为什么涵香的秋词我无法触摸？

当我爱上阑珊里的独酌，
习惯了亲近繁华后的寂寞，
不再害怕午夜的梦魇，
是否就可以不用在沉浮中苦苦求索？

经历了时光的风波，
我想我只是学会了独自沉默。
一颗心这般脆弱，
怎么去经受再度的流浪颠簸？

佛说，红尘本无如果，
俗子又何必执着？
不如避开花事蹉跎，
皈依专属自己的寻常烟火。

今夜,我选择让情上锁,
不被对岸的风景诱惑,
从此,不再路过你的路过,
于孤独里慢慢抹去深烙的那一个轮廓。

如果有来生

如果有来生,
我愿做一只春天里的蝴蝶,
虽不能高高翱翔,
但一定会飞舞出漂亮的弧线。

如果有来生,
我愿做一只夏天里的流萤,
虽不能照亮天宇,
但一定会点缀一个个黑夜。

如果有来生,
我愿做秋天里的一枚枫叶,
虽不能染红季节,
但一定会优雅地在枝头摇曳。

如果有来生,
我愿做冬天里的一朵飞雪,
虽不能久久停留,
但一定会彻底地奉献出纯洁。

即使低到尘埃,也要美丽花开

我们皆是红尘过客,
谁都不会例外。
在光阴交错中,
人人站成自己的姿态。

谁的世界,没有风霜雨雪?
谁的路上,没有荆棘阴霾?
我们本是俗子,
如何不惹尘埃?

跌倒了记得爬起来!
走出逆境就是精彩。
只要奋发崛起,
困难就不能成为阻碍。

再苦、再痛,
必须担当忍耐。
步履从容,
方能合上幸福的节拍。

再困窘的日子,
也有惊喜和意外。
当我们领悟生命的意义所在,
旖旎风景必将次第娉开。

烟火流年大多是平凡的记载,
人生不怕失败,
学会现世安稳,
向前才能得到成功的青睐。

凡事莫问应不应该,
执念放下,便是自在。
即使低到尘埃,
我们,也要美丽花开!

雨梧桐

本名黄娟娟。女,广东人。喜爱文字,作品散见于各微信平台。

诗观:诗歌是心灵的呐喊,是情感表述的一种方式,好诗如森林里的一股清泉,沁人心脾!

放手奔赴山那边的美丽

紧拽的风筝
密谋逃离风的眼角
背着山前行的步履　蹒跚
重壳压断路的蜿蜒

禁锢的灵魂

握紧拳头在角落
束缚的双眼
只瞄到洞口枯瘦的荒野

迟暮的晚秋说
山那边
也许有视线到达不了的美丽世界
奔赴　只需一朵花开的时间

阳光打开心锁
释放酣睡的沉香
放飞的梦想卸下枷锁
拦路的栅栏迎风而开

我看见　凡心安放的地方
那里有着传心的拈花一笑

那朵挂在树梢的雪花

你是白衣袂袂的素雅仙子
不食人间烟火的精灵撩动着谁的心弦

轻盈飞舞的六角冥想着同样的心思
心口蹦出的激情
开成一朵晶莹剔透的花

沉沦在你圣洁无邪的浅笑里
流年的念想沉醉在你温柔的心窝
惊醒的寒梅
按住狂跳的心羞红了脸
你许下的诺言呢喃细语如春天的风
暖着我的掌心

当一瓣美丽的雪花轻吻着树梢
那就是你最深情的告白

我想对你说——时光啊，别太匆匆

西风静默
窗前的串铃花裹紧了心事
收起垂下的幽怨
解开昨夜被冷月禁锢的心怀

此刻，我想对流年时光说
请你停下来吧
父亲的鬓角已铺满了霜白
曾经英气的脸
已被多情的蜘蛛网俘虏

尘世沧桑深锁母亲的眉头
无法再修饰的双手
如砂纸抚平生活的起伏
双眸剪碎了流淌的日子
发黄的照片留不住唏嘘

时光啊，别太匆匆
看陌上花开
只剩半夏的芳华
落日余晖
只暖半盏寒心

可否请你停驻在枫桥边
我想挽上一抹夕阳
深情地抚摸岁月在双亲脸上刻下的痕迹
我想留住秋风
用疼爱的眼神扫落萧瑟

重量

那年
青春的行囊装满了他乡的呼唤
兴奋的脚步，早已在梦中
迈在陌生而又诱惑的都市千百次
远方的霓虹已嵌入我的眼睛
一颗欲飞的心早已插上翅膀

母亲的泪眼婆娑
被牵绊的风吹散在冷冷的深秋里
春回时
母亲紧紧盯着远方归来的大雁
春去时

母亲静默在发霉的阁楼

多年后
才掂量出
母亲的一滴泪
重重坠落在心头
把春砸得粉碎
母亲一声叹息
就落寞了一季秋

故乡已变成他乡
他乡却没有熟悉的味道
有些路
已被遗忘在日暮
母亲的泪痕却是烙印
深深地刻画在我的年月里

浴生

本名张兵兵。湖南人,现居广东,农民的儿子。业余爱好文学,文传天桥哥哥,随喜诗歌和散文,喜欢折腾自己和文字。

寄语:春去秋来一叶落,三伏已过寒更,临冬不觉雨无声,清凉池火浴,方便法门生。

生活的样子

生活的样子很静
静得像花瓣开放的声音
可是也很深
深到像心灵低吼的呐喊
生活的样子像家乡的稻香
这么近,那么远
世界那么大
她是春秋里美丽的花果
但也是春秋纷飞的战火

禹艳芬

2000年毕业于云南广播电视大学保山分校,同年参加工作。2007年取得云南师范大学汉语言文学专业函授毕业证,现任教于云南省保山市昌宁县第一示范小学。曾在《保山日报》和《千年茶乡》等报纸杂志发表散文《母亲的年货》《家乡的野菜》《刺竹山情缘》《童年拾遗》等。最喜欢做的事情:"行到水穷处,坐看云起时!"

乡音　乡情(组诗)

右甸河

你穿越
岁月的风霜
从远古走来
奔流在我们的心坎上

你走过
四季的风尘
从山谷跃下
驰骋在广袤的田野里

你把茶乡大地
滋养得如此丰盈
你把田园儿女
培育得如此卓越

右甸河
你日夜不息
奔腾在
奔腾在人们的日子里

2016年8月15日。

野菜

山坡上
山坳边
到处是你的身影
你用生命演绎自己的精彩

巍巍大山
是你的舞台
株株树木
是你的观众

山顶呼啸的狂风
为你鼓掌
天空飞翔的小鸟
给你作伴

有一天
山外走来的陌生人
打破了你
平静的生活

于是
你走出了大山
走进了繁华的都市
重新找寻生活的目标

2016年7月24日。

回家的路

绵延的群山间
一条道路
若隐若现
工作在这头
家在那头

高高的山腰上
一条道路
曲曲折折
都市在这头
乡村在那头

这条路
连接了
工作和家庭
这条路
融合了
城市和乡村

无数的大山子女
从这里出发
奔向
外面的世界

数年后
道路上
走来一个个行囊
那是学成归来的游子

脸上
洋溢着幸福的笑容
因为他们
即将回到那个
日夜思念的地方

2016年8月18日。

澜沧江

澜沧江
你从远古走来
在岁月里
日夜流淌
你向未来奔去
在时光中
奔腾不息

在你身上
我看到了
奔腾的力量
从你身上
我学到了
不息的品质
你一路向前
朝着心底的目标
前进

2016年8月19日。

掬一捧阳光

初秋的阳光
暖暖地洒在身上
我伸出手
让它在手心逗留
细密的光束
轻轻地
亲吻着我的手指
一股暖流瞬间布满全身

慢慢合上手掌
我把阳光锁在身上
让它驱散
心头的阴霾

掬一捧阳光
让它照亮
身体的每个角落
伴我抒写灿烂的人生

2016 年 7 月 11 日。

老井

为了地下的甘霖
绳索在你身上
勒出深深的印痕
水桶在你面前
虔诚地俯下身躯

在时光的长河里
你哺育了
无数饥渴的人们
使中华民族的根
得以延续

如今
你静静地躺着
脑海里是当年喧嚣的场景
若干年后
你也会随着时光消失
你从不后悔
因为在特定的岁月中
你履行了自己的职责
完成了
自己的使命

2016 年 7 月 8 日。

霓虹

随着幕色降临
各色灯光
陆续登上了夜的舞台
把世界装点得流光溢彩

你看
它们那明亮的眼眸
忽而变换成一道桥
忽而变换成一弯月

这霓虹
在这滇西小镇的夜晚
温暖了
多少茶乡儿女的旧梦

这霓虹
在这滇西小镇的秋天
抚慰了
无数漂泊游子的心灵

2016 年 8 月 22 日。

行道树

你静静地矗立
在街道的两旁
不畏严寒
不惧酷暑
给步行的人们带来庇护

你静静地矗立
在街道的两旁

不怕风霜
能耐炎夏
给山城的四季增添色彩

你静静地矗立
也曾羡慕山风
也曾向往森林
但是
你深知自己的责任
所以从不懈怠

也许某天
你会消失在时光深处
但是你不会后悔
因为毕竟曾经活过

2016年8月23日。

袁海武

男，43岁，河南省平顶山市园林处职工。平顶山三苏诗社副会长兼社长助理。

慈母去世十五周年祭

世纪初年小筑成，
尚思反哺故乡行。
安居始得图恩义，
而立方知养育情。

葭月萧萧渐冷清，
菊花霜后入茶烹。
慈母入住新居下，
最是欣然儿敬擎。

人过悬车风烛岁，
捧餐溺器报前生。
积劳成疾难无恙，
咳喘不时焦肺鸣。
感冒风寒连夜嗽，
揪心同样绪难平。
憾无方剂能医愈，
甘苦中西调尽羹。

风云突变三周后，
复发慢支心肺烹。
诊所后生医道浅，
匆匆入院论规程。

久病难医施慢治，
时时陪护莫相轻。
生存琐事家家有，
相对工闲我守更。

痰痈气阻咳声声，
坐卧难安枕不成。
劳损心机人顿悴，
形骸瘦似草无荣。

邪侵五脏满身疼，
扁鹊亦难回力程。
无助床前空怅惘，
替母垂泪到天明。

病入膏肓神不治，
弥留最是恋余生。
隔窗夕照千般好，
苦短人间一瞬情。

寿终长驾西天鹤，
儿女满堂悲泪莹。
无尽遗怀成碎忆，
唤娘千遍不应声。
物是人非慈远去，
年年荒冢祭钱呈。
早知睿孝侍亲眷，
何必朝朝憾梦萦。

袁　鹏

男，工作于河南省电力公司经济技术研究院。爱文学，好读书，偶尔付诸文字。

中国梦·国网情

这是怎样的一幅图景
礼堂里红领巾们齐声欢唱着时代的赞歌
小河边白发老人欣慰的笑容向远方传播
高楼上青年们忙碌的身影像霓虹灯闪烁
军营中战士们把钢枪与信念紧紧地牢握

这是怎样的一种热情
辽阔的田野中农民们挥汗如雨辛勤地耕种
尘土飞扬的工地上工人们紧张有序地施工
汪洋在大海中渔民们不懈地把鱼虾蟹追踪
高高的天空追梦者向着宇宙勇敢发起冲锋

这是属于中国人编制中国梦的图景
这是属于中华民族伟大复兴的热情
在这些心飞扬、情难忘的筑梦者中
有一种人是那么默默无闻却又常常让我们感动

他们用心在每一个漆黑的夜晚为千家万户护着光明
他们用坚定的信念和优质的服务在困难来临时给人希望
他们把铁塔和线路连到每一块土地拓荒到最偏僻的村庄
他们用坚持与奉献编织成了神州美丽的电网
他们就是最可爱的国家电网人

在故障抢修中他们常常连续通宵奋战只为那些焦急等待的居民
在冰天雪地里他们常常咬牙坚持作业只为把工程更快向前推进
地震雪灾来临时他们冲在前面不顾危险心快恢复电力
荒漠草愿停电时他们驱车百里只因百姓人民一声呼唤
攀登高峰跨过崇山他们早已习惯了各种危险与艰难
穿越河流远赴边关他们要把光明送到祖国的北与南
坚守岗位数月数年他们把对家人的思念深藏在心间
你用电我用心他们用行动诠释了国家电网的铮铮誓言
与时俱进勇往直前国家电网人坚持奉献永不改变

如今的国家电网已经成长为一颗耀眼的东方明珠
脉络横跨东西纵贯南北把绿色清洁能源向四方传输
不信看那太空俯视下清晰延伸的特高压交直流线路
那是建设统一坚强智能电网从未停止的脚步
只为大力改革快速发展奔向三强一优的明天
更为紧跟中央服务社会率先做好央企的典范

梦牵中国同一个梦同一条心炎黄子孙共铸华夏似锦前程
情系国网三集五大两个转变两个一流助力中华乘风破浪
中国梦国网人无怨无悔奉献自己的青春和激情
国网情中国梦永远是国网人执着的追求与希望
愿所有国网人携手一起为公司发展服务祖国共创辉煌
祝祖国母亲早日实现梦想人民幸福安康

袁怀田

相思树

你是我的影子，
不停地陪伴我。

我把高贵的思恋，
系在你的心窝。

红色的相思，
不会总是，
生长在南国。
而你，
却生长在我的生活。
我把相思泪，
注入你的土壤，
而你，
却把爱火，
去放大真正的美学。

我倚着你，
我的梦，
光芒四射……

眼睛

我看到，
一潭清泉。

风过了，
映现了蓝天。

那片白云，
飘动在你的眼帘。
那光，
照亮了我的心田，
爱，
即刻便繁衍。

一双眼睛，
让情，
透明地，
冒出了火焰……

相逢

一边是夜幕，
一边是霞光。
我，
深情地拉住你们的手，
你们却牵住我的思想。

夜，
抹去最后一点夙望。
早晨，
却举起耀目的光芒。
我和你们相逢，
不是考验我的目光，
而是让我在生活中，
敞开胸膛……

雕琢你

躺在河滩上，
望着太阳。
耳膜上，
沾满了风声，
波浪的声音扑过来，
你变得坚强。

你站立起来，
挺起了胸膛。
我，
才看清一座雕像。
大自然，
真是我的课堂……

爱的迷惑

被爱得那么浓，
天边似乎，
都已经被弥合。
你幸福吗？
睁大眼睛，
望着天空说，
这是人生收获。

在情感的小路上，
那里都放不下许诺。
相思慢慢地沉淀，
却迷失了强者。
岁月如同一把手术刀，
在流逝时光中练磨，
却无意中把爱解剖。

我望着我的爱人，
还是沉浸在迷惑。
因为，
这就是——
如火如荼的生活……

恋人

望去，
远远的，
一片云。

在蓝色的天空里，
那么着人迷，
耀眼的，
让我的思维妒嫉……

我的心，
时刻在骤起，
怎么也测不出，
跳动频率。

大风扬起，
我沉浸在骇然里，
你来了，
化成了雨。

我的心，
哭泣，
泪水又在升腾
可还在想你。

我把你尘封进，
诗集里，
才感到，
我恋的灼心……

七夕鹊桥边

我在桥这头，
听着鹊语，
把爱情攥着，
呼吸着最初的浓绿……

你在桥那边，
踏过了，
融满圣水的小溪，
捧着酿制的甜蜜，
在月光下尽情洗礼。

我的梦里，
有梁祝的奏鸣曲。
你的眼神中，
闪动着梦蝶的讯息。
你细数着面颊上，
有多少相思泪滴，
用年轻的时光，
串起每颗红豆，
走进七夕，
点亮皎洁的月牙，
到太阳系去遥寄。

我看着，
没有岸阶的银河，
期盼着，
能不能，
有无数条高铁载着情意，
穿过银河，
书写一个醒目的团聚。
能不能，
有巨轮，飞机……
让每一趟航班都排满清沁，

放大在，
每一个爱情服务区。
能不能，
不再让喜鹊搭桥，
让眼前飞驰而过的，
都是装着幸福的交通工具。
在这里，
我们相视而无语，
只想，
把压缩在心底的情欲，
化为九天绽开的惊喜……
在这里，
我的勇气，
是让天下的有情人，
在爱河里，
迸发生机。

我，
让风的情绪，
成为我的唯一，
书写一个辉煌的七夕。
看吧，
星星互语，
觅听我的爱情。
月亮细声，
评说爱的奥秘……

每年，
只有一个七夕，
却把人间爱情编辑。

爱的邂逅

雨还在下，
慢慢倾诉忧郁……

我在，
爱情的十字路口，
你把我的心，
拉进，
拉进了人的戏剧。
我望着，
你的眼里闪烁笑语，
在没有台词的舞台上，
聚光灯，
让我看到你的倩影。

我又在雨中前行，
那跳跃的思维，
进入你的梦里。

你走了，
我还在雨里，
我突然看见了，
亮在天空的云，
雨停了，
阳光，
推开了我的心扉，
运进了，
刚刚酿制的生活甜蜜。

一场雨，
仅有一段诗句……

有爱的时光

你，
唱响了心曲。
我谛听着，
突然让我醉倒在，
有爱的梦里。
瞬间惊动着，
已经枯黄的恋情。

我把爱情，
早已集装进，
四处冷漠的宁静。
才让我的激情萎缩，
在向往中，
放飞了忧郁。

这时,
我的苍茫,
突然变得光明。
那是你的情丝,
编织了我的视屏。

我在时光长廊上,
观看着属于,
爱情的雅趣……
才知道,
第一次失去自己。
你的舞动的花纹,
带走了我的心。

我的情,
此刻,
已经被你驾驭……

袁泉

南边文艺第三届扶持作家,一位热爱阅读、喜欢写作的学生,现就读于上海师范大学。学业之余,坚持写些文字,记录感悟和琐碎小事。

创作理念:专注做事,认真待人。

清风小院

老街深巷里,清风携来阵阵花香
古树文理间,岁月镌刻丝丝暖意
阁楼连缀着雅室,檀木的古朴赏心悦目
一字一画点缀着小院温馨的寂静

三两文人雅士,院内轻吟浅唱
几度风花雪月,桌前谈笑风生
一俯一仰间,文思泉涌执笔砚
凝神会气时,起承转合妙笔现

沏上一壶好茶,倾听花开的声音
轻摇一把竹扇,细数指尖的往事
偶尔三五好友相聚,兴致盎然
便教那农家菜蔬烹饪出满院祥和

若在一个悠然的黄昏,晚霞绚烂
不经意间踱进这小院,静谧典雅
与温暖拂面的清风撞个满怀
便能飘飘然陶醉在这花香鸟语间

花好月圆夜

我抬起头,望着星空
目光停留处是一轮明月,静静地悬着
倾泻而下的月光似一条银河
载着满满的思念与祝福

印象里,小时候
中秋夜总是充满欢笑,闪着温暖的光
一家人,团坐在圆桌旁谈笑风生
从牛郎织女的故事开始缓缓道来

细品一杯清酒,低吟一首轻歌
把那圆圆的月饼轻轻咬下一个缺口
一幅幅温馨的画面铺陈开来
在脑海里,深深地镌刻着感动

当思绪飘向远方
还能依稀闻见淡淡的桂花香
将思念连成一条绵长的线
今夜,花好月圆情意深

故乡

在家的怀抱中,我任性撒娇
不论怎样都不会抛弃的安全感让我胡搅蛮缠
狼吞虎咽地品尝家的甘甜
直到有一天,独自踏着汽笛声远走他乡

轰隆隆的汽笛声连成一条弧线
一端是远方,一端是故乡
我暗自欢喜,以为全世界都在向我挥手
直到听见零点零一分的钟声,潸然泪下

身处异乡,连故乡也成他乡
偶尔登高远望,目光尽处清茶飘香
是谁在耳边一遍遍轻声呼唤着我
亲爱的孩子,喝一碗你最喜欢的桂花羹吧

我的心便再也不能平静,像决堤的河口
疯狂地向故乡的方向奔去
跑到精疲力竭,连思念的力气也没有
闭上眼,梦里童年的纸飞机又飞回我手里

袁人瑞

男,1944 年生,上海崇明人,中学退休教师。中华诗词学会会员,上海诗词学会会员,《诗刊》子曰诗社社员,解放军红叶诗社社员。作品曾在全国诗词大赛中获二等奖七次,获三等奖七次。著有《桂楠居诗词集》。

我的梦

我心中有个梦想
像地心炽热的岩浆
愿蓝天风清气爽
江湖碧波荡漾
山河如诗似画
大地鸟语花香
社会和谐稳定
祖国繁荣富强
科技日新月异
神州固若金汤
让社会正气高扬
丑恶无处躲藏
中国人扬眉吐气
像鲲鹏展翅飞翔

我心中有个梦想
像陈年浓烈的酒浆
愿儿童快乐成长
青年勇敢担当
老人长寿健康
家家幸福吉祥
民族团结友爱
生活蒸蒸日上
人人享有尊严
人人挺起脊梁
公平公正的太阳
传递爱的能量
任凭是天南海北
四海如兄弟一样
啊——
像炽烈的岩浆
像浓烈的酒浆
我心中的梦想

月牙泉

你曾为汉将军洗濯甲胄,
也曾为左大帅浇灌杨柳。
谁说你太寂寞?
丝路的驼铃为你伴奏;
谁说你太瘦小?
你怀里盛得下满天星斗。
你是莽莽黄沙酿出的美酒,
谁不想俯下头深深地抿上一口。
你是千年难解的谜,
有谁能把你内心猜透?
你是美人深情的明眸,
千里万里的来客,
总被你无端地引诱。

微笑

为什么你总是漾着微笑?
因为你的内心充满着美好。
微笑是春天,
微笑是阳光。
微笑使人分外美丽,
微笑能把财富创造。
微笑是软实力,
微笑能征服枪炮。

微笑是不花钱的滋补品，
她的疗效胜过十全大补膏。
发自内心的微笑，
价值比黄金更高。

源紊桃晋

来自农村的小男孩，没事的时候总爱写写画画。

创作理念：人生宁可孤僻，也不忘诗歌。

梦想

小时候盼着快快长大
尽快领略世间繁华
长大了才知道
美好犹如烟花
瞬间只留伤疤
经过了太多
才又眷恋童真的无瑕
错过就是一辈子
再若擦肩亦如昙花
空留记忆带着我
不知道该去何方
生活的路啊
你要我何处去彷徨
弱冠年华纵是多醉
也敌不过一生的沧桑
破碎的灵魂
破碎了我整颗梦想的心
无情的岁月
带走了我火热的心
连心底无穷的欲望都也被磨平
我不愿意再苟延游荡
在人流中匆匆地穿行
岁月已然沧桑
或多是过客
只有可怜的回忆
属于自己

陌路·青春

苦累前行
我的风景终将浮现
期望抉择
我的青春永无怨悔
过去回忆
沉迷的阴影无法回赎
不希求你都来懂我
也不必知你所有

一个人漫步雨中
看不清的是前边的路
迎着阳光
也是我人生的规律
不必在意
又何几伤离

迷途

陌路中
我的呐喊
有谁来读懂
我的诉说
又有谁来倾听
悲伤皎着泥路
徘徊孤寂
耳旁传来风的慰藉
归去吧归去
一颗飘荡的尘土
又将何去何从？

乔忆

静静地倚坐窗旁
牵起一角帘布
观望着那生僻尘世
一天一山一水
一草一花一木
清风徐过
哦，是你
那个初心依旧的你

只是不知你
是否还能忆起我

小夜风

秋风渐渐，
吹冷了浮华一片。
叶黄杉杉，
铺满了苍凉大地。

四季如风一样掠过，
秋雨寒心，
是冬的脚步。
萧瑟黄昏，
是百花残落的心声。

一白一黑间
便是一天，
一青一黄时
又是一年。

岳灵

笔名海琴、秋风、秋风飘飞。女，江苏常州人。常州市作协成员。有作品发表在《绿风诗刊》《青年文学》《九月诗刊》《海峡诗人》《玄鸟》《金陵晚报》《天下诗歌》《常州晚报》《沿河快报》《石河子日报》等各大报刊，并多次在全国各种诗赛及征文中获奖。

诗观：从纸间荡一叶轻舟，载一生的苦痛哀乐。

怒放的春天(组诗)

一叶红，泊于春天

不能闪躲的波光
一脉抬望而来的娴淑温情
你怎可着一袭红装，惊艳在
春天之上？

坐在船头的光阴，就这样
甘于你的驯服，一小撮火焰
倒立水面，一不小心
煮沸了大片大片幽绿的海

这是燃烧的安详
这是精湛画师的神来之笔
不说话，春天浅浅地醉
在你身旁，在你的远方

我愿意被温柔采摘

褪去阳光露水
省略掉所有的记忆和想象
我愿隐去自己的身份和色彩
站立田间，等你来
轻轻将我采摘

最是那一俯首的叩问
春天打开了所有通向外界的天窗
我看见，你的身后
一双薄翅 欲飞

铺开的香，在我的额前扇动
垂落的耳语，是你温柔的美
用耗费我的一生等待
来衬托，来回味

坐在树下的女人

是在等白马蹄踏？
还是等小矮人采摘鲜果而回？
你这样安静地坐在树下
不知道裙下，匍匐了一地生灵吗？

冬天在蒿草丛里辗转
春天在树冠上葱郁地张望
我愿把目光停于你的帽沿
滑向红唇，寻找秋天的热烈

就这样，让安静成为一种流淌

让凝望,红红地绽放
风吹过来又吹过去,你坐在那里
容颜,不老
岁月,飘香

倾斜四十五度

阳光斜下,正好迎合了
春天所有的神秘和眼神
视线之外的风景,绿不绿
都在上演着一场不为人知的故事

饱受上天眷顾的你
一仰首,一抬眉的瞬间
灿烂如珠,在镜头之外坠入湖面
激起涟漪无数

就让时间停止吧
画里画外,全是你的美
不要动,就让青春霸占你
不偏不倚,时间只走春天的路

望海

如此深远的背影
绝不能简单地用跋涉来诠释
人生的海,宽阔而无边
你不来,我不去
谁还会焚一柱泅渡的香?

搁浅的船和远航的帆
在各自领域书写不一样的篇章
你把酥胸敞向大海
远方,又将回应你怎样的诗行?

望来望去,山都不会矮下去
等来等去,岸都不可能长留一船希望
水天一色间,你不远行
你要超度这一片海

倾山倾水

为了区别桃粉,你开在湖畔
为了区别樱白,你在树下翩飞
为了和这个春天来个拥抱
你张开了一双翅膀

一朵罂粟能无辜地绽放
你就可以携一朵红云俯瞰人间
无畏风霜的冷箭
不惧时间的利刃

那么就停在芳龄正胜的季节
不倾国,不倾城
你只倾山,倾水
倾倒满世界跑的红颜与蓝颜

季节的上上签

远山有呼唤在响彻
近水有心跳在叮咚
你有一角裙袂地摆动,掀起一帘
春天的回眸

这是你艳压群芳的独舞
这是一首摇曳的旋律,点亮笑容
这还是我不能言说的偈语
悬成季节的上上签

不动,你是一幅无框的油画
稍一动,整个世界
都将随着你摇摆

与其惊艳时光

与其惊艳时光
不如灌醉岁月,春天举一杯桃花盏
你穿红裙,围红纱巾
旋转起一双红红的小皮鞋

我举起你这一杯红红的酒
不倾倒,也不品尝
只在风中,遥遥地望着你

深深地醉

2016年3月30日。

云间方通

风啊 你轻点再轻点

一路咆哮向前的水
刚刚退去
孩子们也终于躺下了

风啊　你轻点再轻点
不要吵醒
脸上还有污泥的战士们

孩子们
自从集合号吹响
双眼再也没有合上过
转移人群加固堤坝
浸在水里的双脚早已发白

让他们躺一会再躺一会
说不定
下一个命令又要来了

刘姥姥

谋生活
荣国府里打秋风
求赏赐
装疯卖傻显智慧
为做人
妙手救巧姐
好一个赤胆忠心

云飘飘

本名钟玉云。自由诗人，擅长现代诗、古词、散文诗、对联。作品散见于《悦读》等杂志。

绿岛幽梦(组诗)

一棵树的独白

一滴水的流向
力的穿行
透过石缝，跌落——
沁入一片叶子的脉络
清风徐来
看——
我的江山娇美

抬头，阳光明媚
舒展筋骨
必须呼吸足够的氧气和水分
站成一棵树的姿势
拥有硕博的躯干和臂力，方能
成为一个战士的模样
扎营脚下的这方领地，守住
华夏五千的历史和矿藏

一棵树的怀想

二八年华，你勃发雄姿
胡关，溯滩你兵强马壮
莫要低估一个生命的微小
提一腔热血
青春开始放歌

风刀霜剑，在你的脸上划过
你长袖阔袍，挡住炎凉
花熏草长的季节
我听见
从你青衫底下跌落
声声鸟鸣

时光的禅

(一)

绿蓑、烟雨
那一棹清风里，谁是

当年的渡人?

（二）

绿霓、红裳
问一朵花解语，一滴泪
又叠了旧痕

（三）

泪水滴干，那零乱的残赅芳香缭绕
谢你一个回眸，看
深千丈的红尘

（四）

一步提起，一念放下
寂静、婆娑，不过是眼前的风景
低头，我步步生莲

蝉

（一）

不到五月，已攻占竹林、水榭
瞧!
那得意的样儿

（二）

都躲进水榭了，还叫
还有比这
更凉快的地么?

雪

我轻薄的生命，将亡于瞬息
栖下一身素衣，我只想说:
红尘我来过

梅

“春风不度玉门关”谁说的?而你
却以一茎暗香，于向阳路口
描红冬日

松

悠悠天涯，你以一种姿势
站成别样的风采

竹

如歌岁月
你用一竿耿直的笔峰，诗写下一世
青绿的梦

貟潇寒

网名我的萧声你的梦、往事随风。从小喜读古诗词，梦想做一个洒脱不羁的浪漫诗人，但这个梦一直在流浪的行囊里沉睡。

老屋

回到乡下
我又一次去了老屋
摸摸儿时睡过的火炕
依然能感觉到一丝丝温馨
那些支离破碎的记忆
一点一滴地被缝补起来

大铁锅盖子上厚厚的尘埃
诉说久断的炊烟
我在老屋每个角落翻捡
岁月的故事和
父母遗落的爱

窗外檐下
挂着老父亲使用过的锄头
已经变得老朽沧桑
满身的故事随风摇摆

小燕子巢也掉了几块坨
不知小燕子

背着我儿时的豪言壮语
去哪里闯天涯

记得
小时候妈妈抱着我
两只小燕子一直瞅着我
呢喃低语
我一直很好奇
想知道她们说的什么

可是
漂泊的白云很忙
还没来得及告诉我
我就长大了
离开了家乡

我站在老屋院子中央
不知节制的蒿草已长到齐腰
几只小甲壳虫在蒿草下
瞪着好奇的眼睛看着我
也许它们还没有忘记
母亲拉着我的小手
蹒跚学步咿呀学语

我关上老屋苍老的大门
再次告别那熟悉的一草一木
岁月流逝
可我永远都关不住
刻在心底,时时流动的记忆

Z

曾凡仑

中国平煤神马集团职工。平顶山市三苏诗社成员。

永远活在人们的心里

——观看豫剧《焦裕禄》有感

眼泪
再也无法控制
故事
好像昨天发生的事
你补丁摞补丁的棉衣上
谁会相信
你是一位县委书记
焦裕禄同志呀
你是中国共产党员的楷模
你永远活在人民群众的心里

治理沙丘
你时刻眷恋泡桐的影子
开挖盐碱土地
你日夜坚守在一线阵地
为了老百姓的疾苦
你情愿把自己身体熬废
抗洪救灾面前
你深入一线毫不犹豫
就连生死的想法
也要把躯体埋进沙里

兰考是你生命的沃土
老百姓是你生命的动力
你要求子女独立
你要求官兵一致
不搞特殊
不讲荣誉
与风沙而战
与暴雨而战
与病魔而战
何曾想到过自己
焦裕禄同志
你虽然走了
但你的信念你的意志还在
你虽然去了
你的身影你的精神还在
你永远活在人们的心里

曾圣伟

1974年生。上海工艺美术协会雕刻师，演讲师。爱好诗歌创作，喜欢风花雪夜里的这份醉。喜欢用单纯的心境，旁观者的角度，以及真、善、美的文字表达一种别样的情感。作品在网络平台受到广泛关注。

寄语：希望自己的作品，如同小橘灯的光芒，带给大家一丝温暖和感动……

桃花朵朵开

情不自禁
化身窗前那棵桃花
扎根在你生命里
你快乐时，我花开摇曳
你不快乐时，我叶落满地

那日，堆积起此生所有努力
造就一艘同渡的舟楫
发誓，带你远航桃花圣地
不怕灯红酒绿，管它纸醉金迷
冲破暗夜
幸福之地，开满传奇

耗尽，百年虔诚功力
只修炼成一颗晶透的石器
戴上吧，你一定会光彩无比
没有雍容华贵，不需要绝世稀奇
时间的磨砺，无法抹去清纯的质地
还有心跳的印迹

情不自禁
化身窗前那棵桃花
扎根在你生命里
你快乐时，我花开摇曳
你不快乐时，我叶落满地

亲爱的
激情过后，
岁月只找给我，仅存的几枚时间银币
全都给你
能否换回你我，
今生今世，唇齿相依

远方的小屋

我要盖一间暖暖的小屋
盖在远方，必经之路

用木头不错
用竹子，泥土，也很酷
在花开艳彩的季节
春光装扮起，颗颗缤纷的鲜露
一双啄泥的燕
不期而遇，安家落户

小屋旁要有山水
周围是夏日蒸腾的田庐
炊烟袅袅
飘香满溢着，悲欢喜怒
在鸣虫箫瑟里漫步
在远野碧波里人生感悟

金色的麦浪
风筝在秋风里起舞
晚霞戏逗着秀发的欢呼
牵手依恋
忘却尘世的仓促
柔波里纵情过路

雪花轻盈，情深幽谷
对坐在火红的暖炉
爱慕的灵魂，睡意昏沉
殷勤的香茶，滋润着喜悦的唇
一对老斑鸠
两鬓斑白，快意天真
柔情呵护

我要盖一间暖暖的小屋
盖在清冷岁月，人生旅途
小屋有电脑不错
原始状态也很酷
只要有你在
我就义无反顾

亲爱的
大雨将至
你我快快进屋

邮票

采下一缕霞光，装扮你粉色衣裳
书写一些思念，缠绕你发髻两旁
风轻抚了视线
爱在灿烂中，闪闪发烫

那一期花开，那一季落叶
仅存的半张邮票，送给你珍藏
胸前的口袋
时间的磨砺
热血的温度
能否溶入心房？
幻化成家的温床

摘下一朵云彩，枕着你温柔梦乡
拂远了痴恋，缠绕着幸福绵长
心事告诉了雨
雨却把它浇灌成，细水流长

又一日春去，又一年秋来
你就是我缺失的另外半张
一样的泪水
一样的笑容
一起看月亮
就这样，一起到老
老到不行了，还牵手柔肠

听啊！幸福来敲门！
清丝垂肩时，一起睡
白发苍苍时，一起碎
这就是，传说中的地久天长

邮票合二为一，寄向远方

曾铁军

中专文化，乡村医生。想做一个诗人，渐渐还原为一个农民！

咏荷

是天意还是智慧
不怕脏不怕黑
把根像钉子扎进淤泥里
一年一年的轮回
像水把人间洗净
像明镜把人心扶正
你的花比梅花大
你是梅花的姐姐
不爱大山爱清水
不爱寒冬爱热夏
站在水的手心里
这一生就够了
水下是自己
水上是尘世
一片叶一朵花
像手在水里满满地握着
出水就把自己打开
把叶片打开把花朵打开
打开的叶片像绿色的圆盘
盛着云朵的泪珠
泪珠滚动比人间的珍珠还美
打开的花朵花瓣落下来
比月亮船还小还多
载着各色的梦流向远方
打开自己就是倒空自己
整个身心都空了
灵魂就干净了

观音菩萨都喜欢
带着你的花朵去了仙境
留下坚硬的果
让人间去品尝
清正的心苦苦的

中医很美

她说
天地分阴阳，人也分阴阳
天属阳，地属阴
太阳属阳，月亮属阴
男人属阳，女人属阴
男人是阴体内含真阳
女人是阳体内含真阴
肉体是阴，精神是阳
安静是阴，运动是阳
中医很简单
虚则补之，亢则降之
阴虚用阴补，阳虚用阳补
寒用热治，热用寒治
尘世的草木皆有感情
你爱他，
他是你的药，能治你的病
你了解他，你能治别人的病
不用农药化肥养他
他就是野的，效果更好
我们喜欢野生的食物
野生的花朵
是中医一代一代传下来的
在人世间用了几千年
现在还在用，将来更会用
西医将人类往现代社会带
中医将人类还给自然
蔫了的生命泡进山水里
用野生的草木去养她
生命舒展开来
呈现本源的颜色
疾病就会离开了身体
人类起源于山水
你用山水治人间的疾病

留守儿童

在中国的土地上
在越来越瘦的乡村
生长着另一个物种
留守儿童
比城市的雾霾还要茂盛
有父母的孩子把父母丢了
丢到远远的城市里
丢到乡村河的那一边
丢在小小的手机里
父母成了手机爸爸，手机妈妈
害怕时怎么叫都喊不出来抱他
他使劲地抱着玩具布娃娃
她要做布娃娃的妈妈
这样她抱着布娃娃就可以睡着了
夜才肯落下来盖过她的黑头发
她对着玩具喊妈妈
妈妈怎么都不回答
奶奶递过手机叫她喊妈妈
她怎么都不说话
好像没有妈妈
她不喜欢住在手机里的妈妈
手机里的妈妈不牵她的手
不摸她的头发，不看门前又开又落的花
她喜欢一个人坐在屋檐下
想妈妈
想成一个大大的问号
等着大地去回答

曾跃进

男，1958年生。格律诗词爱好者。中学时开启对中华诗词的爱，至今已创作格律诗词及现代诗一百多首。已出版诗词集《梦山湖畔》。

七夕·天上人间情侣节

——献给忠贞不渝的牛郎和织女，因为，他们俩的爱情浪漫又凄美。

当牛郎爱上织女，
就注定了两个人一生漫长的苦旅；
所以，才有了无奈的相约，
才有了等盼的苦楚。

当牛郎爱上织女，
就注定了需要用两个人的一生去承诺曾经的相许，
只为了"七月七"这一年才一夕的相聚。
呵，一年就这一夕的相聚，
历经了几千年的斗转星移，
却依然为对方相守相爱至今直到老去。
虽然，这一聚需要用双方痛苦的代价来换取：
那就是："一整年分居"。

牛郎爱上了织女，
不管银河中有多少的风风雨雨；
牛郎爱上了织女，
为了爱，只有给予而不强求索取。
正因为此，
千百年来，使得人间无数的男男女女，
仰慕天上这一对有情人爱情的浪漫与凄美；
仰慕天上这一对有情人对爱情的忠贞不渝；
演绎出了多少感天动地的悲欢故事，
留下了多少千古流芳的绝妙佳句。

天上的牛郎织女，
正是你们对爱情的执着，
创下了爱情史上约会历时最长、次数最多的爱情吉尼斯纪录。
银河，请继续为这一对有情人的忠贞作证；
鹊桥，请继续为这一对有情人的浪漫谱曲。
要知道，宇宙中白头到老的真爱还有几许？

天上的牛郎织女，
在这美丽的七夕情侣节里，
但愿有情人倍加珍惜，
好好地享受此情只应天上有的快乐；
切莫错过这一年才一夕重逢的难得机遇。
然后，在每一个不能相见的夜晚，
遥对那浩瀚的星空，
默默地念上一句：
"两情若是久长时，又岂在朝朝暮暮。"

开心的时光

昨天的弱冠，成长的我，难得青春的时光，
青春的时光，而立的我，容不得仔细地想，
仔细地想时，已流走了多少个平平淡淡，
平平淡淡的日子里，只留下烦恼和孤单。
自从你来后，就有着一种不一样的情感，
带给我意想不到这许多开心的时光。

温情的模样，天真的脸，还有说话的那双眼，
原来是年轻时的我，曾经寻觅的梦想。
声声的好棒，就像那头一回可口的甜点，
虽然是平常细小的事，可是颠倒了一整天。
那天的同行，就有着一种不一样的情感，
带给你意想不到这许多开心的时光。

荫荫的树下，深深的院，刚刚开放的花香，
夏夜的星空，怎样去面对那天上的月亮。
不要再等待明天的我，回忆恋曲一样的梦，
如果说喜欢现在的你，是否依然的印象。
再次的见面，我们有一种一样的情感，
带来了意想不到这许多开心的时光。

占森

曾用笔名吉祥小天女。江苏省灌南县人。作品散见于《星星》《绿风》《诗潮》《国家诗歌地理》《散文诗》《中国文学》《中国散文诗》《国防教育报》等。在深圳总工会、陕西安康文广局、连云港市委宣传部等各级举办的征文比赛中获奖。曾参编《国家首部禁毒诗选》《谷风诗刊》《西部作家》等杂志。

随便走走

或许要往安静的地方。远离轻佻、重负
或那些不疼不痒的发音者
或许，要赶往一片海，努力跨越这人烟
迟早要迈过去的障碍
我，愧对鞋子，它辛苦挤压出皱褶时，应该是痛的
愧对于路，它足够铺满了世界
而我仍在这里
我愧对于附近响起的亡人的唢呐
它，本足够令人安静
我却走乱了节奏，被石子绊倒

屋檐

是到了高度就会偷偷出现的倾斜
楼下、和更高的人看得到
是几个人背于草地，狭隘自私的锐角
裂变和分歧
你，在与不在下面都不重要
只需勉强安身，独饮一杯水
他们，也只需给你个名分
撑一把伞，或一杆抢
保护你。也压住你

蝴蝶

这是让人迷惑的动物，伪装的雪花
“爱情与死神的化身”
从墓穴里，或那个天空来
它懒散的翅膀下有钩子或麻醉剂
震动的频率使人不安
它，最后停在了一座废楼下面
那些花草，湿土，水洼上的无数倒影
果然开始惊呼
它望向你的时侯
你，只默默地做了一回茧

飘

这个字，梦里出现过，像泡沫
是我的另一种浮沉，譬如轮回
而醒来时却忘了它
不知，是什么走远了？
我知道，有许多人一直喊着它：
欢喜、轻松、干净，却无法驾驭
也无从知道，哪里着落
许久……泡沫破了
有人尝试闭起眼睛，而他们在他们心里时
一切都满着，也空着

麦田

我还是看见了灵魂
饥饿的，失重的，接地气的
是麦子的黄，风吹麦时摇动的浪和缓慢
而，所有从麦地里丢失的
也正是我所丢失的
麦子，又开始收拢
是渺小的胃部，与无数对手博弈的溃败者
这是一次危机，若现若隐
像不属于天与地的怪圈和符号

刀子

无论怎么用，都会见血
你可能是刀的部分
也可能是血的部分
无论怎么委婉与掩饰
这个词，都能让人颤栗
而你晓得的：
每次挥刀，他们都只是想“坐下来谈一谈”
每次收鞘
其实，并未插到深处

张武

黑龙江省依安县人，高中文化，农民。早年为多家报纸写通讯报道，反映农村变化，呼吁农民心声。近年来被乡亲推选为村委会主

任，注定爱农村、写农民。

创作理念：相信肥沃的土地会绽放诗的奇葩。

弯钩犁

（一）

弯钩犁把时间
勾回到了从前
岁月却把弯钩犁
珍藏进了博物馆

（二）

开天辟地的轨迹
划破了小屯的记忆
当年的弯钩犁
与村口的那棵榆树
形影不离并且称兄道弟
自从博物馆接走了弯钩犁
老榆树一直犯着忧郁
纷飞晶莹的泪滴
无一不在陈述着揪心的别离
借着斑驳的回忆
趑趄在珍贵的往昔
乡村里没了你
好像迷失了某种美丽
老榆树的梦里
时常蹒跚着弯钩犁的影子
老榆树啊自言自语
弯钩犁老弟
你还好吗在城里

家常

小院里
飞出来的家常
蘸着农家
浓浓的饭香
漫步在渐长黄昏的
大街小巷
天上的月亮
正在赶往
村庄的路上
家常啊披着月光
随村头的小溪欢唱
踏着蝉鸣
流向
不知名的远方

田野

经历了春风夏雨
走进了秋意
不再随人说东道西
从只知索取
到今天富态稳重的体姿
昭示着我和你：
为了有朝一日的给予
在不断地长着本事

你诗意的灵魂
天上的朵朵祥云
那是我送与你的福音
你的一句亲
浪漫了我多少个清晨
信念支撑着我的坚信
纯粹的友情不会有黄昏
你的牵挂所拧巴成的温馨
真心实意啊与我为邻
我疲惫的心
正在缓缓地靠近
你诗意一般的灵魂

月藏云深处

梦
住在月亮的下铺
月亮
轻盈着夜的舞步
曼妙地
驶向云层深处

唯恐
唯恐惊扰了
梦的祈福

张爱梅

虞城人。诗歌爱好者。从事教育行业已经十多年。

生活感悟：我相信，生命因阅读而幸福，教育因执著而精彩！

彼岸花

梦里不知何处
一半葱绿
一半花开
花香在两岸间铺展
光影在那一刻搭建
时空的距离
渐渐缩短

你在光影里慢慢老去
光影在你的痴盼中缓缓向前
无论他在此岸
还是你在彼岸
终究化为一缕轻烟
连同彼此的思念
越飘越远

你能开在彼岸
为什么不在浩瀚烟波上洒满花瓣
度你来到此岸
见绿叶一面
了却千年相思
万代期盼
让你那抹红
点亮黄泉天上和人间

张朝清

原名朝卿。男，1943 年生，安徽宿州人。安徽大学中文系毕业，中学高级教师。安徽省诗词学会、中华诗词学会会员。长期任蚌埠市教育局教研室、市教科所教研员。曾任市政协常委暨文史委副主任；市语委办副主任。现任市诗词楹联学会副会长。

与青春对话

青春啊青春，你是什么？
你有怎样的性格？

我是春天，我是发展。
我像烈火，我像江河——
如烈火冲腾扑不灭，
如江河奔流难阻遏。

青春啊青春，请你回答，
你为何要像烈火与江河？

烈火能烧毁腐朽催新生，
江河会冲决障碍把路拓。
我渴望放出所有光和热，
我喜欢向着海洋唱战歌。

青春啊青春，我对你说，
我愿意你的性格属于我。

这需要你如春天朝气旺，
奋发向上永远不蹉跎；
还需要发愤学习勤磨炼，
征途行船敢与风浪搏。
青春啊，你的教诲我牢记，
看明朝，我就是你，你也是我！

幸福常留回忆中

相见不易，斯守如梦，
知己难觅，人生重情。

流年似水岁月不回头，
相守时刻都入记忆中。

记着日月明丽风和畅，
记着昼夜相继语声声，
苦乐参半人生须得抛枷锁，
壮志欲酬话语激昂动音容。

多少春秋见花果，
多少冬夏留身影，
相知未得常相聚，
幸福常留回忆中。

张德忠

妻子的爱

妻子的思维
千奇百怪，美丽无坏
不时重复一个话题，从不淘汰
倾心地激励我
洁身一爱，伟业常在

妻子的想法
笑容不断，言词豪迈
天天理论一个中心，柔声蜜块
耐心地磨炼我
功夫很慢，招招不快

妻子的爱语
耳边相伴，句句是爱
一路负担步步走来，不偏不赖
细心地开导我
此生相爱，来生再赛

相爱 3·8

红酒一杯笑容爬，
叙述相爱好年华。
品香茶。
看蓝天白云摘小花，
山水如画。
不忘土气把栏跨，
靠近美丽的她。

张登元

网名笑听风雨。云南曲靖人士，教师。

网

留在今天这张网
你还有多少金鱼没摸？
离开所在的网
你又还能剩下多少？
没有什么网一切都不能承受！
也没有什么网能承受一切！
那一波波二三十年一遇的大浪哟……

镜子

聪明的
生活是一面镜子
你对它笑，它就笑
你对它哭，它就哭
聪明的
生活是一面比比皆是的镜子

三眼问世

如果
你是一个可以主宰一切的老人家！
那么
你会把多重要的工作交给现在的你？
现在的你
何德何能？又有几分静气？
未来的你
且行且吟，又会有多少长进？

幻境

时而　肩上有蝶
见了　我们就微笑
时而　空中有香
闻了　我们就舒畅

无须提醒　也无法忘记
这一切的一切
不会永驻　也不曾湮灭

我在秋天里丢下了一地帽子

我在秋天里丢下了一地帽子
阳光照在帽子上
有人捡到一地阳光
帽子上有灰尘
有人捡到一地心酸

我又在秋天里丢下了一地帽子
阳光又照在帽子上
有人又捡到一地阳光
帽子上又有灰尘
有人又捡到一地心酸

我还是在秋天里丢下了一地帽子
根本停不下来
停下来的话
好似真有北通南极的幽芳

白色棉纸

这是一张特制的白色棉纸
水洒在上面便会露出墨痕
水干了 它又变回纯净的白
白得好像孩子的笑语

有少年用水临摹一枝竹
一枝两枝三四枝
三枝两枝一枝无
这一段时光充满欢笑
那是一个绝没有笑的时刻
风中　烟圈袅袅
一滴雨落下
一滴汗落下
一滴泪落下

风　狂了不知多久
在白色的棉纸上
三点水狰狞成了魔鬼
花木全部逃之夭夭

花落的时候
风连着它一起吹进小溪
精致的小溪　神光奕奕
而它却黑得纯粹　黑得发亮

一垂钓的老人拾起了它
案头又多了一张白纸
还是白得那么纯净
一直白得好像孩子的笑语

老人以水润笔
倔强地画着心中的竹林
这回不同的是　风一吹
竹林就没了痕迹

老人终于笑了
一往无前地绝尘而去
竟不顾风雨欲来
暴风骤雨　不期将至

后来人兀自提笔舔墨
不自觉要画莲
却差点走样成玫瑰
终于画出一大朵牡丹
这次是墨不再是水

这次风凄凄雨沥沥
有墨迹的纸看似成了废纸
凄沥的风雨看似永无绝期

当太阳理所当然地现身的时候
一张老旧的纸已被尘封
直到陋室不关风
灰才渐渐散尽

一大朵牡丹再次夺目
旋即墨也成了灰随风翩然
案头露出一张白纸
那是一张特制的白色棉纸

张殿军

深秋的红枫

徬徨是你的姿态
在这色彩斑斓的季节里
你以你叶子的神韵
诉说着秋天的故事

漫山红透是你的全部
远远望去
你飘飞的彩衣
犹如天边醉人的晚霞

你灿烂的微笑
不知能否久留
轻风吹拂
不知你是否停下匆忙的脚步

我记忆深处的红枫树啊
你让痴醉的浪子踟蹰不前
落叶归根的深秋
你的丹妆还会飘红多久

时光

——写在重阳

时光匆匆
亦如燃尽的纸烟
在悄无声息中
已走过生命的大半个旅程

当生命存进了银行
健康便成了诱人的利息
总是希望
时间在无限地延长

寒来暑去
它记录了奋斗的历程
斗转星移
它书写着醉人的往昔

回眸间
又是红枫一季
惜重阳
寄情思
登高赏菊
牵手如约的夕阳

站在秋风里想你

站在瑟瑟的秋风里
我的心依然如初
看见一朵花
以为那是你的脸颊
你的英姿
仍在朦胧中继续
唤起我当初的记忆
一颦一笑
让我的思念久久不忘
收获的季节里
在枫叶红的陪伴下
我放飞思绪
宁愿身寒体单
在寒冷的秋风里
目睹你的芳颜

张定兵

创作感想：写一些诗，有友人欣赏，正契合少年时梦，以慰聊一下情绪。人到中年，心中仍是还有憧憬，深夜想来，应该是即将慢慢流失的青春在召唤，召唤一颗爱人、爱工作、爱生活的初心。常以屈子“路漫漫其修远兮，吾将上下而求索”自勉，也以鲁迅先生“横眉冷对千夫指，俯首甘为孺子牛”自励！

卡萨布兰卡的中秋

思念中秋的明月
还有梦魂深处的你
心中纠结的疼痛
原是等待你的归来
这如潮的思念
像海洋的潮汐
一波波汹涌澎湃

我思念深秋的海棠
红艳得如你的唇
那轻轻一吻的回味
香甜的总在梦里
像熊熊的火焰灼烧
灼烧着我们清纯的爱情

爱人啊
我在等待
等你的归来
在这咖啡馆的优雅平和
一拨拨的行人过去
车水马龙中何处是你的倩影
终于远方斜阳下的一抹亮色
应是你的裙裾摇摆
荡漾在心胸
满满的安宁纯净

卡萨布兰卡的中秋
是这样的清幽
你淡淡的眉影
如水波一样温柔
仰头满天繁星
衬着玉盘似的一轮满月
洒向阳台的清辉
一片皎洁
如你深深的挚爱

深秋的海洋

我怎能如此忧伤
正如这深秋的海洋
寒彻骨髓的冰凉
浸透了我思念你的心房

斜阳的余晖洒在波光粼粼的海面上
一叶风帆已消失在天际的远方
雾中的海岛也渐渐迷茫
正如我的心已失去了你的方向

我怎能如此忧伤
正如这深秋的海洋
不再奢求你还能原谅
独自把忧伤装进这沉重的行囊

我们也曾手牵手漫步在故乡的田垄上
夏蝉吱吱地鸣叫着燥热的阳光
玉兰花也在高贵地开放
芬芳映衬着你绯红娇羞且秀丽的脸庞

可如今，我们却天各一方
我跋涉了三十年的时光
终于见到你未改的模样
却再也走不近你的身旁

只愿这深秋的海洋
随我眺望你的方向
爱人呐，愿这冰凉的海水把我的忧伤
随潮汐涌动到你的心上

真的蛮想你

真的蛮想你
窗外又飘起丝丝小雨
湿漉漉的心情
纠结着这寒冷的冬季

想着夏天的相遇
空气中都弥漫着你芬芳的气息
可岁月总无情
大雁来了也没带来你的消息
只有相伴的这一杯杯离愁的酒
浇灭着心中火热的激情
梦想着你的甜蜜
婴儿般轻匀的呼吸

真的蛮想你
这世界怎放不下思念一缕
只待来年春柳绿
你我一路草青青
水满坡，香满地

张恩浩

1966年生，河北丰润人。中国诗歌学会会员，河北省作家协会会员，丰润区作家协会副主席。1985年涉足文坛，先后发表诗歌、散文、小说、新闻、评论、民间文学等作品数百篇，并多次获奖。著有诗集《生活的颜色》，有作品入选《新世纪诗选》《中国当代诗人情诗集萃》《当代诗歌精品赏析》等多种文集。

花朵和爱情

我终于在梦里做对了所有的事情
那时候我刚好年轻
而且开始谋生，积蓄
开始写诗
并恰巧遇到心仪的你
最重要的是，我敢于把爱说出来

就从一草一木开始
经营春天
就从一砖一瓦开始
营造浪漫

我们要离开城市更远一些
自己动手
在山脉和溪流的旁边
盖两间冬暖夏凉的石板房

一间用来烧水，做饭
另一间，稍大一点
用来存放阳光，鸟鸣
花朵和爱情

张海霞

笔名少彰。江苏苏州人。文学爱好者，酷爱写小说、散文、诗歌。

人生格言：随遇而安。

深秋的月亮

（一）

我是一条鱼，在水里畅游
朦胧的月光下，卧溪
倾听流水潺潺
你轻踩，水的足音，踏过
平静的水面，无法向你表白
我是一条不会说话的小鱼
我能为你做的
只是写下一页一页诗行
记载我对你的每一次相思

（二）

当我睁开双眼
你的名字在桂花的枝头
地上的野花绽着笑脸
我落下感动的泪滴
落入你的眉间，化作彩虹雨

你的微笑更加甜美
桂花依旧飘香，你我即将别离
我暂且甩掉往日的阴影
隐忍疼痛

（三）

深秋的月亮，请不要恋上我
我只是活在你暗处
无法给你承诺
假如我给你。我的心
你微笑的背后是你泪流满面
到那时，你该怎么办
你撒撒娇，滑滑的柔臂紧紧地缠着我
我坠入了梦幻
是我，贪恋了一场花开的艳丽

（四）

秋风吹拂，你扭动着婀娜的身姿
如蝴蝶，翩翩起舞
我沉默无言
一直幻想着激情的场面
断了线的风筝在风中摇曳
痛的涡旋。从心底涌起
搅碎我的幽美
一道巨大的闪电划过
你重重地摔落在地，悲悯的眼睛望着我
我心中一阵黯然

（五）

望着你深邃的眼睛
我袒露心迹
伸手抓却是一场空
心底的苦水不知涌向何处
眼角的泪，随秋风划过夜空
繁星不见，我的身影飘向天边
孤独的月亮映在水面
一只孤独的小船
停落在深秋的尽头
断了线的风筝在风中摇曳
美的涡旋。从心底涌起

张汉东

山西省万荣县人。现供职于山西永济印染有限责任公司。作品散见于《四川文学》《青海湖》《诗中国》《乡土诗人》《中国诗人村》《太阳诗报》《山西老年》《华夏诗刊》《月亮诗刊》《天涯诗刊》及《山西日报》《四川日报》《青海日报》《铁道兵报》《人民军队》等报刊。2014 年获山西太原“散文诗歌征文比赛”二等奖。2015 年获山西运城“中国梦·黄河情”征文大赛一等奖。2015 年，在稷山“第六届板枣科技文化周文学征文大赛”中禾获奖。2015 年获中国“第二届中外诗歌散文邀请赛”二等奖。

我们咏唱在黄河之上

几千年来我们都一直咏唱在黄河之上
无论那相伴的嗓门是沙哑呀还是嘹亮
呼啸的疾风卷着滔天的巨浪伴奏着
浑浊的河水一会儿粗壮一会儿又细长
永不疲乏的黄河水不知奔涌了多少朝代

几千年遥远的坎坷路径你镌刻在心扉上
几千年来我们都一直咏唱在黄河之上
朝代的沧桑哟总在你的面前不停地闪晃
帝王们争权的恶容哟让你历历在目
匪徒们激战的炮火将你的躯体烤黄
你酸涩的泪水哟在无边地抛洒横流着
河岸上又蹿来略地的敌人气焰更嚣张
呼爹喊娘的穷苦人儿抹着酸涩的泪水
浑浊的你哟满身上流淌着鲜红的血浆

几千年来我们都一直咏唱在黄河之上
如今你的脸庞上却变得如此青春荣光
曾经的沧桑呀你一时一刻儿也没忘却
艳红的太阳灿烂地映照在你的躯体上
关公的忠义哟让你挺起自豪的胸膛
宗元的学识呀教你富有得满腹华章

巧舌的鹳雀哟将那华丽的诗篇欢唱在云霄的楼宇上
痴情的莺莺呀还挽着张生将情丝儿拽曳得缠绵悠长

几千年来我们都一直咏唱在黄河之上
经年历月的你面容俊俏得像花朵绽放
公路高铁的美彩虹就飘飞在你的头顶
欢蹦的大鲤鱼儿正装溢着万千条船舱
河岸上飘扬的旗帜映红了你兴奋的阔脸庞
丰收的沃野哟将绚丽的中国梦醉沁得醇香

相逢

相逢是一杯醇香的酒
将喜悦和忧愁皆盛在里头
相逢是一滴清澈的泪
泪滴里藏匿着欢欣和忧愁

昔日　一杯浓浓的酒
曾让我们嘶哑着无声的喉
酸甜苦辣沉淀在苦涩的酒水里
愁人的日月让泪水无数次地再横流
昔日　一滴浑浊的泪
曾映射着生活的艰辛和苦楚
泪水滴滴涩挂在蜡黄的脸颊上
擂鼓的肚皮竟是那样的饥饿和黄瘦

今日　一杯醇香的酒
让我们响彻着嘹亮的美歌喉
甜蜜的酒窝已掉进飘香的酒杯里
都语无伦次竟还疯癫地呼喊没喝够
今日　一滴清澈的泪
让我们亲昵地握着温暖的手
贴心的话儿几天几夜都倾诉不完
深深的情谊竟在泪滴里甜蜜地停留

相逢　是一滴清澈的泪
相逢　是一杯醇香的酒
清澈的泪滴中已漩进了我们痴心的情
醇香的美酒醉拦着我们说啥也不让走

翠鸟们亮起了甜美的歌喉

翠鸟们亮起了甜美的歌喉
将每支劲曲儿正急火地切声飞出口
可人们在黎明时分还甜蜜在梦乡里呀
却被那尖利的亮嗓门唤醒了昏睡的头
炎夏里翠鸟们在不知疲乏地歌唱着哟
从黎明时分一直唱彻到日落了西山头
翠鸟们亮起了甜美的歌喉
可在曾经的岁月里却总有几多忧愁
枯地上被大旱天干渴得裂开了血口子
撒下的每粒瘦种籽儿却总难获得丰收
鸟雀们圆瞪起眼饥饿得刨寻不下一粒食物
每日里那瘪瘦的肚皮却常被饿得饥肠辘辘
本来早生就的亮嗓门当时已不会再歌唱
涩酸的苦泪水呀竟在人们的双眸里横流

翠鸟们亮起了甜美的歌喉
一曲曲呀竟如那山泉般似的清冽急促
尽管喷火的日头正滚烫得烧烤在头顶
可翠鸟们却彪悍得也不愿歇息一下口
毒辣辣的火舌已将人们的脸庞甜巴得彤红
人们却挥洒着汗珠子喜悦得在揽获着丰收
翠鸟们如今尽情地歌唱着已赛过那巧舌的鹦鹉
车辆满载着金颗粒儿正在田道上朝家园里疯走

翠鸟们亮起了甜美的歌喉
从黎明时分一直唱到日落下西山头
亮嗓门儿滋润得不会再呼干喊渴哟
那激情的曲儿竟一曲比一曲地密稠
因为现如今的人们早已步履到复兴的盛世里呀
中国梦的绚丽光环耀得翠鸟们哪肯歇罢一下口

张瀚

笔名满园青青草、江南柳。宣城日报特约记者，安徽大学中文专业毕业，安徽省作家协会会员，上海教育学会中学语文教育专业委员会委员。自幼喜欢书法、京越之音，大学时代开始发表文学作品。先后有散文、随笔、诗歌作品散见于《海燕》《青春》《中国微型文艺》《剑南文学》《当代诗人》《作家导刊》《诗歌周刊》《豫苑文风》《宣城日报》《鼎诗刊》《新汉诗选刊》《桃花潭》《青龙湾》《格律诗词》《读后感杂志》《齐鲁诗刊》等报纸杂志。

心绪是有方向的

一个影子的行走
看不到重叠的光芒
残阳的触动里有柔软的味道
被割裂的影像很安静

时光折磨着幸福与刺痛
而羁绊却深重得无以复加
那繁茂深远的岸上
是谁分淡了林花的暗香?

心绪是有方向的
那一点横亘面前的美丽
简单通透于不敢靠近的虚空
或是苍白的深邃?

倘若最后什么也不能剩下
至少叠成渴望形状的影子
被缓缓而行的定格
不需要太多对视

细枝末节都深陷其中
靠近又想逃离
那波澜不惊的水不知想不想要风
抑或是供你静静地发呆

微笑的表情其实是知道的
因为那娴静的叶绿到了极致
抚弄发梢的灵动
就像翻书般逐渐缓慢下来

夕阳正好没有蝉鸣
封闭的空间云彩
一天就是一个世纪吧?

也许真的说不好
也许无法描述的生活
还有很多温暖难以追赶
青春转瞬即逝
只留下定格的风景

麦田的守望者说我们在路上
假如身旁一闪而过的鸟儿
透过一扇隙缝得以遇见
一个梦被植入了似水流年

那些无法注解的隽永和深沉

一涌而入的思绪
簇成光线恰好水流恰好的颜色
所到之处
无骨的风恰到好处地将春的魂灵轻轻覆盖
那是我不忍着笔的燕子南回
柳条照水
还有大地深处的滚滚涌动

花香蚀锈着春的骨头
叫我如何喊停风
喊停水
喊停时间
喊停这波澜壮阔的深谷原野
沿着一条隐秘通道蔓延开来的思绪
是夏对春的意味深长的相送

微笑是生命的歌声
寂静中不忍触及的旋律

起伏有致了太多的前尘往事
唯有阵阵的山风将来来往往吹走了

那目光所定格的地方有三千弱水么?
还是在这平静无波的人生路途里看到了春梦不醒的季节?
那一年,不远
那一时,很近
那转瞬即逝的春潮
在这样不请自来的骄阳下彻底隐退

幸福比指针走得自然

必须得承认
那年的幸福比指针走得自然,
来时的路比枝影横斜更从容
所有的年华都在紧握中一一沙漏了

用默契来勾勒来日方长
用厚重深邃来诠释别有风味
最后再用灵魂融入灵魂的经典
为岁月
也为风霜记录下铭心与刻骨

人们通常把天涯海角解读成天方夜潭
广宁相隔千里重山我却要把峰回路转送给你
纵然,手中的青葱柔嫩在摇曳
却终是要在诗意起伏中起转承合

四季用墨毫狂草
我却用立夏的火焰来点燃五月或者是五经
让清晰又模糊的每个影子,
默许着太多勇往直前的勇气

相信季节的留白

不必刻画得如此精致
雄浑的枯木上
注定永恒成为唯一
于字里行间寻找温暖
在老去终将停止的生命中品尝饱满欲滴

如果我们相信季节的留白
那么它留下的纹理和躯干
永远会在时光的黯淡下凤凰涅磐
哪怕是微小的点与顿
撇与捺
都足够掩埋扉页里所有的感伤和叹息

一棵大树用站立的姿态死去了
更多的继往开来却一一浮出山外
与更深的清冷擦肩
与矮下去的光阴接踵

甚至与焦灼的身影一同焦灼
这都不是我的初衷
繁花落尽后的忧伤
还有诗行里的长歌短榭

张慧敏

女,1980年生,江西九江人。作品散见于《人民日报》《散文》《散文选刊》《天涯》《野草》《星火》等报刊。

让一朵花成为一朵花

那些花儿,我从未告诉它们
跋山涉水的意义
我想它生,我想它爱
想它去我去不了的远方
给我给不了的芬芳

不,我什么都没说
就让一朵花成为一朵花
你看,那美多么柔弱
它对一个人与另一个人
完全一无所知

如果这样,多好
让一颗心落地

让一朵花开成一朵花

水边的桃花

水边的这一路桃花
没有一棵是直立的
它们都向着水的方向
弯下身子生长

这倒垂的枝
似要将满怀的花朵送向水面
似要将花，叶，还有果
还有那无花无果，时时刻刻
都洒在水的眼波里

忘了桃树原来的样子
也不知临水照影
只是这样，整个身子倾下去

仿佛一阵呓语：
低下去，低下去
你会看见它的美

木莲

大雪无雪
遇见的，依旧是木莲
是水流过石的不归
是手中静物的这几样

重复，是否就是满足
寂寥，是否因为丰富
无穷无尽的木莲在前头等着我
盛开如未经沾染的雪花

村里的妇人叫住我
她说，你采的是一只公木莲
这一墙全都是公的
你看，对面那一墙都是母的
我没理会她的隔墙相望
我忽然不想听爱情故事
越往后走就越遇见
木莲它一直在
我热爱它
但不求甚解

张家俊

中学高级教师。四川省万源市作家协会会员，有诗歌、散文见于各种刊物。

爱的隐喻

是否，是穷尽一生的等待
感动了远方沉睡的爱情
然后，你就来了
炫亮了所有的时间

是否，是太过完美的琴声
迷失了最原始的节奏
最后，我就成了
没有任何欲念的清教徒

款款而来的爱情
就这样孤独地开放
天空湛蓝，如这清纯的爱情般
纤尘不染
不留一丝翅膀的痕迹
形成单纯爱情的一场隐喻

站在时间的低处
我错过了，人生最鲜活的节点
却迎来这至真至纯的炫目盛宴
追着青春的彩虹奔跑
忘记钟点，忘记容颜

时间，可以碾碎沧海桑田
碾不碎爱情奔跑的信念
在苍劲的飞奔里欢呼
又一个黎明，清亮如初

2016年8月5日。

秋风，正上演一场离别

树叶与枝头，一场生离死别
是秋风，冷漠地下着指令
然后，树叶飘零
枝头孤寂

树叶，随风
远离枝头的温柔
枝头把所有的温暖
积攒储藏，等待
来年的春天
再次与美丽的叶子相守相拥

可是，这个漫长的冬季
好冷
划过枝头坚硬的冬风
让整棵树撕心裂肺地疼痛
刻骨的不能救赎的凝望
重生的期盼

憔悴是注定的
思念必将泛滥成灾
在这看似干枯的季节
不断的生机
从根部向上奔涌
只为来年的春风里
叶子站在枝头
开始又一个春暖花开

2016年10月15日。

午后的野菊花

那个午后绽开满地的阳光
一盏盏野菊花在倾泻的阳光下次第开放
抒写着温暖而热烈的抗拒与融合
温度与阴影，明亮与清凉
形成这耀眼午后独特的意境
那时，我就在这午后时光的影里执着地穿行
不知不觉渐近的距离
洒满阳光的野菊花从意想中绽放在眼前
满眼的惊喜温柔地款款而来
所有的街景淡出我执着的脚步
耀眼的芬芳醉了我
只听到银铃般花开的声音
敲醒我世俗的迷蒙

我从混沌中醒来
回归到初蕾绽放的清纯
开始摇曳五彩斑斓的梦想
这个午后，我开始了温柔的沉溺
不管风起风落，朝辉夕阴
都在野菊花幻生幻灭中
构筑不可预知的现在与将来

然而，倏然而逝的花期
把我装进漫长的空寂
我只有孤独地曲曲折折前进
眼前不断闪现那盏繁花
那曾经让人深深沉溺的花开的声音
是否，这寂寥的漫长
会消殆那满朵的热情
是否，那满朵的激情
经得住孤独的考验

只有期待来年的秋天
静候时间的钟点
敲响花蕾吐蕊的节奏
再次沉溺于那星星点点的繁华

2016年4月15日。

张杰

男。湖南省平顶山市三苏诗社成员。诗歌作品散见于《诗刊》《星星》《中国诗人》《诗歌月刊》《红豆》《莽原》《紫云山》等。著有诗集《琴房》。

二月

北渡镇，在深绿麦杆上摇荡。
坎坷村路，长出梧桐树容貌，到达麦田。

除草的农人，又似缩小的蜘蛛
向阔大麦地喷洒一盏小雾。

麦的海波，在阳光机翼下
徐徐颤动，花粉的信号正醒来。
灵幡，在麦地坟头上闪光。

梧桐树老枝，坐稳蓝天的大船。
四周清澈的格局，慢裂出歌中的苦修。

我悬浮汴城桥上，一个内我，
横跨宁洛高速，翻过流动的绿野。

土地满布标识，传递彼此闸门后的暗语，
西望洛阳，东望南京，
秦国翻涌的城墙在眼前交织。

无人的沙河，传来咚咚摸索的声音。
路边的白蒿，在落日电流中颤抖。

尘埃随春风飘起，似直升机旋翼
视野倾倒，恍若平原倒立移动
恍若某个星球，猛物扭曲的灰波。

冬的白雾

在浓重的白雾里醒来……
原来，我们住在冬的小白屋里。

白雾的时间到了，请听白雾讲课……
太阳神不出来，雾就不会下课。

当你神情崭新，俯视这世界
变成白雾管理的安静菜园。

内心的水管，还没有冻住，在颈部滴答，
幻想去开雾的铁门。

倭瓜架已成枯藤，酷然腾现
一片深渊宇宙的网络。

绿葱，慢嚼褐土的清凉。
白菜和萝卜丛，像两拨静立听证的观察员。

白色浓雾展示被白牛奶浸泡的诸物，
现实的卡车声音降临，却没有卡车。

雾城清晨，即已开始轰鸣奔腾，
像野牛群驰过，空中颤动会歌唱的牛蹄。

而牛角上立着，梦寐般的蒙昧和天真。
白雾的枯杨树，散开灵修的黑色神经——

安然承受冬的严格寒冷教育。
冬的琴房，加重弹出浓雾的乐音——

犹如无人演播厅正中，在加重漏水，
会场的脸面，在地板上发黄，需要维修。

白雾的琴法课，我们安静听着，
内心升起，白雾团安详的蘑菇座椅。

我们坐进虚白的椅子，在迷宫里
彼此隐身，有被重雾麻醉的摇晃。

浓雾的不透明，把我们抱进隔离的幻境。
白雾撞击、覆盖我们时，踩着温柔的脚刹。

卯时，黄袍演宋皇，
午夜，战斗的人们，彻底没入东逝水。

平原，如何陈述这莫名的哀戚，
如何埋葬了这田野上的性灵。

张静

网名安东尼，笔名紫菊。女，幼教工作者。中华文艺学会会员，内蒙古诗协会员，呼伦贝尔诗协会员，呼伦贝尔作家协会会员，扎兰屯诗协会员。作品散见于《内蒙古日报》《满洲里日报》《阿荣诗报》《呼伦贝尔日报》《骏马》《布特哈》《扎兰屯诗词》等报刊。有数篇作品入编《中华诗词名家》和《中华诗歌名家》。作品在“中美杯”华人文学创作邀请大赛中获奖。

因为爱你

因为爱你
我，不允许自己忘记
那个湛蓝色的天空
和肥沃葳蕤着的土地
天空飘过我们幻想的翎羽
土地上烙印着我们并肩过的足迹

因为爱你
我，储存起你的气息
你献给我的歌
和你眼神里流露出的爱意
婉转与深情
汹涌澎湃着多少甜蜜

因为爱你
我，臆想出那么多优美的诗句
在一个个寂静的子夜
和一个个明媚的晨曦
先，把你叠放在梦里
再到霞光里与你相遇

因为爱你
我，愈发聪慧贤淑，善解人意
所有的寂寞委屈
甚至沉重与叹息
我都悄悄把它们丢进河里，埋在土地
转身，只让你看见我的微笑，我的欢愉

因为爱你
我，更加爱我自己
也因为爱你
我，丢失了自己
……

诗意盎然过的春天

诗意盎然过的春天
即将行远

花事渐去
清风，参差不齐地摇曳在彼岸

绿水淙淙
呈现的是伤感

细雨绵绵
触碰到的是怀念

曲终人散
余音里，再也无法挑捡出斑斓

诗人
一把无奈攥得满满

回首谢幕时
我看见了泪流满面
……

距离

一双眼
站在月光下眺望

视线抛了出去
距离忽短忽长

那些模糊不清的往事
纷至沓来涌入眼眶

那些虚无缥缈的憧憬
也在眼眶里泛起波光

过去的终会枯萎
然后折落在我们曾经小坐过的废墟之上

那些含苞待放的是一些未知的时光
文字打马腾起诗句一路徜徉

一双眼
站在月光下回望

视线收了回来
距离有短有长

长的是一种抵达
短的还行走在路上

张景慧

内蒙古赤峰市翁牛特旗人。文学爱好者。中国散文诗作家协会会员。有作品先后在《北京晚报》《内蒙古日报》《百柳》《赤峰日报》《红山晚报》《赤峰文学艺术》等纸媒与微刊发表。部分散文诗入选《中国散文诗》年选本，部分诗歌入选《赤峰诗选》(2013～2014)。

草原(组诗)

阵雨过后

车辆抛锚
雨刮器停在十点十分
一片片，一丛丛
绿的，黄的，黄绿相间的草
紧紧抓住打滑的泥土
黑色乳汁疯狂泗溢
我要你发誓
我是激情后的瘫痪
一生一世
我要爱到枯黄

只隔着风

左眼是草原
右眼是沙漠
只隔着风
嫁给谁，都是死亡
要么让温柔陷害
要么被尘世强暴

野马

野马已不是一个种群
在草原寂寞成黑夜的星星
我是你的缰绳，牧人
训服的野性，踢翻马奶酒
天亮是奔跑的坟场

移民

从一片枯萎，到另一处葱茏
草地赶着一群羊
绝地生息
蘑菇圈，落地广场
蒙古包生锈成记忆

把兄弟

一个头，磕在酒碗里
达里诺尔敞开胸襟
瓦氏雅罗鱼洄游二百里
头破血流
草把上挂满遗传
是雄性就占有吧

牛粪垛

既使家无钱粮
草场上的牛粪堆，都翘着尾巴
总想一把火点燃
草原上烽火台
狼烟四起
哪个妲己
愿意陪嫁整个草原

画匠

一个春天都在构思
大手笔已发酵出草香
画布展开
从贡格尔到西珠穆沁，到阿巴嘎
蘸了牛粪火烧出的味道
淋淋洒洒布局
第一缕风，便强行出轨
在乌兰巴托扭成彻夜不眠的小夜曲
整个夏天，草蔫蔫地贴了地皮
缠着羊蹄子哭泣，骆驼沼腌成沙漠
夏末，等到一场雨
匆匆盖了戳儿，画笔扔到秋风里

2016 年 11 月 3 日收集。

张婧

中国诗歌学会会员，河北省作家协会会员。主要作品有诗集《如雨年华》（合著）、文艺理论著作《中等职业学校文化建设实践与研究》。另有诗歌、散文作品散见于《诗神》《大河诗歌》《散文百家》《中国教育报》《长江诗歌》《国家诗歌地理》等报纸杂志。作品《祖先和我一起歌唱》获全国首届女子诗歌大赛优秀奖。

我爱现在的美好

清晨，燕子衔起我的梦
小眼珠盯着我说：喜欢你！

我必须美好

我必须梳头润唇整理裙裾，然后
去奔跑
若是遇到大树与我握手
我的手心应该是温暖的
让每一片叶子和
星星
都不失望
还有每一个儿童

我必须警觉，你
迎面微笑
与我驻足，互相凝视
闪电就会叫醒天空
这不是空间的 500 米
也不是时间的小分秒

我必须兴趣盎然
喂喂身旁的小狗，浇花抚草
写字洗衣，煮好咖啡
让每一个黄昏都冒着香气

这就十分美好

在紫藤花园

列车开动的时刻
紫藤花扑簌簌掉落

那一树一树紫色的春天
被我们牵在手心
天空芳香起来
蝴蝶飞舞
挪威的森林般的幽静
宽大的校服藏好十个幸福的指尖

我后来也见过一望无际的薰衣草
高个子的男子和
有葡萄酒的婚礼
我后来沉默在十九层的写字间
着上
飘着紫色蝴蝶结的白衬衫

春分到

太阳靠近窗台了
我们躺着就很好
身下的油菜花开满了床

满屋子都是三月的香
小蝴蝶从一朵跳上另一朵

我喝干净的水看着你你点点头
我戴火红的围巾看着你你点点头
我坐着笑着静着闹着你点点头
太阳和月亮一般大
你爱我和我爱你一样多

我见到了星星

在草原，我见到了星星
百年榆树姑娘湖骏马年轻
像奔跑在锡林郭勒和乌兰布统的
辰星
我已经很久不再仰望，不再过问
新闻联播里的南水北调、森林和山岭

直到我看见：
每一棵草都在陪伴一朵花
每一条路都在守护宁静

那场无与伦比的恋爱

那是一些无与伦比的日子

在春天的右边
一滴水滴入另一滴水
一座山隐去另一座山
每一行对视都飞出云雀

月光微澜

我们应该在今天相遇

来，我们到小说里缠绵
这里可以延时，可以有细节
你穿长衫
我用民国的眼神
又清澈又暧昧
时而穿插一声诗歌的坡度与娇喘
也需要方程式，计算
相爱和生死的概率
需要几何、高数、天文地理
但终归要按徐霞客行走的周期
修建高铁
不是秦时明月唐时长歌
我们应该在今天相遇
在风吹草低处私语

2016年11月5日收集。

张菊玲

网名蕊寒香冷。河南民权人，某国企职工。《豫苑文风》编辑。

诗观：抒写性灵，观照品德，荡舟诗海，自得其乐。

旗袍

走过岁月深处
你惊艳了一抹嫣红
是一朵古典的花吗
氤氲恬静
玉立亭亭
月满西楼
修竹独倚……
红颜所在的地方
总有你高贵典雅的身影
你为你的主人
平添了多少缥缈朦胧
映射出情意缱绻
凝聚着万千柔情
用以蔽体的衣衫
你竟这样洋溢着可人的灵性
温婉多姿
娇媚纷呈
摄人心魄
曼妙玲珑……
因为有了美丽因子的赋禀
你油然而成女性身上最靓丽的风景

因为有了织娘的巧夺天工
你才装饰了无数的春梦
心中不时泛起一丝冲动
拟着一袭旗袍
手执团扇玉柄
独步花阴下
伫立红尘中
长歌一曲
素心从容
诠释女人脉脉温情

张俊平

笔名大漠孤旅、潇湘雨竹。河南平顶山市人。河南省诗词协会会员。曾任边缘文学网、诗歌报挑战者版版主，微光中文小诗网版主，独立创办人之悠远论坛十二年，现任平顶山三苏诗社副社长及深圳分社顾问。自幼酷爱文学，尤其是诗歌，更是生活的主旋律。作品散见于《诗歌报》《大别山诗刊》以及华夏文学网。2010～2013 年有部分诗歌作品分别入选《新干线》(2010 年中国网络优秀诗人 66 家)及《悠远文集》《诗帝情》等选本。

诗观：诗歌是一种美好生活的载体，更是一把摧枯拉朽的匕首。

打谷场上

老楝树在这里活了近百年
眼看着这场地越来越小
哥几个越来越老
枝头麻雀却越来越闹腾

两只麻雀前后落下来
在场地上盘桓一阵
隐没到草垛后面
一群雀儿又飘下来
在空地上追逐、打闹
呼啦啦，又都飞起来
有的落在树上
有的落在草垛上

老马头肩扛锄头
手拎水壶由远而近
场边上蔬菜叶子快被雀儿吃光了
他也不忍心打农药：
唉！它们也不容易

刚入腊月老汉走路便轻盈起来
老伴的老寒腿也仿佛消失了
看什么都是顺眼
逢人便唠叨，我孙子过年回来

早早准备了松枝
养的那头大猪养了一年多了
准备杀了熏腊肉
儿子媳妇都喜欢这一口儿

野蘑菇干在袋里静静躺着
蕨菜芽干蹦蹦地在墙上挂着
几只大公鸡养得壮实油亮
一坛子蜂蜜在墙角默默无声

腊月十五晚上，月光隔着窗户使劲往屋里打量
“不知道儿媳妇会不会来”
老伴每次在耳边唠叨
老汉都默不出声

竹笋

竹林边小憩
好友入林
始有歌声飘来
一袋烟功夫
梁生问小徒：
你师父呐？
小徒低着头

边玩手机边咕哝一句：
一会就回来

又一袋烟功夫
梁生犯困问小徒：
你师父呐？
小徒一愣
放下手机向竹林跑去
复又归来：
听林子里有叽咕叽咕声
再一袋烟功夫
梁生揉眼问小徒：
你师傅摆龙门阵去了吗？
小徒癔症一会儿
猛地爬起来向竹林奔去……

母亲

我小时候
母亲是一只小蜜蜂
做事风风火火
嘴里不时哼着：
“清凌凌的水来蓝莹莹的天”

多年后
母亲不再婀娜
但嘴里依然会哼着那首：
“清凌凌的水来蓝莹莹的天”

如今儿女们身在他乡
母亲把满头青丝
捻成了一根根风筝线
经常会仰望远方
嘴里还是会哼着：
“清凌凌的水来蓝莹莹的天”
偶尔会有泪水涌出

鸟鸣涧

迎晨风赶雨雾
拾阶而上
一路捡拾微寒
鸣唱在裙裾与秀发间生发
抱抱老树，攀攀合欢
闪过洞府大院
轰隆作响
雷公瞬间在亭尖闪现

漏风亭

咔嚓嚓，雷声在亭檬角上炸响
若不是置身景良亭内
也不会无处躲藏

春雨

细雨疏斜，桃红梨白
田垄上，闪现两只鹌鹑

宝峰寺下

浓雾锁庙堂
山路弯弯，石径迆逦
旧石板们有的胸前贴着标签
诉说自己拆迁前的身份
水泥桥耸立在野岭上
比肩高架桥
溪水绕道而行
小路边不时有野花探出头来

幻境

总有一只蝴蝶
时而停在我的肩膀上
总有一瓣瓣花香，沁入
寂寂厅堂
小心，只怕一个翻身
这芬芳
这烙在蕊尖的嫣红
就会像燕子一样

张奎军

笔名含笑的波浪。黑龙江大庆市人。自幼喜欢文学。

诗观：文字仅是心情诉说。

如果这辈子

如果这辈子用零散积攒完整
那么，我愿意收集每滴快乐或伤感的过去
所有的梦，起点到终点。或清晰，或模糊，或
根本就没有出现。可等待还在

月牙初上眉梢到月挂中天
谁在仔细地审视，一次次改变。这亘古以来
轮回已经不再新鲜。我的每次蜕变，每次独自
藏在夜色里，品味成功或失败

一杯酒的色泽没有变，可我明明感觉
那些烈性淡了，淡入嘴边。火辣的生活淡了
使凛冽的寒轻易地介入。寒噤阵阵。初秋来了
冬天已经不再遥远。我观望着变迁

下弦月，倒影着丰硕的果实。也倒影着故事
我完整地拼凑着和自己有关的风雨。和回忆有关
能让我还记得。春花和秋月平分天下
我用积攒的完整来荼毒余生

如果这辈子用回忆记载
那么，我愿意写本天书，写本履历。写关于我
也关于你。关于家乡的亲人，也关于遥远的牵系
可我该从哪里勾勒，从哪里剖开
这是属于塞北的风景，儿时的天是故乡的净土
土坯房，炊烟，门前的小河。还有稀落的灯火
我用十八年的记忆重复播放。重复拾起
父亲的勤劳，母亲的病魔。姐姐的娇气……

世界是大的，我用自己的青春铸造了自己
工厂的灯很亮，亮得我想自己找到了生活真谛
直到一天，我才发现可笑至极。于是
我开始为自己铺设目标，虚设幻想，跳离

所有的世界都是自己，所有的空气都属于自己
我澎湃的心在预设里左右拼杀。最后
还是被淹没在大潮中。庆幸的是，我还在
我要用最后的一口气，拼尽结局

如果，这辈子我不再是自己
那么，我绝对不会续写别人的传奇。我死了
死在自己的刀剑下，死在可怜的自卑里
我绝不忘记，昨天与你

淡墨青衫

迫不及待地推开这扇窗
情愫渲染，风景是一幅画
在一首词里浅吟舒畅
我确定，飘逸的才俊是我
荷塘月色里，凝眸着谁的泪
我的秀竹林里多少私语密闭了
那会心的阿妹，阿哥
在露台的拐角里还有谁呀？
一望无际的云霞，书生落日
唐朝淌来的诗，宋朝流来的词
在我的脚下汇聚，凝结
最后淡漠成今朝的大好河山

二泉映月

这叮咚的，流动的章节里
我努力寻找，关于阿炳的幽怨
我惶恐，那弦外之音
从伤口里流淌着是鲜红的血
望不穿寒光点点的柳荫
苍凉的歌喉，与夜为伴
对应城阙潺潺流淌的低音里

月不是孤寂的，至少有我
青衫陪伴，或许多了温暖
哼唱几句无奈的生活
把一颗心，轻轻地放下舒缓
等，明天到来，将今夜埋藏

寻梦舞蝶

放逐的梦里
谁是我靓丽的天使
我牵着五百年的一段机缘
寻梦在这荒凉的夜里
为一件五彩霞衣
我体无完肤，载着穷词五车
来密寻我红尘里的仙子
花香的记忆里，载动
我轮回八世的绝唱
叶落几许，心灭几次
而我的生命里，一定有阳光
风起的日子，潮汐难平
落日的夜里，梦与离同行

张丽敏

河北霸州人。谷风诗社原网络协会主席，现副秘书长、学术委员会负责人；中华诗词学会会员。2010年被评为“霸州十大文学青年”。作品散见于全国各省市级诗词书刊，曾有作品荣获国家级赛事二等奖、三等奖和优秀奖。

无题（三首）

（一）

如果说前路不知还有多远
我不会去幻想未来
脚踏实地欣赏这一路风光

如果问你这一路走来拥有多少
我想用文字是无法去衡量
过去现在一个标点一抹颜色都把真情蕴藏

如果说现在将来这里还有一个身影
那个人必定是我
留守着第二天太阳升起之前的夕阳

（二）

很早就开始盘算
在这天，该用怎么样的方式
将这一平如镜般湖水泛起波澜
可知千年前你遗落在江南的花籽
长出青莲以盛开的姿态遥望于有船来往的岸边

很早就开始期盼
在这天，该用什么样的语言
将这一世的爱恋堆满你的心田
可知这是我千年的夙愿
以雨后春笋般迅速地占据你屋后房前

很早就开始涂染
属于这一天的色彩
将那红、那蓝摆放在你睡前能见的书桌台上
以便再次醒来随时可见我为你刻划的空间
丁香，梧桐，还有池中的那盏青莲……

（三）

春风又来，花儿又开
燕子在高空下的枝丫上低旋
没有被封冻了的暗流
冲破一冬的禁困
向南向南

不，她不是向南
那是融入了北方的思想说好一起远走天涯
勾过手指

一同面对即将来临的艳阳与挑战
告别昨日的伤感

不停歇的脚步
融入海的臂弯
然而记忆的源头
琴声依旧，杜鹃花下的女子还停留在“闲庭下细数雪花”的那场相逢
将一生的缠绵交付给即将起航的帆前

张美荣

笔名飞天凤凰。女，1982年生，江苏南京人，大学文化，南京市鑫银村宾馆经理。南京市诗词学会会员。

红豆

谁将相思
深种到红豆里
给这个普通的种子
融入了无限的甜蜜
从此
两颗相通的心
串连在一起
时光的岁月里
不光是鸟语花香
还有风有雨
寒风吹走了春天
冷雨带来了冬季
不经意间
梦已远离
相思树下
只留下一抹残缺的记忆
一遍遍问自己
谁又将谁忘记红尘里

张鹏

本名张志华。女，汉族，1959年11月生，山东省滕州市人，高中文化，滕州彤辉机电设备公司退休职工。中华诗词学会会员，滕州市诗词联赋协会会员。著有诗集《花丛吟草》。

写给爱人的诗

光阴似箭
转眼间
我们风雨同舟，走过三十年
风云变幻
我们的心依然紧紧相连
岁月无情
使我们两鬓变白，步伐也没过去那么矫健
但却也给了我们一份从容、淡定和内敛

未来岁月
我不祈求生活大富大贵，只求平安快乐相伴
我愿在你爱的屋檐下
用余生的彩笔，画出人生最美的画卷
不要再抱怨世态炎凉
也无须太在意人情冷暖
今后的路
尽管，我们无法预测
然而，依然携手同心
笑对人生
让张生和莺莺
羡慕我们的今天，明天
我们不求举案齐眉
只想健健康康
快快乐乐地过好每一天
直到永远
永远……

张蕊

笔名九尺藤。热爱文学，执着于写作之路。散文、报告文学等作品在省、市级报刊发表百余篇并在各类征文中屡获嘉奖。自2015年底开始迷恋并创作诗歌。

诗观：我怀着对世界的探索、对世界的爱，流淌着自己的情感，并不是为了让世界记住我来过。

乌鸦

最后一阵秋风吹来了成群的乌鸦
他们霸占了黄昏的天空
从四面八方飞向一棵树
我猜树上的巢窠里有一只老鸦待哺
若幸福值得炫耀
我猜这是一只乌鸦最骄傲的幸福
轮椅上的母亲对着鸦群叨念
别急着走，到我这儿来看看
昏暗的房间里饭香溢满
我忽然看见母亲在窗前等了我整整三十年
同样溢满的还有母亲坐上轮椅的孤单
母亲羡慕着那只老鸦
母亲一定想要一只老鸦的幸福

若

我会一直等在这座城
每天，每天，春夏秋冬
他们说情痴是一种病
若你不来我就赔了一生
赔了一生难道不正是爱情？
这是我要的一生

若你不来我会一直等
每天，每天，春夏秋冬
若在这样的等待中我老了去了
我不会在我的墓碑上
留下孤寂的墓志铭
就写一个大大的诺字
若你来了一定会懂

那时候你不要为我们哭泣
请你一定相信
我会一直爱你从前世到来生

再晚一些

再晚一些，待人群退去
风重新回到被霸占的海岸
海浪就能再拾起那把被人群挤丢的琴
和夜对视着弹唱它的摇滚

再晚一些，待月亮升起来
人间的喧闹回到天际
月亮义无反顾地沉进海底
我在岸上看着他们坠入爱河

再晚一些，你若赶来
寻着口琴声就能在黑暗中找到我
不必说这些年你去了哪，爱过谁
不必说对不起或提及我的寂寞
我们没时间回忆过往
我还得借用你的目光织补那些空白的岁月
余生你只需像我爱你一样爱我

雪花

这世上再没有谁比一朵雪花更孤独
以生的姿态在天地间走一回
融入泥土或附着万物
人们把世间最美的词给了雪
却很少有人知道一朵雪花的孤独
落在梅里雪山顶上
和落进雅鲁藏布江峡谷的雪花都一样
离去的时候谁都看不清它的模样
没有人哪怕是黛玉那样惜花的女子
也不会为一朵雪花唱葬花吟
不会对着它凋谢的花瓣追忆它盛开时的妖娆
路灯下一个小女孩摊开掌心
眯着双眼看雪花漫天飞舞
这是一朵雪花最幸福的归宿

台阶

一层还是一百层
竖在头顶的台阶
对我都一样

就像一双双紧盯着我双腿的
怜悯或是好奇的目光
不,应该比目光更容易把心冻伤
目光的背后至少有时
会相遇质朴的善良

眼睛一层一层地跃上
那近在咫尺的
用冰刀霜剑打造的辉煌
仅用一张公共的标签
把我击得粉碎
那些散在风里的信念
要如何拼凑才能重新汇成坚强

张瑞娇

女,70 后,生于河北省任丘市的一个小村庄,目前在华北油田工作。自小喜欢中国的传统文化,如戏曲、音乐、绘画等,最后爱上了诗歌。学生时代就开始诗歌创作,2004 年参加《诗刊》举办的诗歌高级研修班。2007 年参加《诗刊》在霸州举办的全国诗歌笔会。部分诗歌作品发表于《诗刊》等刊物。

悠悠草木心

（一）

百合 20 克,合欢花 20 克,五味子 15 克
黄连 10 克,地黄、茯苓……
一张纸片写满花花草草的名字
百合代表圆满,补心益气
五味子隐含人生的酸、甜、苦、辣、咸
合欢花循循善诱,安五脏,和心志
最是黄连一片苦心——良药苦口
花花草草,枝枝叶叶
或风干或脱水,褪去美丽与鲜活
日月的灵性,天地的祝福
依然蕴藏着生机与神韵
捡几叶大自然的恩赐,组一张济世良方
精心挑选,慢工细活
恰到好处的炉火,反复煎熬
熬出浓浓的汤汁
或清香或苦涩,扶正除邪
草木以特殊的方式亲近每一个患病的细胞

（二）

思了,念了,想了,断了
企盼太久,眼睛就累了,心就伤了
辗转的夜色夺走我的睡眠
多梦时节偏偏复发了心痛的顽疾
爱是因,痛是果,失眠是病,相思是病
寻遍医书也没找到治病的药方
后来,你寄来菊花枕,说:明目安神
其实,你不明白
当归才是最好的养心安神的良药

旗袍

在藏与露之间巧妙结合
在凹和凸之中恰当拿捏
收腰,曲线玲珑
妥帖,沿着主人的身体延伸
让每一分柔美显山露水
开叉,春光乍现
挑逗,在若隐若现的纤纤里
含蓄地诉说心中的波涛
冲破桎梏,解放的不只是思想
滚边,竖领,温婉又高傲
或保守,或开放
都是惊鸿掠影,都是难遣情怀

旗袍,旗人之袍
源于游牧的粗犷
入主中原,融进江南风情
打不完的胭脂扣,柔媚了小桥流水
绣不尽的鸳鸯花,装饰着九曲回廊
举步,是一抹丁香样的诗愁
抬手,是一曲古韵的清幽
经世的风雅,定格在雕花窗的背后

竹林、荷塘是我想要的
古筝、诗书是我想要的
侧身竹丛，缟素之心在风中飞扬
五子棋、七弦琴不染半点人间烟火
只有这丝质的华美才配做你的娘子
请借我一袭旗袍
一如江南女子，双眸含烟
倚窗眺望，等你归来

张庆

无题

走进图书馆
这里防蛀设施一流
却欢迎"书虫"
每个字构成丰富营养

线装串联起历史文明
电子版折射未来
展示尚显朦胧的美景

深邃的哲理经过扫描
有了亲和的灵性
打开窗户就不再关紧

将知识收集累积馆藏
散发出淡淡清香
茂盛着广袤无际的书林

心中的一座瑰丽宝塔
塔尖熠熠生辉
书页的阶梯稳健递进

学富五车只是成语
文明的延续更期待着
此处亿万富矿的闪烁晶莹

张士国

笔名师谷。山东省滨州市人。《2012 诗歌精品年鉴》编委，《中国当代千人诗歌》先锋卷编委，《中国当代千人诗歌》精华卷编委，《中国当代红色诗歌选编》编委。诗作《乡愁》被中国当代作家作品陈列馆收藏。《张士国诗三首》在 2011 年中国作家金秋笔会全国征文评比中荣获一等奖。诗歌《党旗飘扬》荣获 2012 年"时代颂歌"全国诗歌散文大赛一等奖。组诗《远离战争　向往和平》荣获山东省委宣传部和山东省作家协会举办的"全省纪念中国人民抗日战争暨世界反法西斯战争胜利 70 周年文学征文"优秀奖。部分诗歌散见于国家、省、市级报刊。著有个人诗集《感受生活》《感受生命》。2013 年 7 月被评为"2013 年度中国文学网络人气王·十佳诗人"。

见你，欢喜

见你，就喜欢
看到，眼睛直
山水树木把我迷失
房屋，溪水，小舟
如何构图，巧妙，吻合
层次分明，好一番诗情画意
遇见你，才知什么是美
可否，让我拥有
这份美好的心情
悄悄走进你的画里

说不出的痛

拨开山上的那层层云雾
看阳光
那照射的精彩飘渺
是否与现实有点距离
我看艰难爬行的
不只是善男信女还有那老者和挑夫
穿过树木的目光

哪怕是夜晚的一丁点光亮
是否你已感温暖

我记得我的哥哥和我的岳父
已经拦不住他们急匆的脚步
跑到了一个叫天堂的地方
今冬没见到一片雪花
哪怕是一片两片
看那飘渺的云雾
轻飘天淡云轻
整个世界被雾霾罩了起来

云里云外
是否是一个宇宙
阻隔
两个世界
你在里
我在外

铁轨

火车的鸣响，惊醒整座城市
多少年了，多少代人的期盼
在自己的城市，乘火车通向世界

地理原因，这座城市，魅力之城，黄河在这里流淌
没有火车，没有飞机，没有轮船，束缚着手脚
新的机遇，新的挑战，新的思维，新的梦想
一节节铁轨，顺势静静地卧在世人面前，黄河缓缓流淌，等待那长长的列车从身上碾过，追逐时光

几经反复，几经奋战，勤劳勇敢的建设者，汗水流淌
汽车下线，轮船下海，飞机上天，一节节铁轨贯穿整个城市
连接世界，连接四方，几辈人的梦想，实现了，简直不敢相信，热泪盈眶
夜晚，梦乡，长长的列车，从家门经过，脚下的黄河，缓缓流向东方
初晨的太阳，冉冉升起，我的家门口有了火车的鸣响，外面的世界
不再是梦，收拾行囊，一场说走就走的旅行，已不是奢望

看云

云卷云舒，风轻云飘
我在地上看云，云在天上看我
我喜欢看云，释放心情

云飘的时候，我的心飞起来
有时高，有时低，有时平行
看晕的时候，云飞，不看云的时候，云歇

我的思想，我的文字，如云
天高云淡，风轻云飘
看云不看云，云是风景，风景依旧

心路

转眼入秋，天气转凉
窗外的阳光不再闷热
夜晚的蛙鸣声声高唱
我的心，飞翔

不再用阳光装束，灿烂依然
不学诗，无以言
家是避风的港湾
亮家风，秀家风
温润家风，滋润心田
哺育一代代祖国花季少年
我的心，飞翔

沿着社会主义核心价值观的航船
就像风筝，离不开祖国赋予我的那根相思线
心系祖国，飞向蓝天

张书邓

笔名卧龙鹰。

碎片

那绿水
那青山
那清溪
那小桥
依稀脑际隐隐现
房前桔林
房后竹园
深深的屋巷
幽幽的火苗
模糊的印象难再见
爬独木桥的恐惧
打青桔的劣顽
被夜鬼所吓的小伙伴
……
多么可贵难忘的记忆碎片
难忘巴蜀亲人那模糊的容颜

2016年6月21日早七时。

文字游戏

成千上万的方块汉字
组成一首首诗歌或小说散记
上过学的都能划拉几笔
让人把孩童的积木忆起
都能垒起心仪的房屋桥梁和飞机
文字的游戏
有的会不屑一顾
也有的为此痴迷
好好地玩吧
它会为你打开另一个小天地。

2016年6月24夜十一时半。

送别

听你说明天要走
忍得住心头的那份挽留
几十载的兄弟情义
无须用过多的言语交流
道一声珍重
来日相聚但愿不会太长久
挥一挥手
万千祝福随云走

2016年6月27日晚七时四十分。

与书为伴

请不要被微信所羁绊
图书的世界更耐看
之所以我们动情于网络空间
莫不在情感的相容
流露于真挚的交谈
若想在文学的天空飞得更高
看得更远
岂能放弃名著美文在床前

2016年6月28日晚五时半。

再相逢

十多年前
懵懵懂懂入关内
仰望世界之窗暗惊叹
惜财未进留遗憾
现如今
相逢鹏城图书馆
往事一幕幕细细翻
物是人非换新颜

2016年6月26日晚五时三十七分。

家乡戏

听过国粹的京剧，
也看过广东的粤剧，
下载了黄梅戏和花鼓戏，
昆曲、川剧、秦腔戏。
京剧是那高雅调，
听懂需要好功底；
粤剧泸剧不看字，
鸭子听雷呆若鸡；
……

各有各的特色，
各有各的韵律。
不能厚此薄彼，
非物质文化遗产莫抛弃。
打心眼我更爱豫剧、越调和曲剧，
或许只因那永难摆脱的家乡气息——
铿锵有力、节奏明快，
还有那中原人的千古豪气！

2016年5月7日午三时近半。

无言的苦闷

曾经引以为豪的爱好
现实中的人儿直言
不值一文
在反对声中渐渐地不自信
是否坚持这么一条路
也曾扪心自问
一位位文学巨匠的仙逝
怎么能轻易松动这
来之不易的文学之根
一路前行
执着探寻
只为解除这无言的苦闷

2016年6月6日晚八时十七分。

问候向着美利坚

——赠@Shunan Li～桉树林老师

漂洋过海
您从巴蜀之地飞到了美利坚
尽管那里黄金遍地
是追求自由民主人的乐园
您时时难忘对故土的刻骨思念
在这小小的云水间
有您的点缀银星闪闪
傻呆呆的我虽居中原
血液中也有您故乡的一半
静静地安居鹏城一隅
耳机的轻音乐渐渐地漂过美利坚
伴随着良好的祝愿
让博爱代代相传
您正在身体力行
·这股暖流定会越散越远

2016年6月27日夜十一时。

请你走远

少不经事的我
爱上了村里池塘的莲
悄悄地走近前去
欲折水中那粉红的花瓣
请你走远
炸雷般的声音欲把耳膜震穿
青绿的莲伞
随水波荡起漪涟
仿佛也在说
请你走远
静静地看

2016年6月30日夜十时五十分。

张书明

网名帝都洛阳。河南洛阳人。喜爱文学，作品先后在偃师论坛和多个文学网站、微信平台及纸媒等发表并获奖。

远方

五月的时光
已经把影子拉长
一场花事换了容妆
悄悄站在幕后遐想
春花秋月
风雨雪霜
所有的活色生香
都是托起明天的太阳

城市的天空已经歌唱
灯红酒绿的样子充满幻想
东来西去的人群
没有出现让心飞扬的模样

钢筋水泥的世界

隐隐约约飘荡着夜的微凉
抬头仰望
枇杷树的上方
只有星星没有月亮

远方
炊烟升腾的地方
麻雀在滚滚麦浪中来往
偷偷吞食可以生存的杂粮
村口奶奶庙的石凳上
有群白发苍苍的老人
在举手南望通往他乡的路上

张铁丽

笔名唐梦。50后，出生于黑龙江鹤岗，现居浙江杭州。中国诗歌网浙江频道注册诗人，浙江知青诗友会理事。当过知青，做过教师，办过报纸。退休后热衷于诗歌和散文创作，已出版《落英拾零》《岁月断章》两部作品集。

渔趣

孤舟独驾横湖面，
畦田万亩竖苇杆。
诗意浓，
秋霜天，
酒兴未了钓江山。

重阳

异地秋风几重阳，
枫红蟹肥菊花黄。
遥想当年家宅事，
斟酒擎杯敬高堂。
一朝云山慈颜去，
几回梦里墓碑凉。
苍颜纵横老泪垂，
浊眸昏然望故乡。

深秋

秋，已没过双膝
雁过
望关山扶篱倚斜阳
摘一盅牵牛
醉饮秋凉
九月已远
枫，红得似梦
苇叶尚青
光影斑驳下摇曳成歌
回眸，云鬓扬
静听涛唱

归舟

那片湖
杨柳岸晓风吹皱
昨夜梦中游
遥远的乳名出水
湿漉漉滴下乡愁

梧桐疏枝
点点星光透，梦
被晨鸟惊走

解归舟
青筋鼓涨的手，颤抖
无力划向
那个梦萦的渡口

十月

十月的北方飘雪了
风已是初冬的凉
农具收了
粮食早已入仓
农家院落多了一些色彩
辣椒的红，苞谷的黄
一串串挂满东墙

二大爷盘腿坐在炕头上
嘬一口二锅头
醉眼朦胧，伴着电视唱
五星红旗迎风飘扬
歌声里酒香绕梁
只是，每个音儿都安错了地方

老酒

大运河上泛舟，舟上载一壶老酒
昔日的知青，红颜白首
你一碗，我一口
半个世纪过去，多少滋味在心头

兄弟姐妹们，举杯，喝酒
拱宸桥下岁月稠，秋风摆动岸杨柳
一页页历史墨迹干涸
一个个王朝随大河东去
惟有饮者豪情留

酒香浓，喝不够，笑李白
何必典当千金裘
来吧，把运河喝干
还是当年风华正茂的时候
霜雪在寂寂江山摇落处
青春豪饮，不醉不休

韶华难留，夕阳醉倚山门口
晚霞蒸蔚江山秀
山影朦胧，人憧憧，杯莫停
亲爱的战友，今日聚首，和李白邂逅
泛舟，载着那香醇的老酒

山里的故事

一处陡峭的山崖下，有花开放
依着石壁向外探望
努力地
接住了一缕阳光
斑驳的山崖写满了沧桑
却一点儿也不违和
娇艳的花儿仿佛就该在那里芬芳
可是前世的缘分，今生相遇
你为她遮挡着风霜
可是三生的相许，今朝兑现
她为你傲然绽放
风蚀的山崖
凌风的花儿
不知怎地
让我蓦地想起那个陶器上的诗行
君生我未生，我生君已老
一场动人的情殇
山崖和花儿，默默相依着
听风穿过
求这一世的守望
不语又何妨

看云

母亲累了
就歇在了那片向阳坡

背起母亲整理的行囊
从此离开了村庄
越走越远
只在梦里回去过

常在秋凉时
看白云朵朵

不知哪一朵会在坡上过
发呆久了
云扯风儿来看我
一滴两滴三滴
滴滴从面颊上划落

张文民

男，1943年生于河南开封，祖籍河南原阳。1961年7月入伍，航天老战士。河南大学本科毕业，中共党员，中学退休教师。2010年创办郑州大河涛声诗友会并任会长。常年坚持文学创作，若干作品散见于各类报刊。

故乡的槐花

每当母亲节的时候
我总想起老家的妈妈
多想插上翅膀
立刻飞回老家

妈妈在坡上等我
摘了一篮子槐花
笑着拍拍我的肚肚
儿子，你又吃胖了

我拉着妈妈变形的手
轻轻地责怪她
你又一个人上山
你都八十多了

听说你要回来
想着给你做点啥
在城里
我啥都吃过
还是忘不了
妈妈蒸的槐花

张文文

河南开封人。洛阳市作家协会成员。

沉默如歌

现实面前，语言愈发显得苍白
就像感冒了男朋友一直说
多喝开水
任性，任性无用
于事无补是争吵
生活佐证一切
所以后来
我越来越沉默
好多话只和自己说
爱你的
是那个冬天
会把你冰凉的脚抱在怀里的人
即便她也怕冷
所以后来
温暖的人听见我的沉默
沉默如不老歌
唱给那些不曾离开的每一个

致荷叶

可爱的姑娘
原谅我在你流泪的时候
没有拥抱你
当你哭出声音
那是走在青春路上的步调
如此诚挚
我们一边心疼
一边艳羡
多年以后
当你回头
必然怀念此刻的自己
怀念丢在这里的一字一句
如此铿锵
亲爱的姑娘
当我开口
不问未来不谈人生
只想为你描画眉梢
一笔坚强一笔善良

张霞

笔名淑月。河南省信阳市光山县人。

秋的夕阳

秋的天空高而远，

湛蓝的色彩；
一抹抹的白云，
宛如笔墨描绘上似的，
随意散漫在天空，
飘逸而纯美；
日暮，
夕阳西下，
一抹红霞染红了西边，
金色的光环笼罩着夕阳；
柔美的红色光线，
洒落在湖面，
洒落在城市，
映红了湖水，
映红了人们的脸庞和身影；
染红了云朵，
迷醉了路人的眼。
不由停下脚步，
拍下这美丽的夕阳；
渐渐的，
红日像羞红脸的女子，
躲在云层里，
隐藏在彩霞的光环里；
夕阳的余晖，
留下最美的瞬间！

张晓凤

笔名香樟树。女，70 后。江西省鹰潭市贵溪市第三小学语文教师。中国诗歌网会员，唯美火狐微诗论坛版主，信江韵微诗社成员。喜欢文字，尤爱诗歌。作品发表于《象山文艺》《鹰潭日报》《贵溪报》等报纸杂志以及中国诗歌报、诗心斋文学会、唯美火狐微诗社、信江韵微诗社等微信网络平台。

冷

西风瘦成闪电
击中黄菊最后一缕思绪
表白没有出口
割裂的秋叶飘飘悠悠
只剩下如麻的筋骨
被霜覆盖

所有的形容词
吞没在冬的淫威之下
可能的话
在春天
会吐出一串鲜香微暖的动词

争议

白看见了灰
说：那是黑的
黑看见了灰
说：那是白的

亲爱的
你看见了他
那是黑的，还是白的？

天空

想你的时候
天空很空

心是满的
满满都是你
你的音容是太阳
你的影子是月亮

想你的时候
天空很满

心是空的
空空的没有一缕清风
留不住你一点温度
拎不起你一句话语

天空很空

天空里没有你
天空很满
有阳光白云月亮星子
而我的心
很空

接近黎明

一弯新月
从天幕钓起谁的青春
铺匀的薄纱遮不住野菊花的倔强
纵然是晚秋
野菊花的倔强
如风般的飘过终将逝去的岁月
又从地平线下
拉出
一缕
灿烂

十月

稻草
屹立在十月的旷野
金色的腰身
刚刚分娩
饱满的诗句
归入
堆砌成高高的南山

一朵小雏菊
仰望着纪念碑一样的稻草
极力为英雄鼓掌
稻草人又在歌唱
守护着这孕育生命的土地

十月
金色的母亲
我们收割了希望
又洒下热血继续播种
金色的阳光

怀抱

用灯拉长影子
与影子重逢
是否就可以投入到一个不再孤寂的夜

太阳在的时候
我会努力让自己伸展
一棵树一样
不知道是大地拥抱着
还是用渴望去拥抱大地
月亮在的时候
我就悠悠地飘荡
一叶扁舟一样
不知道是湖水拥抱着
还是用孤独去拥抱湖水

张贤

男，1987年生，济南大学思想政治教育专业硕士研究生毕业，现任职于山东省宁阳县编办事业单位监督管理局。泰安市作家协会会员，宁阳县作家协会理事。

期待那一天

蹉跎岁月
岁月蹉跎
每天忙忙碌碌
像上紧了发条
却不知道忙些什么
我仿佛
一直被命运裹挟着往前走
望不到尽头
看不到曙光
前路依旧茫然
不知不觉
人生的无奈便爬满了心头
漂泊不定
何处安心是吾乡？

一天天
一月月
一年年
文章一篇接一篇
奖状一个接一个
唯独无人和我分享快乐
常困于心
衡于虑
冷暖有谁知?
希望在何方?

期待那一天
花好月圆
我骑马在前
她坐轿在后
共同走过未来的每一天

2106年5月6日。

打破套子收获幸福

多少人
每天都戴着面具生活
仿佛被装在套子里
不敢发声
压抑得喘不过气来
久而久之
幸福渐行渐远
日益模糊

我们要
打破信任的坚冰
让潜意识的火山竞相迸发
让内心的渴望充分涌流
让人们敢于发出
心底的声音
才能求得
内心幸福!
打破套子
收获幸福!

2106年9月4日。

孤独的滋味

夜深人静的时候,
正是我最想你的时刻。
每每守候在电话机旁,
却没有你的一点消息。
一次次地发出信息,
一次次地石沉大海……
鼓足勇气,拨打你的号码,
最后的一线希望,
在“嘟——嘟”的声响中,幻灭。
自从遇到你,
仿佛我要注定忍受孤独,
因为我的心里,
再也容不下别人了。
我感谢上苍,
让我遇到你。
我也怨恨上苍,
让我无法牵住你的手,
让我无法抓住你的心。
当你欢乐的时候,
唯独我,
在深夜里,昏暗的灯光下,
独自忍受着,
孤独的滋味。

2016年11月7日。

张宪军

男,汉族,1953年生,山东省滕州市人,退伍军人,大专文化,任职于滕州市农机局。滕州市诗词联赋协会会员。

荆泉漱芳

今夜月掩荷塘,
柳莺轻轻歌唱。
谁把淡紫色的浪漫,
舞成梦幻般的霓裳。

熟悉的旋律常常推开记忆的窗，
如烟的往事缭绕着雨中的丁香。
是谁走在悠长悠长的江南雨巷，
每一次回眸都经历了千年的时光。

熟悉的身影在月下久久地徜徉，
如莲的心事穿越了岁月的沧桑。
婀娜的芙蓉摇曳着缤纷的梦想，
皎洁的月光抚慰你牵挂的远方。

今夜风清月朗，
一潭清泉漱芳。
把那些幸福的痕迹，
柔柔地洒在你的心上。

张学宏

江苏省扬州市人，自由职业者。闲时阅读，喜爱诗歌。作品散见于《扬州晚报》《现代诗歌》《青年诗人》《新诗刊》《中国新诗天地》《长江诗歌》《当代诗人》《中国诗歌报》等报刊及网络平台。《中国诗歌报》首期学习班学员。

天空

天空高出了许多
一阵阵的寒风追过来
灰尘换上了冬装
紧贴着泥土
对面山坡上的树枝
利索地脱光了
一件件穿旧的绿色

回家的夜晚拉开门
隐隐看到
满天的星光都在聚会
安静的天空
突然有了高朋满座的幸福

接近黎明

一棵小草奋力
抖落肩上的夜色
捧一粒露珠
洗去朦胧的倦意
然后叫醒
比自己年轻的小草

更多的时候
小草将自己交给时间
时而摇曳几许凉意
测试风的耐心
时而掂起仰望的目光
用新嫩的绿色
接近黎明

风吹花儿开

春雨过后
一阵风轻轻吹来
那些小草轻易地认出
以前住过的地方
嫩绿的草尖忍不住
流出一滴激动的泪水

有了小草的陪伴
一朵朵花儿
顾不上蝴蝶的掌声
蜜蜂悦耳的赞美
争着告诉春风
正在盛开的
是自己喜欢的色彩

放下

坐在枝头的果实
等着鸟儿
风从这里经过的时候
露出熟悉的笑脸
秋天的礼节在阳光的午后
显得格外引人注目

几只回家的鸟儿
在暮色里相遇
认出枝头裸露的成熟
放下飞行的翅膀
便有了比果实
晚来一步的幸福

那一夜

几只虫鸣
在那儿做着游戏
风坐在草尖上
静静地观看

果实在月光下
搬运丰收的体香
两片羞涩的叶片
脉脉地注视着对方
整个夜晚
都被流淌的寂静填满

桂花

送走果实
落叶到此度假
避暑回家的虫鸣
正在打扫灰尘

提一盏花灯
照着搭讪的笑声
桂花踏着碎步出场
一路跑来的八月
舍不得放过每个细节
坐在月光下
寂静牵着花香的手
看着秋凉靠过来

张学晋

网名享受生命。江苏泗阳人。中国散文诗作家协会会员，泗阳县作家协会会员，红崖艺苑诗社名誉顾问。作品散见于《林中凤凰》《中国诗词》《雪山文学》《参花》《齐鲁诗歌》《新视野诗文精品选读》《当代网络文笔精华》以及江山文学网、红崖艺苑诗社等报刊和电子刊物。组诗《田野·心海》在第二届“玉龙艺术奖”全国文学作品大赛中获自由诗类三等奖。

诗观：用心、用情写诗。

就要回家

雨悠悠地下
嘀嗒　嘀嗒
冰天雪地也挡不住
回家的步伐
加班的工资再高
不如给我放假
一年四季
我就盼着春节时回家
家里有儿时的童话
家里有温馨的牵挂
家里有青砖绿瓦
家里有红薯锅巴
家里有步履蹒跚的老爸老妈
家里有寒窗苦读的男娃女娃
家里有青山绿水白菜萝卜南瓜
家里有辛勤劳作夜思梦萦的她

回家　回家　我要回家
我不要名利虚话
我只想假装潇洒活在当下
暂时告别这都市里喧闹冷漠和浮华
回家　回家　就要回家

每一片都是她的情话

我等呀等呀
终于等到了
洁白的雪花
在黑夜里

漫天飞舞
飘飘洒洒
一片一片
痛痛快快地下
打开窗户
天与地
一帘白纱
敞开心怀
还你满眼无瑕
不忍伸手去接
怕在掌心融化
呀
这清清白白的雪花
每一片都是她的情话

我恳请
早起的人们
能不能轻点去扫
慢点去踏
那是我的雪花
那是我心中
最最圣洁的图画
那是
我心底的那个她
送给我的
最最珍贵的礼物
——无价
这清清白白的雪花
每一片
每一片都是她的情话

不提那个字

有一个字
曾经朦胧 曾经辉煌
曾经惊天动地
如今历经风雨
似乎像风一样飞逝
带着年少
成了早已
不知哪一天
为了那个字
感觉孤独
开始写诗
不知不觉间
迷失了自己
在生命底海里
坚强地搏击
抵御着暗礁巨浪
憧憬着对岸的神奇

也许　生命中
会有一种东西
不要轻易说出
宁愿深藏心底
当你明白时
不提那个字

张雪艳

中学语文教师。

创作理念：对文字的迷恋与生俱来，喜欢以笔代屐游走于文字的世界，用文字演绎思绪的飞扬与灵动，诠释生活的丰盈与美好！

不写忧伤

秋至
叶落
风凉
羸弱的誓言
终于倒在寻觅的路上
凋零的心事堆积成冢
将过往深深埋葬
曾经温暖的期许
凝滞成墓碑
坚硬冰凉
用遗忘做刀
不雕琢伤心难过

不镌刻无奈失望
只划出一朵笑容
继续自己的山高水长
一影孤鸿掠过
洒下清泪点点
来年定会开满
明媚灿烂的忧伤

收获后的原野

收获后的原野
遍体鳞伤
只留下风儿拂过的声响
没有了曾经的茂盛苍翠
消失了昨日的丰硕金黄
一只鸟儿低低地盘旋
注视着空旷的家园
无语忧伤
收获后的原野
辽阔坦荡
听得见大地的浅吟低唱
伤痕过后
会展示更美丽的肌肤
残败逝去
是又一次的盛装登场
收获后的原野
沧桑却美丽
收获后的原野
宁静且安详

无眠

夜睡了
睡在单纯的
甜蜜里
我却醒着
醒在没有梦的暗夜里
远方的风吹过
它的故乡
应该在远方的更远方
一路烟尘
掩埋了无力的倾诉
耳边只有七月的蝉鸣
一枚枚忧伤
镶嵌在冰雪覆盖的路上
闪闪发光
明亮着并不明亮的
所谓的生活
有泪水悄悄滑落
滴在自己的命运里
在时光的深处
一颗颗美丽的琥珀
便开始快乐地生长

张耀光

男，湖北宜昌市地质勘探大队员工，文艺爱好者。翰林院诗艺社创始人、副社长。

假如时光可以倒流

假如时光可以倒流，
我会到桂林去旅游，
去你工作的地方找你，
真诚地将你追求！
假如时光可以倒流，
我会娶你为妻，
每天牵着你的双手。
我们并肩看日出日落，
深情地将你拥有！
假如时光可以倒流，
我会跟你建一个乐园，
到处种满花草树木，
我们在花下逗留，
招待五湖四海的兄弟姐妹，
一起写诗饮酒！

假如

假如有一天，
我悄悄地离去，

请别难过请别哭泣,
因为我有不得已的苦衷,
更不希望伤害到你!
你在我心里永远是可爱的妹妹,
只不过我们政见不同而已!
我的离开是不想你得到伤害,是为了维护完美的你!
假如有一天,
我悄悄离去,
说明我最在乎你,
你有你的誓言必须遵守,
我也有我做人的准则,
希望你能够理解我的不得已!

张印珍

网名觅真。50后,河北沧州人,现居宁波,已退休。喜欢旅游,喜欢文学,常参加书友会活动。在《文学港》《梁祝》等报纸杂志发表散文近10万字。著有《心灵花园》《花开的声音》。

点亮诗的灯盏

寒冬的夜晚
转辗反侧有点失眠
屋顶走动着野猫
风吹着口哨
摇曳着树枝的思念
雨敲打着冷窗的寂寞
我点亮诗的灯盏
将寒夜温暖
也将思念化成甘甜

落叶

一片叶子
从春的鹅黄
到夏的碧绿
悄悄地变成黄红的质地
滑落在秋的泥土里
经历多少风雨
厚重了一个节气
用生命丈量了高度
用脉络体验岁月的肌理
失去青春
期待下一个春季

若小诗觉醒

若我的小诗在心底觉醒
愿她是梦呓中醒来的花
愿她是拂晓天际的霞
愿她是黑夜大海的灯塔
愿她是风雨中的小舟
渡过你我他

张拥军

山西省汾阳市杨家庄镇初中老师,汾阳市模范教师。酷爱文学。

落叶

秋天来了
树叶落了
顺手拾起一片落叶
放在鼻下闻了闻
一股泥土的幽香沁人心脾

走在空旷的田野上
思绪万千
燕子是报春的使者
那落叶就是迎秋的顽童
凉爽的秋风吹来
树叶毫不犹豫地挣脱了母亲的怀抱
它奔跑着,飞舞着
告诉人们丰收的喜讯

落叶没有秋菊的艳丽、冬梅的耐寒

但春天，它的后代又从树枝上生芽、长大
为大树吸收阳光、雨露

落叶悄悄地从树枝上脱落
回到了哺育它、抚养它的土壤中
把自己的一切全部献给了大地
落叶，就这样默默无语地结束了自己的一生
落红不是无情物，化作春泥更护花

2016年11月5日。

雨之感

炊烟袅袅，已是黄昏
细雨蒙蒙，依稀落下
然读书学习的美好时光依然萦绕在脑海里
常留在梦里
读书是最好的学习
读书是最美的装饰
读书是最高雅的修养
读书是最温情的陪伴
读书是最美丽的遇见
希冀下次读书的早早到来
再享那温馨的分分秒秒……

2016年11月6日。

感悟

脚下的路，自己走
心中的梦，自己去实现
生活就是风吹雨打
苦尽甘来
人生就是一种缘分，一种感受，一种历练
读书好时光
让我们互相认识，彼此成长，共同提高
书写自己的辉煌与精彩

2016年11月8日。

改变自我

人生需要一些时刻
遇见真实的自己
改变自己，从我做起
相信自己，一定能赢
静心思考，与心交流
诸事都在一念之间
微笑、和善取代抱怨、指责
用我们的真情、真诚打开迷雾、心结的人们
赠人玫瑰，手有余香
特别美好的空间等待我们去探索

2016年11月13日。

厚德是福

我们要有一颗感恩之心
多存爱心
我们要有一颗宽容之心
放松心灵
用欣赏的眼光看人
用理解的涵养处事
多兴善举
人之美德

2016年11月15日。

张宇新

笔名小乙。草根诗人，教师。

篱笆

一道通透的情致　住满
阳光　花香　鸟鸣

真想效仿那雪绒球穿来穿去
追蝴蝶　追春风　追星月　喵喵地蹦跳　捕捉我
潜意识里的逍遥
或许能绕过
西边黄四娘家的花圃　陶渊明的东菊以及南山

正好
惬意疏密成诗网从心海里
筛出粒粒舒心的文字下酒

再嚼一嚼　夕阳的味道
入梦

一路有你

两只粉笔
勾勒填色
红的是心
白的是线
线围着心走
心牵着线跑
缠绵　互补
用一生书写出
一生有你
相伴无悔

冬天的皱纹

（一）

一瓣瓣梅花诉说着
一层层雪的含蓄
风悄约蕊香巡游北国

（二）

瞧　老杨树又多层眼皮
困倦中只打个盹 醒来一瞧 谁用雪洗白了他的军装

（三）

哈　咱大东北的笑声可以保鲜
看　一波波储存在冰河
等来春 漾开

（四）

潜伏的一垄垄红参
正遥凝视着远山
待雪化时那声号令　冲

冰与火

冰，是水的态度
火，是焰的笑脸

在这个冬季
贴在一首诗的胸前后背
让那些句子
在纠结中拥抱亲吻叫板撕咬

一对冤家用意象谈天说地
为一捏茶沸腾燃烧
孕育一抹氤氲
馨香开怀

秋的背影

（一）

白　一抹寒凉
披在双肩
远去的风兜不动遍地果香

（二）

黄　银杏叶与桂花结伴
挥金唱晚
身后一条闪光的路烫心灼眼

（三）

红　燃烧着寂寞悲凉
一树旗帜摇着血色星斗
赤焰烈烈 枫逼寒冬

（四）

蓝　擎起爽朗一路南行
给北方的雁阵铺开坦荡
听来春更多绿色的遐想

张运岚

男，1966年生。江苏省连云港市作协会员，江苏省毛泽东诗词研究学会会员，中国诗文学会终身会员。《诗词百家》特邀诗人。作品散见于《湖北教育》《连云港校园美文》《南京诗词》《诗文杂志》《当代原创文学》《现当代文学》等报纸杂志。著有个人诗集《心舞飞扬》，另一部诗集《心海扬帆》在修订中。2008 年，《我是一片云》等诗歌入选《中国当代网络年度优秀诗选》。诗作《拣起》等入选《中华当代汉语诗歌典藏》。2015 年诗歌《永远的丰碑》获连云港市文学二等奖。2016 年获灌南县《灌河》期刊复刊五周年文学大赛二等奖。

座右铭：识墨海珠玑，绘人生画卷。

一种诗意的忧伤

一种诗意的忧伤 如花儿一样
开在唯美的田野上
珊瑚虫的变迁让远古吻别海洋
触摸的细节 在月光下演绎流淌
藏在深红色里的相思
如一段走失的故事
孤独地寻觅阳光
那夜的影子
时时会把我的梦拉长
谁都想有美丽的春天
谁都有爱的渴望
在风雨飘摇时刻
你是否知道
我的心　被燃烧得滚烫

垂钓随想

一根钓竿
钓起心甘情愿者
口中美味
在悠闲中获得
即使千年王八
只要贪婪
也不例外

遥远

椭圆了心中的梦想
慢慢地　燃烧着飘落的枯黄
哪怕只剩下最后一叶
也要将他叠加至疯狂岁月轮回
慢慢地　把众生考量

每一个婀娜的姿态　都是一杯美酒
每一次呐喊　就是最美的吟唱
即使心路再遥远
也要书写出傲世的华章

一万年不过如此
弹指挥间的惬意啊
在每一个时空里回放
亲密无间　就像太阳和月亮
随时把你装潢

小草

经历着岁月的轮回
一粒种子　在默默地重生
不拒贫富　染绿着每一片土地

时刻不忘初心
只要把根留住
一切　都会充满生机
没有诸多的赞美
无须额外给养
哪怕小雨一点点
时时彰显诗意

画家不能尽摹你的风采
诗人也不可揣摩你的神奇
一个个蝉鸣聒噪后
我就成了你的你

烈火毁不掉你的生命
严寒难断你的气息
沧海桑田铸就你的生命
迎接春天才是最真的你

约春风与己对坐

相约春风与己对坐
慢慢将和暖拥入心房
明媚与柔情　偷偷将爱送上
吮吸浓香　将满心的孤寂
悄悄邮寄给远方　舀来春风
煎煮成相思的忧伤
每一次掌心接纳　让春的脚步
追赶盛开的海棠　定格的风景
依然凄楚成芳华的模样
萦绕的泼墨挥洒
何时才是美的天堂
梦里梦外　迷离的月光啊
注视着彻夜亮灯的轩窗
谁与春共　阡陌红尘中
我就是你的虞姬
你就是我的楚霸王

被劫持的春天

劫持下春的一角
留待盛夏时自豪
清凉的世界
慢慢把鲜艳变老
直到枯黄的时刻　才会知道
心在　春永远美好

看海

感受着你的豪迈
不止一次　在睡梦中醒来
今天　徜徉在你的胸怀
尽情地　把心翻腾成你的澎湃
你的呼吸　吻着我的刘海
你的身心　是否感受到我的期待
刷新的一页
已经扬帆出海

潮(组诗)

(一)

父亲是天
母亲是地
我在爱之间
长成了顶天立地

(二)

眨着眼睛的星星
在夜空里哭泣
不知是谁醉心于你
将约会的时间提前
风儿
不止一次地提醒

(三)

痴情开始涨潮
撕裂着心扉
爬满格子的文字
开始了长途旅行
那西天的绯红啊
可是我沉醉的云朵

(四)

涨潮的时候
扯起的帆开始远航
那设立在心窝里的关卡
已经没有了阻拦
宽阔的海面
太阳升起在远天
你一往无前

(2016年11月6日收集。)

张鉴

反抗精神

鱼儿香,蟹儿肥
农田汗水,沙场战擂
解甲归田,抱儿扶妻
一轮悠闲月

野狼盯，饿虎垂
蓄谋已久，用心良苦
夜耗出洞，捕风捉影
悬如勾残月

九·一八，南京陷
魔掌张开，梦魇扩散
烧杀抢夺，争比谁多
血色红如血

号角鸣，勇士行
厉兵秣马，保家卫国
奋勇杀敌，抗击日寇
星光泛天边

铁军纪，钢意志
团结一致，众志成城
艰苦奋斗，战绩卓绝
黎明即将到

驱达虏，收国土
扬我国威，震我中华
举国齐贺，普天同庆
东方红日升

抗侵略，勇斗争
反抗压迫，华夏精神
薪火相传，生生不息
中华好儿女！

张长奎

男，1947年生，大学学历，山东省滕州市人。中华诗词学会会员，枣庄市诗词联赋协会常务理事，滕州市诗词联赋协会副会长。曾由天津教育出版社出版《中学作文教学》和自由诗《乱花集》，作品多次发表并获奖。

三个简单的音符

虽然不是呐喊，不是雷鸣
只是三个简单的音符："我爱你"
轻轻　轻轻

却是平生听到的最响亮的声音
让一颗平静的心久久不能平静

吻

眼睛对着眼睛
默读爱情

咀嚼
甜蜜的意境

招小波

广东省作协会员，20世纪80年代任广州市黄埔区首届文联副主席、广州市作协副秘书长。后旅居香港，在香港新青年出版社任副总编。现为香港《华夏纪实》杂志副主编，内地《华星诗谈》编委。著有诗集《一秒的壮丽》《我用牙齿耕种铁的时代》，散文诗集《流浪的将军》，诗歌漫画集《假如泰山站起中国的但丁》和《引力边缘》。

我想用我的诗去喂猫

今天在广州书城
挑选了九本诗集
我惊讶只用279元
就买下戴望舒、余光中
郑愁予、洛夫、桑恒昌
王小妮、李少君、樊子
蒋一谈等诗人的书

在书城的最低层
有间“猫屎咖啡”店
据说这里的每颗咖啡豆
都曾在猫的肠子旅行

一杯咖啡要268元
九本诗集不抵几粒猫屎
我很想把我写的诗拿去喂猫
好让它们像咖啡豆那样涅槃

2016年6月25日写于广州书城。

你亲我,像海豹亲着它的浮冰

我们喜欢躺在床上说话
你年轻的时候
每说几句话
就亲我一口
像海豹亲着它的浮冰

如今,多年过去了
你还是那只海豹
但我这块浮冰已开始溶化
当我不能承载你的吻时
你会亲遍所有的海吗

2016年6月23日写于深圳地铁。

芭蕉扇

旅游大巴的冷气机
在南国的骄阳下中了暑
冷气不敌热浪
乘客的怒火也在车厢燃烧

导游小姐打开一把折扇
一边致歉一边为乘客 搧凉
那折扇就像一柄芭蕉扇
把一座火焰山 搧熄了

2016年7月10日写于深圳到肇庆的旅游大巴。

给李琦、车延高赠书

我的诗集
还没赠过获鲁奖的人
近年发现一个真理
越在高处的人越不会看
但我这本是诗歌漫画集
我用漫画作导游
引导他们去逛我的宽窄巷
像崂山道士那样
去穿越
我高高的诗墙

2016年5月28日。

公交车像一座行走的庙

开向观音山的公交车
像一座行走的庙
庙门走进一名男子
他的行李堵塞了通道
引来众人嚼舌

后来上来一位长者
人们大眼瞪着小眼
他第一个站起来让座
比所有的香客更早成佛

2016年2月7日写于深圳。

壶口瀑布

可惜今天没有阳光
不然可以登上横跨两省的彩虹
探访山西的吕梁
黄河像一条巨大的蛟龙
挟着万钧雷霆奔腾

所有的懦夫到此朝拜
都会变成骁勇的战士
我从来没有这么近距离
触摸我的伟大母亲
我任瀑布的水珠打湿我的头发
我像一个战地归来的刀客
在慈母的怀里休整
明天我将返回前线
天将降大任于我

回到儿时读书的肇庆

假如我像一株树
死死钉在这里

而不是到处漂泊
怎么样都已是独木成林了吧
怎么样都已是一地浓荫
而现在
我只带回一块树叶的影子
我辜负了
我那么早就得到你

2016年7月9日写于肇庆。

历史给我们授勋

海南要出一本知青史书
希望收录我的历史
我有大量的血色财富
被史匠视为珍珠

我捐出了十首
一九七零年写的知青诗
它像在我身上流出的橡胶乳
变成琥珀埋在胶林里

历史啊
终于给我们授勋
表彰我们这一株株
伤痕累累的老胶树

2016年5月4日。

赵国旗

笔名火热的冰。男，担任多家网站版主，喜欢读书写作旅行。已在《时代文学》等各地报纸杂志发表文章百余篇，代表作品有《我看见你了》《邻居》《冬天，就该这样》等。

当我老了

当我老了，背也驼了
身材不再挺拔，脚步开始蹒跚
脸庞悄悄斑斑点点

当我老了，牙齿跑了
许多嘎嘣香脆嚼不动了
酒不敢多喝，烟束之高阁
只剩一双昏花老眼，陪我数书架上的故事一段一段

当我老了，心也静了
目光柔和似水，愈来愈沉默寡言
一只拐杖朋友一样
更多的欢喜和温暖，都送给花草和棋盘

当我老了，远离城市
用几间民房守望时光
她陪着我，养鸡牧羊，几畦蔬菜，保护血脂血糖
没事了回忆一下过去，手牵着手去田野逛逛

当我老了，孩子也成家立业了
我希望他别离得太远，一加油门就能来到我身旁
如果他懂得我的心思
就多带着老婆孩子常回家看看
陪我聊聊天，拉拉呱
如果他很忙，就什么也别管
只要他们偶尔能回来吃一顿我做的饭
让我们的晚年生活多些忙碌和快乐
像康乃馨一般娇艳

当我老了，看到的都是生活的甜美
左目欣然，右目温暖。听到的没有沮丧和抱怨
前是健康快乐，后是顺其自然
像个孩子，活泼泼再活几十年

老山羊

春天来时，草还没青
巷口那只老山羊
满眼都是空旷
它很老了，像喂养它的老妪

老山羊很哀伤，很困惑
她有四个子女

都活得有滋有味
为啥不给她一炉炭火,或是一床棉被

年前那场最凶悍的大雪

她走了。没来得及交代什么
但是老山羊知道
她来生不会再做,一位如此凄惨的母亲
她也许想:做一只羊
那样就不会走得如此绝望

我的母亲

如果你开车在某条乡村公路上
遇到一个老太太,骑着一辆三轮车飞快
请你慢些

骑车的可能是我的母亲
她头发雪白,骑车像个孩子
慌里慌张

她不知道刹车
遇到点危险就知道跳下车,手忙脚乱

教了多少遍也记不住
每次回家说起来
她低着头不说话,像个做错事的孩子

等我说完了
她会抬起头,小声说:
我只是去买,孩子最喜欢吃的豆包馒头

赵红亮

山东菏泽人,高中学历,做过房产销售,干过保安,如今是一名普通的营业员。爱好诗歌、音乐。

寄语:生活简朴、认真,但愿有诗、有情、有远方,果能如此,求仁得仁矣。

朋友

亲爱的朋友
我们分别了那么久
你怎么不联系我呢
有些事总难开口
所以只好你推我就
以为心扉可能畅快在久别之后
不想往事更加不堪回首

亲爱的朋友
你我的认识好像没什么情由
糊里糊涂一段天造地设的路
竟让我俩风雨同舟并肩而走
蓦然地诀别分手
才能感知,是路都有尽头
无泪无语更能滋养哀愁

亲爱的朋友
寂寞时候,我不忍喝酒
过去的,真的过去了吗
也许它还在岁月长河里漂流
只是谁都无计打捞
悲欢离合肯定不是人生的所有
答案我不得探求
劝君也不必过于追究

亲爱的朋友
我们还能否无意邂逅
可是相遇又该如何叙旧
刹那间的交流
可否缝补那万条鸿沟
真不清楚为何惹此烦忧
这是一块无理可讲的石头

亲爱的朋友
也许我要见的并非现在的你
而是以前的我
所以我俩的故事

必然不属于同一个感受
那就让你我各自去走
记忆会让往昔不朽

亲爱的朋友
你我相隔不会太远
或在哪个人左右
或在哪条街路口
当你偶然听见熟悉的声音
请你一定要回眸

赵洪亮

男，就职于平顶山市教育局。河南省平顶山市三苏诗社成员。擅长诗歌、散文创作。

许是有一个这样的夜晚

清风、月夜或者树影
上弦月里的桂树
枝繁叶茂
我与你围坐在灯晕下
小酌月光

夜风软软
秋虫喊着此起
唤来彼伏
我不知该用什么样的容器收集快乐
装这金银细软

有时，默不作声也好
心照不宣
会给日子一个会心的微笑
像两只相隔不远的灯盏
照亮彼此体内的夜晚

多美的夜啊
月光伏在叶片上安静恬淡
像极了一枚枚糖果
无法阻止融进内心的甜点

指甲草睡了
多动症的风去摇晚香玉的花瓣
夜，把一篓篓星光
背向更深
许是，注定有一个这样的晚上
掏出凝望交给彼此

赵焕明

曾用笔名赵明、山村等。男，湖北阳新人，中共党员，现任阳新某单位党委书记。曾在《人民日报(海外版)》《诗歌报》等省内外多家报刊发表诗作(散文)400余首(篇)。著有诗集《抹不去的心河》等。2016年，作品《茶道》荣获第四届中国诗歌奖银奖。

七夕(组诗)

致一株路边草

七月有雨，你满头都湿了
湿得好重好重
那些来自银河的情感，将你
浇灌成一个透心凉

莫大的荒芜
在看不见的深处，你把目光
一投再投
用旧的伞，始终没有回来

雨一声一声地落下，碎成了
一个人的名字
有些时候，鹊桥的距离
比天地更遥远

退还

七夕，是一个还不清债的日子
如果能，我要
把所有的情感都退还给你

我要把一缕清凉的风退给你
把一片月色退给你
把一次
带有心跳的夜，都退给你

我在河西，你却在远远的河东
断桥只有半座
淅淅沥沥的小雨
足以让浅浅的河水难以徒步

情与债，茫然地被搁在了两岸
一刹那
凌波之上，是浩淼的鹊影

一把勺子

夜色已深，思绪弯成一把勺子
舀不起一个人的名字
徜徉的月光，都是滴下的水

弯月如此的瘦，却与夜风结盟
收不拢的疼
被一点点地扩散，飘远

成了水与砂，成了刚劲和水泥
成了一把勺子
舀不起而凝固了的名字

中国南海(外一首)

遥远的南方，有一片汪洋
一直在中国五千年的文明里浩瀚

无论是亚西南暗沙，还是雄南礁
一句亲情
就有丈量不够的尺短寸长

如果，让乡愁也能购买一张船票
炊烟就会从晨光中起航
却怎么也
难以驶出祖国的一次心跳

南海有宽阔的水，有巨大的波澜
谁能分清
哪一滴曾是娘留下的汗呢
只有血，更浓于水

南海啊，那些形同于纽扣的岛屿
有祖国，有母亲
有娘的呼唤，你们不会失落

遥望南海

仲夏的天气多变，甚至搞乱了人的心情
无论怎样
也改变不了，我对南海的遥望

南海的巨浪，一个一个地拍进我的心房
心地湿润了
目光湿润了，一个神圣的词语湿润了

我要用遥望捍卫南海，以及南海的岛屿
要用目光编成舰队
捍卫祖国的每一寸领空，每一寸领土

用中国人共同的心声，制造强硬的导弹
时刻准备着
准备着，无畏于那些狂风恶浪

赵家骏

男，汉族，1953年生，山东省滕州市程堂村人，高中毕业，农民。中华诗词学会会员，滕州市诗词联赋协会副会长。

西厢情思

那是个疯狂的红色年代，
红得炫目，
红得窒息，

周围是一片血样的海洋。

汗腥味在工棚呓语中游荡，
我凝视着你，
手中捧着炭火般的灼热，
怀揣着惴惴不安的惶恐与迷茫。

我触摸到了普济寺里的钟声，
痴情的莺莺，机灵的红娘，
花香竹影，朗月粉墙，
还有你圣女般的躯体，散发着沁人心脾的芬芳。

无数个麻木的神经细胞被激活，
心的荒漠上又流动着溪流的欢畅。
哦，我明白了——
古人在读你前都要沐浴焚香。

爱，是一首永恒的歌，
虽然夹杂着苦涩、惆怅，
但却催人泪下、断人心肠，
我终于理解了你——脸上挂着泪珠远去的姑娘。

当额头镌满了岁月的云片霜丝，
我们又遇在春天的走廊，
身边的情侣依偎着背诵你的佳句，
憧憬着圆梦的前方……

我默默无语，遥祝双方：
再也不要孔雀南飞、沈园独觞，
让那一代情人的血泪，
冲决那些人为的篱笆藩墙。

赵梦钊

母亲

我害怕
那河流汹涌
在她双颊
冲刷出岁月的沟壑
我害怕
那烈日灼灼
在她心头
烙下狰狞的印迹
我害怕
那寒风凛冽
削减了那
本就瘦弱的身躯
我害怕
那琼花素尘
一不小心
斑白了她的双鬓
时光啊
岁月呵
我害怕
我胆小
但——
我从不懦弱
请你
善待她
我的母亲！

赵末菊

笔名夕颜。女，汉族，70后，自由职业者。部分诗作入选多种纸刊及微刊。

对面的人

多想打你跟前走过
留下香风与桃花
让那个影子深深楔进你的骨骼

要你床榻之上茶饭不思
我还要把爱情藏进几十里外的深山
静等你哒哒的马蹄声，拨开迷雾
抱着月光守候窗前

看着你，我只想用恣意的笑声魅惑你
像片发光的叶子倚在半夜的树丛

饮下太多的孤独与泪水
或为鬼，或为狐
只要执念里的深情，能像婴宁一样
日夜都有春风的眷顾

女人花

摇曳在红尘中。以一滴水的柔
托起整个江山的壮美

打开生命里轮回的痴情
这一生，只为一座城
妩媚。或者凋零

自画像

他的眼神温柔，如一朵张开的莲花
她用手中的画笔，画出另一朵自己
跃然宣纸上的并蒂莲
他说那一定是他和她的后世
仲夏的夜色里，她幸福的样子
就像春风突然破门而入

与你重逢

亲爱，我只带着雪的圣洁
与缠绵
扑进你眸子里那深深的眷恋

前世的伤，化作今生的情
以痴狂的爱恋
紧紧贴进你的心跳
碰撞出满怀的春色
不问劫缘

亲爱，融化我吧
我曾是你前世那颗滚烫的泪水

山魂

太行山
如英雄一样
傲立于天地间
站成一尊不屈的雕像
俯瞰尘世的风云

任繁华来去
缄默不语
只用心守住本色

在晨钟暮鼓声中
披上镀金的袈裟
让冰冷的石头
也生出爱的温度
和佛的慈悲

赵南城

原《老人报》总编辑。曾任广州二中语文教研组副组长、《广州日报》副刊部副主任，现为广东省软文化研究院研究员、广州市老干大学特约研究员兼诗词班教师、中国散文诗研究会理事、广东省作协会员、广州市作协理事。

东方颂

向东，向东
东方太阳正红
东方是木
东方欣欣向荣
东方坚强而又浪漫
在朦胧的“鱼肚白”升起彩虹
她是出浴的美女
以透过白如蝉翼的纱巾
展现妩媚而美丽的黎明
是娇嫩而洁白的生命
是不可抵挡的风情万种

让江河、平原、高山和海洋
再向东，向东
东方太阳正红
东方乘着屈原的马车奔来
在大海，她驮着太阳歌唱
流动着温柔的浅绿和厚重的深蓝
奔流着决断的桔黄和刚强的绯红
于是，东方最痴情也是最绝情
最男性也是最女性
在梦幻般的绿荫深处
东方是生命的子宫也是坟墓
当一只鹰穿过血红的黎明
东方跳起无与伦比的舞蹈
那是华尔兹晶莹的露水
也是西班牙斗牛士勇敢的进攻
每一步都是由血印盛开红宝石般的睡莲在光
芒万丈的母性中苏醒

感悟红棉

把爆竹瞬间的炸响，
化作高空庄重的沉默，
春天的路还很漫长，
霜冻，还躲在云层中窥探，
召集所有的小草和花朵，
亲吻破碎后的忧伤。

因为经历太多的苦难，
所以如鲜血般惊心动魄，
就这样穿过春风的梦，
到达七月流火十月果香。

让坚贞燃烧得如此纯粹，
像黎明闪烁透明的希望，
因为具有思维的高度，
你的挺拔更使你坚强。

母亲

热泪打湿了忧伤的晨风
你瘦削的指尖理着我的发鬓
我禁不住像儿时一样
紧紧拉住你的衣襟

呵，母亲
为了留住你渐渐隐去的身影
虽然晨曦已把梦剪成烟缕
我还是久久不敢睁开眼睛
我依旧珍藏那条手织的围巾
生怕浣洗会使它
失去你特有的温馨

呵，母亲
岁月的流水会冲淡生动的经历
生怕记忆也一样褪色呵
你昏迷离家前倒在晒菜干的阳台
我不忍回想这钻心的痛楚
为了一根刺我曾向你哭喊
如今带着荆冠，我不敢
一声也不敢呻吟

呵，母亲
我常悲哀地仰望你的照片
如今步入晚年绝望于孤寂的坚冰
母亲！若我没有出生多好
我厌倦这丑恶和阴暗的人世
纵然呼唤和迷惘能穿透黄土
我怎敢惊动你的安眠
我还不敢这样供奉爱的祭品
虽然我写了许多首歌
给花、给海、给黎明

呵，母亲
我的甜柔悲伤的怀念
不是激流，不是瀑布
是花木掩映中唱不出歌声的枯井

赵帅

又名赵虎，网名天乐。中学教师。工作之

余喜欢读诗、写诗。作品散见于《燕京诗刊》《诗中国》《汾州乡情》《杏花雨》及微信平台，有组诗多首被搜狐新闻、天天快报、一点资讯及腾讯新闻网转载。

枫情

栀子花的香还没散开
桂花已怒放
秋菊似不急争艳
海棠绚烂了整个夏
中秋月下睡莲的白依然素雅
不减风韵

我要说
枫正用绿意盎然诠释
它的风华正茂和青春飞扬
似乎
用生命的赤艳渲染
太豪迈壮观
其实
那是种无奈

所以不急于赏枫红水碧
勿为塞北风吹叶落而悲
勿为江南浪高天朗而喜
就爱脚下这黄土地

秋伏后的八月
她可以一日里春夏秋换季
不疾不徐
爽凉已至

那就闻香品茗
朝踏晨露
午浴秋光
晚撷彩英
幸福地睡在秋光
爱在秋光
写溜儿秋的诗情画意
和枫叶一样
不总用红艳来宣告秋
低调地用绿
把生命充实

花不曾艳
默默地
裹上了不规则的年轮
滋长

2016年8月26日。

又是一年桂花香

八月，桂花开遍
北园，众里寻它却无花
这园已在秋凉中肃杀
南园金桂
缀了心隅
让我放下羁绊踏歌寻桂

“八月桂花遍地开”
……

还是采撷一朵吧
于是
信步穿过人海车流
来到百花轩
窨窑了一坛的
百合、玫瑰、康乃馨
惟独没有心中的桂

只因它粉而不娇，白而不艳么
花谱的封册里也没采编
我目眦这“百花轩”之“百”、之“花”、之“轩”
轩主诧异
君问花价太贵抑或婚庆生祝
我只摇头

“菊之爱，陶后鲜有闻”

这轩却遍插黄菊
哦,仅为丧礼的祭么
我黯然
是吹吹打打中淡了悲催的悼
只有尘世的嚣么
我却悲催

那浪漫了八月的桂
只在秦淮河畔抑或于
钱塘潮的泥淖中沉浮么
还是欢娱香腻了千万里的
巴山楚水而后凄凉呢

我思我忖我揣我度我衡我量
我也当一花轩的主
只开一季的店
只开八月的桂
只为闻一闻
今日的香

2016年9月20日。

赵树辉

笔名卧龙。男,1976年生,河南洛阳人,教师。洛阳市作协会员。作品散见于报纸杂志,若干作品收录于《世界诗歌文学》《洛阳诗人》《河洛芳草》《中国梦桃花情》等。出版个人诗集《卧龙吟》。

爱的塔尖文

风,牵着我们的手
我们,扶着山的肩。
数不清的石阶,
一步步把我们举起,
伸手,触碰到了天
湛蓝,湛蓝。

你,给我鼓励
我,赠你笑脸
我们的身影,
比紫烟更美,
我们的脚步,
比大山更坚。
你看,
炎黄峰正给咱们点赞!

红丝巾啊
在山顶挥舞,
我们携手,
共筑,爱的塔尖。

赵拓方

笔名史凡。男,河南洛宁人。南开大学毕业,原为洛阳第三师范学校高级讲师、工会主席。曾宪梓教育基金三等奖获得者。中国诗歌学会会员,河南省作家协会会员,洛阳市小小说学会会员,洛阳市儿童文学学会会员,洛宁县作家协会副主席,《书城》文学期刊副主编。在《中华文学选刊》《中国文学》《教育时报》《牡丹》《洛神》《洛阳日报》等报刊发表作品三百余件,诗文入选十数种选本。曾获人民日报《大地》月刊征文三等奖,全国第一届新田园诗歌大赛三等奖,第二届新田园诗歌大赛二等奖,全国“东方杯”诗歌大赛银奖,中国新闻工作者协会“中华大地之光”报告文学二等奖,全国“李贺杯”诗文大赛二等奖,全国“卧龙杯”散文诗歌大奖赛三等奖,中国(浙江)第三届“鲁迅故里杯”廉政杂文大赛二等奖。

中国的山

(一)

乌云笼罩的岁月
革命被困在这里
缺吃少穿,没有枪弹
靠红米饭、南瓜汤滋养
用梭标、红缨枪武装

穿灰色布衣的军队
一天天壮大
山，是生长光明的圣地

异乎寻常的造山运动
就这样巍峨而又艰难地崛起
苍翠的韶峰最早迎来旭日
秋收时节井冈山盛产红旗

（二）

山，是一种高度
达到这一高度确实不易
在经历无数围追堵截之后
在战胜分裂和逃跑的同时
新中国的窃火者
把睿智的目光投向了绵延的山
中国的前途和命运
就和山紧紧连在了一起

随之而来的夹金、六盘
嵌上了那条举世闻名的红飘带
众多的山也纷纷在四卷巨著中
找到自己的位置
或被伟人的马蹄平仄成诗情画意
宝塔山是一枚强有力的叹号
被标在陕北高原这赭黄色的宣纸

屹立成历史的丰碑
使昨日的回忆沉重
以无与伦比的海拔昭示真理
山中培植的胜利
终于在全国收获
这不能说不是一种奇迹

（三）

在远离山的年代里感受山
岁月便起伏成峥嵘的记忆
爷爷嘴里的沂蒙小调
伴随着我儿时的梦
狼牙山头悲壮的画面
黑白在我正在成长的年纪
罗霄山、太行山、桐柏山、大别山……
从历史教科书中排队走来
增添了我骨中的钙、血中的盐粒

经战火洗礼，中国的山
无疑是地壳上最坚硬的部分
挺拔成一种骨气
横亘时空，中国的山
便成了我们精神世界的风景
呈现出无比的壮丽

赵稳成

网名一路清风。1970年生，媒体从业者，业余诗歌爱好者。作品散见于《河南日报》《国际商报》《河南科技报》等多家刊物。

此刻让我闭目欣赏

此刻让我闭目欣赏
音乐中你奔跑的模样
就像清晨里的光亮
木槿海棠伴随着春风的柳枝
都随青草一样茁壮

我想这生机般的模样
此刻也应该挂在你的脸庞
你微细的汗珠
也应该像露珠一样
映射出年轻的光芒

呵　晨光
让我在慵懒中想象
一个人的奔跑音乐中徜徉
多么美好的时光
我却在思念里奢望

相安便是……

内心里的春天是一汪幽静
临山面水
几株古树数条藤蔓

那徐缓的好时光
像阳光一样慵懒

我数着叶片上晃动的欢笑
如等一些风中的曼妙

此时你来便是今生的浪漫
要了那满眼的苍碧
许了那花朵的肆意
心中若还有期盼
那便是静一些再静一些
我在红尘中默念
相安便是八百年前最深的缘

又是一个好收成

我画不出麦芒因为它像一根根刺
戳在梦中又疼进心里
我写不出麦粒因为它的饱满
始终让人心存善念甚或感激

但我能够和它亲密
像我的父亲满脸的皱纹里
只是期盼一场雪一场雨水
一场浩浩荡荡的杨花
最终结出饱满的粒

不烧香不膜拜
只是用辛劳的汗水用一整天的疲惫
在心里默念:又是一个好收成
将在夏季
不再为孩子们的书作费发愁
不再为一张张饥饿的脸焦虑

这个午后

那么快
正午的阳光一会儿便翻过了墙树
空荡荡的丝瓜架上
半青半黄的丝瓜仍在坚持
没有风
院子里的狗用懒洋洋的眼神看鸡刨食
无视时光主人的脚步
墙头上挂满的玉米和辣椒
成就了我的小幸福
像翻一本书
这个午后我在我的思想里留步
不打扰黄天
不惊动厚土

今生的颤栗

很自然地就想起
你的微笑
那么近
在心里我始终守候着
绝不容许任何反对的言语
冲撞甚或敌意
我已经习惯
甚至每天假设
失去了你
我该如何面对内心的挂记
这是一天
也将成为今生的颤栗

赵新生

笔名相由心生。男,1973年生,山东新泰人。喜欢音乐、喜剧小品,爱好阅读,热爱生活。从2015年11月学习写作至今,多以生活随感居多。作品散见于《九州诗苑》《云中文苑》等。

诗观:诗词让生活更精彩,生活因诗词而快乐!

献给七一

七一
党的生日
我也想用文字
留下祝福的印记
为曾经的建国元勋们
表达我内心最崇高的敬意

七一
值得铭记
那段峥嵘历史
让中国创造了奇迹
伟大的人民领袖毛主席
使劳苦大众从此把胸膛挺起

七一
年年经历
随着时间推移
人们越来越迷失
忘记曾经的革命先烈
抛头颅洒热血才换得今昔

七一
神圣意义
国人永存心底
教育后代共同努力
继承先辈遗志强盛中国
点亮世界版图上的东方雄鸡

父亲节感怀

老爸
没想到吧
儿子会用这样的方式
来表达对您的思念
时光飞逝
我也已四十多
有了自己的小家伙
才知道您对我
如空气般大爱无形
对这个家
如阳光般无私温暖
从您的身上我学会了
与人要为善
家庭中和睦二字才是
幸福的根源

想想和您在一起的时光
遗憾就会流出心房
屈指可数是那么地短暂
年少时贪玩
不知道多与您陪伴
直到您走出了我的现实世界
才明白
子欲养而亲不待
空留一幅幅的画面
盘桓于心间

今天是父亲节
我把对您的怀念融进字里行间
这就是儿子的心声
相信您一定能够听见
若有来世
我愿与您再续
父子缘
圆我未尽的孝道
方能心安

今晚我不带伞

今晚我不带伞
一任雨水模糊我的
双眼
不再看那些
是非恩怨

今晚我不带伞
雨水淋湿了我的
双肩
有了理由卸下

平时的沉甸

今晚我不带伞
趟着雨水一直向前
把心中的
迷茫奋力地
摔到路边

生活总会经历风雨
而风雨
才是磨练人的教官
疾风吹硬了筋骨
骤雨涤荡了灵魂
来吧
今晚我不带伞
就是为了迎接风雨
过后的
璀璨

蝴蝶赞

蝴蝶
在花丛中起舞
挥动着七彩的翅膀
上下翻飞
自在从容

在这自在的背后
又有谁知道
它所经历的
苦痛

一次次的蜕变
撕心裂肺
却无法阻挡那
小毛毛虫的梦想
就是一定要
飞上天空

等待的过程
随时会失去生命
哪怕万分之一的希望
也要力争
争得那羽翼硬朗时
自由飞行
尽享天空

高考作文《我的行囊》

——随感一篇

四十多年的
人生旅程
我的行囊一直背在
身上
空空如也
没有分量

你要问为什么
因为
少了梦想
像一条小船在大海中
迷失了方向
不知道漂向何方

亲爱的朋友
不要像我这样
世界很精彩
一定要去闯闯
把你的行囊整理妥当
天空辽阔
任你去翱翔

行囊里装满对生活的
希望
懂得感恩
懂得去分享
人生的旅程不仅有
秀美的风光
也要学会拼搏
战胜未知的风浪

去吧
不要再犹豫
不要再彷徨
汲取太阳的能量
插上梦想的翅膀
一路高歌
把青春激情
唱响

写给高考的同学们

又一年高考到了
气氛再一次推上了
高潮
路上的行人改了道
警察们在路口
做着疏导
孩子们带着父母的期望
走进了考场
家长们内心
似火煎熬

学生们面临着人生的
第一次抉择
哪怕是一分都决定了
要去的方向
考得理想
说明你准备得充分
继续努力去实现
自己的梦想
即使不好
你也经历了一场较量
磨炼了翅膀
为了以后更好地飞翔
清华北大不是
唯一的大路
未来的坦途还要
自己去闯
今天的考试是你
人生路上必经的拐点
走好下一步
用心创造
明天的辉煌

写给孩子

孩子，我知道
你很累
但别人都在
飞

这句话我读了
又读
想了又想

是啊
不进则退是
亘古不变的道理
先苦后甜只为
更加美好的
明天

人生的道路
你们要
一步一个脚印地走
任何的捷径
都有看不清的
陷阱
不要心存侥幸
不要贪图虚名
读好书
做好人
即使平淡
也要睡得安宁

人的一生
要经历许多的
风雨
但你要坚信

黑夜再长
总会有天明

孩子们
放飞自己的梦想
找准人生的方向
山再高
路在脚下
勇攀
巅峰

风吹皱了思绪

风
有点凉
仿佛体会到了
我的心伤

风
有点狂
是我的焦躁
让它
变了模样

脑海里
都是
家的画面
门前的小树
沙发上的花布
任何小小的细节
都历历在目

风
吹向了远方
带走了我的乡情
心
在这里遥望
家中的父母啊
可还安康

风
吹皱了
我的思绪

我
乱了风的
脚步

风
载着我的
祝福

我
赶着风的
速度

我
这是怎么了
风
吹皱了我的思绪

赵雅雯

笔名迦兰。女，满族，内蒙古自治区呼伦贝尔人，现在扎兰屯市兴华街道迎春社区工作。扎兰屯市诗词协会会员。

思念

如瀑的思念
倾泻在静静的夜晚
你的笑颜
在眼前若隐若现
每当人静夜阑
所有的依恋
都在我的笔端
一一显现

今夜　月光如水一般
流淌在我的心田

念你的心
从未疲倦
就这样
细细地品味着
月与夜的缠绵
就这样
文字与思绪牵手
不再孤单

情无声
爱无言
新词写旧梦
举樽向苍天
心悠悠
意绵绵
此情无期
难付东流水云间

守候初心一生

夜
如此深沉
如此寂静
思
像一湖柔柔的水
由心底而生
在生命中的相逢
美丽了岁月的风景

岁月无情
文字有声
灵魂深处
与君相约文字中
追忆往事心难平
回首已飘零

携一缕明月
泪眼朦胧
问今宵
君心可记
绮窗红酒
剑舞琴鸣
夜色阑珊
蛙鼓多情
相许为君
守候初心一生

赵燕

女，生于1975年，江苏邳州市红卫服装厂职工。自幼喜爱诗歌，作品散见于地方报刊及网络平台。

坐在藤椅上

我和月光安静地聊着天
风轻柔地抚摸着发端
蛐蛐们停止了歌唱
一些怀念跳出来
心，蓦地痛了

一刀一刀割下去
想你有多深，下手便有多重
剖开前世今生的果
答案总是有些残忍
我是那个与自己为敌的人
把一颗心流放

远处的灯火依然璀璨
一个影子倏忽不现
擦肩而过的理由
足够
让我想起一朵花凋谢的全过程

回忆那么拥挤
我和月亮一起
数着星星

生活

凌晨，我把影子反复打磨
试图寻找过往的痕迹 只是
惨白的墙上落满奇形怪状的符号
找不到落脚的地方
一次次的用力，一次次的无能为力
穿堂风
肆无忌惮地穿过整个身体

呼吸已是一种重负
一尾鱼在阳光下喘息
亲爱的
我正在参加自己的葬礼

赵玉

喜欢阅读、朗诵、旅游。

诗观：好的诗是极致的，拥有极致的美、极致的情，极真极善。

竹林静坐

春雨温柔细腻
不舍片片竹叶的风骨飘逸，
轻抚出满目翡翠的鲜绿。
曲径深情故事
幽幽地在薄雾浅含的竹林深处隐去。

婉啭的鸟鸣飘渺成涟漪，
聒噪的蝉曲消散在记忆，
身旁的小溪也无低语。
我知道、我知道
她听得到我心房的跳动和绵绵思绪。

我不能惊扰
每棵竹专注的禅心，
着粗布的松绿汉服身心合一
静静地坐在这里。

无须清茶沁脾
也不必弹出悠悠的琴曲
没有亲朋相随
更无红颜知己。
我静静地坐在这片竹林里
和每根青竹
一同呼吸
一同洗涤。

竹问我
君从何处来？
我答
追溯天荒，你我同胞相依。
我问竹
你为何为竹
而我为何成为自己？
竹微笑曰
若吾为你
人间的千般绝唱怎么演义？

朝霞仙子偷了王母的仙竹
种到人间
成了神话中的一笔。
湘江边
尧帝的女儿娥皇、女英
为夫舜帝之殪
哭出了竹的斑斑痕记
又带出曹雪芹的潇湘妃子林黛玉

月夜中独坐幽篁里
弹琴长啸的王维
让杜甫跟着咏叹了
色侵书帙晚，阴过酒樽凉。
的诗句

我想那陶渊明满院的菊花开放，
不会没有几杆青竹
影印在月光里。

宁可食无肉，也要居有竹的东坡居士
用竹仗芒鞋演奏的是

诙谐和美的豁达旋律。
而板桥勾勒的写意
更是高洁清风的绝笔。

酣畅肆意的七贤
最动人的嵇康、阮籍
衣带飘飘在高高刑台
面对闪亮的屠刀
入神的嵇康
动情地抚出《广陵散》一曲
合着他的一声长叹
广陵散从此绝矣!

优雅的诀别感天动地
生命的高贵旷世美丽!
我已颤抖,不能自已……
他们真的来过
雕塑般刻进了我们的血液里。

蝴蝶飞舞翩跹
和竹一样,生命都是那么的简单
它随风飘散
或落于萋萋芳草
或落于断壁残垣
从没忘为脚下的土地涂画和装点

再会! 我的兄弟
有空我就会着松绿的汉服
怀一颗禅心静静地坐在这里
和你一起等待
相信这片土地会有新的传奇

感于杭州的云栖竹径,写于2016年5月3日。

别以为

别以为雪中的花朵
是娇艳中的最美
其实洒在泥土里殷红的鲜血
才是绽放时最美的花蕾

别以为雪中的万紫千红
是灵魂的最高贵
沉眠在土地下的生命
才是发芽生根的光辉

别以为寒雪
是烘托美丽的极品
她告诉我们
没有这寒夜的重压
我们活得才更是一个自然的人类

别以为这白雪下
流泪的是鲜花
其实真正流泪的
是严寒覆盖下她捧出的
盼望我们苏醒的心芽

别以为躲在暗处狞笑的刽子手
不会被历史的明眼照见

别以为中世纪般的乌云里
就不会有雷鸣闪电

别以为茫茫雪野里微弱的光亮
就只是一个灯盏

别以为生活的重压下
我们不会看到天空真正的启明星在呼唤人性
的回归

别以为那在旷野里的呐喊
千百年会没有一点激荡
变成心里滚滚的春雷

2016年5月6日。

背影

墨色几滴
洇染了宣纸的写意
一杯清茶

氤氲了满目沉静的幽香

若是沉入水底的鲜花
怎会有这般鲜明的轮廓
若是跌落山谷的歌声
怎会有这般摄魂的回波

我望那披纱的月亮
不曾有这动心的一抹
我嗅那薄雾中的花朵
酒醉了也不会有这泪眼婆娑

我知你不愿回望
红尘中那满目的污渍
是不是看到了
人间没有的春色?

就这样凝望下去
绝不会惊鸿一瞥
怕看到你灵魂里的伤痛
和给我的千古轮回般的承诺

2016 年 4 月 26 日。

绝世的回眸

你走了
没有说一句话
我甚至没有看清
你离去的倩影。
带走全部的美丽
只在乱风中
凝固了一个绝世的回眸。

这片土地还有点寒
没能留得住你这株奇异的花
芬芳烂漫在异国的土地上
只有在文字里才能嗅到
你的迷香和才华。

我不想走
只愿用心体会嵇康的绝美
和这块土地的每一次脉动
哪怕是凄风苦雨、雷电交加
终将老去时
寻一片洁净的竹林
把我的骨灰埋下。

我知道寒湿的冷风
不能把你吹回
哪怕你是轻如漫天杨絮
或似蒲公英的飘飘洒洒

但我更深深懂得
总有一天花和花的种子
会被温暖的海风带回
亲吻着久别深情的土地
绽放时就像天边的晚霞。

因为,只因为
我从你绝世的回眸中
看到了闪闪的泪花。

赵志强

笔名理查。

滴泪

醉生梦死几轮回
深夜,
我挑起了那燃尽的煤油灯,
看着泛黄的纸,
拿起写满沧桑的笔,
写下这落寞的花谢!
窗外,
你拾起了那忘记的回忆,
望向褶皱的帘,
拾起那尘封的颜,
歌唱这没有旋律的天籁!
喜鹊已经入睡,

它听不见这动人心弦。
我扶案泪涌,
这是那孤独的绝唱!

新诗二首

梦回秋雨

——步兄长新诗同题而作

嘀嗒,嘀嗒!
谁在轻吟,谁在咏琴!
是秋雨后那一丝忧愁,
还是卷帘后的佳人的一点诉求!
灶台前那一缕忘忧香,
升起无法忘却的夜未央!
回望,转身,
知叫扰碎了醉梦人的心中凉!
窗外,晚霞升起得那样无力,
懒散地照在幽帘内无助的思绪!
梦中,念凉的雨,
似乎只有那临冬的秋!
幽帘内那飘在门口偷听的汉子耳里无法忘却的醉人琵琶!
是那心碎的,梦绕的
回忆吗?

梦中,我的父母

——依兄题而作

梦中院里的梧桐树,
还是那样的茂密吗?
破旧的砖头墙,
还没有修筑上吗?
家里的那只淘气的小猫,
是不是每天还是那样慵懒?
每当想起这些的时候,
泪水像秋后的雨!
有些凉,有些无奈!
离开你们已经是三春已过!
陪在你们的身边的时间
是那样的少!
如今啊!
游子脱下那漂泊的行装!
想拥抱一下久违的哽咽,
可是啊!
我还在梧桐树下看着那淘气的猫!

过往不忘

每当夜深时
我会习惯把自己锁在一个黑暗的世界里
不去听外面的喧嚣

每当爱的种子发芽
我都会习惯性地释放紧闭的心
为你倾尽所有

每当受伤时
我都会不自觉地把伤痕累累的
心就在深渊中
不去想过往尘埃

可是每当孤独的时候
我想拥有你的陪伴
可是你却离我那么远
那么远

阵子

男,60后,河南潢川人。

寄语:喜文字不勤奋,好诗韵惰于笔耕,余生希冀诗文善待我心。

银镰如钩

在春天亲吻夏日的前夜
汽笛无须长鸣
晚点三十年的列车
羞怯地停靠在站台
银镰如钩
轻轻地挑开每一道

懵懂积攒的云斗
萧疏的逝水年华
试图清算月光如银的过错
她沧桑了太多的青丝发秀
蒸煮透的眼神
多少次地缠绵冷月
已然失去热度
这一次
我必须抓紧你的手
让自己颤抖
凭借摇曳的红酒
在午夜的歌声里
用一抹微笑
细数满天的星宿

郑存友

笔名闪电。新疆哈密人，自由职业者。喜欢文字游戏。

红尘的尺度

蘸染淡香的枝桠
能否揭开轻绿的心帘
勾画浮世悠长的曲线

不肯隐去的一抹情在诗外低吟
一盈守望为谁植活瑰丽的桃色
此时只想悄悄
牵起你的手
等待一季嫩绿
蔓延一场娇媚的萧索

从此无法遏制的心跳
会何去何从
也许会坠落在某个朝代
掐指丈量
红尘的尺度
管它人间又换几重风雨江山

六张笺(组诗)

第一笺

小憩片刻
借一支笔拨开夜色
一把剑闪电含锋孕育燃烧
闭息终不敢发出一丝丝秋月落花

第二笺

这样的时光
爬上黎明的顶端
看那退去的秋只一夜风云
放肆的笔端便隐隐作痛

第三笺

某一个对视
推开泛黄的诗句
潜入你秋凉的纹路
我们可不可以紧紧依偎

第四笺

匆匆而过的风
已接不住我旋落的忧伤
无关风月
只留一句诗慢温你静守的目光

第五笺

在一些光阴里
我的夜走入迷途
只一个简单的行囊里
塞满沧桑

第六笺

一些旧了的时光
越过这个季节的漂泊
在每一个夜的边缘
冥想如初

郑光伟

河北霸州人，1982年生。谷风诗社会员。

一动不动

乞求你可不可以手下留情
一颗心早已被戳穿太多坑洞
心事太重就越难见到笑容
贪得无厌是无法治愈的怪病

宽容大度没必要刻意节省
生活不是江湖何必争辩雌雄
眼神太轻瞳孔就难免红肿
两个人越熟悉才会越变陌生

她的血液也许太过冰冷
可是你也没努力去试着感动
人生无非是一场旅行
不是每一站地都是你喜欢的风景

低着头不代表骨气不硬
需要沉寂情绪就别刻意汹涌
别滥用你的盖世武功
伤了别人自己也会铭心刻骨地痛

心计

总是奢望能满心欢喜
又有谁可以完美到无可挑剔
所有缺点都没有固定的命题
更没有人会奉送你想要的东西

愁眉苦脸也大可不必
没理由还要把缺点一一列举
讨厌一个人本来就简单容易
嘴脸揭不揭穿又能有什么关系

离散了就不可能重聚
既然不相信又何必猜疑
那些真心的话都感动不了自己
又凭什么让旁观者同病相依

不是感动都沁人心脾
太用心才觉得不可思议
不睬不理也许是因为眉眼高低
瞳孔里都是琢磨不透的心计

煎熬

学不会心灵手巧
也难怪被别人吐槽
活得像个玩笑
实在是经不起推敲

从不曾自满骄傲
也没什么信念撑腰
闭上双眼祈祷
用无所适从当情调

谁愿意守着哀伤终老
来换取所谓的清高
除了可以自嘲
无以为报

谁能一辈子强颜欢笑
烦情琐事也不计较
孤零零静悄悄
出人意料

爱谁谁

累了都不敢打个瞌睡
生怕这一生无所作为
最后落个善良或虚伪
都算是众望所归

心痛太突然都没防备
落寞时有谁舍身相陪
还好能找个机会沉醉
与失魂落魄媲美

什么对错什么是非
表情与动作太不相配
爱谁谁
不坚强就气馁

什么得意什么惭愧
承诺像现实一样漆黑
爱谁谁

小丑

怎么做都不够只是因为贪婪过头
一个人骄傲放纵一个人失去自由
原来心胸狭窄才喜欢怀旧
呆滞无神更不是伪装的眼眸

也妄想过尽头可习惯了逆来顺受
还不是决心要走不然也无法挽留
也许心痛不需要太大伤口
其实大海也并不会带走哀愁

可怜的小丑可惜他学不会温柔
等最后身体麻木到不能颤抖
卖力地表演人们却十指相扣
没有掌声也大可不必哀求

美丽的小丑心事没有人能看透
死了心歇斯底里不见得拥有
时间越是久兴许越错过成熟
不是你的又怎么放进衣兜

目送你们远行

偏爱与怨恨别太过生硬
谁也缠绕不住谁的热情
别抽搐尝试着放松
不如独自欣赏那些头也不回的背影

乞求与妄想还不如做梦
至少能短暂地缓解心疼
别固执别一觉不醒
还有太多的美丽风景在等着你回应

痴心的人还迎着风
闭着眼在目送你们远行
直到消失再没机会触碰
他才肯承认有种奢望叫情有独钟

未说的话哑巴才懂
无非是习惯了命运捉弄
多幸福一辈子有恃无恐
也没有人斥责他计较现在和曾经

往事如雨

不曾拥有又何谈珍惜
一个人幻想也不失为一种情趣
已然失落又何必畏惧
错过了太多注定不会水到渠成

都尽量别回忆
免得勾起相思人的泪滴
无奈这一生没机会再相遇
也只好感叹这世上少一些或许

是谁还在如此地心急
卖力地辨别着岁月里的蛛丝马迹
可能是为了痛得再多一些彻底
才情愿在荒芜的世界里咄咄相逼

往事如雨早已随风而去
孤独是画尘沙成迷
往事如你再也只字不提
忧愁是梦不再想起

自取其辱

忧郁其实只是心生嫉妒
微笑的表情才带着那么多酸楚
谁也不会生来孤独
除非是霸占了别人的生路

无所不知不是虚怀若谷
看惯世态炎凉便不再嘲笑世俗
那所谓的侠情傲骨
也难以禁得住被肮脏玷污

有些人被刻上一脸无辜
是因为明白了不是想倾诉就能倾诉
还那么认真地自取其辱
难不成真要做个奴仆

太计较难免会争风吃醋
才会让仅有的热情一下子入不敷出
只可惜这世上没有假如
不然也不会暴殄天物

瞒

俯耳倾听一曲动人歌声断
情几番早已刻入青石板
赏不尽天清风高云淡
谁的美泪眼望不穿

幽幽两岸
错过一湖云烟
乘一叶木船
难分这今世长短

侧身遥望静等痴心北雁还
花几瓣却未染透有情天
道不清柳绿山高水浅
谁的心遮一席珠帘

寥寥几年
了却一生挂牵
折一把纸伞
再也撑不开缠绵

郑海军

男，中国平煤神马集团职工。平顶山市三苏诗社成员。擅长诗歌、散文、小说创作及文学评论。已出版诗集二部，作品常见于《奔流》等刊物。

微微翘起的嘴角

（一）

我喜欢你微微翘起的嘴角
含着自信，还有一丝
不易察觉的浅笑

那里会化成酒窝
是甘泉，还是相思的药引
或是给我的暗示和自寻烦恼

你喜欢穿着布袍回到唐朝
轻移莲步，偷嗅梅花
徐摇纨扇，下棋品茶

在宋词的月光下将你寻找
你却藏在元曲中
荡着秋千，弹着琵琶

（二）

我喜欢你微微翘起的嘴角
含着天真，还有一点
不易察觉的骄傲

那里有时会羞成腮红
长发散落，青丝及腰
回风舞雪，衣袂飘飘

梦里寻你千百度
却迷失在灯火阑珊的夜里
万里江山，怎抵你回眸一笑

煮沸的江湖在壶中深藏
日子被淡淡的茶香缭绕
心如止水，却让众生倾倒

（三）

我喜欢你微微翘起的嘴角
含着娇媚，还有一点
不易察觉的悟道

那里会有一轮月芽儿
口齿噙香的泼墨挥毫
甘露入心时顽石点头含笑

你向我走来时
单衣布履，素面朝天
犹如一朵荷花在清清河水里飘摇

唉，你可是从聊斋里穿越来的婴宁？
也许是古画里出来游戏人间的美人
你是我的心，生生造出来的幻影

郑　炜

男，1968 年生于浙江台州。中国作家协会会员。600 余件诗歌、散文及评论散见于《诗刊》《青年文学》《文艺报》《文学报》等报刊。出版诗集《郑炜诗选》《当梦成业一种负提》《双子叶集》（合著）等。

乘车入北方

乘四入北方，四顾野茫茫。
欲说苍凉意，一树遥相望。

1996 年。

巾山

小憩巾山上，灵江渐去远。
双峰夕阳里，塔影相陪伴。

1997 年。巾山、灵江均在浙江省临海市。

过龙浦

三月过龙浦，桃红逐水流。
鸟去天空淡，林深草自幽。

1997 年。龙浦，即青龙浦，作者故乡台州市蓬街镇境内的一条河流。

东林水库

云雾绕山阿，天湖水最清。
绿茶开白花，风吹蒲公英。

2010 年。东林水库在浙江临海桐峙山顶。

宿兰田

日落山俱黑，灯灭人自隐。
隔窗风呼啸，天低星辰近。

2010 年；兰田，村庄，在浙江临海东南峒峙山上，海拔 760 多米。

摇丝竹

霞云灿籼南天逐，后园甜瓜可成熟？
如今每逢元宵夜，再无少年摇丝竹。

2013 年。甜瓜：欲称菜瓜，曾栽种于老屋后园；摇丝竹：作者儿时，每逢元宵夜，总会记得母亲说的话，去屋后用力摇动丝竹，祈求上天降福（实际上是希望能摇到飞舞的蝙蝠）。

雨中茶花

枝头抱香香不再，化作泥尘还有谁。
一朵一朵色褪尽，又见叶隙风来吹。

2013 年。

长发剃罢

管他形貌可曾改，见吹千遍我犹在。
长发剃罢换短发，一根一根指向天。

2013 年。

郑义伟

中国诗歌学会、全国铁路公安局作家协会、四川省音乐家协会会员；全国公安诗歌诗词学会理事、成都铁路公安局作协主席、西昌市作家协会副秘书长。全国诗文艺术“文艺复兴杯”特等奖、全国诗文艺术征文大赛金奖、全国散文艺术征文大赛一等奖获得者。诗歌编入《中国当代文艺名家名作金榜集》（2016 年卷），入选 2016 年度《中国当代诗词典藏》。三百余万字作品散见于《二月文学》《啄木鸟》《家园》《中国铁路文艺》等文学刊物与中国诗歌文学精品、作家平台、剑胆琴心、现代诗歌传媒、岭南诗笺、新边塞等微信平台。著有个人诗集《踏着月色的脚步》(群众出版社)。

诗观:生活因诗而浪漫,诗因生活而芬芳;像生活一样写诗,像写诗一样生活。

寒露晚秋晶莹的泪珠

那是红叶飘下的泪水
那是寒露晚秋晶莹的泪珠
想为女儿露珠写诗赞美
写晶莹剔透凝成一滴感恩的泪

露珠像父亲记忆的小河
滴洒在清澈透明的河面上
悦耳共鸣的声音像拨动的琴弦
在江河浪涛里涓涓流淌

晨雾散去
让朝霞喷薄冲动
沿风叩问的方向
露珠躲在绿叶的心房

泉水之音伴着清晨鸟儿鸣唱
是谁让晶莹剔透的露珠那样美
在无声的花草树叶上闪闪发光
像满天的星星在夜色中那么明亮

我从这里走过

我从这里孤独走过
走进岁月的长河
风雨里聆听脚步的回声
在你深情的凝视里安稳地走着

走进一片深蓝
走进了云水边
秘密在心底里涌起阵阵涟漪
心总是忐忑不安
把逝去的时光死死盯着
蓦然回首那欢乐无忧的童年
无数次在梦里遇见
思念隐藏在心的深处总是那么柔软

难忘校园的那段嬉戏
风吹干了洒落的泪滴
乡恋阁楼的煤油灯下
偷看写给你字条的欢颜

岁月揉皱了年少的心
翻箱倒柜捕捉失落的过去
等一个人的出现
时光催老了容颜
我从心海走过
脚步落在了梦的远方
走进你的泪光
走不出那颗温暖的心房

弯月的银钩
勾起儿时的怀念像潮水一般
采一片冰美的雪花掬成一朵花瓣
温柔成一首满笺的诗篇

缝补忧伤的夜晚

夜色
覆盖我的双眼
静静地在生命的驿站
死死盯着背影走向远山

岁月流淌时光淡淡
归期是否依然
在欠我的那个小溪边
聆听流水潺潺

美丽的谎言
精彩故事真假难辨
一句句隐藏优雅的欺骗

却不忍揭穿透明玻璃的空间

一直那样满满地
沉睡在柔美的臂弯
等你在雪花飘落的冬季
懂你在缝补忧伤的夜晚

寻不到你的笑脸
只有朦胧原初的容颜
把肝肠寸断的情怀
装进沉醉思念的空间

红尘路上烟消云散
恍然如梦守望孤灯一盏
轻嗡秋夜的微寒
或许是留给黎明的阑珊

郑兆敏

中国诗歌学会会员，河南省老艺术家协会理事。长期从事诗歌与歌词创作。代表作有《朝圣者的悲壮》《天葬台，我从你身边走过》《海与太阳》等。2015 年 12 月在厦门成功举办个人诗歌作品朗诵会。

梅花魂

你邂逅了白雪
用她点一株如血的梅红
化作冬日里无尽妖娆的精
而那些属于百花的曾经
都淹没在银色的世界里匿迹销声

因为你约会了寒冷
就注定要在她的怀抱里
承受生命所赋予的那份苍凉和沉重
最终以你的淡雅你的沉静
彰显出你在干枯的枝桠上
绽放的峥嵘

你浅笑在这寂寥的隆冬
守一份爱的执着
用圣洁的灵魂采撷纯粹的真情
所有的蜂蝶都无法直面你的嫣然
你的玲珑

何等的骄傲啊
因为你生存在这何等恶劣的环境
又是何等的光荣
因为你只有你
用手掌托起一个了无生机的冬季
让她在春天到来之前
用一抹蜡黄
描绘出天与地之间最绚丽的美景

你在暖风拂面的时候
与雪花一起消融
只留下不朽的风骨
在苍茫宇宙中
升腾
升腾

指尖花花

本名余君君，字花若卿，徽籍女诗人。中华楹联会员，中华诗词协会会员。爱好摄影，尤爱拍花，人称“百花仙子”。自小爱读书，爱诗爱美文。作品散见于《铜陵日报》《湘阴诗刊》与北美蝶恋花诗社及其化网络平台。

创作感想：中国传统文化博大精深，正待努力学习中！

黄昏有约

（一）

流水的音乐　在沙滩
注角爱的倩影　相思的情愫
晚霞一样　喷射云天

（二）

你梦中的微笑　沿着
我的足迹抒情　暮色里的星
是我望断秋水的眼睛

（三）

和你相约江南的小巷
余晖映抹　无尽的思念
成了一行弯弯曲曲的足迹

（四）

静静听那支小夜曲　在黄昏
如珠玉落盘　看琴键上的芭蕾
跳你怀里入眠

钟新强

江西省武宁县人，自由职业者。江西省作家协会会员。已出版诗集《低处的芦苇》。

人生有一次与豹子相遇

当我还是小小少年
和父亲一起回故乡新华村
经过马咀岭进入藏皮洞
那是一个长长的山窝
林荫蔽日，山泉叮咚
忽然，父亲叫我看
不远处，山腰一棵高高树上
有只大猫一样的毛皮动物
蹲在树梢，一双碧眼似乎盯着我
父亲说，那是一只豹子
哦，斑点的豹子，利爪的豹子
我那时不知道豹子意味着什么
不当一回事，就和父亲继续赶路
人生有一次与豹子相遇
可惜我白白错过
如果是现在，我若还能看到豹子
一定找它借一个胆子，借一副嗓门
我要对着这日益气闷的尘世，长啸，长啸，长啸

内心的风

风，吹动树上的叶子
树叶从不担心自己与众不同
风停了，树叶就平静

每个人心里都有一股风在吹
内心的风，往更里面吹
恍恍惚惚，吹得自己怕看清自己

亲爱的，不要害怕
要原谅自己某些时候的走神
纵然是有时黑暗迷了心
曾经伤及无辜，补救已经来不及
你一定要相信
我们都是正常人
我们这些水做的，泥土做的人
不免有时会泥水一样偶尔浑浊，糊涂

钟永星

1966年，出生于新疆哈密红星二场一连，祖籍河南信阳市商城。从24岁开始发表作品，至今已发表500余首诗歌并被相关书报转载。作品收录于《中国当代名人名作鉴赏辞典》《最高的星辰》《中国当代先锋诗歌大展》等40多种诗文集。

却不容易

秋
我不会疏远它们
窗前匆匆起身绕开那些
和我缠绕在一起的影子
仿佛寂寞和雨声在夜里
却不容易找到其实
在它们分离的间隙中
我并不在意
会俯下身子跟它们

轻轻地谈谈一些从容
或被断开在心中的那些思念

那夜

窗外
叶和风都瘦下来
注视一些风中的停顿
但我却带不走
一片片柔情的叶
想起那夜
悄悄被我跟丢的风声
试图轻轻甩掉
身后的无奈和犹豫

如果能找回

现在可以静下心来
在一堆堆往事中翻来翻去
总想找出一些
和刚刚误入我视线
的一场小雨或者
在它们面前如果
能找回它的源头和明朗
经历和辽阔
我会慢慢回避
一些往事的重压

从一个下午

一些回忆
卡在秋天的途中
我始终卸掉一些
秋的迷茫
从一个下午我能感觉
落在身边的叶
很长时间无法察觉到
从离到伤的路口
我可以把大堆大堆的往事
找出比如伤和眼泪
和低在生活低处的影子

比如

比如一个人在戈壁中行走
看秋后的天空看小小的落日
听身后被风吹动的小草
感觉内心怀想的一滴泪
始终没有流出
偶尔也去看
一小块云朵从我的头顶悄悄飘过
除了风还有空旷的寂寞外
当我转身发现它
瞬间的辽阔和无边的安静

后来

后来承认
在一段好的记忆中
我找到了一个
被我丢弃多年的路口
在每一段不动声色的追忆中
倾听来自身边的风和阳光
我会陪着风
静静走进黄昏在落日的途中
看了看远处
让我一下就感到
来了又去的那趟风
轻轻吹去心上
那片茫然

我甚至

下午内心
被往事静静填满
我几乎安静下来
不谈生活的空缺
看到类似虚构的情节
不愿说出
我甚至放手让忧伤慢慢退出
我会静静用一整天的宽容
去销毁一些生活中的漏洞
于是我小心翼翼地护住
怕一些真实的东西

从内心跑丢

我想

很多事我想
或者打开看见
裸露在身边的忧伤
但我无法卸下一些
比如失去远的那趟风
我静静地闭上眼睛
一些记忆轻轻推动
我失眠的心在走
于是我放不下来
似看见身边的许多
空缺和遗漏

种善东

70后，山东沂南人。草庐诗社创始人。2014年六月触网写作，已创作现代诗歌四百余首。作品曾获第三届白天鹅诗歌奖。诗歌入选《中国首部微信诗选》《中国实力诗人作品选读》《经典短诗·当代方阵》《齐鲁文学作品年展2014》等。作品散见于《中国诗人》《时代文学》《关雎爱情诗刊》《中国诗选刊》《华夏诗刊》《中华诗魂》《炎黄诗学》等。

每一个人都是一个囚徒

每一个人都是一个囚徒
每一天都将自己流放或禁锢
尽管我们不是罪人
我们仍然每天都在救赎

囚禁了身体的，放飞了灵魂
囚禁了灵魂的，驱逐了身体
心与身分离，自由又有什么意义
即使身心相随地行走
也解脱不了监外执行的痛苦

看重名利的，名利就是束缚手脚的镣铐
看破红尘的，信仰就是量身定做的枷锁
升天的，牢头是耶稣玉帝
入地的，管教是阎王土地
半死不活的，狱霸是巫师庸医
红尘滚滚，我是疲于奔命的蚂蚁
黄卷青灯，我是任人敲打的木鱼

我们一生都在逃离
却永远逃不出天罗地网的追捕
逃不出一个个怪圈
逃不出自掘的陷阱与坟墓

我们正一点点地靠近所谓的幸福
那就是，把自己囚在地下
化作自由的尘土

我相信

我相信活着就是坚强
我相信死去就是投降
尽管我们活得穷愁困顿
尽管我们活得漏洞百出
只要挺直了腰杆
就拔高了几分希望，靠近蓝天

我相信纯洁的友情经得住时间
我相信甜美的爱情不会腐烂
尽管朋友也会背叛
尽管爱人也会绝情
只要我们不被假象蒙蔽了双眼

我相信黑夜过去就是黎明
我相信风雨过后就有彩虹
尽管我们还在黑夜里行走
尽管我们的脚下依然泥泞
只要脚步不停，就一定会看到亮丽的风景

我相信正义会压倒邪恶
我相信真理会越辩越明

尽管有时找不到正义
尽管歪理邪说一度盛行
只要我们不跟风不盲从
只要我们不做邪恶的帮凶
一切的美好总会实现
所有的丑恶就会渐行渐远

我相信我相信的都是真的
尽管我一直还在假象里挣扎
尽管很多人把我看作笑话

往事如风，卷不走你种下的疼

捡拾昨日的脚印，串成风铃
等寒风来袭时倾听
收集或苦或甜的泪水，铸成魔镜
寂寞时，照一照我的前世今生
挽留住疲惫的身影，安放在床头
在梦里与苦难重逢

险恶的江湖里，除了刀光剑影
我看不到你赞美的风景
往事如风，卷不走你种下的疼
我明知你的存在
却又无法挥刀决绝
与你正面交锋

虚掩之门

一扇门就这样半开着
只要愿意，谁都可以迈过门槛
无需投名状，无需敲门砖
也无需门票
也许，推门而入
迎接我们的
是繁华或者荒凉
幸运或者苦难

为什么，我们总会怀疑它的真实——
一扇门，怎么可能随便洞开
于是
我们宁愿像无头的苍蝇，飞来飞去
在奔波里风干，也不愿
承受推门的风险
而虚掩之门，就在这里冷冷地旁观
谁让我们
用世俗蒙蔽了自己的眼

剩下的日子，我们哑口无言

是倦鸟归林的喧嚣，将夕阳赶下山
是清脆悦耳的鸟鸣，撕破昏沉的夜幕
迎来黎明

日子就这样被小鸟衔来又叼走
在我们狂欢的时候
在我们放纵的时候
在我们忏悔的时候
在我们发呆的时候
在我们不经意的时候

猛然惊觉的时候
日子已经像祖林里的黄土
一层层地将我们掩埋，漫过口鼻，漫过双眼，漫过头顶

剩下的日子，我们哑口无言
静等后人一年添一次土，一年离尘世远一些
一年与亲情远一层
或者静听路人偶尔提起——
那个土堆下压着某某某
就像当初，我们在谈论某一个人
某一个与我们毫无干系的故事

在老家的田野里，我是一个会喘气的怪物

风在跳舞
小鸟在跳舞
树叶和树枝也在跳舞
阳光穿过枝叶在花草上跳舞
花在跳舞，蜜蜂在花芯跳舞
蝴蝶也在跳舞

草在跳舞，草丛里的蚂蚱在跳舞
蝈蝈也在跳舞

我跟不上它们的舞步
只好傻傻地站在那里
在老家的田野里，傻傻地伫立
像一块僵硬的丑石，或者说
像一个会喘气的怪物

邹冬萍

女。江西省作协会员，2015 年江西省青年改稿会学员。作品主要刊发于《诗选刊》《星星》《天津诗人》《延河》《安徽文学诗歌年选》等报纸杂志。偶有作品获奖，并入选多部文集。

红海湾

岸喊疼了水的耳朵
它一寸寸地拔高海水
去追赶落日的忧伤
海鸥，被风剪碎了羽翅
落在雪白的桅杆上黯然神伤

岸边的水草长出了戟的姿态
细细地切割夕阳的影子
误入山门的螃蟹，彷徨不知终路
金色的流沙，过于温婉
炙热地堆叠一个个温润的身体
将他们的幸福悬挂上了第一个浪尖

秋天的赶路人

浅秋的天空蕴藏着海蓝的图腾
云朵也吐纳着遥远的空城
大地还生长着诸多美好的事物
十五的月亮与钱塘的浪潮
隔着岁月遥相拱手
垄上的稻谷逐渐金黄
稻草人等待生命中最后的完满
有个满怀疲倦的赶路人
渴望一堆虚拟的谷堆，一轮皎洁的月亮，一壶新酿的桂花酒
以及一句戳痛灵魂的暖语
挂住他鹑衣百结的心肠

模糊的脸

夜与昼，在我脑际模糊交战
日与月，互为完满也互为消弭
我无从选择
这一次又一次的完满或者缺失

在树洞里冥思的乌鸦
与桂花树上叫秋的喜鹊
我无从辨识
谁　透露的才是天机

谁走来，谁走去
来来往往亦如天上的星辰，大海的浪潮
我学会了不去海底捞针
眼阖上，又睁开
看见一张模糊的脸
匆遽走过岁月的两端
咒语打造的镣铐
在时光里碎裂
拼凑成一张适合众生的脸

月亮将圆

月亮将圆
有人急着将一壶思念煮开

路边的杨柳
无风自摆。可意会不可言传
一只黄鹂鸟
穿过月亮的对角线
在银质的夜幕上临摹自己的歌声
它的芳邻
一只小小的画眉
举着月亮当镜子

在一首歌的长度里
修饰自己的容颜
趁千里之外的朔风还在故国流连
趁青春的雪花还在黑夜中赶路

月亮将圆
有人急着掩埋一壶隔夜的茶水

路边的杨柳
仰望一次又一次的月圆月缺
它被岁月掏空的心房
留不住一句渐行渐远的珍重
在十五的月色下
徒劳地将月亮拆分
寄回来时奔走过的歧路上

虚无的朝圣者

月亮升起来的时候
海水开始涨潮
一只扇贝在尝试从一块礁石到
另一块礁石的迁徙
就如人类完成从地球
到天狼星的迁徙
信天翁的歌声
唱出了海涛被巨石切割的锐痛
一只船在洁白的帆影中
保持内心的洁白

花开到一半
一切停止了生长
月亮定格成人间悲剧的道具
一只蝴蝶背负着受伤的长短句
飞出了失乐园
在这暧昧不清的夜里
与四野失和

一声呜咽
与长风交媾
世界，顿然失语
无尽的夜空下
一匹暗夜之马载着
虚无的朝圣者走向了虚无

周光辉

笔名伊兰。河北玉田人。一个有着广泛爱好的女子，不负光阴不负伊。读书为乐，让心灵行走，常读常新；写作为趣，拾字取暖，以抒写心灵；偶习书法，让墨香熏染心灵；喜爱摄影，在光影中捕捉世界的美好。

创作理念：惯看春花秋月、云卷云舒，追求安然、淡然、怡然的心境。向往“窗临曲水琴书润，人读花间字句香”的理想境界。

早春贴(组诗)

二月雨

二月雨，在年的灯影里忘情地斜着身子而来。
无须酝酿落下的情绪，返回大地就是快乐的，我感受。
那檐下高挑的大红灯笼，因了丝丝雾雨而红艳。
夜色因了湿漉漉的雾气，邻居家和酒肆的杯筹，氤氲一片片精气神儿。
大地的鼾声，不再均匀了，一阵阵地泛起粒粒梦呓。
麦苗抹一把脸上的雨水，兴奋地挺直了青色的身体。
荠菜花，开在二月的溪头，一丛洁色，任由溪流尽情拍打。
我仰起脸，感觉新雨的味道，是泥土的清香，炊烟的醇厚，还有烟花燃放浓酒的刚烈。
夜静，听雨，不敢睡，一不小心就闯入春梦里，一境暖融。

小村儿

小村儿，在山的怀抱中醒来，揉着惺忪的睡眼。
小村儿只十几户人家，小是小，却也是一座城池，有着凛凛的威严。
我站在高处俯瞰，那高低不齐的房屋，那红青混杂的砖瓦，那粗细不均的炊烟……
雾霭飘渺，眸子坠入仙境里不出，那一幅自然的写意水墨画。

雪后初晴，是山村最美丽的姿容。
转过一道道弯，一座座山，放眼都是树的海洋：桃树、杏树、梨树、山楂、柿树。
轻风过耳，耳畔是树儿们醒春的窃窃声。
依旧是冬的墨褐色，却隐匿了冬的硬朗和凛冽，释放的全是希冀的气息。

空气中弥散万物的呼吸，我闻到了暗流涌动的清新，一瞥池塘，二三白鸭正在戏暖。
塘边的树上，生硬的枝条舒展着柔软，正召唤一朵朵白云。
不经意间，目光触碰到村头的古柳，虽无绿色，却已见丝绦万千。
用不了多久，这里将是盛放的花山花海。我想。

梦江南

一枝梅，春的信使。
不惊不艳，如蝉翼的叶片儿，在光照下舞动倩影。
只一见，便有炫目的黄色，植入我梦。
于是，在我的梦里就酿成一首诗，还有一壶茶。

在这个早春，北方飘落一场雪，神思却游驰于遥遥的南国。
小桥流水，梅雪相依，演绎着一场场清绝孤傲的恋情。
梅香，念在风荷的相册里——
一枝枝，一簇簇，绽着黄色的蕾，像小儿女嘟起的小小嘴儿。

我的梦，迫不及待地奔向南国。春天的梦，只在江南么？
在二月的北方，冬的触角依然延伸着。而南方，想必已是春深似海了。
梦江南，一天林花似锦，出门俱是看花人。何时，我是那看花人中的一个？
想念江南的春。嘴里念着——若到江南赶上春，千万和春住。

周瀚

文学博士。香港作家联会永入久会员，《香港诗人》责任编辑，香港诗人联盟理事。作品曾获全港青年中文诗创作比赛近体诗奖、香港中文文学创作奖、青年文学奖以及网上文学创作比赛奖项。著有诗集《灵魂，在阳光中飞舞》。

绣满金鱼的手绢

你站在河流的对岸
大声地向我呼唤
我转身回望
只见白茫茫的天地
亲爱的，你在哪里？

浓雾笼罩春天，一团团
垂落到花瓣上，垂落到松林里
垂落到飞鸟的翅膀上
垂落到你轻快的步履上

我的思念冲出雾霾的束缚
奔向河流的对岸
挥舞你送给我的那一块
绣满金鱼的手绢

那些火红的金鱼
在清冷的春天
一直在我的心中
唱着歌儿，快乐地游！

春天的沙滩

在退潮的沙滩
蜜月才正式开始
我们躺在星星的眼里
编织地上的幸福
那天边飘动的云彩
是我们采撷桂花的骏马
那海上闪动的灯光
是我们追逐海浪的帆船
柔和的月光洒落在防盗的仙人掌
今晚没有偷虾苗的人
今晚只有涨潮的蜜月
所有隐藏在贝壳深处的情欲都被唤醒
冲出大海的岩石展现出嶙峋的骨骼
黎族少女把笑声印贴在夜晚的脸颊
但愿我们从此躺在春天的沙滩
穿过黑暗的遥远的大海
在东方与天边的第一束阳光
热烈地长久地拥抱
永不分离

孤独的行走者

回到了羊卓雍错的湖边
我仍是一位孤独的行走者
背囊装着半生流浪的故事
我一边唱歌，一边行进
嘹亮的歌声在崇山峻岭间回荡
行走的忧愁，谁能明白？

翡翠般的湖，生命的湖
你默默无言陪伴我行走
你像好友，又像母亲
洗涤我沧桑的容颜

行走者的家在哪里？
在天涯海角，在羊卓雍错
白云，像一朵朵鲜艳的牡丹
永远在我的内心深处盛开
广袤的绿湖离天空很近
我远离烦嚣的尘世
高山的石路弯弯曲曲
蓝天下，我像一只蚂蚁
在地上匍匐前进
我抚摸自己的灵魂
它比石头还坚硬

周建国

男，1969年生于黑龙江省克山县的一个小山村。中国诗歌学会会员，中国文艺家协会会员，齐齐哈尔市作家协会会员。1987年开始诗歌写作，90年代初开始发表作品，目前已有诗歌、小小说、报告文学等在国家、省市级刊物发表，并在中诗网、风起中文网、中国新闻网络网、中国城市经济网、邸讯网等多家网站推出。有诗作被众多朗诵家朗诵，并近二十次获奖；部分作品被中国当代作家代表作陈列馆收藏。作品曾入选《长歌短吟》等文集。著有诗集《忧郁的心笛》。

梦

扬沙。或者午睡
一滴水在寻觅爱情
另一滴水已经死去

我追不上你的脚步
你已改变了方向
昨天。火在天空呻吟
泪水在天空呻吟
誓言。被你一刀刀肢解
我也被你一刀刀肢解
我一次次地死去
但我最后活着
等你下一刀来临
谁的梦中有梦
谁的情中有情
我吐出血。为你

画一朵最红的梅花
我看到。一万枝箭飞来
我笑着。祈求万物躲开

火车上，我想变成一道亮光

我看不见天空，还有秋色的疲惫
一切都在夜色的怀中

火车上，我想变成一道亮光
想看到暗处的河流，草原
山顶的白马
和所有的
变了颜色的植物

一道亮光，从心中升起
经历过九死一生
不会在所有的哀伤中
留下绝望
不会在所有的寂寞中
留下锈迹

这道光，要照到我的终点
带去一些，疯长的东西
比如，我的爱恋
比如，我的一生

红色的乳房

八月，阳光的利刃
无处不在
河水一尺一尺地退去
焦虑的时光
不知向何处抵达
河水的深处
鱼儿开始失眠
每张面孔
留下唯一的惊恐
一些水
已不再是水
一些石子
已开始暴露自己
沉睡。被我的脚步声惊醒
还有一片雾
被我的身影割开
一些石子
在我的脚边，蠢蠢欲动
一枚红色的
像一处乳房的玛瑙
被我捧在手心
仿佛有乳汁流出
仿佛我
被一个人爱过

周玲

1972年生，江西都昌人。江西省作家协会会员，中国检察官文联文学协会理事。娴静温良女子，习惯以诗为影、独舞人生。作品在《诗潮》《芒种》《创作评谭》等刊物发表，入选《21世纪江西诗歌精选》《2012年中国诗歌排行榜》《2013年中国诗歌排行榜》《2014年中国诗歌排行榜》《2014年中国诗歌精选》《诗江西》《艺术广角》等选本。在2013年《检察日报》绿海副刊“诗意检察”征文中获二等奖，在省、市谷雨诗会中分别获奖；2014年被《诗江西》第一卷推为前哨女诗人之一。

他说起举案齐眉时

现在，大部分时间他们已不再交谈
石砌的小屋里，他悉心打磨他的铁器
是的，春天来临之前
花园里那么多树木需要料理，他需要
一些特质农具

但是，他又是那样心神不宁
他目光斜过来时
她正好坐在他的视线里
她翻书页的声音让他踏实

她念诗句的声音让他踏实
她偶尔的小叹息让他踏实
她望过来的笑意让他踏实

手搁在半空。他突然唤住了她
他说起举案齐眉时，笑声温暖明朗
他眼睛里的秋水让她想着多年后的白发相依
那时，山林如昔，岁月老去
她头顶雪花，想必仍是那般欢喜地挽住他
深一脚，浅一脚，蹒跚而歌

雪，在回来的路上

气温骤降，玻璃窗被冷雨击打
忽然心神不宁，书翻了几页又搁下
所谓叮咛，不过是紧织细语
把一个名字在寒冬捂出温度

不说数页诗签层层落红
不说一条河流水声湍湍
相比之下，那些都是无关紧要之事
唯有爱与欢喜，它可敌过时间，长过生死

大寒日，雪在回来的路上
多好。现在它是一种全新的光
一个带着焰火的词，一朵别在胸口的冰凌花
而我们相互站立，言辞穷尽，只剩微笑

周明

男，1978年生，土家族，湖南张家界人。中国诗歌学会会员，湖南省作家协会会员，湖南省诗歌学会会员，世界汉诗协会会员。毛泽东文学院13期学员。已在《民族文学》《星星》《扬子江诗刊》《散文诗》《炎黄文学》《辽林人大》等报纸杂志发表作品400余首（篇）。出版诗集《西界》。

唢呐喊我去秀山（组诗）

摔碗酒

由唢呐带路，我找到土灶
坐在木凳上，等待族长
打猎归来，扛着一块兽皮
听族长讲他的子孙
正在梅江河边，饮水思源
酿造奶水般的米酒
我举起土陶碗，与豪气碰杯
仰天畅饮，一个土家姑娘
嵌入我的血脉，从上到下
清洗我的血液。我忍不住
摔碎了一只土陶碗

土家大寨

年岁已高，身穿黄土布
头裹青纱头巾
端坐在半山腰上
像与我一个姓氏的出家人
打坐。风念出阿弥陀佛
裸露在阳光下。几棵古树
是最虔诚的信徒，跟着风念出几句禅语
青石板路，极不安分
扭着腰身使劲儿往上爬
一直爬到长满青苔的岁月深处
露出已打磨光亮的脸膛
朋友的相机咔嚓一声
把我系在了石板路上
后来，我才发现，背后
有个巨大的土家寨子，撑着我的腰杆子

平江河

平江河戴着脉气，向我走来
在风雨桥下，跺了几下脚
含住我的双腿
翻着白眼，奔向我背后的远方
我被渔夫的斗笠请到平江河边
看柳荫下的肥鸭，梳理水花
听渔翁谈论朝夕相处的钓竿
一定跟着鱼篓沿河私奔

一件蓑衣跟在我背后
撒一网，捞起杨氏土司
湿漉漉的风骚

雅都·荷花

那热情奔放的是貂蝉
那含情脉脉的是贵妃
那皮肤白里透红的是西施
那落落大方的是昭君

我坐在荷叶铺就的西施滩
看天生丽质，从浣纱溪举起红蜻蜓
我挥舞长鞭，赶着昭君的马队
从血淋淋的群雄争霸中突围
却无法从雅都的微笑突围

周荣中

六月地的中国之一

这里混合着爱与真，
重叠着您与人类的文明记忆！
收录着世界的声音……
时光的波皱里也充满了梦与恨；
六月地的中国——东半球上的瓷器！

在这1∶6 000万的地球仪上的中国；
俨然一尊釉彩斑斓的瓷器！
在海青蓝底上有浓笔渲染的劲描、
勾勒山河长卷、盛世隐笔！
你美丽得一塌糊涂、万般飘逸……

一切的一切，今又重现：
在经历了严酷的寒冬与青涩的春天后，
大一统又回到了眼前！方块字
早已在你的右下方刻下了神圣的胎记；
台湾——中国瓷上一名叫“华夏”的印章！

2016年6月1日凌晨4点。

六月地的中国之二

灼热的信仰、凌驾万物之上！
从亘古而来的传承，摧毁冬天唤醒春天，
在这里蜕变成一种飞扬的姿势、
火焰！彰显着最年轻的呼吸……

如火的六月，她应该学会无情！
她体内有残暴的暗伤，遗存着
被砍断的时光片段里固化的黑色血。
今天，她仍未忘记她自己的名字！

重新昂首高亮！一切伟大无形。
一如忽然镶嵌、时光
瞬间燃烧烈焰，成高悬的风景！
中国再次敞开世界之心、静止下的脉动……

2016年6月1日凌晨4点半。

六月地的中国之三

六月，一场华丽的转身，
熟透了大，绚烂了天空；
使汉隶宋体的单音节，掷地有声，
热！燃烧吧：青铜器里的勇士、
跳出六月的历史，与盛世一起热血沸腾。

黑色已被埋葬！世界已从中国醒来！
流泪的梦想已然不屑去做！
你！你！你！都是镁光灯下的英雄！
自古我们就有射日的勇士！
时光之索已被我们牢牢掌控。

六月，火是欲望！野性是心灵。
我们再也不要呻吟着啄食自己！
让饥饿寒冷流亡、颓废颤簌去死吧。
谁敢说??？我没有??？一颗
邀请风暴横推苍穹之心……

2016年6月1日晨5点10分。

六月地的中国之四

该消失的必须消失，六月没有面具下的隐私！

开始的，该开始的，必须开始；
宁静一如"四月天"？安逸你的他的？
今日！我们还需要胆怯地回避吗？
冷是伪面具，也是谎言……
今天咱是主角，他们脱掉撕裂又如何？

炙热的铜色皮肤里流动的是秦汉唐的血液！
青铜之鼎化为钱！铸为戈！
变戈为玉吗？不！化玉为国……
墨攻！盛世开始，你我又能做得了谁？
大同！宣判：尔等一切无罪，血与汗都是
时代的宠儿！中国是黄金与名誉的结合。

六月地的中国之五

六月，是爸爸铜色的皮肤；
妈妈在这里与梦想统一！
小麦的金黄，没有湿寒症，
大地的喉咙，一个声音：丰收！

硕硕新生！传说从传奇后说起，
寄生物都被下放抹去，
影子也被热得汗流浃背，
高空的尸体是被太阳冻伤的灵魂。
我在咀嚼，咀嚼光阴、咀嚼狂欢，

咀嚼今天这骄傲的"庄稼人"！
一切的懦弱都从图腾柱上泯灭；
搁浅的是：繁荣的中国盛世纪元无限延长！

六月地的中国之六

六月！这是时光的朝圣之路；
有巢氏、燧人氏，都在燃烧中走来！
牧野在倾圮的神殿里食化，
青稞、小麦，都是丰满形象。

当壁虎长出了鹿角鳄鳞狼首！
文明羡慕您！生命未饱暖生淫欲。
传奇在这里燃烧！高度！高度！
黎明和记忆的唇合而为一。

六月！是完美与完美之间的跃入；
一吻万物！一如吻了自己的孩子！
预定从终、结局无始……
一个昭示完美寓言的盛世中国风。

2016年6月1日12点。

六月地的中国之七

——有感"台湾省"老兵事件（一）

老一荣一民！如一道乌喃啄伤了平静的天空！
像沉眠的夜，猛地被火山吞噬刺入惊恐；
这是岁月的伤痕！把飞翔攥在手里握成黑色！
无声舔舐自己的血，学会对自己无情……

六月地的中国，离手中紧握的梦仍然很远！
历史不属于弄权的潮儿，阳光再次被痛楚撕裂；
一切盛世的秘密都沉默于发光的崖壁上，
世界被看不见的洪流淹没……

信仰的缺失造成猥琐胆怯的泛滥！
青龙膜拜沙漠——好大的一条蜥蜴啊；
阳光下的舞蹈成了最扭曲的骄傲！大海不动。
时空在这里抽搐，世界蓝比大一统更坚硬！

2016年6月14日15点。

六月地的中国之八

——有感"台湾省"老兵事件（二）

"我是打过仗的人，没啥！"
老一荣一民，把自己活成了一尊雕塑。
您用青冷的目光，埋葬了独孤者的私语；
嘲讽与冷漠被您掩藏在黑暗的背后，
从离乡的那天，您就完成了对于一切的蔑视！

和平的世界需要您把最深处的微笑挖出来装饰。
您的风发很早以前就转身踏入了太阳火：
长沙阻击、印缅远征都是您不需要化妆的舞

台！
以决绝到决绝！我就不信您没有想到过喜悦的相逢；
无需挖墓，您已把自己活成了一座不倒的丰碑。

六月地的中国正与世界分享她独有的颈椎病！
伟大已迷失在重新发现的语言里；
图腾柱上的火在我们的世界里已然无处可避！
那就给一个希望或绝望的致命诱惑，
跟随我吧！大一统、大同之下收拢一切……

2016年6月14日18点。

六月地的中国之九

——有感于近期“日菲”海事！

六月地的中国，这是一个激昂向上的世界！
这浓郁苍厚的大地上，荣耀与灾难纠缠、彩虹与叛卖围绕！
千年前或数千年前的声音诉说着他的伟岸和崩塌；
骄傲！幸哉！此生我——正好赶上他轮回的巅峰……

我细致小心地抚摸这太阳的土地！我
羞愧于是那黄金甲胄血脉的衍嗣——难以企及的高度！
封狼居胥霍祁连，终军弱冠拓南域！急奔陈汤连夜杀，至此匈奴无单于；
碎叶湖畔高仙芝，长白西出一万里……

向上！向上！向上！向上六月地的中国！
让我们再次披起辉煌的甲胄吧！使他们仰视之外仍然只能是仰视。
远祖那跨越时空的传音：何以家为……虽远必诛……卧榻之侧……
振奋着我们飞翔！正巧我们正在向上飞翔！！！

2016年6月16日10点。

周三小

本名周世彬，普通工人。吉林省作家协会会员，松原市作家协会理事。作品见于《中国诗人》等国内各类报刊及微信平台。

干草车

浓雾里有很多奥秘，铃铛声
听起来很近，可半天
也等不到那辆干草车

我知道那是乌日愣大叔的马车
因为半夜，他就套上马车
去甸子上拉干草，中间

还要路过那片狭长而又荒芜的坟地
蒴草的旁边，长眠着他的老额吉
他总要在那，耽搁一小会儿

现在，我闻到干草的新鲜味了
还有马，打着响鼻
还有他的吆喝声，在清晨的浓雾里

很清晰。木轮子的声音
吱扭，吱扭，像前世的转经筒
在暗黄色的土路上，沿着辙

今生又转回来

野猫

野猫在房上叫
它一叫，狗就咬

夜来香开了，
香味让夜色显得暧昧

邻居家的寡妇出来撵
边撵边骂，脸红得像樱桃

访友

一切都是那么美好
太阳和熟透的樱桃在视线里重合

火烧云变幻不定，马齿苋静卧在草丛里
黄色的小花，开在

一匹老马的蹄夹之间

这是一条荒芜的山间小径
远处的山村，传来狗的叫声
我站在路边，一个人
静静听着

父亲

我们坐在一起饮酒
彼此都沉默，牙齿偶尔
碰到玻璃杯子

杯子会碰到盘子
夹菜的时候，我们的手
都有些发抖。他看了看我

我看了看他
最后一块肉
谁也没动

在医院

有些人愁苦，有些人微笑
有些人若有所思
像寺庙里神态各异的罗汉

一个乡下女人，蹲在角落里
手里攥着化验单，抱紧自己，抽泣
阳光，透过高大的窗棂渗进来
洒在她的头上

听得见外面的鸟鸣，春意浓
一个离开肉体容器的男人
他灵魂的腰肢在舒展
像第一次真正醒来

浓雾里的天王殿

浓雾里的天王殿
台阶上，青石板上
无数脚印重叠的天王殿
众生在雾里朝拜
我挤不进去，站在外面
和佛一样站着
一个殿里，一个殿外
可似乎我比他更自由些

窥视

我敞开心扉时
无人清楚我内心的渴望
就像，我窥视年幼的侄子
他马上警觉地换了一副神态

窥视岩石，草木，和你
那深奥的纹理和心碎的容颜
我要首先变成岩石，草木，和你

四时变换，它一直向你敞开
推开窗，晨风立刻袭来
整个世界都在喃喃低语，却
分不清谁在向谁倾诉

周小赛

女，1981年生，河南平顶山市人。中国著名行走散文作家联盟成员，自媒体《行参菩提》签约作家。自幼热爱文学，尤其是现代诗歌散文，以读书为乐，与书为友。先后在《平顶山日报》《平顶山晚报》《光源》等报刊多次发表散文诗歌作品。

寄语：希望能用文字记录美好与感动。

如果可以

如果可以
宁愿不曾再次相遇
那么心底会永远珍藏着一份甜美的记忆

如果可以
宁愿不曾再次相遇
我们便不会如同暴风雨中的一纸风筝
被爱撕咬得体无完肤不堪一击

如果可以
宁愿不曾再次相遇
或许日子可以在柴米油盐中安然老去

如果可以
宁愿不曾再次相遇
不会彼此相对无语眼含泪滴

如果可以
宁愿在最美的年华
猝然倒在你怀里长眠不起
那一瞬定格永恒
烙在你心底

天堂

月光如水
夜色冰凉
轻推小窗
燃一柱檀香
给梦披上芬芳的霓裳

我静静地凝望
月亮之上
你那千古不变的模样
多少人赞叹你的光华美丽
而我分明看到你
满脸的忧伤百结的愁肠
尽管那里有玉兔有吴刚
不如
和我一起
轻舞飞扬
有爱的地方才是天堂……

等我们老了

等我们老了
一起回家
乡村小院
青砖黛瓦
鸡犬相闻
把酒桑麻

等我们老了
一起回家
房前养花
屋后种瓜
在清风中
明月下
烹一盏香茶

等我们老了
一起回家
卸下乡愁
了无牵挂
朝迎日出
暮送晚霞

等我们老了
一起回家
纵然满脸皱纹
却还笑靥如花
一生相守
谱一曲爱的神话

周晓仙

江苏扬州人。作品散见于《岳阳日报》《温州日报》《泰州新诗》《贵州诗刊》《小小说月刊》

《散文诗》等报刊，偶有获奖。有作品入选《知否文学2016年优秀作品精选》《中国当代诗歌现场》(2016年卷)以及《国际诗选》等多种文集。

母亲的手与父亲的耳朵(组诗)

母亲的手

母亲有一双粗糙神奇的大手
经其抚摸的物什会变得美妙
母亲的腌菜、厨艺、针线活
这么多年为村人津津乐道

母亲抚摸新生，亦抚摸死亡
却抚不平心中的惶恐
村里与其年龄相仿
硬朗强悍的人
相继封进那面背阴的山坡上

母亲屡次打破谶语，轻松地
迈进阳光里
瞽目的巫婆从此缄默不语
母亲频繁地进城
像一股清新的春风
在电梯里进进出出
按下每一层楼号
仿佛时光是她的子女
顺着她的指令温顺地
停顿

母亲给每一个熟识的人
打电话
哈哈哈，今天的天气真好哇
我无法感觉她的惶恐
她储藏着
一大波
幸福的
春光

父亲的耳朵

曾经我是只羸弱的蚊子
在你的耳边嘤咛、嗫嚅
时刻提防你的狂风骤雨

现在，我是枚惊雷
每一声问候，都将声带
震裂

你的耳朵似两片静止的树叶
眼角溢满无辜的浑浊的
泪
咫尺天涯，我从未如此
虚脱、无力

昨夜梦中有月
春风拂过你的耳朵
树叶沙沙作响
向你打开一个喧嚣的
世界
我们的眼中闪烁着
晶莹的
露水

爱人谣

我的爱人缄默不语
那些卷曲泛黄的故事储藏着他的笑声
我绯红的脸颊回荡着他的蜜语

女儿的摇篮边留下他的催眠曲

尘埃落定
我无法阻止我的爱人缄默不语
我循着风声去见我的爱人
我撵着月影去见我的爱人
我穿越云层去见我的爱人

我笑出泪花时，见到了爱人
我走投无路时，见到了爱人

我犯病时，见到了爱人
我无法触摸他的脸，窗外，星星在眨眼睛
我的眼角溢满滚烫的泪水
我们相视无言
隔着十万里苍穹

我每天对游鱼、蚂蚁、飞鸟说
我想你
它们忙碌无语
谁能告诉我
我的爱人在哪里
没人知道
我的体内插满了
忧伤的种子
在寒冷的季节
迎着漫天飞雪
疯长

没人知道
我眼中燃烧的小草啊
由青转黄
渐渐枯萎
吹散在风中

周晓阳

号白衣卿相。河南人，现居江苏太仓。世代躬耕于南阳。1998年秋，南下广东，沉浮14载。喜诗词，好散文，尚古风。

诗观：好诗好文共分享，不亦乐乎。

那时记忆(组诗)

(一) 吃饭场上

还是儿时的记忆比较甜。
夕阳落下的乡村，
已是萤光点点。
晚风吹来，
吃饭场上的大人们，
有少时难得的闲。
我们在长辈们的身边，
快乐地玩……

(二) 勤工俭学

那时，
每天放学后，
我们便扛起锄头，挽着篮子，
唱着欢快的曲儿，
在蓝天白云下，
在空旷的田野里，
在秋风飒爽的季节里，
拾漏地里的红薯，花生和芝麻。
我们不仅仅是为勤工俭学，
我们是在拾起父辈们的汗水和希望。

(三) 白云下的神仙

那时，
喜欢躺在红薯地里仰望蓝天。
那不断变幻的白云，让人浮想翩翩。
我会在哪朵云里找到神仙？
清风吹过，
蟋蟀蚂蚱们在身上跳来跳去快乐无边。
忙着秋收的大人们，
为我们撑起一片丰收的天。
哦，秋天！
哦，白云下的神仙！

周亚强

传奇

像翅膀划过云层，这一方天域属于我
雪山之上，尖利的声音唤醒冰封的魂魄
直达地心，只为你温柔一面，泪眼婆娑

我已寻找了很久，哪怕脚下惊涛拍岸
哪怕脚下万丈深渊，十世轮回，将你呼唤
细羽飘飞，曾经的青衣依旧温暖

百年回眸，风华绝代的公子，身佩宝剑
油壁车，青骢马，我踏落花远去
环佩叮当，莫名地触动心弦
你留给我一道背影，我赐你一段尘缘

再次走过这人烟稀少的街道，只听见马蹄
如果那天追你很远，梦里的梦，是否还可以
羽毛将失去光泽，梦想将失去方向
一道闪电，劈开两个世界，你在哪里

（2016年11月5日听洞箫版《传奇》，不由得想起《赤壁赋》里的几句话："其声呜呜然，如怨如慕，如泣如诉，余音袅袅，不绝如缕。舞幽壑之潜蛟，泣孤舟之嫠妇。"苏东坡深知我心。）

秦勇

汉族，1956年出生，黑龙江省富裕县人。齐齐哈尔作家协会会员，中国散文诗作家协会会员。喜爱文学，2014年以来在《北方文学》《山东文学》《诗林》《青年文学家》《北极光》《黑龙江日报》等报刊发表小说、散文、诗歌数百篇。著有个人诗集《绿野短笛》。现代诗《绿色的风》入选《中国当代诗人代表作名录》。散文游记《眷恋心中的名信片》入选《当代作家文萃》。散文《鹤的守望者》获得第二届"玉龙艺术奖"全国文学作品大赛特等奖。

老屋

回到久别的家乡
小时候居住的老屋
还活着
经过半个世纪的风风雨雨
泥土的身躯
被时光的刀
割出一道道口子
挂满了一块块伤疤

掬一捧光阴
采摘几滴往事的记忆
让我感慨万端
留在门前的足迹
已被风雨蚕食
挂在房檐下的欢声笑语
早被燕雀衔走
只有我用过的镰刀、锄头、铁锹
身上锈点斑驳
仍在月光下寄存

父亲已去世多年
他在老屋的小园里
播种的一滴滴汗水
如今已发芽
长出一片绿

岁月溜走
万物更新
老屋老了
我也老了
总有一天我会离开人世
到那时
我要把我的灵魂
埋入家乡的黑土地
若干年后
也会发芽

白发葬礼

照照镜子
看看自己
脸上的皱纹又深了
头上的黑发又白了
用梳子给头发重新排排队
一根弯曲的白发落了伍
躺在梳子上
它可是我用心血养大的
一直为我站岗
如今离开了我
让我很愁容
把白发放在掌心
觉得它很轻很轻

其实它很重很重
我要为它举行隆重的葬礼
让它永垂不朽

火葬
它的烟魂会飞向天空
变成朵朵白云
洒下及时雨
滋润久旱的农田
水葬
它会变成一艘艘小船
载着美好憧憬
驶向幸福的彼岸
土葬
它会变成一粒粒种子
在大地上长出新苗
装点着未来的世界
天葬
它会变成弯弯的月牙
勾着地球
围着太阳不停地转动

把它埋在心里
它会变成人生的弧线
将生命
一点一点拉长

家乡夜雨

大地渴了
嗓子直冒烟
春风从老屋烟囱里抽出银绳
拴住了天上的云朵
天渐渐地暗淡
最后一抹晚霞消逝在树梢上
几声惊雷
扯出几条红线
把碎片的云一块块缝合
星月偷偷地躲藏起来
我枕着乡愁入睡
是谁在敲打门窗
把我从梦中唤醒
睁开眼
望窗外
雨走了
朝霞已挂在屋檐上
尘土被锁住了脚步
清风正梳理垂柳的绿发
花草禾苗露出了笑脸
农家小院被清洗一新
农民把希望种到田间

2016年11月6日。

周艳敏

笔名青华，网名岁月静好。赤峰诗词学会会员。酷爱诗词，甚喜陶渊明的诗词，喜欢淡泊简单的生活。

感悟：农闲之余，一盏清茶，一卷诗书，一段音乐足矣！

无题

竹篙
点破平湖清波
悦耳动听的《采红菱》
醉了波心月
醉了水中荷
醉了柳岸风
醉了桥头傻傻的少年郎
横笛
传递旖旎情丝
婉转缠绵的《相思引》
痴了波心月
痴了水中荷
痴了柳岸风
痴了船头俏俏的小姑娘
她藏藕花深处
他伫月下桥头
羞涩的目光

穿透青黛的天幕
念着恋着心底的良人
这一季的青荷
不知不觉做了红娘

梦回江南

我扯住了一缕风
轻轻地问
你从哪里来
途中可有路过江南
看没看到一座烟雨阁楼
挂着用贝壳织就的珠帘
阳台的水仙是否依旧
案上的碧螺春可有再添
氤氲的香气缠绕着
青花瓷中的那束青莲
窗外沙沙的雨
落在青阶分外缠绵
你是否调戏了门前的樱桃
仰着透红的娇颜
欲语还羞
你是否亲吻了墙角的芭蕉
卷起青绿的衣衫
掩面而泣
风儿你说
我是否能像你一样
来去自由
回到多年以前
如梦似烟的江南
再次竹桥邂逅
了我多年夙愿

不想忘了

又是一个起风的日子
我想起来经年旧事
你的情书和笑脸
我的无措与纯真
一路走来
我唯一不忘的画面
风中槐香远送
雨后细柳堆烟
能够遇见
终不负韶光

怀念是美丽的
不必违心地骗自己
已经忘了谁谁谁
不要虚伪地骗别人
已经想不起某某事
现在我只想说
昨天的昨天
不想忘了
明年的明年
想我是谁
以后的以后
云淡风轻

周玉莹

中国平煤神马集团职工。

如果……

如果我是一阵风，
我愿吹走所有的贫穷和疾痛
如果我是一片云，
我愿带走所有的烦忧和悲伤
如果我是一条河，
我愿洗涤所有的邪念和尘垢

如果你是一座山，
我愿做一颗石子，衬托你的威仪
如果你是一片海，
我愿做一朵浪花，融入你的胸膛
如果你是一棵树，
我愿做一抹绿叶，点缀你的模样

如果春天是播种，

我将饱蘸浓情，点燃希望
如果夏天是养育，
我将书海畅游，沐浴精粹
如果秋天是收获，
我将不辞劳作，颗粒归仓
如果冬天是储藏，
我将忠诚不渝，坚定信仰

如果我是花儿，
花儿在艳阳下把美丽绽放
如果我是山楂树，
树儿根扎大地茁壮成长
如果我是一盏灯，
灯儿的光把周围的黑暗照亮
如果我是夜行者，
认准了北斗一直奔向光明的远方

朱海梅

网名雨静风聆听。女。《豫苑文风》主编，郑州教育博客编辑，郑州市名班主任工作室主持人，《河南思客》签约作者。文章见于各大报刊与平台。

诗观：文章生活是真实的，在真实的生活追求诗意的人生。

若是为莲，一世清欢

——游白娘子爱情公园有感

随风而动的
不是满园的荷花
还有一颗驿动的心
木板的石桥边
大朵大朵的荷花
如玉般的荷叶
踩在木板的小路上
光与影的交错
现实与传说的重叠

许仙走过的背影
是白蛇追随的足迹
在款款深情的爱情路上
是如荷般的执著

爱如荷
荷挺立
好影相随

雷峰塔下
压住了一条蛇
却压不住爱的追求

一树的花开

一朵白
一朵红
满树的色彩

数这边
数那边
一身的情怀

你抱着我
我拥着你
柔柔的阳光
溢满心房的期待
风吹过
光照来
发丝拂动
花瓣洋溢
一树的花开

朱荣兴

中学数学高级教师。中国数学会会员，中国诗歌协会会员。获崇明文学大奖赛三等奖与优秀奖，获山东高密市散文二等奖。在国家级和省级纸刊发表诗作多首。有作品收入《2015中国散文诗人》《2013中国散文诗》等。

一万年守候

(一)

痴立的石柱守候刮过一棵树的春风,浴着明亮的春光,披翠叠霞泛起金色。
若天涯处扎根地心的定力,似青彩撩纱的倩女望夫般期冀,记忆了一幕风光撩拨的岁月后的深静。
炼成千年站桩姿态的一世执着,撒了一路黄昏后的淡然落定。
旋转亿万里挥戈乱舞后的收拢聚思凝神,摆脱尘世喧嚣之后独得的飘幻境界。
领悟生命多少个轮转轮回后修养成哲人的式样。
岁月峥嵘的丰碑,似守候似记载似抒情似穿云破雾的飞翔,星光依稀群山拥戴。
你说是守候,可大地说那是地心从岩浆到坚石的终点坐标。
你说是守候,可天空说那是地球生命伸向空天的久远而嘶哑的呐喊。
啊,时光荏苒,你毅然义无反顾地守候,守候那从云间从冷月飘出的闪动!
守候那曼写苍穹天壁宇宙膨胀里的从容不迫!
守候那赖于地面思绪天马行空的诗人来照观!
守候,永恒,凝固!
到来,一瞬,轮换!

(二)

大桥守候两岸,守候春潮涌动来临时的风光披岸。
江浪激堤,并不买仗垒石,劈头盖脑对付憨厚的痴守,让急流冲刷走来不及刻写的痕印。
春船从港中驶出,过滤去守候留下的时光斑驳,激活了岸旁一颗颗一行行守候的呆树。
伸展的绿叶把春天的颜色涂浓了。

柔弱的小草守候在篱笆脚下,本不潇洒,我拔一根夹进诗的扉页。
服服帖帖地记上日记,拐过角,一条沉睡的陋巷期盼改装旧牌楼,一对老者拄着拐杖守候。
似一只落寞的孤舟,守候在空荡荡的渡口,迎来春水喧嚣的时光。

(三)

远方在你的眼眸里贮存,沿着你的视线没有找不回的路线。
那诗的两行之间就是无比开阔的回家路线,整首诗的句号就结在你的身后十万八千里远。
那里包裹了一个自然之谜的答案,而你的上空飘幻着精神的不朽音符。

你守候,是等待那场美丽的邂逅和一道追寻世界之谜的蓄力。
在此,你挑衅天空的无常,你的力量破云而闪。
在此,你永恒的定力撕碎痛苦,以坚毅抵御虚构的时间诱惑。
你的顶部安装了射电望远镜,抵及那几百光年深处的宇宙奥秘。
你的脚心贯通地球的心脏,地球给你永不枯竭的动力。

你用亿万年执著的守候,绘写这一方千里青翠春色,和用严寒锤打筋骨,用酷夏炙烤火红的心膛。
一到金秋,漫山遍野的果实陪你一道守候。
守候着看一百光年远方射来的宇宙射线里,有哪几色光由你分辨?
守候着听寂静时地球旋转是否均匀。
你用守候的伟力,消解地面的喧嚣声,封存和压碎人间的罪恶与腐朽。

风云际会

你们盛妆,会不会觉得老师寒酸?你们青春,可是老师垂老。你们是一枚枚火红的果子,你们是一轮轮喷薄的朝阳!我们不过是前浪,你们才是万里奔腾的大浪!我们不过是把你们领进殿堂,你们才是辅展大舞台并载歌载舞的主角儿!想起我为你们描述出函数,你们已将方程式推导了出来,我为你们举了个三角板,你们已然演化出壮美的建筑!那些圆润的岁月,那些青春的面庞,如今都印上了胜利的喜悦,和轰轰烈烈的事业!

我移动了一下坐标

我写诗的生涯,是在画另一个圆,移动一下坐标,
花费的精力恰似
夏雨的滴漏无碍青树叶望天摇晃,
李白诗中的那朵杏花,
种在何方?
高斯难懂什么是无际向往,梦里神往
欧拉不知诗页上可以承载灵魂深处的马鞍,叠放忧思余遐,
弄笔了可以代替说话,
教数学常常不经意间把眉头皱成草稿。

遇见缪斯,才知文字比符号活泼
诗人就是固执不知何时植入诗基赋芽?
当我决定用余生跨上诗马,
不幸中了毒镖累成牵挂。

朱士炼

人

人飞梦走
花落去
何年冬
捧淡月清风

人穿过
宇宙隧道的口
口中吐出
上下五千年文字

看透生死
再观人
而人只是
老子头上的虫

忽明忽暗

忽明忽暗的眼
穿过夜的梦
落在时光的背上
难以入眠

忽明忽暗的天
流着众生的泪
众生又喝下
云污浊的血
得了肿瘤

忽明忽暗的时空
变成一条线
牵着万年的根
轮回生死间

欲

天欲驾鹤
飞人间
云梦拨开
又一天

欲留情天
转梦又是何人
捧着欲果
上青天

欲火烧遍大千
只是一具行尸
害了一代代
本纯净的魂魄

流情

流情花飞

断天涯
问天
人在何界

流情花开
又一春
几年花
几年人
几人事
又徘徊心头

流情梦幻
人难眠
剪断老天发丝
种在自己花盆中
待千万年后结果

朱卫东

笔名清欣，微信名汉水真人。男，本科学历，公务员。爱好写作，偏爱诗歌散文。作品散见于国内网络平台。部分作品曾获得第三届中外诗歌、散文邀请赛一等奖等奖项。

致蚊虫

嗡嗡嗡
你不以为耻地狂吟乱舞
你令人发呕地侵扰心灵
你鲜耻寡廉地嗜血成性
你厚颜无耻地贪婪无厌嗡嗡嗡
我们的家园遭到你污染
我们的身心受到你伤害
我们的血汗常被你蚕食
我们的和谐屡被你践踏

嗡嗡嗡
你们蛇鼠一窝弹冠相庆
你们相互奉承摇尾求食
你们曲意逢迎认贼为子
你们道貌岸然形同狗彘

嗡嗡嗡
你们大腹便便相互吹捧
人们愤怒地向你们挥掌
你们以为是向你们喝彩
啪的一声双掌满是民血

2016年4月6日。

致同学

在青春渐行渐远的身后
是你我越来越多的淡忘
淡忘了过去满脑数字的组合
淡忘了过去满脸固执的倔强
淡忘了过去满目炫彩的粉色
淡忘了过去满怀豪情的理想
一直没有淡忘了过去
你我用心拨动算珠发出的音符
汇聚而成的美妙乐章
那是我永远无法淡忘的最美最美的乐章
同学啊同学啊
可记得
可记得操场边鸽鸣春霞欢唱
可记得花蕊上静舞的花仙子
可记得校园里素梅迎风绽放
可记得放飞心中成功的梦想
可记得荷塘秀萍上那只落燕
可记得东方欲晚的汉水湖畔
可记得……
对不起同学们
我错了
我不会忘记汉水湖畔
我们永远都不会忘记那个地方
因为那是我们家乡最美最美的地方
而如今
同学啊 同学啊
你在天涯 他在海角
我在守望着咱们美丽的家乡
我无数次徘徊在昔日校园方向

也只能在记忆里回味那最美的乐章

2016年11月4日。

朱新华

1971年生，霸州东杨庄乡上段村人。中国诗歌网实名认证诗人，作品多发于网络诗歌论坛。

自己的颜色

风，在林中吹过，
树，树影婆娑，
叶，叶在吟唱，
风带来的歌。

黄昏将末！

夕阳正装扮着身边的云，
红红的，红红的让人
那么地不舍，眼中
如待嫁的新娘，那红
便是颊间，
一晕羞涩！
不知不觉，
已把我，融入了
这迷人的
景色！

只想我要用心做回自我，
只想用双手创造生活，
我的生命不想虚度，
只想拥有，只想拥有，
拥有，
自己的颜色！

夏夜

思绪，
悄悄地升腾，
在夏季璀璨的星空。
孤独像酒一样，
与寂寞
在黑暗中交融，

闭上眼睛，
能看到自己，
记忆的光碟，
岁月无声。
让梦收拾你昨日的身影，
让我看清你昔日的颜容

你依然存在，在某个地方
虽然不会重逢，
但却共同感受生命，

来日秋天月空之下
你的回忆是否，
会飘落进风中。

朱绪龙

男，1939年生，山东省滕州市人，退休教师。中国民主同盟盟员。山东省作家协会会员，山东省戏剧家协会会员，中国青少年写作研究会会员。已出版发行诗歌选集《我们曾经年轻》、戏剧文学选集《潇洒的裙子》、诗歌暨文艺评论集《回望》。

你最美丽

亲爱的，请不要叹息，
当你走在大街上，
请挽着我，
把头高高扬起。
那满头花白的短发，
不必羡慕染黑的飘逸。
犹如夜空缀满星星，
更显得浩瀚、神秘。
那额头眼角的皱纹，
无需依赖脂粉的填腻。

恰似高原上的一泓碧水，
在秋风吹拂下掀起动人的涟漪。
还有你略为丰满的身躯，
比苗条更具魅力。
恍如一株资深的玉兰，
树下正弥漫着温馨的回忆。

扬起头来，亲爱的，
不要为年龄而叹息。
在茫茫人海中，
我感觉——只有你最美丽……

逐梦

本名曹俊英，黑龙江省嫩江县人，幼师毕业，文学爱好者。曾有诗歌(包括歌词)、散文、小说作品发表在《鹤城晚报》《大兴安岭日报》《呼玛河》等刊物以及网络微信平台。有部分诗歌、散文作品获奖。

情诗四首

(一) 诺言

爱情
习惯了在暗夜里
舔舐那道
看不见的伤口
时光不老
你我却老了
那杯酒
煮过甜蜜
也煮过忧伤

诱惑
是你下的蛊
我在放纵的欲念里
任花事荼蘼
世事沧桑
我该拿什么喂养
那一朵
搁浅在梦里的
莲香

(二) 满月

璀璨的烟火
终于告别了寂寞
燃尽的刹那
有人泪雨滂沱
韶华易逝
我的梦
是迟迟未开的
花朵

今夜
我选择了漂泊
抱紧你
我的哥哥
看，孔明灯正在路上
无着的灵魂
明天又该到哪里
放歌

十五的月
陪我走过那条长街吧
十字路口
我不想回头
那些谜语
只想借你的光
看一眼
从前的自己

(三) 向往

一再错过
花开的日期
我守着那盏灯
不言不语
风，轻叩着窗棂
像你的呼吸

天山以南
春天已经抵达了吧
清澈的湖水
倒映着
雪山之巅的白云
我知道
你在这里
我想和你一样
将生命
皈依给灵魂

你我之间
一个眼神就够了
不,也许
连眼神都不需要
一朵雪莲
足够装得下
我的世界

(四)想你

外面阴天了
我写不出诗句
太阳
还在你的城里
我这边
云
很低很低

希望这是一场
透雨
淋湿的那部分
最好
不在你的
目光里

2016年11月4日。

庄小艳

河南孟津人,文学爱好者。
创作理念:文学让生活更美好。

秋天的思念

又一次伫立窗前眺望悠然远山
忽觉一抹金黄悄悄洇染着季节的容颜
那一场花开花落的往事经不起岁月的辗转
你用飘零的落叶唤醒了我沉睡许久的思念

看见了秋的裙袂在花与枝叶的离恨里缠绵
聆听到你粗重的呼吸不忍对视落红的幽怨
总忆起明媚月夜那一次相约的温暖
我站在烟凝雾锁的杨柳岸省略了欲说还休的万语千言

总以为每一次分离都会许下重逢与归期的誓言
总以为每一次邂逅都在春风正好的月下花前
蓦然回首时光早已老去青春的感慨
你远行的兰舟就停靠在芳草萋萋的沙洲边

离愁别恨终抵不过春花秋月演绎的云舒云卷
不如优雅从容地把酒相送捡拾起碎了一地的尊严
最美笑容莫过于你临风而立的轻衣翩翩
写在眉眼间的风情万种目送徘徊低回的飞鸿渐行渐远

错过的不只是季节还有余情未了的思念
就站成西风里凋零的树吧对抗这一场锥心苦痛蚀骨清寒
当来年的风雨再次将未竟的梦想浇灌
成熟的生命才不会辜负这混沌而逝的似水流年

我用感恩的心愿守望在岁月的门槛
期待着下一场花事芬芳归来再与你细数眷恋
归心似箭的征途上你是否日夜快马加鞭
我知道秋天已经来了
春天
便不再遥远

附录：

热烈祝贺
上海格律诗词社成立

上海格律诗词社于2016年4月10日19时18分成立，至2016年4月30日晚，已得到了国内外500位诗人、词家和格律诗词爱好者的支持并入群，已成为全国最大的格律诗词群，真似浦江涨诗潮。我代表本社表示衷心感谢！在38个诗群和朋友圈的近5 000名诗人、词家和诗词爱好者中，我先抛了两砖，引来了无数块宝玉，现选刊如下：

社长：黄汉江

五绝·浦江涨诗潮

——恭贺上海格律诗词社成立

黄汉江

浦水涨春潮，江风剪嫩苗。
诗林千鸟啭，词海万鱼遨。

（藏头诗：浦江诗词）

草于2016年4月10日深夜，改于11日于外滩家

五绝·古骚新艳

——恭贺上海格律诗词社成立

黄汉江

宋柏添新杈，唐松吐嫩芽。
外滩神韵苑，怒放古骚花。

草于2016年4月12日深夜，改定于20日于外滩家

五绝·上海格律诗词社成立

江荣清

浦歇卷新潮，江洲又育苗。
诗人齐聚会，词曲昊天遨。

（藏头诗：浦江诗词）

2016年4月12日

贺

卧龙鹰

蒙蒙醉眼喜惊愕，愚居六顺念吴伯。
浦江新意格律社，随心挥指意合合。
大家前辈语欠欠，凝屏默赏纠自我。
恰逢三日限即至，聊作小曲俏陪客。

2016年4月12日下午一时

步家汉江先生原玉
贺上海格律诗词社成立

黄建新

诗圃茁新芽，词林壮古桠。
歌风梳沪柳，赋韵荡云霞。

（藏头诗：诗词歌赋）

2016年6月13日

依韵和汉江兄台

汗竹楼

浦花展艳潮，江水润新苗。
诗社千帆顺，词人韵海遨。

（藏头诗，浦江诗词）

贺上海格律诗词社成立

黄建新

春来老树已开花，绿叶青枝吐嫩芽。
莫道浦江东接海，千奇百艳满新家。

汗竹楼主2016年4月12日

无题

村姑

上海格律诗词社，广纳天下英雄客。
欲与诗词成佳话，但将好文载史册。

2016年4月12日

贺上海格律诗词社成立

钟俊海

诗社聚群贤，低吟浅唱间。
挥毫开愿景，嚼火有薪传。

2016年4月13日

七绝·恭贺上海格律诗词社成立

原野绿草

浦水春江岸上风，诗潮涌动嫩芽清。
飞鱼跃起吟词浪，月下悄闻李杜声。

五绝二首·祝上海格律诗词社成立

不老顽童

（一）

新春万物生，诗坛亮彩灯。
群中集雅客，好句竞相逢。
（藏头诗：新诗群好）

（二）

前路似攀登，途须奋勇征。
远谋韬略定，大海任航行。
（藏头诗：前途远大）

2016年4月19日

贺上海格律诗词社成立

陈秀芝

浦汉江水碧连天，翰林院里著新篇。
竹楼贤士聚一堂，荣邦兴国万古传。

2016年4月19日于青岛

贺上海格律诗词社成立

风文

浦水作长揖，江宽任鸟栖。
诗词当细品，社稷又佳期。
（藏头诗：浦江诗社）

吉日聚贤

——贺上海格律诗词社成立

安宏

春日百花巧相逢，万紫千红竞争峰。
淡利薄名趣味同，清风把酒醉人生。

祝贺上海格律诗词社成立

雷蕾

贺声四起祝词添，古韵新诗妙语连。
百鸟争鸣花绽放，春风化雨送佳联。

贺诗社成立

——庆和谐诗人云集

风华正茂

鞭炮齐鸣迎新友，阵阵春风乐悠悠，
同贺诗社金创建，共挽和谐奔前程。

于山东聊城

开张实录

吴伯贤

上海格律诗词社，恰似浦江涨春潮。
诗潮滚滚袭上海，犹如长江浪滔滔。

2016年4月11日下午

恭贺上海格律诗词社成立

朱光耀

浦江滚滚波万重，中华诗词韵律浓；
上海格律诗词社，诗情词韵聚群雄！

2016年4月11日

祝贺上海格律诗词社成立

朱荣兴

翔飞东海边，雄起浦江滩。
格律诗词社，定成遍地兰。

贺上海格律诗词社成立

顾此彼（岛夫）

汉霄雄于乾，江河霸在坤。
统师爱诗人，领导作新文。
格式虽为难，律韵竟合伦①。
诗为心中声，撰必笔下芬。
继承乃首先，创新即后尘②。
（注：①竟合伦，终毕合乎规矩。②即，在即、紧接。）

2016年4月20日子时作于崇明岛“不晚斋”

感上海格律诗词社成立

兰馨蝶舞

海上又轮明月升，诗坛结社动群英。
摇芳千里知音共，不减当年骚客情。

2016 年 4 月 21 日

贺诗社开张

卢占雄

春花烂漫艳九州，上海诗社竞风流。
梧桐招得凤凰至，长辈新秀冲斗牛。

2016 年 4 月 21 日

贺上海格律诗词社成立

馨譬·洛阳温馨

春暖花开四月天，洛阳牡丹逊争艳。
喜闻上海诗词社，泼墨吟哦效哲贤。

七绝·贺上海格律诗词社成立(平水韵)

尹诗妍

沉浮诗海遇芳洲，竞艳群葩醉眼眸。
宋韵唐风传世远，申城再令上层楼。

2016 年 4 月 21 日

祝贺上海诗社成立

梧桐

诗词格律百姓家，万紫千红遍地扬。
俊才翘楚兴诗浪，儒林盛会落浦江。

2016 年 4 月 21 日

七绝·贺上海格律诗词社成立(步汉江先生韵)

刘海阳

东风四月唤诗潮，国粹园中育绿苗。
且向新天交律句，偷师未必去唐朝。

2016 年 4 月 21 日

七律·贺上海格律诗词社成立(新韵)

李跃

黄浦江中韵浪高，明珠塔上弄诗潮。
钟灵毓秀英豪聚，卧虎藏龙儿女骄。
锦鲤摇舟波荡律，沙鸥点水客盈桥。
文人笔底流心语，雅士帆前墨涌涛。

2016 年 4 月 22 日

古韵七律·贺立诗群上海格律诗词社成立贺

门洪雷

上呈千载古词精，海纳群川各路英。
格守唐风排句趣，律齐宋韵字含情。
诗人担负弘扬任，社会更需举圣明。
成绩只当新起点，立居浦沪说教评。

(藏头诗：上海格律诗社成立)

2016 年 4 月 21 日

七律·祝贺上海格律诗词社成立

杨斌

浦江日月共潮新，格律居家在水滨。
沙畔汀洲诗若海，文山书社柳如茵。
艺林云起千秋色，词宛花开万树春。
盛世中华催我辈，风骚还看后来人!

2016 年 4 月 21 日

七律·恭贺上海格律诗词社成立(平水韵)

郭成勇

上溯高唐觅雅声，海风吹拂助航程。
格规百世前修订，律令千年后畅行。
诗韵古今无裂变，词音新旧有交并。
社中儿女当甄辨，贺祝微群奕奕生。

(藏头诗：上海格律诗词社贺)

2016 年 4 月 21 日

贺上海格律诗词社成立(藏头诗)

顾鸣九

贺喜浦江秀一枝，上下恒心志不移。
海阔天空任鸟飞，格天彻地显灵气。
律己馨德好芳流，诗赋吟唱传万里。
词清讼简垒基业，社团耕耘莫讳辞。
成城断金终育果，立身扬名①会有时。

(注：①身、名指上海格律诗词社。)

2016 年 4 月 21 日亥时草于上海浦东家中，22 日戌时修改于上海崇明

心路

——为晓翰先生善举而作

修桥筑路为乡民，晓翰筹资足不停。
举觞称庆行善事，脚踏实地暖人心。

2016年3月31日于东华

贺上海格律诗词社成立

求知GG

浦江春水涨诗潮，激越群情憾碧霄。
旧雨往来添睿智，新知互动乐逍遥。

2016年4月22日

贺上海格律诗词社

吴伯贤

上海格律诗词社，携手诗弟新诗苑。
宴请新旧作诗人，陈酿新酒请自愿。
依托古韵出新诗，唐风宋调新家园。
上海两个兄弟群，欢聚一堂庆团圆。

2016年4月22日

贺上海格律诗词社成立(藏头诗)

郑锡润

贺信翩翩载友情，上江荡漾聚群英。
海风吹响赋词曲，格物传来玉石声。
律吕调音难作假，诗篇提笔力求精。
社成浇铸炎黄梦，立足巅峰举世惊。

2016年4月22日

七律·祝上海格律诗词社成立(新韵)

老树(着花)

申江着意孕王宗，城古才新咏大风。
诗界嫩毫习李杜，词坛老驹敢偏峰。
国欣自有八仙汇，学海得帆天堑通。
春末樘旌豪气在，晖晖杰俊唱吴淞。

(藏头诗：申城诗词国学春晖)

恭贺上海格律诗词社成立

农夫

文献神州地，诗涌上海滩。
来去尽鸿儒，言谈共诗篇。

祝贺上海格律诗词社成立

七律·诗醉

鸿雁

难得人生知己留，苍茫大地寸心柔。
偶寻黄浦诗坛立，恰闻唐风雅韵求。
菩萨蛮吟淡黄柳，浣溪沙唱采桑愁。
醉于格律书春墨，题个鹊桥仙又秋。

2016年4月25日

贺上海格律诗词社

缘来情浓

四海英才聚此群，欢歌笑语谊清纯。
闲来泼墨随心动，烦去吟诗向梦寻。
佳作纷纷如落雪，清香袅袅似升云。
龙凤择栖诗雅域，齐书共舞笔喧耘。

2016年4月26日

无题

雅儒

暮钟山中色，相思绕香沉。
风静林呆立，月移水自流。
喜藕七空心，难进一丝尘，
万缘随茎走，处处莲花开。

天际微光

七绝·咏上海格律诗词社(新韵)

墨染孤舟

中华大地浦江情，格律诗家荟众英。
挥墨赋诗怀壮志，传承文化显英名。

2016年4月26日

贺上海格律诗词社成立

贴地飞行

浦水曲流觞，春江月色长；
唐风诗与酒，衣袂宋词章。

(碎锦格：斜嵌“浦江诗词”)

2016年5月1日

题上海格律诗词社

王哲(如石)

风云际会黄浦边，五百惊涛五百旋。
此去十年今日辈，湖山信是在东南。

(注:"湖山信是在东南"语出苏轼"湖山信是东南美"。)

庆贺上海格律诗词社成立(新韵)

盛锋

春风暖浦江，平仄韵华章。
到处听鹂语，新枝绿意长。

贺上海格律诗词社成立

清风

无人对饮听风吹，美酒飘香笑语飞。
格律诗词同爱好，唐雅宋韵写相辉。
君邀入社难推托，我恐生拙被讽微。
群主抛砖为引玉，浦江小试踏波归。

恭贺上海格律诗词社成立

苒

熏风漫舞绿丝绦，意韵无边格自高。
律动华亭宽窄巷，申江奔涌古诗涛。

2016年4月26日晚

浦江诗词

浦水润春花，江天一色霞。
诗风雅韵继，词正五州夸。

(藏头诗:浦江诗词)

贺上海格律诗词社成立

香橙奶茶(孙立)

万里诗词简，千年曲赋吟。
写来平仄韵，起舞弄箫琴。

七律·贺上海格律诗词社成立

卢占雄

浦江滩上清风吹，骚客盈门树大旗。
新韵古调谱华章，青雏老凤展英姿。
天南海北春潮涌，塞外岭前骏马弛。
一举吟旌动天地，弘扬国粹铸丰碑。

题上海格律诗词社成立

雅香居士

百花齐放春意俏，黄浦江头谱离骚。
自古吴越多才俊，唐宋古韵颂今朝。

2016年5月1日

贺格律诗词社成立二十天

馨謦(温馨洛阳)

上海诗词二十天，古韵新歌人满圆。
天南海北贺诗苑，迎来诗盛共缠绵。

贺上海格律诗词社成立

春事

追梦客

浦江春事涌，唐宋韵梅开。
儒雅温桑律，诗香醉鹤台。

2016年5月1日

贺上海格律诗词社成立

鑫鑫

夜色阑珊黄浦江，清风自在忘他乡。
敞开梦海千重韵，放任诗珠万里狂。

祝贺上海格律诗词社成立

楚龙吟

龙人数百欲擎天，唐宋风流担铁肩。
更许功成约五岭，悠然采菊共婵娟。

七绝·贺上海格律诗词社成立

白杨

网聚申城笔墨客，白杨群咏夜归迟。
笔融黄浦春江水，挥就唐风宋韵诗!

七律·贺上海格律诗词社成立

霍庆来

春风拂煦百花香，又喜诗坛一帜扬。
黄浦江头添秀色，明珠塔顶耀华芒。
长弘大雅心潮涌，共谱雄篇气宇昂。
涓滴流泉成巨瀑，裁霞织锦慨而慷。

七绝·贺上海格律诗词社成立

江南书生

群儒毕至申水边，锦绣文字斗诗篇。
浅吟低唱皆风雅，以诗会友真情间。

2016年5月1日

贺上海格律诗词社成立

欧阳芝兰

上海词社有诗魂，今日花团锦簇荣。
人文荟萃良才聚，明珠炫丽更晶莹。

恭贺上海格律诗词社成立

陈波

相逢五月天，格律雅词缘。
若梦屏中聚，怡心赋美篇。

2016年5月2号上午于广东佛山

浦江诗词颂

——恭贺上海格律诗词社成立

王朝旭

浦舞诗韵曲悠然，江绿海琼美人灿。
诗歌弥漫墨香曲，词佳赋曲千种意，
颂扬君子不一般。

(藏头诗：浦江诗词颂)

恭贺上海格律诗词社成立

净莲

浦水育精英，江天任尔行。
诗吟今古事，词赋五湖情。

(藏头诗：浦江诗词)

七绝·恭贺上海格律诗词社成立

笑看风云

风舞流霞入浦江，云裳丽影倚疏窗。
诗林词海群英汇，语句精心振国邦。

(藏头诗：风云诗语)

作于2016年5月2日。

贺上海格律诗词社成立(藏头诗)

念朝

上苍青睐黄浦江，海纳百川聚四方。
格规文胆狼毫舞，律词音韵颂故乡。
诗赋春秋吟歌唱，社稷安康民富强。
成名启后留墨笔，立鼓鸣琴奏华章。

2016年5月2日于上海

七绝·赠上海格律诗词社成立

心悦

自古风云昌盛地，千年文章艳阳天。
歌山赋水多才情，剑胆诗心不媚权。

贺上海格律诗词社成立

蝴蝶飞飞

鸟语花香碧水温，埔江两岸瑞光臻。
文人墨客齐相聚，歌赋诗词誉美春。

2016年5月3日

七律·上海浦江诗词社成立咏贺

陈昌润

风骚断续残垣在，何处文章二百年？
淞沪花枝桃蕊绽，浦江急浪韵声延。
岸上潮吞吴越水，海中月照六朝烟。
启聩传薪真火递，青灯苦读泛黄卷。

祝上海格律诗词社成立

清风徐来

新诗旧韵谱佳篇，沪上申江巧结缘。
颂赞神州书不尽，笙歌万里咏桑田。

七绝·恭贺上海格律诗词社成立(新韵)

星星过月

浦东春水润枯芽，江汉新枝老干发。

诗意长随鸿雁至，词林永赋沐朝霞。
（藏头诗：浦江诗词）

贺上海格律诗词社成立

焦艳颖

明珠耀灿耀浦东，诗雨诗风韵味浓。
八方骚人欣聚会，传承国粹有新功。

贺上海格律诗词社成立（藏头诗）

念朝

上苍青睐沪，海滨耕耘砣，
格准尊方规，律词音韵舞。
诗赋吟歌起，社安民康福，
成名留史册，立桅悬帆鼓。

2016年5月3日于上海

恭贺上海格律诗词社成立（二首）

幽篁

（一）

风流骚客聚，雅韵满花枝。
谁道春归去，诗香烂漫时。

（二）

浦水奔腾流万里，明珠昂屹立千秋。
词家诗友申城会，玉振金声雅韵留。

祝贺上海格律诗词社成立（新韵）

柏松

应信诗坛待盛尊，浦江涌浪现雄心。
弘扬古典颂风雅，阐释当今美善真。
前路豁达开眼阔，往学厚重惠君深。
吾侪蹈厉追唐宋，李杜苏辛频唤魂。

贺上海格律诗词社成立

雪儿幽幽

小苗破土在今年，叶嫩枝柔花满园。
更喜沩宁春又绿，江风岸柳送征船。

五绝·贺上海格律诗词社成立

dalin

谈吐诗词恋，交流韵律涟。
焉知春暮后，外滩始飘鲜。

题上海格律诗词社

ZZ 康健

五百杰俊，舞文弄墨讴歌大千世界；
四季英才，把握键盘写意浩瀚乾坤。

贺上海格律诗词社成立

岩石劲松

浩浩东风起大韶，浦江竟日泛春潮。
晴空万里排云鹤，舞到新星耀碧霄。

七律·贺上海格律诗词社成立

小白

黄浦江头聚百贤，悠悠文字贯长天，
梅兰竹菊吟今古，雪月风花唱雨烟。
自古琴心诗者梦，由来书气墨家弦，
光芒万丈东方起，照在中华儿女前。

恭祝上海格律诗词社（藏头诗）

兰儿

恭闻俊才聚东方，祝语绵延南北腔。
上天群星伴明月，海底众虾奉龙王。
格言如泉千丝瀑，律韵似茶万缕香。
诗颂春秋景色美，社论今古谱华章。

浦江迎新诗

——贺上海格律诗词社成立

吴海宁

浦东浦西百花香，江南江北好风光。
诗林擎旗欲引领，词海扬帆正启航。
成功路上相携手，立意途中互荣昌。
志同道合风声起，喜迎新社共辉煌。
（藏头诗：浦江诗词成立志喜）

贺上海格律诗词社成立

马银山

上海诗词古韵生，杨帆海上竞峥嵘。
群芳聚首钟国粹，无愧千秋海上名。

贺上海格律诗词社成立

陈默

（一）

沪上初闻喜讯来，诗林又有蕊新开。
今宵梦里东风至，遗我黄埔酒一杯。

（二）

黄浦江边雅韵生，新词旧曲竞争鸣。
传承国粹群贤聚。平仄情浓咏沪城。

贺上海格律诗词社成立

史江花

絮舞红飘草色匀，申城拾笔墨痕新。
浅吟低唱兰亭聚，宋韵唐风又一春。

上海格律诗词社成立喜赋

汪继桥

黄浦振发唐宋风，清词丽语墨情浓。
华章赤子歌圆梦，一朵新花蕊泛红。

与你同行（藏头诗）

白鹭

祈愿情真切，上品意象亲。
海天结净友，格调沁身心。
律动牵灵魂，诗歌日月新。
词林传喜迅，社会递佳音。

贺上海格律诗词社成立

六画

沪上明珠映彩霞，黄埔韵律颂天涯。
诗词架起云间路，作品联系雾里家。
故事亲贤感动泣，理想远大敬恭发。
丝竹荡荡八音寄，炽爱悠悠尽俊葩。

2016年4月19日六画作

贺浦江诗词社成立

——为汉江院长藏头诗“浦江诗词”作和

浦中鱼张鳍，江上鸟比翼。
诗结微友情，词凝群主谊。

贺浦江诗词（新韵）

王新华（一片云）

欲挥竹笔赋新词，独蘸波涛写醉诗。
愿把浦江浓作墨，轻描重画彩云痴。

东风第一枝·上海格律诗词社丙申春成立志贺

墨兰心语

墨点琼台，丹萦朱砚，喜开雅曲新苑。同俦鼓箧幽襟，比案负书搦管。东风万里，念几度、春幡和暖。料得是、盛况融融，醉了外滩轩岸。

歌悠悠、笙弦婉转。意醺醺、思怀缱绻。芳眸薄醉华池，玉树共匀书卷。盘茎蕴芷，更胜有、宝章经典。待续作、锦字缃书，一抹玉兰香篆。

七绝·贺上海格律诗词社成立

余君君

浦江有意邀迷客，高塔凌霄正点灯。
借调东风来海上，诗坛无处不中兴。

赞黄君汉江

风华正茂

君在黄浦江上兮，重拾格律古词诗，
挥手寰宇爱字人，齐聚空间诗社里。
功德无量冲霄汉，更让世人侧目看，
我等追随黄君身，直把今朝作古秦。

庆贺上海格律诗词社成立（新韵）

盛锋

春风暖浦江，平仄韵华章。
无处不鹂语，新枝绿意长。

浦江风
恭贺上海格律诗词社成立

七绝·缘分

天高任远浦江风，沪上新枝喜庆逢。
格律花开香四溢，绵长美酒醉心中。

2016年5月2日

浦江风
恭贺上海格律诗社成立

回文诗·缘分(新韵)

千鸥醉梦燕飞高，律韵诗风沪语豪。
天意美眉燃火焰，填词组社赞扬飘。

回文链接

飘扬赞社组词填，焰火燃眉美意天。
豪语沪风诗韵律，高飞燕梦醉鸥千。

2016年5月2日

祝贺上海格律诗词社成立

贺声四起祝词添，古韵新诗妙语连。
百鸟争鸣花绽放，春风化雨送佳联。

浦江夜色

几帆飞浪云烽照，一盏高灯耀浦江。
海市幢幢天际入，琼楼波影下苍茫。

贺上海格律诗词社成立

八方骚客会其中，环境清幽墨味浓。
自有芳荷好消夏，岂无浊酒可温冬。
附庸唯饮屈陶雨，傍雅常听李杜风。
新手莫愁无处学，辛勤半载作诗翁。

藏头诗一组

——题黄汉江群主

黄龙舞动山川秀，汉水流潆大地茏。
江涛滚滚搏击浪，雄起拳拳绘彩虹。

——热烈祝贺群主建群成功，即兴作诗以贺。

（一）

黄浦江畔诗如笋，汉水楚河争负胜。
江边别岖留千古，好在后人识豪圣。

（二）

上空碧云聚又散，海滩明月何时还？
格言辟语留世间，律令群规记心田。
诗集文选赋佳篇，词人骚客得真传。
社火兴旺燎中原，好事多磨必胜天！

（三）

黄浦涨春潮，汉岛起狂飚。
江水腾长浪，诗情翻巨滔。

随笔谢师

陈心安

清雅佳词妙新方，日沓墨迹韵非常。
已知黄老开生面，哪敢拒此袭人香。

(注：黄老指黄汉江教授。)

贺上海格律诗词社成立(藏头诗)

朱林兴

（一）

黄氏儒气浩，汉承李杜妙。
江州多才俊，兄台乃首挑。

（二）

黄氏诗词妙又多，汉江论著邃而博。
江边筑路行慈善，福惠乡情似浪波。

鸣谢

珠海清华科技园技研公司总经理、珠海市诗歌学会副会长王培榕
黑龙江省依安县诗词协会主席宋今平、秘书长钟玄魁
广西永福黄肇尧诗友
河南汝州《晚晴诗词》主编张文斌
《冰雪诗苑》社长闫冰
广东珠海《望且文学》副主委刘合军(大漠尘沙)